U0582189

本书系国家社会科学基金重大项目
“多卷本《中国现当代旧体诗词编年史》编纂与研究及数据库建设”
(18ZDA263) 的阶段性成果

编委会名单

中国语言文学

一流学科建设文库

中国现代旧体诗词编年史

第一辑（第一卷）

李遇春◎主编

人民出版社

责任编辑：宰艳红
版式设计：顾杰珍

图书在版编目（CIP）数据

中国现代旧体诗词编年史．第一辑／李遇春 主编．—北京：人民出版社，2021.7
ISBN 978－7－01－022798－6

I. ①中… II. ①李… III. ①古体诗－诗歌史－编年史－中国 IV. ① I207.209

中国版本图书馆 CIP 数据核字（2020）第 248954 号

中国现代旧体诗词编年史
ZHONGGUO XIANDAI JIUTI SHICI BIANNIANSHI
（第一辑）

李遇春 主编

人民出版社 出版发行
（100706 北京市东城区隆福寺街 99 号）

北京中科印刷有限公司印刷 新华书店经销

2021 年 7 月第 1 版 2021 年 7 月北京第 1 次印刷
开本：787 毫米 ×1092 毫米 1/16 印张：220.5
字数：4300 千字

ISBN 978－7－01－022798－6 定价：838.00 元（全四卷）

邮购地址 100706 北京市东城区隆福寺街 99 号
人民东方图书销售中心 电话（010）65250042 65289539

章　序

章开沅

庚子二月，时值新冠肆虐，武汉封城，黄冈才俊李遇春乡居完成《中国现代旧体诗词编年史》，鸿篇巨制，博大精深。未久，又送来部分书稿及弁言，执意向我索序。衰暮之年，文拙思滞，何敢言序。但近日翻阅书稿，特别是细读弁言，竟然产生理应为其写序的冲动。

我与遇春年龄相差甚大，但学术路径的变化却非常相近。他回忆说："二十世纪八十年代以来，现代中国文学研究凡历三变：一变曰拆解现代中国文学之左右对立，打破既有之左翼文学主潮述史成规，而还原超越左右立场之文学史本来面目。此即八十年代'重写文学史'发轫之由来。再变曰拆解现代中国文学之雅俗对立，打破既有之精英文学主潮述史成规，遂还原超越雅俗立场之文学史本来面目。九十年代通俗文学研究与创作之兴盛可为嚆矢。三变曰拆解现代中国文学之新旧对立，打破既有之新体文学主潮述史成规，以还原超越新旧立场之文学史本来面目。此乃新世纪以降中国文学研究及创作之大势，所谓旧体诗词复兴不过冰山一角而已。"这种"大势"，正好可与今年三月北京出版社为我编选的文集《走出中国近代史》相互映照，在视角、视野乃至世事领悟方面有许多相近相通之契合处。

文史不分是中国学术的一个优良传统，现今已与西方学界所提倡的跨学科整合相衔接。中国近现代史诚然是我的主业，但中国文学史始终也是我的业余爱好。我自幼欢喜吟咏旧体诗词，后来在教学与研究中也提倡因诗悟史，以诗证史。这与我的家族与故乡有密切关系。我的祖籍是浙江吴兴菱湖镇荻港村，虽然只是一个两三千人的小村落，但历史悠久，文风颇盛。尽管没有出过什么著名诗人，但好多世代都有诗作流传。《荻溪章氏诗存》一书，由清末族人章丽农始编，历经几代人"网罗散佚，搜葺丛残"，从康熙到民国，前后三百多年，最终选出 1615 首诗，作者共 110 人。原版于民国十七年（1928）付梓，系章氏家刻本，全书线装四册，宣纸双页直排。前些年，荻港村乡亲经由华宝斋以线装重新刊印。正如原湖州市委书记孙文友先生序文所言："现今，若以全国各地村、镇、县、市，（察）其历史沿革、血脉相传，大都可从文献、史志、家谱中所得。但以一个乡村，以诗歌形式集一部丛书，记录了一个家族群体之风物景色、宦游客旅、乡愁归思、民风物产等历史与人物的长卷，恰犹如《诗经》式的诗歌总集，于全国观之，确实不多，可谓绝品，早成海内外孤籍。”

诗存收录诗作者，与我家关系较密切者，为十三世章棣（字怡棠）、章桐（字听蕉）兄弟与十四世章维藩（字赣岑）、章世恩（字叔振）兄弟。维藩公有《铁髯诗草》传世，故收录数量较多。他是我的曾祖父（我为十七世），但我从未见过他。在我的心目中，他似乎够不上什么诗人，因为他自幼喜爱骑射与兵书，从未涉足科举，是个典型的投笔从戎军营少年。很早就受到左宗棠的赏识，曾参与西征收复新疆之役，以军功被保举担任安徽地方州、县官吏。甲午战后，他又厌倦官场，弃仕从商，兴办面粉、铁矿等新式企业。他是个做大事的实业家，但也热爱艺术，特别是痴迷于京剧，每到北京，必听四大须生、四大名旦的演唱，甚至在家中穿盔甲扮演关公。他与世恩并非诗人，但诗歌已经融入生命，成为他抒发情怀并与他人交流的主要话语方式。他们的诗既记录了自己的传奇一生，但又平平常常琐琐碎碎，仿佛家人父子之间闲聊日常。我年轻时也当过兵，所以最欣赏俩兄弟骑马畅游嘉峪关、祁连山的即兴诗作。世恩《题嘉峪关城楼》诗云：“跨马按吴钩，闲为出塞游。河分中外险，日照古今愁。败鼓余残垒，悲笳动戍楼。男儿须努力，几辈此封侯。”及至晚年我又很欣赏维藩公《示奎儿》，那是在民国初年益新面粉厂新建未久而发生严重火灾、厂房机器尽毁，而他又出差羁留在京、津等地之时所作。奎儿即兆奎，是他的长子（我的祖父），已独立主持厂务。诗云：“闻儿抱恙倍添愁，握管叮咛语未休。危局支持原不易，常怀得失亦徒忧。事终有济惟迟早，人到为难莫怨尤。涤虑洗心兼养气，自然诸疾立时瘳。”没有任何责难怒气，抒发的无非是慈父“白发天涯劳怅望”之情，不刻意讲究格律，而诗意自然感人较深。

维藩晚年乡愁浓郁，其《北固山人寄赠西湖图帐簷，赋此以谢》（四首）之一云：“一幅吴绫远寄将，龙眠妙笔胜倪黄。知余时作思乡梦，为画湖山旧草堂。”之四云：“我家昔住圣湖东，烽火频惊草阁空。愿构孤山三架屋，四时常作主人翁。”但他归隐荻港的遗愿终未实现，留下深沉遗憾。这就是我直至九十高龄仍然乐于充当“村官”，常与乡亲一起计议建设社会主义文明新农村的原始驱动力，而荻港现已成为中外闻名的全国文明示范村，可见祖先遗诗对我鞭策之印迹。

遇春大著的时间上限是民国成立，而维藩公恰好有《新历元旦出都口占》一首：“曙色苍茫里，轻车出帝京。冻云涵大野，快雪喜初晴。改朔颁新历，谋生愧远行。遥知儿女辈，日日数归程。”他本来是大清臣子，可是却没有任何遗老情怀，迅速顺应时势，充当共和新民。而且他所说的“谋生愧远行”，并非为自己小家谋求生计，而是与周学熙等民国官员一起共商收回开滦煤矿主权，并在秦皇岛设立钢铁厂等实业救国之宏图大业。

信笔所之，越说越远，但总算是为此书提供了一本少见的村庄诗集，几个并非诗人的家常诗作。这些零碎感想是否可以充序，尚企诗界先进鉴谅。九四野叟章开沅于桂子山实斋。

於　序

於可训

中国诗歌，肇自上古歌谣。历诗经楚辞，南北乐府，至唐诗宋词而达于极盛。元有散曲，承其余绪。遂有诗骚乐府唐诗宋词元曲之说，俨然成一系统。此吾人之常识，无须赘言。

明清异代，崇尚模仿。汉魏唐宋，门户各张。虽极尽纵横迭宕之观，终不免"徒为沿袭"之讥。清季国门洞开，西风渐入，国事更张。变政者以文学为改良之具，遂倡"诗界革命"之说，欲"熔铸新理想以入旧风格"。是以清末民初之诗，新旧杂糅。情思惟新，而体式依旧。更有南社诸公，衡政好言革命，为诗依然笃古。至白话文学潮起，诗国再生革命。有胡适之氏，试作白话诗。不循元白之规，而取西洋之法。由是新体流行，而旧体渐废。新诗旧诗，遂标分泾渭。至今人言诗，但知新体，不知有旧。旧体隐而不彰，湮没无闻，久矣夫。

余曾言诗文无论新旧，皆表情达意之物。又曰"情有畅和、郁结之别，意有曲直、显隐之分，新体鲜能备善"。余观夫近世新派之诗，发轫于变政，指归在启蒙，用之于革命。白话化后，所作皆关乎天下国家、社会人群。或为传播新知，或为唤醒民众，或叙宏大之事，或记超迈之人。间亦关乎日常，体恤众生。举凡饮食男女、山川风物、悉数入诗。然于表现私密之事、隐曲之思、幽闭之情，则新体多有不宜，故以旧体补之。或有熟谙音韵，惯用近律者，以旧体为新声，亦不乏所作，尤以名流政要为最。余则多为附庸风雅，喜恋旧物者发思古幽情或骈字凑韵之作。兼擅新旧，能备其体者寡。昔魏文有言，"文本同而末异"，又言"文非一体，鲜能备善"，"故能之者偏也；唯通才能备其体"。新体旧体，虽同出心志，然亦各有所好，各得其宜，如车载舟渡然。

自近代纸媒兴起，文学多为发表之物。白话新诗，传播易广，受之者众，更成报刊新宠。坊间刊刻，亦由私而公，新诗集以是流行。旧体则渐成补白，或附骥尾。更有藏之私箧，载于日记，传诸亲友同好者，多不轻率示人。故今之所见现代旧体诗词，多为后人于此中搜寻扒剔所得。积水成渊，集腋成裘，竟蔚成大国。可见旧体不废，其道不孤。

遇春曾在门下问学，从余治编年史有年。余见其所辑当代旧体诗词，奇崛幽渺，至为珍爱。然于体例不合，故议另立门户，专治此物。遂由当代而现代而近代，上溯下沿，左牵右挂。竟至于覆盖百年诗坛，遍及内外华界，俨然成一巨业。遇春性痴，临事必问究竟，搜罗务求穷尽。十数载如一日，倾心尽意，罄其所能。积累年之功，所得旧体诗词，盈箱累箧，汗牛充栋。至专辟一室，什袭珍藏，如经书宝卷。又为之编年，传诸后世，重发辉光。旧体遗弃有年，如埂峰顽石，零落荆莽。今遇痴人，携回诗界。诗天待补，其有助乎。

是为序。庚子冬月作于珞珈山临街楼。

钟 序

钟振振

今之治现代文学者，或谓现代旧体诗词不宜入史。其意盖以现代作者所创作之旧体诗词，不宜入现代文学史也。笔者孤陋，期期以为不然。子曰："必也正名乎？""名不正则言不顺，言不顺则事不成。"欲辨现代旧体诗词入史之宜与否，可不先为"现代文学史"正其名哉！夫"现代文学史"也，现代之文学史也，非现代文学之史也。何谓"现代之文学史"？举凡现代作者所创作之文学作品，无论其所用语言为今为古，无论其所用文体为新为旧，凡具有典型意义者，皆可得而入之史也。"现代文学之史"则否，仅限以现代语言文字创作，以现代文学样式创作之文学作品，即今二级学科分类，狭义"现代文学"之史而已。二者之视野，固自有大小之别也。

纵观世界民族之林，最有诗意者，中华民族其一焉，而汉民族又其尤者。汉语诗歌，百川汇海，其优良传统，乃喜新而不厌旧。汉乐府及五七言古体诗兴，而诗经、楚辞体并行不悖。至唐而近体诗定型，而诗经体、楚辞体、古乐府及古体诗亦不乏作者。至宋而长短句词体大备，亦未闻诗经体、楚辞体、古体、近体诗坛辄鞠为灌莽。具见文学体裁之真有审美价值者，如陈坛佳酿，既久愈醇，其生命力固无可限量。岂五四以来新诗之流行，而遂能使此生命力为无可限量之旧体诗词遽尔寿终正寝乎？即五四运动之领袖若健将，如陈独秀、李大钊、鲁迅、胡适者，亦各有旧体诗词传世，他可知已。笔者尝言，自 1912 年至 1949 年，中国文学史之所谓"现代"者，上承乾嘉，旧学术之薪积；东渐欧美，新文化之风行。天雷相搏，地火并喷。鸿惊一瞥，时仅三十八年；豹变屡更，实胜百千万世。此时段内之旧体诗词，知名作家何啻千人，优秀作品何啻万篇？歌颂光明，鞭挞黑暗，唤起民众，再造共和，其功绩纵非新诗暨其他新文学样式之比，亦何遑多让耶！惜多散在日新月异之报纸杂志，犹捷羽之过辽天，灵珠之在沧海，使无人悉与网罗收拾，萃成一编，势必日就湮晦，渐为世所淡忘矣。今不足百年，治现代文学者至有现代旧体诗词不宜入史之说，岂不可怪？岂不可叹？彼固昧于学理，而无从尽读现代旧体诗词，故无以得现代旧体诗词之全豹，其误亦未始非由于此。

有鉴于此，华中师范大学文学院教授、博士生导师、教育部青年长江学者、中华诗词研究院首届现当代诗词评论著作“屈原奖”得主李君遇春，立鸿鹄志，奋椽帚笔，潜心十有余年，披卷千数百种，钩沉抉微，厚积薄发，成此千百万言之《中国现代旧体诗词编年史》。自兹现代旧体诗词有史矣，入史矣。凡我当代治现代文学者，治古代文学者，及致力于诗词创作者，能不欢忭鼓舞，额手弹冠乎？

虽然，此犹史料长编，为文献态之史。旨在述而不在作，故以述为主，间亦有作，顾点到为止，未及展开耳。煮东海之水以为盐，裁南山之木而构厦，续成评价态之《中国现代旧体诗词编年史》，以李君之才之学之识，实优为之，乃不二之选。君其有意乎？君其有意乎？幸勿拂我学界同仁跂望快睹之殷也。

王　序

王兆鹏

历史编年，尚矣。《春秋》创基于前，《公羊》揭橥于后。东汉荀悦，变《汉书》为《汉纪》，改纪传为编年；东晋袁宏，继轨拓衢，撰编年体《后汉纪》。此后每代国史，皆有斯作。为纪传者则规模班、马，创编年者则议拟荀、袁。降及赵宋，编年史书层出不穷，《资治通鉴》《续资治通鉴长编》《建炎以来系年要录》《续宋中兴编年资治通鉴》，叠踵问世，蔚为大观。

至若近世文学编年史，则嚆矢于敖士英《中国文学年表》，成熟于陆侃如《中古文学系年》。21世纪以来，文学编年史，更累牍连篇，既有断代之《先秦文学编年史》《春秋文学系年辑证》《秦汉文学编年史》《西汉文学编年史》《南北朝文学编年史》《唐五代文学编年史》《五代十国文学编年》《宋代文学编年史》《金代文学编年史》《元代文学编年史》，复有通代之《中国文学编年史》；亦有《中国现代文学编年史》《中国当代文学编年史》。何其盛欤！

今《中国现代旧体诗词编年史》，独辟蹊径，迈越前修；鸿篇巨制，规模空前。时限虽仅卅八年，字数却逾千万。自来断代文学编年史，规模似无出其右者。体量既大，眼界亦宽，史源亦广。匪独涵盖内地之诗词曲赋，亦兼及海外之创作评论，台湾、香港、澳门之诗坛，东洋、南洋、西洋之词苑，尽纳彀中。别集总集、报章期刊，搜罗殆尽；诗话词话、序跋题记，渔猎靡遗。而著者史识尤卓，史心尤远。史识者，谓修史之见识；史心者，修史之宗旨也。现代旧体诗词，向来被治史者屏除界外，视若无睹。林林总总之中国现代文学史，率皆罕见旧体诗词之踪影。而此书著者，志在突破新旧营垒，化解现代中国文学新旧体制之对立，还原文学历史之真相，以期实现新旧对话与古今融合，借此呈现中国文学传统之因革通变。故诗词之创作评论、社团之雅集酬唱，固所侧重，其时相关之政治、军事、社会、文化、教育、文学事件及新旧文化、新旧文学之思潮论争，亦尽予囊括，以还原旧体诗词之历史现场。其书于治旧体诗词者，固不可或缺；于治新文学史者，亦多有裨益。

著者李君遇春，予忘年之畏友。蚤以材谞，名著学林。议论文采，卓尔不群。出入新旧，贯穿古今。为成斯篇，殚心竭虑。斥巨资，求诗集，搜孤本，觅珍版，南驰北骤，不遗余力。辟室藏书数万册，焚膏继晷十五载。予既服膺其志高行苦、心诚业精，更感佩其勇为现代旧体诗词修史，前无古而独有今，故乐为之序，并期托名骥尾，庶传永久云。武昌王兆鹏庚子仲春于围城武汉，时新冠肺炎疫情稍缓。

黄 序

黄坤尧

汉语诗词声情并茂，精光四射，意象迷离，神魂摇曳。溯自风骚代谢，乐府繁兴，长庆歌行，敦煌词曲，代有新声，相期雅制。历汉魏六朝唐宋元清，遍江湖五岳朝堂市井，源流渐远，吟咏不殆。复以科举训蒙，诗礼传家。不学诗，无以言；不学礼，无以立。言为辞令，立于义理。敦厚以处身，规范乎容止。无分南北，岂限华夷。五七韵语，四六文言，风花雪月，事景人情，铺排格律，深化意境。乃至气质修养，文化传承，风靡四海，雨泽千秋。精英官宦，抒情写意，固以能诗善导；寻常百姓，艺苑书坛，亦多悦纳雅言。革命宣传，工农货殖，咸可言诗，随手施为，琅琅成诵，诗词之用大矣哉！

辛亥革命，五族共和，皇纲解纽，军旅代兴。至于民间论议，新生不息，工商崛起，活力无穷。复以报纸风行，信息方便，杂志冒起，影像多姿。夫诗词撰制超脱于抄写流传之限，补白于媒体刊物之中，消息灵通，意念纷呈，传扬迅捷，广被中外。不待旗亭画壁，作品结集，而深入人心，实时可见矣。坛坫气象，固异前朝，消闲习俗，已翻新页。国际风云，中原逐鹿，龙蛇混杂，上海争锋，亦不可同日而语也。辛亥诗坛绍承晚清国粹，西学英华，人才辈出，奠基稳固。先是同光余绪，湘绮楼王闿运岿然一老，专工五言，以八代诗雄于宇内，宽和清劲，藻练纷披。而樊增祥、易顺鼎、杨圻等独当一面，各有造诣，出入盛唐中晚，皆为大家，挽国族沈沦，竞时代心声。西江巨擘陈三立由山谷而上追杜韩，凭阑盛气，袖手神州，荒寒萧索，肆意艰涩。其他宗宋诗者陈衍、陈宝琛、沈曾植、陈曾寿、姚永概、夏敬观等，起步亦高，堪为时代宗匠。散原诸子传诗者众，陈衡恪精研绘事，诗风瑰丽，著《槐堂诗钞》，展示不朽全才；陈寅恪长于治史，迷离真幻，逼近玉溪生诗，允为世纪杰构。又赵熙风华绝代，俞明震觚庵苦吟，黄节《蒹葭楼诗》，曾习经《蛰庵诗存》，罗惇曧《瘿庵诗集》，张謇《张季子诗录》等，西蜀岭南，浙海江苏，雄踞一方，皆逐霸才，芳流千祀，享誉吟坛。至于南社风流，鼓吹革命，有陈去病、高旭、柳亚子、叶楚伧等，波澜壮阔，议论纵横，各逞雄图，兼赅唐宋，名流辈出，诗风尤盛。朱孝臧词坛麟凤，宏扬学术，抉发精微，行吟泽畔，沪滨一柱，力挽狂澜。翼之以况周颐《蕙风词话》、王国维《人间词话》，名著二难，恢弘境界，剧掩前修，更后来居上也。迤逦至于《全宋词》《词话丛编》《清名家词》《词学季刊》等之制作，皆成巨著，而词风愈彬彬盛焉。其他沈曾植、郑文焯、夏孙桐、汪兆镛、周庆云、俞陛云、赵熙、陈洵、陈曾寿、吴梅、黄侃、汪东、乔大壮、吕碧城等，添声减字，风云继起，皆具异禀，足为词坛增色。

五四运动揭橥白话文学，新诗带动语文改革及新旧论战。梅光迪等创《学衡》，主张翼学邮思，崇文培俗，融和新旧，增加体裁。章士钊办《甲寅》，引车卖浆，瓮牖绳枢，商量旧学，促进思考。争胜不必一时，得失系于千载。钱锺书先以小说《围城》知名，复以《槐聚诗存》问世，而《谈艺录》雕龙彩绘，华洋整合，天人之姿，经典之作，器识文章，卓著今古。二三十年代，新文学名家辈出，垄断文坛，其实群体中亦多诗词作者，鲁迅、郁达夫、沈尹默、周作人固举世知名，而闻一多勒马回缰，胡适重整国故，因知传统固有不朽者在，未可轻废也。一九三三年清明节，陆小曼硖石扫墓："肠断人琴感未消，此心已久寄云峤。年来更识荒寒味，写到湖山总寂寥。"以七绝寄情，怆怀诗哲。一九四二年萧红猝逝，萧军悼念旧情："生离死别已吞声，缘结缘分两自明。早有《白头吟》约在，陇头流水各西东。"虽用韵未谐，亦不弃旧体矣。学者能诗者则有康有为、梁启超、章炳麟、柳诒征、胡先骕、吴宓等，著述宏富，余事而已。至于画人兼具诗名者，吴昌硕《缶庐集》、齐白石《白石诗草》、溥心畬《寒玉堂诗集》、张大千《大风堂诗》、邓芬《妈阁寄闲杂咏》等，江河万古，尺幅千里，传神写意，风虎云龙，尤以题画之作，公私珍藏，亦足点染时局，振起波澜。

辛亥军兴，政体未立，战乱频仍，军阀割据。九·一八日军侵略东北，七七卢沟桥事变，山河鼎沸，流亡载道。诗词之作，随写随散，其得而结集者，硕果犹存，名篇具在，或堪告慰亡灵，可供辑录。其他英年早逝，湮没无闻，散诸天壤者，不可复辨。一代文献，孰为董理？天丧斯文，宁不痛乎？近日李遇春教授主持庞大国家社科基金重大项目，编纂《中国现代旧体诗词编年史》二十卷。搜罗全国报纸杂志、诗词结集、社团活动、人物行止等，据春秋之书法，依月日以穿梭，发潜德之幽光，显遗才之吟魄。以诗系史，重铸一代风骚；盱衡世局，可知当时郁结。三八年文采风流，见识山河岁月；二十卷诗词著述，再展金粉虹霓。旧曲重温，斯人复见，初心未泯，淋漓盛德，漪欤观止矣！瘴疠妖氛，待除霾雾，武昌抗疫，伫望卿云。庚子初春，黄坤尧序于香港。

施 序

施议对

中华诗国，言志永歌，八音克谐，神人以和。昔自周楚已下，飙流所始，同祖风骚；唐宋金元，及至于清，诗词歌赋，身份犹明。谓之为旧，原自于新。盖因胡适之出，提倡白话，两只蝴蝶，双双上天；旧体新体，各逞异途。新体之兴，已逾百载；旧体之制，亦近二甲子矣。事缘民国五年，公元一九一六年八月二十三日，胡适写下中国第一首白话新诗，迄至一九七六年四月五日，天安门广场事件，诗歌活动由地下转向地面，是即旧体诗词之一甲子也。六十年间，新体诞生，旧体被裁定为半死之诗词；新体寻觅不到合适形式，旧体死而复生。进入第二甲子，一九七六至二零三六，料新体旧体，异途而不同归。艾青有云：大路朝天，各走一边。新体运程，诗界先进，自有评说；旧体之会否由死而复生，变而为生而复死，读者诸君，则当拭目以待焉。新诗今日，经已标榜史册，而旧诗则未也。若问：新诗入史，旧诗何以未能入史。或曰：名不正，则言不顺。旧诗至今，尚无一正当合理之名谓，无从入史。据闻此事，既为旧诗作者，深感费解，亦令新文学史家，颇受困扰。当此之际，李遇春教授主编《中国现代旧体诗词编年史》，以详明之史实，通达之识见，为旧体诗词正名，适可补此空缺。是编凡二十卷。以编年形式，叙录自中华民国肇建至中华人民共和国成立，中国旧体诗词之演进轨迹。始条理，终条理，集成一大型编年体诗歌通史。谓之为编年体通史，既与纪传体之体例有别，亦与断代史之体例各异。纪传体以人物为主，事件次之；断代史以事件为主，人物次之。是编以时间为中心，将旧体诗词作品及与之相关之人物及事件，依年、月、日逐一记述在编。名之曰现代，既依时间推移，表示其与此前诗或者词之编年史相对应，又依事件之起始与终结，表示自一九一二年一月一日至一九四九年九月三十日，中华民国作为一个朝代，事件已告终结，民国而后，新诗及旧诗之作为一种文学体裁，事件尚未终结。其所谓现代云者，既断且连，乃一可持续延伸之时间概念，并未为朝代所局限。名之曰旧体诗词，则与新体白话诗相对而言，既表示旧体因新体之出现而出现，亦表示旧体诗词之作为一种文类，仍然有赖于作为独立文体之诗以及词之存在而存在。合而言之，谓之旧体诗词；分而言之，诗仍其为诗，词仍其为词。他日修史，作为独立文体之诗以及词，或须另当别论，而作为文类之一种，旧体诗词则可与诗歌、散文、小说、戏剧四大文学体裁，同登中国现代之文学殿堂。是即今日为其正名意义之所在也。凡此乃依题中固有之旨，小叙观感，至若全编，其所谓网罗宏富、体大思精者也，尚待高明之士，评其得失，以为鉴戒。

是为序。庚子惊蛰前二日濠上词隐施议对于香江之敏求居。

弁　言

李遇春

新世纪初，岁在壬午，余下珞珈山而上桂子山，于今忽忽焉一十八载。曩以野狐禅之身，跨界求学，幸遇恩师不弃，收留于珞珈山中，随治当代文学。前三年习文学批评，后三年转向文学史论，前后六年，以顽石而得山人点化，终日埋首纸书堆而不自拔，故初学有所成。恩师於公可训先生，鄂东黄梅人氏，为人为学有逸气，喜清静，极清通，享清誉。顾清中带刚，霭霭恂恂中有浩然凛然之气。吾师课徒好讲一悟字。凡读书，悟字当头，悟与不悟，既凭弟子禀赋，亦赖师长点拨。黄梅乃禅宗圣地，顿悟渐悟有别，慧能神秀之所由分。然顿渐不二，积渐为顿，顿从渐出，渐顿合一，方臻化境。犹如今人所言质量互变之律，若各执一端，互不相让，又如何开悟耶？余生性驽钝实诚，随师学道有年而终不悟，抑或稍悟一二，亦止于由渐入顿之中途耳。故十多年前，因自知乏慧根、缺慧眼，今生难以开悟，遂弃理论建构之雄心而转投文学史料之实业。时在甲申、乙酉间，余有幸襄助业师编纂《中国现当代文学编年史》，蒙允忝列当代卷第二主编。此编胪列当代新文学史料，依年叙事，迤逦而行。余中途发奇想，倘每年择若干旧诗词附于骥尾，于微言中显大义，庶几可充"太史公曰"之效。惜乎终因体例所囿，师徒乃议定痛割旧爱旧体而确保新体新欢。然自兹以还，现当代旧体诗词研究俨然已成余博士卒业后勠力治学之一大副业矣。

讵料副业竟日渐成主业，故时有不务正业之诮，复有早日罢手之诫。余早年随业师以新文学评论出道，中年后竟至以旧诗词研究博得虚名，人生之悖反一至如此。知我罪我，实不遑计焉。余早习惯游弋于旧体诗词与新体小说之间矣。起初诚有新旧分治之隐痛，但渐行渐远渐融合，居然在新旧之间恍惚觅得交叉地带。年四十后，余治新小说始刻意发明新文体中之旧因缘，此正与余三十岁后治旧诗词肆力证明旧文体中之新因素相辉映。回首前尘，莫能无慨焉。盖余视新与旧犹如鱼与熊掌可得兼，故欲拆解现代中国文学之新旧分界线。鄙意以为，二十世纪八十年代以来，现代中国文学研究凡历三变：一变曰拆解现代中国文学之左右对立，打破既有之左翼文学主潮述史成规，而还原超越左右立场之文学史本来面目。此即八十年代"重写文学史"发轫之由来。再变曰拆解现代中国文学之雅俗对立，打破既有之精英文学主潮述史成规，遂还原超越雅俗立场之文学史本来面目。九十年代通俗文学研究与创作之兴盛可为嚆矢。三变曰拆解现代中国文学之新旧对立，打破既有之新体文学主潮述史成规，以还原超越新旧立场之文学史本来面目。此乃新世纪以降中国文学研究及创作之大势。所谓旧体诗词复兴不过冰山一角而已。从业者不可不察焉。君不见中国文学新旧之争于新世纪重燃战火，其势与百年前之五四新文学革命对垒旧派文学阵营相仿佛。然世易时移，百年后之中国文学新旧之争不再简单作结，历史已然选择走向新旧对话与古今融合，而非重蹈既有之新旧古今二元对立覆辙。凡此三变，步步惊心，非如此不足以重写现代中国文学史。

然则何谓现代中国文学史耶？盖文学史者，依据特定编写体例或述史成规而讲述之文学故事也。而所谓现代中国文学史者，实乃依据特定体例或成规所讲述之现代中国文学故事耳。遵照后现代历史叙事学，历史即故事，文学史即文学故事。同一文学故事有多种讲法。讲法即叙事之方法，叙事即故事之编排，文学史面目之不同主要取决于叙事方法之差异。故吾国现代文学史因叙事方法之差异而呈现多种面相：或拆解左右对立，或拆解雅俗对立，或拆解新旧对立。方法不同，其旨则一，即还原现代中国文学历史真相。此正如将前人熨平之历史褶皱逐渐予以复原，以期演示历史之层次与纹理。迄今前两种二元对立述史成规已然消解，唯剩第三种即新旧二元对立成规尚待拆除。当今学界之有识者正倡导一种大文学观或杂文学观，力主打破现代既有之新文学观或纯文学观，以其过于西洋化而失却本土特性，由此寄望于中国古代文体传统之再生。此种现代文学观之重构，势必导致现代文学史观之更易，其最终拆解新旧对立之现代中国文学史成规已不证自明矣。余理想中之现代中国文学史，其与古代中国文学史既断裂亦传承，二者有因有革，有常有变，此则中古刘彦和之通变观是也。故而讲述现代中国文学故事，勿纯以新文学理想国之历史正义而放逐种种本土旧体文学形态。诸如旧体诗歌、旧体散文、旧体小说、旧体戏剧，凡此种种，不分文体等级尊卑，凡有文艺价值者，均应择优纳入现代中国文学史之序列。盖文体本无新旧之分，艺术诚有高下之别。文各有体，得体是尚。至于新创之体，秉持增多原则，多多益善耳。如此方能喜新而不厌旧，新旧并存而不悖，如同万物并生而不相害，以求重造现代中国文学新生态。此乃余理想中之文学新秩序，余为此孜孜以求久矣。重建现代中国文学新秩序，余以为旧体诗乃务必跨越之学术关隘。须知百年前新文学革命潮起，旧体诗首当其冲，而百年来旧体诗如野火焚烧中之野草，春风到处，化雨重生，后之史家，又岂能览之而漠然置之耶？

主脑既立，择体问题接踵而至。选择何种述史体例揭橥现代中国旧体诗词之历史本相，余不能不明辨而慎择焉。吾国史学源远流长，可资借鉴者甚丰。择其大者，或曰编年体，或曰纪传体，或曰纪事本末体。于今坊间所见诸多现代中国文学史著，多以纪事本末体与纪传体相糅合，先以纪事本末体述文学思潮作背景，再择此文学思潮中之重要作家作品予以分述。曾几何时，此综合体例已演为文学史著之通例矣。至于编年体于现代文学史著则长期受弃置，至多以简明之系年附骥于综合体之末，聊胜于无尔。却顾所来径，余随业师治现代中国文学史有年，因性之所近，于编年体与纪传体有所偏嗜耳。十五年前初涉旧体诗词研究，余即择定纪传体与编年体双管齐下之策略。以纪传体言之，余尝集中挑选十多位兼擅旧体诗词之新文学名家分门别类予以个案剖析，阐明新文学家旧体诗词创作之历史转型内涵，即从现代语境转换至当代语境所隐含之历史与诗学双重意蕴。此种纪传体研究颇类古代史书之文苑传或儒林传，以孟轲所谓“知人论世、以意逆志”为研究法，掺以西方社会历史批评、文本细读法种种，又佐以近人所力倡之诗史互证法，由此所形成之纪传体史论研究法，不失为时下旧体诗词经典化研究之通则耳。复次以编年体言之。较之纪传体，吾国史书编年体愈发古老绵长，惜乎长期未得现代文学史家青睐。进入新世纪以来，编年体瞬间再受垂青，盖因纪事本末体、纪传史论体之流弊甚深，诸如以论带史或以论代史之主观偏嗜，足以引发当世学人之自警、自觉、自察，遂以客观型之编年体而代之、补之、反拨之。虽然，编年体之难甚矣！远非道听途说、偷工减料、集约化成者之所为可比。余涉旧体诗词十五六年，常以纪传体史论或论文体示人，然编年体之书稿则轻易不肯出示，实乃此体之难，远逾余早岁之预期，其个中甘苦，无法与外人一一道明也。比年来，为寻觅近百年旧体诗词文献，余自谓倾情勠力、劳神费资，昔人所谓旁搜远绍、寻根问祖、沿波讨源之苦功夫，余无不苦心践行焉。正所谓天道酬勤，余搜集庋藏之百年旧体诗词文献于今甚夥甚丰，余欲纂现代中国旧体诗词编年史之夙愿，庶几可望达成矣。尝诵“词客有灵应识我”，余纂现代诗词编年，玉溪生此句恒萦绕脑际耳畔，余之苦心果能换来先人之会心也欤？

至若今人所倡之编年体文学史，或谓非典型编年体，以其未于消化史料后以己语出之，而止于摘抄史料之文学系年长编云尔。此说自有道理在，实亦并非尽然合理。诚然，将史料消化后再下转语是古来编年体正格，但如何保证转语或转述之真实性则又有隐患存焉。故而信笔直录或摘录之编年体亦可聊备一格。然即令如此，亦难以保证绝对之客观，举凡史料之取舍、编排、权重种种，无不隐含编纂者之判断。夫前人述史体例在先，后来者唯有改造修补成规，以适合特定所述之史尔。鉴于此，余预设一立体编年叙述框架，其以时间为经，以空间为纬，时空经纬纵横交织，但以时间之维为叙述外层，以空间之维为叙述中层，进而又以媒介之维为叙述内层，藉媒介而嵌入史料，类似于将血肉充实于时空体中，由此形成现代诗词三维立体编年叙事新模型。姑妄分而略述之。先以时间之维言之，此纂依年叙事，近半世纪之旧诗长河奔腾不息，中华古典汉诗进入现代后所历经之衰颓、颠仆、复兴乃至复壮历程尽收眼底矣。其中，五四与抗战乃两大时间关捩，关涉现代旧体诗词之整体命运，读者诸君不可不察焉。继以空间之维言之，此纂不仅涵盖新文学史家所谓解放区、国统区、沦陷区之旧诗史料，且仿近人汪辟疆论述近代诗派与地域之说，深入至地域文学或文学地理学层面，广泛爬梳地方性旧诗史料。中华诗歌渊薮，举凡京畿、江左、闽赣、湖湘、岭南、西蜀、云贵、山左、山右、中州、荆楚、关中、陇西、关东、塞北之地，乃至其时已沦为东西洋殖民地之台湾、香港、澳门，无一不在编纂视界中。为彰显中华诗词之辐射范围，本纂又将域外古典汉诗纳入其中，东洋、南洋、西洋之现代古典汉诗史料，靡不竭力收编，以期空间之维尽善尽美。复次以媒介之维论之。媒介分硬媒软媒。狭义之现代旧诗硬媒主要指诗词社团、诗词雅集，而广义之现代旧诗硬媒则又包括与现代诗词有关之各种政治性、社会性、文化性社团、机构、集会等。至于软媒，不外乎报纸、杂志、书籍，其中有纯粹性旧体文学软媒，亦有新旧体文学兼载之软媒。较之新文学书籍，旧体文学（诗词）书籍版本品类愈益繁多，不仅涉及平装本与线装本、稿本与抄本之别，亦涉及刻本、石印本、铅印本、油印本、红蓝印本、影印本之异，许多作品已然形成手稿本、初刊本、初版本、重印本等版本谱系。职是之故，此纂唯有借助吾国传统旧学，如版本学、校雠学之类，方能克难而进。

凡上种种构想，不过聊表初志。陈述虽易，践行则难矣哉！昔胡适之自题小像言："偶有几茎白发，心情微近中年。做了过河卒子，只能拼命向前。"无奈何迎难而上，以不负师友之期许。行文至此，收束之际，余猛然忆及一老者。老者姓黄，讳弗同，平生擅诗，堪称湖湘派后劲。其父黄俊，号弈楼，湖湘派诗人，有《弈楼诗集》行世。十多年前，余初涉诗词时，尝慕名趋庭叩访黄弗同前辈。彼时老人年届八旬，幽居桂子山，以诗画自娱。听余坦陈复兴中华诗词传统之志业，老人颔首称许。闻余欲从搜集散失于民间之诗词文献重启学术苦旅，老人尤表欣慰。是夜畅谈良久始散，翌日复招余登门取字，见老人赠余墨宝一副。上书一联云："板凳十年甘冷坐；宝刀一口待横磨。"笔酣墨饱，痛快淋漓。多年以后，老人讲述民间磨刀横磨而非竖磨之情景，依旧动人情思，宛在目前。未几，老人健康不复从前，云将离桂子山，去汉口与女儿同住。自兹音讯杳然。及至前些年，偶与人谈起，才知老人早归道山矣。古人云哲人其萎，吾侪后生勉乎哉！庚子二月初二夜，黄冈旧洲李氏遇春自弁于武昌郊外茅店小区陪读村，时新冠肺疫肆虐，大武汉封城中。

目录

凡　例

一、本书以编年体叙录中国现代旧体诗词基本发展状况。叙录之史实，时间上以中华民国肇建至中华人民共和国成立为断；空间上以中国内地为主体，兼收台湾、香港、澳门等地史实，又将域外诗词纳入其中，举凡东洋、南洋、西洋之诗词史料，靡不竭力收编。

二、全书凡20卷。除末卷外，每两年成一卷，每4卷成一辑，凡五辑。第一辑含第一卷（1912—1913）、第二卷（1914—1915）、第三卷（1916—1917）、第四卷（1918—1919）；第二辑含第五卷（1920—1921）、第六卷（1922—1923）、第七卷（1924—1925）、第八卷（1926—1927）；第三辑含第九卷（1928—1929）、第十卷（1930—1931）、第十一卷（1932—1933）、第十二卷（1934—1935）；第四辑含第十三卷（1936—1937）、第十四卷（1938—1939）、第十五卷（1940—1941）、第十六卷（1942—1943）；第五辑含第十七卷（1944—1945）、第十八卷（1946—1947）、第十九卷（1948—1949、附编）、第二十卷（附编、参考文献）。

三、本书编年均以公历纪年为准。原始资料中以岁星纪年、干支纪年、民国纪年、日本纪年等其他纪年方式者，一律转为公历纪年。若于征引之原文，则仍其旧。

四、本书叙录史实以发生时间编次，日不详编入本月，月不详编入本年，年不详编入附编。编年中表述为上旬、中旬、下旬者分置于每月10日、20日、末日之后；表述为春、夏、秋、冬者，分置于公历3月、6月、9月、12月之后。

五、本书以征引文献为主，辅以客观陈述。凡所叙录，均求以一手资料为凭。

六、本书事以时序，时以类次。同时之内容，按以下各类依次胪列。

1.与旧体诗词相关之各类大事。主要含政治、军事、社会、文化、教育、文学等大事记。此类叙录采集国内权威表述或定论。所选大事，均与现代诗词发生、发展有直接或间接之关系，实为现代诗词之时代背景。尤其是新旧文化、新旧文学之思潮论争，多选详录。

2.旧体诗词群体性活动。其一社团、其二雅集、其三酬唱，依序编次。凡属社团初创者，置于同类首；同时创立之社团，大体以规模、影响、地域诸因素区分先后次第。连续性之雅集依时序编次，初集置于同类首；同时举行之雅集，大体以规模、影响、地域诸因素区分先后次第，但连续性雅集之后续者优先。非雅集或社团性之诗词酬唱，其规模之大者，纳入群体性诗词活动序列。人数较少之酬唱或雅集，归入行止类。

3. 旧体诗词报刊或刊载旧体诗词之报刊。报刊创刊置于同类首，停刊其次，连续刊行者再次；大体以规模、影响、地域诸因素区分先后次第。主要收录各报刊中诗词文苑栏目，以存目为主，酌情撷采诗文内容。旧体诗词社团出版物视为报刊类编排。

4. 旧体诗词作者生卒与行止。卒年置于同类首，行止其次，生年再次。卒年词条大多较详，生年词条从简。卒年类以生年排序。卒年条目大体以籍贯、家世、生平、著述（以诗词类为主）、挽联挽诗、诸家评述为序采录文献。诸家评述采集自各种序跋、诗话、词话、点将录、笔记及新体论著。所摘评述，一律随文注，但止标明文献名目来源，不详明具体出版信息。行止主要含求学、交往、游历、累官、归隐、流放、唱和等，以与诗词相关程度之高低为叙录标准，高者详，低者略。又据作者之重要性决定行止信息采集之多寡。

5. 旧体诗词创作与评论之结集。其中，旧体诗词创作集有总集和别集之分，总集列前，别集踵后。评论集类，总集随创作总集后，别集随创作别集后。评论别集分诗话（诗论）、词话（词论）等。所有总集别集，均注明版本，并撷录题词、题诗、目录、插页等信息，尤重序跋之采录。无论何集，编排时原则上以作者（编者）之年齿为序。又，卒于 1912 年前之作者，若其别集在 1912 年后始刊行，则视同现代别集叙录。同类中再刊者，若有新增序跋，亦视同现代别集叙录。若无新增，则舍弃之。又，若别集刊行时间无法确定，但其序跋、题词等中含有明确时间者，则可叙录序跋者纳入集部，且置于同时之集部前，反之则归入行止类。

6. 旧体诗词作品与评论之发表与创作。编排时列作品于前，置评论于后；列发表于前，置创作于后。同一作品之创作与发表，采录作品内容时原则上系于创作时间而非发表时间。同一作者之作品，于存目中酌情选录部分作品，一经选录，大抵采录全文。选录遵循历史与审美之双重标准，然亦时或偏重时政性、时或偏重审美性，多有兼顾之不暇者。评论则以摘抄原文或略述要旨为主。无论创作评论，原则上以作者齿序编次。

7. 作者诗词系年。分诗系年、诗词系年、词系年。系年时先存目、后选录。选录时兼顾诗与词之比重，以采录全本为主，采录原则同上。系年亦从齿序。

七、本书酌情兼收现代旧体诗词作者之散曲、联语、歌谣、辞赋、骈文、古文等旧体诗文，以及以旧体诗词形式译介之外国诗歌。

八、本书所采录之诗词作品（或存目）、集部序跋，大多为未经点校之白文，均由编者统一点校。部分已经点校之序跋或诗词题目，亦有酌情调整处。所采集之原文或版本中有明显错讹者，则予校正。少数异体字，为方便今人阅读，谨依现代汉语规范予以统一转换。

九、本书所采录之域外诗词史实，偏重与现代中国诗坛之相关者，其中尤以东亚日、韩两国为多。编排时一律标以国别，统一纳入不同之时序或类别中，与吾国诗词条目一道混编，顾统一置于吾国同类词条后，又以日前韩后为序。

十、本书所引文献中，除主观评述文字或脱离文献来源则不便于读者理解之引录文字等少数情况外，为节省篇幅，一般不随文作注，而于末卷中附参考文献备案。

十一、本书附编收录年份不详或前此失收之现代旧体诗词史实。

一九一二年（壬子）

一　月

1 日　中华民国临时政府在南京宣告成立。孙中山宣誓就任临时大总统，向全国发布《中华民国大总统孙文宣言书》，提出中华民国临时政府的任务为“尽扫专制之流毒，确定共和，普利民生，以达革命之宗旨，完国民之志愿”，致力于“民族之统一、军政之统一、内治之统一、财政之统一”，而“满清时代辱国之举措与排外之心理，务一洗而去之；与我友邦益增睦谊，持和平主义，将使中国见重于国际社会，且将使世界渐趋于大同”。

中华书局在上海开业，由陆费逵创办，在全国各地设分局 30 余处。书局历任知名董事有戴克敦、范源濂、唐绍仪、梁启超、于右任等。陆费逵起草《中华书局宣言书》刊于本月 25 日《申报》，云：“国立根本，在乎教育，教育根本，实在教科书；教育不革命，国基终无由巩固；教科书不革命，教育目的终不能达到也。”并明确出版宗旨：“一、养成中华共和国国民，二、并采人道主义、政治主义、军国民主义，三、注意实际教育，四、融和国粹欧化。”旋推出《中华教科书》。

南社社员李怀霜《第一大总统莅任责言》刊载于《天铎报》。云：“迁缓时期，终不能免于一战，何如犁庭扫穴，迅奏肤功，犹足慰四海云霓之望。和议和议，实贼我汉族之尤，不得逭军前斧钺之诛者也。是故第一大总统之第一应付责任，断无逾于北伐。”又，南社社员王钟麒《共和借鉴录》开始连载于《民立报》，署名“大哀”。

越社通电各报，声言秋瑾案告密者为杜海生。杜海生本月 7 日在《民立报》发表启事辩白。秋瑾（1875—1907），原名闺瑾，字璿卿，号旦吾，别署鉴湖女侠，留日时易名瑾，字竞雄，浙江山阴人。幼年随兄读家塾，能诗词，好剑术。1896 年嫁与王廷钧为妻。王在湘潭开设义源当铺，秋瑾在婆家双峰县荷叶镇时与唐群英、葛健豪相往来，被誉为“潇湘三女杰”。1904 年自费东渡日本留学，作《鹧鸪天》。词云：“祖国沉沦感不禁，闲来海外觅知音。金瓯已缺总须补，为国牺牲敢惜身。　嗟险阻，叹飘零，关山万里作雄行。休言女子非英物，夜夜龙泉壁上鸣。”1905 年回国加入光复会，同年再赴日本东京加入同盟会，被推为评议部评议员和浙江主盟人。翌年归国，在上海参与创办中国公学。同年和家人诀别，声明脱离家庭关系。1907 年创办《中国女报》，同年回浙江接任绍兴大通学堂督办，与徐锡麟共筹在皖浙两地发动武装起义。为整顿光复会组织，组织光复军，将光复会会员分成 16 级，以“黄祸源溯浙江潮，为我中原汉族豪。不使满胡留片甲，轩辕依旧是天骄”七绝中前 16 字分别作为 16 级表记。另秘密编制《光复军军制》，将光复军全军分为 8 军，以“光复汉族，大振国权”8 字分别作为各军表记。1907 年 7 月 6 日，徐锡麟安庆起义失败，绍兴知府贵福得胡道南等密报，7 月 16 日清兵包围绍兴大通学堂，秋瑾被捕。临刑前坚贞不屈，以“秋风秋雨愁煞人”绝命辞以对。著有《秋瑾女侠遗集》。

同盟会会员徐自华作《西泠重兴秋社并建风雨亭启》云：“呜呼！风风雨雨，当年之殉义堪怜；烈烈轰轰，此日之英名永著。感承光复，益悼前徽，树之风声，能无有事？此自华所以于秋瑾之烈，思之又重思之，而不容不力为表阐也。盖当瑾之殉，华尝卜地西泠，为结秋社，营坟墓，立碑建亭，藉资凭吊。乃触虏廷之忌，徇宵人之请，遽令伪抚增韫，立时毁损，亦可悲也。顷者革命功成，共和愿遂，凡诸往烈，咸与表彰。而如瑾者，俊伟激发，尤吾女界之光，可无念乎？爰特布告同志，募集资财，谨择良日，就昔墓地，重建一亭，名曰‘风雨’，以期永久。并就亭旁刘氏伪祠，改号‘秋社’，奉君栗主，春秋祠社。其他女侠凡殉烈于革命之役者，均与列焉。九原有灵，庶无憾乎？中华民国元年正月元旦，同盟会女会员语溪徐自华寄尘氏谨启。”

《申报》第 13966 号刊行。本期《自由谈》“瞎费心思”栏目含《俗语对》（虞哲夫）；“旧纸簏”栏目含《联语滑稽》（醉墨）；“开篇曲”栏目含《孙膑》（桂鸿）。其中，桂鸿《孙膑》云：“鬼谷先师门下传，孙庞世谊弟兄般。盟言有福须同享，断不欺心冷眼观。一个儿居然魏国为元帅，兵马钱粮掌大权；一个儿犹未曾将名姓显，也投魏国欲求官，叨在同窗一手援。彼此同朝怀妒忌，致于刖足受奇冤。残喘苟延留性命，十三篇兵法未抄完。被墨翟高徒禽滑见，诈颠疯散发不衣冠。车中同载归齐国，暗作军师号令传。救赵救韩施妙计，君臣相得十分欢。曾行减灶添兵法，十万兵如五万宽。削白树皮举火照，马陵道万箭射庞涓。犹嫌竖子成名恨，经济才华一旦展，魏邦太子遭擒获，系在囚车性命捐。奏凯歌不愿为官职，富贵功名尽看穿。一片闲山终老计，名声从此振中原，兵法于今千古传。”

《中国实业杂志》第 3 年第 1 期刊行。本期“文苑”栏目含《登陬访山》（吴我尊）、《江户新年词百首（未完）》（黄庆澜）。

萧亮飞作《中华民国元年元日共和成立，金陵喜赋》。诗云：“有夏商周历本殊，今朝一洗旧规模。中华日月开新运，大汉江山复壮图。旷世奇勋匹夫责，普天同庆共和娱。掀髯仰对青天笑，民贵名言诵子舆。”

李叔同作《满江红·民国肇造，填满江红志感》。词云：“皎皎昆仑，山顶月、有人长啸。看囊底、宝刀如雪，恩仇多少！双手裂开鼷鼠胆，寸金铸出民权脑。算此生不负是男儿，头颅好。　　荆轲墓，咸阳道；聂政死，尸骸暴。尽大江东去，余情还绕。魂魄化成精卫鸟，血花溅作红心草。看从今、一担好山河，英雄造。”此词后刊于《南社》第 5 集。

章维藩作《新历元旦出都口占》。诗云：“曙色苍茫里，轻车出帝京。冻云涵大野，快雪喜初晴。改朔颁新历，谋生愧远行。遥知儿女辈，日日数归程。”

刘绍宽（厚庄）作《次胥庵〈新历元旦〉简潜庐》。诗云："闭门种柳草堂隅，长日樽前且捻须。不待桃源忘甲子，陶潜早已一诗无。"胥庵，黄式苏号；潜庐，刘景晨号。

张素作《阳历新年作》。诗云："六琯吹葭日，西欧岁籥新。历元疑建子，民意欲嬉春。杯酒邀同伴，衣冠集此辰。门松犹似昔，阶荚不须陈。敦侣迎年盛，天文步算真。乍过长至节，共祝太平人。海外黄云现，寰中赤道遵。大挠编甲子，夸作汉功臣。"

[日] 芥川龙之介致井川恭、山本喜誉司信中附诗一首。诗云："春寒未发早梅枝，幽竹萧萧匝小池。新岁不来书幌下，焚香谢客独敲诗。"

2日 孙中山通告各省，宣告中华民国改用阳历，以黄帝纪元四六零九年十一月十三日（即辛亥年十一月十三日）为中华民国元旦。孙又电复袁世凯，澄清出任临时大总统之事，谓："倘由君之力，不劳战争，达国民之志愿"，则总统一职，"推功让能，自是公论"，并表示"文承各省推举，誓词具在，区区此心，天日鉴之"。

清军将领姜桂题、冯国璋、张勋、曹锟、张作霖等15人电内阁，誓以死战反对共和，并请旨饬亲贵大臣，将银行所存现银三四千万两提充军费。

《申报》第13967号刊行。本期《自由谈》"旧纸簏"栏目含《联语滑稽》（醉墨）；"开篇曲"栏目含《伍子胥》（桂鸿）；"尊闻阁词选"栏目含《和王彦卿〈吊战场〉原韵》（铁耕）、《和王彦卿〈北伐军行〉原韵》（铁耕）、《冬至夜倚枕口占》（铁耕）；"瞎费心思"栏目含《俗语对》（虞哲夫）。其中，铁耕《和王彦卿〈吊战场〉原韵》云："铁雨金风激鼓鼙，白门渺渺望中迷。棋争黑白楸枰劫，龙战玄黄野草凄。苌魄空凝三载血，函关难恃一丸泥。东南残局谁收拾，怕听宵深怪鸟啼。"《和王彦卿〈北伐军行〉原韵》云："东亚幻风云，时艰方蒿目。大泽蛰龙飞，中宵山鬼哭。壮哉北伐军，应征驰信宿。同仇修戈矛，世事如转轴。咄嗟大厦倾，畴能支一木。缅想三百年，明社为清屋。曾历几沧桑，竟若俎上肉。楚歌四面来，库伦叛藩服。前途将倒戈，疆臣俱畏缩。寰宇唱共和，戮力谋幸福。洸洸众青年，漫把秦鹿逐。联合军成三，激励师誓六。半壁占东南，张敌已摧扑。青斋首鼠潜，津浦冰狐伏。多士奋鹰扬，会当露布读。破斧效重瞳，背嵬媲武穆。浩浩笳鼓喧，桓桓气象肃。冲风冒严霜，走雪踏乱玉。蕴蓄自由魂，革命成种族。天壤有王郎，凯歌先欢祝。"《冬至夜倚枕口占》云："又是天长节，今宵旧梦非。更阑灯影澹，苍远柝声微。世运方修劫，阳生乍转机。闲吟攲枕处，葭琯正灰飞。"

叶昌炽先后接待伯南、仲午来访，谈强迫剪辫风潮。

傅增湘至商务印书馆，借阅涵芬楼秘籍多种。张元济托其购书多种。

陈鹏超作《民国成立》（民国元年元月二日）（二首）。其一："中华民国立，政体尚共和。南北干戈止，帝王气运过。清朝新揖让，汉室旧山河。五色旗高挂，头颅换已多。"其二："五族同携手，欢声动九霄。友仇平旧恨，河海息狂潮。病国初生色，黄花分外娇（黄花岗为辛亥三月廿九日殉国诸烈士坟场）。前途兴未艾，努力步唐尧。”

张履阳作《中山总统正位南都，首令改元，喜赋二律》。其一：“祥光璀璨丽长空，江左开基气象雄。金简三千年受禅（清廷有诏禅位），宝珪八百国来同（时欧美各邦承认中华民国）。一朝人物风云会，万里河山雨露中。初政只今谁最急，顾培国脉且休戎。”其二：“曙色烟光映画旗，湖山鼓吹会昌期。十年党籍雠新录，一局残枰换劫棋。履吕新须周正朔，衣冠咸睹汉威仪。时平却忆艰难日，天堑江南慎始基。”

王绍薪作《民国纪元喜赋》。诗云：“今朝复见汉官仪，五族高扬五色旗。开过规模初纪史，平胡笳鼓正班师。黄花七二坟应拜，赤县千年日再辉。荡荡共和成美治，磨崖书历待丰碑。”

吕碧城作《民国建元喜赋一律，和寒云由青岛见寄原韵》，又名《和孝质》。诗云：“莫问他乡与故乡，逢春佳兴总悠扬。金瓯永奠开天府，沧海横飞破大荒。雨足万花争蓓蕾，烟消一鹗自回翔。新诗满载东溟去，指点云帆尚在望。”

3 日　南京临时政府内阁成立，黎元洪当选副总统。孙中山公布内阁成员名单，其中，黄兴任内阁参谋总长兼陆军总长、蔡元培任教育总长、张謇任实业总长、居正任内务总长、景耀月任教育次长、于右任任交通次长、马君武任实业次长、胡汉民任总统府秘书长、程德全任内务总长。

中华民国联合会在江苏教育总会召开成立大会，到会者二百余人。大会选举章炳麟为会长、程德全为副会长。江苏唐文治、张謇，浙江蔡元培、应德闳、汤寿潜，湖南熊希龄、张通典，云南陈荣昌，上海邓实，湖北汤化龙等 19 人经各省互选为参议员，总会设上海，各省设分会，设总务、文牍、交际、会计四科。该会“以联合全国，扶助完全共和政府之成立为宗旨”，反对套用法美等国模式，主张建设中国型的共和国。成员以江浙清季预备立宪公会人士为主。随后，章太炎又在上海创办《大共和日报》，报馆设于上海英租界福州路 20 号，自任社长兼总编辑，汪东任编辑，该报实为中华民国联合会机关报。该报发刊词称：“专制非无良规，共和非无秕政。”该报主要栏目有专件、丛录、小说、传奇、文苑、来稿、杂俎等，早期言论直接受章氏指导。章太炎为该报撰写《发刊词》《宣言》《时评》《与张謇论政书》等文，发表诸多批评孙中山、黄兴以及南京临时政府言论，引起旧同盟会会员不满。本年 5 月该报转为共和党报纸，后又成为进步党报纸。6 月与《太平洋报》展开论战。1915 年 6 月 30 日停刊，共出 1251 号。马叙伦、汪东等参与该报早期创办。

陈去病、高旭、朱少屏、陈布雷等发起创办《黄报》。《天铎报》本日刊登《〈黄报〉出现》：“启者，自光复以来，至今两月，同人深维进行方法，万绪千条，非有言论鼓吹，不足以统筹全局，因共组织斯报，以策进行，准于本月二十日出版。每日发行两大张。

凡各地愿担任本报访事，刊登告白，及欲购阅者，望先期通信，以便早定。此布。通信处沧浪亭大汉报馆陈去病、高天梅、张昭汉、傅钝根。上海民立报馆朱少屏。天铎报馆陈布雷、邹亚云。《国粹学报》胡仲明、诸贞壮。神州报馆黄朴人。太仓北门俞剑华。”

越社机关报《越铎日报》于绍兴创刊。鲁迅以“黄棘”为笔名发表《发刊词》，欢呼光复，认为“专制久长”“卷挛尚多”，因而创立报纸，扶翼共和。《越铎日报》总经理宋琳发表在本年 3 月 26 日《民生日报》的《来函》云：“前琳以神州光复，特邀集社友周豫才、张越民、王文灏诸君，在绍兴以越社名义组织《越铎日报》，以为文明之鼓吹。曾经全社同人公推宋琳为总经理，王文灏为干事员，李宗裕、张警黄、郁稚青为编辑员，马可兴为会计员，罗伯年为发行员，宋成钦为广告兼庶务员。出版以来，颇受社会欢迎。”

《申报》第 13967 号刊行。本期《自由谈》“尊闻阁词选”栏目含《无题》（四首，逸舲）、《晚眺》（逸舲）；“慷慨悲歌”栏目含《北伐军歌》（艾拯华）；“旧纸簏”栏目含《联语滑稽》（醉墨）；“开篇曲”栏目含《秦始皇》（桂鸿）。其中，逸舲《无题》其一：“十载狂游逐狗屠，江湖梦醒叹穷途。酣调绿绮琴谁赏，寒拔金钗酒自沽。入阁几回空伴蝶，出门何处但闻乌。瑶池昨夜来三鸟，报道扶桑水倒枯。”其二：“白蔓花信到天涯，狼藉焉支处处皆。曲倚落梅吹玉笛，鞭摇芳草碍金钗。一生无敌鹰开架，九死难逃鸡在怀。可惜华山风景隔，斋肩有梦拍洪崖。”其三：“光明法炬欲为烟，休道维摩总解禅。夜月空山悲蜀鸟，西风高树怨齐蝉。去珠有日终还浦，炼石何人竟补天。不信巨鳌犹举首，五山立峙集群仙。”其四：“破镜何须羡乐昌，氤氲牒已下鸳鸯。拈花佛喜超真界，衣锦人思返故乡。丹穴有山皆凤出，女床无树不鸾翔。越台苦志燕台策，未与侬家较短长。”

湖南国民协进会发通电，指斥杨度比附“满酋”，实为“汉奸”，应被“宣告死刑”。胡汉民、汪精卫旋即在南京联名发出通电，为杨度“缓颊”。孙中山特电湖南都督谭延闿，要求保护杨度家属及其财产。

严修（范孙）赴京，晤徐世昌等。至为公子智怡续娶，复归津主婚。

陈独秀绕过张勋顽守之南京，由杭州辗转回安庆，出任安徽都督府秘书长。

景耀月作《共和开国·调寄〈满江红〉》。词云：“江表人豪，数不尽，齐陈晋梁。纷纷地，几朝称帝，几代称王。友谅林儿争汉宋，湘军皖帅战洪杨。数十年，只见秣陵高，江水长。　　共和号，平昔张。开国事，出仓皇。问红颜垂白，总道孙黄。一代功成身圣武，千秋评在泪凄凉。举义旗，誓雪耻除凶，跻富强。”

邓芬作七绝《剪发》（三首）。小注：“辛亥月当头夕”。其一：“散髻斜簪未易裁，江关萧瑟露霜催。伤心一片当头月，曾照潘郎鬓影来。”其二：“髟髟华发镜应知，禅榻频年换鬓丝。别有美人迟暮感，云鬟香雾不同时。”其三：“空白冲冠性未驯，伊川遗恨百年新。招魂莫更歌朱鸟，辜负当时晞发人。”

4日 《申报》第13968号刊行。本期《自由谈》“尊闻阁词选”栏目含《题〈可怜虫〉传奇》（六首，万里）；“旧纸簏”栏目含《联语滑稽》（醉墨）；“开篇曲”栏目含《刘备》（桂鸿）。其中，万里《题〈可怜虫〉传奇》其一：“谢庭咏絮旧才华，偏近墙东宋玉家。只是吴儿心木石，放情鸾凤却随鸦。”其二：“懒自红裙把麝熏，巫山神女别为云。不须五马踟蹰去，却有罗敷爱使君。”其三：“琴心一曲迫求凰，露冷芙蓉总断肠。只有生离无死别，却教同命学鸳鸯。”其四：“心伤倩女竟离魂，血渍罗衣碧有痕。杨柳梢头看月上，新词赋就约黄昏。”其五：“恨海浮沉共一舟，黄泉碧落剧风流。长眠不似人间世，地下婚姻可自由。”其六：“薜萝山鬼语相邀，肠断当年碧玉箫。自是晓风残月夜，可怜虫总可怜宵。”

姚光《北征歌》发表于《天铎报》。诗云：“天寒气象肃，龙泉忽夜鸣。建虏尚未灭，男儿呼不平。投笔奋然起，仗剑请北征。辞别爹娘去，爱妻送我行。击楫渡长江，指挥百万兵。英雄有变化，莫谓我儒生。下马作露布，杀贼有令名。义师所到处，箪食壶浆迎。长驱向朔方，马萧车辚辚。日出过黄河，暮宿在天津。陈师燕云满，堂堂五色旌。下令我有众，明日攻伪城。胡儿魂魄丧，求为城下盟。驱归故部落，神州尽廓清。黄龙开大宴，痛饮四座倾。再拜奠我祖，光复功告成。功成身自退，本不为名声。优游林泉间，愿作共和民。”

5日 孙中山发表《对外宣言书》。声明：“凡革命前清廷与各国所订条约、所借外债、所认赔款及让与各国或个人之种种权利，民国均予承认、保护。”

张锡銮同王汝贤率武卫军到太原就巡抚职。卢永祥率三镇兵数千人，沿今同蒲路线南下，进攻山西革命军，所到之处肆意抢劫杀戮，尤以洪赵受灾为甚。赵城民众铸卢永祥铁跪像以表愤恨之情。时有申斥卢永祥诗文稿：张瑞玑《卢永祥铁像铭》《卢永祥铁像歌》《致第五混成协协统卢永祥书》《上袁内阁总理书》《再上袁内阁书》《致晋抚张锡銮书》，张友桐《次韵衡玉〈卢永祥铁像歌〉》，景梅九（耀月）《致卢永祥书》。其中，《卢永祥铁像铭》云：“汉族之贼，满清之奴；厥名永祥，其姓曰卢。山东巨盗，袁氏走狗；贪货好色，亡赖游手。岁在辛亥，扰我赵城；率贼二千，焚掠纵横。太平以北，韩岭以南；仓无剩米，笥无遗缣。卢贼喜跃，满载饱装；民苦欲死，贼已远飏。未燃贼脐，未枭贼头；铸像道旁，万古同仇。镌字在背，不磨不灭；唾骂千秋，冤哉顽铁。”《卢永祥铁像歌》云：“永安小儿拍手笑，道旁何人跪泥淖？可惜太行山中铁，自炼铸成东海盗。面目狰狞额文横，胸腹扁凸起双峤。唇齿翻抵鼻掀天，双膝屈曲两肩峭。谱牒远溯兰面鬼，鼻祖耳孙真酷肖。去年手提虎狼军，跛匿亲捧虏廷诏。不杀国仇杀同胞，五千健儿恣横剽。背盟夜袭娘子关，隆然雷电飞火炮。漫天饕雪渡韩岭，阴风惨澹卷赤纛。沿门抄没搜奇珍，破扉掘地穿壶奥。弹丸飞雨沾血腥，马尘所至遭凌暴。北掠霍州南平阳，陶唐遗区断烟灶。劫余居民半入山，冻雪断路冰蹇窖。城墙坐颓飘败砖，战场日落雄鬼啸。嗟哉汉族负何辜，黄农在天应嗟悼。今年禹甸生光辉，神州日月八方照。大义凛然在人心，肯与盗魁共覆帱。论罪特宽斧钺诛，垂戒援例岳家庙。相逢秦桧称前辈，各有千秋休嘲傲。冷风吹面铁锈斑，牛溲马勃无人扫。功名到此春梦醒，乾坤何地容恼懊。流芳遗臭两非易，获此立足云厚报。我欲尽聚九州铁，遍铸人间枭凶貌。"《次韵衡玉〈卢永祥铁像歌〉》云："姑射仙人誊尔笑，世界真成一泥淖。现象纷纷铸大钧，谁者为主谁者盗。怪哉作贼尽官军，主帅癖钱甚和峤。黩货拥兵当道行，赫赫贪锋真厉峭。四凶经矣饕餮存，狞眸狰目何其肖。境上谁修揖盗书，关门先下放虎诏。遂使穷檐仅残喘，寸丝握粟遭掠剽。骷髅血污雪地魂，榱桷火裂冰天炮。山中窜逐尽饥寒，上将指挥鸱鸢纛。铲残生命饱鞶囊，自矜莫胜援之奥。定知公论在人间，天下服仁非服暴。镌法纵逃子产刑，铸奸合借神禹灶。金穴铜山搜已枯，剩有顽铁无人窖。恰将面貌与雕镂，飞廉羁缚蚩尤啸。髡头屈膝跪道旁，掷以瓦砾复谁悼。斧钺不施鞭石敲，破胆已作秦宫照。士卒耻为其袍泽，儿童羞与同覆焘。独有栖迟永安城，巍然远配汤升庙。呜呼轩黄孙子类，戾气偏尔钟狠傲。杞曾剥皮荣剪毛，祥也横欲千军扫。垂留青史先后名，臭味何须苦烦恼。黄金可尽铁不磨，此像千秋云厚报。作诗聊和劫余生，愁杀人间枭狰貌。"《致卢永祥书》有云："顾亭林曾赋满人入关之暴虐，有云：'四入郊圻躏齐鲁，破邑屠城不可数！'足下鲁人也，祖宗必受满人屠杀，今乃不思报复旧耻，乃以满人之待齐鲁者待三晋，所至命兵士抢掠人民，形同盗魁，诚为足下一羞之！"

严修致袁世凯函云："宫太保钧鉴：使至，奉到谕函，知刍荛之见，已由唐少翁代达，并承采择，将各省代表字样更正，钦佩无量。惟昨又反复思维，并与二三法学家讨论，觉代表总理名义最为妥当，而人数似不宜多，多则议论纷歧，且彼处未必承认也。晚意代表名义有唐少翁一人已足。此外宜精选法理精深，长于词令者，随同参赞，如许久香，杨哲子，汪衮甫，范静生，李伯芝，金伯平之类，夙持君主立宪主义，而议论纵横，又能达其所见，期有一人可得一人之用。若晚者，于中外法律既瞢无所知，而语言呐呐不能出口，徒占一人之地位，不惟无益，而且有损。捐威纳侮，不战先绌，诚何取焉。拟请不必列入，以免迁就贻误。知我莫如公，当不责其退缩也。李效溪太守联唐有论说一篇，破主张共和之说，附呈钧阅。伊言姚石泉侍郎与南中诸志士情谊素孚，可胜宣抚之任，可否令与少翁同行，并希酌鉴。谨将管见所及，再陈左右，伏惟鉴谅，无任悚仄之至。匆布奉复，祗请勋安。晚严修顿首。十七午后。少川先生祈为致意。"

傅增湘电请解职直隶提学使。又，从书贾陈金和手中收宋本《古文集成》，携之见示杨守敬、沈曾植、缪荃孙、莫楚生和张菊生，题识于书后。

萧瑞麟作《民国纪元一月五日过秦皇岛放歌》。诗云："我不解，巍巍昆仑胡为从此终；又不解，灏灏溟渤胡为从此始。想是一峰高压万峰摧，不如恣肆汪洋大海水。海之波澜有平时，山之嶙峋无穷期。五丁不作巨灵死，任尔参天拔地相崔巍！天梯石栈攀不得，何如狂呼河伯驱风雷。漾漭不敌飞轮势，直将艨艟作龙媒。九州之外有九州，驰观域外真豪哉！人生有才贵适用，蛇行匐伏仰止终何为？"

［日］木苏岐山作《一月五日，偕松阴馆丈游明光浦》。诗云："山侯湖海士，中怀济时略。而耽山水游，不废文酒乐。开春第五日，景物方澄廓。相将明光浦，不爽经年约。闲却寿藤支，笑而蜡屐着。跷车溘埃风，曾举凌碧落。峥嵘尊供山，金篦豁刮膜。杂贺与大崎，倒影夹鼋鼍。汪然海镜清，遥云坐帆席。王岛一堆阜，万松染如泼。孤庙祀何神，邈古不可斥。浪涛几万年，绮石成錐错。岩际飞梁悬，其下水一勺。蓬莱竟清浅，眼穿翘柱鹤。在昔神龟帝，雄雄又赫赫。不屑汉武为，祝网山阿释。嗣后神护帝，亦拟穆王迹。南滨望海楼，七日张雅乐。洞野舞鱼龙，兰圃翥神爵。尔来济胜人，载笔几描摸。细读南阳碑，抚迹忆畴昨。而今中兴主，海宇重开拓。轶尧而包舜，诞敷神明德。如何绛灌徒，未肯民言酌。所营是三窟，所争惟蜀洛。不见议堂上，怒骂沸于爚。独使至尊忧，空孤太平泽。堂堂贾生笔，凭以针政瘼。鼎鼐一以调，于焉顿宫作。翠华时豫游，不第翔泳若。赋诗无杰思，达志状倾藿。卉木摇光辉，夕阳遥望博。"

7日 《申报》第13971号刊行。本期《自由谈》"游戏文章"栏目含《陆润庠》（侍仙）、《张人骏》（侍仙）、《铁良》（侍仙）、《张勋》（侍仙）；"尊闻阁词选"栏目含《章珠，字醒如，吴门名家女也。绮年玉貌，体态轻盈，无北里脂粉之习，有大家闺秀之风。性嗜翰墨，颇解吟咏与论世，故娓娓不倦，知其深受教育者。席上得其"风尘漂泊有谁怜"之句，盖神女生涯，本非素志，初堕风尘，实有不得已之苦衷在焉。爰仿辘轳体，续成五章以系之》（江东）。其中，江东《章珠，字醒如，吴门名家女也》其一："风尘漂泊有谁怜，一样伤心历劫年。名士从来沉恨海，美人自古老情天。头颅似我总嫌俗，才貌如卿便是仙。不少长安游侠子，还应早结自由缘。"其二："回首家山一渺然，风尘漂泊有谁怜。漫言玉帐连床坐，难得罗衾共被眠。暮雨也知生巫峡，浮云何事逐秦川。香分豆蔻初飞蝶，苦被相思一夜牵。"其三："牺牲躯壳着鞭先，巾帼英雄二美传（谓张侠琴、唐六琴二校书发起女界侦探队事）。孽海沉沦知己少，风尘漂泊有谁怜。月如无恨应无缺，花本自由亦自妍。纵得阮生青白眼，囊中未有沈郎钱。"其四："不必探珠向赤水，应知生玉在蓝田。胭脂队里吟娇女，翡翠丛中访丽娟。花影迷离增客感，风尘漂泊有谁怜。相逢纵有相思字，艳福从来未肯全。"其五："今宵谁赋定情篇，笑擘飞云蜀国笺。香泽微闻疑是梦，因缘难舍总成绵。偶游堤上千条柳，那识泥中一朵莲。我亦此生怨落寞，风尘漂泊有谁怜。”

吴昌硕为沁塘篆书“流水斜阳”六言联。题识曰：“流水亟鲨鱼立；斜阳微猎马归。沁塘仁兄正，集猎碣文字。辛亥小寒客海上，俊卿。”

丘镇英生。丘镇英，字百刚，广东蕉岭县人。工诗词，著有《丘镇英教授文集》。

8日 《申报》第13972号刊行。本期《自由谈》“尊闻阁词选”栏目含《女军行》(虞山王阴槐)。诗云：“闺媛尚武轻颜色，民国师团新组织。矢心自愿列戎行，夫婿欲留留不得。不是柔肠是铁肠，戎装肥马去疆场。舞刀不嫌腰肢软，宣令时闻口舌香。白帜斜飞霜雪布，天然粉面作征戍。临歧倩婢别家乡，踏月追风缘溪路。钗饰无光月有光，芙蓉绦上剑锋铓。腰悬香袋糇粮足，低衬攒花云锦裳。狮子山前暮云冻，骅骝背上回香梦。身离绣阁已多时，犹见衰亲来相送。塞雁哀鸣亦有情，夜栖甲帐气凄清。迷花雾里龙蛇动，细柳营中莺燕声。戈戟森严队伍肃，红灯影里处女伏。一声鼙鼓百娇啼，斩将搴旗似逐鹿。战罢宵阑喘力微，汗脂隐隐湿戎衣。梦中犹抱干戈起，睡眼朦胧手乱挥。绝胜吴王宫里人，勇过枭姬房中婢。木阑模样做貔貅，装束浑如红拂妓。杀敌如麻胆气饶，刀头溅血污鲛绡。骨骸满地霜风冷，弹火连天星斗摇。绥靖东南拟北伐，男儿磨砺不少歇。峨眉岂肯让他人，结束行装代出发。清廷心怯愿修和，谱就凯词倚塞歌。他日凌烟图画像，论功直比须眉多。”

《广益丛报》第9年第30期，总285号刊印。该报于1903年由杨庶堪与朱必谦等在重庆创办，主要搜载全国各地报刊文章和报道，并大力转载《民报》文章。该报于本年本月终刊，出版287号。本期下编“文章门”中“国风”栏目含《自题西装小照诗二十四韵》(傅有周)、《写怀》(圣匋)、《偶书》(圣匋)、《赠女子荡宁军》(健春胡镕)。

左又宜卒。左又宜(1875—1912)，字幼卿，又字鹿孙，湖南湘阴人。左宗棠孙女，夏敬观继室。工刺绣、擅绘画，又工诗词。有《缀芬阁词》1卷，民国二年巾箱刊本。夏敬观作《悼亡诗》(四首)。其一：“忆君生平言，遍历九回肠。思君生存日，未如此夜长。孤灯黯虚帏，梦见不可常。再起视遗挂，含睇在我旁。生无一日安，瞑目归何乡？当境有未察，事往丛悲伤。”其二：“静女嫁贫士，一世含酸辛。平生同歌哭，自非寻常人。寒花夜茫茫，两虫互吟呻。古声出房中，肝肺入酒醇。结纸覆尘蠹，汝我夙所亲。韫椟不忍启，病骨忽徂春。”其三：“深悲入病臆，百挥不百去。两家白发亲，慰我吐酸语。怜儿更哀妇，爱婿复伤女。昆弟得凶问，行将哭临汝。骨肉在道途，流离各无所。故土魂未归，黄泉亦羁旅。”其四：“修短信无常，所悲死君后。眼见小儿女，匍匐哭左右。同穴会有期，临棺执君手。神伤骨易出，眼枯泪何有？漂摇同命鸟，孤生那堪久？一再罹天罚，三岁已白首。”

严复六十寿辰，林纾、夏曾佑赋诗作寿。林纾作《严几道六十寿，作此奉祝》。

诗云："盛年苦相左，晚岁荷推致。又复偪丧乱，相对坐惋喟。长安多少年，啸引侈徒类。沿流渐东靡，伐异日西怼。尊疑屏杜塞，讲学取宏邃。理新不醨源，述旧务订坠。落落成孤行，狺狺起众谇。举幡太学沸，胁羯焉得遂。深深愈野堂，风帘下松翠。鲜肥日仍供，神观老逾粹。著书布天下，名理淡肝胃。何用修罗掌，杨杵震群魅。所愿亲醇醪，君我同一醉。"夏曾佑作《寿严又陵六十》。诗云："冥心测玄化，难以智力争。若就得见论，似亦粗可明。必与外物遇，始有新理成。造物凭此例，乃以有此昌。吾人用此例，学术乃可商。邃古有巫风，物魅恣披猖。洞庭彭蠡间，苗民所徜徉。及与吾族遇，其说稍精良。五行通天人，八卦明阴阳。糅合作史巫，用事最久长。悠悠及柱下，哲理始萌芒。青牛邃沦隐，赤鸟来翱翔。又复合真伪，后以制百王。自从制作来，大义未改常。然而微言际，委曲不可详。秦皇覆六合，天下赖以平。左手携方士，右手挈儒生。二者交相妒，乃各盗所长。高文冠古今，此义为宗纲。班马俨然在，吾说非荒唐。金人既入梦，白马旋就荒。一时流略力，辟易莫敢当。尔来数百年，惟释为主张。中间中国盛，非无梯与航。景教说沙殚，大食称天方。摩尼辨光暗，突厥祀豺狼。细琐不足道，如沸羹蜩螗。委蛇及赵宋，始决儒释防。剥极在明季，弥望成汪茫。斯时利氏学，乃适来西洋。几何及名理，一挽空言狂。吾人与之遇，涉海得舟梁。翻然弃所学，岂得为不祥。清朝盛考订，汉唐莫与京。推其得力处，讵非数与名。悠悠岁千祀，沉沉书万囊。人事变如海，玄理日以张。寥寥数匹夫，实斡其存亡。岂非图书力，天地为低昂。先生晚出世，时正丁晚清。新忧日以迫，旧俗日以更。辕驹及枥马，静待鞭与烹。一旦出数卷，万怪始大呈。譬如解骥足，一聘不可程。虽云世运开，要亦贤者诚。阳春转寒冽，风日流辉光。两头安丝竹，中间罗酒浆。芜词发积素，为寿登高堂。十年例见事，相对徒惭惶。所赖尚能饮，当为尽百觞。彭铿非所志，相期在羲皇。"

9日　叶昌炽得张尔田函，张以《木兰花慢》词一阕就正，并索叶作《藏书纪事诗》。叶即复一缄，以竹纸6册相赠。

10日　南京临时参议院议决以五色旗为国旗，代表汉、满、蒙、回、藏5族共和之意。又2日，孙中山以五色旗取义不确，咨请临时参议院暂勿颁定施行，俟民选国会成立后讨论。

《申报》第13974号刊行。本期《自由谈》"尊闻阁词选"栏目含《晓枕吟》(铁耕)、《雁字》(铁耕)、《偶成》(铁耕)、《消寒咏》(铁耕)；"瞎费心思"栏目含《俗语对》(虞哲夫)。其中，铁耕《晓枕吟》云："梦回一枕小游仙，黯澹银缸照客眠。寒柝敲沉残夜月，疏钟清入晓霜天。宽余旧褥频移背，密护重衾怕露肩。凝望东方迟旭日，鸡声叫起海云边。"《雁字》云："一书开天地，描摹入太空。龙文渺今日，鸟篆衍高风。飞白严霜下，书丹落照中。翎虫三百六，惟尔象形工。"《偶成》云："皎皎霜天月，沉沉夜里山。征鸿来绝塞，落叶下柴关。酒已今宵醉，诗将旧句删。不堪思远道，热泪正潸潸。”

11日　柳亚子经雷铁厓介绍至南京任临时大总统府秘书，主持起草骈体文文件。时胡汉民为秘书长。柳亚子在南京与朱少屏、邹亚云、叶楚伧等饮酒作诗，凡三日，因病辞返沪。

《申报》第13975号刊行。本期《自由谈》“游戏文章”栏目含《新式侉侉调》（张幼岩）；“尊闻阁词选”栏目含《无题》（八首，探梅客）、《遣两女入赤十字会，濒行，诗以勉之》（六首，扬州秋氏病媪）；“瞎费心思”栏目含《戏名对》（虞哲夫）。其中，扬州秋氏病媪《遣两女入赤十字会》其一：“壮志全为博爱休，有刀未忍报同仇。而今方展双眉绉，破碎山河次第收。”其二：“玉立双双志出尘，相将同把壮怀伸。前行毋用多回顾，好拯英雄爱国人。”其三：“侍病需如侍父娘，饥寒痛苦试温凉。有时或与论今古，怀抱开舒易健康。”其四：“吾年未老识时宜，不必常怀孺子思。职守勤劳休放弃，便如欢聚在家时。”其五：“邮便虽通莫寄书，爱情生发壮心疏。功成同享共和乐，方表女儿结习无。”其六：“草草诗成作别言，沿途无碍直行前。幼龄弟妹欢时送，共祝成功早凯旋。”

章太炎、蔡元培在《大共和日报》刊出《求刘申叔通信》。云：“刘申叔学问渊深，通知今古，前为宵人所误，陷入樊笼。今者，民国维新，所望国学深湛之士提倡素风，任持绝学。而申叔消息杳然，死生难测。如身在他方，尚望先一通信于国粹学报馆，以慰同人眷念。章炳麟、蔡元培同白。”此事缘为刘师培叛变革命，充端方密探，被四川军政府拘留。闻讯后，章太炎请孙诒让劝说刘师培勉治经术，蔡元培又以教育部名义致电四川，要求将刘护送来部，以崇硕学。时任安徽都督府秘书长陈独秀，亦与人共同致电临时大总统孙中山，希望对刘师培能“矜全曲为宽宥”，“延读书种子之传，俾光汉（刘师培曾用名刘光汉）得以课生著书赎罪”（见《临时政府公报》第2号）。

陈去病至绍兴，主持《越铎日报》笔政。

12日　梁士诒会见英公使朱尔典，探询列强对袁世凯组织临时政府之态度，英使表示：“袁世凯拥有列强之信任”。

清廷王公亲贵良弼、毓朗、溥伟、载涛、载泽、善耆、铁良等宗社党成员秘密召开会议，密谋打倒袁世凯。以清军咨府大臣良弼为首领，以毓朗、载泽出面组阁，铁良任清军总司令，与南方革命军决战。成员胸前均刺有二龙图形，以满文刺写姓名为标志，在北京、天津等地秘密活动。本月19日以“君主立宪维持会”名义发布宣言，强烈要求隆裕太后坚持君主政权，反对共和。宣统逊位后，宗社党遂告解散。范紫东作《中华民国新乐府（十三首）》其十《宗社党》云：“宗社党，空扰攘，满清遗孽乏伎俩。今日造谣言，明日发虚饷。官僚不愿作平民，空中楼台劳梦想。人皆喜自由，尔偏爱磕奴隶头。人皆争自主，尔偏想受奴才苦。怪尔赋性与人殊，可惜摩天无健羽。民国旗帜参天半，执迷不悟良可叹。请看陕西旗员提法司，今已更名赵兴汉。一任铁血团长曾广为，饱咽丑奴巨万金，甘为他人掷炸弹。（陕西提法司锡桐，当辛亥九月反正后，知满员不容于时，遂改名赵兴汉，入寺为僧）”

《申报》第13976号刊行。本期《自由谈》“尊闻阁词选”栏目含《汪精卫出狱喜赠》（愚公）、《同贻丈、蒋山、淮生泛舟大明湖》（愚公）。其中，愚公《汪精卫出狱喜赠》云：“时危端赖使君贤，人海相逢意万千。便说邹阳应出狱，非关苌叔欲违天。朱颜减色吾犹惜，碧血沉冤汝倘怜。今日安刘知必勃，为烦努力着鞭先。”《同贻丈、蒋山、淮生泛舟大明湖》云：“岚影四围忽放晴，凭君打浆记归程。陆沈二百年来事，不信湖名尚大明。”

赵圻年作《十一月廿四日》。诗云：“葭绾才飞庆履端，几曾子月荐辛盘。元书周朔王安在，律入黄钟腊已残。梅柳向谁迎淑气，义和从此任尸官。山中历日无须记，独倚青松守岁寒。”

13日　《小说月报》第2年第11期刊行。本期“文苑”栏目含《兰封题壁》（弢盦）、《忆大明湖》（前人）、《闲居》（铸侬）、《春日送行》（前人）、《苏武慢·忆旧》（语侬）、《齐天乐·秋海棠》（前人）、《拟古乐府五首》（逸园）、《钟馗新咏》（辛老）。又，洪炳文昆曲剧本《秋海棠》刊于《小说月报》第2年第11、12期，1915年4月25日复刊于《中华妇女界》第1卷第4期。该剧取材于秋瑾事迹，现存瑞安务本局石印单行本《秋海棠》，封面署“辛亥冬月”，扉页署“辛亥鞠秋月”。后有水心居士、张组成、洪炳文为《秋海棠》题词。其中，张组成《题〈秋海棠〉》（六首）其一：“拼将文字快恩仇，七尺香躯一旦休。倘许从军诛外寇，女郎未必不封侯。”洪炳文《自题〈秋海棠〉传奇》（四首）其一：“一木难将广厦支，豺狼当道问狐狸。练成十万貔貅士，不斩楼兰斩女儿。”

《小说时报》第14期刊行。本期“杂记随笔”栏目含《莼乡漫录》：《新嫁娘》（笑佛）、《闺中十二曲》（笑佛）。

柳亚子、邹铨返沪，叶楚伧将随军离南京北伐，作《与二君别后，军队已陆续出发。余亦不日渡江，因赋此诗》。诗云：“帝城万堞拂朝曦，大将楼船命出师。一幅河山迎送画，隔江烟树主军旗。佳人此去成奇遇，杀敌归来更可儿。河洛即今生浩劫，好凭挞伐济仁慈。”在此前后，傅尃亦作《送粤军张参谋智北伐》（四首）。其一：“莫问中原事，相看泪满襟。黄龙迟北抵，胡马尚南侵。百粤军容壮，三边民望深。烦君定韬略，一战虏成擒。”

陈去病《偕忏慧重兴秋社并建风雨亭有感》刊于《越铎日报》。诗云：“风雪山阴记往年，新成马鬣总徒然。如今大地春光后，可与湔裙到水边。”

江五民作《十一月廿五日出门偶赋，时二郎瘖疹尚危》（三首）。其一：“夙昔轻离别，无如今日难。骊歌凄绝处，不及此心酸。”其三：“有谁驱我去，未许暂勾留。骨肉钱财里，相牵不自由。”

14 日 中国社会党苏州支部在苏州召开成立大会。庄蕴宽参与创建。顾颉刚、王伯祥、叶圣陶等参加成立大会。会上江亢虎演讲社会主义起源及进行方法。顾、王、叶三人于本月 21 日申请加入社会党。顾颉刚加入后任文书干事。

《申报》第 13978 号刊行。本期《自由谈》“游戏文章”栏目含《改装五更调》（留溪压线）；“尊闻阁词选”栏目含《南汇张君锄生，于民军到县时为土匪蠹役所害，时九月十八日也，诗以哀之》（二首）；“瞎费心思”栏目含《上海时事谣》（冰盦）。其中，《南汇张君锄生》其一：“颓云一角压南沙，狐鼠纵横乱似麻。人尽相仇甘发难，君因何事苦离家。倚闾有母慈颜惨，肯构无儿吉梦赊。天末招魂何处是，坡头老树噪昏鸦。”其二：“国武生来气性刚，折肱未肯善刀藏。讼兴苜蓿遭羁绁，祸起鱼盐受毁伤。碎玉一身终不惜，铄金多口岂能详。盖棺此日应定论，至竟清风古者狂。”

光复会领袖陶成章在上海遇刺。黄群得知陶遇刺后，于本月底在沪发起民国公会。陶成章（1878—1912），字焕卿，号陶耳山人，浙江会稽人。1904 年参与创立光复会，蔡元培任会长，陶成章任副会长。1910 年在日本重建光复会。少有志向，以排满反清为己任，曾两次赴京刺杀慈禧太后未果，后只身东渡日本学习陆军。回国后破衣敝屣奔走革命，四至杭州而不归，奔走于浙、闽、皖各地联络革命志士。民国创立后力辞接任浙督，积极准备北伐，设北伐筹饷局、光复军司令部，任总司令。是日，受陈其美指使，蒋介石、王竹卿暗杀陶成章于上海广慈医院。后人编有遗著《陶成章集》。

刘纯仁被清军杀害。刘纯仁（1881—1912），字粹轩，号养爱庐，河南新蔡县人。光绪二十八年（1902）中举，任开封优级师范暨高等学堂学监。三十四年（1908）被推选为同盟会河南支部长。武昌起义后，任秦陇复汉军东征军总参议，协助张钫与清军在豫西鏖战。双方相持在渑池，清军驰书假意议和。纯仁谓：“今日之事，安危难知，伯英（张钫）为帅不可往，我请代之。”遂代张钫赴会，被杀害于张茅。作《绝命诗》云：“革命方结平等果，热血灌溉自由花。杀身成仁乃为贵，天佑汉族建中华。”

时任江宁布政使樊增祥弃职潜至上海租界，寓居静安寺附近。初与李瑞清龃龉，不相往来，后经陈三立斡旋，方和好如初。居租界间，樊增祥作有《清波引》《早梅，和午诒》（二首）、《月夜至舍北草坪》《移居》《楼居》《月下》《暖阁》《俳体诗》《园居即事》《花鸟一首，效唐子畏》《遣兴》。其中，《清波引》序云：“每日平明，娇鸟呀晴，千啁百哢，绿烟始泮，天宇空蒙，正于此时得乾坤清气，特尘梦中人不知耳。余自居海滨，夜常不寐，目娱晁景，耳熟好音，在官时无此乐也。赋此质乙庵、汐庵、古微。”

词云："玉窗清晓，但一望绿烟缥缈。画廊人悄，竹阴㖞娇鸟。佳客渺何许，别有枝头朋好。几多杨柳楼台，翠帷掩漫惊觉。　　高楼倚啸，甚花露犹湿皂帽。豆棚莲沼，得清气多少。功名两蜗角，未损餐霞怀抱。自坐花下梳头，镜中人老。"《园居即事》云："气得清空畅四肢，天晴身健两相宜。欣看花匠挑兰蚓，懒就山僧剥芋鸱。供茗建瓯携白耳，钞书越纸界香皮（广州多栈香以造纸，曰名皮纸）。洛阳亲友如相问，筋力风情似旧时。"后作《别静安寺故居》。诗云："楼居一百五十日，桑下浮屠云水身。仉母曾闻三徒宅，殷宗亦有五迁民。亭台锁钥归新主，花竹婵娟恋故人。说与后来林下女，桂华香里好留宾（赁此宅者为一西妇，贤明能华语，内子与订餐桂之约）。"

康有为作《同篯儿貌似我，生三周晬矣。吾五十始生篯，老母八十，非篯不欢。闻能诵诗三十首，喜寄缩机汽车与之》。诗云："篯儿吾所爱，五十子生初。风骨凝端秀，神明得静舒。嘉名得延寿，佳气喜充闾。隔岁方摩顶，吾家得贰储。老夫顾似我，大母最怜渠。戏彩为天舞，含饴送月诸。甫行骑竹马，绣襦分御□。□□□□□，学语卖渔鱼。嬉笑多陈俎，追随解整裾。让梨呼姐弟，怀桔落庭除。犊舐情伤老，牛牵齿折予。岂惟觅枣栗，颇解好文书。诵我诗三十，知人数百余。大贤犹望汝，天意可从余。骥子好非癖，衮师娇不如。傅宗识麟凤，邻舍别龙猪。欲以青箱托，深惊白发疏。逋臣犹琐尾，爱子竟离居。顾复何从及，殷勤亦只且。他时学《礼》过，犹望带经锄。所愧为人父，飞行寄汽车。"

15日 《申报》第13979号刊行。本期《自由谈》"游戏文章"栏目含《庆祝元宵联》（朱允元）；"尊闻阁词选"栏目含《和江东君咏章醒如校书"风尘漂泊有谁怜"句，仿辘轳体》（五首，谯国）。其中，《和江东君咏章醒如校书"风尘漂泊有谁怜"句》其一："风尘漂泊有谁怜，大好光阴误少年。精卫难填惟恨海，灵娲莫补是情天。丰神落落原超俗，态度翩翩浑欲仙。安得明珠三百琲，今生预缔再生缘。"其二："回想当年倍黯然，风尘漂泊有谁怜。可能绣阁两心印，只得邮亭一夜眠。金屋藏娇传武帝，玉楼寻梦有樊川。英雄自古知多少，都被情丝一缕牵。"其三："章台走马让君先，海上于今韵事传。岁月销磨莫我笑，风尘漂泊有谁怜。樽前劝酒情无限，灯下看花色更妍。好拭双眸相吉士，莫教主义抱金钱。"其四："多少红颜劫运迁，秦淮风景已桑田。蛾眉队里见崇嘏，脂粉班中遇丽娟。身世苍茫难自料，风尘漂泊有谁怜。年来不羡封侯贵，愿得三生艳福全。"其五："生平爱读洛神篇，题编王家九万笺。云散风流愁渺渺，天长地久恨绵绵。难禁攀折临风柳，不染尘埃出水莲。同是天涯零落子，风尘漂泊有谁怜。"

[韩]《天道教会月报》第2卷第8号刊行。本期"词藻"栏目含《除夜》（敬庵李瓘）、《又》（芝江梁汉默、珑庵金冀培、莲游尹龟荣、克庵崔在学、源庵吴知泳、东江郑志喆、绮园李鸿雨、金相鼎、宋基植、玉泉吴尚俊、止斋朴明善、凰山李钟麟）、《元旦》

(维斋李秉昊)、《云亭志射》(敬庵)。其中,维斋李秉昊《元旦》云:“家家今日贺新年,满酌屠苏醉自然。阴孽才消阳线长,群勋于于乐吾天。”

16日　袁世凯与内阁诸大臣联衔密奏清廷,谓大局危迫已极,民军坚持共和,别无可议,望宣布共和,开皇族会议速定方案。同日,隆裕太后召见袁世凯,袁再次请辞内阁总理职。在御前会议上,贝子溥伦提出清帝“自行逊位”,让袁世凯当总统。庆亲王奕劻附议,恭王溥伟和载泽等反对。

民社成立。孙武、刘成禺、谭延闿、宁调元、蓝天蔚、吴敬恒等人在上海发起,拥黎元洪为党魁。民社提出拥护共和,保障民国,但主张迁都武昌,与南京临时政府相龃龉。5月,民社与其他党派合作改组为共和党,《中华民国公报》为机关报。民社成立时,宁调元拟邀柳亚子加入,以便共同创办《民声日报》。“二次革命”爆发后,黎元洪北上,《中华民国公报》遂告停刊,民社影响随之衰弱。

《申报》第13980号刊行。本期《自由谈》“游戏文章”栏目含《咏麻雀牌》(侍仙外史)、《赠失政王》(丹阳阿戆);“尊闻阁词选”栏目含《谒岳武穆墓》(二首,侍仙)、《鄂事》(二首,江东)、《南京张勋负固自守,为虎作伥,爰赋二律,以勉诸军攻取之心》(二首,江东);“瞎费心思”栏目含《俗语对》(瘦红)。其中,侍仙《谒岳武穆墓》其一:“千秋灵爽峙钱塘,遥配当年吴越王。莫鉴孤忠军竟戚,不违矫诏事堪伤。金陀编庀遗坊古,银井源通烈水香。我奠椒馨凭宰树,葱葱郁郁自青苍。”其二:“赢得英雄洒泪频,小朝廷自误庸臣。昔时半壁风波险,今拥双峰日月新。谁道沉冤终莫洗,只悲壮志未能伸。武乡侯外稽青史,伟望如公有几人。”江东《鄂事》其一:“卷地烽烟眼底来,武昌战局一时开。班生素有从戎志,黎氏先登拜将台。万里江山凭铁血,八千子弟号风雷。男儿欲遂平生业,不扫胡奴誓不回。”其二:“建旗已落胡人胆,上将提兵出汉关。世界都成新气象,中原重复旧河山。从来吴越仇雠目,自古英雄战血斑。寄语沙场诸猛士,要留铜像姓名还。”江东《南京张勋负固自守》其一:“千钧一发此关头,大局东南亦可忧。不道汉奸忘汉族,尚留狐穴代狐谋。要知罪恶滔天日(张贼纵兵淫掠),正是英雄杀敌秋。十万健儿齐努力,头颅不改总含羞。”其二:“二百年前遭劫灰,石头城下鬼空哀。何当报复男儿事,稍纵将成奴隶胎。卧榻岂容豺虎睡,灵台应有凤凰来。黄河会见澄清日,深望东南济世才。”

17日　《申报》第13981号刊行。本期《自由谈》“尊闻阁词选”栏目含《壮士行》(野民)、《十五夕补贺元旦提灯会联语》(二首,冰奩);“瞎费心思”栏目含《俗语对》(虞哲夫)。其中,冰奩《十五夕补贺元旦提灯会联语》其一:“赤血黄金,铸成新世界;鋃灯华烛,普放自由花。”其二:“废宣统,举总统,统满蒙回藏,大地山河归一□;拒议和,主共和,和农工商学,万家灯火祝时和。”

18日　《申报》第13982号刊行。本期《自由谈》“尊闻阁词选”栏目含《题媛媛小影》（四首，吴县谢静甫）、《有赠》（五首，吴县谢静甫）；“瞎费心思”栏目含《俗语对》（虞哲夫）。其中，吴县谢静甫《题媛媛小影》其一：“小凤桐花绝世姿，天涯芳草最相思。流年似水春如海，记取卷然执手时。”其二：“未到销魂已黯然，重来又是浴兰天。横塘一角清于镜，但照惊鸿倍可怜。”其三：“谁借凌波写洛神，漫携彩酒唤真真。年来悔醒扬州梦，又作司勋薄幸人。”其四：“明知茵溷浑无定，只合花容镜里看。我是青衫白司马，只同冷落不同欢。”

《广益丛报》第 9 年第 31 期，总 286 号刊印。本期下编“文章门”中“国风”栏目含《金陵凯旋》（万里）、《群仙茶园花界演剧助饷》（万里）、《夜雨不寐》（太虚）、《吊黄花岗英雄》（汉民）、《追悼中华民国诸烈士歌》（韩小州）。

19 日 清使俄大臣陆征祥再电外务部，代奏请清帝逊位，明降谕旨，慨允共和。嗣后，出使意、日、美、德、奥等国大臣亦就此事迭电奏请。

清室再开御前会议，宗室王公、国务大臣与会。民政大臣赵秉钧、外务大臣胡惟德和邮传大臣梁士诒表示“人心已去”“君主难保”，但与会王公一致反对共和。

民国政府教育总长蔡元培颁布《普通教育暂行办法》14 条，规定各学堂改称学校，监督、堂长均改称校长；教科书务合乎共和民国宗旨，清学部颁行之教科书一律禁用；小学读经科一律废止。

《申报》第 13983 号刊行。本期《自由谈》“尊闻阁词选”栏目含《黄莺儿·伤馆师也》（十八首，天长胡粹亭）。其一：“一顶破方巾，戴上头、误此身，寄人篱下防难稳。生徒几名，束修几金，寒酸况味心中忍，赢得个，村童牧竖，见面叫先生。”其二：“南面坐当中，强做作、见东翁，百般言语甘承奉。遍体酸风，彻骨冬烘，偶将小技聪明弄。试问你，诗云子曰，换得几文铜？”其三：“坐老屋三间，亲和友、没往还，妻儿抛却真堪叹！薄粥一餐，冷饭一餐，烂麻绳把猴猻绊。到晚来，布衾如铁，那得梦魂安！”其四：“一点没腾挪，不接济、可奈何，咴咴唧唧时光过。帐且欠波，衣且当波，尽教空子年年大。怪只怪，书呆无用，不惯跳飞跎。”其五：“归家走一遭，才进门、气已消，闺中人把家常道。无柴昨宵，无米今朝，几乎剩得空锅叫。急忙忙，拼当未了，馆仆早来邀。”其六：“不敢大声呼，低低劝、做工夫，等闲莫把时光误。读也含糊，听也含糊，面从那即能心悟。没功效，罪归在我，庸陋怎教书。”其七：“饭后讲书呈，二五八、莫消停，翻开集注头先晕。周张朱程，解说不清，之乎也者模糊混。聊费些，口干舌燥，强做假斯文。”其八：“两文并一诗，三六九、到课期，晚来杂众堆书几。不是宽皮，即是支离，满前臭气薰而已。从头看，千方百计，几句要留伊。”其九：“细看眼儿花，也自防、下笔差，惹他俗口因端藉。圈点多些，涂抹少些，庶乎舒服方才罢。争奈我，天良要紧，不肯昧心夸。”其十：“文宗要按临，传牌下、未必真，遣人先向街头问。今日登程？明日登程？商量我亦随鞭镫。听五更，主人早起，祷告祀家神。”

十一："一路愿平安，打中尖、穆殿山（此山在盱眙境，考棚在盱眙山上，故越此山），慌慌急急忙巴跕。风儿何堪，雨儿何堪！险些跌煞穷酸汉。那容说，敲时驴背，自在跨征鞍。"十二："一望水连天，寻寓所、我要先，挨门逐户几寻遍。朝阙楼边，臧家巷前，大都房饭须求贱。还要合，诸童主意，才敢硬添钱。"十三："笔砚也携来，先现丑、怀鬼胎，目今岁考如还债。一场过哉，三等苦哉，此人手段原来坏。那容说，时乖运蹇，我本是清才。"十四："转瞬届文场，敲云锣、击大梆，五更饭食须停当。夹带要防，拥挤要强，点名进去心才放。到三牌，院前伺候，跕得脚儿僵。"十五："次日比文章，各人写、挤一房，从头看罢心惆怅。纵带荒唐，不敢声张，犹云都有三分望。生恐怕，诸童懊恼，兼牧外行羊。"十六："信炮鬼神愁，放了案、竟罢休，神魂沮丧形如狗。他哭床头，我问心头，明朝悄悄山头走。埋怨煞，三年款待，意气枉相投。"十七："同学两三童，满园花、一树红，其如谢礼艰难送。他本运通，我敢居功！先生以后将无用。准备着，移宫换羽，另觅主人翁。"十八："故我笑依然，冷板凳、坐有年，生来薄命何须怨。炎凉阅焉，酸咸饱焉，阿谁成败能操券。倒不如，一蓑一笠，郭外自耕田。"

柳亚子入职上海《天铎报》。柳以青兕为笔名，发表大量时评，揭露袁世凯阴谋，反对临时政府议和妥协行为，主张北伐，并与《民立报》《大共和报》展开辩论。邵力子发表《真爱国者之言论》，赞同南京临时政府议和主张，批评柳亚子等"拘于一偏"，认为当务之急是"提倡人道主义，力求和平解决"。柳亚子发表《告真爱国者》以答，认为保皇党和宗社党都不甘失败，清朝贵族不会懂得"共和大义"，卧榻之旁，不容他人酣睡。

张謇为家庙行礼作春帖二副。其一："民时夏正月；国纪汉元年。"其二："晋以武兴虞不腊；周于农用夏之时。"

20日　南京临时政府正式向袁世凯提交清帝退位的优待条件。主要有"清帝逊位后，其尊号仍存不废，以待外国君主之礼相待""其岁用四百万元，由中华民国给付""暂居宫禁，日后移居颐和园，侍卫照常留用""其宗庙陵寝，永远奉祀，由中华民国酌设卫兵保护""其原有私产，由中华民国特别保护"等。此外，还有"关于清皇族待遇之条件"和"关于满、蒙、回、藏各族待遇之条件"，主要有"王公世爵，概仍其旧""皇旗私产，一律保护""皇族免兵役之义务"等。

《申报》第13984号刊行。本期《自由谈》"尊闻阁词选"栏目含《闻民军北伐有期，奉诗以贺》（二首，苕溪云华女史）；"瞎费心思"栏目含《俗语对》。其中，苕溪云华女史《闻民军北伐有期》其一："鹗声风度战旗开，卷地烽烟画角哀。弹雨丛中飞热血，枪林队里骋神威。复仇国士金为志，敢死将军铁作胎。翘首燕云遥企望，欣看从此绝蒿莱。"其二："夷狄猖狂二百秋，腥膻遗迹遍神州。中原王土悲忘鹿，异国衣冠笑沐猴。喋血喜餐胡虏肉，问心暂复汉民仇。燕台他日铭勋绩，铜像应看万世留。"

吴芝瑛致徐自华书云："寄尘吾姊如面：久未笺候，驰慕之私，殆无以为喻。昨在报上见致孙大总统电，并立秋社及建风雨亭小启，生死交情，始终不渝，钦慰无量。秋君之妹珮卿自湘中来，明日诣杭，即住南湖悲秋阁。因久仰高义，属妹一言介绍，以便诣谈，想吾姊亦必相见恨晚也。秋君遗孤名元德，年十五，一女名桂芬，年十有三。仍在王氏专制家庭之下，失于教养，情极可悯。珮卿回越，拟属乃侄，赴湘接来沪上。衣食教诲，是吾辈后死之责。想吾姊亦表同情，故急奉闻。秋君墓表原石，当日毁墓时，妹密托心腹，先期运出，故得保存，今尚藏吾悲秋阁中。秋祠成立后，此石应置祠中。何时需用，望示知，以便送上也。妹久病未健，不能偕珮卿同来，手此代面，即颂。曼福。不尽缕缕。妹吴芝瑛谨启。一月二十号。"

魏清德《哭毓卿社友》(六首)发表于《台湾日日新报》。其一："二载音容剧可伤，从兹出入总回肠。蝶兰怕说蜗牛句，知己人今去北邙。"其三："记曾卧病倩人扶，惫极犹询电有无。遗恨未观胸里事，伤心遑问旧铜炉。"

21日　徐企文等在上海组织中华民国工党，是日开成立大会。该党诸条政纲的核心是"实业救国"，推朱志尧为正党长，徐企文、钟衡臧为副党长。嗣后于南京、芜湖、苏州、杭州、唐山、长沙等地设支部，并发行《党民报》。

《申报》第13985号刊行。本期《自由谈》"尊闻阁词选"栏目含《赠媛媛》(四首，吴县谢静甫)、《由龙泉返处郡，中多险滩，为告河伯》(吴县谢静甫)；"滑稽谈"栏目含《滑稽联语》(天民)；"瞎费心思"栏目含《六合县地名对》(六合)。其中，吴县谢静甫《赠媛媛》其一："监帜初张便得名，记曾仙窟访云英。频呼小字双文熟，一笑低鬟百媚生。人面桃花原绝代，天涯芳草又逢卿。自从彩凤随鸦后，常为非烟恨不平。"其二："春花秋月自年年，茵溷何凭亦听天。识面已成经岁别，伤心难语此生缘。修来绝艳原非福，嫁得萧郎倍可怜。若许聘钱轮十万，早营金屋贮婵娟。"其三："浓阴连日酿轻寒，旧恨新愁总百端。对镜独怜花绰约，凭栏共祝月团圆。茫茫情海生波易，滚滚劳尘息影难。同是天涯悲冷落，几回携手又重看。"其四："咫尺银河望转遥，青天碧海夜迢迢。灵犀自合通情愫，风马偏能及绮寮。忽觉流年同逝水，不堪好梦到今宵。周郎顾曲江郎笔，都为名花慰寂寥。"《由龙泉返处郡》云："浪花如雪扑征衣，薏苡明珠事总非。欲向前滩盟白水，防他一剑化龙飞。"

22日　在第4次御前会议上，王公亲贵皆力主君主立宪，反对民主共和，并参劾奕劻历年误国、袁世凯居心叵测。隆裕不敢决断，会议无结果。

《申报》第13986号刊行。本期《自由谈》"尊闻阁词选"栏目含《赠汪琴台》(七首，蓉湖渔长)。其一："明镜芙蓉一鉴开，风流三度侍妆台。画眉京兆无闲笔，浅淡双峰自染来。"其二："荏苒年华念一春，天涯漂泊自由身。风流薮泽长安道，御柳韩翃大有人。"其三："憔悴东风怨落花，赏春谁为惜韶华。新诗红袖将尘拂，也胜当年护碧纱。”其四：“冷落黄华旧日坊（京华教坊，旧在东华门外，名黄华坊），宣南犹见故园倡。湘兰不作香君死，儿女无多具侠肠。”其五：“日下长安旧玉京，蓝桥今已会云英。元霜捣尽无消息，一倾琼浆记此生（纪事）。”其六：“迷香洞里小游仙，记取华□第一天。新曲求凰谁谱得，樽前合唱想夫怜。”其七：“胜国遗风久寂寥，秦淮名士半萧条。可能解得桃花扇，且赋闲情续板桥。”

23日 《越铎日报》发表《越社启事》。启事云，为改建秋社，建筑风雨亭，向海内外各界募捐，发起人徐自华，赞成人陈去病、褚辅成、王金发、黄介卿。徐自华作《中原光复，重入越中，有悼璿卿》（四首）。其一：“年年风雨惯悲秋，今岁秋风散尽愁。郢唱一声天下和，居然光复旧神州。”其二：“秋雨秋风起战尘，胡尘吹净扫妖氛。剧怜革命功成日，立马吴山少此君！”

《申报》第13987号刊行。本期《自由谈》“游戏文章”栏目含《新乐府（有序）》（七首，金坛于醉六戏墨）：《绳祖武一》《开别馆二》《守辕门三》《请幕宾四》《上兵轮五》《出鄂境六》《住公园七》；“尊闻阁词选”栏目含《读〈长生殿·埋玉〉》（二首，越痴）、《西江有某校书者，美丰姿，善歌曲，年未及笄，聪慧过人，予识而心赏之。一日询其身世，云本良家，为遭同禄之灾，迫作倚门之计，天乎？人乎？呜呼！人间才子，半厄穷愁；世上名姝，多归沦落。闻其苦语，动我悲肠，因口占以赠之》（四首，越痴）、《近有某豪客，以千金啖校书家人，愿藏之金屋，校书毅然不从，私与姊妹行入某庵，欲订薙发盟，以忏前愆。予悯其遇而嘉其志，诗以彰之》（四首，越痴）。其中，越痴《读〈长生殿·埋玉〉》其一：“千古同悲幸蜀行，江山艳色毕时倾。佳人有意坚前约，君主无能负旧盟。凄绝情场成恨海，可怜冤魄入愁城。含颦凝睇人安在，地下犹闻请死声。”其二：“不惜红颜为国轻，果然情重出真诚。三军公愤能惊主，七夕私忱若自明。一语心伤言不得，几回肠断暗吞声。讵知当日惨终局，赢得千秋不朽名。”《西江有某校书者》其一：“卿本良家女，我原未达人。一般沦落感，相对倍酸辛。”其二：“无限伤心事，凄凉吐玉喉。含情听未久，双泪欲盈眸。”其三：“回禄心何忍，胡为荡汝家。可怜柔侠女，强令抱琵琶。”其四：“岂是无情者，途穷可奈何。感君相待意，又惹泪痕多。”《近有某豪客》其一：“一曲歌成恨未休，漫将身世苦追求。嗔他姊妹无聊甚，但解风流不解愁。”其二：“玉娘十五已倾城，傲骨偏教得重名。更喜一言能记取，千金不字女儿身。”其三：“勘破情场百念灰，几人□□几人非。玉环妃子明皇帝，犹有伤心在马嵬。”其四：“生太漂零死亦难，背人轻把泪痕弹。焚香愿向空王祷，忏却生前万种散。”

《妇女时报》第5期刊行。本期“诗话”栏目含《绿靡芜馆诗话（未完）》（附词话，周瘦鹃辑）；“短文”栏目含《送朱女士光史从军北伐序》（沈瑶）；“文苑·诗”栏目含《恭祝女国民军万岁》（江纫兰）、《读史有感》（江纫兰）、《木兰辞》（徐珊）、《慈亲七十，敬献乐歌四章》（汤苏本楠）、《闻民军光复命省有作》（民立上海女中学堂一年级生谭志学）、《病中口占》（谭志学）、《书威》（谭志学）、《秋日即事》（陆兰佩）、《冬日即事》（陆兰佩）、《同妹夜话》（陆兰佩）、《出门何所有》（陆兰佩）。

24 日 《申报》第 13987 号刊行。本期《自由谈》"游戏文章"栏目含《燕京近事俚词》（八首，竟初）；"心直口快"栏目含《喜笑怒骂歌》（鲁叟）；"瞎费心思"栏目含《京戏名对》（沧）。其中，竟初《燕京近事俚词》其一："黎明忽启正阳门，忙煞金吾四处奔。传说孱王将北遁，轻车夜半出宫垣。"其二："污我神州此犬羊，秋风一夕走仓皇。始终二百有余载，两个关头摄政王。"其三："见说都门不可留，肥奴奔走喘如牛。纷纷索取银行款，百万存储一日收。"其四："风电纷驰羽檄文，大臣朝右竟空群。言官不解身为汉，犹自封章奏上闻。"其五："肥马轻裘拥绣车，朝中产禄斗仓储。计臣借款真痴绝，大内宫帑尚富余。"其六："一夜秋风撼北都，亲王贝子别妻孥。马车驰向交民巷，争乞西人作护符。"其七："渔阳鼙鼓动新秋，燕市笙歌尚未休。福晋不知亡国恨，驱车犹觅小杨猴。"其八："可笑胡儿变姓忙，朝从许史夕金张。当初恨不通婚早，格格而今作汉妆。"

黄潜渊《乌夜啼·挽郑贞女》载于《台湾日日新报》。词云："十载守贞不字，人间廿六芳年。持斋奉佛今生事，一梦小游仙。　　净业空传衣钵，贞魂火化青莲。异时旌表扬贞女，祠合配卿贤。"

25 日 资州军政署电告南京国民政府，请示处置刘师培方案。

《申报》第 13988 号刊行。本期《自由谈》"尊闻阁词选"栏目含《读河南同胞血泪书，长歌当哭，藉塞吾悲》（息棼稿）。诗云："洛阳古居天下中，文才团簇寡武功。关系本部却非细，荥阳成举显英雄。北阻燕赵管钥牢，西向秦晋门径通。振臂一呼众山应，联络大江南复东。武汉事起逾两月，颇疑敌忾仇未同。或者纸贵铁血贱，请缨不易求终童。中州正气竟阒寂，理学名儒果冬烘（中州八先生皆理学名儒）。侧听各省鼓逢逢，能无汗浃面晕红。邮阻未尽忠告忠，壮士料如马群空。胡为勿负羁靮从，观变之眼太朦胧。蓬山如隔一万重，彼此观听盲且聋。积疏生疑致无穷，同胞何殊陌路逢。忽然飞下一纸书，披肝沥胆去翳蒙。循诵再四悲填胸，累汝徒将剑气冲。数十州县横复纵，独立旗与自由钟。虽欲奋飞羽未丰，交绥竟占与尸凶。被以匪名计亦工，可使南人耳堕聪。所谓远交兼近攻，缓兵狡策罪可烹。未先启行怪元戎，和议迁延成养寇。朝四暮三误狙公，无谓周旋岂有终。秦庭泣学包胥翁，探谍森严百辈充。二十余日旅费供，道路崎岖似蚕丛。由豫至鄂买烟烽，微躯幸未化沙虫。自幸天心爱独钟，断指欲希霁云风。不把贺兰略放松，非北亡我南亡我。涕泣而道言犹衷，出师须如秦师东。豫中万民拜下风，颈溅赤血光熊熊。誓扫腥膻无遗踪，战马千匹定选骢。资粮屝屦犒礼隆，执梃前导为先锋。何敢趑趄故步封，北向电击又雷轰。

民国佳气郁葱葱，人谓吾鼠我谓龙。自问胜败在抚躬，书含泪血墨不浓，读之两眼流溶溶。”

俞志韶与严修久谈，俞志韶意欲请严晋京说袁总理主战，严修谢不敏。

26日 段祺瑞、张勋等40余名北洋将领联名电奏清政府，强硬要求“明降谕旨，宣系中外，立定共和政体，以现内阁及国务大臣等暂时代表政府”。

秋社、越社联合在绍兴大善寺召开秋瑾烈士追悼大会。徐自华以临时主席身份发表演说，陈去病读祭文，王金发、张恭、王子裕、秋誉章、秋壬林等有挽联，秋壬林致答谢词。

宗社党领袖良弼在京城家门口遭四川武备学堂毕业生彭家珍投弹受重伤，29日卒。彭家珍当场牺牲。爱新觉罗·良弼（1877—1912），字赉臣，满洲镶黄旗人。早年留学日本，入士官学校步兵科。回国后入练兵处，升司长。禁卫军成立，任第一协统领兼镶白旗都统。以知兵自诩，参与清廷改军制，练新军，立军学，尤注意延揽军事人才，与铁良等被称为清季干将。武昌起义后，坚决主张镇压，反对起用袁世凯。入民后被推为宗社党首领，反对与革命军议和，反对清帝退位。临死前叹言：“炸我者，英雄也。我死，大清遂亡！”其后有清室官绅立祠于北京供奉。良弼死后，宗社党顿失中坚，王公贵族惊恐。袁世凯策动段祺瑞等发表通电赞成共和，逼清王室退位。宗社党解体后，其残余分子潜伏天津、青岛、大连等地。彭家珍（1888—1912），字席儒，四川金堂人。中华民国临时大总统孙中山追赠彭家珍为大将军，谥义烈公。易昌楫、林庚白等人作挽诗，林述庆、吴景濂等人作挽联。其中，林庚白《哭彭席儒》诗云：“九死英魂恨未休，一锥至竟报韩仇。霸才不死天终妒，失笑君看镜里头。”林述庆挽联云：“君胜张留侯，除鄙有神椎，粉骨不辞，燕市犹传瞻马首；我惭萧相国，入关空收籍，置身何所，金陵总乏补民生。”

《申报》第13989号刊行。本期《自由谈》“游戏文章”栏目含《新婚军歌》（双林黄敦鼎戏）；“尊闻阁词选”栏目含《前南沙谣》（遁庸）、《后南沙谣》（遁庸）；“瞎费心思”栏目含《俗语对》（立三）。其中，遁庸《前南沙谣》云：“有客道自南沙来，南沙惨剧告我哀。九月十七民军至，城乡绅士同追陪。昔日堂皇赖县令，狼贪素著舆情猜。众议迫之吐公款，莫听一去吞民财。偏有蠹役德县令，密煽枭党颠如雷。殴斫民政几濒死，护劫贪吏奔喧□。民军当之拉胁毙，绅士性命随尘埃（民军绅士死者各二人）。凶焰更及县公学，校舍一炬诗书灰。维时秩序全城乱，有子弑母无后灾（署前某胥弑其母，无问者）。狐鼠得志虎狼横，白昼劫杀谁口开。天昏地黑古未有，法应诛剿无徘徊。吁嗟乎！福有缘兮祸有胎，为蛇乃由虺弗摧。当时惩创罪人得，涓涓岂至堤防隤（九月十八南城肇祸后，沪军都督遣兵队往剿罪人未得，海枭益轻之，遂有樊培生第二次焚劫之祸）。”《后南沙谣》云：“我非南沙人，慨念南沙事。案头报章叠鳞次，瞥见南沙祸又至。何物樊培生，旧举弓石试。横行数百人，结党虎生翅。蹂躏绅富家，一一遭横噬。大团二团居民殷，空屋走避何纷纷。谁家媳妇娇如玉，狼藉花枝吒利婚。兴酣更入南沙城，目中岂有防营兵。刀光如雪对民政，幸有豚尾放汝生。三款要求语强硬，张仪有舌还逃命。大索城中无辫人，劫取枪枝余势劲（南城防营所有枪械弹药尽被劫去）。吁嗟乎！专制乍脱民权张，虎兕出柙腥风扬。害马不生那得好，作歌告哀听者伤（脱稿后已闻樊党被军队痛剿，而樊仇走脱，尚虑其死灰之燃也）。”

高旭至南京，孙中山为题“进步”二字。高旭作《进步歌，题中山先生所书字册》。诗云：“中山先生夐绝伦，是仙是佛是圣神。四千年来方出世，北斗以南惟一人。天福我华竟如许，东南五色旗尽举。辛苦经营二十年，到今才得创民主。不屑学作朱元璋，亦不屑效洪天王。专以服役为职务，伟论卓职非寻常。光明磊落有如此，辟地开天谁与比？世界伟人不数生，合华盛顿二而已！忆昔瀛洲挹丰采，逢人辄发观止叹。嗣来海上再相逢，秋水中央溯洄在。及今虎步入金陵，曾叩军门一瞻拜。赐书两字如拳大，元气浑然曰进步。崇拜英雄我特性，铸金事之善珍护。感此为作《进步歌》，国民进步休蹉跎。试问民国进步么？白人公德心何多。祝我国民皆如他，国势危舟临风波。千倾万艘投旋涡，存亡生死争刹那。不进则退可奈何。吁嗟乎！不进则退可奈何！以退为进妙若何？入夫圣者出夫魔。自来政见无正科，不知斯旨定我诃。”

严修被袁世凯封为一等侯。

27 日　蔡锷、唐继尧、庾恩旸等在云南陆军讲武堂承华圃北伐誓师。社会各界前来参观者不计其数。蔡锷誓师曰：“惟我汉族，抚有此土。惨淡经营，历宗与祖。惟祖有德，惟宗有功。四夷八蛮，罔不率从。祖宗神圣，传子传贤。不私君位，曰命自天。秦汉而后，帝制自为；牛马奴隶，人民当之。然犹可曰，是我汉裔；玉步改更，此兴彼替。运衰典午，陆沉神州，中原名士，不善自谋。南北分朝，不思进取。长江天堑，偏安自诩。有唐一统，突厥胚胎。迄于天宝，祸极胡埃。五代石晋，称侄称臣。苛贱未足，割我燕云。赵宋右文，受祸最酷。怀愍再见，宗社遂屋。天厌汉人，佐及蒙古，几于百年，娲石谁补？明祖雄杰，还我河山，千秋百岁，方期永延。不图满虏，犬羊贼种，蹈瑕抵隙，天骄天宠。自是而后，厉行专制，文字兴狱，增加赋税。欧潮东来，不能闭关；图治乏术，弃地撤藩。上下贪庸，外债倍热；君主立宪，情见势绌。民军革命，顺天应人，希纵阳武，借鉴欧邻。首难以来，十有七省，闻风响应，积愤难忍。虏酋昏懦，不知自计，螳臂挡车，龙漦为瑞。我滇万里，僻处西南。光复如愿，巨任重担。匈奴未灭，何以家为？古人如此，我志奚疑。别我父老，率我弟兄。兵兴以义，虏无坚城。浑浑我旅，锡盾雕戈，如貔如虎，十万横磨。大地三春，蛟龙起势，机会成熟，不烦驰檄。兵行首月，雨雪载途，直抵黄龙，以讫天诛。天道好还，交黄翊运，军行以律，古有明训。载告我旅，无即于欲，于骄于逸，保此道德。经过地方，为黔为川；任务所在，期必尽焉。寡可敌众，弱可敌强；不寡不弱，何用不臧。万众一德，一德一心，秦风歌咏，感愤俱深。我祖黄帝，在天有灵，佑兹子孙，大告武成。今兹出发，誓师于郊，神其降鉴，太羹清醪。”誓师毕，蔡锷在五华山都督府内设宴，为唐继尧、庾恩旸等饯行。席间，蔡锷起身高唱《易水寒》，庾恩旸等将士击节应和：“风萧萧兮易水寒，壮士一去兮不复还。”

[韩]《侍天教月报》第 2 卷第 2 号刊行。本期“词藻”栏目含《叩道》（李炼相）、《至理》（丁永会）、《道体》（刘承龙）、《渊源》（李喜华）、《最贵》（全东兴）。其中，全东兴《最贵》云：“贵哉人兮贵莫加，中于三才全五气。头圆如天足方地，纲以为经常为纬。”

志锐卒。志锐（1852—1912），字伯愚，号廓轩，又号公颖，别号穷塞主，满洲镶红旗人。光绪六年（1880）进士，官礼部右侍郎、乌里雅苏台参赞大臣、伊犁将军。辛亥革命时，新疆革命党人响应起义，欲推志锐为都督，志锐严词拒绝，后被革命党人枪决。工竹枝词。著有《廓轩竹枝词》，又名《张家口至乌里雅苏台竹枝词》（宣统二年懿文斋石印本）、《穷塞微吟词》（1 卷）。《廓轩竹枝词》含词百首，其中，《六十四台》64 首，《风俗》21 首，《杂咏》15 首。志锐为《廓轩竹枝词》作自序云：“古人行程，必纪其山川道里险要形胜者，考古证今，以示博富。锐不才，在滦阳营次奉待罪乌里雅苏台之命，未许回京，迂道出口行篚，无书未能援证，仅就军台各名各旗风俗与夫目之所见，得竹枝词百首，于山川形势，鲜有所关，聊为一己纪程，非敢云诗也。”汪辟疆《光宣诗坛点将录》云：“唐元素（晏）、志伯愚（锐）皆满洲人。三六桥（多），蒙古人。诗亦典雅可颂。伯愚、六桥，并熟于满蒙地理方言，喜以韵语出之，自然雅驯。”

徐自华作《满江红·民国元年正月二十七日，为璿卿开追悼会于越中大善寺，谱此为迎神之曲》。词云：“巾帼英雄，屈指算君应魁首，好任侠，卖珠换剑，拔钗沽酒，慷慨喜谈天下事，权奇掩尽闺中秀。痛无端党祸忽飞来，伤吾友。　志未遂，刑先受；身虽丧，名垂久。又何妨流血，古轩亭口。五载凄凉风雨恨，一朝光复神州旧。慕芳徽，裙屐喜重来，君知否？”

28 日　南京临时参议院正式成立，出席议员计 17 省 38 人。孙中山率同各行政官员莅会，亲致祝词。次日举林森为议长。

援川鄂军回武昌，陈锡藩等晋见鄂军都督黎元洪，献上端方、端锦兄弟首级。黎元洪下令将两颗头颅游街示众，武昌万人空巷围观。端方（1861—1911），字午桥，号陶斋，满洲正白旗人，中国近代新式教育先驱，清末官至湖广总督、两江总督、直隶总督。1898 年在翁同龢与刚毅保荐下受光绪帝重用，系戊戌变法风云人物。宣统三年起为川汉、粤汉铁路督办，入川镇压保路运动，为起义新军所杀。时人郑孝胥品论清末四大能臣云："岑春煊不学无术，张之洞有学无术，袁世凯不学有术，端方有学有术。"梁鼎芬作《忠敏公端方榇归重来鄂渚迎之，口占一首》志哀，其后在焦山建归来庵祀之。诗略云："衰须重来泪尽倾，江山如此不胜情。孤灯细雨阑干湿，留待他年话此生。"梁鼎芬在武昌办理端方丧事时，被黎元洪强行剪辫。王国维在日本，亦有《蜀道难》悼端方。诗略云："对案辍食惨不欢，请为君歌蜀道难。蜀江委蛇几千折，峰峦十二烟云间。中有千愁与万冤，南山北山啼杜鹃。借问谁化此，幽愤古莫比。云是江南开府魂，非复当年蜀天子。开府河朔生名门，文章政事颇绝伦。早岁才名揭曼硕，中年书札赵王孙。簪笔翩翩趋郎署，绣衣一着飞腾去。十年持节遍西南，万里皇华光道路。幕府山头幕府开，黄金台畔起金台。主人朱毕多时誉，宾客孙洪尽上才。奉使山林绝驰道，幸缘薄谴归田早。宝华庵中足百城，更将何地堪娱老。"

《申报》第13990号刊行。本期《自由谈》"尊闻阁词选"栏目含《追悼徐、陈、马三烈士歌》（华亭韩小洲）、《吊孤山女士冯小青墓》（侍仙）、《答江浣仙女士》（侍仙）、《病吟》（悔昨）、《绮怀》（悔昨）；"瞎费心思"栏目含《苏州地名对》（愚农）。其中，华亭韩小洲《追悼徐、陈、马三烈士歌》云："嗟我神州沉大陆，二百余年宗社屋。徐公奇气雪奇辱，铁花冲破满奴腹。皖城鏖战震陵谷，陈马二烈成鼎足。争掷头颅糜血肉，霹雳一声醒民族。鉴湖女侠雄心逐，秋风秋雨神鬼哭。从此胡人气运促，武昌起义称光复。金陵建立新民国，为我同胞谋幸福。精魂团结共和局，此后永除专制毒。前因后果相继续，铜像千秋光禹域。为国流血化碧玉，乾坤正气此钟毓。"侍仙《吊孤山女士冯小青墓》云："杜宇春残不忍听，更无人读《牡丹亭》。梅花香冷阴犹碧，岂独明妃冢上青。"《答江浣仙女士》云："绛仙诗品极清华，写上红笺笔梦花。幸得相如为弟子，传薪应许抗颜夸。"悔昨《病吟》云："天末凉风起，疏杨又夕晖。伤时枯泪眼，忧国减腰围。磨盾怀空壮，铧刀愿屡违。病魔常缭绕，镇日卧柴扉。"

《广益丛报》第9年第32期，总287号刊印，本期为终刊。其中下编"文章门"中"国风"栏目含《读世界豪杰传，感而作此》（六合公民）、《题明太祖陵》（六合公民）、《独立山人之如君姜凤章，夙号文明，兼通象译，近以神州光复在广州演说，痛斥保皇党宗旨之谬，今来申浦，有从戎之志，作此以美之》（万里）、《女军行》（虞山王荫槐）。

苏州草桥中学举行毕业典礼。吴湖帆毕业后，或与草桥校友叶圣陶、范烟桥等人纵谈古今，或往访怡园中前辈耆宿。

29日 国民政府教育部和总统府分别致电四川都督府和资州军政署，请释放刘师培。教育部电文云："四川都督府转资州分府：报载刘光汉在贵处被拘。刘君虽随端方入蜀，非其本意，大总统已电贵府释放。请由贵府护送刘君来部，以崇硕学。教育部。宥。"总统府电文为:"四川资州军政署鉴:刘光汉被拘,希派人委送来宁,勿苛待。总统府。宥。"

杨度等14人在北京组织共和促进会,并发表宣言书。谓目前主君主立宪为时已晚,国家危亡在即,为"保全皇室""保全国家"计,应速实行共和。

《申报》第13991号刊行。本期《自由谈》"游戏文章"栏目含《钦佩孙、胡、黄、黎四先生之谟烈,撰联志盛,藉留纪念》(二首,天民)、《女子国民军》(秋)、《女子救伤队》(秋)、《女子侦探团》(秋)、《女子筹饷队》(秋);"尊闻阁词选"栏目含《病中偶成》(江东瘦槐)、《自民军光复南京,各省纷纷剪发,不亦快哉,戏成二绝,以博一笑》(江东);"瞎费心思"栏目含《京戏名对》(岭南幺凤)。其中,秋《女子国民军》云:"传来娘子军威盛,肯把雄名让健儿。炼石娲皇天也补,犁庭扫穴莫迟疑。"《女子救伤队》云:"满目疮痍剧可怜,苦人劫运杀人天。阿侬愿把纤纤手,偎着英雄裹血眠。"《女子侦探团》云:"玉肤花貌可儿情,垂死胡奴醉未醒。巾帼英雄谁识得,机谋尽泄美人兵。"《女子筹饷队》云:"朵朵秾英入眼忙,劝君输饷解悭囊。当知远道征人苦,风雪漫天卧战场。"江东《自民军光复南京》其一:"一自降旗出石城,西风吹散剪刀声。从今已入文明国,要与欧西并马行。"其二:"专制沉沉毒已深,谁知胡尾久如林。义族一指群心解,烦恼千丝何处寻。"

魏清德《怡楼小集,送瘦云君渡厦》(分尤韵)发表于《台湾日日新报》。诗云:"吹萍南北会怡楼,载笔何当共远游。尽说赋诗兼送别,雄心飞渡入神州。"

30日 第6次御前会议,隆裕召见内阁大臣,撰拟宣布共和诏旨。

中华民国实业协会在南京成立,以"振兴实业、扩充国民生计、挽回利权"为宗旨。举李四光为会长,马君武为名誉会长。

《申报》第13992号刊行。本期《自由谈》"尊闻阁词选"栏目含《游学日本,舟渡太平洋,感而赋此》(六合)、《马嵬坡怀古》(六合)、《黄海舟中口占》(俶髡)、《安东旅夜》(俶髡)、《饮酒》(问山)、《早起》(问山);"闲心思"栏目含《践行北伐拇战令》(王仁泉)、《平湖地名对》(玉成士贞)。其中,六合《游学日本》云:"三岛日悠悠,乘风快远游。瓜分他族急,离黍我心忧。异国传衣钵,同胞结寇仇。频将两行泪,付与太平流。"《马嵬坡怀古》云:"翠华西幸出京师,蜀道崎岖任所之。将士有心东马首,君王无力救蛾眉。子规啼断枝头血,鹦鹉传来宫内词。若使太真死国难,明皇不枉为情痴。"俶髡《黄海舟中口占》云:"大海雄风吹酒醒,舵楼危坐一豪吟。诗成不向人前诵,只与洪波鼍鳄听。"问山《饮酒》云:"终日蒙头过,皆因醉里多。可怜醒不得,正气恐消磨。"《早起》云:"洒扫一净室,炉香旋起烟。烹茶洗心肺,疏沦性中天。"

魏清德《冬菊》(得冬字)发表于《台湾日日新报》。诗云:"历尽霜风不改容,菊花此日又严冬。柴桑居士如相问,晚节还堪岁首供。"

31 日　孙中山以中华民国临时大总统名义致电内外蒙古各王公，望其把南京临时政府"五族共和"政策"遍告蒙古同胞，勠力一心，共图大计"。

《申报》第 13993 号刊行。本期《自由谈》"尊闻阁词选"栏目含《录旧作吊鉴湖女侠秋瑾，题墓碣三首》（杂傭）、《寄海上校书》（侍仙外史）、《赠乌目山僧》（侍仙外史）、《香车拥艳》（侍仙外史）。其中，杂傭《录旧作吊鉴湖女侠秋瑾》其一："湖波脉脉黯湖云，杜宇空山叫夕曛。恨血千年知碧否，鲍诗真个唱秋坟。"其二："莫须有铚千年狱，秋雨愁成七字诗。锄得含冤三尺土，鄂王坟畔葬琼枝。"其三："干卿底事太无因，再拜西泠马鬣新。顾影怕临湖水照，须眉我是丈夫身。"侍仙外史《寄海上校书》云："欲将心事寄秋风，一曲新歌唱懊侬。为忆当年留旧约，青衫雨袖拭啼红。"《赠乌目山僧》云："禅学通诗学，方知佛有真。月圆参妙谛，云隐证前因。翰墨留余馥，袈裟老此身。牟尼珠一串，世界尽微尘。"《香车拥艳》云："一鞭驰马趁斜晖，坐并香肩逸兴飞。爱听喁喁花解语，柔荑玉手笑携归。"

本　月

中华民国教育部颁布《普通教育暂行办法》。《办法》称："凡民间通行之教科书，其中如有尊崇满清朝廷及旧时官制、军制等课，并避讳、抬头字样，应由各该会局自行修改，呈送样本于本部及本省民政司、教育总会查存。"

尹昌衡将四川军政府枢密院原址改为四川存古学堂校址，并更名为四川国学院，院址成都三圣街。吴之英为院正，谢无量、刘师培为院副，另聘浙江诸暨楼黎、温江曾学传、井研廖平、新繁曾瀛、资中李尧勋、乐至谢无量、天全杨赞襄、成都大慈寺住持圆乘 8 人为院员。其宗旨称："本院设立，以研究国学，发扬国粹，沟通今古，切于实用为宗旨。所办事件：一、编辑杂志；二、审定乡土志；三、搜访乡贤遗书；四、续修通志；五、编纂本省光复史；六、校定重要书籍；七、设立国学学校。"吴之英手书"国学院"三个大字于校门，并撰《国学院楹联》。联云："斯道也将亡，难得四壁图书，尚谭周孔；后来者可畏，何惜一池芹藻，不压渊云。"

江苏新任都督庄蕴宽发布剪辫告示，并作四言诗云："中华光复，百事更新。惟此发辫，起自满清。既碍工作，且害卫生。昔呼鞑子，编入戏文。今称猪尾，惹笑四邻。为此出示，劝告我民。不论老少，农工商人。速速自剪，切勿因循。本都督府，不日出令。限期剪辫，一律实行。到期未剪，定予严惩。赶早剪去，体面保存。今先晓谕，军警人等。暂勿干涉，其各禀遵。"

《进步》第 3 期刊行。《进步》（月刊）由中华基督教青年会全国总会于 1911 年 11 月在上海创办，范子美任主编。杂志至 1917 年 2 月终刊，共出版 11 卷 64 期。之后，《进步》杂志与《青年》杂志合并为《青年进步》，仍由范子美任主编。《进步》是大型综合性杂志，主要有"社论""时评""经济""社会""教育""农林""卫生""体育”“杂著”“小说”“游戏”“译著”等栏目。文学部分主要集中在“杂著”和“小说”栏目。这两个栏目主要撰稿人有范子美、袁霖庆、林里铚、吴芝瑛、天翼、芳擢、晦闻。诗词主要为范皕诲、林里铚等人所作。

《北洋政学旬报》第41册刊行。本期“文苑”栏目含《〈皕宋楼藏书源流考〉题词》（汾阳王仪通志盦）。又，第42册刊行。本期“文苑”栏目含《鞮芬室近诗》（续第四十册）（何震彝穆忞）。又，第43册刊行。本期“文苑”栏目含《鞮芬室近诗（续）》（何震彝穆忞）。

丘逢甲以广东代表身份赴南京参加筹组临时政府，被推举为参议院议员。

陈三立卜居宁、沪、杭各地，与当世英杰有为之士亦常相往还，甘隐沦作遗风以终老。陈方恪随散原老人及长兄衡恪与沈子培、郑孝胥、樊增祥、陈仁先等著有诗词雅集。

施景琛自闽来台考察实业，作诗赠连横。《赠连君雅堂》云：“十年阔别久无言，时局艰难况起居。热泪不知何处洒，愁眉能得几回舒？唐宫忍见衔花鹿，汉室宁忘得水鱼？差幸武灵犹变法，吾生百愿倘非虚。”

章士钊被聘为《民立报》主笔，兼江苏都督府顾问。章氏办报方针是“务持独立二字不失”。

陈独秀在安徽大学堂旧址重办安徽高等学校，聘请马其昶为校长，自任教务主任。

太虚大师抵南京，发起组织佛教协进会，设办事处于毗卢寺。太虚大师晋谒孙中山，孙令太虚大师与秘书马君武接谈，佛教协进会事亦获赞。尔后，太虚大师与仁山等于镇江金山寺开佛教协进会成立会，并有“大闹金山”事件，震动佛教界。

越社邀鲁迅、陈子英等商办成章学校，纪念陶成章。

黄宾虹任《神州日报》“神州月旦”栏目主笔，并于副刊发表《菌亭随笔》《石芝阁琐闻》《任耕赘言》。

陈训正、李镜第、赵家荪等联络地方人士商议，以宁属六邑公会公款在江北原益智中学旧址创办宁波公立中等工业学校。1913年8月，陈训正自任校长。

余天遂投笔从戎，加入广东北伐军总司令姚雨平戎幕，随军北上讨伐张勋部。从南京出发时，胡石予作《寄怀天遂》送行，余天遂则有《参加北伐，倚装步石予夫子原韵》云：“无限愁情不老天，销魂诗句漫题笺。吴门风雨今三载，马帐笙歌旧廿年。身世最怜趋俗惯，心期久恨有家牵。书生戎马关山月，蹴破黄河万里烟。”

胡适在美国康奈尔大学弃农科，改入文学院。

施蛰存父施亦政赋闲在家，日常读书、笔记兼作诗文。

吴梅作杂剧《落茵记》。后作自序云：“吾草此剧，吾重有所喟焉。方今女权沦溺，有识者议张大之，是矣。顾植基不固，往往有脱羁覂驾，而身陷于邪慝。愚者又从为之辞曰：不得已也。呜呼！守身未定，他何足道！一失千古，谁其恕之？北风怒号，瑟缩如猬，起视灯影，照我如墨，依谱成词，贡诸大雅。辛亥季冬吴梅志于臞庵。吾词不敢较玉茗，而差胜之者有故也。玉茗不能度曲，余薄能之，春鸟秋虫，虽有高下，至滞齿捩嗓之音，自知可免焉。江楼凄寂，独弦不张，偶出酬接，交相怪詈，故秘诸箧中耳。飘茵落溷，为名花解惜者，有几人哉！壬子十月吴梅又记。"

韩德铭作《辛亥杂诗》（十首）。其一："秋风发江渚，木叶下寒林。夙抱感时意，对之百虑侵。长夏荫丛树，常惧霜露深。焚章诉真宰，护此亭亭阴。天高障云雾，声细风为沉。黄落世事常，当之辄惊心。宇宙横霜气，江湖激若吟。（受业王念典注：此先生咏时事第一首发端，总冒以下诸章）"其二："商飙满天地，欲驾怯晨霜。闭关绎书史，今古来无方。典午计虑疏，兵甲擅诸郎。华贵知纨绮，专阃同豺狼。况复族类感，戈戟生肾肠。离石烽火飞，京洛已仓黄。朝士清虚客，无人算庙堂。猜忌及偏私，祚斩无可伤。惟彼炎昆火，玉石焦一冈。顾鼠而念器，难随时势狂。侧耳听霜风，百感心茫茫。（王注：此咏清亡由于沣涛、洵泽也）"其三："寰海郁风霆，欲击燕山断。天风不作美，吹之发江汉。烈日灼中天，南北阴晴判。炎炎风如烧，滚滚吹江岸。晴川草木芳，瞬息焦其半。幸有九塞霜，能急南天难。帝心痌气候，苦调不使乱。奈此诸云将，纷纷互离畔。局蹐风霜间，抗声呼复旦。（王注：此咏清廷起用袁督鄂平乱也）"其四："武夫知枪戟，役之任西东。拥兵问朝政，抱负固不同。微论成与败，拔俗皆时雄。何期两创举，并现燕云中。一人径陈言，求政与民公。愿偿不知止，几堕垂成功。一人驰匹马，谈笑下西戎。计阔而志强，函首酬内讧。朔方倚汾阳，异致无令终。什伯张用济，左告伺藐躬。惟此河朔尘，寔用缀南攻。熊熊光复气，荡决天下通。虽乏时势谋，终饶国士风。（王注：此咏北方张绍曾、吴禄贞之谋独立也。张绍曾合驻滦各军卢永祥、蓝天蔚等上书清廷，请罢兵讲和，仿行英国宪法，张意在以石庄之变同谋之。吴禄贞合晋军归石庄，约张绍曾共举事）"其五："羊公为政处，河岳安不危。朝议萌畛域，空留堕泪碑。一自烟尘生，刈蔓更撑枝。敌骑隔千里，势已如乱丝。门管泄秦谍，倒戈看受师。异哉燕赵歌，发音尽楚辞。是非与利害，概置不复持。中有忧天民，独横时世思。泯衅而存国，始可偿所期。危巢斗爪嘴，完卵得无疑。唇焦舌欲烂，千言万不知。忽惊群动悄，危疆暂不陂。昨日李临淮，铁骑河阳驰。（王注：此咏袁之北来也。六镇既败，尤以不克独立为耻，反煽动日盛。袁一至，党人遂屏息不敢动，而畿辅得不变，李临淮比袁也）"其六："民气静不嚣，有似平流水。一朝壅而溃，势难如量止。畴复计怀襄，山陵惟所驶。去今无数旬，求丈不予咫。今请罔不谐，既张难辄弛。巨雷吼江汉，逆者靡顶趾。捷书一方来，烟尘九垓起。兵甲弄潢池，士民拂朝旨。瓜落召人分，海天睨虎兕。哄者盲弗知，若殊世忧喜。灭种毁山河，惟博内蛇死。嗟彼当路人，操刃痛伤指。惨罹将毕巨，知否悔作始。（王注：此咏龟山捷后，独立愈多也。是时，江苏所属之清江、镇江、上海、苏州皆已先独立，而金陵之常备军又居都督卫队，变党人皆纷及金陵，辟第二根据地矣）”其七：“周盛民行多，秦病民志锢。却病导之行，伸缩视民度。政符度乃昌，过不及胥误。今民拼血膏，为购其行故。流溃混其源，宜止反锐步。烂羊艳崇阶，赤眉涎汉墓。气运偃神州，雷同到边戍。虽云世风移，亦坐各有注。一自军储绝，民邦茁新祚。光复自足雄，治丝能勿惧。炫己塞远谋，梯荣酬夙妒。嗟嗟世不康，由人心未素。张琴寄孤怀，解阜弦音吐。杂曲不入拍，一任世人顾。时闻落木风，知尔乘霜露。（王注：此咏共和之成立也。此时党人委汪、李与袁交通，党人但为炫己，两方均以于己便利，暂勉同意）”其八：“客艳谈瀛洲，我亦梦江蜃。芳年士女多，粲粲如玉笋。言溅文明涎，面文海天粉。春江花狎影，进化论探本。有似幻光阴，民物自平允。陡听喧拏起，云廷议偶忿。焚劫火烧空，云兵小不谨。人类无上下，谓方花旗轸。君也慎无为，万变应一忍。黑白任渠判，深娴黄老敏。盛事嘘北征，申詈貊奴蠢。民顾溺骨肉，士尤法度稇。渺彼河上氛，誓以江流盟。三月哄一事，入耳复出吻。春色压江浓，歌遨时易尽。出阛余白骨，烽青烟未泯。或云美造初，亦复形此准。少需休明至，是皆康阜引。予生拘孪世，乌能澈精蕴。只觉治法存，尚缓生灵刎。醒来惊人世，江河行一畛。便读齐物书，周与蝶也混。（王注：此咏国人力主扫除君主以成共和也）”其九：“辛亥十二月，行役津保间。尧舜去已远，不谓今乃还。洋洋路上人，融融喜在颜。似欣改革易，无忧缔造艰。矫拂情与习，曲折规夷蛮。秉烛趁良夜，履舄相追攀。歌吹沸寒云，衣饰穷斑烂。幡幢拥火城，闪烁摇市阛。九衢万楼阁，声影缭如环。病躯不耐嚣，匆遽转故辕。抽思绎新政，能否吾民娴。旋惊市声起，盗破商民悭。首郡正纷拏，甲士暮拒关。仍涎彼郡剧，踉跄期援扳。除夕倚孤灯，大心发瀛寰。何物海天飓，掀簸万穷瘝。被之殃庆判，在民灵与顽。且观吾民嬉，且幸彼敌孱。今夜宜啸咏，高歌元遗山。（王注：此咏保定兵变也。自腊月杪，共和诏下京津，新党率仿外国庆典，谓之提灯会。以壬子正月十二日为会期。淮军迁怒共和，乘此遂变）”其十：“生年未五纪，世变千百更。今罹笃旧谤，前被喜新评。微生道其常，俗论旁疑惊。沧桑虽迭变，万劫一昏明。异哉比日来，是非同折衡。浮沉路自坦，难令心目盲。毁誉幻神鬼，祸福淆性情。所以当阳卉，摇曳迎春荣。松柏横本心，舒残惟挺生。葆此岁寒节，甘为气数争。初元理旧感，蜀道方之平。掇拾胸怀影，一扬骚些声。来年景若何，看云问太清。（王注：此首结论）”

覃寿堃作《辛亥杂诗八首》。其一：“日色荒寒海气深，春申江畔独行吟。余生忧患双蓬鬓，浩劫山川万里心。警雁衔芦天漠漠，栖乌绕树夜沉沉。人间避地真无计，岁暮屏营百感侵。”其四：“历历黄图事可哀，临风雪涕一登台。万家血肉抟新土，一姓关河卷劫灰。煮豆早应闻鬼泣，分茅犹冀倚云栽。天公断绝真人想，只信当涂是霸才。”其七：“岭海征驹一瞥过，箧书怀刺久消磨。劳生作茧重重苦，旅恨如云脉脉多。诗卷秋心悲楚客，江山霸气吊臣佗。朅来渔雪增惆怅，闻道萑苻起啸歌。”陈涛（伯澜）有《前题和作》（八首）。其二：“行看翡翠戏华堂，尚遣沙虫泣战场。易水千年虹贯日，梁园六月狱飞霜。连营笳鼓波涛壮，拂岸旌旗鹅鹳翔。但道江淮皆壁上，几时河北见耕桑。”其三：“长啸临江万马归，一泓天堑铁成围。乾坤杯酒珠檠会，风雪梅花绣纛飞。大壑纵鱼何碍巨，中原养鹿为谁肥？寄言返国辽东鹤，城郭山川认是非。”其五：“百二河山霸业空，英雄肝脑委蒿蓬。横汾雁落惊弦外，清渭鱼胶涸辙中。兵拥贺兰徒自误，饷输萧相不疗穷。只余老友秦庭泪（李桐轩诸君来南乞师），来向天涯哭晚风。”吴宓有和作《辛亥杂诗》（前题和作并步原韵）（八首）。其一：“莽莽神州浩劫深，伤时抱膝自长吟。请缨献策无奇技，破浪乘风有素心。宇内风云方变化，天涯琴剑任浮沉。月来顾影愁何似，国难民殇叹两侵。”其二：“家家燕雀据危堂，依旧中原逐鹿场。春暖南中冰解冻，寒深北地血凝霜（陈伯澜姑丈评云：沉著高华）。只夸江上旌旗整，一任天边燕雀翔。坐恨书生空远见，焉能国本固苞桑。”其三：“故里兵烽敢赋归，秦庭痛哭困长围。军来陇上山为撼，兵阻函关鸟不飞。柳塞矢穷师久困，桃林险扼马方肥。梦中昨夜魂飘去，烟树终南景已非。”其四：“满眼疮痍剧可哀，民生吊望几登台（澜丈评云：一起惋叹入神）。万家枯骨千军血，十丈严城一炬灰。改革今朝国已病，共和他日花方栽。座中衮衮咸英士，拨乱谁为匡济才。”其五：“一代兴亡事已空，阽危国社例飞蓬。迭传汉塞三边外，已陷楚歌四面中。余孽跳梁歼未尽，强邻逼视祸无穷。茫茫隐患谁先觉，哭向江干料峭风。”其六：“金瓯破碎又今秋，处处江山处处愁。应念千钧持一发，共图浅濑挽孤舟。雄师不见趋前敌，壮志空闻誓断流。莫据东南夸半壁，可能天堑作鸿沟。”其七：“浩劫沧桑入眼过，蹉跎十载剑难磨。浮生碌碌读书少，涉世茫茫寄慨多（澜丈评云：高唱入云）。龙虎风云一任尔，英雄割据且由佗。白衣苍狗知何止，痛望中原几放歌。”其八：“海上萍飘事业虚，兴亡成败类观渔。造人时势原无定，慰我生涯幸有书（澜丈评云：三四句戛戛独造，得未曾有）。社鼓流莺莫问世，梅花杯酒不愁予。风尘劳扰安吾素，何日归探故里居？”（碧柳总评《辛亥杂诗》八首曰：“典重。”）

黄兴作《追悼徐锡麟烈士词》。文云：“呜呼！朱明失纽，秽羯流膻，污我华夏，垂三百年。旗奴张焰，汉帜不起，芸芸灵苗，蜷伏踊死。豺狼当道，荆棘满天，罗钳罟网，铲我英贤。高阳之裔，辱在重儓，曰予皇考，耻累京垓。夭运大捩，瀛寰四通，文明之钥，逼西而东。海外志士，大声疾呼，泪尽血继，唇焦笔枯。粤树大帜，政治革命，蠢彼满族，中实为梗。铸我众心，锄彼非种，警钟一鸣，万类奇怂。觥觥徐公，乘时以出，气肃霜寒，神严鬼哭。含耻引辱，埋首鳞介，支天一柱，浮沉宦海。湫龙匿爪，扪之无棱，神思往来，心虑困衡。何物恩铭，乃敢用我，霹雳一声，血飞肉锉。

当其举事，一尘不惊，儿曹衙官，木立噤声。公乃奋臂，誓众左袒，奴才股栗，曰予岂敢。惟虎有伥，喜噬同类，鸟族合围，玹心受敌。掀髯一笑，释剑受缚，屠狗既成，死胡不乐。横陈三木，风寒法庭，盛气所摄，旁若无人。洋洋千言，自志其志，吾事既毕，以谂后起。一电飞来，比干剖心，识与不识，哭声皆瘖。铜山一崩，洛钟斯应。摄武钟起，愈踬愈奋。移山返日，神之所凝。天畀志士，实相其成。粤至今日，光复过半，盗酋之禋，不绝如线。轰轰男儿，声呼北伐，扫穴犁庭，责于谁假？同人不才，为公后死，誓于此生，必遂公志。天日在上，魂兮归来，鉴此葵藿，饮之玫瑰。尚飨！”

赵炳麟作《申居旅感》（辛亥十二月自天津回申）（二首）。其一：“北山化鹤复来归，城郭人民事事非。大隐吴门梅尉志，逃名辽海管生悲。侧身天地留乌角，反掌风尘怨鸟飞。每诵蓼莪魂欲断，不堪慈母怅添衣。”其二：“残阳一片石头斜，客里零丁感岁华。报国无能空涕泪，救民乏术付咨嗟。涛声呜咽慈元庙，云影迷难庾信家。只有春风依样好，窗前开遍碧桃花。”

蒋叔南作《民国元年治军甬上，元月向尽，由瓯率新军乘海门轮回甬，道经石浦，轮机偶坏，修理二日而行，沉闷万状，得诗纪事》。诗云：“船搁石浦东，移来石浦西。人力兼潮力，曳船上涂泥。石浦宁台间，大海抱群山。登山一纵眺，聊偷半日闲。城郭依山尽，箴铭共石留（石浦北山有摩崖，题孙子语，曰：‘视卒当如婴儿’）。夕阳何处好，且上状元楼（酒楼名）。十三小水潮，潮退水仍高。修机难下手，屈指又明朝。疾轮破海过，心速比轮多。轮兮行不得，我心将如何？”

吴虞作《书陈伯严〈散原精舍诗〉后》（二首）。其一：“宗派江西几废兴，诗流标榜信难凭（谓郑孝胥）。玉姚终恨生风病，浪拟涪翁恐未能。”其二：“刘先（申叔、师培）学胜马（一浮、浮）才高，今日东南数二豪。沧海横流矜宋派（元遗山诗：‘止知诗到苏黄尽，沧海横流却是谁。’），几人文字续风骚。”

［日］白水淡作《辛亥岁晚》。诗云：“诗酒寻常债不空，残年风物感何究。谁知今日髀生肉，望断邻邦烽火中。”

二　月

1日　南京临时政府教育总长蔡元培《对于新教育之意见》刊于《临时政府公报》第13号。文章认为“忠君与共和政体不合，尊孔与信教自由相违”，否定“读经”和“尊孔”。

《申报》第13994号刊行。本期《自由谈》“尊闻阁词选”栏目含《杂感》（枫溪梦若氏）、《收武昌》（真州李巢仙）、《复金陵》（真州李巢仙）。其中，枫溪梦若氏《杂感》云：“古人结交重道德，今人结交重物色。故人待人公而宽，今人待人私且刻。今古人情迥不同，剧怜天地困英雄。愁怀每寄诗词里，壮志全消感慨中。闭户低头宁笔砚，丁年落魄伤贫贱。谁知贫贱士之常，富贵纷纷何足羡。君不见自古安贫称达人，半生落寞见天真。途穷便作渔樵计，好向江湖老此身。”真州李巢仙《收武昌》云：“武昌城外江水红，武昌城里炮声隆。天生豪杰曰黎公，指挥健儿锄非类。誓杀满奴刻不容，呜呼！二百六十有七载。君仇国耻深如海，热血红烧五内焚。一朝起义天为宰，大搜一昼夜，杀尽满奴头。刀光影过滚骷髅，骷髅挂满黄鹤楼。满督潜逃驶若囚，险要江山唾手收。江山光复推首著，志在神州戒掳掠。顺流击楫只金陵，军容如火看开拓。”《复金陵》云：“君不见，联军云集军容肃，抱痛神州久沉陆。誓灭满清兴汉旗，前驱夺得狮子山。轰城炮击走汉奸，金陵光复六日间。勇哉壮哉决死队，登陴先上身毋退，满兵大骇纷纷溃。破城先闻天保城，杀贼先踹胡儿营，枪林炮雨刀风并。砍下胡头当饮器，泄我四万万人恚，报我扬州十日记。吁嗟乎，大行宫，孝陵卫，从今扫去腥膻味。大明开国洪武君，在天当得英灵慰，先声已慑清廷气。”

唐群英在南京以“女界协赞总会”代表身份，受到临时大总统孙中山接见，并被誉为“创立民国的巾帼英雄”，授予“二等嘉禾章”。张继在南京作诗赠唐群英，其《赞巾帼英雄唐群英》中有句云：“烽烟看四起，投袂自提兵。”仇鳌亦有诗句云：“往日罗兰今老矣，纷纷姊妹尽华裙。”

2日 上海女子参政同志会刘舜英等创办《国民女报》（半月刊）。

《申报》第13995号刊行。本期《自由谈》“尊闻阁词选”栏目含《琅山》（通州澹庐）、《如皋访冒氏水绘园遗址》（通州澹庐）、《俸鼠》（通州澹庐）、《赠汪笑侬》（通州澹庐）；“闲心思”栏目含《戏名对》（郭阴葵）、《俗语对》（虞哲夫）。其中，通州澹庐《琅山》云：“长江千里此咽喉，突兀琅峰出一头。兵马北来都御史，烟花西瞰古扬州。晚风铃语支云塔，落日帆光望海楼。绝顶何人携铁笛，数声吹起古今愁。”《如皋访冒氏水绘园遗址》云：“吉光片羽女罗图，携就邻翁证有无。胜会不常车马散，名园谁主水云孤。影梅庵静春归鹤，老朴巢空夕噪乌。复社摧残公子死，前阴风雅要人扶。”《俸鼠》序云：“英国水军常豢一种白鼠于潜水艇中，少有泄气，即知鸣警，一星期每头得食俸一先令，戏咏之。”诗云：“一朝腐败化奇雄，军俸荣分食黍红。沧海横鲸齐屏息，疆场汗马并论功。机灵心似知更雀，蜜唧声如应候虫。愧杀承轩白鹤子，悦人于始累人终。”《赠汪笑侬》云：“掷去腐儒冠，逢君刮目看。能歌唐学士，傅粉汉郎官。海上新声贵，辽东旧梦寒（汪有自题《辽东旧梦图》，诗甚佳）。现身来说法，摧动铁心肝（时来通排演新剧，资助育婴）。”

朱生豪生。朱生豪，原名朱文森，又名文生，学名森豪，笔名朱朱、朱生，浙江嘉兴人。以莎士比亚戏剧翻译驰名，著有《古梦集》《朱生豪、宋清如诗文选》。

王钟麒《摸鱼儿·感事》发表于《民立报》，署名“天僇”。词云：“听城头呜呜画角，马前风色催暮。十年枉作文章伯，赢得江湖羁旅。来又去，只破帽西风，踏遍台城路。教人痴妒。看同学少年，五陵裘马，光彩耀门少。　　年来只事，别有心情谁诉，聪明惯把人误。一钱不值张三影，更有阿谁知汝。君且住。君不见，昔时管鲍今尘土。痴怀自语，愿镜里量珠，舟中载酒，两两入山去。”

3 日　清隆裕皇太后诏授袁世凯以全权与南京临时政府磋商清帝退位条件。袁世凯电伍廷芳提出清帝退位条件：(甲) 关于大清皇帝优礼之条件九款；(乙) 关于皇族待遇之条件四款；(丙) 关于满蒙回族各族待遇之条件七款。

章炳麟、张謇、程德全、熊希龄、唐绍仪、汤化龙、庄蕴宽、林长民、温宗尧、蒋尊簋、汤寿潜、唐文治、王印川等组织统一党。

中华民国自由党在上海正式成立。自由党宣布以“维持社会之自由，扫除共和障碍”为宗旨，举李怀霜为主裁。

《申报》第 13996 号刊行。本期《自由谈》“游戏文章”栏目含《嘲旧神诗 (未完)》(八首，遒铎)：《玉皇怨》《姮娥怨》《织女怨》《月老怨》《文昌怨》《魁星怨》《城隍怨》《灶君怨》。序云：“河山光复，百度维新，遒铎喜作新民，破涕为笑，回顾诸旧神，已在天演淘汰之例，度必转喜为怨，戏咏怨诗以嘲之。”《玉皇怨》云：“人间处处倡民主，天上谁人奉玉皇。一朵红云旗五色，惊传飞艇上天堂。”《姮娥怨》云：“天上姮娥命亦穷，无端见弃广寒宫。女儿心事向谁诉，十五团圆期不同。”《织女怨》云：“汉宫不想汉衣裳，寂寞停梭债未偿。纵使巧机多织出，无如下界已西装。”《文昌怨》云：“昔日蒙童来上学，无人不拜我文昌。自从开设学堂后，稷子糕儿久未尝。”《魁星怨》云：“以笔为文名未传，以升纳粟恨无钱。只因不肯剪头发，苦向人间学打扞。”《城隍怨》云：“枉受香烟数百年，顾名思义转凄然。昨朝听得绅民议，要把城墙拆一遍。”

魏清德《镇南山临济护国禅寺创成，寄忆藤园将军》(分歌韵) 发表于《台湾日日新报》。诗云：“镇南精舍绕岩阿，山水灵光照不磨。似说当年平露事，夕阳疏磬鸟声多。”

4 日　《申报》第 13997 号刊行。本期《自由谈》“游戏文章”栏目含《嘲旧神诗 (续)》(八首)：《花神怨》(湘渔)、《阎罗怨》(湘渔)、《罗祖怨》(修川牧童)、《天师怨》(修川牧童)、《如来怨》(修川牧童)、《赖债祖师怨》(修川牧童)、《土王怨》(修川牧童)、《财神怨》(修川牧童)。其中，湘渔《花神怨》云：“阳历新颁恼大挠，花神十二亦牢骚。如何颠倒群芳谱，三月梅花五月桃。”修川牧童《阎罗怨》云：“文明审判到森罗，厉鬼如何好共和。从此九幽多盗案，剥衣亭上起风波。”《赖债祖师怨》云：“曾记人家逼我钱，约伊除夕月轮圆 (俗言年三十月亮时还钱)。孰知新历颁行后，此语竟成谶语传。”《财神怨》云：“各铺各店帐难收，拟闭牌门赛巧谋。我亦何须循旧例，岁朝预备肚皮留。(俗传正月初四夜为接财神之夜)”

胡思敬作《腊月十七日，子雅招同河干玩雪》。诗云："历尽恒沙劫，桥西遇故人。扁舟宜散发，尺组早抽身。卷幔看残雪，临流浣浊尘。岁寒原可耐，何必羡阳春。"

5日 孙中山召开内阁会议，讨论南北联合及清帝退位问题。议决五项，其要旨为：一、清帝年俸，须经参议院通过，方能定夺；二、清帝逊位居北戴河或热河，均听便；三、清帝逊位书发表后，参议院始举袁世凯为大总统，但须到南京莅任。

何其芳生。何其芳，四川万县人。以新文学驰名，亦工旧体诗，著有《何其芳诗稿》。

顾颉刚加入社会党后常与王伯祥、叶圣陶谈论社会主义，反对孔教；常访谈社会党苏州支部主任干事陈翼龙。后，陈翼龙往沪、宁参加反袁活动，社会党苏州支部甚为散漫，顾颉刚作一诗讽之。诗云："到处不如意，低回辄自惊。浅交纨绔子，漫向说生平。此志谁青眼？几人友血诚？近来悟一境，儿女是私情。"

王易、王浩昆仲同作立春词《春从天上来·壬子立春》。王易词云："如此江山。正玉琯重调，又属明年。前程如梦，风景依然。霎时都化云烟。喜春来天上，晴和候、淑气初还。好春光、是宜春帖遍，爆竹声喧。　　回思昨宵信息，道鼙鼓蓬蓬，雾满南天。梁燕差池，新巢未得，如今幕上偷安。问君平知否，今后事、概付漫漫。扬春幡，叹一年一度，再见应难。"王浩词云："旧梦新翻。恨廿四花风，数尽年年。长安行乐，莫羡春天。春来更觉凄然。想一年消息，已付与、淡霭轻烟。更何须，几番肠断，一味心酸。　　记得去年时候，正庾信飘零，萧瑟江关。风琯吹残，宜春帖遍，如今不异从前。怪合欢罗胜，一回看、一度难堪。最无端，片言珍重，半晌长叹。"

魏清德《怀安蕃通事吴凤君》（分歌韵，又附阳韵）（二首）发表于《台湾日日新报》。其一："甘将颈血刎蕃戈，跃马驱驰濯赫多。祠宇即今新藻棁，云君犹想降诸罗。"其二："跃马千蕃疫，横刀万壑霜。如君诚死义，是庙更馨香。草辟移民地，鸿鸣制蔗场。灵魂何处托，陟降勿彷徨。"

杨钟羲作《十二月十八日立春》。诗云："红稻冬春急，黄柑腊酒醇。冰霜坚岁晚，已是四年春。"

曾广祚作《立春，又用红字韵》。诗云："酒酿洞庭春色浓，沉酣斫地拔青铜。山头瓦鼓高飞雨，城外珠旗远斗风。戴有剪花官府贵，愁无生菜客途穷。牛鞭往岁迎阳景，漏尽催耕蜡烛红。"

6日 《申报》第13999号刊行。本期《自由谈》"游戏文章"栏目含《续新乐府（有序）》（四首，良常醉六）：《赏节一》《破案二》《闭城三》《开炮四》。其中，《续新乐府》序云："九月附轮东下，同船诸友问逃督瑞澂事。既成，数首示之矣。未几到镇，同乡知来自武昌，争问八月情形，日必数十起，不胜其扰，因续成新乐府数首，粘贴客馆，以示同好。"《赏节一》云："团圆节，中秋月，大好湖山添喜色。往来舆马纷如织，山珍海错争开筵。文酣武嬉醉欲眠，拇战声中杂管弦（逃督瑞瀓到任，禁官界中冶游，而其子国大少为冶游大宗，官界趋之若鹜）。团圆佳节真圆满，如此良宵犹苦短。”

叶圣陶经袁希洛、吴湖帆父吴本善介绍，任苏州中区第三初等学校二年级教员。

邓拓生。邓拓，乳名旭初，原名云特，笔名马南邨，福建福州人。著有《邓拓诗词选》。

王浩作《莺啼序·立春后一日，景物无春意，岁华转烛，归思茫茫，感书此解》。词云：“萧条碧云岁暮，更东风又起。惊心事、料峭新寒，飘飘客梦如水。怪底事星移物换，风云浩浩来天地。尚依然、侯监夷门，朱亥屠肆。　　湖海飘零，江关萧瑟，笑成名竖子。任百年、诗酒销磨，吾生如此而已。纵能教、他年飞去，也未必、壮怀如此。甚关情、满地江湖，一生心事。　　图书潦倒，岁月苍茫，敢悲歌徙倚。但坐念、登楼王粲，不尽悲感，江左风流，天涯涕泪。年年抱影，玄经未就，不曾投笔为都护，向如今、空自增憔悴。满怀幽怨，故园东望漫漫，今番我将归矣。　　归来潇洒，重觅桃源，在白云缝里。尽消受、一丘一壑，但有关心，话到桑麻，便愁天气。绛霞朝望，黄庭夜读，闲时惜取风与月，更逍遥、不问人间世。再休侘傺风尘，击筑燕台，吹箫吴市。”

[日]关泽清修作《腊月十九日，永井禾原邀同人于星冈茶寮作坡公生日宴，席上用公〈雪后到乾明寺遂宿〉诗韵作》。诗云：“雄才鸿学鬼神惊，视险犹如平地行。山月江风怜赤壁，铜钲絮帽忆新城。文章自有辉千岁，出处奚唯重晚晴。孤鹤南飞谁作寿，长空寒笛一声声。”

7日　华侨联合会在上海召开成立大会。大会宣布以“联合国外华侨，共同一致协助祖国政治、经济、外交之活动及研究侨民之利弊”为宗旨，举汪精卫、吴世荣为正、副会长。

《申报》第14000号刊行。本期《自由谈》“游戏文章”栏目含《续新乐府》（纪鄂乱也）（四首，良常醉六）：《放火五》《逃难六》《发财七》《巡夜八》，《宝应竹枝词》（十首，石小仙录寄）；“尊闻阁词选”栏目含《豪家郎》（通州澹庐），《次韵杨铁厓〈香奁八咏〉》（通州澹庐）：《金盆沐发》《月奁匀面》《玉颊啼痕》《黛眉颦色》。其中，良常醉六《逃难六》云：“平时官吏多于鲫，此时销声尽匿迹。可怜显宦装穷人，衣不蔽身身蒙尘。藩交学司联袂走，马不进也乃敢后（马臬司最后走，二十五日始出城）。男男女女争出城，风风雨雨时有声，前挤后拥不得行。一家分作两三队，老弱添来丁壮累。衰翁挤死城根睡，骨肉和泥践踏碎。城外土人半带刀，狭路相逢无处逃（城外乘风抢劫）。”通州澹庐《豪家郎》云：“石脾非异质，入水不湿出水湿。独活非奇种，有风不动无风动。一湿一动反其常，眼前跃跃谁家郎。颜色娇红年惨绿，坐承先业饶且沃。千金百排买欢娱，惟日不足继以烛。东邻嫠妇苦啼饥，西邻稚子寒无衣。

掉头出游不之顾，郎衫鲜艳郎马肥。吁嗟乎！名言可鉴明于镜，为富不仁贫非病。奈何用之如泥沙，有时重之如生命。古训今歌两不闻，乃知各有一天性。”《次韵杨铁厓〈香奁八咏〉》其一《金盆沐发》：“侍儿花下挹红泉，手握青丝散未编。膏可为容云委地，水方在手月当天。镜中着意调苏合，枕畔教郎觅翠钿。时样梳妆侬不惯，盘龙高绾玉台前。”其二《月奁匀面》：“咫尺真疑接广寒，绿意斜倚笑红鸾。芙蓉向监奁初启，玳瑁抽簪髻乍盘。一点低含樱颗润，双弯淡扫黛烟干。只缘爱好天然性，掩却菱花又取看。”其三《玉颊啼痕》：“每因春尽惜年华，方曲难将玉箸遮。惨绿当风怨斑竹，愁红带雨泣桃花。低垂不语鲛珠落，浅印常疑獭髓加。里向冰绡谁记得，可怜愁绝宋东家。”其四《黛眉颦色》：“春愁不散郁金堂，恨入眉心蹙不扬。八字浅分新月淡，双尖低锁远山苍。闲临镜槛慵添黛，闷倚熏笼懒卸妆。谁道小姑甘独处，年年辛苦织流黄。”

徐自华致吴芝瑛书云：“芝瑛吾姊芳鉴：别久驰念，正未能已。佩卿妹来，带到惠笺，欣悉种切，至慰，问慰！承赐姚惜抱先生尺牍八卷，谢谢！妹自光复以来，公私交会，奔走苏沪杭绍之间，几无宁晷。惟悯念沉冤，不得不乘时昭雪，爰特布告同仁，重兴秋社，并建风雨亭于原址。而浙江省议会亦适议废伪清各祠，改祀革命诸烈。妹遂请将刘典祠改设秋侠神主，并易‘镜清楼’为‘秋心楼’，以其与秋墓邻也。从此秋报春祈，庙食百世。璿卿有知，亦当含笑九泉矣！吾姊以为然否？越中于元月廿六日已开一追悼会。杭州拟俟专祠成立送主入祠之际，再行定期布告耳。惟询之佩妹，知璿柩至湘，实未安葬。妹以为坟址故在，现又将后面桑地购回，颇觉宽展，何可重返西泠，永安窀穸！业已派人往湘，向王氏交涉矣。王氏遗孤能归吾辈教育，殊妙，殊妙！第虑为祖母所钟爱，未必轻任其来。妹与王氏素不相识，倘使吾姊一行，亲挈其还沪，则彼此各抚一人，亦奚不可耶！幸姊酌之。曩时墓上十字碑及新建秋心楼额，敢乞椽笔一书，至盼，至盼！专此奉复，只颂。俪祉。诸维朗照。不宣。妹徐自华拜白。民元二月七日自越中发。”后载8日《越铎日报》。

8日　因淮南社社员周实、阮式被害事，宁调元等人联名致电南京临时政府大总统孙中山，要求饬令张警，将罪犯姚荣泽归案讯办。周实（1885—1911），字实丹，又字剑灵，号无尽、和劲、吴劲、山阳酒徒，江苏山阳人。清光绪二十八年（1902）淮安府秀才，三十三年入南京两江师范学校学习。宣统元年（1909）加入南社。宣统三年武昌起义，从南京回乡与阮式共谋响应于淮安，集会数千人，宣布光复，被山阳县令诱杀。其诗远师杜甫，近受黄遵宪等诗界革命先驱影响。著有《无尽庵遗集》。阮式（1889—1911），字梦桃，江苏淮安人。16岁中秀才，17岁以第一名成绩考入南京宁德师范学堂，结识同乡周实成好友。1907年秋瑾在绍兴牺牲，阮式作《吊秋璿卿》以示感佩。1910年归乡，先后任安徽宣城县高等小学堂教员、淮安私立敬恭中学兼高初两等小学堂教员，兼上海、香港《克复学报》等报刊特约通讯员。与周实创建淮南社，并加入同盟会。武昌起义爆发后，与周实闻讯响应，成立武装组织学生队，分任正副队长。旋为姚荣泽所害。著有《阮烈士遗集》。

《申报》第14001号刊行。本期《自由谈》“尊闻阁词选”栏目含《金陵杂咏》（四首，桂岑）、《闺词》（三首，唐漱玉）；“闲心思”栏目含《江阴地名对》（倖）、《松江地名对》（倖）。其中，桂岑《金陵杂咏》其一：“送尽繁华六代人，南朝残梦化香尘。秦淮两岸珠帘卷，流过花前水亦春。”其二：“看花快向秣陵游，红袖谁家不倚楼。我愧不如陈后主，景阳宫井也风流。”其三：“秋来残柳最销魂，一片斜阳照白门。我欲登临寻胜迹，故宫何处又黄昏。”其四：“后庭花谢六朝空，枉说君王一曲工。尽是古人离别地，阑干都被泪啼红。”

9日 《申报》第14002号刊行。本期《自由谈》“尊闻阁词选”栏目含《东楼美人曲》（几庵）、《寂寂一首》（几庵）、《少年》（几庵）、《宿阊门，寄淮上所欢》（几庵）。其中，几庵《东楼美人曲》云：“东楼美人颜微酡，含颦无语清怨多。银镫红瘦玉漏涩，谁能遣此长夜何。莫雨潇潇不成曲，哀筝瑶瑟空摩挲。欲将此身托魂梦，梦魂不渡鸳鸯河。所思邈兮不可及，惟余红潮晕梨涡。吁嗟乎，空房已负绣衾腻，况复年纪方绮罗。”《寂寂一首》云：“寂寂复寂寂，颦眉幽恨长。玉箫吹梦冷，罗袖怨秋凉。酒醒人无赖，花开客断肠。何堪倚楼望，疏柳又斜阳。”《少年》云：“美人鼓瑟发清歌，奈此尊前百感何。斗酒不辞今夕醉，少年时日已无多。”《宿阊门》云：“凄绝筵前唱柳枝，酒醒人已隔天涯。露凉风定月初坠，是我苏州梦女时。”

10日 《申报》第14003号刊行。本期《自由谈》“尊闻阁词选”栏目含《闻汪镜汀大令被谴》（湖北帅静陆先生遗稿）、《复静汀书感赋》（湖北帅静陆先生遗稿）；“闲心思”栏目含《京戏名对》（不署名）。其中，湖北帅静陆先生《闻汪镜汀大令被谴》云：“此路难如此，遭逢可奈何。斯人犹见逐，我涕欲滂沱。豺虎争当道，功名感逝波。愿期携手去，高卧远山河。”《复静汀书感赋》云：“我本穷途客，佯狂只自哀。不逢高士识，谁信逐臣才。君昔能相许，时危亦见猜。予怀增感涕，同是已寒灰。”

刘心源当选湖北临时议会议长。

11日 南社与《克复学报》社、淮安学团联合召开周实、阮式二烈士追悼会，柳亚子主祭，沪军都督代表徐鉴安等演说，黄宾虹、宁太一、胡朴安、费公直等参加。

王国维于日本致信缪荃孙云：“昨接赐书，并《咏史》四律，至为感佩。三四两章尤有当于人心，唯在内地则为罪言矣。叔翁（罗振玉）在此，现与维二人整理藏书，检点卷数。”

李叔同经朱少屏介绍入南社。

12日 清隆裕皇太后被迫宣布清末代皇帝溥仪退位。《宣统帝退位诏书》云：“朕钦奉隆裕皇太后懿旨：前因民军起事，各省响应，九夏沸腾，生灵涂炭，特命袁世凯遣员与民军代表讨论大局，议开国会，公决政体。两月以来，尚无确当办法。南北暌隔，彼此相持，商辍于途，士露于野，徒以国体一日不决，故民生一日不安。今全国人民心理，多倾向共和。南中各省，既倡议于前，北方诸将，亦主张于后。人心所向，天命可知。予亦何忍因一姓之尊荣，拂兆民之好恶。是用外观大势，内审舆情，特率皇帝将统治权公诸全国，定为共和立宪国体。近慰海内厌乱望治之心，远协古圣天下为公之义。袁世凯前经资政院选举为总理大臣，当兹新旧代谢之际，宜有南北统一之方，即由袁世凯以全权组织临时共和政府，与民军协商统一办法。总期人民安堵，海宇乂安。仍合满、汉、蒙、回、藏五族完全领土为一大中华民国。予与皇帝得以退处宽闲，优游岁月，长受国民之优礼，亲见郅治之告成，岂不懿欤！钦此。宣统三年十二月二十五日。”内阁总理大臣袁世凯、外务大臣胡惟德、民政大臣赵秉钧、度支大臣绍英、陆军大臣王士珍、海军大臣谭学衡、学部大臣唐景崇、司法大臣沈家本、邮传大臣梁士诒、农工商大臣熙彦、理藩大臣达寿同副署。沈曾植、王叔庄等人闻宣统帝下诏退位，北向叩首哀号。陈遹声读退位诏后，赋诗曰：“前年日本灭三韩，今见中华天下官。哲妇马肝医国死，纤儿螳臂挡车难。百年残虐亡应忽，九世仇雠报尚宽。袖里德宗遗诏在，逋臣失策可心酸。”林纾作《读廿五日逊位诏书》。诗云：“数行诏墨息南兵，毕竟收场胜晚明。终赖东朝持大体，弗争闰位恋虚名。伏戎颇已清三辅，定鼎还劳酌二京。最是故宫重过处，斜阳衰柳不胜情。”自是，林纾决计效法明末遗民孙奇逢，不再谋仕，并托友人高凤岐为其身后撰墓志铭。姚华作《辛亥十二月二十五日诏书谢政，明日为中华民国赋纪》。诗云：“丹书叶叶下天阍，万户新桃更纪元。雷雨何曾惊比鬯，山河依旧识中原。杏坛春始新周笔，梅里香生故国魂。信是不关兴灭例，几人襟袖见啼痕。”郑孝胥作《闻诏述哀二首》。其一：“少负致君志，蹉跎三十年。恨深孝钦世，气尽景皇前。自窜长辞阙，投荒遂戍边。拊雇终有欠，晚节不成坚。”其二：“吾父潜郎署，趋庭只教忠。宦途偏不遂，国史忽云终。死所原难觅，时流莫苟同。未求人事尽，可得咎天公。”沈汝瑾作《逊位》。诗云：“逊位颁明诏，何人任托孤。艰难知道德，揖让见唐虞。君抱生民念，臣逃误国诛。万方同庆贺，元气几时苏。”宣统退位后，韩德铭由京返保定，作《京师行》。诗云：“鄂渚下霹雳，其声殷九垓。大江竖洪波，万里纵横摧。陈吴饰新说，承彼华拿咳。焚杀古所訾，时彦歌休哉。远仇追九世，不问蚌鹬灾。神州四亿人，半和希复猜。尝究国家学，建设远有胎。美洲百年治，始见文明开。乌能异风土，暴长周岁孩。旋闻南来人，不庆忽告哀。赫赫新民土，山河幻劫灰。又闻南征军，百战气不隤。忽见奉天诏，默祝人心回。本民而定制，乱因徼福来。北征问国是，苦忍燕京埃。两月历千变，浪直不可洄。抽间展西史，英法欧化该。法民初变革，故物一朝裁。王倒私人奋，市府骨为堆。惟彼格林威，身负霸主才。犯嫌当大难，终掖民权恢。两事疑莫决，霜雪满金台。气运爽其权，冬月闻惊雷。狼狈返樊舆，具口如衔枚。投闲此时福，奈杞忧徘徊。落落诸友朋，平夙翕不咍。间一漓新化，攻辩忽掀豗。只余四五人，尚足同嘲诙。世变昧腐儒，敢与叔孙隈。蜗庐悬日月，一任风霜摧。"

《申报》第 14005 号刊行。本期《自由谈》"尊闻阁词选"栏目含《得镜汀书作，即以柬马渔珊、刘赤飙、李紫璈诸君》（二首，湖北帅静陆先生遗稿）、《题天津悯忠祠楹联》（湖北帅静陆先生遗稿）；"闲心思"栏目含《平湖地名对（续）》（顾兰阶）。其中，湖北帅静陆先生《得镜汀书作》其一："尺书传海上，把读不终篇。为说平生苦，家乡路几千。谁怜卅年宦，不蓄一文钱。清德能如此，当时几辈贤。"其二："吾道欲何之，相逢岁晏时。浮云欺白日，冻雪压寒枝。不世马周略，穷途阮籍悲。分金思管鲍，挚友问伊谁。"《题天津悯忠祠楹联》云："君去足千秋，瞻望崇祠，喜说故人同俎豆（谓念九皋胡秉权诸君）；我来迟十载，欲呼海若，忍将忠骨葬波涛。"

《小说月报》第 2 年第 12 期刊行。本期"文苑"栏目含《苏平旅行记》（梅梦）、《十月廿八日发长沙，书感五首，呈仲可》（海年）、《咏蝴蝶花》（徐均爔）、《秋月自鹅湖返里》（徐均爔）、《近制菊枕，得一绝句》（徐均爔）、《无聊》（徐均爔）。

荣庆见南书房送荷包赏到，作诗云："大鼎无端鼎沸，无端算太平。人和风日煦，道重死生轻（姊及孙等）。铸错谁知悔，怀忠各盛名（陆、志、冯、松、端、凤、朴、孚诸翁）。病怀无所著，依恋夕阳明。"

陈三立作《无题》。诗云："电驭雷车日往返，衔书青鸟坠人寰。生逢尧舜为何世，微觉夷齐更有山。辞镜年华空自误，窥帘窈窕一相关。淮南传说遗丹鼎，鸡犬升天只等闲。"

严复作《民国初建，政府未立，严子乃为此诗》。诗云："灯影回疏棂，风声过檐隙。美人期不来，乌啼蜃窗白。"1915 年 7 月，严复门人侯毅辑录《愈野诗》并加标题，原诗无题。

王易作《如此江山·感时》。词云："崦嵫日落千林暝，依稀者番风景。乌集延秋，鸿嗷建业，凄绝万家烟冷。移来九鼎。喜旧局新翻，惊涛初定。黍谷阳回，春风额手共相庆。　　斜阳自饶人影。笑屠龙事业，空望公等。翠葆初临，黄袍遽易，便使人嗤鏊饼。鸡声唤醒，但对着残灯，定愁夜永。无计文园，止堪言善病。"

黄濬作《十二月二十五日作》。诗云："荧惑入南斗，天子下殿走。古谣良不诬，日午月建丑。皇帝诏辞政，宗庙独奉守。上言公天下，民命惧践蹂。下言制共和，名袭周召后。或悲九鼎迁，或喜群智牖。或云操莽篡，或颂舜禹受。众喧孰中肯，公理试一剖。曼珠主华夏，延祀二百久。晚政尤恣睢，孤寡落人手。盛名托禅让，优礼亦渥厚。岂伊一姓兴，万系必不朽。假令南军至，虚位复安有。风云护筹策，士卒供干掫。桓桓邡乡侯，威绩世少偶。小儒议窃国，斯论腾众口。吾意时代殊，旧说勿固狃。民生贵群治，五族化畛亩。万岁责一揽，艰巨谁克负。所期奠磐石，何必恋冕黈。但当问措施，遑计心臧否。宗亲自毁室，讵曰他人咎。当年追桂王，血溅蛮越薮。今兹上尊称，相较合忸怩。吾非戴九灵，亦匪陶五柳。编诗署徂年，以此答我后。"

13 日　孙中山向南京临时政府参议院辞职，同时送交推荐袁世凯任中华民国临时大总统咨文。

章太炎《致南京参议会书》发表于上海《大共和报》。力言建都南京"五害"。同日，上海《民立报》发表空海《建都私议》，陈述必于北京建都 8 点理由。由此，建都南北之争起，全国掀起建都问题大辩论。

《申报》第 14006 号刊行。本期《自由谈》"尊闻阁词选"栏目含《荒郊独步怀古》（陆凝）、《庄港旅馆题壁》（越痴）、《二十初度》（越痴）；"闲心思"栏目含《新旧戏名对》（双林敦鼎）。其中，陆凝《荒郊独步怀古》云："君不见青山青，绿水绿，白草茫茫野鬼哭。时世几易代几更，十二万年棋一局。道旁古墓宿何人，点点流萤伴绿磷。我来撮土一凭吊，西风萧飒生埃尘。昔日英雄今何处，铜驼石马欹山树。缘何一梦不得醒，暮鸦飞鼠时来去。吁嗟乎，多少伤心付与谁，一尊浊酒一篇诗。今之视昔已如此，试问后人知不知。"越痴《庄港旅馆题壁》云："频年漂泊意苍凉，一过寒村一自伤。店主不知行客苦，隔篱何事话双双。"《二十初度》云："少年怀壮志，今日为羁仆。舟急两岸飞，愁客家思笃。世乱庾信悲，途穷阮籍哭。行行岂得已，万感在心曲。倦鸟迟飞鸣，似云不得宿。日暮君且住，何必择乔木。"

傅增湘偕张元济至南京购书，长尾桢太郎随往。

魏清德《石崚本日断发，本部从此俱圆顶矣。更接王君友竹断发之信，特作五律兼以寄之》《寄王少涛君二首》发表于《台湾日日新报》。其中，《石崚本日断发》云："白足畴私淑，吾徒不是僧。诗人应去垢，此举信超乘。劳燕无常住，皮毛安久凭。莫因论往昔，俯仰感难胜。"《寄王少涛君二首》其一："萧索空斋客过稀，冷云寒月寓人扉。徒怜北土胭脂盛，不见东风薇蕨肥。漫共江关称庾信，懒将山水问玄晖。醉来一枕无心梦，卧到鸡声唱翠微。"其二："闻道行踪归有期，且欣红鲤寄新诗。神州豹变狮醒日，瀛社风流云散时。半夜刀声惊杜甫，一床禅榻待王维。只愁厦埠弹丸地，未悉雄谈快所思。"

朱祖谋作《浪淘沙慢·辛亥岁不尽五日作》。词云："暝寒送、繁霜覆水，暗雨啼叶。檐铎敲愁乍急。帷灯颤影旋灭。剪不断、连环春绪叠。是当日、鸾带亲结。问故径蘼芜梦何许，前尘竟抛撇。　凄切，锦书寄远终辍。念玉儿金床西风夜，缥缈胡雁咽。嗟揽断罗裾，宁信长别。恨肠寸折，明镜前、掇取中心如月。　却划连峰平于垤。黄尘拥、巨川顿竭。怒雷起、玄冬还夏雪。更千岁、倚杵天摧，厚地坼，深盟会与缠绵绝。”沈曾植和作《浪淘沙慢·和彊村〈辛亥岁不尽五日〉韵》云：“春非我，嬉春还是，雨萼烟叶。暮雨潇潇转急。残灯黯黯未灭。荡千里春心山翠叠。江南梦，词客哀结。向白日青阳试招未，离魂远飘撇。　　嘈切。霓裳乐世长辍。幻羽换宫移家山破，双角飞更咽。尽穆护沙乾，敕勒川别。鹍弦探折。醉卧处，何处秦关汉月？　　蚁梦南柯迷残垤。海影倒，波沉摩竭。虫沙碎，尧禽寒语雪。又误他，芳草王孙云峡拆。滔滔南纪江流绝。”

14 日　康有为得知清帝逊位，作《辛亥除夕前四日，在日本箱根环翠楼阅报，适看玉帘泷还，感赋》。诗云：“绝域深山看瀑云，故京禅让写移文。玉棺未掩长陵土，版穿空归望帝魂。三百年终王气尽，亿千界遍劫灰焚。逋逃党锢随朝运，袖手河山白日曛。”

宁调元致书柳亚子，邀其至《民声日报》任事。

15 日　南京临时参议院选举袁世凯为临时大总统。

[韩]《天道教会月报》第 2 卷第 9 号刊行。本期“词藻”栏目含《偶成》（敬庵李瓘）、《立春前日》（敬庵李瓘、海岛林基磐、芝江梁汉默）、《偶吟》（芝江梁汉默）、《忆金刚旧游》（莲游尹龟荣）、《遣悯》（潇庵韩泰勋）、《送崔俊模归乡》（凰山李钟麟）、《叹自信未固》（凰山李钟麟）。其中，潇庵韩泰勋《遣悯》云：“风雪孤灯一草庐，床头只有圣神书。看他万石千金子，高枕安眠莫我如。”

陈宝琛与宝熙访张曾敭、劳乃宣于涞水，作《十二月二十八日同瑞臣、楼樵访小帆、韧叟于涞水，再叠苍字韵》。诗云：“山向畿西自郁苍，看人襟泪一行行。相从旷野伤吾道，差喜幽居近帝乡。雾凇障天消夜雪，风沙卷地失春阳。杜鹃臣甫容勤拜，东眺犹应胜乐浪。”

康有为作《辛亥除夕前三日再游箱根，看玉帘泷》。诗云：“夕照连山苍翠黏，渡桥逾涧石□□。天教闲领佳山水，半日重来看玉帘。”

16 日　安维峻作《腊月二十九日，接长帅照会，赴前敌参赞军务》。诗云：“一纸书来除夕前，此行仍是奋空拳。征车遥指乾州发，况复捷音克醴泉（正月初二日复接有照会，并闻电报醴泉已克复，余于初四日起程赴前敌）。”

17 日　柳亚子《青兕宣言》发表于《天铎报》。认为袁世凯“他日易总统而为皇帝，倒共和而复专制，一反手间耳”，号召进行“第二次革命”。

陈宝琛作《瑞臣见示〈守岁感赋〉，用遗山〈甲午除夕〉韵次和》。诗云：“钟簴无惊鼎遂迁，故忧薪积火终然。载花都入移春槛，失水俄成架壑船。自断我生元有命，不知今夕是何年？王孙隆准狙宜慎，莫学湘累苦问天。”

陈三立作《除夜》。诗云：“亘古存残夜，孤呻有小楼。灯扶桨担去，埃杂海光流。逃世吾宁及，攀天梦亦休。夷歌暖杯酒，摇入万方愁。”

吴士鉴作《辛亥除夕》。诗云："惊心虞腊今宵尽，积雪严阴独掩扉。廿载旧巢犹历历，全家赁庑且依依。义熙故老诗能和，德祐词人世已稀。猛忆儿时行乐地，蜜梅花发烂成围。"

杨钟羲作《六州歌头·守岁》。词云："一年将尽，万里未归人。朔风紧，斜阳没。野烟昏，黯燕云。试问今何夕。家山破，朱颜改。梦华录，岁时记，总酸辛。赢得拨灰，书闷添商陆，彻夜香薰。算千金一刻，两岁已平分，电掣雷轰。去无垠。　　念瑶池上，进岁轴；簪华胜，帖宜春。铜史漏，金徒箭；促寒更，守重门。荼垒都无意，随桃梗，亦更新。朝正会，慈宁宴，断今晨。胜有孤臣，泣血空牢记，德祐庚申。恼此邻竹爆，守夜各欢忻，酒果迎神。"

黄荐鹗作《海丰县署度岁》。诗云："同室相争祸已消（斗案已息），万家酒熟度春宵。客中有梦迷蝴蝶，岁首回寅转斗杓。自叹樗材逢末世，聊将椒醑贺新朝。尊前无限升沉意，漫把新符换旧桃。愧无一事如民意，但听千门炮竹声。掷骰无闻知德化（时禁赌），献椒如旧乐升平。去年爪迹留鸿雪，今日屠苏满兕觥。醉倒胡床春欲睡，乡傩惊破梦初成。"

陈诗作《辛亥除夕，客皋兰作》。诗云："汉腊千年尽，边笳一夕催。冰嬉人竞乐，天远日初颓。短蜡凝残泪，长星酹一杯。逢春骑马去，拾得古愁回。"

曾广祚作《辛亥除夜即事》。诗云："帝谛皇煌国永除，司天不重月盈虚。故宫一泻黄金凤，秘殿双悬白玉鱼。夜尽祭诗仍腊味，朝来款语有春酥。野风吹去西邻哭，死子难求况死夫。"

林纾作《辛亥除夕》《辛亥除夕得石遗书却寄》。其中，《辛亥除夕得石遗书却寄》云："累聚景常忽，暂离味弥长。石遗去秀野，桃柳荒深堂。柴车三过门，伏轼思琴觞。比闻生圹成，屏卫多松篁。清江面千帆，明灭如潇湘。作达已非易，知足宁可量。恒人昧素退，临老忘深藏。哗众妄取宠，疵累滋堪伤。吾子矢狷介，岂惟能文章。即不遘丧乱，归耕亦有乡。庭梅况已开，幽香浮琴床。万绿闷柴关，款关唯何郎（梅生）。胜侣日夕合，摇摇灯烛光。酒半时念我，风前书数行。迹暌道则同，南北遥相望。"

吴庆坻作《除夕简乙盦、节庵》。诗云："绳床药里忍求安，一枕瞢腾岁竟阑。出世愿参无上法，回年悔觅大还丹。老眸泪竭余悽哽，短鬓霜疏怯暮寒。苦忆髯苏怜瘦沉，尚凭文字见忠肝。"

何藻翔作《除夕》。诗云："沉沉霜烛影，明日是何年。掩泪翻新历，归装检破毡。衣冠今夜尽，钟漏五更前。寂寞乾清殿，宫鸦啄御筵。"

李经钰作《宣统三年除夕》。诗云："急景催年尽，凄风入夜寒。乾坤今战伐，海峤暂衣冠。离乱分明记，乡书涕泪看。深恩三百载，未忍说长安。"

徐世昌作《辛亥除夕》。诗云："换尽桃符绝点尘，深宵灯火镇相亲。暖倾竹叶谁家酿，冷到梅花无赖春。镜里惊看双鬓改，楼头竞飐一旗新。明朝大地回阳后，击壤同为望治民。”

沙元炳作《辛亥旧除夕》。其一：“我生半百经千劫，亥子中分各一天。谁料有家还卒岁，不知明日是何年。亵裘拜祖容先改，皂帽逢人意尽便。太息高门恩泽地，春书旧句满红笺。”

延清作《阁笔诗三首》。其一：“心血平生付锦囊，年来才尽等江郎。枯肠搜索无佳句，敛手何如拙且藏。”

刘人熙作《辛亥阴历除夕咏怀》（二首）。其一：“六十八龄又除夕，人间第一可怜宵。满蒙回藏成民国，唐宋元明失霸朝（清帝新逊位承认共和）。再见唐尧成揖让（孙中山大总统允让袁世凯被选），不妨巢夫狎渔樵。时危粗定吾将老，载酒钱塘看怒涛。”

胡思敬作《辛亥除夕》（二首）。其一：“载笔当年入建章，含毫吮墨赋长杨。毛锥今日知无用，聊写桃符贴粉墙。”

杨昀谷作《除夕》。诗云：“岁岁岁除愁里过，只今度岁转无愁。天工自有新民代，日表犹烦外史修。五十二年徒说梦，百千万劫此登楼。来朝甲子从头记，还我山中老比丘。”

陈作霖作《辛亥除夕》。诗云：“屠苏无酒灶无烟，除夜荒寒剧可怜。守旧咸尊刘氏腊，伤心皆尽义熙年。荠当雪后根犹活，梅验春来香最先。不识余龄犹有几，誓将学道礼金仙。”

冯幵作《辛亥除夕》。诗云：“我生三十九除夕，今夕伤心第几回。已痛死妻抛我去，况堪新病迫人来。鲜民余感头头触，腊鼓残年续续催。进入昏沉怀抱里，人天无有此奇哀。”

顾燮光作《和马彬史〈辛亥除夕感怀诗〉并步原韵》（四首）。其三：“忽惊烽火烛天红，作客京华滞旧迹。寝处蒲卢犹短发，滑稽齐婿尚留鬃。凿耕不识陶唐世，揖让终疑太古风。差幸秦中消息好，平安传语有鳞鸿（家大人隐居秦中时有平安之谕）。”

王浩与王易联句赋《水龙吟·除夕与大兄联句》。词云：“更声又送华年，烛龙烁烁清宵永。（晓）尊前往事，枕边旧梦，一回猛省。（瘦）陈迹慵题，昔游如昨，依稀断梗。（晓）念锦心绮思，优游卒岁，但剩得、青衫冷。（瘦）　　二十三年情景。半销磨、茶烟灯影。（晓）有书有剑，有诗有酒，动人清兴。（瘦）日下栖迟，槐阴惝恍，晨钟为警。（晓）怕东风、乍起新愁，又与旧愁交并。（瘦）”又，王浩作《大酺·十八初度》。词云：“似酒初醒，更才转、无限年华暗去。相如应未老，又匆匆过了，一回寒暑。江海翻澜，风云变色，怪底苏裘如故。穷途羞浪苦。遣狂情销尽，酒边奇句。念千里乡关，一囊书剑，乱愁如雨。　　相逢又岁暮。且休道、年命如朝露。谁问取、区区天地，草草春秋，送多少巫咸彭祖。今年将冠矣，但赢得凄凉如许。回头事皆尘土。何须弹铗，未识蓬莱何处。天边空指旧路。”

张伯驹作《鹧鸪天·辛亥除夕》（二首）。其一：“皱面观河叹改颜，知经几世海为田。危巢容膝虽无地，乐土求心自有天。 灯到曙，酒余寒，檀垆香烬灭云烟。开头且看明朝事，扰扰纷纷更一年。”其二：“生也有涯乐有余，花明柳暗识长途。琢残白玉难成器，散尽黄金更读书。 梅蕊绽，柳枝舒，故吾镜里看新吾。眼前无限春光好，又写人间一画图。”

孙景贤作《辛亥除夕》。诗云：“蜜果饧花旬里消，无多云物送前朝。阿戎家有辛盘啖，司命神同甲煎烧。但祝好风嘘瓮牖，长留余庆榜团焦。道衡也识从军乐，忆弟无眠奈此宵（时弟于役南都未归）。”

18日 旧历元旦，溥仪率王公大臣、贝勒、贝子等，先在列祖列宗神位前行庆贺礼，继向隆裕皇太后请安，递如意，再往乾清宫升座受贺。何藻翔赴乾清门朝贺，大臣寥寥。

吴昌硕为商言志绘《玉兰图》，并题识：“木笔年年纪岁华。笙伯老兄方家正墨。壬子元旦，吴俊卿。”

郭沫若因年假从成都回乐山家乡，为邻里写春联。其一：“桃花春水遍天涯，寄语武陵人，于今可改秦衣服；铁马金戈回地轴，吟诗锦城客，此后休嗟蜀道难。”其二：“故国同春色归来，直欲砚池溟渤笔昆仑，裁天样大旗横书汉字；民权如海潮暴发，何难郡县欧非城美澳，把地球员幅竟入版图。”

杨霁园在家乡宁波鄞县隐居于黄鹤溪指南庵，作春联一副云：“壬林有礼行乡酒，壬符醉把新桃换；子细看春入野梅，子墨闲看旧稿添。”

魏清德《次韵送社友雪渔兄赴马尼拉》（二首）发表于《台湾日日新报》。其一：“袖出灵珠示不忘，男儿行止讵能量。欲将旧曲翻新曲，却向他乡望故乡。金过南山迎意气，天回北斗待维纲。也知柳柳闲文字，随处桄榔记莽苍。”其二：“南溟波浪接天平，载笔长风万里征。海内知交多豹变，匣中宝剑作龙鸣。桃源有约春如许，栗里无聊壮此行。手把一杯桑落酒，故人珍重别离情。”

陈三立作《元旦同李道士步驰道观游》。诗云：“问天寻道士，支醉踏街泥。楼观晴争吐，箫笳咽自齐。海云悬啸呀，春服厌轮蹄。莫挽风光去，看人日向西。”

张謇作《壬子元日，命怡儿作诗，因示》。诗云：“四旬九日改正遥，旧朔还逢甲子朝。幽雅歌周民用夏，禅书咨舜帝尊尧。民心自望春台涉，兵气应随霁雪消。昨岁风雷今果旭，欲从詹卜问重霄。”

朱锡梁作《壬子元旦读建酉十二月二十五日退位谕旨》。诗云：“少年游侠佩吴钩，此日从军志复仇。水陆征途孺子惯，枭刀馈贶故人谋。虏廷颠覆浑闲事，河上逍遥不自由。把酒消愁愁更甚，白旗未挂独夫头。”

郭筠作《壬子元日试笔》。诗云：“莫漫浇愁浊酒斟，等闲身世怅初心。细推物理任迁变，尝遍甘酸无古今。花欲开时缘雨骤，月将留恨畏春阴。索居更有离居感，霜鬓年末日夜侵。”

杨钟羲作《元旦试笔，和孝笙》。诗云：“抱瓮相将且息机，拔心终自恋春晖。亭林同志惟青主，商隐酬诗爱紫微。负米夕葵情独苦，衔泥大厦愿偏违。几年不与元正会，地坼天崩事事非。”

周馥作《青岛元旦》。序云：“宣统四年即中华民国纪元，先数日传有明诏改民主国体，并用阳历。按阴历宣统三年辛亥十一月十三日为阳历民国元年一月第一日，是时明诏改用阳历从宣统四年壬子正月初一日起，是日已为阳历民国元年二月十八号矣，时年七十有六岁。”诗云：“争传民国历更新，白发凄然草莽臣。桂树幸无招隐客，桃源尚有避秦人。羁鸿雨雪天边路，杜宇河山梦里春。老死胶东吾愿足，唐虞自昔有遗民。”

魏元旷作《壬子元旦》。诗云：“归路谁人识子真，岁华无赖此年新。干戈满地龙蛇劫，云日详空草木春。阴骘何从窥造化，彝良犹未丧蒸民。江湖遗老诚吾分，南斗孤依暗怆神。”

陈夔龙作《元旦口号》《和花农同年〈元日感事〉诗韵》。其中，《元旦口号》云：“只有心香一瓣烧，行囊犹剩旧金貂。千门万户春何处？枕上匆匆梦早朝。”

潘飞声作《壬子新岁作》。诗云：“重悬日月照山河，新岁新晴入醉歌。一笑陈博坠驴背，唐虞世界说共和。”

叶德辉作《元日》。诗云：“犹从旧历唤新年，万户神荼似醉眠。门禁五更千骑出，城防七道一旗悬。连衢甲第空留仆，近市庚邮半受廛。信是太平工粉饰，共和时世正东迁。”

俞明震作《壬子元旦》（二首）。其一：“烛烬千家晓，悲欢又一时。人迎新岁日，春入未花枝。论世含醒醉，编年有信疑。生存聊复尔，庭鹊冷相窥。”其二：“念念皆成劫，生生各有因。一年更始日，双鬓暂时人。猿鹤哀同调，沧桑幻早春。风轮弹指转，何处觅酸辛？”

萧亮飞作《壬子旧元日与刘生凯夔饮酒》。诗云：“岁华飘然至，阳春信有脚。矧值共和始，尽涤昔政虐。薄海获大福，遐迩竞欢跃。贱齿届五二，艰危意外脱。际兹元辰美，病躯渐矍铄。无事坐北楼，旨酒供杯勺。呼我及门子，相与斟以酌。红日满庭宇，梅花香发萼。鸲鹆弄蛮音，到耳良匪恶。不历濒死悲，马识更生乐。作诗纪岁时，一醉自嘲谑。”

王树楠作《元日》。诗云：“五更抱镜走，人语殊听荧。入门焚鹊巢，妄意能避兵。

干戈满天地，骨肉不得并。万里共此日，相望如晨星。时危命亦贱，奚取胶牙饧。村农来扣门，强起相拜迎。举杯饮屠苏，传坐为一倾。老怀惨不舒，须发皓已零。安得化白鹄，上下随飞行。”

吴士鉴作《壬子元旦》。诗云：“饱受东华万斛尘，彩旗瞥眼忽翻新。妻孥相约终偕隐，令仆无缘误致身。旧历将亡麟德术，初阳怕见凤城春。遗山尚有亭堪筑，老向严阿作幸民。”

杨巨川作《壬子元日有感》（三首）。其二：“旭日朦胧烟未消，新黄嫩绿柳千条。檐牙百鸟娇春语，殿角群乌恋早朝。绕砌苔痕经雨活，出炉香篆挟风飘。宦情已逐浮云散，懒向尘寰再折腰。”

曹元忠作《壬子元旦》。诗云：“到此寒如已死灰，东皇无力教春回。今朝南岳祠前路，可有孤臣望北哀。”

王舟瑶作《元日壬子》。诗云：“不须令节进辛盘，冷落椒花未忍看。莽制已颁新月令，遗民犹恋旧衣冠。归来陶令惟耽酒，老去严陵有钓竿。从此诗成题甲子，永初以后集重刊。”

刘绍宽作《壬子夏正元旦》。诗云：“不比寻常岁履端，屠苏一酌强为欢。雨声淅沥年光换，雪意迷离朔吹寒。旧俗何曾知历改，危时只觉著身难。陈留树屋辽东帽，避世聊求容膝安。”

傅锡祺作《浣溪沙·元旦访痴仙，即和其韵》。词云：“问字依频载酒尊，买山君别辟柴门。南村还住几晨昏。　　细雨灯前花弄影，屠苏襟上酒沾痕。别情先向对床论。”

周钟岳作《壬子元旦作》。诗云：“失喜儿童乐事多，一年献岁两经过。星躔初改元嘉历，云烂如闻复旦歌。世远唐虞能禅让，政殊周召亦共和。五千年史开新纪，独笑吾诗落臼窠。”

瞿蜕园作《壬子元日，在上海》。诗云：“改历初看国步迁，迎春仍喜岁华妍。梓桑已隔潜行地，梅柳争回欲曙天。朱户粘鸡芳胜袅，铜街骤马晓灯圆。奉亲娱目徒增感，辛苦东来寄一廛。”

俞剑华作《壬子元旦》（二首）。其一：“晓日曈曈只欲眠，山妻催起试新绵。不堪憔悴腰围瘦，强说今年胜去年。”其二：“已悔聪明莫更鞭，埋愁唯有醉当筵。鸩媒蚁梦嗟无验，误了人间又一年。”高旭作《次韵和剑华元旦诗》（二首）。其一：“万树梅花花底眠，依然歌哭恨绵绵。痴儿偏说该欢舞，南北方当统一年。”

吴梅作《元旦书怀》。诗云：“献岁东君又履端，乍经兵燹幸平安。列朝功罪谈何易，来日阴晴事大难。未熟黄粱容说梦，不惭青史勉加餐。书生本乏匡时略，敢向新廷乞一官？”

叶昌陛作《壬子元日登城闲眺有作》（二首）。其一："寥落今何日，登临一怅然。生逢新岁月，起视旧山川。大野寒无色，苍霞远际天。君平如可作，我欲卜余年。"其二："白色垂云际，东风惨不骄。儿童仍旧俗，父老话前朝。远水光明灭，荒城齿动摇。含悲何可说，有酒醉今宵。"

吴宓作《水调歌头·壬子元旦》。词云："社鼓发春响，美酒敞琼筵。浦滨柳色千树，朝至倍增妍。原是笙歌旧地，况祝民邦新建，飞彩绣轻纨。处处竹声厉，聒耳更丝弦。　　对今景，思往事，意凄然。刘郎前度，流光十载忆华年。此日山河仍在，可许疮痍尽复，破镜又重圆。遣闷无良计，开箧检芸编。"

王掞墀作《改元感赋》（三首）。其一："改元贺旦岁朝新，闻道黄袍已即真。反手祗如欺北帝，捧心何敢怼东邻。别开禅让征诛局，仍作舆台仆隶臣。海外翻传华盛顿，乘槎几度梦前尘。"其三："泽竭鱼枯怨所滋，汉文恭俭可能师。寰中日月犹堪造，海外风云未可知。但作太平鸡犬想，不遭轻薄马牛欺。欧西应悔工机巧，弹雨硝烟自杀时。"

[日] 清浦奎吾作《壬子元旦》。诗云："病中逢岁改，引镜叹衰翁。蓬发霜耶雪，苍颜老不童。冰犹留腊景，梅早笑春风。遥想枫宸下，衣冠鹓鹭同。"

[日] 关泽清修作《岁旦作，次三岛中洲翁诗韵赋呈》。诗云："风流儒雅赞文华，白首讲经精益加。春到老梅香动处，笔端五色又生花。"又作《新年试笔》。诗云："承欢八十五年春，膝下屠苏笑语亲。只愿从今更清健，青松气格鹤精神。"

[日] 白井种德作《新年读诗》。诗云："邦人诗赋也堪夸，情发于声是正葩。新岁所翻谁氏集，赖家叔侄及梁家。"

[日] 森川竹磎作《元旦》。诗云："灯火残年乍隔宵，东风欲动曙晖饶。一渠水色春方活，满地霜华暖易消。依旧床头梅影瘦，新来檐角鸟声娇。微醺椒酒情容舆，词梦低回碧绮寮。"

[日] 德富苏峰作《壬子元旦》。诗云："不叹人生如露电，人生五十仅随缘。新年有此快心事，茅舍日高伸脚眠。"

[日] 土方久元作《壬子元旦试笔》。诗云："回想当年万死身，恩光阁上八旬春。怜他西海风涛险，徐整衣冠朝紫宸。"

[日] 白水淡作《壬子元旦》。诗云："紫宸殿上紫云新，波稳不扬东海尘。初日梅开如献寿，我皇六十一回春。"

[日] 加纳正治作《壬子元旦书怀》（六首）。其一："彻夜邮窗独不眠，匆忙未暇五更天。跫音车响到门止，知是今年第一便。"其二："年来年去总无关，家政任妻心自闲。元旦夸人惟一事，两鬓添白健兼顽。"

19 日　鲁迅发表《周豫才告白》。声明已辞山阴师范学校校长。

陈夔龙作《新正二日作，示亭秋》《叠韵二首》。其中，《新正二日作》云："西望忧何极，南归愿未偿。浮云迷向背，斜日半昏黄。蕉叶醒残梦，梅花罢晚妆。吾衰君亦病，容易感年光。"

王浩作《瑶华·正月二日》。词云："蝉鬓低钿，螺髻拖钗，是艳妆浓钗。为谁消瘦，更觉得、一捻纤腰无力。偏偏见了，又恰是、旧时相识。知那人、病后如何，莫问近来消息。　　春风又动春愁，想未免有情，怎生禁得。自从驾凤，便未敢、稍稍望君颜色。吹箫人远，念近日、空闺岑寂。但多情、何似无情，休把罗衣偷湿。"

20日　黎元洪主办《民声日报》在上海创刊。宁调元、黄侃等任主编，为民社机关报。是日"新刊介绍"栏刊柳亚子文推介越社："越社为会稽宋紫佩君发起，与南社相犄角，振风骚于绝响，追几、复之芳踪，甚盛事也。顷复裒集社友著述，汇为《越社丛刊》。承以第一集见惠，扢雅扬风，芳馨悱恻，足以发扬大汉之天声矣。自建虏兴狱，文献坠地；民国初建，弦诵未遑。得此空谷足音，快何如是耶。"

施景琛本日至3月17日奉制军松鹤龄之命，以福建实业协会名义，偕林辂存、林尔嘉、陈少铁、林祖密等赴台湾考察实业，前后历时近一月。将所见所闻予以记录，都为一册，颜曰《鲲瀛日记》。施景琛此行受到台湾官、绅、商、学、报等社会各界重视，全台士绅尝公宴于台南公馆，台湾日日新闻社、台湾新闻社、台南新闻社等记者以及台南南社、台中栎社、台北瀛社等诗人频频招饮并相与酬唱。其间，施景琛作《赠辜君显荣》《赠林君薇阁》《赠魏君润庵》《游瑞芳金山》《蔡君法平两宴北投松涛园，留题一律》《赠赵君云石》《赠连君雅堂》《题洪君逸雅〈兰石图〉》《鹿耳门怀古》（限迟疲谁韵）、《春夜会赤崁城》（限尘巾匀韵）、《赠台湾日日新闻社、台湾新闻社、台南新闻社记者及南社、栎社、瀛社诸词宗》。其中，《赠台湾日日新闻社、台湾新闻社、台南新闻社记者及南社、栎社、瀛社诸词宗》云："肠断桄榔黯黯天，弃民身世有谁怜？东山丝竹中年感，北海琴樽异地缘。田岛英风怀五百，孔门遗教仗三千。诗人寄托原余事，此去休忘祖逖鞭。"

张南冥生。张南冥，原名鹏超，字天池，江苏邳县人。著有《西行吟草》《夕枫未是草》。

21日　《申报》第14007号刊行。本期《自由谈》"尊闻阁词选"栏目含《望海潮·武汉起义，仿折元礼〈凯旋舟次〉，并用原韵》（沧桑）。词云："地通巴蜀，疆雄江汉，浔庐高压吴头。南拊岳湘，西驰鄀洛，柳营萦带鹦洲。虎将拥貔貅。看义旗逐电，豪气横秋。千旅精兵，几囊羌血游吴钩。　　悲风哽入轻裘。恨诗书误我，却爱兜牟。侠悍少年，英奇伟彦，隘关雄镇齐收。天外夕阳楼。听鼓钲半渡，催动飞舟。正好膻腥扫净，策马进幽州。"

王闿运见电谕清宣统帝逊位，改定国体为共和民国。谓："今兹国变，未及三月天下响，应为历朝以来所未及防之事。”遂作《民国元年正月四日，七律两首》，有感于宣统退位事。其一：“北望邮尘千里昏，杜陵忧国但声吞。并无竖子能成事，坐见群儿妄自尊。元纪沐猴妖谶伏，楼烧黄鹤旧基存。请君莫洒新亭泪，且复清春指杏村。”其二：“家家守岁岁仍迁，愁对清尊画烛燃。大壑藏舟惊半夜，六龙回日更何年。意期缩短难如愿，游宦思乡且未旋。若补帝京除夕记，料无珂蠹咏朝天。”

王坤泰《踏莎行·书感》载于《台湾日日新报》。词云：“底事雕虫，难当射虎。儒冠恨把平生误。落花飞絮奈他何，年年光景成虚度。　浊酒一杯，闲愁几许。碧云红树人何处。凭栏极目泪沾襟，横斜雁字排空去。”

徐世昌作《壬子正月四日晤周少朴中丞》。诗云：“万里龙沙路，春来喜见君。风寒蓟门雪，日落汉江云。世乱诗才健，愁多酒力醺。明朝惜离别，忧国语殷勤。”

22日　女子同盟会成立，并发表宣言书，宣布“以助民国促进共和、发达女权、参预政事为宗旨”，举吴木兰为会长，会所设于上海西门内曹家桥。

《申报》第14008号刊行。本期《自由谈》“尊闻阁词选”栏目含《壬子元旦书怀》（二首，陆凝）、《岁莫读爱楼先生〈度年关记〉书感并寄印楼六绝》（吴蒙）、《岁除日，在沪上景春园购连理枝梅树一瓶，红绿二色，含蕊未开，诗以志之》（四首，潜庐）。其中，吴蒙《岁莫读爱楼先生〈度年关记〉书感并寄印楼六绝》其一：“送穷无术祷穹苍，视听从民说渺茫。不管下方呼吁苦，大家逊位诏书忙。”其二：“好友分金非浪夸，当年管仲已无家。买丝不缠平原象，愿绣青齐鲍叔牙。”其三：“而今始信儒冠误，咄咄终难展一筹。回首故交已萧落，枉将酸苦诉王侯。”其四：“吴侬屋近赧王台，岁岁登临避不同。早使移家寓阳谷，料应重暖已寒灰。”其五：“昂藏七尺竟长贫，厨绝炊烟愁煞人。不及窗前梅骨傲，看他愈冷愈精神。”其六：“闭户吟哦手一编，满天风雪送残年。浇愁还要沽佳酿，暂借明朝粜米钱。”潜庐《岁除日，在沪上景春园购连理枝梅树一瓶》其一：“本是孤芳冰玉姿，淡妆恐不入时宜。故施朱黛添颜色，待到东风开满枝。”其二：“花分二色一株梅，红绿含苞酝未开。数点能知天地意，新妆改到美人来（近日沪上女子已多不垂辫而盘发额上，名之云革命髻，与月下美人变妆亦复相似也）。”其三：“铁干冰心学冶容，高人骨格美人风。藐姑仙子真清艳，不与徐熙画样同。”其四：“冰容也好斗繁华，并蒂能开两种花。我与寒梅同守岁，探春消息在天涯。”

吴玉章出席四川旅南京各界追悼蜀中死难烈士大会。

23日　梁启超就财政、政党问题致书袁世凯，并建议袁联合旧立宪派和革命派中分化出来者，组成一大政党，以与始终不与袁妥协之革命派斗争，使“彼自归于劣败”。

《申报》第14009号刊行。本期《自由谈》“尊闻阁词选”栏目含《催租道中有感》（虞山初我）、《宵深治事，不寐有感》（虞山初我）、《旧历岁朝，民署早起》（虞山初我）。

其中，《催租道中有感》云："无端两月为公仆，忽忽轮蹄送岁华。剩有诗囊供行役，愧无治绩课桑麻。催科政拙轮清吏，伏腊今知是汉家（阅报悉是月十三日，改元用阳历）。寄语后来司牧者，春阴多护道旁花。"《宵深治事》云："百年蒙垢虞山面，今日迁乔尚旧枝（前昭文署为钱蒙叟故居）。庭树无声丛雀少，谤书有味一灯知。雕零文学搜秦火（近岁手辑邑中遗老箸述，尚未成编），朴野衣冠似汉时。待补当年遗佚史，衙斋风雪辑残诗。"《旧历岁朝》云："日高庭树噪群鸦，官舍萧然似旧家。留与岁朝清供品，寒冰一片养梅花。"

24日 陈夔龙为郑兰孙题《都梁香阁遗集》。《题郑母徐太夫人〈都梁香阁遗集〉》（二首）其一："通德门前带草披，外家经笥授佳儿。谁知贤母清芬远，别有生花笔一枝。"又作《人日夜酌遣兴》《和润甫同年人日见怀》。其中，《人日夜酌遣兴》云："题诗难寄故园春，老病栖迟尚海滨。花市酒家犹卖酒，草堂人日不逢人。传来蜡烛千条泪，付与烟蓑一叶身。投辖去年宾尽醉（去年人日曾召幕府诸君小饮），豪情今夜减陈樽。"

方守彝作《壬子正月人日感赋，时避乱侨寓海上》（四首）。其一："屋角墙阴乱鹊鸣，模糊弦管送春声。睡人魔重灯无焰，诗思宵长句不成。虫蚀瑶琴封故锦，马咀枥草梦孤征。还家宁异无家客，争奈衰翁合眼情。"其二："故衣乱叠愁开箧，短杖孤清冷倚墙。从此得闲宜称意，知犹缄恨滞他乡。旧园荒圃鸦雏怨，老屋空房鼠迹狂。踯躅欲归归未得，恼人晴日照年芳。"

何藻翔作《壬子人日玻璃厂晚步》。诗云："十日春阴感不胜，夕阳残雪照觚棱。虎坊桥畔布摊子，犹鬻黄龙旧诰绫。"

叶德辉作《人日》。诗云："人日寻春不见人，浃旬已是隔年春。沐猴入市夸旋舞，猘犬当街易怒嗔。官廨妖凭时作祟，榷场垄断莫医贫。定王台畔梅依旧，兴尽悲来各有因。"

25日 《申报》第14011号刊行。本期《自由谈》"游戏文章"栏目含《题身外身诗》（十首，爱）：《古装》《戎装》《官装》《洋装》《僧装》《道装》《女装》《渔装》《戏装》《丐装》；"尊闻阁词选"栏目含《游仙曲》（魏锄月女士）、《春日即事》（魏锄月女士）、《晓望》（魏锄月女士）、《咏明妃》（魏锄月女士）。其中，爱《古装》云："面目虽存今龌龊，衣冠不失古风流。形容易写心难写，唐汉谁知是我俦。"《戎装》云："久思投笔去从戎，一立轻身爱国功。万事有心方有迹，安知如我不英雄。"《官装》云："满族衣冠人觉重，官场面目我看轻。诸君澈底何须究，游戏神通偶一行。"《洋装》云："文明气象发婆娑，豚尾无烦脑后拖。莫道西欧师法少，偏衫侧帽有卢梭。"《僧装》云："终日奔波无休息，俗人面目实堪憎。浮云一切禅门诀，故着袈裟学老僧。"《道装》云："语人莫误上清侣，此是凡心未脱仙。入鬓修眉明若画，垂胸长髯飘如烟。"《女装》云："迷离扑朔费疑猜，相骨从知不易哉。多谢碧纱笼护客，究因怜色究怜才。”《渔装》云：“严陵滩畔钓台在，光武代中帝业亡。心羡江湖无限乐，故披蓑笠学渔郎。”《戏装》云：“际会风云真亦假，衣冠优孟假如真。现身说法寻常事，生旦何妨一效颦。”《丐装》云：“此是明州童慕祖，今朝相识有几人。诸君且莫回身避，我乞新诗不乞银。”魏锄月女士《咏明妃》云：“曾在汉宫轻楚舞，匈奴嫁后未忘恩。单于亦恨毛延寿，错把黄金买泪痕。”

[韩]《朝鲜佛教月报》第1号刊行。本期“词林”栏目含《因招待继席赴传灯寺》（香严金之淳）、《次〈因招待继席赴传灯寺〉韵》（退耕权相老）、《祝〈佛教月报〉发行三绝》（香严金之淳）、《又》（宝云金本叶、金龙寺学生李曾锡、金龙寺学生全裕铣）、《觉皇寺》（宝云金本叶）、《和》（莲邦崔就墟、退耕权相老）、《偶吟》（莲史李混惺）、《自戏》（正观斋徐光前）、《偶吟》（东溪金晚翁）、《又》（学生曹学乳）、《寄朝鲜佛教月报社》（书山居士成埙）。其中，学生曹学乳《偶吟》云：“暮天风日雪飞飞，客馆年深未得归。低首思来缘底事，生涯自足钵兼衣。”

丘逢甲卒于广东镇平淡定山居。丘逢甲（1864—1912），祖籍广东嘉应，今属梅州。谱名秉渊，字仙根，号蛰仙，晚号仓海君，一作沧海君，台湾淡水客家人。光绪十五年（1889）至燕京赴试中进士，被任命为工部虞衡司主事。曾到台中衡文书院任主讲，后又于台南、嘉义举办新式学堂。光绪二十年（1894），奉旨督办团练。次年，清军战败，割让台湾，丘逢甲呈文反对割台。《马关条约》生效后，丘逢甲倡立民主国，并声援义军反抗。唐景嵩成立“台湾民主国”后，丘逢甲为义勇军统领。日军登台，遂携家眷内渡广东嘉应州。丘逢甲离台前有诗云：“宰相有权能割地，孤臣无力可回天。扁舟去作鸱夷子，回首河山意黯然。”内渡后，先后主讲潮州韩山书院、潮阳东山书院、澄海景韩书院，并与三弟树甲共同成立岭东同文学堂。光绪三十年（1904）赴广州，任广东学务公所参议。三十二年（1906），任广州府中学堂监督，三十四年（1908），被推为广东教育总会会长。宣统元年（1909），广东咨议局成立，丘逢甲被推举为副议长。丘逢甲积极支持姚雨平、邹鲁等人反清革命活动。宣统三年（1911），武昌起义爆发，丘逢甲被选为中华民国临时参议院议员。1912年，积劳成疾，卒于广东镇平，遗言曰“葬须南向，吾不忘台湾也”。台湾同胞有挽联云：“忆当年，祸水滔天，空拼九死余生，只手难支新建国；病今日，大星坠地，只剩二三遗老，北面同哭故将军。”丘逢甲平生作诗甚多，仅内渡后存诗即有千余首，著有《柏庄诗草》《岭云海日楼诗钞》。梁启超《饮冰室诗话》云：“吾尝推公度、穗卿、观云为近世诗家三杰，此言其理想之深邃闳远也。若以诗人之诗论，则丘仓海（逢甲）其亦天下健者。”又谓丘逢甲能“以民间流行最俗最不经之语入诗，而能雅驯温厚乃尔，得不谓诗界革命一钜子耶！”柳亚子有诗赞丘逢甲云：“时流竞说黄公度，英气终输仓海君。战血台澎心未死，寒笳残角海东云。”钱仲联《梦苕庵诗话》云：“所著《岭云海日楼诗》，沉雄顿挫，悲壮苍凉，感怀旧事，伤心时变，激昂不平之气，真切流露，似陆剑南，似元遗山。梁任公称为天下健者，兰史丈称其长篇如长枪大剑，武库森严，七律一种，开满劲弓，吹裂铁笛，真义军旧将之诗。”钱氏《近百年诗坛点将录》将黄遵宪、丘逢甲分别喻之为“天魁星”和“天罡星”，且称丘诗“深到之处，魄力雄厚，情思沈挚，人境亦当缩手”。

京中本日及次日兵乱，戒备非常，谕止行礼。陈宝琛有《正月十二十三夜纪事》《次韵楼樵〈正月十三日因兵乱止行礼感赋〉》纪之。其中，《正月十二十三夜纪事》云：“不是咸阳岂洛阳，九衢如沸切霄光。自焚正作佳兵鉴，善将宁无禁虣方？坊市周星供一哄，掖闱通夕备非常。担囊揭箧臣何畏，睡足灯前自读庄。”

沈钧儒被委任为军政府浙江省教育司司长，教育司设杭州九峰草堂。

陈国钊生。陈国钊，字遂生，湖南长沙人。著有《陈国钊题画诗稿》。

章维藩作《共和政成，强迫剪发，赋此自嘲》（三首）。其一：“束发垂肩五十年，守身古训凛先贤。缘何一旦轻抛弃，搔首踌躇意惘然。”其二：“荷衣蕙带久幽栖，岂为穷通路转迷。不改故装行不得，采薇山下愧夷齐。”其三：“青丝烦恼相传久，烦恼从今净铲除。髡首虬髯真怪象，自家引镜自轩渠。（壬子新正八日，清芬草庐稿）”

26 日　《大公报》发表章太炎致袁世凯电，主“内官拟设总理”，“各部总长、次长以下，设参事厅，主讨论；设佥事厅，主执行”，“外官废省存道，废府存县，县隶于道，道隶于部。其各省督抚、都督等改为军官，不与民事，隶陆军部”，“参议院应由国会推举，不得由内外行政长官指派”。

《申报》第 14012 号刊行。本期《自由谈》“尊闻阁词选”栏目含《将去海上，留别张七》（四首，云间雄伯）、《宿东寺》（澹庐）。其中，云间雄伯《将去海上，留别张七》其一：“秋尽江南酒涴衣，征鸿又傍旅人飞。连宵晤对浑成梦，细雨斜风独自归。”其二：“休论凤泊与鸾飘，海上逢君酒半消。绿鬓江南明月夜，凭谁乞与教吹箫。”其三：“兼旬相见别三年，莫向苍桑问此缘。孤馆寒灯人未寐，怀思尽不要人怜。”其四：“裘敝谁怜季子寒，漫思微雨过苏端。终期玉貌张雕武，人向儒林传上看。”澹庐《宿东寺》云：“毛雨斜飞人影瘐，盲风横刮脸波皱。壁心饥斗鼠粮干，殿角寒深蝠粪臭。耳根嘈杂梦意荒，今夕何夕此邂逅。敲门仿佛夜归僧，双环无力松铜兽。”

严复被委任京师大学堂总监督，接管大学堂事务，次月 8 日正式就任。

朱祖谋校刘克庄《后村长短句》毕，撰《〈后村长短句〉校记》并作跋。

曹元忠作《正月九日及门罗舍人（翙云）来寓告行，凄然赋此》。诗云：“拂衣徒步出长安，乱后关山行路难。天下无王应长寇，人闲何世悔为官。故宫走别驼无语，华表重来鹤忍看。他日史家求直笔，让君密记在金銮。”

27 日　蔡元培、宋教仁等抵北京，迎袁世凯南下。

潘鸿鼎、朱寿朋、潘昌煦、陆鸿仪等人在上海发起成立国民党，该党实由保皇会和帝国宪政会逐步演变而成，并非由同盟会改组而成“国民党”。该党成立时宣布：“于全国统一政治之下，以人民为国家主体，完全保护其固有之权利，以发扬共和之精神。”

杨庶堪领衔致电孙中山、黄兴，主张将同盟会改为政党，加强政党建设，推动革命进步。

柳亚子在《民声日报》刊文斥责陈三立与郑孝胥等“同光体”诗人，推荐福建尊唐派诗人林崧祁遗诗。评《林述庵先生遗诗》云：“慨自亡清叔季，文学荒废，气节凋丧，侯官郑孝胥、义宁陈三立，貌饰清流，中怀贪鄙，吐言成章，少苍凉遒上之音，私以艰深自文浅陋，遂提倡所谓江西诗派者。后生小子，震其名位，翕然和之，妄冀上掩三唐，下排七子，卒致声牙诘屈，戾于目而涩于口，终已莫得其要领所在，徒使啖名之士、奔走之客，借为羔雁，以相炫异而已。诗亡迹熄，虽谓其祸甚于洪水猛兽，可也。余执持此论数年，世鲜应者，独吾友蕲州黄子季刚，许为知言，足以知赏音之艰也。”

《申报》第14013号刊行。本期《自由谈》“尊闻阁词选”栏目含《侠客行》（越南丛桂山人）、《感怀》（越南丛桂山人）、《冬至怀琴公》（澹庐）、《次韵和王十三丈〈岁暮感怀〉》（澹庐）。其中，越南丛桂山人《侠客行》云：“当路见不平，愤气冲斗牛。夜半昆吾脱匣出，破壁飞取仇人头。追风逐电去顷刻，铁衣如山求不得。神龙变幻网外逃，还来东海钓巨鳌。金炉玉鼎煎琼膏，姓名上列飞仙曹，下视尘世如鸿毛。”《感怀》云：“野草东风战血多，六龙宫阙泣铜驼。钧天梦罢成乌有，易水歌残唤奈何。去国烟光空烂漫，题桥名姓欲消磨。谁人更理临江楫，十载如今一钓蓑。”澹庐《冬至怀琴公》云：“料峭前宵雪，葭灰冻不飞。有身无可掩，逢节盍思归。乐事江南少，邮书海上稀。愿闻天下定，万古一戎衣。”《次韵和王十三丈〈岁暮感怀〉》云：“莫问中原事，茫茫百感增。孤猿穷变幻，万马疲奔腾。老我书三箧，磨人墨几升。钝根何处忏，同是哑羊僧。”

［韩］《侍天教月报》第2卷第3号刊行。本期“词藻”栏目含《自题》（金基鲁）、《却老》（咸日南）、《感通》（咸炳锡）、《自怀》（朴胜健）、《咏海》（崔文祥）。其中，崔文祥《咏海》云：“东山东畔忽相逢，握手丁宁语似钟。遥指龙潭去去水，终归四海一朝宗。”

魏清德《宜园小集，送雪渔词兄之吕宋》（分佳韵）发表于《台湾日日新报》。诗云：“此日宜园景物佳，山川故土信堪怀。何因拂袖辞妻子，舟向天南水一涯。”

28日 《国学会缘起》刊登于《民立报》。《缘起》条例：“一，定名曰国学会。二，请章太炎先生为国学会会长，并随时延请耆儒硕彦，分科讲授。三，讲授科目大别有六：甲，文，小学（音韵训诂，字原属焉）、文章（文章流别，文学史属焉）；乙，经（群经通义）；丙，子（诸子异义）；丁，史（典章制度、史评）；戊，学术流别；己，释典。四，讲授期以壬午阳历四月七日、阴历二月二十日房日始，自后凡房虚昴星日即为会期。五，愿入会者，以得会员三人以上介绍而学长允许为准。六，凡会员暂定月纳会费银二元。七，凡所讲授，由会员分任，随为国学讲义，随时印行，以饷学者。刊行讲义，别有华章。发起人：马裕藻、钱夏、朱宗莱、沈兼士、龚宝铨、范古农、朱希祖、沈钧业、张传梓、张传琨。”

《申报》第14014号刊行。本期《自由谈》“游戏文章”栏目含《惜花诗》（咏雏妓也）（十首，柳桥）；“尊闻阁词选”栏目含《入吴》（越南丛桂山人）、《赠朝鲜金秘书》（越南丛桂山人）、《太湖舟中闻笛》（越南丛桂山人）。其中，越南丛桂山人《入吴》云：“剩水残山落日遥，国魂渺渺竟难招。生如独鹤归何益，死化哀猿恨未销。黄海怒涛秋抚剑，吴门寒月夜吹箫。惟余壮志浑如昨，万丈虹霓贯碧霄。”《赠朝鲜金秘书》云：“万里征尘岁月深，暮云离雁托哀吟。空山自洒孤臣泪，末路谁知壮士心。雾重天门群虎踞，风高海国六鳌沉。吴钩对舞灯前夜，星斗阑干插远林。”《太湖舟中闻笛》云：“寒波浸月碧溶溶，天外微茫七十峰。谁向孤舟弄横笛，一声惊起太湖龙。”

叶昌炽得［日］康吉都门一函，并示《乡思》二律，中有句云：“崭新世界难容旧，巨富人家不疗贫。”叶氏评曰：“格虽不高，其词沉痛，可泣可歌。”

29日 袁世凯密令曹锟部发动北京“兵变”，天津旋即亦生兵变。起因是孙中山提出临时政府应设于南京，新总统必须亲到南京受任，并遵守《临时约法》三条件，且派专使迎袁南下就职。袁世凯以“兵变”为由拒绝南下。林纾作《十四夜，天津果大掠》长诗纪之。诗云：“月光微暗楼窗红，火发河北明河东。哭声震天不到耳，是夕正起西南风。西人严兵阨孔道，咫尺音问无由通。迟明出观但煨烬，翁啼妪唏途路中。刀痕着扉板都碎，窗扇委地楼全空。微闻叛卒但四十，以利啸结群愚蒙。巡杜卫兵首从逆，挺械争出声汹汹。曹伏思乱固已宿，响应乃类撞洪钟。鸷贼人人囊橐丰，细民尾逐疗饥穷。巡卫匿赃易衣出，反以逐捕矜奇功。北门骈戮百有二，真贼不与仍纵容。贼曹屏息无敢指，转与奖犒求调融。纵兵为盗既失计，宜罪反赏谁从公？南军即至亦奚补，主客疑骇将凶终。政府趣立宪法定，南北连合平内讧。瓜分豆剖祸或戢，老夫旦夕祈苍穹。”又作《壬子正月十二日入都，同刘资颖及高甥稔饮于小有天三层楼上，某将军所部兵溃，纵火攻剽，火发可十二处，楼高铁栏固，益以铁扉，贼止弗攻，飞弹流空，厥声达晓，余亦濒于险》。诗云：“酒人闻变杯齐覆，楼下炮声过爆竹。十夫力锁铁阑干，火光已射阑干角。闭窗灭烛觑微隙，噤声如哑奴厮伏。武冠数猛聚楼下，枪刃力与铁扉触。再攻不克舍我去，月中移影犯邻屋。居人争效猢狲蹲，叛军直作老熊扑。烛光暗处影塞扉，剑声锵然刃破棱。万声杂动呼开门，掠索旋过舍五六。斗然枪止不闻声，趣行颇似鬼相逐。人人握刃手巨火，非灯非炬焰深绿。仅半炊许光绛天，栋摧瓦覆觚棱烛。城中火聚十二屯，前后惊盼罣吾目。对门一卒挟火入，心知祸至气为促。昊天似悯一楼人，幸非纵火但冥索。更沉鼓寂月如水，驼卒沿街拾珠玉。得大遗小贼弗校，屑屑转为细民福。平明楼下见行人，贼亦杂行果其腹。汝曹一夕恣捆载，吾民百室空储蓄。大帅充耳若弗闻，拥贼作卫谬钤束。利熏心痒那即已，都门行见一路哭。"

陈三立评清末民初更迭："以暴易暴，伯夷所悲；以燕代燕，子舆所叹。"

罗惇曧作《壬子正月十二日作》。诗云："夜半惊闻戍卒呼，咸阳一炬变榛芜。饱飏今识鹰难养，非种谁言蔓易图。辇下已成胠箧尽，道旁空见窃钩诛。九门禁夜行人断，萧瑟春城冷月孤。"

本　月

南京临时政府公布中华民国国歌，由沈恩孚作词，沈彭年谱曲。词云："亚东开化中国早，揖美追欧，旧邦新造。飘扬五色旗，民国荣光，锦绣山河普照。我同胞鼓舞文明，世界和平永保。"

国民共进会由王宠惠、陈锦涛、徐谦、许世英等人在上海发起成立，推举伍廷芳为会长，王宠惠为副会长。

蔡元培、吴稚晖等人在南京发起"进德会"。认为革命必先革心，提倡"不为"而后"有为"。钱基博积极入会，以"不抽烟、不赌博、不狎妓、不纳妾"四条自律，且终生秉持。

柳亚子和李叔同办文美会，发行《文美杂志》，数月后停刊。胡怀琛《上海艺术团体：文美会》云："文美会为李叔同等所发起，一九一二年（民国元年）李氏方主编《太平洋画报》副刊，故文美会中人多为太平洋报社中人，文美会所即附设在太平洋报社内。李氏曾编《文美杂志》一册，内容系所作书画，及印章拓本，皆为手稿。纸张大小一律，极为精美，开会时会员彼此传观，并未印行。该会创办未及一年，即无形解散。"此时，上海由南社社员参与主办或撰稿的报纸有 8 种之多，是南社在新闻界之全盛时代。胡怀琛《上海学艺概要》略谓："民国元年，他（李叔同）在太平洋报馆担任编辑。当时《太平洋报》附刊的画报，就是他主编的。叔同兼工书法，尝以隶书笔意写英文莎士比亚墓志，与苏曼殊为叶楚伧所作《汾堤吊梦图》，同时印入太平洋画报，称双绝。苏曼殊说部《断鸿零雁记》最初亦在《太平洋画报》发表。同时他又创办文美会，主编《文美杂志》，会址附设在太平洋报社中。"

《越社丛刊》创刊，在浙江绍兴出版，由越铎日报社发行，不定期刊物。宋紫佩发起，体例仿《南社》，分文录、诗录，提倡民族主义，鼓吹民主革命。鲁迅编《越社丛刊》第 1 集，陈去病作《越社叙》。鲁迅在本集上以"乔峰"为笔名发表《辛亥游录》，后又以“周作人”名义发表《古小说钩沉序》。《越社诗录》第1集含吴江柳弃疾安如《〈新中华报〉出版，寄楚伧》《次韵答楚伧》《哭天水王孙，用楚伧韵》，丹徒叶初中泠《哀韩储》，古虞杨兆兰挹芳《秋日杂咏》《重游冷泉亭口占》，会稽宋沅芷生《和彬史〈游崇效寺，观《驯鸡图》〉，次韵》《和彬史〈冬日书怀〉，次韵》，蜀南雷昭性铁厓《侨寓西湖漫兴五十韵》《神户舟中两梦孟博赋寄》，汉卿《吊友》《秋感》，山阴陈国惠伯翔《游金陵》（八首）、《秋景即事》《留别菊绅》《春潮》《春日寄柳塘龛山》《谒宋六陵》《问蜀中即事有感》，会稽鲁其濬寄湘《仲秋夜坐书感》，肖山郁颖炯稚青《早渡》《燕》《哀南宋》《禽言》，会稽阮恒久巽《寄友》，阮恒《湖上》《客途》《夜半闻橹声》，缙云潘春波宅溪《登快阁，见陆放翁像》，会稽周作人起孟《秋草园》《乙巳除日》《寒食》，山阴吴邦藩桂轩《咏古》《梦见先亲，醒后泣赋》《观涨》《大水》《咏怀》，会稽周开山仲翔《初夏》《山居》《春日即事》《流萤》《春夜客来》。

陈元焯卒。陈元焯（1856—1912），字伯桓，号莘芗，广东五华县人。同治癸酉拔贡，己丑副榜。历署江西省铅山、万安、东乡、兴国等县知县。童年选拔，人境庐（黄遵宪）赠诗，所谓“拔萃当年十五余，倾城看煞好头颅”者也。游宦四方，所交尽知名士。人境庐诗，又有“当年四海论人物，早有张、陈在眼中”之句，其为时贤器重如此。所著《铅山公牍》已刻，《思阙斋文集》《可庶堂诗稿》未刻。

梁鼎芬寓上海爱文义路，以卖字为生。樊增祥以梁鼎芬所投诗次为三品，梁鼎芬有诗答之，并邀沈曾植、陈三立、易顺鼎、杨钟羲等同赋。樊增祥《朋好投诗者略第其高下，以三品差次之，因系以诗》云：“五侯馔食合一脔，五州送酒置一器。异哉君卿及晋卿，莫不饮食鲜知味。肴有烹炙清浓殊，醋有和劲甜苦异。将盐调蜜仲殊呕，以酪入茶俞儿涕。金银斑竹湘管三，初盛中晚唐文四。陶阁三层累梯级，班表九等具略例。瓜琼没报殊不乏，□□案头叠鳞毳。上者袭之古锦囊，琉璃匣中抑其次。又其次者不甚惜，酒券药方任杂置。此亦何足为定格，甲乙签特行吾意。酸咸嗜好难强同，青白眼光非一致。子敬贤者且妄言，叔子不如铜雀伎。自古科举少定评，此之所收彼所弃。诗文小道何重轻，况我此举近游戏。所退不必皆阳鲍，所进则必为上驷。顾我初无毁誉心，斯人宁有得失虑。乌虖两府失公道，进退百官必倒置。两三玉牒秉国成，百万金钱卖疆吏。五鲭五酒和鼎实，梅花早下商岩泪。脱彼用人如我之品诗，焉有宣统三年八月事。”梁鼎芬《樊山以三品次所投诗答一首，招乙庵、籀园、实甫、留垞同赋》（壬子正月）云：“樊山以诗鸣，趯趯四十春。屈原与王嫱，所居久已邻。御此绝代才，兰芬如在身。比来游海上，观诗如观人。投者日一束，光彩烂丹银。随时次第之，逮夜手尚频。辟陟昆仑颠，上者千年珍。其次存箧衍，其次杂几尘。同时大小雅，夐乎沈（乙庵）与陈（籀园）。涛园最雄隽，留垞极清新。实甫昔齐名，少小誉凤麟。迟来称贬之，罚以无算缗。而我羼其间，相去百由旬。杂劣不可佩，似兰之有榛。荏弱不成邦，又似郑与秦。往时圆通观，订交自庚辰。矜此自发友，遂枉老氏仁。公乃为大言，且夸所取均。我辈定则定，所诣醇乎醇。宰天下如肉，其余皆爪鳞。他人我未详，我实玉之珉。凝元佑次耳，白练坡已嗔。等级偶不慎，才哲易沉沦。风雅系教化，万汇咨陶甄。吾皇岁冲幼，岂是亡国君。一旦遘祸难，罪在贵与亲。退贤进不肖，公屈私则伸。公若不改外，不幸秉国钧。以公阿我例，恐亦如此臣。病翁兼嗜酒，二事吾已臻（谓酒券、药方也）。人苦不自知，倘亦哀此民。洴猪不置他，叶龙所好真。有鸟必举鸷，有马必识骃。盍不续班表，三为九所因。陆喜善论士，四五稍易匀。三品地少隘，才不才龂龂。愿公勿护前，公论待众宾。衰年恨无成，吾言出苦辛。后生雁湖壁，他日双并畚。其时我诗出，奉公言如神。彼钟嵘皎然，与公皆绝伦。吁嗟今何日，将死还嚬呻。我身即泯没，诗更如埃尘。淫淫三日雨，泪满逃世巾。”又，李子申自宜昌脱险，携家眷来沪，梁鼎芬有诗柬之。《辛亥秋，子申在宜昌陷贼中，屡濒于危，壬子正月方脱虎口，携眷来沪，作次代柬》云：“乱中闻汝死，病里见君来。天地今何有，相逢剩酒杯。”

郭曾炘自津返京遭兵劫，抵京后，与父拜谒崇陵，商出处之计，并谒徐世昌，遂出任北京政府秘书，居京师城南芳盛园。

苏曼殊偕许绍南、魏石生自印度尼西亚爪哇返国，至香港，始识平智础。迂道广州访黄晦闻、蔡哲夫，后由香港赴上海。

李叔同应城东女校校长杨白民之邀，赴沪于城东女校艺科任教。

何藻翔由京南归广州。何辟地种菜，自号邹崖逋者，有《十亩》诗以纪之。诗云：“十亩闲闲了此生，金牛坑下课傭耕。不知世变看潮汐，渐悟人情似雨晴。太息三纲今已尽，沉吟一死惜无名。寺前滦恍昆湖畔，小艇穿荷露气清。”

［日］盐谷温之父盐谷时敏在日本东京砾水西庄为叶德辉《南游集》作《书〈南游集〉书后》。略云：“读此诗者，谁不为先生悲耶。稿系先生手写，细楷端谨，意象沉稳，毫无仓皇迫切之态，亦可以想见其为人矣。”

［日］青木正儿始识王国维。

胡思敬至南昌，欲仿西台故事，携酒登西山；又欲仿吴潜翁月泉吟社例，招二三知己以气谊相结。

刘半农因不满军队内部混乱，回乡参演文明戏，筹款支援革命。

汪东致书柳亚子，劝其勿反对南京临时政府和议主张，柳撰万言公开信刊载于《天铎报》予以回应。

柳亚子由邹亚云、陈布雷介绍进由李怀霜任总编辑的《天铎报》任主笔。间日撰社论一篇，抨击南北议和。后从《天铎报》转入《民声日报》，主持文苑，作随笔式文章，题“上天下地栏”。再从《民声日报》转入《太平洋报》专编文艺。

吴宓在清华学校就读，因辛亥革命停课，返上海姑丈陈伯澜家，旋考入上海圣约翰大学。于次月入校，时国文教师为庞树柏，亦有知友欧阳祖绶等人。

郭沫若友吴耦逖英年早逝，郭沫若作挽联十副。其中有联云："死不足悲，后此寒食朝朝，剧怜子夏失明，颜路泣血；魂无可返，已是山河渺渺，难禁向生邻笛，处仲酒垆。"

田汉入长沙师范学校读书。徐特立任校长。田汉读书间以擅诗词名闻全校。

伍稼青叔父为其剪去发辫，入江苏省武进县冠英小学。

溥儒因清帝溥仪下诏退位，清廷贵胄法政学堂并入清河大学，遂入清河大学就读。

段云生。段云，山西蒲县人。著有《旅踪拾咏》。

张元奇本月至次年五月作《连夕京城兵变，与弢丈、默园相对枯坐，倦极而卧，若不知焚掠之将及也，事过感赋》《为默园题竹山小影》《潘莲巢〈焦山图〉，为袁珏生太史题》《庭中海棠盛开，置酒其下，与弢庵丈、春榆前辈同赋》《题何梅叟前辈〈养园图〉》《津门晤王啸龙，以所和〈卟仙诗〉数十首见示，赋此为赠》《赠轩举并题其〈鹅房山庄图〉》（二首）、《夜坐》《二十夜迟月》《次夷千弟韵，送其赴沈》（二首）、《为陈献丁题其萧太夫人〈秋宵课子图〉》《津门新居，树下瞑坐》《弢庵丈来津留宿寓斋，回京有赠，次韵奉酬》《松禅师相〈江南春〉卷，为笏斋前辈题》（二首）、《闽事日急书愤，用前韵，寄弢庵》《寄怀默园》《〈传笏图〉，题呈笏斋前辈》《司直以其尊人可庄先生所集十二辰图属题，分得申图，感赋二绝》《晨起》《李文忠祠》《咏蜻蜓》《次韵答畏庐》《叠前韵寄畏庐乞画》《买舟至小还槽量地，遇雨不果，复偕赞虞前辈、莲峰、景溪、清如诸君由军粮城乘汽车回津》《寄涛园》《徐鞠人太保养疴青岛，寄怀一首》《送周熙民侍御再知霸州》《题汪钝翁先生〈南归离亭寒色图咏〉长卷》《王烟客奉常临倪元镇〈雅宜山斋图〉，题次图中原韵》《次韵酬徐太保》《过泰山下口占》《车过邹县》《沪上旅店雪夜》《万寿桥遇险幸免，感赋三首》《雨夜病中写怀》《次韵和征宇寄慰脱险》《春尽，次弢庵丈〈送行〉韵寄怀》《公署中有老榕，二百余年物也，后院芭蕉数十本已萎，复生雨后，争抽新叶，净绿可爱，终日相对，慨然成咏》（二首）、《榕城杂诗》（八首）、《马江安平船中》。其中，《为默园题竹山小影》云："篔筜疑雨复疑秋，观瀑龙潭迹偶留。绝忆大章溪上路，竹鸡劝客一维舟。"《万寿桥遇险幸免》其一："火器日以新，一掷碎人骨。我行万寿桥，狙伏欲我杀。烟焰刺天飞，巨霆不可遏。相距只数武，此险竟幸脱。路人遘奇灾，死伤互颠越。或肢体飞裂，亦手足断割。仆圉毙其三，军卫但嗔喝。似有神扶持，云散江波阔。"《春尽》云："秾春一瞥负郊行，蛙黾蝇蚊取次生。连雨暝楼愁望远，当风病木懒敷荣。故乡但觉湖山好，世事殊难口舌争。梦绕灵清宫畔路，槐窗留共祝升平。"《闽事日急书愤》云："豺虎磨牙日伺人，衣冠争拜路旁尘。飘摇老屋将同压，补葺微劳敢自亲。细检箧书惊鬼蜮，愿持舟壑谢乡邻。区区腐鼠休相吓，早辨闲身作幸民。”

章维藩作《寄调〈菩萨蛮慢〉·闻和议有感》《金缕曲·闻和议有感》。其中，《寄调〈菩萨蛮慢〉》云：“干戈纷起，恨当朝庸暗，纵容妖匪。未曾见，从事疆场，先残杀臣民，摧烧都市。锦绣山河，都付与，落花流水。邪术终何济，徒勾引豺虎，入堂陛。　　翠华蒙尘千里。叹诸公衮衮，随扈有几。直弄到今日，危急存亡，犹倚势争权，昧良鲜耻。和议侈谭，问那个，胸罗经史。即使能，屈全就绪，已伤国体。”《金缕曲》云：“既往谭何益。且忍辱从权，免被鲸吞蚕食。及早回头除奸佞，延访山林隐逸。明黜陟、毋拘资格。尝胆卧薪宜共奋，速研求、富国强兵策。兴地利，恤民力。　　维新守旧徒偏执。看古今，明良治世，孰分畛域。欲挽颓风须先把，私欲心肠洗涤。联众志、尽忠修饬。使士卒知方有勇，岂惧他、异类来窥测。迂腐论，向谁述。”

余达父作《春兴十五首》（壬子正月寓筑垣作，用上平韵）。其一：“海水群飞宙合空，斯民真欲化沙虫。六州铸错轮囷铁，十道销兵牝牡铜。方见雄师移凤泗，已闻仙仗隐崆峒。柧棱不动兴亡恨，饥溺苍生感道穷。”其二：“盐铁均输筦大农，孔桑言利岂庸庸。筑台避债联三国，破产搜金到九重。海淀秋风悲汉苑，留园春影怨吴侬。西施不待鸱夷死，枉听铜山应洛钟。”其三：“益梁天府古名邦，千里岷峨接汉江。铁道先输银铸币，火轮初泛木阑舣。祥金跃冶投虚牝，止水凶风激怒泷。党狱方闻系张俭，荆湘大旆已招降。”其四：“回忆西风九月吹，竹王城上帜离披。绿营细柳迎黄祖，玉帐高牙拥敬儿。未老赵佗娱自帝，无家杨仆请偏师。劫来一局成嬉戏，走死流亡恨已迟。”

梁启超作《先王父教谕公二十周忌，率妇子遥祭，礼成泣赋》（二首）。其一：“此生敢望亲丘墓？绝域翻然奠几筵。薄荐时馐殊草草，肃瞻遗像但涟涟。灵来应是乘风雨，痛定何当间岁年。遥想老亲扶杖拜，定思游子倍伤煎。”

曾广祚作《初春与韩生携妓游瞻园》。诗云：“青鸟正司开，尘高宝马来。摇鬟寻浅草，出手折寒梅。春女长含怨，冬郎共殊哀。南都旧园榭，强醉夜光杯。”

李鸿祥作《民国壬子一月驻军泸州，登钟山》。诗云：“双江曲折抱城流，跃马横戈铁瓮州。千里军行劳未止，三巴杀气黯然收。交游厌蜀凉于水，梦寐思滇暮倚楼。玉垒浮云多变幻，一杯消尽古今愁。”

万宗乾作《壬子早春，共和杂兴四首》。其二：“隔岁如朝暮，沧桑几变迁。推翻专治国，恢复自由权。世乱春无主，历新月不圆。中原方再造，端赖济时贤。”其四：“欧美交通便，文明进大同。神州光复尽，帝政扫除空。世界趋民主，洪钧转化工。太平真气象，春意乐融融。”

沈汝瑾作《辛亥岁暮感事》《时运二首》（壬子初春作）。其中，《辛亥岁暮感事》

云："南北纷争恨未消，黄河隔断白旗飘。一江烽火通三峡，半壁山川渔六朝。曾左纯忠为汉贼，洪杨遗孽有华侨。时危岁暮多风鹤，热血胸中涌怒潮。"《时运二首》其一："维新民建国，拨乱力回天。水火拯苍赤，枭雄亦圣贤。离奇千古少，拥戴一心坚。历史征前代，夔龙莫比肩。"

何藻翔作《自题〈卖骡图〉》（壬子正月南归时事）。诗云："余亦不得已，含泪将舍汝。忍付牙侩手，牵出骡马市。无钱买麸豆，枯萁行尽矣。念有犬马劳，宁随沟壑死。鬻骆谣香山，卖驴券博士。择主当得人，买菜求益鄙。勿入米堆房，蹭驴日旋蚁。勿上盐车阪，辕驹任鞭棰。曾扈蜀道驾，亦奏唐仙伎。一朝舆隶沦，胡遽陌路视。行过东牌楼，徘徊泪不止。回头语自马，似识曹公子。以汝口三岁，自常志千里。非驴非马间，声价飙然起。时托故主思，益令新主喜。他日倘相逢，踶齿毋越轨。"

骆成骧作《送梁右箴归桂林》（壬子年正月）。诗云："送君归我旧游处，我意先君到桂林。离酒一杯形赠影，春风万里目怜心。闲关道路书宜数，感事文章语莫深。重约十年知见否，相思但奏伯牙琴。"

汪曾武作《踏莎行・壬子初春，宝瑞臣侍郎招饮有感》。词云："沧海成田，鼯鼷走社。铜驼残泪凄凉泻。旧时乔木已无多，王孙骢马雕鞍卸。　露泫红兰，香销紫麝。问谁秉烛酬清夜。开元往事莫须提，鹿樵续纪伤心写。"

黄侃作《咏史》。诗云："汉家十世丁阳九，元后区区一老妇。新都已自号黄皇，玉玺何能长在手？休将短祚吊哀平，异代还存文母名。空向宫中行汉腊，谁言高庙有神灵？平陂往复诚难剖，白发门枢亦何有？文叔终膺赤伏符，巨君枉是随威斗。"

朱苇作《乱后随节返长安，驻八仙庵》（时民国元年阴历正月）。诗云："好会人生有几时，路遥转觉马行迟。重来未必梅花在，雪水分流太液迟（俗传该庵汉健章旧址，故仍名太液池，无考）。"

[日]白井种德作《二月旬八，招大冢、新渡户、沙田、山口诸彦开小宴》。诗云："小斋雪后最清闲，好是邀宾开竹关。不叹寒厨无旨蓄，一溪春水半窗山。"

三　月

1 日　《民权报》在上海创刊。戴季陶等任主编，自称"系自由党全体同人组成"，与同盟会各报观点接近，公开揭露袁世凯假共和、真帝制面目。该报与《中华民报》《民国新闻》在同一时期出版发行，并以言论激烈著名。因其报头横立，在报界有"横三民"之称。该报 1913 年遭袁世凯政府下令禁售，被迫停刊。停刊后曾印《民权素》期刊 18 集。

《申报》第 14016 号刊行。本期《自由谈》"尊闻阁词选"栏目含《华天柱》（十六首，浮邱逸叟）。序云：“余欲归隐久矣。悯全国人民，蜷伏于专制政体之下者，垂数千年。一旦人心思治，急图反正，致有前月鄂军之警。天人交应，时势使然，起舞中宵，能不色喜。爰拟巴歌六十四阕，题曰《华天柱》，敬告民族，以表同情。篇中俱采取各处报章，组织成韵，并非效文人结习，妄逞词章，为齐东野人之语也，阅者谅之。”其一：“时局沧桑似弈棋，神皇鼎沸实堪悲。忆从鄂渚传消息，一律官民挂白旗（鄂军于八月十九日起义，各处闻风响应，俱挂白旗）。”其二：“大江南北阵云低，牙纛风翻一色齐。夹岸结营三百里，枕戈志士待闻鸡。”其三：“中原逐鹿事如何，专制终须换共和。一局征诛回揖让，黄炎种子未销磨。”其四：“刀光如雪戟如云，抖擞兵威日亦昏。革命岂真流血好，怕翻西史继前闻。”其五：“汉家文物久沉沦，荆棘铜驼在眼中。仍返旧巢依故垒，恰如梁燕闹春风（士民相见，俱称返老家，欢声雷动）。”其六：“柱石参天仗众擎，酒酣拔剑夜荧荧。纪元一体呼黄帝，历祚四千六百零。”其七：“纷纷烽燧起穷边，沪上开庭聚众仙。一夕揭竿齐响应，河山破碎已难全。”其八：“黄鹤楼头草檄忙，援兵四应势仓皇。中华从此称民国，短髻纷纷改汉装。”其九：“家传韬略说孙膑，海外归来志竟成。援手黎元呼壮士，鄂公毛发竖纵横。”其十：“夹道壶浆为犒师，人心思汉石难移。消融满汉成虚话，欲看黄花已过时。（鄂军苦战之日，村农屡进麦饭，满奴伦贝子知人心已去，急进消融满汉策四条，词甚迫切，然已无及矣）”十一：“桂子新秋一檄传，湖湘子弟共鸣鞭。谢安最有清谭福，坐镇雍容策万全。（湘城于九月朔日反正，其初尚无头绪，及公推谭延闿为湘军都督，布画井然，民心大悦）”十二：“意气书生薄虎头，西风横剑上层楼。陈陵一夜军声唱，不为侯封为国仇。”十三：“蕲黄日夜走江声，战舰重重破浪行。菩萨慈悲开杀戒，合冰无处渡神兵（清海军统萨镇冰败归江南）。”十四：“手绾兵符指汴梁，武昌云树望苍茫。是谁保护沾余荫，一旅踉跄走信阳（清陆军统荫昌见前军已败，退守信阳州）。”十五：“汉奸满地不胜防，狂寇潜踪据汉阳。规复名城劳计画，党邪羞杀蔡中郎。（汉阳之失，祸由汉奸）”十六：“尸如山积血成河，惨杀无辜奈寇河。劫后汉皋余瓦砾，鬼磷明灭哭声多。（冯国璋在汉上纵兵焚掠，烟火六昼夜不绝，尸横遍野）”

杨道霖赴沪，并于本月 20 日回无锡。

魏清德《解经夺席》发表于《台湾日日新报》。诗云：“夺席当朝第一人，侍中经义又谁伦。以兹谈判他廷使，何有纷纭国际频。”

2 日　北京公使团召集会议，决定迅速调集军队，“对现存统治当局给予道义上的支持”。翌日，700 多名列强军队巡行北京，为袁助威。

中华民国联合会在上海开会，议决与预备立宪公会合并，更名为统一党。章太炎、张謇、汤寿潜、熊希龄、唐绍仪、汤化龙等参与组织。统一党正式成立，以“巩固全国统一，建设中央政府，促进共和政治”为宗旨，推选章太炎、张謇、程德全、熊希龄、宋教仁为理事，汤寿潜、唐文治、蒋尊簋、唐绍仪、汤化龙、庄蕴宽、赵凤昌、应德闳、叶景葵、王清穆、温宗尧、邓实、陈荣昌等人为参事，陈则民、赵洪藻、陈毓楠、宗熊述、汪德渊、刘慎诒、章驾时、周应熙、熊小岩、皮祖珩、张远善、李约、杨华、宁士桢、康宝忠、纪文翰、田骏丰等为评议员。该党政治立场较温和，不同于同盟会，主张采取渐进主义，而在南京临时政府中地位仅次于同盟会。

《申报》第14017号刊行。本期《自由谈》“尊闻阁词选”栏目含《华天柱》（十二首，浮邱逸叟，续）。其一：“石破天惊泣鬼神，狂歌斫地洒微醺。帅营昨夜添兵饷，整队新招敢死军。”其二：“长啸惊回中国魂，征袍血渍旧时痕。深窥敌垒冲锋镝，夺得连珠炮两尊。”其三：“衔枚疾走士无哗，为国捐躯敢顾家。更喜军糈支二载，不烦道济夜量沙。”其四：“翔风吹雪马萧萧，一骑传呼解佩刀。亲抚伤痕亲慰劳，临危款款念同袍（黎都督之夫人亲临医院，抚慰战场军士，赏赉有加）。”其五：“冰冻城壕水不流，湘军乘势破荆州。八旗子弟齐寒胆，卸甲投诚莫自由。”其六：“纷传谣诼本难凭，军政何曾杀降兵。善会更联红十字，疗伤掩骼最关情。”其七：“光芒闪闪堕妖星，月黑营门夜五更。闻道金陵围乍溃，新军进捣石头城。”其八：“义为干橹智为囊，无敌将军旧识黄。媲美武乡持胜算，奇兵黑夜度陈仓。”其九：“鼙鼓声催木叶黄，雨花台畔孝陵旁。平沙日暮骷髅泣，欲奏奇勋失主张（金陵之变，满奴张勋肆行杀戮，惨无人道，可为发指）。”其十：“欃枪扫地铁衣寒，失措张皇夜度关。独有狂奴犹故态，雪深三尺卧袁安。”十一：“发上冲冠气不平，虎狼狂噬未成擒。程门昨夜新悬赏，一颗头颅五万金。”十二：“翡翠南来百粤通，留侯借箸赞承平。三章约法除苛政，父老欢迎识沛公（胡汉民接任都督）。”

严修同静生、槐卿诣伯芝（李士伟），商议促成临时统一政府之策。闻保定日内大焚掠，知天津不得免于难。林墨青五十初度，严修占七绝寿之。诗云：“此日刚过天寿节，觚棱回望不胜情。总角旧交今有几？相期共保岁寒心。”

郭沫若奉父母之命与张琼华结婚。

安维峻作《壬子正月十四日行至平凉府城倩熙小舫，观察电达长帅，为报明日即赴乾醴去，观察留过元宵，余辞焉，感而赋此》。诗云：“昔传元夜夺昆仑，佳节今逢且莫论。灯火万家新岁乐，劳人犹自事戎轩。”

恽毓鼎作《大乱示子侄》。诗云：“平时不留余，用时无寸尺。种树好追凉，贮泉终解渴。感应只一机，如铁赴磁石。君子慎造因，乖和唯所择。但逞一朝快，遑知前路窄。翳桑一饭仁，竟解滔天厄。汝曹知此意，天和葆肝膈。春气生之萌，秋叶死之积。”

3日 中国同盟会在南京召开本部全体大会，宣布其宗旨为“巩固中华民国，实行民生主义”，并举孙中山为总理，黄兴、黎元洪为协理。本次大会通过了将同盟会由秘密团体改为公开政党的决议。

《申报》第 14018 号刊行。本期《自由谈》“尊闻阁词选”栏目含《春思》（十首，刘寄盦）；“闲心思”栏目含《中国地名对》《植物名对》。其中，刘寄盦《春思》其一：“掠雨双飞燕，歌风百啭莺。倚栏痴独立，不觉晓寒轻。”其二：“绣到鸳鸯锦，停针意转憨。侍儿嬉索解，无语薄嗔含。”其三：“侵晓寒犹劲，熏笼兽炭添。低头罗袜整，翠黛锁眉尖。”其四：“梦里缘何事，轻盈笑态融。蓦惊鹦鹉唤，斜日冷帘栊。”其五：“门掩梨花雨，帘垂杨柳烟。不知春又老，寂寂昼如年。”

台南绅士邀集全岛绅士公宴施景琛一行于台南公馆。施景琛发表演讲，对日殖当局在台湾所实行差别教育、裁判及实业制度作严厉抨击，并即席赋诗云：“落拓青衫泪欲盈，琵琶呜咽不成声。汉家伏腊今犹在，晋代衣冠近未更。燕雀处堂知自警，驽骀伏枥感哀鸣。尊前无限伤心事，抛却天涯旧弟兄。”

陈夔龙晤刘雪舫，并作《元夜逢京师友人》。诗云：“夕阳红尽暮天青，沽口潮回第几丁。寒夜如逢刘雪舫，春灯犹唱阮怀宁。别来风月谁为主，话到沧桑泪已零。同受先朝恩礼渥，知交寥落怆晨星。”

沈汝瑾作《元夜坐雨》。诗云：“门外泥涂滑，元宵月不明。人愁添白发，天泪哭苍生。南北尚多事，乾坤未罢兵。新年少佳趣，百感倚寒檠。”

鲍心增作《正月十五日作》。诗云：“薄雪凄寒正闭门（时寓青州），无端金鼓隔墙喧。群儿不管沧桑恨，动地欢声闹上元。”

魏元旷作《上元节次〈万松馆人日〉，叠扶常韵》。诗云：“百年几许好光阴，怀旧空题汉上襟。离乱偏逢垂暮日，蹉跎终负济时心。草苏残腊随秋远，雨久春寒入梦深。休说浙镫京洛事，烦扰衰病暗相侵。”

陈荦作《上元夜醉后短歌》。诗云：“山中历书无颁行，不知何月为新正。周时建子夏建寅，二代得失谁根询。人云换岁且换岁，世说是春须是春。今宵又说是元夜，老妻置酒陈肴蒸。平生红友本疏订，今夕绿蚁殊相亲。一杯两杯薄言酌，百杯叠酌从无巡。须臾耳热体轻纵，灌顶及踵醇平醇。拊髀距跃地旋转，鼓掌大噱天翻倾。满腔块垒探喉出，五内芒角撑肠生。幡然拂席掷杯起，箕坐长啸同苏门。眼光眦裂大如炬，直逗火树兼银灯。佥惊胡遽失酒德，我亦不失缘何因。醒来被发问身世，吁嗟我是何时人。醒来被发问身世，吁嗟我是何时人。（人韵借家秋航前辈句）”

张锡麟作《西河 · 壬子元宵为阳历三月三日，白溪听歌归，拈此属和》。词云：“新月底。旧时眉样曾记。玉轮对客湿青衫，烛寒露泚。惊他栖燕定沉吟，明朝檐雪难霁。　　唤孤客，思往事。芳唇对雨情味。有花解语写妍词，梦红怨翠。醉来锦瑟倚东风，春纤还惜香细。　　折梅路远甚处寄。更重关、吹落愁碎。玉笛那知人世。有新翻曲谱，津桥酒市。都是连昌宫辞意。”

洪汝冲作《东风第一枝 · 壬子元夕，阳历已三月三日矣》。词云：“颤袅钗蛾，朦胧苣密，今宵刚又新暖。踏青方恨春迟，试镫尚嫌梦短。香车宝马，总惯碾、天街尘软。问内家、娇语相呼，记否去年帘卷。　　歌未歇、俊游在眼。肠欲断、盛筵易散。也知此后鱼龙，不似向来曼衍。金吾休矣，莫误了、湔裙同伴。算皓魄、随意盈亏，人月恁时圆满。”

林痴仙作《祝英台近（倒金樽）》。序云：“壬子元宵，复澄、悔之、豁轩同过草堂，雨后对月作。”词云：“倒金樽，摇玉尘，花底越吟苦。待月眠迟，宝鸭冷香炷。夜深丝雨初晴，罗云不散，怅九点、齐烟何处。　　感今古，谁更擪笛津桥，唐宫曲偷谱。料得灯楼，永夕罢歌舞，茫茫天上人间，海枯石烂，问此恨、嫦娥知否？”

傅锡祺作《祝英台近·元宵访痴仙，即和其韵》。词云：“恁斜风，兼细雨，盼得月华苦。一瓣心香，能抵几兰炷。春宵一刻千金，更阑灯灺，怎还在浓云深处。　　调非古。闻道天上霓裳，新翻大罗谱。愿步虹桥，饱看广陵舞。凭谁为间嫦娥，肯开云雾，早容我些时见否。”

黄摩西作《西子妆慢·壬子元夜，和龙尾韵》。词云：“烽照凤城，警传鹤市，说甚青红儿女。人间乍逗一分春，几消磨、雪酸霜苦。团栾盼汝，怎第一良宵已误。好山河、尚隔颇黎影，朦胧如许。　　蓬台路，浪打鳌山，未许飙轮渡。暗尘随马满铜街，早变尽、春人衣素。霓裳破处，唱不就、观灯十五。旧清晖，荡作娇云万缕。”

林栋作《元夕自何寿芬同年寓归，赋寄》。诗云：“年年庆元宵，万灯灿城阙。今年届元宵，天街一片月。暮从君寓归，光初上溟渤。警吏催急行，步履几颠蹶。连宵防兵变，限刻难逾越。养兵本卫民，谁遣化毒蝎。变幻太离奇，狼豕惊奔突。辇毂尚如此，方谈制戎羯。金吾不禁夜，万家闭门阀。知君有同感，未饮醉兀兀。姮娥天上笑，本不殊朒朏。夕是月初三（阳历三月三日），勿用呼咄咄。”

黄荐鹗作《上元海丰观灯，次友人原韵》（九首）。其二：“梵宇凌云结彩棚，百花旖旎列纵横。秋千架上霓裳咏（郊外筑秋千架，村民轮流唱歌预祝年丰），预祝年丰兆太平。”其八：“南北风云未解纷（时南北未统一），将军谁起夺昆仑。中原鹿失争先获，莫向花前月下奔。”其九：“六朝金粉坠南天，亡国前车尚鉴旃。豪杰匡时凭建设，风流宁让晋人先。”

林苍作《元夜》。诗云：“入市佯狂酒半酣，新词高唱望江南。灯光月色看依旧，都道今朝三月三。”

傅熊湘作《元夜观灯作》。诗云：“钲铙初动喧天气，灯火微扬静夜尘。颇觉岁时关盛运，渐看节物入芳春。向人哀乐垂垂尽，过眼韶华簇簇新。负手绕廊无一语，独窥孤月泪沾巾。”

王浩作《金缕曲·上元》。词云：“九陌香红软。更华筵，葡萄涨绿，尽倾瑶盏。近日新愁浓是酒，为甚倒将酒遣。但觉得、春心历乱。往昔欢情如梦去，恨如今、梦断天涯远。空惆怅，旧游倦。　　晚风暗露空庭院。怎禁他、月明三五，离怀千万。一点灵犀通未得，化作几声长叹。定知我、无肠可断。白鬓青藜今已矣，问广陵、谁解霓裳怨。意未尽，漏三转。”

4日　李岳瑞作《塞孤・壬子正月十六日，用乐章韵，简子培、彊村、剑丞》。词云：“朔风凄，凤管深宵歇。草草铜仙临发，昨夜绮筵今夜别。霜信紧，天街滑。新莺暖，峙空花，归雁冷、沉边月。乍江梅引，三弄凄裂。　　魂断百尺楼，梦里芙蓉阙。杜鹃声声啼彻。万里苍梧凝望切，浑忘了，烧灯节。羁栖向上林枝，惆怅对，东阑雪。问金尊、何事空设。”

王龙文作《壬子正月既望，过前侍御四川提学赵启霖芷荪宅，恭读〈隆裕皇太后逊位诏〉，为之泣下二十韵》。诗云：“争说共和定，惊传逊位文。觐讴宁复昔，哀痛不堪闻。万古关河泪，弥天虎豕群。未言科六等，无诏召三军。饮泣歌燕市，吞声叹楚氛。九州难铸错，诸夏已亡君。帝统凭留去，皇威落泯棼。本初殊失策，葛相竟无伦。篝火夸陈涉，鞭尸嫁伍员。僮儿喧海岛，渔父睆江濆。谬托秦廷哭，谁忧汉鼎分。妖星缠大白，苍狗幻浮云。一旅能兴夏，三仁可祀殷。孰持龚胜节，不使伯夷嗔。愧昔吹竽滥，曾怀曲突殷。问天天莫对，倾日日将曛。铩羽方衔索，焦头讵救焚。铁函愁寂寂，噩梦欲云云。名义千秋凛，兵戈五族纷。山阳青史在，涕泗马班薰。”

5日　《中华民报》发表《民国之文妖》，指责章太炎在日本曾“假手于卞綍昌、刘光汉辈，以通款曲于张之洞、端方，同受虏廷之馈遗。”

王闿运还山塘衡州。船山书院院生来言书院为人占夺，坚请王闿运坐镇。

陈三立作《正月十七日坐雨》。诗云：“凭栏三日雨，点滴乱春愁。瓦鼠饥仍窜，枝鸟晚更投。酣歌迷故国，飘梦有横流。休问天方醉，吾生应马牛。”

6日　南京临时参议院允袁世凯在北京就职。

严修同敬舆谒张制军（张名镇芳，字馨庵，河南人，袁世凯之表弟，陈夔龙去职后，张以按察使署总督）。夕，与访渔（李桀字）、亮侪（籍忠寅字）、伯芝（李士伟字）讨论治安会流弊及补救办法，敬舆亦至。

荣庆作诗云：“海泗侨居蜃气蒸，连朝不见日东升。几回梦旧仍泡影，惟有随缘是上乘。卧病甘为无爪蟹，逢人不作附膻蝇。茫茫身世何从说，万感都灰感不胜。”

魏清德《次韵赠砚香词兄》《次韵赠诗清词兄》发表于《台湾日日新报》。其中，《次韵赠砚香词兄》云：“交于公瑾称醇酒，诗似樊川信逸才。不与五陵裘马竞，蕉窗绿乳点茶来。”

于右任作《舟过金陵》。诗云：“大业垂成却未曾，党人忽变一诗僧。夜中漫作栖栖梦，亡命南来哭孝陵。”

8日　南京临时参议院正式通过《中华民国临时约法》。

《申报》第14023号刊行。本期《自由谈》“尊闻阁词选”栏目含《庚戌自遣》(冷秋馆主李鹃,字漱兰)、《百日》(曼青)。其中,冷秋馆主李鹃《庚戌自遣》云:“春花秋月等闲过,念载浑如一刹那。空把雄心託明月,留将热血洗山河。江湖历遍知音少,世局苍茫魑魅多。苦为家贫谋大拙,可怜壮志尽消磨。”曼青《百日》云:“百日竟教社壝屋,兆民辛苦岂徒然。推翻青史开新局,揖让神州入汉年。安乐退居犹有地,水衡私藏尚论钱。从兹无复家天下,熙攘同登夏禹前。”

王钟麒《词林脞录》发表于《民立报》,署名“毓仁”。载录光绪初年黄体芳侍郎吊何金寿给谏的挽联,以及李晴峰绝句一首。其中,李晴峰诗云:“开门便觉青山好,扫地才知落叶多。不是韦编三绝后,五车书枉费搜罗。”王钟麒评为“虽寥寥数言,而别有悟境”。

冒鹤亭作《〈前后元夕宴集诗〉跋》。跋曰:“畴昔之夜,京师兵变,火光烛宵,仅炮声隆然不绝于耳。此则广生今年所遇之元夕也。梓人刻是卷成,聊复书之,后之览者有以悲广生之穷矣。”

郭沫若从沙湾乘船到乐山,途中作《舟中偶成》(三首)。其一:“阿耶提耳语,远行宜慎哉。方舟虚自好,攲器满斯摧。愁锁蒲编钥,悲缘桑落媒。书绅长警惕,瞬睫敢离怀!”其二初见于1924年3月18日所作《十字架》中,题名《休作异邦游》。诗云:“老母心悲切,送儿直上舟。泪枯惟拭眼,席挂未回头。风笛声声恨,啼猿处处愁。难忘江畔语,休作异邦游。”其三:“呜咽东流水,江头泣送行。帆圆离恨满,柁转别愁萦。对酒怀难畅,思家梦不成。遥怜闺阁里,屈指计舟程。”

9日 《申报》第14024号刊行。本期《自由谈》“尊闻阁词选”栏目含《风雨六草》(野民)、《读铁厓〈感赋〉诗有作》(四首,寄生)。其中,野民《风雨六草》其一:“风雨秋三户,亡秦举一觞。汉阳树历历,江国水汤汤。柳拱东皇拜,花开杜若香。大招赋已矣,未许问沧桑。”其二:“风雨神州洗,铜驼血泪清。河山酹烈士,湖海奠灵旌。大义寒奸魄,春祠荐杜蘅。苍苍松柏里,三尺挺峥嵘。”其三:“风雨崤函隘,秦关破竹中。遥看羯运尽,怕听楚歌雄。辽海胡传箭,天山竟挂弓。悲歌当此夕,宝剑气腾空。”其四:“风雨两京里,苍茫论国都。湖山□景□,河朔自雄图。尚鉴偏安辙,宜绳天下枢。燕云涿鹿地,我武轩辕敷。”其五:“风雨遍春野,春归室馨悬。杞人忧国泪,刘氏理财年。仰屋司农叹,催耕百姓煎。谁家铜腐臭,贷出买山钱。”其六:“风雨严更静,凄其灯影微。天阴闻鬼哭,月黑见磷飞。鼓角中原黯,欃枪四海靡。高楼一怅望,家国泪难挥。”

陈独秀《存殁六绝句》发表于《民主报》,署名“仲甫”,皆陈独秀居临安时所作。其一:“伯先京口夸醇酒,孟侠龙眠有老亲。仗剑远游五岭外,碎身直蹈虎狼秦。(存为丹徒赵伯先,殁为桐城吴孟侠)”其二:“何郎弱冠称神勇,章子当年有令名。白骨可曾归闽海，文章今已动英京。（存为长沙章行严，殁为福州何梅士）”其三：“夬公说法通新旧，汪叟剧谈骋古今。入世莫尊小乘佛，论才恸惜老成心。（存为寿春孙少侯，殁为徽郡汪仲尹先生）”其四：“老赞一腔都是血，熊侯垂死爱谭兵。蜀丁未辟蚕丛路，淮上哀吟草木声。（存为霍邱郑赞丞，殁为正阳熊子欣）”其五：“谷士生前为诤友，彤侯别后老诗魂。冢中傲骨成枯骨，衣上啼痕杂酒痕。（存为歙县江彤侯，殁为绩溪章谷士）”其六：“曼殊善画工虚写，循叔耽玄有异闻。南国投荒期皓首，东风吹泪落孤坟。（存为广州曼上人，殁为同邑葛循叔）”

魏清德《野游》《瓶花》《读史》《梦游竹湖观樱花》《辟闷轩小集，送自新社友之鹭江》（分庚韵）发表于《台湾日日新报》。其中，《野游》云：“晓日淡江头，携筇试野游。青青两岸树，鹭白一汀洲。俯仰聊歌咏，行藏惧祸尤。方壶如有约，或可托扁舟。”

［马来亚］子木《关仔角竹枝词》（四首）刊于《槟城新报》“词章”栏目。其一：“马来装束斗时新，未肯奢华让别人。头上钗珰胸钮扣，晶莹钻石尽镶金。”其二：“香车宝马逐红尘，不怕生人怕熟人。邂逅相逢羞答答，一回出了一回神。”其三：“只因贪食海边风，扬起车帘面面空。惹得有人多耳语，半嗔半恚半痴聋。”其四：“愿嫁潘郎去掷柑，背人斜倚铁栏杆。却嫌电火明如昼，先传秋波左右看。”

10日　袁世凯在北京就任临时大总统。袁在就任临时大总统誓词中云：“民国建设肇端，百凡待治，世凯深愿竭其能力，发扬共和之精神，涤荡专制之瑕秽，谨守宪法，依国民之愿望，蕲达国家于安全强固之域，俾五大民族同臻乐利。凡兹志愿，率履勿渝！俟召集国会，选定第一期大总统，世凯即行解职。谨掬诚悃，誓告同胞。”

《申报》第14025号刊行。本期《自由谈》“尊闻阁词选”栏目含《吊孝陵卫》（蛟川王陶）、《莫愁湖吊古》（蛟川王陶）、《金陵偶题》（蛟川王陶）、《笑侬曲》（仓海楼稿，有序删）。其中，蛟川王陶《吊孝陵卫》云：“钟山高矗石城涯，隐约皇陵龙脉遮。大好中原悲失鹿，荒凉华表伤啼鸦。可怜一代君王骨，化作千秋帝子花。世事沧桑应有感，翁仲岂泣夕阳斜。”《莫愁湖吊古》云：“莫愁湖以莫愁名，人去湖光独自清。梁栋仅留双燕迹，烟波难觅旧鸥盟。金钗徒忆河中艳，环佩空闻月下声。今日水滨深吊古，恨侬不早六朝生。”《金陵偶题》云：“天壤王郎汗漫游，萍踪白下小勾留。莺花冷落无人管，殿苑荒凉成古邱。玉树宫词今绝调，金陵王气已全休。阿侬不胜沧桑感，聊把鸿泥寄越讴。”

吴芝瑛作答徐自华书云：“寄尘吾姊如握：前月读手简，敬承一一。妹春来患咯血，今甫愈，尚未健，有稽裁答，歉悚奚如。秋妹墓碑，宜大书革命，不必仍用旧式，今写上，以便模刻，文曰‘第一革命女子秋瑾之墓’，仍可名曰‘十字碑’也（上用二月十三日者，以清廷逊位日为纪念），尊意如何？‘秋心楼’‘风雨亭’二额一并写奉，乞觅良工模刻（用本色灵眼版，黑漆字，最古雅）。率报。即颂。时绥。不尽缕缕。

妹芝瑛谨白。三月十日。”

毛泽东决定不再参加驻长沙新军，继续求学。在公立高级商业学校学习一月后，转考入湖南全省高等中学校（后改名省立第一中学）。

魏清德《初日》（限佳韵）发表于《台湾日日新报》。诗云：“满天星宿灭秦淮，初日如轮捧出佳。共喜曙光先一角，神州黑暗免沉埋。”

陈三立作《醉后漫题》。诗云：“垂老栖迟涨海陬，翻凭沉醉护幽忧。典谟眼底飞灰尽，机石天边凿空求。吹沫鱼龙犹出没，覆巢燕雀与啁啾。冥冥檠血神君帐，颏唾还看溺九州。”

11 日　孙中山颁布《中华民国临时约法》。临时约法分总纲、人民、参议院、临时大总统、副总统、国务员、法院、附则等共 7 章 56 条。总纲规定：“中华民国由中华人民组织之”，“中华民国之主权属于国民全体”，国民有人身、财产、言论、通信、居住和信教等自由，有请愿、选举、被选举权利。全国的立法权属于参议院；临时大总统行使职权须有国务员到署；法官有独立审判权利。实行内阁制，内阁总理由议会多数党产生，总理对总统要办之事项，如不同意，可以驳回，总统颁布命令须由内阁总理副署才能生效。附则中规定“宪法未施行以前，本约法之效力与宪法等”。

恽毓鼎作《答隐公二首》。其一：“世外桃源何处寻，入山只恐未山深。小窗梅影三更月，便是萧寥太古心。”其二：“闻君读《易》可忘饥，人世谁知有是非。悟彻此心无住着，水流云起总天机。”

12 日　《申报》第 14027 号刊行。本期《自由谈》“游戏文章”栏目含《燕子歌》（爰）；“尊闻阁词选”栏目含《赠内》（十首，南强）。其中，南强《赠内》其一：“香闺话别又经旬，良夜凭栏万感萦。迢递云山五百里，一轮明月两情人。”其二：“情同牛女隔银河，如此良宵唤奈何。闲倚小楼频眺望，问卿离绪为谁多。”其三：“别来何日不相思，每到更深自觉痴。好梦初醒灯渐暗，依稀还当伴卿时。”其六：“年年总道春宵短，底事今年偏恨长。月满南窗书满架，欲眠心屡怯空房。”其七：“东风飒飒雨沉沉，谁伴灯前话夜深。莫道同胞四万万，六洲踏遍一知心。”其八：“无端辜负好年华，贴骨相思夜更加。幽怨满腔谁可诉，乡心客梦乱如麻。”

杨杏佛填写南社入社自愿书，介绍人柳亚子、雷昭性、俞剑华。

易顺鼎作《雪后徐园探梅作》。诗云：“壬子正月廿四日，一日北风一夜雪。地中兽炭俱不红，天上乌云抑何黑。飞花片片来扑衣，小者如掌大如席。海滨羁客觅醉归，似堕寒江失蓑笠。布衾裹首睡竟宵，稍喜云开日东出。脚根印入深几寸，鼻涕垂来过一尺。或言此日三月中，一旬已过湔裙节。天公佯痴了不管，却弄狡狯作戏剧。更番寒未消九九，顷刻花如开七七。欲收锦绣裹山川，先把琼瑶筑宫阙。欲使人间活万红，先从地上看三白。我非蓝田李将军，射罢猛虎羽空没。又非瀚海苏子卿，牧罢群羝毡独啮。既无千丈狐白裘，复少一双龙缟袜。既非豹舄登章华，复岂羊裘钓齐泽。姑咏天地一笼统，且喜世界无凹凸。张元三百万玉鳞，欧九四十万铁甲。黄狗黑狗贪打油，赤蛇白蛇任流血。山头雀冻那须问，桥边鹤语知何说。好诗半在灞岸驴，名士多过江陵鲫。雪堂斗酒难谋妇，雪水烹茶方对妾。日午春风尚料峭，雪后余寒犹凛冽。腾六巽二葛三去，黄九秦七郑五集。共道沪滨雪堪赏，更说愚园梅可折。姑射肌肤冰与玉，广平心肠石与铁。危立蛟脊是湘妃，淡扫蛾眉非虢国。群公游兴各翛闲，一老诗情犹勃发。我笑杜陵不解事，苦念路有冻死骨。以何闲暇念他人，自顾讵免沟中瘠。即今东海久生桑，何处西山堪采蕨。中央尽凿浑与沌，南北方争鯈与忽。虽同玉局睹尖叉，恐效柳州吟绝灭。我有墓在邓尉中，又有庐在匡君侧。匡庐梅花一两三，邓尉梅花千万亿。梅花树下可活埋，较胜梅村草间活。再到雪深牛目时，一笑将与诸君别。”

13日　袁世凯任命唐绍仪为国务总理。

南社于上海愚园举行第六次雅集。当晚宴集杏花楼。参集者有柳亚子、朱少屏、冯平、庞树柏、姚光、邹铨、钟英、顾彦祥、王文熙、黄宾虹、胡朴安、阳兆鲲、雷昭性、叶楚伧、汪东、徐宗鉴、杜诗、沈琨、袁圻、吴修源、沈翰、周伟、陶铸、汪洋、陶牧、谭介夫、陈家鼎、陈家英、陈家杰、黄侃、刘瑗、马骏声、梁龙、王锡民、曾镛、陈柱、黎庶从、曾延年、李叔同、李云夔、冯泰等42人。席间，社员提议为周实、阮式编辑遗集。庞树柏作《百字令·壬子孟春，南社第六次雅集于沪上》。词云：“春回海国，叹吟怀酒抱，年年如许。劫外旧盟犹未冷，重整骚坛旗鼓：百战山河，六朝裙屐，不信同千古。相逢同一笑，当筵人尽龙虎。　　还忆往日风流，金昌亭下，商略裁诗句（谓己酉第一次吴门雅集）。留得沧桑余影在，只有断缣零谱。说剑雄心，看花英气，过后都无据。寄声病情，新亭残泪干否（是集陈巢南未至）？”

《申报》第14028号刊行。本期《自由谈》“游戏文章”栏目含《和滑稽子诗》（四首，爱）附《家有双亲及贱妻》（四首，滑稽子）；“尊闻阁词选”栏目含《挽吴受卿烈士联》（王照小航）、《又》（孙揆均寒崖）、《又》（廉泉南湖）、《书感》（求愚）。其中，王照小航《挽吴受卿烈士联》云：“推倒一世，横绝一时，现出垂成事业；腹有甲兵，胸无城府，的是本色英雄。”孙揆均寒崖《又》云：“天之将丧末如何，母奚恃乎，嗟予季在；死而无知亦已矣，鬼犹雄也，还我头来。”廉泉南湖《又》云：“东省策边筹，江头鸭绿松花，孤诣何尝负北满；西城作寒食，门外马蹄芳草，胜游更不忘南皮。”求愚《书感》云：“蒿目几经嗟往事，怆怀曾未似今时。幢幢鬼影多为幻，阁阁蛙声半是私。危局不知何日定，劳筋终竟为谁疲。贾生欲哭浑无泪，四顾苍茫独咏诗。”

汪东填写南社入社书，介绍人黄侃、柳亚子、叶楚伧。

黄宾虹与陈柱订交。

14日　吴禄贞诞辰日，黄兴等人在上海张园举行追悼会。孙中山撰写悼词，并颁发第1号抚恤令，吴禄贞按陆军大将军例，抚恤遗族。吴禄贞（1880—1911），字绶卿，湖北云梦人。与云南蔡锷齐名，时称“北吴南蔡”。擅诗文，早年曾有联名世：“一拳打倒亚细亚；两脚踢翻欧罗巴。”武昌首义后在山西策动革命，被袁世凯秘密买凶杀害。后人辑有《吴烈士遗诗》《吴禄贞集》。《吴禄贞集》分文著、诗词、函电等部分。同日太原也举行追悼会，各省均有代表参加，与会军民达上万人之众。主祭台会标为燕晋联军大将军吴公绶卿追悼会，两侧为黄兴所撰大副挽联。联云：“李北平之将略，韩侍中之边功，大厦正资材，公缓须臾，万里早空胡马迹；罗斯伯其激昂，来君叔其惨烈，二难同赴义，我悲后死，九原莫负故人心！”孙中山作《吴禄贞祭文》曰：“荆山楚水，磅礴精英。代有伟人，振我汉声。觥觥吴公，盖世之杰。雄图不展，捐躯殉国。昔在东海，谈笑相逢。倡义江淮，建牙大通。契阔十年，关山万里。提兵燕蓟，壮心未已。滦州大计，石庄联军。将犁虏廷，建不世勋。猰貐磨牙，蜂虿肆毒。人之云亡，百身莫赎。”

《申报》第14029号刊行。本期《自由谈》“尊闻阁词选”栏目含《辛亥旧除夕》（二首，砀髯）、《书怀，用芙青吟友韵》（听潮）、《文明集贤楼茶话有感》（南樵散人）、《挽吴受卿烈士联》（东吴）、《又》（东吴）。其中，砀髯《辛亥旧除夕》其一：“我生半百经千劫，亥子中分各一天。谁料有家还卒岁，不知明日是何年。亵裘拜祖容先改，皂帽逢人意尽便。太息高门恩泽地，春书旧句满红笺。”其二：“饱闻海曲是仙乡，笳鼓声中度岁忙。湖熟鱼虾喧晚市，天晴乌鹊聚山堂。且沽鲁酒团家宴，难着莱衣称世装。九十老亲工作达，自弹画烛话兴亡。”南樵散人《文明集贤楼茶话有感》云：“数茎怒发尽冲冠，末路谁怜范叔寒。处世无方谈岂易，登云有路觉非难。扫除浩劫灰余烬，打破情天色界宽。我亦与君同调者，得来春信大家看。”

15日　《申报》第14030号刊行。本期《自由谈》“尊闻阁词选”栏目含《美人劝我酒》（毕几莽）、《月夜感作》（毕几莽）、《海上旅夜》（毕几莽）、《挽吴受卿烈士联》（黎元洪）、《又》（黄兴）、《又》（程明超）、《又》（自由党人）、《又》（汤化龙）、《又》（王芝祥）、《又》（贺鑫常）。其中，毕几莽《月夜感作》云：“娟娟凉月斜，心事渺无涯。别梦关山远，华年身世赊。花开不相见，春老未还家。肠断江南路，美人七宝车。”《海上旅夜》云：“心事年来苦未明，夜□怡怅不胜情。烛花成泪人难梦，愁听扉廊响履声。”黎元洪《挽吴受卿烈士联》云：“以时势论英雄，即今还我河山，鼓声不死；为国民谋幸福，不惜吾人性命，剑气犹生。”

［韩］《天道教会月报》第2卷第10号刊行。本期“词藻”栏目含《春时节》（敬庵李瓘）、《又》（芝江梁汉默、维斋李秉昊、凰山李钟麟）、《复拈舟字》（敬庵）、《又》（维斋、芝江、凰山）、《太和楼雅集》（敬庵）、《又》（芝江、香山车相鹤）、《次〈春时节〉

韵》(莲游尹龟荣)、《又》(莲游尹龟荣)。其中，莲游尹龟荣《次〈春时节〉韵》云：“桃花水涨鳜鱼舟，好向山阴雅契修。何处鹦声来砭耳，双柑斗酒足风流。”

吴芝瑛《集时贤句，题〈津楼惜别图〉一首，即次南湖诗韵》刊载于《女子世界》第1卷第2期。诗云：“小阁重楼落日寒(伯严)，谈禅说鬼有余欢(樊山)。名山谁信身堪隐(苏堪)，客里相逢岁又阑(子言)。枉叠华巾绾空髻(寒崖)，可堪梦窄较春宽(穆忞)。绿波南浦情何限(咏霞)，顾曲频登旧将坛(澍生)。”

魏清德《送米田君归阿公店》《获式谷学兄将留学东京信，喜甚，赋此以寄》刊于《台湾日日新报》。其中，《送米田君归阿公店》云：“拂拂春风急，掠人生暮寒。君归何处去，烟雨下南端。意气长相照，别离不可叹。他时重握手，明月大屯看。”

16日 上海神州女界共和协济会正式成立。协济会推宋庆龄、何妙龄为名誉社长，张默君为社长，唐群英为编辑部长，宣布以“普及教育，研究法政，提倡实业，养成共和国高尚纯全之女国民”为宗旨。

《申报》第14031号刊行。本期《自由谈》“尊闻阁词选”栏目含《夏日居龙嘴，即晚偶成》(申石荃)、《扫墓即景，咏杨花》(申石荃)、《题华某〈二乔观书图〉》(申石荃)。其中，申石荃《夏日居龙嘴》云：“欲避尘嚣爱索居，垂杨堤畔结茅庐。花香绕户风吹后，竹影当窗暑退初。墙隙雨余蛛结网，案头灯暗鼠翻书。门无过客知音少，与我为邻一老渔。”《扫墓即景》云：“一望垂杨夹道中，落花多与纸灰同。漫天影淡疑残雪，贴地声轻趁晚风。点缀有时粘砚北，高低无意度墙东。归来醉眼朦胧看，飞絮游丝辨不工。”

17日 《申报》第14032号刊行。本期《自由谈》“游戏文章”栏目含《调寄〈黄莺儿〉·我所乐》(四首，老和尚)、《宝塔寺，嘲老学究》(慕愚)；“尊闻阁词选”栏目含《海昌观潮歌》(申石荃)、《文明集贤楼茶话有感》(波浪生)、《前题》(黄青)。其中，波浪生《文明集贤楼茶话有感》云：“辜负华年暮复朝，春风无奈可怜宵。英雄遗骨埋千古，史册誉名贯九霄(悼陶成章)。往事莫谈心已死，前程欲进路偏迢。而今且学消忧客，我作渔翁君作樵。”黄青《前题》云：“春风吹动百花朝，隐约残灯奈此宵。半夜狂歌弹宝铗，一声长啸彻琼霄。中原人物随烟没，南国音书叹路迢。如得桃源能避世，借柯且作武陵樵。”

18日 国民协进会在天津正式成立，举范源濂、籍忠寅、黄远庸等18人为常务干事，宣布政纲三项：一、巩固共和政治；二、确定统一主义；三、发达社会实力。

张默君等人成立神州女界协济社，宋庆龄任名誉社长，张默君任社长。

《申报》第14033号刊行。本期《自由谈》“尊闻阁词选”栏目含《三十六初度感赋》(四首，谢静甫)。其一：“匆匆腊鼓又催年，好月经宵亦渐圆。厄运倘随磨蝎去，乔柯应许谷莺迁。美人迟暮常终古，羁客牢愁欲问天。毕竟桑蓬男子志，反嫌儿女太缠绵。”其二：“自携琴剑上征鞍，柳色青青未忍看。三十六年同过客，二千余路勉加餐。忧危身世伤人易，迢递音书慰我难。闻道蓬瀛已清浅，几回目极望长安。”其四：“雪泥鸿爪费追寻，又为良朋思不禁。湖海论交秋水阔，江山如画暮云深。中年哀乐偏多感，叔世文章愧赏音。听到啼鸟头已白，争教游子不沾襟。”

张寿镛作《三儿子》（壬子正月三十日，三儿康汉生，夏榷税上海，秋任浙江财政司长）。诗云：“藏身尘俗中，一味求静止。又听呱呱声，鸡鸣风雨里。渊明有五儿，雍份第三子。今日汉官仪，华国吾所喜（康汉又命名华联）。夏日旋炎炎，良朋促我起。微官类抱关，簿书又重理。翘翘车乘来，谓余莫惜己。瞻望梓与桑，敬恭在此矣。退易进思难，踌躇海之涘（余以才疏，甘居下僚。辞之再三，应季中力劝余出，朱公瑞情意尤殷，遂诺之）。袜线才何疏，待罪凡三祀。”

19 日　《申报》第 14034 号刊行。本期《自由谈》“游戏文章”栏目含《新岁青楼竹枝词》（十首，迷津过客）；“尊闻阁词选”栏目含《辛亥旧除夕》（柳桥氏）、《早春》（柳桥氏）、《寄栩然代柬》（二首，柳桥氏）。其中，迷津过客《新岁青楼竹枝词》其一：“绛蜡烧残旧岁阑，一声爆竹尽心欢。鸦鬟雏婢忙收拾，打点客来开果盘。”其二：“合欢床上最蹊跷，底事偏横节节高。想是个中饶蔗境，从良两字等鸿毛。”其三：“厌他珠翠向人夸，插鬓幽兰整复斜。岁岁每逢漂账客，疑非佳兆水仙花。”其四：“真珠头面缕金裙，簇簇红鞋细绣纹。行到喜神方上去，自然蜂蝶逐纷纷。”其五：“果盘开处吉词多，可奈亲亲热热何。借问从何亲热起，尖先生自晕双涡。”其六：“偶然有酒吃开台，请客谁知尽不来。大姐娘姨团桌坐，不妨更倩本家陪。”其七：“盈盈下拜不胜羞，此礼原应院主修。却羡俗奴饶艳福，居然消受美人头。”其八：“玲珑骰子象牙牌，掷一回来抹一回。试试今年新手气，问侬可得发横财。”其九：“纷纷姊妹簇骰盆，六博全红夺状元。此际不须抡色艺，春江花榜漫评论。”其十：“新岁青楼美景多，些些点缀当描摹。竹枝词里尽遗漏，一任多人信口歌。”柳桥氏《辛亥旧除夕》云：“一年看已尽，无计补蹉跎。孤馆惟杯酒，寒灯且浩歌。国魂何处著，客思此宵多。莽莽乾坤里，伊谁保太和。”

20 日　《申报》第 14035 号刊行。本期《自由谈》“游戏文章”栏目含《春色赋》（爱）；“尊闻阁词选”栏目含《春日感怀》（二首，渭艇）、《春雪》（二首，渭艇）、《晴雪》（渭艇）。其中，渭艇《春日感怀》其一：“时局如椎未肯□，燕云皖水思迢迢。东风那管人憔悴，绿到蘼芜更柳条。”其二：“社鼓饧箫九陌晴，曈曈日影焕旂旌。可怜万紫千红色，半是征人血染成。”《春雪》其一：“长空无翳地无尘，顿现琉璃画里身。红瘦绿肥开白战，春光点染益精神。”《晴雪》云：“朝来人意快新晴，冻释檐牙溜有声。鸟带邻花香过院，风敲窗竹韵含宁。杖藜携鹤开三径，拾叶烹茶拥百城。静里细参多妙谛，放怀天地一身清。”

许祐身卒。许祐身（1848—1912），字子原，号申叔，出身杭州名门望族。许家门楣有“七子登科”匾额。同治十二年（1873）举人，历任工部右侍郎、屯田司主事、都水司员外郎、御史、山东道监察御史、江南道监察御史、京畿道监察御史、江苏扬州府知府。祐身娶俞樾次女绣孙为妻，其六女许之仙为俞陛云续弦，故许祐身乃俞平伯外祖父。祐身妹禧身（亭秋）为陈夔龙继室。陈夔龙作《挽子原内兄》（四首）。其一：“一别遂千古，扁舟黄鹄矶（戊申夏，君访我于武昌节署，匆匆别去）。花朝风信恶（君殁于二月初二日，北俗以初二日为小花朝节），兰室露光晞（君有如兰室）。时有双鱼至（数日前接君申江函），何曾五马肥。朝衫早抛却，戢影闭柴扉。”其二：“家世金张贵，恩光近上阑。台班隆豸绣，治谱出熊丸。琴鹤随身便，诗书结古欢。一麾江左右，处处借刘宽。”

段祺瑞任陆军总长，任命徐树铮为军学处处长。

朱希祖辞海盐知事。时沈钧儒任浙江教育司司长，聘朱希祖任教育司第3科科长，朱自海盐携眷迁居杭州黄醋园巷寿宅，旋介绍周作人于教育司任职，周作人后改任浙江省视学。

吴梅经柳亚子等介绍入南社。

朱荫龙生。朱荫龙，字琴可，广西桂林人。著有《朱荫龙诗文选》。

21日　[日]白井种德作《三月念一日，同大冢、门间两氏，游杜陵东郊》（二首）。其一：“村径雪融筇耐牵，拉朋并喜获诗篇。千株梅树蕾将破，春色先浮菅庙边。”其二：“郊外寻幽兴不孤，何妨小雨翠衫濡。行行吟诵昌黎句，草色遥看近却无。”

22日　[日]白井种德作《春分后一日雪》。诗云：“近山暗澹远山灭，细雨霏霏看作雪。时正仲春同杪冬，前溪只听寒流咽。”

23日　黄兴与蔡元培、宋教仁、刘揆一等在南京发起组织中华民族大同会，黄兴被举为总理。

上海法庭公开判决杀害周实与阮式的凶手姚荣泽死刑。后因南北议和，孙中山离职，袁世凯骗取临时大总统宝座，特赦姚荣泽免死。柳亚子闻讯愤慨异常，云：“所痛者，二烈士不死于光复以前，而死于光复以后；不死于沙场，而死于东市；不死于祈战死，而死于莫须有；不死于青天白日，而死于漫漫长夜。”4月，山阳县为周实与阮式在县城西南万柳池修建周、阮二烈士祠，大殿上悬有对联云：“从古几见才子笔；到今始识党人碑。”柳亚子辑有《周实丹烈士遗集》。阮式诗文由柳亚子等南社社友编辑在《阮烈士遗集》中。阮式、周实不幸遇害后，孙中山亲撰挽联，以示哀悼，联云：“喋血于孔子庙中，吾道将衰，周公不梦；阴灵绕淮安城上，穷途痛哭，阮籍奚归？”陈其美挽联曰：“不忍见徐淮亡，以一身殉国；誓平反锻炼狱，为二公雪冤。”

24日　《申报》第14039号刊行。本期《自由谈》“游戏文章”栏目含《光复杂咏》

(关)：《松军起义》《松军分府成立》(四首)。其中，《松军起义》云："民心思汉白旗飏，文蔚人才聚一堂。落落籀书斯篆变，重重花叶土堆傍。且将阴历称阳律，岂是天皇即地黄。自古谈兵先所急，漫訾疆场读疆场。"《松军分府成立》其一："束装避地各东西，赤紧难分儿与妻。谁卫王纲毋脱钮，主持人道好思齐。施全志刃奸臣腹，徐达手歼胡马蹄。戾止云间驱猛虎，问君是否拯群黎。"其二："居然文士竟从戎，执戟负戈气自雄。笔墨未娴公牍体，将军惯背敌人攻。柳丝飘忽兵心细，浦水横流砥柱空。减灶闻由今日始，对天额手效呼嵩。"其三："马到成功三里城，英名烈烈敢谁撄。蹲狮侧首常含笑，门将严容似不平。终夜人声恣饮至，周身菜色耀前程（菜薇色，泥上级制服也。府中干事相率穿服，以为荣耀）。旧时提署新开府，要结邻封四出征。"其四："爆竹声中一岁除，侧闻会计算盈虚。黄金粪土谁挥霍，汗马功劳仗广储。几榻高抬成市虎，兜鍪新制已生蛆。莫嫌报告含糊甚，刘项原来不读书。"

孙益庵赠叶昌炽新撰《辛稼轩年谱》并请叶作序，又示《水龙吟》，叶即复一缄。

［日］关泽清修作《壬子三月念四，墨上鸥梦楼，槐南先生一周忌追悼会，恭赋五律二章，以代苹蘩》(二首)。其一："江阁花将发，春从愁里归。白鸥波浩荡，芳草梦依稀。对酒心犹苦，题诗调已非。吟魂招不返，哀泪欲沾衣。"其二："忽见春江绿，无端忆昔游。荡舟过柳岸，把酒对芳洲。莺有溅花泪，人添闻笛愁。诗名唯若水，千古两间流。"

25日　《申报》第14040号刊行。本期《自由谈》"尊闻阁词选"栏目含《斋中所畜鹤饥而死，赋诗悼之》(二首，砀髯)、《作乞振书成，书后》(虞山初我)、《署斋早春，和金山芳墅见赠原韵》(虞山初我)。其中，砀髯《斋中所畜鹤饥而死》其一："饿死寻常事，时危宁汝□。天风□鹜乱，暮雪稻粱微。顿失三宵梦，徒伤八载依。饥鹰矜嘴爪，乘势正翻飞。"其二："骨格犹能寿，艰虞竟自残。唳天声已咽，委地顶犹丹。城郭归何处，江山瘗恐难。麟悲与凤叹，恶此涕无端。"虞山初我《作乞振书成》云："中原禾黍尚离离，谁为斯民解溺饥。西北山川今有主，东南杼轴已无丝。时闻叹息来田舍，愧对流亡觅故枝。一纸疮痍难再起，挑灯和泪写哀词。"《署斋早春》云："南北传闻乍息戈，中原板荡竟如何。民伤视已难援手，政体于今待伐柯（议共和制者，有法美两派）。大地催回春气象，新年重见汉山河。英雄老去诗人未，把袂江城且啸歌。"

《小说月报》第3年第1期刊行。本期"文苑"栏目含《焦山北固山游记（未完）》(我一)、《自题三十岁小影》(华鬘盦主)、《履勘水灾感怀时事》(灵萱)、《和黄叔颂〈岁朝感事诗〉原韵》(楝园)、《张渚坠水戏占》(诗舲)、《贺新凉》(诗舲)、《踏莎行》(诗舲)。又，洪炳文昆曲剧本《后南柯》连载于《小说月报》本年第1至6期，署名楝园。

［韩］《朝鲜佛教月报》第2号刊行。本期"词林"栏目含《赠退耕和尚》(南史许觉)、《寄觉皇寺》(圆石李喆柱)、《次李圆石韵，寄觉皇寺》(玉汀尹商铉)、《步前韵

寄觉皇寺》（槐庭安钟烈）、《吊范之大和尚碑》（鹭山光荣勇猛）、《次万海〈落梅〉韵》（宝轮金明熙）。其中，鹭山光荣勇猛《吊范之大和尚碑》云："二十年来此壮游，功成名逐忌真修。青坡山顶月明夕，一曲哀歌动客愁。"

严修致渔三信。略谓："十四夜兵警之变，焚掠不堪，繁盛市尘，可怜焦土，伤心惨目，视庚子年又有过之。"

杨道霖赴沪。杨道霖此行因"二次革命"事起，无锡地不静，故有移家易地之举。时木植公司虽经停顿，惟上海后马路之总号并未结束，杨氏此次挈家迁沪始即寄寓于此。

陈树人毕业于日本京都市立美术工艺学校，即返国归广州。

26日 《申报》第14041号刊行。本期《自由谈》"尊闻阁词选"栏目含《用〈花月痕〉韩荷生赠红卿韵八首，寄所知》（四首，爱兰）；"闲笔浪墨"栏目含《戏集上海方言》（冷笑）、《新名词对》（东海生）。其中，爱兰《用〈花月痕〉韩荷生赠红卿韵八首》其一："霓裳舞罢海风轻，手捧云和下玉京。尽道阎浮多极乐，谁知茵溷不分明。姻缘颠倒鸳鸯侣，薄俗争传鱼雁名。幸有知心盟誓在，相期白首慰平生。"其二："鹦哥饶舌扰春眠，起坐无言只黯然。百结柔情磨玉质，一生幽怨托瑶笺。不才似我真无邪，薄命如卿倍可怜。发髻歪斜娇欲满，为侬整鬓镜台边。"其四："含愁缓缓下妆楼，此际心如不系舟。解佩有情还洒泪，凭栏无语只低头。仙风浩荡传青鸟，春梦婆娑誓白鸥。咫尺天涯人不见，何年重兴拨箜篌。"

魏清德《三月二十二日吾竹周君贡南、郑君维乞访余客邸，云将游学东都，郑君大明、王君原吉亦将偕往，谨赋此言别》发表于《台湾日日新报》。诗云："落日正衔大屯山，君言游学欢我颜。七鲲原是小天地，红羊有劫无仙寰。多君志锐爱勇往，拟输智识入台湾。神京辇毂集才俊，龙腾云随纷仙班。芙蓉富岳耸灵异，珍珑四望不些顽。白扇倒悬头戴雪，皎如日本刀光寒。江山如此足尚武，岂独樱花游蛾鬟。徐福遗书多秘本，阳明活学呈大观。更崇欧美新学派，参以和汉旧思澜。一战胜俄乾坤撼，万年肇国磐石安。执牛耳东洋盟主，附骥尾吾辈心肝。曷来织乌如转丸，大江西流去无还。男儿及壮须努力，吾独敢为足蹒跚。吾党蔡氏亦杰出，多君异彩光烂斑。眼中之人多畏友，与余意气实相关。送君此去思追攀，抱琴不作别声弹。寰球三月花木攒，祝福吾竹惟琅玕。"

27日 神州大学举行开学典礼。由唐景崇、唐文治、伍廷芳、张謇、严复等发起创办，校长徐尔音，学校设法政讲习、别科、预科。

《申报》第14042号刊行。本期《自由谈》"尊闻阁词选"栏目含《用〈花月痕〉韩荷生赠红卿韵八首，寄所知》（四首，爱兰，续）、《共和成立，沈君师徐作诗纪之，次韵奉和》（天南逸民来稿）。其中，爱兰《用〈花月痕〉韩荷生赠红卿韵八首》其一："美人谁与解烦冤，恨不飞章叩帝阍。漫羡柳君能寄柬，可怜倩女欲离魂。白头有约三更梦，红豆相思一夕恩。地覆天翻心不死，明珠十斛访昆仑。”其三：“吟魂枨触夜三更，一枕游仙不计程。漂泊几疑人隔世，轻狂直欲梦呼名。肯教瑶草随烟没，忍把明珠到手倾。水尽山穷沧海竭，也应为我续初盟。”其四：“夭桃灼灼柳丝丝，恨煞春光是别离。流水有情留竟日，野花无意坐移时。良缘断送三生石，孽果空填十幅词。折尽灵根消尽福，那容轻易负佳期。”天南逸民《共和成立》云：“暴秦坑文儒，六经遭灰烬。世变阅沧桑，河山几更姓。亦越觉罗兴，中央集魁柄。专制恣威福，重为元元病。大吏不知羞，权门争奔竞。高贤屈下位，介节师和圣。何图天厌之，胡人丁厄运。汉帜逼飘飖，淫刑不得逞。大势趋共和，民气忽焉振。有女皆尚武，有兵不血刃。如日再中天，禅让逢尧舜。劣败鉴前车，优胜觇来轸。千古兴衰局，此中关天命。吁嗟后庭花，一洗亡国恨。只手障横流，五族齐响应。遗黎无所求，及时捐秕政。发言冀自由，是非凭舆论。归马与放牛，万邦欣奠定。南北矢同心，庶几泯瑕衅。卓哉新国民，乾坤仗整顿。”

王易作《绮罗香·二月九日送客作》。词云：“碧草人迷，青衫尘满，乡梦迢迢初觉。送客旗亭，几度自嗟离索。记欢会、去日空过；道珍重、流霞低酌。怪年时、驿路荒寒，行人何事愿飘泊。　　他乡无奈滞迹，堪叹客边风紧，罗衣愁薄。古道云封，辜负谢鲲丘壑。又今朝，数到离怀；怎禁住、泪随声落。待归来、捱过黄昏，倚阑听画角。”

28日　《申报》第14043号刊行。本期《自由谈》“尊闻阁词选”栏目含《云珠三妹别逾三稔，去秋宁垣光复，音问不通，离情重叠，欲诉无由，感而作调寄〈如梦令〉。吾妹若于报纸中见之，当知相忆之深也》（二首，湖口高仲慧）。其一：“记得深闺分手，日莫钟山时候。款乃一声舟，凄绝不堪回首。消瘦，消瘦，为问天涯知否。”其二：“帘卷落梅风里，几曲阑干慵倚。深巷卖花声，多少离愁唤起。相忆，相忆，今夜月明千里。”

魏清德《送蔡式谷君留学东京》（二首）发表于《台湾日日新报》。其一：“明知斯别壮，忍与故人违。觌面还千里，倾情倒一扈。绝裾辞故国，策马宁无悲。明日基隆道，相逢又几时。”

29日　章士钊《秋桐杂记》发表于《民立报》。略谓：“精卫之为人诚也，故其诗诚；精卫为人朴也，故其诗朴；能见性情，乃为真诗，精卫之诗，其真诗矣。”

30日　《申报》第14045号刊行。本期《自由谈》“游戏文章”栏目含《咏沪上女界新装束四绝》（谷夫）；“尊闻阁词选”栏目含《暗祝来生化女儿》（五首，钝锥、扬州小杜，仿辘轳体）。其中，谷夫《咏沪上女界新装束四绝》其一：“行来短巷复长街，革履声喧橐橐皆。转眼清明佳节近，无须重绣踏青鞋。”其二：“当头新髻巧堆鸦，一扫从前珠翠奢。五色迷离飘鞋蝶，真成民国自由花。”其三：“两肩一幅白绫拖，体态何人像最多。摇曳风前来缓缓，太真返自马嵬坡。”其四：“青丝剪断太无辜，相看齐肩覆额俱。一物当前差可拟，白瓷盆种石菖蒲。”钝锥、扬州小杜《暗祝来生化女儿》其一：“暗祝来生化女儿（杜），钟情深处转成痴。笑他梦幻迷蝴蝶，（钝）困我春愁到酒卮。琴剑飘零羁客泪，（杜）云山澹冶美人姿。十年潦倒青衫湿，（钝）恨煞扬州杜牧之（杜）。”其二：“夜深低向花阴拜（杜），暗祝来生化女儿。情泪留还他日债，（钝）销魂空赋惜春词。月明证澈前身误，（杜）风韵先从隔世窥。愿种海棠三百树，（钝）替侬妆点好丰姿（杜）。”其三：“梦觉春婆太萧瑟（杜），怜侬沦落笑侬痴。纵观屡世谁知已，（钝）暗祝来身化女儿。絮果兰因原色相，（杜）莺啼燕语也慈悲。黄花瘦影西风里，（钝）想象他年掠鬓时（杜）。”其四：“阿侬恨事向谁说（杜），遥对芙蓉学画眉。顾影珊珊参妙谛，（钝）焚香点点卜灵□。却羞此日输人杰，（杜）暗祝来生化女儿。为爱姮娥颜色好，（钝）痴心乞借二分姿（杜）。”其五：“白雪阳春绝妙辞（杜），漫将心事写新诗。梅花小影怜团扇，（钝）桃叶离魂唱柳枝。泪洒青衫徒自悔，（杜）雪留鸿爪倩谁知。无言有恨愁难说，（钝）暗祝来生化女儿（杜）。”

鲍心增作《二月十二日将去青州，特往满城告别，于是杜门不出者两月矣。骤见柳色青青，慨然有作》《余弃官后侨寓青郡已逾四月，今定期南归，怆然书怀，并留别李硕愚镇军、孙模山孝廉》（四首）。其中，《二月十二日将去青州》云：“闭户空悲漠腊经，春风又拂短长亭。城边杨柳无情甚，依旧千条万缕青。”

黄摩西作《西子妆慢 · 壬子花朝，叠前韵》。词云：“元日乍暄，信风忽峭，恼杀寻盟儿女。中山一醉不成春，更谁怜万红心苦。春原眷汝，总受尽蜂欺蝶误。又黄鹂隔树惊人睡，魂销何许？　　金阊路，水冷桃花，渐断兰桡渡。几家空绣踏青鞋，只冷伴三秋纨素。浮云处处，恐断送韶光百五。愿东君，及早添长命缕。”

31 日　《申报》第 14046 号刊行。本期《自由谈》“游戏文章”栏目含《劝减房租五更调》（缅生）；“尊闻阁词选”栏目含《昨阅报纸，得悉慧姊相忆之深，敬步〈如梦令〉原调，奉呈诲政，以志彼此同情也》（二首，云珠）。其中，云珠《昨阅报纸》其一：“闲坐小窗披报，那见贤姊辞招。万斛红尘杳，两地相思莫晓。休道，休道，且把心愁先苦。”其二：“正是困人天气，消受春眠滋味。反侧觉无聊，理罢晓妆懒起。旖旎，旖旎，怕见游丝飞絮。”

缪荃孙赠书及画卷与沈曾植。

鲍心增作《二月十三日自青郡南归，一峰统制（秀昌）远来相送别，寄呈二律》。其一：“泱泱东海拱长安，万里风烟不忍看。何物竟输唐社稷，此邦犹见汉衣冠。荫人共仰将军树，挟纩群腾士卒欢。九庙神灵终赫赫，不应长夜遂漫漫。”

本　月

中国同盟会自东京移归南京，设事务所于北极阁下成贤街，居正为庶务兼司会计。

蜀军政府由于革命党人妥协，被大汉四川军政府合并，称中华民国四川都督府，任命杨庶堪为外交部长，杨氏未就职。

何藻翔与胡汉民书，陈述袁世凯五罪，请其先发制人，北征伐袁。何藻翔《读晚唐人诗集，得三人，各纪一绝》有所寄寓。其一："风义棱棱请伐梁，胥涛怒卷震钱塘。江东目已无余子，羞献唐风三十章。（罗隐）"其二："香奁一集丽情哀，靖节闲情漫浪猜。蜡泪领巾犹满箧，谁知曾捋虎须来。（韩偓）"其三："可怜饿死王官谷，唐末诗人第一人。今后已无高士传，休休亭上且凝尘。"（附记：梁节庵极赏此诗，题云："君为罗隐吾韩偓，说到王官愧汗颜。"跋云："一隐一偓极切今矣，图且无之奈何。"余尝与粤当道书暴袁罪，请北伐故也）

康有为在日本自须磨双涛园迁近月见山下须磨寺侧公园前。值五五揽揆，梁启超等人连日为寿，且作诗会。兹录一首："我比古贤寿已永，幼讶衰翁今与参。绝域苏卿人老矣，书空殷浩事何堪。婆娑槐树伤身世，烂漫樱花照壑岩。故国于今易朝市，惟将凄惨问江潭。"旋又觅得须磨湖前宅，僻地幽径，豁为大园，颇林池、山石、涧泉、花木之胜。是园旧名长懒别庄，以梁启超之请，改名奋务园。

黄宾虹加入文美会。文美会由叶楚伧、柳亚子、朱少屏、曾孝毂、李叔同诸氏发起，以研究文学美术为目的，凡品学两优，得会员介绍者，即可入会。每月雅集 1 次，展览会员自作之文学美术品，传观《文美》杂志、联句、名家演讲、当筵挥毫、展览品拈阄交换等。事务所设在《太平洋报》社楼上编辑部内。

蔡元培任教育总长，聘马一浮为秘书长，因意见不合，辞归。

黄兴作《挽黄花岗七十二烈士联》。联云："七十二义士英鉴：七十二健儿，酣战春云湛碧血；四百兆国子，愁看秋雨湿黄花。（中华民国元年三月黄兴拜题）"

袁嘉谷回云南石屏，提倡兴办石屏图书馆，捐书数十种，又动员省图书馆及友人捐书共数百种，是年建成。又修《石屏县志・沿革志》成。

李瑞清与陈曾寿、俞明震游西湖，寓刘氏花园。陈曾寿作《壬子二月同恪士、梅庵至西湖，寓刘氏花园》（三首）。其一："淡沕青冥里，湖山正寂然。十年藏我梦，孤影入钟天。步冷溪桥旧，心苏钓石前。一椽聊可借，横榻晚梅边。"其二："竹树深深地，天留听雨声。山藏余塔淡，阴迥逼花明。点滴无春思，飘摇损客情。道人寒不睡，煮茗话深更。"其三："小立真忘世，栖迟荒径苔。岚光压新柳，莺语及残梅。二月春犹静，微阳晚暂开。临流商去住，何日更重来。"

樊增祥在沪上与湖北乡党陈曾寿时有往来，作《槟榔，和仁先》纪其交往。诗云："槟榔生海南，缀树星实伙。采制入药奁，厥苞为草果。旧京重枣儿，风味亦颇颇。似珠底圆平，如芡顶锐椭。秉质本坚木，赋形肖骨朵。密栗中有文，衣胞外去裹。软须瓦甑蒸，碎借金刀剁。鬃盒贮玲珑，荷囊胀磊砢。药剂每三钱，饭余时一颗。石莲同娱人，橄榄不如我。天锡绛雪丹，地满胭脂唾。我昔初入洛，嗜之甚饼粿。舌舐金弹圆，齿决玉光瑳。清脆拟嚼冰，含咀助炙輠。消食荐宾筵，转丸适独坐。老年惜残牙，对之徒口哆。捣尘难为杵，霏屑或受锉。研为百末香，聊可两膳佐。荆人嗜北物，岁烦天津舸。妇家殊解事，缄封致江左。俊物满京城，岂惟炒栗火。感此贮金盘，瑶情足珍荷。饥饱与醉醒，一任尔翻簸。为诗仿西江，生涩觉口可。”其间，丁传靖（闇公）客居沪上，时有诗文寄赠樊增祥。丁传靖作《天琴师赐诗，谨次元韵》。诗云：“澄心止水终难起，世事衔碑未忍言。白社春来添酒阵，黄河天上接词源。洞箫喜近东坡席，短刺惟投北海门。一朵红云隔千里，江干愁绝杜茶村。”樊增祥作《闇公屡寄近作，篇篇佳也，奉答一首》。诗云：“新知近得潘兰史，旧学常推李审言。敬礼弟兄衍苗裔，老泉父子话渊源。访松何处逢黄石，咏柳于今又白门。彩笔长吟二和尚，销魂何独是梅村。”

王国维撰《颐和园词》记述晚清末年史事，颇有以诗存史之意。罗振玉见而激赏，为手写付石印，传诵一时。日本友人铃木虎雄比之吴梅村《圆圆曲》。诗云：“汉家七叶钟阳九，澒洞风埃昏九有。南国潢池正弄兵，北沽门户仍飞牡。仓皇万乘向金微，一去宫车不复归。提挈嗣皇绥旧服，万几从此出宫闱。东朝渊塞曾无匹，西宫才略称第一。恩泽何曾逮外家，咨谋往往闻温室。亲王辅政最称贤，诸将专征捷奏先。迅归欃枪回日月，八荒重睹中兴年。联翩方召升朝右，北门独付西平手。因治楼船凿汉池，别营台沼追文囿。西直门西柳色青，玉泉山下水流清。新锡山名呼万寿，旧疏湖水号昆明。昆明万寿佳山水，中间宫殿排云起。拂水回廊千步深，冠山杰阁三层峙。隥道盘行凌紫烟，上方宝殿放祈年。更栽火树千花发，不数名珠彻夜悬。是时朝野多丰豫，年年三月迎銮驭。长乐深严苦敝神，甘泉爽垲宜清暑。高秋风日过重阳，佳节坤成启未央。丹陛大陈三部伎，玉卮亲举万年觞。嗣皇上寿称臣子，本朝家法严无比。问膳曾无赐坐时，从游罕讲家人礼。东平小女最承恩，远嫁归来奉紫宸。卧起每偕荣寿主，丹青差喜缪夫人。尊号珠联十六字，太官加豆依前制。别启琼林贮羡余，更营玉府搜珍异。月殿云阶敞上方，宫中习静夜焚香。但祝时平边塞静，千秋万岁未渠央。五十年间天下母，后来无继前无偶。却因清暇话平生，万事何堪重回首。忆昔先皇幸朔方，属车恩幸故难量。内批教写清舒馆，小印新镌同道堂。一朝铸鼎降龙驭，后宫髯绝不能去。北渚何堪帝子愁，南衙复遘丞卿怒。手夷端肃反京师，永念冲人未有知。为简儒臣严谕教，别求名族正宫闱。可怜白日西南驶，一纪恩勤付流水。甲观曾无世嫡孙，后宫并乏才人子。提携犹子付黄图，劬苦还如同治初。又见法宫冯玉几，更劳武帐坐珠襦。国事中间几翻覆，近年最忆怀来辱。草地间关短毂车，邮亭仓卒芜蒌粥。上相留都树大牙，东南诸将奉王家。坐令佳气腾金阙，复道都人望翠华。自古忠良能活国，于今母子仍玉食。宗庙重闻钟鼓声，离宫不改池台色。一自官家静摄频，含饴无冀弄诸孙。但看腰脚今犹健，莫道伤心迹已陈。两宫一旦同绵惙，天柱偏先地维折。高武子孙复几人，哀平国统仍三绝。是时长乐正弥留，茹痛还为社稷谋。已遣伯禽承大统，更扳公旦觐诸侯。别有重臣升御榻，紫枢元老开黄阁。安世忠勤自始终，本初才气尤腾踏。复数同时奉话言，诸王刘泽号亲贤。独总百官居冢宰，共扶孺子济艰难。社稷有灵邦有主，今朝地下告文祖。坐见弥天戢玉棺，独留末命书盟府。原庙丹青俨若神，镜奁遗物尚如新。那知此日新朝主，便是当年顾命臣。离宫一闭经三载，绿水青山不曾改。雨洗苍苔石兽闲，风摇朱户铜蠡在。云韶散乐久无声，甲帐珠帘取次倾。岂谓先朝营楚殿，翻教今日恨尧城。宣室遗言犹在耳，山河盟誓期终始。寡妇孤儿要易欺，讴歌狱讼终何是。深宫母子独凄然，却似滦阳游幸年。昔去会逢天下养，今来劣受厉人怜。虎鼠龙鱼无定态，唐侯已在虞宾位。且语王孙慎勿疏，相期黄发终无艾。定陵松柏郁青青，应为兴亡一拊膺。却忆年年寒食节，朱侯亲上十三陵。”

连横将远游大陆，台中诸友林朝崧等饯于瑞轩。陈贯有《赠别剑花社兄（雅堂）》（二首）饯行。其一：“虎斗龙骧角两雄，好收史料入吟筒。片帆春水来天上，匹马斜阳走路中。草檄未回天帝醉，登台不见大王风。人间聚散寻常事，别泪应留洒故宫。”其二：“飘零身世欲何之？劳落生涯只自知。拍马之罘徒咸叹，云龙东野未追随。茫茫烟水三山路，莽莽乾坤两鬓丝。久遗风云封石室，西窗合与订归期。”又，连横至秋风亭拜秋瑾墓，有《秋风亭吊镜湖女侠》。序云：“安庆之役，秋瑾被杀，其友吴芝瑛葬诸西湖。光复后，芝瑛复募款修墓，筑秋风亭蔽之，盖用女侠就义语也。余至西湖，会拜其墓，怆然以吊。”诗云：“镜湖女侠雌中雄，棱棱侠骨凌秋风。只身提剑渡东海，誓振女权起闺中。归来吐气如长虹，磨刀霍霍歼胡戎。长淮之水血流红，奔流直到浙之东。花容月貌惨摧折，奇香异宝犹腾烘。鹃啼猿啸有时尽，秋风之恨恨无穷！”又凭吊苏小墓、于谦墓，有《苏小墓》。诗云：“桃花成雪我来迟，系艇垂杨独赋诗。管是酒残人去后，西泠桥畔月如眉。”又至放鹤亭品茗，亭下即冯小青之墓，连横购冯小青墓碑记搨本数纸以备分赠乡友。墓极荒废，连横有“苟重来，当以百金新之”之愿。连横后有《孤山》。诗云：“孤山一角春如海，放鹤归来日未斜。名士美人分管领，梅花开后又桃花。（冯小青葬于此）”又，连横至杭州，致书夫人，道游西湖之乐。信中并系以《西湖游罢，以书报少云，并系以诗》。诗云：“一春旧梦散如烟，三月桃花扑酒船。他日移家湖上住，青山青史各千年。”又，连横归上海，途经嘉兴、松江，重游南京，作《至南京之翌日，登雨花台吊太平天王，诗以侑之》（四首）。其一：“龙虎相持地，风云变态中。江山归故主，冠剑会群雄。民族精神在，兴王事业空。荒台今立马，来拜大王风。”其二：“汉祖原英武，项王岂懦仁？顾天方授楚，大义未诛秦。

王气骄朱鸟，阴风惨白磷。萧萧石城下，重见国旗新。”其三：“早用东平策，终成北伐勋。画河师不进，弃浙败频闻。同室戈相阋，中原剑失群。他年修国史，遗恨在湘军！”其四：“玉垒云难蔽，金陵气未消。江声喧北固，山影绘南朝。吊古沙沉戟，狂歌夜按箫。神灵终不闷，化作往来潮。”又游钟山，谒明孝陵，有《谒明孝陵》。诗云：“汉高唐太皆无赖，皇觉寺僧亦异人。天下英雄争割据，中原父老痛沉沦。亡秦一剑风云会，破虏千秋日月新。郁郁钟山王气尽，国权今已属斯民。”入朝阳门、访明故宫、游莫愁湖、吊辛亥之役阵亡粤军墓，有《莫愁湖吊粤军战死者墓》。诗云：“英雄碧血女儿香，管领湖山各擅扬。春水绿添新字碣，落花红渍旧征裳。中原立马频回首，晓梦啼莺总断肠。一角剩棋楼尚在，挥鞭重上郁金堂。”

岑光樾至广东罗浮山问道于陈伯陶前辈，因号圆静道人，后又自号鹤禅。

李叔同晤许幻园、袁希濂等沪上旧友。

唐继尧被任命为“援黔军”司令及贵州都督。

鲁迅因许寿裳介绍，应教育总长蔡元培之邀赴南京中华民国临时政府教育部任部员。袁世凯任大总统后，鲁迅随政府迁至北京，历任教育部社会教育司科长。

刘半农与弟刘天华同往上海，先后任开明剧社编辑，《中华新报》特约编译员，中华书局编译员，发表《玉簪花》《髯侠复仇记》等文言小说。

袁毓麐在杭州与孙江东、汪叔明、邵伯絅、周印昆同游云栖寺。

于右任、汪东等42人，以复旦旧学生名义联名上书临时政府，请助复旦复校。

陈布雷在同盟会甬支部成立后加入为会员。

陈训正等宁波名士商议，在已停办之西城育德初等农工学堂旧址创办私立效实中学。

徐特立应长沙县首任知事姜济寰之请，创办长沙县立师范学校，担任校长兼教员。

古直被任命为中国同盟会汕头机关部秘书长。

苏步青入浙江省平阳县中心小学就读。

梁耀明生。梁耀明，号锲斋，广东顺德人。著有《听晓山房集》及续集、三集。

蒋智由为张慰西《南园诗存》作序。序云：“今诗之敝日下而不可止者，失之于不真而已。浮俗能文之士，其视诗以为敷扬典藻，刻画其字句，而求工于对偶之间，得之则诩诩然以为能，世亦从而好。至曰是能其言至淡泊，与后世陈典藻、镂字句、巧对偶者之为诗，其邈然不相似，无异于胡越之人不相习也。然而读《三百篇》与夫《十九首》之诗，其景物若在目前，而其发人之感叹者，不自知其何故而不能已。然则诗之道可知矣，曰真者能动人。真者揭我之肺腑以示人，而不假于粉饰雕镂机巧者之为是也。桃源张君慰西示余所为诗，余读之而叹其真，是能取当前之百物，随其形景而赋写之，令人若身历其境而亲见之焉；是能浩浩焉举其胸次所蕴蓄者，而发为感叹悲喜，若不隔城府而与之共语焉；是异夫流俗之诗，内之无见道之心，外之无形物之能，斗富丽工巧，耗心力于皮毛之末，而与作诗之本旨，愈去而愈远者焉；是能继三百篇、十九首之传，祛晚近浮靡之气，而一返之古初者焉。夫为人之道，不可以不真，为诗亦然。若张君慰西者，可谓得诗之真而能为诗矣。余既读以卒业，为道此意而归之。壬子仲春观云蒋智由识。”

吴禄贞撰、谢炳朴辑《吴绶卿先生遗诗》（1册，铅印本）印行。集前有张元济撰序。集后有谢炳朴作跋。其中，张序云：“吾不见绶卿久矣。去岁夏，余以事入都，思访之，继知其治军于外，不果往。越两月而绶卿被刺于石家庄。无识与不识皆痛惜之，佥谓绶卿不死，京津大局必早底定，武汉南北两军亦不致激成恶战，然则绶卿死而因之死者且千万人。语云：死有重于泰山。其绶卿之谓矣。犹忆十四年前，拳乱方炽，绶卿与陈君锦涛、温君宗尧会于余居，谋所以安定之策。绶卿解衣磅礴，意气激壮，发语悲愤，尝以手抵案不止。此情此景，犹在目前。今绶卿以身殉国，而澜生、钦甫亦均能奔走国事，肩任艰巨。余独优游海上，甘自暇逸，真愧对吾死友也。谢君炳朴从绶卿戍边有年，以其遗诗来示余。余不能诗，然读之益追念授卿不置。绶卿不必以诗传，而能使后之读者想见其为人，则是编之辑未始无助也。中华民国元年三月，海盐张元济敬题。”谢炳朴跋云：“读公遗诗，歌泣无端，如与其声音笑貌相接触，谓非保存之，无以明不忍死公之心。用是搜辑佚散，付诸手民，以为天下后世之同情者告，且以自塞吾悲也。”此辑另收入题词、祭文、诔诗、挽联等，统称《延边哀挽录》。其中，谢炳朴撰挽联云：“捍患昔从公，记得星驰羽檄，雪满弓刀，为国土、为生民，久戍极诸艰，已分此身归马革；入关偏遇害，遥怜三晋云愁，千军雨泣，有青天、有碧血，精魂弥六合，倘随明月到鸡林。”又，《吴烈士遗诗》（1册，2卷，石印本）印行。本集含《西征草》1卷、《戍延草》1卷，卷末均附词。集前有钱基博撰《吴禄贞传》，无锡廉泉（南湖）序，孙寒崖题词。其中，《吴禄贞传》略云：“禄贞体格瘦小，富于口才，谈吐响彻四座。又胆略甚豪，事喜专断，不为人下。然奢侈靡费，使财如水。亦尝纳娼为妾，费至万金。其第六镇统制，亦贿赂以得。皆非党人素志也。其为人活泼善游戏，能与亲贵狎游，故有援引。然志大气豪，不屑谨慎从事，故为所害。有《吴绶卿先生遗诗》二卷行世，后人且编其事为戏曲焉。”廉南湖评吴诗：“雄直悍快，有其为人，不肯嗫嚅作儿女子态。”此本为吴芝瑛手写，吴芝瑛乃桐城吴汝纶侄女，廉泉妻，号称“万柳夫人”。吴芝瑛以书法驰名，终其一生只为秋瑾、吴禄贞二友抄写诗词，曾谓平生最佩服两个人，男为吴禄贞，女为秋瑾，因其活得豪爽，死得壮烈，不愧为当世之杰。

姜继襄撰《天泪盦词》（1册，1卷，刻本）刊行。集前扉页有“壬子二月刻于江南”字样。姜继襄《自序》云：“张于湖在建康留守席上，赋《六州歌头》，魏公罢席而入，是何音之悲也！词为心声，坡公之玉宇琼楼，稼轩之鹧鸪题壁，其思君爱国之忱，时时流于謦欬，况鼎祚改革时耶？后人幸际清宴，含腴吐艳，托兴芳菲，遂以二窗、清真、玉田为法乳，而以苏辛为疏放，学者宗之。此盖时为之，非词学之升降也。余心肠木石，素不工绮语。辛亥秋，困金陵危城中，兵燹逼人，夜不成寐，千愁万感，借声哭之，成词二卷。初卷伤感失律，尚待改作，兹录其次。起十月十二日讫除夕，杂写乱后情事。呜呼！吾辈生丁末造，哀时感事，并非无病之呻。使梦窗遭逢今日，亦必撤其七宝楼台，啼血哀鸣，追步苏辛之不暇，又岂独于湖为然哉？读者亦哀其志矣，曙叟自记。”

陶先畹作《壬子仲春，梅修亲家夫人至舍，喜赋六绝》《壬子仲春，梅修夫人赴锦城，应淑行女学之聘，书奉寄怀》（三首）。其中，《壬子仲春，梅修亲家夫人至舍》其一：“杏花红绽旧年枝，明媚春光扫榻时。喜见鱼轩临曲径，相逢一笑解相思。”其二：“新姻旧谊两关情，怅隔云山数日程。夙慕珠江女才子，六千里外结鸳盟。”《壬子仲春，梅修夫人赴锦城》其二：“谊结朱陈识面初，忘形谅我礼仪疏。故人近况君知否，晨起拈针夜读书。”

康有为作《壬子二月，自须磨双涛园迁近月见山下，须磨寺侧公园前桃樱满山，居有小园，适吾五十五岁览揆，门人梁启超等十余人连日为寿，且作诗会相慰藉，赋三章》。其一：“月见山前海有痕，须磨寺里佛仍尊。劫灰飞散知何世，逋客孤羁得小园。蜡屐游频思睹墅，桃花开遍或逢源。一枝栖托聊随喜，豺虎中原何处村。”

李鸿祥作《三月自流井会议，议决成渝政府合并，滇军北伐》。诗云：“珍珠席上箸先筹，济济英才集自流。北伐谋献新决定，胡氛荡尽始归休。”

王易作《探春·壬子仲春晴日，郊外小游，月余不出，不知春便如许也》。词云：“浓翠生阴，零红散雨，十里春光如绣。冷落旗亭，喧阗花市，无计了除清昼。方试将轻袷，早惊觉、沉腰消瘦。可怜人异从前，那禁春尚依旧。　　怕问故人来否。为隔岁余香，尚留襟袖。紫燕来迟，碧桃开遍，前度刘郎归后。粉蝶寻芳去，便知得、蕊香轻透。欲觅酴醾，杏花深处无有。”

丁立棠作《高阳台》。序云：“壬子春仲，犹御重裘。中夜端居，悄然不乐，漫赋此解，以写我忧。”词云：“倦旅天涯，惊心岁晚，庾郎萧瑟何堪。无限韶光，都从腊鼓催残。东君着意传芳讯，送春归、又酿春寒。看楼头，陌上连番，风雨阑干。　　雕梁燕子曾相识，叹新巢未稳，旧梦仍酣。且下纤帘，莫教霜悴幽兰。柳堤盼煞晴光暖，问何时、春满江南。恁凄清，多少新愁，又上眉端。”

骆成骧作《渡河》。诗云：“渡河风景便相关，恨不羁留颍汝间。紫逻高临胡雁过，青嵩遥接代云还。淮南喜见湖南竹，楚北愁多塞北山。未到武昌寒不散，际天黾隘雪斑斑。”

杨圻作《壬子二月登金陵城》《浣溪沙（太白楼中笛一声）》《满江红·壬子二月，

初觉和暖，韶华已过半矣。绿肥红瘦，春光奈何》。其中，《壬子二月登金陵城》云：“雪消春水绿，鹅鸭满江头。举国伤春色，倾城及胜游。身犹轻万里，心岂薄千秋？风物杂兵气，伤心一倚楼。”《满江红·壬子二月》云：“乍暖轻寒，原来是、清明时节。但一例、繁华过了，便成消歇。盖地梨花幽巷晚，漫天新柳红楼月。最苦是、恨极忆前欢，难收拾。　　年来事，心头切。人间恨，无时绝。道春残一半，花还堪折。莫惜芳菲留不住，明年暗祝空枝发。恐怕是、未敢向人啼，背人说。”

黄侃作《杂兴》《行路难，赠康心孚》。其中，《杂兴》云：“西极昆仑山，上有三青鸟。飞来飞去不计年，王母依然颜色好。自从黄竹罢歌声，八骏虚为万里行。玄圃多栽不死药，君王何事羡长生？人生哀乐原无定，合意同心不相并。且将美酒买芳年，莫因白发羞明镜。日暮江头自惜春，飞花却似旧时人。应怜人事年年改，不及春光岁岁新。”《行路难》云：“赵壹当年赋穷鸟，男儿有时亦潦倒。疾邪愤俗复何为？堂下伊嚘空自悲！西来不得见皇甫，从与阍人争是非。嵇康立议薄汤武，竖子纷纷何足数？晋文枉自号奸雄，误信狂生是卧龙。养生一论究何补，还令百世思清风。吾生落落不得意，顽疏自古招人忌。玩世无防效滑稽，失时且复羞蓬累。春风明月酒家楼，二八吴娃妙解讴。痛饮居然至夜半，期君不至使心愁！”

黄宾虹作《壬子二月题着色山水轴》。诗云：“芦荻萧萧雁欲迷，斜风急雨暗山溪。归庄舟泊人家去，荒竹鹧鸪犹自啼。”

唐继尧作《壬子北伐行营》《行营寄内》《北伐途中》。其中，《壬子北伐行营》云：“罗列诸峰放杏花，春光偏在野人家。三军豪气冰应解，万姓欢迎意转嗟。大地风云嘶甲马，胡天雷雨啸龙蛇。澄清事业寻常举，一战功成未忍夸。”《行营寄内》云：“无端花鸟又春风，天意催人演大同。别债十年偿未得，深闺应怨海棠红。”《北伐途中》云：“一语蛟龙记尚清，私情公义两分明。最怜豪愿销难尽，欲把天戈共远征。”

罗庄作《壬子仲春，重到海上作》。诗云：“柳媚花明二月天，江山景物总依然。红楼十里珠帘敞，犹谱新声入管弦。”

林思进作《壬子二月，申叔、无量同游花市，时并有买园少城之约》。诗云：“危城坐送年，薄游始春半。晴曦几日照，风花已零乱。佳客自南来，羁孤逢世难。岂无漂泊思，襟怀聊得散。青羊仙灵宅，红鹅人世换。谁言繁华异，未觉凋疏惯。大车感尘冥，清江目石烟。鲂鱼毁自深，山鸟嘤相唤。蹉跎顾余岁，濡迟乏长算。勤君抱瓮期，跂余买园灌。”

周鹏翥作《壬子二月，予有行役，任哉、瑶珊、桂舲、剑雄、槑珪、清仙、慧琴、观舲诸子饯于营驿，赋此志别》（二首）。其二：“大气横太空，风雷指顾通。倦眸看野马，健翮送飞鸿。小劫民生苦，壮游吾道东。丈夫重出处，此意与君同。”

麦颂濂作《壬子二月初度》。诗云：“二月和风满画堂，恰逢生日快称觞。姗姗瘦骨偏容傲，落落吟怀渐欲狂。洞里桃根春正好，庭前萱草日方长。此身自觉清闲甚，时爇炉香读老庄。”刘月娟作《和涧泉世兄〈壬子二月初度〉诗》云：“东风二月满华堂，祝嘏筵开乐举觞。桃叶渡来情渐密，竹枝赋就兴偏狂。偶临图画描摹肖，酷嗜诗书滋味长。年富恰逢新世界，伫看车马达康庄。”

［日］高须履祥作《三月归乡途中》。诗云：“南船北马十年间，其奈无钱可买山。今日才酬平昔志，春风奉母入乡关。”

春

俄国哲学家盖沙令伯爵（Count Hermann Keyserling）来游中国，至上海宣扬孔教，并由辜鸿铭父子介绍与沈曾植相见。伯爵后撰文，谓沈曾植盎然道貌，足为中华悠久文明之代表。辜鸿铭《硕儒沈子培先生行略》略云：“沈子培先生，名曾植，浙江嘉兴人也。清时曾任提学，现代新进学者出其门下亦甚多。鼎革之前，任安徽布政使，鼎革后，遂隐居沪滨，杜门不出，海内学者皆奉为泰山北斗。虽海外鸿硕，亦望而敬礼之也。鼎革后二年，俄国哲学大家凯沙林伯爵游华，余为之介绍见先生。其后伯爵著哲学家之旅行日记，书中述及其见先生之感想，其文如下：‘余今竟得如愿以偿见沈先生矣。余在北京时，每与诸华友谈论欧洲事，余常从旁证其谬误，彼辈必相顾而言曰：沈子培先生告我等言亦如是，然我等以为沈先生学问虽深博，而对于欧洲文明所见恐未免肤浅也。因是，余始知沈先生。未尝实地考察，而所言所知能如此正确，其人必非庸碌者流可知矣。嗣后见先生于沪滨，其丰采、其气概，一见即令人永永不能去怀。温而厉，威而不猛，恭而安，其一举一动，莫不合乎礼、适乎仪，彼华孔子之所谓君子人者，先生实当之无愧。发言明易而意深，语语沁入人心，论及他国事而明晰正确如先生者，余未之见也。先生为笃守孔子之训者，极排斥异端之说。盖先生于彼华旧学造诣既深，遂视外邦之事物无一可取者，先生自信之坚且深如此，故视人生常事无讨论之价值，不待思索，其胸中已成竹矣。’西方学者对于所谓中国儒者沈子培之观察，读上数行可略见一斑矣。”又，春夏间，汪洛年、陈三立访沈曾植寓楼，汪洛年出示《山居图》，沈曾植属陈三立赋诗。陈三立作《乙盦寓楼，值汪鸥客出示所写〈山居图〉长卷，遂以相饷余与乙盦，各缀句记之》。诗云：“衰龄遘崩离，荒却溪上宅（余营新宅金陵青溪旁，居数月而乱作）。将家悬海市，揩眼乱朱碧。此厄古未有，万劫互寻觅。森森麒麟楦，累累蛇虺窟。人海谁与语，呵气润暗壁。岿然沈夫子，层楼许接膝。道论演物变，蓄涕抚今昔。安得寂寞滨，一起幽忧疾。鸥客《山居图》，出袖照水石。窈冥岚翠重，寒韵濯胸膈。并饷二老翁，印证栖隐迹。便如系壶峤，阴阳不能食。当年偕宗雷，异代接陶翟。共命千木奴，世外对吟席。犹怜费买山，饮犊巢由隔。息壤指佳处，且作画中客。”沈曾植作《旅居近市，郁郁不聊，春夏之交，雾晨延望，万室濛濛，如在烟海，憬然悟曰：此与峨眉、黄山云海何异？汪社耆持此图来，乃名山居，约散原同赋，散原先成，余用其韵，四首》。其一：“山居不识山，宅相乃非宅。心精一回眘，万象转朱碧。以马喻马非，骑驴孰驴觅。茫砀毗岚风，堕我群魔窟。牢守颠当门，岐缘蜥蜴壁。辽海八尺床，坚待穿当膝。土垢变之净，法云闻自昔。飨朽倒为香，逢子原非疾。反覆究阴阳，居游皆木石。吾朝礼姑射，冰雪照肝膈。吾夕游华胥，鸟兽绝远迹。市声涛共泻，心月眼有食。即此造商颜，何曾耳班翟。善来子陈子，分我白鸥席。天宇迥寥泬，方隅无阂隔。东望云海空，或有骑鲸客。”

王国维于上年11月至日本京都后，本年春逐渐放弃前所研究诸学问，而专习经史小学。罗振玉撰《王国维传》云：“初公治古文辞，自以所学根柢未深，读江子屏《国朝汉学师承记》，欲于此求修学涂径。予谓江氏说多偏驳，国朝学术实导源于顾亭林处士，厥后作者辈出，而造诣最精者为戴氏震、程氏易畴、钱氏大昕、汪氏中、段氏玉裁，及高邮二王，因以诸家书赠之。公虽加流览，然方治东西洋学术，未遑专力于此。课余复从藤田博士治欧文，并研究西洋哲学、文学、美术，尤喜韩图、叔本华、尼采诸家之说，发挥其旨趣，为《静安文集》，在吴刻所为诗词，在都门攻治戏曲，著书甚多，并为艺林所推重。至是，予乃劝公专研国学，而先于小学训诂植其基。并与论学术得失，谓尼山之学在信古，今人则信今而疑古，国朝学者疑古文《尚书》，疑《尚书》孔注，疑《家语》，所疑固未尝不当，及大名崔氏著《考信录》，则多疑所不必疑矣，至于晚近，变本加厉，至谓诸经皆出伪造，至欧西哲学，其立论多似周秦诸子，若尼采诸家学说，贱仁义，薄谦逊，非节制，欲创新文化以代旧文化，则流弊滋多，方今世论益歧，三千年之教泽不绝如线，非矫枉不能反经。士生今日，万事无可为，欲拯此横流，舍反经信古莫由也。公年方壮，予亦未至衰暮，守先待后，期与子共勉之。”其时，王国维研究学问兴趣，由哲学而转向文学，又自文学而经史考据，其对象为古文字古器物、古代历史事实等。其所作《浣溪沙》有云：“掩卷平生有百端，饱更忧患转冥顽。偶听啼鴂怨春残。　坐觉无何消白日，更缘随例弄丹铅。闲愁无分况清欢。”王国维寓居京都时对日本学界影响甚大，日本学者盐谷温氏著《中国文学概论讲话》云：“近年中国本国也曲学勃兴，曲话及传奇的刊行不少。吾师长沙叶焕彬（德辉）先生及海宁王静安先生同是斯学的泰斗。尤其是王氏有《戏曲考源》《曲录》《古剧脚色考》《宋元戏曲史》等有益的著述。王氏游寓京都时，我学界也大受刺激，从狩野君山博士起，久保天随学士、铃木豹轩学士、西村天囚居士、亡友金井君等都对于斯文造诣极深，或对曲学的研究吐卓学，或竞先鞭于名曲底绍介与翻译，呈万马骈镳而驰骋的盛观。”

杨钟羲始撰《雪桥诗话》。至1913年冬成初集12卷，次年（甲寅）9月付印。集前缪荃孙、沈曾植、孙德谦、刘承干为其作序。集后李详为其题跋，作者自跋。其中，缪荃孙作《〈雪桥诗话〉序》云："国朝文人，经学、史学均超出明人之上，独至一朝掌故之学，不如明人远甚，郑端简、王弇州固无其人，即纪载汇编之书、金声玉振之集，国朝亦无有也。史馆之《实录》，逐日排比，谕旨无首尾，无断制，不附大臣列传，與宋、明《实录》不同。《起居注》亦同，更不完备。大臣列传，内官至侍郎，外官至巡十四傅不全，十志亦不备，史馆如此，尚何所望。私家著述最为翔实者，止钱衎石之《碑传集》、王文勤之《石渠馀记》、吴制府之《养吉斋丛录》而已。杨芷晴太守同寓上海，一日，以《雪桥诗话》十二卷见示。自首讫尾，读十日而毕，曰：此虽名《诗话》，固国朝之掌故书也。由采诗而及事实，由事实而详制度，详典礼，略于名大家，详于山林隐逸，尤详于满洲，直与刘京叔之《归潜志》、元遗山之《中州集》尽，于诗学亦甚有裨益。芷晴生长世家，熟谙故事，前与意园同辑《八旗文经》，《诗话》之作，與《文经》同。意园本意广收国朝王公大人碑版，意欲勒成一书而不成，與志文贞请续修《八旗通志》而不果，同一恨事。荃孙前辑《续碑传集》，亦以满洲人碑传少为恨。承乏史馆，前后十年，大库之零编旧册，折包旗档，触目皆有用之书，如能细心搜采，不必尽恃实录、列传也。前序意园文集，以信陵、密国儗意园，今又以京叔、遗山儗君，千古伤心人，当相喻于意言之表也已。甲寅莫春，江阴缪荃孙序。"刘承干序云："留垞先生避地之二年，成《雪桥诗话》十有二卷，承干为之校刊，甲寅九月工既竣，爰泚笔而为之序曰：是书之作，盖卜子夏所谓'达于事变而怀其旧俗'者也。先生旧家辽河以东，自天聪二年隶籍尼堪，居京师者九叶，食德服畴，几三百载。家世之所传闻，师友之所讲论，自古在昔，先民有作。居史职十年，素性狷介，当官应事之外，不利走趋。日惟故书雅记之是好，輶轩之使不一预，阳城、马周之科不记名，故端居之日独多。宜其网罗放失，著作斐然。顾服膺大兴朱学士翰林以读书为职业之言，委怀研览，自谓学问浅薄，不敢夭阏缃素。己亥乞外，转徙江湖间，于时世变益亟，所见所闻益日异。浮湛周星，非为军府典章奏，即领一郡，斤斤以簿书期会自效，复不暇有所述造。徘徊审慎，迄于今兹，而先生遂垂垂老矣。政教既失，不纠言妖，记事之书，如谈异城。昔者西河序《诗》，谓四始为王道兴丧之所由。生乎今日，由变风变雅，国异政，家殊俗之后，而上溯夫列祖列宗，厚人伦美教化以其成功，告于神明之盛轨，固有芒乎其不及知，知矣而不能言，言矣而不能信者，岂不痛哉！先生是书，纪旧闻，发潜德，具文见意。其说诗以质厚为宗，其述事以有依据为断。自以多识前言往行，于怀旧之蓄念，为加详焉。后之览者，其亦有遇尘雾而振霜雪之思乎！吴兴刘承干谨序于歇浦之嘉业堂。"杨钟羲自跋云："拙著《诗话》，专论本朝一代之诗。本朝之诗多矣，以平昔所见为断。平昔所见之诗亦不止此也，第就敷锡堂劫余仅存之残帙，略加诠次。大抵论诗者十之二三，因人及诗、因诗及事，居十之七八。其人足纪而无诗，其诗足纪而无事，概未之及焉。为书十二卷，不足括一代之诗之全，而朝章国故，前言往行，学问之渊源，文章之流别，亦略可考见。有未尽者，当俟续编。若夫网罗旧闻，整齐排类，为本朝一代诗史，与太鸿、秀野、蒙叟、锡鬯诸老之书相赓续，则以俟诸博雅君子。癸丑冬十月写竟并记。”

曾习经于春初辞右丞职，住旧居，与汪述祖对宇。汪有诗，曾有和作《既乞罢，移旧居，仍与子贤对宇，子贤以诗见贻，依韵奉酬》。曾诗云：“久忧北陇翻腾笑，悲谢南云枉寄钦。五亩柴桑容啸傲，三年裘氏旧呻吟。沧波久有横流叹，晏岁难为去国心。蹈海栖山差一间，春晖远道思方深。”又，壬辰同年何藻翔有《杂感诗》，曾习经书其后，有《书何蔚高〈杂感诗〉后三首》；汪述祖有《半山课耕图》，请曾习经题诗，曾有《题汪吏部〈半山课耕图〉》；曾习经为壬辰同年宝熙（瑞臣）题画，有《题宝瑞臣侍郎〈上元夜饮图〉二首》。又，曾习经家居，作画自遣，有《自题画竹》及《自题〈荷花水亭〉画扇》。其中，《自题画竹》云：“夹江篁竹万琅玕，自别棉湖见亦难。聊与羁人慰乡思，腻香春粉两三竿。”又有《题〈关河行旅图〉》。诗云：“极目关山日暮时，劳劳行客去何之。当楼残照霜风紧，如读甘州柳永词。”

曾朴偕黄谦斋等赴南京参与参议员复选。

王揖唐赴宁沪接洽接收南京政府，又在章太炎介绍下加入统一党。

傅增湘客居北京、上海并游苏州，多有古籍收藏。

龙赓言辞职回乡（江西万载县）赋闲，所撰《蜕庵诗存》卷三《田居集》有《归来》诗记之。龙榆生侍父返里。

何震彝留滞津上，复次“尘”韵作诗三首。其一：“毳丧初卸扑缁尘，相忆云蓝小袖身。数漏添香怨遥夜，点茶停绣想花辰。徐思往事怜残梦，却恨流光不近人。薄怒浅嗔都易解，偶拈巾带一低呻。”其二：“调軿踏碎六街尘，调笑东风最小身。蜡烛有心怜别况，画屏无睡待花辰。竟中勺药窥微笑，山下蘼芜念远人。倚遍阑干三十六，绝稀言语但微呻。”其三：“赌取瀛洲十斛尘，凌波一笑画中身。空廊响屧窥残月，小室围香度绮辰。花底自翻金作格，帷边相对玉为人。春心渐长如芳草，倦倚熏篝不敢呻。”

吴梅应南京第四师范聘，至南京任教，作【北双调·折桂令】《壬子春过秦淮》。曲云：“记秦淮载酒曾过，画舫回灯，水榭征歌。欢事无多，河桥依旧，风月消磨。吊长桥忘不得新亭烽火，渡春溪填不平故国风波。回首蹉跎，十载如梭。说什么金粉南朝，倒变作春梦东坡。”

冒鹤亭晤夏敬观，并乞题先巢民先生《菊饮诗卷》。夏敬观作《为冒鹤亭题其先世巢民老人〈菊饮诗卷〉，用原韵》（二首）。其一：“莽莽高天意再荒，穷秋风露到芜堂。即今来复真成谶，漫欲招魂恣所尝。残菊何心从涕泪，故山披发事佯狂。独嗟赁庑屠沽侧，等与巢翁共井乡。”其二：“羲农绵邈世弥新，一卷今能宝蠹尘。私史感书文字狱，梦华凄吊市朝人。兵戈满眼方投老，薇蕨充车莫疗贫。党论但闻尊复社，谁持风义匹侯陈？”

冯煦与吴庆坻诗作往还。吴庆坻有《七叠前韵，赠冯蒿庵中丞同年》《再简蒿庵，八叠前韵》。其中，《七叠前韵》云：“处堂巢幕岂怀安？春去心惊节序阑。刺眼尽多花溅泪，蟠胸犹剩梦吞丹。元黄龙战迷尘劫，风雨鸡鸣殢晓寒。同话开天旧朝事，杜陵愁绝欲摧肝。”《再简蒿庵》云：“泱漭衡流镇未安，江楼纵目一凭阑。自焚应悔谈兵括，为壑争师治水丹。挹酒诗吟西柄揭，决藩心惧北盟寒。苍凉一卷荆驼史，直笔犹能烛肺肝。”

李叔同自津至沪，任教城东女学音乐教习，并任《太平洋画报》副刊编辑，陆续刊载陈师曾《春江水暖鸭先知》《偶坐侣是商山翁》《落日放船好》等画作。

吕碧城被袁世凯聘为总统府秘书。后奉母居沪上，来往于北京和上海之间。

何震南下至成都，与刘师培相会，并随之居蜀中。

胡石予与金山高燮、泾县胡怀琛订交，并诗画唱和。胡石予画墨梅并诗赠高吹万、胡寄尘，高吹万以和诗书成短屏四帧为答，胡寄尘和诗三首，载《太平洋报》。高燮作《寄胡石予》。诗云：“此是无怀太古民，田家风味梦魂亲。不才却被先畴服，世外寒盟要此人。”

钱基博应同乡顾忠琛之邀，出任苏浙联军援淮军司令部军佐（代理副官长）、少校参谋；南北议和成功后，继任改编后的陆军第16师中校参谋，驻扎镇江。

郭则沄北上省亲，居芳盛园数月。与同年胡愔仲、温毅夫及啸龙舅迭有唱酬之作。郭则沄《毅夫同年以〈实录馆同人倡和诗册〉见示，率题》（二首）其一：“挽河回日百蹉跎，载笔孤臣涕泪多。能为斯文留正色，故应风骨抗涪皤。”其二：“嘉祐初年尚太平，书生几辈竞谈兵。江湖老去思宣室，虚被先皇记姓名。”

陈寅恪自瑞士归国后家居上海，胡朝梁自北京寄诗。《赠别陈寅恪》云：“君家诗句高天下，汝更耽吟废食餐。动足西游轻万里，当筵古抱郁千端。空文自古惭吾辈，微命犹堪托冗官。明日车窗试回首，乱山残雪向人寒。”陈寅恪有《自瑞士归国后，旅居上海，得胡梓方朝梁自北京寄书并诗，赋此答之》（壬子春）。诗云：“千里书来慰眼愁，如君真解殉幽忧。优游京洛为何世，转徙江湖接胜流。萤嘒乾坤矜小照，蛩心文字感长秋。西山亦有兴亡恨，写入新篇更见投。”

王易与三弟王浩夜谈词曲，各制自度曲一首。王易作《春愁曲》一阕，王浩作《春宵慢》一阕，词前有序记其事。王易所作《春愁曲》，自谓乃得益于封丘公之《乐音小识》。《春愁曲》序云：“词学发端于唐而盛于宋，其大致不外句调长短，平仄抑扬，相间得势，以之被诸弦管，谱以宫商，声律咸协足矣。宋人曲多自度，句调之间，非不斐然。惜皆循汉以来十二律谬说，而以黄钟、太簇、姑洗、林钟、南吕为宫、商、角、徵、羽，又参用月令六间之说，以至呕哑嘲哳，几不成声。后人以其秩序纷乱，名目繁多，遂弃不学，故知律者日益少。自明以后，鲜有自制曲者，日寖一日，填词之家，不求能歌，以是愈式微焉。夫乐以七声十三律为主，详见《周礼》，其法有六律六同，中以中律为二者之绾。律为阳声，同为阴声，歌阴奏阳，悉相符合，旋宫换角，靡不谐协，古今中外无二致也。自《管子·地员篇》三分损益谬说行，京房、郑玄辈习用引申，以讹传讹，二千年来无能辟之者。虽贤如白石，犹且泥其故谬，制为曲谱，积习难返，可为深叹。至于喉、腭、舌、齿、唇诸音，以之附会古韵，尤为扪扣之谈。其实填词者，惟须避其双声累字已足，奚必以相生之说，故为羼杂耶。明是道也，不必震于古人之盛名，尽可自度他曲。所谓运用之妙，在乎一心也。予于音律之学，稍窥门径。幼时学吹横竹，略解山门弹词诸剧。近年好为词，苦不精律。每欲得一深造者，为之道师，久而未觏，良用怏怏。春日多暇，偶思古人之误，既难适从，何妨抒我所得。因自度此曲，用黄钟均，即今乐乙字调也（今乐名以角调）。藉俟识者为我纠谬，妄作之诮，其不免乎！”词云：“乍春眠、又窗前啼鸟，唤醒游仙。东风也饶丰致，把柳丝千线，吹向阑干。春好无人玩赏，为春愁、万叠似波澜。尽回首、遥天一抹，画里云山，梦里溪山。　　堪怜。半床书卷，误了华年。钟期已无寻处，莫遣愁无计，频弄哀弦。何事穷途感遇，叹荆高、歌，哭向幽燕。试回念、前宵别景，玉笛吹残，蜡炬烧残。”王浩《春宵慢》序云：“词以入乐为主，非徒以词胜，亦在律也。故宋代诸大家，能填词者，概能制曲，清真、白石名重一时。余学为倚声不自度曲，偶与大兄夜谈，兄因自制春愁一曲，用黄钟韵著之，歌吹悠扬协律，余有慕焉。青灯黯淡，夜寒风细，花荫入窗，月色在壁，回顾其影，若甚凄楚者，因制《春宵慢》一曲。”词云：“闲云不染春空碧。正珪月凄清。纸窗淡白。挑尽残灯，也只是、照见病余孤客。春来春去无痕迹。在花前月下，几回寻觅。算近日、愁多梦少，教我怎将息。　　岑寂。往事不堪重忆。念浊酒新亭，垂杨旧陌。十载香红，但剩有、何逊春风词笔。韶光如此谁经得。又南天雨遇，北地风急。试一望、故园千里，憔悴忆江国。”

郭坚忍返扬州接收广储门街李姓花园，扩大幼女学堂为扬州女子公学，增设女子师范班和专收男生的附属平民小学。同时组织中国社会党扬州支部。

陈训正在宁波大开女学之风。为解决小学女性师资缺乏问题，陈训正与李镜第、钟观光等宁波六邑在甬人士集议，将月湖西竹洲已停办的崇正小学堂改建为旧宁属县立女子师范学校，本年春开始延师招生。

杨杏佛反对袁世凯，反对南北议和，但“有心杀贼，无力回天”，遂作《春闺六首，用计甫草〈无题〉韵》。其一：“看花无语泪痕多，万叠新愁压翠娥。春好恰逢人怨别，昼长幸有燕能歌。笑桃门户斜阳恋，锦瑟华年逝水过。刺罢鸳鸯心绪懒，秋千影里试凌波。”

朱孔阳考入之江大学自助部预科二年级。由于国文成绩突出，同时进入中文系本科。

郁达夫欲入杭州府中学，因学校停课未入，即返家。

茅盾到杭州安定中学插班学习。国文老师张献之被称为“浙江才子”，教授诗词、对联。

陶行知任徽州议会干事不足半年，回金陵大学继续求学。

陈毅随母回成都，重入锦官驿小学学习，并随时潮剪辫。

金鹤翀作《〈金氏九老图〉序》。金氏乃诗文世家，序云：“壬子之春，金氏九老影宝善堂之下。鹤翀曰，此金氏之盛事也。乃为文序之。九老者，吾父，年七十有三，须鬣最白；其左为族叔琢之先生，年六十有七；其右为永斋老人，年七十有六；右为族叔益泉先生，年七十；右为族叔月锄先生，年六十有七，五老皆坐，咸有鬣者也。立于左者为叔父友竹先生，年六十二；其右为逸凡老人，永斋弟也，年六十二；右为梧冈先生，益泉弟也；年六十二；右为叔父效生先生，年六十五，四老皆立，有髭无鬣者也。凡九老人得六百有四岁，诸老于吾父为弟，而永斋、逸凡则族孙也。金氏之高年不止于九老，而九老者，少同学，长同游，至老不仕，自其竹马追随，以至扶老过从，六七十年间，合之日多而离之日少，古称父子、夫妇皆不若兄弟之久合者，殆非易得也。鹤翀又闻之，庞眉皓发之叟，必在于山林泉石、枯槁沉溺之间；而华衣鼎食、厚享积累者多摧折于中年。以吾金氏耕读海滨，隐居养志，故享高年者，世多其人。琢之先生晼晚得一学官，与州牧不合以去，天盖损其禄仕而益其寿考也欤！今当国运改革之际，少年之士，方期共享太平之福，异日者相与啸歌田里，为击壤之老人者，必吾金氏之九老也，谨为之序。”

汪兆镛撰《微尚斋诗》（1册，2卷，附《雨屋深灯词》1卷，铅印本）刊行。《微尚斋诗》集前有作者自序云：“曩从叔父榖庵先生读书，每教授诗法，顾余才薄，为之不能工也。然少长，江湖郁伊多感，悲愉离合，亦时时于诗寄之。而残墨零笺，辄随手弃去。今冬仓皇避地，侨居无憀，乃将行箧丛稿排比录存之。重自检视，疵类百出，第生平踪迹粗见于斯。浮海余生，继自今诗境倘或有进于是者乎？姑留之以为异日之验，非敢妄觊以诗传也。辛亥十月，微尚居士识于澳门小巴寺街寓斋。”《雨屋深灯词》1卷收光绪十一年（1885）至宣统三年（1911）年间所作词42首。朱祖谋为其署签。沈泽堂作《〈雨屋深灯词〉序》云：“辛亥九月，避地蚝镜。蛮花犵鸟，触目伤怀。兀坐一楼，足音寂寂。是年冬，伯序亦来卜居，旧雨忽聚，喜何如也！寓庐咫尺，晨夕过从，偶出词稿一帙相示，音协词雅，导源姜、张，追踪朱、厉。虽未窥全豹，而绥山一桃，色香味已非人间所有。然烽火奔走间，尚不忘文字。世得无笑吾两人迂且戆耶？番禺沈泽棠记于澳门龍嵸街寓楼。”

方守彝作《朱稷臣于去年残腊陪仆游徐园，归而持二律见投。春雨寒宵，搜句次韵》(二首)。其一：“雪鬓风波同浩浩，人间宁可我常留。笑非迂叟非狂叟，兼有今愁有古愁。聊尔野园一纵浪，轩渠佳客两招收。极知腹贮骚情满，丛桂小山相与游。”

沈汝瑾作《春夜闷坐，有感时事，柬养浩，再和〈送止扉〉韵》《新春喜养浩过访抚事，感事赋一律代柬》《春雪未霁，客来售古倭刀，得之，用养浩〈游西山〉诗韵》《春日寄怀昌硕》(二首)、《壬子送春四首，和城南韵，同养浩作》。其中，《新春喜养浩过访抚事》云：“新年时事又纷纭，剧话花前到日曛。辇下龙蛇流碧血，淮南鸡犬入青云。山林避世难匡俗，富贵看人易合群。好遣阳春编野史，弃繻生不学终军。”《春日寄怀昌硕》其一：“歉岁嗷鸿遍野哀，兵尘烽火眼难开。游春莫怪人无兴，花落江南燕未来。”其二：“与君一别又三年，世界沧桑忽变迁。我辈禅心同木石，不须堕泪学铜仙。”

鲍心增作《山居春霁》。诗云：“多雨愁农事，今朝忽旷怡。泉声穿石壮，云彩度山迟。宿麦抽新穗，飞莺恋故枝。剧怜淮泗溢，饥户尚流离。”

许南英作《壬子春日过霞阳访马君亦籛，得观所藏图书，复赏所植花木。信宿三日，逾苏岭，归海沧》。诗云：“霞阳达海沧，苏岭贯其腹。昨自霞阳归，笋舆入林麓。山灵讶俗客，足音响空谷。鼓吹海山花，东风送香馥。拾级上翠微，俯瞰高人屋。屋中何所有？图书千万轴；屋外何所有？春兰与秋菊。主人不出山，甘为花之仆。花下自读书，消受山中福。我欲从主人，来往山路熟。伫立苏岭头，天风吹野服；翘首望八荒，龙蛇满大陆！”又作《壬子春日自题画梅》云：“已入共和年，视天犹梦梦。挥手坐空山，独与梅花弄。”

吴昌绶作《浣溪沙・壬子春在居庸南口作》。词云：“浩荡年光迅电波。纷纭轨辙驶岩阿。劳人相望互成歌。　　二月霜棱寒约束，半春花梦病销磨。愁心较比乱山多。”

曾福谦作《春尽日独游天宁、长椿、法源、崇效诸寺并万柳堂》。诗云：“破帽残衫稳称身，九逵坋坲踏黄尘。百年易逝长为客，明日重来不是春。闲与老僧谈劫运，怅无旧侣共芳辰(辛未应礼部试，约诸同志游春。今时同地同，忽忽四十三年，不胜闻笛山阳之感)。莫言帝里风光好，白发遗民涕泪新。”

张质生作《春日偶得》。诗云：“无事消春昼，身闲百虑清。沉吟佳句出，静坐道心生。世局楸枰置，书田笔墨耕。欲寻孔颜乐，休更羡浮名。”

杨圻作《壬子春将至青岛感怀》《念奴娇・壬子春感》。其中，《壬子春将至青岛感怀》云：“离乱常依母，清贫久近妻。诗因多病弱，梦为远游迷。野火烧星月，春寒涩鼓鼙。风尘方在始，未许共闻鸡。”《念奴娇・壬子春感》云：“江岸飞满流莺，甚催春归去，些儿容易。都是寻常闲院落，日暖昏沉沉地。春已无踪，玉人不管，一枕春眠腻。空阶蝴蝶，两三飞过深翠。　　正是故国归来，男儿也有几点伤心泪。曾与寒梅期后约，辜负月中霜里。记得深闺，那时帘底，悄影扶轻醉。小栏红烛，照人愁坐无寐。”

梁鼎芬作《壬子春怨五首》。其二：“红梅何事有双身，永夜孤心不寐人。病马雪寒犹恋月，流莺天暖即争春。情中剑首轻吹吷，劫后琴心忍作尘。玉女遭回还在侧，云璈奏罢惨赪唇。”

汪兆镛作《壬子春暮，次忏庵韵二首》。其一：“漫说并州是故乡，河山举目意偏长。鸽巢问竹谁为主，蛟石听松自在凉。每到酒阑思旧雨，况当春去惜斜阳。伤时清泪弹都尽，翻笑征尘为底忙。”其二：“浊流衮衮孰贤愚？酒祓清愁且共沽。自昔成名多竖子，平生着论号潜夫。何心异域谈芳事，有梦今宵返敝庐。遥指丹崖澹公塔，临风可许一参无。”

唐受祺作《春日迁居锡山新屋》（壬子）。诗云：“故园无片瓦，新筑近名山。望益常开径，偷闲急掩关。篱疏花点缀，池小石回环。桑者闲闲意，将无在此间（屋旁拟种桑）。”

李岳瑞作《六丑》（壬子送春）。词云：“镇看花泪眼，悄立遍、池头凝碧。晓钟乍临，芳晖惊过隙。一逝难觅。望帝魂归夜，旧时台榭，剩断红狼藉。零环碎佩添萧瑟。絮影空迷，箫声旋寂。佳人更无消息。但苔痕袜印，犹认香迹。　　留君今夕，对清尊易泣。万里青芜苑，非故国。江关老去词客，便相逢镜里，玉颜殊昔。阑干外、燕愁莺涩。君不见、日暮东风，御柳可怜行色。芳华怨、莫问天北。纵锦笺、遍写相思字，何由寄得。（麦秀之歌）”

邓镕作《壬子春词》（四首）。其一：“去岁朝正入建章，金鸡放赦下天阊。今年桑柘斜阳影，春社人归说让皇。”其四：“九门车马日喧阗，厂甸嬉春似旧年。一姓兴亡谁管得，上元先办买灯钱。”

赵炳麟作《柏岩闲居》（壬子春，自上海回全州作）（四首）。其一：“傍山倚石结茆庐，雨后披蓑自种蔬。犹记曩年争大计，雪中曾上万言书。”其二：“郭外山光映石泉，万松环拱柏岩前。瓶花澹澹炉烟定，细读南华《秋水》篇。”

黄节作《春尽日戴翰峰、朱湘飘、谭少沅、邓君寿、恭叔昆仲过访湖舠，泛棹泮塘，晚饮小画舫斋听曲送春》。诗云：“因循一醉送春过，近忆朝来荡桨时。侵岸野蒲蛙欲王，展桑丛簇茧初丝。平亭万汇原多暇，过从群贤岂所期。还是水滨好风日，夜深闻曲只增悲。”

金鹤翔作《壬子送春，寄黄摩西》（二首）。其一：“东皇下驾新天国，大飐朱幡第一春。此去应嫌风色厉，初逢倍觉别情真。牡丹高贵香无主，蝴蝶飘零梦不成。满地文章未收入，不知留赠与何人。”其二：“芳草江南日易斜，桑阴绿得遍天涯。鹦哥漫问君王信，燕子还飞百姓家。世界纷纶团雪絮，芳期匆促过樱花。星球铲辘情无极，坐令伤春客鬓华。"

金廷桂作《壬子送春》（二首）、《壬子送春，和〈城南渔隐〉韵》（四首）。其中，《壬子送春》其一："懵腾谁解惜年芳，花逐波流枉断肠。绮思无端惊晓梦。恼根未拔恋余香。酿成新绿阴难憩，搅乱风光絮易狂。从此漫山多小草，不堪回首问东皇。"其二："果谁南浦挽征桡，几度伤春鬓雪飘。花号将离加意惜，人惊迟暮暗魂销。踏残香径园无主，赆到榆钱路已遥。莫怪诗人争饯酒，情深一往在今朝。"《壬子送春，和〈城南渔隐〉韵》其一："搅残飞絮乱游丝，剩有荼蘼强自支。悬树啼鹃关血性，穿花倦蝶总情痴。焉知浓荫堪眯目，为惜余芳画折枝。如许韶华轻一掷，几忘酣醉有醒时。"其二："隔院钟催漏未残，关心毕竟是疑团。埋香不惜输忱拜，剪彩何堪耐久看。阴展绿蕉心卷迭，雨濡红药泪阑干。最怜别得东君后，作赋江郎席未安。"其三："载道骊歌着意催，满腔离绪更依依。忍看苔径随风扫，省识蓬山有路归。南国刺桐新叶布，皇都烟柳旧条非。苦留毕竟留难住，谁倩阳公把日挥。"其四："织成云锦仗莺梭，缓缓新吟陌上歌。社雨番风尘梦杳，香车宝骑别情多。仙山境隔怜鹦鹉，青海风来间橐驼。屋角花棚都落尽，补茅商略待牵萝。"

江子愚作《苏幕遮·春日旅怀，用范公韵》。词云："艳阳天，销魂地。客刁园亭，杨柳含新翠。锦瑟年华伤逝水，遥忆佳人，梦断千山外。　　袅芳情，牵绮思，忍见双双，叶底雏莺睡。拍遍阑干还独倚，无那东风，乱洒桃花泪。"

陈寿宸作《壬子春感事，和黄叔颂》。诗云："风声鹤泪惹惊哗，却似悬弓影误蛇。举国秃翁如学佛，天涯游宦竞还家。幽燕兵甲销杯酒，吴楚英雄付剑花。鸡鹜道旁争饮啄，空山古木自栖鸦。"

刘绍宽作《和黄胥庵、刘冠山〈春雪〉，用尖叉韵二首》。其一："江城风紧缩林鸦，天半浓云起炮车。入夜才听喧急雨，盘空又见舞飞花。布衾忍冻长为客，炉火分温转忆家。惭愧郊仝诗笔健，几回险句压刘叉。"其二："曾慕玄虚学宋纤，篝灯夜半读楞严。每思高卧长扃户，敢薄清吟拟散盐。诗酒生涯嗤冷客，桂珠消息问穷檐（近日米价甚贵，雪后恐麦苗有损）。年来无限疮痍感，万斛深愁到笔尖。"

赵熙作《春衣》《春雨》。其中，《春雨》云："垂白于今未有家，廿年漂泊总天涯。江南一夜潇潇雨，休向吴娘问落花。"

萧亮飞作《春寒》《春日晴眺》《春日谒明太祖陵》《春日窗下坐对狮子山》《春游清凉山》。其中，《春寒》云："已过一冬暖，春寒如此赊。雪花隐山影，冰箸列檐牙。炉火弱无焰，冻禽拳不哗。滞他新柳色，牵恨在天涯。"

曾广祚作《江南春雪》《春日讽射猎者》《汉阳春夜留别》。其中，《江南春雪》云："龙山飞雪集南吴，梦里游春蝶满图。花月绕江帆自重，条风拂陌絮犹铺。金钉夜照如衔璧，翠箔朝搴已缀珠。阳气乍寒王气尽，羞夸姑射艳肌肤。”

金天羽作《春阴》（时移家醋库巷）。诗云：“东风酿微雨，院落春已深。芳树含新意，着花媚前林。林长郊坰远，孤塔耸城阴。流莺出修竹，门巷无人寻。新泥蜡屐响，峭寒家酯斟。阳曦何时放？屋角占鸣禽。”

韩德铭作《记梦》（壬子春作，方拟辞旧职）。诗云：“民国建首春，曳足逃迷阳。所托百无恋，惟恋所止房。六年公私影，一一于此藏。亲故足相知，输此纤且详。凄绝入梦境，境乃见未尝。恍惚屋漏出，留别话悢悢。日子去何意，去又之何方。年来抑郁怀，对彼勃然张。曰此为学校，我职系一堂。未敢矜旷达，司牧忘其羊。徒手栽文花，奋指多创伤。空山春一寸，地僻芳不彰。不彰非所急，奈怨诽用长。甘苦心转毂，猜疑人面墙。时因倦欲息，客至谢未遑。谓我峻崖岸，谤语流吾乡。时因职事故，敢不事侯王。议者云逐热，此实等探汤。名实昏大地，无人核所当。声闻钓群嫉，投抵乃益猖。一得而百失，轻重何由偿。情伪惟子鉴，烦子为较量。屋漏曰子愤，乃在皎著场。日月名丽天，照面不照肠。冥冥吾曹界，中具真低昂。是非予夺法，与世乃分行。颇有赫赫者，风采云天翔。入门陡变貌，貌乃反其常。向日观仪表，入狎而出庄。迩日态翻新，内鄙而外刚。时演媚俗技，如妾妇易妆。俯仰积亵渎，幽隐罗荒唐。伊谁计职任，辗转筹匡床。客岁更增剧，屡幻矿弹镪。夜卧寒乞儿，朝现豪华郎。吾曹奈彼何，匿笑潜屋梁。与子相习久，无取面抑扬。只觉六七年，形迹粗能忘。青天在幽独，何必急日章。我闻谢屋漏，前语特发狂。去去别有意，外事子渺茫。大陆变风云，已解纽与纲。惟易上下位，改进口仓黄。腐鼠非佳馔，鸱鸦睒其旁。一壑何足专，乃贻狙者忙。问答辞未已，钟声动喤惶。披衣起何之，俯首看八荒。”

张锡麟作《调笑令・壬子伤春四解》。其一：“壬子。壬子。今度春归何处。枝南枝北黄昏。寒沁梅花小春。春小。春小。烟外时闻啼鸟。”其二：“归雁。归雁。影趁南云偏远。江城凰雪愁人。却忆乡园早春。春早。春早。又怨王孙芳草。”

郭春榆作《隆山奉常同官礼曹多年，不知其能诗也。南归，有〈日出〉诗册相质，并枉赠七律二章，次韵奉答》赠林栋。其一：“横流无计更堙洪，杼柚悲歌大小东。聚铁六州真铸错，徒薪上客枉输忠。每嗟世变余孤愤，忽展君诗若发蒙。读到白云谣一曲，海山归去梦乘风。”其二：“十年郎署老冯唐，此日宁烦出处商。汉礼久应陋绵蕞，楚歌聊可托沧浪。成章触手皆云锦，怀宝何心炫夜光。惭愧殷勤问津意，绝潢断港不堪航。”林栋和作《隆山濒行，复用前韵告别，次韵答之》（二首）。其一：“勾漏将毋访葛洪，临安犹可老江东。岂能桑下无余恋，便有葵心孰效忠。宦味久拚鸡肋弃，剧场冷看虎皮蒙。霍童山色遥迎棹，正好黄梅舶踔风。”其二：“觥觥鸿笔步三唐，不厌临歧旧学商。好纂遗文追夹漈，岂惟妙悟契沧浪。抟沙再聚知何日，炳烛相期惜寸光。留取冰厅风味在，只携行卷压归航。”

王易作《万年欢·春雪》《长亭怨慢·春寒》《沁园春·春情》《三姝媚·封署送春》。其中,《长亭怨慢》云:“又正是、春初时节。院落沉沉,房栊寒怯。苦恨而今,东皇车骑尚迟发。春回已久,怎不使、春光泄。春直恁无情,又何必、望来如渴。　呜咽。听寒鸦点点,似恨夜来微雪。冬衣敝矣,曾未识、几时修缀。最怕是、已到花期,但对酒、无花堪折。待欲问春时,春不见人休说。”《三姝媚》云:“清琴愁独谱。听啼鹃声声,唤人凄楚。无计留春,着游丝、低罥画阑干处。燕妒莺猜,便消得、韶光如许。底事东君,芳讯年年,自由来去。　凭阁敲残新句。看浪蝶依依,似忘春暮。芳草斜阳,忍低眉遥数,天涯归路。酒浪茶涛,怎洗尽、客襟尘土。为问园林旧约,明年记否?”又作《莺啼序》。序云:“袁筠荪昆弟与予交近十年,文章诗酒,昕夕相从。壬子春,袁子挈家南旋,慨然有终隐之思。临别依依,为填此解,用梦窗荷花韵。”词云:“无端又伤远别,泪盈盈似水。空庭院、料峭春寒,短枝渐吐微蕊。恨此度、凄凉太甚,纷纷旧雨随星坠。又江关、庾信飘零,已动归思。　抵掌挑灯,联吟踏月,惯盘桓共子。更谁料、佳景无多,乱风愁雨又至。望江山、飞云黯淡,正天外、欃枪遥指。问因何、零落神州,满含秋意。　者回去也,地北天南,断难忘寤寐。因预念、他年聚首,未卜何日,谱到阳关,不禁清泪。韶光易老,萍迹未定,天涯倘有重逢日,定惊心、彼此俱憔悴。回肠似结,满怀幽恨难言,相期故人心里。　骊歌唱罢,南望迢迢,止遥山拂翠。还说甚、双鱼寄恨;尺素传心,任报平安,也牵愁起。茫茫四顾,一枝安在,纵教我亦归故土,但相思、两地危楼倚。期君珍重千金,一驻归帆,便裁凤纸。”

王浩作《凄凉犯·病中作,用白石韵》《角招·病中杂忆,用白石韵》《征招·病中杂忆,用白石韵》《疏影·春雪》《莺啼序·春词,用梦窗韵》。其中,《凄凉犯》云:“暮云一带黄昏色,凄凉窗户萧索。红灯黯淡,罗衾历乱,乍听清角。晚风正恶。更帘裹单衫袖薄。又空巢、一双野鸽,冉冉度烟漠。　此际重追忆,情怀不似,旧时欢乐。指尖寒瘦,漫无声、泪铅弹落。独自醒来,想新梦依稀记着。尚迷离、不起怕误梦中约。”《征招》云:“相如绿绮清于水。风尘解怜狂士。旧事已三年,尚缠绵如此。近来人病矣。更凄绝、茂陵愁思。恰又梅花,一枝初发,窗前疑是。　独自。甚思量,冷清地。犹忆梦中情味。仿佛见瑶池,障巫峰十二。当年空尔尔。但难得、此中深致。夜寒悄、罗帐灯昏,正欲眠无计。”

沈其光作《春日》(二首)、《春雨遣闷》。其中,《春日》其一:“耿耿孤灯雨夜青,吾儒穷达付苍冥。研珠滴露浑无事,静堪南华一卷经。”《春雨遣闷》云:“生长江湖讬隐沦,狂来只爱垫吾巾。霜毫乍试如生客,春雨频来似故人。贫里琴书差可典,静中鱼鸟总相亲。出门欲过苏端话,箬笠翛然政绝尘。”

王芃生作《忆少年·壬子春登明孝陵》。词云:“皇陵无恙,兴亡以梦,欣逢今日。

清威更何在，靖烟尘南北。　　欲起明人寻故物。认前朝、两三痕迹。青峰纵如此，是当年春色。”

黄濬作《春日登陶然亭》《春日杂诗》（七首）、《春日柬瘿公》。其中，《春日杂诗》其一：“日逐尘沙负薜萝，丁香时节奈花何。城南十丈游丝路，偏是暮春纨绮多。”其二：“烟视花光尽浅红，今年春暖更多风。生涯买醉长安酒，十里春花总梦中。”《春日柬瘿公》云：“西山连日黛眉攒，斗换星移欲语难。骑岁放晴消薄松，五更回梦觉春寒。峥嵘士气吾当贺，褦襶朝官兴倘阑。持向瘿公索诗句，应从物外赏孤欢。”

董伯度作《奉和祖母〈春日杂咏〉原韵》（四首）。其一：“烟雨迷离晓梦迟，酒醒欲好赋新诗。春风几度清溪畔，桃李花开正满枝。”其二：“烟销陌上马行迟，且倚金鞍赋小诗。最是酒家风景好，青帘高出绿杨枝。”

宋伯鲁作《杂感四律》。其三：“蓉蓉冉冉曲江滨，旖旎秋光不让春。未见好贤如好色，谁分功狗与功人。介推耻语贪天力，冯异羞呈避树身。不用东风频拂拭，云霄毛羽总常新。”

金鉴作《壬子送春，和病鹤叔》。诗云：“翻云覆雨几番经，惆怅年华似絮萍。芍药将残谁护惜，牡丹虽贵亦飘零。落花无主埋三径，养树成阴占一庭。岂是晓钟犹未到，人间何日梦能醒。”

庞友兰作《春闺》。诗云：“洗手自焚香，深闺无个事。东风不卷帘，怕有闲花至。”

王嘉诜作《春日寓淮杂诗》（四首）。其一：“胯下桥东柳色新，行吟被酒独伤春。相逢年少无相识，愁煞淮阴市上人。”其二：“春水潆洄满一城，红桥烟雨不分明。乘波小艇闲来往，游客疑从画里行。”其三：“隰西遗躅水云乡，冷落当年旧草堂。我亦轻舟来避世，更无樱豆密遮墙。（访万年少先生隰西草堂故址，不得。‘樱豆花遮避世墙’，先生集中句也）”

［越南］阮尚贤作《读剑峰〈吊黄花岗烈士〉诗有感》。序云：“壬子春，余与剑峰俱客申江，三月十九日，剑峰有吊黄花岗烈士之作，读之有感，援笔书此。”诗云：“长虹贯天妖雾起，七十二人同日死。黄花岗头白日曛，蜀魂啼愁血痕紫。万方厌胡如厌嬴，壮夫赴义忘死生。群戈从此殪奔鹿，孰非一击扬先声。民国功勋辉简册，偏我无成犹作客。回头南极云冥冥，岂无忠魂与毅魄。东京义党糊枭夷，事虽弗就计亦奇。断头台上聚壮士，碧血洒天天亦悲。安世三年扼强虏，百夫之勇敵千虎。战声匝地烟尘昏，白骨如山委林莽。亡人万里奔驰劳，伤心故国长蓬蒿。坐使英雄竞埋没，吁嗟此罪归吾曹。共此盟心雪雠耻，才力逊人今尚尔。终当百贱复山河，海国风云壮新史。万人举酒酹忠贞，侠骨留香闻八纮。羊城越甸隔一水，千秋毅气俱峥嵘。”

［日］木苏岐山作《春雨二首》。其一：“莫怪风光入梦思，一年病起仲春时。小楼半夜潇潇雨，零落梅花笛不知。”

[日]白水淡作《春日郊游》。诗云："公暇乘晴晓出家，桃红李白霭春霞。归来奔马江东夕，见尽金城处处花。"

四 月

1日 孙中山正式解除临时大总统之职。萧亮飞作《孙中山先生辞总统职，赋呈四律，即以送行》。其一："百余日奏共和歌，法美名邦讵让他。端赖群众裕韬略，从看四海洗干戈。吊民在古即汤武，善将于今多牧颇。手挽神州纳康乐，八方自此不风波。"其二："水旱兵荒火疫风，奇灾到此已全空。尽联汉满蒙回藏，共处东南西北中。天下一家情蔼蔼，眼前五族乐融融。宜人晴日知时雨，苍灵无私助大同。"

《太平洋报》在上海创刊。宋教仁、姚雨平主办，叶楚伧任总编辑。柳亚子、苏曼殊、李叔同、余天遂、林一厂、胡朴安、姚鹓雏、胡寄尘等协助编撰，绝大部分为南社社员。该报鼓吹资产阶级民主政治，反对袁世凯复辟帝制，辟有"太平洋文艺"专栏，由柳亚子、李叔同任主编，是南社社员主要文章发表阵地。时苏曼殊应《太平洋报》聘主笔政，撰《太平洋话》《冯春航谈》，并撰《断鸿零雁记》。后因经费困难，于本年10月18日停刊。

《申报》第14047号刊行。本期《自由谈》"尊闻阁词选"栏目含《新军歌》(金鲱)。歌云："同胞们，大家齐来，唱个歌儿听。警铎一鸣，轰轰轰，睡狮齐猛醒。革命军起义武昌，六合同响应，推倒满清。奔奔奔，妖氛全扫尽。病夫国，振起精神，万国皆钦敬。热血满腔，净净净，洗去奴隶性。请看那，法美强邻，革命非常狠，惨剧堪怜。勇勇勇，数载始底定。我中华顷刻功成，从此臻强盛，亿兆一心。奋奋奋，铸造共和政。把一片，爱国心肠，宗旨拿得稳。我辈军人，猛猛猛，各现真本领。那怕他弹雨枪林，杀敌不顾命。英雄手段，逞逞逞，团体结得紧。五色旗，大陆飘扬，威风真凛凛。协力同心，恨恨恨，共把乾坤整。诸巨公，劳苦功高，名誉千古震，五族团成。永永永，幸福享平等。"

严修致仲远信云："组织政党为立宪国至要之务；共和成立，兹事尤在所先。执事宏识远猷，率先提倡，气求声应，成故可期。承招入会，深感掖重之意，惟弟夙无政见，不足仰赞高深。又此间有国民协进会，已列贱名，例不得又隶他会，将来果能合并为一，则大妙矣。"

2日 《申报》第14048号刊行。本期《自由谈》"尊闻阁词选"栏目含《感怀一律》(金钝锥)、《即事书怀二绝》(金钝锥)、《口占》(金钝锥)。其中，《感怀一律》云："好事尽随流水去，桃花空自泣东风。登楼王粲轮冯煖，落帽参军羡卫公。误我聪明太萧飒，为谁飘泊感穷通。剧怜多少伤心处，读罢离骚泪也红。"《即事书怀二绝》其一："金貂换酒传佳话，我典春裘作戏赀。阅尽炎凉流尽泪，个中消息几人知。"其二："年年落魄阮囊空，一到歌场气自雄。顾曲知音惭我俗，阿谁能唱大江东。"

吴昌硕为赵云壑行书《偶作》《病中口占》《九日送别》三诗（扇面），三诗后分别改作《偶兴》《卧病口占》《九日送别跛翁》。其中，《偶兴》云："石头奇似虎当关，破树枯藤绝壑攀。昨夜梦中驰铁马，竟凭画手夺天山。"《九日送别跛翁》云："如此青衫泪满潸，万方多难去谁边。琵琶幽咽歌凄绝，只有黄华似去年。"又，绘《梅花图》并题识云："倚虬枝，寄遐赏，山荒荒，月初上。壬子花朝大雨，吴昌硕大聋。"又，绘《多子多寿图》并题识曰："朱明司令薰风吹，火齐光耀珊瑚枝。天留硕果地献瑞，筹添鹤草歌螽斯。原物数典自炎汉，山斋清供神仙姿。张骞种得安石国，四皓同采商山陲。如船大藕如瓜枣，较此荒诞良可嗤。乾坤灵气钟草木，雨露长养天无私。三多华祝九如颂，托物比兴无声诗。剧来不异松下菌，大嚼却胜张公梨。绵绵瓜瓞可媲美，餐霞寿与南山齐。琼玉山桃倘许摘，扶藜更蹑青云梯。壬子花朝，昌硕客沪。"

林苍作《二月十五日送何枚生孝廉赴江宁》。诗云："去年今日读君诗，苦忆东湖柳又丝。乱后相逢欢意谢，老来多病故人知。无端风雨伤离索，何处云山隔梦思。闻道东阳消瘦甚，为言猿鹤讯归期。"

3日　《申报》第14049号刊行。本期《自由谈》"尊闻阁词选"栏目含《如梦令二阕》（蜀西鲛生）、《前调·同鲛生先生作》（二首，蜀西种梅客）。其中，蜀西鲛生《如梦令二阕》序云："读贵报《自由谈》见云珠女士步慧姊之作，词意悱恻，令人益深知己之感。仆客天涯，于今匝岁。遥忆故人，辄潸焉出涕。天末凉风，屋梁落月，仿佛见其颜色。江文通所谓黯然销魂者，非耶？爰效西子之颦，聊代南阮之哭，不识兰闺诸彦，肯许为同调否？"其一："无限相思情意，镇日如痴如醉。举酒欲销愁，却惹两行清泪。归矣，归矣，莫待杜鹃声起。"其二："萍梗生涯难料，又见枝头春闹。社燕最多情，还向旧梁萦绕。争了，争了，绿遍王孙芳草。"蜀西种梅客《前调·同鲛生先生作》其一："窗外黄莺声苦，唤起春愁万缕。欹枕不成眠，反复床头无主。何处，何处，梦里不知归路。"其二："别绪离情谁惯，酒兴诗怀都懒。时拓绮窗窥，小院千红春满。肠断，肠断，恼煞东君不管。"

［日］土方久元作《明治壬子二月十六日，特赐鸠杖，被许杖朝，恭赋记喜》。诗云："避贤罢相志初酬，寄傲湘南碧海头。辛苦空余当日梦，显荣幸遇圣时秋。可知边境浴皇泽，好是忠良参大猷。鸠杖一枝扶我老，趋朝又拜宠光优。"

4日　《申报》第14050号刊行。本期《自由谈》"游戏文章"栏目含《苏州兵变五更调》（幼岩）；"尊闻阁词选"栏目含《莅申数日兵变，频闻延及梓桑，殷忧不寐。鄙人冥鸿屈护，犹切悲观。其在匡时执政诸君，正不知何以处此。为诗一律，以继民劳板荡之声。载之报章，或亦闻者足戒欤》（杂傭）。其中，杂傭《莅申数日兵变》云：

"纷纷蛮触太无情，记否蜗牛角共生。金是不祥终跃冶，水能自鉴早澄清。流民偏野图难忍，他族生心势更横。同是昆明灰劫料，可怜志士负初盟。"

易顺鼎偕左绍佐、金湛霖、汪笃甫、潘飞声诸人游曹家渡之徐园，又游梵王渡之小万柳堂，访堂主人廉泉、吴芝瑛夫妇。易顺鼎有《壬子清明前一日，偕左笏卿、金滋轩、汪笃甫、潘兰史及兰史之如君姜月子女士，由康脑脱路徐园游曹家渡之徐园，又游梵王渡之小万柳堂，访廉君惠卿及其配吴芝瑛夫人，归途有作》以纪之。诗云："天九日雨一日晴，我九日苦一日乐。风光正催茧栗梢，游事将践龙华约。同人聚谋忽改辙，本似禅心无住着。貂裘不走胭脂坡，马路直穷康脑脱。五三六点雨都干，二十四番风不虐。一二三里村断连，八九十枝花开落。菜花如海真叫绝，方罫田原交绣错。兹区果然秀而野，佳处正在疏与略。曹渡绿波绿可怜，徐祠绿苔绿不恶。雨催吴水一夜生，花疑秦火三月作。踏青女伴惜尚少，惨绿少年亦非昨。若使我迟卅年生，又使春早十日觉。临桃花水看桃花，折芍药人如芍药。不知为乐复何如，正恐此愿终难获。吾侪且喜能疏狂，老左少金不寂寞。汪作道士改装束，潘携细君淡梳掠。有妇人焉吴兴鸥，非子也耶赤壁鹤。乡人少见本多怪，拍手儿童争笑谑。梵王渡访浦西头，苏州河绕园东角。夫妇无双帆影楼，主客有二翦淞阁（廉君、潘君俱号翦淞阁）。赵松雪后馆重开，廉野云孙堂再拓。芝瑛夫人好夫婿，出示妙墨逾卫铄。首楞严经一笔书，澄清堂帖千金橐。如凤与星留墨林，有虹贯月在海岳。高名真足继万柳，旧事不堪谈五柞。羽琌嫏环穷窥探，今日之日福不薄。揖别告归兴未阑，更觅醉饱倾杯勺。吁嗟浦西真福地，南阮北阮皆可托。况有驰道宽且平，饿死不至填沟壑。朱五经儿何必虑，黄四娘家已先诺。填词且追黄与秦，好客定有朱兼郭。只愁明日是清明，惹起枯鱼泣衔索。"

5日 《申报》第14051号刊行。本期《自由谈》"尊闻阁词选"栏目含《金阊劫》（剑仙）、《有感》（二首，侍仙）、《题杨避俗〈津门品花录〉》（侍仙）、《妆台》（侍仙）、《自述》（侍仙）。其中，剑仙《金阊劫》云："姑苏繁华金阊独，商贾如林集水陆。画船箫鼓夕阳多，七里山塘远虎麓。一自马路风气开，顿使山丘变华屋。楼台金碧仍辉煌，宝马香车日相逐。中原多故盗贼兴，风波遍地祸机伏。京津祸变尚未已，三吴惨劫不堪目。满街灯火夜初明，到耳钟声刚过六。莠兵挑衅进梨园，暗传口号布心腹。顷刻兵匪相结连，势成燎原不可扑。弹落如雨火烛天，老幼奔离鬼神哭。可怜燕燕与莺莺，玉碎香销遭奸戮。美酒狂吞一品香，□鱼大嚼赵天禄。精华搜盛无织选，元气何年始能复。忍看锦绣好商场，化作流亡图一幅。兵无约束惯横行，藐视长官同朽木。斯时援救寂无人，城关紧闭军警缩。呜呼！辛苦商民血汗资，养兵不啻养毒蝮。满清专制不至此，说甚共和享幸福。寄语损失诸商家，善后还须责公仆。"侍仙《有感》其一："道是无情却有情，为营金屋总须成。藏娇有愿珠量斛，珍重芳姿笑靥盈。"其二：

“漫夸着手自回春，医得相思即解嗔。记否梅花明月下，淡妆浅抹最宜人。”《题杨避俗〈津门品花录〉》云：“寻春杜牧自年年，闻道津门有洞天。终古佳人说燕赵，即今艳迹记花钿。争知绝代蛾眉好，欲借名流彩笔传。一种风情归月旦，宏农得宝让君先。”《妆台》云：“斜阳一抹映窗纱，玉镜台前笑语哗。最爱晚妆人艳绝，倩郎手整鬓边花。”《自述》云：“几多心事感微茫，名利而今两可忘。差喜读书多艳福，时时红袖替天香。”

易顺鼎以清明日淹留他乡，不得为先人上坟扫墓为恨，赋诗志感。《清明感赋》云：“余生久誓首邱思，岂忆栖鸟未有枝。麦饭他乡游子泪，黍离亡国大夫诗。贤豪讵免终为鬼，老病惟当痛绝医。今日几人能上冢，非余独遇义熙时。”

南书房翰林都察院副都御史朱益藩之母贺氏卒。陈宝琛挽之云：“有子皆为一姓臣，母仪足可对天下；归家曾无二日病，仙游不肯往人间。”后又为撰墓志铭。

陈三立作《清明》。诗云：“一片春愁明雨丝，鹃啼燕语负归期。故山父老知枯立，数遍邻家上冢儿。”

樊增祥作《大酺》。序云：“壬子清明，和美成《春雨》韵。”词云：“又石泉新，槐芽嫩，人在西溪萝屋。晶帘深窣地，奈东风吹柳，玉犀频触。社燕初飞，河豚欲上，新笋看看成竹。墟头轻烟换，正寥公梦醒，老坡茶热。算只为梨花，一生惆怅，傍栏人独。　春江花信速，是多少、蜂蝶随香毂。任看取、金钗斗草，素袖搴兰，隔瑶窗、翠纱方目。处处闻歌管，浑不似、羽衣仙曲。待寻梦、华胥国。攲枕无寐，灯采双垂红菽。更谁汉宫散烛？”

林志钧作《清明，天津道中》。诗云：“飙轮驶迅晷，劫劫无留辙。真成历块身，万象逐一瞥。独余道旁坟，入眼永不灭。白杨自萧萧，泉路念孤孑。归根同一坏，涉世有愚哲。信持白骨观，奚羡黄金埒。我闻楚髑髅，深以死为悦。北邙有乐土，南面所不屑。共知暂聚形，终与斯世诀。三春有蟪蛄，芳草闻鶗鴂。胡为须臾间，俯仰弄巧拙。感此良自怡，幽明若通彻。野风吹纸钱，可望不可说。”

杨钟羲作《壬子清明，次身云韵》。诗云：“春气如秋动客思（韩致尧诗‘节过清明却似秋’），杏花过雨只空枝。浇山远隔郦亭路，泼火闲吟白傅诗。九十风光原易老，百年心病剧难医。君门万里犹堪恋，不及黄州小住时。”

萧亮飞作《壬子金陵雨中清明，饮江干酒楼》。诗云：“纷纷细雨满春城，杨柳风前尽系情。举国共登新世界，旅人犹感旧清明。四围峦嶂千屏列，万里江天一练横。无数芳华助诗料，楼头不惜酒杯倾。”

许咏仁作《清明日游青山》（四首）。序云：“山在县西五里，一名九炉山。《寰宇记》云：‘上有干将铸剑炉九所，又山半有白云庵。’”其一：“细雨初收天气晴，日高风暖树藏莺。山灵与我如相约，杨柳青青送出城。”其二：“城西一髻耸青螺，城下潮流疾似梭。大好江山依旧否？新亭风景感人多。”

秦更年作《壬子清明，踏青城北》。诗云："无赖还乡里，寻游一出城。人家犹上冢，僧寺总屯兵。髡柳摇风细，夭桃笑日晴。村闾沿旧历，今日过清明。"

6日　《申报》第14052号刊行。本期《自由谈》"尊闻阁词选"栏目含《咏风筝》（珠溪蔡选青）、《春日读〈剑南诗钞〉，拟放翁小体诗三首》（前人）。其中，《咏风筝》云："生成仙骨本飘然，游偏山村水郭前。忌我飞腾终日绊，受人牵制逐风颠。置身方拟重霄上，托足几余一线延。多少不平鸣不尽，空教搔首屡呼天。"《春日读〈剑南诗钞〉》其一："杜门息影日初长，俯仰犹存旧草堂。风软杨花成阵舞，春深巢燕哺雏忙。酒酸却称寒儒饮，衫破时呼内子商。感慨昔年亲重竹，数竿新箨已过墙。"其二："安贫何必绊浮名，时序融和雨复晴。云散春山添笑态，风来松径起潮声。屋如舟小栖身稳，窗俯溪开豁眼明。渐觉争心全扫却，懒招良友对棋枰。"其三："昨非今是不如归，静坐吾庐悟化机。偶听鹂鸣催觅句，久无客到试开扉。编成篱落移花补，饮摘园蔬爱笋肥。须识人生行乐耳，闲愁莫使赏心违。"

严修约墨卿饭后观剧，汪笑侬演《珍珠塔》。

7日　《申报》第14053号刊行。本期《自由谈》"尊闻阁词选"栏目含《读钝锥、扬州小杜辘轳题联句五章，雅人深致，别有风趣。不让随园老人专美于前，焚香盥诵，齿颊留芬。不禁为之技痒，勉步原韵，质诸钝锥、小杜，未识以为何如》（五首，竹西钝铁效颦）。其一："暗祝来生化女儿，英雄也许作情痴。穷愁竟自投椽笔，好梦还须藉酒卮。绰约美人饶媚态，风流名士卖丰姿。勘开色相终成幻，感慨何须日系之。"其二："天然傲骨多遭忌，暗祝来生化女儿。青史几传狂士迹，红颜休悼葬花词。年华水逝人增恨，春梦帘垂乌自窥。不作留侯心不死，此身辜负此丰姿。"其三："顾影自怜还自惜，聪明误我竟成痴。恨难新国留铜像，暗祝来生化女儿。莫笑庄言多妄诞，只求天意发慈悲。未知侬愿能偿否，斯世徒添拟想时。"其四："效颦不厌将心捧，慵读诗书学斗眉。秀质不输潘子貌，幽情常卜鲁卿著。可怜过去如春梦，暗祝来生化女儿。不比无盐嫌刻画，侬颜也具海棠姿。"其五："巾帼谁能即赠遗，免侬吟咏作新诗。羞将颜色污脂粉，为寄衷情唱竹枝。春老愁深人不觉，心清质净世无知。月明私向姮娥诉，暗祝来生化女儿。"

章太炎自沪至南通。次日南通共和党分部成立，开会欢迎章氏。9日，章氏到南通师范学校演说，11日返沪。

况周颐自安徽宣城至沪访缪荃孙。

魏清德《竹湖观樱三咏》《过躘猿死岭》《山硫黄》《北投》发表于《台湾日日新报》。其中，《北投》云："松涛园里听松涛，又向温泉浴一遭。独木桥边樱烂漫，五云楼外雁飞翱。"

8日　京师大学堂议合经、文二科为国学科。

女子参政同盟会在南京成立，该会以争取女子国民参政权为宗旨。

《申报》第14054号刊行。本期《自由谈》“尊闻阁词选”栏目含《悼亡室胡筠青三十二韵》（钝锥金诵闻）。诗云：“红粉飘零花已萎，葬花流尽英雄泪。苦雨凄风愁煞人，梧桐叶落人憔悴。怜卿娇小在闺阁，珠围翠绕何欢乐。椿萱并凋年十五，妒花风雨太萧索。铸成大错可奈何，家庭平地起风波。囊箧空空金已尽，只剩愁多恨更多。嫁得风尘沦落客，才不投时空献策。年年雌伏怨青衫，时蹇难奋云天翮。无米为炊典嫁衣，落叶添薪煮蕨薇。黄绢□妇咏絮才，羡卿绣口吐珠玑。笑我疏狂诗酒豪，悬壶□食在蓬蒿。阮囊羞涩甑尘满，送穷不去空牢骚。幸得闺中联嘉偶，忠告善导如益友。裙布钗荆甘澹泊，车尘马足共奔走。青衫红袖两飘泊，儿女英雄同寂寞。未得腰缠十万贯，双飞也驾扬州鹤。栖迟旅馆俗尘疏，刺绣挑灯伴读书。爱花成癖愁花落，倚遍阑干髻不梳。药炉烟里恨绵绵，病骨珊珊剧可怜。因穷成病累卿多，肠断西风泣杜鹃。拈花证彻将永诀，憔悴潘郎血泪热。握手低言妾命薄，缘尽顿解同心结。噩梦成忏已早知，缘短缘长有定期。料得君非樗栎材，颖脱遂□终有时。月忽缺兮花无色，琴焚镜破在顷刻。同命鸳鸯三十六，鸯死鸳生难比翼。昔日月圆花正好，今日花落空懊恼。昔日人寿月当头（十一月望为筠青诞日），今日花魂付茂草。吁嗟乎，怅望玉钩斜，精卫恨填海。月有圆时镜不圆，残脂剩粉依然在。返魂无术恨我拙，满腔怨愤向谁说？泪珠和墨写新诗，泪痕墨迹都成血。”

夏敬观初识赵熙、胡铁华。又访郑孝胥，示所作悼亡诗及其配左氏行述。

魏清德《逸园小集，送搏秋社兄如泉州》（分虞韵）发表于《台湾日日新报》。诗云：“春风春雨叫鹧鸪，与君话别在须臾。遥知蟢子灯前落，眉扫何人正望夫。”

9日　孙中山及其夫人卢慕贞、子孙科、女孙媛、孙婉，随员宋子文、胡汉民、汪精卫、景耀月、田桐、程明超等分乘“联鲸”与“湖鹗”两轮逆江而上。舟过小姑山，景耀月提议联句。其一：“江南春尽日，又作武昌游（田桐）。山送孤峰出（陈汉元），江分两派流（瑞星）。乾坤三尺剑，湖海一扁舟（汉元）。曷极溯洄意，维轮为小留（瑞星）。”其二：“十载从君挽鲁戈，几经翻海洗天河（汉元）。祖生击楫言终践，杜老忧时泪尚多（汪精卫）。已见川原罢征战，且将忠信涉风波（瑞星）。江流浩瀚春如海，付与群生饮太和（田桐）。”景耀月并以《姑山，三用前韵》为题赋诗云：“小姑峰如染，亭亭出上游。纵横扬暮意，苍翠在中流。江海真虚壑，乾坤等系舟。百年聊一寄，匆遽自淹留。”

柳亚子致书高旭，批评陈三立、郑孝胥诗“刻意求艰深，病在一涩字”。高旭在上海《太平洋报》发表《愿无尽庐诗话》，主张“不分派别”。他认为“欲为诗世界大人物”，必须兼采清人王士祯“神韵”说和翁方纲“肌理”说。

苏曼殊《别云上人》刊载于《太平洋报》附张《太平洋文艺集》。后又刊于1912

年10月《南社》第6集及1914年5月《民国》第1号，后者改题为《耶婆提岛别张君》。序云：“束装归省，道出泗上，会故友张君云雷亦归汉土，感成此绝。”诗云：“范滂有母终须养，张俭飘伶岂是归？万里征程愁入梦，天南分手泪沾衣。”

10日　《申报》第14056号刊行。本期《自由谈》“游戏文章”栏目含《秦淮杂感》（梅卿）；“尊闻阁词选”栏目含《读赵、倪三烈士哀章作》（东园）、《有感》（还庵）、《次韵》（韬庐）、《如梦令·饧箫》（莫憎）。其中，梅卿《秦淮杂感》云：“登堂拍案毁门窗，议院诸员尽躲藏。小姐斩关能辟易，军人仆地太颓唐。凤头奋向腰围踢，鸡骨何堪革履当。名将美人谁是勇，英雄终让自由娘。”东园《读赵、倪三烈士哀章作》云：“萧萧玉树秣陵秋，一剑光寒贯斗牛。祖逖挥鞭催北渡，羊昙带酒哭西州。青苔碧瓦寻踪迹，白草黄沙掩髑髅。剪纸魂招三烈士，橹声呜咽大江流。”还庵《有感》云：“世味深尝血亦寒，吾侪幸福梦中看。人心更比秋云薄，时事真同蜀道难。有志潜藏惟避俗，无才运动莫求官。何如买棹桃源里，冷淡生涯托钓竿。”莫憎《如梦令·饧箫》云：“柳外吹箫声好，花底卖饧人到。随口换红腔，引得儿童不少。休扰，休扰，吹过前村去了。”

傅增湘、莫棠、缪荃孙访沈曾植。

11日　统一共和党在南京开成立大会，举蔡锷、张凤翙、王芝祥、孙毓筠、沈秉堃为总务干事。

《申报》第14057号刊行。本期《自由谈》“游戏文章”栏目含《避嚣零咏》（六首，罢了）；“尊闻阁词选”栏目含《和珠溪蔡选青〈风筝〉诗》（桴海居士）。其中，罢了《避嚣零咏》其一：“安得聊斋陆判官，尽将鼠子换心肝。盲人瞎马深池闯，莫怪文明过渡难。”其二：“驴鸣鸦噪一团糟，饭袋钱囊谥尔曹。顽石居然头也点，竟思髯客借欧刀。”其三：“欲觅而今真社党，须教有病在神经。移文欲作愁难遍，吩咐山灵不许灵。”其四：“不烦辩口若悬河，天上将军正挽戈。快绝一勾红勒帛，胜他点鬼簿多多。”其五：“傀儡牵丝我太痴，送人作郡几多时。从今愿曳名缰断，追得亡羊出路歧。”其六：“可怜滋味为谁尝，窃取浮生梦也凉。门巷枇杷深院静，看人帘底晕铅黄。”桴海居士《和珠溪蔡选青〈风筝〉诗》云：“惜得吹嘘便上天，御风高出众山颠。干霄漫自夸轻捷，入世何由脱挂牵。指顾腾空疑羽化，脚根无定似蓬旋。青云有路休行尽，进退宜防未雨前。”

况周颐应邓秋湄约，与缪荃孙、李详、袁承业、李晓暾、王寿轩同宴席于半斋。

苏曼殊由上海赴杭州，与张卓身、李一民同游西湖，后偕张溥泉访陈巢南于南社。

12日　郑孝胥以《答沈子培》简沈曾植，沈曾植前有《寄太夷》（二首）。其中，沈曾植《寄太夷》其一：“通明楼望碧云隗，夙昔心情病枕催。物论有齐鲲子小，人间何世象王来。祝宗助愿莲邦土，肝胆成尘蜡炬灰。一面傥余禅榻对，千秋还有史家哀。”郑孝胥《答沈子培》云：“老向穷途道更穷，膝痕穿榻槁书丛。堂堂白日人谁在？

杳杳高楼世岂通。守死自甘等丘貉，逃虚未暇托冥鸿。行逢宿草何妨哭，留阅兴亡只两翁。”

13日　共和建设讨论会在上海宣告成立，公推汤化龙为主任干事，核心人物“多为所谓旧咨议局联合会残党”，且多系跨党分子，与梁启超关系密切。该会的纲领性文件《中国立国大方针商榷书》《财政问题商榷书》皆出自梁启超手笔。

程德全回任江苏都督，庄蕴宽辞。

14日　《申报》第14060号刊行。本期《自由谈》“游戏文章”栏目含《苏宁兵变五更调》（赵坤宝）；“尊闻阁词选”栏目含《和钝锥、小杜〈暗祝来生化女儿〉原韵》（五首，谯国铁民，仿辘轳体）。其中，谯国铁民《和钝锥、小杜〈暗祝来生化女儿〉原韵》其一：“暗祝来生化女儿，书痴忽又变情痴。恍游梦境花盈眼，难破愁城酒满卮。摆脱此身见道力，拟从隔世想仙姿。谁能识得予心事，直欲铸金崇拜之。”其二：“彼苍若许降人世，暗祝来生化女儿。凝睇羞弹送别泪，销魂爱读定情词。且邀城北徐公聘，无碍墙东宋玉窥。好向空王低首乞，转生多赐几分姿。”其三：“争似吴侬生命好，情魔未净不妨痴。枉教今世为男子，暗祝来生化女儿。即佛即仙无恐怖，有生有死总慈悲。前身明月非无据，转世相逢似旧时。”其四：“无明有爱多情种，谁使平生未展眉。学道未能空色相，乞灵转欲问龟耆。旷观当世谁豪杰，暗祝来生化女儿。最爱房星兼二体，阴阳互变更多姿。”其五：“愧我未能赞一辞，梅花碑下读新诗。空山坐石悟三世，禅室拈花笑一枝。世界轮回空我感，风尘历劫有谁知。相思千种对谁说，暗祝来生化女儿。”

15日　《申报》第14061号刊行。本期《自由谈》“尊闻阁词选”栏目含《昨读报载和作，为之狂喜，云妹知我一息尚存，必有书至也。今既数日矣，音问渺然，欲寄尺函，通邮无所。仲慧既无父母，终鲜兄弟，一双姊妹，地角天涯，彼此不知状况者，又逾半稔。人生不幸而处此境，几叹置身，奈何天里不复在人世也。柔肠寸裂，奚止九回。重谱〈如梦令〉二阕，吾妹见之，幸即惠我数行，以慰问同怀相忆之苦》（湖口高仲慧）、《感怀》（钝锥金诵闻）、《隐趣》（五首，潜庐）。其中，湖口高仲慧《昨读报载和作》其一：“一纸新辞绝妙，恰似桃投李报。不见锦书来，极目鱼沉雁杳。烦恼、烦恼，盼把离踪详告。”其二：“底事年来如醉，尝透别离滋味。芳草满天涯，又是燕归时际。无计、无计，怕见花开姊妹。”潜庐《隐趣》其一：“绿阴门巷十分幽，曲径疏篱近水沟。但有渭川千亩竹，何须万里觅封侯。”其二：“松阴深处画楼明，半岭云归带晚晴。安得凭阑常驻此，万山风雨听涛声。”其三：“澄湖四望镜中天，树色波光照影妍。两岸人家图画里，近桥常有卖鱼船。”其四：“烟敛林疏暝色开，月昏风恶角声催。那堪树树含秋风，拼出诗人百感来。”其五：“节近清明雨浃旬，山泉添涨浩无津。笑看万壑争流处，百草随风也自春。”

[韩]《天道教会月报》第 3 卷第 1 号刊行。本期“词藻”栏目含《野广》（浲庵罗龙焕）、《三清洞》（敬庵李瓘）、《又》（二首，敬庵李瓘）、《待月》（敬庵李瓘）、《多藏谷》（芝江梁汉默）、《偶吟》（郑承德）、《即事》（河亭崔安国）、《寒食日送族人归乡》（凰山李钟麟）、《古意》（敬庵）、《三清洞》（芝江梁汉默）、《云亭拈韵》（敬庵李瓘）、《和》（凰山李钟麟）。其中，芝江梁汉默《三清洞》云：“楼上青山出，书中白日行。春来逢旧雨，物外到三清。”

连横夜游秦淮，作《秦淮》。诗云：“画舫笙歌一梦休，秦淮春水尚风流。晚风桃叶迎前渡，落日杨花扑酒楼。千古美人终有恨，六朝天子总无愁。琼林璧月知何处，不及青溪控紫骝。”

16 日　《申报》第 14062 号刊行。本期《自由谈》“游戏文章”栏目含《时事杂感》（桴海）；“尊闻阁词选”栏目含《随园》（镇海王子元）、《雨花台》（镇海王子元）、《莫愁湖》（二首，镇海王子元）、《登胜棋楼，睹徐中山遗像，想今日孙中山》（镇海王子元）、《偶成》（镇海王子元）。其中，镇海王子元《随园》云：“昔日曾开文酒罇，小仓十里好平原。诗人老去园无主，只见荒芜一片存。”《雨花台》云：“雨花台本雨花山，为有谭经人往还。一自高僧飞锡去，点头灵石又成顽。”《莫愁湖》其一：“莫愁湖以美人名，人去湖光独自清。梁栋空余双燕迹，烟波难觅旧鸥盟。金钗徒忆河中艳，环佩空闻月下声。今日水滨一凭吊，恨侬不早六朝生。”其二：“不号无愁号莫愁，美人昔日想多愁。莫愁今已抱愁去，湖水犹含万古愁。”《登胜棋楼》云：“此日棋楼睹写真，当年血战扫胡庐。中山勋业辉前后，谁道今人逊古人？”《偶成》云：“看遍江南野草花，归来犹未夕阳斜。可怜金粉凋零尽，无复当年张丽华。”

17 日　成、渝两军政府合并，成立四川都督府，尹昌衡任都督。

《中国实业杂志》第 3 年第 3 期刊行。本期“文苑”栏目含诗文《古宫四咏》（李涛痕）、《江户新年词百首（续）》（黄庆澜）。

于弼庭生。于弼庭，又名枇亭，江苏仪征人。著有《南窗集》《南窗二集》《南窗三集》。

雪痴山人《忆江南・春闺》载于《台湾日日新报》。词云：“春昼永，娇鸟唤花枝。牵系绣被多少恨，金针抛却懒添丝。无语但生痴。”

邹铨作《三月一日晚，即席口占，赠别楚伧》。诗云：“兹是临尊话别时，道声珍重泪盈眦。送君此去无长物，一瓣心香两韵诗。”

18 日　苏曼殊由杭州返上海，绘《饮马荒城图》寄萧公于香港。

19 日　严复与熊纯如书，述京师大学堂所作改革。略谓：“校中一切规模，颇有更张。即职教各员，亦不尽仍旧贯。窃自惟念平生见当事人所为，每不满志，而加讥评，甚者或为悼惜深慨，及其事至职加，自课所行，了不异故，夫如是，他日者犹操议论、鼓唇舌，以从一世人之后，此其人真不知人道有羞恶矣。故自受事以来，亦欲痛自策励，期无负所学，不作国民，至其他利害，诚不暇计。比者，欲将大学经、文两科合并为一，以为完全讲治旧学之区，用以保持吾国四五千载圣圣相传之纲纪彝伦道德文章于不坠，且又悟向所谓合一炉而冶之者，徒虚言耳，为之不已，其终且至于两亡。故今立斯科，窃欲尽从吾旧，而勿杂以新；且必为其真，而勿循其伪，则向者书院国子之陈规，又不可以不变，盖所祈响之难，莫有踰此者。已往持此说告人，其不瞠然于吾言者，独义宁陈伯子，故监督此科者，必得伯子而后胜其职。而为之付者，曰教务提调，复意属之桐城姚叔节。得二公来，吾事庶几济，此真吾国古先圣贤之所有待，而四百兆黄人之所托命也。伯严其亦怦然乎？更有进者，古圣贤人所讲学而有至效者，其大命所在，在实体而躬行，今日号治旧学者，特训诂文章之士已耳。故学虽成，其于社会人群无裨力也。以云躬行实践，吾陈伯子其庶几乎？所谓虽不能至，心向往之，故宜督斯科，莫伯子若。去岁复南至沪，曾一晤伯子，今不知何往矣，在沪乎？在赣乎？抑在宁乎？书无由径达伯子，窃意贤弟必于其踪迹稔。今之为此书者，欲执事转致，且劝驾期使必来，此事义无所让，且去开学近无时日，伯子果来，必以一电谂我，且就近要姚叔节尅期偕行，乃为中理。分科监督，月廪二百金，教务提调则百五十金，是区区者，或不足以养二贤，然日日言为国牺牲，临义而较量丰啬者，此又伯子所必不出可决也。今此信由急递奉寄，至日，望贤弟从速施行，必慰渴盼。”

上海遗老陈伯严、沈曾植、郑孝胥、李瑞清、樊增祥、朱祖谋、王乃征、陈曾寿、瞿鸿禨、吴庆坻等修禊于樊园，吟咏唱和。樊增祥作《采绿吟·上巳日小园桃花犹盛，柬招伯严、石甫、午诒、公倩小集》。词云：“曲水流觞日，想绮陌草暖云香。吾庐可爱，茜红庭院，新绿池塘。素心人未远，青笺去，几经马肆鸡坊。待羊求开三径，桃花含笑相望。　　低咏丽人行，谁曾为罗衣珠衱惆怅。隔竹听跫音，且笑抚斜阳。念人生对酒当歌，还摹写兰亭两三行。江南乐，今夕斗茶，明朝乞浆。”吴庆坻作《三月三日集樊园，止公节取“暮春之初，天朗气清，群贤毕至”十二字，序齿分韵，各为五言古一章，余得之字》。诗云：“大钧播万物，吾生信有涯。达士贵适我，脱然谢尘羁。畹晚惜芳辰，嘉会欣在兹。攀林惬幽赏，企石眷斜晖。觞咏当管弦，班坐玩沦漪。仰睇六合表，俯动千岁思。黄唐既不逮，末俗多崄巇。鄗敛久寥阒，洛宴安可追。空闻乐游篇，镂刻劳延之。重爱王谢辈，各抱山泽姿。良谈沦灵襟，元化从推移。世短忧何长，且复倾一卮。酒中有深味，吾味柴桑诗。”

沈汝瑾作《上巳出郭，迭〈题画梅〉韵》。诗云：“上巳佳丽辰，祓禊盛于旧。但愿天下人，同登域仁寿。莺燕忘时艰，花柳塞春宙。我作平等观，好色如恶臭。”

陈夔龙作《上巳郊外散步》。诗云：“病起春已深，不知何时节。墙头秾李花，一色白如雪。惠风拂我面，天朗气清绝。旧雨期不来，门外少车辙。扶筇过前溪，未妨屐齿折。独游兴转酣，感时心弥结。去年逢此日，睦堂芳筵设。黄龙与清酒，旧盟敦歃血。亡何大错成，失计六州铁。佳兵又不祥，霎时天地裂。我掌北门钥，无补金瓯缺。一官等敝屣，宁诩明且哲。逸少兰亭叙，怀抱洵高洁。杜老丽人行，忧思托欢悦。昔贤不可作，望古情切切。短垣花正飞，疏篱笋新茁。今年罢觞咏，已觉生涯拙。明年在何处，游踪信马埒。原头叫脊令，枝上鸣鹈鴂。垂老念家山，行与沧海别。"

吴士鉴作《上巳日作》。诗云："丝竹哀豪变征新，临河作序渺前尘。花枝垂老栖丛薄，莺语啼残怨晚春。词赋萧条吟独客，江山摇落感陈人。此生自断天休问，莽荡乾坤一侧身。"

王浩作《忆旧游》。序云："年时上巳，余徜徉蓼六间，游李氏园，桃花水涨，画桡载酒，命俦啸侣，景物宜人，尝诗纪之。今余返汴水矣，蓼嗣遭兵难，蓼人流离迁徙，问之有涕泣，泫然而不忍言。余别蓼时，书壁间云：'桃花已自随流水，知否刘郎来不来。'至今尚在颓垣断井中也，倚声感之，用玉田韵。"词云："记棠花欲谢，蕉叶初长，有酒盈尊。小阁听新雨，竟潇潇洒洒，过了春分。郊外柳风弄我，吹得絮无根。便画桨凌波，狂歌载酒，问魄寻魂。　　今存。一床冷，梦帽影风痕，屐齿苔痕。依稀似无有，道渡头黄日，和入黄云。闻说旧时飞燕，回首野烟昏。念崔护当年，桃花人面红此门。"

20日　绍兴《民兴日报》在鲁迅支持下创刊。其时《越铎日报》编辑人员内部分裂，宋紫佩等人不满意王文灏、赵建藩自作主张，决定另行创办《民兴日报》，鲁迅介绍周仲翔任编辑，周建人亦常为该报撰稿。

樊增祥作《莺啼序》。序云："壬子上巳后一日谷雨，同石甫、午诒、笏卿谒徐园看牡丹。是日，园中有文明结婚者，比至，则礼成归去矣。"词云："匆匆禊兰遇了，恼天涯倦旅。碧桃谢，千点残霞，半逐溪水东去。小莺唤，双柑荐酒，嫣红近在热明路。甚濛濛、微雨笼晴，旧曾游处。　　白帢乌巾，杏子树底，踏香尘缓步。指林杪、金粉楼台，玳梁双燕曾住。款松关、飞英散雪，度花径、横藤垂露。任西亭，轻送斜阳，不愁来暮。　　今朝谷雨，几信花风，牡丹已半吐。念世上、岂无金屋，但少佳人，纵有名花，亦须贤主。鞓红国色，姚黄天宠，相逢俱是春申客，算江南、朱紫纷无数。临流据石，湘帘过尽茶烟，柘屐浅印香土。　　传闻绮阁，借与双鸳，任暗翻旧谱。更说甚、郭羞纱扇，掩泪红巾，一握柔荑，早通心素。金垆尚西，氍毹犹暖，文鸾飞去。箫声歇，漫徘徊九蕊珍珠树。闻循芳草归来，陌上花钿，有人拾否？"

21日　唐绍仪在北京主持召开第1次内阁会议，宣布内阁成立，南北统一之中华民国在北京正式开府。

栎社社友十余人夜集于台湾林家专祠，选举赖悔之为社长。

《申报》第14067号刊行。本期《自由谈》"尊闻阁词选"栏目含《无题》（八首，惜贞）。其一："订期同坐木兰舟，得自由时且自由。天下风云都一变，人间福慧果双修。置身仿佛游三岛，投袂翩跹泛十洲。晓日曈曈犹未起，偷开倦眼看梳头。”其二：“游春一棹泛清漪，容与中流并坐时。真意堪为君子道，痴心未许俗人知。相如乍谱求凰曲，苏蕙先裁织锦诗。两岸不知绿底事，争夸范蠡载西施。”其三：“几番花下试新妆，愈喜相逢愈感伤。常把罗巾盛血泪，每为粉黛断柔肠。自知好事难为继，不信深情奈尔长。三日唱随缘易尽，千金一刻效鸳鸯。”其四：“春风一度可怜宵，乍叙欢情泪未消。雨压棠梨应有恨，烟笼芍药不胜娇。人间离合参萍梗，别后相思指柳条。从此海山消息断，云鬟雾鬓隔蓝桥。”其五：“频烦青鸟托微波，奈此天魔作祟何。别恨不随春色减，离愁便遇月明多。偶凭幻梦偕盟好，怎及褰裳荡桨过。今日阿侬诚自误，玉人底事亦蹉跎。”其六：“香梦无痕不可寻，一春烦恼又相侵。忍今衔恨归泉壤，空负痴情盼好音。粉黛尽多堪入画，玉人难得是同心。离愁别绪知何限，推倒金樽更苦吟。”其七：“闲步花丛思悄然，春蚕偶自把丝缠。漫劳隔世成连理，敢望他生订夙缘。海水未枯终有恨，山盟如昨问谁怜。含沙射影原常事，情海风波且莫前。”其八：“天台刘阮久无凭，缥缈峰高十二层。香雾轻烟娇欲滴，桃花流水淡于僧。仙缘有分人终在，孽障难消恨屡增。絮果兰因谁得解？夜窗相伴有孤灯。”

22 日　北京《新纪元报》创刊，章太炎撰发刊词。

《申报》第 14068 号刊行。本期《自由谈》“游戏文章”栏目含《顽顽歌》(四首，寂然)。其一：“得顽顽处且顽顽，难度光阴百二关。国已太平民已福，众人何事泪潸潸。”其二：“不易遇事今得遇，得顽顽处且顽顽。闲拈秃败毛锥子，西抹东涂太厚颜。”其三：“予春三月伤其足，坐卧高楼如屈蠖。得顽顽处且顽顽，世界何劳闻荣辱。”其四：“素心所托皆师友，信口开河去不还。饶舌丰干本无意，得顽顽处且顽顽。”

23 日　《申报》第 14069 号刊行。本期《自由谈》“尊闻阁词选”栏目含《孤芳》(痴)、《商团苦》(孤芳)。其中，孤芳《商团苦》云：“古之为商仅趋利，今之为商亦尚武。青年竞夸好身手，散处里闾足御侮。商之为商本天职，商之为兵乃兼责。岂能日日事干戈，商退休与营兵敌。慨自全城规定日，驰驱首赖商团力。大局敉平方团休，祸变纷传势更急。暮夜严装列队行，地方保卫期周密。呜呼，以兵扰商每猝发，以商防兵宁久安。日中营业夜守土，诸君精力行且殚。何况兵多不易裁，无穷隐患今方来。虎已当关狼入室，引而进之将怨谁。”

24 日　《申报》第 14070 号刊行。本期《自由谈》“尊闻阁词选”栏目含《仿剑南小体旧作》(瘦鹤)：《倚醉歌二首》《闭门一首》《漫兴》。其中，《倚醉歌二首》其一：“少年跌宕气如虹，自拨铜琶唱大风。漫道王侯征骨相，翻令儿女累英雄。文无可卖难为富，诗不能工殆未穷。频淬斑斓三尺物，一樽借与病颜红。”其二：“唾壶击缺尚狂歌，起舞风前奈若何？论斗分才应得几，贮人于腹可容多。功名安用毛锥子，块垒宁辞金叵罗。身是男儿须报国，右持长剑左提戈。”《闭门一首》云：“闭门镇日雨纷纷，宝鸭烟销却懒焚。花落窗前深一寸，酒缘病后减三分。学琴正苦无中散，临帖差能似右军。掩卷不堪成独坐，药栏闻倚望秋云。”

姚鹓雏发表《论诗绝句二十首》，评述黄景仁、龚自珍、舒位诸人诗，其中有诗盛赞同光体诗人范当世、郑孝胥、陈宝琛、陈三立。序云：“忽忽浮生，感于哀乐。典籍陶写，时遇同心。爰仿遗山体例，成如干篇。断自近代，其前人所已及与乎臭味差池者，咸不复道也。”其一：“凤靡鸾吪事岂真，京华憔悴独斯人。惊心听到洪侯语，贫过中年病却春。（黄两当仲则氏）”其二：“艳骨奇情独此才，时闻謦咳动风雷。论心肯下西江拜，却共杨、刘入座来。（龚定庵瑟人氏）”其三：“篆刻虫雕笑壮夫，凿山铸铁叹阳湖（君诗瓯北有‘凿山铸铁’之评）。伯仁岂敢轻江左，绝叹嫖姚有霸图。（大兴舒铁云位）”其四：“一时王、骆定谁先，沉挚无如《鸿雁》篇（湖湘大水，《白香亭》有《鸿雁》篇）。解识太羹玄酒味，陶琴自古已无弦。（湘潭邓辅轮弥之、王壬秋闿运）”其五：“大苏奔放黄九练，并为斯人风骨健。丰城龙剑折磨多，销尽锋铓犹作气。（通州范伯子肯堂）”其六：“老吏持衡想见之（公自比汉朝老吏），《白华》一集信多奇。茂陵风雨遗书尽，却遣文君作饼师。（李莼客慈铭，公卒后其如夫人贫至售饼自给）”其七：“佶屈微达袁伯业，五言疏隽转劲绝。齐名当日非等伦，老子韩非讵相契。（桐庐袁爽秋昶）”其八：“蜜语娠隅信有无，莎欧夺席杂讥诃。镜庐老子殊狡狯，欧亚无端冶一炉。（黄公度遵宪）”其九：“日下才名鬓未霜，阑珊人海阅沧桑。剧怜一副琵琶泪，却为邯郸大道娼。（樊樊山增祥，有《彩云曲》）”其十：“海内宫商有正声，瓣香谁为拜诗盟？庾郎生被清流误，竟使微云点太清。（郑海藏孝胥）”十一：“螺洲高隐文章伯，八俊风流硕果存。欲识致光魏阙意，金銮一记最销魂。（侯官陈伯潜宝琛）”十二：“早年风概越公儿，晚岁津梁老导师。地下抚军应张目，剩将大句作雄奇。（义宁陈伯严三立）”十三：“实甫浩瀚重伯媚，海内词人孰两涵。别有师心人不识，心香一瓣为岂盦。（易实甫顺鼎、曾重伯广钧、周公阜维华）”十四：“放言高论陈同甫，朴学奇才纪晓岚。稍喜薪传黄叔度，五言秀句绝江南。（章太炎、黄季刚）”十五：“屯田才调托微波，苏子深情历劫磨。一例才人思解脱，斋心学佛似东坡。（柳亚子、苏曼殊）”十六：“冒郎猛气狎龙虎，继起迢迢三百年。最忆深情传断句，前游默数半成烟。（冒广生鹤亭）”十七：“笠云诗学黄双井，老骨秋筋绝可怜。一集梁园秋后草，断鸿零雁仗谁传。（汪笠云国垣）”十八：“前人不数崔黄叶，好句应呼林鹧鸪。寥落魏舒出署去，闭门谁省老潜夫。（林浚南学衡）”十九：“坛坫东南狎主盟，兰成吐语剧清新。古人冷淡今人笑，愁绝孤吟谢茂秦。（某君）”今集中仅存十九首。

康有为作《壬子三月九日，与旃理行，觅得须磨湖前宅，僻地幽径，忽豁大园，备林池山石涧泉花木之胜，老夫得此，俯仰山海，饱饫烟霞，足以遗世忘忧矣。园旧名长懒别庄，吾因其旧，即名长懒园。赋十五章，既以自怡，后之论世者或有感焉》。其一《无题》："我本餐霞人，忧国舍神仙。临睨我旧乡，去之十五年。人民皆非故，渺莽齐州烟。吾生本无住，乐土尤所便。"其三《松岭》："白云常恋岫，青松横蔽岭。岭崎带岩壑，窅深出人境。突兀数百步，登望烟云冥。扶筇日一周，莓苔穿秋径。"

25日 《申报》第14071号刊行。本期《自由谈》"尊闻阁词选"栏目含《无题》（四首，爱兰）、《又》（四首，爱兰）。其中，《无题》其一："倾城倾国共乘舟，浪托风流太自由。预计良缘三日尽，漫夸艳福几生修。痴心犹恋香衾软，别泪翻污玉枕柔。转眼一场春梦觉，惊闻婢侍促梳头。"其三："果然情海起风波，死别生离奈若何。海外罡风魂梦断，枕边香泽泪痕多。良缘惟恐从今尽，笑语分明昨日过。鬓影钗光空想像，伤心侬自误蹉跎。"《又》其一："迷离春草满山青，金屋无人玉漏停。我有三生盟誓在，不教闲读牡丹亭。"其二："一回相见一凄然，似此痴情比石坚。纵使美人甘早死，韦郎那有再生缘。"其三："小谪尘寰十九春，可怜命薄不由身。果真弱质为情死，我即千金买骏人。"其四："宛转缠绵几度春，回思往事更酸辛。纵然买骨黄金尽，不作人间薄幸人。"

[韩]《朝鲜佛教月报》第3号刊行。本期"词林"栏目含《白城驿送晦光先生归伽倻山》（书山居士成埙）、《塞上忆权相老》（江村金性律）、《和江村韵以自嘲》（退耕权相老）、《次退耕老师〈前秋芳〉韵》（鹭山光荣勇猛）、《哭孙完秀二绝》（香严金之淳）。其中，鹭山光荣勇猛《次退耕老师〈前秋芳〉韵》云："出入江湖度几秋，青鞋路破汉城头。衲僧行履人如问，笑答浮云岂得留。"

26日 《申报》第14072号刊行。本期《自由谈》"尊闻阁词选"栏目含《述怀》（二首，兰贞）、《又》（兰贞）。其中，《述怀》其一："荏苒华年暗自伤，怕开明镜懒梳妆。同盟花下三生愿，偕老心头一瓣香。好事偏教逢挫折，慈观未免欠思量。深情欲达无由达，独坐深闺泪数行。"其二："万丈洪涛千倾波，波涛不测奈伊何。灵禽衔石难填海，织女投梭敢渡河。转徙君应怜命薄，生平我自患情多。无人能释闺中恨，枉把痴心告素娥。"《又》云："一别又经旬，思君泪满巾。不堪春雨夜，遥忆素心人。莫话飘零苦，空悲形影亲。村居殊寂寞，桃李结芳邻。"

张謇书作《挽王子环》。联云："里中等重如峰，即论乡校经营，不啻为山方覆篑；地下若逢磐石，为语潮流宁顺，行看界海渐成田。"

27日 《申报》第14073号刊行。本期《自由谈》"尊闻阁词选"栏目含《吾亦爱吾庐》（太痴）、《沪上感怀》（四首，徐仲升）。其中，徐仲升《沪上感怀》其一："旅食申江又一年，□来搔首问青天。余生潦倒冯驩铗，壮志销沉祖逖鞭。失意诗歌悲骥枥，不平剑气啸龙泉。崦嵫日影沉沉去，手指清霜入鬓边。"其二："铁血方成缔造功，依然险象现寰中。乱兵汹汹狼心野，胡虏眈眈虎视雄。新政几曾除害马，贤臣多半作冥鸿。侈谈兴汉须追漠，记否真人唱大风。"其三："海上繁华冠九州，衣香鬓影忒风流。几多菊部翻新曲，到处花丛便冶游。烽燧不惊真乐土，管弦如沸醉迷楼。剧怜环伺夷情险，吸取脂膏妙运筹。”其四：“我是三生杜牧之，惯拈红豆寄相思。已成羊鹤嗟难舞，愿化鸳鸯意亦□。小草由来非远志，好花休待折空枝。人生适志斯为贵，消受风光莫更迟。”

[韩]《侍天教月报》第2卷第5号刊行。本期“词藻”栏目含《寻真》（智庵郑梁）、《又》（智庵郑梁、英庵崔荣九、柳性五、柳贤鸣、罗寅辉、卢在祐）、《接梨》（郑泰容）。其中，卢在祐《又》云：“水云复海月，遍照六洲边。万事归无极，一心在侍天。玉灯长夜里，宝筏迷津前。大连归斯道，无穷五万年。”

陈独秀任安徽都督府秘书长兼任安徽高等学堂教务长。

缪荃孙访况周颐，并送还张纶英书及《藏书纪事诗》未印本。

王闿运作《彭向青（名述）》。联云：“平地起风波，共叹湘东文武尽；停云昏海峤，回伤京邸酒棋欢。”

陈蜕庵作《黄花岗革命七十二杰死事纪念日感赋》。诗云：“十二万年谁免死，死成民国一何雄？常嗟魑魅喜人过，竟诉玄黄真宰通。摄土自成娲氏石，化身待采首山铜。君看夜夜冈前月，纪念与之共始终。”

28日　张謇作《挽端午桥》。联云：“物聚于好，力又能强，世所称者，燕邸收藏，三吴已编《陶斋录》；守或匪亲，化而为患，魂共归乎，夔云惨澹，万古同悲蜀道难。”

29日　《申报》第14075号刊行。本期《自由谈》“尊闻阁词选”栏目含《如梦令两阕·春日书怀，和高仲慧女士韵》（瘦蝶）、《醉后漫兴》（定耕）、《慰友》（八首，定耕）。其中，瘦蝶《如梦令两阕》其一：“帘底笑呵双手，禁得春寒时候。薄酒不浇愁，空对韶华搔首。腰瘦，腰瘦，还念伊人安否。”其二：“散步绿杨阴里，一阕新声闲倚。缓缓祝花开，陌上踏歌初起。凝睇，凝睇，云树远迷乡里。”跋云：“按女士相忆之忆，字在词中应入仄声，故僭易一韵，质之女士以为何如？”

陈莘作《上巳后十日周君瑶阶邀游城山，即事有作》。诗云：“遥峰远水碧无垠，一一都教到寺门。花木春深同画好，云山经熟当书温。闲来小共诸天话，又解浮生半日烦。归路亦欣风景丽，夕阳红薄绿阴屯。”

30日　《申报》第14076号刊行。本期《自由谈》“尊闻阁词选”栏目含《闺情》（四首，沙溪鸥侣）、《青溪杂作》（九首，今生）。其中，沙溪鸥侣《闺情》其一：“春色撩人晓起慵，琴书斜乱鬓云松。窗推玳瑁开三面，帘卷珍珠挂一重。弱不禁风轮柳软，娇含宿雨妒桃浓。蝶魂昨夜辛劳甚，绕遍巫山十二峰。”今生《青溪杂作》其一：“步过淮清路曲通，满蹊花放浅深红。一楼一阁频频记，只恐游仙是梦中。”其三：“青溪桃李不成春，一树梨花尚绝伦。自是君身有媚骨，也宜欢笑也宜颦。”

魏清德《伤春》（二首）发表于《台湾日日新报》。其一：“红颜零落笙歌歇，往事伤心大有人。况复江山凭眺客，不堪风雨送残春。”其二：“水流花谢不成春，惊起繁华梦里人。一瞥绿阴新世界，可怜无处话芳辰。”

本　月

寄禅长老来沪，联合17布政司旧辖地僧，筹创中华佛教总会。寄禅被选为会长，圆瑛大师被选为参议长。发布宣言，主张保教保僧，提倡教育，拥护中华民国。当时太虚法师至甬，访圆瑛大师于接待寺，又应寄禅召，赴沪参加中华佛教总会。当时的佛教组织，另有谢无量发起的佛教大同会、李证刚等发起的佛教会。

湖南与广东因三佛铁路支路公司总办人员任命事发生纠葛。湘路公司与谭延闿分别致电广东都督陈炯明，决定改推宁调元为总办。不久，宁赴粤就任三佛铁路总办职。

武昌军政府改为湖北军政府，董必武被派往地方税局任职，董氏拒绝赴任，后于10月调任军政府财政司总务科科长。

梁启超撰《中国立国大方针商榷书》成，以客观态度讨论中国今后整体建设问题。该书先由共和建设讨论会印刷两万册行世，为广其传计，后再附录于《庸言报》第1、2、4号中。

《女铎报・女铎》（月刊）创刊于上海。由上海“广学会”编辑，[美]亮乐月任主编，后由刘美丽继任，“广学会”发行。1942年出至第30卷第11期停刊，1944年7月复刊，卷期另起，1945年迁至成都出版复刊第2卷第1期，1945年12月出至复刊第2卷第12期停刊，1946年2月迁回上海复刊，续出第31卷第10期，1950年12月出至第35卷终刊。自第16卷第2期改名《女铎》。主要栏目有“论说”“家政”“教育”“学术”“宗教”“小说”“杂俎”“传说”“课艺”“词苑”“近闻”“笑林”“游戏”“征译”等。

黄宾虹与宣哲发起以“保存国粹，发明艺术，启人爱国之心”为宗旨的艺术团体贞社，宣哲任社长，租赁上海四明银行2楼为会址，约期聚会。主要成员：黄宾虹、宣哲、张云门、程云岑、庞芝阁、王捍郑、邹景叔等。不久，黄节、蔡寒琼、王秋湄、陈树人、邓尔雅等人，响应贞社之倡议，成立广州分社。上海贞社一直活动到1942年宣哲去世后停止。黄宾虹撰《贞社启》：“古者知人论世，是曰尚友；遇物能名，谓为大夫。尼父识稷庙之铭，少君辨柏寝之器。由周迄汉，此风同之。典午清谈，玄机斯畅；宣和好事、谱录良多。鉴家以锢秘称奇，拘儒以玩物诟病，二者交讥，吾无取焉。方今桑海屡变，杞天是忧，仓皇烽燧。自历劫销毁以来，络绎轮蹄，或重译转输而去。萧鄚侯之收图籍，鹿已亡秦；吾寿王之说珍祥，鼎还祚汉。无如旧闻寥落，古物飘消，咸阳杰构，随赤炎以俱飞；中郎赐书，非黄金所可赎。抱残守缺，不綦难哉！惟是泛观寰宇，遐想皇初，书画同源，象形于籀古；金石不朽，阅变乎星霜。譬补牢于亡羊，效按图而索骥；则凡秘为鸿宝，败之蠹粉，其有存者，皆足尚也。然而索居寡合，阒乎空山，闻声相思，共此明月。襟素可惬，尘怀顿消。爰就沪滨，还觅斗室，名之曰贞社。召集胜俦，裙屐偕来，殽核不设，所冀广同志，无坠古欢，虽烟云为达观，靡风雨之渝节。是亦足以扬光祖国，景仰前修身者矣。是等昵古心宪，嘤鸣友声，船移载画，不隔乎蒹葭：门有停车，常依于茂树。庶几六一居士，好而有力之伦；八千同春，寿此不刊之作。苔岑共托，迈轴弗谖，无靳德音，斯为喤引。"

朱祖谋与夏敬观、李惜诵同在上海访赵熙、杨增荦，不遇。夏敬观有《偕朱沤尹、李惜诵访赵尧生、杨昀谷徐汇寓庐不遇。阅日，尧生、昀谷与胡铁华联句约游龙华寺观桃花，雨阻不往，和答一篇》《次韵再和尧生、铁华并简昀谷》《三次前韵，和尧生并简伯严、沤尹、惜诵》等记此事。其中，《和答一篇》云："残花披雨若兵过，白发弥愁春事左。蜂逃蝶匿色可怜，谁能载酒强相贺。诗来期约苦不践，夜窗再展眵昏破。东坡山谷有家法，更喜少游珠玉唾。吾曹所获在苦吟，苛税幸免诗人课。寒菹得蛭咀贫味，切莫箨龙冤杀个。日昨造门未裹饭，但睹枯茶生坏锉。心念主人竟何适，止此久如毡耐坐。峨眉险巇不易上，朱霞云堂路亦坷。避人东海良暂安，合眼还家梦频作。会当同爨煮旧字，甘让市儿呼醋驮。日投一诗亦不恶，胜遣吟肠辄啼饿。空腔悉索持送似，报饷还期迭为和。"

樊增祥与缪荃孙、李瑞清、易实甫、陈三立、陈百年等宴集。陈三立作《寻春张园，偕樊增祥、景张、鸥客、实甫，用前游韵》。诗云："掉头同作乱离人，强逐游车领好春。出屋柳梢晴雨换，钉盘莲实笑谈亲。偷闲扑蝶娱垂老，照影惊鸿忆未真。留得夕阳携手地，陂塘如镜草如茵。"樊增祥作《石甫所藏唐人画释迦牟尼佛会图歌》。序云："图后有唐人写经残本，旧为宋漫堂物，施之庐山开先寺，有翁覃溪、吴荷屋两跋，石甫盖得之寺僧云。"诗云："诸天龙象失护持，画纸磔裂如灼龟。莲台庄严现宝相，独惜满月云蔽亏。诸佛菩萨貌严净，金刚怒目威而慈。座下膜拜盛冠服，和南仰吁若有词。殷勤持扇二力士，龙天肃穆如朝仪。蛟蛇蜿蜒缠栋宇，孔雀金碧辉阶墀。画师在唐特俗手，精细亦非后所为。倘得阎吴施五采，龙华嘉会尤恢奇。画后写经亦唐笔，漏痕钗角呈妍姿。劈实不减颜清臣，生峭乃于柳得之。此卷旧弃开先寺，寺僧得宝由西陂。二百年来庐山麓，琴楼高兴琳宇齐。神画有灵交有道，不设萧翼兰亭机。昔为文康施僧者，君今反为僧所施。自唐及今历几劫，虽有断烂无亡遗。愿君供奉绣龛上，金题玉躞重装池。佛将赐君诸善果，一寿二富三康颐。问君何物报庐岳，定有眉山玉带香山诗。"又，作《再与石甫论诗并呈伯严》。

李审言游沪，与诸旧友不期而遇，返乡后赋长诗赠与李晓暾，并发表于报上。诗云："张衡四愁思四方，楚臣九逝情旁皇。海上斗入一隅地，美人来萃纷满堂。我侨荒村锢闻见，办严诹吉涓辰良。水陆乘轮倏千里，邂逅满目饮琳琅。宣君提挚出意表（余与宣君古愚不相见七年，卒遇于邵伯镇，同之沪上，赖其左右，获以无恐），倾谈并枕声雷硠。至今人仰淮海上，苏门不见晁与张。艺风老人行七十，藏书幸免充缣囊（先生藏书幸自江宁围城运出）。纵论文字倍神王，餍饫蜀馔夸南强（先生招饮蜀餐）。沈君足弱谢常客（子培沈君居三层楼上，戒断常客），别后须鬓侵苍苍。休文带缓体中恶，坐忆天柱从中伤（君官皖藩，建天柱阁，坐客谈此阁被毁，君默然）。徐刘写书负罪过（积馀、葱石两君），检核摹印钤偏旁。臧穀耆好同一耳，宁甘挟策轻亡羊。孟乔雅素在畴昔，欢如白首兄弟行。门生清绮诵新语（所授门生方点勘《世说》），邱嫂治馔亲醯浆（治具见招，出其夫人手制）。怪君从容得此乐，人间何者为沧桑。李蒯两生说瀛海，欲往从之道阻长。（李生寅恭、蒯生孝先自伦敦、苏格兰归来，谈彼中事甚悉）生也重译善鞘距，余老妄欲参翱翔。流连文燕日征逐，邓李陈魏江刘汪。邓君南海集东海，木公憔悴梅庵狂。（邓君秋枚粤人。木公，健甫新字。梅庵被道士服）散原誃台敌周郝，季词言语倾君房（魏君季词）。晓暾（李）允中（汪）齿牙利，抑扬宫徵谐清商。瘦铁（江）妙有活国计，恂父（刘）苦无登天杭。诸君如此我何预，建德有国盎有粮，易京避世汉楼橹，桃源揖客秦冠裳。夔生（临桂况周颐）后至岂无意，羡君居榜春明坊。我今垂翅客海裔，如置百尺无梯防。素心不来好事绝，斯文谁许齐班扬。白楼商略未云远，金阊宴集诚难忘。谁与霞佩远乞我，相与捕逐出八荒。”

傅增湘客居上海，遍交沈曾植、杨守敬、莫棠、徐乃昌、张元济诸公，裒集古籍，千有余册。回京时，沈曾植有《题沅叔诗稿，即送北归》赠行。诗云：“傅侯岷山精，嗜书剧食色。顾野马群空，下鞲鹰眼疾。赵张吻钩距，仪秦舌捭阖。操奇市方哄，得售数可必。秦金散能斗，羿彀中无失。此手应弦声，讵堪前意敌？胡然久滞淫，江海弄明月？曷不略西南，奇书探禹穴？频来省瓜庐，衔袖炫签帙。薄录掇中经，国闻诹藏室。析疑到纤琐，矜获勇间诘。年少何不廉，雄成遂无匹。新诗洪河注，鱼乐感有述。谅知连鳌手，绝倒赋狙术。天地见方圆，孰堪池沼潏？峨舸海大艑，昨夜沙头屹。抗手便言归，五车伙颐吓。南行录已侈，西笑愿方溢。蹙蹙市朝栖，荡荡云烟迹。念有西州宝，勿随徐福逸。江湖有尺素，为君叙故物。”南北和议结束，北归上船后，陈韫山来访傅增湘，述新获古籍不少并邀观，遂往寓所检书。返埠，客船无影，向孙荫庭求资索衣，待四日后买舟回津。此即“买书失舟”故事。

王易、王浩之父王益霖徙任封丘知县，王浩随长兄王易侍封丘公，由开封北渡黄河至封丘。时王易有《壶中天·春暮渡黄河，步玉田韵》。词云：“黄流滚滚，又兴亡送尽，几番南北。长恨总如东逝水，万劫千秋曾历。风挟冯夷，水争神禹，天远孤帆直。沧桑难记，旧游休问霞客。　　谁复泛海求仙，蓬莱遥望处，迷漫无迹。百岁光阴如此易，可许中流暂立。桃浪翻红，柳堤凝翠，数点山摇碧。夕阳西下，野云幻出飞白。”王浩有《百字令·春暮渡黄河，用玉田韵》。词云：“壮游何处，笑年年独啸，大河南北。

诗酒风魔今十载，眼底关山历历。高岸遥招，平沙远卧，风紧流云直。片帆飞动，悄然斜倚孤客。　　遥望一发青山，水波天接，住斜阳无迹。惟有残春流不尽，为我殷勤伫立。浪影翻愁，橹声索句，来往喧春碧。渡头烟淡，野凫一片斜白。”至封丘后，王浩有《露华·封署古唐槐》。词云：“淳于梦觉。看满地碎阴，晚景萧索。散雾冲炎，倒影倦痕斑剥。飘残檐雨棂风，听遍楼更城柝。沧海事、千秋万秋，对此寥廓。　　而今唐苑花落。早蔓草平原，野堠吹角。尚有老夫晓起，未忍梳掠。一自送过高郎，传舍官衙忘却。休冷淡、有人对君坐着。”至封丘后月余，王易即由封丘返京，诸弟为之送别。王浩作《归朝欢·送别大兄入都》。词云：“下马问君何处去。指点关山来往路。待君早去早归来，离情犹挂西城树。垂杨牵不住。鞭丝斜拂浑无据。望金门、马蹄特特，令我屡回顾。　　长安尽日多风雨。客骑萧萧谁伴侣。临岐挥手道平安，教人立尽斜阳暮。十年辛共苦。鹡鸰原上多离绪。向如今、闭门回想，愁叹坐无语。”王易作《菩萨蛮·诸昆弟送别即书》《百字令·夜行河朔》《西河》。其中，《菩萨蛮》云：“十年别梦余芳草。行人指点长安道。此去望长安。萧萧客骑单。　　倦游今已惯。何用伤离判。天地一穹庐。斯人久客居。”

陈衍（石遗）居福建侯官，遣张宗杨往武昌运《石遗室丛书》版、《闽诗录》版及已印《闽诗录》二百部，往北京运书籍字画瓷器等物，暂住力医隐先生宅。

齐白石清明后为王湘绮画《海棠》并题诗：“往事平泉梦一场，恩师深处最难忘。三公楼上文人酒，带醉扶栏看海棠。”

冒鹤亭剪发出都，与姚柳屏同访周丽娟，冒鹤亭作《虞美人·出都，同柳屏遇周丽娟》。词云：“当初有个侯公子。与尔心盟水。于今流落在天涯。莫再四条哀怨诉琵琶。　　昵人教说东京梦。说也心先痛。一场平地起风波。无数恩牛怨李奈君何？”又作《出都重有感四首》。其二：“文章安得黄金卖，朋旧都为白眼看。饿死亦知俄顷事，一身容易一家难。”又，冒鹤亭在天津筹办报馆，未果。在津时与缪荃孙相往还。

连横访友人周寿卿于沪上华侨联合会，会中多故人。

陈宧入北京就任中华民国参谋本部次长，实负全责，部长黎元洪在武昌遥领。

黄式苏卸任温州师范学堂监督。

陈匪石参加南社，并任上海《民权报》《生活日报》记者。

杨树达改任湖南图书编译局编译事，兼任楚怡工业学校英文教员。

古直筹备汕头《大风日报》，旨以“巩固共和，实行平民政治”，反击袁世凯。为筹资办报，古直赴暹罗、新加坡、芙蓉、马六甲、加影、吉隆坡、霹雳埠、槟榔屿等南洋十数埠募捐招股。

杨烈生。杨烈，字升奎，四川自贡人。著有《杨烈诗钞》。

梁焕奎撰《青郊诗存》（1册，6卷，刻本）刊行。壬子三月刊于长沙，王闿运题签。

梁焕均为其作跋云："右伯兄辟园先生，壬子纪年以前所为诗也。兄性好吟咏，童年所作，意不欲以璞示人，未尝留稿。弱冠随侍金陵，受学武冈邓弥之先生，于古体致力甚专，得诗积多。癸巳还湘，失稿舟中，惜不复能省忆。其后遭家大人丧，洎膺世事，遂无意韵语，亦无暇及之，偶成篇什，亦未尝留稿。癸卯、丙午间三游日本，稍有酬赠友朋、流连光景之作，然多效近体，向所不为也。顾以有关游迹，日记中存之。丁未养疴省城外青郊别墅，闭门多暇，呻吟之中，歌声间作，率尔寄兴，不复深思，自是累年辄多纸墨。以病目不能手写，皆友人代为录者，凌乱几箧，未遑检校。焕均惧其复就散佚，爰请于兄，次东游以后，逮今所作钞为六卷，又杂拾旧稿数篇，羼诸卷端，题曰《青郊诗存》。付之剞劂，匪曰问世，凡以遗四方知旧之见存问者云尔。壬子三月湘潭梁焕均谨识。"

孙正礽作《菩萨蛮·壬子暮春，闻歌有感》。词云："双笼烟月淮流碧。六朝如梦淮流急。时序又翻新。城春花木深。　　画船箫鼓闹。争唱新词调。惟有杜秋娘。琵琶和泪弹。"

李审言作《悲洹阳，为前江督端尚书作》。诗云："洹阳好古天下稀，永宁多宝足配之。西园输直忽再出，资州饮刃真堪悲。忆昔长安盛文史，旌旗遍树潘翁垒。东观余论宣和图，孔融尊酒平原履。此时奔走趋声价，此时人物称王霸。波斯大贾碧眼胡，倾倒公卿饱残炙。如君羼厕竹林游，入仕山王亦胜流。监税金钱收秘册，起家龙节镇方州。方州持节无龃龉，西历咸秦东吴楚。兼权盐铁锡铜山，交会流通夸少府。毕良史与廖莹中，指麾狎客承下风。清明河图定窑鼎，争献门下矜奚童。抟扶九万摇银海，珠盘玉敦凝光彩。百缣密拓沮渠碑，埃及文求五千载。卢陵、鄱阳且伏膺，何论卞、宋两中丞。后生特起自天意，举令尝水分淄渑。好官滋味崦嵫景，斥去犹能保要领。出山富贵为群奴，交胸铍剑生俄顷。泰山鹅毛自重轻，惜君此死太无名。头颅万里同谭尚，谁是田、王（田涛、王修）涕泪倾。智瑶饮器伤残忍，掷去模糊嗟泯泯。持首无客徇田横，归元有子求先轸。昔为人羡今人怜，纷纷过眼如云烟。精灵啼血时来往，莫使空山化杜鹃。"

陈夔（字典韶）作《蝶恋花·壬子春暮，触景兴怀，时将挂冠东下也》。词云："桃花红透梨花白。开到杨花，直恁春无力。香索秋千双燕立。茜纱如梦东风急。　　小院苔深人寂寂。浓绿成阴，不放斜阳入。过了清明归未得。门前芳草连天碧。"

黄侃作《寄意》《无题》。其中，《无题》云："幸会华筵宴甫终，班骓欲去更匆匆。连天芳草迷归梦，拂地垂杨任晓风。车毂竟随肠共转，酒槽还有泪争红。不须苦作箜篌引，回首燕台恨未穷！"

唐继尧作《饯春》。诗云："一杵疏钟晓梦醒，乾坤到处送春行。离愁种种销难尽，别债年年积更深。飞絮弥天犹引蝶，落花匝地怕闻莺。留卿不得凭卿去，天性缠绵恨此生。”

裴景福作《晚登惠泉云起楼》。诗云：“雨过高楼笼夕烟，海棠落尽柳飞绵。卅年唤酒征歌地，独立东风泣杜鹃。”

姚永概作《壬子三月偶作》（二首）。其一：“春归何处尚沉阴，买醉愁随酒盏深。钩喙已能为九鼎，客躯仍自善千金。学妆痴女依娘栉，解语娇儿识父吟。家室依然浑是福，白头兄弟远关心。”

雷铁厓作《无题》。诗云：“苦海波澜卷自由，千灯红泪几时休。可怜误受文明毒，赢得文君赋《白头》。”

姚光作《春尽》。诗云：“艳阳天气落花风，一度韶光转眼空。闭户深居常不出，芒鞋为恐蹈残红。”

吴宓作《摸鱼儿·暮春感怀寄仲侯，时肄业圣约翰大学》《和欧阳穀贻〈感怀〉作》。其中，《摸鱼儿》云：“更几番血风腥雨，秋来冬去春暮。江山破碎不胜愁，忍听流莺啼树。君试戏，画梁间，燕啄新泥巢已构。伤心共谁诉？叹国社阽危，民生创劫，今朝犹昨故。　　平生事，凄凉不堪重语。十年诗书空误。青衫海角哭歧路，知伊飘零何底？回首处，更何人，肝胆情怀同此意。相怜吾子，同丽句伤春，潜心修学，日来身健否？”《和欧阳穀贻〈感怀〉作》云：“入世无端历几霜，忽惊浩劫到红羊。热肠频洒伤时泪，妙手难施救国方。高座唐衢空恸哭，穷途阮籍自疏狂。野塘花落春归尽，乡思还添雁一行。”

[日] 白井种德作《折壁小学校，余尝率生徒游观焉，今兹壬子三月，举其创立四十年祝贺式，吉田训导有诗见示，乃次韵以贺》。诗云：“学堂轮奂耸林皋，四十年来育俊豪。文运自今应益盛，声誉不让室山高。”

五　月

1日　因辛亥革命而停顿的清华学堂重新开学。本年10月，改称清华学校，唐国安任校长，周诒春为副校长兼教务长。

《申报》第14077号刊行。本期《自由谈》“游戏文章”栏目含《新女界杂咏》（十首，息影庐）；“尊闻阁词选”栏目含《醉后放歌》（定耕）、《绮绪四首》（定耕）。其中，息影庐《新女界杂咏》其一：“三从邪说太心偏，自古欺人是圣贤。地下刘郎知到否，如今列女重平权。（自由）”其二：“绝世奇观未易描，钗光鬓影映庭燎。从兹多少金龟女，辜负香衾事早朝。（参政）”定耕《绮绪四首》其一：“玉楼夜半度宫商，窄袖温香细细尝。数载凝神空冷落，暂时观面敢清狂。天边明月怜宵短，席上新歌爱汝长。底事修眉频蹙黛，情场从古易沧桑。”其四：“别绪翻牵绮绪浓，蘅芜西去海棠东。几疑弱骨无人晓，差喜深闺有梦通。帘幕低垂春草色，炉香静挽落花风。迟迟日影栏杆上，多少闲愁不语中。”

《妇女时报》第6期刊行。本期“诗话”栏目含《绿蘼芜馆诗话（续完）》（周瘦鹃辑）；“诗词”栏目含《春算》（客新加坡作）（毕杨全荫芬若）、《登京师第一楼晚眺》（前人）、《庚戌归国，北上舟中，得诗四首留二》（前人）、《春寒》（江纫兰）、《吊古六章》（江纫兰）、《冬夜不寐有感七律二章》（效君）、《初晴志喜》（效君）、《春事》（许蘅秋）、《答外》（许蘅秋）。

张元济为傅增湘《新刊诸儒批点古文集成》撰跋曰：“沅叔嗜书过于余，尝躬走苏杭宁绍，浏览山水之暇，辄诣书肆搜览丛残，多有收获，且为余购善本不少。一日语余，有书估自苏州来，携有《古文集成》一部，书系宋本，曾藏江建霞前辈处。余亟趋观，精彩夺目。检视行款，与《四库提要》悉相合。凡宋人指斥金源之语，均经墨笔删改。宋本书之可贵，人谁不知，而当日馆臣至不惜点窜其文字，此其故可以想见。留遗至今，尤足动人感喟。急劝沅叔购之，毋令失之交臂。今沅叔将携以北行，余既幸有此眼福，及亡友之书得所依托，而又深喜吾良友之得此秘籍以归也。因书数语以识之。壬子新历五月一日，海盐张元济。”

2日　《申报》第14078号刊行。本期《自由谈》“游戏文章”栏目含《海上杂咏》（六首，咏）；“尊闻阁词选”栏目含《调寄〈蝶恋花〉·题头颅影》（瘦蝶）、《闺怨》（杜鎏辉）、《感某嫠妇事》（四首，三十年前旧太痴）。其中，瘦蝶《调寄〈蝶恋花〉》云：“无量头颅无量血。叱咤风云，旧事谁能说？接踵甘拼身六尺，热肠如火心如铁。　汉族而今奇耻雪。万里河山，尽把腥膻涤。映日旌旂飘五色，开编我独怀先烈。”三十年前旧太痴《感某嫠妇事》其一：“旋谢梨花旋掩门，个中消息半虚存。铤同走鹿情何迫，化作冤禽恨已吞。广袖尚凝欢际唾，复屏犹袅别时魂。东风到此虽无力，莫道吹嘘不是恩。”其二：“湘筠箔子碧罗纹，笼住娟娟五彩云。苦为中郎余弱息，忍言新妇配参军。啼妆寂寞怜丸髻，离绪凄迷想练裙。一曲求凰休漫鼓，只愁容易误文君。”

张謇为两淮盐政，请夏敬观督销西岸，夏氏未受任。

徐世昌乘火车夜抵彰德府，宿慰廷洹上村宅，朱铁林随行。其三世兄出见，何芷亭亦在，徐与之久谈甚畅。次日游览慰廷养寿园。5日，祭扫唐岗祖茔。

魏清德《儿山、壶溪、白水诸词宗惠驾席上，以姓为韵，呈正》发表于《台湾日日新报》。诗云：“远村斜照红犹未，共向西山挹爽气。有幸高轩过退之，何缘斗室瞻韩魏。谈深不觉斗星移，别久应知过合贵。壁上钟声且莫催，阶前月色明花卉。”

郑孝胥作《五十三岁生日放言》。诗云：“斯人非吾徒，闭户聊示绝。纷纷稚且狂，为祸乃尔烈。宗周何赫赫，竟为褒姒灭。鹯獭实驱之，鱼雀彼何别。老夫生不辰，坐视国被窃。愿为伍胥眼，更向城门抉。苟生诚可吊，囊底智未竭。万一落吾手，犹得日月揭。惟道援天下，就之有不屑。放言自倾听，又用自怡悦（孝钦为革命党魁，其余皆乱臣贼子耳）。”

3日　教育部呈报临时大总统袁世凯，提议将京师大学堂改名为北京大学校，大学堂总监督改称大学校校长，并请大总统任命原总监督兼文科学长严复署理北京大学校长，是日经袁世凯批准并发布临时大总统令正式任命。是时，北京大学全校学生818人，分文、法、商、农、工等科。每科各置学长一人，严复自兼文科学长，以张祥龄为法科学长，吴乃琛为商科学长，叶可梁为农科学长，胡仁源为工科学长。

《申报》第14079号刊行。本期《自由谈》“游戏文章”栏目含《戏拟清隆裕太后〈闺怨七律〉四章》（孑存）；“尊闻阁词选”栏目含《调寄〈如梦令〉· 秦淮有感》（二首，今生）、《归舟夜泊瓜步玩月有怀》（今生）。其中，孑存《戏拟清隆裕太后〈闺怨七律〉四章》其一：“独处璇闺枉自嗟，黑风断送一春花。娥眉不信能倾国，麟趾谁知鲜克家。淈葬几时完宅兆，大归何处觅生涯。收场莫复残棋恋，黑白犹翻满局差。”其二：“镜台对影叹零丁，侍婢稀于曙后星。草里王孙原蟋蟀，灯前儿女是螟蛉。簇新世界生机蹙，大好姻缘短梦醒。何似阏氏称朔漠，天山北去有王庭。”其三：“旧日园亭一角留，天和颐养不如休。瑶池王母无聊活，月府姮娥自在囚。永隔尘寰忘节候，偶看卉物识春秋。花冠云帔成何用，弱质于今一赘疣。”其四：“漫说黄标复紫标，金钱早种祸根苗。但教衣锦娱亲贵，何必量珠慰寂寥。薄命只余愁可诉，多财也要福能消。前因后果谁参透，老佛骖鸾去已遥。”

6日　《申报》第14082号刊行。本期《自由谈》“游戏文章”栏目含《滑稽联语》；“尊闻阁词选”栏目含《四十初度抒怀八首》（定耕）。其中，定耕《四十初度抒怀八首》其一：“浮生渐觉二毛斑，半世何曾一日闲。岁岁依人浑似梦，年年故我却惭颜。经商仅足家糊口，归隐愧无钱买山。好待向平婚嫁毕，邀游世外访元关。”其二：“韶光迅速恼双丸，四十年来弹指看。故旧飘零今有几，沧桑更变已多端。疏狂志趣原难过，冷淡生涯久亦安。只有吟怀犹似昔，不论岛瘦与郊寒。”

7日　临时参议院议决，国会采取两院制，定名为参议院和众议院。

《申报》第14083号刊行。本期《自由谈》“尊闻阁词选”栏目含《新诸将》（四首，天白）。其一：“蜀道崎岖不可行，千秋遗恨误西征。削藩失策嗟晁错，传檄无人忆长卿。四面楚歌惊敌卒，残魂灵府恋孤城。伤心莫问虫沙劫，剑阁春来杜宇声。”其二：“一夕笳声破武昌，扁舟江上走仓皇。空闻上将持君节，不见男儿死战场。宫庙震惊忧旰食，旗亭祖饯泪沾裳。封侯夫婿真无奈，胡女秋闺怨夜长。”其三：“江南一破叹无家，马上相思鬓欲华。晓梦几番惊画角，美人何处渺香车。鞭丝记折台城柳，歌曲曾翻玉树花。儿女泪和亡国恨，凄凉莫问旧琵琶。”其四：“宫树苍茫锁碧烟，百官无复说朝天。王孙沦落悲幽草，帝子飘零泣杜鹃。空剩翠华留汉苑，尚闻金鼓震秦川。

奇男保保今难再，大汉孤臣亦可怜。”

8日　夏敬观访郑孝胥，言为盐务事欲往江西，约郑氏赴匡庐避暑。

9日　共和党在上海张园成立，不久本部迁往北京。该党系由统一党、民社、国民协进会、国民公会、国民党（系中华帝国宪政会改组而成）、国民共进会6政团组成，举黎元洪为理事长，张謇、章太炎、那彦图为理事，汪东、黄侃被选为政务研究部调查委员，汪荣宝为政务研究部研究委员。该党是与同盟会实力相当之最强两大政党之一，在北京临时参议院地位仅次于同盟会。

《申报》第14085号刊行。本期《自由谈》“尊闻阁词选”栏目含《哭妾三首》（陈曾毅）、《题〈制寒衣图〉》（张少斋）、《杂感二首》（青溪徐公修）。其中，陈曾毅《哭妾三首》其一：“水晶帘下玉栊葱，十样新蛾画未工。留得青铜三尺镜，更无人影在当中。”张少齐《题〈制寒衣图〉》云：“秋来何处觅青山，世乱时清总不还。只恐思乡生白发，可怜为国别红颜。衣成一袭愁千缕，烛剪三更泪半殷。侬恨春风无别事，恨他难度玉门关。”

徐绍桢夜招饮，同席有陈三立、缪荃孙、杨士燮、杨信臣、吴璆、李瑞清、樊增祥、杨钟羲、龚锦章、龚心剑、易顺鼎等，三鼓始散。

10日　《申报》第14086号刊行。本期《自由谈》“尊闻阁词选”栏目含《新妆》（孙雰）、《观姬人睡》（顾黄公）、《春思》（四首，煦堂）。其中，孙雰《新妆》云：“新妆时样髻盘鸦，六幅裙拖越女纱。戏罢秋千身怯怯，情郎插好鬓边花。”顾黄公《观姬人睡》云：“玉腕明香枕，罗帏奈汝何。不知梦何事，微笑起显窝。”

陈宝琛访张曾扬、劳乃宣，有《三月廿四日再访小帆、韧叟涞水村居》（三首）。其一：“昨来腊尽顷春残，棋局长安总未安。场圃规成亭亦结，远山如画就君看。”其二：“两村还往一牛鸣，炊黍羹蔬数短更。此景从来谁梦到？菊花开后尚论兵！”其三：“同是人间待尽身，菰芦心事愧遗民。朝朝掉鞅金鳌路，犹自冠裾托侍臣。”

11日　《申报》第14087号刊行。本期《自由谈》“尊闻阁词选”栏目含《遣怀偶成》（三首，佐彤）、《闺情》（佐彤）。其中，《遣怀偶成》其一：“好梦留难住，情关打未开。须眉浓似戟，意气冷于灰。地棘天荆日，朝秦暮楚材。虚心师种竹，解箨验春雷。”其三：“怅望玉钩斜，西风咽暮笳。乱山僧失路，枯树鸟寻花。梵语知音少，偏峰得势赊。登高穷俯仰，何处是侬家。”

吴芝瑛《为吴受卿题〈驴背吟诗图〉》（辛亥寒食）刊载于《民立报》。诗云：“灞桥诗思偶然耳，湖上风情今已非。别有一般心事在，亭皋木叶下斜晖。”附记云：“观岱喜以书法作画，醉后往往入神。辛亥三月廿五日，南湖（廉泉）在西城寓园作寒食，芝瑛手为调羹。座客为云梦吴受卿（禄贞），玉牒良赉臣（良弼），会稽陶欣皆，无锡孙寒崖、侯雪侬，及江南老画师吴君观岱也。酒酣，受卿泼墨涂诗，录其成边之作，顷刻尽数十纸。更与寒崖、南湖抵掌谈天下事，放怀高歌，其胸中若有郁郁不自得者。观岱即席写此，为受卿所有，属代署款。爰题俚句，以志当日胜概。闻吴太君语人曰：‘受卿自得此图，每日临摹万柳夫人书，积数十纸。颇自喜，谓能仿佛十一。九月十七日，得石家庄噩耗，仓皇出都，此图留在方家园旧居，深恐失去，不可复得。今托京友查检，寄来沪上，触物增恸，予怀可知。不知画者、题者见此，其感时伤逝之情更当如何也。’云云。吴太君拟取此画用珂罗版印刷，分赠同志。今记其语，并录原题如右。辛亥寒食吴芝瑛。”

陈鹏超作《出宰茂名》。诗云：“离却枢垣赴茂名，骤膺民社觉心惊。观山远望神先往，鉴水初平浪未清。城郭依然旧模样，桑麻何以复繁荣。东西南北分四路，处处犹闻犬吠声。”

12日 《申报》第14088号刊行。本期《自由谈》“尊闻阁词选”栏目含《读黎公宋卿通电书后》（煦堂）、《书愤》（剑仙）。其中，剑仙《书愤》云：“茫茫大块中，驹光疾如驶。万事若水流，浮生等游戏。古往又今来，一霎转眼易。我溯上古民，人物原无异。梦梦与蚩蚩，混然同一寄。饮食并男女，教之以礼义。鼓腹庆升平，熙熙酿和气。厥后习骄奢，贤愚乱真伪。末俗志气卑，趋迎效狐媚。口蜜而腹刀，钻营乞名利。衣冠变沐猴，鬼蜮杂人类。当道卧豺狼，市廛走魑魅。怪状罗奇形，一一无不备。满目感河山，要挟难为继。分明卧榻旁，甘让他人睡。国弱民复贫，年年罹绛□。世浊我独清，途穷君莫喟。有花且常看，有酒须尽醉。观变先沉机，待时务养晦。可笑燕雀俦，安知鸿鹄志。”

魏清德《次韵寄基六先生》发表于《台湾日日新报》。诗云：“夕照毫光万道斜，乱林莽旷正归鸦。江山形胜空千古，宇宙人文属几家。爱读君诗恒击节，深缄吾口只评茶。何因忽笑杜工部，泪溅春城处处花。”

13日 张謇作濠南别业联集句云：“诞岁在癸丑长乐之地；引觞以老少咸怀为期。”

［日］杉田定一作《壬子三月二十七日初期议会以来，当选众议院议员。二十四人集红叶馆，席上赋之》。诗云：“从参国政廿三年，世态人情几变迁。今日相逢皆白发，擎杯共拜九重天。”

14日 文美会于上海三马路天兴楼酒馆开成立大会，朱少屏主持，柳亚子、黄宾虹、陈师曾、李叔同、余天遂、夏敬观、叶楚伧、黄朴存等与会。会后举行第一次雅集，欣赏李梅庵、吴昌硕等人书画金石作品。

吴宓乘轮渡入京归清华学校。

15日 王钟麒《神州日报五周年纪念词》发表于《神州日报》，署名“天僇”。该文重申《神州日报》办报宗旨：“本报以丁未之年出现于春申之浦，勉风诗妄言之训，遵道人审俗之怀，下维贾子之陈词，上怀诵方之察思。大抵以天地之性，民为贵，人道必务尊崇，社稷次民君为轻，民权断难摧抑。开宗明义，石破天惊，起例发凡，云垂海立。”

《申报》第14091号刊行。本期《自由谈》“尊闻阁词选”栏目含《吊鉴湖女侠》（二首，醒吾）、《书感》（醒吾）、《恨无慧剑斩情痴》（辘轳体）（五首，珂）。其中，醒吾《吊鉴湖女侠》其一：“英姿谁识出闺帏，绝世佳人绝世痴。九死丹心应未朽，秋坟夜哭诉长思。”其二：“百感苍茫生有恨，一灵震耀死堪欣。雄风侠魄空巾帼，万古明辉鉴此心。”珂《恨无慧剑斩情痴》其一：“恨无慧剑斩情痴，晴日满窗晓起迟。往事不堪回首述，闲愁只有寸心知。频番密约常成梦，每到良宵触所思。一度相逢一相忆，天涯咫尺使人悲。”其二：“怕听黄莺唤柳枝，恨无慧剑斩情痴。早知今日难相近，深悔当年不自持。顾我每当人静处，惜卿常在夜阑时。几回梦醒含羞语，怎不防人隔幔窥。”其三：“小楼寂寂雨丝丝，每为怜卿泪满颐。喜有艳词消昼永，恨无慧剑斩情痴。虔祈年岁迟迟长，暗抱衾裯处处宜。娇小却宜金屋贮，三年前已破瓜期。”其四：“凉雨敲窗入梦迟，相思不奈五更时。频年眷恋徒劳我，满腹牢骚诉与谁。空有婆心怜质弱，恨无慧剑斩情痴。春光九十蹉跎过，好事多磨信有之。”其五：“一腔心绪阿谁知，旧事今朝不可思。缘短缘长原有定，误卿误我最堪悲。春风秋月增依感，意马心猿□□□。色不恼人人自恼，恨无慧剑斩情痴。”

[韩]《天道教会月报》第3卷第2号刊行。本期“词藻”栏目含《同林、高两君上云亭》（敬庵）、《又》（敬庵）、《和》（克庵崔在学）、《追和云亭韵》（香山车相鹤）、《三清洞》（敬庵、芝江）。其中，香山车相鹤《追和云亭韵》云：“小亭迢递绝尘浮，春树春花满槛头。把酒时寻真境去，石间瀌瀌有寒流。”

魏清德《荷钱》（拈灰韵）发表于《台湾日日新报》。诗云：“消息金闺卜几回，鸳鸯传语到阳台。田田四月钱塘路，万选何人布施来。”

张謇作《寿许翁》。联云：“有儿各治农商学；与我同周甲子年。”

16日 《申报》第14092号刊行。本期《自由谈》“尊闻阁词选”栏目含《挽高君福楠，集唐四绝》（瘦蝶）、《挽黄花岗七十二烈士》（宣导会总部）、《又》（制造工人同盟会）、《又》（徐其相）。其中，瘦蝶《挽高君福楠，集唐四绝》其一：“闻道全师征北虏，军中杀气倍旌旂。英雄一去豪华尽，更向东流奠一卮。”其三：“日落辕门鼓角鸣，燕台一望客心惊。出师未捷身先死，百战空留异代名。”宣导会总部《挽黄花岗七十二烈士》云：“来者为谁，未慰英雄初志；死得其所，不愧民国元勋。”

《春江良宴集联句》载于《太平洋报》。诗云：“春江良宴集（楚伧），绮思催东风。窈窕酒波绿，掩映花枝红。（亚子）明月射窗隙，远山落杯中。（天民）玳筵诗魂淡，琼楼电魄浓。高歌珠抗坠，软语玉玲珑。（道非）游踪名士鲫，豪气美人虹。（一厂）灵怀追夙昔，脂粉薄英雄。（楚伧）行乐信及时，繁忧来无穷。（亚子）伊古贵旷适，嘉会何融融。（道非）群彦列庭席，笙玩降云宫。（楚伧）回衢杂环佩，宝轾搴娉容。（亚子）盛时随游侠，挟弹一相逢。（一厂）宾朋聊快意，哀乐征穷通。闲心以致远，悟世涉鸿蒙。（楚伧）扬州梦一觉，万感今古同。（天民）”

魏清德《巢睫别墅小集，祝倪、陈二君剪辫》（分覃韵）发表于《台湾日日新报》。诗云：“大势风潮夙所谙，二君圆顶固心甘。龙山古刹今寥落，巢睫高楼合一龛。”

17 日　《申报》第 14093 号刊行。本期《自由谈》“游戏文章”栏目含《劝国民捐五更调》（血真）；“尊闻阁词选”栏目含《题〈桃花扇〉》（四首，天白）、《瑶池》（乐宾）、《歇浦驱车》（乐宾）、《旅夜闻箫》（乐宾）、《书所见》（乐宾）。其中，天白《题〈桃花扇〉》其一：“福王走马香君老，歌曲谁人上管弦。终是风流天子事，桃花新扇卖年年。”其二：“玉楼人去望秋云，梦绕扬州月二分。一片桃花一行泪，不知谁是李香君。”其三：“中原战垒草青青，记说云亭艳曲新。南渡几曾劳汗马，梅花岭上一孤臣。”其四：“水咽秦淮不度春，秣陵山色锁眉颦。南朝多少兴亡恨，只在桃花扇里人。”乐宾《歇浦驱车》云：“轮蹄十里飏尘烟，蜃气苍茫接海天。汽笛一声旗五色，不知杨仆在楼船。”《旅夜闻箫》云：“布衾似铁夜三更，短杨呻吟梦不成。万里故园归未得，凄然蜀客洞箫声。”

《中国实业杂志》第 3 年第 4 期刊行。本期“文苑”栏目含《新柳》（[日] 琴雨女史）、《惜春》（[日] 琴竹女史）、《立秋》（[日] 琴竹女史）、《雨窗偶成》（[日] 琴竹女史）。

18 日　樊增祥夫人祝氏生日，易顺鼎作贺诗，并让琴夫人前来祝贺。樊增祥作《内子生日，石甫赋诗，遣琴夫人来祝，亦赋一首》。诗云：“一堂四代锦毾㲪，首夏光风转蕙才。抱病长添闲岁月，去官翻住好楼台。蕊珠经里勤禅诵，红药香中荐寿杯。佳日刘樊欣介兕，飞琼昨夜步虚来。”

林一厂《莫愁湖上招魂声》载于《太平洋报》。诗云：“美人名将尽湖头，轰烈中山郁莫愁。怎又远来争一席，因曾战死足千秋。英魂长冷随旧雨，国恨空看付水流。倘见太平诸古鬼，漫言成败总同丘。”

19 日　中国社会党绍兴支部在上海创办《新世界》（半月刊）。

《申报》第 14095 号刊行。本期《自由谈》“尊闻阁词选”栏目含《舟次感赋》（瘦梅）、《春暮》（三首，佐彤）。其中，佐彤《春暮》其二：“一湾流水映柴门，杜宇声声日渐昏。漫道采桑村女俗，也怜芳草怨王孙。”其三：“徘徊搔首欲何之，冷淡生涯笔一枝。梅子轻肥蚕豆大，无端又过送春时。”

王钟麒《文坛挥麈录》开始连载于《民立报》，署名“无生”。开栏云：“往年撰《文学丛谈》，登载某报，为孤鸿君所激赏，后因病中缀（辍），其所欲陈者，尚不及十之三四散。迩共事《民立》，复赓续为之，而易今名，其中间有重复及纰缪处，俟杀青时当改定也。”

张素《与理青遍游大连街市》《游大连公园》《大连剧场赠菊儿》（二首）发表于《太平洋报》，后一并收入《南社》第6集。其中，《与理青遍游大连街市》云：“海国寒初退，春衫称体轻。人前询酒价，户左记町名。压担鱼争卖，拦街屐乱鸣。浸淫成岛俗，流涕向重瀛。”《游大连公园》云：“偶然涉胜向园林，径曲苔幽策杖寻。映渚红沙宜睡鸭，分行绿树渐成阴。一帘日暖熏花气，四处风来变鸟音。欲避尘嚣先避地，旅人心事托登临。”《大连剧场赠菊儿》其一：“五年前见女郎花，娇小玲珑称岁华。此日江湖憔悴极，只将幽恨托琵琶。”

20日 《申报》第14096号刊行。本期《自由谈》“尊闻阁词选”栏目含《浣溪沙·春晚》（瘦蝶）、《虞美人·题全国名姬小影》（瘦蝶）、《摸鱼儿·壬子春暮，偕内子就医，直水归舟，无俚谱此遣怀》（瘦蝶）、《春思》（六首，煦堂）。其中，瘦蝶《虞美人》云：“夕阳门巷桃花绕，万树迎人笑。春风一卷斗婵娟，展向水晶帘底细相怜。　莺娇燕婉平量处，惹起闲愁绪。红颜谁不是苍生，试问天涯多少护花铃。”《摸鱼儿》云：“荡晴漪、几声桑橹，闲沤时绕归艇。飞红成阵垂杨瘦，春色凭谁管领。肩乍并，对千顷、琉璃啸傲添清兴。风恬水静，看夹岸人家，沿堤花木，倒浸碧波泠。　卿和我，一样襟怀高迥，剧怜何事多病。甚时一棹携梅鹤，游遍五湖佳境。烟树暝，听隔浦，渔歌声与归鸦应。漫辜好景，且徙倚篷窗，瑶尊互劝，素月照双影。”

21日 《申报》第14097号刊行。本期《自由谈》“游戏文章”栏目含《新唐诗》（七首，悟生）。其一：“春眠不觉晓，处处土匪扰。夜来枪炮声，抢劫知多少。”其二：“春眠不觉晓，处处结党吵。夜来摇铃声，开会知多少。”其三：“春眠不觉晓，处处妓院好。夜来麻雀声，抽头知多少。”其四：“春眠不觉晓，处处剪辫了。夜来买帽声，和尚知多少。”其五：“春眠不觉晓，处处军用票。夜来兑换声，亏空知多少。”其六：“春眠不觉晓，处处厘卡了。夜来怨骂声，收捐知多少。”其七：“春眠不觉晓，处处看《申报》。夜来狂笑声，滑稽知多少。”

22日 《申报》第14098号刊行。本期《自由谈》“尊闻阁词选”栏目含《前读珂君辘轳体，清丽缠绵，距跃三百。日长无事，续成五律，东施效颦，定卜轩渠》（佐彤）、《春闺怨》（四首，情生）。其中，佐彤《前读珂君辘轳体》其一：“恨无慧剑斩情痴，辛苦天涯寄远思。皓月只圆人去后，狂风偏送蝶来时。抛残红豆丝牵挂，嚼到青梅味怕疑。爱煞六郎年貌好，薰香传粉不如伊。”其二：“细雨廉纤织软丝，恨无慧剑斩情痴。私书着手欢颜色，密约惊心误日期。杏子衫轻肤掩映，桃花扇暖玉参差。孤眠况味原经惯，一样残更为底迟。”其三：“卖花声澈小楼西，姊妹相呼看画眉。拟托良医疗病妒，恨无慧剑斩情痴。愁肠默默潮消长，泪眼荧荧起早迟。毕竟芳心防婢觉，一回欢笑一矜持。”其四：“记否棠阴捧酒卮，犬憎生客吠东篱。可怜荡魄惊魂处，正是心牵意惹时。剩有瑶琴弹画永，恨无慧剑斩情痴。牡丹开放君休折，多少啼红点染之。”其五：“练裙宽褪旧腰肢，茶熟灯昏强自支。临别暗祈千日雨，合欢羞谱十香词。教成鹦鹉翻成梦，不续鸳鸯独续诗。郎太工愁侬善病，恨无慧剑斩情痴。”情生《春闺怨》其一：“楼空院静掩双扉，消减容光逐渐非。春日当窗帘不卷，背人私晒嫁时衣。”其二：“高髻慵鬟感鬓鸦，羞将沦落诉琵琶。近来不用胭脂水，满面残红似落花。”其三：“记得侬家少小时，手携女伴折花枝。今朝相见难为语，重叠教儿唤阿姨。”其四：“寂寂春寒弱不禁，开来奁具暗伤心。自从懒学新妆样，停上灰尘一寸深。”

23日 南社社员高燮、高旭、姚光、蔡守、叶楚伧、姚鹓雏、柳亚子、胡朴安、李叔同、余天遂、林百举、陈范、周伟及非社员雪吟等人发起组织国学商兑会。该会以“扶持国故，交换旧闻”为宗旨。商兑分经学（小学附）、史学（政治学、舆地学、掌故学附）、子学（理学、佛学附）、文学（美术学附）四类；公举经、史、子、文评辑各一人。高燮作《国学商兑会小启》云：“在昔秦政焚烧，《六经》尚存孔壁；汉武罢黜，百家犹在人间。故有入泉出天之精诚，即为古圣先民所呵护。学之不讲，古义奚知？辨有未精，大道斯隐。自匡、刘以大儒而附伪莽，绝不来君子之诛；吴、许以道学而仕胡元，反得享太牢之奉。盖人心之尽死，皆由学术之不明矣。夫国而无学，国将立亡；学鲜真知，学又奚益！况凡今之人，不尚有旧，视典籍如苴土，沦坟索于草莱，户肄蟹行之文，家习象胥之籍。倚席而讲，匪博士之才；抱经以行，丧宿儒之业。见披发而祭野，辛有所以兴悲；作胡语以骂人，表圣因而致痛。爰立斯会，冀挽颓波。非敢强人以从同，聊系绝学于一线。空山落寞，精义以阐发而益深；斗室沉吟，玄谛因推敲而愈鲜。孤证妙解，必使切理而餍心；触类旁通，亦不逞奇而眩异。邦人诸友，凡百君子，如有乐乎此者，敢望贻我佩玖，同歌丘中有麻；与子偕行，共采中原之菽。民国纪元三月日敬启。”又作《国学商兑会成立，喜志以诗》。诗云：“勉矣千秋业，精灵倘在兹。名山期述著，绝学叹陵夷。道义吾滋愧，文章孰起衰。古人今不作，怀想一攀追。礼失求诸野，无如向壁搜。道穷麟逝叹，字斥蟹行羞。欧化逾淮橘，儒酸类楚囚。升高凌八极，俯听鸟钩辀。纵横九万里，上下五千年。穷到先天易，参来上乘禅。秦灰留片影，鲁史阐微权。至道胥平等，何当起共肩。赤松高隐地，风雨发奇光。坟典书谁读，丘轲道不扬。正声常郁结，大义久微茫。留得斯文在，江湖水共长。”

《申报》第14099号刊行。本期《自由谈》“尊闻阁词选”栏目含《题〈平波羡钓图〉》（二首，瘦蝶）、《无题，和子丹韵》（二首，瘦蝶）、《感春》（二首，无相）。其中，瘦蝶《无题，和子丹韵》其二：“刻骨相思意绪萦，京江邂逅剖离情。好缘岂竟悭斯世，密约终当践此生。两地魂消芳草色，十年梦醒玉箫声。殷勤为报休惆怅，佳偶天教指顾成。”无相《感春》其一：“小别龙山路，春风又二年。红飞三月两，翠涨一溪烟。

宝剑随风动，新诗对酒联。夕阳箫鼓闹，惆怅养花天。”

24日　袁世凯通令禁售排满及诋毁前清各类书籍。

《申报》刊登“专电”：“闻熊（希龄）内阁成立后，工商总长将任唐文治，农林任张謇，财政任陈锦涛。”

王钟麒《文坛挥麈录》续载于《民立报》，辨正唐宋文学优劣。王氏认为，以诗论，“唐人之诗为千古宗，抑至宋人专以苦涩生硬为工，而三百篇之遗音亡矣”。又云，宋代文学胜于唐，专在词之一体。

张謇作《久不作诗，因病留校，书示怡儿》（四首）。其一：“三五身材二七更，父衣八九讶堪胜。猪龙喜惧提韩愈，豚犬讥嘲到景升。取友亲师今有藉，矫轻儆惰汝其膺。古来多少男儿格，几见英奇不学能。”其二：“一病逾知父子亲，病余朝夕见儿真。能知朝夕翻因病，便胜扶持慰苦辛。”其三：“读书要见古人心，卤莽村儿未许寻。听得老成经验语，须知一字一黄金。”其四：“儿亦能羞不读书，读书何必尽为儒。老夫最爱刘玄德，师友成才始郑卢。”

25日　[韩]《朝鲜佛教月报》第4号刊行。本期“祝辞”栏目含《敬祝佛教月报》（任晚圣）、《祝辞》（秋波金应晟）、《祝辞》（晚霞朴建阳）；“词林”栏目含《述怀》（正智居士金靖济）、《赠退耕上人》（二首，正智居士金靖济）、《晓枕》（正观徐光前）、《自述一绝》（晚霞朴建阳）、《老骥行》（读退耕和尚“志同枥骥思千里”诗句有感而作）（金性律）、《乔桐华盖庵》（香严金之淳）、《赠弘津说三老师》（香严金之淳）、《赞〈朝鲜佛教月报〉》（晦明日升）。其中，晦明日升《赞〈朝鲜佛教月报〉》云：“空门近日多昏寂，忽辟东天曙色新。从此万般皆活用，缤纷花雨报长春。”

章太炎因《文始》刊印事，致信朱希祖、范古农、钱玄同、朱宗莱。

林一厂《观冯春航演〈儿女英雄传〉新剧赋赠》（四首）、《观冯春航演〈阴阳界〉悲剧》载于《太平洋报》。后载1912年10月《南社》第6集。其中，《观冯春航演〈儿女英雄传〉新剧赋赠》序云：“余素不喜观剧，当场只觉有声有色，有舞者、有跳者而已，一切管弦节奏、剧本神情，咸格格然，不终席辄去。月来社友啧啧称冯春航不置，心窃讶其或必有异于常流者，稍向慕之。而亚子适见邀，喜往焉。及冯出，果大有异。廿年来眼帘脑海，几若为之变易，绝不格格，而入声入心，通情与神。往矣，岂以揄扬之词先动于中故耶？抑冯之感人真若是其深耶？爰因所触，成四绝句，俚鄙不计也，敢质亚子，以为如何？”其一：“翩翩乍睹若惊鸿，矫健偏含妩媚中。几度挟弹凝不发，此时玉树正临风。（初出遇安龙媒遭难时）”《观冯春航演〈阴阳界〉悲剧》云：“相宜缟素艳巾哀，天上霓裳别样裁。一幕偶然装鬼子，销魂可识贺梅来。”

26日　为江皖灾区筹赈，华洋义振会在张园举办游艺赛珍会，海上题襟馆书画会在会中设馆助赈。

《申报》第14102号刊行。本期《自由谈》“尊闻阁词选”栏目含《惠山竹枝词》（十八首，无锡庭珍女士）。其一：“春光明媚正晴佳，绿满香塍五里街。选得良辰约女伴，连宵忙制踏青鞋。”其二：“衣裳斟酌入时无，云髻梳成缀宝珠。且喜年来风俗变，出游休倩侍儿扶。”其四：“轻风拂拂动罗裾，徐步香尘意自如。行到泉亭微力怯，石阑小坐看金鱼。”其七：“江南三月草如茵，十四竞传赛会辰。此际惠山商业盛，销场最好是泥人。”

魏清德《题扇戏赠金浮学兄》《贺林问渔先生嫁女》《禾青》（二首）发表于《台湾日日新报》。其中，《题扇戏赠金浮学兄》云：“从井不闻溺者救，貌瘦如何天下肥。闻君国手神于药，敢问茯苓与当归。以兹酿酒服百斛，可能腰健大十围。”

叶昌炽作《题〈邓州舍利塔〉拓本后，即呈邃翰方伯、叔彦太史》（二首）。其二：“夷门为我语侯生，海宇蜩螗与沸羹。世出世间宏济度，人非人等烈燔坑。溪堂墨癖新收得，沙界金涂错铸成。三十州今无净土，好携石友共归耕。”

李宝淦作《壬子四月十日月夜重之汉皋》。诗云：“楚月无情好，江波泯泯流。重来千里客，独对一天愁。新鬼号中夜，遗嫠泣壤舟。楼台三十里，华屋杂山邱。”

27日　《申报》第14103号刊行。本期《自由谈》“尊闻阁词选”栏目含《春晚感事七律一章，录呈尊闻阁主人斧政》（天白贡草），并附录天白贡草弟子李生七律一章《吊岳武穆墓》，《和瘦鹤先生〈倚醉歌二首〉原韵》（伍祐蔡选青）。其中，天白贡草《春晚感事七律一章》云：“惆怅一年春又去，迢遥西望不胜情。梦中故国家何处，血里河山草未生。残壁照余斜日影，西风吹急晚潮声。新亭同洒神州泪，莫把清谈误论兵。”李生《吊岳武穆墓》云：“北伐人归王气消，空林如听马萧萧。孤坟湖上碑犹在，五国城边草未凋。大好河山遗老恨，无情风雨暮江潮。中原铸错凭谁手，南渡君王误小朝。”蔡选青《和瘦鹤先生〈倚醉歌二首〉原韵》其一：“神行空际气行虹，读罢高歌拜下风。入目已无余子在，扪心何止万夫雄。莫教书著成孤愤，安得文工可送穷。李杜交情一樽酒，几时相对醉颜红。”

［韩］《侍天教月报》第2卷第6号刊行。本期“词藻”栏目含《侍天教宗礼师勋一等李容九氏灵筵挽》（友人唐城洪肯燮）、《又》（朝鲜佛教代表李晦光、平阳后人朴海默、平北龙川郡教友黄正宪、朝鲜新闻主笔崔永年）、《贺宗教发兴》（康圣九）。其中，朝鲜新闻主笔崔永年《又》云：“一死难堪吊，可吊知心少。千古有精灵，海山青未了。”

叶昌炽作《四月十一日王淑人忌辰，化去二年矣，叠前韵感赋》（二首）。其一：“芭蕉得似我心如，一度凄风一卷舒。亡国涕洟挥已尽，闲家婉娩罄难书。三乘早悟权兼实，六饮能名滥即诸。逮下如君心倪慰，有符且莫问龙猪。”

28日　《申报》第14104号刊行。本期《自由谈》“尊闻阁词选”栏目含《满庭芳·题次青〈蚨坐图〉》（瘦蝶）、《金缕曲·吊秋女士》（瘦蝶丁未年旧作）、《长亭怨·吊沐阳胡仿兰女士》（瘦蝶）。其中，瘦蝶《金缕曲》云："万里妖□黑，最伤心，山阴道上，暗无天日。变起江城兴巨狱，酷吏偏工罗织。硬把个、秋娘牵入。壮志未酬今已矣。好头颅，毕竟为谁掷。轩亭口，溅冤血。　　苍猿哀啸红鹃泣，叹年来，女权发达，横加摧折。一片热心遭诬蔑，百喙也难分说，祇江上、寒潮呜咽。肌作涛笺肝作罗。谱新词，题罢愁肠结。不平恨，甚时雪。"《满庭芳》云："柳岸盟鸥，蕉窗挥麈，此老风趣谁传。蒲团借得，一笑学逃禅。悟彻六如宝偈，卌年梦、换了华颠。题诗罢，跏趺默坐，自把寸心观。　　悲欢空记省，兰芽迟茁，荆树先删。幸仔肩堪卸，妾慧妻贤。尘世万缘灰尽，销魂事、都付啼鹃。遥相忆，苏门长啸，碧水远浮天。"《长亭怨》云："痛女界、千年桎梏。轮到侬身，岂甘终缚。提倡新机，同胞共享自由福。祛除浇俗，好强我、轩辕族。惨祸瞬临头，偏遇着、翁顽姑恶。　　委曲任仰蘖，怡然一霎。春山埋玉，弱质伶俜，竟殉此天然双足。剩还书、满纸啼痕，早传遍五洲争读。听呜咽淮流，也为斯人一笑。"

林一厂《无题四首·为冯春航作》载于《太平洋报》，后载本年10月《南社》第6集。其一："黄梅时节雨连宵，天启琼楼列女朝。羯鼓三声惊碧玉，桃花半面出红绡。迷离满眼皆幺凤，动颤全身似翠翘。惭我近来愁病里，无多魂也为伊消。"其二："真个人疑到广寒，玉神花样世曾看。压他粉黛千丛绿，沁入灵犀半点丹。笑比樱桃开更小，颦将西子效犹难。唐宫隋苑朝和夜，怪得江山一曲阑。"其三："鼙鼓烽烟且漫惊，而今四域正升平。俳文应废伶官传，诙语原传曼倩名。卿自散花神说法，我因遇物惯留情。红牙幸莫成商徵，南海鲛珠泪已倾。"其四："谁是瀛洲太白才？清腔妙拍费心裁。英雄儿女情非幻，血泪双碑剧可哀。云外游龙刚舞罢，月中皓兔入怀来。从今春浦人归去，红豆添抛梦一回。"

29日　《申报》第14105号刊行。本期《自由谈》"尊闻阁词选"栏目含《临江仙·纪遇》（海上王惠生）、《菩萨蛮·题〈听泉图〉》（海上王惠生）。其中，《临江仙》云："玉立亭亭迷艳影，无端遇合蓝桥。春风人面又相遭。坠欢如一梦，身世类蓬飘。　　不是小红低唱好，年来久倦吹箫。花丛垂老怕魂消。云英虽有意，潘鬓已霜凋。"《菩萨蛮》云："仙寰隔断尘嚣俗，泉鸣秋涧寒锵玉。日暮试临流，听来韵自悠。　　烦襟都扫绝，朗照须眉澈。汩汩发清音，空山阅古今。"

徐世昌本日至次日与阮斗瞻（忠枢）、张少轩（勋）、朱桂辛（启钤）、田蕴山（中玉）、朱铁林（宝仁）、朱紫樵（庆澜）、曹理斋（秉章）、常朗斋（耀奎）、杨冠如（葆益）及德人黎诺同游泰山。

荣庆移居楼寓，得诗一律云："但教容膝便能安，况上重楼更可观。新树低培如麦秀，层台平峙当山看。闲门客少经旬闭，虚牖风高镇日寒。最好小台宜远眺，连宵月朗总凭栏。”

王闿运作《鲥鱼诗，示诸生》。诗云：“江网头鱼直百金，空洲对案独沉吟。官厨已罢芳新供，时物徒伤岁月骎。多刺未输银脍美，随波何用钓钩沉。一年隽味休嫌短，貉国鲜来报好音。”

30日 《留法俭学会缘起及会约》刊登于《民立报》。留法俭学会由吴稚晖、张继、张静江、褚重行、齐竺山、李石曾、孟仲璞、朱芾煌、吴玉章等9人发起组织，“欲输世界文明于国内”，“欲造成新社会、新国民”，并鼓励中国青年赴法留学。

《申报》第14106号刊行。本期《自由谈》“尊闻阁词选”栏目含《浣溪沙·思秋》（钝锥金诵闻）、《虞美人·闺怨》（钝锥金诵闻）。其中，《浣溪沙》云：“秋雨秋风树树鸣，秋来最怕听秋声。秋声声里动秋情。 旧恨新愁无处诉，痴心偏是怨聪明。一声长叹泪纵横。”《虞美人》云：“芙蓉遥对芙蓉面，人比花还艳。晚妆独自倚高楼。多事催愁，络纬报新秋。 销魂泪向西风洒，红叶将诗写。离情欲寄费寿思。又要人知，又怕被人知。”

樊增祥作《四月十四日夜月下》。诗云：“竹梢无点萤，槐叶无个蝉。声影两阒寂，徙倚曲阑干。竹暗虽无萤，疏疏天上星。槐炕虽无蝉，泠泠琴上弦。少焉月东出，徘徊松粒间。满地□蛟虬，空明涵藻荇。中庭泼水银，润逼衣裳冷。绿烟裹树流，孟夏凉于秋。一辞琉璃簟，再试木棉裘。去年今夜月，北望苍龙阙。今年今夜寒，海涛万重雪。天高碧海深，月姊难为心。玉作谁家笛，群龙昂首吟。”

［日］杉田定一作《明治四十五年五月三十日将赴支那赋之》。诗云：“晓出都门细雨晴，千山新绿杜鹃鸣。老来未减四方志，重上云涛万里程。”

31日 徐世昌乘肩舆至曲阜瞻仰孔林。衍圣公孔燕庭（令贻）约徐至其府留饭，看高宗赐10器，并看元、明衣履及元世祖、明太祖画像2轴，又明臣遗像画册1本。

叶昌炽为考证邠州石刻，向邹福保借《梦溪笔谈》两本参校。叶作《沈存中〈梦溪笔谈〉元大德刊为〈津逮〉祖本，芸巢前辈以两本见借，得参校一过，赋谢二律，再叠前韵》。其一：“九鼎中原敝屣如，熙丰新法设荆舒。权门不讳山公启，市舶先求海客书。斫市相迎惟阿若，入宫窃发即专诸。草元寂寞云亭里，博弈犹贤况牧猪。”

王国维致日本友人铃木虎雄信，称道其近作《哀清赋》。云：“前从《日本及日本人》杂志中，见大著《哀清赋》，仆本拟作《东征赋》，因之搁笔。前作《颐和园词》一首，虽不敢上希白傅，庶几追步梅村。盖自传能不使事，梅村则专以使事为工。然梅村自有雄气骏骨，遇白描处尤有深味，非如陈云伯辈，但以秀缛见长，有肉无骨也。拙诗附呈，祈教正。”

本 月

教育总长蔡元培下令“废止师范、中、小学读经科”。

康有为拟《中华民国国会代议院议员选举法案》，凡6章118条，以备参议院采择。

章太炎与于右任、王正廷、田桐、张审、张继等发起通俗教育研究会。其宗旨为："本会以研究通俗教育设施方法，为普通人民灌输常识，培养公德，并发启有关社会教育之各事物为宗旨。"研究事项为："甲，以语言艺术及娱乐事物感化社会"；"乙，以印刷出版物感化社会。"

刘师培在广州发起组织晦鸣学社，此为中国最早宣传无政府主义团体。

《女权》（月刊）在上海创刊，由张亚昭编辑。该刊是同盟会女会员发起女子参政运动中所出现刊物，以争取女权为宗旨，刊载有关女子参政文章和女英雄事迹。设有"论说""事业""文苑""传记""小说"等栏目。又，《女权》第1期刊行。本期"文苑"栏目含《悼亡儿女》（汉侠）、《悲命诗》（桂枝）、《浪淘沙·汽车即景》（婉贞）、《西泠重兴秋社并建风雨亭启》（寄尘）。

《小说月报》第3年第2期刊行。本期"文苑"栏目含《焦山北固山游记（续）》（我一）、《和黄叔颂〈岁朝感事诗〉原韵》（幼园）、《打箭炉即事》（元鏸）、《出打箭炉南门，过公主桥，至折多山下宿》（元鏸）、《云根道中》（元鏸）、《自化林坪至泥头》（元鏸）、《自扬州之金陵，得五十六字》（长佛）。

吴昌硕为朱斗文篆书"棕马矢鱼"七言联。联云："棕马关弓乐永夕；矢鱼泛舟涉静流。斗文仁兄属篆，为集猎碣字。时壬子四月，安吉吴昌硕。"

王舟瑶编王棻《柔桥文钞》16卷成。此前，王棻自定《柔桥集》起道光庚戌，讫光绪戊戌，共3集。

刘文典与表妹张秋华结婚。刘文典晚年填《浣溪沙》赠张秋华。词云："小字真堪唤丽华（陈后主宠妃张丽华与卿姓字仅差一字），丰肌隐约映轻纱，晚妆脸色乱莲花。　鬟重半遮眉际月，香红初晕靥边霞，教人那得不思家。（词中所谓丰肌，所谓靥，皆写实也）"

柏文蔚接替孙少侯出任安徽都督，陈独秀再次出任都督府秘书长，佐柏氏治理安徽。

姚茫父辞交通部职，专治辞章、六书旧义，治经兼训诂大义，并攻研书画、诗词、金石。

陈师曾抵沪。《太平洋画报》对此进行报道，同时报道"文美会"欢迎消息。

江孔殷应袁世凯电召上京，名义上商讨国家大事。在同前清、民国官员会晤后，江赋诗云："两届京华有旧人，相逢隔世更相亲。故乡遍地椎埋侣，来傍天阍作幸民。"但江孔殷对共和制仍存期望，作诗云："为信共和不用兵，国无周召负慈名。纵然留得沧桑命，可待河清见太平。"又，江孔殷重游颐和园，作诗云："海军千万金掷兹，万民怨咨四海謥。汹汹无下将奚为，无何大盗竟移国”。游明十三陵，有诗句云：“怕听兴亡哭又歌，眼前人吊旧山河”。又，袁世凯接见江孔殷，准备起用，江孔殷谢绝，并作《袁项城电召入京》云：“此去班生莫羡仙，姑从舜日见尧天。负心多是书生辈，看透新官不值钱！”另作诗云：“思想由来是帝王，吾言其验亦寻常。幸民芹曝都无分，换柱亏他巧有梁。”

刘绍宽从温州返里，作《壬子四月辞中学校长之职，留别六首》。返里后被推为平阳教育会长，5月底任教育科长，9月中旬由黄梅生接任会长。其中，《别同事》云：“瓯骆弦歌地，骎骎六载留。冥行嗟擿埴，涉险赖同舟。绝学开新径，颓波挽倒流。育才吾党事，岂为稻粱谋。”《别全校学生》云：“荏苒驹光过，频年共起居。晨钟推枕侯，夜漏息灯初。不尽相依感，何堪一别余。大难来日事，后望莫辜予。”《别新校长马君》云：“碌碌余无状，频年客作家。来时春烧动，归路雪风斜。之子后来秀，于今代及瓜。相期未了事，攻错莫留瑕。”

鲁迅与许寿裳由绍兴启程，随教育部迁往北京，任社会教育司第2科科长。不久，社会教育司以礼俗、宗教改隶内务部，裁原第1科，改设两科。8月26日公布教育部任命名单，鲁迅为第1科科长。该科主管范围包括关于文艺、音乐、演剧等事项。

沈钧儒加入中国同盟会、南社。

周学熙在京师自来水公司股东改组会上被举为总理。

朱德随云南援川军返抵昆明，在援川军庆功大会上，被宣布晋升少校军衔。

瞿秋白由张太雷介绍加入俄共党组织。

郭沫若就读于成都中学堂，欣喜于民国临时政府成立，于初夏作《咏牡丹》庆贺。诗云：“绝代豪华富贵身，艳色娇姿自可人。花国于今非帝制，花王名号应图新。”随后，郭沫若考取天津陆军军医学校。

陈师曾《画梅歌》《水龙吟一阕》《百宜娇一阕》《暗香一阕》《声声慢一阕》发表于《南通师范校友会杂志》第2期。其中，《画梅歌》云：“千年不见华光老，但闻华光画梅好。碎撒琼瑶烂作花，神游雪地冰天皎。入室弟子扬补之，枝枝瘦铁细如丝。元明诸家有述作，涂脂点墨师其师。我今画梅无所本，意未经营手先冷。攒空野棘两三条，又似枯藤挂寒岭。乃园繁株不可摹，晨光阁上春模糊（乃园在武昌臬署，晨光阁在日之大森，平生赏梅胜境，惟此二处）。溪桥驿路偶然见，飘泊东西风景殊。邓尉孤山未经眼，冲烟欲棹沧波远。层玉峨峨写不工，转怜绝色埋苍藓。画梅一幅墨如金，种梅十亩望成林。何当醉卧梅花下，梦醒空山飞翠禽。”

樊增祥作《与仲恂池上看月，用荆公〈步月〉韵》《次韵答苏龛见赠三首》《赠文房四友》《寓园碧桃花歌》《老妪行》。其中，《与仲恂池上看月》云：“林风蹙纹波，破碎于中月。举头望飞镜，松际清光发。开阖炫萤尾，鬑鬖数苔发。露草沾我衣，间行自结袜。”

陈荣昌作《壬子四月既辞，复任山东提学之令，感而成诗，寄呈少庚二首》。其一：“诏书无复睹黄麻，岂有遗臣敢拜嘉。任使良医收败鼓，肯从熟路驾轻车。新莺几辈迁乔木，旧燕今年过别家。顾我懒求方朔米，避人思种邵平瓜。”其二：“阿兄勖我意偏真，要向夷齐步后尘。元亮诗成题甲子，灵均命苦降庚寅。满朝紫绶今无主，归里黄冠古有人。一饿千秋洵快论（少庚来书，有‘不让夷齐一饿’千古之语），丈夫何事不能贫。”

陈懋鼎作《伯父临清宫寓斋海棠盛开，同姜斋、墨园》。诗云：“风廊晴院充燕姬，海棠信与大第宜。修态横生看不足，半弹娇红犹胜肉。见说年芳不待人，岂惜琼筵照高烛。墙头野鸟争繁英，主人尽室方避兵。兵锋不及臣门里，邂逅花时宾客喜。可怜早出恒暮归，酌酒追欢复余几。自开至残总相亲，妒煞僧房专好春。绿阴一庭剩怊怅，嗟尔东西南北人。”

夏敬观作《壬子四月送妇弟奉母至浔阳，别去。明日予渡鄱湖，过姑塘八里许石矶，睹鉴弟沈舟处，痛绝复苏。既抵南昌，久之，追写九十字，以纪予哀》。诗云：“丧妇百廿日，但觉事事非。寝兴久无节，辰出亥始归。朋友劝强颜，面从心与违。亦复厌见我，嗔我终日欷。惟可语妇家，百语百痛譩。一朝别歧路，守雁真孤飞。凄风饕湖船，往渡姑塘矶。宁知后死兄，去死亦几希。颓魂厌皮骨，久绝复来依。”

张之汉作《首夏赴东陵感成》。诗云：“人海幻沧桑，青君去何处？驱马出东门，榆钱飞满路。路转马官桥，遥遥见陵树。松柏郁浓青，吞吐荡云雾。迤逦达寝园，羸马山椒驻。石磴阻车轮，拾级行徒步。挂衣藤蔓交，避人惊禽翥。神道矗丰碑，鸿文圣功著。翁仲如骄人，岸然貌殊倨。石马绣苔花，狮吼狞可怖。禁门金钥开，围城铁瓮铸。享殿峙隆恩，瞻拜生敬慕。景运启辽东，宏规一统具。弓剑瘗桥山，宝顶百灵护。祖脉发长白，分干西南赴。千里龙蜿蜒，到此昂头住。浑河东北来，玉带水萦互。丰沛翠华临，奠拜驻鸾辂。仙仗拥千官，冠履序鹓鹭。世变陵谷迁，往事怅回顾。华表锁寒云，松楸自朝暮。今世无杨髡，玉匣封永固。亭林拜孝陵，旦暮遇或庶。感此意恇怀，欲去还犹豫。础润知雨来，四望阴云布。摇山起悲风，声吼松涛怒。”

刘慎诒作《初夏自沪还江宁，感赋二首》。其一：“万柳摇天野气昏，车轮辗梦入郊门。歌残淮水乌啼暝，鬓外钟山虎卧尊。贤佞三期成博局，去留片劫剩巢痕。海人于我何休戚，拂袖归来益怆魂。”其二：“曲巷春阑野草花，出门惘惘画吹沙。原头败镞啼新鬼，担底残书识故家。债帅兵谋惊市虎，频年国论沸池蛙。相从断发为夷自，微许闲吟阅鬓华。”

雷铁厓作《汉皋观剧，赠女伶郭凤仙》《彝陵夜泊》《舟次夔门，忆郭凤仙》《再忆郭凤仙》《夔府夜泊》《江轮即景》《江轮寄亚子》《舟抵万县，有吴姓役婢堕江死，感而书此》。其中,《汉皋观剧》云:“大罗飞下藐姑仙,幻作歌台美少年。万里云天盘白鹤,一泓秋水茁红莲。登场妙曲周郎顾,游侠新篇郭解妍。漫说雌风终不兢,英雄今日属婵娟。”《彝陵夜泊》云:“千门万户静烽烟,再到彝陵又十年。去日河山胡虏运,归时城郭汉家天。白沙翠竹明渔火,绿酒红灯杂管弦。国难未闻生卜式,闾阎安得稳高眠。”《舟次夔门》云:“一度相逢万劫思,华灯红照管弦时。江流日夜淘豪杰,河岳英灵毓女儿。楚水巴山魂魄梦,剑光花影凤鸾姿。若将镜里须眉易,侍婢持刀我愿司。”《再忆郭凤仙》云:“脑中反复贴花摸,不辨醍醐镇日昏。汉水郑郎惭解佩,长安崔护苦思门。化为宝剑应修福,忆到香名也断魂。本是嫦娥偷下世,重来恐向月宫奔。”《夔府夜泊》云:“苍翠乱山横,江流怒不平。万家灯火夜,百日鼓鼙声。地惨红羊劫,云迷白帝城。天公方乐祸,正恐未休兵。”《江轮即景》云:“微月照长空,双轮趁晚风。船烟笼水黑,渔火隔江红。云气横趋北,涛声吼向东。愁心何处寄?飞入故乡中。”《江轮寄亚子》云:“黄浦三春别,骊歌泪雨纷。江流吴蜀共,风雅古今分。仗汝持坛坫,怜余涉水云。才高原过许,归去事耕耘。”《舟抵万县》云:“飞轮履险波,正午热如火。解衣恣旁薄,斗觉喧阗伙。惊疑起询咨,佥云一婢堕。年华十四五,体态素婉嫷。舟小容积薪,夜眠嗟不可。主妇拥高座,骄矜富而嚲。役使无停晷,缓则詈之惰。精神甚矣惫,步履苦哉跛。主妇寻午酣,婢傍船舷坐。神昏起睡魔,颠扑任右左。瞀然力不支,忽尔构奇祸。如石掷江心,汩没口难哆。船客惊颜吓,主妇笑齿瑳。诸公胡张皇?婢死焉损我。但糜数十金,重购尤婀娜。我闻长太息,人类虫同蜾。胡为作人奴,昕夕被牢锁。主人悍若箭,奴仆卑似垛。敲扑固当然,生死且难叵。奴海惨难言,此婢第幺么。共和虽云建,平等究未果。遥望美利坚,呜呼林肯颇!”

董伯度作《壬子四月,大雷雨兼风有感,寄费四桥(保彦)》。诗云:“阴云四合奔狂雷,昏冥郁勃飞尘灰。长风疾卷宇宙倒,远空直挟鱼龙来。抱膝倚案坐小屋,任他风云互争逐。回首思量何能忘,离群索居在幽独。忆君驱车居未宁,奋臂作气游鲲溟。男儿胸怀窄千古,安能牖下穷遗经?欲支大厦用神手,欲辟邪说难缄口。我身与我邦同存,邦之治否一身负。堪恨诸人争狼贪,阋墙相角兴正酣。列强环伺似怒虎,竞欲染指鼎中探。举目愁萦掮膺叹,缥缃纵横空积案。皮毛学识不救时,坐观沧桑任移换。起舞速扬祖逖鞭,破浪竞登宗悫船。休将等闲轻七尺,七尺须识非偶然。孤行坚持志似铁,天长地久不可折。但患此身无劲气,劲气具备事必决。斗室影单自审详,朗吟低回神暗伤。神伤世事如乱丝,那得知音与细商。高歌聊堪资谈笑,莫贲狂友太喧闹。慎毋使墨如使金,自古礼往无不报。灯光返映楼窗红,沉沉五夜漏未终。东方将明鸡已动,雨声犹响檐西东。”

杨昀谷作《壬子四月访漱公南昌,遂同至沪,酒次赋赠》。诗云:“东湖四月访胡铨,梦里同舟到海边。残疏空留亡国恨,一尊犹忆隔生缘。罗胸掌故谁堪语?逃世心期老更坚。旧约朱霞成左计，匡山归隐定何年。”

顾家相作《哀思曲（并序）》。序云：“余以辛亥季春解彰德郡篆，即遣眷属来寓西安，缘先考妣皆葬鄠县，不能不为秦之侨民。且前一岁已卜就寓庐，有宾至如归之乐。余旋于夏至前抵寓，三男遹光则八月下旬方到。征尘未拂，而已闻武昌警报矣。九月朔日，西安民军接踵起事，全家在危城之中，幸未遭土匪焚掠。虽仅阅数日，秩序渐复，而痛定思痛，犹觉动魄惊心。既而甘军东来，攻扰近省州县，鹤唳风声，时时在耳。迨甘军闻共和诏下，始行撤退，干戈静息，诚为一方之福。惟是京华北望，朝局已非，回首前尘，如梦如昨。忆余生咸丰癸丑，是为洪杨破金陵之岁。其时北方诸省固无恙也。同治初元，秦中乱作，屠戮之祸，惨不忍闻，乃未几而回匪荡平东南，且旋底定焉。自时厥后，或边徼用兵而中原无事，或小丑窃发而大局无妨。越南、朝鲜两役，为外交巨衅，然余在内地，又值听鼓闲居，初不相涉。庚子变起，余所宰萍乡为刘忠诚辖境，所营煤矿又为张文襄提倡。同在东南保护之中，都门诸事，可骇可笑，盖闻而知之。回銮后入都觐见，忝膺郡守彰德，近接畿疆，极欲勉图报称。无如新政日繁，民生日蹙，县官日益困苦，督责寡效，表率终虚。且默察时艰乱萌，隐伏去志益决，非敢漫诩见几，实尚希图幸免。犹冀少罹兵革，垂老或不致再睹烽烟。方将凿井耕田，为击壤康衢之叟，何意事变忽乘，及身亲见，差幸已无官守，尚可进退自如耳。仲夏中浣，届六旬诞辰，亲友多情，欲为致祝。余既力拒其请而悲从中来，不能自已。乃取六十年阅历兴衰之迹，援笔成文，长歌当哭，聊写牢骚且以质之。亲友若谓上拟庾开府之《哀江南》、郝文忠之《哀三都》，则吾岂敢？”其中，【北南吕 · 一枝花】云：“最难忘髫龄值乱离，更何堪垂老遭兵革。受饥荒，容颜增菜色；苦奔驰，磨炼到筋骸。饱听了炮震枪排，还留得残生在。依北斗，望京华，无穷感怀，怎比得商山翁，皓首芝餐，权做了东陵侯，青门也那瓜卖。”【北南吕 · 梁州第七】云：“想当年肇皇图龙兴辽海，莅中原定鼎燕台。喜相承、重熙累洽臻康泰，辟版章，武功煊赫。举词科，文教宏开。翠华巡，舆情爱戴；木兰狩，蒙部绥怀。天运穷，盛极终衰；人事迕，措置多乖。失藩封，被吞了缅越琉球；订约章，迷混了东边疆界。护朝鲜，割弃了海外珠崖，堪哀可骇。说不尽一朝基业兴还败，料史官、能记载。俺只把切近的遭逢叙述来，珠泪盈腮。”跋云：“右曲脱稿于壬子首夏，其时优待皇室条款虽经颁布，而燕秦远隔，未悉实情。迨儿辈自都下归，缕述两宫安善，当局于优待各节均将履行，且定议驻跸颐和园，犹不忍遽请迁移，而存留太庙永归清室奉祀，尤亘古未有之旷典。昔虞舜禅位文命，商均退处藩封，而仲尼称为宗庙飨之、子孙保之，今兹盛举，以视唐虞，洵有加焉。薄海臣民，非特不必存鼎迁社屋之悲，或当以躬逢其盛为幸。爰附识数语，窃自笑杞人之忧为过计也。中秋后六日，勴堂自注。”又识云：“洪昉思弹词篇首用【南吕 · 一枝花】【梁州第七】二曲，末用【煞尾】一曲，前后相应，盖本元曲女弹词之旧也。然元人所作《转调货郎儿》，首尾有无亦各不同，故余初稿未用之。甲寅秋杪重入都门，虽风景不殊，钟簴无恙，而文武衣冠之异，王侯第宅之新，未免增人怅触。爰取自序及附识之意，补填三阕，置之首尾，俾与洪氏一律长言咏叹，不自知其手之舞之足之蹈之也。勴堂又识。”

姚光作《初夏晚眺》。诗云：“万绿沉沉着意妍，天涯芳草自芊芊。树间历历莺啼老，柳色斜阳最惘然。”

［日］白井种德作《五月旬六，与橘川枕流出游》（三首）。其一：“篱落几家犹见花，园林早已绿交加。南薰时度衣襟爽，好向山村挹翠霞。”其二：“林间一路入幽遐，不似街头车马哗。四面峰峦看愈丽，几声禽鸟听殊嘉。”其三：“设席林亭把酒斟，扶疏新绿已成阴。一年好景推初夏，况拉佳朋共醉吟。”

六　月

1日　陈三立偕李瑞清招邀朋旧27人于上海愚园作十角会，胡思敬、梁鼎芬、秦右衡、左绍佐、麦孟华、李瑞清、樊增祥、吴璆、杨钟羲、赵熙、陈曾寿、吴庆坻、朱祖谋、陈衍、郑孝胥、李岳瑞、沈曾植、胡琳章、胡达章、何天柱、林开谟、沈瑜庆、梅光远、杨增荦、熊亦园等同集。晚，席间同人各出1元宴于六合春，约各赋诗1首，未成而散。其中，樊增祥作《十六夜月戏柬石甫》。诗云：“我出月东升，我归月西坠。往还十里强，长与素娥对。车上看青天，空明无纤翳。寒星数十颗，月主星则婢。下上清晖流，四边绿烟暖。无风来广陌，但有清空气。五郎乐顾曲，坐我琼台内。万灯照千人，暖若花在里。歌阑登小车，嘘吸殊清快。一凉一暖间，雅得养生意。世或嗤余言，彼生自柔脆。气不敌暑寒，一身丛百厉。如我任自然，焉知凉热事。美人与明月，一夕乃兼二。五郎有此乐，虽病且不畏。归去倚阑干，含情耿不寐。”

傅增湘请示张元济，再议盛氏落入书贾之书。又3日，傅增湘告知张元济，盛氏书由谭正文、耆寿民、宝瑞臣和景朴孙所得。傅增湘历2日遍览谭氏所得书，抄单请阅。

姜胎石《满江红·辛亥五月哭伯先》（二首）刊于《太平洋报》。本年10月1日又刊于《南社》第6集，1913年5月4日再刊于《大同周报》。其一：“浊浪掀翻，未捉得、胡天残月。放眼去、豺狼遮道，网罗豪杰。世局幻成东逝水，壮怀击断中流楫。最伤心、南宋忍偏安，雄风歇。　　年已壮，愁思切。功未就，肝肠裂。乍相如缠病，药铛无力。十载空磨腰下剑，一棺难掩胸头血。看丰碑、高矗海云限，寒涛咽。”其二：“一别经年，况别后、音沉空谷。回首处、斗诗联句，赌棋填局。白下谈兵驰铁骑，岭南煮酒论蕉鹿。忽敲门、唤醒枕边人，黄粱熟。　　儿女泪，痕盈掬。羁旅梦，愁成斛。纵封侯无分，不争荣辱。举国皆狂难着手，丈夫到死先瞑目。只生前、未了戴天仇，君应哭。”

魏清德《追怀铃江夫子》（四首）发表于《台湾教育》。其一：“退暇时从苗圃行，每过旧邸欲吞声。赪桐犹对谈经席，苦竹仍传卧病情。弟子于师不能赞，先生之教一惟诚。苍茫回顾无穷感，寸线光谁绍育英。”其三：“噩耗中天记昔年，台澎无处不凄然。儒官争惜斯人好，师范空悲此世捐。得失自持风骨峻，追随谁受道心传。春花落尽秋花发，桃李千丛暗杜鹃。”

高旭作《清平乐·沧浪亭偶题》。词云：“来从何处？见亦愁无数。便是相逢无可语，一种心情兜住。　　若云不算情痴，缘何醉梦支离？秀得鸳鸯新谱，好风寄予黄鹂。”

胡乔木生。胡乔木，本名胡鼎新，江苏盐城人。著有《胡乔木诗词集》。

2日　叶昌炽好友鼎孚同年本年七十，张君廷与旭初骧集同人年六十以上者为九老会，叶昌炽排第四。又，叶昌炽作《再寄芸巢索和，三叠前韵》（二首）。其一：“百城南面彻侯如，古事终当问仲舒。劫后难言王命论，醉来重广绝交书。衣冠涂地将焉托，钟簴神京已忽诸。亦似儋崖沦谪客，但吟竹鼬啖花猪。”

姜可生《归途》刊于《太平洋报》。诗云：“忆昔出门日，桃花曾笑人。而今归里后，柳叶更添新。”

3日　《申报》第14109号刊行。本期《自由谈》“游戏文章”栏目含《仿唐司空图〈诗品〉》（弢）：《借款第一》《宗社第二》。其中，《借款第一》云：“大借外债，库藏暂充。返贫为富，忘弱为雄。开支万项，瞬息一空。淡淡秋云，瑟瑟西风。再议募外，监督其中。持之益强，愈借愈穷。”《宗社第二》云：“群处以默，动机甚微。思抗共和，独翅难飞。犹之春风，欲吹铁衣。脑印尊皇，孰与载归？志之堪悲，从之渐稀。脱有发觉，身首顿违。”

王钟麒《文坛挥麈录》续载于《民立报》，署“无生”。本日主要论作文之法，王钟麒认为学子学作文，“能取法于秦汉者，上也。不能学秦汉，则宜学魏晋六朝，不能学魏晋六朝，则宜学唐，至宋元以后之文，万不可取以为法”。

郑孝胥作《四月十八夜示中照》。诗云：“少年南北行万里，销尽雄心最可悲。今日沧桑千万恨，高楼淙雨夜谈时。儿曹催我老何辞，世事磨人命可疑。各有家山归不得，只应同穴是归期。”

4日　《申报》第14110号刊行。本期《自由谈》“尊闻阁词选”栏目含《津门纪事》（八首，绾尘）。其一：“联辔芳郊汗漫游，无端邂逅顾眉楼。相逢惆怅相知晚，见过思量见面羞。错被旁人传钿盒，翻劳特地下银钩。章台走马寻常事，此际浑难说去留。”其二：“一样年华十五新，却从娇小见天真。车停竹叶初回路，舟泛桃花别有津。佳话终惭黄学士，盛名何让顾夫人。早梅待向江南折，恐负枝头绮旎春。”其三：

“疗尽情痴更惹痴，者番遇合费寻思。却因紫府云深候，未失蓝桥水涨期。好事本来多反覆，良缘成就总离奇。从教颠倒鸳鸯券，莫枉当年系足丝。”其四：“年来消渴病文园，又向情田种恨根。无可奈何惟敛面，不曾真个已销魂。漏长渐觉铜龙冷，香烬犹余宝鸭温。一笑搴帷人静后，娇羞脉脉两忘言。”其五：“卸罢残妆分外娇，灯前倩影画难描。双弓细碎凌波步，一尺轻盈抱月腰。芳讯春风含豆蔻，愁心夜雨展芭蕉。此时情景浑疑梦，只恐离魂不耐销。”其六：“寒宵纸帐伴梅花，清福何如艳福赊。别有深情柔似水，共将绮思散成霞。楚人泽畔兰纫佩，越女溪头茜浣纱。沧海月明鸳梦稳，可怜同是客天涯。”其七：“挑灯拥被话残更，旅枕今宵有笑声。梗泛萍飘成一聚，兰因絮果证三生。只愁好梦如云断，又触离情对月明。无奈天津桥下水，安排万里送人行。”其八：“银河冰合数归期，此后相思只自知。俄顷浓欢俄顷别，几曾薄幸几曾痴。如何花底逢君日，便是樽前送客时。芍药只应和泪赠，可堪心事诉将离。”

黄兴作《题周维桢烈士像》。文曰：“干臣与兴同学日本，别将十载，各以事奔走革命，不获相聚。去岁八月武昌义师起，兴以九月七日抵鄂与贼搏战。干臣则与吴君禄贞、张君华飞等谋回攻北京，事为汉贼所觉，阴戕之于石家庄。时九月十六夜也。三君者既死，不克直捣黄龙，而南方各义师遂愈愤，不旬日下名城以十数，清廷胆落，遂逊位，乃建立民国，而径跻于共和。三君子之英灵，亦可以稍慰矣。干臣之弟景瞻，将赴山西设会追悼，并办葬事。濒行出君遗照，属予加墨，展图睇视，犹见故人。塞黑枫青，梦魂睽隔，追维往事，和泪以书。中华民国元年六月四日黄兴识于南京。”

《时髦诗》（三首，佚名）刊于《南洋总汇新报》“文苑”栏目。其二：“终日昏昏醉自由，酒家茶肆惯登楼。座中乐煞风流客，眉眼何妨一再钩。”

5日　云南都督蔡锷电袁世凯及各省都督，请“大总统敦请梁启超回国，优予礼遇。应如何倚任之处，伏恳大总统卓夺施行”。

《真相画报》（旬刊）在上海创刊，高嵡等主编。该画报以“监督共和政治，调查民生状态，奖进社会主义，输入世界智识”为宗旨。黄宾虹被邀协办，并为其撰《真相画报序》，著文绘图。此报主要编辑撰稿人有黄宾虹、高剑父等，共出17期，1913年3月1日停刊。创刊号“文苑”栏目含《辛亥广州竹枝词十咏》（民恭）、《秋夜》（寄尘）、《马头夜泊》（寄尘）、《沪上见所见》（漱岩）。

6日　徐世昌偕光弟、柳莼斋、朱铁林、陈怀瑜、萧星甫同游崂山。晚回青岛。

叶昌炽读易顺鼎《剪发诗》，效其体作《读易硕父观察〈剪发诗〉，悲愤之词，出以俳谐之体，淋漓痛快，如闻渔阳操挝。陈伯严同年谓能令人笑，亦令人哭，欲哭则泪已尽。戏缀短章，聊效其体，亦不足供捧腹也》。诗云：“魑魅魍魉何世界，嬉笑怒骂皆文章。天地既闭贤人隐，文武不作大道亡。宫府口目出脐乳，原野膏血交蹄远。尔公尔侯氏相柳，非中非外生空桑。俟河可清岁不与，移山无术道且长。岂真子羽畏头责，泰华今日争毫芒。”

魏清德《团扇》（拈寒韵）发表于《台湾日日新报》。诗云：“剖竹裁成月一团，放翁图画耐人看。莫因结想秋风热，素手轻凭怨夜寒。”

闵尔昌作《六月六日还江都作》。诗云：“到家真隔世，惊喜死生余。风雨灯前梦，亲朋江上书。凄惶念兵火，流转问舟车。聊与酬尊酒，银鳞尺半鱼。”

［日］杉田定一作《六月六日到金陵》《又》。其中，《六月六日到金陵》云：“道说金陵王气多，龙盘虎踞旧山河。乱余一上高台望，结绮临春空黍禾。”

7日 《申报》第14113号刊行。本期《自由谈》“尊闻阁词选”栏目含《忆旧》（七首，太宽）、《唧唧》（四首，前人）、《山居春兴三首》（句首嵌八音字，用“溪西鸡齐啼”韵）（署芸外史）。其中，太宽《忆旧》其一：“一船疏雨下蓉塘，三月春潮燕子忙。催出东风好颜色，桃花点缀女儿妆。”其二：“玲珑碧玉乍分瓜，小倚阑干影半斜。一笑回身花下去，朝西门巷是儿家。”其三：“客里相逢得意来，人间有路到天台。仙云高卷红鸾起，十二香帘面面开。”其四：“芳名输与美人心，不落纷华理素琴。弹到求凰依欲醉，茜纱窗下有知音。”其五：“剧怜生小太娇羞，一样欢场两样愁。留得女儿旧风味，手拈罗带自低头。”其六：“本来银汉是红墙，几度徘徊欲断肠。提起裾裙抛不得，痴情何苦梦鸳鸯。”其七：“我是行云东复西，杨花无力怕沾泥。天涯多少相思树，莫为伤春掩镜啼。”

徐世昌偕光弟看青岛至友，晤吴蔚若、邹紫东、周玉山，各久谈。

8日 金石书画共览会在徐园开幕。《金石书画共览会广告》：“战事初平，古物流出，多萃汇沪上，加以海内收藏大家、赏鉴巨子均以避地同处一隅，际此首夏清和，正宜雅集参观，墨缘同结。本会择于阳历六月八号至十二号即阴历四月二十三日至二十七日开会康老脱路徐园，陈列金石书画，与众与赏。先三日陈列非卖品，后二日陈列寄售品。倘有海上收藏名家愿将宝藏名件真迹送会陈列者，请书明非售品与售品，先期一二日送交四马路老巡捕房隔壁，惠福里神州国光社代收，掣付收条为凭，闭会凭条取回原件足幸。入园券每张三角。售票处：神州国光社及园门首。发起人：缪小山、杨惺吾、沈子培、王雪澄、徐积馀、李梅庵、刘聚卿、宣古愚、王子展、王捍郑、宗子戴、庞莱臣、孙问清、李平书、陈蓉曙、吴昌硕、何诗孙、陆廉夫、程定彝、张渭渔、程松卿、邹适庐、褚礼堂、甘翰臣、秦炯荪、陈渭泉、长尾雨山、邓秋枚同启。”

《申报》第14114号刊行。本期《自由谈》“尊闻阁词选”栏目含《春宫怨》（四首，天白）、《和天白〈春宫怨〉元韵》（四首，李生）、《无题》（二首，佐彤）。其中，天白《春宫怨》其一：“紫殿凄凉玉座空，禁门长日掩春风。翠华想象归何处，花落西陵杜宇红。”其二：“南苑东风御柳青，朝元法曲久飘零。月华门外新歌舞，传入宫墙不忍听。”其三：“瑶池阿母罢春游，寂寞深宫易白头。辇道花开嬉竹马，降王生小不知愁。”其四："明珠难解翠眉颦，终老长门叹此身。亡国幸无臣妾痛，可怜花蕊宋宫人。"李生《和天白〈春宫怨〉元韵》其一："金殿萧条玉辇空，几回惆怅对西风。白头宫女空流泪，满苑春花寂寞红。"其二："南内无人草自青，梨园子弟尽飘零。当年歌舞今何在，一曲霓裳不忍听。"其三："寥落行宫忆旧游，千门深锁曲江头。落花满地西陵晚，野树啼鹃处处愁。"其四："双眉深锁带愁颦，岁月优游寄此身。回首河山无限恨，可怜亡国未亡人。"

贺竺生作《归云楼雅集》（壬子四月二十三日）。诗云："兀坐鲜与欢，出门无可适。旅人苦喧嚣，良朋邈难觌。小楼待归云，虚空自生白。烟岚人襟袖，山川环几席。聊复具杯盘，晨夕延嘉客。故人多任重，孰暇寻寥阔。陋巷易忘忧，能回长者辙。龚子独肯来，妙年蓄闳识。忠信涉波涛，听明净冰雪。声气夙所同，往□故不择。因之得孙侯，天怀见高洁。谠论镂肝肾，苦志救衰弊。余事及书画，鉴别颇精核。怡园更潇洒，数亩梅花宅。庋藏别图书，吟咏兼篆刻。旧交林马周，所至有嘉绩。南望共沦落，昭昭宜默默。林穷素问理，神明洞肝膈。诗书互敦尚，胸襟藉疏豁。雅会惧不常，幸无尘事迫。翠海荷盛开，林园花足悦。亦如鸥鹭群，飞鸣各任意。嗟我百无能，一生余抗直。人为时世厌，往事那堪忆。今当改革初，所重在建设。吾侪讵无心，自来耻干谒。酒酣漫讨论，急流宜勇决。盖各存其言，相看静胜热。"

9日　海军联欢社举行诗钟雅集。后于本年印行《砚香斋微吟》（1册）。扉页有铅印红字："兹订国历六月九日铁限，上午八时在海军联欢社开唱。"收录林庚白、戴传授、萧子明、林炎南、王瑞棠、柯柏森、陈陶隐、尤振宇、王允元、何刚德、鹤友、补庐等50多位诗人打擂台作诗钟之集合，共五唱。

苏曼殊《柬法忍》发表于《太平洋报》的附张《太平洋文艺集》。后又刊于1912年10月《南社》第6集，1913年11月3日《生活日报》的附张《生活艺府》，及1914年5月《民国》第1号。诗云："来醉金茎露，胭脂画牡丹。落花深一尺，不用带蒲团。"

叶昌炽作《芸巢园杏结实，函来见饷，四叠前韵赋谢》（二首）。其一："甘露明珠色相如，好从净土证龙舒。朱樱等是园官产，青李惭无内史书。桑榆浓时堪作藉，梅桃熟后共为诸。赠人莫谓非肝味，亦累先生一脔猪。"其二："饭颗山头太瘦生，昨宵食指动鼋羹。脆于梨饤登谈座，净比莲华脱业坑。上苑未忘青琐梦，故园又见绿阴成。农时休共瞻蒲记，黛耜何年出省耕。"

10日　《申报》第14116号刊行。本期《自由谈》"尊闻阁词选"栏目含《新清平调》（三首，天白，用李白元韵）、《皇室幽怨》（师牙）、《世家闺怨》（师牙）、《有感》（宪民）。其中，师牙《皇室幽怨》云："梦情翻被诗情误，起把江山作解人。上苑风光成底事，中天明月认前身。香残罗帕空盈泪，离树杨花证宿因。回忆神州兵变日，一回汗下一酸辛。"《世家闺怨》云："谁家箫鼓晏王孙，一片清音入耳根。艳曲有心惊好梦，罗巾无意染新痕。梨花落尽情天月，红豆抛残恨海魂。闻道平权共和国，应无青女琐重门。”

林一厂《次韵和鹓雏、楚伧、朴庵岭南楼即席之作》《百字令·无题》载于《太平洋报》。后载1912年10月《南社》第6集。其中，《次韵和鹓雏、楚伧、朴庵岭南楼即席之作》云：“年年绮绪荡成春，芳草天涯倍觉亲。蝶过蘧然身外我，燕来飙若幕中宾。沾花着絮都随意，刻笑摹颦最入神。如此闲情虱人世，自怜自语醉时真。”后附录姚鹓雏《岭南楼即席呈楚伧》（二首）、叶楚伧《次韵和鹓雏》（二首）、胡朴庵《次韵和鹓雏、楚伧》，其中，胡朴庵《次韵和鹓雏、楚伧》云：“四海皆秋不复春，书琴酒剑自相亲。乾坤已乱莫为主，名实相淆尽是宾。赖有文章舒郁结，恨无花鸟寄精神。沧桑变幻浑难料，时局茫茫莫认真。”林一厂《百字令·无题》云：“百无聊赖，望红尘尽处，碧云满眼。吟到丁东环佩句，羞谱小楼连苑。乍见疑仙，频看顿醉，夜夜深深款。惊飞幺凤，游丝奈未能绾。　　世上谁不痴情？况经几度，临去秋波转。一本缠绵冤孽账，便是他生须算。避妒装疏，消愁强笑，两下原无舛。只今一觉，梦回客里孤馆。”

上旬　林庚白过上海，与陈三立、郑孝胥晤。

11日　《申报》第14117号刊行。本期《自由谈》“尊闻阁词选”栏目含《壬子诗存》（二首，乐宾）、《〈虞美人〉一阕赠钝根》（瘦蝶）、《余与爱楼主人久不通音问矣。读报知云停海上，苦不知居址为怅，爰寄两绝，以志相思。倘蒙在远不遗，务希有以慰我》（瘦蝶）。其中，乐宾《壬子诗存》其一：“时事于今似赘旒，儒生枉抱杞人忧。银山售券联番使，金印酬功半郡侯。大泽龙蛇终自远，新亭涕泗泪难收。弄兵更比潢池剧，群盗如毛遍九州。”其二：“北望幽燕意怆然，畴将人力挽苍天。是非举国方饶舌，勋业诸公漫息肩。民食未颁天瘐粟，军需更竭水衡钱。闾阎但得丝毫补，政体何妨骤变迁。”瘦蝶《〈虞美人〉一阕赠钝根》云：“仙根夙具何尝钝，待向王孙问。笔尖横扫万人惊，要把庄言谐论警群生。　　自由谈是神交券，锦字传飞燕。临风欲鼓落霞琴，惆怅知音隔断碧云深。”

严修复蔡元培信：“以鹤卿先生台鉴：昨奉赐笺，并教育会章程，且承阐教，周诹之雅，钦佩莫名。承命莅会一节，执事选择而使，修岂不愿粟阶一言，以裨新政？惟自命空疏庸浅，訾窳惰偷，思想已近于陈人脑气，又同于枯海驽下之乘，充庭实非其俦，且暑月尚拟为欧西之游，势难列会。敬祈鉴谅，无任悚惶。肃复，只颂台安。严修顿首。”

叶昌炽作《粲若表弟、仲午同学各赠枇杷，色白颗小，味甘如蜜，真洞庭西山产也，五叠前韵赋谢》（二首）、《芸巢前辈两赐和章，一字一珠，再接再厉，籍湜走且僵矣。辄不自量，再以两律呈教，六叠前韵》（二首）。其中，《粲若表弟、仲午同学各赠枇杷》其一：“闭户輖饥正惄如，清凉一剂病怀舒。石榴时节登嘉实，庐橘方言证故书。

风味新尝呼便了，月华待上抱方诸。藐姑仙子肤如雪，却笑杨梅是媚猪。”《芸巢前辈两赐和章》其一：“日长闲似小年如，天为衰龄驻望舒。开径壶觞三益友，杜门姓字两同书。龙胡坠地难攀及（戊申国恤，小臣已归林下），鹑首凭天竟翦诸。灶下中郎何足异，海东官有马牛猪。”芸巢和诗四首。其一：“了彻三生悟六如，修持净土学龙舒。晚耽金石同潜研，博览琅嬛继曝书。早帽何妨经患难，青灯依旧惜居诸。笑他朝士谈名节，负约临危问饲猪。”

13 日 《申报》第 14119 号刊行。本期《自由谈》“尊闻阁词选”栏目含《金陵怀古四首》（嚣嚣）、《客春偕友作北里游，友筵余于妓谢月英家。时侍有妓妹媛媛者，豆蔻年华，芙蓉丰貌，流波荡漾，足摄心魂，而其憨态尤令人怜煞，余即席赠以诗曰》（鹃魂）。其中，嚣嚣《金陵怀古四首》其一：“石头城畔草萋萋，废苑无人鸟自啼。明月不知时世变，宵来犹照女墙西。”其二：“池馆无人草木长，野花寂寞恋斜阳。断烟衰柳凄凉地，都是前朝歌舞场。”其三：“玉树歌残枫叶冷，胭脂井坏泣寒虫。前朝多少繁华事，都付颓垣断瓦中。”其四：“一林鸦鹊噪斜晖，风景依然世已非。惟有多情双燕子，春来还绕故宫飞。”

李瑞清同陈三立、樊增祥、瞿鸿禨、胡思敬等游小万柳堂，观廉氏所藏书画，大醉而归。胡思敬有《四月二十八日陪瞿相国、陈考功、周抚军、沈、樊二方伯、杨太守、李道士游小万柳堂观廉氏所藏书画，尽醉而归》纪之。诗云：“先朝虎观集鸿儒，好客怜才有益都。万柳萧条成梦境，一官落濩到穷途。天留海角栖遗老，门绕烟波伴钓徒。独恨工书赵承旨，直传衣钵到钱吴。”

林一厂《述事》载于《太平洋报》，后载本年 10 月《南社》第 6 集。诗云：“好兴冲冲忽惘然，彩云一散奈何天。羊车碧碾行原疾，凤尾红拖影可怜。未敢轻呼空脉脉，只余对舞亦娟娟。归来细数灯花落，可有芳魂梦里牵。”

叶昌炽作《闻都下旧雨风流云散，俯仰今昔，怃然成篇，七叠前韵，再呈芸巢前辈，并怀佩鹤都护、栩缘学使》（二首）。其一：“茂陵风雨病相如，回首长安志未舒。椟有灵蓍因玩易，甑无储粟尚求书。郑乡亲到传旁喜，燕市相从语望诸。荧惑讹言今始验，月名在壮岁逢猪。（武昌之变，肇于去年辛亥八月）”

14 日 《申报》第 14120 号刊行。本期《自由谈》“尊闻阁词选”栏目含《高阳台·春光云暮，佳约成虚，爰制新词，藉伸相忆，用竹坨韵寄鹗士》（瘦蝶）、《虞美人·有怀》（佐彤，用瘦蝶词人韵）、《春雨初晴，偶成五律二首》（珠溪蔡选青）。其中，瘦蝶《高阳台》云：“痴蝶迷香，哀鹃破梦，落花庭院深深。谁谱琼箫，一声吹散轻阴，王郎何计消长昼，料摊笺、闲写山禽。那能禁，抛却流光，负了香衾。（君善写花鸟，得南田神髓，常下榻于巢云楼画室）　经年不到鸦江路，怪酒怀诗兴，一例销沉。目断春波，锦帆迟渡烟浔。（君曾订于春暮见访）相思待倩瑶琴诉，怕朱弦、未必知心。

慢沉吟，离绪难拼，后约重寻。”珠溪蔡选青《春雨初晴》其一：“辜负游春约，萧然坐草堂。琴书陪我懒，风雨替天忙。尊酒醉仍饮，炉灰死尚香。闲愁具滴碎，欲赴黑甜乡。”

15 日　栎社在台湾创立 10 年，林痴仙折柬广招南北各地吟友以开 10 年纪念大会，以雾峰莱园为会场。社友至者，赖绍尧（悔之）、陈基六（锡金）、林朝崧（痴仙）、陈湖（沧玉）、陈贯（联玉）、庄龙（云从）、庄嵩（伊若）、林望洋（载钊）、蔡惠如（铁生）、吕蕴白（管星）、林资修（南强）、林仲衡（壶，隐）、叶笃轩（仁昌）、陈怀澄（槐庭）、林献堂（灌园）、张丽俊（升三）、张栋梁（子材）、傅锡祺（鹤亭）18 人；客则寓台北魏润庵，桃园黄守谦、郑永南，新竹戴还浦、林荣初、郑幼佩，苑里蔡汝修，田中陈绍年、魏国桢、黄溥造，鹿港施梅樵、施家本、陈子敏、蔡子昭，台中柳田陵村等 15 人。会后，大雨倾盆，主客勾留数日乃散。诗题有“新蝉”“暴雨”“夏木”“晚山烟雨”“断桥”等。该会改正社则 17 条为 18 条，定置社长 1 名、理事 6 名，前此推选，赖绍尧至此正式就任社长。

《东亚日报》更名《民主报》，发表《通告书》。该报于 20 日在北京正式出版，总经理理仇亮、总编辑景耀月。《民主报通告书按语》：“同盟会诸志士发起之《东亚日报》，现更名《民主报》，总理已举定仇君替存，担任撰述者自陈蜕庵、阳惕生两君外，复有汪精卫、张溥泉、景秋陆诸子，定期本月二十号出版。诸君皆南社社友，且为革命巨子，文章气节，彪炳当世，必能于黑暗之北京报界放一绝大异彩也。”

《申报》第 14121 号刊行。本期《自由谈》“游戏文章”栏目含《新神童诗》（德琴来稿，钝根删稿）、《赋得国民捐》（得民字，五言八韵）（虎痴）；“尊闻阁词选”栏目含《见野外草堂有感》（天白）、《读友人吊前清诗感赋》（天白）、《无题》（四首，佐彤）、《房中乐 · 贺金君雪塍与谢剑霞女士结婚》（蹇叟）。其中，虎痴《赋得国民捐》云：“府库空如洗，捐输赖我民。治家还治国，求己莫求人。赤血堪为墨（南京兵士楼景绍抽刀断指，以血代墨，大书‘热心劝捐’四字），青楼共效颦（名妓白兰花等集款助捐）。挽回非乏术（黄留守愤外债要挟，首倡国民捐），要挟岂无因（外资团以唐总理前借比款，任情挥霍为借口）。缔造期千载，安危寄万钧。七条甘退让（外资团闻吾国民踊跃输捐，已允将所订七条件商改），一电见精神（指黄留守反对借款条件，电请废约而言）。纾难恃同种，投资谢外宾。讵知豪富者，反比乞儿贫（河南老丐李长兴，以求乞所得之百钱助捐，而一般富而豪者，反漠然无所动其中，不深可叹哉）。”天白《见野外草堂有感》云：“草堂临水羡幽居，细柳新蒲入夏初。客里年华惊易换，故园风物想何如。兵戈江上犹征鼓，朋旧天涯少报书。他日扁舟归去好，南山深处是吾庐。”

《中国实业杂志》第 3 年第 5 期刊行。本期“文苑”栏目含《江户新年词百首（续第三年第三期）》（黄庆澜）。

［韩］《天道教会月报》第 23 号刊行。本期“词藻”栏目含《听莺有感》（敬庵李

瓘)、《三清洞》(芝江梁汉默)、《永道寺》(芝江梁汉默、凰山李钟麟、崔圭燮、金杜炫、张斗炳)、《天然亭值雨有感》(香山车相鹤)。其中,香山东相鹤《天然亭值雨有感》云:“天然亭水碧潾潾,细雨斜风愁杀人。吾生怀绪何时已,杨柳无端又一春。”

胡思敬离上海返江西,李瑞清赴饯别酒宴作书赠别。

叶昌炽作《八叠前韵,寄芸巢》(二首)。其一:“字字编珠缀玉如,新诗瓶水本推舒。道乡学派尊先集,文馆词林补佚书。漆简冢中传不准,轺车海上访无诸。苦吟我已髭拈断,尧舜居然骑病猪。”其二:“岂独雄谈仗郦生,封侯大半起韝鞲。天无赤伏真人谶,地有青磷战士坑。终是灌园家食吉,不图筑室道谋成。履霜集霰由来渐,鴃舌年年说并耕。”

[日] 沼田香雪作《壬子六月十五日同窗会席上》。诗云:“夏木冲空翠色参,高楼传酒共清谈。同人宴集喜无恙,况是凯风来自南。”

16 日　姚鹓雏《赠一厂,即送其返汕头》《再送林一厂归汕头》载于《太平洋报》。其中,《再送林一厂归汕头》云:“相邻结习在名场,沧海逢君又别觞。江上离人春垂暮,吴天风雨晓初狂。言归何必歌招隐,服贾行当作市藏。去去一尘游物外,瘴云蛮树共苍茫。”

魏清德《追怀刘壮肃》刊载于《栎社十周年大会诗稿》。诗云:“人自寻炮弹,炮弹非寻人。男儿报国弹应避,夫何沙场有苦辛。秀全竖子不足道,忍害同胞致天讨。法军遭击天下快,狮球岭上云浩浩。当时法人岂不强,陆军天下莫能当。白人匆挫黄人胜,是谁筹握疑张良。马关之下关水流,合淝卧病鬼神愁。半生金线他人嫁,万里青烟故国秋。可怜一瞥五十九,遂令盖棺论身后。杜宇叫沉大将星,画眉啼断墓门柳。大潜山房书籍多,助我开明宁退守。西来风潮未澎湃,英雄犹悬清印绶。禹域大陆将瓜分,武昌一倡起如云。二十八旗更汉帜,四百兆庶选民君。河山有志能恢复,国库无钱空痛哭。义捐全国叫黄兴,善政九原怀壮肃。况复四围瘴气蒸,豺狼窥伺祸机伏。台湾此日号升平,万般物质耀文明。男儿有幸酣春梦,女子无愁发曼声。时安不厌方城去,政久惊看制度备。年年上巳赤鳞肥,岁岁春风紫燕至。丽正门头风月微,照城电盏独光辉。有怀壮肃无寻处,惭愧英雄是布衣。”又,《新蝉》(庚韵)(二首)发表于《栎社十周年大会击钵吟稿》。其一:“才剪珠笼鸲舌轻,落英红尽嘒初鸣。绿杨吹出烟如雨,第一关心是此声。”

黄文涛作《五月二日迁回江栖一枝草堂故居赋志》。诗云:“岂是江城息鼓鼙,携家且返浣花溪。旧巢幸未为鸠占,古栋欣犹许燕栖。松菊虽存村径冷,蓬蒿不剪浦烟迷。但期日听猿愁后,无复寒乌夜再啼。”

叶昌炽作《奉和再韩前辈元韵》。诗云:“杨子草太元,自投天禄阁。庐陵传一行,老人有长乐。吁嗟命世英,今无王景略。厝火乃抱薪,讳疾犹忌药。中风走且狂,丑正言不怍。吴中山水区，云岩连岿崿（狮山一名岝崿山）。文章掞春葩，凌霜不改萼。乃亦随六州，同铸天下错。高阳有才子，埙篪和林壑。筵易蛰龙蛇，歌诗啸鸾鹤。昔惟秦不仁，轵道衔璧缚。岂有唐虞朝，太阿柄旁落。不见元北狩，和林碑可拓。明祖不能臣，但有一扩廓。”

17日 《申报》第14123号刊行。本期《自由谈》“尊闻阁词选”栏目含《和天白〈新诸将〉原韵》（四首，李生）、《苦雨》（息影庐）。其中，李生《和天白〈新诸将〉原韵》其一：“战鼓喧阗断客行，年年乐府唱西征。蜀江烟雨空留恨，名士风流几见卿。望帝春深啼杜宇，残魂目冷恋□城。伤心三峡依然在，万古惟闻逝水声。”其二：“一片旌旗出武昌，隔江烽火正仓皇。迟迟鞍马新骄帅，黯黯风云惨战场。回首河山人未老，多情儿女泪沾裳。劝君莫问封侯事，寂寞春闺昼正长。”其三：“金陵一别久无家，马上西风度年华。故剑飘零惊噩梦，朱楼飘渺走香车。江山有泪悲亡国，歌舞何人唱落花。毕竟新朝多雨露，春闺无复怨琵琶。”其四：“云山处处起烽烟，羽檄纷驰奏九天。大漠无人嘶战马，孤臣有恨托啼鹃。空闻金鼓来交塞，终见降旛出汉川。远望长安春树晚，王孙沦落有谁怜。”

陈衍由福建抵京，寓医隐园中，所知毕至。初愈后，陈弢庵邀游西苑，周行南北海诸胜处，归后作《游西苑记》。

芸巢寄叶昌炽一函，附至朱沤尹前辈赠新刊刘一止《苕溪集》4集册，责前诺索序。

荣庆午后眠起，得诗云：“畏日常遮牖，多风总闭门。楼高频止步，客少更无言。”

魏清德《暑雨》（支韵）（二首）、《夏木》（歌韵）刊载于《栎社十周年大会击钵吟稿》。其中，《夏木》云：“未解西风落木多，洞庭今日绝微波。残红犹记枝头在，绿叶成阴一刹那。”

林苍作《五月三日，游小西湖，沿堤缓步，因棹扁舟往开化寺。近岸，见山门冷落，兴致萧然，急令转舵，目之所触，感慨系之，率成五言一首》。诗云：“步出西郭门，湖光淡如画。骄阳伏地底，微飙颇清快。过桥不数武，呼渡聊自介。野航人两三，促坐殊狭隘。凭阑观水嬉，轻舟舞澎湃。解缆放中流，四围拓眼界。荒烟护丛莽，杂木森鬼怪。远山如浮云，雨意已渐杀。我生今得闲，雅欲寻僧话。寺门在咫尺，去去听所届。题额黯无色，阶石半崩坏。残碑卧墙根，破衲竿头晒。作客近十年，归来益凋瘵。有目不忍睹，回棹一长喟。岸上多游人，蹙頞若甚惫。贫儿何侘傺，持茗就船卖。侧闻诸钜公，歌管尚豪迈。一食辄万钱，民生等纤芥。感此几踟蹰，欲往兴已败。良辰不可再，一念成前债。仰视高鸟飞，未倦羽先铩。何处一声钟，半空起夕呗。”

18日 张元济出席商务印书馆董事会议，推郑孝胥为新一届董事会主席。

沈曾植致函缪荃孙，并为月霞法师商借惠琳《一切经音义》。

金武祥向叶昌炽函索《藏书纪事诗》，以自著《陶庐杂忆》《续咏》《补咏》《后忆》《江阴艺文志》为贽。

林一厂《杜十娘曲》《海上喜遇巢南，约作西湖游不果，寄此代柬》载于《太平洋报》，后载1912年10月《南社》第6集。其中，《杜十娘曲》序云："居沪月余，闻冯春航演《杜十娘》剧凡三次，俱避不欲观；以冯最富哀情，每演一剧，辄博场中眼泪几许。而吾向读说部，及杜十娘事，一回一哭，莫能自持，故不忍更见当场作伤心语也。行归粤矣，强于第四次往观，悲咽而归，率笔赋此。"诗云："人生有情终自苦，乍哭穷途又歌舞。万千思怨弥古今，生死荣枯未足数。十娘休怪郎心黑，自被魔缠无眼力。明珠纵不沉湘波，纨扇亦宁保颜色。柔肠九转歌三叠，欲语还咽泪盈睫。狂夫到底信人诳，名妓当初误作妾。一寸芳心一寸灰，千重烟水千重劫。花间有虫能化蝶，化身翻向花渔猎。花房花乳供唼喋，翩翩轻衣薄粉靥，花落蝶飞秋风飒。一场唤醒青楼人，莫向五陵慕豪侠。"《海上喜遇巢南》云："千里相逢已数年，君犹带病我行旃。龙蛇草莽新天地，筑剑屠沽旧市廛。却觉长情难说起，只添别恨更重牵。西泠风雨高吟罢，可有音书付驿传？"同日《太平洋报》另刊载柳亚子《送一厂归粤》。诗云："留君无计怅何如？我亦行将赴遂初。落落神交肝胆在，茫茫人海友朋疏。闻歌共下桓伊泪，浮白宁须班固书。一散浮沤何日叙？不堪流涕已盈裾。"

魏清德《晚山烟雨》（萧韵）刊载于《栎社十周年大会击钵吟稿》。诗云："石竹山葵暝色遥，款冬欲放雨潇潇。老僧吸涧惊龙子，落日空濛湿未消。"

许南英作《壬子午节前一日，与莲塘学校陈畹兰教员并陈其纯诸昆季放舟沧江》。诗云："卜筑邻沧海，招邀作水嬉。人当阴雨后，天值放晴时。细浪犹平槛，新泉尚满陂。鸭头浮石濑，鹢首动江湄。自在乘风顺，逍遥水上迟。友生机泼泼，兄弟乐怡怡。吾道思观海，斯游想浴沂。舟轻惊欲覆，篙嫩笑争持。傍岸寻红药，沿流掬绿苔。过桥如度鸟，穿闸若盘螭。瞥眼云生墨，当头雨散丝。镜光看日射，弓样指虹垂。罾动收鱼蛤，船摇骇鹭鹚。浑忘携笠屐，一任洗须眉。来路如鱼乐，回潮似马驰。言旋元亮宅，小坐仲舒帷。芳草迷三径，新荷净一池。茶香留渴口，莲味沁清脾。佳节逢明日，名山订后期。老夫清不寐，为作纪游诗。"

19日　《申报》第14125号刊行。本期《自由谈》"游戏文章"栏目含《咏四鬼》（四首，剑仙）：《烟鬼》《酒鬼》《赌鬼》《嫖鬼》。其中，《酒鬼》云："终朝颜带荔枝红，歪过西来复倒东。世事盛衰浑若梦，光阴都付一樽中。"《赌鬼》云："劈拍砰磅不惮劳，入场酣战兴偏豪。黄金浪掷同沙砾，公益何曾拔一毛。"

樊增祥、王仁东访沈曾植，食粽谈剧，时沈曾植病疟方愈。樊氏有《端午与旭庄同车访子培，久谈作歌，贻雨君》纪之。诗云："乙庵清明上冢归，再来海上相见稀。碧桃开日奉颜色，及今大杏黄金肥。午日卓午见王猛，长安旧雨今逸遗。驱车同过深宁叟，病疟新愈容舒迟。煮丹时踞玄元灶，避风常下胶西帷。登楼青编杂画卷，饮客白菊香茶瓷。当年宣南数晨夕，李（悉伯师）袁（爽翁）王（可庄）盛（伯兮）若连枝。生天成佛彼何幸，吾三人者丁此时。汉南已伤此树老，故宫复见彼黍离。人生生老病相嬗，不死则苦亦何辞。两君羡我独轻健，此天磨我匪我私。太平得寿诚奇福，离乱引年何所为。斯世更阅十寒暑，天将倚杵地无锥。今从海上种桃核，秦人那得花源栖，由来任达非本意，颜瞋谢笑同一悲。（节庵自号悲观，谓沈为怒观，樊为乐观）明知悲愤徒自苦，乌有信天民无怀。今朝佳节循故事，薰风解粽朵我颐。纵谈周密《云烟录》，旁及阳陶《筚篥诗》。只令五伦废君父，独留朋友相扶持。晨星落落此数子，斯文九鼎悬一丝。含风不赐杜陵葛，并日一食西山薇。且将角黍掷海水，溯江而上饷湘累。”沈曾植作《病夫一章，和云门韵》。诗云：“病夫思归诡得归，自喜勇退同流稀。胡然蹩躠来海角，坐荒十亩桑阴肥。市楼一星壁方丈，屑屑水帝欺周遗。一寒一暴一冰炭，鲜妆有觋潜藏迟。忧来无端怒何敢，默默牢下胶西帷。宵深有梦祯匪祯，茶乳满泛坛盏瓷。青天荡荡婴儿声，白驴踴跳昆蹄枝。神官仙伯数大万，华清八景常明时。城开芙蓉殿灵芝，曼卿平甫班离离。李袁王盛讵无分，曷不报我生天辞。曷为靳我升天行，祝宗有请无恩私。汉官威仪在天上，曹社聚谋何人斯？肝肺槎枒白虹白，土囊噫喑锥处锥。鸿龙玉狗聋不闻，嗒然摧堕还鸡栖。天琴老人大健儿，一冶喜怒欢忧悲。兴来山川发天绘，诗罢花鸟伤羁怀。淄渑之合辨无辨，久竹青宁胡琐颐。梁鸿庑赁灶不炊，杨终孤愤昌其诗。陈去非身宜入画，亭角披披风袖持。山居我作木石观，梦去尚有缠绵丝。诸公现在素身佛，大域共业空山薇。后五百年倘见之？浙河通厉湘河累。”樊增祥作《叠韵答子培〈病夫一章〉并柬伯严》。诗云：“百花早逐青帝归，蜀葵未黄榴红稀。花妪排门送簪朵，十钱一串栀子肥。夷场十里干净土，衣冠于此存孑遗。河东记室饶仙意，时以余锦分邱迟。嗟余下阶不十步，三日新妇深闭帷。衣穿逴恤孤嫠纬，枕冷一试孩儿瓷。凝神苦吟万事屏，痀瘘不坠承蜩枝。密州老笔赋海市，才气未减出峡时。昨者夏至苦蒸溽，汗渍八尺黄流离。念君高楼颇近市，晏坐新与疟鬼辞。置心独在水精域，凉热自致天何私。长言和我风扫箨，韵脚天巧非人为。我以僧清当韩豪，神椎之下无利锥。月夜访君常徒步，并无马狗车鸡栖。今之乘坚策肥者，昨日不免卑田悲。俭人莫犯闾邱晓，武夫并少仆固怀。饵菊我慕陆天随，爱莲君是周敦颐。与世无争人无忤，所蓄一寓之于诗。君不见散原山人好诗笔，双井具茨一手持。霞川不作渐西死，此作才堪称色丝。两公佳语盥手读，清露深注红蔷薇。福州新荔复上市，读诗下以珠累累。”又，樊增祥有和沈曾植诗五言律六首示梁鼎芬，梁鼎芬次韵和诗并寄樊、沈。梁鼎芬《壬子端午，樊山示和乙庵诗，因次韵奉简二公》（六首）其一：“欲采似人艾，还疑邻父桐。隐书从袭美，御札看司空。义在人间世，微乎苹末风。病夫谙物病，木瘿与犀通。”其二：“蓄药乃成毒，张琴忽改弦。负疴义熙叟，触目永初年。草木无佳气，江山但暮烟。青瑶不可乞，苦语付谁镌。”

邓中夏与湖南宜章县立阖邑高等小学堂同学张楚、陈宪章游艮岩，作《游艮岩望月》。艮岩为宜章八景之“艮岩龙隐”，明代户部尚书、邑人邓庠有诗赞艮岩曰：“覆碗沉沉水不澜，黑云漠漠老龙蟠。海门一窍蓬莱近，石窟千寻玛瑙寒。涧草翠涵风乍敛，言花红染露初干。髯翁早为商霖起，须念斯民稼穑难。”邓中夏尤喜诗末两句，反复吟咏。三人仿照桃园三结义在艮岩内歃血为盟，结拜兄弟。以年龄大小排位，张楚为大哥，陈宪章次之，邓中夏为老幺。三兄弟盟誓：奋发上进，为国栋梁。回校后，邓中夏临睡前作《游艮岩望月》。诗云：“艮岩风景最雅幽，此日登临解千愁。月明如镜松间照，甘露沾衣花底留。洁泉净洗赏胸肺，萤火光辉映野畴。回忆满清帝制毒，何时淘汰旧根休?”张楚有诗集《柳溪诗钞》，未付梓，今已散佚。

宁调元《粤东感赋》、林一厂《海上将归，呈曼殊大师，即题所画纨扇》刊载于《太平洋报》。又载1912年10月《南社》第6集。其中，宁调元《粤东感赋》云：“镇海楼头栖暮鸦，越王祠下树争花。风云西望生机尽，鸾凤南来住处差。回首烟花如梦寐，赏心乐事惜年华。重重烟瘴频频雨，似此羁迟亦可嗟。”林一厂《海上将归，呈曼殊大师，即题所画纨扇》云：“生性原来皈钵昙，紫云犹障海西南。他年果有相逢日，宿鸟残林认一庵。”

魏清德《思归》（三首）、《墩山雅集》（二首）、《采莲舟》（限七韵）（四首）、《卖冰》（庚韵）（二首）、《空气枕》（限真）（二首）发表于《栎社十周年大会击钵吟稿·大墩小集击钵吟》。其中，《墩山雅集》其一：“断桥流水巧因缘，小集墩山五月天。世路无心云出岫，乾坤有恨玉生烟。座中作客应怜我，劫后论文不值钱。莫漫酒酣歌慷慨，唾壶击碎枉徒然。”其二：“望断荒城重树边，山川形胜固依然。无多握手谈今古，且共题诗记夙缘。风雨潇潇孤客夜，楼台黯黯大墩天。主人儒雅中郎后，榻上谁为徐稚贤。”

陈夔龙作《端午抒怀，和朱琇甫太史韵》（二首）。其一：“宫衣昨岁拜天章，叠雪荣身称短长（上年午日拜慈圣宫锦之赐）。乱后铜驼非故国，客中海燕梦雕梁。慵斟蒲酒当筵醉，喜有松风拂槛凉。紫竹林间好时节，球场茶会遇端阳。”其二：“六街车马一尘惊，依斗何堪北望京（京师午日天桥至永定门，游人最盛，谚云‘跑热车’）。狐火齐州烟九点，猿愁蜀道泪三声。夺标谁竞双龙渡，祓病难寻百雉城（黔俗午日绕城一周，谓之‘游百病’）。额上涂黄襟染绿，故乡风景不胜情（黔俗午日以雄黄入酒，饮后涂于额上，并以蒲艾缀之襟袂，云可避邪，儿童相视以为笑乐）。”

汪兆镛作《端午寄和丁潜客韵》。诗云：“怀沙纪节候，欲吊屈左徒。抚松眷乡土，言念汉杨孚。鹏抟六月息，岂复为南图。蘼芜采山上，凄恻感故夫。侨氓沿汉腊，艾蒜纷载途。居夷迹匪陋，求野道未殊。孑然待尽身，俯仰顾景孤。安得续命丝，空怀辟兵符。荒岛抱一经，自甘山泽癯。角黍不忍餐，风雨愁江湖。炎飙夜未歇，槭槭听菰薄。”

许南英作《壬子端午，夜坐偶成》。诗云：“孤灯对风雨，入夜忽凄凉。转瞬逢端节，栖迟滞异乡。遗臣同吊屈，歧路更悲杨。新鬼滔滔是，钟馗剑失铓。”

李澄宇作《阴历重五，寓长沙作》。诗云：“角黍沉江龙不竞（时禁龙舟），爆声侵晓竹能哗。蒲艾自忘更历久，依然青到万人家。”

王敬彝作《五月五日，过清浪滩怀古》《江兴端午》。其中，《五月五日》云：“蛾眉自古多谣诼，不独湘潭屈大夫。岂谓伏波开幕府，犹从蛮徼误明珠。千秋日月悬词赋，一代云台怨画图。我是五溪归棹客，中原回首正羁孤。”

夏敬观作《壬子午日，追和庚戌辛亥午日韵，示真长、苦铁》。后又作《叠韵再示真长》。其中，《壬子午日》云：“未信新春胜故春，危楼亲见海扬尘。野田薤本力难拔，墙援榴花浪笑人。屈子沉江缘独醒，钟馗食鬼讵能神。只今举俗忘荆楚，吾辈依辰老此身。”

［日］土方久元作《春江怀人》。序云：“壬子端午，同人胥谋设筵于柳桥梯云楼，祭竹亭东久世公灵，课题《春江怀人》，限真韵七律，各赋以代蘋典云。”诗云：“酹酒春江怀故人，从来交谊有深因。犹悲京洛遭难日，空记镇西尝胆辰。文武当年期报效，琴樽随所养精神。圣时谁共同游赏，风景依然感慨新。”

20日 《申报》第14126号刊行。本期《自由谈》“游戏文章”栏目含《感时》（六首，顽铁）：《军界》《学界》《官界》《绅界》《农界》《女界》。序云：“慎余居士以〈感时〉七律一首见示，并索和诗，因步其韵，率赋六章。”其一：“手提尺剑罢诛邪，长铗归来未及家。五等酬庸樊哙狗，三军觖望介推蛇。从多汉族兴黄裔，尚有殷顽拥翠华。留守苦留留不住，江干马足望尘遮。（军界）”其二：“误会共和说更邪，微言湮没鲁东家。文摹欧美难成鹄，字效沮祛尽化蛇。满口新辞资谑浪，称身异服炫豪华。五经从此无人读，祸甚秦灰鲁壁遮。（学界）”其三：“明施惠政暗贪邪，生佛居然普万家。量不容人等鼷鼠，胆能欺众过蜻蛇。三权鼎峙分官派，五色旗张耀国华。舆卫删除呵殿息，堂皇换有警兵遮。（官界）”其四：“生平心计祗工邪，手假争推运动家。既乏功名能吓鼠，又无议论可惊蛇。新朝法律看难熟，胜国衣冠制更华。间发数言谈自治，面团团上俗尘遮。（绅界）”其五：“殴窭一例等污邪，能起炊烟有几家。猾吏不冠犹作虎，流民无瓮可储蛇。米盐拮据谋朝夕，禾黍荒凉感岁华。底事青丝留勿剪，好缨草笠夕阳遮。（农界）”其六：“之无才识便思邪，风范何尝学大家。腰习宾仪除曲蚓，髻翻妆谱巧蟠蛇。星期结队搴芳草，暑夜同车斗舜华。结到自由婚最好，红颜寸厚不须遮。（女界）”

21日　《申报》第14127号刊行。本期《自由谈》"尊闻阁词选"栏目含《香妃行(并序)》(天白)、《无题》(郑梦槎)。其中，天白《香妃行》序云："清乾隆中，兆惠平西域生得某回部王妃以献，高宗素慕妃美，临轩遣惠，谕以必生致之。及得妃，大喜，恩赐优渥，欲幸之。妃以白刃自卫，衣藏数刃，夺之，恐其自裁，遂不敢逼。然帝心犹恋恋也。事闻，太后为帝危。一日乘帝出，召妃至，赐白练，妃称谢者再，西面缢死。帝闻报，急驰还宫，妃已气绝。大恸，厚葬之。妃颜色丽绝，体馨如兰，故以香妃名。余既哀其忠烈，爰作诗以纪之。"诗云："纯皇好武穷西域，遂教猛士诛回纥。葡萄天马不足珍，独爱关支好颜色。美人生长长门西，可汗宫中称第一。明驼踏过塞草香，回眸一笑天山碧。艳名何事播中原，红颜自古多亡国。毡车生入玉门关，深宫赐住黄金屋。那知妾貌比桃花，独有贞操励松柏。缓死须臾志复仇，翠袖深藏刃如雪。紫宸怵惕长信惊，素练凄凄许完节。惟将一死谢君王，国破家亡寡由妾。玉骨恨埋燕蓟土，精魂犹绕昆仑北。古今多少好男儿，临难仓皇悲引决。懦夫睹□更偷生，降士希荣甘媚贼。岂期忠烈出胡女，就义从容那可及。乃知天地灵气钟，不在须眉在巾帼。"郑梦槎《无题》云："一叶扁舟荡碧波，斜阳花木影婆娑。与君偶话兴亡事，胸臆平添感慨多。"

《真相画报》第2期刊行。本期"文苑"栏目含《社会杂咏》(寄尘)、《游西樵山五言古诗六首》(仙根)、《写韵楼诗余》(吴尚熹)。

鲁迅赴教育部举办夏期讲演会，讲授《美术略论》，先后讲4次。时蔡元培掌教育部，提倡美育，四月间发表《对于教育方针之意见》一文云："拓循思想自由、言论自由之公例，不以一流派之哲学、一宗门之教义梏其心"，"不可不用美感之教育"。

王闿运还湖南山塘。

22日　《申报》第14128号刊行。本期《自由谈》"游戏文章"栏目含《滑稽诗(并引)》(二首，冰盦)；"尊闻阁词选"栏目含《端午日作》(瘦蝶)、《雨夜偶成》(二首，瘦蝶)、《高阳台·余与镜笙词人素未识荆，乃荷以词寄，质清丽婉约，卓然成家，无任钦佩。索居多感，次韵奉酬，即乞删正，许订神交，请以姓氏见示》(瘦蝶)。其中，瘦蝶《端午日作》云："骚魂何处汨罗寒，蛮触纷争一笑看。摘尽枇杷黄种剪，怪他蒲剑不诛奸。"《雨夜偶成》其一："虚阁笼寒半臂凉，烧残银烛怨更长。江南一夜潇潇雨，不听吴歈也断肠。"其二："治安无策付长叹，风雨飘摇国步难。几辈闻鸡能起舞，灯前拂拭剑光寒。"《高阳台》云："榴缀绡红，蒲摇剑绿，江乡节物迎眸。梅雨初晴，思归人正登楼，尊前漫说伤心独，算枝头、杜宇塔俦。且优游，闲读丹书，懒骋黄骝。　　醉来搔首斜阳里，数知音几辈，可证清愁。莽莽风潮，凭谁砥柱中流。苍生同抱沦胥感，好江山、烟雾难收。尽淹留，赌唱新词，共棹扁舟。"

[日]铃木虎雄访王国维不遇，因致书云："本日下午，只候门墙，不能奉承高诲，

慊焉何已！日前垂示《颐和园词》一篇，拜诵不一再次，风骨俊爽，彩华绚烂，漱王骆之芬芳，剔元虞之精髓，况且事该情尽，义微词隐。国家艰难，宗社兴亡，兰成北徙，仲宣南行，惨何加焉，高明不敢自比香山，而称趋步梅村，若陈云伯，则俯视辽廊。仆生平读梅村诗，使事太繁，托兴晦匿，恨无人为作郑笺者，且乏开阖变化之妙，动则有句而无篇，殆以律诗为古诗矣。绣组之工虽多，贯通之义或缺，仆不学则固尔！然结构措词之间，作者亦岂无一二疏虞处哉？高作则异之，隐而显，微而著，怀往感今，俯仰低回，凄婉之致，几乎驾娄江而上者，询近今之所罕见也，仆欲以斯篇转载敝邦一二丛报纸上，传诸通邑大都，未审高明许之否？词中事实，有蒙未解处，则将期执谒请教。《槐南集》近者上木，谨呈一本，叱留为幸。”

王荣年、何建章《京师竹枝词》（十首）刊于《南洋总汇新报》“文苑”栏目。其一：“洋帽洋衣洋式鞋，短胡两撇口边开。平生第一伤心事，碧眼生成学不来。”其二：“科长科员乐未休，放衙归去上青楼。今朝领得新津贴，够打茶围够打球。”其三：“当年浮海去东瀛，学校原来进未曾。今日要津高踞也，可知全仗假文凭。”其四：“旧学难同新学争，可怜官籍竟无名。劝君年费金三百，一作东洋留学生。”其五：“航海老都意气豪，身名指顾列郎曹。何来总长无猜甚，偏要当堂考一遭。”其六：“不信官场即戏场，司员踪迹去来忙。今朝说是星期日，个个家中唱二簧。”其七：“秘书厅长阔如何？月领薪金三百多。为问先生何所学？原来师范速成科。”其八：“但能运动即奇才，洋马高车亦阔哉。不似从前论资格，流氓也做大官来。”其九：“狭路逢人惊且慌，袖中隆突果何藏？怜他衮衮当权者，畏民严于畏手枪。”其十：“到处招人作党员，百千政社遍中原。敲来竹杠无多大，入会洋钱只一元。”

姜可生《哭百先表兄》《百先忧愤死，屈、贾亦以郁懑死，然百先为天下人死也。哀屈、贾益所以慰百先之英魂欤》《春末海上寄内子影依》《六月六日偕定侯、桐章访徐家汇旧读处》刊于《民立报》。其中，《哭百先表兄》云：“三年前事今犹昔，睡熟黄粱人已非。点点落花俱有泪，满江烟雨送魂归。”《百先忧愤死》云：“屈子沉湘水，贾生长已矣。嗟彼尔儒生，胡为一姓死。”《春末海上寄内子影依》云：“年年作客苦离别，漫地残花和碧血。杜宇声中夕照斜，伤春人倍思家切。”《六月六日偕定侯、桐章访徐家汇旧读处》云：“桥头缭绕旧家烟，今日重来益惘然。风送读书声入耳，此身恍在两年前。”

叶楚伧《送一厂南归二十韵》载于《太平洋报》，后载《南社》第6集。诗云：“林君天下士，文采擅殊姿。宿以飘蓬感，同深纫蕙思。巾车南国梦，香艳酒场诗。结客向游侠，频年远自期。蚩旗掩江左，骊唱又天涯。更静宵传骑，风高夜渡师。盛年数朋辈，急难一驱驰。淮北纵横日，中原疲惫时。群公善匡济，明江在华夷。作客今未已，故人何所之？春风桃叶艇，卯饮瑰花卮。丧乱闻豪响，清狂异俗宜。半生涉忧患，余子系安危。蛮触皆英物，刍灵在典司。道穷尚行役，亲老慎羁迟。哀乐本无物，凋荣何足悲。宅心在云汉，散迹托江湄。春与花周接，闲为乌委蛇。不知人世界，几复泪零洟。前路送君去，苍茫此别离。”

23日 《申报》第14129号刊行。本期《自由谈》“尊闻阁词选”栏目含《蝶麟酬唱集》(弇山许泰瘦蝶元唱，崇川张麟年峰石和韵)：《首唱》(二首，瘦蝶)、《和韵》(二首，峰石)、《叠韵》(二首，瘦蝶)、《和韵》(二首，峰石)。其中，瘦蝶《首唱》其一：“敢向骚坛角短长，埋名只合学韩康。清风雨袖贫难讳，幸有新诗壮阮囊。”其二：“襟怀磊落见天真，暂向风尘寄此身。回首年来成一笑，虚抛心力作词人。”峰石《和韵》其一：“惭愧交身九尺长，半生痴绝顾长康。芒鞋踏遍名山路，明月清风贮一囊。”其二：“世事如麻假作真，大千何处着吟身。年来多少酸辛事，忍泪吞声怕对人。”瘦蝶《叠韵》其一：“弄月嘲风趣味长，吟身难得四时康。年来自有消愁法，无咎何妨赋括囊。”其二：“与世周旋惯率真，一尊浊酒养闲身。醉来狂洒金壶墨，写首新诗寄故人。”峰石《和韵》其一：“自古才人命不长，庸夫多半寿而康。穷通不解天何意，谁识英雄锥处囊。”其二：“锥处囊中自见真，肯教老煞凤皇身。请看牛斗光芒里，多少风云未遇人。”

王国维复书[日]铃木虎雄云：“昨承枉驾，在图书馆未返，致失迎迓，甚歉之。承惠《槐南集》并辱手书，均拜收。《颐和园词》称奖过实，甚愧。此词于觉罗氏一姓末路之事略具，至于全国民之运命，与其所以致病之由，及其所得之果，尚有更可悲于此者，拟为《东征赋》以发之，然手腕尚未成熟，姑俟异日。尊论梅村诗，深得中其病。至于龙跳虎卧而见起伏，鲸铿春丽而不假典故，要唯第一流之作者能之。梅村诗品，自当在上中、上下间，然有清刚之气，故不致如陈云伯辈之有肉无骨也。拙词，尊意拟转载贵邦杂志，毫无不可。《槐南集》卷帙甚富，敝国近代诗人无此巨帙，容缓缓细读。”后铃木虎雄《追忆王静庵》云：“王君寓居京都时期，示余诗篇甚多，刊载于《艺文》杂志上。又君本身删定当时诸作，以古木活字刊《壬癸集》。《颐和园词》虽君自书，然实由罗氏影印行世者。”又云：“君寓居京都田中村时，正值其整理戏曲研究。我当时亦起戏曲研究之念，乃屡屡叩君门，聆受君教。为了习练，尝试圈点高则诚之《琵琶记》，难解之处，时时乞君指教。此稿本今犹藏于箧底。我圈点完毕后不久，已故西村天囚博士所日译之《琵琶记》载于大阪《朝日新闻》。天囚氏研究戏曲，虽远较吾辈为早，我也常见其往来于君门，获益甚多，君当时已将《古剧脚色考》刊载于《国学丛刊》，我将此文译载于《艺文》杂志，此所发表仅为其研究的一部分。君之研究，当时已甚广泛，后来《宋元戏曲史》于上海出版，《简牍检署考》余亦译载于《艺文》。正如内藤湖南翁谈话所说，王君精读《十三经注疏》，君又就与君同时来寓京都之罗叔言振玉氏研究龟甲文字，几乎每日赴罗氏处。余自君处得启蒙之利，不只限于戏曲一事，其他如有关书籍，清朝掌故，社会风俗，日常琐事等等，无遑枚举。又当时京都大学亦有罗叔言氏所寄存之书，时往借观，受益甚多。”

吴昌硕作《沈淇泉太史六十寿》。诗云：“土气闳关，辅邦桢降。岳嵩陈书，新缥帙色。跸旧琱弓高咏，池塘梦清时瓛。佩风南飞跂黄，鹤腰笛祝冉翁。”

24 日 江苏太仓旅沪同乡会召开第 2 次正式大会，唐文治登台演说。

《申报》第 14130 号刊行。本期《自由谈》“游戏文章”栏目含《文明结婚五更调》（褚博甫）；“尊闻阁词选”栏目含《蝶麟酬唱集（续）》：《再叠韵》（二首，瘦蝶）、《和韵》（二首，峰石）。其中，瘦蝶《再叠韵》其一：“静观时局感深长，借酒浇愁学杜康。富贵穷通都一瞬，飘零何必讳空囊。”其二：“梦醒罗浮记不真（余著有《梦罗浮馆词》），自将明月认前身。孤怀愤世时难合，合把头衔署畸人。”

姚永概应严复邀，正式任教北京大学。

林一厂《减字木兰花·美人笑，为冯春航赋》载于《太平洋报》，后载 1912 年 10 月《南社》第 6 集。词云：“桃花一面。顿觉乾坤春气遍。添上微涡，摄尽骚魂骨也酥。　　千金欲买。犹是浅人痴见解。怪得周王，夜夜烽烟弄万方。”

柳亚子作《六月二十四夕，偕一厂观春航演剧感赋，即送一厂南归，时余亦将旋里矣》。诗云：“暮雨潇潇惜别时，王郎绝代系人思。恢奇已见英雄传，哀艳难忘血泪碑。歌舞犹能张海国，风流无奈各天涯。良宵盛会何时再？珍重芳馨未便痴。”

王新桢作《过染店桥》。诗云：“染店桥边草凄凄，染店桥上杜鹃啼。滴滴血泪随声下，涧水不流云山低。忆前交战枪弹发，杀人如草鼓音歇。血染桥头冰雪红，至今犹有未埋骨。”

25 日 ［韩］《朝鲜佛教月报》第 5 号刊行。本期“词林”栏目含《次传灯寺韵》（金海云）、《法住寺韵》（崔应真）、《隐瀑洞》（崔应真）、《红桃花》（崔应真）、《鹤巢台》（崔应真）、《次李圆石〈觉皇寺〉韵》（金兑庚）、《和〈觉皇寺〉韵》（笑船子）、《佛教》（正智居士金靖济）、《咏君脏》（即肉团心）（正智居士金靖济）、《次水月韵》（正智居士金靖济）、《和江村韵，以思权退耕》（崔就墟）、《赞〈佛教月报〉》（赵朗应）。其中，赵朗应《赞〈佛教月报〉》云：“东林昨夜春风起，觉树昙花处处飞。吹送声声无孔笛，离乡客子问津归。”

郑邦吉《金缕曲·挽戴社长还浦》载于《台湾日日新报》。词云：“按剑曾呼负。发苍苍、雄心未就，一衿依旧。欧鹭十年盟竹社，词赋齐推高手。忆昔日、及门传授。北郭栽培桃李遍，把黄卷、又启潜园后。梅与雨，周旋久。　　天涯乍听容消瘦。讵些时、风流顿尽，炙针难救。肠断诗人身后事，妻老家贫子幼。只剩得、五车书富。寄语泉台堪慰藉，表同情、慷慨多亲友。吊此阕，君知否。”

26 日 《申报》第 14132 号刊行。本期《自由谈》“尊闻阁词选”栏目含《端阳感怀》（二首，华年）、《仍谱原调原韵，答瘦蝶词人》（镜笙）、《蝶麟酬唱集（再续）》：《三叠韵》（二首，瘦蝶）、《和韵》（二首，峰石）、《四叠韵》（二首，瘦蝶）、《和韵》（二首，峰石）。其中，华年《端阳感怀》其一："破坏端宜大勇推，如何无术起衰颓。疮痍满目凭谁恤，鹅观惊心散不开。未必关讥除已尽，岂堪赋敛重还抬。风流侯伯逍遥甚，宝马香车过市来。"其二："黑甜客梦本无乡，夜报陪京电话长。北郭恣焚亡锁轮，东军入护踞膏肓。乌孙国自甘奴隶，赤帝威难制虎狼。且把榴花细看取，重台风露几曾香。"

樊增祥应徐乃昌之邀，与陈三立、张元济、梁鼎芬、缪荃孙等人至徐延爵宅中宴集。樊增祥作《徐积余招饮某氏园亭，邀伯严、节庵同赋》。诗云："好事欣逢徐仲车，梅天设客借精庐。名园绿暗红犹靓，情话茶亲酒未疏。柽柏屋材纷绮绣，兰苕花气染衣裾。谈深转恨吟情浅，不遣新诗粉壁书。"

27 日　《申报》第 14133 号刊行。本期《自由谈》"尊闻阁词选"栏目含《高阳台·次瘦蝶、镜笙两词人韵》（孙至公）、《三月二十九日，追悼粤东殉难诸烈士三首》（瘦鹤）、《蝶麟酬唱集（三续）》：《五叠韵》（二首，瘦蝶）、《和韵》（二首，峰石）、《六叠韵》（二首，瘦蝶）、《和韵》（二首，峰石）。其中，瘦鹤《三月二十九日》其一："去年此日同声哭，今日今年喜不支。干净土埋奇士骨，自由花灿党人碑。一生终以帝秦耻，九死犹将覆楚期。为问泉台知也未，河山还我已多时。"其二："黄花岗上自春风，新立丰碑矗太空。但得姓名垂宇宙，莫将成败论英雄。长虹倏化阴磷碧，宿草应留战血红。我欲招魂向何处，江楼洒泪夕阳中。"其三："着意惊人在一鸣，义旗高竖五羊城。十年范蠡谋吴沼，百骑甘宁走魏营。狙击何曾无力士（谓温生财），奇功不料出书生。只今碧海寒潮恶，似为当年语不平。"

[韩]《侍天教月报》第 2 卷第 7 号刊行。本期"词藻"栏目含《咏月》（金善在）、《怪石》（咸在根）、《玄鸟》（鲁履淳）、《夏夜吟》（崔荣九）、《题青农书屋》（朴衡采）、《挽宗礼师李容九氏灵筵》（丁元燮）、《吟松》（朴贞浩）、《咏菰》（许선）、《咏竹》（吴日渊）。其中，丁元燮《挽宗礼师李容九氏灵筵》云："惟公挺立海之东，为济苍生特树功。需用偏多天帝殿，伟人不住世寰中。"

荣庆早起得一律。诗云："两树绒花一卷书，西园最好绿荫初。墙头置酒真台榭，水面来风透绮疏。终日寄身似画里，何时把臂到山居。柴桑况味原如此，夜卧南轩月满庐。"

恽毓鼎作《晨起太平湖散步》（湖去吾庐数十步，在城西南隅）。诗云："轻衫任凉飔，晨气与心适。散步上湖桥，近城类村僻。先朝剩朱邸，潜龙此安宅。（湖东岸为醇贤亲王旧府，景皇帝诞生邸中）森森百年木，寻斧良可惜。（森森二句，意取双关。邸树皆三百年物，国变后，守者盗伐，锯声终夜不绝）前尘问苑墙，幽景付诗客。

且娱清静今，谁知繁华昔（句法颇峭，余所创为）。角楼映深红，鳞波漾轻碧。土膏滋百卉，处处度泉脉（湖畔多井，清冽而甘，皆玉泉伏流也）。世态幻玄黄，到此渺无迹。心远地自偏，吾师陶彭泽。”

28日 《申报》第14134号刊行。本期《自由谈》“尊闻阁词选”栏目含《为蒨心题女照，用蝶麟酬唱韵》（二首，镜笙）、《十四夜观剧于新舞台，邻座有苍髯霜鬓，披戎服而挂徽章者，与一老妓絮谈，感而有作》（息影庐）、《蝶麟酬唱集（续）》：《七叠韵》（二首，瘦蝶）、《和韵》（二首，峰石）。其中，镜笙《为蒨心题女照》其一：“绿阴清昼夏初长，寂寞苔阶鹤步康。最好微云疏雨后，一帘花影理琴囊。”其二：“伊谁绰约唤真真，雾样轻绡雪样身。倩女丰神名士画，得君佳句更凄人。”息影庐《十四夜观剧于新舞台》云：“昔年游侠岂知忧，今日相逢各白头。我未成名君未嫁，他生莫卜此生休。暗更哀乐闻歌管，重叙寒温脱战裘。名将美人谁见老，繁华一梦况青楼。”

杭州西泠印社以《善本书室藏书志》《武林往哲遗书》前后编、《十万卷楼丛书》3集、《亭林遗书》1部与叶昌炽换竹纸《藏书纪事诗》3部、《语石》17部。

29日 《申报》第14135号刊行。本期《自由谈》“尊闻阁词选”栏目含《谒史阁部墓》（三首，景骞）、《登黄鹤楼书感二律》（瘦鹤）、《蝶麟酬唱集（五续）》：《九叠韵》（二首，瘦蝶）、《和韵》（二首，峰石）、《十叠韵》（二首，瘦蝶）、《十一叠韵》（二首，瘦蝶）、《十二叠韵》（二首，瘦蝶）。其中，景骞《谒史阁部墓》其三：“荒祠冷落息春禽，鼓角声中夕照沉。三百年来亡国恨，今朝绥慰九原心。”瘦鹤《登黄鹤楼书感二律》其一：“前度客来恨杳茫，危栏凭处感沧桑。大千世界余兵气，六十年间两战场。永夜角声空激楚，平生心事总荒唐。轻肥衣马多同学，雪涕风前只自伤。”其二：“烟草苍茫入两眸，繁华如梦总堪愁。秦宫一炬连三月，鲁殿千秋剩此楼。逐日翻新花样出，绕槛依旧汉江流。晚风飒飒潮声急，独倚斜阳集百忧。”

［日］白井种德作《六月念九，梅雨偶霁》。诗云：“梅雨晚全晴，襟怀自舒畅。倚栏呼快哉，月出东山上。”

30日 中华全国铁路协会在北京召开成立大会，叶恭绰被选为副会长。

国学商兑会召开成立大会，姚光被推为理事长。《国学商兑会成立》云：“国学商兑会于六月三十日开成立大会于金山张堰镇，投票公举评辑员四人：经学李芑香、史学高吹万、子学陈蜕庵、文学高天梅；理事长一人姚石子。又由理事长推举张仲传为文牍员，高君深、何献臣为书记员，卢少云、汪叔纯为庶务员，周人菊为驻沪庶务员，其会计员暂由理事长兼任。议定事件数项：（一）向教育部立案；（二）各省设分会；（三）沪上文美会并入本会；（四）于本会先筹设藏书楼；（五）每年出选集四册。方今神州国学衰微甚矣，今此会之立，当建设伊始，而会员遍大江南北，多为当世知名之士，将来定能发绝次异采也。”随之，高燮发表《国学商兑会成立宣言书》，认为“国学先于儒术，而儒术之真莫备于孔学”，反对停止祭孔建议。傅尃作《寄吹万、石子国学商兑会》寄高燮、姚光，对国学商兑会成立表示支持。诗云：“《诗》亡不见《春秋》作，坠绪茫茫绝续时。得有诸君力复古，肯肩朴学是吾师。岁寒松柏期终勉，劫后蒿莱赖总持。壮悔自惟今未晚，倘教不死定相思。”

《申报》第14136号刊行。本期《自由谈》“尊闻阁词选”栏目含《蝶麟酬唱集（六续）》：《十三叠韵》（二首，瘦蝶）、《十四叠韵》（二首，瘦蝶）、《十五叠韵》（二首，瘦蝶）、《十六叠韵》（二首，瘦蝶）、《十七叠韵》（二首，瘦蝶）、《十八叠韵》（二首，瘦蝶）、《十九叠韵》（二首，瘦蝶）。其中，瘦蝶《十三叠韵》其一：“桃花夹岸古深长，世纪追怀晋太康。若许个中分一席，归与快赋理书囊。”其二：“变幻风云莫认真，阿谁能保百年身。试看郭外高低冢，葬遍前人复后人。”

况周颐辑成《绘芳词》，赋《高阳台》为楔子。词云：“春女花身，冬郎绣口，红牙按拍谁工。悟澈根尘，总然非色非空。斜阳送尽春无赖，剩销磨、写翠传红。更何因、刻画西施，枨触东风。　　玉颜自昔悲青镜，尽搓酥琢雪，知为谁容。一寸琼瑶，能消一曲丝桐。彩云犹作真真唤，甚昂藏、七尺飘蓬。引醇醪、别有伤心，分付惊鸿。”

本　月

英国侵略者策划西藏叛乱，尹昌衡被北洋政府任命为西征军总司令，督师西进平定康藏叛乱，改任川边经略使。其时，刘师培上书四川都督尹昌衡、民政长张修爵，反对西征。

张元济、高凤谦校订，庄俞、沈颐编纂《高等小学用共和国教科书新国文》（甲种、春季始业）（第1至3册）由商务印书馆出版。全书6册，同年8月出齐。

《古学汇刊》（双月刊）创刊于上海。该刊由风雨楼编印，邓实、缪荃孙编辑，国粹学报馆发行，1916年8月停刊，共出12编24册。主要栏目有“经学”“史学”“掌故”“目录”“诗文”“杂记”等。主要撰稿人有邓实、江都萧奭龄、吴县黄丕烈、江阴缪荃孙、钱塘女史陆莘行缵任氏、会稽李慈铭、福山王懿荣、吴骞、钱塘高士奇等。《古学汇刊》第一编刊行。本期“上篇·诗文类”含《二顾先生遗诗：顾子方诗》（明代无锡顾杲）。

《湖南教育杂志》（半月刊）创刊于湖南长沙。次年第16期起改为月刊，该刊由湖南教育总会主办、发行，湖南教育杂志社编辑，所见最后一期为1916年6月出版的第5卷第6期。主要栏目有“叙例”“言论”“学术”“实验”“调查”“法令文牍”“记录”“文艺（诗、词、赋等）”“宗教”“画”“教材”“史传”“选论”“时评”“法律”“杂纂”“小说”“译论”“专件”“要件”“文牍”“记录”“报告”“演讲（讲演）”“代论”“名著”“丛谈”“附录”等。主要文学撰稿人有益园、介夫、[美]霍爽、胡进贡、徐祖干、少少、自庵、健铁、匪石、存争、渔夫、醴陵傅君剑、鹏广、竟如、康有为、小更生、严范孙、黄元、绪升等。

《天籁·沪大天籁、沪江大学月刊》创刊于上海。上海浸会大学校（后改名沪江大学）创办，该刊为该校校刊，由沪江大学学生治会出版。1913年11月第2卷第1期起改署海大学校天籁报社（社长郑章成，副社长邬志坚，书记陆士寅，干事陈元龙、于寿椿、钱宗德）印行，刊期时有变化，曾出季刊、月刊、半月刊、周刊、旬刊等，刊名亦多变，如《天籁》（季刊）、《沪大天籁》《沪江大学月刊》等，1937年6月出至第26卷第1期停刊，1949年8月复刊，出版复刊第1卷第1期，随即终刊。该刊为中英文合刊。主要栏目有"论说""译著""小说""杂俎""文苑""史料""演稿""科学丛谈""社论""学说""史篇""文录""诗录""纪事""译术""演词""词林""谐文""短评""各校春秋""校评""译述""游记""传状""诗选""论衡""祝词""时评""益智录""诔文""竹枝词""通论""专论""传略""瀛谈""丛话""图画""余兴""专评""考证""通讯""哀音""读者论坛""时事短评""诗词选""诗""文学""教育""社会""天籁论坛""特载""文·哲·史""政论"等。主要撰稿人有姚传法、陆士寅、施肇夔、严恩椿、杨敷庆、顾振亚、于寿椿、傅智、马胥山、胡锋、任武雄、聂昌颐、胡惠峰、聂人芳等。

《南社》第5集线装本由上海太平洋报馆印行。柳亚子编辑。其中，文选编辑为宋教仁，诗选编辑为景秋陆，词选编辑为王西神。《南社》为南社会刊，自1910年1月创刊，至1923年12月终刊，不定期，共正式刊行22集。本集收文49篇，诗367首，词133首。其中"南社文录"（共49篇）栏目含赵世钰（一篇）：《秋日送别景太昭归国序》；李葭荣（一篇）：《跋〈符秦广武将军碑〉》；蔡有守（一篇）：《祭谭月俦文》；沈厚和（一篇）：《高眉诠诔》；邱馥（一篇）：《补书〈刘鼇石先生传〉后》；陈子范（两篇）：《吊登州董志英女士文》《重游鼓山记》；宁调元（一篇）：《文学林维岳墓志铭》；郑泽（两篇）：《郑玉堵传》《湖南民变纪略》；阳兆鲲（一篇）：《答俞剑华书》；傅専（两篇）：《书陈孝子事》《〈冬夏朓录〉自序》；黄质（两篇）：《〈荀廔画谈〉序》《古玺印铭（并序）》；胡韫玉（两篇）：《张积中传》《〈包慎伯先生年谱〉序》；胡怀琛（一篇）：《听王玉峰弹三弦记》；沈砺（一篇）：《〈南村遗集〉序》；钱厚贻（一篇）：《人日偕友酌东林社叙》；沈云（一篇）：《〈留余斋〉后记》；周祥骏（三篇）：《先祖考太府君墓表》《〈郝氏族谱〉序》《答胡朴庵书》；周实（一篇）：《〈无尽庵札记〉序》；陈蜕庵（两篇）：《哀朝鲜赋》《〈残宵梵诵〉卷跋》；高燮（五篇）：《先聘妻圹铭》《〈吴日千先生集〉序》《〈姚氏遗书志〉序》《答黄晦闻书》《再答黄晦闻书》；高旭（一篇）：《〈金山卫佚史〉序》；姚光（三篇）：《〈金山卫佚史〉自序》《〈姚氏遗书志〉序》《淮南社序》；庞树柏（一篇）：《〈灵岩樵唱〉自序》；叶叶（一篇）：《王问后篇》；沈昌眉（一篇）：《题先妣周孺人〈寒灯课子图〉》；沈昌直（三篇）：《书王仆》《与柳亚子书》《祭杨维斗先生文》；夏钟麟（一篇）：《日记序》；钱祖宪（一篇）：《潘节士〈观复堂剩稿〉序》；陈去病（一篇）：《〈松陵文集〉自序》；柳弃疾（四篇）：《胡寄尘诗序》《周烈士实丹传》《阮烈士梦桃传》《追悼会祭周阮二烈士文》。“南社诗录”（共367首）栏目含景耀月（十二首）：《朱孺人岳麟书女士挽辞》（四首）、《朱屏子悼亡，诗以慰之》（二首）、《次韵黄季刚〈相思〉四首，座中即呈陈汉元》《拟曹陈思“置酒高殿上”，与陈汉元联句》《拟“今日良宴会”，与陈汉元联句》；苏玄瑛（六首）：《译拜伦〈答美人赠束发䙙带诗〉，示弹筝人》（六首）；邓浦（四首）：《送陈切生再之东鳀》《题〈蒹葭楼图〉》《里旋火车中口占，用哲夫〈赠别〉韵》《九日》；蔡有守（十七首）：《清明登镇海楼寄梁七》《清明后一日，切生将赴日本，同人祖饯于珠江画舫，即席用子匋韵》《答刘三、陆灵素伉俪〈寄怀〉原韵，并索题愚夫妇小影》《昨夜》（辛亥三月三十日作）、《送抱香之南洋》《晦闻嘱题〈蒹葭图〉》《题〈淮南集〉，寄周实丹》《题〈黄叶楼图〉，寄刘三》《题高天梅〈听秋图〉》《病中晦闻写示南园诗社重开诸什，并述是日获观黎美周画册，即次晦闻原韵》《七夕》《友人索题〈壮游图〉》《八月十四夜望月》《十五夜望月》《答切生》《晦闻以石印索刻“苕华”二字，口占答之》《送邓尔雅返里》；马骏声（三首）：《辛亥元旦美洲旅次》《端阳赫丽楼独酌》《赠亚子》；沈厚慈（一首）：《雨中宿能仁寺》；沈厚和（八首）：《题马小进〈罗浮游记〉》《花埭春兴》《三月初九夕，疾风甚雨，又闻怪雷，怅然成诗》《读俞理初〈题昭君图序〉感赋》《碧焰词四章》；古直（二十七首）：《感事二律》《祝〈新中华报〉出版》（二首）、《山居暑夜》《哀朝鲜》《亚子书来，问冷圃风景，赋此答之》《惜哉行》《忆亡友朝露，次残梦韵》（二首）、《吊杨笃生先生》《杂感，寄楚伧、一厂》（四首）、《吊赵伯先先生》《简亚子、钝剑》《得亚子书却寄，即用其〈和剑华梦作〉韵》《重展亡友朝露墓》《秋兴，和草堂韵四首》《送人之闽》（二首）、《送楚伧》《汕头赠贞伯、达光》；邓家彦（一首）：《车中感事》；林之夏（二十二首）：《秋兴八首》《无题》《感事》（三首）、《春晴登西园亭》《病起》《高轩过》《水灾哀灾民》《胍胍》《行路难》（四首）、《留别亚子》；林学衡（三十一首）：《秋夜琴声曲》《怀人诗三绝》《旧腊十二夕，与志可、菊吟、叔永、新猛话旧作》《海上晤菊吟喜赠》《书愤一首，示秋叶兼柬仲挺》《夜起，有怀精卫》《与菊吟夜话》《调叔永兼示东生》《喜雄伯至》《送别易园》《笠似招同蒋山、铁珊、雨窗饯易园，用并字韵》《立春日示叔永》《书感二首》《梦醒》《与吕旭初夜话，因赠一首》《过大功坊作》《访胭脂井》《题卢莫愁像》《送精卫北上》《即席送秋夜归闽，兼示亚子、秋陆》（四首）、《旧除夕呈贻丈兼柬散原、涛园》《赠马君武》《寄亚子海上，即题其〈磨剑室诗集〉》《月夜怀仲通》《寄步曾》；蒋信（一首）：《赠亚子》；陈子范（十七首）：《题钝剑〈花前说剑图〉》《狂吟》（三首）、《题芜湖白马山》《惜别》《游蟂矶》《答畏友林子超》《痛哭》《有感三章》《买鱼行》《牵红线》（刺伪名士也）、《文明贼》（刺淫凶之无惮也）、《五花马》（刺长官之荒淫也)、《牡丹王》(刺鄙夫也);张光厚(二首):《寄铁厓海外》(二首);雷昭性(十首):《神户舟中两梦李孟博赋寄》《哭广州殉义诸烈士》(四首)、《港口观鱼》《辞秘书赴西湖》《无题》《追悼革命诸先烈哀诗》(二首);曾延年(二十二首):《别友》《妾貌》《潍县春居》《春去》《由淄川将归乐安,留别王、谢诸子》(王将之粤,谢将之国)、《阅历》《少妇篇》《短歌行,戏赠六郎》《大明湖上柳》《天放招饮酣雪亭,醉中即事》《入日木白马会习绘事》《秋海棠》《再咏秋海棠》《暂归成都,得所亲书感赋》《梦谒琬君墓》《亡友李二頵斋,以周无觉所填〈七夕〉词精书团扇,赠平陵女儿,尚忆萝丈辗转得之,庚戌八月同客金陵酒阑烛灺,出扇共读,索题短诗,即以志感》(三首)、《王梧生先生索题韩人全醉堂诗卷》(二首)、《与岳二仲芬论伟人,作此赠之》《春日饮明乐园,即呈张陶卿世丈》;黄侃(二十六首):《向岛观樱》《效庾子山咏怀》(十首)、《行路难》(二首)、《春夜与叶楚伧联句,时闻燕蓟乱信》《自河南寄温楚蘅、刘仲蘧》(七首)、《无题》(二首)、《题刘仲蘧〈瑞龙吟〉词后》(三首);刘瑗(四首):《杂诗》(四首);宁调元(四十七首):《丙午出亡,作于洞庭舟次》(二首)、《巴陵舟次作》《岳州被捕,感赋一律》《巴陵县署题壁》《丙午被捕,作于巴陵县署》(十首)、《解脱吟》(五首)、《续〈解脱吟〉》(五首)、《柬钝剑松江》《秋兴十什》《题莫愁小像》(四首)、《岁暮》《春愁六什,和仲庄》;郑泽(十八首):《登楼叹》《夏夜作一首》《晚眺,次钝根韵》《夏日感兴,次钝根韵,即以奉寄》(四首)、《答钝根诗二首》《〈嘤求草〉题词》《赠钝根游海上》《七夕赴城》《偶作》《夏夜无月有寄》《湘江杂咏》(四首);龚尔位(十四首):《怀人五首》《己酉三月送春,麓山作》《闻韩事有感,和钝根韵》《春兴》《春日感怀》《花朝日感别》《传钝根以诗柬余,云"龚子真寥寂,经旬无一书,麓山春色好,诗思近何如",其积想之深可知也,次韵转寄》《答诗柬巳有感时局,因广前意,再赓一绝》《钝根戏作五平五仄体见赠,次韵答之》《我闻》;谭作民(五首):《噩梦》《丁未黄海舟中感赋二首》《踏青登龙华塔》《秋感》;黄钧(三十六首):《落梅》《次韵和钝根〈闻韩事有感〉》《己酉长沙寿钝根》《生日自寿并寿旭芝》《与钝根联句》《独坐联句》《途中口占联句》(二首)、《舟入洞庭有怀》《望君山》《望岳阳楼》《渔家》《崖下夜泊》《过黄牛峡》《夜泊青滩》《峡中遇风,欣然有作》《巴东夜泊》《舟过巫山》《舟中望白帝城》《夜泊下马滩,有怀钝根》《锦城纪游十首》《自成都归舟中作》《夜泊嘉定,望东坡读书楼有感》《涂山咏怀》《题钝剑〈花前说剑图〉》《生日感事》《金陵访杨烈士作霖墓,阻雪不果》;傅尃(三十三首):《落日》(四首)、《哭杨笃生》《长沙寄妇》《湘城坐雨》《梦蘧方从蜀归,未至家,复应余邀往沪,舟中阅所为〈蜀道吟草〉,率题二首》《杨树浦汽车中口占》《八月十八夜望月有感》(二首)、《龙飞》《九日书感》《金樽歌》《一笑》(二首)、《苏州沧浪亭》《次和吴癯安见赠韵》《大汉报社,次和默君女士〈赠别〉韵》(二首)、《哀乐二首,寄慧观》《赠陈布雷》《赠邹亚云》《赠柳亚子》《赠俞一粟》《赠陈汉元》《送粤军张参谋智北伐》（四首）、《观剧》。“南社词录”（共 133 首）栏目含李凡（三首）：《唱火令（故国鸣鸎鸽）》《高阳台·忆歌者金郎》《满江红（皎皎昆仑）》；古直（四首）：《霜华腴（汤坑舟中）》《罗敷媚（春风旧日销魂路）》《前调·七夕》《菩萨蛮（故国尽有伤心处）》；陈郁璀（二首）：《误佳期（秋色忽侵华阁）》《虞美人（多情终惹苍天妒）》；林学衡（七首）：《菩萨蛮·春词》（二首）、《前调·送别》《蝶恋花·春夜闺思》《摸鱼儿·红豆》《金缕曲·春柳》《贺新凉·赠知渊》；黄侃（三首）：《解语花·题〈红礁画浆录〉》《六丑（对蛮花进酒）》《兰陵王（海波碧）》；刘瑗（二首）：《拜星月慢（静阁收暄）》《踏莎行（远道秋还）》；宁调元（十三首）：《浪淘沙·用钝剑韵》《青玉案·怀钝根》（二首）、《虞美人（灯花坠落寒风骤）》《蝶恋花（寒气暗侵毛与骨）》《河传（今生怎了）》《一斛珠（从君去也）》《罗敷媚（金笼鹦鹉年年困）》《一剪梅·出狱日作》《采桑子·和钝剑〈移居留溪〉》《减兰·前题》《琵琶仙（寂寞黄昏）》《潇湘神（侬断肠）》；郑泽（二首）：《长亭怨（问湘水年年呜咽）》《一枝春·春城晴望》；谭作民（二首）：《鹧鸪天》（二首）；傅尃（二十二首）：《桂枝香·中秋感怀，赋示觉子》《喜迁莺·和钝剑〈移居留溪〉》《扫花游·登阁》《水调歌头·九月十一日邀蜕庵登麓山》《高阳台·登长沙城作》《点绛唇（去雁来鸿）》《清商怨（新来情意渐懒）》《忆江南（问情绪）》《相见欢·次韵和钝剑》《浪淘沙·七十二鸳鸯词》《罗敷媚·集定庵句》《浣溪沙·山庄晚眺》《一痕沙（买得良田二亩）》《卖花声·柳》《前调（窗外又晨鸡）》《金缕曲·海上赠少屏》《水龙吟·海上旅怀》《前调·观爱俪园筹振游览会》《人月圆·戏用坡句，和谭介夫》《虞美人·感事，次北伐队某君韵即寄》《蝶恋花·感事，次利贞韵》《水调歌头·游虎邱作》；陶牧（五首）：《满江红·三十八初度作》《念奴娇·亡妇忌辰》《前调·坐雨，寄怀小宋、慧僧》《高阳台·月夜忆家》《大酺·秋风回首，家书促归，凄然有感》；杨铨（一首）：《醉花阴（春梦醒来刚午书）》；王钟麒（二首）：《满江红·〈□花血〉传奇题词》《蝶恋花（山上蘼芜山下路）》；胡怀琛（一首）：《浣溪沙·答尊农》；徐蕴华（二首）：《百字令·庚戌冬日游虎邱》《思佳客·南社频索初稿，病榻经春，东笺未报，近见卷中稍载数年前西溪断句，明日黄花，奚足供诗人一粲哉，因书此谢之》；李拙（一首）：《红娘子·次韵酬剑华》；胡颖之（九首）：《齐天乐·送俶仁赴京师》《声声慢·同俶仁游寒山寺》《寿楼春·登沧浪亭作》《长亭怨慢·用石帚韵，题孟枚〈苏州杨柳枝词卷〉》《锁阳台·和贞壮韵》《芳草渡（又听到）》《红林檎近·新浴》《水龙吟·浮萍，和筱树》《念奴娇·同贞壮、佩忍游虎邱，和贞壮元韵》；叶玉森（五十二首）：《卜算子·用鹜翁韵》《点绛唇·原用梦窗韵》《相见欢·用沤尹韵》《鹧鸪天·用鹜翁韵》《踏莎行·用沤尹韵》《太常引·用忍庵韵》《燕归梁·用忍庵韵、梦窗体》《夜游宫·用鹜翁韵》《霜天晓角·用沤尹韵》《极相思·用沤尹韵》《夜行船·用鹜翁韵》《浣溪沙·用忍庵韵，灵岩吊西施》《前调·又一体，用鹜翁韵，虎邱访阖闾墓》《愁倚阑令·用复庵师韵》《蝶恋花·用复庵师韵》《贺圣朝·用鹜翁第二首韵》《莺绕红楼·用鹜翁韵》《南乡子·用鹜翁第一首韵》《惜春郎·用沤尹第二首韵》《关河令·用沤尹韵》《减字木兰花·用鹜翁韵》（二首）、《蕃女怨·用忍庵韵》《芳草渡·用忍庵韵》《西江月·用沤尹第一首韵》《忆王孙·用鹜翁韵》（二首）、《醉吟商小品·用沤尹第一首韵》《庆春时·原用小山韵》《临江仙·用尹韵》（二首）、《思远人·用鹜翁韵》《酒泉子·用沤尹第一首韵》《遐方怨·用沤尹前二首韵》《玉团儿·用沤尹沤》《三字令·用鹜翁第一首韵》《南歌子·用沤尹韵》《琴调相思引·用沤尹韵，寄怀丁闇公》《玉楼春·用鹜翁韵》（三首）、《凤衔杯·用忍庵韵》《前调·又一体，用鹜翁韵》《七娘子·用沤尹韵》《玉树后庭花·原用安陆韵，送治庵之金陵》（二首）、《斗鸡回·用沤尹韵》（二首）、《摘红英·用沤尹韵》《庆金枝·用忍庵韵》《浪淘沙·用沤尹韵，自题〈春冰词卷〉后》。其中，雷昭性（铁厓）《辞秘书赴西湖》云："一笑飘然去，霜风透骨寒。八年革命党，半月秘书官。稷下竽吹暂，邯郸梦已成。西湖山色好，莫让老僧看。"《港口观鱼》云："浩淼南溟水，天池名自古。蛟鳄与鲸鲲，潜游恣鼓舞。胡为来此地？清浅江河伍。修鳞一尺长，唼喋波吞吐。中原血玄黄，龙蛇斗天宇。匹俦顺北风，云雷送飞雨。尔岂无变化，且暮羁网罟。吁嗟时已失，曷怪逢虾侮。"《无题》云："苦海波澜卷自由，青灯红泪几时休？可怜误受文明毒，赢得文君赋《白头》。"《追悼革命诸先烈哀诗》其一："无限头颅血尚红，剧怜只付瓣香中。苍生幸福今安在？青史虚名总是空！革命何曾皆丧命，狗功尽可说人功。英雄尽化飞磷散，马上何人傲乃公？"其二："乱世是非无定论，十年何自辨莸薰。高牙大纛将军幕，荒草斜阳烈士坟。死后人将烹狗例，功成谁博烂羊勋？他时莫作伤心史，恐付秦皇一炬焚。"

《小说月报》第 3 年第 3 期刊行。本期"文苑"栏目含《和黄叔颂〈岁朝感事诗〉原韵》（幼园）、《君山题壁，次章君翰韵》（翔声）、《读山壁旧题，曹裔伯自号诗仙，人以为狂，我以为趣，依韵答之》（翔声）、《九日游迎江寺，用章君翰韵》（翔声）、《重九登大观亭望烈士墓》（翔声）、《皖浙道中作，时戊申五月》（翔声）、《戊申作于广德》（翔声）、《新婚别》（征妇语征夫）（西顾）、《其二》（征夫语征妇）（西顾）、《岳王坟》（逸）、《林逋墓》（逸）。

康有为以共和成立数月，惨状弥布，栋折榱坏，昔奕劻、载泽以一二人富贵之私而亡其国，今之危险变幻，倍于晚清，恐失道以取分亡，作《中华救国论》以警世。

樊增祥与王闿运相约游吴。久候不至，樊增祥作《和湘绮翁〈九日登岳麓〉，翁约游吴不至》寄赠相讯。诗云："高秋眺云物，万里同晴阴。公归陟岳麓，我驾循西岑。粲糕既切玉，篱菊始散金。节物固不异，睠焉同素心。南埭鸡嘐嘐，北山雨沈沈。

摄我芙蓉裳，整我茱萸簪。庶几江上船，如马来骎骎。何意津梁疲，偃息湘江浔。三复白驹什，仍韬空谷音。西园百丛花，抱膝成独吟。期牙一以别，无复理瑶琴。纵有山水曲，谁知高与深。”又，王仁东举家迁居上海，与樊增祥往来频繁，樊作有《次刚侯〈移居〉韵》《次刚侯韵三首》《刚侯云拟学五言诗，戏赠一律，仍贺新居》《简旭庄》等纪事。其中，《次刚侯〈移居〉韵》云：“浩荡风回紫海澜，君家太璞幸犹完。几多第宅更新主，稍遣琴书复旧观。七字麇麚诗境仄（见田山薑《移居》诗），二豪蛉蠃酒怀宽。北窗即是羲皇世，消领清风一枕安。”又，樊增祥与梁鼎芬往来颇多，作有《次节庵来韵》《节庵见示程户部遗集中有送余出宰宜川三律，感叹之余，次韵题后》（三首）。其中，《次韵题后》其一：“昔者鸾栖枳，西行龙伏辰。居贫思宦达，去国恋交亲。霜陨湘花秀，天移渭树春。廿年祀陈宝，君是碧鸡神。”

温肃赴奉天。时旧疆臣唯有赵尔巽特赴沈阳，干以匡复之策。赵不听，临行留诗以激之，题曰《咏史》。诗云：“苏峻兵氛逼石头，义旗日日盼江州。陶公不是怀他意，似薄温生第二流。”后民国十三年甲子正月，赵在京邸追和前诗曰：“剑气深藏不易求，依然白日澹幽州。尊前聊作新亭会，终竟温生第一流。”温肃以病未赴，赵又叠前韵寄一首，题云《十二年前深佩毅夫之为人，唯区区之衷，未由自白。曾浼梁文忠道意而未得见，顷又请太傅陈公居间仍弗获执手，本拟短句，欲了却一重公案，今已矣，因再续一绝志愧》。诗云：“沧海十年空涕泪，未容杯酒说神州。余生只合埋书蠹，敢附温生第一流。”

吴昌硕为商言志行书《流览景光二绝句》诗（扇面）云：“小溪何处阿谁家，人面燕支水面霞。细语喃喃听未得，隔窗妒煞碧桃花。香生罗绮薄于云，人艳花妍腻不分。此是人间甚情绪，欲啼欲笑酒初醺。流览景光二绝句。壬子五月，录尘笙伯老兄，缶。”又，为云涛篆书“朝阳夕阴”七言联云：“朝阳出车驾黄马；夕阴射户蒸白鱼。云涛仁兄大雅属篆，为集猎碣文字。壬子五月雨窗，吴昌硕。”

李详来上海，访沈曾植寓所。李详有《壬子四月薄游上海，昔时旧故皆不期而遇，归里作此寄赠，属李君晓暾登之报端，冀见之者互相传告，不能一一奉简也》纪之。诗云：“沈君足弱谢常客（子培沈君居三层楼上，戒断常客），别后须鬓侵苍苍。休文带缓体中恶，坐忆天柱从中伤。（君官皖藩，建天柱阁，坐客谈此阁被毁，君默然）”

曾熙撰《饮和亭铭并序》，并书于石，以表彰衡阳洪玉成之妻曾氏。曾氏捐金于交通要道置亭以饮行路人。《饮和亭铭并序》云：“衡阳福政镇，左接岣嵝，右凭蒸野，湘邵入岳之径途，商贾四达之区会。镇故人洪玉成，其妻曾氏，悯夫不存，斋居乐义，乃捐机纾余金，于镇北二里，龙田、满町之交，临津置亭，以饮行道，乡人称德，请铭于熙。熙曰：民政权与，匪和罔济。群饮群游，毋或愆义。旌事立石，铭以告后。其辞曰：峨峨饮亭，居蒸之阳。小德川流，永而孔长。民生已以，天命靡常。尔饮尔和，大道允臧。大汉民国元年五月吉日，里人曾熙撰文并书石。长青刻石。”

唐文治在江苏教育总会常年大会上申述4点理由力辞会长之职。

刘心源辞湖北临时议长职，被大总统任命为民国湖北省第一任民政长。

任鸿隽受天津《民意报》总经理钱赵樵聘，为该报总编辑，杨杏佛任该报驻京记者。

冯振往上海。秋，升入南洋中学二年级；寒假，得父逝之耗，由沪归家。

马永慎生。马永慎，字堇庵，甘肃天水人。著有《晚霁楼诗词选》。

廖道传作《余至武接篆，赠前太守吕缉臣赴浔任》（二首）。其一：“远宦稀朋旧，分符互继承。江山萦鼓角，志节映渊冰。子美畴能嗣，吾愆尚望绳。提封仍接壤，云树梦层层。”其二：“农圃淳风在，官闲且治家。字民同艺菊，锄乱比耘瓜。心远门何市，根深果实嘉。葡萄秋亦熟，寄我迟芳华。（君在署后园种瓜豆花果，而浔署葡萄极盛，故及之）”又，本月迄1913年9月，廖道传作《明秀园》（二首）、《谒阳明先生祠像》（二首）、《紫荆花》《琴泉乡道中》《山行》《望大鸣山》《谕岽边村黄族及彭梁村父老歌》《头塘大葡萄藤歌》《有忆》《百勒关》（武鸣北界，过此即入古零，为各土司境）《前武缘令周莲舫太史颂声去思碑》《巡部至安定高岭，寓丙等小学校》（二首）、《行部各土司杂纪》（十四首）、《行部安定四郡，弹压吴钟侃，偕绅民送至红河，口号为别》《忠泉乡道中即事》（二首）、《东区即景》《经大鸣山老岭》《下乡偶成》《郡斋偶成》《客有饷建文茶者，口占二绝》《三泉歌》《赠陆都督》（四首）、《惠泉》《琴筑泉》《高峰隘》（南宁、武鸣两郡界最高处）、《初春见木棉花》《偶成》《锣墟闻春》《自黎墟之楞马道中》（二首）、《园花戏赠》（十八首）、《玉笋园诗》（六首）、《与汤展云诸子游凤凰山作歌》《凤凰山杂咏》（五首）、《自邕旋武，与李隐尘开侁相遇高峰，过后方觉，走笔遣使追寄》《业秀公园杂咏》（四首）、《武郡裁缺卸篆，专任军事，书怀六章柬郡属士民》（六首）、《次蒋悭禅司马航赠韵》（二首）、《悭禅作令桂平，次前韵送之》（二首）、《三次前韵书怀，并柬悭禅》（二首）、《四次前韵赠悭禅》（二首）、《五次前韵赠悭禅》（二首）、《余将回粤，舟次邕江，门人黎庶从出小照请题，即以留别》。其中，《明秀园》其一：“小园依水曲，林墅自清苍。户外群峰秀，风前众果香。流泉锵筑磬，石磴卧羲皇。时有农樵侣，村头话夕阳。”其二：“曲岸围丛竹，方塘长芰荷。溪清虞虎度（主人云然），柳密滞莺歌。门有严公辙，崖留弹子涡（陆武鸣常进斯园，喜以枪击岩石）。愿言分半席，供我啸烟萝。”《谒阳明先生祠像》其一：“斗室瞻遗像，英风景大儒。功能俤路狄，道岂异程朱。日月开蛮徼，山川莽阵图。边隅筹置县，经画毕前谟。（余筹改七土司为三县，皆公所辟也）”其二：“髦士蒸庠序，言怀旧守贤（阳明小学，余所命名，其地原为阳明书院）。为山希泰华，悟境证鱼鸢（祠门对大明山，面临曲水）。矩矱前修在，宗风后死肩。宦游嗟落殖，只望火薪传。”《琴泉乡道中》云：“轻携驺从辟藤萝，马首郊原得得过。水暖菰塘飞白鹭，雨余烟嶂浴青螺。于今边地为官乐，自古词人作郡多。频拥吟鞭谢农父，长官无福着耕蓑。”《山行》云：“入望群山似桂林，插天青石斗崎嵚。若为收向画图里，斗室卧游风满琴。”《望大鸣山》云：“横绝郡东北，岭西宗此山。灵根撼邕水，叠嶂荡天关。云雾笼朝夕，仙真恍往还。高台吟眺处，秋色爽孱颜。”《谕岽边村黄族及彭梁村父老歌》云：“上村田禾肥且好，下村田禾瘦如草。借问何为肥瘦殊？村氓鞶蹙攀辕道。思珑江水贯村流，伐石堰水疏深沟。原田每每沾渥泽，妇子年年庆有秋。去年下村石堰决，竹木沦波沟浍绝。千塍鳞壤渴瞻云，百道水车闲卧月。上村车水声如雷，膏泽源头汩汩来。龙母含愁河伯叹，菀枯殊集嗟偏灾。乡人好义饥犹已，走告长官为调理。北阮忍看南阮贫？东周合借西周水。载巡阡陌度流泉，载进耆农劝谕宣。莫更画沟分敌国，好教同井共乡田。君不闻，西周国人耕让畔，虞芮二君退而叹。又不见，汉族独立多伟人，为救同胞愿舍身。碧血尚教酬祖国，清泉宁吝赠芳邻？父老闻言皆悦怿，让地筑陂穿翠陌。决渠降雨湛污邪，荷锸成云围褦襶。上下邻村是一家，相闻鸡犬接桑麻。秋成太守来携酒，与汝江干赏菊花。”《头塘大葡萄藤歌》云：“葡萄藤古虬龙仰，根大十围茎百丈。盘旋巨木势未已，余枝拗结怒倔强。冰雪饱历敛才华，秋不结实春无花。耻同峡藤度妖贼，合伴酒树眠海涯。此物由来盛西域，应随汉使南交植。问君偃卧二千年，曾见兴亡几家国？”《巡部至安定高岭》其一：“峭嶂摩天绕碧城，林开孤市夕阳明。长官自为观风至，父老偏劳把袂迎。雨足青原牛放草，香堆黄垅稻如京。萑苻几处犹萌蘖，谁挽银河洗甲兵？”其二：“戎轩小驻读书堂，十载晨钟梦未忘。傅钵派流三管远（校员为余门人），树人计定百年长。雨中兰酒谈风土（地产红兰酒），门外莲花幻色香。便拟武城坛坫起，愿看摛藻掞炎芳。（士人请余倡提全郡诗文会）”《忠泉乡道中即事》其一：“山行骤雨忽冥蒙，电雹横飞挟怪风。蓦觉波涛平地立，车真流水马真龙。”其二：“才息狂飙放午晴，又看微雨万丝生。笋舆恰似江湖艇，卧听篷窗滴沥声。”《东区即景》云：“肥榕瘦柳缀婆娑，荦确萦纡间草坡。山鸟戏骑牛背去，溪鱼惊跃马蹄过。丹林扫叶樵穿雨，黄稻收云妇荷蓑。却忆故园风景好，缁衣翻悔宦尘多。”《经大鸣山老岭》云：“大鸣峰黛罨斜曛，萝磴千盘屈曲分。树暗晚迷龙母雨，岩深秋漾马头云。松篁风入披襟爽，琴筑泉鸣洗耳氛。不厌郊行疲吏事，清晖山水赠府君。”《下乡偶成》云：“半月衙斋半出城，为平狱讼亦观耕。旌旗不动闾阎色，箪豆难推父老情。马上成诗呼吏写，庵前草檄付僧行。黄堂喜并琴堂坐，常得亲民到野坰。”《郡斋偶成》云：“官园半亩辟横斜，蔬果罗栽间杂花。蕉是美人堪作侣，菊如处士便为家。玉延秋长探薯实，雪片晨烹摘木瓜。闲与老兵锄蔓草，晚凉刚值散冰衙。”《客有饷建文茶者》其一：“横州滩上南山寺，大石丛生百树茶。闻道建文皇手植，春来还发汉朝花。”其二：“海内已无宣统历（时正与客谈新旧历），座中尚有建文茶。两朝兴废才弹指，回首虚堂月影斜。”《偶成》云：“放衙索句坐花间，笑捻疏髭尚未斑。但得一年三百首，十年犹可敌香山。”《锣墟闻春》云：“年年官鼓聒城邑，洗耳春声久寂寥。此夕清音摇野店，应知佳节近元宵。黄粱浅梦微微醒，丹桂深山隐隐招。遥忆伯鸾高格调，五噫吟罢独灯挑。”《自黎墟之楞马道中》其一：“行春初试马骎骎，几度平畴更碧岑。荷笠便饶林下味，逢人喜听故乡音（此间人多操嘉应语）。泉珠溅屐晴还雨，山翠浮衣午亦阴。话到农樵生计好，素心飞向白云深。”其二：“短短溪桥叠石斜，疏疏篱槿野人家。几湾湫涧碧无底，一树木棉红有花。晓斧敲云人斫桂，春山犁雨妇耕畬。带牛佩犊应销尽，樵牧纷归趁晚鸦。”《园花戏赠》其七《竹》（二妃）：“姊妹双飞比翼禽，苍梧云雨共愁寻。愿将竹上斑斑血，医尽人间嫉妒心。”《武郡裁缺卸篆》其一：“政行期月化成难，万树红榴拥去鞍。五马得容辞竹使，一麾仍忝典师干。惭无勋业青编纪，喜见桑麻白屋安。回首西山饶爽气，去年今日也辞官（去年卸浔篆同此月日）。”其二：“连城十二里千余，漠土河山带砺如。治盗审行三尺法，改流力上万言书。闾阎岁稔禾盈囷，囹圄人稀草满除。愧谢思州诸父老，班春未遍使君车。”其三：“荐绅寮寀协和衷，佐我驾针制锦工。利扩虞衡兼路政，令严礼教静民风。肯容罂粟开春艳，尽把樗蒲掷水红。握别临歧惟一语，三章约法守关中。（明扬案：先君厉禁巫风、烟赌，并订普种植、修道路、划学区、定学款、正婚姻各章程，次第执行）”

陈蜕庵作《纪元夏仲、旧历春莫，泛浪海天，由南而北，征衫甫卸，情绪犹惘惘也，见某社纸刊有〈杨花诗〉五首，又〈叠韵〉五首，继知为番禺沈君和阜荪陈君作也，依韵赋此》。其一：“秋风吹过又春风，眼底何曾著点红。系月未忘芦月外，吟烟空记柳桥东。飞扬莫便憎江路，缱绻还应忆汉宫。尽日帘钩拚不卸，花栏草砌看迷濛。”其二：“飘泊情怀枉代怜，输他云路俯层巅。几经野渡乘题叶，直过离亭谢饯筵。说法定回霜女袖，成团可抵白榆钱。自惭雾眼经春损，近道飞霙远道烟。”

邓邦述作《壬子五月入都门作》（八首）。其一：“一年三度踏金门，万种情怀孰与论。车马渐忘驰道贵，居民犹喜禁墙尊。西山气尽龙蛇蛰，北极风高虎豹蹲。如此山河重付与，只应感说故君恩。”其五：“自昔南郊礼数恢，至今游览剩荒台。悬知祭日坛壝肃，曾记祈年殿宇灾。溜雨长松余古黛，撑云老树见真材。斋宫寂寂重门掩，只有刍荛竞往来。”

李叔同作《戏写各体字，赠义兄许幻园》。诗云：“万族各有托，孤云独无依。暧暧虚中灭，何时见余晖。朝霞开宿雾，众鸟相与飞。迟迟出林翮，未夕复来归。量力守故辙，岂不寒与饥。知音苟不存，已矣何所悲！（壬子六月戏写各体字奉幻园谱兄一笑，息）”

王敬彝作《壬子五月武陵买舟上溯》。诗云：“惘惘去武陵，舟行溯上游。遥餐新绿秀，饫闻舟人讴。耳目皆爽豁，心旷神夷犹。忧来忽不断，江河日下流。百川问孰障，滔滔不可收。感念舟楫才，但增兰茝愁。美人渺何许，从之道无由。”

雷铁厓作《入里门》（十六首）、《壬冬归里，故友诘难生平，赋此以答》。其中，《入里门》其一：“半肩行李带嚣尘，历遍风云剩此身。万里初归沧海客，十年重见故乡人。离家岂识桑田改，入境频惊景物新。望到门闾翻瑟缩，倦游季子旧时贫。”其二：“城郭人民汉室恢，思量往事尚余哀。头颅早愧冥中友，须发今存劫后灰。已决牧羊苏武老，翻疑化鹤令威回。乡人漫讶风尘重，走遍天涯海角来。”其三：“纵横荆棘死难知，惨说仓黄去国时。花月凄凉羁佛寺，风云变幻入夷祠。三更陡别挥红泪，一夜含愁变白髭。星斗满天人影独，狐鸣鬼啸已奔驰。”其四：“苍茫釜水黯寒烟，肠断东风送别筵。燕市暂逢悲托筑，骊歌初唱泪凝弦。江流浪蓴三山路，日夜涛声万里船。回首夔巫云月渺，红樱绿柳自年年。”其五：“焦螟身世傍蚊栖，忆到腥膻梦寐嘶。泥马护华天不弃，铜人辞汉物能凄。鹃声血化红潮涨，雁翼书飞赤子啼。家国沈霾乡思澹，羁魂肯绕峡云西。”其六：“大戟长枪惭不学，欲将妙笔走风雷。聊筹江统驱戎策，岂是陈琳草檄才。死垂千钧难料耳，烹罗五鼎亦豪哉。偏传台上头飞去，误杀椿萱万里哀。”其七：“书生偶欲雪空论，结伴潜探江上源。桃梗飘零羁汉水，箫声凄切想吴门。悲深楚客秋风老，啼彻蜀魂月影昏。斫地高歌徒抑塞，扶桑再看海朝暾。”其八：“天涯太息少龙屠，落拓东来更虱居。蟋蟀悲风号耿耿，鹔鹴典酒唱呜呜。丹砂痴慕神仙诀，绛帐惭传女杰书。皓月当头愁便结，一回圆后一追租。”其九：“百世名随萍梗去，一身愁伴海云闲。当关虎豹狰狞守，起陆龙蛇傥恍间。赤水珠探黄歇浦，青衫泪落白香山。剧怜告密来缇骑，已在伽蓝供俸班。”其十：“讵能从此了尘缘，着到袈裟欲放颠。紫蟹黄鸡千日醉，红梅白雪一僧眠。半湖烟雨秋垂钓，万里关河梦入禅。最是撩人心绪处，钟声捷破五更天。”跋云：“壬子夏返里，赋诗十六首，秘不示人，忘之已久。越三载，偶于行箧中检得，则已亡去后六首，不复能忆。恐此十首再亡，故录存之。”

唐继尧作《问天歌——悼念黄毓英》。诗云：“问天歌，问天歌，歌短且奈将军何？将军长剑倚天磨，誓除荆棘出铜驼。东渡曾击祖生楫，南来更枕刘琨戈。问天歌，问天歌，歌短又奈将军何？汉家光复功最多，援川奏凯到泂㳄。狭路偏逢许贡客，大星耿耿堕天落。问天歌，问天歌，问天果奈将军何？营门大树尚婆娑，不见将军树下过。自古英雄谁不死？话到来歙泪滂沱。问天歌，问天歌，问无不言可奈何？忌才造物忽生魔，鼷食郊牛蚁食鹅。汉儿滴尽铜人泪，铸江将军像巍峨。”

曾广祚作《盛夏饯人往奉天》。诗云：“文螺卮酒酌离筵，仄影风轻手握拳。送尔征驹休畏日，东西八百柳条边。”

夏

吴昌硕为奚光旭绘《秋菊》并题诗云："荒崖寂寞无俗尘，老菊独得秋之清。登高一笑作重九，挹赤城霞餐落英。萼庐主人属写。壬子夏，吴昌硕。"又，为潘飞声行书《病除》诗轴。题诗云："日进瓜茄口不舒，病除一饱啖华猪。斋居久矣嗤梁武，昼寝依然作宰予。拙手早知难画虎，退闲谁更问骑驴。我无官守无言责，白屋如舟坐泛虚。小诗录奉兰史先生指正。壬子长夏，客沪上去驻随缘室，昌硕。"又，为鲍德衔题项圣谟《溪山无尽图》手卷，题识曰："易庵山水，论者谓其初学文氏，取韵元人。是卷浅绛渲染，饶有大痴遗意。昨于旧雨裴睫暗处读大痴长卷，水石蹊径，与此相埒，如泛舟鄱湖，仰观匡庐，面面奇峰，目不暇给，究未知真面何处是矣，书毕浩叹。壬子长夏，同客春申浦，吴昌硕为清如先生题记。"又，为禹钦篆书"广舍大裘"八言联云："广舍万间杜陵嘉惠；大裘一制白傅公怀（篆书）。禹钦仁兄有道属篆，为集彝器文字，即蕲正腕。壬子长夏，客沪上，吴昌硕。"

易顺鼎避至上海。其间，与樊增祥、陈三立、沈增植、潘飞声等遗老宴集于愚园、哈园、静安寺等沪上名园。易氏尔后入都，作《告剪发诗》，表明不剪发并非忠于清王室。诗云："三户灭秦非项梁，五世相韩非子房。御寇嫁卫本贫士，相如仕汉由赀郎。分非与国同休戚，义非与土俱存亡。众人待我众人报，虽事二姓谁雌黄。何为区区数茎发，欲剪未剪心徬徨。薄言剪之勿犹豫，赋诗聊使知其详。嗟我先君忤权贵，大藩三莅悭封疆。我生遭逢更坎坷，出入虎口行羊肠。五上春官悉报罢，六乘夏缦皆投荒。岂惟封疆不能到，三司且似强台强。自从皇纲一解纽，新政旧政纷蜩螗。西园卖爵竞煊赫，东楼贿赂尤昭彰。礼义廉耻丧四维，君父夫妇废三纲。文官爱钱武怕死，贤士无名谗高张。不贤者皆父盗跖，贤者亦复兄孔方。土崩瓦解固其所，冠裂冕毁知非常。烂羊沐猴遍天下，乳臭铜臭争腾骧。侯王尽变为盗贼，盗贼尽变为侯王。彼所操术至巧妙，金钱主义争毫芒。或用鼓吹或运动，利器远胜炮与枪。不操戈矛取人国，不折一矢倾人祊。取利禄复取名誉，胠人之箧如探囊。争夸革命比汤武，争夸揖让高虞唐。牺牲亿兆人性命，为汝数辈供醯浆。牺牲千万世利益，为汝数辈修囷仓。所称志士尤可笑，改制易服悬徽章。其状非驴而非马，其人如羊而如狼。为东胡奴则不屑，为西夷奴抑何忙。又有受恩深重者，高官大爵争辉煌。国家无事则富贵，国家有事则叛降。叛降富贵固自在，反称党魁据中央。此世界是何世界，狗彘盗贼兼优倡。无廉耻又无君父，无是非又无天良。嗟我不富不贵者，为廉所累居首阳。嗟我不叛不降者，为节所累成翳桑。人不负我我负人，宜多操懿与禹光。我不负人人负我，抚衷差幸无惭惶。嗟我如金早跃冶，志拟天地真不祥。昔但哭母不哭国，唐衢贾谊误比量。今将死忠笑非分，昔不死孝当罹殃。我今欲为万世殉，鲍焦徐衍同悲凉。恐人疑我死一姓，我死一姓何芬芳。昔非尧舜薄周孔，今侣禽兽依犬羊。圣人大盗老所叹，英雄竖子阮所伤。臣之形生而质死，臣之发短而心长。我发本为个人惜，微时故剑同难忘。二百余年祖宗物，勿剪勿伐同甘棠。五十余年我身物，如妻如友无参商。甘违禁令逾半载，时时护惜深掩藏。有时欲作头陀服，有时欲改道士装。恐人疑我忠一姓，我忠一姓殊骇狂。微子尚言泣不可，嫌疑瓜李宜深防。夏王解衣入裸国，秦伯断发居蛮乡。今朝决计便剪去，地下本不见高皇。下告宾友上祖祢，余发种种天苍苍。"

［日］盐谷温留学期满，治装东归。叶德辉设宴送别，并以《乱后重回长沙，喜晤盐谷节山温》（二首）赠别。其一："三年聚首日论文，两世交情纪与群（谓君父青山先生时敏）。经苑儒林承旧德（君之曾王父宕阴先生世弘，撰有《昭代记》），词山曲海拓新闻（君始从余问经，后究心音律，假余金元杂曲遍读之，于吴山三妇及陈眉公所评《西厢记》两本，凡两卒业）。载书且喜归装富，问字时将秘笈分。欲向晚香窥典册（晚香书塾，宕阴先生所辟，君家三世讲学其中），蓬莱相望隔重云。"其二："客邸重逢话劫灰，旧游如梦首难回。清谈每诣王珣宅（谓王葵园阁学先谦），乘兴还登郭璞台（郭耘桂茂才焯莹）。乱后知交半星散，闲来酩酊各山颓。南中四月无烽火，手奉家书笑口开。"

太虚大师游平湖，访瀛洲书院，有诗纪之。并作《怀故八首》。其一《湛庵禅长》："去年于此日，白华一笑逢。狂名昔曾识，清谊便相浓。肝胆有如镜，合离无定踪。颇能略形迹，命我思俞钟。"其二《明微论师》："孤光瞩玄阔，高蹈自奇矜。爱我意偏挚，真理期共寻。也怜今日事，有负故人心。那得清溪上，重披明月襟。"

黄节收黄宾虹寄赠之印谱两部，复书致谢，并对贞社寄以厚望。

许南英初次返台，住亲戚兼门生吴筱霞家。日与南社、瀛社、栎社、桃社、竹社等诗友流连唱和，分韵作诗。岁末回漳州。

王易因京师大学堂停办卒业出京，返回封丘。王易在京时作《沁园春·自嘲》，又作《沁园春·赠胡步曾》《买陂塘·步曾素抱远志，一日与谭，步曾因言，来日将探奇海外。予嘉其志之壮也，为赋此阕，即示步曾》相赠胡先骕。其中，《沁园春·赠胡步曾》云："试望南天。雾隔云迷，凄然故乡。念蓟门风紧，寒生缟袂，金台烟锁，尘满罗裳。诗酒风魔，琴书伴侣，客况三年聊共尝。京华梦，记春花秋月，往事苍凉。　　硗硗头玉非常，愧我乏新诗赠杜郎。任茫茫今古，劳劳天地，陈陈兴废，历历沧桑。江海翻澜，年华逝水，并作闲宵清话长。他年事，但狂歌载酒，杖策徜徉。"胡先骕亦有《沁园春·步晓湘见赠原韵》奉和。词云："极目南云，雁影凄迷，沉沉故乡。数深宵独立，露沾罗袜，侵晨微步，寒薄绡裳。夙日牢愁，者番别绪，乱后重逢今倍尝。伤怀甚，对朝歌麦秀，同话苍茫。　　年年碌碌如常。却儒雅温文愧沈郎。叹风花历劫，茫茫天地，思量往事，无限沧桑。旧恨绵缠，韶光驹逝，自是人生幽怨长。更何处，待探奇揽秀，诗酒徜徉。”返封丘途中，王易作《声声慢·新乡道中》《渭树江云·自度曲，忆京中诸友》。其中，《声声慢》云：“青山笑我，白日催人，年来书剑飘零。曾几何时，此间又作长行。长安莫问倦旅，似随风、春絮秋萍。征尘满、又连朝风雨，阻住归程。　　客路嘶残羸马，任黄沙瘗恨，碧草无情。惟有平林，遥天一抹青青。盼他雨余渐霁，喜林梢、清脆蝉声。行暮矣，有炊烟、一缕远迎。”时胡先骕将赴美留学，作《别晓湘汴梁送别》（四首）。其一：“霜寒柳叶黄，月落乌啼急。游子出门意，拊鞯襟袖湿。”其二：“食梨常苦酸，衣袷常苦寒。美人隔湘水，北望徒汍澜。”其三：“西风引我裾，扳鞍意不舒。愿君勤翰墨，千里惠我书。”其四：“临歧强致辞，慰我心相知。努力加餐饭，相见会有期。”

刘永济同四兄刘永滇由海南琼崖至上海，从朱祖谋、况周颐请益词之创作，并作《浣溪沙（几日东风上柳枝）》。该词后刊于 1922 年 6 月《湘君》季刊第 1 号及 1927 年 11 月 24 日《东北大学周刊》。词云：“几日东风上柳枝，冶游人尽着春衣。鞭丝争指市桥西。　　寂寞楼台人语外，阑珊灯火夜凉时，舞余歌罢一沉思。”据《诵帚庵词·自序》云，其时况周颐颇为赏识刘永济词才，以为“能道‘沉思’一语，可以作词矣”。

陈隆恪从日本东京帝国大学归国，此后在家闲居 6 年。

包天笑在商务印书馆编译所兼职，主编国文教材和课外读物《新社会》。

刘半农经徐半梅介绍，兼任上海《中华新报》社馆外特约编辑。

闻一多在湖北投考清华学校，录为备取第一名。

林语堂入上海圣约翰大学，初修神学，后改选语言学。

冯友兰入武昌中华学校。时黎元洪任校长，冯友兰慕名前往。到武昌不久，又闻上海中国公学招生，随即报名，考入公学。

张东荪助其兄张尔田刊印《史微》。

王国维为宋代王炎撰《〈双溪诗余〉跋》，又为北宋僧人惠洪撰《〈冷斋夜话〉跋》。

陈夔龙作《初夏偶作》。诗云：“红板桥西寄一廛，碧栏干外长苔钱。风来何止清双袖，日上无妨过八砖。怪事但闻声咄咄，解嘲空负腹便便。北窗岁月羲皇世，已是红羊劫后天。”

方守彝作《壬子夏赠介庵》。诗云：“可曾起陆是龙蛇，雷雨喧填殊未涯。避地有人危著帽，吟诗无路哭停车。鱼游怅望濠梁侣，兰佩萧条楚泽些。莫竟闭门写经梵，佛心终愿渡恒沙。”

樊增祥作《夏日园居杂诗》（十首）。其一：“人情乐春秋，往往苦冬夏。祁寒盛暑时，如灾病可怕。吾意独萧远，絺裘随地化。地垆红固佳，林阴绿可借。赁兹三亩园，堪入十洲画。来及菊花时，今看梅子大。弹琴歌南风，跂脚北窗下。不自寻热恼，火云退三舍。瓦缶艺白兰，甜香扇清夜。凭槛伫凉月，微微出松罅。”其二：“第一莫如禅，第二莫如醉。白傅语微之，两途同一致。吾本钝根人，未识西来意。酒星不坐命，少饮辄欲寐。定持何事来，以为娱老计。第一莫如吟，第二莫如睡。清谈居第三，顾曲则第四。劳劳五十年，今始得无事。纵有闲中忙，不损定中慧。有事无事间，殖我养生地。”

汤汝和作《夏夜》《销夏词》（十一首）。其中，《夏夜》云：“清宵万象尽朦胧，凉透衣棱一线风。山色有无江郭外，电光明灭暮云中。鸦栖别院花阴暗，人语高楼烛影红。沈李浮瓜近初伏，未秋银汉已横空。”《销夏词》其一：“庭院拏云老树横，客无褦襶到柴荆。旧诗置几不曾读，瓦雀飞来卷上行。”其二：“一枕游仙醒睡魔，天边曙色没银河。汝南鸡唱人初起，消受西山爽气多。”其三：“热风几阵转西廊，怕见当空火伞张。小鸟飞来犹带喘，绿阴深处避骄阳。”其四：“娱宾纵极八方珍，嚼蜡终嫌味已陈。拟向尧厨分翣脯，驼羹凫臛总鲜新。”其五：“瓶笙细响曲栏东，不羡新荷吸碧筒。一饮卢仝茶七碗，顿教两腋起清风。”其六：“高楼明月照汤休，趺坐无言境自幽。听罢儿曹笛三弄，娟娟风露夜深秋。”其七：“寰瀛图挂屋东头，拟向仙翁丐小舟。一夜还乡乘竹叶，图中波浪大江流。”其八：“寝媚思香食万钱，豪华回首渺寒烟。宛丘别有长生术，朝啜罗阇夜独眠。”其九：“雨后登楼倚画棂，孤峰远现佛头青。何人夜奏秋霜曲，烟水苍茫满洞庭。”其十：“笙歌队里倦游观，手版随人怕热官。惟羡邺侯衡岳住，石床石几夏生寒。”十一：“黑云堆里走雷霆，窗外溪山人渺冥。一阵狂风吹雨过，碧天如水夜飞星。”

曾习经作《好事近》。词云：“风雨送春归，消受断魂时节。自是休文多病，况关河新别。　　楼头烛泪半成灰，好处最生忆。多少坠欢零梦，待夜阑将息。”

许咏仁作《寄园夏眺》（园在前清学使署内，今改作县公署）。诗云：“步入园门里，清风与我期。梧桐将结子，杨柳尚垂丝。萤火沉幽草，蝉声曳别枝。绿阴最深处，避热坐移时。”

林苍作《夏雨叹》。诗云：“一雨凉生亦大佳，无端积潦没庭阶。天公每不如人意，何在阴晴稍稍乖。”

姚光作《望江南・夏夜》。词云：“夏天好，最好夜迟迟。斗转参横殊不觉，小楼坐到月沉时，倚枕独吟诗。”

黄濬作《夏夜述怀》。诗云：“经旬不作诗，诗思颇苦涩。簾庑纳暮雨，弱竹袅珠裛。微曦露云背，霞气散复戢。稍疑近漏天，修霤响雲霅。皇穹愍憔悴，洊雷起群蛰。幽除夜一覗，丛篠萤熠熠。宵分风撼树，洒沫罘罳湿。孤衾回薄寒，坠梦去难挹。缅思遭合奇，因叹忧患急。何年日月昭，横议尚湁濈。威严徒狐假，礼义见鼠立。南山有罔两，雾气喷且噏。掺袪执短铍，骐騄受羁馽。谁能奋纪纲，夸毗已成习。明时喻井渫，心恻念用汲。孰图苞桑谋，而为练丝泣。遥夜发永叹，沈吟意悁悒。褰帷风雨阑，冰簟转润浥。披襟书藤纸，晨色熹微入。”

沈其光作《夏日杂兴》（六首）。其一：“小筑幽居近市阛，杜门原不异深山。药翻鸦嘴鉏边叶，苔绣鱼鳞瓦上斑。宿墨差医晨砚渴，残醪不破老瓶悭。自怜心境清凉甚，六月披裘也等闲。”其二：“尽日丹铅事校雠，牙签多傍小窗幽。帘垂宿霭常疑雨，簟展冰漪却似秋。流水陂塘凫泛泛，晚风庭宇竹修修。平生悟得逍遥旨，不用天鹏笑学鸠。”其三：“太息人闲行路难，年来省事喜偷安。兼将僮约还须毁，除是鸥盟却未寒。贫自典衣栊向俗，懒为投谒肯趋官。山妻特地怜孤寂，料理茶瓜觅话端。”其四：“家住城南草没蹊，闲行浑不计东西。荒郊唤渡云迷塔，小阁追凉月满溪。幽事每过僧舍话，新诗多就酒家题。生涯幸有长镵在，且去鉏烟理废畦。”其五：“酒残梦醒思冥冥，时复微吟溪上亭。芡学人情弄圆转，薸参佛理证空灵。远山衔日皴枯赭，独树撑云漏断青。自笑好奇心性癖，从人钞得《相牛经》。”其六：“终古斜阳阅废兴，侯王将相总无凭。馋涎何至垂三尺，墨水真堪饮一升。随处埋名端是隐，在家祝发恰如僧。未应惭愧王思远，胸次常怀暑月冰。”

李思纯作《夏夜》。诗云：“烟树濛濛半抹痕，月华淡淡水生棱。一声嘶咽破黄叶，枯树老蝉相对鸣。”

李笠作《夏日漫兴》。诗云：“杖藜携酒独行吟，柳影横斜花径深。蝴蝶不知春去也，依依犹自恋芳心。”

［日］白井种德作《初夏溪亭所见》《初夏游岩手公园聚芳亭偶作》《溪亭夏晓》。其中，《初夏溪亭所见》云：“宿烟渐散见溪塘，塘上千章新树苍。红叶绝佳称夕日，绿阴真趣在朝阳。”

七 月

1日　陈其美等在上海组织中华国民共进会，以“交换智识，增进道德，维持国内和平，振兴各项实业”为宗旨，开成立大会。

《申报》第14137号刊行。本期《自由谈》“游戏文章”栏目含《新唐诗》（四首，息影庐）、《新曲本（野鸡乐）》（仿教子调）（天荒）；“尊闻阁词选”栏目含《挹翠堂小叙，听息影庐主挡琵琶，即席赋此》（钱塘老渔）、《寄怀瘦蝶》（景骞）、《扬州旧城怀古》（景骞）、《窗外》（戴陶）；“心直口快”栏目含《感怀》（用蝶麟酬唱韵）（四首，姜映青女士）。其中，息影庐《新唐诗》其一：“当年将士半虫沙，财尽民穷亿万家。忘八不知亡国恨，拥兵犹自斗枪花。”其二：“五色旗飘黄鹤楼，英雄光复旧神州。如今几见真豪杰，肉食空余下九流。”其三：“楚馆秦楼万户开，竞兜圈子汽车回。参谋酩酊车人醉，都督乘轩带局来。”其四：“民国如今政柄新，中华非复旧时春。将军手握黄金钺，不管三军管用人。”景骞《寄怀瘦蝶》云：“盼断江南一片云，竟无消息慰离群。殷勤寄语罗浮蝶，知否梅花正怨君。”《扬州旧城怀古》云：“轻装来泛广陵船，何必腰缠十万钱。可惜楼台归劫火，空留城郭锁寒烟。二分明月无今古，六代繁华有变迁。若问隋唐旧消息，桑田沧海一千年。”

《真相画报》第 3 期刊行。本期“文艺”栏目含《写韵楼诗余》（吴尚憙）、《寒琼诗本》（蔡守）。

柳亚子自沪归里，《太平洋报》文艺栏由胡怀琛接续编辑。

荣庆作诗云：“堡城旧额榜平安（永宁寨，平安门），古迹尘封剔藓观（村中庙有大定年间石幢）。果实若珠千万缀（今年果，大收），峰峦对镜转环看（宅中上房开窗即对山，后檐挂镜山即在镜中）。清和已过麦初秀（山中，节晚），天气逢阴晚更寒。除话桑麻无别语，偶登陇畔拟凭栏。”

2 日　《申报》第 14138 号刊行。本期《自由谈》“尊闻阁词选”栏目含《香妃》（李生）、《西施》（李生）、《过相州吴尔埙先生一指坟》（修生）、《过识村吕晚村先生墓》（修生）。其中，李生《香妃》云：“明驼紫塞渺香尘，静锁深宫几度春。至竟国亡能一死，伤心更有息夫人。”修生《过相州吴尔埙先生一指坟》云：“临江啮齿望家山，怪底胡尘竟入关。一指和书拼远寄，此身已誓不生还。心随阁部留遗恨，泪尽扬州滴血斑。赢得故乡诸父老，年年凭吊夕阳殷。”《过识村吕晚村先生墓》云：“孤愤三尺识村留，长坂桥东水咽流。汉土膻腥同一哭，胡奴刀斧痛千秋。文章有感偏成狱，蔓草无情也带愁。一曲狂歌凭吊古，杜鹃血泪溅荒丘。”

3 日　李平书、唐文治筹商发起江苏赈济会，为常熟、昆山、太仓、无锡各乡上年水灾最重之区募赈，拟捐集万金，买米豆数千石，非极贫绝无储蓄者不得领。

《申报》第 14139 号刊行。本期《自由谈》“尊闻阁词选”栏目含《调寄〈点绛唇〉·壬子暮春，味青老人漫作》（八首，味青老人）、《高阳台·次韵答孙至公》（镜笙）。其中，味青老人《调寄〈点绛唇〉》序云：“三弟叔楚，将退休湘潭之朱亭，书来，动予归兴，爰亦乞退，为偕隐计，漫填怀归词八阕，聊仿归去来辞之意，得毋贻讥效颦耶。”其一：“归去来兮，回头宦海抛如梦。急流退勇，卸却仔肩重。　富贵浮云，转眼成无用。堪嘲讽，一无余俸，两袖清风送。”其二：“归去来兮，梦魂先逐湘云度。子规声苦，芳草天涯路。　剩水残山，极目愁无语。江南赋，乡关何许，谁识哀时庾。”其三：“归去来兮，白头兄弟能偕隐。归期相问，廿四番花信。　荆棘漫天，天意葫芦闷。休愁恨，河豚芦笋，一棹归帆稳。”其四：“归去来兮，家人细数田居乐。荷衣芒履，稼圃吾先学。　　淡饭粗茶，风味甘藜藿。村醪薄，闲来酌酌，肯与邻翁约。”其五：“归去来兮，门前早种先生柳。桑榆半亩，掩映茅檐后。　　秋末霜松，美共春初韭。篱边豆，芡菱瓜藕，胜似朱门肉。”其六：“归去来兮，良朋招隐孙莘老（谓正叔表弟）。两家春好，绾绾垂杨袅。　月夕花朝，醉把金樽倒。山深峭，一声长啸，惊起枝头鸟。”其七：“归去来兮，读书声在秋灯里。课孙课子，总是回甘味。　　抛却尘烦，依旧亲书史。身如寄，扁舟不系，随在清凉地。”其八：“归去来兮，人生七十须知足。无荣无辱，正好还初服。　　岂是鸣高，澹泊随吾欲。携筇竹，去寻松菊，偷享林泉福。”镜笙《高阳台》云：“把盏问天，敲金掷地，世间不乏明眸。韵谱霓裳，渠侬合住琼楼。知音多聚淞江畔，岁寒盟、松菊堪俦。快神游，字寄双鱼，书托飞骝。　　相逢何必曾相识，便萍蓬风聚，萧艾奚愁。展诵瑶篇，瞻文况是清流。君才露布空堪作，惜穷途、没个人收。莫淹留，翘首青云，平地行舟。”

徐世昌求凤孙为其先母作墓表，已托吴辟疆先创稿，嘱梧生送呈。

4日　《申报》第14140号刊行。本期《自由谈》“尊闻阁词选”栏目含《得镜笙词人见和新词，复用原调原韵奉报》（瘦蝶）、《沁园春·自题〈梦罗浮馆词甲乙稿〉，录呈钝根、镜笙两吟坛正拍，并乞惠题》（瘦蝶）。其中，瘦蝶《得镜笙词人见和新词》云：“字写蚕眠，歌催凤拍，瑶章豁我尘眸。如此清才，应居镜槛笙楼。春江花月今何似，望云涯、空忆吟俦。溯前游，月底吹箫，花底乘骝。　　频年橐笔团溪市，剩诗篇寓感，酒盏浇愁。过眼沧桑，豪情莫问东流。兴来试画旗亭壁，尽双鬟、珊网齐收。恨终留，只许知名，未许同舟（词人氏籍仍未见示）。”瘦蝶《沁园春》云：“回首年来，飘泊萍踪，壮怀未酬。记炉爇檀雾，千蛩声咽，砚霏花雨，独茧丝抽。遣有涯生，为无益事，意绪萧骚易感秋。征前梦，问何时化蝶，重到罗浮。　　兴酣拂拭吴钩，叹杯酒、能浇几许愁。且尊边讨句，歌翻子夜，笛中传恨，笺递庾郎。门掩苍苔，灯凝红豆，月晓风残。忆旧游偿吟，化千行墨泪，洒遍神州。”

5日　《民立报》主笔兼江苏都督府顾问章士钊在该报发表《政党组织案》，主张将国内现有政党（包括同盟会）一律解散，然后在一定时间内各抒政见，根据不同政见分为两党，出而竞选，得多数拥护者，管理国家。此系轰动一时之“毁党造党说”。

《申报》第14141号刊行。本期《自由谈》“游戏文章”栏目含《吊膀子赋》（爱）、《内阁空城计》（仿《空城计》二六板）（爱）；“尊闻阁词选”栏目含《读瘦蝶叠韵诗，即用原韵成二绝，以志倾倒》（病鞠求正草）。其中，病鞠《读瘦蝶叠韵诗》其一：“甲子玄洲浩劫长，论材当世几元康。干戈满地诗人老，料理山家□□□。”其二：“我亦当年梅子真，吴门彳亍苦吟身。不知十丈红尘里，大有眠云跛石人。”

6日　《申报》第14142号刊行。本期《自由谈》“尊闻阁词选”栏目含《和钝锥〈扬州小杜暗祝来生化女儿（辘轳体）〉原韵》（五首，悟盈生）、《感怀》（悟盈生）；“澄庐笔记”栏目含《谐诗》（瘦蝶）、《名句偶成》（瘦蝶）。其中，悟盈生《和钝锥〈扬州小杜暗祝来生化女儿（辘轳体）〉原韵》其一：“暗祝来生化女儿，风流小杜太情痴。偶逢良友诗联璧，无可消愁酒一卮。沦落天涯怀故土，竟从隐世想仙姿。几回搔首花阴下，独自徘徊谁见之？”其二：“因循未遂凌云志，暗祝来生化女儿。秋月春花空负我，闲情绮绪托芳词。重帘不卷狸偷度，隔幔难防燕窃窥。他日此身偿素愿，菱花镜里见风姿。”其三：“有限光阴无限泪，因情生恨恨成痴。徒为落魄奇男子，暗祝来生化女儿。过眼韶华犹逝水，扪心怎地不增悲。须知胯下淮阴辱，失意终还得意时。”其四：“近年心性疏狂甚，不读诗书学画眉。阅尽沧桑余几辈，卜将因果访名艺。苍茫知己惟琴剑，暗祝来生化女儿。漫羡海棠颜色好，几分愁绪几分姿。”其五：“快睹千秋绝妙辞，效颦不敢赌新诗。难留好景春三月，陶写深情笔一枝。花下遨游花下醉，彀中滋味彀中知。风流不让随园美，暗祝来生化女儿。”

7日 教育部以经费困难，北京大学“学生之班级虽增，陶植之成绩未善，政体既变，各方对大学校咸有不满之意”，遂有停办大学校之议。时“校长严复具《论北京大学校不可停办说帖》，藉以挽回影响”。

《申报》第14143号刊行。本期《自由谈》“尊闻阁词选”栏目含《夜游味莼园，偶书所见，戏拟方回〈小梅花弄〉体演之》（王渭生）、《西江月·愚园独酌，醉中倚此》（王渭生）、《临江仙·楼上出旧陶圃，野眺即景》（王渭生）、《浪淘沙·春暮怀人》（王渭生）、《瘦蝶词人以不知镜笙氏籍为憾，今再以原调原韵奉答，末二语贱子之姓名，已跃如矣》（镜笙）、《题〈梦罗浮词集〉，即用瘦蝶词人原韵，并呈钝根词坛索和》（镜笙）。其中，王渭生《临江仙》云：“独向郊原闲眺望，四围野旷天低。徘徊俯仰淡忘机。情随流水逝，心逐暮云飞。　　满目荒榛迷姓氏，谁家瓦砾堂基。炊烟缕缕夕阳西。数声樵唱里，牛背牧童归。”《浪淘沙》云：“红褪绿成阴，景物关心。闲庭寂寞昼沉沉。一架藤花人语悄，蜂蝶来寻。　　春树暮云深，上有鸣禽。似传消息递佳音。芳草天涯人不见，离思难禁。”

《妇女时报》第7期刊行。本期“词话”栏目含《绾春楼词话（未完）》（虞山毕杨全荫芬若女士辑）；“诗词”栏目含《清芬集》：《月夜泊京口作》（毕杨全荫芬若）、《读〈史记〉感赋二截》（前人）、《眺雪》（谭志学）、《课余》（谭志学）、《晓起》（谭志学）、《春日即事》（谭志学）、《吊起义诸烈士》（谭志学）、《辛亥冬十月，从赤十字社重过金陵，劫后山川风景顿杀，抚今追昔，感触万端，聊赋四绝以纪盛衰》（铮子）、《月蚀口占》（徐景昭）、《秋夜》（徐景昭）、《秋郊》（徐景昭）。

8日 日俄订立第三次密约，再次划分两国在中国蒙古地区势力范围。

《中国同盟会杂志》（旬刊）在广州创刊发行，为中国同盟会粤支部的机关刊物。该刊积极宣传民族和种族“同化”论，强调“今日共和成立，五族联合，昔日之恶感已泯，至程度不齐之故，苟普及教育实行之后，此问题当亦解决矣”，认定“合汉、满、蒙、回、藏五族而同化之，今日之唯一政策也”。该刊连载陈仲山《民族同化史》，即因此而作。它“先序欧西民族由战争而同化者，以为借镜，次序中国历代民族由战争而同化者，以为楷模”，冀望于对“励行民族同化之政策，不无小补”。

《申报》第14144号刊行。本期《自由谈》“游戏文章”栏目含《赠某都督》（用蝶麟酬唱韵）（了青）、《代某运动家赠某校书》（用前韵）（了青）；“尊闻阁词选”栏目含《寄怀景骞酬见寄韵》（瘦蝶）、《高阳台·次镜笙、瘦蝶、□公诸大词坛韵》（问津稿）、《香妃》（步李生原韵）（碧梧女子）。其中，了青《赠某都督》其一：“挥金如土最情长，多少龟奴赖小康。我有护身兵甲在，国民谁敢不倾囊。”其二：“昨宵恶梦记犹真，绕柱危机险杀身。何幸余生能自乐，任他笑骂有旁人。”《代某运动家赠某校书》其一：“增减分毫便短长，如斯才貌堕平康。鲰生愿作毛锥颖，时为芳卿一处囊。”其二：“温柔滋味假还真，我已甘心老此身。若使花丛举盟主，问卿投票写何人。”碧梧女子《香妃》云：“胭脂零落玉为尘，塞草宫花几度春。若使当年难一死，千秋遗恨未亡人。”

9日　《申报》第14145号刊行。本期《自由谈》“尊闻阁词选”栏目含《初夏》（四首，美周）、《题翠卿小照》（三首，美周）、《千秋岁》（红豆相思馆主）。其中，美周《初夏》其一：“落尽残红众绿齐，碧阑干外草萋萋。深闺惊觉春光去，绿树阴中布谷啼。”其二：“碧窗人静日如年，绣罢鸳鸯倦欲眠。消遣睡魔池上立，水心亭畔数荷钱。”其三：“雨过纱窗面面开，偶携小婢出帘来。绣鞋缓踏阶前石，步步弓痕印绿苔。”其四：“鸯枕凉生报晓更，残灯相对梦难成。潇潇一夜黄梅雨，听厌芭蕉叶上声。”

朱祖谋赠唐何简墓志一通与叶昌炽，天宝六年其妻陇西辛氏撰。11日，叶昌炽作《彊村前辈征〈苕溪集〉序，既报命，蒙次如耕韵两章见贶，又贻新出唐何简志打本。天宝元年，其妻陇西辛氏文妇人为夫志墓，潘、王铭例所未详也。九叠前韵奉酬》（二首）。其一：“石柱碑亭虽阙如，苕溪家学衍龙舒（行简先生幼即受知于从父龙舒守名握，见韩元吉《行状》）。苍崖待续新称例，墨沼惊披未见书。文学妇人先德象，武功男子愧藏诸（武功男子藏诸菖蒲涧，记唐开成刻，见刘燕庭《三巴䂂古志》）。劫灰又际唐天宝，阿荦宫中有李猪。”其二：“轺车敬问六先生，鲒酱蚝油海峤羹。雪水凉波思故国，崖山遗恨说空坑。仙湖采药踪相左（余两至粤，皆在古公持节之前），客馆听枫句乍成（古公所寓‘听枫园’，即吴氏二百兰亭斋遗址）。同是贞元旧朝士，不言祠禄约躬耕。”朱祖谋原唱二首其一：“十年给札老相如，隔岁高文病腕舒。自与起衰真健药，方知善读总奇书。章缝裸壤谁睎者，题躞瑶华或辨诸。莫学维摩恒示疾，为君沽酒更烧猪。”

10日　教育总长蔡元培在全国第一届教育会议上提出“各级学校不应祭孔”议案，认为祭孔是宗教迷信，而拟以“美育”代替“宗教”。

《申报》第 14146 号刊行。本期《自由谈》“尊闻阁词选”栏目含《无题》(二首，美周)、《喜晤族兄棫崖》(三首，美周)、《闻某公挟孀潜逃，诗以纪之》(二首，息影庐)。其中，美周《无题》其一：“思乡无计破愁颜，忽听天风响珮环。乘起双凫飞不去，一重帘幕一重山。”其二：“无端愁思怅歧途，肠断西风一棹孤。心逐橹声帆影去，随风飞过艾陵湖。”息影庐《闻某公挟孀潜逃》其一：“忍负香衾事早朝，愿骑凤背共翀宵。中华阁老多奇遇(闻诸某公同乡，公之高丽夫人初本螟蛉女，其如君则庶嫂云)，西土文君太寂寥。浮世怜卿飘断梗，素心如我展芭蕉。不须更筑黄金屋，饭店何妨贮阿娇。”其二：“茶会初停夜会开，衣香人影共徘徊。幸逢卿面吾何恋，纵有名心志渐灰。短艇载将西子去，轻车同向北平回。泥沙况味知多少，白传生涯在酒杯。(睡到午时叹到夜，回看官职是泥沙。见《香山全集》)”

刘师培应吴虞之请，为其开列小学、经学书目一份，并函一件，由孙少荆转交吴虞。翌日，刘师培与孙少荆拜访吴虞。

林一厂《海上晚眺》《海上破晓》《海上望月忆春航，用铁厓〈忆郭凤仙〉韵》(二首)载于《太平洋报》，后载于 1912 年 10 月《南社》丛刻第 6 集。其中，《海上晚眺》云：“独自坐舵楼，怀人更百愁。前途看暝漠，后讯听沉浮。海阔疑无地，云低欲压舟。红光灯现处，遥识是山头。”同日《太平洋报》还刊载姜可生《〈葛仓公遗诗〉跋》。

11 日 《申报》第 14147 号刊行。本期《自由谈》“游戏文章”栏目含《新五更调》(乐轩)；“尊闻阁词选”栏目含《千秋岁 · 伤国事也，用红豆相思馆主韵》(吹笙客)、《高阳台 · 次韵再寄镜笙词人》(瘦蝶)。其中，吹笙客《千秋岁》云：“绮情谁寄，对镜身慵起，花欲谢，铃犹紧。郎心常念妾，妾在郎心里。长生誓，无人私语牢牢记。　不愿香罗腻，不为雕栏倚。欢会短，魂灵悸。倩郎扶病骨，妾息如丝细。粗躁点，芳姿送入黄泉地。”瘦蝶《高阳台》云：“笔债难偿，华年易逝，□编渐倦凝眸。归雁多情，传书又过西楼，阳春一曲高难和，按宫商、喜煞诗俦。愿从游，双舄飞凫，并辔骖骝。　名韬姓晦猜难准，览庾词隐约，空费干愁。抱月怀风，巢由应许同流。江湖待把斯人觅，叠花笺、题句珍收。可容留，访戴人来，柳岸维舟。”

《真相画报》第 4 期刊行。本期“文苑”栏目含《晋瓦棺跋》(蔡守)、《写韵楼诗余(续)》(吴尚憙)、《张忆娘〈簪花图〉题咏》(寒琼录)。

姜可生《亚子归，匆迫间未能走送。订交才两月，又作离人。黯然赋此代简，步鹓雏韵》(二首)刊于《太平洋报》。其一：“黄浦风云恶，归欤息浪游。老猿相视笑，绿草尽含愁。堂上开颜问，朋侪蹙额留。征装甫卸罢，慢上读书楼。”其二：“奔走天涯久，观云便忆家。闲吟翻韵谱，幽怨付铜琶。抱瓮偏泥酒，系铃独护花。一朝命驾去，收拾晚天霞。”

12 日 徐自华《秋社主任徐自华通告》《征求鉴湖女侠遗物》刊载于《太平洋

报》。其中,《秋社主任徐自华通告》云:“敬启者:敝社同人自去岁冬闲重行召集之后,即承褚民政司长委以建立秋侠祠堂之事。数月以来,殿庭廊庑约略修整,而秋坟故地所募建之风雨亭等工程亦已告竣。故特谨择旧历六月初六鉴湖成仁之日(即阳历七月十九),在西湖凤林寺,为鉴湖女侠开追悼大会,并恭送栗主入祠。凡我秋社同人、光复旧部,以及海内外赤忱好义之士,如能于是日翩然来集,共伸哀慕,以安英魂,无任专祷之至。倘或有哀诔、传记、诗歌等作,无论长篇短制,亦请惠交敝社编印成书,以公诸世,至幸,专此布告。诸维侠鉴,不宣。招待所南湖小万柳堂,秋社主任徐自华拜启。”《征求鉴湖女侠遗物》云:“呜呼!女侠殉国五周年矣。遗物飘零,人琴具杳。偶谈往事,岂胜慨然。今者,崇祠赫奕,辉耀湖滨,凭魄凭依,永永无极!爰广告同志:凡有保存女侠当年遗物者,无论风琴时计、著作书籍、信札衣饰、刀剑枪械以及一切玩好服御之物,均乞于旧历六月初六日以前,专人赐还西湖秋社,妥为藏贮。缘是日系鉴湖成仁之日,同人准定恭送栗主入祠并陈列各项遗物,以供纵览也。秋社主任徐寄尘。”

《申报》第14148号刊行。本期《自由谈》“尊闻阁词选”栏目含《夏日闺情》(天白)、《灵泽夫人庙》(用渔洋元韵)(二首,李生)、《前题》(二首,□芬女子)。其中,李生《灵泽夫人庙》其一:“步障明珠忆入吴,江流千载小山孤。只今试剑峰头望,还有刘郎片石无?”其二:“白帝行宫久寂寥,浔阳江水自萧萧。灵祠遥望湘妃庙,独有东风上下潮。”

柯逢时卒。柯逢时(1845—1912),一作凤逊,字逊庵、懋修,号巽庵,别号息园,湖北大冶人。光绪九年(1883)取进士,点翰林,改庶吉士,授翰林院编修。历任江西按察使、湖南布政使、广西巡抚、兵部侍郎、湖北铁路协会名誉总理等职。辛亥革命后赋闲武昌,研究医学,校对刊刻医学书籍,著有《伤寒总病论》《柯逢时日记》,主修《武昌县志》28卷。诗作见《晚晴簃诗汇》卷174。

13日 《申报》第14149号刊行。本期《自由谈》“尊闻阁词选”栏目含《灵泽夫人庙》(渔洋元韵)(二首,碧梧女子)、《辛亥感事》(六首,了青旧作)。其中,了青《辛亥感事》其三:“楚歌声里起吴讴,剪取吴淞水一沤。千里雷车驰夜月,满城风叶扰清秋。骚坛旗鼓争传檄,香阁环钗助唱筹。别有桃源人不识,纷纷来泊武陵舟。”其五:“北望京华每怆神,青骢谁踏凤城春。中州鼓角雄燕赵,西塞烽烟彻晋秦。玉步漂摇丁劫运,翠华想象动征尘。将军空抱擎天路,大树封侯一梦新。”

14日 蔡元培辞教育总长职,26日范源濂继任。

《申报》第14150号刊行。本期《自由谈》“尊闻阁词选”栏目含《夏日晚眺》(回文体)(韫石)、《夏夜》(回文体)(野鸿)、《和西昆唱酬唐明皇一律原韵》(石相)、《感时三绝》(绥臣)。其中,韫石《夏日晚眺》云:“阴浓叠翠锁村前,树动风凉晚噪蝉。

吟罢未归樵径远，沉沉绿暗柳堤烟。”野鸿《夏夜》云：“凉风夜入透窗纱，笛弄三更初月斜。苍色野烟迷草绿，香添水渚藕开花。”

叶德辉将本年上半年诗作裒以成集，名为《书空集》。《题记》略云：“壬子以后，自元日起，凡有所作，录于此集。是岁六月伏元日。”计有诗作：《元日》《人日》《长沙重晤程六子大，见示〈麓山堂诗卷〉及近作，奉赠二律，即题集首》《杨花曲》《钱仲宣同年藏汉熹平镜，曾为题其拓本册，辛亥九月鄂湘兵变，失而复得，复出册索题，更赋一律》《论诗》（易实甫顺鼎、程子大颂万、粟谷青揆、黄宇逵兆枚）、《赠钱硕人中书》《徐耕娱遗像，其世兄属题，四年矣，今采催索，为作五古一首还之》《日本内藤虎寄赠玻璃版右军三帖卷，赋谢》《赠许九季莼，即题其诗卷》《日本盐谷节山温由湘回国，道经上海，寄怀松崎鹤雄七律二首》《两知己诗》（文廷式、章炳麟）、《和钱硕人枉赠二首同韵》《戏柬谢憨叟朱亭》《印人歌，赠吴县王叟石匏兼题其〈友醁轩印谱〉》《和钱仲宣同年〈武昌怀人〉二首同韵》《迭前韵二首》《怀人》（李幼梅辅耀、孙蔚林文昺、俞廙轩廉三、杜莜生本崇、朱莼卿益浚、缪小山荃孙、沈子培曾植、叶鞠裳昌炽、庞劬庵鸿书、罗叔蕴振玉、易实甫顺鼎、柯凤笙劭忞、梁节庵鼎芬、周镜渔儒臣、金甸丞蓉镜、蔡伯浩乃煌、王芝生寿龄、黄伯雨以霖、何诗孙维朴、汪荃台凤瀛、郑苏龛孝胥、陈凤阶庆森、释敬安寄禅、夏彝恂时济、陈伯弢锐）、《闻同年钱叔楚参赞归自西藏，寄怀二首》《赠陈奉皆大令〈岭南丛述〉一部、赋诗一首见谢，同韵和答》《迭韵一首》《寄怀钱仲宣同年武昌新居二首》《迭前韵二首》《三恨诗》《钱叔楚同年因余赠诗邀其仲兄亮臣大令同和，迭前韵奉答》《和亮臣大令二首，迭前韵》。其中，《长沙重晤程六子大》其一：“名满江湖晚却逃，归来诗酒兴犹豪。青云跌荡供吟眺，白日消沉付浊醪。寂寞山堂春听雨，峥嵘黉舍夜焚膏。当年我亦经行处，潦倒于今已二毛。”《日本盐谷节山温由湘回国》其一：“作客湘城野寺间，离悰先后唱刀环。行装满载唐碑去，异本犹思赵璧还。却望春申在天际，可怜庾信厄江关。北方尘土南烽火，梦绕神州海外山。”其二：“我是前朝未死人，道穷无怨只伤麟。喜闻查客常通汉，那有桃源可避秦。去国肯随朱舜水，结园初仿冒巢民。海滨气候应相似，禾黍离离正早春。”《钱仲宣同年藏汉熹平镜》云：“国破家亡事已非，饥寒惟此镜相依。三年两次逃兵劫（己酉三月长沙民变，君系舟河干，镜得无恙），千里重逢脱战围。自昔青天明共见，只今皓月望应稀。头颅改换须眉在，持向西山去采薇。”《日本内藤虎寄赠玻璃版右军三帖卷》云：“书圣无如王右军，岿然三帖海东闻。山阴以后鹅谁换，淳化而还雁失群（三帖皆中土久佚）。新法影模殊响拓，清晨浣诵每香薰。故人相忆留丰采，图画添成白练裙。”《论诗》其一：“绝艳惊才笔一枝，人人倾倒爱新词。平生得意庐山作，独有壶公与我知。（易实甫顺鼎）”其二：“才情工丽艳歌行，墨气淋漓带酒香。一过中年诗律细，遗山岂肯让苏黄。（程子大颂万）”其三：“歌风先生今楚狂，乱离犹负一诗囊。天生笔舌青莲妙，抗手无人学草堂。（粟谷青掞）”其四：“喜闻山谷有诗孙，相见论文得道原。谁拾皮毛夸老杜，得窥真髓在苏门。（黄宇逵兆枚）”《两知己诗》其一序云：“文廷式，字道羲，江西萍乡人。光绪庚寅进士一甲第二人及第，官至侍读。与余交仅数面，然时时语人云，湘中为常州派学者惟叶某一人。闻之殊愧悚。”诗云：“学有常州派，世人喑不知。我本囿乡曲，为君窥见之。浮湘在丁戊，推倒王经师（湘绮楼）。年少气甚盛，惊走群小儿。我时蜷里巷，不与人骋驰。通籍已三载，姓名始达时。学成书未就，随笔如紊丝。如何入法眼，骇诧天下奇。君师本东塾，我亦有微词。湘人袒湘绮，独见君鄙夷。君虽粤游久，不为师法持。少壮探释典，看穿真牛皮。梵夹八千卷，一再获倒披。入朝领馆职，中秘遂饱窥。金元多遗事，拾补脱宋遗。大典搜永乐，校释库本疑。杨官（明杨慎，神宗谓为偷书官儿）与朱十（彝尊），偷书谁与谋。异罪同失职，江海无还期。浮湛太平世，缔构名山基。昊天胡不吊，零落山丘悲。宿草春复绿，腹痛步难移。九原不可作，魂梦犹追随。”其二序云：“章太炎原名炳麟，字枚叔，浙江余杭人。以报诋朝政，逮系上海狱，三年期满释之。余素无一面。革命军起，君亟探余踪迹，语吾湘诸党人曰，湖南不可杀叶某，杀之则读书种子绝矣。君恒诋湘绮为词人，独引重余，是固可感也已。”诗云：“杀人必流寇，杀我必知己。而君独不然，交口誉相倚。平生未识面，倾倒胡若此。忆昔戊戌间，新旧方倾圮。志士罹党锢，瞀儒希朝旨。鲰生本不才，讲学各殊指。墨守发公羊，著书与之抵。君为曲园徒，乃亦曰否否。一时门户争，政变自兹始。台臣挟私怨，执政排异己。康梁固厉阶，刚毅复可鄙。不审事是非，激怒同吊诡。君将奋笔争，钩距祸又起。去国岂初心，告讦恨投匦。《訄书》（君所著书名，文极博奥）累万言，革命唱欧美。朝纲自不振，天下土崩矣。黄巾肆蜂屯，碧眼眈虎视。君急如焦焚，大声呼不已。有间时寄声，谓恐鲰生死。相交固有神，相感亦徒尔。国覆不再兴，家亡亦可喜。悠悠两人心，滔滔大江水。”《怀人》其一：“贪看名山住浙西，久因地著得幽栖。怀怀庐畔怀园在，梦里寻君月满畦。（李幼梅兵巡辅耀。兵巡长沙有寓庐，榜曰怀庐，取《诗》有怀二人之义。浙之寓庐曰怀怀庐，谓怀长沙之怀庐也。戊戌以后，更号怀二园，谓余与王阁学葵园也。兵巡天性之笃，风谊之古，近世殆无二人）”其二：“耻随海寇姓名同，华胄荀卿系本通。此是前朝李寒石，不饶门马乱家风。（孙蔚林农部文昺，国变后改姓名为荀鹹）”其三：“两目重明左不盲，天教袖手看沧桑。画家应有开山祖，一席南宗待老王。（俞廙轩仓侍廉三。公于逊国后以忧愤死，余为诗时尚不知也）”其四：“中年持节领文衡，白眼看人俗眼惊。垂老一官知蜀郡，坡翁存没未分明。（杜莜生太守本崇）”其五：“兄作偏沅小巡抚，弟居言路总台纲。伤心国破全忠孝，两处麻衣返故乡。（朱莼卿兵巡益濬及介弟同年艾卿副宪益藩兵巡。拜假节巡抚之命，丁母忧去官）”其六：“艺风堂里富藏书，乱后仓皇失故居。听说移家来沪渎，残篇饱载几牛车。（缪小山学丞荃孙）”

其七："百日楼居不见人，指天画地独怆神。忽闻青岛搜无发，狂笑惊飞屋上尘。（沈子培方伯曾植）"其八："风雅吾宗小石林，花桥木渎辙难寻。藏书语石新雕版，恐作中郎爨下琴。（叶鞠裳编修昌炽。君城居苏州花桥巷，乡居木渎镇。所著《藏书纪事诗》《语石》等书，余去年四月在苏时方雕版始竣，今存亡莫卜矣）"其九："人如水镜德操同，相许平生一德公。归去虞山音问断，近来兵事隔南中。（庞劬庵中丞鸿书）"其十："国变无心问死生，自携图史入东瀛。书林亦有逋逃薮，胠取长恩海上行。（罗叔蕴学佥振玉。君初闻南中之变，即载藏书赴日本，寄存图书馆，殆有终焉之志）"十一："东坡行处挟朝云，瘴海生还丧典坟。今日哭龕须一哭，如何飞电乞援军。（易实甫兵巡顺鼎。兵巡备兵钦廉，东南瓦解，孤注无援，电至湖南求救，不应，遂遁上海）"十二："渔洋诗染江南派，雅慕乡贤赋遂初。欲改夫于题野史，新修亭子著元书。（柯凤笙学士劭忞。君以《元史》芜陋，著《元书》数百卷，采辑最富，笔削至严，魏源之《新元史》不足道也。余与葵园阁学方欲索其书付思贤书局代刻，而南中兵事起矣）"十三："一食万钱真老饕，长髯巨腹辨滔滔。海滨闭户方穷饿，金石渊然诵楚骚。（梁节庵廉访鼎芬）"十四："崎岖蜀道似青天，汉上迟回上水船。不为热中轻性命，喜闻平子早归田。（周镜渔方伯儒臣。方伯开藩蜀中，以乞假寓海上，未几蜀变继作，未及于难）"十五："低头止拜王闿运，辣手偏杀禹之谟。方知学佛谈空者，心不可测胆亦粗。（金甸丞太守蓉镜）"十六："亡命穷荒怒发皴，气吞权要折疆臣。不登白简非豪杰，一语流传颇快人。（蔡伯浩兵巡乃煌。兵巡才气纵横，须发如戟，备兵苏松，以争款忤藩邸载泽落职。先年闻余遭劾，语人曰'人生姓名不登白简，非豪杰之士也。'未几君亦落职。余戏语之曰：'君可谓有志事竟成矣。'）"十七："举目河山风景殊，田园犹在半将芜。不知裹足荒山里，尚有闲情论画无。（王芰生太守寿龄。太守工书善画，与余乙酉同举贡）"十八："调停党祸见心裁，手挽强弓握不开。白刃黄冠成语妙，登舟时节一徘徊。（黄伯雨学司以霖。君为人雍容儒雅，静镇有度。辛亥八月鄂变起，君见余犹谈诗论画，余语君曰：'此非投戈讲艺时也，胡为好整以暇如此乎？'未几湘变继作，守官俱逃，君誓以死殉。诸生及兵士环守三昼夜不得闲，为之营舟车，送归装，拥至河干。诸生送之登舟，曰'恭惟老师黄冠归里'。君黯然曰：'诸君误我，黄冠不如白刃也。'）"十九："海上人呼老画师，数茎秃发几吟髭。砚田获比多田富，两月千金到手时。（何诗孙观察维朴）"二十："江左清门故世家，一官太守汉长沙。临书误识杨风子，乱帖丛残觅韭花。（汪荃台太守凤瀛。君居南皮张文襄幕最久，负重名，晚将佐杨文鼎入陕。余方诧其小就，未几东南瓦解，杨亦物故上海，君遂归隐矣）"二十一："鹤立清癯太瘦生，胸怀奇策未横行。一身负谤丘山重，说到诗名海内惊。（郑苏龛方伯孝胥）"二十二："十年作宦尚书生，文笔诗词日老成。破落家山不相问，南风吹梦去羊城。（陈凤阶大令庆森）"二十三："寄僧口吃语期期，写不成书苦作诗。八大山人工哭笑，天童岚翠照须眉。（僧寄禅敬安）”二十四：“冬烘头脑颇烦皮，星命江湖百事知。博得人间呼棍子，与君谐笑捉乌龟。（夏彝恂观察时济。君与余同举进士，精星命之术，同人呼曰夏满棍子。京师称盲人算命者为棍子，谓其两手持棍勘路也。满者，君之行次也）”二十五：“少承家学早工文，诗入王门（湘绮楼）张楚军。憔悴白门饥欲死，乱抛笔砚向天焚（陈伯弢大令锐）。”《三恨诗》其一（“恨不读《永乐大典》”）：“永乐修大典，右文古所希。鸿篇富乙览，治理实相资。四部浩烟海，搜采惧有遗。括以洪武韵，如纲张四维。八行夹小字，缮写功较迟。书成贮内阁，中秘人罕窥。副在翰林院，帝德心无私。皇清修四库，先圣后圣师。大兴朱夫子，硕学物望推。疏请发检校，潜德彰隐微。惜哉程限促，抉择无是非。煌煌宋会要，汉唐辙可追。金源撰法律，散佚徒增欷。水经戴窃赵，未得释兹疑。我生去古远，道微世正衰。中丁庚子乱，一炬寒劫灰。胡兵争攫取，残帙如雨飞。斯文天欲丧，当道谁见几。坐视两朝物，同深千载悲。虽有全书目，一脔难已饥。此恨永无极，掩卷重徘徊。”其二（“恨不读《道藏》”）：“《道藏》非释比，猥杂盈五车。宋徽好羽士，杜撰充玄都。强分千文号，兼及符箓书。颇失清净旨，林徐非吾徒。嗟余实好异，寂寞耽玄虚。恨不阅全藏，日与黄冠居。别裁诸伪本，横览五岳图。名法墨医杂，七略存五家。西华与南岳，神游任所如。纯皇开四库，献书获旌闾。輶轩遍海内，大典搜明初。如何道书在，赤水遗玄珠。总裁纪与陆，曾不上一疏。徒闻百年后，慨想追唐虞。忆余始通籍，作宦淹京华。人言白云观，尚有巨册储。簿书日鞅掌，征逐困道途。老室在咫尺，不得供猎渔。归田忽廿载，时访隐士庐。又从云麓寺，偶见残废余。所惜非全部，岁久饱蠹鱼。此生竟虚负，有梦追华胥。”其三（“恨不读敦煌石室藏书”）：“敦煌古安乐，鸣沙峙其东。上有千佛洞，古物藏壁缝。书则唐卷轴，经擅绒绣工。千年始发见，而我不相逢。冥顽地方吏，目瞶耳复聋。坐失此珍秘，散落去海东。碧眼识异宝，何况文教通。伯希和者谁，席卷一室空。王罗拾膏馥，问官郯子同。不假舌人语，面质殊从容。槖笔从邸舍，录副纸墨穷。印模远相惠，盲人目忽明。我欲亦未餍，妄想居成功。修问学孔子，家教思太公。画图考唐礼，书仪辨吉凶。分章纪百行，要训登开蒙。开辟帝王记，孟说秦语中。沙州西州志，辑佚二酉重（《沙州记》《西州志》，武威张澍辑刻入《二酉堂丛书》）。焉得返赵璧，列架先栋充。往事成梦想，结愿无始终。作诗告来哲，无耻佣书佣。”《杨花曲》云：“朱亭二月垂杨绿，杨花开遍弯河曲。中边一树独菲芳，只今攀折花繁缛。三宿空桑信有缘，闲情栗里偏相属。此树栽成廿四年，于今风致故嫣然。华年正比黄金贵，行路谁将碧玉怜。春风解送腰肢舞，平头夫婿张雕武。前朝遍地是歌台，缠头百万挥如土。一朝世变各还乡，买邻犹傍章台住。早妆相谑斗蛾眉，双双画出鸳鸯谱。我曾避世入桃源，鸡犬桑麻又一村。满地杨花飞作絮，不知苏小有柴门。当门忽见娉婷影，夫妇追随犊鼻裈。是人是柳春都好，乱世移家殊草草。新装西子遇御儿，旧姓弘农夸得宝。笑闻长沙几月回，为言侥幸知几早。不然委作路傍花，马前旗下身难保。语长坐久日沉西，树色昏黄归鸟啼。长堤月出晚炊熟，卖鱼贯酒蒸腌齑。玉人颜色真如玉，劝饮加餐意相续。里妪邻女各窥探，惊喧有客来何速。本来同是丧家人，途穷日暮先投宿。酒阑烛烣人渐稀，犹扶残醉入绣帷。梦回身已堕巫峡，懊恨临时酒力微。流光九十平闲度，莺骄燕乳春将暮。小住天台月再圆，中年刘阮多奇遇。归舟一叶泛河津，踠地千丝染曲尘。折取一枝聊赠别，姓名留与意中人。临歧执手黯无语，但愿年年花叶新。”《印人歌》云：“雕虫小技人所嗤，三十五举了不奇。岂知摹印古小学，八体直接秦李斯。当初我不识篆隶，缪随学究相诋諆。后来读书通印典，始信松雪体格卑。愙斋中丞富藏器，一见讨论契合微。万方发箧拓成册，封泥剥落扪有脂。幕中有客丁小钝，日弄刀笔心目开。殳书摹刻得神髓，冻石如玉手不龟。铁耕山人方继起，如龙上下相追随。同时作者各异轨，私心所爱惟丁雷。十年世变尚新法，斯文扫地孔孟非。瞀儒之无且不识，古文奇字谁得知。人人手持小牙盒，见者云自日本归。姓名破坏国瓦解，石尉黔面尤可危。堂堂官印亦不正，四羊五马篆法违。石匏老翁起太息，手斫山骨盘蛟螭。坐视群儿弄班斧，断手伤指实可哀。行年六十尚作客，老至不见白发垂。穆皇中兴盛文物，耳目濡染多古怀。大江以南称才薮，来往鸿博皆明师。廿年橐笔走湖海，晚犹旅食贫无依。人生富贵有得失，患难胡亦相等夷。日饮醁醽娱暮景，石不可煮难疗饥。渊明弃官信足慕，刻石独取归去来。去年潢池祸水溢，传国玺失秦皇威。赤眉五斗私建号，官符委地朱累累。古来相印有秘术，此事吉兆如何推。玉玺几时归日角，俯仰独诵樊南诗。”

15日　《中国实业杂志》第3年第6期刊行。本期“文苑”栏目含《荣城湾避风》（谢抗白）、《江户新年词百首（续）》（黄庆澜）。

［韩］《天道教会月报》第24号刊行。本期“词藻”栏目含《朝雉》（敬庵李瓘）、《三清洞拈韵》（源庵吴知泳、凰山李钟麟）、《云龙亭》（凰山李钟麟、南隐卢宪容）、《归路题源庵亭阁》（凰山）、《夜过香山庄》（凰山）。其中，凰山《夜过香山庄》云：“春生门外夜相过，道是高人不在家。一只惟留庭上鹤，月中管领紫桐花。”

廉泉、吴芝瑛致徐自华函云：“寄尘先生伟鉴：昨奉诲帖，敬审。秋祠及风雨亭先后落成，于阴历六月六日奉主人祠，并开会追悼（是日在敝庄招待来实，已函属陆君树斋奔走唯命，想已与之接洽矣）。泉因芝瑛病甚，届期能否前来观礼，尚不可知。以视先生与秋祠同人经营敦月，克竟厥工者，对之有愧色矣。捐册今日已收回，应者寥寥。因亲朋窘状，一致有自顾不暇之势，故不能襄此义举也。此册由吴惠秋女士交来时，首二页已写有廿八号，计洋三十九元三角，其款想已经缴贵社核收矣。敝处自第三页马幼眉起至锡山荣氏六号，共募洋玖拾元正（荣氏索芝瑛书有年矣，今允病愈后为写若干件，故欣然写四十元），绵力所及，止此而已。该款容交卜君松林带上，捐册及收据簿今先邮缴，乞即察入。折扇力疾涂奉，病愈后当再写一楹联承教也。率复。即颂。安和。不宣。廉泉再拜。芝瑛同叩。七月十五日。秋社同人前均此致候。”

16 日　《申报》第 14152 号刊行。本期《自由谈》“尊闻阁词选”栏目含《西园纳凉词》（了青旧作）、《忆得》（四首，剑痴）、《集李商隐句》（知止）。其中，剑痴《忆得》其三：“锦屏春暖映流苏，忆得金盘护舞裾。一曲红绡君记取，明珠双系碧罗襦。”其四：“樽前凄绝杜兰香，临别赠言意自伤。郎若闲时不吝玉，绿杨深处问秋娘。”

17 日　《申报》第 14153 号刊行。本期《自由谈》“游戏文章”栏目含《游夜花园赋》（爰，仿《前赤壁赋》）；“尊闻阁词选”栏目含《古塚行》（了青）、《叠次蝶麟酬唱韵赠钝根》（二首，瘦鹤）、《复赠长律一首》（瘦鹤）。其中，瘦鹤《叠次蝶麟酬唱韵赠钝根》其一：“词笔文心傲子长，当时人尽识韩康。不才欲附名流末，愿杂参苓入药囊。”其二：“合有蓬山住上真，须将明月认前身。慈悲绝是如来佛，苦把金针度与人。”了青《古塚行》云：“萧萧白杨枝，郁郁青松树。道旁一老人，云是前朝墓。当其及童□，犹见碑横路。宁□数十年，骨殖遭暴露。长镌及头颅，短锸伤足跗。石椁未全灰，衣冠尚古度。翁仲不能言，相对泪如注。想其赫奕时，居处谁敢忤。零落归山丘，藏身岂不固。乃轮蒿葬人，犹得伴狐兔。血肉化为□，岁久视无睹。吾闻父老言，忽忽若有悟。大木森千寻，枝叶相回□。摧折有尽时，岂得长呵护。子孙无贤愚，身后谁能顾。”

廉泉、吴芝瑛致徐自华书云：“昨寄捐册，想可达到。会期已迫，芝瑛尚在病中，寝餐俱废者已六日，泉须在家调理医药，不克趋前观礼，歉怅奚如。秋社捐款玖拾元，今托卜先生带缴，望即核收示复为幸。此上。至贵重之寄尘徐先生。廉泉谨启。芝瑛同叩。七月十七日。秋社同人前均乞致候。”同日，吴芝瑛致徐自华书云：“寄尘吾姊英鉴：顷阅报纸，知贵社访求秋烈士遗物，将陈列会场，以示纪念。芝瑛于甲辰正月，为烈士筹划学费，以便东游。烈士于人日写盟书一通以来，曰：‘吾欲与姊结为兄弟。’芝瑛亦写盟书一通应之。烈士次日作男子装过我，并赠诗一首，以自用之补褂一、裙一见贻，曰：‘此吾嫁时衣，因改装无用，今以贻姊。姊不欲，则售之他人，否则留为别后相思之资，可乎？’遂相与痛饮。烈士时寓北京丞相胡同，吾寓北半截胡同，相距咫尺。从此无一日不相见，见辄呼酒，不醉不休。此八年前事也。烈士自改装后，即摒满清礼服不御，今此物尚存，足为烈士脱离满人羁勒之纪念。盟书一通，赠诗一首，为吾悲秋阁之纪念品，今交卜松林先生一并奉上，届时陈列会场，可藉知烈士之家世，不独其墨妙令人望而生敬也。烈士原名闺瑾，自东渡后，改用单名，删去‘闺’字，此亦足资考证。芝瑛病甚，不能前来观礼，敬乞吾姊将此函所述，在会场代为宣布，感悚无任。夜深率报，即颂。安和。不尽缕缕。妹芝瑛谨启。七月十七日。盟书横额，事后仍交卜君带回。妹病起拟识数语其上，置之悲秋阁中也。”

18 日　《申报》第 14145 号刊行。本期《自由谈》“尊闻阁词选”栏目含《高阳台·次镜笙、瘦蝶二词坛韵》（海虞铁耕）、《读〈多心经〉得莲花一瓣，因书其上》（了青）、《夏夜》（了青）。其中，了青《读〈多心经〉得莲花一瓣》云："了青了无趣，冥然坐静室。一卷多心经，示我波罗密。中有妙莲华，无臭亦无色。善哉菩提子，乃作如是说。良知是为人，先觉是为佛。人亦无有身，佛亦无有物。若云人与佛，是犹未寂灭。□哉尔众生，牵挂及毫发。吾欲拈此花，一笑便解脱。"

陈蜕庵约本日致信柳亚子，云："亚庐足下：手书具悉。君避暑山居，与佩宜君晓听提壶，午调冰水，此乐南面不易，令弟神羡。惕生尚未来，闻回湘有事。杏佛见过，尚未谈及南社分设事，此弟甚愿，当与杏佛商之。万里在舟中一见，到京后未相过从，彼事甚劳，弟性最懒，同居一方而不相见，谓之何耶！《民主报》当嘱寄阅，惟前数日者恐难得矣。草颂双社蜕言。"

沈其光作《六月初五晚雷雨大作，从贻玖、葆荪贯饮》。诗云："盛夏六月天，朱阳作剧暑。郁成川泽云，降为滂沱雨。老天先助势，风涛走浦溆。其来如千军，汹汹不可御。倏焉撼危楼，轩窗震屋宇。似闻奇鬼斗，砉然壁有语。阿香怒莫遏，驱策六丁部。殷地霹雳轰，昆仑裂天柱。笑我二三子，相顾舌互吐。褰裳下层梯，厥状类窜鼠。仓皇觅酒垆，不辨谁宾主。缅怀邹圣言，岩墙非立所。市楼虞倾攲，知命善自处。斯须神志定，杯杓倾肺腑。此缘恐天假，邂逅成嘉聚。君辈风竹饥，我亦鸲鹆舞。推窗雷雨寂，谯楼报初鼓。酒阑各言归，电火明如炬。"

19 日　秋瑾殉国五周年纪念日。杭州凤林寺举行追悼会，浙江都督府军政府要人暨团体代表均莅会，挽联哀词盈于书壁。追悼会由临时主席徐自华主持。徐自华报告秋社历史及建立秋瑾专祠和募筑风雨亭事项，又发表演说云："今者民国重光，拨云见日，二百六十余年之耻恨已雪，在女侠已无遗恨；而秋暮之葬而复还，其咎贯根于贵林，但当时秋之戚友咸恐牵连，均匿不作声，即秋姑秋夫亦具禀湘抚呈报断绝关系，言念及此，心酸肺裂。"

《申报》第 14155 号刊行。本期《自由谈》"游戏文章"栏目含《扬州小秦淮竹枝词》（十六首，悟盈生）；"尊闻阁词选"栏目含《秣陵春感》（十首，剑痴）。其中，悟盈生《扬州小秦淮竹枝词》其一："几多恶少往来频，适口香烟气味纯。接耳交头时密语，一回美眷出回神。"其二："莺莺燕燕动人魂，结队偕行笑语喧。第一村中闲座少，不如仍到绿杨村。"十五："两三知己快谈论，月上东山日已昏。晚近城门关锁早，一开茶罢入城垣。"十六："笑携稚子步徐徐，游罢归来兴有余。偶向史公祠畔过，沿河东去看金鱼。"剑痴《秣陵春感》其一："抱得忧时泪一腔，新亭浊酒漫相忘。横陈一角江山画，凭吊千秋王谢堂。开府依然竞仗马，宫车无复驾群羊。寄言海燕归来日，记否卢家玳瑁梁。"其二："被襟高唱大江东，踏遍吴山十二峰。莫道登场惟傀儡，剧怜入彀不英雄。六朝金粉销王气，百战关河老霸功。漫上石头城上望，中原烟雨正濛濛。"

其三："惆怅江南第一城，晓风残月不分明。飞花岂自知飘泊，流水居然诉恨声。四海创痍辽鹤劫，万方烽火汉家营。龙泉壁上原无恙，时作惊人夜夜鸣。"其四："朝暾初上影迟迟，莫讶扶桑力不支。歌哭岂缘醇酒中，梦魂犹怯乳莺啼。豺狼当道哀鸿泣，春燕无归战马嘶。底事乔幽浑不辩，纷纷争诩夺高枝。"其五："胜败重来丁令威，南郡往事不堪悲。落英讵解留旅客，衰草应怜出塞妃。虎伥不嫌山只瘦，莺饥争攫称花肥。渡江名士应无憾，风景当年是也非。"其六："报道江南万象新，无端小草艳阳春。当车歧路惟顽石，款客深山有碧云。溪壑藏头辞俗士，野花开口笑行人。负他丹海□霄鹤，□尽硃砂化尽尘。"其七："平明传鼓九门开，羽檄星驶上帝阶。画舫不横桃叶渡，荒山犹戴雨花台。醉中叱咤千人废，眼底兴亡百感来。最是酒酣耳热后，背人孤影自低徊。"其八："驹隙流光叹莫寻，长江天堑孰凭陵。倦游不作台城梦，绝调空余梁甫吟。八百株桑诸葛志，万间广厦少陵心。秦淮一曲盈盈水，阅尽兴亡误到今。"其九："满天红雨涨江澜，飞絮沾泥不忍看。枯苑春深杨柳睡，楚宫人杳杏花残。半盆冷月清如许，十里珠帘夜未阑。九十光阴等闲度，小楼寂寞玉栏杆。"其十："搔首茫茫待问天，为谁烽火遏三边。枕戈有梦回徐榻，借箸无方罢祖鞭。野渡久迷朱雀迹，空山归抱白云眠。水晶帘外玲珑月，一样销魂总悄然。"

梁鼎芬五十四岁生日，顾印愚有《六月六日寄清士》寄祝。诗云："百年天贶节，一老海滨居。重六犹三九，人时自古初。汉宫噫早动，传药病宁祛。清士沧州影，兹辰对曝书。"

20日　《中华民报》在上海创办，由邓家彦任总编辑，刘文畏、胡怀琛、胡朴安等主笔。该刊以"拥护共和进行防止专制复活"为宗旨，在同盟会系统各报中反对袁世凯、拥护孙中山最坚决。杨铨作《赠孟硕，时主〈中华民报〉》云："秦政愚黔首，民魂遂黯然。悠悠二千载，言论几人贤？水火争廊庙，豺狼当直前。危时正多故，群策赖君鞭。"

《申报》第14156号刊行。本期《自由谈》"尊闻阁词选"栏目含《鬓云松令（鬓云松）》（红豆相思馆主）、《百字令（问年四五）》（红豆相思馆主）、《摸鱼儿（忆年时停针倦绣）》（红豆相思馆主）、《台城路（艳情绮态撩人惯）》（红豆相思馆主）；"心直口快"栏目含《四戒歌》（仿道情调）（浙西桂香室主）；"文字因缘"栏目含《高阳台・寄怀瘦蝶、镜笙、□公仍用原韵》（问津）、《高阳台・四叠韵，再答镜笙词人，以刘改之体代柬》（憶公）、《遣愁两阕，寄酬瘦蝶》（天民）。其中，红豆相思馆主《摸鱼儿》云："忆年时停针倦绣，夜深时，傍娇腕。比肩问字偎香久，未语先含腼腆。波乍转。忽媚历微吮，道我何曾惯。明知分浅，况愿与心违。情为礼制，徒把奈何唤。　思量遍，只怨三生缘，欠人间恨事何限。六州已铸今生错，一见一回肠断。心已懒，念颁白萧郎，敢作芙蓉伴。频催史箭，且撩断游丝，划除绮障，清梦翕然远。"

魏清德《挽南社记者陈瘦云氏》发表于《台湾日日新报》。诗云："文坛久落寞，君尔又凋零。病肺空芝术，延年少茯苓。未看须发白，已觉墓门青。千古伤心事，无为起渺冥。"

[日]白井种德作《大暑前三日，霖雨偶霁，记喜》。诗云："暑蒸况复苦阴霖，偶遇开晴喜不禁。满室凉风索诗坐，先吾庭鸟有佳音。"

21日　《申报》第14157号刊行。本期《自由谈》"尊闻阁词选"栏目含《意难忘（缘少情多）》（红豆相思馆主）、《凤凰台上忆吹箫（淡淡芳惜）》（红豆相思馆主）、《江城梅花引（佳人睡醒起还慵）》（红豆相思馆主）。其中，红豆相思馆主《江城梅花引》云："佳人睡醒起还慵。态朦胧。意惺忪。一缕云窝，斜阳粉光融。香梦乍回罗帐揭，抬媚眼，睹萧郎、不意中。　意中。意中。怨无穷。泪溶溶。诉喁喁。泪也诉也，诉不尽、无限离衷。今日亏他，一阵妒花风。吹到君边方觉着，寻旧约，撇新欢、蓦地逢。"

《真相画报》第5期刊行。本期"文苑"栏目含《写韵楼诗余》（吴尚憙）、《张忆娘〈簪花图〉题咏》（寒琼录）。

严修至天仙茶园观王瑶卿演新剧。又，访张伯苓于南开中学，为教育宗旨事。初蔡总长拟教育宗旨五项：一、道德主义，二、军国民主义，三、实利主义，四、世界观，五、美感。而教育会会议将四、五两条取消，严修大惊，劝伯苓力争之。

22日　《申报》第14158号刊行。本期《自由谈》"尊闻阁词选"栏目含《鹧鸪天（问夜如何夜未央）》（红豆相思馆主）、《前调（酒力微消倦意生）》（红豆相思馆主）、《感时》（寓公）、《和秦勇公百日诗》（缑山樵子）、《题女子北伐队照片》（四首，陆平）、《和作》（四首，星曹）；"文字因缘"栏目含《送别醒醉》（师牙）。其中，陆平《题女子北伐队照片》其一："雄风齐效鉴湖秋，不斩楼兰誓不休。一笑低声语夫婿，阿侬替汝觅封侯。"其二："旌旆飞扬舞朔风，此番痛饮指黄龙。他年画入凌烟阁，多买胭脂写玉容。"其三："结队连鉴扫虏尘，英雄事业女儿身。他年无定河边骨，也有深闺作梦人。"其四："不学时装竞武装，短衣窄袖阵鸳鸯。幽燕自昔多豪杰，欲决雄雌入战场。"星曹《和作》其一："旗麾鄂诸卷秋风，半壁河山壮士功。争扫妖氛新国社，小戎一队也英雄。"其二："庭犁蓟北赋长征，孰说娥眉不解兵。女子从戎自古有，孽胡那得不心惊。"其三："心雄不畏朔风寒，巾帼编成尚武团。解释明妃千载恨，胡笳拍侯凯旋弹。"其四："关内将军关外兼，江南姊妹战争先。吴宫兵法流传久，不怕胡奴不尽歼。"

鲁迅因挚友范爱农卒而作《哀范君三章》，后刊于1912年8月21日绍兴《民兴日报》，署名"黄棘"。其一："风雨飘摇日，余怀范爱农。华颠萎寥落，白眼看鸡虫。世味秋荼苦，人间直道穷。奈何三月别，遽尔失畸躬！"其二："海草国门碧，多年老异乡。狐狸方去穴，桃偶尽登场。故里彤云恶，炎天凛夜长。独沉清冽水，能否涤愁肠？”其三：“把酒论天下，先生小酒人。大圜犹酩酊，微醉合沉沦。幽谷无穷夜，新宫自在春。旧朋云散尽，余亦等轻尘！”鲁迅自跋云：“我于爱农之死，为之不怡累日，至今未能释然。昨忽成诗三章，随手写之，而忽将鸡虫做入，真是奇绝妙绝，辟历一声，速死豸之大狼狈。今录上，希大鉴定家鉴定，如不恶，乃可登诸《民兴》也。天下虽未必仰望已久，然我亦岂能已于言乎？二十三日，树又言。”

张謇作《挽瑞莘儒》联云：“忧国乘除真舛午；悲公生死不逢辰。”

23 日 《申报》第 14159 号刊行。本期《自由谈》“游戏文章”栏目含《十七字诗》（爱）；“尊闻阁词选”栏目含《踏莎行（局促辕驹）》（红豆相思馆主）、《沁园春（世态苍云）》（红豆相思馆主）、《遣怀》（八首，鸳湖补某）。其中，红豆相思馆主《踏莎行》云：“局促辕驹，毫无展布。平生都被儒冠误。蹉跎髀肉自惊心，堂堂白日真虚度。　　不善谋生，饥将驱我。茫茫何处终南路。也思趋利效维新，维新自问无才做。”《沁园春》云：“世态苍云，无穷变幻，薰莸不分。欲蝇营狗苟，庸庸余子，衡权较量，草草劳人。苦累妻儿，甘为牛马，跬景难捱百岁春。随缘好，但吾行吾素，吾率吾真。　　已拼没世无称，只中岁、填词兴倍亲。恨性成疏懒，百无一就，而今渐老，虚愿徒存。莫问青天，且招红友，家有田园未算贫。吾犹幸，有乾坤许大，着个闲身。”

魏清德《寄怀湘沅社兄》发表于《台湾日日新报》。诗云：“明月天南路，骚人何处家。自从归陇蜀，不复去长沙。静想音容在，深期餐饭加。读君诗句苦，肠断女郎花。”

24 日 《申报》第 14160 号刊行。本期《自由谈》“游戏文章”栏目含《挽瑞澂联》（二首，了青）、《又》（了青）、《又补挽赵尔丰联》（了青）；“尊闻阁词选”栏目含《闺情》（六首，率公）、《坠欢》（率公）；“文字因缘”栏目含《高阳台・倦游乍返，读报有镜笙和瘦蝶之作，倒用其韵，写怀录呈》（汉明）、《读瘦蝶词人诗有作》（息影庐）。其中，率公《坠欢》云：“坠欢重拾复何年，恨海难教精卫填。不信书生无艳福，也曾消受美人怜。”

魏清德《国姓鱼》发表于《台湾日日新报》。诗云：“石苔矶畔水泠泠，盈尺香鱼集短汀。我不投竿与置网，维舟相对各忘形。”

25 日 《民国新闻》在上海创刊。该刊由同盟会会员吕志伊、徐肃、陈泉清、吴敬恒等人发起，社长蔡元培，总编辑原拟请汪精卫担任，因故未成，后由吕志伊主持报务，其后又由吴敬恒、邵元冲先后任总编辑。该刊以“保障共和政体、宣扬民主主义”为宗旨，宣传资产阶级民主政治。1913 年 9 月“二次革命”失败后，被袁世凯下令禁止发行，宣告停刊。高旭作《〈民国新闻〉祝词》纪之，后发表于 1912 年 8 月 5 日《民国新闻》，署名高钝剑。诗云：“黄河潮涨复潮平，一纸新闻十万兵。再作《哀江南赋》后，天涯愁杀庾兰成。”姚光亦有《〈民国新闻〉祝词》。

《申报》第 14161 号刊行。本期《自由谈》“游戏文章”栏目含《近事谣》（五首，越痴)；"尊闻阁词选"栏目含《津门客》(天白)、《吊吴将军禄贞》(二首，李生)、《品茶》(了青)、《采莲曲》(了青)、《清宵》(太痴)；"文字因缘"栏目含《寄瘦蝶诗人，藉志景仰，用蝶麟酬唱韵》(二首，问津)、《观镜笙、瘦蝶屡相叠和，不胜欣羡，爰和原调原韵，以博二公一粲》(白沙程习鹏)、《高阳台·再答瘦蝶词人》(镜笙)、《得镜笙和作，知系京兆后人，三叠韵前调却寄》(瘦蝶)。其中，越痴《近事谣》其一："海外归来意气豪，不烦唾手立功劳。他年成败非吾事，祸福还应付尔曹。"其二："闻说中原百万兵，几辈竖子作公卿。将军尚未归农去，到处纷传抢劫声。"其三："公子豪华动九州，有身娇小解温柔。同心带绾西方美，夜半私行不少留。"其四："无分男女效时装，日日翻新若病狂。博得旁人称富丽，利权外溢又何妨。"其五："小屋租来数十间，间间有玉种蓝田。缠头军饷难分配，一例开支民国钱。"

[韩]《朝鲜佛教月报》第6号刊行。本期"词林"栏目含《通度寺戒坛落成会后》(许南史)、《又》(曹野云、金芋田、徐石斋、金九河、全惺圃、崔九皋、尹右山)、《追和一律，聊表向慕之心》(权退耕)、《敬贺〈朝鲜佛教月报〉发光》(形山若生国荣)、《山居偶成》(前人)、《偶成》(前人)、《壬子四月八日恭赋》(前人)。其中，形山若生国荣《壬子四月八日恭赋》云："正阳初八日，降诞小如来。龙水浴金体，神花献玉台。天边音乐响，人界瑞光催。唯我独尊语，忽然震迅雷。"

严修偕家眷乘"大智丸"号东渡。居日期间作《偕内子游日本，留别仁安、幼梅、仲远，壬子七月》。诗云："闲云终日过，身世两悠悠。只道浮家乐，焉知去国愁。十年三入海，万里又孤舟。欲识沧桑事，君当问白鸥。"

王敬彝作《壬子六月十二日由沪还黔，经施秉县，闻高卓安刺史宰是邑，三月前已殇于此，故人不见，悼之以诗》(三首)。其一："甘苦平生意，交期性命亲。来迟三月路，不见九原人。遗爱甘棠在，归魂墓草新。无情西下日，愁望泪沾巾。"

26日 《申报》第14162号刊行。本期《自由谈》"游戏文章"栏目含《野鸡诗》(十二首，圭身)；"尊闻阁词选"栏目含《哭内》(十首，率公)、《又作》(率公)。其中，率公《哭内》其四："怕述病情对小姑，每逢慵起倩侬扶。可怜瘦骨支离甚，犹问儿夫冷暖无。"其六："此心未死已成灰，旧事思量总可哀。料得重泉常寂寞，如何入梦不归来?"其七："豪情绮思任消磨，身世飘零涕泪多。常觉生离是惨剧，那堪死别待如何?"其八："情天孽海债难偿，十四年来梦一场。若果夜台能聚首，尽教化鬼也无伤。"其九："妆成雾鬓与云鬟，喜画眉痕月一弯。始信欢场原苦海，愿卿莫再谪人间。"其十："玉楼残梦可怜宵，无计真能慰寂寥。却羡双栖梁上燕，一生暮暮与朝朝。"

《小说时报》第16期刊行。本期"杂记随笔"栏目含《莼乡漫录》:《拭觚三则》(李详)、《秋风录二则》(无我)、《林文忠公遗事》(汉农)、《借古人以自况》(汉农)、《张文襄逸事》(汉农)、《滑稽寿联》(汉农)。

启功生。启功，字元白，姓爱新觉罗，雍正帝九世孙，满族，北京人。著有《启功韵语集》《启功丛稿》《诗文声律论稿》《论书绝句百首》。启功1981年有诗追述出身，诗云："半封半殖半蹉跎，终赖工农奏凯歌。末学迟生壬子岁，也随诸老颂先河。"

27日 《申报》第14163号刊行。本期《自由谈》"尊闻阁词选"栏目含《前读某报〈西子影〉小说，系记吾邑某君淞滨奇遇事，惟收束处，则涉乎幻想，长夏忆此，率成四律，即简某君》（四首，补天）、《次韵》（四首，铁耕）。其中，补天《前读某报〈西子影〉小说》其一："美人门第本清华，见说高楼接绛霞。六幅珠帘齐挂树，一家女弟尽如花。探幽秋访林逋宅，罢学春寻苏小家。忽地烽烟迁徙急，夕阳塞草走天涯。"其二："絮泊萍飘集沪滨，搴帷一笑漫相亲。交融水乳难求迹，暂聚风花亦夙因。听曲争教惊倩影，驱车容易妒旁人。庄严色相偏矜重，不许帘前细认真。"其三："重重别恨诉东风，一曲新词唱恼公。江上帆飞春水绿，樽前花映醉颜红。相如完璧终归赵，越女赠珠忽返宫。几垒峰青人不见，分飞劳燕月明中。"其四："香焚心字太缠绵，青岛衔书信息传。一掬相思红寄泪，三生盟誓翠封钿。病中眉黛羞圆月，别后因缘证碧天。毕竟难填情海恨，冤禽衔石自年年。"

［韩］《侍天教月报》第2卷第8号刊行。本期"词藻"栏目含《道花吟》（崔荣九）。诗云："龟尾山上千朵花，春来依旧盛繁华。过劫沧桑曾一瞬，满林徇烂曳彤霞。巾服快快肌骨香，岩下行人坐长嗟。东风不是无情物，飘摇飞入万人家。"

周作人致信鲁迅，附哀范爱农诗。诗云："天下无独行，举世成委靡。皓皓范夫子，生此叔季时。傲骨遭俗嫉，屡被蝼蚁欺。佗傺尽一世，毕生清水湄。今闻此人死，令我心伤悲。扰扰使君辈，长生亦尔为！"此诗刊于次月21日《民兴日报》。

28日 《申报》第14164号刊行。本期《自由谈》"游戏文章"栏目含《新唐诗一》（三首，商界少年）、《二》（二首，商界少年）、《三》（二首，商界少年）、《巡警叹》（四首，佐彤）；"尊闻阁词选"栏目含《红莲》（天白）、《苏府学西隙地数百弓，相传为宋儒范文正公旧址。前抚程公雪楼捐廉，建筑改良为农务试验场，名曰植园，接李栽桃，别饶幽趣。当兹夏令，士女云集，归赋五律二首，以志斯游》（二首，剑仙）。其中，佐彤《巡警叹》其一："号帽欹斜号裤穿，站岗何事倚栏杆。无情木棍多情弄，不怕摩挲十指酸。"其二："晴天泥污满皮靴，短发飞蓬手懒叉。东首踱将西首去，老火灶上呷凉茶。"其三："香烟吹吸不瞒私，袖底深藏那个知。料得调差还未至，借条板凳坐移时。"其四："插身打架倍精神，少女行过骨更轻。寄语旁人休诧异，数年前也是流氓。"剑仙《苏府学西隙地数百弓》其一："何处涤尘俗，名园泮水边。遗风怀故吏，胜地溯前贤。因利兴天产，培元挽国权。此间生意足，花鸟亦欣然。"其二："坐久不知倦，葛衣生嫩凉。林深消暑气，垣短放山光。筑榭沿荷沼，开轩面稻场。夕场游屐盛，啜茗话农桑。"

樊增祥作《六月望夜对月》。诗云："昨雨今忽晴，既晴复微雨。入夜见纤阿，亭亭出银浦。团栾白玉盘，照我罗裳单。徘徊青桂树，徙倚曲阑干。阑干十二曲，衣染烟霏绿。坐到五更头，为姊伴幽独。月姊一粲然，侬不受君怜。昨夜梧桐雨，清吟亦未眠。”又作《旭庄以其子妇金陶陶女史所画花卉册十六页属题，杂赋五六七言诗二十首》。其一：“曾记冬心画马年，金家殿撰并轩轩。（冬心自题画马诗：‘谁知蹀躞东风里，骑过吾家两状元’）纤纤诗与陶陶画，更得红闺两状元。”其二：“从容黻佩到欧西，画本瓯香手自携。提挈百花渡红海，大千春色在柔荑。”

郑孝胥作《六月十五夜月下》。诗云：“风穿月透海藏楼，坐近虫声已似秋。流水斗龙潮乍过，停云顾兔雨旋收。微行士女应忘反，缟夜园林信壮游。可惜旧情衰谢了，只堪偃卧看牵牛。”

29 日 《申报》第 14165 号刊行。本期《自由谈》“游戏文章”栏目含《夜花园杂咏》（六首，佐彤）；“文字因缘”栏目含《仆慕太痴先生之名，廿载于兹，每以未识荆颜为憾，爰赋俚句，藉志景仰》（四首，栖梧）、《寄酬瘦蝶、镜笙原韵》（天民）。其中，栖梧《仆慕太痴先生之名》其一：“春江廿载负诗名，曾执骚坛牛耳盟。君是高昌佳弟子，追随杖履寄闲情。”其二：“风流裙屐自翩翩，文阵歌场酒十千。梦到扬州犹未觉，依稀诗咏小游仙。”其三：“当年花月记优游，只写欢娱不写愁。红粉佳人名士笔，一时无两说风流。”其四：“湘竹斋前曲意同，宝珠花下诉语衷。读君艳著知君遇，落月停云渴想中。”

30 日 《申报》第 14166 号刊行。本期《自由谈》“尊闻阁词选”栏目含《喜晤柏贞女兄过南昌》（越痴）、《有所见》（二首，定耕）。其中，定耕《有所见》其一：“一现昙花笑语温，眉峰犹自带愁痕。教侬不敢近前立，恐是亭亭倩女魂。”其二：“脉脉含情绝可怜，玉容愈显十分妍。临行休怪频回顾，十二时中似隔年。”

［日］杉田定一作《四十五年七月三十日明治天皇崩御恭赋》。诗云：“先皇神武有谁同，戡定维新中兴功。大陆山河归版籍，五洲草木仰威风。宪章夙定千年计，帷幄罗来一世雄。记得诏言犹在耳，龙颜咫尺凤凰宫。”

31 日 《申报》第 14167 号刊行。本期《自由谈》“尊闻阁词选”栏目含《香妃词》（六首，江都樨禅）、《经龛归自济南，诗以志喜》（五首，病鞠）；“文字因缘”栏目含《调寄〈金缕曲〉·栖梧先生赠诗四绝，谱此奉答》（高太痴）、《赠钝根》（景骞）。其中，江都樨禅《香妃词》序云：“前读天白君《香妃行》，击节诵读再三，得诗六首，即请绍介于天白君，用资一笑。”其一：“白草黄沙虎帐空，胡儿不战血流红。可怜一片天山月，孤照蛾眉入汉宫。”其二：“自顾身如一叶轻，家亡国破走燕京。此心无复生还想，陇水何因咽不平。”

王钟麒《文坛挥麈录》续载于《民立报》，署“无生”。

林苍作《六月十八日，从友人游开化寺，夜登西江楼小饮。随棹扁舟，访金山塔，顺流而下，抵万寿桥。散步入城，率成七言古风，示同游诸君子》。诗云："朝游开化暮金山，两地相距不廿里。夕发洪山晨万寿，二桥所限仅一水。中间诗酒互招邀，野步舟行信清美。天气阴晴百不常，凉燠晦明均可喜。月轮异色云往来，人语彻宵鸟惊起。丛木倒影波为黑，远火露光烟半紫。斜风吹雨时有无，残夜一星明灭里。顺流鼓棹东复东，隐约初阳见城市。十年不踏江乡路，山鬼江神疑我死。途穷日暮去何之，此来唐突吾所耻。如闻林壑诵移文，强借风涛洗俗耳。良辰美景无地无，回首前尘今已矣。是间风物吾自有，悔不早归弄清泚。百年人寿能几何，河清有日知难俟。村醪虽薄且一醉，仰视寥空歌变徵。倦羽飞还又出林，早作晚息亦其理。我生皇皇何所为，昨者固非今岂是。怅然归卧日三竿，梦醒魂犹坠江涘。"

本　月

孙武、蔡济民等14名武昌起义元勋发起成立湖北革命实录馆，由黎元洪大都督聘任谢石钦为馆长，并延聘王葆心任总纂，修纂《湖北革命实录》。次年8月，黎元洪以"从前革命党人附和乱党颇多"为由，下令撤销湖北革命实录馆，《湖北革命实录》修纂工作夭折。

《小说月报》第3年第4期刊行。本期"文苑"栏目含《答发责文》（李雯）、《留别长沙诸友》（诵之）、《张师尔常饮于小蓬莱，以诗赠别，元韵奉酬》（翔声）、《意有未尽，倒叠前韵》（前人）、《寄怀章君翰》（前人）、《渔洋〈秋柳〉韵四首，柬龚静盦》（前人）、《无题八首》（逃时）。

《太平洋报》被封，李叔同应浙江两级师范学校校长经亨颐之邀，赴杭州任教，在该校图画手工科负责音乐、美术课程，从此专心于教育事业，在艺术领域培养出大量人才。学生中后来卓有成绩者有丰子恺、刘质平、吴梦非、李鸿梁、蔡丏因等。又，赴杭州作《西湖夜游记》云："壬子七月，余重来杭州，客师范学舍。残暑未歇，庭树肇秋，高楼当风，竟夕寂坐。越六日，偕姜夏二先生游西湖，于时晚晖落红，暮山被紫，游众星散，流萤出林。湖岸风来，轻裾致爽。乃入湖上某亭，命治茗具。又有菱芰，陈粲盈几。短童侍坐，狂言披襟，申眉高谈，乐说旧事，庄谐杂作，继以长啸，林鸟惊飞，残灯不华，起视明湖，莹然一碧；远峰苍苍，若现若隐，颇涉遐想。因忆旧游，曩岁来杭，故旧交集，文子耀斋，田子毅侯，时相过从，辄饮湖上。岁月如流，倏逾九稔。生者流离，逝者不作，坠欢莫拾，酒痕在衣。刘孝标云：'魂魄一去，将同秋草。'吾生渺茫，可晞然感矣。漏下三箭，秉烛言归。星辰在天，万籁俱寂，野火暗暗，疑似青磷，垂杨沉沉，有如酣睡。归来篝灯，斗室无寐，秋声如雨，我劳如何？目暝意倦，濡笔记之。"

立宪党人张君劢、吴贯因、梁文卿等月初以来接连函促梁启超归国。

云南都督蔡锷派遣张维翰随罗佩金中将赴沪晋谒孙中山先生，旋入北京。

吴昌硕篆书“西泠印社”四字额。又，为叶振家篆书“元白倪黄”七言联。联云：“元白辞章多喜用；倪黄书画已难求。指发仁兄大雅正篆。时壬子六月，客沪。安吉吴昌硕。”

黄宾虹任上海商务中学校董。

周学熙任滦矿公司正主任董事。

廖恩焘遭报纸抨击侵吞公款，称其为“前清之遗孽”。

方守彝以所藏文征明山水画册属沈曾植题，沈曾植作《为伦叔题文待诏画册》（五首）。其一：“桂子月中落，桂心证古丹。扶疏桂之树，眇绝青云端。我欲搴其华，天远不可攀。我寻潇湘源，泪竹春斑斑。历历数白榆，猗猗梦幽兰。溯风独嗳噫，故乡何时还？”其二：“故乡只在春江绿，阿那春风媚幽独。源头水在路却迷，还共溪翁话心曲。泥滑滑声双竹篱，主人不在尽情啼。春来春去春非我，谁吃桃花说晚饥？”其三：“梦里柴门对夕阳，泰山如砺海生桑。葛巾洒泪人何处？万古松筠一味凉。”其四：“春山薇蕨空，独有尧年雪。八叶大莲华，鸡声天下白。”其五：“佛如优钵昙，常在人间世。古寺晚钟声，分明识唵字。”时方守彝侨寓上海，将返安徽，以诗简沈曾植，有《奉句谢乙盦先生为题文衡山山水画册》《将归皖，奉别乙盦先生》《五月由沪赴金陵，十四夜过焦山北固，浩月临虚，危岩屹浪，轮舟停江心甚久》。其中，《奉句谢乙盦先生为题文衡山山水画册》云：“啸成裂石翔鸾鹤，万木千岩未可寻。认取毫芒流落处，遍生山水妙圆音。闭门静恋松花古，结屋难依桂树阴。箧里丹青三百岁，摩挲题句日长吟。”《将归皖》云：“潮来潮去相今古，白发白云等性情。变幻太虚随造化，凭临高岸看分明。老专一壑成难事，架有千秋足养生。最是南湖烟雨里，几时重放橹声鸣？”《五月由沪赴金陵》云：“玄夜一轮月，苍江两点山。风声泛寒影，佛火定波间。繁想栏前灭，无端涕自潸。光清波浪阔，愁损璧如环。”

周作人因病辞去省教育司视学职，返回绍兴。

刘寅初生。刘寅初，原名泽深，陕西汉阴人。著有《三乐斋诗文辑存》。

汪兆铭作《百字令·七月登瑞士碧勒突斯山巅，遇大风雪》。词云：“泠然风善，忽吹来、人在广寒深处。应是仙峰天外秀，不受人间尘土。四远微茫，一筇缥缈，白了山中路。披烟下望，青青鬟黛无数。　　还笑初试荷衣，又吟柳絮，万象更如许。石磴幽花神自峭，惯与长松为侣。孤屿如樽，明湖似盏，好把酡颜驻。酒醒夜白，寒云枕下来去。”

裴景福作《壬子六月吴颖涵八十寿宴》。诗云：“欃枪难掩寿星光，绕座荷花入酒香。晚见金仙辞汉阙，老思华祝出尧乡。令威鹤化新城郭，尚父鹰扬旧辈行。东海于今堪避地，好留白发看沧桑。”

王树楠作《六月中旬，余有河南之行。日本日野南洲来访余，于石庄促谈一夕，即别而去》（二首）。其一："我向河南去，君从海外来。相逢一握手，肠断百千回。将伯嗟无助，飘零愧不才。龟山歌一操，惆怅不胜哀。"

周焯雯作《壬子季夏，李君道朝赴河口厘厂总办之任，蒙故人不弃，许为入幕之宾，得与夏君达宸同事，雅人在望，潇洒出尘，受益良多，相见恨晚，无何夏君就商船公会之骋行有日矣，不忖固陋，赠诗一章以为纪念，贻笑大家所不计也》。诗云："幸借枝栖始识荆，三江楼上订新盟。豪能纵酒舒怀抱，韵到怜花见性情。教益方欣聆内幕，缘悭翻苦送行旌。天涯作客悲同调，怕唱骊歌第一声。"

［日］大西迪作《壬子夏六月访松月庵主，谈及芝湖舟游，有此作》（四首）。其一："与朋载酒放轻舟，俱阅风光试小游。湖上青山新绿滴，一声杜宇暮云浮。"其二："湖田漠漠几村村，欲问仙乡别有源。天外高峰青似拭，千秋白雪到今存。"其三："东翁论画说荆关，遗墨犹传加越间。一棹扁舟一樽酒，芝山湖上吊芝山。"其四："楼台临水幻蛟宫，鸥影波光动远空。勿谓湖山无管领，雨奇晴好属渔翁。"

八　月

1日　《申报》第14168号刊行。本期《自由谈》"游戏文章"栏目含《新诗经》（恂恂戏撰）；"尊闻阁词选"栏目含《醉太平（残醉半醒）》（王梅雪）、《菩萨蛮（去年省识春风面）》（王梅雪）、《夕阳》（凉血）、《溽暑》（景骞）、《槁木暵呈栖梧》（太痴）。其中，王梅雪《菩萨蛮》云："去年省识春风面，倚楼共看双飞燕。清泪洒桃花，飘零何处家。　　留他他不住，只好由他去。相见在何年，相思付锦笺。"

《真相画报》第6期刊行。本期"文苑"栏目含《写韵楼诗余》（吴尚熹）、《张忆娘〈簪花图〉题咏》（寒琼录）。

郑孝胥为沈曾植所藏汪洛年《山居图》题诗《沈子培嘱题〈山居图〉》。诗云："贤者当辟世，其次乃辟地。故山虽见招，居之殊不易。看君展此图，中有经天泪。终年不下榻，神往属天际。别来值翻覆，未死幸相视。当时谓必尔，果尔岂足异。吾侪即山鬼，能知一岁事。相携山之阿，风雨娱昼晦。"

周钟岳就职云南教育司司长。

2日　《申报》第14169号刊行。本期《自由谈》"尊闻阁词选"栏目含《消夏八咏》（病夫）：《晨起》《午眠》《分瓜》《雪藕》《焚香》《弄笛》《听蝉》《扑萤》；"文字因缘"栏目含《陆平题女子北伐队，星曹和之，梅雪见而技痒，爰作四绝》（梅雪）。其中，梅雪《陆平题女子北伐队》其一："腥风飞卷阵云秋，不捣黄龙死不休。雌伏不甘常困守，也随夫婿觅封侯。"其二："弱质能收汗马功，始知巾帼有英雄。剑光起处人头落，定使胡儿拜下风。"其三："桃花马足荡征尘，露宿风餐不顾身。护道木兰能破敌，此时北伐有闺人。”其四：“抛却时装换武装，分将什伍结鸳鸯。先声已夺胡人胆，何必亲身到战场。”

叶圣陶、顾颉刚应李二我邀，任《大声报》编辑，叶圣陶为文艺副刊“杂录部”编辑，并为“杂录部”作长篇理想小说《世界》，顾颉刚为杂录部编辑。

3日 《申报》第14170号刊行。本期《自由谈》“挥扇闲谈”栏目含《近事谣》（七首，越痴）。其一：“玉皇无策驭群仙，法定威权剧可怜。除却能争无个事，谁云如帝又如天。”其二：“好恶由来自不同，旁人毁誉岂由衷。合群两字心牢记，管甚他年论罪功。”

姜可生《雨夜忆影依寄此》刊于《太平洋报》。诗云：“高楼一角夜凄其，况是怀人风雨时。挑尽孤灯眠不得，披衣急起写相思。”

4日 《申报》第14171号刊行。本期《自由谈》“游戏文章”栏目含《一剪梅·赠游夜花园者》（瘦蝶）、《新唐诗》（仿用原题并用原韵）（瘦蝶）：《经津见唐子而赠之》《烈士冢》《感裁兵不端》《民国行》；“尊闻阁词选”栏目含《感时》（铁民）、《题画诗》（瘦蝶）；“瞎费心思”栏目含《戏名对》（瘦蝶）。其中，瘦蝶《一剪梅》云：“避暑花园景物幽。今夜勾留，明夜勾留。痴男怨女轧鬓头，卖尽风流，斗尽风流。　多少相思一笔勾。并驾来游，携手归休。待看落叶报新秋，病倒衾裯，仙药难瘳。”《烈士冢》云：“烈士遗坟何处寻，黄花岗上树森森。草殷战血自春色，鹃唤归魂空好音。革命本为天下计，共和距有自私心。而今党派纷争亟，应使英雄泪满襟。”《感裁兵不端》云：“路上遇裁兵，云是抢劫去。只在军营中，本来呒好处。”《民国行》云：“不顾公家只顾身，□□一任遍红尘。可怜困苦流离者，都是中华民国人。”铁民《感时》云：“党派纷歧杂正邪，铜驼荆棘帝王家。东门暂且牵黄犬，北道终当斩白蛇。故国河山成一梦，新朝日月愧重华。剧怜翠辇羁留处，只有痴云片片遮。”

陈夔龙哀悼亡女昌纹，作《六月廿二日焚寄昌纹》（二首）。其一：“清晨扶病起，烈日变严霜。眼已沧桑见，情难儿女忘。无言惟有泪，茹痛且焚香。梦想偏无梦，仙山何渺茫。”其二：“时局竟如此，九原知未知？不图衰老日，又是乱离时。苟活余犹在，相思汝勿悲。已同阿母约，秋后订归期。”

刘师培访谢无量于寓所。

5日 《申报》第14172号刊行。本期《自由谈》“游戏文章”栏目含《仿硃砂痣调》（甘草生）；“尊闻阁词选”栏目含《感咏自由花》（三首，侍仙）、《咏子陵钓台》（睡狮）、《琵琶怨》（睡狮）、《吊岳武穆王墓》（睡狮）、《隐趣》（睡狮）；“澄庐笔记”栏目含《八景诗词》；“瞎费心思”栏目含《戏名对》（瘦蝶）。其中，侍仙《感咏自由花》其一：“五色相宜始发芽，庄严璀璨结奇葩。忍教付与罡风劫，散作纷纷天女花。”其三：“眼底缤纷花正开，神州沃壤衍胚胎。扶持端赖新枝叶，广播文明种子来。”

景耀月《大招阁诗话》开始连续刊于《民主报》。

陈夔龙作《念三夜大雨》。诗云:“置身疑在水云隈,雨点还同漏点催。霖望难为江表出,溜声偏挟海潮来。不妨蕉战吟秋扇,准拟荷喧进寿杯。永夜潇潇清到枕,未因蚊聚已闻雷。”

6日 因共和党拥护袁世凯,反对同盟会,宁调元登报脱离共和党(由民社及其他几个党派合并而成),同时声明与《民声日报》脱离关系。

《申报》第14173号刊行。本期《自由谈》“游戏文章”栏目含《守财奴歌》(虎痴);“尊闻阁词选”栏目含《感怀时事》(四首,寄尘)、《闻变南归,舟中遇风,天色甚晦,感赋》(寄尘)、《三十初度自题小照》(寄尘);“瞎费心思”栏目含《戏名对(二续)》(瘦蝶)。其中,寄尘《感怀时事》其二:“眼底红尘即九州,故乡消息忆重头。昏昏醉梦天难醒,扰扰干戈地亦愁。倏忽风云俱惨淡,苍茫人海任沉浮。从何说起面今事,滚滚江河日下流。”其三:“萧萧风雨晦明时,身世凄凉靡所之。成败难言天下事,兴亡已付掌中棋。浮生不定终飘泊,俯仰无端值乱离。大局艰危何用问,疮痍满目壮心悲。”

黄文涛作《六月二十四日为内子荷笙氏七十四生朝,得四十字以志》。诗云:“欣值卿生日,兵灾又一遭。平安邀上帝,艰苦悯儿曹。痛定当思痛,逃怜无处逃。团栾聊藉慰,时事任滔滔。”

许南英作《六月二十四日与社友往竹溪寺参谒关圣》(三首)。其一:“少年喜结诗文会,胜日同盟香火缘。忠义千秋悬日月,沧桑一瞥化云烟。登堂礼乐从先进,入座衣冠尽后贤。一勺权当清酒荐,潢污行潦在山泉。”其二:“佛光神道两虚无,淘汰将归造化炉。独有纲常留正气,能令崇拜起吾儒。漫云唇齿同文国,忍看河山易色图!父老凋零多白发,犹闻仓葛大声呼。”其三:“南郊健步免扶筇,芳草迷离旧径封。寺外新分一脉水,门前不见十围松。山僧已死空禅室,远客重来动午钟。且息尘缘谋住此,溪山是否肯相容?”

7日 《申报》第14174号刊行。本期《自由谈》“尊闻阁词选”栏目含《燕京新感》(八首,栖梧)。其一:“捧檄频年驾海航,芦沟再渡为谁忙。西山已似云林画,北里微闻韩寿香。赶热车行菜市口,寻芳步入桐花庄。只怜燕子归来日,犹觅庐家玳瑁梁。”其二:“仁寿殿前瞻翠华,云中五色见飞霞。一池犹得红榴照,夹道偏多绿树遮。热客相逢□马市,游人艳说樱桃斜。而今无限伤心事,不忍回看上苑花。”其三:“棘地荆天最杞忧,新亭浊酒且浇愁。江山依旧斜阳去,湖海飘零水断流。红藕花开香细细,白杨树倒夜悠悠。空将一副孤忠泪,痛洒去年鹦鹉洲。”其四:“宣武门前月色华,青萍结绿自由花。一时风尚害群马,千载论文画足蛇。死后先贤还遇劫,生前党士未便夸。故宫臣妾纷纷去,重抱琵琶向别家。”

王闿运为朱宇恬（长沙人）作联云："同保百年身，再板沧桑厌尘世；独成三徙业，谁知端木是耆儒。"

8日　黎元洪借口汉口《大江报》鼓吹无政府主义，"图谋不轨"，派兵将该报查封；次日并通电缉拿该报主笔何海鸣、编辑凌大同。《民国新闻》《民立报》《民权报》等7家报馆联名致电临时参议院及临时副总统黎元洪，对黎查封汉口《大江报》一事提出严正抗议，痛斥其"违背国宪、蔑视人权"。

《申报》第14175号刊行。本期《自由谈》"尊闻阁词选"栏目含《感怀四首》（用瘦蝶韵）（天民）、《事诗》（六首，太戆生稿）；"瞎费心思"栏目含《小说名对》（瘦蝶）；"文字因缘"栏目含《读瘦蝶、镜笙唱和诸作，大有把臂入林之概，令人艳羡无极，再叠原调寄酬，以志景仰》（天民）、《近作呈太痴，乞示厲公，以便晋谒》（栖梧）。其中，天民《感怀四首》其一："一舸浮沉午梦长，胜游曾记访南康。频年异地留鸿雪，载酒偏倾处士囊。"其三："安乐窝中春昼长，漫愁酩酊学嵇康。醉乡管领无他事，明月清风共一囊。"太戆生《事诗》其一："昏糊台阁倦平章，收拾朝衣侍婢忙。今夜杜鹃桥上月，相公别有半闲堂。"其二："贵人一饭甲长安，重起随园撰食单。笑煞何曾穷措大，万钱已足劝加餐。"

魏清德《紫峰君以照像见赠》《戏题墨痴所藏诸升墨竹》发表于《台湾日日新报》。其中，《紫峰君以照像见赠》云："吾友紫峰子，遗余以写真。自言新世界，不许老风尘。决眦千夫往，和神六合春。还从握手后，晤对见精神。"

9日　《申报》第14176号刊行。本期《自由谈》"文字因缘"栏目含《和珂君"恨无慧剑斩情痴"原韵辘轳体，录呈瘦蝶吟坛正拍》（五首，悟盈生）。其一："恨无慧剑斩情痴，翻觉韶华故故迟。幽怨渐随流水远，寸心只许落花知。十年前事三春梦，九转回肠五夜思。最是不堪回首处，一声杜宇暗伤悲。"其二："左挽花枝右柳枝，恨无慧剑斩情痴。每怀往事增愁感，暗祝东皇长护持。有愿穷寻春去处，无言坐到夜深时。当年何事轻狂甚，卿浴兰汤我窃窥。"其三："愁肠百结兰抽丝，镇日临窗托朵颐。纵有仙丹疗酒癖，恨无慧剑斩情痴。衣香鬓影都成幻，浅笑微嗤总合宜。曾记小鬟传密约，月圆三五是佳期。"其四："雨过横塘小步迟，画栏携手立多时。花经摧折难为主，愁到深沉奈阿谁？幸有奇书足清兴，恨无慧剑斩情痴。如何发付鳏生处，直欲呼天一问之。"其五："销魂滋味个中知，颠倒迷离煞费思。历尽尘缘求忏悔，果真情种即慈悲。罚诗罚酒恋卿怎，怜玉怜香不自持。沈约腰支余一搦，恨无慧剑斩情痴。"

10日　武昌首义功臣、总统府军事顾问张振武为筹划边事，应袁世凯电召偕湖北将校团团长方维等人自武昌到北京。次日，黎元洪密电袁世凯，诬陷张振武"蛊惑军士，勾结土匪，破坏共和，图谋不轨"，请"立予正法"，并诬指方维系属"同恶相济"，要求"一并处决"。16日，袁世凯应黎元洪电请，下令枪毙应召来京之张振武，造成轰动全国之“张振武案”。

《申报》第14177号刊行。本期《自由谈》“文字因缘”栏目含《感怀》(蝶仙原唱)、《感怀》(天民和作)。其中，蝶仙《感怀》云：“斗室清虚不受尘，及时瓜果试尝新。漫夸子美闲居赋，翻笑东坡自在身。满径莳花堪却暑，频年蓄砚不忧贫。一枝便得鷦栖稳，好似桃源避世人。”天民《感怀》云：“俯仰倏然迥绝尘，箧中诗卷与时新。机云缥渺留芳躅，湖海苍茫□替身。借酒浇愁宁独醉，有书送老未全贫。放怀天地空今古，愿作羲皇以上人。”

上旬 刘景晨浙省议会初选失利，黄式苏调以《无题》(四首)。其一：“飘零锦瑟岂初期，惆怅名姝孰护持？不信鹿城春似海，无人解画入时眉。”其二：“无端谣诼夜昏昏，枕上鹣盟语不温。闻道客星犯河汉，聘钱十万劫天孙。”其三：“长袖六魔舞可知，化身千亿更堪疑。一花倘现一真佛，未识兰因定证谁？”其四：“天台仙路隔人烟，流水桃花自杳然。底事刘郎难一到，只从洞口觅遗钿。”

11日 同盟会、统一共和党、国民公党、国民共进会和共和实进会五个政团集会于北京安庆会馆，就合并为国民党一事达成协议。

《申报》第14178号刊行。本期《自由谈》“尊闻阁词选”栏目含《哭内(续前)》(十首，率公)。其一：“偶然小别便相思，半是情深半是痴。何意人天成永诀，而今心事诉谁知。”其二：“几曾消瘦减容光，病体犹然理晚妆。省识卿卿常爱洁，每逢汤药必亲量。”其三：“尘世姻缘总属空，此生诀别太匆匆。只因痛极远痴绝，几次翻疑是梦中。”其四：“一官虮虫悔当年，郎署何从积俸钱。营奠营斋终已矣，愿将清泪荐卿前。”其五：“何处闻卿笑语温，数残红豆总销魂。枕边襟角多斑点，不辨啼痕与血痕。”

《真相画报》第7期刊行。本期“文苑”栏目含《娵隅琐识》(蔡张倾城)。

刘绍宽以永嘉教育会与军界事，谒徐班侯丈，即晤金仲荪知事。又偕刘冠三、王俊卿(毓英)至团本部接洽移寓事，刘慎甫、斯道卿(资深)、钱皋、施颂同均在。

12日 《申报》第14179号刊行。本期《自由谈》“尊闻阁词选”栏目含《方今党祸日亟，感而赋此》(寄尘)；“文字因缘”栏目含《闻南方消息有感》(四首，寄尘)、《武昌变起，天下响应，感而赋此》(寄尘)、《感赋》(寄尘)。其中，寄尘《方今党祸日亟》云：“风云入世多，变幻靡所止。世界尚竞争，强权无公理。党人遍天下，端为营私起。水火日益深，哓哓徒为耳。日日讲共和，日日行卑鄙。人人言道德，人人寡廉耻。大势日滔滔，忧患乌可已？默念国前途，而今象何否？勉矣天下人，为国毋为己。党见不化除，党祸终难弭。”《闻南方消息有感》其一：“腥风苦雨遍神州，又见降帆出石头。天地无情空有恨，江山多故只生愁。黄沙黯黯尘埃晦，白昼昏昏烟雾浮。近日阴霾看太甚，满腔心事付东流。”其二：“海内风云万变时，侧身天地竟何之。错成空铸九州铁，势败难争一着棋。尘世沧桑增感慨，人长家室尽流离。年来事事皆殊异，月落乌啼鼓角悲。”其三：“天下滔滔剧可哀，那堪今昔首重回。六朝金粉随流水，一代江山付劫灰。世界竞争兵未已，国家贻误祸成胎。中原从此方多事，百感萦心入梦来。”其四：“元黄征战竞沙场，戎马仓皇滞异乡。时事挪揄成鬼蜮，世途充斥尽豺狼。乾坤扰攘人争死，风雨悲歌我欲狂。大好河山凄绝甚，更谁挥泪说辽阳。”《武昌变起》云：“中原何事尚纷争，大局疮痍乱未平。荆棘丛生皆伏莽，干戈迭起任继横。山河黯淡空余恨，天地猖狂太不情。世变无端悲举目，四方多难想澄清。”

张謇回长乐，舟中作《濠东南隅银杏十余株，大者围二丈六七尺，小者亦丈余。岳庙东偏一株围一丈七尺，道士闻余将规其地隶农校，乃货其树于木工，行伐矣。校闻，以银圆七十买之，位树于食堂、寝楼之间。落成，纪之以诗》。诗云：“举类论年辈，差当子弟林。买从道士手，中有老夫心。或说康乾代，端然八九寻。诸生勤爱护，食息在乔阴。”

13日 宋教仁等在《民主报》发表启事，宣告设立南社北京事务所。《告在京南社诸社友》云：“本社为中国文学界之中心，自成立来，蒸蒸进步。近日在京社员正众，聚首无从，同人为联络情谊起见，暂设事务所国光新闻社内，谨此布闻。宋教仁、景耀月、田桐、陈蜕庵、杨杏佛、仇亮同启。”

14日 《申报》第14181号刊行。本期《自由谈》“游戏文章”栏目含《新唐诗》（四首，虎痴）；“尊闻阁词选”栏目含《感时》（十四首，天民，用瘦蝶韵）。其中，天民《感时》其二：“世变沧桑百感真，放翁无奈乱离身。剧怜诗酒牢骚态，同是天涯零落人。”其三：“漫漫永夜隐忧长，欲写骚愁借杜康。一自北庭都护设，黄金百万拥私囊。”其四：“党派纷争太认真，共和贻误自由身。要知多少新人物，都是勾栏队里人。”其五：“太傅年来愁绪长，闲评风月入平康。千金一掷寻常事，翻笑豪华悭阮囊。”其九：“林泉点缀景舒长，往事凄凉说靖康。赵宋湖山悲覆水，飘然琴剑一诗囊。”

《中国实业杂志》第3年第7期刊行。本期“文苑”栏目含《送涛痕归国》（吴伯乔）、《杨花赋而比也，代友人作》（吴伯乔）、《行经镰仓》（赵药农）、《夜宿江之岛》（赵药农）、《江之岛游览》（赵药农）、《春日偕诸子饮明乐园，即席感事》（曾存吴）、《山阳铁道中口占》（李涛痕）。

王钟麒《文坛挥麈录》发表于《民立报》，署“无生”。王钟麒高度评价《文选》在文学史上的地位，称“选学之盛衰，为中国数千年来文学盛衰之关键”，韩愈之文和杜甫之诗，都自《文选》中来，宋人崇拜韩、杜而不喜《文选》，“是犹崇拜孙子而不认祖祢也”。王维有“诗佛”之称，李白有“诗仙”之号，“实则王不过能驱遣佛典，李能多读道书耳”。曹植文字“多有晔缓之病，至书札亦视乃兄远甚”。

张謇本日至次日作《题博物苑藤东水榭》（二首）、《庭中核桃、蜡梅积雨渍伤而萎悼赋》。其中，《题博物苑藤东水榭》其一：“归来闲指乌藤说；与子更醉青萝阴。”《庭中核桃、蜡梅积雨渍伤而萎悼赋》云："生平手植众草木，一华一谢皆关心。二树当年本移置，数尺列我堂之阴。堂成三千六百日，岁岁度高三两寻。一树累累甫结实，喜笑待荐祖考歆。一树繁花媚残腊，照窗万点堆黄金。方期嘉树为娱老，婆娑其间啸且吟。黄梅三日天大雨，潦积未退杲日临。叶色顿变渐飘陨，槁形相形僮为喑。归来抚之重叹息，时变危苦非汝任。寄语世上儿子辈，须以贞干当邪侵。"

15日 《申报》第14182号刊行。本期《自由谈》"游戏文章"栏目含《城隍覆土地书》（蝶仙）、《戏名十字歌》（虎痴）、《其二》（虎痴）；"尊闻阁词选"栏目含《感赋，用潘兰史次易实甫韵却寄》（二首，蝶仙）、《寄何颂花（公旦）四首》（蝶仙）、《董青心、阮剑痴各为我题扇一首，次韵分寄》（二首，蝶仙）。其中，蝶仙《寄何颂花（公旦）四首》其一："尔我论交二十年，十年聚散等云烟。喁喁吴语诗盈箧，楚楚秦筝泪满弦。别后亲朋多作鬼，眼前鸡犬尽成仙。清狂苦忆华亭鹤（悼华痴石），厚夜相违最可怜。"其二："莽莽天风独扣舷，海腥吹陌溅衣边。朅来身世愁无艺，兜起牢骚酒有权。销歇莺花归断梦，扶持家国仗空拳。不因谴谪非关隐，潦倒穷荒亦可怜。"其三："多少人间未了缘，不堪负重此双肩。如花妻女娇难养，似铁心肠炼未坚。一片柔情都化水，百般烦恼自相煎。便能出世回头看，成佛成仙总可怜。"其四："手泼愁云上锦笺，伤时杜老泪如泉。凄凉共命陵频鸟，寂灭无生大小禅。薛鼓至今亡嗣响，陶琴终古不安弦。牙期死后晨星散，尔我参商益可怜。"

《海军杂志》第1年第1期刊行。本期"文艺"栏目含《海上吟六绝》（冰一）、《海上行》（海年）、《龙尾书来，言于黄海遇飓风，作长歌以讯之》（虹隐）、《太平洋归舟中作》（前人）、《去秋九月在鄂中海容军舰偶吟》（重矛）、《江行望天门山》（冈公）、《追纪海军学生陈子脩（并序）》（伯严）。

［韩］《天道教会月报》第25号刊行。本期"词藻"栏目含《祝辞》（郑必教、安商德、虑宪容、姜周铉、闵泳纯）、《凤凰阁原韵》（敬庵李瓘）、《又》（芝江梁汉默、泽庵罗龙焕、凰山李钟麟、古友崔麟、莲游尹龟荣、香山车相鹤）、《凤阁四韵》（凰山）、《杜鹃亭原韵》（芝江）、《又》（敬庵、凰山、香山、莲游）、《凤凰阁夏夜即事》（敬庵、芝江、凰山）。其中，芝江《杜鹃亭原韵》云："苍苍三角下，人在杜鹃亭。鸣弓非本志，一眼万山青。"

朱祖谋致夏敬观书，谈《清真集》板片剜改及校定《缀芬阁词稿》事，并约吴门之游。

16日 《申报》第14183号刊行。本期《自由谈》"尊闻阁词选"栏目含《申江忆旧四首》（蝶仙）：《浣花小榭》《媚莲小榭》《金宝钗》《赵香玉》。其一："娇柔无物拟丰姿，白奈初开异日枝。越显粉痕和黛色，黄金丝衬碧玻璃。"其二："小于雏燕嫩于莺，明媚高妍画不成。隔着晶窗看茉莉，纵然相似不如卿。"其三："一枝芍药正笼烟，无赖横波笑更妍。洗尽铅华工妩媚，教人亲爱不教怜。”其四：“可喜宠儿蜜蜡装，无花可与图容光。翻因一种娇难说，见惯司空没比方。”

17 日 《申报》第 14184 号刊行。本期《自由谈》“尊闻阁词选”栏目含《夏日杂兴十二首》（录三七八，横泾织帘）。其三：“龌龊风尘幻梦婆，一篇招隐更堪歌。党名浪子新元祐（谓入同盟会），法帖闲临旧永和。人似寒山常爱睡，事如春水惯生波。不知襬襶谁家子，触热偏憎眼底多。”其七：“不须空谷感猗兰，宇宙茫茫信大观。僧得在家缘去发，诗多忧国每凭栏。论文有酒倾心易，卖画无钱释手难，别有奇缘人未识。梦中独上子陵滩。”其八：“是非一笑付苍冥，时复微吟入草亭。扇学人情工折叠，藕参佛理证通灵。乱山衔日皴枯赭，独树撑云漏断青。谁与山人沦疏懒，小窗闲坐理黄鹰。”

《新女界杂咏》（九首，佚名）刊于《南洋总汇新报》“诗界”栏目。其一《自由》：“三从邪说太心偏，自古欺人是圣贤。地下刘郎知道否，如今列女重平权？”其二《参政》：“绝世奇观未易描，钗光鬓影映庭燎。从兹多少金龟女，辜负香衾事早朝。”其三《从军》：“髡发居然女丈夫，何妨踪迹混屠沽！从戎击鼓知卿可，只惜韩王世上无！”其四《无夫》：“终身不字誓三光，美玉居然韫椟藏。顽石化夫心易转，背人偷觅画眉郎。”其五《劝捐》：“舞台酒肆与茶楼，到处强捐聒不休。反道昨宵勤卖券，日高三丈未梳头。”其六《卖报》：“青裙白履斗时妆，笑语迎人卖报章。北往南来车站路，行人错认是山梁。”其七《结婚》：“无媒婚嫁是文明，奠雁牵羊礼早更。最爱万人齐着眼，看侬亲手挽郎行。”其八《演剧》：“河须舞袖与歌喉，老脸登场不怕羞。一幕才完频送目，滑头争上换衣楼。”其九《颈帛》：“颈拖白练接腰间，彳亍街头自往还。面首三千应吓煞，问卿何忽遽投环！”

18 日 《申报》第 14185 号刊行。本期《自由谈》“游戏文章”栏目含《法庭竹枝词》（四首，青溪逸蝶）。其一：“直撞横冲到法庭，野蛮毕竟胜文明。老爷喝打三千板，恶习依然似满清。”其二：“民国成来饭碗牢，律师木偶大名标。中西金字招牌老，未晰民刑几许条。”其三：“乍宵暗受一封银，无奈当堂理不伸。有个法儿拉面子，自由心证可欺人。”其四：“居然狼狈惯为奸，公论讥评我不关。休怪先生爱黄白，贵乡闻说是金山。”

19 日 符璋过马当、小姑、石钟，皆不得游。望见庐山，得七绝二首，七律一首。

连横乘车赴苏州，游虎丘诸景，有《苏州旅次》。诗云：“狂来击剑饿吹箫，沦落江南一梦遥。西子神光乍离合，夫差霸气未萧条。花飞香径莺能妒，柳折苏台马亦骄。独倚吴篷听秋雨，万千哀乐及明朝。”

郭沫若有感于蒙军袭击洮南府，20 日蒙军又攻占科布多，作《无题》（五首）。其一：“贺兰山外动妖氛，漠北洮南作战云。夜舞剑光挥雪白，时期颈血染沙殷。筹边直仗和戎策，报国须传净虏勋。已见请缨争击虏，何如议论徒纷纷。”其二：“江湖水涨急流滞，倒挽狂澜终觉难。篝火殷燃狐啸地，总戎无事虱生鞍。貌矜任侠仇孤独，粉饰太平怀晏安。肃杀金风犹未起，嗟哉时局令心寒。”其三：“甲保街头夜鼓鼙，满城烟火月轮西。兵骄将悍杜陵泪，象走蛇奔庾信凄。社鼠缘经成市虎，惩羹敢不慎吹齑。茫茫大祸知何日，深夜牙牌费卜稽。”其四：“汉祖虚传三侯歌，嗟无猛士奈如何。淮阴传作陈豨质。天下倒挥黥布戈。鹿逐长才思屡试，狗烹奇祸惨经过。目今牟昔多惆怅，会见都门棘里驼。”其五：“不怨萑苻转怨兵，曾经弓弹听弦惊。多多益善谁能得，日日添骄势甚横。乡校官衙纷捣毁，壶浆箪食畏争迎。还怜帏幄纡筹者，惩令欲行不敢行。”

樊增祥作《鹊桥仙・壬子七夕》。词云：“绛河如故，鹊桥如故，添得女牛闲话。去年相见尚新秋，怎今岁中秋过也（阳历八月念九）。　千秋万岁，一年一度，也胜蟾宫月姐。月轮天上有圆时，最可念、人间孤寡。”又作《拜星月慢・前题》。

杨庄作《御街行・壬子七夕》。词云：“露盘花水饶秋意。看新月、娟娟媚。云軿不动夜悠悠，咫尺银河万里。年年乞巧，时时弄拙，自笑屠龙技。　愁来内热浑如醉。望灵兔、空挥泪。休将瓜果当寒冰，谙尽酸甜滋味。双星也自，连绵伤别，何况人间世。”

黄节作《七夕寄海绡楼》。诗云：“剪彩能令万态新，笑看儿女度星晨。明河忽断中宵雨，秋色都忙未嫁人。灯火尚繁休放晓，机丝重轧又经春。本无情感关吾辈，禁得歌声彻近邻。”

丘菽园作《壬子七夕，星洲寓楼，有感去年七夕事，书寄那人》。诗云：“记曾搴箔对凭栏，儿女神仙话已漫。飞鹊啼乌怜独夜，画屏银烛惜余欢。休提誓约三生旧，同属人天一水艰。良会早知成恨别，那堪后会更今看。”

江子愚作《一剪梅・壬子七夕客锦城作》。词云：“旧愁未展，新愁还结。无限杜鹃啼血。锦城丝管又纷纷，怕提起，去年今日。　丛祠狐火，野村鱼帛。酿就红羊冤劫。茫茫大错问苍天，谁铸尽，六州顽铁。”

汤汝和作《七夕杂感》（七首）。其一：“金风玉露碧天凉，想像银州绣幄张。不乞聪明求富贵，愿奢我笑郭汾阳。”其二：“女伴穿针月上初，芳筵瓜果设庭除。天孙赐与兼人巧，留织回文锦字书。”

林苍作《七月七日，从友人饮，夜归而风雨作，率成七古一首》。诗云：“去年七夕犹在客，卧病秋斋月照席。空垒无酒盘无鱼，抚此佳辰良足惜。老妻呼僮市瓜果，为余乞巧拯穷厄。扶床强起看双星，一水迢迢梦不隔。俄闻剥啄人叩门，男女华堂杂履舄。移尊就我作夜饮，更借笙歌撩诗癖。青山有泪何处洒，一曲琵琶一浮白。想见蟠桃会上来，名士美人同此谪。陶然不问人间世，仰视寥空秋一碧。亦知此乐不常有，但醉宁论斗与石。不图今岁却家居，得共诗人数晨夕。瓜期又及风景殊，回首前游剩陈迹。我生与愁相终始，入秋七日已山积。吾州况属女牛分，一年一度休虚掷。招邀旧对上酒楼，拟向醉乡寄名籍。搜罗吟屑下醇醪，点检食单进肴核。无端门外西风恶，黑云如墨弥庭隙。新诗未就雨来催，坐觉绮怀不如昔。归来倚枕寒灯侧，俯首沉吟意不怿。兹事正坐天所穷，自叹生来命何只。星河耿耿在何许，浊雾坠檐天咫尺。明年此会更难期，笑把余杯那忍释。”

姚光作《阴历七夕闺词》。诗云：“沉沉庭院夜迟迟，正是风轻云淡时。一缕香烟虔供奉，满腔心事二星知。”

20 日　《申报》第 14187 号刊行。本期《自由谈》“游戏文章”栏目含《前清武昌有候补知府韩继先，屡得优差，宦囊充足，以三千金纳海上名妓金红玉为妾。韩已七旬，妓方二八，勃溪之声时达户外。某医生年近不惑，与韩善。一日，诱其妾过江，至中西旅馆宿焉。韩访知之，率家丁渡江，大肆咆哮。一时传为笑话，一鸣曾以诗志其事》（八首，一鸣）。其一：“西风一夜恼人听，医国医民药不灵。独抱偷香新学术，谁家荡妇惹膻腥。”其二：“镇日相思软似泥，野桃含笑过中西。夜来风雨摧花急，再访桃源路欲迷。”其三：“生小吴江便有情（妓苏产也），可怜疏柳绾流莺。藏娇珍重黄金屋，琴操猗兰带怨声。”其四：“五花骢马紫丝缰，对镜怀惭鬓似霜。云雨巫山关不住，闲招粉蝶过东墙。”其五：“良相良医总自欺，输将良药慰相思。枕边调笑春光漏，恼煞寒鸡报晓时。”其六：“临岐握手泪盈盈，地久天长欲订盟。再住一宵情更好，须防韩信出奇兵。”其七：“罡风吹散野鸳鸯，独坐楼头暗自伤。千古红颜多薄命，烧残宝鸭不闻香。”其八：“数到衣冠尽沐猴，茫茫浊世孰清流。一双白发如相见，默默无言只自羞。”

魏清德《口占赠卢子安君》发表于《台湾日日新报》。诗云：“甚欲留君君不留，君言明日即扬舟。何如且罢思归念，伴我他乡看女牛。”

陈鹏超作《第一次西路剿匪》。诗云：“西路多峻岭，赤眉肆梗顽。啸聚千百众，焚杀复淫奸。日日频报警，闻警殊汗颜。走商独立营，借兵仅十班。亲领次南塘，搜索遍群山。追逐将匝月，小战接循环。及抵贺石区，搴旗正斩关。何图军檄至，全队即调还。凶锋虽称挫，余孽未全删。”

21 日　《申报》第 14188 号刊行。本期《自由谈》“尊闻阁词选”栏目含《丝绣〈斗酒百篇图〉》（为张雁如世妹题）（息影庐）、《和鸳湖补某〈遣怀〉元韵，集词牌》（八首，珠溪文莲）。其中，珠溪文莲《和鸳湖补某〈遣怀〉元韵》其一：“金凤钩衔画烛斜，玉人歌罢每含嗟。如何一散天花后，春缫窗寒六扇纱。”其二：“揉碎花笺制别愁，忆探芳讯赋南游。江州不管青衫湿，更醉华闻白玉钩。”

《真相画报》第 8 期刊行。本期“文苑”栏目含《娵隅琐识》（蔡张倾城）。

22 日　《申报》第 14189 号刊行。本期《自由谈》“尊闻阁词选”栏目含《早秋吟》

(天白)、《为周拜花、魏颂声画莲各题一首》(二首，蝶仙)、《八夕》(八夕见《宋史·王居安传》)(问津)。其中，蝶仙《为周拜花、魏颂声画莲各题一首》其一："高树浓阴翳画楼，美人心上易知秋。无情第一初三月，不照欢娱只照愁。"其二："只剩寒蛩说故宫，入秋台榭藕花空。重廊复殿无人到，十二荧煌卷晚风。"

23 日 《申报》第 14190 号刊行。本期《自由谈》"尊闻阁词选"栏目含《感怀》(率公)、《题〈海棠魂〉》(二首，天白)、《蝶恋花·戏以周拜花语，演为小令》(蝶仙)、《感赋》(寄尘)。其中，天白《题〈海棠魂〉》序云："纪海盗白女鬼嫁某医士事。"其一："美人生小海为家，戈橹纵横独自夸。一见倾心甘作妇，女儿真面晕朱霞。"其二："朱颜侠骨女英雄，名士殷勤拜下风。凉月一丸双宿影，梦回孤岛女王宫。"蝶仙《蝶恋花》云："如水交情侬与汝。不见相思，见了无言语。一岁相逢能几度，那堪又向天涯去。　屈计邮程逢一五。天雁河鱼，来往休耽误。闻道见书如见我，翻因远别能常晤。"

24 日 《申报》第 14191 号刊行。本期《自由谈》"尊闻阁词选"栏目含《题〈戏考〉》(三首，瘦蝶)。其一："披帜谁登大舞台，英雄儿女总蒿莱。一腔热血无从洒，且向梨园顾曲来。"其二："狂来抚髀问苍天，醉墨淋漓订一编。负煞健儿好身手，哀丝豪竹送华年。"其三："人世蜉蝣一戏场，闲评菊都感沧桑。伤心漫道今无偶，记取天涯有瘦郎。"

姜可生《仙台院游作》刊于《民立报》。诗云："古寺苔封一抹青，竹林深处白云停。有涯岁月无聊事，不耐蛩声带雨听。"《民立报》同日刊"树玉女史"《春末接可生二弟海上来笺并作近诗词，其寄影侬弟妇一章，睠睠怀归，厌世念炽，急依原韵作和告戒之》。诗云："男儿年少莫惜别，杖剑会饮蛟龙血。方今时事真如麻，祖国兴亡痛痒切。""影侬女史"原诗《答外子可生》云："记得春初忍泪别，伤今只剩啼鹃血。寄语申江客里人，花开花谢休关切。"

25 日 国民党成立大会下午在湖广会馆举行，由前一日刚刚抵京之孙中山主持，孙中山被选举为理事长，于右任被推为参议，朱德随之由同盟会会员转为国民党党员。

《申报》第 14192 号刊行。本期《自由谈》"尊闻阁词选"栏目含《贺新凉(心似沾泥)》(醉红居士)、《台城路(杜郎落拓江湖畔)》(醉红居士)、《秋江漫兴》(二首，佐彤)。其中，醉红居士《台城路》云："杜郎落拓江湖畔，惯逢楚腰纤细。紫玉成烟，香脂作粉，旧梦星星曾记。珠帘十里。漫重上钗楼，傍他眉翠。红豆吟残，惺忪似解惜花意。　青衫更怜蕉萃，拼罗襟揾湿，难禁清泪。本自多愁，非甘薄幸，忍负如花深致。凭谁诉寄。算只有空王，晓人心事。那得并刀，剪将情似水。"佐彤《秋江漫兴》其一："合坐临江小小舟，推篷凉月正当头。蓼花低舞芦花啸，何处人家笛倚楼。"其二：

"尽兴还倾酒一壶，肥虾饱饭乐□糊。老渔高唱依挥笔，画出秋山红树图。"

[韩]《朝鲜佛教月报》第7号刊行。本期"词藻"栏目含《寄月报社主人》（喘喘子田在龙）、《祝月报》（巴云李镒）、《禅旨》（巴云李镒）、《修行》（巴云李镒）、《游华藏寺》（权退耕）、《华藏寺偶吟，呈朴晚霞》（权退耕）、《和》（朴晚霞）、《赠退耕上人》（朴晚霞）、《和》（权退耕）、《送别权退耕》（朴晚霞）、《和呈二首》（权退耕）。其中，巴云李镒《修行》云："白玉净无瑕，苍蝇误本色。拈来认不得，洗去依前白。"

樊增祥作《七月十三日雨》《薄暮》。其中，《七月十三日雨》云："节近盂兰暑自清，雨和檐铁夜争鸣。润回白苎衣边晕，脆打青荷叶上声。鸡塞玉笙催梦破，象床罗荐觉寒生。赵家宫禁知无睡，尽着潇潇到五更。"

26日 《申报》第14193号刊行。本期《自由谈》"游戏文章"栏目含《戏名酒令》（健儿）；"尊闻阁词选"栏目含《和张峰石〈七夕自挽歌〉》（景骞）。其中，景骞《和张峰石〈七夕自挽歌〉》云："噫吁嘻，春无百日春，人无百岁人。秦皇汉武不解事，登山入海何纷纷。诏书急急征求不死药，沙丘五柞一死何足云。我有老友张峰石，胸中达观具卓识。以为天地者万物之逆旅，光阴者百代之过客。大书特书一篇自挽歌，传遍大江以南大江北。有谓峰石好说鬼，神龙见首不见尾，乃以一片清狂寓之于诙讲。有谓峰石喜谈禅，欲救众生无因缘，故作此语警大千。有谓峰石本来是奇士，胡为郁郁久居此，时不可为不如死。岂知诸家立说都不然，燕雀安知鸿鹄志。天生奇癖爱文章，不爱许与史与金与张。唾弃黄金印，粪土白玉堂。笔毫一落鬼神泣，千言万语声琅琅。嗟哉！人生翕欻云亡，我今发一奇语问彼苍。何物可以峙五岳，何物可以争三光。人生三万六千霜，静言思之惟有文章一物可以留其芳。此物传之久最久，此语未免狂哉狂。上自羲农虞夏商，下及周秦汉晋唐，以至六朝五代宋金元明各帝王。曾日月之几何，叹人事之沧桑。大笑大笑复大笑，三皇五帝都茫茫。不必求，长生术；不必求，辟谷方。但求姓名两字常达世人听，将焉用此臭皮囊。或驾苍龙游四极，或策赤虬下八荒。或呼白虎载杖履，或跨丹凤调笙簧。天地悠悠到处能着一个我，但觉世上一切帝王盗贼圣贤豪杰如梦如幻如泡如影如露如电，归于无何有之乡。今年七月七，是君称觞日。我买一壶酒，来登一亖室。意者先生必赋归去来，曷为既整行装又不发。我送行，君留别，且赋诗篇向君质。有酒学刘伶，无钱学赵一。人生行乐贵及时，请看江上之清风与山间之明月。寄身宇内如蜉蝣，朱颜绿鬓讵其留。昨日孩提今老秃，生存华屋今山丘。我劝先生暂缓驾，能消忧处姑消忧。出门一笑，以遨以游。或仑巾车，或棹孤舟。一徜徉于白云谷口，再徘徊于红板桥头。白苹之港，紫菱之洲；丹枫之岭，红蓼之沟。随吾意之所适，一天地之浮鸥。人生到此愿亦足，又何须乎万户侯。不求利兮不求名，自歌自哭还自吟。不赋自寿赋自挽，四万万人洗耳听。四万万人却有八万万只眼，一齐瞠目相对各大惊。我今几乎要学孙子荆，为君一一作驴鸣。所幸天不坠吾老成之典型，旌旗鹤雁不曾来相迎。乃知文人游戏固如此，君不见司空表圣陶渊明。吁嗟乎！生圹自挽各千古，君不见司空表圣陶渊明。”

刘仲蘧卒。刘仲蘧，字崑孙，湖北黄安人。南社社员。汪东撰《黄安刘君事略》云：“君讳瑗，字崑孙，一字仲蘧，黄安人，家世仕宦。君生仅中资，而沉默好学问。始入京师译学馆，未卒业。丙午留学日本东京，改习印刷。继又厌弃之，投身革命党，习造炸弹，镌刻符券，以此入居《民报社》，得从余杭章君问字。其时章君专治方言之学，君多所启悟。戊申归国，明年，以赀为清某部主事。居都，郁郁无所聊，即以衣服车马宴游自遣，又不谐于众，恶之者致告密内务部，几死。革命事起，脱身归黄安。十月与其友黄侃会于江宁，同至上海，寓屋褊陋，膳糊仅给，惟日以文辞相娱。未几，清帝逊位，南北争都，久而未决。君叹曰：‘丧乱既极，缔造弘艰，又不戮力以捍边圉，所争者若此，隐忧殆未已也。’壬子五月，受《民声》报馆之聘为记者，每日治事，自午向辰，达七八时始寝。凡最录、要闻，君总其责。间造评论，以纾感慨。犹有余暇，则为小说家言。君体中虚耗，貌为强实，又不乐摄生，勤劳既多，卒以致疾。八月十四日，猝患呕泄霍乱。明日，舁入中国公立医院。西医执方，违其病本，疾愈笃。越十一日，八月二十六日夜半遂逝，年二十有七。君为人过沉静，与人交，疑其有城府，实则思虑深矣。家虽富饶，而所遇艰阸，不能自济。浮游觅食，以陨其生。性好读书，能虚受善言。诸所述作，不愆规矩。顾志气衰械，先见于言。今年春，忽为诗以示黄侃、汪东，其辞曰：‘少壮鄙章句，曾为汗漫游。世既无神仙，扬帆辞十州。归来独长叹，日昔多烦忧。美人如春华，春华难久留。为君歌山枢，謇吾法前修。慎莫效痴人，徒为身后谋。’君与侃、东、王邕三人交好，一日相戏，谓君体貌魁梧，同俦中宜最后死。今乃反之，可啼也已。君死三日，黄侃为东道君平生使序次以为事略，其详当俟异日述之。君所撰《黄安方言考》，曾为章君改定。其他诗词可存者，犹数十首。大都哀时念乱之辞，亦不备著也。壬子八月二十八日，汪东撰。”黄侃为撰《送仲蘧丧归》（三首）、《悲伤杂成》（仲蘧亡后十余日，夜坐悲伤，杂成）（四首）。其中，《悲伤杂成》其一：“夜雨微灯黯不明，邻箫空作断肠声，可怜为客还伤逝，岂独悲秋始有情！”其二：“曾和红笺宛转词，飘零心事有君知。而今独自伤摇落，赋就招魂只费辞。”其三：“秋雨萧萧叶乱飞，残灯深夜照车归。谁知一样斜桥路，独自经过泪满衣！”其四：“苦向天涯忆旧乡，楚歌长是怨迷阳。羁魂倘入修门去，满目衰芜总可伤。”又撰《刘仲蘧哀辞》云：“噫乎！人生之多忧兮，时俗之迫遒兮。愧独立之无俦兮，虽须臾曾不可以留。何才士之早夭兮，吾乃今日而知其由。悲伊人之不辰兮，独离困于阳九。纷飘流以播迁兮，众狂奔以横走。曰浊世其不可居兮，予焉用此佽佽？聊假日以游敖兮，登苍天而遥望。一望兮识故国之为丘，再望兮见夕阳之西流。感斯民之痛毒兮，予独愉乐之可羞！怫郁兮深藏而谁语，旁皇兮徘徊而不忍去。悲忧穷鞠兮欲归而迷路，欷歔兮掩袂以反顾。飘摇兮魂魄营营而有所慕。鹏鸟翩然下座隅兮，告夫君以其故。就黄垆以息烦冤兮，旷千载而不欲寤。默深湛兮思郁纡，感物众兮貌不愉。形神离兮将安居？归其宅兮古为徒。秋风寒兮楚山晚，之子归兮道辽远。命巫阳兮予魂，修门芜兮魂不反。灵之去兮乘云车，登九嶷兮觐有虞。哀下民兮泪如雨，君何为兮独愁苦？灵之来兮歆椒浆，跽陈辞兮君毋忘。逞志意兮为乐方，万千岁兮何遽央？悲世途之迫隘兮，众相挤于中地。匪智巧之为患兮，将遭命之难避。燕雀飞而奋吭兮，凤皇下乎枳棘。鲵鳝游于深渊兮，神龙求水而不得。夫燕雀鲵鳝且自恣兮，宜凤皇神龙之失职。览前世而有然兮，况于今之乱国。惟物情之不可必兮，嘉先民之据德。宁溘死以自臧兮，守中道而不忒。亡征槩其已形兮，又恶知夭枉之非福？嗟余生其益孤兮，独思君而悱恻。集芙蓉兮为君裳，屑琼蕊兮为君粻，驱飞龙兮为君骧。桂枝陨兮秋风凉，白日晻兮楚山苍。君归去兮为乐康，人间世兮长相忘。魂有情兮来我旁，独夷迟兮吟青黄。”

[日] 白井种德作《八月念六，访士刚，坐雨》。诗云：“檐滴声中共倚栏，兴幽杯酒又诗翰。乍怀江户湾头雨，广泽雪山相对看。”

27 日　中元节，希社在上海成立。高太痴与程棣华、周梦坡、邹弢、姚子梁等为主要发起人，以“翊卫圣教、昌明文化”为职志。初期司社事者有邹弢、陆绍庠、王均卿、舒昌森。金鹤望、潘兰史、蔡紫黻、戈朋云、王均卿、陆绍庠、王钝根、舒昌森、郁屏翰、邹纬辰、邹闻磬、范君博、张蛰甫、吴耳似等人以诗文会，假豫园寿晖堂为社集，月凡一举，社友多至 400 余人。岁刊《希社丛编》一册，自 1912 年至 1919 年，共得 7 集，8 集未半因高太痴去世而终，希社由此中落。癸亥（1923）冬由旧社友邹弢、邹纬辰与新社友邹民乐等重订新章，至 1924 年夏登报申述希社中兴。暂设事务所于无锡县后宅镇，吸纳新社友 40 余人。邹弢被公推为社长，邹纬辰副之。1925 年刊出《希社中兴续编》（即《希社丛编第八册》）。高太痴作《希社成立，首唱五言古三十四韵》。1913 年初刊于《申报》第 14337 号。诗云：“吾爱东林贤，气节激弥奋。绝学几其复，结社维英俊。张（溥）陈（子龙）杨（庭枢）夏（允彝）辈，不翅骖之靳。名满苏松间，流风迨挽近。伤哉吾道孤，今日益穷困。圣哲藐虫沙，经书委土粪。尼山百世师，乃亦遭颠顿。当世士大夫，岂无持正论？忧心日悄悄，惧为人所愠。投篓聊自娱，闭户悉不问。名教乐地失，孰能规尺寸？嗟余牖下儒，慷慨发孤愤。欲以蚍蜉力，撼使乔柯震。大声呼尊孔，窃效铎之振。同志虽不多，天涯待通讯（欲入社者请函致沪城旧教场，本社事务所当有社启、社章寄奉）。落落十数人，素心早相印。境界庸各殊，品指足共信。壬子七月望，希社遂发轫。为感晨星疏，耆旧今已仅（此言希少之意）。庶以回晦盲，重知履古训（此言希冀之意）。吾侪生不辰，讲学固其分。希之与复几，实同后先进。幸昭息壤盟，合布文坛阵。风雅存正始，义理辨精蕴。放怀起高咏，寄与酌芳醖。宁作太璞完，弗使凡流溷。如鸟求嘤鸣，如鱼待沫润。循途戒歧趋，抗节垂令闻。植党不阿私，择交免悔吝。道须肩一统，身必立千仞。希圣希贤事，入社当敬慎。独善推兼善，或能挽世运。吾社虽云希，何曾天不救。赠言诸君子，相与期孟晋。”邹弢撰《希社记》云：“法王衍十八狱，只重慈悲；老子传五千言，归真道德。大抵圣君治国，先懔修齐；志士盟心，最严放纵。未闻用夷变夏，揖猃狁于宫墙；振聩发聋，陋唐虞为荒野，而可以纳轨物，副文明，收已去之人心，转未来之世劫者也。乃者尊王局换，革命声雄。垂裳直接乎炎黄，树帜横交乎汉赤。四郊蛰起，英豪联襻而来；五族旗张，中外括囊以处。表共和之气象，成上治之邦家。宪法聿昭，民权斯振，猗欤盛已。特是荆公佐宋，新制纷更；管仲霸齐，治功太急。苟使服膺古训，曲体人心，以戴仁抱义之真，进涵夏甄殷之雅。知民生水火，皆圣贤创建之功；学界诗书，是世道维持之具。将呼仲尼为老子，称太上以通家，亦何至气焰张天，屈祢衡于下隶；文章扫地，呼杨修为小儿哉？无如异教虽昌，宗风不竞。信苻坚之霸略，起贾谊于英年。心在安刘，或议霍光为不学；功能复汉，终嫌樊哙之无文。笑儒童菩萨之迂，坑焚祸亟；忌龙威丈人之异，禁锢山深。遂乃糟粕王言，弁髦国粹。弃六经如敝屣，轻四杰为庸儒。扬雄心厌秦风，鼓弄美新意旨；赵武身披胡服，离奇变相衣冠。况左思才是通才，而乡曲讥为伧父；虽马植真非华产，而朝廷褒作忠臣。以致尹士潜讥，仲由愠见。天上之大文将丧，昌平之坠绪难支。有不访片石于韩陵，心伤驴犬；望群星于北斗，目断妃豨也乎？高子太痴，以茂苑之清才，负文林之雅望，晚年好道大局工愁。杞国忧天，浪作孙登之啸；长杨卖赋，谁怜司马之贫？见夫言子南归，群趋主极；陈相北学，渐倍师承。于是遥揖同侪，广征遗耆。嗣弦歌于阙里，障砥柱于中流。愿濂洛之儒宗，持坚正轨；为东南之学子，指定南针。弢等以衰朽之余生，丁升沈之幻劫。诸天拥戴，难攀太乙之龙；百岁蹉跎，莫控琴高之鲤。且复朱云强项，阮籍埋头。因降回鹘之城，共附田横之岛。非务同臭，但炯良知。此希社之所由立也。然而缁尘冠冕，局换沧桑。肝胆牺牲，气吞貔虎。当朱碧参差之界，登青红涂抹之场，各宜雅量函三，贞心抱一。怀铅握椠，推卢植为经师；璞玉浑金，重山涛之学格。圣人之徒七十，亦步亦趋；君子之甲六千，同心同德。胜败只争乎优劣，方寸难宽；邪正勿失之毫厘，渊源自涌。彼夫汉贤致锢，宋党钩群。东林开名宿之坛，天祐聚清流之彦。都是支撑骚雅，扶翼纲常。罗有用之人才，挽将颓之士气。马班秉笔，生养寓于虔刘；汤武挥戈，征伐仁乎教育。务使民安化雨，天敛愁云。效神武不杀之功，遵温肃并行之律。况今日生当叔季，境厄危疑，尤宜综志五洲，抗心百世。炉锤道义，仗嵇康锻炼之精；裁割狷狂，成尼父中行之正。则斯社之立，非仅表扬风月，陶铸云山，揽臭味于词场，标声华于海甸已也。由是车笠新盟，敦槃老宿，辟到陶潜之径，乞将贺监之湖。喜邴管之忘情，企崔刘而低首。清襟相对，风流飘折角之巾；佳句同商，月旦拜掀髯之杖。又有谢玄壮岁，爱国弥真；徐广遐龄，读经勿辍。愿画放翁于团扇，共契鸥盟；争窥白傅于屏风，长延鹤梦。驯驹恋栈，倦鸟还巢。不充流俗之狂奴，皆是书城之宝器。潞国耆英之会，五老重开；温公真率之欢，千秋一觐。此则感郢中之创始，引善靡涯；居洛下而追随，慰情聊胜者矣。嗟乎，中原多故，外族称强。呼天则文字无灵，斫地则风云变色。残山剩水，谁描马远图中；病鹤穷鸾，尚寄伯通庑下。吾辈精神希古，怀抱伤今。尚友不贵滥交，读书未忘结习。萃清尊而共酌，定是良缘；拥破砚以枯吟，非同偏嗜。所望功探肄雅，礼守称先，借李杜之鸿篇，扶孔颜之象教。日月不私所照，山川当遍阐幽光；雷霆偶发其声，天地自齐伸正气。瘦鹤词人邹弢撰，时年六十有三。"

《申报》第 14194 号刊行。本期《自由谈》"尊闻阁词选"栏目含《危楼一角，残灯半明，窗外蛙鸣，床头鼠语，彻夜喧聒，蚊蚤之属，复相侵扰，闷怀四触，每不成眠，戏赋四章，藉以自遣》（了青）：《蚊》《鼠》《蚤》《蛙》；"文字因缘"栏目含《桃源忆故人·寄怀蝶仙》（瘦蝶）、《高阳台·读诸大吟坛投和佳章，感愧交萦，四叠前韵奉酬，即乞镜笙、□公、问津、天民、瘦蝶、病鞠、淡明、铁耕、息影庐诸吟长正拍，并示蝶仙》（瘦蝶）。其中，了青《蚊》云："青草池塘落照残，聚蚊成市夜漫漫。立锥思脱囊中颖，入帐先为壁上观。刺股有声同说客，磨牙无忌等贪官。剧怜反手成齑粉，口血何尝片刻干。"《鼠》云："昼伏宵行亦苦辛，穿墉伎俩抑何神。数将钱响心常怯，觑到灯残胆便伸。世上本多皮相客，夜来绝少梦醒人。狸奴饱食惟知睡，任尔钻营老此身。"《蚤》云："非虱非虻不可寻，肌肤触处每相侵。一身生就轻佻相，九死难回放纵心。得意有时缘翠被，教人背地解罗襟。嘉名应锡乌衣子，只合纤纤女手擒（女子恒善捕蚤）。"《蛙》云："一角危楼傍水涯，夜深无俚静听蛙。沉沦草泽车谁式，冷落门庭鼓自挝。蝌斗身前应有恨，蟾蜍化后已无家。肠中多少官私事，诉向何人月又斜。"瘦蝶《桃源忆故人》云："来鸿久杳相思字，极目关河迢递。今夕月明风细，四壁虫声起。　　天涯忆煞陈无已，一寸秋心千里。不用魂牵梦系，写个书儿寄。"

[韩]《侍天教月报》第 2 卷第 9 号刊行。本期"词藻"栏目含《自咏》（朴贞浩）、《奉挽风庵先生李海山》（鸿庵康大根）、《又》（正庵康晒业）、《僧迦寺韵丈席行次时》（丁元燮）、《无极咏》（韩洪裕）。其中，韩洪裕《无极咏》云："龙潭月影千江水，龟岳春心万树花。觉来无极光明世，四海如今作一家。"

28 日　鲁迅与许寿裳等同拟国徽告成。又作《致国务院国徽拟图说明书》，云"今中华民国，已定嘉禾为国徽，而图象简质，宜求辅佐，俾足以方驾他徽，无虑朴素"，"远据前史，更立新图，确有本柢，庶几有当"，"以表华国之令德，而弘施于天下"。

《申报》第 14195 号刊行。本期《自由谈》"尊闻阁词选"栏目含《避暑普陀山，僧圆磬嘱题茗具赠人，为占三绝》（蝶仙）、《客岱山蓬莱乡偶作，索查芝老和》（四首，蝶仙)。其中,蝶仙《避暑普陀山》其一:“瓶笙歇后试新茶,点点香浮小白华。一勺清凉功德水,定知舌底粲莲花(普陀产白色小花称小白华,味甘气香,可以佐茗)。”其二:“玉壶绛雪诗中定,金钵青莲咒后开。洗尽凡心消尽渴,琉璃叶上见如来。”其三:“茶醉初醒万念清,禅心澈后悟无生。年时乞得杨枝露,赠与檀波表佛情。”蝶仙《客岱山蓬莱乡偶作》其一:“长空海气萧层云,大野阴连落日曛。一片乡心无处着,且将杯酒共论文。”其三:“蓬莱山色郁苍苍,杰阁三层翡翠装。昨夜安期晏鲛客,手招明月当灯光。”

金天羽作《七月十六夜弥罗宝阁灾》(阁在玄妙观三清殿后)。诗云:“秋高月照吴王城,万家灯火凉如冰。赤乌飞向城头鸣,琳宫矗天天阙晶。流火烁烁丹鼎升,彩霞突出喷窗棂。火声隐隐如震霆,上烧天关煮列星。天龙八部窜帝庭,二十八宿闯太清。玄元皇帝踞灶棱,自夸入火不焦如定僧。青牛烧尾脱辐衡,群仙乱踏天阊行。长庚老子翻洒罂,或向慈航借净瓶。海水滴滴杨枝生,禁敕祝融如律令。融也掉头唤不应,火势已著最上层。嫦娥月窟开银屏,老兔抱杵梦里惊。红云楼阁天为赪,火凤四集张翅翎。仓卒命驾逃云軿,下界正撒盂兰盆。阿鼻狱卒夜打更,穷鬼饱啖豕腹膨。鬼门关上悬一灯,天崩地塌铿华鲸。化人宫作阿房倾,火攻下策功竟成。雨师却走云凭凭,红照浒墅关前亭。灵岩上方山不青,十里之外牛喘声。全城人马如沸羹,救火忙煞消防营。呜呼!江南伽蓝古著称,弥罗阁子享盛名。行春善女绣幰停,高梯石级弓鞋登。炉烟篆作宝阁铭,幡幢百宝珠珞璎。一朝赤焰嘘腾腾,摧陷之力比甲兵。可惜画壁仙有灵,海蟾三足跳青冥(三层阁上有松江杨芝画刘海蟾像)。我欲上书摄六丁,还我七宝楼台形。银河斜挂星斗横,青烟突突诉不平。浩劫下降天难胜,墙角夜夜飞秋萤。”

29日 唐文治致参议院教育部电,请举行丁祭,电云:“自各省起义后,释奠孔子礼久废,文庙殿庑有鞠为茂草者,可为痛哭,窃维变法乃改革秕政,非举数千年文教礼法而尽废之,若听其沦胥,人将谓我为无礼无教之国,祸害何可胜言,保存国粹,责在贵院大部,应请迅速呈谓大总统,速电各省举行丁祭,春秋皆以季月,永久勿废,祭品乐章应沿旧典礼仪,并请速议通电宣布切盼。”

林苍作《七月十六日,从友人饮李忠定祠。醉后载酒,游小西湖,登开化望湖亭已,复引舟入北湖,薄暮兴尽而返。是日云阴四合,至夜半风雨始作。翌日转甚,慨然有作,示同游诸君子》。诗云:“侵晨兀坐无一事,婴武传呼佳客至。添香沦茗与谈诗,邀我出游湖上寺。城西散步过堤来,忠定祠堂匝水开。后轩有客率先至,相期秋禊作流杯。午炊烟散迷村树,坐对山光助饮趣。戏将谈谑下浊醪,醉后相将出唤渡。小舟一叶上无篷,六人危坐凌清风。骄阳曝背何处避,笑擎荷盖蔽晴空。容与舟行不一里,仰视山门在尺咫。半起入寺半在船,上者登高下弄水。移时解缆向前湾,遥指北城烟霭间。乞浆野店解烦渴，一笑转舵云漫山。天阴日暝拾归路，欲雨不雨知何故。想见老天不我穷，隐遣百神为呵护。我生百事无一成，偶托诗酒逃其名。兹游所遇出望外，逢人得意聊自鸣。夜来风雨势寖猛，愈信昨者由天幸。问君何以答佳辰，时向梦中觅湖景。”

30日 《申报》第14197号刊行。本期《自由谈》栏目含《海上竹枝词》诗三十首（圭身）；“尊闻阁词选”栏目含《津门倏忽花行》（公）。其中，《海上竹枝词》其一：“十里洋场百万人，熙熙攘攘逐嚣尘。多因两字争名利，演出无穷喜与瞋。”其二：“舞榭歌楼业未凋，书场餐馆又茶寮。出门莫道多消费，都为征人破寂寥。”其三：“五光十色满箱厨，赚得金钱间接输。国产消亡洋货盛，奢风犹是极端趋。”其四：“无多草树不闻莺，输与乡人气味清。却怪红尘三十里，四时不绝卖花声。”其五：“迎春兆贵又清和，长得新朝显者过。一自登龙声价倍，门前车马日如梭。”其六：“芳名高揭自由花，恩客难逢大少爷。一曲筵前歌当哭，归来还坐野鸡车。”其七：“翻笑古人秉烛游，未须明月满扬州。乞来新火邻家好，不夜奚烦报晓筹。”其十：“锦衣美食拟豪家，淫乐还逾风俗奢。但博男儿当玩物，何须妇道定桑麻。”

顾颉刚赴沪，入上海私立神州大学，后因不满办学条件，于次月二十日返回苏州。

31日 《申报》第14198号刊行。本期《自由谈》“尊闻阁词选”栏目含《赠秦雅云女史》（佩宜）、《赠花丽娟女史》（佩宜）、《赠宋玉侍史》（醉愚）、《无题集句》（六首，佐彤）、《买陂塘（有序）》（陈栩蝶仙）。其中，佐彤《无题集句》其三：“孤光入酒醉魂消，闲束罗巾理六幺。深院不开春寂寂，知君已上秣陵桡。”其五：“向镜轻匀衬脸霜，佛桑庭院绣帘斜。蓬莱此去无多路，避日还将便面遮。”

陈蜕庵作《七月十七夜咳，甚不得眠，倚几，倦不支也。才觅卢生枕，迨晓犹惘惘也》（二首）。其一：“已过星期日似年，轻风吹到尚薰然。邯郸怨瑟弹何处，知是清虚第几天。”其二：“玉妃岂有下瑶京，一夜窗前风雨声。珠箔银屏都拥卧，移将莲漏赠孤灯。”

本　月

《小说月报》第3年第5期刊行。本期“文苑”栏目含《说小说（未完）》（管达如）、《杂诗》（诵之）、《长沙谒贾太傅词》（诵之）、《春日晓起》（诵之）、《惆怅诗（未完）》（枕亚）、《怀吴师镜寰》（翔声）、《登燕子矶有感》（翔声）、《秋夜旅怀》（翔声）。

《古学汇刊》第二编刊行。本期“上篇·诗文类”栏目含《二顾先生遗诗：顾遐篆诗》（明代昆山顾缃）。

严复任海军部编译处总纂，令部员翻译外国海军图籍。

邓镕因临时参议院四川议员有缺额，省议会选举其补缺。

王闿运与其子王代功言时事及平生所经历，后以此作成《所见录》。又，王闿运校唐诗，得金匐臣书，恻恻感人，作诗寄之。

沈曾植移居麦根路十一号，作《移居》（四首）。其一：“残生只合入山迁，那更移居向海堧。百尺楼高弹指见，五车书在启行先。张南周北多相识，远眺明居也自怜。不用指南重审度，景公夕室是西偏。”其二：“岑楼高建赤城标，霞思云情慰寂寥。举手径疑回若木，有怀直与叩神霄。天空一相圆于镜，月海千家静不潮。如此山居元不恶，一峰更比一峰超。”其三：“乱后河山病后身，老悬海澨拜鹃魂。移家图画安洪灶，禁足光阴在翟门。剑首唐虞无起灭，卮言凡楚有亡存。崆峒仙仗经年望，一唾终消万劫痕。”其四：“随处容身一露车，隐囊纱帽竟何如？安排白伞仍持诵，不用黄神助解除。三白瓜来冰振齿，五明扇动电缠枢。披襟别有真人想，云白山青万世庐。”樊增祥、陈三立、梁鼎芬、杨钟羲等皆来访公新居，同人和诗有：樊增祥《次韵和乙盦〈移居〉四首》、陈三立《次韵和乙盦翁〈移居〉》（四首）、吴庆坻《次韵沈乙盦〈移居〉诗四首》、梁鼎芬《乙庵〈移居〉诗和韵，同晚晴、散原四首》、吴士鉴《和沈乙盦丈曾植〈移居〉诗原韵》、王仁东《和乙盦〈移居〉四首之一》、杨钟羲《同身云、节庵、籀园访逊斋新居，用逊斋〈移居〉诗韵，时仆亦将移居》、沈瑜庆《乙盦三叠〈移居〉诗，依韵奉和，兼示樊山、节庵》。其中，樊增祥《次韵和乙盦〈移居〉四首》其一：“瀼水东西一再迁，鸳鸯能不怨湖堧（君家在鸳湖）。平原兄弟移新廨，阳羡儿童看老先。雅爱鹿车前后挽，羞称服赋古今怜。义熙末运无安土，只有柴桑得地偏。”陈三立《次韵和乙盦翁〈移居〉》其一：“衔卮坐数晚鸦迁，簇簇楼栏插海堧。寄命风雷留汝在，裹粮莽苍问谁先。自将樏具犬为伴，看长垣衣蜗欲怜。想得商歌出金石，西晖还恋鬓丝偏。”其二：“夙业乖违钵饭寮，每妨通蔽索参寥。微言苦乱虫鱼籍，断梦犹横鸾鹤霄。枯槁卜居能颂橘，苍茫挥涕与添潮。层甍倒影荒江水，挂眼拈髭意已超。”

杨钟羲奉母迁居法租界茄勒路顺元里北弄。樊增祥作《叠韵贺新居》（四首）贺其乔迁。其一：“机杼欣逢仉母迁，幽居亦是襄西堧。车尘谁逐康成后，鞭影仍输士稚先（君移居，后子培十日）。古寺漫寻开士往，今王反受疠人怜。丛兰新植陔南草，得受金风玉露偏。”其间，樊增祥与杨钟羲往来酬和颇多，相继作《得留垞诗，奉简一首》《再简留垞》《三简留垞》《酬留垞》《叠韵简留垞，并呈节庵、子培、伯严、石甫》《再叠医字韵，遣兴》。其中，《得留垞诗》云：“更无长物付偷儿，家有青毡好护持。飘瓦打头何忿狠，虚舟入世任推移。道心不懈庚申守，时论常多甲乙疑（费祎论曹马事有甲乙疑）。料理意园千古事，使君风义几人知。”

陈蜕庵致函柳亚子云：“亚庐先生：在京得手书，并南社证纸，时蜕盦已将南旋，故未作答。昨抵海上见楚伧，知君风木之哀。天时沴暑，息翼里第，和乐顺亲，朋辈遥祝，何期鞠凶，乃降德门。念我亚庐，殷忧痗心，愧恨衰怠之躯，不能诣帷幄唁，慰释君怀，尚望见书如接，俯诚勉宽。殡祭事毕，已届凉风，倘能出游写忧，一倾别愫，非止弟一人所望也。证书已填写者四纸，仍寄君处。社金皆未交。除卓君弟未亲接，由其弟代填外，余沈、陈、江三君，皆诗才卓荦，缓当检送。寄尘尚有二纸交朱师晦，即《民主报》社论署名太乙者，拟介其女公子入社，行时尚未填来，余尚续有所介也。匆此奉慰，并颂勉卫起居佩宜先生均此。蜕盦顿首。”

宁调元就任广东三佛铁路总办后，整顿路务，清查积弊。又，宁调元作《游白云归，感赋四章，并柬同游诸子，有序》。其一：“丈夫三十尚平平，竖子争传卫霍名。不道风云催世变，由来生死见交情。亡羊已为歧途误，功狗翻先狡兔烹。闻说佳人真绝代，伫看倾国与倾城。”其二：“江水南流夜有声，万家灯火夹江明。我来不胜丘山感，对此难消迟暮情。狺犬腼颜喧上座，沐猴作态误苍生。酒阑重忆十年事，忽动热潮憾未平。”其三：“夜气萧森十里堤，出门可有上天梯？神仙传里新鸡犬，粉墨场中假笑啼。旧雨伤心如此别，好花过眼莫重提。昨宵身在能仁寺，似听秋声过隔溪。”其四：“中年情绪似秋华，开亦无聊落亦差。握手尽怜今日意，狂游能得几回佳。百般牵挂如何了，一念轮回未有涯。欲谢夷齐归隐去，又愁猿鹤北山哗。”

刘心源改建武昌凤鸣书院为高等学堂。

吴昌硕为乃安绘《小圃芍药图》并题识曰：“名园芍药丛，重台眼稀见。风露一茎赠，艳色美人面。街头如有卖，倾囊实所愿。明珠那足报，高情动留恋。乃安先生属写，拟吾家让翁法应正。壬子新秋，客沪上，吴昌硕。”

黄宾虹兼任竞雄女学教席。竞雄女学由徐自华、陈去病为纪念秋瑾而创设，以授予女子智识技能，俾能自立为办学宗旨。同时执教竞雄女学的有胡朴安、陈去病、叶楚伧诸友，治事之暇，常作诗酒之会。

褚辅成被推为国民党浙江支部支部长。

丁立棠作《水调歌头·壬子新秋，邗江舟次感赋》。词云：“落日照城阙，鼓角动清秋。长淮千里南下，此地古扬州。便少江山天堑，忆昔功成谢傅，百万破貔貅。大好广陵国，雄镇在吴头。　　鱼米盛，盐策富，本无俦。况当间世奇杰，揽辔砥中流。任说楚歌四起，半壁东南事业，未必一时休。漫用竖儒策，杯酒共君谋。”

严修作《赠日本写真师岩熊金吾》。诗云：“神州东海足妍奇，更向沧瀛问土宜。三辅黄图帝京略，只愁不似昔年时。”

汪兆铭作《印度洋舟中》（二首）。其一：“低首空濛里，心随流水喧。此生原不乐，未死敢云烦。凄断关河影，萧条羁旅魂。孤蓬秋雨战，诗思倩谁温？”其二：“灯影残宵静，涛声挟雨来。风尘随处是，怀抱几时开。肱已惭三折，肠徒剧九回。劳薪如可爇，未敢惜寒灰。”

林志钧作《舆之七月某日客死上海，作此哀之》。诗云：“后死深怜剩此身，自疑忧愤傥非真。彻泉有泪空流恨，白日孤行不见人。长使汪汪思叔度，从来汶汶阨灵均。

平生踪迹何须说，行看湘山宰树春。”

黄侃作《咏怀》（十首）。其一：“秋气善感人，况乃远行客。西风拂高树，飞尘栖广陌。寒蛩有余声，玄鸟辞故宅。沾衿亦何为？忧患自煎迫。”其二：“韩冯化胡蝶，长在青陵台。精爽未销亡，秋至复归来。不见华山畿，漆棺竟重开。恩爱苟不移，何惜为尘埃？抱柱虽已信，独殒良堪哀。欢愉故难常，旦暮生疑猜。”其三：“幽兰在都梁，芳馨自然远。采之未盈怀，岁月忽云晚。畴昔奉明恩，及尔同缱绻。爱憎一朝异，蕙心徒婉娩。诗人咏常棣，所思亦翩反。作书叙别离，努力加餐饭。”其四：“三鸟从何来？乃为王母使。一身独长生，万岁安足喜。凄风动野蒿，恻怆谁家里。形神既离绝，何暇顾妻子。不如饮浊醪，穷年亦云已。”其五：“少年负奇气，万里恣遨游。楼船泛沧溟，回首望神州。客行信多感，况复当清秋。归来向故乡，途路亦已修。穷鸟戢其翼，悲鸣何所投。临川叹道穷，零泪缘缨流。”其六：“秦女携手仙，画在合欢扇。神仙纵虚无，嘉姻实堪羡。骖鸾复吹箫，飘摇何婉恋。人事故难常，恩情朝夕变。物累如可遗，佳人安足眷。”其七：“溽暑随节谢，向夕多凉飙。临楼独徘徊，仰瞻北斗杓。年岁有推转，斑鬓忽已髟。不见庭中树，枝叶日夜焦。离别竟何为，精神自损消。”其八：“猗猗阶下兰，绿叶复紫茎。若非予美赠，何由充我庭？并根已得所，连理欲谁荣？如何彼姝子，久久未合并？岂为道里遥，遂隔所欢形。女为悦己容，何必独倾城。青松涉霜雪，可以况幽贞。”其九：“素女鼓清瑟，其音良独悲。泠泠十五弦，宫徵自相追。西风缘隙来，弸彋动我帷。中有婵娟子，独坐颦其眉。年华既未移，容色亦未衰。奈何生离别，憔悴当因谁？”其十：“披发见伊川，百年而为戎。夷俚集海堧，杂然变华风。士女尽淫侈，郑卫犹难同。惟有梅子真，市门栖其躬。世路纵纷溷，长生安有穷？”

沈其光作《尊孔社祭，圣次吴县沈馨山先生韵》。诗云：“礼乐兴衰责在儒，野田绵蕝岂应无。即今寰宇兵戈扰，犹幸私家俎豆敷。济济都为逢掖士，硁硁自信守经徒。横流不用王尼叹，日暮归来咏满途。”

许咏仁作《新秋寄园即事》。诗云：“新凉天气与秋宜，雪浪湖边（湖在寄园内）散步迟。蒲柳几曾添老态，芙蕖依旧斗娇姿。萍开水面鱼堪数，叶坠林梢鸟未知。偷得余闲供啸咏，眼前有景便成诗。”

余达父作《装成亡友葛正父所绘〈秋林孤馆图〉，抚今感昔，和其题画元韵二章，时壬子七月也》。其一：“清浅长河天上源，窃丹鸡犬雾中喧。人间未必秋坟好，风雨关山一断魂。”

王易作《渡江云·初秋》。词云：“风檐迎玉露，青梧报候，一叶落池边。怪花开花谢，秋去秋来，景物换年年。已凉未冷，便早夜、将息都难。问近来、悲秋宋玉，可否异从前。　　恹恹。来秋先病，到晚偏愁，正孤帏梦懒。曾不记、看花紫榭，步月红阑。罗云缕缕招人望，望故乡、千叠云山。能遂否、乡心张翰今番。”

王浩作《金缕曲·初秋怀余鸾友》。词云：“苦绪应难斩。醉而眠、醒而歌哭，病而愁惨。烛灺香消无人处，为汝通眉一敛。想终日、横颐断脸。何况如今商候也，更无端、宋玉添秋感。犹独坐，听更点。　　共君京洛缁尘染。记当年、金台市马，吴宫谈剑。一介书生而已矣，解甚雾凄云暗？才不过、酒肠诗胆。射虎屠龙空事业，是侈谈、奢论吾何敢。吟未了，乱蛩掩。”

［日］木苏岐山作《早秋晓起》《初秋偶咏四首》。其中，《初秋偶咏四首》其一：“困暑兼旬卧北林，新诗拆补且长吟。朝来木末明秋爽，乃有青山肯上心。”其二：“镜槛凉生雨绝时，手中轻羽忽如遗。斜阳寂历催秋意，高柳寒蝉用一枝。”

［日］白井种德作《八月旬一，骤雨》（二首）、《八月旬一，沙田、营川两君来访》。其中，《八月旬一，骤雨》其一：“溪风微动爽衣襟，乍听四边清籁吟。云缕缕生山一角，雨声早已到前林。”其二：“翻墨黑云还快哉，凉飙忽地拂炎埃。雷公腰鼓真奇怪，挝出如珠白雨来。”《八月旬一，沙田、营川两君来访》云：“臣子至情唯痛悲，亮阴天地奈凄其。两君相拉惠然到，大故以来初有诗。”

九　月

1日　《文艺俱乐部》（半月刊）创刊于上海，扪虱谈虑客（韩文举）、孤愤生主编，出版第3期后终刊。主要栏目有“时局谈”（含中国之部、外国之部）、“历史谈”（含民国史谈、胜国史谈）、“文苑”（含文录、诗录、词录、俳体）、“小说”“谈荟”（含见闻随笔、海外拾遗）、“杂俎”等。本期“文苑·文录”栏目含《贞社征集同人小启》（朴人）、《祭赵伯先烈士文》（张斯麐）；“文苑·诗录”栏目含《效庾子山咏怀》（失名）、《游补陀山寺会者七人，因取范石湖壶天观铭跋语“七人姓字在栖霞”，分韵得人字》（韦庐集）、《夏日李太守招同陆提刑、查观察、顾太守、刘明府集榕树楼，分韵得心字》（韦庐集）、《望子乔不至》（韦庐集）、《题〈拐李图〉》（房仲南）、《〈武溪渔隐图〉歌》（微尚斋）、《和汪序伯〈武溪渔隐图诗〉》（哭庵）、《题某君所藏〈神仙秘戏图〉》（哭庵）、《春感，寄聪公》（失名）、《幽居》（怡园）、《春日赴东郊扫墓，复见罂粟嫣然作花，感而赋此》（怡园）、《题〈红梅庵集〉》（蒋万里）、《秋日偶成》（蒋万里）、《送侯保三之江西》（蒋万里）、《杂纪六首》（蒋万里）、《寄易石父并讯花琴夫人》（樊山）、《叠韵寄花琴夫人，忏前诗之过》（樊山）、《和答樊山》（花琴）、《再答樊山》（花琴）、《和樊山〈古意〉四律》（王以慜）、《狱中杂感》（番禺精卫汪兆铭）、《口占》（庚戌）（番禺精卫汪兆铭）、《泊瓜步，怀陈梦坡江西》（魏繇）、《送江杏树归里》（魏繇）、《题竹》（蒋万里）、《白下杂诗》（止斋）、《赵仲玉寄剪发小像来，感成题纸角上》（枚）、《塍马月娇（湘兰别号）自绘真像（上有江容甫手书小传）拓珂罗板影一片贻麟角》（龙尾）；“文苑·词录”栏目含《探春慢》（寿臣）、《清商怨》（失名）、《琵琶仙·题马月娇小影寄所思》（民风）、《临江仙·临平道上》（唐际虞）、《玉树后庭花·夜泊兰溪城外，闻隔江歌声》（唐际虞）、《如梦命·纪梦》（唐际虞）、《蝶恋花·蔷薇》（明强）、《念奴娇·生辰自寿》（明强）、《虞美人》（映庵）、《前腔》（映庵）、《浣溪沙》（映庵）、《菩萨蛮·饯春》（锡恩）；“俳体”栏目含《虎谈》（古复黄种强）、《钱歌》（前人）、《吃花酒》（仿李白将进酒体）（笑笑）、《丛话》（前人）。

《申报》第14199号刊行。本期《自由谈》“尊闻阁词选”栏目含《〈花月痕〉题词》（四首，沈桂冬）、《〈桃花扇〉题词》（二首，前人）。其中，沈桂冬《〈花月痕〉题词》其一：“暮暮朝朝去复来，个中怀抱几时开。偷弹血泪心如捣，苦守盟言志可哀。春雨梨花惊客梦，秋风杨柳泣章台。茫茫天壤谁知己，偏是平康解爱才。”其四：“琴剑飘零二十年，沉沉风雨奈何天。半生空抱无穷恨，一见偏成不解缘。儿女纵教情太切，英雄难与命争权。菀枯得失寻常事，如此收场剧可怜。”《〈桃花扇〉题词》其一：“冬冬战鼓遏中流，禁苑春灯汗漫游。淮北孤臣空有泪，江南天子本无愁。千秋名士销金粉，五色降旗出石头。最是六朝人去后，斜阳深锁故宫秋。”其二：“山残水剩月黄昏，惆怅西风白下门。杨柳楼头啼杜宇，桃花扇底泣王孙。美人毕竟能知己，公子归来欲断魂。自古多情空有恨，此中哀怨向谁论。”

《真相画报》第9期刊行。本期“文苑”栏目含《娵隅琐识》（蔡张倾城）。

魏清德《洪水叹》发表于《台湾日日新报》。诗云：“大木漂撞祖师庙，赤瓦楼头鱼龙啸。稻津艋舺舟行街，屋上小儿戏垂钓。生憎洪水似刘郎，前度又来异所料。去年列屋倒相望，野宿饥黎星月照。今年未倒复崩摧，纵有新居亦动摇。浊浪流尸不可寻，吁嗟沟壑填老少。灶倾不自见炊烟，屋破何人对庭燎。真个压死有谁知，殷勤青蝇来相吊。老天胡为纵此怒，风雨波涛号万窍。古云鲁旱饥不灾，未雨绸缪官民要。造林浚河与开山，有识攘臂皆绝叫。财政财政讵艰难，脱略他费不其妙。廿纪科学称万能，天灾不防即自召。洪水之叹最惨伤，满目苍苔对萝茑。乾坤浮萍望无极，剩有愁云百缭绕。”

2日 《申报》第14200号刊行。本期《自由谈》“游戏文章”栏目含《戏名酒令（续）》（秋雨）；“尊闻阁词选”栏目含《由燕赴沪上感遇七章》（豫章廖尔焱）。其中，廖尔焱《由燕赴沪上感遇七章》其一：“浩浩天风辘耳过，醒时涕泪醉时歌。宦情世味谙尝遍，旧历新年感慨多。万里河山更故辙，廿年心血付流波。苍茫独自怜身世，未敢逢人说坎坷。”其二：“一官狼狈因章台，进退艰难费自猜。回溯前尘都是梦，妆成新样苦无媒。盟来白璧心同洁，市到黄金骨亦灰。花落鸟啼春去也，看他蝉蝶扑墙来。”

陈蜕庵约本日致信柳亚子，云："亚子先生足下：前奉寸笺，并南社江、沈、陈、卓四君入社书，想均收到。兹又介潘兰史、蒋万里两君入社，社书两通，寄请登入。（入社费亦未收）蜕近体因暑倦，楚伧、天遂均只一晤，鹤雏、寄尘并未能见，石子、吹万来自云间，亦未能一醉尽兴。蜕居病，君居忧，同一无俚，然蜕更甚矣。闻钝剑、亚希当伉俪偕来，不知何日可至。余后详。此颂，素履万宜，弟蜕顿首，初二。"

胡先骕参加江西省教育司选送赴美留学考试。此次共有16人入选，胡先骕名列第五名。

3日 教育部公布《学校系统表》，规定小学四年，高小三年，中学四年，大学预科三年，本科三年或四年，是为"壬子学制"。

《申报》第14201号刊行。本期《自由谈》"游戏文章"栏目含《打油诗》（静观）、《风流统领歌》（申民）；"文字因缘"栏目含《和天虚我生〈东莱即景〉原韵》（四首，沧海老渔）。其中，申民《风流统领歌》云："防营大统领，炫耀逾前清。丹桂观坤剧，心倾沈翠芬。点戏大登殿，掷赏数十金。兵饷民膏血，供彼狭邪行。吾地何不幸，民贼辖防营。"沧海老渔《和天虚我生〈东莱即景〉原韵》其一："海陬奇遇际风云，一曲高歌唱落曛。自有因缘联翰墨，快倾尊酒共论文。"其二："壶中山水真知己，海外桑麻小洞天。未必桃源曾隔世，问津只许老渔船。"其三："旷怀四顾郁苍苍，往代冠裳已改装。夙愿无妨初愿遂，共和千载足辉光。"其四："自嗟身世托浮槎，泛宅居然艇作家。沧海桑田何足怪，不堪肠断数年华。"

黄侃作《秦淮河泛舟》（二首）。其一："残月微烟夜泛舟，秦淮景物最堪愁！而今莫问南朝事，劫后西风正一秋。"其二："两岸疏灯散浪纹，隔船丝管尚纷纷。秦淮本是无情水，玉树遗声更不闻。"

4日 郑孝胥作《偶占》。诗云："杜门便似龙蛇蛰，北去真疑掩耳雷。犹有婵娟怜晚节，万重云海伴归来。"

5日 《申报》第14203号刊行。本期《自由谈》"尊闻阁词选"栏目含《口歌寄钝根》（镜笙）、《七夕》（重光）、《旧七夕》（铁民）、《新七夕六首》（来蝶轩生）；"文字因缘"栏目含《桃源忆故人·寄酬瘦蝶》（天民）、《次瘦蝶题戏考元韵三首》（天民）。其中，铁民《旧七夕》云："佳节今夕□传讹，迅续前缘快若何。天上重联新眷属，人间非复旧山河。频烦填鹊离恨少，侥幸牵牛好事多。两度中秋孤碧海，嫦娥应自悔蹉跎。"来蝶轩生《新七夕六首》其一："文明新法结婚姻，天上仙人亦效覆。今夕银河偏早渡，蹇修赖有自由神。"其二："新丝缫罢插新秧，耕织偏宜夏日长。知道双星勤实业，无心比翼学鸳鸯。"

徐世昌午后访李柳溪，又同访于晦若久谈。

陈莘作《中秋后五日晚眺乾明寺涌月楼》。诗云："半壁楼高望眼宽，八年未倚此阑干。潮痕落照鱼滩浅，云影横江雁阵寒。暮色秋光俱正好，酒香茶酽有余欢。鸿泥满壁瞻陈迹，遥忆江城旧宰官（《乾明寺记》及各匾额、楹联，皆前刺史、岭西进士封少霞夫子书撰，夫子为荦童试及入泮后履受知师）。”

6 日　中华法政大学开学，聘唐文治为名誉校长。唐文治在开学典礼上演说“法理渊源”，略谓：“前清中国法政学之不发达，由于学部之不提倡，其不提倡之故，大概恐惹起革命思想，现在民国肇兴，尽除扞格，欲养成共和国民资格，当以法政学为最要，就现在时势而论，尤以国际公法及民律为吾辈必须注意之点。”

7 日　《申报》第 14205 号刊行。本期《自由谈》“尊闻阁词选”栏目含《旅申杂感六章》（廖而焱）。其二：“桃花流水三千里，明月春风廿四桥。如此乾坤成画本，且将茗煮话清宵。少年意气横磨剑，末路功名乞食箫。醉向申江同访旧，十年香梦竟迢迢。”其四：“南辕北辙老风尘，怎耐经年仆仆身。车马催残千里梦，江山送尽六朝人。年华锦瑟抛将尽，世界黄金铸不成。月白风清如此夜，让他独占一枝春。”

陈夔龙见荣庆，久话当年、依依志别，至红桥赁车归。

8 日　《申报》第 14206 号刊行。本期《自由谈》“游戏文章”栏目含《医刁嘴歌》（罗隐）、《钝根戏续》（罗隐）；“尊闻阁词选”栏目含《感赋》（寄尘）、《口占》（二首，率公）、《咏李奉贞》（二首，率公）。其中，率公《口占》其二：“痛极翻无泪，情深转是痴。几回期解脱，蓦地又相思。”《咏李奉贞》其二：“魂咽寒潮吊国殇，兰闺不死死沙场。红颜自古遭魔劫，留得千秋姓氏香。”

王易作《梦横塘·廿五初度》。词云：“双丸弄巧，万树鸣秋，华年如水偷逝。十载星霜，又阅遍、几番尘世。诗酒情浓，功名梦冷，野人深致。算燕云汴水，马影鸡声，但添得、狂而已。　　世间一笑浮沤，甚心伤杜老，愁赋平子。赢得名垂，叹白发、可怜生矣。况自有、医天妙手，何用书生涸人事。打叠行囊，酒瓢椰标，向花前寻醉。”

9 日　袁世凯特授权孙中山筹划全国铁路。

《申报》第 14207 号刊行。本期《自由谈》“游戏文章”栏目含《续戏名酒令》（醒客）；“尊闻阁词选”栏目含《金缕曲·听王玉峰弹三弦琴，并简钝根、瘦蝶》（镜笙）、《和天白〈早秋吟〉》（李生）。其中，镜笙《金缕曲》云：“神妙真无比。算寰瀛、良工魁首，有谁匹拟。玉甲圆挥珠络索，博得金钱盈几。说供奉、宫墙久矣。三庆名园曾浪迹，聘南州、重洗琵琶耳。拨幺弦，风生指。　　天生大巧成奇技。把世间、繁音缛节，尽归弦里。顷刻移情千百转，漫道成连继起。更不数、胡笳变徵。老我西风沉醉客，也偷闲、细认龟年李。琴共手，号双美。”李生《和天白〈早秋吟〉》云：“玉露金风又报秋，中原北望不胜愁。江山寥落悲闻角，砧杵凄凉夜倚楼。长笛无心惊客梦，故园何日系归舟。申江重践桃源约，屈指当年忆旧游。”

陈去病为秋瑾归葬浙江事，自浙入湘，晤南社社友黄钧、傅尃等，作《自浙入湘，得晤梦蘧、君剑诸社友，献以是诗》。诗云："脱帽一为礼，浮踪江海来。吟朋都到眼，欢饮复倾杯。时事且无问，文章要主裁。怀湘兼望岳，齐上楚王台。"

蔡元培作《〈琴绿堂遗草〉序》。序云："余与俞君英厓交十余年矣。六年前，余将赴德意志，别君于奉天。今年，与君相见于北京，于上海，而余又将游德，君亦复取道海参崴，为延吉之游矣。君滨行，以先德小舟先生《琴绿堂遗草》见示，余受而读之。因地为集，有沈水、萍水、紫水、鉴水、滦水、莲水等目。而编年，自丁酉迄丙寅，凡四十年。盖先生宦游，西至蜀，东北至辽沈，南至闽粤，并经游湘、赣诸地。以所闻见，托诸吟咏，使后之人读之，得以想见当日各地方之状况，与夫宦游者之境遇，乃与亲炙无异，岂一等闲吟风弄月之作所可拟者？英厓游踪，虽不逮先生之广，然往返间，经由俄、韩；而今之时局，又与先生所处不同，必将别有枨触。其亦将托之吟咏，以媲美于先德欤？余读先生之诗，而有此感，因题于卷端。中华民国元年九月九日蔡元培识。"

10日 《申报》第14208号刊行。本期《自由谈》"游戏文章"栏目含《代拟感怀诗四首》（黄岱云）；"尊闻阁词选"栏目含《和瘦蝶〈高阳台〉》（病鞠病中倚声）、《沪居有感》（影香）、《张园归路》（影香）、《春申江上》（影香）。其中，影香《沪居有感》云："三十功名只自怜，好怀未肯向人前。诗能遣兴狂犹得，酒果排愁醉不嫌。有限光阴趋短梦，不情丝竹感中年。揭来剪取吴淞水，海色天风亦偶然。"影香《张园归路》云："万绿丛中独一团，麹尘如雨马如飞。哈哈春色工西笑，澹澹斜汤眷翠微。帽影鞭丝都入画，草香花露半沾衣。晓风亦自多情甚，吹得友人尽醉归。"

11日 《申报》第14209号刊行。本期《自由谈》"尊闻阁词选"栏目含《题〈美人荡桨图〉》（寄尘）、《戊申寄金陵双子校书，集〈新疑雨集〉句》（李玉川）、《长江舟中》（二首，王豫齐）、《〈迦茵小传〉题辞》（二首，王豫齐）、《由京赴沪沿途感赋三章》（廖尔焱）。其中，寄尘《题〈美人荡桨图〉》云："风波处处叹无家，泛宅问游姊妹花。回首不堪身世感，一般沦落在天涯。"李玉川《戊申寄金陵双子校书》其二："如此莺花付阿谁，生逢绝处梦难知。旧情已逝真如水，忍奈天风故故欺。"王豫齐《〈迦茵小传〉题辞》其一："倩影亭亭弱不支，缠绵幽怨诉谁知。春风一度浑疑梦，情绪千回死尚痴。残月浮屠陈迹杳，夕阳芳众乱鸦啼。多情自古空余恨，寄语西方碧眼儿。"其二："成尘往事去如烟，玉碎番销恨未捐。剪取青丝留纪念，漫和红泪写雌笺。拼将一死酬知己，可有三生获夙缘。碧海青天如此夜，西风憔悴一婵娟。"

《中国实业杂志》第3年第8期刊行。本期"文苑"栏目含《秋夜不寐》（吴我尊）、《过日惹，赠东海弃民》（抟沙子）、《叠韵再赠》（抟沙子）、《游水城，仍叠前韵，呈东海弃民》（抟沙子）、《和韵》（东海弃民）、《叠和》（东海弃民）、《三叠韵，送抟沙子回国》（东海弃民）、《游泰山口占，寄日本大江诗伯》（李文权）。

《真相画报》第 10 期刊行。本期“词林”栏目含《写韵楼诗余》(吴尚憙)、《张忆娘〈簪花图〉题咏》(髡寒录)。

陈蜕庵约本日致信柳亚子,云:“亚子:得复书悉一切。钝剑来仅三晤,今归矣。南社证书附上,复介沈君,证书已罄,而尚有愿入者,(朱师晦女公子二证书,不知曾否径寄《太平洋报》?)君续寄乎?抑从寄尘索乎?函告为盼。沈太侔、张天石托购第一集至五集各一份,乞函寄,或嘱《太平洋》社交弟。匆颂,双安,蜕顿首,十一日。”

吴昌硕生日,作《自寿》。诗云:“前身定与范叔厚,一寒至此坐且守。寒与饥斗腹自鸣,西风猎猎驱我走。秀才家食占不吉,仅喜诗成挂人口。刊金伐石且游刃,庖丁解牛力在肘。流光忽忽六十九,仙人靳锡治聋酒。值此身世聋亦佳,未闻海裂山摧朽。怪事咄咄石敢当,歌声呜呜缶无咎。圣人之杖扣且不,两胫已跛奈何受。不念旧恶观其后,如此衰翁乌足寿。人谓计闰已古稀,古稀不醉醉谁某。镜中见我蹒跚丑,扶持懒觅纤纤手。陈圆董宛供一呕,更不愿折河东柳。结发之妻安可忘,纵不糟糠亦箕帚。南极一星高在天,奉手却见西王母。”

陈夔龙离津,上旬至上海。荣庆送筱石诗云:“结袂通明厂,匆匆廿六春。同为游蜀客,都是少孤人。忆昔艰难共,而今世局新。吴淞秋正好,珍重此吟身。”

廖道传作《八月朔三十六岁初度感赋》。诗云:“忽忽西游满五年,亦拖紫绶亦青毡。六科喜有群才聚,两郡惭无德政宣。且乐佳朋倾斗酒,悬知慈母治蔬筵。碧天搔首红尘梦,四百三三月魄圆。”

12 日 《申报》第 14210 号刊行。本期《自由谈》“尊闻阁词选”栏目含《蝶恋花·为杨朴庵画纨扇自题》(蝶仙)、《望秦川·偶成》(蝶仙)。其中,《蝶恋花》云:“复室重廊秋不到。曲曲红栏,沿着湖山绕,千顷芙蓉开遍了,晚来新月如钩小。　翡翠高楼临树杪。漂渺仙人,却住蓬莱岛。吹罢瑶笙心悄悄,碧天无际余音袅。”《望秦川》云:“欲写家书寄,思量写什么。知他愁病已多多。依病依愁,何忍告知他。　换尽三条烛,选看十指螺。万千言语塞心窝。两字平安,写到四更过。”

[日]乃木希典卒。乃木希典(1849—1912),号石樵,别号静堂,幼名无人,后改文藏,明治四年以后改称希典。日本长州(今山口县)人。陆军大将,善写汉诗。1894 年中日甲午战争爆发,任侵华日军第二军第一旅团长,率部侵占中国旅顺、辽阳。入侵中国之前,公然写诗宣称:“肥马大刀尚未酬,皇恩空浴几春秋。斗瓢倾尽醉余梦,踏破支那四百州。”1895 年率师入侵中国台湾,翌年任台湾总督。1904 年日俄战争时任第三军司令,以肉弹战术攻克旅顺,二战前被日本军国主义者奉为“军神”。1904 年日俄战争中,为追悼其阵亡之子,赋诗云:“山川草木转荒凉,十里风腥旧战场。征马不前人不语,金州城外立斜阳。”日俄战争结束后,1906 年回国途中于船上赋诗:“皇师百万征强虏,野战功成尸做山。愧我何颜见父老,凯歌今日几人还。”

大正元年明治天皇病故，同其妻剖腹殉节，彰显日本武士道精神。汉学功底深厚，遗著有《乃木希典日记》。卒后，陈三立作《感日本乃木大将躯殉天皇，口占一绝》。诗云："三良继殉彼何人，盖海英风事绝伦。漫倚卮言齐物论，槐根蝼蚁判君臣。"［日］杉田定一作《挽乃木将军》云："白首丹心几战场，直将一死殉君王。浑家热血无余沥，洒向人间振纪纲。"［日］白水淡作《悼乃木大将》云："愁云漠漠断肠秋，攀附龙髯去不留。气节老来何壮烈，灵光千古照神州。"［日］砚海忠肃作《挽乃木将军》云："绝伦勇武破强秦，振古功名轻似尘。共殉先皇夫与妇，千秋忠烈泣神人。"

13日　陈三立、沈曾植、梁鼎芬、王仁东等赴樊增祥寓园招邀，观其所藏书画，并唱和、摄影留念。

《申报》第14211号刊行。本期《自由谈》"游戏文章"栏目含《新劝学诗》（息影庐）；"尊闻阁词选"栏目含《新秋席上四绝》（醉红居士）、《明妃》（李生）、《画堂春·有赠，为某君作》（瘦蝶）。其中，醉红居士《新秋席上四绝》其一："海月初生玉露滋，画屏银烛写乌丝。年年惯有西风恨，说与云鬟那得知。"瘦蝶《画堂春》云："昼长人倦罢调笙，闲来徙倚银屏。三分憨态七分情，忒煞文明。　出海轻云冉冉，天檐新月盈盈。嫣然一笑掩香樱，眉语初成。"

［日］杉田定一作《九月十三日参列先帝葬仪恭赋》。诗云："一发炮声轰寂寥，輀车徐度二重轿。六军堵列悄无语，炬火含愁照碧宵。"

14日　《申报》第14212号刊行。本期《自由谈》"游戏文章"栏目含《斗蟋蟀弹词》（瘦蝶）；"尊闻阁词选"栏目含《月夜吊古墓》（二首，景骞）、《新历九月九日书寄钝根、鹗士》（二首，瘦蝶）、《旧作新七夕绝句八首之四》（蕴深）。其中，瘦蝶《新历九月九日书寄钝根、鹗士》其一："禅心静契木樨香，消受闲窗一味凉。不道天公更旧例，居然风雨作重阳。"其二："晚来呼酒上琴台，欲赋秋声斗逸才。毕竟黄花终兀傲，寄人篱下不轻开。"

何卓坚生。何卓坚，广东新会人。著有《何卓坚诗词集》《愉居诗存》。

［日］木苏岐山作《九月十四日纪事》。诗云："减却梦龄天上回，山川昼晦雨如埃。乌号端抱鼎湖痛，大树俄成梁木摧（时乃木将军自刃）。麟阁宗臣空置像，辟雍胄子赖谁裁（将军兼学习院长）。尧年亦值龙蛇厄，恸哭秋风悽以哀。"

15日　《申报》第14213号刊行。本期《自由谈》"游戏文章"栏目含《续戏名酒令》（瘦蝶）、《再续》（闸思）；"尊闻阁词选"栏目含《清游二首》（吴一冰）、《晓游玄武湖》（二首，吴一冰）、《张园夜听王玉峰弹三弦》（醉红居士）、《秋海棠》（二首，魏锄月女士）；"文字因缘"栏目含《高阳台·次许瘦蝶韵》（蝶仙）。其中，吴一冰《清游二首》其一："一棹秦淮水，清游兴转多。带将微醉意，听遍隔船歌。风影摇红幔，星光跃绿波。倘教花月夜，春思更何如。"其二："岂第骚人事，相怜热客痴。笙歌千艇集，金粉六朝遗。凉意生纨扇，豪情上酒卮。但看今夕乐，便是太平时。”

[韩]《天道教会月报》第 26 号刊行。本期“词藻”栏目含《祝辞》（禹庆善、禹命哲、朴谦、吴启文、洪宇宙）、《挽朴明善君》（敬庵李瓘、临汕李教鸿、克庵崔在学、香山车相鹤、李骏锡、牛野李世宪）、《夜坐书怀》（敬庵李瓘）、《秋夜有怀》（香山车相鹤）、《偶吟》（芝江梁汉默）、《八月二十三日到凤凰阁恭陪圣师口号一绝》（莲游尹龟荣）、《又》（凰山李钟麟、莲游、凰山）、《三清洞口岩晚坐》（敬庵）、《又》（芝江、李仁淑）。其中，芝江梁汉默《偶吟》云：“朝立清潭上，暮行碧野中。山社归来晚，书楼一烛红。”

16日 《大声报》出版。因编辑擅自抽去稿件，改变版面，叶圣陶怒，与报馆决裂。

《申报》第 14214 号刊行。本期《自由谈》“游戏文章”栏目含《饭桶歌》（青溪懒渔）；“尊闻阁词选”栏目含《登鸡鸣山感吟》（二首，吴一冰）、《调寄〈临江仙〉· 感遇》（天白）、《秋柳》（二首，佐彤）。其中，吴一冰《登鸡鸣山感吟》其一：“湖山莫奈每依人，拳石鸡鸣劫又新。善恶孳孳区舜跖，兴亡故故说梁陈。志公化去无传钵，征士归来有辐巾。但得放怀遗世立，便胜憔悴向风尘。”天白《调寄〈临江仙〉》云：“多少凄凉多少恨，几番磨煞年华。看来都是镜中花。堂前新燕子，飞去又谁家。　　回首青青门外柳，只今憔悴栖鸦。悲欢荣谢本无差。江头离别者，何事恨天涯。”

《文艺俱乐部》第 1 卷第 2 号刊行。本期“文苑 · 文录”栏目含《赠孙中山序》（黄中央）、《拟邀八指头陀住持昆庐寺启》（失名）；“文苑 · 诗录”栏目含《悲歌行、薄命篇》（瓶公）、《董逃歌》（太炎）、《安重根诗》（季刚）、《一鹤谣》（中央）、《白云谣》（隆叟）、《苏小墓》（孟枚）、《和水苍惜别诗》（姚谌）、《题〈秋风破屋图〉，为子与》（姚谌）、《徐园简樊山、散原两君》（藏山）、《忆去年之籀园》（藏山）、《古意四首，题夏茧叟近作》（樊山）、《再寄花琴夫人》（樊山）、《再和答樊山韵》（花琴）、《曹家梵王两渡纪游作》（哭盦）、《同实甫游哈同园观桃花，再次实甫韵》（老兰）、《和梁公约九日登北固山之作》（怀宁舒挚甫）、《杨花，次渔洋〈秋柳〉韵》（蒋万里）、《春柳，次渔洋韵，和郢云作》（蒋万里）、《寄莲云白门》（埋活）、《次韵和寄埋活海上》（莲云）、《寄瘿公》（鞮芬）、《默卧》（鞮芬）、《十二月廿五作》（瘿公）、《一叹》（芷青）、《暮泊岳州》（蛰公）、《赠白坚》（尧生）、《秦淮柳枝词》（茧叟）、《送春》（海陵愿恕子）、《题配景美人画四幅》（哲盦）、《春思》（王履庆）、《春思》（王贞春）、《题兰史〈江湖载酒图〉》（金粟香）；“文苑 · 词录”栏目含《玉堂春 · 佳会》（唐际虞）、《踏莎美人 · 本意，作于麟溪余氏书斋中》（唐际虞）、《霜叶飞 · 咏絮》（星甫）、《踏莎行》（劫父）、《风流子》（仲莲）、《金缕曲 · 秋愤，被迁感愤倚此》（微庐）、《百字令》（蘖子）、《八声甘州 · 南归滞津门，旅中感赋瑶君》（蘖子）、《渡江云 · 闻苏城变事有怀孝臧》（郢云）、《蝶恋花 · 有赠》（前人）、《行香子 · 遣怀》（恭飏）；“文苑 · 俳体”栏目含《祭状元文》（失名)、《剪发诗》(易哭盦)、《丛话》(前人)。

17日 叶圣陶与顾颉刚决定重新组织放社，创办《放社丛刊》。社址设在苏城观前洙泗巷梓义公所内，通讯处设于苏城濂溪坊四十二号叶圣陶宅。《放社宣言》云："社恶乎成？实行乎壬子夏。社恶乎地？或城或野，适性攸宣，坎止渣行，不离昌亭者近是。社恶乎业？经史百氏，相与讲明，用壮其文诗，灵其书画……社期之周疏，听诸时社友之多寡，听诸人大要，月恒四五作，作恒廿余士，礼乐兵农，所谓园学也，文诗书画，所谓美术也，悉详讨而明究之，然后宣诸绨豪，异于忘本……"《放社简约》云："月刊定名《放社丛刊》"，"月刊分类，曰：放社消息，文艺集，文艺专集，美术集，技术集，文艺话，美术话，技术话，说部，剧部，妇女世界，文美纪事，文美批评，法言，译著，笔记，游记，稗乘，通讯，编辑谈，附录，凡二十一。非社友之著作，列为外集，凡五类：一、文艺外集，二、美术外集，三、技术外集，四、杂著，五、读者俱乐部"。

《申报》第14215号刊行。本期《自由谈》"游戏文章"栏目含《戏名酒令》(民续)；"尊闻阁词选"栏目含《征人》(天白)、《白海棠》(佐彤)、《漫兴》(佐彤)、《宫闱咏古》(七首，了青)。其中，佐彤《白海棠》云："点缀闲阶景，名花韵独标。玲珑疑是蝶，娇小不容蛸。雨细流香净，枝肥得土饶。玉人无限意，相对睡红消。"《漫兴》云："落日天何近，霜林叶渐飘。爱看山色好，忘却马蹄骄。势逸穿云雁，声喧别浦潮。舟横谁问渡，芦苇雨萧萧。"

魏清德《云年社兄新居告成，诗以贺之》发表于《台湾日日新报》。诗云："鲎屿狮球指顾开，山下卜筑亦豪哉。闻君雅有元龙气，把酒临风睥睨来。"

[日]夏目漱石作《妙云寺观瀑》。诗云："萧条古刹倚崔嵬，溪口无僧坐石苔。山上白云明月夜，直为银蟒佛前来。"

18日 孙中山由北京至太原视察，景耀月随同，同盟会山西分会推景定成为代表，率警卫至石家庄迎接。王用宾、狄楼海、姚以价等参与会见。景耀月乘兴为一学界后生书联："能受天磨真好汉，不遭人忌是庸才。"21日孙中山离晋，景定成陪送至石家庄，景以所记讲演稿请孙中山校正。不久，景携续弦夫人阎玉青应江西都督李烈钧之约南游，后回北京。

黄孟曦所创《新纪元星期报》第1卷第1期在北京出版，首载章太炎《发刊辞》。本期"文苑"栏目含《登牛首山望终南、曲江、樊川、辋川作歌》(《广雅堂诗集》)(南皮张之洞)、《都门杂感》(壬子阴历正月，《荃察余斋诗存》)(成都邓镕)。

《申报》第14216号刊行。本期《自由谈》"尊闻阁词选"栏目含《有忆》(四首，淡明)、《前诗意有不尽，复成四首》(淡明)。其中，淡明《有忆》其一："蝠飞燕语日迟迟，小立闲阶有所思。三五年华呼月姊，万千情绪妒风姨。海棠亭馆随珠婢，杨柳楼台住玉儿。谜语未猜心已解，对人笑道不曾知。"其四："西厢风雪苦寒天，铁马声声到耳边。几首唐诗教已熟，一灯闲话夜如年。铜炉活火偎轻暖，石铫芽茶细煮煎。乍密乍疏都不是，迷离惝恍梦游仙。”

19日 《申报》第14217号刊行。本期《自由谈》“游戏文章”栏目含《戏名酒令》（民续）；“尊闻阁词选”栏目含《咏雁来红》（二首，天白）、《新燕歌行》（李生）、《感事》（李生）；“文字因缘”栏目含《题戏考，用瘦蝶韵，寄尘、钝根》（三首，病鞠）、《次天白早秋原韵》（知白）。其中，天白《咏雁来红》其二：“胡女哀弦未忍听，阏氏红泪感飘零。哀鸿莫是啼鹃化，飞入阳关草不青。”李生《新燕歌行》云：“汉家胡尘在蓟北，志士捐躯争报国。义旗一举定东南，汉儿歌舞胡儿泣。无边金鼓动天哀，百万貔貅震地来。角声一夜降幡白，万树梨花城上开。胡骑如飞向南走，秋风落日传刁斗。少妇依依欲断肠，将军去去频回首。纷纷将吏只顾身，中原瞬息便灰尘。九州大错凭谁铸，半壁山河属老臣。宫门长日掩西风，寂寞宫花满苑红。昨宵玉殿传金诏，已报降王出汉宫。”李生《感事》云：“一片笳声汉将营，秋风铁马报西征。羽书星火三城戍，胡骑凭陵九道兵。万里关山悲鼓角，几人歌舞唱升平。丈夫自有兴亡责，肯为文章误此生。”

荣庆步访陈瑶圃久谈，又同访郭春榆，承以同人倡和诗见示，荣庆依韵和之：“古寺论交冰雪天，廿年风度故依然。一生秉礼终存古，五度同舟信有缘。馆阁多贤依日下，图书旧地忆王前（官学旧本王可师所招馆舍，今为实录馆修书处）。五衰一病沧江晚，蹇步难追陆地仙。”郭诗云：“洛社衣冠元祐后，陶家甲子义熙年。倡和诗声闻在昔（丁丑毅皇实录过半，时馆臣得奖锡、厚庵诸公倡和），回翔秘馆溯从前（历叙此地从前事）。白头相对秋灯下，细数鸿泥到蝶仙。”越五日，荣庆再步郭春榆原韵兼奉陈韬老。诗云：“秋风又到海棠天，月社联吟竟偶然。一代文章归变例，百年身世付随缘。同心编纂鹓鸾侣，旧事凄凉鹦鹉前。我采芙蓉江水上，商山自有采芝仙。”

王易作《大酺》。序云：“予滞燕京，从事大学。今岁因资斧不给，废于半途，且世局靡常，尘心愈冷。友人惜予，予不自惜也。仲秋九日之夕，忽梦步曾至舍，力谓予宜就此未竟业，并赠词一阕。觉而怅然成此，即寄步曾南昌。”词云：“又雁横空，鸦喧晚。天外纤钩乍敛。啼螀催入梦，渐金荷半烬，翠帏低掩。吕枕荒寒，庄魂缥缈，萦绕骤凉衾簟。楼台层幻处，似殷勤尚有，故人劳念。更好语清芬，新声宛楚，助人愁惨。　　灵犀通一点。幸重向、片刻倾肝胆。休更问、荆驼故国，泪洒新亭，尘心遥逐秋云淡。不尽思君感。恨远隔、长江天堑。记临别、神凄黯。关河十载，谙尽倦邮荒店。吟情犹恁未减。”

［日］白井种德作《九月十九日，与士刚散策》。诗云：“吟朋相拉意清恬，呼快轻飔动帽檐。唧唧虫声听逾好，田塍野迳步何嫌。”

20日 袁世凯发布《通令国民尊崇伦常文》。文曰：“前据南京留守黄兴电陈：民国肇造以来，年少轻躁之士，误认共和真理，以放恣为自由，以蔑伦为幸福。纲纪隳丧，流弊无穷，请讲明孝悌忠信礼义廉耻，以提倡天下，挽回薄俗等情。仁人之言，闻之感喟。本大总统深惟中华立国，以孝悌忠礼义廉耻为人道之大经。政体虽更，民彝无改。盖共和国体，惟不以国家一姓之私产，而公诸全体之国民。至于人伦道之原，初无歧异。古人以上思利民，朋友善道为忠，原非局于君臣之际。自余七德，虽广狭有殊，而人群大纪，包举无遗……须知家庭伦理、国家伦理、社会伦理，凡属文明之国，靡不殊途同归。此八德者，乃人群秩序之常，非帝王专制之规也。"一时间尊孔团体勃兴，如孔教会（总会）、孔社、宗圣会、孔道会，形成一股尊孔读经、恢复封建礼教思潮。其中以康有为领导的孔教会（总会）影响最大。该会在袁世凯政府支持下创办《孔教会杂志》（月刊），由康门弟子陈焕章任主编。从 1913 年 2 月到 1914 年 1 月，《孔教会杂志》共出版 12 期，有图画、论说、讲演、学说、政术、专著、历史、传记、译件、丛录、文苑、书评、孔教新闻、各教新闻、本会纪事等 15 个栏目，刊登孔子塑像、孔庙、孔府、孔林照片，研究孔子历史、考证孔子弟子身世，阐发儒家经典精义，要求尊孔读经、祀孔配大、定孔教为国教。作者大都是当时文化界名流，如孔令贻、王闿运、康有为、严复、廖平，还有袁世凯政府顾问美国人古德诺。此人于 1915 年 8 月作《共和与君主论》，上呈袁世凯，声称中国实行君主制适合国情。康有为本月撰《孔教会序》，阐明孔子之道，以人为天所生故尊天，以明万物皆一体之仁，又以人为父母所生故敬祖，以祠墓著传体之孝。略谓："欲存中国，必先救人心，善风俗，拒诐行，存道揆，守法纪，舍孔教莫由。自汉时行孔子拨乱之治，风化至美，廉让大行，宋明儒学仅割据其一体，或有偏矫，然气节犹可观焉。布衣徒布，可为卿相，诸经之义，人民平等而无奴。光武免奴已先于林肯二千年，此非孔教之大效耶？"

《四川国学杂志》（月刊）于成都创刊。由四川国学院主办，存古书局发行，编辑人曾培，发行人张子樑。从 1914 年起，改名《国学荟编》，编辑所改署四川国学学校，发行所不变，期次按年重起。栏目包含"通论""经术""理学""子评""史学""政鉴""校录""技术""文苑""杂记"和"蜀略"。主要作者有曾学传、廖平、刘师培、谢无量、吴之英、杨赞襄、李尧勋、曾瀛等。第 1 号刊登简章声明："本报以发挥精深国粹、考证文献为宗旨。"本期"文苑"栏目含《四川国学会序》（刘师培）、《重刊弘明集广弘明集醵赀启》（谢无量）、《致吴伯朅书二首》（刘师培）、《阴氛篇》（刘师培）、《八殥篇》（刘师培）、《大象篇》（刘师培）、《重刊〈弘明集〉〈广弘明集〉醵赀启》（谢无量）、《致吴伯朅书二首》（谢无量）、《西蒙渔父诗集》（吴之英）。

《申报》第 14218 号刊行。本期《自由谈》"文字因缘"栏目含《题刘秋水女士〈感灶吟〉后，用元韵》（三首，侍仙）、《为吴舜伯绘纨，自题二首》（蝶仙）。其中，侍仙《题刘秋水女士〈感灶吟〉后》其二："樨香无隐静中闻，绮语闲情托暮云。此日真成隔秋水，蓬莱清浅浣尘根。"其三："福慧双修证夙闻，一朝聚散类浮云。诗留天壤仍需福，磅礴披吟秋树根。”

《海军杂志》第 1 年第 2 期刊行。本期“文艺”栏目含《前秋在英国北海舰队观大操有感》（起周）、《海上杂感（未完）》（冰一）、《投习海军有感》（毅哉）、《登镇海楼歌》（实甫）、《游白浪山迦陵岛记》（南园）。

21 日　陆军部公布《陆军军官学校条例》。该条例指定校址设于保定。保定军官学校由此得名。

《申报》第 14219 号刊行。本期《自由谈》“游戏文章”栏目含《新歌谣·我问娃娃》（节庭）、《戏名酒令》（民续）；“尊闻阁词选”栏目含《杂感三十首》（瘦鹤）。其中，瘦鹤《杂感三十首》其一：“行吟泽畔托浮踪，落日苍茫意未慵。白眼观天聊一笑，黄尘匝地忽千重。旧游物色无屠狗，经世人才孰卧龙。风雨半江波浪恶，棹舟何处探芙蓉。”其四：“故国遗民半不存，杜鹃声里又黄昏。荒烟破郭无人迹，衰草寒沙有血痕。果腹鸱鸮啼旷野，文身魑魅走空村。令威化鹤归来日，剩水残山应断魂。”

陈树人重返日本，夫人若文、长女美魂、次子陈兴同行，于本日入东京立教大学文学科，攻读英国文学。因其认为绘画与文学相辅相成，绘画需借文学之助，方可达更完美境界，遂决定再度赴日深究世界文学。陈在《双周花甲赋呈若文一百五十韵》中追忆此段往事。

22 日　溥仪奉隆裕懿旨，对三位师父加恩：陆润庠、陈宝琛“赏在紫禁城内乘二人暖轿”，伊克坦“赏在紫禁城内乘二人肩舆”。

《独立周报》（周刊）在上海创刊，由章士钊编辑，发行人王钟麒。章士钊、王钟麒因与《民立报》同仁政见不和，遂别创《独立周报》。翌年 7 月章士钊投身“二次革命”，该报终刊，历时 10 个月，共出版发行 40 期。《独立周报》初设有“纪事”“政论”“专论”“投函”“评论之评论”“文苑”等栏目，从 15 期开始改为“纪事部”“论说部”“文艺部”“杂俎部”。创刊号“文苑”栏目含《孟晋斋师友诗录》《方泽山诗》。《独立周报》创办之后，王钟麒健康状况渐趋恶化，乃至脑气散漫，临文或不能终篇，常请好友瞿蝯代为捉笔。

《申报》第 14220 号刊行。本期《自由谈》“游戏文章”栏目含《戏名酒令（续）》（民）；“尊闻阁词选”栏目含《杂感三十首（续）》（瘦鹤）。其中，瘦鹤《杂感三十首（续）》其一：“遥望三台星宿稀，久无朱履入金闺。犹闻徆夜追韩信，尚有飞骑索魏齐。丞相将于铜雀老，天津不复杜鹃啼。应知昼锦华灯里，笑索胡姬舞白题。”其二：“手把琼花下玉除，软红飞逐相公车。曾无令伯陈情表，偏有元和辨谤书。赵普多金终自累，文圜渴病近何如。扁舟载得夷光去，海外仙山好卜居。”

姜可生《秋夜感怀，时客海上》《偕立佛重游仙台院。明日为立佛行期，凄然赋此》《初秋感成》《送别立佛玉心》刊于《民立报》。其中，《秋夜感怀》云：“楞严读罢悟前生，斗室孤灯剑影横。四顾苍茫萧飒甚，一天凉月海潮鸣。”《偕立佛重游仙台院》云：“残痕旧迹一年年，竹径虫声思悄然。无限别离身世感，相看不语晚风前。”《初秋感成》云：“寥落初秋万籁空，一腔心事付西风。世年何处堪回首，半是消磨感慨中。”《送别立佛玉心》云：“老树残阳里，征人万里秋。伤心浑是泪，强笑岂忘忧。旧事重提起，他乡莫淹留。送君出门后，长日怕登楼。”

黄侃作《由斜桥过庐湾有作》（二首）。其一：“几树垂杨尚有蝉，萧条已似晚秋天。层阴散后西风急，独对斜阳一怅然！”其二：“烟下平芜叶自飞，车声官道晚来稀。秋深始觉罗衫薄，却忆经年白袷衣。”

23 日 《申报》第 14221 号刊行。本期《自由谈》“游戏文章”栏目含《戏嘲某前督》（季子）、《咏大鼻头》（唾余）；“尊闻阁词选”栏目含《渡江南，送人北归》（天白）、《秋夜望月》（天白）、《自题肖照》（镜笙）；“文字因缘”栏目含《读〈自由谈〉杂作，倾倒之至，爰叠景骞韵，赠诸词人，并乞和章》（九首，瘦鹤）。其中，瘦鹤《读〈自由谈〉杂作》其一：“胸无烟火只餐云，天马行空迥绝群。词客尽为门下士，吟坛却有孟尝君。（钝根）”其二：“极目江东日暮云，剧怜同调未同群。料应一觉罗浮梦，仿佛风姿似此君。（瘦蝶）”

康有为作文祭戊戌六君子，适梁启超归国，康有为赋《送门人梁任公归国》（二首）送之。其一：“去国同奔日，苍茫十五年。乾坤忧陨裂，桑海几推迁。白发看征雁，青山泣杜鹃。八年久离索，几月得同圆。”其二：“去去看云气，神州可郁葱。山河仍故国，涕泪洒秋风。化鹤看遗郭，飞龙话旧宫。崇陵松柏路，为我吊残红。”又作《壬子八月十三日，祭六君子于游存簃毕。素月已上，追念戊戌英舰还港时月色，感怆徘徊》。诗云：“旧时月色雾难开，海外惊看十五回。偶免朝衣赴东市，忽经灰劫哭西台。永伤白首同归日，怕见黄图改色来。救国杀身谁念尔，滔滔海浪更堪哀。”

陈宝琛与卓孝复至林纾寓所，祭奠亡友高凤岐生日，林纾有《八月十三日愧室生辰，余以酒脯祀之春觉斋三年矣，是日陈弢庵、卓毅斋咸集为礼》以纪之。诗云：“阒寂音尘久不欢，三年空自荐杯盘。尊前还信先生健，地下应知世局难。胜会虽非留影在，国忧到此待谁宽。萧斋三两诗流聚，宁作中秋雅集看。”

24 日 《申报》第 14222 号刊行。本期《自由谈》“游戏文章”栏目含《续戏名酒令》（顽虎）、《又续》（丁悚子誉）、《又续》（松石）；“尊闻阁词选”栏目含《王玉峰》（二首，天白）、《又》（二首，李生）、《复愁》（震青）、《调寄〈苏武慢〉·杂感》（二首，李玉川）、《为友人题茶具》（瘦蝶）；“文字因缘”栏目含《桃源忆故人·读天民和瘦蝶〈桃源忆故人〉词，感而有作》《寄怀许君俊人》（二首，环游倦客）。其中，天白《王玉峰》其一：“叶落宫槐又报秋，梨园无复唱梁州。当年小部今何在，剩有龟年已白头。”《桃源忆故人》云：“相思剪破连绵字，一夜西风吹递。吟傍秋灯声细，怕惹鹦哥起。　　神交梦想成知己，淞北才多东里。同是身轻无系，我独伤萍寄。”

杨钟羲访沈曾植，沈曾植以近期与梁鼎芬唱和词示之。

唐群英主持起草《〈女子白话报〉简章》。

王浩作《八声甘州·八月十四夜》。词云：“更不堪人事日萧条，如今已中秋。凡人逢佳节，每多佳绪，我则休休。非是今宵自苦，自愿号多愁。实则愁难遣，于我何尤。　　酒后一时耳热，或向人喋喋，私道恩仇。恨此生潦倒，言耳岂能酬。矧人生、不才如我，宁敢望、肥马与轻裘。夫如是、乃知季子，从古堪羞。”

吴宓作《中秋前一夜对月偶占》（四首）。其一：“孤身久作天涯客，痴念常悬万古愁。今夕病中思宛转，未忘明日是中秋。”其二：“风光如此情何极，露重天高夜气寒。不作悠悠儿女想，却从佳节忆长安。”其三：“冷雁寒蛩惊旅梦，分糕拜月忆乡风。年来寂寞伤身世，况复良宵是病中。”其四：“倚剑囊书任往还，飘零故旧最堪怜。辞根散叶无从觅，明夕清辉仍独看。”

25 日　袁世凯任赵秉钧为国务总理。

南社在长沙烈士祠举行临时雅集，陈佩忍、李经畬、傅钝根为发起人，到成本璞、孔昭绶、谭觉民、文斐、文斌、刘师陶、李德群、黄堃、谭作民（介夫）、朱德龙、刘谦、郑泽、宋一鸿、方荣杲、傅尃、陈去病、陈家鼐、唐家伟、海印和尚等 19 人。

浙江青田及永嘉县西溪大水，灾民数万，瓯江中浮尸近千，江心屿民众千余被困。徐定超急令三子象先协助侄象严设救生局于府城东郊，营救江心屿难民，募款救灾。徐定超口占《温处水灾歌》一首。诗云：“风雨骤至波涛惊，山洪陡发高过城。晨光熹微方辨色，忽闻江上呼救声。哀哀声从西郊始，东北附郭亦如此。居民披衣出城看，蔽江而下人如市。人如市从何处来，云是青田遭奇灾。两日大雨天不开，平地水涨没楼台。仓皇人皆登高避，登高又遭天公忌。狂风拔屋如奔流，送汝海涯暂安置。死者已矣复无言，生者寥寥几人存。有司奔救才十一，血肉多被馋鲸吞。青田全城都已了，波及之地亦不少。驿头林福诸村庄，流亡如许未分晓。备荒春耕事才完，旋闻乐岁笑语喧。今又如此民力尽，教人何处开财源。我闻福善祸淫天之道，如何贤愚都不保。死亡反比战场多，悲惨易令达人老。吁嗟乎！纵得生还归无田，况是死别埋黄泉。谁谓功力可回天，作诗志哀泪潸然。”刘绍宽作《水后山行纪所见》。诗云：“今秋苦大水，濒江遭水患。谁知深山中，洪流势尤悍。余时入山行，初冬日干暵。偶经水灾地，遗迹历可按。小屋当溪流，颓垣石散乱。板壁尽倾欹，泥痕几及半。瀰瀰溪水来，欲渡桥中断。溪旁本腴田，覆没石无算。闻有耕桑者，诛茅辟垄畔。横流一冲决，田庐悉漫漶。禾穗摇空萁，蔗畦立枯干。在野弃不收，只可供樵爨。山陂盘磴道，水啮不成岸。肩舆峭崖上，欲过心屡惮。悬知水发日，四山势浩瀚。万流注一溪，奔腾孰能捍。邻郡遭洪劫，共兴其鱼叹（时青田水灾奇惨）。吾乡独歉收，未至人糜烂。顾此荒寒象，旦夕恐离散。王政重抚绥，此语岂河汉。补救在临时，绸缪非一旦。鲰生久村居，乡情识其惯。昔议疏西江，今言筑塘埠。天灾固不虞，人力亦可逭。苟得同心人，咄嗟可立办。谁省曲突言，聊以寄柔翰。”

《申报》第14223号刊行。本期《自由谈》“游戏文章”栏目含《续戏名酒令》（玉璞）；“尊闻阁词选”栏目含《水调歌头·读报新感》（病鞠）、《蝶梅同感集》（弇山许泰瘦蝶首唱，扬州陆景骞梦梅和韵）：《感怀四律，示梦梅》（蝶）、《和韵》（四首，梅）；“文字因缘”栏目含《周湘舲先生与其夫人以壬子中秋为百龄，合鸾赋自述诗索和，即用其十年前〈四十初度〉韵，奉酬四章》。其中，病鞠《水调歌头》云：“薄酒不成醉，徙倚向花前。疏星淡月，凉露写出早秋天。欲把吴钩起舞，却恐飞虹万丈，光烛海云边。惊起毒龙睡，鱼鳖亦哗然。　泪尘土，伤抚怀，几何年。一般魑魅，到处张口若河悬。不问疮痍满目，尽有浊醪供奉，逐队走幽燕。宇宙遍荆棘，安得买山钱。”《周湘舲先生与其夫人以壬子中秋为百龄》其一：“神仙眷属数樊刘，索和新诗到魏收。学易分排梁氏案，知天合抱杞人忧。中年丝竹双修福，大地风潮八月秋。取次莫言家国事，高谭雄辩让清流。”其二：“年来废尽白华诗，古调空弹我悲痴。明月当头仍皎皎，吴霜点点已丝丝。大才白首难为用，横议如今不可思。世变纷云何足问，莫非人事与天时。”

《妇女时报》第8期刊行。本期“诗话”栏目含《绾春楼诗话（续完）》（毕杨全荫芬若女士辑）；“诗词”栏目含《清芬集》：《绿墅围纳凉作（有记）》（毕杨全荫芬若）、《春愁曲》（前人）、《薄暮招凉，散步伽东海滨即景，得诗二十八字》（前人）、《同人邀集水心亭小饮，余有深感，即席步旧韵赠之，以志鸿爪之意》（范姚）、《初夏书感》（范姚）、《赠别孟嫩》（范姚）、《用两当轩赠友韵寄仲厚》（范姚）、《况儿求学东瀛，遇火伤足就医沪上，余来视之，又值其病，今喜渐愈，用汪生东韵示之》（范姚）、《原韵赠吴芝瑛》（范姚）、《步春绮和师曾〈悼亡〉原韵》（范姚）、《题师曾夫妇合重梅幅》（范姚）、《吊古六章》（江纫兰）、《读史》（邱韵香）、《宋祖不自讳其惭负》（邱韵香）、《王皇后》（邱韵香）、《乌江怀古》（邱韵香）、《虞美人》（邱韵香）、《马嵬坡》（邱韵香）、《偶读唐诗，见秋海棠花瓣有作》（王淑贞）、《重九日在三杭宝淑山登高》（王淑贞）、《劝清帝退位，学步原韵》（效君）、《早春雨雪》（效君）、《雪后游郊外，和叔箴妹原韵》（效君）、《咏镜》（效君）、《瑶华词》〔《醉桃源》（毕杨全荫芬若）、《珍珠令》（前人）、《太常引》（前人）〕。

《新纪元星期报》第1卷第2期刊行。本期“文苑”栏目含《壮哉行》（同芸子作）（元叡）、《渡洛水二绝》（乃征）、《江上忆闵山纡》（玠右）、《送友人从军》（玠右）。

［韩］《朝鲜佛教月报》第8号刊行。本期“词林”栏目含《在华藏寺共吟》（权相老）、《又》（朴晚霞、禹晚翠）、《玩壁上〈鱼虾图〉，呼韵得鱼字》（朴晚霞、禹晚翠、权

相老)、《题〈丰干禅师骑虎图〉》(池云英)、《题〈韩信受辱袴下图〉》(权相老)、《归思》(金性律)、《忆崔从炯》(金性律)、《夜起有怀》(金性律)、《看落花怀乡三月三日》(金性律)。其中,金性律《看落花怀乡三月三日》云:"日暮春风起,飞花满塞城。征人归未得,点点望乡情。"

周梦坡与妻百龄合寿成诗十章,朋好赠言者四百余首,汇成一集。《中秋节为愚夫妇百龄合寿之辰,成诗十章》其一:"百年歌共老,奢愿或难偿。得半已云足,求全亦过望。况当多难日,奚用盛筵张。旧例寒家在,两人合举觞。(自六十合寿以至九十,家人均劝举觞)"其二:"无限平生意,悬知不入时。未衰消壮志,多恨起哀思。对酒浑忘世,鸣秋合有诗。息机同倦鸟,霜雪上须眉。"其三:"浮云轻富贵,不受俗尘侵。知己悲黄土(谓同邑李联仙),怀人孰素心。赏音弦外得(予节录《泰西新史》介美洲,林乐知君就正英李提摩太,谓删繁就简,不失原书本旨,怂恿付梓并延予任翻绎之席,因举同郡卢铸廉以代之),奇遇梦中寻(岁丙申十月之望,忽梦苏长公叩以山水以何处为胜,答曰金焦最雄浑,谨识之,醒号梦坡,志不忘也)。独抱烟霞性,幽情一往深。"其四:"廿年湖上客,山水未模糊。幽绝灵峰境,劫余蕉隐图。(灵峰寺旧藏杨蕉隐《灵峰探梅图》,名人题咏甚夥)补梅来鹤守,掬月濬泉枯(予补梅山中别营补梅庵,来鹤亭又于山下濬泉得源,题曰'掬月泉'并绘补梅图徵题)。风雪茅庵里,馨香祝大苏。(东坡有灵峰寺题壁诗,知为旧游之地,庚戌之冬为祝生日于补梅庵,与会者予与丹徒戴壶翁,余杭褚伯约、稚昭,嘉禾沈衡山,桐乡郑佩之,杭州孙廑才、郑遗孙、戴彤轩、程光甫,海宁马绪卿,同郡包迪先、张笃生、俞康侯、沈君墨及儿子延礽。极一时之盛,吴县秦散叟绘长卷以张之)"其五:"避尘过谢墅,隔岁久勾留。家乘搜遗事,名山志胜游(去年避暑西湖,止于清河别墅,修家乘,纂《灵峰志》)。客来常不速(谓无锡秦特臣、石门沈醉愚、同邑陈桂题、沈君墨、吴彦臣),意外复何求。佳趣犹堪忆,蝉吟入早秋。"其六:"霜风江上至,残叶战秋声(去年八月十九武汉起兵)。忽变旌旗色,曾无匕箸惊。(九月十四、十五苏杭俱归革命军)遗民宽进退,志士自纵横。不信唐虞世,嬉游及我生。"其七:"中原正鼎沸,有国而无朝。异域输风气(共和国于美利坚始),新民待琢雕。非僧皆祝发,有女或垂髫(女士有截发垂肩者)。学步嗟予钝,免冠与折腰。"其八:"沪滨居不易,靡丽较长安。游钓从头忆(予生于沪城,比壮往还,殆无虚岁),烟花倦眼看。壶中多岁月,世外任波澜。闲就师襄学,天风海水寒(近学琴于山阴俞瘦石)。"其九:"光阴驹隙过,已事复何论。豪迈年随减,衰慵态久存。闭门寻至乐,无佛自称尊。五岳悬心目,何时著屐痕。"其十:"今年改阳历,无我诞生辰。(予生于十一月二十九日,是月二十三日即为阳历岁除,独不及予之生辰)爰借中秋月,聊延海上宾。余龄补不足,合寿岂辞频。(予年四十又九,细君张氏长子二龄,生于四月二十九日,早予七阅月。以岁月为乘除,每值中秋令节为予夫妇合寿之辰，举觞者屡矣）绕膝腾欢笑，捧觞廿五人。（予有子一，女九，孙三，女孙一，外孙五，外孙女五及子妇共二十五人）”

连横赴吴少侯张园邀宴，同坐者为谢恺、王梦痴、林子谨、李黄海、高幸君等。

陈三立作《中秋对月》。诗云：“暖人一片青溪月，隔岁偷看向海隈。鬟底轮蹄喧叠浪，镜中楼观护纤埃。球场弄影虫声去，笳吹飞愁雁点埋。今夕何年更何世，厌厌羁绪对衔杯。”

陈夔龙作《中秋扶病赏月作，示子展》。诗云：“往岁丁沽曾访我，清秋申浦又逢君。一生豪气惭湖海，两世知交重纪群。此夜月从天上满，隔江曲忍客中闻。万方多难登临懒，对酒怀人易醉醺。”

樊增祥作《沪上中秋》《中秋对月》。其中，《沪上中秋》云：“今宵灯月似元宵，车马奔腾上下潮。金阙一枝名士桂，红楼十里玉人箫。扫除尘雾无遮障，弹压星河莫动摇。此与广寒宫不异，未劳仙仗接银桥。”

王舟瑶作《中秋同俌周步月至仁风桥，久坐而归》。诗云：“半生久作它乡客，今日同君林下游。破碎河山怜故国，凄凉明月又中秋。无须尘世觅青眼，太息知交多白头。只合此身伴渔父，绿蓑青笠向沧洲。”

沈汝瑾作《壬子中秋夜对月放歌》《壬子中秋看月，同养浩作》。其中，《壬子中秋夜对月放歌》云：“去年逢中秋，专制未脱四海囚。今年逢中秋，共和世界人自由。浮云风卷尽，月出沧江流。流光到武昌，先照黄鹤楼。楼中起事人，长啸横吴钩。我欲问明月，古来易代有此不。征诛变揖让，万乘如赘疣。今宵月照昔战地，国殇空掷万髑髅。利害一旦明，南北无鸿沟。但愁意气失杯酒。同室顷刻操戈矛，何况三楚人，自古称沐猴。攘臂起一呼，应响遍九州。思作醉乡游，何方筑糟邱。惟此一轮月，晶莹胜冰瓯。中有广寒宫，或可营菟裘。婆娑丹桂缀金粟，霓裳一曲能解愁。兵锋劫火冲不到，霄汉下视碧血群蚍蜉。胡为仰天长叹坐看月，嫦娥笑我愁白头。此时歌舞筵，谁为借箸筹。金樽与玉斝，尔我相劝酬。月明最怕十里雾，人间怪物多蚩尤。明年中秋不知作何状，茫茫后顾生百忧。参横月落天未晓，空庭老树啼鸺鹠。”

杨钟羲作《中秋对月，和身云》。诗云：“何事新阳改故阴，延秋赏月旧时心。桂香四出霏黄雪，竹影横陈踏碎金。中夜清辉当户正，隔年酒病怯杯深。西风吹换人间世，怨曲孀娥不自今。”

许南英作《壬子中秋吴园小集，对月分韵》。诗云：“昨夜西风紧，凉月光生晕。今宵白玉盘，皎洁绝尘坋。清辉遍小园，月来花亦韵。布席列清樽，瓮头开旧酝。团圆十二子，我亦占一分。在吟不在饮，精神各自奋。苦思索枯肠，欲将老命拼。愧无有佳句，有之吾无隐。天生我何如，我欲向天问。身世有蹉跎，得失无喜愠。乘风欲归去，玉宇琼楼靳。举头月正中，时已三更近。”

沙元炳作《壶中天·壬子中秋夜坐志颐堂望月，风露三更，庭空如水，因忆去年今夕，风景不殊，河山顿异，感填此解》。词云："小楼东角。这团栾认是，前朝明月。玉宇高寒望不极，偏有微云点缀。影里山河，光中世界，才算经年别。眼前都换，不知天上宫阙。　　犹幸无恙家园，青红儿女，还闹芳时节。可奈西风吹世短，更短盈头华发。欲唤嫦娥，商量身世，恁地随圆缺。碧天无语，四厢虫响幽咽。"

陈去病作《中秋夜左湘阴园池坐月》。诗云："洛社清游已足夸（是日长沙南社同人开宴于烈士祠，会者数十人），宵深远诣故侯家。亭台零落供吟眺，士女清嘉乐岁华（座有朱静宜、品莹姊妹，均明楚藩裔孙也）。一老惊人尊古德（指尹先生金阳），得僧闲坐说天涯（海印上人将有京津吴越游，因畅谈天童西湖近事）。文章我亦差堪幸，掷笔来烹藏卫茶（经舆出藏茶饷客，适余方著《西藏行省议》成，饮之殊喜）。"

陈尔锡作《中秋登岳阳楼》。诗云："渡海曾经此系舟，十年今夕我重游。河山未整长驱马，日月初升独上楼。高处欲开千古眼，一身难解万家愁。滔滔目送潇湘水，肠断鲸波天际流。"

黄节作《中秋宴集黄园，与述叔谭诗，并寄树人日本》。诗云："去年今夕谭诗地，明月高楼世已遥。万影接天惟自俯，一舟临水不堪招。故人颜色疑秋梦，往事凄迷有落潮。剩欲缄愁寄东海，露深回雁正萧萧。"

傅熊湘作《踏莎行·壬子又中秋》。词云："好月难圆，佳期易误。相逢只在堪悲处。学人眉样不成妆，窥帘笑煞东邻女。　　斫断桂轮，推翻日驭。星球重造非前度。放开明月照河山，人间旧历从新注（感倭事作）。"

赵熙作《中秋》。诗云："明月几时有，黄州无此哀。已沉天阙尽，谁放桂花开。病鹤丁令怨，秋蛩子夜才。山河大地影，一片海潮来。"

张肖鹄作《壬子中秋》。诗云："一年容易又中秋，风雨纵横乱入楼。肃气未随征战尽，壮心莫遂岁华周。阴山胡马思飞将，汉室功人感列侯。记否危城灯火寂，阵云隔岸月当头。"

何海鸣作《壬子中秋》。诗云："一年几见月当头，好待光华遍九州。玉宇偏为云翳障，金盘渐有露珠浮。岂曾放棹追衮渚，却许褰帘上庾楼。四十五宵人独坐，寒涛白马思悠悠。"

罗庄作《壬子中秋日本西京观月》《减字木兰花·壬子中秋》。其中，《壬子中秋日本西京观月》云："山深夜静水潺潺，一片清光绕画栏。却忆去年今夜月，团栾犹在故乡看。"《减字木兰花》云："去年今夕，满酌流霞金盏溢。不负清秋，醉倚西风百尺楼。　　今年依旧，大地清辉翻白昼。回首神州，一夜乡心万斛愁。"

王易作《玲珑玉·中秋夜月》《桂枝香·予于燕京，三度秋节，寥寂殊甚。今岁幸获团聚，感念所及，率成此解》《莺啼序·八月望夜坐，与三弟联句》。其中，《莺啼序》云："遥空暗笼软雾，悄银蟾弄影。绛河隐、桂殿飞香，泠泠宵漏清永。恨岁岁、轮蹄历乱，客愁如梦何时醒？笑今番入洛，机云但剩吟兴。（晓）　蛙瘦熊肥，往往数载，况蛟怀风应。检京国、旧日长裾，野风咸雨交并。素琴张、酒边残奏，夜弦促、商清徵冷。看中天、玉斧吴柯，漫修金镜。（瘦）　埙篪奏雅，棠棣生辉，问风流谁并。长自喜、幅巾纨扇，一室言笑，阮啸猩狂，谢庭歌咏。名场久困，尘缘未断，芒鞋竹杖他年事，尽青山、白水堪相称。江湖满地，言归我竟难归，天涯自伤萍梗。（晓）　烟痕尽扫，露脚斜飞，犹画栏共凭。宁省念、罗衣寒重，玉笛声残，烛炧香销，夜阑人静。琼楼玉宇，乘风飞去，蓬莱一望千万里，白茫茫、惟见银云凝。直教角断谯门，移枕重眠，旧愁细省。（瘦）"

王浩作《瑶台聚八仙·壬子中秋》。词云："雁后霜前。凉空净、初疑浮出宫莲。绛河高揭，一天秋与云圆。杜老心情休更说，中天月色好谁看。恁狂情，近来渐渐，追省当年。　当年风采未减，但吟才称鬼，诗胆如天。越舲十载，汀州无浪无烟。床头黄金尽矣，会月照、书床归独眠。眠又起，趁嫦娥相对，犹有余寒。"

林苍作《中秋夜望月》。诗云："人生难得逢佳月，不道今宵分外明。劫后山河无影在，秋前风物与愁拜。万家灯火凌双塔，百队铙歌沸六更。扶醉强持杯酒劝，起看太白正西行。"

贺次戡作《中秋独夜》。诗云："一醉能令块垒消，曲终人散广陵潮。繁华到底增烦恼，展卷焚香慰寂寥。"

26日　《申报》第14224号刊行。本期《自由谈》"尊闻阁词选"栏目含《满江红·有感》（太宽）。词云："大好江山，谁引出、一天腥血。记当年、幅襟书诏，缥衣犯阙。槐国君臣都是梦，草间奔走还求活。甚圆圆、激了莽平西，仇如结。　兴废事，何堪说。华裔界，终离别。更欧风墨雨，神州迸裂。白水乡无天子气，黄花岗有英雄骨。问同胞、拌得几头颅，创成穴。"

余天遂、周伟等发表启事，重组南社分支淮南社。

陈三立作《十六夜月食》。诗云："万屋钲鸣弹裂空，旧依巫史走儿童。睨天高语更聋俗，那解卢仝入咏工。"

黄濬作《八月十六日作》（二首）。其一："深宵刁斗警严城，钟室呼天百旅惊。缚虎固知难少缓，养鹰微叹太无情。爰书断定山谁撼，狡窟新移狗可烹。从此烧城多赤舌，莫教三尺误苍生。"

27日　《申报》第14225号刊行。本期《自由谈》"尊闻阁词选"栏目含《蝶梅同感集（续）》：《叠前韵》（四首，蝶）；"文字因缘"栏目含《奉和〈沁园春〉原韵，赠瘦蝶词人》（瘦鹤）、《复叠原调原韵，并质镜笙词人》（瘦鹤）、《敬酬瘦鹤词人，即步瑶韵》（息影庐）。其中，瘦鹤《奉和〈沁园春〉原韵》云："独振风骚，海内词人，互相唱酬。

当莲花香畔，华笺并擘，梧桐阴里，彩笔频抽。得八斗才，有千种恨，牢落情怀不耐秋。甘飘泊拼此身如叶，与世沉浮。　　神龙懒上鱼钩，名和利、沾身总是愁。羡骚坛三尺，尊为盟主，阳春一曲，传遍边邮。有客临风，如葵倾日，难向海山深处游。长相忆，设中庭短榻，空待南州。”

荣庆同陈瑶圃车访严范孙，留饭，约孟轩同酌，并李士伟在座。

陈夔龙在黑水洋舟中作和诗《荣华卿、协揆同年以诗赠行，赋答二首》。其一：“南浦劳相送，秋波不似春。与君挥手别，仍是未归人。故国山河渺，长城壁垒新。后凋有松柏，各保岁寒身。”其二：“忍折津门柳，淹留几度春。难寻仓海士，且作武陵人。打叠青衫旧，飘萧白发新。才疏艰罔济，况是病中身。”

28 日　《申报》第 14226 号刊行。本期《自由谈》“尊闻阁词选”栏目含《中秋对月有感》（四首，王慕徐）。其一：“自携尊酒自登楼，不尽长江眼底收。清露送凉罗袂薄，十分明月五分秋。”其二：“秋光如水不胜寒，徙倚回阑感万端。屈指年年今夜月，团圆偏向客中看。”

29 日　《申报》第 14227 号刊行。本期《自由谈》“游戏文章”栏目含《宝塔诗》（瘦蝶）；“尊闻阁词选”栏目含《金陵归来，过蔚云庐校书，病中话旧，口占二绝句赠之》（酒纯）、《秋晚》（韫石）、《调寄〈满江红〉·咏秋风》（李玉川）；“文字因缘”栏目含《再酬瘦鹤》（二首，息影庐）。其中，韫石《秋晚》云：“雾锁青山晚，烟凝绿水寒。鹜飞惊日落，蝉噪送秋残。”李玉川《调寄〈满江红〉》云：“夜永更阑，纱窗外、几番摇曳。试起看、无形无影，满庭残月。上砌敲扉花影乱，穿帘入幕孤灯灭。猛回头、疑是玉人来，关情切。　　声细细，悲呜咽。寒惨惨，愁重叠。怪音容何在，空传红叶。惊我单□添冷落，催他团扇轻离别。恨秋声、偏绕旧香闺，新时节。”

《独立周报》第 2 期刊行。本期“文苑”栏目含《孟晋山房师友文录》：《宋遗民诗序》（宛委山人）、《重印〈严氏全上古三代秦汉三国六朝文〉序》（宛委山人）；《孟晋斋师友诗录》（神霄真逸）。

叶德辉父叶浚兰卒于长沙。时叶德辉在上海，约次月方得消息，返长沙。此后叶德辉将讣告陆续分送沈瑜庆、余诚格、庞鸿书、梁鼎芬、郑孝胥、李瑞清、金蓉镜、沈曾植、沈曾桐等，征求祭奠诗词。张元济作诔章，金蓉镜有挽诗，郭焯莹撰墓志铭。叶德辉汇印成册。

30 日　《申报》第 14228 号刊行。本期《自由谈》“尊闻阁词选”栏目含《蝶梅同感集》：《和韵》（四首，梅）；“文字因缘”栏目含《读瘦蝶、梦梅两君唱和诸篇，感而有作，仅和原韵四章》（扬州王慕徐）。其中，扬州王慕徐《读瘦蝶、梦梅两君唱和诸篇》其二：“软红十丈起车尘，等是天涯沦落身。剩有新诗堪傲俗，从来名士愿安贫。西风瘦影怜同调，白雪阳春少和人。欲乘仙槎灵帝阙，细将寂寞问前因。”其三：“客中风雨独登高，一卷新词读楚骚。浊世交游比甘醴，几人故旧帘绨袍。飘零红叶秋将老，落拓青衫兴尚豪。闭户不知车辙迹，苦吟得句快挥毫。”

魏清德《江枫》（拈一东韵）发表于《台湾日日新报》。诗云：“斑竹潇湘恨不同，泪痕底事上江枫。吴门吊古潮初冷，百代诗名只句工。”

本 月

商务印书馆《新字典》出版。全书收汉字九千余字，按偏旁部首排列。书后附“拾遗”，编入冷僻字一万二千字。蔡元培序略云：“近世我国所习用者，有《康熙字典》，即同文之邻国，亦仍用之。其书行世已二百余年，未加增改。不特科学界新出之字概未收入。即市井通用者亦间或不具；其释义则直录古代字书，而不必适周乎世用，䜣合乎学理；且往昔文字之用，每喜沿袭成语，而正名百物，初不求其甚解，故全书不附一图。是皆其缺点之最大者。商务印书馆诸君有鉴于此，爰有《新字典》之编辑。五年而书成，适为中华民国成立之岁，于是重加订正，以求适用于民国。如历史年代，率以民国纪元前若干年为标纪，其一例也。”

清华学潮起。此学潮起于高等科学生何鲁、中等科黄秉礼因未参加学期考试而申请毕业、升级，与周诒春教务长冲突，而被开除学籍。何、黄于食堂作演讲控诉，学潮始起。后选举学生代表十人，吴宓位列其中。学潮愈闹愈大，连续一月有余。次月中旬，外交部关于九月份以来的清华学潮下令：“清华学校学生罢课月余，殊属不成事体。此令到日，全校应即复课。如有不肯遵令上课之学生，仰该校校长即开除其学籍。即使在校学生开除净尽，完全另招新生，亦所不惜。至于充任代表之学生王大亮等十名，更应立即开除学籍，斥令离校。决不宽贷。切切，此布。”此后经过疏通，向哲浚、陈达、吴宓、施济元、李达、林志镍、黄勤七人先后在递交悔过书后，收到校方公函，获准回校。吴芳吉坚持不肯悔过，自绝留学之途，并对其他学生代表之行径颇感寒心，宣称要与吴宓等绝交。至此，清华学潮以吴芳吉退学而告终。吴芳吉离开清华园后暂居四川会馆，后寄居吴山家中，备尝人情炎凉。

国民党湖南支部成立。刘人熙任支部评议员，同时辞去民政司职务，筹办船山学社，被推为首任社长。

《中华女报》（周刊）创刊。后改月报，汤云秋创办。继之并入《万国女子参政会旬报》，由张汉英、任丽璠任经理兼编辑主任。

《经济杂志（武昌）》第1期刊行。本期“文苑”栏目含《送同学许南屏之奉天凤皇城五律三首》（须曼那室）、《戊申除夕，邀沈君景唐、李君济人、王君凤亭过寓小酌，即席奉赠》（巨木）、《和桐城龙君灿〈留别大梁诸同学〉原韵（时君有西蜀之行）》（赘余）、《又和〈大梁吊古写示诸生〉原韵》（前人）。

《小说月报》第3年第6期刊行。本期“文苑”栏目含《居庸关游记》（我一）、《十三陵游记》(我一)、《舟行杂兴》(王士芬)、《大龙驿题壁》(徐佑清)、《锦瑟，拟李义山》(徐佑清)、《题友人〈桃源访旧图〉》(徐佑清)、《题张君虎“江湖满地一渔翁”便面》(徐佑清)、《夏策廷同年过访，感事有赠》(孔宪甲)、《惆怅诗(续完)》(枕亚)。

《农友会报》第3期刊行。本期“文苑”栏目含杜志文:《余侨居武林城中久矣，常谓湖山好景，终在家乡，及五月间，移居笕桥，则田闲野乐，风味殊绝，爰赋此以遣兴》《笕桥地近汽车路，镇日隆隆不绝，时而天大雷雨，杂以汽车声，声声可怖，触景感时，爰赋七律一首》《薙草》《车水》《打麦行》；史伟伶:《题自由峰》《车水》；周丽章:《浙江农事试验场中之学校，园有自由峰，中华民国元年由本场附设之农事讲习所同学坯上叠成，巉岩壁立，松柏苍葱，虽由人为，亦饶佳趣，爰赋诗以志之》《春日游学校园河畔》；蔡始修:《予肄业农事试验场附设之讲习所，该场域于杭州城北笕桥镇东北二里许，场舍周围河渠环绕，沿河一带奇葩植焉，其布置之善，区划之妙，风景之美，虽由人工作成，实多出于天然者，课余之暇，偕同学数人游览有兴，偶题一律，聊志佳胜云》；胡伟成:《登纪念台》；陈居悌:《题自由峰》；张德周:《学校园风景》；进禅:《农家乐》《游西湖》《鹤立鸡群》；藜青:《咏蚕》《咏蝶恋花》；卓如:《说风蝶花》。

《真相画报》第11期刊行。本期“词林”栏目含《题画诗图》(剑父)、《写韵楼诗余》(吴尚憙)。

严复被袁世凯聘为总统府顾问官。

周学熙就任中华民国财政总长，兼充税务处督办。周致力于整理财政，推行新良税，废除旧恶税，实行“国家社会主义”和发展经济(包括招募公债、统一币制、筹划银行、保护产业等)，致使财政有所好转，内债得以借换。

梁鼎芬往青岛访遗臣之避居者，随后赴曲阜。

陈夔龙移居沪上，与冯煦、梁鼎芬等过从为多。陈夔龙有《壬子仲秋，移居沪上，节庵同年枉驾过访，余以病魔纠缠，尚未能报谒也，聊贡小诗，以当面谈》(二首)、《申江晤梦华同年，感赋一首》《奉酬梦华前韵》《柬梦华，三叠前韵》《示梦华，七叠前韵》。其中，《壬子仲秋》其一:“不见梁夫子，经冬又历春。同为游楚客，俱是避秦人。玉笛楼中咽(武昌之变，忽忽一年)，觚棱梦里亲。江南秋落木，留得后凋身。”其二:“卅载宣南路，安昌有后堂(乙亥乡举，出张兰轩师门下。丙子报罢，谒师于下斜街番禺会馆，师谆劝留京再试，情意殷拳。比时即耳君名，君盖师之甥也)。我怀门外雪，君感渭之阳。此日西州泪，当年陆氏庄。白头人两个，冷眼阅沧桑。”《申江晤梦华同年》云:“夕阳汉口记题襟，重遇申江感喟深。勇退急流公放棹，不才多病我抽簪。娲皇一去天难补，夷甫诸人陆竟沈。异地相逢各无语，秋风容易二毛侵。”

吴昌硕为琳秋大和上篆书“道到客来”八言联。联云:“道到无心，行云流水；客来不速，对酒当歌。琳秋和上大雅属篆。壬子秋仲，客沪上面海楼。安吉吴昌硕。”又，为廉泉篆书“导人游子”七言联。联云：“导人自识渊鱼乐；游子好为天马道。惠卿仁兄大雅正，集石鼓文字。壬子八月杪，江干微雨，几席生润，运笔从心，入秋以来临池无此乐也。安吉吴昌硕。”

王甲荣由桂林起程言归，至十一月初六日始抵里门，赁居城东西埏里姚氏之庐。年谱自记曰：“远宦十年清贫如故，所幸骨肉团聚，亲友欢迎，排日张筵，以联情话。畴昔誓墓不取造孽之钱，今能践言，差堪仰慰祖宗也。”

陈去病与秋瑾胞妹秋理为秋瑾归葬浙江事自浙入湘。秋瑾遗体还浙，王闿运作《钰丰馆设醴，感事和百花韵》（二首）专咏之。其一：“把酒刚逢九日前，亲朋情话各欣然。说诗更喜来匡鼎，修史应难觅马迁。无蟹路愁新战舰，催租船似旧丰年。指挥刀佩知无益，细雨还如放榜天。”其二：“烈女空随东逝波，西湖改殡意云何。曾闻葛、毕能倾浙，近说孙、黄共馆那。秋影练江看去雁，寒霜金柝送明驼。知君谈笑成诗史，文武衣冠感慨多。”

周祥骏于本月前后将部分诗、文、琐语、讲义，集册为《更生斋类稿》，分甲乙两编，由上海和江苏各大书局陆续发行。

唐群英与沈佩贞、王昌国等在北京创办女子工艺厂和中央女学校。

宁调元等在广州成立南社粤支部。谢英伯作文鼓励，认为欧风的传播将使九州陷于“左衽”之境，主张“张朴学于中原，共存国粹”。

夏敬观赴苏州，同行诸宗元、胡颖之、陶牧，寓朱祖谋之听枫园。诸宗元有《沤尹先生雨中招饮听枫园，席间举东坡事以为笑乐，归成此篇，亦申其例》以纪之。

齐白石绘《菖蒲蟾蜍》并题词：“小园花色尽堪夸，今岁端阳节在家。却笑老夫无处躲，人皆寻我画虾蟆。李复堂小册画本。壬子五日自喜在家，并书复堂题句。云根姻先生之属，以为何如？齐璜记以寄之。此画尚未寄出，其人已长去矣。是年秋八月吾师沁园先生来寄萍堂，见而称之，以为融化八怪。命璜依样为之，璜窃恐有心为好，不如随意之传神，即以此记之奉赠。更画四幅焚之，以答云根也。弟子璜。”

郁达夫由杭州府中学改入美国长老会在杭州所办的育英书院（之江大学预科）。两月后，因参加该校学生反对校长压迫的学潮而被开除。

金墨言生。金墨言，蒙古族，内蒙古哲盟科左后旗人。著有《金墨言诗词集》。

王小航作《壬子八月南京新寓十首》。其一：“海上厌喧豗，每思背人境。邂逅入桃源，自疑得天幸。”其二：“几经兵燹后，城市变山林。幽静兼高爽，闲云落碧岑。”

陈蜕庵作《八月》。诗云：“相看才过月圆时，薜荔山阿兰芷思。犀不通人休与照，蠹能食字更难知。遥听长笛桓伊唤，学驾短辕王导驰。八月灵槎何处是，一分情买一分痴。”

张震轩作《寿梧埏刘石卿七十双庆》《寿永邑林翁七十》。其中,《寿永邑林翁七十》云:“梅鹤门庭气象新,行年七十尚精神。湖山弦管携柑听,阛阓声名祭酒抡。绛县何须询甲子,丹砂已见守庚申。谢家宝树仙家福,并作君家一段春。”

杨巨川作《饮酒》(二十首)。序云:“壬子八月,予尚滞湘南。归期莫必,风晨雨夕,万念萦心,自维忧能损人,辄以酒自解。又苦不善饮,然持杯在手,顿觉世界空阔,因效渊明饮酒诗,次厥原韵。非敢抗迹前贤,亦聊以写胸臆云尔。”其一:“人世多险阻,出门将何之。酾酒向前轩,行乐须及时。去日即若此,百岁谅如兹。随在安所遇,穷达居不疑。伤哉鹬与蚌,何事苦相持。”其八:“望秋先陨落,是乃蒲柳姿。芃芃东篱菊,特负傲霜枝。天寒众芳歇,晚节独称奇。荣悴况往复,歆羡诚何为。天道谅如此,莫为尘纲羁。”

严廷桢作《秋草三首》。其一:“归去王孙路已赊,漫将芳讯寄天涯。西风昨夜添黄叶,落日荒原有暮鸦。几处多情怅缱绻,那堪回首惜年华。蘼芜不解时光晚,犹是无名乱著花。”其二:“江南江北总萋萋,六幅湘裙剪不齐。征雁睗惊边塞远,乱强争语夕阳低。风吹古道人行少,霜落空山径已迷。记否长安三月暮,马蹄款款踏芳泥。”其三:“芦菔生儿芥有孙,莱芜满径不同根。频将绿酒酬黄菊,又向苍烟吊白门。衰柳斜阳临古渡,寒塘流水入荒村。剧怜一片萧萧景,都是春风野烧痕。”

[韩]申奎植作《寄南京同志》。诗云:“早朝夜之半,默祷拜天宫。大道无私曲,至诚能感通。沧桑今几日,痛楚已三重。徒语皆虚事,实行方有功。江山何处去,风浪我舟同。济济青衿壮,星星白发雄。宛在伊人者,篙师又舵工。一心登彼岸,于起此声中。欢迎兼祝贺,其乐正无穷。八月申江上,睨观谨鞠躬。”

秋

张之汉创诗钟社。同社有锡聘之学士世仁甫、孙鼎臣、谈保帆太史、三六桥都护、孙功毂、彭子嘉、谈铁隍、赵燕荪、梁炎生诸公。

王益霖挂冠去职,同家人准备行装,再渡黄河,由封丘迁至开封,寓三月余。出发前王易、王浩作数词为记。王易有《疏影·晓发,与三弟联句》《水龙吟·大雨渡黄河,与三弟联句》,王浩有《大江东去·自暮春来封入国三月矣,今且去,晓起临别,赠言谢壁,仿龙州体》《沁园春·灯下待发封父,和大兄题壁》《疏影·晓发,与大兄联句》《水龙吟·大雨渡黄河,与大兄联句》。又,王易抵开封后,胡先骕仍滞京中,王易有《莺啼序·柬步曾都门》代书至,书中言即将挈家南旋。又,王浩居开封作秋词数首,有《玉漏迟·秋夜》《惜秋华·秋草》《水调歌头·秋怀》《南浦·秋钟》《浪淘沙慢·秋风》《氐州第一·秋灯》。其中,王易《疏影·晓发,与三弟联句》云:“垂杨径狭。有野乌、哑哑绕树三匝。(晓) 阡陌交通，原隰平低，金蹄自向烟踏。(瘦) 晴沙远入平芜去，林尽处、淡云回合。(晓) 望柳河、老景澄涵，涛影树声遥答。(瘦)　冉冉商声动也，翠阴纵未了，已露萧飒。(晓) 野驿荒村，短堠长亭，冷落陶巾刘锸。(瘦) 还教岁岁征尘里，剑气尽、水沉龙匣。(晓) 问他年、烟水忘机，归与倦鸥常狎。(瘦)"《莺啼序》云："癯仙故人足下，念别来未久。相思苦、罄笔难书，向北遥望翘首。自客月、由都出发，相偕数友旋归后。遂匆匆、历过炎晖，景况如旧。　兹际秋初，暑气渐减，既归装整就。不多日、略理诸端，挈家南返江右。谅吾君、今冬事毕，可共我、故园携手。则与君、煮酒谈诗，尔时乐否。　前来雅作，为稍修词，不自知故陋。然我辈、操觚之日，即合思及，历岁虽遥，尚期不朽。摛词琢句，俱求离俗，琼瑶为体冰为骨，使后人击节称无有。蠡知管见，审君从善如流，尚希恕其狂谬。　归江以后，城市山林，正暂难预究。惟恃此、笔耕墨溉，老我儒冠，或有余资，薄田堪购。文章诗酒，家人妇子，天伦之乐原可味，毕其生、无誉而无咎。临池意往神驰，便颂吟祺，晓湘谨奏。"王浩《大江东去》云："鸡鸣而起。是孳孳为善，孳孳为利。七尺之躯三尺剑，问汝胡天胡帝。濠上观鱼，江边落雁，大概愁人事。楚狂歌后，凤兮还又不至。　从古光武中兴，朱明首义，都马蹄过此。毋溷而公公且去，不问后来何似。君是旁观，我其内热，亦想当年耳。高人长往，数间破屋而已。"《惜秋华》云："河畔江头，对白云红树，荒荒谁共。试望平原，无端恨填邱陇。斜阳天外无情，宁省念芳心抱痛。金塞冷胡沙，万里尚留青冢。　曾记江南梦。报春晖一寸，在池塘闲种。肠断如今处处，霜浓露重。纵横野饮天边，甚金风、把人做弄。摇动。是繁华、此时都送。"

康有为偕其三夫人来苏访郑叔问，两人都相闻颇早，此时始得谋面，遂成莫逆之交。

吴昌硕为晋龢绘《夏雨飞瀑图》并题诗云："夏雨作寒瀑，鄱阳入杳冥。水真浮大地，人似一秋萍。彭澧风迎柳，吴城势建瓴。周郎教战处，云树晚青青。晋龢老兄属，壬子秋，吴昌硕缶。"

太虚大师承铁岩邀，与之偕游绍兴，盘桓二三月，与刘太白、王子余、杨一放、王芝如、杨小楼、陈诵洛等交游。又，太虚大师作《秋夜枯坐》。诗云："四壁秋蛩渐有声，小楼寒气袭衣生。神酸意楚浑无赖，苦茗盈杯独自倾。"

曾习经有画作，并作《自题〈荒洲萝月〉画扇》《感兴》。其中，《自题〈荒洲萝月〉画扇》云："萝月洲前气正秋，晚潮瀠洄更乘流。人生难得萧闲境，着我扁舟画里游。"《感兴》云："梧叶霜黄蓼穗红，秋光都在荡摇中。枯蝉阅世馀残嘒，归燕将雏傍露丛。举国醉乡同失日，楞伽性海尽飘风。凡夫未有安禅法，对此茫茫百感同。"

连横在上海遇友人庄啸谷。

王守恂回京，充内务部顾问兼行政咨询特派员。

徐鼐霖由东北入京，途中作《过山海关》。诗云："秦城万里锁边疆，屹立雄关碣石旁。蒙恬有才增壁垒，李冯抒策扫欃枪。零星战骨经霜白，夹路征尘野草黄。大好川原一怅望，半天明月满山阳。"

周瘦鹃毕业于上海民立中学，留校任教，讲授预科一年级英文课。

张恨水之父因急病在南昌去世。不久，张恨水全家迁回原籍潜山。

毛泽东从湖南省第一中学退学，寄居湘乡会馆，订自修计划，每日到省图读书。

叶剑英毕业于梅县公立高等小学校。获广东省教育司颁发最优等毕业生文凭。毕业后考入梅县务本中学读书，被选为学生自治会会长。

郭沫若在成都府中学堂读书，作《述怀》（和周二之作三首）。其一："岱宗不云高，渤澥终犹浅。寸心不自持，浩气相旋转。"其二："练就坚铁心，灼热终不冷。我亦无特操，形同身外影。"其三："彭祖寿如夭，殇子寿终老。宏道斯足荣，何用泣秋草。"又，郭氏成都读书期间，与毛大相逢，灯前对酒，共忆往事，醉后赋诗《锦里逢毛大，醉后口号叠韵四首》。其一："乌兔追随几隔年，依稀往事已如烟。灯前共话巴山雨，总觉罗浮别有天。"其二："秋月春风不计年，等闲诗酒醉霞烟。那堪乱后重相见，怕听悲笳入暮天。"其三："屈指韶华二十年，茫茫心绪总如烟。故人相对无长物，一弹剑铗一呼天。"又，郭沫若作《寄先夫愚》（八首）。其一："云天极望断飞鸿，一样情怀两地同。羡见鸣禽春峙树，怕闻唳鹤夜悲风。垩泥畴昔劳斤运，璞玉何时待石攻。领略风尘饶有味，敢将心事寄诗筒。"其二："柳风梅雨遍天涯，惆怅流年客思奢。空有郫筒聊贯酒，愧无彩笔可生花。蜉蝣鼓翼难摇树，蛮触偁兵尚斗蜗。混入污泥沙不染，蓬心总觉赖依麻。"其三："杯酒难将隗磊浇，鸾漂凤泊大萧条。屈原已作怀沙赋，沈炯传来独酌谣。呦呦野鹿思芹草，处处哀鸿怨黍苗。久欲息燕眉岭去，新诗好续浙江潮。"其四："无端忽听杜鹃啼，雨滴蕉窗风色凄。渤澥汪洋输恨浅，昆仑耸峙与愁齐。呼天不语频搔首，经国无人怕噬脐。获教英才良乐事，他年蒸蔚救黔黎。"其五："屈指归期怕有期，年来已是惯流离。岂忘故友欢新遇，实少长才答旧知。对榻当年谈剑夕，出囊今日脱锥时。蒙泉剥果真多福，笑倒迂儒章句师。"其六："礼乐诗书选将才，英雄能事贵兼该。谈经此日挥陈腐，习射遗风有劫灰。我愿欣能杯化羽，人言厌听釜鸣雷。任他震地波涛险，自有渔人坐钓台。"其七："久欲奋飞万里游，茫茫大愿总难售。藏身有意成三窟，励节无心事五楼。未得嘤呦娴鹬舌，那能徼倖点人头。轰诗凯奏君休诮，名在孙山深处求。"其八："凄风飒飒屡浸帘，摩遍新牙万轴签。聊借巴讴摅郁抑，敢矜涛律斗铿严。别来狂态殊无减，但觉愁思次第添。我有唾壶挥剑好，鸾笺和断笔头尖。"

蔡元培作《陈浮生诗歌集》题词："中华民国始成立之岁，余始以景君秋陆之介绍，得识陈君浮生于南京。其为人也，精悍而朴挚，余心折之。越数月，余留滞上海，君亦以事至。于马车中，以近作诗歌百数十首见示，余受而读之。精悍之气，深印脑际，诚非屑屑然规摹格调、雕斫字句者所可同日语也。余观近代之诗，以精悍著者，莫如龚定公。定公生长浙西，壮而宦京华，跳荡江淮间，好涉猎诸子百家，抱民族主义，而不敢质言之，故其所作，精悍而诙诡。君则北方之强，治兵家言，处言论自由之时代，故无取乎诙诡，而一出以朴挚。秋谷有言，诗中有人。精悍而朴挚，向所以评君之为人者也。今于君之诗，亦无以易之。"

方守敦作《壬子秋，邓氏铁砚山房视女病，半月未瘳，情怀郁然，灯下点读贳初兄诗自遣，因书所感》（二首）。其一："女病山房携药里，兄诗禅味展秋灯。劳生意绪成枯落，一夕吟情白发增。"其二："丧乱余生远世哗，诗篇漫与已成家。草堂风雨能支柱，黄菊清樽永岁华。"

陈三立作《秋日愚园西楼茗坐》。诗云："层叠秋阴染鬓丝，翠槐列幕盖园池。小楼把茗寒阳外，远海来愁薄醉时。奇服自将孤往意，零花犹恋旧栽枝。吟虫啅鹊如相讯，此客凭栏却为谁。"

陈夔龙作《秋夜感旧绝句》（二十四首）。其一《长白荣文忠师》："十年树木百年人，容保公真一个臣。为问门罗诸将相，几人留得后凋身。"其二《平远丁文诚公》（哲嗣慎五中丞）："秋色明湖柳万条，鹊华山翠莽萧萧。知公再世韦平业，不共齐烟九点消。"其三《德清俞曲园先生》："遗恨秕糠未扫除，劫余犹剩著书庐。郑家带草应无恙，梦绕门前问字车。"其四《嘉定廖仲山尚书》："乞病江湖狎鹭鸥，何知怨李与恩牛。羡君兜率归真早，不见英雄割据秋。"其六《仁和汪柳门侍郎》："琼筵剪烛话窗西，宋椠元镌费品题。襟上酒痕犹是旧，黄公垆下草萋萋。"其七《长白端午桥尚书》（哲弟叔䌹太守）："王尊叱驭心犹壮，先轸归元恨未平。料得锦官花溅泪，断猿啼后鹡鸰鸣。"其十《长沙陈伯平中丞》："陆氏庄荒不计年，君骑箕尾我归田。石湖烟雨阊门柳，最忆秋风话别天。（余与君先后出蕲水毕东屏师门下）"十二《贵筑黄再同太守》："金马传家未易才，如君端合住蓬莱。《蓼莪》罢读身随陨，桃李无言手漫栽。（君奔丧赴鄂，旋即物故，才华雅赡，未预抡文之选，士论至今惜之）"十四《仁和徐子原观察》："一麾五马返江东，旧是西台御史骢。世变亟时君撒手，不留醒眼泣天梦。"十六《长白恩骏叔都护》："郎潜索寞怅离群，肝胆平原喜遇君。今日燕山风雨急，不堪重吊故人坟。"十七《贵阳罗质庵太守》："凉风天末忆良朋，气节文章羡尔能。万里澜沧归骨早，西窗听雨罢挑灯。"二十三《贵筑陈盛斋道士》："药炉经卷羽衣装，哪有仙人不死方？清净道场游侠胆，出家翻比在家忙。"二十四《荥泽药肆某相士》："扁舟雪夜渡黄河，曾向韩康市上过。憔悴风尘君识我，卅年一梦醒春婆。"

樊增祥作《秋夕与子修、伯严、石甫、子琴诣菜香居共饭，石甫招朱郎至，自庚子后不相见者十三年矣，既归，作长句纪之》。诗云："经旬不出意不申，不期而会交始神。海滨落落此数子，相逢寒谷生阳春。东头酒肆烹饪好，治具半是扬州人。南人脾弱受甘滑，嫂羹婆酒须清醇。秋宵酒座无他客，五人乃据十重席。坐无左骥饮不欢，五郎狂飞花下檄。长安妙伶道姓朱，年少雕青美丈夫。人间万耳倾车子，天上一声惊念奴。入门报道何戡至，座中俱是贞元士。相别十年二十年，姓名一一能强记。游屐常联三馆人，法书妙得六朝意。身为鞠部世家子，语带灯窗书卷气。回思庚子几斜阳，满地红巾国脉伤。我入关中随翠辇，汝留蓟北阅红羊。七国连兵入京邑，玉楼金殿森欃枪。坐见长鲸踞琼岛，亦呼舞马上金床。郎言旧事三叹息，十年朝局侬犹识。和议初成举国欢，凤城重返三宫跸。朝朝降纶和满汉，亲旧秉权什六七。膏血不恤天下枯，兵财大柄中央集。两宫上宾王摄政，玉牒群儿预枢密。西园鬻爵买歌舞，东市刑人搜党籍。一夫大呼万方应，烽火烛天无南北。可怜三百年天下，覆亡不过百许日。亦知魏祚故不长，不料丧邦如此极。呜呼此言出伶口，亲贵依然安寝食。离离彼稷生愁烟，吾曹身事何足言。此世几经桑变海，当年枉笑杞忧天。犹忆丙年从李叟，汝父绿鞲侍杯酒。尔时汝才五岁强，今亦华年迫五九。清歌只慕太常仙（名伶小芗字蝶仙），晚出诸伶不挂口。何况樊南七十翁，那能更逐孙通后。闻歌往往悲霞川，竹林犹有此数贤。此口不言唯饮酒，何惜三百青铜钱。天宝尚有收京日，生逢德祐真灾年。称诗都学杜陵老，岂期全类元遗山。”

易顺鼎作《秋日诣天琴，适留垞先至，继而补松、散原亦至，天琴邀饮酒楼，招素云说京华旧事，因作长歌一首，留垞先和，余继和之》。诗云：“天风吹我来春申，酒入青骨难成神。第六泉边过重九，悲秋清味如伤春。狂呼笛家速车子，此辈亦是金仙人。剪鹑奈逢天帝醉，解貂且饮周郎醇。樊先久作春申客，招我诗坛分片席。我如患疟患头风，日赖杜诗与陈檄。杨侯歧路悲杨朱，迩来著论成潜夫。欲为金源修野史，时学玉川携一奴。吴兄忽复抱书至，恍似卢敖逢若士。陈兄亦自车窗来，满座汉书兼史记。五人狂走踏清秋，李白休言不称意。块垒都填木石肠，楼台不碍金银气。去年我宦高雷阳，岭外东坡只自伤。道观新居无白鹤，阴祠两度祀黄羊。岂意长星劝杯酒，先惊妖孛罗旗枪。小臣幸已抛边节，天子旋闻下御床。知北游与图南息，吹箫卖药无人识。昨者还从日下来，当年曾扈关中跸。会盟早誓侯八百，贤圣空闻君六七。宜春殿里莺不飞，延秋门上乌仍集。禾黍空看玉马频，棘荆总傍铜驼密。四十万人齐解甲，三百余年俱隶籍。南人笑我不归南，北人怪我思归北。水云北去已经秋，海雪南还才几日。检书束装又将发，自怪行踪何亟亟。东篱菊花解笑人，西山薇蕨难充食。海内诗王一镜烟（天琴别号），未空文字与语言。平生忠爱追臣甫，近日歌行压乐天。吴陈杨并成皤叟，难得相携共杯酒。枋得都堪值一钱，文山何恨逢阳九。独有琴书去国身，空衔干戚刑天口。到此惟思张椽言，千秋万岁皆身后。主人标格真斜川，莲社况喜多高贤。贾郎不至朱郎至，未输顾柳陪粪钱。诗界迥超吴骏老，旧人偏遇李龟年。酒楼记取春申浦，坐客都成庾子山。”

许南英作《秋日书怀》（二首）、《秋影》《秋扇》《秋月》。其中，《秋日书怀》其一：“西风萧瑟恼人天，独客他乡更悄然。松菊已荒三径外，沧桑顿变廿年前。漫云归里如元亮，且自登楼效仲宣。珍重秋鸿传数字，平安为寄美江边。”其二：“我似秋风扇见捐，归来暂作小游仙。浑如挂锡僧栖止，幸有论诗客至前。有信忽惊看过雁，不鸣自分作寒蝉。新霜与汝干何事，尽日飞来两鬓边。”《秋影》云：“夕阳楼角影模糊，倒蘸秋园作画图。病鹤池头临水静，断鸿天际入云孤。自怜瘦态同篱菊，更爱清阴到井梧。高树昏黄生暝色，悬空尚有夜来珠。”《秋扇》云：“西风料峭挟霜严，收拾罗纨入枕函。宫女自怜恩爱绝，有人含泪叠青衫。”《秋月》云：“万籁无声独倚阑，当头皓魄挂云端。清辉莫到十分满，圆缺从无一例看。遍地疑霜秋有色，长空如水夜生寒。关心伫望山河影，知否中原尚未安。”

俞陛云作《壬子秋以次女玫归，许君季湘航海送之，入都舟过烟台感旧》。诗云：“南来巨浸与天浮，折舵成山海势收。永夜精灵趋碣石，危崖灯火见齐州。仙人北烛三霄远，战舰东风一炬休。往事劳臣曾设险，夕阳凄黯重登楼。”

邓鸿荃作《满江红·壬子秋日，饯稚岷、宗武、荫庭三君》。词云：“弦管凄凉，浑不似，当年锦里。看玉宇、琼楼回首，冷清清地。南浦花飞频送别，旧交云散今余几。共去年、此日醉藤阴，前生事。　粤城远，汉江迩。最远是，丁沽水。各前路分头，穷途挥泪，千岁共惊华表鹤，后堂无复东山妓。剩季鹰、无计味鲈莼，秋风起。”

韩德铭作《盛秋书怀》。诗云：“浮世赉贤豪，曰惟名与位。苟赋绝尘资，二者容一致。予也庸不材，所遭偏独异。秋风振百感，展怀不能置。生小心世道，胸横千古意。复虑肆应疏，虚中练寔事。壮岁遇合难，时亦获小试。量职而计功，差足副所志。学道不学媚，如工忘利器。十年政治场，尺劳得寸地。窃谓世禄朝，境遇类如是。倘值板荡年，自俾英雄肆。欧风簸东亚，乱发陡难庇。振翮出青溟，惊飚诧摧翅。将相与役处，趋风耽俗吏。村竖怙政权，呼朋擅私利。势位自彼操，荣名需此赐。执我不随渠，方前百无贰。且昔惟争权，今并斩名义。议谥盗跖崇，衡人孔邱踬。新旧口喧扬，利欲心昌炽。只此抢攘情，叔季寔不至。顺之愧衾影，逆之恚魑魅。用是仅一命，亦撄万人忌。薄禄难代耕，五穷来不避。腐鼠召鹓鸱，垂涎入梦寐。微名不出乡，俯仰足憔悴。或云取代之，即博荆州识。世值反古变，身遘空前累。掇彼宇宙穷，制为藐躬被。九曲通三时，一直接百匮。今昔失势原，惟有我无媚。登山虎狼饶，涉水含沙萃。转用怀往时，万事容一遂。秋风清而高，秋露莹而粹。式餐式饮之，世缘由抗坠。名山怀大业，编简尽余慧。丈夫堪寂寥，庸人迭欢恚。”

曾福谦作《秋日游陶然亭》。诗云：“金风飒然来，万苇浩泽漠。巾车穿其间，荡漾摇小艇。窑台龙树院，咫尺足峙鼎。遥眄窗自虚，俯瞩楼逾迥。一角夕阳明，红上西山顶。缁流肃敬客，哥瓷供苦茗。相邀观石幢，高与危檐等。昔时盛游宴，载酒人酩酊。春秋佳日多，车骑恒殷轸。尘劫换沧桑，乾嘉文物泯。萧旷避市嚣，惠然来亦肯。门外吊双坟（香冢鹦鹉冢），人禽呼不醒。”

赵熙作《秋雁》。诗云：“天末一行字，芦花何处滩。西风吹永夜，北梦阻长安。是事离乡贱，方秋行路难。溧溧伯禽子，烽火万山寒。”

邹弢作《壬子秋感》。诗云：“六十正平头，吾妻属壬子。辛亥上元亡，宝树摧连理（时余以养正学校公务回乡，闻噩耗急归，已不及见，按谈夫人风瘫已久，起卧需人，苦不堪状）。结缡至断弦，相攸卌二纪。中年到沪江，偕隐徐汇市。重堂喜健康，天各睽乡里。只益伯奇悲，正音杂流征。夫妇矢艰辛，藜藿当甘旨。保持勤俭先，安乐忧患始。兹值六旬三，子弟声名起。孙枝挺秀来，幸免祖宗耻。天意眷穷途，精力尚可恃。修身葆性灵（己亥受戒入教），昨非今日是。所惜乏长才，老马徒增齿。生丁世运厄，上下人心死。强者占其优，巧者通乎仕。朽腐化神奇，大地皆如此。他山有奥援，谁复评公理。怀古复伤今，天崩独忧杞。狂言忿莫平，名山留痛史。”

吴秋辉作《稷门秋感》（壬子作）（二首）。其一：“十载齐门悔浪游，客途摇落又深秋。一身剩有舌犹在，四海应无刺可投。南北甘陵争植党，下中李蔡早封侯。吹竽挟瑟人如鲫，谁向新丰问马周。”其二：“乡关迢递隔烟萝，远道惊心鬓欲皤。四境虫沙新鬼大，五陵裘马故人多。客船听雨中年感，豪士扶风旧日歌。三十年华成底事，流光应为惜蹉跎。”

成多禄作《留别二首》。其一：“江南笠屐惜前游，又向龙沙问去留。知己感深容小住，弃官味好在无愁。输它名士饶青眼，对我良朋况白头。徙倚斜阳荒草外，有人闲话故宫秋。”其二：“老去渊明独抱琴，学仙参道费思寻。偶然检点杯中物，颇有逍遥世外心。雁路渐稀知信缓，鱼乡初到喜江深。中年自古难为别，不独河梁泪满襟。”

沈琇莹作《上行杯·壬子秋日，北溪道中》。词云：“秋涨野田无路。断桥头、淡烟笼树。树外斜阳人唤渡。　　重上笋舆重下。觅箇短长亭子住。去去。禁不得、黄昏雨。”

张质生作《秋雨新霁，夜月如昼，德舆招登镇边楼玩月，适闻笛声悠扬，衿怀为之一爽，归用解大绅韵赋二绝以质之》。其一：“新月随人近仲秋，一天星斗拥层楼。未知下界作何语，且寄豪情最上头。”其二：“笛声吹澈碧天秋，恰好词人尽倚楼。况是风流苏玉局，合将水调谱歌头。”

李宣龚作《焦山枕江阁，同沤尹丈夜坐》。诗云：“风江终日意难平，不掩秋虫入夜声。地尽偶容山突兀，林深微露月峥嵘。陆沉自古将谁罪？息壤如今尚可盟。汲水探薪吾亦惯，甘从寂寞送余生。”

刘善泽作《壬子秋日过武昌》。诗云：“汉阳烟树枕荒洲，形胜依然踞上游。大地俄空王霸业，寸心难断古今愁。蜀江水落龙归窟，鄂渚霜寒雁唳秋。我独矶头访黄鹤，暮云哀角一登楼。”

夏敬观作《壬子秋期，题缀芬辛亥自制词》。诗云：“七夕星河去复回，人间秋至老相催。但余缺月供愁看，始觉浮生可重哀。堕彼大荒生死隔，飒来孤枕梦魂猜。十年迟我词成谶，一握桃丝惨澹开。”

吴梅作《摸鱼子（荡晴波）》。序云：“秦淮秋集，有歌旧作《折桂令》北词者，赋此寄慨。”词云：“荡晴波、日长风静，烟纱窗外低护。隔帘一角遥山笑，看尽大江东去。春换主，怕陌上花开，忘却归时路。惊霜倦羽，甚草暗西洲，人来南国，和泪听莺语。　　才华误，谁料旗亭又赋。黄河远上残句。鬓丝禅榻垂垂老，回首少年羁旅。心更苦。待手拨箜篌，唱彻空无渡。清游记取。问鳷鹊楼前，两三萤火，今夜向何许？”

徐鋆作《声声慢·壬子秋，城东通明宫旧址，问义宁陈师曾（衡恪）病。归，展其〈梅花馆读书图〉及和梦窗〈咏花词〉，次韵酬之》。词云：“攀藤觅路，蔽竹窥门，此间谢绝迎逢。一角危楼，主宾双膝能容。道人朽而不朽，倦东游、归卧秋风。忘言对，病维摩一榻，花雨漫空。　　遥想安排笔砚，有不因人热，寄庑梁鸿。数点梅花，寒香比酒还浓。手缄相思片纸，借芝泥、颗印传红。老书屋，小书生、都付画中。”

宁调元作《秋日偕谢英伯、蔡哲夫、黄晦闻、王君衍、邓尔雅游石门，舟中联句》（二首）、《王君衍约作北郭昌华之游，同黄晦闻、李茗柯、蔡哲夫、潘致中即席次韵答哲夫》。其中，《舟中联句》其一：“潋滟江流送夕阳（英伯），片帆明日又他乡。江山容我归来看（哲夫），风物添人离别伤。如鲫名士争入洛（晦闻），似水流年堪断肠（君衍）。大堤髡柳犹如昨（尔雅），知阅沧桑第几场（太一）？”其二：“清绝山光与水光，垂杨夹岸郁青苍。莺花过眼都陈迹（太一），书画满船生古香。载酒江湖容啸傲（英伯），他年生世任评量。漫怜寂寞秋风里（君衍），萸荚深深菊正黄（晦闻）。”《王君衍约作北郭昌华之游》云：“天涯何处无芳草？归隐终须到此乡。欢会纵多容易散，旧游回忆更堪伤。枯荷着雨怜秋意，海燕结巢隐画梁。今日得钱拼一醉，何如傀儡强登场？”

杨庶堪作《秋日郊居，时方议选报罢》。诗云：“险被浮名误此山，等闲妨却一秋闲。幽花媚柳供岑寂，北陌东阡任往还。吴卒可应潜市侧，留侯终欲弃人间。十年一觉英雄梦，老向夷门合抱关。”

姚光作《初秋》《秋日有怀剑华南洋》。其中，《初秋》云：“萧萧落叶又惊秋，百感茫茫怕上楼，衰柳临风看不得，一重烟雨一重愁。”《秋日有怀剑华南洋》云：“一池秋水剩残荷，雨片风丝感慨多。南国飘零俞一粟（一粟为君别字），豪情绮思近如何。”

黄申芗作《秋夜》。诗云：“离怀耿清夜，秋意已凄然。天隔河无楫，时移月下弦。可人书亦断，好境梦难圆。莫问欢场事，多才美少年。”

严廷桢作《秋柳》（四首）。其一：“一度春归一断魂，斜阳衰草闭闲门。红桥系马人何处？子夜啼乌月有痕。无复绿阴围夹道，尚余流水绕孤村。几番惜别增憔悴，散尽黄金总莫论。”其二：“天气初严乍饱霜，多情依旧拂横塘。玉关戍远新添垒，金缕衣寒叠满箱。客舍轻尘悲汉使，苏台落月吊吴王。回头到处皆陈迹，难别青青旧日坊。”其三：“旧时门巷认乌衣，歌舞人归景乍非。树杪青帘犹旖旎，楼头红袖想依稀。梧枝叶坠西风急，芦絮花开早雪飞。春梦婆娑究易老，尊中有酒莫相违。”其四：“长条拂水自相怜，洗尽繁华散暮烟。羌笛有人新谱曲，征衣路寄未衰绵。不因压线抛情绪，已为封侯误少年。一种闲愁何处着？萧疏落日灞桥边。”

林苍作《秋夜怀陈蔚其表兄》《悲秋》《秋日寄呈沈涛园丈》（二首）。其中，《秋夜怀陈蔚其表兄》云：“见君往往思吾母，一话儿时一断肠。阔别十年如隔世，倦游今日又还乡。湖山依旧吟怀恶，花月无聊懊梦长。苦剩苏程老兄弟，秋前把酒惜残阳。”《悲秋》云：“秋来念念强支持，生怕旁人说乱离。莫道西风容易过，明年春至更堪悲。”

王易作《沁园春·秋风将至，人将远行，倚装待旦，疥壁留别》《云仙引·秋云》《垂杨·秋柳》《意难忘·秋萤》《一萼红·秋梦》《貂裘换酒·客秋北都风鹤，束装南行，曾有杜老流离巴蜀之叹。袁子来书，复言及之，感赋即寄袁子都门》《丑奴儿·秋晴》《梅花引·秋声》《洞庭春色·秋露》《应天长慢·秋蛩》《金盏子·秋笳》。其中，《沁园春》云：“冷院虚窗，坐数残更，短角乌乌。正秋风入幕，扇悲捐箧；白云在望，人喜膏车。习隐金门，藏身人海，不念莼羹鲈脍乎。今而后，定狂吟纵酒，方属吾徒。　　长卿四壁犹虚。笑索米王门一事无。忆青灯十载，但余瘦影；黄尘百丈，长染轻裾。鸟倦知还，驹过竟逝，报道南山归敝庐。休留恋，任他年有泪，不洒黄垆。”《貂裘换酒》云：“旧梦曾经处。怅如今、风流水逝，楼空人去。漫羡长安佳丽地，俯仰已成今古。怪造化、弄人如许。同学少年多不贱，底伤心、杜老犹如故。君问我，为君诉。　　江湖满地多风雨（吴兰雪句）。阻关河、思归不得，欲行还住。枉却故人书一尺，为我重提旧语。那便解、暗愁千缕。秋欲老人人未老，仅庾郎、先自吟愁赋。转问子，遣愁否？”

王浩作《秋风怨·秋风已至，旅怀黯然，自制此曲》《雨霖铃·秋雨》《六州歌头（南昌王子）》《山鬼谣（任西风）》。其中，《六州歌头》序云：“学词二载，历境十数，秋夜挑灯和窗外寒雨，朗诵一过。碔砆之价，良用自喜，感书数语，夜将半矣。”词云：“南昌王子，自幼好为诗。年十七，岁辛亥、始填词。记初时搦管，无他技，但常喜、拟唐体，追五代，作小令，总如斯。岂解学词非易，深且远，童子何知。经后来吟诵，短叹作长噫。俊逸清奇。　　更加之，二周二白，秦淮海，王花外，史梅溪。坡老壮，龙州怪，稼轩悲。拟莺啼、爱梦窗才调，凝炼处，费寻思。三更后，秋窗畔，月初西。时或猿吟鹤唳，龙起海、瘦马寒嘶。必王生歌哭，一读一珠玑，狂病无疑。”

黄濬作《秋夜闻歌戏，再用前韵柬瘿公，即讯贾郎消息》。诗云：“秋怀夭袅已如丝，永夜清歌祇蹙眉。风去台空难驻恨，燕归梁好待添诗。千场弦管幢幢过，别样风情悄悄悲。独有罗虬慵索句，城南小史别经时。”

董伯度作《秋萤，次吴咏笙（式鑫）原韵》《秋蝉，次咏笙原韵》。其中，《秋萤》云：“摇落秋深候，流萤忽乱飞。夜阑光照户，风动影穿扉。入暗疑星火，凌卢伴月辉。疏帘清露湿，坐久扑人衣。”《秋蝉，次咏笙原韵》云：“永夜蝉声响，秋空晓月残。蜕轻能自振，翼薄不知寒。饮露情何澹，吟风兴未阑。但愁桐叶落，难使久居安。”

李澄宇作《秋日即事》。诗云：“雁字云笺天万里，戟门剑佩独悠然。柳魂悄幻丝丝雨，蓉面娇遮幂幂烟。霞晚蛛檐明彩网，日斜蜗壁炫瑶涎。郊行偶共村农语，黍稌犹堪比旧年。”

李笠作《秋游北郊有感》《秋夜步月》《客窗秋夜》。其中，《秋游北郊有感》云：“村边古树俯清流，衰草黄花野径幽。几个渔舟横断岸，一行雁字映寒湫。寻诗难觅青枫浦，怀古愁登红蓼洲。芳草夕阳人意乱，西风落叶不胜秋。”《客窗秋夜》云：“萧萧落叶闹东林，一片秋思动客心。露湿井栏秋寂寂，灯昏古巷夜沉沉。更无客子同消闷，尚有人儿独抱衾。且听唱残茅店月，鸡声断续和寒砧。”

宋作舟作《过山海关驿》（壬子秋赴都过此）。诗云：“雄城万里古榆关（秦皇胜迹），势走长蛇渤海边（今古威严）。潮泛极东撼卫旅（卫旅潮分），版图即此划幽燕（辽燕界判）。葫芦新控秦皇岛（欧风西至），铁路真惊辽左天（亚雨东来）。姜女祠前人似水（辐辏人烟），一声汽笛起风烟（车声牛吼）。”

［日］木苏岐山作《秋怀六首》。其二：“好事无人载酒寻，门基却爱碧苔侵。马卿慢世徒惊俗，宋玉微词未负心。老去只消怜子女，闲来颇似在山林。东楼倚柱对明月，风露满天秋色深。”其三：“岂必人间第一流，未偕郊岛作诗囚。露华团砌红兰老，月色流空碧树秋。自古文章憎命达，满廷簪笏为身谋。三蕉好对几头酒，昔梦应须六漠游。”

［日］白井种德作《新秋夜坐》。诗云：“檐外方悬半轮月，篱边又着数声蛩。午窗烦热全无迹，已觉晚来秋意浓。”

［日］田边华作《壬子秋晚作》。诗云：“今秋奉哭圣明君，几度临风涕泗纷。御柳宫槐黄落尽，长安大道只寒云。”

［日］砚海忠肃作《壬子秋思》。诗云：“愁云漠漠月沉沉，萧飒秋风感慨深。满地秋虫声更切，乾坤无处不哀吟。”

十 月

1 日 《申报》第 14229 号刊行。本期《自由谈》“尊闻阁词选”栏目含《蝶梅同感集（三续）》：《感事，再叠前韵》（四首，蝶）、《和韵》（四首，梅）；“文字因缘”栏目含《酬瘦鹤和见赠韵》（瘦蝶）。其中，蝶《感事，再叠前韵》其一：“搔首苍茫发浩歌，河山万里付蹉跎。几曾国势安磐石，空把新机织锦梭。大陆风云多变幻，中流砥柱实磋磨。夕阳一线挥难起，为问天心究若何。”瘦蝶《酬瘦鹤和见赠韵》云：“甘守梅花卧白云，歌成招鹤寄同群。酒阑忽忆三生事，梦里依稀似过君（君是否即白门孙瘦鹤，抑另有一瘦鹤）。”

《真相画报》第12期刊行。本期“文苑”栏目含《题画诗图说》（剑父）。

吴梅《奢摩他室曲旨》开始连载于《长沙日报》。

阳兆鲲发表《有感》。诗云：“风风雨雨奈何天，有客端居涕泗涟。已觉东南元气尽，那堪西北战云连。引狼恨事循前辙，屠狗勋名值甚钱。大局重为和议误，乾坤无处托枯禅。”

2日 《申报》第14230号刊行。本期《自由谈》“尊闻阁词选”栏目含《蝶梅同感集（四续）》：《四叠前韵》（四首，蝶）、《和韵》（四首，梅）；“文字因缘”栏目含《柬瘦鹤》（景骞）。其中，蝶《四叠前韵》其二：“干戈饥馑迭相因，霖雨苍生待甚人。只解私囊求捷径，竟无妙策靖边尘。棋争大陆终成劫，权集中央莫救贫。我替同胞挥热泪，前途何处可安身。”

《新纪元星期报》第1卷第3期刊行。本期“文苑”栏目含《颐和园词（并序）》（邓镕）。序云：“颐和园在京师西，距西直门十八里。抗太行以疏基，鉴昆明而拓宇。信人海之仙都，皇居之福地者焉。溯自咸丰庚申，圆明园毁于火。同、光两帝冲龄嗣服，孝贞显皇后临朝称制，爱惜民力，不作无益，深居简出，罔事游观。暨于孝钦再度训政，耄而勤勤，始营菟裘为娱老计，园宫肇造，既丽且崇。内务府绌于财，则拨海军经费以充之。甲午之役，师船不武。论者于合肥有怨词，盖知此也。戊申秋中，余自日本归国，就试都门。九月二十六日恭逢大驾还海，友人柏鹤龄君邀同瞻谒园居。柏故内务府籍，园中守者皆共隶属。九关虎豹无所讥诃，元冬短景，游竟一日，时则十月二日也。意拟为诗，蹉跎未就。及于望后，两宫相次升遐。道穷宴驾，沈炯通天之表；泪落沾衣，李峤汾阴之词。怅触余怀，勉成初志，言之不文，行何能远。然他日有为汉宫阁疏者，吾此诗亦一之左证也。”诗云：“君不见，汉家文物盛西都，芝房宝鼎呈珍符。尺地寸天四万里，离宫别馆三十余。驰道九衢萦紫禁，神皋三辅拥黄图。葱葱郁郁佳哉气，郊宫传膳因留跸。羽猎晴开南苑云，藉田爽挹西山翠。藩邸潜龙谒畅春，圆明再奉属车尘（圆明园在故畅春园之北，世宗藩邸赐园也。康熙时大驾幸园中，御开云缕月台，高宗以皇孙召侍。王闿运诗所谓‘别有开云缕月台，太平三圣昔同来’者也）。一堂福寿三天子，四海升平六圣人（园历康、雍、乾、嘉、道、咸六朝，代有增饰，土木之盛，汉唐以来所未有也）。谁知一炬阿房火，池馆成田树作薪。鼎潮大去江山在，尧母垂衣奠寰海。为防启侈戍台臣（同治初，御史德泰疏请按亩输捐修复圆明园，孝贞严旨切责，遣戍伊犁），卑官俭德何曾改。属玉焉能厌火灾，陈方适有越巫来。制图别诏胡宽巧，读赋偏劳赵鬼才。是时国力苦凋敝，大农仰屋愁无计。算缗榷酤治军储，余财那得供游戏。铨曹忽授斜封官，方镇争输进奉钱。别启望仙秦苑囿，更无横海汉楼船。五云深处楼台起，颐养天和称懿旨。未央长乐何足论，土木真看被纨绮。西直门前更向西，倚虹桥下水琉璃。排列金椎闲官柳，承迎玉辇藉轻荑。牌楼日射黄金字，缭绕红墙围禁地。神策六军宿术营，中书三品平章事。仁寿殿前双乔松，大圆宝镜字当中（园中以仁寿殿为听政之所，横榜曰大圆宝镜）。金铺玉砌陈仙仗，绣服珠襦觐圣容。复道承尘连后殿，瑶草琪华满庭院。甲帐垂垂幂绮疏，寝宫神秘无繇见（孝钦居乐寿堂）。玉澜堂更在东隅，别有金床兔子符（玉澜堂为德宗所居，殿侧有小阜，帝尝于此饲兔以自遣，宫中呼为兔儿山云）。隔苑香云笼宝塔，当轩旭日射平湖。湖上宫墙涂白垩，衔壁金缸珠错落。繁星璀璨万灯明，一片湖光作澄绿。湖水遥通太液波，贡御龙舟号永和（丙午年，日本进小蒸汽船一，钦定名为永和，以示邦交）。自作池台比灵沼，未须箫鼓渡汾河。长廊回抱湖堤作，亚字阑干丁字曲。飞梁跨水偃雌蜺，灵刹依山祠海若。步辇乘茵此地游，五步一楼十步阁。金兽衔环朱户开，排云正殿九重阶（面昆明湖者为排云殿，每年园居时值万寿圣节，受贺于此，新进士引见时亦临御）。星环北斗移宫扇，风入南薰荐寿杯。佛香阁在最高处，众香界去天尺五。宫阙参差烟雾间，九门云采成龙虎（排云殿倚山麓，由殿后梯山而上为佛香阁，再上为众香界，远郊近畿一览可尽。自海淀来所见金碧相映照耀云表者，即此地也）。磴道萦纡曲曲通，隔花风送景阳钟。都将艮岳玲珑石，化作飞来缥渺峰（由佛香阁迤逦而下，皆太湖石砌作假山，极绉瘦透之妙）。峰回路转临船坞，水心亭子平桥渡。渚莲漂落褪红衣，银床冰簟都非故。为道西师万马屯，胡雏倚啸上东门。至今窈窕窗纱绿，点点当年炮火痕。金銮旧事残灯烬，不语沈吟独悲哽。陂陀倚伏上平冈，宫鸦历乱斜阳影。遥指先朝旧苑墙，故宫余恸感沧桑（宫墙外红砖剥落，丛树苍苍者，即圆明园遗址）。白头阿监红鹦鹉，犹自逢人问显皇。后人不识何王殿，十二金仙泪如霰。开、天遗事竟谁知，西京杂记无人撰。梵呗声来千佛堂，繁华世界换清凉。亲蚕别启绮华馆，观稼还开如意庄。瓜棚细雨畦塍润，土锉炊烟饼饵香（如意庄莳蔬种稻，轩亭茅茨不翦。慈驾临幸，亦惟啖饼喝粥，宛然田舍风景）。芜蒌豆粥滹沱饭，前事艰难定未忘。千门万户堪惊叹，谐趣圆中游未遍。黄瓦鳞鳞金碧晖，高低无数闲宫院。曼衍鱼龙百戏多，回銮重听教坊歌（园中观剧处为德寿宫）。翦鹑一梦天长醉，怪鸟千啼帝奈何。宫禁由来事秘密，尧囚舜死纷传说。慈孝终全骨肉恩，黄台肯唱瓜三摘。衮衣舞彩奉东朝，钟鼓湖山慰寂寥。符咒妖书传米贼，戈船瀛海走惊涛。滦阳路与咸阳路，翠华两度仓皇去。六龙回銮再收京，五十年来事匆遽。投壶电笑东王公，万八千骁博已终。集灵台上余寒日，慈宁宫里啸悲风。悲风猎猎吹陵草，小臣泪落通天表。富贵荣华全盛时，姒幄尧门春不老。千官剑履候传宣，万国梯航贡珍巧。率土惟闻母后尊，划江未觉朝廷小。南山一锢几千秋，黯黯金灯照昏晓。歌传云竹动哀音，青雀西飞信息沉。白柰三吴妖谶合，黄襬五夜涕痕深。留将本纪归迁史，无藉词臣颂上林。只有玉泉呜咽水，年光流尽去来今。"

3日 《申报》第14231号刊行。本期《自由谈》"尊闻阁词选"栏目含《登清凉山，奉心悟上人》（吴一冰）、《勤耕》（吴一冰）、《秋日归里感吟》（吴一冰）、《月蚀偶成》（吴一冰）。其中，《登清凉山》云："百战危生此寄踪，尘心欲动隔林钟。龙蟠虎踞人何处，云树烟波劫几重。一水入天浑不见，万峰争地各相容。诗成付与山僧削，莫道吴冠斧太锋。"《月蚀偶成》云："万家铜缶似雷鸣，道是深宵护月明。未悟目光垂地影，却将人籁动天声。吴刚伐桂宁传斧，弄玉骑鸾岂品笙。好事相遣迷世俗，嫦娥可作曷为情。"

陈蜕庵约本日致信柳亚子，云："亚子先生：得书及南社证书五。前介吴君漫厂，已向寄尘得一纸矣。朱师晦女公子，前有谦词，然证书两纸已收，言代介绍他人，今尚未寄来。弟已函询之，兄亦可径函一问也。（由《民主报》转交可）先生前言中秋后来，今已逾期。望君如岁，何迟迟耶？来时乞将弟今春所交稿本纸片带来，至嘱。天石已函请入南社，待复再奉告。敬颂。双祉不一一。即望把晤。弟蜕盦顿首。十月三号。"

4日 《申报》第14232号刊行。本期《自由谈》"尊闻阁词选"栏目含《出京后留滞申江，与诸同志感赋八首》（江右廖尔焱）。其一："十年宦梦滞长安，北雁南归岁又寒。明月有情怜客瘦，狂风无意惜花残。申江景物舒怀易，宦海沧桑托足难。燕喜莺啼都不管，上林春好让人看。"其二："章台游罢又申台，过眼繁华亦幻哉。身拟庄周成蝶梦，世无伯乐老龙媒。浮踪历遍江间月，倦眼觑余劫后灰。内乱方平来外侮，边风凄紧战云开。"

张仲炘《丹凤吟·许竹篔招同袁爽秋、樊云门，饮杨梅竹斜街酒肆，还游厂甸》刊载于《台湾日日新报》。词云："梦转残年惊换，暖破红椒，香凝碧酪。春盘间饤，花底不妨清酌。铜衢绚绮，舞娇歌媚，隐隐钿车，沉沉灯阁。闹里鱼龙曼衍，昼鼓频挝，游骑嘶遍芳郭。　　只是能消几醉，座中半觉情绪恶。已自逢迎懒，又东风吹冷，双鬓如削。黄尘纷起，簌簌帽檐飘落。丽景长安人似海，问谁曾醒着。五湖渺望，愁话归去约。"

5日 《申报》第14233号刊行。本期《自由谈》"尊闻阁词选"栏目含《莫愁湖水榭题壁》（二首，涵纯）、《前题》（三首，醉愚）、《秦淮》（四首，醉愚）、《次韵》（四首，涵纯）。其中，醉愚《秦淮》其一："秦淮十里碧波流，淘尽英雄今古愁。六代兴亡谁管得，画船我自爱清游。”其三：“往事从头怕讨论，青衫红袖易销魂。只今乱后笙歌绝，桃叶渡头月色昏。”

张同伯卒。张同伯（1877—1912），名恭，浙江金华人。光绪二十八年（1902）乡试考取举人。三十二年（1906），张同伯参加光复会。三十三年（1907），孙中山先生在两广组织起义时，张同伯与徐锡麟、秋瑾等共组浙东光复军，准备发动武装起义，因徐锡麟、秋瑾遇难，起义未成。后，张同伯避难上海，转战报界，任报馆主笔，曾主持中国同盟会机关刊物《民报》笔政，并出版增刊《天讨》。1908年夏，张同伯被端方逮捕。1911年，张同伯在杭州创办《平民日报》，大力宣传民生主义。1912年加入南社。南北议和后，被举为同盟会浙江支部长兼都督府参议，创办《平民日报》，积极宣传民生主义。平生擅诗词，著有《剧史》，译有《社会主义纲要》。张同伯逝世后，孙中山先生致电转达各府县一律下半旗致哀一日。后安葬于杭州栖霞岭麓岳坟后。陈去病撰有《张同伯先生传》《秋社公祭张同伯先生文》。高旭有《南社哀吟六绝句》。其三：“呜呼万平君，自是陵原俦。倾资结豪侠，卒复胡虏仇。一自羑里居，著述堪千秋。（张同伯）”

姜可生《与适吾、博泉、立佛、仄尘诸子饮酒家》刊于《民立报》。诗云：“酒涌心头热，狂呼泪欲倾。满堂醉梦客，到处弦歌声。乍睹西楼月，难忘千里情。半空啼雁过，凄断旅魂惊。”

张仲炘《齐天乐·访南宋故宫遗址》刊载于《台湾日日新报》。词云：“绿芜遮断春城影，伤心南朝小渡。月冷梁园，花残建业，才得湖山闲住。楼台万础。叹金碧参差，等闲黄土。处士荒庐，数椽无恙尚千古。　　曾闻钟美宴启，牡丹争灿锦，雕槛春聚。白马无灵，红羊换劫，愁绝年年风雨。停歌罢舞。甚荆棘铜驼，也无寻处。但有垂杨，暮鸦啼最苦。”

6日　《申报》第14234号刊行。本期《自由谈》“尊闻阁词选”栏目含《韩侯钓台》（景骞）、《漂母祠》（景骞）、《口占》（钝锥金诵闻）、《老妓》（习鹏）。其中，景骞《漂母祠》云：“能识英雄眼独青，受恩报德亦人情。本来一饭寻常事，何必千秋着姓名。”习鹏《老妓》云：“依旧青楼近酒家，门前寥落少停车。黄金声价怜前梦，碧玉年华记破瓜。剩有芳情余豆蔻，漫将心事托琵琶。行知此日为商妇，已胜飘零作柳花。”

《独立周报》第3期刊行。本期“文苑”栏目含《秋桐师友文录》：《章太炎论承用维新二字之荒谬》；《秋桐师友诗录》：《俞觚斋诗》（俞明震）；《孟晋斋师友诗录》〔含《神霄真逸诗》（谢无量）〕。

姜可生《中秋偕立佛、博泉、刲产诸子游吴淞》《登吴淞旧时炮台，唧然有感》《中秋夜，又偕三子闲步静安寺、曹家渡等处。景致清幽，只太觉凄凉耳，感成一律》刊于《民立报》。其中，《中秋偕立佛、博泉、刲产诸子游吴淞》云：“长天辽阔惊涛涌，蓬岛方壶若比邻。我辈临流须痛饮，登山补屐已无人。”《登吴淞旧时炮台》云：“登临故垒心如割，忍睹江流一泻东。失地丧权国运蹙，仰天长啸动悲风。”《中秋夜》云：“四野雾迷漫，荒坟白骨寒。悲歌上下舞，定足几回看。对月愁长发，临风泪暗弹。匆匆秋又半，夜静雁声酸。”

严修晤欧阳旭德，知黄克强访严修不遇，遂往访之，并晤陈英士。

钱玄同访沈尹默，同坐还有莫伯衡、金寿门。

7日 严复辞北京大学校校长职。9日，大总统任命章士钊为北京大学校长。章因公留沪，未能北上。18日又任命马良（相伯）代理校长，遭大多数学生反对。

陈焕章、陈三立、沈曾植、梁鼎芬、姚文东等在上海发起成立孔教会，设立上海干事会和总事务所，设教旗为黑、白、赤三色，以孔子纪年。陈焕章任会长，著《孔教论》，主张：“孔教者，中国之灵魂也。孔教存则国存，孔教昌则国昌。统中国之历史，亦不过孔教之历史而已。”

《申报》第14235号刊行。本期《自由谈》“尊闻阁词选”栏目含《凤凰台上忆吹箫·题瘦红馆主李彭庚〈秋灯听雨图〉》（沈子贤）、《摸鱼儿·前题》（仁和冷香女士王佩珩）；“文字因缘”栏目含《鹗士索阅近作，赋此却寄》（瘦蝶）、《瘦蝶寄示近作，和韵以答》（鹗士）。其中，沈子贤《凤凰台上忆吹箫》云：“冷雨移檠，因风想屧，夜阑慵并扶头。怪花何瘦损，瘦但莲钩。最是凄凄切切，欹玉枕、絮语难休。离人恨，秋宵太冷，转觉悲秋。　　相酬向来幽怨，惟蜡泪盈盈，长替人流。料声声玉笛，客倚危楼。今夕莲台双笑，应笑我、别绪凝眸。侬还羡，衾窝绣鸳，不解新愁。”王佩珩《摸鱼儿》云：“恁蕉窗、声声点点。夜深花为谁剪。怕听水阁蛩鸣砌，子夜怨歌偷变。秋梦远，纵隔着、帘栊也，□他敲断。新凉尚浅。乍逗向鸳帏，消魂蕤枕，一夕倍凄恋。　　冷冷地，湿了芙蓉小院。流萤悄扑罗扇。兰缸却受西风冷，吹入回栏一半。帘不卷，堕叶叶、秋声几个梧桐片。莲叶那畔，剩簌簌唬痕，丝丝鬓影，宫袜印苔藓。”鹗士《瘦蝶寄示近作》云：“懒启柴门怕出游，数来又是一年秋。冷观偏觉棋难著，薄醉相知酒易谋。鬓点霜华微有恨，胸涵云气渺无愁。春山何处堪藏拙，西指风瓢质许由。”

夏敬观到商务印书馆访郑孝胥，示郑诗稿，并遗陶子林新刻《清真词》。

8日 《申报》第14236号刊行。本期《自由谈》“尊闻阁词选”栏目含《买陂塘·题瘦红馆主〈秋灯听雨图〉》（听猿耳似）、《湘春夜月·前题》（冬郎）、《八声甘州·前题》（午桥高煦）；“文字因缘”栏目含《寄怀息影庐主》（门下谢素娟）、《百盆花斋自遣，柬问梅、瘦鹤》（三十年前旧太痴）。其中，午桥高煦《八声甘州》云：“一声声撩起阿侬愁，蕉窗酒初醒。正珠帘暮卷，玉栊宵静，逗出春情。料得枕边和泪，点滴到天明。敲上鸳鸯瓦，总要轻轻。　　似诉兰缸心事，说南冠客思，谁念飘零。看油沾花瘦，絮语尚盈盈。只今宵、背檠同听，怕灯痕、红得可怜生。思量到、落梧多处，却是空庭。”门下谢素娟《寄怀息影庐主》云：“学贯中西腹简便（先生译述甚富，就中以所译哀情小说《红泪影》《春鹤梦》二书尤为脍炙人口），如公合作地行仙。半生未遇悲罗隐，三绝群推似郑虔。地僻鹿麋为伴侣，人闲鸡犬亦成仙。最怜逸兴公余暇，陶写幽怀付四弦（先生最工大曲琵琶）。”

梁启超9月底由神户启程归国，本日始至天津，随之回京，31日出席北京大学师生欢迎会，并作讲演。胡适于美国阅报得知梁启超归国，有慨曰：“梁任公为吾国革命第一大功臣，其功在革新吾国之思想界。十五年来，吾国人士所以稍知民族思想主义及世界大势者皆梁氏之赐，此百喙所不能诬也。去年武汉革命，所以能一举而全国响应者，民族思想、政治思想入人已深，故势如破竹耳。使无梁氏之笔，虽有百十孙中山、黄克强，岂能成功如此之速耶！近人诗：‘文字收功日，全球革命时’，此二语惟梁氏可以当之无愧。”

姜可生《候夜车月下枯坐》《月夜柬子均》《风入松·中秋夜有感，示杏子》刊于《民立报》。其中，《候夜车月下枯坐》云：“江潭憔悴客，何处叩禅扉。黄叶当风落，啼鸟近月飞。迨知人影杳，才觉漏声微。急起寻归路，清寒露湿衣。”《月夜柬子均》云：“雁啼苦不寐，借作致书邮。永夜思君瘦，飞云举月流。读书未竟卷，极目又登楼。乞寄故山药，疗侬羁旅愁。”《风入松》云：“桂香满院又中秋，旧影去难留。霜砧月笛偏相引，三终曲，万斛离愁。户外秋声乍起，枕边清泪时流。　　者般事莫问来由，一样挂心头。姮娥应欲柔肠断，飘蓬迹，海上浮沤。永夜秋灯一盏，读书岂为封侯。”

9日　陈三立、郑孝胥、朱祖谋、李岳瑞、杨钟羲、俞明震、李宣龚、梅光远、诸宗元、陶牧、夏敬观、何天柱等同赴小同春集饮，席间朱祖谋出示《归鹤图》，嘱众题诗。陈三立作《古微同年〈归鹤图〉》。诗云：“我羁海角君吴趋，但见蹀躞疲泥涂。相逢买饭救腹馁，告哀念乱无复娱。兹来有悟绝余想，猥嬲补咏《归鹤图》。此图叔问乘兴笔，述王翁语趣向殊。尔时已远升平世，犹堪韵事追林逋。天纲日坠九维坼，倏忽揖让移征诛。异人骄子满宇宙，瞠目咋舌成嗫嚅。稼苗蹂践豺虎过，烟火惨澹鸡犬屠。挂口奇禽今安在，空留毫端影江湖。否恐饥军斧栏栅，公掠粮粒涎雪肤。人生负手视劫运，避地避世何贤愚。梦中高天终照眼，蔼蔼霞峤将其雏。且翻新拍作孤唳，荡涤恶报倾酒壶。”

《申报》第14237号刊行。本期《自由谈》“游戏文章”栏目含《打野鸡赋》（仿《前赤壁赋》）（了青）；“尊闻阁词选”栏目含《秋感》（二首，一冰）、《秋情》（瘦蝶）。其中，一冰《秋感》其一：“似水流年去不回，摩挲孤剑倍低徊。万般旧恨因秋起，一片新愁绕客来。白璧几人争自濯，黄金笑我未登台。满庭叶落寒蝉噤，萧瑟兰成悔未该。”其二：“唾壶击缺复狂歌，辄向西风唤奈何。鸟迹兽蹄交大道，人心国运入旋涡。池鱼贪饵忘机甚，旅燕归巢别意多。负手树阴闲立处，怆然身世几蹉跎。”

《新纪元星期报》第 1 卷第 4 期刊行。本期“文苑”栏目含《湘怨篇》（元叡）、《感怀》（自鉴）、《秋思》（天白）、《忏梦》（双桐）、《壬子秋日杂感》（岳障东）。

康有为在日本游大阪天王寺。

姜可生《河满子·孟秋晦日，与仄尘、博泉痛饮酒楼》《虞美人·海上寄又军》刊于《民立报》。其中，《河满子》云：“潦倒天涯作客，者番又送初秋。蟋蟀声声鸣愈近，无端惹起离愁。风雨催人何急，与君同上江楼。　　借酒破除万事，利名于我奚求。举目中州妖雾盛，鄙夫恣说安刘。我辈消闲如此，纷争笑杀王侯。”《虞美人》云：“秋蛩不语明星烂，寸寸愁肠断。回思笑语板桥东，今日依然彳亍客途中。　　万千恨事难消受，酒醒黄昏后。问君何以解侬愁？莫任天涯游子泪长流。”

符璋作《浔阳秋感》八律，次黄仲荃韵。

10 日　中华民国第一届国庆日，举国庆祝。

武昌各界人民隆重举行武昌起义一周年纪念会，黄克强为大会题写两副会联。其一：“江汉荡荡，这似水流年，常记取八月十九；风云郁郁，愿中华民国，继自今万岁千秋。”其二：“百折不回，十七次铁血精神，始有去年今日；一笔勾尽，四千年帝王历史，才成民主共和。”

《申报》第 14238 号刊行。本期《自由谈》“纪念之文”栏目含《通俗歌》（乐勤）、《庆纪念会赞》（嘉善郑泽垲）；“纪念之诗”栏目含《光复纪念大会志庆》（十首，岳德基）、《国庆纪念》（十首，上海洋布商团稿）、《光复纪念七绝四首》（冯绪承）；“纪念之歌”栏目含《中华民国国歌》（二首，曾志忞拟）（含《大桃源》《五色旗》）。其中，上海洋布商团《国庆纪念》序云：“去岁八月十九，即阳历十月十号，武汉起义，各省响应，卒能共和告成，民国建立。今逢纪念之日，谨赋十章以庆祝之。”其一：“脱离专制五千年，缔造共和国体坚。法美宏规堪比拟，万民同庆大罗天。”其九：“武昌起义是今朝，丹桂香随铁血飘。相隔一年堪景念，彩旗五色炫云霄。”冯绪承《光复纪念七绝四首》其三：“军乐喧天奏若雷，万千灯火烛楼台。无多庆祝尽吾意，留取欢心后日来。”其四：“欣看大地尽翻新，多谢雄军起国民。世界庄严兵事靖，酿成五族一家春。”曾志忞《中华民国国歌》其一《大桃源》：“千年沈睡大桃源，万万里桑麻鸡犬。谁赋此天生壮丽，我同胞莫倦莫倦。阶天磨长剑，杖地拨沈烟。少年少年，勇往来前，光荣渤海边。水滔滔，山绵绵，尝胆卧薪年又年。振衣万里城，濯足黄河流。自由自由，铁血以求，惟我先亚洲。专制手，顽固头，斩尽人人不更留，而今五族一大舟。民国乐遨游，前走！前走！永建共和猷。前走！前走！荣誉冠全球！”其二《五色旗》：“美哉我国旗！曰红曰黄曰蓝曰白黑，曰汉曰满曰蒙曰回藏。国旗有五色，五色旗，谁组织，白璧黄金无价值。此为自由旗，自由尊道德。此为共和旗，共和守纪则。旗在手，

旗在手，国民国民勿辜负！”

《铁道》第1卷第1号刊行。本期“文苑”栏目含《辛亥秋八月民军起义，至冬十二月共和告成，拉杂纪事，得诗三十余首，兹摘录十二首》（贺良朴）、《吊滇越铁路》（张大义）、《大冶铁山歌》（青陵山人）。

荣庆内子适看《繁华梦》小说周庸曜事，当年幸有先见之明，不为当初之悔，不然竟为书中配角也。枨触旧情，荣庆率赋并用原韵呈叔钧览：“早读羲经四圣书，知几幸不悔当初（某所以贿我甚至，坚不为动）。生平励志曾三省（某公以纯臣笑我，自问何敢，但书迂耳），同日抽簪汉二疏（我叔侄久存广受之志）。仁者乐山真寿相（叔诗有‘山环水抱我安居’之句），病夫避地得幽居（津埠繁华，英届独辟）。白头相忆秋灯下，松护寒窗竹饶庐（故园之思，两地相同）。”

柳亚子发表致高燮诗《寄吹万》。序云：“余与鹓雏诸子争春航事，吹万老矣，不解风情，诗来颇涉讽刺。时吹万方创国学商兑会，主张尊孔，而小阮、天梅反对甚力，有以墨代孔之议。夫朱、陆异同，头巾习气，其可厌恶，不尤甚于余与鹓雏所争者耶！诗以报之。拼得罪名教，死不食两庑豚也。”诗云：“孔墨纷争议总讹，君家何事自操戈！千秋容貌丧家狗，持比冯郎究孰多?”同时，胡怀琛发表致柳亚子诗《亚子以讽高氏诗见示，并系以书云：“此诗如不即日刊出，便是胡寄尘先生想吃两庑豚也云云。”腐儒所谓名教，余素不解为何物，是丹非素，哓哓不休，更为多事，赋此以答亚子，不畏获罪于吹万、钝剑也》（二首）。其一：“枯骨千年等跖尧，欺人名教最无聊。可怜一片残猪肉，惹得旁人把舌哓。”其二：“万重束缚能超脱，慧眼灵心今所无。独有情禅参不破，先生毕竟欠工夫。”

胡有猷生。胡有猷，字跃龙，号恒盦，原籍湖南益阳，生于上海。胡林翼曾孙。著有《恒盦文存》《恒盦弱冠集》《淮海纪行诗词集》。

张松鹤生。张松鹤，广东东莞人。著有《松鹤诗选》。

连横作《壬子十月十日》。诗云：“三月三，春修禊。五月五，湘累祭。九月之九作重阳，何如十月之十国民呼万岁！万岁呼，甘驰驱；武昌一战诛东胡，共和之国此权舆。呜呼！共和之国此权舆，慎勿内讧外侮为人奴！”

赵圻年作《吊双忠篇》《前诗赋就，再题二律》。其中，《吊双忠篇》云：“辛亥之秋九月九，太白经天祸鹑首。群星如织坠纷纷，中有二星大如斗。连珠陨地鬼神惊，正气干霄霹雳吼。哀哉渭华两贤侯，一夕遂成双死友。君昔联辔入关中，并是家传强项风。黔水蜀山故乡远，扶风冯翊吏才空。五斗羁縻陶靖节，一州拘系曹景宗。时事日非人老矣，强将大邑付君理。萍梗何期聚一方，棠封俨若唇依齿。可怜官守未逾年，漭漭风云大地起。九州鼎沸独秦强，杀气阴森日曀光。野兕乘机铁柙毁，鳄鱼反噬腥气扬。乾坤一变玄黄血，幺么虫豸齐飞扬。此时首丁其酷者，两君自分生无望。狡哉骊戎祸邻邑，白刃凭陵风雨急。万里桥边炮石飞，渭阳山水同灰劫。府库仓储掠一空，短兵巷战隶不力。使君龂齿目眦裂，魂归玉井莲花泣。妖氛沴气向东流，荧惑星精入华州。华州刺史义不屈，一朝敌国起同舟。郑人能备潜师至，曹社难防群鬼谋。车侧郭门诱君去，回头烽火城西楼。慷慨从容殉三尺，风悲荒寺吊鸺鹠。壮哉两君死犹生，浩然之气塞苍冥。碧血洒地金石裂，白虹亘空天日晶。平津剑气一时合，化作胥潮夜夜鸣。并跨长鲸沧海月，双飞赀鸟夕阳亭。同时我作龙门宰，石破天惊心震骇。拚欲从君地下游，白发高堂有亲在。悲肠百转沸秋潮，怨气千寻沉苦海。千危百险窜荆棘，人乎鬼乎自难测。东渡黄河依故人，故人与君尤莫逆。谷风阴雨声啾啾，死别生存心恻恻。手迹都成绝命书，残灯对照凄凉色。与其终为谢叠山，何如骑鹤上青云。一掬茱萸数行泪，悠悠此恨忽经年。今年重九荒亭祭，明年重九知何世。天知地知子我知，私以双忠为君谥。呜呼忠孝谁复论，干戈满眼心烦冤。狂药饮人容有尽，丹心懔懔照乾坤。黄垆痛饮成千古，白首同归诉九阍。九阍不答醉如死，野老潜行声暗吞。悲凉往事愁千斛，生死交情酒一樽。渭水无情华山老，巫阳何处招君魂。”

李岳瑞作《六丑》。序云：“壬子九月朔日，纪沪上所见。用梦窗韵，和季刚。”词云：“正凉霞绀海，漏瑟转、西风微掣。小山桂丛，留人馨半灭。却值佳节。曼衍鱼龙戏，万枝幡影，傍五云高揭。骄嘶宝马香鞯热。路幕传签，淞波翦缬。苕苕蜃楼仙阙。听严城箫管，一霎吹彻。　　欢悰未歇。奈霜痕苎发。俊侣嬉游处，怀抱别。年芳又过啼鴂。渐街尘倦步，露寒侵袜。银花烬、钿车声绝。不堪问、玉殿秋期，换了故宫新月。清商怨、休唱回雪。向夜阑、更绩传柑梦，釭华恨结。”

杨巨川作《壬子九月朔日述饮》。诗云：“白露未变霜，百卉尚暄妍。葳蕤含景艳，弥纶全所天。过盛势当杀，青女严令官。荣者一旦枯，此理乃自然。达观方能乐，美酒置我前。呼儿取杯饮，醉后舞蹁跹。今日不痛饮，复虚度此年。”

12日　章梫作《实录馆同人九月三日小集于岳云别业，作最后之团聚，钱新甫前辈赋诗兼送余行，依韵答和二首》。其一：“沈沈京阙似荒坰，双目鳏鱼永夜醒。却幸杯光浮绿蚁，莫将剑气说青萍。官家庙寝飘凉雨，阆苑文章拾散星。醉后高歌还自壮，无弦琴曲正堪听。”

13日　《申报》第14240号刊行。本期《自由谈》“游戏文章”栏目含《打油诗》（五首，苏汀）：《入党》（二首）、《投票》（三首）。其中，《入党》其一：“同盟才入又共和，两党穿来似掷梭。高踞墙头骑不稳，不知那面受风多。”其二：“共和父入子同盟，父子居然起党争。一室操戈谁解释，全凭姑媳两调停。”《投票》其一：“报名签字竞登场，监察随分纸半张。浑似前清岁科考，今番怕去作文章。”其二：“自问也知当选难，向人运动乞从宽。票开偏得次多数，又似前清候补官。”其三：“时望如君我赞成，几回推举假欢迎。怪他写票防人看，却是偷书自己名。”

《独立周报》第 4 期刊行。本期“文苑”栏目含《秋桐师友诗文录》（吴彦复师友书翰）：《寿伯福答启》（寿富）、《寿伯福论戴存庄遗文札》（寿富）、《袁爽秋报书》（袁昶）、《文芸阁别后札》（文廷式）、《朱曼君报书》（朱铭盘）、《范无错赠行诗》（范当世）、《张季直题君遂昌化石篋》（张謇）；《北山楼诗》（吴彦复）。

章士钊任浙江省教育司司长职。

沈尹默因单不庵邀，与钱玄同、朱希祖前往面谈。

武石生。武石，原名冯子树，生于湖南湘潭。著有《武石诗草》。

姜可生《浪淘沙·秋夜柬中泠、适吾、葵北》《忆秦娥·隔院闻箫忆杏子》《长相思·秋夜雨窗怀杏子》刊于《民立报》。其中，《浪淘沙》云：“帘外雨萧萧，秋意清寥。寄书忘倦已深宵。只是书中无别语，梦里魂销。　　和泪把灯挑，人自无聊。客中瘦却沈郎腰。黄叶满阶凉露白，蟋蟀声遥。”《忆秦娥》云：“秋蛩咽，箫声吹入西窗月。西窗月，清砧繁漏，一灯明灭。　　十年离绪萦怀切，无端梦里销魂别。销魂别，今生有幸，同心同结。”《长相思》云：“蜡泪流，红泪流，流尽三更泪未收。飘零万里秋。　　夜悠悠，恨悠悠，哭问苍天何日休。教人两地愁。”

张謇作挽高立卿联云：“佐成工业，与敬夫同，范富虽争，冰炭终收相息效；劝学乡间，为通州望，颜陶顿诀，舟车怆绝诣谈时。”

恽毓鼎作《深秋寓兴》。诗云：“五十光阴下水滩，暄和过尽到荒寒。乱云暝日西风恶，倚杖柴门自在观。”

14 日　孙中山在上海中国社会党（1911 年 11 月 5 日在上海成立，发起人为江亢虎）本部连续 3 日发表演说，评论社会主义学说及其派别。

《申报》第 14241 号刊行。本期《自由谈》“游戏文章”栏目含《赋得群英手批伟人颊》（息影庐）；“国庆余谈”栏目含《北京共和纪念会楹联》（谭人凤撰）、《国庆日有感》（乐痞）、《国庆纪念祝词》（同心）。其中，乐痞《国庆日有感》云：“举国若狂称国庆，火树银花争斗胜。世人皆具乐观心，惟有贱子抱孤愤。各省拔扈未统一，蒙藏纷纷又独立。总统设宴款嘉宾，偏无外国公使迹。去年汉口苦战争，南军北军皆我民。露尸旷野白骨朽，今日勋章奖伟人。共和为民谋幸福，伟人欢笑百姓哭。鼓乐喧阗会场开，伟人演说声震屋。”

15 日　《申报》第 14242 号刊行。本期《自由谈》“尊闻阁词选”栏目含《后琵琶行》（白傅原韵）（淡明）、《由大连航海南归》（辛亥冬）（寄尘）。其中，淡明《后琵琶行》云：“去年海上为行客，借取繁华慰萧瑟。忽外促我趁归船，舞袖歌喉罢管弦。执手牵裾不忍别，别来早又十三月。酿就酸辛不可言，修成尺素无处发。千种思量诉向谁？几回下笔意迟迟。张园那日初相见，月殿嫦娥方小宴。弱不禁风杨柳腰，艳如带雨桃花面。檀板云罗响一声，红氍毹上不胜情。歌来字字含情思，拼教挫尽英雄志。轻颦浅笑更微嗔，一时枨触心中事。书卷长抛琴懒挑，走访香巢问小幺。凉风习习天微雨，独访妆楼初晤语。三尺琵琶信手弹，又复殷勤奉玉盘。枇杷本是儿亲摘，荔支来自十八滩。香闺物事都精绝，四弦一声琵琶歇。美人青眼识书生，检衽低头前致声。香风一阵神仙近，步摇颤弹环佩鸣。长眉美目明如画，贱却缠头玉与帛。一番相见一番亲，细把平生细表白。红灯影里明镜中，未语先看晕玉容。儿家本是螂螂女，姑苏城外山塘住。家计贫寒误匪人，沦落风尘归乐部。不学丝弦假母嗔，小工酬应同侪妒。教人左右做人难，背灯珠泪垂无数。强陪筵宴假欢娱，谨守萎蕤羞点污。镜花水月暮复朝，光阴强半愁中度。五陵裘马纨绔儿，半是怜新半弃故。淤泥一朵红莲花，何时嫁作良人妇。我闻此言心悲酸，劝解愁烦听戏去。香车宝马赛乘船，舞扇歌裙小广寒。向余指点戏中戏，香肩并倚红兰干。六街灯火渐次息，同归重复言唧唧。缘定便教真不解，情深自尔成相识。忽然有信来帝京，扁舟从此广陵城。一身已向清淮路，耳畔犹留送别声。咫尺香闺不复见，平地教人百感生。检点行装见贶物，深情密意藉物鸣。金黄枇杷紫荔支，琼浆玉液愁独倾。欲解思量觅欢笑，惟有琵琶不忍听。三春无奈落花落，九秋况是明月明。挑灯永夜不成寐，走笔成此琵琶行。诗成无语仰天立，见太迟迟别太急。红袖人遥不可见，青衫揾透依然泣。一事教人忘不得，临歧泪洒鲛绡湿。”寄尘《由大连航海南归》云：“笑登舶顶御天风，潮气青衔落日红。寄想常从高厚外，宅身今在乱离中。愁看大陆盘戎马，醉倚名山话雪鸿。尘海劳劳十余载，不依人立亦英雄。”

[韩]《天道教会月报》第 27 号刊行。本期“词藻”栏目含《凤凰阁即事》（芝江梁汉默）、《又》（芝江梁汉默、维斋李秉昊）、《上北岳》（洚庵罗龙焕）、《又》（敬庵李瓘、芝江）、《云亭晚坐》（敬庵）、《又》（芝江、敬庵）、《自牛耳洞至塔洞》（我铁郑广朝）、《同〈自年耳洞至洞〉韵》（凰山李钟麟）、《仲秋清凉寺》（春湖金相范）。其中，我铁郑广朝《自牛耳洞至塔洞》云：“凤凰阁外望秋城，万洞烟消一镜清。更向东林深处去，满山黄叶有钟声。”

钱玄同午后访沈尹默，出示清代书法家邓石如隶楷作品三种。

许咏仁作《中秋后两旬，费振之茂才（鸿声）以大月饼两枚见馈》。诗云：“菊花天气桂花香，月子团团盒内藏。付与老饕亲解剖，银蟾成对白于霜。”

16 日 《申报》第 14243 号刊行。本期《自由谈》“尊闻阁词选”栏目含《唐多令（小雨送凉飔）》（醉红居士）、《蝶恋花（满院秋阴门早闭）》（醉红居士）、《次韵和樊樊山〈古意〉四首，索瘦蝶和》（蝶仙）。其中，醉红居士《蝶恋花》云：“满院秋阴门早闭。雨细风尖，渐作重阳意。翠箔红楼垂柳地，当时悔不青骢系。　　相见何如相别易。锦字书成，待向空中寄。壮士押牙难唤起，魂消心死真无计。”蝶仙《次韵和樊樊山〈古意〉四首》其一："狂花满眼可怜红，云雨荒唐梦里逢。中酒心情销块垒，入时眉样幻奇峰。迷魂欲化花间蝶，病骨难医药店龙。留得乐昌清镜在，欢容不照照愁容。"

《新纪元星期报》第1卷第5期刊行。本期"文苑"栏目含《咏史》（邓镕）、《诸将十一首》（李稷勋）。

17日 《申报》第14244号刊行。本期《自由谈》"尊闻阁词选"栏目含《白菊》（遯）、《新婚》（遯）、《病中偶成》（五首，吟梅）；"国庆余谈"栏目含《纪念歌》（笃庵）。其中，吟梅《病中偶成》其一："女界沉沉廿二年，满腔热血问谁怜。愧无巾帼英雄手，拨去浮云重雾天。"其二："荩箧搜残沽酒钱，药铛苦与我为缘。蓦然悟到南华旨，生死关头无主权。"笃庵《纪念歌》云："五色旗，五色旗，飘扬天外共和仪。壮哉革命惊天地，雄声一吼山河移。龙蛇在陆杀机起，麒麟出世神威奇。扫除胡尘兼瘴雾，建斯民国太平基。追忆去年诸志士，履行荆棘烽烟披。风霜雨露甘辛苦，长矛挺险母相辞。出入干戈轻性命，征衣血染如胭脂。肝胆零落委枯草，沙场历历皆死尸。杀气横天腥满地，睹此情形殊伤悲。悠悠岁月忽一载，国庆纪念升平期。悬灯结彩杂歌舞，欢声雷动成娱嬉。脱出水火登衽席，上此春台咸熙熙。吁嗟多少头颅血，换得灿烂中华麾。国势万方多难日，尚如飞幕巢燕时。寄语同胞今庆贺，毋因磐石而转危。"

王易作《霜花腴·去岁以乱出都抵汴，时正重九前一日，今者朋侪星散，故我依然，深自感怆。用梦窗韵》。词云："茂陵病起，尽醉吟、平生自笑儒冠。老圃英浓，晓天霜饱，秋愁遣却应难。碧云梦宽。漫独携、尊酒花前。愧年来，怪侣狂朋，笠簦风雨旧盟寒。　　无限繁华销歇，但萧萧落叶，送尽残蝉。爽气催诗，绮怀如酒，飞毫写向兰笺。待寻钓船。伴五湖、波月娟娟。算归时、检点尘襟，共谁和泪看。"

许南英作《重阳前一日吴园分韵小集》（二首）。其一："小楼耸出古城闉，中有栖迟一散人。闲日且还文字债，深秋尚滞去来身。十年旧雨如萍聚，两鬓飞霜对菊新。预约明朝高会处，老夫先脱惠文巾。"其二："偶逢佳节联诗会，节未来时兴转新。作客他乡唯独我，逢时觅句有同人。深秋已想开兰棹，胜友犹留落葛巾。老去可能身健在，明年明日去来频？"

许咏仁作《重九前一日登黄山》。诗云："无雨无风天气和，重阳将到莫蹉跎。迎眸山色浓于黛，濯足江流静不波。戍垒泥封成雉堞，防营屋比类蜂窠。先期快作登高赋，开拓心胸万象罗。"

18日 陈三立、樊增祥、熊希龄、易顺鼎等赴释敬安（八指头陀）静安寺重阳之招，饮酒赏菊赋诗，并观第六泉。沈曾植因病未至。陈三立作《重九敬安上人招同樊山、秉三、实甫集静安寺》。诗云："濒海乏崇山，末由展登眺。上人媚幽寻，古寺邀吟啸。车窗数椽屋，瘦犬吠客到。佛像肃四壁，盆菊互照耀。旁通小场圃，烟畦缀花窖。叠积荆蔓丛，野径穿邃奥。憾昔存茗楼，诗翁共落帽（昔岁尝与忠州李芋仙丈同游啜茗）。得句不忍去，指点城头鹞。死生三十载，恍对孱魂摇。戏言傍埋骨，此意供凭吊。疲就八关斋，荐蔬兼命醥。樊先广长舌，熊易观其徼。饶解箭锋机，角根森众妙。所获出思议，千劫莫能挠。起别第六泉，徒侣增恋嫪。合掌了嘉辰，各成仰天笑。”樊增祥《次伯严重阳集静安寺韵》云：“平壤无暇观，高明始远眺。何哉赞公房，相与共琴啸。湘中两俊人，特先秋雁到。层城风雨息，天日何晶耀。莲社招佳客，餔糟掘饭窖。忘形纵谭谑，说偈谢微奥。太邱携少子，露顶脱其帽。父为日下鹤，子若霜中鹞。散步园花新，吹衣林风摇。浅水稀活泉，深丛罕吉吊（蛇类，见《本草》）。寻进菊花杯，忽已三爵醥。座中多诗豪，门外无游徼（今之巡警，得汉游徼意）。沧浪善言诗，一曰意高妙。造意未及深，群言迭相挠。谢酒立斜阳，适增溪禽嫪（陆天随诗：‘晚有溪禽嫪’）。古者龙山游，今成虎溪笑。”易顺鼎《寄禅上人招集静安寺，作重九并观第六泉，即席和散原、天琴韵》云：“神州今如何，吾辈忍瞻眺。薄言思孙登，一作苏门啸。海滨存荒寺，屐齿昔曾到。流转卅许年，石火光再耀。寄师英雄人，出没生死窖。颇从老先游，文句发奇奥。髫年便出家，心慕毗卢帽。皈依雪山斗，誓扫新罗鹞。大沩天童梦，追说心旌摇。与我交绝奇，每见必相吊。劫来忽把臂，开径具杯醥。为我招其魂，归来自边徼。清秋风日佳，坐客语言妙。篱菊黄数枝，赏此节不挠。名泉任湮薉，桑宿何恋嫪。且谈白马经，休问苍蝇笑。”

周庆云招饮晨风庐，刘炳照、秦国璋、沈焜、汪煦、潘飞声、赵汤同集。周庆云首唱，作《壬子重阳感怀，呈同社诸子》。同人和作：刘炳照《梦坡招饮晨风庐，同席潘兰史（飞声）、李葆丞（德鉴）、汪符生（煦）、秦特臣（国璋）、俞瘦石（云）、刘翰怡（承干），与予共八人，君诗先成，予亦继声》（二首）、《兰史、醉愚以〈九日宴集诗，用伯岩韵〉示我，走笔和之》、秦国璋《重九日梦坡招饮，谈宴甚欢，赋此志谢，即步见示感怀诗原韵》、沈焜《九日病不赴约，作此贻梦坡》《病中闻梦坡昨日有诗纪事，次韵奉和》《兰史用陈伯严韵赋〈九日〉诗见示，余亦继作》、汪煦《同人集晨风庐，梦坡诗先成，越日读语石、醉愚、涤尘三先生诗，感和原韵》、潘飞声《壬子九日集周梦坡晨风庐，次陈伯严〈九日集静安寺〉韵》、赵汤《重阳晨风庐雅集，适予以事旋里，未及与会，梦坡先生有〈感怀〉诗索和，谨读一过，追步原韵，即呈同社诸君》。其中，周庆云诗云：“仓促移家事可伤，经年艰苦又重阳。累累贵贱几荒冢，浩浩乾坤一剧场。今日哪能知异日，故乡回望当他乡。此身不用君平卜，万事无如酒满觞。”秦国璋诗云：“暂将怀抱辍忧伤，萸菊樽开对夕阳。已阅沧桑经浩劫，且凭诗酒作欢场。论交新喜逢名士，避世会须入醉乡。不是主人能爱客，何因佳节共飞觞。”沈焜《九日病不赴约》云：“孤负登高酒一钟，黄花应亦笑疏慵。药炉静伴王摩诘，醉侣闲抛阮嗣宗。白社论诗空我待，青山蜡屐问谁从。年年此日多风雨，偏是晴光照病容。”

林尔嘉招邀施士洁等同里诸诗人在林氏府别墅宴集。此次宴集，林尔嘉决定以同里诸诗人为核心发展菽庄吟社，开始精心筹划和构筑菽庄花园及菽庄吟社。其后一年间，施士洁及其女弟子邱韵香、许南英及其长子许赞书、汪春源及其长子汪受田，以及卢文启、卢心启等台湾内渡诗人彼此联络加强。施士洁、许南英与汪春源日后被誉为“菽庄三老”。是日，施士洁作《岁壬子重九日，菽庄林先生浪屿别墅宴集同里诸诗人。时，菽庄将有海外之行，挈其长君小眉就姻于日里；不佞躬兹胜会，乌得无言？倡为近体二章，权当喤引，饯菽庄，兼以贺文郎也》（二首）。其一：“大陆烟消鹭水清，别缘珍重菊萸盟。红丝早递冰人语，绿绮能传海客情。画鹢归装将百两，彩鸾吟韵写双声。天台饱喫胡麻饭，此是檀郎昼锦行。”其二：“数君祖典谈梅鹤，老福如君更不同。且共陈村联眷属，未妨郭令学痴聋。箫吹年少真仙耦，斧赠诗豪本父风。知有家传京兆笔，画眉应让小眉工。”许南英作《重阳雨》（二首）。其一：“孟嘉戴帽龙山落，王勃扬帆滕阁迷。本是有风今有雨，刘郎亦骇不能题。”其二：“静听檐前铁马嘶，凉风过处雨凄凄。同人已负登高约，屐齿篱东印菊畦。”

《申报》第 14245 号刊行。本期《自由谈》“尊闻阁词选”栏目含《菊花》（六首，引溪联吟社）、《旧重阳》（引溪联吟社）、《去年之重九日》（冯绪承）、《今年之重九日》（冯绪承）。其中，冯绪承《去年之重九日》云：“何来群丑逞雄强，半壁东南关战场。记得沪军洪捷报，不迟五日赏重阳。”《今年之重九日》云：“欃枪洗净庆鸠安，一样登高兴未阑。天故有心不风雨，留将好景与人看。”

叶昌炽作《〈寒山寺志〉后序》。

何藻翔在广州城北宝汉茶寮饮橙花酒。

李根源自昆明启程，及抵上海，被选为众议院议员。

沈尹默与钱玄同、朱希祖等于本日及 20 日访坚匏别墅。

王易与三弟王浩登开封古吹台，王易作《莺啼序·九日登吹台》，王浩作《莺啼序·入梁十载，胜迹未获遍历。九日无风雨，偕伯仲登吹台，因就壁间，各有所赋。凭高一笑，强尽数觥，未知心况奚似也。感作，用梦窗〈丰乐楼〉韵》。其中，王易《莺啼序》云：“秋空迅飞断绮，引吟骢暂驻。贯萸酒、奠向黄华，为惜佳境轻度。暗绿老、千林似醉，低鬟浅黛霜前树。揽江山、壮采如新，地灵台古。　　野旷天低，万里在眼，正群蹊竞赴。擅奇胜、旧日池台，茂林觞咏无数。怅销沉、河雄艮峙，赭云动、惊沙拳舞。步虚廊、快豁尘裾，眄怀高杜。　　苔封绣砌，雾罨金城，野况尚如故。凝眺久、健生腰脚，自喜年少，侧帽当风，捉襟题句。园亭胜赏，赓歌韵事，邹枚风雅休重问，笑平原、好客徒豪举。霜鸿度碧，乡关恨逐南云，暮寒自伤秋旅。　　元龙百尺，高卧犹豪，况登临命赋。漫问取、衣冠晋代，淡墨余涎，青蜃朝昏，老魈夜语。虬藤碍径，飞檐萦翠，斜阳冉冉沉绛彩，尽留连、莫便寻归路。从教素履丝穿，别有青山，笑人自苦。”王浩《莺啼序》云：“晴云半衔淡日，绽银空烂绮。破重暝、蘸彩浮金，雾堞高瞰天际。带城外、寒桥瘦柳，霜新露老烟如霁。悄轻飔慵拂，吟鞯向晓飘坠。　　九日登临，久旅胜赏，乍高台倦倚。履层殿、屧响廊惊，远波遥转丛翠。宝蛔皷、尘昏庙貌，抚残碣、蜗痕凝水。感灰飞，大念长图，旷怀高世。　　关河绣眼，笳鼓惊心，风景未为美。连臂起、咄今喟古，重镂肝肾，豪素深情，秀侬能事。机云洛苑，邹枚梁国，狂游歌断归风操，向天边觅取留题地。墨花淡渍，土宫碧晕陈陈，败垣梦啼寒纬。　　高吟夜凝，鹃拜秋残，仰古祠暂迟。萸酒荐、白衣人远，乌帽尘皷，怀土三千，热阑十二。沙垠雪落，河流雷彻，疏杨凄淡榆影瘦，下疃黄、冉冉萦秋袂。喧喧断角横吹，夹道嘶骢，镜天万里。"

陈遹声作《重阳日读陶诗》。诗云："有花有酒过良辰，海上蝼居未是贫。梦到羲农忘世乱，集编甲子纪王春。衣冠莲社思存晋，鸡犬桃源不帝秦。只恐故园烽火后，吾庐松菊斫为薪。"

徐寿兹作《摸鱼儿·重阳杂感》。词云："莽乾坤、荆榛夕黯，凭栏怕看烟雨。重阳虽好登临倦，不似年时心绪。愁绝处。叹沧海桑田，一霎成今古。微闻人语。甚奴仆旌旄，诗书墙壁，惆怅杜陵句。　　红尘梦，休怨功名我误。而今愁更何许。一身沦落寻常事，忍听四郊鼙鼓。灯焰吐。有欢会如雷，犹自酣歌舞（连日满城张灯作重阳会，钲鼓之声不绝于耳）。思量几度。任庚子悲哀，贾生痛哭，此意向谁诉。"

陈夔龙作《九日登高怀大兄青岛、二兄贵阳，八叠前韵》《重九遣兴，九叠前韵》。其中，《八叠前韵》云："层楼晴倚快披襟，手撷茱萸感倍深。绿酒忽成今日醉，黄花犹忆故园簪。蝉鸣远树高难饱，鸦带斜阳淡不沉。头白弟兄人几个？齐烟黔雨漫相侵。"《九叠前韵》云："高寒琼玉豁秋襟，肯向时妆画浅深。久客顿增诗债累，无花翻把酒筹簪。预知此会明年健，拼掷浮名与世沈。天意似怜人寂寞，不教风雨满城侵。"

陈蜕庵作《九日雪，实太初历十月朔也，柬文雪老》。诗云："十月朔日雪，天随新历移。旅窗多拥卷，集霰阻联诗。寒念君衣薄，归迟世路歧。三湘盼来雁，不自惜相离。"

郑孝胥作《九日与鉴泉、介庵同游徐园》。诗云："空将目力送归鸿，意气颓然一秃翁。辟世犹能作重九，污人终自厌西风。无山易败登高兴，得酒聊忘失路穷。霜菊名园堪徙倚，未妨同恋夕阳红。"

骆成骧作《壬子重阳尊经旧同学从伍崧先生城南宴集》。诗云："寥落江天访少微，老人遥带众星辉。三传诗礼亲相问，四海风云散始归。流涕今谁思贾谊，折腰群已笑苏威。登台尽是蓬莱客，回首乾坤一雁飞。"

金廷桂作《壬子九日石友招同志登高作》。诗云："秋高气爽风日清，沈子招我看山行。预订老顽招渔隐，卅年旧侣感飘萍。酒载一船人四五，口不谈今只谈古。盖世文章土一抔，山庄台榭皆禾黍。更披荆棘步斜阳，摹得残碑字亦香。美人黄土三百载，垂绝遗书尚慨慷。回首生平几重九，此日题糕得未有。惊风骇浪倏经年，分将边腹便便负。说与南城合破颜，倦飞好在得几先。为问世间：若个身随徐衍负石拌入海，若个手攀黄帝龙胡飞上天？何如得过且过任自然。”

徐炯作《壬子重九泛舟》。诗云：“登高之日我临深，野水无言秋气沈。寄语故人还一笑，谁知千古不磨心。”

廖道传作《重九与僚属游灵泉》（三首）。其一：“官问逢九日，选胜出城闉。树影碧红合，山岚浓淡匀。日斜乌帽侧，足病马鞍亲。爱看风筝放，山腰更水滨。”其二：“官闲逢九日，相约泛灵渠。舟小教联艇，溪清可数鱼。翠拖烟过岸，鸥拨水湔裾。为爱泉香冽，茶烹活火徐。”其三：“官闲逢九日，小会集群才。论齿频搔首，谈兵数举杯。心清政自暇，诗瘦菊为陪。欲访悲秋客，佳人谁与媒？”

饶汉祥作《重阳》。诗云：“三山走马换沧桑，龙种归来鬓已霜。孤客一身行万里，他州九载度重阳。攘夷幸慰锄苗愿，避世还思却谷方。缧组分圭辞已久，漫疑衣锦昼回乡。”

王舟瑶作《九日登九峰放歌》。诗云：“半生饥驱苦奔走，年年佳节它乡酒。今年头白老归来，九子峰头作重九。忆昔读书此山中，一堂歌啸盛师友。柔桥老人富经术，黄（毂成上舍方庆）陈（锡九大令瑞畴、再陶茂才宽居）江（伯震广文青）喻（志韶编修长霖）多抱负。论学曾通汉宋郮，济时欲贯中西纽。至今云散与风飘，宿草凄凉半邱阜（柔桥先生暨黄、陈、江诸子俱先后逝世）。晨星落落几人存，曩日少年今老丑。讲舍已无弦诵声，藏书万卷徒覆瓿。况复沧海成桑田，倏忽白云变苍狗。坐客衣冠异昔时，前朝典礼竟何有？山河既改风景殊，此日登临空搔首。仰高亭址当西台，痛苦悲歌怒涛吼。访旧不来漳浦翁，题诗亦乏莱阳叟。朗公片石没寒烟，独立苍茫自袖手。来日恐如前日难，今人已落古人后。厌闻时事苦攒眉，怕对新人开笑口。只有长醉不复醒，一饮直倾三百斗。东篱开遍黄菊花，我亦从兹访五柳。”

赵熙作《白葭居士属题〈精忠柏断片图〉，时壬子九月古重阳》。诗云：“去年我赋精忠柏，别后中华变民国。孤山大起风雨亭，岳庙年深穿壁穴。程侯好事囊无钱，柏在庭中如断璧。手持一片宝诸室，血点苔花浸湖碧。我知君非作清供，下比淮山一品石。旃檀承坐井华香，意取忠魂奉朝夕。菊花黄兮枫叶丹，我今归净巴江驿。西湖净绿如一梦，此柏森然在心魄。披图惘惘题质君，好记秋心楼上客。”

李绮青作《壬子九日上先公志感》。诗云：“宦辙周四方，十载别先垄。自遭丧乱后，人事日偬倥。麻衣天外返，泥淖没趾踵。再上先公茔，九月霜气重。旧阡宿草荒，乱嶂孤云竦。伏地荐蔬鱼，奉香意惶悚。衰白悯儿悴，焚黄念君宠。反哺泪复枯，伤明目尚肿。凄凉地下魂，益增少孤恸。泷冈将合窆，抔土待亲捧。漆室五十春，节义神亦动。孝子心无穷，表阡石自磐。”

19 日　姜可生《书怀》《哭蒋卫平》《滨江望月》《第一楼》《满江红・题与又军、仄尘、维襄合影上》《浣溪沙・赠是玉》刊于《民立报》。其中，《书怀》云："无限沧桑感，痛心奈若何。边关风雨冷，搔首哭铜驼。"《哭蒋卫平》云："潆水流潺潺，英雄去不还。龙沙埋白骨，风雨哭阴山。"《滨江望月》云："大江流日夜，伏剑欲何之。洒尽英雄泪，愁看月上迟。"《第一楼》云："壮士宿何处，龙江第一楼。平观天地阔，忘却古今愁。"《满江红》云："十载论交，当吾辈、少年时节。岂韵羡、功名蠛蠓，壮怀磨折。杀贼未成平日恨，伤时空洒盈腔血。任豺狼、当道我无权，心孤洁。　嶙峋骨，坚于铁。龃龉世，忧如结。愿无闻辕下，万缘俱绝。跃上昆仑齐一哭，长沉扬子同时灭。莫重教、千古有心人，从头说。"《浣溪沙》云："懒起梳妆睡眼看，秋风罗袖不禁寒，啼螀声断玉阑干。　扶起轻盈如弱柳，无穷心事泪汍澜，他年谁更惜花残。"

魏清德《蕉丝》发表于《台湾日日新报》。诗云："七生鹿梦本无真，剩有情丝未了因。剖取绿云千万树，不妨人世展经纶。"

许咏仁作《重九后一日登君山望江楼》（二首）。其一："客岁中秋日，曾登最上头。后尘随李郭，高唱集应刘。陵谷已全变，暑寒才一周。小重阳又届，到此续前游。"其二："淘尽英雄未？江流箭脱弦。曾当兵十万，不见客三千（山上旧有浮遗堂，柱联云：'此水自当兵十万，昔人曾有客三千'）。疏磬林间落，孤帆天际悬。黄花明日感，过眼等云烟。"

20 日　《申报》第 14247 号刊行。本期《自由谈》"尊闻阁词选"栏目含《观提灯会偶成四绝》（瘦蝶）、《槎溪归棹》（了青旧作）、《遣兴》（了青旧作）、《闲意》（了青旧作）。其中，了青《槎溪归棹》云："一叶扁舟两岸秋，橹声惊起水边鸥。蓼花认得归来客，对着蓬窗便点头。"《闲意》云："灯火荧荧夜乍长，山妻相对话家常。一双娇女聪明甚，闲课新诗三两章。"

《四川国学杂志》第 2 号刊行。本期"文苑"栏目含《西蒙渔父诗集（未完）》（吴之英）、《左庵诗续（未完）》（刘师培）。

《独立周报》第 5 期刊行。本期"文苑"栏目含《秋桐师友诗录》：《八指头陀诗》（释敬安）、《俞觚斋诗》（俞明震）。

张尔田以七律三首、《绛都春》词一阕见示叶昌炽。次日，叶昌炽作《张孟劬太守（尔田）寄示近作，即次其韵二首》。22 日，又作《再叠前韵示孟劬》。其中，《即次其韵二首》其一："棘下先生欲问谁，谈瀛无救倒悬危。我身久似匏瓜系，人性昌言杞柳为。佳节未尝开口笑，残年难遣抚髀悲。龙蛇蛰地终须起，壁立鲵渊水倒垂。"其二："八表同昏尚有谁，操心虑患益深危。微词表自共和讫（史公《三代世表序》，黄帝以来讫共和为世表），变体诗从板荡为。烈士大招终不返（谓陆文节公父子），溺人虽笑有同悲。玉田小令挑灯读，河满尊前一泪垂。"《再叠前韵示孟劬》云："青杨门巷索居谁，岂仅言危行亦危。毕竟怜夔惟蚿尔，始知驱爵是鹯为。逃禅林下寻支遁，将命门前拒孺悲。安得摩崖次山颂，姓名窃附涪翁垂。”

夏敬观复游京口，后渡江至浦口，经滁州、蚌埠、徐州、萧县、邹县入都。留十日，从兖州，过曲阜谒孔庙，至泰安入济南，归沪。

黄侃作《尉迟杯·九月十一夜，饮席早归，独留寓楼。忆去年此夜，与两友人自危城逸出，维舟江畔，感念兵戈，悲吟达曙。今忽忽一岁矣！飘零如故，时事益非，怀旧伤离，和清真此解》。词云：“沧江路，记一舸夕檥依深树，愁闻战伐声悲，空忆危城何处？多情旧友，曾逐我寒宵宿前浦。有闲鸥自卧荒洲，任人将伴归去。　如今浪迹天涯，还追念扁舟苇渚相聚。往日心情俱零落，难寄意清歌妙舞。何时更逢君水国？叹身世凄凉却共语。只空斋夜久焚香，梦来犹想吟侣。”

许天奎作《哭内》（大正元年十月二十日，并记平生及病况，非计诗之拙）（五首）。其一：“他乡作客二年余，负汝闺房幽起居。从此渐敦琴瑟好，谁知永诀到鳏鱼。”其二：“香魂一缕赴泉台，惨雨凄风入户来。触我伤心几行泪，居丧幼女不知哀。”其三：“子年亥月戊申日，正是鹣鹣折翼时。膝下娇儿抛不得，伤心相对泪如丝。”其四：“闲时爱听读书声，泥我从头点缀成。肠断今宵开卷处，烛花和泪到三更。”其五：“镜破钗分不可寻，妆台无复脱瑶簪。玉箫死复韦皋在，未了前缘感更深。”

金廷桂作《初十日城南招饮，别后寄诗》（二首）。其一：“入座看山景，新诗对菊题。一缄邀酒食，卌载隔云泥。六纛方筹策，三江忽鼓鼙。桂冠贞晚节，天许遂幽栖。”其二：“来客停杯待，迟迟苦老饕。酒朋皆古趣，渔弟亦诗豪。自首不知老，红尘多事劳。小楼同一醉，好与补题糕。”

许南英作《重阳后二日送黄西圃东航》。诗云：“酒赋琴歌已十旬，喜君烂熳见天真。文章天地皆秋气，品格江湖一散人。再策鳌头高濯足，莫留鹿耳困吟身。布帆无恙西风紧，君向蜓洲我鹭津。”

21日　《女子白话旬报》在北京创刊。由唐群英、沈南雅等编辑，后改称《女子白话报》，与《亚东丛报》一并作为女子参政宣传阵地。唐群英“启事”云：“鄙人于京师创办《女子白话报》，专为开通女习而设，凡关于女界事实，无不广辑搜罗，编成俚语，以补我女同胞阅报之不逮。”《简章》云：“本报专为普及女界知识起见，故以至浅之言引申至真之理，务求达到男女子权目的为宗旨。”宋教仁、唐绍仪等为《女子白话报》发来祝词。胞弟唐乾一亦有祝词：“白话传真理，赤心卫女权。”

《申报》第14248号刊行。本期《自由谈》“游戏文章”栏目含《讽参议院》（用老杜《登高》韵）（二首，赵冰龛）。其一：“古言心死最堪哀，作戏逢场闹一回。黑白任教随手易，风潮时见握拳来。四方疆土抛哇国，几辈英雄上舞台。独有女权三舍避，满浮大白引深杯。”其二：“议场规则本来宽，一哄情形怒与欢。无谓赞成齐拍掌，有心决裂忽冲冠。诗吟豆煮忘眉急，祸稔瓜分痛齿寒。毕竟武人多气焰，汗流忙把电音看。”

黄节任广东省第一中学校长。

姜可生《有感，用郑所南〈有怀〉韵》《视立佛》（二首）刊于《民立报》。其中，《有感》云：“中州治乱不关怀，镇日无聊独举杯。妖雾满城势正长，秋声在野梦初回。雄心已逐流云去，旧感都随朔雁来。遁迹空山修业巢，不将青白染尘埃。”《视立佛》其一：“人生离散胡悲喜，万事皆空莫提起。有酒痛饮一千杯，上寿百年转瞬死。管鲍之交今已矣，劝君弗将古人比。方今世道暮云孤，同死同生何足恃。”其二：“一座尽为奇男子，闻言笑指东流水。风尘莽莽觅伊谁，义气相投称知己。五陵少年性卑鄙，欺诈多端擅鬼技。入山愿逐豕鹿游，寥廓长天昂首视。”

黄葆年作《壬子九月十二日会于后圃有作》（二首）。其一：“化龙池畔当年事，采菊篱边此度秋。记取归群卑自牧，不妨常作太平游。”其二：“桃花源里菊花春，一度秋光一度新。省识太平有山谷，安排余事作诗人。”

严廷桢作《壬子九月十二，集延秋室，次江觉斋韵》。诗云：“拔帜登赵坛，由也兼人勇。北斗倚秋高，辰居众星拱。主人欣客来，巨跃成三踊。江郎才无敌，季孙足跛尰。西河久驰誉，奇思妙抽蛹。向秀竹林贤，文博珠玑拽。骆驼世所稀，竟笑马背肿。清风生咳唾，金谷罚先恐。渊明赋南山，高风谁继踵。幽花明篱落，秋草斗寒蛬。险韵步尖义，匠心角斗甬。枚乘七步才，属和相怂恿。佳宾集满堂，花插帽檐重。霜螯竞相持，薄酿殷勤奉。拇战累十觞，腭眙而惊悚。主人不能酒，强饮如川壅。主人不能诗，吟肩如山耸。世事叹茫茫，蒲鬓发种种。幸无辱君命，赵孟盟垂陇。烛跋句未成，树寒云路拥。相与欣嘉会，如登金门宠。白衣送酒来，遐思寄荒茸。”

22 日　北京政府内务部公布：“自本年 2 月 12 日以来，北京报纸报部立案者共 89 种；北京各党、会报部立案者共 85 个。”

［日］白井种德作《古历九月十三夕，赋寄荒木士襄》。诗云：“又过宽平宸赏宵，孤斟对月奈凄寥。堪思往岁访君寓，话史飞觞幽兴饶。”

23 日　《申报》第 14250 号刊行。本期《自由谈》“游戏文章”栏目含《新唐诗》（鹤岩）、《赋得妓当教习》（得当字五言八韵）（息影庐应制稿）、《西江月 · 偶阅坊刻各译本有感》（息影庐）；“尊闻阁词选”栏目含《九日登高》（二首，寄尘）、《又作》（寄尘）。其中，息影庐《西江月》云：“处处译林如蚁，家家书局翻新。虫书鸟迹诩同文，误尽苍生不问。　　但识哀皮思地，凭空结撰敷陈。维新百政未能行，徒养三班光棍（译棍、学棍、药棍）。”寄尘《九日登高》其一：“中原多难此登临，人事凄凉感不禁。菊酒且拼今日醉，莼鲈得遂故乡心。满城风雨愁天地，一代河山变古今。我本淮南忘世者，逃名无复问升沉。”其二：“惊心宋玉又悲秋，俯仰茫茫何限愁。万事逼人如燕处，卅年笑我等鸥浮。天南地北无安土，古往今来共一邱。看透世情多冷淡，不堪怅望赋登楼。”

《新纪元星期报》第1卷第6期刊行。本期“文苑”栏目含《巴黎睹圆明园春山玉玺，思旧游，感赋》（康有为）、《昌平谒明陵》（邓镕）。

24日 《申报》第14251号刊行。本期《自由谈》“尊闻阁词选”栏目含《秋柳四首》（李生）：《江上秋柳》《湖上秋柳》《客中秋柳》《宫中秋柳》。其一：“江雨霏霏江柳长，江干曾与渡春光。疏烟板渚空流水，寒露清秋未带霜。玉笛梅花愁庾信，金城旧事忆桓郎。乌衣别后无消息，肠断西风雁几行。”其二：“十里隋堤忆昔年，斜阳流水漫相怜。六朝旧梦悲啼鸟，一带湖山销暮烟。白下西风空袅娜，青门秋思总缠绵。何当再泛孤舟去，独棹清波听晚蝉。”其三：“杨柳萧萧尽掩门，千条万缕故乡情。无边客思逢愁侣，几处征人唱渭城。残月晓风秋旖旎，玉楼长笛晚凄清。江南旧恨年年重，莫听阳关第二声。”其四：“袅袅宜春忆昔游，乱蝉斜日总生愁。新歌一曲吹残笛，翠带千条锁画楼。旧苑凄凉秦树晚，西风憔悴汉宫秋。伤心莫问灵和殿，往事飘零已白头。”

赵熙作《霜降》。诗云：“霜降气自肃，夜长天不明。梦痕两朝记，僧况一房清。细雨移虫窟，长河数雁声。石城留月色，无恙褚渊生。”

25日 《申报》第14252号刊行。本期《自由谈》“尊闻阁词选”栏目含《答金抱璞世祁》（三首，了青）、《感赋，寄何公旦》（二首，蝶仙陈栩）、《长女兆英字吟梅，归浦东庞氏，因无弟妹，不忍离亲，同住苇城，侍奉甚得。讵于元年九月十二号，因病逝世，年仅二十有二，哭之以诗，不知血泪之交并也》（四首，蝶仙陈栩）；“文字因缘”栏目含《叠韵答瘦蝶并告姓氏》（二首，瘦鹤）、《叠韵答息影庐主人》（二首，瘦鹤）、《再赠瘦蝶词人》（瘦鹤）、《口占一绝答瘦蝶》（瘦鹤）、《答景骞》（瘦鹤）、《再赠景骞》（用瘦蝶韵）（瘦鹤）。其中，蝶仙陈栩《感赋》其一：“未因醉梦亦昏昏，海角天涯此断魂。厄运每成龟触网，奇才数见虎夔藩。书无可读思朋友，诗到能穷误子孙。太息尊前谁共语，树云不动月无痕。”《长女兆英字吟梅》其一：“匆匆二十二年华，忍撇郎君忍撇爷。汝去竟忘怀女小，余悲更比望儿奢。从今真个身无后，似此浮生死不差。夺我掌珠惨残酷，回肠百结乱如麻。”

［韩］《朝鲜佛教月报》第9号刊行。本期“词藻”栏目含《浔阳吉祥山香严禅师》（朴晚霞）、《和觉皇寺韵》（水城全玩海）、《读月报有感》（金孝灿）、《寄佛教月报社》（吴武根）、《又》（吴武根）、《戏题佈教堂》（徐海昙）、《追联月报社韵》（二首，金龙海）、《又》（金龙海）、《奉恩寺禅房》（宝云本叶）、《秋夕夜月，怀病友崔从炯》（金性律）、《又》（金性律）、《又》（金性律）、《松京途中，五月二十九日，李晦光氏远足会，共吟佥师纪游韵》（栖汕樵子）、《满月台》（栖汕樵子）、《善竹桥》（栖汕樵子）、《朴渊

瀑》（栖汕樵子）、《月夜忆权相老，寄金龙寺》（栖汕樵子）、《膜海水观音》（海观道人）。其中，海观道人《膜海水观音》云："周昭廿四载，大圣降西天。银界恒明月，金池出宝莲。六根皆妙果，五戒是真诊。苦海谁先渡，催登大愿船。"

王国维赠日本友人狩野直喜诗作脱稿。狩野氏将游欧洲，王国维初拟作五言排律送之，得数韵后颇觉不工，乃改作七古，于夏历九月十六日脱稿。《送日本狩野博士游欧洲》云："君山博士今儒宗，亭亭崛起东海东。平生未拟媚邹鲁，肸蠁每与沂泗通。自言读书知求是，但有心印无雷同。我亦半生苦泛滥，异同坚白随所攻。多更忧患阅陵谷，始知斯道齐衡嵩。夜阑促坐闻君语，顿使心气结回胸。颇忆长安昔相见，当时朝野同欢宴。百僚师师学奔走，大官诺诺竞圆转。庙堂已见纲纪弛，城阙还看士风变。食肉偏云马肝美，取鱼坐觉熊蹯贱。观书韩起宁无感，闻乐延陵应所叹。巾车相送南城隅，岁琯甫更市朝换。赢蹶俄然似土崩，梁亡自古称鱼烂。干戈满眼西风凉，众雏得意稚且狂。人生兵死亦由命，可怜杜口心烦伤。四方蹙蹙终安骋，幡然鼓棹来扶桑。扶桑风物由来美，旧雨相逢各欢喜。卜居爱住春明坊，择邻且近鹿门子。商量旧学加邃密，倾倒新知无穷已。幸免仲叔累猪肝，颇觉幼安惭龙尾。谈深相与话兴衰，回首神州剧可哀。汉土由来贵忠节，至今文谢安在哉。履霜坚冰所由渐，麋鹿早上姑苏台。兴亡原非一姓事，可怜惵惵京与垓。此邦曈曈如晓日，国体宇内称第一。微闻近时尚功利，复云小吏乏风节。疲民往往困鲁税，学子稍稍出燕说。良医我是九折肱，忧时君为三太息。半年会合平安城，只君又作西欧行。石室绌书自能事，缟带论交亦故情。离朱要能搜赤水，楚国岂但夸白珩。坐待归来振疲俗，毋令后世羞儒生。勿携此诗西渡海，此中恐有蛟龙惊。"致铃木虎雄信云："索送狩野教授诗稿，兹特呈上。惟诗中语意，于贵国社会政治前途颇有隐虑，与伦敦《泰姆士时报》意略相同。窃念君子居是邦，不非其大夫，况国维以亡国之民为此言乎，贵国人观之，或恐不喜，登录杂志与否，祈斟酌为幸。"

恽毓鼎作《有事淀园遥望万寿山》。诗云："五年不踏昆明路，秋色萧疏万寿山。銮辇不来丹凤冷，湖田无恙白鸥闲。斜阳影里繁禾黍，流水声中忆珮环。王气顿销三百载，可怜庾信老江关。（原评：此诗甚近晚唐）"

杨钟羲作《九月十六日，身云招同子修丈暨籀园、石甫饭菜香居，并召朱生至，长句纪事，余亦同作》。诗云："浮邱宾客白与申，元亮赠答形影神。出必相诣倡必和，秋非我秋春非春。攲枕高卧看儿戏，横流泛滥愁吾人。寸胶不救黄河浊，一尊共酹江醪醇。市楼卖酒且浇客，秋燕飞飞与均席。佩囊尘尾有谈助，鱐鱼糖蟹征食檄。商颜四皓颜能朱，立槁我似西山夫。贞元旧事都眼见，供奉况有裴兴奴。举觞为缓百忧至，便欲莲花署博士。六代销沈玉树歌，廿年凄绝金銮记。美新羞读子云赋，避秦自寄陶家意。散髻同为江海人，放歌尚带幽并气。主人才地重湖阳，神完无虞金椀伤。奉天曾草罪己诏，沙苑饱饫关西羊。三年江表奉清宴，茶仙亭子煎旗枪。此才早应三独坐，却使蜍志登痴床。世事左书复右息，铜驼荆棘更谁识。坐失日御即长夜，转盼已褫天街跸。我始入洛岁乙酉，秦青年才十六七。中表剑庐作俊游，联珠群巩编新集。长乐雍熙海寓清，务成旧学谋谟密。学士惊传奏赋名，状元初注金门籍。渐觉中朝厌老成，终教钩党分南北。异论都从割地生，神功谁念平台日。一令阳山报最来，谈深已觉忧时亟（丁酉冬，初见公）。曲学难阿政事堂，改官遂乞天涯食。人间万事如飞烟，新侣相逢无旧言。竞掬狂泉乞余沥，王泽之竭宁非天。海滨久作看云叟，征歌犹忆城南酒。越缦堂中作上元，黄花岭上过重九。当时宁知此为乐，欲言浑忘舌在口。人才衰谢到歌舞，新声尽落孙朱后（孙朱见《宋书·乐志》）。座中诗老推颍川，匏翁早退称豪贤。哭庵一蹋王城土，垂橐归无挪揄钱。幽兰待续梦华录，野史长怀大定年。从公在莒如昨日，烽火正薄鸡笼山。”

黄兴作《元年十月廿五夜，在楚同兵舰，适卅九生辰，感赋》。诗云：“卅九年知四十非，大风歌好不如归。惊人事业随流水，爱我园林想落晖。入夜鱼龙都寂寂，故山猿鹤正依依。苍茫独立无端感，时有清风振我衣。”

26日　《申报》第14253号刊行。本期《自由谈》“文字因缘”栏目含《寄赠某校书》（三首，楚狂）、《偶过浙江路，见有署其门曰息影庐者，感而赋此》（息影庐）。其中，楚狂《寄赠某校书》其一：“色相天然入画宜，最移情处梦回时。我生每作游仙想，身到蓬莱却不知。”其二：“似多情又似无情，累我心头百虑并。本欲寻欢偏惹恨，旁人笑道可怜生。”

《独立周报》第6期刊行。本期“文苑·诗录”栏目含《杂诗》（刘仲蘧）、《秋夜》（一民）、《寻思》（一民）、《落叶》（周紫廷）。

27日　民主党在上海召开正式成立大会，推汤化龙为干事长，马相伯、谢运涵、蒲殿俊、李经羲、孙洪伊等30人为常务委员。民主党自组建之日起，就以“第三党”相标榜。

南社于上海愚园举行第7次雅集。到柳亚子、郑佩宜、陶赓照、宋铭谷、庞树柏、高旭、姚光、沈砺、朱少屏、李拙、孙鹏、钱厚贻、胡朴安、胡怀琛、汪洋、陈家英、陈家杰、高燮、王粲君、杨锡章、姚鹓雏、陈蜕庵、汪文溥、沈沅、吴有章、蒋同超、王蕴章、庄庆祥、姜可生、李云夔、张传琨、杨嗣轩、俞宗原、程善之、殷仁等35人。雅集选举高燮、柳亚子、王蕴章为文、诗、词选编辑员，姚光为书记员，胡怀琛为会计员，胡蕴玉、汪文溥、朱少屏为庶务员。席间，柳亚子建议修改条例，改编辑员三人制为一人制，遭高旭反对，未能通过。柳亚子因建议受嘲，极为不悦。

《申报》第14254号刊行。本期《自由谈》“尊闻阁词选”栏目含《暮秋感赋》（四首，天白）、《海上遇慎园，即席赋赠》（四首，慕徐）。其中，天白《暮秋感赋》其一：“式微式微胡不归，三年游子已无衣。天涯鸿雁断消息，千里白云何处飞。”其二：“式微式微胡不归，故园秋草最相思。明朝又是茱萸会，欲探黄花赠与谁？”

[韩]《侍天教月报》第2卷第10号刊行。本期“词藻”栏目含《病齿》（青城子）、《雁》（寓松金文演）、《秋夜读书》（二游裴贞熙）、《过龟岳》（圆庵朴衡采）、《玉兔》（肯农朴准弼）、《咏鸦》（尹相佑）、《元日韵》（清虚子）。其中，尹相佑《咏鸦》云：“金羽鸦儿万点团，荒声十二不胜寒。空山斜日归何处，百变犹难孔翠看。”

魏清德《纸鸢》（蒸韵）、《白雁》（盐韵）发表于《台湾日日新报》。其中，《纸鸢》云：“剪纸从教一线凭，扶摇直上巧飞腾。公输刻木还精出，三日云霄说可乘。”

陈夔龙作《九月十八日纪念诗，示王子展观察》（二首）。其一：“劫灰重话总酸辛，赢得龙钟老病身。肯向北门开锁钥（莅直日接王壬秋太史函，历述曾、李当日督直情事，并有‘一自北门开锁钥，谁从西誓斩楼阑’之句。当戏答云：‘扃守门户，下走之责也；开门揖盗，只合另请高明’），莫从东阁赞丝纶（鄂事初起，屡以军略密电政府，不报）。驱狼失策偏迎虎，烂额无功矧徙薪。正气千秋文信国，群公容易说成仁（某巨绅进言：‘今日之事贵在通权达变，虽文信国之成仁取义，大可不必。’当以正言责之。人心如此，可为浩叹）。”其二：“先朝赐履壮黄图，职重维屏翼上都（曾于厅事信睦堂手书联云：‘赐履先群牧；维屏翼上都。’至今思之，曷胜内愧）。独佩王陵遵母训（事棘日，交涉使王君克敏谓余曰：‘适接母夫人书，勖其见危授命，勿以老亲为念。’坚留署中，挥之不去，彼此剪烛相对竟夕。各省司道如此，那有今日之局？伤哉），兼资张俊佐军符（张军门怀芝时任天津镇事，丈武同心勠力，得以共济）。仓皇誓庙无三矢，憔悴当关有一夫。今夜津桥风雨急，潮声依旧打寒芦。”

28日　《申报》第14255号刊行。本期《自由谈》“尊闻阁词选”栏目含《和天白〈式微歌〉》（四首，李生）、《和李生原韵》（四首，碧梧女士）。其中，李生《和天白式微歌》其二：“式微式微胡不归，故园秋思总相违。西风客里茱萸会，漫采黄花露满衣。”碧梧女士《和李生原韵》其一：“式微式微胡不归，乡心如醉柳依依。天涯远客愁千缕，独倚楼头望雁飞。”

柳亚子在《民主报》登报宣布脱离南社。《海上杂诗》颇显其心绪。其一：“东海骑鲸苏学士，朔方屠狗叶参军。归来心绪浑难说，付与西风怨夕曛。（示曼殊、楚伧）”其二：“总是诸林未易忘，竭来消息断丹阳。干戈闽海天难问，风雨梅州夜未央。（分寄力山丹阳，秋叶、庚白闽海，一厂梅州）”其三：“词流海内正纷纭，倦客何堪张一军？最是西风摇落后，天涯旅邸又逢君。（为鹓雏题扇）”其四：“玉敦珠盘吾倦矣，金樽檀板未宜思。酒兵潦倒文坛碎，凄绝姚郎七字词。（鹓雏赠词有‘已避名场避酒场’句）”其五：“握手惊看各老苍，飘零湖海怨陈郎。缁尘京洛终难染，可忆南山旧草堂。（赠陶遗）”其六：“七字声华几百春，只难位置眇山人。中原坛帖如相询，我是孤吟谢茂秦。

（谢南社诸子）”

陈宝琛与陈衍、黄懋谦同游狮子窝，又过秘魔崖。陈宝琛作《展重阳，同石遗、默园宿狮子窝，因过秘魔崖》。诗云：“秋深赴霜火，长恐风先我。谁知千夕雪，断送陆浑火。渥丹变焦墨，入画亦自可。狂飚通夜号，千树晓不堕。成毁时则然，造物测或叵。君看初日丽，倏尔黑云裹。却趁半晌晴，秘魔崖下坐。”陈衍亦作《九月十九日与弢庵同游狮子窝，次日至秘魔崖，两处景物迥异》。诗云：“凄紧西风连夜霜，登高来作展重阳。看山觅句骑驴惯，出郭寻秋下直忙。树石凌寒凝水墨，林峦着色遍丹黄。行窝一卧临崖坐，两幅天然画本张。”

廖道传作《展重九，忆去年三首》。其一：“去年展重九，感极桂林城。国转山河运，人惊草木兵。墙乌呼月黑，天狗殷雷声。僚友风云散，仓黄独请缨。”其二：“去年展重九，学界怒潮翻。投笔期班仲，横戈赴蓟门。讲徒秋后果，比舍劫灰痕。幸保图球重，灵光殿独存。”其三：“去年展重九，心逐白云东。尽室关河里，逼身鼓角中。书愁鸿雁断，栖幸鹡鸰同。经岁仍离别，鱼軿问信风。”

29 日　周庆云招饮晨风庐。刘炳照首唱，作《琴南自罗溪枉访，同饮梦坡晨风庐赋赠索和》。同人和作：施赞唐《梦坡招饮晨风庐，语石赋诗见赠，次韵走答》《晨风庐小集，分咏得观字》、周庆云《展重阳日，施君琴南、刘君语石枉顾敝庐，二君均有诗，次韵奉酬》《同人小集寓庐，分得所字》、刘炳照《叠韵赠梦坡》《叠韵赠琴南》《九月二十日琴南过我同访梦坡居士、瘦石散人于晨风庐，醉愚适至，置酒谈诗，拈“相与观所尚”五字，分韵得尚字》、沈焜《晨风庐小集，分得与字》、俞云《予馆于晨风庐，适琴南、语石、醉愚联袂偕来，主人具酒款留，即席分韵，予得相字》。其中，刘炳照首唱诗云：“罗溪沪渎怅离群，此日相逢诵所闻。海客谈瀛联白社，吴门访艳醉红裙。长城善守当诗敌，大户称雄张酒军。旧学商量容我辈，任他余子说纷纷。”施赞唐《梦坡招饮晨风庐》云：“少自亲师进乐群，暮年尤喜友多闻。清樽展订黄花会，妙墨看题白练裙。昼锦人夸新令尹，露邮我惜故将军。天山幸结苔岑契，百感尘缘藉息纷。”周庆云《展重阳日》云：“复丁文藻不同群，赢得才名海外闻。结社联吟常刻烛，掩关偃卧待书裙。更逢新雨成三友，早识罗溪树一军。颇负少时决世网，倾杯莫复话尘纷。”

《申报》第 14256 号刊行。本期《自由谈》“尊闻阁词选”栏目含《解珮令·常熟冯伯渊征题〈荷净纳凉夜话图〉》（蝶仙）、《留别岱山查芝老二首》（蝶仙）、《过北双庙，谒夫差像，作歌投之》（瘦蝶）、《题〈二乔观书图〉》（瘦蝶）。其中，蝶仙《解珮令》云：“藕花深处。晚风多处。曲栏杆、有人凭处。薏汝莲侬，诉不尽酒边心绪。恁鸳鸯、妒人私语。　　浓情几许。浓愁几许。并做了、相思如许。后夜思量，怕月誓星盟无据。画图儿、好生收贮。”《留别岱山查芝老二首》其一：“萍踪聚散本无因，惜别依依见性真。十日海风三日雨，天教留我住经旬。”

30日　陈三立六十岁生日，与易顺鼎、樊增祥、杨钟羲等人连日集饮，众人献诗为寿，陈三立亦作《六十生日书二十八字》纪之。诗云：“前识来因马耳风，诉哀篱壁一秋虫。教镌肺腑藏奇字，已作尊前六十翁。”沈曾植作《散原六十寿诗四首》。其一：“入海鲲鲕化，藏山鹿豕诃。有生为患累，久视复云何。揽揆灵均志，晨游古老歌。为君斟楚酒，一发醉颜酡。”樊增祥作《陈考功六十寿序》，又作《寿伯严》《伯严答诗，语特深妙，再赋》。其中，《寿伯严》云：“早过北海孔融年，藜杖深衣一老先。诗比散僧终入圣，人如剑侠易求仙。扁舟来去风行水，夜宴歌呼月在天。独得乾坤清淑气，自专一壑养风烟。”易顺鼎作《壬子九月二十二日，为散原六十初度，赋贺一首》。诗云：“海内平生亲，陈兄我所独。君年二十时，我年十五六。两家居长沙，堂上称伯叔。溯当文宗朝，韩孟已追逐。患难同九死，道义重骨肉。君家闲园中，不啻我书塾。稍稍为诗歌，时时共灯烛。谁知少年乐，一去不可复。到今四十霜，历历空在目。去年遭丧乱，性命寄海曲。君犹携妻孥，我仅依妾仆。同居一隅地，邈若隔山岳。赖有樊宗师，只鸡多近局。开径招羊求，颇得过从熟。孟夏我北行，秋季始返毂。闻君近览揆，微恨不我告。问年已六十，使我惊其倏。忆昔我先公，为君推命禄。谓当大富贵，八座终立蹴。煌煌中丞丈，功德可赓绩。奈何竟不验，垂老数椽屋。将无造物意，予齿必去角。君负文章雄，当代号尊宿。又有好男儿，神驹行大陆。孺人善鼓琴，相对发未秃。不贵易以名，不富易以福。所得固已丰，所遭未为酷。嗟我远逊君，漆园说天戮。本自恨死迟，却惜君老速。一事差自壮，不畏腐草木。哀莫大心死，顽乃过桀纣。于己既用诅，于人当用祝。祝君当以歌，欲歌反近哭。君诗远胜我，宛陵与山谷。胡不自叙述，屈陶比芬馥。且勿负秋光，菊黄尊酒绿。”

《申报》第14257号刊行。本期《自由谈》“尊闻阁词选”栏目含《九日词》（二首，吴一冰）、《功成一首》（吴一冰）、《寄珍英词史》（庐青）。其中，吴一冰《九日词》其二：“有酒呼佳客，相将尽一卮。为怜清瘦影，且醉太平时。擎雨犹荷盖，摇风但柳丝。何当销肉食，高采九峰芝。”《功成一首》云：“荒塚沉枯骨，功成上将官。狗偷悲饮刃，猴沐庆弹冠。尚有沙中语，俱非壁上观。人间忧喜事，水月镜花看。”

《新纪元星期报》第1卷第7期刊行。本期“文苑”栏目含《璧云引（并序）》（邓镕）、《冬柳》（蒋春霖）、《岳阳楼感赋（并序）》（顾鳌）、《辛亥生日》（顾鳌）。

朱渭春约一王生为徐世昌先母刻墓表。徐先母墓表浼柯凤孙（劭忞）撰文（吴辟疆创稿，凤孙润色），华弼臣（世奎）书丹，梧生（徐坊）篆额。

叶昌炽十弟之蒙师张辛之卒。叶作挽联云：“八月观涛，闻海上幽忧，愧我难为《上林赋》；五旬证果，念门墙高谊，惜君误读《计然书》。”

黄兴于岳阳旅次赋七绝一首。《岳阳旅次赋诗》云：“借得唐人诗一句，洞庭秋水远连天。中流自有擎天柱，明月多情照客船。”又，本日前后黄兴游黄州赤壁，有联云：“才子重文章，凭他二赋八诗，都争传苏东坡两游赤壁；英雄造时势，待我三年五载，必艳称湖南客小住黄州。”又，黄兴有《为吴醒汉书联》。联云：“能争汉上为先著；此复神州第一功。（录武昌起义前和谭石屏旧句赠。厚载我兄正之。民国元年十月。黄兴）”

苏曼殊由日本启程返上海，欲游新加坡、香港等处，未果。

31日 《申报》第14258号刊行。本期《自由谈》“游戏文章”栏目含《绝麻雀歌》（梁溪逸士）；“尊闻阁词选”栏目含《由京赴沪，与同伴国务院诸君怆怀时局，次韵和之》（四首，豫章廖尔燚）、《书愤》（二首，寄尘）；“文字因缘”栏目含《叠韵再答瘦鹤词人》（瘦蝶）、《和见示韵酬瘦鹤》（瘦蝶）、《峰石招饮于一虱室，同席有张益之，颇能饮。益之者，峰石之侄也，席散赋此》（二首，景骞）。其中，廖尔燚《由京赴沪》其一：“频年宦迹滞长安，驷马高车冷眼观。明月有情怜我瘦，狂风无意惜花残。送人作郡频来惯，买酒浇愁到底难。半世功名蕉下鹿，光阴空作等闲看。”其二：“秋深月冷数更阑，寸寸芳心证素兰。几辈名场争角逐，十年宦况耐清寒。壮心欲试天山箭，巨手难回大海澜。九日登楼秋色好，为谁倚遍玉栏干。”寄尘《书愤》其一：“京华冠盖依然满，落拓江淮一国民。竖子何知徒愤事，英雄毕竟惯欺人。茫茫大陆无公理，莽莽中原有暗尘。世变沧桑我惆怅，不堪回首泪沾巾。”瘦蝶《和见示韵酬瘦鹤》云：“种豆南山且待时，醉来叉手赋新诗。笔花如锦心如铁，毕竟杨郎是可儿。”

黄兴自上海抵长沙，受万人欢迎，学生集体高歌云：“晾秋时节黄花黄，大好英雄返故乡。一手缔造共和国，洞庭衡岳生荣光。”

本 月

章太炎与马良（相伯）、梁启超等发起“函夏考文苑”。“函夏”，出于《晋书·左贵嫔传》，指“华夏”；“考文苑”，拟仿效法国，开设研究院，下设研究所，目的在于“提倡学风”。按马良解释，学风包括学术和风化。学术又分为二：一、作新旧学，示后生以从学之坦途；二、厘正新词，俾私淑者因辞而达义。风化也分为二：一、奖励著作之有补风化民智者；二、奖诱凡民之有道义而艰贞者。所拟任课教师名单为：马良相伯、章炳麟太炎、严复几道、梁启超卓如、沈家本子敦（法）、杨守敬惺吾（金石、地理）、王闿运壬秋（文辞）、黄侃季刚（小学、文辞）、钱夏中季（小学）、刘师培申叔（群经）、陈汉章倬云（群经、史）、陈庆年善余（礼）、华蘅芳若汀（算）、屠寄敬山（史）、孙毓筠少侯（佛）、王露心葵（音乐）、陈三立伯严（文辞）、李瑞清梅庵（美术）、沈曾植子培（目录）。马良在名单后注：“说近妖妄者不列，故去夏穗卿、廖季平、康长素，于王壬秋亦不取其经说。”

樊增祥招好友至寓斋宴集、观赏书画、摄影照像。沈曾植作《樊山招同伯严、节庵、完巢、子勤小集寓园，阅所藏书画，婆娑竟日，摄影而散。次日以长歌写示，次韵奉和》。杨钟羲作《与逊斋、旭庄、籀园、节庵同过身云寓园，读画摄影，夜分始归。身云长歌先成，步韵和之》。沈瑜庆作《和樊山天琴阁观书画，列次摄影，即次其韵，是日之会余不预》。其中，沈曾植诗云："溺水理必笑，食糠体犹肥。茶仙亭中茶梦回，逸怀正对秋园开。细草齐于新秃楬，广场净绝相吹埃。有尚书期长者斋，有客有客于于来。胡奴车庳不羊鹿，郧县市富供鲐鲑。抽簪散髻心安排，桓厨张笥身周围。归家研子初引喤，三古四科吁夥颐。草衣逸笔江南熙，蒋法蜀黄色胜之。玉犨千金画估重，檠檠巨册图西陂。朱翁咨嗟宋卿赏，惜变古法成今姿。不如染香凤麟□，盘礴赵黄达无疵。南华萧闲散卓笔，松原钩斫苍官皮。罗聘鬼眼画鬼趣，指墨淋漓濡钵池。彼皆掉鞅画苑外，争长各有千秋思。嗟兹诸公世丰乐，心精圆莹无牵率。一閧谁曾关市平？专家各自周陆落。当时自适书画禅，后代翻传特健药。葛岭堂开蟋蟀骄，丰城剑去神龙活。朱雀桁头飞袄磷，宝墨侥幸依诗人。球路锦鲜保无恙，衣带折在犹全真。虹月沧江米家舫，书画谱录宣和春。西园雅集临河宴，露电光中斗身健。杖履竹溪成六逸，故事梁公唏九谏。惜无善画颊端毫，好祝加餐食单面。影形并入天光摄，罔两何劳行止劝。病客身先暝鸦去，主人坐阅秋蛩旦。梁家诗送遍桥南，客里光阴意何限？归去来，一巢之上身足安。吾庐枫柏霜红酣，露如珍珠八月三。浮家泛宅去未得，模山范水穷犹堪。楚颂绘丹橘，唐笺奉黄柑。少文四壁生有贪，杨褒百幅遮茅檐。安得清风北来，净扫秋塍螽螟蛸，当心白日回虞崦。紫桃轩垂斑竹帘，还与诸公品书录，日日斗韵搜叉尖。"

《中国学报》(月刊) 创刊于北京。刘揆一等创办，郑沅、王式通主编，中国学报社编辑、发行，北京商务印书馆印刷，1913 年 7 月出至第 9 期停刊，1916 年 1 月复刊，改由刘师培 (申叔) 主编，期次另起，1916年5月出至复刊第5册终刊。前九期分为"论著""经说""史传""舆地""掌故""文学""丛录""小说"等门类，以学术为主，文学为辅；复刊后分为"通论类""经类""史类""子类""集类""杂录类""附录类"，在集类中辟有"文录""诗录"专栏。主要文学撰稿人有湘乡陈士廉、武昌张裕钊、吴兴沈家本、仪征刘师培、仪征陈延铧、乐至谢无量、富顺陈子亓崇哲、衡阳刘异、江都毛乃庸、祁阳周天球、汾阳王式通等。

《国学丛选》创刊。至 1924 年 4 月终刊，共出 16 集。1、2 集为合刊，1923 年 10 月曾再刊。杂志栏目分"通论""经类""史类""子类""文类"。本期创刊号有《唐序》(唐文治)、《金序》(吴江金天翮)、《张序》(松江张孔瑛)、《吴序》(揭阳吴沛霖)、《徐序》(杭县徐珂)。"文类 · 文录"栏目含《〈罗庸庵先生遗诗〉序》(揭阳吴沛霖泽庵)、《哀声序》(辛亥五月为赵伯先烈士作) (前人)、《高吟槐先生墓志铭》(阳湖陈蜕蜕庵)、《节妇方孺人传》(华亭钱邦泰鲁詹)、《书何烈妇事》(金山高煌潜庐)、《先聘妻圹铭》（金山高燮吹万）、《〈薛剑公先生集〉序》（高燮）、《〈吴日千先生集〉序》（高燮）；“文类·诗录”栏目含《〈钝剑诗话〉名余顽僧，一笑成句》（富顺雷昭性铁厓）、《清明登镇海楼寄梁七》（顺德蔡有守哲夫）、《答刘三》（前人）、《中秋答吹万》（前人）、《中秋夜诗境亭雅集未散，先与晦闻买舟泛珠江归》（前人）、《金陵怀古》（前人）、《衡门》（悯乱也）（新宁马骏声小进）、《赫新河边即目》（前人）、《题〈冰天社诗卷〉后》（前人）、《题胡寄尘〈兰闺清课〉》（揭阳吴沛霖泽庵）、《新秋》（前人）、《题高钝剑〈花前说剑图〉》（前人）、《赠钝剑，用见枉韵》（前人）、《寄天梅松江》（醴陵傅尃钝根）、《竟庵席上赋赠》（前人）、《辛亥十月酒集陈佩忍家，听吴癯安吹笛，按曲有裂石声，是日大醉，醉后闻癯安歌〈红情绿意词〉，浑不辨其雷节矣。癯安有赠，因次和》（前人）、《寄亚云问足疾》（泾县胡怀琛寄尘）、《昆山咏怀》（魏塘沈砺道非）、《虎丘吊阖闾》（前人）、《出塞曲》（平湖钱厚贻红宾）、《席上赠天梅》（山阳周伟仁人菊）、《赠钝剑》（阳湖陈蜕蜕庵）、《题潘老兰〈出关图〉》（前人）、《怀钝剑》（前人）、《赠钝剑》（前人）、《哭吴烈士绶卿，题其遗诗集》（常熟庞树柏檗子）、《题痴萍〈菊影图〉小景》（吴江陈去病巢南）、《洞庭舟次，寄别湘都督洎南社诸子》（前人）、《春暮》（前人）、《哭周实丹烈士》（吴江柳弃疾亚庐）、《感事》（前人）、《过叶家冢，得小鸾墓址》（东江叶宗潦楚伧）、《八月二十七为唐王殉国纪念日，百举以去岁与巢南唱和作见示，感成二律》（前人）、《和钝剑〈寄怀〉原韵》（昆山余寿颐疚侬）、《海上赠剑公》（华亭姚锡钧鹓雏）、《题钝剑〈花前说剑图〉》（前人）、《戏柬道非》（前人）、《庚戌春三月，闻湖南闹荒事，有感而作》（金山李铭训伯雄）、《夏闺》（金山姚光石子）、《题〈兰闺清课〉》（前人）、《新游仙》（金山高增佛子）、《在当湖塔圩报本寺作》（前人）、《国学商兑会成立，喜志以诗》（金山高燮吹万）、《朴庵书来，详论国学，报之以诗》（前人）、《奉简蜕老并赠以陈卧子先生〈安雅堂稿〉》（前人）；“文类·词录”栏目含《蝶恋花·辛亥感事，次高韵》（醴陵傅尃钝庵）、《相见欢·次高韵》（前人）、《浪淘沙·吊黄花岗七十二人墓》（前人）、《高阳台·月夜忆家》（南昌陶牧小柳）、《满江红·题天梅〈花前说剑图〉》（南昌陶牧小柳）、《迈陂塘·听雪，赠文娘》（阳湖陈蜕蜕庵）、《清平乐·题钝剑〈花前说剑图〉》（吴江陈去病巢南）、《高阳台·闻道一被系作》（吴江柳弃疾亚庐）、《菩萨蛮·镜盒》（东江叶叶楚伧）、《蝶恋花·一夜狂风，红梅零落尽矣，闲愁偶触，不能无词》（金山高旭天梅）、《蝶恋花·辛亥四月一日感粤事作》（前人）、《相见欢·前题》（前人）、《南歌子·旧历七夕已为新历八月十九，戏对双星，率成此解》（金山高燮吹万）。其中，雷铁厓《〈钝剑诗话〉名余顽僧》云：“妇人辞酒傲风尘，一字形容得性真。顽铁铸来成钝剑，合从老衲证前身。”高燮《南歌子》云：“卐字同心结，花针七孔穿。翠梭织罢思缠绵。准备宵来好梦、十分圆。　　仙界仍今夕，人间似去年。银河依旧鹊儿填。不道佳期误了、卌余天。”

《南社》第6集出版。柳亚子编辑，收文56篇，诗393首，词115首。本期“南社文录”栏目共收录56篇，含李凡（四篇）：《〈音乐小杂志〉序》《二十自述诗序》《〈李庐诗钟〉自序》《〈李庐印谱〉序》；苏玄瑛（十篇）：《答玛德利壮湘处士书》《与柳亚子、马君武书》《与柳亚子书》《再与柳亚子书》《答萧公书》《与默君女士书》《与海上诸友人书》《再与海上诸友人书》《与高钝剑书》《与某君书》；汪兆铭（三篇）：《狱中赠萧小隐序》《〈邱樊倡和集〉序》《〈邱樊倡和集〉跋》；马骏声（四篇）：《丁未除夕山居梦记》《游华盛顿故宫记》《与柳亚子书》《再与柳亚子书》；林百举（一篇）：《郭烈士典三传》；林之夏（一篇）：《与柳亚子书》；丘复（三篇）：《山阳〈周实丹先生遗集〉序》《上杭三烈士传》《上杭丘、范二烈士传》；雷昭性（二篇）：《报卢征叔书》《与柳亚子书》；曾延年（一篇）：《毛赓臣四兄摹古书法书后》；宁调元（二篇）：《自祭文》《与陈蜕庵书》；郑泽（二篇）：《三烈哀词》《祭大汉诸烈士文》；傅尃（一篇）：《杨烈士卓林传》；黄质（二篇）：《〈滨虹草堂集古玺印谱〉序》《贞社启》；胡韫玉（二篇）：《〈明史拾遗〉序》《〈周烈士实丹诗集〉序》；胡怀琛（三篇）：《〈捧腹谈〉序》《记汪正笃》《记湖北饥民》；杨铨（一篇）：《与柳亚子书》；孙鹏（一篇）：《沈君守瓶家传》；陈训恩（一篇）：《与柳亚子书》；郭爱棠（二篇）：《李安国传》《祭陈烈士兴芝文（并序）》；周伟仁（一篇）：《亚髡和尚小传》；曹凤笙（三篇）：《〈周实丹先生遗集〉序》《〈阮梦桃先生遗集〉序》《王铁山冠笏记》；陈蜕庵（六篇）：《叹逝赋》《〈蜕僧余稿〉自序》《〈半野一黍〉序》《覆陆君秋伯索石章序言书》《澹澹生石章赞》《知己说》。“南社诗录”栏目共收录393首诗作，含景耀月（十首）：《长歌行》《拟庾开府〈对酒歌〉》《再步韵〈相思〉四首》《偕孙中山先生作鄂游，舟行多暇，联句志兴，座中即呈孙先生》《舟行，再用前韵》《小姑山，三用前韵》《溯江赠孙中山先生联句》；苏玄瑛（二首）：《束装归省，道出泗上，会故友张君云雷亦归汉土，感成此绝》《简法忍》；汪兆铭（八首）：《寄小隐》《春日晚眺》《答小隐》《读小隐诗感赋》《庭前偶见新绿，口占一绝》《为小隐题〈读书图〉》《感事》（二首）；马骏声（五首）：《有忆二绝》《闻春航事，戏柬亚子，集蒋剑人句》（二首）、《忆延陵》；林百举（二十三首）：《即席赠天健》《观冯春航演〈儿女英雄传〉新剧赋赠》（四首）、《观冯春航演〈阴阳界〉悲剧》《述事》《无题四首，为冯春航作》《次韵和鹓雏、楚伧、朴庵岭南楼即席之作》《梦作诗数首，醒记“鼓吹诗肠砭俗耳”“听卿一曲胜黄鹂”“生成美目顾横波”三句，足成二绝》《杜十娘曲》《海上喜遇巢南，约作西湖游，不果，寄此代柬》《海上将归，呈曼殊大师，即题所画纨扇》《赠屏子》《留别楚伧、亚子、鹓雏》《海上晚眺》《海上望月，忆冯春航，用铁厓〈忆郭凤仙〉韵》（二首）、《海上破晓》；林学衡（十一首）：《春尽日，出金陵》《十年一首寄镇潮》《春尽日，得东生柬却寄》《不信一首》《即席送仲挺之日本》（二首）、《赠人四首》《即席赠中山先生并示汉民诸子》；蒋信（三首）：《饯除》《除夕》《元旦》；吕志伊

（五十首）：《澄清亭赏雨》《闺怨曲》《中秋途中口占》《读史咏女士》（六首）、《昆池舟中》《滇南胜境》《青龙洞》《清溪道中》《元夜宿鲇鱼塘》《过黔楚界喜晴》《雨后晚行》《梦后有感》《山塘晚行》《镇山楼远眺》《破山寺》《东瀛道中》《虎丘》《冬夜围炉》《嘉兴阻雪》《西湖吊岳忠武，次荔秋韵》《苏小墓》《夜游涟漪寺，叩关不开》《夏日题扇》《中秋无月有感》（二首）、《除夕送病》《题某君撰〈一蝶传〉》《南洋舟中》《游大金塔》《游朱波有感》（二首）、《王君凿空赠诗二章，次韵以答》（二首）、《次某女士韵》（四首）、《再次某女士韵》（二首）、《叠前韵》（二首）、《留别》《游极乐寺》《有感》（二首）；雷昭性（二十三首）：《残灯》（八首）、《金陵怀古》《谒于忠肃墓》《生公石》《谢生楚桢见示〈西湖春游〉诗索和》《槟榔屿赠杜鹃》《社友宴集小兰亭，文绍独以病不至，怅然不快，既归，戏书此以寄》《港口夜泊》《汉皋观剧，赠女伶郭凤仙》《彝陵夜泊》《舟次夔门忆郭凤仙》《再忆郭凤仙》《夔府夜泊》《江轮即景》《江轮寄亚子》《舟抵万县，有吴姓役婢堕江死，感而书此》；郭惜（五首）：《拿破仑五绝》；宁调元（十五首）：《唐守梗蹈江死，以此哭之》《粤东感赋》（二首）、《感旧，集定庵句》（十二首）；阳兆鲲（五十六首）：《南都感怀》（二首）、《辛亥生日感赋》（二首）、《夏日闲居》（三首）、《读史杂咏》（十首）、《羁鸿》《不能》《对镜》《漫天》《戏作》《客景》《感近事赠亚子》（二首）、《放歌》《养生》《剑华见赠〈醉吟梦作〉二首，步原韵酬之》《剑华叠前韵见赠，倍数酬之》（四首）、《次韵酬剑华》（二首）、《自解》《亚子以〈哭赵伯先〉诗见示，读之益触予隐痛也，依韵补赋二首》《叠韵二首》《哭杨笃生》（二首）、《秋夜叹》《题钝剑〈花前说剑图〉》《亚子近来海上见示〈别内〉诗，中有“七日为期”之句，而予离家且十稔矣，劳燕天涯，曰归未得，孤灯风雨，益触愁肠，因次其韵，赋此遣之》（二首）、《中秋前一夕，同钝根、梦蘧海上作，得寒字》《中秋作》（四首）、《次韵和石子〈留溪雅集图〉题句》（二首）、《海上放歌，与钝剑联句》《有感》《慨世》；胡韫玉（二首）：《次韵和鹓雏、楚伧》《晓行黄浦》；胡怀琛（十首）：《春夜》《赠蓴农》《暮春野行》（二首）、《八月三日，屏子昆季同日结婚摄影命题，为缀一绝》《雨平招饮，忆亚子》《石子寄示〈浮梅草〉，为题一绝，〈浮梅草〉者，新婚后旅行西湖之作也》《偶成》（二首）、《偶书示鹓雏兼柬钝根、天梅》；杨铨（十首）：《春闺六首，用计甫草〈无题〉韵》《赠孟硕，时主〈中华民报〉》《过武昌作》《铁厓倾倒于汉皋女伶郭凤仙，形诸诗文，一往情深，凤仙昔年在沪曾有数面缘，见铁厓作，枨触旧怀，黯然赋此》《“黄尘六月长安道”，某君寄吴汉槎〈贺新凉〉中句也。自来京师，每跋涉途中辄忆及此语，因续成一绝，以志客况》；徐蕴华（十首）：《唐庄题壁》（八首）、《小窗遣兴》《夜宴竹素园》；沈砺（三十三首）：《侠士行》《追悼亡妻韫玉，集定庵句》（二十二首）、《金陵怀古》（三首）、《读〈南天痕〉，书其卷尾，集定庵句》（三首）、《无题》《简亚子》（三首）；诸宗元（四首）：《曼殊来海上，问讯古人，奉投一诗》《檗子有〈观剧示亚子〉诗，戏依其韵，书投亚子一噱》（二首）、《楚伧招饮未赴，戏柬一诗》；胡颖之（一首）：《积雨》；周祥骏（一首）：《浦口军部有感》；周伟仁（十二首）：《痛哭周烈士实丹》（二首）、《由沪赴镇，车中口占，哭实丹烈士》（四首）、《席上赠天梅》《有感》（四首）、《梁任北征，子天乐才九岁，慷慨愿从，为赋此以壮之》；叶玉森（二首）：《太平洋归舟中作》（二首）；张素（三十五首）：《拟李义山〈井络〉一首》《秋风曲》《初秋送友归江南》《汽车中望松花江》《沈阳晤羡渔、厚辅》《赠石工》《大连剧场赠菊儿》（二首）、《游大连公园》《偕蠡卿遍游大连街市，口占一首》《舟发大连作》《舟中遇羡渔》《渤海舟中》《舟中望吴淞》《海上赠亚子》（二首）、《初至江南》《沪宁道中》《车中望太湖》《苏州》《偕力山同舟至金坛》《赠味莼》（二首）、《赠力山》《讹言》《题与力山、弇庐、禅予、味莼同摄小影上》《小亭一首，为力山作》《白塔寺》《即席，次能庵韵》《答能庵见赠原韵》《参观金坛毓秀女校作》《郊行》《牧童》《由金坛归丹阳，途中遇雨》《柬家山展墓》；姜胎石（二十四首）：《庚戌中秋客都门，风雨竟日，兴味索然，夜半喜见明月，口占二绝，索耀岩、荫桐、芰船、荭渔诸子和》《重阳前三日游万生园，和子澄韵》（二首）、《再和七律韵二首，以志园景》《都门留滞，四月于兹，秋梦初醒，归心未已，因步紫丞〈荟芳轩纳凉〉所用杜韵，率成二律以写旅况》《九月书怀》（二首）、《答李耀岩〈送别〉韵》《答朱映桐〈送别〉韵》《太原途次》《过太原，喜见李师积甫》《邯郸夜宿》《代赠和韵》（四首）、《叠韵有赠》（四首）、《偶题》；陈蜕庵（三十七首）：《上红拂墓四首》《忽念汉史人彘事，惨然久之，赋此自嘲》（二首）、《自椽曹不辟而无贤吏，自采赠为诟而多荡姬，上流所讳，趋度有归，理固如是也，偶感此意，率题两律，有知罪者矣》《侠少年》《咏李黄》《春雨》《梦棠陈女士往岁晤于西山，承以诗相质，许列弟子行，别来逾年，闻以病归，顷传逝世，赋此遥奠》《听雨有感》《断肠》《十年》《精魂》《次韵答钝根》《自题画梅》《吴门访钝根不值》（二首）、《梅生三兄相见海上，出诗三巨册见示，赋赠》《亚子以久思乍见，彼此欢然，承邀饮酒楼，归赋两首奉柬》《赠亚子》《赠曼殊》《海上送太一入粤》《拟寄钝根五首并示楚伧、亚子》《〈钝庵脞录〉于〈蜕庵诗〉后并自跋，录之而谓为一字一咽，因寄一首》《题南社入社书毕口占》（二首）、《黄花岗七十二烈士死事纪念日感赋》《北上留别少屏、楚伧、亚子》（二首）；华龙（一首）：《赵三寄〈南风报〉，诗以答之》。"南社词录"栏目共收录115首词作，含林百举（二首）：《百字令（百无聊赖）》《减字木兰花·美人笑，为冯春航赋》；林学衡（二首）：《兰陵王·送精卫赴法兼讯璧君夫人》《贺新郎·本意，赠鹓雏，与楚伧联句》；宁调元（一首）：《摸鱼儿·赠别牧豨、静森，用稼轩韵》；傅専（八首）：《虞美人·次梦蘧韵》《忆江南·叹逝》（二首）、《生查子·题〈秋夜听雨图〉》《贺新凉（笑指天边月）》《浣溪沙（小步空庭夜色凉）》《蝶恋花（不道秋来人正苦）》《相见欢（幽闺月度东窗）》；胡怀琛（二首）：《柳梢青·天遂为余画扇，填此酬之》《洞仙歌·楚伧、鹓雏各以寄内、赠内词示余，反其意填此阕和之》；杨铨（二首）：《贺新凉·送芾煌返蜀》《满庭芳·复生归蜀，赋此赠别》；周亮（一首）：《小阑干·伤春》；钱厚贻（一首）：《菩萨蛮（簪花压帽应嫌重）》；周实（十八首）：《如梦令（九十韶光如电）》《浣溪沙（玉勒金鞭）》《醉太平（星明月明）》《蝶恋花（草色连天花委地）》《一剪梅（百年岁月等蜉蝣）》《菩萨蛮（春寒自拥重衾睡）》《一丛花（饧箫吹遍石城隈）》《琴调相思引·秋海棠》《念奴娇·咏泪》《昭君怨·春草》《浣溪沙·游玄武湖，同人菊作》（三首）、《满江红·寄宗兄人菊》《金缕曲·七夕伤逝》《水龙吟·题钝剑〈花前说剑图〉》《前调·题钝剑〈听秋图〉》《满庭芳·夜闻虫声，不能成寐，起制斯曲》；叶玉森（一首）：《甘州·夜渡太平洋》；张素（十九首）：《齐天乐·秋夜闻雨声》《摸鱼儿·寄怡父大梁》《百字令·夜步公园，林木萧萧，觉有秋意，天涯宋玉不能自塞其悲，悽然因有此作》《凤凰台上忆吹箫·七夕寄亚兰》《凄凉犯·雨窗，读南社词》《恋绣衾（梨花院落深闭门）》《杏花天影·检书中得花片一，为写此词》《大酺·春感，用美成韵》《长相思·感近事，写寄参兰、力山》《声声慢·幼秋自吉林赴奉，词以赠行》《西河（年少事）》《忆旧游·月夜至江边垂钓》《木兰花慢·寄亚兰》《金缕曲·沈阳与明星别》《百字令·渤海舟中》《齐天乐·金坛访次回先生故宅》《百字令·偕味莼游于氏废园》《水调歌头·郡人士追悼伯先于琴园，为赋此阕》《金缕曲·题钝剑〈花前说剑图〉》；姜胎石（七首）：《贺新凉·吊史阁部墓》《满江红·辛亥五月哭伯先》（二首）、《高阳台·挽随园诗孙》《安公子·舟泊枫桥，游重建寒山寺，怀张懿孙》《惜红衣·莫愁湖残荷，用白石老仙韵》《金缕曲·叠韵代赠》；陈蜕庵（九首）：《金缕曲·题红拂墓》《迈陂塘·听雪，赠文娘》《临江仙·遣春词》（七首）；汪文溥（七首）：《大江东去·吊广州死难七十二烈士，用东坡原韵》（二首）、《满江红·送蜕庵北上》《八声甘州·春暮愚园登楼有感》《酹江月·吴季从长沙来，为告西池近状，月夜倚阑，追念畴曩，怆然有作》（三首）；王蕴章（七首）：《貂裘换酒·追悼冯沼清》《菩萨蛮·漱药庵戏酬》《蝶恋花（敲断燕钗弹烛凤）》《菩萨蛮（梨花飐作晴天雪）》《醉花阴（冷澈情根冰袜划）》《高阳台·念劬招集秦淮灯舫，即席赋别》《乳燕飞·题〈风洞山〉传奇》；浦武（一首）：《意难忘·暑夜》；姚鹓雏（十首）：《阮郎归（风荷红白漾轻枝）》《潇湘夜雨（半卷湘帘）》《河传（索笑牙檐）》《惜分飞（浅笑深颦无）》《南浦（初试五铢轻）》《长相思（别时愁）》《减字木兰花·美人笑，和一厂》《洞仙歌·赠内》《点绛唇·有忆》《生查子·闺情》；高燮（七首）：《征招·题王船山〈鼓棹词〉》《暗香·落梅》《新雁过妆楼·题钝剑〈听秋图〉》《百字令·题钝剑〈花前说剑图〉》《临江仙·题姚石子伉俪〈浮梅槛检诗图〉》《忆旧游·题〈周实丹烈士遗集〉》（二首）；高旭（十首）：《少年游·春光大地，神州陆沈，顾影自怜，悽然欲绝，填此寄怀亚子、钝根、太一，世无同忧患者，不以示人可耳》《前调·次韵答太

一、钝根》《青玉案·戊申春日驱车过太安里，顿触旧尘，有怀卧子、亚子，写成一解，分寄樱岛、梨里》《桃源忆故人·感事，太一韵》（二首）、《浪淘沙·题钝根〈废雅集〉》《虞美人·戊申六月十三日作，用钝根韵》《采桑子·移居留溪，填此寄意》《减字木兰花·留溪寓庐作》《清平乐·沧浪亭偶赋》。其中，雷昭性（铁厓）《金陵怀古》云："吴江春水生，蜀山春雪消。年年消不尽，化泪哭南朝。"《生公石》云："顽石依然顽，生公竟不生。佛法从何叩？苍苔一片横。"《谢生楚桢见示〈西湖春游〉诗索和》云："脱却袈裟与俗通，尘心每系梵王宫。忽闻杨柳迎春绿，犹有梅花入梦红。伍相怒潮飞海岸，雷峰倒影插湖中。天然佳景君须赏，漫说东皇廿四风。"《港口夜泊》云："四围小岛拥长汀，绝好炎荒一障屏。宿鸟惊啼船上火，游鱼唼散水中星。出山澹雾随堤白，倒影疏林入海青。佳境暂留鸿爪迹，鲲鹏明日去南溟。"姜胎石《重阳前三日游万生园》其一："天教风物助名园，不碍才人赋万言。绝妙稻花饶野趣，才知怀葛傲羲轩。"其二："此外更无佳趣得，况多美景是良辰。少年漫作登高想，胜地难为座上宾。"《再和七律韵二首》其一："天香吹散六街尘，昨夜文星拱北辰。绿酒偏逢狂醉客，黄花不笑瘦诗人。羊车载道行无力，雁字排空妙入神。料得当年歌扇舞，豳风堂下月开轮。"其二："步过桥西水一方，痴鸳双影浴中央。层楼压倒南朝寺，四座争开北海觞。杨柳依人终带恨，茱萸对我不生香。年来大减登临兴，自笑南辕北辙忙。"《都门留滞》其一："径僻花开瘦，檐深月入迟。长途多客感，归梦忆儿时。到处悲秋色，何人斩乱丝。几多家国恨，都是少陵诗。"其二："匹马西风里，心雄肯掉头。黄金终有价，黑海不论愁。富贵随云幻，文章逐水浮。何如归去好，已负故园秋。"《九月书怀》其一："九秋风力透层岚，啸傲京华酒半酣。才觉去年逢此日，又从地北忆天南（去年重九客岭南）。人生离合宁无定，世味酸咸不耐谙。独向燕云高处望，只身万里我何堪。"其二："无聊岁月太匆忙，两鬓年来半欲霜。胆识团成双剑侠，心肝呕入一诗囊。忍随怨鸟流清响，独佩秋兰傲众芳。天为离人憔悴甚，不将风雨做重阳。"《答李耀岩〈送别〉韵》云："谪仙才调本超然，落拓风尘欲问天。负此文名难绝俗，放开世事且谈禅。几多豪侠埋青史，一片肝肠跃彩笺。西望太行行不得，那堪羸马又加鞭。"《答朱映桐〈送别〉韵》云："折磨受尽亦昂头，忍向朱门拜故侯。一枕黄粱原是幻，万山红树已成秋。诗情久共行云淡，归梦偏随浊浪流。照入菱花眉样好，翠围暗许再来不。"《太原途次》云："飞车驾我一身轻，怒石撑空气未平。以外名山犹待访，自来此路最难行。云浓不碍归林鸟，雨过时闻出谷莺。多少裼裘旧公子，扬眉笑指太原城。"《过太原》云："仗剑出都下，驱车过太行。十年违杖履，万事感沧桑。梦入愁边冷，须从别后霜。当筵醉汾酒，难得此宵长。"《邯郸夜宿》云："飞入邯郸道，双开日月轮。才知天下事，都是梦中人。绿酒何妨醉，黄粱到底真。此来非俗地，香火误前因。"《代赠和韵》其一："再休提起梦中莺，自笑前生忒解情。一自风尘重堕劫，此身端不媚公卿。”其二:“当筵顿改旧时装,冰透柔肠曲断香。便欲牢愁都涤净,倩谁掬得半潭湘。”其三:“瘦人天气最新秋,未道生平泪已流。碧海青天无限恨,不逢骚客不回头。”其四:“明珠纵为掌中捐,儿女英雄肯受怜。多谢铁城传一叶,新诗字字入愁边。”《叠韵有赠》其一:“万千尘梦付流莺,凤泊鸾飘别有情。十载看花心已老,燕云开处独怜卿。”其二:“杏黄衫子女儿装,瘦尽腰支爇尽香。我亦年来憔悴甚,更无一梦到云湘。”其三:“新莲采罢又惊秋,病里光阴似水流。一阵心酸一携手,苦将往事诉从头。”其四:“御沟红叶漫轻捐,曾向花王为乞怜。昨夜喃喃私祝汝,双星早渡鹊桥边。”《偶题》云:“九天风月费平章,曲院萧条绮阁凉。宝镜时窥西子病,兰襟偶作费娥装。霍家小女原名玉,楚国骚人信自芳。安得牵丝痴月老,同心绾就此鸳鸯。”姜胎石《金缕曲》云:“燕市朝朝走。入风尘、歌衫舞袖,酸辛怎受。青埂峰头秋月洁,涤尽铅华已久。从未惯、弄姿搔首。纵说千金能买笑,奈侬心、淡似鹅黄柳。心匪石,转何可。　怪君绣口如瓶守。猛抬头、高歌一曲,鱼龙夜吼。太息红楼花事了,侬竟丧家如狗。算往事、而今安有。醉月飞觞都恶客,感轻将、傅粉何郎负。再不唱,青青柳。”《贺新凉》1916年收入《海门吟社初编》。词云:“血铸兴亡劫,恋江城忠魂一缕,动人歌泣。何事文山偏入梦,末季又完臣节。纵抛去沙场骸骨。身后了无毫发憾,只当年、未葬高皇侧。千载下,共凄绝。　旧时袍笏新朝碣,剩寒宵梅花带泪,二分明月。我亦临风来膜拜,别有恨填胸臆。觉万事从今休说。十日扬州君记否,者乾坤、愈逼前途窄。空吊古,唾壶缺!”《高阳台》《安公子》《惜红衣》1913年8月23日又刊于《民立报》。《高阳台》云:“把酒论交,拈花谁梦,与君放浪江天。无限酸辛。客中捱过年年。偶从别后探诗兴,道乘风、东海求仙。最凄然,太华峰前,一抹荒烟(谓病畹生先逝)。　名场小试拿云手,信文章有价,气吐青毡。蓦地重逢,吴门十日留连。悲欢离合寻常事,怎人生,美事难全。恨无边、才着长鞭,又了尘缘。”《安公子》云:“打桨烟云里,白公堤下孤舟倚。点点萍花,流不尽真娘珠泪。懒去寻秋,没个南朝寺。君莫笑,海外神仙吏。乘海风吹到,访遍寒山故址。　结构今何似,亏他摹写诗中意。渔火江枫,谁省识当年愁思。一样钟声,搅破离人睡。过夜半,夜色阑珊矣。祈满天霜月,今古都成韵事。”《惜红衣》云:“雪腕惊秋,冰姿谢日,更愁风力。卸尽浓妆,湖光孕寒碧。楼头梦醒,谁梦见弹棋狂客。枯寂,金粉六朝,剩残山将息。　江南绣陌,片片红云,香名注仙籍。伤心雁唳水国,燕飞北。自古美人迟暮,怕说旧时来历。到已凉天气,一例粉脂无色。”林百举《即席赠天健》云:“吹箫苗足走趯趯,又见蜩螗世不堪。差喜粤华楼上望,一宵风雨满江南。”《赠屏子》云:“览尽东南美,先生亦足夸。地常居歇浦,系本出朱家。投分随萍梗,离愁上笔花。从今珠海上,明月望偏赊。”

《小说月报》第3年第7期刊行。本期“文苑”栏目含《说小说(续第3年第5期)》(管达如)、《北京听王弦子记》(我一)、《古风二首,拟洛翁》(诸以仁)、《晓起见雪甚喜，天旋开霁，未餍所望，感赋二首，用坡公尖叉韵》（诸以仁）、《写感》（左诗舲）、《淮阴哀》（左诗舲）、《病起偶成》（左诗舲）、《书怀，叠前韵》（左诗舲）、《三十书怀》（左诗舲）、《春日》（湘兰女士秦沅）、《诗舲令甥徐幼丹，年甫十二能集定庵诗见赠，诗既高华，书尤遒上，绝似其舅氏墨也，赋答》（逃时）、《集定盦诗，呈逃时》（幼丹）、《秋日风雨遥集写怀》（幼丹）、《津门纪事八首（选四）》（绾尘）、《题〈破纸图〉》（翔声）、《壬子六月三日初度，填此遣怀，调寄〈金缕曲〉》（眉盦）、《闻客谈时事，感而填此，仍用前调前韵》（眉盦）、《秋深，同寿民惜阴轩中夜话，和韵之作（金缕曲）》（焦木）。

《古学汇刊》第3编刊行。本期"上篇·诗文类"栏目含《万年少遗诗》（万寿祺）。

梁鼎芬北上京师，遂至梁格庄，叩谒德宗梓宫。时崇陵工程已停顿经年。梁鼎芬愤切忧煎，即回沪与前直督陈小石、前候补京堂程庆霖等，邀诸遗臣集款报效，略有成数。旋又北上，商得当时内务总长赵秉钧继续拨款，俾得早日完成。再到梁格庄，露宿寝殿旁，致书太保世续，请设法开工。

陈宝琛与林纾等同游西苑，林纾作《陈弢庵招游西苑》。诗云："恍登灵境幻仙真，未著京华半点尘。柳暗不分宫额字，莲深略辨画船人。尚传游宴春无限，转眼兴亡迹已陈。剩有授经君实在，风光冷对苦吟身。"

沈曾植归嘉兴故里，作《壬子秋暮归里作》（九首）。其一："筑室陈三瓦，种树计十年。我生眇轻弱，何敢期完坚。亦复莳花药，觊为顷刻妍。山樱海东来，玉茗西江迁。白槿从吾久，黄榴纪行旋。磊落数盆盎，纷敷被墙壖。世事迫流徙，芜园閟寒烟。靡然植佳瘁，翻赖场师专。排闼主人入，人花两听然。周行如一梦，化蝶随翩跹。"其二："木笔有书势，锋锋向天开。杜鹃非吾种，移植西土来。望帝夜啼血，殊方乃同哀。森森青木香，辟恶真良材。余事小白花，芳芬遍楼台。惜哉琼树枝，已作蕃厘灰。怀彼艺花人，清祠照山限。倪收天上去，不受魔罗灾。"其三："牡丹曹南种，昔种横街屋。花将行卷换，根托兰陔燠。莽眇四十年，老儿痛风木。何况山河改，重有苌楚哭。亳南五色花，逾淮强苞育。三年閟殊采，一夕刻芳萼。我已昔人非，谱宁前代录。举杯酹花前，聊为魏姚祝。世且战蔷薇，尔无炫绯绿。"其四："蔷薇天西贵，樱花日东夸。牡丹吾国艳，王泽风弥嘉。吾宅错三种，同时竞芳华。春工不歧视，象译徒乖差。"其五："薜荔荫若屋，蓬藋长于人。交柯紫荆树，兄弟相依因。庭有寄巢燕，呢喃话梁尘。送君复几日，来往殊冬春。感此成太息，吾患乃有身。萱背不忘忧，藤梢故牵巾。脱冠照暗井，天壤唏顽民。"

曾习经研读历代诗集数种，并系之以诗及跋，阐发说诗妙谛和自述怀抱。诗总题为《壬子八九月所读书题词》，计15首。含《曹子建集》《谢康乐集》《谢宣城集》《柳河东集》《初唐四子》《陈杜沈宋集》《读靖节〈桃花源记〉》《元次山集》《王右丞集》《岑嘉州集》《韦苏州集》《穆天子传》《玉川子集》《昌黎诗钞》《谭友夏集》。其中,《曹子建集》云:“雅怨兼深见性情,交亲不薄涕纵横。君王故有忧生叹,未觉中和始可经。”《谢康乐集》云:“漫道凡夫圣可齐,不经意处耐攀跻。后人率尔谈康乐,且向前贤学制题。”《柳河东集》云:“不安唐古气堂堂,五言直逼华子冈。后人未识仪曹旨,只与时贤较短长。”《初唐四子》云:“梁陈藻丽入唐初,四子雍容语甚都。沈宋王岑夸格韵,若论绚素此权舆。”《王右丞集》云:“惭皇宫职偶同公,寥落千年怅望中。但得晚来修白业,不妨文字马牛风。”《昌黎诗钞》云:“平生选本不挂眼,偶爱兹编也大奇。亲与线装完一册,迹来闲却已多时。”陈衍《石遗室诗话》评:“曾刚甫有《壬子八九月间所读书题词》十五首,实论诗绝句也……刚甫诗学甚深,古诗托体晋、宋,七言律参用晚唐、北宋法。此十数首多甘苦有味之言,子建忧生,次山狷介,左司豪纵,玉川固穷,陈、杜格调胚胎王、岑,兼工众体。禅宗独盛于临济,白业怅望于千秋,契合深微,如闻慨叹。至三章黄竹动地哀声,旨虽本于玉溪,论能翻乎谋父,然仆尚有言者,钟嵘《诗品》专思遗貌取神,启沧浪有别才非关学之说,其失当处,为后人所疵议者众矣。不独宋茗香争升堂入室各节也。”又,曾习经藏有明崇祯刊本唐人宋之问(延清)诗集《宋学士集》九卷,在书页面题《沈、宋为唐律之祖,而其人多秽行,可叹也》。诗云:“沈宋才名并一时,夜珠明月独矜奇。却嫌一代风骚手,帐殿昭容甲乙之。”又,梁启超由日本归京晤曾习经,曾习经有《任公归国为赋》。诗云:“更生强聒曾无补,楚老相逢泣已迟。起陆龙蛇先有谶,纳隍蕉鹿世犹痴。及关李叟闻长叹,归国梁鸿剩五噫。最念望门投止日,眼中豪俊已生髭。”又,曾习经应邀为王式通(书衡)藏明代“秦淮八艳”之一马守贞《丛兰》轴题诗,有《为王书衡题马守贞〈丛兰〉画轴》。诗云:“当年桃叶马姬家,日日芳尘走钿车。谁信闭门饶远思,露兰啼眼满天涯。”

王嘉诜遇访冯煦,居留三日,王嘉诜作《沪上再谒蒿盦师,别后寄呈五十二韵兼示魏梅村、朱绍曾(学程)两同学》。诗略云:“朅来作南游,征雁同翱翔。仓卒沪渎上,甫卸逆旅装。吾师欻临顾,存问殷且详。凄切语离乱,悲喜交中肠。同学魏与朱,万里来澜沧。依依立程门,联翩比游杨。……峨峨千仞台,登眺相携将。俯视江流狭,仰窥天宇凉。枫林绚早丹,菊蕊舒新黄。深杯泛醽醁,长啸凌苍茫。飘泊客途里,节序恍若忘。茱萸忽同把,始觉是重阳。明朝别师去,轻舟下钱塘。滟滟西子湖,秋天方淡妆。吾师昔游地,恨未从徜徉。”又,冯煦归白田,陈夔龙作《梦华将归白田,以诗留之,叠前韵》《梦华归志甚切,八叠前韵》。其中,《梦华将归白田》云:“数行衰柳系归航,三宿浮屠尚恋桑。岁熟底须询米价,身闲只合为花忙。围棋群从陪游屐(谓咏轩太守),纵棹诸伶散舞妆(宝应乔氏纵棹园歌舞极盛,二百年来风流消歇,君特侨居耳)。莫羡扬州二分月,十分后夜到君旁。(诗成于十三日)”《八叠前韵》云:“衣带江淮一水航,乡关南北梓兼桑。山中猿鹤经年怨(君上年奉诏筹办苏赈,离宝应已年余),门外骊驹镇日忙。秋晚菊花堪赠别,春归桃叶正凝妆。烦君问讯趋庭鲤,惆帐传经绛帐旁（谓朱伊山世兄）。”

刘心源辞去湖北省民政长职，赴北京任国会议员。

方树梅接受教育司长周惺庵委任，充司署总务科科员。

裴景福避地黄浦，与同年刘兰阶一夕宿高楼，清话达旦。岑春煊亦也归隐于沪，裴景福到岑春煊府邸拜访，称其为“宫保”。

费鉴清先生以疾卒，其子费师洪广征哀挽之文于当世贤达。钱基博撰《费太公家传》。费鉴清作《无锡晤钱子泉先生》。诗云：“锡山高士卧，今始识须眉。脉脉心相印，潭潭乐可知。诸侯争中帛，余子任鞭笞。文苑嗟摇落，期公一木支。”

黄兴为林圭遗著题诗。诗云：“江汉悲深记后先，神州光复倍凄然。不知何处苌弘血（君遗骸至今尚无觅处），只剩遗文是昔年。”

古直由家乡返回汕头，时同盟会已改组为国民党，古直遂辞秘书长一职，不复挂名党员，专心办《大风日报》。

黄倚云生。黄倚云，广东花县人。著有《挥日楼残稿》。

湖南演说总科编辑《黄汉魂》刊行。封面题署“黄帝纪元四千六百零九年十月”。民国元年湖南演说会刊，收革命文电、论著、诗词等数十篇。

王易与三弟王浩合刻词集，题名《南州二王词》，署虚明室甲稿，王易词名之《镂尘词》，王浩词名之《倚柱词》，由汪辟疆题签，付河南大豫石印局石印。《镂尘词》所收诸词，起于 1911 年末，止于 1912 年秋末。王易《镂尘词》序云：“予自甲辰去里，今凡九载，居汴五年，游都三岁，风尘仆仆，未获一息安。岁丙午学为诗，辛亥始为词，中有所动，寄之楮墨，日积月累，得数十章。意隐而寂，音哀以思，或托于物，或寓于事，见者咸疑，谓非少年所宜。嗟乎！予果好为是哉？予生而多感，长而多患。世非黄农，人非屈贾。羁旅劳其骨，世变易其心，机巧摄其气。每思一丘一壑，老我于穹庐蓬户间，奚为不可？而冥冥者竟不恕我顽钝，觋我幽闲，且谪我悠悠世俗中，亦至可伤哉。昔坡老半世浮沉，稼轩身经乱况，故奇气盘郁腕底；白石老于布衣，玉田倦于游历，故清光洋溢纸上；欧公言穷而后工；则境之玉人者，亦良厚矣。今者长卿倦旅，行返故园，来日大难，良时不至。爰汇所作，合为一编，命曰《镂尘》，意其微也。他日芸窗斗室，寻剩墨于故纸堆中，觉往事千端，历历在目，不知是哭，抑是笑耳。壬子秋日。《镂尘词》南昌王易（原名朝琮）晓湘草。”王浩《倚柱词》序云：“往者随家大人浪游梁卫间，九年未尝南望见其家。年十四学诗，法长吉，见者讶余多鬼才。未几入词籍，自是不复为诗。余洪都人，远旅二千里，舟车所至，凡三日可及。每每南人北来，携尊促坐，历历陈故乡事，聆而伤焉。嗣武汉事起，天下兵革，里闬非昔，归思滋深。岁晚，自检词近百解，锦囊李血，剩有此耳。昔冯生客于孟尝之门，倚柱而歌，三歌既终，悄然不复弹其铗，冯生诚善歌矣。余不敏，苦不善歌，行年且冠，穷途踵肘，无所称许，岂以余惟不善歌，以至于斯欤。抑天之赋我者厚，余复自暴弃耶。然则，士之不能以功名现于世者，往往发为歌噫，以自曝其天，抑独冯生哉。爰书数语，时壬子九日也。南昌王浩。”

孔昭度为孔继芬《养真草庐诗集》作跋曰：“《养真草庐遗诗》二卷，伯祖藻生晚年吟哦所得，手自删录者也。伯祖之生平及其品格既略见于诗集间，亦稍详于先叔紫涵公所述传。昭度后生迟暮，复何敢赘言至讥词费。唯仍别有枨触于心者。追忆藻生公捐馆时，先叔紫涵公尚童稚，飘零书剑子乏克家，当时等身着作插架图书或一供爨薪，或以覆瓮，百城异宝百弗一存。迨先叔少成嗜学勤苦，弗辍渐乃攟剔堆中故纸，寻绎断简残编，卒获此遗诗两卷；叮咛校勘珍重裱藏，意欲扬先德而诏后起也，殊料先叔年方强仕，溘然长逝。时昭度才逾童年，末专执业，仅识之无。越数年则又致身戎事，负笈东瀛，前后计逾十一稔；斯时每念及数世所储藏之文稿图籍蠹朽散佚，在在可虑时切烦忧。及归速牡发箧检视，则旧存卷册，果十去其九矣；差幸此遗诗二卷岿然尚存，是殆鬼神呵护所留耶，抑藻生公毕生之恬淡精神所永驻，故不蠹不朽耶；抑昭度闻之太史公作史自谓藏之名山、传诸其人；郑所南先生铁函《心史》沈诸眢井，间世始出，卒使其真意风行天下，岂文字之存亡出没，是亦有气数于其间耶。昭度因虑斯卷之易遗没，而无以继先志也。用易以活版装订多本，以永流传此物此志，聊尽寸心云耳。民国元年壬子三秋又侄孙昭度敬跋。”

瞿鸿禨作《壬子晚秋，梁按察节庵祇诣梁格庄，叩谒龙輴，仰瞻崇陵地宫，捧石以归，兼贻鸿禨宝藏，恭志崇陵片石词》。诗云：“扪天上诉天不语，艽野彷徨心独苦。霜露秋深闷殿寒，伏谒菆途涕如雨。因山制俭穿复迟，衣冠月出空哀思。一抔未负长陵土，四载犹虚禹穴碑。地宫佳气壤五色，磊砢化作娲皇石。衔归愿比精卫魂，逼视疑有神龙迹。千里孤臣心石同，鼎湖云去抱遗弓。丹毫曾记九龄奏（节庵入觐时面陈数事，先帝朱笔记于别纸，以示枢臣，鸿禨侍直，得以敬观），青史能知汲黯忠。铜驼陌上迷荆棘，金粟堆前郁松柏。万籁萧森毛骨冷，三光临照肝胆赤。敬持片石贻僚友，昭示子孙同宝守。我亦当年捧日人，不驱蝼蚁辜恩厚。驽下徒伤先帝明，流离暮齿复何有。六谒孝陵风夐绝，典刑再见亭林叟。”

徐寿兹作《减兰》。序云：“壬子（1912）九月，邹姬凤吾以暴疾卒，年仅二十七。余哭之恸，杜门谢客，悲不自胜。偶检旧箧，见余所书纨扇二事，十年前分遗邹姬及卢姬玉贞者也。写作皆率，固不足珍，对物思人，宁忍恝置。先是戊子（1888）之岁，玉贞年十四，来余家。性婉淑，通晓文义，酷爱唐人诗，如《长恨歌》《琵琶行》等什，背诵如流，无一字误。余有所作，辄亦手钞熟复之。其性近风雅有如是者。玉贞多病，久不孕，劝再置箧，乃于壬寅（1902）仲冬续纳凤吾。凤吾婉淑有度，与玉贞同，亦复粗知字义。针黹之暇，常向玉贞问字，渐能诵诗读画。学作小简，亦楚楚可观。每当花晨月夕，相与酌酒论诗，颇极闺房之乐。蕴华来较晚，是岁为戊申（1908），去玉贞之亡已四年矣。则又问字于凤吾，一室咿唔，无异玉贞在日。余顾而乐之，晚景堪娱，私窃自慰。不幸玉贞早世，而凤吾又舍余而逝也。呜呼哀已！凤吾生子女各二，一女殇去，今存二子一女，长者才九龄耳。芳春莫驻，华年遽雕，对此遗雏，弥增伤感。所幸两子皆能读书，有成立之望，他日或可慰情于地下。如玉贞之无所出而又早亡，不尤可悲也耶！蕴华请以余所书扇潢池而藏之，以抒我哀，而志不忘。余曰诺，乃泚笔为之记而系以小词。”词云：“白团扇底。泥我挥毫肩并倚。写上新词。尚忆凭栏对诵时。　　玉人杳矣。留取生绡珍重意。寄得相思。嘱咐香闺好护持。（谓蕴华）”

林损作《识〈政理古微〉后》。诗云：“木瘿石晕物之病，鸦噪鸮鸣居者疑。西徙已箝鞭后舌，北来重画损余眉。下车冯妇愁多誉，卖药韩翁骇共知。差幸著书如作茧，成甘自缚燠群黎。”

李经钰作《暮秋即事，和张冶山〈访道庵〉韵》。诗云：“南国秋先雪，高天气转阴。羁留谙异俗，尘土损乡心。菜把犹堪供，树源未易寻。缅怀逃世侣，山水寄虚深。”

张震轩作《题参极和尚〈游山百叠吟〉诗册》（四首）。其一：“昔年邮到百瑶笺，草草推敲负浪仙。今日居然投赠富，新诗一卷万人传。”其二：“自惭岁岁踏松楸，未得名山迹遍搜。却喜阿师吟好句，助人诗兴费勾留。”其三：“忆昔罗阳访讲台，九凰峰顶拨云开。而今快读《支筇集》，字字华严法界来。”其四：“天目开山舌吐莲，沧桑时局几推迁。精蓝先后来诗佛，百首梅花百叠篇。”

杨圻作《壬子九月野宿徐州，时南军驻此，一夕数惊，书赠观川、仲仁，时同车》。诗云：“东郡黄河隔，烽烟自远春。乱山都是雪，千里不逢人。地僻衣冠古，天寒寇盗亲。孤村犹野哭，北望一霑巾。”

陈懋鼎作《南行杂诗》（二十四首）。其一：“销尽官资意未阑，驿程占取物华看。短衣散发秋风里，自洗京尘向索涫。”其三：“石家庄外轨分驰，震阙兵氛彼一时。可惜横刀天下健，头颅何许至今疑。”其十：“通州岸步树萧疏，入望狼山忆子鱼。江海劳劳名士老，计然十策定何如。”二十四：“行年四十济江河，语海谈天得几何。目极悠悠沙鸟外，世情无赖总嫌多。”

劳乃宣作《壬子九月徐楼樵约游韩家岭山庄，值余七十生日，忆光绪壬寅（1902）六十生日与樊芥轩、金月笙、谨斋昆季、胡绍篯诸君及先兄饮于西湖理安寺中，抚今追昔，赋呈楼樵兼寄樊、金三君武林、胡君沈阳》。诗云：“楼亭樵客捐尘缨，招邀同作秋山行。篮舆让我自策蹇，各携稚子侪渊明。羊肠峻坂历九折，行尽倏睹高原平。临黉别墅何寥廓，四面青山当城郭。瀑痕百丈留层崖，茅茨几家隐丛薄。草堂近在西崖畔，篝灯且饱田家饭。温馨一枕黑甜沈，相约探奇戒诘旦。晨兴拄杖笑语哗，流泉足底萦修蛇。峰迴路豁忽眩目，柿林万点明丹砂。珊瑚乍讶植旱麓，又疑琼树蒸朝霞。

空枝一一缀火齐，陋彼霜叶红于花。鼓勇攀跻上绝壁，排空对峙五磐石。分明五岳罗真形，高倚星辰去天尺。登时仰卧青天空，举头浩浩来天风。不知下界此何世，更谁猿鹤谁沙虫。山中昏晓无历日，衰翁览揆遽七秩。那足称觞开菊樽，祇宜槁饿甘薇蕨。十年前事来心头，西湖九月方高秋。理安寺里啸俦侣，僧厨共醉甲子周。迢迢九溪十八涧，森森梧竹松杉幽。陵摧谷变电光霅，朋簪迸散无由合。白头学使胜青毡，对屋机云隐监笑。太息黟山老居士，辽海饥驱独弹铗。悽绝子由生日诗，无复坡公相赠答。死生契阔空茫茫，今夕对此灯烛光。何年重聚西窗下，竟话巴山夜雨凉。"

邓潜作《烛影摇红·壬子九月辟地至渝》。词云："杜子生涯，草堂薄计都难守。月明今趁鹊南飞，魂落空弦候。且当游山载酒，唱巴歌、蓉江放溜。药阑延客，花市嬉春，几时能够。　丛菊吹香，算程刚过重阳后。转头妖鸟夜空啼，秋老人同瘦。赁得烟畦半亩，也偷闲、梅花种就。海天遥望，蜃市青红，剑光龙吼。"

王易作《小楼连苑》。序云："回文之作，本非大雅，然巧乃见奇，亦未可厚非。予曩读万红友《璇玑碎锦》，叹其巧极，然全首回文之词，尚无有也。秋晚有怀，偶尔效之，遂成一阕，后之作者，必有加焉。"词云："小楼连苑吹笙，沉沉久别羁人怨。峭凉窗纸，冷风凝露，宵深梦短。道远绵绵，思归怀故，惯经游倦。悄声沉雁重，重听细籁，迎风处、疑调燕。　幽唱谁还度遍。更长令、荀香消遣。少年磨尽，壮心豪气，平生念懒。好月珑玲，镜天明净，彩华霄半。绕空阶影瘦、萧萧吟兴，罢添香篆。　篆香添罢兴吟，萧萧瘦影阶空绕。半霄华彩，净明天镜，玲珑月好。懒念生平，气豪心壮，尽磨年少。遣消香荀令，长更遍度，还谁唱、幽燕调。　疑处风迎籁细，听重重、雁沉声悄。倦游经惯，故怀归思，绵绵远道。短梦深宵，露凝风冷，纸窗凉峭。怨人羁别久，沉沉笙吹，苑连楼小。"

李思纯作《晚秋口号》。诗云："霜菊残花渐割茎，秃根老柳静当门。一宵衣上西风影，憔悴朱颜镜里人。"

张仲炘作《浪淘沙·壬子九月暂归武昌，赋寄内子上海》。词云："灯掩画楼深。秋意沉沉。雨声和溜夜鸣琴。却盼庭花开更好，满地黄金。　抛卷且闲吟。念远难任。寒多无梦到重衾。不道回家还似客，长自思寻。"

[日] 国井篁月作《大正壬子九月，访望洋叔于镰仓，相携游箱根，滞留三日，遂经江岛归，诗以记游函关》。诗云："参差楼阁翠微间，霞弟烟兄往又还。绝险壮哉天下固，如今谁问古函关。"

十一月

1日　宋琳在绍兴创办《天觉报》，以"振兴教育，提倡实业，指导社会，匡辅政府以及鼓吹尚武精神，发展民生主义”为宗旨，南社、淮南社、周树人等纷纷表示祝贺。《南社同人祝词》云：“莽莽神州，斯民先觉。无欲福国，赖君警铎。”《淮南社祝词》云：“民之歌哭，翳君是宣；族之辑睦，翳君是赖。为指南针，亦导火线。越州生色，全国凭藉。”《北京周树人祝词》云：“敬祝天觉，出版自由。”

徐树铮在北京创办《平报》，该报又被称为“陆军机关报”。林纾受聘任该报编纂，《平报》特为其开设多个专栏，分别是“铁笛亭琐记”专栏，发表其笔记故事，署名餐英居士；“讽喻新乐府”专栏，发表其讽刺时事乐府诗，署名射九；“践卓翁短篇小说”专栏，刊登其见闻杂志，均署餐英居士。林纾在《平报》陆续发表诗作《游翠微山界寺，余与橘翁各携拄杖直造山顶，至宝珠寺》《子窝》《题表忠馆》（和陈石遗作）、《玉钩斜》《题吴梅村〈玉京道人弹琴歌听后〉》（和玉瑜作）、《书〈吴驳公集〉后》《燕》（和欣园诗作）、《吊李后主》（和玉瑜诗作），自署“畏庐”。其中，《题吴梅村〈玉京道人弹琴歌听后〉》云：“火夜横塘曲宴阑，玉人半老去长干。六宫风雨移行帐，一夕沧桑换女冠。北地人归花事尽，南朝梦醒徵声寒。可怜万种凄凉曲，偏向虫沙劫后弹。”又于《平报》发表讽喻新乐府122首：《逋臣归》《胭脂月》《十年不结婚》《旅行团》《剪发令》《再见再见》《江南好》《烧鸦片》《拉党人》《国庆》《都督心胆寒》《礼服》《铁血张》《挂洋旗》《禽兽办公司》《沉偶像》《总长逃》《枪毙鸦片鬼》《炮眼》《彭宠》《牡老公》《海军小走卒》《不喜见胡子》《议搭公债票》《一矢贯双雕》《开会》《议员走精光》《根本改革团》《蔡女杰》《老旗员》《哥老会》《囚无粮》《暗杀成天民》《抵赖二百元》《恳亲会》《弃妇》《释婢会》《孙乘义》《投票场中得票难》《罪状十四条》《买投票》《征库请愿团》《纪念会》《医脑病》《老革命》《一戴八天仇》《逃妾》《点睛不飞去》《收子弹》《湖南大布告》《哀悼会》《此面有毒药》《智夫哭》《抓破小指》《辩护士》《石大人》《暗杀党》《逛党逛党》《美总统》《难怪难怪》《投票必记名》《醉琼林》《汤化龙、吴景濂》《刺客死》《非常国会开》《响一声》《租界住不下》《张勋张勋》《议员打议员》《救世军》《凤兮凤兮》《议长来》《取消大借款》《完全浙江》《两条》《李鸿章》《打伙齐北来》《打电问张勋》《本席脑筋乱》《议员又打架》《割须割须》《散散散》《周女士》《子弟兵》《昨宵梦见南北斗》《调停法》《美人得选举》《照相》《宝月圆》《作法自肥》《但知有国民》《湘女参政权》《十哀》《余哀》（包括《哀学生》《哀女界》）、《白鸟鹤鹤》《吴绍燐》《独立独立》《公债票》《王陵母》《石头城》《共和实在好》《行刑场》《快活床》《苏舜华》《木兰辞》《德人与孔教》《填海石》《辞职辞职》《善哉言》《哀难民》《国会迁南京》《减价六百元》。其中，《哀女界》云：“宣武门外杀人场，美人如花一殚僵。杀囚杀到女学生，我虽不见神沮伤。辛亥之年在上海，女界人人学朱亥。手枪炸弹裤裆藏，洞腹断头那能悔。女子不顾身，竭力媚伟人。伟人权利加义务，趁船得得来天津。天津侦探捷如猫，一抓即得难轻饶。

堂堂执法处，热似洪炉烧。云髻花颜金步摇，一枪叫汝上九霄。黄沙赤日尸尸覆，罗衣尚带丁香馥。旁观见者心胆寒，打伙来了金玉兰。”《独立独立》云：“独立独立，一人欢喜万人泣。独立岂皆大将才，不过卷逃思发财。浪人当前敌，日本为后台，锣鼓一歇往里来。怀中满满贮钞票，一个罪魁捞不了。一句话，最简单，国事之犯引渡难。叫汝国务员，日夕眠不安，侦探四出搜炸弹，草斩根存来岁活，逍遥海外真活泼。可怜百姓长皇皇，一眼只看孙与黄。咸愿孙与黄，早早升天堂。天孙为织云锦裳，切勿披发骑龙下大荒。”《填海石》云：“填海石，衔精卫，半生孤愤仇专制。狙击曾空博浪椎，一身不向下邳逝。孱王到此却文明，未将刺客监中毙。共和成立身脱囚，翱翔海外成自由。美人如花作良匹，双双顾影真无俦。孰料权强力牵挽，拖泥带水支那反。坐令天下惜膏兰，不终晚节堪悲惋。用心幸不类孙黄，未徇私利仇中央。我为原心因略迹，乐府才编填海石。”

《申报》第14259号刊行。本期《自由谈》“尊闻阁词选”栏目含《满庭芳·写闷》（蝶仙）。词云：“灯芯摇红，檐花晕绿，愁边惟有吟樽。没情寒雨，又要做黄昏。亏煞帘衣无缝，深深地、围住春魂。思量遍，依然独醒，残酒手中温。　　年来多少事，心头眼底，几件留存。算鸳鸯福分，受尽深恩。偏要自寻烦恼，生生地、扭断情根。只留得，衾边枕角，一点梦儿痕。”

刘绍宽本日起下乡遍查平阳全县各校情况，作《视学录》；另有诗《自赤溪泛海过中墩视学往沙波》《望雷渎山》《赤洋山望谢小湄先生宅》。其中，《赤洋山望谢小湄先生宅》云：“行行上山冈，遥望诗人宅。诗人今何许？荒棺閟泉穸。忆昔生存时，文章声名藉。二难两弟昆，同时称联璧（兄芳崖先生）。上党交忘年（鲍石芝先生），武林与抗席（华蕖园先生）。一时风雅侣，山房纷履舄。园发牡丹花，赋诗集吟屐。句成铜钵催，章就瑶笺擘。如读兴公赋，渊渊出金石。斯人一以去，俯仰感今昔。李峤叹无儿，犹子承遗泽。文统俄失传，宾朋遂疏隔。西华泣葛练，陆庄荒难辟。每当三月时，春风摇葵麦。牡丹花盛开，年年满园隙。可叹人憔悴，不如花悦怿。生时嗟蹭蹬，青云铩六翮。死复成荒凉，蓬蒿没人迹。诗人信多穷，无乃太困阨。千秋一卷书，谁与吊遗魄。惆怅溯西风，今有过行客。”

2日　李曰垓为《廿我斋诗集》作序云：“是集为吾腾尹虞农先生所著，吾友李子印泉今始刻之。忆儿时入塾，一日归途，值某族媪絮絮问塾师良否？余不知别白，但乞媪告我以塾师良者。曰：‘四十年以往教授于吾乡，颀长而白皙，其须髯清疏，望之而有仪可象之尹先生者最良。’问其名，曰：‘艺也。’余于是始知先生之名。余读书能通句读时，隔座听塾师诵《收复腾越檄文》，曼声吟哦，意若隽永有味者，数听之而不能忍，问塾师何文？曰：‘此尹虞农先生名艺者之文也。’余于是始知先生之能文。余成童后，翻阅《腾越厅志·文苑》一类所录，以先生诗文为最伙，不辨妍媸而辨多寡，辄称道先生著述之富。先生之邻右某告余曰：‘尚未尚未，先生有《廿我斋诗文集》某某集者，几于卓然成家。’余于是始知先生有《廿我斋诗文集》。夫余之知有是集而迄不可得见，亦既二十年于兹矣。余与先生地之相去也不盈百里，世之相后也不逮百年，而搜讨之难乃如此，乃知世不易有传人，与有之而未必遂传，皆可叹也。有印泉此刻，先生传矣。抑世有可传如先生者，而不得印泉其人以传之，与得印泉其人，而印泉其人者或不得如印泉者以传之，是亦可叹也。印泉以为何如？中华民国元年十一月朔二日，邑人李曰垓谨序。”

3 日 外蒙与沙俄在库伦签订《俄蒙协约》，俄意欲推动外蒙自治。

《独立周报》第 7 期刊行。本期“文苑”栏目含《刘申叔最近与某君书》（刘师培）、《北山楼诗》（吴彦复）、《悉公诗》。

景耀月《帝召新诗品》刊于《民主报》。

4 日 《申报》第 14262 号刊行。本期《自由谈》“尊闻阁词选”栏目含《秋菊》（二首，寄尘）、《残菊》（寄尘）、《秋夜闺情》（回文体）（瘦蝶）。其中，寄尘《残菊》云：“聊凭冷眼倚篱看，秋色微茫岁欲阑。历尽风霜何限劫，可怜黄种被摧残。”瘦蝶《秋夜闺情》云：“东窗小立起愁怀，冷露宵深湿凤鞋。工绣针停初上月，铜壶滴漏听秋阶。”

王闿运作《黄清蕙求诗，甚窘于思，姑取诗笺题句，乃竟成章，不唤我作才子不得也》。诗云：“仙媛清芬蕙不如，偶来尘世驻云车。两家甲第荣霜戟，一夜庚邮黯素书。箭总执笄犹俟见，瓜年参发未容梳。即今女史无彤管，刘传重披倍感余。”

5 日 《申报》第 14263 号刊行。本期《自由谈》“尊闻阁词选”栏目含《洞仙歌·艳情三首》（蝶仙）。其三：“中门掩了，借湘帘影里。悄步寻镫碧桃底。料相逢蓦地，小极心情，说不定，是恼是惊是喜。　　画屏刚独倚，弹指声轻，毕竟聪明解人意。一幅绣帘开，欲笑还禁，描不出、两人心计。任小婢刁酸，隔房听，也分与些儿，独眠滋味。”

胡朴安《解颐诗话》刊于《民立报》。本诗话仅一则，论近代香奁诗风兴盛，乃自晚唐韩偓《香奁集》而来。

叶昌炽作《汪薇轩挽帖》。联云：“桃花潭水，昔日论文，沧海桑田惊已变；木樨香禅，刹那证果，琼楼玉宇不胜寒。”跋云：“老病废门，屏绝世缘，忏除文字，久不拈笔。中秋前一日，忽闻薇轩老友封翁作古。束发论交，即同研削，屈指五十年矣。忧生伤逝，怆然于怀，破戒书此，奉唁即呈灵鉴世。愚弟叶昌炽。”

林思进作《壬子九月廿七夕，饮澈雪庵，即席漫赋》。诗云：“九月霜清素女秋，百无聊逐酒人游。人生行乐应须早，莫待红妆赛白头。碧杜红蘅缥缈春，怕随俗艳斗时新。闲将楚些征名字，芳草由来属美人。鸳鸯十五忆王昌，不听歌声解断肠。今日樽前谈往事，眼波一度已沧桑。三载京游系梦思，云和小坐想清时。当年兰蕙知何处，却借屏灯更展眉。军城笳鼓漏频催，轰醉深拼百罚杯。偶向陈髯寻掌故，今宵不放紫云回。”

八指头陀作《壬子九月二十七日，客京都法源寺，晨起闻鸦有感》。诗云：“晨钟数声动，林隙始微明。披衣坐危石，寒鸦对我鸣。似有迫切怀，其声多不平。鹰隼倏已至，一击群鸟惊。恃强而凌弱，鸟雀亦同情。减余钵中食，息彼人中争。我身尚不好，身外复何营？惟悯失乳雏，百匝绕树行。苦无济西资，徒有泪纵横。觉皇去已邈，谁为觉斯民？”

［日］高须履祥作《大和游草》。序云：“十一月五日大和鹫家人士胥谋行天诛组志士五十年祭典，余与同志往列其式，此行吊松本奎堂、宍户昌明两先生墓，自五条抵天辻，访志士战绩，兼登芳山，拜亩傍陵，二十年来宿愿始酬矣。途上所得七绝十一篇，虽无足传者，亦怀贤吊古之意存焉，不忍弃掷，因录自览云。”其一：“百里携朋试胜游，轻车直入大和州。好将吊古怀贤笔，并赋碧云红树秋（自樱井驿抵鹫家）。”其二：“观音功德本无量，古刹繁华忆艳阳。花绕玉廊人似织，天香馥郁满灵场（长谷观音）。”

6日　《申报》第14264号刊行。本期《自由谈》“尊闻阁词选”栏目含《金缕曲·为王鹿春画家题所制花卉草虫册页，得酒一斗》（蝶仙）、《前调·题浏江许瘦蝶〈啸秋阁诗〉〈梦罗浮馆词集〉》（蝶仙）。其中，《金缕曲》云：“世界虫沙耳。算年年、春来秋去，光阴逝水。过眼繁华无证据，孤负万千红紫。为写上、衍波岁纸。不是寻常群芳谱，是愁中、病里伤心史。回首处，一弹指。　　辋川老去芭蕉死。情何人，替花写照，离形得似。彩笔今番生五色，再世维摩居士。有活泼、天机如此。我辈清狂由来惯，趁余醺、题满横斜字。便投笔，笑而起。”《前调》云：“籀罢和凝版。恁蛮贱、珍珠密字，铸成愁券。一树梅花圈到底，前度相思圆满。幽梦转、罗浮山远。中有缠绵儿女语，小红牙、试倩飞琼按。歌一阕，酒双劝。　　啸秋高阁凭江面。风过处，许多奇句，飞来天半。红叶满山题不尽，付与奚奴收管。便化作、锦霞千片。宝气珠光迷五色，漱蔷薇、再读三千遍。诗与画，更难辨。”

杨巨川为《梦游吟草》作自序云：“或问于予曰：‘子之《梦游吟草》，奚名乎？’予曰：‘夫天地一梦场也，古今一梦积也。日月星辰、山川草木鸟兽，梦中之点缀也。伟人杰士、礼乐干戈、喜怒哀乐，梦中之幻搆也。际斯会者，纷赜飚倏，星流电掣，足不停趾，目不转睛，前者仆，后者起，喜者歌，忧者哭。罄南山之竹，不能毕其词；列过形之镜，莫能穷其象。噫！此恒河沙数之众生，际此石火电光之时刻。其生也不知所由来，其去也不知所自往，徒劳劳争夺攘逐于是中，颠倒恐怖，无片响之清醒，斯诚大可哀也。今予与子亦梦中人也。予行年四十，例古稀之数，梦中岁月，去日苦多，追忆少壮时事，仿佛亭午溯侵晨，才瞬息耳。童年记忆不悉，不具论。自弱冠即橐笔作汗漫游，猎食于四方，中间驻足于燕楚为最久。其余过秦者三，如郑卫者二，过齐鲁者一，过吴越者一，过晋赵者一，如日本者一，率皆马足车尘，匆匆滚滚。然默计是期内，涉河洛，观嵩华，经渤海，探三岛，溯长江，登衡岳，泛洞庭，足迹半天下，独惜无惊人之句，以纪尘踪。即间有留题，为异日蕉鹿之求，雪鸿之爪，又皆粗俗浅直，不足当大雅之一噱。然而言为心声，诗以言志，从古如斯，予何独不然？迩者木落秋高，金风飒飒，寒生枕簟，凉沁心脾，枯坐无事，辄裒旧作若干，名之曰《梦游吟草》，亦梦中说梦云耳，子何疑乎？'或唯唯而退，因书此于简端。壬子九月二十八日，半边和尚书于寒松轩。"

胡适作《水龙吟·绮色佳秋暮》，载1914年1月《留美学生年报》第3年本。词云："无边橡紫榆黄，更青青映松无数。平生每道，一年佳景，莫如秋暮。倾倒天工，染渲秋色，清新如许。使词人憗绝，殷殷私祝。秋无恙，秋常住。　凄怆都成虚愿。有西风任情相妒。萧飕木末，乱枫争坠，纷纷如雨。风卷平芜，浅黄新赭，一时飞舞。且徘徊，陌上溪头，黯黯看秋归去。"

7日　中国政府对外蒙古与沙俄的私自协议提出抗议，概不承认。

陈宝琛作《九月二十九夜大风不寐作》。诗云："狂风如雷不肯停，中有无数寒号声。又疑控弦万骑下，欲曙不曙甘长醒。去年今日泛舟处，立冬未届昨已冰。大钧失柄五纪舛，不怪四气相侵陵。何辜道旁冻死骨，谁实阶厉天无刑。神州累棋更幅裂，熙熙贺厦宁异情。余生皈佛恋桑下，敢望身及黄河清？团城松栝日相见，输汝历历金元明。"

易顺鼎作《九月廿九日雨中，张黄楼招集六合春酒肆，即席赋赠一首》。诗云："感旧南皮泛绿瓜，天仍别有雨如麻（君为文襄师犹子。'春水桃源天别有，秋风茅屋雨如麻。'师与余拈'亨''麻'二字作诗钟句也）。十分秋只余明日，六合春还问酒家。诗格象羚鲸翡翠（坐中皆诗客），食单蚝蛎蟹龙虾。师门流涕惟君在，头白相携送岁华。"

9日　周庆云招饮菊宴，并作《十月朔日，湘云宗台集朋辈二十人，开尊对菊，是夕奇寒飞雪，坐花剧饮，尽欢而散》。同人和作：周庆云《初二日徐贯云、凌云昆仲简招双清别墅，灯下赏菊，赋此志谢，仍叠前韵》、刘炳照《梦坡以菊宴诗示我，率次原韵就正》、刘锦藻《菊宴诗，次韵呈梦坡》、周鸿孙《十月之朔，邀至好同赏晚菊，梦坡以佳什见贶，勉步元韵奉酬》。其中，周庆云《十月朔日》云："莫言老圃著花迟，为共寒梅斗雪姿。西域奇葩罗一室，东篱佳种绽千枝。镫前环佩皆凡艳，座上宾朋半旧知。未醉先教留小影，风流不减永和时。"刘炳照《梦坡以菊宴诗示我》云："今秋为底看花迟，孤负东篱绝世姿。闻道梁园飞雪夜，安徘陶径傲霜枝。日行北陆寒先戒，帘卷西风瘦自知。旧约久疏新约爽，无人送酒负佳时。"

樊增祥相继作《十月朔雪》《椵公以〈咏雪，押秋字〉为难，叠韵一首》《再叠秋韵，赋雪，调石甫》《以雪诗致节庵，立和二首，雪晴奉读，三叠韵酬之》。其中，《椵公以〈咏雪，押秋字〉为难》云："小虫初劝进功裘，万木微黄绿尚稠。天际虹藏周月令，桥头鹤语晋阳秋。晚防风絮催诗鬓，早趁梨花觅酒楼。打点铜瓶烹雪水，围炉联句是清修。"易顺鼎作诗和樊增祥。《十月朔日》其一："刚将病榻作菟裘，闻道漫天雪片稠。语鹤重逢尧甲子，战龙一部鲁春秋。神州正欠填银海，我辈疑催赴玉楼。酒肉朱门路旁骨，欲将此事问灵修。"其二："呻吟郑缓地名裘，绣阁平连万瓦稠。忽把西风转成朔，恰从昨日送完秋。寒生海上停云馆，人在江南听雨楼。布被蒙头坚不起，党陶福分让渠修。"

陈三立作《十月朔雪望》。诗云："海气初成雪，窗光欲化烟。拳枝存冻鹊，韵榻扫残蝉。栖泊薰炉换，啼号粥鼓连。从占天地闭，我与我周旋。"

夏敬观作《十月朔日甫立冬，风雪大作，适得真长〈烟台雪晴〉见寄诗，因次其韵》。诗云："洒窗霰雪积如尘，衹仗僧房榾柮春。白发已憎秋色短，朱方还讶早寒新。坐敷败絮江风底，梦逐行襟海日滨。应念寺门松栝老，空存皮骨卧龙身。"

10 日 《申报》第 14268 号刊行。本期《自由谈》"尊闻阁词选"栏目含《窗前白秋海棠，每当盛开，花影一庭，弥望无际，不藉浓妆，自然雅素，真国色也。至九秋，渐就凋残，遽委霜露，回忆花时，未能玩赏，诗以吊之》（率公）、《听王玉峰奏技感赋》（二首，率公）、《感遇》（率公）。其中，《听王玉峰奏技感赋》其二："流水高山寄慨深，更从何处觅知音。休将遗事谈天宝，彻耳声声鼙鼓侵。"《感遇》云："天风吹下步虚声，恍似云英降玉京。乍见浑疑曾相识，回眸一笑不胜情。"

《独立周报》第 8 期刊行。本期"文苑"栏目含《蜀学会叙》（神霄真逸）、《北山楼诗》（吴彦复）、《杂诗》（宛委山人）、《春感四首并寄无量，用见和多士韵》（宛委山人）、《龙惠山十六韵》（宛委山人）、《夜雨遣怀》（宛委山人）。

中国佛教总会会长天童方丈八指头陀寄禅大师在京圆寂。八指头陀（1851—1912），俗姓黄，名读山，僧名释敬安，湖南湘潭人，近代著名诗僧。幼年贫苦，境遇艰难，十八岁于湘阴法华寺出家，后历游名寺，悉心佛法。光绪三年（1877）释敬安二十七岁之时，于宁波阿育王寺佛舍利塔前燃二指，并剜臂肉燃灯供佛，自此号"八指头陀"。先后主持衡阳大罗汉寺、南岳上封寺、大善寺，宁乡沩山密印寺，湘阴神鼎山资圣寺，长沙上林寺、宁波天童寺等。八指头陀二十一岁始学诗，曾参加王闿运于长沙开福寺所主持碧湖诗社，著有《白梅集》《八指头陀诗集》等。据冯毓孳《中华佛教总会会长天童寺方丈寄禅和尚行述》："有顷湖南宝庆有攘夺僧产销毁佛像之举，宝庆僧侣联名状内部求回复，民政司长抗不行。师以湘僧之请，定计北上，拟以湘事再求内部恳切下令。十月中首途，十一月一日抵京师，寓法源寺。法源寺旧署悯忠，师嗣法弟子道阶方主斯寺。越九日，始偕道阶见内务部礼俗司长某君。是时湘中之事方迫，而某又下令调查僧产，分别官公私诸目。师见某，据《约法》相诘难。又以令中有‘布施为公、募化为私’语，师谓在檀那为布施，在僧侣即为募化，界说不明，断断与某争辩。某语塞，无以对，词色转厉，意在恫师。师遂愤而出。道阶为通袁大总统、赵总理，戒期往谒，冀收回司令，并以湘事为请。又劝师赴文宴以自解。是日夜半回寓，甫下车，即胸膈作痛，亟就榻。侍者各归寝。明日昧爽往视，已作吉祥卧示寂，实旧历玄黓困敦之岁十月二日，世寿六十有二，僧腊四十有五。”汪辟疆评其诗：“寄禅诗在湘贤中为别派，清微澹远，颇近右丞。惟喜运用佛典，微堕理障。”（《光宣诗坛点将录》）陈三立有《雪中静安寺追悼会所哭敬安上人》吊之。诗云：“逝景劳尘迸一哀，寺廊钟梵我重来。随缘菊宴俄成谶，说法绳床已覆埃。游侠生平圆苦行，贪嗔文字谥奇才。虚堂像设围飞雪，犹认期期咏白梅。（上人口吃，别有《咏白梅诗》一卷）”太虚大师亦有《心丧八指头陀》（二首）以志哀悼。其一：“相随学道白云层，棒喝当头领受曾。从此更无师我者，小窗垂泣涕如绳！”其二：“万树梅花竟埋骨，一轮明月孰传心？遗诗自足流千古，翠冷香寒忆苦吟。”

吴昌硕于朱丙君座中晤郑孝胥。

陈夔龙作《十月二日为亡室丁夫人冥祭之期，物化已二十七年矣，凄然有作，十叠前韵》（二首）。其一：“蚕丛历尽苦兼辛，一病沉绵遽殒身。百草无灵催蝶梦，五花有诰泣鸾纶。绮罗罢织甘椎布，珠桂兼筹计米薪。德慧双修偏靳福，天公于汝不为仁。”

沈汝瑾作《壬子十月二日大雪放歌》。诗云：“同云下雪漫长空，青山头白如衰翁。黑帝司令记昨日，玉衡北指才立冬。天公醉命滕六戏，六花遍散琼瑶宫。阳乌戢翼顾兔伏，双丸日月藏壶中。零珠碎璧荡银海，堆积势欲埋华嵩。东篱瘦菊枝压折，长松倔强还鞠躬。大地平若铺素毯，飞鸟息影兽绝踪。是时温处遭大水，山崩地裂蛟发洚。倘先踏雪觅其窟，伐除巨害无灾凶。五羊城外夜失慎，火光直射南天红。长堤一带半焦土，菁华百万付祝融。炎方苦旱乏雨雪，安得喷玉呼群龙。我欲雪化太仓粟，运往灾地拯哀鸿。或为银屑铸钱币，偿外债救中华穷。蒙古西域并梗化，英俄密约兴兵戎。如唐破蔡缚元济，奇兵雪夜能奏功。悲哉希望不得遂，苦吟声似号寒虫。小人所志在温饱，谓是佳兆征年丰。烹茶梅林扫积素，热血一洗磊块胸。海上同人结诗社，聚星韵斗尖叉工。我思复古追正始，常以寸莛撞洪钟。冰瓯冻秃五色笔，难挽世运回春风。未能访戴夜僵卧，梦山阴道牵孤篷。荒村突冷被无絮，黄牛冻杀愁三农。阴霾谁挥倚天剑，还我旭日光曈曈。”

11日 樊增祥招梁鼎芬、陈三立、易顺鼎、张彬等集茶仙楼作诗钟，并作《十月初三日柬招杏城、节庵、伯严、石甫、蔚霞、黄楼、子琴、和甫、椵公、汉章集茶仙楼为诗钟之戏，客散有作》诗纪其事。诗云：“星聚欧堂十一人，萧闲俱是水云身。花窗明净无余雪，茶具芳温作小春。下酒车螯别风味，战诗瓶菊亦精神。王阳不虑黄金尽，自酌鸾杯自贺贫。”易顺鼎亦作《十月初三日樊山招饮，和韵赋谢一首》。诗云：“都向江湖作散人，词仙居处独无尘。但身闲后皆佳日，是雪晴时即早春。诗当谢公丝竹肉，菊为陶令影形神。食单茶具还精绝，应笑东坡皛饭贫。”

吴虞《爱智壬子日记》载《七律一首》。诗云：“浮云西北夜漫漫，风雨天涯不耐寒。乱世人才偏有数，中年哀乐渐无端。荀卿性恶知非误，杜默文奇只自看。且学闭门休载酒，荆高徒侣半凋残。”

陈遹声作《十月初三日病中作》（二首）。其一：“交友长辞仆婢嗔，一年只与病相亲。儿如过客忘尝药，妾以贪眠误湿茵。忍痛强令娇女去，临危始觉老妻真。料无干净首阳土，掩我负君亡国人。”其二：“一年偷息尚生存，如我生平不足论。九死已迟无可赎，一钱不值复可言。臣心未敢忘宗国，家祭知难望子孙。惆怅东川轻去职，茫无死地负君恩。”

12 日 《申报》第 14270 号刊行。本期《自由谈》“尊闻阁词选”栏目含《录华吟梅》（三首，率公）、《杂感》（息影庐）、《摸鱼子·次吴门沈瘦蝶韵》（蝶仙）。其中，率公《录华吟梅》序云：“吟梅女士，侍仙君之闺媛也，侍仙君曾以事陷缧绁，吟梅上书辩白，愿以身代，奔走呼号，卒蒙昭雪，至情至性，可泣可歌。年二十二，遽以疾卒，识与不识，皆为痛悼，勉为诗以吊之，更附识其大略于此。”其一：“女权堕落自年年，理想能开风会先。蕙折兰摧宁憾事，坤维一线孰薪传。”其二：“尘寰小谪自由身，兴学输财更极贫。一事输君巾帼愧，缇萦而后即斯人。”其三：“苍昊忌才太不平，明珠顿失掌中擎。惟君悟彻南华旨，如此分明死亦生。（君绝笔有‘蓦然悟到南华旨，生死关头无主权’之句）”

徐世昌约王文卿、鹊卿、朱渭春、金叔英、倪赞臣、叶清如、邓荣光、曹寿轩、朱铁林、席效泉在水竹村小楼上宴集并久谈。

王钟麒《文坛挥麈录》续载于《民立报》，署“无生”。本日《文坛挥麈录》为骈体正名，兼论骈文作法。王钟麒认为：近世文家其鄙薄骈文，往往于其著述中编次骈文为“乙集”或“外某”，而“不知古人文字殊不拘拘于此”，《尚书·尧典》中已出现对文，“是直骈文体裁矣”。散文尚奇，骈文尚偶，本无高下之分，“盖天地之道，阳不能离阴而独立，乾坤之数，奇不能去偶而孤行”。宋人散文不如韩昌黎，原因即在“以昌黎平生之散文，其傅采设色，练声选韵处，多从六朝人骈文中胎息而出，酝酿而成，而欧苏曾王无之也”。世人多以散文忌用丽词，骈文忌参散句，其实大谬，“屈平之骚怨以艳，相如之赋瑰以博，然犹得曰词赋家言也。若《易》之鬼车，《诗》之天妹，可不谓之奇丽乎？昌黎之《南海神庙碑》《祭张员外文》，曾湘乡之《祭汤海秋文》，与夫龚定庵集中诸散体文，黄公度《日本志》诸序，均所谓怪奇玮丽、摛藻扬葩，而要之树体严洁，自不害其为古文也”。清桐城派持戒甚严，恰使其作“如闺孀村妇，俭陋无华，如枯木寒鸦，岑寂少味”。反不若胡天游、邵荀慈、洪北江、汪容甫等人“皆于风华藻丽之中，能寓淡朴清刚之旨。其一篇中顿挫之笔，疏宕之词，往往偶以散句参之，而愈见其有古媚之姿，无袭积之病”。

13 日　《申报》第 14271 号刊行。本期《自由谈》“尊闻阁词选”栏目含《冬夜宿故人庄》（二首，了青旧作）。其一：“满地霜华冷有稜，柴门东畔月初升。荒村犬吠遥闻柝，野寺僧归近见灯。窗外依稀过钓艇，溪边琐碎响春冰。绳床布被通宵暖，香稻如茵垫几层。”其二：“山人何事苦怜才，情话依依亦快哉。半亩寒蔬霜共摘，一壶春酿饔新开。犬因护客终宵醒，鼠不憎人上榻来。破晓似闻邻女说，水边已放两三梅。”

郑孝胥访吴昌硕并赠以诗。

姜可生《一剪梅》刊于《民立报》。词云：“朔风乾峭怒云飞，阴雨霏霏，白云霏霏。灯寒漏涩足音稀。岁月如违，壮志多违。　　关山一梦是耶非，倦鸟知归，远客难归。最怀人处教添衣，如是依依，怎不依依。”

魏清德《奉送中学校教谕黄叶先生归里》发表于《台湾日日新报》。诗云：“人世风尘里，从无聚不分。言辞新店水，归卧故山云。诗思庾开府，宫声郑广文。江湖鸥鹭行，共惜此离群。”

14 日　王钟麒《文坛挥麈录》续载于《民立报》，署“无生”。本日《文坛挥麈录》论作文须注重“声”与“色”。王文认为无论骈文还是散文，都须以训诂声音为主，《诗经》《尚书》盛于声，六经以下，司马迁、韩昌黎都讲求声学。清代孙渊如、洪北江“其骈文之所以佳者，用字雅，结响坚耳”，明代王世贞和李梦阳“训诂虽不逮古人之精，而音节之间，犹有古人遗响，故皆不愧为散文之雄”，至于明代归有光、茅坤和清代方苞、姚燮“名为宗法八家，而于声音训诂之学，失之远矣，是以其文格皆近于卑，其文体悉流于弱，其文之音响节奏胥涉于雌”。“声”之外，为文还须讲求“色”。周秦诸子、西汉司马相如、司马迁、扬雄等人文章斑驳灿然不可方物，唐宋文学家或局于才弱，或苦于情寡，此色不可复睹，“近人之文，所以读之了无兴味，而不足以传世行远者，惟其无色耳”。“色”虽重，然不可妄为，“若本无自立之骨韵，独造之思想，而徒事剽窃丹文绿牒之字面，摭拾妃青俪白之词头，不为俗艳，即为赝鼎。彼方自以为五色斑斓也，而不知适足见哂于大雅矣”。明以后皮传七子，颦效八家者，“不啻传施文字之香粉于嫫盐之丑面，色非真色，文不成文”。清人翁方纲以考据为文章，“思绮之以饾饤为骈文”，徒落人讥笑。

15 日　《民谊》（月刊）创刊于广东广州。“广东同盟记者俱乐部”编辑，“广东同盟会粤支部”发行，陈耿夫编辑兼发行，1913 年 7 月 15 日出至第 9 期停刊，共出 9 期。主要栏目有“图画”“论说”“译栏”“演述”“文粹”“时评”“谈丛”“杂俎”“小说”“词林”“传记”“本党要纪”“本支要纪”“会员题名录”“中国要纪”“中外要纪”“附录”等。主要文学撰稿人有黄兴、谢英伯、衡、佩公、纂、顺德蔡守哲夫、抱香倚声等。《民谊》第 1 号刊行。本期含祝字（冷鸥）、祝电（美洲华侨全体、南洋群岛华侨全体、星架坡陈楚南、南海同盟分会、长乐李思辕）、《民谊杂志出世颂辞》（尤慎）、《发刊词》（民国主人）。“词林”栏目含《题林烈士奎遗像附手札》（黄兴）、《金陵杂咏》（谢英伯）、《杂感词四阕》（衡）、《新词六阕》（佩公）。

《申报》第 14273 号刊行。本期《自由谈》“尊闻阁词选”栏目含《寄家兄信阳》（三首，了青旧作）。其一：“寂历悲身世，因之念所亲。有兄千里别，如我半生贫。久负怀中刺，频过客里春。萧条旧行李，赢得许多尘。”其三：“先世惟耕读，遥遥素德传。蜗庐虽近市，蠹简尚盈船。负笈儿知学，持家嫂更贤。买山钱倘够，早整故乡鞭。”

《军事月报》第 1 期刊行。本期“文苑”栏目含《追吊邹威丹烈士》（刘文翰）、《松亭学兄归自江宁，过访持小影见赠，并索题句》（苏南）。

［韩］《天道教会月报》第 28 号刊行。本期“词藻”栏目含《重阳对酌》（敬庵李瓘、芝江梁汉默、蕙楚金炳俨、凰山李钟麟）、《重阳登高》（香山车相鹤）、《重阳夜独卧，适有菊堂、南隐两大兄见过》（香山车相鹤）、《广岩寒潮》（凰山）、《夜泊星浦》（浦在大湖池东）（凰山）。其中，凰山《夜泊星浦》云：“日落天高江自澜，沙禽故故上层湍。渔人若觅芦花被，一片孤舟此夜寒。”

陈三立作《十月七日，为端忠敏公殉节周一岁。同人集张园山亭，设祭赋悼一首》。诗云：“园隈纸阁酹杯浆，偷活宾僚聚作行。此日更无天可问，孤军曾费梦相望。挤公死地关兴废，垂世遗编有耿光。运去一身谁得惜，旧恩空写九回肠。”

16 日　胡朴安《玉台诗话》连载于《中华民报》，发表或评述近代妇女诗作。

17 日　《申报》第 14275 号刊行。本期《自由谈》“尊闻阁词选”栏目含《奉和蝶仙〈古意〉四首，仍次樊樊山韵》（瘦蝶）。又于《申报》第 14283 号重刊。其一：“手把芙蓉踏软红，瑶台何幸得相逢。香盟缔结三千界，绮梦迷离十二峰。欲起膏肓思扁鹊，偶承眄睐拟登龙。无端诉到飘零苦，帘外花枝敛笑容。”其二：“修竹萧疏翠袖单，东风料峭试轻寒。个侬漫谱长亭怨，游子应谙行路难。尽有痴情求寤寐，莫将幻境步邯郸。烧残蜡炬存红泪，铸错词成不忍看。”其三：“误煞迟量十斛珠，生来丽质负居诸。金钱待借天宫债，心事徒传阆苑书。屧印模糊情宛在，眉痕深浅画难如。鸾飘凤泊成何事，回首欢场悔有初。”其四：“漂摇风雨逼蓉城，不善绸缪屡变更。月地云阶疑昨梦，兰因絮果溯前生。丰姿漫诩如花艳，身世毋忘比纸轻。咫尺蓬山苦相忆，题岁难尽玉关情。”

《独立周报》第 9 期刊行。本期“文苑”栏目含《诸子会归总目（例言并序）》（宛委山人）、《孟晋斋师友诗录》（含《圣湖野叟诗》）。

18日　柳亚子再次通告脱离南社。

20日　樊增祥与易顺鼎、梁鼎芬自沧洲别墅步月归辛园。樊增祥作《庆宫春》。序云："十月十二日夜半，与节庵、石甫、渊若自沧洲别墅步月归辛园。飚车既停，广逵如砥，看月在楸桐槐柳间，霜叶已零，满地明晖，如散银泼汞，人影与树影相错，似小艓子缓行荇藻间也。三君送余归，乃各分道去。灯下用白石《夜步垂虹》调纪之。"词云："霜鹤惊寒，绿螭息驾，玉蟾渐转木末。裘帽萧闲，词人三四，一行秋雁斜掠。淡烟疏树，照空地虬龙欲活。尧章松浦，玉局临皋，有何分别。　素娥终自多情，尽纳吾曹，水晶封域。三条桑陌，十家柳巷，不似铜驼荆棘。马蹄清夜，问何似青鞋缓踏。今宵佳梦，还倚梅花，举杯邀月。"易顺鼎作《孟冬十二夜，偕天琴、节庵、渊若自沧州别墅步月，归得诗二首，索诸君和》。其一："清泪铜街早滴蟾，海天明镜又开函。天云海合蔚蓝一，人月花成太白三。赤壁影都留地上，红桥秋始尽江南。犬声不必闻如豹，华子冈头画细参。"其二："轮是冰轮地未冰，碧琉璃电树悬灯。水中荇藻疑坡老，石上藤萝感杜陵。眉月渐看圆似佛，发人更觉澹于僧（四人皆有发）。铜街半点无红软，已在瑶台最上层。"

《申报》第14278号刊行。本期《自由谈》"尊闻阁词选"栏目含《听瞽者王玉峰摘阮》（蘅史曹曾涵）、《著〈泪珠缘〉五集有句》（二首，蝶仙）。其中，蝶仙《著〈泪珠缘〉五集有句》其一："夙债偿完百虑休，我于人世复何求。情场证果心如佛，不解欢娱那解愁。"其二："转觉性情归淡漠，更无言语表缠绵。双星不是甘离别，特地延长未了缘。"

《四川国学杂志》第3号刊行。本期"文苑"栏目含《西蒙渔父集（续）》（吴之英）、《左庵续集（续〈左庵诗续〉）》（刘师培）、《杂咏》（谢无量）。

21日　《申报》第14279号刊行。本期《自由谈》"游戏文章"栏目含《征外蒙五更调》（血真）；"尊闻阁词选"栏目含《齐天乐・题〈玉雪留痕〉，即次林琴南自题韵》（蝶仙）、《游秦淮即占》（二首，佐彤）。其中，佐彤《游秦淮即占》其一："旧梦青云不再寻，湖山佳处独沉吟。情天缺陷知多少，枉费娲皇炼石心。"其二："楼上灯光水上歌，家家画舫逐烟波。秦淮真个春无价，明月十三圆已多。"

魏清德《半月杖行，为古村先生作》《蓬城吾师许镌小印，至今未就，古村先生云当寄诗以申其意》发表于《台湾日日新报》。其中《蓬城吾师许镌小印》云："能事不受相促迫，王宰始肯留真迹。吾师篆刻古苍茫，不数山人邓完白。去年许为镌小印，寿山谨致两三石。尔来屈指春又冬，岭上郁郁秀孤松。何日缄书与读画，明窗小试肉朱浓。"

樊增祥与易顺鼎等去上海天仙园观看王琴客、林颦、王宝宝三名伶演剧，归后作《天仙部三女伶诗三首（有序）》。序云："天仙园者，沪上四十余年之剧场也。雪团雪散，无复旧人，花落花开，屡更新主。尔乃雌风扇楚，女乐来齐。娇鸟双声，莫非绛树；真花九影，悉是红莲。偶与易五郎，侧帽征歌，持裳顾曲。涪翁莞尔，诧朱弦独绝于佳人；象山默然，信灵秀不钟于男子。五郎目迷群玉，心醉三珠，赠以情诗，征余绮语。王琴客者，大堤杨柳，北地胭脂，近齐翠喜之名，远夺紫云之艳。秋波微睇，神姿妙丽以无双；罗袜生尘，钿尺裁量而减四。身轻比燕，吭啭疑莺。语音脆甚吴侬，肌理莹于燕玉。或疑揣摩桑濮，媟嬻闺襜，则倚市乞钱，本发源于管子；绕梁垂泣，岂得已于韩娥。任是无情，未必见牡丹而不动；纵然收影，犹将揽鸾珮以回肠。色艺双佳，当居第一。林韈者，生本清门，每讳言其姓氏；偶沦北里，思自托于良逑。出则歌扇随身，居则泪珠洗面。但看葱指，已知冰雪聪明；侧听兰言，雅带烟波气息。入迷楼者千百辈，长鞠部者念余年。洎乎岁月蹉跎，形骸放浪。屈才人于厮养，知好梦不到邯郸；污菡萏以淤泥，叹慧根难生净土。然而夏姬三少，老尚多情；秋娘一花，好犹堪折。口中宾白，皆三十六体之诗；天上歌声，逐二十五郎之管。以酒炉之放诞，寄箛拍之牢骚。张好好晚曳青裙，与文人而同慨；徐翩翩自书金扇，觉荡妇之可怜。艺精色衰，屈居第二。王宝宝者，技亚于琴客，年小于林韈，大抵奇花媚于初胎，香草采于莩甲。若豆蔻梢头，十年未嫁，则芙蓉镜下，及第嫌迟。是儿采旄左倚，蜚声鹦鹉洲边；玉笛横吹，度曲梅花江上；盖有年矣。技进而容光微退，妆淡而意态犹浓，笑则百媚俱生，娇到一团衠是。才兼文武，桃花马上之英风；情有悲愉，杨柳楼心之歌曲。云髻重逢罗隐，两不如人；镂衣再见屏山，都疑隔世。然而采遗音于朱嘱，世多汐社之诗人；谱旧曲于霓裳，卿亦开元之宫女。辈行较晚，宜居第三。之三人者，调丝品竹，则慧女远胜痴男，嚼徵含商，则雄龙不如雌凤。是用商量采选，品第名花，百人为英，千人为俊，万人为杰。不图得于脂粉之丛，金管第一，银管第二，斑管第三，庶足传其声伎之妙。嗟乎！仙鹤锦鸡孔翠，谁颁三品仙衣；状元榜眼探花，不过一场春梦。读吾诗者，作如是观。”其一《王琴客》：“卿是天津杜宇魂，南朝琼树奈何春。花颜嗔喜时时换，箫谱宫商字字真。山翠可须园令画，月钩重见窅娘新。榴裙笼罩知多少，七贵低头拜下尘。”

瞿鸿禨作《陶斋所题赵松雪〈听泉图〉，今归李君平书，以壬子十月十三日补会追悼陶公，感而有作》。诗云：“空山幽绝鸣飞泉，清听要眇无人传。笔与元气相吐吞，神妙化尽烟云痕。谁其画者赵王孙，题自胡元大德间。十月几望辛亥年，经六百载今犹存。陶斋先生雅且温，食古成癖夙好敦。金多身闲恣讨论，穷蒐豪取智力殚。鼎甗罍洗觚壶尊，金石备致诸珍骈。唐轴宋椠罗斑斑，一鳞片羽靡不耽。得此尺幅夸奇缘，岁月适符张美谈。待开雅集呼朋簪，何期海内风尘昏。极目黪黮弥乾坤，公方于役东西川。仓卒授命资之原，苌宏碧血膏荒园。悯矣更丧先轸元，天若阨之名则完。捣麝不灭馨播兰，文敏忠敏夫孰贤？华采伯仲难比肩。俯仰陈迹图宛然，李侯健者能后先。赓续胜事招英魂，灵之来兮骖鸾翩。贱子交公淡逾坚，人琴俱亡感百端。一盏未荐横汛澜，临风怆恨寓长篇。”

23日 刘海粟与乌始光等在上海创办上海图画美术院，刘海粟自任校长。

《申报》第14281号刊行。本期《自由谈》“尊闻阁词选”栏目含《安庆摸·为庞芝阁题隋董美人墓志拓本》（蝶仙）。词云：“认斑斑、零缣剩墨，泪华千载犹湿。六朝山水都如梦，何况美人颜色。抛未得。有一缕情丝，嵌住三生石。呼之欲出。问环佩来时，棠梨落后，谁与共寒食。　　休再说，往日隋宫明镜。土花一寸凝积。落鬟故黛无凭据，早被锈纹侵蚀。寻往迹。只龙首原前，芳草年年碧，春灯如漆。纵炤取残碑，摹来恨字，何以致魂魄。”

王钟麒《文坛挥麈录》续载于《民立报》，署“无生”。本日《文坛挥麈录》评文章之“神”。王钟麒认为作文须有“神”，“神也者，妙万物而为言者也”，圣贤豪杰、巨奸大猾、庸夫俗子皆有独特之“神”，“惟妙于文者，能追摹而摄取之于尺幅之上”。评文章之“神”，应从阴阳角度入手，区分美恶。

[日]白井种德作《春晓》。序云：“壬子十月旬五残更，梦中作闻莺诗，觉而思之，犹记转结，乃补前二句以完之。此晨吾一黉亦有莺入窗，生徒以笼捕之，可谓奇矣。”诗云：“趁晓求诗兴也深，春园不见点尘侵。莺儿已有先于我，得意梅花香处吟。”

24日 《独立周报》第10期刊行。本期“文苑”栏目含《圣湖野叟诗》、《海藏楼诗》（郑孝胥）、《八指头陀诗》（释敬安）。

25日 [韩]《朝鲜佛教月报》第10号刊行。本期“词藻”栏目含《望月寺》（梦鳌）、《又》（梦鳌、书山、水观、正观）、《赠别释王寺住持金仑河》（栖汕成损）、《南门驿赠别徐震河上人归法住寺》（栖汕成损）、《送别金刚山榆岾寺金锦潭上人》（栖汕成损）、《赠别桐华寺住持金南坡》（栖汕成损）、《南门驿别金龙寺住持金慧翁》（栖汕成损）、《南门驿别银海寺住持朴晦应》（栖汕成损）。其中，栖汕成损《南门驿别银海寺住持朴晦应》云：“何事先生不自闲，草衣相见手堪攀。山容染俗皆平地，佛法为家即世间。修道方知经劫运，论心始觉对真颜。行人遮莫迷津问，银海将看宝筏还。”

26日 《申报》第14284号刊行。本期《自由谈》“文字因缘”栏目含《旅夜书感寄钝根》（蕴深）、《阮剑痴君以其文郎遗象嘱题，即次元韵八首》（蝶仙）。其中，蕴深《旅夜书感寄钝根》云：“一声长叹罢，邀月话黄昏。身世余书剑，乡心落酒樽。穷愁仅有骨，别梦总无痕。说与霜天雁，离怀寄钝根。”蝶仙《阮剑痴君以其文郎遗象嘱题》其一：“小阮聪明我夙知，风神濯濯比珊枝。十年久谪司香吏，化作昙花现一时。”

叶昌炽启旧笥检点日记，作《日记四十一册托始戊辰，迄今年壬子四十五年矣。排缵岁月，标题起讫，不胜今昔之感，怃然赋此》。诗云：“凌晨起引镜，皓然两鬓霜。惝恍宵梦觉，申旦忽已忘。我生况大寐，歌哭尤无常。眩人亦自讶，巧历安能详。开笥出掌录，堆案一尺强。蛇蚓不成字，鼠蠹还重装。当其弄笔时，涓涓导滥觞。盈科进以渐，赴壑流方长。高堂健无恙，弟妹森成行。初乐在庭户，继忧疲津梁。岂知岁月悠，一炊仅黄粱。四十有五载，如火如电光。报恩痛罔极，养志惭无方。我妇我儿女，相携赴北邙。即今天池下，宿草嗟已荒。踽凉吊形影，坚僻成膏肓。周衰况迹熄，孔没嗟道亡。筮易得蜚遁，色斯且高翔。鹿豕相人偶，熊彨非我祥。回视东海水，一度尘又扬。鄙事由少贱，耿节期晚香（先大夫避地归，得晚香堂额，以为安阳佳瑞，即悬之厅，事期不肖者甚厚）。沍寒天地闭，潜曜龙蛇藏。譬如逆旅客，戒涂思故乡。归真返吾宅，悬解师蒙庄。”

27 日　［韩］《侍天教月报》第 2 卷第 11 号刊行。本期“词藻”栏目含《阁中梅》（小石朴海默）、《忏悔》（刘泽夏）、《戒俭》（李万根）、《厌世》（恕堂金教燮）。其中，《厌世》云：“三界悠悠一囹圄，何事生灵久受苦。金乌玉兔自摩空，云鬟朱颜尽成土。”

魏清德《李白登黄鹤楼》（拈东韵）（二首其一）发表于《台湾日日新报》。诗云：“得句让他崔氏工，凤凰台上去称雄。谪仙而亦虚心甚，胸共晴川彻底空。”

鲍心增作《十月十九日得顾啸谷丈沛信，定冬月中旬南归，赋寄》（三首）。其一：“新市平林蔓豫徐，故人消息近何如。杜陵一字徒郑重，几见沧桑劫后书。”

28 日　宁调元由粤抵沪，住上海第一行台叶楚伧处。是年冬，在沪、皖等地与陈其美、柏文蔚商讨反袁计划。

魏清德《李白登黄鹤楼》（拈东韵）（二首其二）发表于《台湾日日新报》。诗云：“对酒登楼眼界空，白云西去鹤飞东。武昌形胜皆吞却，尚让题诗崔氏雄。”

陈遹声作《十一月二十日西历元旦，感而有作》（四首）。其四：“独有元家野史亭，书春特笔续鳞经。辛壬烽火催头白，甲子诗编抵汗青。吾祖岂知王氏腊，此身只拜汉皇庭。西园合闹鸣钟鼓，掩泪孤臣不忍听。”

30 日　《民誓杂志》（月刊）创刊于北京。民誓杂志社发行，湖南黄藻编辑。大觉撰《〈民誓〉发刊词》。《民誓杂志》第 1 期刊行。本期“艺海”栏目含《见南庐诗选》：《题虱髯〈夺气图〉》（仲明）、《大食故宫词》（纪林译华盛顿·欧文〈大食故宫余载〉事）（袖海）、《题〈桃花扇〉八首》（虚斋）、《程伯葭湖楼招饮却赠》（无咎）、《和倪云贞〈题小青墓〉》（无咎）。

姜可生《孟冬十五夜，酒后用六如居士〈老少年〉韵，寄又军、适吾、梦非、寒星诸子》《同立佛闲步浦滨》《愤题》《满江红·感近事寄胎石、梦非》刊于《民立报》。其中，《孟冬十五夜》云：“人生百岁身如寄，莫问今年共去年。掬得天由明月影，漫和肴核罚樽前。”《同立佛闲步浦滨》云：“才读楚骚罢，又从泽畔行。看花犹带雨，学笛未成声。猛忆家乡事，伤怀故旧情。无人唤野渡，隐约一航横。”《愤题》云：“丈夫从不受人怜，跃上昆仑独问天。磨尽人才缘底事，聊将一语写云边。”《满江红》云：

"细雨黄花，正海上、怀人时节。忆往事，如云如梦，匆匆离别。怎□心情楼外月，欲清胸臆杯中雪。最堪思、此夜梦参差，灯花结。　　万古愤，从何说。千里志，空磨折。又边关风急，波翻云谲。满目鸱夷忧国泪，万方戎马征夫血。曾男儿、拔剑趁时机，匈奴灭。"

王闿运作谭芝畇母联云："因母著芳型，来往板舆尊禄养；华宗钦自出，瞻依萱背感春晖。"

本　月

《神州女报》创刊。张默君出任发行经理。至1913年1月，旬刊共出8期，自1913年3月到6月改为月刊，共出4号。创刊号"文苑"栏目含《红毛刀歌》（秋瑾遗著）、《古剑歌》（前人）、《难得糊涂》（李淑贞）、《仪孝堂诗集（未完）》（衡阳何承徽懿生）、《鉴湖女侠墓表书后》（陈家英）。

《铁道》第1卷第2号刊行。本期"文苑"栏目含《同人游大观亭》（张通典）、《五日同人饮集定王台》（前人）、《有感，示少侯、百先、烈五三子》（前人）、《挽丁叔雅（惠康）》（前人）、《黄鹤楼拜胡林翼先生遗像》（前人）、《陇头水》（前人）、《战城南》（辛亥四月广州作）（前人）、《长安秋感》（沈逢甘）、《过潼关》（前人）、《民军光复后出长安城》（前人）。

《小说月报》第3卷第8号刊行。本期"文苑"栏目含《说小说（续）》（管达如）、《京华游览记（未完）》（我一）、《过吴谒伍大夫祠》（诗舲）、《杨枝曲》（经义堂主）、《遣兴》（寄沤）、《有感》（寄沤）、《随家五叔赴任，戏题寓斋》（寄沤）、《归途自笑》（寄沤）、《寄伯氏》（寄沤）、《咏物四律》（经义堂主）、《秋柳》（诵之）、《秋柳，和沈诵之》（翔声）、《送春》（朱承芳女士）、《晓泊，和外子仲可》（朱承芳女士）、《登楼》（朱承芳女士）、《邕甫大弟在金阊，诗以怀之》（朱承芳女士）、《重阳有感》（秦湘兰女士）、《赠寄沤师》（秦湘兰女士）、《秋心，集定盦诗》（幼丹）、《秋怀，集定盦诗》（幼丹）、《集定盦诗，赠吕诚之》（幼丹）、《集定盦诗，赠史文甫》（幼丹）、《集吴梅村诗》（幼丹）。

况周颐创立嫘福书庄，旨在出版新书，出售旧有藏书、碑志拓本。况氏辑撰有清以来丛话笔记数十种，共407则，编成《说部撷华》6卷付印。又撰《草闲梦忆》《臼辛漫笔》。

禹之谟灵柩由湘乡青树坪移葬长沙岳麓山前，王礼培其时在湖南铜元局任职，为禹撰两副挽联。其一："君陷狱中，我避东海，群疑不能息，一纸寄书明后死；昔慕陈姚，今葬麓山，繁冤亦云已，千年化鹤话平生。"其二："不到今日，谁念曩年，始事太激昂，固应当时无识者；宁杀此身，难夺其志，奇才终湮泯，乃有后来喋血人。"

梁鼎芬由京返沪，于王秉恩宅酒集，备述远行踪苦况，陈伯严有诗纪之。诗云："雾晖笼雾拂深衣，车外楼亭矮树围，壁涌三山看画得，天遗一士拜魂归，高松郁郁留余挂，片石巉巉拾落晖，狂走背人忘死所，语残酒坐对歔欷。”

贾璧云宴请樊增祥和易顺鼎。易顺鼎作《贾郎为余与樊山置酒，即席和樊山韵》。樊增祥作《贾郎肃余与石甫会饮，即席赋谢，索同座诸君和》。诗云：“赌唱黄河第二回，旗亭雪后绮筵开。薛门声价青萍长，娄上歌诗紫稼催。入市瑶光思夺婿，阅人鞠部独多才。经年不赴朱门饮，生受萧郎酒一杯。”又，易顺鼎多作捧伶诗。樊增祥作《石甫日日顾曲，有诗纪事，戏同其韵》。诗云：“京华旅食出无车，花界渊丛任猎鱼。举国同倾为佳侠，百回不厌抵奇书。中年丝竹供陶写，仕路藩篱久破除。徒使周郎勤顾曲，玉颜曾不小乔如。”

冯煦与陈夔龙往来酬唱，作诗甚夥。陈夔龙有《以〈水流云在图〉索梦华同年题句》《酬梦华，叠前韵》《柬梦华，四叠前韵》《酬梦华，用原韵》《梦华同年过谈，并订明春游山之约，奉酬一首，叠前韵》《以刻集赠梦华，赋诗代柬》《越二日，梦华赋诗奖借，愧不克当，诗以谢之，再叠前韵》《梦华来书，有不武之戏言，赋答一首，六叠前韵》《与梦华茶话，有悼祁文恪师，兼讯世兄，九叠前韵》《灯前检梦华和诗，已得七十首，作此以订百篇之约，兼寓期颐之祝》《解佩示梦华，十叠前韵》《梦华惠赠宫饼、百合、龙眼、湘莲，以诗谢之》《以〈黔中题壁诗〉就正梦华同年并索和，六叠前韵》《薄暮游徐园，索梦华、子修和》《听雨酬梦华，四叠前韵》《以惠泉龙井茶赠梦华，乃荷佳诗致谢，和答一首》《花近楼初编〈壬子集〉，与梦华唱和至百首，今无此兴致矣，感赋》《柬梦华，十叠前韵》《展重阳日，赠梦华》《示梦华，十叠前韵》《柬梦华同年，叠前韵》《酬梦华，三叠前韵》《酬梦华，四叠前韵》《酬梦华，五叠前韵》《多难酬梦华，九叠前韵》。其中，《酬梦华，叠前韵》云：“故交白首尚如新，兰石三生缔旧因。十里烟花谁做主（夷场繁盛于前），一天风雪未归人。客中望岁占逢酉（南中大熟），江上同舟谊协寅（连圻共事年余）。匣里埋岁两龙剑，依然会合出延津。”《听雨酬梦华，四叠前韵》云：“灌园抱瓮不辞劳，草色凄迷净绿皋。楼外溜声听一夜，池中活水涨三篙。提壶沽酒泥防滑，篝烛敲诗兴倍豪。忽捧琼瑶思旧雨（和章适至），开缄先自愧投桃。”《示梦华，十叠前韵》云：“我将归去叹无航，孤负墙阴五亩桑。天上那容鸡犬住，客中翻羡燕劳忙。嗔痴谁喝当头棒，啼笑都成半面妆。却忆桃园开昼锦，落花如雨短衣旁。（昔年请假回籍上家塚，时值仲春，花事极盛）”

吴昌硕为沈汝瑾绘《木莲图》并题诗云：“风过影玲珑，帘开雪未融。色疑来蜀后，光欲夺蟾宫。不夜云归晚，无暇玉铸宫。青莲失计□，贪赋鼠姑红。诗不知何人手笔，录此补空。石友先生正腕。壬子十月，客海上去驻随缘室，安吉吴昌硕。”又，为蒲生绘《富贵长寿图》并题诗云：“一品名花，得春最早。千年乔松，经年不老。既大富贵，亦长寿考。蒲生老兄台正之。壬子初冬，吴昌硕。”

夏敬观除左夫人丧服，赋诗云：“始丧恍暂别，疑君便当还。魂魄逝益远，梦寐眼将穿。”郑孝胥有《过义袋角映盦所居》诗以慰之，云：“有樟骞云鹏，有藤窜修蟒。众木纷避亏，翳若张天网。繁枝上交阴，盘根下错壤。回飚不能振，鸟语闷幽响。夜气昼不开，日色含莽苍。河流绕其外，穿漏微眩晃。森森百余树，树树堪俯仰。谁知入林乐，遂古涉冥想。抚楹试一啸，惊视来魍魉。诗心正厌世，得此恣独往。何当风雨夕，瞑坐搜万象。勿愁语太玄，寥阒吾能赏。”陈三立有《和太夷过义袋角剑丞新居》。诗云：“匡山五爪樟，倔挺阅千岁。亦有到天藤，蒙笼挂猿狙。谁谓开先刹，负趋掷海市。藤施百尺阴，樟量十围大。余木列数百，柯叶交青翠。日气蓄澹薄，月色漏破碎。场篱环河流，绕足听鼓枻。音响落荒寒，行影斗魑魅。吾侪丁穷屯，宁问孰先毙。一息谢天伐，入林此把臂。瘿树坐窅然，至德始遗世。光景洗沉沉，睡味滋肝肺。莎径引噤吟，螟咔与摇曳。”诸宗元亦有《映庵示移居诗，赋答》慰之。诗云：“昔君赋移居，惟我曾投诗。一年三徙宅，君我胡同之。岁晚得幽筑，位此诗人宜。广园有十亩，下复临清漪。春风扇万绿，鹂燕来相窥。闺中婉娈妇，春及亲迎期。君其学高柔，亩川甘所师。陈哀锲不舍，吟讽何酸凄。不为新人笑，乃为旧人悲。遂视栋宇间，一一摧心脾。我欲广君意，哀乐同婴儿。堕地一声哭，忧来知无时。举家今系君，宁能徇其私。况兹天地间，海内纷流离。一室事扫除，我久为世嗤。幸君强自宽，勿忘语者谁。”

梁启超拟创办《庸言》杂志，约陈衍编诗话，计字酬金，千字酬八饼金。陈衍旧有诗话百十则未成书，兹先编二卷与之。梁启超以《游台湾诗稿》(1册) 坚嘱陈衍删改，中有言台湾事情有误者，陈衍为易数处，任公甚喜。

王国维在日本京都撰成《宋元戏曲考》。

王揖唐授陆军中将，创办法政大学，后改名中华大学。

胡先骕从江西启程赴美留学，途经日本，游长崎。

杨杏佛、任鸿隽等 11 人乘“蒙古”号海轮经日本赴美留学。

凌景坚为《近代闺秀诗话》作序。略谓：“今日之号称诗人者，大都出处不臧，腼颜虏廷，及夫沧桑更迭，失所凭依，往往赞颂旃裘，诋諆民国，实华夏之罪人，亦炎黄之逆子。其尤无耻者，谄媚当途，揄扬权要，视共和之公仆，如专制之帝皇。大义不明，根本先拔，何况风骨猥鄙，吐属淫哇，虽有文采，宁堪称述耶?”

周实撰《无尽庵遗集》(2 册，9 卷，铅印本) 由周伟负责辑录、编校，上海国光印刷所发行。上册含文 1 卷、诗 4 卷，下册含诗话 2 卷、尊情录 1 卷、词及北曲 1 卷。遗集封面为弘一法师李叔同题签 (署“李息敬题”)，扉页由胡朴安隶书题写书名，第二页拷红正面印《周烈士实丹遗像》，背面印其《寒夜枯坐》诗四首之一。何竞南、高旭、邵天雷、吴引湘、丁宝铨、曹凤笙、仲民新、夏建瓴、胡韫玉、高燮、秦国铨作序。无妄、高燮、胡石予、松瘿题辞及佚名《题词八章》。集后有姚光、薛钟斗、姚锡钧、周伟作跋。其中，何竞南作《序一》：“山阳周烈士实丹，余虽未尝一面，而观其诗文，苍郁雄劲，有不可一世之概，恒慕其为人。去年秋，武汉首举义旗。不匝月，而东南半壁相继回应，唯金陵尚负固未下。烈士谍未遂，亟归山阳，与同邑阮烈士梦桃商光复事。集乡父老，陈大义，慷慨激昂，触虏令姚荣泽怒，与阮烈士同遇难。呜呼，惨哉！人孰无死，男儿许身国家，马革裹尸，分内事耳。乃烈士不死于沙场，而死于一二小人之手，不得大展所长，此中外英雄豪杰所以扼腕而长叹息者也。今妖氛洗尽，共和告成，同社陈英士君等以烈士冤仇未雪，置姚贼于狱，虽不足偿其罪，亦可以白烈士之冤矣。更闻吾邑高天梅等拟建烈士专祠于山阳，以传不朽，从此墓门衰草离离，松柏长青。千百年后过其地者，仰慕烈士当日殉义之烈，令人油然生爱国之念，与西子湖头岳武穆同垂千古，则烈士不死矣。中华民国元年七月七日，社弟金山何竞南谨序。”吴引湘作《序五》：“民国纪元之前四年，尝橐笔渡江，游学金陵，得交山阳周君实丹于两江师范校。君为吾淮知名士。半生倾慕，一旦风雨联床，相与纵谈天下事，契合其间，快慰何如！顾君喜吟咏，素所蕴蓄，一发之于诗文。武汉起义，君尝有句云：‘王师所至如时雨，帝子归来唱大风。’其渴望共和，已可概见。时同学星散，君独留金陵，思得隙会合同志举事。不果，遂至海上，联络诸志士。决意归淮安，以光复全淮为己任。至淮安之次日，某亦由金陵还过君，知淮安已光复，君被举为巡逻队长，秩序如常，而清江浦陆军前一日溃散，四处劫抢，道路梗塞。某家于清河之渔沟镇，距淮仅七十里，急切不得达，因勾留淮上十余日，与君朝夕往来，为最后之聚首。吁！可哀也已。方君之光复淮安也，彼中恩闻尺见之士群相骇弄，豪家蠹绅更嫉视之。某与夏君倬夫尝以为言，君坦然不悟，且曰：‘大义所在，生死且置之不顾，抑何论哉？’乃谋归。甫二日，君竟为汉奸姚贼所戕，更罗织多欲，明为一网打尽之举。越一日，而镇军支队至，始免。继闻南社诸君之开会沪上，谋为君复仇，卒竟其志。惟某伏处穷乡，隔绝人世，于君生前既无尺寸之助，及其含冤九泉，复无能奔走呼号，代求昭雪，有负良友多矣。昨阅《太平洋报》，见有征求周实丹遗集序文告白，因举某与实丹个人交谊及其最近事迹，拉杂成篇，以当哀挽之作。至其诗文之瑰奇绮丽，此为有识者所共赏，无待某之喋喋为矣。中华民国元年六月，同学弟吴引湘谨序。”姚光《跋〈周实丹烈士遗集〉》云：“呜呼！实丹，余哭君已七阅月矣。余少鲜兄弟，独抱四海苍茫之感。窃谓惟朋友足以补兄弟之憾，故年来入结客场，每得一友，必为欣快。君亦孑然无昆季，以友朋为性命。余自交君，所志同，自谓性情之缠绵悱恻亦同，则其相得为何如哉？然余自束发读书，颇明攘夷大义，抱光复之志者已数年。乃义师之起，以上侍双亲，不能效终军之请缨，惟蛰居里闬，日盼捷音之至。君则奋然而起，光复山阳。余之视君，愧何如矣。然君竟因之以死，悲夫！忆庚戌季秋，余偕舅氏吹万暨天梅、亚希、哲夫、平庵诸子游金陵，始与君相识，即同游明故宫，则见断墙残垣厄立于寒烟荒草之间。而是时城中方有公众建筑，鸠工拆毁，车载驴负以去，相与慨然久之。君拟建议保存，后遂不果。今神州光复，若明祖之遗迹，不可不永留纪念，愿当世计及之，亦烈士未竟之志也。在金陵将归之前一夕，君招饮于三牌楼之酒家。君同来者为周子人菊、曹子书城。席间豪饮狂吟，题句满壁。君与天梅醉尤剧，各由同人扶之以归。此亦一段佳话也。孰知醉眼朦胧中与君遽尔分离，即此遂为永别耶？又忆辛亥秋季，南社雅集海上，君来书有云：'知我兄伉俪于日内赴沪，文采风流，一时盛会。独弟与舍妹以愁病不与，殊抱憾耳。'余去书约以下次必到，岂知明年之集，即为君谋复仇乎？呜呼，伤矣！君之初死，是非不彰，黑白几混，同社陈英士辈为之昭雪，余等又请改葬建祠，华表长存，君之义声昭于天下，死为不死矣。惟民贼姚荣泽虽判死刑，而夫己氏者受民贼运动，借维持人道为名，为之免死。在昔刘邦入关，约法三章，首曰'杀人者死'，盖为维持人道计，非此不足以昭法之平也。夫以一日杀二烈士之民贼，而竟逃法网，我非特为烈士悲，为国法前途痛矣。兹君之尊人叔轩先生与君宗兄人菊辑君遗集，人菊书来，属为之序。余已作哭君文，间有未尽，及后缕缕述之，书于卷末。若君之行谊学术，则余已哭而言之，而当世亦多知之矣。中华民国元年六月十有八日，社弟金山姚光谨跋。"高燮题辞《忆旧游·题〈周实丹烈士遗集〉》(二首) 其一："记年时握手，送抱推襟，情绪缠绵。各茹沧桑泪，但相看不语，酒向谁边？秋风黄叶满地，痛哭孝陵前。更醉里题诗，酒酣耳热，共擘吟笺。　凄然。惨离别，索梦醒灯残，分散如烟。报道天声动，待长驱北指，扫荡腥膻。烽火兵戈骚屑，消息久停传。忽霹雳飞来，头颅乱世空弃捐（'伤心乱世头颅贱，黄祖能枭祢正平。'烈士成仁前诗也)。"其二："正匈奴未灭，战死沙场，死亦安便。击楫渡江去，见胡氛犹恶，猛著先鞭。那知义旗甫举，罹祸剧堪怜。叹国法难伸，奇冤虽雪，应憾重泉。　愁煎。怕追念，把旧影前尘，反复诗篇。读到伤怀处，似声声弹出，急管哀弦。况复平生隐恨，未了海棠缘。料碧血长埋，千年定化啼杜鹃。"

[日] 竹添井井撰《独抱楼诗文稿》由吉川弘文馆印行。平野彦次郎校。

姜可生《寄怀杏子八妹》刊于《民立报》。1913 年 5 月 11 日刊于《大同周报》时改题为《怀杏妹》。《寄怀杏子八妹》云："乡心随雁断，瘦卧小楼西。夜雨敲窗急，灯花落案迷。醒来千里梦，啼破五更鸡。掩泪背人坐，相思红叶题。"

康有为作《壬子十月，偕旃理游箱根山顶芦之湖。云阴忽开，见富士峰头一角白，越日为旃理生日》。诗云："疏林斜照见波明，山路无人但鸟鸣。回棹云开□岳影，白头富士为卿卿。"

王小航作《小雪节后，他园菊皆败，惟余菊尚似少艾》。诗云："物色多方手自栽，和油浇酒日滋培。淡浓肥瘦分班列，先后高低取次开。带雪琼枝如鹤立，负喧珠蕊引峰来。似酬悦己何曾傲，占宠隆冬不让梅。"

杨圻作《壬子十月雪中过彭泽》。诗云："乱后胆犹怯，扁舟惊远游。疏灯依绝壁，急雪下江流。古郡人烟少，山寒虎豹愁。宫中歌舞暖，方进翠云裘。”

陈荦作《冬初同侄蛰存、侠文，侄甥王仲谐寓蕲城天后宫。望夜会大风雨，买酒冲寒，纵谈良久。宵深垆烬，余与侠文就寝，蛰存、仲谐乃添垆炙砚，用余前月〈望江亭晚眺〉韵各赋一诗。晓起读之，慨然补作》。诗云：“风雨夜连江，偎寒话短窗。鸿洲闻雁起，凤麓送钟撞。静掩门无二，闲吟客自双。睡魔催我懒，杆未借僧降。”

牛兆濂作《壬子十月，从克斋先生率诸生游半耕园，分韵得落字》。诗云：“连日困铅椠，素心负邱壑。愿一访名园，独往意落寞。先生动逸兴，朋好欢与约。童冠十余人，载酒具囊橐。相率下层冈，步趋谨履错。就圮指石梁，沿路徇木铎（车路被地邻侵占，几不容轨，为详示其处）。风日正栗烈，百卉伤陨萚。古柏何青苍，陵上立独卓。仄径俯寒流，野园翳丛薄（东初园久荒）。远远见乔木，云际出楼阁。园丁趋应门，有客听剥啄。小憩读书堂，新茶欣与瀹。折枝伤童龀，投饵羡鱼乐。诗好难遍读（题诗满壁），知希负所作。放歌挂云楼，多难慨如昨（题壁有歌‘花近高楼伤客心’语，故云）。低回半舫侧，偎石聊小酌。世事感沧桑，疏林悟叶落（复斋先师有‘疏林飞落叶，老屋出寒烟’句，语次及之，敬识于此）。峨峨顾髦士，分韵志言各。归途须缓缓，高咏兴有托。石表再留连，新知幸存著（至此，先生仍命坐，曰：‘所得且温存著’）。古人贵亲炙，闻见良独确。得师在及时，兹游胡可略？愚生恨晚学，律身鲜矩矱。吟风与点意，斯人仰伊洛。见圣戒弗由，日夕勤惕若。无为老大悲，委质同猿鹤。”

丘复作《壬子十月，南社诸子雅集沪上，予阻冶城，不获与会，有感》。诗云：“年年皋复国魂招，今日归来恨未消。筚路蓝缕方草创，河山风雨尚飘摇。干戈满眼筹边亟，块垒填胸借酒浇。高会应知多雅论，海天翘首梦魂遥。”

陈鹏超作《第二次西路剿匪》。诗云：“班师仅数月，死灰又复然。大小十余股，匪数盈二千。分踞六王嶂，四出扰园田。上西中西地，鸡犬不安眠。率同第五团，驰赴靖烽烟。丹章及贺石，连战七八天。穷追百余里，直抵良村边。村内三旧垒，匪徒占已先。登高瞰群峰，我军不克前。及至黄昏候，逸匪满山巅。四面杀声起，风雨复交煎。炮队与步队，同时被包缠。阵地忽摇动，死伤殊堪怜。苦战时入夜，脱险始言旋。自是毒焰蒸天地，沙田一带几蔓延。男女入城图避乱，鉴江西岸争呼船。”

徐继孺作《壬子十月怀梧生、榕生兄弟四首》。其一：“二黉春雨洒幽燕，记得昔游三月天。漠漠桃花偏近水，青青柳色未成绵。霜柯吟馆闲舒啸，千雪山房醉擘笺。俯仰之间已陈迹，二龙何事尚高眠。”

张震轩作《家筠仙兄惠菊花一樽，并赋诗索和，即步原韵却寄》。诗云：“谢君珍重寄秋思，黄菊花开有好诗。春酒一樽波泛绿，不须赋别怅违时。尘容俗状扰清思，那有闲情坐赋诗。雅爱吾家陶处士，秋花灿烂胜春时。”

顾视高作《壬子十月，寿浙江金年丈七旬诗》（二首）。其一：“老人星再见，光耀满金华。孝友言无间，甄陶术靡涯。天香连桂树，春酒酿梅花。宝婺相辉映，庆余积善家。”其二：“是翁洵矍铄，仰望若神仙。学海窥真秘，禅林结慧缘。优游鱼在藻，矫健鹤摩天。怅怅烟波阻，遥赓偕老篇。”

黄侃作《读〈司马相如传〉》。诗云：“论罢荆轲赋子虚，为人何似蔺相如！弄琴惆怅因窥户，贳酒归来却卖车。好色未须辞痼疾，饶财应解慕闲居。武皇最是怜才主，临死空求一卷书。”

杨杏佛作《客中不寐有感》。诗云：“万里征途逐燕回，行行回首更依依。千山积雪欺明月，五夜寒风侵客衣。白发思儿应有泪，青灯无梦不能归。搀枪又向中原见，极目何人属少微。”

李建兴作《洞房花烛夜》（壬子小阳春）。诗云：“人生合卺本当然，父母凭媒说合先。少小双方非恋爱，夫妻百岁是姻缘。遵行古礼洞房夜，出嫁新娘花烛天。昔日于归真小姐，看牛女配看牛仙。”

［日］夏目漱石作《题自画》（二首）。其一：“山上有山路不通，柳阴多柳水西东。扁舟尽日孤村岸，几度鹅群访钓翁。”其二：“独坐听啼鸟，关门谢世哗。南窗无一事，闲写水仙花。”

十二月

1日 《女权月报》创刊于上海，由文典、乐勤等发起。

《庸言》（半月刊）在天津创刊。梁启超主编，吴贯因、黄远庸编辑，天津庸言报馆梁德猷发行。正蒙印书局印刷，上海商务印书局及上海广智印书局代售。杂志主要分为：“建言”“译述”“艺林”“文苑”“佥载”“附录”等栏目。共出两卷〔第1卷共24号（期），第2卷共6号（期）〕，到1914年6月5日终刊。从第2卷开始，由黄远庸接替吴贯因为编辑人。杂志主要撰稿人有梁启超、吴贯因、陈衍、林纾、禅那、黄远庸、熊垓、罗惇曧、王式通等。《庸言》发行量超过1.5万份，在民国初年堪称奇迹。陈衍撰《石遗室诗话》载《庸言》第1卷第1至24号，第2卷第1至5号。姚华《菉猗室曲话》最早也发表在《庸言》上。梁启超民国元年12月18日《与娴儿书》云：“《庸言报》第一号印一万份，顷已罄，而续定者尚数千，大约明年二三月间，可望至二万份，果尔则家计粗足自给矣。（若至二万份，年亦仅余五六万金耳，一万份则仅不亏本，盖开销总在五六万金内外也）”本期杂志“艺林·史料”栏目含《清外史》（禅那）；“艺林·艺谈”栏目含《石遗室诗话（未完）》（陈衍）；“文苑·文录”栏目含《吴梅村家藏稿序》（王式通）；“文苑·诗录”栏目含《叔进云顾五初无白发，特诳人和诗耳，验之不谬，戏赋五首，索诸君和，并罚亚蘧同作》（樊增祥）、《辛亥九月，任公归国至于辽东，旋还须磨，赋呈四律》（罗惇曧）、《任公归国话旧，感喟有作》（曾习经）；"文苑·说部"栏目含：《古鬼遗金记》（林纾）。其中，陈衍《石遗室诗话》云："盖余谓诗莫盛于三元：上元开元，中元元和，下元元祐也。君（沈曾植）谓三元皆外国探险家觅新世界，殖民政策开埠头本领，故有'开天启疆域'云云。余言今之人强分唐诗宋诗，宋人皆推本唐人诗法，力破余地耳。庐陵、宛陵、东坡、临川、山谷、后山、放翁、诚斋，岑、高、杜、韩、孟、刘、白之变化也；简斋、止斋、沧浪、四灵，王、孟、韦、柳、贾岛、姚合之变化也。故开元、元和者，世所分唐、宋诗之枢斡也。若墨守旧说，唐以后之书不读，有'日蹙国百里'而已。故有'唐余逮宋兴'及'强欲判唐宋'各云云。"

《申报》第14289号刊行。本期《自由谈》"尊闻阁词选"栏目含《落叶》（四首，了青旧作，次曲园老人韵）。其一："密叶曾经覆晓莺，西风吹坠太凄清。千林落日秋无迹，一径空山冷有声。永夜寒砧羁客恨，荒村归棹故乡情。年来不尽飘篷感，懒向前途策马行。"其二："莫道荣枯意总佳，根株未朽已脈排。飘零身世难言命，迟暮年华易感怀。向日连枝缘太浅，无边衰草恨同埋。抛残多少栽培意，赢得添薪仰古槐。"

《南社》第7集刊行，柳亚子编辑，收文45篇，诗555首，词111首。"南社文录"栏目共收文45篇，含姚鹓雏（十五篇）：《〈文美杂识〉序》《跋〈周实丹烈士遗集〉》《跋胡寄尘〈虞初近志〉》《与胡朴庵论学说史书》《与杨了公论愣严书》《与张镜蓉书》《与海上诸友书》《与内子虹瑛书》《与陈巢南书》《与叶楚伧书》《答林浚南论诗书》《答王悼秋书》《答袁醉屏书》《答高钝剑书》《答高吹万书》；高燮（三篇）：《国学商兑会启》《〈周烈士实丹遗集〉序》《与周人菊书》；高旭（二篇）：《〈吴日千先生遗集〉序》《〈周实丹烈士遗集〉序》；姚光（八篇）：《〈寒隐社丛书〉序》《〈寒隐社丛书〉后序》《〈徐闇公先生残集〉序》《〈姚氏摭残集〉序》《手集师友尺牍序》《字学会小序》《〈吴日千先生集〉跋》《〈周实丹烈士遗集〉跋》；何竞南（一篇）：《〈周实丹烈士遗集〉序》；俞锷（二篇）：《与柳亚子书》《再与柳亚子书》；庞树柏（二篇）：《拟沪军都督北伐誓师文》《□井园记》；叶叶（二篇）：《〈建国战纪〉序》《李女士文集序》；沈昌眉（三篇）：《记许某述先君子事》《赙朱颂平启》《跋魏于云〈焚余稿〉》；沈昌直（二篇）：《〈周实丹烈士遗集〉序》《与柳亚子书》；陈去病（一篇）：《呈浙都督请建吴长兴伯专祠文》；柳弃疾（四篇）：《丹徒赵君传》《为赵公伯先迁葬募捐启》《报雷铁厓书》《报杨杏佛书》。"南社诗选"栏目共收录诗作556首，含姚鹓雏（一百三十二首）：《晓起》《张园两首》《赠柳亚子》（二首）、《秋夜》《怀人诗》（十二首）、《拟小游仙诗》（九首）、《夜读〈愿无尽庐诗话〉，走笔成此，质钝剑》《论诗绝句二十首》、《梅花岭》（二首）、《清明，次笠云韵》《春暮杂感》《题汪笠云诗卷》《小极》《偶忆，即题其小影四绝句》（四首）、《奉题亚子〈磨剑室诗稿〉，用浚南韵兼示季刚》《杂感》《醉白池悼拜一，时殁二年矣》《杂感，示袁梨》（三首）、《杂诗》（四首）、《春郎曲，与楚伧联句》《归娶留别楚伧、亚子、浚南诸子兼答钝剑见贶》（四首）、《初夏杂诗》（九首）、《夜坐》（二首）、《即席赠浚南》《无题联句》《岭南楼即席呈楚伧》（二首）、《次韵示亚子、道非》《赠刘三》（二首）、《追简刘三》《杂诗》（四首）、《闻蝉》《感秋三首》《小坐》《赠陈剑潭》《五日书感》《五月六夜》《五月七日上海道上作》（二首）、《赠一厂，即送其返汕头》《答刘三》《即席杂感》（四首）、《题〈周遗录〉示楚伧》（五首）、《无题》《再送一厂归汕头》《亚子行矣，慨念畴昔，共数晨夕，既已言离，不可复追，怅然成此》（二首）、《三怀诗》（三首）、《偶赠天遂两首》《寄曼师日本》《答钝剑》（二首）、《题钝剑〈花前说剑图〉》《无题，限佳韵》《七月十七夜坐》；高燮（八十五首）：《二月廿七宿平湖报本寺，夜不成寐，起而书此》（四首）、《新霁》《吊周烈士实丹》（四首）、《怀柳亚子》《闻苏曼殊归国，奉柬一首》《索黄宾虹治印，先寄以诗》《题姚石子所得明遗民傅青主画山水尺页》《闻曼殊将重译〈茶花女遗事〉，集定公句，成两绝寄之》《孙君念椿以所作其母方氏节孝君行述，乞为题词，孙君孝思笃挚，故所作至为真切，不堪令无母之人读也，爰成四绝句质之，我知孙君见此，当亦为之汍澜横集矣》《国学商兑会成立，喜志以诗》（二首）、《春夜旅怀》《简疚侬》《次韵答石予》《烟雨楼题壁》（四首）、《松隐夜泊》《简庞檗子》《集定庵句寄巢南》（二首）、《伤春二绝，和亚子韵》《诵王蓴农新词偶成》（二首）、《题沈墨仙绘〈无量寿佛〉》《题墨仙绘〈石燕〉》《观墨仙所绘山水巨帧》《次墨仙〈画兰题赠〉之作韵》《乞石予作梅华》《寄景秋陆》（二首）、《寄雷铁厓》（二首）、《寄阳惕生》《次韵奉酬哲夫》《题〈云程万里图〉，为陈剑魂作》《感事，集钱蒙叟投笔集句，得十章》《哭周实丹烈士》（三首）、《次韵寄人菊》（四首）、《次韵和剑华〈壬子元旦〉诗》（二首）、《寄亚云》（二首）、《进步歌，题中山先生所书字册》《哭赵伯先先烈》（六首）、《吊吴绶卿先生》（二首）、《寄蜕庵》《伤心》《述梦，寄亚子》《荒唐》《次韵答鹓雏论诗之作》《次韵和鹓雏》（二首）；高增（一首）：《啼乌曲》；姚光（一首）：《北征歌》；俞锷（一百一十六首）：《寄铁厓槟岛兼柬碧君》《别后寄亚子，顺讯卧子消息》《庚戌除夕》《答亚子见调，即以自嘲》（二首）、《伤春，亚子韵》《和亚子文章原韵》《梦作，即以题照》《感怀八律，用铁厓旧韵》《碧玉》《有感》（四首）、《重有感》（二首）、《感旧，集比红儿词》（三十六首）、《和亚子，叠臣字韵》《楚伧见寄，长句索和，次韵奉酬》《答惕生》《饮酒歌》《读惕生札感成一律，即以为赠》《惕生见和二律，依韵却答》《再酬惕生见和之作，叠前韵》（四首）、《和惕生〈自解〉原韵》《赠惕生》《石子寄示〈昨夜〉一章，依韵和之》《次韵酬楚伧，集唐人句》《铁厓自槟岛来书，述荔丹近状及其所在并新诗二章，欢慰之余，重以悽感，盖不通消息者，将三年于兹矣，为报截句十二首，兼示铁厓》《读楚伧、亚子哭赵伯先烈士诗，哀而和之，即次原韵》《〈花前说剑图〉，为钝剑题》《题〈留溪雅集图〉，为钝剑作》（二首）、《杨白花》《王气》《乞食联句》《寄亚子》《寄布雷》《寄亚云》《壬子元旦》（二首）、《南行别内》《别意》《东海中寄内》《头风大作，夜不成寐，戏占一绝，示陈、何二子》《遣闷，集温句》（十首）、《和韵答亚子重观〈血泪碑〉哀剧见柬四章，即赠春航》（四首）；庞树柏（三十五首）：《鹣鹣行，为邑中贞烈严毛氏作》《石梅讲舍坐雨》《澄塘烟雨，属伽庵作图》《雨舟偶成》《夜泊刘神庙前大风雨》《舟次晓望》《高钝剑寄示新诗，依韵报之》《闰六月初四载酒湖上口占》（四首）、《冯钝吟先生墓下作》（二首）、《剪发，示补公》《哭吴烈士绶卿，即题其遗诗后》《春日携妻子游爱俪园，即步中央近示韵》《病鹤来沪，以新诗见示，次韵报之》《清明后三日，袁墅展墓叠韵》《春晴买醉北郭，仍用前韵》《江岸晓步有作》《客夜》《寄怀龙尾》《观〈血泪碑〉赠春航并简亚子》（二首）、《观演〈明末遗恨〉即赠韵珂》（二首）、《凤兮歌，为女优郭凤仙作》《塘横四首，集飞卿句》《无题》（四首）；黄人（七首）：《太平洋七歌》；胡蕴玉（四首）：《送疚侬入粤军》《周实丹烈士挽诗二首》《题实丹遗著后》；余寿颐（四首）：《和钝剑〈寄怀〉原韵》《步石予先生〈送行〉原韵》《次韵答鹓雏见赠之作》（二首）；吴梅（四首）：《读蕁农〈碧血花〉剧，即集剧中语，默题四绝》；朱锡梁（五十九首）：《庚戌代人和韵》《辛亥七夕吊杨笃生》《和隋李密》《白门怀古》（三十二首）、《白门咏史十首》《秦淮旅感》《访山阳周子，阻水台城却寄，并示吴江柳子》《寄亚子海上》《次亚子海上送归韵，寄谢评论近作绝句》《周子实丹神交未面，邮筒得达，共困横流，赋此短章，聊申投桃之意云尔》《大原女士赠余垂柳飞燕玻璃镇纸一双，赋此谢之》《八月十八日偕人菊、实丹登石子鼓二冈眺远，越三日补作》《携子天乐从苏军先锋营，北伐先发之京口，宿故人郑仲敬军政使府中，赋此留别》《渡江》《辛亥除夕，军驻清河》《壬子元旦读建酋十二月二十五日退位谕旨》《正月五日偕友人及儿子自清河徒步之山阳，吊周实丹、阮梦桃二志士，归途之半地名板闸，舍车而骑于驴背上作》《西坝》《题少屏小影》；叶叶（五十七首）：《病意》《九秋诗》（九首）、《洞箫曲》（四首）、《正忆觃水春光，南湖秋月，忽接巢南书来，以全福寺诸作属和，乃赋二章》《寄千仞》（三首）、《亚子赐书，深情惓惓，即演其意，率成一章》《书剑华〈有感〉四律后》《哭赵伯先烈士，用古梅韵》（二首）、《赠剑华》《赠亚子》《驱虏联句》（二首）、《将去申江，席上赠南社同人》（二首）、《与亚子、亚云二君游桃叶渡，豪情艳迹，迄未能忘，枕上得一诗》《与二君别后，军队已陆续出发，余亦不日渡江，因赋成诗》《金陵杂咏》《克敌》《范增坟》《别亚子》《送秋叶》《连日欢饮一绝》《沈饮示韬精》《今日良宴会联句》（四首）、《席上联句》《观冯春航演剧，赋赠二绝》《招饮柬亚子》《送蜕庵先生北上》《无题，用一厂韵》（四首）、《次韵和鹓雏》（二首）、《送一厂南归二十韵》《亚子归梨里，不克走送，黯然赋赠二章，云树苍茫之感，不尽十一也》（二首）、《无题，限佳韵》；沈昌直（二十八首）：《寄应祥》（二首）、《题高钝剑〈花前说剑图〉》《读昌黎〈送穷文〉》《分湖吊古》（四首）、《余与亚子时以诗相示，君意气慷慨，余骨相穷愁，不啻小巫见大巫也，占三绝寄之》《读苏诗》《内子制清馔劝饭，云昔先母尝为此，感成一绝》《食粥》《读〈渔洋集〉，书〈秦淮杂诗〉后》《寿陆鸥安先生》《向应祥借苏诗，时大水不能出门》（二首）、《光复志喜》（六首）、《题范茂芝〈寻诗读画图〉》（三首）、《前作既竟，读亚子题句有“我侬倘写闲图画，十五垂髫捧剑来”语，因反其意，再成一绝寄示亚子，未识以为何如也》；陈去病（二十二首）：《夜过昆陵驿》《焦山中流遇急湍》《西湖三潭印月晚归遇雨，同忏慧、小淑作》（三首）、《辛亥六月金陵杂诗十二章》《〈云程万里图〉，为陈剑魂题》（二首）、《〈后望岳图〉，为祝心渊题》（三首）。“南社词录”栏目共收录词作 111 首，含俞锷（四十一首）：《赤枣子・赠周仲穆》《醉公子・赠周天石》《七娘子・赠汪桐生》《南乡子・赠承玉书》《番抢子・赠朱子湘》《风流子・赠冯余生》《天仙子・赠姚石子》《红娘子・赠李康弼》《破阵子・赠阳惕生》《行香子・赠漆云卿》《酒泉子・赠俞语霜》《绣带子・赠陆冠春》《摸鱼儿・酬楚伧汕头》《前调・亚子书来，谓风雨恼人苦无已时，九十韶光已将过半，而枝头尚不着一花，人天愁恨宁有逾于斯者，怅然赋示》《念奴娇・海上重寄春航》《如此江山・〈梅浮槛检诗图〉，为石子、粲君作》《朝天子・送顾四北上》《虞美人・怀朱三粤中并讯某君消息》《汉宫春・夏日寄楚伧》《金缕曲》（二首）、《蝶恋花・铁厓来书，颇有所勖，并以犁舌地狱为诫，赓此以报》（二首）、《前调》（四首）、《洞仙歌（金枝玉叶）》《金缕曲（箫鼓江城里）》《巫山一段云》（二首）、《金缕曲》（二首）、《满江红・读史杂感》（二首）、《隔帘听・为钝剑题〈听秋图〉》《百字令・饮鸩后写寄南社诸子》《浪淘沙・中国海中晚眺》《一剪梅・调亚子》《金缕曲・赠春航》（二首）；庞树柏（十六首）：《西子妆・己酉三月小留沪渎，与秋枚、真长、哲夫驱车往徐家汇，哲夫邀至寓庐茗憩，归途游味莼园。是日西商赛马，鞭丝帽影，游事甚盛，晚间真长招饮于岭南楼，侑觞人凤仙聆口音误为乡亲，苏小询之则梁溪人也》《端正好・石友丈藏一砚，侧镌易安二小篆，盖李清照旧物也，索题以词》《玉烛新・彊村先生示〈瑞香词〉，依原韵奉和》《朝中措・舟行水郭，见堤柳数株，摇落可怜，触绪萦怀，悄然歌此》《喜迁莺・辛亥春晚，重游湖上，赋此索龙尾和》《贺新凉・钝剑属题〈花前说剑图〉》《采桑子・横塘夜泊》《浣溪沙（垂柳依依画槛边）》《菩萨蛮・舟中雨霁月出，笛声凄然》《寿楼春・之园秋集，既纪以诗，意有未尽，漫赋此解，即赠龙慧先生》《鹧鸪天・题病鹤丈〈石屋寻梦图〉》《惜秋华・海上遇龙尾篝灯话旧，各极身世之感，明日龙尾赴杭州，赋此送之》《琵琶仙・八月十三夜，沪上归车，望月有怀》《水调歌头・和鹤公〈夜梦登黄鹤楼〉韵》《莺啼序・壬子三月，劫后过武昌感赋，步梦窗韵》《风蝶令（红蜡笼花颤）》；黄人（十二首）：《高阳台・常州吕侠出其姊氏〈春阴词〉见示，立和二阕》（二首）、《贺新凉・赠杏儿》《前调・赠阿素》《前调・稚侬避仇，寄屋吾室，娇稚未化，啼笑无端，革庵来作，颇致微词，庚此解嘲》（四首）、《前调・〈风洞山〉传奇题词，和嗡椒韵》《洞仙歌·前题，和慧珠韵》《念奴娇·送梁任之白下，用东坡韵》《前调·用稼轩韵》；余寿颐（四首）：《金缕曲·石予夫子以自画〈墨梅〉命题，谨填此阕》《菩萨蛮（明珠入眼心先喜）》《眼儿媚（绿窗新月淡烟浮）》《柳梢青·答寄尘，即和原韵》；朱锡梁（三首）：《谪仙怨·咏怀》《蝶恋花·荷花晚兴》《三姝媚·与瞿庵联句》；邹铨（一首）：《水调歌头·湖游示钝剑》；叶叶（九首）：《绿稀红暗处》《昭君怨·七夕》《醉太平·前题》《菩萨蛮·赠亚云、布雷》《满江红·金陵》《云仙引·赠春航》《菩萨蛮·戏送一厂归粤并调亚子》《洞仙歌·寄内》《贺新郎·本意，赠宿慧》；柳弃疾（二十五首）：《蝶恋花·得卧子狱中书感赋》（二首）、《满江红·吊蒋清烈女士，用岳鄂王韵》《前调·题剑魂〈汉侠图〉，用前韵》《金缕曲·哲夫作枯笔山水一小帧见赠，为订交之券，荒寒寥寂，忽有感于余心，爰取戴子高影事，名之曰〈梦隐第二图〉，词以张之，即用三年前为钝剑题〈万树梅花〉卷子旧韵，抚今追昔，若不胜情，海内词坛所不敢望，二三同志庶几和余》《蝶恋花·喜卧子出狱，用前韵》（二首）、《金缕曲·寄卧子云间，叠旧韵》《高阳台·楚伧泛舟分湖，寻午梦堂遗址不得，作〈分堤吊梦图〉以寄慨，为题此解》《金缕曲·六月六日秋侠忌辰，寄忏慧、小淑、巢南索和》《沁园春·寿巢南三纪初度》（二首）、《高阳台·云间感旧，写示卧子》《罗敷媚·重过沪南有感》《金缕曲·巢南就医魏塘，迂道过此，余小病初痊，冒雨往舟中访之，复招颍若，倾谈竟日而别，词以纪事》《齐天乐·中秋夜无月》《金缕曲·剑华自海外归，留梨中，旬日而去，倚此为别，并坚南社之约》《前调·十月日朔，南社同人会于虎丘，楚伧、钝剑以事未集，并有词驰寄，依韵和此》《前调·剑华有齐鲁之行，迟余海上，欲牵衣一别，而余未能赴，填此代柬》《前调·楚伧入粤，道出春江，邂逅卧子，开尊斗酒，乐可知矣。书来索词，填此奉寄》《前调·三月朔日南社同人会于武林，泛舟西湖，醉而有作》《蝶恋花·上巳日，余自武林发武塘，钝剑适以是日至，觅余未得，怅怅而归，书来极哀怨之致，词以慰之》《高阳台·自武塘归梨，阻风不得达，维舟分湖之滨，芦中诸子握手道故，置酒相慰，至可感也，别后赋此寄谢》《金缕曲·题沈咏霓〈齐眉春泛图〉》《蝶恋花·寒夜忆内》。其中，黄人（摩西）《太平洋七歌》其一：“百谷朝宗九圜配，乌兔晨昏出其内。禹功不到益经诬，名之鲦兮谥曰晦。驺衍舌敝大九州，世人只信呼吸繇长鲔。宣尼乘桴未随师襄逝，但闻身后游亶洲。张骞、郑和蚁穿曲，梁四公传无人读。阁龙亦是习坎蛙，错认李贺当身毒。呜呼，一歌太平洋兮叹望洋，谈瀛亘古多荒唐！”其二：“祖龙鞭山石流血，万里虹梁跨溟渤。鳄呿六国意未穷，欲捉踆乌扫其穴。人鱼膏暗鲍鱼膻，水银海底龙变鱣。楼船三千载童女，侥幸徐市成虬髯。赤熛云中赤帝子，连弩惊天大鱼死。凿空直入斗牛津，雄心更狭昆明水。呜呼，二歌太平洋兮功万年，英雄何必非神仙！”其三：“茗茗大秦号多宝，白玉为堂金作堡。三一先刊景教碑，楚南早奉抽筋道。金人梦后二千春，利玛窭来称化人。紫宫黄阁受湔祓，泥首中贯归真神。摩醯首罗换曜魄，容成隶首无颜色。绿野舍为善法堂，从此蜃楼禹甸塞。呜呼，三歌太平洋兮海水飞，蚁孔竟溃千金堤！”《高阳台》其一：“拾翠盟寒，绣鸳人懒，苔痕锁遍朱门。非雨非晴，琐窗长是黄昏。远山约略逞愁黛，试推帘、已隔重云。是年时、中酒心情，天亦微醺。　　黏天芳草无情碧，便不经离别，已够消魂。柳眼惺忪，长条未惯牵人。杏花深处携尊去，任鸠声、啼遍前村。怕重来、绿到天涯，辜负寻春。”《贺新凉·赠杏儿》云：“春瘦东风倦，太惺忪、玉楼旧梦，等闲吹断。占领江南花一种，几度脂揉粉浣。蓦开到黄鹂身畔。冶叶倡条胡点缀，赌繁华不受红墙管。才一顾，蝶蜂满。　　一枝背面分寒暖。怎消受、镜台供养，绿华相伴。百计思量千遍约，勾却秾欢一半。还和醉和愁销算。十里芳尘鞭马去，只黄金休铸怜香券。尽薄幸，自今唤。”《贺新凉·赠阿素》云：“金粉腥膻气，总输他、薛家录事，樊家娇婢。又向嫦娥偷小字，荡得秋情无际。渐香入幽兰心里。名士倾城留本色，便扫眉不用江花替。尘万斛，眼波洗。　　年来潘鬓成丝矣。卅六天、从头忏悔，红情绿意。多感怜才才似锦，凤尾鸳心奇丽。都化作光明白地。四壁画禅卿合悟，是吾曹清昤谈诗例。携皓腕，验铃记。”《贺新凉·稚侬避仇》其一：“春事麋台暮，隔澄江苎萝山色，向人犹舞。银汉红墙无界限，生小吴侬情绪。怪酝酿娇愁如许。雀角惊回金屋梦，赌鞭丝何处香车路。怕再理，旧眉妩。　　嬴箫已悔随鸦误，恁多情、忍教看做，露花风絮。一口红霞灯影暖，换了篷窗听雨。算难讳相思凭据。帘外风多寒意紧，劝红鹦检点雕笼语。谁会我，此心苦。”《贺新凉·〈风洞山〉传奇题词》云：“红冷桃花血，拨檀槽、重歌轶事，是何雄杰？凤泊鸾飘侯门女，甘学枯禅面壁。还惨过、孤臣辞国。烽火烧残鸳鸯牒，剩千山杜宇三更泣。巾帼操，愧麾节。　　莫邪独跃龙文铁，尽输他、倡随师弟，鱼肠同穴。宗社已墟家安在，儿女情缘悟彻。算共转、光音初劫。剩水残山重黄粱，问他年谁拾降王骨？叹天道，总难说。”《洞仙歌·前题》云：“神州沉矣！问天公何苦？做尽伤心赚今古。剩青山一半，收拾英魂，算配得、江左梅花阁部。　　瘴江风浪恶，惨绿愁红，欲采芙蓉已秋暮。破碎旧山河，青骨红颜，总付与、无凭气数。正此际、重看劫灰燃，有壮士耰锄，美人桴鼓。（前年粤西建义女将黄九姑等甚勇鸷）”《念奴娇·送梁任之白下》云：“劲装奇服，论平生、不是齐梁人物。也被饥驱，谋半菽，去傍金丝鲁壁。录耳驮盐，干将苴履，此恨终难雪。都都平丈，个中宁有奇杰。　　忆不玉露金风，伪刘智远，慷慨悲歌发。龙虎江山留吾曹，休把豪情销歇。后轸方遒，先鞭谁着？慎此千钧发，金昌钟阜，壮心同指明月。”《念奴娇·用稼轩韵》云：“魂销无数，正卖花天气，禁烟时节。一缕温馨徐出梦，新换轻罗还怯。泄柳春光，踏青期误，风雨何曾歇？阳关歌阕，清明便早成别。　　一任金缕偷提，宝钗私赠，鹦鹉终须说。碧满天涯人去处，何限鹃声啼血。银汉盈盈，相逢不远，此意休抛撇。西风留约，黄花欣看重发。”

《独立周报》第11期刊行。本期“文苑”栏目含《无生文录》：《答陈伯弢书（辛亥）》《〈凉宵瘦影图〉叙》；《神霄真逸文录》：《与宛委山人书》；杂诗十七首：《反〈会真诗〉，用元韵四首》（老谈）、《狱中述怀》（汪精卫）、《登狼山》（觚斋）、《甲辰六月十六日，登天童山访寄禅长老不遇，留赠二律》（觚斋）、《待寄师不至，留居山中七日》（觚斋）、《题方丈壁》（觚斋）、《别天童山，则悟禅师送至太白岭留赠》（觚斋）、《丙午七月重过洞庭》（觚斋）、《丙午入都，过汉口，寿臣弟约迂道至长沙，十月十六日舟过簰州，晓雾漫江，惘然赋此》（觚斋）、《登园亭感赋》（觚斋）。

《小说时报》第17期刊行。本期“寒香冷艳”栏目《寒香集》含《桂喜小影》《桂芬小影》《题〈寒香集〉》（樊增祥）、《题〈寒香集〉》（八指头陀敬安）、《赠桂芬》（夏时济）、《叠韵奉酬叔舆》（夏时济）、《再叠韵题小鲁〈湘江访旧图〉》（夏时济）、《三叠韵酬伯严、实甫》（夏时济）、《四叠韵汉上赠廖桂喜》（夏时济）、《剑叟四和〈赠桂芬〉诗，复和〈赠桂喜〉诗，五叠奉酬》（夏时济）、《次韵和〈赠桂芬〉》（陈兆奎）、《茧安以〈戏赠〉诗见示，步元韵并呈叔舆、泽生》（黄嗣东）、《次韵赠茧安》（袁绪钦）、《次韵题〈湘江访旧图〉》（袁绪钦）、《次韵和〈赠桂芬〉》（李登云）、《次韵和〈赠桂芬〉》（熊寿鹏）、《再和前韵遣怀》（熊寿鹏）、《次韵恭和〈戏赠〉》（李萃兰）、《联和前韵》（三首，陈三立、易顺鼎）、《次韵和〈赠桂芬〉》（吴广霈）、《再次原韵》（吴广霈）、《坐雨，三和前韵，简茧安》（吴广霈）、《坐雨，四和前韵，简茧安》（吴广霈）、《次韵和〈赠桂芬〉》（谭麦）、《书感，次〈汉上赠桂喜〉韵》（黄嗣东）、《次韵和〈赠桂芬〉》（江峰青）、《次韵和〈赠桂芬〉》（集唐）（王以慜）、《茧安归自海上，出示桂喜玉照，并示叠韵赠章，次韵奉酬》（吴广霈）、《次韵和〈赠桂芬〉》（陈华）、《次韵和〈赠桂芬〉》（严毅）、《叠韵奉和〈汉上赠廖桂喜〉》（熊寿鹏）、《次韵和〈赠桂喜〉》（江峰青）、《次韵和〈赠桂芬、桂喜〉》（吴颐）、《无题，和茧安韵》（樊增祥）、《次韵和〈赠桂芬〉》（魏程先）、《次韵和〈赠桂喜〉》（魏程先）、《次韵和〈赠双桂〉》（李隽）、《次韵和〈赠桂芬〉》（袁绪钦）、《次韵和〈赠桂喜〉》（袁绪钦）、《次韵和〈赠桂芬〉》（程璟光）、《次韵和〈赠桂喜〉》（程璟光）、《茧安出示〈寒香集〉，次韵奉酬，并示绮秋》（辛亥十一月）（杨钟羲）、《荷花生日，集吴园，遥祝潇湘佳人廖关关》（辛亥）（茧安）、《双桂词》（夏绍笙）。其中，陈三立、易顺鼎《联和前韵》其一：“劫灰扬尽沙虫在，天路探迷鸠鸟难。皮骨一鞭冲霰入，（伯严）心肝余血战冰寒。瑶华寂寞凭谁赠，藩溷飘零忽汝看。（实甫）却认文君为取酒，传来蒟酱许同餐。（伯严）”其三：“才知沧海生桑后，便是吴刚倚树时。（实甫）蟾匿半规疑有药，乌飞三匝恐无枝。兰心自暖添香地，（伯严）萍迹相逢解佩谁。底事天涯风乍起，又将春水一池吹。（实甫）”

《小说时报》“临时增刊第一次”推出北方京剧名伶贾璧云专辑《璧云集》。集前有瘿公《贾璧云传》云：“贾郎，扬之江都人。九龄，其父挈之营口，使习小旦。郎慧甚，习诸剧，辄精能。年十一，出登场，已耀其曹。历辽阳、沈阳、哈尔滨，而至青岛、烟台、济南，得资皆丰。日人某乃聘之至东京，演剧数月归，则技益进。年十七八，明丽绝代。所至苏州、杭州、宁波、上海、汉口，登台必倾座客。光绪初叶，京师有十三旦者，宣化人也，以艳慧噪于时，艺亦殊绝。郎遂自名小十三旦。宣统辛亥，郎方在汴梁，或介之入京师。至则先至剧院，遍观诸伶，归而哂曰：'吾震首都，谓诸伶艺皆绝人，今独崔灵芝差可耳。吾何恧焉。'乃复原名为贾璧云，隶三庆部。三庆有小喜翠者，亦以花衫献艺，颇娱座客。郎初来，尚压于喜翠。既而观者俟郎罢演，皆散去，园主人始重视郎。一时豪贵，皆与之游。值京师全盛，王侯第宅，歌舞无休。时每召郎登场，赉恒绝丰，月入达万金。上自王公，下逮负贩，靡不倾动。老伶谭鑫培闻而往观，则极叹许，欲与配剧，会武昌事起而止。光绪以还，名伶以色艺倾动京师者，推十三旦与田桂凤，今并老矣。桂凤为城中梨园世家，独十三旦以外籍驰誉九城，并时无与伦比。郎至，声名与十三旦全盛时埒，都人靡不道贾郎。郎性和婉，而有介节。登场则仪态万方，贞淫庄恣，各极其妍；下场则独居操翰，理绘事而已，无他嗜也。性至孝，其父用财无节，郎所入悉以献，至则立尽，郎亦无愠容。娶妇不逾中人，而琴瑟静好，郎恂恂如儒生，虽相惊以璧人，无敢嫚者。某王当国，势赫甚。王子某治酒，屡招郎不至，则怫然怒，杨小楼虑郎忤王子，滋不利，乃强拉之来。王子甚欢，命今夕毋登场，郎辞焉。则言吾能赉尔千金，宁不足余耶？郎言：'吾业伶，安有数千人候登场，吾置不顾，反从尔冶游者？'王子咄之。郎抗声曰：'吾鬻技四方，奚必京师？吾宁不能去此耶！'王子怒呼巡士系之，小楼仓皇为请罪，久乃释，而郎不顾去。其事传诸京师，今犹有能道之者，足以愧奴颜之士夫矣。兵事急，京师大震，郎去之济南。比还京，逢第五镇戍兵之变，坊市萧条，都人乃请郎复登场，市人走集观之，旬日而商业复焉。汉口战后，百业凋敝，鄂人思振之，乃新其剧院，聘郎去，两月而汉上渐繁兴。郎乃辞之沪，一时名流寓公海上争与之接，咸为诗歌以张之。郎画山水，宗戴文节、张文达，端秀有逸气。比识平等阁主人，出所藏宋元诸本，饫观之，艺乃益进矣。"本期"文苑"栏目含四组诗。第一组：《贾郎曲》（实甫）、《璧云辞，和实甫》（樊山）。第二组：《观贾璧云演剧口占》（三首，天笑）、《观贾璧云演剧口占，和天笑生》（三首，阿严）、《观贾璧云剧，和天笑三绝句》（珠雾）、《三叠韵和秋岳简瘿公问贾郎消息》（实甫）、《次韵瘿公送贾郎之汉口》（泽山）、《排日观贾郎登场，书示弱庵、荷庵》（瘿公）、《贾郎画山水箑，为三六桥都护题》（瘿公）。第三组：《贾郎将之汉口，为诗送之》（瘿公）、《瘿公有诗送贾郎赴汉口，即次其韵》（哲维）、《用瘿公韵送贾郎之汉口》（孝起）、《瘿公属赠贾郎，即送之汉口》（鹤柴）、《次瘿公韵赠贾郎》（时百）、《赠贾郎璧云》（三首，忞公）、《浣溪沙·观贾翰卿演〈杜十娘〉剧》（二首，彦通）。第四组：《贾郎招饮，赋索同座诸君和》（樊山）、《贾郎招饮，和樊山即席之作》（阿严）、《和樊山、琴志赠贾璧云诗元韵》（狮嚬）、《次樊山韵并柬伯欣》（悉公）、《贾郎璧云招饮，天琴有诗，即和其韵》（琴志）、《赠歌者贾郎》（二首，伯远）。其中，易顺鼎（实甫）《贾郎曲》云：“广陵一片繁华土，不重生男重生女。碧玉何妨出小家，黄金大半销歌舞。昔年我亦踏香尘，十里红楼遍访春。依然廿四桥头路，不见三千殿脚人。蕃厘地媪真奇慧，别产琼花收间气。幻出秦青杨白华，开成魏紫姚黄卉。问姓红楼旧世家，问名云上玉无瑕。二分占尽司勋月，一抹生成定子霞。髫年便证明僮果，未向茵飘先溷堕。小史真如日在东，诗人欲赋风怀左。吹台登罢又明湖，佼好人人说子都。缑岭月明看控鹤，高唐风气为绵驹。京国从来盛游衍，樱桃万树樱桃馆。百戏鱼龙镜槛开，五陵莺燕筝人满。贾郎初到未知名，一曲登场万众惊。妃子能空六宫色，念奴解作九天声。一时观者皆倾倒，万口同声听叫好。压倒丰台芍药花，休言晋国灵芝草。红氍毹上湧华鬘，此宝乾坤不敢悭。大千秋色凭眉夺，五万春魂借体还。红梅阁唱西楔曲，艳鬼来时万灯绿。落雁沈鱼避笑颦，女龙雌凤传歌哭。香车宝马帝城春，都为来看贾璧云。菊部诸郎空黯澹，椒房七贵致殷勤。从来一部娄罗历，歌舞酣时国将毕。岂意羊车看璧人，已悲凤阙迁金狄。移宫换羽亦伤神，萧瑟还为去国人。解佩多时留夏口，履珠昨日到春申。沪滨遍吸人间电，贾郎一到开生面。惊起鸳鸯卅六双，掷尽鹰蚨三百万。玉面金钱月万元，歌台声价试评论。名高始信优伶贵，禄薄谁求总统尊。瑶光夺婿堪愁煞，堆满车中是罗帕。花里秦宫岂愿生，路旁卫玠还妨杀。我友罗君曾告余，贾郎内行有谁如。梨眉老父长丰膳，椎髻闺人只俭梳。丹青酷嗜还成癖，竟日相依惟笔墨。画罢常教茜袖乌，客来忘却朱唇黑。冶游闻更却亲藩，桃李冰霜孰敢干。拂衣不顾沈沈者，辞辇真成望望然。昨观所画罗君箑，山水萧疏得师法。协律难逢汉武皇，濡毫且拟张文达（贾郎喜临南皮张相国画）。京师我见梅兰芳，娇嫩真如好女郎。珠喉宛转绕梁曲，玉貌娉婷绝世妆。谁知艳质争娇宠，贾郎似蜀梅郎陇。尤物同销万古魂，天公不断多情种。卅载春明感梦华，只今霜鬓客天涯。还倾桑海千行泪，来写优昙一朵花。”樊增祥（樊山）《璧云辞，和实甫》云：“相逢相识始相思，此人有情犹未痴。澧州公子慕贾午，未见先赋香奁诗。繁钦尺牍谀车子，元相长歌寄管儿。月下如闻环佩响，梦中深费衍波词。佩兰弱冠传名字，依约华年崔念四。往日金梁桥畔游，宪王乐府从头记。结交鼎鼎多胜流，书画英英饶士气。雪苑春花五万枝，时人总道侬家媚。流转名花入玉京，声华一日满都城。公主第中催送酒，岐王宅里坐调笙。长白山头王气歇，龙种人人亲粉墨。大行在殡天下哀，二叔酣嬉预歌席。白头当国一亲王，生子都如元显狂。父为茄花蒙世诟（谓奶子嬷嬷），儿因绿草挂弹章。小年贝勒如獐鼠，心醉此郎鸲鹆舞。踪迹朝朝鞠部头，优伶辈辈金兰谱。夜深沉醉酒家楼，笑曳郎裾北里游。欲得宿花双蝶喜，宁知掩镜一鸾羞。此时太真绝裾去，小子侯犹色然恕。身是扬州芍药花，难为斜巷樱桃树。家有糟糠丑丑妻，肯将扑朔混迷离。生非春草羞随马，心似莲花不染泥。都人约略传其事，声价梨园增十倍。试问中朝士大夫，几人敢拂王公意？中丞簪花学美女，相公傅粉随歌妓。十年妖孽满朝廷，不中与郎作奴隶。可惜金台舞柘枝，说诗不遇鼎来时。苏卿早日逢双渐，扫地添香定不辞。沪上楼台绚金粉，郎来争掷缠头锦。杨柳风吹缥渺音，梨花月照娉婷影。此时公子抱琴归，消渴文园减带围。毕竟江东逢卫玠，恍从画里识崔徽。访素西楼犹有待，求凰巧遇嫠何害（是夕演《棠姜》一出）。满月难争玉面光，剪淞不尽秋波泪。老我重看海国春，红氍毹上怅前尘。伊凉久已翻新调，娟态何曾是旧人。三颗珠沉荀学赞（恧伯师有《菊部三珠赞》），五云门渺复堂文（甲戌会试，景和堂五云最知名，仲修收入《群芳小集》）。可怜朝市俱非故，忍复春明觅梦痕。吁嗟乎！春申江上花无数，琉璃笼眼揩花雾。老坡无复进歌头，吏部犹能商乐句。小试花丛月旦评，歌台大有流连处。君不见氤氲海上三朵云，颜色鲜明青碧素（谓云青、碧云、素云）。”包天笑（天笑）《观贾璧云演剧口占》其一：“竟藉眉痕网众材，绕梁丝竹我低徊。眼波讵让秦朗伺，道是花魁即党魁。（昨夕偕友往观贾璧云《独占花魁》一剧，闻京师士夫，倾倒于贾郎者，盛极一时，时人称为‘贾党’，盖于共和党、国民党、民主党以外，所谓第四党也）”阿严《观贾璧云演剧口占，和天笑生》其一：“金雀鸦鬟笑语痴，惯携明盼散相思。可怜绣户传娇语，正是风清月白时。（贾郎善饰婢女，所演《翠香寄柬》《青云下书》《打樱桃》《明月珠》诸剧，均工妙入神。都人士至谓虽十三旦、杨小朵三五少年时，亦无此色艺也）”其二：“洛下羊车事有无，浪垂清泪洒蘼芜。春江十万蛾眉队，尽道娉婷更不如。（贾郎到沪，声誉大起。每值登场奏技，则钏影钗光，座为之满。而花丛姊妹，倾倒尤至，色授魂与，盖几于看杀卫蚧矣。至扮演悲剧时，多掩面泣下者）”其三：“清真乐府梅溪句，一样飘零旧梦痕。动我年华迟暮感，为谁声价总销魂？（《杜十娘怒沉百宝箱》剧中，有谓‘我杜十娘十年辛苦，才有今天名誉’，璧云易为‘始有如今声价’。盖有取于周美成词‘旧时歌舞，惟有旧家秋娘，声价如故’，及史梅溪‘却向旧家门巷，首询声价’之句，吐属风雅，正不仅善用玄机诗语而已）”珠雾《观贾璧云剧》其一：“描尽红闺宛转姿，凝眸何事费寻思。人间第一消魂地，自下珠帘故故迟。（璧云演《梵王宫》一剧，能描画女儿情态，其放帘一段，尤觉姿态闲雅，令阅者神往不禁）”易顺鼎（实甫）《三叠韵和秋岳简瘿公问贾郎消息》云：“灵和殿外柳丝丝，绿上衣裳又上眉。湘浦秋多瑶瑟怨，广陵春在玉溪诗。芳尘镜槛留前约，残泪金台续古悲。海上明珰曾寄否，开缄定感别经时。”泽山《次韵瘿公送贾郎之汉口》云：“妙舞天魔一指伸，堵墙万辈等微尘。故卿枉许称花国，洛下争传看璧人。儿女娇痴各殊特，风沙聚教本平均。汉皋解佩浑闲事，憔悴诗人北海滨。”瘿公《排日观贾郎登场》云：“翠舞珠歌小中兴，倾城一顾自相矜。已拼颠倒欢场共，还遣沈忧酒力胜。月影山河怜破碎，梦中心事不飞腾。虞渊顾影吾宁讳，日礼华鬘尔亦能。”《贾郎画山水篷》云：“矩策京华劫后尘，偶然羁笺一相亲。江山纵好吾安往，奈此风华绝代人。”《贾郎将之汉口》云：“哀郢招魂怨未伸，烦君歌舞定兵尘。汉皋莫误逢神女，燕市还劳念酒人。去日秦声流历下，归来楚佩梦灵均。过江卫蚧防看杀，珍重羊车傍洛滨。”哲维《瘿公有诗送贾郎赴汉口》云：“微波传语意难申，蹋地新歌洗酒尘。共说倾城矜绝色，谁令空谷迓佳人。风流暂隔余能惜，顽艳相乘感未均。鄂渚春来花正发，遥知环佩动江滨。”孝起《用瘿公韵送贾郎之汉口》云：“倦极闻歌一欠伸，素衣笑我老缁尘。抛家久不知乡事，得汝真堪傲国人。花落江南无杜甫，楚亡泽畔有灵均。朝云暮雨多神女，珍重新声汉水滨。”鹤柴《瘿公属赠贾郎即送之汉口》云：“绾髻涂妆屡误真，神清如子更无伦。灵和张绪思前事，顾影何郎有替人。入市竞疑珠照乘，画山能使笔生春。汉皋交甫空捐佩，莫遣庸奴强效颦。”时百《次瘿公韵赠贾郎》云：“广坐翘看意未伸，舞衫一去冷京尘。百年掌故留歌席，一代声华属璧人。禹域山河余战伐，楚台风月与平均。红毹倩影华灯见，莫误惊鸿起落滨。”丞公《赠贾郎璧云》其一：“翠暖珠香掩舜华，云郎风调玉无瑕。那将威武南巡曲，写作胭脂北地花（余初观贾郎演剧，为《梅龙镇》《凤阳花鼓》二出，极为倾倒）。五代伶官欧史传，二分明月碧城槎。岐王已废龟年老（谓谭伶叫天），天遗孤芳照海涯。”其二：“流虹影事渺秋烟（戊申之秋，贾郎在润州演剧，有影事颇与叶元礼流虹桥之事相类，余别有纪），旧梦推排倍可怜。粉墨登场歌当哭，繁华转毂海成田。春风花底秦宫活，夜雨筵前蜀国弦。我愧才情如水绘，璧云应共紫云传。”其三：“钧天曾记听云璈，醉把兴亡付浪淘。本事征题郭芍药，新词偷唱郑樱桃。西风梦影重帘隔，南国愁心独茧缫。莫向红楼问消息，神瑛小谪在江皋。”彦通《浣溪沙》其一：“相见平生意已多，绛花红泪护清歌，好留情志折销磨。□楫三竿人似玉，青山两剪水如螺，一声归去奈愁何。”樊山《贾郎招饮》云：“赌唱旗亭第二回，画堂雪霁绮筵开。薛门声价青萍长，娄上歌诗紫稼催。入市瑶光思夺婿，阅人菊部独多才。经年不赴朱门饮，生受萧郎酒一杯。”阿严《贾郎招饮》云：“更携舞袖剩香回，密宴珠楼墨会开。绿鬓云裁杨柳嫇，红墙星转柘枝催。招摇海市稀真赏，管领春人此俊才。消尽年时罗绮恨，为君含笑倚深杯。”狮嘣《和樊山、琴志赠贾璧云诗元韵》云：“争似如皋射雉回，迷离扑朔笑眸开。好贻两字琼箫谥，媚博三郎羯鼓催。壁画旗亭征韵事，歌从天宝忆人才。当筵认取樱桃色，勘入红尘付酒杯。”丞公《次樊山韵并柬伯欣》云：“暗尘细马逐香回，海角寻芳倦眼开。帝里楼台天共远，残年歌舞日相催。料星花部从何记（伯欣方作《花部宵谈》），描写春魂亦费才。不用萧郎亲手劝，红盐一曲一深杯。”琴志《贾郎璧云招饮》云：“明月高楼又几回，三生生面要重开（‘高楼明月清歌夜，知是人生第几回’，张梦晋句也。仙言余前身为梦晋）。图宜水绘其年画，妆异丰台大可催（用陈迦陵、毛西河事）。天下二分真艳色（贾郎扬州人。张亨甫《王郎曲》云：‘天下三分月，二分在扬州。一分乃在王郎之眉头'），地球第一此惊才（沪上谓贾郎色艺为寰球第一）。紫云亲劝狂奴酒，应胜长星劝帝杯。”伯远《赠歌者贾郎》其一：“娇语明珰俨丽容，卷帘儿女快相逢。眼飞万矢心都热，笑博千金态尚慵。独抱吟哦消绮日，还将点染遣清冬。殷勤为谢羞花活，赢得诸郎取次供。”

任鸿隽、杨铨赴美游学，胡适迎于车站，二人皆中国公学旧友。当夜即宿于胡寓。

2日 《申报》第14290号刊行。本期《自由谈》“尊闻阁词选”栏目含《早雪行》（李生）。诗云：“一夜北风吹瑟瑟，城南城北即飞雪。锦裘轻暖富儿温，哀鸿零落穷途哭。我亦因之念沙漠，天山阵北孤云黑。翰海降王未解兵，胡天星使初传檄。三边烽火望燕台，万里关山枯战骨。朔气凭陵胡马骄，寒声千里传刁柝。健儿无复说长征，英雄空有筹边策。东邻西邻逼我来，哀哉大地将沉没。拔剑击地唤奈何，举头忽见江山白。”

钱玄同、沈尹默自杭州抵沪，夜与汪东、黄侃等饮于酒肆。

顾颉刚离苏，乘津浦车北上，抵京参加社会党北京事务，有《津浦道中》纪事。诗云：“荒岸列寒柯，天风拥客过。长车走遥夜，斜月照黄河。道坦惊神斧，流危听鬼歌。探源星宿海，我欲指深波。”

魏清德《十姊妹花》（四支韵）（二首）发表于《台湾日日新报》。其一：“仿佛娇名类十姨，细花四色发连枝。东风有日凭媒说，指屈从头嫁与谁。”其二：“春深花事故迟迟，开透同心姊妹枝。触我美人香草感，扬州梦觉十年时。”

王小航作《南京光复纪念日》（时人以为国体一变即为世界之强国）。诗云：“光复纪念乐大酺，军学官界纷欢呼。女子队来气雄武，路人侧睨行趑趄。斩松结彩林为秃，旗幡金鼓盈街衢。街衢屋宇半倾圮，商民依律皆欢喜。跳跃勉为爱国人，盛况铺张盈报纸。我里忽有顽梗声，哀哀哭孙又哭子。问知其家无男丁，老妇龙钟伴弱媳。一年两次遭焚劫，男子奔逃无消息。三岁孤孙共抚乳，樵苏行乞难为畜。积欠邻家十五金，催讨无钱抱孩去。姑媳性命尽在此，不如早被焚杀死。我闻此语心骨悲，扣访其邻婉劝之。邻人泪随语声堕，彼家困苦谁家乐。小人楚籍旅食吴，夫妇数年强生活。因彼老妇尤颠连，故尔节食分杯勺。此地逃者多未归，欲再作工无工作。山穷水尽到今时，怕填沟壑动乡思。质孩欲使偿半债，小人何爱螟蛉儿。助我川资共井谊，同死于此亦何裨。我听斯言无可说，归来敝箧苦搜索。知交恤我为怜贫，彼穷更甚我何啬。持赠彼邻两生全，姑媳悲喜抱孩还。孩投母怀知堕泪，耳中但闻提灯盛会闹喧阗。”

沈其光作《大雪》。诗云：“壬子之孟冬，朔日天大雪。青山埋尖泽腹冻，同云罩地行人绝。帘栊黯淡声萧瑟，亭午霏霏晚更密。玄冥吹落豆秸灰，神工镌错琼瑶屑。北风卷地茅龙低，出门欲僵龟手裂。雄鸡不号花项缩，冻雀梳翎脚如铁。御寒无计呼朋俦，醵钱沽酒酒家楼。酒肠得春诗在喉，两肩耸作山字遒。前年冬日如秋暴，今年冬初雪压屋。呜呼！天道穷翻覆，农家典质了春租，应有褐衣多未赎。”

3日 《申报》第14291号刊行。本期《自由谈》“尊闻阁词选”栏目含《续感怀》（三首，了青）、《答金抱璞世祁》（续十月二十五日）（了青）。其中，了青《续感怀》序云：“曩赋感怀诗三律，人事变迁，忽忽十载，因复赋之。”其一：“莫向情天问假真，回头一笑已成尘。苹花只是随流水，柳絮何曾解惜春。楚国息妫空有恨，汉皋神女本无人。眼前恩怨犹难说，何苦伤心到夙因。”其二：“未必他生是玉箫，酒痕弓影几时消。香从灰后心先冷，琴到烧余尾已焦。只怨有胎含豆蔻，那知无梦绕芭蕉。而今学得降魔法，锁住情丝不许饶。”

沈尹默与钱玄同、沈赓虞在沪上访吴昌硕。

4日 《申报》第14292号刊行。本期《自由谈》“尊闻阁词选”栏目含《秋感》（四首，寄尘）、《式微歌》（和碧梧女士）（四首，冰）。其中，冰《式微歌》其二：“式微式微胡不归，凉秋九月暮砧微。遥知丛桂伤萧瑟，话到家山梦欲飞。”其三：“式微式微胡不归，故园松菊寸心违。虞渊日落频回眺，节钺中原事已非。”

沈尹默与钱玄同乘火车离开上海，回到杭州，钱在嘉兴下车。

魏清德《盆松》（冬韵）（二首其一）发表于《台湾日日新报》。诗云：“材大由来世不容，瓦盆如盖郁孤松。英雄用武悲无地，一样潜鳞未化龙。”

5日 ［韩］《经学院杂志》第1号刊行。本期“祝辞”栏目含《〈经学院杂志〉祝辞》（金东振、郑万朝、黄敦秀、吴宪泳）；“词藻”栏目含《秋怀》（朴升东）、《春享归路》（朴升东）、《闻〈经学院杂志〉创刊有呈》（梁凤济）、《释奠翌日忝讲演有感》（郑凤时）。其中，朴升东《春享归路》云：“四海龙颜解，千秋凤德回。一生心所愿，继往复开来。”

金意庵生。金意庵，满族，北京人，原名爱新觉罗·启族，自号长白山民，祖籍东北长白。一说生于1915年10月27日。著有《意庵诗草》《长白山诗集》。

6日 魏清德《盆松》（冬韵）（二首其二）发表于《台湾日日新报》。诗云：“劫余雷雨未成龙，局促盆中滴翠浓。甚欲移根归故地，满天风雪战严冬。”

7日 大雪，西泠诸友游西湖并宴集、篆书题名。同集者：吴昌硕、鲁坚、楼邨、胡宗城、吴隐、周承德、马衡、沈光莹、邹建侯、丁上左、丁仁、王同烈、叶希明、王寿祺、叶铭及子涵、迈诸人。丁仁有《咏西泠印社同人诗（集论印绝句）》（二十首）。其五《咏吴俊卿诗》：“善刀迎解目全无（查歧昌），斗检封形节玺沿（钟大源）。洞鉴端须胸次阔（丁敬），青山图里老神仙（冯念祖）。”其六《河井仙郎》：“纵目东瀛万里流，啸堂集古费雕锼。摩挲欲作囊中秘，可惜曾无一谱留。”其七《钟以敬》：“宗派流传几变更，鸥波亭子一灯明。官私大小多罗列，玉箸朱文篆最精。”其九《吴隐》：“绝技刀藏埒数公，阿谁双眼辨真龙。风流更有吴公子，钿阁尤传铁笔工。”十三《王寿祺》：“运笔钻研十四篇，莫将微技诮前贤。好奇更有王都尉，中秘多从小印传。”

吴昌硕为诸宗元绘《梅花图》并题诗云：“铁如意击珊瑚毁，东风吹作梅华蕊。艳福茅檐共谁享，匹以盘敦尊罍簋。苦铁道人梅知己，对华写照是长技。霞高势逐蛟虬舞，本大力驱山石徙。昨踏青楼饮眇倡，窃得燕支尽调水。燕支水酿江南春，那容堂上枫生根。贞长老兄索写，呵冻成之，亟寄燕台。壬子初冬，大雪，雨。吴昌硕并录旧作。”

辛介夫生。辛介夫，原名佳甫，晚号晚晴楼主，北京顺义县人。著有《晚晴楼吟稿》。

8日 《独立周报》第12期刊行。本期“文苑”栏目含《孟晋斋师友文录：神霄真逸与宛委山人书》《旡生师友论学笺：宛委山人来书》《神霄真逸诗》（谢无量）、《觚斋诗选》（俞明震）、《感事》（严山）。

魏清德《贺张世兄式谷君教台谕及第》发表于《台湾日日新报》。诗云：“讵有囊锥久处囊，果然颖脱吐光芒。孔门诗礼应传子，苏氏文章独擅场。时至蛟螭频变化，秋高龙马快腾骧。知君百尺竿头上，云路迢迢未可量。”

9日 樊增祥生日，易顺鼎以橙柚并诗贺之。《仲冬朔日天琴初度，余以橙柚为寿，并媵以诗》云：“阳气元从子月回，蒙泉硕果在初哉。真留南国后皇树，太息东坡宰相才。鬓绿人如三十许，萼红天放一分才。黄甘陆吉真幽品，来侑山中葛鲍怀。”沈曾植作《寿樊山》（六首）。其一：“越缦堂前一瓣香，樊袁贱子设三行。我侪北海黄仙鹤，君跨东坡白凤皇。山父鼎文书蘐历，养生论理有张弛。隐囊纱帽倏然在，信是寒松耐雪霜。舍馆漫寻东海谷，玄谈与证北游知。圣贤录或传群辅，主客图成数大师。玉骨青瞳留化迹，周妻何肉不支离。通明楼口遥相望，要写昭台降嘐诗。”樊增祥作《乙庵、节庵、散原、旭庄、诒书同过茶仙亭，略观书画，遂至徐园，涛园亦至，旭庄引一东洋画师为余画像，薄具茶粥酒果，抵暮而散，杂记以诗十首》《自题六十七年画像四首》《赠日本画师光永眠雷》。其中，《杂记以诗十首》其一：“柴门卓午驻双辀，残睡犹浓眼慢揉。佳客满前看洗面，簪斜髻散不梳头。”其二：“乙庵闭户三月余，午日疟鬼刚驱除。今朝小车过亲旧，路人争看邵尧夫。”

傅增湘道沪至苏，访叶昌炽，持艺风书暨所辑《江苏金石目》一册为介。

10日 《海军杂志》第1年第3期刊行。本期“文艺·诗文”栏目含《海上杂感（续）》（冰一）、《黄海遇风》（晦亭寄稿）、《挽朱君孝先》（汤芗铭）、《海军革命巨子王君传烱小传》（前人）。

姜可生《卜算子·秋夜怀杏子》刊于《民立报》，又于1915年5月刊于《南社》第14集。词云：“明月纸窗中，黄叶秋风里。孤馆无人解客愁，千里知心否。　铁笛听凄清，夜半披衣起。独倚危楼目已穿，何处依人是。”

王闿运作萧玉衡母周氏联云：“樛木颂绥成，委佩庭前冬日煦；葛覃勤浣濯，捣衣砧畔晓霜寒。”

11 日　王闿运受袁世凯聘入京，任国史馆馆长，编修国史，兼任参议院参政。

12 日　周庆云、沈焜招饮希社同人，刘炳照首唱，潘飞声和之，吴昌硕晚至，读飞声即席诗并和之。赵汤、施赞唐同席。刘炳照首唱《梦坡、醉愚招饮酒肆，偶谈近事，感而赋此》云：“不必东林步昔贤，课诗聊藉遣余年。书痴自笑蝇钻纸，士行讵同蚁慕膻。无怪管宁先割席，喜逢李白且开筵。老人颇有看花兴，翻被庸奴简误传。”潘飞声作《梦坡、醉愚招饮式式轩，用语石叟韵赋谢，并呈吴昌硕先生》。诗云：“赌酒频逢沈下贤，词家片玉（谓梦坡）画松年（谓语石与昌硕）。国风载咏莺求友，画壁争看蚁慕膻（诸君席上写诗，群花拥看）。进馔竟能通蜀道（轩制川菜），工诗才许坐花筵。吴中复社重提唱（诸君同结希社），犹有秦淮艳影传。”吴昌硕亦有《梦坡、醉愚要饮式式轩，以他事不至，读兰史即席诗，依韵奉和》诗云：“谁能当世缶群贤，如梦如痴动隔年。无分匈奴生啖血，酒肠宽处谢腥膻。料因兰老增惆怅，迟我花丛敞绮筵。毕竟侯生好才调，眼波肩底几回传。”同题诗有赵汤《梦坡、醉愚两先生诗来索和，援笔答之，工拙非所计也》《再呈一律，追步梦坡晨风诗原韵》，沈焜《同梦坡招语老、兰史、翰怡、瘦石、松如晚酌，浣荪后至，苦铁来而不饮，语老有诗，敬次其韵》，周庆云《与醉愚招同人酒家小饮，语石先生有诗见赠，次韵答之》，刘炳照《梦坡、醉愚既和予诗，叠韵复得两首》《雨窗不寐，再叠前韵书怀》（二首），施赞唐《复丁老人邮示〈感事书怀〉诸作，次韵奉和，即请梦坡、醉愚、瘦石同政》（四首）。

王仁东 62 岁生日，吴昌硕以《寿王完巢》贺之。诗云：“万缘朝莫寂，百虑肺肝枯。默契有巢氏，巢完道不孤。老怀存故国，天意寿今吾。醉可谋千日，黄花酒再酤。”

[日] 白水淡作《过关门海峡》。诗云：“世路回头多感想，征鞍今日向乡党。筑丰山水记吾不，三十年前分队长。”

13 日　林纾往访姚永概，赠画及序。

苏曼殊抵安庆，主讲安徽高等学堂，与郑桐荪、沈燕谋、应溥泉、傅盛勋等同事。岁末，苏曼殊归至上海，与朱贡三、沈燕谋同寓南京路第一行台。

杨巨川作《壬子冬月初五日夜，大寒，风动纸窗，声烦不寐》。诗云：“封姨跋扈怒难平，铁马金戈彻夜鸣。嘘气一呼窗振振，余威未息纸琤琤。添来重被寒犹觉，挑尽孤灯梦不成。欲寄檄文向何处，翻书入幕任纵横。”

14 日　魏清德《归去来辞》（支韵）（三首）发表于《台湾日日新报》。其一：“心事惟应倦鸟知，归来任意托微词。登皋舒啸临流赋，不为江潭渔父嗤。”

15 日　袁世凯颁布《戒严法》。

《民谊》第 2 号刊行。本期“词林”栏目含《燕京杂诗》（大一）、《洞庭湖舟中感赋》（前人）。

《中国实业杂志》第 3 年第 11 期刊行。本期“文苑”栏目含《寄远》（大江琴竹女史）、《秋深》（大江琴竹女史）、《岁暮》（赵药农）、《日本松浦伯爵邀饮于巢鸭山庄，乃即所见以录之，非敢以呈教也》（李文权）、《壬子初冬，含雪亭小集，酒酣兴旺，续成排律十二句，亦一时之盛也》（勺求识）、《乌江脚本书后》（李文权）。

《独立周报》第 13 期刊行。本期“文苑”栏目含“孟晋山房师友书牍”：《无量来简》《寂照来简》；“孟晋山房师友诗录”：《壬子夏五成都病中杂诗》（神霄真逸）、《书仲弟扇头》（前人）、《清寂道人辛亥之岁薄游燕郊，爰以上巳修禊河南泊，坐客咸集赋诗，畏庐林叟且为之图，壬子四月展观敬题》（前人）、《无题二首》（前人）、《觚斋诗选六首》（俞明震）。

《军事月报》第 2 期刊行。本期“文苑”栏目含《破天堡城，马上口占》（颂亭）、《入太平门口占》（颂亭）、《从军行》（开甲）、《蟋蟀（并引）》（羖䍽）、《湫居闲缀（并序）》（仲如）。

［韩］《天道教会月报》第 29 号刊行。本期“词藻”栏目含《斋洞雅集》（敬庵李瓘、芝江梁汉默、凰山李钟麟）、《夜泊兴天寺》（我铁郑广朝）、《道诜寺》（南隐卢宪容）、《晓汲》（临汕李教鸿）、《吟梅》（竹圃金羲凤）、《古调》（凰山秋梦薄）。其中，凰山秋梦薄《古调》云：“满城箫鼓夜深深，夜深深，江南江北几个知心。浮苽沈李世非古，风絮雨花依至今。依至今，一担生涯孤鹤只琴。”

俞剑华作《沁园春·壬子十一月七日初度，独酌荒江，醉后调此自寿》。词云：“箕居南山，钟饮北海，放怀正该。且生休嗟此，白杨荒漠，死便埋我，绿水之涯。千古英雄，百年尘土，富贵功名安在哉。从古后，把闲愁扫尽，笑口常开。　　灯前自泼春醅。任形影，相酬歌莫哀。况鸩媚无赖，欲拼未得，祝宗频告，小住为佳。世莫能容，天手何爱，地下还应憎此才。须知道，只醉乡广大，让汝狂来。”

16 日　《庸言》第 1 卷第 2 号刊行。本期“艺林·随笔”栏目含《宾退随笔》（罗惇曧）；“艺林·艺谈”栏目含《石遗室诗话》（陈衍）；“文苑·文录”栏目含《〈退思轩诗集〉序》（沈曾植）、《致饶文卿书》（寄禅）；“文苑·诗录”栏目含《讯伯严》（二首，杨增荦）、《重九寄禅上人招同樊山、秉三、实甫集静安寺》（陈三立）、《次伯严〈重阳集静安寺〉韵》（樊增祥）、《寄禅杜多招集静安寺，作重九并观第六泉，即席和散原、天琴韵》（易顺鼎）、《壬子重九同吴剑隐、陈介庵游徐园》（郑孝胥）、《展重阳，同石遗、默园宿狮子窝，因过秘魔崖》（陈宝琛）、《同剑潭往天宁寺登高，遇掞东、孝觉、默园，言寺驻兵不得入，因忆旧游》（陈衍）、《题所南翁画兰，为樊山作》（王式通）、《吊寄禅和尚》（罗惇曧）；“文苑·说部”栏目含《古鬼遗金记》（林纾）。其中，陈衍

《同剑潭往天宁寺登高》云："悲哉秋为气，草木忽变衰。萧瑟憀栗中，远行思将归。往年两登高，西郊挹翠微。赵侯及二黄，载酒慰孤羁。后至追梁生，草堂还赋诗。去年逢乱离，战场菊方开。停舟过芝罘，杰阁望蓬莱。今年寻旧游，赵侯安在哉。哦诗上日光，秋色正西来。红叶共酡颜，流霞入深杯。联辔惟吾宗，簪萸双鬓摧。兄弟各终鲜，憔悴疑同怀。适逢罗与黄，老兵阻登台。万事那可必，到门车空回。"

《文艺俱乐部》第1卷第3号刊行。本期"文苑·文录"栏目含《亡国记念会序》（章太炎）、《李梅庵鬻书引》（前人）；"文苑·诗录"栏目含《前彩云曲》（樊山）、《后彩云曲》（樊山）、《拟李义山〈燕台·夏〉诗》（完夫）、《潜园秋夕吟》（猿公）、《乌夜啼》（又航）、《春堤试马歌》（红冰）、《秉三过话园亭》（伯严）、《遥集楼晚眺，和哲维元韵》（实甫）、《那王出抚外蒙，辟力医隐为从事，医隐老矣，行沙漠非易，诗以止之》（畏庐）、《郑太夷入都省，寿伯茀家以诗见示，征和作》（畏庐）、《游仙诗四首》（万山樵叟）、《黄公度感事诗八首》（钵提笺释）、《题易实甫前生三张诗画册》（六桥）；"文苑·词录"栏目含《贺新凉·秋恨》（瞻园）、《丹凤吟·许竹篔招同袁爽秋、樊云山饮杨梅竹斜街酒肆，还过厂甸》（瞻园）、《齐天乐·访南宋故宫遗址》（瞻园）、《望海潮·庚子乱后，重来京师，感赋此解》（哭盦）、《诉衷情》（纗华）、《蝶恋花》（纗华）、《烛影摇红》（梦秋）、《南乡子》（梦秋）、《丛话》（前人）、《诗钟丛话》（前人）；"杂俎·俳体录"栏目含《强奸案判词》《讨蚊檄》；"杂俎·新乐府"栏目含《吹牛皮》《拍马屁》《盂兰会歌》《悔楼吟草·咏月饼》《轩渠录（续）》《梨园志（续）》《北里志（续）》《技术传》。

17日　陈蜕庵作《仲冬九日，〈公言〉出版，诗以颂之，并视钝剑》（二首）。其一："笔花散处作云霞，腾布中天世共夸。莫道江郎弄狡狯，河阳未有此繁华。"其二："万言杯水却因何，屑玉翻澜半是讹。手把公言窗下读，横风斜霰隔窗多。"

18日　南北议和，南京政府命伍廷芳为代表，清廷命唐绍仪为代表，开会于上海公共租界工部局会厅，后袁世凯与南京政府直接电商。李右之《辛亥革命至解放纪事诗四十首》其三："南北议和伍与唐，双方代表集洋场。英工部局频开会，未及三旬直接商。"

《申报》第14305号刊行。本期《自由谈》"尊闻阁词选"栏目含《醉后书愤》（二首，驾东）。其一："残管江湖未许投，萍蓬身世易悲秋。魂销朱箔银屏里，梦绕黄云青海头。尽有闲情歌玉树，只余媚骨奠金瓯。中宵无赖揽衣起，似表同情月一钩。"其二："土偶桃人不自由，月明满地叫鸺鹠。依人生活多琳粲，起陆龙蛇小项刘。圬骨千金悬梦想，宝刀一割快恩仇。剧怜竖子成名易，洒家公然到列侯。"

王闿运作族子诏联云："千金致小康，槐秀族中称巨富；百年期上寿，竹林游处咽寒风。"

杨杏佛致函六妹，告知已平安到美，计划于次年春入康奈尔大学。

19日　《申报》第14306号刊行。本期《自由谈》"尊闻阁词选"栏目含《江城梅花引（梦回珊枕麝香浓）》（蝶仙）、《雨窗夜坐》（瘦蝶）。其中，蝶仙《江城梅花引》云："梦回珊枕麝香浓。半朦胧。半惺忪。透薄纱窗，窗外月濛濛。宿酒渐醒镫渐灺，悄无语，倚银床、数晓钟。　　晓钟。晓钟。萧寺中。山万重。水万重。去也去也，去多远、山水游踪。几度归期，约了又成空。往日书来嫌草索，于今是，许多时、没一封。"瘦蝶《雨窗夜坐》云："天际归云几费猜，一窗风雨惹余哀。痴心默向银灯祝，肯照慈亲入梦来。"

20日　海上同人举行壬子消寒第一集，刘炳照、周庆云招集徐园，与会18人。同集有：刘炳照、潘飞声、刘承干、沈焜、赵汾、钱溯耆、周庆云、缪荃孙、施赞唐、吴俊卿、许溎祥、缪朝荃、诸以仁。首唱刘炳照（语石）《壬子仲冬十有二日消寒第一集，饮于双清别墅，观周梦坡所藏赵松雪遗琴》。继唱者潘飞声（兰史）、刘承干（翰怡）、沈焜（醉愚）、赵汾（浣孙）、钱溯耆（听邠）、周庆云（梦坡）、刘炳照、缪荃孙（筱珊）、施赞唐（琴南）、吴俊卿（昌硕）、许溎祥（子颂）、缪朝荃（蘅甫）、诸以仁（季迟）。吴昌硕有诗云："幼时学剑还学农，更欲孙登之欢争胡咙。惟琴奥妙不敢学，学恐不赏知音钟。背抚《梅花》段，腹置《风入松》。松雪手制诗梦得，诗与琴遇妙道将毋同。政治淆乱当宋末，冬青惨碧崖山红。松雪吴兴亦避地，家亡国破琴相从。山水清远寄遐想，横琴一鼓庶免忧心忡。可怜古今事一辙，琴罢令我酸心胸。沪江竟作逋逃薮，半天楼阁眩若金银镕。眼光如豆视乐土，直如气节谈虚空。琴兮琴兮安得轩昂变音节，敌场勇士驱罴熊，天地嘘气飞我郁勃之潜龙。"沈焜有诗云："朔风海上来，占断黄歇浦。不吹浮萍开，却吹浮萍聚。吾侪文字交，意气融水乳。诗豪兼酒豪，今雨杂旧雨。乃有紫芝翁，好友甚好古。特开金谷筵，首作珠槃主。名士争渡江，海客突闯户。坛坫峙东南，中流此砥柱。酒半出宋琴，一弹而再鼓。松雪云有铭，不信君看取。因琴感此生，避乱违乡土。愿化琴上弦，一写流离苦。四坐听我歌，愁绝丝桐抚。潮汐往复回，羁人自淞沪。"

《四川国学杂志》第4号刊行。本期"文苑"栏目含《寄井研廖平》（吴之英）。

林纾作《哀崇陵》。诗云："景皇变政戊戌年，精诚直可通重玄。夕下诏书问民隐，展开秘殿延朝贤。无方可雪中华耻，卧薪先自宸躬始。立宪求抒西顾忧，维新先忤东朝旨。可怜有用帝春秋，几几流窜到房州。""悠悠四载光阴逝，地宫虽发何时闭？奉劝共和五族贤，回头须悯奈何帝。"

朱祖谋校辛弃疾《稼轩词补遗》毕，撰《稼轩词补遗校记》并作跋。

魏清德《次湘沅社兄北游原韵，转寄兼奉允伯、芬硕、籁轩诸先生郢正》（四首）、《蟹菊》（二首）发表于《台湾日日新报》。其中，《次湘沅社兄北游原韵》其一："群仙齐抗手，跨鹤上基隆。共说稀晴日，相逢信好风。回头思往昔，转瞬未浑蒙。差喜偷闲得，谈心乐岁终。”其四：“哀丝豪竹感，容易及中年。身世风尘累，生涯文字缘。闲思偕菊隐，瘦欲倩梅怜。问讯林和靖，怀君意藐绵。”

21 日　沈曾植赴张元济招饮，并观赏善本古籍，缪荃孙、傅增湘、沈曾桐在座。

钱玄同访沈尹默，要求其书写《春在堂楹联》中东二联。

林纾《补题〈吴山立马图〉》刊于《生计》第 3 期，自署林琴南。

方守彝作《十一月十三日奉邀黄子云、陆勋伯、徐汉侯、邓绳侯、阮仲勉、方丹石诸老暨葛温仲、徐皋浦小集贲初轩。绳侯赴光炯葬事，汉侯病怯风，遣使驰一诗来，次韵》。诗云：“庭阶扫梧叶，三百数叉头。自买贤人酒，愿邀君子游。一堂秦汉士，四座椒兰流。独忆维摩室，病吟费点筹。”

22 日　瀛社、桃社、竹社、栎社、台南南社在新竹北郭园荟萃。后，许南英作《留别瀛社、桃社、竹社、栎社、南社诸同人》（时在新竹北郭园郑氏别墅）。诗云：“碧云如水月如霜，北郭园亭尚未荒。萍聚竹城人小集，葭飞冬至夜初长。廿年聚散看双鬓，五社风流萃一堂。今夕会吟明日别，新诗为我压行装。”

《独立周报》第 14 期刊行。本期“文苑”栏目含《神霄真逸诗》（谢无量）、《陈延韡诗》、《裒碧斋集外词》（陈锐伯弢）。

陈宝琛妹婿刘步溪自闽来都，时方大雪，陈宝琛与之有诗唱和，作《步溪以长至雪夜来都，有诗次和》《次韵和步溪》。其中，《步溪以长至雪夜来都》云：“相思千里雪中来，今日人间始可哀。垂老未平君垒块，有诗能使我低徊。故乡近腊山应好，世事如云斗又回。会面且难归岂易，花时倘及醉丰台。”

鲁迅、许寿裳在日本赴贤良寺拜见章太炎。

魏清德《仙洞二首》发表于《台湾日日新报》。其一：“仙洞岂无仙人存，海潮昼夜啮岩根。鱼龙悲啸知何恨，若有酸风吹寒村。洞之深兮不可测，杖藜过客几销魂。阆州胜事可肠断，仙洞仙洞复奚论。”

王闿运作《民国元年十二月廿二日作》。诗云：“南昌近事足嗟吁，幕府于今改秘书。独有冥鸿在寥廓，不向归鹤吊丘墟。遗民感慨兵戈后，经国文章忧患余。板道鄮中能避世，欲从闲写礼堂疏。”

汪兆铨作《冬至日作》。诗云：“测景逢南至，寒风厉北原。祀先存汉腊，正朔近周元。汐社新诗本，西州旧泪痕。苍茫怀古意，寂寞向谁论。”

恽毓鼎作《寄根荪》。诗云：“岁晚行将极，时危正未央。衣冠中夏尽，雨雪北风凉。生计安吾道，前期间彼苍。遥思东海叟，辛苦老绳床。”

王小航作《冬至后晓起》。诗云：“汽车破晨梦，寒气正凛烈。拥被窥窗棂，玻璃聚冰缬。盆菊含古姿，婆娑映书帙。起来坐朝曦，习写汉碑碣。”

23 日　统一党宣布将上海分事务所改为机关部，黄侃被选为统一党参事。

陈夔龙与昌福游小沙，作《望夜率福儿小沙渡步月，三叠前韵》。诗云："半弯江月浓兼澹，一夕车雷去又还。远瞰疏灯知酒市，近闻清磬出禅关（地近静安寺）。飞鸿踏雪泥痕合，病马嘶风鞭影间。撰杖儿曹应窃语，婆娑此老尚痴顽。"

杨圻作《壬子十一月望日大雪，余以去冬避乱淞北，今一年矣》。诗云："干戈疲故郡，风雪去孤城。人事愁年近，诗心与月清。送穷应换骨，避世欲更生。裘马前朝事，苍然忆旧京。"

24 日　《申报》第 14311 号刊行。本期《自由谈》"尊闻阁词选"栏目含《边风哀》（李生）、《江城梅花引（玲珑妆阁逗灯光）》（蝶仙）。其中，蝶仙《江城梅花引》云："玲珑妆阁逗灯光。碧纱窗。碧油幢。小块玻璃，反映月如霜。中有个人无个事，晚妆罢。换罗裳、闻暗香。　　暗香。暗香。度回廊。夜未央。更漏长。盼也盼也，盼不到、斜月昏黄。六幅湘帘，幅幅画潇湘。帘里是他帘外我，没情的，一重帘、遮断肠。"

25 日　《申报》第 14312 号刊行。本期《自由谈》"游戏文章"栏目含《滑稽诗余》（瘦蝶）：《大江东去・用东坡韵，调民国某某伟人》《寻芳草・用稼轩韵，赠某都督》。其中，《大江东去》云："星旗展处，平添出多少，共和人物。革尽同胞蝼蚁命，流弹射穿村壁。天保城边，汉阳江上，白骨堆如雪。健儿死矣，生存都是豪杰。　　试看灶养羊头，滔滔皆是，欺世狂言发。醇酒妇人沉溺惯，早把雄心消灭。攘利争权，党同伐异，国事棼于发。金钱铁路，昂头待问明月。"

《小说月报》第 3 卷第 9 号刊行。本期"文苑"栏目含《说小说（续）》（管达如）、《京华游览记（续）》（我一）、《读彭叔原〈醉竹山房诗集〉》（毓华）、《邵伯湖》（客鸳）、《仙镇道中》（客鸳）、《下关旅馆喜晤述斋同年》（客鸳）、《辛亥秋感》（客鸳）、《弃妇词》（何英莲女士）、《菩萨蛮・君复悼亡，以己小影为殉，亦有情痴也，慰以此解》（檗子）。

［韩］《朝鲜佛教月报》第 11 号刊行。本期"词藻"栏目含《初雪晴窗，赠心农赵沂锡》（暎湖朴汉永）、《奉和暎湖上人》（心农赵沂锡）、《读佛报〈退耕论〉二首》（菊人惠勤）、《又》（二首，前人）、《擎云和尚寿宴》（前人）、《传灯寺，次牧隐韵》（前人）、《重到兴国寺》（李晦明）、《兰》（九韶堂主人）、《栗》（前人）、《耕田》（前人）、《又》（前人）、《蝉》（前人）、《萤》（前人）、《寄传灯寺住持香严上人》（前人）、《龙山驿乘汽车》（前人）。其中，九韶堂主人《萤》云："腐草乘时得火精，不欺昏夜片心明。林塘湿雨无人处，闪闪胡为走燐争。"

严修同尹澄翁到赵幼梅处，三人同到南市访章钰，章出所藏书画见示。

胡适日记："今日为耶稣诞节，Patterson 夫妇招吾饭于其家，同饭者数人，皆其家戚属也。饭毕，围坐，集连日所得节日赠礼一一启视之，其多盈一筐。西国节日赠品极多，往来投赠，不可胜数。其物或书，或画，或月份牌。其在至好，则择受者所爱读之书，爱用之物，或其家所无有而颇需之者，环钏刀尺布帛匙尊之类皆可，此亦风俗之一端也。赠礼流弊，习为奢靡，近日有矫其弊者，倡为不赠礼物之会，前日报载会中将以前总统罗斯福为之首领。Patterson 夫妇都五十余矣，见待极厚，有如家人骨肉。羁人游子，得此真可销我乡思。前在都门，杨景苏夫妇亦复如是，尝寄以诗，有‘怜我无家能慰我，佳儿娇女倍情亲’之语。此君夫妇亦怜我无家能慰我者也。此是西方醇厚之俗。”

王闿运作《吴司法索和诗，走笔次韵》（二首）。其一：“空言执法惠文冠，削迹还应避宋桓。处士议横公论少，展禽道直去邦难。即令苏峻□廷尉，未必皋陶在理官。且喜量移得邻县，明年重听宓琴弹。”

26 日 《申报》第 14313 号刊行。本期《自由谈》“尊闻阁词选”栏目含《莺啼序・题沈太侔〈塞上雪痕集〉，用梦窗韵，索瘦蝶和》（蝶仙）。词云：“天涯一般落魄，减诗肠酒户。便容易、消瘦腰围，病中弹指春暮。负多少、花晨月夕，年来厄煞黄杨树。算行踪、漂泊东西，类他萍絮。　马足车尘，惝恍似梦，堕荒烟蛮雾。最难忘、低拍红芽，绿鬟人唤樊素。记相思、落花十律，证离恨、垂杨千缕。好情怀、输与汀州，野鸳沙鹭（廿年前，君为蕊芬校书，作《落花十律》索和）。　低头皓月，压鬓浓霜，异乡剩倦旅。蓦惊起、一天风雪，塞草都萎，检点衣襟，泪华如雨。鸾笺几叠，鱼鳞千片，云屏犹记伤心史。怅萧萧、雨夜秋娘渡（西泠校书钱素秋刻诗集，君为征题及予）。天边雁字，原来写不分明，爪痕况被尘土。　移宫换羽，改尽词华，甚翠裙白苎。但博取、眉端颦皱，心坎愁烦，彩凤难招，碧鸡慵舞。从头细数，余欢残醉，璚筵星散银烛灺。笑屠门、大嚼江珧柱。扬州一觉醒来，直恁磨砻，果无恙否？”

钱玄同访沈尹默，借《礼书通故》《经韵楼集》《果堂集》等。

胡适作为康奈尔大学代表，启程赴费城参加世界大同学生会年会，被推为宪法部干事。

王闿运作谭朴吾联、唐子明母联。其中，为谭作联云：“京辇忆联镳，女贵儿佳输晚福；夷门承执辔，破秦存趙愧奇谋。”

27 日 《申报》第 14314 号刊行。本期《自由谈》“尊闻阁词选”栏目含《清平乐・闺情》（蝶仙）、《风蝶令・题画》（蝶仙）。其中，《清平乐》云：“银帘丝雨，叶底莺儿语。一枕梨云无觅处，梦里却寻愁句。　起来独自凭栏，罗衣犹耐春寒。留与薄情知道，不将双泪揩干。”《风蝶令》云：“腕弱沉金钏，鬟松溜玉簪。展开凤纸写秋心。毕竟最难落笔、又沉吟。　潭水深千尺，家书抵万金。前番鱼雁倘浮沉。难道天涯游子、不追寻。”

[韩]《侍天教月报》第 2 卷第 12 号刊行。本期“词藻”栏目含《咏海》（黄在千）、《仝》（河千权、河千源）、《自题》（沈光铎）、《又》（崔善集）、《静观》（全甫玄）、《咏燕》

（李硕俊）、《又》（李炳德、朴准弼）、《运不迟》（李仲奎）。其中，李仲奎《运不迟》云："大道运何时，迟迟亦不迟。忏悔从前过，修炼未来期。置心本无地，应物若有思。"

章士钊辞北京大学校长职，由何燏时继任。

黄文涛作《寿儿由驻法使署书记任奉调回部，于十一月十九晨抵家，喜赋并和云门弟韵》（二首）。其一："四载未汝面，今朝喜汝归。河山依旧是，景物已全非。叹我弥衰老，何人守范围。成名怜竖子，反诩早知几。"其二："迢迢数万里，相伴有心知（时偕戴公使雨农同归）。异服崇新制，欢言慰久思。乐从安道饮，快读阿连诗（寿儿归之，明日云门先有诗寄我）。惟忾庙堂上，谁将大厦支。"

28 日 易顺鼎作《十一月廿日，仿苏携高念东所藏文衡山〈溪山雪霁图〉访樊山共观，适大雪，遂登楼外楼烹茗赏之，复过虹日大桥访伯严，还听剧，赋诗二首，即题图中》。其一："虚空帘槛接翔翚，化鹤真疑返令威。翠凤毛翎无地扫，玉龙鳞甲满天飞。蜡梅幽靓同兰菊，雀茗芳甘胜蕨薇。千丈大裘难遍覆，只应还着五铢衣。"其二："同访吟仙证画禅，风流不减顺康年。旗亭赌唱王之涣，灞岸寻诗孟浩然。梯磴欲回秦岭马，车窗如在剡溪船。前贤应羡吾侪乐，白雪红灯照酒边。"

29 日 《申报》第 14316 号刊行。本期《自由谈》"尊闻阁词选"栏目含《岁暮感怀》（二首，寄尘）。其一："匆匆刚过小春天，到眼风光瞬黯然。寂寂孤樽聊卒岁，冬冬暮鼓已迎年。中原扰攘皆荆棘，一代繁华有变迁。看透世情增阅历，更惊沧海忽桑田。"其二："无端过去未来事，都付朦胧睡眼中。万感具非惊岁改，一年已尽叹时穷。光阴有限随流水，天地无情似转蓬。倏忽炎凉多变态，迷离景象幻虚空。"

大雪弥漫，荣庆倚楼得诗云："缤纷瑞雪兆丰年，多少楼台罨画中。入望都城银世界，梅花消息在墙东（花市在英界东）。"

30 日 《申报》第 14317 号刊行。本期《自由谈》"尊闻阁词选"栏目含《初冬大雪歌》（太痴）、《拜星月慢・王鹿春为柯陶庵画七夕景物，独惜瓜果盛筵，没人消受，为题一阕，以补其意，从草窗体》（蝶仙）、《虞美人・和鹤舟作》（息影庐）。其中，息影庐《虞美人》云："浅白轻红浥露华，腰支未老吐奇葩。美人逝矣留香草，小字虞兮溯楚家。淡似着烟浓似醉，背如羞涩面如夸。项王有恨卿无恨，生嫁英雄死作花。"

《民誓杂志》第 2 期刊行。本期"艺海"栏目含《见南庐诗选》：《马上口占》（石达开）、《我伤朝内祸》（前人）、《乱离复乱离二首之一》（前人）、《桑田行（有序）》（文廷式）、《题湘阴陈芋僧先生诗集》（李登云）、《登拜经台》（释寄禅）、《赠清凉山静波》（前人）、《杭州白衣寺，苦雨不寐》（前人）、《过亡友杨灵荃半湾居，怆然作此》（前人）、《金陵重赠陈伯严》（前人）、《陇边竹枝词》（陈晋蕃）、《壮歌行》（陈晋蕃）、《塞上》（前人）、《登兰山》（前人）。又，柳诒徵《题词》刊载于《民誓杂志》第 2 期。诗云："辛壬岁月去堂堂，祖构共和一稔强。空诩伙颐消王气，尚劳大诰勖多方。蟠根内翼怜狐鼠，馋吻纷乘恫虎狼。谁负斯民喉舌任，磨天巨刃作风霜。”

[日] 芥川龙之介致小野八重三郎信中附诗一首。诗云：“檐户萧萧修竹遮，寒梅斜隔碧窗纱。幽兴一夜书帷下，静读陶诗落烛花。”

31日 《亚东丛报》(月刊) 创刊于北京。唐群英、仇鳌主编，“亚东丛报社”编辑、发行，现存最后一期为1915年2月2日第3期。该刊原为同盟会创刊于1911年《亚东新报》，《亚东新报》被迫停刊后，遂改组为该刊。主要内容分为社说、译著、选论、女子教育、时评、文苑等门类。文苑又分为“文录”“诗录”“词录”“小说”“联语”等栏目。主要撰稿人有瘦桐、蜕龕、雌飞、瓣宣等。该刊以“提高女权，发挥民生主义，促进个人自治为宗旨”。黄兴、刘揆一、宋教仁、周永庭、郑师道等均题诗、词表示祝贺。黄兴题词云：“湘衡女杰，震旦之灯，悬之女界，发大光明。”宋教仁题词云：“四千余年，黑暗专制，女族沉沦，甚于男子。振聩发聋，女士任之；女士而外，谁其扶之？”刘揆一祝词云：“唯我衡岳，挺生女杰。中外淹通，新旧合辙。推翻专制，与有伟烈。愤兹女界，沉荡幽黑。乃撞黄钟，大声发皇。景仰女士，乡里之光。”创刊号“文苑·诗录”栏目含悔晦《庚戌杂诗》(选录二十八首)，天隐《悼山阴秋璿卿女士瑾，即次其〈黄海感怀〉诗韵二首》，汉元《金陵杂诗》《赠别》《故乡》《庚戌喜得古砖》《过基隆书感》《梦语》《病中口占》《偶成》《醉题酒楼》《即事》《舟中晚眺》《和愳闻感怀韵》《闻蝉》；“文苑·词录”栏目含公度《双双燕·题潘兰史〈罗浮记游园〉》，老兰《高阳台·题万剑盟〈姜露庵填词图〉》《台城路·寄黄椒升茂才》，澹庐《太常引·京口夜发》；“文苑·谈丛”栏目含曼殊《燕京随录》。

文家驹生。文家驹，湖南醴陵人。著有《文家驹诗文集》。

沈尹默、朱希祖均赞同钱玄同篆书《文始》印行。

本　月

孙中山莅临杭州，亲往秋社致祭秋瑾，题赠挽幛“巾帼英雄”。

邹鲁当选中华民国第一届国会众议院议员。又，赵藩、李根源、顾视高、萧瑞麟等二十二人被选为众议院云南议员。萧瑞麟于次年春由家乡取道越南往北京，赴众议院供职。

《铁道》第1卷第3号刊行。本期“文苑”栏目含《和〈铁道题词〉原韵》(马贺芝)、《庚戌元旦书感二律》(徐愚农)、《八月十八日游石湖作》(徐愚农)、《苏台览古》(徐愚农)、《江汉》(闻武昌民军起义，特诗以志之)(寄庵)、《游陶然亭五律一首》(寄庵)、《京汉车中作》(客冬归自燕京)(寄庵)、《太华纪游略(未完)》(赵保泰)。

《神州女报》(旬刊) 第2、3、4、5期发行。第2期“文苑”栏目含《礼兰室屑录(诗话)》(社英)、《悲冬雪》(郑一书)、《长崎晓发口占》(秋瑾遗稿)、《仪孝堂诗集(续)》(何承徽)、《读默君同志所著〈女报〉，喜而作此，以志钦佩》(汉侠)。第3期“文苑”

栏目含《礼兰室屑录》（社英）、《仪孝堂诗集（续）》（何承徽懿生）、《锦心绣口录诗选（未完）》（张姚蕙景苏辑）。第4期“文苑”栏目含《时事感赋，壬子春日作》（旭）、《步严濬宣先生原韵》（宗英）、《寄怀家兄汉元北京》（陈家英）、《近感库伦事，寄伯兄家鼎燕京》（陈家杰）、《纪游》（雪江）、《仪孝堂诗集（续）》（何承徽懿生）、《锦心绣口录诗选（续）》（张姚蕙景苏辑）、《答可生外子〈冬夜寄怀〉之作》（杏子）、《九月南归，道经海上，喜见可弟》（树玉）。第5期“文苑”栏目含《春日游碧浪湖》（张宗英）、《觉民先生以〈游碧浪湖〉旧作见示，次原韵和之》（旭）、《骏马》（亦樗）、《闻外蒙古独立事感赋》（宗英）、《祭华吟梅文》（张宗汉等）、《锦心绣口录诗选（续）》（张姚蕙景苏辑）、《仪孝堂诗集（续）》（何承徽懿生）。

王闿运至长沙桃源。宋教仁自上海归湘谒王闿运，谓民国史馆宜请王参加。

吴昌硕偕黄山寿、何维朴、汪洵题诗合一扇面《题石涛画》。其一：“石室先生清兴动，落笔纵横飞小凤。借君妙意写筼筜，留与诗人发吟讽。壬子冬仲，黄山寿。”其二：“小春山意暖，随地发幽妍。涧州黄蝴蝶，篱花紫杜鹃。闲情将画补，野趣入诗篇。有客寻踪到，寒溪古树边。案头适有《香苏山馆集》录此，诗孙何维朴。”其三：“淡墨秋山画远天，暮霞还照紫添烟。故人好在重携手，不到平山漫五年。米老诗帖，汪洵。”其四：“新诗题处雁飞翔，重屋孤舟树树僵。毕竟禅心通篆学，几回低首拜清湘。题石涛画，俊卿。”又，吴昌硕为文德篆书“深渊平原”八言联。联云：“深渊求鱼大罟所执；平原射虎硕弓自鸣。文德仁兄属篆，为集北宋本石鼓字，时壬子仲冬，安吉吴昌硕。”又，为施为绘《菊石图》并题诗云：“秋英不一，其英可餐。我方醉酒，霜螯堆盘。振夫仁兄雅属。壬子冬仲，吴昌硕。”

辛仿苏访樊增祥，并出示新得知不足斋钞本《兰雪集》请题。樊增祥作《玉娘曲（并序）》相赠。诗云：“玉娘窈窕人如玉，生长松阳烟水曲。前世身为板苑花，一生泪染湘君竹。少小闺庭鲜兄弟，爷娘爱惜明珠似。心识屏风列女图，能摹紫石金銮字。雪絮红椒入咏初，璇闺真有女相如。朝拈绣线承慈训，夜傍青灯读父书。红房采伴皆明慧，小玉轻绡称人意。更遣金笼贮翠哥，心经口授都能记。翩翩中表瘦腰郎，佳偶欣联陈妙常。少日青梅同戏马，朅来绿绮愿求凰。娇客忽逢延赏怒，银河不许牵牛渡。第五宁能挝妇翁，无双只好从严父。咫尺篷山路阻修，吹箫无分上秦楼。山高月小何时会，疏雨寒烟各自愁。文园多病多才思，酒渴琴痟损风致。未辨迎人金犊车，真成索我枯鱼肆。传来消息到深闺，粉倦脂慵泪湿衣。果使琅琊为情死，能无我杀伯仁疑。谷虽异室死同穴，楚国桃花念忘息。桃花犹解誓同心，何况同心在松柏。慰藉萧郎信有词，鸾笺征引大车诗。庸知青鸟传书日，已是飞龙出骨时。萧郎枕上拈花叶，三复书词转呜咽。头上金钗枉寄将，土中玉树成长别。此际孀娥欲断魂，此时生死两无因。偷生谁作黄泉伴，就死其如白发亲。老亲不谅贞姬意，思量别选金龟婿。姑山处子冰雪姿，誓死不移柏舟志。妆阁三清伴夜寒，互相呴沫互相怜。蟾脂合玉知无日，凤髓煎膏又几年。年复一年灯事盛，星桥火树元宵近。懒逐爷娘出看灯，貂褕隐几佯称病。疑梦疑真蝴蝶身，若离若即杜鹃魂。岂知闪电窗中语，即是坤灵扇底人。急起捉衣犹恍惚，明明鬼语春灯绿。回头烛泪泣残红，所不从郎如此烛。玉娘从此掩云屏，药里丹方枉乞灵。有恨难填精卫海，还魂无望牡丹亭。爷娘掩泪匡床侧，兰气如丝相诀绝。玉质徘徊化紫烟，锦囊珍重收兰雪。严君始悔昔年差，家合双鸳乞婿家。文梓绿蟠连理树，冷枫红似断肠花。华山畿下蘼芜长，徐淑秦嘉事相仿。侬有秦徐一日欢，宝钗明镜甘长往。沈郎不及焦仲卿，侬视兰芝隔几尘。却扇未酬夫子意，盖棺犹是女儿身。二婢从容俱殉主，紫娥长与霜娥伍。侍从皆骑白凤凰，殡宫更袝绿鹦鹉。人言前世两云仙，不合儿嬉大士前。终始相思分两地，后先历劫返诸天。情根种作菩提树，情波好趁慈航渡。阅尽人间怨旷来，愿卿遍洒杨枝露。鸦凤生前两不伦，何如鹣鲽死相亲。请看世上鸳鸯谱，更不如卿大有人。”易顺鼎作《读樊山先生为辛仿苏题宋元间闺媛张玉娘〈兰雪集〉精钞本诗题后》。

陈夔龙晤宗武，并作《与乡人夜话，九叠前韵》。诗云：“小小茅斋结构新，个中无想更无因。峡云峡雨送归客（胡宗武由川至津），江鸟江花皆故人。松菊盘桓随所适，梓桑恭敬亦惟寅。霁虹桥上今宵月，芦映寒潭柳映津。”又，陈将《沧浪送别图》交至昌谷，作《六侄昌谷有事析津，十一叠前韵》，诗云：“残棋一角局翻新（去冬各省独立，津门幸而保全），鸿爪都非旧日因。种树我成前度客，看花汝亦向隅人。忧时莫发兴亡论，莅事惟应夙夜寅。忆否沧浪送行卷，白头愁煞宋绵津（余旧藏有宋牧仲《沧浪送别图》，盖送其侄回里也）。”

王舟瑶时寓上海，因谒座师瞿鸿禨，瞿有诗《酬王玫伯》。诗云：“王郎抑塞老奇才，今日高歌百感来。寄意且容陶令傲，吞声更甚少陵哀。宁知郏鄏窥迁鼎，坐见昆明积劫灰。城郭是非云物异，还家辽鹤重低徊。”又晤章一山、喻志韶诸故人。

苏曼殊有意重译《茶花女遗事》，高燮闻之，赋《闻曼殊将重译〈茶花女遗事〉，集定公句，成两绝寄之》。其一：“震旦狂禅沸不支，本无一字是吾师。天花岂用灵幡护，下笔情深不自恃。”其二：“回肠荡气感精灵，肯向渠侬侧耳听。今日不挥闲涕泪，茶花凝夜吐芳馨。”

陈衍值大学年假，将回闽，复作《诗话》四卷与梁启超。

冒广生返北京，应聘为北京政府财政部顾问。

朱希祖代理浙江省图书馆馆长职，旋任“读音统一会”浙江代表。

闻一多入清华学校读书。

许禧身撰《亭秋馆诗钞》（2 册，10 卷）于京师刊行。集前有许禧身署签，徐琪、俞陛云、陈夔龙为其作序，另有题辞五组。其中，陈夔龙序云：“仲蘐主人天资开敏，髫龄未尝学问，而识解异于常人。年三十来归，余适官兵部，家事无大小，恒相赞助。庚子之变，同居京师枪弹林中，不失常度。余奉旨留守，每有商榷，无不动中机宜，亦天资使然也。偶有暇辄挑灯煮茗，赓和为乐，然亦不多作，迨余抚大梁。乙巳六月，吾女之丧，无可排遣。余有《哭女诗》五十首，仲蘐亦成《哀诗》三十六首，不忍卒读。嗣后西泠感逝，横桥望远，情所难遣，一托诸诗。今夏随任武昌，偶检行箧，已得存诗四百余首，是皆芳情之酝酿，血泪之讴吟也。爰谋授之梓人，仲蘐以深昧诗律，深以贻笑方家为惧。余谓：'诗无工拙，惟其真耳。明月在天，春花弄影，此岂有雕琢于其间哉？'描写性灵，发摅悲愤，则是编也，谓之诗也可，谓之言志也亦可，是为序。筱石陈夔龙。"题辞一含徐琪、龚镇湘、周和鼒、包安保、严偐等人诗作；题辞二含徐琪诗作；题辞三含许祐身、许季履等人诗作；题辞四含许之引、俞琎、许之仙、姚巽等人诗作；题辞五含俞玫词作《满江红·外祖姑母大人将返杭郡，濒行，以大稿赐示，庄诵循环，恭题二阕，录呈慈诲》。其中，包安保《谨题〈亭秋馆集〉，录呈训正》云："独得西湖韵，花从笔上生。佛仙参夙慧，儿女独钟情。巾帼须眉胜，清才艳福并。夫人吟大雅，楼阁月光明。"许谖之《恭和姑母大人〈重九日见仙蝶〉诗，仅依原韵录请慈诲》云："风风雨雨纫兰堂，欲倚栏杆过砌旁。劲节傲霜性高介（院有盆菊），羽衣凝雪态轻扬（蝶色金黄，比之金雪）。绮仙不食人间火，金粟如闻天外香（时桂花犹香）。为报江南春信早，依稀鹤舞与鸾翔。"许之引《红闺独坐，镇日无聊，敬赋奉怀，恭呈诲政》（二首）其一："莲漏听残意似煎，回思别况不成眠。背人时洒怀乡泪，肠断天涯若箇怜。"其二："更忆髫龄嬉戏年，娇痴左右每随肩。关河迢递音尘隔，惟盼红鳞锦字传。"

黄兴作《回湘感怀》（一九一二年十二月归湘船上）。诗云："卅九年知四十非，大风歌好不如归。惊人事业随流水，爱我园林想落晖。入夜鱼龙都寂寂，故山猿鹤正依依。苍茫独立无端感，时有清风振我衣。"

俞明震作《壬子冬月返金陵故居》（二首）。其一："畏兵如避仇，十室九不返。满城无故人，索居况岁晚。庭树日以稀，墙阴上苔藓。心知景物非，冷处偏着眼。花愁来日难，叶抱冬心卷。晴雨殊未分，荒荒一灯远。"其二："十日闭门居，洒扫有常课。诗味贮别肠，不受时论涴。世或有唐虞，余年事耕作。荒秽久不治，乱叶惊风过。轩窗亦云敞，惜哉藩篱破。"

柳亚子作《岁暮杂感》（四首）。其四："用世非吾事，求田计亦差。桑麻无乐土，荆棘遍天涯。去往深难定，浮沉只自嗟。寒宵不成梦，诗思乱如麻。"

冯幵作《醉后作》。诗云："忧时感逝百嗟吁，暂遣人间作酒徒。埋我故当拚一死，浮生且可乐须臾。肺肝内热消都尽，歌哭中年醉亦孤。市上狗屠尽腾达，只应落莫向黄垆。"

冬

沈曾植、恽祖祁、毓昌父子、郑孝胥等谋复辟，与青岛通声气频繁。《宗方小太郎文书》第388号《宣统复辟运动》载："宣统复辟运动的根据地在青岛和上海。在青岛以恭亲王溥伟为中心，前邮传部侍郎于式枚、前京师大学堂监督刘廷琛、前御史王宝田等，为之热心倡导。在上海以江苏阳湖绅士恽祖祁七十一岁、恽毓昌父子活动最为积极，和军人张勋、徐宝山、张怀芝、张作霖等有联络，并与升允、长庚、梁鼎芬、辜鸿铭、李经羲、锡良等声气相通，旧官吏缙绅士大夫之流多属之。有的人似与北京宫廷暗通消息，但他们有志于此却缺少毅力，似多在观望形势以确定方向。此为中国独有之士风，不足为怪。"又，《宗方小太郎文书》第393号《复辟运动近况》（大正二年二月四日）略云："本月一日夜，宣统复辟运动分子恽祖祁、恽毓昌、郑孝胥等在姚文藻住宅会晤，得情报如下：在上海的复辟运动积极分子恽祖祁父子、沈曾植、郑孝胥等，与青岛的同志遥同声气，密使往来，极为频繁。"

寒山社在北京成立。寒山社前身为京汉铁路同人会诗钟雅集，取名"寒山"则在1913年4月之后，与易顺鼎北来直接相关。关赓麟1913—1914年编辑《寒山社集》时云："辛、壬之交，未始有社，名流偶集，遂成例会。"本年6月，关赓麟任京汉铁路总办。不久，京汉铁路同人会成立，关氏任会长，会址设于东单牌楼二条胡同，诗钟雅集遂有固定场所。1913年4月6日为"诗钟第十六集"。彼时每周社集一次，则诗社初集在本年冬。寒山社成员顾震福《灯窗漫录》记云："民国四年（乙卯）冬，樊樊山、易实甫、罗瘿公诸先生创'寒山诗钟社'，地址假宣武门外江西会馆。一时胜朝遗老，避地寓公，竞病尖叉，争奇角胜，同社诸子不下百数十人，予亦社员之一。"1914年，易顺鼎明言："寒山社者，起于京师，成于诸子，而余之入社，为稍后焉。社之始也，岁在壬子。"易顺鼎1913年1月22日北上入京。此时尚无寒山之名，及至当年11月2日则已明确称寒山诗社（《许宝蘅日记》第2册）。关赓麟忆述："辛亥之冬，始集宾客为诗钟之戏，借地京汉同人会，二年未始制名。易实甫来，乃设社，呼以寒山。"夏孙桐之子夏纬明言："自辛亥以后，京师文坛首有寒山诗社之组成"，樊增祥、易顺鼎"皆为巨擘"，"主其事者，乃关颖人赓麟也"。截至癸丑（1913）腊月，纳社费、赞成社章之正式社友已达86人。"名下士以不入寒山社为耻。"迨1914年第130次集会时，入社者已多达168人。据截至1915年1月10日《寒山诗钟社姓名住址录》显示，此时社友已降至158人。且其中33人或已故，或出京。1915年2月至1917年11月之间，曾经到社之正式社友共计108人。1914年为寒山社最盛之年，曾举行百期大会。寒山社盛况不仅在于人员繁多，还在于活动频繁，社员参加创作积极热情。寒山社每月皆有聚会，数次雅集，按照诗钟惯例进行拈题、限时、书卷、评分，如同科举考试评出状元、榜眼、探花等名次，并由前两名担任下次诗钟阅卷评分人。其时社中成员陈士廉曾作《诗钟九友歌》以记之："龙阳才子钟中仙，摇笔思攫榜花元。忽然攫得喜欲颠，一生夺魁数累千。王郎清纯俗尘捐，粥粥耻与人争先。偶探骊珠众称妍，瘿公选句如选钱。收拾奇零一一穿，命题择字争新鲜。问鼎不得心茫然，嘲甲评乙舞翩跹。曾侯苦思殊可怜，伏案狂吟如秋蝉，呕心镂肾百虑煎。谁其匹者高阆轩，哆口瞠目绕室旋。轩然一笑得佳联，骎骎欲度钟王前。亚子风神翩凤骞，美人秋水隔娟娟。听唱黄河颈屡延，毷氉落第口呼冤。就中强记推郑虔，宵寒面壁如参禅。窅然枯坐耸两肩，抱膝无言口吹烟。吾宗主事腹便便，胪唱清声动九天。精思直透秋毫巅，踞榻仰卧赤两颧，以手画肚肚欲掀。关尹好事勤且贤，主持坛坫称中坚。都集刊行始甲编，赓续不已俟百年，吴江枫冷万人传。"1915年6月，关赓麟遭弹劾，卸任京汉铁路局长。寒山诗社迁至南城江西会馆，再移西城铁路协会。1923年重九后3日，寒山诗社举行第500次大会。1927年上巳后4日，寒山诗社迎来第600次大会，彼时关赓麟仍竭力主持，但诗社衰落似已不免。郭曾炘为"寒山社六百会"捐助奖品后，"初拟不赴"，然关氏"一再电话相邀"，方勉强一临。只是社友到者仅20余人，"且晚饭后多先散，存者不过十余人而已"。1928年秋，关赓麟兄弟联翩南下，寒山、稊园二社岌岌可危。诗社巨擘宗威出关赴东北大学任教后，寒山诗社就此关门。从本年冬至1928年秋，寒山诗社历时十六载，共集会六百数十次。

吴昌硕为杨钟羲绘《天竹秀石图》并题诗。诗云："岁寒松柏未全凋，天竹如花慰寂寥。老石一卷（拳）天位置，昆仑奴子侍红绡。老缶又题。"又，为楼村篆书明月诗豪七言联，题识云："明月清风是相识，诗豪酒圣难争锋。辛壶先生金石家正，集涪翁句。时壬子岁莫，安吉吴昌硕。"又，为博轩绘《兰石图》，题识云："露叶烟葩顷刻成，曲阑干外倚初晴。莫嫌人世无知己，草有灵芝兰有英。博轩正画。时壬子岁莫，吴昌硕。"又，为绶余作《富贵神仙图》并题诗二首。其一："红时槛外春风拂，香处豪端水佩横。富贵神仙浑不羡，白高唯有石先生。壬子冬，吴昌硕。"其二："水仙绿若盘盂圆，牡丹春驻红娟娟。缶庐风格飞上天，佛云如是身前缘。绶余先生正，缶又题。"又，为潘季生篆书"郭人渔子"七言联。联云："郭人古里佳树栗，渔子归舟多执花。季生仁大兄属，集阮刻宋拓石鼓字。时壬子岁杪，吴昌硕。"

金松岑出任江苏省省议员，有《金阊行》记苏州光复前后事，又有《辛壬纪事》（五首）记国事。《金阊行》云："高高吴王城，六门平旦开。金阊绾驰道，车毂鸣春雷。枫桥水渐渐，细柳夹道栽。军中闻凯歌，云自固镇回。梨园奏新腔，丝管清且哀。此地非军中，何用长街枚。失意广座间，刀光迎面来。连营一呼啸，势若风雨催。是时金阊城，灯火照楼台。狎客正飞觞，座有金钗陪。忽闻嘶骑临，呜呜角声吹。遣簪复堕履，涕笑如婴孩。城门下金锁，欲遁难凿坏。列肆何煌煌，善贾倚多财。亦有海外商，百物储珍瑰。踢户如催租，囊宝盈其怀。搜索到蓬门，不问棬与杯。呜呜角复鸣，负戴行大逵。官鼓打严更，瞳瞳见朝晖。趫者饱飏去，黠者潜行归。明朝大将临，建鼓扬旌麾。下马气如虹，擐甲看于思。我士听无哗，告汝军中规。乱者缳首刑，我法不可违。幸逃军吏诛，去矣无从追。反侧各自安，无为搜根荄。赏善而罚淫，金钱犒累累。此意诚难知，公然奖盗魁。可怜金阊民，灶突寒无灰。捐赀赞北征，荆棘缘自栽。跳身愿从军，良民不可为。"《辛壬纪事》其一："高高黄鹤古楼头，一夕烽烟起素秋。救世天传降弥勒，宰牲人竞祭蚩尤。五铢复汉谣成谶，三户亡秦鬼与谋。上堵秋风吟未毕，野鹰来惹使君愁。"其二："辕门脱帻啸生风，裂碎山河亦大功。千里金城稚子去，一朝青史让王终。债台急傍三军垒，政论虚张五石弓。地是六朝人五纪，生儿如此算英雄。"其三："新都又镇蒋山灵，天纵梁山百八星。少女红妆怀匕首，将军花项刺飞翎。徙家北去龙移窟，修好南来虎系铃。尚爱留京江上住，貔貅万灶爨烟青。"其四："论蜀人来蜀道西，锦官城外蜀鹃啼。三刀梦破姜维胆，一市灯燃董卓脐。新鬼阎罗工嚄唶，陈尸埃及共提携。累他汉上徘徊客，惊变须眉换勃鞮。"其五："饮泉人笑不狂狂，醉眼灯前幻片忙。钩党剧于河北贼，女儿爱作尚书郎。单于不顶威灵佛，赞普真如刹利王。国论虚枵朝政伪，可怜梦里见陶唐。"

李瑞清卧病逾月，生活日艰。弟李云麾至上海，见之于沪北王家庄敝旧矮屋中，几无容膝地，因叹曰："吾已成天地板一赘瘤矣。"又有门人寄钱米来，李瑞清勉受。

陈荣昌回居沪滨，再得三兄少庚及滇之亲故家书，催其速归，感而赋诗一首，其中有句云："命内天定难违异，道在人间任取携。偌大乾坤能并育，殊涂奚事判云泥。"

曾习经诗友温肃（毅夫）回乡，以诗送行，有《送温毅夫还山》。诗云："寻常惜别到今非，反袂翻无涕可挥。下国未闻桑实美，故山谁信蕨芽肥。鸿毛生死听时论，燕羽差池赋大归。去与遗民谈野史，一亭宛在雪初飞。"又，诗友汪述祖将回老家，有《送汪子贤还休宁》。诗云："桑田沧海人间世，白岳黄山归去来。谡谡涧松原绝垢，青青陵麦故含哀。久经丧乱添霜鬓，暂卷苍茫入酒杯。离别寻常无可说，但勤书札得亲开。"

范铠由山东濮阳弃官归里。

叶楚伧应邀入上海《民立报》主编副刊。

钱基博投稿《民立报》，与该报主笔章士钊开始文字交往。

萧瑞麟南下回云南本籍，撰《南游记》1 卷。

杨树达任湖南高等师范学校教务长。

郭沫若就读于成都高等学校理科，作组诗《感时》（八首）以述怀，并寄与同学李劼人。其一："苦恨年年病作家，韶光催促鬓双华。异乡滋味尝将尽，诗酒生涯兴未赊。五色陆离翻汉帜，数声隐约响悲笳。频来感触兴衰事，极目中原泪似麻。"其二：

"群鹜趋逐势纷纭，肝胆竟同楚越分。煮豆燃萁惟有泣，吠尧桀犬厌闻狺。阋墙长用相鸣鼓，边地于今已动蕘。敢是瓜分非惨祸，波兰遗事不堪悫。"其三："冠盖嵯峨满玉京，一般年少尽知名。经营人爵羊头烂，罗掘民膏鼠角生。腾说曹邱三寸舌，争传娄护五侯鲭。鼎镬覆公终折足，滥竽还自误齐民。"其七："兔走乌飞又一年，武昌旧事已如烟。眈眈群虎犹环视，岌岌醒狮尚倒悬。承认问题穿眼望，破除均势在眉燃。不见朔方今日事，俄人竟乃着先鞭。"

金毓黻于奉天省立中学堂毕业。

石凌鹤入四叔石国砥任校长之模范小学读书，寄宿学校。

汪兆铭撰《汪精卫先生文钞》(4册，4卷)由协社印行。

李大钊作《岁寄晚友》(二首)，后刊于1913年4月1日《言治》月刊第1期。其一："江山依旧是，风景已全非。九世仇堪报，十年愿未违。辽宫昔时燕，今向汉家飞。岁晚军书急，行人归未归?"其二："几载不相见，沧桑又一时。廿年余壮志，千里寄新诗。慷慨思投笔，艰难未去师。何当驱漠北，遍树汉家旗。"

沈曾植作《入冬以来，久废吟事，樊山写示近作两首，依韵漫和》《再次前韵》(二首)。其中，《入冬以来》其一："月当头夕午规盈，扫尽浮云觌上清。童子光原身郎瑛，嶓山雪满夜分明。步虚不隔诸天听，揽古倏然一羽轻。谁辨昔来今适处，长怀金瑟玉箫情。"其二："裘褐鹿茸帘户霜，寒更转与旅愁长。消磨心力寻行墨，检校方书识饮汤。梦里梅魂应返舍，定中心字不灰香。流年政尔安排去，藏壑何知夜负忙。"

鲍心增作《蜕斋冬日十咏》(既和前作，然居处不必尽同，爰仿其体，再作十咏，并贻支公)。其一："抛卷须防记诵疏，三冬偏惜夜之余。儿时旧业君休笑，判决人禽是此书。"其二："宣统巍巍正朔垂(子平家所用历为宣统纪年，尚有廿余载)，此生供奉死为期。人间汉腊今何若？斗室春秋自夏时(万年历)。"其五："鸣和曾占鹤在阴，寰区溶溶数知音。飞鸿珍重遥天末，万里邮程一寸心(作友书)。"

唐受祺作《樱花歌》。序云："壬子冬晚，治儿自沪上寄樱花苗归，即植于坐花亭畔，作长歌记之。"诗云："吴下阿蒙喜种花，小辟蹊径生云霞。先春忽寄樱花来(云是海国异种，气体殊清华)，培本根兮长萌芽(十年之后当有奇芬吐出同天葩，问花作何色，叠彩重排是其色)。每当迟日迎和风，千枝万枝展轻红。调脂敷粉意流动，争妍斗媚情酣秾。倘使一色铺十里，错认杏花艳无比。有时带雨浓姿含，桃花仿佛增娇憨。又疑海棠沉睡去，一曲红梨不知处。吾闻庭阶栽兰芝，譬诸子弟清芬遗。培植桃李亦风雅，门墙环顾皆英姿。樱花樱花兮，尔从异域来中土，被仁风兮沐化雨。迁地为良得自主，慎勿无知学苌楚。首当欣欣争向荣，心花璀灿常怒生。次则翛然挺正干，傍支毋任杈枒侵。蔚成葱郁又其次，夹道缤纷环绿荫。我向花丛告语久，恍有花神开笑口。为我设绮筵，酌我天厨酒。陶然共醉坐花亭，我且击节高歌，以为花神寿。”

陈夔龙作《冬夜怀张子志、王茂轩两军门，皆津沽同事也，八叠前韵》。诗云：“羽箭凌烟毛发新，缔交褒鄂亦前因。漫云李广无侯相，敢薄吴蒙是武人。渭北劫盟震回鹘，山南射猎貔斑寅。五云高处频回首，上将星寒析木津。”

韩德铭作《新贵行》（民国元年冬日作）、《临江仙·冬夜失眠作》。其中，《新贵行》云：“前清权贵绝可憎，载舟水覆冰山倾。同言自此无堂地，上下凸凹崇朝平。大都车尘华幛里，鲜衣纨绔多美子。头衔都尉关内侯，由逐民贼提剑起。平康里内管弦哗，脱手缠头贱若沙。贾谊朝来排绛灌，少年盛气涤烟花。太学诸生时所异，均能投笔干朝事。行行不起鲁儒尘，食肉横飞陶壮志。更有黄冠草服人，也堪骂座侮朝绅。当面冲突背面笑，梦羊屡踏菜园春。民为贵说当世重，田间应有舆人颂。听之咸云脂与膏，难给比闾新法贡。惟有屠沽乐不号，夜尝酿酒昼操刀。十日会开九高宴，庶人谋国常敖曹。父老攒眉儿蹙额，游徼收威揖暴客。齐家岳市满神州，一语并容孰皂白。问纷纷者何为然，佥曰鼎革曾回天。凿开万年混沌窍，美哉明德酬何悭。我昔翻城我犯跸，我声挞伐我秉笔。高文大武茁新邦，舌变春秋戈出室。何物礼教何刑书，拘执贤豪如畜狙。并与虏朝摧破尽，自由光启一居诸。小德出入直毫末，欧美豪华较此阔。米珠薪桂乃文明，迂儒弗知须棒喝。众中名宿说犹圆，世谛幽远如谈禅。不历纷揉难演进，目前琐琐宁弃捐。腐儒焉知文化律，舌缩头低势宜屈。十利变法平生心，古为治本今非术。当前人物究何名，志齐贵贱身尊荣。责实求声无别咏，太息长歌新贵行。新贵行，莫高唱。某某方，系苍生。望新贵行唱未终，碧眼回旋瞰海东。”《临江仙·冬夜失眠作》云：“中岁无涯身世感，夜来付与孤灯。长年只影伴残更，挽谁同苦乐，投我入凄清。　　最怕病魔掀美睡，一堂四壁无情。寸心怎奈百煎烹，梦魂随蝶渺，霜叶着风鸣。”

释敬安（寄禅大师）作《寒夜与吴虎头坐谈，仍前次韵奉赠》，赠南社吴鼒（虎头）。诗云：“独怜吴季子，诗骨秀而苍。坐瘦一潭月，吟残五夜霜。秋花无热艳，彩笔有奇光。领略清谈味，如尝般若汤。”

唐继尧作《壬子冬由黔督滇途中偶成》（二首）。其一：“薄海风涛一剑担，万山雪月又天南。须知平坦前途稳，莫谓崎岖世路难。盖世才从达处老，极天事亦梦中看。只今放胆学尧舜，敝屣君臣总一般。”

施士洁作《和怒斋〈留别〉韵》（壬子冬同客鹭门）（二首）。其一：“十八年前事，天留一弃民。龙头方过渡，骏骨已蘸尘。雪耻无穷涕，云游自在身。此间三斗俗，排遣仗词人。”其二：“大陆多矰缴，鸿冥不可踪。征君拜黄宪，地主访茅容。岛市同沦落，骚坛孰折冲。桐阴吾故里，招隐愿相从。”

许南英作《壬子冬日吴园小集，以“鸳鸯”命题，林湘畹得双元，谢籁轩、赵云石俱得眼。余兴未已，往宝美楼开宴》。诗云："神仙不羡羡鸳鸯，搁笔低头让老湘。争似芙蓉夸及第，故应竹叶喜称觞。美人自古无常态，醇酒今宵有别肠。我占便宜舒老眼，累人破费阮公囊。"

基生兰作《壬子冬日感怀》。诗云："维新世界尚文明，顽固如余漫竞争。喜说共和联五族，笑看评古聚群盲。风云过眼慨多变，垒块当胸苦不平。往事自嗟皆梦幻，但凭诗酒乐余生。"

傅熊湘作《浣溪沙·壬子冬尽，赋示痴萍、薛庵》。词云："销尽春魂欲化烟。深深拜向美人前。今生重见是何年。　　休道萍根难合水，还防柳絮易成绵。相思相望奈何天。"

唐群英于长沙作《咏梅》。诗云："冰封雪冻百花残，疏影横斜独傲寒。岂乞春风添色彩，香飘四野自开颜。"

林苍作《冬初感事》。诗云："青衫着破出无驴，潦倒乾坤一酒徒。梦醒只余斜照在，身闲聊与野云俱。寒蛩咽雨声垂尽，衰草禁风影欲无。莫道眼前秋过了，明年韶景尚难摹。"

[日] 白井种德作《冬晓》《冬夜》《冬日即事》《雪中作》《冬晓雪霁》。其中，《冬晓》云："昨夜繁霜肃，晓鸦点点寒。前林叶全落，露出几峰峦。"《冬日即事》云："昨夜雨微至，今朝气候温。寒林看不恶，欲访涧头村。"

本　年

陕西巡抚兼办军事务前陕甘总督升允企图复辟，由陇东率军反扑西安，兵至咸阳。西府激战至清帝逊位仍战火不息。秦陇复汉军大统领张凤翙派郭希仁请牛兆濂与张仁斋等往劝。牛兆濂冒枪林弹雨至乾陵十八里铺与升允相晤，为衣裳之会，即日罢兵息战。

上海党报林立，报人时成文酒之会。姚鹓雏《自叙诗二十四首》之八自注："辛亥民国成立，余始以陈陶遗之介，入《太平洋报》，佐叶君楚伧事编辑。时沪上党报如林，因以多识豪俊。如于右任、邵力子、杨千里、朱宗良主《民立报》；宁太一、黄季刚主《民声报》；汪旭初主《大共和报》；邹亚云、陈布雷主《天铎报》；周浩、陈匪石主《民权报》；吕天民、陶圣潮、邵元冲、沈道非主《民国新闻》；而楚伧、柳亚子、李息霜、胡朴安、寄尘兄弟及余，则在《太平洋报》。不任事而时相往还者，则有苏曼殊、陈去病、刘三、高吹万、剑公叔侄等。良宵佳日，时成文酒之会。"

南社以柳亚子为首追捧京剧名伶冯春航，形成"冯党"，而北京京剧名伶贾璧云南下上海引发轰动，遂致"冯党"与"贾党"之争。本年柳亚子对冯春航演艺日益倾倒，在其主持之《民生日报》“上天下地”栏目中营造捧冯地盘。社友庞树柏打趣云：“独有吴江柳亚子，上天下地说春航。”柳亚子还与众多南社社友在《太平洋报》《民立报》《中华民报》《南社丛刻》上发表捧冯文字。由此以柳亚子为核心在南社中形成“冯党”，主要包括林一厂、姚石子、庞树柏、叶楚伧、朱少屏、沈道非等人。“贾党”与“冯党”针锋相对，主要包括北方文人樊增祥、易顺鼎、罗瘿公、包天笑等在内。

龙城诗社由旷仕槐（旷园）于齐齐哈尔倡导成立。主要成员有魏毓兰、张朝墉、旷仕槐、胡斗南等。魏毓兰《旷园招饮，即席分韵，得过字并柬半园》中有句云：“飞笺置酒集吟朋，分韵传觞竞唱和”。本年龙城诗社雅集分韵，魏毓兰得“蹄”字，作《良马篇》。序云：“壬子龙城诗社分韵，得蹄字。”诗云：“老骥伏枥下，悲来一长嘶。生不逢伯乐，虚此齿与蹄。秋雨牛同皂，春风鸠趁犁。鞭策敢云苦，时命吁不济（一解）。昨日东家子，皮相矜黄骊。千金市凡骨，百金市障泥。宠以黄金勒，炫以白铜鞮。扬铃过燕市，万口称駃騠。王良既不作，世无真品题。驽骀列上驷，毁誉安可稽（二解）。跖犬得所嗾，狂吠猛于猊。威凤或在笯，争食不如鸡。指鹿强为马，宁必来自西。称力不称德，折坂安能跻。骅骝开道路，汗血息征鼙。驰驱终有待，毋自歧迷途（三解）。”又分韵得“转”字，作《游子吟》。诗云：“栖栖者谁子？翩翩衣冠选。中原文物乡，辙迹恣游眄。橐笔走穷边，为兴复不浅。回首望白云，天末自舒卷。下有倚闾人，老泪当风泫。迢迢思子心，时逐飘蓬转。男儿悬弧志，一朝跻通显。驷马过题桥，多金呈舌辩。飞黄腾达时，众亦龙猪辨。谁谓君家驹，不及当户犬？”

国粹保存社由安徽歙县人吴承烜（字东园）在江苏伍佑创设。向海内外弟子函授诗词之学，并与来自安徽歙县鲍祖德、吴清丽、吴蕊先、鲍苹香、吴毓生以及当地文士金式陶、徐燮、张祉、胡士廉、徐医隐、张文魁、杨瑞文、杨天和、龚士卿、陈琴仙、杨士珍、陈植滋等诗酒酬唱。吴承煊常组织国粹保存社成员参与林尔嘉菽庄吟社活动，但绝大多数成员包括吴承烜在内均未曾到过厦门菽庄花园，而主要通过邮简往来方式参与菽庄吟社活动。

苔岑诗社在上海青浦集结。主要参与者有张静莲、徐公辅、徐公修、邹葆荪、杨石年、徐九仪、叶行百、沈瘦东。月必数集，轮流做东，地点在曲水园茶室，或沈瘦东之半野亭及酒楼。先由主人命题，隔二三日各人出示所作，评品笑乐。

讬社由林苍、陈国麟、陈国敷等人于福州创立。先后选出林苍、陈国麟、陈国敷为社长，历时数载。讬社社员共九十余人，包括林苍（天遗）、陈国麟（聿睢）、陈国敷（笃初）、林思律（屏侯，又字范屋）、林宗泽（雪舟）、陈海瀛（说洲）、陈耀妫（省吾）、林元麟（谦远）、高联璜（幼铿）、梁寿荣（伯恒）、陈琇先（崐士）、宋运芸（新庄）、甘景鋆（寿罗）、吴山（步岳）、王则涵（心宇）、陈元璋（翼才）、陈鸣凤（朝阳）、王恺（小彦）、吴炎南（樵笑）、田无逸（春士）、吴世清（些因）、陈炘侯（肖洁）、田毕公（谷士）、陈桂芳（见园）、陈南曾（南僧）、吴奋（韵珂）、陈为铫（寄今）、陈可钦（可襟）、陈鉴周（郁苍）、吴高梧（味雪）、林时焯（彤如，又字羊夹，晚署“蛰籁樊”）、林岑（仲笏）、林云康（葆生）、陈鸣则（泽观）、陈实怀（逸园）、马光桢（幹侯）、叶轩孙、林幼祺、郑伊起、郑傥（倜如）、郭秀如、郑中砥、程西平、王勉孙、林弢（子勉）、郭云举（洪子）、张大猷（云沛）、刘云藻（鸿藻）、王卿才（醒才）、刘贻行（东明）、郑崇苇（幼波）、叶晟恭、翁心祖、林怡山、黄桂芳（松真）、林筠（竹均，晚署退翁）、林密（绮赓）、林缉铎（星轩）、林士骐（隽孙）、林笔邻（趣庐）、陈世镕（伯冶）、陈翼为（肖团）、陈凯选、梁望溪、方子庄、高冠杰（卓为）、梁道钧（太瘦）、范问照（梦樵）、朱幼梅（佑梅）、沈觐安（剑知）、朱蘅圃、程召祈、邱硕如、余琦（瑰庭）、蔡仰文（荃生）、魏道涵（多寒）、刘讷安（乐庵）、薛维祯（幼兰）、翁福成（竹曾）、张一琴（鹤廉）、杨祖璇（莲沅）、陶慕唐、高涵三、黄念厚、葛致远（希亮）、郑梅讷（赞予）、张寿海（拂潮）、黄昌桑（抑秀）、施景菘（节宇）、唐瀛波（亦陶）、林友苏、陈伯谦、杨月英等。

台湾屿江吟会由王炳南、王大俊、吴萱草共同创立。推吴萱草为社长，王炳南、王大俊为顾问，通讯处设于吴新荣之佳里医院。社员有王丁巧、王仰山、吴百川、潘芳菲等八人，概为北门屿人，故称屿江吟会。1914 年夏，王炳南、王大俊等移居台南将军庄芦溪边，遂改社名为芦溪吟社。后因北门诗社簇出，吴萱草、王大俊等与吟友聚商，决定组织一个全郡性诗社，白鸥吟社遂应运而生。1937 年抗战军兴，各社友受环境压迫，纷纷星散，吟社活动趋于寂然。光复后，陈峻声、陈先续等集合旧时吟友，重新组织吟社，名为琅环诗社。《台湾诗报》尝载“白鸥吟社社员录”，录社员 25 名，分别是钓客王炳南、愁依王大俊、一统涂三同、静园王克明、仰高徐青山、海晏王若河、牧童吴萱草、云鹤吴石祥、逸樵黄彩堂、逸贞黄文瑞、秀山谢麒麟、淇澳陈文潜、竣声陈哮、锦章黄连标、静夫郑国祯、君颖王丁巧、攀桂洪杭、子城陈保宗、子衡洪权、子渊庄清池、梅痴曾妈愿、联璧潘煌辉、秋锦黄标、南山黄总寿、昌言陈先续。另据《诗报》补充出吴丙丁一氏。白鸥吟社课题击钵兼行，诗钟律绝并励。该社还作有《春寒煮酒，碎锦格》等钟题，作品登载于《诗报》等报刊。

台湾桃园县桃园吟社成立。简称“桃社”，由简若川、郑芗秋、李梦庚、黄守谦、简朗山、郑永南、黄玉书、黄全发共同倡设，郑永南任社长，黄玉书副之，吴衮臣、吴周元、游景昌三氏任干事，郑芗秋、简若川二氏任顾问，社址设在桃园县桃园街。该社于 1915 年 6 月 19 日与台北瀛社、新竹竹社，共同组织瀛桃竹联合吟会，自是每年四季，瀛社分办二次，桃社、竹社各分办一次，桃社辄开于公会堂。又与崁津吟社、以文吟社、陶社、东兴吟社，组成五社联吟会，每年春秋轮值。1930 年 10 月 30 日，桃园吟社社友周石辉创办《诗报》（半月刊）。该刊到 1944 年 9 月 5 日终刊为止，共发行 319 期，是日据时期台湾发行最久之传统汉文学刊物。20 世纪 50 年代依旧繁荣，主要成员有社长黄全发，顾问简朗山、陈水生，干事长简长春，干事李传兴、邱恕鉴、林水火、陈瑞安、邱天德。该社到20世纪90年代还坚持活动，其时社长苏忠仁，顾问马亦飞、胡震天、陈连捷、黄明智、周继顺、张天春、杜耀离，总干事罗培松，干事钟常遂、黄廷璋、苏逢时、蒋国梁、苏锦淮。社址设在桃园市和平路八四巷一零号苏清海择日命馆。桃园吟社初期社员30余名，主要有简若川、郑芗秋、李梦庚、黄守谦、简朗山、郑永南、黄玉书、黄全发、吴衮臣、吴周元、游景昌、周石辉、林子辉、简如愚、黄全兴、游古桐、林辉玉、吴亦宗、吴朝旺、简长春、王篆、杨秋发、陈永裕、吴福来、简祖烈、陈瑞安、杨万枝、黄长茂、徐任通、林云帆、徐清禄、黄古松、周汰民、陈连报、简雅山、游许两全、中山哲、耿玄学人、武陵凡夫等。光复后社员60余名，主要有黄全发、简朗山、陈水生、简长春、李传兴、邱恕鉴、林水火、陈瑞安、邱天德、郑指新、简祖烈、吴周元、简雅山、陈连捷、周石辉、张化澄、陈素仁、祈念慈、邱迪人、康福寿、李遂初、曾文新、游景明等。桃园吟社每月开击钵吟例会一回，兼行课题，诗钟律绝并励，曾多次向全岛征募诗作（含诗钟）。该社先后还创作有《桃、园，第一唱》《中、学，第二唱》《桂、月，笼纱格》《丰太合、船，分咏格》（第三期课题）、《品、茶，笼纱格》《清、和，魁斗格》《吟风弄月，双钩格》《费长房、女娲氏，求凰格（按：应为分咏格）》《忠、仁，冠首》（第三十期联吟录）等钟题，作品登载于《台湾日日新报》《诗报》《南方》《诗文之友》《中华艺苑》等。

《太原共和白话报》（日刊）创刊。省议员赵鸿逵（山西平陆人）自筹资金创办，并自任社长，聘马鹤天任编辑。报纸版面设有“社论”“专电”“新闻”“文艺”“时评”等栏目。此报以宣传共和，提倡白话为宗旨，同时抨击封建特权、虐政、腐化、宗教迷信等。景定成（梅九）时常在此报发表诗文和小说。

杨葆光卒。杨葆光（1830—1912），字古酝，号苏庵，别号红豆词人，江苏松江人。岁贡生，官龙游、新昌知县。晚年寓沪，曾出任豫园书画会会长、丽则吟社社长。光绪三十三年（1907），上海《时报》刊出一则《苏庵老人诗文书画助路股》润例，中有汪洵、李平书等人评语，有云：“杨古酝封翁，云间名士，工诗文词，尤精书画。”著有《苏庵集》附《苏庵词录》1卷，光绪九年（1883）杭州自刻本，后收入台湾文海版《近代中国史料丛刊续编》丛书。谭献《箧中词》评云：“古酝著《苏庵词录》，老困场屋，仕宦不进，豪情古意，寓于诗文。集中《沁园春·咏帐》四阕，寓言身世，倜傥权奇。”

杨鼎昌卒。杨鼎昌（1842—1912），字种珊，号悔吾，江苏阳湖人。晚年匿迹成都，自号槐市遗民。祖父杨景泰曾任广西苍梧县知县。父杨民元以县丞需次陕西，早逝。杨鼎昌随母洪氏寄居外祖家，著籍长安。同治十二年（1873）中举。次年中进士，入翰林院，改授山西灵石县知县。旋丁母忧辞官，主讲渭南五凤书院。服满，任四川犍为县知县。其后历任华阳、遂宁、新繁、彭县知县，峨边厅通判，绵州、泸州、忠州、直隶州知州，成都知府，后升任道员。性倜傥、刚直，喜诙谐，善饮酒，工诗及骈体文。杨联奎云：“当肄业关中书院时即擅才子之誉。洎以庶常改官，由晋而蜀，由令而守，忠爱肫诚，尤得稷契之旨，每有句争传诵焉。然仕不大昌，所历名山大川，气象万千，亦徒供岸帻闲吟，如骚人逸士者之所为，不获尽展怀抱。晚经世乱，境益拂逆，情益凄苦，一樽键户而已。然则先生虽不得行其志，而师友之益，江山之助，境之所遇，情之所触，其于为诗之道固甚备也。”（《贻清白斋诗钞》序）著有《贻清白斋诗钞》（2卷）、《贻清白斋骈体文抄》。

赵曾重卒。赵曾重（1845—1912），字伯远，又字蘅甫，人称蘅叟，安徽安庆人。赵氏族中自赵文楷始，赵昀、继元、曾重四代翰林，故赵家又称“世太史第”。19岁入县学，24岁选贡士，同年江南乡试中举。光绪二年（1876）进士及第，授编修，入李鸿章幕。光绪二十年（1894），中日甲午战争爆发，朝议谋迁都陕西，奋起辩驳，议乃止。光绪二十一年（1895）辞官回乡，主讲于安庆敬敷书院。著有《味琴山馆集》。

丁立诚卒。丁立诚（1850—1912），字修甫，一字慕倩，号辛老、莘老，浙江钱塘人。丁丙之侄、丁申之子。诂经精舍生，与海宁蒋学溥、定海黄以恭、诸暨陈伟、东阳龚启荪、仁和徐琪、冯崧生、钱塘汪行恭等有“俞（樾）门八俊”之目。同治六年（1867）补为县学，光绪元年（1875）举人，官内阁中书，署员外郎衔。以藏书闻海内，其私人藏书处名“小槐簃”，所收西泠八家刻印尤富，曾助其叔父校勘《武林掌故丛编》《武林往哲遗著》及《善本书室藏书志》。精于目录学，缪荃孙称其“目录之学，如瓶泻水”。晚年经商失败。两江总督端方恐丁氏“八千卷楼”藏书重蹈陆氏（心源）“皕宋楼”藏书流落日本之覆辙，经缪荃孙接洽，以七万余元将“八千卷楼”藏书购存于南京江南图书馆。一说卒于1911年。著有《小槐簃文存》《小槐簃吟稿》《永嘉金石百咏》《梦痕词》《武林杂事诗》《东河新棹歌》等。又有《王风笺题》，语涉朝政，未付梓，辛亥后由徐珂笺注印行。

何乃莹卒。何乃莹（1856—1912），字润夫，一字梅叟，号鲁孙，室名灵樵山馆、灵樵仙馆，山西霍州直隶州灵石县人。光绪六年（1880）进士，选庶吉士，授工部营缮司琉璃窑监督。后历任营缮司员外郎、内阁侍读学士、山东道监察御史、奉天府丞兼学政、顺天府尹、都察院左副都御史。庚子事变时，任后站扈从大臣。光绪二十七年（1901）十二月，以奉迎附和拳匪罪被革职，永不叙用。著有《灵樵仙馆诗草》。

潘清荫卒。潘清荫（1860—1912），字季约，一字梧岗，重庆巴县人。祖居湖北蒲圻，后迁巴县临江坊。清同治二年（1873）举人。早年受学于张之洞。曾任资州、达县训导。光绪十四年（1888）张之洞任两广总督，召其为书局纂校。光绪二十七年（1901）授山东济宁州同知，逾年改山东大学堂监督、议叙同知。宣统元年（1909）补学部实业司主事，任法政学堂庶务长等。辛亥革命爆发，弃官归家，数月后病卒。

著有《四本堂集》，含文集2卷，外集2卷，诗集2卷，民国四年（1915）重庆启渝印刷公司铅印本。另有《尔雅略例》《读段注说文记》《巴渝方言证》《说文礼经互证表》《礼制汇表》《诸经摘要》《宋元诸儒粹语》。

饶芝祥卒。饶芝祥（1861—1912），字符九，号占斋，江西南城县人。光绪二十年（1894）进士，授翰林院编修。庚子之役随扈至西安，1903年出典湖北乡试，因祖母去世归家丁忧未至，尝主建昌府中学堂，又兴办实业，创立厚生种植公司。1908年擢御史，补辽沈道，又转四川道监察御史。保路运动事发，疏劾四川总督赵尔丰，寻遣贵州铜仁知府，以辛亥事起未赴。1912年后归里，卒于南昌旅次。著有《占斋诗文集》，内含诗6卷，诗余1卷。

曹文昇卒。曹文昇（1863—1912），字颂平，号志丹（一作志旦），浙江乐清人。光绪庚子年（1900）岁贡，始从黄岩王棻游。清帝下诏废科举、设学堂后，曹文昇将印山书院改为印山蒙学堂，并自编教材教学，被乡县聘为经学及修身教员，并两任乐清劝学长。又于雁山开讲学会，并设贫民习艺所。辛亥革命时，首倡光复并被公举为厅长，县知事张寅荐为大荆区官，省司委为第十中学校长。卒后，郑宾文将其著述编辑为《耕心堂集》（15卷）。“诗录四卷，虽皆酬赠游览之作，而光风霁月，尤足观儒家之宏度焉。”（高谊《耕心堂集》叙）刘绍宽为作《曹先生祠堂记》，内含迎神送神歌二首。其一：“云漠漠兮雁骞，雨蒙蒙兮龙翔。神之来兮灵旗飏，酌桂醑兮椒酱。芳菲菲兮满堂，神之歆兮旨是尝。福我庶矣岁其康，农安亩兮士俊黉。魑魅消殄兮豹虎遁藏，千秋万岁兮魂魄犹恋故乡。”

沈敬学卒。沈敬学（1866—1912），字习之，号悦庵、二愿生，江苏吴县人。秦散之外孙，沈铿子，谭献弟子。少负异才，工书擅画，喜吟咏。著有《二愿生灯虎》《思归草·息游草》《悦庵诗剩》。

陈渭川卒。陈渭川（1879—1912），又名昂，字瘦痕，亦作瘦云，号莱畦、小苇、抟笑子，台南人。曾任《台南新报》记者及编辑，浪吟诗社、南社社员。少失怙，由母亲赖氏抚养成人。自幼聪颖，从学廪生林在镕后，文思大进。1897年，和连横、张秋浓、李少青、吴枫桥等人共组浪吟诗杜。1906年，与连横、谢石秋、赵云石、邹小奇、杨宜绿等创南社。1911年，因酷爱京剧，故和刑事王岳、王水等合组小罗天童伶京班。翌年，又与原田春境、赵云石、涩谷猪之亮、黄茂笙、坂根十二郎、杨鹏搏、上田孙三郎、谢石秋等台南人士创设“采诗会”，以鼓吹汉诗。不久因肺病卒，年仅34岁。著有《瘦云诗存》，未刊行。连横有《吊陈瘦云并寄南社诸子》诗云：“落花声里雨如丝，一别真成梦觉时。他日宁南门下过，青灯重写莱畦诗。（瘦云工诗，别号莱畦）”

曹希璨卒。曹希璨（1872—1912），字韫生，号遁庵，浙江天台人。著有《遁庵诗稿》1卷，《团绿山房诗余》1卷，宣统三年（1911）木活字印本。

[日] 大须贺履卒。大须贺履（1841—1912），字子泰，号筠轩，又号鸥渚、舟门，通称二郎，日本盘城人。明治之后，大须贺履在仙台等地任教。工诗善画，作诗以陶渊明、杜甫为宗，有东坡、随园之遗风。著有《绿筠轩诗钞》《绿筠轩文集》《美术漫录》等。

清帝退位后，沈家本任司法总长呼声甚高。沈引疾不出。本年作《小园诗二十四首》《雪后初晴》等。其中，《小园诗二十四首》其一："小园早诵兰成赋，吾爱吾庐拓数弓。但得眼前生意满，不须万紫与千红。"其二："嫣然一树倚东垣，露蕊烟梢护画幡。海内风尘还未息，不知何处是仙源。(桃)"其七："白头还喜见深红，照眼霞光五月中。我与柳州同一叹，欲成古木对哀翁。(石榴)"二十三："名都赫赫走英豪，病骨支离不耐劳。独许闭门观物变，高吟坡句首频搔。"《雪后初晴》云："云气收层宇，晴光动远林。园庭晨雪沍，灯火夜寒深。问字车声杳，催诗钵韵沈。静中领佳趣，表此息尘心。"

陈宝琛闻二弟宝瑨自云南弃官回乡，写信并作《得仲勉书，寄答其意》。诗云："万里生还已岁除，刳肝犹拟献辰居。坐看沉陆吾真愧，痴想回天汝亦疏。相见幸留垂凸发，得归共理旧藏书。举家总食先臣泽，薄薄田园是俸余。"又，陈宝琛题赠林纾诗二首：《次韵畏庐、石遗唱酬之作》《叠担韵答畏庐》。其中，《次韵畏庐、石遗唱酬之作》云："画师退笔已成邱，诗老清霜亦上头。乱后田庐完自好，客中岁月去何遒。发挥灵秀从人买，商略丛残为我留。自笑情缘犹未断，溪山到处有吾楼。"《叠担韵答畏庐》云："百年形役劳般担，丰此啬彼犹原蚕。自非培风有厚力，北徙安可兼图南。与君生长山水窟，霜发乃共尘中毵。弈棋转烛送身世，剩作遗事开天谈。君师与我故庄惠，石厂留墨同扪探（去秋同观秘魔崖，偶斋题壁）。年来邱壑亦遂废，辱为点笔滋吾惭。故山入梦怪惨淡，矧更闻雁哀江潭。君雄于文老益壮，万言但见唾地三。丹青余事且自课，坐待取醉朝朝堪。昨诗惠我一再至，卜宅顾拟从罗含。无涯世患漫蒿目，去住辗转春波蓝。读书博塞等伤性，多文虽富君勿贪。"又，陈衍为林纾题有《畏庐自津门寄画，酷肖匡庐，直逼墨井，赋谢二首》《次韵答畏庐》《风疹久不愈，腹疾而复作，殆将死矣，倒次畏庐韵，戏示医隐、畏庐》《畏庐画松，易余杨惺吾楹帖，时余将出都，连朝风雨，凄然若伤别者，因书画后》《题畏庐画》《次韵答畏庐送行之作》等诗作。陈衍《石遗室诗话》（第三卷）论及林纾诗作："琴南号畏庐，多才艺，能画能诗，能骈体文，能长短句，能译外国小说百十种。自谓古文辞为最，沉酣于班孟坚、韩退之者三十年，所作兼有柏枧、梓湖之长，而世人第以小说家目之，且有深诋之者。余常为辩护，谓曾涤生所分阳刚、阴柔之美，虽不过言其大概，未必真画鸿沟，然畏庐于阴柔一道下过苦功。少时诗亦多作，近体为吴梅村，古体为张船山、张亨甫，识苏戡后悉弃去，除题画外，不问津此道者殆二十余年。庚戌、辛亥，同人有诗社之集，乃复稍稍为之，雅步媚行，力戒甚嚣尘上矣。今先录题画者数首，已与吴仲圭、王山农、沈石田诸人相仿佛，高者可追文兴可、米元章。《杂题》云：‘芦荡不可见，竹鸡亦好听。绝怜归路回，溪暗一林星。’末五字真工。《为太夷作画》二首云：‘曾从留下过秦亭，无数云松作队青。饱饭僧寮无别事，长廊坐看少微星。’‘年来酷似蓝田叔，复社诗流颇见知。写寄汉阳江上客，看山莫待晚秋时。’鄙见欲易‘莫待’作‘且过’。”

陈三立本年至次年点评胡朝梁《诗庐诗钞》。其中，陈三立评胡朝梁《人日立春饯别师曾、彦通兄弟二首》云：“意理沈绵，超超入古。”评《立春后十日作》云：“渐臻苍浑。”评《鉴园酒集》云：“老树着花无丑枝。”评《集鉴园后三日，复追述一诗》云：“有奥旷之致。”评《夏日苦雨，简吴大觉庵兼奉鉴泉观察》云：“味隽而格老。”评《散原师新居成，赋呈一首》云：“兀傲，似涪翁效杜。”评《己酉岁与陈慧安进士相见苏州汽车中，别三年复相见江宁，时慧安为江宁令，赋诒二律》云：“磊砢自喜，有旁若无人之概。”评《中秋邀月》《对月》云：“《邀月》《对月》二作，纡徐为妍，格浑而气逸。”评《岁除，效孟郊体一首》云：“肺腑语，渐能新妙。”评《帝召评余诗讫，手写十五首以去，谓将广为流播，用长句为谢》云：“效宛陵，得其真澹。”评《赠陈师曾，时师曾自日本归》云：“直造宋贤胜处。”评《夏居漫兴》云：“格与前首同。”

劳乃宣遁居涞水之乡，典田躬耕，一年中成诗数十首。该地为釜山之麓，特命其诗作为《釜麓草》，刘伯绅为之绘《釜麓归耕图》。劳乃宣《归田赘咏》（十二首）序云：“曩作归舟诸咏，纪南归始末，与吾兄唱和，颜曰归棹埙篪。自甲午至癸卯得诗数十首，自谓此归不复出矣。不意戊申奉召出山，留京三年，外简金陵，又复内用。未几，四方云扰，故乡沦没。挂冠而不能归里，遁迹涞水，方作买田阳羡之谋，而国变作矣。俯仰身世，悲慨弥襟，即事有作，题曰《归田赘咏》，以赘归舟诸作之后。”其一：“归舟记得叶埙篪，已在邯郸梦醒时。谁料鹤书来陇上，黄粱熟后又重炊。”其二：“软红尘里住三年，金马门高避世便。忽地杏花春雨际，江风催返秣陵船。”其三：“朱雀桥边乍履霜，黄金台畔又斜阳。纵知建业非吾土，却认并州作故乡。”其四：“依然北阙缀朝班，奈此星星两鬓斑。投老不须江海去，采芝随处有青山。”次年冬，劳乃宣应德人卫礼贤尊孔文社之招，举家自涞水移居青岛劳山之麓，故自号劳山居士，并命其诗作为《劳山草》。同时，乞嘉兴金甸丞为绘《劳山归去来图》。又，1915年援林琴南为刘廷琛绘《潜楼读书第二图》例，亦请林琴南绘《劳山归去来第二图》。劳乃宣因有《归耕釜麓出都感赋》《乞林琴南绘〈劳山归去来第二图〉》《摸鱼儿·自题〈劳山归去来图〉》等。其中，《归耕釜麓出都感赋》云：“南云望断故山苍，且荷犁锄倚太行。渔父笑人殊楚泽，居民爱我即桐乡。漫将食藿歌空谷，便拟搴薇步首阳。回顾觚棱天尺五，临岐惟有涕浪浪。”同题群咏有陈宝琛《题韧叟〈釜麓归耕图〉》，杨钟羲《韧叟〈劳山归去来图〉》，郑孝胥《题劳玉初〈劳山归去来图〉》，章梫《叠韵题劳玉初丈〈釜麓归耕图〉二首》，《韧叟自曲阜来上海赋赠，即题其〈劳山归去来图〉二首》(1915)，《题〈劳山归去来第二图〉》(1919)。

陈荣昌退居上海，填词以遣日，成数百阕。归昆明后，淘汰部分，为《虚斋词》2卷，名“骚涕”，取“离骚揽涕沾襟”之意，自有序。又，在上海得读清廷逊位诏书，作《读诏书七律二首以见志》。其一：“不见重华见放勋，深宫让德未前闻。人心欢欣成新国，我意低回念旧君。不为一家私帝业，直开万古轶皇坟。纵然秉笔非燕许，终是乾坤绝大文。”其二：“小臣感涕复何言，遥望孤棱慰至尊。差幸馨香留太庙，又看戎马靖中原。天心本自从黎庶，帝号依然庇子孙。只恐君纲从此废，祸机却在政多门。”又，袁世凯既任总统，严修欲荐陈荣昌以自代，陈婉言谢绝，并援笔填词《南乡子》。词云：“存君位，便阴私，居心早被路人知。让皇一诏迟迟下，无他说，推袁正待坚盟约。　　奈何地，奈何天，有臣如此尚奚言。且加九锡羁縻看，他推却，不作天皇生不乐。”又，周自齐再三请陈荣昌回山东续任教育文化官员，陈荣昌寄书谢绝，作诗表态，其中《鲁人以赵心如为代表来沪相迓，作诗谢之》云：“从来女子重前夫，早写朱陈嫁娶图。佣妇自甘为德曜，使君偏欲载罗敷。蓬山有信通青鸟，泥路难行唤鹧鸪。竟把多情辜负了，空垂双泪返明珠。”又，陈荣昌仓促至沪，滇中亲友皆不得知，取得联络后，三兄少庚寄来书信，读后泫然而泣，援笔填词数阕以寄。其中，《解珮令·寄少庚》云：“腹中肝胆，腕边血泪，付飞鸿寄与飘零客。马革牛尾，一例是青山埋骨，又何悲首阳薇蕨。　　父师凋谢，友朋散筵，舍难兄谁为箴石，扫地焚香，更环诵中央周角，愿从今背镌心泐。”《忆桃源慢·寄少庚》云：“听罢鹃啼，几思归去，为底还留滞。前宵春雨，梦断鹧鸪声里，聒耳频呼行不得，倦鸟欲还仍止。故乡天末，登高一望，鸰原割断双飞翅。念消愁莫如估酒，怎奈醒时似醉。　　算来同气连枝，比燕山五五株丹桂。秋风摇落，今剩两人而已。任是联床长践约，不免半寒姜被。一番书札，一番魂梦，谁能遣此凄凉味。更休提万方多难，处处跼天脊地。”

吴之英任四川国学院院正、名山教育会会长，编辑《四川国学杂志》，其诗《东湖》《蒙茶歌》《桂湖》《上海行》等刊登于其上。其中，《东湖》序云：“新繁县署左湖曰东湖，唐李德裕镇蜀时所凿。游客杂来为溷，守土垣而管之。”诗云：“秋宵听雨意清孤，晓云霾霿犹不舒。西风厉济众窍虚，翛然整驾适东湖。沿途余滴含润渥，微闻攟戛时簌簌。江华自有深秋心，江草尚作春寒绿。庐田瓜场炊烟袅，露积黄云新稻槁。曲湍旋濠沙景圆，微阳昫树蝉声小。谁何下里掌管键？槛猿笼鹤或含冤。由来西作曲潢水，岂图南徙輓工垣。藏舟藏山已狡狯，夜半负来仍无害。同饮一勺转相捽，庄孱胜人矜冠带。尝闻朝市与山林，两隐维冯自酌斟。如何耗竭土木精？荡荡高筑城中城。可怜廷议和西丑，租界通商纷割剖。边徼相望尽槁街，官家何处有梅柳？唯余蜀道接青天，肯容守令避腥膻。故知高重蠢人土，不同卑垫寝邱田。芰荷叶烂菱

一九一二年（壬子）

角坼，蕙菊华残桂子硕。岸仄新发夹竹桃，庭前旧植谷蜚柏。年年碧波满湖中，井鳖辙鱼且融融。蟋蟀好乐宁思外，蛤蟆善怒亦鸣公。醉掇醨糟奠开府，无地回旋垂手舞。薄奠长歌且归休，不问明月谁家主！”《蒙茶歌》云：“绵绵气母播大慈，缩赢五运为盛衰。万物菁华不终闷，先时何必胜后时。蜀都自昔称沃野，三十六种维宜者。苦茶秀出蒙山巅，《尔雅·释木》爰名槚。闻说灵栽始吁茶，再经移植香色孤。嘉树十年成美荫，但识主人旧姓吴。后植两株陪左右，因善攀援通声臭。更增四株作环卫，络绎蔚起后来秀。岂知名种自存存，老干离奇孕石根。密栉阳文忍雷雨，疏开阴理感风云。小枝上锌锌聚，新蘖旁钩簇簇吐。元气回薄光采充，贞节简炼精神古。可怜生意日便娟，曼托不材养自然。故啬华实殆缘地，能胜霜雪亦听天。无奈同汇市才隽，重求真知不自吝。初供琴椟受雕琢，终代酒浆资馈酳。凡材从此罔忌嫌，分长陵谷久相渐。共知良药益脏腑，顿令税币半鱼盐。维时石花特矜贵，琼叶三百辑神瑞。一尊清湑贡郊坛，曾孙于穆皇灵醉。私分嫩绿检制余，萼翘未壮甲坼初。薄肤签涩卷欲脆，细络匀曼引犹虚。朝爽初凝露华酽，新火烹成色紫绀。厚薄分明散清芬，甘苦浸渍归平淡。经时蕴蓄魄力新，题名朴茂性情真。信抽芳心佐水德，中和堪酿九州春。一杜物机永无罅，坐望荣枯灭生化。空山蟠屈二千年，未觉人间长声价。偶入琼林漱真精，悟彻元始妙无形。至今采采遗根蒂，儿辈犹说陆羽《经》。”《桂湖》序云：“明新都杨慎以宰相子擢修撰，博闻赅通，极称翰苑。为议大礼得罪，谪永昌，肆意文酒以终。其故居邻县署，倚城筑室，湖光桂采相照耀，祀慎象其间。人士来游，辄有余爱。英尝谓吾蜀自汉室初兴，司马相如以文章冠天下，厥后异代间生，虽类聚无多，皆有清拔之才震熿当世。慎之在明，亦天生使独者也。而由慎至今，未有作者，是可慨已！”诗云：“江山降神才人秀，才人无福江山寿。自古明德旧居游，一丘一壑启灵窦。维明达者杨新都，少袭金珰佩卯符。姓字无辜入丹书，家山有桂老绿湖。功名幡为气节苦，精华仅借文章补。春水盈塘魂未归，秋香满地花无主！从此游车梦骖驔，争醉风月饱蔚蓝。岂知湘君殉兰芷？更无《招隐》赋淮南。我是少微第一宿，初谪蒙山著东麓。竹石缭垣草阁新，莺华媚景春江绿。几回开卷读故文，清才雅调猗幽芬。卜邻愿近屈平宅，筮冢拟凿伯鸾坟！转慨吾蜀灵秀积，媒如茨如翕复辟。扬子翩翻马王法，苏家拿矫严陈迹。二百年来绝《广陵》，林泉佳气尚葱菁。天开秋爽延西颢，地郁灵种诞先生。先生以后竟萧索，山光淡淡水漠漠！馨香徒荐《云中君》，归来莫识华表鹤！曾跨嶓岷操古弄，井络高蛲空谷雾。每临奇险泣薜萝，频托消息祝琴梦。老死龙吉讱狂辞，社墟鬼子摇树枝。齐竽不吹诩长技，晋钟未调欺后师。长技相蒙不相忌，后师讵解前师意？且幸海鳖坐眙鶢，饶他井蛙跳梁地。我来谒君秋已深，霜风慽慽晓云阴。呜呼噫嘻！近传蓐收杖钺起，为与王母说治理。白天自胞金玉音，坚白应有长鸣子。昨宵寐思若尔尔，美人戴胜纳珠履。荒忽诒我双瑶琚，寤时桂阴照湖水。”又，四川国学院教师龚煦春（熙台）以所藏张船山与丹棱彭田桥《南台寺饮酒图》征题，吴之英为题五律二首，刘师培、谢无量、曾学传、朱山均有诗。

连横与王梦痴相逢上海，品茶谈诗。梦痴自觉所学尚浅，乃袖诗请益。连横告以：“欲学香奁，自玉台入手。然运典构思，敷章定律，又不如先学玉溪。”遂以《义山集》授之。梦痴读之大悟。连横继又课《诗经》，申以《楚辞》，梦痴诗因而一变，斐然成章。又，连横于上海谭人凤座中识王仁峰，把茗清谈，竟至夜分。仁峰论连横曰：“学识渊博，见地深远，对于吾革命事业，颇多激发，甚有心之士也。”又，连横始从台湾游大陆。本年至 1914 年，其间诗作凡 126 首，集为《大陆诗草》。含诗《至南京之翌日，登雨花台吊太平天王，诗以侑之》（四首）、《莫愁湖吊粤军战死者墓》《谒明孝陵》《秦淮》《秋风亭吊镜湖女侠》《苏小墓》《孤山》《西湖游罢，以书报少云并系以诗》《沪上逢陈楚楠》《吊陈瘦云并寄南社诸子》《示曼君》《沪上逢香禅女士》《幼安、香禅邀饮杏花楼，并约曼君同往》《苏州旅次》《闻张振武之歌》《壬子十月十日》《过新亭》《晓渡扬子江》《南海》《煤山吊明怀宗》《万牲园吊彭烈士》《东长安街吊三烈士》《出居庸关》《张家口》《宿张家口，出大境门，至阴山之麓，怅然而返》《卢沟桥》《石家庄吊吴大将军禄贞》《渡黄河》《过邯郸》《广武山》《虞祠》《京汉道中，展读〈史记〉，拉杂得诗》《登大别山，谒禹王宫，是辛亥激战之处，弹痕犹在》《汉皋遇雪》《寄香禅沪上》《登黄鹤楼》《访琵琶亭故址》《小姑山》《黄花祭》《刺虎行》《出关别曼君》《辽东道上寄少云》《红柳词》《游清故宫》《小河沿》《长春》《长春道上寄友人》《大风雨中渡饮马河》《吉林重晤香禅》《出关》（四首）、《江楼夜饮赠贾晴雯》（四首）、《吉林巴尔虎门外是熊烈士成基流血处，癸丑七月连横至此，诗以吊之》《秋日渡江游吉林公园，归途集定庵句得诗八首》《读报二首》《癸丑十月十日》《寄曼君》《松花江晚眺》《与香禅夜话》《秋心》《天上》《朔风》《久居吉林，有归家之志；香禅赋诗挽留，次韵答之》《秋雪》《留别幼安、香禅》《夜入山海关》《感怀，示陈召棠》《颐和园看牡丹》《万牲园看牡丹》《柳》《法源寺看丁香》《游南苑》《当筵》《狂歌示陈彦侯、陈召棠》《题〈恭邸长公主纨扇独立图〉》《杞人持赠海棠红小影，乞题》《赠江海萍》《锦秋墩》《柴市谒文信国公祠》（四首）、《寄少云》（四首）、《重九日示李耐侬》《寄林南强》《甲寅十月十日》（四首）、《秋日游陶然亭，怅然有感》《燕京杂诗》（十首）、《郁郁》《出都，别耐侬》《展庄啸谷墓》《归家示少云》。其中，《江楼夜饮赠贾晴雯》其一：“旗亭斗酒句争工，莫负花枝映肉红。一曲黄河天上远，玉关杨柳有春风。”其二：“湘烟湘雨待湘灵，弹罢云和侧耳听。我自江南望江北，远峰眉黛入帘青。”《秋心》云：“锦屏红烛话秋心，十日骚魂感不禁。山下蘼芜香满手，江干兰芷泪沾襟。天风楼阁能来往，弱水蓬莱自浅深。青史他年修福慧，检书看剑有知音。”《朔风》云：“朔风起天末，寒气迫深秋。看菊仍多泪，搴兰亦有感。孤灯儿女梦，一剑塞垣楼。莫作征人怨，双鱼到十洲。”《锦秋墩》云：“憔悴城南白日昏，踏青又上锦秋墩。三年碧化苌弘血，一夜红啼杜宇魂。从古文人多狡狯，只今士女恸温存。蘼芜欲采还谁赠，手撷寒香拭泪痕。”

易顺鼎将本年诗作裒以成集，题名《壬子诗存》。含《雪后徐园探梅作》《愚园哈园看花作》《壬子清明前一日，偕左笏卿、金滋轩、汪笃甫、潘兰史及兰史之如君姜月子女士，由康脑脱路徐园游曹家渡之徐园，又游梵王渡之小万柳堂，访廉君惠卿及其配吴芝瑛夫人，归途有作》《清明感赋》《题李香君画桃花扇小像》《题改七芗画白乐天、唐六如及秦淮六美人像》《题某君所藏〈神仙秘戏图〉》《告剪发诗》《题龚景张所藏〈麻姑仙坛记〉宋拓本》《还沪日偕玉颀访天琴老人，蒙赠佳诗，即和元韵》《由京还沪，天琴邀访散原，贳酒听歌，因和天琴韵》《雨夜，和天琴见柬元韵》《又代玉颀和谢》《天琴赠琴姬小字曰“玉颀”，并媵以诗，因和元韵，代琴姬赋谢》《贾郎曲》《和天琴秋晴与鄙人同访酒家作》《和天琴与鄙人共话有述韵，即赠》《自述一首，再和前韵》《寄禅上人招集静安寺，作重九并观第六泉，即席和散原、天琴韵》《前题，和天琴韵》《和天琴展重阳日作》《意行静安寺新闸两路间偶赋》《壬子九月二十二日为散原六十初度，赋贺一首》《连日与天琴、补松、散原、留垞、今雅招朱、贾两酒纠小饮，因和天琴，三叠前韵》《兰史在都门购得金春波〈河阳探花〉图卷，题者皆乾嘉名士也，兰史貌少时与春波像颇肖，题者又多用骑省黄门故事，若恰为兰史作者，奉题一律，并以调之》《粤中潘氏海山仙馆为天下名园，吾乡何蝯叟尝居园中，余昔年过之，荒废已数十年，惟万树荔枝与海水相照而已，顷见兰史即席赠诗孙之作扬扢先德，余亦枨触旧游，辄再次原韵》《和天琴赠别韵》《又代玉颀和》《和天琴再赠韵》《秋日诣天琴，适留垞先至，继而补松、散原亦至，天琴邀饮酒楼，招素云说京华旧事，因作长歌一首，留垞先和，余继和之》《九月廿九日雨中，张黄楼招集六合春酒肆，即席赋赠一首》《十月朔日，病痔困卧，忽大雪骤寒，适天琴来诗，遂和其韵二首》《节髯自孔林及崇陵还，奉简一首》《髯归遂雪，再赠二十八字》《髯翁河朔之游，宇内所希有也，余既赠律句一、绝句一，犹觉未尽，再咏一律以申之》《贾郎为余与樊山置酒，即席和樊山韵》《连日观女伶王客琴及贾璧云、小金娃诸郎演秦腔，颇极声色之胜，贾之色胜于声，金之声胜于色，王则兼擅胜场，余征歌垂四十年，不图历劫余生，犹见此豸不自悲，转自慰也，因赋一律，以志吾幸》《和樊山〈天仙三女伶诗〉原韵》《偕樊山观小达子、小金娃演〈回荆州〉，小如意演〈锁云囊〉，因分咏二首》《沪上观剧四首》《听谭伶小叫天演〈白帝城〉剧，感赋一首》《观王客琴演〈遗翠花〉剧戏赋》《朱郎曲，和樊山韵赠歌郎朱幼芬，即送其归北》《十月初三日樊山招饮，和韵赋谢一首》《题辛仿苏〈齐河晚渡〉图卷》《寄公为护三宝入都，不数日示寂于法源寺，距重九唱和尽浃旬也，惊诧之余，辄依原韵赋挽诗以志哀悼》《孟冬十二夜，偕天琴、节庵、渊若自沧州别墅步月，归得诗二首，索诸君和》《和樊山十三夜看月元韵》《十六日乘汽车至吴淞观飞艇归，复偕天琴先生诣天仙园听王客琴歌曲，天琴月中乘小车返，有诗柬余，依韵答和之》《楼外楼落成，士女游观者极盛，余亦往焉，因题一律》《题许君贯恂〈梅花书屋图〉和韵》《再登楼外楼戏题》《题孙君邻石〈鸳湖垂钓图〉，并谢其刻石章二方见赠》《仲冬朔日天琴初度，余以橙柚为寿，并媵以诗》《和天琴生日韵，并代玉颀贺其双寿》《金阊伯夫妇像赞》《门人包生柚斧自宿迁寄诗见怀，和原韵答之》《李幼梅索题越南贡使阮君在湘中唱和诗卷》《陈君笑山为先君在贵阳所得士，作令山左，乞病归，年过六十矣，相遇沪上，辱荷赠诗，赋赠一首，即题其诗集》《樊山小女阿璘生日赋赠》《仿苏曾乞题〈捧砚图〉，为歌郎姚佩兰作也，今又与姚相值于沪上，再乞赋诗，戏赠一首》《奉赠陈庸庵尚书一首》《辛仿苏索题黄孝子画滇中碧鸡金马山水，有陈云伯诗，因赋一篇，题于陈后》《读樊山先生为辛仿苏题宋元间闺媛张玉娘〈兰雪集〉精钞本诗题后》《湘波篇，喜湘绮年丈过沪》《再呈湘绮老人四首，和止庵相国、樊山先生元韵》《迥斋近著〈宫词〉，属题一首》《十一月廿日，仿苏携高念东所藏文衡山〈溪山雪霁图〉访樊山共观，适大雪，遂登楼外楼烹茗赏之，复过虹口大桥访伯严，还听剧赋诗二首，即题图中》《天琴见示乙庵〈和天琴韵〉近作二首，又谢余相招观剧，病不能出五首，因和近作二首韵答之》《端忠愍公挽诗一首》《十二月二日同天琴再过乙庵，仍和前韵二首》《腊八日感赋》《和天琴〈同过乙庵〉韵一首》《赋赠乙庵，即和其见赠韵》《和天琴见调韵一首》《和天琴〈再观琴客演剧〉韵二首》《戏和陈笑山诗老嘲余醉心琴客韵二首》《客沪以来，笺纸都尽，诗孙惠赠旧笺五种，走笔赋谢》《赠陈仲瑀，即题所藏画册》《题陈笑山〈黔中钓游集〉》《题朱曼老〈归舟载石图〉二首》《东坡生日，陪湘绮年丈、止庵相国及樊山、乙庵、子修、伯严、重伯、梅庵诸公集愚园作》《赋赠止庵相国，即和其谢赠惠泉元韵》《愚园宴集，再赋二首》《贺沈小岚六十初度》《贺樊山移居静安寺路》《闻新居红梅已开，再简一首》《除夕偕玉颀过樊园，夜景清绝，纪之以诗》。其中，《题李香君画桃花扇小像》云："雪苑当时走狭邪，碧桃树底饭胡麻。壮犹多悔真难药，媚更能香胜此花。人面依然如昨日，妾身不愿似天家。脸霞泪血都销尽，留得芳魂一缕霞。"《和天琴〈同过乙庵〉韵一首》云："犹向人间共晚晴，老依吴越壮幽并。诗家游戏通三昧，狂客风流爱四明。泉水清兼泉水浊，雪山重抑雪山轻。（时论方沸蒙藏）何妨净洗争琵耳，一听姜夔鬲指声。"《连日与天琴、补松、散原、留垞、今雅招朱、贾两酒纠小饮》云："酒徒几辈别修门，骨可成神愧子文。欲补丹青重九日，更添素碧一双云（朱名素云，贾名璧云）。竹丝为我供陶写，瓜豆从人说剖分。还似樱桃斜畔路，满天花雨乍逢君。"《贾郎为余与樊山置酒》云："明月高楼又几回？三生生面要重开。图宜水绘其年画，妆异丰台大可催。天下二分真艳色，（贾郎扬州人）地球第一此惊才（沪上谓贾郎色艺为寰球第一）。紫云亲劝狂奴酒，应胜长星劝帝杯。”《连日观女伶王克琴及贾璧云、小金娃诸郎演秦腔》云：“千灯如电照恒河，来听秦声绛树歌。替月圆姿惊蜀主，遏云哀曲比韩娥。皱来池水干何事？飞落梁尘有几多？难得天留珠剑在，劫余光气不销磨。”《和樊山〈天仙三女伶〉诗原韵》其一：“一朵鞓红是国魂，天留娄尾殿余春。季龙馆漫开如意，飞燕妆还倚太真。梨似哀家声浪脆，桃为息国脸霞新。娶来我若为天子，值得多蒙几度尘。(王克琴)”其二：“命带桃花又带愁，等闲风月度春秋。容颜未觉鸡皮老，身世甘随驵侩休。红泪有时还清枕，绛眉无意再名楼。谁生绝代蛾眉感，猿臂将军亦不侯。(林黛玉)”其三：“落梅江上饮香茗，六载眉峰比旧青。身似金仙辞落月，眸如玉女亦明星。鸾绡早博三千匹，骁箭还赢一万零。莫把后庭花再唱，有人惆怅隔江听。(王宝宝)”《沪上观剧诗四首》(男伶一，女伶三，皆今在沪上，哭庵所叹为希有者)其一：“二分秋占扬州月，五万春留赡部花。天地寂寥吾老矣，不知此时属谁家。(贾璧云，扬州人，沪上称其色艺第一)”其二：“留得金刚不坏身，东坡惆怅觅余春。珠喉销骨兼眉语，知是天仙是化人。(林黛玉，沪上名妓，有‘四大金刚’之称，今惟渠尚在)”其三：“津门尤物说王杨，素女为师态万方。海上名花都减色，始知北胜压强南。(王克琴，天津人，与杨翠喜齐名，而色出其上，真尤物也)”其四：“歌舞江山感旧游，红氍毹上再回眸。衣裳金缕都零落，我亦销魂赋杜秋。(王宝宝，五六年前汉上惊为绝技，今亦过时矣)”《和天琴〈再观琴客演剧〉韵二首》其一：“夜夜明灯照万缸，客归无巷不惊尨。樊思破产五十万(《汉书》称樊嘉五十万。樊山有此小印)，谢要题诗六百双(朱竹垞诗：‘思将谢女题诗笔，画作轻鸾六百双。’)。玉貌真同圆月艳，珠喉况有遏云腔。偷桃我学东方朔，几度窥环向绮窗。”其二：“闻道层城黯壁釭，守桃阿母狠如尨。年刚凤柱二十五，梦化鸳梁卅六双。价本重同和氏产，调高恰配郢人腔。(谓天琴也)何由携汝空山里，读易梅边坐小窗。”《朱郎曲》云：“我昔游春醉无限，燕台遍识群花面。迷香从不履平康，惟有歌郎征逐惯。春官毻毲几东风，荐祢无人似孔融。却看梨园喧状榜，写来花榜榜花红。霞芬双凤如昆弟，各向金堂自栖憩。状元榜眼属两郎，与我追随结深契。霞郎秀绝凤郎娇，两朵国花为近侍。舞台双演《荡湖船》，香车屡约天宁寺。别有如秋及紫云，问年略长亦相亲。此皆光绪初元事，卅七年来化梦痕。霞郎标格云霞置，射雀乘龙旋作婿。凤郎色衰逐舆儓，宠燕娇莺不如婢。一时多少宁馨儿，齐向花前着舞衣。月皆十四十五夜，人尽十八十九时。游丝十丈天风绊，身作天边劳与燕。眉头秋色满大千，梦里春花迷五万。连番物换复星移，消瘦东阳减带围。红烛照颜年少去，青山如梦旧游非。十年六度看花榜，怅别修门独长往。全抛玉雪几家儿，自作金风一亭长。爱晚霞频独自看，买春雨供何人赏？忏绮先删小史诗，参禅只听高僧讲。紫陌重来听管弦，如花似水感流年。瑶空底事罡风恶，吹堕芙蓉七宝冠。紫云久不操歌曲，如秋墓上樱桃熟。怆绝霞郎亦古人，尺波隙驷浮生蹙。韩潭第几小朱门，凭吊霞郎不返魂。寡妇离鸾弹怨曲，诸孤雏凤继清尘。小霞小芬并美秀，更有佳婿称梅云。梅云亦复冠花榜，樱雨时来伴酒樽。人世光阴真转烛，小者幼芬复如玉。都夸芝醴有根源，谁道英灵非岳渎。梦华回首说东京，两世清歌一世听。曾向红氍看几度，恍从绛树谱双声。昔见幼芬汝黄口，今见幼芬吾白首。花尚依然崔护桃，树犹见此桓温柳。燕市吴淞两地逢，旧游枨触一生中。虎生豹子非凡品，鹤立鸡群有父风。世族儿孙多不肖，名门罕见箕裘绍。最难惨绿是佳儿，大半雕青成恶少。鞠部居然有世家，兰阶何况皆英妙。生子当如孙仲谋，呼祖何妨李存孝。沧桑变后访歌场，金狄铜驼事可伤。百千万劫此残劫，二十五郎余几郎？鼠儿年又鼠儿月，新剧《江宁》《鄂州血》（《江宁》《鄂州血》，皆沪上近演新剧）。青衫旦曲已罕听，青衫客泪还重说。名篇且复和今非，无奈天涯又别离。不知今夕是何夕？似说归期已有期。”

孙德谦（隘庵、益庵）作《南窗寄傲图记》骈文一篇。“南窗寄傲”源于陶渊明《归去来辞》“倚南窗以寄傲，审容膝之易安”句。孙氏《南窗寄傲图》一出，三五年间不时有遗民吟咏，甲寅年（1914）章梫有《赠孙隘庵明经即题其〈寄傲图〉》，乙卯年（1915）杨钟羲有《为益庵题〈南窗寄傲图〉》，戊午年（1918）王国维作《百字令・题孙隘庵〈南窗寄傲图〉》，庚申年（1920）劳乃宣有《题孙隘庵〈南窗寄傲图〉，用吴蔚若元韵》，王舟瑶在《答孙益庵明经》诗中亦提及“南窗寄傲图”。叶昌炽《题孙益庵广文〈南窗寄傲图〉（有序）》云：“孙君隘庵，博闻强识，嫥攻诸子之学，又孰精金源掌故，今之樊榭、竹汀也。逢罹国变，蛰居著书，鹤逸顾子为绘《南窗寄傲图》，而隘庵自为文记之。绎其词若以傲为病，窃谓非病也。傲、遨皆孳乳字，古字只有敖。《诗》：‘嘉宾式燕以敖’‘右招我由敖’，古训皆为游，此傲字亦当释为遨游之遨。涪翁诗‘坐窗不遨’，词与靖节反，而义则同。《书》：‘毋若丹朱傲，惟慢游是好。’游字即承上傲字，下云傲虐是作，始为怠傲之傲。吴斗南以上傲字为奡，未必是。至谓傲德，一言足矣，何必重文申明之，断章取义，其说良是。昨非今是，倦鸟知还，紫桑之归也，无志于游矣。无志于游而托言游，此所以为寄傲焉耳。颜子之坐忘，老氏之知止，南郭子綦之隐几，皆此志也。余既为隘庵子广其意，复系之以词曰：‘天地一蘧庐，往来皆旅客。岂必汗漫游，山川在咫尺。苏门有隐君，烟霄翥鸾翮。长啸百泉台，脱屣千乘国。书鱼走藜床，鸣驺隔葭席。黄农以上人，周秦诸子说。流略窥向歆，玄谈析支帛。六家旨异同，犂然若阡陌。钩沉出燔坑，甄微表邮畷。中州考文献，龙门莫相逆。岂惟河汾间，长留诸老集。论世友其人，同抱桑海戚。豺虎方塞途，龙蛇纷起蛰。桃源寓言耳，山樊即予宅。考盘有甲子，依然义熙历。勖哉崇令名，硕果誓不食。’王子夏五题于花桥老屋。”

徐积余请汪洛年重绘《定林访碑后图》，沈曾植、郑孝胥、梁鼎芬、瞿鸿禨、陈三立、吴庆坻、吴士鉴、胡思敬、王乃征、陈夔龙、叶昌炽、章梫等人题诗吟咏，此外，樊增祥、俞明震、缪荃孙、陈夔龙、金武祥、胡嗣瑗、余肇康、王乃征等26人均有题跋。其中，陈三立《题徐积余〈定林访碑后图〉》云："久客恣揽胜，颇观白下山。定林独未至，筋骨笑羸孱。神往乾道贤，留题刻斓斑。放翁虽文士，刚气塞人寰。九原望王师，家祭语相关。堂堂经天义，彝伦立其闲。忠爱溯诗教，群儿谤痴顽。憾不过摩挲，如睹诛逆颜。徐侯访碑图，照坐堆烟鬟。自娱十载后，仓卒亡兵间。转徙久愈恋，兴寄焉可删。重付画师笔，逋景能自还。岂徒涌岩壑，飒有精灵环。游侣一时隽，稍怜庇夷蛮。梦回杖藜地，谁伴野僧闲。妄欲挽流人，毕愿亲榛菅。豺虎日伺侧，藤幅空追攀。"瞿鸿禨《题徐积余〈定林访碑图〉》(二首)其一："中原山色郁参差，不见王师北定时。风景依然陵谷变，伤心犹诵剑南诗。"其二："铜驼无语泣寒烟，瓮里醯鸡自一天。何似南村陶靖节，山居惟署义熙年。"

康有为致函林纾索画，林纾为其绘《万木草堂图》并题诗其上。诗云："海东堂较瀼西稳，投老孤臣此息机。历历忠言今日验，滔滔祸水发端微。荒台何地招朱鸟，并辔当年想白衣。万木萧森秋又暮，飞鸿谁盼我公归。"

叶德辉于长沙火宫殿神庙后坪创办丽泽小学，自任校长。又，刊印《严东有诗集》(10卷)并序。又，将陆续刊刻叶梦得著作汇印为《石林遗书》。

陈训正响应孙中山"民生主义"与"实业计划"，与赵家艺等在上海创办"平民共济会"，刊印《生活》杂志。1913年6月，因《生活》常讥刺时政，遂为当局所忌，而其所倡"贫民自救"之理想与规划又多受阻，多人离会，"平民共济会"遂解体。

李士彬77岁，在湖北英山鸡鸣河之清水塘石我园课孙女朝娥，两孙亦从师课。李士彬吟咏之暇日，作小楷数十字或数百字。冬11月，气疾作势甚剧，梦中见旧婢竹芬腹痛甚，曰"与汝诗四句可愈"，诗曰"一年一度春风树，年年汝过桥头去。明年汝又过桥来，此树依依与相遇。"醒而录之，不解所谓。本年共作诗142首。

黄绍第辛亥革命后自湖北返瑞安，博稽旧籍，对100位瑞安历史名人，每人作一首七言绝句，夹叙夹议，成诗集1卷，名曰《瑞安百咏》。内容多涉郡邑掌故，以期作为修志之助。《瑞安县志稿》评曰："造句文雅，典实无漏，传颂四方"，号称"瑞安诗史"。

冯煦访王为毅，观丁亥所书诗词册子有感，诗以纪之。《蒿叟随笔》卷二："壬子过果亭淞曲，出示予丁亥所书诗词册子，忽忽二十六年矣。旧迹摩挲，已是羲皇以上；念乱伤离，不胜今昔之感。复题一绝纪之：'秋蛇春蚓剧纷乱，旧迹重看一怆神。二十六年驹过隙，与君都是问津人。'"

严复作《诗庐说》赠胡梓方。谓"诗者，两口至无用物也。饥者得之不可以为饱；寒之挟之不足以为温；国之弱者不以诗强；世之乱者不以诗治。"又云："诗之于人，若草木之花英，若鸟兽之鸣啸，发于自然，达于至深，而莫能自已。盖至无用矣，而又不可无如此。”

顾印愚有二诗寄梁鼎芬。其中，《过栖凤楼》云：“颠倒天吴短褐寒，竹枯桐爨涕汍澜，经时别凤无栖处，坊底危楼警目看。”《再过栖凤楼寄节庵》云：“故人栖凤客，晚岁一渔翁，莘莘无归处，栖栖有道穷，朱丝留旧简，丹穴泣遗弓，奚恤巢痕扫，江头御宿空。”

夏曾佑赴京，任教育部社会教育司司长，规划筹办历史博物馆及重开、扩建京师图书馆事，并参与发起组织孔教会，提倡尊孔读经。

张之汉主任农商蒙边科，又兼邮传科。咨议局改为奉天临时省议会，张仍充议员。又，张之汉自本年始剪发留须。

唐文治为常熟瞿氏铁琴铜剑楼《虹月归来图》题跋。周舜卿七十寿庆，唐文治作寿文，题像赞，并撰贺联：“商业创垂功参大冶；仁德优洽望重周新。”又，作《忆苓女侄哀词》。

刘师培任四川国学院院长，院址在成都南郊，士人时来游憩。廖平偕友采游，友人龚熙台出张船山《南台登高图》征题，刘师培、谢无量俱题诗其上。廖平题诗云：“几山好收藏，我久厌李杜。强迫人题画，牵牛上皂树。物以罕见珍，此此荒年谷。寄语后来人，何分鸡与鹜。”又，刘师培在四川游览重庆老君洞、凌云山、浣花溪、杜甫草堂等名胜，与吴虞、朱云石等诗歌唱和。

龙赓言在江西万载乡里创办集义小学，招收学生。龙榆生在严父督诲下读古书。

华世奎以前朝旧臣退隐津门，卖字为生。

胡思敬在上海、苏州与友交游，与刘幼云约至青岛消夏。

陈箓改任外交部政务司司长。

曹典球任南京政府教育部主事。后经范源廉举荐，任北京政府教育部秘书。

黎锦熙创办《湖南公报》并任总编辑。

黄节在广州与谢英伯、潘达微等组织天民社，创办《天民日报》。

郭则沄与何肖雅、王旭庄、梁稚云、陈次耕、南云叔携具往游沪上徐氏园，流连至晚。有诗云：“负薪难乞青山隐，采蕨还供白发亲。”

陈师曾为范罕画像四幅。

袁克文题王晋卿《蜀道寒云图卷》。诗云：“井络参诩得大观，苍茫妙墨起波澜。一行归雁寒天暮，万里征人蜀道难。故国江湖秋更老，倦游身世梦都残。高情吩咐丹青笔，写出山河作画看。”

柳亚子集定公句《送黄季刚北上》（四首）为黄侃送行。其一：“江湖侠骨恐无多，俭岁高人厌薜萝。又被北山猿鹤笑，满襟清泪渡黄河。”其二：“文人珠玉女儿喉，凤泊鸾飘别有愁。一语避君君匿笑，万重恩怨属名流。”其三：“眼里二万里风雷，狼藉丹黄窃自哀。我论文章恕中晚，不拘一格降人才。”其四：“卿等烂熟我筹之，努力删诗壮盛时。此事千秋无我席，莫从文体问高庳。”又作《送曼殊东渡》《送太一入粤》。其中，《送太一入粤》云：“豪气吞云梦，神交历岁年。邹阳梁狱泪，正则楚骚篇。乍作江南客，遗寻岭外船。重逢知未易，扶醉各相怜。”

黄侃向郑文焯请教词学。又，苏曼殊赠黄侃一册《师梨集》，苏题诗云：“谁赠师梨一曲歌？可怜心事正蹉跎！琅玕欲报何处报？梦里依稀认眼波。”

汪东、黄侃、刘仲蘧和《清真词》裒以成集。汪东《〈和清真词〉序》云：“词家之清真，集大成者也。夫其意绵邈，其辞宏雅，其律精微，眇合錙黍。后有作者，曾莫能及。自方千里，汤泽民作和词，四声相依，一字不易，而后知音韵之严。顾其修词未工，等诸巴人下里，良未足以涉清真之藩也。东少治朴学，亦好倚声。偶然放效，终无一似。蕲春黄君，精研学术，文尤安雅，余暇为词，有北宋之遗音。平生友善，唯东及黄安刘仲蘧。岁在壬子，侨居海堧，遭世艰屯，意思萧槭，进无弥乱之方，退乏巢居之乐，酒酣相对，泣下沾襟。一夕相约重和清真词。零露在庭，更鼓皆寂，犹复徘回吟咏，忘此遥夜。仁和项生有言：‘不为无益之事，何以遣有涯之生？’其言何哀而合于予心乎？仲蘧既以事中辍，独与黄君互相程督，期以必成。短令徘曲，屏置弗与，凡得若干首，诚不敢仰冀清真，以视方、杨，或无多让。倘有聆其怨响，怜其苦心，匡其违失，俾成雅音，此则东与我友之所望于当代词人者也。”汪东有和词《兰陵王》《齐天乐》《荔枝香近》等。

陈方恪应狄葆贤之请，在《时报》担任编辑。与濮一乘等协助毕倚虹办副刊《小时报》专栏。在狄葆贤、狄葆丰、叶遐庵等鼓动下，陈方恪随包天笑、濮一乘、贾碧云等人常走马章台，出入花丛柳下。包天笑曾曰：“陈彦通最为活跃，以世家子弟风流文才，又好冶游。”陈方恪《洪都曲赋》中云：“尔乃临水人家、斜阳巷里，好事王孙乡曲，儇子佻挞城隅，遨游都市，粉泽妖娃，平康老妓，关门而语，搂带而睨，闲姿冶态，不可胜记。”

林庚白至上海与陈模、陈铭枢、林森等创黄花碧血社，又称“铁血铲除团”，以行刺帝制余孽为事。又，林庚白经陈模和乡人林之夏介绍加入南社。同时，林庚白与吕志伊、邵元冲、褚民谊创办《民国新闻》。后转北平，与汤漪共同主持《民国报》。此时，林庚白在报刊上发表大量诗词、文章。

刘约真与文斐、马惕水、傅熊湘等创办《长沙日报》。傅熊湘携眷返湘，任《长沙日报》总编辑（于所作自署“君剑”，亦称“干将莫邪”），兼教授省师范及各中学。

王文濡撰《春谜大观序》。略云：“朅来海上，先后得交陈逸石、况蕙风、贾粟香、孙玉声、徐岫云、汪处庐、姚涤源、陆律西、朱觉盦诸君，而我浔张君子良、蒋君山佣亦厕其问，皆于此道三折肱者，职业之暇，余事为此，创立萍社，八载于兹……当此玄黄扰攘之秋，新旧党人奔走运动，争名夺利之日，而寒江伏处数十穷措大之学问、之经济、之气概，日消磨于游戏文字中……幸乎不幸，我同人对此，感情为何如耶?"

曾缄考入北京大学国文系。师从黄侃，与孙世扬（鹰若）有"黄门侍郎"之称。北大读书期间，曾氏兼任北京《共和日报》主笔。

陈布雷回宁波，在效实中学任教，兼任上海《申报》特约译述记者。

曾纪芬在上海寓西华德路谦吉里。

高觐昌闭户不出，改字遁庵，静观世变。

陈朴庵中秀才，拜曾右丞为恩师，与学友林清扬、陈德仪交。

范金镛居南昌，日事绘画之余，与曹伯棨、魏元旷等饮酒作诗，纵谈时事。

钱文选兼任海牙万国修身大会中国代表，与会者五十余国。会上钱文选作《孔子道德修身为本》演说。

伍宪子由日本至加拿大，在温哥华住一月，拟经纽约游历美国西部。

吴湖帆为叶圣陶作《仕女图》。

李景康考获英国牛津大学高等试文凭，中文古典文学科特优异。同年，李景康入读香港大学首届文科，从赖际熙及区大典习中国文史。

党晴梵被聘为西北大学教员。

柳诒徵在北京明德大学任历史教员。至1914年止。

张默君赴上海，和务本女学同仁商议成立中国女界协赞会，张默君被推选为总干事。又与谈社英、汤国梨筹组女子北伐队配合北伐军。

郭坚忍在妇女群众大会上发表演说，与廖仲恺夫人何香凝相识相知。

谢飞麟不满于南北和谈，以为革命不彻底，扶病至南京谒黄留守陈说利害，并上书数千言，痛陈革命军于北伐未成功以前不可裁遣，终以大势无可挽回。

姚大慈在岳阳与李澄宇相识相交，其时李澄宇办《岳阳日报》。

陈匪石只身赴南洋槟榔屿（马来西亚），任《光华日报》记者，宣传革命。

萨镇冰给上海吴淞商船学校题联云:"若无后悔须勤学;各有前因莫羡人。"

林献堂被选任台湾制麻会社监查役。

廖道传历任广西浔州、武鸣两郡知府，兼统军务及管十九县学务。

张震轩任浙江温州十中教席，议温州中学教育研究会章程。

刘景晨偕浙江永嘉县教育会会长王毓英襄办永嘉劝学所。

朱鹏（味温）相继出任浙江温州军政分府咨议、乐清教育科长。

高一涵得同乡刘希平的鼓励与支持，自费留学日本。

沈尹默在浙江两级师范学校任国文教员。校长为经亨颐，同事有伦理修身教员马叙伦。又，杭州工业学校校长许炳堃向北京大学代理校长何燏时、预科学长胡仁源推荐沈尹默到北大任教。尔后，沈尹默赴北京大学国文系任教，课余研究杜诗。

王易侍其父封丘公携家眷南下返里，举家迁江西宜春。

金鹤翀离苏州东吴大学，转赴上海同济医工学校任教。

刘大白继续主笔《绍兴公报》。下半年与何芙霞相恋。

翁文灏获比利时鲁汶大学地质学博士，是中国首位地质学博士。年底回国。

吴芳吉去北京入清华肄业，始识吴宓，速成莫逆，又因清华学潮事分歧。吴芳吉《赴成都纪行》（二十五首）之二十三云："吾生堪自喜，有友尽高踪。旷世不能再，而吾躬与逢。湘上二刘子，泾阳一长兄。微君勤诲诱，及壮犹顽童。战伐何时已？音书久未通。悬知万里外，有此可怜虫。（二刘子谓弘度、柏荣，泾阳兄谓雨僧）"吴宓就东北大学之聘，留居沈阳，吴芳吉作《书寄雨僧兄》云："南北东西尽鼓鼙，故人流转富新诗。君非阮籍体穷哭，我是匡衡最解颐。但味甘苦成大觉，无分治乱应相宜。秋深夜静恒孤坐，一卷麟烃千载期。"又，吴芳吉应族兄吴际泰之请，绘《乘风破浪图》，并作《望海潮》词云："尘海争逐焉休，空望东流。西瀛濯足，扶桑走马，又几多寿阳侯。宇宙厌勾留，愿一乘长风，吹到琼楼。看我云烟深处，抚笔画神州。"（今仅存后半阕）

胡先骕年终抵美国留学。遇圣诞节，作《美洲度岁竹枝词十首》。其一："严冬满地起商风，举国农场早竣工。稽首万家齐谢圣，天庥今岁兆年丰。（谢圣节始于垦殖时代，当农工竣事获丰盈，教士择日祈祷，感谢上天，初无定期，后经议会议决，以十一月之第四星期四日为谢圣节。举国遵行，遂著为令）"其二："神话仙翁太渺茫，降从烟突更荒唐。儿童悬袜窗棂上，玩物明朝定一囊。（中古时有善人圣尼古拉士好施爱儿童，有家贫无以卒岁者，幼子数人啼哭不止。尼古拉士因携一囊，满贮食物玩具，窃由某窗入，遗赠众子。其平日所行皆类此，仁爱之名因之传播，日久遂误为圣达格劳士于谢圣节晚由烟突入，置玩物于小儿袜中云）"其三："家购樀椲树一枝，珠灯彩烛照琉璃。赠来锦合齐开看，珍物璀瑰寄爱思。（西俗人家有小儿者，于降生节购树一枝，上悬琉璃球、小蜡烛等饰物，有时家众互赠之物亦悬其上，晚宴毕，则群对观看所赠之物云）"其四："丹实冬青插万枝，降生圣节炳春熙。儿童拍手开颜笑，都道今宵食火鸡。（西俗十二月二十六日耶稣降生圣节，人家遍插丹实冬青，晚餐则食火鸡，全国此餐所食无算也）"其五："新年圣节例相酬，锦简华笺早付邮。万里寸心凭此祝，祝君岁岁荷神庥。（西俗谢圣节、降生节及新年俱互用彩色邮片相贺，每书吉语或诗或断句其上云）"其六："走索神哥枝可夸，市厅灯烁耀光华。一声霹雳凌空起，五色缤纷坠彩霞。（西历除夕夜，屋伦市政厅放五色电光照耀全市，市厅塔顶耸出地面数十丈，上悬铁索炫人。以足倒挂其上，手持火爆顺流而下，骇人心目。不时复见一烟，火高射入云，轰然作声，移时坠落，则彩色缤纷，陆离光怪，洵大观也)”其七：“当街妙舞杂清歌，风送游人笑语和。舜日尧天吾不管，与民同乐此邦多。(除夕当街聚婉娈好女作天魔舞，继之清歌激越，雅乐悠扬，华贵气象不言可喻，与众乐信哉)”其八：“喇叭呜呜耳畔吹，声声浪聒莫惊疑。新春已到人欢喜。第一殷勤报汝知。(西俗除夕，人皆购一喇叭，见行人不防，则向耳边暴吹，不得发怒，因之满街呜呜之声不绝于耳云)”其九：“满街花雨竞翻飞，碎采纷纷惹锦衣。兴罢驱车对郎语，道浓今夕带春归。(除夕游人购五色碎纸，出人不意，横掷头面，虽妙龄女郎不以为忤也)”其十：“咚咚街鼓转三更，罢舍归来夜气生。帘外霜风吹隐约，迎年箫鼓漾春声。(除夕时交正子，则市人吹号鸣钲不绝，盖迎年也)”

刘蘅与螺洲陈氏子成婚。婚后随夫北上，寓居北平。此后，刘蘅与福建耆老陈宝琛、严复等交往密切。又向陈衍、何振岱等名儒习古文、诗词、工笔山水画。其诗画天才深得陈宝琛、陈衍、严复、林纾、何振岱诸名家赏识。刘蘅作《秋色》云：“归鸦声里夕阳残，绿瘦红疏院宇宽。世事都从平淡过，烟光忍作等闲看。虚窗自护霜华重，老圃谁收秋色阑？爱取吟边孤我味，西风离落总忘寒。”《法曲献仙音》云：“小扇飏秋，一灯支瞑，佩响谁余檐铁。乍合旋分，近圆仍缺，离魂暗销弦月。较昨夜针楼底，情怀又都别。　向谁说？只栏杆、不禁风露。才雁过、无奈砌蛩还咽。苦爱倚银屏，看断河、水影明灭，为想仙衣，这新啼、香痕犹叠。笑人间儿女、枉也几番心结。”

张维翰任云南都督府机要秘书，奉派随罗佩金赴京观察地方情势，途经上海，曾随同晋见国父孙中山先生，并因陈英士、罗佩金两先生之介绍，于本年10月加入国民党。

王岳崧赠徐定超诗《赠徐班侯侍御》(时光复为温州都督)。其一：“遇合与君大径庭，云鹏篱鹖却忘形。舆情爱戴如冬日，天意安排作岁星。捍患恤灾全赤子，活人济世有丹经。方知身抱九仙骨，发白颜朱眼更青。”其二：“硕学耆年世所宗，大名鼎鼎浙西东。饮醇治比曹丞相(君性好黄老，喜饮酒)，昼锦荣夸韩魏公。何幸乡间蒙庇荫，也由时势造英雄。岿然鲁殿灵光在，岂独吾曹拜下风。”

叶沛青任安徽省立第三女子师范学校校长。姚倚云作《赠叶沛青》。诗略云：“龙眠处子叶沛青，三十求学心贞纯。志在教育十年事，江湖奔走劳风尘。故乡兴业因公益，颇助余力同艰辛。”

侯鸿鉴奔忙于政教活动，行走于江苏和山东之间。后作《五十无量劫反省诗·壬子四十一岁》。诗云：“重光旧物庆元旦，痛苦多端哭墓门(余以奔走风尘，叠遭痛苦。每逢元旦则谒墓，痛斥一年所经历者。是年因光复后改用阳历元旦，行谒墓礼)。白下新编商敬仲(余新编《民国教育制度》二巨册成，携往金陵访蔡孑民教育总长，商量改进方针)，瓮城联席识宗元(县议会联合会成立于镇江，余被举为会长，柳君翼谋为副会长。此会由丹徒柳君翼谋，以丹徒县议会发起者，余与柳君遂订交焉)。分科都府议行政（是年二月，余偕蒋君韶九仍往本省视学。都督府设教育科，黄君鞠之为科长，开全省教育行政会议凡一月，苏省教育乃大定），集会中央晋说论（中央开临时教育会议，余奉教育部电延为会员。曾建议定教育方针案，小学废除读经讲经案，制定学校系统案等）。直鲁遄归（道出济南游千佛大名之胜，过泰安，登东岳，过曲阜，谒孔林）筹借助，韬园友谊续瞻园（隔岁韬园同人谘议，局议员黄君韧之、刘君庆星、王君希玉、屠君元博、孙君子渊、蒋遇春内兄等发起，为竞志筹募捐款，共得四五百之谱。本年瞻园同人臧佛公、邹济臣、伍宜伯、张彬士诸君又为竞志筹募，得省署同人及其他诸人之赞助，共约四百余元，聊以度岁。盖余近年仅此竞校，除个人岁入尽以津贴外，每至年终，必须筹募，方能度此岁暮云）。"

刘泽湘随粤汉铁路总办宁调元入粤为总文案，加入南社。公余，与黄节、蔡守、邓尔雅等过从酬唱。

胡山源就读于江阴励实学堂，其师陈鲁云有诗评辛亥革命。诗云："黄鹤楼头看弈棋，孙曹鏖战古称奇。可惜无数同胞血，洒上黎家都督旗。"胡山源有感于此，始学诗。

林散之为生活计，由曾梓亭介绍至南京从张青甫学画人像。

冼玉清在澳门灌根学堂普通科毕业，受陈子褒影响极深，并立意救国、委身教育。作《夏夜风雨不寐》诗云："一庭风雨疑秋至，涤荡炎氛夜未央。竹籁远喧来枕簟，荷裳暗解念池塘。纷营尽日人皆热，寂处高眠我自凉。耿耿胸中千感集，数残更漏已晴光。"

盛漱如随大兄盛涤如在湖北参加崇阳、通山间之城山讲学，由张难先主讲。

李烛尘入东京高等工业学校学习。

郑晓沧入北京清华学校学习。

吴梦非入浙江省第一师范学校高级师范科学习，师从李叔同。

王献唐在青岛礼贤书院读书。

廉建中向顾子静进修医学，开始写文作诗。

朱自清在安徽旅扬公学高等小学读书。曾探父病于梅花岭史公祠，作有凭吊史可法之诗，已佚。

邓白奉父命师从梁景新学画。梁氏家藏"二居"（居廉、居巢）画稿甚丰。

瞿秋白在常州府中学堂读书。

阿英入教会学校安徽芜湖圣雅各中学读书。

张大千在四川内江教会学堂学习。

吴玉如入天津新学书院学习。

朱大可就读于浙江嘉兴禾郡中学。

任中敏入江苏省立常州中学读书。

詹安泰毕业于广东饶平县启明小学，并继续在饶平县高等小学修学。在《自我检讨报告》中提及“十一岁时写一首长诗，给宗族中负有众望的‘狮球牧夫’看见了，大加称赏，过两天，把自己的诗稿《仙岩剩唱》两厚册交给我，要我将来替他扬名传世”。此后三年，詹安泰一直在饶平高等小学读书，并开始填词。

夏承焘入浙江永嘉第一高小学习。

缪钺随全家居保定，次年就读于保定直隶省立第二师范附属小学。

唐圭璋就读南京市立奇望街小学。

王个簃就读南通师范附小。

许白凤生。许白凤，字奇光，浙江平湖人。著有《亭桥词》《亭桥词话》。

张纫诗生。张纫诗，原名宜，广东南海人。著有《张纫诗诗词文集》。

何中州生。何中州，字景嵩，号榆荫庐主、烟柳村夫。著有《榆荫庐拾零》。

江芷生。江芷，字沅子，江西婺源人。著有《秋梦诗》《秋梦词》。

吴鹭山生。吴鹭山，原名艮，字天五，浙江乐清人。著有《光风楼诗词》。

黄寿祺生。黄寿祺，字之六，号六庵，福建霞浦人。著有《六庵诗选》。

杜镜吾生。杜镜吾，别名考祥，广东南海人。擅书画篆刻，诗文亦精。

柳北野生。柳北野，又名柳璋，浙江宁波人。著有《芥藏楼诗钞》。

江弘基生。江弘基，陕西西乡县人。著有《荔枝园诗草》。

丘良任生。丘良任，安徽全椒人。著有《竹枝百咏》《炎玉词剩》《补蹉跎室存稿》。

郁从周生。郁从周，浙江杭州人。著有《西河居诗词稿》《寄我斋诗词稿》。

陈禅心生。陈禅心，字畏佗，福建莆田人。著有《抗倭集》《沧桑集》《闲情集》。

黄其杰生。黄其杰，别号笑翁，长沙人。著有《灵峰诗稿》。

孙望生。孙望，原名自强，江苏沙洲人。著有《蜗叟杂稿》。

潘力生生。潘力生，湖南醴陵人。著有《诗联千套》（与夫人成应求合著）。

成善楷生。成善楷，四川忠县人。著有《霜叶诗词选》。

刘家传生。刘家传，字廉秋，湖南湘乡人。著有《廉秋诗词选》。

陈玉清生。陈玉清，原名琢，江苏泰州人。著有《双陋庐诗草》。

王辛笛生。王辛笛，祖籍江苏淮安，著有《听水吟集》《辛笛诗稿》。

沈达夫生。沈达夫，浙江绍兴人。著有《风人诗》《风人诗草》。

成惕轩生。成惕轩，湖北阳新人。著有《藏山阁诗》《楚望楼诗》。

张楚琨生。张楚琨，曾用名张云、张伯衡，福建泉州人。著有《张楚琨诗文选》。

王维立生。王维立，又名王维国，字厚基，湖南益阳人。著有《驻春园剩草》。

李健章生。李健章，笔名晦之，安徽合肥人。著有《居蜀集》《东西集》。

王建中生。王建中，辽宁新民人。著有《军旅诗痕》。

游诲方生。游诲方，四川广汉人。著有《鸿爪集》。

陈芦荻生。陈芦荻，原名陈培边，广东南海人。著有《芦荻诗选》。

梁耀明生。梁耀明，号锲斋，广东顺德人。著有《听晓山房诗草》。

刘绥松生。刘绥松，原名寿嵩，湖北洪湖人。著有《尘海诗钞》。

刘君惠生。刘君惠，原名刘道和，别署佩蘅，四川成都人。著有《佩蘅诗稿》。

高禾生生。高禾生，江苏镇江人。著有《西湖百咏》《京华揽胜诗草》。

陈泰山生。陈泰山，字神岳，台湾基隆人。著有《神岳诗稿》。

洪守方生。洪守方，笔名剑影，浙江乐清人。著有《双影室吟草》［与室人倪纫秋（梦影）合著］。

王闿运编《湘绮楼评词》刊行。《湘绮楼评词》又名《湘绮楼绝妙好词》，分前编、续编、本编3卷。前编从清代朱彝尊《词综》选出，共32家，词41首。续编为编者自辑精华名篇而成，计11家，词11首。本编从宋代周密《绝妙好词》选出，计18家，词24首。全书共录五代至南宋词人55家，词76首。其中多数词人仅录一阕，姜夔、苏轼词各选5首，为全书之冠。王录词多作窜改，如欧阳永叔之“燕子飞来窥画栋，玉钩垂下帘旌”，改“窥”为“归”，谓“垂帘矣，何得始窥”。所录词中共56首有评语，如评李煜《浪淘沙（帘外雨潺潺）》云：“高妙超脱，一往情深。”评张孝祥《念奴娇·过洞庭》云：“飘飘有凌云之气，觉东坡《水调》犹有尘心。”

钱名山辑《谢氏家集》（2册，13卷）刊行。集前有阳湖钱向杲作《总序》，钱名山作跋。《谢氏家集》总目：谢梦葭《剪红轩诗稿》（卷一），后有祖芳作跋；谢玉阶《吉羊止止室剩稿》（卷二）、谢香谷《运甓小馆吟稿》（卷三）、谢养田《寄云阁诗钞》（卷四至卷七）、钱蕙荪《双存书屋诗草》（卷八）、谢君规《覆瓿遗文》（卷九）、谢仁卿《青山草堂词钞》（卷十、十一）、谢仁湛《瓶轩词钞》（卷十二、十三）。其中，钱向杲序云：“妹夫谢子养田出先集示向杲，向杲受而读之，曰：嗟乎！谢氏之先人，吾先君子之友也。谢氏之先兄弟三人，梦葭最长，才气俊迈，于诗尤长。其弟玉阶、香谷皆受学于梦葭。梦葭以一秀才走京师，授经时贵某第至久，卒以瘵疾卒于京师。而先君子与玉阶、香谷踪迹至近，交情至深。庚申粤贼之难，玉阶、香谷殉焉。而先君子遂婿玉阶之子，即养田也。今先君子没三十年矣，读梦葭兄弟诗，岁月之迁流，家门之代谢，人世沧桑，陵谷之感，尽赴于目前，此向杲与谢氏子孙所俱哀伤感怀而不能自已者也。嗟乎！以梦葭兄弟之才，卒不得志于世。或死于客，或死于寇，生平楮墨，不全十一，仅得存于兵火之后，孰得谓其遇之不穷也！虽然，梦葭兄既以诗名其家，而养田自少工诗，至老不衰，诸子亦能不坠其家学。人间富贵，恒不百年，而谢氏得以风雅世其家，可不谓难能而可贵者乎！爰焉之序，且以记吾先君子之交际焉。光绪丙午，阳湖钱向杲。”钱名山跋云：“姑父谢公养田诗学，其略见振镍所为序。畴昔之日，公总其诗，将并其先世遗什梓之，未果，公卒，时在光绪丁未之七月。两表弟靡年不言刻先集，以竟公志。仁湛远客，编录皆出仁卿手，与予商论体例，盖非一日。去岁，仁湛卒，仁卿尝谓予曰：‘弟远客归，满望长夏可与弟共校先集，不谓弟竟先死。’予弥痛其言。曾不过百日，仁卿又卒。嗟乎！嗟乎！世道极乱，天理之不可征竟如此乎？是年八月，予遭大故，国乱遂亡，予不死犹死，且甚于死矣。哀哉！痛哉！今年春，姑母呼予，谓之曰：‘谢氏家集，尔姑夫在，欲刻不果而死；仁卿兄弟又不果刻而死，今又不刻，我又将死。世虽乱，我欲见吾书一日成，盍为我谋？等贫也，终不以不刻书而富矣；虽费，吾不恤矣！’予奉命，遂卒成之。哀哉！谢氏之集而成于吾之手，天下之事，讵料也哉！今厘为十三卷，姑丈先世诗三卷、姑丈诗四卷、姑母诗一卷、姑丈季弟君规遗文一卷、仁卿兄弟诗词凡四卷，以壬子三月毕役。嗟哉！天地变易，道德灭亡，忠孝廉节不信于今，枭獍不已，将为介鳞。《诗》曰：‘民今方殆，视天梦梦。’振镍孤立人世，吞声山阿，殆无以开口向人一论其平日所诵习与激昂之素心，虽国亡家丧，然而终不忘仁卿兄弟矣！今年三十八岁，回首前日，何事不空？举首惟有鸟声树色，无异寻常，不知人世之改、我心之忧也。存者且偷生，死者长已矣，谢集告成，予于文字之业，亦可已矣。钱振镍跋。”

吴士鉴撰《含嘉室诗集》(8 卷，铅印本) 陆续刊行。高时显题耑，瞿鸿禨作序。瞿序云：“《诗》三百篇，自文武至于成王，化行于上，俗美于下。重光缉熙，蒸为太平，播诸风谣，登之雅颂，穆然治世之音，盛哉至矣。宣王中兴，其卿士大夫，如尹吉甫、仍叔、召穆公之伦，雍容歌吟，类能宣德述情，润色鸿业，亦沨沨乎载休明之气。及周室大坏，政散民流，王泽将竭。其时诗人乃多忧伤危苦之词，《风》至《黍离》，《雅》至《板荡》，其言哀以思，其音悽以厉，虽旷百世，读之犹将掩卷太息而增欷，信乎！诗之为道，上与政通，治乱兴废，存亡之际，使之然也。故曰：‘哀乐之心感，而歌咏之声发。’吾读絅斋之诗而有忾于中矣。絅斋隽异早达，踵仍世清华之选，侍从禁近，輶轩名邦。又值庭闱具庆，子孙绳绳，天伦之盛，无与比匹，可谓极人世至顺之遭，心旷志得，宜皆欢愉悦豫之声。而其诗顾往往愁思愤叹，噍杀激越而不能已，则时为之也。诗凡四卷，抒写性情，原本忠爱，体遒而意远。甲午以来之作，尤沉郁泬廖，有如秋气旁薄，风雨争飞，震动林谷，天地为之变，观诗愈老而心愈悲。予还君诗，苍茫四顾，一不自知百端之交集也。壬子冬瞿鸿禨止盦序于沪上寓庐。”又，吴士鉴撰《清宫词》(1 卷，铅印本) 刊行。樊增祥题词。

许禧身等撰《亭秋馆词钞》(4 卷，刻本) 刊行。其中，许禧身《亭秋馆词钞》由徐琪署耑，许仲蘐自题签，叶庆增、陈夔龙作序，徐琪、冯煦、郭宝珩题辞。后有《亭秋馆外集》（1卷），徐琪序，系许禧身诗文钞，含《仙蝶记》。又附《亭秋馆附录》（1卷），徐琪署签，徐琪、许禧身作序。《亭秋馆附录》内含《含真仙迹图记》3篇，《陈女史昌纹小传》，《陈女绣君墓志铭》，《含真仙迹图》题词九组及陈昌纹遗作。《含真仙迹图》题词一含俞樾、许引之、周元瑞、徐贤书、伍辉裕、黎汝谦、万铭璋、柯凤孙、沈绍唐、杨怡真、严俨之作；题词二含俞陛云、伊峻斋、胡嗣瑗、易顺鼎之作；题词三含徐贤书、周调之、严俨、沈绍唐等人作，题词四含陈启泰、程世济之作；题词五含花城、徐琪之作；题词六含许佑身、许绥之、许之福、昌穀之作；题词七含许之联、许以让、俞琎、俞玫之作；题辞八含周韵珠、俞琎、俞玫、沈韵兰、许之仙之作，题辞九含姚异之作。其中，叶庆增为《亭秋馆词钞四卷》作《序》云："在昔《玉台新咏》，标体格于徐陵；金缕研词，播讴吟于唐代。厥后清照之工托兴，淑真之善言情。靡不艺苑蜚声，文人却步。然而乖中和之乐职，何与正宗；留绮语为香奁，终惭大雅。求其发乎性情之正，止乎礼义之闲。戛乎难矣，可多得哉？尚书筱石陈公德配亭秋夫人以浙水之名媛，嫔颍川之华胄，昌征凤卜，曲谱双声，宠赉鸾纶，封崇一品。人咸谓居富贵之地，必工为欢愉之言矣。顾取《偕园词钞》读之，乃竟枨触多端，郁伊善感者，何哉？盖夫人礼宗淑范，女士清才。祥虽钟于阀阅之门，遇备历乎坎坷之境。病风椿树，稚岁早凋；向日萱花，中途遽陨。就诸父诸兄之鞠养，问尔顾尔，复以何堪。加以劫历红羊，危城几遭身殉（夫人从尚书公官京兆尹时，与于庚子拳匪之难）；使来青鸟，弱息竟赋仙游（集中多悼女公子之作）。玦在身而腰佩不离，珠如意而掌珍倏碎。埽愁无帚，记曲有箱。宜夫人之触绪兴怀，回肠荡气。假锦机以织出丝缚红蟫；烧银烛以填成泪凝绛蜡也已。虽然，阎浮世界，幻等空花；积累根因，获同种树。夫人三车烂熟，一鉴渊澂，何妨付诸达观，藉自修其正觉。而况持躬省约，供顿胥捐；济物恢台，亲疏罔闲。将勤施于人者既厚，即获报于天者必优。仙衔罔极之恩，或竟尔重翔彩燕；神感至诚之德，安知不再降绂麟。是绰板焉用其敲残，唾壶奚须乎击缺耶。所愿叩宫弹徵，谐韶頀之音；刻羽引商，成清平之调。丝竹黜其哀滥，笙管流其铿锵。以雅以南，可歌可颂。此日取七条弦以静奏，群钦拍合朱丝；他年偕一品集以俱传，定卜芬扬彤史。是为序。慈溪子川叶庆增谨题。"陈夔龙为《亭秋馆词钞四卷》作《序》云："仲蘐主人《亭秋馆诗钞》六卷，余既序而刊之矣。主人吟诗之暇，尤好填词。每当花朝月夕，酒阑茶罢，兴之所至，一寄于倚声，积久得《偕园词钞》若干首。'偕园'者，客岁卜宅杭州横河里桥，小有园林，名之曰'偕'，为他日乞身偕隐地也。余素不喜词，又赋性直率，吟亦不工，旋作亦旋置。主人则以莲藕玲珑之质，运芭蕉辗转之心，于其乡先辈厉太鸿、赵秋舲诸君子得其近似。犹忆庚子辛丑间，京畿烽火，逼处危城，偶值事变之棘，余急切穷于因应，主人神闲气静，临乱不惊，时出一阕，索余唱和，余颇讶主人别调独弹，而又未尝不佩其心怀之浩落也。兹编辑成，附以长女昌纹幼时联语并遗诗数首，以志不忘。适同年友冯梦华中丞访余武昌，承代为审订，幕中诸宾从亦有诗文以张之。爰付手民，如绘心曲。后日西湖归隐，渔歌樵答，不知人间有苍狗浮云事，则以此编为偕归之券可也。己酉重阳后十日，筱石陈夔龙序。”徐琪、冯煦、郭宝珩为《亭秋馆词钞四卷》题词，郭宝珩作《沁园春·敬题亭秋馆词后》词云：“林下高风，江上落云，含毫邈然。是乌衣王谢，庭留絮雪，鸥波赵管，笔带云烟。翟茀承恩，莺花写韵，广乐钧天字字圆。消长夏，好巡檐按拍，刻烛分笺。年时湖上啼鹃。把掌上明珠付墓田。有孤山归鹤，悄聆愁语，小楼飞蝶，重证仙缘。女作真仙，夫为生佛，福慧双修五百年。金荃集，请寿之梨枣，播入歌弦。”徐琪作《亭秋馆集后附录〈绣君女士遗稿〉序》云：“今使彩云不散，九霄无离恨之文；璧月常圆，五夜皆团栾之镜。则白傅可免苍珉之刻画，昌黎亦蠲古驿之欷歔。然而玉树临风，偶现花中之昙影；金茎擎露，顿晞掌上之珠光。汤续命而无灵，香反魂而乏术。所由动千古伤心之慨，添双亲刻骨之词。情有难堪，悲何容已。私幸寻来粉盝，尚有余脂；检到文房，尤留縢墨。家果家禽之对偶，一花一蝶之迷离。句以罕而见珍，迹以仙而叠见。于是裒其残稿，传彼遗芬。清平之调无多，而衣裳云想；闺阁之诗所着，只杨柳风因。动笔有神，简略似倪迂之画；无弦更响，摩挲等陶令之琴。不尽余哀，题曰附录。恍追随于膝下，母衣牵到之时；播文字于人间，梵谱偷传之后。夫琼楼握管写韵，而未有名篇；仙袂散花霏香，而不闻解语。兹则俪红妃白，含五色以成章；绣口锦心，合八音而奏雅。虽佩环已杳，空中俨听铿锵；而诗卷如新，此后常留天地。况游仙枕里，时窥妙相之庄严；愿影窗前，又示前身之笑貌。因画图而省识，人固常存；得映带以辉煌，名同不朽。合含真之题咏，慰思女之悲凉。兼属词比事之矜严，得以少胜多之微妙。仆也马惭齿长，相呼而原属年家；君真雁过影留，默印而有如潭水。嗟嗟仙馆忆右台之路，埋香占一角湖山；锦囊储只句之吟，绝唱拟满城风雨。是为序。壬子腊八日徐琪撰于宣南接叶亭，时年六十有四。”许仲蘐作《序》云：“余恸纹女之亡，因检其遗箧，尚得诗数首与对偶数十联。筱石以其诗示同宗松山给谏，因编入黔略，并为小传。既葬右台曲园，先生又为墓志。自此以来，灵迹屡著，因绘含真仙迹三十二图，遍征题咏曲园。先生既为之记，又为之歌，一时名公钜卿及闺阁之秀、家庭子弟俱留翰墨。往时曾排印成书，今筱石从花农侍郎之说，以小传墓志及诸家题咏列其遗稿之前，而仍附余诗词之后。亡女无专集，故题曰附录也。噫！吾女往矣，而不与俱往者，则其文字也。况又有诸家宏篇钜什之表彰，则吾女虽谓为至今存可也。况含真之言笑，又昭昭在人耳目乎。观斯集之成，不禁易往日之悲悰为破涕而色喜。吾女有知，傥亦乘清风而一来展卷乎。壬子腊八日仲蘐序于春申浦上。”九组题词中，俞陛云题词《敬观〈含真仙迹图册〉各系一诗》其一《第一图》：“凌虚楼殿云斑斓，香花列座群姝環。中有仙子冰雪颜，位置约略三四间。愁容微蹙双蛾弯，退立逡巡欲有问，海山兜率穷跻攀。再叩瑶扃已虚座，侧立琼妹答灵语，云换华妆内殿深，云屏十二仙容闷。”许之引题辞《红闺独坐，镇日无聊，敬赋奉怀，恭呈诲政》（二首）其一：“莲漏听残意似煎，回思别况不成眠。背人时洒怀乡泪，肠断天涯若个怜。”其二：“更忆髫龄嬉戏年，娇痴左右每随肩。关河迢递音尘隔，惟盼红鳞锦字传。”俞玫题辞《临江仙·家姊赋含真仙子仙婕词，玫不敏，亦勉成此阕》云：“翠羽明妆犹似昔，丰容重认优昙。惊鸿小影镜中看，能邀亲一笑，不异舞友斑。　　何处瑶池君独住，人闻见也都难。云程无路可跻攀，神交如许我，再世待金环。”

黄侃撰《纗华词》（1卷，铅印本）于武昌刊行。汪东署签，集前有王邕、汪东作序，况周颐题词。黄侃编成自记有云：“右词一卷，一百六十五首，起丁未（一九〇七）迄辛亥（一九一一）五岁间所得。华年易去，密誓虚存。深恨遥情，于焉寄托。茧牵丝而自缚，烛有泪而难灰。聊为怊怅之词，但以缠绵为主。作无益之事，自遣劳生；续已断之缘，犹期来世。壬子六月，编成自记。”汪东《〈纗华词〉序》云：“蕲春黄君为词一卷，共若干首，取张平子语，名曰《纗华词》。尝谓：词原于《国风》，而与《离骚》尤近。夫诗以言志，志者，与物相应者也。世变既繁，感慨纷集。仁人君子，怀菀结之情，抱难言之痛。罗网甚密，则庄语或以召危；芳菲弥章，而奇文因之益肆。自屈原之作，以为诗者，结体四言，般桓跬寸，恉微而隐，辞气不敷，故拓之以造《离骚》，所由济《风》《雅》之穷也。详其宛转就意，斯句有短长；吐辞芬芳，而音节尤美。词之为体，不犹此乎！至于后主被羁，怆思故国；稼轩愤时，托怨烟柳。白石嗣响于《黍离》，碧山沈恨于落叶，岂非假物喻情，所以称文小而其旨极大，举类迩而见义远者邪！黄君夙离幽忧，回翔异域，又复生三闾之徂土，袭往哲之修能，宜其所迷有《哀郢》之志，思美之遗也。若云宋玉作赋，不无微辞；玉台所传，犹多新咏，遂以雕虫篆刻，壮夫不为，屏《郑》《卫》于风人，嗤《闲情》为玷璧。斯又曲士之谈，异乎通方之论矣。壬子九月吴县汪东撰。”况周颐《减字〈浣溪沙〉·〈纗华词〉题词》（四首），其一：“容易金风到海湄，孏萍吹聚两词痴，玉箫声里识君迟。　　记得凌云常自惜，剧怜饮水不同时，而今真个慰輖饥。”其二：“雁后霜前百不堪，飘灯何意得深谈，赁庐天与近花庵。　　只为移情来海上，便须连句仿城南，人天慧业好同参。”其三：“忆昔梅边失赏音，十年凄绝据梧吟，为谁重理旧弹琴。　　青眼高歌望吾子，素心难得况而今，桃花潭水此情深。”其四：“彩笔能扶大雅轮，周情柳思更无伦，偶然疏处见苏辛。　　结习尽同成二我，多情不薄到令人，软红门外亦珠尘。”

李宗棠撰《千仓诗史初编》（排印本）刊行。集前有壬子季冬清道人题签、千仓髯隐小像，李汝振作《〈千仓诗史〉序》、梦僧作《千仓先生传》、日剑道人《千仓醉翁小传》、作者《自叙》。其中，李汝振《〈千仓诗史〉序》云：“甚矣，诗之难言也。夫美人香草，大都寄托之词；秋月春花，亦皆比兴之体。心之所触，声即随之，所谓天籁也。然而骚人韵士，往往争奇句、斗险韵，一字苦吟，累日弗就。呜呼！诗之写性情若此者，性情不转汩没哉！昔杜少陵能诗一时，尊之者目为诗史。其为诗也，无取华美，不事铺张，上自朝廷事实，下至友朋赠答。读其诗者，如记月编年之体，据事直书，莫不历历可考。目之为史，谓其为一代之史也可，谓其为一身之史也亦可！吾姪隐伯游宦垂廿四年，足迹遍数万里，生不逢辰，猝遭时变，满腔热血，尽委东流，四海孤踪，独成高蹈。其间可伤可感之事，指不胜屈！宜其为诗，当有悲歌慷慨、抑郁愤懑之音。而孰知吾姪之诗则否否，盖其资凛异人，大彻大悟，行乎素位，胥泯怨尤。故其为诗，如道家常琐屑事，不矜奇，不立异，和平敦厚，纯任自然诗笔也，而史笔出之，明白晓畅，如读实录焉。近数年来著诗三千余首，南京兵乱，千仓山馆遭劫，原稿悉被焚毁。今在沪上设馆，课余默录成帙，附以新稿，标其眉目，曰‘诗史’。邮寄吾乡，乡人亟劝付梓，索序于余，余感其命名之意，与世之尊少陵者适相符合，又其为诗之体例，与少陵亦不相远。少陵有知，当亦慨然引为同调也。是为序。壬子嘉平既望，桂生李汝振识于千仓旧里。”作者《自叙》云：“予家颍水之湄，先代聚族而居，有田千顷，乡人遂称‘千顷湾，李家楼’，不知何时讹传千仓，相沿既久，殊难稽考。迨发逆变乱后，族众散处，庐舍荡然，千仓之名几绝。予尝自号‘千仓旧主’，北京旅邸自书‘千仓寄庐’，各省行寓自书‘千仓别墅’，曾创千仓师范学校于金陵，复创‘千仓义塾’于颍乡，又创千仓实业公司于江南，筑隐舍于鸡鸣寺下，题曰‘千仓山馆’，营别庄于秦淮河畔，题曰‘千仓水榭’，游历日本东京、西京，署其门曰‘千仓游舍’。世人多呼我为‘千仓醉翁’，然千仓氏之渊源，在不知来历者，几误为日本姓氏，是不得不详述以告世人也。辛亥仲秋，忽遭兵燹，实业既不克振兴，学校亦各自解散。人情混杂，士习浇漓，厌世之心愈深，避世之心愈亟。恨中原无乐土，身怅怅其何之？不得已乃遁迹海上，设馆授徒，从此匿其本姓，遂号‘千仓隐伯’，又号‘千仓髯隐’。课余无事偶录旧作，渐积成帙，回忆平生前半世之历史，大致略备，托诸梨枣，聊志雪鸿，不足就正于有道耳。壬子十二月既望，千仓髯隐识于沪北汉学馆。”

卢前撰《论曲绝句》（铅印本）由国立成都大学出版。后又于 1931 年由上海开明书局再版。龚道耕作序云：“王弇州有言：‘词兴而乐府亡，曲兴而词亡。’今黄冈俗乐、太谷侧调，纷纷竞奏，而曲又几亡矣。江宁卢君冀野，为长洲吴瞿安先生高第弟子，研精曲学，曾撰《饮虹杂剧五种》，久已传唱旗亭。顷教授吾蜀，又以年作《论曲绝句》见示。余粗谙度曲，而按谱填词，则有志未逮，蜀中无可语此者。得交卢君，窃喜有所师资。读其诗偶有商榷，卢君应时改定，不我咈也。师范大学诸生受教于卢君者，谋为刊行，问序于余。余谓词几亡于明，而清代词学乃大昌；曲几亡于清末，或者将中兴于斯时乎？请以卢君此诗为之矣。辛未上巳，成都龚道耕。”集内含论曲绝句40首。其一:“十二科和十五体,同根枝叶各西东。别开粉墨登场局,令套当然是正宗。(自来论曲者,每以小令、套数与杂剧、传奇并提,驳杂不清,诚憾事也。按:《太和正音谱》,列举杂剧十二科:曰神仙道化,曰隐居乐道,曰披袍秉笏,曰忠臣烈士,曰孝义廉节,曰斥奸骂谗,曰逐臣孤子,曰钹刀赶棒,曰风花雪月,曰悲欢离合,曰烟花粉黛,曰神头鬼面。又所谓乐府十五体者:曰黄冠,曰承安,曰玉堂,曰草堂,曰楚江,曰香奁,曰骚人,曰俳优,曰丹丘,曰宗匠,曰盛元,曰江东,曰西江,曰东吴,曰淮南,盖指令、套而言也。令、套上承诗词,抒情写景,为韵语之嫡传。兹仿前人论诗、论词之例,成论曲绝句四十首)”其二《马致远》:“枯藤老树写秋思,不许旁人赘一辞。百岁光阴成绝调,大都消息此中知。”其三《张可久》:“论曲犹怜落彩霞,包罗天地称当家。庆元一老空凡响,漫说仙风被太华。”其四《乔吉》:“义山昌谷何尝似,李杜原来迥不伦。可惜叶儿一百首,未曾妆点两湖春。”其五《姚燧》:“十年燕市醉高歌,检点征衣唤奈何。深得词人三昧语,无须写集五车多。”其六《卢挚》:“半江明月珠帘卷,一带青山列子风。不似玉川诗句怪,吾家大笔数疏翁。”其七《汪元亨》:“凤阙龙楼归去来,新词小隐莫疑猜。黄冠不是云林志,五柳门前手自栽。”其八《张养浩》:“上马齐声喝道来,临风玉树不须栽。丹丘豪放真成派,自适休居只手开。”其九《刘秉忠》:“凄凉最是干荷叶,斫手摩挲不白名。我意独怜刘太保,藏春两字见平生。”其十《钟嗣成》:“刘九悲天说苦辛,腾空宝气不为贫。何嫌捏就形容丑,鬼录题名半是人。”十一《贯云石》:“酸心千古问南朝,小扇轻罗恨未消。天马何曾缚不住,芦花湖上咽寒潮。”十二《徐再思》:“游丝飞絮写相思,落尽灯花枕上时。梦向桂林秋月里,回甘还取水仙词。”十三《陈克明》:“豆蔻含香吹絮语,临川八咏少人知。海棠输与胭脂色,不数温韩七字诗。”十四《王鼎》:“驾风破梦事荒唐,山海齐东一瓣香。从此俳优风气始,时寒时暖到陈郎。”十五《冯子振》:“压卷万言黑漆弩,一挥酒座众人惊。马头又向南山去,博学英词旧有名。”十六《周德清》:“开门七事苦嗟呀,柴米油盐酱醋茶。宗信复初真知己,高安韵论本方家。”十七《朱有燉》:“八斗之才宁独得,宪王岂必让陈王。未将爨弄侵词席,剔透玲珑已擅场。”十八《康海》:“先生悔救中山狼,心上黄连莲苦味长。解道浒东悲愤语,零煎细炒亦寻常。”十九《冯惟敏》:“云庄疏放海翁豪,鲁国词人骨气高。归去东山都不管,就中鸡凤任相交。”二十《王九思、李开先》:“自有高名垂后世,碧山岂是淡文章。只他百阕妆台句,参半瑕瑜没主张。”二十一《王骥德》:“已将秀丽许方诸,自视西楼愧不如。灯火章台情境里,那时低叫小名无。”二十二《陈铎》:“牙板随身只自怜,梨云冉冉板桥边。于今一片钟山黛,不似当时秋碧鲜。”二十三《金銮》:“写情自有生花笔,羞嚼红绒唾北窗。记向海棠阴下听,几家灯火谱新腔。”二十四《杨慎、黄氏》:“陶情相对桂湖春,滇越归来百劫身。自是世间难见事,杨家夫妇两词人。”二十五《陈所闻》:“两宫词纪领名流,况得芳邻唤莫愁。天使衡声分鼎足，不然独占秣陵秋。"二十六《梁辰鱼》："二北词人如是说，乔张小令夺天工。卢生一事痴于汝，我爱江东梁伯龙。"二十七《沈仕》："自调脂粉染春痕，流水三分梦七分。不少空中绮丽语，疑云疑雨怨青门。"二十八《沈璟》："青蓝冰水未能攀，圆美松陵评语颁。翻谱辛勤缘底事？词家犹自说开山。"二十九《祝允明、唐寅》："一时作手出吴中，洒翰神凝顾盼雄。巧擅解衣亦上品，南词从此盛江东。"三十《刘效祖》："燃犀叉手看虞初，世态人情网底鱼。记得拜年元旦日，送张迎李尚踌躇。"三十一《施绍莘》："情痴才俊折柔肠，梦断华亭十里香。泪眼莫听鹦鹉骂，扶将花影问东皇。"三十二《冯梦龙》："依心宛若江儿水，毕竟词奴吐属新。何必挂枝传姓字，熊公巨眼始知人。"三十三《朱彝尊》："一行白雁夕阳斜，不向长安认旧家。唱遍叶儿新乐府，东篱尊酒看黄花。"三十四《厉鹗》："芭蕉叶叶竹枝枝，月上红桥去未迟。欲识钱塘真面目，文湖渔唱两家知。"三十五《尤侗》："十空念彻神仙咒，百末原来是小家。越狱牙床长夜黑，王陈风趣此翁嘉。"三十六《许光治》："江山风月出心裁，红雨村庄有霸才。指向中流人影见，海棠采自小山来。"三十七《赵庆熺》："十三十五月儿明，紧靠花枝梦不成。待卜白云庵里卦，香销酒醒听莺声。"三十八《霜厓师》："俯视伯华山海富，大成今日集长洲。填词制谱当筵奏，南面雍容曲国侯。（奢摩他室藏曲之富甲海内，有非李中麓所及。南昌王易曰：'合讲、作、谱、歌为一人，向所希觏也。'吴兴王氏为《戏曲概论》序云：'论者至谓与曲子相公争一艺之长，同类而并观焉。于戏，如成绩者，固当北面而来朝。'）"三十九《任讷》："词山仰止彊村在，曲海初扬万里波。案上新书近百卷，观堂惭愧感红多。（中敏自题其书斋曰'感红室'。十年以来，辑订曲集，自元以至明清，都二十余家，并所为《曲谐》暨《散曲概论》之属，不下百卷。说者方诸词中之彊村翁。世但知静庵先生《曲录》《宋大曲考》诸作之精，而不知二北《曲录补正》《词曲通谊》《作词十法疏证》诸书为尤精也。于令、套虽不多作，偶一为之，亦复隽妙）"四十："一心顶礼赞词仙，四十一贤居我先。愿向北词讨生活，卢生尚未入中年。（予十八从长洲先生学为曲，粗识门径。既而获交任子，益我殊多。乙丑之岁，尝发愿在四十前写令、套二十卷，开昔人未有之例。吾师深许之，中敏复相勉勖。前今年才二十有四耳，来日方长，容我致力，当无负于师友之训导也）"

陈诗撰《尊瓠室诗》（2卷，排印本）刊行。本诗集收录自光绪三十年（1904）至民国元年间诗作。卷一甲辰（1904）讫戊申（1908）；卷二己酉（1909）讫壬子（1912）。陈诗《自序》云："予少耽诗，三十未就。既而寓居吴下，淹历岁时，得闻诸诗老讲论，循涂践藩，钮芜攻瑕，钩玄洞幽，至艰极苦，而曩时沾沾自喜之意汜埽无余。平居辄私计曰：吾材不逮中人，其毋高驾远骛而踣于中道，蹄涔蚁垤，游衍自封，虽遘尼父欹器之叹，蒙匠石散木之诮，庸何伤焉！壬子夏游陇归，溯夫庚子居沪以来，瞬逾一纪，眷兹江渚，藐焉栖托，譬之寿陵胥忘故步已。素秋屈节，凉风拂衽，爰取所得诗篇芟夷辑缀，汇而成帙，命之曰《尊瓠室诗》。一壶中流，罔知攸济，宝兹康瓠，达识所嗤。昔程孟阳好诗，喜吴下为词流渊薮，居十年，繁一亩之宫而不可得，归老于新安。予遭逢世运，与词流游处皆有类于孟阳，他日偿归老淮南，与樵牧群处，抑将羁泊五湖，筑环堵之室，寻濠上之乐，逍遥乎无为之业，相从庄惠以终乎？录诗既竟，日月寖迈，玩淮南游樊之指，监文子止水之言，抱素抚化，息阴穷节，击辕有慕，以尽吾年。”

胡薇元撰《船司空斋诗录》（4卷）刊行。河阳段震乾署签。恽毓嘉、赵源濬作序。赵序云：“大箸浣诵数过，清幽潇洒中有劲直气，具见诗品，亦具见人品。承命高著眼，极意吹求政，恐眼界稍低，即不能读耳。《北征》和杜，《南山》仿韩，天才横绝，乃如不经意，此苏长公所不敢为也。截句深沉悱恻，非复诗家恒径，不胜倾倒之至。”集前有校刊门人姓字：荣县赵熙尧生、成都刘彝铭辛甫、华阳陈毅瑶圃、华阳林思进山腴、资阳李大钧公度、华阳胡崚玉叔。

刘月娟撰《倚云楼诗钞》（1卷）刊行。集前有黄士椝、黄妙云、黄功瀫、何妙兰、李学溶、麦颂濂题词。黄士椝题词云：“惯弄诗牌向绣余，华年二八度纡徐。挥毫便作惊人句，开卷真能读父书。岁序轮回看燕雁，云笺粉落订虫鱼。故应学积才偏赡，百首吟成锦段如。”黄妙云题词云：“比邻两载挹芳馨，咏絮才高出谢庭。最是月明风定后，书声时向隔墙听。”

樊增祥撰《〈赏心集〉〈闲乐集〉合刊》（石印本）由上海广益书局刊行。其中《赏心集》乃选钞宋人四六文而成，《闲乐集》作于光绪丙午（1906）至丁未（1907）年初。

张茂镛撰《巽庵漫稿》（1册，铅印本）由苏州启新公司刊行。内含《巽庵诗》《巽庵诗余》《巽庵文钞》各1卷。

洪汝冲撰《候蛩词》（1卷，铅印本）初刊本印行。

陈佑启撰《耐冷山房诗文集》（1卷，铅印本）由日本东京日清印刷株式会社刊印。

［日］本田种竹撰《怀古田舍诗存》（6卷，排印本）由日本东京日清印刷株式会社出版。

姚虞琴《实业团体欢迎孙中山先生词》刊于《社会世界》第2期。词云：“穆穆中山，复我家邦。爰既莅止，江汉之光。功成身退，遨游八荒。先生之风，山高水长。先生之德，永矢难忘。”又作《壬子近作》云：“血战元黄运已终，楚天销尽劫灰红。传闻北海延文举，未曾东山起谢公。鸿雁哀啼无赖月，笙歌犹饰太平风。滔滔江汉东流水，砥柱何年驾玉虹。”

梁公约《浣溪沙·寄郭楚生（宝珩）》刊于《墨缘丛录》第5期。词云：“倚遍红楼十二阑，西风吹梦去无端。乱鸦残雨过淮安。　灯背酒筹初数罢，廊腰茶臼已敲残。

研红罗帕有秋寒。”

徐吁公《除夕归舟有感》刊于《崇明报》第21期“艺苑”栏目。诗云：“辜负韶光剧可怜，穷途底事善流连。头颅空白凭谁诉，闲看明朝又一年。”

刘尔炘作《挽李鉴亭联》二联。其一：“一身都是胆；万口为招魂。”其二：“毕竟是奇才，能使人间容不得；倘教为厉鬼，定从地下打翻来。”

方观澜作《宣统逊位之一年，壬子，八十一岁》。诗云：“惊闻大泽起龙蛇，春到南园也着花。蜗角自封新郡县，乌衣零落旧人家。强移天日烟云翳，试数星期岁月差。蓍草有知风有信，隔年先已动吹葭。”附注：是年清幼帝逊位，初称五族，共和改民国元年，各省县排外，以本地人作宰官，不独吾乡一县为，然而流弊亦滋多也。

朱祖谋作《金缕曲·井上新桐，植七年矣。周无觉抚之而叹曰：此手种前朝树也。斯语极可念，拈以发端》《国香慢·为曹君直题赵子固〈凌波图〉》《虞美人·晚秋病起，浮家石湖》。其中，《金缕曲》云：“手种前朝树。带虚廊斜阳一角，阒人无语。乞向西邻斤斧底，曾共箨龙赦取。看玉立，亭苕如许。今日离披银床畔，问孤根、肯傍龙门否。一叶叶，战风雨。　　蟪蛄三两啼相诉。说年来、红凄翠惨，好秋谁主。划地霜芜连天白，栖凤长迷处所。算干净、犹余吾土。眠坐清阴浑闲事，要岁寒、根干牢培护。盟此意，酹清醑。”《国香慢》云：“一帧湘魂。正捐珰水阔，泛瑟烟昏。江皋几丛憔悴，留伴灵均。日暮通词何许，有婵媛、北渚孤颦。国香纵流落，未许东风，换土移根。　　经年亡国恨，料铜槃冷透，铅泪潸痕。故宫天远，鹅管从此无春。补作宣和残谱，尽消凝、老去王孙。不成被花恼，步入鸥波，满袜秋尘。《宣和画谱》无水仙。”《虞美人》云：“经年未醒鸱夷梦。雁外荒波动。不须商略挂帆人。便与扁舟、出世已无津。　　顽秋腰脚慵难理。久断伤高泪。故人书札堕西风。却道江山尘土、我清空。是日得伯弢书云然。”

梁鼎芬作《江行得八题》（壬子）（八首）。其一：“双柏苍苍夜夜风，瓮蹬飘影落江篷。雪悬冰跨吾安往，僧在胡床梦未终（焦山海西庵）。”其二：“昨夜相逢语不应，忠魂今日过夷陵。伤心题罢西楼帖，阑外三人（谓李猛厂）此一凭（江宁宝华庵）。”

刘炳照作《小诗赠梦坡》。诗云：“拟隐商山采紫芝，高贤一见慰朝饥。愁中作乐呼行酒，忙里偷闲爱说诗。读画追思存旧迹，销寒续集订新知。吟风弄月寻常事，耐久良朋百岁期。”周庆云作《酬语石，即次原韵》。诗云：“万山终老合餐芝，昕夕相随慰渴饥。红袖教斟灯下酒，黄花同咏雪中诗。苦吟何惜心肝呕，阅世惟余肺腑知。两点浮萍欣共叙，早从鸥鹭证襟期。”

林志钧作《朱芷青出示新作，依韵作答》《赠力医隐丈》《题芷父〈补秋草图〉》。其中，《依韵作答》云：“安得生来不入城，城中冷暖见阴晴。残秋久客有倦意，经乱闻鸡多恶声。仰面星辰随指顾，一心家国太分明。桃椎曳索风尘外，尽自无言意岂平。”《题茫父〈补秋草图〉》云：“绿杨何处认扬州（程松门曾以‘绿杨城郭是扬州’句作图），春意阑珊忽已秋。流管清丝非昔日，平芜残照不胜愁。西砖巷里莲花寺，满眼萧寥一鄂楼。”

宋育仁作《壬子挈家归茅麓作》。诗云：“曰余怀隐心，预忧蒙世患。有生逢百罹，弱龄感家难。怙恃苦无依，亲爱重为念。怀古抱遗经，避世从所愿。忽动济物情，澄观知世变。遂为尘网缨，无由脱羁绊。一从使绝域，五洲兆龙战。诵诗明采风，理财发殷鉴。扬己人尽非，惊众吾犹憾。驰骛日已远，邦家孰无怨。一谕唐蒙檄，犹寄还乡传。再承殿中对，谬托金门玩。逝日浸以驰，忧暑我心惮。舟壑果潜移，京室重丧乱。本自沧海人，恭逢尧舜禅。投劾去故朝，离乡就新贯。欲访华阳逸，已薄鸱夷泛。散发示无庸，椎髻渠若汉。将隐且著书，不闻及关叹。窜鼠自海隅，谁访明夷范。将家就农林，买田果阳羡。”

吴之英作《题〈苇弯修禊图〉》。序云：“山腴仁兄，辛亥客燕，南泊修禊，延赏淑气，厌倦北尘，图而赋之。壬子秋，属五言于诸贤之末。”诗云：“堁壤不宜竹，丛苇狰猗猗。回塘生绿波，亶曼春风迟。往者托兴游，蒸茂三月时。今观《修禊图》，历律振遥思。土物更盛衰，人理变欢嗟。新乐良逝水，旧感复如何！松棘俱梦殖，几代见铜驼？周公媄洛水，右军记永和。圣贤各有心，劳佚岂足差！春服鼓瑶瑟，秉蕳欲赠谁？试说金人剑，出匣化为锥。皇恤陂林外，麦黍代离披。想闻塘媪说，邻家洗两儿。”

陈懋鼎作《次韵和景屏》《新居小集，次韵和净名翁》。其中，《次韵和景屏》云：“清绝难禁一缕思，达夫迟暮苦攻诗。早春意为新花草，倦客情如旧岁时。尽有扬扬御车者，何渠碌碌抱关为。计然十策能全用，烟水无因着子皮。”

何藻翔作《有感》。诗云：“空谷牵萝且卖珠，上山何意撷蘼芜。梦中折翼惊鹦鹉，劫外销魂唱鹧鸪。香火从今祠圣女，沧桑未尽问麻姑。白头宫女开元话，红泪成冰贮玉壶。”

黄节作《报陈七》《题广雅书院》《雨中与陈树人同坐湖舠》《晚过岭学祠》。其中，《报陈七》云：“忽读新词忆后山，湖舠一雨作潺潺。春来谁解沉吟意，啼鸟飞莺寂寂间。”《题广雅书院》云：“绝业催人过壮年，再来林木亦参天。棠梨半落春将晚，祠屋长虚草漫沿。曾见讲堂屯马队，坐闻幽鸟语寒烟。闲闲且了区中事，池上黄淤已种莲。”《雨中与陈树人同坐湖舠》云：“十年为别经旬晤，相对林泉各老苍。一雨化云春似海，早潮添洑水周堂。幽禽自戢飞腾意，密树时搴窈窕光。已办晓行成久滞，隔江游屐正淋浪。”《晚过岭学祠》云：“老成凋谢我才来，后有千秋亦足哀。盛雨断樽陈发酵，覆茅中溜坏生苔。不奇天下殚残尽，独对林花寂寞开。孤抱向人无可说，晚祠香火自萦回。”

杨圻在上海作《巴黎花》《送友至哈尔滨》。其中，《巴黎花》云：“玫瑰千树猩猩红，芳菲开满故皇宫。香车宝马来花中，粉颈坠香长发松。美人如云笑握手，巴黎春色浓于酒。高楼吹竹思故乡，海月催人一回首。”《送友至哈尔滨》云：“百战家仍在，相逢转不悲。登楼春已尽，出塞月相随。客路干戈里，雄心老大时。江头杨柳树，攀折不成丝。”又作《壬子徐州道中》。诗云：“王粲春来爱远游，过江兵马总堪愁。长淮千里桑麻绿，定武将军在兖州。”

蔡锷作《游西山》（二首）。其一：“东风吹彻万家烟，迎面湖光欲接天。千载功名尘与土，碧鸡金马自年年。”其二：“双塔峥嵘矗五华，腾空红日射朝霞。遥看杰阁层楼处，五色飞扬识汉家。”后刊于1916年11月11日《长沙日报》。

熊希龄作《楚宫春慢·壬子热河行宫感赋》。词云：“云山万叠，似环绕宫城，争献颜色。流水小桥，无限凄凉呜咽。试上平原一望，尚想见当年游猎，败堞危楼，写尽了一代兴亡，只有杜鹃能说。　　行踪至此，凭吊处，惆怅荒烟残月。心在故乡，风景依稀无别。独立怆然泣下，忽送到一声羌笛。北顾关山，更悬念白草黄沙，遥听征人消息。”

唐继尧作《一语蛟龙》《三十初度，步琴山韵》（四首）、《壬子北伐行营》。其中，《一语蛟龙》云：“一语蛟龙记尚清，私情公义两分明。最怜豪愿销难尽，欲把天戈共远征。”《三十初度》其一：“纵酒狂歌百丈楼，江山满眼到中秋。才湔旧耻三千载，人是中原第一流。红袖有心添我恨，黄花无语助人游。欲穷旷世男儿眼，立马昆仑顶上头。”其二：“柳丝万缕复千条，暮暮朝朝拂昼桥。大陆国魂摧殆尽，中原王气未全消。名花好鸟夸新囿，剩水残山问旧朝。多少忧愁暂抛却，畅怀权听玉人箫。”其三：“他年举世庆天长，唤起婵娟咏羽裳。解脱慈悲边佛子，洁清身世水仙王。茶香花媚谈金粉，月白灯红话玉堂。后起英雄偏伟大，前人富贵笑汾阳。”《壬子北伐行营》云：“罗列诸峰放杏花，春光偏在野人家。三军豪气冰应解，万姓欢迎意转嗟。大地风云嘶甲马，胡天雷雨啸龙蛇。澄清事业寻常举，一战功成未忍夸。”

苏曼殊作《何处》。诗云：“何处停侬油壁车，西泠终古即天涯。捣莲煮麝春情断，转绿回黄妄意赊。玳瑁窗虚延冷月，芭蕉叶卷抱秋花。伤心独向妆台照，瘦尽朱颜只自嗟。”

马君武作《别桂林》（四首）。其一：“莫使舟行疾，骊歌唱末阑。留人千尺水，送我万重山。倚烛思前路，停樽恋旧欢。漓江最高处，新月又成弯。”其二：“最古桂林郡，相思十二年。浮桥迷夜月，叠嶂认秋烟。同访篱边菊，闲乘郭外船。为寻诸父老，把酒说民权。”

谭延闿作《戏题刘雨人藏石庵卷子》（二首）。其一：“一从烽火连江汉，多少缣缃付劫余。谁分夜阑人倦后，眼明重见石庵书。”其二：“御园今已无残瓦，旧事还能忆往年。我对遗笺成一笑，不曾长跪属车前。”

杨度作《挽刘道一》。诗云："谁识捐躯士，温然孝友身。弟兄同许国，夫妇并成仁。碧血遗千古，丹心照百伦。至今时事亟，黾勉后来人。"

王国维于日本作《观红叶一绝句》。诗云："漫山填谷涨红霞，点缀残秋意太奢。若问蓬莱好风景，为言枫叶胜樱花。"

汪兆镛作《登白鸽巢山亭》。诗云："海上波涛望无涘，天涯旅泊竟何之。独寻乱石丛篁处，谁遣寒芜落日时。飞鸟冥冥迷向背，临厓了了有安危。余生判就山中老，欲折蛮花意自迟。"

于右任作《雨花台》《王旡生以〈顾亭林诗集〉为赠，因书其后》。其中，《雨花台》云："铁血旗翻扫虏尘，神州如晦一时新。雨花台下添新泪，白骨青磷旧党人。"

胡汉民作《精卫狱中误闻余死，有诗三首，至粤始出相示，依元韵和之》。其一："博浪椎秦志，原知未易酬。可怜成独往，只欲障狂流。日日中原事，沈沈大地忧。广州三月暮，吾亦戴吾头。"其二："火尽薪仍在，行危道不移。心魂留共守，风雨恨相离。国士生还日，群黎望治时。当春繁万木，弥重岁寒时。"其三："既定共和局，因之揖让闻。我怀良未已，此日且无纷。回雁知秋气，飞鸟有旧群。徘徊不能去，应为故山云。"

李叔同作《题丁慕琴绘〈黛玉葬花图〉二绝》《大中华》。其中，《题丁慕琴绘〈黛玉葬花图〉二绝》其一："收拾残红意自勤，携锄替筑百花坟。玉钩斜畔隋家冢，一样千秋冷夕曛。"其二："飘零何事怨春归，九十韶光花自飞。寄语芳魂莫惆怅，美人香草好相依。"《大中华》云："万岁、万岁、万岁，赤县膏腴神明裔。地大物博，相生相养，建国五千余岁。振衣昆仑之巅，濯足扶桑之漪。山川灵秀所钟，人物光荣永垂。伟欤哉，漪欤哉！仁风翔九畿！漪欤哉，伟欤哉！威灵振四夷！万岁、万岁、万万岁！"

沈尹默作《破晓》。诗云："破晓闻清角，翻飞叶满林。风尘千里目，霜露九秋心。涉世应多故，哀时方自今。卧龙去已久，忧思一何深！"

黄宾虹作《为高吹万作〈闲闲山庄图〉并诗二首》。其二："青浮螺影指秦山，天外烟霞夕照殷。记得山庄堪入画，来看桑柘自闲闲。"

邹铨作《席上醉吟》《岁暮将去武林，寄剑侬病中》《蝶恋花·吴门绮席示檗子》。其中，《席上醉吟》云："鲰生生小惯情痴，况在春江夜月时。最是不堪消受处，低声背诵葬花诗。只要怜侬太瘦生，不须赵瑟与秦筝。相逢岂必曾相识，味到无言总为情。不信灯红酒绿时，美人倚袖亦论诗。樽前背读《红楼梦》，愧煞长干老技师。一曲清歌绕画梁，金波碧浅郁金香。四筦按凉出舟调，不是愁人也断肠。"《岁暮将去武林》云："白驹不驻驾，五年直一瞬。蠢蠢渡白日，蹙蹙抱虚警。知音苦难遇，风流前辈尽。交游数十辈，乖张发豪猛。或者逐缰锁，雕琢愁肝肾。不愧北山文，肯记西台恨。独有沈东阳，订交见至性。未尝一单犒，几曾十日饮。恬然适澹泊，宁谓浪驰骋。我本荒唐人，叫嚣杂蝼蚓。与君相缱绻，汲古得修绠。静云悟禅味，朗月入诗境。千金学屠龙，踞床诧得隽。不如识元叹，文章争蔚炳。如何数月别，憔悴侵愁病。矫首生恟愢，措趾时蹭蹬。风操忽一变，羞见时节盛。观心空万象，百念俱灰冷。明心乃见性，达天责知命。良知宅真理，荣朽皆泡影。白眼看群动，蚩蚩出雄劲。怡然赓金缕，可怜啮乌吻。惊呼热中肠，不值一微哂。可以理轻策，买山度流景。门愿罗燕雀，志不逐鹰隼。布被脱粟饭，寂默淡视听。危微证到心，与子穷究竟。”《蝶恋花》云：“翦翦花枝娇又绮，红晕双涡，憨堕郎怀里。诗虎文龙情欲死，红灯绿酒胭脂腻。　　一曲尊前无限意，白纻红么，咽出歌喉细。曲罢道声珍重忆，琵琶门巷风凉地。”

骆成骧作《望中岳》《宿汉口》《上峡》《纸鸢》《古意》《资州牧高怡楼先生祠》。其中，《宿汉口》云：“十年朝市思陵薮，一夕江湖梦阙庭。往事已如风籁过，余生莫遣酒杯停。邛崃雪岭连天白，吴楚云山到海青。从此胜游携杖去，丹砂绿字访仙灵。”《古意》云：“千万留君君不住，君今辞妾向何处？君行未到鹦鹉洲，妾心先过黄鹤楼。黄鹤高楼大江畔，江阔天空心四散。楚尾吴头千叠山，岭南塞北一孤雁。妾心长似山上松，朝夕昼夜谁为容？君行莫作陇头水，东西南北日千里。闻到今年羽檄飞，楼船欲合海东围。江南自古多佳丽，莫取封侯遂不归。”

王祖畬作《挽钱芙初表弟》（二首）、《吊柯巽安同年》《感事》《溧阳谢平原为昆山王岩士绘〈渊明采菊图〉题赠》。其中，《挽钱芙初表弟》其一：“廿年不相见，相见各欢然。岂料成长别，何由结后缘。一官徒失意，万里独归船。地下莫惆怅，箕裘有象贤。”《溧阳谢平原为昆山王岩士绘〈渊明采菊图〉题赠》云：“采采东篱下，悠悠有所思。当其烂熳时，雨露之所滋。一朝物候变，独有傲霜枝。渊明大节有如此，五斗折腰诡言耳。披图惨淡秋容里，岁寒松柏后凋比。吁嗟呼！古今人讵不相似，绘者大江南北两高士。”

刘懋森作《壬子生日有感》。诗云：“曾离虎口庆余生，难作和音此日鸣。沧海桑田天下事，枪林弹雨眼前兵。滥竽议士徒摇舌，把酒呼朋笑有声。料得家人争祝虾，群儿共话贵山城。”

王景禧作《蔼园寄怀冰阳同年》（二首）。其一：“当代沧溟子，栖栖竞白头。京华同啸傲，稷下苦淹留。斜日鹊华两，晚风芦荻秋。经年断消息，不敢尽登楼。”其二：“小筑蔼园小，躬耕二亩田。干戈仍故国，丝竹感中年。红豆供诗料，青山当酒钱。明湖旧烟柳，萧飒更谁怜。”

邓镕作《重纪事》。诗云：“日坐中书食万羊，都将军国付平章。尹邢妒面唐朋党，杨墨分趋汉议郎。悍帅筑台多避债，饥军增灶待输粮。可堪几辈称良相，医国曾无肘后方。”

刘慎诒作《登北极阁二首》《公约自江宁来沪，与饮市楼》《宣古愚邀偕梁公约、濮伯欣夜饮酒楼，遂往游亨白花园观电影戏》。其中，《登北极阁二首》其一："原庙依然接绛霄，残钟徙倚殿生蒿。曾看龙虎开雄府，倏化虫沙逐怒涛。恋阙余魂移爱宠，撄城初志压宾曹。当时卷甲能东下，放马金阊醉宝刀。"其二："得失分明喻楚弓，天亡鼎祚汝何功。人才似数洪杨盛，地势虚传武汉雄。终古河流限南北，乱尘车辙自西东。兴衰五十年中事，泪尽危栏万柳风。"

魏毓兰作《月饼歌》。诗云："古人呼月为玉盘，团栾皎洁良足玩。谁能梯云取之置席间，盛以琼酥玉饵供我之饱餐？今人更仿月作饼，中秋花样翻新景。绘以天上广寒宫，大地山河影，供人咀嚼巧相竞。月样饼样虽相同，虚名美矣究何庸。我发奇想问苍穹，何方直炼月为饼？一试造物之神功。天地为炉阴阳炭，神农磨麦女娲炼。糅以玄兔之捣药，丹桂之花片，元气淋漓香四溅。此饼既合七宝成，炊熟飞上青天行。笑我老饕垂涎独营营，梦中攫月嚼有声，照见脏腑皆光明。"

陈公孟作《海虞夜雨，同陆菊裳（炳章）、高远香（德馨）、费玉如同年（廷璜）宿法政学堂，地为故县学尊经阁》《明日菊裳、玉如邀远香及余同游睫山诸寺》（四首）。其中，《海虞夜雨》云："颓壁绿苔荒，烟深夫子堂。挑灯人说剑，听雨夜联床。祉笈标新谛，遗经裛古香。万方同慨日，吾道觉苍茫。"

洪炳文作《满江红·自题〈无根兰〉传奇卷首》。词云："兰草无根，觅不得、中原净土。只剩有、铜驼荆棘，荒凉谁语。故宫禾黍歌行迈，冬青宰木悲风雨。比灵均、寄兴赋荃荪，吟蘅杜。　　井中书，义堪取。史中讹，笔堪补。愿激厉华民，扫除胡虏。大义春秋凛夷夏，雄军革命师汤武。幸今朝、还我旧江山，归民主。"又作《浪淘沙·题〈垂丝海棠黄鹂〉画扇》。词云："金屋晓妆迟，微揾香腮，侬家情绪恰如丝。鸟啭歌喉花解语，真个相思。　　写出好丰姿，晕透胭脂，深闺正在梦辽西。九十韶光难唤住，春去多时。"

施淑仪作《壬子陇上遇雨作二首》。其一："泪洒桃花满墓门，花之颜色泪之痕。子规啼到无人处，雨细风斜欲断魂。"

瞿宣颖作《返长沙作》。诗云："去年辞庙日，今及荐新来。树少巢禽稳，帘还待燕开。忧深贾传井，目极定王台。幸有平安竹，家书月数裁。"

贺耜穗作《古琴行》（民国元年壬子得古琴于广州巨家，因作）。诗云："四海干戈今不止，爨桐汝亦为时起。满眼黄尘逐鹿昏，琴意于人静如水。人间何世今何时，琴乎汝来宁勿悲。繁声破碎满天地，怀抱愔愔君向谁？我独抚时百忧结，与汝道来共萧瑟。蒉桴土鼓绝人间，太古人心待君质。劫来操缦临清晨，双鹤听泉一曲新。知音落落惟吾汝，莫便干时弹向人。"

吴用威作《过济南喜晤柳屏》。诗云："不到明湖漫十年，鳞鳞云水尚澄鲜。故人握手兼啼笑，世事镌心有弃捐。起舞龙蛇交大陆，和鸣鸾凤梦钧天。王郎忧瘁林生死（义门晚翠），青眼高歌仗汝贤。”

杨芃棫作《壬子》（是年四十有五）。诗云：“千门万户又春声，吹到江南路几程。岂有腊因王氏改，竟无历尚夏时行。守寒老鹤姑同梦，争暖新莺任剧鸣。此后空山闲岁月，好邀野叟话承平。”

宋伯鲁作《和徐奉伯同年见怀四首，即依其韵》。其三：“宗山众峰好，下有先人庐。载籍千万束，山渊良不虚。肆情纵渔猎，暮齿聊自娱。劫运一朝至，空余屏上书。但嗟伏生老，不见歌驺虞。”

王寿昌作《壬子回里》。诗云：“卅年湖海觉匆匆，赢得归来一病翁。自笑折腰还作吏，终惭掉舌不为功。交游欲访垂垂尽，荆棘难锄处处同。只有高眠消暇晷，蛙鸣虫舞付朦胧。”

孙光庭作《李印泉弟招游华亭寺，挈儿子小熊同往》。诗云：“风云澒洞尘梦熟，孤负湖山湖水绿。市朝豢酣争鸡鹜，几人清醒饱眼福。邺侯仙骨珊珊玉，横秋健鹗摩天鹄。下视人寰真碌碌，羁縻其如牛马束。啸呼侣伴涤尘俗，扁舟舣向西山麓。山高径窄石荦峃，欲到上头须稳足。把滑不牢空颠覆，顾语稚子可喻学。努力攀跻高远瞩，得人师事蹑芳躅。负笈何劳远寻卜，眼中之人气岳岳。天为民社特钟毓，成功不居耻言禄。戎衣一著换野服，遍访名山友樵牧。式闾表墓礼容素，张皇幽眇荐秋菊（印泉至处，表建先贤祠墓）。望汝步趋再三告，且行且语度修竹。竹阴空翠芒跷蹴，不觉路已转山曲。大圆觉寺山之腹，寺僧讶客来不速。相将入门几信宿，琴鹤客去留诗轴（赵樾村年丈留句先归）。子云日挥纸十幅（杨迥楼先生日事吟咏），我来读之风谡谡。更喜荆榛痛锄剷，阴翳如扫尘万斛。寺门豁轩脱攒簇，寺树扶疏欣栉沐。山色湖光向苦蒙，蔽隔绝眼为瞀今，乃次第招邀青到屋。是何摧陷阔清手段卓，小试其端亦荦荦。佛容欢笑僧容蹙，懒残应愧钵盂粥。遍寻题咏撷芳馥，楬壁不使风霜剥。坠绪茫茫搜讨数，征衣典尽资雕斫（印泉刻乡先辈遗集，至质衣物为资）。抗怀不朽几商榷，盱衡汤武卑管乐。侧身天地手重握，连床风雨膝屡促。清谈肯及謟谀黩，儿不睡向屏风触（予与印泉深夜剧谈，熊儿旁听不寐）。山为幄，月为烛，参横斗转上晴旭，霜林盘礴忘昏夙。且发长啸殷岩谷，那复争沫涸涔渎。君不见上下四旁皆亭毒，收敛神功归眇邈，妄欲贪之真握龊。又不见芸芸杞忧正握粟，自何能使苍生彀，无乃天公意有属。请将斯语镌珉璞，留着证他年来扪读。”

余觐光作《与庐衮裳将离岭南学，校席上呈钟校长惺可先生》。诗云：“如师如友证良缘，一别苍苍莽海天。薪火有心传路得，琴音回首想成连。名山早备经生席，良宴更开墨客筵。劳燕东西各有托，归舟且系野桥边。”

萧觉天作《解嘲三十韵》《猫女吟》《施南道中》《恩施太白楼题壁》《李令钜庭招饮》《由宣恩赴来凤、桑植勘省界》《宣恩郊外》《高罗迁治二首》。其中，《恩施太白楼题壁》云："天末凉风一雁过，行吟蜀道恨如何。文章光焰若长在，山郡题名终不磨。白鹿青岩仙迹少，苍蝇贝锦谤声多。嗟君未老身偏累，我又重来奏苦歌。"《宣恩郊外》云："象塔冠山顶，龙溪带郭门。举头天日近，决眦水云昏。地僻官无事，鞭轻马不奔。时时寻野老，闲与话鸡豚。"

冯幵作《上海观伶乐，赠贾郎璧云》《幽怀诗》（八首）、《吊寄禅长老》《展亡妇殡宫》《伤心谣》《赠陈彦及（训恩）》（赠陈布雷）。其中，《赠陈彦及（训恩）》云："佳人陈彦及，弟畜亦多年。意量包身阔，声音出骨妍。冥心通世变，白眼薄时贤。肯掬无穷泪，哀歌和独弦。"

吴秋辉作《壬子生日作》（三首）。其一："茫茫尘海倦游身，屈指华年一怆神。诗卷渐题新甲子，摄提又指旧庚寅。英雄事业惟张楚，名士文章半据秦。不信萧萧风雨夜，有人歌哭比灵均。"

吴獬作《壬子居沪上，却寄家凤喈》。诗云："投君诗句百十字，助我赆赀七八圆。未醉园中赏雪酒，先登江上避风船。初入舱眠未知味，夜客纷来闹如蜩。夜深来客雨中睡，始识房舱客子贵。谁学君者杨瑞林，赠饼一袱酒数瓶。连夜雨息风复横，浅斟徐啖醉不醒。年来浪走东南道，无可语人常草草。得助酣眠烂醉人，不辞便向江湖老。"

景耀月作《奇才》。诗云："奇才羞谀墓，况复媚生人。言语关心术，文章见性真。庸回符命论，龌龊美新文。愈况而增下，人心尚可论。"

刘人熙作《悼刘觐文医士》。诗云："陋巷穷灵素，孤撑上水船。有才能问世，无术可延年。已约悬壶市，俄惊对臆篇。寒灯对冰雪，凄绝隔人天。"

孙介眉作《秋雪》《源流东逝》《加餐》《三十自愧》。其中，《秋雪》云："昨宵枕上闻风雨，平旦途中踏雪冰。高下气流寒暖异，炎凉世境古今仍。"

林一厂作《题春航小影，酬屏子》（二首），又与姚鹓雏等作《无题联句》。其中，《无题联句》云："白袷青春意孰亲？芙塘微雨梦成尘。（鹓雏）忍搴兰芷抒哀怨，（浚南）未许鸳鸯识笑颦。深院无人传锦素，（楚伧）曲街谁自逐香轮？（一厂）天寒酒薄冬郎感，犹为离人意一申。（鹓雏）"

张公制作《新岁旅邸闻铙鼓》。诗云："多少羁栖客，惊心此夕中。喧腾破乡梦，熙皞聚村童。塞马晨嘶雪，江涛夜吼风。悲欢亦何有，时序感匆匆。"

周钟岳作《挽陈墨轩一首》《题徐久野〈庐墓图〉二首》。其中，《题徐久野〈庐墓图〉二首》其一："青青宰树郁苍烟，中有茅庐倚墓田。妮就先人余涕泪，及门应废蓼莪篇。"其二："先垄频年拜扫疏，假装何日赋归与。纸钱麦饭都零落，忍看庞公上冢图。"

三多作《赠罗瘿公（惇曧）郎中》。诗云："人品如西晋，家居爱北平。文章根道德，诗卷薄功名。风雨联床话，江湖载酒行。不妨相视笑，何以复陶情。”

潘振华作《游中泠泉胜境啜茗》《赴京江选举省议会及众议院议员纪事》。其中，《游中泠泉胜境啜茗》云：“江心出氿泉，中泠清到底。其质莹如镜，其味甘如醴。昔闻父老传，斯泉非他比。下有护泉龙，长绳汲不起。沧桑经更变，江畔洲如此。骑马上金山，相违祇二里。后来葺墙宇，缁流爰栖止。石栏引为渠，沁脾一泓水。品题夸第一，赏游多名士。太守号风流，垂杨植远迩。摇曳覆金堤，春光尤旖旎。我来正梅开，杂遝游人喜。孤僧重老儒，刮目笑相视。炉火正纯青，捧壶迎倒屣。饮我龙井茶，泉洌甘逾美。舌本觉腴润，胸次清尘滓。非复人间味，清香透骨髓。群彦更满堂，纵谈言盈耳。此行良有缘，神仙漫自拟。请留名胜地，饮啄将已矣。”《赴京江选举省议会及众议院议员纪事》云：“纷纷驰骤南徐路，江国人才快相遇。长车闪电驾匆匆，列坐千人不暂驻。霎时已见北固山，江边逆旅留宾住。槛外长江水自流，窗前山色青无数。招贤接士效公孙，丰采亲承骥尾附。夜半华堂弦索鸣，选伎征歌周郎顾。更看博塞为欢娱，喝雉呼卢争投注。高朋满座樽不空，海物山珍嘉肴具。请致百金为君寿，省会众院选无误。佥云斯世实需才，藻鉴群推识事务。届期潜约记姓名，籍邑细书并添注。密投匦中无人知，明朝开视方传布。两次选贤阅四日，罗致英才期托付。祇凭众论皆曰贤，不识苞苴遗亲故。主人遭酒百花楼，玳瑁筵开供跑饫。布席可容数百人，拇战声喧惊奇趣。梨园歌管近三更，列侍名姬坐回互。胡琴琵琶与羌笛，靓妆弦服清音度。酒阑人散兴方尽，殷勤送客更无斁。迟日登程归去来，火车铁路争相赴。饼银满袖问几多，重财流俗笑相慕。”

曹炳麟作《改历》《自愆》（二首）、《剪发》《施及之园菊盛开招饮，即席口占》《赏菊，赠瞿蓉甫》《遣悲怀二首》。其中，《自愆》其一：“昔称刘勰雕龙手，未逊祢衡赋鹉才。不遇休文名故贱，即逢黄祖死何哀？只惭断发循胡服，无表通天上汉台。每向江头来痛哭，杜陵心事已成灰。”其二：“六经何罪付蟫鱼？边笥便便腹负余。秦代尚留焚后火，贾生空著愤时书。人心冯道伦常尽，世事龙门谤史余。三载不飞东海鸟，避风我欲问爰居。”《施及之园菊盛开招饮》云：“二十年前此酒杯，红尘梦里醒重来。黄花犹是新知己，褐布依然旧秀才。世外陶潜园涉趣，江南庾信赋成哀。羡他不识王家腊，傲骨凌霜十月开。”

曾福谦作《感事》（四首）、《寿芬于役成都，为鄙人宦游旧地，且眷属尚留寓此邦，抒情欲别，不能无言，率赋四律为赠》。其中，《感事》其一：“天纲解纽兆先几，锦绣河山一旦非。四野方惊龙剧战，千年空见鹤来归。东南财赋从今尽，文武衣冠似昔希。虞夏黄农悲忽没，几人能采首阳薇。”

张元奇作《夜坐》《二十夜迟月》。其中，《夜坐》云：“九月深林手可招，风前凉鬓太飘萧。细思世事无涯戚，坐彻空庭似水宵。”《二十夜迟月》云：“月黑天容闷，江潮日夜生。骊龙抱珠睡，夔蜩笳云行。万象各森列，群峰若送迎。屋椽星斗大，只惜不知名。”

籍忠寅作《登黄鹤楼》《过苏州轮车中作》。其中，《登黄鹤楼》云：“生平未见大江流，战后来登江上楼。十里烧痕春不绿，三军墨气鬼生愁。河山不改千年旧，矛戟方同九世仇。岂有世间人尽醉，故应天下我先忧。”

朱家驹作《忆俭女》(二首)。其一：“新岁匀分果子钱，举家拜踢各欢然。儿今不用人间物，惆怅题红又一年。”其二：“赐钱只自贮囊中，垂死堪怜万念空。分与扶闲诸幼侄，阿姑心血几分红。(女所积脂粉钱，遗命分与侄辈)”

陈尔锡作《巡阅湘省各属司法组，安都督并命兼察行政，自华容渡湖至岳州舟中作》《游君山朗吟亭》《岳州遇陈荆，乞余赠言，记其行事》《之益阳，距城数里为水所阻，夜泊滨江小寺内作》《自宁乡至新化途次，游沩山寺》。其中，《巡阅湘省各属司法组》云：“疮痍询劫后，来泛洞庭船。秋色淡于水，远山浮似烟。风云驱世界，父老说桑田。何处堪登岸，中流闻扣舷”。

林朝崧作《蜀后主》。诗云：“平襄疏远奉车升，钟邓西来隙可乘。汉火伤心从此灭，改元空自号炎兴。”

萧瑞麟作《壬子·金陵竹枝词》(四首)。其一：“一向东风绿未齐，春烟下接春波低。新泥滑滑春江畔，珍重吴娘著小鞋。”其二：“秦淮河畔画桥头，东向家家卖酒楼。亚字栏杆之字水，江南风月一帘收。”

吴德功作《壬子再赴杨君观菊会》。诗云：“狂风咤叱漫天黑，昼夜怒号靡休息。万山草木尽摧残，秋容黯淡少颜色。杨君爱菊乐不疲，三径日涉亲手锄。封姨虽妒无如何，依然冷艳盈东篱。黄英玉蕊都备有，小者如盏大如手。有花随时便开筵，好会何必在重九。太守惠然又肯来，官绅济济叨追陪。但愿此会年年盛，且愿此花年年开。”

韩德铭作《生春》(四首)、《四旬书怀，用胡琴初观察〈消寒〉韵》。其中，《生春》序云：“壬子仍用前韵，辛亥生春和胡琴初校长韵也。今满城灰烬，时序仍然和之以忘忧，不禁国破城春之感矣。”其一：“何处生春早，春生忆帝乡。红羊将应劫，青鸟尚称觞。霜露横江汉，椒兰冷苑墙。今年旧梁燕，知否念长杨。”其二：“何处生春早，春生蓟树东。虞廷悬丽日，劫火趁休风。欧美型原善，规模体未工。移时能解愠，期望到头童。”

夏孙桐作《为顾端文后裔题东林诸贤遗像》。诗云：“道貌深衣各俨然，德星百里聚多贤。剧悲白鹿谈经侣，已近苍鹅出地年。一传是非留党锢，千秋涕泪付遗编。水居曾见重摹本，同守清芬镇二泉。(昔于廉惠卿所见高忠宪《水居图》)”

程松生作《蝶恋花·金陵怀古》。词云：“把酒登临杯独举。风景依然，凄绝新亭语。十里烟笼堤上路。垂杨犹是前朝树。　　多少英雄争战苦。六代繁华，倏忽今非古。滚滚江流淘不去。钟山山色青如许。”

张肖鹄作《公报周年感赋》(四首)。其一：“孤馆寒增露气清，等闲愁思以诗鸣。猿啼午夜俱成泪，虫诉残秋亦有声。砚墨长磨豪士骨，檠灯相对故人情。不堪回首十年事，书剑风尘忝半生。”其二：“当代论才尽国英，几人忧患脱余生。孟尝门下原鸡狗，仲淹胸中自甲兵。敢慕祁连能象冢，怕登广武叹成名。羽书西北飞驰急，多少男儿事远征。”其三：“筑室何年赋落成，庞言吾亦欲无声。汉廷罢对天人策，淝水徒惊草木兵。万劫沙虫情可悯，一群鸡鹜食相争。书生泪尽空忧国，文字安能致太平?”其四：“飒飒西风旅客惊，河山无恙我重生。羊肠古道思经险，牛耳文坛旧主盟。一纸檄书师十万，满腔心血夜三更。至今河北无忘难，敢为披荆感不平!”

杨庶堪作《晚归佛图关隐庐，即事作歌》《三峡歌》。其中，《晚归佛图关隐庐》云：“寒郊驿马嘶春风，斜阳雾琐燕支红。灯昏鸟语乱丛竹，关西一抹青濛濛。牧儿嘲歌劚荒草，中有伤心之古道。斩蛇往事已成虎，逐鹿今人只堪笑。萧然独访山中居，蓬藏当门床盈书。人间几许斗蛮触，未妨天地生樵渔。”《三峡歌》云：“出峡复入峡，轻舟渺难住。巫山十二峰，峰峰锁烟雾。烟雾空濛里，云树有人居。不分世上米，但足江中鱼。群鱼游江中，独网张江边，夜深明获火，沽酒傍渔船。渔父向余说，无愁但言好，入世风波恶，愿得峡中老。涉世已卅余，涉江凡几度，欲采芙蓉花，恐拆相思树。相思相望里，绿窗城南头。安得一掬泪，泪溯上渝州。我家渝州曲，愁与老亲别。计程过黄牛，夜坐添白发。思亲如引缆，循环无息念。所幸绝缘声，闻猿肠应断。肠断不足惜，魂销剧可伤。归心绕巴水，无复梦高唐。高唐楚绮词，芳菲日袭予。何处足离忧，蜀江晴云雨。雨霁山色佳，江天无纤埃。谁解春波绿，临流照影来。呜咽瞿塘水，奔流滟滪堆，寒江冷蓬鬓，天际一舟回。”

周祥骏作《浦口军部有感》《赠孙参谋》。其中，《浦口军部有感》云：“森森壁垒逐江开，镇日愁怀落酒杯。往事都随归梦远，清宵频盼好音来。苦心调剂浑虚语，徒手经营岂霸才。我本许身愚已甚，元戎小队且相陪。”《赠孙参谋》云：“折冲天保古城东，血雨横飞贴地红。九死余生身健在，罢归依归不言功。”

许承尧作《冰画》(北地严寒，明窗夜气冱作碎冰，晨起视之，天然成画)。诗云：“倏忽虚无境，迷离山水情。镵空撑古雪，布地腻柔琼。岈壑深无际，危颠峭不名。高枝龙爪动，细藻鸭毛生。界壁看泉直，缘林喜径横。轻阴去欲断，薄晦雨初成。飞阁溟中市，秾花梦外城。悬踪仙窈渺，悟旨佛空明。物有皆为幻，心精此独灵。未妨真实相，世界万峥嵘。”

姚华作《逊政之明日，苏厚盦同年员外舆挂冠去，书此奉别》《秋草六首》。其中，《秋草六首》其一：“寒烟送雨出谯门，终古何人此敛魂。莽莽平原随弥迤，荒荒尘梦易黄昏。只寻去马霜前迹，恐误归鸦劫后村。寄语樵苏休纵火，东风不忘旧烧痕。”其二：“一夜新霜肃禁门，摇摇陵谷慑诗魂。征尘动地青燐合，野色黏天白日昏。游骑几回思往事，残云依旧恋空村。愁多已似千堆乱，没入烟丛未有痕。”其三：“风劲霜枯雁过门，虫僵豸伏万千魂。芳洲鹦鹉波生厄，赤壁江山晚更昏。碧血路旁浇故垒，斜阳烟外似边村。‘汉南’‘摇落’今如此，几见桓公有泪痕。”其四：“芳非空自望春门，已矣池塘旧梦魂。老去王孙祭憔悴，闲来牧竖话朝昏。寒林古井寻遗宅，绿野东都问隐村。记取明年深浅处，苍生省识屐边痕。”其五：“黯然烽火动吴门，寂寞荒陵帝子魂。芳意已怜金粉尽，香尘犹护土花昏。相看瘦影前朝柳，几处寒芜落叶村。为问前生多少恨，江南江北总烧痕。”其六：“承明金马已闲门，落日燕南正断魂。山鬼踏歌天欲裂，城狐坐啸月初昏。咸阳猎火连三月，紫阁盘飧又一村。付与西风收拾去，不教沙际认余痕”。

沈曾荫作《长相思》（二首）。其一：“蓬山远隔人不见，长相思兮泪如霰。章台前度送香车，欲言不言吐未半。此恨悠悠无尽时，海水能枯石可烂。漏残转觉梦依稀，喔喔鸡鸣天复旦。”其二：“伊人犹忆横塘住，门外清溪楼外树，青鸟殷勤长探看，去时几忘来时路，有情不怯半夜霜，无缘终堕五里雾，鬓发催人可奈何，频年况被风沙误。”

夏宇众作《倦看一首，寄万、黄、苏诸友》。诗云：“到眼河山重复重，长教李杜不相从。倦看短羽摩层雾，忍使霜蹄守故踪！介胄何人追跃马？血腥是处染游龙！夜长同寝无奇士，几度闻鸡欲起慵！”

王绍薪作《木棉》。诗云：“此是南方闲气钟，花开名足副英雄。越王台畔平撑起，杲杲参天十丈红。”

徐嘉瑞作《忆母校工矿学堂》（三首）。其二：“忘念丝丝不自由，只缘幻觉爰生忧。门前苔锁来时路，望里烟迷旧日楼。有梦难成风雨夕，无愁不集晚凉秋。尚余一二浮图在，朝烟暮霭与沉浮。”

黄申芗作《富士倒影》。诗云：“富士何年雪？垂光照地寒。明明湖上影，白发镜中看。”

刘韵琴于上海作《金缕曲·送杨清如师之燕，并和原韵》。词云：“莫挽征车住，正江南，杏花时节，先生独去。满目黄尘燕市远，愁绝河冰夜渡。恁孱弱孑身徒步，愧未当筵亲击筑，祝悲歌慷慨多奇遇。再休似，昨番误！　　一腔孤愤从何诉，记白门花团锦簇，同环讲树。底事风流消歇尽，瞥眼都成烟雾。把大好家居轻付，亡楚包胥惟痛哭。倘秦庭别有重兴路，师与弟，更相聚。”

李笠作《日暮凭栏飞云阁》。序云：“去岁暮春登飞云阁，菜花盛开，偶得句云：‘满眼黄花春色老，一楼碧月夜风清。’今补足之。”诗云：“青山北郭水东城，日暮凭栏无限情。满眼黄花春色老，一楼碧月夜风清。绿蓑湖上孤舟影，红树村边阵雁声。底事长烟芦荻浦。溅溅时作不平鸣。”

许天奎于台湾作《寄王锡舟》（大正元年予将辞教职，书此以寄）。诗云：“少年风貌玉玲珑，老去何堪与俗同。销尽铅华惟自惜，欲从詹尹问穷通。”

吕思勉作《偕诗舲、达如游某氏园》。诗云：“轩轩松柏千寻举，宛宛樱桃一树垂。池满尽容鱼跛扈，林深应有鸟栖迟。间经矮屋低头过，偶遇闲花著意窥。难得倾杯同写意，无妨骑马夜深归。”

高宪斌作《剪辫》。序云：“民军起义武昌，奠都南京之后，崔成九先生首倡剪辫之议，一时应者有高守仁、贺连城及余三人。先生赋诗留念，有‘风前横剪向天笑，顶上圆光复汉头’之句，一时叹为警策。余因仿和一绝。”诗云：“长江砥柱起中流，赤帜高标白鹭洲。一任欧风兼美雨，圆光先复汉家头。”跋云：“崔成九先生者，余之启蒙师也。主讲渤海学堂及县立两等小学多年，米邑人士，多出其门。先生一生坎坷，而豪气常新，对余之沾丐尤多。整理旧稿，重睹手泽，缅怀往昔，不禁惘然。惜遗墨无存，殊为可叹耳！”

熊朝霖作《绝命诗》。其一：“夷祸纷纷愧伯才，天荒地老实堪哀。须知世界文明价，尽是英雄血换来。”其二：“男儿死耳果何悲，断体焚身任所为。寄语同胞须努力，燕然早建荡夷碑。”

陈慈作《忆江南・纪事词十八阕》。其一：“芳思恨，人意正萦怀。故遣女佣观会去，自拈针黹傍妆台。心事把人猜。”其二：“芳思恨，独自念如凝。隔着房栊容壁隙，女儿私事少人知。隐隐被侬窥。”其四：“芳思恨，人醉意如迷。追蹑扶梯莲步软，纤纤柔手女如荑。娇婉尽人欺。”其六：“芳思恨，罗袜步凌波。隐踢蓬钩浑不拒，暗将心事共摩挲。春意许侬多。”其十：“芳思恨，春睡正关情。薄壁漫将人意隔，轻迎浅拒暗知卿。今夜露华生。”十三：“芳思恨，一霎近芳姿。不学仙人留指爪，强要阿妹代修齐。心事果谁欺。”十五：“芳思恨，客意慰萧骚。软语频呼郎小字，莺簧宛转一声娇。春色恁轻抛。”十八：“芳思恨，人事苦无成。一再殷勤来问址，卿犹怜我我怜卿。难遣是痴情。”

沈其光作《城上》。诗云：“芳草随人绿上城，绪风抖擞拾衣轻。孤帆远带天涯影，细雨先来树杪声。终古乾坤堆白骨，几人功业系苍生。穷儒袖手知无补，独依苍茫涕泗横。”

朱蕴山作《嵩寮学校落成纪念》。诗云：“种桑叶叶御风寒，种黍累累供饱餐。愿种李桃千万棵，开花结果满人间。”

何海鸣作《出汉口》。诗云：“我笑新黄祖，无刀杀正平。那堪文字狱，重见武昌城。乱世头颅贱，狂言魑魅惊。书生凭笔舌，终让蟹横行。”

胡汀鹭作《壬子岁暮，钱生松岩索题〈岁朝图〉》。诗云：“幼时喜过元旦日，一到中年怕岁除。酒债诗逋相料理，劳人草堂鬓全疏。”

杜衡作《绝居停女樱井示爱》。诗云：“香翰惊披费索思，缄情款款满笺辞。横波泛柳眉通语，道骨参梅石坐痴。曾未钓鳌龙伯国，那堪谐凤妾偏尼（西语音译日本为妾偏尼）。才非宋玉难成赋，惭负东家倩女窥。”

杨杏佛作《送铁厓归蜀，次亚子韵》。诗云：“十载飘零客，天涯去住难。一朝狮梦醒，身与国魂还。怪僻时人弃，文章山鬼叹。青春伴君去，临别意漫漫。”

任传藻作《雨坐三槐楼》《九江舟次阻风》。其中，《九江舟次阻风》云：“狂风留客大江头，江上楼连城上楼。黯黯低云知蓄雨，遥遥浅渚半维舟。匡庐高矗愁飞去，岸柳垂来欲逐流。澎湃涛声宵未已，险巇世路使人愁。”

陈方恪作《浪淘沙·壬子，海上王子展丈出示近作〈落叶词〉属和，爰填小令奉答》。词云：“雁背闪孤光。垄首云黄。小楼一角褪斜阳。蓦地卷帘人睡起，满地啼螿。　　无语点离觞。别有愁肠。拼将残稿画潇湘。添个流人三两辈，同话沧桑。”

吴研因作《锡苏火车道中》。诗云：“地缩车初动，山回树疾趋。望亭花闪烁，浒墅水萦迂。飘瞥千村过，斯须百里逾。虎丘翘一塔，指点到姑苏。”

程文楷作《念奴娇·秦淮》（壬子）。词云：“夕阳芳草，正莺花三月，软风吹暖。王谢旧时双燕子，飞入谁家深院。曲曲帘栊，依依杨柳，仿佛灵和殿。渡头桃叶，离情终古无限。　　何处滄粉轻烟，青溪九曲，明月无人管。画舫张灯长夜饮，鬓影钗光撩乱。百啭歌喉，两行舞袖，犹唱《桃花扇》。南朝遗事，尊前今日肠断。”

［日］加纳正治作《次韵田村虩堂旧作》（四首）、《自嘲》《追悼川濑君》（六首）、《读〈雨山遗稿〉有感》（三首）。其中，《自嘲》云：“日永风暄春兴赊，寻芳人皆醉流霞。呜呼身似幽囚虏，不踏青阳不见花。”《读〈雨山遗稿〉有感》其一：“从容自得读书身，一点短檠万古亲。往事回头茫若梦，雨山同是鹿山人。”其二：“笔自跃如心自闲，微吟浅酌几年间。勇魂何处呼无答，灯下曲肱梦雨山。”

［日］白水淡作《岁端听莺》《题十方无碍阁》《古城夜雪》《落花》《忆故藤园将军》（二首）、《似辻鹤翁君》《寄伊藤将军》《古越吟社留别》《一袭戎衣》。其中，《题十方无碍阁》云：“大道由来不点尘，十方阁上四时春。问禅谁解诗三昧，水月镜花无碍真。”《古越吟社留别》云：“金城为客十余年，诗酒追随自有缘。一去关山千里外，梦绕兼六碧泉边。”

［日］杉田定一作《归乡展墓》《长江舟中》《十一日到汉口》《万寿山离宫》《从奉天到安东县车中》《谒桃山陵》。其中，《万寿山离宫》云：“山色微茫淡似烟，湖光潋滟碧涵天。君王不驾玉澜殿，唯有阶头狮子眠。”《从奉天到安东县车中》云：“千里芒茫不见山，黄尘万丈扑人颜。朝来初觉溪峦好，车过层岚积翠间。”

[日] 大西迪作《浴片山津温泉》（二首）、《次掷山词兄自寿韵》。其中，《次掷山词兄自寿韵》云："华甲迎新绿发生，高楼百尺俗缘轻。洞箫一曲传仙韵，藤纸千张托墨卿。满室芝兰于汝事，成蹊桃李故人情。春风祝嘏三杯酒，开户山川雪正晴。"

[日] 冈部东云作《述怀》。诗云："自知山郭一狂翁，七十三年无寸功。老朽徒忧诗减趣，瘦羸何望笔生风。俗尘纷沓机难净，家计迂疏囊屡空。论史讲经虽不倦，健忘往往耻童蒙。"

[日] 砚海忠肃作《伏见观月楼》《岁晚》。其中，《伏见观月楼》云："观月桥头观月楼，楼头观月近中秋。清流一带烟波远，雁落西风芦荻洲。"

黄文涛诗系年：《旧种荷花，仅存两缸，无人培植，依然作花数朵，感而赋此》《答云门弟〈七夕前一日坐雨寄怀〉原韵》《八十二生朝感作》《云门弟赋诗为予寿，依韵答之》《寄怀达君、粹伯，仍用其去冬〈重至沪上晤诸旧雨感赋〉韵》。其中，《答云门弟〈七夕前一日坐雨寄怀〉原韵》云："自惭衰且拙，敢冀合时宜。近抱维摩病，谁怜曼倩饥。懒随人乞巧，乐与弟谈诗。莫叹隔风雨，西堂梦可期。"《八十二生朝感作》云："烽火丛中又一年，桑榆景况更堪怜。茫茫大局嗟谁奠，蹩躠孱躯尚苟延。游子归帆偏阻滞（时寿儿任法书记，本拟假旋，因公不果），先人遗稿待重编。穷通得失当前定，好与儿曹学信天。"《寄怀达君、粹伯》云："一枝曾共寄吟身，郁郁氛尘志莫申。岂料延龄工毁士，谁知叔子竟耽人。烟花胜地多词客，风雨空山剩逸民。遥羡团栾同庆岁，承欢酒晋洞庭春。"

陈遹声诗系年：《后纪事诗》（八十一首）、《题〈玄武北湖一角图〉》《题〈西泠南湖一角图〉，叠前韵》《赠谭鑫培》（四首）、《赠孙怡云》（二首）、《赠德珺如》（二首）、《赠女伶》《赠琴师》《题〈清明上河图〉》《题〈红衲青藤图〉》《读〈汉书·孝元皇后传〉》《读〈宋史·后妃传〉》《阅王渔洋〈分甘余话〉，缀拾成诗》《读史杂感》（二十八首）、《过某氏园庄》（四首）、《戏和吴梅村〈仕女图〉诗》（十二首）、《高邕临杨龙友〈三杰图〉见赠》《题董小宛像，用吴蔺次〈董少君哀辞〉韵》（四首）、《题〈明季名媛画像册〉》（二十八首）、《题〈明季名妓画像册〉》（四十三首）、《题憨文女史遗照》《雁伴》《鱼书》《典裘》《门牌》《围棋》《画兰》《废圃》《寒月》《弄九》《看画》《水村》《削发告庙行》《有怀吴门》《与吴四话明季河渚轶事》《寒夜闻乌》《病中题画》《阅报记事》《梁星海按察倡议葬德宗皇帝，同辈醵银，顷刻钜万，谁谓今世无唐珏、林确哉》（三首）、《与同人戏作谐诗，分得来字》（五首）、《偕红衲君冒雪游味莼园，夜深始还》（二首）、《愚园看梅》（二首）、《雪夜听谭叫天（鑫培）唱〈连城计〉〈定军山〉〈空城计〉歌》。其中，《赠谭鑫培》其一："开元弟子鬓毛斑，曾掌华清第一班。天上霓裳忽停奏，至今流落在人间。"其三："海上钟期太可寻，天公欲断广陵琴。昨宵又作京华梦，南内分明赐饼金。"《读〈宋史·后妃传〉》云："拈香梵殿泣婵娟，红柳荒荒五国烟。闻说九哥新即位，宫人赐戴孟家蝉。”《读史杂感》其一：“玉堂学士擅风流，苔井花亭忆旧游。廿载一醒金马梦，槐安国里遇柯刘。”《雪夜听谭叫天（鑫培）唱〈连城计〉〈定军山〉〈空城计〉歌》云：“光绪戊申某月日，孝钦显后万寿节。传宣乐部肴进觞，叫天领班艺第一。管弦嘹亮响遏云，承合演奏连营剧。汉业中兴忽又颠，慈圣听之颜不怿。才及浃旬先帝崩，后心哀痛容惨恻。玉斧烛影秘椒宫，大丧频仍音遏谧。叫天独不忘旧恩，数月停战长感泣。姬公摄政未三年，汉阳急奏递京邑。银枪队变噪营门，武昌督师轻委节。金陵兵足扫鲸鲵，睢阳粮尽援又绝。新莽谋禅势猖狂，政君投玺神惨戚。河山改换钟簴迁，叫天是时年七十。宫阙禾黍不忍看，破帽蹇骡与京别。流落天涯客吴淞，登场复唱汉昭烈。诛仇剑心祭关张，悲痛情深盛愤激。七百里营连夔荆，首尾常山失纪律。法孝若死谏无人，陆伯言将谋更密。临江哭誓痛日衣，焚营故智袭赤壁。猇亭败闻鹤唳惊，蛮稿烧尽狼烽息。仓皇退驻白帝城，顾命托孤召良弼。鞠躬尽瘁表出师，重联婚娅讨国贼。定军一战武功成，夏侯授首汉中拔。邓山六出扬兵威，狼燧又报街亭失。丞相羽扇算若神，饮酒弹琴走仲达。蜀汉重延数十年，经营悉仗师臣力。叫天矍铄有精神，奋须跳火捷无匹。老将持重演黄忠，空城设计唱诸葛。忽君忽相忽将军，壁垒弓刀有声色。去年江汉盗翻城，南北群凶相联结。镇帅轻弃石头城，中丞空爵常山舌。将相劝进奏魏公，无人敢草陈琳檄。笺催冲主作让皇，摄政拱手无一策。亲藩聚谋玉麟堂，合座无言心胆裂。未闻议建北地王，誓战背城徇社稷。致令先后在九原，凄凉清明思麦食。君曾供奉掌梨园，我亦清秘亲入值。少陵江南遇龟年，廿载京华旧相识。同为清朝亡国人，相顾相惊各太息。碧池掷乐雷海清，骊山陪葬黄蟠绰。世无斯人奈国何？我辈偷生真可惜。戏填语罢雪漫漫，唱者听者头俱白。”

方守彝诗系年：《次韵铁华见寄》《张园新柳绝句四首》《从子世立服官吉林之饶河县，闻嘉荫阁之丧，哭寄二诗。世立幼以孤儿相依，今兹远宦，年已过五十矣，念嘉荫老人昔年提携之德，情见乎词。诗曰：“海上哀音至，天涯哭奠迟。爱怜思往日，鞠育共诸儿。别恨成终古，深思未报时。那堪风雪夜，南望泪如丝。”“世乱怜诸弟，披麻共雪衣。生离心已折，死别痛何依。失母新丧重，还家旧业非。高堂白首在，寄语莫轻违。”次韵和答》（二首）、《寄怀里门知旧及槃君五弟》（二首）、《子善再来书相讯，诗以代简》（二首）、《时简、君干侍游徐氏园林，登阁凭望》《送渊如归皖，即题其诗卷（并叙）》《宗仰上人为仆画扇，写“杖策从远公，山中结莲社”句意》《自哈氏园林听经归寓，静坐有咏》《次韵陈彦通见赠》《宗仰上人再为仆画扇，写“何方可化身千亿，一树梅花一放翁”句意。时霞公讲〈楞严〉于阿耨池，仆既日闻经义，获接胜流，复屡叨上人妙好画笔。讲事将了，仆且归皖，奉辞谢诸君子并呈霞公》《伯严屡问近来作诗也无，依彦通赠韵奉一律》《濮伯忻、陈彦通枉过，伯忻袖句赠行，次韵奉酬》《感事一首寄孙璆德。时孙游西湖，寓苏堤第一桥廉庄》《将自金陵归皖，过梁公约话别。喜其病起，相与坐案花盆竹间，而谈亲故交游近事，订重来同游牛首之约。明日枉投赠句，其夜风雨交作，枨触不寐，率尔次和》《乱后初归皖宅，次韵铁华赠句》《有感，答檠君来书并寄诗之意。时檠君以女病留白麟邓氏，携予近作，为之评点》《和韵王漱崖四绝句》。其中，《从子世立服官吉林之饶河县》其一："逝者不相待，衰翁何太迟。江山莽狼藉，风雨急鸦儿。正有分飞泪，传来远讯时。长吟增哽咽，湿尽鬓边丝。"《宗仰上人再为仆画扇》云："不可居无萧萧竹，要与幽兰同几席。香草结佩楚灵均，陶潜日采东篱色。物情足以移人情，嗜好所专见品格。我闻梅是天地心，雅负高名性孤僻。屈铁作干冰著花，支离形骸类跛躄。寒香不上冶容头，冷淡高人时岸帻。孤寻远入雪山中，索笑相亲抵月夕。南渡诗家陆放翁，竞欲化身千万亿。万亿梅花万亿翁，万首横斜出诗臆。合眼世界尽梅花，梅花世界放翁宅。尖风寒晓清浅湾，孤城黄昏荒凉驿。但逢白鹤老幽栖，便有苍苔荐行迹。疏狂主客略无分，一片吟声伴寥寂。吁嗟翁障似太深，释迦如来得毋责。上人爱翁诗，写出诗中画。应怜仆也堕尘凡，坐仆梅花解天械。我今诗画两爱之，诵诗读画痒搔背。于今大雅甚陵夷，秾李夭桃烧宇内。愿化放翁作骚人，更化梅花将冷耐。霞法师，狄居士，许我楞严近香几。多闻得亲濮与陈，清修高君谈万里。法侣名园兰气深，薰被香光觉太侈。垂胡老秃久昏沉，抖擞教春僧忍米。作诗遍谢诸胜流，归坐梅花开贝纸。"

陈宝琛诗系年：《次韵瑞臣〈春望〉》《答小帆用苍字韵见寄》《题何润夫〈养园图〉，用卷中祁文端旧韵》《次韵和匏庵〈实录馆同人摄影偶志〉之作》《天中节赐纱卷，次温毅夫御史韵》《得幼云青岛书却寄》《黄忠端〈东坡后游赤壁图〉，为黎露苑编修湛枝题》《力轩举医隐庐》《题可庄楷书册子》《哭司直》《鹅房观获示轩举》《华卿协揆侨居天津，感念去岁赏秋海棠，用同馆天字韵见寄依和》《得仲勉书，寄答其意》《赠几道》《庭前海棠初开，姜斋同赋》。其中，《题何润夫〈养园图〉》云："园林安可常？适然成主宾。坐君绿阴中，疑与涧壑邻。秋花断人肠，忍死经冬春。僧房欻觏止，乃为隔世人。谂君亦避兵，徙宅城南新。顾念亭子上，槐龙谁与驯？轩棂与墙藩，位置尽手亲。故知皆幻缘，有图存一尘。邂逅吾且恋，矧君永昏晨。观颐重所养，大患正有身。祁诗审晚年，味之如饮醇。咸同贞元际，缅想余悲辛。敛图将归君，展读还频频。"《哭司直》云："病深始悟世无医，伤性残生悔已迟。廿载未干当室泪，一贫难塞倚闾悲。庾尘不污归无忝，陶幕相依死有知。槁木成灰犹汝恸，遥怜痴叔鬓如丝。"《赠几道》云："终贾才气邹枚文，海西始归先识君。苦将痛哭聒里耳，阓阛荡荡谁能闻？至今追话辄自哂，嫠纬依然周已陨。万言及上皇帝书，老尚卖文寄悲闵。江楼剪灯梨与楂，望衡还往一钓艖。廿年驥子亦千里，相对能勿双鬓华？世风贵少例侮老，漫拥炉雪听宫鸦。著书五车竟何有？尧桀是非付杯酒。自循汉腊数躔离，且闰唐年介耆耈。故乡桥熟红满林，霜中犹是平生心。君如作亭颜楚颂，会约沈（爱苍）郑（苏龛）归联吟。”

瞿鸿禨诗系年：《新柳》《己酉六月德宗诞辰，广州梁鼎芬倡率行礼，与者数百人，鸿禨读其笺启，为之感泣，敬志哀忱》《陈梅生太守示其诗集中有见怀之作，读之感叹，时同避地沪上》《再和梅生》《为章一山题〈曲园诗册〉，以两面同体篆字，如上下东南之类，题曰反正》《飞艇行，美国人爱德华初奏技于吴淞江滨》《酬伯严》《和章一山》《和喻志韶元韵》《节庵贻崇陵云水一瓶，并几筵祭果，恭志哀感》《喜湘绮丈至沪，留宿寓斋，赋呈四律，即次樊山韵》《愚园雅集，长歌次樊山韵》《寄怀三兄》。其中，《酬伯严》云：“别来二十年间事，相对凄凉感百端。飘泊天涯余涕泪，萧疏霜鬓各艰难。道旁禾黍惊秋尽，劫后楹书保岁寒。何处仙源津可问，从君洗耳老渔竿。”《喜湘绮丈至沪》其四：“淞江微云系归舟，幽赏高谈散客愁。芝岭衣冠尊绮角，草堂文橵笑巢由。从甘薇采西山里，坐看桑栽东海头。休向新亭重举目，琴尊尽日且淹留。”《飞艇行》云：“旧闻列子御风行，奇肱之车已上腾。不图今日见飞艇，此事古有非无征。中夏失传墨学西，绝技乃让欧人能。张如两翼制甚简，斡以一器机斯凭。排空驭气策霆电，决起超距安然乘。初疑蜻蜓水际点，忽若鸿鹄云中升。一抟再搏培风鹏，欲落不落侧翅鹰。纵横得势唯所向，高下在心余勇增。气吞万里青霄外，瞬历千丈丹梯层。吴淞波平快径剪，沧州烟远豪欲凌。黎靬眩人定何物，万目注视万口称。脱如行师利用此，窥敌远胜临冲棚。将军突自天上降，出没神鬼惊威棱。置邮传命未为速，千里绝迹安足矜。智创巧述百艺兴，人力竞夺天工灵。新知日发辟奥秘，造化退处穷模型。堪家推测异诡诞，地与七曜皆行星。月中仱见作都聚，人物生殖繁流形。不资飞行曷来往，始信天衢真可登。”

陈三立诗系年：《乘电车访实甫、寄庐》《读吴昌硕老人〈缶庐诗〉题句》《雨夜》《张园晚坐，同达泉、实甫》《吴颖涵老人属题〈独坐图〉》（二首）、《次和彭菽原处士，时彭方卖卜沪市》《哈同园观梅》《简节庵》《雪后游徐园》《愚园》《雨中午诒招集愚园兼饯郭统，将还长沙》《过太夷海藏楼夜话》《车栈旁隙地步月》（三首）、《扆虹园》《喜敬安上人自天童至》《访杨子琴同年不遇》（二首）、《诵赵尧生、胡铁华、杨昀谷、夏吷厂唱酬之作，次韵书其后》《刘潜楼自青岛，胡漱唐自南昌，先后至沪，赋此诒之》《陈仁先以高啸桐寿伯茀遗札装潢为卷，题识多故人，因属录往岁赠啸桐旧句其上，录讫，附题一绝》《〈潜楼读书图〉，题寄幼云》《〈仙源归棹图〉，为罗四峰题》《节庵属题石宾田所画〈牡丹画〉，为其太夫人奁物》《为胡铁华题唐写〈法华经〉》《雨朝涛园过示新篇》《次韵和天琴老人二首》《楼居与真长对宇，戏诒二绝》《飓风累日夕，兀坐写怀》《楼头》《梦回》《石遗过海上赴都赋别》《初夜雨》《聘三至沪赋诒》《过仁先宅，同李道士》《子言归自兰州，为题〈红柳龛行卷〉》（三首）、《为冒鹤亭题先世巢民老人〈菊饮诗卷子〉》（二首）、《重伯邀饮酒楼，同杨潜庵、李筠庵》《雨中楼望》《同仁先问李道士疾》《雪晴王雪城宅酒集，坐客梁髯北游初还，述行踪甚苦，感赋》《月夜过李道士》《饮仁先苍虬阁观菊》《题潜盦美不老斋》《赠严几道六十生日》《吴芝英夫人属题所藏〈四女士〉画轴》《吴剑泉〈鉴园图〉》《楼外楼茗坐，和实甫》《为廖可亭翁题米元章所书〈多景楼诗册〉》《黄忠端〈泼墨图〉，题应余与九》《题辛仿苏〈齐河晚渡图〉》（二首）、《偶偕李道士过曹东寅、枚舫兄弟夜话》《雪后倚楼作》《答程絜华以长歌见贶》《午诒自蜀至，有诗见讯，次答一首》。其中，《梦回》云："破晓鸦街一点晴，琉璃屏扇露华明。梦回枕畔胥涛上，初过车声革履声。"《雨中楼望》云："残秋如恋别，写雨作啼痕。柳气吹初聚，车声咽更奔。盖头鸿雁字，落笔蠹鱼魂。可了非人世，潇潇賸一尊。"《楼外楼茗坐》云："飞阁光擎斗柄偏，虚空逐队振衣便。雄龙雌凤迷双影，旋蚁蹲罴各一天。破碎老怀笳柝外，销磨残世贩佣前。歌呼都有凌云气，漫品楞严十种仙。"《午诒自蜀至》云："有客归从猿鸟乡，血斑泪点照襟凉。早知丛棘迷珠履，终见狞飚怒土囊。并世更无严仆射，遗民欲老杜于皇。市楼风落擎杯语，倒海难浇万怪肠。"《飓风累日夕》云："三日颠风扫雨痕，辕驹辟易雁飞翻。初怜涨海淹归舶（李道士鬻艺青岛，旦暮当还），回味胡床有闭门。拂屋鬼车天尽墨，隔铃魔舞堁吹幡。醉犹未可醒安放，为谢刘伶与屈原。"

陈夔龙诗系年：《寄许子原兄上海》《和大兄青岛度岁》（二首）、《和大兄见怀》（二首）、《十四夜感事作》《与客夜话，叠前韵》《楼望，三叠前韵》《示亭秋，四叠前韵》《有感，五叠前韵》《对荣文忠公、丁文诚公遗像有感，六叠前韵》《花农以诗索笔，无以报命，作此答之》《十九日感事》（四首）、《夜怀，七叠前韵》《奉酬花农同年〈纪梦〉》《闻润甫同年移居宣南，作此奉怀，即叠酬花农同年〈纪梦〉诗韵》《河堤有感，八叠前韵》《口号，九叠前韵》《无题，十叠前韵》《津门寄怀大兄青岛，用酬和花农、润甫两君韵》《答朱琇甫太史见寄》《花农同年以〈对月长歌〉见示，极帷灯匣剑之妙，雪后附有书来，索观近作，漫赋一律，即用朱太史见寄韵》《即事》《花农题〈水流云在图〉，以南海荔枝报之》《雪后自题〈水流云在〉图册》《题黄小宋观察〈四百三十二峰草堂诗钞〉，却寄汴梁》《初九夜作》《花农同年以〈春分后三日水仙复开〉诗见示，依韵奉酬》（二首）、《答朱绣甫》《题何润甫〈养园图〉》（四首）、《谢润甫惠菜蔬》《咏史，再叠前韵》（四首）、《春雨，用渔洋〈秋柳〉韵》（四首）、《和花农〈并蒂白山茶〉韵》（二首）、《答绣甫》（二首）、《即事》《题花农〈芸巢品茶图〉手卷》《花农同年近读隋尉富娘碑文，谓与含真相似，成六截见示，意良可感，依韵奉和，即以志谢》（五首）、《题花农〈苇絮图〉》（二首）、《遣兴》《题花农同年手临管仲姬书〈璇玑图〉诗并酬实父》《补图四帧长卷》《题花农侍郎手书司马温公遗论长卷》《和答花农》（二首）、《再和花农》（二首）、《三叠前韵柬花农》（二首）、《四叠前韵柬花农》（二首）、《题何润甫

〈云山春宴图〉》《花农示纯庙赐徐文穆公诗卷，敬遵元韵》《和答顾渔溪》《夜闻内子吹笛》《示花农》《感怀四首叠前韵》《奉酬花农〈纪梦〉见寄》《题黄小宋观察道装小影，即寄大梁》《以松珊给谏所辑〈黔诗纪略后编〉刊本，分贻花农同年，辱承赋诗枉谢，依韵和答并柬给谏》（二首）、《沅叔提学由沪至津，出示〈南中诗卷〉，喜赋一首，即用〈客冬送别〉韵》《奉和大兄〈春归〉元韵》《客有馈鲥鱼者，分半赠花农，媵之以诗，即用见怀韵》《叠韵一首》《和花农〈留别即送还京〉，时正校刊拙集，拨冗作答，工拙非所计也》（四首）、《和花农韵并以赠行》《和花农〈都门见寄〉韵》《遣怀，用花农韵》《渔溪奉母还乡，诗以送之》《奉和大兄〈游崂山〉诗元韵》《怀渔溪同年》《寄张馨安督部中州》《壬子生日感怀，用上年〈津门留别〉韵》（四首）、《读大兄〈和易实甫观察《青岛崂山下院看芍药》〉诗感赋一首，即步元韵》《生日遣兴，和林子有观察见寄元韵》（二首）、《初度日，松山给谏以诗见贻，和答一首》《初度日，花农同年以红榴画扇并诗二律写赠，可称诗书画三绝，感谢二首，即和元韵》《和答杨怡真观察元韵》（四首）、《送严晴初大令还贵阳》《送昆山兄回贵阳》《周石臣观察远道以诗为寿，依韵寄答》（四首）、《和答姚谷孙》《荣华卿协揆同年以诗赠行，赋答二首》《沪上新居即事叠前韵》（三首）、《都门杂感四首，和阶青韵》《和亭秋》《遣仆》《和大兄〈胶岛移居〉》《和大兄〈中秋书怀〉》（二首）、《赠朱小南观察》《王湘绮先生赋〈武昌行〉见怀，抚时感事，悲壮缠绵，是不朽之作也，率和一首，即用元韵》《赠亭秋，四叠前韵》《有怀花农京师，五叠前韵》《即事，六叠前韵》《沪居有感叠前韵》《花近楼兴亭秋玩月，三叠前韵》《梦华将归白田，以诗留之，四叠前韵》《趺坐，五叠前韵》《梦绕，六叠前韵》《涉世，七叠前韵》《客谭申江风景，以笑谢之，九叠前韵》《申江旅次，喜晤沈爱玱中丞》《酬周言声，用元韵》《子有观察以〈重过花近楼感赋〉诗寄，依韵报之》《偶然，六叠前韵》《凤历，七叠前韵》《申江夜雨有怀少石，八叠前韵》《和阶青〈新寒见雪〉韵》（二首）、《以〈水流云在图〉索梦华同年题句》《客有劝移居吴门者，作此答之，三叠前韵》《无梦，五叠前韵》《晤左笏卿同年，六叠前韵》《阶青太史贻诗，以曲园先生手制仿唐人行卷式纸写呈，阅之有感，七叠前韵》《得赵宝蘅天津书却寄，十叠前韵》《酬花农，即用原韵》《左计，四叠前韵》《黄尘，五叠前韵》《夜兴，六叠前韵》《传闻，七叠前韵》《自遣，八叠前韵》《咏雁，九叠前韵》《春申旅次，晤吴子修同年，抚今追昔，相对黯然，浙水黔山，各归不得，感赋此诗，十叠前韵》《酬章一山太史，即步其韵》《以刻集赠梦华，赋诗代柬》《追忆荣文忠公，三叠前韵》《望月怀大兄青岛，四叠前韵》《怀湘绮先生，五叠前韵》《读丁文诚公遗诗，七叠前韵》《读〈补松庐诗录〉书后，八叠前韵》《咏史，十叠前韵》《杂感，步胡宗武〈都门秋感〉韵》《梁节庵自良格庄谒梓宫回，书云工作久辍，奉安无期，闻之增恸，叠前韵》《客有谈相业者，作此答之，三叠前韵》《客谈，四叠前韵》《老儒，五叠前韵》《老将，六叠前韵》《老仆，七叠前韵》《老妓，八叠前韵》《酒阑，九叠前韵》《病起，约周言声游愚园，琛侄、福儿从，十一叠前韵，并酬言声》《邓聚五同年赠惠山泉水，小诗致谢，再叠前韵》《读〈汉高帝本纪〉，三叠前韵》《廖君时世讲出示尊公仲山尚书遗像感赋，五叠前韵》《以〈黔中题诗壁诗〉就正梦华同年并索和，六叠前韵》《忆京师友人，七叠前韵》《垂成，八叠前韵》《消寒遣兴，九叠前韵》《读〈宋史〉，十叠前韵》《薄暮游徐园，索梦华、子修和》《幽居感赋，再叠前韵》《自检〈征鸿集〉，有怀晴初、漱云两君，三叠前韵》《忆淮浦，五叠前韵》《忆汴州，六叠前韵》《忆白门，七叠前韵》《忆姑苏，八叠前韵》《忆鄂州，九叠前韵》《忆津门，十叠前韵》《傅沅叔乘津浦快车来沪，重作西湖之游，于其归也，以诗赠行，兼讯津门诸友》、《酬笏卿，十一叠前韵》《再酬笏卿，十二叠前韵》《三酬笏卿，十三叠前韵》《大雪遣兴，用杜少陵〈望岳〉韵》《寿冯梦华中丞同年七十》《和答陆莼伯观察》《二豪篇，寄酬胡宗武、琴初昆仲，仍用赠沅叔诗韵》《题〈清明上河图〉》（六首）、《和答易实甫，即送北行》《悼昌纹示亭秋》《汲侯津门新居落成，作此奉怀》《花农同年梦中得“一鞭万马天山动”句，醒而足成一律，远道邮示，依韵答之》《大雪，和大兄〈青岛酒楼〉韵》《和包柚斧》《周石臣远寄〈见怀百韵〉，率答十章，即以来诗首联“山河悲故国，风雪促残年”为韵》《顾渔溪同年有事析津，获晤陈瑶圃同年酒楼话叙，承以见怀诗寄示，依韵报之并柬瑶圃》《哭许稚筠宗丞四十韵》。其中，《老儒，五叠前韵》云：“屹屹穷年一老翁，圜桥北面礼堂东。青灯还忆儿时味，皓首犹存前辈风。束帛安车人养望，寒毡破砚我求蒙。岁时不解龙蛇谶，手写群经授小同。”《老将，六叠前韵》云：“飒爽英姿矍铄翁，据鞍生入玉关东。廿年梦冷胡笳月，百战身经筚篥风。解甲人随驴背隐，衔枚马忆虎皮蒙。棘门灞上原儿戏，一老横刀便不同。”《老仆，七叠前韵》云：“缘深喜结主人翁，奔走年年西复东。资格忝居侪辈长，笑谈兼有大家风。园林屡易兴衰感，门户坚持上下蒙。还望诸郎能继守，奴星三世戴恩同。”《老妓，八叠前韵》云：“教师白发已成翁，零落钗钿曲院东。人面依稀桃带雨，腰肢瘦损柳禁风。若为商妇初心负，倘效西施不洁蒙。回忆少年歌舞地，夜深栏倚有谁同。”陈夔龙赠左绍佐（笏卿）诗《酬笏卿，十一叠前韵》云：“郎潜记否戴星劳，抱牍趋朝过应皋。休沐西山留蜡屐，刺船南淀逐渔篙。休门一别人俱远，歇浦重逢老更豪。孤愤殷忧谁审识，满街争唱郑樱桃。”《再酬笏卿，十二叠前韵》云：“况瘁征夫不惮劳，朔风并马下寒皋。锁厅烧烛云封钥，野渡搴船雪满篙（均密云于役事）。羊酪鱼羹登馔美（每谳狱之暇，文忠师设筵召饮，相谈甚欢），水仙梅萼斗诗豪（君有句云：‘水仙三五本，落落伴梅兄。’极清峭，余有和章）。牛栏山下多红叶，如放桃花寺里桃。”《三酬笏卿，十三叠前韵》云：“曲江持节簿书劳，秋气回春貌异皋（君虽秋官，而春风满面，不类削瓜）。老吏汉廷经断狱，狂奴严濑钓投篙。传钞诗本兼词谱，陶写丝哀与竹豪。寒夜梅花清澈骨，漫山粗俗早羞桃。”

林纾诗系年:《珪子宰大城,城中无兵,时旁邑为叛军焚掠且尽。一日,有百余贼临城,珪子出城问状,兵谬言奉檄来衙,珪子知其谬,用羊酒米麦犒之,慰以温言遣去,城得完,作此寄示珪子》《由京至天津火车中偶成,时眷口仍居天津也》《书感》《园居晓起》《题画二首》《次黄墨园韵送步溪南归》《偶成》。其中,《珪子宰大城》云:"在昔元使君,绾符守道州。西贼破永邵,旁县苦虔刘。作诗示官吏,深为穷黎忧。余生脱贼吻,未忍加征求。汝今宰小邑,敢与前贤侔。所仗运命佳,竟使民病瘳。去县三十里,贼火焚任邱。扇扰及大城,意亦在穷搜。汝能止豪暴,临难生权谋。苦语述贫瘠,哀痛回贼酋。县中出羊酒,境外传歌讴。此语闻若翁,喜极翻泪流。吾家素贫罄,未有良田畴。我老自食力,饘粥奚汝筹。苏民一日困,愈汝三生修。哀哀此苍赤,遗产贼所留。幸勿矜严细,但愿加慈柔。比闻下阁令,肆赦群拘囚。启柙出饿虎,破槛纵痫牛。内衅合外讧,备预方烦稠。为尔屡眠食,日旰或未休。果能为民劳,或不贻我羞。所当布精诚,猾竖焉得售。寄汝《春陵行》,守官庶无几。"《由京至天津火车中偶成》云:"夹堤榆柳过如飞,何日劳生暂息机。幂幂暑云蒸益远,冥冥高鸟去安之。一身只作行舟看,十口追怀避难时。老我客中仍作客,误他儿女盼归期。"

樊增祥诗系年:《晚菊一首,索伯严、午诒和》《午诒和〈晚菊〉诗,即次其韵》《别故居二首》《后园居诗九首》《石甫作〈剪发诗〉,又作〈不剪发诗〉,见者不解,吾以诗解之》《阅石甫中秋诗,戏书其后》《仿苏以〈齐河晚济图〉乞题,因忆同治辛未会试假榻南皮师宅,张子虞同年见过,为录近作十余首于团扇上,师独取其〈晚渡齐河〉一绝云:'窄窄齐河带影长,断桥晚溜去堂堂。流黄不照春人鬓,辛苦牵车上野航。'今四十年,师友俱逝,扇亦毁于庚子,而此诗犹在胸臆,披此图不禁老怀枨触也,为题三绝句归之》。其中,《石甫作〈剪发诗〉》云:"九鼎一发孰轻重,去留曾不关痒痛。笑君头上片云乌,作尽人间翻覆梦。昨者愿为落毛麟,今也愿为有毛凤。中间斟酌僧道装(见原诗),前后几成邹鲁哄。议买并州快剪刀,圆光顶上五伐毛。潘鬓无复一丝挂,发神苍华夜遁逃。忽焉自悔前诗误,不敢毁伤泣且诉。子之矛陷子之盾,世人那得知其故。颇讶两诗相背驰,亦如两卦相错互。从来锦瑟解人难,我作毛笺与郑注。君家艳姬红拂流,双栖亦是绛云楼。时时胶青与刷鬓,朝朝镊白替梳头。鸳鸯不羡神仙福,忍使秃如梁上鹙。时人劝君猕薙久,梱内之言曰否否。责备难宽子羽头,剪除争下杨妃手。除非妾作瑶光尼,方许君为桑门友。不然风鬟雾鬓人,肯与僧伽盟白首。齐桓好内姬最嬖,吹气如兰言金石。挂冠已失鹤顶丹(君最惜珊瑚顶),抽簪幸保鸦头黑。孔鸾各自爱毛羽,松柏何能改柯叶。幸哉君能用妇言,身体发肤无一失。发兮勿悲墨翟丝,须则务去褚渊戟。头青颊白老少年,甚资辅相裁成力。两诗用意诚不侔,如词有犯歌换头。前出中郎之独断,后乃东坡与妇谋。我学灵云作圣解,君诗与发俱千秋。吁嗟乎!岂惟此诗与发俱千秋,彼姝者子花见羞。

君倘为僧膜拜不？君不为僧亦当日绕花鬘三万周。"《仿苏以〈齐河晚济图〉乞题》其一："齐河如带晚呼船，旧句新图一怅然。四十二年师友尽，流黄明月过如烟。"其二："崇兰诗意无人画（子虞以崇兰名集），今日重看画里诗。若写野航团扇上，奈他庚子日斜时。"其三："水落鱼梁烟树微，中流一艇荡斜晖。莫言风景无殊别，劫后山河举目非。"

沈曾植诗词系年：《寄太夷》（二首）、《题〈沅叔诗稿〉，即送北归》《和葵霜申字韵》《答葵霜简》《为伦叔题文待诏画册》（五首）、《旅居近市，郁郁不聊，春夏之交，雾晨延望，万室濛濛如在烟海，憬然悟曰：此与蛾眉、黄山云海何异？汪社耆持此图来，乃名之曰〈山居〉。约散原同赋，散原先成，余用其韵》（四首）、《诒樊山》（四首）、《答散原》（二首）、《闇伯有悼亡之感，久无音问，怀抱可知，辄寄短章，用广其意》《移居》（四首）、《絅斋和诗，伟丽绵密，老夫读之，缩手叹息，三叠奉答并示留垞》（四首）、《涛园和余〈移居〉诗，四叠前韵答之》（四首）、《吴少村中丞画册，为孑黎老人题》《易实甫过谈》（二首）、《壬子秋暮归里作》（九首）、《葵霜谒归，贻余片石》《寿樊山》（六首）、《入冬以来久废吟事，樊山写示近作两首，依韵漫和》《再次前韵》（二首）、《喜湘绮至沪》（四首）、《娱园之集，止庵相国、樊山方伯皆赋长歌，湘绮赋古体五言，易、曾诸君各有佳什，徽徽溢目，钦叹弥襟，越三日复集于相国寓斋，归而感寒，不复能参尊俎，病榻呻吟，缀缉成篇，怀抱解怀，不复成句》《浪淘沙慢·和彊村〈辛亥岁不尽五日〉韵》《塞孤·用耆卿韵，和李孟符》。其中，《娱园之集》云："虚堂冰净琉璃滑，龙公噤瘁悭行雪。狐裘不温酒不酡，起唤僧残煨榾柮。湘绮老人列仙儒，驭风郑圃来超忽。东坡先生戒比丘，故事重为瓣香爇。张筵腾斝群贤会，八百年来通謦欬。当时只道去来今，我辈真看成住坏。猿愁鼍愤声宁变，白马青袍驾焉税。律成坐致君尧舜，战久民方在刀几。向来键户甘喑哑，此日荒园一歌嘒。尚书新诗百态新，樊山老现香山身。陈侯五言攓黄陈，易曾李铁晁张秦。绝代风骚旨格真，海云涌现元祐春。岂与秋虫泣寒饿，依然师子能频申。老仙却袖曹刘手，掣海长鲸亦何有。毕罗阅世群言长，佳丽传笺五言首。谈天思轶瀛洲外，画鬼才甘董狐后。萧晨一著赤霜袍，贱子相随愧孱瘦。苍然暮色驾安归，周北张南肃祇候。丈夫纵浪无不遭，古今世变三嗷嘈。始建国元莽圣豪，歌元丰诩荆舒骄。人言十事律九条，八索戎息殷周消。哀哉天地间孰逃？楚狂却曲歌非《骚》。后来更视今何日，垓万命宫一磨蝎。"《答散原》其一："三余莫永冬，四序可无夏。昔温吴医言，今有齐痁怕。秀颖竞阳舒，陈根悲湿化。伤哉天眼瞬，劫火肯饶借。宴坐想千岩，虚空忘四大。翛然云鹤游，八表须臾下。正尔黄琉璃，倒身不能舍。鹤臞常警露，萤照转忺夜。幽幽月初钩，光□在帘罅。"

陈衍诗系年：《答林可山次韵，时将续编〈闽诗录〉》《瓶花》《次韵畏庐送行之作》

《同剑潭往天宁寺登高，遇掞东、孝觉、默园，言寺驻兵不得人，因忆旧游》《答章一山留别之作次韵》《岁暮怀人绝句三十二首》《韵芳夫人郊居耿王庄畔，梅生及余将有江南之行，过之，夫人填〈春草碧〉一词送别，报以长句》《棕舲持赠斑竹杖，小诗三首为谢》《抵都伤暑，大病十余日》《医隐于田鹅房积雨不得返，作此讯之》《重过秀野草堂故居，追和哲维旧岁之作》《再题》《为桥叟删定诗稿毕，书廿八字》《叠韵答医隐送行之作》《再叠韵答弢庵》《读乙盦〈山居图〉自题诗，三叠其韵》（三首）、《〈国学杂志〉题词》《寄戴圣仪》《北行绝句十二首》《夜过泰山下作》。其中，《答林可山次韵》云："华发盈颠百不成，浮沉闾里欲销声。时从鬼录求朋友，便当穷交话性情。文献销沉需博访，图书校勘想分程。因君触起思儿痛，庭竹凄潇听到明。"《瓶花》云："瓶花十日一飘茵，不忍轻轻便换新。垂死佳人颜色在，可怜蒙被李夫人。"《次韵畏庐送行之作》云："津门昨岁怅分裾，已分长乘下泽车。世乱敢期踪迹密，情亲肯任简笺疏。买田种秫将谐价，假馆传经待卜居。第一老来真乐事，故人共读古人书。"《答章一山留别之作次韵》云："独有会稽杨抱遗，凄吟天宝乱离诗。扁舟已就思鲙计，华表差同化鹤诗。笑我犹传经传学，看人竞负帝王师。还乡避地成行脚，何处茅庵乞住持。"《岁暮怀人绝句三十二首》其一："沧趣忠经继获麟，海藏义不废君臣。王齐反手犹疑孟，何况官家论腊宾。（陈弢庵、郑苏戡）"其四："传诵严诗自太夷，五言廿韵极哀思。木庵道子吾摩诘，别有沧浪画喻诗。（严几道）"其五："畏庐畏乱更畏贫，稚子旁妻避析津。漂泊干戈曹霸手，铺张排比杜陵人。（林畏庐）"其八："支离漂泊向西南，独有涛园与聘三。三峡楼台叫猿狖，五溪衣服共骈骖。（沈爱苍、王病山）"十三："二沈辞官有粤装，傍湖筑舍看鸳鸯。长公说有谈空擅，叔子狂言老更狂。（沈子培、沈子封）"十四："庐峰钟阜片云间，垂老偏依幕府山。筑就青溪江令宅，连天兵火达江关。（陈伯严）"十五："半生潦倒谈风节，廉侈王阳待化金。前岁都门留大嚼，食单传播到鸡林。（梁节庵）"十八："九点齐烟万首诗，四魂渺渺近何之。廿年朝贵知交遍，绿绮文君不疗肌。（易实甫）"二十二："年少诗才一世雄，封胡羯末一门中。春申林际为流寓，问舍求田恨未工。（陈仁先）"二十三："季贶先生有外孙，五周跛后过高轩。草堂秀野烦君赁，引得诗人日到门。（冒鹤亭）"

金天羽诗系年：《西湖孙圃坐雨》《天晴步苏堤》《韬光在灵隐之巅，览江望海，下饮鼙雷，亭当飞来峰，胁冷泉、春淙二亭间，瀑声震山谷》《游龙井，度风篁岭，寻烟霞石屋诸洞，经理安寺，晚至虎跑泉》《冒雨上栖霞访紫云洞，越岭至白沙泉，游黄龙、金鼓二洞》《江干有驾涛，别墅倚山瞰江，不知谁氏宅也，杭俗凡名园胜地叩门即入，有看竹何须问主人之意》《醉登六和塔》《谒张苍水墓》。其中，《冒雨上栖霞访紫云洞》云："江势抱城湾，丹楼耸翠鬟。地连秦望岭，门对富春山。水国鲥鱼贱，榛丛雉子斑。驾涛名字好，此福绝尘寰。"《醉登六和塔》云："钱塘江上风泠泠，吴山越山相对青。江潮带雨晚来急，客子倚阑酒未醒。沙禽决起上高树，远帆作势循回汀。高寒独立何所感，耳际但闻风语铃。”《谒张苍水墓》云：“瘦马独出清波门，南屏山色开朝暾。哀湍泻道磴藓滑，扪碣知是苍水坟。苍水大名垂宇宙，文山叠山气节敦。论兵倜傥少年事，绛衫独着惊其群。皋亭木落天昼昏，钱塘江上波涛浑。关山血泪殉君国，化为朱鸟谁招魂。束发我读苍水诗，乾坤正气阖目存。弼教坊前一洒涕，碧血尚留芳草根。东南昨起苍头军，九原为报公知闻。即今酒干杯动松柏舞，天半尚有云旂屯。”

姚永概诗系年：《巴县潘季约郎中清荫，君子之人也，与余兄仲实交久矣。庚戌秋，数晤于京师。今岁北来，闻其卖屋，载书归里，作此寄之》《出门》（二首）、《上海逢沈乙庵、陈伯严、陈介庵、陈劭吾（惟彦）及伦叔》《杂诗》（二十首）、《偶怀梁节庵、胡漱唐（思敬）》（二首）、《偶题》《偕子善、伯岂游北海，登万寿山作歌》《方伯岂、仲斐招游天坛，观古柏作歌》《偕钱唐戴芦舲（克让）、子善、伯岂、仲斐、张屏臣、（家）翰东，彦、焕两侄，游法源、崇效二寺》《国子监改历史博物馆，戴芦舲招往，欲观监中旧存古铜器。至则馆长因小雪锁库归，但敬瞻辟雍及孔子庙，观石鼓而归》《铅山胡诗庐（朝梁），伯严弟子也。以诗卷相投，题赠一章》《赠吴辟疆（闿生）》《余摹得惜翁小像，穗卿题诗，感喟深至，次韵，时教育部方讨论尊孔事》《胶州柯凤孙编修（劭忞）与辟疆论诗及近贤，盛许拙作，因有“通伯文章叔节诗”之句。而君近著〈元史〉不出，赠诗谢之》《由京汉铁道南归，途中寄仲兄》《寄友人》（二首）。其中，《载书归里，作此寄之》云：“西南迢递计乡程。独构图书别凤城。江阔豚鱼休作浪，春归杜宇倍关情。浮云易逐惊尘起，白日终依故国明。早晚茅堂亲检校，万山深处啸歌声。”《偕子善、伯岂游北海》云：“紫微垣昏无帝座，金鳌玉蝀行人过。白头宫监尚守门，得钱引我恣游卧。万寿山即辽琼华，树石葱茏少尘堁。高宗记有四国文，筑亭盖覆碑丰大。嵌墙法帖石稍残，承露铜人盘未破。雕阑绣柱半倾颓，玉几珠帘随荡播。皆云庚子乘舆西，外国兵屯任点涴。长松幸未作薪烧，宫花岂免当刍莝。当时敷设直千万，捆载径行那敢逻？于今皇帝法唐虞，持较元明犹足贺。崇陵抔土惜未复，谁与招魂歌楚些？刑余尚抱犬马思，公等能言勿辞懦。我闻此语已凄然，含情复续悲填咽。吾曹额本三千外，今日凋零只一千。旧餐官米久停放，月领公家银四钱。太液龙舟旷不御，昨来偶为将军牵。欲求恩泽不敢说，得即归家学种田。西山落日半轮悬，宫阙依稀在暮烟。枯荷折苇凫雁集，秋风吹雨如吹绵。山阳安乐以愚全，唐十六宅尤堪怜。世局原随士议迁，眼前推倒三千年。但使西邻无责言，阜财利用国本坚。虞宾自尔安不颠，咄汝刀锯法应捐，吾亦偷生何憾焉！”《余摹得惜翁小像》云：“莫笑荆高是楚人，悲歌燕市岂无因？不传死矣犹留影，吾道非耶孰见真？今日泰山安可仰，异时沧海恐全沦。九洲寄向虚空里，万代千龄迹总陈。”《胶州柯凤孙编修（劭忞）与辟疆论诗及近贤》云："老抱雄奇续马班，荒园小屋意闲闲。一编识我风尘外，廿载游余父子间。回首觚棱浑似梦，闭门史稾积如山。天南地北终惆怅，已有归心起白鹇。"《寄友人》其一："隔岁不相见，讵知永别离？开缄肠寸断，望北泪双垂。天道宁如此，浮生焉可知？高堂有白发，辛苦久如丝。"

王树楠诗系年：《慕胜偕俊卿（小村俊三郎）、苍膺（一宫房次郎）两先生过访赋赠》《小村俊卿次韵见和，再次韵答之》《题黄小宋道冠小影，用辘轳格》《为章曼仙太史题其尊人价人先生〈铜官感旧图〉》《田家辞》《业毒虫谣》《漫成》（三首）、《西行迎眷属》《过洪洞县观大槐树遗迹，余家于明永乐初迁自洪洞，相传为大槐树下人，数年前槐死，旁生两株亦枯，乡人即其址筑台，题曰大槐古迹，感而赋此》《途中》《与客夜谈》《平阳道中》《宿赵曲镇，店中遇雨，用陆放翁〈雨泊赵屯有感〉韵》《守雨》《雨后》《书愤》《游赵曲堡南唐寺》《相见》《次韵奉酬王聘三〈寄怀〉四首》《水仙花》。其中，《慕胜偕俊卿（小村俊三郎）、苍膺（一宫房次郎）两先生过访赋赠》云："杳杳三山不可攀，对君翻忆避秦年。力撑坱莽尘千劫，同放光明佛一拳。岂有蛟龙常失水（李义山句），耻随鸡犬学天升。高歌望子劳青眼，物赖风流果大贤。"《西行迎眷属》云："心绕黄河望欲穿，傍严缘壑路回环。凄凉妻子愁何在，憔悴轮蹄老未闲。一夜秋风起汾水，万山云树拱秦关。年来国事兼身事，愁绝潘郎两鬓斑。"《守雨》云："少壮不如志，衰年经乱离。秋风满天地，策马欲何之。过雁有哀响，栖鸦无定枝。潇潇茅店雨，剪烛到明时。"

王舟瑶诗系年：《重过东湖有感》（二首）、《宿大固山道观》《感事八首》《续感事八首》《次韵酬章一山太史（梫）》《遣兴五首》《王氏五君咏》《寄怀喻志韶太史（长霖）二首》《用一山见赠韵寄答》（二首）、《寄怀善化相国师四首》《哭张不瑕明经（廷琛）五首》《寄怀刘潜麋侍郎（廷琛），兼谢为先世书墓额》（二首）、《游委羽山》《雨后郊行口占》《寄同年杨敦甫户部（裕芬），兼答其子伯典舍人（履瑞）》（三首）、《哀大水》《寄怀陈弢庵师傅（宝琛），并请为先世书墓碑》（四首）、《无题八首》《寄丁伯厚侍讲（仁长）、吴玉成编修（道镕）二首》《得林朴山明经（鹤年）书，寄答五首》《赠柯侑周州倅（骅威）》《遣怀》《园菊盛开，为赋数截句》（六首）、《第三孙生》（三首）、《沪上晤善化师》（二首）、《酬广南高铭轩（葆勋）》《酬天台袁子羽（之球），兼怀金謇谔（文田）、褚石桥（传诰）》《次韵酬志韶》《酬归安崔怀瑾（适）》《题秀水朱果瓯同年（绂华）〈皖水归帆图〉》（二首）、《次侑周〈岁暮有感〉韵》。其中，《哀大水》云："去年大水高拍天，竟月淹尽东南田。江淮千里无人烟，流民饿死饱乌鸢。今年七月禾未获，风雨连天水又作。元冥布阵骑白龙，老蛟扬威舞幽壑。栝、瓯两郡波尤恶，白浪啮人高过郭。十家九家俱飘泊，浮尸累累若秋萚。乌乎！神州陆沉已堪哭，黄巾十万满山谷。豺狼白日噬人肉，吾民救死忧不足。又使冯夷肆此毒，人尽为鱼葬鱼腹。

吁嗟天乎何其酷，吁嗟天乎何其酷！”《寄怀陈弢庵师傅（宝琛）》其一：“海内高名陈仲弓，斗杓瞻望卅年中。旧时封事传刘向，挽岁征车起谢公。一代灵光存鲁殿，三年涕泗洒桐宫。白头几杖趋朝日，南苑凄凉漏已终。”

吴士鉴诗系年：《胡葆生（骏）见赠二诗，次韵和之》《敬和家大人〈沪上除夕〉原韵》（四首）、《题陈庸庵年丈（夔龙）〈水流云在图〉》（四首）、《归计》《简张彦云（祖廉）》《题徐贞庵（琪）临诒晋斋〈苇絮图〉》《甲第》《和喻志韶（长霖）见赠之作》（二首）、《和章一山（梫）仍用前韵》（二首）、《梁节庵年丈（鼎芬）卧病海上，以诗见讯，依韵奉和》《题徐贞庵云巢〈品茶图〉》《题徐贞庵临管道昇〈回文诗〉、仇十洲〈璇玑图〉卷子》（四首）、《故园》（四首）、《寄姚悉麓》《梁格庄》《吊前河南河北镇总兵谢公》《喜张伯荫（祖诒）自山西至》《宝沈庵过访，赋此赠之》《神州》《寄郑叔进》《怀刘幼云胶州》《去国》《舟中望威海卫，吊戴孝侯观察》《题龚伯新（心铭）所藏楚金钣拓本》（四首）、《陈弢老（宝琛）、郭春老（曾炘）与实录馆诸君互有唱酬，依韵寄和》《再和〈赐纱葛〉诗韵》《祀典》《怀袁珏生（励凖）》《和沈乙庵丈（曾植）〈移居〉诗原韵》（四首）、《樊山丈用乙庵丈〈移居〉韵见赠，依韵奉答》（四首）、《汉班固玉印歌，为秀水金子义（兆棨）作》《题金甸丞偕其室人行看子》《朱郎曲，和樊山丈韵》《题〈稷野遗民残石拓本〉》《和陈庸庵丈见示之作》《和喻志韶元韵》《和樊山丈〈消寒杂咏〉八首》。其中，《胡葆生（骏）见赠二诗》其二：“居庸北眺翠千行，莽莽辽金旧战场。南苑春深调健马，西山云黯卧群羊。浚仪困学聊充隐，杜老行吟剧自伤。枨触羁怀将去国，劳生不独倦津梁。”《归计》云：“归计蹉跎悔已迟，曾无表饵欲干时。平生结聚明诚录，朋辈缠连大历诗。钟簴依然梦天上，绨衣老去卧江湄。忧危念乱心如醉，风日苍凉幂四陲。”《甲第》云：“太平净业皆潜邸，甲第新开跨苑墙。镂棍雕甍初粉臒，金铺玉碣已沧桑。三年不为流言惧，九叶难延奕祀光。何似南城访禅窟，邦人犹说睿忠王。”

汤汝和诗系年：《三小儿士植完娶，子箴代执柯之任，归乡后以诗来贺，次韵报之》（二首）、《和子箴读道经之作》（二首）、《早起》《子箴以折扇馈余，上画山水，手笔极高，诗以谢之》（四首）、《闲居遣怀》《晚眺》《乙巳夏，为李姬摄一小影，逮丙午姬随侍浙中，七夕后一日，病殁旅寓。是影犹存，渐就漫灭。亟倩画师本是影重摩一影，形神显朗，颇得神似，感题十一首》《和子箴〈感怀〉元韵》（四首）、《子箴赐和近作四首，仍用前韵奉酬》《谒西乡观稻，便道上塚》（四首）、《投宿田家》《游仙诗》（十六首）、《寄怀陈兰垓桂林》（二首）、《林次煌（世焘）归自京师，以和其师杨子箴先生近作见示，次韵报之》（四首）、《寿王湘绮（闿运）先生》《由长沙至全州途中杂咏》（十五首）。其中，《游仙诗》其一：“非烟缥缈认瑶京，手把芙蓉十二城。九转丹成餐绛雪，百神觞罢饭青精。鼎湖弓坠看龙去，伊水笙吹作凤鸣。闻道弟兄号三秀，上卿司命授茅盈。”《寄怀陈兰垓桂林》其一：“榕城一别鹤鸾群，无限沧桑世变纷。远道朵云书寄我，小山丛桂梦思君。侧身天地儒冠误，搔首江湖战鼓闻。怀旧不胜今昔感，卅年前共侍河汾。”《由长沙至全州途中杂咏》其三：“一曲南征怨，昭山俯巨流。波臣留法驾，帝子警胶舟。霸国强权胜，灵旗古庙秋。风帆吹客过，白浪拍天浮。”

王小航诗系年：《遣怀四首》《自乐》《晓晴》《沧浪歌》《自秦淮河畔夜归》《世外语》《楼中即景》《枕上偶成》《感怀，寄呈祖叔济廷夫子》《幽居即事》《学书》《赴沪道中四章》《陶宾南座中四章》。其中，《遣怀四首》其一：“息影依仁里，柴门昼不扃。鸟鱼戏相熟，农圃话堪听。山作古铜色，花呈白璧形。本来无酒量，特地一樽擎。”其二：“斯世本如寄，何方不是家。委心任尘运，随地有烟霞。米贱老妻喜，花繁稚子夸。生平多缺憾，垂老复何嗟。”《感怀》云：“萍水皆新友，巢枝非故乡。乾坤久劳落，岩野且徜徉。明月平生影，黄花晚节香。所思惟老辈，情语积中肠。”

夏敬观诗系年：《梦妇面壁趺高崖间，有泉绕其右，就语不答，冥然而悲，蘧然不知所之，为作是诗》《谒墓》《壶园杂诗》（二首）、《过同乐里旧居》《重至苏州，夜宿汳尹听枫园，赋呈一律，并简大鹤》《壬子杂诗》（八首）、《信宿金山下曹氏园，用东坡金山寺凉字韵答真长》《次韵再示真长》《三次前韵，戏调真长、栗长、伯荪》《贞长、襄庭、栗长、伯荪、应伯同登北固山甘露寺，四次前韵》《还临秋月潭，五次前韵》《中泠泉，今在金山迤西苇田中，王可庄守镇作亭覆之》《海月》《秋尽》《秋既尽矣，原野之际，风厉日薄，辄书所见》《赠严几道》《渡江至浦口》《滁州有怀左良孙》《渡淮》《夜宿徐州》《利国驿》《过邹县》《兖州作》《曲阜孔陵恭述十二韵》《自泰安入济南，车行泰山谷道间，日晡始尽，得诗四十韵》《南归漫赋》《既除妇服，哀不能尽，诗以道之》《题陈子言〈陇上诗卷〉》《移居乂棣角口占》（三首）、《次韵答拔可烟台见寄诗》。其中，《梦妇面壁趺高崖间》云：“乐事渐向稀，忧端抑何众。夜长求就寐，辄被寒鸡弄。拥衾谁慰语，辗转寻悲痛。倏忽至君旁，握手当一恸。就语了不答，趺坐巉岩洞。四壁孕琼玉，一泉流乳湩。伊何太荒境，但见天宇空。冥然觉在床，病翼难飞控。骸骨便同穴，知否云居共。既醒弗见君，恨不长在梦。”《壬子杂诗》其一：“读书气无馁，中有不死情。收心向枯淡，撑肠忽峥嵘。温蠖世相蒙，是非难见争。盗跖在吟口，且同尧舜名。乡利即有德，天道岂其平。亦欲常梦梦，阴目恨不盲。荒途日幽远，发愤乃思精。渊明忘得失，而亦咏荆卿。”其三：“杞人昔忧天，众皆笑其愚。祸至无噍类，牵发痛全肤。前蹶后亦颠，忍责一日孤。疢疾有过之，曷尝见昭苏。榱栋既崩折，漂摇风雨余。庀材事告严，善匠乏公输。怀葛义已远，斯民非其徒。群龙无首吉，爻象叹难符。”《赠严几道》云：“至道不进阐，在止托玄义。严子出所学，海内宜受赐。世风日纷靡，后生猎高位。严子始归国，彼辈尚童稚。剽窃才二三，垄断天下事。子今发已秃，曾未获一试。遂令旷古功，堂堂剩文字。”

曾广祚诗系年：《重览鄂州古迹吊张南皮》《革政后逢陈梅生嘉言、赵仲弢上达于海上，陈罢漳州，新咏悼亡；赵罢皖南道，颇伤离乱。余以英人赫胥黎优劣之旨慰之》《客江陵县，扶病登酒楼闻笛，夜归遇雨》《逊位后遗老多流寓淞沪，感怀柬何棠孙》《晚泊曲江，晨游焦山，见端陶斋所施石幢》《题关壮缪侯庙壁》（二首）、《述感》《重游西湖》（二首）、《舟泊岳阳城下作》《游文正祠园》《海上有所见，赋得李波小妹》《任寿华索题南京北极阁下铁路侧正蒙花园，任即园主，通英吉利语，曾讲学南洋群岛，其妇之母家蒲桃牙人》（二首）、《代任寿华题南京正蒙祠堂二首》《陪京柳》《降王》《枣下作》《溯大江归》《房山吊古》《江阁留别》《恋别辞》《大雪遇刘少瑚（煌然）自琼州归》《久泊燕子矶作》《江南怀旧》《舟行柳阴》《江陵感赋》《鸳鸯湖渔歌》《饶十三游秦归日同赋》《凌歊台》《与从兄敬贻、季融赴回纥食馆作》《过废苑作》《渔问樵》《樵答渔》《宫人斜说偈》《白鹿》《举目》《野行至渡口口占》《经斜岭》《苏小小墓前占一绝》《游吴郡女坟湖，返石头，听舟人悲歌》《梅竹》《闲玩盆菊》《赋晴》《暮感》《夜雨过故宅感书》《火烈》《践花（并引）》《遣愁》《今见一首，示唐、杜二生》《射猿》《空城》《榴花落》《舟夜》《窜身》《行舟卧饮》《泊武昌》《哭申田殉于西藏之难》《适越途次作》《兵中闻雷作三绝句》《与二妙游灵岩山》《风雨亭感秋》《观驰马》《归隐后赋忆故将》《范增二首》《晋怀帝》《渔浦舟中作》《题〈江楼晚眺图〉》《鸥鹭》《见人缮隋炀帝七言诗》《豫州守岁》《山宅》《上海岭南楼歌席示客》《月夜题琴》《客舍书怀》《闻道冢冢发掘》《嘉鱼怀古》《寓无量庵侧，出门眺景作》《夜渡瓜州》《机丝》《回棹》《望夜观潮》《海门庵寻红梅得句》《宫木》《召妓夜饯晏家瑞游楚》《自淮上至湘潭作》《赠从征女郎》《赠药肆主人》《仙才》《题庄隐居宅》《傲骨》。其中，《重览鄂州古迹吊张南皮》云："金碧楼台映客衣，乾坤百战且南归。幽花泫露晓犹湿，乱草经烧秋更肥。鹤舞云中随玉笛，鱼潜水底听谣黴。武侯开府遗篇在，怅忆当年白羽挥。"《革政后逢陈梅生嘉言、赵仲弢上达于海上》云："海若玄谈本漆园，千年倚杵向天扪。卧庭郭翰思灵匹，去里江淹黯别魂。太武涛张华盖影，新安酒染绣衣痕。浅沙春草群鸥集，不管鸡翘五色翻。"《海上有所见》云："李波小妹号雍容，马上骞裙似卷蓬。没羽双飞朱雁镞，翻身一挽白鹇弓。但思兰殿屯戎幕，不愿花房捣守宫。寒日余姿何婀娜，轻云蔽月海山中。"《任寿华索题南京北极阁下铁路侧正蒙花园》其一："揽尽环洲景，丹阳有小园。铜鞮垂柳拂，石榻落花繁。越海闻琴曲，移山对酒尊。书城聊坐拥，聘使莫窥垣。"《江南怀旧》云："频呼奈何帝，今听鸟声悲。河北新官贵，江南旧妓稀。醉罗风散馥，结绮月含辉。奇树花殊杂，前朝拂玉匙。"《饶十三游秦归日同赋》云："桂观绊龙媒，烽明弄玉台。古今遗片瓦，天地剩飞灰。湘瑟空多怨，缑笙独可哀。宦游秦地友，心喜见生回。"

沈汝瑾诗系年：《铜士示诗，有将母之句，写梅赠之》《题〈湖田书屋图〉，末有松禅居士省墓时所题诗，图为蒙泉外史画，〈春〉〈夏〉〈秋〉〈冬〉四幅》《止扉赴吴门，与耿吾谋肆隐，养浩赋诗送之，戏和原韵，以当骊歌》（附养浩作）、《肝阳不愈，述病状就养浩，乞方治之》《诗韵》《闲居即事，再叠前韵》《予得鹧鸪先生研，养浩赋诗张之，和韵》《得黄文节像研，养浩赋诗贺我，次韵答之》《题鹧鸪先生手琢五铢研》《题宋黄文节公像研》《题〈太师少师图〉》《书〈陶斋吉金录〉后》《喜雨》《殷芝阶丈重游泮宫，同人为征诗》《题〈送春〉诗后四首，和养浩韵》《一笑》《寄怀昌硕》《几度》（此影刺北事也）、《慈乌村歌，寿石顽老人》《生日将近，俯仰身世，作此自遣》《读养浩和诗，有怀往事，再柬》《城南和予生日诗，并惠竹节端研，作歌谢之》《养浩过小楼观梅，中孚亦来，次日赋诗见示，和韵奉答》（附原作）、《忽忽》《吊严四吉士》《购得家质生画，感题二绝》《往时松禅老人赠蝉腹砚，谓供唱随联吟之用，滑不受墨，戏作》《九日望剑门忆严吉士》《文信国印歌》《得赵子昂水晶宫道人印，赋三绝句》《九日偕金、俞二老访拂水山庄遗迹》《九日同诸公出郭，步至瞿文懿墓下》《海上同志结诗社，柬邀入社，作诗寄之》《惭愧》《扰扰》《合议》《奇变》《寄可庐》。其中，《铜士示诗》云："世界有沧桑，梅花只如旧。写此岁寒姿，为君北堂寿。冰肌炼风霜，铁骨撑宇宙。香留万古春，同心比兰臭。"《题〈湖田书屋图〉》云："湖田好风景，书屋旧茅茨。别业传千古，新图写四时。萧疏外史画，忠孝相公诗。花下重披读，买山嗟少赀。"《止扉赴吴门》云："引年何用进豨苓，春好杨花未化萍。师竹斋开宾满座，大槐国换梦初醒。古泉斑驳堪为志，野史苍凉拟筑亭。我隐山林君隐市，不知谁应少微星。（师竹斋，旧时吴门骨董肆之最著者）"

杨钟羲诗词系年：《节庵见示，答瞻园、籀园以梅花诗讯病五首，依韵奉和》《送孝笙归衡山》《东风第一枝・和约庵韵》《叠医字韵》《身云寓园看桃花，率赋长句》《浪淘沙慢・和身云》《前调・旧有伯熙表兄遗象，客秋失去，节庵题赠一纸，辄赋此解，仍用前韵》《汪伊斋为籀园、逊斋作〈山居图〉，逊翁属题，用籀园韵》《杂诗》《题胡漱唐侍御〈匡庐归隐图〉，用身云韵》（二首）、《题董鄂冶亭先生千文》《游仙诗八首》《逊翁书示病夫一章，依韵奉和并示身云、籀园、节庵》《次身云见柬诗韵》《次身云再简诗韵》《次身云三简诗韵》《逊翁得唐子畏画卷，定为〈朱阳馆图〉，属书陶隐居华阳颂并题长律二十四韵》《蓄药乃成毒》《同身云、节庵、籀园访逊斋新居，用逊斋移居诗韵，时仆亦将移寓》（四首）、《身云再叠前韵垂贺新居，逊斋亦有诗见及，叠韵奉答》（四首）、《身云以鄙寓"茄勒路顺元里北弄"八字冠首为诗，絅斋亦有和作，赋此示絅斋》《杂感，再叠前韵》（四首）、《寄怀孝笙》《题他塔刺文贞公遗墨》《陈善馀来沪相访奉赠》《题叶南台摹李香君小影》（四首）。其中，《节庵见示》其一："罗浮梦冷客归迟，老干悬厓有古姿。自是空山多雨雪，寒花开过没人知。"《东风第一枝》云："朝雨欺寒，夕阴吹暝，东风犹勒新暖。尽教闲热香篝，阁住春衫针线。一年花事，拼迟放几枝兰箭。初不道社鼓枫林，容易日斜人散。　　愁似水并刀难剪。酒如泻提壶休劝。是谁断送年华，相与急催弦管。重衾醉拥，只惆怅铜舆梦远。那堪向易主楼台，又见定巢语燕。”《杂诗》云：“德林负时名，齐平为内史。谓是天上人，今日得驱使。”

郑孝胥诗系年：《续杂诗》（二首）、《答陈伯严同登海藏楼之作》《答沈子培》《五十三岁生日放言》《张让三闻余不出，枉视相唁且求作诗》《赵尧生侍御属题〈万松深处〉卷子》《题沈文肃书扇》《金巩伯求题〈端午桥〉诗后》《题林学衡诗本》《答樊云门〈冬雨剧谈〉之作》（三首）、《胡铁华求题大山松所画卷》《题吴剑泉〈寄愁小草〉》《书女景扇》《沈子培属题〈山居图〉》《吊日本大将乃木希典诗》《嵇叔夜》、《题顾升〈瘗琴铭〉及其妻庄宁书〈多心经〉。经后跋云：显庆三年八日一日庄宁为夫资福书。跋后又有二行云：检遗箧，感深意，福无灵，人先弃，勒贞珉，还资施。升记》《题吴鉴泉〈鉴园图〉（有序）》《金淮生（武祥）属题所著书三种》《答鉴泉乱后归鉴园》《通州徐贯恂属题〈梅花山馆读书图〉》《答左笏卿并示介庵》《答沈子培》《朱丙君求题张瑞图草书长卷》《陈仁先〈听松图〉》《陈仁先〈种菊图〉》（二首）、《寿严几道六十》（二首）。其中，《答沈子培》云：“老向穷途道更穷，膝痕穿榻槁书丛。堂堂白日人谁在？杳杳高楼世岂通。守死自甘等丘貉，逃虚未暇托冥鸿。行逢宿草何妨哭，留阅兴亡只两翁。”《张让三闻余不出》云：“宴居何所念，一坐历千劫。半年不出户，世变方岌岌。初不知有汉，魏晋亡愈急。小园花事过，迸笥又戢戢。绿深春已晚，惆怅风雨集。客来或见唁，不语久于邑。张君素相重，文字积慧业。染须事后生，愠色在眉睫。彦回故名士，垂老乃被胁。我曹宜深戒，晚节且孤立。”《题沈文肃书扇》云：“不带湘淮恶习来，眼中此老最崔嵬。道因碑外儒酸气，君实何妨唤秀才。”《金巩伯求题〈端午桥〉诗后》云：“京官称端四，节府推匋斋。收藏甲天下，文采腾当时。死忠诚得所，声价孰与齐？平生辱见知，泣下视此题。”

俞明震诗系年：《述哀》《得寿臣三弟书》《纪梦》《将至秦州避乱，次陈子言〈留别兰州诸友〉韵》《自一条山出长城，寄怀赵芝山都督》《泛黄河，自宁夏达包头镇，舟行杂咏》。其中，《述哀》云：“预料事当尔，此意至凄切。况复身及之，生死吾安择？自吾成童时，民劳得小息。书生困帖括，懔若抱残缺。人知王室尊，那计生事拙。默窥朝野情，不醉常兀兀。人以官为家，遂以官立国。鄙夫竞濡沫，贤者或矫饰。泥取古昔名，新理任汩没。我与世同化，所学岂殊辙。深悲来日难，匹夫与有责。侧闻宪法立，迅疾万弩发。亲贵集大柄，四海各休戚。所持进化理，忽与初念别。踯躅将安归？放情山水窟。江南厌靡丽，度陇苦萧瑟。风气递旋转，人心有南北。奈何势所激，一发不两月。心知人世改，愁到海水竭。兵气郁不开，阙河信四塞。去官如脱囚，心死身则适。改岁天气佳，浊酒容一呷。晴风入寒沙，泉动冰滑滑。占天有生意，望春犹恍惚。谁与解烦忧？如石不可掇。”《将至秦州避乱》云：“国身通本春秋旨，海内从教索解人。绝塞散存专制体，一廛今作幸生民。少年慷慨犹摩剑，乱后光阴看转轮。梦醒莫愁身世改，雪中一鸟已鸣春。”

陈曾寿诗词系年：《咏怀》（十首）、《白梅》《谒节庵师不遇，感赋一首》《江陵戴烈妇诗》《闻日本乃木大将殉日皇事感赋》《纪梦中所见》《晓晴偶作》《断梦》《以旧京菊种移至海上，寄养邻圃》《云物》《零落》《题刘幼云先生〈潜庐读书图〉》《至邻圃，视寄养菊花已出蓓蕾，喜赋》《述菊》《福孙表兄以心疾居山寺中，屏妻子，不茶不饭，身备诸苦，往视谈竟夕，别去途中感赋》《赠散原先生》《被酒昼眠，梦在西山戒坛寺中得“松翻急雨未全龙”之句，醒成之》《闻寄禅上人怛化，口占一绝》《哭刘松庵》《暗香·壬子寄巢云》。其中，《谒节庵师不遇》云：“烈士甘徇名，贪夫则徇财。不谓俊及流，兼妙然蠡才。寥翔忽下集，洽狎鸥无猜。烈烈贞妇操，高筑怀清台。古疾未有此，岂曰非怪灾。儒服捐一耻，维绝惊天摧。凄其衡门下，商歌出荒莱。曲肱无一饱，吐食盈琼瑰。芒然群刺天，饥凤孤徘徊。天寒竹实尽，凄我千春怀。”《闻日本乃木大将殉日皇事感赋》云：“将军死所胜沙场，凛凛君臣义不忘。早识大伦捐二子，晚标奇节报先皇。飞腾洒落千秋思，忠孝坚贞一室芳。亡国孤累惊破柱，伤心无面赞堂堂。”《纪梦中所见》云：“疏阴一径竹交加，竹下修兰绕径斜。竹露潺潺如遇雨，素心初放两三花。”《晓晴偶作》云：“故人书卷暖生涯，犹胜巢泥处处家。远寺分钟侵客枕，晓寒连海冻瓶花。浇肠茗涩宵悰在，明眼窗晴日计赊。芳草欲萋春梦断，倚床空殷九衢车。”《断梦》云：“断梦敲窗雨未收，暗凉惊起小堂幽。鸡鸣未尽多生泪，虫语争分一夜秋。据槁尚余残树影，解纷无复旧蚊帱。乘除万念微灯里，蓦地闻钟不自由。”《被酒昼眠》云：“忆宿西山最上重，琳宫高下占诸峰。银铛夜度台廊迥，荦确晨披草木浓。殿裹乌云犹耸日，松翻急雨未全龙。旧游历历成残梦，剩拾山门一杵钟。”《暗香》云：“旧痕凄断，是年时携手，虎坊桥畔。愁护暮鸦，芳树阴阴后堂见。还踏天街月影，乍忘了、西风冰簟。谁管他、如叶青衫，弦底玉龙怨。　　争羡，御香染。尽夜夜露痕，襟袖难浣。几时清浅，赢得铜仙泪空满。重觅剪灯心事，除付与、梦中庭院。却又怕、寻去也，梦中都换。”

赵熙诗系年：《题〈宛陵集〉》《题〈后山集〉答无竟》《送僧》《寄彊村》《孝怀送行至镇江》《京口》《焦山》《金陵》《怀顾子》《忠州》《江行》《题唐才常尺牍》《再题〈后山集〉》《客居二首》《沪居》《雁影》《拟古》《采芝图》《有感二首》《请看二首》《桃花》《即事二首》《清歌》《残香》《无题四首》《春熙楼》《午君画扇》《赠孝怀》《访太夷》《题海藏楼》《答西湖友人二首》《忆彊村》《花架》《纸窗》《纸屏》《题陶岐峰先生〈玉堂春富贵图〉四首》《送孙白髯入蜀》《邓慕鲁乞题先人手录五家诗》《题漱唐〈匡庐归隐图〉》《题彭小镂〈息影图〉》《海上赠黄幹兼怀江叔老》《题上官竹庄

〈渔家乐图〉二首》《寄友》《赠别》《故宫太平花》《内府御笺》《叔欧海属题所藏〈石斋自书诗草〉》《送人二首》《谢铁华赠汾酒》《送僧》《秋恕生日赋赠》《晤病山》《夏亮功索诗》《孝怀送行至镇江，赋别二首》《宿焦山》《牛渚》《北固楼》《〈白葭图〉题辞》《白袈居士属题〈精忠柏断片图〉》《金陵送别》《台城》《小孤山二首》《伯循招饮，病山不至，兼怀顾印伯》《怀印伯》《寄印伯》《寄题印伯塞向宧》《再寄印伯》《戏题蔗翁润笔格》《印伯赠笔寄谢》《病山以诗送别即和》《新堤大雪，用东坡〈聚星堂〉韵》《次日仍雪，泊天星洲，用前韵再纪》《沙市雪定，三用前韵》《歧路》《楚江舟中》《舟行》《宜昌夜泊》《东山寺》《发宜昌》《黄牛庙》《峡舟》《新滩》《滟预石》《滟预堆赠李缉庵》《峡口二首》《泊夔州二首》《夔州谈雪赠徐君次前韵》《发夔州》《夜泊》《草虫》《木洞溪》《初到山城望礼园》《第一江山台怀李耀老》《绿天仙馆赠湛阳》《李培之赠藤舆赋谢》《渝州北楼》《赠哈蜕庵同年》《寄蒲伯英》《送余苍一回成都，因怀山腴》《次韵陈石甫见寄》《招铁华松岵看梅》《铁华在京买着色兰一帧，归贻其内，作诗调之二首》《饯灶》《怀昀老》《忆所持》。其中，《题〈宛陵集〉》云："我今不信言无征，试谈诗案梅宛陵。去年潘成各赠我，据传诗运当中兴。及秋南北阻兵火，避地不复窥缄縢。今春杨子聚一室，案有此帙连窗灯。是时门外大雪白，飞花万瓦明千塍。徐家汇上客送酒，一举十石无斗升。发函淡泊苦不乐，时出妙句中生稜。渐寻渐得最佳处，乃觉可爱不可憎。就中有味五言上，如入古寺逢高僧。又如缘源极深涧，独骑瘦马行凌兢。取境顾不一览尽，其奥直里山万层。固知立品绝世好，能介如石清如冰。七言亦自字字涩，乃不鹏击如秋鹰。以视苏黄则力薄，在宋作者非上乘。颇疑自处唐法外，梅之所能陈亦能(后山)。而西崑派实大病，医之此集三折肱。欧阳公是海天量，拳拳好士诚服膺。所评最允孟东野，胡世用驾王右丞。杨子掀髯忽大笑，方今民国兵相矜。聚徒立取一州督，诗中说梦真瞢腾。旁有胡子劝进酒，老妻促卧今当应。凡君自取抉真谛，外论初不如所称。"《题〈后山集〉答无竟》云："杨子送我后山集，自粤题诗手亲写。经年在笥今取之，圣处直到古作者。沉思一往字字涩，不似水银无不泻。此事第一关性分，所学深浅不容假。但饰其外多放心，铅华虽工远大雅。清亡转岁已二月，上海花香作春社。文章岂是济时具，荡荡游兵满区夏。夜深静展此编坐，只当谈禅访兰若。若论才力大过人，大体尚出苏黄下。其他品第难遽定，我于宋诗见者寡。"《江行》云："白鸥临水似相呼，黄叶西风上峡图。落日不知何县界，船头山色胜吴姝。"《题唐才常尺牍》云："一纸千年碧血痕，堂堂正气至今存。亡奴只坐心无力，杀士宁知国有魂。湘水自沉犹未酷，鼎湖一去只余恩。六飞惨澹秦关远，试问何人是祸根。"《忆彊村》云："雁点秋痕绝妙词，侍郎风韵藕花知。江南一夜潇潇雨，回首枫桥是盛时。"

鲍心增诗系年：《山居杂感》《寄挽益都孙模山孝廉》《寄酬赵薇垣(汝弼)广文》

（二首）、《寄酬王午山同年并仿侨景荣竹林》《支继卿先生（恒荣）以先高祖画松见赠，题诗二章，语多奖勉，感赋志谢并以奉怀》《悲愤行，寄怀丁潜客（仁长）、吴湘渔（国镛）两君子》《题何贞妇〈女吟遗稿〉》《晚学楼主人寄余〈九月三十日瑞雪见怀〉，用东坡聚星堂韵一首，予未能和也，寄酬二律》（原作多追叙庚子奔沪情事）、《酬秀一峰都护一绝，次原韵》《和支芰青先生〈冬斋十适〉七绝十首》。其中，《山居杂感》云："小村幽僻俗尘稀，麦秀渐渐豆荚肥。赴海群山随浪涌，遇江急雨挟云飞。荒林三匝乌空绕，华表千年鹤自归。人世沧桑休更说，松楸镇日幸瞻依。"《酬秀一峰都护一绝》云："鱼书只道沧桑恨，人海难移遁世情。料得出门频怅望，西南咫尺是宫城（居近皇城）。"《和支芰青先生》其一《围炉》云："窗明屋小似春融，一枕游仙榾柮红。自笑不镛惟渴睡，被人头脑消冬烘。"

安维峻诗系年：《二十二日至将军镇，见辎重移退，大惊，询之，知因共和停战将撤队，口号志慨》《升帅闻余将至，遣使来止行，余纵马驰四十里，至乾州之十八里铺，与升帅相见，言及上已退位，相对泣涕，次日回途中感赋》（二首）、《回至平凉府，闻秦州革命独立，驰归劝乡人固守》《哭亡儿之瑄》《归马》《却客》《读杜诗"整顿乾坤济时了"，感而有赋》。其中，《二十二日至将军镇》云："唾手西京复，金牌十二来。大功悲不就，天地亦崩颓。"《升帅闻余将至》其一："痛哭兮无言，何处兮天门。日月兮沈昏，易位兮乾坤。羌鼎沸兮中原，纷瓦解兮元元。睹麦秀兮销魂，歌黍离兮声吞。言归兮邱园，自课兮儿孙。饮水兮思源，罔极兮天恩。"其二："莫道河山战一枰，满盘棋子为人倾。兴亡自古关天数，结局如斯太不情。"《回至平凉府》云："天意尚难知，人心须不死。彼昏一何愚，妄敢隗嚣比。黄狐既跳梁，鸱张复坌起。一朝诛乱贼，斧钺宁宥尔？吾邑号邹鲁，自昔守正理。众志可成城，各自保乡里。谁敢竖白旗？一身集众矢。天理即王法，持以喻桑梓。凡事贵圆终，慎毋为祸始。拨云见天日，可告无罪矣。"《归马》云："周君赠我枣骝马，此马神骏识者寡。只因感激效驰驱，与人一心清华夏。谁下金牌遽班师，江山断送胡为者。枣骝有力无可施，忍使雄心老枥下。送还旧主且待时，会看伯乐来冀野。"

唐受祺诗系年：《养静》《偶检〈感悟诗〉又续四律》《燕巢忽堕，急为之补葺，诘以长歌》《景周陆君以〈爱莲亭诗十二韵〉见赠，依韵奉答》《闻锡山东南五里湖之胜，夏日唤舟，邀同陆君景周往游，儿孙随焉，至则但见湖光山色而已，作长歌记之》《放言》《衰柳叹》《憎黄雀》《月台晚眺》《去凿》《咏并蒂红白石榴》《百感》。其中，《养静》云："帆影炊痕望里收，绿阴浓处小勾留。非无王粲登楼感，颇欲张良借箸筹。高厦营巢怜舞燕，清溪浪迹让闲鸥。林泉养静忘行役，愿得攀跻第一流。"《偶检〈感悟诗〉又续四律》其一："清谈挥麈任终朝，蛮触争雄衅自挑。恐有受惊惩打鸭，偶因习体爱迎猫。厌听蚓笛喧泥淖，快说螺舟趁海潮。我欲蟾宫一游历，烦他雁信达云霄。"

其二："桓桓气象壮熊罴，为鹳为鹅阵亦奇。蚕食后将丝自缚，狐埋彼曷性多疑。贪如阳鱎何知饵，哺似慈乌未算痴。蟋蟀半闲堂已矣，虹桥空见草离离。"其三："惊人气焰涉鸮张，讵识高冈集凤凰。世事由来肯嚼蜡，天星常此炳贪狼。鸳鸯同梦时嫌短，雀鼠纷争理据长。窃异睢麟风化洽，讴歌赪尾早苏鲂。"其四："争看开道有骅骝，驺从分明在后头。农父痴心知待兔，牧童生趣解骑牛。机关稠密同蛾伏，媒介纷纭与雉谋。欲访鲛人潜织处，却愁嘘蜃隔层楼。"

严修诗系年：《偕内子游日本，留别王仁安、赵幼梅、言仲远》《叶山独居》《叶山习字，笔甚应手，覆视之，字乃不工》《游玉川，赠卢婿南生并示同游日友》《宿箱根玉泉楼》《大桥秋水以扇索书，书赠一诗》《黄海遇风》（三首）、《船客携一犬，随处便溺，且时出入一等客之食堂，船员略不诃禁，盖客为欧人妇也》（二首）、《晓起风定，喜赋》《口占》《以诗呈仁安、幼梅、仲远，附此解嘲》。其中，《偕内子游日本》云："闲云终日过，身世两悠悠。只道浮家乐，焉知去国愁。十年三人海，万里又孤舟。欲识沧桑事，君当问白鸥。"《叶山习字》云："笔墨纵精良，仅能尽我技。我技苟未至，彼长亦止此。笔攫杨少师，墨攘赵承旨。付之三岁儿，涂鸦乱满纸。"《游玉川》序云："玉川在东京市外，甚饶风景，有所谓'游园'地者，中有高阜，广不胜数亩，而玉川全景在目，卢婿谓其地可筑小室作别墅，余曰然哉，因戏赋此。"诗云："凭高一览足烟霞，小筑幽栖愿匪奢。莫谓人瞋宾夺主，玉川在昔属卢家。"《宿箱根玉泉楼》云："方丈金镶宝镜空，帘纹铺地玉玲珑。华清池水凝脂滑，未必雕嵌及此工。"《大桥秋水以扇索书》云："与君聚首十年前，往事追维各莞然。羊祜风流映裘带，张芝书法走云烟。传杯击剑志万古，大睨高谈声四筵。之子豪情今未减，嗟予揽镜已华颠。"

许咏仁诗系年：《工程营管带金陵刘小如去任，赋此赠行》（代蒋敦华作）（四首）、《断指歌，赠天津楼绍景》（代刘县长作，共四首，删去末首）、《县长静海刘黼臣（敬焕）去任，赋此赠行》（代总务课长某君作）（四首）、《前题》（代警务课长陆君作，十首存六）、《阅〈嫦娥革新史〉有感（并序）》《题临海高仲父（观潮）〈磻溪钓雪图〉小影》（六首）、《丹徒王雪亭（家瑞）以玻璃镇纸三方见示，每方俱影美人，有阅书者，有乘脚踏车者，有两人共打桨者，为之题六绝句》《某夕王君又以玻璃镇纸见示，再口占一绝》《哭张文若（楷）》《哭文若胞弟》（代其姊作）、《宿沙洲三贤庙，吊赵焕文》（四首）、《登段山》《常阴沙竹枝词》（四首）、《挽章母王太宜人》（四首）。其中，《断指歌》其一："缔造新邦甫半年，军中提倡国民捐。现身说法从君始，证取天龙一指禅。"《某夕王君又以玻璃镇纸见示》云："衙斋风雨一灯挑，挨到黄昏苦寂寥。坐玩玻璃中小影，虽然隔膜也魂消。"《常阴沙竹枝词》其一："沧海何年变作田，居民犁雨复锄烟。清和时节闲人少，蚕豆收成快种棉。"

萧亮飞诗系年：《黄丈柬讯近状，赋此寄答》《金陵送徐先烈锡麟归榇浙江》《共和国成，又逢新岁，黄丈寄诗，依韵奉答》《题佛笑和〈南香禅花隐图〉》《古歌赠今人》《金陵早春》《饮江干第一楼》《壬子五十有二初度，得四十韵》《孙中山先生辞总统职，赋成四律即以送行》《江楼即目》《寄怀金大都门》《乳燕》《铁石道人以〈悼亡〉诗寄示，作此慰之》《琴歌五章》《壬子金陵花朝》《黄园十三咏》《南海黄丈以道装小影索题，欣然作歌》《贺铁石道人新筑第二黄园》《金陵慨作》《桃叶渡曲》《胜棋楼题壁》《携门人刘凯夔游雨花台，兼忆刘聿新江北》《秦淮河独自泛舟》《暮春登翠微亭》《与凯夔泛舟后湖》《饮酒第一楼，隔江观韩信将台》《莫愁湖与凯夔酌茗》《鸡鸣寺》《孙楚酒楼，太白先生尝赋诗其中，故又呼"李白酒楼"。余醉中携门人刘凯夔偶然来游，因放歌赠两先生》《游萧寺》《鸲鹆三章》《金陵放歌》《金勺园寄诗索和，步韵奉答》《荒园》《黎明时作》《友人席上却伎》《小住春申客舍口占》《西湖谒女侠秋瑾墓》《过淮阴钓台吊韩信》《刘护军使之洁邀饮淮园，同座者皆新农故人，喜而赋此》《返金陵舟中赠刘介玉文玠》《过扬州》《雨花台石》《题冯伯渊〈荷净纳凉夜话图〉，用杜少陵〈陪诸贵公子丈八沟携妓纳凉，晚际遇雨二首〉韵》《又题三绝》《夏闺四律》《携凯夔游清凉山，登扫叶楼，拜昭明太子读书遗像》《将归黎阳，携凯夔游静海寺》《李瘦红二十初度，祝之以诗》《第二黄园十六咏，和铁石道人》《冬闺四律》《九秋杂咏》《题铁石道人〈怡园续集〉》《戏作美人四绝句》《题王璞山〈红梅馆读书图〉册子》。其中，《孙中山先生辞总统职》其一："百余日奏共和歌，法美名邦讵让他。端赖群公裕韬略，纵看四海洗干戈。吊民在古即汤武，善将于今多收颇。手挽神州纳康乐，八方自此不风波。"其二："水旱兵荒火疫风，奇灾到此已全空。尽联汉满蒙回藏，共处东西南北中。天下一家情蔼蔼，眼前五族乐融融。宜人晴日知时雨，苍昊无私助大同。"其三："慰我神明好子孙，国旗飞舞满乾坤。明洪武又北胡逐，华盛顿方东亚尊。竟使列强惊创举，要知二帝本同根。英才教育无先务，文武还须并讨论。"其四："黄帝勋华几欲沦，五千年后喜重新。遍征举世人无间，始信中山自有真。博济功宁在禹下，大公心绰与尧伦。恬然身退谦光著，才是英雄德圣人。"

黄荐鹗诗系年：《自汕尾回香港》《到香港闻女玉英疾逝，子又罹病，感赋》（三首）、《羊城兵变》《珠江客感》《闻子病愈》《将之饶平，在珠江望月》《感旧》《赴饶平任途遇风雨，宿井洲》《初到黄冈》《受篆饶平》（二首）、《题黄冈瑞光学堂》《登虎头山》《过通溪桥》《到石溪头》《过大港乡》《宿所城》《十三乡道中》。其中，《自汕尾回香港》云："怒涛百丈立陂头，破浪乘风一叶舟。擘断岭云千里暗，拨开海月二分愁。篷飘大纛帆多力，船入香江水亦柔。让地何年归故主，太平山下水西流。"《羊城兵变》序云："时王和顺兵不受节制，陈都督炯明以武力解散之，三日即平。"诗云："星弧留耀数千里，汉室重光戢弓矢。灶下厮养烂羊头，拔剑击柱争公侯。广募喽啰数逾万，尾大不掉忧滋蔓。横行欲学王仙芝，养痈贻患祸已滋。将军赫然奋神武，誓将殄灭此豺虎。群妖负固犹强梁，附郭庐舍遭红羊。三日鲸鲵幸屈伏，余酋鼠窜均收复。拨云重见天日光，行人依旧驰康庄。贤哉元戎绾军府，不愧为民母若父。事后金帛恤伤亡，商民乐利颂龚黄。卧龙陡起蛟鲸辟，粤海人人庆安宅。"《珠江客感》云："征袍久滞粤江烟，厌听新堤旧管弦。鬓发如丝愁对镜，葛裘补衲愧无钱。廿年事业浑如梦，一卷离骚独自编。投笔无缘归未得，浮生仍为宦情牵。"《赴饶平任途遇风雨》云："岭南地卑湿，上游海波急。舟行遇大风，帆飞水欲立。渺渺海西东，驿路迷原隰。宦情我何痴，征衫着蓑笠。停桡换小艭，冒雨来岩邑。小吏出门迎，凫鸟从东行。前途泥滑滑，扶步到东营。旧日抱关吏，好事樗蒲戏。使君初入门，饬令修吏治。烟赌害民生，尔曹竟贪利。如不痛自悛，白简频登记。仰视天色昏，搢绅延入侍。道诉民间苦，终岁劳无补。前年降旱灾，无力酬田租。今岁遭洪流，苗颖仍未吐。旱潦迭为灾，仓廪鲜积聚。我闻搢绅言，寸衷无所主。人事本无常，天心难逆数。东村祷甘霖，西村祝晴煦。多雨既可忧，不雨又非祜。相彼天苍苍，因应亦无方。况作亲民吏，忧乐与共尝。果欲同好恶，德须效龚黄。驿亭一宵梦，仿佛入河阳。明朝花满路，香逐马蹄忙。"《初到黄冈》云："一棹惊心破浪来（时大风浪），梦魂犹绕曲江隈。忽看泽国开平野，剩有城楼矗石台。入市狼烟侵甲胄（居民械斗），随身虎队辟蒿莱。冲繁劫后称难治，愁听江城画角哀。"《过大港乡》云："驻舄黄冈已六旬，催科星火病吾民。肩舆东出斜阳道，匹马横冲大海滨。利尽鱼盐民尚裕，市藏狐鼠俗难驯。新官本是书生习，何事乡衿不我亲（谕令纳粮，裹足不前）。"

章梫诗系年：《寄张筱帆大前辈（曾扬）涞水》《和刘龙伯同年韵即赠》《和韵赠劳玉初丈涞水》《题苏厚庵同年〈鲤庭献寿图〉四首》《题刘伯绅学部（经绎）画册》《和韵答赠吴絅斋前辈二首》《和喻志韶前辈韵，即赠二首》《劳玉初丈见示文观察（悌）、谢总兵（宝胜）殉国感赋诗，和韵》（嗣知文实未死）、《和徐楼樵国子丞〈正月十三日停止行礼感赋〉韵，答劳玉初丈一首》《和吴鰓丞大前辈（树梅）韵，寄怀二首》《寄刘幼云前辈（廷深）青岛》《和瑞臣侍郎前辈，用元遗山〈甲午除夕〉诗韵》《题张筱帆大前辈所藏文文忠画山水》《叠苍字韵述近事，仍寄劳丈》《题瑞臣侍郎前辈〈上元夜饮图〉二首》《赠吴莲溪前辈（怀清）京师》《寄怀王枚伯同年（舟瑶）黄岩》（三首）、《题胡葆森太史（骏）所藏郭兰石墨迹二首》《题袁珏生前辈同年（励准）所藏〈焦山图〉二首》《和韵酬实录馆同人》《赏纱縠纪恩，和温叶庵侍御前辈韵》《赠钱新甫前辈（骏祥）兼柬王伯荃、金雪孙两前辈同年》《题黎潞莽（湛枝）前辈所藏黄忠端〈赤壁后游图〉二首》《赠刘伯崇（福姚）、张卿五（书云）两前辈》《赠王伯荃前辈同年（大钧）》《赠袁珏生前辈（励准）》《答赠陈石遗学部同年，兼柬孙师郑前辈》《赠熊经仲（方燧）、蓝石如（钰）两前辈（俱江西人）》《送孙蔚林部郎（文昺）、饶麓樵中翰同年（橿龄）归湘，兼寄郭复初前辈》（二首）、《题汪子贤部郎〈半山课耕图〉二首》《题刘伯绅部郎（经绎）〈卫源归耕图〉》《题马湘兰画兰二首》《题六桥都护〈朔漠访碑图〉》《寿金雪孙（兆丰）尊人芷圃封翁七十》（四首）、《题史编修〈鹿车偕隐图〉三首》《叠韵答赠张卿五太史二首》《叠韵寄怀吴䰒丞大前辈二首》《题徐楼樵国子丞〈鹊山寒食图〉，即步其〈正月十三日感赋〉韵》《白日赠金雪孙前辈（兆丰）》《叠韵题劳玉初丈〈釜麓归耕图〉二首》《饶敬伯同年之父再生教谕五十晋一》（二首）、《送朱艾卿座师（益藩）出都》《出都酬诸同志》《自天津至济南道中作》《游大明湖》《题趵突泉》《历城秋稼庄访吴䰒丞大前辈隐居》《自济南至青岛作》《归至上海，呈善化相国师》（二首）、《和韵赠马季笠孝廉（贞榆）兼柬饶二民同年》《叠韵答赠沈子培方伯（曾植）》《和韵答赠志韶前辈》《和韵答赠袁子羽征君二首》《呈陈筱石制军师暨师母许夫人二首》《寄呈元和太保师兼柬陈弢庵大前辈》《和金雪孙前辈〈读陶渊明《夷齐》诗有感〉韵》《和韵答张让三同年》《赠王壬秋检讨兼呈善化相国师》《和善化师见赠韵兼赠壬秋检讨》《和疏字韵，答让三》。其中，《和吴䰒丞大前辈（树梅）韵》其一："河山再造望仍需，早脱朝衫逊野居。玉版书痕留内殿，碧幢梦影过南徐。巡遒上渡潇湘月，趋沪经行郑白渠。回首开天如隔世，只应濠濮共观鱼。"《寄刘幼云前辈（廷深）青岛》云："徙曲焦唇十万言，坐看大厦荡无存。身怜秋燕栖人屋，梦逐归鸿度水村。故国遗臣同洒涕，久交如我更销魂。乱离亦要加餐饭，好护青椿与紫萱。"《寄怀王枚伯同年（舟瑶）黄岩》其一："海角寒潮落日黄，故交千里半存亡。经儒绝续周琴际，壮士销沈燕赵乡。戴笠几人作遗老，抱书留我放清狂。与君莫说沧桑事，万八天台胜首阳。"

李经钰诗系年：《寄张弢楼青岛兼咏悔庵兄》（四首）、《杂感》《赠刘锡之》（二首）、《题醉红居士王玉峰〈三弦词〉后》（二首）、《闻张幼樵姊丈金陵旧宅为军人占居》《徐园登高，用冶山寄〈展重阳〉韵》《自别冶山已经一载，忽蒙寄诗，用〈展重阳〉韵赋赠》《题赏寂堂〈寄愁小草〉》（四首）。其中，《寄张弢楼青岛兼咏悔庵兄》其一："插足真无地，乾坤震撼间。端居忧世变，多病觉身闲。魑魅窥孤客，干戈话故山。相思同海月，流照别离颜。"《徐园登高》云："满眼秋光剧可哀，他乡此日独登台。天连海色侵书幌，风送花香入酒杯。北地雁传兵气到，劳山鸥泛客书来。吾侪涸辙聊濡沫，却遣愁怀暂一开。"《杂感》云："文武衣冠尽，鸡豚坞壁空。赤烟生第宅，青草伏刀弓。旧腊存私祭，荒祠说表忠。卌年辛苦地，回首起悲风。"《赠刘锡之》其一："夫子身将隐，明时方爱才。旧交文字贱，新鬼武昌哀。积雨滋庭藓，秋风动野莱。因思渭滨叟，垂钓日悠哉。"《题醉红居士王玉峰〈三弦词〉后》其二："一曲当筵激楚声，相看掩袖泪纵横。都将家国无穷恨，写入檀槽付白生。"

李宣龚诗系年：《芝罘杂诗》（八首）、《夜坐示贞壮，并寄吷庵江南》《登小蓬莱，戍未退，不得入》《东山夜归，示同舍诸子》《舟行抵舍》《寄严几道先生》《题〈鉴园图〉》《赠贞壮》《焦山作》《焦山枕江阁，同沤尹丈夜坐》《黄县闻警，感作》《公约卧病新居，辞不出避，明日予去秣陵，赋此为别》《崇川道中有忆》。其中，《芝罘杂诗》其一："岛市似日本，所少万屐声。缘冈路千盘，澄波荡空明。比屋昼掩户，人言方厌兵。幸有北船珠，慰此闻戒情。"其二："范蠡忧藏弓，鸱夷弄狡狯。求仙有徐福，童女遗世累。置金廊庑下，戎成终不退。谁欤作佣者，矫首向天外。"《舟行抵舍》云："渐移北眼向南村，着树微霜绿尚繁。曲港路迷行迤逦，落帆风紧听潺湲。回翔意久浑疑晚，咀嚼诗成已到门。叵喜离家四十日，能留暖菊迟芳樽。"《夜坐示贞壮》云："眼中时事益纷纷，默坐相看我与君。秋老叶声时作雨，夜寒海气易成云。穷愁强饮终难遣，异地狂歌不可闻。千里吷庵明月在，故应分照白鸥群。"《登小蓬莱》云："十里秋原到眼明，不因荦确废山行。愁看蜃气连兵气，爱听松声杂海声。黩武求仙俱妄念，鬓丝禅榻两忘情。吾侪未与人间事，醉尉何劳问姓名。"《东山夜归》云："远火依微鼓角哀，独携夜色与徘徊。风从北岛排山入，月傍东篱出海来。浅醉不辞寒作伴，孤行自喜意难回。明朝更踏波涛去，侧望蓬莱未可陪。"

傅锡祺台湾诗系年：《蜀后主》（三首）、《依韵送惠如东游》（二首）、《听琴》《评花》（三首）、《董卓》（三首）、《吴通事诗》（二首）、《袁世凯》（二首）、《孙文》（二首）、《焚香》《女军》（二首）、《阿片》（二首）、《飞絮》（二首）、《种树》《山行》（二首）、《竞马》（二首）、《思归》（二首）、《沧玉、联玉令萱堂六十寿辰，诗以祝之》《寿颂臣师六十，时春源世兄亦谐花烛》《寿林献堂君祖母八十》《又代友人作》《老牛》《画牛》。其中，《飞絮》其一："断梗飘蓬共此心，柔条一别迹难寻。生来未必真轻薄，只为风多力不禁。飘泊天涯别恨深，隋堤消息总沉沉。伤心一自沾泥后，无力重飞近柳阴。"《依韵送惠如东游》其一："一片飞帆掠九州，长风万里算豪游。才从小苑催花发（君有牡丹，近日盛开），旋向春江看月流（计程元宵尚在舟中）。"《袁世凯》其一："民气方张帝运衰，乡关奉诏故迟迟。觉罗三百年天下，顿丧河阳再起时。"《孙文》其一："崛起江东有仲谋，北燕王气黯然收。中华从此官天下，千载勋名纪石头。"《寿林献堂君祖母八十》云："寿富康宁事事优，此生福是几生修。婆心素喜分余润，天意何曾吝厚酬。九月菊滋甘谷水，十年杖刻汉廷鸠。老来蔗境尤佳处，令伯家居正报刘。"

钟熊祥诗系年：《重游武昌途中感作》《江暮》《缘天阁》（在富池口）、《重别鄂寓》《将发夏口，风雨阻行》《重经富池口》《寄章丹秋》《无锡车中口占》《金陵访旧》《明故宫》《莫愁湖》《寄题笃生道友长沙筒车坝隐居二首》《海上感事》《把酒对菊》《雪夜醉后感怀，寄复元子、云中子二首》《避乱海上，经岁无聊，近承施理卿监督约襄榷务，赋以志感，寄毛朗亭外弟》《崇明榷廨小楼晚眺》（赁施翘河天后宫）、《窗外天竹果结繁艳，寄云中子》《寒宵风雪，陆怀章适至，同酌》《快雪时晴，寄复元、云中二子》《薄暮书怀》《晓起大风，迟吴向泉不至》《腊日怀留青山庄，寄符卿弟》《祝梯青堂兄六十寿二首》《晴窗感怀》《枕上听雨感叹》《岁暮奇寒，不寐忆弟》。其中，《重游武昌途中感作》云："重寻旧路楚江东，景物依稀事不同。城市邱墟新劫重，河山破碎万民穷。苍凉云树春犹梦，汹涌波涛日未终。触目伤怀千里道，频将热泪洒临风。"《江暮》云："日暮苍茫天地浮，荒江微雨弄孤舟。柔情不入离人梦，渺渺烟波伴白鸥。"《将发夏口》云："寥落沧江夜，归途欲问津。风雷相送别，云雨故留人。白发嗟迟暮，青杨惜早春。汉皋回首望，前路渺无垠。"《明故宫》云："故宫荒废夕阳侵，离乱重经感痛深。浩劫欲垂翁仲泪，共和应动帝王心。表忠祠毁随兵火，血迹碑存鉴古今（光绪七年，左文襄公建方孝孺、练子宁、铁铉、景清四君子祠，筑亭树血迹碑，今祠毁碑存）。遗恨难消千载后，绿阴聊托一蝉吟。"《把酒对菊》云："西风微雨菊花天，把酒东篱思悄然。历乱芳心伤隔岁，支离傲骨耐经年。且偕靖节柴桑隐，未得康风蓬岛仙。尘世难逢开口笑，满头插遍似樊川。"《窗外天竹果结繁艳》云："倚窗耀眼拟霜林，喜共梅花伴醉吟。赤玉飞来天上种，丹砂练就岁寒心。枝枝果缀菩提树，颗颗珠穿造化针。红豆相思寄海外，瑶宫拥护碧云深。"《薄暮书怀》云："萧寺钟声起，天空气自清。疏林余日落，沧海暗潮生。鹤影趣蓬岛，霞光接赤城。霜严心亦冷，道重俗缘轻。"《晴窗感怀》云："楼窗四启午初晴，万汇残秋待发生。槛外梅花催淑气，枝头啼鸟带春声。共和日月怜艰窘，蒙藏风云欲战争。寄跡海隅双鬓白，萧条难慰远离情。"

释敬安（八指头陀）诗系年：《题王翊君所藏张力臣〈洁园展禊图〉卷》《闻金陵城破，李梅庵死难，及来沪，则已黄冠为道士矣》《岳莲和尚招余就斋，作七古一章奉酬，时其师枯木长老远出》《游宝华山慧居寺，赠浩净律师二首》《登拜经台》《别德宽律师下山二首》《曼衍道人以诗见贻，次韵奉酬》《闻故人秦子质来沪，忽于梦中见之，即得二诗，醒而录之，以志神交》《西园戒幢寺，广慧长老与其高足三根和尚前后住持，百废俱新，制〈伽陀四首〉赠之》《西园放生池观鱼二首》《将往光福看梅，闻其地有警，不果行》《甬上遇法舟和尚，次唐人韵二首，送其归竹林寺》《常州重晤庄醒庵中丞，奉赠五绝句（有序）》《赠庄公孙一首（有序）》《赠钟楼寺光忍和尚二首》《赠清公》《江南送张听云还乡省母》《春夜与樊云门、夏武夷集哭庵联句》《周菊人赠诗，次韵答之》《三月十四夜宿茅山寺，杨屺伯赠诗，次韵奉酬》《茅山登茄峰亭，次辔琴韵》《重过茅山寺，遥望徐酡仙、胡樵砚、吕文舟、杨雪门诸亡友墓，泫然有作》《过亡友杨灵荃半湾居，怆然作此》《赠杨辔琴茂才》《石城寻白道人》《撰为伽陀以纪世界宗教盛会》《湖南旅宁诸君启余主席毗卢寺，诗以奉酬》《陈仲思挽诗一首》《自题小像》（余建冷香塔于青凤山前，为他日瘗骨处）、《赠别萧漱云太史（并序）》（二首）、《俞恪士归自甘肃，其弟寿臣归自辽东，俱侨寓沪上，相见各述乱离，感而有赠》《再赠恪翁一截句》《招樊云门、陈伯严、熊秉三、易实甫于沪上静安寺作重阳会，次云老韵二首》《酬陈汉元参议》《次前韵再赠陈参议》《寒夜与吴虎头坐谈，仍前次韵奉赠》《田君梓琴赠诗，再叠前韵一首奉酬》《山居漫兴，仍叠前韵四首，兼答陈参议》。其中，《闻金陵城破》云：“人海事难言，风涛大地翻。昨朝哭君死，今日喜君存。暂对真疑梦，惊看莫是魂。黄冠归故里，何不入缁门？”《将往光福看梅》云：“久闻光福地，疏冷得春多。十里花迎袂，连林玉作柯。繁枝残月坠，清影淡烟和。欲踏香雪去，无如荆棘何！”《茅山登茄峰亭》云：“攀萝重上茄峰亭，满目疮痍涕自零。欲拔灵茅沧海去，中原一发袖中青。”《自题小像》云：“六十二年梦幻身，惹人欢喜得人嗔。尽容篾戾车成队，转与阿修罗结邻。青凤山前聊葬骨，白莲花里待栖神。虚空击碎浑无事，大地何曾有一尘！”

高燮诗词系年：《天梅书湘乡句“大隐东方朔，著书扬子云”一联为赠，作此答之》《怀柳亚子》《简亚子》《石子索书近制，口占一绝应之》《忆旧游·题〈周实丹烈士遗集〉》（二首）、《点绛唇·病中》《浪淘沙·梦中得首二句，因成此阕》《前调·病将匝月，花事谢矣，倚此志惜》《征招·题王船山〈鼓棹词〉》《暗香·落梅》《金缕曲（此事真无奈）》《海棠春·再题〈秋棠图〉，即为棠隐述意》《齐天乐·题哀蝉〈沧桑红泪词〉后》《满江红（儿女痴情）》。其中，《简亚子》云：“搔首尘寰恨有余，如驰日月叹居诸。谊关情性交能淡，道在文章梦岂疏。秋水蒹葭容溯往，空山风雨自储胥。而今解得栖迟乐，冥冥飞鸿足起余。”《石子索书近制》云：“昼长无事闭闲关，一榻琴书十亩间。无分封侯聊自适，选楼风雨此名山。”《金缕曲》序云：“题《秋棠图》，为周无尽作。无尽又有《棠隐女士小传》，叙恨凄楚，盖伤心人也。为填此阕。”词云：“此事真无奈。没来由、动人倩影，亭亭增态。两种秋思浑似梦，梦里缠绵何似。忽断送、凄凉身世。一缕残魂仙去也，恐夜深、应化啼鹃泪。长已矣，竟谁使。　断肠莫把相思寄。到如今、深藏金屋，花枝委地。纵有画工神妙术，写得渠侬品意。这别样、伤心难绘。天付多情吾已悔，愿与君、同证枯禅味。否则向，花间死。”

柳亚子诗系年：《桃叶渡酒家题壁》《题范茂芝〈寻诗读画图〉》《“今日良宴会”联句，限娟韵》《席上醉吟》《赠秋叶，借楚伧韵》《送秋叶归闽，次留别韵》《送剑华之南洋》《送铁厓归蜀》《海上重观〈血泪碑〉哀剧赋赠春航，即柬剑华南土四律》《送太一入粤》《送曼殊东渡》《送黄季刚北上，集定公句》（四首）、《席上偶感示楚伧》（二首）、《次韵答楚伧》《送陈蜕庵先生赴燕市》（二首）、《送沈龙圣、夏光禹北上》《赠春航，次檗子、贞壮韵》（二首）、《王郎曲》《剧散，感成两绝句》《示姚鹓雏，为春航作》《再示鹓雏》（二首）、《观剧有感，示林一厂》《送一厂归粤》《读一厂〈忆春航〉诗，次韵却寄》（二首）、《次韵答楚伧，并柬姚鹓雏、余天遂》（二首）、《次韵答鹓雏》（二首）、《题剑华小影》（二首）、《寄马小进》《寄吹万》《海上杂诗》（二首）、《寄一厂潮东，为春航作》（二首）、《观民声社所演〈血泪碑〉》（二首）、《题胡石予〈进游图〉》《题春航小影，寄庞独笑吴门》《送楚伧北伐》（二首）、《感事》《高天梅以〈变雅楼三十年诗征〉索题，感赋二律》。其中，《桃叶渡酒家题壁》云："桃叶芳名尚未删，秦淮流水自潺潺。我来不洒新亭泪，只哭淮南周实丹。"《王郎曲》序云："余以王紫稼方冯春航，檗子雅不谓然。余案紫稼少为勿斋徐公所赏，长从诸名流遗老游，当党狱诸人联翩出塞，一时饯别，独召紫稼放声一歌，悲不忍闻，争上马驰去，足以稔紫稼之风义矣。陨身酷吏，夫岂其罪？焚琴煮鹤，拂人之好恶，自命严正不阿，宵人情态往往有之，不足为紫稼疵也。第紫稼结局甚悲惨，而余以春航方之，不知忌讳，此则吾过矣。成《王郎曲》一章，以质檗子如何？"诗云："濠州社屋曼殊立，义士中原半流血。烟花南部更荒唐，功罪千秋那忍说！四座豪客且勿狂，当筵听我歌王郎。王郎生长吴趋里，盛名藉藉驰金昌。长洲徐公当世贤，王郎侍酒长开筵。岂有庭兰累房相，柴桑亦赋闲情篇。简皇南渡真草草，内庭供奉承恩早。国破家亡万感新，兴朝文网何曾料。痛哭孤臣殉汨罗，又闻大狱起登科。出关广柳纷纷去，珍重王郎一曲歌。王郎仗义非轻薄，侠气柔情两难缚。肯将狐媚事公卿，翻造蛾眉动谣诼。苏州御史何无情，西京酷吏传苍鹰。打鸭惊鸳当日事，鞭鸾笞凤可怜生。碧血红绡五色棒，雪肤玉貌轻轻送。捐金那许赎文姬，葬玉何曾傍韩重。白马清流钩党悲，王郎何事苦追随？红颜乐部偷垂泪，皓首词人只赋诗。绝代销魂品目真，拟人未必便非伦。不祥名字未遑避，此自吾罪卿休嗔。剥复相乘几百年，自由花放正婵娟。铃幡十万坚牢系，稳护人间第一仙。"《寄马小进》云："一别马公子，相思托海云。豪情推历落，奇变感纷纭。荼苦无如我，苍凉辄忆君。春江歌舞地，珍重记题裙。"《题春航小影》云："翠袖银箫事岂真，无多绮梦已成尘。画图至竟留吴苑，环珮谁教去汉滨。未必忘情真太上，尽多秋士解伤春。荒江老屋凄寒甚，何处拈花绝代人。"《送陈蜕庵先生赴燕市》其一："湖海萍踪几十年，灵光鲁殿独巍然。忘年我自惭无状，好士君真有夙缘。垂老终偿精卫志，破家谁忆子文贤？蒲轮束帛徒虚语，珍重黄尘漫着鞭。"其二："青衫白发泪痕频，跌宕名场旧酒人。阳羡买田苏玉局，沅湘去国屈灵均。东风已恨嬉春晚，南浦何堪饯别新。此去长途千万里，燕云吴树奈伤神！"《送楚伧北伐》其一："投笔从戎信可儿，儒冠误我不胜悲。中原胡马横行日，大陆潜龙起蛰时。百粤河山秦郡县，三吴子弟汉旌旗。茫茫此日难为剃，侑醉且拼酒一卮。"《高天梅以〈变雅楼三十年诗征〉索题》其一："一代文章属选楼，劳君搜剔费绸缪。淮阴谁是无双士？温峤宁甘第二流！忍说风骚关运会？转怜姓氏杂薰莸。国殇山鬼都零落，一集丛残愿未酬。"

陈去病诗系年：《赠张溥泉》《自浙入湘，喜晤梦蘧、君剑诸社友》《偕梦蘧、醉厂游岳麓，有悼陈天华烈士》《红拂墓，在醴陵县西李卫公祠后山上》《题湘乡成琢如（本璞）填词图》（二首）、《题宋痴萍〈菊隐图〉小景》《题醉庵小影》《长沙题钝根小照》（二首）、《洞庭舟次，寄别湘都督洎南社诸子》（五首）、《孤山探梅未放，即呈铁华女士》。其中，《偕梦蘧、醉厂游岳麓》："结交得良俦，昕宵恣宴游。驾言出西郭，扬舲渡中洲。湘江水清浅，橘树青油油。恍悟湘之灵，鼓瑟临清流。俄然抵岳麓，夹道青枫遒。小憩爱晚亭，捷上如猿猴。瀹茗虎岑下，鹤去泉还留。遂超千级磴，而凌群峰头。新茔筑垒垒，雄鬼声啾啾。中有湖海士，吾家之骅骝。昔时共肝胆，今焉隔明幽。伤心一陨涕，悲风徒飕飕。去去上云麓，气壮身益偻。琳宫忽在眼，洪钟疑赘瘤。云是先代物，款识今堪求。溯当万历际，索虏方虔刘。溃痈卒遗患，被发长含羞。濡忍三百载，决绝终无由。人心忽思汉，天运复来周。荆楚一振臂，天下皆同仇。遽翻往古局，一洗群伦愁。因缘得来止，豁焉开心眸。青天亦何问，金尊且暂休。芳兰况满前，春意岂清秋。浩歌一采撷，安用哀高邱。"《题醉庵小影》云："窈窕青枫峡，攀跻一径通。孤亭常爱晚，高树尽拏空。有客能逃俗，余怀恰与同。披图留后约，来赏一林红。"《孤山探梅未放》云："独抱孤芳傍翠隈，向阳无分上瑶台。浣花女史休相恼，山背寒葩岂易开。"

宁调元诗系年：《羊城感赋，次前韵》《感旧，集定庵句》（十二首）、《柬牧希、钝根、约真，集定庵句》《缺题四首》《集定庵句，柬鹤雏、楚伧》《壬子感事四章》。其中，《羊城感赋》云："彩凤荒唐逐野鸦，天涯何处觅飞花？端居闷闷繁忧集，尘海茫茫百念差。一代兴亡成昨梦，万重恩怨视空华。糊涂长大糊涂老，闲坐千杯那用嗟。"《集定庵句，柬鹤雏、楚伧》云："连宵灯火宴秋堂，歌板无聊舞袖凉。等是才华不巉削，勿徒须鬓矜斑苍。逢君只合千场醉，篆墓何须百字长。误我归期知几许，南风愁绝北风狂。"《壬子感事四章》其一："上将雍容阃外尊，醴泉芝草信无根。六朝金粉摧红玉，七郡良家尽孟贲。不食帝羓终积憾，似闻辽鹤有啼痕。交游百辈凋零后，当作晨星总可论。"其二："哀乐中年梦里过，功成见说有渔蓑。鄂褒不尽关毛发，树木从容老橐佗。似此生存真不易，古来英武亦无多。历朝兴废寻常事，彀得旁人烂斧柯。"其三："世渐承明喜欲狂，衣冠重睹汉家装。五千貂锦张旗鼓，百二金瓯资栋梁。青史更无先例在，黄牛贪看异乡忙。愁来对此频搔首，惭愧新添两鬓霜。"其四："塞上秋高马渐肥，将军推食复推衣。高楼西北腾奇气，大海东南露国徽。此去似怜乌鹊意，我来不见木棉飞。十年一事生差幸，眼看征人奏凯归。"

姚光诗系年：《岁岁》《得明遗民傅青主先生画山水尺幅，喜占一绝》《题胡寄尘所编〈兰闺清课〉》《夜起一首，次钝根韵》《题范茂芝〈寻诗读画图〉》《古意》《病中作》《赠钱攘白》《柘湖寓庐即事，与攘白联句》。其中，《岁岁》云："岁岁伤春多有诗，今年春尽未成辞。胸中无限伤时感，历历心头谁可知。"《得明遗民傅青主先生画山水尺幅》云："吮墨染云笺，神情历久妍。江山光复后，风景似当年。"《题胡寄尘所编〈兰闺清课〉》云："绝代风流新课本，亦香亦艳亦温存。待将字字纱笼就，置向妆台教细君。"《夜起一首》云："婆娑花影上窗棂，月色朦胧点点星。悄步中庭群籁寂，惟闻蛙鼓似谈经。"《题范茂芝〈寻诗读画图〉》云："羡君高隐绝埃尘，莺脰湖边好结邻。

读画寻诗得佳趣，又添红袖倍多情（图中一诗婢捧画侍立）。”《古意》云：“依似团栾月，愿郎如地球。月依地球行，昼夜无尽头。”

高旭诗系年：《盼捷》《读〈民声报〉有感》《寄邹亚云》《哭周实丹烈士》《海上放歌，与阳惕生联句》《驱虏联句》《乞食联句》《次韵，答周人菊》《进步歌，题中山先生所书字册》《哭赵声烈士》《寄陈蜕庵》《次韵，答姚鹓雏》《述梦，寄亚子》《荒唐》《吊杨卓林侠士》《次韵，寄胡石予》《索黄克强先生书》《酒后哭题先考吟槐府君遗像》《宿报本寺》《报本寺大佛前醉吟》《饮中忽思曼殊，写寄樱岛》《寄蜕庵》《往岁组织南社，谬作选人。今国学商兑会成，又任诗文评辑之役。酒酣耳热，慨然赋之》《咏藕》《闻亚卢丁父忧》《秋灯醉中作》《咏杨花》《咏秋柳》《寄吴泽庵》《题范茂芝〈寻诗读画图〉》《赠别蜕庵》《愁闷中获太一书并诗数章却寄》《菊花》《题钱攘白造像，是日真大醉也》《再示攘白》《余成任同学挽诗》《中华学堂唱歌四章》《次韵酬洪博卿》《赠周实丹》《张聘斋结婚，以四诗为赠》《和林拾穗韵》《夜感，次谭壮飞》《亚子以冯春航故答余诗两首，余继作二章》《题夏大写真次韵》《醉赠朱玉楼老友》《赠沛苍》《钱剑秋以诗见惠，次韵报之》《寄题黄鹤楼，次崔韵》《题〈感旨吟〉，为小韵作》《赠寄尘》《次韵，答君剑》《醉寄佩忍》《祝江苏〈大汉报〉出世》《次韵，答顾振璜》《〈民国新闻〉祝词》《东湖醉吟》《屏子、紫湘昆仲同于八月三日结婚，寄诗为贺》《醉题〈红楼消夏图〉》《寄红冰》《寄尘有〈兰闺清课〉之辑，薄言中酒，诗以寄题》《醉后寄亚云》《周望云挽诗》《何璧女士挽诗》《题〈沈纪常传〉，为苏华女士作》《酒后醉中赋此》《醉中咏落叶》《昨夜醉中作》《酒后寄题西泠秋亭》《〈十家词选〉题词》《钱鸿宾以所著〈殉学记〉传奇一卷见示，强余作一题词。余既应之，成五古一首为赠》《舒氏斋头赏菊歌》《和实丹〈雨中遣意〉韵》《简疚侬》《次韵答石子》《淞隐夜泊》《题墨仙绘石燕》《观墨仙所绘山水巨帧》《次墨仙画兰题赠之作韵》《乞石予作梅花》《次韵奉酬哲夫》《题〈云程万里图〉，为陈剑魂作》《伤心》《吊吴绶卿先生》《次韵和鹓雏》。其中，《读〈民声报〉有感》云：“只宜作镇不宜都，铁锁沉江计已疏（南北联合实发端于武昌）。纵使秣陵王气尽，不该贪食武昌鱼。”《乞食联句》云：“乞食江湖亦快哉，（剑华）始知胯下有真才。（天梅）天生我辈宁无意，人到中年尽可哀。（剑华）终古埋愁须浊酒，千金市骨剩高台。横磨十万差堪慰，（天梅）饮罢黄龙归去来。（剑华）”《荒唐》云：“先民苦次废文辞，自古原无哭父诗。而我荒唐都不管，墨将血泪万千丝。”《醉后寄亚云》云：“恨未传书到鲤鱼，秋风落木渺愁予。海棠红衬芭蕉绿，如此秋花来赏无？”

林苍诗系年：《苦竹》《夜宿大穆溪人家》《海国》《游九仙观赠崔道人》《书愤》《出浴》《拙鸠叹》《池萍》《曩在南昌，陈公和示以龚华鬘〈木居士诗〉，依韵答之。昨检旧作，俯仰今昔，大有身世之感，仍用前韵，率成一首》《穷鸟》《水至》（二首）、

《三叠前韵，简陈公和》《示陈季义》《溪水暴发，波及城市，一日而退，感而有作》《赠郑无辩》《无辩见和前韵，叠此答之》（二首）、《戏示陈季义》《送陈季义赴东潘》《由开化寺夜往金山塔途作》《昨过拙庐，剧谈至夜，书此乞和，并示老可、太古》《止酒吟，示林退密》《社集不果，怀林平冶》《平冶索观旧作，存者盖寡，今拟检送，以此先之》《赠太古》《赠退密》《退密见和前韵，叠此答之》《赠老可》《无辩枉过，未及出见，飘然去矣，拈此戏之》《登开化望湖亭，怀前游诸君子》《谢吴琥臣惠瓷杯》《纪梦》《昨夜醉归不寐，至五鼓睡去，醒时已亭午矣，走笔赋此》《昨与老可夜饮，冒雨归，醒时忆及，书此却寄》《大风雨》《大雨不止，怀陈笃初》《读何枚生诗二首》《乞陈笃初墨竹》《平冶谈及西湖，因忆曩梦，慨然有作》《夜从范屋饮，复邀以吟局，归而感赋》《平冶于役武昌，不日即归，然余不能无言，他日请念》《拙庐闻余止酒，以诗见劝，作此答之》《与范屋夜话，赋此却寄》《往崇福寺途中作》《友人以〈示儿书〉见示，索题其右》《寄陈仲起》《赠郑斯默》《陈公和送酒钱，至此答之》（二首）、《何少逸没已多年，闻尚未葬，慨然有作》（二首）、《赠黄桂芳》《赠陈旭沧》《次韵陈笃初〈游双江台〉》《灯下独酌怀退密，辱携旭沧、桂芳乘醉枉过。谈竟，期以明日再饮，率成五言一首》《退密见和前韵，叠此答之》《讬社今日废矣，夜归感赋》《对烛》《游宗福寺》《次韵陈笃初〈游飞鹅山〉》《榕根》《游崇福归，与退密话于饮肆，赋此并邀同作》《次韵陈笃初〈东埔顶老榕〉》《同退密、桂芳游豹屏山》《次韵郑无辩》《戏简林退密》《退密见和前韵并示以笃初作，叠此答之》《次郑斯默原韵》《退密以次笃初诗见示，仍用其韵答之》《和无辩〈九日集佳树斋〉兼呈笃初》《和无辩〈哀乌山〉》《呈林移篪》《送陈郁沧入燕》《退密酒后与友人有违言，翌日函诗告之，感而有作》《笃初酒次闻余言有感，次韵和之》（二首）、《闻江右旧寓被爇，寄藏书籍悉付一炬，感而有作》《病中寄呈陈笃初》《病中怀退密》《酒次闻退密言归而赋此却寄》《夜集拙庐吟，有怀退密、平冶》《闻鹊》《自嘲》《无辩以〈游崇福寺〉见示，赋此却寄》《游小西湖携蟹归，就肆取饮》《无辩以和人诗见示，依韵率成二首》《途遇退密，邀集范屋吟，喜而有作》《无辩见和〈闻鹊〉诗，颇以余多愁为病，作此答之》《次韵笃初〈冬日书怀〉》《宅后有梅一本，久不作花，主人以其碍墙而薪之，感赋》《周松孙凶问至，诗以哭之》《夜坐》《奉酬无辩〈月夜见怀〉》《申约无辩、笃初豹屏山看枫》《酒次谈及平冶，书赠陈肖团》《遣兴》《拙庐见次前韵，叠此用广其意》《和郑斯默》《昨以水烟袋贻斯默，蒙以诗见报，作此答之》《吟局无酒，与拙庐步月归，感赋》《夜与无辩谈诗，归有感》《与拙庐同访退密，不遇》《戏简笃初社长》《雨夜怀郑无辩，兼呈笃初》《阻雨不出，睡起呼酒独酌，有怀笃初》《约退密同往拍影，用前韵》《夜从范屋饮，大醉而归》《醉归，简笃初》《次韵笃初〈梦平冶还闽〉》《醉中吟》《和郑无辩〈杂吟〉二首》《新月》《残菊》《闻平冶归有日矣，喜示同社诸君子》《病中杂感》《送陈肖团之建宁》

《平冶旋里，即日过我，喜而有作》《谢平冶饷酒及醉蟹》《梦醒》《忆庐山瀑布》《夜归见月，明约果矣，喜简无辩》《同游豹屏山遇雨》《弃妇叹》《移居》《同退密一日三饮，夜半醉归》《闻平冶往鼓山，有怀弢庵文》《城南谒先师祥符沈侍郎祠》《宿猿洞前松》《哭陈叔毅比部》《晓起》《薄寒》《呈张君常》《约范屋不至，留此示之》《示平冶》《百花，示无辩》《哭涛侄》《哭襟海》《寄呈沈鲁青》《闻高荫午归，以诗简之》《坐月》《漫成》。其中，《拙鸠叹》云："有鸠居鹊巢，其性本甚拙。绸缪未及雨，语此颇不屑。树根深且固，美荫洵足悦。卧侧他则无，势已成独绝。天气渐清朗，浮云散若瞥。一朝得所据，岂悟身易跌。终日但绝食，欲作又中辍。以力凌其曹，转眼智已竭。碌碌恒因人，事过视如蔑。无才乃自满，高名宁久窃。大地倏昏晦，万汇各凄切。旁观方目笑，彼意尚未折。孤立更多怨，藩卫谁为设。不待风雨来，其亡可立决。何如梁上燕，到处邻可结。夏木昼阴阴，令人为哽咽。"《让社今日废矣》云："取兴如斯亦甚廉，佳吟美饮一时兼。酸咸嗜好原难强，冷淡生涯未可嫌。何若教人心作恶，那能从此口同钳。百思不解频开眼，似觉宵来漏水添。"《闻高荫午归》云："等是邯郸梦后人，旧山好在总伤神。十年偶遂归来计，百事都成过去因。镇日摊书聊补拙，举家食粥敢言贫。可堪相对谈秋鬓，如此浮生算一尘。"《坐月》云："无风帘外动微波，月影娟娟取次过。坐久似憎人意倦，酒醒颇讶夜寒多。近来诗思随烟化，几许年华被墨磨。对此情怀浑不类，强支萧鬓奈明何。"

傅熊湘诗系年：《答巽卿见赠》《既为巽卿写定公诗，未尽之意，若不能已于言者》《出城作》《章龙作》《假观一首》《五日长沙感济南之变》《前诗既成，悲不自已，倒韵广之，补灰字以为叶》《巽卿邀饮，竟庵僧在座，清谈忘罢，各赋一首》《寄天梅松江》《与宋痴萍》《蜕庵别后，见予于〈长沙日报〉数录其诗，自北京以书来讯，且告近状，赋此代简》《还山病足，寄叔容长沙》《株洲观群儿水嬉》（二首）、《杂诗四首》《为醉庵题照》（二首）、《题痴萍〈菊隐图〉》《佩忍自浙来湘，即席次韵》《竟庵席上》《涕泪一首，还寄默君海上》《叔容以诗赀余学佛，次韵答之》（二首）、《与芥弥》（二首）、《幽想一首，归章龙作》《陈豪生自湘乡赠诗，且为殷问，次韵还答》《次韵梦蘧病中》《次韵和旭芝》《寄骆迈南》《病中作》《豪生养疴湘潭，赋寄一首》《忧愤一首》《雪夜》《豪生、琢吾同用余韵见寄，叠报一首》《次韵豪生、琢吾〈漳州病夜〉》《和豪生〈湘潭病居〉，叠〈幽想〉韵，豪生在湘乡日，讹传其死，谓余不可无诗也》《阅潘生世谟〈三狮洞记〉》。其中，《五日长沙感济南之变》云："尘俗溷胸无一语，虫沙眯目有千杯。未应辟恶能逃世，即解沉渊已费才。大国只供长太息，夕阳犹与故徘徊。残钟欲动群鸦乱，如此江山不忍哀。"《佩忍自浙来湘》云："浮生惟日饮亡何？三十平分半醉过。故友喜来湖海士，秋风况值洞庭波。青衫缄泪吾知悔，翠袖偎寒乱已多。但撷芳荃慰词客，未须作赋书湘罗。"《寄骆迈南》云："未识宾王面，龚生为我言。燕云达狂草，泪墨渍新痕。时事那堪说，幽忧亦太冤。凭君撑巨眼，高处看中原。”

李豫曾诗系年：《新宅》《哭蒋一夔》（二首）、《桃潭水，感近事也》《与金抟九》《初醒》《与赵秋蝶》《刘海》《再至淮城，在淮安凡八月》《应卢尹雪樵之招也》（二首）、《官廨题壁》《独步》《勺湖观荷》《胯下桥》《愁雨题壁》《京畿岭候车》《夜过龙潭》《姑苏刘园》《西园即事》《无题》（二首）、《毗陵道中》（二首）、《与澄中婿》《海上遇罗宅安、叶诒穀》《张园，园在上海泥城桥，又号味莼园》《剧场有感》《同诒穀江楼远眺》《云樵宴客湖心寺，寺在淮安城西，席间赋此》《过袁浦有怀曾叔》《歌伎小琴》（二首）、《对菊》（四首）、《驸马营》《崔家堡》《车桥》《后猛虎吟》《与召对》（二首）、《止马厂高宅》《安东塔县在淤黄河北，寻改涟水》《谷圩晚眺》《野田群鹤》《月夜归舟》《红叶乡》《舟过白马湖》（四首）、《宿柘塘早晴》（二首）、《洪泽湖》《独鹤谣》《与梁公约》（二首）、《赠郑子实，卢君诖误赖子实，斡免于湘累之泣，作此诵之》《送卢雨生南下》（四首）、《重过勺湖》《二郑行》《别淮上诸子，何符六、乔序东、陶运东、胡印甫为余饯行，诗以遗之》（四首）、《别谭景任、何小亭》《爪步晚渡》《赠陈公甫》《赠王仲青》《白下遇孔彰邀饮》（二首）、《秦淮醉饮》《雨中渡江》《水晶宫仲青溺水更生，不可无诗以纪之》《旅次题壁》（六首）、《山行》（二首）、《过邵伯埭，重访云门》《一醉》。其中，《初醒》云：“鸟声聒耳催晨醒，三面窗棂透日光。梦境易忘贪独枕，客心如洗悦房深。乾坤淑气交春夏，松竹新阴奏管篁。莫定在山无远志，蒙茸小草亦闻香。”《后猛虎吟》云：“朝畏猛虎，夕畏猛虎。猛虎不食人，人自如腐鼠。人人畏虎复媚虎，祝虎长作东道主。虎怒免冠九叩头，虎喜称觞狂蹈舞。貛狐獐鹿假虎威，作虎爪牙贪猎取。虎卧深山不敢惊，螭魅迷人噀风雨。列缺礔礰，抉石扬沙。阴火炀灶，妖雾腾蛇。既攫肉以探爪，复吮血而磨牙。新鬼繁冤故鬼哭，鬼为虎伥纷如麻。猛虎猛虎恶乃尔，虎为他人作傀儡。穴中虎子尚黄口，诱入广场发欢喜。众脱冠服蒙皋比，出竟呼风入摇尾。我作猛虎吟，我为猛虎惜。方今海内多机槛，世人斗智不斗力。真虎瞎睸假虎出，羊质虎文人必识。速收豹雾隐南山，彪炳功名天地间。呜呼！吾族开欢颜。”《野田群鹤》云：“野旷天低客独行，寂寥群鹤破烟鸣。羽衣结对蹁跹去，海市凭虚构造成。万里神河淤改道，九皋息壤阻闻声。年来踪迹江淮上，凋谢朱颜雪鬓生。”

黄濬诗系年：《寄海藏先生》《寄舜卿》《姚一鄂（华）属题〈秋草图〉》《瘿公有诗送贾郎之汉上，即次其韵》《寄陈简盦先生》《遥集楼晚眺》《答抱存（袁克文），次其韵》《用丝韵，柬众异（梁鸿志）》《挽寄禅和尚》《瘿公凌晨以〈忆雪〉诗见示，作此奉和》《夜坐，和辔威韵》《往东城视两弟读书塾中，归途怃然成咏》《寄呈任公先生》《寄抱存》《闻君劢将西行，怅然赋此》（二首）。其中，《答抱存》云：“宣南渐觉秋风满，禅味无多境更超。梦起忽惊佳札至，情深能使雅音姚。委心任世吾何术，抱膝看天子不惨。寂寂秋堂诗病苦，西山猿鹤倘相招（余与芷青约为潭柘寺之游，久而未果）。”《柬众异》云：“秋雨静如丝，秋花淡敛眉。偷闲求薄醒，疏病负清诗。子亦栖栖客，能无悒悒悲。凭阑天易醉，况是夕阳时。”《寄抱存》云：“信宿追欢迹已阑，寄诗郑重讯春寒。眼中犀角翻成厄，天外鸿毛故易残。婉娈花枝怜独笑，伶俜尘色祝多餐。风华莫遣凋零尽，神雾山南隐约看。”《寄呈任公先生》云：“早怜盲俗须人纪，手挽颓流作世师。此意震奇天所忌，江山摇落怅归迟。终身吾欲韩公望，盛德深惭叔度知。一叹推书重惘念，斗杓默默夜何其。”《闻君劢将西行》其一：“拔剑难成斫地歌，危时千念百消磨。此才衹合瞢腾醉，四海弥天奈若何。”

沈其光诗系年：《城上》《夜读》《酒楼小宴，似静莲、葆荪、慎侯诸子》《次韵慎侯〈登城〉》《午睡》《小立》《望云山庄》《圆津禅院》《松奴，赠白皮松》《真娘墓》《千人石》《生公讲台》《剑池》《五人墓》《登报恩寺塔》《留园》《夜坐》《闹春轩赏菊，分韵得相字》《读〈王荆公传〉》《黄雀》《鳊鱼》《野凫行》《相逢行，赠了公》《寄怀含山张砚铭（星枢）》《偶咏三绝句》。其中，《松奴》云：“贻我后凋枝，封栽傍短篱。龙蛇蟠弱干，冰雪媚幽姿。岁晚鹤相伴，节坚人未知。伫看千尺势，鳞甲动之而。”《野凫行》云：“冶凫决起云如墨，群飞刺天白日黑。訇訇隐隐雌雷鸣，鼓动千张万张翼。凫汝去向何处飞，江南秋熟农田肥。农田虽肥农力薄，凫不顾农但啄粟。君不见老翁田边泪滂沱，官赋未了私逋多。卖牛鬻女偿不足，那有余粮果汝腹?”《读〈王荆公传〉》云：“万言便抵治安策，新政纷纷祸宋家。若使一生终不遇，临川何必逊长沙。”《寄怀含山张砚铭（星枢）》云：“一别相思江水深，天涯高躅渺难寻。风霜不改乔松节，云海惟盟老鹤心。斯世文章等糟粕，几人臭味感苔岑。范逵归去传佳话，应记淞南汐社吟。”《偶咏三绝句》其一：“微吟镇日闭萧斋，园径从教长绿苔。何处暗香人帘际，暖风先报腊梅开。”

陈荦诗系年：《九香过访，喜晤有作》（二首）、《晤妙鉴和尚有赠，即送之太白山》《贺家蕙荪举第二子》《挽骆楚樵明经（采楠）》（二首）、《蕲城友人载酒游芭茅山寺，坐僧楼览长江水并江南湖山之胜，酒间忽风雨大作，横江而来，醉后漫书楼壁》（四首）、《雨后登植物园后楼》《望江亭远眺》。其中，《九香过访》其一：“一别几星霜，相逢各老苍。只缘甘澹泊，那复问行藏。白发怜同短，青毡坐久忘。销闲无个事，检点旧诗囊。”《挽骆楚樵明经（采楠）》其二：“片幡东下楚江头，未抵家山身早抽。即日送行成永诀，何人此稿应长留（近挽宋遁初四律，州人传诵，竟成绝笔）。州门定断羊昙路，鄂渚谁寻郭泰舟。遥识龙矶矶畔水，也应呜咽为哀流。”《蕲城友人载酒游芭茅山寺》其一：“凤峦回处小禅关，寺近乾明地更闲。喜有诗侪能载酒，晚窗同看隔江山。”其二：“阑外长江江外湖，远帆隐隐极天无（江南马口湖，远与寺对）。青螺一点波心醮，风景依稀似小孤（寺下里许浮玉矶，江心孤峙）。”《雨后登植物园后楼》云：

“飞阁流丹岁几秋，偶来绝顶豁凝眸。郭中矮屋分依砌，江外远山争上楼。万树晚烟云共沍，一城斜日雨初收。登临无限沧桑感，帘冷西风急下钩。”

盛世英诗系年：《吊亡》（六首）、《再成》（六首）、《祭先师庙感作》（二首）、《醉》《睡》《代钧儿生日，再哭五绝十首》《题新栽竹》（四首）、《杂诗》（八首）、《说鬼》《挽江培源（秉乾）大令》（二首）。其中，《吊亡》其一：“神州纷瓦裂，此祸果谁胎。卖国贪人去，移宫少帝哀。创垂殊不易，倾覆有由来。贿满西园邸，而今安在哉？”《醉》云：“恶醉原天性，今翻恶醒人。好求千日酒，断送百年身。麹垒差无闷，糟邱别有春。始知彭泽令，痛饮葆其真。”《睡》云：“万众人皆醒，嗟余只欲眠。早知生是梦，焉得夜如年。身漫庄周化，情宁楚峡牵。通宵得安枕，侥幸荷天全。”《题新栽竹》其一：“新栽绿竹影檀栾，碍日吟风倚画栏。谢却繁华秉高节，不知人世雪霜寒。”《杂诗》其一：“主父昔全盛，举家荷荣宠。钟爱妻与妾，眷顾良非轻。首耀千金妆，腹厌五鼎烹。各各务私债，其富莫与京。甘言魅主父，愿得同死生。一旦鬼伯来，所天大命倾。竟昧香火言，不闻私泣声。更上他人床，浑忘故人情。独有爨下婢，承睫雨泪盈。吁嗟尔何人，思守不字贞。信矣贱贫命，永为粪土英。”

董伯度诗系年：《杂诗》（十一首）、《晚雨窗下读书有感》《扬州》（二首）、《江行》《戊申九月夜登焦山吸江楼》《渡江》《夜到扬州》《哀姨丈盛子云（平章）》《登玄妙观亭》《挽黄绶庚》（二首）、《感怀》（二首）、《赠别同学》《落花》（二首）、《咏镜》《游约园》《感怀》《棋》《咏史》（十首）、《即事》《宿江阴》《寄姚曙辉（涤新）》《书怀》《三吴第一楼毁于火，记之以诗》《蓄兰》《观荷》《听竹》《种松》《书怀》《感怀，酬咏笙》（二首）、《题外舅盛子云函尾》《雪》《遣兴》。其中，《扬州》其一：“十里轻风一棹孤，飞禽漠漠下平芜。游丝荡漾烟波绿，犹有隋堤旧柳无。”《赠别同学》云：“春老花辞树，风来水自波。同堂今日远，别泪几人多。方信骊珠获，翻惊鹿梦过。读书缘合尽，窥镜已头陀。”《棋》云：“松下频消遣，浑忘夏日长。边隅为守易，受敌是中央。有智兼须胆，预谋事乃成。临危先一着，全局死中生。一局浑闲事，就中苦乐殊。人虽成对面，情自各分途。黑白何须门，英雄鲜善终。战余旗鼓竭，依旧一枰空。”《三吴第一楼毁于火》云：“空庭夜半风萧骚，疑是万马争奔逃。忽惊小窗暗中裂，纵横霞光天如血。高楼百尺沈烟中，赭瓦齐飞朱梁折。遏来每从楼下过，直上层楼发狂歌。梦醒南柯楼乌有？昔日楼势空嵯峨。君不见自古兴亡难为主，阿房宫曾化焦土。从此与楼长别离，莫向楼头再寻鼓。”《杂诗》其一：“松下抚清琴，音响缓且舒。微风生柔指，幽云起轻裾。念有远行客，踯躅在长途。安得送此音，相劝返旧庐。之子期不来，明月过庭隅。”其二：“啾啾枝上鸟，日暮招其朋。微禽尚知类，人孰能无情。相期以白首，相结惟丹诚。好书欣共观，美酒快同倾。胡相交以面，惟谗言是听。苟求钱刀利，顿改金石盟。感物无穷意，不禁泪盈盈。”

刘尔炘诗系年：《感事》《咏春》（二十首）、《治法》《四十九初度》《落花》（十首）。其中，《感事》云："来日明朝误此身，又将误我误人人。世间多少当为事，不及池塘草上春。"《咏春》中《春意》云："欲将心事诉琵琶，每一通词语转差。灿尽舌莲终不解，杏花园里问桃花。"《春怀》云："天涯地角梦魂劳，枕上流莺唤碧桃。起向闲阶问蝴蝶，白云何处许由逃。"《春思》云："残红落处悄支颐，情绪缠绵只自知。说与檐前鹦鹉听，替人啼到夜深时。"《春色》云："恼人天气令人哀，满眼桃花旧主栽。何似当初空我相，西方试问佛如来。"《春光》云："眼底山川恨未消，花花草草眩琼瑶。海棠无语胭脂冷，红烛何须彻夜烧。"《游春》云："烟云未改旧山河，杨柳风前载酒过。鸟变新声花变色，眼中撩乱耳中多。"《落花》其一："回头不敢忆昭阳，满地残红梦一场。要避芒鞋防践踏，肯随柳絮学癫狂。粘泥莫化生来骨，埋冢还留死后香。蝶欲招魂蜂欲哭，杜鹃声里费商量。"其二："东皇老去美人归，瞥眼韶华事事非。轻燕偶从泥上啄，游蜂懒向树梢飞。灯前妙悟思千佛，竹外余香泣二妃。昔日流光能倒转，抽戈欲倩鲁阳挥。"其四："秋来无果冷繁华，天许黄花不落花。若与阳春争艳色，便随云影悟流霞。十洲三岛神仙府，万户千门富贵家。回忆笙箫歌舞地，凤凰池上有啼鸦。"其六："梦魂也倩锦屏围，怕是偷从蛱蝶飞。每向静中留夜月，曾于高处恋春晖。因缘忽被三生隔，情绪何堪百事违。寄语白云门外客，东风莫扣野人扉。"其八："十里长亭廿四桥，芳魂到处黯然销。可怜春去匆匆别，况有风来故故摇。卷地浓云铺锦绣，满天香雪洒琼瑶。只余松柏无颜色，雪后霜前总不凋。"《四十九初度》云："白驹滚滚隙中过，老我光阴疾似梭。回首当年春是梦，惊心来日睡为魔。神游世界空三古，泪洗乾坤泻九河。四十八年无个事，灵台高处月华多。"

黄侃诗系年：《临江王节士歌》《行路难》（君不见）、《病中读王辅嗣〈易略例〉有作》《华山畿》（十三首）、《羁绪》（二首）、《行路难》（金尊置酒为君欢）（二首）、《半山寺》（二首）、《和遗山〈郁郁〉韵》《夜坐》（五首）、《游爱俪园》（十首）、《送仲蘧丧归》（三首）、《悲伤杂成》（四首）。其中，《临江王节士歌》云："对秋风，悲故国，可怜处处皆秋色。所思在何许？远望泪如雨。此意不可陈，客子常畏人。临江节士多苦辛，旧恩终已矣！长剑枉随身。"《病中读王辅嗣〈易略例〉有作》云："贞观实喧己，乐道可忘年。伊人圣哲姿，妙龄撣太玄。神解会众理，何为绝韦编？兼资费马术，远过虞郑贤。贞一有宗主，通变无拘牵。象类既以昭，情伪徒纷然。惜哉殆庶才，降年劣颜渊。夭寿信不贰，彭殇岂相悬？外物固难必，积善宜无愆。自愧寡昧资，立志苦不坚。晚学迷径路，穷居迫忧煎。寸阴苟可留，要道庶能研。悲来思复阳，抑虑观前篇。"《华山畿》其二："欢从梦中来，复从梦中去。可怜乌臼鸟，空言知天曙。"其三："我未见欢时，自有千万语。对欢不能言，心中自辛苦。"《和遗山〈郁郁〉韵》序云："雨夜无憀，同容子和遗山〈郁郁〉韵。"诗云："病眼昏昏懒暂开，纷然时事益堪哀！青山故国归何计？锦瑟华年感易催！灯焰直同人意冷，雨声偏送客愁来。江关岁晚无消息，肠断南云雁未回！”《送仲蘧丧归》其一：“秋风江上急，生死忽分携。时命原相缪，彭殇岂可齐。高堂慈母在，异地旅魂凄。此去烟波速，伤神日易西。”《悲伤杂成》序云：“仲蘧亡后十余日，夜生悲伤，杂成。”其一：“夜雨微灯黯不明，邻箫空作断肠声。可怜为客还伤逝，岂独悲秋始有情！”

太虚大师诗系年：《车经龙华站口占》《登平湖报本寺塔》《当湖泛舟》（湖心有瀛洲书院）、《甬江重晤会泉禅友》《赴鄞西接待寺访圆瑛兄途次》《别聊叟》《怀故人诗八首》《宿舟中，和张天放韵》《题壶》《偕铁岩暮抵越城》《心丧八指头陀二绝》《嘉善东园，张天放同坐》。其中，《车经龙华站口占》云：“桃花如海向人红，便欲和车住此中。机笛一声飞似去，最怜回首已朦胧。”《登平湖报本寺塔》云：“夏日携胜友，清游破寂寥。数峰横远近，一塔耸云霄。高览穷天地，幽居绝叫嚣。微吟入神理，胸次自萧萧。”《当湖泛舟》云：“篇舟划破湖如镜，共向瀛洲觅胜来。堤柳临风不禁舞，池莲含蕊待时开。远山隐约登楼见，近水容与绕院回。游兴吟怀俱不浅，留连相与久徘徊。”《赴鄞西接待寺访圆瑛兄途次》云：“春色欲归归亦得，我心如醉醉无依。垂杨堤上绿千里，桃树枝头红已稀。”《甬江重晤会泉禅友》云：“一世风云舞万龙，甬江何幸故知逢！年来纵脱真无状，陡忆森森太白松。”《别聊叟》云：“漫从离合动悲欢，境交情真兴未阑。独抱孤怀不求诉，经多奇险转忘难。聊将怆恻缠绵意，强作疏闲放达观。他日入山重有约，与君同当梦痕看。”《题壶》云：“垂天有翼壮南图，高举还须积息扶。好把风云珍重待，冰心如月贮银壶。”

江子愚诗系年：《上海》《和仲坚〈金陵即景〉韵》《媚香楼》《沙市怀古》《归次宜昌同人游姜岩》《归舟阻风》《峡中杂诗六首》《夔府》《感时四首》《衰柳》《疏桐》《答友人》《白梅》。其中，《上海》云：“大江连海水，晴日散春烟。白鸟迎樯惯，黄鱼入市鲜。沙平香骑快，风暖醉歌圆。信美非吾土，花溪待客旋。”《和仲坚〈金陵即景〉韵》云：“秦淮河畔柳烟开，蒋帝祠前社鼓催。满郭鲸鲵封战垒，几家麋鹿上歌台。扇头春梦桃花笑，巷口斜阳燕子来。一片胥潮千古恨，夜深犹打故城回。”《沙市怀古》云：“柳条犹学细腰身，占断章华旧日春。毕竟风流果何罪，报君还是绝缨人。”《衰柳》云：“章台系马旧曾经，蕉萃相看泪欲零。眉妩君输前日翠，衫痕我记向时青。何堪落月还吹笛，莫作飞花再化萍。最是诗魂销尽处，澹鸦残照短长亭。”《疏桐》云：“秋风一夜入庭柯，金井飘零露绛河。帘外雨声从此减，楼中月色比前多。朝阳鸣凤思周雅，落叶哀蝉怨汉歌。不是琴材甘自弃，人间奈少蔡邕何。”

张素诗词系年：《舟发大连》《舟中遇羡渔》《车上望松花江》《初至江南》《沪宁道中》《车中望太湖》《沈阳喜晤羡渔、厚父》《赠石工》《渤海舟中》《舟中望吴淞》《海上赠亚子》（二首）、《苏州》《偕力山同舟至金坛》《赠味莼》（二首）、《赠力山》

《郊行》《牧童》《由金坛归丹阳，途中遇雨》《東家山展墓》《讹言》《题与力山、弇庐、禅予、味莼同摄小影上》《小亭一首，为力山作》《白塔寺》《即席，次能庵韵》《答能庵见赠原韵》《参观金坛毓秀女校作》《偕影禅同车至金陵》《至金陵口占一首，示影禅》《客窗夜雨》《调揆伯》（二首）、《偕揆伯游后湖》《歌楼》《金缕曲·沈阳与明星别》《百字令·渤海舟中》《潇湘逢故人慢·丹徒驿喜晤陈君宜父》《百字令·游莫愁湖，同揆伯作》《齐天乐·宴集秦淮画舫》《百字令·夏日偕影禅、揆伯、胎石、畏庵、羡渔诸子避暑普宁禅寺，即事赋呈》《齐天乐·金坛访次回先生故宅》《百字令·偕味莼游于氏废园》《水调歌头·郡人士追悼伯先于琴园，为赋此阕》。其中，《舟中遇羡渔》云："一昨君语我，将有京华行。俄然回去辙，借以诉离情。辽左久羁绊，天涯难合并。同舟欣所托，李郭想生平。"《金缕曲》云："莽莽关山里，只眼前、斜阳一片，角声催起。吾辈天涯飘流惯，何限别离情意。问郁郁、几人堪此？杨柳玉门春风度，十年来羌笛曾同倚。今古恨，远千里。　　管宁欲避今无地。伴穷愁、旧时皂帽，未判抛弃。怨极修途重回首，相对泪倾铅水。叹归去、仍为游子。风雨凄凄骊驹发，算行踪、随在无停趾。君赴北，我南矣。"

汪兆铭诗词系年：《登鼓山》《太平山听瀑布》（山在南洋马来半岛）、《印度洋舟中》《舟泊锡兰岛，至古寺观卧佛，憩寺前大树下，导者云此树已二千年，佛曾坐其下说法》《念奴娇·偕冰如泛舟长江中流赋此》《高阳台·福州留别方曾诸姊弟，且申相见之约》《八声甘州（才轻雷送雨便萧然）》《齐天乐·印度洋舟中》。其中，《登鼓山》云："登山如登云，盘纡千仞上。寥寥万松阴，惟听疏蝉响。"《舟泊锡兰岛》云："寺前有奇树，婆娑二千年。枝条方青发，馨香因风传。我来坐其下，久久已忘言。梵呗来空坛，其声柔以绵。感此伤我心，哀吟满山川。回头问卧佛，尔乃能安眠？问佛佛不应，自问亦茫然。荒山旷无人，玄云渺无边。嗒然俯潭影，轻阴荡清圆。"《齐天乐》云："海波浮簸山如动，孤舟已悬天半。云幕周遮，星铓摇漾，月黑冷磷零乱。狂澜正卷，怎海若频翻，鱼龙未厌。梦入空濛，射潮强弩倩谁挽？　　关河此时日远。镇无言徙倚，清泪如霰。万里波涛，百年身世，一样苍茫无畔。幡然意涣，羡浴羽鱼闲，眠窝燕懒。蓦地忧来，奈何空自唤。"

陈衡恪诗词系年：《葫芦》（二首）、《楼坐》《声声慢·梦窗有梅、兰、水仙、瑞香词，倚声和之，并写成图》《庆清朝·公湛用梅溪韵赋此解，倚声和寄》《清平乐·题山水花卉册页第二开》《清平乐·题山水花卉册页第六开》。其中，《葫芦》其一："直千金，容五石。浮之江湖系不食。秋乾老圃生荒烟，挂壁龙蛇枯蔓缠。倒吸风霜屋上眠，与世落落胡为然，但掩笑口莫问天。"其二："秋风萧萧百卉槁，吁嗟瓠兮可为宝。剖为大瓢不作樽，酌我妇子用醉饱，庆农有喜不知老。"《楼坐》云："眉痕纤月挂西墙，顷刻穿云堕浑茫。瞑合层楼疑带雨，风翻接叶暗生凉。闭门索句成何意，扪虱谈经坐可忘。江上惊尘驱雁尽，不须残醉了啼螀。”《清平乐·题山水花卉册页第二开》云：“紫云堕水，微浪生风绮。粉态半酣春梦里，蝴蝶一双惊起。　晚烟绿上筠枝，轻盈却怨开迟。不见王孙骄马，隔帘自诧腰支。”《清平乐·题山水花卉册页第六开》云：“春山自晓，露浥无人到。一径苔深香缥缈，唯有数声啼鸟。　千年流水泠泠，清风写入瑶琴。惆怅湘灵梦远，天涯委佩留簪。（右调《清平乐》觭庵填词）”《声声慢》云：“烟消鸾肩，月冷犀帷，灯前俊侣初逢。艳锦天机，万花争妒娇容。仙乡自成清供，倒银瓶、且醉东风。胜情处，对文窗窈窕，香噀尘空。　遗佩江皋如在，怅玉龙吹夜，愁断孤鸿。暗结同心，温柔谁赋春浓。临流旧时妆蒨，写琉屏、惊坠鸳红。端正看，小腰支、还似镜中。”《庆清朝》云：“柳带垂阴，荷钱试碧，霏霏微雨溪亭。余香半亩，未悭诗思经营。雾阁翠迷清晓，流莺梦老燕巢成。春归后，湔裙曲水，无语留情。　天气乍寒乍暖，正地卑衣润，宝篆香凝。青山自好，画阑点笔愁生。嫩约倩传芳卷，故人何事细丁宁。难忘是，华发胜赏，携袂孤城。”

许南英诗系年：《莲花洲小山》（在莲塘学堂后，为侯堂陈氏别墅）、《野兴》《范亚父撞斗》《孟叔达堕甑》《戴安道碎琴》《徐德言破镜》《早起》《借沧海居冬夜不寐口占》《江东桥》《挽陈瘦云》（二首）、《赵云石赠诗，即步原韵二首》《南社同人在醉仙楼开欢迎会，酒后放歌》《绅商学界在台南公馆开欢迎会，赋此志谢》《啸霞楼题壁》（二首）、《与谢石秋、星楼、林湘畹、黄茂笙游冈山超峰寺，中途遇雨》（四首）、《窥园梅花二株，被日人移植四春园，闻亦枯悴而死，以诗吊之》《敝庐因日人筑路取用，子弟辈将别谋住所》《题画梅，寄赠洪以南》《诗债》《为台南警务科今江正直君题〈曼倩偷桃图〉》《题画梅，赠黄旦梅雏姬》《魏武帝》（二首）、《纪风暴》《题〈墨梅〉，赠赵云石》《林投帽》《徐福》《〈红楼梦〉题词》《李广射虎》《红拂女》《项羽》《老骥》《风筝》《古琴》《观鱼》《射雕》《放鹤》《盘马》《斗蟀》《谈诗》《鏖诗》《病起》《绣鞋》《竹夫人》《苏属国》（二首）、《孙武子》《严武》《晓角》《满城风雨近重阳》《闻砧》《竹烟筒》（二首）、《螃蟹》《吊祢衡》《瀑布》《明妃》《太真》《谢石秋酒后赠句，即用原韵酬答》（二首）、《博物馆望招魂祭场，和谢石秋原韵》《晚香楼即景》《与谢石秋夜酌偶成》（二首）、《有赠》《吴大帝》（二首）、《孙夫人》《有赠》（二首）、《高渐离》《侯朝宗》《闻笛》《崖门吊古》《赠日木步兵大尉吉村长藏君》《赠萧莲卿女史》《游台北基隆杂咏》（七首）、《拟小游仙》（八首）、《钓雪》（二首）、《落叶》（二首）、《落絮》（二首）、《听泉》《古梅》《霜钟》《耕烟》《云游僧》《红柑》（二首）、《山睡》（二首）、《留别瀛社、桃社、竹社、栎社、南社诸同人》《旧友陈基六相遇于新竹吟坛，口占绝句见赠，即用原韵，口占两绝以报》《梅花酒》《赛马》《拜岁兰》《花露水》（二首）、《鸳鸯》（二首）、《步赵云石〈代某姬送别〉原韵》（二首）、《战鼓》（二首）、《题南社同人〈吴园送别图〉》《留别南社同人》。其中，《孟叔达堕甑》云：“本无我相无人相，岂有金刚不坏身！人尚如斯何况物，区区一甑碎微尘。”《赵云石赠诗》其一：“旧友相逢赵倚楼，骚坛牛耳冠朋俦！金戈历劫云过眼，铜钵敲诗海尽头。并世卢、王皆后起；齐名李、杜尽清流。与君共话桑沧事，尊酒原来不扫愁！”其二：“竹溪溪傍旧诗坛，十八年来指一弹。末路谨防随俗转，浮生尚悔了人难。令威化鹤寻华表，子美闻鹃拜石阑。垂老重游桑梓地，未妨惆怅强为欢。”《窥园梅花二株》云：“主人宜避地，问汝亦何辜。共受锄根苦，谁怜傲骨枯？清高原是累，依附况相诬。太息蟠根地，终应变道途。”《敝庐因日人筑路取用》云：“秋风一敝庐，闻道作通衢。古谚屋成路（台人有‘家欲破，屋成路’之谣），君权水在盂。后来蠲纳鼠（台湾为防疫起见，每户月必捕鼠二头，否则纳金。名曰‘鼠组合’），爰止或瞻乌。思卜南庄外，山边筑一区。”

丘菽园诗词系年：《调倚〈柳梢青〉·怅别》（为那人咏也）、《陋巷杂事诗》（八首）、《戏赠陆夫人》《〈梁鸿咏〉一首，书视内子陆》《调倚〈唐多令〉·月下小酌放歌》《调倚〈浪淘沙〉·听鹂》《调倚〈采桑子〉·漫述，赠内》《修改〈十一义侠传〉三十二章成，自题卷末》。其中，《调倚〈采桑子〉》云：“青衫十载从头数，花也风怀，月也风怀，未信吾生便有涯。　金经一卷收心坐，茶也清斋，果也清斋，会得卿言亦复佳。”《调倚〈柳梢青〉》云：“一样帘旌，旧时月色，今夜秋声。伫遍灵风，吹残梦雨，何处云行。　春人如絮飘零。便絮也、相逢断萍。翻羡杨花，教题轻薄，有个来生。”《〈梁鸿咏〉一首》云：“身将隐矣又文之，留得登高五噫诗。举案未终沈侠气，会须穿家傍要离。”《调倚〈浪淘沙〉》云：“芳草绿萋萋，绣满湖堤。春烟一碧与云齐。更爱微风杨柳树，着个黄鹂。　宛转尽情啼，叫破天低。双柑斗酒手亲携。来领诗觞闲鼓吹，绝妙新题。”《调倚〈唐多令〉》云：“舒卷汉宫罗，天风拂素娥。晚妆寒、古镜新磨。玉宇无尘行缓缓，仙袂举、抱云和。　桂影上楼多，清樽发浩歌。净空明、满注金波。倒喝冰轮成闰夕，怀里坠、当珠搓。”《陋巷杂事诗》其一：“小小门庭叠叠窗，浮家恰称屋如艭。后楼更枕青山好，白浪寒烟阻大江。”其二：“虚室通明玩夕晖，寒英不落况翻飞。玻璃槅子玲珑甚，容拟帘疏误燕归。”《自题卷末》云：“美人名马酒盈樽，谈笑诛愁更报恩。少弗能豪遑问老，死原可忍向谁言。英雄自古多无赖，儿女从来易断魂。我愧廿年称侠子，独遗心事卷中论。”

陈蜕庵诗系年：《黄花岗革命七十二杰死事纪念日感赋》《梅生三兄相见海上，出诗三巨册见示赋赠》《偶成，集唐句》（时寓上海）、《喜晤石子率占》《海上遇潘兰史君占赠》《亚子以久思乍见，彼此欢然，承邀饮酒楼，归赋两首奉柬》《赠亚子》（二首）、《赠曼殊》《海上送太一入粤》《拟寄钝根五首并示楚伧、亚子》《〈钝庵脞录〉于〈蜕庵诗〉后并自跋，录之而谓为一字一咽，因寄一首》《题南杜入社书毕口占》《北上留别少屏、楚伧、亚子》《抵天津》《小极》《叠韵两首》《到京先后晤灭石、太侔，皆能饮，而予近以病渴戒酒，偶一兴起，小勺二三进，陶然卧矣，感赋一章》《民国小乐府（有序）》（二十首）、《燕市谣八首》《寄怀海上社友，即用楚伧、亚子赠别韵》（三首）、《偶书》《寄怀雪吟》《一日夜雨不止，有秋潦之患，奈何》《夹竹桃雨中如孙寿啼妆，尹似村诗“自与情人别，怕见雨中花”，予心恻然，为赋两首》《苦雨》《喜晴》《雷响潭》《无题五首》《忆录旧作〈游仙诗三十首〉之四》（四首）、《寄亚子》《题江外史诗》《自题画梅》《又题小幅五七绝各一首》（二首）、《题吴介子〈春波遗荫后图〉》（三首）、《为汤磷石题〈女士图〉》（二首）、《题陈万里〈云程万里图〉》（二首）、《意有未罄二十八言》《题〈沈纪常君传〉》（四首）、《再题〈沈纪常君传〉（并序）》（二首）、《题潘老兰〈出关图〉》（三首）、《题潘老兰〈山塘听雨图〉》（两首）、《题汤磷石〈鸳湖垂钓图〉》（二首）、《别鸳湖数年，复得春游，遇绝艳双姝，故以题〈鸳湖垂钓图〉竟，复成感怀二首》《题〈分堤吊梦图〉》《杨君道根寄诗，赋此奉酬》《贫女行》《送楚伧北行》（二首）。其中，《喜晤石子率占》云：“万里闻君名，不期见今日。握手如昔知，推襟互无阏。念我少年时，纵酒能谈说。前岁历死生，盛气存九一。逢君愧已迟，心长竟已绌。会当勉振衣，梦游峰泖侧。”《民国小乐府》序云：“自争路风传，异军突起，遂恢大业，未假岁时，亦已豪矣。顾懔懔于民不忍伤，兵不忍用，而阛阓见萧条之象，干矢以橐戢为难，岂有他哉？教养亡，素德敝，而生瘁也。贱子自春尽夏，由楚之燕，凡所感触，未能忘怀。为《民国小乐府》二十首，所举多微琐，非天下所瞩也，然比之衢歌壤击，已异矣。”其一：“涕泣登车去，匆匆便嫁郎。綵舆与冠帔，福命不如娘。”其二：“雨郎好身手，相遇不相逃。夜赠枕边钏，朝挥腰下刀。”其三：“武安尊汉相，隅坐屈尊兄。富贵何为者，谁能重所生。”其四：“开阁平津邸，无端逢故人。心知故人外，一一皆恶宾。”其五：“杨朱惜一毛，李陵循胡发。种种何能为，揽镜惜颜色。”《杨君道根寄诗》云：“绿江边上旧烟云，回首西看夕照曛。随处行吟存病我，尺书远问更思君。野麇山鹿人间世，北雁南鸟何处群。还记去年今日事，一秋一月又平分。”又，本年至次年作《赠鹓雏》（二首）、《读〈十五国诗〉，偶及集注》（七首）、《自责》《赠钝剑》《怀钝剑》《又赠钝剑》《吉芬吾女偕婿赴蜀，诗以送之》（三首）。其中，《自责》云：“攻讦古人亦忮愤，要知忮愤最宜除。况今学术方多竞，何暇吹求到注疏。”《又赠钝剑》云：“莫认高阳作酒徒，眼含双月气吞湖。从今夜夜松江梦，不为莼羹不为鲈。”

王易词系年：《红情・忆汪涤芸》《陂塘柳・与李古余》《南浦・春水，和玉田韵》《解连环・九连环》《金缕曲・唐忽雷》《沁园春・宫词》《兰陵王・闻雁》《五彩结同心・内子生日》《莺啼序・得琅轩自沪来书并诗一章却寄，用前〈送别〉韵》《点绛唇・南人北来，携食物数事，故园风味，差足慰乡思耳》《金缕曲・寄怀袁琅轩沪上》《莺啼序・江亭览胜，用梦窗丰乐楼韵》《沁园春・自解》《减兰・封署古唐槐》《眉妩・居封三月，近将旋里。邑中古迹如淳于岗（南柯梦遗迹）、青陵台（韩凭化蝶遗迹）诸地，皆未一至，临去依依，遂成此解》《贺新凉・怀林浚南即寄》《台城路・琅轩来书，琐询当年情事及其日月，以备散记之作。前因如梦，回思黯然，答之并媵以词》《露华·残月》《丹凤吟·月夜闻笛》《六州歌头·自述》《甘州·秋怨，和屯田》《瑶台第一层·怀友》《摸鱼儿·题〈返生香遗集〉》。其中，《减兰》云："绿阴如盖。密叶交枝凝暮霭。青眼怜伊。阅尽沧桑又几回。　屯云挂月。月暗云迷清欲绝。若问前因。我亦槐阴梦里人。"《眉妩》云："记穷中载酒，客里看花，寥落未堪语。小梦萦秋被，华胥路、遥遥一枕何许。无根萍絮，又此番、随水来住。但辜负、半壁斜阳老，胜游久无主。　犹念愁人怨蝶，向槐阴独梦，台畔双舞。千古伤心事，功名外、尚有骙痴儿女。残风败雨。问甚时、花记前度。便兴废重题，都收入、锦囊去。"《摸鱼儿》云："甚年年、青天碧海，嫦娥真个痴绝。餐芝饮醴非难事，何用水晶宫阙。须自洁。已断却尘缘，莫更尘缘结。人天各别。底好月难圆，优昙偶现，留与后人说。　伤心事，不共风烟变灭。好花长被摧折。玉楼那便需长吉，为妒呕来心血。甘守拙。翻自喜、一衾凉梦浑如铁。休夸慧业。试检点遗编，芳姿如在，多少恨侵骨。"

王浩词系年：《南浦·春水，用玉田韵》《陂塘柳·送袁琅轩昆仲南归》《声声慢·风琴》《高阳台·病中作》《沁园春·次大兄韵》《兰陵王·不归近十年矣，鲈脍之思，靡岁获已。感书，用美成韵》《沁园春·月夜怀余鸾友，因以寄之》《疏帘淡月·闺情》《月华清·闺情》《青玉案·杂忆》《莺啼序·复鸾友都门》《齐天乐·听琴》《木兰花慢·咏泪》《沁园春·游仙》《水调歌头·三载以来，大兄往来京洛间，不得举酒为寿。今幸燕然，极唱酬之乐，机云自命，意绪良不恶也》《又·共内子夜酌》《又·代内子答辞》《莺啼序（秋空四惊断雁）》《眉妩·咏蟹》《过秦楼（长乐离宫）》。其中，《沁园春·月夜怀余鸾友》云："斗转城荒，月暗鸦啼，凄然故人。念论交忆旧，叔牙知我；归江携笈，长爪怜君。人海苍茫，风尘澒洞，何事还车载病身。燕台路，便渐离有筑，谁共悲辛。　萧然独出秦门。剩数载、斑斑旧泪痕。愧未能送子，河湄山曲；也应念我，渭树江云。阮啸猖狂，伍箫寂寞，饭颗依然认杜魂。缠绵意，折京书一尺，愁损文鳞。"《青玉案》云："白云天半喧箫鼓。烟霭霭、庭前树。金雀鸦鬟年十五。夜香如雾，冷红随步。行入灯深处。　谢公最小偏怜女。长日依依向阿母。环佩飞来还又去。水晶船冷，碎霜斜舞。门外钿车路。"《水调歌头》云："庭中有奇树，绿叶发华滋。今年且喜团聚，未用寄遐思。旧日茱萸遍插，后日穷通未卜，碌碌复何为。愿为双黄鹄，送子共高飞。　将进酒，奉君寿，君莫辞。停杯听我一曲，行乐及良时。江上秋风乍劲，天外斜阳未已，今复待来兹。但得尊常满，兄弟可怡怡。"

李思纯诗系年：《无题》（六首）、《暮归》《少城绝句》（七首）、《秋海棠》（二首）、《忆滇六绝》《听雨》《杂感十四首》《偶成寄友》《挽慕颜》《腊尾》。其中，《无题》其一："紫姑机畔乍惊鸿，不信屏山隔万重。翠箔春酣羞见月，珠帘愁重怯禁风。眉心淡淡含烟绿，人面双双对影红。风女檀奴怨轻薄，泥人颜色睡惺忪。"其二："云阶月路小盘桓，未许刘郎平坐看。宝靥融春娇薄醉，玉钩送酒滞新欢。浅尝莲子三生苦，私逗灵犀一点酸。偷数芳年玉筝柱，亸鬟花底怯春寒。”其三：“麝煤薰写断肠词，细笔红笺尺素丝。倩女柔魂连理缕，采鸾嫁约丽情诗。拈来翠羽聊传意，还我明珠怨不时。臣是东阿忏情客，洛川撩乱赋陈思。”其四：“瑶华宫殿几回探，青鸟西飞久未还。天上云翘来仿佛，汉皋仙佩响阑珊。九回紫茧缠绵苦，百解红蛛解脱难。三五月明三五夜，为谁风露倚阑干。”其五：“玉颤花愁半面妆，翠眉银烛斗欢场。牵丝虎缚抽情缕，啮锁蝉惊有异香。鹦鹉灵心传小字，凤凰琴曲怨华堂。红楼白袷相望冷，车走雷声梦未长。”其六：“画楼心篆宝香煎，锦瑟弦多怨绮年。情海归槎愁畹晚，春城本事语仙娟。绿窗采笔春如海，银汉红墙恨似烟。肠断玉钗金钿句，梨云一枕梦中缘。”《暮归》云：“回澜塔影渐参差，白石清江下濑迟。万点暮鸦舟一叶，夕阳红上佛桑枝。”

贺次戡诗系年：《青校远眺》《送刘俊庵南旋》（三首）、《寄怀沈吉逵》《寄怀刘心吾》《送郑志刚南归》《寄调刘恪臣》《寄龚礼程》《寄怀郭铁梅》《谢李植庵致书》《元韵奉和义达寄怀》（二首）、《奉和梁伯涵〈岁暮有感〉元韵》（四首）、《读〈扬州十日记〉口占》（四首）。其中，《青校远眺》云：“千里来游渤海东，胶湾渡口暮烟蒙。飘零身世容孤寄，俯仰乾坤尽一空。长笛几声秋水外，远帆片影夕阳中。崂山极目迎潮立，揽胜还争岛国雄。”《送刘俊庵南旋》其一：“君来东鲁结欢俦，一见忘形气味投。无可奈何今惜别，依依杨柳不胜愁。”《读〈扬州十日记〉口占》其一：“悲愤填胸五内生，沉冤千古恨难平。凄凉纸上伤心语，不畏天灾畏构兵。”其二：“九死难移报国心，弥天杀戮泪难禁。孰知自古风流地，教化彝伦盖世深。”其三：“罢读沈思倍惨伤，刚强民气此沦亡。劫灰来烬留遗祸，廿载洪羊举世狂。”其四：“争地争城且漫论，小民何罪却含冤。试看《十日扬州记》，字里行间有泪痕。”

陈夔（字子韶）词系年：《点绛唇（花满春城）》《浣溪沙（春老残红惨不肥）》《水龙吟·佛倩以杜老新婚之别有高柔爱玩之心，曾托尺素，索赋新词，而人事冗繁，久而未就，会有所触，遂成此解。要之骅骝万里，弧矢四方，詹詹之言，亦取适一时而已》《清平乐（碧梧修竹）》《金缕曲（送客江头路）》《长亭怨（看堤上）》《解连环（暮蝉声乱）》《扫花游（春阴骤合）》。其中，《点绛唇》云：“花满春城，袷衣初试清明雨。闹红深处。笑指湖边路。　隔岸楼台，似约游人去。公无渡。夕阳烟树。又是春将暮。”《长亭怨》云：“看堤上、春回芳树。染柳薰花，艳辰百五。夜奏通明，愿乞青帝永为主。几番风雨，却不道、春将去。切莫送春归，且共约、蔷薇留住。　最苦。这春光渐老，依旧落红无数。颓垣断井，听双燕、会人言语。道几度、属付东君，怎不管、飘零飞絮。待化作浮萍，只怨春阴迟暮。”《解连环》云：“暮蝉声乱。正林塘乍霁，暑尘都浣。最爱这、满郭山光，更阑角向西，夕阳红浅。跣足披襟，约小坐、晚风庭院。奈幽兰渌水，古调自弹，赏音人远。　　心惊岁华荏苒。算春归未几，红意凄断。咒雨壁、莫长苔痕，怕满目青芜，又成秋苑。转眴炎凉，忍弃掷、怀中纨扇。只殷勤、画檐素月，照人一片。"《水龙吟》云："画楼帘卷春深，春随人去愁无际。萋萋碧色，送君南浦，断魂千里。萦损柔肠，惊残好梦，为郎蕉萃。算风风雨雨，落红飞絮，一样是离人泪。　　忆否洞房慵起，共商略、入时眉翠。喁喁私语，盈盈双笑，欢情融泄。忍负归期，怎生忘却，年华似水。倩迢迢锦鲤，将书寄与，说相思意。"

李澄宇诗系年：《与大知》《和大知岳阳报社坐雨作，即以赠行》《大知将之奉天，乃以诗送予反里，次答一首》《与大知游君山作》（四首）、《赠别》《次挚君〈夜坐〉韵》《舟过湘阴》《至长沙作》《常德大水》《雁》《林宅夜集》《奉陈大伯弢常德》《晓起游园述所见》《送人之长沙》《拟〈四愁诗〉，酬大知》（四首）、《对雨作》《柳满满辞（并序）》《春莲曲》《郑卫音》《忆陇州龙门洞》《晨起读稚安〈游洛阳龙门前后记〉》《次某君〈蒙古游诗〉》（二首）、《将之长沙，会陈大伯弢归，奉此别之》（二首）、《武陵夜发》《沅江听江楼作》《临资口晚泊》《赠岳生长沙》《谒大汉烈士祠，遂游浩园》《晚霁散步小吴门外》《奉坚白》。其中，《与大知》云："槛外有花亭似舸，东风远送大知来。纵谭时事雨连夜，携手故园春一杯。得句每能出我妒，论交谁复似君才。掉头不日去东海，忍令离愁日往回。"《常德大水》云："城周江抱水，釜底郡环庐。波涨六门闸，垸崩千命鱼。灾棚凄阜密，乔木戴帆初。水患年来甚，沅流谁与疏。"《送人之长沙》云："触热竟何去，言迈湘水湄。歧路握君手，炎风吹我衣。荷香馈芳洁，蝉响矜高枝。一啸看天地，莫漫愁别离。"

张质生诗系年：《德舆以〈新晴喜月〉见示，依韵和之，借舒幽怀，此中语不足为外人道也》《沈月亭赠诗，依韵酬之》（四首）、《徐钦若夫子得孙，适闻哲嗣益三兄出尹婼羌喜信，真所谓重重喜气也。爰赋五排二十韵贺之》《和邓德舆〈拙园诗〉元韵》《泄湖峡观水》（四首）、《一条山道中》《甘塘子道中》。其中，《德舆以〈新晴喜月〉见示》云："痴绝玲珑一片月，容光必照无休歇。秋风秋雨挟天来，愿共明珠暂埋没。埋没云中郁不开，云中君是罪之魁。劚云救得嫦娥出，依旧姗姗顾影回。射潮强弩麾日戈，不数鲁阳钱武肃。云兮云兮应自嗤，其进锐者其退速。浊酒一杯祝月华，月华切莫绚流霞。浮生如梦随盈阙，且向东篱照菊花。"《一条山道中》云："冬寒料峭拂鞭丝，前路茫茫懒觅诗。红日昵人同卧起，黄沙与我作亲随。雕盘大漠风云壮，马到边疆草木知。惆怅一条山下客，行行不觉晚凉时。"《甘塘子道中》云："凄绝甘塘子，荒凉断客行。天垂罗幕下，地与塞云平。白日寒无色，黄沙怒有声。前途知己在，底事怯长征。"

李笠诗系年：《炼丹台怀古》《山寺薄暮》《有感古协署》《晚江闻钟》《山房》《芭蕉夜雨》《偶成》《醉醒》。其中，《山寺薄暮》序云："往岁游东郊外山中一寺，时麦苗铺绿，夭夭可人。同人诵苏诗‘麦浪连天暗’句，余对以‘松涛涌月明’。盖时方薄暮，新月已升。今岁偶忆及，遂足成六韵。”诗云：“夕阳山半寺，荦确少人行。古佛三间屋，长天万里情。巉岩催日落，断壑听猿鸣。麦浪连天暗，松涛涌月明。片云空妄想，老衲说无生。献茗苍头者，自言泉水清。”《醉醒》云：“嫩凉天气雨初晴，欹枕沉酣困宿酲。梦罢黄粱浑不解，闲看童子捉蜻蜓。”

朱清华诗系年：《马敢齐镇道中中国式守望墩遗址》《雪里稿波来镇，观塔什干女剧，赠俄大队长基罗亚夫》《色米北行道中》《达龙镇北道中怀古》《夜至巴的学不那镇》《必闪镇北二十里额河东岸道中野望有感》《抵满洲里，初见五色旗作》（壬子年作，并寄太炎）、《太原作》（并寄太炎）、《过榆次县》（并寄章太炎）、《经周口》《泊界沟遇发水，记事》《泛淮，经怀远县作》。其中，《雪里稿波来镇》云：“细目低眉不解羞，轻罗衫子碧于油。却嫌脂粉污颜色，笑拈花枝插满头。娶妾瞥挑塔什女，精勤灵俐可人装。一般别有牵人处，两朵芙蓉白似霜。长裙拖地复长披，翠袖琅珰衬舞衣。小识歌喉清脆处，半天云影为低迷。”《抵满洲里》云：“万里奔驰来绝域，轮声轨影混华夷。欢心喜见辽东路，处处风翻五色旗。”《过榆次县》云：“山城闭斜阳，山鸟鸣清景。客梦时一惊，长空孤雁影。”

［日］高须履祥诗系年：《寄怀布浦栗斋翁在周防》《寄怀久保周一在周防佐合岛》《题布浦栗斋翁〈还历记念帖〉》《野鹤行》《东浦访山中龙氏宅，观信天翁遗墨，席上赋呈主人》（二首）、《闻乃木大将夫妻殉死，黯然赋长古一篇》《题〈龟城同窗会杂志・黑田校长记念号〉卷头》。其中，《寄怀布浦栗斋翁在周防》云：“曾游回首恨难堪，水态山容今尚谙。昨夜分明等下梦，远骑孤鹤到周南。”《东浦访山中龙氏宅》其一：“身如仙鹤太昂昂，老气横秋翰墨场。最想上天恩宠渥，翠华当日幸山房。”

［日］关泽清修诗系年：《槐南先生一周忌辰赋奠》（四首）、《水云庄十胜，次浅田淀桥（玄）诗韵乃赠》（十首）、《备前藤江日笠（哲夫）北堂（益子）八十寿言》《星冈雅集，和中洲翁诗韵》《星冈仙坡博士软脚雅宴，席上分韵》（二首）、《寒翠庄销夏雅集，次梦舟主人诗韵》《分韵得灰》《过乃木将军故邸》《闻立行寺义问老师退院，义明师入院，赋此以贺》《三宜亭雅集分韵》《静园庄观枫雅集，次仙坡主人诗韵》《山口松陵（宗羲）招饮星冈茶寮雅集，次见示诗韵》《席上分韵》《悼永井禾原》（二首）、《水仙初花》《檀栾泼散会，席上分韵》。其中，《槐南先生一周忌辰赋奠》其一：“笛里山阴何处边，玉梅花落暮寒前。吟情最是难消遣，哭后春风第一年。”其二：“焚香默坐忆当年，风貌依稀在目前。更觉悲欢不禁得，新刊一帙是遗编（是日遗稿印刻方成）。”《星冈雅集》云：“旧僚落落若晨星，谁是名声达帝亭。话到当年修史事，头颅赢得数茎青。”《分韵得灰》云：“千章夏木路萦回，中有清池镜面开。吟过石桥天欲暝，冷光穿碧一萤来。”

［日］白井种德诗系年：《僚友锦织氏书室所见》《题雪舟在宝福寺就缚图》《大冢松洲翁见访赋呈》《席上松洲翁有诗见示，次其韵》（二首）、《咏梅根（并引）》《陆军纪念日，听得利寺战役讲话，怀故友金子中尉》《亡妻木村氏十五年祭，赋而奠》《瓶梅》《送松洲翁游猊溪》《题〈盛冈八景图〉》（四首）、《高岛夜雨》《炉山秋月》《巅峰暮雪》《舟桥夕照》《散策》《偶作》《次天海云涛见示诗韵却寄》《偶作》《读梅里先生〈寿碑铭〉》《读〈节斋遗稿〉》（二首）、《读佩弦斋〈丰太阁论〉》《送泷口县属》《刀冈持志和人巴峡所制小盏见赠，添一诗，即次韵以谢》《刀冈任岩手县师范学校教师，赋以贺》《咏瓶花》（二首）、《仁王小学校临幸纪念日，赋以示生徒》《浅岸部邱上作》《次刀冈送其儿弘〈应试赴札幌大学〉诗韵》《溪亭雨中》《题画》《咏瓶花》（其三）、《梅雨偶霁》《咏瓶花》（其四）、《谷贵》《溪亭即事》《晓坐溪亭》《次松洲猊嵓唱和韵》《送盛冈中学校教谕后藤君转任爱媛县》（三首）、《读〈浪淘集〉》《观常州西山绘叶书》《读〈菊池武时传〉》《读〈菊池武光传〉》《哭福士神川》（二首）、《贺户田内翁金婚式》《太利耶》《佐藤东山丧家严，有诗见示，次韵以吊》《寄题久慈氏〈庭松〉》《佐藤猊嵓来访》《田口运甓寄〈竹〉诗，赋而谢》《溪亭》（三首）、《营川衣水来访有诗，次其韵》《悼大须贺筠轩翁》（二首）、《赠爱松庐主人》《咏瓶花》（其五）、《送同僚岛田教谕转任千叶县安房中学》《讲〈孝经〉，赋示二三子》（三首）、《愿教寺行，亲鸾上人六百五十远忌，余亦趋拜，作二绝句》《与士刚散策归，饮其家，席上赋博一粲》（二首）、《舞草小学校长桥本矫哉君设大槻磐溪、内藤碧海两先生祀典，并展览其遗墨，予感其裨补风教之功非鲜少，赋绝句三章，以致微衷，其一咏磐溪先生，其二咏碧海先生，其三寄桥本君》（三首）、《北郊散策》《又次刀冈韵》《咏瓶花》（其六）、《访士刚，始晤竺仙师，酒间戏作，师不饮，结句故及》《读〈天保三十六家绝句〉》《古斯毛斯》《即事》《送吉田农黉教谕转任熊本县》《吉田卯助来访》《寄泉田隆光翁，次大冢松洲韵》《即事》《咏瓶花》（其七）、《次佐藤猊嵓〈访二条公〉诗韵》《次猊嵓〈访西岩〉诗韵》《壬子岁晚》（二首）。其中，《偶作》云："句不惊人何用忧，微吟伴酒自风流。偏欣幽鸟时来和，松籁溪声也作俦。"《梅雨偶霁》云："震雷何殷殷，尽日雨声酸。惊喜晚俄霁，树闲凉月团。"《送吉田农黉教谕转任熊本县》云："送君无限情，不道生同县。平昔淡如交，百年宁有变。"

［日］森川竹磎诗词系年：《水云庄十胜诗，次浅田淀桥原韵》（《含照水梅》《踯蠋坞》《飞萤溪》《滴翠径》《忘暑台》《白石桥》《钓诗岩》《香桂林》《锦枫崖》《将军松》）、《用中洲翁〈岁旦〉诗韵，赋湖山即兴》《夜寒欲雪》《美人听莺图》《胜岛仙坡自欧洲归，招饮诸同人于星冈茶寮，次仙坡原韵言谢》《绝句》（二首）、《寒翠庄销夏清集，次梦舟原韵》《席上分韵得肴》《薤露》《望野庄即事》《春水生》《随鸥小集，席上分韵得江》《谢人送菊花》《柬竹隐在伊势》《寒翠庄雅集，同用樊榭山人〈芜城小

春〉诗韵》《越后西村九如（精）寄〈外城湖观樱花〉诗，数迭韵索和，即次原韵却寄》《山口松陵（宗义）招饮星冈，和其原韵》《论诗》（二首）、《岁晚偶成》《西江月·次竹隐近制韵寄怀》《拜星月慢·天随嘱题〈四弦秋〉国字译本，便用俞是斋〈四弦秋〉传奇题词韵》《塞翁吟·残莺》《薄媚摘遍（绿情舒）》《醉蓬莱（正琴幽深洞）》《寿楼春·三岛中洲先生星冈雅筵，率赋呈政》《沙塞子·冢原梦舟（周）寒翠庄即事》《海棠春·玉池星舫雨中看海棠赋》《归朝欢·胜岛仙坡（仙）自欧洲归，招饮诸友于星冈茶寮即赋》《谒金门·仙寿山房即事》《六幺令（隔墙榴花）》《虞美人（枕边灯穗空烟坠）》《关河令（吴头萧瑟楚尾暮）》《珍珠令·送石埭翁游云州》《归去来·仙寿山房赏菊》《归田乐引·今关天彭（寿麿）摘录传奇数十种之纲领为一卷，索题词，倚声应之》。其中，《赋湖山即兴》云：“湖山容易换年华，看看东风取次加。染柳欲凭春雨力，先熏几树玉梅花。”《胜岛仙坡自欧洲归》：“余寒无赖楝花前，媛绿愔愔会聚年。把臂相欢皆旧雨，泛槎谁怪抵凌烟。当筵独有竹溪逸，顾曲谩陪东阁贤。几度沈吟欲逃席，末由谈笑得佳篇。”《越后西村九如（精）寄〈外城湖观樱花〉诗》云：“外城湖上千树花，春风春水春色加。欲往从之山川阻，青春逝矣魂梦赊。我未亲睹花真色，迭唱新句任君夸。好事九如索诗苦，使人瞑里裁断霞。几度沈吟为花惜，我无文字含天葩。”《山口松陵（宗义）招饮星冈》云：“门外乌栖杨柳枝，青山衔日岁阑时。峥嵘拼与金杯劝，迤逦怜他玉漏迟。长夜未央乐何极，东方欲白爱相羁。当筵只合纵谈笑，痛饮休歌即醉诗。”《拜星月慢》云：“楚尾吴头，买茶浮楫，管甚人闲离别。独自将愁，与琵琶凄切。叹沦落，照遍、深秋半夜残梦，有个空江明月。误了前程，问何人能说。　　退花红、断送春时节。惹司马、泪湿青衫谪，肯道酒醒今宵，待垂杨消歇。四条弦、弹出伤心绝，无聊赖、热尽才人血。算一样、身世茫茫，被天天磨折。”《归去来》云：“一院黄花地，重阳节好晴天气。君家有酒须吟醉，算登高还多事。　　故乡孤负南山翠，未归去问君何意。谁知晚节陶家志，君长向此中会。”

［日］木苏岐山诗系年：《双鉴浦宾日图》《纪三井寺》《北路》《寄人》《出村》《自序二首》《效放翁体》《次韵武井百耕〈自题魁春园〉》《行散》《苏君》《效张文潜体》《偕长阪翠云游天王寺公园》《送人东游》《次韵福原周峰〈病起作〉》《解嘲》《落花》《小室翠云小景》《徙药》《梅雨新霁》《郑所南兰二首》《八幡驿途上》《书谣吟》《御船纲手画史邀觞余及石尾松泉于圣天阪宅》《过真下芹水六甲山南本山村居》《淡轮纪游（并序）》《长日》《客话二首》《遣兴》《十三村》《闺思》《吊古战场》《永田磐舟高津街宅，灾后新造，邀诸同人落焉，酒次作》《秋山独行图》《〈四君子图〉赞四首》《兼松庐门小景》《晚步望隔江诸山》《纪梦》《古木竹石画》《题画》《寒郊独眺》《漫感》。其中，《行散》云：“出城行散好，三月物光新。击木吟惊鸟，撼花飞着人。回看千里草，枨触此时襟。山川一幽隔，久负故乡春。”《解嘲》云：“陆沈么事诩平生，千

首诗成讴太平。久矣自拌非世冉，终然定是阔人情。石言于理不可诘，空翠有声难强名。风月江山我为主，出门一笑白鸥轻。”《御船纲手画史邀觞余及石尾松泉于圣天阪宅》云：“逶迤圣天阪，六月熟梅时。奥草紫花见，弱蔓朱果垂。多君象外意，两轴画中诗。颇获新知乐，十蕉亦不辞。”

［日］土方久元诗系年：《挽竹亭伯》《浅见絅斋》《敕题松上鹤》《咏蓬莱园鹤巢，次鸾洲伯韵》《过函关即事》《题鹰》《下刀根川》《霞浦瞩目》《七尾湾》《和仓温泉客楼口占》《渡边千秋古稀寿言》《赐洋画春景匾，恭赋记喜》《青山田中伯龄跻古稀，有银杯恩赐之荣，赋此以寿》《奉送灵辆恭赋》。其中，《下刀根川》云：“乍作风声乍雨声，四粒弹破万波行。满船斜日琵琶急，定是鱼龙水底惊。”《霞浦瞩目》云：“彩船箫鼓下清流，芦叶蘋花洲又洲。十二桥边晚潮急，红裙相唤送归舟。”《七尾湾》云：“越山吟断入能州，水色岚光共一眸。满目斜阳明似画，渔船点点出前洲。”

［日］德富苏峰诗系年：《山阳道中》《谒新岛先生墓》《饭山途上》《鹅湖》《江洲晓景》《酬恩庵》《京城即事》《二乐庄》《群鬼》。其中，《江州晓景》云：“伊吹山色隔青霞，已见风光到菜花。应是野人春睡足，晓烟淡锁水边家。”《酬恩庵》云：“空留老树护禅扉，犹忆休公挂衲衣。昨是今非浑不省，春山唯任白云飞。”

［韩］金泽荣诗系年：《金允行之刊吾文也，诸君子傍助者亦多，赋怀人体十一首以遍谢之》《赠沈友卿翰林》《吴老人韫惠见访于书局，言将游天台山，作此赠之》《对月怀王原初，次前所赠韵》《噫噫篇，寄李文先箕绍》《酬沈友卿兼怀屠归甫三首》《和郝衡之》《题淡盦所作〈荷花图〉》（三首）、《曹公亭歌》《谢汤医士治牙》。其中，《题淡盦所作〈荷花图〉》其一：“折颈鹅鸣水满池，半黄杨柳拂丝丝。荷花向晚风吹绽，一片清香欲近时。”其二：“知君太乙禀仙胎，翠盖红妆咏几回。端砚墨波跳溅际，居然又作太痴来。”《酬沈友卿兼怀屠归甫三首》其三：“感君于我特多情，躯命全忘各地生。竹坨盛称陈子野，李邕先访杜文贞。翳然花木相逢处，萧飒须眉似有声。欲向归翁传笑语，山王胡负竹林盟。”

【一九一三年（癸丑）】

一 月

1 日　袁世凯派礼官朱启钤赍书进宫给溥仪拜年，溥仪派员回拜。

《庸言》第 1 卷第 3 号刊行。本期“艺林·史料”栏目含《清外史：拳变余闻（未完）》（罗惇曧）；“艺林·艺谈”栏目含《石遗室诗话（续）》（侯官陈衍）；“文苑·文录”栏目含《赠桐城姚叔节序》（陈衍）、《频伽精舍校刊〈大藏经〉序》（章炳麟）、《清故会稽施贞女圹志铭》（王式通）；“艺林·诗录”栏目含《送汪子贤还休宁》（曾习经）、《感兴》（曾习经）、《无题》（陈三立）、《酬节庵》（陈三立）、《送章一山南归，次其〈留别〉韵》（陈衍）、《七月十三日雨》（樊增祥）、《叠韵和秋岳，简瘿公问贾郎消息》（易顺鼎）、《偕昀谷登江亭》（潘之博）、《壬子正月十二日作》（罗惇曧）、《八月十六日作》（二首，黄濬）；“文苑·说部”栏目含《古鬼遗金记（续）》（林纾）。

黄兴《祝湖北》发表于《民国日报》。诗云：“万家箫鼓又喧春，妇孺欢腾楚水滨。伏腊敢忘周正朔，舆尸犹念汉军人。飘零江海千波谲，检点湖山一磊新。试取群言阅兴废，相期牖觉副天民。”

魏清德《除夕小集》《癸丑元旦恭赋》发表于《台湾日日新报》。其中，《除夕小集》序云：“鲁阳无术，空使岁月迫人；羲和易逝，犹是年光欲换。未免有情，焉能遣此。同人于编辑之暇，爰各赋一绝云。”诗云：“自笑年年学卖痴，祇今还不合时宜。吟怀旅梦清于水，无那空斋送岁词。”11 日，《除夕小集》又刊于《台湾日日新报》。《癸丑元旦恭赋》云：“逸荡江湖酒一匏，古城西去水天交。愧无别墅供招隐，剩有旧书写解嘲。暇日看云闻鸟语，新春卧雨读诗钞。布衣淡泊聊明志，海外渔樵亦漆胶。”

高旭作《元旦》。诗云：“新朝甲子旧神州，老子心期算略酬。摇笔动关天下计，倾樽长抱古人忧。剧怜肝胆存屠狗，失笑衣冠尽沐猴。满地江湖容放浪，明朝持钓弄扁舟。”后刊于 2 月 19 日《民立报》。

陈遹声作《十一月二十四日西历元旦，感而有作》（四首）。其四：“长信凄凉望纥干，廷臣尽是少心肝。东周属籍遵秦腊，北阙朝元毁汉冠。苏绰拜庭呼万岁，褚渊贺表领千官。太和殿角梅花放，只有宫人带泪看。”

萧亮飞作《民国二年元日作》。诗云：“半世屠苏总客边，余生无恙谢归鞭。已经两度新正朔，始见一家共酒筵。醉后豪情歌子夜，梦中往事感丁年。夷门卜筑还他日，负郭何来二顷田。”

傅熊湘作《二年元日自题〈长沙日报〉》《次韵梦蘧〈新年感事〉》。其中，《二年元日自题〈长沙日报〉》云：“周正复见新民国，汉腊重逢旧纪元。已分余生干涕泪，更何噩梦讼烦冤。奇忧尚堕尘尘劫，孤愤犹为察察言。颇惜深杯浇未尽，起摩醉眼望中原。”

李澄宇作《纪元纪念日作》。诗云：“万户旌旗动，笙歌湘水湄。未容论旧腊，从此迟芳时。麓雪下晴树，边愁入酒卮。回头真是岸，万象慰将离。(时去长沙，因事暂返)”

张维翰作《元旦书怀》(二首)。其一：“共和肇建一周年，当国惟知务集权。西启鹰邻窥藏卫，北来熊蹠践蒙边。离心渐有分崩势，背誓难期内向坚。民主要须民自觉，欲从乡治证真诠。”其二：“万户风翻五色旗，千官拥贺履端时。中枢大政权专擅，列镇强兵柄独持。司马之心人共见，祖龙不死祸难知。栖栖京国宁归去，南望春晖系梦思。”

吴庚作《壬子十一月二十四日，和意空道人》。诗云：“空山独树老夫家，不识人间换岁华。吹笛只应怨杨柳，插瓶不及待梅花。间中鼓角惊寒鹊，睡里峰峦闷落霞。记得岁朝前十日，轻灰六琯误飞葭。”

[日]白井种德作《癸丑元旦》。诗云：“初日茅檐未映帷，膝前儿女已群嬉。亮阴不行迎新礼，且命山妻煮饼糍。”

[日]松平康国作《大正二年元旦》。诗云：“海霞微黯澹，紫阙佩声空。政在更新际，春来遏密中。君臣须努力，交武念和衷。万国方环视，勿亏先帝功。”

[日]那智惇斋作《壬子十一月二十四日，邂逅日笠成章与山川香山，余三人对酌某楼。既而逍遥靖国祠园，时丹枫饱霜烂然。成章有诗，乃次其韵》。诗云：“旧雨对杯情更新，颜红耳热眼无人。清吟又涉枫林里，潇洒与吾皆出尘。”

[日]白水淡作《怀旧》。诗云：“春草青青生意多，鞍头指点旧山河。幼时采蕨村南路，惊见相知鬓发皤。”

2日　壬子消寒第二集，刘承干招集坚匏盦。同集者：吴昌硕、缪荃孙、刘炳照、汪洵、潘飞声、[日]长尾甲、朱锟、施赞唐、诸以仁、沈焜、杨晋、陆树藩、周庆云等。首唱缪荃孙《消寒第二集，雪后集坚匏盦，次东坡聚星堂诗韵》，继唱者吴昌硕、刘炳照、汪洵(渊若)、潘飞声、长尾甲(雨山)、朱锟(念陶)、施赞唐、诸以仁、沈焜、杨晋(仲庄)、刘承干、陆树藩(纯伯)、周庆云等。吴昌硕《集坚匏盦咏雪》(用坡翁聚星堂韵)云：“同云抹天风落叶，枯桑知风不知雪。卷帘雪已深尺余，明岁丰登真快绝。吟诗自苦髯欲无，涉世将跛足未折。汉碑挂眼三宿行，秦诏甘心二世灭。征蒙何不如破蔡，相无裴度愁肘掣。唐时刻石传之书，苔蚀题名生紫缬。往事不须挂齿颊，时代维新恶璅屑。梅边且坐沧浪天，寒极春回惊一瞥。琼瑶可蹋公来歆，一事难明仗公说。食雪吞毡无一人，今日臣心冷似铁。”长尾甲《雪后集坚匏盦，次东坡聚星堂诗韵》云：“朝来同云飞叶叶，掩天覆地忽为雪。鸟雀始疑争下啄，渐积盈尺只影绝。水泉冻坚草木摧，惟有庭前竹不折。风吹历乱益得势，高下崖壑一时灭。谁欤乘风驰猎骑，白额猛虎赤手掣。回首一箭落双雕，血汁淋漓点成缬。”

[日] 白井种德作《一月二日，国分一骨招饮豶猪，云是乡国萨摩所输，忽忆赖子成麑岛诗，赋博一粲》。诗云：“猪肉作羹蔬茶偕，能调酒味妙无涯。赖翁曾道盘肴脆，脆字方知用得佳。”

3日 陈曾寿作《十一月二十六日，同君亮表侄展外祖墓，谨赋》。诗云：“冈陵罣远神犹接，云水重来世已新。海阔天空一抔土，夙兴夜寐廿年身。惊风飘荡鸾凰族，上帝畸零虮虱臣。寸烛寒香回暝色，木兰残雪尚嶙峋。”

严廷桢作《十一月二十六日（民国二年一月三日），送祚兄赴津成婚》（八首）。其二：“文华翻澜意自舒，闺中商榷有相如。莫将时刻闲抛掷，多读齐家有用书。”其五：“佩觿佩韘赋芄兰，童子何知涉世难。阅历初落家道始，东风知暖雪知寒。”

[日] 白井种德作《一月三日，小泉老人招饮》。诗云：“新年有雨气殊温，来到君家对酒樽。地接街衢绝喧闹，太忻风趣似田园。”后又得三首。其一：“宠招来作客，元如祭佳辰。岂啻庆新岁，奂焉室亦新。”其二：“堂新友皆旧，作画又为诗。佳气霭然里，献酬几百卮。”其三：“满室丹青灿，吾书亦在中。赧然愧粗笨，何啻醉颜红。”

4日 中美国民同盟会在北京开成立会，到200余人。该会以“增进中美两国国民睦谊；互换智识利益，维持世界和平”为宗旨，举孙中山、罗斯福为正会长。

唐群英作《民主报》祝词：“彰伟烈兮，诛孔壬兮，狂澜之砥兮，大雾之针兮，威武不能屈兮，富贵不能淫兮，作政客之后见兮，居舆论之中心兮。”

高旭《即席呈中山先生》（三首）、《报太一书》（二首）、《海上赠刘三》（二首）刊于《民权报》。其中，《即席呈中山先生》其一：“曾经沧海历万劫，破碎河山收拾来。剥极始知终有复，天生汤武是奇才！”其二：“我佛宣言大有情，雄图伟识倡民生。长房缩地非无术，海内他年颂太平。”其三：“眼中落落二三子，笔底滔滔十万言。一掬樽前忧国泪，风狂雨虐不堪论。”《报太一书》其一：“灯前秋思未分明，入耳新声暗自惊。大好河山谁造孽？可怜我辈本多情。问天呵壁狂无恙，把酒弹筝气未平。最是中秋好明月，殷勤作伴到三更。”《海上赠刘三》其一：“与君烂醉西湖后，一别匆匆已四年。今日相逢重招饮，只伤狂态不如前。”

5日 徐世昌约赵次山、张安圃、吕镜宇、于晦若、李季皋、张楚宝消寒宴集。

《申报》第14321号刊行。本期《自由谈》“尊闻阁词选”栏目含《月华清·咏寒月二首》（蝶仙）、《梅花诗二首》（李生）、《念奴娇·饯岁》（武夫）、《雨雪》（燕宾）、《瑞雪行》（川沙陆炳麟）。其中，蝶仙《月华清》其一：“一样窗前，二分帘隙，有梅花处尤白。笼水笼沙，多少晚烟摇碧。问吹笳何处荒城，才灭烛，者边孤驿。今夕，怕潮来池上，了无痕迹。　愁煞山楼彩凤，恁顾影堪怜，西风还逼。输与昏鸦，栖上井梧百尺。夜深时、孤狖能啼，酒醒后、玉人难觅。岑寂，算相思凭据，屋梁颜色。”

其二："山寺敲钟，江楼吹笛，不知今夕何夕。寒到君边，劳我秋砧先拭。最思量、晏殿余香，休问起、樊川旧宅。禁得，在闺中独自，怎生将息。　　惆怅榛鸦啼醒，便断梦如烟，床前无觅。夜半能来，惟有小池潮汐。纵年时、双泪能干，怕天际、一梳还蚀。吹熄，把银荷移过，更番怜惜。"

刘之屏作《水灾后舟过青田，即目作五首志惨》。其一："渡过清溪又一村，夕阳将坠未黄昏。巉崖挂草乱垂叶，大树没枝倒露根。山腹人栖舟作屋，楼头窗破席为门。斯时身受将何奈，触目还销过客魂。"其三："曾闻沧海变桑田，陵谷如何又改迁。秋水一潭深转浅，山城半面缺无圆。家家版筑营巢燕，处处哀声泣雨鹃。欲访故人无觅处，相逢恰在小梭船。"

6日　宋教仁、陈家鼎等发起筹建民国史馆，孙中山、黄兴及各省都督均致电赞同，是日在北京开筹备会，草拟章程，确定该馆任务为撰修民国史。

《申报》第14322号刊行。本期《自由谈》"尊闻阁词选"栏目含《雪霁》（人寿庐主）、《新除夕》（人寿庐主）、《新元旦》（人寿庐主）。其中，《新除夕》云："国步艰难缔造中，初元一载去匆匆。殷顽犹梗时多故，汉腊方新世大同。尚有寒威余积雪，几曾暖意到春风。岁功莫谓完成易，应补隆冬未竟功。"

7日　冯煦七十生日。吴庆坻作《蒿庵中丞七十寿诗》（二首）。其二："先皇策士重临轩，奏御文章万口传。一别修门几棋局，重逢沧海各华颠。名惭宝佑登科录，心恻熙宁变法年。岁晚霜柯刚百练，会须同访采芝仙。"陈夔龙作《寿冯梦华中丞同年七十》（四首）。其一："报国千秋鉴，还乡一品衣。鸠扶黄发杖，鹤护白田扉。晴雪上初日，长庚入少微。编年书甲子，与世早忘机。"

8日　严修抵京。至总统府，先晤张仲仁。张仲仁陪严修入见总统袁世凯。

寄禅长老（八指头陀）入寂于北京法源寺。圆瑛大师挽四绝。其一："瓶钵追随已有年，佛心侠骨自天然。云山北望一凄绝，尘海先沉大愿船。"其二："宗教垂危安可论，魔强法弱暗销魂。书成请愿数千字，满纸犹留血泪痕。"其三："欲挽狂澜不惜身，一生苦行见天真。吟诗说偈浑闲事，为法捐躯有几人。"其四："法运凋零法幢倾，人天掩泣涕纵横。冷香塔衹埋吟骨，万树梅花绕化城。"圆瑛大师又作挽联四副，序云："中华佛教总会会长、天童寺寄禅长老，为全体僧界入都请愿。因礼俗司通饬各省，清查寺产，分官公私三项。大师恐流弊丛生，恳请收回成命，未允所恳，遂与力争，乃因公仗节，以身殉教，伟哉长老！各省支分部为开追悼会，京都政界亦为开会。大师亲觐长老多年，自清末代，外界刺激，僧众恐惶，组织僧教育会，保护同胞。迨民国成立，联络各省僧界，改组中华佛教总会，同发起，共安危，出入未尝或离。适此次入都，因寺务萦绊，未得偕行。甫廿日，惊耗遥传，双流血泪，几若泉涌。特作挽联四副，寄往各追悼会，以志哀悼。"各联为：天童开吊："四海诗名，平生苦行，修舍利供养，得文字总持，缁素咸钦，由此公推长僧界；满腔热血，方寸毅忱，痛佛教寝衰，思挽回大局，色身不惜，竟以一死谢同胞。”宁波分部追悼会：“生为佛法而生，死亦为佛法而死，生则无忝所生，死则得其所死；去拼身命以去，归果拼身命以归，去乃不负此去，归乃壮哉此归。”北京追悼会：“应允则允，应争则争，筹集军饷，一分子义务当然，僧有财产，共和国政体若是，只缘礼俗司专制弄权，致违约法平等；难行能行，难舍能舍，燃烧肉灯，为个人精神叵得，牺牲身命，顾大局激烈如何，还望众僧界继续努力，终期信教自由。”上海佛教总会追悼会：“阅尽六十余春秋，洵称法门砥柱，自南岳道宏东浙，回思棒喝亲承，直至而今犹痛痒；联络数十万僧众，组织佛教机关，为大局力挽狂澜，竟视色身如幻，更于末后见精神。”陈宝琛作挽联云：“槁木此心，尘海梵天何所住；昙花一面，山游诗社竟无缘”。林志钧作《十二月二日，闻寄禅上人示寂》。诗云：“道宗文畅世已远，岳岳天童今在兹。人海相逢君遽去，法灯霓灭众何师。拈花会上原无语，打静声中不碍诗。望断娑罗双树影，寒风吹泪落阇维。”

宁调元作《致亚子书》云：“如日内能来上海，一图良晤，极所盼望。南社出社之举，何以如此决绝？窃为通人不取，乞三思之！”批评其退出南社之举。随后宁调元在上海召集谈话会，一致同意柳亚子任南社社长，兼充编辑。13日，宁调元复致函柳亚子，告以谈话会情况，并称“如再拒绝，实非同人所望于兄也”。

秋社同人为革命党人张同伯致祭，徐自华撰《祭张同伯先生文》。

严复作《六十一岁生辰，韩生以诗见寄，斐然有怀，次韵为答》。诗云：“成毁相因果，贤愚孰判分？立诚斯感物，执象总迷真，缅昔承平日，繄余澹荡人。所嗟闻道晚，常恐受恩深，鼹饮津沽水，燕居二十春。涓尘忘海岳，高下信乾坤。明发求无忝，生涯识有群。万间怀夏屋，一得永宵欣。学有今荼蔗，胸无夙怨恩。浑浑时见极，九九或疑神。亦欲新民德，相将讨国闻。裒成千腋集，书及万言陈。敢谓思无斁，方期德有邻。由来一爝火，不彻百重昏。积毁惊销骨，群吹起沸尘。不成一战伯，徒使万方瞋。输币仍前贯，回銮只旧云。普天呻负担，划地见创痕。岂谓图强法，翻成失国因。朕言真不再，大患乃无身。末命凭虚几，皇图集近伦。龙飞群首见，蠖屈几人伸。伊傅原难降，研桑不易寻。运丁千世厄，民疾一夫尊。麇麇持三祀，睊睊逮八垠。平安望烽火，彗孛犯星辰。辙偾贪人败，言龙学子诜。早知民最贵，不必古能循。淅米非前甑，成风少妙斤。虚传馨郅治，直作纵妖氛。眼阅沧桑换，心惊甲子新。元黄犹未已，衰白日交臻。吉语征朋友，忧端悸梦魂。新知待培养，旧德愿终纯。莫动扁舟兴，群扶大雅轮。因君惠佳什，为数鲤鱼鳞。”

易顺鼎作《十二月二日同天琴再过乙庵，仍和前韵二首》。其一：“秦正何用问茅盈，拼对湘帘一桁清。课似袁黄宜室暗，谈如顾绛要天明。死生学佛雷音大，毁誉随人月旦轻。同是四禅天上客，尚饶筋力与风情。”其二：“一龛青主访红霜，闲看梧桐说短长。诗品陶公同贺若，人才舒国岂张汤。座中解释形神影，海内评量色味香。只忆匡庐云瀑外，数间茅屋涧声忙。”

9日　梁鼎芬与端仲纲书，杂述病院生活，作诗甘苦，与陈三立、顾印愚诸友，亦并论及。略云：“病榻无聊，不能行，不能坐，不能观诗，惟有作诗而已。诗亦作不好，惟有学白陆体易成篇，心中亦好过。作了无算，多与吾心不合，盖吾诗不深不作，今不能用心，又不能出力，故平生苦语苦心，皆写不出，如此等诗，不作可也。伯严来问病，尽以示之，自嫌滑易，必为渠所大笑，乃伯严说，亦有恰到好处者。平时过苦，又求深，到恰好处便忽略了。我摇首不信，伯严挑出数首，有两绝句，说似放翁，我大惊，我作此诗时以陆为鹄，伯严知之，可谓所见略同也。有一首，伯严说似荆公。我志如此，力不能到也。苏门一首伯严大赞，存之。思友亭一律：‘眼前二忠弟，心上九原人。’此十字我最得意，最用心之作，全首滑易不称，伯严选出此十字，当将前后另作，弟此时勿以示人（此诗全首已先寄），恐人以榛为兰也。宝二爷（宝熙）人好事母孝，待朋友情长，读书多，收藏亦富，皆其长处；惟于诗一无所解，京朝士夫多如此，不足怪，不止宝二爷一人也。新来名角老顾（顾印愚），从前诗有壳子，在京见其诗数首，大惊，不意其能改换至此，盖由此老于东坡、义山二家致力甚深，忽然自悟已短，周流北宋诸家（晤时尚未详考，他日再见，必一一问之，果能如此，方不妄赞也），故有此境界。李大爷（李子审）此人最好，惟心气粗浮，不求甚解。试示以诗，渠必曰这两句好，试问好在何处，渠亦不解，因渠尚未过心也。易小姐（易顺鼎），晦若谓其人如荡姬佚女，色艺冠时，可谓推许尽致矣。小姐好脂粉，故诗中有此气，此语小姐闻之最乐也。白、陆有独到处，学之不至，何可薄也。因吾性不近，故有此言耳，勿以示人，恐人谓我发狂疾将死也。病院每夜必呻吟，有二事：一疮口痛楚，左边手足不便，转动皆痛，因此叫苦。宽仆随院伺候尚好，惟好睡，每叫不能醒。一枕上作诗不成，必要呻吟，往往哼之达旦。仆人不知，以为病也，起来招呼，吾喝之乃悟。凡此二者，皆病中境况，弟闻之，必笑我也。作诗甚多，昨夜始成一首，系简伯严者，此公是大敌，眼睛又识货，不可随意也。此诗钞寄一阅。壬子十二月二夜百泉弄珠楼作。‘高高大节并天云，殉国同心世罕闻。昨夜山神来告我，苏门新有二忠坟。’二忠坟片见之流涕，思之流涕，悲痛之深，更有何言，一诗示五弟，芬兄病床书。”

10日　西藏宣布独立，中国政府未予承认。

《申报》第14326号刊行。本期《自由谈》“尊闻阁词选”栏目含《壬子冬，沪上客感，柬严渔三、江觉斋，仍用渔洋〈秋柳〉韵》（四首，杭州李□庄）。其一：“停云落月几销魂，八载重来喜叩门。秋兴诗赓修禊事，春申江印雪泥痕。楼台轩翥飞新帜，畛域纵横失旧村。久别且图开口笑，频年心绪不须论。”

裘沛然生。裘沛然，原名维龙，祖籍浙江慈溪。著有《剑风楼诗钞》。

林默涵生。林默涵，福建武平人。著有诗文集《心言散集》。

李思纯作《腊月初四日即景》。诗云："石瘦花僵乱绿窝，黄昏庭院少人过。晚霞淡作吴天紫，眉月纤于越女波。蝉榻鬓丝烟篆细，风炉疏幌夜寒多。何当坐啸耽神悦，应有桓郎唤奈何。"

11日 《申报》第14327号刊行。本期《自由谈》"尊闻阁词选"栏目含《和人寿庐主〈除夕〉〈元旦〉韵》（二首，率）。其一："涉世常居忧患中，百年枯菀亦匆匆。伤心拼把光阴负，佳节谁知欧亚同（沪人呼新岁为外国节）。棋局频翻如此日，唾壶击碎咽悲风。尊前掬尽相思泪，恨我未谙炼石功。"其二："葭琯嘘回黍谷春，符桃爆竹及时新。三朝瑞雪澄清兆，五色卿云糺缦匀。民族重光留纪念，我生深恨未逢辰。徒工文字嗟何补，故纸堆中夕复晨。"

12日 《申报》第14328号刊行。本期《自由谈》"尊闻阁词选"栏目含《临江仙·题〈冬闺图〉》（蝶仙）、《浣溪沙·怀人》（蝶仙）、《采桑子·别情》（蝶仙）、《减兰·纪梦》（蝶仙）。其中，《临江仙》云："雪窗深夜停红烛，薰篝添上龙涎。峭寒犹自怯重棉，天涯今夜，知道怎生眠。　　宝钏凄馨怜素腕，几时携手灯前。芳樽辜负晚来天，纵教沉醉，无奈夜如年。"《浣溪沙》云："独客孤舟酒未醒，个侬模样嵌人心。不思量处又沈吟。　　客里温柔怜福薄，醉中扶掖见情深。何该相见在临行。"

《独立周报》第15期刊行。本期"文艺部·文录"栏目含《旡生文录》（含《悯蓄篇》《哀东三省难民词》）；"文艺部·诗录"栏目含《觚斋诗选十首》（俞明震）、《陈延韡诗八首》《闵葆之诗八首》。

13日 《申报》第14329号刊行。本期《自由谈》"游戏文章"栏目含《仿九九消寒歌》（了青）；"尊闻阁词选"栏目含《许君重平以〈无题〉四首见示，即次原韵，时客越州》（四首，蝶仙）、《〈无题〉四首，示蝶仙》（重平）。其中，蝶仙《时客越州》其一："曲槛深廊月到迟，晚窗篝火耐人思。年来作客虽成惯，无奈天寒酒醒时。"其二："约梦相寻路每差，盲风吹落别人家。夜来想见红窗外，一树蜡梅都着花。"重平《示蝶仙》其一："三月江南春去迟，偶抛红豆种相思。十年兜率甘成佛，偏识萧娘遣放时。"其二："话到婚姻顾已差，者番漂泊竟无家。飞茵堕溷随风定，此是人间薄命花。"

陈宝璐卒。陈宝璐（1858—1913），字敬果，号铁珊，又号韧庵，福建闽县人。陈宝琛三弟。光绪十六年（1890）进士，选庶吉士，散馆改刑部主事，未几引归，委于学，不出仕。著有《艺兰室文存》。卒后，陈宝琛作《亡弟叔毅哀辞》云："岁在壬子，季冬七日，吾弟叔毅暴疾经宿，卒于里舍，春秋五十有六。呜呼哀哉！君治古文辞垂四十年，博极群籍，而尤肆力于经，顾不轻为著述。壮岁通籍，见政俗陵替，祸乱将作，遂绝意仕进，举古今中外之故，穷研互絜，瞭其失得。迨新政兴，学风一变，则益惧斯文之就湮、大义之终晦，汲汲聚书，为抱遗订缺计。尝谓：'三代之学术治道，至秦一厄，自汉尊经宗孔，迄今二千余年，虽名存实窳，而终不能舍大经大法以求其所为治。运极则变愈大，其间必有守先待后之钜儒，维持斡运，使不沦一世于禽兽，特难其人耳。'此君之志也。余家居逾两纪，与君相师友，盖将终身，洎被征总纂礼书，君以礼教于世綦重，谓余宜出，期以三年书成而归，岂图书不卒成，余亦不得归，而君已不及待矣，悲夫！前月寓余书，慨念时事，语至沉痛，于沪上诸君子集会读经，心焉韪之。中引深宁书所记朱希真避地广中《小尽行》云：'藤州三月作小尽，梧州三月作大尽。哀哉官历今不颁，忆昔升平泪成阵。我今何异桃源人，落叶为秋花作春。但恨未能与世隔，时闻丧乱空伤神。'谓与村居一年来情景惟肖。余时读之而悲。呜乎，孰知君即以是诀余哉！讣闻京师，余既不能奔临其丧，而又痛君之坚苦堙郁，厄于时命，不克达其所志也。为辞以哀之曰：'呜乎叔毅，天实予丧，而遽汝歼。力不敌命，事无获心。经笥负趋，书种陆沉。汝则已矣，吾何以堪？同怀六人，最汝沉毅。尘垢声华，蟊贼巧伪。道丧文衰，引为己事。悬的自鞭，知言养气。腹拄万卷，不名一编。目营八表，不出一廛。波谲云诡，陵移谷迁。皭然物外，炳然几先。新学始芽，群言嚣杂。子谓中西，宁分勿合。二斋有型，十科可法。奈何自诬，皮毛是袭。至于礼俗，学为之根。纲常亘古，名法生焉。自坏旧坊，孰障狂澜？子为此惧，独居永叹。桑海须臾，河清无日。孔道非耶？禹畴既汩。问天不应，隐地何术？抱经嗒然，膏肓痼疾。呜乎叔毅！畴昔与子，坚卧乡园。对床听雨，上楼看云。我诗子讽，子文我论。庶几黄发，共守先芬。岂图此欢，亦触天忌。譬彼双鸟，捉而囚置。愁云四垂，惊雷一掣。注海倾河，有如此泪。呜乎哀哉！藏书四壁，孰与伏生？一床坐穿，孰与管宁？心长运短，道远身倾。后生何望，吾悲曷胜。呜乎哀哉！仲氏生还，滇云万里。鸣原戚戚，齐予暮齿。痛亡慰存，涕泗满纸。吁嗟叔兮，汝能忍此？徽不赎献，人亡而琴。臣质死矣，庄言以喑。浩浩长夜，悠悠故岑。所期来世，勿渝夙心。呜乎哀哉！'"劳乃宣《壬子季冬，弢老之弟叔毅没于里弟，书来赴告并示哀辞，谓君于余平日议论极所欣契，感赋此律》云："与君不识面，赴至动余悲。迂论世群笑，苦心君独知。一门存汉腊，万卷抱秦遗。恸绝人琴感，凄凉棠棣诗。"陈三立《挽陈叔毅世丈》云："吾师兄弟相师友，叔也尤肩翼教功。复性文章八家外，归墟经术百川东。生今转幸天能忌，待后微知道未穷。独念藏身听夜雨，魂来忍视首飞蓬。"沈曾植《陈叔毅比部挽辞》云："地下埋忧去，人间怛化来。虚空能变坏，世界一悲哀。闽峤燕山路，金昆玉友才。伤心徽献续，如见祝宗傕。"

符璋作《放歌》七古一章，又为魏、吴二君题赠妓词二阕，又为吴成一阕。

恽毓鼎作《自新历一日开大清门放车马，通东西长安门，又启天坛、先农坛恣士女游览，三祖五宗配位，环以荆棘，观者纳铜币二十文，悲吟十七韵》。诗云："号存社已屋，孤寡懵未知。古今谋国局，百出而愈奇。扃街静阛阓，车马今交驰。对越肃冕裘，士女今群嬉。过宫麦苗秀，陟庭天泪垂。隆准子若孙，逍遥津海湄。重楼筑千镒，百戏娱四时。老者守财虏，壮者浮浪儿。吾辈富自在，昔贪良不痴。铜驼乌足言，承露拆亦宜。门倾坛遗平，于我何损为？独有旧史臣，回思有余悲。三年精卫愤，再拜杜鹃诗。充耳哀不闻，伤哉现代规。致此固其所，问心当恨谁。觚棱澹斜日，朔风冥玉墀。目断天桥南，血染青松枝。(无句不涩，然胜于过熟而成甜俗)”

14日　壬子消寒第三集。同集者：吴昌硕、潘飞声、施赞唐、钱溯耆、周庆云、刘炳照、沈焜、刘承干、缪荃孙、杨晋、诸以仁、汪洵、缪朝荃等。先赴刘承干坚匏盦，后移师听邠馆，咏腊八粥。首唱潘飞声《消寒第三集，听邠馆咏腊八粥》，继唱者吴昌硕、施赞唐、钱溯耆、周庆云、刘炳照、沈焜、刘承干、缪荃孙、杨晋、诸以仁、汪洵、缪朝荃等。吴昌硕《腊八粥》诗云：“双弓米更杂园蔬，感事残年惜大酺。垂老杜陵甘橡栗，中兴文叔倚芜蒌。鼓催花放屏如锦，浦护云生阵有图。叹息哀鸿啼满眼，痴儿犹听肉糜呼。”周庆云诗云：“年年腊日僧分粥，今年粥煮在家僧。客来粥熟咄嗟办，嘉名七宝犹著称。为锡为盐存至味，作糜我欲谢吞腥。可怜平生食肉相，颠倒身心梦未醒。湿薪破灶厨舍荒，犹复酣嬉醉太平。老我此身无著处，朅来海上共鸥盟。只合细嚼梅花味，佛说拈来亦上乘。”

屈守元生。屈守元，号鏖翁，四川成都人。著有《坚多节斋韵文存稿》。

魏清德《吕西村八分十字歌并序》发表于《台湾日日新报》。序云：“白水老人富书画，逸品甚多，犹珍藏吕西村对联十大字，常出以示余，云系西村书赠其乡之大儒林则徐先生者。款落‘少穆’，其文则杜诗‘事业窥皋稷，文章蔑曹谢’二句，笔法苍劲，意气淋漓横出，历年悬于福州总督官署。侯官孙葆真游台，以之赠儿玉将军，将军挂于南菜园壁上，朝夕晤对，后赠白水老人。联之两旁书其事，盖‘孙侯官’之印，又盖‘后滕男爵栖霞’之印。白水老人既出示，复命作歌。余阅历西村之书迹颇富，从未见有如斯之佳构者，又重感人事沧桑不齐，不禁茫茫然，执笔而为之歌，歌成，慷慨无已。嗟夫！宇宙之江山人物，孰非元素所假托而就？元素，故相同也，因因缘起而相为万物者也。是故达观者无我，不达观者有我，若然，则斯联之流落转换，岂无故欤！”诗云：“西村书赠林少穆，神行瘦劲笔肥肉。森然十字何推崇，公之事业世隆隆。文章岂独二子比，支那文弱羞杀耳。流传转落不寻常，老人得之喜洋洋。贤豪迈际斯联多，藤园将军夙所藏。南菜园中绿萋萋，十字尝挂草堂西。主人公退瀹清茗，晤对当春闻鸟啼。老人语我三叹息，人世沧桑那有极。藤园将军去不归，鸦片战争更陈迹。我今读此怀往事，无乃夜深生记忆。此时电灯黄复青，光辉激发射窗棂。倔强十字神若相，疑或天干降精灵。呜呼！我歌我歌奈尔何，年少笔力惭无多。巨刃磨天藏在匣，且浮大白百摩挲。”

陈三立作《腊日过瞿止庵，相国出示〈哭先公一律〉，系昔年邮寄失误未达者，今始获庄诵，感赋报谢》。诗云：“当年裁句哭先公，一纸关山误塞鸿。隔世倾谈杯茗侧，始窥丛藁劫尘中。自摅胸臆盟幽仄，犹迸声情薄昊穹。余痛旧恩支木榻，迷离剩有鸟呼风。”

易顺鼎作《腊八日感赋》。诗云：“穷巷连朝绝太阳，又看密霰洒千行。避人久谢春醪酽，供佛犹分腊粥香（樊山先生送腊八粥）。寒岁笺缯皆鹤语，枯禅几榻即龟堂。年年是日堪流涕，未抵今年对海桑（先君初度即今日）。”

15日 《民谊》第3号刊行。本期“文萃”栏目含《汪精卫论学书》（汪兆铭）；“词林”栏目含《满江红·答夫已氏》（大一）、《洞仙歌》（大一）、《玉树后庭花》（大一）、《秋兴十什》（大一）。

《庸言》杂志第1卷第4号刊行。本期“艺林·史料”栏目含《清外史：拳变余闻（续）》（罗惇曧）、《书〈庚子国变记〉后》（酬鸣）；“艺林·艺谈”栏目含《石遗室诗话》（侯官陈衍）；“艺林·文录”栏目含《与蒲伯英书》（李稷勋）、《让沈爱苍书》（陈衍）；“艺林·诗录”栏目含《屡出》（张謇）、《残春》（二首，郑孝胥）、《夜行》（宋伯鲁）、《秋九月，再游印度，昔闻密遮拉士有寺数十，僧万数。吾至问，居人皆不识僧寺者。近县有支那智利，有古佛城七重，金塔十余，最庄严，皆改为婆罗门庙。至丹租古印王国，河桥环岛，风景甚佳。故佛堂且有改为湿婆教庙者，于旧日佛龛遍供焉。藏环廊数十，妇人入庙膜拜摩挲。由至洁不妻之佛道，一变而以奇淫为教，以此悟正负阴阳反动力之自然例耶！大劫沉沉，于是全印寺僧皆灭，吾亦可超脱于人间世之形相矣》（康有为）、《游孟迈外，舟行九英里，曰象岛，有佛坐道场处，凿岩作堂，左龛下有潭，水清碧。右亦一堂，柱数十，象伟巨，大半完好，惟龛中皆改供湿婆淫物矣。积翠深深，既思说法龙象之迹，又感浩劫净秽之不择也》（二首，康有为）、《九月避地再游印度，绝无僧寺，伤念大劫，感怀身世》（康有为）、《袁珏生所藏潘莲巢〈焦山图〉》（曾习经）、《题宝瑞臣〈上元夜饮图〉》（二首，曾习经）、《睡起，示芷青》（方尔谦）、《题〈红杏青松卷〉》（方尔谦）、《中秋对月》（陈宝琛）、《夜坐示贞壮，并寄吷庵江南》（李宣龚）、《偶成，寄瘿庵、公辅》（何藻翔）、《次韵答顾大印伯见寄〈塞向宧诗〉》（李稷勋）、《同兰隐夜游天津公园》（梁鸿志）、《寿几道先生》（梁启超）、《晨起偶成，书呈蛰公、翙高、毅夫》（罗惇曧）、《入都访尧生，不遇》（潘博）；“艺林·说部”栏目含《古鬼遗金记（续）》（林纾）。

［韩］《天道教会月报》第30号刊行。本期“词藻”栏目含《西城雅集》（敬庵李瓘、芝江梁汉默、月洲郑象焕）、《云夜送别》（凰山李钟麟）、《上白岳》（我铁郑广朝、愚天白乐贤）、《道院散话》（芝江、敬庵）、《过西邻》（芝江）、《过南邻》（敬庵）、《赠石溪闵泳纯》（香山车相鹤）、《自咏》（香山车相鹤）。其中，香山车相鹤《自咏》云：“有客何为者，栖迟左海东。胸怀吞霁月，气岸驾长风。”

魏清德《芝山岩吊学务官僚遭难六士》发表于《台湾日日新报》。诗云："残碑明夕照，古木掩芳春。我登芝山上，慷慨泪沾巾。人生孰不死，六士死成仁。育英岂不佳，六士杀其身。当时烽火盛，大地干戈频。昆岗焚玉石，南荒走麒麟。骨同缠草莽，志在辟荆榛。哀哉白刃下，谁识觉斯民。山岩何岃崱，山石何嶙峋。有情子规血，血碧渍霜筠。无那岁月移，主义又更新。芳躅不可仰，诚意荐吾苹。"2月1日又刊于《台湾教育》。

16日 《大风日报》发表题为《万恶政府》社论，为广东讨袁斗争先声。

严复六十生日。陈三立、郭曾炘、梁启超等作诗以寿。其中，陈三立《赠严几道六十生日》云："羲纽日陵迟，萌蠢困梏桎。不睹万派归，奚缘综道术。夫子实先觉，观海动颜色。雅记张九家，宝书辨百国。道论贯异文，咀华返其质。呵气弥大千，中有化人出。风雾震电交，金臂回眸疾。恍惚与接构，惊喜恣笔述。学子识津涯，功与疏凿匹。运殊竞怪迂，屹立尊守黑。玩世娱景光，商歌四洋溢。眴眼定何祥，禹鼎峙胸臆。缅想椿楸姿，擎霄有余力。余忝锡名岁，先甲占月日。飞游视鹏鹖，蓬心还自失。摭荐犹龙言，抱一天下式。"梁启超《寿严几道先生》诗云："近愧真长怀少日，更惭支遁别多时。《楞枷》悟彻皆心印，震旦流传此导师。四海弥天留会面，松乔霄汉见奇姿。相看老凤携雏凤，愿采霜花进一卮。"郭曾炘《寿几道六十》云："旧隐思君通德里，新知饷我积书岩。依依岁晚余苍桧，浩浩江流阅过帆。世外尚堪侣黄绮，眼中那复论荆凡。五千经注浑无用，鸿宝相思发秘函。"

李钟钰六十寿辰，吴昌硕偕题襟馆同人合绘《群仙献寿图》以贺。

17日 《申报》第14333号刊行。本期《自由谈》"尊闻阁词选"栏目含《述怀》（人寿庐主）、《悼亡》（华吟梅女士）（八首，庞镜如）。其中，庞镜如《悼亡》其一："当日相逢在叶溪，定情诗句锦囊携。如何许我赓偕老，只得鸿眉四载齐。"其二："韶华回首太匆匆，半耗愁中半病中。今日愁丝缫独茧，深深缠忆病时容。"其三："曾言魂不我身离，趋亦相随步亦随。何故冥冥还杳杳，声无听处影无窥。"

沈尹默与兄士远、弟兼士及张宗祥、朱希祖等共宴钱念劬。

[日] 白井种德作《一月十七日，石井北谷翁招饮》。诗云："不关牛李事纷纷，高踏全真独有君。一夜林亭客三五，献酬以外只论文。"

18日 《申报》第14334号刊行。本期《自由谈》"尊闻阁词选"栏目含《高阳台（花压帘旌）》（醉红居士）、《八声甘州·沪江病起》（醉红居士）。其中，《高阳台》云："花压帘旌，灯摇酒浪，酡颜半倚云屏。蓦地思量，别来圆魄三经。蓬山不怕千重隔，怕人间、难觅青禽。最难禁，妆阁依然，银榜旋更。　杜郎空抱湖州憾，也何曾十载，绿叶阴成。镜角钗边，当时枉惜惺惺。罗衫尚有脂香渍，和泪痕化作红冰。费沈吟、负了今生，却待他生。"《八声甘州》云："对萧斋冷砚欲生冰，残照半窗明。是薰笼时候，药炉滋味，禅榻心情。只怕腰围暗减，霜鬓渐星星。瘦影谁相似，梅傍孤灯。　岂是文园消渴，笑酒垆琴□，仿佛三生。叹年来踪迹，依旧等飘萍。想双溪、早通梅汛，点新妆、已有小红英。应念我、蜃楼深处，兀自销凝。”

19日　孙中山在上海国民党茶话会上宣传政党政治。

壬子消寒第四集，为徐冠南题《颐园永怀图》。同集人有：吴昌硕、施赞唐、刘炳照、周庆云、刘承干、沈焜、缪荃孙、陆树藩、缪朝荃、钱溯灏、潘飞声等。首唱施赞唐《消寒第四集为徐君冠南题〈颐园永怀图〉》，继唱者吴昌硕、刘炳照、周庆云、刘承干、沈焜、缪荃孙、吴俊卿、陆树藩、缪朝荃、钱溯灏（朴儒）、潘飞声等。吴昌硕诗云：“颐园当岁寒，父在未承欢。此恨凭谁说，行愁复坐叹。白云萦涕泪，遗稿订丛残。愧我无茅屋，沧溟把钓竿。”刘承干《求恕斋日记》云：“是集诗题系冠南以《颐园永怀图》索题，颐园者在青镇东隅，为冠南尊人茗香姻丈老年颐养之所也。六点钟入席，余坐中席，同坐者为许子颂、吴昌硕、钱听邠、汪渊若、刘光珊、朱砚涛及主人张弁群；左席为长尾雨山、潘兰史、周梦坡、李梅庵、沈醉愚、王一亭、张石铭、徐冠南；右席为杨诵庄、钱履樛、陶拙存、陆纯伯、徐晓霞及徐氏之西席林君也，缪筱珊参议亦至久坐，至晚未与宴而去。”长尾雨山赋诗二首，其一：“诗人星聚海之限，淞社筵开末坐陪。京兆风流谁得似，闺房静好并仙才。”其二：“闻道芳园景最幽，春秋佳日乐赓酬。才难兼福天何妒，不许双飞到白头。”收入周庆云编《淞滨吟社甲集》。

《申报》第14335号刊行。本期《自由谈》“尊闻阁词选”栏目含《新上元》（四首，李生）、《望海潮·边事日棘，警耗频传，谱此长歌，聊书感愤》（瘦蝶）。其中，李生《新上元》其一：“霓裳旧曲满南都，宝马香车溢紫衢。应是汉家新气象，夜深不怕执金吾。”其三：“上阳宫里自徘徊，玉漏沈沈铁锁开。又是一年好时节，明皇何事不重来。”瘦蝶《望海潮》云：“蠹编厌架，龙泉啸壁，修然坐对寒檠。息影我庐，澄观大陆，亚东危象堪惊。瓜豆凛前程，叹蒙亡藏亟，逐鹿纷争。四秭同胞，沈酣醉梦唤难醒。　阿谁慨请长缨。愿餐冰啮雪，投袂西征。七尺雄躯，一腔热血，甘为国事牺牲。敌忾作干城，免舆图变色，民族飘零。怎奈斯人不出，愁听鼓鼙声。”

《独立周报》第16期刊行。本期“文艺部·诗录”栏目含《觚斋诗选》（俞明震）。

沈尹默赴坚匏别墅单不庵宴席，同座有钱玄同、朱希祖、沈兼士、张宗祥等。

黄畲生。黄畲，字经笙，号纫兰簃主，台湾淡水人。著有《纫兰簃诗词文集》。

叶昌炽作《自题〈天发神谶碑跋〉后》。序云：“前在都门，为蒯礼卿前辈跋天玺纪功碑，旧稿藏箧中二十五年矣。今刘葱石参议得旧拓本，属移录于后，先有亡友福山王文敏公暨蒿隐农部两跋，两公逝矣，葱石属其后贤汉父观察、君九学部从蒯本转录。披文园之遗稿，墨本如新；际沧海之横流，青箱不坠。礼堂有后，愈于鄙人之生也。旄丘之戚，嬴博之痛，悲来枨触，情不自禁，赘题长句于后，为蛇画足，幸葱石之谅我也。”诗云：“梁甫恨逋并恨峻，八绝允推广陵郡。持向中原比梁鹄，吴魏森森抗笔阵。岩山石室天玺年，筹思亭后经再迁。此本即非崇宁前，毡椎不损戈铓全。校雠本为刘氏学，慈林葱石相后先。诸家图释析芒芴，考文可证飞龙篇。昔从蒯异度，荆州获借睹。人言苏建我朱育，新说在前各自护。同时作者墙东翁，说经硁硁援考工。墓草虽已宿，家有浑浚冲。父书能读并好写，纸上光气犹熊熊。嗟余童乌三叹息，酱瓿玄文自收拾。摩挲老眼认旧题，恍惚非态梦在侧。海上新春雨复晴。饤盘鳢鱼兼梅羹。太子屏风候已久，老来文字今渐平。碑末初不署姓名，广川东观论足征。文为华核撰，书者皇休明。”

20 日 《民国汇报》（半月刊）创刊。徐血儿、邵力子编辑。创刊号“杂俎·游戏文章”栏目含《无冠皇帝训令》《拟孔子率学生队进攻活佛，通告佛祖如来书》（集四子书句）、《乌有先生传》《吃醋考》《新千字文》《立国纪念日书感，戏为旧官僚作》（老谈）；“杂俎·滑稽新语”栏目含《觚不觚，觚哉！觚哉》《头去后去》《谐联》。

《申报》第 14336 号刊行。本期《自由谈》“尊闻阁词选”栏目含《瘦蝶以〈美人六咏〉征题，曰〈影〉，曰〈醉〉，曰〈梦〉，曰〈病〉，曰〈嗔〉，曰〈恨〉。年来搜聚诸家之作，已裒然成集，为制【南双角套曲】以弁其首》（蝶仙）：《新水令》《驻马听》《沉醉东风》《雁儿落带得胜令》《乔牌儿》《甜水令》《折桂令》《锦上花》《碧玉箫》《鸳鸯煞》。其中，《新水令》云：“墨华香盎薛涛笺，好事者从来不厌。大才夸燕许，小影画蝉嫣。百叠诗篇，是照相玻璃片。”《驻马听》云：“银烛当筵，倩影亭亭屏背掩。月华临槛，罗裾薄薄暗中牵。凭肩羞态知难免。搴帏俏步应教敛。花阴漠漠间，隔廉儿、还怕乌龙见。”《沉醉东风》云：“怎禁得、一杯儿葡萄酒酽。不由的、泛桃花两颊红鲜。若然推却怕郎嫌，否则便，从郎谝。较量煞金樽深浅，埋怨煞玉醪凶险。些儿下咽，□觉得天旋地转，身疲力软。”

《四川国学杂志》第 5 号刊行。本期“文苑”栏目含《左庵文钞》（含《前四川提督丁公（鸿臣）墓志铭》）（刘师培）、《西蒙渔父集（续第 3 号）》（吴之英）。

中旬 傅锡祺作《题无闷道人新居》（二首）。其一：“何处仙源，别有洞天，容我逍遥白首。者清绝溪居，羡君消受，三面俯临明镜，更四面平田桑麻秀。数椽物外，新交乍订，钓徒农叟。”其二：“开牖，纳遥岫，渐径植黄花。宅垂高柳，看鱼鸟欣然，水深林茂。来草新宫铭客，是十载比邻山阳旧，纵此后途远南村，闲暇尚思携酒。”

21 日 《申报》第 14337 号刊行。本期《自由谈》“文字因缘”栏目含《希社成立，首唱五言古三十四韵》（太痴）、《蝶恋花·寄怀蝶仙，并索和玉》（瘦蝶）。其中，瘦蝶《蝶恋花》云：“尘海知音休恨少，栩栩蘧蘧，尔我称同调。惆怅锦笺传不到，沿堤空长红心草。　回首骚坛成一笑，影聚筝楼、旧事犹能道。闻说西湖风月好，奚囊定有新诗料。”

沈曾植以诗简郑孝胥。逾二日，郑孝胥作《答沈子培》云："往者心宁逝，颓然迹愈疏。交期龚语隗，相视祀怜舆。挂月楼常迥，凝寒岁向除。思君须雪后，访戴未为虚。"

魏清德《题那须丰庆〈南清画谱〉》《南台万寿桥》《乌石山海明天空》《庆安县洛阳桥》发表于《台湾日日新报》。其中，《乌石山海明天空》云："乌石山前海色明，天空何处起秋声。幽人小搁谈玄理，芝草灵泉足下生。"

陈夔龙作《嘉平望后，喜闻湘绮先生来沪，适以〈卧病〉小诗赋呈，知不足罄钦迟之意也》。诗云："时局竟如此，先生何所之。落霞楼上绮，旧雨客中思。麟笔书王正（时将立春），骚情续楚辞。沧江余卧病，倒屣意空驰。"

22 日　刘炳照、潘飞声、沈焜、王受禄、赵汤、许溎祥、周庆云集于晨风庐。刘炳照首唱《嘉平既望，晨风庐续集宾主七人，拈东坡"爱君东阁能延客"句分赋，予得君字》。续唱者：潘飞声（分得东字）、沈焜（分得阁字）、王受禄（分得能字）、赵汤（分得延字）、许溎祥（分得客字）、周庆云（分得爱字）。其中，刘炳照诗云："客来不速话停云，兰臭同心一室闻。新筑诗坛争迭主，老登酒垒尚能军。故应雅量推公瑾，愧说英雄惟使君。难得异乡觞咏集，沧江七子蹑清芬。"潘飞声诗云："盘曲泥城桥畔路，草堂只隔水西东。江山阅劫闲身在，文酒论心我辈同。诗刺牛腰酬务观，尘劳蚁磨愧坡公。沧桑汐社凭提唱，画里频来认雪鸿。"

魏清德《臭涂港》《福州闽江口》《自马尾望罗星塔》《五虎山》《霞中望鼓山》《吞门》（方广寺）、《鼓山中腹镌文天祥笔迹》《鼓山国师岩》《榕城镇海楼》《于山白塔万岁禅寺》发表于《台湾日日新报》。其中，《于山白塔万岁禅寺》云："巍巍古寺标高塔，习习新凉动晓风。谁辟于山结茅舍，销沉意气老豪雄。"《榕城镇海楼》云："城过百雉何尝险，背野傍山镇海楼。莫共登临吊杯酒，神州暮气不胜愁。"

黄节作《十二月望后，雨中过罗岗洞探梅有寄》。诗云："连朝晴日报梅开，一雨村原晚又催。湖上记曾携手处，袖间谁为忍寒来。残年不抵花先落，万径相寻水更回。江国正愁吹欲尽，却留春在海南隈。"

23 日　老舍小学毕业，考入北京祖家街市立第三中学。旋因经济拮据退学。

魏清德《汾阳洪山桥》《昆山》《苏州城外枫桥》《自苏城外采莲径望瑞光寺废塔》《苏城内文庙》《苏城内沧浪亭》《吴淞港》《虎邱》《北寺宝塔》《宝带桥》《留园》发表于《台湾日日新报》。其中，《昆山》云："昆山岂即是昆冈，玉石同焚便可伤。孤塔语人应独立，吟诗有客正苍茫。"

24 日　王闿运送茙妹赴上海。次日，陈三立偕樊增祥、易顺鼎访王闿运于船上，遂同登岸。众人请王闿运留沪度岁，王允之，寓瞿鸿禨宅。樊增祥作《喜湘绮至沪》（四首）。其一："四海苍生问起居，八旬行脚赵州如。桥旁懒卖金钱卜，井底谁探铁匣书。绮皓衣冠非汉有，济南典诰出秦余。似闻雪压京畿麦，不忍经过宋故墟。"其二：

“太乙仙人出杖藜，乘莲洄溯浦东西。沧溟众水俱来会，华岳无山可与齐。谁使北游狂獝叹，终怜南向鹧鸪啼。江东王气如龙虎，不见当年孙会稽。”其三：“未便鹅湖旧学荒，诗源史例互商量。阳秋左晋承中晋，句律初唐逮盛唐。遗佚收罗书局里，河山变易酒炉旁。依然征虏亭中会，悲甚周侯泣数行。”其四：“乘夜来登访戴舟，暂宽江海别离愁。中流祖逖知谁是，绝倒王澄不自由。老健互摩千里足，兴亡话到五更头。感公数却安车聘，杖履终为旧雨留。”王闿运由京入沪，陈夔龙《壬秋》有记：“辛亥以后，一莅沪江，为余题《水流云在图》长句，适奏议刊成，并为制序，诗笔在樊山、止庵之上，序文较之散原、蒿叟另辟一格，余宝而藏之。”

荣庆致信陈夔龙，报诗二首。其一：“海上飞笺至，从秋诵到春。交情胜潭水，诗界让斯人。一任风云变，翻教格律新。吾才嗟既竭，老矣灌园身。”其二：“湖海飘零客，栖迟又及春。同居安异地，天独健诗人。朋旧看看少，河山处处新。嗟余衰朽甚，尘市溷间身。”

魏清德《西园》《寒山寺》《太湖》《南京钟鼓楼》《南京文昌阁》《玄武庙》《南京北极阁》《玄武湖》《鸡鸣寺》发表于《台湾日日新报》。其中，《西园》云：“绿柳垂阴拂小池，西园胜事几人知。亭台置酒论风月，欲得朝云作侍儿。”《太湖》云：“太湖月色白于银，万顷琉璃眼界新。甚欲放狂题绝句，锦袍恍惚认前身。”

25日　苏东坡生日，陈三立、王闿运、沈曾植、瞿鸿禨、易顺鼎、李瑞清、樊增祥等同集静安寺，赋诗祝寿。陈三立作《湘绮丈莅沪，越旦为东坡生日，亲旧遂迎集愚园张宴，纪以此诗》。诗云：“逝节警沧海，儒服窘囚拘。媛姝挈俦匹，偷焉晨暮娱。火维系异人，闻声阻涛湖。超然狎沤鸟，紫气望舳舻。郊迎导飞盖，神采溢交衢。女偶色孺子，御寇道冲虚。嘉辰降奎宿，介苏盛簪裾。移榼坐园馆，朱袍皓髯须。千纪暧相接，颉颃列仙儒。侧闻谢弓招，北辙折东趋。孤衷喻删述，不为束帛污。苦聃弃柱下，两生谁谓迂。列烛泛清醑，硕果一世无。且欣缵喁唱，矜式昌吾徒。”又，陈夔龙作《昨以惠泉水分贻笏卿同年，本日乃荷佳什和答二首，时正与湘绮先生煮茗清谈》《湘绮先生莅沪，余既赋短章奉迓矣，日间走访，得读樊山方伯赠诗暨止盦协揆和诗，依韵再赠四律》。其中，《昨以惠泉水分贻笏卿同年》其二：“汉家犹用腊，早晚换桃符。讵少弹冠禹，宁为蜡屐孚。铜盘余涕泪，金鉴失讦谟。啜茗逢王叟，观棋一局枯。”《湘绮先生莅沪》其一：“安否诸夷问起居，河山无语战争余。竭来东海归遗老，重识荆州抵异书。一掷剧怜全局错，百忧转忆我生初。相逢惆怅沧江晚，落日寒烟绕故墟。”

壬子消寒第五集，缪荃荪、汪洵招同人集大观书画社题诗。同集者：钱溯耆、刘炳照、缪荃孙、朱锟、陆树藩、王仪郑、周庆云、诸以仁、吴庆坻。首唱钱溯耆《消寒第五集，假大观书画社为坡公祝生日》，继唱者刘炳照、缪荃孙、朱锟、陆树藩、王伯恭、周庆云、诸以仁、吴庆坻。其中，朱锟诗云："昔读公遗文，瞻拜笠屐像。西湖谒公祠，苏堤停双桨。清泉荐寒菊，如接公灵爽。因事戍伊犁，儋耳谪相仿。慕公学公书，聊以志景仰。公身行万里，襟期益豪旷。仆也生入关，风尘终肮脏。海上且浮家，偷闲息尘鞅。诗坛忝附庸，惟公吾将放。群贤聚淞滨，寿筵公来飨。酹酒病未能，瓣香心向往。遥赓介寿诗，公其傥欣赏。"缪荃孙诗二首其一："窜迹穷荒又暮年，玉堂人物地行仙。任他犬吠儿童笑，笠屐风神总洒然。"

《中国实业杂志》第3年第12期、第4年第1期合刊刊行。本期"文苑"栏目含《丙午被逮入狱，闻将刑矣，赋此为绝笔纪念，自今思之，恍然一梦耳》（胡瑛）、《杂诗》（曾存吴）、《咏史》（北海黄以仁）、《宝刀歌》（吴我尊）、《感赋》（吴我尊）、《癸丑一月五日，自神户经大阪、京都，夜宿名古屋，一日游四地，晴雨雪晴，天时凡四变，车中口占》（李文权）。

［韩］《朝鲜佛教月报》第12号刊行。本期"词林"栏目含《拈石芝〈结茅〉韵，奉寄支那乌目宗仰山人》（猊云散人）、《次〈觉皇寺〉韵》（猊云散人）、《次〈望月寺〉韵》（猊云散人）、《又》（次《望月寺》韵）（猊云散人）、《冬至》（书山成埙）、《除夕》（书山成埙）、《元朝》（书山成埙）、《立春》（书山成埙）。其中，猊云散人《次〈望月寺〉韵》云："秋来病未与君行，菊日枫天分外晴。山月亦来城里屋，东西分照两人情。"

胡适日记："今日吾国之急需不在新奇之学说，高深之哲理，而在所以求学论事观物经国之术。"其术有三："一曰归纳的理论，二曰历史的眼光，三曰进化的观念。"是日又记其最关心之学问："一、泰西之考据学；二、致用哲学；三、天赋人权说之沿革。"

魏清德《崇明岛》《明孝陵》《扬子江口灯明船》《赤壁》《苏歧》《金山文昌阁》《闽县兔山》《鼓山涌泉寺》《自阳岐望旗山》《安海江东桥》《福船县郑成功之墓》《石井郑氏家庙》发表于《台湾日日新报》。其中，《崇明岛》云："风雨崇明岛上豪，扁舟欲渡奈波涛。朝廷忧国虽无用，湖海埋名未足高。"《明孝陵》云："石人不语孝陵前，一抹残山枕暮烟。时节明墟清亦革，清明上冢自年年。"

赵圻年作《壬子东坡生日，空山人招集归来馆，即席赋此》。诗云："坡公去今九百有余春，年年残腊祝生辰。公之生平无一快意事，惟有雄文奇气上下惊天人。公称昌黎神不死，无往不在犹如地中水。我以斯言祷祀公，化身千万恒不止。百昌寂寞冰雪天，九曲奎光的的圆。盛名远出范滂右，天才欲跨欧公前。汉廷荐士谁最贤，忍使李广不封侯。毛嫱失其妍，公以端明大宗伯。一朝窜逐烟瘴边，明明君相尚如此。遑论后世兽蹄鸟迹弥大千，使我念此双泪涟。公曰咄咄尔毋然，古今贤愚贵贱无异等，平视玉皇与卑田。岛夷迎我宅其宅，群鬼爱我谈其玄。疏狂豪放不伤雅，嬉笑怒骂皆成篇。人生岂不由时命，百代而下奚取若辈怜。今年删去嘉平月，生日从此同灰劫。不图归来馆中循旧例，一主三客争磬折。花猪肉，莫生食，屠苏酒，剧芳烈。为享一箸及一觞，莫学楚囚相对声呜咽。青天白日去堂堂，刚似瑶华一飘瞥。聚星舌战吾有禁，今夜只谈风花与月雪。倘论时事吾掩耳，觞政必依金谷罚。”吴庚作《壬子东坡生日，招意空道人及陈、陶二君小集归来馆，道人长歌太息，若不胜情，予则放言无忌矣》《歌罢又成二律》。其中，《歌罢又成二律》其一：“锁印余闲弄酒瓢，几年故事又今朝。事如春梦重来过，人似寒松最后凋。世上已无残腊月，坐中犹有旧僧寮。近来学得头巾样，要借东坡作解嘲。”其二：“天寒木落万山空，白发催人作老翁。薄酒能容几回醉，浮生又见一年终。坐中晋楚黔吴客，世上东西南北风。未熟黄粱犹是梦，梦中相与视坡公。”

恽毓鼎作《王劭农、朱芷青、钟秀芝、延铁君、谭安甫、孙师郑诸公以坡公生日邀饮悦宾楼，兼为徐贞盦预祝》。诗云：“高楼雅集悦嘉宾，介寿清尊迓早春。揽揆尚循周正朔，联茵多是宋遗民。寒轻小雪融街湿，醉寄狂怀顾曲真（余与王、谭二公纵歌，兼订正歌场音律）。玉笛紫裘何处觅，风流犹见谪仙人。（作诗字字求熨帖，已觉瞻顾不遑。乃知古人巨刃摩空，其境未易到也）”

26日　《独立周报》第17期刊行。本期“文艺部·诗选”栏目含《觚斋诗选》（俞明震）；“文艺部·丛谭”栏目含《说元室笔乘》（蒌兹）：《陈子鹤尚书轶事》《僧亲王之服郭筠仙》《工部假印案》《兵车行》《周汉夫妇能诗》《章恬如诗》。

魏清德《悼庄嘉成君》（瀛社友）发表于《台湾日日新报》。诗云：“年来最苦为诗忙，况复诗篇半悼亡。自度与君相见少，闻君死亦索吟肠。”

27日　林纾本日至次日针对“南北之争”发表《论南北断不可更分意见》，连载于《平报》，自署“畏庐”。文末声明：“国必先自伐而后人伐之，诸君宁有不知者？仆老矣，江关暮齿，寄食长安，卖文以为活者也。若云为机关报作说客以取媚于政府，则仆既不仕于前清，于新政府之民一也。苟可益我国民，知无不言，宁蒙丑词谓取媚于政府？”

共和女校开周年纪念大会，并举行毕业礼。唐文治莅会并作演说，谓：“学问之事断无穷期，譬如女子今能为一家之保姆者，须进而上之，为全国之保姆。”

[韩]《侍天教月报》第3卷第1号刊行。本期“词藻”栏目含《元旦韵》（丁元燮）、《咏天》（二游子）、《咏月》（寓松）、《观物有感》（李止善）、《偶吟》（李止善）。其中，李止善《偶吟》云：“道乃天地心，愚痴不解寻。破衣要缝补，须用水磨针。”

28日　沈曾植赴缪荃孙招饮，沈曾樾、鹿学艮、余诚格、秦树声、李传元、夏孙桐在座。

美国人李佳白于沪上尚贤堂开欢迎会，请王闿运演说。王闿运作《民国元年十二月廿二日作》。诗云：“南昌近事足嗟吁，幕府于今改秘书。独有冥鸿在寥廓，不向归鹤吊丘墟。遗民感慨兵戈后，经国文章忧患余。闻道鄮中能避世，欲从闲写礼堂疏。”

魏清德《答寄陈心南君二首》发表于《台湾日日新报》。其一：“蟹如壮士君能喜，句出风人我亦怜。勤饮抛青春一斗，呼儿展挂草堂前。”其二：“闻君为弟完婚娶，从此天伦乐可知。毋使劳形饶案牍，且须遣兴赋诗词。”

29日　沈曾植访王闿运，同人雅集，刘士珩、何维朴、易顺鼎、陈三立、曾广钧、吴庆坻、李瑞清、樊增祥等在座。

林苍作《祭灶》。诗云：“东家祭灶西家哭，人意萧条逼岁阑。旧里续过三度腊，破窗生受十分寒。残年似酒行看尽，镇日无诗自觉难。不向空山存甲子，偶披陶集泪辛酸。”

30日　《新纪元星期报》第8期刊行。本期“文苑”栏目含《朱仙镇岳庙》（邓镕）、《鄱阳湖观陈友谅战处》（邓镕）、《都门赋别四首》（山腴）。

陈遹声作《壬子十二月二十四日感赋》（十首）。其一：“谁逼冲皇作让皇，一年回首事堪伤。奏笺二帝称张楚，献玺六臣入汴梁。太保宣麻声喑咽，奄人待辇色凄凉。六宫风雨漫漫夜，杜宇煤山泣海棠。”其二：“殿角东头漏影赊，深宵对烛独咨嗟。龙髯故剑思先帝，驼背明珠别内家。传姆歌传金缕曲，宫人梦见玉钩斜。纵然不赴幽兰火，西苑何心再看花。”其五：“点检黄袍忽倒戈，朝臣马上奉迎多。奸雄积虑工牢笼，将相无心入网罗。朝宇顿更新气象，神州非复旧山河。名流尽辍新亭泣，入洛纷纷献颂歌。”

31日　《申报》第14357号刊行。本期《自由谈》“游戏文章”栏目含《新道情廿七首》（蠙湖豆芦翁）；“尊闻阁词选”栏目含《有所思》（天白）、《岁暮》（天白）。其中，天白《岁暮》云：“江干残腊雨霏霏，烟树苍茫暮色微。陇上梅花芳讯晚，天涯樽酒故人稀。登楼王粲春先觉，咏雪梁园事已违。偕隐便携林下鹤，湖山深处欲忘归。”

《湖南教育杂志》（半月刊）第2年第1期刊行。本期“文艺”栏目含《自庵约言（未完）》；“文艺·诗录”栏目含《病中读〈庄子〉》（自庵）、《士风》（自庵）、《题译芝林〈扶桑观日图〉》（健铁）、《题译芝林〈游日本日光山观华严瀑图〉》（健铁）、《送张益生之潮州》（健铁）、《苦雨，招陈大饮，不至》（健铁）。

《亚东丛报》第2期刊行。本期“文苑·骈体”栏目含《女烈士汤月英征诗启》（剑佛）；“文苑·诗录”栏目含《返长沙，留别金陵诸同好》（剑佛）、《朱亭题壁》（代友省亲不遇作）（剑佛）、《车中遇雪，赠刘樾》（剑佛）、《挽刘君道一妇曹氏》（剑佛）、《舣汉口租界》（剑佛）、《戊申旅日本东京，哭曹守道烈女》（剑佛）、《某友虐待其妾，作诗以规之》（何昭）、《戊申吊锄非子》（仲兰）、《戊申重阳前一日，萍乡道中，寄怀仲兰》（祝青）、《壬子八月，游西湖，怀诸先烈》（祝青）、《秋闺八首，戏寄仲兰》（祝青）、

《戊申旅学东京，哭刘道一烈士》（祝青）、《送陈君奎耀归华》（[日] 女史秀野茉菊）、《辛亥春日，寄士怡妹吉林》（曼云）、《闺中时令竹枝词三十首》（菊坡）；"文苑·词录"栏目含《南歌子·母亲以护身佛式钗簪余髻，并祝吉语，是仍以孺子相视，然母年老，儿亦非少，依恋之际，殊难为情，爰倚此阕，用写悃私》（清韵）、《湘月·寄周月香世妹》（清韵）、《一丛花·立斋弟殁数年矣，连宵入梦，怆然成此》（清韵）、《念奴娇·感旧》（清韵）、《满江红·读〈花帘词〉，吊吴蘋香》（清韵）、《秋波媚·遣怀》（清韵）、《意难忘·清韵于归后，家园既远，亲庭亦疏，耿母倪太夫人与夫家有姻娅，因继名为干阿奶，二十余年提携，顾复不啻己出，夏间微疾仙去，今重来故地，不胜存殁之感，倚此志痛云尔》（清韵）、《南楼金·水仙花》（清韵）、《菩萨蛮·春寒》（清韵）、《菩萨蛮·晓妆》（清韵）、《菩萨蛮·感时》（绮云）、《醉东风·感春》（剑佛）、《清平乐·登蛇山晚眺》（剑佛）。

本　月

李烈钧在南昌与宁调元商定粤、湘、赣、苏、皖、闽等 7 省联合讨袁计划。李烈钧聘宁调元为都督府名誉顾问。

国民党汕头机关部创办《大风日报》。该报申明以"巩固共和，实行平民政治"为宗旨，古直任社长，叶菊生、周菊人（淮安人，柳亚子推荐）任主笔，发行到国内和南洋各地。

《武德》创刊。第 1 期"杂俎"栏目含《评土耳其军队不竞之原因》（录《平报》十二月二十日）（孟彦伦）、《题盛君南茗〈老木怪石〉之影，兼送其行》（孟彦伦）、《罗君景山以旅京军人二十八人合影属题，限十分钟口占》（孟彦伦）、《题弓沟店壁》（马骧）、《归自内蒙，马上放歌，题胡罗贝诺店》（马骧）。

《神州女报》（旬刊）刊出 3 期。其中，第 6 期"文苑"栏目含《登校舍后三层楼》（旭）、《读程涛女士小传》（鉴鉴女士）、《仪孝堂诗集（续）》（何承徽懿生）、《锦心绣口录（续）》（张姚蕙景苏辑）；第 7 期"文苑"栏目含《日妃曲（有序）》（慎独）、《锦心绣口录（续）》（张姚蕙辑）、《仪孝堂诗集（续）》（何承徽懿生）；第 8 期"文苑"栏目含《贺新凉·客感》（影观）、《仪孝堂诗集（续）》（何承徽）、《锦心绣口录诗话（续）》（张姚蕙景苏辑）。

《小说月报》第 3 卷第 10 号刊行。本期"文苑"栏目含《说小说（续）》（管达如）、《京华游览记（续）》（我一）、《白燕》（诗舲）、《鹦鹉》（诗舲）、《孔雀》（诗舲）、《秦吉了》（诗舲）、《木棉花》（诗舲）、《柳花》（诗舲）、《送陈大（伯龢）赴罗源》（诗舲）、《壬子春初，偕弟茗民同赴通州，道中有感》（善余）、《圩栈橐笔，忽忽十月，解馆来百感交并，率赋二律》（善余）、《游扬州史公祠怀旧》（善余）、《寄费范九白门》（善余）、《偕郭遂初登扬州天宁门远眺》（善余）、《病中杂感》（民立女中学堂项仲毓麟）、《探梅》

（项仲毓麟）、《冬夜》（项仲毓麟）、《绮怀》（诵之）。

《留美学生年报》第2期刊行。本期“文苑·新大陆诗选”栏目含《郊游》（陈朴无畏）、《夏日杂诗》（陈朴无畏）、《悼高涤江》（王璡季梁）、《千九百十一年耶诞节，从友人游斐城独立厅，记以诗》（王璡季梁）、《有怀》（王璡季梁）、《去国行二章（庚戌）》（胡适适之）、《译德国诗人亥纳诗一章（有序）》（胡适适之）、《壬子入春后，阴晴不定，感赋》（陈庆尧慕唐）、《初闻蝉》（陈庆尧慕唐）。其中，胡适之《去国行二章》其一：“木叶去故枝，游子将远离。故人与昆弟，送我江之湄。执手一为别，惨怆不能辞。从兹万里役，况复十年归！相望日已远，顾影将何依。金风正萧瑟，别泪沾客衣。丈夫轻别离，而我独何为？”其二：“扣舷一凝睇，一发是中原。扬冠与汝别，征衫有泪痕。高丘岂无女，狰狞百鬼蹲。兰蕙日荒秽，群盗满国门。铜驼会荆棘，已矣夫何言。搴裳渡重海，何地招汝魂！挥泪重致词，‘祝汝长寿年！’”

《铁道》第2卷第1号刊行。本期“文苑”栏目含《和〈铁道〉题词原韵》（影香）、《倚虔诵芬集（续前〈太华纪游略〉）》（倔道人）、《哀朝鲜》（任关东）、《壬夏遁迹天台，友人招饮于小蓬壶，北眺有感》（倚虔）、《南朝杂事》（寄庵）、《文房五咏》（心禅）、《春寒得一律》（愚农）、《腊月偕友游虎阜，醉后垂钓，意有所触》（愚农）、《冬月偶作》（愚农）、《新秋偶吟》（愚农）。

《地学杂志》第4卷第1号刊行。本期“文苑”栏目含《正月初四日暮过邯郸》（沌谷）、《彰德旅次题壁》（沌谷）、《洛阳杂咏》（沌谷）、《春日出锦城南，至少陵草堂，暮始归》（少白）、《潼关》（绍云）。

《中国学报》第3期刊行。本期“丛录”栏目含《越缦堂笔记（续）》（李慈铭）、《石翁山房札记（未完）》（长汀江瀚）。

《真相画报》第13期刊行。本期“文苑”栏目含《题画诗图说》（剑父）。

［日］永井禾原卒。永井禾原（1852—1913），名匡温，字伯良，通称久一郎，号禾原，别号来青，日本尾张人。幼受业于汉学家青木树堂、鹫津毅堂，又从诗坛领袖森春涛习汉诗。明治四年（1871）赴美学习，1873年回国。翌年起历任工部、文部省诸官。三十年（1897）调任日本邮船上海支店长，三十三年（1900）转任横滨支店长。在华期间与李伯元、文廷式等往来唱和，有《西游诗稿》1卷（内附《声应气求集》1卷、《西游诗续稿》2卷、《西游诗再续稿》1卷）。曾作《雪晓骑驴过秦淮》云：“满江飞絮不胜寒，绣阁无人起倚栏。只有风流驴背客，秦淮晓色雪中看。”蔡钧和《西游诗稿》序云：“侍郎抱经世之才，作逍遥之游，辙迹所至，东及韩，南及楚，北及燕蓟，西越巴蜀。举凡名山大川之形胜，人情风土之同异，政治教化之兴衰得失，目之所系，心之所存，不禁发为咏歌，有声有色。”姚文藻《西游诗稿》序称：“禾原侍郎诗取径盛唐，措词沉雄，寓意深稳，而又加之以激宕之气，悱恻之情，迥乎尚矣。”文廷式《西游诗

续稿》序称其“兼有晚唐北宋之懿者”，“得渔洋神理”。李宝嘉《西游诗续稿》序誉其“清词丽句，奔赴毫端”。后重游美国，返日后即出游吕宋，共历时一百零九日，成《雪炎百日吟稿》1 卷，王奈本谓其诗“记录海程之要，摹写客路之艰，联络邦交，扩充商务，实隐与国政有切要之关。”日本汉诗人籾山衣洲明治二十八年（1895）所作《明治诗话》卷二“永井禾原”条云：“平生不甚作诗，然触景感怀，偶然拈出，压倒作家。”大正元年（1912）农历岁末以脑溢血卒，终年 62 岁。卒后，其子永井荷风将禾原诗汇集为《来青阁集》十卷印行。来青阁为永井晚年与中日汉诗人雅集之所，森槐南、岩溪裳川、大久保湘南等皆为座上客。

蔡锷倡议编纂《云南光复史》，成立光复史局，聘请周钟岳为总纂。

黄宾虹、蔡哲夫、陈蜕庵应邀访庞檗子寓斋小酌，夜半复宴黄宾虹家中，再作诗酒之会。庞檗子作《邀寒琼、滨虹、蜕公晚酌》云：“三士连翩至，萧斋接古欢。瓶花如影瘦，江雨入春寒。话旧堪消醉，逃时且抱残。明朝远行客，衣上酒痕看（寒琼明日赴山左）。”又作《后夜集滨虹寓斋，步前韵》云：“到门灯火熟，一笑强为欢。汲古才难尽，挥杯语尚寒。江草花信早，旅夜鬓丝残。小集寻常事，他年作梦看。”

冒鹤亭在上海度岁，时李瑞清贫困甚苦，冒驰书张元济接济。又，农工商部右丞袁克定荐冒鹤亭赴温州，任瓯海关监督兼温州交涉员。卓芝南作《送鹤亭之官温州》。有句云：“莫对新亭挥老泪，偏从雁宕隐吟身。”陈衍见之，甚称许。

袁毓麐被任命为黑龙江国税厅筹备处处长。

吴梅赴上海民立中学任教。

吴宓清华同学刘绍昆（君竹）病殁，吴宓作《哭君竹》。诗云：“飒飒寒风连夜吹，蓟门烟树黯无色。黏天衰草同悲惨，幽魂仿佛招不得。幽魂流转终何止，依稀遥指峨嵋是。锦城愁鹃血三更，巫峡哀猿路千里。魂兹归兮身不归，两年客梦依慈闱。春萱堂上肠已断，紫荆树下泪空垂。少年心事昔何雄，击楫中流祖逖风。眼底劫灰飞才尽，壮志豪情一旦空。跨鹤长去无几时，我今又作哀挽词。斯人已没知何恨，回首凄凉意转痴。满座冠裳同吊君，芸窗旧事忆前尘。我来哭君不知痛，如君乃是伤心人。生时植身品何高，湘累千年慕丰标。流水高山曲自寡，美人香草意空劳。忽惊世变到沧桑，河山破碎映斜阳。兰成憔悴别有故，披发哀吟未为狂。蒿目棘心阅岁华，中原血战斗龙蛇。危梁倾幕新巢燕，只自酣嬉故侯家。眼底社鼠与城狐，人间踏遍少康衢。江山如此复何恋，白云深处觅吾庐。佳话反作酸心语，痛君却已归黄土。从知忧思能伤人，此道由来无今古。吁嗟乎，我生历年廿未足，怀旧伤亡事相续。挥麈走毫皆陈迹，何处更访吾君竹。”又，刘绍昆追悼会上，因清华学潮与吴宓断交之吴芳吉与其冰释前嫌，两人握手言和。

方树梅谒剑川赵藩（介庵）师于云南昆明华兴巷寓庐，入门下受业。

王统照考入济南山左学堂（翌年更名济南省立第一中学）读书。

连横作《晓渡扬子江》。诗云："一钩残月照楼台，风定潮平两桨开。桃叶桃根在何处？渡江不见美人来。"

宁调元作《海上次韵答天梅》。诗云："去年此日相逢地，可肯年年此地逢。残雪未消沉腊鼓，新元弹指过黄龙。一壶浊酒从容尽，竟日清谈意态雄。我向吟坛一低首，诗人今有李空同。"

董伯度作《三冬》。诗云："三冬无别事，谢客与书俱。偃卧温残简，空归守旧株。不须频斗智，难学是如愚。开卷堪消病，马牛任世呼。"

二 月

1日 宁调元致电谭延闿、龙璋、周震麟、陈家鼎、仇鳌、文斐等人，言及"总统（袁世凯）违法失政之事，无日无之，擢发难数"，指责袁世凯"破坏共和，虽赵匡胤黄袍尚未加身，而拿破仑雏形毕具"，建议"湘人上下团为一气，与各得力省份协筹对付之法"。同日致电国民党粤支部邓慕韩、陈耿夫、叶夏声、江淑颖并转广东都督胡汉民，力主"东南起义各省联为一气"，协筹对付袁世凯办法。

《申报》第14358号刊行。本期《自由谈》"尊闻阁词选"栏目含《渡江行》（践形社主）、《玩月》（二首，践形社主）。其中，《渡江行》云："有客夜渡扬子江，江水茫茫江路长。路长风劲乱流渡，浪花蹴起长鲸怒。长鲸一怒波涛恶，急流澎湃鸣金铁。遥看远际数峰间，渔灯明灭青磷色。离离星斗激寒光，明月芦花江岸白。狂歌击楫下中流，浊酒权消客路愁。会当越海开新陆，破浪乘风始壮游。"《玩月》其一："明月浸寒光，清辉入草堂。疏帘遮不去，隐约似晨霜。"其二："爱月故迟眠，宵深只自怜。不知清露重，已彻五更天。"

《实报》第1卷第1期刊行。本期"丛录"栏目含《蘿藺读〈全唐诗〉札记》（悴公选辑）；"文苑"栏目含《题壁诗》（隐名）、《沈阳感事》（山公）。

《庸言》第1卷第5号刊行。本期"艺林・艺谈"栏目含《石遗室诗话（续）》（侯官陈衍）、《诗学枝谭（未完）》（周季侠）、《曲海一勺（未完）》（贵筑姚华）、《慧观室谜话（未完）》（周效璘）；"艺林・文录"栏目含《〈东坡乐府〉序》（冯煦）、《西溪泛舟记》（樊增祥）、《比较法学会致各省都督、民政长书》（刘远驹）；"艺林・诗录"栏目含《和远根〈乞米曲〉》（朱祖谋）、《晨坐挂笏亭》（沈曾植）、《乙酉七月朔，重还居槟榔屿，自庚子七月望来居，于今五度十年矣》（康有为）、《惜诵》（康有为）、《大悲寺秋海棠》（陈宝琛）、《送石遗南归》（林纾）、《南海先生嘱绘〈万木草堂图〉，并系诗呈教》（林纾）、《辛亥除夕》（俞明震）、《铁华得林屋横卷当其山居图索诗》（赵熙）、《送温毅夫还山》（曾习经）、《杨时百属题〈琴粹〉》（罗惇曧）、《寄桂东原英伦》（罗惇曧）；“艺林·说部”栏目含《古鬼遗金记（续）》（林纾）。其中，林纾《送石遗南归》云：“明知行促故牵裙，门外新泥已溅车。名辈渐非君愈贵，清贫能耐计非疏。灰心肯挂沧桑眼，索画仍描水竹居。病起定饶相见地，风前不盼雁来书。”

《独立周报》第18期刊行。本期“文艺栏·文选”栏目含《王壬秋先生集外文·贺义生妻张氏传》（王闿运）；“文艺栏·诗选”栏目含《春暮，偕陶寿民游破山寺看山水》（龙慧）、《赠旡生》（神霄真逸）、《病中偶成，示旡生》（神霄真逸）、《奉和樊山、止盦〈喜至〉之作，即次樊山原韵》（壬秋）、《喜湘绮先生至沪》（樊山）、《重伯先生以〈和《寒香集》〉见示，谓有黍离麦秀之思，余生长旧朝，遭逢祸乱，哀来悼往，聊复继音，与原诗不必同恉，亦恐无当于重老意也》（季刚）、《汉皋杂诗》（董卿）；“文艺栏·丛谭”栏目含《说元室笔乘》（荄兹）：《苗霈霖遗诗》《纪章嘉国师事》。其中，谢无量（神霄真逸）《赠旡生》云：“定里禅心独闭房，任教陵谷转沧浪。已看白日群龙下，何处丹岩一凤藏。国士尽输铜雀妓，清词间赋楚襄王。太平空负君家策，莫向东皋向醉乡。”《病中偶成》云：“几曾窥练头先白，哀乐中年不自由。已分生涯供疾病，深惭姓字辱交游。戴盆岂信青天在，拂石应销碧海流。但得隔邻长过往，未须同上五湖舟。”

《真相画报》第14期刊行。本期“文苑”栏目含《题画诗图说》（剑父）。

赖和作《是非》。诗云：“底事事都难辨真，无非无是自由身。犹若无因又无因，只为怜人见弃人。瓶内名花香馥郁，笼中好鸟语清新。要知是是非非处，孔父犹须到获麟。（一写：是非非是非非是，非是犹须待后人）（又写：斯情世上无多识，且莫轻轻说向人）”

2日　太虚大师于上海静安寺参加八指头陀追悼会，会上演说中国佛教三种革命（一曰教理革命，二曰教产革命，三曰教制革命），并撰文倡导“佛教复兴运动”。

黄濬作《十二月二十七夜大雪，柬瘿公、孝觉、众异，用东坡聚星堂韵》。诗云：“夜残隔牖响败叶，昏飙搏雨作狂雪。愁侵砚滴冰花皴，冻夺裘温炉火绝。冥蒙黯月和云远，泱漭严风吹梦折。湫居孥属苦撄累，趺坐诗心犹起灭。情知鸿爪原无住，安得鲸波供一掣。二三朋俦幸好我，梁生诗眼炯不缬。吾宗俊人镇袖手，罗瘿谈锋散珠屑。嗟君妙才各自保，世界空花容几瞥。沧桑峥嵘生气尽，时事心灰那能说。枯肠得诗兀兀醉，起视瓦沟粲冰铁。”

3日　晨风庐宾主五人集，刘炳照首唱《壬子岁不尽三日，三集晨风庐，宾主五人拈“江春入旧年”五字分赋，予得年字》。续唱者：许溎祥（分得旧字）、沈焜（分得春字）、俞宗原（分得入字）、周庆云（分得江字）。其中，刘炳照诗云：“汉腊今朝饯，春回在岁前。隐存义熙号，已入永和年。铅椠名山业，杯盘旧雨筵。祭诗陈例在，岛佛瓣香虔。”沈焜诗云：“岁阑春意盎，一醉我先春。白发此重对，青樽相与亲。拓开诗笔健，写入华图新。异地朋簪盍，飘流亦幸人。”

邹铨卒。邹铨（1887—1913），字秉衡，一字亚云，或作亚雄，别署民铎、天一子等，江苏吴江籍，浙江嘉善人。读书于黎里自治学社，与柳亚子同学，金天翮弟子。毕业于杭州浙江高等学校，供职于上海《天铎报》社，兼华童公学教授。诗人、戏曲作家。南社社员。著有《流霞书屋遗集》。柳亚子《邹亚云传》：“邹铨字亚云，江苏青浦人。少孤贫，体弱善病，而刻苦向学。岁乙巳，余读书里中自治学社，始识其人。明年，社事废，旧侣星散，不相闻问者数载。庚戌春，余诣武林，过同邑陈巢南于高等学校，则君俨然在焉。相与握手，大欢笑，遂偕泛西子湖，探栖霞石屋之胜。置酒湖上，雄谈豪举，一时来会者多裙屐胜流。而君亦兴会飙举，不可一世。越岁辛亥，秋，余移家海上，值武昌起义，吴越骚然。君既废学，则走依故人慈溪陈布雷。布雷方任《天铎报》事，即引君自辅。时民军初起，如剑硎新发，光焰万丈。海上各报尤能推波助澜，晓谕顺逆。望平街者，诸报馆荟萃地也，街头环而伺消息者人以万计。每一纸出，报义师今日定某地，或败敌某军，则鼓掌，声如雷动。君伏案撰文字，既讫，则与布雷走余寓所，指天划地，相谈笑为乐。复草《杨白花传奇》谱虏廷秘事，论者比之张苍水《满州宫词》云。中山既正位南都，君约余为观光之游，中夜乘车入白门，狂走城中竟日。登雨花台，拾石子盈箧。过桃叶渡，买醉酒家。云间陈道一、吴中叶楚伧咸莅焉。兴阑，然后返沪。值布雷以事归甬上，不允出。余方傺侘失志，游倦金尽，而故乡苦萑苻，不可归，进退杌陧。君则介余于《天铎》代布雷事，复谋所以固之者甚力。余因是得稍稍安居。和议既起，余持论颇异流俗，遭当世诟病，君独深韪余言。淮南周烈士实丹，游海上，与君有联床一夕之雅。及烈士殉义，君为表彰，不遗余力。复从诸同志奔走，事复仇。呜呼，是足以稔君之为人矣。余为寓公沪上，将匝岁，秋风起，忽动归思，时君已数日病，且各以事牵，不常叙。顾余归前一日，君犹扶病走送，语絮絮不忍别。明日，余就道，闻君又卧病矣。继闻就医于杭，以莫详踪迹为恨。岁阑，得君书，云：‘病已就痊，重入高等学校，且卒业焉。’则欣甚，余儿子无忌居沪时，即恋顾君左右，君亦善抚视之。余欲聘君就余家，授儿读，且相与晨夕过从，修旧游。君已报书诺余，余日夕待君至。忽游吴门，道疾呕血盈斗。驰归，竟不起，时民国二年二月某日。春秋二十有几。悲夫，君所居曰章练塘，介吴县、吴江、青浦三县间。曩岁议正港界，君尝上书当事，请以地属青浦。今署青浦人，从君志也。柳弃疾曰：世衰体敝，太行孟门，生人方寸间，朝刎颈而夕贸首者，有之矣。张禄绨袍，巨卿死友，如我亚云能有几人！而天必杀之，彼苍诚愦愦哉！黄公酒垆，山阳邻笛，每一近念，不知余之涕之何从。呜呼，伤已！”

赵圻年作《十二月廿八日》。诗云：“我生岁除前二日，百昌寂寞闵霜集。熙熙万众登春台，耿耿百忧感秋发。今年忽过四十五，露电光阴阳九数。早生旬日让东坡，投老荒山同杜甫。兵火沧桑万事非，欷嘘涕泪半生苦。陆机词赋述家风，家本江南黄歇浦。播迁巴蜀走牂牁，流寓黔中昉吾祖。甲秀楼边万仞山，威清门外一抔土。家君通籍仕三秦，秦地烽烟愁煞人。治行三迁雄紧地，隐居廿载寂寥身。岁在戊辰吾以降，鲤庭趋对曾元养。韦贤遗子惟一经，苏过从亲历千瘴。商山深处白云居，少小已知慕高尚。白杨风雨念儿孙，黄绮祠堂营穴圹。我为饥驱志四方，绝裾挟策干卿相。南游闽越北幽燕，东走吴楚西黔川。轮蹄道路万余里，琴剑天涯十六年。楼上仲宣愁白日，幕中张俭笑红莲。寄人篱下非长策，无已且捧毛生檄。小人有母倚闾望，秦地重来感今昔。五宰三辅一北山，微官传舍八年间。家无一瓦归何处，邑有名山强自宽。时事日非宁不识，风尘已倦独迟还。毫厘之失谬千里，浩劫茫茫平地起。龚生慷慨夭天年，要离侠烈燔妻子。愧我却从虎口生，有亲难效鸿毛死。地坼天崩可奈何，途穷日暮聊为尔。幼安终是汉遗民，元亮犹称晋处士。可怜下士多苦心，渴来不饮盗泉水。异哉均垍有别肠，道旁啧啧锦衣郎。矍相圃开争坐位，后庭花落沸笙簧。逢春唐衢总垂泪，自伤不暇为谁伤。百王典籍同灰劫，终古乾坤悉反常。广武战场愁校尉，中条隐士本虞乡。苦恨妻孥难脱屣，分飞诸弟梦联床。当年羔兕持春酒，今日铜驼卧夕阳。夕阳明灭照残雪，河山破碎伤心色。乱离已矣吾谁归，卖卜山中谢枋得。"

赖和作《倚窗即景》（二首）。其一："白云渐起山渐低，凹凸全埋一线齐。忽雨忽晴看更好，数峰青到画帘西。"其二："日色朦胧冥色兼，远山雨后青入帘。庭间数鸟当花语，隔着风声听愈尖。"

4日　北京参众两院复选（上年12月初选），国民党获392席，占绝对多数。

陈宝琛从宫中带来"内颁春饼"特邀林纾同食，林纾即席赋诗《旧历小除夕，橘叟招余食内颁春饼，即席感赋》。诗云："双匣黄封出紫宸，先生留飨尚方珍。才知明日逢除夕，坐想东朝对旧臣。竟有剪灯今夜语，可堪回首隔年春。眼中祖腊分明在，检取余怀对酒醇。"

冯煦有诗作，陈夔龙作《和梦华〈立春日感赋〉诗韵》。又，陈夔龙作《十二月廿九日为花农同年诞辰，适值立春，有诗索和，依韵寄酬兼致祝忱》。诗云："不待提壶已买春，生朝一醉适天真。十年旧梦听金钥，五日先期礼玉晨（正月四日朝玉晨君，见《云笈七签》并黄仲则《自寿诗》）。腊鼓声喧小除夕，彩幡风动软红尘。延年颂与宜年帖，并入新诗往复频。"又，陈夔龙作《小除日立春，赋柬湘绮先生》。诗云："预愁明日腊将尽，不道隔年春又生。杨柳风看迎彩仗，梅花香喜扑帘旌。似闻汉苑犹传蜡，偶过夷场忍听莺。岁晚江南逢逸老，未妨棋劫付茶评。"

黄文涛作《小除日立春》。诗云："年犹未送旧，春已共迎新。时事今如此，浮生莫认真。一尊团细弱，几辈厌风尘（谓近事）。稚子浑无识，更端笑问频。”

吴昌硕作《癸丑立春，赠贞壮》。诗云：“聋我犹闻一字新，扬尘沧海奈游鳞。病狂懒作孤舟客，意古不随天下春。甲子大书由靖节，笠蓑长物隐元真。卜邻何事添欢喜，好学林宗戴角巾。”

瞿鸿禨作《立春日口占，呈湘绮丈》。诗云：“淑气先回碧海滨，春归尚有未归人。谁知萍梗天涯客，两见梅花屋角新。头上幡增坡老健，眼中盘笑杜陵贫。明朝烂醉屠苏酒，何必仙源更问津。”

章维藩作《癸丑立春，适仆五十六岁初度，四忆前尘，率成六律恭呈钧诲》。其一：“五十余年付逝波，浮云富贵梦中过。须髯如戟身还健，花木逢春气自和。时事沧桑增感慨，壮怀霖雨久销磨。江乡伏处安闲甚，回首鸿泥一放歌。”其二：“髫龄投笔赋从戎，策马长驱胆气雄。粟挽天山常卧雪，椒驰星海迅如风。论功未必居人下，处世由来愧热中。奏罢凯歌何所事，江南添个磕头虫。”其三：“仕版初登政未谙，随班逐队学衙参。薇垣珥笔司分校，节府陈言务去贪。绾榷毫厘归宽济，扪心衾影信无慙。十年听鼓真竽滥，说与高人一笑堪。”其四：“新颁玉诏授专城，乍试铅刀暗自惊。石拜米颠求治谱，楼登谢朓仰清名。敢云国事如家事，勉效廉明答圣明。四十辞官休谓早，小人有母愿躬耕。”其五：“掷笏看山喜自由，贸迁生计且持筹。斗筲深耻居廛市，机轴翻新羡美洲。欲为斯民开地利，须知胜算在人谋。年来艰险都经过，鲁殿灵光孰与俦。”其六：“鸠兹港里小蜗庐，门对清溪画不如。秋月春花供笑傲，竹篱茅舍自安舒。儿孙戏彩歌天保，邻里称觞贺岁除。高卧厌闻中外事，屠苏饮罢乐蘧蘧。”

林苍作《立春》。诗云：“侵晓风前手一卮，瓶梅憔悴惜芳时。老来惯见穷冬过，闲极翻嫌落日迟。如此年光成阒寂，无端诗梦入迷离。今朝才算春真到，除却吾曹了不知。”

［日］白井种德作《立春》。诗云：“立春雨方至，春水已涓涓。模糊烟霭合，仿佛养花天。”

5日　溥仪奉隆裕懿旨给两位师傅加恩：“陈宝琛、伊克坦均著赏戴花翎。”

壬子消寒第六集，同人有和苏轼岐下岁暮诗三首《馈岁》《别岁》《守岁》。同集者：汪洵、刘炳照、沈焜、朱锟、赵汤、钱溯耆、钱绥槃（履樛）、缪荃孙、许溎祥、诸以仁、周庆云，吴昌硕。首唱汪洵《消寒第六集，和东坡岐下岁暮诗三首（〈馈岁〉〈别岁〉〈守岁〉），即次其韵》，继唱刘炳照、沈焜、朱锟、赵汤、钱溯耆、钱绥槃、吴俊卿、缪荃孙、许溎祥、诸以仁、周庆云。吴昌硕有《消寒六集，和东坡〈馈岁〉〈别岁〉〈守岁〉三诗元韵》。其一：“只鸡奉高年，瓮酒为之佐。蒸粉制古泉，五铢宝四货。吾乡口头禅，福比明星大。风雪争叩门，袁安且不卧。乡老谈往事，虚堂捉入座。明岁定丰登，山虚响石磨（安吉梅溪在磨盘山之麓，如遇丰年，则磨声隆隆然）。浮生真若梦，七十已虚过。沪江且小住，诗尽潮声和。（馈岁）”其二：“岁尽足可惜，作别宁迟迟。老学知不足，景光安能追。岁如骨肉亲，其生亦有涯。五字通别情，奉手须斯时。饮食杂精粗，瘦年过不肥。浦柳横萧萧，欲折中心悲。来岁寿我增，去岁不我辞。老大未归来，今古鬓同衰。（别岁）”其三：“仰天不见龙，牙牙见修蛇。喷雾迷山川，掉尾白日遮。岁晚饥无依，岁新将奈何。不若岁长留，默守戒勿哗。无如羲和鞭，着意阳乌挝。电火彻夜明，纸窗梅影斜。百感煎中肠，将寿弥蹉跎。烧烛阿咸家，风景公同夸。（守岁）”

《民国汇报》第1卷第2期刊行。本期“杂纂之部·杂俎·雪泥鸿爪”栏目含《岭左剩觚（节录）》（楚伧）；“杂纂之部·杂俎·滑稽新语”栏目含《赠伎联》（兴公）、《孔子立借据》（兴公）、《鸦片联》（兴公）、《新隔壁闻语》（老谈）、《新失本体》（老谈）、《新必富》（老谈）、《新不达时宜》（老谈）、《断章取义》（琴痴）、《九八回扣》（琴痴）、《何不早说》（琴痴）。

黄侃始撰《音略》，定古声为十九类、古韵为二十八部。

夏敬观感慨恩师皮锡瑞在戊戌政变中遭遇，作《壬子除夕》。诗云：“屠苏杯在手，此岁遂除毕。岂惟一岁除，吾年亦除一。壬子溯庚子，追论至戊戌。骎骎十五年，颇已惧今日。吹灰弄葭管，举世弗中律。何从寻好春，到我写诗笔。”

王国维致缪荃孙信云：“此间岁事，寓公均照旧历办理。春间，此间日人有兰亭会之举，因系永和后第二十六癸丑之故。讵知故国乃无年号可呼，与称牛儿年何异！以之相譬，可发一笑，小诗一首附呈。”附作《壬子岁除即事》。诗云：“又向殊方阅岁阑，早梅舒蕊柳笼烟。岁时荆楚浑难记，风雪山城特地寒。可但先人知汉腊，定闻老鹤语尧年。屠苏后饮吾何憾，追往伤来自寡欢。”

符璋日记载作诗五首。其一：“一肩行李逐蓝舆，破帽冲寒百里途。晓出郊原心乍爽，昏投邱店力先瘏。年来奔走成何事，依旧尘埃是故吾。苹老不死芦似雪，不知诗料拾来无。”其二：“荒村寥落少人烟，噪树林鸦有后先。渐短原知转岁晷，不寒还似小春天。临邛谒令重为客，彭泽辞官来买田。无定萍踪无定局，鸿泥聊法一重缘。”其五：“熏炉茗碗度寒宵，幸有朋樽慰寂寥。共说无衣难卒岁，不妨有酒过今朝。月残街巷更筹尽，风闪窗棂烛影摇。共道清谈了无益，不谈长夜若何消。”

黄式苏作《除夕沪上作》。诗云：“吾生三十九除夕，柳雪惯作往来客。岁岁还家度岁除，眷属团栾春满宅。草堂夜宴笑语哗，华烛高烧照四壁。宜春帖早词客书，压岁钱争儿女索。结习犹存亦自嗤，祭诗年年诗一册。腊酒春风年复年，此境此情忘未得。无端驱我武林游，惘惘出门嗟行役。旧历已更汉腊非，弱翮乘风思一击。老母送我倚闾望，颇云兹行异畴昔。岁暮长途风雪寒，游子他乡慎眠食。阿兄送我握手别，高堂温凊居者职。鱼雁江头旦夕来，勤报平安毋疏隔。山妻送我强为欢，欲语不语情脉脉。藁砧廿载别离多，此别匆匆更恋惜。稚子牵衣忽娇啼，愿爷即归莫他适。娇女问爷何所居，好作家书寄远驿。行矣挥手不复顾，回首乡山犹历历。今夕何夕岁又除，人家欢聚张筵席。人正归家我去家，飘泊只为饥寒迫。计程今日应杭州，岂知犹滞海中舶。海舶冲涛去似飞，昨夜双轮忽停息。茫茫前路客心愁，重雾迷不辨咫尺。千里沧江冒险来，霜风飒飒侵冠帻。淞滨落日片帆过，眼底翻飞旗五色。江南风气日日新，岁时旧俗偏难革。千门爆竹轰如雷，六街灯火繁似织。声声腊鼓急相催，车驰马骤犹络绎。可怜钟漏只须臾，环佩未归天已白。客中守岁今岁始，孤馆一灯伴寥寂。朋樽三五不成欢，骨肉天涯空相忆。"刘景晨作《和胥庵〈除夕沪上作〉，倒用原韵》。诗云："斗室茫茫成独忆，负手出门散岑寂。岁时卉木客边新，天竹子红水仙白。城头腊鼓日黄昏，车水马龙犹络绎。吴中风俗故乡殊，买花市上人如织。熨酒炊糕送旧年，节例家家沿未革。寓公沪渎多故人，开樽为我洗尘色。兴酣狂吸酒如潮，高谈尽日岸吟帻。云有旧雨衔帆来，邮书曾报鲤一尺。江头延伫眼欲穿，渺渺沧波隔消息。鱼龙夜静浊浪开，纷纷傍岸佑人舶。拍肩一客诗中豪，大笑语我气促迫。无端海气迷晓昏，不放蒲帆开一席。停桡今夕岁正除，破浪重溟险乍历。闻君马首指幽燕，何为犹滞春申驿。西湖风雪诗思多，策蹇愿与子同适。故人劝客数日留，天涯握手良足惜。家醪且泛玉千卮，关柳待回春一脉。张灯促坐主客欢，乡思浑忘千里隔。鱼羹鸭脯杂然陈，夜寒辛苦厨娘职。烛□停杯转自怜，年年奔走于衣食。自从江汉避兵回，眼底沧桑感今昔。匣剑床头寂不鸣，唾壶几畔碎还击。丈夫三十未成名，雨雪载途困行役。客亦欷歔不自胜，掷笔高歌殊得得。生平积诗诗纪年，殿以斯篇壬子册。吁嗟大雅日凌夷，解人落落已难索。我今见猎喜欲狂，贾勇骚坛摩战壁。吟成枨触故园心，十二本梅花满宅。我为梅花缱绻多，梅花应亦念行客。客邸梅花亦足娱，不及家山况除夕。"

高太痴作《壬子除夕，呈希社诸君子》。诗云："过眼浮云一刹那，经年咄咄待如何。满腔血热嗟人老，五夜心烦厌梦多。坐任迁流新岁月，凭谁整顿旧山河。我今欲变韩文例，不送穷魔送病魔。"

陈三立作《壬子除夕》（三首）。其一："栖迟酒盏弄阴晴，两食牢丸听釜鸣。窈窈海云笼烛色，始堪今夕负平生。"其三："别语梁髯将数行，落筵雁影视荒荒。眼前归计裹啼笑，羡汝万山深处藏（是夕得节厂书，云新岁二日，往游焦山竹林诸寺）。"

陈衍作《除夜》。诗云："除夜为孤客，平生第几回。分离从建水，感怆集燕台。玉立长身竹，甆盆短几梅。两端凭取舍，自问费疑猜。"

瞿鸿禨作《次韵和樊山〈岁除〉诗》。诗云："儿时风趣自堪珍，老去偏夸守岁人。贾岛祭诗犹似旧，渊明纪历更无新。斟来竹叶觞应满，吟到梅花笔有神。料得芳园多胜事，君家庭院早逢春。"

陈夔龙作《除日感怀，叠前韵》。诗云："酒能纵饮邀天醉，命不逢辰慨我生。去去年华如转烛，摇摇心绪等悬旌。横斜尚有传书雁，睍睆还来接叶莺（同人唱和甚盛）。一载忧煎今日尽，任他月旦汝南评。”

樊增祥作《除日简壬丈、石甫、伯严、子培》。诗云：“今日驹光倍可珍，明朝别是一年人。麟经独抱知终始，凤历双行半旧新。尚有秸饧迎灶髻，转怜桃苇废门神。发舒花鸟无穷意，好待来年报答春。”

易顺鼎作《除夕偕玉颀过樊园，夜景清绝，纪之以诗》。诗云：“夜半红楼笑语声，只迟数刻即新正。人间屈戌开金钥，天上回寅指玉衡。花径屧无仙犬吠，松阴灯比素蟾清。刘樊眷属蓝桥里，知有飞琼访智琼。”

俞明震作《壬子除夕》。诗云：“到海愁无地，亲知共一廛。真看成独夜，初觉有今年。至乐喧童稚，余哀祀祖先。醉醒同一掷，来日总凄然。”

康有为作《壬子除夕，偕旃理扶病绕行游存别墅松径，示陈逊宜》。诗云：“乱云又得度残年，万里中原接素烟。物换星移嗟运往，天荒地老只凄然。行穿松树敧人外，笑折梅花入酒边。风物紧凄人病在，萧骚生意菜畦前。（通计壬子所作得语五十九首。除夕更生记）”

姚永概作《旧除夕作》。诗云：“此夕深杯酒，年年得共尝。历移成旧俗，客远异欢肠。儿女依灯闹，鸡豚入馔忙。故乡犹在眼，莫怨隔风光。”

王舟瑶作《除夕感怀》（二首）。其一：“五十五春秋，匆匆付逝沤。何时闻大道，无术救神州。竹素生平志，桑榆暮景收。今宵愁不寐，独坐数更筹。”

汤汝和作《元日道上口占》。诗云：“行路逢元日，山川纠缦华。云霞烘岁首，琴剑尚天涯。贺客谁投刺，还乡渐远家。长沙回睇望，春日茂萱花。”

吴士鉴作《元日，和樊山丈韵》。诗云：“据梧兀兀不知春，欲送奇穷懒作文。饯岁每思安肃菜，登柈且食楚江芹。迷离飞阁谁疑雨，掇拾残编有义云。漫向海壖问风月，故人招我在桐君。”

傅熊湘作《壬子旧除》。诗云：“万感茫茫成此岁，百年扰扰亦何云。欲从悲吒窥天意，稍觉沉忧动夜氛。行独已看人尽醉，才难况有乱方殷。残宵坐放犹相守，理梦缄愁转益纷。”

黄荐鹗作《除夕日犹下乡禁烟》。诗云：“千家爆竹响如雷，末吏从公入草莱。僻地萑苻方敛迹，穷乡毒卉又为灾。马嘶柳陌忘归路，蚁熟椒盘懒举杯。趋利奸徒牢不破，此行只为小民哀。”

林苍作《除日》。诗云：“人自讨春吾自腊，怕提沧趣去年诗。流光荏冉宁堪惜，好梦阑珊有所思。六合差无干净地，几人能及太平时。爆声惊走山魈未，一笑门前等买痴。”

施士洁作《壬子除夕》。诗云：“醉矣一千日，乐哉三百年。沧桑又陵谷，隐逸即神仙。鹿耳家何在？蛾眉老可怜！屠苏应笑客，今夕不成眠！”

陈伯陶作《壬子除夕》（二首）。其一：“烛花和泪落筵前，腊酒初停思黯然。大陆正逢龙汉劫，流光又过鼠儿年。未禳虚耗贫应速，欲卖痴呆性已偏。竟夕不眠非守岁，睡蛇钩去学枯禅。”

陈作霖作《壬子除夕》。诗云：“江左于今逢厄运，悠悠忽忽一年更。命通我笑麒麟愃，身健人疑蝙蝠精。案上诗编今日祭，井中史稿几时成。夜闻爆竹声如沸，私冀余生见太平。”

冯幵作《除夕感念亡妇，时继妻陈病方笃》。诗云：“旷别人天岁又更，垂垂今夕若为情。酒杯若阁经年泪，灯火俄成隔世明。但有新愁回旧痛，不胜伤逝重忧生。口号存殁宁能遣，四壁呻吟杂泣声。”

李绮青作《除夕》。诗云：“十年远宦迟归计，万里麻衣返故居。散落遗民兵燹后，萧条破屋雪霜余。尚留汉腊循家祭，已逼残年到岁除。儿女满前相会食，辛盘还未缺蔬鱼。”又作《烛影摇红·壬子家居除夕》。词云：“辽鹤归来，访邻寻里都难认。绛笺愁看换新符，怕见沧桑影。睡起冠儿未整。听竹声、年光骤省。自怜残腊，随分辛盘，忍辜芳景。　　枌社鸡豚，杜陵多难忧乡井。野荒芋粟苦无多，少办屠苏饮。无复当筵酩酊。强宽怀、分裁彩胜。最回肠处，一扇金奁，有人窥镜。”

太虚大师作《岁除》。诗云：“千秋万古除俱尽，咄咄今宵岁又除。只不乾坤之道息，偕亡物我以心虚。生涯草草劳看镜，世界花花误读书。无语那堪窗渐白，冻梅浑欲向阳舒。”

臧易秋作《读史》。诗云：“魏文下禅坛，谓知舜禹事。尧舜让天下，吾亦疑其际。舜禹果圣神，委裘无妨治。朱均虽不肖，宗社毋庸易。况在帝尧先，世及传于挚。苟非有所逼，讵肯创斯例。世传小阳城，原是囚尧地。及舜崩苍梧，禹有监国势。但恐黄能痛，早协元龟意。岳牧皆腹心，拥立承其志。二妃恸亡国，湘水红涕泗。至今离离竹，仍渍斑斑泪。不然白发妪，从死真堪异。典谟经夏廷，隐饰无不至。鲁邹两圣贤，毋亦为所蔽。遂令禅让风，滥觞到五季。千古貉一丘，是非谁能计。”

董伯度作《除夕》（八首）。其二：“开襟漫问夜如何，往事回头触绪多。一载光阴曾几许，屠苏又向此宵过。”其六：“小庭手自折梅枝，插向芸窗伴读诗。莫道东方天欲曙，弹棋犹有力能支。”其八：“诗囊检点有余欢，一载何期百首宽。销向空箱毋散失，明年此夕更重看。”

谢国文作《壬子除夕感怀》。诗云：“腊鼓声催过一年，阮囊惭愧买春钱。豪怀未减樽常满，夙愿偏乖月不圆。头脑已除尘世俗，须眉又共岁时鲜。剧怜眼底繁华尽，苦作长吟悟定禅。”

吴秋辉作《壬子除夕》。诗云：“椒盐荐五辛，爆竹闹比邻。野馆无家客，寒灯独夜身。愁随乡梦远，老怯岁华新。故里屠苏酒，应虚最末巡。”

[日] 内藤湖南作《壬子岁除即事》。诗云：“又向殊方阅岁阑，早梅舒蕊柳笼烟。岁时荆楚浑难记，风雪山城特地寒。可但先人知汉腊，定闻老鹤话尧年。屠苏后饮吾何憾，追往伤来自寡欢。”

[日] 关泽清修作《除夕祭诗龛宴集，席上分韵》(二首)。其一：“自笑须髯已带霜，质如蒲柳尚顽强。廿年参得祭诗宴，又向长江称一觞。”

[日] 土方久元作《大正壬子除夜偶感》。诗云：“去年斯夕对瓶梅，闲酌清香三两杯。何事今宵多感慨，悲风吹雪鬓毛摧。”

[韩] 晚香堂惠勤作《壬子除夜》。诗云：“草屋红灯对雪山，悄然守岁坐蒲团。生逢文轨辚辚际，老去钟针阁阁间。扶世无能群体合，匡宗那许一身闲。泱泱事境多空想，其奈流光似转环。”

6日 农历正月初一，杨雺园作春联二副。其一：“癸方日暖龟蛇动；丑蜡春回梅柳新。”其二：“癸不可呼，庚不可呼，春雨灌郊原，惟有田家真自乐；丑何必建，子何必建，夏时行宇宙，于今海国又新年。”

高翀以《壬子除夕》《癸丑元日》两律呈希社同社诸君子。同人和作：周庆云《和太痴原韵》(二首)、刘炳照《梦坡约和太痴〈壬子除夕〉〈癸丑元旦〉诗，走笔成此》(二首)。其中，高翀《癸丑元日》云：“破帽迎年短发垂，辛盘欲荐意迟迟。余生幸免罹秦法，古道犹能守夏时。国已阽危边未靖，天仍醉梦世潜移。盆兰对此还相赏，别抱孤芳各自知。”周庆云诗其一：“莫问其居庆有那，痴呆难买奈愁何。杜陵寄食知音少，庾信哀时客梦多。漫说群贤堪砥柱，未容一篑障江河。光阴又见残年了，欲把诗魔引睡魔。”其二：“三竿红日尚帘垂，爆竹无声睡起迟。入市浑忘禅让世，纪年忽遇永和时。惠风未被慵游骋，国学将亡孰转移。暗室有灯半明灭，此中消息只君知。”刘炳照诗其一：“莫笑刘郎唱纥那，佗乡别岁饮无何。病余游兴因慵减，老去诗逋积渐多。残稿新编标甲子，故人长往邈山河(叔桐微疾奄逝)。嗟予拥被终宵坐，好梦难寻旧睡魔。”其二：“红烛双烧帘幕垂，屠苏介寿举杯迟。乍闻子舍悬弧庆，又值元辰祈谷时(予生于道光丁未元日，癸丑元日，行年六十有七，是日酉时，新举一孙)。三世单传门祚薄，卅年久客岁星移。春回依旧承平象，此后荣枯未可知。”

樊增祥作《癸丑元旦》《石甫和元旦韵戏答》《止庵和元旦韵见赠敬答》。其中，《癸丑元旦》云：“五色云兴沧海东，高楼日出绮窗红。宪书夏后十三月，花信春初第一风。家庆又看孙抱子(午孙妇有娠)，身闲自诧老还童。诗中有史吟诸将，早策银河洗甲功。”《止庵和元旦韵见赠敬答》云：“不晴不雨俊游便，如塔如峰势接天。高不胜寒风在下，远惟一碧海无边。茶床抛掷新闻纸，檀板消磨旧俸钱。王谢冶城同此意，到无聊处转悠然。”易顺鼎作《和樊山〈元日试笔〉韵》。诗云：“少年慷慨慕陈东，今日惟余血泪红。麦饭祭先悲汉腊，黍离行役感王风。春心五十弦如帝，华发三千丈欲童。只合花前沉醉死，去寻元亮与无功。”吴庆坻作《癸丑元日，和樊山韵》。诗云：“柏酒桃汤又一春，岁时荆楚述遗文。老多佳境门留蔗（吾乡旧俗，除夕用封门甘蔗，楚地亦有之），负到奇温野献芹。句曲新词谱张雨，凡将奇字问扬云。掣鲸妙手空溟渤，何事东寻仓海君。”

瞿鸿禨作《癸丑元日试笔》。诗云：“条风新入玉梅妍，也伴椒觞照眼前。已改朝正太初历，犹怀修禊永和年。萍浮海上仍为客，春到江南自可怜。徙倚危楼余怅望，五云高处北辰边。”易顺鼎作《和止庵相国〈元日试笔〉韵》云：“初春二月已暄妍，花影如人到槛前。社饭岂忘元祐日，渔舟自记泰康年。庄知我乐兼鱼乐，荀说王怜亦厉怜。香篆绿章应未改，告天才罢又笺天。”

金鹤筹作《癸丑元旦，六十自寿》（二首）。其一：“一声爆竹岁华迁，忽忽已逢耳顺年。意乱屈原居待卜，方求葛氏病能痊。历经霜雪须知足，剩有田园好息肩。但得吟身常老健，子房底事学求仙。”其二：“回思五十九年事，富贵功名一笑空。避世不遑谈理乱，识时岂复计穷通。十年兄弟凋零尽，百岁夫妻忧乐同。大好林泉供啸傲，尚湖烟艇老渔翁。”金鹤筹索和于其叔金廷桂，即步原韵作和诗二首。其一：“回头境过觉情迁，槐市横经记昔年。陶令迷途今乍悟，放翁解组疾方痊。壮游幸早逢青眼，老至原应计息肩。吟到梅花春渐好，身闲常许伴癯仙。”其二：“壮怀历练成耆老，齐物庄生物物空。理学家声期似续，乱离身世浑穷通。目眯朱碧愁难定，语鼓咙胡意未同。赢得田园娱晚景，水车秧马学村翁。”

高太痴作《癸丑元旦，呈希社诸君子》。诗云：“破帽迎年短发垂，辛盘欲荐意迟迟。余生幸免罹秦法，古道犹能守夏时。国已阽危边未靖，天仍醉梦世潜移。盆兰对此还相赏，别抱孤芳各自知。”

黄文涛作《元日书遣》。诗云：“身岂维摩为众生，年来一室病常撄。阴阳淆溷人多舛（时有遵阳历者，有仍宗阴历者，莫能一律），岁月奔腾我独惊。爆竹声声醒酒梦，寒梅息息动诗情。闭门敢拒高轩过，筋力衰孱苦送迎。”

陈遹声作《癸丑元旦，用前韵》（十首）。其二：“转眼春来景物赊，偷生乱世莫频嗟。寒门败柳陶潜宅，枯树小园庾信家。松惊无风音阒寂，梅枝弄月影横斜。颂椒辍笔山妻喜，说道南园已放花。”其四：“岁月因循似墨磨，乱离身世感怀多。华亭老屋来西陆，苍水道山大小何。兴到偶成孤竹赞，饥来高咏采薇歌。剑南家祭成痴语，空望王师复两河。”

陈三立作《癸丑元旦，冒鹤亭、李道士、仁先、恪士过话留饭》。诗云：“巷尾车声老却人，楼头缩手看扬尘。叩门数子兼新故（鹤亭初相见），换世悲怀自拊循。木末鹰鹯翻日影，酒边鲑鲊号家珍。吾侪一瞥移千劫，聊浴花光坐好春。”

陈夔龙作《元旦口号》（六首）。其一：“條风依旧报东皇，云雾欣占吉事祥。头白孤臣何所祝？心随初日上宫墙。”其二：“绝无剥啄到柴荆，喜有梅花缔旧盟。一事朝来堪破寂，满街爆竹带春声。”

吴道镕作《癸丑元旦，和闇公》。诗云：“萍蓬身世岁华迁，八表同昏意惘然。家祭陈咸犹有腊，书王鲁史已无年。虞渊尚驻将沈日，杓斗俄回欲曙天。一盏屠苏无气力，微茫情绪断还连。”

周树模作《癸丑上海元日》。诗云：“海天风物眼前新，搔首今为隔岁人。吉日逢鸡仍避地（吕本中《宜章元日诗》：‘避地逢鸡日，伤时感雁臣。’），此身如蛰忽惊春。空桑留滞成三宿，爆竹喧轰动四邻。饮酒读骚吾事了，醉中肝胆尚轮囷。”

俞明震作《癸丑元旦简李梅庵道士》。诗云：“旧历仍新岁，黄冠自腐儒。天宁惜矛盾，世或有唐虞。卖字应开市，游春莫问途。酒肠无热处，和泪饮屠苏。”

邓嘉缜作《清平乐·癸丑元日》。词云：“南荣晴昼，暖意将春透。蓓蕾枝头红吐秀，过了严寒时候。　阶前树有英姿，老怀何虑何思。除却娱情风景，看书习字填词。”

赵熙作《元旦登第一江山台》。诗云：“立春三日百花开，第一江山第一台。故事新年修吉语，劳人坠地结愁胎。老无壮志思丰岁，手挽中华望霸才。爆竹如雷天外响，松风吹作海涛哀。”

萧亮飞作《用前韵和黄丈癸丑旧元日寄诗》。诗云：“不是花边便酒边，跨驴时曳看山鞭。布衣称体忘文锦，粝食娱心即盛筵。殊少客来怀旧雨，且随人再度新年。九州姓字千秋业，却借区区一砚田。”

林苍作《元日》《元日与诸君同游于山》。其中，《元日》云：“晓钟一动过除夕，天幸柴门自在开。正朔今犹存海外，春风似不到人间。无多诗思成聊尔，大好时光付等闲。笑把屠苏劝年少，莫教坐惜鬓毛斑。”《元日与诸君同游于山》云：“满目斜阳带战尘，山川犹是几陈人。循城一揽兴亡泪，过寺如遗老病身。对此年年成漫兴，归来念念惜佳辰。短檠昨夜供吾读，著意穷檐历日新。”

赵圻年作《癸丑正月朔》（二首）。其一：“苍昊悠悠变古今，晨星落落听升沉。劫来梅柳都无色，寒尽松筠不改心。庾信早春羁北地，钟仪异域操南音。从前吉语删除尽，但乞祥霙一尺深。”其二：“午夜焚香万念空，余生合号信天翁。兰亭已矣年犹在，郁垒无灵腊再终。强博旨甘作寒具，不因颠沛泯家风。人心向背从何验，默寓今朝爆竹中。”

杨芃棫作《癸丑》（二首）。其一：“昨宵诗是隔年诗，旦起重提笔一枝。祭脯未消酲未醒，要孳新意耐寻思。”其二：“转眼梅花在眼前，早春独步自全天。即从林下凝神想，不计年中第二年。”

傅熊湘作《癸丑元旦，新历二月六日》。诗云：“顿觉此春非我春，剩传爆竹闹比邻。笑啼入世成狂废，节序随人换旧新。犹伫朔方能厌乱，坐看东海欲扬尘。酒阑万象森明灭，颠倒孤怀恐未真。”

赖和作《癸丑元日郊外》。诗云：“平畴漠漠树参差，错落人家竹插篱。时序正难逢岁首，人生行乐恰当时。桃符红上门千户，柳眼青浮水生波。游兴已随春放荡，无心更作贺年诗。”

徐世昌作《癸丑元日》。诗云：“雾卷风收万景罗，竞春萧鼓耳边过。数声爆竹市楼暖，几点梅花天地和。遥想殿廊侵晓静，定知农亩得春多。海滩日上鱼龙寂，万里晴波一钓蓑。”

徐继孺作《癸丑元旦》。诗云：“馈岁俗无改，人情思夏正。衣裳果颠倒，气候半阴晴。梦与流年逝，灯含隔岁明。龙钟五十七，所得是无成。”

沙元炳作《癸丑元日，观群堂看梅，叠施字韵》。诗云：“阳和南北有偏施，未觉梅心与世移。冻合千山容汝傲，春来两日独先知。风尘庾岭销前梦，兵马扬州损旧诗。惟有观群堂外树，催开不费买薪赀。”

王舟瑶作《元日癸丑》。诗云：“义熙以后忘年月，今日随人且举觞。田野依然遵夏正，史家谁复纪春王？自甘箬笠成渔父，欲傍梅花筑草堂。村叟不知陵谷改，相逢仍是说迎祥。”

胡思敬作《次韵和蔡春涛〈癸丑元旦试笔〉》。诗云：“故人贻我五云笺，万感苍茫到眼前。觞咏恰逢癸丑岁，衣冠不似永平年。含豪怕写宜春帖，沽酒唯存压岁钱。愿与使君拼一醉，灯前弹指当猜拳。”

曹炳麟作《癸丑元旦书感》（二首）。其一：“乱世愁生浑沌天，憧憧又过鼠儿年。夏时牺告正元废，春酒羔炰旧俗沿。已弃衣冠挂神武，自摊诗卷祭阆（唐韵叶，鲁当切）仙。汉家腊尽屠苏暖，醉看潘郎鬓黯然。”其二：“马齿徒增髀肉生，夷门监卒老侯嬴。昨宵又堕炊粱梦（除夕梦入皖），彻旦俄惊爆竹声。敬献椒花颂康健，戏拈蓍草卜居行。瘏晓风雨营巢亟，海鸟何能久不鸣？”

张素作《癸丑元旦，客太平作》。诗云：“比邻杯酌动香椒，旭日曈曈八字桥。鸲鹆舞时村鼓骤，狻猊滚处彩灯飘。荒洲地未除蛮俗，旧历人犹说岁朝。最是拦街喧爆竹，春声迸入市声嚣。”

金鹤翔作《癸丑元旦》。诗云：“佛香消灭酒难醒，上将勋高战未停。如此春宵我无寐，梅花帘下楼寒星。”

赵金鉴作《癸丑元日》。诗云：“新符未见门前换，贺岁曾无客到家。是否春归浑忘却，避人浇酒问桃花。”

严廷桢作《癸丑元日》。诗云：“家家树酒饮元辰，簇簇群衫官吏新。历数已非尧正朔，桃符仍换旧宜春。顽童鬼脸跳衢巷，杂事后头记秘辛。隔岁梅花偏早发，调和有意出风尘。”

瞿宣颖作《癸丑元日》。诗云：“贺岁人还俨拜庭，肃恭偕妇荐椒馨。鸡鸣问寝流离远，虎落潜身战伐经。醴注缥瓷香泛盎，堲生红烛曙催棂。岁时荆楚犹如昔，爆竹声干柏叶青。”

[日] 关泽清修作《新年述怀》。诗云：“新年霁景促行吟，墨上梅花好可寻。诗脱尘机仍浩荡，渡头欲问白鸥心。”

[日] 浅野哲夫作《癸丑岁旦》。诗云：“玉历开端物象移，山河满目带余悲。诸公安饱边疆静，列圣忧勤天地知。冰雪无情消太晚，阳春有脚到何时。野人不预庙堂事，一片伤心双泪垂。”

[日] 砚海忠肃作《癸丑元旦》。诗云：“晓云披处曙光鲜，斗柄方看一转旋。大正新春天地静，芙蓉岳色带祥烟。”

[日] 片野玄贞作《癸丑新年》。诗云：“亮阴天地一伤情，泪向御桃陵畔生。不似昨春幽听耳，莺啼亦是断肠声。”

7 日　王闿运回湘前，梁鼎芬访王闿运于上海寓斋。梁鼎芬有崇陵石赠之，并赋《王检讨回湘赋别》。诗云：“为忆江南乱后山，飘然巾笠往仍还。百年心事看残照，一代文章有要删。杜本谷音吾所属，黄衷海语若相关。崇陵片石归装稳，头白临分泪对潸（方谒崇陵归，以石赠检讨）。”

沈尹默、朱希祖、戴螺舲同行，同日抵沪，访马裕藻。

8 日　赵圻年作《正月三日邀空山人及陶、陈二君小集非吾庐》。诗云：“帘幕春寒天雨霜，老梅画里静生香。莫愁白社同心少，不独黄州为口忙。棋局分争多反覆，酒杯揖让寓兴亡。隔年四友欣无恙，莫下新亭泪两行。”

9 日　《申报》第 14359 号刊行。本期《自由谈》“尊闻阁词选”栏目含《壬子除夕，呈希社诸君子》（太痴）、《癸丑元旦，呈希社诸君子》（太痴）、《读〈新疑雨集〉，率题四章，简问蝶仙》（荷僧）、《答许荷僧，见问筝楼影事，即次元韵》（四首，蝶仙）。其中，荷僧《读〈新疑雨集〉》其一：“读罢筝楼泣别诗，无端老泪也双垂。世间果有痴于此，膜拜裙边定不辞。”蝶仙《答许荷僧》其一：“留得当年毁剩诗，劳君青眼为伊垂。至今尚寄回文字，不是荒唐宋玉辞。”

《独立周报》第 19 期刊行。本期“文艺栏 · 文选”栏目含《旡生文录》（含《登海陵岳墩，吊岳少保文》）；“文艺栏 · 诗选”栏目含《蒙香室集外诗》（冯煦）、《汉甓生诗钞（未完）》（赵怡）。

诸宗元、夏敬观访郑孝胥、李宣龚，代呈吴昌硕四首诗于郑孝胥。

陈夔龙作《初四日感赋，示梦华，三叠前韵》（二首）。其一：“读书堪与古为俦，对酒难销客邸愁。越蹶吴颠一带水，郊寒岛瘦两诗囚。唐花过眼忘开落，严肆无心卜咎休。阶厉竟成今日局，依然怨李对恩牛。”其二：“笛韵山阳几度经，平生良友负冥冥（何润夫副宪、许稚筠宗丞年来先后逝世）。雪山本为严公重，颍水惊看灌氏宁。异俗衣冠犹近古，劫灰城郭有余腥。申江鸭涨浓于酒，只少烟螺一发青。”

10日　沈曾植赴樊园宴集，樊增祥、王闿运、瞿鸿禨、陈三立、吴庆坻、吴士鉴、易顺鼎在座，各赋五言诗，限三江韵。沈曾植作《同人集樊园》，同人和作：吴庆坻《五日樊园宴集，限三江韵》、瞿鸿禨《开岁五日樊园宴集，各赋五言，限三江韵，呈湘绮丈》、陈三立《五日樊园宴集，限三江韵》、吴士鉴《正月五日，樊山丈招陪湘绮老人樊园雅集，限三江韵》、易顺鼎《五日樊园宴集，限三江韵，五言一首》。其中，吴庆坻诗云：“初正方涉五，烟霭浮春江。名园此嘉会，言循溪西矼。霜松峙磊砢，风篆鸣琤玒。华楹布重席，绮户洞八窗。群彦既溦萃，高座尊耆庞。旧言相于喁，灵芬扇兰茳。天琴文中豪，笔阵森矛鏦。朝哦继夕讽，不惜然银釭。幽寻远尘壒，词澜飞雪泷。振衣一攀追，越吟故无腔。愿缔人外交，且拨花前缸。买邻号千万，求田无十双。乞君飞霞佩，蹑我追风駹。焉知一室外，乃有滔天洚。深根慎相葆，卷领吾何悚。”陈三立诗序云：“樊园为樊山新迁宅，湘绮老人于酒坐以樊园名之，其实本名絜园也。”诗云：“初襟荡春气，衢巷绝吠龙。人境辟仙源，喜此足音跫。樊园信饶邃，蚕食留一邦。藩篱密榆柳，畹亩滋兰茳。霜丛觌峻茂，风起相舂撞。曳履高真居，俨驻蓬壶艭。金碧涂桷栌，琼玉荧轩窗。下视有寤歌，物外谁能双。华灯烂几案，踞坐襄阳庞。玄言觉天民，神凝卓幡幢。拊膺千世在，聊与娱琤玒。行炙乌止屋，呼觞鲸吸江。一欢谓何求，圣证谢纷哤。”易顺鼎诗云：“圣人重性命，玉珮常琤玒。无宁入裸国，而不居危邦。诸夏竞浇漓，九夷转敦庞。所以从凤嬉，尼父足音跫。居夷孰云陋，海色明轩窗。十亩松桂阴，衔璧灿金釭。主人敬爱客，扫径驱吠龙。商颜致绮皓，楚越纷兰茳。正如龙凤人，往从鹿门庞。初春卜吉日，有酒如长江。辅仁实良会，兼以风愚戆。鄙哉刎喉据，陋矣绝膑扛。遁世在无闷，庶几我心降。”吴士鉴诗云：“初阳启芳畅，春漪澌流淙。招邀稡宾从，主客皆无双。丽廔敞文牖，窈窕明蠡窗。清宴日既夕，隋珠辉金釭。红暴煎石鼎，绿蚁斟深缸。坐中湘潭叟，雄谭轩眉庞。岿望炤海甸，伸议洪钟撞。主人今诗伯，齐鲁峙大邦。附庸列邾莒，寻盟心为慑。赪颜强学步，蛙响惭纷哤。方今学海沸，狂潏流如洚。大雅震聋聩，氛祲开阴黮。良会忾生叹，遐想情弥降。矫首海东月，街鼓方韸韸。”

《申报》第14360号刊行。本期《自由谈》“尊闻阁词选”栏目含《次荷僧、蝶仙倡和韵，题〈新疑雨集〉》（四首，幻那）、《安公子·游重建寒山寺，舟泊枫桥，怀张懿孙》（红树词人周二）。其中，红树词人周二《安公子》云：“霜叶红无数，片帆忽卸斜阳渡。野寺寻碑，偏蜡屐重来疑误。诉尽兴亡，风铎飘残语。登殿阁、绕遍苍苔路。

莫去望吴宫，满目荒烟平楚。　　月落乌啼树，无眠独客吟愁句。我亦年来憔悴损，天涯羁旅。今夜篷窗，灯火微明处。闻隔林、隐隐钟催曙。又何似江湖，听水听风听雨。”

易顺鼎作《正月五日哈园即事》。诗云：“喜逢乌目不袈裟（法师乌目山僧，改名黄中央，易僧服），听讲偏悭访月霞（月霞讲师园居未遇）。欲傍鹤篱张茗具，似闻僧语隔梅花。高人自挈水烟袋（湘绮老人奚童未至，自提水烟袋以行，余与李晓暾见之，始为之代挈）。海国同浮香雪槎（设席处颜曰‘绛雪海’，以红梅甚多也）。记取名园添影事，北风如虎笑声哗（是日晴霁，而北风甚寒，主客十数人同摄一影）。”

11 日　《申报》第 14361 号刊行。本期《自由谈》“文字因缘”栏目含《留别》（四首，海宁吴清）、《送别县知事同乡吴啸庐先生移任孝丰，即用〈留别〉元韵》（四首，祝廷锡）、《留别梅村别墅校书》（四首，天恨生）。其中，海宁吴清《留别》其一：“偶携琴剑到鸳湖，花满河阳酒未沽。倚遍阑干转惆怅，楼头烟雨总模糊。”其二：“可怜水剩又山残，欲起疮痍著手难。买得春醪浇夙恨，酒痕犹带泪痕看。”

《真相画报》第 15 期刊行。本期“文苑”栏目含《题画诗图说》（附《五色燕》图）（欣）、《张忆娘〈簪花图〉题咏》（髡寒录）。

徐世昌赴于晦若宴集之约。归后，李仲先、杨哲子、段少沧先后来访久谈。

王闿运赴陈夔龙请。王闿运作《和陈小石》。诗云：“不是偷闲乞病身，暂将闲处作闲人。客无可语忘酬酢，老幸相逢得主宾。斗室偶为亲戚话，天涯同看岁华新。羁游定胜羁簪绂，谁识津桥去国臣。”后刊载于《大中华杂志》第 1 卷第 12 期。

沈尹默与朱希祖访胡仰曾，三人同访钱念劬，并晤钱念劬长子、教育部主事钱稻孙。上午，与钱念劬、钱稻孙、胡仰曾、朱希祖同游琉璃厂。中午，赴钱念劬宴席。晚上，偕朱希祖移住海昌会馆，与戴螺舲同寓。

陈夔龙作《初六日湘绮先生过饮，即席赋柬》。诗云：“桑海茫茫剩此身，天涯犹是未归人。莺花满地春无主，鸡黍荒厨夜款宾。濂火重亲风月美，锦城一别管弦新。遗山手订金源史，直笔能容几个臣？”

12 日　陈三立招集樊园探梅。同人有王闿运、樊增祥、瞿鸿禨、吴庆坻、吴士鉴、易顺鼎等，各赋七言诗，限三肴韵。同人和作：沈曾植《和天琴梅花韵》、吴庆坻《人日陈伯严同年招集樊园探梅，限三肴韵》、瞿鸿禨《七日伯严招集樊园探梅，限七言三肴韵》、陈三立《人日樊园探梅，限三肴韵》、吴士鉴《人日樊园探梅，限三肴韵》、易顺鼎《人日伯严招集樊园探梅，限三肴韵一首》《人日夜集，即事和樊山韵》。其中，陈三立诗云：“昔卧乃园栖山坳，官梅下上赤白髾（光绪中，先公官湖北按察使，署后乃园，看梅百余株，游息于此园凡四岁）。朝哦暮赏绕百匝，辙邀车骑供刍茭。廿载梦痕不可觅，劫烬坌积如函崤。自挈瓶盎窜海角，寄庑何异僧打包。两逢人日益惆怅，恶鸱妖鹏方增巢。摆落万虑竞一出，行歌夷市穿鞭鞘。忽得园屋若苏我，葳蕤翠气相黏胶。睥睨天赐汤沐地，主人指点为解嘲。向晨诗肠吐光怪，火齐磊砢悬林梢。牵裾众客醉春色，伤足不顾人訾謷。绰约处子隐姑射，奇芬异态初胚胞。南岳老人息以踵，待斠元化齐肥垗。花发九酝引杖履，更听黄鸟鸣交交。”易顺鼎诗云：“樊山诗境无不包，丽若天女垂琼髾。僦居得园与诗称，既缭而曲豁以庨。华严楼阁七宝灿，时复阒寂如寒郊。散原破悭亦赏此，讨春携酒烦良庖。我来兹园虽已屡，或阻橘刺迷藤梢。心知梅多恨未见，忽睹绝艳溪堂坳。湘妃无言蛟脊立，下有冻冰堪罥蛟。俜行孤山幽绝处，假桥指点巢居巢。又疑罗浮遇缟袂，其旁翠羽纷啾嘲。湘绮老人着朱履，领此设蕝兼分茅。人皆周易潜潭巴，花是春秋元命苞。定王台边惹归梦，正恐池面冰犹胶（姜白石人日登定王台《一萼红》词有‘池面冰胶’句）。草堂人日梅破萼，试吟旧句供传钞（‘早春人日梅破萼’，湘绮集中句也）。”吴士鉴诗云：“湛冥一载花事抛，如泛芥舟依堂坳。偶然腊屐恣幽讨，清旷挹爽来西郊。楼榭崇邃蔽荟蔚，石脊危立疑冻蛟。香螺乍吐琴甲凸，红跗三两皴烟梢。逌然迟我展遐眄，短讽恍和林禽啁。却忆西溪致清旷，春崦玉雪应相交。又尝短舸舣梅岭，南野横浦登硗磝。卅年陈迹付梦幻，荒山何处能诛茅。玄阴雰霿极廖泬，暂得胜赏毋訾謷。襟带萧散杂庄老，古义匽没如漆胶。群公高哦激商羽，走也异量侪斗筲。当筵俯仰独无语，看花饮泣同潜蛟。诗牌选得急撚韵，短章不倩奚童钞。”

周庆云招饮九人，以“九人共五百三十八岁”九字分韵唱和。许湝祥作《癸丑人日梦坡诗家招饮，宾主九人，江阴缪艺风、太仓钱听邠、阳湖汪渊若、刘语石、余杭褚稚昭、仁和陆勉侪、石门沈醉愚、予及主人，以“九人共五百三十八岁”九字依齿分韵，予得九字》。续唱者：缪荃孙（分得人字）、钱溯耆（分得共字）、刘炳照（分得百字）、褚成昌（分得三字）、陆懋勋（分得八字）、周庆云（分得十字）、沈焜（分得岁字）。其中，许湝祥诗云：“主人爱客屡开筵，新年招饮曰春酒。尚齿居然敦古风，七十三叟裒然首。山海珍错旨且多，仅拼一醉酌大斗。人笑吾侪惯老饕，此中深意要分剖。汉家旧腊硕果存，正朔已更君知否。座中诸老甲乙科，前辈同年不绝口。先生头脑太冬烘，废科开办学堂久。学堂人材果如何，可是浴日补天手。今年人日天严寒，偻指多年未曾有。勒住庭梅不教开，夜深犹有癯鹤守。醉后看花竟无缘，不如意事常八九。”陆懋勋诗云：“神州九万里，阴霾纷坱圠。龙蛇竞攫拏，鹖鸠工咭嘎。天意浩难知，人事端可察。乘桴从圣游，扶轮避众轧。宇宙本逆旅，尘网堪自拔。霜鬓伴遗蟫，杯酒消突鹘。人日嬉春华，耆宿聚巾辖。盛会媲香山，隔座目争刮。高谈姿雄奇，芳馔进甘滑。吟情媚古初，分韵难戛戛。灯残人既醉，幽怀转槷甈。独坐东方晞，晨钟声百八。”

《申报》第14362号刊行。本期《自由谈》“游戏文章”栏目含《旧历新年赋》（了青）、《旧历新年诗》（了青）；“文字因缘”栏目含《蝶恋花·寄怀蝶仙》（瘦蝶）、《瘦鹤迭以诗贻，赋此奉酬》（二首，景骞）、《挽奉贤庄杏芬女士》（二首，燕宾）。其中，景骞《瘦鹤迭以诗贻》其一："结交何必曾携手，投我琼瑶已再三。羡汝文章盘健马，自怜遭际等春蚕。沧桑世界难言治，冰炭人情不忍谈。添得一重知己感，梦魂夜夜绕江南。"

刘师培为李尧勋《中国文字问题》作序，支持廖平反对"希行简字"。

陈三立题范罕《蜗牛舍诗》云："奇怀警语，归于浑亮，格律尤专近放翁，与阿翁故自大同而小异也。癸丑人日，散原。"

陈夔龙见冯煦，陈夔龙作《梦华以余人日过访有诗见示，走笔答之，四叠前韵》。又作《人日怀俞阶青苏州》，诗云："围炉拨尽劫余灰，春在堂前春又回。乱定还家原是福，孙谋述祖信多才。侵阶书带仍生草，在筲宫衣半锁苔。又向曲园增故事，有人人日寄诗来。"

樊增祥作《人日纪事》（二首）。其二："覆雨翻云手法轻，是谁教念脱空经。琵琶屡负江心月，杨柳何关天上星。洗手一花秋后艳，息肌丸药夏南灵。好将五代瀛王传，说与萧娘带笑听。"

荣庆作《癸丑人日沪上》（四首）。其一："忍问谁家腊，欣回上苑春。客途仍避客，人日正怀人。"其二："瓜种青门老，花簪白发新。况闻腰脚健，宝此劫余身。"其三："河山非故国，春到转伤春。绿野难归隐，黄炉少故人（谓许稚筠）。"其四："鱼虾泽市贱，丝管锦城新。问讯竹林客，为欢须及身。"

赵炘年作《正月七日纪客谈》。诗云："狂澜万里接云霄，雪少霜多草木焦。党竞烈于河北贼，天亡看取浙江潮。三千铁骑边庭戍，十二金人锋镝销。无所适从新旧历，不成人日不花朝。"

刘景晨作《与黄胥庵、刘赞文泛舟西湖》。诗云："一笑相逢客里人，烟波无恙寄吟身。湖山晓日犹残雪，梅柳寒梢已早春。十载酒痕襟上旧，万家楼阁眼中新。未妨卖醉扁舟去，指点红帘隔远津。"

蒋叔南作《癸丑人日，冒雪赴竹埠查烟，夜宿澄深寺，此天台北路入山第一寺也》。诗云："澄深寺外碧潺潺，翠竹万竿水一湾。疆界我来穷越国，佛仙路近入台山。烟霞深处便为客，雨雪霏时未放闲。不及老僧清且寂，白云镇日锁禅关。"

13 日 《申报》第 14363 号刊行。本期《自由谈》"尊闻阁词选"栏目含《癸丑元旦醉书》（天白）、《菩萨蛮·暮雪》（墨花馆主）；"文字因缘"栏目含《百字令·老友孙君次青函示〈五十自述〉诗二十首，仅谱此词寄贺，盖祝以百岁之意也》（瘦蝶）、《先妣李太夫人三十周年，赋此志痛》（寄尘）。其中，天白《癸丑元旦醉书》云："海天曙色灿云霞，红日曈曈透碧纱。万户春声喧爆竹，一樽清酒醉梅花。沧桑变换新歌舞，景物依稀旧岁华。莫向东风愁寂寞，伫看大陆起龙蛇。"墨花馆主《菩萨蛮》云："风中□点斜吹面，断崖乱落梅花片。冉冉水云低，孤飞冻鸟啼。　清光相射冷，悄立无人境。玉笛起谁家，千山满月华。”

荣庆赋诗云：“灯火相望故相居，江湖寥落一年余。忘机喜共童孙语，多病慵看旧架书。觞豆招邀同野老，衡芳商略结蘧庐。衰庸久愧簪缨束，难得同朝赋遂初。”

14日 陈三立偕梅光远、吴宗慈、夏敬观、李国珍等人于本日前后联名作《关于赣事之报告》通电各省，痛陈李烈钧罪状，后刊于1913年2月24日《申报》。

周庆云招饮晨风庐，并作《正月九日狷叟、渊老、语老、醉愚、语霜又集晨风庐，以“罚依金谷酒数”六字分咏，予得依字》。续唱者：刘炳照（分得金字）、沈焜（分得罚字）。其中，周庆云诗云：“劳燕分飞好息机，故巢入梦尚依依。旅中尊酒花前醉，海上涛声笔底挥。幽客频逢成旧雨，素琴闲抱立斜晖。北山猿鹤归何日，起向沧溟隐钓矶。”刘炳照诗云：“只有春难买，春阴惜寸金。衰年逢酒避，旧梦向诗寻。闲眺抒羁抱，清淡惬素心。风流希六逸，长啸海天浔。”

《湖南教育杂志》第2年第2期刊行。本期“文艺”栏目含《自庵约言（续完）》；“文艺・诗录”栏目含《杀贼》（自庵）、《杀贼功》（自庵）、《百字令・武昌城楼望江》（自庵）、《祭越王台》（健铁）、《游息鞭亭》（健铁）、《赴潮别广州诸子》（健铁）。

15日 教育部为“筹议国语统一之进行方法”召开读音统一会。与会各省代表及特邀代表共八十余人，举吴稚晖为会长。姚茫父记其事：“癸丑，读音统一会集议京师，公定字母以表国音。复逐字审定，都为一集，曰《国音汇编》。于是参差庞杂之音较有归于一致之势，绩甚良也。”

《民谊》第4号刊行。本期“词林”栏目含《病中寄小进》（吴江柳亚卢）、《怀小进与曼殊》（江南刘三）、《简安如、钝剑》（嘉应古公愚）、《题楚伧〈周遗录〉，集定庵句》（嘉应古公愚）、《醉咏扬花》（云间高钝剑）、《送树人东渡二首》（新宁马小进）、《登镇海楼书感》（新宁马小进）、《过南园故址，口号二绝》（新宁马小进）、《和亚卢〈病中寄怀〉》（新宁马小进）、《东京除夕杂感十首》（王绍薪）。

［韩］《天道教会月报》第31号刊行。本期“词藻”栏目含《月夜登楼》（香山车相鹤）、《仝（月夜登楼）韵》（刚斋申泰鍊）、《偶吟》（芝江梁汉默）、《拈侵字》（敬庵李瓘、香山）、《梅花下读〈太元经〉》（香山）、《六言》（芝江）、《除夜》（敬庵）、《又》（敬庵、香山、刚斋、芝江）、《述怀》（苇沧吴世昌）、《斋洞梅花》（凰山李钟麟）、《含口余涎》（敬庵李瓘）、《又》（敬庵李瓘、芝江梁汉默）。其中，苇沧吴世昌《述怀》云：“老去形同顽石，炼来心若精金。屋一间香一炷，拓开万古胸襟。”

林纾寄《人日后三日上橘叟》呈陈宝琛。诗云：“模糊醉里过人日，醒后方知非故林。许久离家原左计，不曾从宦岂违心。固言乱世无佳节，幸就诗翁学苦吟。一事却增劳悴感，柳条又长御河阴。”陈宝琛作《次韵答畏庐人日见寄》。诗云：“嗟君伤乱思乡土，老我衔哀直禁林。入世倦禽终爱羽，逢春枯树自空心。溪山无恙犹堪画，甲子长存不废吟。倘及余年见清晏，相从一醉荔支阴。”

魏清德《访竹涯先生二首》发表于《台湾日日新报》。其一：“屈指谈诗界，神京已不多。怜君狂乃好，隐榻病如何。鱼月同昏暗，云涛入啸歌。深期留魄力，安养保元和。（君《南游诗草》有‘鱼与月同昏’及‘如涛者是云’之句甚壮）”其二：“问讯盗泉子，斯人吾不知。闻经踪迹晦，查与水云期。丽日吟怀旷，春风画角吹。此生宁汩波，庄老尚无为。”

16日　唐群英在长沙与张汉英、丁步兰等创办湖南第一张妇女报纸《女权日报》。

壬子消寒第七集。同集者：刘炳照、潘飞声、周庆云、杨晋、沈焜、钱溯耆、吴昌言、吴昌硕等。首唱吴昌硕（俊卿）《消寒第七集，即席分韵，得癸字》，继唱者：刘炳照（分得丑字）、潘飞声（分得正字）、周庆云（分得月字）、杨晋（分得花字）、沈焜（分得消字）、钱溯耆（分得七字）、吴昌言（分得楼字）。其中，潘飞声诗云：“萍蓬五见岁华更，也似樊川载酒行。越醸篆牌标旧制，唐花先萼报新正。烽烟塞北书频警（库伦事变），春雨江南句欲成。暂借醉乡逃乱世，不妨入市有狂名。”杨晋诗云：“同作天涯客，闲看雾里花。樽前人老大，海上地繁华。酒绿侵眉黛，灯红晕脸霞。无穷身世感，边塞起悲笳。”

《申报》第14366号刊行。本期《自由谈》“尊闻阁词选”栏目含《题少陵〈明妃诗〉后》（天白）、《瓜洲舟次》（二首，倚桐女士）、《京口寓楼》（倚桐女士）、《抵家》（倚桐女士）、《步外子见示韵，即题其小影》（倚桐女士）。其中，倚桐女士《京口寓楼》云：“偶然栖息此高楼，遗址犹怀古润州。两点金焦好山色，一时人物下江流。衰残病国霜中树，飘泊浮生水上舟。且与能诗徐孝穆（谓了青外子），开樽凭吊古今秋。”

《庸言》第1卷第6号刊行。本期“艺林・艺谈”栏目含《石遗室诗话（续）》（侯官陈衍）、《诗学枝谭（续）》（商城周季侠）、《菉漪室曲话》（贵筑姚华）、《慧观室谜话（续）》（周效璘）；“艺林・文录”栏目含《丁惠康传》（姚梓芳）、《吴保初传》（陈衍）；“艺林・诗录”栏目含《寿几道六十》（陈宝琛）、《寿几道六十》（沈瑜庆）、《那厘利在锡兰山巅六千尺，开大原有湖，多花不暑，风景佳绝，当为南洋诸岛最胜处》（康有为）、《锡兰再访佛迹数处，其塔殿最庄严者，皆千年来物，非佛迹也。自晏那拉积布拉外，楞伽真迹，近在欧林布二十里者，迦利腻圆塔颇大，周廊二百柱，天已暮，燃灯掷花佛前，塔前有菩提树，僧摘叶相赠》（康有为）、《自一条山出长城，寄怀赵芝山都督》（俞明震）、《寄怀伯严》（胡思敬）、《宿山海关》（潘博）、《沈阳杂感》（四首，潘博）、《过太夷海藏楼夜话》（陈三立）、《飓风累日夕，兀坐写怀》（陈三立）、《柬谭祖庵》（何震彝）、《赠芷青》（林志钧）、《陇上伏日作》（陈诗）、《哭寄禅法师》（陈诗）、《送张君迈之柏林》（罗惇曧）、《送贾郎之汉口》（罗惇曧）、《泊舟浦东，闻蝉有作》（黄孝觉）；“说部”栏目含《古鬼遗金记（续）》（林纾）。其中，康有为《那厘利在锡兰山巅六千尺》云：“楞伽绝顶六千尺，罨画明湖翠壁开。繁柳繁花满园路，不寒不暑好楼台。（印音呼锡兰为楞伽）”《锡兰再访佛迹数处》云：“圆塔嵯峨迦利腻，周廊绕遍摘菩提。此是楞伽说心处，道场悄悄佛灯凄。”

郑孝胥访夏敬观，座中有诸宗元、李宣龚。郑孝胥记述：“其宅多老树，后属河，有豫章、老藤，皆百年物，乃何伯良之业，何以破产质于洋行者，夏以月八十金赁之”。

17日 魏清德《友人嘱题墨蟹横额》发表于《台湾日日新报》。诗云：“男儿坠地当横行，兴酣读史酒屡倾。醉题墨蟹神睢态，拳丁剑戟未能平。两个负螯如相争，一个隐藻眼莹莹。一个昂藏立稍远，爬沙飒飒纸有声。挂在高堂输渤澥，犹卷雄风足惊骇。公子翩翩浊世中，谁谓无肠吾不解。丹青花卉昼者伙，岛上几人画墨蟹。虎狼垂涎比蟹多，画家何事不挥洒。我居江上多霜月，每爱芦花影摇摆。若令持此观潮落，以画为真亦奇骇。”

18日 《申报》第14368号刊行。本期《自由谈》“尊闻阁词选”栏目含《感怀》（四首，寄尘）。其一：“眼底怕看今日事，欧风亚雨逼人来。极天烽火惊虚耗，朔漠烟云酿祸胎。戎马猖狂成浩劫，沙虫变化已飞灰。余生纵托干戈外，忍把兴亡付酒杯。”其二：“大局如斯厌已深，乱离踪迹任浮沉。沧桑阅后余身世，天地翻时变古今。一代江山仍故土，中原榛莽尽成林。生逢末造那堪说，四顾怆然涕满襟。”

梁鼎芬招集为清废帝溥仪贺寿。易顺鼎作《十三日葵霜招集感令节，因敬赋一首，限东韵》云：“凤德伤衰暮，龙飞值幼冲。光华方旦复，哀痛已尘蒙。天象星仍北，人心日再东。建寅正月半，太甲五云中。凝碧池如故，秉黄厩岂空。金仙虽泣露，石马待嘶风。佳气辽长白，孤臣粤曲红。杜鹃邀共拜，精卫矢初衷。万岁三呼罢，千钧一发同。沉吟少年句，无地效微忠。”

陈夔龙与陆莼伯、陈抱初、仲瑀昆仲徐园看梅。陈夔龙作《十三日冒雨约陆莼伯、陈抱初、仲瑀昆仲徐园看梅，赚侄、福儿从迟，苏静庵、何肖雅不至，遂往酒楼，醉后放歌》。诗云：“徐园厅事小于舟，中有太古之风流。会心咫尺不在远，如向孤山邓尉游。晴日看梅春易老，雨后看梅膏沐好。寿阳妆额数点新，姑射仙衣一色缟。士衡磊落真吾曹，元方季方皆人豪。沧江一卧为花起，撰杖儿辈奚辞劳。重围罗列锦步障，就中一一各殊状。倏如匝地飞琼瑶，又似诸天空色相。嫣红姹紫相新鲜，廿番信逐东风颠。谁若此君秉高格，昂头开向百花前。催诗雨亦解人意，二客有约惜未至。阁东兴动迟何来，竹外枝斜忆苏句。吾侪同是乱离人，偶为冰雪一写真。无花不乐有便赏，十万买宅先买邻。故园烽火忧羹沸，不识绮窗著还未。朅来海上寄吟身，沆瀣与花同一气。位业吾惭宋广平，却喜寒梅缔旧盟。铁石心肠化妩媚，作赋无妨发曼声。如此标格信无两，所惜生涯付盆盎。曷弗匿迹深山深，不随流俗为俯仰。对花无语替花愁，浇愁还上酒家楼。已届试灯好时节，买醉拼典千金裘。”

郑孝胥、林贻书同至商务印书馆，介绍杨子勤、李梅庵、诸贞长入编译所。

高宪斌作《有感写怀》。序云：“余于逊清光绪三十四年毕业于私立渤海学堂后，家贫无力升学，仍留原校肄习。本年阴历正月十三日，得陕西考送公费留日消息，乃多方告贷，匆匆来省，因未学日文及代数等科，发榜之日，名落孙山。心甚抑郁，感赋自励。”诗云：“羽簇雕弓霹雳弦，也曾较猎号无前。谁知失学连珠箭，放过飞鸿倍惘然。”

19日　吴昌硕为沈曾植篆书“柳阴花宫”，作六言联并题识云：“柳阴移唯日涉；花宫乐又人同。巽斋仁兄属，集《石鼓》字。癸丑雨水节，安吉吴昌硕。”

张謇为梁燕孙（士诒）尊人作七十寿诗二首。《梁秘书尊人七十生日》（二首）其一：“炎海英奇盛，清名独茂儒。龙门高识鉴，鹿洞旧生徒（梁翁，朱九江弟子）。乱日期平世，尧言必舜趋。汉廷尊宿耇，早晚御轮蒲。”其二：“有子才横逸，勋名盛府僚。归衣故乡锦，不插侍中貂。献寿钦扶杖，观型义在桥。愿歌安世曲，并入介觞谣。”

20日　元宵节，壬子消寒第八集。同集者：刘炳照、朱锟、潘飞声、缪荃孙、钱溯耆、沈焜、陶葆廉。首唱刘炳照《上元夕，消寒第八集，会饮大观社，以苏味道“火树银花合，星桥铁锁开，金吾不禁夜，玉漏莫相催”分韵得火字》，继唱者：朱锟（分得银字）、潘飞声（分得开字）、缪荃孙（分得禁字）、钱溯耆（分得夜字）、沈焜（分得玉字）、陶葆廉（分得相字）。其中，潘飞声诗云：“新月随云流，春灯如花开。坐疑吴淞水，浸上雪楼台。衢交绮绣错，铃动油壁来。金貂倚琼筵，火凤杂忽雷。千电闪鳌山，万里缩龙堆。金铙昆仑夺，铁骑阴山回。匈奴断右臂，月支斫深杯。西王界弱水，东海煮绿醅。张班有大志，卫霍真边才。”钱溯耆诗云：“街市电炬张灯围，笙歌遏云鸾凤下。不衫不履诗人来，卉服黄冠此流亚。太白楼头酒星高，轰饮屠苏碧波泻。花枝招展拇战豪，小户逡巡退避舍。传柑造芋节物新，膳宰穷技纷行炙。吴娘捻粉调浮圆，群祝团栾相慰藉。踏歌声中笑语温，杯盘狼藉宵宴罢。一轮高挂归途偹，拦街慎防醉尉骂。题灯盛会不易逢，颓龄乐境狂舞蔗。月圆人寿旧历更，终古忍负此良夜。”

《不忍》（月刊）在上海创刊。1914年第8册后停刊，1917年12月复刊，至1918年终刊，共出10册。主要栏目有“政论”“图画”“教说”“瀛谈”“艺林”“诗”“文”“附录”“国闻”等。先后由康有为门人陈逊宜、麦鼎华（即麦孟华）、康思贯、潘其旋等任主编，由广智书局印刷发行。康有为作《不忍》杂志序云：“于元之中而有诸天，于诸天之中而有无量数不可思议之星云星团星气，于无量数不可思议之星团星云星气而有日，于绕日众游星之中而有我地。渺乎小哉之诸天也，诸星也，大块也；成住坏空，一一不可免也！康子夕卧林庭，仰视流星，爆裂飞鸣，过于我前，一昔不知其数，是亦一地之分裂死亡者也。吾乃寂然无所感朕于吾心，况于划地八十之一而为中国，其为蕞益甚，其为得丧益不足计矣。吾生逢多难，身经大劫，死灰枯木，若非人久矣。即使大炮裂地，不以为惊；黄金铺地，不以为喜。虽然，吾何以识元天星日哉？以吾之有知；吾何以有知？以吾有身；而吾之身，仆于大地，生于中国也。于是爱大地而亲中国焉。吾无奈吾识性何，凡与吾交亲之大地中国，乐者吾乐之，忧者吾忧之。吾不能禁绝吾乐忧，而躬际中国之危难，于是不忍之心旁薄而相袭，触处而怒发，不能自恝焉。于是吾遂靡靡喋喋，不能已于言：睹民生之多艰，吾不能忍也；哀国土之沦丧，吾不能忍也；痛人心之堕落，吾不能忍也；嗟纪纲之亡绝，吾不能忍也；视政治之窳败，吾不能忍也；伤教化之陵夷，吾不能忍也；见法律之蹂躏，吾不能忍也；睹政党之争乱，吾不能忍也；慨国粹之丧失，吾不能忍也；惧国命之分亡，吾不能忍也。怵焉心厉也，怒焉陨涕也，凄凄焉悲掩袂也。逝将去之，莫能忘斯世也；愿言拯之，恻恻沉详予意也。此所以为《不忍》杂志耶？孔子二千四百六十三年壬子十一月冬至日，南海康有为。”该刊采用孔子纪年，鼓吹尊孔教为国教，尊孔读经，复辟清室，实行君主立宪。多刊康有为著作，选发《大同书》。陈独秀《驳康有为致总统总理书》云：“《不忍》杂志，不啻为筹安会导其先河。”创刊号“艺林 · 文”栏目含康有为《请剪发易服折》《辛亥腊游箱根，与梁任甫书》《送三水徐勤君勉应侨选议员归国序》。“艺林 · 诗”栏目含康有为《〈大同书〉成题词》《爱国歌》《爱国短歌行》《文成舞辞》《干城学校歌》《耶路撒冷观犹太人哭所罗门城壁，男妇百数，日午凭城，泪下如縻，诚万国所无也，惟有教有识，故感人深远，吾念故国，为怆然，赋凡百一韵》《游德国波士淡旧京诸宫苑，于阿朗苏利宫前睹天仪五事，盖吾京师观象台仪器，元太史郭守敬制也。昔曾摩挲，不意绝国，重抚之，感怀故国，泪下沾襟，乃作长歌》《谒墨总统爹亚士于前墨主避暑行宫》《归魂》《五色》《阅报俄蒙英藏约成，瓜分即至，天地变色，不知涕之何从也》《游存别墅种菊花甚闹，九月九日登高望海看菊示客》《寄徐君勉、伍宪子二子》。

《申报》第 14370 号刊行。本期《自由谈》“尊闻阁词选”栏目含《中国风云日亟，感而赋此》（寄尘）、《葛岭小憩》（佐彤）、《在苏游虎丘，在灯船偶占》（佐彤）、《真娘墓》（佐彤）、《说法台》（佐彤）、《山色》（佐彤）。其中，佐彤《葛岭小憩》云：“万山深处寄闲身，才见神仙面目真。时拨乱云寻古道，惯从仄径让游人。登峰造极心逾小，倚树吟诗句尽新。独自振衣千仞外，未容襟上着红尘。”《在苏游虎丘》云：“衣香扇影总情牵，楼上酣歌欲暮天。多少黄金销不尽，又携弦管上灯船。”

《四川国学杂志》第 6 号刊行。本期“文苑”栏目含《西蒙渔父集（续）》（吴之英）、《国学学校论文五则》（附：《文笔词笔诗笔考》）（刘师培）。

王闿运赴虹宸园日本人公宴。

樊增祥与易顺鼎宴集后结伴赏月而归，樊增祥作《元夜与石甫踏月归寓》纪其事。诗云：“去年雨湿元宵节，地上有灯天无月。今年元夜浦西头，电炬疏疏月东出。

浦西地僻车马稀，街鼓纨如扶醉归。五色仙云初捧镜，三危清露忽沾衣。笙歌院落知何处，银汉红墙隔烟雾。十丈虹歆柳外桥，群飞鹊绕溪西树。此际青天月正中，此时嘶骑水朝东。红楼暖热诸儿女，乌帽徘徊两寓公。寓公居处何清闷，广陌三条远城市。曾记天传霓羽声，久忘夜夺昆仑事。往日深宫赏洞箫，春明坊里度元宵。对起鳌山喧水部（京师元夜，工部灯最盛），更回龙烛照天桥。如今寂寞黄山苑，火树银花总稀见。谁扶凤辇出层城，无复狮蛮开内宴。碧海生桑万事非，春寒休问北枝梅。多情惟有瑶台月，照我闲行送我归。”

吴昌硕绘《峭壁幽香图》并题识云：“峭壁参天，流水潺湲。但闻花香，欲（随）渡无船。癸丑元宵，吴昌硕。”又，绘《卉花秋色图》并题，题识云：“画中古瓷盆，不知何代物。试问哈少翁，翁曰钱不值。栽花复栽草，携来伴秋色。癸丑元宵灯下戏作，安吉吴昌硕老缶，时年七十。”

高旭《题胡石予〈近游图〉》刊载于《民立报》。诗云：“天涯独自费沉吟，一纸殷勤寄远音。女嫁男婚高士想，青山红树酒人心。半空翠墨痕犹湿，一枕黄粱境可寻。难得风尘逢俊侣，瑶章流感遍苔岑。”

荣庆作《元宵》（四首）以和陈夔龙诗。其一：“塞北寒犹冽，江南正好春。感公花下句，慰我竹林人。”其二：“旧事今如昨，交情老更新。朗吟珠玉什，明月是前身。”其三：“昔共津门役，光阴十五春。同居吴楚馆，又作海天人。”其四：“去岁烽烟急，今宵弦管新。当头明月在，两照唱酬身。”

赵熙作《元夕》《上元》《新春》。其中，《元夕》云：“人如蝴蝶醉香丛，南北梅崦四路通。绿孱电光珠错落，素娥风貌玉青葱。妆成海上三春影，我似残僧半偈空。万竹作天苔作地，落花红沁水三弓。”《新春》云：“小阁摊书即是家，上元灯火过天涯。渐看春去三之一，红到山头几树花。”

江子愚作《渔家傲·癸丑元夕》。词云：“零乱梅花春色瘦。落灯时节销魂候。燕子未来人寂寞，余寒逗。帘旌乍卷风飘绣。　紫陌钿车应似旧。粉团赏月家家又。泪湿春衫愁不语，双眉皱。休提人约黄昏后。”

21日　夏敬观、李宣龚、诸宗元邀郑孝胥、朱祖谋、陈三立、俞明震、李瑞清、陶牧等宴于夏敬观宅。

吴庆坻招集樊园。同人有王闿运、樊增祥、瞿鸿禨、吴士鉴、陈三立、易顺鼎等。吴士鉴作《正月十六日家大人招湘绮老人、止盦师相、樊山、散原、琴志诸公宴于樊园，以旧藏北周建德二年大都督吐知勤明写〈涅槃经〉卷子索诸公题，限九佳韵》。诗云：“六代际云扰，像教流无涯。沮渠始宣译，法显差与侪（僧祐《出三藏集记》《大般涅槃经》三十六卷，伪河西王沮渠蒙逊玄始十年译。《阅藏知津》作四十卷，为北凉沙门昙无忏译，又云有南本三十六卷。南本者，即《隋书·经籍志》所称法显译本。

余所藏为第九卷，乃用北凉译本）。符姚演衹律，冀豫镌摩厓。黑獭既膺运，檀台驯狼豺。罗光具慧眼，瓦钵寻遗骸。甄录大小乘，三部探根荄。吐知起代北，勋阀侪崇阶。荐福逮亲属，手书心能斋。谱录鲜稽核，族望讹别淮（《通志·氏族略·代北复姓》二字者，往往以吐字冠首，有吐和而无吐知，余以吐和乃吐知之误字，形相近也）。巍巍莫高窟，爵离环档檩。绥宥抗宋命，瓜沙纷烟霾。扃鐍千载余，梵夹几淹埋。一旦秘藏启，尘封同摩揩。辗转喜创获，甲乙亲编排（余既得此卷，复得唐永徽、大历等年写经卷）。当春速嘉客，胜会欢谭谐。传观各赞叹，锦赗缄文绺。即今幻千劫，南北方睽乖。西陲更悬绝，疾风撼飗飗。阿难肩或怖，木患心常怀。佛力倘调忏，安有佳兵佳。”

《申报》第14371号刊行。本期《自由谈》“尊闻阁词选”栏目含《落叶》（四首，少蝉）。其一：“远树萧疏画不成，残霞夕照共凄清。风前误作飞花看，月下如闻促织鸣。最易断肠秋雨夜，不堪触目老年身。孤松寂寞还争秀，长此青春可有人。”其二：“寒风肃瑟响窗前，声起林间倍黯然。一样飘零悲柳絮，半生沦落溷荒烟。料知汉苑秋将老，流入御沟色更妍。负手园亭频怅望，呼童闲扫夕阳天。”

《真相画报》第16期刊行。本期“文苑”栏目含《张忆娘〈簪花图〉题咏》（寒琼录）。

吴保初卒于上海。吴保初（1869—1913），字彦复，号君遂，晚号瘿公，人因其家有北山楼，乃称之“北山先生”，安徽庐江人。父长庆，为淮军将领，范当世、朱铭盘、张謇等皆为其幕僚。光绪十年（1884）授主事，入都，分兵部。光绪二十一年（1895），授刑部山东司主事，旋充贵州司帮办秋审处。光绪二十三年（1897），上《陈时疏》，于朝政多直言，为刚毅所压制，愤然引疾归。辛丑和议成，复至京师，疏请变法归政。光绪二十九年（1903）《苏报》案发，章太炎被囚入狱，吴保初极力营救。晚困贫，患风痹，依长婿章士钊居。工诗词，著有《北山楼集》，1938年石印本。吴保初与陈三立、谭嗣同、丁惠康赞同维新，时人称为“清末四公子”。吴保初同情康梁变法，曾作《哭六君子》诗。陈三立往吊其丧，作《挽吴彦复》。诗云：“为郎一疏壮当年，遽绝朝班溷市廛。意气空能问屠狗，吟篇自许诉幽蝉。已迷王谢争墩处（前三岁，与君同游半山亭），应喻唐虞易箦前。天壤寄痴寄孤愤，终留佳话到彭嫣。”汪辟疆《光宣诗坛点将录》比其为“地伏星金眼彪施恩”，云：“北山品节极高，抗疏归政，直声震天下。在清末，周旋于保皇、革命两党之间，而皆为人所翕服，则清风亮节之故也。生遘世变，哀乐特过于人，激楚之音，出以清怨，高澹近韦柳，劲婉似荆公。其荡气回肠之作，亦不亚海藏楼也。”

陈夔龙访樊增祥不遇，作《十六日午后，步至张园，便访樊樊山不遇》。诗云：“春风招我味莼园，便诣高轩处士樊。却扫未能逢泄柳，买丝早拟绣平原。修楼手笔奇湘绮，分野星文聚井垣。同是平津门下客，忍看东阁劫烧痕。”

庄嵩作《癸丑正月十六夜酒后书感》。诗云：“巢覆从知卵不全，得鱼何事便忘筌。漫漫精卫难填海，黯黯娲皇未补天。几见回甘同蔗境，也应留命待桑田。愚公漫作移山计，铁砚于今尚未穿。”

22日 《申报》第14372号刊行。本期《自由谈》“尊闻阁词选”栏目含《挽金门谢贞烈女（并序）》（悔庵）。序云：“谢贞烈女，南昌人也，字金氏，婚礼未成而夫死。女誓以身殉，父母劝之不可，素服往夫家临丧。遂以绝粒死，悔庵为之挽长歌一篇，聊以表其节烈之风云尔。”诗云：“干将莫邪精不灭，人间最重是名节。谢家有女初长成，貌若春花肤若雪。南国翩翩金氏郎，姻缘射中屏中雀。长日深闺无所事，静掩珠帘避媒妁。闻道金家公子贤，幽情便许同心结。行看南国着夭桃，嫁到东都配英杰。那知一夜北风吹，吹倒人间少年哲。父母姊妹苦相劝，借口婚礼未陈设。美人黄土世所伤，冰霜有志终难夺。女曰我是金氏妇，那管生离与死别。甘为玉碎不瓦全，不得同牢愿同穴。父母知志不可移，掩泪飞报金家知。金家父母救不得，涕泗滂沱难置辞。向来新妇修庙见，愧我门衰丧佳儿。素车白马奔如电，来到金门拜之遍。一恸几于不再苏，魂魄恍晤意中倩。志节贞操不可折，天荒地老心如铁。水浆三日誓不饮，呜呼一命竟中绝。命中绝，命中绝，文山正气杲卿舌。天地为之久低昂，莫辨从容与激烈。墓门草色日青青，化作啼鹃应啼血。”

隆裕太后卒。袁世凯亲缠黑纱志哀，通令全国下半旗一日，文武百官服丧二十七日。溥仪下哀旨并尊谥“孝定”，派那彦图、魁斌、溥伦、世续、陆润庠、陈宝琛、伊克坦、景丰、绍英办理丧事。溥仪穿孝百日，素服二十七月。吴昌硕作《大行皇太后挽词》。曾习经作《大行皇后哀词》。诗云：“补天炼石徒虚语，扶日乘云空复辞。禅让久成亡国例，哭临犹见旧朝仪。九疑有恨都相似，一恸迟来但益悲。差幸移宫还未及，幡竿犹傍万年枝。”陈宝琛作《大行隆裕皇太后哀辞》。诗云：“长春寒月黯无辉，顿使冲皇痛靡依。旂殿衣冠犹似旧，陵山軿辂及同归。室谁实毁孤安托，医固无良死早祈。迟暮偏蒙恩礼绝，侧身墙翣重歔欷。”樊增祥作《隆裕皇太后挽诗二首》。其一：“才闻嘉节庆长春，俄见轩星陨紫宸。正月宫花齐缟素，前年禅草断丝纶（自逊位后无制诰）。黄泉见帝询宣统，彤史称天谥孝仁。二十五年天下母，遗容犹是洛川神。”其二：“长秋始建侄从姑，椒寝无恩逮翟褕。积雪今年悲鹤语（后宾天阴晦累日，继以大雪），占星一世坐鸾孤。移宫漫陟琼华岛，投玺先亡赤伏符。富贵终身忧患里，伤心从古后妃无。”缪荃孙作《隆裕皇太后挽词》（二首）。其一：“神驭三山杳，悲怀四海同。徽音殊未远，火德已云终。名免佥降表，魂犹恋故宫。无穷家国恨，邢尹更交攻。（闻瑜妃、瑾妃尚争管理）”其二：“揖让开新室，威仪尚汉官。凄凉衔玉诏，郑重奉金棺。地老鹃啼血，天悲鹤语寒（连日大雪）。苍梧修祔典，稍胜会稽攒。”恽毓鼎作《大行隆裕皇太后挽词》《东朝哀挽，感复赋此》。曾福谦作《隆裕皇太后挽诗》。诗云：“千古伤心事，居然出帝家。潜移惊国步，晏驾怆宫车。未祔苍梧野，先簪白奈花。兕觥方祝嘏，鸾驭旋升遐。投玺前言在，垂帘故事赊。翚褕空想像，黼翣尽咨嗟。社饭悲风起，宫钟冷月斜。徽音谁克嗣，美谥自无瑕。九陛瞻丹旐，千官绾黑纱（近效西俗以黑纱缠臂为缟素）。万方哀痛日，雨泣泪如麻。”叶昌炽作《恭拟隆裕皇太后挽词》（四首）。其一：“史臣珥笔纂彤奁，嫘馆娀台圣德兼。元辅功虽侔负扆，中兴事可继垂帘。当知宗社安危计，难泥宫庭内外嫌。不见宣仁元祐日，亦从朱邸起龙潜。”其三：“尧年前度鹤言寒，先帝金棺待奉安。冲子受遗冯玉几。仙人挥泪下铜槃。诏书大麓何曾禅，坏土长陵尚未干。麦饭清明今日节，小臣海上縶南冠。”张良暹作《恭挽隆裕太后》（二首）。其一：“潜邸龙飞后，椒宫凤卜晨。徽音承太姒，听政异宣仁。负扆元公任，含饴孺子亲。汉家丁阨运，文母命重申。”其二：“脱屣轻天位，巍巍迈古今。苍梧陪舜辇，黄屋岂尧心。世局征诛变，渊衷虑患深。荷衣陈麦饭，北望泪涔涔。”赵圻年作《闻正月十七日事感赋五首》。其一：“天柱倾颓况地维，崇陵风雨死生悲。伤心秦玺汉元后，束手陈桥柴幼儿。前日霞觞歌故伎，今朝社饭少宗支。主持揖让深宫里，泪尽尧英殉九疑。”其二：“王母离宫有嗣音，朅来五载罢登临。幸无破壁龙头逼，空见环阶豹尾森。陛卫撤帘椒掖冷，先皇同穴墓门深。试从万岁山前望，明末宫闱不及今。”魏元旷作《隆裕皇太后挽辞》。诗云：“晏驾移宫日，应愁辇路过。伤心茂陵草，绝望鲁阳戈。显德同独寡，长春病嫔婀。宗藩俱好在，金狄泪空多。”

梁鼎芬参与“奉安”崇陵，后亲至各前清遗老和旧臣府上化缘，痛说崇陵窘况，乞得善款，全部用于采购松柏树苗，植于崇陵，后日夕荷锄浇灌，成活者达十余万株。同时梁鼎芬于崇陵三座牌坊内栽植云杉十八株，以象征十八罗汉为光绪帝守陵。回乡途中，梁鼎芬过崇陵右侧一小山，逡巡良久不忍去，遂托家人买下此地，曰卒后将葬于此，以志其为光绪永久守陵宏愿。梁鼎芬自崇陵归京后以祭余羊果赠陈弢庵，弢庵报以长篇古诗《节庵自梁格庄以崇陵祭余羊果见饷感赋》。诗云：“辇金治陵三涉春，楼台朱邸争嶙峋。宝城未半玉步改，殡宫涕泪来孤臣。当年贬官坐少戆，晚被召对还批鳞。击奸不中挂冠逝，留得板荡酬恩身。瓦灯雪屋冻彻骨，自况庐墓山中人。朝晡上食从拜下，哀动陵户喧州民。竣余笾实远见饷，感念畴昔滋悲辛。先皇初政媲元祐，卅载谁造沦胥因。受遗一老卒祈死（张文襄于宣统元年呕血病卒），可惜此座天无亲。近闻雄文诔沙麓，誉以尧舜卑宣仁。一抔合窆纵稍杀，要胜醵葬思陵贫。春冰即解趣将作，诚感忍吝司农缗。山泉生瘿讵可久，准拟复土及霜晨。世人莫漫嘲顽怪，此义一发今千钩。”梁鼎芬又赠石蜜与沈乙庵，乙庵有诗《葵霜贻陵上石蜜赋谢》云：“衣边河朔风尘色，身自清都帝所来。片石冤禽心耿耿，五陵佳气望燉燉。孤臣下拜鹃啼苦，率土精诚马角催。我愧杜门薇蕨饱，行滕无分共崔嵬。”梁鼎芬以崇陵祭品馈赠郑孝胥、胡思敬、劳乃宣、李瑞清、陈宝琛（弢庵）、沈曾植（乙庵）、陈曾寿、吴士鉴、冒鹤亭、章梫、赵启霖等人，引发群咏诗词，有陈宝琛《梁文忠崇陵种树遗照》《二月八日，节庵寄饷崇陵桥下雪泉》《谢节庵惠寄玉菌》、李瑞清《题梁节庵先生〈崇陵种树图〉》、郑孝胥《正月廿二日先考公忌日，适梁节庵自梁格庄寄贻崇陵祭品，遂以社供》、胡思敬《谢梁节庵按察馈先陵祭品》、劳乃宣《梁节庵种树崇陵，以岁末大祭馂余饼饵见寄，感赋长歌却寄》、吴士鉴《送梁节庵丈赴崇陵种树》、张学华《崇陵大祭礼成，节庵前辈以饼饵寄赠，感赋》、周树模《送梁节庵按察前往崇陵恭种树株》、章梫《得梁节庵前辈崇陵来书感赋》《寄梁节庵前辈崇陵种树，用宋遗民唐玉潜、林霁山〈梦中〉诗韵四首》等。

陈夔龙作《湘绮先生还湘，以诗赠别，仍叠〈喜至〉原韵》（二首）。其一："又挂淞滨席，扁舟任所之。春风一为别，明月长相思。尘海蒙难豁，天山遁有辞。知公秉高致，肯与世驱驰。"其二："晋帖唐诗在，羲之与退之。道消惊绝学，室迩寄遐思。灯火凄凉夜（新闻大行太后之丧，与公相对惊悼），烟波款乃辞。还家春正好，应有雁书驰。"

张謇作《怡儿生日，书寄青岛》（二首）。其一："听过江潮听海潮，记儿生日是明朝。老夫对烛频看镜，白发因儿又几条。"其二："儿身作客比爷长，客远如何梦见娘（儿为徐夫人所爱，常梦见之）。上面落灯汤饼会（通俗以十三日上灯，十八日落灯，上灯吃米粉圆，落灯吃面。谚云：'上灯圆子落灯面'），旧诗犹在柳西堂。"

何藻翔作《癸丑正月十七日作》。诗云："不解白翎雀，中有孤鼙声。梦折鹦鹉翼，魂逐海东青。鸾辂黄龙绣，番僧般若经。钟声十万杵，那复祔东陵。"

23日　陈夔龙（小石）为王闿运饯行。王闿运作《和小石诗》。诗云："修蛇赴壑岁将尽，乾鹊报晴春又生。椒明正当添玉斝，柳条先已映青旌。辞官便似离笼窟，求友仍呼在谷莺。预祝明年共强健，江南花事共量评。"

沈尹默赴钱念劬午宴，同席有夏曾佑、朱希祖、钱稻孙、戴螺舲等。

24日　民国世界语传习所公布，将在全国普及世界语。

《申报》第14374号刊行。本期《自由谈》"尊闻阁词选"栏目含《偶题》（二首，海陵马汉声）、《闻雁有怀》（海陵马汉声）。其中，《偶题》其一："扬州十里胭脂水，妒艳争香竞物华。争奈有情销不得，春风夜夜梦梅花。"其二："泪堕罗裳梦里痕，南朝金粉曲中论。可怜一出桃花扇，销尽风流楚客魂。"

梁启超正式加入共和党。

张謇为庄思缄题《濠上观鱼图》。诗云："庄生生衰周，世变剧战斗。盗跖袭尧舜，机心糠稗糅。此岂口舌事，乃用文字救。所言浩河汉，肯綮不易究。听者眯其旨，执枝谓之拇。即其濠梁游，观鱼亦邂逅。以鲦视鲲鹏，小大同一构。尺水与溟渤，但问从容否。诚适物所适，鱼我何待叩。惠施等多言，徒博箭锋凑。今君作此图，意殆蹑其后。古今不相知，推排续成宙。兰荃自信芳，即且不忘臭。当其各适时，世界万沤沤。试借佛眼观，何者不在宥。鱼固不胜知，知鱼义仍漏。何处得了义，面为观河绉。"

25 日 《申报》第 14375 号刊行。本期《自由谈》"尊闻阁词选"栏目含《春申镜》（东野）、《满江红・感怀》（无我）、《无题》（以"愿作鸳鸯不羡仙"七字作轱辘格）（五首，无我）。其中，无我《满江红》云："几日新秋，又圆到碧天明月。忆一片长衢箫鼓，管弦盈沸。蟾兔不知今古恨，清辉一样盈华发。奈旧游、回首枉销凝，心如结。　沧桑事、凭谁说。离别怨、思千折。任酒边花底，唾壶击缺。城郭人民今是否，觚稜金雀空明灭。问百年、身世几多愁，能消得。"

《小说月报》第 3 卷第 11 号刊行。本期"文苑"栏目含《京华游览记（续）》（我一）、《说小说（续）》（管达如）、《壬子除夕》（灵蘐）、《秋柳》（灵蘐）、《蝉诘》（灵蘐）、《蝉答》（灵蘐）、《息鞭亭醉歌》（晴芗）、《李广（咏史之一）》（晴芗）、《白鸡冠花》（晴芗）、《久旱得雨》（晴芗）、《北望》（晴芗）、《宝汉茶寮题壁》（晴芗）、《友人购伞而屡失其伞，作此调之》（晴芗）、《写意》（晴芗）、《题〈美人拈花图〉》（晴芗）、《题〈道人炼丹图〉》（晴芗）、《慈云岩题壁》（晴芗）、《长安旅夜，与金子慰樵读〈词苑丛谈〉，至"功名有分平吴易，贫贱无交访戴难"之句，各有怅触，因以次句推衍成诗出示慰樵，相与轩渠不止》（眉盦）。

《妇女时报》第 9 期刊行。本期"诗词"栏目含《清芬集》：《鸡鸡斗》（冰花）、《秋墓》（陈怜卿）、《苏堤》（陈怜卿）、《咏飞艇》（陈怜卿）、《秋夜偶吟》（陈怜卿）、《时事感愤》（江纫兰）、《吊古八章》（江纫兰）、《秋日思家》（傅梦兰），《瑶华词》：《七娘子》（杨芬若）、《怨春风》（杨芬若）、《蝶恋花・暮春刺绣》（江纫兰）、《临江仙・初夏敲棋》（江纫兰）、《梦江南》（冼琴）、《浣溪沙・春日感怀》（冼琴）。

［韩］《朝鲜佛教月报》第 13 号刊行。本期"无孔笛"栏目含《十二月南庵夜坐》（猊云惠勤）、《次梦鳌〈望月寺〉韵》（前人）、《次许南史韵，寄退畊词伯》（前人）、《次乌目韵，遥寄中华石芝居士龙华结茆》（前人）、《成道》（金九河）、《又》（成道）（金九河）、《悼仙岩寺住持方洪坡》（金九河）、《癸丑元日口占，寄朴世荣》（若生国荣）、《读月报，忆金性律》（郑林晔）、《读报篇，寄退畊上人》（万二千峰礼香人成埙）、《祝佛教第一回纪念，得回字》（前人）。其中，若生国荣《癸丑元日口占》云："元晨祝圣坐云台，瑞气祥光四面催。山雪溪冰犹未解，已看青帝驾牛来。"

王闿运离沪返湘，陈三立、樊增祥、易顺鼎、袁树勋、李瑞清、俞明震、傅春官等于醉沤馆饯局送别，亥时始散。众人作诗送别。

26 日　教育部函致蔡元培、王闿运、张謇、严复、梁启超、章炳麟、马相伯、辜鸿铭、钱恂、汪荣宝、沈曾植、沈曾桐、陈三立、樊增祥、吴士鉴，商请编撰国歌。旋收四首备选之作。章太炎所拟国歌云："高高上苍，华岳挺中央；夏水千里，南流下汉阳。四千年文物化被蛮荒，荡除帝制从民望。兵不血刃，楼船不震，青烟不飏，以复我土宇版章，复我土宇版章。吾知所乐，乐有法常。休矣王族，无有此界尔疆。万寿千秋，与天地久长。"张謇所拟国歌云："仰配天之高高兮，首昆仑祖峰。俯江河以经纬地舆兮，环四海而会同。前万国而开化兮，帝庖牺于黄农。巍巍兮尧舜，天下兮为公。贵胄兮君位，揖让兮民从。呜呼尧舜兮，天下为公。天下为公兮，有而不与。尧唯舜求兮，舜唯禹。顾莫或迫之兮，亦莫有恶。孔述所祖兮，孟称尤著。重民兮轻君，世进兮民主。民今合兮族五，合五族兮固吾圉。吾有圉兮国谁侮？呜呼，合五族兮固吾圉。吾圉固，吾国昌，民气大合兮敦农桑。民生厚兮劝工通商。尧勋舜华兮，民变德章。牖民兮在昔，孔孟兮无忘。民庶几兮有方，昆仑有荣兮，江河有光。呜呼，昆仑其有荣兮，江河其有光。"钱念劬所拟国歌云："我轩辕之苗裔兮，宅中土而跨黄河。唐虞揖让兮，周召共和。史乘四千年，圆周九万里，孰外我往复与平颇。迨孔圣出而师表万世兮，玉振金声成乃集大。祖尧舜，宪文武，律天时，袭水土，余事且分教于四科。磨不磷，涅不淄，圣矣哉无可无不可。道统传奕祀，私淑有孟轲。汉唐崇儒术，宋后亦靡佗。社稷可变置，吾道终不磨。社稷可变置，吾道终不磨。"汪荣宝以"述而不作"为原则，推荐《尚书》中帝舜《卿云歌》，并"取当时持衡枕首之语，用相增益；或更复叠其词，以明咏叹"。最终成稿为："卿云烂兮，纠缦缦兮，日月光华，旦复旦兮。时哉夫，天下非一人之天下也。时哉夫，天下非一人之天下也。"4 月 29 日，教育部将四家作品提交国会公议，结果是："章之作近于郁勃悖恻，汪之作近于秀丽靡绵。虽各有优点，殊少发挥我民族之荣誉，及国民品行。惟张季直氏之作，盛世和鸣，音韵适合，兹已经国务院定。"然张作虽通过国会决议，并未得总统批准。

《申报》第 14376 号刊行。本期《自由谈》"尊闻阁词选"栏目含《虞美人·寄怀懊侬庐主》（幻那）、《答许荷僧元韵》（蝶仙）、《秋日谒明孝陵，吊明太祖》（二首，天白）、《雨后二首》（小蝶）、《沙头雨》（蝶仙）、《虞美人·闺情》（幻蝶联句）；"劫余杂记"栏目含《巧对》（了青）、《联语类志》（了青）。其中，蝶仙《答许荷僧元韵》云："三分鬓发二分丝，改尽微之本事诗。老死情场花见笑，升沈宦海梦难知。心烦意乱惟拼醉，日暮途穷欲卖痴。细数生平无限恨，写来多半近传奇。"

朱祖谋荐杨钟羲任嘉业堂校勘之职。

郑孝胥作《晓起》。诗云："清霜晓月满阑干，曙色横空夜已残。冻杀梅花谁管得，只将瘦骨敌春寒。"

27 日 《申报》第 14377 号刊行。本期《自由谈》"尊闻阁词选"栏目含《春雨》（天白）、《花蕊夫人》（李生）、《题〈自由谈〉上美人》（李生）、《题〈桃花扇〉》（碧梧女士）。其中，天白《春雨》云："故园花事近如何，门外横塘涨绿波。隐隐征帆天际远，寥寥归雁雨中过。宵来旅梦萦春草，寒到香衾怯薄罗。闻道阳关犹积雪，行人怕听渭城歌。”李生《花蕊夫人》云：“蜀宫歌舞倏凄凉，青盖香车入汴梁。三峡哀猿悲故国，一声何满感君王。锦江春树空啼鸟，玉垒秋花伴夕阳。至竟堕楼千载事，不胜惆怅碧鸡坊。”

[韩]《侍天教月报》第3卷第2号刊行。本期“词藻”栏目含《咏腊梅》（二淤子）、《又》（肯农、寓松、青农）、《山水》（李止善）、《山月》（李止善）、《知足》（李仲奕）、《梦作》（石仁昊）。其中，李仲奕《知足》云：“知足心无辱，知止心无忧。心根若一定，心源无分流。”

魏清德《蝴蝶（先韵）》发表于《台湾日日新报》。诗云：“栩栩蘧蘧紫陌春，三三五五伴游人。滕王画本虽工绝，不及庄生梦肖神。”

易顺鼎离沪入京，作《正月廿二日，由沪乘汽车至宁，渡江再乘汽车，历滁、宿、徐、泰、兖、济、德、沧、津至京，灯下寄沪一首》。诗云：“又向初春作远游，江南江北几多愁。角园黄绮辞诸皓，冀兖青徐历数州。新少年人看满眼，旧亡国史读从头。梅花桃叶都轻别，惆怅寒灯手自篝。”樊增祥作《送石甫、玉颀入都》《石甫云携家北行，计尚未定，再赠一首》《送石甫北行》等诗为其赠行。其中，《送石甫、玉颀入都》云：“人间嘉耦一双璧，洛下名花百两金（牡丹一名百两金）。北地胭脂多愧色，西陵松柏结同心。夫妇礼佛捐荤血，儿女居京改语音。见说燕山霜雪重，柳蛮樱素可能禁。”《送石甫北行》云：“文字真能着翅飞，春寒书剑又京畿。肯为世用谁其舍，未送君行已念归。感叹先朝吟麦秀，因循后约指蔷薇。此才故是朝阳凤，千仞冈头览德晖。”

28日　《孔教会杂志》（月刊）在上海创刊。陈焕章任第1卷主编，第2卷起由纪景福主编，共出13期，是当时宣传孔教主要刊物。第1卷第2号刊有康有为《孔教会序》，哀叹民国成立后政府未把孔教定为国教，“经传不立于学官，庙祀不奉于有司，向来民间崇祀孔子，自学政吴培过尊孔子，停禁民间之祀，于是自郡县文庙外，民间无祀孔者。夫民既不敢奉，而国又废之，于是经传道息，俎豆礼废，拜跪不行，衿缨并绝，则孔子之大道，一旦扫地，耗矣，哀哉！”创刊号含《孔教会杂志序例》（高要陈焕章重远）、《孔教会杂志发刊词》（丰城黎养正端甫）；“文苑”栏目含《书黄太冲画像后》（钱塘张上龢沚蓴）、《圣颂乐章》（萍乡文女士廷縠）、《益莽自述畴昔之夜梦见圣人，感赠以诗》（闻此诗成于辛亥十月云）（钱塘张尔田孟劬）、《谈经，与曹君直元忠（未完）》（长洲沈修山臣）。

《申报》第14378号刊行。本期《自由谈》“游戏文章”栏目含《新五更调·征蒙》（震甫）；“尊闻阁词选”栏目含《虞美人·次幼幻那韵，奇怀嫩云内史》（蝶仙）、《和太痴〈壬子除夕〉韵》（远香）。其中，蝶仙《虞美人》云：“薄怀中酒春心闷，影事心头印。枕边犹有堕钗痕，最是耐人寻味是黄昏。　　脂期粉约劳相问，约了仍无准。

香销酒醒够销魂，如水鸳衾、只倩梦儿温。”远香《和太痴〈壬子除夕〉韵》云：“声利滔滔是，悲歌意若何。热肠知己少，冷眼故人多。举世浑如醴，无时清到河。穷魔送不得，还是送诗魔。”

《亚东丛报》第3期刊行。本期“文苑·诗录”栏目含《感哀烈士刘君道一诗（并序）》、《读史》（祥淑）、《游西山》（莲友）、《题宋女史张玉娘〈兰雪集〉》（旧知鹦鹉家故事，今购得其集，乃为之作此歌）（莲友）、《行路难》（莲友）、《悼山阴秋瑾卿女士》（蒨玉）、《元年除夕，寄内子张杏龙氏》（寅汉）、《纪梦，寄外子寅汉君京师》（绮云）、《仆妇李氏随余六七年，今为家大嫂凤仪夫人携往盛京，因成十韵以畀之》（莲友）、《励志》（雌飞）、《悼秋瑾女侠》（雌飞）、《民国二年元月，由都返湘，汉口舟中与陈君汉元联句》（群英）、《登岳阳楼有感》（汉元）、《之金陵，留别衡州同人》（汉元）、《戍妇词九首》（楚禅）、《自题小影，寄复权姊》（奋飞）、《和原韵〈奋飞戎装图〉》（少黄）、《送万师母静安》（雌飞）、《庚戌季秋，闻汉军起义，喜而有作》（雌飞）、《归舟遇陈汉元有赠（二年一月）》（群英）、《舟泊岳州城下，登岳阳楼晚眺，答同党诸公》（群英）、《过洞庭湖有感，兼赠陈汉元》（群英）、《洞庭湖舟中感唐希陶见赠，原韵酬之》（陈汉元）、《哭刘、朱二烈士》（陈汉元）、《初夏》（莲友）；“文苑·联语”栏目含《悼秋侠》（雌飞）；“文苑·词录”栏目含《满庭芳·水仙》（蒨玉）、《满庭芳·西渠张君天禄，石渠之彦，仅以本班铨选得浙江一县令，然当山水胜处称仙吏亦足豪矣，外子梅坡素与邻交甚笃，于其行也，特命制词送之》（瓣香）、《念奴娇·残腊十二，偕外子江天一览，感时事之纷纭，怅乡关之睽隔，偶拈此解，题〈北寺浮图〉，亦以见红闺人遭此飘泊，不胜身世之感也》（瓣香）、《念奴娇·旧婢芑姐张姓，颐指气使，罔不如意，余南行欲与之偕，其母不从，比归，知已出嫁，旋为小姑所虐而死，花晨月夕未能忘怀，拈此悼之》（瓣香）、《长亭怨慢·吊沭阳胡仿兰女士》（种芜）、《金缕曲·吊山阴秋瑾卿女士》（种芜）、《南柯子·闺情，和欧阳永叔》（种芜）、《菩萨蛮》（松安）、《玲珑四犯·题隋董美人墓志原拓本》（媚萱）。

本　月

教育部本月至5月召开读音统一会，审定字音，核定音素，制定字母，并通过马裕藻、周树人、朱希祖、许寿裳等人提案，将章太炎式记音字母，斟酌损益，制定39个字母，以代反切，逐步形成后来通行注音符号。

庾恩旸与王芝祥、孙毓筠、于右任、李经羲、章士钊等军政界名士发起组织国事维持会，调解议会与行政、中央与地方、政党与政党间误会、矛盾和冲突，使民国免于分裂之祸。

《震旦》月刊在北京创刊。统一党政务讨论会发行。本期“文苑”栏目含《容庵诗存》（袁世凯撰、袁克文辑）、《抱潜诗录》（钱塘陈元禄撰、郑沅选录）、《苍云阁诗话（未完）》（术州严天骏）、《拟挽大革命家吴绶卿（禄贞）联语》（伟唐）、《民国二年一月，北京举行南京政府成立一周年纪念，爰撰此联，以为纪念中之纪念》（董其成）。

《中国学报》第4期刊行。本期“题跋”栏目含《枕碧楼偶存稿（未完）》（吴兴沈家本）；“丛录”栏目含《越缦堂笔记（续）》（李慈铭）。

吴沛霖致书姚光，对其《〈荒江樵唱〉自序》表赞同，认为不能斤斤仿效古人，指斥清末同光体诗人“以好尚宋诗为得意，以剽窃一家为能事。”姚光3月2日《复吴泽庵书》云：“鄙见论诗，承引为同调，并复推发言之，欣幸之余，尤深钦佩。夫言为心声，言之精者为诗文。诗之效在陶写性情，移易风俗，若非真气弥漫，安能有所感发乎！故作诗须有性情，有寄托，而又须有书卷，有兴会，四者缺一不可焉。各人有各人之性情，各人有各人之境遇，划朝代而学之，分家派而效之，不通殊甚也。黄梨洲晚年忽好谢皋羽之文，全谢山谓因其处境相同，故古人诗文有相似者，乃不期然而然，非刻划为之也。有无其境遇而故为之辞，是无病而呻矣。或好为奇僻艰涩之句以自矜其才，则入于雕虫小技矣。”

沈曾植题梁鼎芬藏师友扇。诗云：“朱阳馆里论书旧，尔雅楼中列册新。古人逝矣石传在，病客重见同光春。宣统癸丑正月，曾植题。”

吴昌硕重订《缶庐润目》。又，访潘飞声新居山家园。潘有《移居山家园，仓硕叟枉过，赋赠》。诗云：“昨客依人外，移家傍水西。新诗迭酬唱，春日得招携。淞暖漂花雨，晴郊滑笋泥。定知吟兴健，登眺不扶藜。”又，为沈曾植篆书“遇酒坐禅”七言联。联云：“遇酒即沽逢树息；坐禅僧去饮徒来。巽斋仁兄属篆，为集香山句应教。时癸丑初春，吴昌硕七十岁。”又，为乐斋篆书“遇酒坐禅”七言联。

曾习经在北京附近宁河县杨漕购田百亩，拟在此居住，并与三二遗臣汐社联吟。曾习经作《初宿杨漕田舍》。诗云：“二亩田庐草草成，略无轩槛足幽清。缘河稊柳垂垂发，过雨滮池浼浼平。啖药忍饥诚拙事，解衣高卧慰劳生。读书正在牛栏侧，一世巢经共此情。”

陈荣昌抵香港，绕道至广州，访同年老友丁仁长于丹桂里。丁赠陈荣昌一号曰遁农，陈荣昌赠其号曰潜夫。陈荣昌念其言，因立成五律一首。诗云：“身世浡何说，相逢有涕流。乾坤几旋转，红海自沉浮。叹息塞翁鸟，商量巢父牛。请看荀蔡辈，遗恨已千秋。”

陈伯陶南来香港，先居红磡，后迁九龙官富场，斋号“瓜庐”，以东陵侯种瓜青门外自况，并自号“九龙真逸”，此后潜心著述，以清朝遗老自居。所作《避地香港作》云：“瓜牛庐小傍林扃，海上群山列画屏。生不逢辰聊避世，死应闻道且穷经。薰香自烧怜龚胜，藜榻将穿慕管宁。惆怅阳阿晞发处，那堪寥若数晨星。”《九龙山居》二首其一：“布衣皂帽自徘徊，地比辽东亦痛哉。异物偶通柔佛国，遗民犹哭宋王台。

惊风蓬老根常转，浮海桑枯叶已摧。欲学此机狎鸥鸟，野童溪叟莫相猜。”陈氏所居官富场，即南宋帝昺行宫所在处，宋王台即在附近。在港二十年，常集赖际熙、苏泽东、姚筠、吴道镕等凭吊宋王台。又，温毅夫游香港，晤赖际熙、陈伯陶、张汉三诸公。何藻翔、岑光樾闻之，亦来会晤。

连横等应国务院邀游三海，自南海入勤政殿，又至瀛台，作《南海》诗。序云：“内有瀛台，为清德宗被幽处。”诗云：“圣人生南海，上书变法君之宰。寡人处南海，衣带奉诏臣之罪。南海水，何悠悠；君若臣，恨未休。呜乎！圣人不死，大盗不止；寡人有母，不能奉甘旨。”游毕三海，又游煤山、雍和宫、文庙、太学、柴市、法源寺、万牲园、圆明园、颐和园，有《煤山吊明怀宗》《柴市谒文信国公祠》（四首）、《法源寺看丁香》《万牲园吊彭烈士》《颐和园看牡丹》。其中，《煤山吊明怀宗》云：“人生不幸为天子，四海何以处寡人。社稷存亡甘一殉，江山破碎惨无春。鼎湖龙去余弓剑，废苑鹃啼乱鬼燐。我欲排天叫阊阖，中原已见国旗新。”《柴市谒文信国公祠》其一：“一代豪华客，千秋正气歇。艰难扶社稷，破碎痛山河。世乱人思治，时乖将不和。秋风柴市上，下马泪滂陀。”《法源寺看丁香》序云：“寺为唐悯忠寺故址，太宗瘗征辽战士于此。宋亡，谢叠山入燕，被幽此地，遂不食死。春时丁香盛开，数往游焉。”诗云：“荡荡红尘迫禁寰，独携诗卷叩禅关。悯忠战士瘗辽水，饿死文人哭叠山。故国已芜难化鹤，夕阳何处得飞鹇？墙头徙倚丁香树，且为春风一破颜。”《颐和园看牡丹》云：“如此江山刻画工，又将金粉绘春风。楼台影拂千重紫，歌舞香留一捻红。宰相定呼花绰约，君王长爱月玲珑。可怜一梦钧天后，沉醉霓裳曲未终。”《万牲园吊彭烈士》序云：“烈士讳家珍，字席儒，四川金堂人。辛亥之役，狙击良弼，烈士亦中弹死，距共和告成仅浃辰尔。追赠义烈大将军。民国元年秋八月丁丑，改葬于万牲园，以张、黄、杨三烈士附之。三烈士者，炸袁世凯于东长安街不中而死者也。”诗云：“大风从南来，卷起朔云黑。燕市十丈尘，化作血花碧。桓桓彭夫子，大勇世无敌。谈笑呼雷霆，万夫皆辟易。一弹炸良弼，虏廷夺共魄。巍巍北京城，争树汉帜赤。我来吊英灵，义烈犹震赫。此地盛侠徒，至死衽金革。国魂尚未死，筑声满巷陌。驱车入园门，快浮三大白。”又，连横居京两月，结识陈熙亮、陈召棠等人。

柳亚子偕佩宜夫人及柳无忌赴杭州，访陈巢南、徐自华，游西湖，访名山，谒秋瑾墓。

章士钊发现王钟麒暗中接受袁世凯津贴，遂脱离《独立周报》。

李根源经宁调元介绍入南社。

王揖唐加授陆军上将衔，任大总统府顾问、参议院议员。

林损受聘主《新民日报》笔政。

董必武被湖北军政府委任为宜昌川盐居协理。

徐特立辞去长沙县立师范学校校长职，任湖南省立第一师范学校教员。

胡适与上海《大共和日报》订立协议每月写稿，稿费寄至安徽绩溪供母家用。

沈尹默应聘北京大学预科教中国历史。

吴宓写信安慰饥寒交迫之吴芳吉，同时为他募捐四十圆，建议其先回四川，以免家人挂念。本年五月始，吴芳吉与同乡邬镜苍、邬冶秋兄弟辗转济南、南京、上海、武汉，一路溯江西上，开始艰难的返乡之旅。

郁达夫改入美国浸礼会在杭州所办蕙兰中学学英文，因不满教会学校奴化教育，遂决定回家索居独学。

施蛰存入华亭县立第三初等小学校就读。施蛰存自述："松江虽属南吴，方言已近浙西。语音重浊，无吴语之软媚。昔机、云入洛，中原人士呼为伧父，或亦语言鄙野之故。我迁居松江后，入县立第三小学肄业，犹作吴语，久久不能改口，同学皆笑之。猫字苏人读如毛之上声，松人读苗之上声。我亦坚不欲改，以为松人不识猫也。"

方守彝作《通伯两画〈翠竹碧梧山馆图〉，前图往岁客京师怀乡时作，后图则世变回家后作。癸丑正月携卷来皖属题》。诗云："斋馆归来世已移，回头乡梦罣罘罳。季鹰莼菜生秋思，摩诘山庄入画时。著作名家天所护，林泉到眼事多悲。丹青又借高人手，未改凌云百尺姿。"

王国维作《咏史五首》。其一："六龙时御天，肇迹玄黄战。牧野始开周，垓下遂造汉。洛阳缚二竖，唐鼎初云奠。赵宋号孱王，神武耀淮甸。稜威既旁薄，大号乃涣汗。六合始抟心，群丑亦革面。令行政自举，病去利乃见。游士复庠序，征夫归陇畔。百年开太平，一日资涂炭。自非舜禹功，漫侈唐虞禅。"其二："先王号圣贤，后王称英雄。英雄与圣贤，心异术则同。非仁民弗亲，非义士莫从。智勇纵自天，饥溺思在躬。要令天下肥，始觉一身崇。百世十世量，早在缔构中。黄屋何足娱，所娱以其功。成家与仲家，奄忽随飘风。所以曹孟德，犹以汉相终。"其三："典午师曹公，世亦师典午。赫赫荀贾辈，所计在门户。师尹既多辟，庶政乃无度。季伦名家子，文采照区宇。堂堂南州牧，乃劫西域贾。祖逖出东塘，戴渊踞淮浦。虎狼在堂室，徙戎复何补。神州遂陆沉，百年委榛莽。寄语桓元子，莫罪王夷甫。"其四："塞北引弓士，塞南冠带民。耕牧既殊俗，言语亦异伦。三王大一统，乃以禹迹言。大幕空度汉，长城已筑秦。古来制漠北，独有唐与元。元氏储祥地，唐家累叶婚。神尧出独孤，官氏北地尊。英英文皇帝，母后黑獭孙。用兹代北武，纬以江左文。婉娈服弓马，潇洒出经纶。蕃将在阃外，公主过河源。所以天可汗，古今唯一人。"其五："少读陶杜诗，往往说饥寒。自来夸毗子，焉知生事艰。子云美笔札，遨游五侯间。孔璋檄豫州，矢在袁氏弦。魏台一朝建，书记又翩翩。文章诚无用，用亦未为贤。青春弄鹦鹉，素秋纵鹰鹯？咄咄扬子云，今为人所怜。"

樊增祥作《乙庵以五绝句赠石甫，仆继作》《再赋五绝句，慰子培病起》。其中，《乙庵以五绝句赠石甫》其一：“携手高楼看雪归，红氍毹上看娥眉。知君情思如春草，处处相逢步步随。”其三：“少小工诗学玉溪，妖红艳粉使人迷。老来约束游仙梦，莫化陈仓碧野鸡。”《慰子培病起》其一：“颠眴休疑扬子云，参汾二神宁祟君。君家隐侯直堪笑，月计臂围小半分。”其三：“冬晴无风亦出游，海上翛然双白鸥。无病我如张万福，小车君是田千秋。”

曾广祚作《初春登祝融峰顶，远眺宿岳神庙》。诗云：“龙盘七二峰，云梦已罗胸。荡荡天何滑，苕苕雪尚浓。圣灯开菡萏，明镜夹芙蓉。稍有飞升意，长源衣紫逢。”

齐白石作《梦家园》。诗云：“归梦怯勾留，匆匆妻子愁。红梨花尚在，墙外再回头。”

杨庶堪作《早春，乘京汉车至汉口作》。诗云：“别醉懵腾已惯经，骊歌凄唱不胜听。南来便已看新绿，北望犹堪忆小青。远树晴川殊历历，平原落日自亭亭。隔江阳夏多残垒，莫角昏鸦黯入暝。”

姚光作《初春》。诗云：“楼头树色发新枝，大好韶光病起迟。徙倚小窗无赖甚，帘前垂柳舞丝丝。”

[日]内藤湖南作《癸丑正月某日，凤冈、桂舟二医博招饮，席上率赋》。诗云：“运会茫茫自古今，枉从黄卷费研寻。万邦此日同更始，四海三年遏八音。西极梯航由浦贺，南朝风雅记山阴。且陪名士饮醇酒，可把长歌寄寸心。”

三　月

1日　《申报》第14379号刊行。本期《自由谈》“尊闻阁词选”栏目含《读〈新疑雨集〉有感，再题一律》（荷僧）、《无题，寄吴棣华，用荷僧原韵》（幻那）、《书恨，再叠人寿庐主原韵》（二首，率）；“文字因缘”栏目含《别后寄怀》（三首，侍仙）。其中，率《书恨》其一：“此身镇日困愁中，愁里光阴去益匆。意境每随方寸易，疏狂不与世人同。陆机感逝千行泪，王粲登楼两袖风。安得貔貅统十万，男儿杀贼建奇功。”

《庸言》第1卷第7号刊行。本期“艺林·艺谈”栏目含《石遗室诗话（续）》（侯官陈衍）、《菉漪室曲话（续）》（贵筑姚华）；“艺林·文录”栏目含《上长沙张公笺》（宋育仁）、《送杨昀谷入蜀诗序》（林纾）、《西藏布达拉山刻石文》（何藻翔）；“艺林·诗录”栏目含《奉和桂南屏前辈见赠原韵》（王闿运）、《琴南先生写〈万木草堂图〉，题诗见赠，赋谢》（康有为）、《壬子冬月，返金陵故居》（二首，俞明震）、《兵后视金陵旧居》（李宣龚）、《王病山避乱武陵，乃其往年备兵地也，武陵诗人陈伯弢以书醖相劳苦，报赋有句，率次元韵奉寄》（朱祖谋）、《寄怀遂公》（朱祖谋）、《北行，过太山下作》（陈衍）、《书所见》（何藻翔）、《读史有感》（何藻翔）、《弢庵招游净业湖》（曾习经）、《水仙盛开，对花成咏》（三多）、《遣仆》（杨增荦）、《旅顺口》（罗惇曧）；"艺林·说部"栏目含《古鬼遗金记（续）》（林纾）。其中，康有为《琴南先生写〈万木草堂图〉》云："译才并世数严林，百部虞初救世心。喜剩灵光经历劫，谁伤正则日行吟。唐人顽艳多哀感，欧俗风流所入深。多谢郑虔三绝笔，草堂风雨日披寻。"

《真相画报》第 17 期刊行。本期"文苑"栏目含《张忆娘〈簪花图〉题咏》（哲夫录）、《补录张忆娘〈簪花图〉题咏》。

《生活杂志》第 11 期刊行。本期"投稿"栏目含《邻语诗七十韵》（春锄）。

王闿运至汉口，夏午诒来谒，致袁总统书币，约王闿运北游，王不允，复书谢。

沈尹默晚赴许寿裳宴，同席有鲁迅、朱希祖、陈子英、钱稻孙等。

2 日　《申报》第 14380 号刊行。本期《自由谈》"游戏文章"栏目含《新五更调·维持国货》（震甫）；"文字因缘"栏目含《和太痴〈癸丑元旦〉韵》（远香）、《挽清隆裕太后联》（了青）。其中，远香《和太痴〈癸丑元旦〉韵》云："古人名已祭诗垂，岁月何须感暮迟。得句曾倾前辈座，同游争羡少年时（君时年十九游沪，一时诸名流咸愿结交，前辈胡桂生先生并瘦碧师，君均及其门，称高足焉）。雅音犹幸君提倡，夏正岂真夷变移。为问曲中高格调，而今可有赏心知。"

《独立周报》第 22 期刊行。本期"文艺部·文选"栏目含《旡生文录》（含《读书日记自叙》）；"文艺部·诗选"栏目含《汉鳖生诗钞（续）》（赵怡）。

沈尹默与朱希祖、戴螺舲同访鲁迅。

3 日　《申报》第 14391 号刊行。本期《自由谈》"尊闻阁词选"栏目含《长春宫词（悼清后）》（天白）、《悼亡女山圭作》（二首，佐彤）。其中，佐彤《悼亡女山圭作》其二："难将禄命问穹苍，棺盖何来续命汤。阿母空教方寸断，庸医误尽药偏凉。迎门欢跃千般好，学语咿呀一载忙。检点遗衣玩物在，能禁触目不心伤。"

傅沅叔同其兄雨农访荣庆，携追忆日录为之题咏。

唐弢生。唐弢，原名端毅，字越臣，浙江镇海人。著有《唐弢诗草》《晦庵诗话》。

4 日　《申报》第 14392 号刊行。本期《自由谈》"尊闻阁词选"栏目含《探某女士消息报爱兰》（定耕）、附《爱兰复诗》（二首）。其中，《爱兰复诗》其一："流离转徙竟无家，不信真成薄命花。但使文姬如可赎，间关愿与走胡沙。"其二："波涛万仞拍天来，硬把同心拆两开。如此生离甘死别，情场证果有蓬莱。"

沈尹默与朱希祖至高等医学校访马叙伦，不遇。

5 日　《申报》第 14393 号刊行。本期《自由谈》"游戏文章"栏目含《新好了歌》（瘦侠）；"尊闻阁词选"栏目含《去矣乎》（了青）并附录旧作、《筑路行》（了青）。其中，了青《去矣乎》序云："余素不谙音律，己酉春戏作《去矣乎曲》，令从子多文按调谱之，今复赋此，人事各异，故音调亦微不同也。”诗云：“去矣乎，前日之日谁尔呼。去矣乎，今日之日谁尔辜。汉家多难遭强胡，激昂壮士拼头颅。养□之客乃首途，吁！狼居胥，医巫闾，问君之去将何如。”

叶昌炽作《挽陆文烈公》（二首）、《挽托活洛尚书》（二首）。又，叶昌炽为徐乃昌所作《紫琅访碑图》题《题徐积余观察〈紫琅访碑图〉》（四首）。其中，《挽陆文烈公》其一：“表里河山有伏戎，萧墙甲起晋阳宫。殽崟悬度空天险，板荡捐生信鬼雄。弓剑重来思召父，干戈能执轶汪童。一门奇节还当阐，周德虽衰运未终。（公子亮臣太史同殉，予谥文节）”《挽托活洛尚书》其一：“不救睢阳奈贺兰，夔巫险遇百重滩。楚氛匝地诚元恶，蜀道摩天本大难。鸽市魂归东郭宅，蛟宫涎染北溟澜（公京邸在东城大鹁鸽市，革匪之乱，皆由邪说蔓延军界，遂致不可收拾）。伤心先轸归元日，碧血模糊遍体瘢。”《题徐积余观察〈紫琅访碑图〉》（通州之狼山也，有杨吴天祚题名）其一：“忆上闻思高阁望，五狼山色隔江青。未知中有杨吴刻，不数寻阳公主铭（四十年前与张仁卿广文游虞山，访药龛上人，同登闻思阁，隔窗远眺，五狼青霭，正在云帆烟树间。《浔阳公主墓志》在江都，亦天祚刻）。”其二：“花蕊宫词骑省集，蜀都雕本出毋昭。藓题更得姚存迹，文物中原愧小朝。”

姚华作《莺啼序·谱梦窗“残寒政欺病酒”，有赠有序》。序云：“庚戌九月，百铸尝约集樱桃斜街之云瑞堂看菊，明年再集，秋尽花阑，尽感前游。而摄政退藩，适迄闻报至，已而国变，堂亦掩关，亚细亚报馆馆焉。癸丑故正，复偕百铸过佛言，候于厅事，旧集地也。离痕欢唾，不堪点检。琅琊大道，谁吟蚕尾之诗；流水板桥，拟续澹心之记。掌故所在，感慨系之。太阴正月二十八日。”词云：“依稀去年梦境，祇沉烟坠缕。乍春醒、才解成愁，几分初散还聚。软红内，千胸万臆，前尘点点伤心赋。向东风，吹皱眉头，更添幽素。　　寥落千秋，旧椠蠹尽，问苍生几顾？惜孤负、珠玉文章，总知无甚凭据。忍重看，残笺泪血，化腥碧、斑斓凄楚。暝窗寒，回首斜阳，此情难诉。　　绳驹磨蚁，转轴星周，也忙似迅羽。恰过眼、落花天气，又早昏晓，惯作阴晴，许多风雨。风人善引，诗心能怨，啼鹃声里江山迴，遍天涯、共读惊人句。龙蛇感泣，苍茫唤出湘魂，问天怎地无语！　　零芬剩劫，仿佛前朝，料翠条记否？正柳起、清明将近，旧社难圆，草蔓苔荒，雨今云古。浮生似此，惟须长醉，风萍波梗非易会，感沧桑、陈迹樱桃树。郗歔旧馆芳菲，怕觅欢痕，系人肺腑。”

6日　顾视高就“英藏条约”事向北洋政府发出《质问西藏事宜书》。

《申报》第14394号刊行。本期《自由谈》“尊闻阁词选”栏目含《清太后挽歌》（李生）。诗云：“悲风萧条歌薤露，昆明月照垂杨树。晓来哀诏出人间，传闻王母乘鸾去。宫车一去不归来，精魂应返瑶池路。紫殿凄凉御榻空，不见遮阳归鹤驭。忆昔清后初入宫，胭脂凝艳花为容。镜中粉黛昭阳貌，花外春声长乐钟。三十年来侍君侧，君王镇日长相得。永信垂帘势绝伦，椒房深锁花无力。那堪龙去忽千秋，秋月春风冷画楼。楼上花枝楼外柳，繁华消歇使人愁。□宫十二悲春色，御苑春花空寂寞。中兴社稷望佳儿，长门老作清平乐。忽闻楚北动秋笳，瑟瑟西风拂鬓华。万里山河亡国恨，降王生小已无家。世局兴亡如转毂，衰草离离宫树绿。地下相逢长信宫，不堪重问霓裳曲。忆昔先皇返玉京，鼎湖弓剑久飘零。哀鸿泣血啼鹃泪，洒向西陵草不青。"

7日　方守彝作《叔节来书，有〈人日怀通伯、铁华、渊如及守彝〉诗。书以正月晦日到，北风甚厉，逮晚雪势颇大，次韵》。诗云："若何依北极，颇复念南春。一例风如剪，孤斟酒与亲。短章骚结怨，老蹇懒成驯。莫问龙山色，昏昏埋入尘。"又，方守彝本日至9日作《正月月晦至二月二日大雪，对雪题郭熙〈雪山行旅〉画幅》。诗云："一片寒光交幽庭，庭内山高破屋脊。阴森积雪一千年，忽作飞花散狼藉。不教春气渡江来，天地无声云尽墨。鲜旗明甲下长空，如浪如潮势压敌。顷刻沟堑一齐平，蠢动萌芽尽摧斥。山河都作粉泽施，献媚争妍向斋壁。可但银海纤垢空，正好琅竿钓舟只。迷人处处白玉堆，回首中庭疑莫释。宁是天意娱衰翁，拔取天山悬几席。何处使君朱两轮，磴滑冰强冒寒役。得非山中访高人，高人茅屋大容膝。我欲从之不可登，积雪掩径无由觅。照眼佛光满大千，古寺微红露岩隙。门前老木战寒冰，蟹脚长枝动戈戟。若人冒冷扫丹青，想见酒酣神自得。忽忆眉山与豫章，坡谷须眉交似石。曾对秋山在玉堂，卧看郭熙平远笔。坡公题罢谷和之，倾倒一时无甲乙。惜哉二公已随妙墨化，缟本摩挲长太息。皎皎寒玉森碧天，却立呵毫耸肩脊。秋岭萧疏未可伦，元气真精动颜色。朝日出兮雪融融，坐想江波添几尺。捻髭大笑追风流，挥洒珠玑和檐滴。"

陈三立作《正月晦雪，过李道士，出醇酿饮之，醉写所触》。诗云："夕风狍豹号，及晨乱飞雪。遂过道人庐，壁立冷积铁。窗罅絮花眩，鳞瓦皎玉屑。铃语答低昂，车音递呜咽。酒徒散不归（仁先、筠庵皆善饮，招之未至），泥涂影跛鳖。古抱自相暖，醇酿发扃鐍。乳扇味滇徼（乳扇为滇中珍品），牢丸制阛阓。对案表微醺，万愤卷谈舌。丧乱驱儒冠，羸饿满行列。夷市今秦坑，存遗供一瞥。扪腹傲天幸，默祷谥饕餮。湿衣睨寒空，忍忘假盖别。"

樊增祥作《正月晦雪》。诗云："高楼昨卧春寒冽，密覆青绫加氍毹。一宵暖热蚕在蛹，晓起出手冻如铁。试窥十扇琉璃窗，满园乱飞玉蝴蝶。今日之日为黑月（《嫩真子》：'月生至满为白月，月亏至晦为黑月。'），一雪翻令天下白。缟素似为娲皇哀，点红不染精卫血。三殿觚稜鸩鹊惊，六陵烟树冬青折。浦西地僻少车马，门外泥深断宾客。风吹五万瑶花来，银海照人眼生缬。亭东老梅三十树，半堕苍苔半未坼。独立不畏玉龙缠，欲开硬将生马勒。艳粉压低云母竹，轻冰倒垂珠子柏。顿觉通馗皆浮土，转爱井泉回温脉。花信迟如船守闸，米价跌似潮退尺。老夫临水觅鱼看，娇女斧冰作粥喫。歌舞六朝琼树花，楼台十里连城壁。明朝轻骑出郊原，万瓦春阳晃金碧。”瞿鸿禨作《次韵和樊山〈正月晦雪〉》。诗云：“铜瓶夜冻冰花洌，眼眩千甍冒白氎。暖寒浇酒闭门卧，老拥重衾冷甚铁。起看漫天戏玉龙，真疑拂草飞连蝶。银沙暗照瑶台月，万窍无声天地白。马毛连钱凝不动，梨花作云盖汗血。乱飘深巷路欲迷，密压阴崖树垂折。出猎谁如射虎人，寻诗应有骑驴客。吹入帘栊湿香篆，散入池塘动波缬。独念黄台万里寒，骖鸾不返坤维折。尧母门前帷顿变，湘君庙里碑空勒。白奈愁开长乐树，金粟凄连茂陵柏。花留半放意迟迟，鹤讶今深情脉脉。祓除旧沿正月晦，膏泽新含平地尺。丰年宜麦差可善，春菜作荠当饱吃。莫言嵊州进甘霜，未羡蓝田种双璧。扁舟归去钓寒江，欸乃中流楚天碧。”

8日 《申报》第14396号刊行。本期《自由谈》“尊闻阁词选”栏目含《新乐府》(酒丐)：《中山狼》《美人券》。其中，《中山狼》云：“中山狼，贪焰张，城狐社鼠同猖狂。尔何有人格，尔何知政纲。一朝得志踞当道，居然冠众作兽王。磨牙鼓舌眈虎视，气吞山海包大荒。我肉太瘦吾血凉，不足适汝之馋吻、充汝之贪肠。而乃东头西爪咨暴戾，祸心连带私包藏。中山狼，贪焰张。”《美人券》云：“美人券，美人痴，美人貌美心仁慈。温处水厄不可救，老弱沟壑强流离。政界巨子正争鹿，美人奋起将身施。三万券，散相思，头阄购得便倡随，且有五千赠嫁妆奁赀。谁人修艳福，得与美人私。赈济之策强弩末，今兹设法殊新奇。人言啧啧殊不谅，欲明心绪难置词。美人券，美人痴。”

宋教仁在南京演说，主张组织政党内阁。黄侃与宋教仁相遇，并以《癸丑二月江行赠宋遁初》诗赠之。诗云：“春风动波涛，复此仙舟会。高眄空冀州，逸气陵江介。伊昔时未康，与子俱颠沛。海隅一相聚，绸缪历年岁。朅来鄂渚游，围城瞻壮概。兵祸既潜销，君名益光大。中国犹分崩，茎宰责谁贷？闻有非常志，庶拯斯民害。嗟余遘幽忧，逍遥从所届。虽惭日月光，肯为尸祝代。缅怀庄惠交，忘言亮为贵。”

樊增祥作《二月朔雪》《叠韵酬朴翁》(二首)。其中，《二月朔雪》云：“昨雪才消一寸银，海天重碾玉为尘。散花细杂廉纤雨，剪水寒生料峭春。萼绿交期原冷淡，海棠媒娉转因循。农书打点明朝进，何预东都昼卧人。”《叠韵酬朴翁》其一：“左平右城总铺银，压定通阛十丈尘。节到中和犹戒腊，天非严冷不成春。歌惟白雪艰酬和，花似苍生要拊循。才得新阳晃鸳瓦，城东已有踏青人。”

郑孝胥作《二月初一日雪中作》。诗云：“惊蛰昨已过，草根青欲活。北风忽一怒，作此漫天雪。散花塞空际，着地亦不灭。松竹各离披，残梅益妍绝。楼窗明耀眼，终夜疑出月。冻云压曙光，日气为之夺。密林如蘸粉，淡墨妙新泼。庭除止勿扫，独赏留皓洁。寒雀何斓毵，聚语俄惊瞥。欲为体物语，盐絮孰工拙？不须效白战，谁可假寸铁？”

9 日　京师学界在广东会馆开会，追悼隆裕太后。严修以无大礼服（“而今之常礼服，乃昔之便衣也”），不欲以便衣往，遂未到会。

潘飞声宴集杏花楼。周庆云作《二月二日兰史携姬人月子至杏花楼宴客，到者为许狷叟、吴苦铁、沈醉愚、商笙伯、卫桐禅、刘翰怡及予共九人，即席分韵，予得管字》。同人诗作：潘飞声《夜宴杏花楼，分得阁字》《月子得俪字，代赋一首》、沈焜《兰史邀饮，出月子如君侍宴，即席口占，用实甫韵》。其中，周庆云诗云：“我友罗浮仙，寻春尝结伴。指点杏花春，香风频送暖。小楼敞华筵，羽觞行无算。平视到月上，与言亦侃侃。素娴书画诗，善饮杯常满。绮席罗名花，妙语容细款。歌舞消人意，只恐彩云散。且效杜牧狂，不作嵇康懒。名士露真相，风流非放诞。一饮诗一集，社约戒续断。独惜少刘髯，忽焉病烦满。缅彼西方人，一面缘尚短。此夕永绸缪，胜坐鸥波馆。我欲张韵事，愧乏生花管。”潘飞声《分得阁字》云：“雪窗晴始春，风剪力已弱。未能弄轻舟，暂可治薄酌。文杏犹未花，芳衢敞一阁。搊弦玉琤响，摩竹珠落索。入市谁飞腾，对酒肆谐谑。骨相异鸢火，毛发动褒鄂。冥冥天外鸿，矫矫云中鹤。从兹揽江湖，吾将采兰若。佳游方及远，微名何足缚。”

《申报》第 14397 号刊行。本期《自由谈》“尊闻阁词选”栏目含《满江红·怅望》（幻那）、《前调·次幻那韵，寄怀嫩云内史》（蝶仙）、《楚伧君以五十字登载〈民立报〉端，限于其中拈二十八字赋闺思一绝》（寄生）、《浣溪沙·即事》（瘦蝶）、《春闺怨》（佐彤）、《吊苏小》（小蝶）。其中，瘦蝶《浣溪沙》云：“漏泄春光到客边，寒梅花着绮窗前。芳尊负煞晚来天。　　不惯出游甘静坐，懒寻幽梦爱迟眠。百无聊赖是新年。”小蝶《吊苏小》云：“自浇杯酒吊情痴，流水飞花两不知。南渡风流回首梦，西泠歌舞断肠诗。三春柳色依然好，一枕梨云不可思。车马已随莺燕散，青骢油壁复何之。”

陈布雷《为收集邹亚云存稿，与叶楚伧、柳亚子致邹弟函》刊于上海《民立报》。函云：“邹亚云之弟鉴：令兄在日有自由不死庐诗、文稿各一本，流霞书室杂纂若干册。此外小说、笔记均有存稿，请即向行箧检出，邮寄民立报社叶楚伧收，不胜感企。叶楚伧、陈布雷、柳亚子同启。”

方守彝作《二月二日对雪忽成》。诗云：“烂柯樵父早春时，笑看杨家翻手棋。黑白已归平等法，乱鸦个个抢高枝。”

潘节文作《哭妻，答鲁岩》（二首）。其一：“幻影昙花偶一呈，鼓盆炊臼枉吞声。爱河浪涌痴魂断，苦海波翻噩梦惊。孤雁传凶途万里，子规啼血夜三更。红颜命薄卿长恨，惨雨凄风不了情。”其二：“火冷香销宝玉沉，夜寒怕读独眠吟。神思缥缈成烟幻，魂魄追随入海深。在日未思欢乐首，没时侵觉倍伤心。窗前泪落青衫湿，凄恻欷歔竟夕阴。”

10 日　《申报》第 14398 号刊行。本期《自由谈》“尊闻阁词选”栏目含《蝶恋花·春怨》（太宽）、《浣溪沙·春病》（太宽）、《客蛟川，次许荷僧见酬韵》（蝶仙）。其中，太宽《浣溪沙》云："云鬓蓬松懒未梳，绣腰宽褪画裙纡。碧纱窗下倩人扶。　向晚可怜春寂寞，闭门赢得睡工夫。多情能到梦中无。"蝶仙《客蛟川》云："情悟已成佛，入山苦未深。有时说春梦，无奈是秋心。数尽齐臣友，徒为梁父吟。穷途惟热泪，何以答知音。"

刘承干送《咄咄吟》1 册、《危云林诗》1 册，请杨钟羲为之校勘。

雷铁厓作《明遗老腾冲指挥佥事李钟英先生墓碑题志》。诗云："三百年来事忍论，埋忧无处叩天阍。九原龙种将军泪，万古鹃声帝子魂。隐士生罹胡日月，遗臣死戴汉乾坤。英灵地下今知否，恢复河山仗冢孙。"

上旬　樊增祥作《再次乙庵来韵》《叠韵简乙庵》。其中，《再次乙庵来韵》云："桃花枝接杏花枝，又过清明熟食时。今仿兰亭临古帖（止相上巳晏客），春持莼菜慰秋思（子修馈湖莼）。我如社燕巢刚定，人为河豚殉不辞（用艺风答伯严语）。不独爱君诗句好，草书神妙拟游丝。"

11 日　《申报》第 14399 号刊行。本期《自由谈》"尊闻阁词选"栏目含《越城即事寄示蝶仙》（重平）、《登富春楼》（重平）、《次越州参事许甫平寄示二首元韵》（蝶仙）；"文字因缘"栏目含《和高太痴〈壬子除夕〉、〈癸丑元旦〉两律，即用元韵》（梦坡）、《梦坡约和太痴韵》（二首，语石）。其中，重平《登富春楼》云："龙战中原苦未休，乱离王粲又登楼。空山木叶催寒讯，落日江潮咽暮秋。旗盖不归王业尽，亭台如旧画图收。临流钓得双鳊活，且典征衫换酒筹。"

巴南冈生。巴南冈，原名巴本楠，山东烟台人。著有《南冈诗草》。

张謇作《吴彦复哀词》。诗云："十年寥落吴公子，家国艰辛不自由。世论推归南部党，诗才寄与北山楼。金银散客贫能壮，莺燕离巢说尚愁。万事分明一杯水，逍遥今看海鲲游。"

12 日　《申报》第 14400 号刊行。本期《自由谈》"文字因缘"栏目含《赠别外子》（用药名）（陈姜映清）、《菩萨蛮·寄怀陈蝶仙》（鹿门旧隐）。其中，陈姜映清《赠别外子》云："世风厚朴久难期，祖帐连翘苦费词。生地须防寒暖异，当归莫便信音迟。车前小立凭秋石，客里繁香发桂枝。知母倚门依独活，勉成远志少相思。"鹿门旧隐《菩萨蛮》云："几回欲识骚人面，飘零游子天涯倦。断爪证同心，相思两地深。　蝶梦依何处，栩栩春申去。往事记金闾，兰花今又芳（今名素心）。"

闵尔昌作《三月十二夜，吴县车中》。诗云："飞车载梦过苏州，一夕春雷撼百忧。错认回舟黄海上，惊涛澎湃朔风秋。"

13 日　《申报》第 14401 号刊行。本期《自由谈》"尊闻阁词选"栏目含《闺情》（集楚伧，限五十字，得三绝）（率）、《癸丑人日有作》（用高太痴韵）（三首，淡明）。

其中，淡明《癸丑人日有作》其一："兴亡劫运到支那，搔首呼天可奈何。乱世亲朋存问少，中年文字感怀多。书生自诩能谋国，壮志空余欲渡河。富贵勋华总销歇，未能驱遣祇诗魔。"

荣庆访傅沅叔，携其《越游吟草》归，赠以两绝。其一："三泖六桥都看遍，西泠六月藕如船。梦中旧句分明记，愿结今生未了缘。"其二："甲子仍逢癸丑年，茂林修竹故依然。凭君收入诗囊内，名辈名山一例传。"

14日 《申报》第14402号刊行。本期《自由谈》"尊闻阁词选"栏目含《题〈桃花扇〉，和碧梧女兄》（李生）、《明妃》（碧梧）、《偶成》（二首，寄尘）。其中，李生《题〈桃花扇〉》云："南朝金粉旧繁华，歌扇飘零帝子家。只有秦淮水呜咽，年年犹似唱桃花。"碧梧《明妃》云："远别君王锁翠颦，汉家春色到边廷。明珰玉佩人何在，紫塞秋风草不青。千载画图空寂寞，十年毡帐感飘零。阳关一曲悲离别，马上琵琶不忍听。"

叶昌炽作《沪滨杂咏》（十首）。序云："百感环生，一挥即就，诵声琅琅，泪与笔俱。"其一："国破家亡后，乘桴海上身。道因横议丧，运到索居屯。歌咢宵来梦，图书劫外尘。毗岚风拍碎，一掷诅陶轮。"其三："安步当车出，途穷惘惘回。钩辀哗绝域，般乐过遄台。灯影圆笼月，车声隐起雷。爽鸠今在否，徒使后人哀。"其四："不晓湘累怨，难言謇謇忠。浮埃常蔽日，空穴自来风。身到沧桑后，名高仕隐中。始知遗世乐，门外即蚕丛。"其六："深巷三间屋，危楼百叶窗。弃灰嗟网密，警枕数钟撞。歧路谁奔马，重关莫吠尨。归帆非不挂，江上有惊泷。"其八："亦有侨居乐，衣冠集永嘉。羊求非俗客，欧赵各专家。念乱忧成痗，论文喜嗜痂。一瓻同著录，相与辨麻沙。"

15日 沈瑜庆、林开謩等前来樊园访谈、赏梅、咏诗。樊山作《二月八日涛园、贻书、肖疋见过，坐梅花下作歌，再叠前韵》纪其事。诗云："春既妍和复冷冽，顽云翳日厚于氎。篱门昼辟车辚辚，石路砰訇马掌铁。园梅十树已烂熳，须瓣黄似干蝴蝶。近觑地上鹿胎斑，远望林端鹤毳白。傅粉何郎就憔悴，颜色不能华以血。肃宾径趋花下坐，爱惜余香罢攀折。有如美人近迟暮，瘦靥含娇对佳客。渐看芳草舒茸茵，旋俯清池散冰缬。少焉入室觅茶瓯，本山春旗片片坼。地衣自压香狮子，墙脚已颓雪弥勒。纵谈书法及翁（大兴）钱（昆明），更数时文到管（韫山）柏（蕴皋）。说士甘于庖进肉，品诗细于医切脉。明窗索我近诗看，未刻稿几盈一尺。清冷可当井泉漱，甘脆欲同生果喫。由来闲事属闲人，莫以寸阴拟尺璧。送客登车雨湿衣，柳条鹅黄转成碧。"

《申报》第14403号刊行。本期《自由谈》"尊闻阁词选"栏目含张禹门《焦山俯眺》《书怀》《又》。其中，《焦山俯眺》云："此山何太小，此山亦太巧。独立大江中，蛟龙尽牙爪。"《书怀》云："不插尘中足，常昂天外头。会当乘风去，雪浪共千秋。"

《中国实业杂志》第4年第2期刊行。本期"文苑"栏目含《壬子新尝祭夕，敬香先生招饮，席上赋赠》（鸾洲松浦厚）、《时事有感》（破天荒松平康国）、《壬子前夕》（敬香大江孝之）、《雨花台》（药农赵燏黄）、《寄怀吴我尊》（药农赵燏黄）、《题〈药农诗稿〉》（吴我尊）、《寄怀汪笑侬天津（集唐）》（吴我尊）、《神田大火，延及余之杂志，口占》（李文权）。

《湖南教育杂志》第2年第4期刊行。本期“文艺·诗录”栏目含《老农叹》（渔父）、《柴市吊文信公》（自庵）、《刘谏议词》（自庵）、《游潮州金山》（健铁）、《送谭芝林由潮旋广州》（健铁）、《赠尹吉初处士》（健铁）、《步韵酬缪笏初、陈次澄》（健铁）、《感事，叠前韵》（健铁）、《秋日登西湖山，再叠前韵》（健铁）。

《民谊》第5号刊行。本期“词林”栏目含《丘沧海先生遗诗》（丘逢甲）。

［韩］《天道教会月报》第32号刊行。本期“词藻”栏目含《含口余涎》（芝江梁汉默、香山车相鹤、刚斋申泰鍊）、《斋洞述怀》（苇沧吴世昌）、《与凰山》（苇沧吴世昌）、《拈用空字》（凰山李钟麟）、《送闵泳纯归乡里》（刚斋申泰鍊）、《偶吟》（香山车相鹤）。其中，凰山李钟麟《拈用空字》云：“宿雪残冰一夜空，山河万里见春风。主人不惜瓶梅落，知有他花遍地红。”

陈夔龙作《大行隆裕皇太后挽诗》（四首）。其一：“钟声长乐咽，忍报汉家春。仪范钦文母，哀思遍国人。宫花含泪白，殿柳带愁新。麦饭清明近，今年念老身。”其二：“伣天文定日，三十六宫春。掌钥肃中禁，脱簪师古人。龙髯攀未远，鹃血溅方新。冲主谁堪托，凄凉六尺身。”其三：“圣德宫天下，熙熙台共春。何图阳九厄，先祟未亡人。饮恨玺空掷，衔哀旗半新。八宗三祖鉴，千古万年身。”因筱石（陈夔龙）哭隆裕太后，有“何图阳九厄，先祟未亡人”之句，荣庆敬赋志哀。诗云：“阳九厄中厄更多，觚棱北望感如何。我年未老心先死，不尽哀欢梦里过。”又有感一律云：“太行仍绕旧神京，稍喜烽烟渐渐平。王谢故家多易主，隋唐古刹尚屯兵。九衢士女兼新旧，两载亲知杂死生。我病欲归归未得，小园松竹最关情。”（《荣庆日记》）

黄濬（秋岳）作《癸丑二月八夕与易石甫、罗瘿葊两先生集，奉瑁盦观奉卿所藏名迹，因联句赠主人》。诗云：“斜街惆怅又花时，（石）眉宇灯前见紫芝。（秋）春月娟娟媚芳树，（瘿）歌尘黯黯入新诗。焚香读画真清绝，（石）赌酒调筝各可儿。（秋）怅忆承平游宴地，（瘿）故人留墨满乌丝。（石）”

16日　南社于上海愚园举行第八次雅集。先期发表通告，以中华民报社胡朴安、邓家彦、程善之、汪洋及朱少屏为招待。届日，到姚光、高燮、姚锡钧、周伟、程善之、胡朴安、胡怀琛、汪洋、钱钧、林百举、郭惜、王汉章等12人。雅集接受姚光建议，通过《南社第五次修改条例》，改三头制为一头制，规定社中公推编辑员一人，以便柳亚子重新加入。其他较重要修改有：“一、社友于所在地满十人以上者，得组织交通部，推举交通员及各职员，惟非社友不得厕入。二、社友有于所在地召集社外人士，有所结集，其宗旨办法与本社略同，而别立名号者，于本社无连带之关系。其愿与本社联络者，本社得以友谊报之。”雅集之后，由姚光出面致书柳亚子，再次劝其复社，仍遭柳亚子拒绝。

周庆云等人设席奉酬潘飞声。周庆云作《二月九日猾叟、仓硕、醉愚、翰怡与予设席奉答兰史及其夫人月子，复丁陪坐，分韵得花字》，刘炳照作《老兰偕箎室月子夫人置酒觞客，予病未能赴，越数日猾叟、梦坡诸子设席奉酬，邀予陪座，即事分咏得来字》《又补作赵字韵一首》。其中，周庆云诗云：“欧风先到海南家，仙眷同游览物华。眉黛还须张敞画，珠帘奚用夏侯遮。愧无琼玖酬嘉耦，赖有乌程醉晚花。即席清吟多杰构，壁间准备碧笼纱。”刘炳照《即事分咏得来字》云：“望杳孤前约，芳筵未及陪。权将诗示罚，仍借酒为媒。有女同车至，思君冒雨来。闽庖初识味，越醸快传杯。明月前身证，春风笑口开。谪仙长倚桂，处士爱寻梅。软语缠绵意，狂歌磊落才。及时行乐耳，不醉胡为哉。甚矣吾衰老，微酣倦欲回。”

《申报》第 14404 号刊行。本期《自由谈》“尊闻阁词选”栏目含《游春，示蔷簪》（红树）、《余友王郎眷津妓某，有纪事二绝句，时客大沽，率和原韵调之》（二首，红树）、《咏史》（定耕）。其中，定耕《咏史》云：“禹王作俑家天下，亿兆男儿死战场。屈指四千二百载，那堪杯酒话兴亡。”

《平论报》第 1 年第 1 期刊行。本期“文苑”栏目含《新春杂咏》（愚农）、《登北极阁》（善知）、《思亲》（石麒）、《渝城感怀》（保慧）、《无聊即景》（愚农）、《杨花四绝》（愚农）、《怀寿人兄》（愚农）、《歇浦冶春词》（善知）、《书愤》（石麒）、《书感》（石麒）。

《庸言》第 1 卷第 8 号刊行。本期“艺林 · 艺谈”栏目含《石遗室诗话（续）》（侯官陈衍）、《曲海一勺（续第 1 卷第 5 号完）》（贵筑姚华）、《吉金余录》（郑沅）；“艺林 · 文录”栏目含《释迦文佛二千九百四十年纪念大会启》（王式通）、《致宝觉居士》（释敬安）；“艺林 · 诗录”栏目含《过光孝寺》（何藻翔）、《赠三姊之岭南》（杨叔姬）、《悲哉行》（杨叔姬）、《张彦云得薛镜，旁镂“思娟”二字，因名其楼曰娟镜，为题数绝句》（七首，王式通）、《长沙晤湘绮先生，纵谈近事，赋呈二首》（陈士廉）、《麓老既乞罢，客过之，方灌畦菊，语客曰：“我顷顿间始有园居之乐，惟每傍晚浇花，望平西之日，觉甚异也。”予闻其语而悲之》（曾习经）、《自题〈荷叶水亭〉画扇》（曾习经）、《瘿公属题唐开元道士所书〈道经〉，时余将还山》（温肃）、《瘿公以唐道士索洞玄所书〈本际经〉属题》（梁启超）；“艺林 · 说部”栏目含《古鬼遗金记（续）》（林纾）。其中，梁启超《瘿公以唐道士索洞玄所书〈本际经〉属题》云：“史官衍为道家流，其术清虚以秉要。《道德》五千一言蔽，归根于无见牝窍。末流符箓及汞铅，魏晋踵事徒丛诮。金人梦后大法东，潮音回荡争耳剽。有唐崇道极微尚，吹律遂祢玄元庙。娜嬛诸藏何纷纶，要与鹭峰角灵曜。就中攟摭半迷真，亦或发明资导窔。兹经锡名曰《本际》，意则病肤义犹邵。羽流守残力苦绵，耗矣散落同一爝。千年石室一朝剖，完轴零缣各胠剽。景教秘录诧海西，尤物强半落蛮徼。罗侯不廉攫盈箧，独宝兹卷尤自耀。开元纪历洞玄笔，墨采腾踔非貌肖。何况劫余葆孤本，汲古修坠得双妙。我生所礼惟空王，君家亦以佛自绕。固知外道匪所钦，未害长柏受萝茑。遥夜定香熏古译，雷声一动灵台照。犹恐痴爱花着身，结习或贾天女笑。”

17日　《申报》第14405号刊行。本期《自由谈》“文字因缘”栏目含《岁寒夜坐，有怀二我，聊吟短歌，藉寄长想，亦以订后约也》（了青）。诗云：“黄金能结客，文字能得朋。无由致良觌，魂梦相师承。元龙正年少，诗骨何嶙嶒。在昔共乡里，识面乃未曾。翰墨各抱癖，此呼彼若□。天寒辱远过，芒履生层冰。荒斋坐积雪，日暮挑孤灯。谈深亦忘馁，僮仆不见憎。一别岂云遥，日月忽已增。芳时值岁晚，兹恨弥填膺。亦欲泛舟楫，相寻云水塍。愿君具鸡黍，一醉遥堪凭。”

18日　叶德辉本日及翌日连续在《长沙日报》第5版刊登《叶德辉启事》，拒绝在坡子街护国寺开办女校。

张謇作《得怡儿病愈近像，赋寄》。诗云：“自儿告偶病，宵日常不怿。见儿后书来，题封洒浓墨。开缄目顿明，欢欣睹颜色。黑映巾领齐，白处见肌泽。讯云儿已愈，饭量复平昔。寒止药亦停，寄像缓父臆。又云一日假，六日课未息。念儿远羁旅，喜儿晓自克。父年十四时，旅学去亲侧。既伤贫贱躯，行脚荷天职。栖栖四十年，在家只如客。每怀庭帏间，常痛屺岵陟。儿今远求学，义亦留不得。世乱况未瘥，非学何所殖。将成礼义躯，须炼智勇魄。掷儿人海中，兹去战冰蘖。待儿学成归，为父语所历。置像在行笥，愿见辄搜觌。海岛多咸风，儿面得无黑。”

19日　花朝日，林献堂（灌园）、汪旭东将游大陆，栎社同人会于詹厝园痴仙之无闷草堂为祖饯之雅集。来会者除主人外，有赖绍尧（悔之）、张升三（丽俊）、庄嵩（太岳、伊若）、少舲、陈贯（联玉）、槐庭、林南强（资修、幼春）、庄龙（云从）、傅锡祺（鹤亭）等，共12人。会时作“眼镜”“尘”“移树发”“眉”“泥”等诗。是年有课题“落花”“古镜”“秦始皇”“枯树”“虎”等数期。傅锡祺作《落花》（栎社癸丑第一期课表三月）（二首）。其一：“既开又落是何因，恨杀天公太不仁。湖海飘零谁念汝，铃幡珍护久无人。悽然色相皆空日，若矣风尘历劫身。为祝高飞云外去，再休岁岁送残春。”其二：“系铃空为护花忙，富贵繁华梦一场。旧苑风轻已狼藉，闲庭春暮剧凄凉。黄蜂紫蝶纷纷散，玉叶金枝隐隐伤。沦落天涯多少恨，可堪香国忆称王。”

上海遗民同人初拟在樊园作超社第一集，因追悼隆裕皇太后，延期十日。

沈尹默午后偕朱希祖至马叙伦处，三人即至琉璃厂选购书籍。

陈三立作《花朝》。诗云：“微晴鸟乌乐，向我啄斜阳。物色亲孤鬓，楼栏割醉乡。落髹为客久，飞句仰天狂。眼看墙枝绿，愁丝映短长。”

樊增祥作《花朝夜月色甚佳，邀子培同赋》《止庵再叠花朝韵见示次答》。其中，《花朝夜月色甚佳》云："最怜月夕即花朝，十二阑干尽玉瑶。不雨不风青帝乐（《陶朱公书》云：'二月十二百花生日，是日无雨为百花熟。'），半圆半椭素娥娇。园林到处清于水，红紫从今涌作潮。冷醉闲吟吾事足，虹桥懒听玉人箫。"

赵熙作《花朝》。诗云："去年黄浦过花朝，西望乡云梦里遥。天上人间无此曲，白头山国奏饧箫。"

江子愚作《金缕曲·癸丑花朝》。词云："暗里流年换。恨长空、乌飞兔走，游丝难绊。岁月销磨诗酒局，最怕从头抡算。又误了、春光一半。趁此踏青时节，好约良朋，醉倒桃花岸。一任著，黄鹂唤。　　红阑扑蝶谁家院。更多情、水边挑菜，柳丝吹面。草阁荒吟客渺，只剩寻巢旧燕。又谁识、蜀王宫殿。芳草无情迷故径，看海棠、风起斜阳乱。空赢得，鹃红溅。"

20日　宋教仁上海车站遇刺。行刺者为暴徒武士英，案涉袁世凯，引发讨袁运动。陈鹏超作《宋案》（二首）。序云："癸丑二月某日即新历三月廿日，宋教仁部长被刺于沪宁车站，因与袁氏政见不同也。"其一："沪海风云变，战端忽又开。韩彭有忧色，操莽逞雄才。强把皇图复，忍将民意摧。凶徒原路易，终上断头台。"龙璋作《哀钝初》。诗云："万变风云出愈奇，一身竟足系安危。从来党派相争日，几见清流获胜时。祸召兵戎有天意，谋工鬼域岂人知。登车空抱澄清志，匪独歼良令我悲。"李右之《辛亥革命至解放纪事诗四十首》其六："月台盗杀宋渔父，马迹蛛丝涉项城。民党不平图报复，讨袁事变祸机萌。"

《文史杂志》第1期在武汉创刊。本期由文史社（张仲炘任社长）编辑发行，傅集文印书馆印刷，王葆心、李希如编辑，杨守敬题耑。集前有《文史杂志略例》《征集文稿简章》《发刊词》，黄复与李希如题词。内含栏目："社论""经学""子学""史学""词章""六书""目录""杂俎""选录"。黄复题词云："轩颉创制，文明大昌，群龙箸作，萃于洙泗，六艺附庸，蔚成大国，百家腾跃，入其环中，曩哲详之矣。刘、李、赵、朱，应运霸世，驾驭九垓，知崇文教。百年以来，后务仆前，赤帜迭张，外潮涌灌，新机逾辟，旧业浸熸。民国肇兴，经纶雷雨。时局则山川重秀，学术则沧海横流。有志之士，珍惜国粹，当拔剑击柱之日，倡投戈讲艺之风。罗纲今古，镕冶洪炉，将以橐签大道、斧藻鸿业，救人心于垂亡，绩微言之将坠，不其韪欤。南皮帅楚，存古立校，张（次珊监督）姚（彦长教长）名师，实司魁杓。改更之余，同学诸子，别组织文史社，两师为祭酒（张任社长、姚为名誉总纂）。而老友罗田王季芗、夏口李熙如，均楚中硕学，撰述闳博，是主编辑行，且广延群英，襄兹盛举，殆未有涯涘。谫陋如复，与有闻焉。辄因出版，用志欣忭，文昌炳曜，光连翼轸，不嫌传说，附苍龙尾。癸丑之春，古云社黄复谨题。"本期"词章·诗录"栏目含《和〈韩致尧集〉近体诗二十六首》（辛亥九月后书事)（含《避地》《社后》《秋郊闲步有感》《向隅》《伤乱》《卜隐》《秋村》《冬日》《深秋》《即日》《寄京师亲友二首》《息兵》《息虑》《晨起》《幽独》《避地寒食》)(李哲明)、《惺樵兄入都，诗以祖之，时有复来汉上之约》(二首，希如)、《民国元年三月，重到武昌，访蔗师留饮有作》(余鲲)、《忆别石巢先生五年矣，相逢于武汉兵燹之后，回首如梦，凄然有作，时民国元年三月也》(余鲲)、《有感二首》(余鲲)；"杂俎"栏目含《寄社诗钟选录》。

《申报》第 14408 号刊行。本期《自由谈》"尊闻阁词选"栏目含《墨春词》(三十首，蜀西闻人郭惜阴)；"文字因缘"栏目含《满江红・题陆师彦卿遗像》(瘦蝶)、《春游，寄钝根》(四首，二我)。其中，瘦蝶《满江红》云："回首师门，那禁得泪花红溅。记曩日、春风许坐，诲人不倦。小试经纶棊一局，闲消岁月书千卷。更楼题、黄鹤扫霜毫，吟怀健(师曾游荆楚)。　　增感叹，人天远。空想像，羹墙畔。认吾乡，泰斗须眉如见。六十五年尘事了，阶前兰桂超群选。展遗容、珍重□心香，留词翰。"

《四川国学杂志》第 7 号刊行。本期"文苑"栏目含《西蒙渔父集(续)》(吴之英)。

黄宾虹在《神州日报》"神州月旦"栏目撰时评抨击袁世凯。

苏曼殊在上海伎人花雪南家请吃"花酒"，柳亚子、朱少屏、叶楚伧、陈英士在座。

21 日　《申报》第 14409 号刊行。本期《自由谈》"尊闻阁词选"栏目含《洞仙歌・吴门长爪郎制〈菩萨蛮〉见赠，枨触旧情，为谱长调奉酬》(蝶仙)、《绮绪》(佐彤)、《有感》(佐彤)。其中，蝶仙《洞仙歌》云："六年前事，更那堪提起。爪印空留感情记。惜真真小影，不见多时，可能够、再把一帧重寄(前承惠素心并长爪小影，为亡友华痴石窃去，如荷再赐，则请交钝根转掷，至盼)。　　美人无恙否？天上兰香，巧笑□容尚能拟。屈指向花前，一寸愁苗，又长到、廿三分矣。算辜负、当年恶情魔，便剪断情根，不该抛弃(近为恶情魔著《丽绡记》，小说俟脱稿，当供一粲)。"佐彤《有感》云："少小聪明壮不如，别人骑马我骑驴。追思二十年前事，第一伤心读死书。"

上海豫园书画善会筹办画展，吴昌硕画芍药、王震补石，此为"吴、王"合作画之始。又，吴昌硕为周庆云篆书"坐宾青山"十五言联，联云："坐宾常满，尊酒不空，客里相逢今北海；青山为赊，明月微共，梦中省识老东坡。湘龄诗人属语石撰句，篆以应教。癸丑华朝先一日，安吉吴昌硕，时年政七十。"

贺次戡作《仲春望前一日，余同韵琼、秀痕、志刚步月于青岛广衢，衣香鬓影，作汝南月旦。时有校书曰："花枣红者，名籍甚。"韵琼慕之，奈天不成美，未许谋面，然思念不置。每于途中遇绿衣女郎，辄疑为此豸也。追踪至歌舞台，废然而止，力倦足疲，略无所怨。余悲韵琼之痴，而又不为登徒子踵门求见，勉成一律券之》。诗云："灯火楼头闹市喧，芳踪独蹑止梨园。风前杨柳多疑影，雨过梨花尚浑痕。公子钟情怜翠袖，美人好意在黄昏。劝君休种相思树，红豆歌残易断魂。"

22日　壬子消寒第九集，同集者有：刘炳照、周庆云、缪荃孙、吴俊卿、张钧衡、朱焜。首唱刘炳照《消寒第九集，观朱子念陶百镜屏，作歌纪之》，继唱者周庆云、缪荃孙、吴俊卿、张钧衡（石铭）、朱焜、吴昌硕等。吴昌硕诗云："藏镜最富伊何人，南通州冯滩县陈。文字刻露句读古，前代翻沙那足数。念陶朱氏人中豪，嗜古酷似冯陈曹。书画鉴别兼名陶，古镜嵌木屏风雕。镜之所贵贵纪年，不然汉篆瑢三联。有美毕备知其间，模糊老眼看云烟。以镜自照腹心见，周书有铭比谣谚。当时铸镜传良工，磨垢炼铜光若电。想见美人贴华钿，顾盼莹莹晚妆倩。镜兮今归得其人，长宜长乐千万春。"朱焜诗云："延年益寿吉金铭，宝鉴长存不坏形。月照汉宫眉黛绿，尘薶唐寝土花青。古欢待续铜仙传，雅制悬殊云母屏。宜子保孙真大好，惟吾陋室永流馨。"

《申报》第14410号刊行。本期《自由谈》"尊闻阁词选"栏目含《断肠吟》（四首，蘧园）、《明妃》（二首，徵南馆）、《马嵬坡》（徵南馆）、《明妃》（和前韵）（二首，碧梧女士）、《杨妃》（李生）。其中，徵南馆《马嵬坡》云："马嵬旧事已成尘，天宝宫娥白发生。忍把江山换妃子，君王犹是未多情。"碧梧女士《明妃》其一："不见蛾眉带笑颦，玉颜花貌已成尘。当年若赂毛延寿，应使君王伴美人。"

《不忍》第2册刊行。本册"艺林·文"栏目含康有为《进呈〈日本明治变政考〉序（丁酉十二月）》《进呈〈俄罗斯大彼得变政记〉序（戊戌正月）》《进呈〈突厥削弱记〉序（戊戌五月）》《进呈〈法国革命记〉序（戊戌六月）》《进呈〈波兰分灭记〉序（戊戌七月）》；"艺林·诗"栏目含康有为《辛亥重九日，闻党禁开》《同琰女生，母梦火入窗，左足末指有红痣，常欢不啼》《外物》《壬子二月，自须磨双涛园迁近月见山下须磨寺侧公园前，桃樱满山，居有小园，适吾览揆，门人梁启超等十余人连日为寿，且作诗会相慰藉，赋三章》《与旃理行，觅得须磨湖前宅，僻地幽径，忽豁大园，备林池、山石、涧泉、花木之胜。老夫得此，俯仰山海，饱饫烟霞，足以遗世忘忧矣。园旧名长懒别庄，吾因其旧，即名长懒园。赋十五章，既以自怡，后之论世者，或有感焉》《感樱花落》《须磨春日，樱、杏、桃、梅、李、牡丹、杜鹃花皆极闹，次第开落。至夏初，则梅子绿阴，落红飞尽，为之感慨，时事同之也》（二首）、《调某侠者》《明末朱舜水先生避地日本，德川儒学之盛自此传焉。今二百五十年，德川公国顺举改碑祭，名侯士夫集而行礼者四百余人。吾在须磨，不能预盛典，附以五诗，以寄思仰》《长懒园早起，观荷花放》《游存簃夏日，时自粤新寄到荔枝》《种菜》《须磨游存簃夏日即事六首》《八月十三日，祭六君子于游存簃毕，素月已上，追念戊戌英舰还港时月色，感慨徘徊》《送门人梁任公归国》《任甫到京再寄》《重九箕面观红叶看瀑竟夕，宿瀑前锦泷庵客舍》；"附录"栏目含朱次琦《朱九江先生佚文（未完）》《平河均修水利之碑铭》，康有为《〈诵芬集〉序》《〈留芳集〉序》《留芳集（未完）》。

宋教仁卒。宋教仁（1882—1913），字钝初，号渔父，湖南桃源人。1902年入武昌普通中学堂。1904年任华兴会副会长。1904年长沙起义失败后往日本，入东京法政大学。1905年入中国同盟会，任司法部检事长。1912年民国成立，被任命为法制院院长。遇刺后，迫于社会舆论压力，袁世凯批准赵秉钧辞去总理职，由段祺瑞代理。柳亚子特撰《哭宋钝初烈士》悼念。诗云："忽复吞声哭，苍凉到九原。斯人如此死，吾党复何言？危论天应忌，神奸世所尊。来岑今已矣！努力殄公孙。不用吾谋恨，当年计岂迂？操刀悭一割，滋蔓已难图。小丑空婴槛，元凶尚负嵎。伤心邦国瘁，不独恸黄垆。"宋葬于上海闸北公园，墓碑系集孙中山墨迹而成。墓区有以大理石雕刻而成的宋氏西服坐像，底座正面刻"渔父"二字，系章太炎篆文手迹，背面刻铭文，系于右任所书，铭文云："先生之死，天下惜之。先生之行，天下知之。吾又何记？为直笔乎？直笔人戮！为曲笔乎？曲笔天诛。於乎！九泉之泪，天下之血。老友之笔，贼人之铁！勒之空山，期之良史。铭诸心肝，质诸天地。"宋教仁遇刺使章太炎震醒，渐由拥袁走向反袁。章太炎撰《宋教仁哀辞》云："炳麟不佞，七年与君子同游，钧石之重，夙所推毂。如何苍天，前我名世。殂殁之夕，犹口念鄙生，非诚心相应，胡彨感于万里哉！即日去官奔赴，躬与执綍，拜持羽扇，君所好也。若犹有知，当见颜色。"又撰《挽宋教仁联》云："愿君化彗孛；为我扫幽燕。"黄侃撰《思旧辞》悼念宋教仁。文云："予以丁未始识钝初。钝初沉厚有大志，余则疏顽以不材自处，两人交莫逆也。其后予颠蹇益甚，独钝初犹时顾予。革命既成，钝初敢力当涂，无缘与常接近。今年春，予自鄂来沪，与钝初同舟，谈谐累日。予赠以诗，以庄惠前事为喻，且劝以深根宁极，救以横流，钝初亦以为知言也。违别几时，遽罹凶祸，生平已矣，怀旧何期？泫然不知涕之无从也。古人有言：'游于其篱，而无感其名。入则鸣，不入则止。'以钝初之明智，岂不知此？卒以不忍国民涂炭，九服崩离之故，遗弃一身以为之轩冕月楣，曾无容心于其间，将所谓弘毅之士者非也。有志不遂，伏恨黄墟，乌乎哀哉！"高燮《吊宋钝初》（二首）其一："昨晨才握手，惨耗恐未真（余于三月十九日，偕陈巢南、姚石子同走谒，越一日，即得君二十夜车站被刺之耗）。道丧来魔鬼，时危殪凤麟。功堪及全国，怨不到私人。一弹关天下，奇仇要共伸。"其二："大星中夜落，万古黯无光。其识坚难拔，斯才作有芒。南明存统绪，北虏失猖狂。青史千秋笔，从今谁共商（余与巢南谈修史事，巢南为述君言，编辑《明史》当以崇祯后至台湾之亡，谓宜称《南明史》，而满清顺治及康熙初元年号则削之，诚为卓论）？"高旭作挽联云："正伤心家国，变故纷乘，江左剩夷吾，霖雨苍生信有托；奈何物妖魔，弹丸突至，长城隳道济，上天下地恨无穷。"又作《哭宋遁初》云："危哉亟亟大陆沉，内忧外患险象呈。昊天梦梦莫可名，何遽死我宋先生！江左夷吾蜚英声，方期扶助民国成。突来鬼魅伊谁因，嗾使之者兽耶人？人道丧尽公理沦，如此种族难幸存。忆昔海外缟纻盟，更有壮士田梓琴。寓楼对酒愁思盈，三人相与谈生平。一时慷慨肝胆倾，《二十世纪支那》行。曾参末议责我诚，二世而亡真苦辛（《二十世纪之支那》杂志实为公所创办，第二期未发行，被日人干涉停板）。时予发愿恢汉京，努力欲唤睡狮醒（予时组织《醒狮》《复报》）。大声一呼胡虏惊，君谓此举足慰情。死生流转海扬尘，东劳西燕心怦怦。重逢沪上把臂论，嗟哉我友人中英。黄花健在黄鹤鸣，湘中来死南都生。南北混一功莫伦，破坏终矣志略伸。待君建设事正殷，而乃灾害撄其身。中原从此坏长城，抚尸一哭君不闻。自知无益心难禁，先生遗言宜书绅。大家要担责任心，我辈后死其谛听。”林庚白作《哭钝初》（二首）、《钝初死后过三贝子花园，怅然有作》。其中，《哭钝初》其一：“相从患难恸余生，气类凋伤黯自惊。一逝倘闻关大计，九幽终觉惜微名。已危国事凭谁挽，未死人心有不平。荐辟荀韩吾不分，却持热泪慰泉明。”其二：“平情功罪足千秋，噩耗遥传泪忍收。兰忌当门宁不尔，鼠惊凭社果谁尤。芳菲乱限春无主，政变寒心死倘休。说与九原应一恸，倚闾白发正添愁。”胡朴安《吊钝初先生》云：“阴阳互代谢，四时相推移。新鬼成旧鬼，烦冤亦何悲。屈平没已久，招魂复有谁。我本谵荡人，昭质幸未亏。琼浆实蜜勺，就魂陈言辞。魂兮如有灵，应亦酸泪滋。忆昔承平日，大同若可期。忽然遭世变，平地化崄巇。鉏麑竟刺盾，商辛欲囚箕。草木起杀气，星辰惨光晖。蜩螗复沸羹，魑魅而龙夔。尘沙暗云海，只手障朝曦。周厉防民口，秦嬴示帝威。今古如一辙，民弱宜可欺。众生久颠倒，焉知真是非。所以古枭雄，常思秉要机。大盗出侯门，仁义乃盗资。王莽假周礼，竟改汉宫仪。从此风云急，国命如累棊。赤眉满神州，村落生蒿薇。人民竟何罪，哀此长流离。昊天胡不吊，泪为苍生挥。四顾天地窄，白日迫崦嵫。荆棘直横路，蹩躄靡所归。方知哲人萎，嚚顽尽伸眉。猿啼风尘黑，天狼驰逐飞。哀哉楚大夫，生死关安危。自从葬汨罗，豺虎满廷闱。长城谁尔壤，蛾眉相谗讥。招魂不复返，幽都阳气微。苍波荡皓日，魂兮何所依。炎凉几度改，九天应有知。幽明苦不达，茫茫邈难追。千古伤心恨，永在湘水湄。”姚锡钧《哭遁初》（二首）其一：“春色潇湘晚，行吟事已微。魏舒初襆被，张翰已忘机。百战飞鹰健，千秋化鹤归。四方多难日，我泪一沾衣。”其二：“吾侪何惜命，弃掷恨终轻。志业谁为寄，行藏累有名。天教死王济，我自叹龚生。歇浦潮声恸，幽明共不平。”朱自清赋长歌《哭渔父》。

23日 《申报》第14411号刊行。本期《自由谈》“尊闻阁词选”栏目含《春雨》（小蝶）、《春晴》（小蝶）；“自由谈话会”栏目含《挽息影庐主人》（六首，杨瘦鹤）。其中，小蝶《春雨》云：“春阴如梦压长廊，门掩梨花日渐长。深巷明朝问消息，小楼昨夜耐思量。几番冷雨欺红杏，一带疏烟锁绿杨。叶底流莺花底蝶，暂停檀板和笙簧。”《春晴》云：“大堤杨柳带朝烟，潋滟湖光扑眼前。嫩日帘拢春九十，画船箫鼓客三千。落花满地飞蝴蝶，灌木参天叫杜鹃。闻道云林香市好，游人多放里湖船。”

《独立周报》第 25 期刊行。本期“文艺部·诗选”栏目含《汉謍生诗选（续）》（赵怡）、《李寅恭诗四首》（李寅恭）。

周作人被选为浙江绍兴县教育会会长。

24 日 《申报》第 14412 号刊行。本期《自由谈》“尊闻阁词选”栏目含《杨柳》（四首，山阳秦寄尘）、《又成四绝》（山阳秦寄尘）、《浪淘沙·纪梦》（蘧园）、《荆州亭·题照，用吴城小龙女韵》（蘧园）。其中，山阳秦寄尘《杨柳》其二：“暮春天气正阴晴，夹路青青管送迎。我独何心怨杨柳，不曾攀折是多情。”蘧园《荆州亭》云：“十二阑干频倚，芳草碧连天际。屈指意中人，三载流离琐尾。　　不惜珠量币委，漫把别情提起。一笑证前缘，犹忆莲花幕里。”

瞿鸿禨作《二月十七日，先母太夫人生辰，蒙节庵按察分贻崇陵祭余羊肩一个，并家庖素食一柈，即荐灵几，感涕志谢》。诗云：“子美杯盘生菜香，更分馨洁到泷冈。遗羹锡类封人孝，寸草逢春漂尉伤。嘉祀获求仁者粟，余恩犹饱大官羊。当年读传知滂母，遥奠松门泪数行。”

25 日 孙中山自日本返上海，就宋教仁遇刺一案与黄兴、陈其美、居正、戴季陶等人商量对策。黄兴《复孙中山书》云：“宋案发生以来，弟即主以其制人之道，还制其人之身。先生由日归来，极为反对。”孙中山主张起兵讨袁，其《致黄兴书》云：“犹忆钝初死后之五日，英士、觉生等在公寓所讨论国事及钝初刺死之由。公谓民国已经成立，法律非无效力，对此问题宜持以冷静态度，而待正当之解决。时天仇（戴季陶）在侧，力持不可。公非难之至再，以为南方武力不足恃，苟或发难，必致大局糜烂。文当时颇以公言为不然，公不之听。”孙中山由此发动“二次革命”。

宋教仁遇刺，政敌梁启超亦在重大嫌疑之列。梁启超本日给梁令娴信中论其事云：“吾多日来为政界恶现象所刺激，心颇不适，然每得汝书，及作书与汝，总算一乐事也。宋氏之死，敌党总疑是政敌之所为，声言必报复，其所指目之人第一为袁，第二则我云。此间顷加派警察，保护极周，将来入党后更加严密，吾亦倍自摄卫，可勿远念。”

宋案发生，安徽都督柏文蔚与陈独秀十分愤慨，去信北京“忠告”袁世凯。

《申报》第 14413 号刊行。本期《自由谈》“尊闻阁词选”栏目含《书怀》（二首，蜀西闲人）、《送沪江觉道人》（四首，延秋室）、《赠素心眉史》（二首，鹿门旧隐）。其中，蜀西闲人《书怀》其二：“平生涕泪都飘尽，破屋荒凉俗梦无。匣剑空余三尺水，车尘怕问九州途。苦中作乐诗千什，忙里偷闲酒半壶。如我痴顽人有几，满江风露月轮孤。”鹿门旧隐《赠素心眉史》其一：“钱塘苏小是乡亲，往事如烟认不真。可恨东风太狼藉，好花堕溷太无因。”

《小说月报》第 3 卷第 12 号刊行。本期“文苑”栏目含《京华游览记（续）》（我一）、

《致友人书》(瘦兰)、《東京华南来诸子》(我一)、《过茶山》(我一)、《闺情》(瘦兰)。

[韩]《朝鲜佛教月报》第14号刊行。本期"无孔笛"栏目含《寻牛拟古》(石颠生)、《十二月南溪雪屋》(晚香堂惠勤)、《壬子除夜》(晚香堂惠勤)、《哭景星,和上西行》(晚香堂惠勤)、《读〈佛教月报〉有感》(金擎云)、《奉答菊人先生寄我寿诗》(金擎云)、《奉赠退畊和尚》(宝盖山人)。其中,金擎云《读〈佛教月报〉有感》云:"报若春雷震九天,知应龙象蹴高筵。慧轮犹隘三千界,佛日长明亿万年。谁把邪心堪入社,如非正语未刊编。但能随喜无能力,最喜新论更斐然。"

[韩]《经学院杂志》第2号刊行。本期"词藻"栏目含《经学院讲筵吟》(朴升东)、《呈经学院,祝贺新年》(金光铉)、《奉呈经学院》(曹泽承、孔喆镕、吴钟泳、朴元教、崔行敏)。其中,金光铉《呈经学院,祝贺新年》云:"杏坍先祝万年春,满院和风物候新。君子道长小人去,振振庆禄自天申。"

26日 《申报》第14414号刊行。本期《自由谈》"文字因缘"栏目含《哭宋教仁五绝》(蜀西闲人)、《追悼范君振中》(人寿庐主)、《无题》(十首,栖梧)。其中,蜀西闲人《哭宋教仁五绝》其一:"希腊新兴主,中华政治家。后先十数日,同一泪如麻。"其二:"人心竟如此,天道宁足论。悠悠大千世,只有血留痕。"

王国维致缪荃孙书云:"维自阴历开岁后共作诗十余首,而此《隆裕太后挽歌辞五言排律九十韵》颇为满意,惜篇幅太长,不能写呈,拟将至东以后诗编成一卷付之排印,再行奉呈教正。"诗云:"先帝将亲政,旁求内助贤。宗臣躬奉册,天子自临轩。长女爰迎渭,元妃夙号嫄。未央新受玺,长乐故承欢。问寝趋西苑,从游在北园。太官分玉食,女史进银环。璧月临华沼,明河界掖垣。铜龙宵咽漏,香兽晓喷烟。礼数元殊绝,恩波自不偏。螽斯宜揖揖,瓜瓞望绵绵。就馆终无日,专房抑有缘。齐纨虽暂弃,汉剑故难捐。家国频多事,君王企改弦。亲臣用安石,旧学重甘盘。调护终思皓,危疑伫得韩。东朝仍薄怒,左卫且流言。玉几陈朝右,珠襦出殿前。求医晨下诏,训政暮追班。宣室从今罢,长门自昔闲。事虽西掖秘,语已内家传。闻疾然疑作,瞻天去住难。翻因朝鹤禁,暂得对龙颜。憔悴凭谁问,忧虞只自怜。妾身甘薄命,官里愿加餐。别殿春巢燕,离宫夏听蝉。王家犹隉杌,国步遂迍邅。象魏妖氛别,钩陈杀气躔。轻装同涕出,下殿但衣牵。豆粥芜亭畔,柴车易水边。终然随玉辇,幸免折金鞭。去国诚多感,回銮更永叹。乾坤重缔造,母子尚防闲。梦去瀛台近,愁来渤海宽。枯桐根半死,古井水长寒。掩抑长生祝,仓皇末命宣。鹤归寒有语,龙去迥难攀。先后同危惙,升真各后先。委裘迎济北,负扆仗河间。孺子垂裳日,亲王摄政年。谦冲如昨日,悲感每无端。泪与湘流竭,恩唯鞠子单。起居调甲观,游幸罢甘泉。篝火俄张楚,传烽忽到燕。大臣惟束手,小吏或弹冠。阃外无卢植,山中有谢安。庙谟先立帅,廷议尽推袁。洒落捐前隙,低徊忆后艰。方令调鼎鼐,不独总师干。反旆从江浒,衔恩入上兰。君臣同涕泪，殿陛尽潺湲。礼自群僚绝，权教一相专。坐令成羽翼，不觉变寒暄。鄂渚宽穷寇，金陵撤外援。虚张江表势，都散水衡钱。国论归操纵，军心任控抟。嗣宗因劝进，祭仲自行权。大内更筹转，中宵禅草颁。琅琅宣德令，草草载书编。帝制仍平日，官僚俨备员。鹭飞今作客，龙亢昔乘乾。城阙罘罳坏，园陵草露漙。黄图馀禁籞，赤子剩中涓。寂寞看冲主，欷歔对讲官。哓音缘室毁，忍死为巢完。属者逢天寿，佳辰近上元。诸王仍入内，故相愿交欢。殚赫生辰使，凄凉上寿筵。陪臣称上客，拜表易通笺。御殿心如噎，移宫议又喧。长春才受贺，宁寿遽升仙。侧听弥留耗，传从丙夜阑。嗣皇居膝下，太保到帘前。母子恩无极，君臣分俨然。指天明寄托，视目但汍澜。前殿繁霜重，西垣落月圆。寺人缠玉柙，园匠奉金棺。畴昔悲时命，中间值播迁。一身元濩落，九庙幸安全。地轴俄翻覆，天关倏转旋。腐心看夏社，张目指虞渊。此去朝先帝，相将诉昊天。秋荼知苦味，精卫晓沉冤。道路传乌喙，宫廷讳马肝。生原虚似寄，死要重如山。举世嫌濡足，何人识仔肩。补天愁石破，逐日恨泉干。心事今逾白，精诚本自丹。山河虽已异，名节固难刊。诔德词臣少，流言秽史繁。千秋彤管在，试与诵斯篇。”

27 日　天津成立改良戏曲练习所。

京汉铁路同人会诗钟局，到场 20 余人，陈衍、沈瑜庆、梁鼎芬、易顺鼎、黄懋谦于陈宝琛处小集。集会两处相距甚远，以电话传题，飞骑送卷，相互赏鉴。易顺鼎《诗钟说梦》记载集会之作：“弢老一卷云：‘诗有前身彭泽澹，策惟举首广川醇。’字字得当，而其光颇黯澹，竟作遗珠。弢老与余谈王幼点‘楚牙’三唱卷云：‘云归楚岫曾无梦，水冷牙台不再弦。’‘笑浑’七唱卷云：‘名场恣哭何如笑，心境从枯不遣浑。’意以为此最上乘之作。又谓‘不遣浑’先本作‘不肯浑’‘不许浑’，最后乃改‘遣’字，下字之难如此。余亦颇赏此两卷，而同社非闽派者，皆不以为然。即闽派中陈石遗亦不谓然也。石遗称诵闽人‘月诗’七唱一卷云：‘花片叠高平地月，竹尖镌满一庭诗。’致以为佳。同社皆谓此童子初学对偶所为，而石遗诵之，殊不可解。闽派中沈文肃及弢老，皆能以大笔为诗钟。文肃‘雪平’一唱卷云：‘雪天裘被偕朋辈，平地楼台待子孙。’‘天我’五唱卷云：‘海到无边天是岸，山登绝顶我为峰。’弢老‘瘦生’四唱云：‘梅花虽瘦无寒相，松子初生有大才。’大而不廓，空而不疏，所以佳也。”

[韩]《侍天教月报》第 3 卷第 3 号刊行。本期“词藻”栏目含《百心诗》（石仁昊）。

28 日　《申报》第 14416 号刊行。本期《自由谈》“游戏文章”栏目含《阅长沙闹报事得长句》（逸民）；“尊闻阁词选”栏目含《春草》（二首，古樵）。其中，古樵《春草》其一：“江皋极目碧无涯，惆怅王孙别思赊。巷口日斜飞紫燕，陌头风暖逐香车。青帘半卷客沽酒，红杏一村人卖花。啼到鹧鸪情不尽，倚栏一倍惜年华。”其二：“笼雨笼烟各自芳，牵人情绪总茫茫。几家絮酒浇寒食，一径春愁付夕阳。浅碧远迷鸿石印，轻蓝软拂马蹄香。怜他儿女娇痴甚，约斗宜男日日忙。”

叶昌炽得秦绶章（佩鹤）函，寄示《隆裕皇太后挽词续》四律、邃翰八章、《东坡生日诗》二首、叔彦古诗一章，其题曰《大乘禅》。叶欲作一复而使者已去。

沈尹默与朱希祖往法政学校访邵裴子不遇。晚与朱希祖到天乐园看戏。

姜可生《哭宋渔父先生》刊于《民立报》。5 月 11 日《大同周报》改题为《渔父挽诗》。后刊于《南社》第 9 集。诗云：“星星篝火野狐鸣，老树寒荒蔓草盈。边患方侵胡马肆，将星忍陨壮心惊。好磨长剑洗奇辱，痛饮醇醪绝世情。我亦江湖憔悴客，凄风苦雨哭先生。”

29 日　超社（原名超然吟社）在上海成立。主要成员有陈三立、沈瑜庆、沈曾植、樊增祥、缪荃孙、左绍佐、吴庆坻、瞿鸿禨、王仁东、周树模、吴士鉴、林开謩等。诗社主力为清末民初宋诗派文人群体。辛亥革命后，陈三立避居沪渎，另一位宋诗派核心人物沈曾植此前亦来沪上，和时在上海之郑孝胥、沈瑜庆、夏敬观、陈曾寿等宋诗派人物频繁往来。超社第一次雅集，樊增祥招集樊园看杏花。陈三立、缪荃孙、左绍佐、吴庆坻、瞿鸿禨、沈曾植、王仁东、周树模、吴士鉴、林开謩等同集。樊增祥在《超然吟社第一集致同人启》中云：“孙卿氏曰：‘其为人也多暇日者，其出人不远矣。’吾属海上寓公，殷墟黎老，因蹉跎而得寿，求自在以偷闲，本乏出人头地之思，而惟废我啸歌是惧，此超然吟社所由立也。先是，止庵相公致政归田，筑超览楼于长沙。今者公为晋公，客皆刘白，超然之义，取诸超览。人生多事则思闲暇，无事又苦于岑寥。闭户著书者，少朋簪之乐；征逐酒食者，罕风雅之致。惟兹吟社，略仿月泉，友有十人，月凡再举。昼夜兼卜，宾主尽欢。或纵清谈，或观书画，或作打钟之戏，或为击钵之吟。即席分题，下期纳卷。视真率之一蔬一肉，适口有余；若《礼经》之五饮五羹，取足而止。今卜于二月十二小花朝日，在樊园为第一集，加未必来，抵亥始散。春在剪刀风里，柳色初黄；雪消熨斗坪心，草痕微绿。金鲫群游，聊堪养目；芳梅半落，犹可点心。天厨兰橘之味，昨梦迷离；小斋桎柏之华，一时新净。深衣入画，倏然十竹之清风；一醉无名，特借百花之生日。先期柬约，单到书知。”同人和作：沈曾植《超社春集看杏花，和云门》、缪荃孙《癸丑二月樊园探杏，限东韵》、樊增祥《展花朝，超社第一集樊园看杏花，歌限东韵》、瞿鸿禨《展花朝日，超社第一集樊园看杏花，歌限东韵》、陈三立《展花朝，超社第一集樊园看杏花，限东韵》、吴士鉴《花朝后十日，樊山丈招集樊园看杏花，限一东韵，超社第一集》。其中，陈三立诗云：“探梅人日樊园东，健步群随湘绮翁。尔时嫩春未破蕾，丑枝一二寻小红。流光幻转更节候，琼玉碎委蔓草丛。幸获杏花续梅后，照烛林屋光熊熊。缀珠万簇荡银海，贯日一气腾白虹。翁还故山惜未见，乐事应念联群公。果然超社起凡例，奔集兼无雨与风。百绕芳菲袭怀抱，指画睥睨情何穷。忆昔赁居冶城侧，园杏五六哦赏同。会遭盛涨根烂死，十年梦想摇晴空。孰意乱离匿海澨，重叠花事揩双瞳。奸凶相斫日大索，天假隙地哀疲癃。耆贤况腹草木疏，各倚彩笔追化工。主人吟对益飞动，一花一句犹难终。我虱其间恧形秽，去浇酒碗称瘖聋。”樊增祥诗云：“二月十二哀中宫，更展十日携吟筇（初拟小花朝日宴集，因追悼隆裕太后展期）。花朝玉梅落如雨，不如来趁新杏红。是时春寒已无力，鹅黄柳色迎暄风。貚貂藏笥不复御，吴棉袍袄袭两重。清晨小奚扫花径，琉屏十扇开玲珑。丞相小车独早至，寿巾紫褐从一僮。两行密树夹香弄，一坪芳草舒绿绒。径趋花下赏红雪，身形摄入香光中。邻园玉兰亦奇绝，白塔两座撑晴空。寻芳遂掠短篱过，登楼略与吾庐同（余陪止相过邻园楼居看玉兰）。少焉裙屐纷来集，合晋七贤梁四公（会者十一人）。芳菲近挹云艳艳，光采远映春蓬蓬。五日前头夜听雨，卖花声满斜桥东。岂如小园五树锦，靥酺明丽肌肤丰。联翩入林尽老辈，酣嬉赌跳犹孩童（余戏与贻书赌跳）。佳日佳景聚佳客，薄酒可敌禄万钟。烹鱼更荐穿篱笋，割肉同煨塌地菘。清谈茗饮半日足，煜煜紫电辉金釭。夜珠照座不愁月，书画结采长如虹。呼童亟市纱一匹，明日新诗便可笼。”吴士鉴诗云：“玉梅已过头番风，一月不来尘眸瞢。社约飞至兴飚举，如起跛跸苏疲癃。入门短杝界方罫，花光迸出殑云烘。文杏四本高过丈，近睨浅白攙深红。绕花数匝不忍折，绣缬初坼香冥濛。若令艾宣傅粉墨，闲看当与闲客同。猛忆十载居秘籞，万善门外春无穷。仿佛江南听春雨，高下百树罗珍丛（西苑直庐杏花多至百余树）。劫来芳囿翳榛棘，旧燕一去雕梁空。駊娑杈诣余故址，禁扁爨下薪材供。梦华飘瞥委逝水，侧身北望心常忡。海滨跧局与高会，追蹑杖履殊倥侗。他时欲访董君异，杏林遍植庐山中。餐霞噏雾踞金鼎，谷帘卷碧泉瀜瀜。稚川记述倘非妄，息壤先有精灵通。”

《申报》第14417号刊行。本期《自由谈》“游戏文章”栏目含《古秧歌》（杨瘦鹤）、《因其词句有合于风人之旨，爰亦戏拟两首，以博大方一粲》（二首，石梁行羲氏戏笔）；“尊闻阁词选”栏目含《郊行杂咏八首》（嚣嚣子）、《杨花》（佐彤）。其中，杨瘦鹤《古秧歌》云：“凉月弯弯照九州，几家欢乐几家愁。几家夫妇同罗帐，几家飘流在外头。”嚣嚣子《郊行杂咏八首》其一：“茅舍几家傍水滨，绿阴如幕草如茵。迷津欲把村童问，黄犬隔篱争吠人。”

周实《〈无尽庵诗话〉序》刊于《长沙日报》。之后逐日连载。

31日　中华佛教总会正式开成立会于上海。举冶开、熊希龄为会长，清海（静波）为副会长，圆瑛法师为教务主任，太虚大师为《佛教月报》总编辑，文希（亚髡）为总务主任，仁山等为住会办事。

《湖南教育杂志》第2年第5期刊行。本期“文艺·诗录”栏目含《吊浏阳张肇闳维》（十首，鹏广）、《感事》（竟如）、《重游大佛寺》（自庵）、《武昌城楼书感》（自庵）、《浣溪沙》（四首，自庵）、《鹊桥仙》（自庵）、《行香子》（自庵）。

本　月

第一届国会议员选举基本结束。结果：众议院议席596个，其中国民党269名，共和党120名，统一党18名，民主党16名，无党派26名，跨党者147名。参议院议席274个，其中国民党123名，共和党55名，统一党6名，民主党8名，无党派44名，跨党者38名。

广东号召讨伐袁世凯称帝，军阀龙济光奉袁世凯命率军由广西梧州顺流而下，直扑广州，讨袁失败。《大风日报》报社遭广东都督龙济光查封，龙济光奉袁世凯命悬赏通缉古直，古直从汕头避居香港，隐寓曾伯谔家中一年。

《神州女报》（月刊）第1号刊行。本期"文艺"栏目含《杨笃先生遗诗》（镇远周纬录）、《仪孝堂诗钞（未完）》（衡阳何承徽）、《锦心绣口录诗选（未完）》（张姚蕙景苏辑），《闻某女士事有感》（社英）、《浪淘沙》（社英）、《别吴兴》（影观）、《春日偶成》（影观）、《怀亡友俞君庆和》（影观）、《游仙诗》（龙城懒庵杨显范）。

《震旦》第2期刊行。本期"文苑"栏目含《章筹边使太炎先生赠各团联合筹边会五律二首》（章太炎）、《苍云楼诗话（续）》（严天骏）、《李印泉中将出示先德明指挥佥事钟英先碑文书后》（赵管侯）、《印泉先生相晤都门，杯茗话旧，欣慨满怀，出示先德指挥公墓碑，懔懔大义，足以风世，感而赋此》（附作者肖像）（赵鹤龄）、《辽东杂感》（伯严）。《嘤求录》：《民国义烈大将军彭君墓志铭》（剑佛）、《为迪庄题〈严氏家庙松图〉》（磐那）、《前题》（子毅）、《题金实斋〈北雅楼著书图〉》（子毅）、《摸鱼儿・题严迪庄〈药衾秋影图〉》（子毅）、《民国二年二月十二日，共和纪念会举行南北统一一周纪念会，爰语斯联，以为纪念中之纪念》（统一党本部同人）、《又一联》（统一党本部同人）、《民国二年三月初二日，统一党举行成立一周纪念会联语一则》（董其成）、《民国二年二月二十二日，隆裕清太后仙驭上宾，凡我五族国民同深痛悼，爰撰斯联以进，藉志哀忱》（统一党本部同人）；"杂俎"栏目含《胜国野文》（通一）。

《孔教会杂志》第1卷第2号刊行。本期"文苑"栏目含《圣诞日祭文》（陕西都督张凤翙）、《孔教会松江支会丁祭祝文》（张莪章谷生）、《张蒿庵先生祠记》（钱塘张上龢沚蕁）、《重远先生以所著〈孔教论〉〈孔教杂志〉见示，口占书后，以志欣慕并发抒胸臆焉》（太仓顾思义耕道）：《尊天二首》（前人）、《尊孔四首》（前人）。

《中国学报》第5期刊行。本期"题跋"栏目含《枕碧楼存稿（续）》（沈家本）；"丛录"栏目含《陈寿卿与吴平斋手札（未完）》、《越缦堂笔记（续）》（李慈铭）。

海上诸寓公假淞北徐园小亭修禊事，黄旭初布衣来约，王甲荣后六日始往，因效梅村补禊古事赋诗。

瞿鸿禨为陈夔龙《水流云在图记》作序。又，陈夔龙作《以〈水流云在图〉索梦华同年题句》。诗云："雪后鸿留指爪新，重重春梦话萍因。备尝险阻艰难味，合署东西南北人。归去泉明书甲子，降生正则溯庚寅。水云无限苍茫意，便欲逢君一问津。”

吴昌硕结游陈三立，乞其题先人遗墨。陈三立有《读吴昌硕老人〈缶庐诗〉题句》《缶庐属题所获先人诗幅遗墨》《偕沤尹、贞壮、剑丞访缶庐老人不遇》。其中，《缶庐属题所获先人诗幅遗墨》云：“缶翁穷老擅才艺，尤以画笔夸荒裔。及锋早试善刀藏，墙角儒生甘自弃。先人毫翰播州国，乱离亡佚搜只字。忽偿零幅井闾间，传袭清芬比彝器。我诵短章古谣谚，低徊貌此循良吏。当年窃禄杂赀郎，驽骀未免倍骐骥。故逢汪卿辙倾倒，嫉俗扬贤动深喟。今为何国更何时，乳臭半尸县知事。翁摩手泽睨疮痍，问天酿注经天泪。”又，吴昌硕为王震篆书“多驾写来”七言联。联云：“多驾鹿车游汗漫，写来鲤简识平安；一亭老兄属，集北宋石鼓字，幸正。癸丑二月，安吉吴昌硕。”

黄宾虹为《真相画报》作山水册八开，并题写诗句。其一《癸丑题画》：“一声两声松子落，一片两片枫叶飞。夕阳在山新月出，道人相伴一僧归。虹。”其二：“溪上先人之敝庐，南山秀色照庭除。何时共买扁舟去，看钓寒波缩项鱼。松雪句，宾虹写。”

陈荣昌抵昆明，众亲友欢言来归。应王仲瑜之约，隐居于安宁鸣矣河畔之凤村，自号遯翁、困叟、明夷子以明志。他将“鸣矣”改称“明夷”，并作《明夷河解》阐明志趣。作《定居鸣矣河》(二首)。其一：“大块悲榛寨，空山剩藿场。此生无定所，不死又还乡。问讯蒹葭水，安排薜荔墙。故人应久待，躯马趁斜阳。”定居后作《与少庚并马入城》一首，略云：“去年海上闻兄语，夷齐一饿是千古。感此遂赋归去来，不知采薇在何所。……穷岩亦窟足藏匿，况有蓬蒿覆环堵。兄闻我言三太息，此即天公位置汝。”

连横在吉林访杨怡山。杨怡山邀宴于第一楼，斗酒赋诗。连横作《如此江山·将去吉林，杨怡山嘱题写真册子，倚此志别》。词云：“青山一发怜憔悴，伤春赋诗何处？离恨天中，浇愁海上，多少英雄儿女。年华如许，便把尽沧桑，画图收取。蝶梦鹃魂，相逢莫作凄凉语。　　多君激昂慷慨，只一箫一剑，自来自去。走马风流，屠龙身手，莫怨天涯迟暮。征骖且住，为君且高歌，为君起舞，为问他年鬓丝如旧否？”又，连横作张家口之行，有《出居庸关》。诗云：“万山东走护居庸，一剑当关路不通。大漠盘雕秋气黑，长城饮马夕阳红。弃繻慷慨能筹策，投笔功名记凿空。今日匈奴犹未灭，妖氛直逼塞垣雄。(时库伦独立，方传牧马南下)”又，连横以国久遭胡患，欲至库伦一窥其变。出居庸关，入夜至张家口，偕同车霍斡唐宿张绥铁路总局，有张家口诗。越早，经主人及霍斡唐劝解，连横放弃库伦之行，作《宿张家口，出大境门至阴山之麓，怅然而返》。诗云：“大漠起寒云，连天暗秋色。蜿蜒万里城，到此势忽扼。群山抱东南，大河横其北。壮哉此雄关，攻之不易克。如何景泰孱，一战竟败绩。巍巍齐化门，亦遭胡骑迫。天子幸生还，也先已无敌。缅念文皇猷，威稜震绝域。屏瀚固金汤，燕云资羽翼。子孙宴深宫，沦亡忽顷刻。固知山河险，守之在人力。有清起沈阳，蒙儿供驱策。左控科尔沁，右擒厄鲁特。凯旋幸热河，宫花侵御席。鹿酒宴盟王，雀翎环贝勒。百里置一堠，十里驰一驿。壮哉此雄关，往来无停息。昔日界华、夷，于今通贸易。逶迤骆驼群，铃声接朝夕。沿河十万屯，亦可艺黍稷。其次马、牛、羊，放牧资繁殖。西北重边防，群胡驯羁勒。固知山河险，守之尤在德。中叶事偷安，朝政愈不饬。阳夏会风云，辉煌汉帜赤。五族共一家，库伦忽反侧。旷野竖旌旗，排云列剑戟。活佛本庸愚，俄人为鬼蜮。虎视日眈眈，狡谋肆蚕食。保大定藩封，犁庭在一击。当涂遂包容，拊循岂得策！壮哉此雄关，勿为丸泥塞。我志欲请缨，慷慨事金革。提剑出国门，驱车度沙砾。眼底隘居庸，浩气吞戎狄。因思古人豪，铭功耀玄幕。班超亦书生，手平卅六国。及今尚未衰，继起追前迹。戈挥瀚海云，月冷沙河笛。翘首望阴山，抚然长叹息！”回京数日，又治行装，循京汉铁路南下，以横览大河南北。出京三十里，至卢沟桥，有《卢沟桥》。诗云：“襕衫曾染曲尘黄，挥手东华事可伤。乡梦渐多春梦减，卢沟桥畔月如霜。”翌日，乘车至望都，次至定州，又至正定，过滹沱河，抵石家庄，有《石家庄吊吴大将军禄贞》。诗云：“冈前立马叱风云，只手能麾十万军。三晋山河原险阻，两湖兵甲自纷纭。犁庭未饮屠龙酒，破壁惊传刺虎文。突兀崇碑方泐字，伫看光复溯奇勋。”又至顺德及邯郸，有《过邯郸》诗。又，经河南而过黄河，有《渡黄河》。诗云：“南来事事感怀多，莫谩停云发浩歌。生恐浊流污我足，汽车载梦渡黄河。”经卫辉时，下车谒比干墓，过河有隧道，其山即武广山，有《武广山》《虞祠》二诗。其中，《武广山》（《史记》：“楚、汉俱临广武而军，即此”）云：“大旗落日马飞扬，蔓草平沙辟战场。天以黄河限南北，我来广武吊兴亡。八千子弟沙虫泣，一代君臣走犬狂。终告美人恩莫庇，楚歌楚舞总凄凉。”《虞祠》（在广武山麓，为乡人祀楚虞妃处）云：“我登广武喟然叹，不吊英雄吊美人。百战江山无寸土，千秋粉黛有余春。魂来黑塞鸦能舞，诗咽黄河马不驯。凄绝楚宫风雨夜，萧萧衰柳尚含颦。”又，辗转入湖北境内，抵汉口，于京汉道上展读《史记》，有《京汉道中展读〈史记〉拉杂得诗》（四首）。其一：“中原睥睨无余子，乱世功名看尔曹。穷尽黄河九千里，我来广武但狂歌。”其二：“相公昨日牵黄犬，上帝今朝杀黑龙。几个出门西北笑，霸材王佐亦沙虫。”又作《登黄鹤楼》。诗云：“关山风雪阻归程，匣底青萍夜夜鸣。血战群龙喧大陆，狂歌一凤起沧溟。文章几辈论成败，天下英雄半死生。滚滚长江天欲暮，怒涛乱打武昌城。”翌日，游汉阳，登大别山，谒禹王宫，作《登大别山，谒禹王宫，是辛亥激战之处，弹痕犹在》。诗云：“惨淡龙蛇战血红，红流终护禹王宫。荆襄作镇人才歇，吴楚争衡霸业空。万里风云登大别，百年日月送英雄。苦心缔造怜吾党，一例艰难竟始终。”归舟泛江，连横又至九江，作《访琵琶亭故址》。诗云：“隔水骚魂未可招，浔阳江畔且停桡。苍葭断雁无消息，赖有琵琶慰寂寥。”翌日，过彭蠡望小姑山，作《小姑山》。诗云："春草春波入画图，风鬟雾鬓影模糊。昨宵梦到彭郎浦，睡起扬舲看小姑。"舟行五日，归上海。

黄兴作《题彭家珍、张培先、黄之明、杨禹昌四烈士墓碑》。词云："慷慨一击烈士死，庄严亿载民国生。今之孑遗者断指拔眼尚健在，愿无使国士一怒兮而为此不情。宪民同志将归蜀，出手书四烈士碑文索题。呜呼，烈士死矣，国基不固，吾辈何归？知其心更苦也。"

宁调元星夜走沪，会见孙中山、黄兴，力言东南各省已趋一致，袁世凯自绝于民国，建议迅速举兵，北定中原。或劝宁调元养晦东瀛，谭延闿愿供千金旅资，宁不为所动。

杨青母瞿太君去世，陈寿宸作《杨园种菊主人失恃》。诗云："昔年菊花开，主人衣披莱。今年菊花开，主人有余哀。我亦今昔殊，思子动长吁。老泪弹将枯，秋霜参鬓须。骨肉恩情切，依依忍长别。衰老犹悽绝，少壮痛逾剧。时物触酸心，倚树作秋吟。吟咏多商音，花亦泪涔涔。"

陈蜕庵赴上海，主《太平洋报》笔政。

周钟岳奉北京政府命为滇中观察使。

王用宾当选第一届国会参议院议员。

《新新百美图》（2册，石印本）由国学书室石印出版，大共和日报馆总经销。沈明（泊尘）画、张蛇（丹斧）题诗。本年11月，《新新百美图续集》（2册，石印本）又由国学书室石印出版，大共和日报馆总经销，樊增祥、张丹斧分为序言，杨天骥封面题签，张丹斧题扉页书名。1915年2月，国学书室再次石印出版《新新百美图外集》（1册，石印本）。《新新百美图》及其续集、外集，所结集作品来自《大共和星期画报》。沈泊尘仕女画画款多为汤国梨和张丹斧题诗。汤国梨题诗常署名"阿度"，张丹斧题诗常署"丹翁"。另有诗标梅村、听秋题。樊序云："三十年前，海上画报以艮心君为巨擘。迩来画苑稍寂寞矣，顷见泊尘一画百美图，丹斧题之，诧为发绝，虽艮心莫能及也。倾倒之余，为赋四绝，以书喤引。民国二年十月十日，樊山题于上海宝昌路寓庐。"樊诗其一："爱好天然出大家，有谁能貌苎萝纱。泊尘墨妙如春雨，开遍江南百种花。"其二："海上有诗兼有画，花前宜喜亦宜嗔。有钱不买朝云画，白纸屏风可笑人。"其三："时世妆梳粉黛香，美人真态出苏杭。岂惟推倒宋元画，光绪中年无此装。"其四："三十年前说艮心，今看粉本久沉吟。凌烟未是人间贵，一画蛾眉值万金。"张序云："挟一技以游世，初不惧乎无所。沈郎泊尘，冠玉少年，擅场绘事，所图仕女未见可敌。准阴阳向背之理，相离合近远之势，中秾纤修短之度，探中外古今之秘。唐寅其鬼或灵，必为异时之叹；仇英朽骨再荣，且真可畏之喟。同辈画伯，风斯在下。吾友嘉兴钱芥尘顾好其术，乃辑所为《大共和报锣》'新新百美图'，重付精印，妙装盛饰，以饷嗜痂，使我题咏，赞其藻采。今之诗家樊山健者，自况不逮焉，称其服。或曰：见猎侈以当仁。按幅着笔，忽焉成册，弁乎篇首，未可无言，聊复书之，以志好弄。张丹斧并书。”其中，丹翁题诗其一：“爱听飞鸾叫九阍，春风吹绿苎萝村。莫愁贪与娇儿戏，背手亲扃独扇门。”其九：“碧纱灯下电光寒，蜡纸铦锋墨未干。草草翻成何国字，倩谁方便寄人看。”

方守彝作《癸丑二月由皖至申，女幼兰闻之自杭州来，为予影六十七岁小像。时涵将有龙泉之役，匣予影以行，系句送之。古至人以刚为难得，而又以刚为至戒，涵其索解于其间也》。诗云：“幻见人间亥字年，正如云影过长川。林花开落春忽甚，霄月圆亏发皓然。大地玄黄疑欲战，一家离散不成妍。汝今往佩龙泉剑，绕指临风慰熟眠。”

闵尔昌作《二年二月，偕地山假归江都，并作丹徒、上海之游，流连匝月，君将之二十圩，余亦北行，赋此为别》。诗云：“嗟君与我同壬申，历年四二俱艰屯。迩来十载客河朔，梦中苦忆江南春。鸡鸣侵晓催行李，才说还乡色先喜。不教两戒限山河，直走雷车二千里。吴孃暮雨歌潇潇，淞滨一夜凉生潮。酒人三五尽知旧，欢筵排日相招要。影事凄迷记畴昔，板桥烟柳秦淮夕。省闱十上总无名，年年泪洒秋风客。君言儒侠非殊科，贪财好色还自多（君有印章镌‘贪财好色’四字）。随身泉货累十百，一日奚啻三摩挲。谁欤拔戟成一队，独把歌诗让吾辈。李陵（瘦生）吴质（董卿）忝齐称，何似季方（泽山）尤绝代（君尝言吾若作诗，断不及君等，宁藏吾拙）。卖文不救妻孥饥，归及家园蔬笋肥。鱼盐致富姑有待，聊伴鸥鸟偕忘机。人生有涯思无极，仆仆征程那得息。明朝劳燕更分飞，君自南留我仍北。”

张震轩作《从子次石示予古风一篇，慷慨豪吟，唾壶击缺，何言之痛也，率书二律勖之》。其一：“吾家小阮子尤奇，莫以途穷叹险巇。已掷黄金收骏骨，何愁白发妒蛾眉。为贫谋仕儒非贱，抱膝长吟志不欺。朗诵新诗如说剑，定看宝气吐虹霓。”其二：“吁嗟大道日荆榛，怪事于今咄咄新。沧海横流谁砥柱，文章刍狗付扬尘。休言饿死填沟壑，想见高歌动鬼神。我亦时宜都不合，勖君同保岁寒身。”

刘绍宽作《和黄笃生〈海上见怀〉原韵》。诗云：“英雄当世几曹刘，敌国戈矛起漏舟。未见伍员能复楚，空怜王粲远登楼。荒唐云雨湘中梦，迂怪神仙海上游。此去虞罗君慎适，莫须逐翠到炎洲。”

林栋作《癸丑仲春，县城丁祭》。诗云：“十年国学仰宫墙，今日重登夫子堂。身是先朝老赞礼，上香拜罢泪浪浪。”

春

浙江绍兴成立叒社，社员多为第五中学学生，发起人为屠钦樾、陈诵洛、王殿元等，施宗显为社长。周作人、周建人等均为名誉社员。又，陈诵洛结识鲁迅。

太虚大师住观音寺并发起维持佛教同盟会。

徐自华来沪接办竞雄女学。竞雄女学为纪念秋瑾烈士而创办。南社社友陈去病、胡朴安、黄宾虹、陈世宜、叶楚伧、庞树柏等人均在该校执教。

林纾与陈宝琛、陈衍等同游故宫太掖池，归来后撰《游西海子记》。目睹清宫陈迹，林纾"一一怀想当时，悲从中来，有不能自已者。游后经月，而太掖池光尚隐隐于梦中照余枕席也"。又，因外蒙、西藏问题造成"边事"更趋紧张，国内议会中"党争"有增无减，林纾在赠陈宝琛诗《边事日棘，闻之腐心，三叠前韵呈橘叟》中表达对时局厌倦，望与陈宝琛一同回福州故里专心著述，所谓"螺江荒辟足避地，水光山色相笼含。拟欲从公赁左屋，探索十子穷二兰。著书欲竟未了业，知公不笑余生贪。"

吴昌硕为邹寿祺绘《适庐图》并题诗云："摩挲两敦盖，世事一生喑。窘筑移山术，归耕识字心。辛夷维有坞，冰炭颖无琴。画里邻堪买，凭谁掷万金。适庐先生搜罗吉金甚富，丙丕敦盖、颂敦盖多至百五十余字，大宝也。癸丑春，归耕泉唐，小筑落成，颜之曰两敦盖窘，索予图其意。安吉吴昌硕。"又，冒鹤亭奉母赴瓯，有"不为永嘉山水好，断无轻奉板舆来"之句。路过杭州，重晤吴昌硕，追忆苏州韵事。吴昌硕为冒鹤亭刻"鹤翁长寿"石章一枚。此前已为冒氏刻"如皋冒大所见金石书画图记""钝宧"石章两枚。

易顺鼎作《数斗血歌（为诸女伶作）》《读樊山〈后数斗血歌〉作后歌》赞女伶。其中，《数斗血歌》云："吁嗟乎！汉唐以前之人君，能以声色亡其国。宋明以后之人君，亡国不能有声色。此曹殊无亡国才，声色徒使他人得。哭庵云：与其有娥英周后妃，不如有妹喜与褒妲。我昔曾叹尧舜汤武皆伪儒，我今益知桀纣幽厉乃俊物。古者声色二字专以属妇人，我谓声色尚有别解兼属男子身。一时之有声有色者，在歌童与舞女。历史之有声有色者，又在英雄与儿女、孝子与忠臣。前明之亡，何以有声有色、如荼而如火？前清之亡，何以无声无色，如土而如尘？更有一事最堪异，前明亡国多名妓，前清亡国无名妓。无论历史有声有色者，前清远不及前明。即此一时之有声有色者，亦复相去不可道里计。谁知中华祖国五千余年四百兆人之国魂，不忍见此黯淡腐败无声无色之乾坤，又不能复其璀璨庄严有声有色之昆仑。于是合词上奏陈天阍，若谓天地灵秀之气原有十分存，请以三分与男子，七分与女子，而皆使其荟萃于梨园。三分与男子者，贾璧云、梅兰芳、朱幼芬，其余尚多不具论。七分与女子者，去年我见王克琴，使我动魄兼惊魂，樊山曾作小说传其真。春风吹人来旧京，旧京丝管如锦城。惊鸿游龙何纵横，沉鱼落雁相竞争。今年乃见小翠喜、小香水、小菊芬、金玉兰、于小霞、孙一清、小玉喜、张秀卿、小菊处、李飞英，请以韵语代戏评。小翠喜，我曾见其演《托兆碰碑》，其音悲壮而淋漓，直欲追步谭鑫培，使我涕泪纷交颐。孙一清，我曾见其演《汾河湾》。张秀卿，我曾见其演《十万金》。小玉喜，我曾见其演《文武魁》。小香水，我曾见其演《玉堂春》。其声皆可遏行云，而小香水尤绝伦，使我如见万古女龙雌凤之啼痕。小菊芬，我曾见其演《大劈棺》。金玉兰，我曾见其演《新安驿》。北方佳人真玉立，明眸巧笑俱无匹，浩态狂香皆第一。风流放诞定与文君同，玉体横陈堪夺小怜席。能破阳城十万家，还倾下蔡三千邑。于小霞，我曾见其演《二进宫》，又见其演《宇宙锋》。二簧青衫已成广陵散，曲终人远使我惟见江上之青峰。李飞英，我曾见其演《藏舟》。昆曲何时改梆子？发情止义亦复幽音怨思使我愁。小菊处，我曾见其演《红梅阁》，又曾见其演《玉虎坠》。亦复兼擅色与艺，能使观者心至醉。京师歌舞连津畿，女伶日盛男伶微。女伶歌台已六七，男伶歌台仅三四，其中似有天时人事相转移。丱兮之城日以远，女床之山崔且嵬。鸾鸟自歌凤鸟舞，杂花生树群莺飞。妓家虽亦塞衢巷，人才似比梨园稀。吁嗟乎！我如蜀王衍，这边走，那边走，祇是寻花柳。我如明弘光，一生几见月当头，万事不如杯在手。已成倒绷孩儿之阿婆，肯作闭置车帷之新妇。亡国之余又落花，中年而后宜醇酒。早误光阴半世余，遑思名誉千秋后。选舞征歌四十年，狂奴故态还依旧。一生崇拜祇佳人，不必佳人于我厚。况我一生苦辛，备历羊肠与虎口。况我一生知己，惟有蛾眉与螓首。不思两庑之特豚，甘作双文之走狗。有心中事、眼中泪、意中人，愿月长圆、花长好、人长寿。何况三副眼泪又似汤卿谋，一生沦落不与佳人偶。并世佳人见已难，何况古来佳人去已久。今日得见并世之佳人，我不向汝低首更向谁低首？何况并世之佳人，又能化为古来无数之佳人，玉环、飞燕、明妃、洛神一一可辨为谁某。令我哀窈窕、思贤才，令我发思古、抒怀旧，令我阐潜德之幽光，诛奸谀于既朽。岂徒能见古来之佳人才子、怨女痴男，且复能见古来之孝子忠臣、义夫节妇，且复能见古来之儿女英雄，以及圣君贤后，何惜呕出胸中血数斗。吁嗟乎！我亦不知谁为才人，谁为学人，谁为遗臣，谁为遗民？谁为旧，谁为新，谁为伪，谁为真？与其拜孙夏峰，不如拜陈圆圆；与其拜傅青主，不如拜马守真；与其拜黄梨洲，不如拜柳如是；与其拜顾亭林，不如拜李香君；与其拜王船山，不如拜董小宛；与其拜李二曲，不如拜卞玉京；与其拜陆桴亭，不如拜顾横波；与其拜张杨园，不如拜寇白门。拜夏峰、梨洲、亭林、船山、二曲、桴亭、杨园兮，徒使天下秋；拜圆圆、守真、如是、香君、小宛、玉京、横波、白门兮，能使天下春。嗟我不薄今人爱古人，既拜前明亡国之女妓，又拜前清亡国之女伶，赖此名伶数辈乃与前明名妓相平均。吁嗟乎！孰言亡国无人才，此辈皆自先朝来。孰言天地少灵气，造物钟灵在此辈。孰言璀璨庄严之世界不复存，璀璨庄严世界乃在此辈之色身。孰言倾城倾国胡帝胡天之人不可见，此辈能返万古春花魂五万。孰言慷慨悲歌幽抑怨断之音响不可求，可歌可泣、惊天动地乃在此辈之珠喉。请君勿谈开国伟人之勋位，吾恐建设璀璨庄严之新国者，不在彼类在此类。请君勿谈先朝遗老之国粹，吾恐保存清淑灵秀之留遗者，不在彼社会在此社会。嗟吾此言质诸天地而无疑，质诸鬼神而不悖。还以质诸四万万之人心，聊复挥吾一双双之眼泪。”《读樊山〈后数斗血歌〉作后歌》云：“无真性情者不能读我诗，我诗得失我非不自知。时至今日身之得失且勿计，尚何计及诗之得失为。我诗本来又非诗，我诗乃合屈原庄周而为之。我诗皆我之面目，我诗皆我之歌哭。我不能学他人日戴假面如牵猴，又不能学他人佯歌伪哭如俳优。又不能学他人欲歌不敢歌，欲哭不敢哭，若有一物塞其喉。歌又恐被人谤，哭又恐招尤，此名诗界之诗囚。时至今日，世界已无界，一切界说皆破坏。岂复尚有诗界能存在？若谓我诗凌乱放恣不得谓之诗，是必欲尽今天下人欲歌不敢歌，欲哭不敢哭，如曹蜍李志而后快，其人眼光毋乃隘，此名诗界之诗械。嗟我不思两庑之特豚，岂尚欲与苏李曹陆陶谢李杜来争墩？诸君此时犹斤斤分唐与分宋，真唐真宋复何用？真所谓痴人前说不得梦。嗟我作诗未下笔以前，胸中本有无数古人之精魂。及其下笔时，无数古人早为我所吞。此时胸中已无一二之古人，此时胸中岂复尚有一二之今人？他人下笔，动作千秋想。我下笔时，早视千秋万岁如埃尘。他人下笔皆欲人赞好，我下笔时早拚人嘲人骂，不畏天变兼人言。萧统小儿讵解事，赵陀大长聊称尊。陶弘景云‘山中何所有，山中多白云；衹可自怡悦，不堪持赠君。’我之诗即我之白云，自舒自卷长氤氲。陶元亮云‘可为知者道，难与俗人言。’我之诗即我之桃花源，世上无人能问津。樊山述他人语云我诗《数斗血歌》，‘下者浅者不能作，高者深者不屑作’。我亦不知如何为高，如何为深；高者何人，深者何人。我自作诗，何预他人事。且自大嚼兮过我之屠门，遑持布鼓兮过人之雷门。樊山又有诗谓我‘贪财好色不怕死’。谓我好色不怕死，诚哉乃我之知己。不知贪财何所指？他人视财如性命，倾身障簏家家是。我无一钱人共知，展转沟壑将饿死。典衣买醉尚挥金，未向陶胡奴乞米。人言樊山颇多财，我亦未假盖于彼。不知人贪抑我贪，此语一笑置之斯可矣。又谓我诗拉杂复鄙俚，我诗拉杂诚有之，果何句俚何句鄙？我诗虽恶人难学，似我者病学我死，强学我者必至鄙俚而后已。若以‘贪财鄙俚’四字妄加人，正恐出乎尔者反乎尔。樊山又谓京师十一女伶我所夸，我之好色乃好鸠盘荼。顾五亦谓我看到人间鼓子花。樊山、顾五并未见此十一女伶面，岂有不采舆论、不考声价又未见其一面，而以武断专制来相加。然则如贾璧云、王克琴亦皆我所好之色，樊山屡作歌咏相褒嘉。可见我好之色并非鸠盘荼，何以未见者则不表同情，已见者又表同情耶？忆昔懒残云：‘那有工夫为俗人拭涕？’此语自来颇难解。不知拭涕者即懒残自拭，俗人者即懒残自谓。懒残尚无工夫为自己拭涕，哭庵岂有工夫与他人置喙？樊山先生非他人，我姑与之一游戏。而且樊山先生爱我深，我方流涕感其意。笑矣乎！他人以东风吹我之马耳，我以目光出他人之牛背。”

张尔田对袁世凯统治持悲观态度，作《春感》赋怀。诗云：“眼昏四海仍兵气，心似孤云为底忙。越客高吟动寥穴，吴天远色亟青苍。看花已恨春无主，止酒宁闻醉有乡。如此沧江坚一卧，何须季主卜行藏。”其弟张东荪则持积极态度，作《和孟劬兄〈春感〉韵》。诗云：“栏前烟树孤鸿远，门外花枝乳燕忙。百二关河天漠漠，十三陵阙夜苍苍。朔方云气方成阵，人世羁愁漫有乡。但问遗编今在否，休怜吾道已深藏。”

沈钧儒在浙江省私立法政专门学校任教，与越南爱国志士阮尚贤同登杭城诸山，并于云居山寺对饮联句，畅谈天下大事。阮以《借衡山登杭城诸山，归途有作三首》相赠。

蔡哲夫以宋纸寄沪向黄宾虹索画，黄氏作黄山、白岳、虞山、焦山、九华、富春江十二景山水画册帧寄赠。

陈曾寿于杭州陈庄“苍虬阁”设宴，招邀徐致靖、陈三立、俞明震、诸宗元、冒广生及夏敬观等人游园。时俞明震出示旧藏八十回《红楼梦》（戚蓼生抄本）。

于右任与宋教仁游西湖，于右任有诗《同渔父作》纪之。诗云：“勾践执戈为洗马，蕲王释甲竟骑驴。新蒲新柳居然大，人虎人龙更不如。风雨多愁招故鬼，湖山有幸结精庐。最怜王寿焚书舞，忽羡刘伶托酒车。”又，陈去病与宋教仁同游杭州灵隐、韬光、烟霞、石屋诸胜，并商讨编《南明史》《后金国史》，二人夜宿灵隐僧房。

陈寅恪留学巴黎大学。1963年有忆云：“癸卯春病中，闻有人观巴黎茶花女连环图画，因忆予年二十三，旅居巴黎，曾访茶花女墓，戏赋一诗，今遗忘大半，遂补成之。光绪中，林纾，原名群玉，仿唐人小说体，译小仲马《巴黎茶花女遗事》，其文凄丽，为世所重。后有玉情瑶怨馆本，镌刻甚精，盖出茶陵谭氏兄弟也。”此诗已佚。

胡先骕入美国加州柏克莱大学农学院，作《书感》。诗云：“髫年负奇气，睥睨无比伦。颇思任天下，衽席置吾民。二十不得志，翻然逃海滨。乞得种树术，将以疗国贫。”

王易、王浩随父返居江西宜春。其父与二弟旋俱卒。遂携家移南昌。胡先骕云：“癸丑封邱公卒，君哀毁骨立，大病几殆，病中读《晋书》《南史》，文体益进。”

毛泽东入湖南省立第四师范学校预科读书。记万余言课堂笔记《讲堂录》。在省立四师期间，毛泽东精研《昌黎先生集》，习练古文。

郭沫若入成都高等学校理科学习。

林散之因病从南京归江浦县，在家习诗文书画，常请教乌江前清廪生范柳堂。

张恨水应堂兄张东野之邀，只身赴上海。旋被蒙藏垦殖学校录取。

刘半农经徐半梅介绍，入中华书局编辑部工作，任编译员。

陆翰文受邀出任浙江省某厅长职，婉言辞谢，归里办学，接办临海私立高等小学校务，改校名为“私立回浦高等小学”。

王光祈在重庆与曾琦、郭步陶、宋小宋等人编辑《民国新报》。辛亥革命后，四川政局混乱，王光祈苦闷中作有《清明词》三十首。

朱光潜考入安徽桐城中学就读。桐城中学乃晚清桐城派古文名家吴汝纶临终前创办。少年朱光潜所作古文深受国文教师潘季野赏识。

陈遹声作《春日忆畸园》。诗云："数岁别畸园，离乱递相属。遥想故园春，方塘水已绿。红蘅戏鸳鸯，碧漪响属玉。杨柳态依依，摇曳芳杜曲。天时互阴晴，明瑟惬遐瞩。积雨润琴书，清晖漾花木。丛树黄莺啭，香泥紫燕啄。铺径草如茵，落花绣相错。岚影摇波光，溪山环吾屋。一病卧海滨，三春未寓目。"

康有为作《癸丑入春，苦寒忧饥而叹》。诗云："去国惊心十六年，风饕雪虐久餐毡。眼枯陵谷嗟生世，泪洒山河湿冷烟。北地胭脂无色变，西山薇蕨几人全。时夕雄剑龙鸣壁，郁郁寒云虹贯天。"

陈夔龙作《小极漫兴，柬笏卿、梦华》《雨后，梦华枉过》《叠韵酬梦华》《春夜赠亭秋主人，十叠前韵》。其中，《小极漫兴》云："论交几辈共咸酸，衰病生涯强自宽。尘梦十年棋劫换，春风二月剪刀寒。唐宫罢击花奴鼓，严濑空垂钓客竿。镇日掩关无剥啄，素心孤负满庭兰（徐园兰花盛开，未能往观也）。"《雨后》云："湿云披絮影重重，三月寒深合恼侬。扫径花间吟杜甫，垫巾雨后识林宗。袖中喜有新诗本（承出新诗见示），镜里都非旧日容。闲品茶纲谈往劫，黄昏萧寺已鸣钟（寓近静安寺）。"《叠韵酬梦华》云："不叩黔关一万重，寄居吴庑识吴侬。七旬寿耇称遗老，六代词章有正宗。泛泛随波悲屈子，匆匆款客愧茅容。何当重系枫桥艇，同听寒山夜半钟。"《春夜赠亭秋主人》云："一片花飞影尚重，怜君憔悴更怜侬。冥鸿天外孤人望，德象闺中识女宗。冷眼慵看残弈局，画眉愁损晚妆容。眠迟剪烛诗情远，吟罢鸡声和晓钟。"

章太炎作《癸丑长春筹边》。诗云："剑骑临边塞，风尘起大荒。回头望北极，轩翮欲南翔。墨袂哀元后，黄金换议郎。殷顽诛未尽，何以慰三殇？"

徐世昌作《春寒出门散步》。诗云："湿雾浓云掩戍楼，春深海上著羊裘。东风不肯因人热，斗酒还须与妇谋。花事迟如人意懒，山谷静带古时愁。闲游曳杖出门去，伫看寒潮拍岸流。"

沈汝瑾作《春草》（时金陵戒严）。诗云："经霜根尚活，渐渐绿东风。欲占三江路，全迷六代宫。高低随地势，生死任天工。安得同萧艾，齐收药笼中。"

易顺鼎作《初春感怀，再次止庵相国韵》。诗云："蓬莱海水皆横滨，采药萧然世外人。未免关心三径废，又惊举目一亭新。琼茅作卜应能验，玉桂为炊那不贫。今岁啼鹃知定早，红桥处处似天津。"

曾习经作《清平乐》（二首）。其一："桐花幺凤，小结栖香梦。第一情天谁补空，零月断风心重。　　瑶台吹坠繁香，却教去后思量。赢得伤春伤别，金堂夜夜王昌。"其二："舞衣歌扇，除向津亭见。春色深深人近远，梦里微闻低唤。　　珠帘双燕还家，银屏昨夜天涯。说与一春幽恨，东风飘泊杨花。"

傅锡祺作《眼镜》《尘》《移树》《发》《泥》。其中,《移树》云:“天留干净土,不惜费工夫。物色藏莺柳,安排引凤梧。灵根新得地,乔木盼成图。偃蹇空山里,从今久困苏。墙角辟荒芜,移来不计株。豫谋人徙倚,尽占地膏腴。滋燥分泉灌,防风架竹扶。十年能食报,垂阴子孙无。”《泥》云:“忆云镇日若为情,燕子衔余举世轻。雪里空供鸿爪印,封关谁握一丸行。”

黄侃作《春夜张园梅花》。诗云:“为别梅花久,悠然动客思。独来当此夕,寒意在高枝。心远遗尘累,情芳任后时。天涯尚飘泊,岑寂只君知。”

冯幵作《春日忆季则》。诗云:“敻绝幽明路不通,茵帱零落故房空。直须索迹黄泉底,胜可为期断梦中。逝景虚劳追缥缈,苦言谁与证孤穷。寡居忽忽春非我,未信人间有俊风。”

杨圻作《癸丑江上春感》(三首)。其一:“杜甫家何在?元龙气未平。长城千万里,春雪断人行。落日皆为客,中原独远征。桃花江岸发,未忍说无情。”其二:“雪消樯燕语,汗漫涉江沱。芳草依天尽,春风入海多。疮痍殊未了,烟景欲如何?忽听龟兹曲,无心子夜歌。”其三:“多念惊新岁,长贫畏远行。平生多感激,恩怨未分明。辛苦安眠少,饥寒得句清。甲兵满关陇,道路最堪惊。”

夏敬观作《春寒》《春雪》。其中,《春寒》云:“只觉春寒无尽期,连朝愁雨损花枝。玉人肌骨如花瘦,不信东风与汝宜。”《春雪》云:“去岁初冬雪胜霜,今年雷后雪尤狂。亦知天意终难测,只觉寒威不可当。花信欲来还寂寞,草根才缘又埋藏。晓来更看春江水,稍待晴漪及短墙。”

林一厂作《将之燕京,送母归里》。诗云:“世乱天难问,儿行母且归。宁辞家道苦,莫使壮心违。地瘴羁栖久,丁单性命依。侠身许人易,奇祸灭门几。仰首见新国,开怀忘昨非。马悲伏枥老,鹏想抟风飞。孙枝粲兰玉,萱草喜庭闱。妇贤勤井臼,姊寡侍琴徽。伯叔诸昆弟,商贩或读机。寒俭固吾素,慈忧非在饥。南北去万里,烽烟闻九畿。寇深士未奋,民匮官岂肥。朋党日冰炭,大势朝露晞。汝无医国术,徒取浪子讥。杨柳念雨雪,寸草思春晖。候暖雁将返,情长书勿稀。母言泪一片,儿立湿重衣。期望殷已厚,体念周入微。藐躬志弧矢,获教兼弦韦。卅载倏云往,百端愁若痱。牵裾那忍绝,挂帆已迅飞。明日黄歇浦,今夕鮀浦矶。梦魂纵相值,哭声不成噫。古人偕隐棉,胡我犹征骈!”

陈匪石作《水调歌头(寥廓此天地)》,1923年改定。序云:“癸丑春自海外归,檗子赋词相劳,次韵酬之。越十余年,乃克改定,檗子已不及见矣。”词云:“寥廓此天地,目送夕阳迟。玉龙哀怨吹彻,杨柳又丝丝。几尺淞波新涨,十载吴宫残梦,依约白云飞。执手两无语,帘外鹧鸪啼。　星辰夜,山河影,为谁悲。隔年乳燕,门巷犹自认乌衣。歧路天涯愁满,别泪花间弹尽,难得醉中归。出海云霞曙,盈耳早春词。”

顾视高作《癸丑春，和严仲良原韵》。诗云："肯随群蚁逐膻腥，俯仰乾坤一草亭。十色春花争媚世，半泓秋水梦巡汀。云容跛扈开仍合，酒力崔巍醉亦醒。我欲问天天不语，凌空长啸晚峰青。"

钟熊祥作《春郊晚步》《春日晓望》《春望》《春夜微雨，瓶供桃柳有感》。其中，《春日晓望》云："淑气氤氲满大荒，海天一色漾春光。晓烟遥卷孤帆白，旭日频催嫩柳黄。鸟弄枝头声宛转，鱼游波面乐徜徉。阳和遍地舒人意，清酿乘时洗俗肠。"《春望》云："春望平畴眼界空，无边麦穗扇东风。江头弱柳齐齐绿，屋角夭桃片片红。缥僦鸟归云汉外，逍遥人在画图中。板桥小港看看涨，报午潮来舟楫通。"

张相文作《癸丑春季入都，女儿月珍为觅寓灰厂，地近西苑，颇清雅，喜而赋诗》。诗云："僦居近接凤城隈，桑下因缘托古槐。嵌壁残砖余佛刹，隔墙新月上瀛台。无多仆役疏阍守，小着琴书慰旅怀。剩得老妻重忍俊，门楣真仗女儿材。"

太虚大师作《春宵感事，与玉皇、式海同作》。诗云："峻峻怪石静如佛，点点春山淡欲无。漫道元龙有豪气，偏宜罔象得玄珠。潮流满地来新鬼，荆棘参天失古途。最是令人思不置，雪山深处一穷夫。从来般若原非有，最是贪嗔不可无。颠倒乾坤见魔力，总持凡圣此灵珠。图南漫作鲲鹏变，成佛当行鸟兽途。忽地横刀向天笑，万星今夜属狂夫！"

罗振常作《瑶华慢（登临送目）》。序云："癸丑之春，余自东瀛内渡返淮干，遂为沅洛访古之行。洛阳客邸面邙山，山有高阜，巍然当门，则晋司马宣王墓也，循旧迹登墓之巅，远见洛水萦洄如带，田麦尽刈，但有赑屃翁仲。或立或仆，掩映明灭于残照中，为之怆然涕下。彼长眠之人，当时意气不可一世，今乃窟狐狸践牛羊，游客据其上，划然长啸无应之者。况才气局量又不如仲达者，虽狗偷鼠窃，自雄一时，其不足恃也审矣。旅馆挑灯，感成此阕。"词云："登临送目，一片斜阳，是古之蒿里。夕霏朝露，有几辈、豪杰英雄归此。纵横典午，早断碣、残碑无字。便行人欲话兴亡，地下谁呼公起？　笑他谋鼎当年，说狐媚偏工，狼顾自喜。惯甘雌伏，只博得、巾帼名羞青史。北邙风冷，问此日、雄图奚似？看连群过尽，牛羊断陇，荒邱而已。"

江子愚作《少城春游偶成三绝句》《春宴退园》《春游二首》。其中，《少城春游偶成三绝句》其一："嫩黄隄柳一条条，隔院春风暖玉箫。信是蜀王行乐地，烟花犹幻小南朝。"其三："天放新晴助艳阳，蘼芜半绿柳初黄。东风吹散胭脂雪，回首残梅压短墙。"《春宴退园》云："新诗长庆集，小序永和年。文宴皆关数，园林且信天。石同吟客瘦，花似醉人偏。我亦幽栖者，何心再著鞭。"

李澄宇作《民国二年春，游颐和园》。诗云："昔诵阿房赋，今游颐和园。楼台引春屐，草木皆灵根。行行陟山腹，屋瓦黄鳞鳞。芳草缘花蹊，杰阁俯灵源。更上纵雄眺，万象肴然陈。有亭翼远岫，有虹眠湖滨。有风花间来，随蝶扬芳尘。芳尘上衣襦，而蝶避游人。游人憩廊榭，或立或坐言。山禽与水鸟，酬唱一何亲。东风动九宇，今古几芳园。微云西北来，忽忽愁边氛。”

赖和作《万紫千红》。诗云：“万紫千红各斗新，劳劳又见一年春。逢年可惜身无用，失路非关命不辰。志大才疏多自悔，行规踏矩厌为人。世间底事皆拘束，何日吾心复返真。”

沈其光作《春残》。诗云：“春残消息雨声中，可奈芳丛一半空。数点落红依草际，不随漂泊嫁东风。”

董伯度作《春晴晓望》《春日杂咏》（七首）、《春日杂诗》（十九首）、《送春》。其中，《春晴晓望》云：“连朝楼外雨潺湲，忽听莺啼绿柳湾。风动乱吹云入海，烟高齐捧日升山。寒销锦院花枝润，暖到金尊酒味悭。十里朝炊图画里，恍疑身已出尘寰。”《春日杂咏》其一：“锦帐香浓晓梦迟，绿窗鹦鹉唤题诗。云鬟对镜添花影，知是寒梅第几枝。”《春日杂诗》其八：“月下友成三，飞觞饮正酣。红迷花满院，绿涨藻盈潭。独把奇书展，谁将险韵探。遥怜幽冀客，应唱望江南。”

王芃生于北平作《清平乐·春日感事，补序》。序云：“孙大总统让位后，袁氏益无忌惮。三月刺杀钝初先生于上海，噩耗传来，全国震动。当时不得直书，聊作短词志感。”词云：“才逢春半。何事成分散。千缕柔丝浑欲乱。忽被狂风吹断。　是谁妆就春容。更怜几树嫣红。荒径落花无主，一任雨洗烟封。”

李笠作《春日漫兴》。诗云：“一河春水漾微波，风浴归来独咏歌。燕子飞时寒食近，黄莺啼处绿杨多。芊芊细草添青黛，淡淡远山入翠蛾。南陌踏青谁氏子，半溪烟雨唤哥哥。”

［日］白井种德作《春寒》。诗云：“已过启蛰时，料峭寒难去。公退捻吟须，偏因杜康助。”又作同名诗云：“东风冷于水，尽日洒栏干。不信清明近，推窗雪满峦。”

［日］大西迪作《春日赋以贺松川将军补第十师团长》（二首）。其一：“诗酒不论帷幄功，东西别后几春风。将军驻马写山下，白鹭城高怀古雄。”

［日］森川竹磎作《春寒》。诗云：“欲舞垂杨欲动枝，东风无力恨春迟。辟寒日日香空爇，争奈勒花兼勒诗。”

［日］松平康国作《春兴，次韵》《春游，限韵》。其中，《春兴》云：“风流二字骨深镌，吐属烟霞诗几篇。谁不醉乎春色软，我其歌矣鸟声妍。山河锦绣三千界，花月文章五十年。行乐影迷芳草路，绿波南浦美人天。”

［日］木苏岐山作《春寒》。诗云：“来也低迷雪片粗，梅花半树鹤如癯。老夫瑟缩无新语，孤负春寒小画图。”

四 月

1日 《言治》月刊在天津创刊，北洋法政学会编辑，至1918年7月终刊，李大钊负责出版。李大钊在第1期发表《大哀篇》，文中抨击袁氏政府"共和"制度"以暴易暴，传袭至今……拾先烈之血零肉屑，涂饰其面，傲岸自雄，不可一世……以致农夫失其田，工失其业，商失其源，父母兄弟妻子离散茕焉，不得安其居，刀兵水火，天灾乘之，人祸临之，荡析离居，转死沟洫，尸骸暴露，饿殍横野……所谓民政者，少数豪暴狡狯者之窃权，非吾民自得之权也；幸福者，少数豪暴狡狯者掠夺之幸福，非吾民安享之幸福也。共和自共和，幸福何有于吾民也！"其中本年4月至11月为月刊，共出6期，之后停刊，1917年4月复刊，改为季刊，至1918年7月共出3期，总共出版9期。创刊号含《〈言治〉宣言书》（郁嶷）、《〈言治〉叙》（郁嶷）、《释"言治"》（风文祺）；"文苑"栏目含《答友人论文书》（郁嶷）、《游焦山记》（郁嶷）、《更名龟年小启》（李钊）、《咏怀》（万宗乾）、《蝶恋花（春情）》（万宗乾）、《过大凌河（明季清覆明师于此）》（王炳存）、《哭白雅雨先生》（王炳存）、《天津焚后，小饮翠微亭有感》（黄旭）、《马嵬坡》（黄旭）、《有感》（林滋勤）、《岁晚寄友》（李大钊）、《妓女男装》（万宗乾）。

《申报》第14420号刊行。本期《自由谈》"尊闻阁词选"栏目含《和碧梧女士〈明妃〉原韵》（二首，海珊女子）、《杨花》（四首，寄尘）、《又成四绝》（寄尘）。其中，寄尘《杨花》其一："年年混迹此红尘，聚散原多未了因。天遣杨花绾离别，长亭款段送行人。"

《庸言》第1卷第9号刊行。本期发表梁启超《暗杀之罪恶》一文，为宋教仁遇刺表示"哀愤"，称颂宋教仁是"我国现代第一流政治家"，"歼此良人，实贻国家以不可复之损失，匪直为宋君哀，实为国家前途哀也"。本期"艺林·艺谈"栏目含《石遗室诗话（卷四）》（侯官陈衍）、《惜道味斋说诗》（普定姚大荣）、《菉猗室曲话》（贵筑姚华）、《诗钟说梦》（易顺鼎）；"艺林·文录"栏目含《南冈听水记》（郑孝胥）、《游西苑记》（陈衍）；"艺林·诗录"栏目含《叔海于洛阳白文公墓前创建白亭，书来索诗》（陈衍）、《冬窗》（樊增祥）、《访白庙胡同寿宅》（郑孝胥）、《寓楼浸兴》（陈三立）、《和陈小石即席赠诗》（王闿运）、《次韵瘿公〈送贾郎之汉口〉》（方尔咸）、《夜月怀曼殊，寄耶婆提岛》（黄节）、《寿瘿公》（赵熙）、《寄海藏先生》（黄濬）、《寄陈简盦先生》（黄濬）、《次韵奉答哲维》（陈昭常）、《书感》（林纾）、《讯芷青》（何震彝）、《清明日江亭，同芷青、风持》（二首，梁鸿志）、《送毅夫北行，归途舟中口占却寄》（何藻翔）、《送尧生归蜀》（杨增荦）、《海上遇无竞却寄》（潘博）、《沪上逢贾郎，赠以小诗，因寄瘿公》（二首，潘博）、《题漳浦黄忠端公〈赤壁后游图〉》（二首，温肃）、《火车过信阳州偶成》

（陈士廉）、《雪后自岳云楼至江亭，同尧琴、书衡、仲骞》（罗惇曧）、《任公书来，规慰至挚，然区区之意，似有未尽深知者，赋此答之》（二首，麦孟华）。其中，麦孟华《任公书来》其一："郁郁孤怀不可宽，天回地动总无端。定知忧患是何物，坐阅飞沉剩古欢。半局败棋惊劫急，九州放眼觉才难。著书合是穷愁事，敢怨空山薜荔寒。"其二："吾曹所学期能信，风雨鸡鸣更几人？倘有龙泉知此意，岂愁牛斗不能神？六州铸错嗟何及，十掷成犍气未驯。哀乐中年陶写尽，只余肝胆尚囷轮。"易顺鼎《诗钟说梦》记："伯严是时，于此体尚不甚工，（来·本，鹤膝）所作一联云：'如我更多来日感，劝君莫作本朝文'。在伯严特游戏为之，以发同人之欢噱者，然至今日亦俨成诗谶矣。"

荣庆至李氏园游览，作两律。其一："名园三百亩，处处见桃花。流水疏枝映，微风嫩柳斜。倚松含晓日，绕径灿朝霞。艳说仙源好，而今在李家。"其二："初入秦人洞，偏来范蠡槎。先生原好道，之子宛宜家。流水三生幸，清明二月花。相逢不相语，咫尺若天涯。"

叶剑英联合进步师生以及社会开明人士在海外华侨支持下成功创办私立东山中学。

2日　商务印书馆中学编辑部成立。张元济托李拔可约诸贞长任编辑。

《申报》第14421号刊行。本期《自由谈》"游戏文章"栏目含《十二月花名醒世歌》（旭东）；"尊闻阁词选"栏目含《客中寒夜》（双璧女士）、《泊夜》（二首，金秉五）、《上湖柳枝词八首》（少蝉）；"文字因缘"栏目含《洞仙歌·答蝶仙》（鹿门旧隐）、《前调·寄钝根》（前人）。其中，鹿门旧隐《洞仙歌》云："国魂消散，文字休提起。断爪留情独能记。恨元龙豪气，欲接何从，只赢得、海角诗筒遥寄。　　风流依旧否？回首前尘，谱入鹍弦词细拟。莫道恶情魔，同病相怜，我真是、薄情郎矣。便搜索、旧日镂金箱，幸倩影翩翩，不曾轻弃。（缓日面交钝根）"

3日　《申报》第14422号刊行。本期"尊闻阁词选"栏目含《题画十六首》（村叟）。其一："燕影莺声破寂寥，光阴容易过花朝。东风吹出无穷绿，染遍春波又柳条。"其二："黄茅屋叫午时鸡，缕缕炊烟出树齐。六曲青山三折水，客来曾不辨东西。"

太后奉移，荣庆作纪事诗云："煮茗焚香昼掩门，琅环清话客窗论。董书文画都陈迹，玉躞金题记旧痕。望益早开陶令径，探奇仍忆海王村。米船莫怨蓬瀛远，墨雨笔花四海存。"

陈三立挈妇子还金陵散原别墅，作《由沪还金陵散原别墅杂诗》（五首）。其一："入门成生还，踌躇顾室庐。凝尘扫犹积，阴藓侵阶除。几案未改位，签架稍纷拏。檐间新巢燕，似讶客曳裾。猫犬饥不还，帙落干死鱼。纸堆弃遗札，略辨谁某书。因嗟阋变始，所掠半为墟。长旗巨刃前，守者对欷歔。就抚手植树，汝留劫烬余。"其二："夙恋山水区，辛勤营此屋。草树亦繁浓，颇欣生意足。移居席未暖，烽燧已在目。

提携卧疾雏，指星庇海曲。栖息屡改火，奋身省新筑。四望带城陴，春气染花竹。狭巷闻卖浆，居邻唤黄犊。卸装此盘桓，倏骇万霆逐。窗壁为动摇，坐立几俱仆。地震兼鸣啸，平生所历独。夜中震复然，破寐叫佣仆。置彼灾祥说，一枕百忧续。”其三：“钟山亲我颜，郁怒如不平。青溪绕我足，犹作呜咽声。前年恣杀戮，尸横山下城。妇孺蹈藉死，填委溪水盈。谁云风景佳，惨淡弄阴晴。檐底半亩园，界画同棋枰。指点女墙角，邻子戕骄兵。买菜忤一语，白刃耀柴荆。侧跽素发母，挈婴哀哭并。叱咤卒不顾，土赤血崩倾。夜楼或来看，月黑燐荧荧。”其四：“坟墓阙展扫，阻乱踰两岁。乡人复内讧，骋望魂九逝。别墅设栗主，昭穆位相次。清明荐时物，爰挈妇子至。跪起循旧典，奠醊寄遐思。子孙亡国身，呜呼灵所视。宗周有由灭，抵隙号天助。猥诩捕蝉功，黄雀欲谁毙。举世化螳螂，一一饱长喙。狂酲迷不返，鳌极瞬破碎。孰为悔祸人，焚黄更流涕。”其五：“醒枕窗微明，鹂雀语啁啾。出树绕屋角，恍聆笙笛幽。披衣起登览，晨露草木稠。暄风拂阛闬，微挟兵气浮。饭罢携孺人，踏影临清流。阿兄对门居，有园有层楼。牡丹已作蕾，众绿明我愁。丛薄山茶娇，花如安石榴。海棠六七株，灿烂珊瑚钩。光气笼霄宇，一亭坐相收。主人不获赏，脱命伤白头。庶几悟毅豹，来诱溪上鸥。悠悠拨理乱，从寄桃源游。”陈衍《石遗室诗话》云：“余旧论伯严诗，避俗避熟，力求生涩，而佳语仍在文从字顺处。世人只知以生涩为学山谷，不知山谷乃槎枒，并不生涩也。伯严生涩处与薛士龙季宣乃绝相似，无人知者。尝持浪语诗示人，以证此说，无不谓然。然辛亥乱后，则诗体一变，参错于杜、梅、黄、陈间矣。《由沪还金陵散原别墅杂诗》云‘夙恋山水区……’‘钟山亲我颜……’前首叙述曲折，后首即以‘郁怒’‘呜咽’二语还赠此诗。”吴宓《读〈散原精舍诗〉笔记》云：“先生辛亥避乱居上海，至癸丑阴历三月初，始还金陵，视旧居，留十日，仍返沪。此行在南京所作诗，皆佳。其中《由沪还金陵散原别墅杂诗》五古五首，真挚悲壮，允为集中上选。卷上，七十三至七十五页，第四首之末段，亦为正论。”

唐受祺作《阴历清明（二月二十九日）前二日（阳历之四月五号）午后六钟许，地震一分钟余，歌此以志》。诗云：“节届清明春风寒，野鬼夜哭声凄酸。欲雨不雨月无色，闭塞之气蒸成团。晓来乾坤欲颠覆，睡龙未醒巨鳌伏。忽焉静极遽思动，鞭策邱陵并川谷。维时红日沈崦嵫，势作飞雄不伏雌。远疑流荡已忘返，近岂摇曳能生姿。是谁朽索六马驭，九垓八埏任来去。何自发始何自终，尽入杳冥不知处。六十年前灾异经，吉凶浑似影随形（谓前六十年癸丑春三地震数次，后有青浦土匪之变）。犹欣地脉牢维系，不致沧桑骤变更。”

陈怀澄《蝶恋花》（六首）载于《水竹居主人日记》。其一：“鬓绿眉青双腕皓。未破瓜时，恨不相逢早。闲里过从如旧好。闻卿娇病因卿恼。　　嫩语每撩人绝倒。酒畔茶边，能解忧心捣。问柳寻花多草草。此乡直欲温柔老。”

4日 《申报》第14423号刊行。本期《自由谈》“尊闻阁词选”栏目含《壬子花朝游焦山，纪之以歌》（景骞）、《春兴》（六首，景骞）、《临江仙·荷》（蓬心室旧作）、《点绛唇·画兰》（蓬心室旧作）、《丑奴儿令·闺情》（二首，太宽）。其中，太宽《丑奴儿令》其一：“梳成宫样云鬟罢，笑挽郎衣。倩画双眉，却月横烟要入时。　　生嗔有意将侬狎，偎到香肌。咂了胭脂，撩拨芳心不自持。”其二：“镜中一样娇颜色，为甚鸳鸯。如许轻狂，占尽便宜总是郎。　　代郎盘作芙蓉髻，戏取罗裳。好助新妆，也与侬家姊妹行。”

朱祖谋在苏州听枫园为宋代蒋捷撰《〈竹山词〉跋》。陈通声作《寒食》《寒食夜纪梦》（二首）。其中，《寒食》云：“宦梦才醒国已亡，病中岁月去堂堂。应思麦饭清明节，新种冬青梁格庄。汾上禁烟愧狐赵，山阴旧事感林唐。干戈堆里过寒食，风雨惨悽摧野棠。”

钟熊祥作《寒食偕鸿轩弟、伯棠侄倩龙华看桃花》。诗云：“旅馆萧条寒食节，四海无家禅心彻。龙华竞说桃花开，畴昔闻之未亲折。春风细雨压平沙，爱此晴光踏幔车。路旁杨柳雨如许，映出无边赤城霞。龙华寺外桃花艳，龙华寺里佛不见（军队驻内，不许入寺）。龙华大会今重开（四月八日重开龙华大会），恨煞误却蟠桃宴。龙华一别三千年，桃花年年空自妍。世上不识我何人，三千年外是金仙。”

曾广祚作《寒食话旧毕，唱四首》。其一：“一蛇无穴竟焚山，绵上田家乞火难。杏酪枣糕过冷节，子推燕子插门阑。”其二：“太原风俗日方南，饧市游人瘦不堪。喜得曹公温食令，拖钩戏罢碾轮憨。”

5日 《申报》第14424号刊行。本期《自由谈》“尊闻阁词选”栏目含《临江仙·题〈荷净纳凉图〉卷子》（周秋水）、《鹊桥仙·题潘兰老〈红豆图〉》（周秋水）、《山行得句》（二首，拜花）、《即事》（佐彤）、《落花》（二首，秦寄尘）、《晚眺》（二首，金秉五）。其中，周秋水《临江仙》云：“雨过荷塘残暑退，猩栏一晌闲凭。花光人面不分明，茜红罗扇小，淡墨藕衫轻。　　叶底双鸳眠正熟，呼茶须索低声。闷来独自步回汀，翠翘风里颤，侧髻避蜻蜓。”佐彤《即事》云：“几回愁过曲栏东，送尽香归眼欲红。画意诗情空处处，衣香鬓影太匆匆。杨花吹散晴天雪，绿绮传闻别院风。到底寺门松柏健，一般傲骨与吾同。”

陈衍作《清明日招仲毅、芷青、秋岳午饭，看花云山别墅，遂登江亭，三子赋诗送余行，各和一首》。其一：“窗外巍然有上宫，登高畏见冢成丛。江亭短苇新抽绿，别墅崇桃乱吐红。饱饭闲行随处好，耽吟吾党本来同。他年寒食如相忆，呼酒登台试一盅。（次仲毅韵）”其二：“吾衰未及行冬令，况汝年华尚涉春。万卷有书堪枕藉，一身无病可悲呻。看花老眼迷风物，望远高台际水滨。卅载长安数朋辈，几回陈旧几回新。（次芷青韵）”其三：“凄凉月夕及花晨，久与重光步后尘。纵有枝头春意闹，其如囊里夜光贫。好诗待续归田话，良晤端凭健饭身。事业文章君等在，老夫只买玉壶春。（次秋岳韵）”黄濬（秋岳）《清明日与众异、芷青陪石遗先生登江亭话别》云：“暂从檐柳认佳晨，又共离人踏陌尘。坐惜芳时春已烂，近怜诗病意全贫。逃虚合羡归田乐，阅世真愁累卵身。徙倚危阑任肠断，游心难忘是江春。”又作《又占一绝》。

瞿鸿禨作《次韵和樊山清明日赠什》。诗云：“楚莱逃世寄蒙山，与我同为桑者闲。槐火石泉才昨日，桃花流水自人间。藏春香坞围文绮，戛玉清词动佩环。待作永和修禊会，重开三径破苔斑。”

许南英作《清明日，闻邻人祭扫有感》。诗云：“浮家泛宅寄漳城，时有乡心触处生。闻道隔邻忙祭扫，一年难过是清明。”

沈琇莹作《虞美人·癸丑清明》。词云：“红棉匝树飞花影，寒食东风暖。微闻长叹燕双双，又是一春飘泊九龙江。　　蛮装牛鬼婆娑舞，旗脚喧箫鼓，三杯冷酒酹清明，肠断泷冈阡上草青青。”

张素作《清明客太平作》（二首）。其一：“去岁清明节，乡心万里遥。市饧初唤卖，塞柳未抽条。愁向客中尽，春从天外招。填膺无限事，一一付江潮。”其二：“此日江乡住，春期倏已过。千门传蜡烛，四处织莺梭。拾翠心情懒，流觞伴侣多。即教花好在，吟赏又如何。”

贺次戡作《清明》（二首）。其一：“纷纷细雨动乡思，魂断东风熟食时。消息教侬何处问？光阴惟有杏花知。”其二：“催归杜宇断肠天，转眼离家又一年。榆火春城三月暮，萋萋柳色最堪怜。”

［日］土方久元作《大正二年四月五日，谒桃山陵，次同行吉嗣拜山韵》。诗云：“先帝恩威谁不尊，玉音朗朗耳犹存。肃然来拜山陵下，暗泪潸然欲断魂。”

6日　寒山社诗钟第十六集，至者易顺鼎、陈衍、杨士琦、杨毓瓒、王式通、郑沅、曾福谦、顾瑗、罗惇曧等。

《文艺周报》创刊于四川成都。本年5月出至第6期停刊。主要栏目有“文苑”“诗坛”“诗余”“诗话”“小说”“戏曲”“记游艺”“琐谈”“杂俎”“社课”等。

《申报》第14425号刊行。本期《自由谈》“尊闻阁词选”栏目含《忆梅》（天白）、《秋声》（小蝶）、《秋光》（小蝶）、《颐园小憩》（小蝶）。其中，天白《忆梅》云：“晚风料峭透重门，寒意侵人忆故园。纸帐月华游子梦，绮窗灯火旧时痕。惊心羯鼓将催腊，回首空山欲断魂。容易春来芳讯好，南枝寂寞不堪论。”小蝶《秋声》云：“一庭梧竹报深秋，瑟瑟萧萧响未休。有客听钟宿荒寺，何人吹笛倚高楼。城中砧杵家家急，门外江潮夜夜流。最是不堪闻蟋蟀，西风相对诉新愁。”

《独立周报》第27期刊行。本期“文艺部·文选”栏目含《先府君淡庵公哀状》（《旡生文录》）、《〈奢摩忏悔词〉自序》（《旡生文录》）；“文艺部·诗选”栏目含《汉鼈生诗选（续）》（赵怡）、《独弦集》（黄侃）、《无生词录》。

沈尹默与马裕藻、朱希祖、戴螺舲去青云阁品茶，又与朱、戴到南味馆饮酒。

7日 《申报》第14426号刊行。本期《自由谈》“游戏文章”栏目含《清明五更调》（震甫）、《十二月花名时事歌》（冰盦）；“尊闻阁词选”栏目含《解珮令·题常熟冯渊伯〈荷净纳凉图〉》（小蝶）、《洞仙歌·登仙池山有感》（蘧园）。其中，小蝶《解珮令》云：“曲栏低护，藕花无数，画中人似闻私语。扇影衣香，着些儿月光花露，照空濛乱萤如雨。　　柔情欲诉，相思无据，怨西风吹愁不去。小步凌波，怎将他影儿留住，倩丹青细心描取。”

吴昌硕因病辞兰亭游约，作《兰亭诗》赋呈长尾雨山。诗云：“我年正七十，两见癸丑春。儿时慕兰亭，老复逢嘉辰。缅昔永和年，会者四十二。制序推逸少，奋笔如有神。禊事久不作，曲水鸣粼粼。地固以人重，岩壑全其真。东邻有名贤，怀古视若新。壶榼相招邀，盛会齐洛滨。惜我老且疲，不克同几茵。此日失行乐，耻为越中民。不祥果何物，祓除先洁身。况念数君子，相勖以善邻。鉴湖碧可泛，禹穴迹未堙。赋诗聊相娱，托兴同鲈莼。（雨山、少孚先生及同社诗君子约游兰亭，予以病不果往，依罪酒例罚赋此诗，即乞教我。癸丑三月朔，大聋道人吴昌硕草稿）”

8日 中华民国第一届正式国会开会。

《申报》第14427号刊行。本期《自由谈》“尊闻阁词选”栏目含《途次阳风》（二首，寄尘）、《自题山石小照》（四首，寄尘）、《愚园看樱花歌》（醉红居士）。其中，寄尘《途次阳风》其一：“襆被出门去，思家几断肠。关河萦梦寐，人世感沧桑。放眼观时事，回头念故乡。天涯频怅望，游子意茫茫。”其二：“舟行风太逆，愈逆愈难行。怕见波涛恶，难言宦海平。浮生皆幻境，误我是虚名。此去家门远，长途不计程。”

严修访徐太傅（菊人）。晚在聚庆成公请菊老，凡客7人：菊老、梁孟亭、傅润沅、徐建侯、袁敬安、施植之、孟玉双。主6人：干臣、仲鲁、亦香、向辰、璧臣及严修。

叶昌炽作《题徐积余观察〈小檀栾室勘词图〉》。诗云：“建安以后得伟长，绣衣江左开文房。宋廛雕本竞流布，学者津逮始谟觞。即我亦蒙精椠赠，金薤琳琅持作塍（北朝程荣造象，通州狼山宋题名拓本，皆君所赠）。喜从天水见留真，岂惟皖山能纪胜（君辑有《皖词纪胜》）。乐府刊成绝妙词，妇人集可比然脂。宫中传诵犹花蕊，陌上催归是柳枝。溯自花间首著录，家自编珠人漱玉。辑本虽标林下风，雅音难语房中乐（松江周铭《林下词选》十四卷皆女子之作。《四库》附存目）。巾箱惟是整签题，灯盏谁能谐柄曲。玉台自古在君家，又见香奁出韩偓。写韵宜题绿斐轩，著书最好青囤屋。此君聊可伴丹铅，笑指亭前万竿竹。别裁伪体见真诠，琴趣何妨有外篇。海内论才推不栉，尊前索解到无弦。表微上援元风雅，梦内衣冠拜秀野。作者九京若有知，定有佩环来月下。劫后美人香草情，雨丝风片过清明。不堪海上逢佳节，独自楼头歌倚声。绝好迦陵图后事，一时佳话付虹亭。”

荣庆作《游李公祠，以诗纪之》。诗云：“山蓝红绽柳丝青，桥榭回环绕曲亭。倚遍栏干天欲午，鸟声细碎耐人听。”

李稷勋作《癸丑上巳前一日，雨中至东山寺看牡丹，题寄廖平》（二首）。其一：“雪瓣风枝只独看，篱西墙角试凭栏。漫山桃杏烧天热，剩得琼楼一种寒。”

9日 上海《中华民报》发表题为《强盗政府》社论，揭露袁世凯政府“日以杀人为事，其行为无殊于强盗”“强盗政府一日不仆倒，则共和即将断送”“袁世凯乎，实为全国人民之公敌也，手不操戈矛之大盗也。共和政治之能在于中国否，当视此大盗之能驱除否”。

梁启超招集同人于京城西郊万牲园宴集修禊，分韵唱和。同集者：严复、郑沅、王式通、易顺鼎、杨度、姚华、林志钧、陈懋鼎、黄秋岳、梁鸿志等40余人。梁启超致梁令娴信中述及本次北京修禊，云：“今年太岁在癸丑，与兰亭修禊之年同甲子，人生只能一遇耳。吾昨日在百忙中忽起逸兴，召集一时名士于万牲园续禊赋诗，到者四十余人（有一老画师为我绘图），老宿咸集矣。（尚有二十年前名伶能弹琵琶者，吾作七言长古一篇，颇得意，归国后第一次作诗也）竟日游宴，一涤尘襟，归国来第一次乐事。园则前清三贝子花园，京津第一幽胜地，牡丹海棠极多，顷尚未花。”（民国二年4月10日《与娴儿书》）北京此次修禊唱和诗以《癸丑禊集诗》为题刊载于《庸言》第1卷第10号，画家姜筠绘图纪之。梁启超作《癸丑三日，邀群贤修禊万生园，拈〈兰亭序〉分韵得激字》。诗云：“时运代谢不可留，有生足已欣所适。永和以还几癸丑，万古相望此春色。大好江山供恇攘，尚有林园葆真寂。西山照眼无限青，嫩柳拂头可怜碧。群贤各有出尘想，好我翩然履綦集。清淡互穷郭向窔，吟笔纷摩鲍谢壁。略无拘检出襟抱，相与觞咏殚晡夕。自我去国为僇人，屡辜佳晨堕绝域。哀时每续梁《五噫》，忤俗空传傅《七激》。秋虫声繁亦自厌，春明梦碎何当觅。朅来京国俨在眼，起视山川翻沾臆。政恐桑田会成海，岂直长安嗟如弈。即兹名园问银镑，已付酸泪话铜狄。江湖风波况未已，龙蛇玄黄知何极。因想兰亭高会时，正兆典午阳九厄。雅废夷侵难手援，井渫王明只心恻。余子猜意争腐鼠，达士逃虚谢靰勒。只今茧纸世共宝，当年苦心解谁索。吾党夙昔天所囚，今日不乐景既迫。潋潋酒光渐汜瓮，的的花枝更照席。虎头尺缣能驻颜（姜颖生先生绘图纪胜），贺老四弦解劝客（唐生瑶华二十年前以琵琶名乐部，今日招与会）。侵驰忍放日月迈，蹉跎应为芳菲惜。他年谁更感斯文，趣舍恐殊今视昔。”严复作《癸丑上巳，梁任公禊集万生园，分韵流觞曲水四首》。其一：“任公囊被放，星纪海外周。操简缀国论，木铎徇春遒。代谢始归国，翩若鹰下鞲。暮春值癸丑，遐想山阴游。西郊得名园，觞咏招胜流。梅发酒味冽，鸟和琴声柔。举杯酹西山，怃然怀灵修。黄竹去不返，愁云弥九州。惊魂瑶池宴，王母戴虎头。借问王右军，感慨犹此不？”其二：“短垣外缭绕，广袤十里强。网罗极飞走，动植各有疆。仲春遘时雨，蜀黍亦插秧。伟哉造化力，长养赅百昌。生理谅在兹，谁谓劣者亡。吾闻古禊事，所以袚不祥。微生逢揖让，岂复忧祸殃。门户化胶漆，荆棘成康庄。宇宙亦已广，形骸恣放浪。寄谢来游者，一举宜百觞。”其三：“录录复录录，岁月如转毂。忆昔遇君时，东海方挫衄。洋洋时务篇，何止阳春曲？意欲回日车，捧向扶桑浴。由来一傅齐，不救群吠蜀。椒兰各容长，屈景胥放逐。中宵看句陈，扰若风中纛。徒闻明妃遣，谁念蔡女赎。何期十六载，来此事湔袚。茫茫太液池，何处翻黄鹄。”其四：“典午逮永和，世事甚窳呰。北伐亹方新，重敛资奸宄。逸少居会稽，端为佳山水。今观所为序，用意极吊诡。俯仰皆兴怀，彭殇非一轨。区区为怀祖，誓墓岂即是。遗世方恝然，谓当以乐死。恭惟天生才，贤圣众所恃。怀宝谅非难，事国乃尽瘁。夷叔安足希，如尊乃勇耳。”姚华作《癸丑上巳，梁任公招集三贝子园，分得带字二十四韵》。诗云：“西山起瓮湖，名园足襟带。裔流纡以旋，旁出更清汐。春和景物苏，恬然异湍濑。大都数名胜，此地良为最。谋国事粗已，望治众未艾。人生几回笑，富岁或多赖。况今是癸丑，应修山阴会。佳辰宜觞咏，平林憩冠盖。临风涌思泉，列坐恣谈荟。徘徊登高楼，旷观肆无外。春阴掩雏柳，野烟舒白奈。林隙见郊坰，田畴划沟浍。肥硗各异路，谁与辨鄙泰。嗟我日碌碌，偃仰在尘埃。今日得胜游，一览箴盲昧。忽尔感哀丝，弦弦出清籁。闻声屡叹息，知稀渐欲汰。恍憾十余年，前事多狡狯。穷途值改革，变迁骤且大。馀此孑遗身，几人幸蝉蜕。有酒胡不乐，春光珍如贝。群贤惠谷音，言笑吐滂沛。诗成讶龙起，吟罢惊凤翙。惭沮为此篇，无讥等自郐。”杨度作《任公仿兰亭集招饮，分韵得贤字》。诗云：“驱车出西郭，徒倚涉名园。陂池相映带，亭阁互绵延。娟娟初生华，靡靡乍流泉。芳树荫前蹊，新柳媚清川。习习来春风，悠悠眺远天。旷然物外意，游目恣所便。游衍及嘉辰，招邀会群贤。追维兰亭集，缅想点尔言。良游信可怀，薄暮各言旋。”林志钧作《癸丑三月三日，饮冰招集万生园，分韵得天字》。诗云：“时序重三节，风光尺五天。名园记兴废，人事喜喧妍。有酒成佳日，牵肠入小弦（坐间听唐采芝琵琶）。玄黄看满野，回首永和年。”易顺鼎作《癸丑三月三日，修禊万牲园作歌》《癸丑上巳，饮冰招集万牲园之鬯观楼修禊赋诗，余拈韵得十五咸，因用全韵依次押并禁重字》《万牲分韵得咸字》。其中，《万牲分韵得咸字》云：“自闻任公来，解我渴与馋。相别十余载，邈若风中帆。殁者感公度，存者思伯严。招为西郊游，壮马脱重衔。杂葩舒其英，长条复毵毵。惜无三青鸟，花间语呢喃。天公颇解事，扫雾开尘函。春寒虽留余，稍晴意已忺。更招云郎来，琵琶胜阮咸。念昔兰渚人，临流浣春衫。百年几癸丑，况乃大和諴。人生长如此，那复畏谤谗。作诗敢不速，旁有花枝监。”陈懋鼎作《梁任公以三月三日禊集于万生园，时盖永和之二十七癸丑也，见招未至，分韵得少字》。诗云：“右军百世人，意念迈群少。

移书督时流，讦谟周严庙。匪溺庄老风，乃悦山水妙。胜游及暮春，点瑟实同调。高文永不灭，世事庸足料。逡循过千载，畦畛失万噍。饮冰圣者徒，岂独爱清啸。孤怀更百障，如月出云峤。修门宋玉招，苍梧虞舜叫。旧感随风烟，春气与荡漂。贵生将乐群，致速惟静照。祓禊特强名，由来钓非钓。永和人物渺，真宰可坐召。甲子从革除，晦朔记朒朓。名园有涟漪，芳景足瞻眺。追陪怅弗及，画图惬惟肖（闻属姜颖生为图）。更使后视今，哀乐挈道要。”黄濬作《上巳修禊，赋呈任公先生，分韵得茂字》。诗云：“青春受谢谁能守，花雾冥冥弄春昼。梁侯失喜得芳辰，便借流觞集佳构。长安棋局今几变，水滨风物嗟如旧。临流楼阁参差见，豁眼西山走苍岫。列坐能追典午贤，衔杯欲尽东南秀。座中主人三叹息，盛会良时故难凑。少年光阴忆蚕市，东京初政思元祐。岂无南涧共秉兰，风埃侵鬓唯荒囿。一从去国堕蛮荒，目断江春令人瘦。归来旧巷认乌衣，重向西台感朱咮。今年岁星又相属，细柳新蒲禁烟后。开尊一洗沧桑恨，对山弦管殷勤侑。我时闻言但兀兀，屏脱千悲对清酎。先生奇才天所纵，世儿孟浪方腾诟。有春不赏复何待，纷纷蚁穴从牛斗。娵隅蛮语聊自娱，诗敌堂堂不余宥。推杯忽惊天地窄，抚时便觉幽忧遘。流风两晋渺不异，陆沈勠力犹当救。兴亡俯仰剩人豪，党锢声名王叔茂。”梁鸿志作《癸丑三月三日，任公招集三贝子园修禊，集者三十余人，即席分得至字》。诗云：“春城窟尘土，人事杂婴累。江湖梦中眼，屡引辙不至。朅来天气新，春物纷自媚。游心枯后草，欲茁未敢遂。沧江吾宗彦，独往轻世议。能收永和春，掬取还气类。郊园实近郭，楼角带山翠。流杯一曲水，中有兴亡泪。神州待祓除，袖手忍轻试。独当就林坰，涤我经世意。主人临水叹，不饮客先醉。催诗更敷席，春阴促归辔。”王揖唐作《癸丑三月三日，西湖修禊，予既和盛丈剑南、戴丈子开之诗矣。梁任公亦于是日集北京万牲园分韵赋诗，因又次其韵而和之》。诗云：“任公出走尾毕逋，岛屿苍茫去焉适。栲桑十载涴春尘，樱花万树瞰春色。伶伦入海自感怆，君子居夷非寥寂。云烟鹘落归京国，风雨鸡鸣开尘幕。三月三日天气新，湔裙曲水参差碧。临河一叙异今文，使人望古而遥集。簪裾翰墨聚西园，图书花鸟罗东壁。一殇一咏嬗古春，亦竹亦丝永今夕。但恐王衍误清谈，安得陈汤威绝域。况令鄗祸贻国家，举目纷纭心刺激。屠狗还从燕市求，钓鱼谁问严陵觅。宗臣回首肉生髀，野老吞声涕零臆。大厦将倾须栋支，长安岂料犹棋弈。剧怜中国古河山，忍教左衽长夷狄。又闻节度据南州，不使朝廷安北极。四围尽是楚歌声，千秋未有秦灰厄，群矜霸越且骎骎，嫠恤宗周独恻恻。孰与礼乐销干戈，岐阳石鼓功成勒。羲之茧纸嗟逝波，昭陵坏土同萧瑟。人生及时宜尽欢，风光莫让年光迫。羽觞醉月花当阶，琼筵坐花月照席。春夜文章假谪仙，春明词赋伤迁客。留春只恐送春归，暮春更为余春惜。名流修禊各年年，老子扐豪吟昔昔。”

淞社同人修禊上海徐园（徐棣山双清别墅）。同题人：潘飞声、钱溯耆、刘炳照、许溎祥、周庆云、刘承干、沈焜、李瑞清、金武祥、刘世珩、陶葆廉、朱锟。是为淞社第一集。淞社全盛时有社员五十余名。先后入社者：金粟香、许子颂、缪艺风、沈絜斋、钱听邠、吴昌硕、叶藕裳、王息存、刘谦甫、杨诚之、王旭庄、褚稚昭、李梅盦、郑叔问、李审言、刘语石、施琴南、汪渊若、李橘农、戴子开、吴子修、金甸丞、钱亮臣、潘毅远、汪符生、朱念陶、恽孟乐、李孟符、曹揆一、唐元素、崔盘石、张让三、宗子戴、冯孟馀、姚东木、刘葆良、李经畬、程子大、况蕙风、吕幼舲、陆纯伯、刘聚卿、张砚孙、胡幼嘉、潘兰史、孙恂如、徐仲可、钱履樛、张石铭、费景韩、王静安、王叔用、洪鹭汀、陆冕侪、吴颖丞、缪蘅甫、白也诗、长尾雨山、喻长霖、曹恂卿、章一山、恽季申、陶拙存、杨仲庄、胡定丞、徐积馀、杨芷歼、童心安、赵叔孺、恽瑾叔、俞瘦石、诸季迟、姚虞琴、孙益庵、褚礼堂、夏剑丞、赵浣孙、胡朴安、刘翰怡、张孟劬、白石农、沈醉愚、戴罍皋、许松如、王蓴农、黄公渚。此次修禊，首唱沈守廉（絜斋）《后永和二十六癸丑之上巳，修禊于双清别墅，会者二十二人，因纪以诗》，续唱者：潘飞声（兰史）、钱溯耆（听邠）、刘炳照（语石）、许溎祥（狷叟）、周庆云、吴俊卿、刘承干（翰怡）、沈焜（醉愚）、李瑞清（梅庵）、金武祥（溎生）、刘世珩（葱石）、陶葆廉（拙存）、朱锟（念陶）、邹弢、裴景福。邹弢作《癸丑上巳，吴石潛、哈少甫、童心盦、陆野衲等四十余人在曹家渡徐氏小兰亭修禊，作长歌纪之》。诗云："妍红瘦绿争春媚，花香烘透东风醉。欲把高风继永和（自晋至今凡一千六百二十一年，已二十七癸丑矣），招邀裙屐联车骑。管弦觞咏集名流，海上群贤禊事修。斗草同为浮白戏，看花重结踏青游。游筇吟杖相征逐，雅度愔愔式金玉。莲社高才十八齐，兰亭韵事初三续。三月三日天气新，莺莺燕燕最撩人。采兰有伴情皆挚，赠芍无言气自春。春风吹醒王孙草，吴松江畔新韶好。幻影翩翩扑蝶忙，春声蹇涩啼莺老。竹篱茅屋几回廊，城北徐公旧草堂。三径烟霞通委宛，一庭花木胜沧浪。人生随寓须行乐，此景流连真不恶。画圣诗仙两足狂，萍踪絮影皆堪托。宾主何分尽我徒，漫将故态笑狂奴。雍容坛坫丰年玉，绚烂才华记事珠。珠联璧合陈鸿瓜，怀古苍茫发词藻。废垒难寻故将沟，画图尚托名贤稿。泛饮双清忆昔年，钗声花影渺如烟（徐棣山双清别墅本在闸北，余常与名流宴会其内）。流杯亭圮愁翡翠，张锦池湮怆杜鹃。杜鹃去后春华在，鸟啭花浓景未改。吾辈偷将半日闲，啸侣命俦踵昔轨。雅会无常瞬息过，小园死趣梦烟萝（余新建小楼曰守死）。他年古渡怀陈迹，一片空明镜里波。"裴景福作《癸丑修禊日同人招集沪上徐园小兰亭征诗纪事》，裴景绶亦作前题。裴景福《征诗纪事》云："过江一马化为龙，琅琊大道来江东。乌衣门第六朝重，茧纸风流三少工。昭陵宝匣委荆棘，稽山修竹招裙筇。四十一人等春梦，千六百年飞秋蓬。羲之自言以乐死，无乃不乐来相攻。东游难释怀祖耻，北伐每恨殷浩空。传家五斗迷异教，举策万石希高踪。天日清朗忽悲悼，位遇悬邈尤儿童。作序能匹潘岳美，誓墓究逊陶潜通。嗟我频年饱忧患，每逢佳节殊匆匆。群贤毕至恣笑谑，有酒不醉真痴聋。纪年癸丑廿七度，问予甲子六十翁。风景休作楚囚泣，觞咏足振兰亭宗。登山谢屐虽未蜡，落水赵帖谁争雄（友人招游会稽兰亭，未果往。赵子固落水《兰亭》，为予所藏）？胜游已过即陈迹，梵王渡口鸣疏钟。”

超社第二集樊园修禊，樊增祥、左绍佐、瞿鸿禨、周树模、王仁东、吴士鉴、林开謩、缪荃孙、吴庆坻在座。同人诗作：沈曾植《超社第二集，癸丑修禊于樊园，用杜诗〈丽人行〉韵》《三日再赋五言，分韵得天字》、樊增祥《癸丑三月三日，樊园社集，用杜诗〈丽人行〉韵》、瞿鸿禨《癸丑三日，樊园社集，同用杜诗〈丽人行〉韵》《三日再赋，五言分韵，予得朗字》、缪荃孙《三月三日，善化相国约同人樊园修禊，今年距永和兰亭是二十七癸丑，用工部〈丽人行〉韵》《同人又以“莫春之月（初），天朗气清，惠风和畅，群贤毕至”分韵，得莫字》、陈三立《超社第二集为三月三日于樊园禊饮，分韵得清字，未及与会，补赋此诗》、沈瑜庆《樊园修禊，同人赋诗，用少陵〈丽人行〉韵》《樊园修禊，分韵得群字》、王仁东《癸丑三月三日，樊园雅集，用杜诗〈丽人行〉韵》、吴士鉴《三月三日，止盦师相招集樊园，用杜诗〈丽人行〉韵，超社第二集》《是日即席，以“暮春之初，天朗气清，惠风和畅，群贤毕至”十二字分韵，余得至字》、吴庆坻《三月三日集樊园，止公节取“暮春之初，天朗气清，惠风和畅，群贤毕至”十二字序齿分韵，各为五言古一章，余得之字》、陈衍《三月三日，樊山集海上寓公禊樊园诗，次少陵〈丽人行〉韵，余出都过之，追和一首》、周树模《三月三日，樊园社集，诗用杜工部〈丽人行〉韵》《上巳日集樊园，分韵得贤字》。樊增祥另有《三月三日樊园修禊序》记其事。其中，陈三立诗云：“积此千岁怀，掬与悬春晴。修禊缅遐躅，悠悠思古情。永和纪癸丑，绵暧代几更。群公今视昔，寐梦相合并。樊园信宽闲，娱人风日清。趺坐花树间，胜赏仍传觥。虽无山岭接，胸次各峥嵘。理乱不可原，超然数耆英。余适走白下，丁竖成逢迎。爰陟郊外冈，海云眺纵横。啼雁摩霄南，如飞哦啸声。引还玩逝景，哀乐鞭余生。申句证惭负，恶知亏与成。”樊增祥诗云：“三月三日天气新，樊园社会凡十人。兰亭人数减却三十二，清谈捉尘犹为王谢传其真。俯仰宇宙何萧旷，列坐水次皆停匀。永和以来二十七癸丑，一千五百六十番暮春。樊园碧桃开作花中九苞凤，樊园宾客并是人中独角麟。问花有何好，美女秾点胭脂唇。问人定何似，绛县疑年亥六身。人不分无著与天亲，花不识炎汉与暴秦。有人欲钓沧海巨鳌黄金鳞，千百不义丈夫为饵，万丈长虹为丝纶。吾辈无争无忤超出软红十丈尘，花里行厨罗列五果间八珍。不知天上之水有九曲，海上之山有三神。欲举傅燮自有南阳之范津，倘拒安史自有睢阳之张巡。眼前花如锦、草如茵，采兰未已复采苹。今日之风袭我衣，昨日之雨垫我巾。君不见右军之乐乐在叙天伦，及时行乐勿将儿辈瞋。”吴士鉴诗云：“柳泉解禊番风新，临河作序今何人。樊园修禊会率真，柳稊初展桃缬匀。吾师风仪和如春，天骄昔日尊凤麟。早投簪绂厌林壑，诗心偶落湖船唇。迩从海国耽静寄，隐囊纱帽间中身。天琴主人常相亲，诗坛盟主楚与秦。诸公健者各标异，时出一爪复一鳞。鯆鲟水戏不可狎，清泉绕屋思垂纶。林樾葰楙无栖尘，永和而后此会良足珍。主宾儁异交有神，何必稽山镜水求芳津。黄脂甕酒行十巡，广筵列坐欣联茵。微雨泛沚扬青苹，归途欲垫林宗巾。非同洛下侪季伦，飞笺火速莫向痴奴瞋。”陈衍诗云：“樊山诗句长鲜新，意中直欲无老人。禊帖不肯临逼真，颜王两序调停匀（自作骈体序）。樊园风光妍暮春，感念高家卧麒麟。先生不饮亦沾唇，座中宾客皆闲身。巾屦笔砚日相亲，问今何世疑避秦。桃花乱落水生鳞，流觞水次非垂纶。余方匆匆辞京尘，长安百物不足珍。繁花绝世真风神，丰台花事足津津。法源丁香檐可巡，天宁祟效飘锦茵。东风飒然生青苹，江亭送归欲沾巾。落花坠楼伤季伦，垂帘一任归燕嗔。”

王国维在日本参加京都兰亭诗会。京都大学诸教授原田两山等及罗振玉共约王国维，各以所藏王羲之兰亭帖佳本展览，且以诗记其事。王国维作《癸丑三月三日，京都兰亭会诗》。诗云：“大挠以还几癸丑，纪年唯说永和九。人间上巳何岁无，独数山阴暮春初。尔来荏苒经几年，岁星百三十周天。会稽山水何岑寂，朅来异国会群贤。东邦风物留都美，延阁沉沉连云起。翻砌非无芍药花，绕门恰有流觞水。此会非将禊事修，却缘禊序催清游。信知风俗与时易，惟有翰墨足千秋。忆昔山阴典郡日，郡中流寓多簪绂。会稽山水固无双，内史风流复第一。兰亭修禊序且书，书成自谓绝代无。一朝茧纸闷幽宅，人间从此无真迹。后来并失唐人摹，近世仍传宋时石。此邦士夫多好事，古今名拓争罗致。我来所见皆瑰奇，二十八行三百字。开皇响搨殊未工，犹是当年河朔风。后代正宗推定武，同时摹本重神龙。南渡家家置一石，流传此日犹珍惜。偏旁考校徒区区，神采照人殊奕奕。行书斯帖称墨皇，况有真草相辉光。小楷几通越州帖，草书三卷澄清堂。古来书圣推内史，但有赞扬绝言议。我今重与三摩挲，请为世人阐真秘。昔人论书以势名，古文篆隶各异型。千年四体相嬗代，唯尽其势体乃成。汉魏之间变古隶，体虽解散势犹未。波磔尚存八分法，茂密依稀两京制。《墓田》数帖意独殊，流传犹出山阴摹。永和变法创新意，世间始有真行书。由体生势势生笔，书成始觉体势一。相斯小篆中郎隶，后得右军称三绝。小楷法度尽《黄庭》，行书斯帖具典刑。草书尺牍尚百数，何曾一一学伯英。后来鲁公知此意，平生盘礴多奇气。大书往往爱摩崖，小字《麻姑》但游戏。真行巨细无间然，先后变法王与颜。坐令千载嗟神妙，当日只自全其天。我论书法重感喟，今年此地开高会。文物千秋有废兴，江河万古仍滂沛。君不见、兰亭曲水埋荒烟，当年人物不复还。野人牵牛亭下过，但道今是牛儿年。”

西泠印社同人作兰亭雅集。吴昌硕未到，作律诗以寄。诗云：“坐忆兰亭数驿程（东友招游兰亭，余以病未赴），喜闻印社结鸥盟。已惭逸少工为叙，但恐延之不署名

(兰亭会者四十二人,何延之《兰亭记》又有释支遁,则在四十二人外也)。述古近过寒食节,感时谁赋《丽人行》。吾衰济胜嗟无术,来对湖山饮巨觥。癸丑上巳,西泠印社作兰亭祓除不祥会,予未及躬逢其盛,作此请同社君子正之。老缶吴昌硕草稿。"

《申报》第 14428 号刊行。本期《自由谈》"尊闻阁词选"栏目含易顺鼎挽联一对(前清孝定景皇后即隆裕太后,四月三日出殡梁格庄,挽联盈千累万,然佳者殊少,惟楚南易顺鼎所撰长联,人多□述,特志于下)、《菩萨蛮·花朝补祭绮痕》(颜若)、《忆秦娥·前题》(颜若)、《代蝶仙和鹿门旧隐〈赠素心眉史〉韵》(二首,蘧园)。其中,易顺鼎挽隆裕太后联云:"本来生生世世,不愿入帝王家,从黑暗中放绝大光明,全力铸共和,普造金身四万万;以后岁岁年年,有纪念圣母日,于青史上现特别异彩,同情表追悼,各弹珠泪一双双。"此联于严修日记中有录,获盛赞。颜若《菩萨蛮》云:"梁园此夕风和雨,芳魂似向痴魂语。攲枕细思量,情长漏更长。　　香清茶正熟,私祭怜幽独。碧玉再生时,飞霜上鬓丝。"蘧园《代蝶仙和鹿门旧隐〈赠素心眉史〉韵》其二:"减却风流卖尽痴,豪情犹未改当时。藏娇筑就黄金屋,再倩青禽报故知。"

沙元炳作《癸丑三月三日,仿兰亭修禊事,同人于两香庵水明楼禊集分韵》。诗云:"乌篷三日摇春波,风帆对我如飞梭。闭窗兀坐作新妇,但把旧句支颐哦。到家风定云日霁,青林出沐天起疴。行縢未解简在几,云有嘉会城东阿。晋来二十六癸丑,宜修禊事追临河。水明楼下洗钵水,当年曾照渔洋歌。良辰胜地两相值,不醉奈此流光何。我老懒看新历日,计时四月当清和。弃去新历赓故事,此意恐被时髦诃。急遣篮舆叩兰若,未暇泥淖湔袜靴。群贤迎揖惊且喜,软脚劝倾金叵罗。病余止酒但强饭,谈笑已空僧厨箩。高篇大句忽照眼,许浑跌宕赵嘏多。此才何止压司李,直欲驾蹑谷与坡。酒阑吟歇日未晡,更施新令修矛戈。韵限八字字禊帖,约敕严峻同制科。自由束缚世所戒,诗政乃胜嬴秦苛。海枯石烂才不竭,隆隆祗听砚磨螺。须臾诗成谐笑作,花笺出袖翻傞傞。水绘遗老魂不灭,应为两颊生微涡。嗟我上巳阅五十,得遘此乐鬓已皤。裁诗纪事聊自哂,前有感慨今则那。"

金鹤翔作《沁园春·癸丑上巳,邀群贤禊饮三桥,访牧垒墓》。词云:"十里晴波,荡漾东风,小舟往环。看桃潭添涨,重三令节,柳阴小泊,第几浜湾。癸丑年符,永和代远,太岁干支适值班。今何世,只岩花无语,娇鸟绵蛮。　　几人天许清闲。得饱读、耕烟画里山。叹旧庄红豆,空留艳说,半潭秋水,照瘦朱颜。春色翻新,孤坟宛在,吾辈青衫泪又斑。谁书序,怅夕阳红断,瓶隐松关。"

张素作《洞仙歌·三月三日修禊江村,为拈此阕》。词云:"暮春三月,正花茵秀草。吾辈芳郊禊行又。问丽人水畔,故故湔裙,怎一片、茜色裙痕如旧。　　胜怀犹自有。列坐流觞,准备风情去消受。修竹茂林间,弦管都无,只映带清湍左右。为记取兰亭永和年,喜吉日良辰,也逢癸丑。"

陈三立作《三月三日游雨花台作》。诗云："凌晨积雨霁，窗日光瑳瑳。游目周四隅，万景被阳和。花树明余沥，莺鹂亦已歌。譬彼羸尪夫，散灸甦沈疴。又如蓬垢女，赐酺颜渐酡。嘉节旧遨赏，孺人兴亦颇。落胸雨花台，轻驾就委佗。山势窜群蛇，首尾不可搓。其脊跨市屋，兵子奔穿梭。土脉养嫩茸，乱冢浮青螺。陟冈瞰泱漭，江扬千里波。咫尺鏖战区，蚁聚争蜂窝。悲风吹死气，膏血缠烟莎。攻守示险隘，徒博泪成河。下憩品泉榭，茗盏驱昏魔。提筐售石儿，颗粒匪琢磨。买取照盂钵，众雏贻摩挲。列坐聒驵竖，蹑足荒祠过。流传说法迹，蔽天啼鹳鹅。还途满寒阳，销愁愁转多。撄怀结禊饮，海圻伫吟哦（是日沪上超社第二集，止庵相国为主人）。去住各有恨，喧寂自殊科。矫首行顾影，同一春梦婆。"

邓尔雅作《癸丑三月三日》。诗云："兰亭鼎鼎声名大，花甲今当廿七巡。少长山阴修禊日，冠童风浴咏归人。自然今昔斯文感，如例乡邦又水濒。私淑先贤窥草隶，天颁癸丑王诸春。"

沈汝瑾作《癸丑上巳，携内出游》（五首）。其一："平林新霁映明霞，万众熙熙玩物华。昨夜春光太憔悴，青山风雨葬桃花。"

林苍作《三月三日》。诗云："今年寒食无些雨，过了清明雨却多。呼取一杯乂手坐，外间禊事定如何。"

江子愚作《上巳》。诗云："阴云含雨压庭柯，独感良辰发浩歌。南国相思红豆长，东风无力落花多。香魂断送唐天宝，绮岁重逢晋永和。谁向华林开马射，凭将玉弝落驾鹅。"

［日］松平康国作《上巳淡如水庐诗会，次大江敬香诗韵赋赠》。诗云："昭代文章取次镌，一家风调又名篇。鸟迁乔木声声好（敬香新移居），花映新人色色妍（敬香长子香峰新娶）。觞咏依然酬上巳，才情未必减中年。履綦今日群贤集，还似璧奎罗在天。"

方仁渊本日前作《癸丑上巳前，同潘幼南、邵息庵、庞聱、俞君实四老破山寺看玉兰，率成两律，呈诸同游郢正并祈和章》（二首）。其一："辛夷初放尚轻寒，萧条寻春兴未阑。花发莲台光照玉，香浮竹径气吹兰。托根净土疑仙种，结伴名山仗佛看。风暖日晴宜我辈，今朝五老醉颜丹。"其二："未知今是昔云非，五老年皆到古稀。廉饮堂前玉兰放，大雄宝殿梅花飞。春光劝客须尽醉，鸟声呼人且息机。明朝花落更可惜，白头一瘦那得肥。"

10日 《申报》第14429号刊行。本期《自由谈》"尊闻阁词选"栏目含《闻琴桥晚眺》（武原骧云）、《陶泾泛棹》（武原骧云）、《武林客次，送别张超然》（武原骧云）、《客途口占》（武原骧云）、《暮归》（武原骧云）、《徐园梅花会，置梅百余盆，中有一株，色如朱砂，昔所未见，异种也。其主人似不甚矜贵也者，置之屋角，为赋七古》（江夏杨闻川)。其中,武原骥云《武林客次》云:“一幅征帆返客途,浸言乡梦忆莼鲈。西湖晓月钱塘雨,借问扁舟载得无。”《暮归》云:“暮色促归程,江山此独行。云藏星斗影,风挟海涛声。倦鸟枝争宿,潜鱼浪不惊。门敲深竹里,犹见一灯明。”

沈尹默与朱希祖赴医校访马叙伦,即偕朱、马访朱仲我及朱师辙、朱师鼎。

朱英诞生。朱英诞,本名仁健,字岂梦,生于天津。著有《风满楼诗》。

11 日 《申报》第 14430 号刊行。本期《自由谈》“尊闻阁词选”栏目含《读〈民权报〉枕亚著〈玉梨魂〉,感而赋此》(四首,佐彤)、《有感》(佐彤)、《绣余吟草》(双璧女士):《登榴花塔,吊竹隐先生、熊飞将军》《重九薄暮登金山慈寿塔即景》。其中,双璧女士《登榴花塔》云:“高塔凌云撑古今,前朝恨事已销沈。姓名足壮江山色,悲愤犹留变徵音。事业岂容成败论,精诚能格鬼神歆。斜阳带怒红如血,仿佛当年起义心。”

陈衍至上海访苏堪丈于海藏楼,晤樊增祥。樊增祥出示三日樊园修禊诗韵《次少陵〈丽人行〉》邀陈衍补和,陈应诺。

12 日 国民大学在北京开学,黄兴继宋教仁为校长。是年秋,该校与吴淞中国公学合并,更名为私立中国公学大学部。

林纾前往梁格庄谒崇陵(光绪陵寝)及孝定皇后陵,归来后赋《癸丑上巳后三日谒崇陵》。又致函陈宝琛,道及此次谒陵经过。诗云:“宫门严闭横斜阳,童山对阙尘昏黄。燎池灰冷石曲折,阘戟风动缨飘扬。广殿沉深闼难见,球帘仿佛垂两厢。孤臣痛哭拜墀下,秾春触眼如秋凉。卫士见状动愕骇,衣冠颓敝宁老郎。长身玉立张京兆(张在初都统守陵者),礼成对我神沮伤。光宣历历数朝士,尽诚竭节推髯梁。梁髯贫病忍自惜,泣血奔走思先皇。酽金万数佐方上,席稿累月朝便房。张公言已坐太息,克食见飨罗甘芳。且言午祭行将及,乳酪脯酒供蒸羊。守陵今已属残贵,主祭无复来诸王。地宫永闷果何日,主客相对涕泗滂。涵元旧事那可说,瀛台春暖仍垂杨。”

荣庆至李氏园看杏花,作二绝纪之。其一:“青松红杏又成图,依旧孤山塔影孤。莫问前朝兴废事,武陵源里有西湖。”其二:“红桨绿波春水船,重三初过艳阳天。杏花杨柳如人意,此会不虚癸丑年。”

北京大学校长何燏时访朱希祖,聘其为北大预科教授。

13 日 《宪法新闻》(周刊)创刊,至本年 12 月终刊,共出 24 期。本期“杂纂·文苑”栏目含《柞翰吟庵弃余诗》(常赞春子襄)、《虹舟词钞》。

《申报》第 14432 号刊行。本期《自由谈》“尊闻阁词选”栏目含《重上秋影楼感赋》(拜花)、《和徵南馆主咏明妃诗》(二首,猥公);“遗闻秩事”栏目含《洪述祖之自挽联》。其中,拜花《重上秋影楼感赋》云:“玉箫声断凤楼空,影事零星入梦中。闲煞碧栏干十二,我来独自倚东风。”猥公《和徵南馆主咏明妃诗》其一:“忍逐东风强效颦，宫花从此委胡尘。妍媸自古凭人说，岂独伤心在美人。”

潘飞声作《三月七日集梵王渡小兰亭展修禊，次先高伯祖毅堂中翰公〈南雪巢集〉中〈三日东图学士莱香草堂〉韵》。诗云：“吴淞如山阴，引人自入胜。曲折梵王渡，登舻入明镜。夭桃破烟笑，修竹随云进。飞鸟鸣欢欣，潜鳞出游泳。良辰展禊事，天宇彻明莹。有托惟古期，无心与物竞。彭年杖履届（谓吴苏隐、沈絜斋、吴仓硕三老），元音丝竹赠（有客度昆曲）。祓除斯世感，更酌主人命。何必兰亭图，清湍对流映。放怀在高尚，云物同一净。试味义之言，俯仰适吾性。”

14 日 《申报》第 14433 号刊行。本期《自由谈》“尊闻阁词选”栏目含《有所思》（李生）、《同陈木庵赴饮扬城，归赋两绝》（亮峰）、《水仙》（佐彤）、《早春》（佐彤）。其中，亮峰《同陈木庵赴饮扬城》其一：“扬城十里骋骅骝，一路春风解客愁。此去酒家应不远，绿杨荫里小红楼。”

15 日 《国民杂志》（月刊）创刊，至本年 9 月共出 5 期。创刊号“文苑”栏目含《欢迎孙中山先生文》（刘寿朋）、《其二》（杜意筠）、《哭宋君钝初文》（岑楼）；“文苑・诗”栏目含《花魂》（育芝）、《见〈梅花送远图〉偶占》（育芝）、《樱花杂咏》（陈宽）、《春日晚眺》（精卫）、《郊行》（挥孙）、《寒食》（锄月）、《答继荪》（宇华）、《片时》（继荪）、《哭周烈士实丹》（继荪）、《寄南京丁亚伯》（继荪）、《祝本党上海交通部〈国民〉月刊出世》（继荪）、《念奴娇・咏泪》（实丹）、《满江红・寄宗兄人菊》（实丹）、《水龙吟・题钝剑〈花前说剑图〉》（实丹）、《一丛花・秣陵春愁》（实丹）。

《申报》第 14434 号刊行。本期《自由谈》“尊闻阁词选”栏目含《感怀》（率）、《泛舟游春，偶成四律》（侍仙）。其中，率《感怀》云：“江湖频转徙，岁岁感依刘。魑魅宁堪伍，屠沽尽列侯。前尘皆幻梦，斯世一浮沤。陟屺嗟何及，吾生此百忧。”侍仙《泛舟游春》其一：“绿阴浓处淡烟笼，傅粉薰香衬落红。玉佩声传春苑北，金钗影耀画桥东。湘裙细染桃花水，罗袜轻翻杨柳风。一径风光看不尽，柔荑拾翠最玲珑。”

《中国实业杂志》第 4 年第 3 期刊行。本期“文苑”栏目含《游芝罘南山》（胡瑛）、《感怀》（胡瑛）、《忆枋桥旧第》（林鹤寿）、《和原作》（李文权）、《二月诗会，席上得题王安石咏七绝一首》（李文权）、《天问阁癸丑杂诗》（吴我尊）。

《湖南教育杂志》第 2 年第 6 期刊行。本期“文艺・诗录”栏目含《干城学校歌》（康有为）、《过太行山》（健铁）、《君子行》（健铁）、《书感》（健铁）、《最后一课题辞》（健铁）、《戏赠史尔觉》（健铁）、《南北统一日偶成》（健铁）。

《民谊》第 6 号刊行。本期“词林”栏目含《丘沧海先生遗诗》（丘逢甲）、《将重渡美洲留别佛教会诸子》（谢英伯）、《和谢君英〈重渡美洲留别〉之作》（铁禅）、《前题》（佩衡）、《前题》（伟颠）、《前题》（一鹗）、《前题》（佛魂）。

[韩]《天道教会月报》第 33 号刊行。本期“词藻”栏目含《送闵泳纯归乡里》（刚

斋申泰锞》、《偶吟》（香山车相鹤）、《偶吟》（敬庵李瓘）、《又》（敬庵李瓘）、《又》（芝江梁汉默）、《园洞小会》（凰山李钟麟）、《信》（刚）。其中，刚《信》云："实践人言是信徒，力排云雾向前途。一定此心终不改，无能观有有观无。"

德国人卫礼贤自青岛来上海，访沈曾植寓所谈孔教。

荣庆作挽季超诗云："中岁群推干济才，廿年萧瑟亦堪哀。老来朋好秋枝叶，偶触微风点绿苔。"

叶昌炽作《赠秦佩鹤侍郎，即题其诗稿后》（二首）。其一："束发论交鬓已丝，况从劫后把君诗。河山欲下遗民泪，海市难为巧妇炊。唱和常如临顿里，兴亡又到义熙时。即今避地犹安隐，无事车来载饼师。"

16日 《申报》第14435号刊行。本期《自由谈》"尊闻阁词选"栏目含《游愚园，得五古一章》（逸民）、《客感四章，用友人韵》（蘧园）；"文字因缘"栏目含《金缕曲·悼华吟梅女士》（钱佩弦）、《哭张铸江师》（五首，天民）、《赠某都督》（公天）。其中，蘧园《客感四章》其一："朱栏镜槛点尘无，春老园林鹤梦孤。种竹当门红袖倚，拓窗临水碧纱糊。挥毫饱饮三升墨，拍板能歌一斛珠。吩咐青楼小儿女，漫将心事托登徒。"其二："朋僚祖饯集江干，留别诗成落笔难。明月最宜花下赏，好花恰耐月中看（谓月林、金桂两眉史）。笑容脱俗犹堪掬，秀色超群洵可餐。仆役催归莲漏永，酒酣狼藉玉杯盘。"

《庸言》第1卷第10号刊行。本期"艺林·艺谈"栏目含《石遗室诗话（卷四）（续）》（侯官陈衍）、《诗学枝谭（续第1卷第6号）》（周季侠）、《菉猗室曲话（续）》（贵筑姚华）、《慧观室谜话（续）》（周效璘）、《诗钟说梦（续）》（易顺鼎）；"艺林·诗录"栏目含《癸丑禊集诗》（梁启超、顾印愚、易顺鼎等）。

周太玄作《薄倖·春情》《多丽（别离难）》《摸鱼儿（无聊天）》。其中，《摸鱼儿》云："无聊天，酿愁愁我，东风又入怀抱。东君不管花谢尽，又吹垂杨丝老。春归了。且趁他、游丝一缕系归鸟。休啼梦觉，想人睡绿窗，梦随流水，醒看残红闹。　愁难扫，情多明月应笑。影瘦画帘休恼。相思不信头不白，玉颜应似花好。莺啼晓，只一夜，东风吹鬓成秋草。蜂衙午报。正两地凄凉，一春归去，花落慵独扫。"

17日 《申报》第14436号刊行。本期《自由谈》"尊闻阁词选"栏目含《哀骏马》（李生）；"文字因缘"栏目含《夜坐闻箫，怀天虚我生》（拜花）、《病起，再怀天虚我生》（拜花）、《怀了青，在正阳关》（二首，二我）。其中，拜花《夜坐闻箫》云："夜窗人坐篆烟深，无限青天碧海心。何处玉箫吹不断，长风送到水龙吟。"《病起》云："不应小病已经旬，如火榴花照眼新。我有闲情无着处，海天为忆谪仙人。"

18日 西泠印社举行建社十周年纪念大会，正式定名西泠印社，吴昌硕被公推为首任社长，遂撰书"印讵社何"十八言联。联云："印讵无源，读书坐风雨晦明，数布衣曾开浙派；社何敢长，识字仅鼎彝瓴甓，一耕夫来自田间。丁巳春仲，书于海上去驻随缘室之南窗，七十四叟安吉吴昌硕老缶。”经吴昌硕介绍，日人长尾雨山、河井荃庐成为西泠印社会员。

《申报》第14437号刊行。本期《自由谈》“游戏文章”栏目含《我欲歌》（嘉定二我）。诗云：“我欲上天去，不愿留人间。人间烦恼重，天上岁月闲。天上自有清虚无碍紫霞府，天上自有不种自获丹霞田。玉女馔登麟凤错，金童酒浸珍珠泉。随我朝游瀛海上，随我夜宴蓬莱巅。山香舞罢云入袖，步虚歌歇星满筵。此时此日我忘我，不知不觉年复年。”

俞剑华《梅花岭》《清明，次笠云韵》《春暮杂感》《题汪笠云诗卷》《小极》刊于《民立报》“词苑精华”栏目。其中，《清明》云：“感逝方怜气类孤，闭门种菜计全疏。一春归梦诗能说，三月闲愁酒不如。已见缁尘衣易素，更堪青眼柳全舒。轻烟细雨逢寒食，剩几侯家好问渠。”《春暮杂感》云：“漠漠轻寒上短蓑，饧箫声里奈愁何？患多颇似发难数，贫甚都无雀可罗。逝水华年明镜在，半晴天气落花多。数声啼鴂关心甚，输与时人解放歌。”

叶昌炽作《澡豆》《牙粉》。其中，《澡豆》云：“翛然新沐起弹冠，更挹清泉注颒槃。读画为防寒具近，谈禅可作净名观。缁衣作客遑言痒，白璧逢人善索瘢。旧染新机聊自警，洁心容易洗心难。”《牙粉》云：“太华峰头石室方，不虞羚角叩金刚（海上售者品类至多，余所用以金刚石为标识）。戎来青海参盐味，仙去蓝桥剩玉浆。解秽岂惟能辟蠹，补牢终莫救亡羊。可怜吮乳张丞相，瓠子空劳再设防。”

19日　潘飞声、钱溯耆、朱锟、周庆云、陶葆廉等同集，是为淞社第二集。首唱潘飞声《陶拙存、杨仲庄招饮华园，是日三月十三，作展上巳会》，继唱者：钱溯耆、朱锟（二首）、周庆云、陶葆廉。其中，潘飞声诗云：“栗里宏农两公子，羁栖海角为清门。春光九十去可惜，更展上巳催芳尊。丝竹况胜兰亭会，春宵即为桃李园。前番吴淞翦烟水，远寻种桃江上村。风雨连朝妒游约，携酒好慰莺花痕。吾侪帘局地屡易，正似褉帖时新翻。曲水合推诗社祖，今之视昔何慨言。独怜苍生久尽待，扰扰弱晋胡尘昏。君尚东山恋棋局，我愧古渡迎桃根。莫作江头杜陵哭，有人双手撑中原。”钱溯耆《三月十三日饮于酒家，作展上巳会》云：“前番忝附凌烟画（重三修禊，曾摄一影），后约犹浮曲水觞。杨子讲经存古学，陶公漉酒署诗狂。卜花高会襟痕旧，斗草频来屐印香。上溯汉唐征故事，因时义取展重阳。”

《申报》第14438号刊行。本期《自由谈》“尊闻阁词选”栏目含《杭沪道中》（定耕）、《咏史十二绝》（山阳秦寄尘稿）、《梦游昆仑吟》（仲琴）；“文字因缘”栏目含《偕姚君咏华、刘君烈甫、吴丈愚亭游惠山，谒南齐孝子公祠，品茗于漪澜堂有作》（侍仙）、《李庚伯为画〈秋影楼图〉，自题一绝》（拜花）、《和天虚我生〈申江忆所忆〉韵》

(拜花)、《有感》(拜花)、《伽盦偕琢如、汉卿、慎余、玉仑同游虎丘，于山后席地饮，归而图之，嘱题卷端》(人寿庐主)。其中，山阳秦寄尘《咏史十二绝》其一：“当日曾为盖世雄，愧无面目渡江东。八千子弟丧亡尽，汉运将兴楚局终。(项羽)”侍仙《品茗于漪澜堂有作》云：“飞鸿偶印雪中泥，惠麓登临胜侣携。过雨好山疑北苑，家风乔木溯南齐。漪阑鉴水闲寻玩，茗椀分泉细品题。俯仰千秋陈迹在，相看何似武陵溪。”

朱祖谋为宋代范成大撰《〈石湖词〉跋》。

沈曾植以《和王子展〈愚园访牡丹未开〉韵》诗示郑孝胥。诗云：“龙汉谁从问干支？病夫惆怅上春时。阎浮树意婆娑尽，阳焰川光幻动迟。槐国梦安凝碧奏，花王寒勒醉红期。疾风骤雨过寒食，绣被锦帷无好词。”

李舜臣作、杨访琴次韵《槟城盛迹唱和七绝六首》刊于[马来亚]《槟城新报》“词章”栏目，含《感事》《过官码头》《海珠寺》《槟城》《戴领事蜀》《偶感》。其中，李舜臣《海珠寺》云：“珠光明照好如瓯，千古蒲芦水上浮。信是蓬莱山近岸，故留仙迹幻蜃楼。”杨访琴次韵：“天地回环水一瓯，与君同梦入罗浮。未经胜迹空余恨，皓月当空海上楼。”

20日 《说报》(月刊)创刊于日本东京。“进步党”东京支部机关刊物。先后由方宗鳌、杨赫坤主编，编辑部成员有王宝经、王帮铨、王灿、方宗鳌、戴正诚、彭宪等。1914年8月出至第13、14期合刊号停刊，共出14期。主要栏目有“论说”“译述”“丛录”“艺林”(艺谈、文录、小说、诗词等)、“记载”“附录”等。“艺林”栏目后改为“文艺”栏目，发表散文、诗、词、小说等。主要文学撰稿人有劫灰、[日]古城贞吉、王灿、笠舫、书衡、息卢、钵花、涛痕、霞长、绎堂、许进、树森、恻民、蘧馆、李培甫、刘有恢、余懋章等。本期“艺林·艺谭”栏目含《蜕庐诗摭(未完)》；“艺林·艺谭·诗录”栏目含《述感，次韵彦殊，寄呈伯华》(友箕)、《友箕愍乱心切，次韵〈述感〉，余复推论乱本而有是言》(伯华)、《伯华居士叠韵见示之作，推论祻本，言至嗟痛。蒙观十年已来，功利盛行，皮傅新说以自便者，其为人宅心行事又非昔贤，勇于自信，好为异论之比滔滔江河，每下愈况，如之何！勿感，辄赋长句，再叠前韵奉寄》(友箕)、《来诗极陈世态，良足悲诧，然源浊者流不清，表枉者影岂直？夫既曰形亡，而神随灭矣，宁复乾乾终日，虑佗身之共报哉？藩篱大决，安所底止。虽什百千万，于今日亦意中事耳。昔有人问虎颔下铃谁能解之者，一沙弥答曰：“还令系铃者解之。”嗟乎！大丈夫当知所亟矣。一人发真归元，十方虚空，尽皆销陨。骖鹤栖真者，岂无意乎？叠韵见志，并呈宇镜》(伯华)、《读生计学书，感念时变，忽发深省，奋笔成此，三叠前韵》(友箕)、《忏悟之作，四叠前韵》(友箕)、《辛亥冬，和息庐作，用友箕原韵》(麐盦)、《读〈明张文烈公家玉诗集〉感赋》(彭宪)、《宋琦世兄自日光归承，以绘叶书见赠，作此谢之》(彭宪)、《归舟夜发，在冻月中玩，两岸霁云，殊有奇趣，记以小诗，以志斯行》

（蜕庐）、《归舟即景》（蜕庐）。

《申报》第14439号刊行。本期《自由谈》"尊闻阁词选"栏目含《春晴晚归》（用少陵《曲江对酒》韵）（天白）、《清明》（四首，李生）、《暮春杂咏》（碧梧女士）、《春日遣怀》（二首，寄尘）。其中，天白《春晴晚归》云："江上春晴缓缓归，垂杨幽细晚风微。隔林鸟语游人散，近水花开倦蝶飞。市隐却忘尘事变，枝栖常与素心违。五陵车马多年少，闲煞青门老布衣。"李生《清明》其二："长安宫阙旧繁华，御柳东风有暮鸦。此日青青城畔路，无人知是五侯家。"寄尘《春日遣怀》其一："过眼俱陈迹，光阴一刹那。年华成老大，身世付蹉跎。意气消磨尽，文章感慨多。烽烟何日靖，天地正干戈。"

《文史杂志》第2期刊行。本期"词章·文录"栏目含《〈资治通鉴〉课本序言》（庸氓）、《寄庐自叙》（退省子）、《答彭生书》（吕承源）；"词章·诗录"栏目含《藏书绝句三十二首（未完）》（晦堂）、《有寄》（姚晋圻）、《雨夜喜希如过话，吟成二律》（觙民）、《雨夜过惺樵兄，翌日有诗见示，次韵二首》（希如）、《中春微雨，遣兴四首》（希如）、《重经汉口有感》（余鲲）、《奉酬宋遁初二首》（余鲲）、《赠别陈寿元赴北洋考察军事》（余鲲）、《渡洞庭新霁》（余鲲）、《哀汉口（九十韵）》（舒可巷）；"杂俎"栏目含《漫园脞录》（归杨）：《张文襄挽联》《赵文敏题艺祖像》《稼轩经语词》《宋江词》《袁忠节公遗诗》、《竹签传》（归杨），《寄社诗钟选录（续）》（刘村）。

《独立周报》第28、29期刊行。本期"文艺部·文选"栏目含《廖尻文话》《师培文录》（刘师培，含《四川国学会序》《致吴伯朅书二首》《万慧文录》《重刊〈弘明集〉〈广弘明集〉醵赀启》）；"文艺部·诗选"栏目含《汉鬯生诗选（续）》（赵怡）、《〈独弦集〉诗十九首》（黄侃）；"文艺部·丛谭"栏目含《说元室笔乘》（荄兹）：《陈省斋先生之远识》《张介侯先生异梦》《刘孟涂轶诗》《康熙时秦民徭役之苦》《明成祖登遐异闻》，《文林摭语（续）》（超然）。

《宪法新闻》第2册刊行。本期"杂纂·文苑"栏目含《红梅，和沈乙庵、郑太夷、陈石遗》（节庵）、《澄意居士属题〈秋幢赞佛图〉》（石遗）、《二月八日，涛园、诒书、肖疋见过，坐梅花下作歌，再叠前韵》（樊山）、《采桑子》（彊村）、《蝶恋花》（映厂）、《玉楼春》（映厂）。

李审言访叶昌炽，出所著《愧生丛录》一册为贽。愧生其自号也。又赠七言古诗一首。诗云："雁宕龙湫古未辟，伐木登山奇始获。叶君爱奇善著书，凿险缒幽如谢客。体仿杂事南宋诗，碑广韩陵北朝石。善言物始推檀弓，岿然不朽惟此翁。随珠郢璧玩掌握，蛮陬夷落趋来同。金闺通籍廿余载，牛腰捆束归匆匆。洞庭烟水涵林屋，投老栖身依木渎。童乌不秀与玄稀，灵鹣蚤世流尘速。借观纷见一鸱投，传钞几费千兔秃。摹印悬门似濮阳，怀见争叩睦亲坊。晁陈欧赵无此业，东马严徐非所望。桓谭书敌猗顿富，征室寿永名山藏。宇宙崩腾市朝变，汉季交州集群彦。缪徐说君不去口，肯为先游期一见。闻声相思业有年，识面后时轻自炫。徐君慷慨为我求，驱车驱车抨蹇修。诗篇聊媵爵里刺，文采惜乏珊瑚钩。三士谈道殊不恶，且与湔祓平生愁。”叶昌炽本月22日作《兴化李审言明经（详），江以北学者也，介积余观察过访，投诗为贽，即次原韵奉答》。诗云：“蚕凫高高五丁辟，谁举百钧惟贲获。挚虞流别论文章，诗到张为图主客。其言粗可导谟觞，未必溯源自碣石。抱经昔闻卢弨弓，今来海上逢李翁。论诗家有文选学，一字不苟崇贤同。胶言旁证在祧列，萧楼作者何忩忩。惟君著书日仰屋，津逮百家到泸渎。新诗赠我只余事，不数马工与枚速。服膺不觉汗且僵，握手相看鬓已秃。海市一廛非首阳，广陵自有履道坊。研经老人全盛日，海内河岳星辰望。雷塘弟子广著录，鹤寿况有名山藏。人才不共市朝变，君是题襟后来彦。郑堂容甫有典型，淮海英灵喜重见。赏音昔已遇桓谭，传业今更得刘炫（君旧为蒯礼卿前辈客，今馆刘葱石参议玉海堂，为课其子弟）。玉海堂客皆羊求，巾车欲驾怅阻修。人间何世且莫问，大者窃国小窃钩。不如共享千金帚，一扫茫茫万古愁。”

顾颉刚与吴奎霄由苏州经上海，取海道北上，就读北京大学，有诗作《黄海》《将到烟台》《烟台》纪行。

尹昌衡《西征抱病》《送葬病死兵士》《将军观》刊于《国民公报》。其中，《西征抱病》云：“带病经三月，提军越万重。武乡愁气短，留守苦心雄。微命复何惜，孤忠谁与同。莫将余食少，传语到西戎。”《送葬病死兵士》云：“气触西山瘴，骸封北塞泥。顾余身尚病，送子意偏疑。马革心虽尽，狐邱首不移。安能见父老，还与去时儿。”

21日 《不忍》第3册刊行。本册“艺林·文”栏目含康有为《〈广艺舟双楫〉序》；“艺林·诗”栏目含康有为《来日大难五解》《与伍宪子观神户雌雄瀑，还浴诹访山温泉，夜饮酒楼，送宪子游加拿大，联句》《十月登日光山顶，道远日落，中夜乃至山顶中禅寺湖。山道盘曲，雪月交辉，泉瀑竞响，光景奇绝。闻春秋时樱花红叶满山开遍，惜来非时也》《日光山顶观华严泷，为日本第一大瀑》《偕犬养毅木堂浴汤河原，与阮紫阳观弘法大师清泷步月夜行，秉烛穿林，犬养木堂后至，倚桥口占诗，木堂请书》（二首）、《偕犬养毅木堂、阮鉴光紫阳游汤河原不动泷，木堂请题诗》《壬子除夕，扶病绕行游存别墅松径，示陈逊宜》《冬春间久病月余，正月上元，与旃理访清友园梅花》《藏又割地矣》《自大吉岭携同璧女游须弥山，行九日，深入至哲孟雄国之江督都城，英吏率国王迎于车站。入王宫，出其妃子相见，衣饰楼器，皆中国物。王拘降于英十四年，欲遁不得，见我殷然，以贝叶经酒筒相赠。吾解带荅之。其妃以拓影相赠，璧女解玉戒指赠之，盖故受封于我国者也》《生民二章》《闻俄据东三省》《缅甸哀》《游花嫩冈，谒华盛顿墓宅》《英伦避暑，仙控住公爵邸舍，楼阁华严，园林之大冠英伦，盖千年诸侯旧邸，其先世随威廉入英者。此宅又为克林威尔旧第，今英王尝幸之。公爵以英王卧榻浴室待予，感英故事，永夜不寐》；“附录”含《朱九江先生佚文序》

(康有为)、《朱九江先生佚文(续)》(朱次琦)、《留芳集(续完)》(康辉著、康有为注)。其中,康有为《藏又割地矣》云:“喜马来山云四飞,山河举目泪沾衣。此通藏卫无多路,万里中原有是非。”《闻俄据东三省》云:“郁郁瞻长白,云流鸭绿阴。岂真王气黯,竟令敌兵深。百战思开创,三年病割侵。万方皆震动,王母宴荒淫。”

汤汝和作《三月十五夜桂林风异》。诗云:“桂林城中翻地轴,雷雨掀天神鬼哭。飓母狂风黑夜来,万井人烟势危蹙。初疑甲马奔空中,帝与蚩尤战涿鹿。又似潮声撼海门,水上蛟龙纷抵触。岂徒举重若吹毛,直是摧坚如破竹。层楼大厦且倾摇,卷入云霄几茅屋。野翁惊起心茫然,万瓦横飞尘蔽目。筚门妇孺正酣眠,仓皇奚避岩墙覆。动地威惊异二雄,拔山力讶项王速。到公园石暗迁移,荐福寺碑竟颠扑。十围之柏百尺松,枯根倒卧苍山腹。小草柔枝尚宴然,四郊尽失千年木。况兼春雹雨纷纷,新秧受损农无粟。只谓伤夷限一隅,何期千里同荼毒。吾闻圣世之风不鸣条,衢民击壤被嘉福。又闻成王之世风雷灾,拔木偃禾气萧肃。书启金縢诚格天,和甘立□岁丰熟。于今国运方龙兴,上下胡为象𤢬騃。天时人事怆予怀,龟筮忍从詹尹卜。”

22日 《申报》第14441号刊行。本期《自由谈》“尊闻阁词选”栏目含《某歌姬字人矣,风流自赏,天真烂然,昨赴某氏招,作叶子戏,携二妓度曲,姬一时技痒,自操弦索,引吭高歌,有响遏行云之概,予不觉为之叫好,渠亦欣欣自得也,艳之以诗》(二首,逸民)、《无题》(二首,逸民)、《古美人六首》(小蝶)。其中,小蝶《古美人六首》其三:“信说连环计最工,野心狼子了奸雄。阿瞒十万貔貅士,不敌貂蝉一笑功。”其四:“钿盒金钗证女牛,他生未卜此生休。将军不斩河东寇,逼死蛾眉亦可羞。”

姜可生《步鹓雏〈楼外楼〉韵》刊于《民立报》。诗云:“沪上怀归月,怕登王粲楼。春心愁似茧,醉眼冷千秋。遁世偕伊隐,逃禅与子俦。王侯身外物,天地一浮沤。”

周太玄作《谒金门(人不见)》《浣溪沙(一枕东风梦故乡)》《江梅引(灯前愁听雨潇潇)》。其中,《浣溪沙》云:“一枕东风梦故乡,画堂今夜可凄凉,杏花开也月昏黄。　有个伤心人独立,更无芳酒暖诗肠,杨花满院慵添香。”

舒昌森作《霓裳中序第一·癸丑谷雨后一日游玉峰,遇沪上凤舞台诸女伶,拈此纪之》。词云:“痴云又乱织。不定阴晴难揣测。天意谁能问及。但乘兴驱车,寻幽携屐。春光且惜。喜玉峰偏好风日。相逢处,霓裳小队,约略似曾识。　回忆。沪江城北。爱妙舞清歌擅得。当场争弄粉墨。恁邂逅名山,流连丈室。恰花看本色。更语娇、燕莺呖呖。分携晚,寺钟催动,惆怅已将夕。”

23日 《申报》第14442号刊行。本期《自由谈》“滑稽诗话”栏目,撰者“东野”;“文字因缘”栏目含《读〈自由谈〉,得见诸词人玉照,颇慰渴思,爰集古成二绝句,寄赠钝根》(鹿门旧隐)、《楚伧于〈民立报〉端刊登五十字,任取二十八字联成闺情一绝,爰与鹗士各缀得二首》(瘦蝶)、《又》(二首,鹗士)。其中,瘦蝶《楚伧于〈民立报〉

端刊登五十字》其二："画楼睡觉懒心情，燕入帘栊日影晴。栏护柳丝袅深碧，痴云扶梦语春莺。"鹗士《又》其一："帘波日影画楼深，风袅柳丝碧掩金。春入绮思莺燕觉，护花情怀困痴心。"

24日　超社第三集，周树模招集寓园观兰，诗限艳韵，陈三立、缪荃孙、瞿鸿禨、沈瑜庆、林开謩、吴庆坻、吴士鉴、樊增祥等同集。同人诗作：沈曾植《超社第四集，在周少朴中丞泊园，兰花甚多，限五言艳韵》、吴庆坻《泊园咏兰，限艳韵，五言古一首》、瞿鸿禨《泊园社集咏兰，五古限艳韵》、陈三立《十八日泊园社集咏兰，得艳韵》、沈瑜庆《会周少朴中丞泊园咏兰，限艳韵》、吴士鉴《周少朴前辈（树模）招集泊园咏兰，限艳韵，超社第三集》、周树模《三月十八日，泊园社集咏兰五古，限艳韵》。其中，陈三立诗云："荒区耸精庐，倒影倚天剑。到门绝氛滓，四瞰草树占。俦侣穿清晖，浴颜灵吹酽。球场青濛濛，海樱煽余烂。腹讼非我春，返步面帷襜。坐隅兰几丛，秀发夕光敛。孤芳七泽遗，幽馨一室赡。微怜背空谷，流徙伴坛坫。吾党废万事，隆污忍在念。逢杯写素心，休令播绝艳。"

《申报》第14443号刊行。本期《自由谈》"尊闻阁词选"栏目含《洞仙歌·小病勿瘳，晚饮辄醉，无以自解，偶招一解解之，仿稼轩影，寄示懒云》（蝶仙）、《前调·有赠》（蝶仙）、《惊见》（佐彤）。其中，蝶仙《洞仙歌》云："几多烦闷，况孤窗独坐。如此春宵怎推过？仗三杯浊酒，一晌痴眠，去向那、梦里讨些生活。　醒来翻怪我，约梦相寻，昨夜偏生又相左。欲寄一封书，若说平安，终究是、未曾医可。若说道、依然病恹恹，又只恐添伊，一重眉锁。"

[日]砚海忠肃作《四月廿四日归省展先考墓》。诗云："弟兄携手入家园，扫地焚香伏墓门。十有三年春一梦，落花如雪欲黄昏。"

25日　《小说月报》第4卷第1号刊行。本期"文苑"栏目含《〈罗刹雌风〉序》（林纾）、《京华游览记（续）》（我一）、《前清宫词（未完）》（安徽太湖李汝稚）、《纸鸢》（冯芝卿女士）、《春日游湖，同景川作》（冯芝卿女士）。

[韩]《朝鲜佛教月报》第15号刊行。本期"无孔笛"栏目含《晦光律师归海印》（猊云惠勤）、《映湖座主自龟山归京》（前人）、《寄万二千峰礼香人》（前人）、《哀洪波处圆讲匠》（前人）、《题盆梅》（前人）、《辛夷花》（前人）、《白杜鹃花》（前人）、《读佛经有感四首》（又锦头陀）。其中，猊云惠勤《题盆梅》云："数点冰肌雪扑窗，孤山晓月蘸寒江。个中笑我同林逋，爱尔卿卿话满腔。"

尹昌衡《尹硕权不愿入关耶》刊于《国民公报》。诗云："筹边千里避嚣尘，觅得桃源怕问津。乱国无人符众望，薄材如我应沉沦。岂因悲愤同廉使，惟恐轻心负伯仁。塞已平□身未死，好生低首作忠纯。"

魏清德《临发》（五首）、《后备丸舟中》（四首）发表于《台湾日日新报》。其中，《临发》其一："华烛高堂夜漏催，厌厌自觉醉颜颓。此行不算真离别，廿四番风过后回。"其四："江水江流只自东，满天风雨出基隆。鸿泥忽指吟诗处，环镜楼头一笛风。"《后备丸舟中》其一："佳茗床头只自斟，喜闻骇浪激舟音。四更静业耽冥想，七字微词寄远吟。不信浮生书剑老，尚无华发雪霜侵。江湖许我元龙士，豪气年来感莫禁。"

26 日　袁世凯政府为筹备战费，指使赵秉钧、陆征祥等与英、法、德、俄、日五国银行团代表签订《善后借款合同》。该合同共有 21 款，主要内容是借款总额为 2500 万英镑，年息 5 厘，以盐税、海关税和冀、鲁、豫、苏四省之中央税为担保，47 年还清。

《申报》第 14445 号刊行。本期《自由谈》"尊闻阁词选"栏目含《出游即景》（仲琴）、《山行》（仲琴）、《残春，用王右丞〈送春辞〉韵》（仲琴）、《尊中月》（仲琴）、《谒金陵古墓》（枝一）、《春日有感》（枝一）；"文字因缘"栏目含《赠范养吾》（佐彤）、《敏之同学将赴桂林，味梅央二三知己为设饯于葑溪酒楼，对湑情深，为赋一律》（人寿庐主）、《送天石之都门》（东野）、《率公以〈试砚斋随笔〉征题，敬赋两绝，蚓歌蛙曲，不值一粲，聊为前驱耳》（瘦蝶）。其中，仲琴《出游即景》云："春日多佳景，桃柳满汀渚。好鸟枝头鸣，声声似求侣。笑他白杨花，飘泊无定所。风定寂不动，风来即高举。"《山行》云："遥见一古寺，隐约白云间。万木经微雨，苍翠满空山。落日暗前川，欸乃渔舟还。"

叶昌炽作《警笛》《警钟》。其中，《警笛》云："四面声来宛楚歌，小楼风雨奈愁何。陌头杨柳思家引，海上萑苻混世魔。斫市傥逢杨阿若，儌庐甫告莽何罗。霸陵欲出还相戒，政恐亭前醉尉多。"《警钟》云："燎原何地视层楼，三界声闻在上头。设簴迥非凫氏制，徙薪先切杞人忧。行军部勒严区域，传命流行速置邮。安得希声如太乐，蒲牢寂寞海天秋。"

27 日　孔社在北京开成立会，宣称"以阐扬孔学，融汇百家，讲求实用，巩固国基为宗旨"。孔社举徐琪为社长；徐世昌、徐世续、王闿运、赵惟熙、陈昭常等为名誉社长。是日，袁世凯派秘书夏寿田代袁往贺，并致祝词。

南社于北京畿辅先哲祠举行雅集，到者有高旭、陈去病、张心芜、陈景贤、黄宗麟、吴修源、杭慎修、宋琳、江镜清、邵瑞彭、朱文艺、周斌、吕志伊、张烈、梁复、陈守谦、陈士髦、姚勇忱、狄楼海、张我华、陈家鼎、谷思慎、周亮才、田桐、林百举、林亮奇、席绶、陈九韶、周珏、林庚白等 31 人。由陈去病报告社史，经众议决：(一) 设机关部于北京；(二) 重修《明史》；(三) 编《南明史》；(四) 征求太平天国之遗史；(五) 征求光复以前之殉难者；(六) 征集民国时人小像；(七) 征求宋钝初先生遗墨；(八) 编辑《南社》杂志。经众议决：设机关部于国光新闻社，或民史馆，集同志研究国学，发挥道德，不分党派，均可入社，遍征各要件，次第进行；并发起塞北旅行团，饱长城之风景。当推定杭辛斋君为团长，陈劼歆君为向导，陈去病、高钝剑二君为编辑，张心芜君为庶务。起程之期再行开会决定；并定星期六开会讨论编辑杂志事。雅集者分韵赋诗，林百举作《得人字》。诗云："乱世雄才且漫伸，风流余韵付诗人。黄回转眼都成绿，秦剧伤心又美新。万丈猪龙愁地覆，九关虎豹动天瞋。苍茫五岭家何在？枨触离怀泪满巾。"陈家鼎作《得春字》。诗云："三月京门柳色新，眼中都是自由神。社中唱和多新鬼，天下安危系故人。百战风云成大错，十年湖海遇元春。何当再起宋渔父？一舸桃源共避秦。"周亮才作《得乡字》。诗云："人心已死天难挽，几辈诗豪集异乡。无限沧桑家国事，持杯一醉一商量。"杭慎修作《得上字》。诗云："耳君四海名，劳我十年想。感怀学贾谊，变法论秦鞅。文章最娼厄，临难多慨慷。昔岁作楚囚，今日共朋党。文字订神交，相见终倜傥。遥集一堂中，采风论学广。儒生何儌幸，国家竟板荡。河山新气象，风云仍扰攘。忧难具双眼，存亡在反掌。登楼极远观，倚栏凭俯仰。世事何堪问，襟怀暂且放。槛前棠百本，帘外松千丈。豪饮举酒卮，索句张文网。醉来松林间，待看明月上。"陈守谦作《得国字》。诗云："山河龙战天地黑，神州陆沈日无色。被发左衽二百年，假借衣冠充盗贼。人心思汉靡已时，拔帜立帜在顷刻。风云叱咤万夫雄，雷霆砰訇千城克。铲除帝制净胡尘，洗涤腥膻还禹域。一朝革命成大功，十年时事都堪忆。忆昔南社初起时，千金骏马来冀北。名士如鱼争渡江，英雄得志能开国。只怜多少健儿身，一步一蹶起且踣。此时妖雾尚弥漫，搏搏世界多荆棘。安得一片清净土，独留千古文章笔。一纸书，三尺剑，论动文武皆殊特。奈何造物偏忌才，化日光天生鬼魃。呜呼宋先生，七步竟流血。天意不可知，人心更叵测。遥集楼头感旧游，后来似我尤凄恻。噫吁嚱！贤者高风已莫追，空白临觞长太息。吾曹后死尚有责，相期前路各努力。"陈景贤作《得故字》。诗云："兴汉吞胡除疾苦，中原民气今方吐。酬庸追溯德与功，南社英豪堪细数。宏编巨制作干戈，笔架墨床皆武库。或借秋声抒愤懑，或将经济付词句。果然腕下有风云，大江南北风声树。今来燕北重结契，国粹将湮深是惧。遥集楼中细商榷，相约努力搜掌故。联欢又把酒筵开，志同道合无乖忤。觥筹交错大白浮，花前镜里留情素。壮怀忽动塞北游，定期连袂扫明墓。如斯盛会须分咏，愧我无才骥尾附。"宋琳作《得雅字》。诗云："长安细雨洗流尘，美景良辰正潇洒。名贤裙屐擅风流，诗句翱翔杂南雅。几复余光不可追，我亦年来效喑哑。何如烂醉作生涯，刘伶荷锸海棠下。"张烈作《得里字》。诗云："南来孤骚客，漫游三千里。索居感无聊，幸逢数知己。携酒喜盈樽，醉饮风尘里。俯仰天地间，大陆龙蛇起。蜀、洛久相持，薛、滕争未已。祸变在萧墙，国亡无日矣。"高旭作《得社字》。诗云："醒时何兀兀，一醉千首写。狂态忽大作，裂石声震瓦。修禊遥集楼，呼朋倾金斝。海棠数十本，临风态娇姹。至竟未忘情，向我衣袖惹。乾坤入怀抱，奇泪忽盈把。人为俎上肉，我为釜中鲊。相与同归尽，吞炭宁喑哑！儒生讵无用，椽笔扶大厦。登高发长啸，古之伤心者。阳春白雪音，未必和者寡。同倾古肝胆，浩浩如涛泻。鹏翼九万里，图南风斯下。霸才讵无主，千秋哀屈、贾。吾道果如是，怨诽续《小雅》。陈、夏振风骚，令人思复社。”

《申报》第14446号刊行。本期《自由谈》“游戏文章”栏目含《观叉麻雀，戏赠某友》（佐彤）；“尊闻阁词选”栏目含《书戒庵先生，赠博士鹅简后》（柚斧）、《湖上即景》（二首，拜花）、《忆乙巳九月十二日事》（二首，拜花）、《登最高峰》（山阳秦寄尘）、《惜春》（二首，山阳秦寄尘）。其中，拜花《湖上即景》其一：“惜花天气半阴晴，山色湖光画不成。岸柳欲眠低傍水，野桃含笑傲倾城。倚栏不见枝头影，归路遥知柳下行。十里苏堤风景好，吟余搁笔听啼莺。”

《宪法新闻》第3册刊行。本期“杂纂·文苑·文录”栏目含《钱塘吊龚、魏二生赋》（章炳麟）；“杂纂·文苑·诗录”栏目含《雨中简李审言》（郑孝胥）、《题〈日午饭香图〉》（张謇）、《酬苏堪》（李详）；“杂纂·文苑·词录”栏目含《尚贤堂讲》（王闿运）、《高阳台》（樊增祥）。

［韩］《侍天教月报》第3卷第4号刊行。本期“词藻”栏目含《乐道吟》（九月山人李春阴）、《忧世吟》（前人）。其中，《乐道吟》云：“迂哉此九月山人，胸里欲收天下春。极敬尽诚神必感，寻真入妙乐维新。义弟仁兄常在座，信男善女自成邻。圣书满架生涯足，于我何关富与贫。”

钱稻孙邀宴于北京广和居，为钱玄同接风。同席者：朱希祖、钱玄同、张稼庭、马裕藻、沈尹默、徐莘士、王维忱、鲁迅、何燏时。

28日　《申报》第14447号刊行。本期《自由谈》“尊闻阁词选”栏目含《戊申春游龙华》（四首，蘅香）、《蝶恋花·途中寄内》（陆敬旒）、《清平乐·夜坐》（陆敬旒）、《感怀》（二首，槁木子）、《信步》（佐彤）。其中，陆敬旒《清平乐》云：“清宵独坐，渐渐初更过。煨芋拨开牛粪火，量腹加餐几个。　　月明竹扫昏黄，一炉香伴云房。睡去浑无梦也，觉来是个空床。”

荣庆游李园，作诗云：“方塘一鉴水沦漪，开遍丁香柳弹丝。此树海棠今岁晚，半花半萼半红时。四看西堤慢烂花，湖光塔影共横斜。玉泉山下吾庐旧，到眼烟波便是家。”

29日　缪荃孙去函沈曾植，借杨钟羲《雪桥诗话》。

30日　《申报》第14449号刊行。本期《自由谈》“文字因缘”栏目含《洞仙歌四首·小万柳堂主人嘱题马湘兰〈天寒翠袖图〉》（蝶仙）、《读天虚我生〈栩园诗剩〉〈新疑雨集〉二种，有怀往事，即题二绝句于〈三日断肠诗〉后》（拜花）、《调张然犀续弦》（二首，拜花）。其中，拜花《读天虚我生〈栩园诗剩〉〈新疑雨集〉二种》其一：“情中我亦旧知音，清影楼前事已陈。一自读君诗句后，惹侬清泪又沿襟。”其二：“一读新诗刺鼻酸，可怜清泪未尝干。年来若个知心事，生不逢辰死更难。”

《湖南教育杂志》第2年第7期刊行。本期“文艺·诗录”栏目含《杂感》（健铁）、《草木杂咏》（诵芬廔）。

本　月

李烈钧发起、黄兴主持，赣、皖、湘、粤、闽五省都督秘密联盟发动反袁斗争。

景耀月与于右任、杨铭源创办“政友会”并担任会长，于右任为副会长。该会以“巩固共和团体，发展国民经营，力谋教育普及，完成国内交通，增厚边防军备，经营拓殖事业，维护国际和平”为纲。利用参与制定宪法同袁世凯周旋。

《云南》（月刊）在上海创刊。由云南杂志社编辑及发行。编辑人及发行人为杨大铸、吴双热、唐直仙等。本期“文苑”栏目含《与黄嘉梁书（并序）》（直仙）、《感怀》（直仙）、《血痕草》（崔文藻）、《自题〈兰娘哀史〉二十二绝》（双热）；“词”栏目含《生查子·题〈安重根小传〉》（汉章）、《生查子·漫书》（汉章）、《临江仙·曹遂丈以〈花萼交辉阁诗集〉见贻，题以志谢》（汉章）、《汉章师友诗录》（汉章）、《汉阳晴川阁》（筠瑄）、《伯牙台》（筠瑄）、《鹦鹉洲祢处士墓》（筠瑄）、《庚戌留东四川同志将续书杂志，感赋十绝》（嘉梁）。

《白阳》创刊。浙江第一师范学校校友会主办，共出一号。白阳即白日，象征朝阳与光明。《白阳》由李叔同与夏丏尊合作出版，从封面到文章，全系李叔同用毛笔手书，扉页由经亨颐校长题字“美意延年”。李叔同起草《〈白阳〉诞生词》云：“技进于遂，文以立言，悟灵感物，含思倾妍，水流无影，华落如烟，掇拾群芳，商量一编，维癸丑之暮春，是为白阳诞生之年。”创刊号“文库·诗集”栏目含《湖上呈哀公》（丏尊）、《不寐》（子庚）、《独立》（子庚）、《立春》（微颖）、《惜春词》（微颖）、《游湖》（缠恨）、《师旷》（雨苹）、《蔡伯喈》（雨苹）、《晚步》（汝勋）、《偶成》（古婺慎独）；“文库·词集”栏目含《醉花阴》（子庚）、《卖花声》（子庚）、《烛影摇红》（子庚）、《菩萨蛮·春游》（微颖）、《喝火令》（息霜）。“文库·曲集”栏目发表李叔同（署名“息霜”）作词并配曲《春游》（三部合唱）。其一：“春风吹面薄于纱，春人妆束淡于画。游春人在画中行，万花飞舞春人下。”其二：“梨花淡白菜花黄，柳花委地芥花香。莺啼陌上人归去，花外疏钟送夕阳。”

《震旦》第3期刊行。本期“文苑”栏目含《项城吟稿：和周玉山尚书（手迹）（列在卷首）》（袁世凯）、《党中九友歌（手迹）（列在卷首）》《飓风累日，兀坐写怀》（伯严）、《楼头》（伯严）、《同人集沪上》（伯严）、《雨夜》（伯严）、《梦回》（伯严）、《〈尊瓠室诗〉题词》（伯严）、《雨朝，涛园过示新篇》（伯严）、《楼居，与真长对字，戏诒二绝》（伯严）、《和延真〈枣花寺作〉》（伯严）、《题见山楼藏书阁》（子言）、《题吴县影相》（雪堪）、《赠客》（雪堪）、《铁孙画松》（雪堪）、《寄竹园》（雪堪）、《归思》（雪堪）、《自宁夏泛河至包头镇道中作》(子言)、《答海藏》(子言)、《永寿遇雨,呈觚斋》(子言)、《太夷招饮沪楼,既归赋此奉简》(子言)、《四月七日,同人游崇效寺,归集广和》(雪堪)、《送客归黄山》(雪堪)、《怀陈曾寿》(星海)、《留别澹逋》(星海)、《壬子梅花》(星海)、《同人游天宁寺》(弱海)、《人日,寄彊庵》(畏庐)、《清明,集江亭》(众异)、《江亭,和众异》(芷青)、《都中忆家》(雪王)、《携子登高》(彊庵)、《赠蛰公》(晦鸣)、《悼陈子修》(哄庵)、《题〈铜官感旧图〉》(太夷)、《前题》(涛园)、《题章价人〈感旧图〉》(铁龄)、《前题》(楳公)、《咏怀》(芍岩)、《失题》(影生)、《春草》(铁鹤)、《无题》(海门)、《秋海棠》(海门)、《长沙留别二首》(琢如)、《游日本东京感事诗八首》(琢如)、《游农事试验场》(子毅)、《题〈刘炳生君传〉后》(子毅)、《挽宋遁初君》(子毅)。《嘤求录》:《女烈士汤月英征诗启》(剑佛)、《河南旅京学会序》(赵管侯)、《赠大冥诗》(李澄宇)、《华阳梦香诗遗》(搜春杂咏四十二首)(赵管侯)。

《实报》第1年第2期刊行。本期"文苑"栏目含《祭熊烈士文》(萧镇)、《小兰亭室诗存》(芷洲)、《枯桐怨语》(悴)、《将去沈阳,留别五族共和联合会诸同志》(沧)。

《孔教会杂志》第1卷第3号刊行。本期"文苑"栏目含《辑述东汉侍中尚书涿郡卢君学说总序》(常熟蒋元庆志范)、《壬子八月廿七日丙辰,恭题先圣遗像》(富阳夏震武涤庵)、《恭题先师孟子遗像》(前人)、《闻广州一月三丁祭,感慰恭赋》(钱塘张尔田孟劬)、《谈经,与曹君直元忠》(续第1卷第1号)(沈修山臣)。

《神州女报》(月刊)第2号刊行。本期"文艺"栏目含《哭宋钝初先生文》(张默君)、《祭宋钝初先生文》(神州女界协济社)、《哭宋渔父先生》(社英)、《神州女界协济社追悼宋遁初先生歌》(默君)、《宋先生挽联》(神州女学校)、《宋先生挽联》(杨季威)、《仪孝堂诗钞(续)》(衡阳何承徽)、《咏怀古迹》(八首录,前人)、《秋日散步薛家桥,归而书寄二妹》(影)、《锦心绣口录诗选(未完)》(张姚景蕙苏辑)。

《万国女子参政会旬报》第1期刊行。本期"文苑"栏目含《悼宋渔父》(亚子)、《高阳台·题〈汾堤吊梦图〉》(前人)。

《中国学报》第6期刊行。本期"题词"栏目含《〈中国学报〉题词》(南海康有为)。

[韩]《新文界》第1卷第1号刊行。本期"文苑"栏目含《早春友人见访》(梅庵生)、《早春东郭词伯至》(竹翠生)、《寄社中病友》(罗浮山人)、《赠竹侬安君》(北山生)、《江村访西湖子共拈》(竹兮生)。其中,竹翠生《早春东郭词伯至》云:"渔樵乐在挂冠初,老去生涯愧不如。明月浑忘东郭远,早春相访北山居。晓分星汉鸡醒世,雪尽江湖雁起余。万树桃花源有路,移家南渡岂踟躇。"

[韩]《龟岳宗报》第1号刊行。本期含诗《奉迎龟庵师韵》(龙冈孙锡胤、龙冈卢义焕、龙冈金□凤)。其中,孙锡胤诗云:"燕语南来鸣以声,贫家不负旧龙城。阴

崖亦到阳春色，一世花开万世情。”

吴昌硕题王震所购《韵兰墨戏图》二绝。其一：“韵兰墨戏曼翁题，绕屋如闻翠羽啼。篱落水边初月上，玲珑碎玉浸玻璃。”其二：“玻璃寒色伴句留，风雪维舟画稿搜。我亦梅花如性命，梦魂和月到罗浮。”

许南英任福建龙溪县知事，聘湖湘耆宿王闿运及门弟子沈琇莹来漳纂修《龙溪县志》，作《癸丑三月任命龙溪县知事，视事日偶成》。诗云：“飞来凫舄入清漳，遍地荆榛杂梓桑。私斗共夸民气勇，公田太息上农荒。分门别户吾无党，救弊扶衰国有光。此是紫阳遗教地，问心得过始登场。”又作《莫春偶成》。诗云：“庭梧嫩绿与檐齐，弄影纱窗日欲西。正是乡心枨触处，杜鹃竟与尽情啼。”闲暇时在郡署余园倡为“余园聚咏”，长子许赞书与五子许赞堃（字叔丑，号地山）、施士洁、汪春源及其长子汪受田、沈琇莹、徐振辉、关其忠、王少涛、李偕荪、吴芝青、胡君湘、陈忏真、许肖云、陈眉生、许幼青等参与其间。

林述庆被袁世凯毒杀，黄兴撰联哀悼。挽联云：“风雨无情，落花满地惊春梦；江山如故，何日重生此霸才。”

陈荣昌之侄陈肃安邀方树梅任昆明师范学校学监兼国文教员。

沈家本《枕碧楼丛书》编订毕，丛书收 12 种旧抄本，皆世所罕见者。交付刊刻前作《自序》略云：“夫书之用，可以考古制，征故事，决群疑。其为一家之言，则古人之微言大义时亦存焉。丁部之集，尤易销亡，发潜阐幽，后人责也。窃谓藏书之家有二便焉。举藏本之精要者，叙厥源流，编成目录，风行于世。好学之士，得就目录中择其所必用者，乞代移写，不惮烦渎，力任钞胥。由是一家之书可变而为数家之书，且可为数十百家之书，流传遂广，则此书不第为世知，并为世用矣。此其便一也。传写固佳，刊刻尤善。其为宏编巨帙，集赀固难。若数卷之书，以至十数卷之书，算字无多，旬工尚易。一付剞劂，则孤者不孤，秘者不秘，以一人好书之心，推之天下人好书之心，其心至公，其事斯溥，寻常之深藏固秘而等于无用者，如是则皆有用矣。此其便二也。夫私诸一人，不若公诸天下人，此理之显然者也。私诸一人而设遇刀兵水火之劫，归于无何有之乡，虽欲私之而不可得，此事之难料者也，则何若公诸天下，或此亡而彼存，或彼亡而此存，犹可希冀长留于天壤，岂非幸事哉！余抱此愿久矣。庚戌、辛亥之间，始检旧藏抄本，陆续付刊。初意仿知不足斋之例，分若干集。世变猝来，此事多阻，蹉跎日月，仅成此编。凡得书十二种，皆旧抄本世所罕见者，庶以免固秘之病。龄颓神衰，赓续无力，姑存此虚愿而已。岁在癸丑暮春之初，七十四叟沈家本。”

吴庚为赵圻年撰《百忧集》作序。序云：“意空道人善诗，又善忧。庚子秋山人辞官将归，曾叙其《桐皋吟草》。既而道人避乱入山，与山人邻，诗愈工，忧愈甚。诗不恒示人而忧形于色，人皆笑之，独山人与之共忧，又得见其诗。山中无风景、无友朋唱酬，道人之诗无所丽以出，则举人世所最不堪、所最忧者比次而赋之。纲凡十目，各十之诗，成得百首，名之曰《百忧集》。呜乎！人之集百忧欤？百忧之集与人也。虽欲不作，其可得哉？道人身所经、心所思、耳目所闻见，皆极天下之忧，皆道人之诗也。执而集之，虽恒河沙不足以尽数，虽痛哭流涕而道之不足以尽致。是集也，人或以为过，而山人犹以为最吉祥之词、最省简之数也。虽然，诗有尽，忧无尽。天下无人忧而道人忧之，道人忧之而天下仍无忧之者，道人亦可以已矣。岁在癸丑暮春之初，空山人叙。”

野衲（陆云荪）辑《新乐府初集》（石印本）由上海育文书局刊印。集前有野衲撰《新乐府征稿小启》，梁溪酒丐（邹弢）作序，另有邹弢撰《希社记》。其中，陆云荪《新乐府征稿小启》云：“形形色色，就异闻而记新闻；怪怪奇奇，感时事以怀旧事。嬉笑怒骂，皆成文章。酣畅淋漓，尽挥笔墨。此所以发起新乐府之编而广征同调也。寰区寥廓，士多怀瑾握瑜；世事纷更，道尚黜邪崇正。冀抒平等之评衡，藉发自由之言论。凡我同人，不吝珠玉，俾汇成卷帙。远之则可征吉光片羽之观，近之亦可为风俗人心之助云尔。所拟条章列明于左。一、稿本概付石印，凡报稿诸君，一经印入，各赠一份，不取纸价；一、社友稿本，请用洁白素纸缮写，其纸张每开约长二尺，润六寸之谱。寄稿时祈书明姓氏、详细地址，以便印成卷册后，按照寄赠；一、誊写社稿字样不可过小，真草篆隶，礼格不拘，各尽所长，以备一格。末尾书以款识，加盖图章。添注涂改，尽可随意。一、凡道院禅关，非无高士；兰闺绣阁，不乏奇才。稿报合格，一律付印。一、所报佳章，除事实显见外，或就各地风土人情，未经晓畅者，当添小注，益加句读。野衲附识。”邹弢《叙》云：“余识野衲有年矣。元龙豪气，叔度雅量。才放若海，眼空欲云。肝胆恢张，竹木精细。孔融之座有酒，如淮献子之家，无才不栋，以故孟尝结客。珠履三千，僧孺登堂；金钗十二，每值良时。啸侣广众，扛毫银烛。四围聚里，双舞心声。乱播尽是可人眉语，横兜竟无余子可见。气能吞世，狂欲掀天。已壬子秋，同人发起希社。冬仲，君与王均卿、舒问梅及余司社。君以世事鹬蚌，人心枭獍。裈中虮虱，但知食肥；天上鸾凰，犹思鸣盛。遂以新乐府为题，向同人征咏。唐虞吁咈，拟拜昌言；齐梁淫靡，可探正旨。茂蒨集论，汉武竞声。君子于人心是非，政运得失，盖三致意焉。独是乐府之传，所以征时变、章俗情也。在昔刘裕采声，广收汉魏；克明循律，综括虞唐。鼓角横吹，清商徐按。后庭玉树，武库琼箫。丽玉箜篌，关山月朗；张骞兜勒，沙漠风凄。苟有隽词，便成妙韵。所谓吟莫怨叹，行引歌谣者，穷极八流，抗为孤奏。君乃步趋希古，怀抱伤今，载鬼有车，避秦无路。醉乡阮籍，酣饮千杯；青岛田横，硬伸两脚。孕才阮异，守趣不同。集社以来，名士如鲫，或抒春艳，或伸秋衰。文通之花，惠连之草。杰士双泪，才人孤衷。子翼谩骂，愤者怀忠；东方诙谐，诡而入正。爰编别集以表新声，所冀玉错弥贞，金兰永臭，文章道广，香火缘深。吾道不孤，夐乎尚已。癸丑春仲梁溪酒丐。”

张元奇撰《知稼轩诗》（1册，6卷，铅印本）在福州印行。分《翰林集》《兰台集》《洞庭集》《辽东集》《辽东续集》《津门集》6卷，依年编次。蘉斋自题签。陈衍作《叙》云：“君常既刊其诗数年，复裒后所得者，总而刊之，问叙于苏堪，苏堪请以属余。余适自都归里，过苏堪海上，苏堪语余，君常又督促甚亟，乃言曰：‘君常文字，皆学苏者也。’长公之诗，自南宋风行，靡然于金元，明中熄，清而复炽。二百余年中，大人先生殆无不擩染及之者。大略才富者喜其排奡，趣博者领其兴会。即学焉不至，亦盘硬而不入于生涩，流走而不落于浅俗，视从事香山、山谷、后山者，受病较尠，故为之者众。张广雅论诗，扬苏斥黄，略谓黄吐语多槎牙无平直，三反难晓，读之梗胸臆，如佩玉琼琚，舍车而行荆棘，又如佳茶可啜而不可食。子瞻与齐名，则坦荡殊雕饰，受党祸为枉，亦可见大人先生之性情，乐广博而恶艰深。于山谷且然，况于东野、后山之伦乎？吾乡人之常为诗者，余识叶损轩最先，次苏堪，次弢庵，又次乃君常。而君常所常与为诗者，弢庵与余，外则有叶肖韩、陈征宇之数子者，身世皆略如其诗。损轩少喜樊榭，继为后村、放翁、诚斋，蠖屈微官以终，差相似矣。苏堪原本大谢，浸淫柳州，参以东野、荆公。余尝谓达官而足山林气者，莫如荆公，大谢、柳州抑无论矣。弢庵意在学韩，实似荆公，于韩专学清隽一路。肖韩、征宇则雅学后山。独君常才笔驰骛自喜，中年以后，时时敛就幽夐，然终与坡公为近，其间有忧愁牢落托于庄骚之旨者，亦坡公之忧愁牢落也。近作清迥益上，遂足以感召忧患，中夜彷徨良久，而乃释君之于诗，亦尚为张广雅所谓‘坦荡者勿过求为幽夐哉’。癸丑谷雨节陈衍。”张元奇自序云：“丁未由湘度辽，因索阅诗稿者众，先将《兰台》《洞庭》《辽东》三集，付印以饷同好。壬子南归，益以《辽东续集》《津门集》并前官翰林时删存数十首重付手民，丙戌以前少作可存者尠，尽从割爱。此后如能抽身引退，当求吾所好，以诗人终矣。中华民国二年三月望后，侯官张元奇自序于福建行政公署。”

刘人熙撰《蔚庐亥子集》（2册，4卷，铅印本）刊行。谭延闿署签。刘氏《自序》云：“儿子瑞浺钞余已亥至壬子之诗，都为一集，而名之曰亥子，余心适有会也。呜乎，在岁为亥子，在易为剥复，天人相迫，福祉之都，而亦忧患之府也。贞下起元，纯阴之世，除旧布新，阳气动于渊泉，而冰霜尚砭人肌骨，故有休复之吉，亦有迷复之凶。二阳生而为临，凛凛然戒八月之凶，三阳生而后成泰，内阳而外阴，内健而外顺，内君子而外小人。君子道长，小人道消，端冕以治民，日迁善而不知所以为之者，然后颂声作而忧患释也。天地鼓万物而不与圣人同忧，圣人与百姓同其忧患，有相天之道，故不能不忧。衰周以来，泯泯棼棼，言学者火尽薪传，言治者架漏度日，而中国卒能危而不亡者，则圣人忧患之所留也。此十四年中，人熙之身世，盖无一日忘其忧患。庚子拳教之祸，全家陷于虎狼之吻，幸获天佑，得返故乡。虽知道与时违，所如辄阻，而亲见无国之苦，力为檠括，不敢存厌世之心。于吴于沪于香港于两粤于燕蓟，栖栖旅人，桂林盖三至焉，然未尝终三年淹也。辛亥季春，爱国志士败绩于广东，奴焰愈炽，遂挈家返湘。是时光复巨子聚于桂林法政学校，诸生多灌输道德之学说，甚为惜别。于是士友生徒千余人，整队祖饯，力辞未获，从舟行十余里乃去，余心有戚戚焉。舟次斗河，寄酬饯送诸君五古一篇。王铁珊芝祥为诸贤宗主，印行诗片数千纸分赠，且波及湖湘，和者甚众。于今日事势，若合符节。骆公骕成骧反正后，由山西致书于仆云：今日事理，一如公平昔所言。家居数月至仲秋十九日，武昌起义，改用黄帝纪元四千六百零九年之正朔。季秋元日，湘中响应，各省次第光复，而南京临时政府成立，遂改中华民国元年。满清知势益孤，遣使议和，南北罢兵。孙中山让袁氏为大总统，移临时政府于北京，而国势大定。余初任招抚于浏阳，湘政府遣使迎至省垣，士友敦劝，承乏民政，同舟遇风，义无独逸，有非常之希望，然后能忍非常之痛苦。至元年秋冬之交，时局粗安，自免去职，闲居长沙，瑞沖亦由永清县知事请假归省，遂钞成此集。呜呼！民国新建若婴儿之未孩，承满清摧残剥落之危局，外忧内患，险象环生，而人心之隐忧，则在于无耻。故言学以知耻，为始而言治，以有耻且格为终，孤心所照，耿耿用忧，荏苒蹉跎，未知攸济。而余年且七十矣，自今以往，其遂终为忧患之府乎？抑春气煦育，百昌怒发，贤才出而国昌乎？国不自亡，人未有能亡之者也！时大厂都督许其膏秣助老人作扶桑国之游，瑞沖请曰：‘大人何不印行此卷，以为缟纻之投、羔雁之资乎？’余曰诺，遂付排印以谂同志。若较阴何之短长，竞齐梁之声病，则非平生作诗之旨也。民国二年二月浏阳刘人熙记于赐闲湖柘原草堂。”刘瑞沖作跋曰：“家大人所为诗，丙子以前少作不下千首，独删存丙子至庚辰之诗数十首为《补过精舍诗草》。辛巳冬，遘皇祖妣黄太君之丧，辍弗作，甲申后始有诗，至戊子自定为《蔚庐四十五自定稿》。丙申门人渑池张先生劭仲诸人，从日记中抄录戊子以来九年之诗，为《蔚庐诗稿》，刻于大梁，板毁于庚子之变，而丁酉、戊戌两年日记同烬。瑞沖每有裒集之志，随侍桂林，请从事缮写，与前刻诸稿并付梓人，大人命以姑待。民国元年冬，瑞沖自永清归省，乃辑己亥至壬子诗三百二十八首，皆录自日记，其有当时未存稿者，未能省记，则付阙佚，他日搜采。民国二年二月男瑞沖恭校上。”

姚光编《南社姓氏录》印行。收录社员 403 人。上编自陈去病至阮式一，著录 363 人；下编自俞栋至吴钦业，著录 40 人。除已故 8 人外，实存社员 395 人。

胡寄尘编选《清季野史》由广益书局发行，收录王钟麒《述庵秘录》。

易顺鼎作《暮春书感》。诗云：“东风情思太无聊，吹絮漫空化雪飘。脸十日波金雁驿（韦端己诗：‘十日醉眠金雁驿，临歧无限脸波横’），心三月剪灞陵桥（吴窗梦词：‘三月灞陵桥，心剪东风乱’）。国亡剩以花为泪，春困都将柳作腰。爱妾高台魂断否，北朝何况是前朝。”

丁立棠作《金缕曲·癸丑莫春风雨》。词云：“过了清明节。问底事、风风雨雨，恁般凄切。溪上桃花堤上柳，愁煞柔条吹折。拨不尽、蛮云千叠。酿出春光才几许，语东皇、莫令成销歇。珍重意，共谁说。　天涯已自多啼鴂。更惹起、江间骇浪，涛声呜咽。千管饧箫吹不暖，真个芳心如结。怎盼到、荼蘼似雪。花信何曾侬错记，误韶光、都是游蜂蝶。襟上泪，渐成血。”

郭坚忍作《浪淘沙·癸丑春暮沪上作》。词云：“春色已萧条，处处无聊，此来举目少心交。掩耳懒闻家国事，不禁魂消。　江水恁滔滔，无定风潮，笑他过客为谁劳。我自欲歌歌不得，恐怒龙蛟。”

李经钰作《暮春，同醉红主人游沪上各园》（二首）。其二：“人海黄尘已熟谙，寓公何日更回骖。望衡昔卜牛鸣近，阅世同嗟蚁战酣。流水一弓春袚禊，小桃十里古精蓝。江亭柳色金钱会，回首前尘两不堪。”

邓邦述作《癸丑三月，病中遣兴》（二首）。其一：“药垆茶鼎袅余烟，又是江城落絮天。弹指流光嗟易逝，呕心锦字讵能传。在山猿鹤垂垂化，入世夔蚿故故怜。病坐不知春去久，新愁何止到鸥边。”

顾视高作《癸丑三月，题李印泉先德明指挥墓碑》（二首）。其一：“风雨空山双短鬓，边荒万里一遗民。咒河不共群臣死，为启他年述事人。”其二：“天荆地棘待斤披，未系苞桑卜隐迟。桑柘百株田十亩，何当归卧九龙池。”

赵圻年作《春暮偶成》。诗云：“韶光强半草抽芽，谷雨新晴杏著花。百首长吟愁思集，一春多病药钱赊。料知世变无穷尽，不信吾生亦有涯。漉取昨朝生醭酒，一樽独酌当煎茶。”

陈曾寿作《鹧鸪天·癸丑三月，灵壁道中见燕子》。词云：“剪破流光不自持，空梁忽并玉差池。荒城不识春风面，已是人家插柳枝。　蓬户小，草檐低，莫寻珠箔问香栖。只今清忆犹成泪，何况虚帘重到时。”

柳亚子作《奉题石予先生〈近游图〉一律》。诗云：“不学灵均赋远游，寻常丘壑足淹留。只柑新约听鹂伴，一斗还须与酒谋。随分湖山供啸傲，无边风月倦沉浮。嗟余济胜浑无具，梦里追随未自繇。”

傅锡祺作《古镜》。诗云：“何年冶铸辨难真，百炼铜如历劫人。仁寿殿中成往事，咸阳宫里似前身。迁流已惯经兴废，磨拭还堪写笑颦。好借雕奁藏什袭，殷盘周鼎永同珍。”

黄侃作《扫叶楼小坐》（春尽日，扫叶楼小坐）。诗云：“同向高楼送好春，山长水远一沾巾。江南枉是离愁地，只有斜阳解恋人。”

林思进作《癸丑三月雨中得两儿书有感却寄》（二首）。其一：“愁听通夜雨，最念远行人。唧唧双雏雁，迢迢尺素鳞。送江初入海，惜别更兼春。怅望成吾老，宁堪及世新。”其二：“谷也尤怜汝，从来自宁馨。未能忘舐犊，应解诵原鸰。赤汗沾西极，沧波纵北溟。人生棣华好，他日志邮亭。（白傅诗：‘遥闻旅宿梦兄弟，应为邮亭名棣华。名作棣华来早晚，自题诗后属杨家。’）”

张履阳作《癸丑三月之资阳推官，任途中口号》（四首）。其一：“鼓棹沂清资，扁舟挂柳丝。三春游子梦，百里故国思。水暖鸥知早，江空月下迟。苍茫无限意，独立自吟诗。”其二：“龌龊风尘吏，江关未息机。野花迎过客，残露点征衣。雨歇莺声懒，烟笼树影稀。遥知山馆月，长照钓鱼矶。”

李思纯作《春暮即事》。诗云：“碧阑干外雨丝丝，渐引春痕上两眉。敲断玉钗怀好句，剔残红烛制新词。细倾愁海祛寒酒，小注香城本事诗。遮莫芳华怨流水，恹恹无计惜春迟。”

王瀣作《青溪舟中》。诗云：“差差新水碧容刀，摇影林亭散燕劳。曾贳春醪孤艇在，莞逢山笑乱云高。天低可杵余乔木，头责从人指二毛。赢得樽前今昔异，荒湾凄唱梦缃桃。”

严廷桢作《春暮，驻西湖凤林寺》。诗云：“古刹襟湖建，春游驻几时。钟声花外听，梵意鸟先知。活水松根出，寒云屋角垂。路旁名利客，遗玷在山隈。”

余謇作《癸丑三月毕业于北京大学文科》。诗云：“此心久已厌青毡，暂到鸿都亦偶然。岂为多文求藻绩，不缘盈生有貂蝉。侵寻岁月间中尽，缥缈天风海上传。一棹江南青草碧，酒杯长置五湖边。”

［日］砚海忠肃作《四月过猪苗代湖畔》。诗云：“轻车驶入翠微间，湖上尚看春色悭。拔地一千八百尺，天边雪白磐梯山。”

五　月

1日　上海各党团体为宋案、借款事宜声讨袁世凯。

《民主报》发表《南社启事》，正式公布4月27日畿辅先哲祠雅集决议各项，如征集明季以来讫于光复前后诸先烈之遗闻轶事，分类编纂，刊布杂志，以为民史馆之预备。最终推举陈去病为主任，邵瑞彭等为编辑员。

《申报》第14450号刊行。本期《自由谈》“文字因缘”栏目含《洞仙歌四首：又题黄媛介〈流虹桥遗事图〉（未完）》（蝶仙）。词云：“画桥丝柳，是春愁来处。一点芳心逐飞絮。甚前生因果，夙世冤缘，便把个、情网轻轻兜住。　　相逢偏不语，总被娇羞，误煞聪明小儿女。一样断人肠，花落人亡，有多少、去年崔护。算只算、惺惺惜惺惺，借画意诗情，更番怜汝。”

《庸言》杂志第1卷第11号刊行。本期“艺林·艺谈”栏目含《菉猗室曲话（续）》（贵筑姚华）、《惜道味斋说诗（续）》（普定姚大荣）、《诗学枝谭（续）》（周季侠）、《诗钟说梦（续）》（易顺鼎）、《吉金余录（续）》（郑沅）；“艺林·诗录”栏目含《清大行隆裕太后哀词》（瞿鸿禨）、《清大行皇太后挽歌词》（沈曾植）、《王检讨闿运回湘赋别》（梁鼎芬）、《寄怀王祭酒师平江经舍》（梁鼎芬）、《嘉定太守招饮凌云山》（赵熙）、《尔疋台》（赵熙）、《宿阌乡，步黄河堤岸》（俞明震）、《月夜登兰州城楼，望黄河隔岸诸山》（俞明震）、《明朝》（何藻翔）、《鲁溪访魏斯逸》（胡思敬）、《自会宁至安定，水咸不可饮》（陈诗）、《澄意居士属题慈常道人小照》（陈诗）、《澄意先生属题薛道人〈秋幢赞佛图〉》（夏敬观）、《送温毅夫南归》（罗惇曧）、《双涛园读书》（六首，梁启超）；“艺林·文录”栏目含《〈湘弦词〉自序》（易顺鼎）、《〈冷红词〉序》（陈锐）。

《言治》第1年第2期刊行。本期“文苑”栏目含《萧桐轩处士六十寿序》（白坚武）、《竹夫人传赞》（周国衡）、《送龚月川归里叙》（郁嶷）；“文苑·诗辞”栏目含《暑假南旋，临行祖母倚闾遥送，时年七十五矣，感而有作》（王炳存）、《夏日游李文忠公祠》（万宗乾）、《秋夜独坐（并序）》（周国衡）、《题画》（王愓）、《漫兴》（王愓）、《雨后怀人》（周国衡）、《北京（时武汉首义后南北相持）四首》（白坚武）、《庚戌自都回津感怀》（白坚武）、《天津公园即景》（黄旭）、《叶儿乐府（咏秦淮游舫）（未完）》（熊晖策）。

《小说时报》第18期刊行。本期“词林”栏目含《赠苏佩秋（并序）》（张洁）、《题佩秋西装小影》（张洁）、《秋娘久病，闭门谢客，余亦病暑累日，旅居孤寂，悄然有怀》（张洁）、《桂荷曲院，众芳云散，惟秋娘独留，口占二绝句以调之》（张洁）。

2日 《申报》第14451号刊行。本期《自由谈》“文字因缘”栏目含《洞仙歌四首：又题董小宛〈孤山感逝图〉（续昨）》（蝶仙）。词云：“断桥流水，被东风吹皱。零落梅花比人瘦。算愁深愁浅，情短情长，心底事、只许个侬猜透。　　招魂劳素手，冰雪聪明，写出相思料能够。只犹断人肠，淡月昏黄，只写到、十分之九。要留取、中间一分愁，好分付翩翩，鹤儿厮守。”

张謇作《得汤雨生画，因题》（二首）。序云：“雨生自题诗曰：‘几度行吟向水滨，西风回首总无因。年来笔墨皆拘束，只画溪山懒画人。’时事所触，有感此意。”其一：“汤生画趣故清高，画到无人懒亦豪。安得溪山如此画，冥心却向画中逃。”其二：“何尝鸟兽可同群，空谷犹稀见似人。学佛还应无我相，卷齐世界入陶轮。”

3日 《申报》第14452号刊行。本期《自由谈》“游戏文章”栏目含《议员赋》（梦犊生）；“文字因缘”栏目含《洞仙歌四首：又题方白莲〈秦楼惜别图〉（续昨）》（蝶仙）。其中，蝶仙词云：“纱窗凉月，逗销魂曙色。襟上相看泪痕湿。恁心头别恨，眼角离情。平白地、亏您怎生描出。　　画图重省识，门外天涯，千古伤心二而一。影事记依稀，箫韵筝声，算同是、者般凄寂。有十首、新词忆秦娥，怪万柳堂中，不曾收入。”

沈曾植与同人集廉泉小万柳堂观书画，瞿鸿禨、樊增祥、陈三立、李瑞清、方守彝在座。瞿鸿禨作《樊山、乙庵招集小万柳堂，观荆浩山水障》。诗云：“平地涌出千仞峰，眼中真见金芙蓉。海滨无山那得此，远势起与青冥通。高攀悬云俯怪松，怒涛卷响交天风。太阴雷雨喷半空，银河倒挂垂长虹，玉峡擘开飞白龙。丹青乃夺造化秘，此岂人力疑神工。若非荆浩即关仝，浩也妙笔尤称雄。当年漂泊干戈际，乃尔苍凉沉郁之气蟠心胸。人间何处有此怪奇境，我欲结茅其下拄杖长相从。小万柳堂书画丛，临流读画帆影中。归来梦入沧洲趣，身绕松峦一万重。”方守彝作《三月二十七日小万柳堂讌集，呈座上诸老并简廉南湖》。诗云：“柳堂今汐社，遗老此幽寻。不忍春风去，无言杯酒深。一湾新涨渌，四座古山林。艺术年年长，愿闻黄绮音。”樊增祥作《伦叔、惠卿招同乙庵、散原诸君，集小万柳堂纵观书画，杂记以诗》（二十四首）。其一：“再见廉家柳，春风万万条。月明携弄玉，楼上坐吹箫。”其二：“十里曹家渡，清阴覆白沙。车帷碍垂柳，马掌带残花。”其三：“到门客未知，系马紫藤架。坐我绿阴中，主宾俱入画。”其四：“雁字十间楼，背河而面市。蓬女棹歌声，菜佣烟水气。”其五：“万柳何言小，冯潘两度经。隔河师此意，更起小兰亭。”其六：“书画平生好，琳琅劫火余。牵船岸上住，疑是米家居。”

陈夔龙作《三月二十七日，悼淑卿夫人》。诗云：“君如缥缈骖鸾客，我已颓唐病鹤身。一例彭殇原似梦，三年伉俪独伤神。何图后死经尘劫，转觉先归是福人。惆怅生朝将进酒，倚楼遥祝右台春。”

周太玄作《沙市舟中》。诗云：“青山送我行，入梦棹歌声。月碎舟行速，山深日易倾。沙头喧野渡，林表出孤城。回看云起处，脉脉无限情。”

4日　《大同周报》在上海创刊，由大同学社编辑发行。大同学社由吕凤痴、姜可生、于秋墨、陈适吾、郑仄尘等人发起，柳亚子、姚鹓雏等先后加入。同月停刊，共出3期。第1期“文艺·文苑·文”栏目含《为赵公百先迁葬募捐启》（亚子）、《哭逵儿文》（我斯）、《秋社启》（可生）；“文艺·文苑·诗”栏目含《楼外楼一首》（鹓雏）、《代赠》（鹓雏）、《云仙曲》（鹓雏）、《石城中秋》（凤痴）、《寒鸦》（通伯）、《见灯花戏作》（通伯）、《偶题》（贻石）、《次鹓雏〈楼外楼〉韵》（可生）、《杏花楼二首》（可生）、《清明》（可生）、《戏题〈新新百美图〉二帧》（二痴）、《赠奇痴》（二痴）、《留别奇痴》（二痴）、《秋社雅集，同人偕游仙台竹林，春光骀荡，落拓年年，感而赋此》（病可）、《姑苏道中》（病可）；“文艺·文苑·词”栏目含《惜分飞》（鹓雏）、《生查子·闺情》（鹓雏）、《昭君怨·七夕》（楚伧）、《醉太平·七夕》（楚伧）、《罗敷媚》（亚子）、《金缕曲（叠韵代赠）》（贻石）、《渔家傲·视秋社诸子》（可生）、《长相思·哭杏子》（可生）、

《踏莎行·三月初五夜》(可生)；"文艺·文苑·诗话"栏目含《止观室诗话(未完)》(鹓雏偶述)；"附载·名著"栏目含《拱山楼诗钞(未完)》(钝公)。本期"二痴姜可生"在《赵伯先先生小影》背面附诗《壬子三月，百先表兄灵榇归里，为诗哭之》云："三年前事今犹昔，睡熟黄粱人已非。点点落花俱有泪，满江烟雨一棺归。河山破碎谁收拾，万里民生涂炭时。遗恨十年天未假，雄魂凄绝大江湄。"姜可生《次鹓雏〈楼外楼〉韵》云："天末怀归日，怕登海上楼。春心愁似茧，醉眼冷于秋。遁世伊人俱(谓亚子)，参禅吾子俦。王侯身外事，天地一浮沤。"《杏花楼二首》其一："推窗暗见浪花浮，春雨如丝动客愁。已是杏花憔悴日，如何更上杏花楼。"其二："狂歌痛饮送流年，急管哀弦落舞筵。呕尽心肝掬尽泪，江南小雨杏花天。"《清明》云："绿柳阴中走马过，声声啼鴂奈愁何。游人不解留春住，满地残英蜂蝶多。"《渔家傲·视秋社诸子》《踏莎行·三月初五夜》1915年5月又刊于《南社》第14集。1914年1月31日，《渔家傲·视秋社诸子》又刊于《生活日报》。其中，《渔家傲》云："文酒流连佳丽地，生平不解封侯事。愁去欢来云水思，临风迟，南楼借月酩酊醉。　　午夜梦回人不寐，灯花半委和愁睡。侧耳酸肠边角起。心无计，鸥鸾满目伤时泪。"《踏莎行》云："底事关心，无端落泪。几回掷笔几回醉。晚风吹散枕函香，痴儿苦把相思记。　　旧约模糊，朱颜憔悴。眼前无可强人意。如何耐得五更寒，倾壶饮尽和愁睡。"《长相思》云："万事休，万虑休。风雨凄迷懒下楼。残笺断影留。　　见时愁，别时愁。直到江荒渡尽头。暮云泪共收。"《戏题〈新新百美图〉二帧》其一："邻家小玉最关情，爱听林间百啭莺。又是落红成阵候，把锄暗向小山行(瘗花)。"其二："碧帘未掩月华侵，机杼声中玉漏沉。花事已残郎不至，春蚕抽尽是侬心(缫丝)。"《赠奇痴》云："云情水思半含羞，低向衾边诉旧愁。愿与阿侬共论字，枇杷花里月当楼。"《留别奇痴》云："东风无力报相知，默坐帘前泪暗垂。布谷声清归日近，为卿一唱十离诗。"

《申报》第14453号刊行。本期《自由谈》"尊闻阁词选"栏目含《调寄〈忆秦娥〉·秣陵春暮》(天白)、《调寄〈一斛珠〉·游园》(天白)、《春燕》(李生)、《南湖登烟雨楼》(四首，史空)。其中，天白《调寄〈忆秦娥〉》云："春归紧，池塘一夜东风冷。东风冷，碧纱帘外有人孤影。　　秣陵千古风流境，南朝几换新图本。新图本，旧时金粉，大江淘尽。"史空《南湖登烟雨楼》其一："无烟无雨亦登楼，新绿将齐老绿稠。我是鉴湖湖上客，寻诗竟日此句留。"

《宪法新闻》第4册刊行。本期"杂纂·文苑·诗录"栏目含《元旦大雪，怀江叔海副使，次苏邻〈元日雪诗〉韵》(赵熙)、《庚戌杂诗》(子襄)、《辛亥杂诗》(子襄)、《渡海楼春思》(梁鼎芬)；"杂纂·文苑·词录"栏目含《瑞龙吟》(陈锐)。

《独立周报》第30、31期刊行。本期"文艺部·诗选"栏目含《吴之英诗》《刘师培诗》、《汉謍生诗选(续)》(赵怡)。

5日　众议院以229票对147票通过决议："政府违法签约，咨送本院查照备案，本院决不承认，应将合同咨还政府。"反对袁世凯"善后大借款"。

湘、粤、赣、皖四都督联名发出通电，严词反对袁世凯《善后借款合同》。

《申报》第14454号刊行。本期《自由谈》"尊闻阁词选"栏目含《"春归容易客归迟"，倩影楼陆芝仙女士句也，羁旅无聊，得辘轳体七律五首》（定耕）。其一："春归容易客归迟，遥忆春归客未知。愁拨金炉烟一篆，怕看杨柳影千丝。强吟诗草排烦闷，胜接音画慰别离。恨煞灯花偏误我，为他几度动相思。"其三："善怀亦复善矜持，绮恨休教侍女知。我患情多君患少，春归容易客归迟。甜言蜜语思前夕，美景芳辰异昔时，一片柔肠愁欲绝，任从花鸟笑侬痴。"

魏清德《马关》《红叶谷》（二首）发表于《台湾日日新报》。其中，《马关》云："白鸟茫茫去不还，吾生何事坠人间。海山形胜真佳绝，目送万帆入马关。"

袁嘉谷作《癸丑三月晦，徐花农前辈招饮崇效寺饯春》。诗云："为探花信返燕都，笑问花王记得无？九十韶光诗梦老，三千世界佛灯孤。黄姚紫魏争春色，红杏青松寄画图。斗酒酹天天已醉，鸟声犹自劝提壶。"

6日　袁世凯于总统府召开秘密会议，为发动内战进行军事部署。

《申报》第14455号刊行。本期《自由谈》"游戏文章"栏目含《叉麻雀诗八首》（梦犊生）。

魏清德《马关》《严岛》（四首）刊于《台湾日日新报》。其中，《严岛》其一："严岛风光天下奇，松青帆白影离离。却逢铜马当山路，不见啼猿挂树枝。"

陈去病作《立夏再集崇效寺，分韵得丹字，即送芷畦南归》。诗云："春风三月满长安，次第评花到牡丹。坛坫主盟惭我弱，湖山无恙任君看。及时行乐休推醉，限韵分题且自宽。只是一枝红芍药，故撩离恨上眉端。"

7日　《申报》第14456号刊行。本期《自由谈》"文字因缘"栏目含《为陈蝶仙题〈筝楼泣别图〉四首，兼示鹣影楼主》（南湖）、《癸丑春莫，卧病浦东，得村居杂诗八首，呈南湖先生、芝瑛夫人双正》（咏霞）。其中，南湖（廉泉）诗其二："随郎滋味浑难说，别母情怀暗自伤。惆怅陇头画不到，鹧鸪声里断人肠。"其三："钗燕笼云不自持，小窗梦醒且裁诗。垂杨漫妒腰肢细，摇落江潭更向谁。"

沈尹默赴钱稻孙广和居宴席，同席有鲁迅、朱希祖、戴螺舲、张稼庭。

魏清德《须磨明石途上》（二首）、《通天阁》（二首）、《天王寺公园口占》《造币局樱花盛开，单重瓣满地》发表于《台湾日日新报》。其中，《天王寺公园口占》云："草花争向暮春开，浅紫深红着意催。特地好风吹艳竞，天王寺畔美人来。"

刘富槐作《六丑》。序云："癸丑四月初二日，游崇效寺。牡丹已谢，芍药未开，感而赋此。"词云："恨寻春较晚，正枣寺、芳菲都歇。旧京梦回，鞓红消眼缬。满院啼鴂。载酒人何处，暮烟颓照，恋梵王宫阙。新词写出元舆笔。珂玉鸣风，觥犀伫月。前游顿成消歇。剩杨花数点，来去无迹。　　兰成愁绝，但沈吟岸帻。看取残英在，那忍摘。华鬘望断消息。向咸阳道上，抚摩铜狄。人间世、雨煎风急。算来有、几朵将离替艳，难慰岑寂。高楼外、芳草如织。想陌头、多少蘼芜怨，催人鬓白。（郁伊善感）”

余达父作《殇女二首》（癸丑四月二日于蜀得家书，作此诔之）。其二：“如此滔滔举世非，生民涂炭尚无归。胸中儿女英雄泪，要向昆仑顶上挥。”

8日　《申报》第14457号刊行。本期《自由谈》“尊闻阁词选”栏目含《点绛唇·题〈桃花人面图〉》（小蝶）、《菩萨蛮·题〈醉眠芍药图〉》（小蝶）、《闺情》（逸民）、《调老妓》（逸民）；“文字因缘”栏目含《赠钝根一首》（远香）、《再赠钝根》（远香）、《诸友迭以诗赠，愧不能报，书此见意》（钝根）。其中，小蝶《点绛唇》云：“无限风情，桃花娇艳人娇小。眉颦如恼，春恨知多少。　花样柔魂，莫被风吹掉。芳心悄、被侬猜到，添出三分笑。”逸民《闺情》云：“恨郎不解事，无语薄生嗔。略带芙蓉色，容颜倍可人。美人多乐趣，不在抱衾裯。微露二分怒，时生一段愁。”

俞剑华《思妇》《七月十五夜望月》《横塘秋夜词》《赠曼殊上人并乞画山水》（三首）、《无题百首之三》发表于《民立报》“词苑精华”栏目。其中，《思妇》云：“与子为夫妇，结褵行十年。年年苦离别，憔悴锦机边。”《七月十五夜望月》云：“世界碧玻璃，光摇万象低。凄清今夜月，愁杀老坡妻。”

9日　《申报》第14458号刊行。本期《自由谈》“尊闻阁词选”栏目含瘦红女士《春风》《春雨》《春云》《春晓》。其中，《春雨》云：“联床人去雨催诗，淅淅潇潇入夜时。独坐小楼眠不得，挑灯重补杏花词。”《春晓》云：“一竿红日起常迟，人自天涯梦醒时。角枕锦衾人独旦，鸟声啼上杏花枝。”

王闿运还居东洲湘潭，周逸来言孔教事，拟举王闿运为孔教会会长。

沈曾植招同人雅集，冯煦、朱祖谋、鹿学艮、吴煦、秦树声、夏孙桐、缪荃孙等在座。

俞剑华《寄亚子》（二首）发表于《民立报》“词苑精华”栏目。其一：“九十韶华六十过，忍教芳事付蹉跎。孤山剩得梅花瘦，留与吴侬谱棹歌。”其二：“罗浮残月渐无痕，细雨落梅欲断魂。一夜小楼萦旧梦，酒螺香醉杏花村。”

魏清德《大阪城吊古》（二首）发表于《台湾日日新报》。其一：“卧龙与跃马，一世终黄土。谁谓势力牢，百代当无侮。初夏游浪花，读古因吊古。徘徊大阪城，胜地疑天府。濠深石既大，兵强财还聚。哀哀夏役间，遗族为捕虏。列树想军容，荒芜认楼橹。促织啼清宵，布谷飞朝煦。谋猷非不长，岁月乃可数。并怀古长城，石骨腐钟乳。”

10日　《申报》第14459号刊行。本期《自由谈》“游戏文章”栏目含《钱庄赋》（朱惟涛）；“尊闻阁词选”栏目含《暮春落花行》（逸民）、《洞仙歌》（小蝶）、《醉太平》（小蝶）；“文字因缘”栏目含《昨见瘦蝶题率公〈试砚斋随笔〉二绝，为赋古风一首，仿〈高轩过〉格，次其韵，博二公一粲》（逸民）、《闺情》（六首，惘百）。其中，小蝶《洞仙歌》云：“恨烟愁雨，又匆匆春暮。绿遍长堤断肠树。便桃花开尽，柳絮飞完，只把个、眼底春愁留住。　　堕欢无觅处，燕懒莺娇，草草芳樽总辜负。低首细思寻，浅印香泥记前度。踏青微步，只埋怨、花间杜鹃声，却何苦、殷勤劝他归去。”《醉太平》云：“花痕月痕，愁根病根。年年独自伤春，把眉儿细颦。　　芳衾绣樽，香熏酒温。没情风雨黄昏，扰相思梦魂。”

《中国实业杂志》第4年第4期刊行。本期“文苑”栏目含《锦江杂感》（曾存吴）、《清明节不能修墓自责》（李文权）、《梦中口占》（李文权）。

《生活杂志》第13期刊行。本期“诗筒”栏目含《黑窑螟》（皇童）、《七出秧》（皇童）、《嘉禾谣》（皇童）、《观物篇》（天婴）、《挨刀歌二首》（瑰）、《观猴子戏》（东皐）、《醰醰》（慕莲）、《四影诗》（玄父）。

［日］秋月天放卒。秋月天放（1839或1841—1913），名新，字士新，通称新太郎，号天放、必山，日本大分县人。秋月橘门之子。幼承家学，师事广濑淡窗。明治维新后在兵部省任职，后任女子高等师范学校校长、文部省参事官。退职后当选贵族院议员。以汉诗驰名，明治十二诗宗之一。诗宗杜甫、苏东坡。著有《天放存稿》1卷、《知雨楼诗存》10卷。

章太炎在鄂致电袁世凯，请去梁士诒、陈宧、段芝贵、赵秉钧等刺杀宋教仁之“四凶”。

林传甲在藏书楼偕张白翔、史子年、游渠伯赋诗，读《东坡集》。

荣庆迎玉圃、秀瑜、叙五来访，同游李氏园。荣庆作诗云：“凌晨好友过门呼，结队寻幽兴不孤。烟景满园芳树绿，风湍鼓棹浪花粗。参差台榭天然画，点缀林峦著色图。更喜瀛洲诸旧雨，共留玉照伴菰蒲。”

魏清德《西京什咏》（六首，前四）发表于《台湾日日新报》。其一：“龙虎山城国，西京古帝都。都人崇美术，青史忆雄图。亭阁连云跨，江流入海趋。登临无限意，得句寄吾徒。”其四：“南朝争战地，吾辈试登临。慷慨忠臣血，凄凉志士心。野花红映日，山竹翠成林。似说当年事，鸦啼废塔阴。”

11日　《申报》第14460号刊行。本期《自由谈》“尊闻阁词选”栏目含《新柳行》（逸民）、《即事》（逸民）；“文字因缘”栏目含《率公既赋悼亡，复瞎陟屺，郁郁成疾，适见示〈试砚斋随笔〉嘱题，因诗以慰之》（人寿庐主）、《癸丑春日感怀，次青浦徐慎侯韵》（养娇）。其中，逸民《即事》云：“斗杓北指银河高，牙牌金钏声劳劳。熏笼倦倚夜筵醉，不辨香烟与人气。宝马如龙车如水，面拂春风红玉紫。三万六千日何事，朝朝午梦酣西子。”养娇《癸丑春日感怀》云：“半生尘俗未能抛，身世浑同不食匏。儿女成群添重担，风云逼紧处危巢。典裘夜夜惟寻醉，压线年年□代庖。偷得余闲还约伴，一鞭斜照好游郊。”

《宪法新闻》第 5 册刊行。本期“杂纂 · 文苑 · 文录”栏目含《〈张苍水集〉后序》（章炳麟）；“杂纂 · 文苑 · 诗录”栏目含《广州光孝寺大康六年药师铜像》（张阿曼）、《游仙四首》（刁位思）、《隆裕皇太后挽诗二首》（樊增祥）；“杂纂 · 文苑 · 词录”栏目含《眉妩 · 陈师曾新婚将别，词以慰之，即送其赴日本，用白石韵》（陈锐）。

《大同周报》第 2 期刊行。本期“文艺 · 文苑 · 文”栏目含《〈孤鸾怨〉序言》（挥孙）、《送陈陈之粤》（血儿）；“文艺 · 文苑 · 诗”栏目含《效王次回〈疑雨集〉体，得羞字三首》（恫百）、《效王次回〈个侬〉，得愁字三首》（恫百）、《己酉秋，登云巢山题壁》（怡盦）、《仲燕何君赘姻偕归，作此贺之》（怡盦）、《偶占》（怡盦）、《无题》（怡盦）、《寄士（明英）》（怡盦）、《武陵记游》（怡盦）、《寿可生（进退格）》（鹓雏）、《赠可生》（鹓雏）、《题束颂平氏近藏〈百马图〉》（鹓雏）、《送影禅北上》（可生）、《寄怀亚子》（可生）、《即席呈影禅》（可生）、《怀杏妹》（附和作）（可生）；“文艺 · 文苑 · 词”栏目含《一剪梅 · 贺士英新婚》（怡盦）、《蝶恋花》（怡盦）、《菩萨蛮》（怡盦）、《如梦令 · 秋窗话别》（怡盦）、《如梦令 · 题〈莲沼鸳鸯图〉》（怡盦）、《浣溪沙 · 赠素珍，用映庵集中韵》（鹓雏）、《秦楼月 · 忆素珍》（可生）、《昭君怨 · 素珍病，寄此》（可生）；“文艺 · 文苑 · 诗话”栏目含《止观室诗话（续）》（鹓雏偶述）；“附载 · 名著”栏目含《拱山楼诗钞（续）》（钝公）。其中，姜可生《秦楼月 · 忆素珍》《昭君怨 · 素珍病，寄此》1915 年 5 月又刊于《南社》第 14 集。姜可生《送影禅北上》其一：“燕赵自古多豪杰，慷慨轻生重交结。我尤爱君一片胆，不向贵人取容悦。”其二：“立言誓将匈奴灭，荡涤腥羶诛僭窃。聊持樽酒壮长行，他日归来歌壮烈。”《寄怀亚子》云：“天空云净倚栏时，无限关山在目思。烂醉生涯聊自解，穷愁心迹倩君知。惊看漠北先投笔，坐困江南独赋诗。雁过书成寒柝起，微风斜月在高枝。”《即席呈影禅》云：“春申歌舞地，一日几回醉。世路竞崎岖，空堕杨朱泪。闻言起走骇，敝帚千金买。客子岂畏人，壮心如瓦解。带剑上荒厓，怆然动秋怀。落落与世迕，长将姓字埋。”《秦楼月》云：“鹃啼夕，月华如水疏帘隔。疏帘隔。闲愁休说，落花休惜。　　青衫欲湿江头客，依情但问三生石。三生石，心心记取，当年筵席。”《昭君怨》云：“扶病风前弱柳，此景怎堪消受。寂寞泪阑干，不禁寒。　　别有伤春心绪，花事阑珊无语。忍听杜鹃啼，夕阳低。”

林纾独游陶然亭赋诗云：“风苇摇凉动小涡，余春未尽尚清和。山客还作前朝缘，胜集长疑昨日过。尘外避喧原不恶，壁间求句定无多。南中果有行吟地，宁隐王城学老坡。”又，长子林珪辞宫南归，作诗送行云：“尔翁半世落江湖，未遂功名丧本图。今日汝能抛薄宦，吾家本分是农夫。事难着手多方碍，人解回头一累无。旦晚裹书来就汝，琼河数曲狎鸥凫。”

12 日　《申报》第 14461 号刊行。本期《自由谈》"尊闻阁词选"栏目含《满庭芳·癸丑四月一日为阳历五月六日，戏拈一解，从虚舟体》（蝶仙）、《锁窗寒·本意》（小蝶）、《暗祝来生化女儿》（五首，鹿门旧隐）；"文字因缘"栏目含《为廉南湖题〈津楼惜别图〉》（四首，蝶仙）。其中，蝶仙《满庭芳》云："昨日端阳，今朝立夏，无端误尽光阴。峭寒如此，难问是天心。只恐摇摇园柳，又容易变了鸣禽。怅一树枇杷未熟，无树点成金。　世情颠倒甚，笋厨才荐。蒲酒先斟，笑落梅天气，犹裹重衾。二十四番风信，从头错、错到如今。试推算荷花生日，时节已秋深。"鹿门旧隐《暗祝来生化女儿》其二："聪明误我太迷离，暗祝来生化女儿。天赋柔肠偏惹妒，身多侠骨转成痴。漫夸掷果传佳话，戏仿簪花写艳词。幻梦欲随蝴蝶去，春愁如许夜眠迟。"

林纾《惩凶》刊载于《平报》。诗云："嗟夫国会诸先生，人心厌乱君须听。第二革命非易事，今日民国非前清。不要靠他江西、安庆能用兵。"

魏清德《西京什咏》（六首，后二）、《十九夜观都踊》发表于《台湾日日新报》。其中，《西京什咏》其五："不到岚山上，临风寄忆传。鹭崖生怪石，佳木荫幽泉。想象殊无厌，跻攀会有缘。挂枝猿坎侣，待我日云边。"《十九夜观都踊》云："祇园四月观樱罢，却看都踊为慰藉。歌台逶迤锦篱披，舞子娇羞花摆亚。一声开幕红粉堆，两行三味着意催。神女成群游洛浦，藐姑结伴出蓬莱。是时台上樱花吐，掩映罘罳接道路。销魂燕语莺啼声，作态眉书目笑顾。又转假山泉石幽，电灯万盏射高楼。几疑海蜃眩妖幻，或是地仙作戏游。银涛淘涌如喷雪，豪竹哀丝正激烈。四座沉醉客无言，十指低昂帛欲裂。太平行乐秋复春，满都裙屐杂香尘。男儿不幸病忧国，胜事无端愁杀人。斑斓翩跹蝴蝶翼，匆脱上衣换紫色。东方渐高奈乐何，呜呼此意吾叹息。"

13 日　佛诞日，太虚大师主编《佛教月报》创刊。时住上海佛总会办事处清凉寺。

超社樊园第四集，共饯林绍年游泰山，陈三立、缪荃孙、朱祖谋、瞿鸿禨、樊增祥、梁鼎芬、吴庆坻、沈瑜庆、周树模、林开謩、王仁东、沈曾植、吴士鉴等同集。同人诗作：沈曾植《浴佛日超社第四集，伯严为主，即席送健斋枢相游泰山》、陈三立《浴佛日超社第四集，酒坐送林健斋枢相游泰山》、樊增祥《四月八日超社第四集，伯严假樊园治具，即席送健斋参政为岱岳之游》、瞿鸿禨《浴佛日，散原集饮超社，即送健斋游泰山》、沈瑜庆《送林健斋枢相游泰山诗》、吴庆坻《赠别林侍郎游登岱》、吴士鉴《林赞虞前辈薄游海上，将有登岱之行，赋此赠别，超社第四集》。其中，陈三立诗云："选佛震旦簪履随，卉木气静围酒卮。广堂长席烂灯火，喜增一客丰髯髭。当年声名最台阁，击强补阙薄海知。中朝故事憎戆直，斥守边郡方南驰。阿爷持条系鄂渚，宵阅除目频攒眉。爱护邦桢惜气类，恶地梦得宁堪之。抵书滇使晓本末，沥肝剖胆公非私。风概饱闻过庭语，辄悬胸臆窥设施。劫残电掷廿年久，先坟木拱公出走。海涯片土聚吟呻，一面已在国亡后。杀机犹见起龙蛇，安卧何由傍鸡狗。违世高心寻旧盟，顽云岱顶仍纵横。七十二君迹茫昧，到时剩有秦松迎。上诉阊阖海日曙，傥绕梦底苍蝇声。”樊增祥诗云：“百花有色统于朱，百司有职筦于枢。百神有灵朝于岱，百代有君令则无。君臣之伦今已无，出门踽踽复踈踈。有山且蜡屐几緉，有花且尽酒百壶。今日之日佛生日，散原开社招酒徒。折花可证金粟果（棕树着花如金粟），战诗谁夺牟尼珠。健斋老人来不速，西园风景殊西湖（公新自西湖归）。公在翰林精衡鉴，公居言路繁讦谟。景皇末年参大政，四海喁望林与瞿。两公清忠辅二圣，如吕六丈偕小苏。玉堂一梦朝市改，昔之鸾鹭今鸥凫。相国来扶铁拄杖，参政手把金鸦锄。阊阖风高忽吹聚，吴淞照影双清臞。小园芳事未遽歇，紫鹃银蔷充我闾。美人娟娟道姓虞，红艳当为天下姝。楚歌一写亡国恨，千年血泪无时枯。幅巾方袍一十四，暂莫僝僽相嬉娱。流连海上花婪尾，接引中原士大夫。老鹤翩然向东岱，酒尽行复歌骊驹。往游日观左右视，东海红桑添几株。一青不了齐鲁事，五绛犹忆滇池图（公尝抚滇）。吾属旧在陶钧下，临觞惜别仍歌呼。公登岱顶一回顾，见我题诗送行处，诗在吴门一匹布。”

刘承干在上海一家春招淞社同人宴集，座中有吴昌硕、钱绥槼、潘飞声、章梫、缪荃孙、周庆云、许溎祥、张钧衡、长尾雨山、刘炳照、汪洵、陶葆廉、沈焜、费寅、杨临、陆树藩、吴庆坻。以“荆楚旧俗相承，此日迎八字之佛于金城为法华会”分韵唱和，是为淞社第三集。首唱刘炳照《浴佛日以“荆楚旧俗相承，此日迎八字之佛于金城为法华会”分韵得法字，用全韵》，续唱者：钱绥槼（分得日字）、潘飞声（分得会字）、章梫（分得佛字）、吴昌硕（分得于字）、张钧衡（分得金字）、陆树藩（分得浴字）、周庆云（分得楚字）、刘承干（分得之字）、沈焜（分得承字）、费寅（分得俗字）、陶葆廉（分得相字）。章梫作《赋得浴佛日得佛字》。诗云：“土室无岁年，入社惊时物。天气尚清和，荆南称浴佛。中原势如焚，劫余尘披拂。神武挂朝冠，彭泽辞章绂。说与理洪储，山河同仿佛。”又作《得梁节庵前辈崇陵来书，感赋》。诗云：“孤臣心事秋声里（来书有‘秋色凄凉，正孤臣心事’语），落叶寒蝉南北同。大陆已沈留片土，枯松待化护幽宫。六陵皋羽冬青长，七谒亭林王气雄。我亦尧年经雪鹤，鼎湖回首动悲风。”

《申报》第14462号刊行。本期《自由谈》“尊闻阁词选”栏目含《无题六咏》（逸民）、《东风袅娜·春愁》（小蝶）、《杭州之严州道中杂作》（二首，徐哲身）。其中，小蝶《东风袅娜》云：“甚游丝飞絮，做弄春愁帘不卷。□凝眸、怪柳丝为底，者般多事。故将颦绿，吹上眉头。小梦些时，东风无赖，银蒜丁东敲不休。纵把韶华挽留住，落花偏不为春留。　　帘外绯桃瘦尽，一春惆怅，多少恨付与西流。愁如茧，月如钩。堕欢难拾，好梦难求。梦里寻欢，醒来无觅。那边孤驿，是处高楼。检点罗巾，剩泪痕和墨、珍珠密字，聊记温柔。”

王国维拟编《壬癸集》。本日致缪荃孙信略云："昨奉赐书，并大稿《山陵挽诗》五律二首。读至'地老鹃啼血，天悲鹤语寒'，因忆去岁除夕作'可但先人知汉腊，定闻老鹤语尧年'，竟成谶语，岂不异哉。拙作《隆裕太后挽歌辞五言排律九十韵》排律用通韵，法古人，似但有一二字出入。若全首通押，现未能发见其例。惟国维平生于诗最不喜用僻韵，致使一诗中有骈枝之语、不达之意，故大胆为之。且其中髯佥二字（以今日已无闭口声，故亦放胆用之），阑入盐咸闭口韵，尤为从古所无。劳玉（乃宣）老曾以是相规，心知其非而不能改也。要之，此等诗非为一时而作，但使后之读此诗者惜其落韵，斯亦足矣。诗止于九十韵，亦由此故，若必敷衍成百韵，则难免无谓之语插入其间，先生以为何如？至东以后得古今体诗二十首，中以长篇为多，现在拟以日本旧大木活字排印成册，名曰《壬癸集》，成后当呈教。"

王坤泰《苏幕遮·夜半》载于《台湾日日新报》。词云："风潇潇，雨滴滴。谁种芭蕉，只个□窗隙。□□雄心消欲尽。病妇呻吟，更小孩啼恻。　叹人生，多顺逆。便着袈裟，毕竟情难释。不道无愁无味也。造物何须，□苦相磨逼。"

14 日　《申报》第 14463 号刊行。本期《自由谈》"文字因缘"栏目含《步韵和张树立先生代题拙影》（二首，双璧）、《和双璧女士原韵》（二首，蜀西闲人）、《再叠前韵》（二首，蜀西闲人）。其中，蜀西闲人《和双璧女士原韵》其一："豪情偏赋女儿身，许我论交说以神。脱却袈裟通一语，知音从不在风尘。"其二："青天碧海夜迟迟，印出嫦娥月不知。大好河山今若此，凭君纤手快扶持。"

荣庆游跑马厂，有诗二首。其一："马厂春郊外，朝游惬素心。园林看迤递，亭榭偶登临。野阔知天远，溪流带树深。明明非故土，策杖且长吟。"其二："无马何从试，蹒跚驰道临。小车聊代步，流水足清心。村舍稍稍见，楼台隐隐寻。邻家风景好，不语自沉吟。"

夏丏尊生日，李叔同摹汉长寿钩钩铭，并加题记以祝。

15 日　《汉口中西晚报》由王华轩在汉口英租界维新印书馆内创办，杨幻庵任主编，喻血轮、喻耕屑等分任编辑。

《新神州杂志》（月刊）在杭州创刊，新神州杂志社编辑发行。创刊号"文苑"栏目含《飞鸿阁琴意》（赵函）、《乐赞堂诗集》（赵函）、《卧松轩诗草》（天庐）、《护棠楼词录》（天庐）；"文苑·诗薮"栏目含《杂诗》（徐病鹃）、《春夜不寐，倚枕口号二首》（徐病鹃）、《心绪恶劣，处境困穷，解愁适以诗来，因乱和之，以抒胸中磈磊》（徐病鹃）、《杂怀》（岵莽）、《春雪》（岵莽）、《寒梅》（岵莽）、《寒月谈趣》（岵莽）、《西湖探雪》（岵莽）；"传奇"栏目含《花木兰传奇（未完）》（天虚我生）。

《申报》第 14464 号刊行。本期《自由谈》"文字因缘"栏目含《赠王子循同学》（佐彤）、《送别清影楼主》（拜花）、《夜坐倚红仙馆，有怀清影楼》（拜花）、《拟闺情》（二首，梅情氏稿、蕊卿氏代书）。其中，拜花《送别清影楼主》云："临岐浊酒带愁斟，铅泪如珠各满襟。小别也知无几日，情丝无奈系人心。"《夜坐倚红仙馆》云："月光如水夜寒生，莲漏声残梦未成。恨煞挑灯人去后，薄帏孤影太分明。"

《国民杂志》第 1 年第 2 号刊行。本期"文苑"栏目含《游颐和园记》（周鉴源）、《神户交通部追悼宋遁初先生文》（周鉴源）；"文苑・诗"栏目含《金陵八咏》（陈宽）、《长子桐旋里》（田士莲）、《哭骆半林》（田士莲）、《哭宋渔父》（遯汝）、《落花，用酒徒韵》（锄月）、《次韵答字华》（继荪）；"文苑・词"栏目含《如梦令》（实丹）、《浣溪沙》（实丹）、《蝶恋花》（实丹）、《一剪梅》（实丹）、《秣陵口号・辛亥冬，效力南京临时政府作》（岭南摘香亭长）、《居庸关道中，寄沈梌农福田、章叔通若衡》（前人）。

《湖南教育杂志》第 2 年第 8 期刊行。本期"文艺・诗录"栏目含《春夜感怀》（庄广）、《步庄广〈春夜感怀〉诗韵》（健铁）、《袁项城诗》。

［韩］《天道教会月报》第 34 号刊行。本期"词藻"栏目含《梨花亭小酌其一》（香山车相鹤）、《梨花亭小酌其二》（前人）、《云亭晚坐》（敬庵李瓘、芝江梁汉默）、《牛耳洞观樱》（芝江梁汉默、敬庵）、《樱花里降仙楼（在凤凰阁阁之北）前韵》（苇沧吴世昌、凰山李钟麟）、《春江即事》（河亭崔安国）、《普专生徒赏樱于牛耳洞，自敦岩岘至凤凰阁，竞走口呼》（生徒南廷八、生徒柳渊根）。其中，河亭崔安国《春江即事》云："早潮得雨上山津，满岸红桃滨复滨。我爱春光无彼此，折花不是惜花人。"

陈夔龙作《四月十日，送亭秋回杭》。诗云："轨道吴通越，依然昼锦行。湖山愁举目，风月不关情。汝去缘娇女，余衰伴短檠。右台凭吊后，应问旧柴荆。"

周太玄作《木兰花慢・遣愁》。词云："江南春草绿，王孙可相思。正月满平芜，莺啼上苑，春老梅肥。秦淮明月犹在，只而今、金粉已飞灰。欲诉嫦娥无语，坐看花影西移。　　伤心谁与语？倩征鸿，尽向西飞。且将我断肠词，和泪和烟寄与伊。问伊近来何似？爱年华，莫惜金缕衣。须知人生无几，蝴蝶犹自双飞。"

16 日　《庸言》第 1 卷第 12 号刊行。本期"艺林・艺谈"栏目含《石遗室诗话（卷五）》（侯官陈衍）、《惜道味斋说诗（续）》（普定姚大荣）、《菉猗室曲话（续）》（贵筑姚华）、《诗钟说梦（续）》（易顺鼎）、《吉金余录（续）》（郑沅）；"艺林・诗录"栏目含《寄赵竺垣、汤蛰仙、李梅庵》（三首，胡思敬）、《赵柏岩回桂，以〈沪居旅感〉见示，依韵和之》（二首，赵启霖）、《治易洞》（赵熙）、《嘉定舟中》（赵熙）、《题盛伯希遗照，付杨江宁》（梁鼎芬）、《江村漫兴》（何藻翔）、《象峰下摘桑晚归，口占》（何藻翔）、《薄暮独游天坛，书所见》（黄濬）、《寄杉孙》（何震彝）、《送颂周》（陈霞章）、《独坐》（三多）、《感兴，和逊荐韵》（戴坤）、《至凤翔作》（李澄宇）、《呈弢庵年丈》（丁传靖）、《京尘》（沈福田）、《耶路萨冷观犹太人哭所罗门城壁，男妇百数，日午凭城，泪下如縻，诚万国所无也。惟有教有识，故感人深远。吾念故国，辄为怆然，赋凡百一韵》（康有为)、《庚戌秋冬间，因若海纳交于赵尧生侍御，从问诗古文辞，书讯往复，所以进之者良厚，顾羁海外，迄未识面，辄为长谣以寄遐思》（梁启超）；“艺林·文录”栏目含《送姚叔节归城序》（林纾）、《慎宜轩记》（姚永概）。其中，易顺鼎《诗钟说梦》云：“去年在武昌，伯严由南昌来，节庵开诗钟会于湖堂，会者将廿余人，极一时之盛。时所发题为‘试·霜’二字，阅卷者为石遗、陈荔村，皆闽人。石遗取伯严卷第一，荔村取余卷第一。伯严卷云：‘屡试不售名辈老，十霜共醉酒人稀。’余卷云：‘屡试不登罗隐第，三霜愁听杜陵砧。’次句用杜诗‘三霜楚户砧’典。伯严之‘十霜’虚，而余之‘三霜’实。然实者仍不及虚者之佳，盖其吐属名隽，一望而知为名手也。节庵诸君皆谓伯严善于揣摩闽派云。”

17日　黄节自广州乘船赴上海，后赴北平，在铁路局任职，住宣武门南。作《四月十二日，登舟北发，同里诸子远送江干，留别一首》。诗云：“分携各有中年感，欲别仍留到海限。一水乍明初日上，晚春才了早荷开。故园风物寻常过，别梦江湖取次回。揽辔不须期孟博，试论天下可无哀。”

张充和生。张充和，祖籍安徽合肥，后侨居美国。著有《张充和诗文集》。

黄墨谷生。黄墨谷，又名黄潜，号墨谷，福建同安人。著有《谷音集》。

魏清德《自车中望琵琶湖》《上野动物园什咏》（八首，前四）发表于《台湾日日新报》。其中，《自车中望琵琶湖》云：“结想琵琶湖，焉得泛帆席。茫茫烟雨中，忽睹水天碧。菰蒲悄无人，一任鹭鹚宅。”

18日　徐自华在《中华民报》发表《中国女报》简章，声称“民国成立，女侠之志节已昭，因特重为组织，按期出版，以竟女侠未竟之志”。陈去病、徐蕴华等赞同支持。

《独立周报》第32、33期刊行。本期“文艺部·诗选”栏目含《汉謇生诗选（续）》（赵怡）、《独弦集诗》（黄侃）、《吴之英诗》《鹤望诗录》《刘师培诗》。

《大同周报》第3期刊行。本期“文艺·文苑·文”栏目含《题東颂平藏〈百马图〉》（挥孙）、《题東颂平藏百马长卷》（阆屏）；“文艺·文苑·诗”栏目含《阑干，限阳韵五首，与刘荀八、朱仲濂、沈步洲同作》（通伯）、《素珍房中即事》（鹓雏）、《楼外楼，视可生》（鹓雏）、《渡江遇雨》（鹓雏）、《题素珍小影》（可生）；“文艺·文苑·词”栏目含《满江红·断肠词》（怡盦）、《谒金门·镜影》（怡盦）、《南歌子·镜》（怡盦）、《浪淘沙·和士明原韵二阕》（怡盦）、《减字木兰花·寄奇痴》（二痴）、《菩萨蛮·赠奇痴》（二痴）、《浣溪沙·再赠奇痴》（二痴）；“文艺·文苑·诗话”栏目含《止观室诗话（续）》（鹓雏偶述）；“附载·名著”栏目含《拱山楼诗钞（续）》（钝公）。其中，姜可生《题素珍小影》（二首）本年8月27日《民立报》发表时改题为《题影》。《题素珍小影》其一：“欲将幽意诉琼枝，骀荡春光苦费思。记取龙华相见处，杜鹃声断落花时。”其二：“画楼风暖杏花初，梦到江东绿鬓虚。偷得云端仙子影，背人细认懒看书。”姜可生（署名“二痴”）《减字木兰花》云：“侬心了了，识透此中意不少。花落无知，愁绝萧郎鬓欲丝。　桃花人面，忍向迎春坊底见。燕子归休，诉尽人间万种愁。”《菩萨蛮》云：“横波斜睇菱花镜，盈盈玉立探芳讯。仔细数年华，伤侬坠溷花。　梧阴秋院静，相对愁成并。无奈曼声歌，人间离恨多。”《浣溪沙》云：“懒起疏妆睡眼看，秋风罗袖不禁寒。啼螀声断玉阑干。　睡起轻盈如弱柳。无穷心事泪汍澜。他年谁更惜花残。”

《宪法新闻》第6册刊行。本期“杂纂·文苑·诗录”栏目含《癸丑三日邀群贤修禊万生园，分韵得激字》（梁启超）、《尚贤堂集》（陈三立）、《节广见示程户部遗集，中有送余出宰宜川三律，感叹之余，次韵题后》（樊增祥）；“杂纂·文苑·词钞”栏目含《菩萨蛮·从玄墓山夜还虎山桥》（郑文焯）、《齐天乐·芙蓉》（朱祖谋）。

俞剑华《得寄尘书却寄，即次见示韵》（二首）发表于《民立报》“词苑精华”栏目。其一：“一情不死神犹王，百病交攻志尽灰。多谢故人珍重意，远书一为破愁来。”其二：“坡老休谈身外事，令威空叹劫余灰。江湖留得狂名字，悔煞当年载酒来。”

叶昌炽作《刘菍石参议赠唐崔忻井阑拓本，用李审言诗韵赋谢》，谢刘世珩赠拓本。诗序云：“此石在金州旅顺海口黄金山阴。光绪乙未冬，前任山东登莱青兵备道刘含芳作石亭覆之。其文曰：‘敕持节宣劳靺羯使鸿胪卿崔忻井两□□记验，开元二年五月十八日。’”诗云：“敦煌石室喜新辟，上掩裴岑与侯获。阙特勤汗和林碑，远自龙庭归典客。刘侯示我井阑铭，又见黄金山下石。轩然使笔如使弓，善射突过猿臂翁。雕盘仿佛鹤铭势，字小难与摩厓同。沙沉浪淘过千载，鲵渊岁月何匆匆。封泰山铭大于屋，银简投龙秩祀渎。想见开元全盛时，持节宣劳四牡速。岂若移中汉使书，海上看羊节毛秃。博陵崔等庐范阳，宰相世系鸣珂坊。元宗初政有姚宋，万里凿空非博望。但宣国威绥东裔，毋不宾如丽王藏。此井虽眢阑未变，海东石交剩二彦。其一好大王巨碑，欧赵平生皆未见。可怜珍比珣玗琪，碧眼贾胡不知炫。吁嗟乎，长蛇荐食先流求，藩篱一撤谁能修。骎骎猛穊渐及米，犹窥九鼎争射钩。摩挲片石三叹息，白山东望风云愁。”

19日　《申报》第14468号刊行。本期《自由谈》“文字因缘”栏目含《题〈自由谈〉》（二首，侍仙）。其一：“博采兼收匪一涯，不拘奇怪与庄谐。文章都是东坡手，嬉笑居多骂亦佳。”其二：“著作从来重自由，自由谈里兴偏稠。客嘲宾戏滑稽传，有稿何妨一例投。”

林纾作《记翠微山》文，记日前与陈宝琛、陈衍、高向瀛同游西山八大处。

20日　白朗在豫南西平、确山、桐柏、泌阳一带活动。是日，豫南观察使吕调元条陈都督张镇芳，要求派兵往剿。河南绿林头目白朗（1873—1914），为反对袁世凯政府统治于1912年发动农民起义。白朗义军长期流动作战，由于西征陕甘战略失策，1914年兵败。

超社第五集，陈三立与沈曾植、瞿鸿禨、吴庆坻、樊增祥、梁鼎芬、吴士鉴、王仁东等集于沈瑜庆寓所，以题陈宝琛《听水斋图》为题，不限韵。陈三立作《涛园宅超社第六集，题〈听水斋图〉，寄怀弢庵师》、梁鼎芬作《题陈师傅〈听水斋图〉》（十首）、沈曾植作《陈弢庵侍郎〈听泉图〉》（四首）、沈瑜庆作《超社第五集，梁节庵属题〈听水第二斋图〉，寄怀陈弢庵师傅京师（八首）》、樊增祥作《题弢庵听水斋照片十幅》、瞿鸿禨作《涛园作社集，题〈听水斋图〉即怀陈弢庵师傅》、王仁东作《题陈师傅〈听水斋第二斋图〉》、吴庆坻作《题陈弢庵师傅〈听水斋图〉》、吴士鉴作《题陈弢老〈听水斋图〉即以寄怀，超社第六集》、陈曾寿作《寄怀陈师傅弢庵先生，即题〈听水斋图〉》。其中，陈三立诗云："前后听水斋，夙醉涛园咏。梁髯日下还，示图抉幽敻。天开娜嬛窟，众象迭相孕。石罅篁万竿，嵌影作瘦硬。泻瀑酣笙竽，晨夕满卧听。吾师一往怀，久与鱼鸟盟。伏居三十载，读易泯悔吝。草堂聚英灵，抱古寄孤兴。余事把吟毫，百家归韵胜。世议起安石，强诀狗九聘。绵蕝文太平，微哂待季孟。最后置讲幄，耆德薄海庆。循廊睨横流，俄顷移大柄。拍手覆人国，简策斯未信。岁历弛羲和，维斗落槛阱。一寸启沃心，九天以为正。称訾道齐桓，耿耿临千圣。退庐灯火繁，合眼家林映。泉声洗噩梦，泪点晓枕凝。倚伏自关天，出处安若命。作痴从卧游，馈榼领霜鬓。"瞿鸿禨诗云："涸鳞濡沫忘海角，旧雨班荆欢一握。诸儒弦诵聚鲁中，五星珠纬传闽学。沧趣先生闲何阔，长安日远地难缩。梁髯示我听水图，天风海涛生尺幅。火急催题苦急就，心重言长慊未足。云从泥蟠龙在野，衡流衣裔蛇走陆。艰贞问道守空同，蹇产沃心赉岩筑。身轻不忍恋江湖，寐短聊堪梦迈轴。君实终无独乐时，少文惟纵卧游目。我昔车驱马江上，尘踪不到王官谷。从公博物览船官，峨艑龙骧凌万斛。宏规钜制驰域外，石画桓桓伟文肃。将凭周德延九鼎，岂谓汉家丁百六。天意苍茫竟剪鹑，神州披攘犹争鹿。强饮千觞不解愁，应念江头杜陵哭。"（题名第六集者有误，应为超社第五集）

国民党上海交通部机关刊物《国民月刊》创刊。孙中山、黄兴分别撰《〈国民月刊〉出世辞》。创刊号"文艺·文"栏目含《本党上海交通部祭宋遁初先生文》《本党上海交通部祭林颂亭先生文》《本党上海交通部祭黄花岗七十二先烈文》；"文艺·诔"栏目含《哀宋遁初先生诔》（张昭汉）、《哀宋先生诔》（邵元冲）；"文艺·诗"栏目含《哭宋遁初先生》（鹓雏）、《哭宋遁初先生》（林学衡）、《哭宋先生》（亚子）、《敬题〈安重根先生传〉》（汪洋）、《登扫叶楼有感四首》（天任）、《寄怀张亚》（汉章）、《寄谢典峸》（前人）、《题武田源次郎〈极东外交感慨史〉》（前人）、《送张爽源还大梁》（前人）、《寄洪三棣臣（时在金陵）》（善之）、《登北极阁》（前人）、《丁未寄子实辽东》（前人）、

《春日杂感》（前人）、《秋柳（用王渔洋韵）》（伯纯）、《老梅》（可岩）、《隐居》（默君）、《拟王右丞〈青溪〉》（前人）；“文艺·词”栏目含《蝶恋花·吊黄花岗也》（黄兴）、《水调歌头·思亲》》（晓柳）、《祝英台近·和陈烈妇〈纫兰乩词〉原韵》》（善之）、《一萼红·有悼》（前人）、《蝶恋花·送春有感》（前人）、《浪淘沙·友人谈清后移宫事》（前人）、《金缕曲·题〈安重根传〉》（前人）、《金缕曲》（前人）、《虞美人·金陵怀古》（默君）；“文艺·乐府”栏目含《五游篇》（天任）、《名都篇》（前人）。

《国是》（月刊）在北京创刊，政治研究会发行，共出版2期。吴佳侠编校，设言论、译述、丛录、文苑、说部等栏目。第1期“丛录”栏目含《鞮芬室诗话》（辟非）、《梦华小牍》（纯飞）；“文苑”栏目含《迻宧文甄》：《大秦景教宣元本经景通法王考》（廖世功）、《阙特勤碑跋》（三多）、《吴女士写〈楞严经〉跋尾》（何震彝）、《报梁众异书》（何震彝）。《跫憙集》：《无题十六首》（悲庵）、《听雨》（悲庵）、《八公》（悲庵）、《焦山观端午桥题字感悼有作》（黄山）、《为王书衡题马守真画兰》（黄山）、《挽吴彦复》（黄山）、《和孝质》（碧城）、《孝质薄游平山，匆匆遂别，为诗送之》（泽山）、《前诗殊未尽意，足以长句》（泽山）、《和穆忞》（地山）、《邮示悲盦》（穆忞）、《都下见芷庼》（穆忞）、《展移孙白下书》（穆忞）、《今岁为晋永和后二十七癸丑，梁任公函招备禊京师农事试验场，因疾未往，追上一诗，以纪盛事》（穆忞）、《集豹龛送地山南归，限删韵》（穆忞）、《芷庼别浃旬，众异忽以遗札至，痛彻肺腑，赋此志哀兼示哲维》（穆忞）、《夜饮法熹龛，示周立之》（穆忞）、《边警感赋》（穆忞）、《尘翳》（穆忞）、《寄讯勤百》（穆忞）、《寄调寄戡丈兼示孝质》（穆忞）、《和穆忞》（守堪）、《赠穆忞一首》（哲维）、《叠前韵寄孝质》（哲维）、《亮奇以〈牡丹〉诗索和，即次其韵》（哲维）、《再次亮奇〈闻歌〉韵》（哲维）、《公寓寄坐》（含光）、《大雪作歌》（含光）、《感事》（含光）、《岁暮怀孝质》（众异）、《庚戌春尽日，同瓠尊、芷青崇效寺看牡丹》（众异）、《后二日雨中同家人往观，花尽谢矣，使四绝句》（众异）、《癸丑春晚，崇效寺牡丹谢后始往一游，示亮奇、秋岳》（众异）、《和亮奇〈闻歌〉》（众异）、《和作》（立之）、《次韵》（立之）。《绝妙今词选》：《浣溪沙》（乂门）、《菩萨蛮》（乂门）、《高阳台·改七襄玉京道人小影，江建霞属题》（乂门）、《前调·国初诸老盛传张忆娘〈簪花图〉，此卷今存丰润张氏伯纳农部，约余赋之》（乂门）、《绕佛阁》（乂门）、《三姝媚·和王幼遐〈春柳〉词》（道希）、《浣溪沙》（道希）、《蝶恋花·戏赠陈伯严》（道希）、《浪淘沙·赤壁怀古》（道希）、《洞仙歌·将有秣陵之行，题眉妍楼〈洛神〉画帧》（君直）、《满庭芳·自题〈红兰〉卷子》（君直）、《八声甘州》（君直）、《子夜歌》（君直）、《湘月·辛亥秋作，示刘子休》（鄂祴）、《喝火令》（鄂祴）、《清平乐》（穆忞）、《独影摇红·五日同刘五泛舟秦淮，以观水嬉即事有感》（缦仙）、《暗香·题〈忘忧草〉〈合欢花〉折枝》（缦仙）、《甘州》（鄂祴）。

《申报》第14469号刊行。本期《自由谈》“游戏文章”栏目含《议院赋》（梦椟生）；“文字因缘”栏目含《〈试砚斋随笔〉题词》（四首，袖沧）、《和碧梧女士〈暮春杂咏〉》（四首，琼华女子）。其中，袖沧《〈试砚斋随笔〉题词》其一：“世界潮流逐逝波，女儿花好自由多。偏君欲正闺门则，展卷凄凉说沈娥。”其三：“翩翩裘马逐京华，乳臭何堪政柄加。亡国讵关儿女事，漫将祸水咎杨家。”

《万国女子参政会旬报》第2、3期刊行。本期“文苑·词”栏目含《大江东去·用东坡韵，吊广州死难七十二烈士》（兰皋）。

《不忍》第4册刊行。本册“艺林·文”栏目含康有为《奏请广开学校以养人才折》《奏请广译日本书、大派游学折》《海外亚美欧非澳五洲二百埠中华宪政会侨民公上请愿书（未完）》；“艺林·诗”栏目含康有为《巡览全美国毕，将游巴西，登落机山顶放歌七十韵》《须磨公园樱花千树，三月甚闹，属文倦后，偕逊宜公立日扶杖看之。风雨交加十日，落矣，感赋》《春暮，偕旃理冒雨游清友园看五色牡丹，有绿者》《游存别墅即景》（三首）。

《说报》第2期刊行。本期“艺林·艺谭”栏目含《蜕庐诗摭（续）》；“艺林·艺谭·诗词”栏目含《拜朱舜水墓》（友箕）、《忧患，次韵欧阳仲涛》（友箕）、《螺赢行》（友箕）、《清平乐·辛亥春，游龙潭山》（笠舫）、《菩萨蛮·前题》（笠舫）、《和瘿公〈雪后〉原韵》（书衡）、《念奴娇》（息卢）、《贺新郎·送绥丞归娶》（息卢）、《满江红·送若云归国》（钵花）、《金缕曲·壬子重至扶桑有感》（钵花）。

《文史杂志》第3期刊行。本期“词章·文录”栏目含《志学说》（退省子）、《与鲁生一龕论治经》（退省子）、《〈东瀛见知录〉序》（刘梣）、《代孔学使祥霖〈河南优拔试卷选刻〉序》（刘梣）；“词章·诗录”栏目含《藏书绝句三十二首（续）》（王葆心）、《和〈韩致尧集〉近体诗二十六首（续第1期）》（李哲明）、《到京书感五首》（舣民）、《怡园观剧四首》（金永森）、《新夏病起，怀内家昆季之作》（罗树蘅）；“杂俎”栏目含《日记》（退省子）、《寄社诗钟选录（续）》（刘梣）。

徐世昌偕吴蔚若、于晦若、李柳溪、李季皋同游崂山。夜与同游诸人看月清话。

周太玄作《惜分飞·本意》《思佳客（落尽残花听杜鹃）》（二首）、《醉桃源（镇日心事在天涯）》《玉楼春（来风未解客愁老）》《一落索（欲写离愁无语）》《如梦令（寂寞朝朝暮暮）》《相见欢（青青古陌垂杨）》。其中，《惜分飞》云：“眉锁离愁花惹袖，婀娜柳腰渐瘦。叶底蝶双宿，一番小雨寒初透。　　犹记当时同聚首，深夜怕听残漏。花似当时茂，不知人似当时否？”

21日　陈三立偕樊增祥、周树模、吴庆坻、沈曾植于樊园公宴林绍年。瞿鸿禨、沈瑜庆、梁鼎芬、王仁东、林开謩等同集，众人看花观画，梁鼎芬提议合咏所观郑所南画兰和倪鸿宝画精忠柏。樊增祥作《四月既望，沈观、补松、乙庵、伯严及余公宴健斋参政于樊园。止庵、涛园、节庵、旭庄、诒书俱来会。园中芍药玫瑰盛开，辅以西洋杂花烂如云锦，酒罢作歌》《郑兰倪柏歌》。其中，《郑兰倪柏歌》序云："四月既望，超社同人集寓斋，看郑所南画兰、倪鸿宝画精忠柏。节庵倡议两画合咏，余效白石作先锋焉。"诗云："相聚以类合以群，黍离世界若崩云。德祐崇祯及宣统，餐松饵芝多遗民。遗民相望七百载，精气成神泪成海。古人宝墨今人收，两画虹光交月采。所南画兰皆露根，干净土无一块存。一花两叶照天地，九畹唤起离骚魂。配彼三笔大士像（'两笔画兰，三笔画大士'，明人语也），留此一脉湘山春。赞叹何来姚广孝，题署终爰衡山文。鸿宝画柏表精忠，风波亭栏围一重。龙虎虽死骨不朽，质如熟玉柯生铜。好留孤干撑西日，更无一枝朝北风。灭虏击戎见章疏，千秋大节将毋同。此两贤皆重节义，此两画能扶正气。芳坚似兰亦似柏，草木附人寿万世。汐社往矣东林开，东林以后超社来。十友诗盟拟北郭，三年涕泪同西过台。舫斋读画一绝叫，平津龙合何神妙。不忠不孝深自责，心史之心白日照。怒詈臣皆亡国臣，怀宗至死无公道。昔以所南方文山，今以鸿宝配所南。滫兰可伺荼蓼苦，啖柏何如薇蕨甘。郑兰倪柏超社咏，藏之名山传之其人鼎足而成三。"瞿鸿禨作《观樊山所藏郑思肖、倪鸿宝二公画，同作〈郑兰倪柏歌〉》。诗云："古往今来如逝水，人随草木同腐耳。孤高独得天地心，精气在空长不死。百世重人非重画，画家敢与论声价。胸中真宰郁轮囷，笔底英灵通造化。思肖写兰必露根，惨无故土可存身。含生但托本穴国，守素只作南方人。偶然寄意得神妙，空山自以天为春。期无绝兮与终古，仿佛中有沅湘魂。鸿宝尺幅并奇绝，阴庭森挺精忠柏。枝柯崛强无北向，气作风霜心铁石。时危善类仗扶持，耿耿元精惟正直。槎牙枯尽树犹生，留与人间照颜色。两贤正气激纲常，一是遗民一国殇。心史精诚鉴清泚，东林文字动三光。延平神物双剑合，七百年来灵飒沓。樊侯什袭慎护持，出此传观光社集。同是孑黎怜我辈，寒照孤萤自开阖。展帧犹闻风雨飞，发厨疑有蛟龙立。峥嵘宝墨拄乾坤，莫等寻常清闷阁。"

《申报》第 14470 号刊行。本期《自由谈》"文字因缘"栏目含《诗钟披露》《诗钟汇录》（了青）。其中，《诗钟披露》前有元鹤题识云："此次得诸君大作，共计百三十余卷，而脱落与雷同者，实占大多数，兹由张君莼荪评定甲乙，选取二十卷，其字句间有窜易者，原稿恕不照登，所备薄赠，两礼拜后发寄。"内含仙舟、性白、轶群、梦罗、懒仙、酒狂、百炼生、健儿、情侠、梦罗浮馆、半懒、福民、剑青、净尘、韬庐、寄梅、澄怀、不是书生、张嘉树等人所作诗钟。

姚奠中生。姚奠中，原名豫泰，山西运城人。著有《忘言斋诗词》《姚奠中诗文辑存》。

魏清德《上野动物园咏》（八首，后四）发表于《台湾日日新报》。其中，《鹤》云："嘹唳飘清磬，翩跹舞缟衣。几曾华表宿，又绝大江飞。处士堪偕隐，山人好息机。

如何不归去，贪食鱼苗肥。”《孔雀》云：“孔雀开金镜，何应逊凤凰。万花呈锦绣，五彩焕文章。饮怕牛能触，食同鹜可伤。未尝闻尚武，以德自钦扬。”

周太玄作《满路花（夕阳含恨默）》。词云：“夕阳含恨默，芳草带愁绿。笙歌一曲，泪满华烛。天涯孤苦，似杨花飞扑，无语双眉蹙。怅望家乡，惟有青山翠矗。　十分凄切，泪洒红罗褥。家山回首柳丝丝，征鸿数遍，都为残春哭。此恨凭谁说，天若有知，天亦须有离别。”

22日　缪荃孙向沈曾植归还所借《雪桥诗话》。沈夜赴姚文藻约，与郑孝胥、汪钟霖、李瑞清及日人西本省三畅谈。

魏清德《赠蔡君式谷》《唐君昭钰嘱题其子〈唐烈士殉难集〉》发表于《台湾日日新报》。其中，《赠蔡君式谷》云：“握手倾肝胆，逢君似故乡。观君眉目间，到底具自强。樱花满皇都，君今在殊方。胡不念家山，语次多慨慷。毕生磨智识，未敢厌身忙。所期窥大势，岳海填心胸。我思与君聚，明发感茫茫。冷茶当热酒，静夜各一觞。”《唐君昭钰嘱题其子〈唐烈士殉难集〉》云：“列强之争火与铁，民国之争泪与血。炸弹一发肉躯飞，是即民国之建设。烟台之上烟茫茫，麓山之下土犹香。先生有子国有民，宜断肠不必断肠。民国成立秋复春，狼烽日夜警边尘。自从烈士捐躯后，社稷山河孰替人。”

周太玄作《生查子（人影落春江）》《点绛唇（一样花开）》。其中，《生查子》云：“人影落春江，惊散鸳鸯梦。隔浦移莲舟，萍开荷叶动。　何处是儿家，门外栽金凤。采花欲遗谁，莫待春寒重。”

23日　魏清德《日光》《大久保访儿山翁，席上分韵得先韵》《儿山先生问台阳故旧，赋此奉答》《春日神社》发表于《台湾日日新报》。其中，《日光》云：“一国专权柄，千秋壮日光。难言宫室美，只觉藻文忙。十丈珊瑚柱，百寻玳瑁梁。钩连疑贝阙，覆压笑阿房。猫睡雕能肖，龙鸣画岂慌。适才窥宝塔，忽又接红墙。屏障图三圣，支机自七襄。清晨游拜殿，夕照绕回廊。况有松杉秀，能添土木良。灵山堪爱护，霸业未荒凉。像绘麒麟阁，功成昼锦堂。丈夫真抱负，出处贵皇皇。”《大久保访儿山翁》云：“新宿下车怅惘然。不知大久保何边。几经松绿樱红地，正值风微雨细天。扣户公欣谈侃侃，受恩我愧只拳拳。石川磁器堪招饮，愿向诗坛劝众贤。”

恽毓鼎作《程伯葭绘蒹葭扁舟小景，以其字名之曰〈白葭图〉，为题四十字》。诗云：“避秦无桃源，欲向图中住。伊人何处寻，扁舟愁日暮。江湖号断鸿，乾坤惨昏雾。唯应扫见闻，秋风自来去。”

周太玄作《减字木兰花》（二首）。其二：“遣愁不去，滴损窗纸三更雨。分付春鸿，不许惊残好梦侬。　韶华暗损，独自慵看别后影。辜负春心，落尽梨花梦不成。”

24日　扬州军政分府都督徐宝山被革命党人炸死。徐宝山（1866—1913），字怀礼，绰号“徐老虎”，江苏镇江人。辛亥时期附势加入革命党，率军光复扬州、泰州等地，被孙中山大总统任命为北伐第二军上将军长。后叛变革命、拥护袁世凯。“革命圣人”张静江知徐嗜好古董，将炸弹放入预制古董箱内，派人送至扬州徐府。徐开启古董箱时被炸，当场毙命。张謇作挽徐宝山联云：“周孝侯除三患而彰名，效节不辞亲已老；来君叔明两义而遇害，复仇犹望弟能军。”叶景葵作挽徐宝山联云：“居今日而有夷齐禹稷之思，即已是造物所弃；奋一身以与魑魅魍魉相搏，吾且为未死者危。”颜僩作《悼念徐上将》（四首）。其二：“白日何来破柱雷，长城忍使一朝摧。国基未奠将军死，刊水空余画角哀。代蜀众情推爱弟，刃仇群望慰泉台。元勋我辈伤亡尽，睹此能无世事灰。”其四：“森严部勒此无俦，名士尝推第一流。淮海旌旗惊虏胆，幽并豪杰愧羊头。爱才不惜千金改，好右仍多片瓦搜。羊祜雍容复淮继，萑苻满地使人愁。”杨圻作《癸丑四月哀徐怀礼》。诗云：“君十年前一贱徒，盗贩杀人在法诛。江淮之间数逃逋，翻然改悔濯泥涂。先帝有诏曰赦诸，赐名怀礼握兵符。辛亥反侧清祚墟，坐镇东南安三吴。奸人不敢窥江都，狙杀花云好头颅。数君之罪岂曰无，数君之功不可诬。七尺躯，血模糊，乱世不死非丈夫。”

《申报》第 14473 号刊行。本期《自由谈》“尊闻阁词选”栏目含《偶作》（珠泉）、《蝶恋花・闺情》（蜀西闲人）、《謇山溪・闺思》（蜀西闲人）。其中，珠泉《偶作》云：“日午鸟声静，闭门歌楚骚。病知无病乐，官羡不官高。学篆书探许，吟诗句和陶。交游遍湖海，谁赠吕虔刀。”

魏清德《观高砂蓁，有怀留学诸子》（二首）、《横滨新婚行》发表于《台湾日日新报》。其中，《观高砂蓁》其一：“攻学东都大有人，高砂蓁里别慈亲。乃知款段骑行辈，谁识人间有苦辛。”

贺竺生作《癸丑四月十九日，桤园主人招饮西畲山馆，即席三首》。其一：“还家仍作客，晚岁尚依人。所愧未闻道，谁怜不失因。鸡豚春社冷，猿鸟故山亲。更赖太丘长，群从气味醇。”其二：“西山桥西地，曹家溪上溪。久要百朋锡，许遂一枝栖。山水娱情性，诗书就品题。千秋同向往，津路未曾迷。”其三：“铲尽山前障，重经云水光。喜瞻新日月，坐对古羲皇。愿借华岩力，心通舍利香。圣人千案在，息息弗能忘。”

刘大同作《癸丑四月十九日，监督国会失败，被大索日有感》。诗云：“既为国家负责任，愿将铁血作生涯。不妨大索于天下，千古犹传博浪沙。”

25 日　《妇女时报》第 10 期刊行。本期“诗词”栏目含《吊康女士时安》（顾钰）。

《小说月报》第 4 卷第 2 号刊行。本期“文苑”栏目含《济泰游览记（未完）》（我一）、《前清宫词（续）》（李汝穉）。

《宪法新闻》第 7 册刊行。本期“杂纂・文苑・诗录”栏目含《游曹家渡小万柳堂，赠廉惠卿部郎、吴芝瑛女士》（夏曾佑）、《石甫作〈剪发诗〉，又作〈不剪发诗〉，见者不解，吾以诗解之》（樊增祥）；“杂纂·文苑·词录”栏目含《临江仙》（夏敬观）、《前调》（夏敬观）。

［韩］《朝鲜佛教月报》第16号刊行。本期“无孔笛”栏目含《送钟悦上人之京都花园游学并序》（石颠朴漠永）、《同壶校生徒游奉恩寺，次〈纛岛舟中作〉》（书山成埙）、《敬次》（石颠朴漠永）、《追和》（逸素李能和）、《游奉恩寺》（书山）、《谨次》（石颠）、《赓和》（逸素）、《清明前日，成书山邀饮塔洞寺共赋》（逸素）、《又》（石颠、藕堂金明熙、窦云本叶、书山）、《次〈觉皇寺〉韵，寄退耕词伯》（琴巴生）、《春日郊行》（菊人惠勤）、《赠退耕〈归田〉》（前人）、《忆香严律师传灯住持》（前人）。其中，琴巴生《寄退耕词伯》云：“毫光遍照佛尘寰，紫陌皇都不等闲。初地精蓝云里出，上方清梵月中还。寻翻贝叶来龙树，拈起天花见鹫山。逗忆汉城风雪夜，对床重破十年颜。”

魏清德《二见浦》《菊水旅馆》《春日神社》《奈良大佛》发表于《台湾日日新报》。其中，《菊水旅馆》云：“幽意独无言，广庭颇可瞩。嫣然疏雨间，踯躅点新绿。”《春日神社》云：“松阴曲曲随车转，神苑呦呦听鹿鸣。微雨翠新七种木，熏风红吐八重樱。”

颜僴作《癸丑四月十九日，徐宝山上将遇害，隔江谣传扬城糜烂，凤鸣闻作胆裂，遇归省亲，翌日复南行，作诗寄之》（二首）。其一：“芜城无恙将星摧，烽火传疑化劫灰。庾信江南哀故国，冒临锋镝省亲回。”其二：“怅望金焦忆友生，大江如带系离情。相逢刚话经年别，又向吴天赋晓征。”

［日］木苏岐山作《五月廿五日，松阴馆丈觞藤泽南岳暨深野知堂、江上琼山、杉溪六桥三画史于城东别业寿园，余亦与焉，乃赋七言长句一章》。诗云：“夏五城东聚寿园，薰风习习度南轩。梅李参差成磊落，芷蘅淑郁共婵媛。数株闲柳连芳援，一抹遥峦映华门。隙地犹残种菜圃，方池尽泛钓鱼船。濯缨濯足沧浪兴，富庶庖烟化日天（北邻古高津宫址）。龙眼墨戏云岚活，周昉佳人粉态妍（壁挂唐六如着色美人堂幅）。眼明雨过青天色，数事糕器柴耶官。清闭真禁耳目玩，翰墨未可风流悭。斯须拂出嗟神妙（三画史合作山水），曡夏莽翠开湖山。斜架蓬茨靠岩背，意行卭杖休山樊。个中宴息者谁子，安得把臂相周旋。顾余自从婴世网，仆仆风尘三十年。一丘一壑天所啬，题图长啸还长叹。”

26日　北京大学预科二、三年级学生在校内遍贴告白，反对《大学规程》中关于预科毕业生应行入学试验方可升入本科之规定，并反对校长何燏时所发举行入学试验布告。上海《民立报》自6月2日起连续发表评论，声援北大预科生。

廖恩焘抵达檀香山，当地报纸报道其此行目的乃为“借款”而来。

魏清德《归途》（六首）发表于《台湾日日新报》。其一：“鸟倦终当返旧巢，数行吟草付知交。乱山叠驿征夫急，那有余闲注解嘲。”其二：“后乐先忧感昔贤，寻芳奈此艳阳天。故山已是樱花后，零落残红不值钱。”

27 日　胡适作《论律诗》，认为律诗可能起于排偶之赋。因为对偶之入诗，初仅偶一用之，自汉伊始，入晋成风，"贤如渊明，亦未能免俗。然陶诗佳处都不在排"。"康乐以还，此风日盛。降及梁、陈，五言律诗已成风尚，不待唐代也"。胡适主张"有心人"当"以历史眼光求律诗之源流沿革"，于"吾国文学史""当裨益不少"。

方守彝作《四月二十二日访伯严有触而作》（二首）。其一："天地几人在，苍云恼我多。懒心疏蠹简，冷眼数渔蓑。野马吹成蝀，酰鸡大比鹅。出门何所适？呼伴访行窝。"

28 日　《申报》第 14477 号刊行。本期《自由谈》"文字因缘"栏目含《题双璧女士小影，步原韵》（二首，冰盦）。其一："应是丽娘劫后身，自由花护自由神。欲将翰墨联知己，惭愧书生太俗尘。"其二："色身出现忒嫌迟，姓字方从文字知。我为红颜甘屈膝，神州女学好维持。"

马君武为自编诗文集作序，声称十年前"鼓吹新学思潮，标榜爱国主义，固有微力焉"。

29 日　共和、民主、统一三党经多次宣布合并，是日正式合并为进步党，宣布党义三条："一、取国家主义，建设强善政府；二、尊人民公意，拥护法律自由；三、应世界大势，增进平和实利。"该党举黎元洪为理事长，梁启超、张謇、伍廷芳、那彦图、汤化龙、王赓、孙武、蒲殿俊、王印川九人为理事。

《论衡》（周刊）创刊，黄远庸、姚茫父主持，共出 5 期。姚茫父受邀编"文苑"栏目。创刊号"文苑"栏目含《艺林虎贲（未完）》（贵筑姚华）、《〈思归咏〉自叙》（寅谷）、《同方叔章游劳山并东横溪》（寅谷）、《铁君以林屋画卷当其山居图属题》（寅谷）、《羼提室杂识（未完）》（寅谷）。

《申报》第 14478 号刊行。本期《自由谈》"尊闻阁词选"栏目含《苦病吟》（五首，华吟梅女士绝笔）；"文字因缘"栏目含《读双璧女士慧作，并蜀西闲人和作，珠玉炳燐，诗性勃发，率成四绝，敬步原韵》（二首，颐盦）、《和双璧女士原韵》（四首，槁木子）、《代征华吟梅女士悼词启》《题华吟梅遗像》（四首，宏农蒋端容女士）、《题华吟梅女士遗像》（罕冉朱光）。其中，华吟梅女士《苦病吟》其一："女界生来念二年，满腔热血问谁怜。愧无巾帼英雄手，拨去浮云重雾天。"其三："枕上连宵检泪痕，半悲公益半私恩。狸奴登屋如皋复，只怕梅花欲断魂。"

苏舆作《四十初度戏作》。诗云："我生当首夏，丙申夜方半。视历癸溯甲，日月惊推换。光阴失四十，当作初生看。有亲敢言老，无闻奚用赞。忆昔受书时，清课严昏旦。蹉跎少历壮，时日徒愒玩。闻道苦卓绝，植躬愧贞干。宁能六学通，长有三医叹。一昨病绵惙，呻吟达宵旰。岂诚天公心，更生今澡盥。自谥作散人，桎夺船纵缆。忽忆老学庵，强曰病牵绊。又闻伊川语，垂老体充贯。矫首望前哲，举杯散忧悹。有如逃窦牧，成旅再戡乱。祝语谢亲朋，醉吟发笑粲。”

30日 袁世凯政府派军警百余人搜查北京国光新闻社，造成该报被迫停版三日。众议院议员如高旭、邵瑞彭、邹鲁等25人联署，向袁世凯政府提出质问。

赵炳麟作《癸丑四月二十五日，与秦显庭至梁格庄谒孝定景皇后梓宫，行百日礼，并叩德宗景皇帝梓宫，为挽诗一首》。诗云：“无限桥山恸，来瞻右北平。黄幰人寂寞，皂帽涕交并。果见恒星霣，长违向日情。茕茕鹦鹉梦，惨惨杜鹃声。忆昔当阳会，方欣喜起赓。丹霄朝进士，白面夜谈兵。地道摧蒲苇，乾纲坠棘荆。宿军归吕禄，江夏窜祢衡。竟造玄黄劫，轻投黑白枰。妖氛干国纪，敌骑满神京。中土天常醉，瀛台晦不明。忽传苍犬撖，顿使紫微倾（光绪丁未除夕，宫中传言珍妃现形。次年，孝钦、德宗同晏驾）。负斧无周旦，托孤靡晋婴。朱门争载宝，白帜遂翻城。羽檄纷然激，刀矛健者横。狂飙回九县，重雾塞三精（用《光武本纪》）。解绶辞兰殿，持弓出柳营。忧深横总减（《文选》宣贵妃诗‘横总减容’注：后首服有‘横’以玉为之栉；纵，笄总也），民贵社茅轻。璇箓方中易，珩轩忽大行。斑添妃子竹，调绝女娲笙。政变金瓯缺，人亡玉步更。凄凉新室奠，冷落故宫旌。禹穴虽能祔，虞田不可耕。朝多微子马，林少上皇鹦。麦饭伸臣意，冬青绕帝茔。西台聊痛哭，风雨四山惊。”

荣庆作诗云：“白鱼入馔酒盈尊，此日姻亲旧相门。忆昔垂髫今脱顶，桑麻而外更何论。”

31日 《申报》第14480号刊行。本期《自由谈》“游戏文章”栏目含《赠某》（佐彤）；“尊闻阁词选”栏目含《南湖居士招同子培、伯严诸君，集小万柳堂纵观书画，杂记以诗，芝瑛夫人属书于册，即请双笑》（樊山）、《〈津楼惜别图〉成，女婿方重审谓芝瑛不可无诗，乃集时贤名句，成诗一首，即次南湖前韵》（吴芝瑛）。其中，吴芝瑛诗云：“小阁重楼落日寒（伯严），谈禅说鬼有余欢（樊山）。名山谁信身堪隐（苏堪），客里相逢岁又阑（子言）。枉叠华巾绾空结（寒厓），可堪梦窄较春宽（穆忞）。绿波南浦情何限（咏霞），顾曲频登旧将坛（澍生）（音乐家潘英女士亦常过津楼夜谈，故云）。”

《湖南教育杂志》第2年第9期刊行。本期“文艺”栏目含《章太炎先生拟定国歌及复教育部书》。

《独立周报》第34期刊行。本期“诗录”栏目含《汉鬐生诗选（续）》（赵怡）、《鹤望诗录》。

［日］松平康国作《芒种前六日，淡如水庐小集次韵》。诗云：“雅筵添静趣，檐滴晚相催。门古络覃葛，境闲听标梅。几人因雨沮，一伞袖诗回。醒醉两堪乐，罚非金谷杯。”

下旬 汤汝和作《之湘奉母南归，于孟夏月下澣启行，途次感怀有作》（四首）。其一：“一肩行李去匆匆，酒店停舆学醉翁。舜洞浮岚携袖底，尧山湿翠落杯中。危桥人让鸟犍路，绣陌春薰黄蝶风。昔我雪来今柳往，关河且逐北飞鸿。”其四：“桂州山簇万千层，行脚劳同方外僧。边徼渠开秦史禄，职方地入汉零陵。芳搜兰芷诗情艳，境历风霜胆气增。怪底乡民被焚劫，江东米价日飞腾。”

本 月

《宗圣汇志》创刊。第1卷第1号“诗歌”栏目含《圣贤颂赞碑志祭文》（张长敬辑）、《文成舞辞》（康有为）、《圣颂乐章》（萍乡文女士廷谷）、《益莽自述畴昔之夜梦见圣人，感赠以诗（闻此诗成于辛亥十月云）》（钱塘张尔田）、《谈经，与曹君直元忠》（长洲沈修）、《宗圣社会成立于晋，柯君定础，实首其事，诗以祝之四首》（洪洞韩垌）、《古柏行，闲喜县圣庙古柏数十株，僭为题咏》（王颐）、《尊天二首》（太仓顾思义）、《尊孔四首》（太仓顾思义）、《读史》（常赞春）。

《孔教会杂志》第1卷第4号刊行。本期“文苑”栏目含《国歌》（三首，通州张謇季直）、《二月戊子朔，越十日，悬至圣先师孔子〈杏坛图〉，薰沐行释菜礼恭纪》（曹邃）、《文庙之祀废一年矣，癸丑春祭，闻有通告各府县暂照旧典礼举行者，感而有作》（秦培安）、《读〈孔教会〉杂志，感赋二律》（孙雄师郑）、《纪梦诗》（壬子春，余梦见圣人，窃自欣异，爰纪以诗）（元和孙德谦益莽）。

《神州女报》（月刊）第3号刊行。本期“文艺”栏目含《游钟山，步舒醒庵君韵》（碧城）、《不寐有作》（社英）、《题与友人共登危樯小影》（社英）、《时事感言》（影观）、《寄友》（影观）、《作客有感》（影观）、《仪孝堂诗钞（续）》（何承徽）。其中，吕碧城《游钟山》云：“春阑杂树未凋红，胜境留人似桂丛。云意远涵疏密雨，岚光高受去来风。移文早勒北山北，避地何劳东海东。棋局长安浑不定，只应都付烂柯中。”

《军事月报》第4期刊行。本期“文苑”含《题〈表忠录〉（并序）》（黄家濂）附录《宋和州防御使刘公事略》（金濉生先生）、《古从军别》（毓庄）、《侠少年》（前人）、《凯歌》（前人）、《海上对月，与顾子同作》（干宝）、《从粤军自金陵出发》（叶楚伧）、《沪上逢林知渊（并序）》（干宝）、《赠姚上将雨平放洋考察军政（夺锦标）》（张我权）、《追悼彭君子俊启》（广东支部）。

《震旦》第4期刊行。本期“文苑”栏目含《廓轩竹枝词》（志锐）。

[韩]《新文界》第1卷第2号刊行。本期“词藻”栏目含《夕阳》（罗浮山人）、《春燕鸟》（罗浮山人）、《寒蛩》（罗浮山人）、《答梅下词伯（小序）》（松里生）、《赠川上松先生》（梅下生）、《往来园归路偶成，寄松里词伯》（竹兮生）。其中，罗浮山人《寒蛩》云：“雨滴松灯夜绩麻，声声俱作近山家。腔肠滴松吟秋露，喉舌清凉啸碧花。凄凄晓上鸳机促，切切霜分雁字斜。征娥闻尔长叹息，此去黄河万里遐。”

陈衍自闽寄示陈宝琛《雨中小雄山观瀑游记》《登海天阁诗》，陈宝琛有诗和之。陈宝琛《石遗寄示〈雨中小雄山观瀑游记〉并诗，率和二绝》其一：“县流难得雨中看，尽夺溪门作怒湍。此景在山常梦见，却轮归客独凭阑。”其二：“诗来风雨绕心魂，知是泉喧是竹喧？不及山人王友石，一丘送老便成村（隔岭官烈村，王用文所居。近村有喷漈岩瀑布，与此仿佛）。”《寄和石遗〈登海天阁诗〉》云：“爱山每结庐，两奥此一旷。檐摩绝顶云，栏俯隔江嶂。来薰带野绿，上月挟溟涨。松涛下方作，岩壁左右障。凉燠俱有宜，昏旦各殊状。永怀独寤宿，失笑总幻妄。君诗猥见及，吾阁幸无恙。遥知倚杵忧，尽入凭阑望。石泉细自滴，瓯茗洌可饷。不似涧瀑喧，试枕百尺上。（阁左右罅出泉，沦茶甚甘）”陈衍原作《同次公登海天阁寄怀沧趣》云：“岂是江天阁，还疑海岳楼。登高空望远，沉陆正横流。松立龙摩顶，篁深貉占丘。邻霄如有梦，定复怆吟眸。”

程颂万（子大）至上海，此后至翌年正月回湘前，况周颐与之觞咏甚乐，二人并作《临江仙》连句词八阕。后，况周颐作有《绛都春（江山画里）》《寿楼春（无题诗销魂）》《临江仙》八阕等。其中，程颂万《临江仙·同夔笙连句八阕》其一：“碧树门阑初过雨，天涯又共芳尊（夔）。青衫换却少年痕。欲回花意懒，先遣酒情温（大）。　旧约湘皋愁解佩，番风不到兰荪（夔）。登楼切莫怨黄昏。更无芳草外，何处忆王孙（大）。”其二：“楼外斜阳如水泼，垂条扫尽谁来（大）。似曾幽梦到莓苔。绿窗红烛短，莫惜倒金杯（夔）。　海燕有情商去住，风棂六扇须开（大）。寻常门巷亦蒿莱。江南眉样月，留照庾郎哀（夔）。”其三：“海气着衣能祓暑，玉骢嘶过铜街（大）。绿窗朱户胜蓬莱。夫容开画帧，香影暂徘徊（夔）。　黄雨满城人中酒，玉盘新荐杨梅（大）。流年不换旧情怀。炉烟如我瘦，辛苦未成灰（夔）。”况周颐《临江仙》八阕序云：“子大来申，词事云涌。《临江仙》连句八阕，极掩抑零乱之致。讷翁和之，余亦叠韵。晨夕素心之乐，身世断蓬之感，固有言之不足者。”其一：“老去相如犹作客，天涯跌宕琴尊。上阶难得旧苔痕。帘深春梦浅，香冷夕阳温。　拾翠心情销歇尽。东风不度兰荪。言愁天亦欲黄昏。断魂芳草外，何止忆王孙。”其二：“一桁湘帘尘不到，除非燕子归来。吴天畅好碧于苔。月娥琼驾出，流照软金杯。明日晴阴君莫问，回灯又见花开。非花非雾即蓬莱。邻娃工度曲，弦管未须哀。”其三：“约略琵琶商妇怨，春花秋月蹉跎。貂裘换后峭寒多。江山欹枕梦，风雨缺壶歌。　明镜晓霜羞短发，负它云髻峨峨。相逢切莫误横波。雍门成旧曲，无计惜韩娥。”

圆瑛大师参加道阶法师于北京法源寺举行佛诞大会，并追悼寄禅长老，会后礼五台山。圆瑛大师见张相国无尽居士《咏五台》六首，作《癸丑四月入都，开释迦佛二千九百五十年纪念大会，并追悼寄禅长者，修建无遮法会圆满，偕智圆、自真、竹溪、慧朗诸法师朝礼五台山，见张相国无尽居士〈咏五台〉六首，即次原韵》。其一：“东台高峻叠层峦，图画天开法界宽。缭绕烟痕连泰岱，逶迤山势赴长安。悬崖倒泻泉千丈，沧海初升日一团。万古清凉留圣迹，那罗延窟卧龙蟠。”其二：“扶筇荷笠叩南台，直上峰巅眼界开。双树烟痕横白练，千年碑碣蔽苍苔。定中心入三摩地，梦里身疑几度来。古洞金容似旧识，归途一步一徘徊。”其三：“石磴嵯峨接上苍，西台高傍紫垣旁。一龛风月留千古，无数峰峦拜下方。半壑泉流功德水，满林风袭曼陀香。静观点点灯无尽，为拟文殊智慧光。”

吴昌硕题王震《流民图》。诗云：“风涛拍天天冥冥，皖山如笠好浮萍。鼋鼍喷浪鳅鳝舞，雨气杂以蛟涎腥。扁舟棹入含山县，茅屋秋风水一片。鸡啄泥沙犬石咽，脱粟难求儿女贱。和州赈及无为州，米麦豆菽兼干糇。鸠形鹄面枯骷髅，老弱扶出壑与沟。有德拯人人不死，满目流离泪浮纸。我题此册心茫然，今岁湖湘闻大水。”跋云：“一亭于辛亥七月，放赈含山、和州、无为州，绘《流民图》索题，草率应教。癸丑四月，吴昌硕，时年政七十。”

柳亚子为《阮烈士（式）遗集》作序。序中指责袁世凯为“元凶大憝”，希望以烈士精神起顽立懦，挽救中华民国于“将亡”之时。又，陆子美来苏州演出《血泪碑》《恨海》等剧，始识柳亚子。柳亚子劝其折节读书，并赠《陆郎曲》。此后以“春蚕”为笔名，柳亚子频繁为陆子美撰写剧评。不久又辑他本人为陆子美所撰之诗文合编成《梨云小录》。《陆郎曲，赠子美》云：“三生花草梦苏州，好梦如云不自由。一自五湖西子去，浣纱女伴至今羞。屧廊香径空愁绝，翻道生男解倾国。问姓吴亡入洛人，问名天宝伤时客。善笑江东陆士龙，早年芳誉擅吴中。羊车偶驾人争看，风德还愁世莫容。岂有青衿佻僦诗，明书悦礼记当时。一朝鹏翼图南去，斥鷃藩篱笑岂知！骨相封侯恨未成，儒冠多事误苍生。三郎自注梨园籍，从此人间识姓名。陆郎此时年十八，珠喉玉貌娇难索。别以哀情荡绮怀，不平怕近弹棋局。一曲登场总苦辛，哀歌婉舞不由人。鞭鸾笞风沧桑劫，槛鹤笼花憔悴春。蛾眉自古多谣诼，泪珠洗面心情恶。飘泊天涯又几秋，茫茫海上成连蹋。相逢仆也伤心人，知音未敢轻相亲。酒酣耳热一执手，回肠荡气难具陈。陆郎慎勿嫌唐突，我有长歌诉胸臆。烂熳春华能几时，树人至竟祈秋实。千秋几见传伶官，紫稼云郎骨早寒。况是求仙天上易，飞升鸡犬满淮南。不如归卧麋台侧，读书还折平生节。十载名山绝业成，老夫为汝传衣钵。逆耳忠言古有诸，未知郎意却何如？愿郎珍重千金体，轻薄休疑旧酒徒！”

胡石予偕萧山陆琪同游苏州龙寿山房，拜瞻血书《华严经》赋七绝一首。

胡适被推为美国康奈尔大学世界学生会会长，任至次年5月辞职。

［日］木苏岐山拜会王国维和罗振玉。作《豹轩拉余过王静庵东山神乐冈寓，三人联袂，访罗叔言净土寺坊寓，赋七古一章赠之》。诗云：“罗先生今之蔡中郎，仓沮籀斯左右逢，矧又说文一万六百字，胸罗象纬作有芒。笔端挽得千钧起，怒猊抉石肉倔强。君不见六朝南北楷行草，独于篆科未精讨。阳冰石经楚金歪，都是孩提在襁褓。日居月诸历千祀，金石之学始振起。完白山民经韵楼，谁与健者难鼎峙。先生

晚出与邓叚成邻，会当六经勒石鸿都门。无如家国板荡末，衣冠甲族多崩奔。乃乘一苇泛东海，不问纻屿何处津。东山林下缔书屋，绕篱溪水漱鸣玉。白云绿树秀可餐，不惟薇蕨足采录王侯。古心古貌山泽臞，独抱遗经味道腴。新诗廿首黍离情，一字一泣鲛人珠。若使斯人遇昌代，黼黻王度瘳民痡。五月清和袷衣适，来访净土寺坊宅。如入欧阳集古斋，岣嵝石鼓峄山琅琊纷满壁。先生安坐道莫哗，缟纻相投如旧识。伊余久厌人间斗筲窄，欲问东家谢尘迹。未必卖书宁忍贫，赏析奇疑共晨夕。”

吴庚为《天香阁诗钞》作序。序云：“辛亥之变，山人故旧朋友，多置身通显，独父执姜桂岑生生寂无所闻。先生故邃于学、老于政事，晋之人无不知先生者，山人因以疑先生。既而得先生书，又闻诸客之自太原来者，始知先生能杜门自锢，能甘贫苦，能如是以老死。呜乎，山人固甘为锢死之人也！先生实教山人，山人敢不从先生之后乎？山人总角学诗，先生与山人之父善，为山人正字句，山人师事先生，得读先生诗。稍长，奔走名利，各相睽绝，或数年一见，必出诗以示。今又十余年矣，丧乱之余，心目俱荒，而先生又以《天香阁诗钞》寄山人，山人又得读先生诗。先生老矣，诗与年相俱。回思三十年来，少、壮、衰、老如熟羊胛，而忽有今日，而忽有今日之山人、之先生，然则先生之诗亦可以不作矣。先生犹存其诗而钞之，其尚有没世之思乎？没世不可知，则亦故存之，以俟没世，亦何异山人与先生之姑存与今日也？山人亦姑以叙先生，而不暇及先生之诗矣。时癸丑四月，空山人叙。”

方守彝作《癸丑初夏，孝朗大侄自吉林南归皖，由皖来申相见，盖睽离十七年矣。垂老喜慰之深，无足喻者。然而存亡之感，触境愀然，古道蔽亏，后生浇黠，四方多难，家室漂摇。支离忧叹之中，既伤逝者，寻自念也。孝朗即归营买山负土大事，仍返吉林，于其行赋诗二章》。其一：“一别遂成十七年，人间一老一沈泉。九原可作开颜笑，万里真看落眼前。噫汝微霜侵种种，向予远道话绵绵。今朝排遣繁愁去，力转欢觞泛酒船。”

黄侃作《遣兴》（癸丑四月）。诗云：“苏生西入秦，所说不见用。归来发愤读阴符，口舌终为当世重。从约成时反故乡，腰间六印自辉煌。治产方知二顷少，感恩裁用百金偿。从来高位难长久，危机一发殊而走。空将车裂给仇人，智计谁言及身后。岁寒松柏更青青，桃李当春亦暂荣。鸡雍桔梗时为帝，豚楯菆涂死殉名。偃鼠饮河惟贵足，鸱枭攫腐枉相惊。世间事事堪长叹，斗酒花前独自倾。”

曾广祚作《癸丑四月昭山行吟》。诗云：“烈烈南风吹白沙，垂鞭卓马楚山斜。倚天耿介空求剑，横海威谋且弄笳。大麦微黄车挽近，新梅初绿鼎和差。乡人莫恃胶舟计，鹤怨猿啼骨似麻。”

傅锡祺作《秦始皇》（二首）。其一：“百二雄关拥帝居，恃疆恃险究何如。博浪狙击还留铁，黄石潜传尚有书。万里征尘人逐鹿，十年苛政獭驱鱼。三泉地下应知悔，不早施仁一统初。”

陈鹏超作《第三次西路剿匪》。诗云：“五团既告败，叶旅动如雷。群丑掩旗遁，未获歼渠魁。搜索经三月，徒把桑麻摧。叶旅旋北调，闻贼复西来。幸有警卫队，奉命驻高陔。愧余一书生，勉作戎马才。六王各险要，驻兵不轻开。诈空下西地，诱之使徘徊。勾髻与黑石，两岭非高嵬。忽焉群啸聚，四乡骇且哀。我率兵两营，漏夜进山隈。复调团警至，四面严制裁。连战两昼夜，魑魅化尘埃。奏凯言旋日，酒浆沿路堆。”

[日] 杉田定一作《初夏述怀》。诗云：“当时啜血唱民权，今日何期保瓦全。创业功臣皆白发，平生知己半黄泉。人情似纸趋轻薄，世态如云尽变迁。嫩绿残红无限感，满庭微雨泣新鹃。”

[日] 大西迪作《大正癸丑四月，旧加贺藩勤王主臣五十回忌辰法会，恭赋小诗，以代蘋藻》。诗云：“欲扫妖氛几苦辛，慨然唱义死为仁。星霜五十人如在，长有忠魂护紫宸。”

六　月

1日　樊增祥、沈曾植与瞿鸿禨等友朋再至小万柳堂观画。樊山作《四月二十七日集帆影楼看荆浩山水幛歌》纪其事。诗云：“宋元名画见已难，画家况在宋以前。粉墙突兀见荆浩，气势压倒江南山。矾头盘亘十数螺，直下万丈马注坡。浑沦元气出十指，匹缣涌现真山河。笔笔都到劈实地，笔所不到为云气。千里常留未了青，半空横截无穷翠。上有云气下有松，更上瀑布垂长虹。松翠厚积千百重，瀑身圆若银竹筩。其实松止十株五株足，瀑出三笔两笔中。画工巧与化工会，为云为松为瀑皆如不测之神龙。遂使阴阳翕辟涵万象，风雨离合成雨峰。吁嗟乎！书画从来厚胜薄，今人定不古人若。难教王恽度神针，始信董巨有祖钵，惜哉顾陆不可作。若教满壁画沧洲，荆关又当输一着。”

《公论》创刊。第1卷第1号“文艺・诗录”栏目含《赠马小进并题其〈罗浮游记〉》（邵次公）、《再谒孝陵》（前人）、《宋渔父挽诗》（前人）、《都门感事》（马小进）、《醉后率成三绝》（前人）、《有赠，集剑人句》（前人）、《中秋夜诗，境亭雅集未散，先与晦闻买舟泛珠江归》（蔡哲夫）、《金陵怀古》（前人）、《朴庵书来，详论国学，报之以诗》（高时若）、《送春，和迟暮韵》（张楚楠）；“文艺・文录”栏目含《邹亚云传》（柳亚子）、《黄花岗谒七十二烈士坟记》（马小进）、《邹生传》（陈佩忍）。

《独立周报》第35期刊行，是为终刊。本期“文艺部・文录”栏目含《先生文录》（含《秋瑾女史哀词》）；“诗录”栏目含《汉鹫生诗选（续）》（赵怡）、《鹤望诗录》。

《申报》第14481号刊行。本期《自由谈》“尊闻阁词选”栏目含《南湖芝瑛贤伉俪将以小万柳堂乞人致书，子培谓余能受者，当以廉价相让，心感之而力不瞻也，为诗谢之》（五首，樊山）、《小万柳堂宴集，呈座上诸老及南湖君》（伦叔）、《春日侍父，过小万柳堂访南湖先生》（绮秋）、《牡丹七首》（梦犊生）。其中，樊山诗五首其一："十年种柳绿成围，叶叶枝枝绾别离。廉者不求贪不与，孟城来者复为谁（有人愿出□四万金，君固靳弗予）？"其二："南湖才调子昂齐，彩凤非桐不可栖。欲舍鸥波亭子去，仲姬惆怅阿彪啼。"其三："明月清风四万金，沧浪欲卖更沈吟。道南大宅推公瑾，孤负当年子敬心。"其四："三载吴淞江上居，瞻园鹤俸渐无余。姜家纵写云岚券，也是空言博士驴。"其五："美木岂能择鸾凤，绣鞍难得被麟麒。世间风雅真妨事，问舍求田要俗人。"

《庸言》第1卷第13号刊行。本期"建言·杂论"栏目含《进步党政务部特设宪法问题讨论会通告书》（梁启超）；"佥载·国闻"栏目含《京师大学堂成立记》（罗惇曧）。

《宪法新闻》第8册刊行。本期"杂纂·文苑·文录"栏目含《鬻书引》（李瑞清）；"杂纂·文苑·诗录"栏目含《戊戌感事八首》（黄遵宪）。

《生活杂志》第14期刊行。本期"美文"栏目含《留侯庙题壁》（罗甸）、《读〈周官〉》（罗甸）、《祓二不祥文》（罗甸）、《读孟东野〈蜘蛛讽〉，有感于时事，因代蜘蛛作反讽诗二十四韵》（罗甸）、《见道上豕有作》（瑰）、《筮得困之济未》（瑰）。

《言治》第1年第3期刊行。本期"文苑·诗"栏目含《感怀身世，即呈崔竹坪、柯亭兄弟，并答柯亭前作（并序）》（白坚武）、《题蒋卫平遗像》（李大钊）、《光绪丁未夏，予自京师归，道出吴门，携一石于舟中。两人舁弗能胜，而玲珑透漏，心爱好之，将与偕归荆南。途次搬移，每为仆夫舟子所窃笑，因游金山，即弃而置之第一泉石碑下。兵燹之后重访旧迹，此石已为好事者移置妙高台上，喜石之得所，爰纪以诗，用唐人〈游金山寺〉韵，以质庙中长老，勿忘此石来因云耳》（熊晖策），《惧广师友诗录》：《阻雨西兴》（边保枢）、《客中》（陈鸿年）。"文苑·辞"栏目含《叶儿乐府（咏秦淮游舫）（续）》（熊晖策）。其中，李大钊《题蒋卫平遗像》云："斯人气尚雄，江流自千古。碧血几春花，零泪一抔土。不闻叱咤声，但听呜咽水。夜夜空江头，似有蛟龙起。"

魏清德《下关晤茂笙君于信浓丸，赋呈》发表于《台湾日日新报》。诗云："故旧相逢乍见疑，还将姓字问伊谁。不图客地谈心久，漫说同舟会面迟。身世茫茫君对我，乾坤莽莽水无涯。风云有幸重来日，一笑关门共赋诗。"

2日　北京大学学潮惊动朝野，袁世凯饬令整顿学风。

荣庆作诗云："清和天气绿荫肥，乳燕亲人贴地飞。又是去年经过处，楼台不断雨霏霏。"

3日　《申报》第14483号刊行。本期《自由谈》"尊闻阁词选"栏目含《方伦叔、廉惠卿招饮小万柳堂，纵观书画竟日，归后，默记赋呈两君》（十二首，乙盦）。其一：“万柳堂前柳扬花，园林从古属廉家。衣冠侨寄今何世，错认游踪到下洼。”其二：“春光澹沱行随燕，驽驾威迟稳胜牛。玉蕊银藤都意适，曼陀罗性印东州。（唐人所谓玉蕊即今绣球）”

郭琼玖《浪淘沙·相思》《卖花声·闺怨》《浪淘沙·游鹭山即事》载于《台湾日日新报》。其中，《浪淘沙》云：“斗帐夜生寒。睡起凭栏。故园缥缈阻云山。明月楼头天似水，何处乡关。　慷慨骋吟鞭。惆怅春阑。年年飘泊向谁怜。草色花香眠不得，别绪无端。”

4日　《大共和日报》发表黄宗仰《与太炎先生书》并附诗一首，署名“乌目山人”。诗云：“芝兰避俗赏，松柏有本心。公抱此二义，高尚匪自今。天爵自然贵，人爵不足临。处为天下瑞，出则为甘霖。神功二十载，岱云何沉沉？翻然鸿鹄举，不为龙蛇吟。存心在利济，德量咸所钦。岂待问功业？虚受名位歆。前世有公论，荣辱非可侵。岂无策功者？汶汶栖山林。亦有致高位，斧柯曾未寻。念此一慷慨，俯仰感不禁。公今仅得此，诚天慚影衾。犹惜报酬薄，一羽加万金。差强人意耳，为公怀好音。”

郭琼玖《浣溪沙·晚行偶兴》载于《台湾日日新报》。词云：“白鹭归飞噪晚天，野花如绣草如烟。撩人清兴正悠然。　恰好阴晴天不雨，那堪诗思更缠绵。行吟徙倚夕阳边。”

5日　《申报》第14485号刊行。本期《自由谈》“尊闻阁词选”栏目含《伦叔、惠卿二公招集小万柳堂》（伯严）、《游曹家渡小万柳堂，赠南湖先生、芝瑛夫人一首并乞教和》（茧叟）、《有美篇》（茧叟）；“文字因缘”栏目含《新篁女士歌》（东野）。其中，茧叟《游曹家渡小万柳堂》云：“远游易为悲，况兹避地人。孰知龙蛇窟，乃与鸥鹭亲。东风苏万柳，淑气启潜鳞。云鹤有仙缘，结翼向天滨。空溟坐吟啸，桑海目逡巡。轮帆共光影，喧寂互相因。莺燕自笙簧，呼吸纳星辰。簪裾凌寒碧，纨素惜芳春。潮音漱市嚣，野渡隔膻尘。极目但苍绿，冥想契玄真。南湖风日美，京维物候新。梁孟堪充隐，渔樵可避秦。嗟余滞天涯，鸡犬识仙邻。他日访桃源，庶不叹迷津。”

《中国实业杂志》第4年第5期刊行。本期“文苑”栏目含《日暮江村杂兴》（莲舟田边太一）、《时事有感》（破天荒松平康国）、《壬子除夕，仍用庚子除夕韵》（敬香大江孝之）、《春郊》（衮飞郑宋荣）、《春村》（前人）、《春风》（前人）、《春泥》（前人）、《春鹦》（前人）、《春夜》（前人）、《咏美人赠友》（李文权）。

《论衡》第2号刊行。本期“文苑”栏目含《艺林虎贲（续）》（姚华）、《羼提室杂识（续）》（寅谷）。

6日　《申报》第14486号刊行。本期《自由谈》“游戏文章”栏目含《戏为唐前总理作〈艳歌行〉，以代催妆并绎钝根〈劝吴维翘女士书〉意》（逸民）；“文字因缘”栏目含《寄赠双璧女士兼问居址》（二首，寂红女士）、《寄赠宜红女士》（寂红女士）。其中，逸民《戏为唐前总理作〈艳歌行〉》云：“总理逃，国事纷纷如乱毛。总理出，南北疑团忽消释。总理喜，美人名士双谐矣。总理愁，嘴儿寸草不教留。呜呼！天下安危一身系，谋人何工己何悖。赖有钝根鸣不平，自由一纸鸿邮递。书中何所云，保障自由身。男女重平等，权利不相侵。而况昂岁七尺须眉贵，摩挲拈弄亦足增娇媚。胡为恼煞床头人，约法三章严取缔。我道钝根何太痴，不如一笑姑置之。应世手腕尚圆滑，胡不代彼闺中思。方今婚仪重接吻，情到急时谁能忍。短须或碍樱桃唇，长髯易扰蝤蛴领。老夫有意学曹瞒，割须弃甲抱花眠。枯杨怕惹花枝笑，欲语含情未敢先。忽闻神女下丹诏，先得郎心投所好。果然顷刻判妍媸，莲花面比张郎俏。俏张郎，入洞房，海燕双栖玳瑁梁，笑他钝根嘴上一抹光（见蝶仙《钝根先生传》）。翻劝阿侬留此鬑鬑作祸殃，教人比目成参商，一边讨好两边伤。吁嗟乎！钝根一书原为双，方计老儿易把胡儿剃。倘教引动少年心，心猿意马如何系。况有个意中彼美西方寄（眷西妇事见前日报），我今作歌代达书中意，寄语吴娘须仔细。”

7日　方守彝作《五月三日陪冯蒿叟先生至小万柳堂看宋元以来书画，次先生寒字韵》。诗云：“香浮白玉破晨寒，花气如荷绕槛看。幸奉笑言沾落尘，曾亲丰采整危冠。榱崩栋折悲何易，鸟噪猿呼避亦难。且问米家书画舫，千条丝柳一湾澜。”

8日　《申报》第14488号刊行。本期《自由谈》“尊闻阁词选”栏目含《桐城方伦叔先生言小万柳堂之胜，为诗二首，敬属伦老，致南湖先生、芝瑛夫人》（审言）、《南湖居士南归后，仍往来于圣湖曹渡间，偶怀高躅，赋诗寄之，再用韦应物〈初发扬子〉韵》（疑始）。其中，审言《桐城方伦叔先生言小万柳堂之胜》其一：“邵伯湖西万柳堂，颓基余响掩铿锵。畏吾往事何人续，领取萧疏柳万行。（阮文达南万柳堂筑于湖滨，已就圮矣）”其二：“彤管风流写韵轩，玉篇越本尽堪传。上头夫婿签题并，疑是生从柳絮泉。（楼攻愧言，吴三一娘所写《玉篇》，亦夫人家事也，李易安父名格非，居济南历城柳絮泉上）”

《宪法新闻》第9册刊行。本期“杂纂·文苑·诗录”栏目含《和亮奇〈闻歌〉》（梁鸿志）、《崇效寺牡丹谢后，始往一游，示亮奇、秋岳》（梁鸿志）、《泊舟埔东，闻蝉有作》（黄孝觉）、《四月四日独游陶然亭》（林纾）、《夏口行》（章炳麟）、《次韵张四兄〈无题〉四首》（王闿运）；“杂纂·文苑·词录”栏目含《高阳台》（魏繊）、《暗香》（郑文焯）。

9日　端午，淞社在沪上海国春举行第四次雅集。以明季小乐府分题，吴昌硕作《慈禧殿》《马家口》《驴人言》《议防淮》《太子真》《封四镇》《敢言事》《一条命》八首。其中，《慈禧殿》云：“慈禧殿（弘光时殿名），遭国变，后三百年事重见。禁中夜半闻鸣钟，梨园子弟歌未终。太息梨园少佳者，除夕帝说兴宁宫。（弘光除夕在兴宁宫，色忽不怡。韩赞周言新宫宜欢。弘光曰：‘梨园殊少佳者。’赞周泣曰：‘臣以陛下令节，或思王考，或念先帝，乃作此想耶）？’”《敢言事》云：“据形胜，重屏藩，慎爵赏，核旧官。（刘蕺山先生宗周言讨贼之四法）草莽孤臣敢言事，四十九日终去位。（蕺山先生官南都御史四十九日）欲加之罪畏清议，（蕺山先生上疏自称‘草莽孤臣’）贼终不讨臣效忠。绝粒以死何从容，（明亡，蕺山先生以六月八日死）此为何人刘启东。（蕺山先生字启东，今人多称蕺山，或称念台，其字几少知者）”同唱者：汪洵、缪荃孙、刘炳照、施赞唐、朱锟、张钧衡、周庆云、恽毓龄。同席有缪荃孙、钱听邠、履樛、乔梓、杨芷姓、陶拙存、许子颂、陆纯伯、刘光珊、吴昌硕、汪渊若、张石铭、费景韩、朱砚涛、赵院荪、章一山、杨诚之、顾养吾、恽季申，刘承干。

高重熙《瑞鹧鸪·闺情》载于《台湾日日新报》。词云：“花片飘来柳线牵，镜鸾折后藕丝连。可怜梦觉深更夜，余岁孤衾冷犹眠。　　春意撩人思月下，恨愁酒泪溢眉边。明珠误堕湘江水，旧事零星忆枉然。”

樊增祥端午前后作《节近端午，红蔷薇一棚全放，宠之以诗》《午寂》《风香》《端午》《齿痛》《海上》等。其中，《节近端午》云：“云棚璀璨小楼南，榴火萧疏转自惭。光艳红肥欺绿瘦，韶华夏五抵春三。展开全匹灯笼锦，供给千家宝髻簪。柳氏姜芽不胜盥，玉盆承露晓红酣。”《风香》云：“金银花满竹篱边，院落风香五月天。花似道装宜爱女，蝶如沉醉太常仙（太常、仙蝶嗜饮）。荀家坐褥温三日，梅氏朝衣馥几年。比似昭仪身自有，博山休炙水沉烟。”《端午》云：“菖蒲雨过午晴时，榴火疏疏节候迟。金紫今无真宰相（唐明皇午日以金紫赐萧嵩，群臣莫比），硃砂重检画天师。凄其蝉雀余宫扇，逝矣蛟鼍避彩丝。最忆昔年龙树院，劫尘蚀尽粉墙词。”

张謇作《寄酒与王栩缘索画》（二首）。其一：“山水江南证夙闻，王家绝席世谁分。元亭问字开通例，乞换穹窿几段云。”其二：“清班供奉画书兼，头白南斋领俸钱。今日翰林真束阁，要君江海尽流传。”

陈遹声作《癸丑端阳》。诗云：“去年过端午，跼蹐海上居。今年过端午，偃然卧敝庐。久病虽未痊，邛杖勉可扶。有时脚力弱，间或乘篼舆。绕行园亭间，苍翠袭衣裾。芳塘戏翡翠，野树啼勃姑。石榴方敷荣，灼灼三两株。即景惬真赏，花间立斯须。举世尽乱民，吾乡有乐土。新妇司烹饪，老妻持门户。酌我菖蒲酒，佐之以角黍。躬抱丈人瓮，家有故侯圃。自称卖菜佣，言寻采瑛侣。邂逅带山旁，荷锄立相语。亲乡念我病，问讯通款情。辈行推老农，杂坐话阴晴。言翁去乡里，水灾频岁行。今年旸雨调，秋获庶有成。比户少寒饿，萑蒲自无惊。翁可安枕卧，饱暖乐余生。吾闻楚灵均，自沈端阳节。楚人多哀之，招魂祭湘泽。投之以粔籹，蛟龙翕其舌。幻梦示□□，缠丝乃得食。庚寅我降时，赋命同磨蝎。幸不遭□谗，未乱先辞职。海上阻干戈，三年返乡邑。卧病床笫间，足挛不能直。戏草誓墓文，圹记手叙述。一撼留终身，未生殉社稷。”

魏毓兰作《五日题〈钟馗食鬼图〉歌》。诗云：“午会已过元阳亏，碧翁翁老黄媪衰。不孕灵秀孕邪魅，神州沦为鬼物嬉。五月五日人间禳鬼恶，以蒜为拳艾为坝。桃木为符印，家家泥塑张天师。天师威灵今已矣，名字徒惹鬼辈嗤。鬼辈大无畏，作出妖怪奇。驱山倒海都不耐，跳上昆仑脊背骑。吐纳雨风摘星斗，踏翻地轴撼天维。恶焰上冲八万千余里，直排阊阖薄天墀。腥闻遍上界，吁咈动帝咨。畴歼此丑孽，皇路策清夷。重光天日月，再起地疮痍。进士钟馗老废久不用，投袂起曰捉鬼食鬼臣能为。帝顾而喜诏曰可，汝往钦哉好为之。老饕奉诏气如虎，张目竖鼻戟其髭。仰天大笑出门去，依然乌帽蓝袍象笏鱼带，堂皇汉宫仪。更以巨灵食邪为前导，翼以神荼郁垒左右相追随。食邪身长七丈吞恶鬼，朝吞三千，暮吞三百，以露为浆鬼为炊。部署呼啸自天下，搏鬼而噬择其肥。先食南康小虞山中之鬼母，此母一日一产，一产十鬼，勿任其蕃滋。其他恶鬼取次食，弱者号咷，强者相撑持。哀乞既不宥，力抗复不支。群鬼纵横强梁久，宁肯俯首帖耳听羁縻？啸聚潜谋弄巧诈，抵隙蹈瑕相瞰窥。佥曰此老酒为命，盍攻厥短投其嗜？讦者捧榼姑一试，果张馋吻解其颐。鬼辈伎俩既幸售，壶觞争进无已时。日日烂醉作牛饮，口角渴涎三尺垂。群鬼乘醉复狎进，搔背拂须捶股纳履相娱戏。形骸渐忘声气合，相亲相近不复相猜疑。日久反为鬼傀儡，喜怒威福恣所为。老日无光霹雳死，长河倒泻山岳飞。天荒地老黑如墨，鬼声充塞人声微。神荼郁垒度朔山中痛哭去，食邪出走东海掉首不复归。老饕醉乡嬉笑那复问，从此孤立深陷鬼重围。一日对天忽自发奇想，书奏上帝振有词。谓天胡为生恶物，自酿世乱咎奚辞。愿帝敕命造物者，模仁范义为炉锤。生兽必麟鸟必凤，勿生狼虎枭与鸱。生木必松草必芷，勿生樗栎棘与茨。生人必尧舜君、周召相、孔孟师，勿生桀纣暴、操莽欺、闯献忍、魋跖恣。人人能践孝弟忠信廉耻义，知习书易礼乐春秋诗。生皆为贤圣，死亦无邪私。怀刑远罪各自爱，阳律阴条何所施。不然生秉恶性死恶鬼，天所命者畴能违。天既生之臣杀之，毋乃有伤天之慈。且命臣杀之，天乃更生之，生灭循环宁复有了期？今者臣馗食鬼饱欲死，鬼乃不灭臣已疲。但得天不生恶鬼，臣纵不食甘愿饥。天帝览奏为震怒，谓敢巧言乱政旷厥司，放而逐之永弗用，斥归仍卧终南陲。鬼类从此无约束，如兕出柙骜脱羁。睥睨跳踉无忌惮，叫嚣隳突极恣睢。丘鬼峷，山鬼夔，水鬼罔象，泽鬼委蛇，野鬼方皇纷充弥。遍地毒焰青磷走，震天狂啸黑风吹。人世叫苦殊无奈，依旧五月五日祓除不祥挂灵馗，馗则犹是灵则否，呜呼馗兮竟如斯。香在鼎，酒在卮，丰尔豆，洁尔粢，宇内鬼祸嗟方烈，人世祈祷知未知？呜呼馗兮竟如斯！”

萧亮飞作《癸丑黎州旧端阳》（二首）。其一：“家家依旧过端阳，蒲艾插门麻叶香。绝好清醇一壶酒，偏云避毒饮雄黄。”其二：“况逢今日感难言，来往胸头渔父冤。不惜人嗤杀风景，插毫蘸泪吊湘沅。”

傅熊湘作《五日次韵和戒甫》。诗云：“巢危无意到求安，满目江山惨不欢。生事已如朝政脞，时艰更念局棋残。忧患岁月侵人老，风露园亭入夜寒。待写《离骚》早愁绝，何须泽畔与盘桓。”

贺次戡作《端午》（二首）。其一：“乡关离别已多时，南望苍茫泪总滋。今日又逢五月五，菖蒲艾酒自成诗。”其二：“汨罗遗恨不胜悲，更向娥江痛哭谁。窗外榴花红似火，良辰惟我独伤时。”

10 日　南社在京社员吴雪东、谢英伯、周斌、顾余、陈以义、周亮、张长、杭慎修、陈景贤、梁复、邵瑞彭、高旭、吴修源、陈去病等十四人修禊于崇效寺赏花赋诗，对袁世凯有所讥刺。其中，高旭作《崇效寺看牡丹分韵诗题识》云：“南社诸子，咸集都门，修禊于崇效寺，时维癸丑五月之第六日。赏花托兴，分韵征辞。痛国事之蜩螗，伤美人兮迟暮。一时富贵，俨欲称王。半日清闲，同来载酒。飞觞献佛，击钵催诗。国色与才子争香，好句与名花竞艳。斯真宣南之创举，实亦海上所未逢。写成一卷，半属传人，贻之千秋，定呼佳话。天梅识。”谢英伯作《得留字》，诗云：“底事繁华不可留，空教富贵注心头。众生一切皆平等，香国称王也合羞！”陈以义作《得下字》，诗云：“送春暂驻寻春马，宣武城南结诗社。东皇一去已无皇，花中乃有称王者！富贵如浮云，不如归去也。笑他十万护花铃，春归犹自系花下。”高旭作《得花字》（六首），其一：“数来心事乱于麻，阶下沉吟手正叉。廿四番风吹已遍，伤心容易到残花。”其二：“堕落泥犁一念差，静观自得兴堪赊。庄严乐土庄严佛，誓更庄严十万花。”吴修源作《得勾字》，诗云：“浩态狂香荡未收，万千红紫不如休。钟声催醒繁华梦，从此称王一笔勾。”陈去病作《得丹字》（二首），其一：“一树丁香花已残，西来阁下费重看。竹垞老去渔洋死，忍付春光到牡丹（西来阁下丁香花，为竹垞、渔洋手植，今已不存）！”

俞剑华《忆云词》（八首）刊于《民立报》“词苑精华”栏目。其一：“卅日何曾一日分，银钩教写会稽文。天真烂熳无猜忌，镜里频看挽绿云。”其三：“寄书青鸟报殷勤，憔悴怜君更忆君。分与梅花春一束，香魂依约若朝云。”

高重熙《浣溪沙·闺情》载于《台湾日日新报》。词云：“自赏琴音咏白头，反教夫婿远封侯。可将初月作帘钩。　　绿柳丝丝牵暗恨，黛眉脉脉锁春愁。巫阳梦断雨云收。”

王闿运作僧柏丞（东洲县罗汉禅寺住持）联云：“结芳邻廿四年，蔬笋同尝，每听钟声发深省；后圭峰十八世，枇杷先折，空余石路济行人。”

11 日　《申报》第 14491 号刊行。本期《自由谈》“尊闻阁词选”栏目含《癸丑清明得南湖居士书，忽忆前年西城小万柳堂胜会，不胜死别生离之感，因次东坡〈忆北城寒食〉韵赋此篇》（疑始）、《小万柳堂题壁二首》（子言）、《近事有感》（佐彤）、

《漫兴》（佐彤）；“文字因缘”栏目含《和寂红女士寄赠双璧女士原韵》（二首，红豆女士）、《和双璧女士原韵》（八首，蹬庐）、《和双璧女士原韵》（二首，醉墨）。其中，佐彤《近事有感》云：“铁血无公理，黄金有大权。共和今已矣，承认亦徒然。泪竭可谁哭，家贫还自怜。茫茫江水阔，怅望夕阳天。”《漫兴》云：“霜叶辞林学蝶飞，中年衰赋怯寒衣。渡头船去浪声静，楼上人归灯火微。秋兴已随篱菊老，诗魂又傍岭梅肥。谁怜白传贪风月，目断斜阳未掩扉。”

柳亚子《得陈陶公手札感赋却寄，即示叶楚伧、俞剑华、姚鹓雏、姜可生诸子》刊于《民立报》。诗云：“荡气回肠各一痴，卿等烂熟我筹之。怜才别具千秋意，此事人间恐未知。”

12日　《申报》第14492号刊行。本期《自由谈》“尊闻阁词选”栏目含《无题》（佐彤）、《冷斋夜坐，百无聊赖，抚今思昔，感赋短章》（佐彤）、《辞招赴妓院夜饮》（佐彤）、《情怨》（佐彤）、《落花》（五首，山阳秦寄尘）；“文字因缘”栏目含《题双璧女士小影，次原韵》（二首，迅雷）。其中，佐彤《无题》云：“难得荷花开并头，并头花好对红楼。红楼曲折多幽处，知否箫郎是旧游。”《冷斋夜坐》云：“世事走风轮，仙凡莫问津。艰难容渐老，辛苦笔常春。因梦怜新鬼，无能避熟人。青□缘有旧，夜夜伴吟身。”

13日　《申报》第14493号刊行。本期《自由谈》“游戏文章”栏目含《热得歌》（钝根戏拟）；“尊闻阁词选”栏目含《安肃》（徐哲身）、《涿州》（徐哲身）、《题铮云〈荡千秋图〉》（鸳雏）；“文字因缘”栏目含《和双璧女士原韵》（二首，枕水轩）、《和双璧女士原韵》（二首，南山寄庐月浦）、《再叠双璧原韵》（二首，前人）、《华吟梅悼词弁言》（震英女士）、《挽华吟梅女士》（四首，寂红女士）。其中，徐哲身《安肃》云：“琵琶作雨酒声残，马首风埃惨醉颜。春在夕阳杨柳绿，天低衰草鹧鸪斑。孤城漠漠沙边戍，归路迢迢梦里山。惆怅少年游冶倦，尚寻屠狗向人间。”《涿州》云：“黄尘白草夕阳斑，一片孤城惨淡间。雄镇裂残唐社稷，断沟流尽宋江山。奔云万马皆南向，叫月千鸿自北还。正有飘零燕塞泪，暗风吹去落红关。”

14日　《申报》第14494号刊行。本期《自由谈》“尊闻阁词选”栏目含《过南湖处士小万柳堂题壁》（鹤柴）、《南湖、伦叔先生招集小万柳堂，赋诗纪事》（鹤柴）、《书后湘〈吴伶传〉后》（八首，徐哲身）；“文字因缘”栏目含《题二我小影》（了青）、《题丁悚女妆小影》（四首，二我）。其中，徐哲身《书后湘〈吴伶传〉后》其一：“二百年来明月秋，凤城孰与按凉州。王郎惨死吴郎夭，但忆清歌总白头。”其二：“桑乾河水即天涯，千里难归一素车。谁遗龟年传曲法，江南弟子半无家。”

15日　清藏书家黄丕烈诞辰一百五十周年，缪荃孙于平望街醉沤斋宴张元济、刘承干、叶昌炽、王秉恩、徐乃昌、张均衡等，各人展示所藏士礼居旧籍，有黄荛圃手跋者二三十种。叶昌炽作《五月十一日，荛圃生日，筱珊前辈招同王雪澂廉访、张菊生参议、徐积余观察、南浔张石铭、刘翰怡，携艺风堂藏书有荛翁题跋者，开尊共酌，即席赋长句一首，五叠前韵》。诗云："佞宋主人一缠辟，得书辄题快新获。姓名流略记必详，例援渊翁与槎客（孙梅隐平津馆、吴兔床拜经楼，皆有藏书题跋记）。瞥然散落如云烟，藏者摩挲共金石。人亡人得等楚弓，至今瓣香为复翁。艺风老人尤好事，一尊乐与群贤同。精钞名椠竞罗列，惜哉涉猎徒匆匆。肴蕙筵兮羞荷屋，配以长恩祭不渎。坠简可补盍兼收，误书细思无欲速。几尘风叶待校雠，愧我姜牙十指秃。家家羽陵与酉阳，千金市骏麻沙坊。况随估舶浮海去，神山缥缈烟波望。君家镇库独无恙，鳌峰更数兴公藏（是日积余亦携士礼旧籍至）。忆昔都门逢政变，甘陵党籍金闺彦。今有灵鹣阁内书，侨吴一集吾曾见。蝇头小字手自题，鸿爪重寻目为炫（艺风所藏郑元祐《侨吴集》，江建赮太史旧物，戊戌在都门曾为题识）。我如渔仲以八求，半囊清俸十脡修。铭心绝品觅不得，但从真迹留双钩。不图海上琅环乐，足慰南冠迟暮愁。"

《申报》第14495号刊行。本期《自由谈》"尊闻阁词选"栏目含《前在粤东惠州，随舒协戎肃匪清乡，入永安、长乐间，万山丛杂，道中口占》（逸民）、《山行》（逸民）、《郊行偶成》（二首，瘦蝶）、《题画》（瘦蝶）、《示内》（瘦蝶）、《临江仙·有赠》（拜花）、《南柯子》（别意）、《桃源行》（山阳秦寄尘）；"文字因缘"栏目含《答红豆女士，步前韵二首》（唐寂红）、《赠红豆女士》（二首，唐寂红）、《淡明小友远询近况，书此报之》（二首，佐彤）、《放歌行，题佩玉小影》（嘉定二我）、《自题小影》（前人）、《曲水园》（毗陵养娇）。其中，逸民《山行》云："望山山更高，踏石石欲堕。泉声脚底号，云影袖中过。奇峰乱插天，落日动危影。野径寂无人，山青白云冷。"瘦蝶《郊行偶成》其二："雨霁郊原众绿生，夕阳染出断虹明。天涯不用嗟行役，自度清词适性情。"

《庸言》第1卷第14号刊行。本期"艺林·艺谈"栏目含《石遗室诗话卷五（续）》（侯官陈衍）、《蕖猗室曲话（续）》（贵筑姚华）、《诗钟说梦（续）》（易顺鼎）；"艺林·诗录"栏目含《散原自钟山归，作此遗之》（梁鼎芬）、《慈仁寺松下，同刚甫作》（梁鼎芬）、《遣兴二首》（何藻翔）、《壬子小除夕，弢庵招食内颁春饼，即席感赋》（林纾）、《思归作》（向楚）、《病中答贞壮》（李宣龚）、《瘿公属题唐道士索洞玄所书〈真一本际经〉》（二首，朱祖谋）、《题瘿公所藏唐道士写经》（陈三立）、《澄意南归，为瘿公索题唐人写〈本际经〉》（陈诗）、《寄题焦山诗》（王闿运）、《午日杂书愁抱》（易顺鼎）、《病中谢众异、亮奇过存》（黄濬）、《辛丑九月九日山中作》（杨叔姬）、《暮宿朱亭，乘月复至空冷滩作》（杨叔姬）、《奉题南海先生所藏翁覃溪手写冯天岩墓志》（梁启超）、《游二闸，同宰平、君礴、孝觉》（六首，罗惇曧）、《癸丑上巳，任公禊集万生园分韵，敬呈流觞曲水四首》（严复）；"艺林·文录"栏目含《与康长素书》（廖平）、《答廖季平书》（康有为）、《与何豹岑书》（秦树声）、《致缪筱珊太史书》（代吴廷燮）。

《国民杂志》第1年第3号刊行。本期“文苑”栏目含《西湖杂诗》(陈宽)、《送友人张君返粤》(岭南游客)、《无题,见赠步和》(岭南游客)、《感时》(二首,杨寿彭)、《写怀,赠刘道一》(我尊)、《汉将》(我尊)、《长崎晓望歌》(填海)、《题〈盘山登高图〉》(填海)、《车中有感》(填海)、《自嘲》(填海)、《客冬小病武林,口占酒戒十余韵,盖恶酒之伤生也。渡东后,黄生垆远,殊有死慕醉侯之慨。二十日同友人过会芳楼,携绍酿一瓶归,虽鲜沈沈之酌,实多陶陶之乐,因叹物我之无定,而不尽有余欢焉,赋寄一二知友》(填海)、《旅兴》(填海)、《春柳(限“溪西鸡齐啼”韵)》(填海)、《之日本,次韵伯珪见赠》(填海)、《夏日集饮,宗菱如乘余薄醉,相持独苦,即席颓然,醒后口占绝句二首、醉歌一首,戏菱如兼示席中诸人》(填海)、《留别〈浙江潮〉报社诸友,兼寄佑成》(填海)。

《宪法新闻》第10册刊行。本期“杂纂·文苑·诗录”栏目含《寄题焦山诗》(王闿运)、《节庵贻崇陵片石感赋》(王闿运)、《见〈陶斋藏石记〉印本感赋》(李详)、《清宫词》(吴九钟)。

章太炎与汤国梨在上海举行婚礼。章氏夫妇即兴赋诗。章太炎诗云:“吾生虽稊米,亦知天地宽。振衣陟高岗,招君云之端。”汤国梨当场朗诵自作《隐居》。诗云:“生来淡泊习蓬门,书剑携来隐小村。留有形骸随遇适,更无怀抱向人喧。消磨壮志余肝胆,谢绝尘缘慰梦魂。回首旧游烦恼地,可怜几辈尚争存。”章太炎还即席作五言古诗一首以谢媒,诗云:“龙蛇兴大陆,云雨致江河。极目龟山峻,于今有斧柯。”

16日 《申报》第14496号刊行。本期《自由谈》“尊闻阁词选”栏目含《浪淘沙·别情,和碧云仙馆原韵》(拜花)、《有赠》(佐彤)。其中,拜花《浪淘沙》云:“柔橹数声中,去也匆匆。留行无计,怨天公。回首湖山浑不见,泪滴襟红。　曙色尚朦胧,劳燕西东。天涯此景阿谁同,惟有助人凄切处,雨雨风风。”佐彤《有赠》云:“未曾真个已销魂,几度轻敲玉女门。春恨最怜飞燕弱,异香宁碍绣鸳温。殷勤薄海留情种,旷达秋波洗泪痕。一幅画图人半面,别离滋味向谁论。”

《公论》第1卷第2号刊行。本期“文艺·诗录”栏目含《次小进〈都门感事〉韵》(邵次公)、《送渔侠归浙》(前人)、《有感》(邓孟硕)、《崇效寺观牡丹》(曹履冰)、《落花》(姚石子)、《题〈兰闺清课〉》(前人)、《癸丑元旦》(高天梅)、《姑苏感旧》(前人)、《五月六日,南社同人雅集崇效寺观牡丹,分韵赋诗得作字,即成五十六字》(马小进);“文艺·文录”栏目含《与吾粤父老兄弟论治书一》(马小进)、《与吾粤父老兄弟论治书二》(马小进)、《〈丘沧海诗集〉叙》(黄锡铨)。

17日 《申报》第14497号刊行。本期《自由谈》“游戏文章”栏目含《宋案十空曲》(赘虏)。其一:“南北调融,颇有仪秦游说风。掉舌袁黎动,抵掌孙黄重(嗦)。政客此称雄,名高忌众。铁弹飞来打破共和梦,君看革命元勋总是空(宋教仁)。”其二："爵位尊崇，除却袁公即此公。政治何曾懂，傀儡随人弄（嗦）。疑案起重重，传票远送。病假难消，飘断黄粱梦。君看总理堂堂总是空（赵总理）。"

陈散原与陈曾寿、黄同武、胡瘦唐、俞明震、俞明颐、王瀣、陈方恪等亲友同游镇江名胜焦山。陈三立作《癸丑五月十三日至焦山，同游为陈仁先、黄同武、胡瘦唐、俞恪士、寿丞兄弟。越二日，王伯沆亦自金陵来会。凡三宿而去，纪以此诗》（五首）。其一："番市厌纷阓，结辈选幽胜。焦山虽屡登，十载隔松磴。趺车就江浒，一苇万波迎。岩姿觌俨然，不改蛇蚓径。俯漪窜群影，我共鱼游镜。诸庵列蜂房，步步石气润。交枝插日脚，四垂茑萝映。蒙笼荡翠光，伞盖孰执柄。离立蟠穹木，存汝视劫运。自张恶子帜，所在互践躏。兹山喜未赭，犹可叫虞舜。嵯峨一寸心，姑与百灵盟。"其四："山寺富碑拓，亦颇藏秘轴。鹤铭周鼎外，名辈积篇牍。竹坡独留带，好事苏髯续。题名椒山卷，盛世仰老宿。先公墨犹烂，把笔俨在目。弹指十九年，人亡社已屋。从游四五辈，过半不可赎。江楼掩泪看，余生矧碌碌。其余识名姓，复讶填沟渎。人生几两屐，谁及道旁木。流传画与书，但视为鬼录。"陈曾寿作《五月十三日同散原、恪士、寿丞、瘦唐、同武游焦山，一宿与瘦唐、寿丞、同武先去，散原、恪士留山待王君伯沆》。诗云："好境初逢两相得，重到便惜哀乐参。焦山诸庵尚好在，惟羼识想随幽探。昔来玉兰正作花，今看绿叶空扶檐。清梵晨钟不改度，十年梦寐饱尘凡。沉泉凄怆久亦淡，约略话旧资僧谈（甲辰岁十月，同游者为端忠敏、洪子东丈、刘松庵，皆下世）。平生归山真实意，到此惘惘仍难甘。饥愁恐怖业未尽，暂来旋去吾何惭。两翁少留定清绝，有待来至凭岩巉。明楼月出诸籁寂，凉思一发酬幽耽。"王瀣（冬饮）作《癸丑五月十四日，陈散原、俞觚斋招游焦山，三宿松寥阁，赋诗五首》。其一："焦山落我眼，影秀浮蓬壶。帆舟晓日明，微风绿蠕蠕。楼殿拍水飞，牒石肩不逾。柽碧架高溜，江淮来委输。洑洄郁无声，一喷碎万珠。兹山古天险，岳岳特百夫。历劫当流中，气尊骨不枯。着我来振衣，畴写凌风图。"

叶德辉自长沙到沪访叶昌炽，自言与民党为敌，并赠所撰《藏书十约》《游艺卮言》合一册，及新刊《元朝秘史》《严东有诗集》。本日叶昌炽闻李审言欲撰《海上流人录》，作《三叠前韵，赠审言，闻撰〈海上流人录〉，正在征求事实，此汝南月旦评也，以俟后贤，不亦可乎，并以讽之》以赠。诗云："蒯侯燕谈过玉辟，一编胸中有野获（蒯礼卿前辈熟于咸同以来朝野掌故，君客秦淮，馆其家最久，尝述礼卿自言胸中有一部《野获编》）。山阳邻笛有同悲，况是郑公老宾客。避地相逢玉海堂，题名还忆钟山石。一字何如五石弓，传经世无溲仲翁。喜君媚学老未倦，嗜好与我酸咸同。六家异流源则一，为君更仆难匆匆。秦南仓畔枕江屋，家有颜井与孔渎。雕龙一注虽未成（君为礼卿注《文心雕龙》未就），倚马万言不期速。故书岂仅刊别淮，新说相从受元秃。长沙瑞安如孙阳，天骥腾跃飞龙坊（君受知于瑞安黄漱兰、长沙王益吾两学使）。我如凡马噤不动，敢同袭美抗鲁望。神州陆沉风雅息，干莫出匣终然藏。梅子熟时晴雨变，海上酒楼集群彦。春佣饼师皆吾徒，同是流人镇常见。但当避俗如避雠，剑气珠光莫轻炫。洛下即非何伯求，刊章安必无牢修。侧身天地叹靡所，如鸟避缴鱼惊钩。鸡鸣风雨苦相忆，得见争如未见愁。”

18日　保定军校校长蒋方震自杀殉校获救。此事经报刊披露，全国哗然。袁世凯即发令：“据呈，校长蒋方震在校自戕，系因陆军部军学司长排斥异己，任用私人，刁难把持，诸事掣肘等语。军事教育关系重大，岂容部员任性妄为。校长蒋方震以身殉职，情殊可悯。陆军部军学司司长魏宗瀚于所辖军校，果有前项情弊，实属徇私溺职，应即派荫昌、陈宧按照原呈各节，秉公确查，据实具复。”

《申报》第14498号刊行。本期《自由谈》“尊闻阁词选”栏目含《高阳台・为南湖外舅题〈津楼惜别图〉》（重审）、《高阳台・题〈津楼惜别图〉，次方重审君韵，南湖先生拍正，时黄花纪念日》（碧城）。其中，方重审词云：“雁断霜空，草萋烟渚，西风冷咽悲笳。地迥楼高，秋生何处人家。庾郎最怯伤心事，伤心人偏聚天涯。漫回头海水东还，天月西斜。　　华灯青夜沈沈去，拼相思付与一片蒹葭。此恨难消，玉梅窗底人遐。渡头杨柳无情甚，怎弱条不绾飞花。到明朝帽影鞭丝，岭树重遮。”吕碧城词云：“风擻湘篁，烟欹灞柳，离情吹入秋笳。明月前身，浮云同此为家。镜波莹映双鸾影，指红楼一角天涯。试披图丽句珠圆，香鬓钗斜。　　瑶台偃蹇灵修远，只吟魂两地绕遍苍葭。如梦光阴，他生更卜幽遐。新亭风雨年年黯，最伤心又酹黄花。付征鸿锦字缄愁，莫被云遮。”

周学熙奉袁世凯命，以盐税担保，向英、德、法、日、俄五国银行团进行2500万镑“善后大借款”，遭非议，于本日请辞财政总长职，准病假，即日东赴青岛。

张謇作《寿刘太翁》。诗云：“勃海觥觥甲族尊，扶风家学武兼文。知公抱看山中奕，有子方张浦上军。俭养丰施蒸后福，意新齿宿证前闻。从容开阁称觞日，铙吹笙歌合澈云。”

19日　沈曾植赴超社第六集，缪荃孙、叶德辉、樊增祥、吴庆坻、瞿鸿禨、沈瑜庆、周树模、林开謩、吴士鉴等赴会，以瞿鸿禨为其兄鸿锡七十寿诞征诗为题。吴士鉴有《瞿止盦师相为其兄予濬先生鸿锡七十寿征诗，超社第六集》。陈三立是日未与会，作《止庵相国为其兄予濬太守七十征诗》。诗云：“累世交亲叨过逢，贪从阿弟搜奇踪。政成蛮徼三十载，夜插牍几千万峰。燧影间关脱豺虎，天机薄酒还羲农。急难余味告南极，哦双白头围带松。”

《申报》第14499号刊行。本期《自由谈》“尊闻阁词选”栏目含远香诗四首、《感旧》（三首，张然犀）、《络纬》（张然犀）、《乙巳书愤》（张然犀）。其中，张然犀《感旧》其一：“新愁旧恨积成堆，浊酒难浇块垒开。往事不堪回首忆，朱门一过一徘徊。”其二：

"云散风流一刹那，休将旧愿怨蹉跎。有情毕竟无情好，一入情场恨转多。"

《不忍》第 5 册刊行。本册"艺林 · 诗"栏目含康有为《荒川樱花夹长堤廿里，五色相间以成球者为美酒寮。茶店亦弥数里，游人极盛，以距江户十里而近也。吾来游经雨后，落英满地》《读报（庚戌年）》《与菽园论诗，兼寄任公、孺博、曼宣》《三月五日在瑞士吕顺，游阿尔频山，晚步，梨花压山，芳草数里，越山度涧，幽绝无人，徘徊花下，远闻琴声，湖波漪涟，夕霞照山，溯洄从之，疑古桃源也。雪星花，独阿尔频山产之，游者珍之，皆插襟上而归》《游各国蜡人院，巴黎最胜妙矣》《罗马访四霸遗迹》《游柏林议院，前有俾斯麦像，瞻望感赋（甲辰）》《游威士潘兵学校视操，地近纽约（乙巳七月）》《科葛微那泉歌》《九月二十二日，重泛大西洋（丙午）》《病卧湾高华，山泽浪游，地多僵木，皆数千年烧之，以辟人居，板桥四通，行之无尽（甲辰十一月）》《嬉理慎泉，看大云湖溪泛棹（甲辰十一月加拿大）》《重游嬉理慎温泉，宿故店（甲辰十一月）》《湾高华对海旅店夜步（甲辰十一月）》《除夕加拿大海岛卧病感怀五首（甲辰）》《与周国贤游苏格兰故京噫颠堡，自故宫至公园，马车绕山，俯瞰全京，雨雪冻甚》《有苏格兰拉士高大市，过河底隧道，长二里，许以机亭升降而出入之，可谓大工矣》《游苏格兰京噫颠堡，见创机汽者华忒像，感颂神功不可忘也》。

柳亚子在《民立报》刊启事，声称《春航集》已在印中，望"海内同好之士，倘有春郎相片及投赠诗词，请即寄下"。柳亚子《南社纪略》云："后来，北伶贾璧云南下，《小说时报》出版《璧云集》，我便出版了《春航集》，以为对抗，于是冯党与贾党的斗争颇烈，甚且含有南北斗争的意思。"胡寄尘《〈春航集〉纪事》载："《春航集》者，吴江柳亚子之所辑也。亚子倾心于春航久，同时与春航齐名者，有贾璧云。一时顾曲周郎，右贾者左冯，右冯者左贾，于是遂有贾党、冯党之称。会《小说时报》先刊《璧云集》，而《春航集》乃继之。冯、贾长短，有二集在，无俟余述。而亚子刊《春航集》之始末，有为他人所不及知者，余得知一二，辄为记之，不特梨园史料，亦读《春航集》者，所当假以为助者也。"

鲁迅启程回浙江绍兴省母。

林长耀《鹧鸪天 · 感怀》载于《台湾日日新报》。词云："绕遍回栏忆旧游，乡关望断使人愁。一生多病为羁务，萍梗飘零何日休。　　空度岁，枉悲秋。新词写罢恨悠悠。独怜不及梁间燕，朝去暮来尚对啾。"

20 日　《申报》第 14500 号刊行。本期《自由谈》"尊闻阁词选"栏目含《落花》《忍俊》。其中，《落花》云："紫紫红红覆绿苔，狂风骤雨苦相摧。千门万户春光去，燕燕莺莺唤不回。"《忍俊》云："丽曲圆喉响遏云，碧纱窗外日斜曛。衣香吹得游人醉，胡蝶飞来集画裙。"

《国民月刊》第 1 卷第 2 号刊行。本期"丛录 · 文艺 · 文"栏目含《祭宋遁初先生文》（谭人凤）、《祭宋遁初先生文》（扬州商团全体）；“文艺·诔”栏目含《宋遁初先生诔》（唐群英）；“文艺·诗”栏目含《宋渔父先生遗诗》、《哭宋遁初先生》（瑾文）、《庚子续杜工部〈秋兴〉八首》（幼）、《丙午出亡》（作于洞庭舟次）（宁调元）、《赠钝根，适海上》（郑泽）、《车中感事》（邓家彦）、《疾风甚雨有感》（沈厚和）、《癸丑春感》（用少陵《秋兴》韵）（病鹤）、《读韦端己诗感赋》（前人）、《闲咏》（前人）、《涂后祠》（明九）、《屈原》（前人）、《狱中杂感》（国因）、《题徐仲虎〈归帆图〉》（扁善）、《栖霞寺晚步》（前人）、《宗子容招游烟雨楼落帆亭诸胜，即席赋谢》（擢渔）、《感怀》（痴影）、《寄怀太湖周幼溪》（荔村）、《寄丹崖钱山人》（前人）、《韩侯岭吊古》（老衡）、《哀朝鲜》（古直）、《赠别剑师》（失名）、《成都少陵草堂》（眉君）、《漫兴》（前人）、《重到清江浦》（前人）、《薄醉》（前人）、《春晴，登西园亭》（林之夏）、《病起》（前人）、《高轩过》（前人）；“丛录·文艺·词”栏目含《金缕曲·哭渔父，用西神残客韵》（辟彊园主）、《端正好》（前人）、《望江南》（前人）、《水调歌头·游虎丘作》（傅尃）、《满江红·三十八初度作》（陶牧）、《浪淘沙·七十二鸳鸯词》（傅尃）、《罗敷媚·集定庵句》（前人）、《浣溪沙·山庄晚眺》（前人）、《百字令·别江建霞》（秋）、《减字木兰花·题普莲炼师扇头画兰》（碧云）、《添字采桑子》（芭蕉）、《满江红·晴川吊古》（芭蕉）、《满江红·题听涛社》（前人）、《念奴娇·题曾素纡女小像》（前人）、《一斛珠·春声》（前人）、《鹧鸪天·猴溪桥畔月琴冢，陈友谅爱姬茗华葬处也，赋此吊之》（前人）、《一剪梅·雨中偕樊古香、贺松龄踏青》（前人）、《阮郎归》（前人）、《如梦令》（前人）、《虞美人·月夜闻箫》（前人）。

《说报》第3期刊行。本期“艺林·艺谭”栏目含《蜕庐诗摭（续）》（霞长）；“艺林·艺谭·诗录”栏目含《赠穗乡书衡》（绎堂）、《题彊村〈归鹤图〉》（书衡）、《久雨乍晴，喜赋》（友箕）、《秋意》（友箕）、《寄何二闽中》（惕盦）、《夜半发大风硐》（惕盦）、《辛亥归国，留别雄辩会诸君》（惕盦）、《咏樱四律》（息卢）、《咏樱，次息庐韵》（廑盦）、《新燕》（傅焜）、《登马窟山谒六一公祠，旋入城访张香老并文良两世兄，途中口占四首》（傅焜）、《寄傅大丙初》（贾中隆）。

《文史杂志》第4期刊行。本期“词章·诗录”栏目含《读书三首》（希如）、《有感，次惺樵兄韵五首》（希如）、《读书绝句》（陆开济）、《旅湘杂诗（未完）》（吴恭亨）；“杂俎”栏目含《寄社诗钟选录（续第三册）》（刘杽）。

叶昌炽作《徐积余观察招海上流寓诸君子同集，酒罢放歌，四叠前韵》。诗云：“建安文轸徐（积余）刘（葱石）辟，折柬新亭辞不获。举杯且复中圣人，滥竽曷尝容俗客。稗海以外谈九州，大户当前饮一石。晬然长者陈仲弓（陈伯严同年三立），吾乡缪翁（筱珊）与李翁（审言）。侍御（胡瘦唐侍御思敬）章疏挂人口，觥觥直节临川同（李梅庵观察瑞清）。苏庵郑君（孝胥）吾旧雨，别二十载何匆匆。螺浮后人（张菊生参议元济）书满屋，家有涉园在盐渎。同是黍离麦秀悲，今日河山嗟太速。道旁观者惊酒狂，踊棓如窥跛眇秃。威凤一鸣在朝阳，青骢回首宣南坊。爰居避风鸿渐野，国门一出还北望。嘉遁岂必在岩壑，渺焉一粟沧海藏。白龙鱼服须臾变，憔悴承明旧时彦。黄冠皂帽共行吟，曲突徙薪有先见。江湖从此寄公多，楼阁方惊化人炫。悠悠苍天我何求，谷音月社皆前修。驱车驱车且归去，管弦十里珠帘钩。松江晚潮正呜咽，荡尽今愁与古愁。”

21日　《申报》第14501号刊行。本期《自由谈》“游戏文章”栏目含《戏名五更调》（震甫）；“尊闻阁词选”栏目含《长亭怨慢·倚姜白石所度曲》（约）、《海上杂咏》（四首，远香）。其中，约《长亭怨慢》云：“正横笛落梅风里，吹到南枝，几番消瘦。为问年来，俊游曾似曲江否。眼中人去，空想像灵和柳。柳若不成绵，不会得攀将人手。　　孤负这青春一晌，付与等闲诗酒。鱼龙起，也恐江上、乱潮东走。最好是、剪取吴淞，尽分贮、浮邱长袖。奈蜃气空濛，怕向斜阳回首。”远香《海上杂咏》其一：“用尽机心为竞争，不须人力马蹄行。笑他脚踏还多事，别有飞轮汽最轻。（汽车）”其二：“绿阴深处路纵横，画舫天然陆地行。记得上车刚坐稳，一回头已到泥城。（坐电车至泥城桥）”其三：“鬓影衣香夕照残，徘徊草地好停鞍。可怜热闹场中客，古寺偏来访静安。（静安寺有见）”其四：“有女同车笑比肩，驰驱好趁夕阳天。可怜走马浑游戏，底事争先著祖鞭。（观快马车有感）”

熊德基生。熊德基，江西南昌人。著有《鉴堂诗草》。

22日　袁世凯颁布《通令尊崇孔圣文》。略谓：“天生孔子，为万世师表，既结皇煌帝谛之终，亦开选贤与能之始，所谓反之人心而安，放之四海而准者。本大总统证以数千年之历史，中外学者之论说，盖灼然有以知日月之无伤，江河之不废也。”

《申报》第14502号刊行。本期《自由谈》“尊闻阁词选”栏目含《忆江南·重过秋影楼有感》（六首，拜花）。其一：“江南好，忆昔晤卿初。脉脉深衷羞不语，生防前面是鹦哥，何处托微波。”其二：“江南好，忆昔晓妆时，代结云鬟闲笑语。心心相印有谁知，两小是情痴。”

《宪法新闻》第11册刊行。本期“杂纂·文苑·文录”栏目含《〈冷红词〉序》（陈锐）；“杂纂·文苑·诗录”栏目含《奉和樊山、止庵喜至之作，即次樊山原韵》（王闿运）、《伦叔、惠卿招同乙庵、散原诸君集小万柳堂，纵观书画，杂记以诗》（樊增祥）；“杂纂·文苑·词录”栏目含《齐天乐·独游龙树寺，有怀半塘、次珊》（朱祖谋）、《念奴娇·壶园自寿》（郑文焯）。其中，郑文焯《念奴娇》云：“百年几醉，只壶中老我，天地无恙。自见乘槎仙客去，愁满十洲烟浪。沧海尘飞，故园秋澹，梦断挐云想。江关词赋，倦怀自恁疏放。　　一笑弄月婆娑，长松招鹤，凄啸千山响。卧看青门锁旧辙，世外樵风相况。哀乐中年，登临残泪，付与玲珑唱。西楼横竹，五湖对酒如掌。”

严修（范孙）拒收袁世凯贶礼三千元。因“却之未有辞，受之中惭羞”，遂思得一法，劝袁氏遣诸郎赴欧留学。在严修建议下，袁世凯同意克权、克桓、克齐三兄弟随严修赴欧作留学考察。严修将袁赐三千元尽花于袁氏三兄弟开销。

陈夔龙作《五月十八日，佩瑜约同言声游哈园，福儿随侍，兴尽而返，遂成此诗》。诗云：“浦西莽寥廓，灵境仙所妒。名园三五区，珂马日奔赴。兹地最轻绝，旷奥二美具。主人海外客，丘壑胸中住。拓地十顷余，意匠神为驭。不作欧洲式，华风殷景附。楼阁何玲珑，风月亦容与。疑是平泉庄，陋彼小园赋。黄黄白白花，密密疏疏树。怪怪奇奇石，直直曲曲路。双桥红宛转，一水绿盘互。缆开画鹢翔，岩堕蹲狮怒。高木升猿猱，短栅饱鸡鹜。禅房钟磬音，曲院秋千步。草浅细铺茵，篁深低压户。对镜鹤梳翎，举网鱼吹响。申浦繁华地，净域此焉慕。我病卧沧江，绳床阅朝暮。暂将避人世，未暇盟鸥鹭。敬礼雅好事，期我疾苏痼。云居地球内，触目尽尘雾。欧西医学家，精理比灵素。谓当吸空气，志清体自固。斯园近尺咫，毋失交臂遇。即为诗疗俗，亦仗林泉助。感君情缱绻，跛脚健如故。何况好亭台，是我旧游处（丁未九月曾游此园）。重作半日遨，小车仆戒御。一客戴笠随，扶舆儿捧屦。看竹休问主，于此得佳趣。来偕旧雨来，去逐斜阳去。去来两无心，白云识此意。”

李笠作《山房晚景（飓风）》。诗云：“黑云垂幕日黄昏，隔水斜阳照远村。一阵飓风号野马，千林树叶闹秋墩。”

23日 《申报》第14503号刊行。本期《自由谈》“尊闻阁词选”栏目含《江南春·旅怀》（二首，唐寂红）、《如梦令·寄怀双璧、宜红、红豆诸女士》（二首，唐寂红）、《爱兰轩小序》（爱兰轩主）、《明妃怨》（前人）、《折杨柳》（前人）、《难忘曲》（前人）、《关山月》（前人）、《梅花落》（前人）、《有所思》（前人）；“文字因缘”栏目含《题双璧女士玉照，并次原韵》（二首，波秋）、《四春诗，次瘦红女士原韵》（四首，波秋）、《题双璧女士玉照，并步原玉》（醉翁）。其中，唐寂红《江南春》其一：“风细细、雨丝丝，渺渺烟波里，春光寂寂时。自嫌底事善多愁，回首关山不胜悲。”《如梦令》其一：“正是落英时候，畏看绿惨红愁。试问作词人，怎与残春同瘦。同瘦同瘦，各处天涯一陬。”

张謇作于香谷太夫人联云：“人间自有白头吟，鸿隐能偕，荼苦荠甘同八秩；海上忽来青鸟使，乌私不遂，儿号孙慕听千啼。”

24日 湖北革命党遭黎元洪镇压。

《申报》第14504号刊行。本期《自由谈》“游戏文章”栏目含《读逸民君戏为唐前总理作〈艳歌行〉，不觉技痒，依〈红楼梦〉悲、愁、喜、乐四字令，成此以博一笑》（情僧）；“文字因缘”栏目含《金缕曲·留别蝶仙、幻那两君》（梦犊生）、《金缕曲·蝶仙和作》《金缕曲·幻那和作》《赠唐寂红女士》（汪红豆）、《题〈罗浮山馆词〉三首》（半梅山房）、《一萼红·题〈试砚斋随笔〉》。其中，梦犊生《金缕曲》云：“又向天涯去，笑浮生搏沙聚散，水萍风絮。自古销魂惟有别，添得离怀谁诉。况值此中原多故，愧我无才堪用世。望长安日近难趋赴，搔短发叹迟暮。　　曰归暂到松滨住，正江城梅花吹落，莺啼烟树。只恐人同云共懒，无复琴歌酒赋，把好景等闲轻度。幸借邮筒能寄远，写相思端在新诗句，君记取莫嫌数。”汪红豆《赠唐寂红女士》云：“同是天涯客，嗟侬未识荆。知名雷贯耳，订约水为盟。愧我踪无定，思君月有情。何时共剪烛，把酒话平生。”

严修赴京，张仲仁命车来迎，进新华门，乘车先至春藕斋见袁云台，略谈。入见总统袁世凯，又与云台话片刻。仲仁出引，乘船至新华门内登岸，复乘马车归。

荣庆游李园，作五律纪之。其一：“李园花事好，五月已开莲。芳树池边屋，香风雨后天。新红开朵朵，净绿漾田田。回首金鳌路，于今已二年。”

易顺鼎作《赛金花以五月二十日过访，樊山谈数刻去，樊山来书相告，戏咏一首》。诗云：“鸾防瓦尔德西火，象冷维多利亚花。岂意西州逢北道（魏野诗：‘君为北道生张八，我是西州熟魏三’），竟同南子见东家。卿怜我我怜卿否，海变田田变海耶（相见皆话沧桑事）？鳞脯不妨供鸟爪，鸡皮未敢诮鸠茶（来书云：赛翁苕颜如昔，当其来时，适子琴、黄楼、汉甫俱在坐，人人诧为未有。樊山固尝谓余嗜诸女伶为嗜鸠盘茶，然余不敢谓樊山嗜赛翁如嗜鸠盘茶也）。”

25日　［韩］《朝鲜佛教月报》第17号刊行。本期“无孔笛”栏目含《送晶海上人之金刚山》（石颠朴汉永）、《饯春，仍前韵》（前人）、《又》（书山成埙、藕堂金明熙）、《登金刚山望军台》（晶海金喆宇）、《长安寺神仙楼》（前人）、《送洪月初大德赴奉先寺住持》（壬子三月）（猊云惠勤）、《咏传灯寺住持金香严（讳之淳）：大正二年五月涅槃于华藏寺》（前人）、《咏传灯寺住持金香严（讳之淳）：莳花》（前人）、《咏传灯寺住持金香严（讳之淳）：春日杂著》（前人）、《毗卢峰瀑布并序》（之亭安往居）。其中，猊云惠勤《莳花》云：“莳花似闲事，老子寓心幽。朱白排还别，高低立不侔。端宜微雨作，最忌狰风搂。伫俟开敷日，应知趣味优。”

［韩］《经学院杂志》第3号刊行。本期“词藻”栏目含《长津校斋》（二首，朴长鸿）、《登南山》（黄敦秀）、《拜东京圣堂》（黄敦秀、朴稚祥）。其中，朴长鸿《长津校斋》其一：“谒庙齿学堂，如逢寒后春。赵德教潮士，鲁治得蜀人。”其二：“兹惟讲实学，一是本修身。欲收效力处，期与旧咸新。”

庞树柏《偕亚子、匪石、剑华、可生访冯春航。一别三年矣，即题化装小影，和亚子韵》刊于《民立报》。诗云：“江南残雨花如雪，数载飘零又见君。应悔华鬘留色相，空余幽思忆灵芬。占来天下三分月，化作巫山一段云。忘却春风旧词笔，沉檀且把藕花熏。”

林志钧作《五月廿一日，瘿公约同孝觉、君硙泛舟二闸》（三首）。其一：“曾闻贺老惯乘舟，今日相从得胜游。一水牵愁长几许，人间随地有浮沤。”

26日　宋教仁葬于上海，送葬者达数万人，王宠惠、居正、胡瑛、章太炎等参加葬礼。唐群英于上海作《宋渔父先生诔并叙》。叙云：“维民国二年六月二十六日，为前农林部总长宋公渔父灵輀窆于上海之辰，同人会葬，不期而至者，道为之塞，巷为之空。翦取吴淞，同悲逝水。惟兹永日，共哭长沙。一掬芳馨，莫雪灵均之愤；两行热泪，难招宋玉之魂。既念陈人，复伤来者。长江滚滚，英雄有淘尽之悲；前路茫茫，世道有沉沦之叹。倘无先达，谁唤迷途，未意前修，难为后死。群英之痛，社会之忧，岂徒不见斯人，便伤乡国，不期旷世，始叹英豪。用是薄荐素羞，略尽明歆之告；相将执绋，聊申哀惜乏词。”诔曰：“维我宋公，天生英杰。衡山巍巍，历著奇节。江汉滔滔，益表高洁。当满季世，腥膻莫涤。志在澄清，拔帜易色。航海而东，学如不及。气迈风云，心存邦国。三月廿九，广州之役。并命黄花，长留碧血。薄海同悲，于今为烈。知不可为，暂为蠖屈。天声琅琅，民有喉舌。武汉一呼，全国震慑。五色扬徽，苍龙化蜥。南衙初建，法纪续绝。匪公维持，何以速立。两界同心，五族合力。匪公北行，何以统一。公志休休，班行共式。不幸唐氏，用志不协。抗手投簪，仁政斯息。吁嗟临时，三五更迭。沐猴易冠，群蝇附热。风雨飘摇，鸡鸣凄恻。国步艰难，挽回是亟。公意不忍，誓共提挈。阁制主张，不折不挠。奸人酣仕，怵为腹疾。乃嫥群小，演此惨剧。五步之间，砰然一击。使公成仁，竟非所恤。为政杀人，况同盗贼。伤哉公仇，今谁与雪。伟哉公抱，今孰与洁。此愤填胸，缨冠谁急。沉潜高明，兼者无匹。坐言起行，继者无辙。我慨玄黄，我想奇杰。摄花揾泪，为公凄绝。呜呼哀哉！”

宁调元至武汉发难讨袁，因事泄于汉口德租界被捕。高旭联络众议院议员22人驰电黎元洪，营救宁调元。高旭有《闻太一在湖北被逮，为电武昌营救，众院中联名者二十二人》纪之：“朔风瑟瑟逼人寒，伫息停消泪暗弹。岂特故人情足重，神州元气恐凋残。”

《申报》第14506号刊行。本期《自由谈》“尊闻阁词选”栏目含《有感》（二首，林泉居士）、《初夏郊行》（二首，燕宾）、《无题》（四首，张然犀）。其中，林泉居士《有感》其一：“末世人才不问贤，试看铁血搏金钱。凤毛此日浑难见，狐媚当朝尽乞怜。海市蜃楼谈往事，蛇神牛鬼擅威权。杞忧无补苍生望，再起东山可有年。”其二：“归从海外卅余年，赢得霜华满鬓边。前代笙歌疑幻梦，中原烽火动寒烟。心伤朝野多荆棘，身在林泉即洞仙。欲问栖栖名利客，何如五柳九芝贤。”

苏曼殊赴苏州，客郑桐荪兄郑咏春宅，与郑桐荪、沈燕谋同编《汉英》《英汉》辞典。

黄侃与刘成禺谈编《清通鉴》事，访章太炎未遇。

姜可生《赠春航》刊于《民立报》，1914年刊于《南社》第9集。诗云：“天半相思又一年，心肝呕尽落花前。见时执手翻无语，弹断焦琴思悄然。”

俞剑华《岛南杂诗》（十二首）刊于［马来亚］《南侨日报》“文苑”栏目。其一：“祇凭握手致亲情，到处逢迎醉老兵。偶坐相看无一语，临行还笑两三声（侨人鲜通国语，见时唯握手为礼，饮以红冰）。”

张謇作《藤东水榭落成集饮，示校中诸子二首》。其一：“突兀眼前屋，千年慰杜陵。夷墟存老树，覆径有新藤。夹岸层楼接，澄澜一席凭。兴来桐帽侧，点笔石栏能。”其二：“山林异何氏，宾客谢平津。博物诸生待，忧时漫叟频。夷花行列绚，候鸟浴余驯。一笑谁应客，乾坤是主人。”

27日 《申报》第14507号刊行。本期《自由谈》“尊闻阁词选”栏目含《伊人》（四首，佐彤）、《无题（集唐）》（四首，佐彤）；“文字因缘”栏目含《〈玉田恨史〉题词》（四首，梦犊生）、《又》（四首，咏霞女士）、《又》（四首，懒云女士）。其中，佐彤《无题（集唐）》其一：“汀州无浪复无烟，楼上花枝笑独眠。谁爱风流高格调，一弦一柱思华年。”其二：“昨夜星辰昨夜风，断无消息石榴红。此情可待成追忆，车走雷声语未通。”

28日 《申报》第14508号刊行。本期《自由谈》“尊闻阁词选”栏目含《〈南湖四美〉题词》：《高阳台·题马湘兰〈天寒翠袖诗意〉》（樊山）、《前调·题董小宛〈孤山感逝图〉》（樊山）、《前调·题黄皆令〈流虹桥遗事图〉》（樊山）、《前调·题方白莲〈秦楼惜别图〉》（樊山）；“文字因缘”栏目含《〈玉田恨史〉题词》（四首，超然）、《又》（四首，幻那）、《又》（四首，秋水）、《又》（四首，拜花）。其中，樊山《高阳台》四首《题马湘兰〈天寒翠袖诗意〉》云：“楚畹霜红，湘天雨绿，画中初见娉婷。墨竹丛丛，鸥波无此风情。卖珠绿臝归何晚，倚修篁钏重罗轻。两蛾青，不是甄妃，定是湘灵。　秋娘染尽香螺黛，借浣花诗意，自写飘零。素手牵萝，朝朝翠袖寒生。催妆漫和横波婿，怕华年不到崇祯。笑真真，万唤千呼，不下罗屏。（湘兰年辈远在横波之前，不悉龚端毅获亲芳泽否）”《题黄皆令〈流虹桥遗事图〉》云：“杨柳妆楼，杏花江店，墙西玉貌曾窥。直到吴江，流红不断相思。小桃憔悴清明后，怪明年崔护来迟。认青旗，一酬春醪，墓草离离。　佳人善解新城意，祝鸳鸯同梦，莺脰湖西。卿是才人，邯郸厮养为谁？可怜如玉煎茶手，更不如党尉家姬。愿身为九子金铃，稳护花枝。（皆令富于才色，恒从诸名士游，而所天为茶博士，且受多男之累，故后阕伤之）”《题方白莲〈秦楼惜别图〉》云：“今夕鹣鹣，明朝燕燕，挑灯絮语秦郎。陇首芳梅，暗香不到扬州。一条灞水清如剑，可为侬割断离愁。话前游，和靖姻盟，是几生修。　红闺渲染伤春稿，笑鹤声天上，一一能偷。月淡天低，心随陇水西流。美人胎息花之画，玉田词重上矾头。卷帘钩，纵有斜阳，未碍登楼。（按：《五换严更》一绝，乃宋人咏梅影诗，不图两峰道人获为己作，欺其友并给其妻，可大哈也。余有两峰画册，末幅写张玉田‘有斜阳处，最怕登楼’词意，即白莲此图蓝本，但章幅放大耳。癸丑正月，题似芝瑛夫人正拍，樊山樊增祥时年六十有八）”《题董小宛〈孤山感逝图〉》云：“研粉匀笺，飞英贴扇，逋仙乞写生绡。放鹤孤山，芳魂重返如皋。忆梅影语他年恨，抱寒香、补入离骚。记今朝，戊子残年，赠汝琼瑶。　　椒宫自有花如锦，怎洛阳魏紫，探到溪桥。玉骨冰肌，等闲莫汗清标。只怜春雨楼中扇，共侯生，香坠同抛。剩今宵，自熨青笺，自谱红箫。（石甫素持不根之论，今题此图，仍不变其前说。图作于戊子，是为顺治五年，冲人未丱而董归水绘久矣。余旧藏小宛两扇面，秾花彩蝶，极得宋元人笔意，庚子拳乱失之，至今悒悒，故词中及之）”

黄宗仰（乌目山人）《雨中偕太炎、孑民访观云畅谈，归记以诗》刊于《大共和日报》。诗云：“别时越雨秋，踪迹颇茫昧。林林人海中，空谷宛然在。僦居淞沪滨，姓名自韬晦。弃我毋乃遐，我思实已痗。昨者骖乘行，雨中一访戴。兰言慰饥渴，蕉萃瞻风概。自云隐海隅，相忘及宇内。时还著我书，声闻绝侪辈。抵掌名欷歔，伸眉重慷慨。心长雄万夫，气索论当代。愤控本初弦，天窘柳州对。罗织遍市朝，金钱恣赊贷。日月堕旋渊，山川蒙腥秽。乾坤若倒悬，左右无纳诲。四凶奉一尊，奇诡极万态。屯然否塞中，妖氛蔽真綷。白宫居斯人，苍生定沦废。来日知大难，谷稔恐不再。斯言入吾耳，不觉悚然退。吾党丁其冲，俯仰浑无赖。相期诸巨贤，如云蓄泰岱。起为天下雨，四海遍沾溉。国魂重昭苏，伏游同覆载。”

柳亚子《将去海上留别春航，兼谢陈匪石、俞剑华、庞檗子、姜可生、沈道非、王尊农、连雅堂诸子，即步席上联句韵》刊于《民立报》。诗云：“十年苦恨相逢晚，相逢恰又归期限。优昙一现讵忘情，就里因缘问谁管。一曲惊鸿可奈何，尊前我亦惯闻歌。终怜脂粉污颜色，输与庐山面目多。元龙作意征歌舞，泥我春江三日住。賸以人间绝妙词，天花乱落飞红雨。一时豪俊聚天涯，狂杀娄东俞剑华。最是虞山庞处士，拈毫惯赋断肠花。裙边袖角留题遍，姜、沈、王、连称巨眼。酒绿灯红兴未阑，骊歌忽又催吴苑。吴苑春江尽可怜，飘鸾泊凤自年年。五湖他日能偕隐，愿作鸱夷不羡仙。鸱夷纵负平生志，还恐盟寒乌鲗字。一集春痕意苦辛，及时行乐今何世。潭水深情空尔为，坠欢重拾知何时。愿求玉体长生诀，万一能留相见期。”

29日　《申报》第14509号刊行。本期《自由谈》“尊闻阁词选”栏目含佐彤《自遣》《夏日闲事》《夜坐有感》《有刺》。其中，《夏日闲事》云：“炎炎长夏事全休，乱服科头太自由。万个蝉声摧落日，一湖水气逼妆楼。偶翻艳玉吹歌笛，为觅群阴放钓钩。人爱安闲侬爱动，藕花深处荡轻舟。”《夜坐有感》云：“银河天耿耿，凉意透疏屋。流萤逆风来，皎皎系庭竹。君子疾无名，而我同草木。党祸各纷争，难享共和福。碧眼与黄髯，奋逐中原鹿。相彼好河山，恢复乃异族。一般志士死，盖棺肯瞑目。”

《宪法新闻》第12册刊行。本期“杂纂·文苑·诗录”栏目含《八瑱篇》（刘师培）、《王检讨闿运回湘赋别》（梁鼎芬）、《寄怀王祭酒师平江经舍》（梁鼎芬）、《奉呈石遗》（沈曾植）、《闻胡琴有触》（郑孝胥）、《哭芷青》（梁鸿志）、《绝句二首》（梁鸿志）、《立春夕对月》（陈三立）、《春月初佳，徘徊有作》（陈三立）、《偶阅宋人刘跂诗云："所到园林即为主，若须吾有定何年。"真达人语也。赋一诗》（樊增祥）；"杂纂·文苑·词录"栏目含《摸鱼子·梅州送春，时得辇下故人三月几望书》（朱祖谋）、《齐天乐》（朱祖谋）。其中，陈三立《春月初佳》云："新月扶春暖，依依梅柳风。烟光初泛夕，霞气自摇空。久立江城大，残斟鼓角同。还能乱情思，有雁向辽东。"

刘师培、何震夫妇离开成都，沿江北上，投奔阎锡山秘书南桂馨。

周太玄作《书感》（二首）、《意难忘（伫立无言）》。其中，《书感》其二："丝满江南客正愁，微雨六月便成秋。故乡音信传青鸟，游子天涯尽白头。我自怜人人自睡，人方笑我我方愁。世事如斯何足问，愿言长卧学白鸥。"

30日 《申报》第14510号刊行。本期《自由谈》"游戏文章"栏目含《蹩脚戏班歌》（瘦蝶）；"尊闻阁词选"栏目含《题〈南湖四美图〉四首》（哭盦）；"文字因缘"栏目含《调寄〈画堂春〉·题杜双璧女士〈绣余随笔〉》（瘦蝶）、《索双璧女士题拙著〈罗浮馆词〉》（瘦蝶）、《纪游诗三十首（未完）》（双璧）：《答赠》（二首）、《由上海出吴淞》《到扶桑》《渡黄海》《到青岛》《登崂山》《过刘公岛》。其中，易顺鼎（哭盦）《题〈南湖四美图〉四首》其一："谁知旧院红妆客，亦写空山翠袖人。两幅幽兰都羽化，书生无福黯伤神。（马湘兰）"其二："底事侯门隔墓门，欲将此语问梅邨。影梅庵尚留梅影，是否埋香水绘园。（董小宛）"其三："浙词近代喜浮眉，朱厉元来是本师。泪滴垂虹桥下水，发源朱十断肠词。（黄皆令）"其四："影事前尘化劫灰，披图犹见白莲开。花之寺里优婆侣，还写秦楼惜别来。（方白莲）"《渡黄海》云："飘零黄海自忘机，独爱沙鸥上下飞。闲逐鱼船三五点，低衔日影片帆归。"

《中国实业杂志》第4年第6期刊行，本期"文苑"栏目含《席上赠涛痕君》（章甫林焕文）、《和前韵》（涛痕李文权）、《消夏》（许豫庭）、《闲游答客》（许豫庭）、《晓坐荷桥》（转载《风雅报》）（[日]春涛森鲁直）。

樊增祥入住新居樊园。迁居间作《新居与沈观比邻喜赋》《止庵用添字韵贺余移居次答》《叠韵答沈观》《别静安寺故居》《去年乙庵有〈移居四律〉，余八叠韵和之，顷于五月二十六日移寓宝昌路新宅，亦赋四诗，索同社和》（四首）、《止庵见和〈移居四律〉，语特名隽，叠韵奉酬》（四首）、《沈观枉和〈移居四律〉，再叠前韵奉酬》（四首）、《三叠韵酬子培》（四首）、《天贶日与耆生前辈、笏卿观察过泊园晚饭，四叠前韵奉呈》（四首）、《五叠〈移居〉韵，答仁先侍御》（四首）等。其中，《新居与沈观比邻喜赋》云："楼阁玲珑竹树疏，卜邻王翰足娱娱。乔莺求友声相应，楚凤行歌德未孤。同砚辑成消夏记，过墙分与买春壶。好开三径延明月，两处招凉共一珠。"《止庵用添字韵贺余移居次答》云："那得常垂卜肆帘，伯鸾赁值莫教添（新居僦值较廉）。旧苔黯黯黏靴鼻，新柳依依拂帽檐。接叶亭边重置酒（新屋花木更胜），熟梅当下可调盐。年光每共劳薪转，墨突无黔也不嫌。”《索同社和》其一：“精庐亦与人相似，太傅曾言小者佳。社燕移巢欣有托，谷莺求木愿非奢。儿夸后灶过前灶，妇爱新花胜旧花。门户谨严庭榭美，高华不似腐儒家（旧居计地二十余亩，颇劳警备，此宅仅三亩余，而精严过之）。”其四：“避地东来狎海沤，宅经三徙益深幽。翠条有福才栖凤，金碗无伤说姓牛。枥伏曹公千里骥，家浮少伯五湖舟。人间佳境何穷已，已上琼楼更上楼。”

连横乘舟赴营口，访王敬欣及其昆仲敬济、敬祥。

吴奔星生。吴奔星，号犇新，湖南安化人。著有《吴奔星新旧诗选》《鲁迅旧诗新探》。

本　月

袁世凯罢免江西都督李烈钧、广东都督胡汉民、安徽都督柏文蔚职。

安徽诸地入春后淫雨连绵，涝灾频发，黄宾虹联合旅沪同乡发起赈灾活动。

赵元任、章元善、杨铨、任鸿隽等发起科学社，筹办《科学》月报，以“提倡科学，鼓吹实业，审定名词，传播知识”为宗旨。胡适参与赞助。

《孔教会杂志》第1卷第5号刊行。本期“文苑”栏目含《圣诞纪念告文》（广东西宁县长黄凤和）、《答客难》（太仓顾诗翼根道）、《昌教乐歌》（戊申十月之望作）（高要陈焕章重远）、《自题〈史微·内篇〉并示顾君逌琴》（钱塘张尔田孟劬）。

《宗圣汇志》第1卷第2号刊行。本期“艺林”栏目含《历代圣赞》（柯璜辑）、《麟里颂言》（吴世杰厚轩）、《英伦避暑感事》（康有为）、《〈留芳集〉诗抄》（康有为）、《文成舞辞》（康有为）、《游花嫩冈，谒华盛顿墓宅》（康有为）。

《神州女报》（月刊）第4号刊行。本期“文艺”栏目含《仪孝堂诗钞（续）》（何承徽）、《碧筠山馆诗钞》（金陵李闺儒）、《锦心绣口录词选》（姚蕙景苏辑），《杂诗》：《修竹》（默）、《秋夜感怀》（默）、《哭宋遁初先生》（默）、《题〈木兰从军图〉》（吴江张平权）、《春日即事》（吴江周梅），《小简》（吕碧城）。

《万国女子参政会月刊》第4期刊行。本期“文苑”栏目含《映云轩初稿（未完）》（陈蜕盦）。

［韩］《新文界》第1卷第3号刊行。本期“词藻”栏目含《用山寺韵，寄李响云址镕伯》（梅下生、崔永年）、《和梅下词伯》（响云生、小溟生、素湖生）、《寄姜小溟友馨台公》（梅下生）、《寄韩又黎镇昌台公》（梅下生）、《和梅下诗佛》（又黎生）、《寄郑素湖镒镕词宗》（梅下生）、《寄李蕙养民溥词伯》（梅下生）、《和梅下老伯》（蕙养生）、《寄成萝云夏国老伯》（梅下生）、《和梅下词兄》（萝云生）、《寄李颖滨龙珪词伯》（梅下生）、《和梅下先生》（颖滨生）。其中，梅下生《寄郑素湖镒镕词宗》云：“鹧鸪名价问谁居，神韵先知一见初。尘世出群高似鹤，清流同队乐如鱼。春归芳草诗何负，月

在虚楼梦未疏。最是难堪萧寺别，孤云独去碧山余。”

［韩］《至气今至》第1号刊行。本期“词藻”栏目含《儿嬉》（金鸣璲）、《咏蝇》（崔承宇）、《咏萤》（而小崔东燮）、《咏白鹭》（苇轩全台铉）、《咏蝉》（小石朴海默）。其中，小石朴海默《咏蝉》云：“一朝蜩始化，嘒嘒裂寒声。朽壤辞前劫，别枝寄此生。金绥呈贵态，玉壳驻仙名。餐露真无累，吟风也自清。”

吴昌硕题黄山寿、王震《藤花金鱼图》。题识云：“藤叶明珠滴香露，金鱼泼刺映波光。儿时姊妹同逃学，记得溪堂哄夕阳。一亭、旭初合作，昌硕题之，癸丑五月。”又于圆扇面上书四诗，其一《集江曙生南城别墅》：“南城五株柳，高士一家村。人迹隔溪水，秋声在荜门。客来烹野菜，自起倒清樽。几载离群恨，镫前总不言。”其二《客悔斋送汪舟次之龙冈》：“正植梅花开草堂，扁舟何事去天长。家园入梦同遥夜，老病无依各异乡。药里半囊为旅食，诗篇几帙是行装。他时见月应相忆，君上龙冈我蜀冈。”其三《怀汪舟次》：“不觉一年尽，凛冽闭空馆。愁至又逢夜，夜长岁翻短。前日君远来，乍使贫家暖。萍叶依藻丝，风波易飘散。村村梅花开，江山雪飞满。”其四《过史公墓》：“才闻战马渡滹沱，南北纷纷尽倒戈。诸将无心留社稷，一抔遗恨对山河。秋风暮岭松篁暗，夕照荒城鼓角多。寂寞夜台谁吊问，蓬蒿满地牧童歌。”题后有跋云：“癸丑夏五月，客春申浦之荆逸里，七十老人吴昌硕录野人诗。”又，为辛盘篆书“大道华章”五言联，又为绘《芭蕉枇杷图》。联云：“大道吾即鹿；华章君陈禽。辛盘世讲属篆。时癸丑夏五月，七十翁吴昌硕。”又，为杨荫杭篆书“多驾写来”八言联。联云：“多驾鹿车天游汗漫；写来鲤简吾识平安。补孙仁大兄属篆，为集天一阁藏北宋本石鼓文字。癸丑夏仲，七十翁吴昌硕。”又，为哈麐题张瑞图《十八罗汉图》。诗云：“尊者修慧不修福，供奉惟存水一掬。古能貌之惟贯休，金光大地骇人目。二水下笔亦似之，趺坐庄严意中熟。展观合十称南无，已疑置身在天竺。龙可降，虎可伏。若画五百尊，只恐豪毛秃。成人成佛一例根忠孝，佛与孔子之戒同芬馥。倒行逆施忽又见当世，□不扶持佛难独。题诗我亦太多事，晚餐犹饱花猪肉。更招十八尊者来。写照更磨墨一斛。”跋云：“癸丑夏五月，末句‘更’易‘快’字。少孚先生出二水画十八阿罗汉，属题，幸正。吴昌硕，时年政七十。”又为王震题《荷花图》。诗云：“避炎曾坐芰荷乡，竹缚湖楼水绕墙。荷叶今朝摊纸画，纵难生藕定生凉。一亭画荷，墨光如镜，悬之粉壁，觉香生虚室，凉翠扑人衣袂也。癸丑夏仲，吴昌硕，时年政七十。”

齐白石绘《达摩》画并题云：“曾向嵩高望薜萝，偶从光影画维摩。三桑未觉情年长，一苇真愁世法多。下笔早闻花雨落，劫灰方见鬼神呵。龙藏法树飘零尽，谁为金人写髻嬴。余游长安转京华，尝画店壁，前诗乃夏午贻先生朝歌旅店壁看齐山人画达摩作也。君先生知诗，不以为辱者，索璜画，因录题词。癸丑五月中，兄齐璜拜记。”

黄兴以联相赠蔡锷。联云：“寄字远从千里外；论交深在十年前。”

叶德辉在上海结识族人叶振宗，并与叶振宗、叶恭绰会面，相商辑印先德著作事。

赵藩与李根源一同逃离北京，并函议院辞职。赵藩潜回云南，有诗赠章太炎云："君为浙西章疯子，我是滇南赵病翁。先生岂狂我岂病？补天浴日此心同。"

柳亚子赴上海，以《春航集》稿付胡寄尘，并偕访冯春航于其寓所。柳亚子有赠诗云："相思十载从何说，今日居然一遇君。"

谢觉哉于湖南省立商专毕业，被聘为云山学校教员。

吴芳吉于本月至8月9日间抵宜昌，川资已尽，囊箧萧然，作《忧患词》（十首）（现存九首）。其一："同窗个个好友朋，相爱相亲好弟兄。一朝遇得小利害，反眼相窥不认侬。人生何处不忧患，寻乐还在忧患中。"其二："平时把臂知心友，一旦覆手语不恭。如今朋友黄金买，贫贱相轻无友朋。人生何处不忧患，寻乐还在忧患中。"

段朝端始撰《蔗叟自编年谱》。

林纾将京师大学堂古文讲义整理成《春觉斋论文》。自本月起至9月30日连载于《平报》。1916年都门印书局刊印，1921年商务印书馆重印时更名为《畏庐论文》。全书分"述旨""流别论""应知八则""论文十六忌""用笔八则""用字四法"六章。

傅锡祺作《枯树》。诗云："久绝天公雨露恩，青枝翠叶梦无痕。江潭摇落秋风冷，庭院婆娑夕照昏。杨老敢思占得女，桐焦只好盼生孙。虫穿鼠窜知难免，可有奇香与返魂。"

黄侃作《燕台诗》。诗云："四座且勿喧，听我陈燕台。云有燕昭王，筑台尊郭隗。招士用黄金，布网收群材。灵气今已歇，霸图亦沉埋。苕苕二千载，利禄途方开。愧非攀龙人，蹑屩从南来。宿留涉旬月，所历殊奇侅。峨峨正阳门，楼观高崔嵬！皋雉锁仓琅，夹道惟枯槐。王孙始佩褋，宫府无嫌猜。河边一羖羺，飞上太行隈。从君索玉玺，带剑升堂阶。别启丰泽园，气势诚巍巍。诘旦会臣僚，辇骑何喧豗。昔日乾清宫，秋雨生苍苔。鸟啼出苑墙，过者因徘徊。辽泗相乘除，帝业俱为灰。昨者明成祖，来从蒋山厓。相宅临北边，彊虏为之摧。载茷过龙庭，天声震九垓。设险故无常，祸生亦有胎。国门忽丧牡，犬戎纷崖柴。单于坐法官，箛吹有余哀。钟簴尚无恙，金墉倏已颓。东方帝所出，世世称康回。建国师前王，封关泥一坏。漆城虽荡荡，蹩地何人恢？驱车舍此去，游戏长安街。朔风起沙塞，拂面多尘埃。咫尺不辨人，车音若奔雷。粪秽盈通衢，高下成坻堆。嗜者致灭鼻，好尚殊吾侪。试向酒家饮，白醪青泥杯。葱韭佐汤饼，牛羊杂鱼膎。烹炙纵多名，都与肠胃乖。市门有名倡，渥赭如玫瑰。高髻一尺余，燕脂题两肢。姹女工数钱，直进不须媒。讴声令耳聋，嗷咷兼淫哇。籧篨堪直镈，共谓倾城才。燕赵多佳人，于今安在哉？神州昔沦陷，此地先蒿莱。言自莘山始，降逮清运衰。胡俗遂渐濡，念之发长欸。言语已异声，冠服复殊裁。不见彼都人，形貌一何猥。北土难托根，谁能强自谐。横术信广广，所恨多狼豺。不如反故居，吴趋良可怀。登岳随梁鸿，吾今歌五噫。”

陈鹏超作《报告西路肃清》。诗云：“三次提师出西路，最后一战扫群蠹。一纸呈文报列宪，列宪欣然纾南顾。传令加奖且记功，自笑吴公天子慕。鳌戴三山恩已重，愈是受恩愈是惧。西方鸡犬虽称宁，东土藩篱仍未固。何时卖剑共买牛，沾得共和新雨露。”

周鹏翥作《癸丑五月，由京汉路入都，寄怀鄂垣诸友》。诗云：“行行重行行，平原万马声。临风自慷慨，揽辔欲澄清。酬国平生志，怀君此日情。疮痍今满目，何以慰苍生。”

夏

太虚大师偕吕大任游杭州西湖，作《同吕重忧由沪赴杭，与郁九龄、陈稺兰泛西湖八首》。其二《西湖孤山》：“久羡孤山胜，蹉跎始一游。梅宜新月映，鹤共暮云收。啼鸟迎人立，清泉绕石流。高僧与高士，风韵此长留。(高僧指孤山圆师)”其五《三潭月影》：“淋浪涕泪平生感，破碎湖山烈士坟。到此未能坐忘去，却从潭影玩天痕。”

范罕携子子愚赴京，就任农商部秘书，作《癸丑入都》纪之。诗云：“青灯万点柳烟收，记取新华作旧游。一代宫商沉夜月，百王云气换朱楼。哀弦已为王孙绝，薄酒聊因贾客求。仍是邯郸歌饮地，点符春梦未全休。”

郭坚忍再度赴沪参加中国社会党总部会议，讨论反袁方略。会后，江亢虎专门设宴邀请郭坚忍与陈翼龙会晤。

朱鹏（味温）北上杭州，任《浙事新闻报》主笔。

吴钟善在家中躬率子侄读书，取古今文之奇而不诡于正、言近而旨远若干篇，汇为《古文颖》1册，以为讲授古文法则之用。

溥儒于清河大学毕业，后赴青岛省亲，看望嫡母及长兄溥伟，在礼贤书院补习德文。

老舍考入免费供给膳宿、制服、书籍之北京高等师范学校。在校间受校长方还、国文教员宗子威指教，始用文言习作诗文。

恽代英考入武昌中华大学预科。

田翠竹生。田翠竹，号寿翁，湖南湘潭人。著有《翠竹诗稿》。

曾习经于夏秋间作《田间杂诗十四首》。其一：“摒挡浮名办一邱，得坻无意更乘流。天教小试锄犁手，欲看黄淤十里秋。”其二：“蛙声阁阁水平畦，粳稻初秧绿渐齐。雨后斜阳红较好，小船摇曳过河西。”其五：“豆夹壶庐傍屋栽，一花五叶类安排。要知真种囊中有，不遣闲花历乱开。”其六：“墙阴过雨艾蒿光，隙地初无车马妨。老去勤农宁惜力，自锄瓦砾种黄桑。”其十：“掠波双燕故飞飞，何处雕梁忘却归。小立茅斋试招手，晚风蒲稗水深围。”十二：“落日回风逼发生，野田黄雀报初更。灯窗夜气侵危坐，还我当年旧短檠。”十四：“白发填词吴祭酒，天涯耕稼顾圭年。吾生顽薄诚知趣，回首风尘一惘然。”李渔叔《鱼千里斋随笔》曰：“余尤爱刚甫所作七言绝句，可谓丰神绝世。其佳处在全不运用典实，称意书之，无格格不吐之辞，而又低徊往复，使人味之无尽……至其田园诸诗，则饶有逸趣，一种闲适之致，谓可方驾放翁、石湖。如《田间杂诗》。作诗爱用典实，动辄堆砌满纸，窒塞性灵，自是一病，上列刚父所作，皆平实显豁，而风华朗润，何尝矜奇炫异，以狞态向人耶？七绝最不易作，唐人虽工为此，标举万首，绝佳者亦复寥寥。宋以后多以意为主，末流稍近棘塞，清初渔洋专主风神，以救其弊，然过矜神韵，又蹈空疏。若刚父独秀兼工，奄有宋、唐之胜，则近百年来，不易数觏也。”

严复作《寄伯严》。诗云：“已回春燕数鲥鱼，目断南云少尺书。可有园林成独往，傥缘花月得相于。江湖无地栖饥凤，朝暮何年了众狙？说与闭门无已道，去年诗句太勤渠。”

陈夔龙作《夏夜观剧感赋，八叠前韵》《夏夜晓南招饮醉沤坐上，闻歌辄唤奈何，率赋呈正》。其中，《夏夜观剧感赋》云：“红羊忍话劫灰寒，一片氍毹掩泪看。岂遇龟年说开宝，转因优孟识衣冠。凄凉法曲人间有，慷慨高歌客路难。银烛金樽销永夕，酒波泛蚁碧成澜。”

樊增祥作《夏日留垞见过》《夏日过子培楼居，遇李道士》《与李道士饮酒楼》。其中，《夏日过子培楼居》云：“蹴踏层梯月几回，斜阳如水注茶杯。热肠得助新尝荔，病齿犹酸怕食梅。高处瑶枢攀北斗，下方华毂转圆雷。玄都桃子红生璺，重见栽花道士来。”《与李道士饮酒楼》云：“两两青溪道士装，一绢螺髻不知霜。南风浩浩驱炎暑，白日陶陶入醉乡。已罢钟生糖蟹议，独怜宋嫂醋鱼香。与君对酒论书画，上药须求特健方。”

狄葆贤（平子）作《悲双鹭诗三章（并序）》。序云：“癸丑夏日，以事过淀湖之滨，见双鹭泛泛碧波中，意态闲适，忽邻舟有人击以猎枪，双鹭均中弹，宛转芦苇间。一鹭幸所中非要害，飞抢久之，遂得逸去；一鹭为猎者捕获，登刀俎供晚餐矣。余见哀之，得诗三章以纪其事。”其一：“湖间双野鹭，游泳颇自得。飞鸣洲渚间，与世何争执？忽遇猎人来，鸣机一声发。双鹭悉中弹，扑扑惊魂出。其一伤微轻，奋翅飞以逸。其一宛转鸣，充彼俎中物。可怜伉俪情，中道缘以折。性命呼吸间，口腹片时适。死者且勿论，生者哀何极！今夜宿何方？月明照呜咽。”其二：“尔亦恋生命，闻死心恇怯。尔亦惧杀戮，见刀失魂魄。尔亦知痛楚，受伤涕泪出。尔亦爱身躯，岂愿人烹割！尔亦有妻孥，忍见孤帏泣。”其三：“哀哀人世间，凶残无可比。纵己口腹欲，啖彼骨与髓。

试问庖间游，惨恻甚西市。众生有哀声，其声澈天地。奈尔不能闻，闻当心胆碎。人生百年间，伤生宁万机。但任尔杀物，毋乃非天理。弱肉强者食，同类且如此。杀业不先除，兵祸胡能已？”龙伯作《悲双鹜，和平子》。其一：“我观五侯厨，惨类等活狱。案头罢刀砧，地上支鼎镬。飞潜与蠕动，牵来就烧剥。物作有情想，我比罗刹恶。道旁有死人，辟之恐不远。釜中有死肉，甘之愁不腆。取彼腐败余，养我血肉躯。败者还自败，养者何所虚？盘飧置三日，蛆虫互攒集。将我比蛆虫，止争先后食。古来有名言，谓是肉食鄙。横生养纵生，宁复自然理。未曾断肉味，先当断肉性。但有分别心，安得那伽定？”其二：“爱重入娑婆，何况为羽族。芸芸痴众生，随业苦相续。有合斯有离，有双斯有独。聚亦安足欢，散亦安足哭。但看出入机，人羊互转毂。一体情无情，浩然烟水绿。”其三：“莲华终当开，相招安养游。眼前生灭法，此中有我不。灵禽号迦陵，共命无他求。法音在何处？冷冷双歌喉。稻粱不足慕，绘缴不足忧。始信阿弥陀，别具方便舟。誓渡诸苦伦，普超生死流。法门如剥茧，一丝何用留！者个到家信，物我同悠悠。”沈绍李作《悲双鹜和诗并序》。序云：“晦迹荒城，白云谁侣，悠悠长夏，心与时磨。偶于报端，获我平子《悲双鹜》之作，慨然仁者之音，吐纳天煦，莫敢追测。乃哦诵兴感，藉和达怀。所谓见南威之容，仍不自憎其貌者也。拾纸录稿，还贻郢工鉴焉。”其一：“化物器蝴蝶，悲欣府皋壤。天心引人类，善从圣胎养。人欲蔽天理，恶与新芜长。森然种杀因，悲哉失良爽。物我不可化，勾芒恢劫网。我读平子诗，我心悄且往。”其二：“平子诗何属？悲思寄双鹜。双鹜生野湖，沧波满佳趣。好梦逐鸳鸯，欢情孕风露。宛若妇与夫，相随不相妒。又似处家庭，骨肉相调护。岂知极乐中，往往祸媒布。霹雳动危机，惊魂堕哀雾。”其三：“一鹜由弹毙，辗转凄以切。碧血凝遗恨，哀鸣赠死别。一鹜负伤飞，心曳愁云裂。回首观同俦，声销不敢说。惨莫大于死，况复人道灭。物力惜有限，人欲嗟无节。试顾孽台前，镜影孽花结。”其四：“有人话因果，厉风虚众窍。恶果无好因，杀于爱中造。爱之得始甘，甘乃杀所召。劫影演战剧，麈泪斜阳吊。祸乱苟相循，事胡堪逆料。仁旨鼓世风，幽轮转寒峭。屠刀掷成佛，拈花觇微笑。诗力会佛心，空明时一照。”

吴佩孚作《扬子江——癸丑夏在嘉鱼县》。诗云：“大江东去势漫漫，淘尽英雄几万千。何是外夷来侮弄，实因同室自相残。事关家国心常切，话到沧桑泪不干。但愿诸君学武穆，黄龙痛饮不为难。”

高燮作《初夏月夜，即事口占》。诗云：“宵深庭院静无风，寂寂浓香浸碧空。花影上阶扶不起，万蛙鼓吹月明中。”

夏敬观作《初夏杂感》（三首）。其一：“雨久潺林莽，枝叶重骄恣。旁行自交接，上下更失次。窥深将步入，赤足生芒刺。鞠为蛇蝎窟，人迹罕所至。始不施人功，稍动复姑置。及今百其力，芟删惧从事。”其二：“风吹树头花，摧落使无遗。独此贱草木，蓬蓬而生之。始在数步内，莽延东西陂。潮低不能没，既退还复滋。造化肯任咎，诿此物自为。纵之矜骄盈，镵劚有吝施。白帝岂无兵，要待腐化期。芷兰汝已矣，慎勿前致辞。"其三："春树妖且好，几日成夏木。黄鸟意已尽，似叹流光速。前请告燕子，幕危巢易覆。不如翻然去，引去还幽谷。方今鸱枭鸣，喜傍人家屋。贾谊一少年，遭逢不祥鹏。"

熊希龄作《癸丑热河避暑行宫杂咏》（二首）。其一："打桨前湖更后湖，荷花荷叶杂菰蒲。此花不解兴亡恨，犹自争妍入画图。"其二："一路松林傍水栽，小桥通处现楼台。平原万树犹如此，更有何人逐鹿来。"

王仁安作《夏夜吟》。诗云："一犬吠深巷，百犬群吠声。伏枕作假寐，铃铎传严更。月华吐云际，暗灭窗开明。幺么百虫出，室静还独清。素昔嗜吟咏，抽思抒我情。无端震雷电，心骨常虚惊。才尽汲枯井，有诗终未成。友生力敦促，韵事重续赓。放意作长句，笔阵攻愁城。去年望所思，秋水空盈盈。从今绝希望，欲见无期程。神山弗可即，难访蓬与瀛。诗肠吐芒角，胸腹时不平。安得出尘网，杜绝忧患生。披衣启户牖，斗柄森纵横。方知夜苦短，喔喔闻鸡鸣。"

曾广祚作《避暑》。诗云："纯金云母扇，障面立屏中。亭幔芙蕖碧，窗纱芍药红。酒酣同避暑，粥热乍回风。取得蟾蜍角，波文地上溶。"

赵圻年作《长夏即事》。诗云："出尘既非易，随俗又不愿。吾已入深山，一居一载半。今年春夏交，苦病复苦旱。药眇仲堪目，忧生伯仁面。劫来人事乖，剥极天心见。一犁既沾足，二竖渐离散。身闲诗兴生，麦熟酒价贱。涂抹新画图，摩挲旧书研。盆荷叶已繁，篱豆花初绽。梁低燕不栖，夏至莺初啭。月夕生微凉，迢迢界斜汉。齿因居晋黄，音亦随乡变。浮生任飘泊，到处皆足恋。且从支许游，莫管唐虞禅。"

郁达夫作《癸丑夏夜登东鹳山》，后载于1915年7月18日《神州日报·神皋杂俎·文苑》。诗云："夜发游山兴，扶筇陟翠微。虫声摇绝壁，花影护禅扉。远岸渔灯聚，危巢宿鸟稀。更残万籁寂，踏月一僧归。"

唐玉虬作《夏日杂咏》。诗云："潇瑟暗生金簟清，卧闻山雨竹间鸣。晓来独向溪边立，爱看荷珠的历明。龙舟拨水藕蒲新，渺渺烟波上下寻。紫楝青芦缠角黍，汨罗江里吊灵均。碧天云净野塘清，归鸟犹鸣三两声。渔火齐明风定后，渚烟含翠入江城。"

王芃生作《相思儿令·夏日感事》。词云："恶月风欺南国，花事付尘埃。禁得几番惆怅，乌兔暗中催。　　只恐又被伊催。倩芳魂、留待春回。应知轻薄东风，等闲莫任全开。"诗后有注："《荆楚岁时记》'俗谓五月为恶月'，约当新历六月也。时袁氏下令免南方三都督，故云。"

［日］木苏岐山作《夏景园庐》。诗云："乍迎槐序绿阴齐，无事心同归去兮。便欲呼僮挑杞菊，有时学圃把锄犁。竹根稚子如人长，草际孤花共蝶栖。日涉闲园睹诸趣，

不开三径自成蹊。”

[日] 白井种德作《初夏即事》。诗云：“落红委泥土，新绿雨余滋。蛱蝶犹依恋，梨花春一枝。”

七 月

1 日 《申报》第 14511 号刊行。本期《自由谈》“文字因缘”栏目含《纪游诗三十首（续）》（双璧）：《到烟台》《到塘沽》《到天津》。其中，《到烟台》云：“碧水连天天气佳，芝罘岚影浩无涯。蜃楼海市依稀见，醉眼朦胧试净揩。”《到塘沽》云：“行到塘沽忆劫灰，义和拳衅自谁开。京津莫问咽喉处，坚垒而今已尽摧。”

《庸言》第 1 卷第 15 号刊行。本期“艺林 · 艺谈”栏目含《石遗室诗话（续）》（陈衍）、《曲海一勺（续）》（姚华）；“艺林 · 诗录”栏目含《送实甫北行》（梁鼎芬）、《樊山、散原、实甫游徐园，有诗讯病，答之》（梁鼎芬）、《庭梅将开，约梅生月夜弹琴，并以话别》（陈衍）、《冬日种竹竟活，喜作》（陈衍）、《重至金陵故居吊刘姬》（俞明震）、《夜雨待萧稚泉不至》（俞明震）、《冷然台》（赵熙）、《十日留宜园，赋赠劲风主人》（赵熙）、《挽顾印伯二首》（易顺鼎）、《孝质薄游平山，匆匆遂别，为诗送之》（方尔咸）、《前诗殊未尽意，足以长句》（方尔咸）、《和穆忞》（方尔谦）、《闻抱存独游上海，诗以讯之》（梁鸿志）、《杂兴》（六首，赵世骏）、《铁华装定〈唐经〉，题答雪龛并约散原同作》（杨增荦）、《感秋杂诗》（五首，梁启超）；“艺林 · 文录”栏目含《朱芷青哀辞并序》（陈衍）、《力孝子〈万里寻亲图〉记》（林纾）、《送沈方伯序》（姚永概）；“艺林 · 说部”栏目含《二城故事（续）》（[英] 迭更司著，魏易译）、《乌蒙秘闻》（野史）。

《公论》第 1 卷第 3 号刊行。本期“文艺 · 诗录”栏目含《秋日游华盛顿故居感赋》（马小进）、《与曼殊、刘三谒邹容墓》（马小进）、《至华泾镇访刘三》（马小进）、《和亚卢〈病中见怀〉，次元韵》（马小进）、《次黄益三〈感怀〉元韵》（陈受同）、《题专一子杨世妓吴夫人遗稿》（陈受同）、《褚五、选白因余来港抱病兼坠电车，慰以长句，率成奉谢》（陈受同）。

《商学协会杂志》第 1 期刊行。本期“文苑”栏目含佛矢、曼莽：《题鄞郊王荆公祠》《呈逊斋师》《忆让山先生》《寓言》《杂诗》《寓楼春感》《赠黄万里》《遣兴》《月夜》《长崎夜泊，过四海楼》《赠宋少鲁》《感怀》《赠邝维桢》。

连横买车至奉天，以都督府之介，入清故宫详览，作《游清故宫》。诗云：“松杏山前百战功，曼殊宫阙郁云中。等闲落尽竿头雪，付与诗人吊朔风（宫庭南隅树一长竿，闻为祭神之用）。”又偕逆旅主人游西关外小河沿，作《小河沿》。诗云：“驻马旗亭好选歌，歌声摇动柳条多。莫嫌塞外无春色，一队红妆压紫驼。”

2日　《申报》第14512号刊行。本期《自由谈》“尊闻阁词选”栏目含《题〈南湖四美图〉四首》（伯严）、《唐多令·题马湘兰〈天寒翠袖诗意〉》（乙盦）、《归国谣·题董小宛〈孤山感逝图〉，用须溪韵》（乙盦）；“文字因缘”栏目含《纪游诗三十首（再续）》（双璧）：《京师外城》《京师内城》。其中，伯严《题〈南湖四美图〉四首》其一：“已绝朱弦不自持，鬓低苍玉两三枝。袜尘一点鸦衔去，海断天荒更忆谁。（马湘兰）”其二：“漆云横塔雪笼湖，阅世梅枝伴老逋。一缕愁痕量尺寸，花时放鹤此人无。（董小宛）”其三：“流水犹摹呜咽场，了无言说不胜情。尺坟左右梧桐老，双鸟鸣应达五更。（黄皆令）”其四：“背面伤春画稿存，夜楼都冷女郎魂。老夫不记挑灯语，别有青溪拾梦痕。（方白莲）”乙盦《唐多令》云：“飞絮数游踪，拈花幻色空。是谁家、翠袖西风，谁种合欢空谷晚，青女影玉烟中。　　墨淡晕眉峰，裙深护袜弓，畏人知、弱态幽悰。莫向板桥寻旧事，春自在、曲江东。（癸卯为万历三十一年，此孝升自别一人）”

《论衡》第4号刊行。本期“文苑”栏目含《艺林虎贲（续）》（姚华）、《羼提室杂识（续）》（寅谷）。

叶圣陶作《游拙政园归得句二十韵》。诗云：“纤雨值休辰，园游恣幽赏。回沼抱南轩，几窗爱净朗。小坐神忽清，喻之言难想。环顾卉树森，浓绿弥众象。稀处现楼台，微风动帘幌。蓬莱宛一角，招致仙人傥。一声鹧鸪啼，忽焉聆繁响。乃如蟹爬沙，雨急敲林莽。此境益静寂，空山或可访。颉刚燕都归，听雨谈抵掌。直北是长安，冠盖属朋党。白日妖霾现，杀人弃沟壤。鸡鸣上客尊，狗苟公道枉。豪游金买笑，乞怜血殷颡。嗟哉行路难，触处是肮脏。何当谢世虑，摄心息俯仰。寄情孰所乐？高歌慨以慷。帝力鼓大化，谁省我所往？辞终各无言，看水倚轩幌。初荷碧玉盘，水珠滚三两。”此诗后见于1922年3月商务印书馆出版《隔膜》中顾颉刚《〈隔膜〉序》。叶圣陶本年6月29日日记有记：当日，叶圣陶得知顾颉刚暑期归家，前往拜会，相谈甚欢。顾颉刚提议外出散游，遂同游拙政园。二人入园在南轩坐定，顾颉刚多谈京中趣事，说某君某君，昔日自谓多操行者，然今则为政党走狗，为嫖界角色，为报界败类。某君某君，昔日自命有才华者，今则借贷度日，敲诈果腹。所谓政府议会之类谓之神圣之地，实则罪恶坏事之产地也。二人谈到京都事，无不喟然长叹。拙政园游完归来，叶作诗二十韵，以纪当日游园之事。

3日　《申报》第14513号刊行。本期《自由谈》“文字因缘”栏目含《纪游诗三十首（三续）》（双璧）：《拟游关外》《旅顺大连》《纪游诗到奉天》《到山海关》《至吉林》《到黑龙江》，《题华吟梅女士悼词》（逸民）。其中，双璧《拟游关外》云：“自由生小慕罗兰，拟踏环球扩眼看。细语问郎心怯否，驱车关外纵游观。”《旅顺大连》云：“泱泱旅顺大连湾，竟借强邻何日还。恨不化身作男子，请缨早出玉门关。”

樊增祥作《五月晦夜，耆生前辈偕笏卿过访，再叠疏字韵》。诗云："竹柏萧森灯火疏，灯前三老互嫛娱。罢官不作千年调，行意何妨一味孤。广陌高车来并轨，芳林幽鸟劝提壶。不愁月尽无欢思，照座延清有夜珠（笏卿四叠此韵见示）。"

4日 《申报》第14514号刊行。本期《自由谈》"尊闻阁词选"栏目含《题黄皆令〈流虹桥遗事图〉》（苏戡）、《题方白莲〈秦楼惜别图〉》（晓生）、《清平乐·题〈津楼惜别图〉》（西园）、《狂歌，寄蝶仙》（周拜花）、《感怀》（小蝶）、《山中偶见》（小蝶）、《偶成》（小蝶）；"文字因缘"栏目含《纪游诗三十首（四续）》（双璧）。其中，西园《清平乐·题〈津楼惜别图〉》云："夜阑无语，梦里愁君去。一曲阳关留不住，明日送君何处。　　渡头杨柳千丝，相看又误归期。涯角不应相识，惜花心事谁知。"小蝶《感怀》云："回首沧桑哭当歌，行云流水两蹉跎。不愁病骨因秋减，但觉诗情比旧多。浊酒未能浇块垒，韶华毕竟易消磨。辛酸涕泪挥难尽，生不逢辰奈尔何。"

严修陪同袁氏三兄弟出洋游历，作《欧游讴》。篇首《欧游小引》云："昔年伤阿庸，始泛东瀛舟。今年哭阿惺，由亚复适欧。高君（旷生）夙爱我，与我家督谋。相约伴我行，夏往归以秋。卞家叔（滋如）若侄（俶成），行饬学亦优。叔吾以弟视，侄吾亲相攸。并愿从予行，不辞道阻修。资装既已具，涂轨既已诹。袁公闻我行，贶我殷且稠。却之未有辞，受之中惭羞。公尝强我出，杕杜歌道周。我敬为公言，知遇嗟难酬。国务天下公，孱庸赞莫由。惟公家庭间，甚愿借箸筹。公方事公仆，未暇谋箕裘。诸郎森玉立，与我情意投。四（诚斋）五（规庵）六（巽庵）与七（两峰），自居弟子俦。天资并优瞻，所期寡悔尤。良玉不雕琢，终与碔砆侔。富贵易骄淫，况乃时俗媮。所求务固获，志盈意气浮。动作辄需人，体惰筋骨柔。日闻谀佞言，将视直谅仇。诚知徐师（毓生）贤，一傅防众咻。何不遣游学，文明恣吸收。昔曾建此议，公意方踟蹰。今兹理前说，不期从如流。爰命四至六，同适欧罗洲。徐师率以行，保傅无他求。此行为观光，再往当久留。同行凡九人，数符箕子畴。王君（筱江）饯津埠，大会城南楼。四郎行复止，小极适未瘳。七郎固请从，得请喜展眸。七月四日夜，齐发津桥头。送者徐（翼周）袁（仲仁）严（子均），相随数十邮。直到长春驿，乃始归去休。自此日西征，不觉来轸遒。人以游遣兴，我以游写忧。忧去喜乃来，济济成胜游。胜游当有记，图画或吟讴。画尤我未习，难免枯肠搜。先序事本末，作我钓诗钩。"随后相继作《自题》《西比利亚纪程》《南满道中》《满洲里》《西比利亚途中杂作》（十六首）、《拟寄内三首》《波罗的海弄舟》《德京纪闻》《比京某公园》《巴黎拿破仑墓》《巴黎观剧》《巴黎摅华博物院观中国古画古瓷》（三首）、《别法京》《瑞士杂作》（十二首）、《和劳伯善秘书见赠，时君父子同余游瑞士》《去瑞士之和兰道中》（四首）、《过媚兹》（三首）、《游比境大山洞》《和兰杂作》（四首）、《伦敦杂作》（七首）、《客伦敦，半年无日不雾，戏成一绝》《游伦敦格林威渠天文台》《偕张君季才、卞君滋如、袁生规庵、巽庵、两峰、卞壻、肇新、大儿智崇游诗人莎士比故居》《义大利国邦湃古城，二千年前之妓院在焉，览毕戏作》。其中，《西比利亚纪程》云："夜发天津城，三更甫交子。翌日出榆关，于时不逾巳。昼从沟帮过，暮及沈阳止。杨君（味青）亲郊迎，相将入城市。招饮松鹤轩，肴蒸多且旨。夜半复登车，爰循南满轨。三日辰正时，长春发轫始。又得良伴侣，章（显荣）熊（正琬）两佳士。遂入东清道，路归俄经纪。未正至哈埠，换车迁行李。四日晨兴时，车过海拉尔。是日日正午，始到满洲里。中俄将分界，于我为北鄙。关榷互讥征，为政不在己。若非五色旗，不知国谁氏。此后汉地名，不见来眼底。华人亦罕见，偶见辄失喜。夜过赤塔地，睡酣未及起。五日复行行，纯粹俄疆理。山水渐明秀，林木渐茂美。夕经贝加湖，一色天连水。广可逾洞庭，长亦过彭蠡。伊尔库斯克，即在湖之涘。津人贾新疆，往往道出此。汽车又更易，至此五迁徙。七日过泰加，规模宏且侈。或云詑莫斯，未知果孰是。第八日初晡，路经痾慕史。其地颇繁盛，泰加差可拟。九日日昃时，茄腊宾斯牴。爰度乌拉岭，欧亚分界址。朝登乌岭头，暮践乌岭址。车轨此分支，吾辈趋圣彼。十日过白摩，夜昏难辨视。午过维德加，市廛如栉比。市中售玩具，索价高倍蓰。自此趋俄京，路线直如矢。行行十一日，流光迅如驶。午入俄帝都，行旌喜暂弭。匆匆十昼夜，征尘遍衫履。逆旅地轩豁，明窗复净几。作此纪日程，不觉遂满纸。莫漫作诗看，恐冷诗人齿。"《拟寄内三首》其三："君家日夕我方中，十日君饶半日功。向使早年开此例，当君颁白我犹童（西来十日，暗中减去六小时）。"《去瑞士之和兰道中》其一："瑞西十日足盘桓，游兴方浓又度关。一自来因河上过，更无昨日好湖山。"《波罗的海弄舟》云："海波起伏海风危，一叶轻舠弱不支。费尽篙师无限力，急流虽退已嫌迟。"《巴黎观剧》序云："陶孟和云此剧本诸小说有华文译本，名《外交秘事》。"诗云："泰西学说日翻新，骨肉宜如陌路人。听罢舞台歌一阕，始知一样重天伦。"《客伦敦》云："织就烟云淡墨图，蔚蓝天气古来无。太阳普照英旗帜（英人尝自矜诩太阳无时不照英国旗），偏是都城独向隅。"《游诗人莎士比故居》云："我生未习乐，好听乐者讴。我生未解诗，好与诗人游。今人未遍识，更思寻古俦。国风未全采，更思入海求。昔闻莎士比，诗名冠全欧。将诗谱弦管，婉妙宜歌喉。畏庐译事工，纸贵及神州。传抄复传诵，手胝口沫流。贱子客英伦，既阅葛与裘。当春云雾开，和风宕夷犹。爰访诗人居，览古兼寻幽。童冠六七人，同车来西畴。仆夫掌故熟，问事乃不休。某为先生宅，屋小裁如舟。当日呱呱啼，贺客纷帣韝。某为先生塾，门墙丹赭髹。当日琅琅诵，师儒眄睐优。某为先生墅，疏扉依小楼。孟光此举案，是居君子逑。某为先生墓，绿荫春方稠。卜兆依神祠，于焉祈神庥。横塘可半亩，乳鸭随风泅。老树可连抱，好鸟鸣啁啾。对此意疏旷，天地何悠悠。上溯初生年，三百五十秋（是年邦人为莎氏举行三百五十年纪念）。一一名迹在，爱护伊何周。西涯撰乐府，约略时代侔。至今求故里，欲从竟未由。近者且漂没，远者谁遗留。五柳栗里宅，浣花古溪头。兰亭与梓泽，化为墟与邱。况复鼎革频，干戈争寻仇。荆棘卧铜驼，黍离难写忧。徒令伤心人，执简怀前修。”

傅增湘由上海至北京，在乔大壮书室阅记十日。后移居广化寺南廊继续校勘。

杨钟羲赴张钧衡之招。同坐者为缪筱珊、章一山、陶拙存、周湘舲、刘光珊、沈醉愚、石铭及其子望征。

魏清德《寄怀逸雅社兄，即次其〈徙居〉原韵》发表于《台湾日日新报》。诗云：“罢谈絮果与兰因，喜见墙头杏结仁。一蝉初鸣宿雨霁，水瓜欲剖来诗人。读君徙居长句好，炯如玉树出风尘。逸园昔以三绝著，洛阳令又一家春。已无丝竹堪烦耳，那有车马能劳神。接䍦倒着花阴卧，不闻黄耳吠来宾。我亦久蓄买山念，惜哉人嗤原宪贫。菜根味苦自吞嚼，甚恐面目失吾真。营邱山水非不美，挂之壁上难容身。昨夜五更忽叹息，梦有风雨压来频。仙源无路不得避，转瞬大陆欲沉沦。醒时郁郁将谁语，怀君遁迹淡江滨。画兰日日发幽趣，种竹时时长清新。观峰可望海可钓，况有佳鳞白如银。人生寿高不过百，何故自苦事经纶。著书谈道众所忌，谬说自觉觉斯民。欲塞智慧归混沌，无量痴者长相亲。”

5日 陈三立、冯煦、姚丙然、吴庆坻、沈曾桐、陈夔龙、曹允源、苏品仁等于徐园雅集，同集者均为光绪丙戌进士同年，有诗纪之。陈夔龙《六月二日徐园雅集，即席赋示梦华、子修、子封、伯严、菊坡、耕荪、静荞诸同年并订后约》云：“绿云满地天沉阴，翛翛城市变山林。徐家池馆最清绝，高会忽发幽人心。胪唱同年三百辈，晨星落落感难禁。历尽昆明几劫火，南枝尚有同巢禽。曲江宴后廿八载，朅来此地续题襟。冯公皖江老开府，榜花先向头上簪。浙中三杰富文藻，各量玉尺度金针。曹侯美政市不扰，沧浪喜接苏舜钦。吾宗西江衍正派，百尺楼上发高吟。而我出山笑泉浊，虚负苍生望雨霖。泥爪东西抚陈迹，雅南笙磬皆同音。酌酒花间一席话，泠泠牙期汉上琴。兴酣写入画图里，如原绣丝岛铸金。惨绿当年尽年少，两鬓忽为霜雪侵。留得醉后好颜色，未随红日虞渊沉。绝似山阴展修禊，今之视昔后视今。十二万年一旦暮，旧梦休向春婆寻。便拟坡公迁浦日，洞酌重速屐齿临。（约诸君十七日花近楼畅叙，是日为东坡由琼迁合浦题洞酌亭之日）”陈三立《六月二日徐园雅集，为冯蒿庵、姚菊坡、吴补松、沈子封、陈庸庵、曹耕荪、苏静荞诸公及余凡八人，皆光绪丙戌进士榜同年生也，庸庵尚书有诗纪事，次韵和酬》云：“海陲夏木交繁阴，风竿雾阁森如林。流人猬集蚁旋磨，眼穿禹域摇归心。结蟠蛇虺螯未已，喷涎瘟毒谁能禁。吾侪吊影玩驹隙，宛比神兕栖龙禽。痛定感旧慕气类，图聚蜗角开烦襟。徐园树石特幽邃，胜日往往联朋簪。把茗楼观瞰平野，蒙茸纤草霁秧针。屈指卅年登科记，称盛桃李时评钦。只今世乱半飘泊，犹着数辈耽噤吟。可怜报国好身手，或为柱石为甘霖。各淫坟籍发光怪，永嘉未绝正始音。余衰忝托渊明里，自笑空抚无弦琴。杯酒颜酡骋谈谑，余生一乐千黄金。当阶莓苔游迹扫，微许乳燕呢喃侵。呴濡相保觅形影，看取图像偕浮沉。尚书孤衷牢万态，句成恋昔还伤今。携哦栏楯对霄汉，遗响恍惚飞仙寻。后约泥饮猕猴跪，照席应待片蟾临。”吴庆坻有《徐园小集，会者贵筑陈庸庵、金坛冯梦华、义宁陈伯严、元和曹耕荪、昆明苏静莽、嘉兴沈子封、仁和姚菊坡与余凡八人，皆丙戌同岁生也，次庸庵韵纪之》。

《申报》第 14515 号刊行。本期《自由谈》“绘芳诗话”栏目，撰者“瘦蝶”；“文字因缘”栏目含《留别唐寂红女士》（四首，汪红豆）、《旅怀七绝四首，录成寂红女士郢正》（汪红豆）、《和红豆女士原韵》（唐寂红）。其中，汪红豆《旅怀七绝四首》其一：“哪知六载困风尘，自恨今生命不辰。客里孤眠眠不得，消愁欲买玉壶春。”其二：“落花时节恼人天，回首家乡路几千。明月有情偏照我，惹侬夜夜梦难圆。”

叶昌炽赴刘翰怡招，寓中有艺风、子勤、益庵、章一山、沈醉愚在座。半夜与艺风同车返，携归杨见山太守《迟鸿轩诗》2 册、年谱 1 册，续 1 册。

王闿运作《重游泮水后四年再宿桂轩感事》。诗云：“昔其劳公子，龙墀履薄霜。文章楚不竞，宇宙道犹光。再继宣无望，终成梁自亡。于今文武坠，谁问两书房。再上熊湘阁，苍然楚望楼。声金四壁静，抛火北城愁。孔教真何益，扬玄已自羞。重来弦诵地，扬觯愧公裘。”

6 日 《申报》第 14516 号刊行。本期《自由谈》“绘芳诗话”栏目，撰者“瘦蝶”；“文字因缘”栏目含《满江红·题瘦蝶〈梦罗浮馆词〉》（僧余淡明）、《寄怀唐寂红女士》（红豆）、《题和双璧女士小影，即步元韵》（二首，绣琴女士）。其中，绣琴女士《题和双璧女士小影》其一：“好将明月认前身，花是容颜玉是神。健笔一枝能咏絮，清才绝俗净风尘。”其二：“荆颜未识真嫌迟，翰墨神交自不知。说到儿家文字福，须将女学好维持。”

魏清德《酒帘》（限江韵）发表于《台湾日日新报》。诗云：“飐飐青帘傍碧窗，水村山郭景无双。停骖一望先倾倒，旧恨新愁两未降。”

周太玄作《无题》（三首）、《书寄峨眉山人》。其中，《无题》其一：“逆旅逢春尽，江南柳絮狂。客心悲未已，天意复郎当。不有还乡梦，安知返路长？明月落就我，江上路苍苍。”其二：“远树天边尽，轻帆倒影无。野云江上立，客梦枕边孤。自是家山远，岂伊物态殊？予怀何限恨，弹泪语烛奴。”

7 日 魏清德《红叶谷》（二首）刊于《台湾日日新报》。其一：“如到蓬莱丁汝昌，神光辉海是东乡。那知八字留悬额，付与人间话短长。”

8 日 李烈钧从上海归湖口。次日，杨赓笙陪同李烈钧视察炮台、营房和屯粮。

《申报》第 14518 号刊行。本期《自由谈》“尊闻阁词选”栏目含《木兰花慢（怅蛮方久客）》（醉红居士）、《金缕曲（衔石难填海）》（前人）、《题董小宛〈孤山感逝图〉》

(苏戡)、《题方白莲〈秦楼惜别图〉》(苏戡)；"文字因缘"栏目含《送别》(二首，顾影怜)、《寄赠重因庐主人索和》(□群)。其中，醉红居士《木兰花慢》云："怅蛮方久客，过长夏，惜余春。正玉树歌残，金仙泪冷，老却遗民。张园，绿阴似海。懒随他油壁逐斜曛。禅榻长依鬓影，胆瓶小贮花魂。　因循，壮志难伸，封酒国，策诗勋。蓦回思往日，西游荆楚，北走燕云。十年，扬州梦醒，怕重提影事与前尘。兽鼎名香自爇，画中且唤真真。"《题方白莲〈秦楼惜别图〉》云："白莲丰格出尘想，何事犹留惜别图。无怪两峰摩碧眼，也怜鬼趣细描摩。"

9日　《申报》第14519号刊行。本期《自由谈》"尊闻阁词选"栏目含《南湖属题小万柳堂〈四美图〉》(四首，绮秋)、《癸丑三月六日再为南湖居士题〈津楼惜别图〉，用严迪庄先生韵》(疑始)、《为廉南湖题〈津楼惜别图〉卷子》(二首，寒匡)、《南湖居士属题〈津楼惜别图〉》(樊山)；"文字因缘"栏目含《和唐寂红女士寄赠原韵》(二首，汪红豆)、《答赠寂红女士》(二首，宜红)、《又次寂红赠诗原韵》(宜红)、《和双璧女士原韵》(二首，冷红)。其中，疑始《癸丑三月六日再为南湖居士题〈津楼惜别图〉》云："折柳无端唱岁阑，高楼尊酒荡悲欢。成尘绮梦了难觅，隔世鸳盟岂易寒。剩有画图留爪印，尽将凄语压吟坛。天涯离合浑闲事，惜别还应强自宽。"寒匡《为廉南湖题〈津楼惜别图〉卷子》其一："天津桥上一携手，照眼丝丝柳又黄。此亦人间断肠曲，梦回孤枕够思量。"

张謇在垦牧作《题女子师范学校》联云："葛覃为先王风化之大原，躬俭尊师，合周礼九嫔所职；范书传列女才行为世典，教书至学，录班昭七篇亦云。"

沈其光作《六月初六日得石年书，知其尝自汉江溯荆门入蜀，行将归矣，再叠豪韵寄之》。诗云："行李萧然亦足豪，扁舟千里溯泷涛。蜀江水下东溟急，楚塞烽传北渚高(时鄂人方起兵谋叛黎元洪)。天下极知忧未艾，儒生堪笑目空蒿。子规听罢乡心切，不但思鲈有掾曹。"

10日　《申报》第14520号刊行。本期《自由谈》"游戏文章"栏目含《新五更调》(超然)；"尊闻阁词选"栏目含《题南湖先生小万柳堂二首》(涤尘)、《奉和小万柳堂望月之作》(二首，兰亭)、《再和前作》(二首，兰亭)。其中，兰亭《奉和小万柳堂望月之作》其一："园楼杨柳万千丛，占得娜嬛美我公。数载交如秋水淡，四时好是夕阳红。时艰君竟江湖隐，世俗谁能姓字通。回忆去年曾过访，光阴弹指又秋风。"其二："几年出处判仙凡，玉照曾教远道缄。粗学东文欣入社，骊歌南国又扬帆。簪花小字珠千斛，步月新诗锦一函。我亦有庐无限好，何时归隐脱征衫。"

张謇作《题有斐馆》联云："请为歌郑风诗，适子之馆，授子之粲；不敢忘鲁论语，观其所由，察其所安。"

王闿运作《尧衢初十日生日，寄诗二首》。其一："早折东堂桂一枝，青云直上未嫌迟。重开白鹿明先德，偶遇红羊换劫棋。执法翻逢时势法，息机还似早知几。南陔归养同时少，更喜庭兰映绣衣。”

上旬 胡丛卿作《民国二年夏六月上浣，暑假留别戚子准》。诗云：“打叠行装我暂回，停过夏季更休猜。方针最怕迷途误，邪说还须大义裁。绕屋溪山闲眺望，满庭花木细栽培。梧桐叶落秋风起，重到君家上讲台。”

12日 江西都督李烈钧在江西湖口宣布独立，“二次革命”爆发。江西省议会公举李烈钧为江西讨袁军总司令，即日在湖口成立讨袁总司令部，任命杨赓笙为总司令部秘书长，发布讨袁檄文（杨赓笙撰《江西讨袁总司令檄文》），组织“讨袁军”。李烈钧在湖口通电讨伐袁世凯，同时召开军事会议，部署讨袁军事行动。南社社员纷纷作诗文鼓吹。15日《民立报》发表邵力子文章《讨袁之捷于应响》，16日《中华民报》发表胡朴安文章《讨袁篇》，18日《民立报》发表徐血儿文章《讨袁之真意义》，30日《中华民报》发表程善之文章《讨袁贼檄》。柳亚子有《七月十四日纪事》诗以纪之。其一：“北望燕云戎马隤，中原昂首一低徊。浔阳鼓角从天降，猿臂将军杀贼来。”其二：“汉上兵魂倘可招，好搴兰蕙刈蓬萧。直须万马奔腾去，蹴破黄流渡铁桥。”其三：“太白终悬竖子头，横空一剑断千愁。东山好为苍生起，忍卧元龙百尺楼。”此诗发表于本月21日《民立报》。

《申报》第14522号刊行。本期《自由谈》“文字因缘”栏目含《〈玉田恨史〉题词》（六首，悔予）、《读〈玉田恨史〉题词》（二首，逸民）。其中，悔予《〈玉田恨史〉题词》其一：“人间一段好因缘，天妒因缘不见怜。凄绝江郎一枝笔，代传幽恨补情天。”其二：“何来一部死缠绵，竟作侬家识纬篇。蔓草荒烟一抔土，年年饮恨在重泉。”

刘大白在《绍兴公报》上积极宣传和支持讨袁。“二次革命”失败后，《绍兴公报》被查封，刘大白亦遭通缉，遂偕妻何芙霞流亡日本东京，并结识沈定一，作《赠剑侯》（四首）。其一：“热肠侠骨备刚柔，不愧而今第一流。与我周旋虽未久，知君怀抱更无俦。相逢本是同沦落，乍见居然许应求。如此方堪托肝胆，会当把酒诉恩仇。”其二：“容身无地叹何之，海外漂流一泪垂。回首依然民主国，伤心又见党人碑。我原碌碌时犹忌，君况铮铮数更奇。养气读书宜自励，他年终竟仗安危。”

13日 《申报》第14523号刊行。本期《自由谈》“尊闻阁词选”栏目含《再和〈帆影楼夜话〉》（兰亭）、《次韵和小万柳堂四首》（诗圃）、《次韵〈月夜，小万柳堂作〉》（四首，诗圃）；“文字因缘”栏目含《〈玉田恨史〉题词》（四首，戛白）、《〈玉田恨史〉题词》（四首，东野）、《题〈玉田恨史〉》（四首，率公）、《题〈玉田恨史〉》（四首，太宽）、《观天胜娘〈幻术杂志〉》（四首，陈佐彤）。其中，诗圃《次韵和小万柳堂四首》其一：“蝉曳残声日欲曛，垂杨罨画望难分。移家万绿阴中住，闲似无心出岫云。”其二：“小拓名园住沪滨，黄莺为友柳为邻。闲来拟著郊居赋，不效扬云著剧秦。”

易顺鼎作《六月初十日纪事二首》。其一："铜台高峙浊漳横，飞去美人天四更。筮月有黄奔后羿，占星太白窃梁清。铢衣迷雾原无质，罗袜凌波岂有声。鹦鹉乌龙都睡了，步虚谁听董双成。"其二："连昌词里念奴娇，化作三红线拂绡。已感金仙辞汉武，尚劳玉女问燕昭（唐人《游仙诗》云：'玉女暗来花底立，手搓裙带问昭王。'去之本日，尚有书讯余也）。燕辞百姓翻归谢（余戏改唐诗云：'寻常百姓堂前燕，飞入旧时王谢家'），雀筑三分竟锁乔。独有舞台肠断客，梁尘珠泪一齐飘。"

14日　刘文典与范鸿仙赴安徽芜湖，决议成立讨袁第一军、第二军，酝酿讨袁行动。

《申报》第14524号刊行。本期《自由谈》"尊闻阁词选"栏目含《寄题小万柳堂，即次答吴夫人诗韵》（二首，诗圃）、《奉题小万柳堂》（经野）、《奉题小万柳堂》（苏戡）、《苏河旁访小万柳堂主人》（嘉树）；"文字因缘"栏目含《〈玉田恨史〉题词》（四首，醒乎）、《〈玉田恨史〉题词》（六首，飏之）、《〈玉田恨史〉题词》（四首，栖梧）。其中，诗圃《寄题小万柳堂》其一："岸柳阴疏艇系渔，清溪环绕隐君庐。词林耆宿张三影，画苑名家唐六如。何事穿云曳幽屐，不妨带月荷归锄。悬知抱膝隆中坐，梁父吟成乐有余。"其二："破觚休诮便为园，风会迁流亦自然。民智开通存学界，艺林沾丐赖书田。园居妙占无双境，诗思清逾第二泉。况有茂漪佳耦在，簪花书润不论钱。"

15日　黄兴在南京宣布独立，任江苏讨袁军总司令，并任命章士钊为秘书长。又，南京独立，浙江爆发军用票挤兑潮。张寿镛作《浙江潮》。诗云："大地轩波起，终朝鹤唳闻。山河方统一，吴越两家分。浙江潮怒发，朝市变风云。本来疮孔甚，牂羊赋首坟。召彼乡父老，谘诹彻暮晨（自下午二时集议，至五鼓始散。款既集，风潮遂平）。当时守财者，雉性亦能驯（时有不顾大局者，旋亦从议）。凡事宜诚意，谬误责诸身（集会时宣言：'以往错误应由吾辈自劾'）。自兹衡出入，钩稽益矢勤。漠代重平准，武非黩武君。刘晏隆士选，此中别莸薰。用舒为宜疾，大学有遗文。王猛温密断，议论垂河汾（见文中子）。未敢矜察察，聊以解其纷。京华朝局改，今雨非故亲。如何博虚誉，聚敛非吾伦（时项诚以浙江财政办理得宜为言，出京后担任厅务）。"

黄庭坚诞辰日，沈曾植于泊园主持超社第七集，观所藏宋刻任注《山谷内集》，陈三立、缪荃孙、樊增祥、吴庆坻、瞿鸿禨、王仁东、沈瑜庆、林开謩、周树模、吴士鉴等同集。同人诗作：陈三立《六月十二日，山谷生日，乙庵作社集于泊园，观宋刻任天社〈山谷内集〉诗解，用集中〈观刘永年团练画角鹰〉韵》、沈曾植《六月十二日山谷生日，超社第七集会于泊园，观余所藏宋本〈山谷内集〉任注，各和集中七古韵一首，用〈浯溪诗〉韵》、瞿鸿禨《六月十二日山谷生日，乙盦作社集于泊园，观宋刻任天社〈山谷内集〉诗解，予用集中〈对酒歌答谢公静〉韵》、缪荃孙《六月十二日山谷生日会于泊园，乙盦主之，出观宋刻编年诗注，用诗中七古原韵为题，因次李之纯少监惠研韵》、吴士鉴《六月十二日山谷生日，乙庵丈招集泊园，观所藏宋刻任子渊〈内集〉诗解，用〈外集〉〈次韵坦夫见惠长句〉韵，超社第七集》、周树模《六月十二日山谷生日，乙盦方伯置酒泊园，出观宋本任天社〈内集〉诗解，用〈演雅〉韵为诗一篇》。其中，陈三立诗云："坛坫颇如压强敌，诸公尽有锦囊癖。置社泊园草树堆，自媚鬓丝翻野色。是日适下涪翁拜，高唳尚想摩霄翮。翁诗久远愈论定，立懦廉顽果谁力。世人爱憎说西江，类区门户迷白黑。咀含玉溪蜕杜甫，可怜孤吟吐向壁。乡味肠浇双井茶，谪所梦恋廷珪墨。根柢早嗤雕虫为，平生肯付腐鼠吓。一家句法绝思议，疑凭鬼神对以臆。沈侯秘箧出宋椠，任注矜慎辨行格。乍喜并寿八百年，瓣香告翁天护惜。嗟余仰止忝邑子，挦扯毛皮竟何得。"沈曾植诗云："黄集任注传覃溪，博校不异《邕师碑》。补阙叶已缮青纸，仿写本乃亡乌丝（翁氏原本，余曾见。盖仿写宏治本，非景写者。宏治本则从宋本出也）。当年西江祖关启，蹴踏九州马驹儿。洪蜀闽杨竞雕印，三注磊磊轩眉西。子耕《年谱》祖任例，诸孙埒刻留龙栖。兹为闽刻著埒跋，鲜本倭本纷来为。惜哉翁谢都未见，题记空怀浙浒师。（任注《内集》今所见者，宋刻有蜀本、闽本，复宋刻有宏治本、朝鲜本、东洋本）沈观楼如灊峰阁，雨凉不烦松扇挥。吉日长留瓣香敬，谈云想像高冠危。山谷冥参曹洞禅，吾侪真吟《曹郐》诗。《匪风》《下泉》王霸尽，坏劫岂复容高辞。西州漆简牢保持，长物理不长相随。一朝神山风引去，题字为记周余悲（观罢乞诸公题字）。"吴士鉴诗云："修水诗人久仙去，昔至公乡动遐慕。练辰今值公生朝，九百年来幸重遇。乙盦爱读豫章诗，手订源流函雅故。蜀中宋椠如凤星，袭以沈檀惧尘污。自言点勘惭古人，十年未秃霜豪兔。当时注者新津任（任子渊，蜀之新津人），史氏祖孙后尘步（史容注《外集》，其孙季温注《别集》，亦蜀之青神人）。诗派流衍涪江西，掎摭前闻似披雾。国朝诸老雅好古，正始元音播茎頀。苏斋沓缉综全豹，不独精华共愉呴。遵王所见明初翻，药师秘笈禾中聚（覃溪合刻内外集，用明弘治间复刻本，观其识语，云于旧本得许尹序并目前二叶，又谢蕴山题识，云内集许尹序诸本皆阙。今博考善本钞补入，并目录题下注脚二页，是当时实展转传抄，未见真宋本也。《读书敏求记》亦云目录中旧本缺二板，盖与槜李项药师藏本均是明刊，今此本许尹序及目录前二叶完善无阙，真足宝贵。任子渊又尝辑《山谷精华录》，人间不知有传本否）。后来残本出吴门，荛叟覃心每倾愫。行数字数与此同，三擿详注一廛赋（黄荛圃《百宋一廛赋》所见乃真宋本，惟已残缺，仅有八卷）。君顾得此乃大豪，归装载向鸳湖路。前年移家海上来，连樯又转藏书库。招朋下拜涪皤前，乞灵共斗连犿句。瓣香清醑罗庭除，擶石滤泉妥茶具。我诗愧无高骞姿，泛泛闲踪等鸥鹭。目如观澜迷津涯，心似扼歆重持护。倏然梦想退听堂，倒著接䍦换襦袴。醉中万事不关怀，门外惊鸿杳无数。"

《楚学杂志》创刊号（共1期）刊行。本期"文苑·诗录"栏目含《游黄花岗，吊辛亥三月二十九日广州死难诸烈士》（图南）、《独行谣》（渐公）、《小游仙诗》（渐公）。

《民谊》第 9 号刊行，是为终刊。本期“词林”栏目含《苏州道中阻雨》（谢英伯）、《登胜棋楼望莫愁湖，有感民国政局》（谢英伯）、《吊建国粤烈士坟坛》（在莫愁湖畔）（谢英伯）、《秦淮二首》（谢英伯）、《过固镇有怀建国诸烈，写寄李熙斌、蔡卓君、潘赋西三君》（谢英伯）、《登陶然亭》（谢英伯）、《与南社仝人集都门崇效寺看五色牡丹，拈得留字》（谢英伯）、《闻卿》（顺德蔡守哲夫）、《姑恶二首》（调黄瑾卿）（前人）、《调骚香》（前人）、《赠瑾卿》（前人）、《与骚香子夜话》（前人）、《欲去重低徊》（辞都督府秘书作）（前人）、《无憀》（前人）、《寄瑾卿》（前人）、《调寄〈台城路〉· 题茗柯先生〈寒夜琴图〉》（抱香倚声）。

《申报》第 14525 号刊行。本期《自由谈》“尊闻阁词选”栏目含《登襄阳南山东道楼》（芙镜）、《客中送春》（二首，芙镜）、《题廉惠卿南湖小万柳堂，步汪咏霞女士韵》（四首，芙镜）；“文字因缘”栏目含《题〈玉田恨史〉七律二首》（萧晓风）、《〈玉田恨史〉题词》（四首，晓霞）、《再题〈玉田恨史〉（集唐）》（佐彤）、《〈玉田恨史〉题词》（二首，槁木子）。其中，芙镜《客中送春》其一：“河梁折柳赋新词，又是春风别我时。人不能归春不管，春归总自不愆期。”其二：“帘影飘风舞夕晖，几家茅屋掩柴扉。荒村有酒无人买，让与春风一醉归。”

《国民杂志》第 1 年第 4 号刊行。本期“文苑 · 文”栏目含《告宰官白衣启》（章炳麟）、《性宜六妹传》（范元亭）；“文苑 · 诗”栏目含《归国作》（朱峻岳）、《游风阳龙兴寺》（朱峻岳）、《观三弟〈九江惜别〉之作，和其韵》（朱峻岳）、《读〈曾湘乡全集〉，偶得二十八字》（朱峻岳）、《昨夜》（钱维骥）、《感怀，和莲士〈九日〉》（狄祖年）、《赠桂伯华》（范罕）、《偶于座客扇头见书长句一律，词旨悱恻，读之愀然，末不署姓字，意其人必有黍离麦秀之感者，闵而和之》（伯华）、《留都月余，与刘幼云相得甚欢，惟余酷嗜释家言，每以勗刘，而刘以宋儒之说先入为主，辄拒不纳，无可如何，适屡以所绘〈介石山庄图〉促题，冗未报命，行抵上海，乃寄是作》（伯华）、《扶桑赏雪歌》（陈宽）、《如苏怀古》（孝章）、《画嶂歌》（孝章）、《梅花》（孝章）、《杨柳》（孝章）、《杏花》（孝章）。

《湖南教育杂志》第 2 年第 12 期刊行。本期“文艺 · 诗录”栏目含《书剑山书楼壁》（汉瞥生赵怡）。

［韩］《天道教会月报》第 36 号刊行。本期“词藻”栏目含《晨行翠云亭》（敬庵李瓘）、《泛舟流下杨花渡》（前人）、《又》（前人）、《又》（香山车相鹤）、《伴苇沧出东城》（芝江梁汉默）、《怀友》（刚斋申泰炼）、《三溪洞》（凰山李钟麟）、《幸洲返棹，泊楬花岛》（前人）、《悼教友张君在晟》（敬庵李瓘）。其中，凰山李钟麟《三溪洞》云：“紫霞门外三溪洞，山北山南一两家。镇日攀登深处去，主人翁扫满庭花。”

南社社员方廷楷在《民立报》连载《〈习静斋诗话〉摘隽》，推荐莫友芝、陈三立等宋诗派诗人诗，宣称“论诗分唐宋，最为俗见”。

16日　《中华》创刊号（共1册）刊行。本册“文苑”栏目含《希如次余〈都门书感〉韵，作辛壬之间〈杂感〉五章，辄复赓作》（觙民）、《大招怀古》（吴抱一）、《秋感》（戊申日本作）（拔其）。

《申报》第14526号刊行。本期《自由谈》“游戏文章”栏目含《十二花名歌》（十二首，东野）；“尊闻阁词选”栏目含《兰州春社集渔洋句成五首，奉邮南湖先生、芝瑛夫人双鉴》（寒厓）、《留别，次影怜〈赠别〉韵》（二首，蝶仙）、《苦热行》（天白）；“滑稽诗话”栏目，撰者“嘉定二我”；“文字因缘”栏目含《题〈玉田恨史〉》（次咏霞女士韵）（四首，惊）、《题〈玉田恨史〉》（四首，瘦逸）、《题〈玉田恨史〉》（二首，宝山陆澄宇）、《〈玉田恨史〉题词》（六首，南通月波投稿）、《〈玉田恨史〉题词》（次咏霞女士原韵）（四首，吴陵陈畹九女士）、《调寄〈沁园春〉·题瘦蝶词人〈罗浮馆词〉》（杜双璧）。其中，寒厓《兰州春社集渔洋句成五首》其二：“十日雨丝风片里，千枝万朵压檐低。云间墨妙更遒绝，潭柘庵边莺乱啼。”杜双璧《调寄〈沁园春〉》云：“明月浮香，卜筑梅村（罗浮多梅，有地名梅村）。想锦衣显耀，紫标富有。浮生若梦，转盼成尘。门对云屏，室临瀑片，流俗何知幽趣真。尘襟涤，借黄龙磬吼，白鹤钟闻（黄龙、白鹤，俱罗浮道观）。　交亲仙蝶成群，料得是庄生留此身。羡搜红访绿，歌来旖旎。搓酥滴粉，句染香薰。六一丹炉，九三汞鼎，火候纯青到十分。君谁及，有师雄共醉，葛令为邻（师雄、葛令，皆罗浮朱明洞仙侣。葛令即洪真，曾为令，故名）。”

《庸言》第1卷第16号刊行。本期“艺林·艺谈”栏目含《石遗室诗话（续）》（陈衍）、《菉猗室曲话（续）》（姚华）、《琴志楼摘句诗话（未完）》（易顺鼎哭盦）、《诗钟说梦（续）》（易顺鼎）；“艺林·诗录”栏目含《忆去年之籥园，在钟山下，陈吏部所租》（梁鼎芬）、《壬子春怨》（梁鼎芬）、《九月十八日葬先室人于梅亭乡文笔山，冬至后十九日展视作》（陈衍）、《遣兴兼讯沤尹索酒》（陈三立）、《和梁节庵按察用陈简斋四梦语见怀，因答寄》（易顺鼎）、《自赠》（易顺鼎）、《荷花生日戏赋》（四首，樊增祥）、《樊山录示〈移居〉诗，依韵奉和》（四首，沈曾植）、《璇碧轩》（赵熙）、《涵秋馆》（赵熙）、《偶成》（二首，俞明震）、《偶成》（林纾）、《往东城视两弟读书塾中，归途怃然成咏》（黄濬）、《北河鲤鱼塘课桑二首》（何藻翔）、《东郭晚眺》（三多）、《同沤尹丈枕江阁夜坐》（李宣龚）、《青州道中》（潘博）、《济南》（潘博）、《弢庵丈来津，留宿寓斋，回京有赠，次韵奉酬》（张元奇）、《徐鞠人太保养疴青岛，寄怀一首》（张元奇）；“艺林·文录”栏目含《胡公井铭（并序）》（王闿运）、《〈延香老屋诗〉自序》（康有为）。

《公论》第1卷第4号刊行。本期“文艺·诗录”栏目含《雨中过罗峰看梅，送小进北上》（黄晦闻）、《端午前一日苦雨》（马小进）、《千古》（马小进）、《槐堂戏咏》（饶芙裳)、《夕阳影里，笳鼓声中，同友人陟高冈望圆明园故址，只余破壁颓垣，残峙于荒烟蔓草间，唏嘘凭吊，感慨系之》(李黾年)。

荣庆清理楼舍，得诗二句云："足病拘挛杨太尉，市看傀儡杜司徒。"

宁调元《武昌狱中书感并序》(二首) 刊于《民立报》。叶楚伧作《题记》云："武汉惨狱，一演再演，溯厥所由，惟袁、黎首毒吾众所致。太一吾南社豪，赭衣入狱，冤氛霾积。兹录狱中两律，其志可知矣！楚伧志。"本月26日《长沙日报》重刊，题为《武昌狱中书感并序》(四首)。序云："东望夏口，西望武昌。满眼劫灰，三月咸阳之火；秋坟鬼唱，昨年江上之魂。此古战场，李华过而流涕；竟非吾土，王粲倦而登楼。范希文经世之思，先天下之忧而忧，后天下之乐而乐，屈正则卜居之痛，众人皆醉我独醒，众人皆浊我独清。进退已成羝羊，公私且问虾蟆。自共和始创，专制既除，一纪于兹，九州之内，商不安业，农不归耕。在朝无百年长治之谋，在野存旦夕苟延之想。飞燕覆巢之惧，城犹是而人已非；啼鹃望帝之声，树欲静而风不息。山崩钟应，险象环生；兔死狗烹，恶因迭种。出东门而怀天路，依南斗而望京华。虎去狼来，一蟹不如一蟹；风凄雨苦，后人还哀后人。宫之奇尽室以行，鲁仲尼临河而返，子胥殉波臣而抉双目，梁鸿瞻宫阙而发五噫。人之云亡，天胡此醉？余为民请命，远祸无方。龙有鱼服之嫌，遂困豫且；路多羊肠之险，谁闵劳人？化为精禽，识孽缘之未尽；踢翻鹦鹉，原儿戏之所无。市虎竟骇听闻，灵犀莫辟鬼魅。后沤续前沤而至，鼠穿屋而有牙；来日与去日俱难，马何时而生角？此皆天心之未悔祸，抑亦人事之莫如何者也！虽然，生死何常，凭诸天命。晦明相间，谁识未然。用为诗以纪其事，时癸丑六月。"其一："天阴雨骤昼闻雷，犴陛重重即夜台。铁铸九州浑是错，愁来百念尽成灰。好还且莫论天道，泄愤公然托祸魁。去日来年都不易，肯因知己托良媒？"其二："蔓尽瓜稀泪暗吞，须臾忍死可堪论。谁明黄雀螳螂意，频见朱门主仆喧。生世不偕当五浊，问天毕竟隔重阍。身经波浪翻回在，待抉吾眸挂国门。"其三："豺狼为伥鸩为媒，万种牢愁到酒杯。事业已随流水尽，年华可有鲁戈回？尽夸热釜能煎豆，何必寒炉始作灰。地老天荒有如此，起看星斗独低徊。"其四："拒狼进虎亦何忙，奔走十年此下场。岂独桑田能变海？似怜蓬鬓已添霜。死如嫉恶当为厉，生不逢时甘作殇。偶倚明窗一凝睇，水光山色剧凄凉。"

黄文涛作《六月十三日移居云门弟处感赋》(二首)。其一："风警忽飞至，仓皇又离家。桃源何处是？浮汉苦无槎。有弟远三里，携孙共一车。入门惊且喜，相慰复相嗟。"

[日] 白井种德作《天长节祝日恭赋》。诗云："南山特地送岚光，篱菊还看分外香。岂啻五洲人献寿，两间无物不呈祥。"

17日 柏文蔚在安徽宣布独立，任安徽讨袁军总司令。旋因手下芜湖驻军龚振鹏反叛，将革命计划密报袁世凯部下段祺瑞，遂在芜湖发动“陶塘兵变”，逮捕都督府秘书长陈独秀，险将其枪决。潘玉良为防止龚振鹏夜间密捕潘赞化，每夜不眠，执手枪为潘赞化警戒。晚年潘赞化回忆往事，作诗云：“长街民变逼陶塘，鼎革清廷兵马荒。九道门前勤护卫，持枪值宿小戎装。”（潘赞化自注：“是‘参加革命’我们在芜湖十九道住，陶塘兵变我受嫌疑，陈仲甫被捕，还记得罢！兵变之夕，你把手枪为我守卫整夜不睡的事。”）潘玉良，原名张玉良，潘赞化本年出任芜湖海关监督，为青楼女子张玉良赎身并结为夫妇，张氏为感其恩，遂改姓潘。1920 年，潘玉良考入刘海粟所创办的上海美术专科学校，后又在潘赞化资助下赴法国留学，先后在里昂中法大学、巴黎国立美专习画，与徐悲鸿同窗。

《申报》第 14527 号刊行。本期《自由谈》“尊闻阁词选”栏目含《偕文亮上人、吴丈仰之访小万柳堂》（二首，子端）、《小万柳堂主人以新作见寄，赋此酬答》（二首，疑始）；“文字因缘”栏目含《〈玉田恨史〉题词》（四首，井蛙）、《〈玉田恨史〉题辞》（四首，雁秋）、《题〈玉田恨史〉》（八首，盐官拜石居士）、《〈玉田恨史〉题词》（四首，嘉定二我）。其中，子端《偕文亮上人、吴丈仰之访小万柳堂》其一：“七十年来开港地，二千里外未归人。生憎黔首甘奴相，欲挽洪流湔恶因。割地当时尤石晋，成仙有客避嬴秦。堂中翰墨堂前柳，遮断人间万丈尘。”其二：“故人鸡黍远相邀，佳节他乡慰寂寥。为伴高僧访经室，喜逢仙子奏秦箫。隔窗晴日催花信，满地春光入柳条。休说南皮高会约，怀人思旧各魂销。”

魏清德《怡楼小集，送以南社兄重游日本》发表于《台湾日日新报》。诗云：“内海风光取次来，白帆好向日边开。扶桑游客多于鲫，三绝如君是逸才。”

18 日　陈其美在上海、陈炯明在广东分别宣布独立。又，况周颐寓居庆云里，听闻陈其美、陈果夫上海起兵讨袁而引起战事不断，口占一绝。诗云：“惨焰摇灯梦不成，焂如雨密焂雷惊。令人回首承平日，除夕千门爆竹声。”

《申报》第 14528 号刊行。本期《自由谈》“尊闻阁词选”栏目含《癸丑夏五，雨窗夜永，展卷神怡，堇次寒韵二章》（二首，何震彝穆忞）、《泊渔桥》（徐哲身）、《樵石》（徐哲身）、《花朝》（二首，徐哲身）、《桃花鳜》（徐哲身）；“滑稽诗话”栏目，撰者“嘉定二我”；“文字因缘”栏目含《忆旧游·题〈玉田恨史〉说部》（挥戈生）。其中，徐哲身《泊渔桥》云：“竹密鸟声杂，溪明花影通。遥看似雪处，无限夕阳风。生物静多感，春心清满空。高峰片云外，苍翠压孤篷。”《樵石》云：“火星动山脊，流照半江明。岸树垂秋影，滩风答夜声。数家茅屋闭，一瞑水烟成。不寐听寒吠，萧然野兴生。”

《不忍》第 6 册刊行。本册“艺林·诗”栏目含康有为《三月三十日自须磨依山行，游清友园，百花落矣，惟红踯躅满山，感赋》《遇前日本使矢野文雄龙溪于犬养君酒筵，君为戊戌旧交，文学深雅，尝赠我〈牡丹樱花握手图〉。难后，介绍于日相大隈伯重信，而电招居日者。久别重逢，话戊戌旧事，感慨怃然，即席赋赠》《再游箱根山顶芦之湖，望富士山》《浴芦之汤》《游玉帘泷》（在箱根山脚）、《辛亥除夕前六日，在日本箱根环翠楼阅报，适看玉帘泷还感赋》《胶旅割后，各国索地，吾与各省志士开会自保，末乃合全国士大夫开保国会，集者数千人，累被飞章，散会谢客，门可罗雀矣》（御史杨崇伊劾称保中国不保大清）、《三月十一日夜怀徐子靖侍郎，时在北狱，念之痛心》《京破后，狱囚皆放，闻徐子靖侍郎即奉赦免，喜倒泪下》《久不得徐子靖侍郎、莹父编修、毅父孝廉及宋芝栋侍御消息，兼怀李孟符郎中》《戊戌春花地筑室成，吾留京师未一归见，而八月藉没矣。住者无住，无住而住，只有随顺，非力能为。今京师又破，士夫无家，但吾先之耳，感赋》《同钱儿貌似我，生三周晬矣。吾五十始生钱，老母八十，非钱不欢，闻能诵诗三十首，喜寄缩机汽车与之》《寄长女同薇》《旧作诗篇迁流多失，任甫请搜付之，老珍敝帚，检于绝国，凡得千余首，辑成题之》《五度大西洋放歌》《游法国方点部螺宫，观拿帝及其后奥公主奁厨、金宫、画柱、文石床、几绣，为之感》《请于丹墨国相颠沙，告狱吏而观丹麦狱，庄严整洁，当为欧美之冠》《瑞典京士多贡之思间慎公囿，据海岛为之，环大数里，半枕湖波，绕以百千楼阁，电灯万亿，百戏纷纭，光景奇丽，为地球公园第一，与女同璧频游》。

林纾始发表《十哀》组诗于《平报》，含《哀鄂》《哀粤》《哀湘》《哀闽》《哀赣》《哀金陵》《哀陪京》《哀政府》《哀党人》《哀商界》。序云："时局日坏，乱党日滋。天下屹屹，忧心如捣。无暇作谑，但有深悲。于是作十哀乐府。"其一《哀鄂》："宁熊、詹季人中豪，智计细密同茧缫。纵火武昌听煨烬，决水七县随洪涛。黎宋卿，耳目多，侦探四出加搜罗。宁熊见获詹季遁，日人为卫将奈何。罪状既如此，外议转不尔。称黎平乱能坚持，要黎嗜杀加毁訾。观黎电报意气平，确言止乱非党争。据此而言黎无憾，报章又发一声喊。或为解释勿牵连，宁熊二子皆时贤。迷离到此是非乱，阎罗包老无能断。长此不已非佳征，武昌不日当糜烂。苍天复苍天，汉族何罪加歼旃。自屠自戮果何事，不为争权也为钱。呜呼一哀兮天宇高，剖心我原哀同袍。"其二《哀粤》："岭南故督携款行，款巨能使天下惊。张君抗抵不为屈，赇请恫喝来同盟。报章大侈其事□，吾非目瞩乌能明。但知岭表精华竭，万姓无声泣成血。前门拒虎后进狼，要求三事坚如铁。胡氏二百陈二千，不先求治先求钱。军民分划终肘掣，不如专制持兵权。凛凛绾符登虎帐，设计先驱民政长。胡尚聪明陈则枭，吾粤同胞尚何望。使劲朘，引吭吞，皮骨教人无一存。内靠借款外请款，醰醰有味如蒸豚。呜呼二哀兮天宇昏，议员突炮六千元。"其三《哀湘》："谭君忠厚孰与伦，可惜胆力非轮囷。听人劫胁昨傀儡，意虽爱国无由申。粤督去，皖督行，赣督解任心怦怦。扬州四镇去过半，天下拭目思太平。思太平，隐患生，晚唐留后犹阻兵，方头锋尚朝神京。近者武库一声炸，传闻不一初八夜。或言焚械本无几，或加张大堪惊咤。终竟人心思乱多，纯为私利仇共和。政府原不厌人意，借题泄愤抽干戈。江南商务已如水，那堪啮骨敲人髓。我乞群雄气少平，稍思民瘼存天理。存天理，思民瘼，同胞或且留皮骨。呜呼三哀兮涕泗零，拊心南望水湘灵。”其六《哀金陵》：“哀金陵，哀金陵，茫茫浩劫天难凭。天难凭，呼不应，叛人健似脱鞲鹰。雪楼生怕栽筋斗，装聋做聩先期走。贼酋下令集军官，出剑当场如叱狗。战袍浴血十八人，含冤入地生秋磷。辛亥革命望风靡，今年革命戕壮士，劫之为乱宁本心，大军一至投戈耳。请问黄总统，此次何宗旨？杀人举事称共和，共和那有此种子。冷司令，吃一刀，李都督，割须逃。四方传檄称雄豪，那解金陵人，土铿无烟风骚骚。呜呼六哀兮天宇高，石头城下浪花陶。”其八《哀政府》：“临时政府垂二年，外间喊杀声联天。党人称戈动江表，讨袁军且临幽燕。袁公之愚非奕劻，巽懦终胜摄政王。勿论北弱与南强，无辜赤子滋堪伤。我初憾政府，今乃哀政府。叛人之悍如乳虎，某党议员滋簧鼓。开议四月一事无，误国毒似金蚕蛊。入耳但闻不通过，里应外合兴干戈。一边掣肘一边打，坐使政府如沉痾。我劝政府休着魔，坚持到底休蹉跎。共和固不重屠戮，纵贼不治理则那。呜呼八哀兮思收场，大将宜起冯国璋。”

19日　许崇智、孙道仁在福建宣布独立。

《申报》第14529号刊行。本期《自由谈》“文字因缘”栏目含《南湖先生嘱题〈津楼惜别图〉》（四首，何震彝穆忞）、《清明后一日，有怀南湖奉寄》（寒厓）、《〈玉田恨史〉题词》（次咏霞女士韵）（四首，陆律西）、《〈玉田恨史〉题辞》（集《疑雨集》）（四首，雁秋）。其中，何震彝诗四首其一：“碎珮丛铃意不孤，金梁梦月影模糊。风徽合拟随园叟，重绘湖楼请业图。”其二：“南湖逸老举家清，夙主诗城息壤盟。别有伤心人不省，天津桥上杜鹃声。”

陈去病任江苏讨袁司令黄兴之秘书，并多作讨袁文稿。

魏清德《怡楼小集，送菊如社友重游吕宋》发表于《台湾日日新报》。诗云：“闻鸡中夜髀生叹，横海多年志未灰。一片楼船千迭浪，输君先向日南开。”

童春作《题马鹤年扇》。序云：“余客邑城，寓四乡公所，见报初载赣乱，适杨君茗仙率子蕴藻同历、马诸君来，嘱题扇一绝，时阴历六月既望雨夜也。”诗云：“聚谈客邸故乡人，南北风潮是否真。无限愁怀随雨到，不如共醉玉壶春。”

20日　章太炎本日前后于上海发表讨袁《宣言书》《致黎元洪电》《章炳麟、蔡元培宣布朱瑞劣迹通电》等。乌目山僧（黄宗仰）作《太炎先生将开学会，得观云先生赞成之，赋呈志喜》。诗云：“河汾今不作，沧海此横流。公论初尊孔，斯人欲证刘（‘明刘蕺山先生有证人会’）。先生起坛坫，大义继《春秋》。更喜轮扶谁，青山拜蒋侯。”

花近楼举行雅集。陈夔龙作《六月十七日花近楼雅集，再叠前韵》。诗云：“幽栖吾爱吾庐阴，芭蕉叶大篁成林。墙头桐花茁么凤，阶前兰蕊抽素心。碧蝉曳枝暑俱却，红蜓点水弱不禁。一壑一丘我自有，五岳何必希向禽。朝来旧雨联翩至，清风习习披灵襟。到门未妨主投辖，列坐喜叶朋盍簪。花近楼中病初起，杂治幸蠲灸与针。缅怀仓山广大主，开图一见神为钦。授经十三女弟子，衣香鬓影工越吟。南园宾客首祭酒，李侯此地施甘霖。徵君未老陆郎少，鸣弦观瀑皆清音。（出随园《十三女弟子图》、李味庄《沪上南园雅集图》与诸公同观）风雅于兹久衰歇，百年文献嗟人琴。松凉夏健永清昼，绝胜春宵千黄金。池塘青草自葱蒨，耳际应无蛙鼓侵。太息操戈等挥麈，执咎孰使神州沉。世运兴衰有倚伏，皋然望古还伤今。厨荒市远乏兼味，乐趣且向杯中寻。春申江上贤人聚，太史特书德星临。"

《申报》第14530号刊行。本期《自由谈》"文字因缘"栏目含《南湖先生属题〈津楼惜别图〉》（二首，袁克文豹岑）、《前诗未能尽意，复次寒韵一首》（袁克文豹岑）、《高阳台·题〈津楼惜别图〉，次重审韵》（袁克文）、《和懒园〈归田〉诗原韵》（二首，芙镜）、《次秦散叟〈元日试笔〉韵》（芙镜）、《次韵寄怀散叟》（芙镜）。其中，袁克文《南湖先生属题〈津楼惜别图〉》其一："雨绝云乖意自殊，飞扬魂梦入三沽。□桥柳色澄湖水，终古悲凉付画图。"《高阳台》云："归梦凌云，征魂侵月，声声愁彻清笳。锦树烟城，良宵悄倚谁家，年时惜尽人离别，怯东风、吹断天涯。费沈吟，寒烛深摇，红袖低斜。　　千金一刻春无价，记魂销桥柳，泪咽汀葭。北渚南津，匆匆地远思遐。牵衣挥袂浑闲事，共欷歔、潭水桃花。愿来时，欢绪长凝，望眼无遮。"

《文史杂志》第5期刊行。本期"词章·文录"栏目含《〈悔晦堂丛刻〉序》（雷以动松滋）；"词章·诗录"栏目含《冬夜感兴》（希如）、《和希如〈冬夜感兴〉韵》（觙民）、《旅夜书怀》（熊钟）、《都门南社雅集五古一首》（余鲲）、《旅湘杂诗（续）》（吴恭亨慈利）、《藏书绝句三十二首（续第三期）》（王葆心）；"杂俎"栏目含《近世事笺》（晦堂）：《蒋砺堂相国之爱才、荐才、用才》《胡文忠之爱才、荐才、用才、育才》《中兴功臣初出山时便不慕官爵》《中兴功臣微时皆笃风义》《湘军将领士卒初起时之气象》，《寄社诗钟选录（续）》（刘樗）。

《谠报》第4期刊行。本期"艺林·艺谭"栏目含《蜕庐诗摭（续）》（霞长）；"艺林·艺谭·诗词"栏目含《岁暮杂感》（铁山）、《登神户摩耶山》（杜贯之）、《庚戌春，沧江、明水旅行台湾，赋此赠行》（功补）、《两公自台归见，告彼中近事有感》（功补）、《癸丑上巳偕陈简肃、谢照蘧并学中诸子观瀑于神户北山》（功补）、《上巳观雌雄泷作》（照蘧）、《临江仙·乡梦》（照蘧）、《蝶恋花·寄千州》（照蘧）、《解连环·闻南北分立感作》（功补）。

《四川国学杂志》第11号刊行。本期"文苑"栏目含《国学学校同学录序》（刘师培）。

林苍作《六月十七日》。诗云："昨宵梦见朔风来，依样葫芦事可哀。寄语世人须着眼，莫将海市作蓬莱。”

21日　苏曼殊《讨袁宣言》刊于上海《民立报》。略云：“昔者，希腊独立战争时，英吉利诗人拜伦投身戎行以助之，为诗以励之，复从而吊之曰：‘Greece! Change thy lords, thy state is still thy same! Thy glorious day is o’er, but not thy years of shame.’呜呼！衲等临瞻故园，可胜怆恻！自民国创造，独夫袁氏作孽作恶，迄今一年。擅屠操刀，杀人如草；幽、蓟冤鬼，无帝可诉。诸生平等，杀人者抵；人讨未伸，天殛不逭。况辱国失地，蒙边夷亡；四维不张，奸回允斥。上穷碧落，下极黄泉；新造共和，固不知今真安在也？独夫祸心愈固，天道愈晦；雷霆之威，震震斯发。普国以内，同起伐罪之师。衲等虽托身世外，然宗国兴亡，岂无责耶？今直告尔：甘为元凶，不恤兵连祸亟，涂炭生灵；即衲等虽以言善习静为怀，亦将起而褫尔之魂！尔谛听之。”

《申报》第14531号刊行。本期《自由谈》“游戏文章”栏目含《两议院赋》（仿《阿房宫赋》）（悔予）；“尊闻阁词选”栏目含《绮恨四首》（醉红居士）、《杂感》（三首，佐彤）；“文字因缘”栏目含《祝明宋文宪公潜溪先生六百岁生日》（二首，芙镜）、《调寄〈西江月〉·题高太痴君小像》（二首，问梅山人）、《〈玉田恨史〉题词》（四首，了青）。其中，佐彤《杂感》其一：“小院月华澹，荒庭虫语喧。乡心牵两地，枕泪拭孤痕。梦远书难到，更深酒孰温。邻家好弦管，徒乱客中魂。”其二：“山意逢僧静，钟声抱佛圆。得闲多事了，爱好自天然。世界红尘里，渔樵沧海边。英雄造时势，凄绝不成眠。”

陈三立作《六月十八日，同子大、恪士往游西湖，晚抵刘庄，月上移棹，三潭观荷》。诗云：“卅载别西湖，合眼犹了了。厌乱复逃暑，胜地益萦抱。挟朋穿海角，飞车逐奔鸟。向晡落闲墅，还我旧蓬岛。罄觞待月烂，一棹万峰绕。山气四嘘吸，波光笼窈窕。孰掷青铜镜，平磨霜痕皎。三潭荷芰盛，风香餐已饱。翠盖荡金蕤，红裳媚炎昊。吹息霏霭中，贪向虚空咬。桥亭九曲栏，面势鬼工巧。警露鹤唳高，争隈萤点小。初蹑化人居，微瞥晶阙晓。肺腑涵灵滋，形影同缥缈。依稀捉鼻处，围花魂未扫。拔奇水坳石，臞仙欲拜倒。客讶降白苏，痴对营画稿（子大工画石，月下对之，爱玩不释，拟归摹一幅见遗）。亘古一宵佳，无尽索物表。萧萧鸥凫气，寤寐澹相保。浮澜星可汲，窥鬟魅亦好。枝蝉压低吟，忘归不知老。”

22日　《申报》第14532号刊行。本期《自由谈》“游戏文章”栏目含《答十二花名歌》（十二首，醒乎）；“尊闻阁词选”栏目含《夏日入山》（佐彤）、《闲情》（佐彤）、《其二》（佐彤）、《公子行》（小蝶）、《湖上》（小蝶）。其中，佐彤《夏日入山》云：“行行入山深，超超断尘虑。松风迎袖凉，苔石憩身遽。寻幽不自足，斜日催人去。怅然牵藤下，回头渺何处。”小蝶《湖上》云：“绿杨阴里雨霏霏，烟外游丝袅絮飞。一路翠萍吹不拢，采莲船去钓船归。”

沈焜、刘炳照访周庆云，同出游。刘炳照作《六月十九日醉愚约访梦坡，同车出游，晚至酒楼小饮，复登楼外楼纳凉，偶忆杜老〈登楼〉诗，约共次韵书怀，并希诸同社属和》。续唱者：周庆云、沈焜。其中，刘炳照诗云："妄从乱世测天心，晚境重逢厄运临。破碎山河难复旧，模糊岁月欻成今。旗亭买醉风怀减，镜槛移春雪鬓侵。休倚危楼肠断处，满腔悲愤发狂吟。"周庆云和诗云："匝地愁云万里心，危栏相与一凭临。不嫌风露寒难受，独惜山河碎自今。残梦那堪清夜绕，洁身未许俗尘侵。可怜薇蕨谁知味，空作哀蝉抱叶吟。"

23 日　《申报》第 14533 号刊行。本期《自由谈》"尊闻阁词选"栏目含《有感，摹唐人七歌》（七首，李生）；"文字因缘"栏目含《题鹿门旧隐幻装小影》（四首，双红豆斋主吴眉孙）、《题素心小影》（拈玉溪生韵）（四首，前人）。其中，双红豆斋主吴眉孙《题鹿门旧隐幻装小影》其一："惜花天付软心肠，戏对花枝自幻装。绮语一篇问东泽，美人千古说西方。鸾钗几欲投公主，凤履从知薄杏娘。劝尔香闺还索取，胭脂添画晓霞妆。"其二："本说莲花似六郎，六郎今更试莲妆。笑呼碧玉小家女，戏认花冠新嫁娘。始信雀真能化蛤，须防凤定欲求凰。风流伯虎姑苏事，三百年来第二场。"

24 日　《论衡》第 5 号刊行，是为终刊。本期"文苑"栏目含《艺林虎贲（续）》（姚华）、《羼提室杂识（续）》（寅谷）。

《申报》第 14534 号刊行。本期《自由谈》"文字因缘"栏目含《再题〈玉田恨史〉》（仍集《疑雨集》）（四首，雁秋）、《题〈玉田恨史〉》（四首，湘滨侯师石）。其中，湘滨侯师石《题〈玉田恨史〉》其一："蓝田种玉缔良缘，鸳牒联盟只几年。最是不堪回首处，一灯风雨对残编。"其二："多愁多病复多情，苦雨酸风梦不成。刺到鸳鸯魂欲断，更无玉笛谱双声。"

25 日　谭延闿在湖南宣告独立。

袁军攻占江西湖口后，四处搜捕杨赓笙，烧其住宅，家人逃散，亲朋株连入狱。杨赓笙被迫流亡日本。

《申报》第 14535 号刊行。本期《自由谈》"疾苦呻吟"栏目含《上海新竹枝词》（八首，钝根）；"尊闻阁词选"栏目含《清宫词四首》（李生）、《病起》（天白）、《晚雨》（天白）；"文字因缘"栏目含《花发沁园春 · 题〈玉田恨史〉》（小蝶）。其中，李生《清宫词四首》其一："花影沉沉夜漏迟，长门尽日锁燕支。樽前莫唱霓裳曲，天宝宫人已鬓丝。"其二："颐和园外草如茵，玉勒青骢起暮尘。旧日教坊歌舞地，繁华消歇已无人。"

《小说月报》第 4 卷第 3 号刊行。本期"文苑"栏目含《济泰游览记（续）》（我一）、《前清宫词（续）》（李汝穊）。

［韩］《朝鲜佛教月报》第 18 号刊行。本期"无孔笛"栏目含《端午杂著五排》（癸丑）（猊云山人）、《闻雷有省》（癸丑初忧）（前人）、《代壶洞学校忆退耕上人三绝》（书山成埙）、《挽香严律师》（前人）、《端阳日拈韵寄映湖讲伯》（前人）、《敬次上韵》

(石颠朴汉永)。其中,书山成埙《挽香严律师》云:"荣欲平生不系累,粹然戒律表禅尼。文名高似翔云鹤,德性温如典乐夔。老病山中囊有药,清风身后地无锥。沁江春树成追忆,来世因缘问几时。"

26日 《申报》第14536号刊行。本期《自由谈》"游戏文章"栏目含《上海战事五更调》(钝根);"尊闻阁词选"栏目含《拟宫词,用花蕊夫人韵》(二十八首,小蝶);"文字因缘"栏目含《过小万柳堂,游约翰学校园林》(天白)、《再题〈玉田恨史〉》(六首,小蝶)、《题〈玉田恨史〉四首》(丹徒包柚斧)附《赠天虚我生一首》(前人)。其中,小蝶《再题〈玉田恨史〉》其二:"离魂咫尺不相逢,百种相思总属空。重到小亭寻去梦,芙蓉都作可怜红。"其三:"杜宇声中泣断魂,伤心心绪不堪扪。海棠一夜风吹落,尽作斑斑血泪痕。"

27日 周庆云、沈焜、刘炳照、许溎祥以荷花生日集晨风庐,刘炳照作《荷花生日集晨风庐小饮,仍借前韵为花介寿,约同社诸子同作》(二首)。同人和作:周庆云《叠韵奉和语老〈荷花生日〉二首》、沈焜《荷花生日,语老用光字韵首倡二章,梦坡和之,予亦继作》(二首)、许溎祥《奉和梦坡〈荷花生日〉诗,仍叠光字韵》(二首)。其中,刘炳照诗其一:"荷塘十里泝流光,荡入花丛采采忙。降种又逢生日至,传芳恰值小年长。幸依净土无穷碧,不染淤泥自在香。莫怪趋炎中太热,冰肌玉骨总清凉。"其二:"自从朝日黯无光,异种西番斗艳忙。茂采同心情用误,尹邢避面恨添长。连枝幸有花根叶,独立长留色味香。借酒愿为君子寿,当筵共吸碧筒凉。"周庆云诗其一:"年年此日斗花光,赢得鸳鸯戏水忙。杯饮碧筒人尽醉,筵开白社昼忘长。亭亭独立心常爱,脉脉无言气自香。风度未妨君子比,纤尘不染自心凉。"

《申报》第14537号刊行。本期《自由谈》"疾苦呻吟"栏目含《制造局血战叹》(十首,海天逸客);"尊闻阁词选"栏目含《初夏忆家》(天白)、《题归立恭〈万古愁曲〉》(二首,天白)、《晓起野望》(小蝶)、《净慈寺题壁》(天白)、《感言》(二首,嚣嚣子)、《夏日泛舟观荷》(六首,山阳秦寄尘)、《看山》(二首,前人)。其中,天白《题归立恭〈万古愁曲〉》其一:"万古兴亡一刹那,百年朝露奈愁何。那堪辽鹤归来后,重听江南子夜歌。"其二:"东南王气久销沉,玉殿虚无感不禁。流水空山歌一曲,黍离哀怨首阳心。"

《宪法新闻》第13册刊行。本期"杂纂·文苑·诗录"栏目含《赠袁生诗二首,以酒字为韵并序》(方尔咸)、《赛金花以五月廿日过访樊山,谈数刻去,樊山来书相告,戏咏一首》(易顺鼎)、《游二闸,同宰平、君确、孝觉兼携内子、虎儿成六绝句》(罗惇曧)、《五月二十一日,瘿公约同孝觉、君确泛舟二闸,得五绝句》(林志钧)、《题南湖〈四美图〉四首》(陈三立)、《重至金陵故居吊刘姬》(俞明震);"杂纂·文苑·词录"栏目含《唐多令·题马湘兰〈天寒翠袖诗意〉》(沈曾植)、《归国遥·题董小宛〈孤山感逝图〉，用须溪韵》（沈曾植）、《高阳台·题董小宛〈孤山感逝图〉》（樊增祥）。

鲁迅乘船离绍兴，返北京。

恽毓鼎作《约石顽兄、永禅师素餐，坐藤花下纳凉谈诗》。诗云："避世参寥子，追凉静绿天。诗真留本色，机息见初禅。笋馔甘逾肉，藤花艳映莲。风尘门外恶，独坐渺山川。"

28日 《申报》第14538号刊行。本期《自由谈》"二我居杂缀"栏目含《石达开遗诗（未完）》；"文字因缘"栏目含《〈玉田恨史〉题词》（六首，甬江商隐）、《调寄〈金缕曲〉·〈玉田恨史〉题词》（瘦蝶）。其中，瘦蝶《调寄〈金缕曲〉》云："一卷伤心史，镇堪怜、凤咤惊靡，玉田村里。天赋多情编靳寿，算是人生憾事。果相聚、愿祈速死。转瞬去年今日到，病郎当、竟许翩然逝。更何用，恋尘世。　迷离惝恍揣心理，恨茫茫、黄泉碧落，寻郎无计。幸有陈思抽妙笔，恰把倩魂唤起。体贴出、痴情密意。一字一珠还一泪，剔秋灯、咄咄书空记。应赚得，共挥涕。"

29日 袁世凯任命熊希龄为国务总理。

《申报》第14539号刊行。本期《自由谈》"二我居杂缀"栏目含《石达开遗诗（续）》（石达开）：《入剑门》《怀蓝子廉》《寄友人》《道路》《再答国藩一首》《我伤朝内祸》。其中，《入剑门》云："抛撇妻孥戴覆盆，含冤难复叩天阍。宝刀骏马休输却，看领雄狮入剑门。"《怀蓝子廉》云："羡子山居好，秋生桂树幽。终年事戎马，吾瘁几时休。"《再答国藩一首》云："支撑天柱费辛艰，垓下雌雄决一韩。试看欃枪天上扫，夜深惨淡斗牛寒。"

30日 湘督谭延闿与四川熊克武部计划乘北洋军入赣，武昌空虚，举兵会攻湖北。

《申报》第14540号刊行。本期《自由谈》"尊闻阁词选"栏目含《长城歌》（李生）、《题归立恭〈万古愁曲〉》（二首，李生）、《感事》（二首，李生）、《式微歌》（和碧梧韵）（四首，琼华女士）；"二我居杂缀"栏目含《秋璿卿遗诗》（秋瑾）。其中，李生《感事》其一："故国江山泪，中原草木兵。熊罴骑上将，蝼蚁苦苍生。温蠖世皆浊，沧浪我独清。淮南梦不到，何日罢东征。"其二："戍鼓动天涯，征人感暮笳。遗民话沧海，浩劫走龙蛇。属国悲多垒，哀鸿未有家。何当复归去，还就故园花。"

《中国实业杂志》第4年第7期刊行。本期"文苑"栏目含《信浓丸中逢涛痕君，赋此以呈》（颜云年）、《步韵述感》（李文权）、《台湾铁道被水，步行于铁桥隧道，又在黑洞中候车口占》（李文权）、《半面美人》（台湾王佩翁）、《半面美人》（台湾郑永南）、《半面美人》（台湾颜云年）、《和作》（集《琵琶行》字）（涛痕李文权）、《感兴》（许雷地）、《拙叹》（许雷地）。

万耘箱作《癸丑六月二十七日，闻武昌戒严有感》（四首）。其一："两间杀运萃于兹，刘项争雄定局迟。昔日疮痍仍未复，那堪时事乱如丝。”其三：“创立共和与国民，纷纷党派竞维新。吁嗟亿兆生灵命，梦里飘摇浪打蘋。”

31日 北京《中央新闻》遭袁世凯政府当局封禁，被迫停刊。同日，上海《民立报》亦被禁在北京发行。

《申报》第14541号刊行。本期《自由谈》“二我居杂缀”栏目含《李秀成遗诗》（二首）；“滑稽诗话”栏目，撰者“二我”。其中，《李秀成遗诗》其一：“举杯对客且挥毫，逐鹿中原亦自豪。湖上月明青箬笠，帐中霜冷赫连刀。英雄自古披肝胆，志士何尝惜羽毛。我欲乘风归去也，卿云横亘斗牛高。”其二：“鼙鼓轩轩动未休，关心楚尾与吴头。岂知剑气升腾日，犹是胡尘扰攘秋。万里江山多筑垒，百年身世独登楼。匹夫自有兴亡责，肯把功名付水流。”

郑家珍作《癸丑六月廿八日厦门阻风》。诗云：“黑风吹海浪掀天，又结思明信宿缘。南国梓桑萦客梦，东村游钓忆童年。关心旧雨期多误，携手灵槎约屡愆。莫问浔阳近消息，重劳司马感哀弦。”

本 月

上海讨袁军屡攻江南制造局未克，为守将郑汝成所败。李右之《辛亥革命至解放纪事诗四十首》其七：“党人组织讨袁军，械局屡攻败迹闻。炮弹横飞民众惧，幸无城阻避纷纷。”

章太炎不信赖孙中山、黄兴举兵武力讨袁，认为“讨袁者亦非其人”。章指责袁世凯“用心阴挚，正与西太后大同”，又攻击孙中山“与项城一丘之貉”。章以为总统改选“大抵仍宜推举黄陂，必不肯任，然后求之西林”。“黄陂（黎元洪）之廉让，可望责任内阁；西林（岑春煊）之果毅，可望廓清贪邪”。

应陈焕章之邀，劳乃宣派外孙孔祥柯回曲阜参与筹备第一次全国孔教大会，并为衍圣公孔令贻起草演说词《论孔教》。

雪堂在澳门成立，1925年改称雪社。发起人和召集人为冯秋雪、冯印雪，社员有赵连城、梁雪君、鸿雪、苍雪、昭雪、霏雪、梅雪、鹤雪、梦雪、绍雪、海雪、望雪、黄沛功等20余人。“雪堂”以冯秋雪、冯印雪、赵连城为核心，社址在“澳门深巷十八号”，后又新增新马路南华印书馆（南华印书馆由冯秋雪、古桂芬、周树勋、区韶凤等人共同集资经营，并于“讨龙（济光）”时期成为中华革命党在澳门“通讯和临时碰头联络之所”）为另一地址。“雪堂”社员之间或为党友、同学，或为兄弟、夫妇，或为师徒、友生，关系亲密，故冯印雪《雪堂吟，和望雪元韵》云：“彼此称兄弟，赌酒又论文，相亲如姒娣……”《雪堂月刊》第1卷第1号《雪堂诗社广告》云：“雪堂发起，于今二周年矣。幸我同志诸君，不我遐弃，为器为型，此古人观摩之道，故仅历年二，已有可观。循此为之，将升堂入室矣。兹为策我雪堂进步计，特倡办《雪堂月刊》。每月刊布一册，凡属社友，皆得享有。”冯秋雪《雪堂吟，和望雪元韵》云：“坡老有雪堂，我亦援其例。人亦以雪名，策马同骞辔。”盖“雪堂”之名取自苏轼“东坡草堂”（又名“雪堂”）之意，且社员名亦以雪来命名。而“雪堂”成立之旨，则为借诗词吟咏在澳门宣传国粹，维持风教。第2卷第2号《雪堂求助小启》云：“钟嵘曰：‘气之动物，物之感人，故摇荡性情，形诸舞咏。照烛三才，晖丽万有。’‘动天地，感鬼神，莫近于诗。’于戏，诗之为用大矣哉。六籍首诗，由来尚矣。至于经夫妇，成孝敬，厚人伦，美教化，移风俗，前人之归功于诗者尤众。后世诗学寖微，风俗人心亦随之而日下，徒欣欧化，敝屣宗邦，而吾四千年之国粹，竟胥沦于冥冥中。吁！国粹既亡，国将不国矣。敝同人有慨乎此，爰集同志，组织诗社于澳门，名曰‘雪堂’。其始不过召集同志，以相唱酬，月夕花朝，藉鸣天籁。迄乙卯之夏，遂公诸世，刊月报曰《诗声》。内容专究诗词，并征佳什。以维国粹，庶免诗亡。”自1913年7月雪堂成立至1934年雪社出版《六出集》（雪社第五集），雪堂及雪社持续21年，有雅集、诗课与编辑月刊等，活动地点主要集中于澳门。其中，雅集不定期举行，多见之于除夕、清明等重要节日，畅游、聚饮则多选择在澳门南湾、杏花村酒家等处。诗课初为每月一次，立题限体，相互唱和后汇编付印，后因成员交卷迟缓，改为每季一次，后因故暂停。据《诗声》知月课共有48次，从1913年8月持续至1919年8月，约6年。最早出版有刊物《诗声（雪堂月刊）》，又出版6期《雪社》诗刊，1934年出版7人诗词合集《六出集诗钞》。

《宗圣汇志》第1卷第3号刊行。本卷“艺林”栏目含《〈大同书〉成，题词》（康有为）、《耶路萨冷观犹太人哭所罗门城壁，男妇百数，日午凭城，泪下如縻，诚万国所无也，惟有教有识，故感人深远，吾念故国，为怆然赋，凡百一韵》（康有为）、《闻广州一月三丁祭，感慰恭赋》（钱塘张尔田孟劬）、《谈经，与曹君直元忠》（长洲沈修山臣）、《卧树》（张纯一）、《游雁荡》（张纯一）、《和李君峙如〈遣闷〉之作并叠原韵》（酬江月）（孟县宗圣讲员史潜昭）。

［韩］《新文界》第1卷第4号刊行。本期“词藻”栏目含《申嘉汀老人见招，登狮子庵，与诸益共赋》（又黎生）、《又》（颖滨生）、《和韩又黎镇昌见寄韵》（三首，梅下生）。其中，又黎生《申嘉汀老人见招》云：“山名惯耳已前秋，过尽冬春始卜游。一出何由仍遁世，半生几度此登楼。有时云影檐端出，尽日江光槛外流。从识高人多福分，暮年相与佛仙留。”

顾印愚卒于京师。顾印愚（1855—1913），字印伯，一字蔗孙，号所持，又号塞向宧、塞向翁，别署双玉堪，斋名楚雨堂，自署居室名双玉者、玉溪、玉局，四川双流人。张之洞入室弟子，工书画，擅诗文，有《成都顾先生诗集》（十卷，补遗一卷，附题辞一卷）、《顾印伯先生遗墨》《安酒意斋尺牍》等行世。梁鼎芬《哭顾诗人印伯纪事，寄程康》云：“今日于上海翠竹庵，设印伯大兄位哭之，位曰：‘国朝诗人湖北武昌县知县署武昌府通判成都印伯顾兄之位’。位前供印伯小像，与前后所书诗扇。印伯好酒，荐以佳酿；嗜茶，荐以佳茗。杯盏绝美，皆亲自料理，祭果有丹荔黄蕉，此罗池故事也。香花饼饵，并陈位旁，中悬周忠介画，印伯昔年所赠者。前置义山、东坡二家集，双玉盦所自也。昨半日雨，今又雨，书有湿者。风景如秋，笔迹凄凉，吾以三十四年旧交之泪勖之。印伯殁于京师，有母年八十在武昌，极可惨痛，吾以二百七十年亡国之泪随之。嗟乎痛哉，印伯贫贱羁旅，孝友雅洁，交游中无几人也。癸丑六月二十七日，鼎芬泣告。”弟子宁乡程穆庵（康）闻耗，不辞千里，赴丧旧都。穆庵无錙铢之产，仍千计搜求印伯遗稿，卒镌成《成都顾先生诗集》印行，并乞人绘《岳云闻笛图》以悼其师。王湘绮题《水龙吟》词云：“岳云远道南横，尚书旧第风筝碎。人生逝水，几家诗社，又兴吟事。西蜀才人，少年潘鬓，暗惊铅泪。笑诗翁充老，龙钟自喜，浑不管陈抟睡。　　今日法源春醉，问归魂可留璇珮？再传弟子，比康南海，更加憔悴！来往燕台，驴背驮诗，遗编不坠。恨虞渊日薄，黄公垆畔，更无题字。”

叶德辉由上海归长沙。翌年，湖南都督汤芗铭有意招揽为督府顾问，又以官书局编纂相邀，遭拒。喻血轮《绮情楼杂记·王湘绮一语救叶德辉》云：“叶德辉为长沙名士，其骂人文章，利如锋刃。然叶在民国三年汤芗铭督湘时，亦几罹杀身之祸。先是汤初至湘，颇思附庸风雅，延聘地方名流宿儒，为顾问或官书局编纂，二者皆有叶名，叶均置不理，且讥为乳臭小儿，想学曾左。汤闻之不悦。后汤要求兼任湖南民政长，袁世凯已有允意。叶亟函杨度，谓汤办党人太操切，不胜民政长之任，请另觅贤者以救乡危。杨白袁，乃改命王瑚为民政长。汤于报端见叶函，恨之入骨，因以‘造谣生事’罪，悬赏三千元捕叶，叶化装逃汉，卒为逻者所得，解回长沙。汤电京，请就地正法。时王湘绮适在京，电至时，湘绮正与袁共进午餐，袁以问湘绮，湘绮冷然答曰：‘杀个把名士，不算什么。’袁知湘绮不谓然，急电汤制止，叶因得释。不意十三年后，仍以文字贾祸，可哀已！”

王一亭作《雪中送炭图》。后有吴昌硕题诗：“人情事态不可说，趋势利若江河奔。趋之不足继谄媚，吮痈舔痔言报恩。溺势利者神志昏，目所下视气吐吞。那识饥无米炊寒无裈，雪风猎猎柴为门。一客送炭来前村，地炉红炽难手扪。暖我骨髓兼儿孙，依人鸡犬牛羊豚。暖烘烘地天回春，直欲追返袁安魂。富贵于我如浮云，不知世有新乾坤。一亭画雪中送炭意，鬑鬑之须，形神逼肖，为题此诗。癸丑十月，吴昌硕。”吴涵题诗：“华堂高幔不知寒，狐裘长袤貂制冠。门外雪飞深几尺，贵人犹当月明看。闻说袁安长闭门，那堪风雪卧黄昏。今朝不信炎热态，兽炭携来破屋温。一亭先生教正，癸亥冬月吴涵书于歇浦寓楼。”

连横应《新吉林报》之聘游关外，在《新吉林报》遭北洋政府查禁后，又与日人儿玉多一合办《边声报》，评论时事，主持公议。游长春，作《长春》云：“宽城马上有筝琶，一路平芜尽落花。回首长春宫外望，金驼朱鸟已无家。”又作《长春道上寄友人》云：“少年荆矢桑弧志，倦矣珠檠玉敦时。惘惘出关成底事，半为吊古半寻诗。”又，由吉长铁路入吉林，途经饮马河，作《大风雨中渡饮马河》。诗云：“短衣长剑出关遥，万里征人唱渡辽。漠漠山河秋瑟瑟，凄凄风雨马萧萧。歌翻勅勒笳声健，杯酌葡萄酒力骄。今夕松花江畔路，有人携手慰无聊。”又至吉林，作《吉林重晤香禅》。诗云：“万里投荒一剑雄，出门真觉气如龙。山河两界留诗卷，风雨千秋付酒筒。塞草未霜迟客绿，园花牛老对人红。莫嫌身世同萍梗，且向鸡林印爪鸿。”连横偕谢恺访吉林文人松秀涛、杨怡山等。是夕，杨怡山邀宴于第一楼，斗酒赋诗，兴尽而散。连横至吉林数日，稍事遨游，朝登龙潭之山，夕泛松花之水，至巴尔虎门外，作《吉林巴尔虎门外是熊烈士成基流血处，癸丑七月连横至此，诗以吊之》。诗云：“千金谩学屠龙技，两臂空弯射虎弓。生就奇才天亦妒，死能杀贼鬼犹雄。血痕浪籍土花碧，泪雨空濛塞草红。九世之仇今已报，九京含笑陋沙虫。”

杨钟羲赠陈庆年诗《陈善余来沪相访，奉赠》（二首）。其一：“湖学人谁在？松风梦故存。重逢疑隔世，同志各分源。事已君亲负，交惟道义尊。相期爱乡土，归计久难言。”

黄侃入京，与汪东往来甚密，作《赋初入都》。诗云：“依然繁盛旧长安，五噫谁同梁伯鸾？乐府犹闻歌玉树，仙人已见泣铜盘。兴亡自是诸君责，功罪须从异日看。酒罢登楼一惆怅，西山斜照近阑干。”

王统照在故里度假，手抄李义山诗集和温飞卿选本，作章回体长篇小说《剑花痕》二十回本。

茅盾于杭州私立安定中学毕业，本月下旬考取北京大学预科。

朱祖谋校秦观《淮海居士长短句》毕，撰《〈淮海居士长短句〉校记》；校元好问《遗山乐府》毕，撰《〈遗山乐府〉校记》，均作跋之语。

［日］伊藤鸳城归国，着手刊行《江南游藻》。内藤湖南作《题伊藤鸳城〈江南游藻〉》（二首）。其一：“乘查先后费幽探，形胜三吴我亦谙。虎踞龙蟠千载迹，何当抵掌与君谈。”其二：“乌衣巷口暮烟含，燕子矶边春色酣。六代繁华弹指顷，重从画里忆江南。”又，吴昌硕为伊藤鸳城《江南游藻》作序。序云：“东邦近代以汉诗称者，有森槐南君，大著颇似之。盖汉诗之佳处，曰风韵、曰态度、曰声调，能喻此，足以颉颃前辈矣。癸丑六月，读鸳城先生纪游诗，草率书之。老缶。”又，吴昌硕为毛子坚绘《拳石图》并题诗云：“昨夜落星化为石，雷斧凿窍穷天工。兀然不动似砥柱，可置沧海横流中。癸丑六月，老缶又题。”

柳亚子编、胡怀琛校订《春航集》由上海广益书局六月印刷、七月发行。此书分上、下册，为柳亚子、林百举、陈布雷、俞剑华、叶楚伧、庞树柏等人推举京剧名旦、南社社员冯子和（旭初）诗文合辑。上册首列摄影20帧，为冯春航便装或戏装单人照，然后是文坛、诗苑、词林、剧评四编。下册有剧史、杂纂两编，另有附录、补遗。文坛编，均系时人通信，共25封。其中柳亚子《报雷铁厓书》《报杨杏佛书》，收入《书信辑录》（1912年）。另有小进、杏佛，剑华、石子、寄尘、布雷、一厂、可生、鹓雏、亚东戏迷、义华、梁轩、匪石等共23封。诗苑编，共有诗作73题148首。其中，柳亚子有《吴门观剧赠春航》七律1首、《海上观〈血泪碑〉，赠春航》七绝2首、《消息一首，为春航作，用吴门旧韵》七律1首、《海上重观〈血泪碑〉，赋赠春航，即柬剑华南土四律》七律4首、《席上偶感，示楚伧》七绝2首、《赠春航，次檗子、贞壮韵》七绝2首、《王郎曲》七言长歌1首、《剧散感成两绝句》七绝2首、《示鹓雏，为春航作》七绝2首、《再示鹓雏》七绝2首、《观剧有感示一厂》五律1首、《六月二十四夕，偕一厂观春航演剧感赋，即送一厂南归，时余亦将旋里矣》七律1首、《读一厂〈忆春航〉诗，步韵却寄》七律2首、《次韵答鹤雏》五律1首、《寄吹万》七绝1首、《寄一厂潮东，为春航作》七绝2首、《观凌怜影演〈血泪碑〉感赋》七绝2首、《题春航小影，寄独笑吴门》七律1首、《观陆子美演〈血泪碑〉赋赠，兼怀春航海上》七绝2首、《观〈血泪碑〉赠春航，即柬一厂燕市》七律1首、《海上访春航，奉赠一律，即题其见惠小影》七律1首、《观〈穷花富叶〉赠春航，即题其化装小影》七律1首、《海上别春航，兼谢匪石、剑华、檗子、蓴农、道非、可生、连横诸子，即步席上联句韵》七言长歌1首。另有剑华、楚伧、鹓雏、檗子、贞壮、小进、一厂、越流、微庐、瘦坡、可生、石子、天水、匪石、道非、苕狂、梦鸥、石篁、失名等共50题112首。词林编，有剑华、楚伧、一厂、鹓雏、东林、檗子、匪石、蓴农等词作13题14首。剧评编，共有文章4篇。其中，柳亚子有长文《箫心剑态楼顾曲谭》、寄尘《太平洋文艺批评》、之子《横七竖八之戏话》、定仙《梨园屧抹》（节录）。下册中收录《冯春航与贾璧云》（义华）、《论春航与璧云》（义华）、《再论春航与璧云》（义华）、《春航、璧云比较观》（梦鸥）、《论冯贾》（履生）、《冯贾优劣谈》（疾世）、《观〈血泪碑〉杂记录》（杏痴）、《杜宇声中〈血泪碑〉》（杏痴）、《忠告贾璧云》（死灰）、《冯贾梅龙镇比较谭》（死灰）、《冯春航之别史》（稚兰）、《冯春航纪事一》（寄尘）、《冯春航纪事二》（漫莽）、《冯旭初小传》（明辅）、《冯旭初轶事》（明辅）、《与柳亚子书》（人菊）、《与春航书》（越流）、《赠春航》（越流）、《题〈春航集〉，简亚子》（微庐）、《次韵答微庐》（亚子）、《〈血泪碑〉中之陆郎》（亚子）、《〈恨海〉中之陆郎》（亚子）、《观〈血泪碑〉，赠子美》（亚子）、《有感，示子美》（亚子）、《陆郎曲，赠子美》（亚子）、《子美索题，醉中合率成一绝》（亚子）、《题子美诸子化妆合影并调长公》（亚子）、《题照，赠子美》（长公）、《吴门重晤子美，集定公句》（亚子）、《索子美画〈分湖旧隐图〉，即简芦墟》（亚子）、《沧浪亭口占，示子美》（亚子）、《将赴海上，讯子美疾》（亚子）等诗文。其中，姜可生（杏痴）《观〈血泪碑〉杂记录》中有诗赠春航云："闻歌子夜我何堪，月落窗前酒半酣。酒向此中几点泪，三春庾信到江南。”陈越流（越流）《赠春航》云：“春华落尽吴王宫，秋水一剪玉芙蓉。雪貌离离夺眸子，风态倦倦落掌中。温如洞口护云根，冷如江上跃霜锋。曼声一哭复一歌，三日不饭雍门童。矧我客愁不愁醒，呕尽心肝赋恼公。”陈无名（微庐）《题〈春航集〉，简亚子》云：“江南词客爱新声，一卷香奁集已成。并世风流推教主，少年时辈让才名。哀时且拟兰成赋，好色深知宋玉情。便欲骑驴来过访，白云留我饷春耕。”柳亚子（亚子）《有感，示子美》（二首）其二：“结习余痴愧未忘，仅多感慨付词章。晓风残月休回首，错被人呼柳七郎。”沈长公（长公）《题照，赠子美》云：“剧怜踪迹等蓬飘，游戏人间太没聊。珍重美人千万意，父书满架忍轻抛。”柳亚子（亚子）《吴门重晤子美，集定公句》（四首）其一：“罡风力大簸春魂，薏苡词成泪有痕。谁分江湖摇落后，一帆冷雨过娄门。”其二：“文字缘同骨肉深，小屏红烛话冬心。一番心上温馨过，累汝千回带泪吟。”其三：“不是逢人苦誉君，胸中灵气或成云。愿求玉体长生诀，删尽蛾眉惜誓文。”其四：“红似相思绿似愁，年来花草冷苏州。一灯古店斋心坐，好梦如云不自由。”柳亚子（亚子）《索子美画〈分湖旧隐图〉，即简芦墟》（四首）其一：“闻君踪迹滞菰芦，我亦烟波旧钓徒。一夜晓莺残月梦，无端惆怅落分湖。”其二：“腕底烟云万态殊，不须下笔费踟蹰。愿将潭水千寻意，为写荒寒一幅图。”其三：“露白葭苍水接天，伊人宛在意茫然。文鸳辛苦年年恨，输与闲鸥自在眠。”其四：“结束风华忏绮情，朅来吾亦厌才名。耦耕倘遂他年约，雨笠烟蓑过此生。”柳亚子（亚子）《将赴海上，讯子美疾》云：“十日吴门叙，相逢慰我思。如何忽示疾，恰又赋将离。拥枕怜蕉萃，临歧敢涕洟。万千珍重意，莫忘杜秋诗。”集后有柳亚子作跋云：“余初识子美，以《血泪碑》为楔子，感其哀婉凄馨，不同凡艳，冯郎绝响，庶有嗣音，颇心赏之，顾仅当场平视而已，未有衔杯接席之雅也，嗣酒家邂逅，排日寻欢，沈饮剧谭，详叩身世，始悉君为清门通德之胄，大父某公，曾守郡章南。君为江苏师范高材生，感激风潮，投身新剧，芳年盛誉，遂遍南东，人生若此，亦足自豪。顾君酒酣耳热，辄为余言，东海横流，鱼龙杂处，淮南学道，鸡犬偕升，郁郁久居，既抱伍哙之恨，芳芳形役，复多依刘之悲。落花坠溷，空怨东风；飞絮沾泥，终非净土，因相与欷歔叹息者久之。余遂以折节读书为劝，君慨然承诺。自此歌坛舞榭间，当弗复有斯人踪迹矣。余以为鸿雪旧痕，不可无述，爰哀评剧诸稿，及先后投赠之什，汇而存之，附于《春航集》后，以纪我两人遇合因缘，盖如是也。或谓子美既结束风华归于平淡，似不必翘其艳史，令他日多添一重公案，不知莎士比亚蔚为文豪，宫崎滔天卒传游侠，至于亚子称李天下，和凝号曲子相公，殆不足道优伶，非辱没英雄之地，特视其能力自振拔否耳，抑又何必以此节为子美讳哉？质诸子美，以为何如？中华民国二年六月柳亚子识于海上旅邸。”

张震轩作《嘉兴何驯伯善弈，偕褚、张两君访予于敔隐园，晤谈终日，喜而赋赠》

《消夏偶拈袁随园“天字句”辘轳体五律》《长夏感事，借弈消闲，偶吟四律兼简余杭褚景陆、张梅笙两君》。其中，《嘉兴何驯伯善弈》云：“世俗当竞争，冒险走如骛。我生百无能，位只行其素。丝竹非所娴，樗蒲性尤恶。独爱古弈秋，玄机静中悟。迟迟夏日长，一枰兴可寓。忽闻剥啄声，嘉宾高轩驻。见面问姓名，新知宛如故。平子工手谈，何逊局善布。而我相周旋，左右劲敌遇。握子颇踌躇，欲下仍顾虑。褚君壁上观，兀坐形若塑。偶获一着先，犹得诗好句。推枰敛手时，黑白在何处。乃知当局人，多为粗心误。胜者固怡然，败亦付之数。试味荆公言，足发棋中趣。吁嗟时局纷，彼此党争树。寻劫互相仇，贪前忘后顾。学徒蚁附膻，大道豹隐雾。终南甘歧趋，邯郸失故步。金注神则昏，谁欤以瓦注。我欣得良朋，明窗陈雅具。聊偷李泌闲，姑作韦昭赋。相对百感消，夕阳斜西圃。”

魏毓兰作《留别公侠》。序云：“癸丑七月，去《龙江时报》社，赴绥化戎幕，《民生报》记者公侠（张金标，字织云，吉林）诗来，倚装答之。”诗云：“徐乡一拙儒，藐兹食粟躯。落落寡所合，负此眉与须。涉世如探险，所历非捷途。龙沙雪泥迹，又在天一隅。时与公侠遇，倾盖乃须臾。相视但一笑，契合同泥涂。丈夫不得志，境困心自娱。手不解攀附，足不解奔趋。岂不解攀附与奔趋，骅骝逢伯乐，固非局促驹。不然骀驽而上驷，骋步天之衢。我纵自腾踏，强附与驰驱。孰如空谷中，皎皎一生刍。黄钟与瓦釜，遭际各有殊。举世无姬旦，彼紫乃夺朱。此心诚空洞，宁害牛马呼。颍水清且涟，洗耳胡为乎？躁进良非智，矫情毋亦愚。荦荦吾公侠，救时负远图。囊括春秋笔，手绾言论枢。在木为松柏，在器为琏瑚。江花与谢草，不随时荣枯。嗟余识未久，骊歌忽唱喁。河梁一握手，黯然为长吁。吾曹数不偶，猿臂敢自辜。袖底千毛瑟，谈笑走群貙。扪胸有骨鲠，执简无面谀。一语此为赠，勖哉今董狐。”

沈汝瑾作《六月》。诗云：“六月南风压北风，江流声入鼓鼙中。谁能披发缨冠救，直与燃萁煮豆同。孤注岂容随好恶，偏安未必有英雄。玄黄龙战何时已，阊阖高难问碧翁。”

梁公约作《避乱上海，感书》。诗云：“朅来海上携家住，匝地烽烟处处同。病榻妻儿多梦呓，醉乡朋旧尚书丛。九衢灯火秋星碧，万姓虫沙战血红。终古棋枰纷得失，刹那小劫太匆匆。”

傅锡祺作《虎》。诗云：“渡河出界事应难，谈到雄威胆亦寒。人尽兢兢防履尾，谁命逐逐更加冠。公牛情谊忘为弟，封邵心肠尚是官。不少下车攘臂客，负隅知否未曾安。”

宋伯鲁作《晴》。诗云：“一雨过十日，快哉今此晴。初惊新月上，喜见晚霞明。帘幕卷犹湿，琴书寒更清。孤灯筱窗下，隐几惬平生。”

［日］杉田定一作《大正二年七月，从青森到函馆船中》。诗云：“都门北去路

三千，仲夏犹寒海峡天。一岸人声灯照水，卧牛山下月如弦。”

八月

1日 《神州丛报》（月刊）在上海创刊。神州丛报社编辑，神州编译社发行，设“图绘”“言论”“漫画”“文艺”“稗乘”“杂俎”“报余”等栏目。主要撰稿人有伍廷芳、汪彭年、郑之蕃、任传榜、孙脓蝯、杨荫樾、梁宗鼎、汪秉文、李远庸、黄侃、章太炎等。第1卷第1册“文艺·文苑·骈文”栏目含《〈秋江菱榜晚霞图〉序》（樊增祥）、《祭烈士祠文》（黎元洪）、《〈纗华词〉序》（汪仲容）；“文艺·艺林·诗选”栏目含《有感》（冯梦祖）、《中秋玩月》（冯梦祖）、《浣溪吊西子》（冯梦祖）、《舟夜口号》（陈伯严）、《乙巳京师杂诗》（丁叔雅）、《杂咏》（刘光汉）、《盱眙怀古》（目录作《邯郸怀古》，作者王湘祖）（虞燕石）；“文艺·艺林·词选”栏目含《如梦令·题画扇》（赵炳章）、《鹧鸪天·丙午沪滨除夕》（孙疆村）、《满江红·寄友》（张丛桂）、《浪淘沙·京口》（徐锡麟）、《莺啼序·金陵》（王湘绮）、《清平乐·极乐寺海棠花下作》（樊樊山）、《四字令·夜渡》（周思益）。其中，刘师培（刘光汉）《杂咏》云：“此地风尘行路难，中年哀乐苦无端。江山寥寂惨无语，独立神州袖手看。”

《申报》第14542号刊行。本期《自由谈》“游戏文章”栏目含《咏坤伶四首》（逸民）；“二我居杂咏”栏目含《黄陶庵集外诗》；“滑稽诗话”栏目，撰者“二我”；“文字因缘”栏目含《挽金门谢贞烈女》（李生）、《和狄平子〈悲双鹜〉五古一章》（秦寄尘）。其中，秦寄尘《和狄平子〈悲双鹜〉五古一章》云：“造物胡不仁，惨哉杀机伏。平子佛者流，赋诗悲双鹜。猎者逞凶残，其欲实逐逐。双鹜悉中伤，惊魂徒扑扑。白昼忽飞弹，令人咸侧目。与彼何冤业，惟恐死不速。择术使然耳，今宜重德育。我佛慈悲心，劝世戒杀戮。微物亦贪生，善人始获福。堪叹饕餮者，徒以供口腹。天演成竞争，强食弱者肉。即小以喻大，我更悲种族。彼此勿相残，同胞宜亲睦。朔风吹血腥，大地忧沉陆。尘寰尽罗网，俯仰行局蹙。人生有业报，世事多反覆。王侯殉蝼蚁，天地同槁木。及今尚平等，毋使不平哭。无知悯众生，几微判人畜。生死千万劫，轮回空往复。”

《庸言》第1卷第17号刊行。本期“艺林·艺谈”栏目含《石遗室诗话（续）》（陈衍）、《菉猗室曲话（续）》（姚华）、《诗钟说梦（续）》（易顺鼎）；“艺林·诗录”栏目含《田居杂诗》（十四首，曾习经）、《怀檗厂》（梁鼎芬）、《再题〈四魂集〉，寄实甫诗家》（梁鼎芬）、《哭顾印伯》（陈衍）、《客退偶咏》（何藻翔）、《游小金山寺》（何藻翔）、《赋呈任公先生》（黄濬）、《和哲维》（梁鸿志）、《登兖州杜陵台，同芸谷》（潘博）、《有感》（周杜若）、《寿敷庵弟四十》（罗惇曧）、《逢晦闻京师有赠，别今十年矣》（罗惇曧）、《癸丑野田行》（韩德铭）、《任公仁兄招集万生园修禊，以病未赴，有诗征和，分均得此字，补赋奉正》（陈宝琛）。

《中国实业杂志》第4年第8期刊行。本期“文苑”栏目含《感事》（钵花）、《自题小影二首》（钵花）、《无限情》（隐僧）、《题〈水晶帘下看梳头图〉》（静观）、《无题三十首（未完）》（滥竽）。

俞剑华《感秋八律》刊于《民立报》“词苑精华”栏目。其二：“积毁消残瘁瘝身，金风玉露感萧晨。摧兰败蕙愁湘客，悲马哀枚泣汉臣。唤酒墙头狂已减，飞云巫峡梦还频。吮毫不用书《天问》，口孽多因赋洛神。”其八：“摇落江潭杨柳秋，登临西北有高楼。十年学杜成轻薄，半世依人失自由。休拟浮槎同凿空，不因投笔觅封侯。栖栖尘海成何事，俯仰乾坤一赘疣。”

张謇补录庚戌旧稿，作《逢官便劝休四首》。其一：“逢官便劝休，言下一刀断。若还须转语，溺鬼不上岸。”其二：“说著官已怕，逢官便劝休。但愁休了后，学得老农不。”其三：“若逢禹稷契，熏沐进之位。逢官便劝休，正为悠悠辈。”其四：“前车覆不已，后轸来方道。安得恒沙舌，逢官便劝休。”

2日　《申报》第14543号刊行。本期《自由谈》“民间疾苦声”栏目含《沪南行》（嚣嚣子）；“自由谈话会”栏目含《感时》（四首，逸民）；“文字因缘”栏目含《和梦犊生〈牡丹〉七首》（淡秋）、《江南春》（和寂红女士《旅怀》）（二首，淡秋）、《友人庐君以和装小影嘱题，得六解》（逸民）。其中，逸民《感时》其一：“四督当时已撤三，无形销患亦云堪。谁教兵逼浔江路，祸首人人欲得甘。”其二：“塞外风云正满天，无端域内起烽烟。将军只有阋墙勇，不把旌旗去戍边。”

3日　《申报》第14544号刊行。本期《自由谈》“文字因缘”栏目含《题〈玉田恨史〉》（四首，芙镜）、《题〈玉田恨史〉》（六首，者香女士）、《〈玉田恨史〉题词》（四首，眠阴女士）。其中，芙镜《题〈玉田恨史〉》其二：“天将才笔付陈思，生死离愁替写之。却笑东坡能说鬼，夜台情景未曾知。”

《宪法新闻》第14册刊行。本期“杂纂·文苑·文录”栏目含《游方广岩记》（陈衍）；“杂纂·文苑·诗录”栏目含《题董小宛〈孤山感逝图〉》（郑孝胥）、《题方白莲〈秦楼惜别图〉》（郑孝胥）、《寓园辛夷盛开，真长投诗，换得数枝去。明日既风雨，陈师曾挟诗来看，则已狼藉不春矣。相与嘅叹久之》（夏敬观）、《题〈清宫词〉》（樊增祥）、《侵晨登江船雨望》（陈三立）、《伦叔、惠卿二公招集小万柳堂》（陈三立）；“杂纂·文苑·词录”栏目含《定风波》（朱祖谋）。

周太玄作《江城子（西风吹入枕函边）》《酹江月（贴天孤雁）》《南浦·秋水》。其中，《酹江月》云：“贴天孤雁，逐闲云，西去远落平沙。湖外炊烟，傍树直，一行白映流霞。步月情多，采花愁重，谁问鬓毛髟。风灯焰小，夜长旧梦山遮。　回首豆蔻花前，亚栏庭畔，辜负好年华。记得背人寻旧梦，零露轻溅飞花。憔悴而今，凄凉往事，魂断恨难赊。予怀浩渺，断肠人在天涯。”

4 日　广州独立失败，陈炯明逃往香港。

熊克武奉孙中山指示，率蜀军两团及川军第五师抵重庆，成立四川讨袁军总司令部，起兵讨胡景伊，欲拥尹昌衡复任四川都督。

《申报》第 14545 号刊行。本期《自由谈》“栩园词选”栏目含《金缕曲（悔作之江吏）》（栖梧）、《感怀》（二首，寄尘）、《乱离》（二首，寄尘）、《海上观〈双鸳鸯〉剧赠毛韵珂》（四首，拜花）、《闺情》（十首，嘉定二我）、《杭州杂诗》（五首，徐哲身）；“文字因缘”栏目含《怀人四首》（兰痴词人）：《梅花庵主曹拙巢》《天虚我生陈蝶仙》《冷泉亭长许伏民》《鹃湖渔郎王渭畊》，《浣溪沙·寄怀也民夫子》（蘧园）、《赠钝根先生》（二首，秦寄尘）、《题〈迦茵小传〉》（剑云）。其中，蘧园《浣溪沙》云：“诗酒追随仗履中，八年侥幸坐春风。不图劳燕各西东。　卅六鱼鳞沉歇浦，万千雁字阻岩峒。隔重绛帐梦难通。”秦寄尘《赠钝根先生》其一：“落笔有神助，先生气概雄。奇文共欣赏，妙论怕雷同。世味胸间饱，风尘眼界空。天下不平事，都付笑谈中。”

5 日　北京公使团开会，议决严守中立。

黎元洪等 19 省区军事长官通电主张先选总统、后制宪法。

北京政府内务部草拟呈袁世凯密函一件，内称：京师警察厅已先后将认为与时机有妨害之《民主报》《民国》《亚东新闻》《华报》《京话日报》《爱国报》一律令其停版。复以南京《中华报》、浙江《天钟报》、湖南《女权报》、上海《中华民报》《民立报》在京并无发行所，经该厅通饬各派报处禁止送阅，并由该厅呈由司令官知照交通部，转饬邮政局勿为递送。

《申报》第 14546 号刊行。本期《自由谈》“栩园词选”栏目含《水调歌头·病起，柬海上故人》（病鞠）、《高女甥仲慧索凤仙鸡冠，诗以报之》（三首，病鞠）、《中慧贶鲥鱼，答之》（病鞠）、《颐园小憩》（小蝶）、《泛湖偶占二首》（小蝶）。其中，病鞠《水调歌头》云：“小极忽经岁，一室礼维摩。目盲耳聩心死，岂复问如何。闭户不知理乱，狐鼠鸡虫鹬蚌，梦里舞天魔（谓赣鄂近事）。叩遍白莲座，无药起沉疴。　一双剑，苔炉涩，枉挼挲。绿肥红瘦，春尽凄绝旧山河。大好樵风深壑，不则富春江上。钓雨著牛蓑，衡览海天阔，涕泗复滂沱。”小蝶《颐园小憩》云：“小鱼吹散一池花，曲绿栏杆抱水斜。坐久不知新月上，晚镫红出绿窗纱。”

魏清德《林投帽》（二首）发表于《台湾日日新报》。其一：“漂叶抽丝制椭形，旧时蔺草帽同型。纳凉晚戴轻于纸，伴着蕉衫养性灵。”其二：“麦杆竹皮制异形，林投巧漂万丛青。狂夫自拣新花样，意匠深闺课小星。”

周太玄作《霓裳中序第一·醉月孤愤》。词云：“清光泻凤阙，照人间、夜寒彻彻，客里又见圆缺。况纨扇风凉，残烛泪热。流光箭紧，更那堪、客愁如织。凭阑久，夜深寒露，隐约上苔石。　　缟绝，微光上枕，穿窗处，点地如玦。低头忽忆，当时携手处，同对今夕月。叹月也异当时，依稀尽作伤心碧，问天公，而今何事，独苦飘零客。”

6日　《申报》第14547号刊行。本期《自由谈》“文字因缘”栏目含《雨霖铃·题〈玉田恨史〉》（嚼雪）、《忆旧游（记歌残玉笛）》（嚼雪）、《短歌，题〈玉田恨史〉》（东莞张树立）、《题〈玉田恨史〉》（四首，鸳文女士）、《题〈玉田恨史〉》（四首，寂红女士）。其中，嚼雪《雨霖铃》云：“别离飘忽，算人间世，多少愁结。人生果是如梦，但留恋处，韶华都歇。昨夜分明偎傍，镇相对呜咽。为离恨、去入罗浮，更是罗浮恨天阔。　　情多待向何人说，不堪听、细雨淋檐铁。悠悠生死难觅，灯影下、倦眸慵合。怪煞流莺，还向、纱窗着意啼澈。好检点、锦瑟篇篇，付与残妆箧。”

7日　熊克武发檄文声讨四川都督胡景伊。陈宧当即面禀袁世凯，谓熊“附合乱党，图谋背叛”，着请迅予裁夺。

《申报》第14548号刊行。本期《自由谈》“游戏文章”栏目含《宝塔诗》（舍予）；“诗话拾遗”栏目，撰者“南通月波”；“自由谈话会”栏目含《沪上战事感言》（十二首，海上痴人）、《征联四志》；“文字因缘”栏目含《题〈玉田恨史〉》（四首，拙头陀）、《题〈玉田恨史〉》（二首，剑秋）、《惜分钗·题〈玉田恨史〉》（紫亭女士）、《再题〈玉田恨史〉》（次咏霞女史原韵）（四首，前人）。其中，紫亭女士《惜分钗》云：“魂难遇。愁谁诉。银河怕见双星渡。月如霜。照银床。问天无语，九转愁肠。苍苍。　　风摇树。磷飞墓。飘零无主迷泉路。泣孤凰。倍凄凉。千秋埋恨，地久天长。茫茫。”

8日　七夕，周庆云招饮淞社同人8人于海上晨风庐，刘炳照、周庆云、赵汤、汪昌桼、沈焜、许溎祥、吴昌硕同集。是集首唱刘炳照，作《七夕，梦坡招饮晨风庐，宾主九人，即席赋呈》（二首）、《梦坡和予七夕诗，叠韵奉教》（二首）。其中，《七夕，梦坡招饮晨风庐》其一：“梧叶传霜信，秋风警客魂。危邦同泛宅，良夜且开尊。谁谓神仙眷，而同世俗论。聘钱偿也未，我欲问天孙。”续唱者周庆云作《七夕小集敝庐，语石先生诗先成，次韵奉酬》（二首）、《苦铁见示七夕宴饮诗，偶触时事，次韵成此》，赵汤作《七夕聚饮晨风庐感怀时事，漫赋一章》，汪昌桼作《七夕立秋，梦坡招饮晨风庐，即事赋此》，沈焜作《七夕，同人饮梦坡先生晨风庐，诗以张之》，许溎祥作《七夕，梦坡招饮晨风庐，感而赋此》。吴昌硕作《七夕咏禁体呈梦坡》，入集改《七夕禁体》。诗云：“灵匹遐川有路通，款颜蹀足到曾穹。搴裳冷被团团露，弄杼秋停淅淅风。云汉将回悲隔岁，齐谐有记合书空。学仙无分惊烽火，不信江流作堑雄。”

《申报》第14549号刊行。本期《自由谈》“文字因缘”栏目含《奉题〈玉田恨史〉》（四首，耳似听猿）、《题〈玉田恨史〉二阕》（含《鹊桥仙》《惜分飞》）（栖梧）、《题〈玉田恨史〉》（四首，瘦逸）、《再题〈玉田恨史〉》（四首，瘦逸）、《题〈玉田恨史〉》（粉蝶）、

《赞〈玉田恨史〉》(野樵)。其中，栖梧《惜分飞》："云本无心初出岫，碧玉双双挺秀。夜读烦红袖，爱情玩月清如昼。　　小极无端难补救，总怨苍天不佑。一载孤灯守，人从死后魂知瘦。"

吴芳吉坐民船归蜀，夜读法文诗咏月诗 4 首。评曰："音韵格律，颇极雅丽。可知西国文学，亦不让我独先也。"

王闿运作《七夕立秋作》。诗云："金井梧初落，银河浪正微。偶看凉月照，知共早秋归。笋簟消残暑，蓉池映夕晖。良宵倍堪惜，乌鹊莫惊飞。"刊于《大中华杂志》第 2 卷第 4 期。

瞿鸿禨作《和樊山〈七夕立秋〉，即次其韵》。诗云："草根清露化萤飞，瓜果中庭月满墀。好是双星渡河夜，刚逢一叶报秋时。凭将汉代貙膢礼，谱入唐家牛女诗。斗柄初西桥驾就，年年难得此仙期。"

沈曾植作《七夕》。诗云："上有橧巢想，宵餐沆瀣宜。风仍王迹旧，身到劫初疑。银浦云如水，瑶阶叶脱枝。画屏故物在，卧看女牛移。"

刘炳照作《癸丑立秋，适值天孙渡河之夕，仍叠前韵》(二首)。其一："梧桐叶落报秋光，乌鹊填桥夙驾忙。七夕仍遵阴历旧，一年重诉别情长。今朝璇室停仙杼，有女针楼热瓣香。我似牵牛常独处，仰瞻星汉耐新凉。"其二："庭陈瓜果烛生光，俯视人间岁月忙。欲渡天河瞻北远，又移斗柄指西长。谁乘缑氏山头鹤，同证唐宫夜半香。露宿可怜诸妇女，无心乞巧满身凉。(时值城南寇警，避难妇女到处露宿，曷禁怆然)"

王舟瑶作《七夕二首》。其一："烽火摧伤十万家，败军一一化虫沙。料知今夜人间泪，应比天边牛女多。"其二："长夜漫漫来罔两，世风日日下江河。不须更与人间巧，混沌于今凿已多。"

张震轩作《立秋即事》。诗云："乍觉秋声报午风，空阶一叶落梧桐。欧阳赋有闲中感，刘项锋争海上雄。铤险无谋成困兽，乘时得意让鸣虫。还欣儿女凉宵坐，笑指流星耿碧空。"

夏敬观作《癸丑七夕》《七夕立秋》。其中，《七夕立秋》云："年年牛女以为期，底用金风玉露为。暗觉岁华翻浪水，陡惊秋色上机丝。姮娥孀处愁销骨，青女孤回妒损肌。井畔有梧飘一叶，分明乌鹊在高枝。"

熊希龄作《癸丑热河七夕，寄淑雅夫人》(二首)。其一："天涯万里各伶仃，容易秋风感落萍。儿女不知阿母意，牵衣遥指问双星。"其二："鼓鼙声里度良辰，银汉迢迢欲问津。但恐夜深风露重，罗衣湿透倚栏人。"

林苍作《七月七日，与拙庐》。诗云："去年七夕诗犹在，绝爱先生解乞愚。言下试教求转语，至今的未破葫芦。"

林栋作《癸丑七夕赠张慕鲈先生，并视世兄荫南、黄子宰南，兼寄李星岩前辈》。

诗云："别公一千八百日，又逢今夕七月七。天孙也合讶人间，世变年来莫究诘。戊申七月同住京，筹备宪政劳公卿。李髯西郊共宿直，朝局夜谈闻叹声（戊申孟秋，与公及星岩同宿颐和园直庐，谈至更深乃寝。星岩为公丙子同年）。鼎湖龙驭驾何速，李髯去作平城牧。七夕我赋送行诗，勋业犹举汾阳勖。资政院开罗俊流，伤心宣统二年秋。中枢责任竟谁负，惟闻封事禁中留。屡奏不省已滋怨，东省更罪人请愿。庙堂从此失人心，众口咸訾伪立宪。明年七月川变生，东南处处称同盟。破坏国事恨亲贵，宣布共和赖圣明。圣明共颂景皇后，方冀六合平成奏。谁谓经年竞党争，同室今还兴甲胄。长君新返自南昌（荫南□次江西，前月旋闽），南昌乱事知应详。是孰甘心作戎首，影响遂及吴与湘。吾闽近事不忍道，议会集议尤草草。倘留叔度作议郎，群咻片言应压倒（宰南去年任省议员，提议极持正）。彼苍者天胡不仁，沪上迩闻戕万人。汴汉又传白狼扰，南阳消息访难真（星岩家南阳府）。国会选举昔方始，惟公首与说心理。一说再说人不听，啮血淋漓留满指（去年复选举投票，公先一日演说罢，啮指血书'心理'二字示众，莫不感动）。心学曩讲王姚江，犹闻学说阐东邦。东邦区区三岛耳，一旦崛起神为悚。神州丁口四万万，人心思治有同愿。性禾善米种自天，莫笑抟沙是蒸饭。惜哉彼昏终不闻，争权斗胜徒纷纭。澜狂孰作中流柱，诚至当开衡岳云。山川神禹旧疆场，天河天上明如昔。问公并书讯李髯，净洗甲兵竟何策。"

张素作《南歌子・七夕寄亚兰》。词云："打竹疏疏雨，穿帘点点萤。纳凉天气月胧明，一任烛光照澈、水晶屏。　　掠鬓妆才卸，扶头酒半醒。晚风拂扇碧罗轻，恰忆小楼人起、拜双星。"

邓尔雅作《癸丑七夕》（四首）。其一："星分牛女岭南天，昨夜争张乞巧筵。初祀分明主耕织，何干婚嫁与神仙。"

刘栽甫作《癸丑七夕》。诗云："碧桃玉露锁深幽，清夜重帘私语休。天上几宵能七夕？人间无日不三秋。西风吹梦河桥过，红烛飘烟蜡泪收。转眼东方已虚白，妖灵有意乱人谋。"

祝文白作《癸丑七夕，张禹五夫妇招饮，醉后赋感》。诗云："今宵良会尽情欢，天上人间一例看。银汉浮航初架鹊，紫箫吹月待乘鸾。饮甘云液疑蓝驿，曲记霓裳步广寒。惭愧秋来拾红叶，江郎才尽鬓如潘。"

周太玄作《旅况三首》（癸丑客海上，独寓元记，月夜无聊，赋斯解闷）。其一："一灯独对旅客愁，万里风霜两鬓秋。好梦不随明月去，夜深隐约上南楼。"

9日　《申报》第14550号刊行。本期《自由谈》"栩园词选"栏目含《书某扇子》（九首，徐哲身）、《题〈钟馗徙宅图〉》（四首，绮禅）；"文字因缘"栏目含《七夕四章》（逸民）、《读〈玉田恨史〉志哀》（三首，冯蔚章）。其中，逸民《七夕四章》其一："花作珠帘月作钩，年年七夕看牵牛。世间多少痴儿女，替尔欢来替尔愁。”其二：“瓜果年年共鹊仙，仙家一夕世千年。算来天上何尝别，枉煞香闺说可怜。”

严修发电寄京。电文曰：“北京大总统鉴，鱼及八日电敬悉，乱事渐平，不胜庆慰。现诸生均愿留英，遵与公使妥筹办法，再行函陈。修。”

吴芳吉别宜昌，溯江西上，作《忆江南》（七首）。其一：“彝陵道，江水咏淙淙。重叠长江重叠路，几时归去出樊笼。老眼望濛濛。”其二：“彝陵道，何处是家乡？千里云烟横隔断，朝朝暮暮困凄凉。伴月卧蓬窗。”其三：“彝陵道，秋露湿征蹄。来是上林花似锦，红英又谢锁愁眉。愁到五更鸡。”其四：“彝陵道，细雨打长芦。离恨恼人归也未，蓬蓬华发倩谁梳。帘外听啼鸪。”其五：“彝陵道，渺渺蜀天云。云内蜀山云外客，云遮蜀客客消魂。魂在蜀山寻。”其六：“彝陵道，归雁怨夔关。月落更残人影寂，凄风入帐不堪眠。冷夜泣寒猿。”其七：“彝陵道，深晚两飘飘。岩畔鬼啼凄澈骨，闭门抚剑把灯挑。傍枕读《离骚》。”

魏清德《挽峰莲先生》（三首）发表于《台湾日日新报》。其一：“欲哭还吞泪，怜翁乘化归。名难身并隐，时与志相违。大陆风云暗，长江乌鹊飞。晚年喜岑寂，莫便说今非。”其三：“同事二三载，居犹相比邻。从今闻扣户，怀旧总伤神。扪虱谈何壮，读书士乃贫。断诗将剩墨，展挂一沾巾。”

林纾作立轴绢本《竹溪行吟图》（又名《钓台胜境》），题识曰：“眼中景似钓龙台，万个修篁晓雾开。记向钱塘吊汉月，西兴竹色上衣来。癸丑立秋后日，畏庐老人林纾。”

陈衍作《立秋后一日，碧栖招集城南沈祠》。诗云：“里中社事久荒寒，即景分题忆坠欢。词客碧栖能跌宕，享堂绿荫暂盘桓。折枝故技捐铜钵，落叶新秋报井阑。纂纂行歌君莫厌，眼前风物写来难。”

夏敬观作《初八夜玩月》。诗云：“秋至才二夕，月含金气清。嫦娥半面出，桂树断枝横。彼以夜为书，吾知晦必明。团圆尚有待，光彩已堪惊。”

恽毓鼎作《南园以〈雨中排闷〉诸诗见示，爰和其意》。诗云：“连雨断人事，定中坐静心。急飞檐泻瀑，徐度溜鸣琴。晦昼思清节，忧生激苦吟。长安万家树，同听几知音。（次联一急一徐，一见一闻，皆唐律也）”

10日 《申报》第14551号刊行。本期《自由谈》“游戏文章”栏目含《上海商团五更调》（奚悲秋）；“尊闻阁词选”栏目含《七夕感怀》（二首，小蝶）、《公子行》（小蝶）、《绮意》（佐彤）、《身经战祸，书此》（二首，铭彝）；“文字因缘”栏目含《〈玉田恨史〉题词》（四首，绮禅）、《题〈玉田恨史〉》（十首，蜀西闲人）、《题〈玉田恨史〉（并序）》（二首，山阳宋焜）、《〈玉田恨史〉吟》（三首，玉仙子）。

《宪法新闻》第15册刊行。本期“杂纂·文苑·文录”栏目含《小雄山观瀑记》（陈衍）；“杂纂·文苑·诗录”栏目含《失题》（陈宝琛）、《酒集琴台作》（陈三立）、《秋尽同蘋湘夜饮，赋此示之并柬漱泉》（冯煦）、《夜雨二绝》（梁鼎芬）、《南湖先生属题〈津楼惜别图〉》（袁克文）、《前诗未能尽意，复次寒韵一首》（袁克文）、《奉题小万柳堂》（郑孝胥）、《江行》（赵熙）、《东山寺》（赵熙）、《归州》（赵熙）。

中旬 樊增祥至周树模宅观赏千叶莲花，并作《泊园观千叶莲》见示乙庵。诗云："粉葆未坼红玉肤，为笔可作擘窠书。开时千瓣攒一朵，花头端重须人扶。燕支浓晕粉頳酾，缯彩密裹黄髩须。向人面面俱含笑，红房心苦当何如。紫泉缸受水一斛，泥细藕粗如横轴。从小养成绛雪胎，两年种就蓝田玉。主人爱花识花性，定是濂溪周茂叔。南檐自植五色幡，风露满庭清意足。自是仙花开较晚，绿云扶护绯霞浅。今年何以报君恩，此似青墩不相远。坐对风廊茗一旗，玉河前事入支颐。眼前大有江乡意，只少清溪白鹭丝。"

11 日 谭延闿宣布取消湖南独立。

《申报》第 14552 号刊行。本期《自由谈》"游戏文章"栏目含《新五更调》（紫花馆主）；"滑稽诗话"栏目，撰者"粉蝶"。

夏敬观作《初十夜玩月》。诗云："青天露片月，未夜光已腾。举首望松顶，洁如椭圆冰。嫦娥白玉肌，一夜一分增。夜色靡不好，虽肥谁敢憎。秋江长蚌胎，水底落渔罾。彩云出其背，光景自层层。狡兔捣灵药，九转尚未能。咽此山河影，顽比腹中症。"

12 日 袁世凯下令褫夺熊克武蜀军总司令兼第五师师长职，责成四川都督胡景伊"严拿惩办"，并令湖北都督黎元洪、陕西都督张凤翙、云南都督蔡锷、贵州都督唐继尧"酌拨劲旅，会合兜剿"。

《申报》第 14553 号刊行。本期《自由谈》"滑稽诗话"栏目，撰者"海宁无我"。

周太玄作《忏情诗》（翻子章意也）（二十七首）。其四："银釭斜对泪双垂，怜我怜卿两自知。无限缠绵前日事，而今和泪谱新词。"其六："清风云意竟何如，寸寸铁肠志未舒。自是情多天意妒，磨侬令似夏侯驴。"十九："落叶飞共雁行高，一点秋心万顷涛。憔悴野花怜客醉，也随月影下蓬蒿。"

13 日 《申报》第 14554 号刊行。本期《自由谈》"游戏文章"栏目含《新神童诗》（刘河庆璋）；"栩园词选"栏目含《黄岩》（徐哲身）、《忆翠微山》（徐哲身）、《巴河望江》（徐哲身）、《无题》（徐哲身）、《西溪有赠》（四首，拜花）、《春晴春雨，和小蝶》（二首，拜花）。其中，徐哲身《巴河望江》云："巫峡西来下武昌，楚天东尽白云长。飞鸦欲没孤帆远，一片空光淡夕阳。"《无题》云："身外真看万事轻，不须介石小幽贞。春城三月花如雨，抛却银筝听晓莺。"

14 日 《申报》第 14555 号刊行。本期《自由谈》"尊闻阁词选"栏目含《立秋》（小蝶）、《湖上晚步》（小蝶）、《无题》（三首，佐彤）、《蜜意》（佐彤）；"文字因缘"栏目含《〈玉田恨史〉题词》（八首，蹬庐）。其中，小蝶《立秋》云："碧桐初泻半庭秋，小卷湘帘上玉钩。酒醒渐知罗袂冷，夜寒都被枕函收。哀蝉自吊韩娥影，纨扇新添婕妤愁。无限秋心催促织，牵牛花下盼牵牛。”佐彤《无题》其一：“悄步花阴绕画廊，隔重帘幕锁重光。芳姿着雨魂难定，羞态迷云味独长。病后腰肢工绰约，春来意绪欠端庄。钗钿略整轻轻起，偷得罗巾窄袖藏。”

吴芳吉作《归州杂吟》。诗云：“满地凝秋色，孤帆逐远天。软雾迷三径，凉风打一船。郁林呼宿鸟，奇石惊飞泉。烦襟滑落日，别意没苍烟。罗浮睡未足，却是在青滩。”

15日　孔教会代表陈焕章、夏曾佑、梁启超、王式通等上书参众两院，请于宪法中明文规定孔教为国教。之后，浙、鲁、鄂、豫等十余省都督或民政长先后通电附和，但此议于10月13日被宪法起草委员会多数否决。

袁世凯捕杀武昌首义功臣湖北军务司副司长张振武、湖北将校团团长方维于北京，而不布其罪。舆论大哗，斥为违法。连横作《闻张振武之狱》。序云：“张振武为武昌起义之人，黎元洪忌之，派赴军事会议，密电袁总统请诛，遂与方维戮于市。国人冤之。”诗云：“哀哀三字狱，志士不可辱。昂昂七尺躯，生死无须臾。君不见阳夏风云会龙虎，一时健者张振武。马上喑呼起战征，帐前慷慨征歌舞。副总统曰：噫！爱既不能，忍又不可，杀之宜。大总统曰：俞！尔有罪，法当诛。城门校尉执以趋。长安夜半天模糊，双弹洞胸弃路隅。君不见彭越醢、韩信殂，古来冤狱无时无！”

《申报》第14556号刊行。本期《自由谈》“游戏文章”栏目含《新五更调》（紫花馆主）；“尊闻阁词选”栏目含《夏茧叟先生首唱〈春柳〉四章，用渔洋〈秋柳〉韵，樊山和之，仆亦次韵》（四首，珠泉）、《题家亮伯兄所撰〈陶雅〉》（二首，珠泉）、《无锡三首》（徐哲身）、《夜泊洪山桥》（二首，徐哲身）、《苏州》（徐哲身）；“文字因缘”栏目含《题〈玉田恨史〉》（蕉秋）、《〈玉田恨史〉题词八首》（醉翁）。其中，徐哲身《夜泊洪山桥》其一：“满天风雨夜潇潇，横笛谁家怨断桥。忽忆年时惯为别，暗风吹泪落江潮。”其二：“故人得失总关情，剪烛谁同话短更。江上青山相识否，一舟连夜滞孤征。”

[韩]《天道教会月报》第37号刊行。本期“词藻”栏目含《和香山〈新磨镜〉句》（石溪闵泳纯）、《寄龙山教友》（石溪闵泳纯）、《闻晴蝉》（芝江梁汉默）、《又》（敬庵李瓘）、《又》（苇沧吴世昌）、《又》（维斋李秉昊）、《自笑》（刚斋申泰炼）、《凤凰阁即事》（凰山李钟麟）。其中，刚斋申泰炼《自笑》云：“日饭山蔗馔白盐，澹然无减亦无添。家人不识贫中乐，咒我生平直且廉。”

蔡元培为《愧庐诗文钞》作序。序云：“予既为吾友胡君钟生作传，而与予共抱亡友之痛者，陶君杏生更以钟生所作曰《愧庐诗文未定稿》三巨册见示，曰：拔其尤将印而行之。余读其稿，自丁亥以至庚戌，凡二十四年间所作，稍稍经意者，殆具于是。大抵书牍序记与酬应之作。盖钟生谦谦然，不敢以立言自许，故所作论著至少也。夫人苟中无所蓄，则虽上规管、墨，下仿韩、苏，多为无病而呻之文，与制举艺何异？

否则，触事而发，因人而施，其可以写至性，发精理，一也。至于酬应之作，虽若记体不尊，然其质焉者，可以道习俗之所自始，窥社会心理之一斑；其文焉者，亦足以跌荡文心，优游美感，初不必拘于体裁义法之成见，而一切芟夷之。余以是义为准，选其言之有物者若干首，为甲编；又掇其酬应之作之不同于流俗者若干首，为乙编。钟生为诗尤少，亦选钞若干首，并以楹联之尤雅者附焉。大率朴挚而娴雅，不矫饰，不吊诡，读其所作，足其想见其为人焉。"

16日　江西独立失败，李烈钧撤出南昌，前往湖南。

梁鼎芬（节庵）、陈三立（伯严）、蔡乃煌（伯浩）本日至20日相约前往上海宝昌路樊园举行诗钟聚会，后结集为《樊园五日战诗记》。樊增祥序云："癸丑七月望，余方起盥栉，节庵持伞徒步而来，曰：'伯浩昨夕至，约吾两人战诗。'余曰：'不可无伯严。'节庵折简招之。饭毕而伯严至。伯浩居提篮桥，距宝昌路约十里。三人乘小车往。清风满衣，虽烈日在上，不畏也。及门，伯浩昆季肃客。余儿不识。昔君须发苍白，今乃猕薙俱净。伯浩自言僧也。节庵曰尼也。相与大咍。就坐，茶话一晌，即发题构思。余创四人轮阅之议。佥曰可。"16日，第一课："林·黑"四唱。其中，伯浩取伯严眼云："诗题月黑初归客；画爱云林似见僧。"樊山取节庵元、眼、花云："心爱二林初习静；发犹半黑未全衰。""在泥俱黑沙堪惜；设校如林汉遂兴。""诗写在林红可品；道求守黑白先知。"第二课："阳·梦"五唱。其中，伯浩取节庵元云："蕺山学派阳明种；桃坞风怀梦晋诗。"取樊山榜、探云："海外旧传阳历本；山东新有梦书笺。""人在衡山阳鸟至；媪眠泗泽梦龙来。"17日，第一课：伯严、絅斋阅卷，"机·尾"六唱。其中，子琴第五、六云："书棚细校元机集；酒器闲摹子尾尊。""谣谚闲征铜尾秉；文章谁擅镜机才。"絅斋第十云："汉季才名矜尾腹；洛中文采擅机云。"第二课：絅斋、伯浩阅卷，"本·宫"七唱。其中，节庵第六云："画苑宗唐阎立本；书家宝晋米南宫。"樊山第十云："汉上强宗宜拔本；隋廷雅乐此为宫。"节庵十一云："唐书细字闻人本；齐事长歌避暑宫。"第三课：伯浩、伯严阅卷，"车·曲"一唱。其中，伯浩第八云："曲阜孔光传绝学；车师耿秉出奇谋。"樊山第五云："车子歌喉欺绛树；曲江朽骨赐朱樱。"黄楼十三云："曲笔谩观谯氏史；车书常伴茂先行。"第四课：樊山、黄楼阅卷，"儿·内"二唱。其中，樊山取伯浩眼云："生儿西蜀贤难象；好内中山国渐贫。"黄楼取樊山元云："修内司原供御服；语儿城尚织唐巾。"18日，第一课：樊山、子琴阅卷，"文·计"三唱。其中，樊山取子琴花云："天下计酬三顾意；河东文并八家传。"伯浩第五云："天下计烦名士定；淹中文启腐儒疑。"子琴第六云："三策文如翻水易；一年计为种花忙。"第二课：絅斋、伯浩阅卷，"舟·是"四唱。其中，絅斋取伯严元云："窦田皆是阿安国；李郭同舟记蔚宗。"伯浩第六云："老病孤舟工部感；谪居同是乐天哀。"节庵第七云："书派山舟鸥榭美；画名如是雀庵芳。"第三课：樊山、伯严阅卷，“通·面”五唱。其中，伯严取节庵眼、花云：“符予老僧通有竹；篇稽非相面如瓜。”“庆蔚无惭通德后；蘧蒢时戒面柔人。”樊山十五云：“姜夔竹院通凉后；何晏华筵面热时。”第四课：樊山、伯浩阅卷，“借·歌”六唱。其中，樊山取伯浩元云：“将军扫穴长歌入；名士游山不借携。”节庵第五云：“会宗挟怨因歌缶；无己禁寒不借衣。”第五课：伯浩、节庵阅卷，“一·长”七唱。伯浩取节庵花、胪云：“大节弟兄江子一；巨奸父子蔡元长。”“循州制酒夸真一；战国传书署短长。”黄楼第六云：“军有韩公侔范一；谣符李闯嫉张长。”絅斋第十云：“应璩成诗名百一；马迁修史擅三长。”19日，第一课：樊山、子琴阅卷，“穷·白”一唱。其中，子琴取絅斋元云：“穷发地形遗古史；白眉才调胜诸昆。”黄楼第九云：“白知柱下偏能守；穷送昌黎尚有文。”子琴第十云：“白战吟诗宗永叔；穷年进学仰昌黎。”第二课：伯浩、絅斋阅卷，“古·符”二唱。其中，伯浩取絅斋元云：“师古淹通能注史；义符龆龀亦监军。”樊山十五云：“师古命名沿籀史；王符著论署潜夫。”节庵十八云：“述古新词歌小妓；王符雅论慕潜夫。”第三课：絅斋、樊山阅卷，“盐·绿”三唱。其中，絅斋取子琴眼云：“子厚绿荷宜裹饭；士衡盐豉为思莼。”黄楼第十云：“依稀绿水初成曲；琐屑盐齑更读书。”樊山十七云：“泪滴盐车感知己；词牵绿草入弹章。”第四课：樊山、子琴阅卷，“开·恶”四唱。其中，樊山取节庵元云：“衡岳云开神可感；播州地恶母难来。”子琴第六云：“秦府初开能得士；谢公作恶为怀人。”伯严第九云：“文体柳开排五季；军锋镇恶殉三秦。”第五课：节庵、子琴阅卷，“佳·养”五唱。其中，节庵取子琴元云：“词科半是佳山客；忠告全刊养浩书。”伯浩第七云：“老聃书有佳兵戒；刘备心终养子疑。”节庵第八云：“未谙老氏佳兵议；难答先朝养士恩。”20日，第一课：伯严、子琴阅卷，“井·南”六唱。其中，伯严取伯浩元云：“大侠死稽深井里；降王生恃小南强。”樊山第五云：“福王行逐宁南死；后主翻求辱井生。”伯浩第六云：“老夫窃帝雄南海；大将陈兵下井陉。”第二课：伯浩、节庵阅卷，“父·安”七唱。其中，子琴第六云：“临川志基哀深父；陈旅遗文号所安。”黄楼第七云：“画师宋代宗遥父；文杰唐家首子安。”樊山十三云：“卧龙驭将无城父；绣虎论才压建安。”第三课：樊山、伯严阅卷，“盘·桂”一唱。其中，樊山取节庵元云：“桂酒香知和仲制；盘车图爱究公题。”絅斋第九云：“桂管奇峰标独秀；盘山胜刹奉宸游。”伯严十三云：“盘颗圆匀宫使赉；桂旗旖旎洛神游。”第四课：节庵、樊山阅卷，“谷·师”二唱。其中，樊山第六云：“味谷柳文知有误；王师麦熟且宜休。”子琴第七云：“环谷集犹留旧椠；钓师名自重长芦。”樊山二十二云：“出师两表酬先帝；封谷丸泥奉大王。”第五课：樊山、子琴阅卷，“掌·冠”三唱。其中，节庵胪云：“莫谓冠高猴可沐；曾闻掌舞燕真轻。”伯严第七云：“大小冠曾区子夏；轻盈掌欲舞飞琼。”樊增祥跋云：“是夕加亥散。伯浩告行，云后明日往香港。自打钟以来，无连战五日者。斯会可谓谐畅矣。越日，抄撮成篇，亦‘消夏记’‘避暑录话’之类也。七月二十四日天琴居士漫记。”

《申报》第14557号刊行。本期《自由谈》“尊闻阁词选”栏目含《登吴山望西湖》（徐哲身）、《登皖城大观亭》（徐哲身）、《六安州》（徐哲身）、《颍州郭外印事》（徐哲身）、《杂感》（四首，梅痴）；“文字因缘”栏目含《题〈玉田恨史〉》（四首，有吾）、《题〈玉田恨史〉》（四首，金秉五）。其中，梅痴《杂感》其一：“瞬息乾坤已百年，茫茫世事等云烟。堪钦隐雾花斑豹，愁听伤春血泪鹃。乐处清贫怀郤缺，不干燥进仰孙穿。穷通富贵俱前定，守命安居静乐天。”其二：“怕见衣冠懒应酬，藏形独钓一江秋。四围山色双眉锁，万里湖光两眼收。孤棹随波浮水面，几人冒险过滩头。问他争利争名辈，能似余身自在不。”

《庸言》第1卷第18号刊行。本期“艺林·艺谈”栏目含《石遗室诗话（续）》（陈衍）、《菉猗室曲话（续）》（姚华）；“艺林·诗录”栏目含《成都顾印伯遗诗》：《辛亥岁秋分以还，至于长至小寒，百许日间，蛰处一室，泾薪煨突，毳裘独拥，闭关偃仰书丛中时，复颂洒读〈豳风〉之诗，曰“塞向墐户”“入此室处”。时乎时乎，所为闭塞而成冬乎，乃榜室曰“塞向宧”亦自署曰“塞向翁”，题以四韵，贻知翁者》《辛亥嘉平先立春一日，得穆庵书，赋答并寄十发翁》《次韵奉答十发翁，兼酬穆庵寄和之作》《黄鹿泉翁垂和〈腊中寄赠程穆庵〉之作，奉读三复，感不去心，再次前韵答谢》《题程穆庵〈石巢读书图〉》《寿程默叟六十》《壬子春分，赋呈十发社长》《壬子春社前三日，以旧藏绍兴雕花陈酿分饷十发程翁，媵以一律，冀翁醉后兴发能见和也》《壬子立秋》《寄张亚曼海上》《余近月卧病，人事俱废，乔损老遗书慰问，属静养，诵佛经，勿以生死为念，感怀赋谢》《病中岳二兄朝夕临过兼闻乡讯感赋》《答洛生七弟见怀之作次韵》《岳凤吾兄见示罗鹏孙东乡来书，感谢》《此日一首》《辛亥岁长至小寒节间，罗四峰兄每从汉皋还菱湖楼居，辄过敝寓，留连置酒，不减杜甫之于苏端也》（三首）、《节盦海上书来，属录闲山社诗，写之楹帙，附题此篇，仍叠前韵》《岷江一首》《汉阳门渡江舟中回望黄鹄矶上亭榭，感赋》《壬子清明后五日，春寒不减，述病寓怀》《得节盦海上书却寄》《晚眺明月桥南石步间偶题》《癸卯三月，湘绮老人来寓斯楼，数过问字》《过景桓楼故址感赋》《得郭百迟和诗，感旧抚今，怆然成咏》（二首）、《重到京师，感赋寄程穆厂二首》《题程穆厂〈石巢读书图〉》。

《不忍》第7册刊行。本册“艺林·文”栏目含康有为：《奏请尊孔圣为国教，立教部教会，以孔子纪年而废淫祀折》《〈日本杂事诗〉序》；“艺林·诗”栏目含康有为：《哀故湖南巡抚陈公宝箴》《闻黄公度京卿丧，哀恻感怀》《怀吾友简广文竹君》《思亡友陈树镛庆笙》《陈梅坪孝廉瀚》《谭叔裕粮道宗浚》《偕卢杏樵太守、何屏山孝廉往九江乡，图营朱先生祠堂，竭京卿第，读遗书》《过斯巴达故都》《再游意国邦渒，二千年前古城道路室庙数千家，皆完好且制似中国，今京师壁涂丹黄加画，其色尚新，垂今不少变，中庭多陈文石像盘，如今式引水喷池，用铁篎则过我国，滋可愧矣。虽更大劫，制俗如新，如游罗马古国，戊申秋再游补咏》。

陈懋鼎作《中元节家祭焚纸衣》。诗云："簇市莲灯似往年，寓公循例事吾先。微茫鬼节尊遗俗，凄怆寒衣达下泉。瓜祭不羞家礼薄，槐庭自看纸灰旋。时情乡思从裁遣，略记秋蟾第一圆。"

[日] 白井种德作《中元即事》。诗云："鼓笛满街鸣不停，幸无尘迹及幽庭。庭禽似识中元节，啁哳朝来拟诵经。"

17日　《申报》第14558号刊行。本日刊载《袁世凯临时大总统命令》，通缉革命党人，谓"此次皖省附和独立，背叛民国，其谋乱首领，除柏文蔚业经悬赏缉拿外"，多人被下令通缉。并责成"各省都督、民政长饬属一体，严拿务获，勿任漏网"。本期《自由谈》"文字因缘"栏目含《赠童爱楼》（梁浣花）。诗云："好将笔墨记沧桑，谁接舆歌学楚狂。尘海珊瑚归铁网，江关词赋盛巾箱。忧时涕泪应疑贾，抗疏功名更待匡。一代才华千气象，坡仙笑骂尽文章。"

赵清瑞为谢鼎镕撰《骥渚吟》作序。《骥渚吟》集前有沤公署签，谢冶盦小影，丁同绍题诗。其中，赵清瑞序云："心光一缕，直透单微；腹稿千言，不穷挥洒。江山花月，无非情种缠绵；烽火沧桑，如助吟魂歌泣。才能驱遣，下笔有神；界启华严，会心独远。拨如山之案牍，奏流水之琴弦。天籁自鸣，有掉臂游行之乐；唾壶狂击，无捻髭冥索之劳。证交道于浣花，同订名山之业；悟禅机于迦叶，无殊性海之通。廿载交游，一编著作。不遗谫陋，问道于盲。谨贡一得之愚，以彰九能之选。夫以诗之为道，渊源骚雅，组织性情。秋谷渔洋，徒争派别；沧浪表圣，未喻精微。体格自矜，等衣冠于优孟；叫嚣未化，更雅颂之博徒。君则兰玉挺生，池塘入梦，神行天马，称不羁之才；绪引春蚕，洵多情之物。扫秕糠于俗世，福慧双修；探藻绘于化工，锤炉独具。一篇甫脱，四座皆惊。曳司马之青衫，夺醴陵之彩笔。新词喝月，妙技成风。抗手前修，定非溢美。加以博综群籍，搜剔琐闻，束共笋多，味逾蔗旨。补侯鲭之录，瑞茗烹余；运轮虱之心，昙华涌后。清谈挥麈，酉阳呼作附庸；妙语探骊，君房未为隽永。雒诵一过，齿颊生芳；两美兼收，千秋有待。回忆夔牙相契，侨札联欢，广厦论文，吟坛索句。春莺山谷，倡和友声；秋隼博风，驰驱艺苑。开襟浮白，如睹同甫之豪；击钵垂青，屡荷嗣宗之顾。奇气横溢，名士风流。曾几何时，壮游白下。南朝金粉，重认乌衣；北里胭脂，偶留鸿爪。莘莘学子，尽度金针；岳岳时贤，争投缟带。光复以后，遄返蓉江。本救世之婆心，谋此邦之幸福。风尘澒洞，徐理棼丝；鬼域睒睗，高悬朗鑑。渡江而北，再展经纶，事杂言庞，风漓俗悍。君则槃根无畏，游刃有余。志抱澄清，羡祖生之击楫；节持廉介，师伯起之挥金。谋断兼优，绅民允洽。爰以暇晷，疏瀹词源，籁出于虚，悟澈庄生悬解；囊探其秘，足令长吉失惊。成竹会于胸中，奇葩生于腕底。续风流于水部，时发奇馨；

追倡和于松陵，正多同调。簿书倥偬而神自闲，琴酒啸歌而事自理。九天咳唾，尽属珠玑；杂俎纷纶，回非饤饾。传之来祺，堪作津梁。辱以弁言，殷殷嘱咐。名非元晏，拙守敝氈；识愧孙阳，难寻修绠。徒以文人结习，夙附落岑。笙磬同音，慧业修成灵运；蟋鹏互唱，好句未若倚楼。敢竭鄙忱，取裁大雅。呜呼！广陵绝响，下里争鸣；赤水沉珠，青萍埋剑。悠悠天地，子昂击节而歌；渺渺余怀，玉局伤心之作。江河日下，慨乎隐忧，独君扫艺圃之榛芜，抽灵台之妍秘。古馨蕴藻，孟学士不愧词宗；直笔箸书，元遗山洵称诗史。君才有几，吾道不孤。付之枣梨，奉为圭臬。芜词聊缀，不免佛头着粪之讥；拙稿待刊，可有骏足聊镳之望。民国二年癸丑秋七月既望冰盦弟赵清瑞谨撰。”丁同绍题诗云：“我思康乐，初日芙蓉。清芬袭美，典午遗风。”

姜可生《留别》（二首）刊于《民立报》。其一：“历遍名场与酒场，跰跹瘦骨自疏狂。蝎来苦忆从前事，绿树三千宠夕阳。”

汪兆镛作《癸丑七月十六夕大风》。诗云：“万马声何急，惊心夜未休。涛喧疑裂石，风狞欲掀楼。燕雀飞应息，鱼龙梦亦愁。漂摇身世感，天地一虚舟。”

［日］关泽清修作《八月十七日，与土居香国赴秋田县六乡街诹访神苑清风馆兰亭追远会，席上用晋孙绰诗韵同赋，因会长坂本东岳（理一郎）嘉招也》（二首）。其一：“武雄祠下，洌有清流。兹修禊事，并祭俊俦。时珍满豆，修竹萦邱。群贤临水，觞若浮舟。”

18日 《申报》第14559号刊行。本期《自由谈》“尊闻阁词选”栏目含《江城梅花引》（小蝶）、《游古猗园赏荷》（鸳）；“滑稽诗话”栏目，撰者“剑盦”；“文字因缘”栏目含《赠梁溪酒丐，即题其影像》（二首，太痴）、《题邮片代柬懒云内史》（二首，蝶仙）、《〈玉田恨史〉题词》（六首，古歙祇予）。其中，小蝶《江城梅花引》云：“晚烟笼罩郁金堂。盼昏黄。已昏黄。小小银灯，红出碧纱窗。御了残妆停了绣，偏生是，没情的、秋漏长。　漏长。漏长。夜未央。月半廊。花半墙。转也转也，转不尽、曲曲回肠。剔尽银釭，燃尽水沉香。独有泪珠弹不尽，化做了，一丛丛、秋海棠。”蝶仙《题邮片代柬懒云内史》其一：“家书日日报平安，欲写深情下笔难。天气骤凉还骤暖，万千珍重劝加餐。”

19日 《申报》第14560号刊行。本期《自由谈》“游戏文章”栏目含《吴淞炮台赋》（奚悲秋）；“尊闻阁词选”栏目含《秋夜》（痴儿）、《夏夜池上纳凉》（痴儿）、《秋声》（痴儿）、《秋怨》（痴儿）、《新秋园中即事》（痴儿）、《秋日过山家》（痴儿）；“文字因缘”栏目含《〈玉田恨史〉题词》（四首，梅香女士）。其中，痴儿《夏夜池上纳凉》云：“寂静得幽趣，池塘夜未央。月筛花影碎，风皱水纹长。地僻人踪少，更深鹤梦凉。此间堪避暑，聊可乐羲皇。”《秋怨》云：“愁煞新秋至，征夫未到家。可堪泪洒处，又变断肠花。”

陈夔龙添孙，作《七月十八日卯刻，福儿生子，余亦有孙矣，作此示福》。诗云："昔岁分枝到藕园，一时佳气溢吾门。如今子又生男子，也算三房喜抱孙。"后又作《鹏孙弥月，薄治汤饼，仍叠前韵》。

吴芳吉坐船至巫峡，峡险风大，遂作歌高唱。歌云："行人何珊珊，荒径何漫漫。穷岩绝壑，独自往还。行行岂得已，莫作等闲看。君不见，满眼荒芜，荆棘遍故园。又不见，愁云惨雾，暗淡锁西川。努力努力，向前向前。振作精神，一帆出夔关。君不想尔双亲倚门望穿眼，又不想尔妻子泪尽不堪眠。梦魂难接，相思不断，何苦久流连？努力努力，飞到家山。须知道，断流仅赖投鞭。向前向前，莫负了猿儿鹃儿，为我把行饯。"入夜，又吟成《巫山一片云》。诗云："朦胧夜半涛声急，岩前星火窥人寂。逆桨上青天，休歌蜀道难。林深虫唧唧，露冷悲秋笛，巫峡又巫山，几番望眼穿。"

20日　刘师复主编《晦鸣录》（周刊）在广州创刊，系无政府主义团体晦鸣学社机关刊物。各篇均为中文及世界语两种文字对照。仅出2期，被广东都督龙济光9月8日迫令"永远停版"，晦鸣学社亦同时被封。12月20日，该刊转澳门出版第3期并更名《民声》。《民声》继出2期后，龙济光奉袁世凯令，串通澳门葡萄牙当局又将该刊封禁。

《申报》第14561号刊行。本期《自由谈》"尊闻阁词选"栏目含《游仙诗》（十二首，太痴）；"文字因缘"栏目含《归国遥·〈玉田恨史〉》（蛰居）、《题〈玉田恨史〉，和晓霞韵》（四首，瘦骨）。其中，蛰居《归国遥》云："鸳鸯折，哭断深闺肠百结，泪珠滴处均成血。　心心愿早尘缘□，空相咽，重泉埋恨凭谁说。"

《四川国学杂志》第12号刊行。本期"文苑"栏目含《休思赋》（刘师培）、《旷情赋》（刘师培）。

《宪法新闻》第16册刊行。本期"杂纂·文苑·诗录"栏目含《沈观枉和〈移居〉四律，再叠前韵奉酬》（樊增祥）、《樊山录示〈移居〉诗，依韵奉和》（沈曾植）；"杂纂·文苑·词录"栏目含《浣溪沙·和重审六解》（樊增祥）。

《文史杂志》第6期刊行。杨守敬题耑。本期"词章·诗录"栏目含《希如四十初度，诗以寿之》（觙民）、《和〈韩致尧集〉近体诗十五首，同家兄惺樵作》（辛壬之间书事）（《避地》《秋郊闲步有感》《伤乱》《卜隐》《冬日》《夜坐》《息兵》《深村》《即目》《过汉口》《乱后春日途经野塘》《春尽》《惜春》《汉江行次》《安贫》）（希如）、《春柳二律》（鲁济恒）、《燕》（前人）；"杂俎"栏目含《寄社诗钟选录（续第五期）》（刘棨）。

《说报》第5期刊行。本期"艺林·艺谭·诗词"栏目含《游景星寺，赠海印上人二首》（愓龛）、《丙午中秋后一日，与何二游庆云山作》（愓龛）、《二十》（愓龛）、《越南道中》（铁山）、《旅夜》（铁山）、《渡太平洋》（铁山）、《感怀》（毅然）、《送友之热冲》

(萧汝霖)、《九段坂》(萧汝霖)、《猿山赴四日市车中作》(袁希洛)、《菖蒲花》(用《咏樱》原韵)(廪盦)、《摸鱼儿·咏莺》(廪盦)、《寿楼春·将之北京,留别诸同人,用易实甫赠况夔笙元韵》(廪盦)、《南浦·咏杨花》(廪盦)。

《国是》第2期刊行。本期"丛录"栏目含《鞮芬室诗话》(辟非)、《篷闲漫语》(鹿关病叟);"文苑"栏目含《逐宦文甄》:《读〈九歌〉》(马其昶)、《读〈荀子〉》(马其昶)、《读〈韩非子〉》(马其昶)、《见性戒文》(何震彝)、《〈秋山捉蝶图〉小引》(易顺鼎)、《〈奢摩忏悔词〉自序》(王旡生)、《朱芷庼先生遗诗》(朱芷庼),《跫喜集》:《和穆忞韵》(鄂祴)、《再次韵寄裒》(鄂祴)、《夜坐》(孝质)、《胶州旅次,寄穆忞》(孝质)、《同人宴集以花饤座,作"江苏省议会全体公宴共乐升平"十三字,余见之,几欲痛哭,因作此歌》(含光)、《明孝陵上作》(含光)、《胡氏园》(含光)、《廿五晓闻徐宝山被戕,疑扬州有变,急欲归,待车坐江楼呼茗》(含光)、《四层楼上晓望》(含光)、《濮紫泉丈,廿年廉吏,家无余资,劭戡乃云不甘作摧厘事,其高迈可敬爱,赋为赠,聊以激励末俗》(含光)、《和穆忞〈哀召〉韵,感时》(含光)、《新有青衣之戚,六叠前韵》(立之)、《入都醉孝起寓中,留示地山》(召封)、《中秋前一夕思归》(召封)、《沪上寄郑鸣之金陵》(召封)、《句容客中两夜》(召封)、《闻钟》(召封)、《集玉溪句,再赠抱存》(哭盦)、《抱存以所刻〈停云集〉见贻,赋谢》(哭盦)、《阜昌里杂咏示友》(今苐)、《寄移孙》(穆忞)、《默卧,示众异》(穆忞)、《寄示瘿公》(穆忞)、《和众异种植园之作》(穆忞)、《示都下诸子》(穆忞)、《初夏绝句》(穆忞)、《莫愁湖胜棋楼上遇雨》(含光)、《和白袈〈栖霞山中〉韵》(碧城)、《春日》(穆忞)、《孤坐》(穆忞)、《调孝质》(穆忞)、《和寄丈》(穆忞)、《次韵寄怀众异》(穆忞)、《赠仰天词人,次孝质韵》(穆忞),《绝妙今词选》:实父《卖花声》《踏莎行》《浪淘沙》《点绛唇》《清平乐》《菩萨蛮》《望江南·题〈扬州画舫录〉》《眼儿媚》《一丛花·十三夜》《柳稍青·送人返蜀》《南楼令》《谒金门》《蝶恋花》;辟非《琴调相思引》《过龙门》《浪淘沙》《蝶恋花》《醉落魄》《苏幕遮》《南歌子》《临江仙》《玉连环》《踏莎行》《浪淘沙》《鹧鸪天》《蝶恋花》《鹊踏枝》。其中,吕碧城《和白葭〈栖霞山中〉韵》乃有感于南北议和而作。诗云:"谁更临风忏落花,枝头新绿自交加。春回大野销兵戟,雨润芳塍足苎麻。几辈阆风闲绁马,千秋湘水独怀沙。软红尘外天沉醉,愿祝余辉驻晚霞。"

易顺鼎在京观看名伶小香水、小菊芬、明月珍等人主演之河北梆子戏《回荆州》,观后作《七月十九日纪事》。诗云:"秋波占断人间秋,流云遏回天上流。癸丑七月十九日,请歌一曲回荆州。义州女郎小香水,能作秦声妙无比。一歌子野唤奈何,再歌琅邪愿为死。向来惯演孙夫人,今日还呈绝代身。演赵云者小菊芬,演刘备者明月珍。子龙身手原无敌,先主须眉亦罕伦。玉帐刀光惊雪亮,戎装侍女环相向。刚猛生成大帝风,庄严显出天人样。华鬘璎珞涌诸天,翠羽明珰望俨然。强敌欲争三足鼎，仇人翻做并头莲。宁知大耳同重耳，季傀齐姜总弃捐。夫妇方如鱼得水，君臣已似虎离山。思亲泪落吴江冷，望帝魂归蜀道难。郎似蜀君啼杜宇，妾如齐女化哀蝉。吞吴相枉留遗恨，思蜀儿偏乐此间。珠喉字字听吞吐，车子秦青谁比数。凄凉远胜琵琶行，浏亮真同剑器舞。一曲清歌泪万行，谁知别有伤心处。唐殿歌残是尾声，伊州舞错因眉语。怜卿怜我共无憀，家国平生恨未消。灵泽祠前曾酹酒，公安浦口屡停桡。生憎燕国丁沽水，即是螎矶子午潮。萧郎看剧潜收涕，本异刘郎是夫婿。刘郎不看看萧郎，侧面回身暗相对。四目相看阅片时，两心互照盟千禩。心死庄周亦可哀，目成正则难为继。但听珠为一一声，宁知珠是双双泪。珠泪莹然贲上光，玉颜怆绝心中事。眼前别鹄对离鸾，此剧何名龙凤配。万种生离死别悲，一般儿女英雄意。拭尽鲛绡鲛泪多，收来鸾影鸾肠费。骚客情能感美人，书生福已逾先帝。漫道萧郎是路人，萧郎今是受恩身。灵旗此日怀灵泽，析木明朝指析津。绿华无定行踪幻，红豆相思入骨真。本自无心在人世，不辞将骨化灰尘。”

张謇作《日夜苦热，重闻乱耗，用杜少陵〈毒热寄简崔评事〉韵》。诗云：“炎运入大暑，晨宵尚如秋。谓非时所宜，于古五行忧。旭杲忽焉盛，迫炙檐四周。掩疏避日向，空气时一流。汗多吻易渴，小饮汗弗休。闭目造异境，清荫林塘幽。或在阴洞底，神与冰雪酬。盼盼夕阳下，皓月升东楼。四天无纤云，树叶矗不柔。倦来强即寝，簟蒸转浮浮。昨日已秋节，狂燥势尚遒。雨师匿何许，惰龙潜灵湫。以此闭关坐，终朝科白头。如闻有痴儿，弄兵连大州。血肉飨飞弹，撩焰群蛾投。何辜逃徙民，充衢塞行舟。返观心体平，驾言旷荡游。阴阳有代谢，绝炕宁淹留。村农自嗟叹，苗槁东西畴。”

21 日　《申报》第 14562 号刊行。本期《自由谈》“尊闻阁词选”栏目含《消瘦》（徐哲身）、《观音门即事有作》（徐哲身）；“栩园词选”栏目含《溽暑不寐，坐以待旦有感》（李生）、《早秋》（碧梧女士）、《徐公孟以〈赠花云舫〉诗见示，次韵和之》（吴心月）、《石浦书所见》（宗侠）、《书感》（二首，甬江商隐）；“文字因缘”栏目含《〈玉田恨史〉题句》（三首，琴童）。其中，徐哲身《消瘦》云：“一叶扁舟越又吴，自怜消瘦在歧途。秦川旧事王公子，楚泽新吟屈大夫。寒雁无声乡信断，夕阳有影病身孤。书生不是英雄气，髀肉摩挲忆马瘏。”碧梧女士《早秋》云：“三年游子意，万里故园思。旅梦惊秋早，乡心恨雁迟。江干烽火急，海国羽书驰。愁绝黄花约，归田未有期。”

22 日　《申报》第 14563 号刊行。本期《自由谈》“尊闻阁词选”栏目含《春柳，用渔洋〈秋柳〉韵》（四首，须曼）、《本事诗，和莲友阁》（四首，须曼）；“栩园词选”栏目含《塞下曲》（四首，李生）、《早秋》（李生）；“文字因缘”栏目含《题〈玉田恨史〉》（二首，怡生）、《〈玉田恨史〉题词》（二首，闽江女子）、《题〈玉田恨史〉》（许病华女士）。其中，李生《塞下曲》其二：“落日孤城起暮笳，筹边楼上望天涯。乡心一片关山月，愁绝秋砧几万家。”《早秋》云：“万里家书来故国，几行归雁起江洲。珠帘半卷西楼晚，明月一钩天下秋。”

23日 袁世凯政府指控邓家彦主持《中华民报》“鼓吹革命”。本日，上海会审公廨提讯邓家彦，判处其监禁西牢六个月。邓在狱中作诗志感，南社社员纷纷唱和。邓家彦《狱中感事（并序）》（三首）。序云：“癸丑讨袁军败绩，余亦以鼓吹革命下狱。适有久囚将释者，慨然谋代传书，顾不得纸笔，尤虞搜索。因口占三律如次，令其讽诵，出狱述之，迄无讹舛，乌呼！斯诚难能可贵矣。”其一：“一角炊烟半暝中，四围秋色夕阳红。登楼有客非吾故，走马何人傲乃公？草檄至今空愈疾，著书俟后总雕虫。却怜归雁无消息，隔绝云山十万重！”其二：“独立苍茫有所思，几番憔悴到蛾眉。年华似水流何疾，身世如云不自持。羞以文章遭鬼击，敢将心事吁天知。避秦只恐乾坤窄，为觅桃源日已迟。”其三：“落落孤怀絮语谁？东南金粉梦耶非？苍生无地藏香骨，赤帝横天识杀机。六月系囚心未死，十年去国愿俱违。沉沉浩劫知何极，话别沧桑安所归？”

《申报》第14564号刊行。本期《自由谈》“栩园词选”栏目含《游峨眉山放歌》（痴儿）、《消暑》（痴儿）、《夏日偶成》（痴儿）、《溪畔纳凉》（痴儿）、《夏夜》（痴儿）、《过明孝陵有感四首》（愚农）、《游秦淮河》（二首，愚农）、《过乌衣巷》（愚农）、《登阅江楼》（愚农）、《忆别》（愚农）；“文字因缘”栏目含《〈玉田恨史〉题词》（三首，静观子）。其中，痴儿《夏夜》云：“浴罢且闲坐，空斋景色幽。蛙喧逢雨歇，萤乱逐星流。花影翠连屋，泉声清到楼。玉堂频可把，一任醉乡游。”愚农《过明孝陵有感四首》其一：“寝园云树郁葱葱，二水三山控势雄。不料如今空置衙，子孙谁复念英风。”

阳兆鲲《剑华叠前韵见赠，倍数酬之》（四首）、《次韵酬剑华》（二首）刊于《民立报》“词苑精华”栏目。其中，《剑华叠前韵见赠》其一：“恒舞酣歌竞莫愁，不堪同戚第同休。五千年壤任分割，四百兆人成大囚。渍地玄黄冤鸟血，盈庭朱紫烂羊头。扁舟许访范蠡宅，巨浸稽天未可游。”《次韵酬剑华》其二：“相随亡命一龙泉，未报恩雠未了缘。铸错难招林下月，登楼易感客中年。断鳌心事翻成梦，屠狗生涯不属天。惭对故人无地伏，春风迟指岭南边。”

王舟瑶作《七月廿二日为亡室潘夫人卒日，设奠感赋》。诗云：“与君长别在此日，回首秋风二十年。驹隙光阴疑梦里，牛衣涕泪记生前。年来婚嫁虽粗毕，老去艰难谁复怜。且率诸孙酹杯酒，可能一滴到重泉。”

王易作《梦横塘·廿五初度》。词云：“双丸弄巧，万树鸣秋，华年如水偷逝。十载星霜，又阅遍、几番尘世。诗酒情浓，功名梦冷，野人深致。算燕云汴水，马影鸡声，但添得、狂而已。　　世间一笑浮沤，甚心伤杜老，愁赋平子。赢得名垂，叹白发、可怜生矣。况自有、医天妙手，何用书生溷人事。打叠行囊，酒瓢榔櫑，向花前寻醉。”

李思纯作《七月廿二日雨》。诗云：“积雨鳞鳞皱碧池，海棠滟滟湿胭脂。水红花瓣掩轻粉，古绿苔纹篆细丝。小景有时都入画，秋容无处不宜诗。藕花风味相违后，莫负橙黄橘绿时。”

24 日　《申报》第 14565 号刊行。本期《自由谈》“栩园词选”栏目含《从军行》（圭身）、《秋柳，用渔洋原韵》（四首，小蝶）；“文字因缘”栏目含《〈玉田恨史〉题辞》（四首，蘧园）、《读〈玉田恨史〉，不禁凄然，爰题四章，以志恨云尔》（四首，柘湖道人）、《癸丑四月念三日，与潘介衡、陈松年诸子闲游四湖，饮于杏花村，即席有赋》（吴心月）。其中，柘湖道人《读〈玉田恨史〉》其一：“一卷伤心史，千秋血泪痕，风狂天欲黑，何处为招魂。”

吴芳吉作《望秦川（弱水浮青草）》。词云：“弱水浮青草，寒山宿白鸥。隔江渔火下城楼。恰是旧愁未尽、又新愁。　　滴滴螳螂桨，翩翩蚱蜢舟。金波暗淡似悲秋，空对云如游鲫、月如钩。”

25 日　《申报》第 14566 号刊行。本期《自由谈》“游戏文章”栏目含《新五更调》（柄铣）；“栩园词选”栏目含《月夜不寐，感赋示灵均》（小蝶）、《读〈红楼梦〉，题黛玉像》（三首，小蝶）、《一房山偶成，仿剑南体，索拜花和》（二首，小蝶）、《西湖柳枝词》（二首，小蝶）、《紫云洞》（小蝶）；“文字因缘”栏目含《金缕曲·再题〈玉田恨史〉》（小蝶）。其中，小蝶《西湖柳枝词》其一：“淡月梢头展笑痕，丝丝情绪绊黄昏。谁家画舫桥隐里，宛转同干酒一樽。”其二：“牵惹飞花入画棂，睡情都在水边亭。含颦不为朝来雨，愁对孤山哭小青。”

《小说月报》第 4 卷第 4 号刊行。本期“文苑”栏目含《济泰游览记（续完）》（我一）、《前清宫词（续完）》（李汝穉）。

［韩］《朝鲜佛教月报》第 19 号刊行。本期“无孔笛”栏目含《青门外元兴寺留连，与映湖上人酬唱》（书山成埙）、《敬次》（映湖朴汉永）、《梅子熟也》（菊人惠勤）、《闻木犀香幺》（前人）、《天地万物兴我同根体》（前人）、《追次书山词伯〈纛岛舟中〉》（前人）、《追次〈奉恩寺作〉》（前人）、《追次书山〈塔洞寺作〉》（前人）、《退畊记者居然归田，四月一日》（前人）、《〈佛教月报〉赞》（高一坡）。其中，高一坡《〈佛教月报〉赞》云：“一书可作千家佛，赖是流通万世教。来照深窗床下月，暗将情语幽人报。”

刘师培夫妇到达湖北宜昌。刘师培作《陈君式仁别碑》。诗云：“民国二载秋，仲月日廿五。维舟宜昌郭，道出君故宇。斯人今则亡，感此泪如雨。鲁贤叹冉牛，秦俗悲缄虎。作诗昭德音，奕世永君誉。庶几费凤刻，传诵亘终古。”

26 日　《申报》第 14567 号刊行。本期《自由谈》“尊闻阁词选”栏目含《芦花，和上海潘少卿韵》（二首，瘦兰）、《蹈雪，和聚星堂韵》（小蝶）、《平昌道中》（四首，小蝶）；“文字因缘”栏目含《集东坡句，题〈玉田恨史〉》（二首，穉馨）、《偶集〈花月痕〉句四绝，题〈玉田恨史〉》（二首，病魔）。其中，穉馨《集东坡句》其一：“断肠写愁萦字字，断肠愁是断弦琴。从今造物尤难料，还尽平生未足心。”病魔《偶集〈花月痕〉句四绝》其一：“罡风吹不断情丝，死死生生总一痴。生死悠悠消息断，参横月落最相思。”

吴芳吉乘船过高桅子，午餐后卧船尾读莎士比亚十四行诗，感其寄托与己意相通，叹“其情缠绵，其格高古，可与李白《秦楼月》词相媲美”。后又读《南风歌》《击壤词》。

陈夔龙作《七月二十五日辛园访哲甫》。诗云：“园林秋色暮苍然，胜地重经别有天。折屐人来三径外，看花客忆十年前。楼台幻梦迷新燕，槐柳萧疏噪晚蝉。乘兴王猷访安道，一灯茶话豆篱边。”

27日 《申报》第14568号刊行。本期《自由谈》“栩园词选”栏目含《秋兴八首，用少陵原韵》（李生）、《浪淘沙·秋柳》（墨花馆主）、《忆江南·秋闺，用李后主韵》（蘧园）；“滑稽诗话”栏目，撰者“丹初”。其中，李生《秋兴八首》其一：“萧瑟西风动暮林，烟波江上自森森。芦花枫叶传秋信，粉堞山楼耸夕阴。哀雁不知边塞远，白云还是故乡心。寒声到处闻机杼，落日千家送晚砧。”

张肖鹄在《中华民国公报》上公开声明辞《公报》职。

陈汉章作《八月二十七日行礼至圣先师，感赋》。诗云：“教育部令尊孔子，大学预科集多士。洋操口令鹄立俟，俟学长来始举趾。科头便衣操房里，行礼三折腰而已。识者窃叹我独喜，普天尊孔自此始。君不见，西洋教员履声橐橐来，东鲁高山共仰止。”

孙光庭作《七月廿六日，五旬有一初度，朱经田、王采丞、袁树五诸君强为置酒，赋酬兼寄示诸弟二首》。其一：“我辰安在畏人知，自痛蓼莪废酒卮。底事良朋为破例，却缘游子偶吟诗。风尘澒洞团三益，天地低昂入五噫。莫惜尊前拼一醉，相将归路好扶持。”其二：“年过知非愧未知，多情漫劝倒金卮。忽垂燕市悲歌泪，为忆鸰原急难诗。家计贫怜诸弟累，国忧殷付一声噫。天涯萍梗长飘泊，故陇松楸好护持。”

28日 鲁迅反对教育部祀孔。日记云：“昨汪总长令部员往国子监，且须跪拜，众已哗然。晨七时往视之，则至者仅三四十人，或跪或立，或旁立而笑，钱念劬又从旁大声而骂，顷刻间便草率了事，真一笑话。闻此举由夏穗卿主动，阴鸷可畏也。”

29日 淞社雅集徐园，为淞社第五集，恭祝缶翁及缪荃孙、钱溯耆三老七十寿。吴昌硕有《缪荃孙七十寿》《邠老七十寿》《钱听邠七十寿和韵》等诗。其中，《邠老七十寿》云：“老翁七十动悲歌，浩劫频经两鬓皤。断甓纪年吾道在，残书独抱古怀多。耦耕自有新秋雨，狂醉当倾碧海波。至乐眼前天所锡，嗟予同岁竟如何。”

《申报》第14570号刊行。本期《自由谈》“栩园词选”栏目含《和渔洋〈秋柳〉四首》（李□庄）、《有感秋影楼事，寄示蝶仙》（二首，拜花）、《集蝶仙〈心海热潮〉诗句却寄》（二首，拜花）、《满江红（多事湘帘）》（秋夜）；“文字因缘”栏目含《寄栩园外史，次原韵代柬》（二首，懒云楼主）。其中，拜花《有感秋影楼事》其二："影事迷离堕梦中，情场无处觅欢踪。书生福比秋云薄，何况凄凉昨夜风。"秋夜《满江红》云："多事湘帘，描写出、满庭秋影。栏杆外、一湾凉月，偷窥金井。翡翠房拢清似水，玻璃窗槛明于镜。是谁家、吹起玉参差，箫声哽。　　梧叶落，秋风紧。更漏短，虚堂静。怪秋灯摇梦，薄魂无定。沈约腰肢蝴蝶瘦，韦娘弦索鸳鸯冷。有十分懊恼，七分愁、三分病。"

黄侃闻北京章太炎被羁事，辞家登舟，从海路进京。

吴芳吉船过兴隆滩，读石达开遗诗，叹其为人高格，云："慷慨淋漓，不可一世，无奈命弗由人，事败中道，怅望蜀西，感五丈原秋风之句者久之。当世号称民国伟人及革命健儿者多矣，苟读石公诗，能无愧煞否？诗凡数十首，豪情逸气，笑傲古今，与岳飞《满江红》词，可称双绝。其最沉痛者，莫如'人头作酒杯，饮尽雠仇血'之句。天耶？命耶？何英雄结局，每不堪设想。能不伤心一哭！"

30日　《申报》第14571号刊行。本期《自由谈》"游戏文章"栏目含《上海战事五更调》（奚悲秋）；"栩园词选"栏目含《秋草》（三首，延秋室）、《秋夜闻笛》（小蝶）、《山行》（小蝶）、《秋夜》（小蝶）、《夜泛即景》（小蝶）、《辛亥之乱，避居寄庐已三年矣，俯仰人世，不胜沧桑之感》（二首，寄尘）、《遣兴》（寄尘）；"文字因缘"栏目含《敬题〈玉田恨史〉》（二首，幻园居士）。其中，小蝶《秋夜闻笛》云："落尽梧桐院院秋，晚碪敲出月如钩。不知何处吹长笛。多少相思人倚楼。"《秋夜》云："满地桐阴月有棱，夜寒如水露华凝。秋虫也有相思意，一个低呼一个应。"

31日　《申报》第14572号刊行。本期《自由谈》"栩园词选"栏目含《扬州杂咏》（四首，哲身）、《黄昏渡》（哲身）、《杯度庵》（哲身）、《秋夜睡醒得句》（小蝶）、《偶占》（三首，小蝶）；"文字因缘"栏目含《〈玉田恨史〉题词》（四首，良起）、《又题》（良起）。其中，哲身《黄昏渡》云："黄昏渡口似黄昏，云黯天低昼掩门。犹有客舟天际去，数鸦帆上点风痕。"

《湖南教育杂志》第2年第14、15期刊行。本期"文艺·文录"栏目含《游日光山，观华严瀑布记》（湘乡谭襄云芝林）、《扶桑观日歌》（前人）、《游日光山，观华严瀑布歌》（前人）、《题谭芝林君〈扶桑观日图〉》（顺德梁步云）、《题谭芝林君〈日光观华严瀑布图〉》（梁步云）。

《宪法新闻》第17册刊行。本期"杂纂·文苑"栏目含《癸丑上巳，任公集禊万生园分均，敬呈〈流觞曲水〉四首》（严复）、《为刘健之写〈蜀石经斋图〉并题长句》（林纾）、《题罗瘿公所藏唐道士写经》（陈三立）、《送赵芝山前辈宣抚江右》（孙雄）、《荷花生日戏赋》（樊增祥）。

沈曾植作《七月晦日俗称地藏生日》。诗云："避地成株守，逢时纪岁华。十轮标末法，双烛拜邻娃。露砌清残暑，盆池晕细花。凄凉姐姆语，都作梦粱嗟。”樊增祥作《地藏生日，和乙庵》。诗云：“真有目莲变，弧辰出藏经。烛流诸佛泪，灯散两湖星。慈孝乖今俗，香花接古灵。张王谁附会，千载荐芳馨（苏人旧说是日实张士诚生日，托为地藏诞以祀之）。”

沈其光作《七月三十日闻金陵乱事渐平》（南都独立凡三次）（二首）。其一：“南朝金粉尽，天地遍戎机。烽火惊归雁，江山黯落晖。人谋方割据，世业益衰微。跃马终何事，青磷野草肥。”

［日］关泽清修作《天长节恭赋》。诗云：“郁郁神州罩瑞烟，千秋节值小春天。上林枫叶经霜丽，禁苑菊花迎日妍。颂寿辎轩朝玉阙，赐酺鹓鹭醉琼筵。微臣亦献华封祝，正是新皇第二年。”

下旬　樊增祥作《野望，和乙庵》《秋郊，和乙庵》。其中，《野望》云：“西崦残照色，乍可暖秋怀。无复楚氛恶，眷言山气佳。露莲犹绮浦，霜橘欲黄淮。剪破吴淞水，谁将半镜揩？”《秋郊》云：“白露零西灏，黄云覆太田。国虚犹有土，海大不如天。战地营新屋，秋潮活滞船。扶桑诸岛客，知否有虞渊？”

本　月

福州秋社成立。王允皙（又点）欲起诗社，邀陈衍为社长。首集于李园樱里沈祠，会者何梅生（振岱）、刘筱云、林大年、龚惕庵（乾义）、郑国容、林雪舟、周郁如、叶伯璁（心炯）诸人。次集于陈石遗宅以新凿小池为题，惕庵、梅生诗最工，陈石遗得七言律诗一首，《石遗室前新筑小池，诗以落之》云：“双圆水月一方池，三面栏干缭绕之。老去填词风皱后，独居深念夜观时。求田问舍归湖海，凿石疏泉见井眉。十二竹竿凭照影，千言赋更七言诗。”三集于林雪舟宅寒碧楼，议重修西湖宛在堂，陈石遗有七言古诗一首，《寒碧楼小集，谋修西湖宛在堂》云：“西江诗派东林社，北郭南园竞风雅。明人论诗喜断代，高傅瓣香傍兰若。一龛宛在水中央，林月湖风足潇洒。诗亡雅废无人问，一木不支听倾厦。休文在官尚好事，闻道千金粤装舍。出山松雪去堂堂，谁监垩壁炼泥者。春秋佳日念林亭，寒碧楼前酒共把。四贤重修谈近事，梧门诗龛叹败瓦。何当突兀见此屋，寒食重阳奠杯斝。彦翀疏募可间缘，草创稗谌试谋野。”

《孔教会杂志》第 1 卷第 7 号刊行。本期“文苑”栏目含《孔教会发起举行国学丁祭公启》（番禺陈之鼐椿轩）、《孔教会东京支会创立启》（番禺陈之鼐椿轩）、《答童子问》（上海姚文栋东木）。

《宗圣汇志》第 1 卷第 4 号刊行。本期“艺林”栏目含《恭谒至圣林（其一至五）》（吴世杰厚轩）、《子贡手植楷》（前人）、《恭谒孟母祠》（前人）、《望峄山》（前人）、《恭谒亚圣庙》（前人）、《石峰洞读书杜门谢客箴》（惺諟斋）、《述怀》（惺諟斋）、《晨起有感》(惺諟斋)、《述生三首(未完)》(惺諟斋)。

[韩]《新文界》第1卷第5号刊行。本期“词藻”栏目含《雨中□与社伴共赋于郑素湖庄上》(梅下生)、《寄梅下词伯二首》(素湖生)、《和素湖词伯》(二首,梅下生)、《寄梅下词伯》(二首,颖滨生)、《和颖滨词伯》(二首,梅下生)、《芳草二首》(松里生)、《挽海史李公德夏》(梅下生)、《别石乐阿镇衡之湖西银行》(澹人南廷圭)、《杂题》(箧山枭园)、《读书》(前人)。其中,梅下生《雨中□与社伴共赋于郑素湖庄上》云:“老去无人识姓名,冷冷一世似秋情。始知流水钟牙在,谩学深林稽阮行。细雨斜侵庭草润,断云乍漏夕阳明。经春诗思如疲卒,下句强如即墨城。”

[韩]《至气今至》第3号刊行。本期“词藻”栏目含《读〈不然其然〉》(崔载学)、《言志》(崔载学)、《偶吟》(赵致东)、《偶吟》(坡西尹定植)、《赠李友磵石归乡》(而小崔东燮)、《降诗》(黄圭显)。其中,黄圭显《降诗》云:“天道极明地运明,吾教众生脱劫灰。天宫地宫人化定,日月高明万岁明。”

陈宧受袁世凯指使,设计骗章太炎入京软禁。赵秉钧派巡警监视。又,章太炎为越南阮尚贤《南枝集》作序。序云:“余违难江户,而越南遗民阮鼎南君适至。尔时亡国之痛相若也。余以持论慷慨,腾书转输,逾五年,卒睹光复。归国既二岁,阮君亦来余邸中,出其所作《南枝集》相示,其道故国灭绝之祸,悲愤怏郁,与余曩日所持论等。国性不亡,其胙不斩,光复之期不远也。余以为复国非难,凝之则难,何者?国之倾覆,必有叛降他族之人。夫能媚于异国者,未有不能媚于邦人,匡复之士,性情亢直,往往易为此曹玩弄,少不矜持,曩之叛降他族者,蠢尔复出,植朋党、执政柄以还噬倡义之人,则兴国之气销而正论不容复作矣。呜呼!越鉴不远,在禹贡之域。中华民国二年八月,章炳麟。”

况周颐作《绮寮怨(画里楼台如梦)》,以和朱祖谋之同调词作《绮寮怨·兵后海上遇歌者朱素云》。其中,况词序云:“和沤尹赠素云。阴阳平上去入声悉依清真。凡协宫律,先审清浊,阴平清声,阳平浊声,亦如上去不可通融也。”词云:“画里楼台如梦,啭春花外莺。带暝色、万里烟芜,寒潮语、似(去)诉飘零。鹔裘何辞换却,风欺鬓、醉薄容易醒。忆旧游、玉勒城南,蓬瀛浅、记曲愁画屏。　　怅念杜郎絮萍,相逢怕问,黄河唱后旗亭。燕麦青青,付遗恨、与秦筝。荆驼尚余残照,且共汝、话春明。阑干倦凭,天涯望断处、阴更晴。”朱祖谋词云:“乱柳香风吹店,酒帘河外青。傍水陌、细语残鹃,春阴底、唤上旗亭。中年哀丝怨竹,潜催换、鬓雪和梦惊。甚候烽、起灭江关,无人睇、故国尘暗生。　　怅恨病辞茂陵,铜仙去后,劫灰怕问昆明。气挟幽并,旧人是、米嘉荣。江南落花风景,且诉与、十年情。伤怀步兵,浇愁但愿醉,无泪倾。”

马一浮因杭州立明儒朱舜水祠,受汤寿潜之命,重新编定《舜水遗书》,并代汤草拟遗书序文，另作《舜水祠堂诗》二十韵，颂朱在明亡后居日本三十年，传播“六艺”之德行。《舜水祠堂诗》云：“改运弃方策，乘桴缅耆耇。瘴怒纷禹甸，灵光阏越纽。卓惟舜水翁，秉精值阳九。否倾祚已陨，式遏义不朽。系组毕殷腆，抱器从箕后。贞德翳海隅，迹穷道弥阜。居陋征礼失，辨亡哀政莠。远人知好贤，执贽遍卿后。躬被六艺泽，世严瞽宗守。异国飨更老，在邦遗草薮。先民有榘度，后生忘所受。微风陨霜叶，因物胡不有。瞪眄及兹辰，负乘为功首。豪士陵九州，楹庙列圭卣。诵烈薄前修，饕名乃多取。直道岂不存，丰沫惟见斗。感彼烝民瘥，失此仁贤牖。神明睠故都，榱宇起新亩。典录有荒坠，笾豆庶无垢。作诗著英声，持以风闾右。”

吴昌硕为金绍坊篆书“水泛车驱”八言联。联云：“水泛方圆维杨及柳；车驱左右即鹿射麋。季言四兄大雅属篆，为集石鼓文字。时癸丑七月，安吉吴昌硕。”

赵式铭编竣《云南光复志》，旋被蔡锷都督任命为新兴县（玉溪）知事，赵藩、周钟岳力赞其行。赵藩以诗送行云：“木落霜风又送秋，行人旌旆亦悠悠。共矜健笔三长史，往试新硎百里侯。要具实心斟教养，未妨妙用济刚柔。政成身暇开文宴，石墨聊寻听雨楼。”

钱基博谢绝出任无锡县立第一高等小学教员，之后又谢绝直隶都督赵秉钧聘任。自此委身教育，心无旁骛，历小学、中学、中等师范以至大学教员。

郭沫若因二次革命爆发，未能顺利抵达天津陆军军医学校报到，由重庆返成都。暑假间，去图书馆翻阅古书。他后来回忆说：“那时是喜欢骈四俪六的文体的，爱读南北朝人的著作，尤其是庾子山的《哀江南赋》——那在《离骚》以后的第一首可以感动人的长诗。我觉得他那‘宰衡以干戈为儿戏，缙绅以清谈为庙略’的几句，真真是切中目前的时弊；每天总要讴它几遍。讴起来总不免要一唱三叹地感慨系之。”

陈三立为陈子俊《剑闲斋诗》作序。序云：“呜呼！此吾友湘乡陈君子俊之遗诗也。始与子俊游处时，志盛气锐，方讨百家习国故，杰然欲有为于世，颇不数数究心文辞声韵间。遨翔江海，迄无所遇，盛年徂谢，凡知子俊者，莫不重惜之。今不共子俊谈宴二十余年矣，贤子尔锡出示兹编，务泽于古而才气足以纬之，虽摩荡万象，或未竭其能而尽其变，要自卓荦典重，远出于流俗，亦有以传其生平者。天傥假子俊以年，使躬阅今日奇变，慷慨郁积，必且益有所为。然而心腑魂魄，不撄亘古非常之痛酷，以完其神明，且获后之人不复列为志乱诗史之一，吾子俊又未为不幸也。癸丑七月，义宁陈三立题记。”

韩德铭作《癸丑早秋诗》。诗云：“变国如易居，新储旧始弃。成毁仓黄中，讵免漂摇累。忆自胜朝季，上猜徕下恣。白日出鬼车，妖梦山河被。然借覆舟涛，调融朝野意。祸幻福恒来，喁喁观措置。不谓命世豪，甘逐侠儿戏。踽踏若刺手，罪殃换优异。进解国四维，谓此皆专制。鼓舞含生伦，灭常同赴势。积薪厝大火，曰为安寝地。珠江淮泗血，此时天已赐。即今烽燧灾，三年愁有识。千秋拨乱局，决以征诛帜。道丧国魂狂，颇忧后先异。往日岂无策，失机难再治。解绝古纽纲，顿成新时事。枪戟用长大，溺冠虞叔季。礼乐视吾能，渺冥根本计。况多抵隙人，暂驯容复肆。奄奄病夫身，任乎屡颠踬。露冷风含肃，草木生惊悸。只子早秋中，已复愁霜气。或谓乐利前，例须渡疑畏。栽棘谓种桑，采采总忧闷。输与乘时豪，撑怀挺希冀。斩木顷无兵，请缨酬壮志。”诗后王念典笺注云：“此民国二年八月，赣皖粤二次革命甫平后，为袁作也。”又作《将离家，示二子》（民国二年孟秋）。诗云：“我生无弟兄，亲慈有所钟。行年二十五，生计暗如童。父逝伯复衰，尔姊弟芃芃。诸母忧家事，惶惶衣食穷。事畜初责予，如弱翮遇风。而我气不慑，康济愿为充。世命苟能转，口体何俭丰。抱此志向行，迄今廿秋冬。壮怀渺风霰，生事反用种。衣布而饭粟，自此粗可凭。彼求得此报，操纵迷天公。堂上虽弃养，前喜谢昊穹。衹此家庭史，减号啼私衷。龙蛇起雷雨，气灼光更熊。白屋照无色，大心终不洪。岂其得少足，遂反当年胸。良以阅古今，铸起身世宗。贪天贼人己，羽宁折不翀。明末李公子，误逐闯娃踪。我仁而贼暴，乃膏凶逆锋。汉季荀文若，手呈戡乱功。正言涉九锡，炎火焚黄琮。杀身贻世殃，势位之念蒙。试观世英杰，畴能全始终。半生困讲座，未凿权势空。清廷尚奔竞，机遇乃不隆。近日生杀柄，又落朋党丛。耻徇比周辙，万窍靡一容。诏上与媚群，事异情本同。昔为丧家狗，今岂云中龙。穷士重心官，小人为势佣。宁因一时耀，蒙面投群凶。胸横一淡泊，百变不可攻。情能超俗好，动始为民幪。异彼杀不辜，翻诩有大庸。诟人责独善，逞醉饱喉咙。匹夫与狗盗，品亦分卑崇。况复志洁人，呼吸皆含冲。无刃割世殃，孰与彼突冲。今随金天序，应节为秋虫。未争牛铎响，时亦醒痴聋。不辜风露惠，一鸣即竭忠。回首当年心，似殊而实通。捧心示门内，非与俗争讧。尔曹甘蓬头，无为执绮瞢。就食田园粟，已足傲乃翁。淡泊味吾语，德慧茁于中。”

张震轩作《瑞城晚归即景》《连日》《哀泮垟林孝廉雪甫》《哀林广文（小竹）》《哀乐邑曹明经志旦》《挽李彬臣表弟》（四首）、《闲情五章，步黄叔镛先生原韵》（五首）、《美人八咏》。其中，《哀林广文（小竹）》序云：“小竹名骏，予妻兄也。殇已五年，当日予曾撰联挽之，并未有哀词也。近次子不肖，鬻其遗产，念之气结，撰词哀之，以当九原一恸。”诗云：“结发鲜昆弟，与子最相亲。诗书照肝胆，花竹伴吟身。本以外家戚，况兼中表姻。邮筒屡唱和，来往孰主宾。偶结文字社，商榷忘昏晨。从兹敦夙好，坐阅秋而春。子年逾强仕，我已知非人。各有儿女累，哀乐难具陈。尤幸子胜我，满腹饱精神。校书日千纸，插架不言贫。狂饮三百杯，滟滟酒生鳞。倏抱河鱼疾，斫丧我天民。上有白头慈，悲声动梁尘。泪眼抉西风，我亦含楚辛。风义兼师友，一别词莫申。遗文空满箧，谁扬席上珍。先贤玉甑稿，宝光几沉沦。我代子收藏，异日寿贞珉。岂知未五稔，后嗣惭析薪。甘听黎邱诳，全输子敬囷。谁念西华子，流涕葛帔巾。谁念范叔寒，黍谷转鸿钧。九原如有知，嚼齿定穿龈。哀子力行善，乃种此恶因。茫茫理难测，造化胡不仁。始信逋仙高，梅鹤全其真。"

陈伯澜作《新秋杂咏》（时癸丑七月）（七首）。其一："云日蒸炎暑，西风一夜秋。雨声残在竹，月色好当楼。静似无征鼓，空如坐漏舟。长庚吾饮汝，早晚落旄头。"其三："不惜元元命，苍茫欲问天。王敦初据险，徐市忽求仙。万室虚烟火，高楼激管弦。尚同兼爱意，谁为质前贤。"其七："清簟凉加水，孤灯炯向人。闻蝉知节序，策马念风尘。揽镜颜频改，回杯影自亲。万方耕凿日，吾愿在长贫。"

高剑父作《二年初秋渡鄱阳湖，风雨兼旬，扁舟欲覆，诸生有思归之色，向暮雨晴风定，云破月来，景至清美，为诗慰之》。诗云："溪花如笑晚风凉，何必天涯思故乡。络纬矶边啼不断，月钩斜影挂残阳。"

黄兴作《吴淞退赴金陵口号》（二首）。其一："东南半壁锁吴中，顿失咽喉罪在躬。不道兵粮资敌国，直将斧钻假奸雄。党人此后无完卵，民贼从兹益恣凶。正义未伸输一死，江流石转憾无穷。"其二："诛奸未竟耻为俘，卷土重来共守孤。岂意天心非战罪，奈何兵败见城屠！妖氛煽焰怜焦土，小丑跳梁拥独夫。自古金陵多浩劫，雨花台上好头颅。"

黄侃作《晚归》《香塚》《书愤》。其中，《晚归》云："帘卷珠楼向晚天，班骓钿毂去纷然。莫嫌暝色笼垂柳，此种风神最可怜。"

赵圻年作《早秋积雨》。诗云："逐却炎威会有期，茅檐泉溜院成池。万家梦入清凉境，一客宵吟风雨诗。初日待干荷叶泪，新秋不减杏花时。连朝涤尽肝脾热，药灶犹余痛定思。"

傅熊湘作《夜来偶成一诗，不自知其言之悲切也》。诗云："但自有心昭日月，已怜无术息干戈。一夫未去斯民苦，后顾茫茫可奈何。"

李思纯作《早秋》《新秋夜雨号》。其中，《早秋》云："闲庭积雨绿成池，粉褪棠花三两枝。难遣情怀初醒梦，已凉天气未寒时。体因暑退频思酒，人为秋深渐有诗。半叠红笺消鲗墨，临风细写十香词。"《新秋夜雨号》云："寒花病蝶小勾留，蕉扇匡床暑渐收。罗袂五铢犹病夏，江城一雨便成秋。牛腰诗卷删新作，蝉鬓风怀感旧游。却为莼鲈思口腹，愿从吴会作监州。"

［日］木苏岐山作《八月游越，寓高陵木津楼三旬，即事》。诗云："蕉葛衣飘轻五铢，清风吹自古城隅。白莲秋水见诗句，乔木疏烟披画图。松海何由觅丁鹤（邨泉翁画《松海群鹤图》屏风，余有七古一章，翁今也则亡矣），睑波无恙看吴姝。兴来破费笺十万，蛇蚓人言作态殊。"

九　月

1日　张勋攻陷南京，“二次革命”失败，孙中山、黄兴等流亡日本。南京被攻克，何海鸣血战数日，弹尽兵亡。连横以为奇男子，作《读报二首》咏何海鸣事。其一《奇男子》云：“奇男子，何海鸣，阚如虎，疾如鹰。只身突入石头城，手挈欃枪呼雷霆，独立独立士以兴，力战不屈死犹生。紫金山，雨花台，北军渡江如潮来，旌旗无光万马哀。万马哀，犹倔起，何海鸣，奇男子！”林百举作《悲愤》（十首）。其一：“灌婴开动大江风，海水群飞直撼空。万丈猪龙麟甲解，三秋雕鹗羽毛丰。玄黄血战端开始，黑白棋弹局遽终。此处分明有公论，谁将成败定英雄。”其二：“代汉当涂夙谶妖，冢中枯骨竟天骄。朱英莫救春申死，白凤群讴新莽朝。民气刚柔伤易化，国魂飘荡梦难招。可怜周召共和史，转眼迷离付黍苗。”

《申报》第14573号刊行。本期《自由谈》“栩园词选”栏目含《乱后归家偶占》（集唐）（三首，佐彤）、《点绛唇（落魄江湖）》（槁木子）、《感怀》（槁木子）；“文字因缘”栏目含《题〈玉田恨史〉》（四首，寂红女士）、《题〈玉田恨史〉》（四首，迷途）、《再题〈玉田恨史〉（有序）》（东莞张树立）。其中，佐彤《乱后归家偶占》其一：“太平时节身难遇，贫贱夫妻百事哀。惆怅旧游无复到，水多菰米岸莓苔。”槁木子《点绛唇》云：“落魄江湖，侬身竟作瞿塘买。牢骚满腹，懊恼凭谁诉。　　悔不当初，早把情魔阻。千山路、晨风夕雨，无那别离苦。”

《庸言》第1卷第19号刊行。本期“艺林·艺谈”栏目含《石遗室诗话（续）》（陈衍）、《菉猗室曲话（续）》（姚华）、《琴志楼摘句诗话（续第十六号）》（易顺鼎）；“艺林·诗录”栏目含《丰顺丁叔雅（惠康）遗诗》（五十六首）：《余杭章君枚叔弃其冠服，易以西装，仆未之许也。而重哀其志，作一诗喻之》《侯官严幼陵观察示余旧作两篇，多推言新理递嬗之故，与此译〈天演论〉多有合者，反复把玩，有感于心，率赋一章简幼陵》《闻胶州近事有感（并序）》《咏史》《柬张坚伯孝廉》《感事》《简李任邱》《日本京桥冶春词》（六首）、《回风辞，留别日本诸寓公》（四首）、《堪定词》（十一首）、《初抵日本旅寓感怀》（三首）、《病中偶成》（十四首）、《本事诗，却寄罗瘿公兼约蛰庵同作》（四首）、《石遗老人久病不见，作此代柬》《过醉酬余雨韭》《悽惋词》（五首）；“艺林·文录”栏目含《丰顺丁叔雅惠康遗文》（六篇）：《汉儒春秋学征序》《孔子必用墨子、墨子必用孔子说》《手谈赋》《代玉壁城主韦叔裕谯贺六浑书》（己亥）、《答黄公度书》《再复黄公度书》。

《言治》第1年第4期刊行。本期“文苑·诗”栏目含《赠友》（白坚武）、《送李龟年游学日本序》（郁嶷），《竹声剑影楼剩稿》（李大钊）：《登楼杂感》（戊申）、《哭蒋卫平》(辛亥),《偲广师友诗录》:《赠张偲广同学》(沈默)。其中,李大钊《登楼杂感》云:"感慨韶华似水流,湖山对我不胜愁。惊闻北塞驰胡马,空着南冠泣楚囚。家国十年多隐恨,英雄千载几荒丘。海天寥落闲云去,泪洒西风独倚楼。"

《中国实业杂志》第4年第9期刊行。本期"文苑"栏目含《无题三十首(续)》(滥竽)、《秋意》(友箕)。

吴昌硕七十寿诞,自绘《达摩像》自寿,并自识云:"一苇渡江,九年面壁。咄哉头陀,具大法力。成佛志坚,救世心热。证罗汉果,佐圣贤席。我今在世,天跼地蹐。安得随师,名山杖锡。得句长吟,霞红海碧。癸丑八月朔,老缶七十岁画此自祝。"又有诗题旧作《桃实图》。诗云:"千年桃实大如斗,顷刻成之吾好手。仙人馋涎挂满口,东王父与西王母。缶翁先生七十寿,人将进酒翁弗受。海上桃熟偷无多,癖斯堂上娱黄耇,赭颜如花老不丑。戊午春,录旧作,吴昌硕,时年七十又五。"是夜,设寿筵于华庆园,邀客数十人,郑孝胥、周庆云、吴庆坻、刘世珩在座。缪荃孙、王仁东、郑孝胥、周梦坡等有诗寿之。嗣后,吴庆坻作《读吴仓石俊卿〈缶庐诗〉因作长歌赠之》云:"缶庐先生癖耆古,抗手冰澌得初祖。郁勃奇情笔底收,遗文独有陈仓鼓。先生少壮丁寇乱,咸同之间颂神武。功同仿佛周中兴,史籀精能孰与伍。刻画金石宜庙廊,肮脏风尘别乡土。斯人乃落百僚底,敛版朝朝入官府。藐翁(杨君岘)文学孙洪俦,饿隶颛家笔如虎。短簿祠前结古欢,手拨凝尘指画肚。摹印遂入砚林室,六法更闯青藤户。只怜乞米似平原,坐看痴儿拥仓庾。涟水一月传舍耳,米颠袍笏谁宾主。世变澒洞不可量,鹿走苏台飒风雨。一棹先几范蠡舟,五噫感喟梁鸿庑。相遭海曲杂悲喜,喜见紫芝好眉宇。授我一卷冰雪词,空山萧憀独鹤语。悬岩瘦干自孤撑,绝壑疏花时一吐。行年七十气益豪,掣笔如张千钧弩。先生手提养生印,更号天随学桑纻。自言阅世离百忧,俯仰乾坤吾逆旅。尘世六凿毋相攘,荣期三乐天所予。古书画家多大年,钱吴两录更仆数。浙西文献颇阒寂,劫后山川坠榛莽。揖让前贤要此人,一编墨记吾能补。"

江绍铨(亢虎)撰《洪水集》刊行。扉页有自寿诗四首。其一:"急景催长夏,流光照壮年。荷花共生日,明月正中天。故我幸无恙,如人亦可怜。穷通身外事,此意独陶然。"其二:"哀乐关天下,苍生奈若何。埋头向文史,茧足走山河。兀兀残年尽,栖栖一代过。到尊教慰藉,暂驻笑颜酡。"其三:"世路丛荆棘,人身足苦辛。未知上寿乐,已耐半生贫。画虎文章贱,伤麟涕泪新。不须忧夕死,问道有传人。"其四:"亥步穷鳌背,丁年浪马蹄。青袍黏草重,绛帐护花低。造化供陶冶,风流自品题。天涯云树掩,惆怅夕阳西。"

樊增祥作《八月朔诣止庵不遇,归读赐和诗,三叠韵奉酬》。诗云:"秋空游云合寸肤,午课罢钞叶子书。相家逶迤可三里,缓行峻拒奚童扶。绿槐夹街沙路白,朱楼两面垂虾须。到门老仆出应客，不知君实今焉如。解暑未须瀹石斛，清言暂莫夸炙毂。拄杖知看何寺花，爱诗去采谁家玉（用‘家家抱荆山之玉’意）。朱颜儿辈看苏仙，黄发国人知蹇叔。我如子猷乘兴来，归去不辞茧两足。归来诗札开秋晚，驱染风霞情不浅。韵脚铁铸自坚劲，仙姿玉映何清远。诗坛早建大将旗，我说公诗公解颐。未见公面吟公诗，任缫不尽冰蚕丝。”

赵熙作《八月一日寿铁华》。诗云：“去岁西湖望汝归，李园依旧伴胡威。小山丛桂逢初度，置酒新亭泣落晖。四路干戈聊作寿，孤生蛩駏苦相依。眼前君壮吾方老，痴望河清计恐非。”

2 日 《申报》第 14574 号刊行。本期《自由谈》“文字因缘”栏目含《杜文馨君自松江来函，误寄杭县，转达此间，两被邮误，致忘居址，无从裁答，诗以代柬》（二首，蝶仙）、《〈玉田恨史〉题词》（四首，立炯）、《题〈玉田恨史〉》（六首，绣琴女士）、《读〈玉田恨史〉，又题二绝》（东莞张树立）。其中，立炯《〈玉田恨史〉题词》其一：“涓涓心目自徘徊，死别生离剧可哀。最苦鸳衾春暖日，灵犀一点未全灰。”其二：“掩卷辛酸泪满襟，伤心总是为情深。夜台遗恨埋千古，儿女心肠百炼金。”

黄侃午过塘沽，晚七时至天津。至江瀚处，江以扇命书，并赠诗一首《得门人黄季刚上海书却寄》。诗云：“惜别心方切，书来倍怆神。白河离酒薄，黄浦战尘新。道直宁谐俗，时危合爱身。吾衰应已甚，大雅望扶轮。”

3 日 《申报》第 14575 号刊行。本期《自由谈》“游戏文章”栏目含《冥中八景》（吴县谢静甫）：《枉死城怀古》《孽镜台理妆》《血污池出浴》《剥衣亭纳凉》《恶狗村踏青》《尖刀山望远》《奈河桥垂钓》《森严殿赴筵》，《集西厢对》（瞻）；“栩园词选”栏目含《七月七日偕外子芙镜游湖上诸胜，流连竟日，即景偶成七绝十首，以志鸿爪》（包者香）、《古意》（诗樵）、《闺情》（二首，南通月波）、《有怀》（二首，小蝶）；“文字因缘”栏目含《〈玉田恨史〉题词》（二首，守谦）、《题〈玉田恨史〉》（二首，半解子）。其中，包者香《七月七日偕外子芙镜游湖上诸胜》其一：“佳辰却践圣湖游，同看云山画里秋。卅载往还成底事，鸥波闲趣托清流。”其三：“远眺烟霞岭上楼，钱江一角望中收。游人到此浑忘暑，石壁凉生古洞秋。”

樊增祥以和白居易诗《偶读白诗，有〈八月三日夜作〉一首，适当是夕，因次其韵》见示于沈曾植，沈曾植作《八月初三日樊山和白韵见示，余亦和一首》。樊增祥和诗云：“灯树傍人明，松风绕阁清。夜长温酒冷，年老熟书生。饮露知蝉洁，乘秋感鸩鸣。江无涵雁影，月有画蛾情。洞户葳蕤锁，长廊取次行。步随阶蛩响，吟和埘鸡声。云物看朝气，年芳伫晚成。晓来觇百草，多半缀丹荣。”

4 日 《民立报》被迫停刊，共发行 1036 号。

《申报》第 14576 号刊行。本期《自由谈》“栩园词选”栏目含《偶忆定盦〈游仙诗〉，有“仙家鸡犬”之句，因广其意，戏成四首》（枚白）、《鱼湾舟次》（景骞）、《舟行所见》（二首，小蝶）、《诗梦》（冷红）、《百字令·哀高宜权投海，用东坡〈赤壁怀古〉韵》（嚼雪）。其中，冷红《诗梦》云：“寂寂吴宫草，伤心独为君。秋心逐野马，春色度斜曛。风软迷晴日，天空有断云（上十字梦中所得）。桃花清泪处，凄绝不堪闻。”

5日 《申报》第14577号刊行。本期《自由谈》“尊闻阁词选”栏目含《题陈筱石先生〈水流云在轩图〉记》（五首，太痴）、《送陈锠老北行》（四首，太痴）、《将作北游，太痴赋诗赠行，依韵奉答》（四首，老锠）、《佐彤外史乱后返家，集唐三章，夜凉多暇，亦检唐人摭拾，率赓二绝》（归颍川姜映清）、《秋江送别（集唐）》（二首，前人）、《闺怨》（四首，前人）；“文字因缘”栏目含《〈玉田恨史〉题词八首》（杨才生）。其中，归颍川姜映清《闺怨》其一：“问君何事恋天涯，客久浑忘已有家。知否深闺扶病坐，朝朝望断夕阳斜。”其二：“四月天光麦秀寒，晓妆初罢倚阑干。茜窗一阵黄梅雨，滴向心头总是酸。”

严修在欧洲见魏公使、靳仲云等。午饭后看平和会庆祝大会。严修观之有感，赋诗二首。其一：“白叟黄童舞且歌，洗兵谁与挽天河？鲰生艳羡平和会，亦逐都人看大傩。”其二：“大庆百年才一日，吾侪此日恰来游。山郊在昔看归鸟，海曲无人肯放牛。到老不闻争地战，有生谁识戴天仇？中华此岁方多事，鼙鼓称声继未休！”

6日 《申报》第14578号刊行。本期《自由谈》“游戏文章”栏目含《新盲词》（吴悲秋拟）；“尊闻阁词选”栏目含《秦始皇》（天白）、《贾谊》（李生）、《曹操》（李生）、《孙皓》（李生）、《书吴梅村诗集后》（淡秋）、《无题》（五首，淡秋）、《身经战祸有感再志》（二首，佐彤）、《有赠》（二首，佐彤）；“文字因缘”栏目含《相见欢·〈玉田恨史〉题词》（三首，刁鹏）、《〈玉田恨史〉题词，续前作》（逸民）、《又七绝二首》（逸民）。其中，李生《贾谊》云：“落日寒林起暮烟，千秋湘水自潺湲。可怜宣室求贤日，正是长沙作传年。”《曹操》云：“鼎足三分势已成，生平失策误南征。可怜铜雀台边草，无复分香旧日情。”

庞树柏作《悼卢公耀并序》。序云：“卢君公耀，郧山人。习铁道专科，为浙路工程师，于慈溪江面建观壮桥。君经营其间，击椿铁锤失钩猝坠，适中君左足，跖踵尽脱，以伤重，越日竟卒。时民国二年九月六日，春秋仅二十七也。亡何桥成，总理汤蛰仙命易名曰卢公耀桥，俾垂不朽。其同人为征诗赋此。”诗云：“烈士多殉名，君独殉所事。一死有重轻，君死君之志。今看百尺虹，下载一江泪。慈溪人莫忘，卢公耀三字。”

7日 铁路协会（负责人梁士诒）、潜社（由国民党分出，负责人马小进）、集益社（负责人朱兆莘）、超然社（负责人郭人漳）、国会同志会（负责人李庆芳）等在北京组成袁世凯御用之公民党。该党以梁士诒为党魁，通电宣布政见，鼓吹从速举正式总统。

陈三立、瞿鸿禨、樊增祥、周树模、吴庆坻、吴士鉴、王仁东、沈瑜庆、杨钟羲、梁鼎芬、沈曾植等赴林开謇宅公宴缪荃孙七十岁生日。陈三立作《寿缪艺风京卿七十》。诗云："海曲风光醉万人，养空一老独嶙峋。经神绮岁专宗郑，祭酒蛮区旧客荀。五德代兴成坐啸，八家要指发其真。世无晁孔书谁授，榻卧羲黄道益亲。旁考吉金垂著录，自斟元气美彝伦。看看握椠掀髯座，饮熟青精九酝醇。"瞿鸿禨作《艺风生日，节庵先期集寓斋，樊山有诗，次韵和作》《同社十人公宴艺风及节庵、子琴于林提学宅，和樊山韵》《艺风七十寿诗，用香山〈睢阳九老图〉体》。其中，《艺风七十寿诗》云："东林风概承宗衮，南极星辉射斗躔。今是早高陶令节，古稀初算绛人年。骑牛气识关前紫，梦凤文成阁上玄。江左青箱编故事，吴中团扇画行仙。观书老眼明藜火，驻景童颜寿菊泉。同社耆英推最长，高山园绮喜随肩。"沈曾植作《寿缪艺风七十》（三首）。其一："鸡笼经馆几年留，又策桃枝狎海沤。有酒径须倾下若，说诗还与纪中州。四朝人海沧桑眼，八月涛声天地秋。后策长恩前脉望，消摇还作醉乡游。"

《申报》第14579号刊行。本期《自由谈》"栩园词选"栏目含《晓霁》（哲身）、《淮安舟次》（三首，哲身）、《七夕偶成》（包者香）、《辛亥冬旅居处郡感赋》（包者香）；"文字因缘"栏目含《再题〈我梦园十二金钗传〉》（六首，莽汉）、《题〈玉田恨史〉》（四首，龚存诚）、《题〈玉田恨史〉》（四首，爱莲）。其中，哲身《晓霁》云："出门三日雨，晓霁兴无穷。红湿桃垂露，青浮稻转风。山光平在野，湖气远行空。长愿留晴色，田家感岁丰。"包者香《七夕偶成》云："云里仙车缥缈过，花香笼烛影婆娑。璇机锦字秋盈轴，玉露金风夜渡河。笑启晶奁眉映月，凉生罗袜步浚波。蓬宫应赋蟠桃会，待谱云璈奏乐和。"

黄侃至北京。晚饭后至共和党总部，拜见章太炎。

王树楠作《铁石道人筑园于宋宫旧址，临城面水，名曰宋园，八月七日偶游至此，道人招妓留饮，赋诗属和，次韵答之》（二首）。其一："买宅城偏更买邻，危亭高倚大湖滨。白衣苍狗人间世，皓首朱颜酒后春。见子忽为开口笑，逢人辄避捧心颦。君家独擅林泉胜，看竹寻花莫厌频。"其二："纷纷鸡犬事刘安，丹药无成灶已残。试问麻姑水清浅，不关蕉鹿梦悲欢。撩人秾李春风艳，隔水苍葭暮雨寒。最是林逋新眷属，一家梅鹤自团栾（君有妻梅子鹤之联）。"

8日 《申报》第14580号刊行。本期《自由谈》"文字因缘"栏目含《调寄〈沁园春〉·题〈玉田恨史〉》（雁秋俞湘）、《长相思·〈玉田恨史〉题词》（丁悚）、《蝶恋花（灯下归来曾一见）》（丁悚）、《读〈玉田恨史〉有感》（五首，青溪佩玉）、《题〈玉田恨史〉》（四首，若洲）、《又题》（四首，若洲）、《题瘦蝶〈梦罗浮馆词〉》（野樵）、《蝶仙君忘却不才住址，无从裁答，作诗代柬，因步原韵以覆》（二首，杜文馨）。其中，雁秋俞湘《调寄〈沁园春〉》："郁郁埋香，渺渺离魂，悼玉田村。想神仙眷属，子虚乌有，雯那幻梦，回首成尘。闷对闲屏，空寻旧帐，饱受年年鬼趣真。妆楼月，痛伤心母病，欲语谁闻。　　星星燐火成群，谁识是、华发劫后身。遍黄泉碧落，犹无些影，半窗灯烬，一瓣香薰。秋夜凄凉，雨声淅沥，墨迹啼痕黯不分。空留恨，为传神阿堵，吊墓东邻。（真州令解必昌未遇时，常读书南山室，傍有墓，不知谁氏，因镌短碣曰：东邻墓）”

《宪法新闻》第18册刊行。本期“杂纂·文苑·诗录”栏目含《寄题焦山诗》（王闿运）、《节庵贻崇陵片石，感赋》（王闿运）、《过叔伊论诗，叠韵三首》（樊增祥）、《出门》（姚永概）、《嘉兴吴芥子受福藏摹本马湘兰听鹂印、卞玉京写经砚、柳如是菱花镜、李香君小景砚，卞砚亦刻玉京小像。又求临柳像附镜后，题曰“板桥残照”，遍征词诗，因成一律》（姚永概）。其中，姚永概《因成一律》云：“唐镜菱花秦篆章，砚端玉貌系兴亡。三吴士女多风雅，六代江山易夕阳。红粉每邀名士顾，白头知借法华藏。如何潦倒汪容甫，旧院投文比吊湘。”

冯煦访缪荃孙，并与金濉生、庄心安送订扇为贺。

严修自欧洲大陆返英后，作七绝二首。其一：“万卷□□□□□，衢歌一样戴尧天。如何喧寂悬殊甚？却被人疑是禁烟。”其二：“五十为诗已是迟，况将六十始言诗。此生此事知无分，聊学盲人打鼓词。”

黄文涛作《八月八日予八十三生朝，云门弟置酒赋诗为寿，依韵酬之》。诗云：“了无佳句近经年，今喜联吟有阿连。不分衰残遭世变，敢忘细弱荷天全。避兵地向何方觅，托钵门难逐队沿。闻说石头城已下，纵教不醉亦陶然。”

9日　《申报》第14581号刊行。本期《自由谈》“尊闻阁词选”栏目含《金缕曲·癸丑六月十八夜作，寄旧诸游伴，并示碧云仙馆》（武林拜花）、《四时闺咏》（四首，侍仙）、《铁马》（侍仙）、《题归立恭〈万古愁曲〉》（嚣嚣子）；“文字因缘”栏目含《〈玉田恨史〉题词》（十四首，肖艇）、《题〈玉田恨史〉》（余姚汪福田）、《又》（前人）。其中，武林拜花《金缕曲》云：“一笛风前咽。似年时、繁星摇醉，淡云凝碧。记得红船依柳岸，一样月明如雪。心底事、背人低说。纨扇兜凉香息息，白兰花、颤颤云鬟侧。秋梦短，女牛隔。　　多情自古多离别。更何时、中流容与，兰桡桂楫。眼底风波平不得，阻我胜游良惜。何处望、湖光山色。料取小瀛洲畔路，有衣香、鬓影人如鲫。将往事，诉明月。”

蒋翊武卒。蒋翊武（1884—1913），原名保襄，亦作保湘，字伯夔，湖南澧州人。辛亥革命前夕任武汉文学社社长，主办《大江报》等报刊。在广西反袁被捕，遇难于桂林。孙中山誉其为中华民国“开国元勋”。临刑前作《绝命诗》（四首）。其一：“当年豪气今何在，如此江山怒不平。嗟我寂冤终未了，空留虏剑作寒鸣。”其二：“只知离乱逢真友，谁识他乡是故乡。从此情丝牵未断，忍余红泪对残阳。”其三：“痛我当年何昧昧？只知相友不相知。而今相识有如此，满载仁声长相思。”其四：“斩断尘根感晚秋，中原无主倍增愁！是谁支得江山住？只有余哀逐水流。”

荣庆游李园，作诗云：“策杖林塘气象清，绿荷渐老晚花生。秋容烂熳纷无数，漫向园丁细问名。池台寂寂柳毵毵，曾记攀条在济南。四照楼前风景似，一泓秋水读书庵。”越十日，又叠韵赋诗云：“海上楼台镜里天，秋容绚烂百花然。早抛一枕黄粱梦，幸结三生白佛缘。东望云帆森渡口，西邻晴翠落尊前。读书静坐浑无事，展卷时逢李谪仙。”

10 日　《申报》第 14582 号刊行。本期《自由谈》“尊闻阁词选”栏目含《秋夜有感》（红豆女士）、《烈士行》（嚣嚣子）、《金缕曲·悔词》（四首，太痴病榻倚声）；“二我居杂缀”栏目含《洪大全遗词》。其中，红豆女士《秋夜有感》云：“一夜雨潇潇，山中木叶凋。离家刚半月，归梦已连宵。借酒方成寐，挑灯伴寂寥。有怀言不得，心思类芭蕉。”太痴《金缕曲》其一：“姊姊哥哥叫。互厮称、你抬我敬，由来最好。犹记当时初觌面，十四年龄尚小。已共有、几分知晓。翁妪两家通戏语，说同庚、配作夫妻妙，敢真是，天缘巧。　　指尖闲把巾儿绕。一些时、梨涡晕退，几曾着恼。长日绣余无窗事，并坐观书阅报。却不许、等闲调笑。挂壁西湖饶胜景，向图中、兀是穷探讨。每羡汝，游踪到。”

刘文典抵日本东京，化名“刘平子”“刘天民”，开始流亡生活。

王闿运作《拜星月慢·和樊山〈七夕〉》。词云：“绮思年年，离情处处，惯别浑成闲事。海上风波，惹新亭悲泪。料今岁，不如唐宫露盘花水，只是爆声传喜。那用乞灵，看群儿自贵。　　叹山中，自有悲秋意。被词人、拉入愁城底。一曲新吟，在啼螿声里。如今好久住神仙地。岂不肯、挽尽银河水。且付与，织剩余丝，织人间锦字。”

11 日　袁世凯任命熊希龄组阁，熊希龄任国务总理兼财政总长，外交总长孙宝琦、内务总长朱启钤、陆军总长段祺瑞、海军总长刘冠雄、教育总长汪大燮、司法总长梁启超、交通总长周自齐、农林总长兼工商总长张謇。

《申报》第 14583 号刊行。本期《自由谈》“尊闻阁词选”栏目含《荡桨曲》（咏霞女士）、《捣衣曲》（前人）、《长门怨》（前人）、《雨夜》（前人）、《鹧鸪》（前人）、《梦中得“沉”字韵，醒后足成之》（前人）、《洒泪雨》（六首，前人）、《调寄〈点绛唇〉·秋夜即事》（陈姜映清）、《调寄〈月当窗〉·调瑗姊同学》（前人）；“文字因缘”栏目含《题〈我梦园十二金钗传〉》（二首，漓江秀麓）、《〈我梦园十二金钗传〉题词》（二首，燕宾）、《题〈我梦园十二金钗传〉》（八首，问津）、《〈玉田恨史〉题词》（四首，杜鎏辉）。其中，咏霞女士《荡桨曲》云：“叶底鸳鸯眠，风吹莲叶动。劝郎勿荡桨，恐惊鸳鸯梦。”《捣衣曲》云：“捣衣妾力尽，检衣妾辛酸。寄去须明日，今宵天已寒。”

高旭《秋日杂感》（十二首）本日至次日刊于《民权报》。其一：“耿耿壮怀虚北望，翛翛倦羽又南飞。青门载酒知何日，墨海沉舟誓不归。剩有孤吟腾铁笛，忍缄清泪寄柴扉。登临何处堪惆怅，摇落江潭树几围?”其五：“夕阳西下雨冥冥，秋色无边上画屏。禾黍千年悲故国，衣冠几辈泣新亭。镜中乌乌头先白，栏外青山眼独青。漫向中原轻荷锸，恐无剩地葬刘伶。”

12日　四川讨袁军失败，杨庶堪被袁世凯通缉。经友人助力，杨脱离险境，经湘西至桃源、常德，越洞庭过武汉，化装为水手逃至上海。旋流亡日本，居东京新桥。居日始得遍识国民党魁杰，首次拜见孙中山。杨庶堪有《癸丑违难纪事二百韵》纪其事。诗云：“胜清昔云季，武昌兴义师。呼应纷独立，蜀起西南陲。余亦从张公，渝州揭汉旗。胡运二百年，一朝飞劫灰。袁也操莽姿，退居洛水陨。满庭实无人，亲贵多昏骙。乘变遂蹶起，盗命终残棋。南和更逼北，神器夙所窥。伪心赞共和，元首视囊私。民党特多疏，卒惑于其欺。大枋既已移，帝制隐妄希。今旦杀议员，明朝刺党魁。外债重若山，不顾民疮痍。愤师起赣宁，蜀申晋阳威。赫赫民政厅，兴年为分治。余藐荷厥剧，百政粗有规。贼势已早成，义从稍嫌迟。羽翼绝四海，天地为阴霾。苦战两月交，泸合未解围。蜀将多犬鹰，黔滇杂狼豺。贼军四面至，羽书日夕驰。忽然陔下惊，贼过三百梯。熊刘(即熊克武、刘光烈)榻前立，卧息方如雷。披衣起共去，总部高节麾。群议暂违难，鲁阳戈何挥。余无一卒依，但义共艰危。忽忆昨宵言，归慰两亲才。今遽恝然行，何以安老怀。誓当一返报，乃去无惭疵。熊谓君勿尔，妇孺咸君知。万一小有失，谁膺此差池。语罢声已塞，泪下犹绠縻。余竟决然归，毕禀复依依。父谓汝速去，勿复念家为。闻此身快轻，箯行去若飞。熊辈已前迈，仓皇不可追。乱兵数十人，纷纷满庭墀。余计此焉穷，望门且投谁。卒复返吾家，给亲早安排。谓我文弱人，随军非有宜。夙与异国谋，遣使相趋陪。数传至省外，遂可脱危机。亲闻色小霁，余心忽若摧。本无备跳志，何尝与人期。妻悉暗拭泪，顾弄骄雏儿。密书约两仝(即法国人童季梁、童友生)，神父期扶持。易服变形往，肩舆深下帷。计取商会符，栏栅得免识。匆匆到教堂，一叟遇待佳。进客弥撒酒，鲜色红玫瑰。饮之似甘露，如倾王母杯。烦渴霍然苏，沉忧为新衰。日落天欲暝，起走与叟偕。阴从隧道过，城闭不得开。翻身跨俾倪，扶梯接垣基。自是严城出，鸟飞天一涯。晚渡复无舟，神父策更施。上流泊官舫，视挂法领牌。兼金赂傍人，同国为我侪。便可送过江，汝职又无亏。是夕秋月明，滩浪高喧豗。余舟危若发，余心甘如饴。彼岸倏已达，夜行山南陂。回看神父翁，月下风飘须。长襦黝且黑，乌金杂银丝。虬髯尔何人，强似画中仪。想见夷门嬴，更忆襄阳耆。故共涂人语，亦复为啁诙。知是彼翁术，不欲使人疑。晚到鸡冠石，廿里颇有奇。迎门两洋犬，掉尾相追随。仝戏法语操，犬似明其词。入室具宵馔，款客真贤哉。谓有君部椽，先期待于兹。觌面当可识，其人丰髯髭。俄顷出宋君(即宋辑先)，乃是外交司。相慰谈笑生，喜气溢山斋。神父尽围视，骇讶疑狂痴。彼意奔命忧，当复知何哀。乃尔相大笑，此是为惊猜。明晨上小舟，仝也返自厓。仓卒了无备，但携百金赀。舟中得偃卧，不皇计晨炊。神父来何迟，午饷收落晖。解缆百余里，水急舟难舣。江行颢气清，心定知苦饥。肠中辘轳鸣，面色青黄皮。神父瞿然惊，问君何疾痗。告以久来食，馁极不可支。开箱发红酒，面包一双枚。健啖共宋君，如天锡浆醅。始知世间酷，未若贫逢饥。伤哉彼翳桑，为复差嗟来。越日长寿县，孔君（即孔阵云）来水坻。为购一布衾，晚以防凉飔。涪陵黯维舟，瞥忽见舆尸。城门仍昼闭，人烟四望迷。郭外教堂立，老树拂檐低。迂行好憩此，换舟小河湄。龚滩廿日程，辛苦事溯洄。有时断树坞，湍水高无倪。冈头百丈牵，欸乃声绝凄。天黑马头遥，岩屋俱掩扉。余时婴病卧，汗出湩如漓。梦归到家中，惊喜见母妻。觉来万山底，仿佛夜猿啼。岸投彭水宿，灯畔呼骇蛋。猥如蚁附膻，又似牛有蝇。中宵坐不寐，惧齿为人覊。河尽得曹张（即曹笃、张窸），一仆背间携。知为缒城蹶，余人那堪思。酉阳千万山，鸟道艰崎岖。笋舆不能上，藤葛劳攀跻。笑彼襁负登，以人为马骑。三日蘩足行，凭仗两芒鞋。粳稻鲜莫致，玉黍为饷糜。早霜袭人骨，寒雨飞上眉。延缘至县城，县令（马久成君时为县知事，亦党人也）秘供差。行李俨然具，溢金复见贻。同路牡行色，余与神父辞。自此还入湘，下水风顺吹。比而及里也，地古当属夷。五日过桃源，知是武陵溪。桃花杳不见，满望成蒿莱。终然抵常德，民物多穰熙。急复买邸报，逆首名非卑。宜沙汉三关，查拏电严催。以兹自敛匿，昼伏夜出街。蛰居一室中，乃侔蛇与龟。同舍者谁予，樗蒲日几回。平生恶博奕，喧呶声尤乖。境迁情亦异，不觉反羡之。视此马将声，承平雅颂诗。此去赴汉皋，洞庭天四垂。平分千顷秋，荡漾明月辉。君山高螺髻，清波映翠微。泊舟湖口夕，霜露入绨衣。打桨来卖浆，味野矜绝奇。物美在天然，因思饷东菑。武汉网罗张，助桀曰维黎。幸仗乡人策（陈君荛廷相遇于洞庭。汉口避逻，颇得君助），污身水工袅。微行遂至沪，租界看吴娃。海隅游侠儿，雕鞍歌落梅。彼辈醉梦生，胡为独栖栖。伎乐亦偶作，谓以遣愁悲。赛娘（赛金花时年六十矣）时沦落，召侑观鼎彝。旬日便东去，恩揽扶桑枝。黄海昏人死，仍输世路巇。兀兀至西京，似谒老君祠（老君山为吾乡对岸山峰，祠在其顶。余初抵西京，戏谓同行童君曰：‘渡海犹渡江耳。’余视此市林屋，亦若赴彼山纳凉而已）。山色犹吾乡，触目故人非。市屋颇整洁，言语稍侏离。独作异方客，魂梦飞寝闱。逾月得沪出，余家出巫夔。继已抵歇浦，候馆初旅羁。褛裂乏赀装，闻之泪频揩。我时不得归，为避罣者伺。迎养遂颇决，东京歌南陔。矫矫朱公叔（注：名芾煌），慷慨赠我财。笺供年千金，吾贫可胜医。以此媚老亲，毛檄堪同嗤。悠悠薄俗间，岂复见此才。举家浮海日，一日肠九回。计日新桥驿，鹄立以久傒。果惊见吾翁，又已瞻吾媭。吾翁须发白，霜雪明皑皑。吾媭面皱加，恒河照其羸。妻儿喜极泣，涕下辄交颐。吾心似刀剜，强复为笑咍。先到寓门迎，脱履方上阶。何以异吾家，独此踏踏弥（日本人称地席曰叠，其训读若此）。

既可蹦跌坐，卧亦供身欹。老人晚得此，床榻不须移。翁媪莞尔笑，此邦非奢靡。明灯夜深语，听述家险灾。黔军初来渝，于党殊无违。既逢王刘（王刘即王陵基、刘存厚）入，其势乃昌披。袁胡日严檄，株蔓期靡遗。家产尽抄没，骨肉不得归。吾家被驱散，家书悉为牺。讹言里巷生，旁皇窜东西。匿聚木洞场，姑雷恩萦维。园圃拓果实，废庨烹伏雌。稚子不解忧，且复为娱嬉。风声难久居，重迁向邻畿。苦哉夜中行，同讯当路岐。欲投农人家，扣门乃墓碑。阿毅将铭儿，弱心涕涟洏。买舟下大江，秋水欲平堤。严装各萧然，衣被不得齐。薄寒初中人，倚背相温偎。牛口高险滩，狂流突簸箍。舫师一篙疏，几欲从蛟螭。至今谈色变，唯谢天福厘。衰老万里行，精力良已疲。独喜生见汝，家毁终必恢。蒙难而艰贞，报国当有时。退静绎此言，亲心一何慈。不恤吾家瘠，但冀我国肥。累亲窜绝域，万死何当该。念此愧感并，喔喔已鸣鸡。"

《申报》第14584号刊行。本期《自由谈》"尊闻阁词选"栏目含《哀江南（黄埔滩边秋草碧）》（毛一鸣）、《感事伤怀，集龚定庵句，得七绝五首》（酶禅）、《秋心两律，用定庵韵》（酶禅）；"文字因缘"栏目含《题〈我梦园十二金钗传〉》（五首，甬江商隐）、《题瘦蝶〈我梦园十二金钗传〉一绝》（师石）。其中，酶禅《感事伤怀》其一："侧身天地我蹉跎，其奈樽前百感何。耻与蛟龙竞升斗，江湖侠骨恐无多。"其二："过目烟云浩不收，著书却为稻粱谋。忽然阁笔无言说，难道归来尽列侯。"

张謇回江苏海门常乐，舟中成挽孙敬铭联云："图乡间教育十年，零落渐伤同辈尽；积模楷声名一世，继承端望后昆贤（其子学业未可知也）。"又作《狼山近岸僧挽词》。诗云："山寺禅房列，三元长老尊（近岸，三元宫住持）。遣徒通世学，护佛广宗门。焚象衰时及（数月前被盗劫），斋鱼俭德存。空堂照遗拂，江月白翻翻。"又为叔兄作挽联云："地隔一牛鸣，朝夕过从今已矣；堂悲三鳣去，典型消息更何如。"

徐世昌请张弢楼代作《丰乐桥记》。次日，徐又倩弢楼代作《水竹村记》。

13日　《申报》第14585号刊行。本期"尊闻阁词选"栏目含《秣陵秋》（八首，绍彭）、《和杨中将绍彭〈秣陵秋〉》（八首，东园）；"文字因缘"栏目含《祝叶三妹三旬设帨之作》（陈姜映清）、《题〈我梦园十二金钗传〉》（亦梦生石顽）、《续题〈我梦园十二金钗传〉》（三首，浙西谅游）、《题〈我梦园十二金钗传〉后》（五首，樵宾）、《题〈我梦园十二金钗传〉》（四首，有吾）。其中，绍彭《秣陵秋》其一："为寻孙楚古时楼，此地江南第一州。垓豆埏瓜华国惧，天荆地棘杞人忧。三年雨见红羊劫，二水平分白鹭洲。陶侃未来苏峻叛，临江重唱秣陵秋（《桃花扇》传奇有《秣陵秋》）。"其二："黄叶西风江上村，祸延林木楚亡猿。月明白下伤心色，潮涨青溪战血痕。秋水芙蓉王检府，疏烟杨柳谢公墩。等闲莫作羊昙醉，哭遇西州旧日门。"

吴芳吉乘船溯江至重庆境，作《泛日词》数首。次日又作联描摹世态云："哀哉公理不如强权，清高都成龌龊；总之圣贤尽是禽兽，盗贼就算英雄。"

竺摩法师生。竺摩法师，俗姓陈，名德安，别号雁荡山僧，浙江乐清人。著有《西游诗草》《篆香室诗集》《菊花联吟》。

14日 《申报》第14586号刊行。本期《自由谈》"尊闻阁词选"栏目含《团圆》（恫百）、《七夕词》（恫百）、《登楼有怀》（恫百）、《感赋》（三首，陆凝）、《无题》（四首，佐彤）；"澄庐笔记"栏目含《集句诗》（三首，瘦蝶）。其中，陆凝《感赋》其一："忘名忘利未忘身，廿载光阴忆昔尘。天地多情生我辈，烟霞有约到诗人。荜蓬野老偏憎富，裘马王孙不惯贫。苦口热肠无了局，燕莺从此禁鸣春。"其二："一寸金珠一寸光，年华翻悔误情场。西湖风月时萦梦，南部莺花懒举觞。喜共鸡谈人似宋，不知鱼乐我非庄。只余傲骨难安顿，何处堪为息影堂。"

林纾"讽喻新乐府"《共和实在好》刊于《平报》。诗云："共和实在好，人伦道德一起扫！入手去了孔先生，五教扑地四维倒。四维五教不必言，但说造反尤专门。问君造反为何事？似诉平生不得志。重兵一拥巨资来，岂止广东许崇智。得了幸财犹怒嗔，托言举事为国民。国民为汝穷到骨，东南财力全竭枯。当面撒谎吹牛皮，昏天黑地无是非。议员造反亦无罪，引据法律施黄雌。稍持国法即专制，大呼总统要皇帝。全以捣乱为自由，男女混杂声嘐嘐。男也说自由，女也说自由，青天白日卖风流。如此瞎闹何时休，怕有瓜分在后头。"

周太玄作《悲秋行》。序云："夜宿中南德校，不寐夜兴，闻秋涛寒蛩，感怀而作。"诗云："晚风含怨连天吼，寒云四垂叶乱走。豚涌鼍吟，隼盘古堤，秋村坞杯眠衰柳。荒畦萤低虫啧啧，冷红泣露苔衣白。鬼灯黯黯夜茫茫，云渚光阑月凝碧。寒城倒卧荒烟里，野塘砧急惊鸦起。幽圹无人鬼鸱呼，芜塍夜落相思子。相思夜夜柔肠断，漉漉桂魄云根乱。玉烟秋泪点寒星，藜红半死魂迹散。长风吹浪上高楼，有人楼头泪未收。玉漏水咽银河哽，桐乌金井暮烟愁。嫣红姹紫悲陈迹，纨扇承恩不到秋。白草惯经霜雪重，青枫忍看夕阳流。别浦香沉家梦远，秋坟月小孤雁返。雁归月落两无情，颜华不道成衰晚。"

15日 中秋，沈曾植赴姚文藻宅，宗社党集会，郑孝胥、潘之博、[日]宗方小太郎、吉田正春、井手三郎在座。

《申报》第14587号刊行。本期《自由谈》"文字因缘"栏目含《避难感怀》（四首，天汰）、《金缕曲·读太痴〈悔词〉，不禁有感，爰填〈金缕曲〉一阕和之》（栖梧）、《浪淘沙·若洲次鄙人韵，题〈玉田恨史〉，爰填〈浪淘沙〉一阕，以表敬仰》（栖梧）。其中，天汰《避难感怀》其一："南北争端起两都，劫余身世任闲舒。万千魂礌三杯酒，七尺男儿一卷书。造化倒颠群小戏，河山打碎乱人居。从今四海为家日，歌哭无端不识予。"

[韩]《天道教会月报》第38号刊行。本期"词藻"栏目含《乡第谩吟》（小山李仁淑）、《把酒》（一青林明洙）、《病中即事（其一）》（凰山李钟麟）、《病中即事（其二）》

（前人）、《午睡》（临汕李教鸿）、《香山来过》（南隐卢宪容）。其中，李教鸿《午睡》云："游丝袅袅郁金堂，碧箪朱帘一枕凉。急雨环风庭上过，杏花尽入燕泥香。"

唐晏作《中秋月蚀，效玉川子》。诗云："癸丑八月半，金风露微零，皎洁天宇阔，三五瞻华星。明月上天来，吐辉灿光晶。众夫正仰望，儿童舞伶俜。月亦当自矜，弄色无与并。忽然有物来蚀之，顿使皓月失圆形。我闻洪范语卿士，唯月用之可与日代明。今者吁可怪，厥任失所营，不能幽隐烛天下，奈何反纵异类骇民听！吾闻昔者共工伯天下，首触不周大地为之东南倾。羿弯射日弓，九鸟伤修翎，嫦娥窃药慕名往，岂能令尔无沉冥。苍苍万里天，二十八宿为途程，待尔以为夜行烛，奈何反道败德失厥灵？况时当中秋，太阴令方行，四海人民肃且拜，谓尔有以福苍生。咄而月球本受太阳光，乃得有此太阴夜明之徽称。自宜永与太阳相辅弼，何乃行不顺轨自取败，致为群阴所蔽，顿失尔本质之晶莹。东海妖蟆亦多事，不肯潜居地底，乃向九天之上作祟伤天晴。吁嗟乎，云尚被遏于罡风，星尚陨落为坠石，何况一丸之月能不遭蚀于恍惚变幻之妖精。吾闻欧人言，月乃地之辅，中有冰海及火山，小于地球十倍之四五，偶为地影所蔽亏，遂若有物为蛊。蚩蚩中国氓，不解此理空自惊，救日护月考鼍鼓，试问尔众人目视日月相悬差几许？公然日月欲齐大，毋乃太山比毛羽。日蚀蚀尽恰如环，月蚀蚀尽暗不睹。奈何玉川及昌黎，谬以日月比双瞽。何怪茫茫下土民，仰视月轮呼为母。重为告曰：危哉尔月，吾为尔忧，尔何不彰厥明正厥行，恪遵太阳之轨，免使异物乘尔为愆尤。自古阴阳有定序，不失厥道自然运用成祥休。何致令我地上民，疾首蹙额过中秋。歌永言，言无邮。"

方守彝作《槃君自皖来申相看，时江南乱事小定，苍颜对话之余，成短律、短歌各一章。癸丑中秋夜月蚀复明后作》。其一："艰难天地在，人物雪霜余。慰我惊魂定。对君皓首初。亟询儿女态，徐及蠹鱼书。灯穗深深落，蟾波黯黯苏。香回今夜桂，酒下异乡蔬。且喜能无恙，天全二散樗。"又作《节近中秋，幽居感触示诸儿子》（二首）。其二："佳节不须供果饵，折得银元三两枚。一笑老夫手滋润，好持明月照尊罍。"

瞿鸿禨作《和樊山〈癸丑中秋〉元韵》《和樊山〈中秋月食〉》。其中，《和樊山〈中秋月食〉》云："剧喜秋晴娱令节，偶逢月蚀误假期。本来玉兔常圆满，何物金蟆敢玩嬉。共仰似更君子过，非灾犹劝圣人思。天心水镜终无滓，只恨人间黑暗时。"

周树模作《癸丑中秋，和樊山韵》。诗云："宫阙何年记不清，孤生尘海恋秋明。大千圆景常遭蚀（是夜月食），三五良宵几得晴。舣棹难逢牛渚客，寄笺空恼玉川生。镜奁开罢微云敛，乞与分光照冶城。"

王树楠作《中秋月蚀既》。诗云："摇喉鼓吻老蛤蟆，占领山河大地图。试问广寒宫里事，此中还有主人无。"

沈汝瑾作《八月十五夜逍遥游宴集，时月蚀既》《中秋夜月蚀纪事》。其中，《八月十五夜逍遥游宴集》云："月黑中秋夜，山青伯雅杯。吾侪同把酒，时事益堪哀。蒙藏风云气，沪宁兵火灾。此间真福地，后约菊花开。"

陈懋鼎作《中秋月食，当新历九月十五日，是夕二更忽阴雨》。诗云："彼月而食惟其常，弦朔天官嗟已异。秋中三五恰相从，孰使不情食之既。银盘旋旋成黑玉，一霎撒沙出众纬。龟鳖匏各有时，苦指詹诸作妖帜。老生五行束高阁，一孔重为明盛累。兴云祁祁与掩覆，惜哉已迟不及事。敲铜煎饼传到今，乃笑臣仝诚未至。后夜云开人皆仰，独发无眠千里思。"

张元奇作《中秋月蚀》。诗云："天上闷清辉，佳节忽无色。蛤蟆尔何物，张口恣吞食。中庭罢延赏，姮娥急避匿。渐惊桂窟遮，俄见冰轮黑。九霄诚高高，但觉气凄恻。村童击钲鼓，祷禳若有职。陋俗虽可嗤，敬天未为忒。食既复生明，涌出水精域。移床坐花阴，秋思不可抑。"

金廷桂作《癸丑中秋月食》（三首）。其一："共说今宵分外明，氛埃倏忽逐云生。管弦只谱霜娥怨，犹恐更时滓太清。"其二："银河清澈映团栾，正好呼儿指月盘。不是嫦仪甘隐迹，修罗举掌太无端。"其三："佳节偏惊沉死魄，暗冥长夜益堪哀。群猴此际如窥井，一片婆心应尽灰。"

夏敬观作《中秋月蚀》。诗云："街头鼓柝忽喧阗，十里朱楼废管弦。民不忘怀相救护，儿难擎饼下喉咽。荒唐请药从王母，涕泣焚诗告玉川。莫讶下方称怪事，人间何世帝何年。"

高旭作《忆秦娥·十六夜望月，次韵和鹣雏》。词云："伤残漏，花无长好人长寿。人长寿，昨宵持较，容姿微瘦。　　一池水被风吹绉，相思打叠双红豆。双红豆，佳人刚病，薄寒堪又。(中秋月食)"

姚光作《中秋月蚀》。诗云："落木萧萧已不禁，何堪万里又沉阴。抚时触物无穷感，谁识劳人一片心。"

庄嵩作《癸丑中秋夜月蚀，与同人置酒台中公园水阁，迟月》。诗云："年年佳会趁良时，莫为盈亏便系思。翠袖风前人倚槛，绿樽席上客哦诗。苍黄夜色迷深树，错落灯光蘸小池。底事姮娥太羞涩，拨云欲出故迟迟。"

章太炎作《八月十五夜咏怀》。诗云："昔年行东塞，旋机始云周。京洛多零露，举酒增烦忧。灼灼此明月，皎皎当危楼。念我平生亲，忽如参与留。与子本同袍，含率结绸缪。飞丸善自弹，迩室寻戈矛。嵩邪识麻直，弦急如韦柔。去矣拔山力，青骓羁长鞦。丈夫贵久要，焉念睚眦仇。知旧半凋落，忍此同倾輈。虞卿捐相印，蓬转随逋囚。巍网密凝脂，收骨知王修。寒燠变常度，彼哉曲如钩。惜无不死药，西上昆仑丘。后羿无灵气，姮娥非仙俦。"

黄侃作《咏怀》。诗云："常闻至德人，秕糠铸尧舜。依物岂为主，遁世谅无闻。

神州昔未康，华裔尚纷溷。哲匠唱高言，金声而玉振。虽复夏王迹，未解斯民困。周服假蝯狙，毁裂固其分。菁华既先竭，褰裳复奚吝。易京大如砺，市廛何隐赈。适越思伯鸾，歌峤怀子晋。废兴岂由人，是非安可论。”

熊瑾玎作《中秋遇雨》（二首）。其一：“几点残云槛外流，放怀无月懒登楼。本来分外明如镜，底事翻为暗淡秋。”

杨圻作《癸丑八月中秋夕望月黄浦》（二首）。其一：“一点青天月，悠悠绕地行。近江秋更洁，出塞夜长明。上界有宫阙，人间闻甲兵。画楼和梦远，清晓坠空营。”其二：“瑶殿问何在？金波漾碧霄。登山思万古，把酒得今宵。夜静鱼龙气，秋来江海潮。何时提彩笔，平步上天桥。”

高燮作《中秋夜写寄鹓雏、剑华》。诗云：“乱余相对话绸缪，同抱苍茫万古愁。鸡犬登天皆得路，蛤蟆蚀月不成秋。偶缘小饮悲歌作，应识豪情故态留。有约入山采兰茝，重阳风雨待扁舟。”

吴秋辉作《癸丑中秋日，同荆门、方平泛舟湖上，步荆门韵》。诗云：“归计蹉跎又暮秋，聊凭杯酒破牢愁。菱梢碍路低浮桨，山色穿城乱入楼。老去江湖淹日月，劫余台榭感山丘。醉来卧听邻船笛，萧管何须坐雨头。”

任传藻作《中秋对月》（四首）。其一：“散却浮云万里明，当天月色一轮清。银光宇内皆如此，独对离人倍有情。”其二：“良宵权借酒浇怀，醉里微闻月桂开。欲问嫦娥知我否，谪居犹许住蓬莱。”其三：“夜阑何处笛声幽，塞上佳人解倚楼。最是消魂惟此夕，清歌唱彻一天秋。”其四：“一年佳节异乡过，客境迁移感慨多。何日蹑云摘星斗，天衢高咏乐婆娑。”

陈鹏超作《去国》（癸丑八月十五夜，陈六达、陈仲宾两君被害，党人相继去国）（二首）。其一：“党祸纷纷起，仓皇竟出亡。秋风催竹杖，夜月送藤囊。海外寻鲍叔，途中遇楚狂。唐朝安史乱，杜老也离乡。”

林苍作《癸丑中秋》。诗云：“还乡两见中秋月，满望年年此夜晴。恼绝天公不做美，四更才放一分明。”

贺次戬作《中秋夜饮岭南春，席次有作》。诗云：“群贤毕至忝追随，一片清光照酒旗。此处有天开世界，中原无地限华夷。忧时漫洒新亭泪，问俗难忘故国思。共醉杯中明月夜，那堪愁听竹枝词。”

李思纯作《中秋》。诗云：“乱愁如织酿秋阴，倏讶中秋序又临。三十功名若尘土，一丝生气未销沉。飘摇壮志披华发，惆怅佳人寄素心。尘海茫茫天梦梦，浮沉鸥鹭莫相寻。”

[越] 阮尚贤作《癸丑中秋月蚀同景梅九定成作》。诗云：“底事姮娥亦恶园，霓裳如雪竟笼烟。何人运斧能修月，与子停杯一问天。万里云山围去雁，三更风雨动哀

弦（自注：是夜月蚀后，风雨大作）。凌空不度仙桥去，惆怅人间又一年。”

［日］木苏岐山作《中秋》。诗云：“洗出秋容雨后妍，叩将滞思对青天。桂华楼角挂明月，照我独醒还一年。”

［日］大西迪作《八月十五夜与淇水翁泛矢川》。诗云：“境静寻诗乃宿缘，山间明月夜悠然。金波潋滟碎摇动，一棹扁舟放矢川。”

［日］田边华作《癸丑古中秋，鲛洲观月，似金枝小岘，此夕偶蚀》。诗云：“天上嫦娥影忽空，湘帘咫尺夜朦胧。阿谁寻得明皇梦，万丈银桥到月宫。”

16日 《申报》第14588号刊行。本期《自由谈》“栩园词选”栏目含《金缕曲·贺罗饬夫先生、吴剑华女士结婚》（春影）、《蝶恋花·送春》（春影）、《虞美人·前题》（春影）、《鬟云松令（夜三更）》（春影）、《连理枝（连理枝头鸟）》（春影）、《浪淘沙（风日正晴和）》（春影）、《风入松（兰房小宴祝千秋）》（春影）；“文字因缘”栏目含《月饼赋》（林莲荞）、《八月十五夜沪江望月》（三首，冯绪承）。其中，春影《蝶恋花》云：“满地残花春不管。点点相思，人比花容倦。婪尾春光三月半，依依花影依人惯。　　人不留春花自怨。春住谁家，花不如人愿。春去花飞人意乱，可怜人对花枝转。”《虞美人》云：“窗纱渐暗黄昏近，寂寞伤春病。无端添上一星灯，风雨怀人心事万千层。　　灯花空自重重结，好梦从何说。送春无计挽春留，一寸心窝容得许多愁。”

《庸言》第1卷第20号刊行。本期“艺林·艺谈”栏目含《石遗室诗话（续）》（陈衍）、《菉猗室曲话（续）》（姚华）；“艺林·诗录”栏目含《题陈师傅〈听水斋图〉》（十首，梁鼎芬）、《弢庵前辈照象十幅，署曰〈听泉图〉，节庵携至上海，属题十诗并以奉怀》（樊增祥）、《〈听水斋图〉，为弢翁诗老题》（四首，沈曾植）、《涛园社集，节堪前辈同年出示弢庵前辈〈听水斋图〉，率题四绝，即以寄怀》（沈瑜庆）、《梁按察宅敬观大行皇太后颁赏遗念翠牌、金表各一事，恭赋五十韵》（樊增祥）；“艺林·文录”栏目含《高氏两世家传》（姚永概）、《送马君通伯南归序》（陈衍）。

姚华作《满江红·八月十六日感事》。词云：“月墨星沉，英雄恨，太行千叠。都付与、晓鸡声里，为鸣悲咽。篝火几曾真王楚，扁舟何事忘逃越。问大江、风雨许多潮，随烟灭。　　城下钓，清波冽。东门犬，惊尘歇。叹功名浑浚，剑花飞血。开国谁翻前史例，到头悔负封侯骨。望中原、暗淡几龙蛇，堪愁绝。”

17日 教育部定旧历八月二十七日（阳历9月27日）孔子生日为圣节，令各学校放假一日，并在校行礼。

《申报》第14589号刊行。本期《自由谈》“民间疾苦声”栏目含居隐呼嚎《哀江南》（含《临江仙》《北新水令》《沉醉东风》《解三醒》）；“栩园词选”栏目含《烛影摇红·贺某友新婚》（春影）、《点绛唇·赠某词史》（春影）、《浣溪沙·前题》（春影）、《减字木兰花·前题》（春影）、《醉太平·前题》（春影）、《南楼令（残梦殢）》（春影）。

其中，春影《点绛唇》云："流水光阴，六年轻误量珠聘。夜阑更定，半臂添香冷。　酒晕双涡，灯晕双鬟影。箫声静，近来心境，说与何人听。"《减字木兰花》云："香奁怕展，梦味寻思梳里倦。等到黄昏，金屋无人见泪痕。　银屏鹦姥，终不谅侬心意苦。解下连环，冷对帘前月一丸。"

林传甲日记载："房恢原寄和诗三律，渐入中年老境。"

18日　《申报》第14590号刊行。本期《自由谈》"栩园词选"栏目含《和钱君寿萱，叠韵四首》（春影）、《和诸君季迟，叠韵四首》（春影）、《客中中秋》（二首，红豆女士）。其中，红豆女士《客中中秋》其一："远别家乡路几千，良辰美景奈何天。嫦娥怕惹游人怨，□把今宵月不圆。（是夜月蚀）"其二："客中底事太多情，情未生时恨又生。都道申江明月好，那知今夜不分明。"

李思纯作《九月十八日作》。诗云："萧萧风雨酿清寒，把笔微吟强自宽。煮茗烧苇闭门坐，无端悃悃到秋残。"

19日　《申报》第14591号刊行。本期《自由谈》"栩园词选"栏目含《七夕》（二首，春影）、《题某夫人〈花团锦簇图〉》（春影）、《新秋》（春影）、《有赠》（春影）、《江上偶作》（二首，春影）、《一剪梅·答友代柬》（陈姜映清）、《小阑干·闺情》（前人）、《月夜泛湖》（小蝶）；"文字因缘"栏目含《读天虚我生〈黄金祟〉说部，题此赠之》（八首，山阳秦寄尘）、《又成绝句，用前韵》（八首，前人）。其中，陈姜映清《小阑干》云："绣衾熏透不归来，相望已成灰。鸦鹊无声，花枝弄影，微嗽立苍苔。　阑干六曲肠千曲，更鼓耳边催。郎太风流，我尤命薄，女伴早疑倩。"小蝶《月夜泛湖》云："万树鸦啼入暮烟，溪声流月到船边。刺开秋水云成阵，掬取寒蟾人在天。古塔渐随荒寺远，乱山争出短蓬前。苍波一望渺无际，把酒凭舷我欲仙。"

张謇作题大有晋垦牧公司联云："汉铎为农家而作，宜田原，宜牛羊；周书廑小人之依，胥保惠，胥教诲。"

20日　上海《申报》馆刊行《自由杂志》月刊，童爱楼编辑，仅出两期被迫停刊。

《申报》第14592号刊行。本期《自由谈》"尊闻阁词选"栏目含《秋兴十六首，用龚定盦句，随意缀集，隐切近事，不必学少陵也》（俶凫）、《无题》（八首，佐彤）。其中，俶凫《秋兴十六首》其一："金粉东南十五州，人间无地署无愁。不随天市为消长，自拜东南小子侯。"其二："却有江涛动地来，不拘一格降人才。湖山旷劫三吴地，电笑何妨再一回。"

《国民杂志》第1年第5号刊行。本期"文苑·诗"栏目含《南雷赴金泽军中有诗来，次其韵》（欧阳成）、《送南雷卒业归国》（欧阳成）、《别蜕盦八年后相见于海上，作此赠之》（夏曾佑）、《岁暮杂感》（乙巳旧作十首之二）（诸宗元）、《湖口》（用门存韵）（诸宗元）、《六月十九夜宿铁仁家，晨起坐前楹，凉风飒然，烦襟顿除，手〈慎宜轩诗〉哦之，欣然有作》（朱峻岳）、《围炉兀坐，感慨成诗》（朱峻岳）、《感怀（五言排律）》（陈轶凡）、《和陈师曾》（范罕）、《和吴辟疆》（范罕）、《和马冀平即以留别》（范罕）；"文苑·词"栏目含《迈陂塘·送春》（熊光香海）、《壶中天·早秋摅思》（熊光香海）、《临江仙》（伯华）、《金缕曲·为吴保华夫人选定诗稿，即题其卷尾》（伯华）。

《说报》第6期刊行。本期"艺林·艺谭"栏目含诗词《题邵结萍先生遗像》（廙龕）、《自题小照，赠胡若云（德望）》（廙龕）、《祝阳湖伍母郑太宜人六十寿》（廙龕）、《夜坐》（椴长）、《停针》（椴长）、《寄怀浦子醒华》（椴长）、《燕》（椴长）、《吊端忠敏公》（吴士鉴）、《和絅斋丈〈吊端忠敏公〉原韵》（王式通）、《雨窗偶成》（傅焜）、《题画蝶》（傅焜）、《赠范少甫》（傅焜）、《秋夜不寝，散步禅关，适张果叟高会群仙于木叶亭，遂留宴坐，归来薄醉，明月满天，未免有怀，伤老伤别，时七夕后日也》（莲塘）、《访古憨不遇》（莲塘）、《金缕曲》（蜕庐）、《采桑子·扁舟独发》（蜕庐）、《采桑子》（蜕庐）。

《文史杂志》第7期刊行。本期"词章·诗录"栏目含《自沪返汉，略纪所经历》（舒可卷）、《旅湘杂诗（续第五期）》（吴恭亨）、《荆游杂诗（未完）》（吴恭亨）、《春暮苦雨，向晚凭阑遣兴》（罗树蘅）。

章太炎《家书》云："南京战事既平，东衅又启，恐全国无安乐土。君之烦忧，当倍于我；我之跼蹐，又甚于君。苟天道与善，亦何惧焉。自非然者，则亦委心任运而已。"又录《短歌》（八首）。其一："丹阳富钱帛，吴王头已自。亚夫真将军，不知细柳屯。"其二："华膏炳明烛，督护行传箭。鸡鸣天欲曙，羞与良人见。"其三："我居太行北，君在瀛海渚。但得高屐人，我曹不活汝。"其四："阊阖郁崔嵬，天门不可开。水深泥淖浊，牛羊上山麓。"其五："东封七十二，玉牒传人间。不读西方书，安知舜禹贤。"其六："我本魏王妾，嫁为汉昭仪。绿衣藏金印，不敢怀邪奇。"其七："天汉至南箕，相间三千里。宁啖箕中糠，不食汉之鲤。"其八："主人何所思，愿得丞相章。筑室在水中，莲叶浮茄梁。"

吴芳吉抵重庆，归家后，受尽乡邻奚落，以之为笑柄。遇有子弟犯错，皆以吴芳吉为反面例证，云："杂种，汝欲如吴芳吉无用耶？"同乡有朱茀皇者，见宠于袁世凯，声势煊赫，乡中作歌，曰："读书当学朱茀皇，莫学白屋吴家郎。"

21日 《申报》第14593号刊行。本期《自由谈》"尊闻阁词选"栏目含《无题七律十首，集李义山句》（华亭张伯贤）；"民间疾苦声"栏目含《哀学生军》（绂章）、《悲苦行》（绂章）、《赠袁大总统》（万目）；"文字因缘"栏目含《送懒云女兄赴蛟门》（四首，包者香）、《癸丑八月随外子赴蛟川，锦霞女兄以诗赠行，谨步元韵留别》（四首，懒云）。其中，华亭张伯贤《无题七律十首》其一："乐游原上有西风，车走雷声语未通。翠袖自随回雪转，华筵俄叹逝泪穷。玉桃偷得怜方朔，香枣何劳问石崇。守道清秋还寂寞，直教银汉堕怀中。”包者香《送懒云女兄赴蛟门》其一：“闻君将赋甬东游，为唱阳关送客舟。最是离情消不得，夕阳疏柳渭城秋。”

《宪法新闻》第19册刊行。本期“杂纂·文苑·诗录”栏目含《寒号吟》（王汝纯）、《为袁抱存题杨椒山〈福堂训子〉墨卷迹子》（江绍铨）、《武安道中喜雨》（常麟书）。

魏清德《秋帆》（限尤韵）发表于《台湾日日新报》。诗云：“青枫浦上望悠悠，红蓼汀前十幅秋。暝色似追归雁急，回风偏映远霞幽。伏波舻舳横沧海，王浚楼船下益州。帐触图南犹未遂，谁能饱挂起乡愁。”同期《台湾日日新报》刊载佚名《忆王孙（孰抱衾裯孰抱琴）》《如梦令（尽道君如张□）》。其中，《忆王孙》云：“孰抱衾裯孰抱琴。诗书检点却无人。羡他座侧有朝云。月儿明。不夺微光一小星。”

程千帆生。程千帆，原名逢会，改名会昌，字伯昊，四十以后别号闲堂。祖籍湖南宁乡，后迁居长沙。著有《闲堂诗文合钞》《闲堂诗学》。

22日 《申报》第14594号刊行。本期《自由谈》“尊闻阁词选”栏目含《哀江南》（用孔东塘《桃花扇传奇·哀江南》元韵）（东园倚声）：《新水令》《驻马听》《沉醉东风》《折桂令》《沽美酒》《太平令》《离亭宴带歇拍煞》，《偶成四绝，集李义山句》（张伯贤）、《中秋夜感怀》（淑梅）、《珠街阁舟次》（淑梅）、《淑姊过访》（珍）、《舟上望金陵》（红豆女士）；“劫余草”栏目含《蟋蟀吟》（了青）、《七月二十八夜大雨，有怀金抱璞，沽上却寄》（了青）、《季眉族孙以文竹一丛见赠，赋此志谢》（了青）、《秋夜》（了青）；“文字因缘”栏目含《本城顾某弃妻重娶，绝少顾忌，清与张氏谊，属世交，目击此种野蛮之事，发现于自号文明之显者家，窃为张女士深抱不平，而尤为共和前途三叹息焉，爰成七律章以慰女士》（陈姜映清）。其中，珍《淑姊过访》云：“故人经岁别，相思日以积。何期风雨中，忽来远行客。入门欣相慰，把臂情犹昔。奇文示珠玉，美酒倾琥珀。坐久淡忘言，月光逗前席。”红豆女士《舟上望金陵》云：“凭眺石头城，伤心泪欲盈。满街烽火气，遍地女儿声。道路无时靖，干戈何日平。秦淮河畔柳，空向夕阳横。”陈姜映清《本城顾某弃妻重娶》云：“文明公道两何存，薄幸如斯海内惊。尤物自然甘作妾，多妻无奈竟忘卿。姻缘未断情先断，声势虽赢理岂应。耻逐寒蝉非亦是，为他人作不平鸣。”

23日 《申报》第14595号刊行。本期《自由谈》“栩园词选”栏目含《冬夜》（二首，春影）、《和某君〈落梅有感〉元韵》（二首，春影）、《酒后有感》（四首，春影）、《冬夜闺情》（三首，春影）。其中，春影《冬夜》其一：“歌声如水漏声残，风冷灯花雨正阑。小别兼旬拼一醉，红泥酒热不知寒。”其二：“锦衾留梦枕留香，酒渴亲斟窈窕汤。夜醒不知身是客，漫扶云鬓话家常。”

魏清德《达观楼玩月》（庚韵）发表于《台湾日日新报》。诗云：“高楼望不极，看月若为情。淡水连天碧，观峰入槛明。徘徊终此夕，起舞对三更。吾亦达观者，吟诗寄太情。”

鲍心增作《八月二十三日巳刻，闻柳善士少云（昕）之讣，中心惨恻，哭之以诗》（四首）。其一：“善人已逝万人惊，况复交游两世情。弱冠解推臻耋老，布衣饥溺愧公卿（家乡每遇旱涝，君辄力筹赈救。西晋齐豫陕等省先后大祲，君亦捐募济，躬任其难）。赠言默契遗经蕴，笃行终辞荐牍名（宣统纪元，乡人公举孝廉方正，君涕泣力辞，后虽已奉俞旨，而君终弗受）。公谊私交两零落，临风岂禁涕纵横。”

24日　《申报》第14596号刊行。本期《自由谈》“尊闻阁词选”栏目含《哀金陵》（李生）、《中秋对月》（二首，冷红女士）、《旅窗感怀》（前人）。其中，冷红女士《中秋对月》其一：“云山冉冉月悠悠，万里清光影欲流。金粟枝头记隔岁，木樨香里度中秋。谁家寒砧捣更急，几树梧阴荡漾浮。今夕蟾宫去有路，明皇曾记旧时游。”其二：“青天碧海夜迢迢，何奈知音路隔遥。一窟团栾思故友，万家欢乐又今宵。西斋冷客怜花冷，何处娇容比月娇。如此良辰偏我独，对君无语总魂消。”

周庆云作《八月廿四日，午睡初醒，忽报举第四孙，喜而有作，仍叠南园赓社诗韵》。同人和作：潘蠖《读梦坡〈举第四孙〉诗，敬步原韵奉贺》、刘炳照《梦坡举第四孙，借赓社诗韵志喜，叠韵应教》、张钧衡《梦坡姻丈举第四孙，借赓社诗韵志喜，叠韵驰贺》、汪圻《癸丑八月梦坡先生得第四孙，有诗志喜，次韵奉贺》、沈焜《梦坡先生生第四孙，赋诗见示，并招汤饼之宴，适予病卧未能走领，用东坡〈贺子由生第四孙斗老〉韵，赋诗奉贺》。其中，周庆云诗云：“门悬弧矢趁秋光，吟兴衰翁又著忙。食报敢忘源自远，兴宗颇望泽流长。四经分授儿增负，万卷传家蠹亦香。初试啼声浑不觉，正圆午梦北窗凉。”潘蠖诗云：“又茁兰芽浥露光，筵开汤饼唱酬忙。慧龙锡字孙枝冠，唳鹤留题祖德长。共贺颍滨添锦什，早开公雅继书香。侍车扶杖他年事，高隐林泉醉醴凉。”张钧衡诗云：“喜溢重闱奕叶光，添丁赢得献诗忙。颍滨斗老咳名似，角里高风衍派长。传砚有人绳祖武，凿楹他日绍书香。闲拈俚句先驰贺，待启华簇宾馆凉。”

25日　《申报》第14597号刊行。本期《自由谈》“游戏文章”栏目含《集俗语诗》（石痴朱惟涛）；“文字因缘”栏目含《宁波穆生耀枢新婚，以书征诗，戏为此答》（逸民）。

《小说月报》第4卷第5号刊行。本期“文苑”栏目含《〈绮香阁诗〉序》（张婉仪）、《说棋》（铁樵）、《己庚感怀诗自叙》（金鹧鸪馆主）：《秋日感怀》（四首）、《续秋日感怀》（四首）、《冬日感怀》（四首）、《春日感怀》（四首）、《续春日感怀》（四首）。

宁调元卒，年仅四十。宁调元（1873—1913），字仙霞，号太一、大一，笔名有辟支、屈魂，化名林士逸，湖南醴陵人。年十二，由其父口授，读《庄子》《离骚》，略解大义。十三受业于刘师陶，初学为诗，有“五日一风十日雨，庭前喜放一帘春”之句。稍长入渌江书院，从院长吴德襄习训诂、考据。19岁考入长沙明德学堂第一期速成师范班，受黄兴、张继等影响，加入黄兴等组织革命团体“大成会”“华兴会”。1903年编成《朗吟诗草》三卷。1904年参与华兴会长沙起义筹划，因事泄失败，入经正学堂学习。1905年由学堂保送获公费出国，赴日本早稻田大学学习法律。1905年好友陈天华忧愤投海，宁调元积极参与在日罢课斗争，被选为文牍干事。1906年回上海参与创办中国公学，接纳归国学生。不久回醴陵主持渌江中学校务，暗中从事反对帝制活动。同年好友姚宏业效法陈天华投江自杀，宁调元遂赴长沙策划为陈、姚二人在左宗棠祠举行盛大公葬。此事遭王先谦等阻挠，原支持公葬之谭延闿等拟放弃，但宁调元等毅然进行。是年加入同盟会，7月经人劝告，逃亡上海。在上海与陈其美、秋瑾等会晤孙中山，共商大计。后与傅熊湘等在上海创办《洞庭波》杂志（后易名《汉帜》），针砭时政，宣传革命。《仇满横议》一文因主张采取革命行动推翻帝制，遭两江总督端方缉捕，再次逃亡日本，并出任《民报》干事。萍浏醴起义爆发后，受东京同盟会本部之命回国。抵沪后与陈其美、秋瑾等磋商，决定分头动员长江一带会党，相机响应，不幸在岳州为清军水师营缉捕，作《巴陵县署题壁》《岳州被逮时口占十截》等诗。旋被押解至长沙，箕坐抗辩，自请上断头台，并作绝命词。醴陵廪贡生刘泽湘具呈力保，并言：“时局阽危，宜为国家惜人才。”终被判处监禁。虽身陷囹圄，却密切注视局势发展，提出重建湘支部。1907年3月诗贺《神州日报》在上海创办。10月在《长沙日报》发表《论开国会之宜缓》，反对立宪派杨度等煽惑湖南学界联名要求“亟开国会”主张。同年在狱中作《自祭文》，且以古近体诗若干首寄上海《国粹学报》。次年南社同仁致书宁调元，其在狱中撰《南社序》，主张继承明末几社、复社遗风，要“哀乐感于心，而咏叹发于声。斯编何音？斯世何时？海内士大夫庶几晓然喻之，而同声一慨也”。在狱中还以“此身一日尚存，即不可一日不致力于学”自勉，自订运动、读书、习字、作文四者为日课，持之以恒。狱中三年，共读书2000余种，作诗填词600余首，是其一生中文学创作最旺盛时期，人称“囚徒诗人”。1909年冬，经谭延闿等联保获释，出狱后至北京任《帝国日报》主编，发表诸多抨击时政、痛悼先烈、鼓吹革命之诗文。武昌起义后正式加入南社，奔走于湖南、湖北之间，进行革命活动，先后在黎元洪、谭延闿幕府中工作。1912年初在上海参与发起组织“民社”，创办《民声报》。后回湘奔祖母丧，返回上海时，民社与统一党合并为共和党，反对同盟会，宁调元登报脱离民社和《民声报》。不久赴广东，出任粤汉铁路总办。袁世凯窃权后，辞总办职，赴粤、皖、赣、湘会见陈其美、柏文蔚、李烈钧、谭延闿，积极联合东南诸省讨袁。宋教仁被刺，宁调元赶至上海会见孙中山、黄兴，主张武力讨袁，孙中山委任其为秘书长。后由黄兴派赴武汉，参与策划鄂军发难。但武昌、汉阳举事相继失败，被捕后引渡至武昌军法局。8 月 4 日，袁世凯下令将宁调元“在鄂就近讯明，按法惩办”，终以“内乱罪”杀害于武昌抱冰堂，后归葬醴陵西山。北伐后，国民政府下令褒扬，称“先烈士宁调元，赋性英毅，学术湛深，早岁奔走革命，屡濒危难，矢志益坚。癸丑之役，联络长江各省密谋响应，尤著勋勤”，并拨款修墓建亭。于右任撰书碑文，柳亚子与傅熊湘编印《太一遗书》传世。宁氏卒后，柳亚子、高旭等南社众友以诗哭之。柳亚子有《闻宁太一恶耗，痛极有作》（二首）。其一：“当年专制犹开网，此日共和竟杀身。早识兴朝菹醢急，不应左袒倡亡秦。”其二：“独夫曷丧苍生愿，豪杰成灰白骨哀。血溅武昌他日事，鬼雄呵护复仇来！”高旭《吊亡友宁太一，用夏存古〈细林野哭〉原韵》云：“凄风苦雨杜鹃啼，春光又见柳初齐。去年歇浦一握手，分飞劳燕各东西。是时正作珠江客，酒国称豪诗称伯。君往潇湘我往燕，重拾坠欢渺难得。生本嵚崎磊落人，歌出金石声粼粼。眼中碌碌皆余子，交情十载差相亲。白帝当途未应死，罗掘黄金付流水。太白旗搴讨一夫，南风不竞日色紫。夸父难得落日挥，中原万户血横飞。从此神州再沦没，儒生挟策将安归？弹指庄严寿命促，壮士甘心剖肠腹。死后终当重太山，我自哀时放声哭。天生妙手堪屠龙，岳飞报国真精忠。花前歌泣儿女气，剑底猖狂侠客风。自笑天门飞折翼，百计难援出缴弋（在众议院时，屡屡为君援助莫效）。松江南望几千里（此七字，君在武昌狱中赠诗第一句），泉台应念伤心客。呜呼，我心如痗百不开，人亡国殄哀莫哀！酒酣狂叫登高台，招公魂兮归去来。”傅専（熊湘）有《为亡友宁太一辑〈武昌狱中诗〉竟，因题其后述哀》（二首）。其一：“如君已死更安归？风景河山举目非！传志未成应有待，母妻何托竟无依？并时功罪千秋在，惊世文章知者稀。从此西山一抔土，年年凭吊涕沾衣。”其二：“生同里闬叶同门，卢后王前有旧恩（癸卯受学吴偁三师，同见期许）。十载忧患两囹圄（丙午君以《洞庭波》杂志系长沙狱三年），一时师友各阡原。茂陵遗草伤零落，叔夜诸孤重抚存。高义我输刘季子（谓约真负柩归葬事），丛残收拾恨难论。”刘泽湘作《哭太一，次季弟韵》（十首）。其一：“简尽尘缘拜辟支，兰因絮果渺何之。焚余幸草今无几，已是千秋幼妇辞。”其二：“非种生田合便锄，吞舟讵意有鲸鱼。拼将身命殉宗国，道路悠悠听毁誉。”其三：“患难相依无限情，敢矜融弟更褒兄。天终未许存张俭，专制共和异死生。”刘谦作《哭太一（并序）》（十首）。序云：“寒风振窗，檐溜断续，一灯如豆，万绪萦怀，因忆知识年来零落殆尽，觥觥太一，且夭斧斤，冤烦填胸，迄不成寐。乃披衣起坐，歌以写哀。搜索枯肠，得句十截。已而掷笔纵号，曙色苍凉，穿棂入矣！”其一：“漫漫长夜何时旦，宁戚悲歌梦见之。死别依依弥一载，伤心追悼不成辞。”其二：“兰蕙当门合被锄，非关误食武昌鱼。生平自有千秋在，为蹠为尧尽毁誉。”

叶昌炽表弟子美丧偶，叶为作挽联云：“画笥彤奁，仙岛魂归明月夜；孤灯穗幛，壻乡肠断过云楼。”

谢鸿举作《八月廿五日夜闻寇陷县城》。诗云：“连朝羽檄苦征兵，五夜偏师竟坠城。谁便鹳鹅先阵乱，哀兹猿鹤尽军行。守财今日全为虏，望寇凶人早抉睛。幸有将军天上出，合围试数亚夫营。”

26日 《申报》第14598号刊行。本期《自由谈》“尊闻阁词选”栏目含《和王述庵先生〈云间七贤诗〉》（太痴）：《张曹掾翰》《陆补阙龟蒙》《卫文节泾》《杨提举维桢》《王布衣逢》《陆文定树声》《陈黄门子龙》，《乐输苦》（伯刚）、《夜吟》（伯刚）。“劫余草”栏目含了青《诸葛武侯亮》《刘太尉琨》《张睢阳巡》《宗留守泽》《泰忠介不华》《周忠武遇吉》。其中，伯刚《乐输苦》云：“下乡开富户，上县谒官府。忍饿不敢归，总被乐输苦。不畏乐输苦，只畏长官猛如虎。”《夜吟》云：“小楼秋尽冷青毡，夜倚危栏思寂然。野寺钟清千树静，山村月黑一灯圆。心安斗室皆华厦，身健衰翁亦少年。生意欣欣何处寄，五更独自耸吟肩。”

黄文涛作《八月二十六夜梦中作》。诗云：“烽火频年苦未休，流离身世等萍浮。何当破浪乘风去，直到蓬莱顶上游。”

李绮青作《霜叶飞·癸丑八月二十六日，重到都门》。词云：“露浓霜瘦，燕山道，西风吹损金柳。夕阳楼阁半凄迷，惟有栖鸦守。记前度、征骖去骤。新刍满野黄如绣。叹客里光阴，又策蹇重来，菊花相趁重九。　　应是三径荒凉，柴桑人去，秋田抛却秋亩。贞元朝士渐无多，法曲凭谁奏。只霜叶、红飞似旧。芳沟流水空回首。漫对将秋在看，鬓影丝丝，泪凝双袖。”

27日 孙中山在东京筹组中华革命党，亲自拟定入党誓约，规定凡欲加入中华革命党者，无论其党史及资格如何深久，皆须重写誓约，加按指模，以示坚决。

《申报》第14599号刊行。本期《自由谈》“尊闻阁词选”栏目含《广陵秋夜，用少陵〈秋兴〉韵》（八首，东园）；“劫余草”栏目含《新春过范野人闲园》（了青）、《初夏题野人庄》（三首，了青）。其中，了青《新春过范野人闲园》云：“独寻城北野人家，曲径随溪到若耶。新竹渐添当路笋，老梅犹作隔年花。鲜妍楹帖书红纸，清脆棋声透碧纱。一笑入门忘世事，为君不惜醉流霞。”《初夏题野人庄》其一：“竹边茅屋水边门，多少田家乐意存。桑柘阴中蚕正熟，曲尘香里酒初温。老牛舐犊犹添仆，野鹤将雏当抱孙。愧我锄篱辜负久，布衣席帽过山村。”

钱稻孙邀宴沈尹默于广和居，同席钱玄同、朱希祖、马裕藻、鲁迅、何燏时等。

刘恩格作《癸丑八月二十七日即事》。诗云：“槛车传送楚冠峨，小队弓刀虎虎过。秋草秋花迷驿路，重云重雾漫山河。妻儿宛转千行泪，今古苍茫一浩歌。见说死生都有命，沮洳安乐试如何。”

28日 袁世凯任命唐继尧接替蔡锷兼署云南都督。

超社第九集，吴庆坻招集樊园，以渔洋生日为题，分韵赋诗。陈三立、缪荃孙、樊增祥、吴庆坻、沈曾植、瞿鸿禨、沈瑜庆、周树模、吴士鉴等同集。同人诗作：樊增祥《八月二十八日为渔洋山人生辰，补松乔梓在樊园举超社第九集，即席以"尚书天北斗、司寇鲁东家"分韵，余得书字》、瞿鸿禨《八月二十八日渔洋山人生日，补松作社集于樊园，分韵各为七古，余得司字》、沈曾植《八月廿八日渔洋生日，子修招同人集于樊园，分韵得斗字》、吴庆坻《八月二十八日渔洋山人生日，招同诸子集樊园，各赋七言古一章，分韵得北字》、缪荃孙《渔洋生日，分韵得尚字》、沈瑜庆《超社分韵，渔洋生日，得东字》、陈三立《八月廿八日为渔洋山人生辰，补松主社集樊园，分韵得鲁字》、吴士鉴《八月二十八日渔洋山人生日，家大人招同诸公宴于樊园，分韵得洋字，超社第九集》。其中，陈三立诗云："往卧西湖却炎暑，日看荷风送飞雨。水光山气销楼栏，微传海畔轰鼙鼓。归来辇道寻战迹，野烧血腥杂尘土。卖浆市屋一椽无，入门旅篋拾残础。徐出访旧失颜色，指点流弹突豺虎。秋高日霁兵火稀，破碎吟魂悬几缕。儒冠社侣呼作群，樊园复此成宾主。嘉辰政及阮亭降，拂拭葩卉仍媚妩。阮翁相望三百年，琚珮锵歌倾仕女。九天五云楼阁晓，烦渠吹咀独辛苦。小年亦采精华录，瞠目不敢和秋柳。我辈今为亡国人，强托好事围尊俎。此日肯为老丑延，此身差免沙虫伍。爬抉物怪写离乱，自然变征音酸楚。雍容揄扬又一时，追拾坠韵同鸾羽。漫从隆污别坛坫，但令哀乐赦肺腑。诸公骚雅关运会，不废江河殉初祖。异军积甲跨大邦，愿裂邾莒附齐鲁。"吴士鉴诗云："夫于亭畔坛宇荒，蚕尾山色犹青苍。宗风阒寂二百载，述诗已祧新城王。即今扬榷严断代，如画两戒分岩疆。茶村变雅耿悽怨，梅村怀旧心蠹伤。胜国后劲此为最，甄录不当跻顺康。若论昭代有先雅，历下主盟谁颉旿。遭际盛会扶霄汉，根茎元始宣匏簧。蹑奇夺秀山水窟，晚入秦蜀才尤昌。绵津秀水仅接武，俯视古懽兼莲洋。抗心北宋采异己，平生微尚能䌷详（先生集中《诗人》一首、《涪翁》一首，于半山、山谷极意推崇，而所作绝不相类，故覃溪谓先生眼光直澈千古，此表微之说也）。后来耆好判泾渭，各逞私臆相低昂。饴山仓山岂定论，窥测安用莛寸量。或云考古近疏踳，误疑周鼎为夏商。孔庙诸碑悉汉刻，乃以黄初梁鹄当。古来诗人不经意，要与大体无相妨。嗟予泛滥涉声韵，挦撦六义迷津梁。襟灵每为征实汩，课虚责有难兼偿。任嘲浙派亦自慰，跬步何敢追厉杭。矧欲向公丐膏馥，分甘那得升公堂。高秋晶爽速嘉客，瞻礼遗像陈罍觞。江南风物公所厌，清都腾盖应来翔。我欲从之骛云表，飘然梦落明湖旁。"

《申报》第14600号刊行。本期《自由谈》"尊闻阁词选"栏目含《无题》（二首，陈佐彤）、《忆旧戏赠》（陈佐彤）、《纪事》（陈佐彤）；"劫余草"栏目含《五月四日病中自烟台归》（了青）、《梦中闻怪鸟声，因起纳凉感赋》（了青）。其中，陈佐彤《无题》其一："才看分手又相逢，深幸栏干曲折通。碧玉年华惟好静，残妆颜色可怜红。钩心眉称新偷月，称体衣工不碍风。别具销魂留骨髓，慢添香饼到熏笼。”其二：“袖掩微嫣细步来，避人踪迹近人猜。转因小住难为别，未免多情煞费才。天地有秋悲宋玉，雨云无梦误阳台。凭侬说尽安眠好，自取银灯照几回（自取用句）。”

魏清德《更阑》（一东）发表于《台湾日日新报》。诗云：“诗赓同梦乐闻虫，南内凄凉感慨中。共此商沉参欲上，无情残烛只摇红。”

29日 《申报》第14601号刊行。本期《自由谈》“尊闻阁词选”栏目含《中秋望月》（二首，陈姜映清）、《落叶》（前人）；“文字姻缘”栏目含《军中曲，为徐师长宝珍、杨旅长绍彭督兵北趋剿匪作》（东园）、《哀江南》（旦盦）。其中，陈姜映清《中秋望月》其一：“广寒宫远隔红尘，几个嫦娥几岁春。底事含愁独不见，家家爆竹学年新。”其二：“果饼分盘献至诚，斗香华烛礼深更。从今不信诗人话，月到中秋分外明。”东园《军中曲》云：“一波甫平一波起，祸水横流乃如此。（谓海、徐、淮三属乱耗）江南昨夜庆安澜，海东今日多战垒（谓徐、杨两分扎各要隘）。狂寇滔天皆赤眉，檄调扬州第四师。将军杨仆楼船驶（谓杨中将绍彭），又是军书舛午时。一片惊飚生彩帜，五更残月照金勒。平明吹笛大军行，扬令急发广陵国。元戎十乘先启行，如火如荼徐达兵（谓徐师长兵）。朝烟漠漠金乌影，淮水汤汤铁马声。痛恨黄巢（谓克强）作戎首，赣皖粤湘跳群丑。才赋南征又北征，风云叱咤罴熊走。眼底幺魔不足忧，泰鸿尅日破蚩尤。只愁一炬贼巢毁，玉石俱焚狐貉邱。”

余达父作《吴门秋咏》（用下平韵，癸丑秋八月廿九夜自苏台还申浦作）（十五首）。其一：“电影芸香梦破禅，醒来寒雨复潺潺。风云尘土申江上，辜负秋光又一年。”其二：“客心今日太无僇，似此秋魂何处招。却附飙轮下吴苑，金阊门外月如潮。”其三：“绛树琼枝一例娇，青鸾紫凤出香巢。阿侬亦是梁红玉，却在春风豆蔻梢。”其四：“妙香楼上紫檀槽，一曲清歌月正高。终老温柔何等福，伍胥门外接天涛。”

30日 《申报》第14602号刊行。本期《自由谈》“尊闻阁词选”栏目含《秋夜》（小蝶）、《晚来》（小蝶）、《偶成，小蝶〈一房山〉韵》（二首，拜花）、《中秋月蚀》（倚桐女士）、《新凉》（前人）、《奉和冷红女士〈旅窗感怀〉原韵》（红豆女士）、《早秋忆妹偶成》（者香女士）、《仲秋雨后却寄外子》（前人）、《奉酬思寡过斋主人见和〈七夕诗〉》（前人）、《中秋望月有感》（前人）、《中秋月蚀》（二首，前人）、《西溪泛棹》（前人）、《闻笛》（前人）、《步寂红女士寄赠原韵》（二首，红豆女士）、《镜花》（朱芙镜）、《烛花》（朱芙镜）、《唾花》（朱芙镜）、《泪花》（朱芙镜）、《秋日偶成》（朱芙镜）、《钱江观潮》（朱芙镜）；“文字姻缘”栏目含《题天虚我生〈黄金祟〉说部，用秦寄尘韵》（八首，东园）。其中，小蝶《秋夜》云：“西风吹雨湿纱帏，小簟惊凉梦醒时。照壁寒灯先结蕊，入阶残蟀自呼儿。秋心如水闻檐沾，乡梦如潮落被池。无奈夜深眠不得，家书千里雁归迟。”《晚来》云：“晚来霞似锦，诗思出门多。雨洗山容湿，秋惊雁字讹。夕阳下高树，清磬动岩阿。行处不知远，乱烟生薜萝。”

王闿运作孔静皆联、曾慕陶联。其中，孔静皆联云：“每持正论忤时贤，避俗山居，忍见侏儒登礼殿；幸有佳儿继科举，传家圣教，肯持彝器见陈王。”

黄侃偕汪东赴共和党北京本部探视章太炎。

黄苗子生。黄苗子，本名祖耀，广东中山人。著有《牛油集》《黄苗子诗书画》。

痴侬情禅《唐多令·飞仙校书清粲》载于《台湾日日新报》。词云：“金屋叹无缘。钟情暗里牵。听琵琶、碧海青天。解舞腰肢才款款，情妩媚，倩谁怜。　悄立晚风前。云鬓覆颈妍。俏回头、玉步生莲。秋水波回娇欲语，相对处、总缠绵。”

赵圻年作《和甫、吟海两君没二年矣，癸丑九月朔，偕空山人再祭于丰乐亭》（三首）。其一：“去岁招魂祭亡友，今朝雪涕又登高。夕阳鸷鸟双杨震，九日空山两谢翱。姑射仙人耐冰雪，祁连荒冢宿蓬蒿。悬知同赴钧天召，何处云霄认羽毛。”

本　月

陈焕章与孔子第76代孙孔令贻在山东曲阜阙里召开孔教会第一次全国大会，举行大规模祀孔典礼。会后孔教总会地址由上海迁至北京，康有为任会长，陈焕章任总干事。在曲阜另设总会事务所，孔祥霖任总理，张勋为名誉会长。

《佛教月报》因费绌停刊。太虚大师离职至绍兴，作《偕杨一放、王芝如、杨紫林、释却非（玉皇）泛舟游石屋》。诗云：“稽山青蒙蒙，镜水碧悠悠。骤雨送新凉，云气同奔牛。乘兴携知己，适彼莽苍游。扁舟泛容与，款乃橹声柔。放浪形骸外，谈笑聊自由。石屋洵幽绝，遗迹供寻搜。寂寞安禅地，林翠拥佛楼。诸子皆彦俊，能先天下忧。社会本无性，习俗相沉浮。终当舍群扰，濯足沧海流。”

《孔教会杂志》第1卷第8号刊行。本期“文苑”栏目含《孔教会国学丁祭祝文》（昭文孙雄师郑）、《〈孔子生卒年月日考〉书后》（元和孙德谦益葊）、《读〈孔教会请愿书〉书后》（[美]博士李佳白）、《尊孔歌（并引）》（邓川杨琼柿平）。

《宗圣汇志》第1卷第5号刊行。本期“艺林”栏目含《座右铭》（梁艮斋）、《述生三首（续完）》（惺諟斋）、《感赋，寄友人》（惺諟斋）、《九峰书院中秋玩月》（惺諟斋）、《哭黄珏臣》（惺諟斋）、《元旦口占》（惺諟斋）、《冲泥行》（吴世杰厚轩）、《褚烈妇》（前人）、《流民行》（前人）、《读〈宗圣汇志〉有感》（[越南]阮尚贤鼎南）、《将离晋城，会允叔、锡九、定础、佛声、肥遯诸先生于圣庙，留别一首》（[越南]阮尚贤鼎南）、《颂圣五首》（次龙赵戴文）。

《国学丛选》第3集刊行。本集“文类·文录”栏目含《沈节母事略》（金山叶秉常漱润）、《吴若凡先生传》（揭阳吴沛霖泽庵）、《何烈妇传》（金山高夑吹万）、《何卧帆家传》（金山高夑吹万）、《〈荒江樵唱〉自序》（金山姚光石子）、《〈近游图〉叙》（昆山胡蕴石予）、《邹生传》（吴江陈去病佩忍）；“文类·诗录”栏目含《中秋夜偕道一泛禊湖》（吴江柳弃疾亚庐）、《赠愓生》（吴江柳弃疾亚庐）、《将去申江，席上赠南社同人》（元和叶叶楚伧）、《席上醉言》（青浦邹铨亚云）、《经高邮》（睢宁周祥骏仲穆）、《登燕子矶》（睢宁周祥骏仲穆）、《值了公途次偶赠》（华亭姚锡钧雄伯）、《岁暮》（华亭姚锡钧雄伯）、《风雨楼坐有怀楚伧沪江、亚子梨里》（华亭姚锡钧雄伯）、《简林一厂梅州》（华亭姚锡钧雄伯）、《雨夜答诸贞长》（顺德蔡有守喆夫）、《拾得》（顺德蔡有守喆夫）、《答檗子并寄刘三》（顺德蔡有守喆夫）、《索黄滨虹治印，先寄以诗》（金山高燮吹万）、《冬心》（金山高燮吹万）、《癸丑元旦试笔》（金山高燮吹万）、《谒安徽革命先烈吴公祠二首》（金山叶秉常漱润）、《送天梅北上》（金山姚光石子）、《初春》（金山姚光石子）、《赠陈蜕庵先生》（泾县胡怀琛寄尘）、《余旅沪上居龙华约两载，今不至已年余矣，秋风萧瑟，落叶打头，驱车过之，凄然赋此》（泾县胡怀琛寄尘）、《妙龄，赠彼姝也》（译嚣俄诗）（五则，金山高均君平）、《寄钝根》（昆山胡蕴石予）、《寄天遂》（昆山胡蕴石予）、《赠鹓雏》（阳湖陈蜕蜕盦）、《读〈十五国诗〉，偶及集注》（阳湖陈蜕蜕盦）、《自责》（阳湖陈蜕蜕盦）、《〈公言报〉出板，读之一快，走笔为小诗，作颂并视天梅》（阳湖陈蜕蜕盦）、《读烦奴〈日韩合邦有感〉之作，次韵和之》（金山李铭训伯雄）、《月夜眺望》（嵊县邢朗诵华）、《祝〈公言报〉出板》（金山何琛恬弇）、《饯别高天梅入都就国会员职，即席赋此》（金山张述仲傅）、《初夏偶成》（揭阳吴沛霖泽庵）、《归途口占》（揭阳吴沛霖泽庵）、《元旦》（金山高旭天梅）、《题胡石予〈近游图〉》（金山高旭天梅）、《结客》（金山高旭天梅）、《旧除夕感赋》（金山高旭天梅）；“文类・词录”栏目含《满庭芳・别吴门诸子》（元和叶叶楚伧）、《清平乐・别巢南并示沪上诸子》（元和叶叶楚伧）、《金缕曲・七夕》（元和叶叶楚伧）、《念奴娇・黄海凭栏》（元和叶叶楚伧）、《临江仙》（阳湖陈蜕蜕盦）、《西江月・题自画梅花便面》（阳湖陈蜕蜕盦）、《浪淘沙・杨笃生投海死，吊以此阕》（金山高旭钝剑）、《青玉案》（金山高旭钝剑）、《清平乐・沧浪亭偶赋》（金山高旭钝剑）、《丑奴儿令・题〈燕子笺〉传奇》（金山高旭钝剑）。

《军事月报》第5期刊行。本期“文苑”栏目含《常德军次，苦热晓起，游园述所见》（李澄宇）、《劲存统带倡议退伍，众和之，朕时病居军次，霍然有作》（李澄宇）、《阅操夜归，忽接润玫少将〈和焕章〉诗，并绍介原作，辄仍其韵两柬之》（李澄宇）、《焕章以〈桃源诗〉见示，次韵答之》（李澄宇）、《武陵夜发，时退伍各界特送》（李澄宇）、《赠芳畊同学》（佚名）、《祭汉口阵亡诸将士文》（林翼支）。

［韩］《至气今至》第4号刊行。本期“词藻”栏目含《观海》（北崖生）、《莲》（梅竹散人）、《瓶花》（遂玉生）、《九龙渊》（竹石道人）、《偶吟》（坡西尹定植）、《又》（俞邦柱）、《无极颂》（金敬默）、《侍天颂》（金敬默）。其中，金敬默《侍天颂》云：“神精气最清，人赋是天生。谈笑非能力，动止岂任情。率性教方入，放心道不成。反见吾

身侍，恒庸敬信诚。”

唐文治向交通部呈送自编《高等国文讲义》（8册），请交通部核查并转教育部审查。云：“方今民国代兴，政体改革，学制更新，按之学校系统，固已无高等之学级，是项讲义似将不适于用，然就目前国文程度而言，以之饷大学生徒，恰为合宜。”

吴昌硕为赵云壑行书《流览景光口占》《方寸砚铭》二诗（扇面）。其中，《流览景光口占》云：“小溪深处阿谁家，人面燕支水面霞。细语隔窗听未得，喃喃怨煞碧桃花。香生罗绮薄于云，人艳华妍赋不分。此是人间甚情绪，欲啼欲笑酒初醒。”《方寸砚铭》云：“卖文无苟得，方寸守典衣。一醉谋之归。”跋云：“癸丑八月，云壑属书，吴昌硕。”又为施为绘《丛竹图》并题诗云：“春雨经旬不取扉，屋边荒篆绿成围。渔竹林立生涯足，明日须寻旧钓矶。振甫先生属写于沪。癸丑八月，吴昌硕，时年政七十。”又为岩下绘《云根图》并题诗云：“滴滴碧云髓，苍苍太古苔。终年看不厌，元气此胚胎。岩下先生两正。癸丑八月，吴昌硕。”又题诗云：“昨夜落星化为石，雷斧凿窍穷天工。兀然不动似砥柱。可置沧海横流中。缶又记。”又题任颐为杨岘所绘《竹林显亭图》云：“显亭归去十三春，板屋吴洲失比邻。师说一篇陈历历，门生再拜辞蹲蹲。梦来丁令千年鹤，道在林宗一角巾。奢望不堪期后死，傥教无恙作遗民。伯年任子为藐师画显亭图，敬题五十六字。癸丑秋仲，吴俊卿。”又为施为篆书题《袖云轩一绝句》轴，题识云：“长袖若善舞，时作拂云态。疑是古仙人，化石为狡狯。题袖云轩一绝句，为振甫先生雅属。癸丑八月杪，吴昌硕。”

杨圻（云史）由上海经京口、金陵，过齐鲁，10月入都，重游京师。途中作《癸丑八月中秋夕望月黄浦》（二首）、《流民诗》（癸丑八月过京口作）、《癸丑北游诗五十首》《癸丑九月入都有感》《江上秋夕》（癸丑八月过金陵）。其中，《流民诗》云：“蝼蚁知贪生，兵祸不可弭。夕阳满江头，流民千百徒。有翁与我语，语止泪不止。去岁经革命，今岁苦蛇豕。金陵经百战，负固争凭恃。壮夫死数万，玉石皆披靡。妻子走相失，兄弟离桑梓。留此老筋骨，露宿寒霜里。两岁三避兵，十室九倾圮。忍死思一归，存没得审谛。或者皆归来，室近人亦迩。入城但空巷，板屋立秋水。败灶生湿菌，故井一俯视。屋角耕织具，频年劳十指。生也谁之恩，死也谁所使？同尽非所悲，独活将何以？孤寡众能怜，老耄人所鄙。少壮可自养，残废将谁倚？天下皆战垒，安见彼善此？出门匍匐行，沟壑甘即委。饥久肠胃痛，气竭但自捶。西风吹泪面，哀语酸骨髓。一恸发众哀，千百连声起。我闻流民哭，伤心不能已。先朝恤涂炭，九庙一敝屣。揖让已经年，锋镝犹千里。谁操同室戈，徒为数人事。良民百愿虚，始虑宁及此。失地不得生，得城宁免死。覆巢卵无完，投鼠器亦毁。败固非民福，胜亦民何喜？始知祸福机，无与顺逆理。战胜祸更深，功高安足齿？四海多流民，何独江淮是？后来何以苏，销兵务耒耜。”《癸丑北游诗五十首》序云：“余宦游南夷群岛，去国五年。辛亥国变，弃职东归，伏处海上。吴楚之间，城郭人民半非昔日矣。先朝敝屣天下，救民涂炭，禅让经年，江东老弱，沟壑未已。癸丑四月，道经齐鲁，游京邑，国门再入，宫阙无恙，恍若光绪盛年。离宫春盛，草木萌长，清游空巷，结骑以从。青衣入殿，自伤非分，今昔在怀，鼻涕一尺。过王侯故旧，乔木而已。然王畿千里，农器在野，父子夫妇共相守。执手劳问，莫不泫然曰：'先朝禅让之德也。'于戏，以一家哭易一路哭，我民于是弗能忘。爰追述旧烈，缅感今事，作《北游诗》。兴衰之道，人事何有哉？癸丑孟冬自叙。"其一："二十年中事，兴衰到眼时。壮心曷有极，吾道不胜悲。兵马独高咏，江山似弈棋。暮云生渤海，浩荡欲何之？"其二："北土非长策，依违意未安。忽看今夜月，应念故宫寒。八极春无尽，孤臣泪不干。军需天下动，欲问是非难。"其三："台沼森严地，先皇御极游。清诗出华省，春色动仙舟。芳树西宫路，新莺北海楼。停车疾趋过，不敢暗抬头。"四十八："宫北城东路，王侯第宅遥。朱门花草暗，青琐管弦消。厩吏悲新主，香姬梦早朝。千街车骑过，不见侍中貂。"四十九："离宫山下夕，人马去迟迟。楼殿千门锁，星河万象移。水墙流野月，山雪挂寒枝。击鼓撞钟起，犹疑待漏时。"五十："百战国犹在，凄凉四海春。草间新岁月，天上旧星辰。米贵诗无价，天寒酒近人。渔樵寻不得，相向共迷津。"

宁调元在狱中默诵杜甫《秋兴》诗，叠韵和作《秋兴，用草堂韵》（四首）。序云："癸丑邸系武昌，自夏徂秋，蛰伏少事。默诵杜陵《秋兴》诗，仅忆其四，因叠其韵和之，以写幽忧。"其一："秋磷冉冉入空林，牛鬼蛇神画壁森。自悔危时轻出处，亦知天道有晴阴。分波终仗灵犀力，填海犹存精卫心。最是迷离江上月，照人离恨到疏砧。"其二："夕阳归雁数行斜，人渐蹉跎鬓渐华。竟有潢池惊上座，微闻银汉滞仙槎。丛祠明灭篝灯火，落日凄凉榆塞笳。一样不堪回首处，卅年身世似飞花。"其三："百尺围墙对落晖，囚徒生死事轻微。似闻孤雁伤群尽，都道寒蛾伴火飞。玩世文章成独往，中年哀乐与人违。云英待嫁徐娘老，漫抚腰支问瘦肥。"其四："见说降旛出石头，已伤离乱更伤秋。安排浊酒消长夜，欲掘青天寄古愁。世味早知成腐鼠，人情何况逐浮鸥。茫茫前路无归处，暮雨西风江上舟。"《秋兴，再叠前韵》（四首）其一："却从南苑望东林，江水无声暮气森。明日黄花堪插鬓，他时绿叶又成荫。五更沉角惊残梦，万里飘蓬碎客心。谁惜天涯离别苦，几家怨女拭寒砧。"其二："不堪雨细又风斜，心绪都如未展华。汉上惊鸿冰作影，银河彩凤玉为槎。百年人事观朝槿，万里烽烟急暮笳。独立江城无限意，我来不见落梅花。"其三："朝来烟雾蔽清晖，魔力渐高道力微。何日黄龙能直抵？只今乌鹊尚南飞。旧人渐散空相忆，壮志犹存未忍违。从此蓬山天样远，休论燕瘦与环肥。"其四："萧萧木叶下江头，猿啸天高万里秋。北方佳人真绝世，南国红豆最牵愁。竟教异路伤风马，为惜前盟问海鸥。是果是因谁料得，偶然郭李又同舟。"《秋兴，三叠前韵》（四首）其一："秋烟漠漠锁荒林，隔岸楼居气象森。逝水为谁留泡影，流光不惜分余阴。一场筵散轻分手，千里月明共此心。等是不堪愁里听，朝来寒雨晚来砧。”其二：“落日孤城万柳斜，江山无复旧繁华。故宫真有金人泪，银汉频回帝子槎。一夜微霜飞木叶，数行清泪咽胡笳。夫容生在秋江上，何事开花又落花。”其三：“汉家陵阙对西晖，南眺潇湘烟雨微。眼见红羊成浩劫，若为黄鹄竟高飞。畏蛇畏药何时了，为雨为霖此愿违。起视东南生意尽，几人田宅拥高肥。”其四：“鸾囚凤锁楚江头，一叶梧桐惊早秋。云雨已成今昨梦，乾坤不尽古今愁。汾河箫管惊神鳄，海岛旌旗殉野鸥。伐桂锄兰都细事，翻令渔网漏吞舟。”《秋兴，四叠前韵》（四首）其一：“橙子初肥橘满林，武昌杨柳独森森。蓬蒿遍地横征骨，风雨漫天接晓阴。龙虎预知天子气，莼鲈忽起故园心。寒衣未到寒先到，凄绝城头一夜砧。”其二：“牍背题词字半斜，又凭弦柱问年华。忧时已愤同孤注，浮海何当借一槎。西晋风流余劫火，南人野哭怨寒笳。潘郎老去情丝减，谁与重栽一县花。”其三：“百战河山近夕晖，金陵王气亦湮微。千金今日求黥布，三字当年死岳飞。莽莽乾坤名士尽，潇潇风雨故人违。南冠相对无余事，饱食长眠转渐肥。”其四：“天气渐凉风打头，囚中经夏又经秋。云飞远岫原无意，蚁溃长堤自可愁。忧患那堪闻杜宇，网罗何况到沙鸥。楚江惊浪吴江雨，欲归不归何处舟？”

连横游吉林公园，作《秋日渡江游吉林公园，归途集定庵句，得诗八首》。其二：“小道群芳一稿车，又来萧寺问年华。梅魂菊影商量遍，不看人间顷刻花。”其三：“天风鸾鹤怨三生，终贾年华气不平。今日当窗一奁镜，六朝古黛梦中横。”其四：“秋光媚客似春光，绝色秋花各断肠。偿得三生幽愿否？他身来作水仙王。”其五：“侧身天地我蹉跎，红豆年年掷逝波。又被北山猿鹤笑，满襟清泪渡黄河。”

黄宾虹于风雨楼晤高剑父，并与张虹订交。尔后，高剑父在上海与康有为、邓实、黄宾虹等组成“艺术观赏会”。

苏曼殊由苏州返上海第一行台，刊《燕子庵随笔》于《生活日报》《华侨杂志》，并撰《燕影剧谭》。

陶行知任《金陵光》中文报主笔。

徐悲鸿入图画美术院选科，因设备简陋、教师奇缺而离校。

吴宓升清华学校高等科，时清华新聘饶麓樵为国文教师。吴宓首次课作《论诗绝句》（八首）蒙奖受知。其一：“风雅原从至性生，美人香草尽闲情。杜陵忠爱谁能似，千古争传诗史名。”其四：“玉溪才调本殊伦，刚健装成婀娜身。一自西昆竞酬唱，雕虫未免误诗人。”

沈雁冰考入北京大学预科。

郁达夫由长兄郁华带往日本留学，于次月底抵达日本。郁达夫作《东渡留别同人，春江第一楼席上作》，后载于1915年6月10日上海《神州日报·神皋杂俎·文苑》。诗云："骊唱几声残，扬鞭泪暗弹。非关行役苦，总觉别君难。云树他年梦，悲欢此夕餐。且将杯酒尽，明日路漫漫。"到日本后作《乡思》《客感》《日本大森海滨望乡》。其中，《乡思》云："闻道江南未息兵，家山西望最关情。几回归梦遥难到，才渡重洋已五更。"后载于1915年8月23日《神州日报·神皋杂俎·文苑》。《客感》云："徼外凉秋鼓角悲，寸心牢落鬓丝知。满天风雨怀人泪，八月莼鲈系我思。客梦频年驮马背，交游几辈跃龙池。一帆便欲西归去，争奈青衫似旧时。"后载于1915年10月2日《神州日报·神皋杂俎·文苑》。

吴昌硕为《杨藐翁诗文集》作跋。跋曰："右吾师杨藐翁先生诗文集，吴兴刘翰怡京卿所重刻也。忆俊卿从学时，先生罢官寓吴门，爱之如忘年交，赁居庑下，有作辄呈正，为谈诗学源流正变及斟酌字句，自朝至暮无倦容。先生学无不通，于诗文尤笃好。诗不拘一格，文不拘一体，洋洋洒洒，自性情中流出。俊卿学浅，未能窥其涯涘，但闻绪余而已。丙申七月，先生病笃，犹唤俊卿至榻前，诏以为学择交之道，至今言犹在耳，思之腹痛。吾师乎！吾师乎！今不可得见矣！读其集如见吾师，非刘京卿钦慕前哲，集亦安能重刻耶。先生平生行事，有《年谱》《行述》在，兹不复赘，但记俊卿之受教于先生者，书于集尾云。癸丑八月，受业吴俊卿谨跋。"

惟一居士（吴士鉴）编《清宫词》（铅印本）由上海广益书局印行。内收吴士鉴《清宫词》24首，佚名《清宫词》6首，陶衮《清宫词》15首，文廷式《清宫词》10首，合计55首；集后附《清宫秘史》。吴氏自序云："宫词之作，昉于唐、五代之间，王建、和凝、花蕊夫人其尤著者。大抵摹缋景物，缔饰章句，而未必皆有世事之可求。宋时，王、宋、周、张诸家，继有吟咏。降及元、明，作者益夥。康熙年间，程式嗣章撰《明宫词》，陈氏悰撰《天启宫词》，同时遗老又有《启祯宫词》之作，始考诸外纪，访诸稗官，因事纂言，义取法戒，风人之指、野史之编，其用意盖有进矣。自爱新觉罗氏入主中夏二百六十八年，宫闱逸事，禁闼琐闻，人世流传，视昔为鲜。推原其故，有三难焉：康、乾以来，文字之狱酷于往代，海内学子不谈国故，惟究心于考据、训诂、音韵之学，以免祸机。其难一也。满、汉阔绝，不通婚媾，椒房戚畹，非从龙入关之右族，则蒙古诸旗之王公，微特大江以南与帝室无胏附之亲，即近而畿辅、齐、晋，亦不闻与属籍联姻。其难二也。其或见闻所及，出自禁中，而满洲士夫不谙记述，积久遗忘，益无征考，文献典章犹虞阙失，况于识小之事乎！其难三也。今岁长夏，归自宣南，戢影海上，取有清一代宫禁旧事，撰为宫词，得八十四首。或出于官书之记载，或采自私家之纂述，至所见之世，尤皆身历其境，信而有征。凡夫闾左謷言，传疑曲说，盖无取焉。遗山老去，睠念旧京，虽不敢自托于风人，或亦谈野史者所不废乎！壬子仲冬之月，钱唐九钟主人自序。"樊增祥题诗其一："南国徐陵最有词，玉台篇咏几人知。曼珠末运耽新学，独爱延陵掌故诗。"其二："叹凤嗟麟一喟然，国风亡熄宝书传。高吟十二朝中事，左史毛诗合一编。”其三：“禁中事秘语能详，赋罢梨云砚墨香。月旦后来多浅见，强云花蕊胜王郎（王仲初实宫词圣手，有谓不及花蕊者，殆强作解事耳）。”其四：“太史谦谦托马牛，风人下笔自温柔。绝胜明季张苍水，苦把微词诋建州。”易顺鼎题诗云：“斑管新来费几丛，仲初花蕊欲争工。故都遗老张孤雁，杂事诗家厉太鸿。藜火青余天禄阁，土花碧遍未央宫。玉堂父子金銮客，泪滴秋灯一穗红。”

邹铨撰《流霞书屋遗集》（4卷，铅印本）由上海国光书局刊行。安吴胡朴安署耑。卷首有《邹亚云传》（柳亚子）、书、赠诗、挽联、忆语。本集卷一为文，卷二为诗，计有 51 题 124 首。卷三为诗余，记有 26 首，卷四为《杨白花传奇》。

沈曾植作《八月》。诗云：“八月吴潮上，三年蜀魄悲。江流无返日，月阙有圆时。秋气洒毛发，虫声催络丝。泰山将治鬼，不敢断瞋痴。”

瞿鸿禨作《癸丑秋仲，京师举行至圣先师祀典礼乐，拜跪一如旧制，祭举讲《论语》一章，观听者二千余人，此三年中未有之盛事也，欣喜敬赋》。诗云：“皇天果不丧斯文，日月重光圣道尊。殷奠两楹风再睹，周官九拜礼犹存。圜桥倾听谈经席，振铎宏开入德门。易俗回心关世教，隆规如采鲁侯芹。”

吴昌绶作《癸丑八月，艺风师（缪荃孙）七十生朝，写示近作，即和其韵为寿》（四首）。其一：“今公年少漫言愁，鬓绿颜丹驻好秋。海岛算经增鹤纪，客杯寿酒泻龙头。龛云供养身常健，楼雨翻帘日遣忧。珍重茅亭宾客外，清虚祖本续精锓。”其三：“殚洽方今奉大师，六洲经籍会通宜。手扶浩劫消沉后，身任微文绝续时。七录存梁家法在，一廛佞宋典型追。东溟西极容相访，更况骊龙摘颔髭。”

吴虞作《同黄继廷（沐绪）游东湖》（二首）、《新繁作》（四首）、《书怀》（二首）。其中，《同黄继廷（沐绪）游东湖》其一：“政海波澜苦未休，高才只合志穷愁。清游易引濠梁想，山色湖光罨画楼。”其二：“枯树婆娑似画图，莫言朝市胜江湖。高踪欲继桃椎后，为问仙人许我无。”《新繁作》其一：“闲从父老话桑麻，来往还随薄笨车。朝日初升凉露满，野田荞麦遍红花。”其二：“拄杖逍遥夕照中，闲看万顷绿摇空。男儿枉负风云略，不及田间老秃翁。”其三：“辛苦东阡自不辞，占晴候雨顺天时。人间多少兴衰事，说与村姑总未知。”其四：“三年不见龙藏寺，水绕禅林似旧时。瘦岛（僧雪堂含澈）亡来风雅绝，空余垂柳飐金丝。”《书怀》其一：“搬柴运水惭无法，附凤攀龙苦未能。短后衣裳远游履，高台负手看呼鹰。”其二：“老子邀游乐未央，南楼风月自清凉。平生不解公卿贵，坐笑张汤造请忙。”

贺次戢作《八月返青岛车中口占》。诗云：“近来权利在商场，世界交通渐改良。汽笛一声车万里，瞬经津卫过畿疆。”

秋

梁鼎芬还粤，倡修《广东通志》，旋复亲赍所书崇陵碑字北行。

吴昌硕为董文敏书《天马赋》题诗。诗云："天马堕地属星精，唯唐韩幹能肖形。香光妙笔写此赋，如见骥足凌空行。字大三寸气凝炼，墨池风雨腾匹练。遐想悬肘挥汗时，蹴踏乾坤走雷电。一卷传世三百秋，爱玩真迹逾天球。奇才何限少知己，盐（车）峻阪愁骅骝。盐下夺车字。董文敏书《天马赋》，笔力劲健，为题七古张之。癸丑秋，吴昌硕。"

樊增祥与瞿鸿禨唱和。樊增祥作《秋日止庵见过，索观近作，用前韵奉呈》。诗云："苔钱斑斑皴土肤，蕉心不展倒抽书。相公小车涉花径，历阶上堂不用扶。誉我凌霄花最好，垂藤十丈缠松须。昔曾高庙赏猩艳，秋风禾黍今何如。公量我才论斗斛，索我新诗又成轴。聆音早识爨下桐，击节似敲方响玉。一头放出苏和仲，五色不迷李方叔。三分是诗七分读，得失心知敢自足。商飚在林白日晚，淡话清茶兴不浅。秋水鲈香笠泽长，蓝霞雁路湘天远。石头日夜望降旗，穷鱼自取钩贯颐。临川无复钟陵意，且看蜘蛛织网丝（荆公诗：'移床独向秋风里，卧看蜘蛛织网丝。'）。"瞿鸿禨作《秋日与樊山、沈观共话，和樊山鲑字韵》《秋郊，和樊山元韵》《悲秋八首》。其中，《和樊山鲑字韵》云："二妙清谈胜食鲑，秋原草绿适棕鞋。徐陵手笔从来大，支遁胸怀乃自佳。心契观鱼无物役，气雄射虎谢宫差。已怜篱下黄花瘦，笑我顽羸更似柴。"《悲秋八首》其二："谁谓今朝不再昌，突看鱼烂等梁亡。庙堂早解提纲纽，郡国方扬止沸汤。侍婢能知敦作贼，故人惊见涉为王。露盘不忍辞金阙，犹堕金仙泪两行。"

梁启超致函黄人，请代曾习经四弟曾秉经谋职。

冒鹤亭返里，过上海，晤郑孝胥、程子大。程子大作《九日同郑苏堪、冒鹤亭登楼外楼》。诗云："旭日层台卷市风，藏名人在乱流中。更无山与楼争出，但见天为发所穷。锅底销金千万户，阑边倚玉两三丛。簪萸落帽俱头白，惆怅巢民对忆翁。"

刘师培、何震夫妇抵扬州。小住数日，即赴上海，与谢无量相会。刘师培作《上海赠谢无量》。诗云："倦游良寡欢，揽辔轸千虑。之子沛清扬，款言发心素。凄凄聆谷风，恻恻怀阴雨。岂无揭车怀，缱绻劳鬻釜。"

吴梅偕吴翰城登昆山，拜刘龙洲墓，一日而返，作《吊刘龙洲三绝句》。

杨青作《挽黄叔篪之母太君联》。其一："庐墓正思亲，可怜贱子命乖，庭北萱摧悲罔极；登堂转哭母，拈得嗣君语谶，篱东花好泪偏多。"其二："母德感如天，少鞠育，长提携，当年婚嫁关心，百事忧劳悲未已；亲恩报没地，我长八，君重九，从此春秋忌日，两件祭享恨无穷。"

叶肖韩自金陵给郑文焯寄《闻雁》之作。郑以其托喻遥深，得金人激刺之旨，感音而和，作诗二首。其一：“天际飞声度野堂，乡书不到思苍凉。荒江月落犹涵影，故国云昏已断行。秋尽独闻溪馆雨，梦回三见塞垣霜。南飞何限冥冥意，满目关山罢酒觞。”

唐群英与张汉英同赴上海了解女权运动情况。由沪返湘途中，过小姑山时，唐群英作《步张汉英韵，唱和三首》。其一：“枫叶经霜贮满酣，谁能夺得小姑山！恨无长剑斩蛇虎，敢效须眉不逾闲。”其二：“蹈海扬波不计年，黄花遍地景依然。何时广播罗兰种，灿烂神州共一天。”其三：“锦绣江山列画屏，谁知姐妹远游情？傲霜饮露同舟济，北雁南归我独醒。”张汉英原韵其一：“正读陈诗兴未酣，同侪呼看小姑山。波涛万倾风千折，鹄立中流独自闲。”其二：“撼触波涛年复年，发光眉黛总嫣然。辟山大陆多尘垢，秋水江心别有天。”其三：“四面玲胧水作屏，夜阑风月不胜情。输她夫妇篷壶里，潮去潮来醒未醒。”

廖道传返粤，任国立广东高等师范学校校长。

杨树达任湖南第四师范学校国文法教员，始治国文法。

董必武应聘至湖北省立第一师范学校教英文。

柳诒徵应胡元倓之招入京，任明德大学堂斋务主任兼历史教员。

成舍我被安庆《民碞报》正式聘为外勤记者，自此开启职业报人生涯。

钱念劬自北京来电，邀张宗祥入北大任教授、教部任编纂，张宗祥坚谢不往。

梅光迪在美国由威斯康辛转学入西北大学。

杨杏佛在美期间，闻“二次革命”失败，作《独坐》。又作《对月有怀三兄吉甫》，诗云：“开帘对明月，疏星耿河汉。金风冷衣裳，忽起平生叹。兄弟四五人，零落已及半。饥来相驱逐，各向东西散。索居多悲思，何况历丧乱。旦暮有余隙，当借凌风翰。”

金毓黻考入北京大学国文系。

刘永济赴长沙投考留学未取，旋赴上海住四兄刘永滇家，自学至1917年秋。

瞿秋白就读于常州府中学堂。入学后作《咏菊诗》。诗云：“今岁花开盛，栽宜白玉盆。只缘秋色淡，无处觅霜痕。”

陈毅考入成都华阳县德胜乡高等国民小学，校长为前清举人冯湛恩，对陈毅影响极大。其时始读《古文观止》《古文辞类纂》《千家诗》《唐诗集解》，奠定旧学根基。

丘逢甲撰《岭云海日楼诗钞》由粤东编译公司刊印。集前有李瀚芬题签，俗称“李本”。集中存诗1700多首，为丘逢甲乙未内渡后至辛亥年间诗作。1920年秋，该集二版刊行。初版集后有丘瑞甲题跋。跋云：“先父潜斋先生能诗，先兄诗学乃出自庭训。特资质颖异，八岁即能诗。读作日不辍，积各体诗达数万首。甲午之役，与台湾俱亡。兹编计仅千余首。自乙未内渡起，迄南京临时政府成立后止。中间应酬之作，多无存稿。按年编辑，得十三卷。原先兄之诗，世多知之。而先兄之志，则或知、或不尽知。盖诗所以言志者也。先兄既以才学见知于当世，而少抱改革之志。因时未遇，不得志之事常八九。每借诗以言其志，故集中多激宕不平之气。海内人士或称为诗界革命巨子者，盖专论先兄之诗者也。当台湾立国失败而归，主持岭南教育者十数年，专以培植后进、灌输革命为宗旨。他如力争赌禁，密护党人，皆所以行其志也。迨粤省反正，粤讨虏军翘然独出。其将领多出先兄门下。当时官吏逃，旧日士大夫多避港、澳，先兄独力扶持省局，并主任教育。旋赴南京组织临时政府，劳瘁呕血，扶病还家。弥留时犹喃喃以南北大局及前敌军情为念。闻和议告成，含笑而逝。有心人莫不伤之，以为大不幸事。然君子尚志，苟所志既达，虽夭促之年，亦何足伤！今先兄已矣。其才学虽不能尽发舒表襮于当世，而民国既成，所抱之志已遂，在先兄亦可以无憾矣！而世之君子不识先兄者，读其诗即可见其为人，知其志之所在。诚恐遗稿日久散失，则不独人亡，而一生遗志亦与人并亡，故不能不辑而印之。同怀弟辑甫谨跋。"

夏仁虎撰《啸盦词》（4卷）刊行。含《淮波词》（52首）、《和阳春词》（119首）、《燕筑词》（60首）、《梁尘词》（57首），即甲、乙、丙、丁稿。作者自序云："余幼嗜倚声，粗谙令体。往得冯正中《阳春集》。读而爱之，闲辄依韵和作。日月寖久，遂至卒章。置诸箧衍，以自吟讽。见者不察，拟诸东坡之和渊明、方回之步白石。兹大谬也。尝谓倚声一事，不难于选句，而艰于觅题。自国朝词阳羡导其先河，频伽郁为后劲。竹垞、阮亭之提命，梁汾、容若之挚交，竞擅旗亭，并传井水。其时遭逢清晏，文雅方滋。京朝士夫各有近局，更唱叠和，赠往答来，求友乐其嘤鸣，同声叶于笙磬。词人辈出，兹其会也。仆翘滞京华，遂逾十稔，周旋人海，俗尘积臆。浮湛郎署，幽事盖希。出无雅游，谭鲜俊侣。面朋聚散，无役于心脾；市道往还，宁结于魂梦。事匪可纪，题何由生。间近樽俎，亦命弦歌。或衣冠献酬，杯盘桎梏；或酒食征逐，喧呶伧楚。假以被之新声，托诸歌咏，姜张于焉齿冷，周秦从而减色，重不可也。性灵所钟，久而弗瀹，惧遂沦汩。借昔人之体韵，便疏懒之情怀。独弦哀歌，孤调自引。魂香梦稳，或逢古人；蚓唱鹃啼，何关时局。当夫曼声长吟，心危志苦，庄谐杂进，郑雅纵横。宁自知其命意之何在耶？嗟嗟！仆与正中，同是江南，乃若身世之感，盖不侔矣。世有师旷，必知我心。微之本事，兹非其伦。或谓芳草香茎，寓言十九者，抑亦知二五而未知一十也。辛亥三月，江宁夏仁虎啸庵甫自叙于大梁行馆。"

苏曼殊作《南楼寺怀法忍、叶叶》，刊于本年11月30日《生活日报》附张《生活艺府》。诗云："万物逢摇落，姮娥耐九秋。缟衣人不见，独上寺南楼。"

陈衡恪作《同吷庵游积水潭，遂次其韵》，刊于1914年5月5日《庸言》第2卷第5号。诗云："北来何事与登临，照影荒寒一水深。陂柳已看新燕尽，寺门不碍旧苔侵。残英入座供闲味，列嶂围城接野阴。却似江南风物好，有人结屋动孤吟。"

崔永年作《癸丑秋奉新张少轩帅收复金陵，余时道出城下，与倪君绶之、仲延十弟日游秦淮，张星垣、曹振南二兄复招饮于河馆，先后得绝句若干》（八首）、《金陵克复后，张星垣、曹振南诸公约访雨花台，归途赋此》《秋日携倪绶之、仲延十弟游莫愁湖，登胜棋楼远眺》。其中，《癸丑秋奉新张少轩帅收复金陵》其一："倦游无地寄吟身，暂向秦淮浣曲尘。最爱垂杨交拂处，夕阳红照捣衣人。"其四："盈盈衣带故弯环，人去楼空夕照殷。二十四桥游未遍，月华斜上紫金山。"《登胜棋楼远眺》云："湖楼依旧几沧桑，弹指华严梦一场。万劫棋枰谁胜算？六朝金粉此遗香。绿杨城隔人烟远，红藕亭空佛火凉。住是无能归不舍，山容水色故青苍。"

张震轩作《阅江沪二次革命报纸书后》（五首）。其一："蒙藏正苦扰边疆，同体何堪又阋墙。南北军成左右袒，共和国变斗争场。党魁扰扰蛮攻触，倭客纷纷虎作伥。太息楚歌兵尽散，可能一梦醒黄粱。"其二："爻辞无首见群龙，今日真成谶语工。政府三旬筹国会，帑藏百万饱诸公。未能高议云台上，赢得图传月报中。仗马寒蝉知愧否，不堪袱被返江东。"其三："岑楼百尺势岧峣，炉火无端强拨挑。传檄事殊徐敬业，扬旗名拟霍嫖姚。宵中班马声何速，市上哀鸿尾半焦。记否长安西扈跸，曾夸麟凤胜天骄。"其四："灵心狡狯说猿公，剑术居然盖世雄。累叶珥貂称柱国，于今骑虎听呼嵩。艰难几类迁周鼎，得失何能付楚弓。凄绝东南财赋地，劫灰遍映夕阳红。"其五："艨艟十道走孙恩，无复孱王拥至尊。居摄不贪黄屋贵，盟辞空凛白圭存。雄心汗马争勋伐，袖手长鲸任并吞。海宇陆沉今已矣，使君何以慰元元。"

韩德铭作《田父偶语行》。序云："民国二年，予家居，早秋行野，闻而录焉。句有炉锤，义无增饰，彼大都政客，均日范于一二。大政为国本矣。闾阎之语，悉自知之。顾国之大本，非划然与此无涉也。"诗云："野行偶有闻，心入秋气萧。田间两父老，辍耕语哓哓。一老曰辛亥，风霾天地嚣。童号妇子惧，焚掠忧晨宵。某生劝勿然，是乃摧天骄。赐尔权未有，政反十七朝。赫赫碧眼儿，即汝前途标。闻方大疑信，中天逢舜尧。乐利果可享，故君忍不号。蓦惊比邻子，意气山河高。易衣复市履，云赴议场招。未几胥吏至，比税稽田苗。一一派新赋，云公用益饶。邻儿兄若考，忽尔恣招摇。偶值乡党违，即有官法挠。邻儿每归省，鸡犬辄嘈嘈。公田及野庙，不典必杂烧。狗偷劣年少，附之滋掠钞。游徼惮闻诉，诉县路故遥。况闻官已靡，诉亦徒劳叨。时见新屋宇，邻儿用自豪。谓此乃乡校，汇尔弟子教。学成便为我，固尔民权牢。奈彼语琅琅，弦诵渺敖曹。师生聚嬉戏，百校偶一遭。此外百无睹，痛夫吾脂膏。村村一摸形，新政何云超。一老曰壬子，迄今积无聊。士论徒扬扬，我见诚昭昭。一官易趋避，多官难逋逃。前朝薄赋敛，讵足彼繁消。会头箕敛数，昔漏今自包。昔日土豪肆，当官倏不哮。今兹民亦官，焉往陈牢骚。民权果何物，若此宁远抛。所以前选举，伊刺曾我交。我受命即投，庶几私憾销。荣枯听之天，咄勿忘诛茅。不尔草荒豆，宁完租与徭。大野固无垣，属耳防幺么。颜堆惊愤状，笔短乌能描。纵绘监门图，且上何云霄。翻恨当年我，亦帜民权咆。岂知政客盛，转俾生民凋。奇憾忏一诗，奈身方悬匏。大都足多士，服锦而铺糟。豪华竞欧美，目底谁眯蒿。知乎本寔枯，枝叶行自漂。尚哀大政暇，一偿民郁陶。”

方守彝作《秋风一首，用前诗“澜”字韵，呈蒿叟》。诗云：“满耳秋风天下寒，揽衣中夜出门看。只闻呜咽秦淮水，不见威仪汉代冠。异日希文忧国老，于今师志建台难。徘徊怅恨归房卧，隐隐潮声泪涌澜。”

朱祖谋作《曲玉管·癸丑秋日京口作》。词云：“野火黏堤，寒云啮垒，霜空竟日飞鸿响。客里登楼穷目，衰柳无行。尽回肠。冷眼论兵，闲心呷酒，愁边景物消吟赏。最爱青山，也似北顾仓皇。寄奴乡。　　霸气消沈，剩呜咽、回潮东注，永嘉几许风流，惟余叔宝神伤。感茫茫。又玉龙吹起，一片西风鳞甲，江山如此，几曲阑干，立尽斜阳。”

陈夔龙作《秋夜独坐有作，示子展》。诗云：“幽居却扫怅离群，银烛秋光静夜分。新月入帘钩上下，西风落叶树声闻。澄心惟以瓜为镇，炎火方忧玉亦焚。苍狗白衣成底事，年来已作在山云。”

易顺鼎作《秋日漫感》。诗云：“青山何处可埋愁，剩欲寻僧买沃洲。金缕衣皆无限泪，玉河柳已不胜秋。黄花对客犹青眼，红豆催人易白头。自笑残魂未销尽，有斜阳处再登楼。”

曾广祚作《秋登长沙南城楼题壁》《秋意》。其中，《秋登长沙南城楼题壁》云：“斥堠烽烟接戍楼，笛音骇耳骑啾啾。云鹏怒击三千里，海鹤存亡数十秋。广武草衰伤汉帝，东陵瓜熟问泰侯。胸中星宿宁移易，欲挽银河绕槛流。”

沈汝瑾作《秋夜闷坐，内子泼醅劝饮》。诗云：“乾坤俯仰总凄然，感事悲秋又一年。璧月当楼人对酒，银河垂地雁横天。萱花佩少忘忧法，莲子杯深并蒂缘。下邑幸无兵火劫，嫦娥斗影玉樽前。”

魏元戴作《癸丑愿丰庄秋成即事》。诗云：“筑室环流水，端居称野人。稻香南北亩，茅舍两三邻。僮仆皆胼胝，先生不搢绅。农夫喜相告，脱粟已尝新。苍茫纵孤眺，烟树远村罗。避世犹人境，临流且浩歌。车声浅水急，帆影夕阳多。曲岸环红蓼，野塘擎绿荷。抱膝南檐下，凉迎水面风。土阶萦野草，竹壁唧秋虫。双桨来渔艇，横鞭过牧童。虚堂亦仓积，生事足三冬。野旷月无碍，光涵夜不沈。百烦涤秋爽，万籁寂更深。休问元龙气，谁为梁父吟。斗杓余北望，露下一披襟。”

张相文作《癸丑秋暮流寓燕都，感时衰乱，故里既不可归，方拟觅屋西山为终焉之计，适玫伯书来，媵以〈后雕草堂落成诗〉四章，肥遯之志先我而成，因为步韵赓和，以坚向禽之约云尔》（四首）。其一：“东南云物郁烂斑，遥指诗人在此间。小梦于今销宦海，多情毕竟是家山。泠泠芝宇风疏竹，朗朗襟怀月映关。好共黄花争晚节，莫从寒谷问春还。”

王龙文作《癸丑秋夜怀宁河》（二首）。其一：“长安一别十三秋，公鬓苍然我白头。梦里银河频夜渡，翻嫌牛女不同游。”其二：“写心惟有月裁笺，歃血新盟照眼鲜。三五明蟾原未误，却愁瘴海坠飞鸾。”

邹弢作《癸丑菊秋二十七日为余母难之辰，宴同社于守死楼，口占三绝》。其二：“菊花深处小楼开，同社聊吟酒百杯。醉态掀天狂欲倒，遗民尽是栋梁材。”

顾视高作《癸丑秋将挈眷归里，灿高为诗赠别，依韵奉答，借以留别，即祈斧正》（二首）。其一：“春风喜送故人来，那便秋深我独回。联袂槐街同却暑，抵家葭管计飞灰。伤心世事忧兼杞，慨论英雄快煮梅。小别终归情怅惘，遣怀聊醉菊花杯。”其二：“白鹤桥边我所家，乡关回首路途赊。保身为守前贤训，抚髀徒深壮士嗟。此去荷蓑归田亩，伫看筹策奠中华。生涯今后如相问，篱有荼蘼架有瓜。”

张素作《一萼红·秋阴》《摸鱼儿·秋夜》。其中，《一萼红》云：“罢登临，只川原极目，容易作秋阴。日脚垂黄，云头敛白，凉意催入园林。两三点、濛濛雨细，知阶叶、堆有几多涂。过雁凄清，啼蛩断续，相伴愁吟。　　最苦十年羁旅，念衣寒欲寄，一倍惊心。酒力全消，香薰半冷，双鬓疏不胜簪。料应是、黄昏渐进，奈灯火、犹殢梦沈沈。倚枕无眠闷时，只听寒砧。”《摸鱼儿》云：“听闲阶、翠梧飘叶，今年秋信来早。袷衣初换临虚幌，萦惹旅愁多少。鸿雁杳，只夜梦催人，飞度榆关道。镜蟾色皎。算灯火江南，玉蛾伴影，书札未曾到。　　闲居赋，未惬潘郎怀抱。西风双鬓吹老。疏林一抹青山外，奈此接天芳草。人正恼，恼睡不成眠，眠也如何好。更阑梦觉。有万户砧声，长安落月，回首远天晓。”

林苍作《秋日病肺，呈拙庐》。诗云：“目笑平生好酒悲，可堪重问菊花时。甚贫未信无官好，及老方嫌得子迟。名薄卖文难取直，身闲抱病益增衰。城居莫怪西风早，秋自心生了不疑。”

雷铁厓作《癸丑秋海上赠夏亮工》《登永春万春岩，用朱子怀古堂韵》《登万春岩，余力有不逮，葆光作诗相讥，反唇报之》《登大鹏山》。其中，《癸丑秋海上赠夏亮工》云：“铁花弹雨忆当时，沦落相逢事忍思。十载空言惭我拙，三巴树义让君奇。涂山夏禹勋犹渺，海上愁云战又悲。漫道功成身便退，英雄何地可容锥？”《登永春万春岩》云：“拾级登高望，群山万壑幽。大鹏撑地起，天马瞰江游。溪水回偏合，松涛吼未休。桃源容我住，吾欲谢时流。”

高旭作《秋感》。诗云：“宣南门外柳如丝，客里光阴莫怨迟。志士毋忘在沟壑，佳人自古解声诗。调莺曲院秋双鬓，跨马雄关酒一卮。苦问行程须记取，桂花香里我归时。”

夏敬观作《秋感二章》。其一：“百鸟调已变，百虫声何幽。亦各以天籁，谁能止之休。始当春夏气，曾亦如是不。岂彼择笑叹，而必鸣其秋。”

萧丙章作《癸丑秋日》。诗云：“浃月火云流，烽烟接素秋。乾坤一纵目，生死几搔头。舟覆辑难理，棋残子浪投。莫嗟贪睡客，醒者亦何求。”

沈其光作《秋声》。诗云：“故乡云物冷，消息又秋阑。万户砧声急，征人归梦寒。烟芜蛩语碎，霜叶马蹄干。惆怅关山路，频年画角残。”

王绍薪作《旅沪秋感六首》（集定庵句）。其一：“半生中外小回翔，合署头衔著作郎。万一飘零文字海，温柔不住住何乡。”其三：“连宵灯火宴秋堂，江左词坛百辈狂。隔岸故人如未死，他生来作水仙王。”其五：“笛声吹破五湖秋，过眼云烟浩不收。纵使文章惊海内，著书都为稻粱谋。”

李澄宇作《次和吴女士〈秋日感怀〉诗》（三首）。其一：“一桁寒山着绮愁，塞鸿南渡日西流。苍茫驻马看天地，可有江东孙仲谋。”其二：“一缕情丝天地魂，百年红泪夕阳痕。江山无恙朱颜改，醉数黄花度晓昏。”

王海帆作《秋夜望月有忆》。诗云：“何事空庭际，离情不自持。他乡见月夜，游子忆家时。出处关天意，英雄动世疑。闲来灯影下，还点半山诗。”

任可澄作《山斋秋夕坐月》。诗云：“萧萧寒月下疏林，地僻曾无世虑侵。远听泉声知夜静，卧闻虫语觉秋深。樨香满院参禅悦，皓月空山见道心。一曲清琴人籁寂，寥天有鹤破烟岑。”

蒋胜眉（丁玲之母）作《一九一三年，留别同社诸友》。诗云：“叶落雁南征（时当秋季），轻装别鼎城（常德）。强抛同社谊，翻触故园情（临澧要我回办女校）。义务难辞责，归期预算程。诸君勤研究，努力倡文明。”

钟熊祥作《秋眺四首》。其一：“浩爽天清健，江头日暮秋。云堆峦影重，气涌浪花浮。渔火遥明灭，虫声自静幽。风停月未上，凉意满高楼。”其四：“海上幸无桥，瀛洲足避嚣。烽烟长不到，兵气黯然消。未若回风岛，应同弱水潮。披襟意静适，把酒挹金飙。”

吴宓作《秋夜吟》《秋日偶感》《都门秋望》《秋宵感事》（四首）、《暮秋杂诗》（二首）、《秋日偶成》《秋月》。其中，《都门秋望》云：“城郭莽苍旧帝京，悲笳隐隐起霜声。宣南野树分行立，塞北寒云入望平。社稷倾危飞故燕，江山零落洒残英。虫沙四镇天边泣，凝眺哀歌泪欲横。”《秋日偶成》云：“菊芳莲老自枯荣，林墅清秋画不成。竞道名园风物好，谁怜江上鼓鼙声。”《秋月》云：“秋月由来皎，更添雨后辉。恐人感圆缺，故借浮云围。”

徐樵仙作《感梦》（四首）、《癸丑秋感》。其中，《感梦》序云：“秋夜无聊，挑灯独坐，百感交集，俄而栩栩然。梦游美国升平景象，与我国适相反，纯然法治国也。梦中忘其为异国，不觉乐极而狂。蘧然遽醒，黯然神伤。古人释梦有想有因，爰作《感梦》

四章以志梗概。”其一：“国计何人借著筹，不堪沧海正横流。生灵涂炭前车覆，欧亚风云后轸遒。守旧昔曾深鼠思，美新今更烂羊头。黄粱未熟俱酣睡，怕听时髦说自由。”其三：“兴朝权利入人深，幕府时挥亿万金。四海脂膏终有限，千秋名义竟无心。竞夸虞帝膺天禄，谁识神州已陆沉。试读波兰亡国史，凄风惨雨恨难禁。”《癸丑秋感》序云：“报载张勋破金陵，恣行杀戮，阅后怆然，信笔书此。”诗云：“莽莽乾坤剩劫灰，玄黄争战事堪哀。孝陵夜哭千年憾，老树秋声万马来。漫道苍天原有眼，只看白骨已成堆。伤心小校儿童语，犹说共和血购回。”

赖和在台湾作《寄锡烈兄》（二首）、《枫叶飘红》《阶下虫声》。其中，《寄锡烈兄》其一：“西风渐萧瑟，忽又近重阳。云冷天漠碧，露白蒹葭苍。”其二：“回首家山秋思长，故人遥在水一方。知君原亦同此意，夜夜相思共入梦。握手细诉别君情，醒来枕上多遗忘。电灯闪闪放青光，窗前雨滴芭蕉□。自把寒衾盖到头，未完梦境思重续。”《阶下虫声》云：“阶下虫声静不闻，庭前烟雨细纷纷。寒风萧瑟生朴竹，冷月朦胧带湿云。远讯渐疏劳记念，秋衾独拥久无温。自从解得相思苦，始觉人生意味存。宵来细嚼相思味，只觉陶然意自醺。”

宋伯鲁作《久雨夜坐口占》。诗云：“晚花帘幕飐新凉，银烛清宵玉漏长。残暑已收骑月雨，高檐犹挂扫晴娘。两江战罢多新鬼，三辅秋来少暴尪。莫遣檐声乱人耳，眼前禾黍已成行。”

陈逢源作《癸丑秋日，吴家园南社小集，咏晚香玉》。诗云：“仙姿合住广寒宫，小立亭亭浥露香。清绝月明秋似水，玉盘捧出一枝霜。”

李思纯作《秋意》《秋感四律寄友》。其中，《秋意》云：“苦雨如丝织细愁，乱花红湿压枝头。韶华过眼轻消遣，困绝江城十日秋。”《秋感四律寄友》其一：“江山秋雨夕，多病剧愁时。年少悲秋早，途穷反辙迟。忧深魂万缕，心乱发千丝。看剑一挥洒，回头泪暗垂。”其二：“功名是何物，惨淡半生中。我愿自无尽，吾身终有穷。艰难豪俊业，道义古人风。草绿蜀江渚，凄然听断鸿。”

林毓琳（曾习经弟子）作《寄刚父前辈》。诗云：“离黍难为去故邦，栖迟喜得近吟窗。春风乍感相嘘意，道义微传独力扛。阙下完人今第一，岭南诗句久无双。眼看陵谷经千变，漫付千愁落酒缸。”

熊瑾玎作《秋日登宝盖山》。诗云：“冉冉年华似水流，万方多难此登楼。农夫到处嗟凶旱，惟祝来年庆有秋。”

徐翼存作《秋日漫兴》。诗云：“时维九月雨霏霏，菊有黄花蟹正肥。呼婢为侬沽斗酒，好携弟妹献重帏。”

［日］白井种德作《晚秋即事》。诗云：“闲园洒扫绝织埃，好是斜阳把一杯。红叶黄花秋若锦，窗前无物不诗材。”

十　月

1日　《申报》第14603号刊行。本期《自由谈》"栩园词选"栏目含《绮罗香·秋闺》（问津）、《采莲曲》（嚣嚣子）、《初秋》（嚣嚣子）、《有感》（一鸣）、《梦游天歌》（李生）、《私语》（仿次回）（二首，佐彤）、《醉后偶成》（豁盦）；"文字姻缘"栏目含《题〈黄金祟〉说部》（十首，胡健春）、《题〈玉田恨史〉》（吴熙）、《题〈玉田恨史〉》（四首，筠轩）、《题〈玉田恨史〉》（五首，太仓马宾舫女士）、《再题〈玉田恨史〉》（前人）。其中，嚣嚣子《采莲曲》云："薄言采菡萏，荡舟傍水浒。争羡莲花艳，那知莲心苦。"佐彤《私语》其一："不因愁绝不生怜，解舞腰肢夹雨妍。百样温存柔过絮，十分宛转淡于烟。关河跋涉来千里，彼此分离足一年。鸳枕双双排早就，郎前仍说欲孤眠。"

《庸言》第1卷第21号刊行。本期"艺林·随笔"栏目含《宾退随笔》（罗惇曧）；"艺林·艺谈"栏目含《石遗室诗话（续）》（陈衍）、《菉猗室曲话（续）》（姚华）。"艺林·文录"栏目含《〈袁督师遗集〉序》（康有为）、《与秦右衡学使书》（陈衍）；"艺林·诗录"栏目含《和乙庵移居，樊山、散原同作》（梁鼎芬）、《八月六日，节庵觞艺风老人与寓庐同社毕，至是日久旱得雨，即席赋呈》（樊增祥）、《甲午六月健斋出守昭通，其时余榷盐宜昌，电招来沪，话别过武昌，义宁陈丈方陈臬事，出示致滇帅函，略云昭通极边烟瘴，水土恶劣，守而没于其地者，相继已有九人，林某以直言外谪，断不宜使之赴任，以足十人之数，能调首府固善，即不能亦择善地处之。余问丈，与林素谂耶？云未谋面，旋为南皮督部述之，遂招邀到鄂，纵游琴台、月湖诸胜，两斋谈宴无间，昕夕勾留，旬余尽欢而别，此为陈、林订交之始。余介绍其间，今二十年矣。丈已墓门宿草，余与散原旅居申江，健斋适至，即有登岱之役。超社同人赋诗赠行，散原与健斋亦初面者，追言往事，不胜感叹，敬叙缘起，用识老辈风谊云》（沈瑜庆）、《超社第六集，为樊山社长题郑所南〈露根兰〉、倪鸿宾〈南枝柏〉横幅》（沈瑜庆）、《由沪还金陵散原别墅杂诗》（四首，陈三立）、《和王荆公古诗二十八首，仍用其题句，以发同端》（录七首，夏敬观）、《梦中作》（何藻翔）、《节庵先生再谒崇陵，感赋却寄》（何藻翔）、《醉后偶成》（何藻翔）、《立秋前一日过海藏楼》（潘博）、《奉赠散原先生，便乞写示近诗》（黄濬）、《沪上逢众异，遂同游哈同花园》（黄濬）、《赠太夷》（梁弘志）、《九日寄上抱存、黄山、哭盦、哲维、瘿公、移孙，并乞太侔年丈吟定》（何震彝）、《十一月二十八日第一雪，讯哲维》（罗惇曧）、《赠程穆庵》（罗惇曧）、《崇效寺宴集，用敷盦韵谢同会诸君子》（陈昭常）、《再叠前韵酬李汉珍同年》（陈昭常）、《崇效寺宴集赋呈简庵先生》（罗惇㬊）、《同孺博游万生园，晚饮广和酒肆》（罗惇㬊）。

《中国实业杂志》第4年第10期刊行。本期"文苑"栏目含《旅人叹》（三六旅客）、

《枉过，拈题分咏》（前人）。

《言治》第 1 年第 5 期刊行。本期“文苑”栏目含《哀江南辞（有序）》（郁嶷）、《唐自民名字说》（郁嶷）、《吊仙人掌文》（郁嶷）。

鲁迅夜抄戴复古《石屏集》卷第三毕。

方守彝作《九月二日自申至上虞县斋杂述一首，示婿仲仁、女幼兰》。诗云：“暮发春申浦，诘旦到甬江。夜行无所见，但听海波撞。频起倚船槛，隐隐遥山岘。甬江古大郡，要害占雄邦。趋登海曙楼，高目送远腔。更升铁塔顶，四望千里降。连岭截天尽，洪涛衍地穷。密鳞涌繁会，崇雉攒豪雄。呼茶问名刹，云壑指天童。惆怅阻遥路，近地访观宗。大师谛闲老，锡振天台风。参礼心自急，喜惊意外逢。握手话今昔，宏愿难为空。问饥款我饭，听讲使我恭。惜哉不可留，别去心忡忡。来朝车轮启，火速无从容。余姚俄顷到，午日正天中。行李穿城去，临河入低篷。秀峰满两岸，一一迎衰翁。平畴与山际，晚稻见年丰。水色菱花碧，照我绉颜红。放船青绿间，古人吟句工。镌肝自摹写，纵好还嫌同。日落郊野静，童唱过桥东。人家深树里，呼笑意融融。地安复岁稔，羡此太平农。吾乡胡独苦？频年罹兵锋。江淮诸郡邑，所遭况尤凶。贤哉越都督，低徊感予衷。短橹鸣静夜，纤月挂晴穹。三更水驿尽，舆入古城墉。邑宰东床玉，女也情所钟。迎我走远足，相见笑颜浓。外孙忍不睡，牵扶亟呼公。搴帷炳高烛，茶香果饵充。促坐细盼睐，问答悲欢丛。鹦声警欲曙，铺床休倦慵。梦中嗟老矣，下马不成虹。何以慰亲爱？展转檐曈曈。”

2 日　《申报》第 14604 号刊行。本期《自由谈》“游戏文章”栏目含佐彤《刺某》《其二》《其三》《又嘲某君》《打油杂诗》《其二》《其三》《其四》《其五》；“栩园词选”栏目含《教弩台歌》（李生）、《早秋》（碧梧女士）、《漫成》（二首，卷盦）、《感事》（卷盦）、《旅楼杂咏》（卷盦）、《杂感》（四首，匋禅）、《金陵城下志悲》（二首，冶溪秀生）；“文字姻缘”栏目含《题〈我梦园十二钗传〉》（八首，古歙祇予）。其中，匋禅《杂感》其一：“栩栩蝶梦转华胥，尘劫沧桑倦眼舒。仿佛九霄忙碌甚，风车云马忧琼琚。”其二：“悔因小谪惹尘缘，惊鹤年年忆岫巅。骤服金丹难换骨，碧云惆怅大罗天。”

恽毓鼎作挽余大鸿联云：“曩岁笑言亲，正值青蝇丛棘，疑谤交乘，回忆锄兰犹扼腕；长江风浪恶，遥知白马怒涛，英灵常在，不须剪纸更招魂。”

3 日　沈维礼等在上海发起成立寰球尊孔总教会。

《申报》第 14605 号刊行。本期《自由谈》“栩园词选”栏目含《醉花阴》（冷红女士）、《调陈蝶仙〈筝楼泣别〉》（四首，秦寄尘）；“文字姻缘”栏目含《题〈我梦园十二钗传〉》（道一）、《沁园春·再题〈十二金钗传〉》（道一）、《金缕曲·题〈玉田恨史〉》（二首，马墨珊）、《读瘦蝶〈我梦园十二金钗传〉》（二首，山阳宋焜）、《题〈我梦园十二金钗传〉》（三首，李鉏）。其中，冷红女士《醉花阴》云：“疏帘卷月黄如昼，柳瞑花昏后。澹影欲成秋，一味新凉，沁了冰衫透。　　听残一二三更候，灯堕轻红瘦。作就可怜宵，梦是当年，人是当年否。”秦寄尘《调陈蝶仙〈筝楼泣别〉》其一：“无端离恨寄人间，笑我真同木石顽。毕竟栩园饶艳福，独垂青眼是红颜。”

4日　宪法会议议决并公布《大总统选举法》，凡7条，规定“大总统任期五年，如再被选，得连任一次”。

《申报》第14606号刊行。本期《自由谈》“栩园词选”栏目含《苏台中秋作》（樵宾）、《哀江西》（樊山樵）、《哀金陵》（樊山樵）、《哀淞沪》（樊山樵）、《哀时局》（樊山樵）、《秋日杂感》（四首，行义）；“劫余草”栏目含《公莫歌》（了青）、《辛亥除夕》（了青）、《小庭》（了青）；“文字姻缘”栏目含《题〈我梦园十二金钗传〉》（二首，粉蝶）、《题〈我梦园十二钗传〉》（二首，半解子）、《再题〈我梦园十二金钗传〉二绝》（燕宾）。其中，樊山樵《哀江西》云：“浔阳地本天然险，保障南昌绰有余。既是中央堪拥护，如何内乱互芟除。几番革命残人道，两字同胞付子虚。闯贼后身仍姓李，殃民之罪不容诛。”《哀金陵》云：“烽烟遥望石头城，太息东南有战争。明社荒凉经浩劫，秦淮惨淡咽悲声。剧怜金粉成灰烬，难挽银河洗甲兵。闻说楚氛犹未靖，摇摇心绪似悬旌。”《哀淞沪》云：“南北谁将恶感挑，九山铸错未能销。枪鸣来佛真无敌，图写流民不忍描。同种惨罹烽火劫，繁华梦逐雾烟消。可怜一带申江水，多少冤魂咽暮潮。”《哀时局》云：“年来国是太纷更，罔惜民间怒不平。政客第分新旧派，伟人徒假共和名。君安南渡因亡宋（满蒙半为外人所有，政府若罔闻知），党结东林误有明（议院党见甚深）。前代覆车堪借鉴，忍循故辙祸苍生。”

5日　《申报》第14607号刊行。本期《自由谈》“栩园词选”栏目含《闺情》（筠轩）、《忆内》（筠轩）、《新秋得家书》（二首，古歙祇予）、《避乱湘中》（豁盦）、《枫桥夜泊》（南通月波）。其中，古歙祇予《新秋得家书》其一：“嫩凉天气雨晴初，爇罢炉香读史余。客久不归乡思减，无端又到数行书。”其二：“西风一叶下帘钩，小院花开红蓼秋。万里云罗排雁字，却从天末递新愁。”

魏清德《秋日寄谢君省庐》发表于《台湾日日新报》。诗云：“西崦挂夕阳，东壁留余景。读君诗句佳，敛气驱前猛。君家赤崁城，荷兰遗迹永。延平我崇拜，此意常耿耿。会当从君游，兼吊红毛井。浩歌自激扬，无用涉悲哽。”

6日　袁世凯威迫国会选其为正式总统。

《申报》第14608号刊行。本期《自由谈》“栩园词选”栏目含《癸丑三月游箱根，次廙盦〈洗心楼〉韵》（二首，钵花）、《咏樱花四律》（钵花）、《有赠》（尉公）、《读〈怡情室诗〉有感》（二首，尉公）、《斜阳晚眺》（尉公）、《小斋偶成》（丹初）、《过白云寺，赠清泉上人》（丹初）、《咏瓜》（丹初）、《咏桑》（丹初）；“劫余草”栏目含《春雪初霁，偶得第三句，足成之，以示李见老》（二首，了青）、《铁珊族孙具酒邀共李见老奕，在座有金坛冯祝生父子、兴化吴晓筠、同邑俞韫石诸君，时风雨大作，夜分始归》（了青）、《“雪重竹晴亚”五字，偶又获对，复成两律》（了青）、《春游书所见》（了青）；“文字因缘”栏目含《摸鱼子·世上余人以〈蒲团趺坐图〉索题，赠之》（蝶仙）、《前调·题许瘦蝶〈我梦园十二金钗传〉》（蝶仙）、《贺新郎·穆郎与章畹兰女士结婚，方椒伯代为征诗，应之》（蝶仙）、《〈玉田恨史〉题词》（五首，驾东）。其中，尉公《斜阳晚眺》云：“剩水残山局，金戈铁马场。壮心犹未已，倚剑看斜阳。”丹初《小斋偶成》云：“幽斋小结长松下，面面晴窗尽拓开。目对旧书终日坐，有时灯暗月还来。”

7日　《申报》第14609号刊行。本期《自由谈》“游戏文章”栏目含《谐联》（蝶仙录寄）、《其二》（前人）、《其三》（幻那）、《其四》（蝶仙对）、《其五》（步青对）；“栩园词选”栏目含《初秋杂咏》（二首，秦趷秋）、《虞美人·闺情》（瘦蝶）、《如梦令·和寿芝》（瘦蝶）、《风蝶令·冬夜》（瘦蝶）、《沪杭火车道中闲眺》（甬上子枚）、《兰因馆》（前人）、《过若耶溪志感》（前人）、《有忆》（前人）。其中，秦趷秋《初秋杂咏》其一：“云边雁字报凉秋，细雨斜风人倚楼。杨柳烟斜临古渡，小桥深处一渔舟。”瘦蝶《虞美人》云：“兰闺睡起愁无着，对镜重梳掠。妆成闲步小回廊，倾略冰纨动处媚梨香。　枝头偷把青梅摘，笑向檀郎掷。问郎知否惜芳时，试看绿阴成幄子离离。”

魏清德《醉菊》（限庚韵）发表于《台湾日日新报》。诗云：“兴来浊酒每频倾，况复东篱倍有情。红袖莫教扶永叔，白衣端合契渊明。朦胧已觉迷三径，潦倒犹堪尽一觥。纵到如泥还傲骨，相期晚节待春荣。”

周树模作《仁先出示〈天宁寺听松图〉，距旧题诗盖八年矣，遂成今日感叹不已，书二绝句，癸丑九月八日》。其一：“梦隔山门路万重，开图惊睹旧髯龙。塔玲记共头陀语，道是隋朝寺里松。”

8日　重阳节，菽庄吟社正式创立，初名“菽庄钟社”，社址设于厦门鼓浪屿菽庄花园。初创于光绪三十三年（1907）暮春，名曰“浪屿诗坛”，系台贤林尔嘉所创设，词宗社侣多台士，故被目为日据时期台湾岛外社团，社名取自菽庄主人林尔嘉所字“叔臧”谐音。菽庄吟社招揽海峡两岸骚人诗客作诗词，一时有“东南壇坫”之誉。林尔嘉作《菽庄于癸丑竣工，欣然为文记之，兴慨极浓，墨有余沛，乃赋五律一首》云：“安居原是福，吾自爱吾痴。容膝有茅屋，护花惟竹篱。林空心易响，山瘦色能奇。欲识闲中趣，风清月白时。”众社侣纷纷作诗以和，其中，施士洁作《次林侍郎菽庄韵》（三首）其三：“避世同林类，诗人半黠痴。故乡自陵谷，吾道此藩篱。白屋交而耐，朱门淡更奇。板桥金粉迹，回首劫灰时。”菽庄吟社相继出版《菽荘丛书》六种和《菽荘丛刻》八种及其单行本。菽庄吟社大致经历四个阶段：一、雏形期或草创期，从光绪三十三年（1907）暮春到民国二年重阳节（1913年10月8日）菽庄花园落成，即“浪屿诗坛”时期；二、鼎盛期，从民国二年重阳到民国十三年六月初六（1924年7月7

日）林尔嘉“挈眷自鹭岛放洋”；三、持续期，从民国十三年六月初六到民国三十三年九月初一（1944 年 10 月 17 日）沈琇莹去世；四、余绪期，从民国三十三年九月初一日到 1949 年厦门解放前夕。其中，雏形期与鼎盛期由菽庄主人林尔嘉亲自主盟，合称前期菽庄吟社，持续期与余绪期分别由沈琇莹和林履信主盟，合称后期菽庄吟社。菽庄吟社正式创立之初就有吟侣 100 多位，后发展到 1978 人。其中，能确定籍里或寄居地者 1290 人，分别来自台湾、福建、江苏、上海、浙江、安徽、北京、广东、香港等全国 26 个省区市，以及日本、新加坡、印度尼西亚等东亚及南洋各地。根据菽庄吟侣在社中所处地位、与菽庄主人间关系疏密程度、参与创作活动方式及经常性情况，可分为内部吟侣和外围吟侣。其中，内部吟侣约计 300 人，主要是林尔嘉姻亲、“同里诸诗人”等经常出入林氏府及菽庄花园人士，即林尔嘉所称之“社侣”，有施沄舫（士洁）、陈剑门（棨伦）、沈琛笙（琇莹）、庄维华（棣荫）、龚樵生（植）、李绣伊（禧）、卢乃沃（心启）、陈少香（振泽）、周墨史（殿薰）、苏菱槎（镜潭）、施涵宇（景琛）、柯硕甫（荣试）、来彦士（玉林）、周少云（麟书）、翁纯玉（兆全）、龚昌庭（显祚）、陈丹初（桂琛）、沈紫若、林季丞、许蕴白（南英）、龚绍庭（显禧）、龚伯搏（显鹏）、庄畹耕（善望）、苏君藻（大山）、吴篱香（国藩）、林度生、马亦篯（祖庚）、陈香雷（海梅）、黄师竹（鹤）、杨搏九（士鹏）、蔡乃赓（谷仁）、邱耿夫（曾炜）、柯伯行（徵庸）、龚云史（显鹤）、龚仲谦（显灿）、龚叔翊（煦）、林景商（辂存）、卢蔚其（文启）、陈小铁（钊）、施健盦（乾）、陈韵珊（培锟）、吴桂生（增）、余雨农（焕章）、李鹂程、林小眉（景仁）、汪杏全（春源）、苏警予（甦）、谢又笙、林寄凡（端）等。另有 11 人为日本吟侣，分别是池尾三郎、本田茂吉、大（木规）嘉造、进上茂、川口庄松、右田吉人、藤井启之助、井上四郎、伊川后秀、尾崎秀真与伊藤贞次郎。核心成员 20 余人，主要包括菽庄主人林尔嘉与其子林景仁、林履信，以及菽庄“十八子”——施士洁、龚显燦、龚显鹏、汪春源、吴增、周殿薰、庄善望、苏大山、龚植、龚显鹤、龚显禧、施乾、沈琇莹、马祖庚、庄棣荫、卢文启、李禧与卢心启。本社先后向海内外征求诗文 32 次，包括征诗钟 24 次、诗 5 次、词 1 次、赋 1 次、序文 1 次，至于日常击钵联吟、社课雅集、节事游赏、叠韵唱和等吟咏聚作活动则不计其数。本社向海内外所征钟题有《晚、文，第二唱》（第 1 期）、《送、边，第七唱》（第 1 期）、《汗、台，第四唱》（第 1 期）、《帘、絮，第一唱》（第 2 期）、《草、空，第二唱》（第 2 期）、《案、索，第五唱》（第 2 期）、《深、酒，第一唱》（第 3 期）、《海、仙，第二唱》（第 3 期）、《才、地，第五唱》（第 3 期）、《夕、城，第六唱》（第 5 期）、《竞渡、丑妇照相，分咏格》（第 5 期）、《藕节，合咏格嵌米字》（第 8 期）、《香山九老，碎锦格》（第 11 期）、《展、都，第一唱》（第 16 期）、《肥、果，第三唱》（第 20 期）、《蚕、世，第四唱》（第 22 期）、《补、榆，鹤顶格》《补、榆，第五唱》等，日常小集击钵钟题有《荒、尺，鹤膝格》《曹操，专咏嵌鹅字》等。吟社作品登载于《全闽日报》

《江声报》《厦门大报》《台湾日日新报》等报刊。菽庄吟社是日据台湾时期以内渡大陆之台湾流寓文士为主导、以抗日复台为根本宗旨和奋斗志业之爱国流亡文学社团。本社还衍生出寄鸿吟社、碧山词社、板桥吟会、东海钟声社、亦小壶天吟社、薇阁诗社等六个文学社团。

南社于上海愚园举行第九次雅集。先期由陈去病、高旭、柳亚子、徐自华、姚光、陈陶怡、叶楚伧、黄宾虹、吴梅、苏曼殊等40余人联名于《民权报》发表启事，但柳亚子并未预闻。庞树柏作《重九社集愚园赋示巢南诸子》。诗云："衰帽寻秋信步来，旧游历历自低徊。伤心碧血三年冷（同社周实丹、宋遁初、宁太一先后遭惨死），照眼黄花一度开。几见重阳不风雨，尚留斜日在池台。登高莫漫夸能赋（钱虞山句），收拾丛残到劫灰（时商议辑印故社友遗稿）。"雅集之后，姚光致书柳亚子劝驾，仍遭拒。柳亚子认为要把"满盘散沙般的多数文人组织起来"，必须将编辑员制改为主任权制。他和姚光商量，姚光又向高旭疏通，高旭不表示反对。

超社第十集，林开謩招集愚园云起楼登高。同集有林开謩、沈曾植、陈三立、瞿鸿禨、缪荃孙、樊增祥、吴庆坻、吴士鉴、周树模等。缪荃孙日记载，重九日"到愚园，同人集于云起楼。"主题是登高赋诗，不限韵。周树模《癸丑重九愚园云起楼登高四首》中"小车丞相同高会"诗句后自注云："同社自止庵相国以下均集。"同人诗作：沈曾植《九日诒书招集云起楼登高，超社第十集，以简斋词起句》（二首）、瞿鸿禨《夷俶招同社集云起楼作重九》、吴庆坻《重九云起楼登高》、缪荃孙《九日云起楼登高》、陈三立《九日愚园云起楼登高宴集》、吴士鉴《九日林诒书观察（开謩）招集愚园云起楼》。其中，陈三立诗云："三岁名园十数过，逢辰楼观忽嵯峨。西来秋色迎残鬓，乱后花枝负醉歌。自觉看云成锢疾，聊忘围海有洪波。零欢余痛存谈舌，飞尽蹄声杂鹳鹅。"瞿鸿禨诗云："前年重九窜山谷，天荒地老吞声哭。去年重九已东游，萍梗飘零潜海角。今年佳节尚留滞，眼中历历谁家屋。作客空悲秋复秋，依林不见麓山麓。幸无戎马再生郊，莫恐龙蛇还起陆。铜雀高临百丈台，黄牛望断五铢复。樵柯未烂棋屡新，枕梦争酣炊始熟。请看篱鹖等逍遥，何事辕驹长局促。晴初霜旦气澄爽，步出登高荡尘俗。逋仙作社盍朋簪，蟹螯正肥酒新漉。小楼齐云俯万瓦，老树扶疏立寒玉。惜无峰峦送遐赏，更纵江天千里目。胸中且吞九云梦，角上真忘两蛮触。宴罢谈深散夕阳，五客流连犹未足（樊山、乙庵、散原、涛园与予至晡始归）。樊陈二沈气龙虎，乃与长孺共老秃。年年忆捧花糕盘（宫中九日出赐花糕），今琐连昌满宫竹。戏马台荒水自流，乐游苑寂苔仍绿。不如提壶酬酩酊，醉把茱萸看转毂。山顶从吹孟嘉帽，篱边闲采陶潜菊。各恋故巢却不归，明年此会知还续。"吴士鉴诗云："多难登临百感纡，凭高莽莽极平芜。海滨岁月招渔隐，扈业生涯问蟹租。林外无山开画帧，花间有酒担行厨。神京北眺氛埃隔，戏马何人侍寄奴。"

淞社第六集，集双清别墅，分咏故事（落帽、催租、题糕、送酒）。吴昌硕首唱，同题者有：缪荃孙、刘炳照、吴庆坻、恽毓龄、朱锟、沈焜、张钧衡、潘飞、许淮祥、恽毓珂、周庆云、唐晏。吴昌硕《重九日淞社题》（四首）其一："大书甲子闭柴门，照眼陶潜菊尚存。得酒倪容千日醉，不辞风露坐篱根。（送酒）"其二："初停鼙鼓歇风烟，落帽龙山意亦仙。满目疮痍看不得，本宜脱去看青天。（落帽）"其三："六经糕字问谁删，却笑刘郎下字艰。记得有文题说饼，吾家韵事在青山。（题糕。吴叔庠家青山）"其四："诗成清气满乾坤，败兴何因罢酒尊。有吏捉人刚夜半，杜陵翁赋石壕村。（催租）"

《申报》第14610号刊行。本期《自由谈》"栩园词选"栏目含《闺怨》（三首，樵宾）、《题皖江旧大观亭壁》（雪泪）、《初秋陈纪寅君邀同田绍白司长、杨济之西医、健卿、煜卿两昆玉定慧庵素斋，后游拙政园》（冶溪养晦）、《游半园》（前人）、《欢乐》（浮生）。其中，冶溪养晦《游半园》云："畅好名园以半传，元方作记忆当年。日移瘦竹辞歌扇，风促飞花落舞筵。小憩偶寻池畔石，仰观忽现洞中天。主人开放金钱会，笑解悭囊捷足先。"

刘半农在上海《时事新报·杂俎》刊载"半侬征联"通告，上联为"余渔鱼于圩"，五字同音，皆为平声。征求下联。

黄绍第出资修葺飞云阁竣工，重阳节登阁浏览，作《登飞云阁》。诗云："诗人不复作，萧瑟飞云阁。阁前江来潮，阁后山若削。左倚招提宫，白塔峰愕愕。右抱放生池，绿渠水漠漠。四顾秋气高，多景纳虚廊。中有诗人龛，灵宇谢丹镬。瓣香聚一堂，姓氏故从略。饮水思其源，寒泉溶清酌。仿佛秋风来，吟魂动猿鹤。千载观潮诗，后先相照灼。吾邑元丰初，儒行传伊洛。新归与横塘，风雅开扃鐍。澍村气深醇，水心才磊落。北湖工唱酬，东亩薄镌凿。沿及元明时，骚情余蘅若。道人菜根香，征士松棚乐。清颖源最长，月泉派不弱。侍郎辑佚诗，太常留遗拓。沆瀣两师生，英灵犹磅礴。清乐招吟朋，流风今未铄。尔来百年间，珠玉纷交错。前尘鲍谢探，近躅苏黄讬。四灵与五峰，坚阵行当却。颇藉大雅坛，风教振颓薄。自从陵谷迁，前尘渐萧索。荒径翳成榛，败椽危若箨。文章凫续悲，粉墨鸦涂谑。题糕更何人，辜负重九约。我憎城市嚣，一舸出东郭。结习儒尚酸，同怀容不恶。乘兴说沧洲，养真思丘壑。此阁巍然存，风景今非昨。枯树老婆娑，丛菊晚寂寞。迎神谱竹枝，怀旧感花萼。壮夫薄雕虫，宁为章句缚。凄清小谢楼，藻绘更谁著。聊唱登高诗，金声应牛铎。"

郭沫若接天津陆军军医学校来电，嘱去报到，遂于本日与胞兄郭开佐等从成都经重庆、汉口，于次月六日抵天津。

瞿鸿禨作《九日怀梁节庵，时方北行，闻诣梁格庄》。诗云："霜叶萧萧碧海秋，故人何处亦登楼。慈恩寺里黄花酒，不荐昭陵土一抔。"

陈夔龙作《重阳口号》。诗云："去岁重阳菊花酒，曾将老健祝今年。今年又届登高节，举目河山一惘然。”

沈汝瑾作《癸丑重阳即事二首》。其一：“登高西麓强盘桓，新造乾坤不耐看。竹叶懒随人共醉，菊英闲撷自加餐。雁谋粱稻声犹苦，龙战江山血未寒。佳节又逢时代异，浮云直北望长安。”

王新桢作《重九日在尚葆吾处，约马君继先、尚君敬亭、高君壁臣、李君俊卿小饮，归而赋此》。诗云：“屈计佳节近九九，商量同醉黄花酒。登高何必太华峰，寻乐无如杯在手。假座招邀六七人，中有年逾八十叟。追话六十年前事，沧桑屡变不堪一回首。大家晚景逼桑榆，来年今日知健否？黑发人曾几何时，倏忽之间惊老丑。寓形宇宙如寄耳，胡为蝇营与狗苟！归来借阅新报章，乃知任公三月三日万生园中会旧友。一觞一咏叙幽情，盛会直步兰亭后。忆我此日偕同人。选韵赋诗虽不传，禊事翻新与为偶。迩来周子又相招，重阳展期一月久。寒香晚节如不赏，一年花事呼负负。我闻此语憬然思：三三九九，原为年年之所有，胡为三三归逸少，九九归渊明，千古相传名不朽？吾辈春秋佳日倘不惜，人生百年能几得？”

江子愚作《重阳病目》。诗云：“帘外西风射眼酸，满眶热泪几时干。休嫌病目孤重九，蕉萃黄花不忍看。”

金廷桂作《癸丑重阳感事，和石友韵》（二首）。其一：“避灾久笑汝南桓，易主荒园菊懒看。马射但知夸尚武，鱼书犹是劝加餐。流民目击铜人徙。壮士心惊铁甲寒。赢得白衣还送酒，东篱原自远长安。”其二：“误认晴霞赤满城，不关风雨庆承平。夜长角枕炊粱梦，秋老宫槐落叶声。谁道钟陵千里客，全输酒国一麈氓。剧怜人比黄花瘦，腹涨彭亨唤作兄。”

朱蕴山作《重阳游指封山》。诗云：“秋风逼体夹衣凉，蹑屐援萝到上方。峭壁倒悬天欲破，孤峰独立我犹狂。穷探花木亲猿鸟，俯视川原厌虎狼。八句吟成一回顾，白云山色两苍茫。”

张素作《生查子・九日寄亚兰》。词云：“鬓缕压秋轻，带孔催人瘦。佳节又重阳，插遍茱萸否？　雁背夕阳迟，马上笳声骤。君倘问归期，归在黄花后。”

任传藻作《九日偕惟生登长城》。诗云：“客地适重九，黄华塞上秋。孤鸿渺天际，远树接城楼。触目乡思切，关怀景物幽。吾侪太豪放，世乱尚优游。”

王海帆作《重九同家健候观察登陶然亭》。诗云：“百年胜迹此孤台，九日最宜载酒来。黄菊花明人两度（庚戌同诸同年游此），青天风紧雁初回。窗含秋水一池古，楼对西山三面开。座有元龙醉堪倚，高歌不厌掌中杯。”

王舟瑶作《九日集九峰精舍口占》。诗云：“九峰山上作重九，乱后归来第二回。篱畔黄花知我意，樽前白发几人来。一年难得此佳节，百感无端入酒杯。欲访吴黄旧题壁，模糊片石没苍苔。”

沈其光作《九日登薛山》。诗云："九点烟鬟破晓青，扁舟移泊蓼花汀。题诗政忆登高日，竹杖芒鞋上玉屏。"

王仁安作《重阳》。诗云："老来心绪非同昔，往事如云过已忘。怪底西风吹袂冷，明朝仿佛是重阳。"

赵熙作《重阳》。诗云："老去登高望帝京，黄花九日不胜情。嘉陵江水知何意，夜作千军万马声。"

赵圻年作《登高》《空山人筑归来馆，重阳无菊，戏赠一首》《山人见诗作〈人菊记〉，再赠一首》。其中，《登高》云："挟酒来登山半楼，西风吹老鄂城秋。夕阳有限留人醉，野水无言绕郭流。木叶淮南催急景，笳声直北动边愁。当年作赋才华尽，懒折黄花插白头。"

赖和作《重阳》。诗云："家乡竟自久难忘，身在他乡心故乡。正欲寄书逢过雁，忽惊时节又重阳。题糕自觉无须怯，就菊还怜未绽黄。愿小弟兄休念我，登高去醉紫萸觞。"

吴宓作《高阳台·清华园诗社九日小集》。词云："枫染霜红，菊含秋艳，朝来如许风光。不上东山，敢教辜负重阳。名园况又多佳士，插茱萸衣袂都香。尽清狂，酒饮千钟，诗赋千章。　　征歌选色非吾兴，算孤怀冷落，尘意苍茫。境里桃源，世情漫诩沧桑。何堪醉倒黄花节，尚天涯鳌鼓纷忙。忍回肠，天际虫沙，何处壶浆。"

李思纯作《重阳补诗》。诗云："重阳天气失旷爽，篱菊蓓蕾无多花。焚香却轨掩关坐，不饮兀兀聊煎茶。颜色不腴心绪恶，欲哦弗就羌涂鸦。题糕雅集古韵香，茱萸遐忆桓景家。长房仙术不可学，忘机啸坐餐烟霞。今年风雨日萧瑟，住居卑湿心郁嗟。遥岑远目乏美感，清言薄咏希才华。驹隙迁流又三日，百年如此徒咿呀。援毫补赋诗一首，坐看岁月驰飞车。"

[日] 森川竹磎作《重阳偶得》。诗云："薄病厌厌诗思灰，东篱黄菊为谁开。秋将一院凄凉助，天送满城风雨来。"

9日　袁世凯被选为民国政府正式大总统后，致函溥仪："此皆仰荷大清隆裕皇太后暨大清皇帝天下为公、唐虞揖让之盛轨，乃克臻此。"

《申报》第 14611 号刊行。本期《自由谈》"尊闻阁词选"栏目含《岳武穆王祠题壁》（吴心月）、《述怀》（八首，一冰）。其中，吴心月《岳武穆王祠题壁》云："黄龙直捣志方坚，太息金牌抵杜鹃。汗马中原悲将士，逃名邱壑笑神仙。西湖祠宇荣秋草，南渡江山锁暮烟。一代兴亡三字恨，金陀坊里问遗编。"一冰《述怀》其一："忆向天涯事铁衣，吴郊试马恰春肥。同裳百子才夸健，学剑三年术尚微。皖水风高鼍鼓急，秦关霜重雁书稀。劳劳五上函峭道，深悔冯暖作客非。"

严修（范孙）至卡登翰学校视袁家弟兄，共摄一影后返伦敦新居。

张尔田作《癸丑九月十日感事》。诗云："蓬峦天仗俨分曹，醉听拦街唱董逃。丹穴可薰宁论种，黄金一段便成枭。马肝未必訾汤武，龙血由来谶述嚣。宝帐象床成底事，当涂山与乱云高。"

安维峻作《次韵和张虞臣大令〈重九后一日，同友人陇西补行登高〉五首》。其一："一赋无衣志未酬，戎轩卸去与天游。开樽且醉陶潜酒，击楫谁同祖逖舟。北地诗篇声是夏，西山怀抱气如秋。多君不负黄花节，笑杀羊头关内侯。"

周太玄作《采桑子》（二首）、《忆秦娥（秋深浅）》《画堂春（风斜雨细柳长条）》《青衫湿（繁华尽是伤心事）》《落花时（风灯闷剔叹膏枯）》。其中，《落花时》云："风灯闷剔叹膏枯，笑杀相如。他年重整旧时书，肠不断，也胡卢。　　劝伊莫似风前絮，也待吹嘘。多情终古亦多恨，鸳鸯梦，澹欲无。"

10 日　袁世凯在前清皇帝登极之太和殿就职。清室派遣御前大臣贝勒衔固山贝子溥伦出席袁世凯就职仪式，赍书致贺。同时酬勋，陈宧得一等文虎章"荣典"。

《申报》第 14611 号刊行。本期《自由谈》"游戏文章"栏目含《新五更调》（佐彤）；"尊闻阁词选"栏目含《荆州》（刘明璞）、《秋夜》（刘明璞）、《寄怀湘友》（刘明璞）、《秋日感怀》（菊山人）、《舟行即景》（寄尘）；"栩园词选"栏目含《秋夜杂感》（二首，拜花）、《秋夜闻笛有怀》（前人）、《无题》（前人）、《秋色》（前人）、《四美吟》（四首，春影）、《秋夜悼亡》（病魔）、《感言》（陈姜映清）、《徐公孟以〈赠花云舫〉诗见示，依韵和之》（吴心月）、《感事》（前人）、《癸丑四月二十三日与潘、陈诸子闲游湖上，欲于杏花村即席有赋》（前人）、《冯小青墓》（前人）、《秋闺即事》（二首，佐彤）、《有感》（佐彤）、《秋海棠》（五首，蜀西闲人）；"劫余草"栏目含《寄旅斋诸知己》（四首，了青）；"文字因缘"栏目含《〈黄金祟〉题》（瘦蝶）、《读〈自由杂志〉书后》（佐彤）。其中，刘明璞《荆州》云："汉水连天夏口浮，潇湘巫峡一凝眸。江山豚犬难消受，大计当初失豫州。"寄尘《舟山即景》云："极目空濛处，云山思渺然。孤帆摇远渚，一塔拄晴天。野鹤横波立，闲鸥傍水眠。飘飘何所似，此地即飞仙。"

萧亮飞作《第二国庆日志喜》（四首）。其一："炎黄嫡胄古荣名，九世深仇报已清。奈我折腰生不惯，独从民国作渊明。"

张素作《百字令・十月十日国庆纪念》。词云："去年今日，正故乡灯火，万山鳌戴。国庆喜逢双十节，歌舞通宵未艾。瑞结门松，香簪帽菊，酒罢余醺在。起看城阙，晓风吹散烟霭。　　还念岁序催人，匆匆政变，倏已逾三载。到此承平烦润色，一例悬旗错彩。士女偕来，主宾互答，雅意联中外。梦沉爆竹，眼前依旧关塞。"

［日］木苏岐山作《十月十日夜，梦山本竟山书"颠越"二大字，余请其说，曰："转祸为福也"。醒而纪之，寄竟山》。诗云："吾州金华古城址，右府当年于鹊起。驾驭群雄整乾坤，变生萧墙命焉耳。回头西爽明星山，下生诗人梁伯鸾（谓梁川星岩）。

锦囊佳句足千古，字字华严阔波澜。等是盖世俊且杰，地灵何必出英哲。此身老羸将何为，原学屠龙谋生拙。忆昔旅食京华春，自谓唾手升青云。虎豹天门不可入，虮虱地上从空呻。卅年流宕江湖客，重茧东西寄萍迹。卖赋岂得希相如，识字劣能欺项籍。迩来瘈疾侵吟躯，憖遗一老在蓬庐。眼看颠越擘窠字，笔提腕运率更书。谓是转祸为福尔，使我闻之卒然起。于理未信越人方，倚伏由来不可揆。翻怀学道何指捉，鹤长凫短匪所较。是何笑骂醒而狂，因君圆梦一宿觉。君谓学书四乘槎，夜半传衣风子家（竟山学书杨守敬）。马头吹笛醉醒一，骨立撑肉蛟龙拏。领将古法出新意，压倒俗书姿媚夸。咨余陆陆成老丑，于人家国等骈拇。何时把臂归去来，蓝溪风月太平酒（竟山，岐阜人），圣朝分喜到渔叟。”

11日 《申报》第14612号刊行。本期《自由谈》“尊闻阁词选”栏目含《双十节》（十首，毛一鸣）、《自题〈秋影楼忆语〉》（拜花）、《惆怅》（二首，拜花）。其中，毛一鸣《双十节》其三：“文明灌溉自由花，风雨摧残痛苦加。宝剑光寒秋社冷，丹心一点灿流霞。”其五：“空余黄鹤楼头月，不见当年起义人。汗马功勋成画饼，独留遗恨楚江滨。”拜花《惆怅》其一：“兀坐书斋静掩门，为卿惆怅又黄昏。可怜一夜潇潇雨，滴上琅玕尽泪痕。”其二：“由来眉语善通情，其奈傍人着眼明。临入画屏还一顾，累侬惆怅过今生。”

傅熊湘作《感秋八首，用〈夜饮联句〉韵，寄亚子梨里》。序云：“癸丑九月十二日，长沙集梦蘧、醉庵、痴萍、迈南、约真诸人夜饮，因为联句八首。未尽之意，复援次其韵和之，并促诸人同作。自蜕庵老死，宁戚惨僇，晨星朋旧，落落天涯。余也何心，不复欲弄笔为诗，以道其萧瑟矣。然固有不能自已者，因粗写一通，遥寄梨里与亚子观之，并希为我一和也。亚子其谓我何？”其一：“秋老弥深摇落悲，西风吹梦亦多时。尚余哀乐供词笔，凭遗骚愁入酒卮。帘外黄花惊瘦早，镜中白发怨添迟。行吟未解旁人意，已分成顽转说痴。”其二：“仙字初封墨未干，明知下界有悲欢。女娲炼石天难补，精卫衔冤海已宽。银汉几曾通尺素，金铃谁与系雕栏。芳菲渐觉飘零尽，为撷秋英办夕餐。”

12日 《申报》第14613号刊行。本期《自由谈》“尊闻阁词选”栏目含《秋柳》（四首，天白）、《重阳感怀》（蝶云）、《又绝句一首》（蝶云）、《秋日杂兴》（二首，然犀）；“游燕草”栏目含《秋夜独坐》（了青）、《望乡》（了青）、《春闺，和大兄韵》（二首，了青）、《寒食》（了青）、《客中逢顾心由孝廉》（了青）。其中，了青《秋夜独坐》云：“独坐不成寐，空庭夜气深。帘栊无赖月，砧杵别离心。竹露侵罗袖，桐阴罨绮琴。秋情谁与诉，蟋蟀自高吟。”《春闺》其一：“静坐焚香百虑空，忽闻啼鸟怨东风。黄莺那管春将老，犹在枝头逐落红。”

《宪法新闻》第20册刊行。本期“杂纂·文苑·文录”栏目含《送京师大学文科毕业诸学士序》（姚永朴）；“杂纂·文苑·诗录”栏目含《东阿道中》（朱祖谋）、《述怀，赋赠常子襄学士（赞春）》（孙雄）、《大明湖绝句》（罗惇曧）。

［日］白井种德作《古历九月十三夕赋寄西嵓翁，己酉此夕访翁寓居，诗酒尽欢，一二故及》。诗云：“当年雅会奈难追，独坐怀君且把卮。游赏元由本朝典，十三夜月看殊宜。”

13日 《申报》第14614号刊行。本期《自由谈》“尊闻阁词选”栏目含《旅怀》（菊江耕甫）、《题孙丈竹阁画〈浔阳琵琶图〉》（二首，前人）、《登迎江寺浮图第六层》（前人）、《唐栖晚泊》（拜花）、《玉关》（拜花）；“劫余草”栏目含《恨意》（了青）、《乌鸦栖曲》（前人）。其中，拜花《唐栖晚泊》云：“寂寂秋江夜，西风逐水流。客船依古渡，凉月满芦洲。两岸行人静，一村晚市收。谁家人弄笛，添我别离愁。”

魏清德《无线电》（限灰韵）发表于《台湾日日新报》。诗云：“电史星霜阅几回，巧将去线现新裁。舟行碧海茫无岸，消息平安空际来。”

方守彝作《九月十四在上虞县署西厅夜读杜诗罢，开门月色满阶，独步成句》。诗云：“倦读推书起，开门月笑迎。清光为君好，浊世与谁盟？香歇桂子长，风平荷露生。寂寥相对久，耿耿此孤明。”

14日 《中华民国宪法》（草案）（即《天坛宪草》）脱稿，凡11章113条。

《申报》第14615号刊行。本期《自由谈》“尊闻阁词选”栏目含《秋感》（四首，拜花旧作）、《辛亥孟秋，归自括苍，途次遇雨，衣履沾濡，赋此志感》（五首，佚名）、《秋兴八首》（桂林周荫樾）；“游燕草”栏目含《蝶恋花》（了青）、《乌啼月》（了青）、《浔阳老妓》（了青）、《春暮》（了青）、《舟中闻笛》（了青）。其中，了青《蝶恋花》云：“双双蝴蝶好，日日上花枝。未下先偷觑，将飞犹故迟。魂销春去日，梦醉月明时。笑此多情种，平生未识痴。”《乌啼月》云：“寒鸟岂有意，夜宿傍危城。不唤夕阳住，来啼冷月明。宵深人语寂，秋老客心惊。谁是无愁者，那堪听此声。”

15日 《申报》第14616号刊行。本期《自由谈》“尊闻阁词选”栏目含《蟋蟀》（佐彤）、《无题》（佐彤）、《偶占》（佐彤）、《闺怨》（二首，陈姜映清）。其中，佐彤《无题》云：“脂光粉影透疏棂，偷看新妆入户庭。秋水目澄千样好，春山眉带六朝青。身多奇麝矜持惯，语脆流莺仔细听。欲笑回眸忙忍住，莫教轻薄恼娉婷。”陈姜映清《闺怨》其一：“为郎憔悴减容光，别后相思欲断肠。偏是夜凉眠不得，银壶分外漏声长。”

［韩］《天道教会月报》第39号刊行。本期“词藻”栏目含《登白云台》（敬庵李瓘）、《濯足多藏谷》（前人）、《翠云亭夕阳》（临汕李教鸿）、《早秋》（竹圃金羲凤）、《白云台》（顾轩崔俊模）、《九日降仙楼》（凰山李钟麟）、《秋夜》（前人）。其中，凰山李钟麟《秋夜》云：“万亩稻粱秋正肥，遥空漠漠雁高飞。夜来忽起江湖想，底事今年又不归。”

黄人卒。黄人（1866—1913），原名振元、震元，后更名人昭，字羡涵，又字慕韩、慕庵，别号江左儒侠、野蛮、蛮、梦闇、梦庵、慕云，中年更名黄人，字摩西，江苏常熟人。自幼家贫，聪慧好学，10 岁能即席拈题，有“月逼残阳逃地底”之句，令塾师秦鸿文惊奇不已，呼为“诗人”。13 岁在家门照壁自题诗句：“可恨软尘是恶客，随风日日进门来”，嘲讽乡绅士子。少负隽才，在乡里有“神童”之誉。乃师有诗曰：“黄生自小便好奇，袖中书卷常不离。只今年才十有六，胸中之书高于屋。”翁同龢见之，称其“才高学博，后生可造材也”。光绪二十年（1894）中秀才。二十六年（1900）与庞树柏等于苏州组织“三千剑气文社”。同年任东吴大学文学教授。1902 年力荐东吴大学聘章太炎教授国学，引为莫逆之交。1903 年上海“苏报案”发，章太炎被捕入狱，黄摩西多次派长子肇伯探监。1905 年引荐吴梅入东吴大学任教，彼此多有唱和之作。吴梅后称之为“近代文坛之怪杰”。同年参与创办曾朴经营之小说林书社。1907 年主编《小说林》杂志。后又与王文濡创办国学扶轮社，编辑《清文汇》和《普通百科新大辞典》。袁世凯窃权，黄人极端苦闷，笑骂无常。1912 年夏忽发狂疾，本年农历九月十六日病卒。著有《摩西词》《石陶梨烟室诗存》《摩西遗稿》《膏兰集》等。卒后，章太炎、曾朴、吴梅、李烈钧、柏文蔚、胡汉民等人数百多副挽联纷至追念。张鸿《〈摩西词〉序》云：“若夫达意之制，咏叹之辞，其奥如子，其怨如骚，其空寂如禅，其幽眇如鬼，其冶荡如素女，说不可说之言，达不能达之意，寄无可寄之情，如游丝之袅于长空，不知所住，而亦无不住。”庞树柏《哭黄摩西先生即题其遗稿》（四首）其一：“惊才绝艳世间无，说剑吹箫旧酒徒（先生诗文博衍奇丽，又习剑法）。花月三生蝴蝶梦，文章五色凤凰雏。已甘刻意驯龙性，尚复论交到狗屠。此日金阊亭下过，那堪斜日哭黄垆。（先生流寓吴门十二年）”其四：“文字缘多骨肉深，频年湖海惯追寻（余年十六，始识先生。往还酬唱，迄今亦逾十稔）。掌中雷自惊凡耳，肘后方难治苦心（先生兼治医学，旁及诸异术）。十九寓言空领略（先生著有小说多种），三千剑气久消沉（庚子之春，先生偕余兄弟结三千剑气文社于吴下）。寒斋夜对残檠坐，风云寥寥爨下音。”

鲁迅开始校对《嵇康集》，20 日校对完成，作短跋。

16 日 《申报》第 14617 号刊行。本期《自由谈》“栩园词选”栏目含《秋郊漫成》（瘦蝶）、《睡起》（秦寄尘）。其中，瘦蝶《秋郊漫成》云：“一笑寻诗去，黄花续旧盟。平川明霁色，远树带秋声。篰上蟹螯美，篱根蟋蟀鸣。乡关凝望处，千里暮云横。”秦寄尘《睡起》云：“闻鸡因起舞，壮气动辰星。昼夜几生死，乾坤一醉醒。沧桑经世变，魑魅幻人形。家国方多事，怆然涕泗零。”

《庸言》第 1 卷第 22 号刊行。本期“艺林 · 谈艺”栏目含《石遗室诗话（续）》（陈衍）、《菉猗室曲话（续）》《姚华》；“艺林 · 文录”栏目含《木犀赋》（章炳麟）、《万军像赞》(杨增荦)、《〈思归咏〉自叙》(杨增荦)、《〈寒云茗话图〉记》(易顺鼎);"艺林·诗录"栏目含《刘班侯过访别墅》(陈三立)、《别墅楼望》(陈三立)、《楼夜》(陈三立)、《步庐侧遣兴》(陈三立)、《雨望》(陈三立)、《园居杂诗》(三首,俞明震)、《康幼博归葬西樵,哭送之》(何藻翔)、《秋怀一首》(何藻翔)、《发大愿戒诗两月矣,醉后忽成三律,书寄瘿公》(何藻翔)、《赤章、道衡先后入京,各赠一诗》(二首,杨增荦)、《同默园游万生园,泛舟至罨春堂》(二首,陈懋鼎)、《将至金陵,道中作》(黄濬)、《下关》(黄濬)、《京邸重晤敷厂,醉中有赠》(黄节)、《自题所藏唐人写〈维摩诘经〉卷,为敦煌石室物,罗瘿公见赠者》(梁启超)、《即目》(罗惇曧)、《大雪不出,戏成》(罗惇曧)、《郑子梅仙惠茶索书,用山谷〈松扇〉韵酬之》(罗惇㬊)。

17 日　淞社第七集举行,社题为分咏上海古迹应天泉、龙华塔、沪渎垒、最闲园、露香园、玉泓馆。同题人有:刘世珩、缪荃孙、朱锟、张钧衡、恽毓龄、潘蠖、胡念修(佑阶)、周庆云、刘承干、沈焜、吴昌硕。其中,吴昌硕作《沪渎垒》云:"水仙入海纪孙恩,筑垒防秋迹尚存。难作挽歌哀喋血,西风鼓角为招魂。"又作《最闲园》云:"我忆青园种菜人,闭门随分作遗民。梧溪一集流传在,自写蟠胸浩荡春。"

《申报》第 14618 号刊行。本期《自由谈》"栩园词选"栏目含《读〈绿绮小传〉书后》(四首,张郎)、《六月七日作》(张郎)。其中,张郎《读〈绿绮小传〉书后》其一:"十年旧事写重重,漫把柔情说浅浓。造化厄卿还误我,浪传薄幸负渠侬。"其二:"盟山誓海总成空,难学微生抱柱终。自古情天多缺憾,摧花浩劫怨罡风。"

王坤泰《苏幕遮·感别》刊于《台湾日日新报》。词云:"汜当初,三月里。一枕成三,只觉难安置。偏是山妻能解意。剔了登花,嘱咐郎先睡。　忆娇声,犹在耳。半晌琵琶,湿画离人泪。待托鱼书无处寄。道去澎湖,五色深深水。"

18 日　《申报》第 14619 号刊行。本期《自由谈》"栩园词选"栏目含《渔父》(伯刚)。诗云:"八月九月芦花飞,南溪老人垂钓归。秋山入帘翠滴滴,野艇倚槛云依依。却把鱼竿寻小径,闲梳鹤发对斜晖。翻嫌四皓曾多事,出为储皇定是非。"

19 日　台湾栎社社友于台湾鹿港槐庭之聚星楼雅集。社友槐庭(陈怀澄)外,有赖绍尧(悔之)、张升三(丽俊)、林俊堂(朝崧、痴仙)、林资铨(仲衡、壶隐)、林幼春(南强)、郑少舲(玉田)、庄嵩(伊若)、傅锡祺(鹤亭),共 9 人。诗题有"过土城故址""聚星楼观海""老鹤"等。

《申报》第 14620 号刊行。本期《自由谈》"尊闻阁词选"栏目含《偶成》(陈姜映清)、《咏白菊花》(二首,红豆)、《秋夜寄怀寂红女士》(红豆)。其中,红豆《咏白菊花》其一:"缟袂翩翩别有神,那堪寄迹在风尘。漫夸桃李争春艳,不友阿依本色真。"其二:"生来本色如霜白,傲骨珊珊不怕霜。底事人间青眼少,不栽红紫便栽黄。"

《宪法新闻》第 21 册刊行。本期"杂纂·文苑"栏目含《登楼》(袁世凯)、《晚阴看月》（袁世凯）、《病足二首》（袁世凯）、《田横岛》（黄遵宪）、《六云生辰，非女同日，先中秋四夕，初月每佳，凉夜开尊，趣作长句》（王闿运）、《汉口得严幼陵书却寄》（郑孝胥）、《读〈吴梅村诗集〉有感》（兰心女士）。

王坤泰《锦帐春》发表于《台湾日日新报》。词云："画学清溪，书临秋雪。联复尔东涂西抹。笔如飞，墨似泼，但从头细阅。算成双拙。　　夜雨孤灯，疏帘淡月。思往事柔肠百折。念功名，儿辈没。爱湖山清绝。鸥盟鹭绪。"

20日　《生活日报》在上海创刊，创办人徐朗西，主笔叶楚伧。该报辟有副刊《生活艺府》，刊发诗文，主要撰稿人有吴梅、王德钟等。

《申报》第14621号刊行。本期《自由谈》"栩园词选"栏目含《芳草渡》（东园）、《虞美人·秋江送别》（东园）、《潇潇雨·有怀故园，且叹客游之久》（东园）。其中，东园《芳草渡》云："东风起，白云飞。垂杨外，几船归。迢迢渔笛出斜晖。感行迹，沧海北，大江西。　　春去燕，秋来雁，暗把年华偷换。才病后，又伤离。杨树浦，桃叶渡，思依依。"《虞美人》云："古今只此河梁路，难问愁来处。西风无力挽征槎，但逐一溪烟水向天涯。　　客中送客难为别，泪湿青衫热。数声清唱出芦花，依旧月明江上听琵琶。"

《说报》第7期刊行。本期"艺林·文录"栏目含《〈留日同文陆军特别班同学录〉序》（杨赫坤）；"艺林·艺谭·名著"栏目含《蜕庐诗摭（续第四期）》（霞长）；"艺林·艺谭·诗词"栏目含《秋前凉雨偶成》（曲盦）、《新秋前夜大风雨偶书》（曲盦）、《和韵良仲〈十美吟〉》（曲盦）、《九月八日病起》（莲塘）、《九月望海印下归》（莲塘）、《送彭君惕盦、王君吉劭归国》（蜕）、《自题小影》（蜕）、《余友铁山学成归去，书此赠行聊东阳关三叠，不足云诗也》（蜕）、《赠黄君亚白》（蜕）、《毗陵吴君子修，余旧友也，以视察学务东航相遇旅邸，把臂欢然，临别送之新桥，作此以代骊歌》（粹盦）、《满江红·送汪绶臣归汴续娶》（廙庐）、《貂裘换酒·留别江户》（廙庐）、《留神户分部，十月十日举行恭祝国庆礼成献歌》（廙庐）、《王子劭吉殁于燕都，赋此吊之》（包楚）。

《文史杂志》第8期刊行。本期"词章·诗录"栏目含《秋江晓渡》（希如）、《落叶》（希如）、《秋夜感兴》（希如）、《夜坐》（希如）、《秋日书感，旧作二首》（彭廷燮）；"杂俎"栏目含《寄社诗钟选录（续完）》（刘杼）。

《妇女时报》第11期刊行。本期含诗《清芬集》：《埃及》（陈彬）、《拿破仑》（陈彬）。

21日　安徽都督倪嗣冲发出通缉令捉拿革命党人。因名列第一批20人"要犯"之首，陈独秀逃往上海。在上海，本拟闭户读书，以编辑为生，然书业销路不佳，为日后谋生计，致信给远在日本的章士钊求教。

《申报》第14622号刊行。本期《自由谈》"栩园词选"栏目含《醉公子》（东园）、

《桂殿秋·秋江送别》（东园）、《解语花·羽调〈解语花〉，音韵婉丽，有谱而亡其词，自草窗倚后，每称绝调，舟夜无俚，爰依其韵，赋赠程君筠甫》（东园）、《捣练子·过七里滩》（东园）、《秋柳》（四首，张愈）、《同环云三妹戏作》（四首，倚桐女士）；“游燕草”栏目含了青《春去》《美人》《赠婢》《夕次安州》《访王五不值》。其中，东园《醉公子》云：“欲对鹦哥话，又恐鹦哥骂。佯笑问鹦哥，心经忏若何。　踏遍江东路，种遍江东树。词客老江东，浮生是梦中。”《桂殿秋》云：“新雨霁，暮云收，西风残照水边楼。明朝又是孤舟别，黄叶黄花各自秋。”

22 日　《申报》第 14623 号刊行。本期《自由谈》“游燕草”栏目含《郊望》（了青）、《病起口占》（了青）、《踏青词》（记六首之二，了青）、《赠归月千上舍》（二首，了青）。其中，了青《郊望》云：“十里山围郭，连村水绕扉。烟笼杨柳绿，雨濯杏花肥。池沼新鹅戏，楼台旧燕归。匆匆忽三月，春事又全非。”《踏青词》其一：“东风吹绿草初齐，恰与游人衬马蹄。十里长堤泥滑滑，一鞭红雨画桥西。”

陈宝琛 66 岁生辰。八岁溥仪作四言诗祝寿。《绣谷亭熏习录》云：“松柏哥哥，终寒不凋。训予有功，长生不老。”

23 日　《新上海报》在上海创刊。由朱恨孟编辑，宣称以“发挥民意，鼓励民生，改良社会，提倡实业”为宗旨。

《申报》第 14624 号刊行。本期《自由谈》“尊闻阁词选”栏目含《采莲词》（八首，倩华女士）、《月夜吹箫》（前人）、《题〈倚阑美人图〉》（前人）。其中，倩华女士《月夜吹箫》云：“皓魄光初放，洞箫一曲歌。高随明月荡，低共惠风和。逸韵惊林鸟，曼声滴翠螺。良宵幽兴在，心事诉嫦娥。”《题〈倚阑美人图〉》云：“美人独倚玉栏前，蹙损春山两道烟。底事欲舒舒未得，幽情苦为柳丝牵。”

24 日　《申报》第 14625 号刊行。本期《自由谈》“尊闻阁词选”栏目含《为武林第一楼主人写花卉屏四幅，并题〈牡丹长春〉》（芙镜）、《荷花》（芙镜）、《木槿牵牛》（芙镜）、《山茶水仙》（芙镜）、《调寄〈南歌子〉·题仕女画幅》（芙镜）、《登吴山第一峰》（芙镜）。其中，芙镜《为武林第一楼主人写花卉屏四幅》云：“天下无双艳独夸，中秋生日衍繁华。武林长被春风贵，第一楼头第一花。”《调寄〈南歌子〉》云：“宝髻刚梳就，珠帘尽上钩。悄无人处一凭楼，惟见暮云秋树、雨悠悠。　屈指归来未，寒衣寄到不。梧桐叶子□飕飕，无赖西风著意、做成愁。”

沈曾植赠郑孝胥《秋怀三首，简太夷》，次日郑孝胥过示《答乙盦短歌三章》，张尔田在座。钱仲联《梦苕盦诗话》云：“沈乙庵《简苏戡》三章，皆鬼趣诗也。陈散原亦有和作，兹从二家集中录出并观之。沈诗其一：‘秋叶脱且摇，秋虫吟复喑。秋宵元旦气，秋啸无还音。寸寸死月魄，分分析星心。天人目其瞬，海客珠方沉。惇史执简槁，日车还泞深。寄声寂寞滨，乞我膏肓针。’其二：‘贵已不如贱，鬼应殊胜人。

搴蓬语庄叟，乘豹招灵均。荡荡广漠风，悠悠野马尘。独行靡掣曳，长往无缁磷。鬼语诗必佳，鬼道符乃神。道逢钟馗妹，窈窕千花春。绝倒吴道玄，貌彼抉目嗔。’其三：‘君为四灵诗，坚齿漱寒石。我转西江水，不能濡涸辙。道穷诗亦尽，愿在世无绝。湛湛长江水，照我十年客。昔梦沧浪清，今情天水碧。彻视入沉冥，忘怀阅潮汐。’散原和作题为《乙庵、太夷有唱和鬼趣诗三章，语皆奇诡，兹来别墅，怆怳兵乱，亦寄咏之》。其一：‘月黑城濠西，有物绕屋啼。鬼车昂九首，云空答酸嘶。妇孺出复壁，喘诉凶祸随。默怜血污魂，上下索逝骓。汝颅易百钱，汝酋橐累累。’其二：‘吹笳驻防城，悲气横蒿里。扪虱旗脚下，指彼枕藉死。膏血长榛梗，风劲齐万矢。故宫影幢幢，恍啼人立豕。侵陵新鬼大，故鬼待筑垒。’其三：‘行吟傍溪路，秃杨长比人。幻作狰狞躯，攫拏增怒嗔。我实无罪过，忝与山鬼邻。一世沦墟墓，枯胔恶能神。宥汝断为棺，裸葬反其真。’与沈诗风格颇不同。俞恪士有《读散原鬼趣诗》云：‘夜读散原诗，矮屋环冬青。叙乱托鬼话，叱咤来精灵。我无寂灭想，阅世终冥冥。万古一髑髅，黠者先逃刑。合眼梦唐虞，糟粕遗六经。齐民岂有术，魑魅能潜形。竹梢寒月来，灯影如孤萤。穷巷与世隔，人鬼无畦町。微吟坐达旦，一鸟窥檐听。’构象杳冥，不逊陈作。”又，郑孝胥《答乙庵短歌三章》其一：“仰见秋日光，秋气猛入肠。相守虫啸夜，相哀叶摇黄。枕书窗间人，二竖语膏肓。日车何时翻？一快偕汝亡。寂寞非寂寞，煎愁成沸肠。同居秋气中，一触如金创。”其二：“人生类秋虫，正宜以秋死。虫魂复为秋，岂意人有鬼。盍作已死观，稍怜鬼趣美。为鬼当为雄，守雌非鬼理。哀哉无国殇，谁可雪此耻？纷纷厉不如，薄彼天下士。”其三：“秋气虽宜诗，鬼语乃诗病。君诗转西江，驾浪极奔劲。云何弄细碎，意属秋坟夐。四灵若灵鬼，底足托高咏。人间匪佳味，孤唱泪暗迸。故交去堂堂，关张等无命。共君伴残岁，后死聊自圣。”

黄文涛作《九月二十五日喜佑孙生，今将弥月，补志以诗》（四首）。其一：“干戈扰攘靖何时？身世茫茫不自知。岂意否中偏寓泰，碧桐喜又长孙枝。”

25日 《法政学报》（月刊）在北京创刊。北京法政同志研究会主办，名誉社长梁启超，分设“社论”“选论”“译论”“评林”“法令”“公牍”“中外大事记”“文苑”“谈丛”“小说”“附录”等栏目。第1卷第1号“文苑”栏目含《桐城吴芝瑛女士与寄尘既葬鉴湖女侠于西泠岳王坟之东，又仿林杜例，在西泠立一秋杜，以便岁时祭扫，并议善后事宜。戊申正月寄尘集学界士女四百余人于凤林寺，为女侠开追悼会，并谒墓致祭，行路感叹有泣下者，时桐城因病不能至，诗以哭之》《戊申花朝，桐城又吊鉴湖女侠四首》《梁溪秦岐农为作〈西泠悲秋图〉成，而女侠之墓已平，遗骸由乃兄归葬山阴，桐城感赋二绝句以当一哭》《浙人对于山阴狱独无异议，故桐城曾作〈哀山阴〉以刺之》；韩宝忠：《春初》《春日》《春云》《春雷》《春雨》《春风》《春雪》《春月》《春露》《春晓》《春昼》《春晚》《春夜》《春晴》《春阴》《春寒》《春暖》《春半》《春城》《春郊》《春山》《春水》《春宫》《春闺》《春树》《春草》《春花》《春柳》《春鸟》《春燕》《春色》《春游》《春思》《春梦》《春恨》《春残》；王洗凡：《春雪》《春帆》；《书感》（李子仁）、《壬子季夏偕郭肖霆先生临淮泛舟晚游》（高标）。

《申报》第14626号刊行。本期《自由谈》"尊闻阁词选"栏目含《春从天上来·江楼感旧》（佐彤）、《金缕曲·平江杂感》（东园）、《病内即事》（二首，佐彤）、《感怀》（东园）、《咏白菊花》（次红豆女士韵）（二首，宜红）、《怀寂红女士》（宜红）、《希社小集，招致同人成三绝句，呈请同社正和》（三首，酒丐）、《书闷》（菊江红豆女士）、《秋夜酒后漫成》（包者香）；"文字因缘"栏目含《题〈玉田恨史〉》（四首，侍仙）、《集唐人句，题〈我梦园十二金钗传〉》（山阳稺馨何维旭）。其中，东园《金缕曲·平江杂感》云："风景犹如昔。莽萧萧、古径埋香，虚廊响屧。感慨姑苏兴发事，儿女英雄难得。经岁度、红羊浩劫。霸气消沈麋鹿尽，瞰莺湖、台榭空陈迹。金井外，月华白。　东风吹落梧桐叶。最销魂、馆娃宫里，真娘墓侧。满地落花红不扫，想像旧时颜色。早输与、吹箫过客。死作涛神心不死，是千秋、不灭忠臣血。江上水，自凝碧。"宜红《咏白菊花》其二："秋风未许蝶蜂狂，自剖冰心洁似霜。艳质最宜寒月映，好花何必定争黄。"

《小说月报》第4卷第6号刊行。本期"文苑"栏目含《徐仲可〈天苏阁娱晚图〉序》（吴县汤宝荣颐琐）、《明季杂咏（未完）》（专咏弘光朝事，自注并序）（灵蘐）、《金鹧鸪馆诗稿》（金鹧鸪馆主）。

黄侃晚与汪东对谈甚久，是夕作《伤乱赋》。

魏清德《秋蝶》（限冬韵七绝）发表于《台湾日日新报》。诗云："丛桂阴中友散蜂，豆棚花下伴吟蛩。西风小杨滕王本，莫漫丹青点缀浓。"

方守彝作《九月二十五、二六日，仲仁陪游东山，归而记其景物与山川形势之大者》。诗云："东山之上旧招提，故老相传谢傅宅。门前双柏阅世多，苍干化为太古壁。枝垂石乳柯生瘿，元气内充外滴沥。旁趋横出黛色幽，幽荫瓦苔厚一尺。稍西高冢公所藏，长松八九动精魄。老龙矗矗鳞挟霜，云盖浮空烟细碧。神赴玄霄作势腾，爪掠厚地撑崖壁。欲招黄鹤来巢居，时引清风响寥寂。松起公后柏与偕，柏识公颜松蹑迹。肃立向柏问风流，柏以不言言导客。后山东西有两峰，放眼自能知历历。果然磅礴更宏深，百里之间最雄特。巍巍天际山之祖，展嶂排云垂鹏翼。银河一落一掀波，逶迤从容步大国。大山为宫宫小山，螺黛双鬟两亭植。负阴抱阳堂奥成，日丽风融春护惜。三月莺花忆芳时，月露云霞各得职。天衣广袖掩蔽长，不教微尘犯座席。开门一笑江水明，襟带威仪有异色。何年落星镇中流，渟蓄波澜秉渊塞。江外群山叠叠青，排闼屏罗森画戟。村明帆远物舒舒，鸟静云闲秋阒阒。回头却顾复徘徊，如此名山中名德。非公岂合探天藏，造化讵为等闲役？渔弋日从支许游，人间引领待霖泽。岂独当世思榛苓，旷代犹疑攀杖屦。丈夫宁不当如斯，愧我徒为山水癖。夜灯荒殿塴榻联，佛古无香僧头白。万竿清隐寒玉肥，风起微闻戛磔格。抵足闲话不成眠，垂老胜游缘汝得。商量待晓鼓兴余，更上巅岩看海色。"

26日 台湾革命志士罗福星、吴觉民、黄光枢等秘密联络台湾各地爱国人士，谋一举驱逐日本殖民当局，使台湾重归祖国。是日，罗等潜往新竹警察厅缴取枪械，被捕。罗福星作《狱中寄妻诗》。诗云："珠泪纷纷滴砚池，含愁忍写断肠诗。自从昔日分携手，直至于今懒画眉。无药可医长夜恨，有钱难买少年时。高堂双鬓白如雪，弃井离乡别妻儿。"日本殖民当局随即于台湾各地大肆搜捕爱国人士，先后被捕者共279人，11月27日在新竹、苗栗两地组织特别法庭严加审讯。罗等慷慨陈词，谓"台湾人本中国人民，断无永久屈服日本之理"，吾等起事乃为"恢复台湾""夺回故土"，今虽失败，将来中国必"重领台湾"。12月4日，罗等6人被判死刑，被判有期徒刑者131人。

《申报》第14627号刊行。本期《自由谈》"尊闻阁词选"栏目含《送行曲一首，集李义山句》（张伯贤）、《闺怨一首，集李义山句》（张伯贤）、《所思十首，集李义山句》（张伯贤）、《初夏小园夜坐，集李义山句》（二首，张伯贤）；"文字因缘"栏目含《浣溪沙·□周小红录事》（四首，蝶仙旧作）、《前调·访小红所居于吴门大井巷》（二首，蝶仙）、《前调·怀小红》（蝶仙）。其中，张伯贤《所思十首》其二："预想前秋别，相思正郁陶。气凉先动竹，风滥欲吹桃。远恐芳尘断，斜催别燕高。离情堪底寄，未觉胜鸿毛。"蝶仙《浣溪沙·□周小红录事》其一："缟素衣裳白袷沙，个侬娇小嫩于花。玉梳斜掠鬓边鸦。　　雅量敢和郎斗酒，渴怀私倩婢呼茶。醉来翻笑别人家。"

《宪法新闻》第22册刊行。本期"杂纂·文苑·诗录"栏目含《春雪》（袁世凯）、《雨后游园》（袁世凯）、《啸竹精舍》（袁世凯）、《海棠二首》（袁世凯）、《纪行》（袁世凯）、《游陆放翁祠墓》（沈瑜庆）、《纪行》（沈瑜庆）、《寄怀遂公》（朱祖谋）、《读史有感》（何藻翔）；"文录"栏目含《〈退思轩诗集〉序》（沈曾植）。

27日 樊樊山邀陈三立、沈瑜庆、蔡乃煌、郑孝胥、吴士鉴、张黄楼等同人本日至次月4日至樊园作诗钟之会，后结集为《樊园战诗续记》。樊增祥序云："九月二十五日，伯浩过访，入门即谓余曰：'梁髯北去，钟社少一人矣。'余曰：'止、乙两公皆有意打钟，伯严新归，涛园病起，正金声玉振之时，何谓无人？'遂于二十八日招集小园，惟止相病齿，乙庵暴下不至。午后，黄楼、伯浩、子琴、䌹斋相续而来。遂拈题解馋。已而伯严亦至。迨夷叔、涛园入座，则第一课截止矣。"27日，第一课：夷叔、䌹斋阅卷，"川·独"五唱。其中，夷叔取樊山元云："苏门尚记川流叹；桂岭长标独秀名。"子琴第七云："五色日华川上景；一楼花笑独眠人。"樊山第八云："新障如烟川女怨；帽檐侧雨独孤归。"第二课：伯浩、樊山阅卷，"明·地"六唱。其中，伯浩取樊山元云："凉州并建三明节；楚国难招九地魂。"伯严眼云："刊水始皇穿地脉；曲江杜老吊明眸。"涛园第五云："讲学规条余地少；窥天管见不明多。"第三课：樊山、子琴阅卷，"定·头"七唱。其中，絅斋第六云："浑河东下名无定；行国西来号尉头。"伯严第七云："南征谣独酬公定；曹洞禅仍证名头。"黄楼第八云："诗吟杜曲花惊定；画出沧州顾虎头。"第四课：伯严、子琴阅卷，"侯·结"一唱。其中，涛园第八云："结烦廷尉王生袜；侯夺宗亲汉庙金。"樊山第十云："侯喜句联师服社；结璘名署广寒宫。"29日，第一课：樊山、絅斋阅卷，"晋·生"二唱。其中，樊山取和甫眼云："后晋石家儿作帝；先生彭泽老辞官。"取涛园胪云："分晋史评开涑水；射生虏逐入云中。"子琴第七云："诒晋仓龙留撰著；伯生缚马误流传。"黄楼十八云："余生笔记犹谈虎；孟晋文章欲迨群。"第二课：涛园、伯浩阅卷，"异·山"三唱。其中，涛园取伯严元云："夜看异剑干宵气；天鉴山陵捧土心。"节厂第九云："撷香异菜初成谱；感事山茶且作诗。"伯浩十一云："每视异人秦国货；不嫌山贼谢家风。"第三课：樊山、伯严阅卷，"吴·骨"四唱。其中，和甫第八云："毁能销骨邹阳狱；续奏擒吴李愬才。"絅斋第九云："画家没骨南唐重；书法安吴北派尊。"赋庵第十云："赋写适吴鸿念父；表嗟迎骨愈匡君。"第四课：子琴、絅斋阅卷，"冬·细"五唱。其中，子琴取樊山花云："儿课教抄冬夜语；女饥莫学细腰人。"和甫十一云："律动琯灰冬又至；文从樽酒细重论。"樊山十二云："秀如此岭冬松美；绿为谁家细柳衰。"第五课：樊山、子琴阅卷，"神·上"六唱。其中，樊山取伯严元、眼云："韩愈书留三上耻；史迁词讽八神诬。""宗元记表黄神祀；去病功犁老上庭。"絅斋第五云："晋阳出猎图神武；蜀道开铃感上皇。"11月1日，第一课：樊山、伯浩阅卷，"玉·图"七唱。其中，伯浩取黄楼元云："箫忆唐宫偷紫玉；书闻汉代箸黄图。"樊山第五云："酒行东国温凉玉；诗定中唐主客图。"黄楼第六云："得功封爵偕良玉；谦益输诚共瑞图。"第二课：樊山、黄楼阅卷，"泽·单"一唱。其中，黄楼取樊山花云："单骑令公夸见虏；泽车马援羡还乡。"子琴第六云："泽垤书名寻赵注；单椒独秀考桑经。"樊山第九云："泽悦含光崔氏赞；单回孤影豫章书。"第三课：伯浩、子琴阅卷，"杯·会"二唱。其中，子琴取涛园元云："再会周王来阿母；一杯天子劝长星。"子琴第十、十一云："高会引年成九老；举杯邀月得三人。""交会盛行防作赝；掷杯稳渡不惊鸥。"第四课：樊山、涛园阅卷，"终·草"三唱。其中，樊山取子琴元云："寂漠草元雄拟易；愿求终养密陈情。"黄楼第五云："方舆草地沿元史；理气终乾考纬书。"樊山第十云："怀素草书千字绿；湘灵终曲数峰青。"2日，第一课，子琴、絅斋阅卷，"来·剑"四唱。其中，絅斋取子琴元云："教妇初来颜氏训；让王说剑漆园书。"涛园第九云："一体盖来终灭蜀；二州绵剑各当关。"和甫第十云："待诏朔来饥欲死；奉卮项刘意何存。"第二课：樊山、子琴阅卷，"中·鼓"五唱。其中，子琴取樊山眼云："胸似丹渊中有竹；手如白雨鼓催花。"樊山第八云："金玉可怜中败絮；管弦不及鼓回帆。”樊山十九云：“香山诗惜中人赋；龙靓名同鼓子花。”第三课：节庵、樊山阅卷，“亥·雄”六唱。其中，伯浩第六云：“文信种疑胡亥尽；廪君裔见李雄兴。”和甫十二、十三云：“绛老问年征亥首；周郎名世想雄姿。”“尊经附莽臣雄误；短祚亡秦帝亥终。”第四课：樊山、子琴阅卷，“口·孙”七唱。其中，子琴取樊山元云：“速催公去防濡口；不及卿才释外孙。”伯浩第五云：“蛇纹怪入条侯口；龙种终怜汉帝孙。”絅斋第七云：“摩诘画图成辋口；杜陵剑器赋公孙。”4日，第一课：涛园、黄楼阅卷，“多·出”四唱。其中，涛园取子琴元云：“书因晚出疑梅赜；文患才多羡士衡。”伯浩第五云：“江上鲫多输处仲；户中虫出笑桓公。”樊山落卷云：“相国金多前倨改；大江石出后游迟。”第二课：樊山、子琴阅卷，“题·目”五唱。其中，樊山取黄楼花云：“马欲过桥题此柱；鱼能欺世目成珠。”节庵第六云：“陈家书录题能解；夹氏经名目尚存。”涛园第七云：“碑访颜书题四面；天亡项氏目重瞳。”第三课：伯浩、和甫阅卷，“门·唾”六唱。其中，节庵第五云：“风过九天珠唾落；人归万里玉门来。”和甫第八云：“谈锋惊座夸门阀；击节当筵碎唾壶。”絅斋第十云：“求书客至穿门限；纵酒人狂击唾壶。”第四课：樊山、和甫阅卷，“海·肥”七唱。其中，伯浩第七云：“袁凯辞官鳗在海；志和咏物鳜初肥。”黄楼第八云：“冢依小范观梅海；俎伏张苍似瓠肥。”樊山第十云：“绣虎诗吟珠出海；黄庭经写玉生肥。”第五课：樊山、伯浩阅卷，“肉·桐”一唱。其中，节庵第五云：“肉身未坏能成佛；桐尾虽焦尚遇人。”和甫第六云：“肉于说士同甘味；桐可封侯戒戏言。”樊山第八云：“桐花倒挂悽人耳；肉竹谐声近自然。”易顺鼎云：“樊山、节庵、涛园、伯严、絅斋、诒书、子琴、黄楼、伯浩诸君，在沪上亦有诗钟之集，但人数太少耳。樊山有《樊园战诗记》《续记》，共万余言，各报已排日登载，不胫而走矣。其中名作如林，录不胜录。”

《申报》第14628号刊行。本期《自由谈》“尊闻阁词选”栏目含《饯秋》（二首，守宽）、《寒鸦》（二首，守宽）。其中，守宽《饯秋》其一：“几人沉醉几人醒，木叶萧萧忆洞庭。衰草欲迷来往路，夕阳只在短长亭。龙山帽影风前落，牛渚歌声月下听。莫更殷勤劝杯酒，至今柳色尚青青。”其二：“连日阴晴酿薄晖，呼童聊为整寒衣。隋堤杨柳烟痕锁，楚岸芦花雪影稀。古渡霜飞鲈正美，平江潮落蟹初肥。多情只有雕梁燕，犹是依依未肯归。”

28日 《申报》第14629号刊行。本期《自由谈》“尊闻阁词选”栏目含《秋日即景》（汪红豆）、《秋感》（五首，孤云）。其中，汪红豆《秋日即景》云：“河山都改旧颜色，秋水满江树半红。院内海棠愁暮雨，陌头杨柳怨西风。多情碧浪千溪外，有意黄花三径中。可恨天边鸿雁杳，故人消息总难通。”孤云《秋感》其一：“满城风雨近重阳，独上江楼怀故乡。砧杵敲残千里月，邻鸡唱彻一天霜。身同飘絮浑难定，瘦比黄花黯自伤。不识蛩声缘底事，偏教响到枕函旁。”

29日 《申报》第14630号刊行。本期《自由谈》"游燕草"栏目含《偕李君宴侯夜访依曦寺僧》（了青）、《寺桥坐月，与宴侯联句》（了青）。其中，《偕李君宴侯夜访依曦寺僧》云："踏月禅关喜未扃，一庭疏竹掩空青。钟声未绝鱼声起，佛火光中夜诵经。"《寺桥坐月》云："野寺月中扃（宴），石梁水面横。渔舟双桨卧（泰），蟹舍一灯明。长笛随风转（宴），疏钟隔树鸣。晨鸡三四唱（泰），语罢晓天清（宴）。"

30日 《申报》第14631号刊行。本期《自由谈》"游燕草"栏目含《拟杜工部〈重游何氏山林〉五首》（了青）。其一："幽兴年来热，重游亦快哉。将军关胜境，吾辈复登台。山笋惊雷迸，溪花着露开。前游犹昨日，屐齿认莓苔。"其二："卷幔泉如镜，凭栏翠作屏。蝶扶临坠絮，鱼唼欲浮萍。林际更添绿，山巅依旧青。幽情抑何嗜，此地履频经。"

31日 《申报》第14632号刊行。本期《自由谈》"游戏文章"栏目含《新花卿歌》（陈冷蝶戏作）；"尊闻阁词选"栏目含《感怀》（四首，伍祐蔡选青）。其中，伍祐蔡选青《感怀》其一："治安策少贾长沙，全局棋输一著差。科举竟成《广陵散》，曲声莫唱《后庭花》。别开世界民为主，大好江山国化家。草莽微生心未已，凭高犹自望京华。"其二："荆棘铜驼触目愁，疮痍万众骤难瘳。纵横铁血苍生劫，毁叶冠裳故园羞。南渡朝廷终误宋，西山薇蕨尽归周。推翻政策何时一，只恐纷争祸未休。"

《湖南教育杂志》第2年第16期刊行。本期"文艺·诗录"栏目含《述志》（黄铭功）、《咏史》（许崇熙）、《杂诗》（许崇熙）、《春草》（许崇熙）。

［日］田边华作《大正二年天长节》。诗云："喜逢佳节菊花黄，玉殿金风日月长。愿掬芙蓉天半雪，酿成新酒献新皇。"

本　月

袁世凯以议决川边诸事为由召尹昌衡至北京，蔡锷亦同期而至。二人甫到北京即被软禁。尹昌衡险被杀，以"亏空公款"罪，处以九年徒刑。蔡锷由云南都督调任全国经界局督办，被袁政府加以笼络与监视。又，蔡锷辞去云南都督之职赴北京，离滇时周钟岳作《送松坡都督蔡锷入京》以送之。诗云："南中草木识威名，六诏从无匕鬯惊。已睹官仪恢汉室，旋闻辟召赴燕京。金鞍枉沐严公驾（公启行前访予，密谈竟日），玉帐犹设卫国兵。只惜寇君难再借，攀辕耆旧拥前旌。"

《孔教会杂志》第1卷第9号刊行。本期"文苑"栏目含《孔教会阙里大会大成节祝文》（顺德黄节晦闻）；《大成节山东省议会祝文》《大成节孔教会香港支会祝文》《孔教会日本东京支会圣诞日祝文》。

《宗圣汇志》第1卷第6号刊行。本期"艺林"栏目含《南海之名言》（康有为）、《辛亥寿宁河太常高先生七旬晋二，时主讲陕西存古学堂》（湘阴任慕尧）、《述孔教会龙江支会成立》（林传甲）、《尊孔歌》（邓川杨琼）、《尊孔社祭圣，次沈馨山先生韵》（青浦徐公修）。

［韩］《新文界》第1卷第7号刊行。本期“词藻”栏目含《小翠李侍郎庚稙晬日置酒，广招共赋》（梅下生）、《桂堂山房小集》（三首，小溟）、《桂堂书庄小集》（桂堂）、《和呈桂堂词伯》（二首，秦湖生）、《和梅下词伯》（蕙养生）、《和梅下庚兄》（二首，又黎生）、《将棋》（金弼洙）、《和桂堂台兄》（又黎生）。其中，又黎生《和桂堂台兄》云：“路遍西南与北东，追君安适可能通。眼随鸟去茫茫际，恨共云生黯黯中。一抹秋山生远碧，半竿斜日敛残红。从知相失缘无约，不是心慳把臂同。”

［韩］《至气今至》第5号刊行。本期“词藻”栏目含《画竹》（猗猗堂主人）、《渔父词》（蔼然子）、《落月》（普航子）、《古木》（他山攻者）、《渔父词》（自天生）、《假花》（拜言生）、《又》（本固生）、《赋梅》（向荣子）、《老木》（含英生）、《古琴行》（欣欣子）、《剑》（泰山观子）、《镜》（石可生）。其中，石可生《镜》云：“昔铜今叆叇，十袭故藏夻。毕露分妍丑，无尘见巨纤。鉴宜存戒慎，照岂侈观瞻。多少方诸水，谩将画笔沾。”

刘师培夫妇离开上海赴山西，途中刘师培作长诗《癸丑纪行六百八十八韵》，自述身世。诗中有云：“江海飘零日，风云感会时。黄图新北阙，黑水古西陲。风雨他乡别，山川故土思。星霜歌舞换，岁月鬓毛衰。往昔三正改，留都七庙隳。桥山思剑舄，辽海耀玗琪。西极驹生渥，南河骏饮洼。殷尘清阘耳，周舞集侏僸。鲸浪恬交趾，狼烽靖织皮。”“楚佩王孙草，商弦帝女丝。河清迟负石，柯烂溯观棋。生意窥笼鸟，哀歌惜逝骓。愿摅天问笔，上续北征诗。”诗末跋云：“民国二年夏，由蜀适沪。秋，由沪适晋，作诗纪行。韵宗《集韵》，间用正字及经典假文。因系初稿，瑕纇孔多，改定未遑，姑付石印。应注之处，亦均从略。师培记。”

周庆云招饮徐园。程颂万作《癸丑九月客沪上，梦坡先生招饮徐园，赋赠即希订和》。同人和作：周庆云《子大先生惠示大作，次韵奉酬》、刘炳照《和子大韵》。其中，程颂万诗云：“灵峰客来作重九，高树矮花相响明。旧时江海各沤寄，此处园林无市声。鹤响琴房依水听，石横松路与檐平。一襟抖擞莫辞醉，仰视梦梦呼好晴。”周庆云诗云：“客邸又逢重九节，登高望远眼犹明。霜飞枫冷还如醉，秋尽蝉寒未有声。风雨愆期无限感，波涛入莫不曾平。莫言汐社吟情减，老圃黄花爱晚晴。”

夏敬观北行入都，诸宗元、李宣龚等“朋友一再饯，酒食日无虚”。李宣龚作《吷庵徙宅，将有京兆之行，车埭角林木之盛无因再至，书以寄慨》。诗云：“贫无置锥地，坐拥十亩阴。于理难久专，遂令世故侵。子有俯仰事，幽忧固难禁。故我三年淹，舍君将谁寻。一朝别园树，不闻鸟遗音。细数石上苔，寸步堪沉吟。国中争夺场，谋夫方骎骎。貌取失子羽，难哉两同心。倘将把臂交，岂必深入林。”

张震轩立意作日记，誓不间断，并为《玉甑山馆目录》编年。又作《读〈钱氏家变录〉书后》《挽永嘉南湖叶仲振》（六十八韵）、《挽项莲溪姑丈》（四首）。其中，《读〈钱氏家变录〉书后》云："浪子当年有赏音，草间偷活费沉吟。君亲恩已生前负，弟侄债偏死后寻。投老不销亡国恨，解围全仗美人心。只余红豆山庄景，柳絮缠绵阅古今。"

沈曾植题寓楼名曰"海日楼"，因编其诗起壬子，遂称《海日楼诗》。

顾视高由京回滇，被唐继尧委任为云南公立法政专门学校校长。

柳亚子上海晤苏曼殊。当时苏曼殊住第一行台旅馆，大吃花酒，"裘敝金尽为止"。

王钟麒因家事归扬州，在扬时脑病加剧，神经错乱、不能宁处，不久返沪。

邹鲁离开香港，前往日本早稻田大学研究班求学。

叶德辉开始自刊《观古堂诗录》。一名《观古堂诗集》。包括叶著诗集六种：《南游集》《朱亭集》《岁寒集》《书空集》《汉上集》《于京集》。面题"观古堂诗录"。牌记"癸丑九月刊于郎园"。其中，《南游集》首页题下记"观古堂诗集"，题后为叶德辉《题记》云："将为南岳之游，途中诵杜工部由潭往衡州诸作，辄依原韵和之。四时之序不同，而其遭乱离别骨肉，身世之痛，则固无不同也。辛亥阳九空灵钓徒叶德辉记。"末页有盐谷时敏《书后》云："辛亥十月，湘垣兵变。焕彬先生避难于南岳，舟车阬陧之间，不废吟哦，慨时忧国，情见乎词。呜呼！士生斯时，进不能据鞍执麾以图宗社之安，退不能黄冠缁衣以逍遥于物外，徒为山巅水涯娱忧忬郁之人，读此诗者，谁不为先生悲耶！稿系先生手写，细楷端谨，意象沉稳，毫无仓皇迫切之态，亦可以想见其为人矣。明治四十五年，岁在壬子一月，识于东京砾水西庄。"《朱亭集》首页题下记"观古堂诗集"，题后为叶德辉《题记》云："谢兰阶孝廉家钰，同治癸酉科举人，余二十年前同计偕。十余年来，音问疏阔，不通往来。九月初一日，长沙兵变，避乱为南岳之游。道出朱亭，维舟河畔，乐其山水清僻，遂尔居停。孝廉久已隐居此间。闻余至，欣然先访。方巾布袜，白发萧然。感时局之变迁，叹昔游之不再。因出所为《砚遗山房诗稿》见示。既为之序，又和集中《赠湘绮先生诗二首》韵，是为斯集之始。集多和孝廉诗，因以'朱亭'名集云。辛亥冬十月小雪，朱亭山民叶德辉编录。"《岁寒集》首页题下记"观古堂诗集"，题后为叶德辉《题记》两行云："天地闭塞，万物凋零。感物怀人，情不能已。凡有所作，录于此编。时辛亥嘉平日。"《书空集》首页题下记"观古堂诗集"，题后为叶德辉《题记》两行："壬子（1912）以后，自元日起，凡有所作，录于此集，是岁六月伏中始编定。德辉记。"《汉上集》首页端题下无记，题后为叶德辉《题记》六行云："两年之间，一避土匪之乱，再遭暴吏之侵，奔走上海、京师，道出汉口。初以居忧废读，言不成文，掷笔两周，未亲几砚。今大祥已近，致毁非时，忧从中来，靡所寄托。客居日本旅馆，日友以同文之雅，恒以诗简相酬。积诗如千，遂成小集。文文山小祥有作，顾亭林庐墓题诗，谓为'名教罪人'。幸有古人分谤。甲寅二月，辟兵先生记。"《于京集》首页端题下记"观古堂诗录"，无题记。《于京集》所收录均作于1914年。

廖道传作《莼思集》。自序云："《莼思集》者，余自桂乞假东归作也。余自丁徂癸，游桂七稔。初监督优初两级师范。民国兴，始从政典军于浔、武二郡。忽以思亲念迫，请于大府而去。念学政军绅僚友以数千计，而山水之胜游，人事之变迁，印诸寤寐，历在心目，一旦远别，其能无词以写我思耶？中秋前数日，凉月疏雨，蛩鸣叶落，衙斋兀坐，秋心枨触，归意益浓。爰忆曩游，韵为绝句，都得若干首。略于学问政治之谈，而详于朋旧山水时事感怀之作。其朋旧山水，或分吟，或总赠，摅情则一也。抑余在桂所历至不足道，而犹若是絜絜者。山不在高，水不在深，仁智之乐，具足性分。适然此境，适然此吟，则亦适然存之。匪云享帚自珍，盖亦缄石知谬云尔。癸丑九月写竟自记。"本集含诗72首。其一："五载裁才操玉尺，三年作郡拥雕戈。扁舟东返蒲帆隐，依旧西江水不波。"其四："秀峰新舍筑登登，两校同堂德有朋。突兀眼中看广厦，藏书楼阁耸三层。"其六："班分八九科分百，木铎皋比集隽才。只我疏芜荒学殖，芸人亦勉辟蒿莱。"其七："风义原兼友与师，每逢愆谬必绳规。寸心到底怜才切，那忍门墙滥一麾？"其九："讲室雍雍矩范嘉，膳堂会食寂无哗。客来笑比僧居静，数鸟下庭看落花。"十二："卧游镇日对孱颜，风雨时时点黛鬟。消受林泉最清福，隔江十丈是漓山。"二十："曾泛还珠古洞旁，回流溅棹茔衫凉。七星对岸空奇胜，输汝临波背夕阳。"二四："尧山之下皎霞村，我有别业桑桐繁。闻来携酒客三五，田畔浩歌敲瓦盆。"二七："学生投笔气鹰扬，北伐三冬剑拂霜。我亦一麾雄郡去，青天笳鼓出浔阳。"二八："守令冲繁萃一官，更兼水陆典师干。只惭七月烽尘里，粗博闾阎梦寐安。"三三："武浔峰势走蜿蜒，千里西江勒马还。宦迹我随龙起歇，大鸣山脉尽西山。"四八："刘郎诗笔迅如飞，度岭停骖倏北归。只与高青邱作伴，对吟不惜瘦腰围。"五八："一自神州讧甲兵，天骄乘衅漠庭横。千秋失地谁尸咎？半在朝庭半党争。"五九："哀鸿中泽赈凋残，拯溺援饥挽倒澜。生是蛟龙馋太甚，夺得清俸到群官。"六三："美人旷世邈无俦，眉黛颦含万古愁。独上须弥最高顶，庄严无语睇瀛洲。"六八："乌蛮滩上水平漪，斜日空江散鹭鸶。欲访南征铜柱迹，白云青嶂伏波祠。"

陈荣昌作《虚斋词》。自序云："《虚斋词》二卷名曰'骚涕'，取《离骚》揽涕沾襟之意也。辛亥秋末侨居沪上，壬子春初方乃载笔，凡三阅月成数百阕，挈之归里，汰三存七而序之曰：'呜呼！远望当归，长歌当哭，信有然矣。况以予身世，方之屈原可为痛哭，殆有甚焉者乎。屈忧楚亡，先沉于湘，贾生吊之，惜其过伤。予则范面觍然，张齿徒咬，坤极既颠，乾枢莫拗。河山之感，较惨于新亭；城郭之悲，不减于华表。此可为痛哭者一。屈被放逐，实繇萋斐处幽莫，遂乃同山鬼，予则蜀犬不吠，梁鸿自噫。人有罗而捕鸟，我无斧以去龟，片刻兴亡，大事旋去，一身得失，小己何讥。此可为痛哭者二。屈遇怀襄，昏迷弗寤，行吟憔悴，唯君之故。予则睹天步之方蹶，伤圣龄之在冲。岂有周公，真不利于幼主；虽为箕子，何忍怨于狡童。谁孰其咎，竟逢厥凶。

此可为痛哭者三。屈秉廉贞，嘿嘿谁语，独醒独清，见笑渔父。予则兄弟夷齐，友朋沮溺，豹谷方遯，鹤书交辟。招隐居者，屡入华阳；召长沙者，已非宣室。任画牛以自况，比感鹏而尤戚。此可为痛哭者四。嗟嗟！力折天柱，畴奋康回之头；思填海波，祇瘏精卫之口。今虽归林如倦鸟，坯户如蛰虫，依荒垄以闲居，誓穷山而乾死。魂犹病悸，非剪纸所能招；痛本椎心，岂树萱之可療。况当日者，天厌周德，人闻楚歌，九鼎乍沉，五铢不复，江湖愁跋浪之鲸，山谷畏负嵎之虎。杜陵避地，只有孤舟；王粲登楼，又非吾土。一声河满，数行泣下，诚不知涕之何从也。柳耆卿晓风之韵，非不缠绵；苏长公大江之曲，尤为悲壮。然而世逢太平，人鲜幽怨，声同情异，未宜援比。惟累臣羁客，悽音苦调，千秋一泪，今古何殊。吴生以梦行云制词，庾子以哀江南名赋，匪撷芳于宋玉，即摘艳于灵均。予亦犹人，窃师此意，才愧扬雄，不敢反骚；忧过袁安，自然流涕，后之览者，悲其志焉。若谓秦娥苦忆，学太白以狂歌；姜叟新词，付小红而低唱。入协律之府，登顾曲之堂，是则别有专家，非下走所敢望矣。癸丑九月陈困叟序于明夷村舍。'"

野衲（陆云荪）辑《新乐府二集》（石印本）由上海育文书局刊印。集前由旷罣斋主署签，古歙吴承烜撰《〈新乐府二集〉叙》，胡士廉撰《颂词》，新会了一居士欧阳柱撰《题辞》，古歙鲍莹撰《〈新乐府二集〉题词》，曾鼎铭撰《〈新乐府〉题词》。其中，吴承烜《〈新乐府二集〉叙》云："慨自玄黄龙战，苍赤鹖离，风俗鸱张，人情蜮射，戴假面具，没真心肝。窃欲著《人间世》一篇，如空潭之泻春，若古镜之照神。而不意野衲先生，实获我心，有《新乐府》之编也。夫乐府由来旧矣。兹乃冠以新名，殆以新世界、新国家、新政府、新人才，有无穷之希望，有无限之慨叹也乎。行见新歌谣、新词曲以牖启新学，以补助新猷。谢希逸不得独美于前，唐郑王何妨专歙其后。先生之深心、先生之志也。夫岂鸡眼之书、蚁穴之传，所可同年而语耶？呜呼！中原文献，一发千钧；海内神交，寸心万古。谓之盛世危言也。可谓之骚坛韵事也。亦可有不知者且食蛤蜊。二集又成，乐为之叙。古歙吴承烜叙于海东养新社。"胡士廉《颂词》云："泮水茆芹，淇澳菉竹。翰墨因缘，修修名宿。远近征文，惟先生陆。卓哉达夫，摆脱尘俗。牛耳骚坛，彬彬郁悒。臭味风云，咳唾珠玉。万里虽遥，长房地缩。鱼雁往来，置郵传速。乐府新声，钧天法亩。大吕黄钟，蕤宾太簇。菊部倾心，梨园侧目。初集既成，二集将录。金貂在前，狗尾羞续。敢贡葵忱，心香虔祝。万岁千秋，君子遐福。野衲先生哂存。让之氏胡士廉呈稿。"曾鼎铭《〈新乐府〉题词》云："自有沪坪新乐府，远绍旁搜入词谱。太史辅轩其在兹，订正宫商角徵羽。陆君陆君寓意深，保全国粹考今古。亡能使之存，散能使之聚。斯文一线延，不绝仅如缕。艺雕龙才绣虎，文雄诗伯车依辅，热心翼教卫邹鲁。中原文献力维持，董相梦中凤凰吐。尊经明道莫如诗，扢雅扬风南北部。无庸选六朝，末光附徐庾。无待辑三唐，遗篇求李杜。最好搜罗风俗书，衢谣卷讴皆可取。兴观群怨言性情，诗教恪遵孔宣父。陆君陆君真妙人，又得东园作新雨。千里神交非面交，不以代庖嫌越俎。海内百家击钵催，分道扬鏖任艰苦。南丰自恨不能诗，聱牙且学孩提语。双鲤迢迢一纸书，朵云飞到春申浦。野衲先生哂正。盐城曾鼎铭右泉稿，皖南金祖壎仰孙书。”

陈荷庄《浪淘沙·秋夜弹琴》刊于《台湾日日新报》。词云：“秋色夜沉沉。人立花阴。玉盘凉露绮罗侵。姊妹相邀登绣阁，听操瑶琴。　　烟袅满清音。消却尘心。阳春调急漏声深。远过春宵歌管里，一刻千金。”

陶先畹作《癸丑九月和曹漱珊姻丈〈六秩自寿〉原韵》（二首）。其一：“南极仙翁诗兴豪，传来丽藻自江皋。筹添海屋扶鸠杖，日照兰阶耀凤毛。潇洒襟怀如止水，殷勤故旧惯躭劳。无才难和《阳春曲》，遥望彝陵首漫搔。”其二：“群贤雅集楚江边，客里争开介寿筵。健笔一枝惭我后，捷才七步让公先。森森玉树环阶秀，馥馥兰荪绕砌鲜。待到甲花重放日，亲携菊酿祝遐年。”

郭筠作《癸丑季秋，钧见将出游，赠弟镕见长句，余依韵赠之》。诗云：“沧浪何必濯尘缨，三载相依共菜根。造物乘除观变化，胸怀勃郁问渊源。频于板荡惊心魄，莫为离居感梦魂。此去遨游湏揽胜，非如作赋竞千言。”

梁鼎芬作《题所持遗象》（癸丑九月）。诗云：“昨宵通梦寐，今日见须眉。貌为思亲瘦，诗因叹世悲。间山春散久，沧海我来迟。幸有门生在，编钞共两儿。”

韩德铭作《秋柳》（步渔洋韵，时癸丑九月）（四首）。其一：“前度莺花总断魂，万丝青锁建章门。迎来旅客无余梦，过去春光有浅痕。雨雪成诗迷旧道，霜风脱叶见新村。野烟陌上千秋恨，欲唤行人怕细论。”其二：“巢莺系马未惊霜，月底澌流又晚塘。银汉槎横能犯斗，星河牛幻不服箱。青连故垒虚周尉，黄到章台瘦楚王。知否眼中寒暑变，西偏东向一宫坊。”

黄侃作《拟古》（三首）、《行路难》《何处》。其中，《行路难》云：“长安城头落日黄，高树叶尽天欲霜。此时孤雁更南去，使我登楼怀旧乡。旧乡只隔吴江水，江南蓟北三千里。十城荡荡九城空，大军过后生荆杞。恸哭秋原一片声，谁人不起离乱情？已知杀掠成常事，终羡共和是美名。游氛蔽天关塞黑，易京留滞归不得。谁令虎豹守天阍？坐见豺狼满中国。酒尽歌阑毋复陈，猿鸣鬼啸殊愁人！”《何处》云：“何处悲笳接暮秋？数杯浊酒引离忧！飘飘槁叶因风起，澹澹斜阳为客留。冠盖几人驰四术？江湖无地系扁舟。逃尧自有当时意，谁向箕山问许由？”

邵瑞彭作《西河·癸丑九月，再至金陵，赋此，用美成韵》。词云：“金粉地。秦淮往事曾记。琼凄璧惨，有啼乌、夜深惊起。风帆依旧翦江来，寒潮浩淼无际。　　石城畔，愁徙倚。玉骢何处堪系。楼空人去，燕归时、难寻故垒。只余衰柳看兴亡，丝丝铅泪如水。　　长干梦断昔日市。冷清清、明月千里。我亦中年身世。与满天、病蝶哀蝉闲话，一片伤心、秋声里。”

释永光作《癸丑九月自都门托钵还山，闻白鹿寺近事，凄然有作》（六首）。其一：“上方钟梵隔溪闻，拄杖沿溪扣白云。修竹一亭秋草合，乱山无语怅斜曛。”

李思纯作《暮秋有感》（二首）。其一：“秋花黯淡若可怜，秋入愁人心骨间。对此茫茫惹非笑，孤怀郁郁叹艰难。胜将忧患是何物，坐阅飞沉强自宽。尘里风前牛马走，空余翠袖衣单寒。”其二：“回首斜阳看雁去，天回地动倚楼时。穷居枯自胸无泪，壮悔心摧事已迟。渺渺顽躯梯米重，悠悠心事百年知。都无一事差堪慰，廿载生涯诉阿谁。”

张维翰作《出权盐兴县事，兼黑井区盐务》（二首）。其一：“学未能优任版新，亲民初现宰官身。此来岂羡盐区利，廉吏儿孙不讳贫（末句为幼时蒙先祖赞卿公书贻联语）。”其二：“庶政殷繁接应频，职兼听讼必身亲。龙师一语心长记，结案须勤少押人（赴任时请益于清郡守荣县龙沛然先生，以‘多结案、少押人’六字见勖）。”

张素作《蝶恋花・秋杪夜过江干公园》。词云：“绿满林亭凉泼水。夜色深深，只恐商风起。灯火管弦谁遣此，园丁报到秋归矣。　　画取眉弯双月子，依约窥人，舞扇歌裙里。旧梦安排何处是，玉阑干外帘垂地。”

施士洁作《钮耕孙大令进侧室杨氏为继室，自序征诗》（癸丑九月）。诗云：“小星一夜明如月，如梦人间此再圆。偕老笄珈归闰位，双修福慧补情天。不妨红袖司中馈，更与青琴续大弦。尹相张姬应合傳，状元门第说松泉。”

莫永贞作《去国》。其序云：“癸丑九月，余复东行，知余之行者，四人而已。舟中历四日，偶影独游，不知不识，兰成去国，杜老哀时，胡马依风，白云无极，高山流水，青枫不归，采药何年，飘蓬无地。虽复上穷千古诵服子云，下及近人挹其俪体，而秋士多悲，感与物至。赋诗两章，聊摅胸臆。”其一：“扰扰中原何所之，余身眇眇独行时。江天摇落逢衰柳，世路苍茫泣素丝。敢卜余生随介子，但将不死问安期。十年回首飘蓬甚，歌哭无端只自如。”其二：“回望神州落照中，欲将搔首问天公。早知世事成骑虎，空有心情学宰龙。春梦已随飞鸟尽，血花还向故山浓。知君余恨今多少，海水千年独到东。”

［日］森川竹磎《归去来・仙寿山房赏菊》刊于《随鸥集》第98编。词云：“一院黄花地。重阳节、好晴天气。君家有酒须吟醉。算登高、还多事。　　故乡孤负南山翠。未归去、问君何意。谁知晚节陶家志。君长向、此中会。”

十一月

1日　《中华杂志》第1期在上海刊行。本期附刊“艺苑”栏目含《金陵怀古》（愚农）、《游莫愁湖》（愚农）、《咏虞美人花》（愚农）、《过南汉故宫有感》（愚农）、《滕王阁》（愚农）、《登金陵凤凰台》（愚农）、《感怀》（秋恨）。

《申报》第 14633 号刊行。本期《自由谈》"游戏文章"栏目含《张上将纵兵扰民对》（奚悲秋）；"尊闻阁词选"栏目含《浪淘沙八阕》（雁秋）、《游破城寺》（天园）、《雨夜》（天园）、《村居》（飐之）、《客秋感怀》（飐之）；"文字因缘"栏目含《再题〈我梦园十二金钗传〉六首》（问津）。其中，天园《游破城寺》云："古寺云深里，闲游结伴行。松阴疑欲雨，空谷自传声。危岫嫩云出，晚岚夕照明。破城如再至，风月话闲情。"《雨夜》云："一帘微雨一帘风，卧听萧萧百尺桐。知否小楼人不寐，蕉窗微闪一灯红。"

《庸言》第 1 卷第 23 号刊行。本期"艺林 · 随笔"栏目含《健庵随笔》（熊升恒）；"艺林 · 艺谈"栏目含《石遗室诗话（续）》（陈衍）、《菉猗室曲话（续）》（姚华）、《古乐考略》（马瀛）；"艺林 · 文录"栏目含《祭贺先生文》（赵衡）、《〈赵尧生诗稿〉叙》（陈衍）、《〈瘿盦诗〉叙》（陈衍）；"艺林 · 诗录"栏目含《莫愁湖》（陈三立）、《风雨连朝，俞园女婴来告，海棠新花飘委满地，怅然成咏》（陈三立）、《雨中倚楼望北极阁》（陈三立）、《夜坐》（陈三立）、《早泛清溪》（俞明震）、《焦山松寥阁夜坐》（俞明震）、《同伯严后湖观荷》（俞明震）、《读晚唐人诗集，得三人，各咏一绝》（三首，何藻翔）、《桐叶一树落尽，一树尽黄，坐看至暮》（陈衍）、《于麓八十一阶化城寺前同人望月》（陈衍）、《游龙华寺》（严复）、《〈寒庐茗话图〉，为抱存题》（王式通）、《次韵和实甫先生见赠》（袁克文）、《〈寒云茗话图〉，为抱存题》（罗惇曧）、《壬子十一月二十三日作》（黄孝觉）。

《言治》第 1 年第 6 期刊行。本期"文苑 · 诗"栏目含《筑声剑影楼诗五首》（李大钊）、《〈留石园稿〉三首》（石园）、《斜街宴集四首（并序）》（袁嘉谷）、《游湖口石钟山》（熊晖策）、《病中即事》（温庆泾）、《赠友从军》（穆贵泉）、《感怀》（穆贵泉）、《送仲谋弟赴青岛》（穆贵泉）、《和多罗郡王诗》（商城曹浚）、《步原韵》（前人）、《又自题一律》（前人）、《巴林道上有感》（前人）、《乍见蒙古毡庐及蒙古人口占》（前人）、《时驻垦局，重阳醉后，登高书怀》（前人）、《时在垦局，拟翌日赴乌珠穆沁、巴林、克什克腾三旗交界之绀珠庙，查办案件遇雪》（前人）、《时值严寒，在绀珠庙地方办案，旬日断结》（前人）。其中，李大钊《筑声剑影楼诗五首》含《吊圆明园故址》（二首）、《咏玉泉》《有感》《南天动乱，适将去国，忆天问军中》。《吊圆明园故址》序云："夕阳影里，笳鼓声中，同友人陟高岗，望圆明园故址，只余破壁颓垣，残峙于荒烟蔓草间，欷歔凭吊，感慨系之。"其一："圆明两度昆明劫，鹤化千年未忍归。一曲悲笳吹不尽，残灰犹共晚烟飞。"其二："玉阙琼楼委碧埃，兽蹄鸟迹走荒苔。残碑没尽宫人老，空向蒿莱拨劫灰。"《咏玉泉》序云："玉泉流贯颐和园墙根，潺潺有声，闻通三海禁城等处，皆溯源于此。"诗云："殿阁嵯峨接帝京，阿房当日苦经营。只今犹听宫墙水，耗尽民膏是此声！”《南天动乱》云：“班生此去意何云？破碎神州日已曛。去国徒深屈子恨，靖氛空说岳家军。风尘河北音书断，戎马江南羽檄纷。无限伤心劫后话，连天烽火独思君。”

章梫作《阅十月初四日报纸有感》。诗云：“第一流成国已空，积骸莽莽债台中。新闻记者哀时泪，洒入荒江浪尽红。”

2日　《申报》第14634号刊行。本期《自由谈》“尊闻阁词选”栏目含《奉酬懒云女兄留别韵，兼以寄怀》（四首，锦霞）。其一：“关山走险忆当时，身出烽烟数亦奇。一样鸰原同患难，秋风独我鬓成丝。”其三：“缠绵秋雨怅连宵，谁共西窗话寂寥。幸有蛟川双鲤便，不愁书札误洪乔。”

《宪法新闻》第23册刊行。本期“杂纂·文苑·诗录”栏目含《题所南翁画兰，为樊山作》（王式通）、《读孙师郑〈辛亥莅会纪言〉感赋》（姚永朴）、《国子监改历史博物馆，戴芦舲招往，欲观监中旧存古铜器，至则馆长因小雪锁库归，但敬瞻辟雍及孔子庙，观石鼓而归》（姚永概）、《自麓山行五六里许，至滢湾市渡江作》（陈锐）、《答杨埏之刑部见赠长歌》（宋育仁）、《艺风先言樊诗老评沪上寓贤，许余能诗，前闻积余述樊君言亦如此，敬为五言一首以质樊山》（李详）。

3日　唐继尧正式接替蔡锷任云南都督兼云南民政长。

《申报》第14635号刊行。本期《自由谈》“游戏文章”栏目含《五更词》（东园）；“尊闻阁词选”栏目含《奉和锦霞女兄寄怀原韵四首》（懒云）、《次笑秾见赠韵一首代柬》（栩园）、《秋柳，步渔洋山人韵》（包者香女士）。其中，懒云《奉和锦霞女兄寄怀原韵四首》其一：“苦忆云停月落时，天涯如我数偏奇。闲愁不尽如秋草，易惹吴霜点鬓丝。”其二：“浪迹年来到处家，秋风孤负故园花。还乡小梦浑如絮，只在山涯与水涯。”

张震轩作《答余杭褚景陆〈无可奈何歌〉长歌一首》。诗云：“东窗冤狱起风波，南渡半壁割山河。鄂王已死蕲王隐，剩有循王勋名多。循王吾宗称健将，中兴奋起挥天戈。贼臣主和偏赞议，快剑不斫生蛟鼍。武夫饶有爱钱癖，四方贿赂恣搜罗。紫贝黄标千百万，铜山宝树森枝柯。三十六垆横财铸，铸成号为没奈何。措大寒酸眼光窄，偶赢铢两便摩挲。空王神通仗财施，九幽化镪病亦瘥。书生惯仰孔方面，送穷文字费琢磨。贫儿得金天所佑，执鞭求富圣则诃。况兹累累盈库物，驮运岂止百骆驼。取之不能用不竭，枉自垂涎细吟哦。信知此物中有宰，奈何奈何语非诡。备尝主人少孙裔，家世明经选士科。入赀为郎走边徼，十年墨绶铜章拖。年来倦打回帆鼓，风味文尝盐场鹾。自伤英雄遭末路，拊髀聊发呜呜歌。君歌奈何声抑郁，我劝君宜心平和。人生荣枯犹转毂，百年事业风灯过。货殖屡空听造化，名缰利锁皆愁魔。试观近时豪强辈，飞腾爪嘴鸟争窠。一朝败亡诛夷死，富贵何在归山阿。君今甘为鱼盐隐，牢盆禹策如抛梭。蝇头觅利虽有限，鸠居藏拙意无他。走也海滨敝门久，恨无良友相切磋。喜君颇具兀傲志，谐谈世务频生涡。有时款门借文史，有时说鬼效东坡。有时研笺邀相和，有时索书换白鹅。偶值秋风归兴起，镜中眉黛忆青螺。飚轮一瞥家园返，右弄稚子左娇娥。出门有乐归亦乐，何须别寻安乐窝。贱齿较君十年长，春花秋月屡蹉跎。求名懒上投时策，筮仕怕穿趋朝靴。惟抱硁硁困穷志，谋食悔未工媕婀。黄金万镒能者获，营求无术手空搓。不如读书从吾好，下帷撰述勤编摩。因君高歌发狂论，智士毋乃笑其颇。呜呼吾歌歌已倦，一篇斗酒朱颜酡。"

4日　袁世凯下令解散国民党，撤销国民党籍议员资格。高旭乃渡海南下，作《浮海词》十四阕。序云："浮海南旋，舟中无俚，取李后主词，次韵和之，得十四阕。酒浅愁深，弗能工也。"其中，《虞美人》云："刚来便去匆匆了，心事知多少？天津桥上又西风，忍听杜鹃凄怨数声中。　　舢棱回首依稀在，可惜人民改。酒杯难洗是牢愁，无限泪珠抛付与东流！"《菩萨蛮》云："词人飘泊原难免，筑声燕市痴无限。独自向东归，孤灯泪暗垂。　　舵楼容我上，回首长安望。好梦总成空，昙花一现中。"《应天长》云："英雄宝剑佳人镜，未到用时须理整。沙场静，琼楼迥，后日功名浑莫定。　　终南原有径，心史休投智井。众醉三闾独醒，问天天亦病。"

张震轩写诗二幅，送盐局员张梅生。又代夏正起撰挽林鉴翁联一对，并为书就付之。又为盐局张梅生书大雅一张，又书近作横卷一幅以赠。夜读钱牧斋诗。

沈曾植作《简贲初》。诗云："如练澄江照眼前，秋心千里夕阳边。梦游尚想跻天柱，诗卷何由闷月泉。竹箭有心增美质，须眉甚伟揖初筵。跫音契阔今谁语？黄菊落英空谷烟。"中旬，方守彝自杭抵沪，读沈曾植赠诗后有和作《到申，读乙盦先生见怀诗，次韵》。诗云："蔷薇洞口眺亭前，梦落吴淞江月边。白发书城隐丝竹，红尘春庑当林泉。横流何处可洗屐？大厦看人争度筵。霜下草怀松柏荫，龙吟犹觉撼风烟。"

5日　袁世凯与沙俄签订《中俄声明》，承认外蒙自治权和沙俄在外蒙特权。

《申报》第14637号刊行。本期《自由谈》"尊闻阁词选"栏目含【南仙吕入双调】《秣陵悲》（听猿山人）：《步步娇》《山坡羊》《五更转》《园林好》《江儿水》《玉交枝》《玉抱肚》《玉山颓》《三学士》《解三酲》《川拨掉》《嘉庆子》《侥侥令》《尾声》；《水调歌头·读书感赋》（东园）；"文字因缘"栏目含《题〈我梦园十二金钗传〉》（四首，山阳何稞馨）。其中，东园《水调歌头·读书感赋》云："万帙束高阁，饱蠹已多时。读书孤负年少，恨煞沈悠悠。几见班超投笔，几见崔苗焚砚，激烈果何为。下酒别无物，黄卷侑金卮。　　稚圭壁，季长帐，仲舒帷。断非习气迂阔，豹只官中窥。诸葛独观大略，靖节不求甚解。万古拓襟期，不学总无术，说与霍光知。"

林一厂《燕京闻春航由汉返沪即寄》（二首）、《见〈梅魂歌〉有慨》刊于上海《生活日报》，后载于《南社》第12集。其中，《燕京闻春航由汉返沪即寄》其一："仙人一去吹台空，黯黯江云黯黯风。客梦三春愁断蝶，楚波千叠返惊鸿。乍闻消息抛悲筑，回首飘零恨转蓬。见说后屏传弟子，可曾记曲似红红？”其二：“燕赵佳人异昔时，韩潭映日少余姿。光辉璧月都成幻，点缀梅花未称诗。带缕徘徊怜紫燕，携樽宛转想黄鹂。南朝歌舞今谁主？自是亭亭玉一枝。”《见〈梅魂歌〉有慨》云：“天下已无真是非，群儿仗策斗兵机。江山且随倩影飞，嗟我冯郎将安依？吾亦何心绘声色，偶然浪谑闲笔墨。冯郎一世多情人，血泪碑谁能没得？绾结乾坤赖有情，情从男女观最清。辛苦腰肢描榜样，问郎血泪为谁倾？建胡窃国三百年，祖宗都在堂子前。韩家潭北云龢室，遂有奇香抱玉眠。龙漦留下遗臣毒，不数宫中小叫天。彩牒琅琅俞进士，至今腾笑野狐仙。冯郎羞与梅香伍，飘零十载春申浦。本非紫稼王门伶，忍学燕姬柘枝舞。一走汉皋初解佩，月里霓裳传菊部。相思南国红豆词，尽向龟年泪如雨。鲛珠化气剑收铓，浮海横来偏断肠。继马宜春才旧苑，碧鸡入夜更歌坊。梦魂转绕八千里，丹桂台空凤尾长。可怜雾里枉看花，碧乍成朱玉似瑕。岂有风流如政客？公私日日闹蛤蟆。良俦戒作时事谈，刚肠潦倒正不堪。只是情心终未死，拟招伽女返荒龛。”

齐白石因次子良㽔病殁撰《祭次男子仁文》，后画《老来红》时有题款追忆此事。诗云：“年过五十字萍翁，老转童颜计已穷。今日辞归扶对镜，朱颜不让老来红。”

方守彝作《冒雨游山阴兰亭，癸丑十月八日》。诗云：“山雨喧溪溜，林云压竹簰。游襟争激荡，衰发破烟霾。苍翠一亭涌，风流千岁乖。零残旧甲子，不与永和偕。”

6日 《申报》第14638号刊行。本期《自由谈》“游戏文章”栏目含《打野鸡诗》（六首，嘉兴楮博甫）；“尊闻阁词选”栏目含《九日登吴山》（二首，包者香）、《秋日湖楼晚眺》（包者香）、《四月闻蟋蟀作》（包者香）。其中，包者香《九日登吴山》其一：“菊洒萸囊意自闲，登临人在夕阳山。尊前多少兴亡感，付与霜枫一醉颜。”其二：“变幻风云瞬息过，天心未忍碎山河。尘氛已逐潮声去，极目长江静不波。”

魏清德《芦花》（限文韵七绝）发表于《台湾日日新报》。诗云：“摇摆江头冷夕曛，月明岸远望无渍。青枫昨夜霜渲染，浓淡秋光恰半分。”

7日 《申报》第14639号刊行。本期《自由谈》“尊闻阁词选”栏目含《感事八首》（问梅山人）、《申江杂咏》（三首，钝锥）；“文字因缘”栏目含《〈玉田恨史〉题词》（九首，东园）。其中，钝锥《申江杂咏》其一：“春江花月淡烟笼，七宝香车驾玉骢。云髻翻新眉样好，斜簪綵结扬轻风。”其二：“春江花月淡烟笼，醉茗楼头一笑逢。卖尽娇痴装尽俏，亭亭倩影学惊鸿。”

连横作《癸丑十月十日》。诗云：“南风终不竞，北斗吐光芒。白璧埋庭室，黄金买议郎。功名成竖子，冠剑集中央。他日修民史，渐台事渺茫。”

8日 《申报》第14640号刊行。本期《自由谈》“游戏文章”栏目含《江西竹枝词》(十二首，赣乱事，东甹旅沪作)；“尊闻阁词选”栏目含《秋夜》(问津)、《步月口占》(问津)、《怀兄长沙》(陈仲安)、《题杜公石太夫人墓表后》(陈仲安)、《和朱春生分□□泰州松林庵作》(陈仲安)。其中，问津《步月口占》云：“缓步踏林月，俯仰身世宽。清心隔尘嚣，疑入画中山。”陈仲安《怀兄长沙》云：“修江春草绿，孤燕离群飞。同怀各千里，别思徒相依。夭桃媚落日，芳树愁烟霏。长沙望不见，临风一歔欷。有志共姜被，在远仍多违。何时发湘水，兄弟同舟归。”

9日　《申报》第14641号刊行。本期《自由谈》“尊闻阁词选”栏目含《秋日同徐公孟、张然犀、高飞鸿集亦庐，追谈往事，慨然有作》(拜花)、《武林访蝶仙不值，书此却寄》(拜花)。其中，《慨然有作》云：“酒地歌场又一时，惊看杜牧鬓成丝。春来不种忘忧草，人去空余连理枝。雅有闲情传白傅，惭无绮泪哭红儿。柔肠已逐秋风老，回首青山后约迟。”《书此却寄》云：“忆昔瓜山把袂时，樊楼灯火影参差。相怜同病如君少，宛转情怀笑我痴。灯下闲评名士句，樽边快诵美人词。于今空买西泠棹，载得相思若个知。”

张震轩赋七律一首赠从子醒同。写挽潘逸质妻王氏联一对。又接南河叶婿信，并《小说月报》5册、《庸言》1册、《不忍》2册。

郭耆英《唐多令·本事》刊载于《台湾日日新报》。词云：“无那怅飞花。牵愁惹恨多。记当年、琐事些些。正是相思思未了，杨柳外、又栖鸦。　　何处可人家。低徊别路赊。叹人间、咫尺天涯。镇日凝眸遥望处，更莫被、晚云遮。”

10日　宪法起草委员会因国民党员被取消议员资格，不足法定人数，自行解散。《天坛宪草》归于流产。

《申报》第14642号刊行。本期《自由谈》“游戏文章”栏目含《五更调》(陶然)；“尊闻阁词选”栏目含《秋日有怀碧云仙馆》(四首，拜花)、《马嵬(并序)》(三首，东园)。其中，拜花《秋日有怀碧云仙馆》其二：“昔年同扫落花飞，画槛重过事已非。衰草连天秋色老，相思清泪湿罗衣。”其三：“徒将老大泣年华，旧壁无人障薄纱。浊世炎凉惊变幻，可怜青眼屡如花。”

方守彝作《十月十二日王漱岩招游西湖，明日以诗纪事，且谢殷勤》。诗云：“西泠山水领东南，漱岩诗文与之副。昨日招我出城游，白传长隄结襟袖。孤山梅迟鹤不归，处士墓边看苔绣。典史官卑节义高，一家忠骨葬清胄。何人作诗刻青珉，为我朗吟夸健句。故宫榛莽辟新园，正有傲菊排霜妍。危阶曲磴争后先，导客直上蓬莱巅。里湖外湖涵脚底，龛山赭山落眼前。衰翁喘息汗如瀑，似有感慨泪潸然。栖霞山下岳王树，青盖高冢荫庙垣。礼像读碑意未足，入城更索拜初阡。君道自古肠自热，联踪日暮穷搜研。谓是宋朝大理狱，螺蛳惨淡护幽穿。碑版四壁无灯火，手摩口语追邕贤。蔡邕虽贤人已古，于今蓟臼君操杵。踏步径上湖春楼，酒旗风里唤清醑。白鱼黄鸡巢家菜，大嚼剧谈眉飞雨。湖上游人不到此，正好恣睢发狂语。金钱斥尽疥湖山，岂识湖山有真主？白公苏公遗爱长，祠宇败烂比贫户。杜陵秋风卷屋茅，鲁公漏痕满墙土。便须归去染淋漓，凛凛霜锋鸣彀羽。残齿气衰为君回，斗大如箕为君举。酣醉不知今何时，狼藉墨花乱翻舞。”

11日　《申报》第14643号刊行。本期《自由谈》“尊闻阁词选”栏目含《怀旧词》（六首，拜花）。其一：“乌啼城上月初昏，相对盈盈笑语温。斜亸玉钗偎枕畔，道言如此足销魂。”其二：“闲从花径共徘徊，蛱蝶双飞傍碧苔。笑指粉衣低问道，阿侬可得此伊来。”

杨钟羲赴刘承干招饮，借阅《郝青门诗选》20册。

张震轩接胡小塍和诗一首，以为“词切韵稳，足见老手不同凡近”。又接从子醒同函，言洪博卿次媳赵氏病殇，亲友中投赠挽联极多，将刊行。洪铸代为乞张震轩父子挽章，并滕示洪叔林诸君挽联。张震轩见各联皆悱恻缠绵，而于洪家殊疏阔，乃作复函婉辞。

12日　超社第十一集，王仁东招集樊园，即席分韵，陈三立、缪荃孙、瞿鸿禨、沈曾植、吴庆坻、周树模、樊增祥、沈瑜庆、吴士鉴等同集。同人诗作：沈曾植《十月望日超社第十一集，完巢招集樊园，分韵得五物，各赋七言古体》、瞿鸿禨《十月之望，完巢集同社于樊园，分韵各为七古，余得月字》、吴庆坻《旭庄招饮樊园，以疾不赴，是日序齿分韵，余得四质，翌日补成一诗》、沈瑜庆《超社十一集，王旭庄观察置酒樊园，即席限屑韵七古，止相兼定桃源隐之约，并呈同社诸君》、王仁东《超社第十一集设饮樊园，即席分韵，限七曷》、陈三立《十月十五日旭庄集樊园，即席得黠韵》、吴士鉴《王完巢招集樊园即席限锡韵，七古一首，超社第十一集》。其中，陈三立诗云：“枫脂蕨茸霜未杀，野径犊车夺健鹘。幽堂灯火虫语低，列坐儒服闲巾帓。行遁偷为文字饮，如依蛩駏听啁哳。须臾飞觞荐臛脔，银鲙堆盘佐蜇蝤。忘言欲到葛怀世，加餐安用耳余轧。呵嘘腹中书传香，敌以流匙羹糁滑。撄怀阻海十万家，有田不归慑大猾。吾党掌无吹毛刃，坐令疮痍吮貙貏。九区孽眚积华嵩，傥许巫阳下识察。且谋一醉嬉故技，伸纸大痴乘小黠。三家师说校异同，雅咏自劾惩足刖。但留微命待澄清，孰必宿愤痛洗刮。门外蕉雨溅黧面，夜归笳角正摩戛。”

《申报》第14644号刊行。本期《自由谈》“尊闻阁词选”栏目含《怀旧词（续）》（十二首，拜花）、《怀旧诗成，惆怅未已，再题五十六字成二十绝》（二首，拜花）。其中，《怀旧词（续）》其一：“得月亭中待月明，旧时行处不堪经。纵然洒尽千行泪，欲寄卿边寄不成。”其二：“卿自深情我自痴，每因旧事惹相思。寻花斗草浑忘却，独忆含羞欲语时。”

《不忍》第8册刊行。本册“艺林 · 诗”栏目含康有为《吾诗久多流佚，近葺之，得一千二百余首，其数多于李杜，比古人亦为大集矣。门人梁启超爱嗜太过，乃能于著述之暇，以小楷手写，全部三月成半，精妙绝伦，他日流传，当为二妙也，赋谢以为佳话》《闻高丽亡日俄协约，痛慨感赋三章》《寄门人麦孟华孺博》《寄门人王公裕，召来须磨编今文经义，并召韩树园同来编书》《己酉腊在槟屿与门人王公裕步南兰堂后园，感怀示公裕兼寄麦孺博、徐君勉》《与王公裕南兰堂园林望海云，寄麦孺博》《己酉腊南兰堂后行吟，径扶病与王公裕望海》《怀门人钱用中、程式谷二子，朴学笃志，戊戌以会试从余居京师南海馆，八月牵累下狱，久不见，倍思之》《今日》《十月母劳太夫人年七十八就养槟榔屿，十一月二十六新得子，同饯母嘉慰，名所居曰南兰堂》（戊申）、《戊申除夕祭先帝后望海独立，思旧感怀》《庚戌除夕居星架坡海滨丹容加东，与旃理步海沙，攀松石，长椰夹道，夕照人家，接目皆巫来由吉宁人。去国十二年，伤存念亡，云物凄凄，遂有浮海居夷之感》《辛亥夏五月，自香港重游日本，寓任甫须磨双涛园，筑室同居，与任甫离居者十三年，槟榔屿、香港一再见亦于今八年矣。儿女生于日本皆不能识，相见如梦寐，任甫赋百韵诗，先有四律，奉迎答以四律》《仲廉二弟最孝谨，久别八年，患难远离，祠墓田园皆赖弟，香港重见，欢然赠欧土物，弟无所爱，但乞诗字，因写赠之，并寄季雨四弟，因伤感幼博》《辛亥人日立春，星架坡海滨晓起，视万绿亚地嫩晴浓熙，皆椰蕉、棕桐、凤尾草，不得见故国梅花、牡丹也，寄任公、孺博、曼宣与薇女》《观鼐格大湖瀑》《黄石园歌》《墨国胡克家郊外十里许，袄祠前有老桧，围五百四十尺，凡二十八围，垂条苍翠，其巨大吾未之见也，以在美中新地，故得保天年耶》《墨西哥人种出自谁，何今欧美人皆无定据，吾游蔑罅，睹古王宫庙，皆五百年前物，似吾北方广式红墙层门，如见故国。其石刻物与西伯利博物院中物皆同，乃知确自鲜卑传来也。地穴即墨末王孟谛苏玛被擒处，为之怃然》《瑞典北海申堪闻常熟凶闻，于海上大盘陀石哭之，时海风怒号，助人悲痛，不意党祸遂成永诀，后之览者，岂止西州之痛却》《过比利时滑铁卢，视擒拿破仑处，有高塔及惠灵吞与同时诸将像》；“附录”栏目含《伯祖种芝公〈六太居士遗稿〉序》（康有为）、《六太居士遗稿》（南海康国熺种芝氏著、二十一世孙有为恭注）、《书〈康种芝先生遗书〉后》（海澄丘炜萲菽园）。

13日　《申报》第14645号刊行。本期《自由谈》“游戏文章”栏目含《梅郎曲》（东甹）；“尊闻阁词选”栏目含《无聊》（佐彤）、《偶成》（佐彤）、《偕寒蝉渔隐夜泛太湖纳凉》（酶禅）、《冬夜同人煮酒围炉，漫兴拈韵》（酶禅）、《和管静庵〈感怀〉之作》（酶禅）、《再叠管静庵〈感怀〉原韵》（酶禅）、《秋杪珑峒山晚眺，抚陨石，访林屋洞而还》（酶禅）、《晚步即景》（酶禅）、《次韵奉酬笑秾》（蝶仙）。其中，佐彤《无聊》云：“寒蛩凄咽警秋深，热处难为冷处心。门对西山添爽气，风吹黄叶剩空林。酒从知己连朝醉，诗向无中特地寻。福要匀分愁惯独，累他消瘦到如今。”《偶成》云：“新诗偷赠及良辰，花径同行月满身。竟夕绸缪疑是梦，空堂前后喜无人。饱尝眼福俄延坐，略熨心情减却颦。越爱淡妆容越艳，绮罗翻恐失真真。”

南社社友杨性恂（德邻）遇害。杨性恂为辛亥革命志士“蹈海生”杨笃生兄，在湖南为湘督汤芗铭逮捕杀害。柳亚子作《哀杨性恂》。诗云：“大雅杨夫子，惊闻赴北邙。朝衣斩东市，一日尽三良。有弟怀沙死（谓笃生先烈），慈闱两鬓霜。九原倘相见，家国倍堪伤。”龙璋作《哀性恂》。诗云：“天道翻疑匪德亲，诛锄未应首闻人。名诬翟义污京观，烹及弘羊岂盗臣。虎豹距关多啄害，龙蛇值运倍艰屯。洞庭波浪今犹恶，哀郢吟成极怆神。”

14日 《申报》第14646号刊行。本期《自由谈》“尊闻阁词选”栏目含《夜作即景》（问津）、《对秋海棠有忆四绝》（问津）；《咏菊六首》（守良）：《二桥》《柳汁青》《洋蝴蝶》《黄罗织》《白寿眉》《天官紫》；《秋色》（侍仙）、《秋声》（侍仙）、《旅怀》（红豆）。其中，侍仙《秋色》云：“满目苍凉景，空明月一湾。白无云点缀，红有叶斓斑。水映遥天碧，林疏夕照殷。鹭飞鸥宿处，独步觉萧闲。”《秋声》云：“到耳尽秋声，潇潇旅梦惊。江山成逸响，风雨扰幽情。蝉噪连还断，蛩吟重复轻。欧阳遗赋在，披诵助凄清。”

谢英伯因在粤创办《讨袁日报》，取道日本出亡美洲，舟中作《大风渡太平洋放歌》。序云：“民国二年秋八月，粤局遽翻，义旗顿靡。缇骑四出，同志多走海外，余亦于十一月十四日出亡美洲。横渡太平洋，为程八千海里，始达金门。自横滨放洋后，岸痕岛影，渺不复见，日惟海天一色，夜惟星光数点而已。独立船舷，狂飙陡起，风云变态，怪不可状。回念祖国，复伤身世，浩然放歌。”诗云：“狂飙卷浪来无边，罡风吹云云满天。雨势压云云疾走，云垂海立天溟然。我时兀立气虎虎，风云万态奔眼前。一波再波波波逐，蛟龙出没涛头膻。奇境得来未曾有，谈瀛异日夸神仙。我生碌碌过三十，头颅依旧徒自怜。奋袂疾起走万里，英雄岂为儿女牵？□□□□□□□，血肉将尽苦熬煎。大声浔阳江上起，杀贼杀贼旌旗妍。羽檄横飞遍海徼，江山半壁战血鲜。丈夫造事贵适志，成功失败两难全。伟哉北美合众国！共和政体开我先。访政问俗会此日，养精蓄锐期他年。长途讵惮风浪恶，努力先着祖生鞭。歌罢精神一抖擞，兴酣掷笔拥被眠。须爽东方旭日出，百怪遁去销云烟。”

黄旭东客死东京，林痴仙作《旭东遗骸至，与诸同人迎于葫芦墩驿》。诗云：“白骨成灰恨未灰，招魂万里海天回。少年不幸悲行路，吾道将穷失此才。三岛烟霞求药草，六桥花柳起楼台。别时壮语归泡影，浪走风尘作病媒。”

15日 《蜀风报》创刊，至1914年4月共出9期。创刊号“艺林”栏目含《代黄兴作〈感怀〉四诗，索同人和》《代岑春煊和黄兴作》《观蒙古牧场有感》《金陵杂感》《书事》。

《申报》第14647号刊行。本期《自由谈》"尊闻阁词选"栏目含《春日承友招饮于其家园索诗,信笔率成七律一章》(佐彤)、《昔年光复时,有人劝往从军,余辞以诗》(佐彤)、《小桥晚眺》(横湖健饮子);"文字因缘"栏目含徐公辅诗四首。其中,佐彤《春日承友招饮于其家园索诗》云:"半贪风月半贪觞,偷得闲身赴草堂。柳宿翠烟垂槛稳,花研红雨滴琴香。冲霄鹤影初搏雪,出谷莺声惯绕梁。金碧洋楼高且显,岂容逃世学韩康。"横湖健饮子《小桥晚眺》云:"天际西风起,萧萧木叶零。夕阳留古渡,疏柳掩长亭。野鸭来何处,荒鸡唱未停。徘徊无限感,足迹一浮萍。"

梁鼎芬南归上坟,有信札与马季立曰:"鼎芬七到梁格庄,可以为臣矣,未得一拜先墓,不可以为子。十五日扶病归里,十六日上坟,山路无人,朔风微雨,凄凉已极,不可记也。泣告。一切问公辅,并阅彼西。季立我兄经席。鼎芬顿首。十月十八日。"

16日 是日为光绪忌辰,光绪陵墓竣工,林纾二谒崇陵。时大雪漫天,林纾遥望数十丈外飨殿,匍匐陵下曰:"呜呼!沧海孤臣犯雪来叩先皇陵殿。"未拜,已哽咽不能自胜。九顿首后,伏地失声而哭。宫门二卫士,为之愕然动容。废帝溥仪闻之,二十日后亲书"四季平安"春条一幅,颁赐林纾。林纾精心绘制《谒陵图》,经六月始成。甲寅(1914)五月撰《谒陵图记》,略云:"以我景皇帝心乎国民,立宪弗就,赍志上宾。孝定皇后,则踵唐虞之盛,不欲陷民于水火之中,二圣深仁,民国上下,咸无异词,臣纾宁敢忘德……图付吾子孙,永永宝之。俾知其祖父身虽未仕,而其恋念故主之情,有如此者。"

《申报》第14648号刊行。本期《自由谈》"尊闻阁词选"栏目含陈筠轩《意难忘·题〈桃花人面图〉》《浣溪沙·和蔡厂侠题图》《鹧鸪天·纪游》《丑奴儿(红闺寂寂春谁觉)》《一剪梅(雨雨风风独掩门)》《感怀》(二首)。其中,《感怀》其一:"流离骨肉似零星,回首关山泪湿襟。秋思撩人眠不得,中宵愁对一灯青。"

《庸言》第1卷第24号刊行。本期"艺林·随笔"栏目含《〈翊经录〉绪言》(熊升恒);"艺林·艺谈"栏目含《石遗室诗话(续)》(陈衍)、《菉猗室曲话(续)》(姚华)、《诗钟说梦(续)》(易顺鼎);"艺林·诗录"栏目含《辛亥岁暮怀人诗三十二首》(陈衍);"艺林·文录"栏目含《谢君墓表》(赵衡)、《赠桐城马通伯先生序》(林纾)。

褚辅成被袁世凯指为叛党中重要人物、哥老会首领,押解南方。

金养知往赠《望益吟社诗钟》一集,共一百八十联,请叶昌炽评骘等级。

魏清德《渔灯》(七律,拈庚韵)发表于《台湾日日新报》。诗云:"大江落日看潮平,三五光从泽国生。钓罢疾追归棹晚,宵来长伴客星明。风过篷榜摇还定,梦稳鱼龙照不惊。十载寒窗攻苦者,何如此处学逃名。"

陈懋鼎作《十月十九日万牲园感赋》(国会议员宴外国客)。诗云:"假日休未休,出门游非游。大风振林木,黄尘眯两眸。郊园良宴会,龙马车如流。留犁挠葡萄,举杯当高楼。一谢相临况，再谢意谊周。导客观吾囿，飞动百千头。效珍自远道，各各殊方州。借问此何为，模写凤麟洲。凤麟不可见，所得非所求。主人尽心力，犹恐对客羞。主人且勿羞，工拙难为谋。赋芧可使狙，刻棘岂谓猴。褐夫有至宝，不欲名轲丘。瘏瘵敢告劳，顺时惟咿嚘。”

17日　超社第十二集，瞿鸿禨招饮桃源隐酒楼，以席间食器皆有陶文毅公印心石屋款识，限赋陶字韵七古。陈三立、缪荃孙、沈曾植、吴庆坻、周树模、沈瑜庆、王仁东、吴士鉴等人同集。同人作诗：沈曾植《二十日超社第十三集，西严老人招集桃源隐酒楼，楼主胡定臣参议，文忠公子陶，文毅公外孙也，席间盘盂皆有印心书屋款识，分韵得陶字》、瞿鸿禨《超社集胡定臣桃源隐酒楼，用所藏陶文毅公印心石屋食器，限陶字韵，各赋七古》、吴庆坻《止庵相国招集桃源隐酒楼，席间所用多陶文毅公印心石屋青器，限陶字韵》、沈瑜庆《超社十二集，止庵相国招饮桃源隐酒楼，所设食具为陶文毅公印心石屋遗制，益阳胡参议家藏物也，限七古陶字韵》、王仁东《超社第十二集题二十韵》、陈三立《超社十二集，止庵相国招饮桃源隐酒楼，所设食器为陶文毅公书屋遗制，限七古陶字韵》、吴士鉴《止庵师相国招集桃源隐酒楼，席间所用为陶文毅公印心石屋青器，限陶字韵，七古，超社第十二集》。其中，瞿鸿禨诗云："武陵仙源谁种桃，沿溪万树红云包。避秦不识人间世，但见巢父栖安巢。即今那复有此地，强就海曲名乐郊。胡君兄弟发兴奇，宛接太康渔子舠。高楼临路隐沽酒，虽不得仙亦足豪。我从治具招胜友，乡味领取郇公庖。益阳勋烈名宇宙，妇翁冰玉沩山陶。二公并是国良干，翊赞宣宗文宗朝。觥觥文毅起中禁，绣衣爰发持节旄。二吴利泽与江永，大事可属更盐漕。扫除刓敝抗群议，批导窾隙收前劳。政成民诚国计足，心薄桑孔规伊皋。平生齑粥志天下，荒江老屋书声高。印心柱石契鱼水，御题飞白章天褒。镌藏名山烛霄汉，歌咏余事扬风骚。古铭食器作敦鼎，雅制为仿汝定窑。一事一图图一诗，烧成红玉穷摹描。弥甥宝用外家物，送女齐器真凤毛。杯棬口泽护郑重，珍抵天球兼赤刀。宾筵何幸得睹此，神往承平逢泰交。百年文物盛润色，时有雅集觞宫僚（梁茝林仿康熙朝故事，制官僚雅集杯，时七友以文毅公为首）。宁知江左新亭宴，流离荏苒哀吾曹。群贤且赏且喟息，魏公遗笏防轻抛。公家靖节孤松标，义熙甲子风已遥。痛饮且须千盏浇，举头犹是古时月，高视霜天何泬寥。"又，胡定臣（祖荫）作二绝寄赠苏舆。苏舆迟至除夕作《胡定臣（祖荫）参议寄示超社诗，除日漫题》（癸丑十月二十日，瞿相招超社同人集定臣沪上桃源隐酒楼，用所藏陶文毅公印心石屋图、食器各赋一诗。止相首唱，陈伯严、林诒书、樊樊山、吴子脩、吴䌹斋、沈霭苍、沈子培、周少璞皆有和诗。定臣写寄，因题二绝其后，时居山中）（二首）。其一："河山一掷可怜春，世外桃源底处真。终竟胜他残宋局，新亭对泣尚斯人。"其二："故国公孙隐阛阓，燮垆岐饼市楼间。杯棬珍重寻常孝，独有流离念祖难。"

《申报》第14649号刊行。本期《自由谈》“尊闻阁词选”栏目含《蝶恋花·寄杏云》（秋帆）、《踏莎行·复杏云》（秋帆）、《对菊有感》（四首，冰铁）。其中，秋帆《蝶恋花》云：“春光易去秋光老。盼煞玉人，咫尺蓬莱杳。美景良辰都过了，年年辜负惜春鸟。　记取垂髫两中表。同学相亲，日日共昏晓。深悔赤绳未系好，此时种遍相思草。”冰铁《对菊有感》其一：“满身金甲又登场，锦绣河山孰主张。遍地霜威侵九月，频年血战到重阳。芙蓉寂寞江无际，苹苇萧疏水一方。争得繁华留故国，万人行乐笑称觞。”

魏清德《焦尾琴》（限侵韵）发表于《台湾日日新报》。诗云：“欲把中郎像铸金，人生难得是知音。龙门我亦遭烧尾，赏识谁如爨下琴。”

18日　《申报》第14650号刊行。本期《自由谈》“尊闻阁词选”栏目含《感时》（啸霞）、《秋窗夜雨，追忆金陵浩劫，感赋四绝》（啸霞）、《偶成》（二首，寄尘）、《秋雨夜》（儆）、《夜雨未得安眠》（畸道人）、《由慈溪雇船归里即景》（畸道人）。其中，啸霞《秋窗夜雨》其一：“杀气腾腾郁石城，无端苍昊祸斯民。可怜血染秦淮水，日夜悲流呜咽声。”其二：“乱兵先后肆猖狂，拒虎何图又进狼。苦雨凄风闻鬼哭，一场浩劫甚红羊。”

黄葆年作《癸丑十月二十一日夜退谷观菊影，和谢平原作》。诗云：“陶谢本同调，乔松良可观。写将高士影，赠与素心人。超脱寰中象，逍遥物外身。谷城顽石在，永此结芳邻。”

19日　《申报》第14651号刊行。本期《自由谈》“栩园词选”栏目含《卖花声·落花》（集成句）（东园）。词云：“澹荡酒旗风（张琦），吹梦无踪（李清照）。晚霞犹在绿阴中（吴琚）。暖艳动随莺翅落（李建勋），恨紫愁红（温庭筠）。　蝴蝶恋疏丛（司空曙），露重烟浓（钱季重）。一枝又逐月痕空（恽敬）。玉勒雕鞍游冶处（欧阳修），惆怅墙东（冯正中）。”

20日　《申报》第14652号刊行。本期《自由谈》“栩园词选”栏目含《和太痴〈赠陈某北游〉原韵》（四首，南窗寄隐）、《即席赠李君望之》（许重平）、《花朝富阳盛味根知事招饮赋呈》（二首，许重平）、《嘉禾朱氏最乐亭落成征题》（许重平）、《登义桥望江楼》（许重平）、《访六潭寄庐》（漱岩）。其中，南窗寄隐《和太痴〈赠陈某北游〉原韵》其一：“问答齐人计取燕，盈盈秋水共长天。有心击磬知宣父，荷蒉谁将一担肩。”

中旬　梁鼎芬自崇陵有信函寄赠，樊山作《节庵自梁格庄寄书题后》《答节庵见赠》等诗相赠。其中，《节庵自梁格庄寄书题后》云：“东陵宰木挂斜曛，遥念孤臣执绋勤。啼尽蜀鹃一口血，飞来辽鹤满身云。祭余御馔颁遗老，梦里麻衣见旧君。愿作蓝田衔土燕，白翎长绕汉家坟。”《答节庵见赠》云：“君病我康分灼艾，君忧我乐共看花。卫君子爰漪漪菉，虞美人开滟滟霞。果木且为痈痔累，鸾鸿何患网罗加。放翁四月闻莺日，病起先须访酒家。”

21日 《申报》第14653号刊行。本期《自由谈》“栩园词选”栏目含山阳秦寄尘《落花》（二首）、《感怀》（四首）、《闲居遣怀》（六首）、《咏红楼三绝》。其中，《落花》其一：“无端风雨送残春，翻为愁多作恨人。我惜落花花笑我，年年依旧溷红尘。”

［韩］《新韩民报·词藻》刊载《哭宋教仁》（东海）。诗云：“由来党祸是危机，如此英雄血染衣。遗恨未忘慈母哭，南湖惆怅落花飞。”

22日 陈夔龙作《十月二十五日钱铭伯招饮徐氏小园，即席赋赠并示座中诸君子》。诗云：“竹箭东南美，群公耐岁寒。年华非少壮，情话杂悲叹。坳水碧于染，篱花黄未残。当筵须尽醉，莫放酒杯宽。”

《申报》第14654号刊行。本期《自由谈》“尊闻阁词选”栏目含《无题七律十三首，集李义山句》（张伯贤）；“文字因缘”栏目含《读〈兰娘哀史〉书后》（红豆）、《题〈申报·自由谈〉》（□龙）、《题瘦蝶〈我梦园十二金钗传〉二绝》（二首，陈留公我）、《题〈我梦园十二金钗传〉》（二首，静观子）。

23日 魏清德应南社之邀访台南，作《赠社友林湘沅君》（五首）。其一：“逋仙不解旧风流，如对鸡笼环镜楼。十月小阳梅未吐，釜兰篱菊出深秋。”其三：“劳燕东西鹊向南，多年共事忆难堪。茫茫复会知何日，只合通宵秉烛谈。”其五：“驿头不种杨柳黄，握手无语使神伤。古人临歧那忍别，赤嵌丽旭永相忘。”又作《赠省庐词兄》。诗云：“省庐约我游，此愿至今酬。问讯来何暮，惊心岁欲周。相夸腰脚健，共踏石泉幽。客路匆匆里，为君更小留。”

鲁歌生。鲁歌，安徽当涂人。著有《可斋诗词选》。

［日］白井种德作《十一月念三，转居内加贺野小路，南窗微见东岭之巅，号曰寸碧山房，有作》。诗云：“移宅通衢与俗群，看山有福尚堪欣。性元恬澹聊知足，寸碧入窗还十分。”

24日 《申报》第14656号刊行。本期《自由谈》“尊闻阁词选”栏目含《与曹君直同学话都中旧事，有感于怀，集李义山句成七律三章》（张伯贤）、《旅金陵有感》（二首，陈筠轩）、《秋感》（二首，陈筠轩）、《秋雨》（陈筠轩）。其中，陈筠轩《秋感》其一：“英雄儿女总情长，愧我年年作嫁忙。目断关山三百里，枉教一日九回肠。”其二：“年年客里度中秋，屈指驹光又一周。料得西泠今夜月，有人相对数离愁。”

25日 《歌场新月》（月刊）在上海创刊。共出2期。王笠民主编，由歌场月刊社编辑，民友社发行。本期“文艺”栏目含《〈翠眉亭稿〉序》（佚名）、《翠眉亭稿（未完）》（华胥大夫）、《冬花居士病榻留言》（吴江王家桂辛益）、《课余杂咏》（静安女史）、《和西竺颠僧〈感时〉元韵》（梅癯）、《纪事，集〈疑雨集〉》（树人）、《江南好·题张生明谊小影》（剑厂）、《调寄〈齐天乐〉·剑厂命题张生小影》（梅癯）、《青衫湿·前题》（天弃王子进）、《满江红·狂怀》（剑庵）、《念奴娇·落花》（梅癯）、《满江红·前题》（梅癯）、《钗头凤·前题》（梅癯）、《柬剑庵吴门》（武林钟耕研）、《剑庵以〈按剑读书图〉命题》（梅癯）、《有赠，集词牌名》（剑庵）、《金缕曲·春柳》（梅癯）、《鹅湖华砚倩以自著哀情小说〈稚兰小传〉索题，漫拈小令〈清平乐〉》（毗陵董剑庵）、《前腔》（前人）、《迈陂塘》（前人）、《城头月·题云间雷剑丞〈自述诗草〉》（前人）、《百尺楼·自题〈溪桥行乐图〉》（前人）、《明月棹孤舟·自题山水便面》（前人）、《菩萨蛮·咏梦》（前人）、《满江红·题〈松江女杰小传〉后》（前人）、《题毗陵董剑庵〈按剑读书图〉》（邗江钱玉山）、《和浙妓〈舟中题壁〉两绝元韵，简剑庵》（邗江魏羽）、【南商调·二郎神】《题毗陵董子剑庵〈按剑读书图〉》（耳似吴听猿）、《酬舜湖冠芳女史见赠原韵却寄》（董剑庵）、《秋海棠》（吴越王孙）、《前题，和元韵》（文石）、《白月季花》（楷亭）、《梁州令·咏渴相如》（泾川吴树人）、《十六字令·四时》（前人）、《沙头雨·步竹坨老人原韵》（前人）、《纪事》（前人）、《阅蒙古有感》（半仙）、《水龙吟》（耕研）、《苏幕遮》（耕研）、《长亭怨慢·别内之孝丰》（耕研）、《浪淘沙》（阳湖庄盘珠女史）、《春兰·调寄〈菩萨蛮〉》（盘珠）、《王君笠民以〈蝴蝶梦〉传奇上册见示，感而赋此》（一鸣）、《观贾璧云演剧口占》（笠民）、《观梅兰芳演剧口占》（笠民）、《观贾郎〈红鸾禧〉有感》（笠民）、《上海共和纪念》（一鸣）。

《申报》第14657号刊行。本期《自由谈》“尊闻阁词选”栏目含《法京巴黎茶花女史马克格尼尔行》（吴东园题词）、《寄怀徐黍初、郁曼陀、后浴蘅三君，兼问思古社之余达父、张勺岩、侯雪农、宋镜涵、徐润中、于馥岑、黄任轩七君，及日本东京随鸥社之土居香国、永井禾原、永阪石埭、塚原梦舟、近藤恬斋、森槐南六君近来消息，诗社若何，爰和来青阁诸君联句五排元韵》（吴承烜东园，自江苏东台小海袁元茂记盐号）。其中，吴东园《法京巴黎茶花女史马克格尼尔行》云：“天生丽质曰马克，似此佳人难再得。少小名噪巴黎斯，一顾倾城再倾国。颠倒公卿丝竹丛，车如流水马如龙。夜夜歌楼金菡萏，朝朝舞榭玉芙蓉。百万佛郎声价贵，缠头无补游春费。懊侬自是有心人，混混爱河空一苇。女伴隔邻呼配唐，秋风摇落感徐娘。尊前不吝分金赠，病里无端纵酒狂。何来亚猛冶游子，温柔乡里蒲萄紫。一自梨园邂逅逢，从此花丛蕉萃死。纵然自号太痴生，究竟难辞薄幸名。我轻著彭（谓亚猛）重眉史，始终不改旧鸥盟。翻手为云覆手雨，蚕身自缚情丝吐。可怜紫乙惯投怀，那有仓庚能疗妒。玉质冰姿铁石心，结交无用借黄金。撤珥卖珠浑不惜，文君但誓白头吟。锁夏园亭一轮月，昨夜才圆今夜缺。宛转劝郎随父归，泪瘢沾袖成红血。诡秘行踪学李娃，缠绵别恨满天涯。三生愿化合欢树，一现徒开短命花。郎心不谅妾心苦，枉结疑团寻怨府。双栖身世证鸳鸯，一卷心经忏鹦鹉。恹恹鬼病困婵娟，月晕孤锴袅药烟。回书突遇同心结，抵死犹求一面缘。小玉自知病不起，红颜命薄乃如此。绿野难寻匏止坪，碧窗赖有于舒里（谓女伴）。落落寞寞恩谈街，燕侣莺俦无复来。丝儿气力丝儿命，一夜呼郎五百回。绛县赤城天咫尺，脂残粉剩空陈迹。游客方寻海外香，美人已化山头石。书卷飘零返寓公，夕阳回首债台空。至今青冢埋香骨，一片山茶湿冷红（女史事迹在茶花女史小说中，不复赘述）。"《寄怀徐黍初、郁曼陀、后浴蘅三君》云："海东一轮月，抵否昔时圆。竹笑新诗榭，樱开古瀍川。郑侨轻客馆，卫武重宾筵。知己高山曲，才人下水船。碑文嫌没字，琴质贵无弦。雨滞棠初睡，云憨柳欲眠。叶家惊梦煮，茶灶带愁煎。猩色氍毹地，鱼鳞玳瑁天。杯浮三白暖，烛刻半红然。王氏休钻李，周贤但爱莲。鸾吟孤笛倚，雁系尺书传。后不见来者，今皆何往焉？兰襟题洛社，菊酒荐邓泉。域外怀鸥侣，何年续旧缘（诸君如有佳什，可寄上海《申报》馆编辑部钝根）。"

《法政学报》第1卷第2号刊行。本期"文艺"栏目含《德帝舟行之一日》（齿冷）、《游国子监记》（忍济）、《小乔墓》（李澄宇）、《杨妃墓》（李澄宇）、《无题》（李澄宇）、《柳满满辞》（并引）（李澄宇）、《忆古》（贾慈公）、《秋月》（贾慈公）。

《小说月报》第4卷第7号刊行。本期"文苑"栏目含《魏铁三传》（无锡胡桥钱基博）、《明季杂咏（续）》（灵薞）、《河口篇，送黄公勇》（程子大）、《日本刀歌，为钱硕人赋》（程子大）。

易顺鼎作《十月二十八日纪事》（四首）。其二："细雨邮亭欲雪天，挑灯煮茗对婵娟。前身莫是名宣主，拥背来同合德眠。"其四："定公四纪遇灵箫（龚定庵句），我遇灵箫鬓更凋。垂暮英雄有人爱，天心未许壮怀消。"

26日　袁世凯下令厘定尊孔典礼，谓："孔子之道，如日月经天，江河行地，树万世之师表，亘百代而常新……现值新邦肇造，允宜益致尊崇。""所有衍圣公暨配祀贤哲后裔，膺受前代荣典，祀典均仍其旧。"责成主管部博考成书，"分别厘定"。

《申报》第14658号刊行。本期《自由谈》"栩园词选"栏目含《松坪夜泊》（绍彭）；《两汉咏史诗八首》（病魔）：《李广》《苏武》《卫青》《张骞》《陈汤》《马援》《班超》《虞诩》。其中，绍彭《松坪夜泊》云："一琴一鹤一诗瓢，船泊荒村月正高。一夜篷窗眠未稳，松阴风起响如涛。"病魔《李广》云："上郡无双士，将军旧号飞。蓝田虓虎伏，葱岭射雕归。破虏谋先定，封侯相已非。嗤他刀笔吏，老去尚歔欷。"

魏清德《挽小竹旭瀛学堂长》发表于《台湾日日新报》。诗云："辰飙送凄恻，晔芳亦云闭。中肠有清泪，所思哲人逝。木鱼佛号宣，掩袖伤职毙。托生虽无常，为德应不替。悠悠龙山寺，感慨一以系。淼淼鹭江水，舟楫共谁济。古时崇教育，末季趋权势。怀恩不可忘，耿耿存心誓。"

黄文涛作《十月二十九日云门弟五十八生辰赋赠》。诗云："我如孟母已三迁，转得西堂榻共联。同是他乡生白发，依然故物守青毡。凌霜晚菊开犹艳，向日寒梅放独先。今幸室家俱好在（时因避乱，与弟同居），一尊藉与慰颠连。”

27 日　北京之佛教、基督教、天主教、回教（伊斯兰教）等团体组成宗教联合会，以抵制“定孔教为国教”之议。

《申报》第 14659 号刊行。本期《自由谈》“尊闻阁词选”栏目含《和半樵〈斗蟋蟀十二韵〉七律》（东园）、《写怀八律，集陶渊明句》（张伯贤）、《江上怅望三律，集谢玄晖句》（张伯贤）。其中，张伯贤《写怀八律》其一：“啸傲东轩下，清晨闻叩门。悠悠世中事，暧暧远人村。但道桑麻长，而无车马喧。得欢当作望，心在复何言。”

28 日　《申报》第 14660 号刊行。本期《自由谈》“尊闻阁词选”栏目含《次江北溟先生见赠韵，兼以抒怀》（二首，蝶仙）、《题栩园〈芟剩草〉》（二首，北溟）、《有赠》（二首，病魔）。其中，病魔《有赠》其一：“灞凌别后便相思，半似情深半似痴（袭《自由谈》投稿句）。多少辘轳心上事，美人遗帕故人诗。”其二：“愁里韶华别样长，年年容易菊花黄。到时只怕横风起，又是南柯梦一场。”

29 日　《申报》第 14661 号刊行。本期《自由谈》“栩园词选”栏目含《秋柳》（四首，逸侠）、《秋柳，次渔洋山人韵》（四首，江阴曹锡嘉肇湘）、《暮秋杂感》（三首，琴北）；“文字因缘”栏目含《题〈黄金祟〉》（用秦寄尘韵）（八首，问津）。其中，问津《题〈黄金祟〉》其一：“回首前尘若梦游，偎红依翠尽勾留。无情最是东风力，故领飞花逐水流。”其二：“无端软困在红尘，何法分来身外身。管使恩情无厚薄，各方温语慰佳人。”

张震轩作《海盐朱倬侯（郯）、余杭褚景陆（德明）将卸上望汀川盐务，赋诗赠别》《赋呈莫知事章达，即步其〈重九登高〉韵》。其中，《赋呈莫知事章达》云：“维新法律陋萧何，岩邑谁怀五裤歌。害马不除民劫重，饮羊成俗醉颜酡。终南捷径功名贱，过客新亭涕泪多。难得使君来奏绩，横流砥柱仰峨峨。”

30 日　《申报》第 14662 号刊行。本期《自由谈》“游戏文章”栏目含《咏十六皇帝》（剑秋）；“栩园词选”栏目含《秣陵秋·和杨中将》（七首，徐光伟）、《高阳台·初秋凉夕风月》（樵宾）。其中，徐光伟《秣陵秋》其一：“十年不作白门游，眼底沧桑动杞忧。打桨忽来桃叶渡，那堪重唱秣陵秋。”樵宾《高阳台》云：“豆叶轻黄，桐阴重碧，沉沉压倒黄昏。蛩韵惊秋，和烟呜咽篱根。阑干一角猩红晕，料西偏、靠着花魂。趁新凉，扶了风丝，香过重门。　　旧时人面知何处，剩荒苔冷缀，锁住春痕。无奈冰蜍，宵来依样如银。商量欲觅游仙梦，拚孤灯、伴取温存。又迟回，胆怯空房，不敢回身。”

《游戏杂志》（月刊）创刊。由王钝根、天虚我生主编，中国书局发行。内容分为“滑稽文”“诗词曲”“译林”“谈丛”“剧谈”“说部”“传奇”等。1915 年 6 月停刊，共出 19 期。主要撰稿人有瘦鹃、剑秋、天虚我生、钝根。第 1 期“序言”栏目含《〈游戏杂志〉序》（爱楼）、《小言》（钝根）、《集定盦句，祝〈游戏杂志〉出版》（莽汉）、《祝〈游戏杂志〉出版》（冰盦）；“题辞”栏目含《〈游戏杂志〉题辞六首》（刘明璞）；“诗词选”（附曲选）栏目含锦霞、天涯沦落人、酶禅等人作品；“乐府”栏目含《〈春声馆曲谱〉自序》（栩园）、《春声馆曲谱（乙种）》（蝶仙）。其中，爱楼《〈游戏杂志〉序》略云：“祖德宗功，上下五千年，其肇造之初，不过游戏之偶而已。由是言之，游戏岂细微事哉。故游戏不独其理极玄，而其功亦伟。……故本杂志搜集众长，独标一格，冀藉淳于微讽，呼醒当世。顾此虽名属游戏，岂得以游戏目之哉。且今日之所谓文字游戏，他日进为规人之必要，亦未可知也。”

《湖南教育杂志》第 2 年第 17 期刊行。本期“文艺·文录”栏目含《连云山记行》（余业厘）、《题章太炎〈国故论衡〉持赠李子畅》（符定一）。

苏曼殊《彦居士席上赠歌者贾碧云》刊于《生活日报》附张《生活艺府》。诗云：“一曲凌波去，红莲礼白莲。江南谁得似？犹忆李龟年。”

赵熙作《生十三女》（冬月初三）。诗云：“啄米鸡雏闹一窠，家贫其奈隐之何。来宾作贺神俱懒，乃母佯欢语不多。事到嫁时方了局，情知晚景是奔波。左思尚有关心事，总算闺中奏凯歌。”

本　月

《华侨杂志》第 1 期刊行。本期“文苑”栏目含《止观室诗话（未完）》（姚鹓雏）、《旧时月色斋词谭（未完）》（倦鹤）；“词选”栏目含《祝英台近·和蕙农韵》（陈倦鹤）、《绮寮怨·中秋对月，百感交集，用清真均》（陈倦鹤）、《丁香结》（陈倦鹤）、《念奴娇·海舟中和钟山均》（陈倦鹤）、《齐天乐·槟屿椰林蔽天，弥望皆是，词以纪之》（陈倦鹤）、《水龙吟·蛇莓山公园中峭壁悬瀑，潴为清池，全屿自来水源也。用梦窗〈惠山酌泉〉均》（陈倦鹤）、《摸鱼儿·重九》（陈倦鹤）、《浣溪沙·和孟硕〈狱中〉均》（陈倦鹤）、《芳草渡》（陈倦鹤）、《惜红衣》（陈倦鹤）、《水龙吟》（王蕙农）、《绮罗香》（王蕙农）、《金缕曲》（王蕙农）、《玉漏迟》（王蕙农）；“诗选”栏目含《悲愤十首》（林一厂）、《为玉鸾女弟绘扇》（释曼殊）、《简法忍》（释曼殊）、《南楼寺怀法忍、叶叶》（释曼殊）、《彦居士席上赠歌者贾碧云》（释曼殊）、《渤海舟中，端午》（叶中泠）、《前题》（叶中泠）、《一岛》（叶中泠）、《舟泊神户即景》（叶中泠）、《郎席赠桥口兼之》（叶中泠）、《今夕》（叶中泠）。其中，林一厂《悲愤十首》其一：“灌婴井动大江风，海水群飞直撼空。万丈猪龙鳞甲解，三秋鹏鹗羽毛丰。玄黄血战端开始，黑白棋弹局遽终。此处分明有公论，谁将成败定英雄？”苏曼殊（释曼殊）《为玉鸾女弟绘扇》又刊于 1914 年 5 月《民国》第 1 号（题目无“女弟”二字）和 1914 年 7 月《南社》第 10 集。诗云：“日暮有佳人，独立潇湘浦。疏柳尽含烟，似怜亡国苦。”

[韩]《新文界》第 1 卷第 8 号刊行。本期“词藻”栏目含《九日霞桥崔氏庄》（又黍生）、《又》（梅下生）、《崔氏庄再拈》（桂堂生）、《又》（又黎生）、《又》（小绫生）、《秋

日山寺小集》(梅下生)、《祝桂堂李将军熙斗观诸兵联合练习》(梅下生)、《和梅下词伯》(素湖生)、《落叶》(百衲诗)(吕圭亭)。其中,又黍生《九日霞桥崔氏庄》云:"好是玉山蓝水村,怜君经济足琴樽。襟怀摇落当秋晚,步屧蹒跚趁夜昏。逢秋淡如逢逸士,护桐勤似护孩孙。偶当落帽题糕日,遥忆乡山旧鹤猿。"

[韩]《至气今至》第6号刊行。本期"词藻"栏目含《夏雨》(普航子)、《秋夜偶吟五古二首》(石可生)、《西园秋竹》(他山攻者)、《次杜诗以咏吾道》(自天生)、《梅花吟》(丹田一农)、《菊花吟》(不揉子)。其中,不揉子《菊花吟》云:"莺样衣裳钱样裁,冷霜凉雨溅秋埃。较他红紫虽差晚,时节未得毕竟开。"

袁世凯加授陈宧陆军上将衔,又命周学熙筹办安徽赈抚事宜。

康有为因母丧归国,道经上海,沈曾植往吊于舟中。

殷焕先生。殷焕先,字孟非,江苏六和县人。著有《殷焕先诗词墨迹》。

冯煦撰《蒿盦类稿》(32卷,刻本)刊行。此后陆续递刻《蒿盦续稿》(3卷)、《蒿盦奏稿》(4卷)、《蒿盦杂俎》(1卷),至1923年递刻完毕。弟子魏家骅署签。《蒿盦类稿》有"癸丑十月刊成"字样。陈三立、陈夔龙均作序于甲寅年。陈夔龙序云:"光绪十二年丙戌春试,天下举子于礼部揭晓后,天子临轩策士,同年生冯梦华中丞以一甲第三人及第。维时君才名噪辇下,余郎潜多暇,以君道德文章超越侪辈,时时乐就君。同官京师者近十年。君旋膺上考,出典剧郡,而余亦遭际时会,由京兆外领封圻,与君不相见者数年。逮余承乏湖广,而君先已开府皖江。吴头楚尾,旌旗相望,邮筒朝发而夕可至,每启缄如觌面也。未几,君决然挂冠归去,嗣作汉上之游,访我于十桂堂中,谈宴甚欢。闲以诗歌相唱和,而一念及人事天时、内忧外患,又未尝不惄焉深忧,相对太息世运之靡有届也。辛亥冬,余乞病,获请养疴津门,厥后移家沪渎,君亦避乱莅此,往还最数,情谊亦最笃。每以焦愤发为诗歌,一再赓和,余已筋摇脉张,如湜籍汗流不能止,而君思如泉涌、经营意匠,层出不穷;然后知人之才力聪明不可同年而语有如是也。今年春,以所作《蒿庵类稿》若干卷问序于余。如余谫陋,奚足以知君哉?虽然以余两人数十年同谱之谊,中经世变,气味尤亲,又乌可以无言?君秉英特之资,于书无所不览,童时应试诸作已惊里中长老;中间游楚、游蜀,尤得江山之助;迨入承明,登金马获观天禄秘籍,读人间未见书,遭遇益隆,而所学愈富。散骈两体,渊懿典丽、骎骎入古;诗则无体不工,兼善倚声。充其所诣,卓然为东南名宿。方之珂乡前辈,若王兰泉侍郎、钱晓汀宫詹、阮文达太傅诸钜公之博大宏深,诚未敢一蹴;几至如孙渊如、洪北江、汪容甫数子之才学,以君把臂其间,实亦未肯多让。此非余阿好之论,即君澄心内镜,谅亦不以为河汉也。独余遭时多故,学不加修,千秋身后之想早已付之过眼云烟。而顾以劫火余生、沧江卧病,如陈思得以及身审定敬礼之文,岂非幸事?惟惜吾榜齐年诸友大半凋谢,寓居海上者,复寥落如晨星。风雨怀人，挑灯啜茗，读君是集，辄不禁枨触于曲江春宴日也。甲寅正月贵阳陈夔龙序于沪江花近楼。”

廖道传本月迄1917年10月作《国立广东高等师范学校为贡院旧址，中秋夕阅诸生卷罢，登明远楼玩月》《康南海母劳太君挽诗》《饮珠江酒楼，船灯万点，口号》《北京大学同人会饮珠江》（二首）、《八月七夕，董亨衢约诸同学饮于珠隄酒楼，叠前韵二首为赠》《伦哲如招饮珠江，叠前韵》（二首）、《黄遵庚友圃招饮珠江，再叠前韵》（二首）、《七月十四夜四鼓未寐，偶忆〈晋书〉感赋》《杨季岳太令（沅）有赠，次韵奉和兼柬温丹铭（廷敬）、杜杰翠（士珍）》（二首）、《一事》《携家游农林试验场，柬黄友圃场长》（八首）、《饮泮塘陈氏园》《送严孟繁厅长（家炽）入京》《送费地山道尹（尚志）之任潮循》《大雨中独游泰山》（十四首）、《曩作郡日署内所用硃砚、笔架等锡制品，家人镕为香炉，供祖堂中》（二首）、《题宋芷湾先生湘墨迹轴》《题〈美人吹箫图〉》《戏题画美人》《关楚潭定波赴美，以扇索书，走挥一律》《梦中》《蔡哲夫（守）以去岁游西湖所得六朝碑拓两种属题，一为李暎超等造像，曾藏会稽李是盦（固）、海盐俞滋兰（光惠）、南海吴小荷（尚憙）三名媛手，一为杨兴息等造像碑，则李莲性女史旧物也。均有哲夫同游檇李陆贵真女士题记。余各志以二截句》（四首）、《七月六夕战事方殷》《李镜堂峻寰属题画幅》《赠朱芷秀》《立春前二日，伦叙达如、程祖彝吉孙、麦棠召芝、梁士贤子瑜集酌寓斋，即送召芝之潮安兼柬胡兆麟仁垓。黄式渔樵仲、刘靖君曼皆有约未到》（二首）、《挽吕缉臣观察鉴熙》（三首）、《高师员生旅行白云山》（八首）、《韩国李王来日本朝觐并谒明治陵，朝野欢迎甚至》《东京食樱》《余于四月上旬赴日，轮中始羞荔枝，色青味涩。迨五月杪回国，则色香味俱隽矣。回视日本朱樱，直不可同日语也》《海上云词》（五首）、《出洋同人公宴省长朱公子桥、菲律宾教育局长马适、领事桂东原等于柬亚酒楼，游荔枝湾即事》（二首）、《书赠龙泽厚积之》。其中，《北京大学同人会饮珠江》其一：“晚凉同泛木兰舸，潮落沙平树影重。湖海十年人聚首，沧桑两代酒浇胸。云消远浦残蟾澹，柳拂归舆晓露浓。漫道珠江秋色少，余芳犹可采芙蓉。”《伦哲如招饮珠江》其一：“落日兰桡曳画舸，碧云红树影重重。烟波澹荡澄孤眼，天水空明证此胸。梧雨凉敲诗魄瘦，茗香味比宦情浓。京华冠盖都如梦，只合骚裳集紫蓉。”《黄遵庚友圃招饮珠江》其一：“黄公酒熟唤轻舸，约我寻秋蓼叙重。四面青山余霸气，三分明月照愁胸。素馨斜畔幽香咽，歌舞冈前积薛浓。输与珠江小儿女，年年清唱采芙蓉。”其二：“清浊何须论圣贤，衔杯纵饮夜如年。悲歌剑斫王郎地，怪诞客谈邹衍天。赌玉橘仙尘外戏，看花杜老雾中缘。醉眠不觉江云白，旸谷羲和已整鞭。”《大雨中独游泰山》其一：“下车初识泰山面，月黑雨濛难目成。天公先壮游客眼，绝顶电光时一明。”其二：“晓入山门翠滴衣，岩阿古柏透晴晖。山灵忽炫好奇意，怪雨狂风云雾飞。”其三：“云来不觉千峰没，雾散旋惊万里空。又手三天门上望，黄河西落大瀛东。”其四：“万峰岑寂暝苍茫，天鼓逄逄列缺光。知是玉皇传笑语，要教雷电合文章。”其五：“欲访秦碑玉牒封，云深不辨大夫松。自从嬴政回车后，风雨千年我又逢。”《高师员生旅行白云山》其一：“遥看青嶂白云封，近觉晴岚豁若空。山气亦如人境味，到来平淡望来浓。”其二：“一行楚制履橐橐，二子雍容独古装。不妨背后论吾短，莫向人前炫你长（众皆短装，独梁子瑜及翊云长装，适行在余后。口占戏之）。”其三：“山穷五岭郁苍苍，千里膏原海混茫。锁钥神州雄岭表，不应只诧小南强。”《韩国李王来日本朝觐并谒明治陵》云：“到处旭旗斜，降王走传车。陵参臣礼尽，宫宴主恩嘉。阴雨肥梨蕊，酸风病李花。明夷箕子泽，怅望海东涯（日皇以梨本宫女王许配李王世子）。”

万宗乾作《民国二年十一月，送参众两院议员被逐出京》。诗云：“临行何必泪偷弹，符命收雄事可叹。密纲党人皆打尽，覆巢危卵岂能完。相持渔父终攘利，被祸苏公早辨奸。八百孤寒从此去，独怜功狗且高官。”

黄侃作《乱后始至南京作》。诗云：“征毂才停意已惊，疏灯断柝石头城。道旁一望皆荒土，乱后重来似隔生。劫火经秋留烧迹，寒江入夜送潮声。纷纷成败何须数，独为遗民诉不平！”

刘慎诒作《十月过江宁下关四首》。其一：“戍楼吹角月微明，归客心孤畏入城。欲就街佣问灰墨，惊弓疮雁已无声。”其二：“寒江淰淰柳萧萧，独夜疏灯酒一瓢。凄绝颓垣茅屋底，犹将歌舞醉金貂（下关商民居肆焚掠殆尽，歌妓皆架茅棚而处）。”

曾广祚作《孟冬客澧州，感作长句》。诗云：“澧浦重阴滞客魂，瓦盆残菊润枯根。濡毫海内为长句，倚剑天边作大言。短后豺狼当道立，突前狐貉出村奔。明秋倘有柴门掩，南阮虽贫日晒裈。”

［日］杉田定一作《十一月游木会，吊源義仲遗迹》。诗云：“遗像犹存古梵宫，岂图幽谷出英雄。九郎毕竟袭人后，输与关中第一功。”

十二月

1日　《宪法新闻》第24册刊行，是为终刊。本期“杂纂·文苑”含《答李菊圃太守书》（朱次琦）、《前法部正首领沈君碑文》（附沈子惇先生事略）（袁世凯）、《频伽精舍校刊〈大藏经〉序》（章太炎）。

《申报》第14663号刊行。本期《自由谈》“栩园词选”栏目含《和渔洋〈秋柳〉》（四首，拙巢）、《九日》（耕庐）、《物望》（耕庐）、《百丈园登高之会，不举三年矣，诸公召集，次雪亭韵》（耕庐）、《次雪亭〈述怀〉韵》（二首，耕庐）。其中，拙巢《和渔洋〈秋柳〉》其二：“剑花昨夜拂清霜，憔悴秋容照曲塘。旧样忍看眉画黛，寒衣空忆絮盈箱。

音沈塞北劳思妇，哀遍江南怨让王。昔日繁华成底事，长条零落永丰坊。”耕庐《百丈园登高之会》云：“紫蟹黄花今几秋，催人霜鬓岁华流。重邀九日陪双屐，曾是三生共一楼。涸竭西江愁鲋辙，嗟兴南国感麟骢。逋租处处飞符急，安得甘霖纪胜游。”

《中国实业杂志》第 4 年第 12 期刊行。本期“文苑”栏目含《盐原咏感》（三十六韵）（李文权）、《津门书怀二首》（叔海）。

《蜀风报》第 2 期刊行。本期“艺林”栏目含《明朱舜水先生列传》（马瀛）、《愤时六律质恼尘》（海阳客）、《闻官军攻克湖口，感而有作》（瓣香女士）、《悔余庵乐府：〈行路难〉五首》（何栻）。

张震轩作赠莫叔未、黄立飞诗。又阅《餐菊轩诗稿》。胡小塍示张震轩《和褚景陆〈无可奈何歌〉元韵兼为送别》。诗云：“何为乎聚首之期方半载，忽闻季真归鉴湖。君耻老骥恋旧栈，吾悲骊驹唱前途。古称海内存知己，睽隔何嫌道里迂。聚谈每为乡音累，有问莫答默如愚。君绾盐政精桑孔，我老旧学守程朱。间有篇章相酬和，狂吟却惭诗律粗。知与朱君称莫逆，鲍叔断不舍夷吾。此去定多好际会，鹏翼乘风作南图。造物生材必有用，谋生计拙可无虞。临歧作歌为解劝，慎无戚戚长嗟吁。”

2 日　康有为电袁世凯，请厘定祀孔典礼，增设经学课程，强调考核德行。

《申报》第 14664 号刊行。本期《自由谈》“栩园词选”栏目含《感怀》（二首，寄尘）、《和酒丐元韵，三首存一》（栖梧）、《秋日杂感，留别皋城》（四首，海岚）。其中，寄尘《感怀》其一：“茫茫尘梦竟如何，顿感年华付逝波。肮脏平生知己少，艰难涉世阅人多。眼惊烽火真奇变，身使沉沦是琢磨。壮志无成嗟老大，荆天棘地我蹉跎。”栖梧《和酒丐元韵》云：“身世飘零死又生，年年花月最多情。自从春去无消息，欲寄相思写未成。”

3 日　唐文治拟就国歌歌词，转送教育部审定。唐拟歌词云：“我国初哉首磐皇，唐尧虞舜相禅让，共和政体肇元良。孔孟继起儒者王，大同世界神游翔。秦汉以来专制横，一治一乱纷玄黄，民生凋敝困且僵。我民国开国宙合发其祥，振兴实业农工商，五金地质开宝藏。教育覃敷，弦歌不辍，我国民士气扬。枕戈待旦，起舞鸡鸣，我国民兵气强。出入相亲，守望相助，我国民团体坚且长。勤俭忠信，孝弟力田，我国民志节久而昌。从兹我国旗飞且飏，照耀五洲洋。维我民国五族万岁万岁寿无疆。”

《申报》第 14665 号刊行。本期《自由谈》“栩园词选”栏目含《咏秋海棠，寄呈红豆女士》（四首，寂红）、《咏秋海棠，酬寂红女士》（四首，红豆）、《金谷园吊绿珠，和韵》（四首，东园）；“文字因缘”栏目含《题〈自由谈〉小照册》（二首，梵音）、《题蝶仙〈黄金祟〉说部》（四首，槁木子）、《题〈黄金祟〉说部》（四首，海陵顽石）。其中，寂红《咏秋海棠》其一：“玉栏杆外月钩斜，小约秋娘到谢家。检点旧时离别泪，只今都化断肠花。”其二：“晚烟笼月弄娇姿，零露空阶小立时。一样檀心怨西府，春风帘外袅垂丝。”

鹓雏、倦鹤、小凤和剑公诗《柬可生》刊于《生活日报》。鹓雏诗云:“莺飞草长顿成秋,又向江南续旧游。我已人人怜柬阁,输君日日住迷楼。紫云难索词人暮,黄绢休忘影事留。何必凌波怀洛浦,一丘一壑尽休休。”

4日 《申报》第14666号刊行。本期《自由谈》“栩园词选”栏目含《秋兴》(八首,东园):《西蜀劫后》《江西劫后》《皖省劫后》《湖南乱后》《广东劫后》《南京劫后》《淮西战后》《上海乱后》。其中,东园《西蜀劫后》云:“蜀犬惊曦吠密林,锦官城外柏森森(成句)。绵江秋水兼天涌,玉垒浮云匝地阴。剑阁羊肠多碍足,冰渊虎尾最关心。黔军知否征衣薄,木落寒催九月砧。”《江西劫后》云:“滕王高阁倚栏斜,天宝分明是物华。九派江分凫岛水,一帆风顺马当槎。军符应倒司农印(谓断星使),防务还吹越石笳(谓刘军)。何处琵琶何处客,丹枫飘叶荻飞花。”《皖省劫后》云:“鹊洲潮落渡斜晖,牛渚矶荒隐翠微。铁舰暗随明月渡(谓兵轮夜渡芜湖),彩旗高逐落霞飞。皖公开国勋何在,卜式敛财愿已违。纵使焚书安反侧,仍愁若辈食言肥。”《湖南乱后》云:“翔回雁阵怅衡山,秋满三湘七泽间。陵谷苍梧哀寝庙,洞庭黄叶梦乡关。灵妃鼓瑟双垂手,柳毅传书一破颜。斜拔玉蚁金井扣,风鬟雾鬓旧仙班。”《广东劫后》云:“米淅矛头炊箭头,羚江万木战清秋。红羊有劫空增叹,白鸟无言定是愁。党锢已成穿屋雀,同盟休问狎沙鸥。衙斋运甓劳晨夕,陶侃而今老广州。”《南京劫后》云:“张华底事乱推棋,半壁东西剧可悲。荆棘铜驼肠断处,薪□铁马腹撑时。弦高犒尽商人遁,吒利归偕美女驰。薏苡诡云红豆子,明珠粒粒系相思。”《淮西战后》云:“蔡州李愬不言功,名记残碑断碣中。兵渡淮西鹅鹳雪,事同海北马牛风。痌瘝在抱怀难白,战死遗骸血尚红。今我悲愁偏起兴,浣花愧比杜陵翁。”《上海乱后》云:“沪南沪北路逶迤,祸水横流涨四陂。蕉绿渐稀跳雾叶,菊黄犹剩傲霜枝。漫思八郡孙恩应,敢信三分汉祚移。发难徒云陈涉始,空文无复世家垂。”

魏清德《次韵谢馆森先生赠诗,即乞郢政》发表于《台湾日日新报》。诗云:“尧夫将涑水,今古谁与比。道尊身亦高,令誉喧都鄙。一时陕洛间,力行师其旨。先生不世儒,阐发明伦理。岂徒绍先贤,诱掖后进士。休哉道安从,向往曷云已。愿言诚渺躬,夙夜正基始。”

6日 陈三立与夏敬观、胡湘林、陈作霖、李瑞清、包发鸾等致书盛宣怀,述江西兵灾赈事之善后安排。

《申报》第14668号刊行。本期《自由谈》“栩园词选”栏目含《海上观〈陈圆圆〉剧》(三首,李生)、《秋夜感怀》(淑梅)、《秋日泛舟邵家渡》(淑梅)、《游虞山剑门》(樵宾);“文字因缘”栏目含《题〈黄金祟〉说部》(八首,拜石居诸樾稿)、《读〈黄金祟〉一段》(淑梅)。其中,淑梅《秋夜感怀》云:“璧月罗云乞剪裁,劳鸿有便寄苏台。

山塘衰柳条条落，多半秋情被雨催。”《秋日泛舟邵家渡》云：“寒波淼淼白无垠，款乃扁舟曲水滨。两岸芦花风过处，一齐低首拜诗人。”

清华学校课余补习会推闻一多编辑《课余一览》。闻一多《辛酉镜·大事记》云：“六日常会时，有议述半年来成绩以为杂志者，众曰善，遂以闻一多等司编辑，定名曰《课余一览》……分言论、科学、文艺、小说、杂俎、纪事，凡六类，以油印。”次年一月寒假中，《课余一览》第1期编成，2月印行。

7日　《申报》第14669号刊行。本期《自由谈》“尊闻阁词选”栏目含《裁兵叹》（东园）、《过龙门·过黄天荡》（东园）、《江南好·送客》（东园）、《杨柳枝·有感》（六首，南华生）；“文字因缘”栏目含《题〈黄金祟〉说部》（四首，南山寄庐月浦）、《读〈黄金祟〉感赋》（樵宾）、《怀寂红、双璧两女士》（宜红女子）、《赠双璧女士》（前人）、《赠寂红女士》（前人）。其中，东园《江南好》云：“烟水外，人影淡于鸥。不道客中还送客，可堪愁里更添愁，别梦堕孤舟。”

8日　《申报》第14670号刊行。本期《自由谈》“栩园词选”栏目含《江中晚眺》（守宽）、《无题》（甬上子枚）、《秋夜》（养虞）、《寒夜》（瘦蝶）。其中，甬上子枚《无题》云：“璧月轻云黛瑁天，相思枯坐比秋蝉。司勋绮兴狂于絮，小玉心情暖若绵。醇酒销沉豪士气，江山自有伟人肩。阿侬愿作司香婢，长侍妆台玉镜边。”养虞《秋夜》云：“湛露如珠漏正长，情痴偏觉耐回肠。秋光原是无私曲，几处楼台一例凉。”

王揖唐、周养庵、舒鸿仪、饶孟任与徐世昌是晚宴集。

张震轩同羽仪到唐宅与唐叔玉闲谈，叔玉有《和莫知事〈重九登高诗〉》（二首）。中有句云：“佳节已从愁里过，苍颜非复昔年酡。”

9日　超社第十三集。地点小有天酒楼，主人缪荃孙，与会者瞿鸿禨、樊增祥、周树模、吴庆坻、吴士鉴、王仁东、陈三立、林开謩。缪荃孙日记：“超社十三集，荃孙约止相、樊山、少璞、子修、絅斋、旭庄、伯年、贻叔在小有天，菜极佳。”

《申报》第14671号刊行。本期《自由谈》“栩园词选”栏目含《送陈湘涛入都》（二首，佚名）、《与梦佛分题得三首》（存二《菊影》《忆菊》，佚名）、《癸丑秋日与梦佛游金牛湖得句，用梦佛原韵》（佚名）、《我侠席上闻歌有作》（佚名）。其中，《癸丑秋日与梦佛游金牛湖得句》云：“居幸邻西子，狂歌湖上游。青山双屐影，凉雨一天秋。归鸟沙汀外，残阳古渡头。避秦空有愿，何处武陵舟。”《我侠席上闻歌有作》云：“侠骨痴情两不磨，拔刀醉唱忆秦娥。倚栏愁检题红记，读史羞吟易水歌。壮志未消弹燕角，衷怀欲吐怕鹦哥。那堪更听雏莺啭，啭断柔肠可奈何。”

樊增祥作《和石甫〈孟冬十二夜〉，步月韵》（二首）、《十二夜与石甫、伯严诣天仙部顾曲，归时月明如昨，再叠前韵，索两君和》（二首）。其中，《和石甫〈孟冬十二夜〉》其一：“明明玉水浴清蟾，云际纤阿启镜函。夜景娱闲才七八，月华久照胜初三。

狂游溟涬偕知北，本穴萧寥指所南。陆地何人搴荇藻，承天寺里旧同参。”其二：“铜街如砥积霜冰，多事倒垂金盏灯。地异雪堂和采石，人非郭泰即严陵。山河影子几何国，毛发洒然无一僧（同人皆未剪发）。归去乘风寒不怕，琼楼各据最高层。”

［日］芥川龙之介自新宿致浅野三千三信中附诗一首。诗云：“寒更无客一灯明，石鼎火红茶霭轻。月到纸窗梅影上，陶诗读罢道心清。”

10日　《申报》第14672号刊行。本期《自由谈》“栩园词选”栏目含《杂书十二章有赠，集定厂句》（悼秋词人）、《看悼秋厂秋色口占》（悼秋词人）。其中，《杂书十二章有赠》其一：“四厢花影怒于潮，但有秋魂不可招。谁分江湖摇落后，万千哀乐集今朝。”其二：“少年击剑更吹箫，尘劫成尘感不销。叱起海红帘底月，秋心如海复如潮。”

11日　《申报》第14673号刊行。本期《自由谈》“栩园词选”栏目含《赠许公》（二首，蜚生）、《夜深不寐，枕上口占》（二首，蜚生）、《桃源忆故人·有见》（蜚生）、《民国新造，登进途多，孔方运动，相习成风，即至高无上之立法机关，当选者亦以金钱为代价，我辈穷儒更向何处讨生活耶？书空咄咄，徒教和峤笑人，随意书怀，聊代送穷之作》（钝锥）。其中，蜚生《赠许公》其一：“自从海上识荆州，读罢《离骚》唱酒筹。大好江山多霸气，六朝烟雨没秦楼。艰危时局三边急，落拓男儿一样愁。寄语许郎诗思切，清溪九曲认淮流。”《夜深不寐》其一：“锦瑟无端历乱弹，曲终人去恨漫漫。铜屏夜月知愁堕，银烛秋风惜泪残。柳絮沾泥遭小劫，杜鹃啼血恋长干。闲居身世归长叹，蜀道非难来日难。”

叶昌炽为汪范卿作《西圃师画兰十幅，范卿水部所藏，出以见示，敬赋三绝》，题潘遵祁画兰。其一：“莫道丹青染未深，画禅拈出有金针。外家文采偏同巷，容易家书赠杜林。”其二：“香草相从赋考槃，廿年前梦话长安。四梅盍访山中阁，好与松堂共岁寒（吾师有杨补之四梅花卷，宝若球璧，因在邓尉墓庐筑四梅阁以为退居之所）。”

黄侃夜作《游仙》。诗云：“试作游仙语，君无问是非。居应厌浮墙，娶必偶灵妃。计顷耕芝草，论铢著羽衣。故乡华衣在，千岁肯来归？”

12日　《申报》第14674号刊行。本期《自由谈》“栩园词选”栏目含《闺怨》（钝锥）、《前题》（钝锥）、《秋影楼感作》（六首，拜花）。其中，钝锥《闺怨》云：“销魂春梦莺啼觉，懒把春愁寄远人。红豆抛残犹有泪，桃花零落恨前身。输他痴蝶留双影，笑我冤禽证夙因。剩得凄凉团扇在，不堪回首几酸辛。”拜花《秋影楼感作》其一：“楼空秋影暗生尘，今我偏来绕槛行。惆怅当年屏背事，并肩私语到三更。”

曾光炎生。曾光炎，晚号拙叟，湖南洞口人。著有《拙叟三草》《拙叟词草》。

13日　隆裕皇太后奉安崇陵，梁鼎芬奔赴哭陵。早祭时，梁鼎芬与劳玉初（乃宣）

哭之最痛，奕劻、载振、载涛等皆缺席。民国政府派员到祭，外交总长孙宝琦未穿清朝袍褂而行三跪九叩，梁鼎芬皆痛詈之。周树模作《癸丑十一月六日为崇陵奉安之期，海上恭赋志哀》。诗云："宝城流水制无差，岸谷高深足叹嗟。钩带死生连子母，啸呼俄顷变官家。孤生空下龙髯泪，旧恨谁攀獭尾车。北望桥陵虚一祭，染衣尘土暗京华。"陈夔龙作《十一月十六日即事恭纪》。诗云："海上孤臣九顿首，山中帝后万斯年。惠陵风雨崇陵月，一样攀龙泣杜鹃。"王树楠作《帝子曲》（癸丑十一月十六日）。诗云："苍梧山上苍梧死，黑云压空堕江水。山高水深不见天，上有百尺青琅玕。双妃绕竹泪汍澜，龙髯下垂不得攀。血花洒作苍苔斑，九嶷峰头日惨惨。帝子去兮魂不返，北渚秋风木叶寒。白首累臣泪满眼，我思帝子零陵东。遗恨当年锄四凶。三苗已鬼鲧化熊，共工不血涂山铜。胡留遗孽幽州域，士马雄强称第一。不才本是号穷奇，人面蛇身发卷赤。一朝怒触不周山，湛湛晴天堕西北。洪流泛滥遍中国，鸟兽骈蕃尽蹄迹。中原浩劫谁厉阶，念此不寐心徘徊。吾愿化为精卫口中石，衔之上天补天缺。"次日，曾习经作《十一月十七日德宗景皇帝、孝定景皇后奉安崇陵泣纪》。诗云："落落周民叹孑遗，春秋书葬已逾时。未终惕厉忧勤事，谁补神功圣德碑。七恨至今无可说，重泉相待有余悲。奉安泣告诸陵日，凄绝灵禽树上枝。"

《申报》第 14675 号刊行。本期《自由谈》"尊闻阁词选"栏目含《忆旧词》（十二首，然犀）、《题张然犀〈芳踪志感集〉》（三首，拜花）、《然犀赠仕女一幅，作二绝缀其上》（拜花）。其中，拜花《题张然犀〈芳踪志感集〉》其一："茫茫情海起风波，旧恨新愁唤奈何。往事不堪重记忆，斑斓襟上泪痕多。"其二："蝇头小字写乌丝，赖有生花笔一枝。摹出筒中声影现，识君已悔五年迟。"

张謇作《挽康长素太夫人联》云："长君以学术彰往察来，南海名为天下隽；近世所尊重令妻贤母，北堂痛失女中师。"

陈夔龙作《然糠火歌》。序云："仲冬既望，得湘中王湘绮丈书，并为余疏稿作序，谬以曾、胡、左、李暨吾乡丁文诚公相期许，余何敢望。书中意尤缱绻，并问讯止庵协揆、樊山方伯，兼有'浮游衡南计日当还，今年想可然糠火'之言，如见高人雅致。爰赋长歌，以寄怀想，工拙非所计也。"诗云："州六错铸一炉火，余烬横江断铁锁。湘绮楼上看飞灰，中有高人拥炉坐。先生原是白衣人，僧寺读书芋火亲。衡岳离南钟间气，大云不出作山民。丝竹鲁壁托深契，曾识秦皇未烧字。微言未绝文在兹，传薪本属经生事。异学争鸣邪说狂，独凭双手扫秕糠。然藜名重天禄阁，带草人式郑公乡。元黄战血阴凝象，兰芷易焚愁凋丧。朅来贻我平安书，糠火犹然幸无恙。书中雅谑杂清谈，问讯樊山与止庵。两公与我同漂泊，憔悴作客江之南。炉边获遂拨灰愿，料得湖湘米价贱。挑灯拥卷坐宵深，落叶添薪惊岁晏。不才学殖愧冬烘，身世殷忧厝火中。十载抗尘席不暖，两见甘泉烽燧红。曲突徙薪无恩泽，已是焦头烂额客。

业守青毡未改寒，泪盈绿蜡不堪爇。五夜心香篆易销，一瓣还为南丰烧。置身稷契吾何敢，矧继延赏惭韦皋。客岁春申侍清宴，今日相思不相见。超然烹火斗尖叉，定有新诗乘风便（止庵、樊山诸君沪上有超然社）。六琯葭飞启一阳，迎腊何知汉与王。红泥小炉绿醅酒，想见先生咏雪忙（来函小雪日作）。”

叶昌炽作《题沈筱韵遗像》。诗云：“沈生沈生昔吾友，燕市来游岁辛丑。登堂贻我青琅玕，金薤灵文世希有（筱韵脩士相见礼，以赵承旨所书《鲜于府君铭》为贽，旧拓孤本也）。为言家富名山藏，阿翁嗜古等欧九。熹平石经有残字，纸墨奇古重尊卣。毡椎若论宋以下，更仆未遑数某某。子寻南归我西迈，子尚誉髦吾胡耇。何时津逮得谟觞，珍重归田十年后。岂知天道难可论，墓草便旋宿已久。披图鹤立尚精神，踽凉形骸剩老丑。三精雾塞九宇昏，涂有榛菅门有莠。颜夭跖寿岁几何，蝉蜕飘然谢氛垢。芙蓉城阙在何许，洪厓浮邱纷左右。吁嗟乎！大壑藏舟负而走，江岸沉碑在岘首。桑海贸迁屈申肘，世贱诗书如刍狗。惟有君家一经守，光怪充箱烛牛斗，魂归共享千金帚。”

14 日 《申报》第 14676 号刊行。本期《自由谈》“游戏文章”栏目含《投稿歌》（济航）；“栩园词选”栏目含元鹤《秋燕》《秋蝉》《秋鹰》《秋雁》《古寺》。其中，元鹤《秋蝉》云：“疏枝传响韵悠悠，又曳残声过小楼。一曲清商齐女怨，半林斜日汉宫秋。时能有几须随化，语亦无多未肯休。最是雨余烟淡处，倚栏人正动新愁。”《秋鹰》云：“西风趁势上云程，自炫奇毛斥鷃惊。见猎心雄生杀气，盘空翮健挟秋声。飞腾质本从鸠化，搏击功惟与犬争。知否大鹏翻笑尔，供人指使复纵横。”

姜可生《自题小影》刊于《生活日报》，又于 1914 年 5 月刊于《南社》第 9 集。《自题小影》序云：“壬子冬仲摄影，时年二十有一。读李贺诗‘我当二十不称意，一心愁谢如枯兰’，凄馨哀婉，何其境之同也。爰写二十八字。”诗云：“十载扬州杜牧之，鬓丝禅榻梦醒时。割愁犹自磨心剑，却惹旁人笑太痴。”

萧丙章作《挽于和甫，用周子明韵》。诗云：“闻笛思中散，挥琴痛子期。亲朋余涕泪，孙子尽荣滋。望后缺寒月，春先韵併枝。休休杯在手，此醉醒何时。”

15 日 国民政治会议召开，夏敬观由工商部选派任议员。夏敬观在都中喜逢久别三年之胡朝梁（梓方，号诗庐，时为教育部秘书），作《都中喜遇胡梓方，时为教育部曹官》。诗云：“白衣受缁尘，渐若玉生瑕。朴士入京国，八九炫声华。九衢无陋巷，吾辈安可家？朝来遇胡子，执首交惊嗟。三年不见子，面目未稍差。导往观诗庐，西越沟水斜。门前数株树，日集寒宫鸦。出示箧中诗，味涩如苦茶。众弃子独守，随分趋冷衙。誉我为圣俞，老树着妍花。我心比枯木，虽春不萌芽。何当约子去，还我江海涯？”

《申报》第 14677 号刊行。本期《自由谈》“栩园词选”栏目含《题日本诗人塚原梦舟〈龙蛇握奇集〉》(东园)。诗云:“黄帝六相有风后,涿鹿一战蚩尤走。自是人间多战争,匆匆四五千年后。至今留得《握奇经》,八阵龙蛇形势剖。塚原先生记战功,播作歌谣垂不朽。战事何年辰巳间,战将何人帅大山。有战必克攻必取,凯旋齐唱大刀环。名将剑锋名士笔,光芒烛天空九寰。多少新声协丝竹,麒麟阁上丹青轴。是《燕然铭》铭一章,是《壮士歌》歌一曲。猎猎东风海外来,思发瀛洲春草绿。玉珰三复更漏沉,不知日出扶桑谷。”

《蜀风报》第 3 期刊行。本期“艺林”栏目含《哀雕赋(并序)》(辱海)、《致袁大总统书》(章炳麟)、《衣架致饭桶书》(佚名)、《题吴竹庄〈延穷图〉》(悔余道人)、《规李笛渔》(前人)、《新游仙》(迷新子)、《悔余庵乐府:〈禽言〉四首》(何栻)。

[韩]《天道教会月报》第 41 号刊行。本期“词藻”栏目含《送友之扶余》(凰山李钟麟)、《秋夜即事(其一)》(前人)、《前题(其二)》(前人)、《迎炼性人一行》(前人)、《秋雨》(芝江梁汉默)、《又》(敬庵李瓘)、《又》(又天白乐贤)。其中,芝江梁汉默《秋雨》云:“满江秋雨一番声,草木萧萧白帝城。渊明家里黄花色,不是诗情与酒情。”

陈宝琛作《十一月十八日同爱苍(沈瑜庆)看雪江亭作》。诗云:“君昔觞我江亭春,苇海涨绿风日新。一寒千里今集此,避面西山如畏人。是何世界费装饰?水帝屑玉龙辇银。麦田尺泽慰情耳,苦矣无褐周余民。故知重阴例凛厉,幸毕虞袝宵达晨。苍梧之哀天所吊,波及同轨攀号臣。皑皑万顷洗泪睫,风起不挂城坊尘。垆头一醉行复别,冥鸿泥迹何新陈?”沈瑜庆作《同陈橘叟江亭看雪,兼柬陶庵、默园》。诗云:“西山寒色侵窗棂,觑眼浩浩重关扃。并载耸肩冲冻出,尖叉冷峭谁当听?旧题年月暗尘壁,劫后好事如晨星。昨者旌旆照原隰,珠襦玉匣藏神灵。彤帷雨泪洒阳燠,光景似塞衔悲人。痛定伛偻拨灰话,过市对酌倾空瓶。二客后至赴盛集,遥想宣劝杯无停。禁体号令严白战,主人拥被君当醒。当时入地报分寸,关心丰歉烦明廷。梦寐恍惚那忍说,瑞应屏绝还讲经。高寒天上试回望,玉戏切莫忘江亭。俤色揣称隔梅讯,故乡花事谈伶俜。”

16 日 《申报》第 14678 号刊行。本期《自由谈》“尊闻阁词选”栏目含《一半儿·与宧梦莲分赋美人身体》(二首,东园)、《唐多令·远游赋感》(东园)、《花蝶犯·〈疏影楼词〉新制曲有此体,余倚之,于秣陵客次》(东园)、《菩萨蛮·秋怀二阕》(东园)、《南浦·秋水》(东园)、《疏影·梅影》(东园)。其中,《唐多令》云:“芳草满江洲,王孙又远游。二十年、岁月如流。诗卷飘零千里外,许多事、系心头。　风雨滞孤舟,囊中只剑留。旧河梁、无限新愁。欲典绨袍拼一醉,何处是、酒家楼。”

叶昌炽为所服补方作歌,作《天真丸歌(有序)》(丸方见《古方选注》)。序云:“陇上告归,岁饵天真丸,蕲却疾。马齿虽增,聪强难老,但修合既艰,梅雨时收,藏尤不易,自辛亥以后，药笼遂无此物。前两年体大困，今兹未秋先病，徂冬始起，濒死者数矣。先医推为补方第一，洵不诬也。吾衰矣，何可一日无此君。诗以颂之。”诗云：“海上禁方骛迂怪，神仙安得有栾太。何如经论出秦火，后来述者有金匮。千金外台今尚存，苏沈诸家此津逮。圣人治病治未病，义取养营与益卫。但使一暴非十寒，鹤发青瞳镇常在。此方得自绛雪园，作者先于叶薛辈（《古方选注》，大医王子接所辑，相传为吾宗天士先生之师）。西昌国工有同论（谓喻嘉言），美意延年此为最。世传方书如束笋，家握灵蛇赠琼佩。不言仙授即鬼遗，谓可济生能拔萃。孟诜食疗已非古，晚出医林更自桧。嗟余蒲柳先秋零，每叹芳华及春薉。林皋何物可驻颜，惟此三年尝蓄艾。吾思天真二字义，先天无形至精粹。非以水火济坎离，劫剂更张二竖祟。从来选药如选兵，裘带从容可为帅（共药七味，苁蓉为君）。葠莨羊肉有同功，各以君臣佐使配。日计不足月有余，功即未神罔有害。上古天真论第一，发挥旁通理无碍。人秉天地中以生，上寿不期皆百岁。自幼至壮壮且老，寒暑晦明风雨内。彭殇自昔论难齐，跗扁至今功是赖。谷神不死气海温，有如良苗资灌溉。本经格论在灵兰，先圣微言炳蓍蔡。何为酒诰等俄空，扬觯世未闻杜蒉。大声疾呼问世医，唯唯否否莫先对（此丸方书多著录，而尊古家皆以平澹无奇置之，世医能知者更尠）。”

17日 《申报》第14679号刊行。本期《自由谈》“栩园词选”栏目含《睡起》（二首，寄尘）、《自叹》（三首，寄尘）、《感怀》（寄尘）、《漫游》（寄尘）。其中，《自叹》其一：“寄生尘壤内，变化等沙虫。世味胸间饱，人才眼底空。江山兴废里，风雨晦明中。绝塞嘶戎马，惊看落日红。”其二：“世界真千劫，风云又一年。山林自榛莽，宇宙尽烽烟。涕泪成江海，忧愁塞地天。茫茫安可托，俯仰总凄然。”

张謇作《挽程雪楼太翁联》云：“公耽隐，隐而全终其年，潜龙叶吉，慨乎程传；子思亲，亲且殁归不得，杜鹃寂响，何处云安。（程，云阳人，唐云安县也）”

18日 《申报》第14680号刊行。本期《自由谈》“栩园词选”栏目含《书斋感怀，和樊山先生元韵》（三首，东园）、《浪淘沙·秋夜怀人》（觉僧）、《无题》（二首，佐彤）。其中，觉僧《浪淘沙》云：“风雨又今宵，虫语叨叨。愁来愁去似江潮。愁到荒鸡啼破晓，又是明朝。　　想像有余娇，梦境难消。无端瘦尽沈郎腰。何日挑灯重话雨，心展芭蕉。”佐彤《无题》其一：“神仙端合水为家，懒访天台访若耶。无数好山衬颜色，一枝柔橹当生涯。往来自得风怜惜，修短难容尺减加。即此语言心醉甚，不须重听弄琵琶。”

陈衍赴都过沪，与陈三立相晤。

19日 《申报》第14681号刊行。本期《自由谈》“游戏文章”栏目含《续投稿歌》（冰盦）；“栩园词选”栏目含东园吴承烜《张良借箸图》《张骞泛槎图》《张翰思鲈图》《张敞画眉图》。其中，东园吴承烜《张翰思鲈图》云：“半江红树任鸦涂，烟雨吴淞客梦孤。菊瘦蟹肥羁宦酒，莼羹鱼脍步兵厨。思量乡味家千里，明媚秋光尽一壶。他日游松□太守，能分巨口细鳞无。”《张良借箸图》云：“樽俎之间独折冲，神仙丰度妇人容。鼎烹后此愁功狗，椎击前会误祖龙。帷幄运筹新帝业，丹青入画旧侯封。万钱日费浑无用，辟谷行将访赤松。”

刘承干函至，与杨钟羲商述《雪桥诗话》刊刻事宜。

20日 《墨海》创刊于上海，上海圣约翰大学创办，墨海社编辑发行，仅存1期。内容分为“建言部”“记载部”“文艺部”（含文录、词录）、“杂纂部”（含小说、笔记、谐乘）等。主要撰稿人有檗子、聿、公展、肇元、宪承、补拙、瘦菊、天梦、鲸嘘、鹃魂等。墨海社社员主要有朱友渔、陈宝琪、谈嵩涛、汪康年、徐燮元、陈宝年、孟宪承、陶润之、张肇元、李寿康、董选青、徐肇俊、李国榛、惠云芳、曾焕堂、蔡天梦、蔡公澹、冯树勋、张君复、项庆云、吴申伯、曾煦伯、宏培、丁乃奇、罗以礼、周祖谦、沈学纯、陶祖椿、王贤卿、姚麟书、陈学渔、顾同汾、李善述、沈伯雄、邱醉声、曹希曾、孙治永、薛养吾、钱鲸嘘、潘公展、邵传青、谢冰如、邱培洵、陈君琦、许楚涛、万鼎祥、杨文恺、陈昭远、郭杰民、蒋云墀、陈维淞、张绍载、卢衍明、谢兼吉、刘稻秋、刘昭祥、刘同升、刘同和等。

《申报》第14682号刊行。本期《自由谈》“栩园词选”栏目含《看花》（菊江醉轩）、《晚泊》（菊江醉轩）、《感言四首》（真州李巢仙）、《和王渔洋〈秋柳〉诗》（四首，佚名）；“文字因缘”栏目含《父执陆云荪先生哲嗣润瑜世兄涓吉月之十三日，与杭城孙女士行结婚礼，率赋八章以贺》（东埜）。其中，菊江醉轩《看花》云：“少年看花是花痴，爱花不忍折花枝。中年看花会花意，花纵有情止乎义。老年看花怕花嫌，看花常隔水晶帘。怪底东风不解事，吹开银蒜被花觇。”《晚泊》云：“晚泊乌沙峡，夕阳山万重。征程百里水，野寺数声钟。鸥泛波深浅，霞明云淡浓。悠悠大江去，万派总朝宗。”

王钟麒病笃。本日下午由谈善吾记录，王钟麒口授遗书《长别诸知好书》。内云：“呜呼诸公！无生与诸公长别矣！溯自弱龄以来，辄弄文翰。当前清之季，世变日非，窃窃忧之。每以文词，力图挽救，几濒于危。丁未入报界时，世态一变，益尽厥志。辛亥改革，世态复一变。乃创办《独立周报》，以正论与当世商榷。今夏兵祸，世态又一变，弥用愁然，乃至成疾。愤慨既深，势将不起。呜呼！‘一棺附身，万事都已’，鲍明远之言也。‘人生到此，天道宁论’，江文通之言也。文人末路，千古伤心。生为无告之民，死作含冤之鬼。忍痛书此，长与诸公生死辞矣。痛哉！无生绝笔。”刊于1913年12月24日《神州日报》。

21日 《申报》第14683号刊行。本期《自由谈》“栩园词选”栏目含《玉漏迟·夜坐》（栩栩楼主）、《声声慢·秋感》（前人）、《避乱移居申江，轮舟将进吴淞》（碧桃吟舫）、《吴淞口望海》（前人）、《同友人游愚园，感成二律，时两军战正剧也》（前人）、《楼外楼观战》（前人）、《天色将暝，散走荒原，感赋一律》（前人）、《鹰捕雀行》（栩栩楼主)。其中,栩栩楼主《玉漏迟》云:"英雄间处老,无情岁月,匆匆换了。落拓天涯,自信粗疏潦倒。计算年来心思,已不是、从前怀抱。添烦恼,风檐铁马,者般声调。　　商量剑盒书囊,曾起舞中宵,高吟到晓。慷慨悲歌,付作遣愁材料。窗月相怜伴我,雅意尽、窥帘一照。眠去好。恐又惹灯花笑。"碧桃吟舫《避乱移居申江》云:"乡国一回首,思归道路难。片云间自去,流水激成湍。山色迎人霁,江身近海宽。浮生遭世乱,何处复求安。"

梁鼎芬奉到崇陵种树谕旨,自揣病躯难胜,恳请收回成命。又三日,复奉论仍遵前旨办理,毋庸固辞。陈三立作《腊日送节庵往崇陵种树,超社诸公同赋》。诗云:"帝舜之葬迷苍梧,有臣泣血攀号呼。一岁百吁十还往,天鉴下窆哀顽躯。飘髯负土冰霰区,万夫邪许群灵趋。异典终毕銮卫散,微衷称展筋骸痡。卧疾车厢指海角,踞捧飞白辉蓬庐。走视宾亲互劳问,余痛在腹尘污袪。为述负恩首宗衮,父子裹足稽冥诛。蠕动千官各有态,已忘崩圻翘髭须。祖宗养士三百载,黧面对汝增欷歔。朔风搅晴梦万里,又往种树临长衢。天寒岁暮逐鸿鹄,至日蓑笠应成图。移根穿石络鳌极,交柯苍翠笼山隅。悬知寸寸溉泉泪,散作膏液荣万株。引领灵禽四翔集,长白云气飞来粗。待长龙鳞照天地,此手信有神明扶。相望互古橐驼在,休问运会留一锄。"

叶昌炽家祭,作《神州陆沉,故庐无恙,长至旧节,肃衣冠而修祀事,家国之痛,交集于怀,泫然赋此,窃附〈下泉〉之后》。诗云:"午亥相传汜历枢,天门神听只须臾(《后汉书·郎颉传》《诗汜历枢》曰:'卯酉为革政,午亥为革命。神在天门,出入候听。'今兹国变,适逢亥岁)。黄冠未改臣初服,赤制终为帝演图。事异桐宫归太甲,气从葭室起中孚。寝园麦饭今谁荐,忍见王孙泣路隅。"

22日　《申报》第14684号刊行。本期《自由谈》"游戏文章"栏目含《时事新五更》(华天镜);"栩园词选"栏目含《有感》(四首,啸霞)、《肖黄山水西亭闲眺》(啸霞)、《步行彬原韵两律》(蝉雪)、《记得词》(四首,啸桐)、《愁时二首》(蒲溪眼空道人)。其中,啸霞《有感》其一:"万般心事一灯知,欲说无聊听者谁。更有愁思扰枕上,不成孤梦不成诗。"其三:"未酬壮志已心灰,忽忽流光白羽催。酒兴阑时灯欲灺,暗愁随雨涌将来。"

朱祖谋辑校姜夔《白石道人歌曲》毕,撰《〈白石道人歌曲〉校记》,在苏州寓所撰《〈白石道人歌曲〉跋》。

吴昌硕绘《葫芦图》并题云:"实垂垂,悬清秋。千金值,在中流。癸丑长至,吴昌硕。"

恽毓鼎作《恭谒崇陵》(二首)。其一:"第四陵前路(西陵为泰、昌、慕、崇四陵),河山剩宝城。衣冠汉司隶,名教鲁诸生(番禺顾臧以诸生由沪赴京,专谒梓宫)。断梦悲铜辇,凄风动石鲸。先皇遗泽永,可更话昌平。"其二:"异室终同穴,淹期幸妥灵。

宫车千古恨，寝殿万山青。夏历仍阳月，商孙竟曙星。廿年香案侧，回首涕先零。”

林苍作《冬至》。诗云：“还乡三度逢冬至，自笑年年各不同。今日又成官里坐，剩添吾发几秋风。”

23日 《申报》第14685号刊行。本期《自由谈》“栩园词选”栏目含《癸丑纪事十六绝》（劫余生）、《秋兴二首》（莲子）。其中，劫余生《癸丑纪事十六绝》其二：“江浙名花处处空，教坊袒腹尽英雄。伤心独有官僚派，闲立江头唱恼公。”莲子《秋兴二首》其一：“金风飒飒感华年，影事而今半化烟。茶灶药炉怜病骨，凄词哀曲寄缠绵。不才犹博伊人泪，多感真成蜀道鹃。庾信年来剧萧瑟，绿章罢奏大罗天。”

王钟麒卒于上海小花园1号《独立周报》社寓所。王钟麒（1880—1913），字毓仁，又作郁仁，号无生，别署天頫、天僇生、益厓、三函、大哀、滔海子，斋名述庵、一尘不染，安徽歙县人。有南社才子之名。参与创办《神州日报》，历主《神州日报》《民呼日报》《天铎报》，南社曾刊其小说集，尤以长篇小说驰名，其诗词散见于《南社》等报刊。著有《太平天国革命史》《三国史略》《中日战争》《中国历代小说史论》《述庵秘录》《玉环外史》《血泪痕》《郑成功》《恨海鹃声谱》《孤臣碧血记》《姊妹花》《孟晋山房骈体文》《古今体诗》《红禅词》《小奢摩室诗话》。自本月到次年一月，《申报》《神州日报》集中刊载矅蝯、黄质、东士朝、李泰来、汪德渊、钟枚、吴维聪、谈社英、沈步洲、程鹏翥、庄绂秋、景缄、相伟、相杰、金铸、胜因等人挽联及悼文。黄宾虹作《挽王无生联》云：“甑裂不祥，空有罪言传杜牧；笙歌徐奏，应教倦侣引王乔。”矅蝯作《挽无生》（五首）。其一：“文人结习未能除，十次操觚九病余。到此心肝都欧尽，更留绝命几行书。”其二：“忍死须臾此病躯，居然亲见国魂苏。两年领略共和味，值得平生血泪无。”其三：“乔声死别已凄然，身后萧条更可怜。十载卖文成底事，不曾赚得买棺钱。”其四：“手把生刍一束新，灵帷瞻拜欲沾巾。病中悔不常相见，死后翻来作比邻（无生灵梓暂停京江公所，即在余寓庐之后）。”其五：“万古无情土一抔，埋愁埋骨总堪哀。遗诗忍泪重披读，知是仙才是鬼才。”此诗刊于1914年1月4日《神州日报》。刘师培作《王郁仁哀词》。序云：“予与江都王君郁仁，少同州里，有伐木之谊。癸丑之冬，君遘疾终。永念生平，难为胸臆，因作哀词。”词曰：“登高台以延望兮，聊容与而徘徊。水濂濂而晨结兮，日暖暖而夕垂。心纡萦而弥结兮，轸哀思而若遗。神覭覭其外淫兮，潜结想于南风。虽有生之必化兮，谅灵觊之独钟。懿姱修之信美兮，眴灵光以仪世。世荏苒其若颓兮，岁忽忽而日迈。纷云景之杳冥兮，尽余晖于天末。丐清徽于茂藻兮，谅芳与菲其未沬。惟春秋之代谢兮，佩流叹于驰光。敷长杨之晚素兮，变柔条于初霜。览章木之零落兮，怀盛年之莫当。苟性命之不愆兮，吾亦焉取乎久常。夕徘徊于玄馆兮，郁怀思而渺绵。览余迹其未夷兮，恍灵素其若孝。祈精诚于交梦兮，申流景以寄言。景惝恍而易迁兮，倏瞻颜而丧觌。怨沉悰之空结兮，顾广庭兮长寂。羌辗转而不寐兮，申踌躇而竟夕。倘大暮之可晨兮，愿绸缪而无斁。”刘师培又作《哀王郁仁》诗云：“之子起南域，文锋振音翮。清风藻中区，华绮扬心极。宁知永念辰，渺若平生隔。沉郁不可排，含凄望乡国。”

叶昌炽作《书女笞》。诗云：“读书一种是心勤，膝下居然有左芬。薰德香如兰蕙染，寄生根岂茑萝分。老来键户惭鸠拙，幼解趋庭亦鲤闻。鴂舌野言须勘落，好从绛幔访宣文。”

24日　淞社第十集，集桃源隐酒楼，胡定臣出示陶澍“印心石室”旧制瓷器，吴昌硕以“胡”字韵首唱歌之。刘炳照、潘飞、周庆云同集继唱。吴昌硕《陶文毅公手写瓷器为嫁女奁具，女夫益阳胡文忠也》云：“精瓷油采同砗磲，银钩铁画文毅书。佐奁具归益阳胡，胡郎烈烈真丈夫。仌清玉润谁能如，当其百两盈门闾。朱丝绳缚陈盘杅，玉镜台照红氍毹。作羹汤想手奉姑，此器贵重逾璠玙。后来弄璋啼呱呱，筵开汤饼供大铺。翁婿八座前列驺，动名相继震寰区。浮云往事归太虚，朱门一闭悬高车。鼎沦洛水倾皇图，公孙市隐侪屠沽。青帘卖酒人竞趋，犊鼻涤器亲当垆。贵家旧器珍珊瑚，珍羞如入郇公厨。细审笔法同欧虞，物以人重存规模。郑重把玩如弄珠，睹物感事堪嗟吁。金瓯已缺投洪炉，瓦全幸得时饭蔬。何当合钱饮作醵，击鲜鲙置双鲤鱼，其味当胜松江鲈。醉后更约高阳徒，春风相倚唱鹧鸪。治乱不闻乐有余．桃源隐（肆名）即壶公壶。”

《申报》第14686号刊行。本期《自由谈》“栩园词选”栏目含《马嵬坡怀古》（啸我）、《忆别》（啸我）、《晚眺》（啸我）。其中，《马嵬坡怀古》云：“马嵬烟树了无痕，衰草啼鸦野色昏。三尺泥封千古恨，女儿身世落花魂。”《忆别》云：“远山暮霭色苍苍，忆到当时一断肠。最是凄凉风雨夜，旅魂常自绕家乡。”

魏清德《老来娇》（冬韵）（三首）发表于《台湾日日新报》。翌日重刊。其一：“徐娘老到颜逾昔，庾子豪时兴转浓。未解葑菲凄恻感，名园迟暮许相逢。”其三：“雁来霜染老逾浓，合许丹枫竞艳容。最是无花偏有色，朝荣木槿敢追踪。”

25日　《雅言》（半月刊）创刊于上海。雅言杂志社编辑、发行，1914年起改为康保忠（心孚）主编，1914年第6期改为右文社印刷所发行，上海民立图书公司印刷所印刷，1915年2月5日出至第1卷第12期停刊，共出12期。主要内容分为论说、纪事、文艺、杂录四大门类，文艺门又分为“名贤遗著”“学录”“文选”“诗录”“词选”“诗话”“丛谈”“小说”等栏目。主要文学撰稿人有刘申叔、章太炎、黄侃、汪东、浩星、王容子、王邕、陈启彤、原人、马浮、康邝、赵藩、赵怡、休烈、蒋衡、漆室、曾道等。创刊号“文艺·名贤遗著”栏目含《蒿庵集（未完）》（济阳张尔岐稷若）、《逃虚子诗集（未完）》（明资善大夫太子少师吴郡姚广孝）；“文艺·文选”栏目含《康君季琴墓志铭》（刘申叔）、《驳建立孔教议》（章太炎）、《木犀赋》（章太炎）、《伤乱赋》（黄季刚）；“文艺·诗录”栏目含《章太炎先生最近诗（未完）》（章太炎）、《武昌狱中杂诗》（胡经武）、《廫居诗存（未完）》（逵窘）、《独弦集（未完）》（黄侃）。

《法政学报》第1卷第3号刊行。本期“文苑”栏目含《营川唱和诗》：《赠幼梅》（伯伟）、《伯伟君随孝先运使幕来营，不相识也，顷借幼梅得读和韵诸作，心窃向往，率尔步韵，仍浼幼梅转尘即作觌面之券》（仲苏）、《和伯伟韵示幼梅、仲苏》（孝先）、《和孝先》（伯伟）、《和作》（智莹）、《和作》（幼梅）、《读唐僧、幼梅倡和之作，慨然有感，颠倒用楼韵，奉和一首》（伯伟）、《初夏即事，叠韵呈伯伟、幼梅》（仲苏）、《倒押伯伟前韵再呈幼梅》（智莹）、《和作》（时客奉天）（纯甫）、《和元韵兼讯幼梅足疾》（啸岑）、《杪春偕江叔海文、仲弟迈游西苑感赋，用幼梅、伯伟韵》（伯颜）、《秋海棠》（限渔洋《秋柳》韵并序）（剑艺）、《拜读〈法政学报〉，率成一律寄怀旭人》（海上十不斋主）、《秋风》（贾故城）、《秋雨》（贾故城）、《秋水》（贾故城）、《秋夕值宿西苑，闻南疆警报，感赋二首》（蝶慵）、《初秋阴雨，闭门独坐遣怀，和赵藏斋关外寄诗韵》（蝶慵）、《暑日泛舟三海感赋，叠前韵》（蝶慵）、《三海春日杂感》（蝶慵）。

《歌场新月》第2期刊行。本期“文艺·杂诗”栏目含《秋日登楼外楼有感》（毛一鸣）、《咏古诗四首》（樊樊山）、《梅月》（前人）、《观璧云剧，寄示醉侬》（笠民）、《观梅兰芳剧，寄示醉侬》（笠民）、《赠梅兰芳，和白石道人均二曲》（虞山庞檗子来稿）、《金菊对芙蓉·观王凤卿、梅兰芳合演〈美人计〉》（檗子）、《登高有感》（丁福保）、《拟山居》（丁福保）、《游山寺》（丁福保）、《写怀》（丁福保）、《秋感二律》（丁福保）、《抵金陵口占》（丁福保）、《九皋弟自京来函，述某君欲聘余入京，作诗却之》（丁福保）、《孔诞日登魁星阁怀古》（毛一鸣）、《题〈歌场新月〉第一期卷面画》（笠民）、《夜雨怀醉侬》（笠民）、《王君笠民以〈蝴蝶梦〉传奇下册见示，感而赋此》（一鸣）、《毗陵沈君久病未愈，今见其案头陈设杂物，因感而赋此》（一鸣）、《咏如皋学宫》（戊申作）（槐青）、《登雉皋文峰阁眺览》（戊申作）（槐青）、《留别如皋师范学堂》（戊申作）（槐青）、《和如皋师范学堂宗伯敬君赠诗》（槐青）、《和如皋师范学堂程介屏君赠诗》（槐青）、《感怀》（辛亥作）（毛一鸣）、《夜坐偶成》（吴门杨剑花）、《重九日偶成》（吴门杨剑花）、《早梅一首，柬景盂昆仲》（吴门杨剑花）、《秋柳，次啸庐韵两首》（吴门杨剑花）、《剑花以〈蕉窗夜读图〉命题》（茹恨）、《吴门剑花以〈蕉窗夜读图〉命题》（铁僧）、《眼儿媚·题兰芳化妆小影》（檗子）、《题郎世宁画〈乾隆帝春郊试马图〉长卷小照》（笠民）、《白门烽火骈记》（朱碧澄）、《红柳盦诗话》（包天笑）、《梅郎曲》（藐庐）、《观〈红鸾禧〉剧，赠璧云》（笠民）、《题〈璧云集〉后》（笠民）、《观璧云剧》（笠民）、《观小叫天演〈虢亭之战〉歌》（樊山）。

《小说月报》第4卷第8号刊行。本期“文苑”栏目含《〈栖梳略〉序》（耘桂）、《明季杂咏（续完）》（灵薆）。又，《小说月报》（第4卷第9号）刊行，本期“文苑”栏目含

《梅溪吟草》(长木)、《金鹧鸪馆诗钞》(金鹧鸪馆主)、《鹿川田父词》(程子大)、《纯飞馆词》(仲可)。

陈衡恪妻汪春绮(汪东姊)卒于北京。陈衡恪作《悼亡》。诗云:“问尔魂归何有乡,残年孑影感临觞。事同饮鸩销膏尽,梦付驰驹积恨长。箧有残煤缠粉泪,壁留遗挂掩虚堂。素衣化缁诚何意,独对京尘苦月黄。”胡朝梁作《癸丑师曾忽示〈悼亡〉之作,距其夫妇见访时才七八日,感赋一首寄师曾,以塞其悲》。诗云:“双车过陋巷,婉娩正华年。事已成追忆,情真欲惘然。明知生是梦,未忍死相捐。此恨昔常有,于公当自怜。”跋云:“余昔悼亡有诗,师曾今两度悼亡矣。”夏敬观作《陈师曾悼亡,诗以唁之》。诗云:“往日题诗菊影图,今看泪眼已同枯。两家后妇才堪敌,中岁重鳏命不殊。江路入屏归梦断,风窗留烛傍人孤。国门我正逢师厚,旧屦情知婉圣俞。”

姜可生《与倦鹤联句》(二首)刊于《生活日报》。其一:“斜阳影与纱窗近(鹤),流水声争秋杵喧。怕惹征人天末感,(杏)停琴不许诉烦冤(鹤)。”其二:“渴酒三杯意若何(鹤),灯前起舞影婆娑。刘郎豪气消磨尽,(杏)肠断当筵懊恼歌(鹤)。”

26日 叶昌炽得曹元弼函,内有《长至家祭》诗,与曹邃翰各次韵一首,分云:“地绝网维天有枢,流丸四走失瓯臾。宝符何事求丹穴,圣学犹闻授绿图。词客美新心已死,遗民思汉口交孚。阳生葭琯飞灰动,日出苍生望海隅。(绮园)”“审谛征文运斗枢,元机欲问鬼区臾。云和梦想圜丘乐,子半潜参卦气图。至日闭关聊蠖屈,孟陬启蛰候鸡孚。人心不死天心转,会看青阳遍海隅。(梅隐)”28日,叶昌炽又作《前以长至诗呈叔彦太史,既承赓唱,复以邃庵前辈和章见贶,鹡鸰之颂,棠棣之碑,不足喻也,次原韵奉酬》。诗云:“老似流泉与户枢,苦吟但愧附颛臾。苏门兼著长公录,栗里如披高士图。丽藻连珠谐竞病,浮筠比玉作殳孚。鹤鸣夜半荀虞义,愿侍先生论坐隅。”

陈夔龙作《嘉平三日梦华、寿平、晓南过谈,十叠前韵》。诗云:“一接清谈四座欢,风生咳唾不知寒。江南春恼无消息(寿平甫自皖回,过金陵未登岸),蜀道诗成有易难(梦华、晓南及余先后入蜀)。覆鹿漫寻蕉叶梦,典貂拼醉杏花酸(寿平、晓南约酒楼饮)。石衔精卫年年恨,填就桑田海亦干。”

胡适在美国作《耶稣诞日》。序云:“昨日为耶稣诞日,今日戏作一诗记之。”诗云:“冬青树上明纤炬,冬青树下欢儿女,高歌颂神歌且舞。朝来阿母含笑语:‘儿辈驯好神佑汝。灶前悬袜青丝缕。灶突神下今夜午,朱衣高冠须眉古。神之来下不可睹,早睡慎毋干神怒。’明朝袜中实饧粃,有蜡作鼠纸作虎,夜来一一神所予。明日举家作大酺,杀鸡大于一岁羖。堆盘肴果难悉数。食终腹鼓不可俯。欢乐勿忘神之佑,上帝之子天下主。”

27日 《申报》第14689号刊行。本期《自由谈》“栩园词选”栏目含《客中闻雁》

（竖子）、《蕉窗夜雨》（蜀鹃）、《题南湖小万柳堂，步汪咏霞女士韵，请惠卿先生、芝瑛夫人同政》（四首，栖梧）。其中，竖子《客中闻雁》云："一声孤雁空天地，冷梦惊回月半林。最是不堪愁里听，天涯客况故园心。"蜀鹃《蕉窗夜雨》云："长宵冷雨苦消磨，点点蕉声泣似歌。烛泪亦如窗外雨，不知流涕是谁多。"

28日 《申报》第14690号刊行。本期《自由谈》"尊闻阁词选"栏目含《题天虚我生〈黄金祟〉说部》（八首，者香女士）、《秋江晚眺》（前人）、《冬夜偶成》（二首，前人）、《得佩芳二妹书，因成长句抒怀》（前人）、《客居闻雁》（前人）、《又》（前人）、《柬呈栩园主人》（笑秾）。其中，者香女士《题天虚我生〈黄金祟〉说部》其一："陈思著述重言情，岂独诗推七步成。得占人间才八斗，情天毕竟不虚生。"

29日 《申报》第14691号刊行。本期《自由谈》"栩园词选"栏目含《王研荪前辈出诗相示，赋呈四律》（寄尘秦粤生）、《有感》（二首，前人）。其中，《有感》其一："侧身天地太蹉跎，太半光阴被折磨。世路崎岖平坦少，人心变幻茧丝多。金瓯已碎终无补，铁错空教付奈何。忍死须臾安所适，西山我读采薇歌。"其二："拼将热泪洒神州，家国伤心未肯休。有限韶光流水去，无端风雨夕阳愁。功名乱世羞屠狗，意气骄人让沐猴。昔日英雄今已矣，累累白骨变荒邱。"

30日 《申报》第14692号刊行。本期《自由谈》"栩园词选"栏目含《砧声》（倚犀）、《玉钩斜》（倚犀）；"文字因缘"栏目含《题〈黄金祟〉》（四首，樵渔）、《题〈黄金祟〉说部》（四首，殷梦尘）。其中，殷梦尘《题〈黄金祟〉说部》其一："情到深时转是痴，肯将情事遣人知。风流羡煞江郎笔，写出相思绝妙词。"其二："斜倚阑干月照明，痴儿痴女总多情。年年清骨为郎瘦，只合相思过一生。"

高蔚然绘陶宏景楼居小幅赠荣庆，并媵以小诗。诗云："野服间如海上鸥，不谈世事自清修。山中宰相何人识，镇日摊书懒下楼。"

魏清德《观宁靖王遗墨》《五妃墓》（二首）发表于《台湾日日新报》。其中《观宁靖王遗墨》云："尺幅重人间，魂今不可攀。梨棠开竹沪，风雨接厓山。绝命词何惨，挥毫笔自艰。能书松雪著，宗室愧生还。"

31日 《申报》第14693号刊行。本期《自由谈》"栩园词选"栏目含《旅湘谒贾太傅祠》（警众）、《柳花》（警众）、《杨花》（警众）、《和孟硕狱中原韵》（三首，警众）；"文字因缘"栏目含《祝项均岳五十初度》（青浦徐慎侯）。其中，警众《柳花》云："一笛离亭怨早春，王孙青眼剧成尘。依然云树难为别，如此风光易送人。眉样织织曾入画，睇痕楚楚尚余颦。相思不必拈红豆，只唱铜鞮已怆神。"

《湖南教育杂志》第2年第18期刊行。本期"文艺・诗录"栏目含《胡烈妇》（自庵）、《从军曲》（黄铭功）、《上巳》（许崇熙）。

魏清德《赠籁轩词兄》《赠省庐词兄》《南杜诸君子聚合于籁轩楼上，开击钵吟会》发表于《台湾日日新报》。其中,《赠籁轩词兄》云:“忆昔与君游仙洞,双桨遥指海门东。美人丽服照海水,水鱼唼唧鸢呼风。当时寻仙今吊古,宁王五妃皆黄土。寻仙吊古两悠然,爱君吟诗若芳杜。”《南杜诸君子聚合于籁轩楼上》云:“红羊有劫五百年,尔我无端成小住。籁轩楼头钵声高,诗成酒饮纷无数。嗟余不听斐亭钟,尽日吊古城南路。群公衮衮尽诗雄,词场角猎骋驰骛。熊奔犀突虎豹藏,那有余闲顾孤兔。课题五律限长城,免被南溟嘲长句(南溟有《观潮行》,长句极佳)。人生哀乐既靡常,吟诗饮酒非闲务。君不见朱明江山无寸土,宁王心事托毫素。拂之一半泪与血,黯淡模糊幻烟雾。当时纵欲强行乐,行乐不得将谁诉。我车既疾我行急,今宵诗酒尚余裕。情诗安得似韦郎,十里雏莺啭春煦。”

本　月

海上同人本月至次年1月举行癸丑消寒第一至三集。其中,第一集首唱刘炳照《癸丑消寒第一集,为梦坡题〈任邱边袖石先生诗稿墨迹〉》(二首),续唱者:缪荃孙(三首)、吴庆坻(二首)、吴士鉴(二首)。其中,刘炳照诗其一:“昔读公遗集,今看手泽存。诗人余謦欬,家学溯渊源。北地差相似,南丰与细论(卷中有曾文正公题识)。我曾交令子,宿草暗声吞。”吴士鉴诗其一:“几南文物渐凋零,大雅河间嗣典型。诗学传家词绝妙,百年独步数空青。”消寒第二集。是集首唱戴启文《消寒第二集,出家藏先叔曾祖羡门尚书公〈春帆入蜀图〉,征淞社诸君题咏》,续唱者:缪荃孙(《题〈春帆入蜀图〉》)、钱溯耆、汪洵、吴庆坻、刘炳照(二首)、吕景端(四首)、周庆云、沈焜、刘承干(《浪淘沙(琴鹤载扁舟)》)。其中,钱溯耆诗云:“入觐天颜返蜀都,乘风破浪送襜舻。锦江宦迹符尘梦,泸水行程补画图。展卷心香三世爇,传家手泽百年濡。东莱妙绘同珍重,灵宝休教窃顾厨。”刘承干词云:“琴鹤载扁舟,揽景西游,东风无恙上江楼。记取当年尘梦在,此卷长留。　萍迹付飘浮,几费穷搜。新诗题遍,采囊取凄绝。鹃啼空怅望,顿触离愁。”消寒第三集。是集首唱戴启文《醉司命夕为消寒第三集,以查初白“此意天能谅,吾非媚灶人”二句分韵,予得此字》,续唱者:缪荃孙(分得意字)、钱溯耆(分得天字)、汪洵(分得能字)、刘炳照(分得谅字)、吴庆坻(分得吾字)、吕景端(分得非字,仿迎神送神例成诗两章)、周庆云(分得媚字)。其中,缪荃孙诗云:“逆旅又残年,祀灶存古谊。镫火炤三更,瓶盆陈两器。神也达天庭,备述一岁事。自从遭乱离,无敢自标异。宾祭始荐腥,寻常饱疏食。家庭肃雍睦,儿童诫嬉戏。逃生东海滨,仰止西山志。荐饧匪胶牙,炷香祈达意。既无赤鲤陈,并少黄羊馈。竭诚非邀福,具礼非求利。拜别无几日,幡盖自天至。”汪洵诗云:“炀灶当年事,思君梦抚膺。瓶尊老妇祭,粉饵故乡蒸。守腊诚先告,趋炎病未能。臣饥频爨冷,傲骨尚崚嶒。”

《孔社杂志》(月刊)在北京创刊。由社长徐琪主编,宣称“以阐扬孔学,融汇百家,讲求实用，巩固国基为宗旨”。

《孔教会杂志》第1卷第11号刊行。本期“文苑”栏目含《三复袁大总统电文》（南海康有为更生）、《松阳支会通启》（松阳包庭芝香珊）、《读〈孔教杂志〉感而有作》（溧阳宋文蔚澄之）。

《国学丛选》第4集刊行。本期“文类·文录”栏目含《邹亚云传》（吴江柳弃疾亚子）、《西湖夜游记》（天津李凡惠霜）、《燕市乞儿》（泾县胡怀琛寄尘）、《记皖北石匠》（泾县胡怀琛寄尘）、《〈摅怀斋诗草〉自叙》（保靖杨达均）、《先本生生母事略》（金山高燮吹万）、《王祖康圹铭》（金山高燮吹万）、《姚节母何太君墓志铭》（金山高燮吹万）；“文类·诗录”栏目含《冬暮杂诗》（华亭姚锡钧鹓雏）、《江上秋风曲，示曼殊》（华亭姚锡钧鹓雏）、《春日怀人诗》（揭阳吴沛霖泽庵）、《吹万居士驰书论学，精警绝伦，谨吟七绝两首，藉代复柬》（揭阳吴沛霖泽庵）、《涧云见寄在南通送别唯一诗，遥和二首，即次原韵》（昆山胡蕴石予）、《石子、吹万招入国学商兑会，赋此答云》（昆山胡蕴石予）、《晓行》（昆山胡蕴石予）、《到家作》（昆山胡蕴石予）、《怀天遂》（昆山胡蕴石予）、《壮士吟》（金山高增澹庵）、《春寒》（吴县杨鸿年秋心）、《落花》（金山姚光石子）、《亚子索画赠子类，即媵以诗》（昆山余寿颐天遂）、《写楳赠寄尘》（昆山余寿颐天遂）、《庚戌元夜，读时若先生〈上日偶成〉诗，走笔答之》（顺德蔡守寒琼）、《题〈蒹葭图〉》（顺德蔡守寒琼）、《清明后三日送陈切生之日本》（顺德蔡守寒琼）、《答高吹万先生见寄并述近况》（新宁马骏声小进）、《感旧，因题一绝寄哲夫》（新宁马骏声小进）、《卧病》（新宁马骏声小进）、《登香港旗山绝顶口号》（新宁马骏声小进）、《寄高吹万》（保靖杨达均南庄）、《新年岑寂，作诗自遣，仿剑南体》（保靖杨达均南庄）、《遣怀》（保靖杨达均南庄）、《雨霁晓望》（保靖杨达均南庄）、《酬吴泽庵惠画，并答其见赠之作》（金山高燮吹万）、《吊陈蜕盦》（金山高燮吹万）；“文类·词录”栏目含《云仙引》（元和叶叶楚伧）、《浣溪沙·山庄晚眺》（澧陵傅尃钝根）、《罗敷媚·集定庵句》（澧陵傅尃钝根）、《生查子·闺情》（华亭姚锡钧宛若）、《长相思》（华亭姚锡钧宛若）、《酷相思·春感》（金山高旭钝剑）、《金缕曲·题墨梅》（昆山余寿颐天遂）、《相见欢·本意》（金山高燮吹万）。其中，高燮《相见欢》云：“多情容易凝眸。莫含羞。可许朝朝伺汝、看梳头。　　何处住。商量语。住温柔。着意怜侬携手、上眉楼。”

《华侨杂志》第2期刊行。本期“文苑”栏目含《止观室诗话（续）》（鹓雏）、《旧时月色斋词谭（续）》（倦鹤）；“诗选”栏目含《云之自质（*The Cloud*）》（[英] 解莱氏作，叶中泠译）、《战死者之孀与孤（*The Widow and Child*）》（[英] 滕鼐孙氏作，叶中泠译）、《矢与歌（*The Arrow and Song*）》（[英] 龙斐罗作，叶中泠译）、《九秋诗》（叶小凤）、《题可生小影》（叶小凤）、《为子美〈血泪碑〉》（叶小凤）、《游仙十首》（白中垒）、《观春航〈百宝箱〉》（刘三）、《赠鹓雏》（刘三）、《示鹓雏、小凤、钝公作》（刘三）、《题曼殊所绘〈文姬图〉》（刘三）、《寄曼殊印度》（刘三）；“词选”栏目含《琵琶仙·三度太平，车外见夹岸池荷摇落尽矣，感成此解》（王蕫农）、《浣溪沙·太平公园绝似扬州红桥风景，赋此为故乡鸥鸟问》（王蕫农）、《长亭怨慢·雪兰莪七夕》（王蕫农）、《满江红·缅甸金塔》（王蕫农）、《虞美人·薄游芙蓉，墙角一枝红，镜槛中小影也，宠之以词》（王蕫农）、《如此江山·香港太平山，厓崩壁立，西人置机山巅，敷轨设练，曳两车辘轳而上，山中楼台如画，绣球、杜鹃之花遍植皆是，天风吹衣，海波如镜，殊有清都咫尺想，凝眺徘徊，怆然成赋》（王蕫农）、《换巢鸾凤·偶偕忏红过寒香楼，美人已远，落花不春，犹记其楼中一联云：“香雪海中怀旧尉；长生殿里话今宵”。坠欢追拾，殊不胜情。用梅溪平仄互叶体咏之。复堂所谓调易堕曲，须以沉着大雅出之者也》（王蕫农）、《和李后主词》（陈倦鹤）：《虞美人》（陈倦鹤）、《捣练子》（陈倦鹤）、《浪淘沙》（陈倦鹤）、《忆江南》（陈倦鹤）、《菩萨蛮》（陈倦鹤）、《相见欢》（陈倦鹤）、《浪淘沙》（陈倦鹤）、《临江仙》（陈倦鹤）、《木兰花》（陈倦鹤）、《应天长》（陈倦鹤）、《蝶恋花》（陈倦鹤）、《虞美人》（陈倦鹤）、《清平乐》（陈倦鹤），《八声甘州·为徐寄尘女士题〈西泠悲秋图〉》（庞蘖子）、《满江红·海上赠鹓雏》（庞蘖子）、《眼儿媚·题兰芳化妆小影》（庞蘖子）、《忆旧游·周梦坡先生在灵峰筑亭补梅，且辑〈灵峰志〉以张之，出此见贻，敬题一解》（庞蘖子）；“杂录”栏目含《燕子龛随笔（未完）》（释曼殊）。

［韩］《新文界》第1卷第9号刊行。本期“词藻”栏目含《李参将桂堂书舍与尹辉庭学士共赋》（三首，梅下生）、《往仁川归路口占》（梅下生）、《词坛第十回，与诸词伯共赋》（梅下生）。其中，《词坛第十回》云：“渥水寒流第几桥，北邻理屐不嫌遥。室初落后开初会，月一圆时见一招。拈笔呻吟如贡士，把杯欢笑等生朝。桑花拾尽群仙老，尚有文虹亘未销。”

林纾本月前后作《山水册》。题识曰：一、“粉本传抄赵伯驹，分明一幅《富春图》。不知寂寞山居客，解道人间理乱无。癸丑初冬畏寒不出写此以遣，林纾识。”二、“生平不入三王派，家法微微出苦瓜。我意但留山水味，勿须着力作名家。畏庐老人并识。”三、“栖鸦古木空萧瑟，不见吟诗纪阿男。癸丑冬日仿石谷旧本，林纾识。”四、“石谷画本，其荒率处尤不易学，癸丑冬日畏庐居士并识。”五、“昔年湖上过庐山，不到开先鼓棹还。收得空青入诗梦，水声长在枕头间。王山史笔意，畏庐老人并题。”六、“山水至清晖，不能以恒蹊寻目之，往往意之所至，即拓为新本，余瓣香十五年，望景莫及真憾事也。林纾并识。”七、“癸丑冬日，林纾抚张子青相国本并识。”八、“纷纷胡骑出榆关，排闷图成故里山。世上桃源何处是，避兵合住画图间。癸丑十月写于春觉斋，林纾并记。”

吴昌硕为甘作蕃绘《菊石图》并题识云："花开未肯让梅先，惯倚新霜九月天。泼墨画成人意淡，参禅无分学神仙。翰臣仁兄属，写于海上去驻随缘室中。安吉吴昌硕病臂，时癸丑十有一月。"又为陈汉第篆书"小猎多涉"八言联。联云："小猎平原乐吾时日；多涉古事求彼异同。仲恕先生正，集石鼓字。癸丑冬仲，客海上癖斯堂，安吉吴昌硕。"又为应德闳篆书"深渊平原"八言联。联云："深渊求鱼大罟所执；平原射虎硕弓自鸣。季中先生正，集北宋猎碣字。癸丑岁十一月，安吉吴俊卿。"又为友永霞峰绘《双鹤图》并题诗云："双鹤比翼游，群飞戏太清。此唐人诗意，兹画一水，复缀以芦草，虽未能到活泼泼地，亦可作如是观。霞峰先生以为然不？癸丑十一月，吴昌硕客沪。"

范罕赴北京农商部任途中过安庆，晤姻弟马冀平。范罕作《癸丑冬月道出皖江，冀平属题〈塘沽秋泛图〉》。诗云："谁欤独画沧江趣，一洗人间汗漫游？对此苍烟意无极，羡君高咏气横秋。乾坤照此双心合，车马何时卒岁留？他日凌波应同健，不须消息问渔舟。"范子愚注云："时四母舅马冀平与许世英正掌皖政，先父拟由京汉路北上。"又作《癸丑北游过安庆，赠马冀平》。诗云："一世应无戴笠翁，登高意气为谁雄？山河重复兴亡外，风雨绸缪断续中。近海不辞垂钓晚，看花才觉过江红。茫茫离合关生计，此日悲欢付与公。"范子愚注云："民国二年，时马正掌审判厅事。"

苏曼殊由上海至日本西京，游琵琶湖，后到东京。

夏敬观月底南归上海。

郭沫若听从大哥建议，赴日本留学。在北京时郭沫若作《即兴》。诗云："天寒苦晷短，读书未肯辍。檐冰滴有声，中心转凄绝。开门见新月，照耀庭前雪。"

顾颉刚与毛子水等前往北京共和党本部，听章太炎所开国学会讲学。

陈去病《笠泽词征》书成。陈氏历时14年，广搜博采，汇辑自宋讫清700余年间200余家苏州籍词人词作。1915年8月由国光书局付印，10月出版。铅印本，共6册、30卷。黄宾虹封面题签。胡韫玉、蔡寅、柳弃疾、徐自华、陈去病作序。其中，陈去病序云："慨自风雅道丧，诗余乃兴，含情绵邈，体物浏亮，袭《骚》《选》之余音，以比兴为职志。美人香草，阐厥风情；秋月春花，由斯感慨。登山临水，隔千里兮怀人；吊古伤今，望星河而饮涕。凡兹赋咏，悉本灵襟，以言音声，奚殊正始？是以文史从容之彦，江湖啸傲之身，关山之所跋涉，戎马之所奔驰，与夫思妇羁人、孤臣戍卒，际风尘之澒洞，值雨雪之纷纶，莫不哀啸孤呻，驰魂荡魄，托微言于短律，发清响于寥穹也。宁云'玩物丧志，儒者所鄙；雕虫小技，壮夫不为'哉？吾邑松陵，古号笠泽，具区万顷，洞庭双峙。云树翳其微茫，风涛震而相荡。晴波潋滟，有白鸥沙鸟之翔；绣壤交加，足秔稻鱼虾之利。所渭'地擅兹胜，天笃厥生'，非无故也。故夫畸人硕士，彬彬蔚起，文章经济，卓乎其伦。试披潘氏《献集》之所颂叹（《松陵献集》，明节士潘柽章力田著)，固知文学渊薮，具在于是，而区区倚声，亦遂奄有群妙，独擅当时焉。何言之？盖赵宋南渡，填词始盛，衣冠之俦，都谙音律，风声所树，朝野翕然。而吴江一县，为王畿所属，且当南北冲途，舟车辐辏，垂虹明月，钓雪晴沙，斜日鲈乡，半篙淞水，固才人之所凝想，而举世以为风流者也。水调歌成，惊潜龙之出听；梅花曲谱，载红袖兮归来。韵事流传，作者纷起。友仁《词旨》，承玉田张氏之传（陆行直初名友仁，字辅之，著《词旨》二卷）；伯时《指迷》，阐梦窗觉翁之奥（沈羲父字伯时，别号时斋，著有《乐府指迷》一卷）。海棠月满，度彻琼箫（行直有《致仕还分湖问讯海棠》诗，又题其所居曰'旧时月满'）；秋草坟荒，怜伊鬼唱（行直姬人卿卿墓，在北羽圩）。虽举目有河山之异，而遗民无被衽之羞。故胡元入主，骚坛遽绝嗣响；至朱明践祚，坠绪乃获重寻。然而一线中微，仔肩匪细。设当斯文绝续之交，不有博雅弘通之彦，为之提倡风骚，别裁伪体，则后之学者从事其间，将何所禀承而明厥趋向？是斯道不几沦坠而迷谬日以繁滋哉！乃词隐先生出，吹律定声，订正宫谱，而承学之士，遂得门径。天寥道人继之，伉俪姊妹，竞尚新声，而帷房之内，争传乐府。庸是沈氏一门，人人有集；汾湖诸叶，叶叶交光。（天台无叶泐师叙《返生香集》语也）诵吴门怀古诸篇，击唾壶而欲缺（长兴伯吴易著《北征小咏》，有《满江红·怀古》诸题）；讽胥江竞渡之阕，欷流水兮无情（沈自炳女兰支有《水龙吟》一阕以吊屈原，实则悲其父之殁于王事耳）。《诗》曰：'人之云亡，邦国殄瘁。'《语》云：'不有佳作，其何以兴？'则当此之时，安得不废书而叹，掩卷欲泣耶？或者顾谓兹事猥琐，无与家国，向阿堵传神，非大处落墨，岂通论哉？是故读《满江红》调，悲鹏举之栖迟；唱'大江东去'，慨坡翁之郁勃。而循是以求吾哲，盖非长兴吴公、中书沈公，殆莫属焉。秋笳、虹亭，曾何足比？而事愈可伤已。自是厥后，已畦、玉樵，继踵增武；学山、元礼，更倡迭和。香严、瘦山，併著飞鸿海红之篇；辛甫、壬甫，且有潜吉宜雅之集。而浮眉楼主，崛起孤根之中；湘湄袁氏，承袭《尔雅》之后。尤能发挥指趣，推阐幽微，淹《花间》《草堂》之长，邀'黄绢幼妇'之誉。遂乃执持牛耳，雄长骚坛。无尹邢避面之嫌，有瑜亮一时之目。而灵芬洮琼，竟为词学宗焉。岂不盛哉？嗟嗟！江湖日下，悲韶濩兮难求；逻逤纷陈，听筝琵之迭奏。过黉宫而订乐，弹彻胡琴；采孺子之新歌，不成楚调。阳春白雪，倾耳谁闻？下里巴音，逢场辄遇。《诗》有之曰：'如蜩如螗，如沸如羹。'此之谓也。《礼》不云乎？昔吾有先生，其言明且清，何可得哉？仆用奋慨，以为和声鸣盛，纵绝元音，而抱缺守残，愿为己任。际荒江之垂翅，聊竹素兮游心；剔明焰于将微，拨余灰而使爇。窃不自揆，就所寻检，辑北宋谢绛以下，迄于近代，凡若而人词若干首，为书十有六卷。别撰闺秀寓贤诸作，各得二卷附之。都成集二十卷，名曰《笠泽词征》，用副所撰《松陵文集》行焉。呜呼！我邦人诸友，大夫君子，诚欲考往哲之遗风，续枌榆之盛业，其详览之，庶无瞢已。己酉仲秋下浣五日，叙于古金昌亭下吴趋里。”高旭作《念奴娇·巢南嘱题〈笠泽词征〉，卒卒未报。今以一册见贻，因步檗子题词韵，成一阕寄之》。词云：“碧阑干畔，把芬芳展玩，昔贤风远。拟向垂虹亭长问，多少古愁新怨。月下吹箫，酒余击筑，弹指年华换。何图斯世，清音犹响天半。　因想访艳花南，怀人雪北，锦句囊常满。真个伊人，辛苦甚，绝胜琅环千卷。白雪高辞，红牙低唱，入扣声声按。尽教当做，乡邦志乘同看。”

姚燮辑录《蛟川诗系》（8册，31卷，铅印本）刊行。次年4月，范铸辑录《蛟川诗系续编》（2册，8卷，铅印本）刊行。集前有盛炳纬题耑，盛炳纬、范铸作序。其中，盛炳纬序云：“乡先辈复庄姚先生诗古文词刊行已久，晚岁辑有《蛟川诗系》一书。凡三十有一卷，搜采自隋唐迄清嘉道朝本邑诗家凡三百四十五人，各选诗数首或数十首，并人系以传，叙述事迹，藉存梗概，书成藏于家。岁乙未，余得自先生后人，见原稿皆先生手书，行草间杂篆古，密行细字，雠校非易，储之箧衍久矣！老友范君柳堂见之，愿往雠校，而延之家，两阅寒暑，始得竣事。吾邑介居海澨，自欧化内渐，风雅之道亦稍稍陵夷矣！后生小子，目不睹先哲遗著，乌知夫千百年来乡先生文采风流如斯之盛。赖姚先生此编，网罗散失，阐发幽光，俾乡邦文献之传籍兹不堕，不大幸欤！炳纬马齿加长，抱此遗稿，倘遂放失，使作者之精神与姚先生纂辑之苦心自我而湮没，则获戾滋大。适监造县中学校落成，尚有余资，爰亟付手民排印，期成永久，印成乃书其缘起如此。民国二年冬月同邑后学盛炳纬。”刊印时，盛炳纬又附刘午亭所编8卷，使《蛟川诗系》所录诗家达465家，诗作4481首。范铸辑录《蛟川诗系续编》继姚书而编，体例一准姚书，而编次与评论不似姚氏注重诗作者之间家族关系。其评论署“野谌氏曰”。全书收录“红桥舫歌选（姚燮诗）”“姚门弟子集三人”“道咸同光宣五朝诗五十八人”等。

唐继尧作《由黔移师督滇，道中偶成》（二首）。其一：“甲马旌旗又此行，两年依旧一身轻。山花放卷情常定，林鸟飞投意总诚。历史千秋留泡影，神州百战尽蜗争。疮痍满地何年补，惭愧前途父老迎。”其二：“薄海风潮一剑担，万山雪月又天南。须知平坦征途稳，莫道崎岖世路难。盖世才从达处老，极天事亦梦中参。孕虞育夏寻常事，桑梓归来酒正酣。”

陈懋鼎作《癸丑腊月崇陵奉安礼成，皇帝遍赐随扈者，御书春条，小臣得“大吉迎祥”四字恭纪》。诗云：“山陵蒇事孝思长，宣赐宸书及挽郎。岁改臣家犹有腊，云深帝所自为乡。挥毫未敢惊岐嶷，悬磬虚劳降吉祥。陛下至仁千万寿，更于何世答恩光。”

易顺鼎作《癸丑仲冬月，当头即事，戏作短歌》。诗云：“月华如水照宫殿，有酒不醉真痴人。蜀王衍岂我之前身，恨无宫女玉箫来侑尊。一年几见月当头，万事不如杯在手。明弘光真我之良友，仿佛天上长星来劝酒。今年无月过中秋，仲冬却喜月当头。嗟我有家归不得，却反欲归天上之琼楼。连霄南海北海皆看月，今宵却向胭脂坡上独拥青貂裘。锦袍骑鲸非采石，羽衣化鹤非黄州。张家好父子，李家好叔侄。邀我与辛许，同集张侯室。张侯置酒月照席，酒食皆自红闺出。家酿家庖美无匹，酒酣更走龙蛇笔。劝我痛饮劝我歌，莫负当头月轮一。我不能饮尚能狂，欲呼嫦娥伴吴质。吁嗟乎！天上嫦娥少，世上嫦娥多。天上嫦娥只有一纤阿，岂知九州四海尚有无数之嫦娥。月子团团兮，化为十五十六之娇面。月子弯弯兮，化为初三初四之修蛾。与我同在娑娑世界上，定知今宵亦复与我照影临恒河。月中有天名大罗，月中有树名娑罗。嫦娥老去成阿婆，人与树兮皆婆娑。不如世上嫦娥年正少，或呼我为夫，或戏呼我为儿；或戏呼我为弟，或呼我为哥。我欲乘风归去学东坡，其奈九州四海无数嫦娥何。”

黄侃作《感兴》（七首，癸丑十一月）。其一：“魏阙殉荣观，蒿藜遂真性。全生实大祥，幽忧岂余病？石泉聊莹心，琼华堪度命。厉志信绝人，奚用悲食竞。蹈瓮闵申徒，割炙讥曼倩。择日去登遐，是非行自正。”其二：“辽东有一鹤，自云丁令威。去家千余年，幻形复来归。城郭虽云是，人民今已非。下士笑神仙，薤露故易晞。仰首招羡门，奋翅起远飞。瀛洲采三秀，岁晏莫相违。”

施士洁作《送别关介堂明经（其忠）归莆阳》（癸丑十一月同客龙溪邑署）（四首）。其一：“关仝画笔兼书笔，传与文孙笔一枝。槐市横经谈旧学，芝山把蘂证新知。冥鸿爪迹空留印，全豹斑文未许窥。我饫君诗香色味，莆阳回首忆离支。”其二：“林翰张琴说里英，平分铛脚与齐名。如君胜概空余子，只我常谈尚老生。天半浮云苍狗影，江干今雨白鸥盟。昨宵酒冷襟痕在，知有忧时热泪并！”

严修作《伦敦秋冬无日不雾，戏为此诗》。诗云：“织就烟云淡墨图，蔚蓝天气古来无。太阳永照英旗帜，偏是都城独向隅。”

罗庄作《癸丑仲冬，归自东瀛，侨居海上》。诗云：“国破家存世又新，归来海上作遗民。卜居穷巷无人到，犹似深山可避秦。静掩衡门不结邻，应无昏暮叩关人。仓桑阅尽情弥淡，自爱吾庐养性真。”

冬

[德]卫礼贤在礼贤书院建立尊孔文社藏书楼，邀劳乃宣主持社事。劳乃宣作《乞金甸丞画〈劳山归去来〉图》（三首）。序云：“癸丑冬，应德儒卫礼贤尊孔文社之招，移家青岛，在劳山麓。《通志·氏族》略云：‘劳氏其先居东海劳山’。是劳山者，吾家最古之祖居也。此行为归故乡矣，因乞金君作此图，诗以将意。”其一：“东海劳山本故邱，遥遥先泽数千秋。此来便作家山看，莫认乘桴汗漫游。”其二：“海滨邹鲁泽诗

书，血气尊亲信不虚。慢把居夷陋君子，宛从吾党赋归欤。”次年，卫礼贤又聘章梫前往青岛任尊孔文社编辑，淞社同人缪荃孙、戴启文、沈焜、周庆云、喻长霖、潘飞声、李详、吴俊卿、刘承干、杨钟羲及吴士鉴、王舟瑶等均赋诗送别。

袁克文（寒云）与易顺鼎（哭厂）、何震彝（鬯威）、步章五（林屋）、梁鸿志（众异）、黄秋岳（濬）、罗惇曧（瘿公）、闵尔昌（黄山）结诗社于京师南海流水音，请画家汪洛年（鸥客）作《寒庐茗话图》《流水音修禊图》。《寒庐茗话图》将七友画成古人模样，盘桓山水间，俨若兰亭会。此图一出，人争一睹，众人捧场，诗文相缀，袁克文集为一束，付之梨枣。是书为私印本，其中含图画 1 幅、诗文 19 篇。“寒庐七子”由“建安七子”比拟而来，袁寒云酷似曹子建，余七人，人称“寒庐七子”。何鬯威作《寒庐七子歌》。黄濬作《抱存招同石甫、彤士、瘿公、鬯威、葆之、众异数君小集流水音，鸥客为绘〈寒庐茗话图〉，题以一律》。诗云：“主人早挈仙舟侣，来结高斋半日缘。此意可怜耽水石，俊游终惜欠风泉。凌寒苍翠容无改，入画溪山晚更妍。长遣清音生瘖痳，羡君心法得安便。”吕碧城作《齐天乐·〈寒庐茗话图〉，为袁寒云题》。词云：“紫泉初启隋宫锁，人来五云深处。镜殿迷香，瀛台挹泪，何限当时情绪？兴亡无据。早玉玺埋尘，铜仙啼露。卣六昭华，夕阳无语送春去。　　呈红谁读花谱？有平原胜侣，共与心素。银管镂春，牙签校秘，蹀躞三千珠履。低回吊古。听怨入霓裳，水音能诉，花雨吹寒，题襟催秀句。”吕氏又作《和抱存〈流水音修禊，十一真韵〉》。诗云：“闻道长安上巳辰，五陵风月属骚人。风丝花片催诗急，好鸟游鱼狎客频。一曲清流传胜禊，几多桑海酿奇春。新亭挥泪真痴绝，莫负芳樽向水滨。”贺履之作《题〈西苑流水音图〉（并序）》。序云：“西苑为清室宸游之所，泉石胜处，亭馆数楹，又仿兰亭为流觞曲水。榜其门曰‘流水音’。寒云居士读书其中，临水编篱，并种芭蕉及杂花数十种，为图征题，爰赋长歌。”诗云：“五云金碧沉秋阴，西风萧瑟愁人心。南邻北里日歌舞，谁识西苑流水音。流水之音谁和汝，明月清风寂无语。就中惟有读书声，金石渊渊足千古。读书者谁寒云昌，啸歌一室穷天人。本初健者名原重，陈思弱冠才无伦。人杰地灵堪并美，苍生漫促斯人起。水自长流云自寒，是水伴云云伴水？忆昔峥嵘帝子家，开元全盛称豪华。满道天香迎御仗，半空云影拥仙车。宸游到此心神契，偶访兰亭备修禊。一溪曲水好流觞，三月春风曾解珮。语燕啼莺年复年，九霞频醉王母筵。画栋飞甍亘相属，灵璈锦瑟欢无边。岂期一旦人事改，碧宇凄清竟谁在？市留铜状吊长安，水浅麻姑说沧海。龙楼凤阁望嵯峨，辞汉仙人铅泪多。景阳槐叶堕宫井，汤殿香泉咽涧阿。巢燕重来不知处，谁向流水音中住？城南尺五付寒云，凫渚兔园得佳趣。竹篱短短永盈盈，百花千花次第生。怀素钟蕉可作纸，米颠拜石便呼儿。横琴披卷永朝夕，富贵浮云渺无迹！闲缀风光入画图，酒铛茶椀容片席。禁城漏尽一灯青，料有高吟动杳冥。何处书声远相和？藐孤尚拥‘小朝廷’（时清帝尚在宫中就学)。书声水声共凄绝,此境伤心不堪论。空山猿鹤倘相邀,更觅幽楼远尘劫。"陈衍作《题〈寒庐茗话图〉》。诗云:"天地本蘧庐,茗柯有实理。闲话水天中,一片寒鸦起。"王式通《〈寒庐茗话图〉,为抱存题》云:"我家越中山水窟,梦魂飞弄鉴湖月。兰亭拓本满人间,典午风流叹衰歇。历历沧桑眼底来,五云楼阁一徘徊。谁将曲水流觞地,取傍瑶林金碧堆。主人萧散思山泽,雅好梁园旧宾客。茶熟香温藻幄开,饤坐翩翩聚裙屐。耻比西园侈贵游,独从北苑写丹丘。寒岩著纸见幽胜,画师声价珊瑚钩。南归举目生呜咽,劫后山川何可说。四海弥天信有之,愿听清谈霏玉屑。"罗惇曧《〈寒云茗话图〉,为抱存题》云:"蓬户朱门岂道林,虬松怪石气萧森。丹青曹霸开生面,濠濮庄生有会心。客位终惭悬榻下,家居微似入山深。风亭听水酬孤峭,重画浮瓜踞竹阴(图为汪鸥客洛年绘)。"

《叒社》(不定期刊)创刊于浙江绍兴,第2期起改名《叒社丛刊》,为叒社社刊。叒社本年由绍兴屠钦(字少益)、嵊县杜尔梅(字啸泉)等发起,周作人、沈文汉、周煌城、谢廷干、任乃大、杨福庚、屠长赓、章景鄂、孙家骥、陈瘦崖、蒋谦、郑雨田、李宗裕、陈载荣、何梦旦、斐园主人、啸吟居士、养吾等为社员。社刊实际编务由杜尔梅、陈诵洛等负责,现存1915年春第2期,1916年6月第3期,1917年3月第4期。主要栏目有"论说""学术""文艺(文、诗、词)""杂俎(杂著、丛谈、译丛、谐声、笔记、诗话)""小说""附录""补益""记载"等。主要撰稿人有湘魂、陈诵洛、杜啸泉(尔梅)、渊、太虚、述、庸、周建人、童梦醒(一心)、孙荣谦、德齐、福洪、克家、啸吟居士、养吾、啸侯、仰庵、午竹、蒋景华、陈一蜚、性如、啸俦等。

汪东就总统府咨议职。

陈箓出任驻墨西哥全权公使。

林毓琳闻曾习经买田杨漕,作《寄蛰老杨漕田舍》。诗云:"寻常语默何尝失,伐国有时不肯言。已向陶公求出处,作书来报杨漕村。"又,曾习经作《大雪临陶隐居仙人旧馆坛碑》。诗云:"隐居遗迹故幽奇,骨体漫诧吴兴儿。偶与欧虞求出处,雪窗来写馆坛碑。"

施士洁卧病漳州紫阳书院,填《金缕曲》寄沈琇莹。词云:"最是冬萧索。对残更,孤灯闪碧,老怀无著。减字偷声真戏耳,谁信沈郎度曲?者神技,解医甜俗,笠屐衡山才入梦。又惊回鬼乌吟风恶,听窗纸,桐声落。　年时小病狂难药。人道是,贫能铸病,六州皆错。到底狂生贫不病,万古词人落魄。是前世,首阳盟约,笑我颦施君瘦沈。镇相怜槁饿芝田鹤,青白眼,穷途哭!"施士洁连叠十一韵与沈琇莹唱和酬答。其中,《前调·十一叠韵》序云:"傲樵以十叠赠行,予谓填词和韵至于十叠,千古所未有也;然东捋西撦,贻笑大方,弃甲曳兵,在所不免,十一叠勉强塞责。明日岁除,从此搁笔,乞降而已。"词云:"不耐吹毛索。者伧荒,许多疵语,防人觑著。施欲效颦真误矣，枉费周郎顾曲。笑钉铰，安能免俗，一片降幡城下竖。早惊他大楚兵氛恶，兵未接，胆先落。　　金丹换骨宁无药？恐前生，法龛香火，兰因注错。待访屯田仙掌墓，酹酒重招词魄。赴吊柳，千秋雅约，更仿玲珑三变格。脱凡胎一去，随黄鹤，知音少，才人哭！"

陈独秀蛰居上海，作《曼殊赴江户，余适皖城，写此志别》。诗云："春申浦上离歌急，扬子江头春色长。此去凭君珍重看，海中又见几株桑？"

陈寅恪在伦敦参观绘画展览会，作《癸丑冬，伦敦绘画展览会中偶见我国新嫁娘凤冠，感赋》（此三十八年前旧作，庚寅冬偶忆得之）。诗云："氍毹回首暗云鬟，儿女西溟挹袖看。故国华胥今梦破，洞房金雀尚人间。承平旧俗凭谁问，文物当时剩此冠。残域残年原易感，又因观画泪汍澜。"

刘韵琴从"某君"处得知，或诬其"一个大家闺秀，只身留洋，成何体统？"遂于日本东京作《书愤》（癸丑冬日，步某君原韵于东京旅次）。诗云："世事层波反覆中，英雄落魄古今同。市庸调笑姑由尔，俗子何堪识乃翁。遮莫晦时可遵养，谁言他日不乘风。此躯为国须珍重，毋复伤麟怨道穷。"又作《何满子·冬日自沪返里，风阻河干，泊城外一宿》。词云："系缆河干小住，计程明日还家。多事石尤风作恶，未归仍是天涯。肠断邻舟夜笛，声声吹落梅花。"

况周颐编成《东海渔歌》（清代顾太清撰）并作序，此本即付西泠印社印行。

吴梅续成《双泪碑》并撰序。序云："余读明人院本，辄作数日恶。托人闺襜，寄情兰芍，美谈极于利禄，丽藻等诸桑濮，托体不尊，其蔽一也。搜神志怪，幽眇无稽，长陵宛若，竟司赤绳，茶陵耆老，乃主东岳，导扬巫风，其蔽二也。南曲之工，莫如永嘉，而隶事协韵，时有乖舛。下逮临川、松陵，各有独擅，顾寻瘢索绽，论者牛毛，甚者且目为野狐，悠悠之口，谁其雪之？辛亥之秋，偶读秋心子《双泪碑》，心窃喜之，以为事奇而情合乎正，为之填词，寻又辍业。而一时好事者，争相传唱，旗亭赌胜，不让黄河白云焉。今岁冬仲，索居寡欢，漫续成之，既竭吾才，未知较明人何若。三风十愆，庶几可免，而野狐之诮，听之而已。尝谓饮食男女，出于至性，乃饮食可薄，而男女之际，独缠绵固结而不自止。王生之过，虽不可逭，而我国婚礼，可议者正多。黄土一闭，迦陵并命，读者两恕之可也。癸丑中冬长洲吴梅书于癯庵。"

陈三立作《冬日徐园看残菊，晚归过乙盦出观新句》（三首）。其一："已蜕秋怀挽一痕，逢迎霜气踏荒园。留盆晚菊如相待，负汝飘残蛱蝶魂。"其三："庄严璎珞菩提座，升降真灵帝子弦。胸腹作魔一大事，只留惘惘在灯前。"

瞿鸿禨作《次韵和樊山〈冬雨〉》《次韵和樊山〈冬夜〉》。其中，《次韵和樊山〈冬雨〉》云："瘦耸樊山山字肩，长宵真欲作诗千。先鞭气壮闻鸡夜，没羽神惊射虎天。芋火垆温烟细细，梅花窗影月娟娟。却怜半臂无人送，独自添香待晓眠。"

万选斋作《癸丑冬送季女适阮氏》(四首)。其一:"镜破尘封倏五期,老翁常恃女支持。颇惊柳絮多佳句,忽报桃夭正及时。载道旌旗披绣阁,一庭姊妹拥金枝。从容扶上鸾舆去,为痛慈亲有所思。"其二:"痴心不尽掌珠怜,归趁梅花万朵鲜。女道已终妇道始,新姻原续旧姻缘。无多供帐投情好,约略经营愧力绵。莫怪临歧倍惆怅,老人代母戒无愆。"

曾广祚作《冬日》《隆冬北归,泊石帆作》。其中,《冬日》云:"冬日风狂古木号,花亭闲坐独牢骚。桥浮洛水饶千甲,楫击淮波已万艘。单豹如婴投猛虎,董狐修史载神獒。不如振翮冥冥上,后世山樵奕处遭。"《隆冬北归,泊石帆作》云:"赤鲸掣海力难能,冰井台边瘦骨棱。蟠壁冬雷人与战,渔舟夜火客先登。回游舆盖行温肃,出处权衡在废兴。不见石帆山下茧,奇文突起耀光绫。"

李鸿祥作《冬派欧美日留学生,留美学生缪嘉铭、卢锡荣等六人,留欧学生熊庆来等七人,留日学生周锡夔等五十人》。诗云:"科学能将智识开,陶欧镕美造英才。驰驱四海男儿志,万里长风去复来。"

张肖鹄作《和程稚松〈冬日感怀〉原韵》(二首)。其一:"朔北催雪造隆冬,怪底诗清此老胸。天地何心成闭塞,冰霜有节励凡庸。万家烟冷归鸿唳,一叶身轻过客踪。试检残书读周易,初爻勿用是潜龙。"其二:"松柏坚贞岁后凋,吾怀于此亦聊聊。寸心未死书饶腹,斗印何如剑佩腰。万里关山军出塞,一天风雪客题桥。中原多少寒鸦色,无那边尘狐兔骄。"

许承尧作《郑州》《石壕村》《硖石镇》《陕州召公祠》《北邙山》。其中,《北邙山》云:"迢迢北邙山,百里缘洛城。下俯涧瀍水,宿草年年青。帝子昔卜兆,会葬多公卿。珠襦与玉匣,涸地严闲扃。金凫夜半飞,文兽千春横。遥遥时代迁,朽骨荒无名。功德记玄石,高丘閟穷冥。人生坠露晞,冉忽还太清。嗟兹短景恋,尚余轩冕情。"《石壕村》云:"我过石壕村,忽忆石壕行。杜老呕血语,呜咽如闻声。嗟彼宜禄郊,莫漫争此名。父老为我言,老睫犹自莹。去岁造共和,此地嗟鏖兵。一战崤陵东,再战渑池城。奇事怵心目,千馘排纵横。旷野撑枯骴,群乌日飞鸣。龙蛇既已起,鸡犬安得宁?至今闾里间,两日一食并。我闻父老言,恍立心怦怦。述之为歌谣,以俟仁者听。"

郁达夫作《晴雪园卜居》,载 1916 年 5 月 5 日日本第八高等学校《校友会杂志》第 17 号,署名"春江钓徒"。诗云:"云龙好据胡床卧,徐福真成物外游。望去河山能小鲁,夜来风雨似行舟。月明梅影人同瘦,日夕潮声海倒流。猛忆故园寥落甚,烟花撩乱怯登楼。"

林伯渠作《宗楼看雪》(亡命日本东京,在新宿区作)。诗云:"沉沉心事向谁说,袖手层楼看雪霏。远水如云欲断续,寒鸦几点迷归依。欺人发鬓垂垂白,到眼河山故故非。独抱古欢浑不语,明朝有意弄晴晖。"

夏宇众作《冬夜有怀惕臣》(时惕臣留学日本,余在京专习英文)。诗云:“嗟余郁郁适兹土,今子迟迟又徂东。各饱风霜问奇字,独赢萧瑟着幽衷!夜深语重书难载,海阔波多梦未通。况是当年最堪忆,夜深相对一炉红!”

赖和作《寒甚,有雪意》。诗云:“冻云让雪雨纤纤,小雀啾啾隐屋檐。压柳水边朝雾重,吹花庭下晓风尖。窗棂破隙重糊纸,门户无遮不卷帘。牙齿战争肤起慄,火炉不暖炭频添。”

[日] 白井种德作《余以庚戌晚秋僦居于下小路,室临中津川,号曰溪亭。今兹癸丑初冬转加贺小路,临去赋之》。诗云:“山水为朋岁四移,谢他日日侑吾卮。只今别去情何耐,维水维山知不知。”

本 年

日本兵于河北昌黎横暴杀害中国5名警士,天津各界士绅为警士召开追悼会。王新铭为写祭文并作挽联追悼。联云:“无理强毋宁有理弱;尽职死胜于溺职生。”

伦明与李汉桢创办《广东平报》,聘请徐信符任总编辑,负责报馆事务。《广东平报》“副刊中多述广东文献,所刊之文,极其审慎,作风过于平实,故开办二年,即告停版”。伦明与徐信符每有所得,互邀对方“赏奇辨异”。伦明有《广州杂诗》(八首)记之。其八:“城北徐公爱蓄书,赏奇辨异每邀余。我惭佣笔顾千里,君欲争雄士礼居。”

潇鸣社在北京成立,与寒山社齐名。顾准曾领衔,有会员一二百人。顾准曾编《潇鸣社诗钟选甲集二卷》(铅印本),1917年刊印。集前有《主课姓氏录》《社员姓氏录》。《潇鸣社诗钟选甲集卷上:分咏体》作者名录:虞伯严、殷墨卿、蔡伯浩、沈太侔、张沧海、张颐伯、徐质夫、许守白、陈公倩、章仲渔、顾仲平、顾亚蘧、曾伯厚、顾伯寅、庆博如、沈研农、夏蔚如、嵩伯衡、胡鉴僧、沈燕孙、郑彝久、胡琴初、李绍堂、张留庵、彭剑秋、定可安、顾笏臣、骆南禅、王虹頫、沈砚农、易实甫、余肖梅、高潜子、丁芝宇、张留庵、李巽孚、顾善先、张天石、易季复、项寄尘、江子寿、顾安期、王叔掖、许邓仲期、嵩彦博、沈孝耕、关吉符、吴醒告、李星樵、王梅庵、顾季闻、倪青伯、谭篆青、关颖人、方敏恭、崔润农、赵心笙、王伯谦、郭啸麓、彭禹九、谭问羹、张纪庭、何霞斋、贺履之、定可安、顾叔韬、姜颖生、冯伯玗、张楚楠、钱和甫、许红瘦、陈翼牟、袁小偁、成晓湘、樊樊山、孙絜斋、陈穆卿、朱静庵、龚佛评、高配之、宋筱牧、李汉父、张郁庭、黄赞琳、智达安、卓玉斋、纪粒民、许潜叟、高竹篪、贾仲明、李篪石、三六桥、饶梦禅、汪馨远、吴德征、郑蓉秋、张淞生、万蓉江、吴拔其、葛廉夫、孔文孙、袁菱塘、华经甫、徐铁伧、朱喆丞、金承甫、柳希廿、马巨川、吴鹤霄、葛绎如、秀一峰、詹绍菊、蔡斗南、卢颐陔、张菉园、周樗生、黄小轩、余字春、林璞亭、杜衡甫、崇秋圃、汪文卿、孙谷纫、刘子馨、沈静芙、何寿芬、邹建甫、牟树滋、武国华、李珊园、刘剑侯、金鈜青。《潇鸣社诗钟选甲集卷下：建除体》作者名录：易实甫、顾伯寅、彭剑秋、李巽孚、张颐伯、田牖民、蔡理双、张纪庭、张留龕、胡鉴僧、蔡伯浩、顾仲平、夏蔚如、高潜子、沈孝耤、沈太侔、顾笏臣、陈公俌、曾伯厚、章仲渔、袁浴春、沈燕孙、李尧生、朱静庵、嵩伯衡、谭问夔、张郁庭、吴醒告、卢颐陔、李绍堂、左次修、张淞生、定可安、徐铁伧、秀一峰、袁小偁、高配之、顾善先、杨在田、江子寿、王伯谦、何寿芬、邹建甫、三六桥、黄小轩、牟树滋、华经甫、吴德征、关颖人、沈砚农、李星樵、许邓仲期、骆南禅、顾亚蘧、郭啸麓、杨小麓、殷墨卿、许纂青、陈翼牟、方敏恭、顾季闻、张楚枬、孙絜斋、柳希廿、金承甫、王叔掖、李汉父、李麓石、周樗生、宋筱牧、顾安期、孙谷纫、吴拔其、关吉甫、吴林伯、初海峤、赵理庭、陈穆卿、宋寰公、易季复、虞伯严、姜颖生、王梅庵、孙审懿、徐质夫、劳斧农、张天石、贺履之、崔聘侯、黄赞琳、洪幼宽、王虹、万蓉江、李云鹤、程祐卿、刘剑侯、高竹篪、金鈜青、彭禹九、丁芝字、陈楚卿、沈养源、高瀚九、张沧海、陈椿轩、胡迟圃、何虎侯、安砚生、程品成、郑叔虔、龚佛评、金实斋、孙希侠、李丹农、王星垣、陈龙光、徐培萱、纪粒民、蔡焕卿、余肖梅、孔文孙、李质臣、胡琴初、顾叔韬、王秋水、黄冠孙、吴玉阶、成晓湘、崇秋圃、詹绍菊、韩祝九。

厦门菽庄钟社征诗，投赠有千余首，林尔嘉与社友拟定次第，前列十首付梓。其中一首题为《虞美人》（七言排律二十韵），作者知庐，系福建兴化中学教师。诗云："美人恩重霸图轻，一阕虞兮倍有情。结局头颅宁赠友，当时花貌亦倾城。江东子弟从龙起，马上娇娥逐鹿行。云雨梦回频顾影，胭脂队里纵谈兵。囊贻芍药临风结，幕启芙蓉被酒醒。小字湘妃应记牒，重瞳夫婿早知名。河山百战雄风歇，环珮三更鹤唳惊。垓下军容都草草，帐中醉语唤卿卿。芳心憔悴吴侬恨，法曲凄凉楚些声。玉斗击残都贮血，珠唇点罢怅分襟。红颜委骨知何处，青草埋忧最不平。雪萼带娇长寂寂，露枝滴泪总盈盈。绿摇淮水波逾碧，红照咸阳火欲明。艳态曾临秦殿镜，香魂不度汉家营。陇头仍望君王至，月下重寻贱妾盟。八载兴亡关气数，一枝开谢见精诚。至今旧调翻新按，犹自纤腰作态呈。尚想薄寒凝翠袖，更怜化碧有朱罂。英雄好色原无赖，儿女工愁了此生。闻道夫人能学舞，未央涕泪亦纵横。"

《武德》第2、3期合刊、第4期刊行。其中第2、3期合刊"杂俎·诗"栏目含《乾洲道中》（剑奇）、《晓发》（浣士）、《自题匹马单刀之影》（孟彦伦）、《赠友人》（前人）、《留别王君悦山》（前人）、《题粤东叶君小照》（前人）、《韵诗四首》（前人）、《题大相岭》（大相岭武乡侯平蛮驻兵地也，余督师赴宁，心有所感，因题其壁）（前人）、《过瞿塘》（前人）、《露营之乐》（前人）。第4期"杂俎"栏目含《军歌五章（并序）》（杨曾蔚）、《汧阳道》（洞庭）、《秦中漫作》（前人）、《别刘友石太守陇州》（前人）、《行经秦岭，谒韩公祠》（前人）、《至长沙，感作》（前人）、《九日过赤壁》（前人）、《劲存倡议退伍，众和之，朕时病居军次，感而有述》（前人）、《蒙古大喇嘛庙》（前人）、《古琴台》（前人）、《自京寄仲廉》（前人）、《追悼同研某君》（仲廉）、《题画鹰》（前人）、《吴山》（一羽）、《七盘关》（前人）、《黄金达拉》（前人）、《五花城》（前人）、《大王庙》（前人）、《达里泊》（前人）、《黄冈纪战》（前人）、《午剑歌》（志仁）、《祖风歌》（洞庭）。

杨蕴辉卒。杨蕴辉（1832—1913），字静贞，江苏金匮人。闽县董敬箴室。工诗善画，光绪三年（1877）作《翠盖临风图》宫扇并题诗："翠盖临风绿柄摇，水晶宫里斗纤腰。溯洄欲步凌波袜，约数南塘第几桥。"著有《吟香室诗草》（2卷，续刻1卷，附刻1卷《吟香室词》），光绪二十三年（1897）南海县署刻本。

徐嘉卒。徐嘉（1834—1913），字宾华，号遁庵，江苏山阳人。同治九年（1870）举人，光绪五年（1879）大挑二等，循例当授教职，以母老不赴省谒选，讲学于山阳、徐州、金华等地。光绪二十九年（1903）受昆山教谕，次年赴苏州师范学堂任监院，兼国文国史教习。光绪三十二年（1906）辞职返昆山。光绪三十四年（1908）以疾归里。著有《味静斋集》《顾亭林先生诗笺注》等。《味静斋集》含《味静斋文存》2卷、《味静斋文存续选》2卷、《味静斋诗存》16卷，1932年上海中华书局聚珍仿宋本。别有《味静斋杂诗》3卷，1936年铅印本。俞樾（曲园）称其诗文"质直而有味，清疏而有物。记载时事，敷陈义理，无不曲尽"。李详则称"味静斋文，慷慨激厉，或多忧世之言"。（《味静斋诗文集·序》）

李士彬卒。李士彬（1835—1913），字百之，晚号石叟，湖北英山人。同治四年（1865）进士，任翰林院庶吉士。七年（1868）改任刑部主事、军机处章京。十一年（1872）主讲鹿门书院。光绪元年（1875）补任福建司主事，历任刑部员外郎、郎中。光绪四年（1878）考御使，先后任江南道监察史、河南道监察史。参与校勘《御制诗文集》。著有《石我集》。

蒋彬若卒。蒋彬若（1837—1913），字次园，号山樵，江苏宜兴人。同治五年（1866）因古诗名而录取为诸生。与兄嫂著合刻为《爱吾庐稿》，周家楣作序。晚年醉心填词，集清真、梦窗、碧山各家之长，意深而笔长。卒后，由侄蒋兆兰将遗著编刻成《次园诗存》6卷、《替竹庵词》5卷。另著有《山樵新唱》《老去词》。

李文泰卒。李文泰（1840—1913），字叔宽，号小岩，广东吴川县人。九岁登朝台赋诗，人称奇童。十岁随侍羊城以诗会友。年三十始登同治庚午科举人，曾任教于广州书院。咸丰九年（1859）迫于生计，至某将军麾下充幕僚，作自述诗云："我生慕天性，所志非温饱。饥寒忽驱人，年年在远道。"同治五年（1866）再度出走羊城，入彭公幕府，作诗云："去年此日重阳节，才向羊城返故乡。今岁漂零仍浪迹，老亲怅望几回肠。"光绪九年（1883）再次北上，南归舟经福州时，寄侄女椿园诗云："怜尔依人闽海头，新年遥望不胜愁。那知咫尺难相见，白浪如山过福州。"二十二年（1896），吴川遭飓风袭，“意园”夷为平地。事后作《意园咏》云：“我忆意园好，半村半郭间。低环摇绿水，高枕落青山。眼借观澜阔，心随听鸟闲。自然无俗客，不待掩柴关。”此后卖文度日，半饥半饱，以诗答友人问近况时曰：“断酒多时别醉乡，卖文度日角名场。元龙意气都如旧，只减从前一味狂。”其诗文多散佚，今存李子虎光禄所刊《柳堂师友诗录》，内刊《海山书屋吟草》1卷。李汉魂将其诗文楹联等汇辑成册，名曰《李小岩先生遗著》，1934年秋付梓。

沈家本卒。沈家本（1840—1913），字子淳，号寄簃，浙江归安人。父沈丙莹为道光二十五年（1845）进士，曾任刑部主事。同治三年（1864），援例以郎中分刑部任职。光绪九年（1883）中进士，后历任天津、保定知府，刑部右侍郎。二十八年（1902）受命修订法律，任修订法律大臣、资政院副总裁等职。宣统三年（1911）任袁世凯内阁司法大臣。著作汇为《沈寄簃先生遗书》，分甲乙两编，甲编收法律相关著作，其他归入乙编，含《枕碧楼偶存稿》12卷，内有诗6卷（卷七至卷十二），1928年刻本。

黄玉堂卒。黄玉堂（1841—1913），字仙裴，广东香山人，祖籍顺德县。幼入词馆。同治十三年（1874）进士，散馆授翰林院编修。光绪五年（1879）任山西学政，迁侍读学士，官至山西提学使。丁母忧后不复仕。历道光、咸丰、同治、光绪、宣统、民国六朝。著有《瑞莲轩诗钞》《痴梦斋词草》等。黄椒升《金缕曲》誉黄玉堂云：“写梦何能已。衬良辰、裁红翦翠，碧桃华底。灿出琼瑶盈十幅，仿佛鸳鸯成绮。好嗣响、词中三李。七宝楼台真独造，彼豪辛、腻柳休相拟。铿妙句，玉田似。　当年射策金门里。咏霓裳、琅璈敲切，众仙同美。今日京华尘不染，甘向园林高寄。翻自笑、痴人如此。铁板铜琶流绝唱，对寒窗、静把吟毫理。歌一阕，西风起。”跋云：“右调《金缕曲》。仙裴太史以《痴梦斋词草》见示，挑灯展读，如置身于蓬莱阆苑之间。特倚此解，以志钦佩。小弟黄衍昌椒升甫倚声。”

朱隽瀛卒。朱隽瀛（1845—1913），字芷青，号金粟山人，顺天大兴人。同治元年举人，官至河南知府。著有《玉屑词》3卷，光绪二十七年（1901）刻本；《柳湖词》1卷，附于自撰《陈州集》，宣统三年（1911）排印本。门下士祝椿年称其词“蝉蜕其迹，风逸其神；清歌偶寄，玉屑纷论；芳妍周、柳，豪伉苏、辛。”（《玉屑词·题辞》）

金尔相卒。金尔相（1846—1913），字君美、君梅，号琢之，江苏常熟人。光绪二年（1876）举人，授中宪大夫，正四品封典，官至太仓州学政。著有《自求斋诗文稿》。

何维棣卒。何维棣（1856—1913），字棠孙，号卷庵，湖南道州人。同治十二年（1873）举顺天乡试。礼部屡试不第，丁亥大挑二等，选长沙县训导。光绪十七年（1891）与程颂万等在长沙立湘社，相互唱酬。二十二年（1896）受四川洋务总局委派，为四川中西学堂监督。二十四年（1898）晋四川候补道。二十九年（1903）奉檄保商湖北沙市、武昌等处。三十二年（1906）至安徽帮办政务及军务，总理军械。在皖又与同人立诗钟会。曾任《皖政辑要》总纂、四川印刷局总办。著有《煮冰词》1卷，收词75阕；《潜颖诗》10卷，宣统庚戌刻本，存诗245首，以律诗为主。剑川赵藩称："《煮冰词》一卷，寄托幽窈，体骨俱秀，撷先民之长，而无其末流之短。"（《煮冰词·序》）

邓艺孙卒。邓艺孙（1857—1913），字绳侯，号世白，安徽怀宁人。邓石如曾孙，邓以蛰之父，两弹元勋邓稼先之祖。幼丧父，随祖父在湖南读书，以天资聪颖，受曾国藩、左宗棠青睐。十七岁补怀宁县庠生。光绪末，历任芜湖安徽公学总理、安庆安徽师范学堂斋务长兼经学教员。1911年安徽独立，被推任教育司司长，起草新教育制度，创办省立图书馆及女子师范。1912年以母丧离职。1913年秋任安庆江淮大学校长，未及两月病逝。著有《毛诗讲义》《尚书讲义》《楚辞解》等。诗文未付梓。刘师培作《邓绳侯先生阙铭》，铭曰："紧硕德，迪前光。德维明，统圣纲。邈洪崖，佚老彭，乐栖迟，泌洋洋。鹭于飞，感和鸣。明丽正，文德咸。命不淑，世作程。怅高山，追景行。君子泽，民弗忘。"

陈蜕庵卒于沪西寓庐。陈蜕庵（1860—1913），本名陈范，原籍湖南衡山，生于江苏阳湖。晚年更名蜕，字叔柔、蜕庵，号梦坡、退僧、退翁，别号梦通、忆云、锡畴、瑶天等。光绪十五年（1889）中秀才，嗣任江西铅山知县。二十年（1894）以教案被劾罢官，退居上海。二十六年（1900）购得上海《苏报》产权，遂锐意经营报业。起先鼓吹变法，提倡保皇立宪，后日渐倾向革命，以报纸为革命党人提供宣传阵地。"苏报案"发，脱险后东逃日本，与孙中山、陈少白等革命党人结识，往来于东京、横滨、香港。三十一年（1905）春返国，在上海被捕入狱，翌年获释。先后主持上海、北京《太平洋报》《民主报》笔政，著有《映雪轩初稿》《烟波吟舫诗存》《东归行卷》《九疑云笈》《卷帘集》《题襟集》《蜕僧余稿》《残宵梵诵》《夜梵集》《息庵诗》《沧波听雨集》《闲情香草诗》等。卒后，汪文溥集其遗稿编为《陈蜕庵先生文集》《蜕翁诗词刊存》《蜕翁诗词文续存》三种，由柳亚子、史良、高天梅、傅钝根等集资刊印。高燮作《吊陈蜕庵》。诗云："如此天涯酒共斟，鬓丝憔悴费沉吟。江湖拓笔余高节，风雨论交见素心。诗思苦随羁病进，愁怀沁入落花深。元龙豪气销磨尽，竟谢风尘泪不禁。当年久振春秋笔，文字收功著定评。张俭破家犹有止，介推死隐竟无名。策勋昔等羊头烂，谋利今同狗骨争。谁似先生无我相，萧然穷老若忘情。布笠青鞋何所投，凄凉身世梦悠悠。高文宛在名终显，奇痛偏尝报未酬。有女才华能咏絮，无家飘泊类浮沤。沪云望断灵光圮，空奠苍茫酒一瓯。"柳亚子作《哭陈蜕庵先生》（四首）。其一："少年揽辔志澄清，垂老中原未厌兵。伐鼓撞钟天下计，破家亡命劫余生。元龙豪气销难尽，杜老文章晚更成。叹息万方多难日，放翁家祭若为情。"其二："十载声华鲁殿光，党碑姓氏自堂堂。如何北海孙宾石，老作南州盛孝章。张禄入秦名屡变，包胥复楚愿终偿。纷纭举世贪天力，一笑封侯尽烂羊。”其三：“识公名未读公诗，倾倒瑶华又一时。并世竟逢陈仲举，怜才难得傅修期（余与先生订交，傅钝根实为作合）。秋风江上同羁旅，春雨檐前惯别离。当日早知成永诀，也应恸哭惜临歧。”其四：“吾辈情怀狂似虎，先生道德殆犹龙。竭来胜地贪行乐，悔未倾谈总负公（余每至海上，先生辄招往寓庐作竟日谈，苦耽征远，未之应也）。流涕不堪知己感，遗书倘赖故人功。传经伏女能无恙，辛苦西飞蜀道鸿（谓撷芬女士）。”又作《海上感悼亚云、蜕庵两亡友》。诗云：“梁园才调咽悲笳，湖海人亡泪似麻。春雨杏花零落尽，黄公垆畔忍回车（杏花楼为旧时游宴地）。”姚锡钧作《哀蜕庵》（二首）。其一：“江左才人盛，如君晚可嗟。犹能依内乘，不敢忆年华。毁誉一棺戢，交亲百故差。虞诩休论也，犹有素帷车。”其二：“略减元龙气，犹存北海狂。如何晚腾踔，竟至付销亡。才老邱灵鞠，忧伤盛孝章。遗书纷在箧，可忍问行藏。”

毛宗藩卒。毛宗藩（1869—1913），字介臣，号馥棣，浙江鄞县人。工诗词，见《峡源集》，民国《四明丛书》第八集本。

赵曾望卒。赵曾望（1874—1913），字绍庭，一作芍亭，号姜汀，江苏丹徒人。同治九年（1870）拔贡，官内阁中书。后应苏北盐商邀请，任掘港经理盐务，往来镇江、如皋间。宣统三年（1911）参加镇江海门诗社，被推为社长。精于小学，书法瘦硬通神，尤工篆刻。所为诗文联语，好用古文奇字。著有《心声稿草》《心声诗余》合刊，民国二十三年石印本。

陈子范卒于上海。陈子范（1881—1913），字祢生，号勒生，别署大楚击筑，福建侯官人。少习海军，投身芜湖税关为佣书，与同邑林森相友善，后奉调入上海。曾为文祭黄花岗七十二烈士，上海光复后，多次为建设上海而奔走。亦曾加入南社，主编《皖江日报》。1913 年 7 月，与黄兴在南京策划“二次革命”，失败后继续反袁斗争。因制造炸弹引起爆炸而身亡。卒后，柳亚子为编《陈烈士勒生遗集》。

［日］龟谷省轩卒。龟谷省轩（1838—1913），名行，字子省，号省轩，日本对马人。早年有志于游学，不为藩制所允，称病致仕，家产付诸弟，前往大阪，从广濑旭庄学诗。在京都和关西与诸诗人交游。明治后受岩仓等财阀重视，从事汉籍研究，又从安井息轩研儒学。后在东京上野不忍池畔开私塾，创风光社，刊行著书。文喜桐城派，诗以律见长。黎庶昌、王韬在日时，多与交往。著有《咏史乐府》2 卷、《省轩文稿》4 卷、《省轩诗稿》2 卷。

［日］永富抚松卒。永富抚松（1864—1913），名敏夫，号抚松，日本兵库县人。受教于高野竹隐、木苏岐山等，曾向本间虚舟、股野达轩等学习汉诗，与樱井儿山、桥本海关（诗人桥本关雪之父）交厚。著有《春及庐诗稿》2 卷。

易顺鼎在京城加入徐世昌所主持之晚晴簃诗社。又，作《万古愁曲，为歌郎梅兰芳作》《国花行》《梅魂歌》等诗颂赞梅兰芳，载《亚细亚报》等报刊。其中，《万古愁曲》云："一笑万古春，一啼万古秋，古来有此佳人不？君不见古来之佳人，或宜嗔不宜喜，或宜喜不宜嗔；或能颦不能笑，或能笑不能颦。天公欲断诗人魂，欲使万古秋，欲使万古春。于是召女娲，命伶伦，呼精精空空，摄小小真真，尽取古来佳人珠啼玉笑之全神，化为今日歌台梅郎兰芳之色身。天乐园在鲜鱼口，我为兰芳辄东走。香风吹下锦氍毹，恍饮周郎信陵酒。我见兰芳啼兮，疑尔是梨花带雨之杨妃；我见兰芳笑兮，疑尔是烽火骊山之褒后。我睹兰芳之色兮，如唐尧见姑射，窅然丧其万乘焉。我听兰芳之歌兮，如秦穆闻钧天，耳聋何止三日久。此时观者台下百千万，我能知其心中十八九。男子皆欲娶兰芳以为妻，女子皆欲嫁兰芳以为妇。本来尤物能移人，何止寰中叹希有。正如唐殿之莲花，又似汉宫之人柳。宜为则天充面首，莫教攀折他人手。吁嗟乎！谓天地而无情兮，何以使尔如此美且妍；谓天地而有情兮，何以使我如此老且丑。兰芳兰芳，人人知汝梅兰芳，岂知尔祖为梅芳。或如拿破仑第一，更有拿破仑第二。勿令林和靖成独，要使林和靖成双。尔祖先朝第一伶，内廷供奉留芳馨。儿童亦称大老板，天子亲呼胖巧龄。岂惟艳色擅歌舞，侠迹流传不胜数。数千余金券屡焚，七十二家火待举。我见尔祖出葬时，多少邦人泪如雨。文宗皇帝之末年，我父上计来幽燕。当时海内忧患亟，书生痛哭空笺天。佣书典衣一寒士，声伎颇满文山前。能同歌哭惟尔祖，亦如毕秋帆遇李桂官。尔祖之师罗景福，对于吾父心拳拳。每云易老爷乃非常人，能教此子以正不仅深爱怜。吾父忽复幡然折节讲学屏声色，移居萧寺遂与尔祖割爱绝往还。德宗皇帝之初季，我向幽燕又上计。尔祖才如卅许人，我年甫过二九岁。不知当时兰芳之父堕地业已十几龄，岂料今日乃与兰芳论交两三世。正月二月百花生，东风如虎吹玉城。考旧闻于日下，忆梦余于春明。记残泪于金台，录梦华于东京。我亦尝呼明僮，召神婴；集舞燕，招歌莺；如意馆，沉香亭。樱桃斜畔樱桃熟，胭脂坡上胭脂盈。或白虎鼓瑟，或苍龙吹笙；或金鱼换酒，或银甲弹筝。梦境堪追忆，人才可品评。孟如秋、朱爱云、蒋双凤、王霨卿、顾玉仙、孙梅云、陈鸿喜、果香菱，虽有兰芳之色，而无兰芳之声。紫云紫仙有声而无色，乃知非有九天声、倾国色，不能饮此万古第一之香名。兰芳兰芳，尔年二十余，颜色真姣好。我年五十余，容貌已枯槁。且莫叹枯槁，昔日故人皆宿草。且莫悲宿草，今日天荒兼地老。我如蓟子训抚铜驼，又似丁令威返华表。玉马朝周宋国人，金仙辞汉咸阳道。南内无人泣杜鹃，西台何处招朱鸟。道家龙汉换开明，杜老龟年话天宝。去年我见贾璧云，卫玠璧人当代少。去年我见朱幼芬，宗之玉树临风皎。今见梅兰芳，使我更倾倒。使我哀贤才，思窈窕，坐对真成被花恼。犹忆尔祖之楹联：几生修到梅花，何所独无无芳草。茫茫三十七年间，影事前尘如电扫。嗟我生平喜少不喜老，恨寿不恨天。未见兰芳兮，自恨我生死太迟；既见兰芳兮，又幸我生死未早。兰芳兰芳兮，尔不合一笑万古春，一啼万古秋；尔不合使天下二分明月皆在尔之眉头，尔不合使天下四大海水皆在尔之双眸；尔不合使西子、王嫱、文君、息妫皆在尔之玉貌，尔不合使韩娥、秦青、謇姐、车子皆在尔之珠喉。尔不合破坏我之自由，尔不合使我回肠荡气无时休。吾将与尔北登恒岳、东观之罘、西上峨眉、南入罗浮，追黄帝于襄城之野，叫虞舜于苍梧之陬。索高辛于有娀之台，招周穆于无热之邱。枕不必洛妃留，香不必韩寿偷。使嫦娥弃后羿，使织女辞牵牛。丁歌甲舞兮昆仑醉，翠暖珠香兮赡部游。照影于恒河，老死于温柔，含笑于神州。兰芳兰芳，吾无以名尔兮，名尔曰万古愁。"《梅魂歌》序云："瘿公和余《国花行》云：'梅魂已属冯家有。'既非事实，论者多不以为然。瘿公亦自悔之。余乃戏作此篇，浮瘿公一大白也。"诗云："千古以来之名花，惟有菊花属陶家，梅花属林家，此外诸花皆非一家所能有，岂非天下之宝当与天下共之耶！可知天下之尤物，即是天下之公物。私尤物者灾将及，公尤物者福可必。诸侯殃在宝珠玉，匹夫罪坐怀尺璧。惟有以菊属陶梅属林，此乃古今舆论全数赞成，不仅三分之二来出席。菊花何以能属陶？以陶咏菊之诗，亦与菊品同其高。梅花何以能属林？以林咏梅之诗，亦与梅意同其深。然而古今舆论劝进表，虽上陶家林家，仍复东向三让，南向又再让。有德居之尚不敢，无德居之岂非妄。元亮君复皆不敢自私，若谓吾之咏菊诗，吾之咏梅诗，乃是代表古今天下人民心理而为之，若专属我则谨辞。譬如议院推举一总统，此议员者不过代表全国人民以示护与拥，岂能谓此总统乃我一人捧。菊魂我今且勿论，请论数千年来之梅魂。数千年来之梅魂，乃在梅郎兰芳之一身。哭庵亦复代表全国之人民，来为梅魂梅影传其真。然则廿四世纪以前之梅魂，已失林家和靖守；廿四世纪现在之梅魂，已入易家哭庵手。哭庵又何敢自负，不过梅魂一走狗。吾友瘿公乃云梅魂已属冯家有，此语颇遭人击掊。冯家冯家果何人？不过与我同为梅魂效奔走。质之冯家固不受，诘之瘿公亦引咎。梅花万古清洁魂，岂畏世间尘与垢！何伤于日月乎，能损其冰雪否？谤我则可，谤佛则不可，此语出自娄须先生吾老友（娄须先生，奭召南也）。白璧之瑕梅本无，白圭之玷瘿实有。唐突恐伤西子心，慎言宜戒南容口。请罚瘿公酒数斗，更罚瘿公再作梅魂之诗一百首。瘿公昨和我诗，劝我作诗先自剖。我今以盾刺矛，亦劝瘿公作诗先自剖。"年末，经袁克文推荐，易顺鼎被委任为安徽电局局长。

周庆云（梦坡）于海上晨风庐唱和甚夥。许溎祥、沈焜、刘炳照访周庆云于晨风庐小饮。刘炳照作《狷叟约醉愚及予同诣晨风庐小饮，酒酣赋此，借用南园赓社诗韵顺逆各得一首》（二首）。同人和作：周庆云《叠前韵酬语石并呈狷叟、醉愚》（二首）、沈焜《同狷叟过梦坡约，倒和前韵记之》、许溎祥《晨风庐小饮赋此志谢，倒叠前韵》。其中，刘炳照诗其一："玉面方瞳映日光，驱车访友不嫌忙。主能延客坐常满，老爱谈诗引兴长。酒冽棘喉难尽醉，肴多妨齿不生香。夏行秋命浑忘暖，半臂新添犹觉凉。"

其二:"天公变态倏炎凉,闭户摊书发古香。客里年华惊易老,病中日月觉偏长。国谁与立家焉附,身纵投闲心自忙。安得早偿偕隐愿,重扶藤杖上韬光。"沈焜诗云:"雨余天放一分凉,茗椀谈诗齿颊香。但瀹清泉从客好,谁知白日似年长。拂檐风细琴声静,当户尘高辙影忙。我已墙东甘避世,莫将往事溯同光。"又,刘世珩新迁,周庆云作《聚卿先生新迁别馆,与予居仅隔一墙,喜而有赠,借叠光字韵》。刘世珩和《携雷辟世,适与周梦坡先生邻,辱承佳什,依韵奉酬》,周庆云再和《聚卿既和予诗,复叠前韵调之》,刘世珩又和《梦坡诗老叠韵以前奉酬诗注语见调,再叠奉答》。刘炳照作《聚卿先生借用南园赓社诗韵,与梦坡居士相酬唱,予亦继声》,刘世珩和《语石宗老继梦坡居士叠韵见寄,三叠奉哂》,刘炳照再和《再叠前韵,博枕雷阁主人一粲》,刘世珩再和《再叠,酬复丁老人》。其中,周庆云《借叠光字韵》云:"昨宵飞过夜珠光,赢得儿童笑语忙。望到天台云不隔,营成金屋梦初长。夏侯帘卷容平视,樊嫕襟开挹异香。为逐炎氛来暮雨,高歌一曲贺新凉。"刘世珩《再叠奉答》云:"朵朵流云五色光,邻家款户寄诗忙。水晶帘下微波动,天禄阁中清昼长。大白频浮惟读史,小红低唱更添香。隔河牛女休教妒,一枕双雷逗嫩凉。"刘炳照《博枕雷阁主人一粲》云:"漫天烽火失清光,海内才人避地忙。乱后生涯诗债集,闲中岁月醉乡长。双雷净洗筝琶俗,二妙争传姓氏香。倘许登堂聆雅奏,为君重谱贺新凉。"又,任堇作《于役润州,留别梦坡词长》,周庆云和《酬越儁,次原韵》。其中,任堇诗云:"江沙猎猎走黄流,五两南风入润州。不分任升终记室,可堪王粲又登楼。送人作郡空馋想,迟我为郎定白头。此去松寥搜善槧,归时留饷癖诗周。"周庆云诗云:"沧溟无计止横流,不忍登高望九州。击楫空江怜逝水,看山北固剩危楼。旌旗此去犹迷目,鸿雁归来欲举头。数月神交无可诉,诵芬惭愧爱莲周。"又,潘飞声作《即事感怀呈梦坡》(二首),周庆云和《和毅远,即次原韵》(二首)。其中,潘飞声诗其一:"偶向申江印雪痕,新知更喜旧交存。爨琴敢望明堂用,盐筴还宜削简论。绝少尘嚣侵僻巷,且多文学萃华门。晚来斗室常相叙,闲话沧桑醉一尊。"其二:"厌看繁华海国春,闭门索句度芳辰。莺花零落尊前泪,风雨消磨劫后身。啖饭依然资旧学,偷生还是作闲民。吾曹相勖推名节,橐笔佣书耐贱贫。"周庆云诗其一:"棋局重翻剩梦痕,英雄事业几人存。壮心空自闻鸡舞,伟略凭谁扪虱论。莫话沧桑新劫火,聊安义命旧衡门。诗豪更遇潘郊老,抛却旧愁对酒尊。"又,汪圻作《拙句呈梦坡,用太质韵》(二首),周庆云和《次韵酬汪君瑑臣》(二首)。其中,汪圻诗其一:"君是人间第一流,我来端为听琴留。饮醇公瑾难辞醉,著论桓宽寓隐忧。有数才华原落落,即论风度自休休。相逢不必伤迟莫,况兴同盟海上鸥。"周庆云诗其一:"沧江此际正横流,已逝风光去不留。天变何人知朕兆,陆沉无地可埋忧。漫云薇蕨犹堪采,其奈兵戎未肯休。幸有桃潭千尺水,闲来相与狎沙鸥。"又,刘炳照作《梦坡示我新辑〈灵峰志稿〉,借〈百老吟〉韵书后》,周庆云和《语石先生用老字韵辱题〈灵峰志稿〉，次韵奉酬》（二首）。其中，刘炳照诗云："濂溪有贤裔，心香爇坡老。冥想梦魂通，下风甘拜倒。佳处留茅庵，日出千峰晓。深坞林补梅，寿筵糕祀枣。画禅参诗禅，渐积盈尺稿。舣舟亭畔松，洗砚池中藻。吾乡公所恋，遗迹前贤表。遭回一生中，我亦同悲恼。掬月许结邻，乞鹤为作保。"周庆云诗其一："灵峰山水佳，结庐思终老。题笔苏长公，瓣香时倾倒。史乘广搜罗，文献略该晓。纂述经年成，一编灾梨枣。敢云记事珠，且作覆瓿橐。笑君癖嗜痂，抒笔贻翰藻。何时著屐游，携手千仞表。梅花发古香，豪饮除俗恼。呵护有山灵，千秋允作保。"又，刘炳照作《病起口占，索梦坡和》，周庆云和《次韵和语石》，刘炳照再和《小兰亭修禊，予与梦坡病未能往，再叠前韵索和》，周庆云再和《叠韵再和语石》，刘炳照又和《三叠前韵呈梦坡》《暮春九日与梦坡同车，作龙华之游，四叠前韵记之》。周庆云作《语石》（二首），刘炳照和《梦坡枉赠二律，谨次原韵就正》（二首）。其中，周庆云《语石》其一："索居无奈正愁人，为约刘郎一问津。满眼黄花怜菜色，惊心红雨逐芳尘。可堪萧寺空余佛，未信仙源别有春。只恨蹉跎时不与，他年莫误艳阳晨。"刘炳照《梦坡枉赠二律》其一："蔓盘路畔两诗人，箕斗相望隔汉津。修禊未遑赓雅集，看花偶尔逐香尘。桃因著雨难争艳，柳未成丝莫绾春。只恐韶华容易过，重三游宴展芳晨。"又，戴启文作《杨、刘、杜、朱、恽、费六君子七夕置酒为澍老暨予寿，和费君惠诗原韵》（二首），周庆云作《寿戴壶翁七十，即用壶翁答费君惠诗原韵》（二首）。其中，戴启文诗其一："怕闻海上警烽烟，且盍朋簪证夙缘。抛却浮名身外物，集成嘉会饮中仙。推将二老生同岁，谱出双声诵永年。共祝康强跻寿考，感君为我设初筵。"其二："久辞征逐入欢场，自在游行力尚强。感事诗多伤杜老，生花笔退笑江郎。一生碌碌难雕木，十亩闲闲未种桑。不向天孙还乞巧，今宵云汉焕文章。"周庆云诗其一："灵峰题墨扫云烟，鸿印犹留旧日缘。芝采山中忘岁月，舟拏海上访神仙。遗民空忆义皇世，异代仍书甲子年。鼓角声销腰笛奏，南飞一鹤舞当筵。"又，钱溯耆作《七十自嘲，谨仿先王父〈存素集〉，用香山韵，录奉同社诸吟长正和》，周庆云和《听邠先生以〈七十自嘲〉诗见示，次韵奉和》。其中，钱溯耆诗云："垂髫拜砚忍同首，丱角传经记挽须。壮岁泥尘遭困顿，暮年觞咏觅欢娱。曾分符竹头衔贱。饱阅沧桑胆气粗。投绂蚤归将客谢，悬车安步倩儿扶。友声伐木新联社，朋寿如冈待补图。不幸稀龄逢乱世，余生获睹太平无？"周庆云诗云："汾阳富贵彭篯寿，霜季何愁上鬓须。采得紫芝容小隐，竭来白社足清娱。编年砖刻诗笺古，拓本纹留麻地粗。早脱朝衫云共卧，老看翠袖醉相扶。封人屡晋如冈颂，画笔还添舞采图。拨乱演成开国象，征求遗老到公无？"又，阮崇德作《送姜怡云赴曲阜大会谒林襄礼，录呈梦坡先生正和》。同人和作：周庆云《仲明以〈送姜怡云赴曲阜谒林襄礼〉诗见示，次韵奉和》、刘炳照《和仲明》。其中，阮崇德诗云："羡君壮往气如虹，文物沧桑百感中。东鲁庙堂瞻象服，征尘车马指龟蒙。

置身泰岱群山小，多士鼓钟天下同。此日遥知郰氏邑，趋跄齐拜圣人宫。”周庆云诗云：“新诗雒诵吐长虹，并处横流洪水中。岂有圣人不世出，竟如天子可尘蒙。蜉蝣撼树千秋惑，日月丽天八表同。方冀乾坤旋又转，潜萌阳气到黄宫。”又，周庆云作《前承翰怡借钞〈云南通志〉，近又示予风雷旧琴，展玩数过，因驱车送还，媵以小诗，即希醉愚同正》，沈焜和《梦坡先生以马车载送琴书，赋诗索和，次韵奉答》。又，周庆云作《寿汤尔规（溍）五十》（四首），汤溍和《予今年五十，作诗自诅，梦坡先生辱和四律，谨次元韵奉酬》（四首）。又，周庆云为潘飞声北上饯行，并作《兰史有燕京之行，治酒饯别，借叠前韵》。同人和作：刘炳照《兰史北征，梦坡置酒祖饯，叠韵送行》、沈焜《梦坡为兰史设饯北行，予病齿未与，叠韵代柬》、潘飞声《梦坡以诗宠行，叠前韵奉答》。

傅熊湘（屯艮）年初在湖南遭袁党汤芗铭通缉，遁归乡里，匿居华严庵，化名无闷居士。傅氏避居有《避地转浦作》（二首）、《登楼》《感怀四首，庵居作》《山寺》《闻钟》《岁尽》《浣溪沙·癸丑避地作》等作。其中，《感怀四首》其四：“天翻地覆纷危涕，岁尽冬寒赋索居。戈在尚堪挥落日，辄横犹及认前车。龛灯回向期皈佛，蠹简飘零且著书。便欲南山看射虎，问天生我复如何。”《浣溪沙》云：“欲写离愁一万重，可堪流水自西东。三更疏雨五更风。　　未办白头终有约，即抛红豆更何从。浮生踪迹似飘萍。”傅氏逃亡中得同邑侠妓黄玉娇庇护。傅氏爰撰《红薇感旧记》以纪其事，并遍请南社诸友题咏，得诗词曲百余首，刊成《〈红薇感旧记〉题咏集》。是日，傅熊湘同南社社友黄钧（栩园）、龚尔位（芥弥）从长沙微服出逃，奔回醴陵。南社友刘骧（镜心）引傅氏至醴陵王仙镇名妓黄玉娇家。其时黄已脱籍，闭门谢客，然将傅氏藏匿妆楼上，从容面对军警盘查，傅氏虎口脱险。黄玉娇，本名少君，委身玲珑馆后取字玉娇，“玉娇”暗藏神仙“王乔”二字。傅氏脱险后遁入王乔山，致信柳亚子云：“卜居万山中，捐妻子，弃朋友，块然独处，名其林曰繁霜，署其阿曰息影，字其居曰鹪借，文其卧曰梦甜。读书灌园，长眠饱食，风梳露沐，木居豕游。酌松露以为醪，引清泉而作供。红叶间落，寒山着花，白云归迟，疏林滞晚。风振衣而虎啸，月满槛而鹿啼，日夕所经，神思为豁。”（见《南社》第九集）傅氏境遇，柳亚子深为所感，专作长诗《玉娇曲，为傅钝根赋》寄奉。诗云：“连鸡已失东南局，降幡夜雨君山麓。痛哭当年识贾生，变名此日同张禄。烽火仓皇走避兵，株连钩党梦魂惊。谁知覆地翻天际，别有盟山誓海情。佳人少小生南国，玉娇小名传乡邑。一自天钟第一流，湘花湘草无颜色。佳侠含光本性成，桃花剑底独关情。红颜别擅凌云气，素手能弹变徵声。望门投止文章伯，一见无端情脉脉。本来苏小是乡亲，何况香君重逋客。枇杷门巷受恩身，好作桃源暂避秦。金屋翻教营复壁，玉钗亲典为留宾。贾生年少工词赋，宾从翩翩各殊度。明灯华烛屡寻欢，檀板银尊不知数。一度温馨几度愁，念家山破唱梁州。

从来青史千年恨，都付红裙一哭休。红裙着意相怜惜，争奈柔乡难托迹。折尽门前杨柳枝，明朝又作关山客。后约难留啮臂盟，五湖天际若为情。空怜辜负婵娟子，霸越亡吴计未成。失时豪俊仍肥遁，蛾眉别去余长恨，传闻绿叶已成荫，差幸名花免堕溷。侠骨柔肠自古难，红妆季布拟湘兰。玳梁紫燕营巢去，祝汝双栖岁岁安。君不见伍相穷途濑女逢，王孙漂母各英雄。独怜红拂天涯老，惆怅他年李卫公。”傅氏经此际会，自署别号“红薇生”，铭记玉娇姑娘救命之恩。又取“红薇馆”斋名，刻成印章随时钤用。以后有“红薇”“红薇馆主”等名号。南社友姚鹓雏专门作《红薇记传奇》，主人翁即傅熊湘，姚径直取名“傅红薇”。次年玉娇适人，傅氏作《红薇感旧记》寄示柳亚子，云：“红薇生，既自贯傅故藩，适江淹侯国，因识少君于玲珑之馆、妩媚之轩。子须从焉，子羽执辔，子竟为右。于时秦焰犹张，楚氛甚恶。清湘百里，动成赤流；芳兰九畦，并伤黄落。生人骨肉，痛忱藉于斫斧；大好头颅，对欷歔于明镜。飞章朝播，志士魂惊；警电夕传，壮夫胆碎。望门乃投张俭，临渡能期子胥。静言思之，慨其叹矣！则有倾城丽质，施弱腕以扶将；绝世佳人，矢素心而薰沐。斫断枇杷之树，门闭车迷；歌残杨柳之枝，泥沾絮定。春风鬓影，茂陵何恤无家；细雨檐花，杜老于焉有咏。并以子须澹冶，竟羽清狂，莫不艺苑蜚声，文林撷实；拈毫善赋，孱笛能歌。斗酒百篇，仙乎醉矣；弹棋六博，夜如何其？此则丝竹中年，哀乐谁知太傅；江关岁晚，生平窃比兰成者矣。而君也环珮其间，婀娜入抱，色授令千日醉；眉语作九连环。有酒如渑，既浅斟而低唱；爱才若命，亦痛惜而温存。虽宋玉未许东墙，而香君已连复社。于兹屡日，遂尽浃旬。嗟嗟！‘昨夜星辰昨夜风’‘相逢何必曾相识’‘花开堪折直须折’‘君问归期未有期’。昔也曾以为言，今也宁能无感？况复穆王东返，三年无骏复之时；望帝西徂，二月有鹃啼之痛。伯夷避世，乃遁首阳；张禄变名，未逾函谷。征衫渍泪，是平生未报之恩；倦鸟投林，动乌鹊无枝之叹者乎？又况青春易尽，絮飞知向谁家；绿荫将成，子结便应枝满。飘茵堕溷，伤造物者无知；荡气回肠，怅所思兮不见。卿诚知我，当有同情。仆本恨人，谁堪遣此？曾记丁娘十索，独耽蝌蚪之书；无如子夜四歌，未篆鸳鸯之字。不有佳作，何伸雅怀？用托瘦词，传诸好事。庶几伍君濑水，犹表青莲之碑；卫公西山，长留红拂之咏。凡诸朋好，咸可观焉。报以琼琚，固所愿也。”傅氏又作《书〈红薇感旧记〉后》云：“此文词虽未工，而事亦殊雅。其中，子须谓芥弥，即醉庵，子羽谓栩园，即梦蘧，子竟谓镜心。玲珑环珮，皆取乎玉；婀娜妩媚，皆取乎娇，则少君字也，少君黄姓。事在壬子之冬，偶检斯稿，题寄亚子词人一粲。且乞以暇日为一七古歌行以传之，并望能鹏剑华、痴萍诸人同作。知怜才如亚子，当许斯人附春航、子美之末也。少君今已字人，龚醉庵尤惋惜之。赋诗有‘往事都如此人面，春来遍地是桃花’之句。余则谓‘但祝随风好将去，不憎作絮任情飞’。附记纸尾，以发千里一笑。”不数月，玉娇因不见容于大妇，被逐回玲珑馆。

甲寅（1914）闰五月，傅氏冒险入城，与玉娇姑娘作三夕之会，并赋《玲珑馆词十首》。其一："城中三日吾何事，醉倒眉痕黛影间。已分今生难再见，重来肯放此游闲。"其二："字字温柔吐属新，胸中水镜净无尘。九流倘补纵横略，不传苏张传美人。"其三："从识情场有万难，佳人红泪累无端。飞花身世看花感，各自伤心活九兰。"其四："分与胭脂一掬汤，落红翻怨损新妆。为愁他日相逢误，故写桃花上粉墙。"其五："到眼繁花一例新，生香活色属天人。即删私誉征分论，至竟蛾眉自有真。"其六："紫塞明妃事有无，料商密意到量珠。江郎闲煞生花笔，为汝驰书赎画图。"其七："欲别不别意已痴，将送复挽语移时。各有平生知己感，不同流俗浪相思。"其八："重提往事各情伤，伫息停消总断肠。屈指一时交态尽，剩能相忆只萧娘。"其九："此情谁与谱传奇，濑水堪铭太白碑。佳咏人间待征遍，骈文先撰女郎词。"其十："不关陶令赋闲情，我视如花作弟兄。颇觉东山丝竹贱，但能比类列苍生。"1916年，袁世凯自毙，汤芗铭被逐出湖南，傅氏丙辰五月出山重见玉娇，欢聚数日后至长沙主持《长沙日报》笔政，临别作《后玲珑馆词八首》。其一："珍重传题一卷诗，强将恩怨托人知。此情肯向温柔掷，留护春残花落时。"其二："宥情尊命都无著，便反祈招志亦荒。一卷楚词吾烂熟，就中最爱是高唐。"其三："热面情难向旧人，转于淡泊见天真。忘言那得无言说，故遣深心寓笑频。"其四："春花烂漫遍千山，中有香王号以兰。但觉群芳尽奴婢，此花不厌百回看。"其五："不将曲笔恕公卿，却与欢场谅世情。送旧迎新天下是，似渠宁可责孤清。"其六："明知此海浩漫漫，长自飘零何日还。卿了孽缘吾忏愿，皈依莫待鬓丝斑。"其七："小筑新居绝可怜，枇杷门巷异当年。兵戈满地两施注，何自堪浮范蠡船。"其八："中年丝竹意阑珊，绮语教吟亦等闲。却笑美人心未死，更从劫后祝平安。"同年11月，玉娇到长沙与傅相会，返醴陵时傅赠诗订约："今后相逢定何许，重来相约莫差池"。1917年，玉娇再度适人，离醴陵远嫁，行前致书傅氏别去。从此永负相会之期。不久傅氏收柳亚子邮来《玉娇曲》诗稿，遂将《红薇感旧记》及前后玲珑馆词18首寄南社社友，征请作图题咏。黄宾虹与蔡哲夫各绘一幅《红薇感旧图》，题咏者不断，傅氏将社友全部图画、诗词、序跋、曲子汇成《〈红薇感旧记〉题咏集》厚册，拟校刊后印行。孰料《长沙日报》馆被人纵火焚毁，是夜傅氏外出，幸免于难，然衣物书籍全付之祝融，《〈红薇感旧记〉题咏集》亦未幸免。在柳亚子襄助下，傅氏重新从《南社》丛刻、《长沙日报》以及其他报刊一一搜罗，追写成册。黄宾虹、蔡哲夫再次绘图。傅氏怀抱重新搜集之《〈红薇感旧记〉题咏集》书稿，至沪上面见柳亚子。柳于民国八年四月一日作叙，并资助《〈红薇感旧记〉题咏集》刻印数十份，分赠社友。

况周颐访冒鹤亭于沪上赛金花宅，听赛自述遭遇。后所谓赛金花致冒鹤亭手札，实则况氏代笔，此事坊间轰动一时。其间，况周颐为赛金花赋《莺啼序·拟赠彩云》，程颂万以《莺啼序（情天靓霞界暝）》和之。赛金花又名傅彩云，赵尊岳《蕙风词史》

笺云："傅彩云……饱更世变。迄辛亥后，又张帜海上。时如皋某君与之稔，介况周颐识之，遂投之以《莺啼序》。"况周颐《莺啼序》云："江南旧时月色，照修蛾倦妩。落红怨、茵溷无端，四弦遥夜如诉。怅司马、青衫易湿，飘零一例成今古。几番风换了，花前玉容金缕。　　五十三桥，画里梦远，问妆楼在否？记曾泛蓬海仙槎，翠涛飞作香雨。凤城阴、桃花细马，更谁识、英雄儿女。费横波，阅遍沧桑，总然风絮。　　山围故国，涕雪新亭，恨人是俊侣。怎奈向上扬白发，话语伤往，影事开天，但余歌舞。清扬蔓草，芳菲葵麦，斜阳红到啼鹃血，凭危阑、苦忆春归路。天寒袖薄，兰因一任凄迷，去日已伴多许。　　相如倦后，庾信愁边，看鬓丝倩汝。正望极、漫空轻荚，踠地倡条，楚馆秦楼，易成朝暮。春人善感，情天亦老，江潭垂柳憔悴损，甚青青，得似长亭树。关心红紫年年，断井颓垣，等闲付与。"程颂万《莺啼序》序云："壬寅夏见彩云于都门，今重逢海上，夔笙拟赠，余亦继声。"词云："情天靓霞界暝，殢淞帘梦雨。骑来晚、重系筝坊，看花人似前度。怨尊共、山顰易夕，欢场事往仍孤注。检衫尘闲证，钗钿黯埋花絮。　　旧劫仙巢，涎尾燕子，指神山甚处。尽惆怅、惊浪蓝桥，殿鸾人换歌舞。傍荆驼、宵回绣毂，彩幡下、琉璃交护。惜刚风、轻锁瑶房，质迷空雾。　　西王母笑，北烛人归，画图睠旧侣。谩问讯、浣溪春骑，踏月呼影，罨画移家，废弦安谱。匀蛾倦碧，量腰惊瘦，生来随分能倾国，阅兴亡、只在斜阳渡。新亭涕泪，栏杆拍遍无人，劝客惜取金缕。　　雕屏暖烛，剩说无双，尚旧家燕户。暗替数、相思徽轸，入破涛声，凤咽仙山，雁迷平楚。关河坠羽，开天遗事，黄金何物能铸泪，甚风波、容易蠡舟去。登楼无那秋悲，第一江山，断魂见汝。"

王舟瑶购地结屋于浙江黄岩城东，筑"后凋草堂"，座师瞿鸿禨题"王逸民庐"，堂东辟有"潜园"。冬十月落成，王舟瑶题有《后凋草堂落成四首》，顺德温幼菊（其球）、钱塘汪鸥客（洛年）并绘草堂图。劳乃宣作《题王玫伯〈后凋草堂图〉，用见怀原韵》，汪兆镛作《水调歌头·寄题玫伯后凋草堂》，沈泽棠（芷邻）亦有题后凋草堂诗作。章梫甲寅年（1914）作《题王玫伯同年后凋草堂三首》、戊午年（1918）又作《寄题王玫伯同年后凋草堂》。戴礼（圣仪）作有《玫伯师嘱题后凋草堂，集渔洋句》（二首）。孙德谦作《后凋草堂记》，见其《四益宧骈文稿》。王玫伯 1908 年任两广优级师范学堂监督时，曾延聘茂名林朴山、番禺吴道镕为教席，林朴山遂有题后凋草堂诗作。三年后，林朴山筑"居思草堂"，王舟瑶撰《林朴山明经筑居思草堂成，寄诗索和，次韵奉答》。其中，汪兆镛《水调歌头》云："草木乍黄落，惨澹竟如何。只是贞松千尺，盘郁自岩阿。阅遍冰霜况味，历尽沧桑身世，谁与定风波。三友岁寒在，抚景足摩挲。　　理经卷，近泉石，睠烟萝。偶葺纸窗竹屋，随意作吟窝。不识春风桃李，笑指小山丛桂，抱膝独高歌。爱此远人境，犯雪约相过。"戴礼《玫伯师嘱题后凋草堂》其一："我爱尧峰叟，琴书杂坐眠。田园非阮曲，云壑更相鲜。却寻庐鸿宅，应逢谢尚贤。予怀在三益，白首话灯前。”

劳乃宣汇集1911年至1913年冬诗作，结集为《釜麓草》，含诗约61首。引言曰：“辛亥国变，遁迹涞水之乡，典田躬耕，再易寒暑，至癸丑之冬，移居青岛。两年之中，得诗数十首，其地为釜山之麓，录之为《釜麓草》。”其中，《登釜山》云：“晴曦耀高岭，仄径步逶迤。涧底长松直，崖巅古柏欹。山僧延客拙，樵竖荷薪迟。鼓勇凌峰顶，封狼绝壁窥（望见一狼）。”《寄孔云甫内弟七十生日》（二首）其一：“与君同作古稀翁，陵谷沧桑万事空。陡忆少年相见日，纪元犹自说咸丰（与君相见于咸丰戊午）。”其二：“五十四年弹指过，古人无复在君先（初见时同年十六，今皆七十矣。屈计平生亲友存于今世者，相交莫先于君）。相思但祝加餐饭，甲子何须再问年。”又，劳乃宣续作《归田赘咏（二）》（十二首）。序云：“前岁遁迹涞野，有《归田赘咏》之作。典田学稼，忽忽经年而身世漂摇，迄未定居。一岁之内，耳目之所接，人事之所遘，胥足以资感喟，触物抒怀，杂然有述，录之以继前构。”其一：“典得邻田学课耕，鸣鸠声里一犁轻。朝来雨霁山如沐，陇上新苗簇簇生。”其二：“独携王霸蓬头子，踏遍西畴雨后泥。辍耒归来窗几静，一编相对午鸡啼。”其三：“乡闾童冠三四人，执卷衡门意特亲。与说陈言都不厌，始知浑噩是天真。”其四：“休言穷巷寡轮音，每见柴荆辙迹深。旧雨新知时顾盼，但无冠盖到山林。”

苏曼殊多次到沪，与南社同人在第一行台旅馆聚会。姜可生《曼殊上人》云：“忆上人淹滞淞滨，下榻南京路之大行台……余与云间陈陶遗、姚鹓雏、沈道非、姚石子、三原于右任、会稽邵力子、太仓俞剑华、武进郑梦羽、嘉善周芷畦、李一民、江宁陈匪石、宝山李中一、上海朱叔源、吴江叶小凤、杨千里、朱贡三及宁调元、陈英士、徐血儿、庞杞庵诸先烈，多与上人乐数晨夕，花骢紫陌，游宴必偕。非敢隳革命大业也，盖袁逆世凯，叛迹已露，东南半壁，暮气沉沉，抚膺悲愤之余，殆借信陵醇酒浇之矣！”

徐树铮作词三首答林纾，分别为《江城梅花引·畏庐为涧秋作山水小幅，漫笔题此》《被花恼·答畏庐》《梦横塘·再答畏庐，单车驰使，过黄河桥。几供水仙，凉馨满襟，情致遥集，音节斯抗》。又，作《定西番·画鹰》（二首）。其中，《江城梅花引》云：“西风斜日酿清愁。怕登楼，又登楼。笑举一尊浊酒饯残秋。直向万山深处去，起茅屋，尽余生，断送休。　送休，送休，更何求。水自流，云自浮。醉死，睡死，睡不死，飘梦岩头。扶杖飞泉，尘世总悠悠。倚石看君留画稿，持此意，赠将归，当卧游。”

林痴仙在台湾作诗词悼亡，计有《哭内子谢氏端》13首，词《琐窗寒·和豁轩韵》《前调·再和豁轩》《前调·三叠豁轩韵》《满江红·和豁轩〈对月有怀〉韵》《夜游宫·中秋雾峰夜宴》。其中，《哭内子谢氏端》其一：“五伦始夫妇，伉俪谁不笃。况乃二十年，患难同颠覆？生世苦不谐，偕老愿斯足。夺我一人心，天乎何太酷！区区河鱼疾，良医手皆束。岂无海上方，不能占勿药？徽音与令仪，一朝归冥漠。静霄思平生，百身嗟莫赎。”《琐窗寒·和豁轩韵》云：“荏弱孱躯，温柔细语，劫风吹远。中宵酒渴，梦里时时错唤。算穷途、相依半生，怕人刚叩情深浅，因一篇哀些，人间天上，可能听遍？ 春短，知难恋，更苦是难逢，夜台鱼雁。百年有几？我亦无多时返。问天天、山蘖涧松，死生流转何处见？最凄凉、女哭儿啼，乍彻灵床饭。”

沈曾植在上海摄影并作像赞《乙庵自赞》。赞曰：“是桎义而梏仁，天之戮民；是烛几而避世，国之罪臣。滔滔者天下皆是也，独善其身，胡不反其真？长于上古而不为老，覆载天地，刻雕众形而不为巧，而犹局此瞬息之存也。噫！宣统五年癸丑沪滨摄影。”

陈衍作诗三首寄陈宝琛。其中，《大雨宿龙潭观瀑，寄听水第二斋主人》云：“猛雨横风屡灭灯，卧看巨瀑肆奔腾。主人听厌山中水，如此奇观得未曾。”《同次公登海天阁，寄怀沧趣》云：“岂是江天阁，还疑海岳楼。登高空望远，沉陆正横流。松立龙摩顶，篁深貉占丘。邻霄如有梦，定复怆吟眸。”《看黄叶，寄怀沧趣老人》云：“独坐看黄叶，西山忆旧游。霜风残照里，秋望白人头。”

李审言赴上海，应前江楚编译局总办刘世珩邀请，为刘聚卿西席，刘公鲁从之读书。在沪上，李审言得以交结大儒名流，与冯梦华、沈曾植、叶菊裳、杨子勤、郑苏堪、朱古微、张孟劬、陈叔伊、赵尧生交深，同时与陈三立、缪艺风，徐积馀、王雪澄、李晓暾、周梦坡、冒鹤亭、梁公约、夏剑丞、方地山、方伦叔、罗振玉、王国维、李瑞清、宗舜斗、唐元素、孙德谦、李健父、陈仁先、陶拙存、刘葆良、庄纫秋、章一山、刘逊甫、宣古愚、刘翰怡、王义门等文坛名人诗歌唱和，切磋学术。

严修侄智惺病殁。严修撰挽联云：“吾家第一可意人，叔侄情亲逾父子；终身不忘痛心事，丹砂祸惨甚刀兵。”李琴湘亦挽以联云：“不幸斯人，比颜氏子少一岁而卒；何堪乃叔，有韩文公十二郎之悲。”

郭曾炘离京赴津门，作《癸丑感事三十首》。其一：“长白山头王气雄，穅灯松屋想家风。九朝宝训垂丹扆，八部威棱震紫濛。宝铁竟成强弩末，横流谁障大江东。辨亡岂待书生论，青史千秋有至公。”其二：“高拱君门远九重，滔滔江汉自朝宗。谁知越国尸居气，错认征南武库胸。乐府乍歌杨叛曲，扁舟莫问董逃踪。吴头楚尾烽烟接，正似铜山应洛钟。”三十：“沉舟侧畔看千帆，有口长悲石阙衔。蚕尾自编诗甲乙，马肝宁识味酸咸。曲江旧录存金镜，本穴遗闻付铁函。一枕华胥尘梦醒，只余热泪在朝衫。”

陈师曾任湖南第一师范教员。不久经梁启超推荐，辞职入京，任教育部编纂，主持图书编辑近十年。又，陈师曾（衡恪）作《出门》，后刊于 1916 年 7 月 9 日《大公报·文苑》。诗云：“出门惘惘见残阳，万柳迷尘入浑茫。浪迹何曾关去住，绝弦谁与说宫商。钿车暗感当时路，蕙叶先凋昨夜霜。过尽层楼归未晚，乱鸦空绕汉宫墙。”

王一亭作《泼墨荷花图》。自题诗云："泼墨残荷满目秋，赏秋芒屐一句留。六桥烟柳无颜色，酒杯难浇万斛愁。白龙山人王震。"又作《达摩面壁图》。题写吴昌硕诗云："折苇过江胜杯渡，道成只履西归去。十年面壁空山中，影入石中坐禅处。我今想象一写之，虬髯古貌心慈悲。易筋经法真传少，技击空言游侠儿。录缶道人诗。癸丑岁末，白龙山人王震敬写。"

吴獬出任南京三江师范中文总教席。

陈匪石由南洋槟榔屿回国，任上海《民权报》《生活日报》记者。

黄兴流亡日本，作《书赠田尻先生》。诗云："雪平峰前云气开，池中隐约起风雷。何人戏取华阳剑，真割乖龙左耳来。"

周震鳞任国会参议院议员。遭袁通缉，赴日本参加中华革命党。

张汉英和陈德晖等在上海发起万国女子参政会中国部，出版《万国女子参政会·月刊》《万国女子参政会旬报》。

刘大同本年至1922年间先后4次前往日本。在日期间，出版《流亡诗集》，组织平民诗社，主编《平民诗集》在日本出版，并为《平民诗集》题诗云："百年人易老，诗寿天地长。万国争传诵，平民第一章。"又，刘大同作《癸丑连湾被逐有感》。诗云："连湾又起不平波，亡命穷途可奈何。世少李斯谏逐客，谁容张俭破全家。东西南北悲蓬转，春夏秋冬惹梦多。老母病中犹嘱我，嘱儿莫忘大风歌。"

庞树柏拟发动常熟反袁斗争。因走漏风声，被迫离开常熟，逃亡上海，并赋诗一首。《避难舟中看月》云："寂寂荒江晚，萧萧秋气清。扁舟今夜梦，双泪古乡情。月缺山河影，风多草木声。干戈何日已，漂泊任吾生！"又作《水调歌头·三十自述》。词云："识字始忧患，臣壮不如人。年华忽忽三十，伫苦复停辛。生早东坡五日，才欠东阿八斗，啖饼悔名存。行乐及时耳，红烛且开樽。　　一樽酒，还自寿，曲翻新，穷愁吾本为命，何用《送穷文》。无分南山射虎，好向南山种豆，了此劫余身。白眼看人世，滚滚走黄尘。"

胡瑛逃往日本，见故友犬养毅，书旧诗《丙午入狱，闻将就刑矣，赋此为绝笔纪念，自今思之，恍然一梦耳。木堂先生惠正。癸丑东游道中，经武胡瑛录奉》相赠。光绪三十二年（1906），胡瑛因声援萍浏醴起义被捕入狱，自觉生还无望，遂成此诗，然逢凶化吉获释。诗云："昆仑紫气郁青苍，种祸无端竞白黄。仗剑十年悲祖国，横刀一笑即仙乡。河山寂寂人何在？岁月悠悠恨更长。我自乘风归去也，众生前路苦茫茫。"

侯鸿鉴视学江淮。后作《五十无量劫反省诗·癸丑四十二岁》。诗云："圣林泰岱游踪快（隔岁谒圣林登泰岱，宿玉皇顶看日出），兵火江淮行路难（二次革命后，江淮间盗贼横行，余视学淮、徐、海三属，孤行荒野，数遇盗匪，所过见村舍之焚掠者，不忍睹也。曾偕张君彬士遇盐枭于淮泗间，时方夜半为缉勇击退）。杨集宵怀鸡豖梦（余昔视学江西时，曾于旅店中卧猪圈板上，旁有鸡犬同宿。今过杨集，室中鸡唱，墙外猪声，仿佛江西旅行景象），骆湖晓踏水云寒（骆马湖宽广数里，素有盗匪出没其间，过客咸有戒心）。悲闻伯姊归真去（庆姊于五月病殁），喜诞扶桑弥月安（同侄生男，余名曰扶桑，以昌芝生于日本故也，字曰无双）。恰得福音添宝鼎，慰予竞校掌珠看（冰兰携蜀蘋往苏州福音医院，长女生，杨君达权为余名之曰慰竞，余又名之曰毓汾，字宝鼎）。”

全敬存带伤病与黄恺元、陈裕时等参加“二次革命”。

黄宾虹创设宙合斋古玩店，以“绸缪古懽，晋接时俊”为宗旨。

李叔同任教于浙江省立第一师范学校，该校由浙江两级师范学校改组而成。夏丏尊、马叙伦等同为教员。学生有丰子恺、刘质平、吴梦非、曹聚仁，傅彬然等。

张肖鹄任鄂省立第一师范教育及国文教员。与董必武集资创办江汉公校，任校长，收教辛亥军烈属子弟。

钱文选驻英四载，因公常赴欧洲大陆德、法、比、瑞士、荷兰等国考察政治。3月，监督处奉令裁撤，又赴美日等国考察。6月，回国赴部报告。10月，经财政部派，充开办盐务署办事官。11月，经外交部调充驻美旧金山领事官。

江亢虎赴美国任加利福尼亚大学中国文化课讲师。

胡石予整理清宣统二年（1910）至民国二年（1913）间所作诗，存218首，订为《半兰旧庐初稿・草桥集》卷一，由昆山同乡兼昔年县学同学汪家玉题耑。

龙绂年（毅甫）有书致夏敬观，附诗题《缀芬阁词》。其一：“左芬才调擅湖南，词谱宫商字字谙。端为苦吟餐减饭，一生愁绪似春蚕。”其二：“绝技犹能冠楚吴，新词题就绣成图。三村流水桃花景，抵得璇玑锦字无。”其三：“梁孟方期白头欢，顿悲锦瑟泪阑干。箧中留得长离集，今古才人一侧看。”其四：“人生无那百忧多，为问安仁泪若何。梦里桃丝成碧色，伤心曲谱翠凌波。”

沈尹默任教于北京大学，课余临池不辍，书艺精进，常与住处附近之鲁迅往来。

黎锦熙到湖南省立第四师范任教，毛泽东考入该校就读。

党晴梵受命在西安创办《国民新闻》日报并任社长。

黄式苏四十生辰，约王剑丞、刘潜庐、朱复戡雅聚，作《四十初度，与剑丞、潜庐、复戡醵酒湖楼感作》（二首）。其一：“峥嵘岁月去如驰，四十无闻亦自悲。鼙鼓愁人犹作客，湖山排日强裁诗。渐多哀乐难为写，尔许头颅已可知。回首白云远飞处，高堂此日定思儿。”其二：“风云变幻古来无，劫后沧桑涕泪枯。天地何心生弃物，乾坤无处着迂儒。漫愁文字供蟫蠹，敢说功名属狗屠。惭愧故人多厚意，犹携樽酒向西湖。”

方树梅拜赵藩为师。又得李发甲《世恩堂诗文集》、段可石《可石小草》二稿。

胡先骕被选为美国西部留学生中文书记，年终美国西部中国留学生在加州大学举行年会，胡先骕参加会务组织事宜，并作《西美中国学生年会纪事》，刊于 1914 年《留美学生季报》第 1 卷第 4 号。

李思纯闻成都西胜街石犀出土，作《题咏西胜街石犀》。诗云："成都古犀今一存，右司井巷西城根。我曾摩挲拂苔藓，庞然角尾如雄（石尊）。高骈徙江不临水，平芜没尽桑田痕。王羽舍宅为梵潮，杨秀万竹森名园。龙溯圣寿各异号，墙隅古井凝香温。市桥跨江七星旧，石牛名并少城门。晚明志乘载如昔，清画阙址为旗屯。南迁古寺唐城外，此地废作兵牙垣。历尽沧桑兴学舍，犀身磨损犹堪扪。讹言古犀潜入础，千载遗迹不堪闻。朝朝暮暮人去岁，泛泛空空无遗瑱。"

赖和在台湾作《重典周甲窗兄之坟，即赋所感》，以吊念医学校同级生。诗云："墓草离离绿渐长，重来又换一星霜。惜春空怅闲花落，祭事依然蜀酒香。坯土抛残知己泪，三年断尽故人肠。杜鹃泣血荒郊晚，树影参差半夕阳。烟斜云淡日凄凄，郊外春深望眼迷。草拱墓门人不见，花飞野径鸟空啼。碧桃有泪脂痕薄，绿柳牵愁翠黛低。最是怨言肠断处，晚风吹雨小桥西。不堪回首忆前盟，世事如云易变更。曾记西窗红烛下，共怜身世羽毛轻。遗言在耳人何处，赴吊修文岁又经。今日挂钱重到此，萋萋荒草墓门生。飞花三月逐东风，坯土烟埋夕照中。挂剑空弹公子泪，碎琴难剖故人衷。此心有恨萦残絮，想像无言望落红。听到猿声天渐晚，遥山一角回玲珑。蔓草荒烟夹道斜，一年一度此咨嗟。可怜人去花空落，恰直春残恨转加。飞絮半江流水急，重泉何处路途赊。墓门染遍啼鹃血，却为怀君又忆家。垒垒荒坟埋宿草，峻峻短碣卧斜晖。怜君作古经多日，顾我于兹识是非。在昔典型空仰慕，即今想像只依稀。墓门叉手无言立，泪滴东风杏雨飞。风烟过眼感形骸，恨趁浮云远岫排。故旧云亡情固在，典型犹昔骨长埋。更无魂梦逢君语，剩有相思系我怀。芳草夕阳凭栏处，鸟啼花落傍层崖。山外斜阳树半梢，墓门寂寂锁蓬茅。未经剪纸肠先断，不待听猿泪始抛。一死早教成往事，九原今幸得新交。兴来觅趣应相约，莫负清风明月郊。"

钱孙卿任竞志女学国文教师。

周太玄赴沪，考入中国公学政治经济专门部。在出川及在沪日记中有诗 33 首，词 60 余首。周氏将词作 65 首用楷书集成册，取名《桂影疑月词》，其时未刊布。

丰子恺参加浙江崇德县会考，成绩优异。崇德督学徐芮荪爱其才，央媒为长女徐力民说亲，是年丰子恺与徐力民订亲。

王献唐自青岛礼贤书院肄业。

张汝钊外出求学未果。《海沤集・蕉园三十年中之梦游记》忆云："爰力请于母，欲入校肄业，不之许。……幸家多藏书，虽日事针黹，而夜则泛览典籍，凡四书五经、诸子百家皆遍阅之。暇则喜作韵语，以自抒写忧愤。"

苏雪林自安庆培媛女学退学，同窗杨运莲来探望，临别作《送杨运莲》（二首）。其一："离亭残柳碧萋萋，听罢《阳关》意转迷。从此登高休望远，长林空有暮鸦啼。"其二："樽前莫更话平生，携手临歧不尽情。寄语前途须努力，等闲休负好聪明。"

夏承焘考入浙江省立温州师范学校。自此试作诗词，所填《如梦令》，结句"鹦鹉，鹦鹉，知否梦中言语"，获国文教师张震轩称许。

朱大可从禾郡中学毕业，就读于南京农业学校。研读宋诗之余，撰写读诗随笔《生春云楼杂录》，1924 年 1 月 30 日始连载于《金刚钻报》。

吴玉如因不满天津新学书院教育，转入天津南开学校学习，与周恩来同班。在学期间，深受严范孙、张伯苓二位先生赏识。

阿英转入安徽芜湖萃文中学就读。

顾廷龙入苏州草桥小学就读。

方东美入安徽桐城中学就读。先一岁，朱光潜已入学就读，二人同学而不同级，然交谊甚笃，终生不渝。

盛漱如进入湖北省警察专校学习，次年毕业。

范烟桥就读于南京国民大学商科一年级。

潘伯鹰随父由家乡安庆到北京，就读于北京第八小学。次年返安庆。

钱锺书三岁，从伯父钱基成读书。

杨述生。杨述，江苏淮安人。著有诗文集《沧桑集》。

陈谦生。陈谦，广东饶平人。著有《履迹思痕》《苑边草》《苑边吟墨》。

谢堂生。谢堂，原名王天方，浙江四明人。著有《沧海集》《放歌集》。

曾沂生。曾沂，字冠华，别字声海，广东五华人。著有《呢喃草堂学稿》。

吴则虞生。吴则虞，安徽泾县人，章炳麟入室弟子。著有《曼榆馆诗集》《曼榆馆词集》。

任铭善生。任铭善，字心叔，江苏如皋人。著有《尘海楼诗词》。

陈迩冬生。陈迩冬，字蕴庵，广西桂林人。著有《十步廊词》《陈迩冬诗文选》。

吴藕汀生。吴藕汀，浙江嘉兴人，晚号"药窗"。著有《药窗诗词集》《药窗诗话》。

刘丕烈生。刘丕烈，别号独醒、杜醒，河北文安人。著有《鸿爪雪泥集》。

李锡麒生。李锡麒，字玉符，江苏姜堰人。著有《晚晴诗词存稿》。

龚依群生。龚依群，湖南湘潭人。著有《自学轩吟草选集》。

方滨生生。方滨生，四川大足人。著有《滨生吟草》。

许伯建生。许伯建，名廷植，重庆渝中人。著有《补茅文集》。

余璞庆生。余璞庆，号璞轩，广东台山人。著有《未肥楼吟草》。

冼明昌生。冼明昌，号茗窗，广东三水人。著有《拜花词馆诗词遗稿》。

张思温生。张思温，甘肃临夏人。著有《如不及斋诗钞》。

萧遥天生。萧遥天，广东潮阳人。著有《遥天诗草》。

吴有恒生。吴有恒，广东恩平人。著有诗文集《吴有恒文选》。

李文格生。李文格，号樵西冷渔、鳌洋寐叟等，署三不象室。著有《冷渔诗草》。

景楚人生。景楚人，字明仲，笔名半僧，重庆巴县人。著有《啸风吟稿》。

欧小牧生。欧小牧，白族，云南剑川人。著有《漏雨轩诗存》。

蒋天佐生。蒋天佐，原名刘季眉，江苏靖江人。著有《蒋天佐的诗》。

谢叔颐生。谢叔颐，女，湖南宁乡人。著有《山雷吟草》《山雷吟草续集》。

王定国生。王定国，谢觉哉夫人，四川营山人。著有诗文集《留给昨天的情思》。

石声淮生。石声淮，字均如，湖南长沙人。著有《石声淮文存》。

余雪芹生。余雪芹，广东台山人。著有《雨草填词》《雨草新声》。

陈襄陵生。陈襄陵，名诵樵，号红豆蔻词人，广东南海人。著有《旧香楼词》。

林锡牙生。林锡牙，字尔崇，台北人。著有《天籁诗集》《读父书楼诗集》。

王明孝生。王明孝，安徽南陵人。著有《茗窗吟稿》。

释木鱼生。释木鱼，俗姓毛，浙江温州人，法名东衡。著有《沧海吟馀》及续集。

郭毓麟生。郭毓麟，字浴菱，福建福安人。著有《蛰庐诗稿》。

唐诗戡生。唐诗戡，湖南双峰人。著有《补读斋诗文集》。

陈震旦生。陈震旦，字仲复，广东五华人。著有《仲复诗存》。

王泽惠生。王泽惠，原名泽敏，笔名弢文，安徽合肥人。少年即发表诗作，其中《春游即景》云："依依杨柳扬清晖，临水渔家半掩扉。一片春云筛雨过，桃花稀处见莺飞。"此诗收录于《平梁诗话》。著有《济南名泉咏》。

［日］田口竹院生。田口竹院，名田口路子，生于日本福岛。在日组织竹院流诗吟友会。

［日］尾原真澄生。尾原真澄，名尾原熊一。日本大阪鸣吟社社员。

何藻辑《古今文艺丛书》（铅印本）本年至次年由广益书局印行。共辑录 80 种 102 卷，含《论文联珠》（唐才常）、《湘烟阁诗钟》（王以敏辑，李盛基选）、《三唐诗品》（宋育仁）、《樊园五日战诗记》（樊樊山）、《论岭南词绝句》（潘飞声）、《彗观室谜话》（周效璘）、《乐府释》（蒋衡）、《黔苗竹枝词》（毛贵铭）、《勉锄山馆诗存》（秦树铭）、《樊园战诗续记》（樊樊山）、《吴社诗钟》（易顺鼎辑，沈宗畸选）、《絜园诗钟》（蔡乃煌）、《清朝论诗绝句》（蒋士超）、《鹊华行馆诗钟》（赵国华）、《絜园诗钟继录》（蔡乃煌）、《颐和园词》（王国维）、《在山泉诗话》（潘飞声）、《丁叔雅遗集》（丁惠康）、《海天诗话》（胡怀琛）、《灯谜源流考》（窃名）、《词品》（郭麟）、《散原精舍集外诗》（陈三立著、樊樊山评）、《朴学斋夜谈》（胡怀琛）、《文则》（胡怀琛）、《续杜工部诗话》（蒋瑞藻著，胡怀琛序）、《澹庐读画诗》（徐鋆）、《越缦堂笔记》（李慈铭）等。其中，胡怀琛撰《海天诗话》又刊于1920年《俭德储蓄会刊》第4卷第3期，1940年收入胡蕴玉《朴学斋丛书》。序中揭橥诗话要旨云："欧西之诗，设思措词，别是一境。译而求之，失其神矣。然能文者撷取其意，锻炼而出之，使合于吾诗范围，亦吟坛之创格，而诗学之别裁也"。故《海天诗话》"所采辑皆东瀛、欧西之诗，吾国人诗纪海外事者亦隶焉"。此诗话数度引用马君武、苏曼殊两人译诗，肯定马、苏翻译精妙造诣；外国诗家中，推崇英国诗人拜伦。潘飞声撰《在山泉诗话》集前有胡怀琛序。序云："余性冷淡，对客终日无一言，同人许为老成，实则不然，盖余极偏僻，一言一行，不肯从他人之所为，即有不得已而蹈常辙者，终非我志也。壬子之秋，识陈梦坡老人。梦老于清季创《苏报》，昌言革命，及民国成立，深自韬匿，唯恐人知。白发婆娑老者，独喜与少年游，介绍余识潘兰史。兰史读万卷书，行万里路，久负才名，交游至广。十年前曾撰《在山泉诗话》，今付欹劂，独命余为之序，此何故也？非言行不必蹈常辙乎？夫诗人别有怀抱，非逐逐尘事者所可与言。梦坡兰史，吾心所佩，今梦老已作古人，舍兰史吾谁与归？泾胡怀琛寄尘序。"又有潘飞声自题诗四首，诗前序云："旅港忽忽已逾十稔，江湖意远，人境地偏。楼后构风台，杂莳花草，以铁笕导流泉，可以漉巾，可以濯砚，可以浇花，可以煮茗，泉之清冷不减。吾粤之九龙西华，盖港人汲饮，皆引导山泉，为天厨玉液也。高檐见山，后荣近树，榜曰'在山泉'，以志高寄，以写幽思。排日编书，辄怀故侣，偶拾断句，兼宗古人，书成即以'在山泉'标目，五柳先生'停云思亲友'意也，并题四诗。"其一："少日风华一鹤翩，老来甘作在山泉。书生素负谈兵志，忧愤诚斋著述年。（杨诚斋赠二潘诗：'大潘皎如鹤出林，二潘有似在山泉。'宋孝宗曰：'书生知兵无如杨万里者。'）"其二："十载香江署寓公，狂名惭播绮罗丛。谁知丝竹中年感，阶上棋枰阅劫空。"其三："叫起国魂葛苏士，苦争宪约嘉富弥。黎里瑞湖成退步，山河犹在梦中思。"其四："北定王师几岁还，不妨老子恋空山。草堂亦有闲泉石，置我诗名杨陆间。"陈三立撰《散原精舍集外诗》集后附樊樊山《伯严归自江西，出诗十五首，属为勘定，书后四十韵》。诗云："年年上塚时，送子如江右。子归必有诗，著纸尽坚瘦。我往居瞻园，硃墨疲昏昼。得诗眼暂明，恍听古乐奏。什九俱赏心，一二或匡谬。杜集五色评，欣然承其陋。报章匪瑶琼，夹注别丹黝。爱诗亦爱评，每为陶斋有（余囊评君诗，端忠悯辄持去）。自顷逢丧乱，三年海滨伏。涕泣望崇冈，陇碑土花绣。今乱已小定，治装梨华候。去以寒食前，归来陇麦秀。执手讯墓梅，新诗出吴袖。往还旬月淹，才得十四五。为言行路难，酬酢困亲旧。一仆病伤寒，连旬苦迷瞀。比户怆今贫，焚巢伤往寇。忧来如虎恶，据我诗肠吼。生涩此数篇，如炊不及馏。我读去时作，朱栏写八首。泪血交模糊，气魄转沈厚。平生忠孝心，值此天地覆。焚黄告家尊，泣下如大豆。句挟风雨鸣，笔与雷霆斗。鸷若秋天鹰，凄于寒林狖。语佳不在多，真气塞宇宙。继续归来作，七篇手写副。鞭心入坦夷，快若船放溜。松根玉芝茁，石齿冰澌漱。五老助苍深，九华呈皱透。归鹤游消摇，瘦骢闲步骤。何来九成丹，毋乃仙人授。世以耳为目，诧君学涪叟。涪叟学少陵，数典宁忘祖。君诗焉不学，宁止二家囿。嗜君诗当餐，如越人嗜鲎。用君诗散郁，如医家用蔻。诗作金石声，亦同金石寿。记取虎儿年，立夏日书后。”诗后识云：“右陈伯严先生诗十五首，为樊山先生勘定，由樊山先生令孙楚材寄示并嘱刊入丛书。余为题曰《散原精舍集外诗》，然先生集外诗何止此哉？南海何藻识。”徐鋆撰《澹庐读画诗》集前有潘飞声题诗。诗序云：“澹庐先生生长名族，少擅清才。余既序其诗词行世，顷复寄示旧作读画诗一卷，考据精详，题识古雅，石田、孟阳不能专美于前矣，率赠一绝。澹庐来书，又约游如皋，故诗意及之。”诗云：“传遍《碧春词》一卷，偶然论画亦名家。何当水绘寻遗址，共放沧虹贯月槎。（甲寅三月，老友潘飞声书于焦山松寥阁）”

周庆云辑《壬癸消寒集》（梦坡氏藏版）刊行。守廉署签。集前有作者自序与《壬癸消寒集姓氏录》。其中，作者自序云：“朋友酬唱之作，蔚然成集者，唐代惟松陵联珠□□□。宋世则有西昆、同文、坡门、南岳、月泉诸集，俱极一时盛会。后人希风往哲，敞文酒之宴，结兰菊之欢，发为咏歌，荟为卷帙，风雅流传，迄今勿替。然时世有兴衰之判，诗格有正变之殊。生逢盛世，人心得春夏和温之气，其诗宫声居多；生当乱世，人心感秋冬消杀之气，其诗徵声居多。大抵士人节操，以屯而著；诗家格律，以穷而工。故孔子曰：‘岁寒，然后知松柏之后凋也。’余于辛亥岁避地淞滨，一廛风雪，意境索寞，爰与刘子语石倡消寒雅集，始于壬子立冬至春而毕，明年癸丑，亦如其例。每当朔风撼树，彤云蔽空，弥望一白，雪大如掌，雀有罹网之虞，鹊有无枝之叹，而余辈则颓然而醉，謣然而歌，取极一时之欢，若忘身外之事。余尝举杯而语曰：‘消寒之集，耐寒之侣也。’举座开颜，相与浮一大白。乃录两年诗若干首，编为一集。揭之于板，以志一时之胜。能否与松陵诸集并传，则视乎运会所趋，非所逆睹已。乌程周庆云。”《壬癸消寒集姓氏录》含：“阳湖刘炳照语石、江阴胶荃缪筱珊、阳湖汪洵渊若、番禺潘飞声兰史、乌程刘承干翰怡、石门沈焜醉愚、阳湖赵汤浣孙、太仓钱溯耆听邠、乌程周庆云梦坡、宝山施赞唐琴南、安吉吴俊卿昌硕、海宁许溎祥子颂、太仓缪朝荃蘅甫、泉唐诸以仁季迟、日本长尾甲雨山、泾县朱锟念陶、泉唐杨晋仲庄、归安陆树藩纯伯、太仓钱溯灏朴儒、盱眙王伯恭伯弓、泉唐吴庆坻子修、太仓钱绥槃履樛、嘉兴吴昌言颖函、秀水陶葆廉拙存、乌程张钧衡石铭、泉唐吴士鉴絅斋、丹徒戴启文子开、阳湖吕景端幼舲、无锡汪煦符生。”

朱文炳撰《海上光复竹枝词》由上海民国第一图书馆刊行。陈鼎鋐、刘汝霖、万甫、穆湘琨、沈彤、伍朝枢、余沅、褚德彝、张寅燮、栾学谦、丁复、邓宗禹作序。其中陈鼎鋐序云：“粤自南倏北忽，凿混沌以惊天；阴惨阳舒，奠神赤而建极。幽燕之马角仓黄，晋郑之乌头毕白。蝥弧一举，尽收汉室之河山；兔管双挥，垒谱春江之花月。吾邑朱君谦甫，磊落矜才，纵横使气，以登楼之王粲，作击筑之渐离。道失夷庚，惨睹苌弘之血；愁逢街子，难消杜牧之心。短后衣轻，远游冠峻。琵琶十院，揉砰北地之繁声；金粉六朝，陶写南都之王气。蒯缑弹破，老此奇才；胜迹经过，辄抒古怨。曩岁以秣陵事蒇，歇浦重来，载酒当春，捶琴选夕。俯斜阳而拾笑，拈芳草以寄怀。曾谱《海上竹枝词》三百首刊行，摭扯新闻，掞张丽藻。续白门新柳之词，踵南部烟花之纪。千秋月旦，群钦汝南之评工；一纸风行，早识洛阳之纸贵。已去秋，会民军事起，鄂江首举义旗，沪壖继握总纽。长江天堑，形胜据楚尾吴头；大地山河，交通萃五洲万国。以观青岛一隅，辽东片壤，仅此寻春之药市，安云避世之桃源。然而飞白之俗成，人事于焉繁赜；软红之尘障，阛隧益以殷阗。君乃凝志泊如，栖神充隐。借董狐之直笔，餉斥鷃以洪钟。爰集奇奇怪怪之形，以广见见闻闻之异，复成《海上光复竹枝词》五百首，合之得八百首，以汇刻焉。青宁久竹之生，无非变相；黄督来罗之什，更壮伟观。惊犹鬼神，言无河汉。慨大千之世界，尽化微尘；数八百之牟尼，都成一串。作徇路之木铎，当醒世之警钟，敦厚谨严，盖兼之已。且夫兰陵倇诗，托闾娵以恍惘；宋玉微咏，镜淑美之灵昭。率皆御厥高华，郁为孤赏，自得风人之真宰，难邀下里之倾心。兹则即景生情，深文道俗，可歌可泣，亦庄亦谐。白太傅讴吟，妇孺都解；苏学士格调，笑骂俱工。倘使采人辅轩，可备史宬修明之助；假令谱诸弦管，藉进青楼启化之资。他若折杨皇荂，遮干篷弄。侈帝江之歌舞，诚属荒唐；谈野叟之悭伦，无关理要。仅令墙面而嗑笑，惟博里耳之赏音。兹则辞谐雅俗，字挟风霜。赓鼓吹于竹西，别具阳秋真鉴；翻炙輠于稷下，更饶曼衍雄谈。闻唱于唱喁之声，悉为人籁；比寓言重言之作，和以天倪。洵可谓诡以陈词，婉而多讽者矣。嗟乎！狐火宵鸣，秦鹿则鼎尝已尽；鹗风秋荐，楚猴之冠拥何多。索罔两元珠，顾穷苍狗白云之幻；佩陆离长铗，遐想青虬明月之游。传来乐府潮音，浩唱争流于此日；翦取吴淞江水，卮言请续于佗年。时在壬子七月，嘉禾陈鼎鋐叙于海上。”刘汝霖序云：“余之获交于嘉禾朱君谦甫，将一年矣。订交之始，方与谦甫同掌秘书于新会伍公门下。是时民军初起，南北相持，议和之使盈门，告急之书积案。纷纭函电，旦夕不遑。其后南京政府成立，伍公兼任司法，余又与谦甫日治官书，频仍如昨。把酒论诗，拈题阄韵无暇也。迨南北统一，政府北移，伍公解组，吾辈亦得优游于宽闲之岁月，相与商量旧学，跌宕文史。谦甫于是时遂有《海上光复竹枝词》之作，合其前作《海上竹枝词》若干首，汇为一册，付诸剞劂，而属序于余。余维学殖荒落，何足以序谦甫之词。顾谦甫以余为不可教，谢之愈力而属之愈殷，其又奚辞。谦甫于诗词之学，致力极深，运物成咏，即事成篇，一片性灵，芳菲悱恻，固已脍炙人口，妇孺知名。近年尤萃志于词，盖涵濡于其乡先达竹垞先生之遗风者深，而又客海上，久得遍读当代名篇巨制，故其风骨直追宋元以上。

兹篇乃其陶写性情，绘摹世界之一种耳。顾或者谓谦甫性峻峭，落落与世寡合，如东坡所谓满肚皮不合时宜，故遭际憾轲，半生潦倒，因是以为谦甫病。呜呼！斯岂所谓穷而后工者耶？然又乌知天之所以穷谦甫者，实天之所以传谦甫者耶？谦甫其无以是病也。余将去上海，作美洲之游，匆匆书此，借塞谦甫之责，他日海外归来，与谦甫握手于春申江畔、西子湖边，再听谦甫唱竹枝、状世态，余不知其时又增几许沧桑之感矣。中华民国元年九月，新宁刘汝霖筱云氏序。"穆湘琨序云："朱君鄂生，弱冠入京，佐前清吏部左侍郎许文肃公幕，以诗文称于时。庚子被难归，抛举子业，恣情游览，名山大川，足迹殆遍。欲尽取天下奇境，以成其文。丁未岁订交于沪，居闲盖无日不以文字请益矣。君好结纳，重交谊，上自骚人墨客，下至屠沽走卒，咸乐与为友。居沪数载，见风俗人情日趋淫佚，著有《海上竹枝词》三百首，寓针砭于游戏之中，尤足发人深省。去岁武汉义旗一举，四方响应，河山再造，日月重光。上海一隅，为轮船往来交通要道，军械粮饷悉取于是，而人才荟萃又极一时之盛，时君适佐新会伍公幕中，南北议和，文电往返，深资臂助。共和告成，君有功不居，仍放浪诙谐，自适其性。每当酒酣耳热之际，偶举往事，发为诗歌，爰成《海上光复竹枝词》五百首，于革命时代之遗闻轶事，言之历历，毫发不爽，诚足补他日正史之不足也。世之欲得革命真相者，盍亟取而读之。中华民国元年九月，上海穆湘琨序于汉皋旅次。"朱文炳自序云："余旅沪有年矣。己酉夏，行贾白门，旅居多暇，回忆申江风物，宛在目前，戏仿古人竹枝之体，偶成小诗三百首，藉消永昼而已。嗣荷桐乡卢涧泉先生为之序，并承诸友题词焉。自知下里巴音，何堪问世。因同人怂恿，勉付剞劂，装成持赠朋侪，猥蒙奖假，复以续集相请。迨往岁民军起义，幻象迭呈，其中可喜可惧、可歌可泣之事，更仆尤难悉数。在当局之造成时世，为国牺牲，诚为亘古所未有，然亦不无依附草木，未能尽满人意者，其能禁局外人之冷眼观乎。此次革命始末，史册流传，才人应运而生，不少宏篇巨制，惟借小诗以纪实者卒鲜。余不揣谫陋，思厌旧雨之请，复为摭拾近事续构七绝五百首，名曰《海上光复竹枝词》。虽义旗所举，中原响应，而余猬处一隅，见闻狭隘，仍承前作以'海上'为题，方诸稗官小说，难与信史同传。第生逢改革之时，聊效樵讴牧唱，敢云为世俗针砭哉。惟前作已阅三载，星移物换，早同明日黄花，特以文人结习难除，未忍割爱，仍置首编，藉可觇往辙，以验来轸。敝帚自珍，不计工拙也。今因急于付印，未能丐人删改，其中如有传闻失实，开罪同胞，统希鉴谅，仍望大雅不弃，俯赐郢斫，俾得更正再版。如能惠我弁词，则一经品题，声价十倍，不佞犹有后望焉。中华民国元年六月，嘉禾朱文炳自识于海上伍氏观渡庐。"

吕光辰（绪承）撰《留我相庵诗草》（2册，7卷，刻本）刊行。集中含《留我相庵诗草》4卷、《留我相庵词》1卷、《花月平分馆绮语》2卷，另有《留我相庵文集》嗣出。集前有钱振锽作序。集后有徐宗浩作跋。其中，钱振锽序云："绪承极推仲则，往往于丛人中，忽发高唱，悉仲则诗也。既识予，则又诵予诗若仲则诗。绪承才既雅丽，而奇气间出，辄复奔放绝尘。自识予，则益为悲豪。凡其所和赠予作，及其《秋怀》七律，则不啻在义山、遗山之间矣。绪承以邑秀才，官闽省县丞，既改八品京官。宣统三年正月，其母夫人卒于家，绪承自京师奔丧，归十日而卒，卒之日为二月八日。嗟夫！绪承死时，天下未有变也。乃观其近诗，忧深思哀，有抉目东门之悲，有击楫江流之志。盖深知天下之必无幸矣。嗟哉！绪承岂复流俗之士所能识哉？使绪承不死，见今世之事，悲欲涕，愤欲割，痛恨欲死，不死必且益壮其诗，有大不止于是者。伤哉！死乎不尽绪承也。绪承卒年三十二，乃者好诵仲则诗，亦其岁矣。同邑徐君养吾，予与绪承之友也。绪承奔丧，未及顾其文字。养吾得之，械以付予，谓予曰：'子刊之木，我任其财'。今刊其诗四卷、词一卷，绮语上下卷，凡七卷。嗟哉我属，昨者在京师，酒间辕上，指画天下事，吐弃一世之豪，辨文章之华实，与所好之箕毕，明明如月，可以屈指记其时日。目未岁瞬，天地老而陵谷变，而我属为绪承谋身后之业也。天时人事可料也哉？壬子冬十二月阳湖钱振锽序。"徐宗浩跋云："绪承喜仲则诗，以为有清诗人无出其右，而绪承之诗与其遇又无不似之。余自戊申识绪承于京师，扬榷诗文，继以道义相砥砺，非犹夫世之所谓朋友也。既而绪承之官闽海，别年余。己酉以来改京曹，又复相聚，赏奇析疑，无间朝夕。一日，以母夫人疾来别，觇其意，似无以成行，为之治丧。翌日即南下，时为辛亥正月廿四日。抵里遽遭大故。绪承性情纯笃，余滋惴惴，深虑其以毁成疾。孰谓其竟死哉！绪承卒于二月八日，余犹得其二月朔日手书，距死仅七日耳。每一展卷，不能卒读。绪承富于学而诗工力尤深。检其行箧得诗六卷、文四卷、词一卷、绮语上下卷。钱君梦鲸，绪承知己也，力任编定，为之刊诗四卷、词一卷、绮语二卷。诗第二卷编年以己亥起，一卷不知起于何年。绪承生于光绪六年，计至己亥年二十一矣。闻其甫髫龄即有成稿，意即此十数年中之作都为一卷。自亦不能定何年岁也。癸丑十月同里徐宗浩跋。"

翁同龢撰《瓶庐诗钞》(6卷) 由常熟开文印刷所刊行。翁永孙作跋云："先叔祖松禅公于甲辰夏五归道山，逮永孙丙午岁由浙返里，距公之卒已二载矣。凡公手定《年谱》暨《日记》等稿，悉归公曾孙之廉珍皮，不轻示人。此卷永孙从各收藏家搜采，自丙午迄今，共获诗二百八十五首，诗余十三首，文四十二首。有由朋辈录示者，有丐戚党钞获者，有素不谋面，造请至再至三，始许一视，因得默识而归者，三易写本，始得汇成此刻。窃思公之著述，流布人间，当数倍于此，而永孙只就里闾咨访，见闻有限，遗珠良多。风雨一庐，魂追神索。他日续有所得，以作补遗。或之廉尽出所藏，汇刊巨帙，垂诸永久。以视此卷，不啻先河之导，岂非永孙馨香祷祝也乎？壬子夏日，侄孙永孙谨跋。"

徐乃康撰《茹古轩诗抄》(2册，4卷，石印本) 由乐城精华五彩石印局代印刊行。

集前有黄维同叙，徐乃康《〈茹古轩诗钞〉自叙》；集后有刘之屏《跋徐春台先生〈茹古轩诗抄〉后》。1935 年永嘉区征辑乡先哲遗著委员会委员高谊派人手抄《茹古轩诗抄》4 卷，并作《〈茹古轩诗钞〉叙》。其中，徐乃康《〈茹古轩诗钞〉自叙》略云："同治纪元之二月，粤匪窜踞县城，家中所藏书万余卷暨旧作诗文，均遭毁灭无存。因思蟪蛄之鸣，原不足以问世，而二十年心血所存，旦遭散佚，不无惋惜。适邑西黄昆南明经旧藏余诗一帙，因录回，附以近年诸作，厘为六卷，然较之向日所存，已止十之四五矣。尚冀当世博雅君子教而正之，则尤余之厚望也夫。"刘之屏《跋徐春台先生〈茹古轩诗抄〉后》云："明经徐春台先生，邑之故家也。生有异禀，读书过目不忘。甫成童，补县学弟子员，出语辄惊其长老。与父明经地山先生并驰骋文场，名噪一时。善制举业，尤工骈文。古近体诗，清丽简亮，长于言情，《无题》诸作，委婉缠绵，意在言外，饶得风人比兴之旨，最足令人玩咏。先生为人，短于视，讷于言，内明慧而外阉然，望而知为纯笃君子也。没后子孙中落，遗稿散佚，婿洪汝霖、陈烈请郑澹如先生鉴定之，付诸石印，犹子之骥属余书其后。是编虽非全豹，然亦吉光片羽也。是为跋。邑后学刘之屏复初甫谨跋。"高谊《〈茹古轩诗钞〉叙》云："予昔闻春台明经有'徐红叶'之目，以少时九日登西山有'红叶万山秋'句也。既读《茹古轩诗钞》知其诗境高深，上窥汉魏之奥，下足追李唐诸家。集凡四卷，古体五十三首，近体一百六十二首，为邑郑澹如君所鉴定。湘乡黄维同谓其五古冲和淡逸，七古块奇雄厚，五七律独标新颖，吾乡老友刘吉庵最赏其《无题》诸作，得比兴之旨。陈小璞前辈则赏其五言《感事》诗，七言《题〈孙太史授经图〉》多名句可诵。《乐成诗录》于古采《感怀》八首，于近体采其《题钱古坤小照》与《吊姚、赵二公》兼《感事》三首，均为此诗钞所未收入。吉庵称是集尚非全豹，信然。明经与其父地山先生皆以文称。予昔曾为先生作家传，而其犹子之骥与其孙宏爔、宏琎均先后从予游。宏爔积学独富，壮游金陵，读书五年，文望动京师，而惜以瘵死。今读兹集，念后嗣之式微，不禁深为明经恫焉。乙亥十月。"

阮式撰《阮烈士遗集》（铅印本）刊行。邓家彦敬题。扉页上款"阮梦桃烈士著"，中间"阮烈士遗集"，下款"安吴胡朴安署"。集前有阮烈士遗像及题像《菊花新》一首。诗云："百忧万感萃心头，剩魄残魂满目秋。管甚古神州，我要向他分手。"集前有柳亚子、叶楚伧、曹凤笙、张廷珍、周人菊、朱伯华、邹秋声、胡韫玉序，邹遇《阮烈士梦桃，即题其遗集》（四首）与李正学《挽梦桃烈士联》。其中，柳亚子序云："中华民国纪元前一载九月二十七日，梦桃阮烈士殉义淮上。越半年，同志陈英士、蔡治民诸子始为昭雪其冤，置虏令姚荣泽于狱。又一年，介弟式一谋哀其遗著，梓而行之，书来请序于余。余与烈士生平未有杯酒之欢，及其断头沥血，为海内所诧叹，刊章颂冤，余实厕前马，是为余致殷勤于烈士之始。然而，大仇未报，逆贼未诛，耿耿私衷，实多惭德。无已，请举狱事始末与夫虏令漏网之所由，公诸天下，以代弁首之词，可乎？当狱事之初起也，陈英士方督沪军，蔡冶民司军法，索虏令于南通。南通有势豪曰张察，实庇虏令，不使诣狱，为挥金运动。皖南诸无赖子左右之，日造谣言，恣其簧鼓。江苏都督庄蕴宽为群小所惑，雅齮龁英士。英士怒，召余入军府，为草电文洋洋数万言，檄告全国，于是虏令始槛车就道矣。顾伍廷芳长司法，复与英士争权，不欲以军法定谳，遂有所谓特别法庭者。狱词既具，以虏令伏上刑，而陪审官多有为虏令道地，电临时政府，请援约法行特赦之僚。时中山已谢职，袁世凯方任总统。余闻耗，椎几大呼曰：'姚荣泽不死矣！'夫袁世凯何人？非使冯国璋屠阳夏，嗾曹锟陷太原，纵张勋、倪嗣冲诸逆稀突江淮阻兵，安忍涂炭中原之元凶大憝乎？北京炸弹之狱，未损袁氏一毛发，而歼我三良，犹不如日人之待安重根也。迹其罪恶，视姚荣泽何如哉？语曰：'兔死狐悲，物伤其类。'置小盗于大盗卵翼之下，宁盗国者侯而窃钩者独诛耶？此姚荣泽所以不死也。然而司马昭之心，路人知之矣。一年以来，吴、罗殪于狙击，张、方殉于市朝。舐糠及米，宋桃源栋折，天下汹汹，未知死所。余有句云：'当年不杀姚荣泽，此日难生宋遁初。'呜呼！前因后果，踪迹昭然；揖盗养痈，谁为戎首？虽有倾河之泪，亦何心独为烈士哭哉！虽然，烈士之人，千秋万世之人也；烈士之书，亦千秋万世之书也。当此群龙无首、万马齐喑之日，使一读烈士之书，而因以慕烈士之人，则顽廉懦立，发愤兴起，我中华民国之所以将亡未亡者，或亦于是乎在，其诸烈士在天之灵实阴相之矣。二年五月，吴江柳弃疾敬叙。"曹风笙序云："梦桃之死，中华民国之大不幸也。既为中华民国之大不幸，亦即梦桃之大不幸。呜呼！天何死梦桃？岂以满清贪诈夤缘、贿赂朋比之时代，不可无倔强刚毅之梦桃，而民国成立不必再有此等人生于社会，而遂可无梦桃乎？不肖僻处田里，寡交游，梦桃生前未获一面，读柳君亚子所撰传略，知其为人，殆凛凛冽冽与秋霜争严者。使置身今日政界，吾知其本鼎镬不辞之志，必不使摧残共和之宵小有立足之地。乃天祸民国，先祸梦桃，忍令其志其学不得发施，而仅仅博一烈士之名以死。呜呼！不亦重可哀乎？或谓天能死梦桃之身，天不能死梦桃之文，足使顽夫廉、懦夫有立志，梦桃之文不死，犹梦桃之身不死也。不肖于梦桃之文未一见，但闻张子文、周人菊啧啧称道，谓与实丹相仿佛，心焉慕之。索之山阳友人，未获报。正懊丧不已，忽见《太平洋报》江宁李志士济藩传，为梦桃手笔，激昂慷慨，义愤填胸，读之颇足坚人节操，高人志气。其文不死，即其身不死，则信然欤？呜呼！今日梦桃安在乎？梦桃死矣，梦桃之舌仅骂一姚荣泽，梦桃之笏仅击一姚荣泽，而环顾当道，滔滔皆姚荣泽也。天岂真欲祸民国乎？何为死梦桃？爱梦桃者思梦桃而不得，而仅仅传梦桃之文，心滋伤矣。中华民国元年七月一日，弟曹风笙泣序于万愁舍。"邹遇《阮烈士梦桃》其一："怀才不遇祢鹦鹉，托物言情郑鹧鸪。独立万峰头上啸，胸中奇气有人无？"其二："行间字里神州泪，唤醒芸芸醉梦酣。笔意瓣香两烈士，谢皋羽与郑所南。”李正学《挽梦桃烈士联》云：“壮怀未遂，毒手猝遭，千古吊淮阴，幻剧演成流血惨；冤狱虽明，罪人何在？九泉如雪恨，上方快斩佞头来。”又有柳亚子《阮烈士梦桃传》《周烈士实丹传》，阮存（梦桃之弟）《先兄梦桃先生行述》。本集收录《啼红惨绿轩杂识》二十则、《翰轩丛话》十二则、《原情》《木本水源短引》《梦桃生二十自叙》等、遗诗九章、诗二章、词三阕、小说《孟脱嫈》《莲花落》两篇、附《姚荣泽罪案详记》。

徐血儿、邵力子、叶楚伧、杨千里、朱宗良合编《宋渔父第一集前编》由民立报馆刊行。集前有编者序，内含《宋渔父先生传略》《宋渔父先生政见》《宋渔父先生遗著》《宋渔父先生哀诔》《宋先生被害后之舆论》。其中，《宋渔父先生哀诔》含“哀辞”“祭文”“挽诗”“挽联”。“挽诗”含姚鹓雏、姜可生、谈社英、林学衡、蔡蝀兮、陈珠泉、良常、老鹤、亚子等人所作挽诗，其中，陈珠泉挽诗云：“调和南北富钤韬，一震枪丸失俊髦。楚些自来悲宋玉，渔讴从此咽淞涛。接舆是处宜歌凤，升木何人竟教猱。千古苌弘冤血色，都应碧上武陵桃。”“挽联”含爱国女校全体职员、常熟萧蜕、秦钟瑞、王同烈、庞檗子、湘阴郭玉龙、周雪庵、徐元章、刘天猛、杨维、虞山周玉文女士、常熟顾王启生、王汉仁、沈灏、高天梅、夏绮秋、盛孝先、黄纯、爱国女校全体学生、尚侠中学湘生、徐血儿、缪宅生、张骞、谭人凤、陈犹然、岭南陈少蕃、正民甫、许荫乔、弁胄、宋岳、潘武存、虞山徐维心、徐辽庵、蛭成璋、谭石卿、何德贞、梁君锡、何閬樵、谭炳声、谭子临、梁纶卿、梁兰荪、严讷磨、冯承绪、陈芬、崇明师范传集所、宗伯皋、王学广、陈行、赖郁文、冼濑潮、八龄童冼典等人所作挽联。其中，爱国女校全体职员挽联云：“言满天下，行满天下，大业未成，毕命仅三十二岁；为一家哭，为一路哭，良心不死，报仇有四百兆人。”

左又宜撰《缀芬阁词》（1卷，刻本）刊行。集前有彊村散人题签，诸宗元序，陈诗题词，后有陈三立撰墓志铭，夏敬观撰行状。其中，陈诗题词云：“湘阴昔鼎盛，诗礼庇厥族。孙谋诒婉娩，式叶镜台卜。泠泠海上琴，森森玉树簇。漂摇岁除咏，心结孤山屋。人生一旦暮，况遘百忧促。残日堕虞渊，墓草凄以绿。怀此耿耿志，清词散珠玉。独吟安仁悲，霜风冻佛粥。”诸宗元序云：“夫扶妻齐，嘉耦曰妃，心同志一，世已相尚。若闺襜之中，文艺为娱，求诸挽近，盖有难焉。昔者如孙仲渊、王采薇，王惕甫、曹墨琴，王仲瞿、金云门，孙子渊、席长真，类以夫妇工文章称述于世。然其时，天下方无事，惟士与女故能以此自见。世有知者遂相与襮宣而推许之。谓今无，宗元所不敢知也。吾友吷庵丧其妇左夫人之明年，஌辑遗词裒为一卷，将墨楮木以塞余哀。吷庵夫妇妙词翰，固夙知之。近岁来吴中，与吷庵相聚，时时得诵其夫人单词片阕，辄复嗟叹。初谓房闼燕婉，文采辉微，厪得窥于往籍，今乃于吷庵夫妇见之，非今无人，宗元之言验矣。纪岁乙酉，宗元有妇姚之戚，尝为歌诗，以释悽戾。吷庵必嘱和，且往举其前室陈夫人怛化之感征、悼逝之昔恨，复以左夫人多病为隐忧。宗元今虽不能尽举其词，惟忾然感中如梦如呓，已深异其言之不祥也。辛亥之夏，夏吷庵以事往胶州，宗元方自武昌还吴中。吷庵来别，悄焉不乐云：'吾此行，闳家人不使知。'盖左夫人方在病，宜其临发不欢，有殊平昔。迨历秋冬，同居海上，左夫人病日以深。不一月遂以赴告。呜呼！降年有永，有不永，戴发含齿，少壮衰耋，穷其所往，皆归一途。若有可传，洵以不朽。惟吷庵二十年来再丧厥妃，既失才贤，顾视婴稚，此宗元重为吷庵伤其侘傺者也。曩在吴中，与吷庵同草奏记，文成布算数多舛失。吷庵持视左夫人，综核甲乙，不溢铢黍。是则左夫人不仅撢索文字，且通畴人之术矣。衡其学艺，同于士大夫慧业殊诣，乃复以词自隐，滋可恫也。今遗稿刊行，吷庵强使为序，用述所知之梗概，以归吷庵。壬子九月绍兴诸宗元。"

延清撰《前后三十六天诗合编》刊行。集前有姜筠作序，易顺鼎、朱寯瀛、姜筠题辞。其中，姜筠作《延子澄学士〈前后三十六天诗〉序》云："人非甚有所恫于心，决不甘以聪为聋，以明为瞽，而自悔也。人非深有所绝于世，决不肯以知为不知，以能为不能，而自废也。吾于子澄先生自辛亥小除以来绝口不言诗一事，不能无所感于中矣。先生之于诗，童而习焉，长而工焉，老而成家焉，生平之聪明才力，一发之于五七字中，卓然可信。今传后之作，不知其几千百首也。今人之所知先生，靡不知之古人之所能，先生靡不能之。历年之诗，已付剞劂者，亦不下数十百卷也。今一旦弃而不为同人索唱和者，时流请题跋赠答者，概不复著一字，亦不自言其所以然，闻者莫不怪之，然无足怪也。先生天性纯笃，涵濡于旧道德者又甚深，忽撄此大变而不得有所効力。其恫于心而绝于世，有不可胜言者，言之与心相违，何必言也。言之与世相忤，不如其不言也。身之将隐，焉用文为？先生盖审之熟而行之决耳。昔李士谦不以诗本示人，种放之自焚文稿，此物此志而已，先生岂真江淹才尽也哉！兹天字韵唱和诗一册，乃作于丁未冬季，戊申春曾印单本分赠知交。己庚辛三年之间，先生自叠其韵，与同人陆续赓和者，又积之甚伙，乃复汇印成卷以存之。此可为先生数十年长歌短咏之尾声云尔。壬子九月既望，大雄山民姜筠撰于京师梁家园寓庐，特年六十有六。"易顺鼎题辞云："春满三十六宫，邵康节先知之证；数符七十二候，吴谷人清课之诗（前清吴锡麒有《正味斋试律》，禾天清课有《七十二候诗》）。子澄先生咳唾珠玉，投赠琼瑶，今为汐社遗民，昔则词林宗匠，同官几辈，斗酒百篇，岂期遭变于庚申，遂仿书年于甲子，爰裒旧作，并索新题，与获麟绝笔相同，岂盘马弯弓不发。嗟乎！三百万玉龙战罢，雪作鳞飞；一十二金狄移完，水为泪泻。忆星堂禁体，招月泉吟，魂风如虎，而九九未消，天有鹤而一一飞上。白水真人起铜马，真人竟不封萧；碧山学士焚银鱼，学士依然姓柏。癸丑花朝奉题《三十六天诗册》，即希教正。弟易顺鼎哭盦。"朱寯瀛题辞云："卅六公才调凤吹，轩然沧海波新。曾栖香案忍沉沦。名标唐内翰（韩志光撰有《内翰别集》），踪写宋山民。　　知己伯牙琴竞和（宋邓牧有集名《伯牙琴》），无言自远嚣尘。联珠缀玉灿星辰。薪存天地内，分照几千春（谢皋羽所录宋遗老诗曰《天地间集》）。（铁君诗老重印《三十六天诗》并附同人和作为一册，日昨举示，无任钦跂。因一是原委，已见姜、王、易、赵诸序中。仅度《临江仙》小词一阕，用表同心，敬当跋尾云尔。癸丑浴佛后二日，素园居士弟朱寯瀛拜识）”姜筠题辞云：“全编拜读一周，千变万化，层出不穷，可谓叠韵神技，佩服无已。内当推翰林院值日一首为压卷，不知方家以为然否。姜筠再志。”

蒋学坚撰《怀亭诗续录》（6卷，刻本）刊行。是集由蒋学坚受业弟子孙葆谦、孙元煶、吴肇培、孙元溥、忻琳同校字。集前有姊婿查燕绪作序，集后有孙元煶、忻琳作跋。其中，查燕绪序云：“《怀亭集》者，余妻从弟蒋君子贞所著也。凡《诗录》六卷，《续录》二卷，《词录》三卷，而《鹃湖百咏》系之诗后，尤足以补前贤之未逮。始余于同治甲子春，从外舅寅昉先生家自武昌还至沪，部署粗定，既航海省吾亲通州，侍归于苏，已又南至硖石，将携吾妻返。时值炎暑，不即行，外舅命余至澉浦，礼延海盐张铭斋先生来督课其诸子，而命君与其从弟稚鹤并同塾，于是始识君焉。未几，余谢归。明年春，复来应童子试，自州而府而院，余与妻之弟拜彤、宾日及君与泽山、稚鹤，无不偕也。行同舟，居同舍，其秋乡试亦然，于是余与君益相习而知。君之夷犹淡荡，其性情然也。顾诸人者，皆惟文艺之是角，而君独能诗。君少于余二岁，其后大比之年，朋试至杭，或岁时至于外家，率得与君共晨夕，相从谈论，又以知君之为诗益多且工。余时沾沾于汉氏之学，习经生家言，故于诗学之源流正变，未之深究也。偶和人诗，效颦焉而已。及壬午冬客楚，至乙酉复见于杭，嗣后余西不果，转而东游，彼此不相见者有年。前岁君至苏州，访余于苑西寓舍，各有诗相酬答。洎余榷布来沪，公余之暇，自遣以诗。而侪辈中能弹此调者，马君船西外，不数见。今春君以事来，欣然握手道契阔，貌则加丰，而神则加旺。且知君诗已有刊本，索之，行箧不可得。既归，遂以寄余。且以《续录》之未有序也，督余为之。余受而读之竟，言质而思淡，盖得力于香山者多。故不假雕琢，而独能自率其真，冲然求进于古作者。余昔谓君之夷犹淡荡其性情然，而况优而游之，涵而咏之，又积而至三十余年之久，宁有不妙造自然者？因抒所见，与向所习于君者，以序君诗。其以余为知言乎？抑犹有所尽也乎？壬寅四月旬有三日，同邑姊婿查燕绪檵亭拜撰于海上浮查。”忻琳跋云：“岁戊戌，怀亭蒋先生始馆梅里。琳获亲炙者有年，见先生课读之暇，好为诗古文词，而于五七言尤所酷嗜，几乎无日不吟，无刻不吟。虽古之白香山、陆放翁亦不是过后。琳观政农部，久住京师。迨请假南旋，而先生又客吴门，不相见者数载。今年春，复下榻小斋。喜先生须发苍然，而吟兴如故。谈次出诗四卷授琳，皆近年所作未经付梓者也。同门友孙君职清创议续雕，谋诸吴君蕴甫及其弟博臣、侄逊园分任剞劂之资，而琳亦乐为之助。不数月告成，爰为志其缘起。至诗之宗派，非琳之所知，不敢妄赞一辞也。时在癸丑夏五月，受业门人忻琳谨跋。”

三多撰《可园诗钞》(7卷，石印本) 刊行。集前有俞樾、谭献、王廷鼎作序，果勒敏、杨葆光、徐福辰、宋文蔚、彭见绶、宗舜年、俞陛云、冯僧钵、蔡玉瀛、蒋智田题词。其中，谭献序云：“诗亦难言乎哉？声之发越，依情而见，情之系属，涉物而化，声百变不穷，必其情百变不穷，物百变不穷者也。诗亦难言乎哉？蒙古钟木依氏六桥都尉，髦俊士也。弓马余闲，好弄柔翰，象勺之年，斐然成章。既冠承荫，得三等轻车格，于例不得与试。博览茹古，肆力于诗，而清超拔俗。今岁春暮，相见于豁庐，清逸闲雅，有儒将风。论诗正变，则师友渊源，远有端绪者已。既而携所著《可园诗钞》来属读，如春山水秀色可餐，如秋月之朗人怀抱，如入柳阴曲径，闻流莺之宛转，如栖幽岩，披松风之泠泠，听流水之溅溅，抑亦啴缓和柔而无俗韵，又复旷邈若山林之士。何蚤成若此？盖都尉以乔木世家得明湖而为居，贵有彝鼎，器宇不凡，山水钟毓，允宜风雅，夺灵秀之气，蕴而为讴吟，其亦感于物而萦于情，萦于情而应于声者乎？倘异日明廷清问，笃念忠裔，都尉怀璠瑜才，贡为庙堂重器，将雍容华国，而啴缓和柔之声，一变而为端重。又或节钺得假，拥千乘万骑，出镇南北，海岳罗胸，江山得助，而旷邈之声一变而为雄杰。是又物百变不穷，情百变不穷，声亦百变不穷者乎？美哉！都尉英年盛学，而诗有意无意间已骎骎乎入香山室矣。洵如仆言，更得端重、雄杰三变而益上，则夫锻炼陶冶成一家抗千古矣。光绪十有八年长夏谭献。”杨葆光题词云：“夙知词藻美，企望柳营前。秋驾传心早，春光得气先。不徒夸好句，所异出英年。回首平生志，羞称老郑虔。”冯僧钵题词云：“才名飚举似风轮，犹少机云作赋春。分毓湖山灵秀气，一文端后一诗人。”

程松生撰《香雪盦词剩》(1卷，铅印本) 刊行。集前有徐夔荔、吴承烜作序。其中，徐序云：“仆于少时耳筠甫先生词名久矣。先生侨寓珠溪，与盐渎只隔一衣带水耳。间获读其所填诸令，风神蕴藉，秀韵天成，秦、柳以后可称嗣响。犹忆二十年前，仆刊有《别鹤吟》一卷，蒙惠题词，哀感顽艳。此后屡欲乞观全集，结三生文字之缘。乃先生选胜邗江，供职薇省，仆秋风毷氉，康了频呼，未获联社宣南、醉歌燕市，此文字之缘悭者一也。继先生改官南河，榷税吾邑，稽核劳形，日无停晷，仆授徒里闬，笔耕依人，月夕花晨，雨呼负负，此文字之缘悭者再也。后先生捧檄堰盱，治河劳瘁，仆亦冷官苜蓿，典铎吴门，南北分途，共伤匏系，此文字之缘悭者三也。辛亥秋，汉皋烽火，人心惊悸。仆适檄办当涂振务，事甫竣，匆促回里，息影蓬庐。时袁浦又猝遭兵溃，先生积年宦橐，席卷一空，两袖风清，埒乡驻足，望衡咫尺，时相过从。三十年来不得与先生结文字之缘者，天若故借此万方多难之秋，如倦鸟投林，至此始能挑灯把盏，选韵征歌，抒胸中之积悃。而先生全集又遗弃于流离转徙之中，未窥全豹，仆亦自惭眼福太浅。此编大半追忆曩时旧作，兼从同社友处转录者，吉光片羽，珍若璆琳。其丽句无一非长吉锦囊、梅舜俞算袋中物，然后知人生散聚、各有前因，剑气珠光，终不可磨灭于天壤间也。抑仆重有慨焉。先生夙具异才，苟尽展所长，未尝不可以经济文章表见于当世。奈丁此厄运，虽阳春白雪，至老弥工，而旅恨穷愁，填胸未去。昔秦淮海飘零浙处，柳屯田羁旅江南，千古词人同声一叹。先生之词，其风韵与秦、柳同，先生之境，其抑塞何亦与秦、柳同乎？嗟乎，江关萧瑟，愁绝兰成；门径蓬蒿，栖迟仲蔚。先生之志虽未展，先生之作可以传矣。癸丑菊秋月下浣盐城徐燮荔亭甫拜识。”吴序云：“晨星易散，旧雨无多。云树迢遥，沧桑更变。恻恻别离之恨，栖栖身世之悲。追溯前尘，几疑梦境；兹游旧地，幸遇良朋。程君筠甫，同社友也，旧作有《香雪盦词》二卷。余曾为之序，今遗忘矣。夫以筠甫之为词，得草窗之隽，有竹屋之痴，近登白石之堂，远抉碧山之奥。淡十年兮，鸿雪羁旅骋辞；去千里兮，燕云京师寄迹。舍人直宿，紫省莺啼；薄宦栖迟，黄河蛟斩。澹台有勇，汲黯无功。遂删罗绮之词，尽奏伊凉之曲。未几楼倾黄鹤，劫换红羊，殃及池鱼，危如幕燕。旧编箫谱，销沉于笳鼓声中；新制琴囊，散失于干戈影里。出歌衫于灰烬，白纻空存；觅题句于阇黎，碧纱犹护。仿伏生之口授，胜孙秀之心藏。豹窥虽未能全，蠹食亦将过半。相思何处，但记阑干；古调独弹，且吹觱栗。宦味略参乡味，莼菜鲈鱼；艳情并入诗情，杨枝骆马。今者搜求旧稿，仅得若干，虽成片羽之珍，悉是惬心之作。仆三生杜牧，一个苏秦。红豆春肥，诗吟南国；黄花秋瘦，帘卷西风。客里重逢，狮井认前朝之树；间中兀坐，蜡灯挑寒夜之花。白首如新，故人无恙。红牙依旧，词客多情。一卷藏珍，七家嗣响。拂弦顾曲，想公瑾当年；对酒征歌，惜何戡垂老。大隐宁嘲小隐，短吟又继长吟。题襟在寿花睹酒之场，选韵记品竹调丝之地。南州见雪，俗目都惊；东野为云，私心相响。君为杜甫，论文联金石之交；我愧徐陵，学步拟玉台之序。壬子冬至后五日乡愚弟东园吴承烜拜识。”

吴虞撰《秋水集》与赵炳龙撰《居易轩遗稿》（合 1 册）由吴氏爱智庐刊行。吴虞撰《秋水集》自叙云：“孟轲称：尽信书，不如无书。于《武成》，仅取二三策而已。孔氏作《春秋》，著为尊者讳、为亲者讳、为贤者讳之例。盖中国之无信史久矣！不佞年十五六，始学为诗；壬辰以来，略有存稿。慈亲见背，漂泊流离，饮泣坠心，生人道尽；履霜之祸，极于辛亥。于时伟人大儒，支离跛扈，造作黑白，淆乱是非，所好生毛羽，所恶成疮痏，植党呼朋，跳梁社会。卒至山岳暗然，江湖潜沸，栋折榱崩，殆几弗免，谁之咎欤？不佞辟地空山，读书论世，于教化之文野，风俗之隆污，法律之因革，政治之损益，人群之蕃变，輙有所见，而于当时伟人大儒之言行，文告报章之论议，详为审校，又皆知其去事实之真际、人民之心理绝远而不可信。感慨愤懑，悉寄之于诗。辛亥十月归成都，杜门自养。壬子营居少城，薄游嘉定。荒乱之余，无意文学。

今者，伟人多为危人（丁义华语），大儒亦成叛党，道德文章，扫地顿尽。东方朔日，时移势易。颜延年曰，感今怀昔。乃知学贵自得，无取于哗世；名由己立，不关于舆论。伟人大儒虚侨之名，须臾消灭，又何足道耶？班固曰：'春秋之后，周道浸坏，聘问歌咏不行于列国，学《诗》之士逸在布衣，而贤人失志之赋作。'不佞非贤，顾离谗忧国，差同古人。司马迁曰：'《诗》三百篇，大抵贤圣发愤之所为作。'呜呼，谅矣！于是仿湘潭王氏《夜雪集》之例，次第所作，付诸剞劂，名曰《秋水集》，则窃取《庄子·秋水》篇之义也。中华民国二年九月，爱智庐主人吴虞又陵叙。"

蹇念恒撰《痡仆吟》（石印本）刊行。集前有蹇念恒自序云："宦蜀九年，历两厅一州，竭诚尽智，幸无贪劣声。壬子解组归，亲交时有过询政绩者，瞠目无以应，则诵三度留别士民诗答之。既复苦口述，乃汇稿付印，遇下问者投之。民国成立，治具毕张，官吏袭称公仆。诗即以名，篇若自誉，而实自嘲也。民国二年岁次癸丑相月黔南健叟蹇念恒。"集内含《越巂留别士民六首》《留别涪州士民六首，即次前韵》《松潘汉番乘内地多故，聚众抗免肉厘，警察未允所求，遂大肆焚掠。城署糜烂，番僧迎住雪布寺，书愤，时辛亥十月晦日》《移家安顺关，见壁间绘〈苏武牧羊图〉感赋》（二首）、《得代将归，置酒与小河杨氏诸绅话别，兼呈汤、文两茂才，次韦苏州〈郡斋宴集诸文士〉原韵》《自拟生铭》及附和作《夜坐和仲常〈书愤〉原韵》（胡薇元）、《送仲常归黔》（胡薇元）、《松潘出险，未获晤谈，归里有期，又虚祖饯，率成五律三章，志感兼以送别》（孙锵）、《赠别仲常年丈》（邓潜）。

洪炳文撰昆曲剧本《芙蓉孽》由温州公报馆石印本刊行。集前有陈祖绶《〈芙蓉孽〉传奇题词》（四首）序云："花信楼主人富著述，精音乐，说部传奇流传甚伙。兹编《芙蓉孽》乐府，广东方谲谏之言，阐我佛慈悲之旨，苦口菩心，无微不至。愿浏览者以金科玉律珍之，毋以红腔紫调玩之，则庶几晨钟一觉，唤醒一人是一人也。谬题俚词，即希郢政为幸。"其一："烟霞窟宅号神仙，不断愁根被孽缠。安得杨枝长洒水，火坑灭焰放青莲。"王岳崧题《金缕曲》云："最足移人处，莫良于、里巷歌谣，深情浅语。楝园主人心有感，制就等身词谱，便指点，世人迷路。咀嚼宫商虽小技，救时心适有毫端露，风人旨，劝惩寓。　　朝廷诰诫成虚具，反输兹、傀儡登场，醒人无数。互市当年张毒焰，香草美人争慕。到处是，腥风蛮雨。劫运难回齐束手，转移权乃付骚坛主，游戏笔，中流柱！"

胡思敬撰《戊戌履霜录》（刻本）刊行。序云："予自甲午通籍以后，身历四大变而国以倾，此虽少作，取其与《驴背集》《宫制刍论》皆可存一时掌故，故刻而藏之，俟后世修史者采焉。癸丑五月退庐居士自记。"又由南昌胡氏刻印《驴背集》（2 册，4 卷）。此集为避居昌平间所作。诗后皆有注文，记录军事消息见闻，所记自义和团运动起，迄次年辛丑条约签订，共收 130 余则消息。

郑文焯撰《樵风乐府》(9卷)刊行。仁和吴氏双照楼刻本。郑文焯在《瘦碧词》《冷红词》《比竹余音》《苕雅》四种基础上,自订为《樵风乐府》九卷。卷一《瘦碧词》旧刻二卷,凡六十七首,删存七首;卷二、三《冷红词》旧刻四卷,始己丑,迄丙申,凡一百四十五首,删存五十六首;卷四、五《比竹余音》旧刻四卷,始丁酉,迄辛丑,凡一百六十二首,删存五十二首;卷六至九《苕雅》旧稿四卷,始壬寅,迄辛亥,凡一百七十三首,删存一百一十首。《樵风乐府》共收词二百三十一首。

樊增祥撰《樊山全集》28卷、《续集》32卷、《二家试帖》《二家咏古诗》《二家词钞》5卷、《公牍》3卷(书口题《樊山全书》)石印本刊行。

缪荃孙撰《艺风堂文续集》(8卷)、《外集》(1卷)印行。姜文卿刻,况周颐校字。收录缪氏庚子(1900)至庚戌(1910)十年间所撰之碑传、墓志、考证、序跋、书札等。

何震彝撰《鞮芬室诗话》刊行。其中所录,多扬州诗人,如方泽山、闵葆之、陈含光等,友朋揄扬,固所不免,而诗人故实,亦略存焉。

[日]永井禾原(久一郎)撰《来青阁集》(4册,10卷,附词1卷,铅印本)在日本印行。集前有永井久一郎自序。序略云:"少时课余学诗,所作日多,然概不足存也。明治戊辰,年甫十七,奔走国事,寻入东京,专修泰西学,竟负笈美国。归后,一官二十年。此间足迹遍内外,多事殆废吟咏。丁酉挂冠,管邮船公司事,驻上海三阅年。一旦回国,又屡出游海外,诗渐富,已付印者有之。点检旧稿,共计二千余首。半生心血未忍尽捐,兹加删酌,汰其大半,汇曰《来青阁集》。"入谷仙介《〈来青阁集〉解题》认为其"在森春涛的熏陶下,继承了清朝中期感伤洗练的诗风,一直影响到荷风文学"。

任可澄作《挽湘西之役滇军阵亡将士》(民国二年)。联云:"在黔境一丘同祭,树吾墓櫄,永奠佳城,试读吊古战场文,直由白刃丛中,显出英雄真气概;自滇疆千里远来,修我戈矛,克伸大义,若增修新民国史,当与黄花岗畔,昭垂宇宙大文章。"

张震轩作《挽南湖叶仲振》(代叶墨山婿撰)。联云:"与君皆孤露余生,幸远蒙祖荫,近庇慈恩,长大各宜家,倘从兹并辔齐驱,娱膳应赓乌哺曲;恨我失同怀良友,况上有衰亲,下遗病妇,艰难肩重任,纵此后九秋赏节,登高怕读鹡鸰诗。"

何叔衡作自题联云:"但把此身高处立;一生何日不重阳。"

方观澜作《二年癸丑八十二岁》(二首)。其一:"扶杖涉春郊,衰年几故交。有生皆涕泪,无地不风潮。狡矣兔三窟,危乎鸠一巢。何当千日酒,酣睡托衡茅。"其二:"耆年三五辈,孔会一朝成。结习无新语,通家有旧盟。可怜花月夜,不作管弦声。且喜陈惊座,春风满故城(时城中富户迁徙殆尽,新学家间作风潮,废书遗祸,我等倡联尊孔会维持一二,深虑信道不坚,谤议斯起,共推陈巽卿先生为教长,徐理庵先生副之,海内风行,如响斯应,世家乔木,人望所归,岂细故哉)。"

黄文涛作《书怀》《午日感怀》《暑夕》《寄怀达君、粹伯扬州》(二首)。其中,《暑夕》云:“当暑竟无暑,风凉宛若秋。三更常拥被,六月可披裘。天道远难测,民生命不犹。潇潇连夜雨,倚枕益增愁。(时各省雨水为灾)”

方仁渊作《七十寿辰觞诸老友于书斋,即席赋一律呈诸吟坛教正,并祈赐和》《七十感怀》(三首)。其中,《七十寿辰觞诸老友于书斋》云:“今日书斋喜满庭,一堂都聚老人星。花围锦带开红药,酒酌霞觞泛绿醽。敢谓华筵须畅饮,难邀佳客尽修龄。江乡此会非容易,好倩丹青写画屏(座中八人,合五百三十余岁,和诗十四人,诗多不及录)。”《七十感怀》其一:“少壮奔波为救贫,七旬犹是寓公身。故乡归去成生客,童子相逢尽老人。尚有鸰原杯两弟,恨无鸟哺报双亲。昏昏世事何时了,且看人情似转轮。”其三:“生无可述死无名,敢谓岐黄一隙明。笑我参苓方乱写,问谁药石论持平。漫言仁术康斯世,只恐庸才祸此氓。一过九功犹不掩,白头欲补待来生。”

张謇作《寿程梅溪八十》(二首)、《题陆云峰碑》《张徐私立女校歌》。其中,《题陆云峰碑》云:“桥梓南山在,云间积庆余。十年忧国泪,万里勖儿书。观行陈先籍,趋庭忆旧庐。丁兰思不匮,刻木恨何如。”又作联云:“万木长承新雨露;四邻都是老农家。”

严复作《弢庵以江橘、水仙见惠,有诗率答三绝句》。其一:“霜中作实老逾赪,南国三闾旧颂声。到底微酸带寒气,不如新会有甜橙。”其二:“此花端合配林逋,矾弟梅兄亦不疏。名品自居吾岂敢,任随芳草尽情输。”其三:“六十流光下水船,旧题诗句几经年。水仙无语洲奴笑,不见芦中共溯沿。”

康有为作《在日本往看樱花两章》。其一:“国事攘攘无可奈,吾行靡靡且看花。文章何用思投笔,画色无多过别家。十日繁华九风雨,五云烂熳亿河沙。飞红阵阵无人管,肠断狂童争落花。”

王国维作《昔游六首》。其一:“端居爱山水,懒性怯游观。同游畏俗客,独游兴易阑。行役半九州,所历多名山。舟车有程期,筋力愁跻攀。穷幽岂不快,资想讵足欢。亦思追昔游,搅笔空汗颜。”其二:“我本江南人,能说江南美。家家门系船,往往阁临水。兴来即命棹,归去辄隐几。远浦见萦回,通川流浼渀。春融弄骀荡,秋爽呈清泚。微风葭鹭外,明月荇藻底。波暖散凫鹭,渊深跃鳂鲤。枯槎渔网挂,别浦菱歌起。何处无此境,吴会三千里。”其三:“西湖天下胜,春日四序最。我行值暮春,山路雨初霁。言从金沙港,步至云林寺。山川气苏醒,卉木昼融泄。老干缀新绿,丛篁积深翠。林际荡湖光,石根漱寒濑。新莺破寂寥,时出高柳外。兹游犹在眼,流水十年事。”其四:“二年客吴郡,所赏郡西山。买舟出西郭,清光照我颜。东风开垂柳,一一露烟鬟。远望殊无厌,近揽信可餐。天平石尤胜,巧匠穷雕镌。想当洪濛初,此地朝群仙。尽将白玉笏,插在苍崖巅。仰跻蹬道绝,俯视丘壑妍。谷中颇夷旷,有庐有田园。玉兰数百树，烂漫向晴天。淹留逮日暮，坐见飞鸟还。题名墨尚在，试觅白云间。”其五：“大江下岷峨，直走东海畔。我行指夏口，所见多平远。振奇始豫章，往往成壮观。马当若连屏，石脚插江岸。窈窕小姑山，微茫湖口县。回首香炉峰，飞瀑挂天半。玉龙升紫霄，头角没云汉。昏旦变光景，阴晴殊隐现。几时步东林，真见庐山面。”其六：“京师厌尘土，终日常掩关。西山朝暮见，五载未一攀。却忆军都游，发兴亦偶然。我来自南口，步步增高寒。两岸积铁立，一径羊肠穿。行人入智井，羸马蹴流泉。左转弹琴峡，流水声潺潺。夕阳在峰顶，万杏明倚天。暮宿青龙桥，关上月正圆。溶溶银海中，历历群峰颠。我欲从驼纲，北去问居延。明朝入修门，依旧尘埃间。”

刘师培作《工女怨》（三首）、《南河修禊图，山腴先生属题》《再题〈南河图〉》。其中，《工女怨》其一：“朝阳被华宇，照耀柔枝桑。皎皎谁家女，织缣日七襄。云何婉娈姿，不怀掐指伤。皋兰弗我纫，园葵况陨霜。潭潭泉客居，粲粲罗帱张。眷顾同俦人，淇梁歌无裳。”其二：“同俦滑我瘅，讶我损玉肌。主人使致言，颇哼成纨迟。亦知根食艰，所惱持役卑。我欲谢役归，庶与捶扑辞。捶扑畏陨躯，无食忧辆饥。辆饥可乞飧，陨躯诉伊谁？”其三：“白日下原隰，孑行返衡庐。娇儿迎门呼，讶母归何徐。母去釜积尘，母归儿牵裾。掬指探母橐，怡声谘余储。罄币易勺粟，作糜弗盈盂。慰儿且加餐，明日夫何如？”《南河修禊图》云：“长安二三月，灼灼城南花。都人熙晢旸，君子扬柔嘉。驾言芮阮游。缅延槃干挝。南溪信漻清，北流亦滮沱。柔风蔚桐蕤，阳景开萍波。祁祁物序迁，雍雍繁祉和。洛觞藻华羽，沂服鲜轻罗。景融物不违，事迈情谁那。沧浪如未远，兰亭焉足多。”《再题〈南河图〉》云：“九衢丽飞甍，五陵富鸣珂。黄金络骏镳，翠羽缨明驼。贻简及良辰，揉椒扬清歌。康会良独难，流蕤宁久华。妿阴液玄都，飘风开卷阿。昔聆南山萁，今睹东陵瓜。菅云阕眴盱，枌雨疏槃娑。一为渌水吟，用逝今如何。”

苏曼殊作《无题》（八首），刊于1914年5月《南社》第9集。其中第一、二、三、四、五首又载于1914年5月《民国》第1号，第五首还载于1915年5月《甲寅》第5号。其一：“空言少据定难猜，欲把明珠寄上才。闻道别来餐事减，晚妆犹待小鬟催。”其二：“绿窗新柳玉台旁，臂上犹闻菽乳香。毕竟美人知爱国，自将银管学南唐。”其三：“软红帘动月轮西，冰作阑干玉作梯。寄语麻姑要珍重，凤楼迢递燕应迷。”其四：“水晶帘卷一灯昏，寂对河山叩国魂。只是银莺羞不语，恐防重惹旧啼痕。”其五：“星裁环佩月裁珰，一夜秋寒掩洞房。莫道横塘风露冷，残荷犹自盖鸳鸯。”其六：“绮陌春寒压马嘶，落红狼藉印苔泥。庄辞珍贶无由报，此别愁眉又复低。”其七：“棠梨无限忆秋千，杨柳腰肢最可怜。纵使有情还有泪，漫从人海说人天。”其八：“罗幕香残欲暮天，四山风雨总缠绵。分明化石心难定，多谢云娘十幅笺。”又作《何处》。诗云：“何处停侬油壁车，西陵终古即天涯。拗莲捣麝欢情断，转绿回黄妄意赊。玳瑁窗虚延冷月，芭蕉叶卷抱秋花。伤心独向妆台照，瘦尽朱颜只自嗟。”

沈家本作《陆春泉七十寿诗》（二首）、《梦中作》《自题〈癸丑日记〉》。其中，《陆春泉七十寿诗》其一：“林泉怡志俗尘清，矩矱先民自有程。书仿文渊宗诚肃，教师安定学规弘。孔明素抱躬耕愿，叔服偏传善相名。至德允宜编世纪，不惭怀橘旧家声。”《梦中作》云：“可怜破碎旧山河，对此茫茫百感多。漫说沐猴为项羽，竞夸功狗是萧何。相如白璧能完否？范蠡黄金铸几何？处仲壮心还未已，铁如意击唾壶歌。”《自题〈癸丑日记〉》云：“颓龄住人海，闭户谢胶扰。蠖居斗室中，见闻遂简少。典籍聊自娱，神荼畏勤讨。春归渐和煦，晴窗理旧稿。故闻启新得，意解贵明了。说之不厌详，疑义乃通晓。世事偶然书，亦足备参考。倦来便静坐，冥心澹物表。”

陈训正作《哭郑山》（五首）。其一：“新凉七月秋，之子别我去。莼鱼思湖上，独惜非乡土。劳劳日行役，衰兰怨遥浦。胡不纫其芳，坐令秋色沮。人事各以纷，不得从君住。君亦厌远游，言我当归处。谁知此离别，俄顷判今古。八月木犀开，芬芳动行路。零落何太早，秋风凄以楚。决眥望天末，有霣纷如雨。”其三：“正月哭郑生，八月君又死。吾徒能几辈，零落乃如此。我有悼郑篇，昔日为君寄。君归来谓言，尔诗勿我视。作客在他方，毛发亦蕉萃。何堪读尔诗，一读一流泪。泪枯目乃瞑，伤哉君竟逝。逝者虽无知，生者情曷已。今日哭君诗，所积更累累。累累亦安用，投之浙江水。”跋云：“呜呼！剡山死五年矣。剡山之死，在戊申八月，距其生之年四十有二，方强而未衰也。而剡山以愤世故，日僫僫不欢，若抱瘝于身，莫克任其痛苦者。然卒以摧其永年而趣之死。郑山死，邦之人无闻德矣。余亦遂以尠得争友，益自放纵，致获戾于世。至今忆之，犹令余咀咏其言，而悚然以歒。嗟呼！郑山之贤也。郑山死前二月，自杭州假归，道过甬上，视余于廌斋。时余病未瘳。郑山言：‘子病有三劳，不治，知之乎？世方怙聋，子梃以钟，世方宠瞽，子耀以炬，鼌蹈夕踖，鬼嘻于辟，是谓身劳，不治者一；不可一日，乃欲千秋，谈功必筦葛，论文必嬴镏，厚风薄羽，霆折其翨，是谓名劳，不治者二；腹有明珠，更思饭蚌，座多佳侠，不辞拥肿，入世圣贤，出世佛仙，大劳惟贪，不治者三。此三不治者，实杀吾子，吾子知乎哉？’呜呼！剡山自我有生，以洎今兹，耳之所接，非谀即诮，面折不谩，惟此死友，而今亡矣。悲夫！郑山名镜堂，字晋卿，一字山密，姓陈氏，壬子四月二十日玄婴自写诗稿，至哭郑山篇，泫然书此。”

王掞墀作《六十感怀述事》（八首）、《满江红·后晋永和二十六周癸丑湖上蒋祠，西泠印社重修兰亭禊事，已赋二律矣，复补一词》。其中，《六十感怀述事》其一：“墙东驰誉动南州，愧我风尘竟白头。六十年中寻旧梦，八千里外入新愁。徒令北满资强敌，近在西湖但卧游。拄杖来看须脚力，平生几两屐搜幽。”其三：“大千花月入双眸，此日飘零风雪稠。岂有英雄惟好货，除非仙佛不言愁。欲寻往迹低徊处，尚卜今生汗漫游。眠熟梦回无个事，红炉绿蚁对床留。”《满江红》云：“一例前尘，有几许雪鸿印爪。回首处，莺花如梦，南朝人杳，墨妙永埋龙蜕后，春深况遣鹃啼晓，只兰亭流水，自年年余斜照。　　终让与湖光好，休孤负年华老，且词场选胜，酒尊同倒，禊事重修，开蒋径仙踪，小聚来蓬岛（有东瀛诗客来预会）。溯永和三日，荡轻舟山阴道。”

三多作《梁保三（知鑑）老伯七十寿诗》。诗云：“海内尊如老伏生，更如颜子有公评（梁志丈谓公隐不违亲，贞不绝俗。真国之颜子，闻者韪之）。胸罗河岳犹思访，口说诗书总践行。二月百花齐献寿（阳历三月，称觞庆贺，即阴历二月也），九江三水共垂名（公少从朱次琦先生游世，称九江先生为岭南理学大师）。能承家学苏和仲（谓哲嗣燕孙先生），盖代文章集大成。”

俞陛云作《癸丑岁归吴下故居，述怀二首》。其一：“壮年辛苦走燕台，为博重闱笑口开。风木于今空涕泗，衣冠何事染尘埃。微生藩鷃深知分，大陆飞龙自有才。独与胡僧谈旧事，遗经谁复拨秦灰。”其二：“海沸云翻遍大千，覆巢完卵亦天全。清霜残菊仍三径，冷巷疏槐又一年。良友屡申松桂约，鲜民长恸蓼莪篇。元规却步红尘队，障扇区区只自怜。”

杨圻作《纪感诗》（八首）、《同人怪余远声伎为不近情，书答》。其中，《同人怪余远声伎为不近情》云：“肝胆清刚二十年，温存倜傥两茫然。明眸皓齿无当意，此去深山抱虎眠。”

林志钧作《君迈将有海外之行，赋赠》《崇效寺牡丹，次亮奇韵》《偶移盆花就日，见去年冻蕊犹存》《哀芷青》。其中，《偶移盆花就日》云：“世长日短纷人事，腊转寒深记岁华。莫向枝头怅零落，隔年犹有未开花。”

林传甲作《题黑龙江》。诗云：“并望黑龙江水浑，江东六十四旗屯。那堪庚子干戈后，犹赖咸丰旧约存。破碎河山余四壁，流离道路掩重门。边陲至计非勤远，何事南迁墨尔根？”

黄瀚作《题少庭先甫、止庭同转遗照元韵》。诗云：“仁人忧患深，夙具蒿时目。况保先人基，虑深三日哭。哓音非过情，漂摇室恐覆。下顾裕谋诒，上念存顾复。宁占吁吁吉，不受容容福。留图志隐衷，垂作庭诰读。古谊照田荆，荣悴警心目。热腔蕴以发，浩歌寄短哭。年时不相停，人事有反覆。壁书懔驭朽，大易慎牵复。悬知倚伏机，惧祸转收福。安逸在忧勤，遗诗再三读。”

王祖畬作《读孙容〈红梅花〉诗有感》《有感，示孙容、朴儒》。其中，《读孙容〈红梅花〉诗有感》云：“少年竞说春光丽，杏花开时红十里。一朝零落繁华歇，树犹如此人已矣。独有孤山处士家，居然浓艳出墙来。此心自是冰霜洁，莫向长安道上开。”

刘懋森作《癸丑生日》（仍用壬子原韵）。诗云：“又值斯朝庆我生，遭逢差胜以时鸣。裁官未愧胡文定，返里还充阮步兵。五夜私求民国福，三多喜出故人声。频来诸子平安颂，一自渝城一筑城。”

宋教仁作《登韬光绝顶》。诗云：“日出雪磴滑，山枯林叶空。徐行屈曲径，竟上最高峰。村市沉云底，江帆走树中。海门潮正涌，我欲挽强弓。”

徐世昌作《闻事有感》。诗云：“不惜山河战一场，中原涕泪感茫茫。边烽雁鹜朝飞急，江火鱼龙夜斗忙。人事至今成楚越，天星自古有参商。飘零书剑留湖海，多少词人正断肠。”

夏曾佑作《题姚惜翁像》。诗云：“疏灯草具会痴人，偶语诗书亦夙因。五十自怜闻道晚，百年谁会不传真。愿同秉烛寻流略，便抱斯文寄贱贫。岂为乾嘉耆旧感，纷纷汉宋总成尘。”

曾习经作《洞仙歌》。词云：“醉头寒怯，望月华如水。缥缈孤鸿照憔悴。甚年来梦远，无奈窥人，深深处，人在瑶台未睡。　　天涯今夕见，依约闻香，花底团栾暗垂泪。料素娥无恨，秦镜年年，怎便识，锦瑟人间滋味。待诉与相思却高寒，又不道西风，梦中迢递。”

鲍心增作《斋居杂咏》（二首）、《哭吴绍闻》《梦友人以倡和巨帙索题一律，及醒谨记后四句，枕上足成之》。其中，《斋居杂咏》其一：“端居忽不惬，抽架翻我书。郅治虽可慕，不忍观唐虞。君看砺顽懦，迺乃屯难初。芳馨歇千载，感激为欷歔。”

安维峻作《咏史》《咏紫薇花》《咏柏》《咏菊》《有感》《哭宝臣亡侄》《挽苏少卿同年》（二首）。其中，《有感》云：“麦秀黍离感易生，商郊慨后又周京。即今怅望燕云处，陇水犹流呜咽声。”

姚永概作《偕仲兄登陶然亭》《题通伯〈碧梧翠竹山馆图〉》。其中，《偕仲兄登陶然亭》云：“万窍争鸣昨夜风，西山全在混茫中。重来客鬓惊新白，一笑花枝似昔红。僧换难寻高士宅，官尊能夺梵王宫。飘零杜甫伤春惯，只恐清樽酒易空。”《题通伯〈碧梧翠竹山馆图〉》云：“山城斗大枕龙眠，文献相承五百年。入座须眉多古貌，充囊述作半名篇。传中耆旧音谁嗣，画里园林意可怜。书史满前梧竹好，幅巾来往雪盈颠。”

韩德铭作《祭族人慎斋》《晨雾晚晴楼观有感》《宿府》（用杜公元韵）。其中，《祭族人慎斋》序云：“慎卒于民国二年。少贫，老富。予先世尝遇事，援之，故有德于予。生死不替，君子也。慎长予四十四岁，而下予三代，时详于诗。”诗云：“世人福德寿，公殆获其全。予心胡久伤，思公且自怜。清景皇丙申，为予失怙年。抛离顾复地，便征事畜肩。降志习乞贷，语出心如镌。况值炎凉世，数数逢不然。卓哉吾慎斋，每求无所悭。雪天一束炭，感逾百朋捐。五穷祚韩愈，卒饱首蓿缘。告公矢返璧，言由肝肺宣。公乃云勿尔，兹事远有原。子之伯若考，曾同缓急天。倾诚焘我体，反或遭人言。岂无他亲朋，患难逊其虔。时代逐日去，此心耿不迁。子今涓滴润，均是先人泉。

予闻感益深，拟公于古先。侠儿市名誉，时亦挥金钱。惟彼报施常，豆羹反戋戋。事无慷慨号，理具人情田。久要不爽者，转见天性圆。淡淡语数行，沁我心长悬。凄清举绋日，雪涕陈灵前。予之先人墓，与公同一阡。生平称契合，没想仍无愆。予言即予哀，谅公无过谦。秋坟风雨夜，持此证弗谖。”《宿府》云：“老去随缘惯暖寒，升高就下两无难。屈原醉语经年洗，王粲秋心照月看。晓色暗浮天外白，市声平落烛边残。剧怜鸡犬求时夜，朝暮将迎叫不安。”

于右任作《髑髅》《天道》《心孚属赋孙菊仙》《出京》《义旗》《同卓亭游箱根飞烟阁》《过南京诗》（四首）、《津浦道中口占》。其中，《髑髅》云：“千龄万代尽何言，丘垄微闻髑髅喧。黯黯长河韬列宿，茫茫白日下中原。征南又入封侯梦，降北莫呼上将冤。天丧应刘吾丧我，人生到此道宁论。”

黄侃作《遣兴》《俛诗》（八首）、《数诗，同章先生连句》《失题》。其中，《俛诗》其一：“谚台与天连，此中堪避债。置酒为乐方，群臣称万岁。”《数诗，同章先生连句》：“一身事明主，领军辽海边。（先生）二国方构兵，挺走归丘园。（侃）三年为士伍，跛曳不敢前。（先生）四郊郁多垒，跃起入幽燕。（侃）五侯解魁柄，搏颡输金钱。（先生）六师齐卷甲，神器忽欲迁。（侃）七政在旋机，历数莫予先。八表皆来王，元后空拳拳。（先生）九服渐分崩，雄略何由全？十载养剑士，虎视非徒然。（侃）”《失题》云：“谁令蛮触日相争，应怪蚩尤作五兵。诸将未须夸首虏，虫沙猿鹤尽苍生。”

黎承礼作《叠和齐滨生乞画屏幛》。诗云：“蒿径求羊各自娱，拳邱应许抗三壶。蚊雷竞共侵宵永，龙性难驯入世迂。间叩画林寻道子，别开印海炼昆吾。萧斋粉帐犹虚白，倩写千岩万壑俱。”

曹炳麟作《我生叹，和施琴南〈槁蟫篇〉韵》（琴南名赞唐，宝山人）（二首）、《澹园丛菊盛开，率赋二律，征县署同人属和》。其中，《澹园丛菊盛开》其一：“青门不种故侯瓜，黄鞠亲栽老圃花。舍我田园开此径（澹园荒废已久，余入署后，亲为辟之），傍人篱落岂无家（余佐县政已二年矣）？任评环燕谁肥瘦，自饱风霜曷怨嗟？莫笑孤芳太迟暮，秋阳原不煦春华。”其二：“恨我夷门卒伍侪，泥君高迹入官斋。非缘升斗腰倾折，为护根荄手拥薤（园菊余亲植灌溉之）。乱世泪挥秋兴尽，小餐色爱夕英佳。不妨多醉重阳酒，得晤黄花且畅怀。”

黄摩西作【南商调·梧桐树】《题金病鹤〈石屋寻梦图〉》。曲云：“双峰剑气分，七水琴声冷。闷府灵区，惯变伤心景。前云与后云，非梦还非醒。咒罢双桃，便隔人天境。傻刘郎兀自道蓬山近（周孺人继娶）。”

李宝淦作《五十初度感怀，示湝翁暨诸君子》（四首）。其一：“万事蹉跎两鬓霜，回头鹿梦付蕉隍。逢人但愧生无益，观世方忧乱未央。虚愿桑榆犹待补，不才樗栎可能长。下民自别吾何敢，勉葆颓龄炳烛光。”其二：“来轸茫茫去莫追，知非寡过愧相期。养生有主言原寓，不死求方古所嗤。食粟难逢伯夷树，挂瓢待觅许由枝。烂柯一局须臾事，忍问人间已断棋。”其三：“攘臂支离且自宽，随缘鱼蒜勉朝餐。螳螂黄雀看兴灭，马角乌头望治安。百岁无成犹是夭（用萧惠开语意），一杯相属偶追欢。弱茎袅袅渊千仞，自慨生机等射干。”其四：“冷笑牛山涕泪涟，彭铿殇子总荒阡。无闻底用南冥祝，知命微参北叟先。星象不忧高士应，昙花何羡片时妍。千年红颊期公等，好待扬尘海变田。”

刘慎诒作《赠闵葆之》《刘访渠携示其师沈石坪翁所临禊序书谱索题》《题马通伯先生〈碧梧翠竹山馆图〉卷子》《江上杂诗六首》。其中，《赠闵葆之》云：“忆昔投诗慰北征，十年梦路接嶙峋。何期飞阁一携手，已是飙轮屡劫身。霸府推排阅人物，海山来往映风神。为吟楚月吴霜句，江上梅花欲破春。”《题马通伯先生〈碧梧翠竹山馆图〉卷子》云：“夫子今麟凤，文章世所贤。黄尘别驼阙，白发隐龙眠。花药草玄地，兵戈篮易年。何时厕经席，春坐绿阴圆。”

吴恩棠作《五十述怀四首》。其一：“孤鸾镜里鬓成丝，国破家亡并一时。军府文书筹笔愧，愁城心事落花知。月圆人寿都无恙，梅老春新合有诗。忽忽岁华今大衍，向平愿了未为迟。”

周应昌作《五十自寿》。诗云：“贪嗔痴爱苦牵缠，是否知非胜去年。幻作卢生前度梦，忧深杞国未来天。出人头地原儿戏，耘我心田亦佛缘。九十春光才过半，从容诗酒更参禅。”

吴庚作《酬意空道人见赠罗两峰画梅》。诗云：“意空道人情可夸，赠我两株寒梅花。一株花如玉无瑕，一株染作胭脂豭。胭脂白玉相交加，一一著枝无缪差。大枝歧出何杈牙，小枝回互交龙蛇。使我对此兴咨嗟，北风卷雪入窗纱。彼何人哉笔腾拏，两峰山人真名家。山人画鬼名乾嘉，黎邱变化恒河沙。花之寺中披袈裟，一笔墨法载一车。忽尔春风来天涯，九幽世界生光华。飞来磷火成仙霞，顷刻散作琼林葩。琼林十月烟横斜，冻蛟飞出寒冰洼。上有仙人服六珈，羊脂玉钗珊瑚叉。张之吾壁逢人姱，何以报之赋木瓜。”

李鸿祥作《癸丑耀龙电力公司水电开灯》《设水利、垦植两局》《偕政务厅师司令部僚友游滇池西山石室放歌》。其中，《癸丑耀龙电力公司水电开灯》云：“水激光生一线通，肯将人力代天工。文明世界夸奇技，更比春灯灿烂红。”《设水利、垦植两局》云：“农田水利系民生，枵腹难期义礼明。安得悝（李悝）冰（李冰）今再起，能将富庶致升平。”

江起鲲作《瓯行杂咏十首》。序云：“民国二年，余因襄办渔团总局事务，得游行台温及浙海各岛，颇有可乐，遂纪以诗。”其二：“如沤小岛亦通蹊，荳麦芃芃种满崖。想象佃渔人自乐，一椽茅屋不嫌低。”其三：“海角无风浪亦高，乘槎直破兴弥豪。试看小小捕鱼艇，也自张帆来驾涛。”其四：“排成水面竹竿斜，近岛渔民海作家。要是捕捞能守界，年年张网足生涯。”

程宗岱作《忆江南（江南好）》（九首）。其一：“江南好，长忆住扬州。四季花枝笼月色，一湖箫管荡春愁。双桨木兰舟。”其二：“江南好，白下忆清游。歌舫频过桃叶渡，名场虚盼桂轮秋。终念胜棋楼。”其三：“江南好，避地忆昭阳。境辟桃源天下少，邨名获渚水中央。此即是仙乡（余数岁时避乱，居兴化县之获渚邨）。”其四：“江南好，忆客海陵东。巷有奇松稽六代（六朝松在古松林庵），园依怪石号三峰（高氏别业名三峰园）。疑入画图中。”其五：“江南好，扬子忆曾经。水色横拖千里白，山光常照一城青。峰石访湘灵（明代汪氏荣园在仪征西溪，遗有湖石，阮文达公题曰‘湘灵峰’）。”

唐受祺作《素怀》《偶检得先室破镜，百感纷来，诗以当哭》《饮罢》《嘲孤鸿》《孤鸿答》。其中，《素怀》云：“素怀托恬淡，息影乐园亭。梅冷鹤无梦，竹疏风有声。酒边腾剑气，天末寄诗情。谁是空山侣，超然心迹清。”《饮罢》云：“饮罢一登楼，天风吹未休。几人劳念旧，老去独悲秋。水月视斯镜，神仙疑与俦。滔滔举眼是，犹自诩清流。”

宁调元作《残棋》《偶成》《柬钝剑松江》《用东坡〈狱中遗子由〉韵，寄约真长沙》（二首）。其中，《残棋》云：“一局残棋尚未终，纷纷铁骑下东蒙。可怜五族共和史，容易昙花一现中。”《寄约真长沙》其一：“水断云沉乡梦冷，天阴雨湿息声低。只今枳棘巢鸾凤，终古神仙有犬鸡。短气共怜元祐党，长斋偏有太常妻。几时待得乌头白，弱水东流更向西。”

施淑仪作《癸丑陇上作》。诗云：“驱车一望树低迷，满目荒凉日已西。青草长埋志士恨，白杨忍见乳鸦啼。”

饶汉祥作《修陈友谅祠成，题壁》《答士》《由武昌至北京瀛台》。其中，《修陈友谅祠成》云：“三户亡秦后，昌图再不终。岂伊关地气，盍亦体天衷。虎阜吴陵壮，龙川汉寝雄。玉堂陈奠上，犹惜大王风。”《答士》云：“广厦无万间，大裘无十丈。惟有好士心，方寸自来往。安得出肺肝，化作弥天网。蜩鸠与鹏鸟，巨细皆收养。新朝仕宦捷，四民化成两。纷纷文武才，函夏乱无像。雨山有薄田，芜秽生榛莽。迷途幸未遥，归听水车响。”

秦更年作《著涒诗社再举，赋寄同社诸君》（二首）。其一：“风沙散后一相寻，空谷蛩然此足音。声向永嘉闻正始，人从复社继东林。旧题历历经过梦，古意绵绵未死心。此日生涯何计稳，料量低酌伴微吟。”

胡汉民作《悼陈无恙》（二首）。其一：“五羊城郭已无春，完卵孤巢系此身。未信豺狼尽当道，可怜蛇蝎已甘人。士非樊哙谁骖乘，占到桑巫不食新。虎口余生十年事，牛恩李怨总陈陈。”

谭延闿作《无题》。诗云:“倦客孤灯感寂寥,玉人消息尚重霄。分无珠树双栖定,更有蓬山一恨遥。烛泪经时还惜别,酒痕昨夜又新浇。不辞沉醉情思减,多恐情思醉亦饶。”

杨庶堪作《峡中作》《癸丑杂诗十首》。其中,《峡中作》云:“复峡雄绝壁,漩流泻惊湍。奇景分在目,孤棹荡中川。濛濛微雨疏,远艬滋寒烟。峰颠明积雪,掩映成春妍。时动谢公兴,永怀尘外缘。既卷栖皇客,翻思肥遁贤。引缆羡榜人,藤萝若可攀。险恶风波梦,优游槃涧暝。”《癸丑杂诗十首》其一:“十万新摧翟义师(赣、皖、闽、粤、湘、蜀讨袁军约十余万),苦因家累出关迟。拏舟江上逢渔父,广柳车资碧眼儿(当时助余脱险者为法琅西人)。”其二:“一念慈亲万虑灰,泥行徒步望门回。临歧一掬交情泪(敌军越三百梯时已决议出走,余意必归禀老亲乃行。锦帆谓余:‘兄目标大,未宜自疏。’言时泪随声堕),使我心肝到死摧。”其三:“坚城门闭黯垣埔,脱险方知隧道空(天主教仁爱堂与法领馆间均有地道通城垣,于其低处扶梯而下)。人语蛩声夜行里,胡僧须白月明中(法琅西神父即彼邦僧侣)。”其四:“颠顿空山黛足行,芒鞋一着见生平。闲情不入津逻眼,野老忘机说姓名。”其五:“江上人家竹树枝,疏篱掩映接荒祠。溪头贾舶成来往,何处人间无别离。”其六:“虫语荒山百籁曲,凄清风物近深秋。年来客路漂零惯,翻念平生马少游。”其七:“蹬道盘回万仞山(酉阳青山绝雄峻),行人冲雨有愁颜。忽思壮士千峰外,苦战新看若个还。”其八:“渺渺苍波入洞庭,君山长自向人青。即今憔悴行吟苦,肠断当年帝子灵。”其九:“一水相通度蜀吴,保佣杂处似相如。微行幸自无人识,落日凭舷看小孤。”其十:“绝岛漂零万里余,避风应笑似爰居。秦人暂作桃源入,海屋松阴夜读书。”

罗功武作《感言》《哀宋渔父》《闻宋渔父遇害》。其中,《闻宋渔父遇害》云:“男儿重志气,烈士不惜生。苟可救斯世,何惮作牺牲。天生五尺躯,头角自峥嵘。泥涂故非辱,轩冕亦非荣。俯仰天地间,豪气掌纵横。所学托空言,惜未措诸行。嗟哉幼稚冒,望治如雏婴。邦基今未固,乃先坏长城。”

李绮青作《癸丑初度有感》(四首)、《国香慢·癸丑初度有感》。其中,《癸丑初度有感》其一:“海内依然未厌兵,携家又作北燕行。妻孥一半同羁旅,颠沛何劳问死生。愁似屈原歌楚些,闷如鲍照赋芜城。剑南自向松庵老,额榜亲书心太平。”《国香慢》云:“霜叶寒赊。正雁回人去,长是天涯。东京梦痕如昨,暗换年华。几夜客窗听雨,冷云重、损尽霜葩。凄凉市朝改,人海深藏,门掩昏鸦。　紫裘江上客,想腰间竹笛,吹向谁家。烛销人瘦,夜深愁近笼纱。怕检庚寅剩历,楚江远、空赋怀沙。相思老坡宅,因甚年年,轻负梅花。”

赵炳麟作《柏树墩农场》(民国二年,撰于全州柏树墩)、《普通戏台》(民国二年,撰于全州城)、《题湘山寺》(民国二年,撰于全州湘山寺)、《家堂楹联》(民国二年,撰于全州城)、《哭母》(民国二年,泣撰于全州城)、《入京路过湘潭,柬赵芷丈》(二首)。其中,《题湘山寺》云:"独立兴悠然,世事逼人闲最乐;偶来观自在,孤峰比我冷何如。"《哭母》云:"嗟我母兮,望儿立言,望儿立功,乃立言厄于奸臣,立功限于世变,遂致中原鼎沸,偷活草间,北走南奔,卅九年来疏侍奉;恨彼天也,使人有家,使人有国,但有家不能尽孝,有国不得效忠,忍令华夏陆沉,横流日急,东瞻西顾,四百兆种靡孑遗。"《柬赵芷丈》其一:"一棹燕郊去,翻惊岁月新。剖心难报国,泪眼不知春。未改黄冠志,常思白水人。怀君君莫晤,搔首问前津。"其二:"故人经岁别,双鲤寄相思。扣匣青萍在,扪心黄蘗知。黔黎方造劫,黑白且观棋。永守宣王训,余怀涅不缁。"

曾福谦作《书怀八首》《题张沧海(伯桢)〈篁溪归钓图〉》。其中,《书怀八首》其一:"浮云西北水东流,今古真同貉一丘。当日盟无寒息壤,故山地未觅菟裘。有谁送客留齐赘,终觉依人类楚囚。剩有苦吟胡钉铰,年年梦醒白苹洲。"其二:"作团强半似蒸沙,只合青门学种瓜。却老多因甘独宿,忧贫无暇苦思家。行纵飘泊风前絮,宦境模糊雾里花。莫道旋毛终弃置,上闲尚有碧云騢。"

丘菽园作《清故后隆裕挽辞》(二首)、《中年》《星洲晚眺》《书事,用建除体》《壮志》《寄怀张菊生》《追挽老博士容闳》。其中,《中年》云:"少日飞骞壮嗜奇,中年哀乐付琴丝。生何如死凭翻转,富不能贫是大痴。竞忽罪言伤杜牧,最怜修道学微之。千金屡散遑千古,便到千龄也可知。"

姚华作《醉蓬莱·为仲恕寿梁保三丈七十,谱圣求》《一寸金·谱清真,为蹇七季常题图》《文静川七十寿诗》。其中,《醉蓬莱》云:"正舞衣香满,风日清佳,梅边吹晓。酒近南山,任芳樽倾倒。履道坊中,联吟高会,算香山年少。再六十年,先生便是,洛中遗老(香山九老爵里纪年,白乐天年七十四最少,李元爽洛中遗老年百三十六)。　　人似频罗(山舟学士),岁逢修禊,阅尽沧桑,几回歌笑。往事青云(尝讲学青云书院),变朱颜苍了。鲁国灵光,郑家书带,称经师人表。寿与名兼,家缘国庆,月圆花好。"《一寸金》序云:"季常嗜饮,暮便酩酊,所欲治事,皆缘醉罢,于是以酒名。贵阳桂诗成,百铸为图状之。予谓季常寓焉而已。糟丘之筑,岂为斯人?题曰'对酒',伤其无与也。因填此阕,用代短歌。"词云:"愁恨余生,误了春花又秋月。赖典衣沽酒,琴边得趣,提壶酬影,胸中无物。杯冷肠初热,槎枒事、更难熨贴。醒耶醉、欲饮还停,待与商量暮天雪。　　年去年来,芳樽迎送,知春甚时节。趁冻云笼屋,仍倾余醞,萧斋罢卷,堪烧残叶。无语江山暝,人间世、化为梦蝶。陶然去、一觉闲眠,算今生是彻。"《文静川七十寿诗》云:"徜徉京国早投簪,洛社新诗又见吟。梅福神仙曾吏隐,潞公贵寿亦山林。间看棋局消长日,老作玄文遂壮心。煮笋烹葵供絜白,羹汤乏训愧予忱。"

高燮作《蔡子哲夫自梧州书来并承寄诗,次韵答之》《怀王景盘却寄》《为天梅题

〈风木西悲图〉》《韩凤九属题其母氏张恭人遗像》《题费龙丁先德云楼先生纨扇遗诗手卷》。其中，《蔡子哲夫自梧州书来并承寄诗》云："天边一雁忽飞来，遐企丰标且举杯。鱼鸟潜踪渺江汉，羚羊游屐印莓苔。最难海外通邮手，兼擅天生小雅才。吟入苍梧诗更好，暮云西望隔尘埃。"《怀王景盘却寄》云："君是摊书闭户人，偏从尘海作劳薪。浮云世事同翻覆，旧业文章各苦辛。道合不妨形迹脱，时衰难得性情真。孤怀浩荡凭谁寄，目送飞鸿一怆神。挟策干时百不谙，腐儒作用绝痴憨。言思君子真如瘖，偶犯人形觉自惭。埋向虫鱼聊供养，梦为蝴蝶便嬉酣。此生毕竟成何济，老死山林志亦甘。"《题费龙丁先德云楼先生纨扇遗诗手卷》云："一掬孤儿泪，千秋处士文。白华留世泽，佳句诵贻芬。有子能传学，斯人洵出群。莫轻藏袖底，丝绣更香薰。乡邦怀老辈，风雅有遗音。缅想闲居味，遥知静者心。吉光珍手迹，妙致见胸襟。忽触无穷感，沉吟我独深。"

吴梅作《海上》《任澍南（光济）屡劝余治古文，盛意可感，读其近作率赋》《竿木示王梦碌（琪）》《悲哉行》。其中，《海上》云："羁栖蚁蝨留微命，曼衍鱼龙尽幻身。海上原非干净土，眼前犹有老成人。红牙顾曲周邦彦（古微丈），白发谈经杜子春（升彦丈）。十里德星似京洛，素衣真欲化缁尘。"《悲哉行》云："江左形胜推南都，六朝陈迹今模糊。一自靖难兵肆毒，金川门启天地污。厥后弘光下殿去，杀戮何异扬州屠。洪杨作祸十三载，髑髅千万填城郛。中兴将士恤民瘼，但歼渠魁未献俘。岂意天心未厌乱，钟山又见虎负嵎。南中雅重孙仲谋，河北况有袁本初。车书文轨乍统一，潢池盗弄计亦疏。一朝弃甲曳兵走，金汤百里皆荒芜。北方健儿好身手，焚廪胠箧过萑蒲。坐令万户遭涂炭，流离赖尾痛切肤。城中多少良家子，道旁涕泣求为奴。牙门画角声呜呜，临江大将重分符。军前但闻呼雉卢，民间乃至无妻孥。千骑饱腾万骨枯，吾侪小民难吁呼。自昔此间多偏霸，独与士庶相安孚。元嘉盛治光史册，不罹兵革四海苏。末世人心更险谲，驱策群盲作乱徒。事克则称南面孤，不成便作东海逋。降此大戾彼丈夫，谁绘一幅流民图？凤凰台前啼鹧鸪，乌衣巷里巢鼪鼯。狐鸣篝火事已徂，只今元气何人扶！"

姚光作《落花》（二首）、《送天梅北上》（二首）、《吊邹亚云》《登海上楼外楼》《观贾郎壁云演剧口占》《观剧赠冯春航》《题〈留溪雅集第二图〉》。其中，《吊邹亚云》云："孜孜力学文奇绝，才调如君信不凡。我欲问天何混漠，摧残英锐为堪哀。"《登海上楼外楼》云："丝丝春雨倚栏干，节近花朝尚觉寒。天末巷波无限感，风尘莽莽不堪看。"

叶楚伧作《癸丑》（四首）。其一："白河东去漳西流，畿辅新藩列两州。北府但知丞相令，东门几抉大夫眸。策勋上计膏民血，执政新评署状头。不分江湖摇落后，独排箫鼓向瀛洲。"其二："赫赫当年翌圣功，满襟清泪自西东。移师今有桓宣武，解绶颇惭谢侍中。南海才人如绣虎，西周妖梦入飞熊。冕旒缨纬新朝典，殿陛看人一世雄。”

苏舆作《余病久不愈，而寒热时作，或曰疟也，族人欲代延巫祈禳，书此解之》。诗云：“景丹昔壮士，犹逢光武笑。杜韩两文儒，诗篇空自疗。痴鬼岂能灵，矧余才非肖。殷巫已湮沦，禹步徒号叫。原沈与媎祈，愤激欲同调。我今困沉疴，剩此灵光照。侵晨飞鸟乐，永夜寒虫吊。悲欢有迁殊，生死亦虚眇。不如委化游，修短随所召。病榻更呻吟，山木答长啸。”

丁传靖作《题马湘兰画芝兰寿王百谷七十图卷》（二首）。其一：“芝兰手写祝遐龄，七十称郎俊不禁。何物支离垂白叟，狂名醉倒美人心。”

臧易秋作《淮河舟中》《安庆听京口老妓邱月阁昆曲》（曲演建文出奔故事）（四首）。其中，《淮河舟中》云：“劫后余生又远行，万里多难一身轻。江淮南北分形胜，将帅中原缮甲兵。人去空谈山水好，我来不尽古今情。适从徐泗郊原过，到处飞鸿起怨声。”《安庆听京口老妓邱月阁昆曲》其一：“秋娘老大怨无家，满地干戈路更赊。我似江州白司马，秋风江上听琵琶。”

陈鹏超作《东路股匪投诚》《辞职》《宋案》《龙氏寇粤》。其中，《辞职》云：“一年雨月驻高原，几度提师出战忙。帽岭云开见天日，汉朝恩重奖龚黄。鸟还因倦离彭泽，风顺收帆记小仓。三上辞呈才报可，笑携琴鹤好旋乡。”

徐礼铭作《观社饮》。诗云：“社日犹余旧典型，祀神祭祖各纷纷。十斤豆腐三坛酒，四碗油干一束芹。煮肉焚香刚卓午，猜拳痛饮到斜曛。但求乐岁终身饱，归去无人不醉醺。”

沈尹默作《鹦鹉前头作》。诗云：“帘押轻寒酒罢杯，春尘寂寂护盆梅。前头终是无言语，惭愧当筵作赋才。”

邓家彦作《吊邹容》（癸丑狱中作）。诗云：“天道今如此，邹生大可哀。鸿文沟满汉，壮志策风雷。黑狱鹃魂泪，青山侠骨灰。只今遗憾在，王气未全摧。”

刘大白作《癸丑初闻南北战事感赋》。诗云：“忽传江右动雄藩，时局于今又覆翻。正苦豕蛇侵上国，那堪雀鼠斗中原。一枰黑白河山战，半壁苍黄日月昏。轻发杀机终下策，后来成败且休论。”

赖雨若作《自东京还乡有感》（癸丑岁暮）。诗云：“久客寒凉地，归来汗湿裘。途长身已倦，岁暮暑还留。膝下怜娇女，堂中拜白头。许多人事感，落泪喜兼忧。”

郭坚忍作《满江红·自题停琴拔剑小影》。词云：“一表英风，只应是绘图麒阁。却缘何钗环巾帼，潜藏绣幕。抱负未能伸志向，遭逢大半多轻薄。激昂时罢调弃宫商，磨干莫。　　长啸处，天惊愕。生铁铸，今生错。恨无知执法，欺人太恶。说甚德从唯顺守，更多仪礼加拘缚。偏登坛，演说我同侪，齐腾踔。”

许承尧作《休宁道中》。诗云："平芜三日雨，着意作春阴。宿霭蓊如水，新芽滟似金。土膏苏睡麦，花味醉幽禽。风物同娇女，罗衣弱不胜。"

易孺作《祝英台近·都下伍宥公二次宠书，无以报也。倚此写之尤痛，托于元和第三子之接席耳》。词云："剪孤根，沉弱梗，诗境瘦无据。楼角残阳，依旧挂风絮。甚从天外春归，燕惊莺怯，料难问、层阑谁主。　便歌舞。争奈人远香消，余欢作(去)酸楚。绿了天涯，还认梦中树。早知真底销魂，青衫湿遍，也留伴、碧灯红语。"

冯幵作《与从子贞群寻冯跻仲、王完勋两侍郎合葬墓得之》《独酌》《怀巨摩》《小屋》。其中，《独酌》云："灯火虚堂澹不温，暂凭独酌遣黄昏。帘前残月和花落，杯底疏星带酒吞。哀乐中年浑若梦，别理万族但销魂。九天夜色沉沉尽，寂寞人间自掩门。"《怀巨摩》云："载恨出沧海，行行胡不来。雁声飘梦断，人意入秋哀。澒洞今何世，苍茫念汝才。翻怜钓游地，满眼是蒿莱。"

范子愚作《月》。诗云："数句鸡啼疑日晓，一轮冰月照人寒。深秋处处风如水，更听梧桐叶半残。"

王理孚作《送梅屋之官缙云，用胥庵韵》(二首)。其一："狂游不受鬓毛催，日向湖楼买醉来。旧雨最难千里别，好风又送一帆开。徘徊歧路成孤客，辜负明时是弃才。亲友相逢如问讯，天边倦鸟急飞回。"其二："官书星火漫相催，行见英姿飒爽来。赖有溪山供吏隐，几多怀抱向谁开？毛生苦忆双亲老，庞掾终非百里才。抛得杭州知恋恋，五云深处首频回。"

朱蕴山作《新感事，示别石安并寄希平、仲甫诸友》(七首)。其一："王气消沉霸业空，昔时臣妾此时雄。何期再造红羊劫，浪说中原砥定功。"

马一浮作《与叶左文、陈伯冶同游烂柯山，登石梁，相约赋诗，别后却寄》《登天台观石梁瀑布》《赠叶左文》。其中，《别后却寄》云："观象贵止止，逐物长滔滔。久要适吾愿，岂曰事游敖。恭怀舍瑟情，万古时一遭。伊昔托仙灵，庶近巢由逃。谷虚心已领，黜此耳目劳。陨然示卑下，孰能见崇高。悟天在山中，九域真秋豪。斧斤尔何施，嘘气为虹桥。凿石者谁子，安知鸾与鸮？众愚竞名字，幻灭同焄蒿。厚坤夫何言，灵境郁嶕峣。夷险繇人兴，吾欲终刍荛。归路风雨疾，饮我以醇醪。将忘忽复忆，和歌遂成谣。"

陈寅恪作《法京旧有选花魁之俗，余来巴黎适逢其事，偶览国内报纸，忽睹大总统为终身职之议，戏作一绝》。诗云："岁岁名都韵事同，又惊啼鴂唤东风。花王哪用家天下，占尽残春也自雄。"

陈方恪作《疏影》。序云："癸丑岁暮，独载雪诣孤山观梅。时值高花半吐，水石潇寥，流连孤赏，悠然会心，石湖幽躅，恍旦暮也。仍借白石翁仙吕宫写之。"词云："蛮柯点碧。趁越溪雪霁，曾共吟屐。素涧泠泠，静拂瑶琴，春风为洗芳泽。青山一见经年事，定谁惜、飘零江国。怅娉婷、恨想云衣，泪洒翠华亭北。　　须信骖鸾旧侣，月明香雾里，飞去无力。尽念多情，剩取寒姿，慰我天涯游历。金尊别有相思句，奈瘦损、庾郎词笔。便醉归、一笛扁舟，付与暮愁空阔。”

周钟岳作《病后学琴一首》《介庵师归，自京迎驻滇中道署，师作诗见示，依韵赋呈一首》《送松坡都督（蔡锷）入京》《寄内四首》《龚熙台得蜀石经残本，属题》。其中，《介庵师归》云：“画诺凭人笑汝南，公余常喜侍灯龛。禅心欲入三摩地，鞅掌真成七不堪。钩党悬金文纲密。乘时窃禄素餐惭。明夷初旦虹蜺出，国事飞沉忍再谈。”

李经钰作《赠毕仁庵》《叠前韵再寄仁庵》《题〈吴园图〉》（二首）、《乡书》《和剑隐主人青岛伎席感旧诗》（二首）、《阙题》（四首）、《病中寄吴鉴泉青岛》（二首）、《为冶山题〈石老人图〉》（四首）。其中，《病中寄吴鉴泉青岛》其一：“江南软脚病，病榻历冬春。种种嗟予发，栖栖寄此身。风云时局幻，羁旅故人贫。两地同为客，相思东海滨。”

王绍薪作《癸丑入都重寓旧馆感赋》《谷雨日作》《出都留别》。其中，《癸丑入都重寓旧馆感赋》云：“一别年余世已新，重来此地尚陈陈。海棠著雨花初见，粉笔书墙字未湮。抗手风尘非故我，得官口舌又何人。轻车南北纷驰逐，犹是京华昔日春。”《出都留别》云：“此别真可惜，先争一著难。观棋忍袖手，去国岂投冠。奇气云无定，初秋海已寒。吟鞭又南指，珍重各加餐。”

王棽林作《四十四岁照像与三十五岁旧像迥异，感赋》（二首）。其一：“一转瞬时一度新，十年想像总前尘。自吟泽畔形容悴，谁识山中面目真。嗣后更衰宁作我，原来虽壮不如人。世间无限沧桑感，何用区区惜此身。”其二：“信有丹青入化神，真成假后假成真。寂寥自对谪仙影，恍忽如离倩女魂。省识春风留本面，静参明月忆前身。别来亲友如相问，为语狂奴故态新。”

叶心安作《北京玉泉山纪胜》《咏雪》《圆明园废址有感》。其中，《圆明园废址有感》云：“阿房焦土剩颓垣，园吏犹存旧日阍。先帝明廷常策士（园中正大光明殿屡试翰詹），贾生前席有名言。如何覆𫗧倾神鼎，竟尔蒙尘辱至尊。一代经营随烬灭，玉川遗恨失声吞（傍宫墙而溶溶者为玉泉山之溪涧）。”

张维翰作《感事》。诗云：“大厦将倾事可知，京朝已勒党人碑。邵阳北去河阳隐，密勿曾参窃自危。”

高宪斌作《风筝》《灞桥》（二首）、《调寄〈忆江南〉》《即事，用杜工部韵》《松》《题某女士绝命词后》（四首）。其中，《风筝》云：“身轻一线牵，寄志却凌烟。会得东风便，扶摇直上天。”《调寄〈忆江南〉》云：“春何在？春在灞桥东。舞瓣飘红花戏水，柔条滴翠柳摇风。人在画图中。”

向楚作《感事》。诗云：“一念家山百感俱，吴江枫冷眇愁予。杜根涤器甘穷死，梅福成仙定子虚。大错铸成新造国，余生留读未烧书。乾坤至此多长夜，只梦桑田见海枯。”

古柳石作《重领三江学校讲席，示及门诸生》（民国二年）。诗云：“人情世事两茫茫，回首前途重感伤。话旧半为名下士，对生因念少年场。诗书毕竟磨人具，丝竹翻教到后堂。倚剑直将向天问，济时才调有谁长。”

陈汉章作《拟梅村〈咏史〉绝句》（十四首）。其二：“黑山已服张飞燕，丈八青牛角亦摧。群盗输诚戴洲牧，本初原号不凡材。”其三：“长江流域血成渠，同种当年亦铲除。记得南朝鏖战苦，居人不食武昌鱼。”其五：“光明磊落骤昏昏，孤寡何知万乘尊。晋景乍颁宏训令，胡雏倚笑上东门。”

曹家达作《古意》（二首）。其一：“采芳入南陌，陌上何所有。江蓠扈薜芷，微薰度陇亩。青春忽受谢，迢迢蔽稂莠。薄采不盈掬，早落他人后。迟莫勿复恤，但感因循久。”其二：“劳燕各自飞，东西相背驰。日月遥相代，弦望会有时。人事值所适，何用悲素丝。素丝动烦忧，怆恍不自持。何似托尊酒，心如槁木枝。但恐酒力薄，促起长相思。”

刘翰棻作《癸丑出都》。诗云：“素衣涴郄玉京尘，天遣人闲出析津。舍馆呼灯怀弟妹，轮蹄销铁厌风尘。上书贾谊空流涕，游说苏秦为疗贫。飞棹南归梅月夜，珠江无恙待垂纶。”

吕思勉作《三十初度，与达如、千顷、捷臣饮沪上酒家》《诗舲招叔远同饮，兼怀文甫》。其中，《三十初度》云：“悲欢渐入中年镜，忧患方知学道难。河上枯鱼余涕泪，山头冻雀惜飞翰。偶抒狂论疑河汉，各有新诗共肺肝。差喜近来风景好，两行垂柳拂雕鞍。”《诗舲招叔远同饮》云：“今日悔昨非，未必今皆是。金君缟纻交，十载结神契。忆昔识君时，我年才廿四。意气各豪雄，顾盼轻一世。勋业讵足论，浮云太虚耳。忽忽三十年，乃无立锥地。蒲柳惊变衰，芷兰亦憔悴。生事日累人，皇云物外意。因忆短髯生，少年善奇字。出语坐客惊，成文宿儒避。貌如朝霞妍，欻若秋鹰鸷。同舟赴金陵，莫逆笑相视。流落七闽中，翩翩一书记。幕府累十年，旌麾自可致。更有史公子，澄清志揽辔。跃马矢丹青，雕龙薄余事。鹏翼待垂天，牛刀已小试。乃亦却青冥，来此觅沉醉。此意讵可言，功名有时会。敝帚虽自珍，前鱼世所弃。隐约常畏人，酌酒聊相慰。”

朱家驹作《省京兆姊氏》。诗云：“暑月生午凉，行舟理野趣。痴云逼盾日，炎威失故步。夹衣犹称体，微风襟上度。船窗左右敞，款乃趁前路。岸芦若迎揖，谡谡疑下雨。前溪滃绿阴，一转惊飞鹭。桥低压船棚，恰好摩顶过。桔槔悬不鸣，水田到处护。时时闻稻香，雅近木樨悟。向枣树影迷，斜阳穿罅露。行行近前宅，高墙出粉素。维舟急登岸，别久防歧误。无限渭阳情，终宵快倾吐。姊面鸡皮皱，弟鬓鹤发布。相看一以老，相留且少住。话中带沧桑，大错叹谁铸（姊家于辛亥冬间被莠民滋扰）。娇女依母前，女孙乐煦妪。老怀良足慰，有子能反哺。吾父今百龄，生日当秋暮。姊约此时归，展拜伸孺慕。叮咛莫蹉跎，斯言闻玉兔。”

孙光庭作《访番禺丁伯厚同年又言别》。诗云：“昔忆登堂日，今经十载前。别来天地幻，情到梦魂牵。色养君真乐，心违我自怜。离怀已惆怅，莫问世何年。”

张公制作《柳园偶成》。诗云：“万柳拂空际，名园此构成。奔流穿石隙，终日作雷声。炎暑不知处，尘心相与清。兴来棋一局，坐对已忘情。”

章圭瑑作《癸丑再赴苏州》。诗云：“吴门小别一年余，旧地重游柳正舒。风景不殊驹隙速，山灵更笑燕归初。名缰利锁搬薑鼠，夙契新知得水鱼。只为驱饥谋食计，依然城郭认何如。”

陈尔锡作《沪渎晤陈师曾》《抵日本京都游览帝国大学有感》《东京旅舍》《得周性之（浩）书，寄赠一律》。其中，《沪渎晤陈师曾》云：“弃官犹敝屣，载酒有扁舟。海气朝吞市，江声夜入秋。乱离存旧学，战伐动新愁。苍莽人间世，从君一醉游。”

林资修作《和仲衡二兄〈过季父村居〉韵》（二首）。其一：“布衣牧豕海之滨，不守钱神守谷神。木石精灵亲罔两，江湖云梦出嚣尘。独居深念忘身日，坏壁余光乞火邻。曾是古愁方寸地，向来歌哭共何人。”

牛兆濂作《先君祭日自警》。诗云：“父年四十始生儿，儿生今年四十六。违颜忽已廿余年，寤寐音容常在目。无才莫慰鸡豚养，有劳未遂犬马服。考业曾无一事精，执经为问何者熟？虚誉徒隆增愧耻，令名大惧贻羞辱。寒风天地闭严冬，立脚应门在清麓。力小心劳难任重，常将鼎象懔覆悚。一息耿耿今尚存，敢辞齿豁头半秃。高高在上日鉴我，恐有私意萌幽独。戒尔悠忽勿自恕，积累要使功相属。无念高堂望尔心，小宛六章勤三复。眼看浮云变今古，何用苟生徒碌碌。”

姚鹓雏作《金缕曲·寿耿伯齐六十》。词云：“篱菊斑霜里。正先生、角巾微折，灵飞初皮。一笑沧桑凭屡抚，张翰秋风归矣。又诗酒、今生闲遣。不信卅年魏阙意，看致光、一卷金銮记。韶华过，指流水。　　料量济胜频年意。只付与、东山丝竹，谢安难起。小漉沙巾陶令酒，词笔凌云更健。酒余墨、晴窗矮纸。合哂二王无吾法，看纷纷、只学兰亭面。儒林事，让公耳。”

陈龙庆作《民国二年敬题若澄先生玉照》。诗云：“君是蓬莱谪降仙，一丘一壑自年年。虚心师竹能医俗，信手栽花当养贤。泉石高风行乐地，莼鲈秋日故乡天。儿童亦有萧闲意，俯瞰鱼篮喜欲颠。”

朱清华作《留别济南统一党支部同人》《送吴湘痕之吉林二首》（时当局有帝制自为之意）。其中，《留别济南统一党支部同人》云：“几度泺源道，殷勤重此游。桃花潭下水，杨柳渡头秋。前路急奔马，中流莫放舟。天涯一握手，旭日满瀛洲。”《送吴湘痕之吉林二首》其二:“尘寰方扰攘,吾子复遥征。慷慨投鞭志,苍茫赠佩情。云深上谷树,日落赳门城。本是重游者,而今眼更明。”

刘韵琴作《满江红·癸丑乱后过金陵有感》。诗云:“大好江南,三年内两经战事。触目处,颓垣残井,劫灰而已。钟阜龙蟠消王气,石头虎踞空营垒。只矶头燕子不曾飞,今犹是。　　访故旧,存无几;桃叶渡,秦淮水。剩丝丝乱柳,冷清清地。无限沧桑怀古意,凄然一掬兴亡泪。况今人愁较古人深,难言矣。”

陈夔(子韶)作《太常引》(二首)。其一:“西风依旧绕庭梧。门掩一灯孤。依约梦回初。可曾有、还乡梦无。　　镜中颜鬓,客中情味,心眼两萧疏。愁里起行沽。忍重过、黄公旧垆。”其二:“娟娟凉月又侵门。街鼓已黄昏。鸾镜记曾分。且认取、当年泪痕。　　眼前门户,膝前儿女,身后事纷纷。谁倩夜台闻。可能慰、今宵醉魂。”

熊瑾玎作《卧病》《纪梦》(二首)。其中,《卧病》云:“遥闻木柝四更天,辗转寒衾耿不眠。案上懒挑灯似豆,病中苦度日如年。卧惭王翦难言战,术慕卢医久失传。满腹牢骚何处涤,披衣且向药炉前。”

宋慈抱作《答梅冷生(雨清)》。诗云:“灯光如豆室如斗,我愧庸材牛马走。轻波独看寒塘荷,疏雨空吊长亭柳。情怀悱恻百无聊,蒹葭秋水意良叐。今朝寄来双鲤函,咿唔拍案不释手。瓯城一别篡烟愁,我掉扁舟故乡游。时光驹隙不可系,转瞬梧桐一叶秋。浔阳江上战声起,誓逐城狐与社鼠。民权旁落没未振,时局阽危兴有竢。青山一发望中原,孰谓燕赵多壮士。吁嗟乎!彼稷盲育黍离离,萧斋忍吟板荡诗。昂藏七尺独何补,聊与笔研订相知。君狂欲击渐离筑,我悲亦为江中哭。纷纷萧艾伍茝兰,眷顾灵修泪一掬。”

王统照作《风雪》。诗云:“萧条风雪困诗思,万籁无声夜柝迟。斗帐心愁惟梦医,穷途眼泪诉灯知。少年歌泣真哀乐,时世梳妆学慧痴。阅得人间忧患始,劳人莫使鬓添丝。”

熊亨瀚作《过岳阳》《客上海》《东渡》《旅怀》。其中,《过岳阳》云:“风雨暗神州,男儿急国仇。哪来诗酒兴,吟醉岳阳楼?”《客上海》(1913年赴日途中)云:“吴淞敌舰驰,黄浦竖番旗。上海今如此,中原事可知。英雄能用武,盗寇欲何为?唤起轩辕裔,生当报国时。”《东渡》(1913年赴日途中)云:“碧海路迢遥,谁能掣巨鳌?扬帆辞汉月,击楫震天骄。卫霍声威壮,孙吴策划高。昔人长已矣,大业赖吾曹。”《旅怀》云:“岂有闲情学楚狂,樱花时节下东洋。江山信美非吾土,争似寒梅傲草窗。”

张公略作《过香港,登香炉峰顶,展望有感》。诗云:“一岛孤悬势壮哉,沦亡异族不胜哀!云山此地尊前锦,风物当年劫后灰。沧海横流敛左衽,中州回首黯氛埃。请缨未遂终童愿,纵目天南夕照颓。”

瞿宣颖作《读史》(二首)、《再别家园》。其中,《读史》其一:“武帐珠襦事又空,黼帷中夜掩灵风。不闔破玺尊文母，亦异持缣出汉宫。素柰歌长犹未觉，黄花识早料难终。尧幽舜死俱陈迹，地变天荒数载中。”其二：“揄狄含风下紫泉，桃符余庆尚依然。掖庭旧事悲长御，嵩谷传声送上仙。闻道珠丘迟复土，料无银海出他年。万邦宋鲁犹观礼，记取崇牙璧翣边。”

缪子彬作《民国癸丑先大夫为适园张氏编书目，有扬雄〈反离骚〉宋本宋印，爱不忍释，命彬影写留真，首有顾云、美荅分书，引首则双钩以存其貌，时彬廿一岁，倏忽将四十年，寒家藏书早经易米，而适园旧籍亦换主人，烟云过眼，枨触奚如》。诗云：“投阁沉江孰短长，龙蛇应自感彷徨。班颜一例非公论，难损幽兰万古香。”

杨令茀作《癸丑哀辞》（七首）。其一：“东风处处送饧萧，绿遍长安万柳条。角枕哓寻红泪迹，骑鱼昨夜返南朝。”其三：“蕙帐宫熏尽黯然，纸灰如雪拥堦前。碧栏杆外依稀认，不见氤氲起药烟。”

李采白作《赠某君》（二首）。其一：“徐陵犹得鬻衣车，破产英雄一卷书。多少子房思虎啸，有家无产尽踌躇。”其二：“慕陶风味爱烟波，慰尔高怀兴更多。五字长城七字乐，杜陵诗骨剑南歌。”

潘由笙作《四十初度》（二首）。其二：“生平结习未能蠲，初度成诗意怆然。江户清游才几日，龙门旧梦渺如烟。纵今谈笑无余子，其奈心情有漏天。况累衰亲尚藜藿，更何豪兴泛觥船。”

吴研因作《植园杂感四首》《遥知》《春去后游留园八首》《虎丘访古八首》《日暮题植园层楼》《鹦鹉歌》《谑柳二首》《龟蒙》《题画松》《重建体操室示诸生》。其中，《春去后游留园八首》其一：“不信芳春去便休，骑驴出郭访林丘。名留端的留谁住，更叩园门一索求。”其三：“满庭木石自参差，惟见空枝映碧池。行到画桥临水处，沉吟不觉立移时。”《虎丘访古八首》其一：“飞出鱼肠入郢都，死犹不舍欲何图？可怜湛湛池中物，及得徐君墓上无（剑池）！”其二：“说法无人台尚留，池莲座右几经秋？莲花依旧如摇舌，顽石于今不点头（生公台）。”《谑柳二首》其一：“体态最温柔，含羞亦带愁。不堪风力猛，叶叶尽低头。”

戴贞素作《三十初度二首》。其一：“十年沧海几曾经，谢却名心恨未能。百粤烟云空叆叇，六朝金粉总飘零。期期底事谈因果，录录无言荅影存。衰柳长松任存没，眼看天地落潮青。”

唐玉虬作《咏怀》《咏蚕茧》《采菱》《读〈刘青田集〉》《梁溪黄埠题壁》《焦山寺拜杨忠愍公遗像》《晚过寄园》。其中，《读〈刘青田集〉》云：“二鬼新诗太幻奇，郁离文过屈庄辞。漫云才士经纶短，试看青田作帝师。不是君王忌文种，贼臣那得害元功。千秋输与留侯处，未解功成伴赤松。”《焦山寺拜杨忠愍公遗像》云：“生气犹然弥宇舍，椒山义出青霄外。世尊见尽不低头，只向此公来下拜。”

徐翼存作《雪后园中散步》《桃李无言花自芳四首》(辘轳体)、《复汉事起，闻南京有女子北伐军，喜赠同学范文玉》《阅报见北京女子提出参政请愿书，赋诗遣怀二首》。其中，《桃李无言花自芳四首》其一："桃李无言花自芳，露华月色助新妆。燕云极目人何处，独立东风恨一场。"其二："小窗课罢绕回廊，桃李无言花自芳。羡煞梁间双燕子，一生不解别离忙。"其三："旗亭别后心情恶，借酒浇愁且自酌。桃李无言花自芳，莫教零落填沟壑。"其四："欲写鱼书报数行，伊人秋水思茫茫。不堪又是清明节，桃李无言花自芳。"《复汉事起》云："义师闻道扫雠仇，愤臂何妨热血流。歼尽胡奴除后患，振兴祖国涤前羞。尘寰喜有君同调，闺梦呼回我自由。愿趁长风攀北斗，大家遥指木兰舟。"

徐嘉瑞作《翠湖杂感》(四首)、《如梦令·月夜》《金缕曲·送友人》。其中，《如梦令》云："风细月明如画，辜负迢迢良夜。试与殷勤说，说道韶光无价。无价，无价，争教等闲过也。"

吴梦非作《月夜泛西湖》。诗云："澄波卅里似凝霜，载得清辉兴欲狂。山影如随行客去，柳丝亦作美人妆。漫将铁笛骛余梦，且赋新诗佐一觞。领到西湖清绝处，更深不识晚秋谅。"又作《读〈屈原贾生列传〉》。诗云："史笔堪千古，穷愁屈子彰。清流葬高洁，浊世处粃糠。和寡阳春曲，赋传鹏鸟章。伤心同一辙，血泪洒潇湘。"

黄兰波作《囊萤》。诗云："流萤争扑逐群儿，欲效囊萤为好奇。携向案头难照读，始知又受古人欺。"

黄竞白作《狱中寄同志》。诗云："此身早已等鸿毛，党籍名留声价高。但使黎元出水火，散将碧血洒蓬蒿。成仁取义谈何易，生寄死归数莫逃。卫足输葵君勿笑，本来地狱属吾曹。"

庞人铨作《述志》。有句云："愿以铁锤平社会，欲将机杼织人生。"

[日]高须履祥作《冈崎展览会场，观本多忠胜所用蜻蛉切枪有感》《长篠古战场访鸟居胜商磔死之处有作》《笠置山怀古》(三首)。其中，《冈崎展览会场》云："马上经来百战场，千秋遗烈凛寒铓。方今气节无人尚，最忆当年平八郎。"《笠置山怀古》其一："贼氛满地昼冥濛，天下何边容圣躬。一树老楠薰御梦，千秋犹剩紫宸风。"

[日]大西迪作《题〈老松鹤仙图〉，呈松川将军》《高安紫山翁八十，赋此以贺》《奉贺密门大僧正古稀荣寿》《题〈紫山印谱〉》《松上鹤》《题松鹤》《春景上水图》《追悼马岛吴山翁》《游月濑》(四首)、《吊乃木大人，次孤峰将军韵》《偶成》《芳山怀古》《作〈富贵平安图〉，并题以贺稻叶竹次郎创业十五年，聊为记念》《偶感二首》(示古越吟友)。其中，《偶成》云："老去年华转眸驰，匆匆驷马亦难追。黄花对酒情无尽，明月迎人夜易移。楼外疏篁临水舞，门前垂柳任风吹。江湖随处青山在，漫弄云烟笔一枝。"《芳山怀古》云："吊古观今感莫穷，芳山春老暮烟笼。泪痕湿袖干难得，

满地落花风雨中。”

[日] 砚海忠肃作《水仙》《送塚原梦洲之中华，此行与孙文同船》《展白虎队墓》《金泽栅》《伯州御来屋怀古》《砚海》《长府即事》《登临清末城》《访渡边祐策君于新川》《防府春风第一楼》《蒙古山》《再游岛原》《岛原晓色》《宫崎抵美津途上口吟》《如意轮寺》《琵琶湖晓色》《兴津晓色》。其中，《送塚原梦洲之中华》云：“巨舶浮春海，烟波万里遐。同心谈笑里，不觉到中华。”《访渡边祐策君于新川》云：“晚春四月赏烟花，长者门前来驻车。一郭新川幽竹里，清游三日欲忘家。”

[日] 德富苏峰作《汉江舟游》《二乐庄》《别府湾即事》《耶马溪》《罗汉寺》《严岛钓游》《青龙寺》（七首）、《寄内》《日阪》《癸丑岁晚》。其中，《寄内》云：“清白祖风今尚传，齐家最赖孟光贤。平生自觉绕天惠，形影相依三十年。”《癸丑岁晚》云：“秋燕春鸿迹渺然，穷阴满目锁寒烟。故人零落旧欢尽，回首一年如百年。”

[日] 伊藤谦作《第十三，莫愁湖亭图》《入南京》《秦淮》《北极阁》。其中，《第十三，莫愁湖亭图》云：“石头城下草萧萧，终日亭前燕燕飘。古壁空寻画图面，一奁老绿不堪娇（壁画即卢家少妇像）。”《入南京》云：“鼓楼当面左回辕，古道春风万柳间。明日买轿何处去，千年金粉六朝山。”《秦淮》云：“欲听佳人碧玉箫，一帘暮雨隔春潮。此间纵有莫愁妓，忍以沧桑话六朝。”《北极阁》云：“晓登北极台，耿耿观斗魁。众星皆拱揖，白气贯三台。旸谷日初出，山河洵美哉。谓是帝都地，历朝争宝器。几为逐鹿场，杀戮岂天意。昨我上石头，经躔画九州。今日又来此，古感何悠悠。帝王公将相，虎貉同一丘。俯仰覆载内，惟仁不可废。勿读天官书，台斗有时碎。中原犹未□，要待高明才。愿僦万黎手，先僵北极台。”

[日] 杉田定一作《入十胜》《游山阴下豪江》《樽前山》《木曾观枫》《榛名湖》。其中，《游山阴下豪江》云：“怪石奇岩势欲飞，奔湍喷雪洒吟衣。名山毕竟多神秘，如此风光天下稀。”《木曾观枫》云：“三十六峰云表抽，八千八水峡中流。枫红桧绿廿余里，人醉岐苏锦绣秋。”

[韩] 郑丙朝作《水调歌头·癸丑，续兰亭会，分韵得也字》。词云：“绿罗荷叶裳，珠勒桃花马。何处水边，送丽人试春游冶。算一年竞芳辰，说风光上巳宜，及时欢难舍。且可溯兰亭，玉流泛清斝。　　不有画，壁绕梁，怎陶写。唉荡神情，了无过扬风抱雅。研麝煤钩鼠毫，喷胸竹吐吻花，金石铿谁打。是亦修禊文，为后人感也。”

[韩] 申奎植作《挽白冈（金庆烈癸丑年）仁棣》《又》。其中，《挽白冈仁棣》序云：“是日也，风凄雨晦。下午二时开白冈君追悼会。”联云：“梦耶去年别，谁意作千古永诀，忍使恨人滋血泪；魂号何处归，莫伤无一片干净，长依天祖诉哀情。”《又》云：“苍凉无语坐，恶耗忽来时。月落江鸿叫，风凄玉树悲。奇器胡天夺，积劳斯疾罹。倘为今夜梦，晓起觉还非。”

陈宝琛诗系年:《文文肃震孟致刘练江职方永澄手札十通,为露苑题》《梁卓如招集万生园修禊未赴,有诗征和,分韵得此字》《题韧叟〈滏麓归耕图〉》(三首)、《观王文成书,游庐山开先寺,闻瑞卿都谏亦往白鹿,因简诗题后》《题文衡山〈自书西苑诗十首〉》《黄忠端画报国寺前后庭四松,应天郊坛左右各一,漳浦杨抟九孝廉携以入都属题》《次韵徐梧生》。其中,《题韧叟〈滏麓归耕图〉》其一:"休日频来话梦余,不成野获且郊居。耕夫识字劳殊甚,兼授村童四子书。"其二:"甘澍旬来遍近畿,谁知中禁屡诚祈。潜龙民物何曾释,说与遗黎恐涕欷。"其三:"旧坊自坏横流成,夸父虞渊抵死争。今日回思真失笑,断断头白两迂生。"《次韵徐梧生》云:"眼看宫树雪纷披,犹抱冬心拱赤墀。避世已成终老计,识君偏失盛年时。君民尧舜谁曾见?治乱开天颇有知。赐沐亦思共幽讨,西山何日转春姿?"《题文衡山〈自书西苑诗十首〉》云:"怀旧金风采此篇,流传已是百年前。词臣多寿还多幸,身及承平侍讲筵。"

方守彝诗系年:《米家山题句》《嘉兴乙庵先生藏唐六如画山水池馆小卷子,以为唐所画者,陶隐居之朱阳馆也。客或伪之,先生持不伪。樊樊山方伯和其说,喜曰:"吾属谓为真,谁复能伪之者哉!"载其说于卷,征题及守彝》《涵以温州轮船改期得缓发,再成一律》《和瑛德(并序)》《伯严至平济利路见访,失仆所在,归由邮局寄一诗来,依韵酬答》《喜晤李审言,次见赠韵》《得铁华书并示新句,书中嘱仆读〈剑南集〉以取异己,意思甚盛。仆内恐客气之未能尽,作者本原之未易有也。从此日讽放翁"点检常忧害至诚"之句而三复之,以报故人》(二首)、《叔节自京南归,过沪相见,作五字以志喜》《题〈南湖诗意〉册子十四首,用南湖君"夕阳穿树补花红"之句为韵成前七首,用南湖吴夫人"文雅风流子细论"之句为韵成后七首》(含《淞波帆影》《南园遣暑》《空谷抟年》《寒崖立雪》《三桥夕浪》《南湖春泛》《西泠寒食》《文庐式孝》《秋阁写经》《苏盦学佛》《华阴夜宿》《皋兰秋色》)、《十二图中属于曹家渡者二,属于西泠者八,皆琴瑟声韵之地。孙君寒崖,南湖君之石友也,雪泥鸿爪,有离合风雨之思焉。图其〈西征〉诗意,附于后者又二,皆出于吴画师观岱之笔》《最后重系》《至海藏楼访郑苏盦先生,以诗册见赠。读罢成二律奉简》《答仲实寄句见询》(二首)、《读冯蒿叟先生题汤贞愍诗窟卷子,深有感于"生亦非生,死亦非死"之言,为近喻以况远悲,亦伤世祸而切幽痛,聊作短歌》《为高鹤年居士题〈行〉〈住〉〈坐〉〈卧〉四图》(四首)、《噩梦》《舍车老人歌》《庭草篇》《游凤鸣山洞》《金罍山,汉魏伯阳旧隐处也。实长者山下一高邱,有伯阳丹井,后人淘井得金罍,因以为名。自筑城上长者山,遂入北城内。然山光云景,颇据佳胜,在古林野,良称高栖祠。先生以启遐想,宜哉。而增设天帝人鬼荒唐之像偶,颜曰"玄妙观",则蔽矣》《玉冈山晚眺》《游萝岩》《过赤石真人庙》《仲仁复陪游龙田寺,寺在东山北,柏子禅师道场也》《谒倪文贞公祠堂》《东山过蔷薇洞》《东山谒谢文靖公祠堂,瞻仰遗像》《布谷山凭城观秋获》《偶得乌丝方阑废纸数十番，闲中作字，戏题一绝》《上虞倚装自题六十七岁影，与幼兰留别》《外孙小女阿印索诗，戏作此歌，以发其爷娘一笑》《曹娥江上与仲仁别一首，却寄上虞》《六十七岁生日至山阴游禹庙，庙东深林邃路，一亭翼然翀霄，中有崇碑，字方径三尺，曰"大禹陵"，殆即史迁太白所谓会稽禹穴者也》《杭州晤王漱岩赠句》《漱岩复陪游表忠观，摩挲东坡碑文字画。简漱岩》《浪游来杭，喜晤秦稺樵、张春泉，先后招饮，长句致谢》《连日时涵侍游西湖，追忆同治丁卯之秋，守彝侍先府君游屐寓湖上，举目有异感焉。成句示涵》《留别西湖，即持以留别漱岩》《火车上回忆湖山》。其中，《得铁华书并示新句》其一："杏子红初燕子飞，绿波举棹与君违。春申潮小风如翦，邓尉梅残雨湿衣。闻雁怀人凭短札，剖鱼无字怅空儿。彩云缄落瑶华句，一笑神清得解围。"《聊作短歌》云："开卷复开卷，往复百回读。变起商声哀，直欲放歌哭。现身大园中，正如处深屋。门庭初整齐，和气酿家福。敦说古礼乐，宾敬乡老宿。家法流美型，风雅追正鹄。旁观羡叹深，交际情文笃。过目成欢笑，椒蕃桂郁馥。岁月曾几何，贤秀见凋剥。陵替矩矱思，熏染缁尘服。丝管新声张，诗书高阁束。凉风吹旧雨，邪进正裹足。房闼界华夷，诟谇容羹粥。鬼瞷盗启心，群偷在奴仆。荒鸡粪堂前，饥鼠号仓曲。门网尘色深，庭荫望中秃。一朝鸠鹊换，路人笑以目。零落有白头，守身行不辱。恨多无言语，流离吊影独。亲见盛与衰，老眼泪悬瀑。生死两不成，凄风吹巾幅。出门望八荒，玄黄转一轴。悲哉真不幸，遭今动回瞩。人物百年余，忠贞三世续。考献征斯文，今古一昏旭。晓晴午风雨，棉著扇已握。不测不测间，涨进不复缩。今人哀古人，古较今犹谷。只恐后人哀，比今哀更毒。忧端决大河，秋风怀汉筑。"

陈通声诗系年：《隆裕太后挽诗》（二首）、《遥寄梁节庵》《行乐见燕》《昨宵》《某元勋自京师来，猝问余何日清明，笑答以诗》《新晴》《买花》《和人〈春闺〉诗》（四首）、《拟古》（四首）、《少年行》《病余》《病中自述》《阅报志喜》（四首）、《题画诗》（二十二首）、《读书》《赠人杂诗》（五首）、《将归，留题海上旅壁》（三首）、《再题旅壁》（三首）、《归家，限山字》（四首）、《前题》（四首）、《病起》（三首）、《带山草堂》（七首）、《村居》（五言古诗）（五十首）、《村居》（七言古诗）（二十首）、《题诗集后》《村居》（五言律诗）（四十六首）、《村居》（七言律诗）（五十四首）、《村居》（五言绝句）（六十四首）、《村居》（六言绝句）（八十首）、《村居》（七言绝句）（一百首）。其中，《昨宵》云："昨宵春梦到瀛洲，禊饮玉泉互唱酬。红芍花开封事静，紫薇人去御烟留。内家弦管霓裳曲，太液芙蓉锦缆舟。一霎醒来沧海变，荒亭废井感柯刘。"《和人〈春闺〉诗》其一："玉壶滴沥夜三更，枕上寻春梦不成。晓起登楼闲眺望，一帘鸠雨唤春晴。"其二："金铃锦槛曲周遮，为爱名花护嫩芽。历乱春风吹不定，蜻蜓蹴损牡丹花。"其三："暗为红豆祝东风，此物相思亦似侬。怪杀春来为底事，又嗔春去太匆匆。"《村居》（五言古诗）其三："大病幸未死，萧然遂初服。还家学老农，卖书买耕犊。桑麻俱后时，所见惟乔木。巢燕侣曾识，村犬旧相熟。仿佛郑公庄，依稀子真谷。儿童又识字，能耕万事足。”其四：“到家近黄昏，村烟幂林麓。园亭足徜徉，妻孥俱雍睦。薄有好时田，衣食累年足。即目多佳景，行乐扶僮仆。绕行松竹间，掩映须眉绿。游览兴未阑，厨婢报炊熟。洁治四簋蔬，佐旨一瓯肉。饭复复啜茗，涤我胸中俗。”《村居》（七言古诗）其三：“秋风鹿鸣岁癸酉，西湖宴集同年友。嘉定学士赏我文，逢人称述不离口。宗室祭酒尤折节，谓我文章侣韩柳。六试春官不得售，典衣买醉良乡酒。吁嗟乎！归家只剩敝貂裘，群鬼揶揄妇孺羞。”其八：“先皇励精亲庶政，浪子宰相握枢柄。思以声气结名流，老成谢政华士进。离间宫庭尽圣听，创议新法更政令。东朝夜半传急箭，操懿纳兵奉慈圣。诘旦升殿复众帘，诏黜帝传诛群伎。吁嗟乎！汉称党祸宗社迁，竖儒横尸亦可怜。”《村居》（五言律诗）其十：“秋风禾黍里，故国系吾思。暮雨啼姑恶，空山响子规。衣冠神禹庙，薪胆越王祠。汐社人怀古，分题各赋诗。”十七：“有友承新旨，殷勤问起居。遣奴呈币帛，劝我复簪组。隐喻投桃意，竖辞买菜书。故人多厚意，吾意在樵渔。”《村居》（七言律诗）十六：“呻吟病榻甑生尘，山雀窥门啄破囷。老屋添茆聊补漏，重金购画不嫌贫。青藤自昔称狂士，白帽至今犹汉臣。脱顶呼僮同漉酒，免人呼作老头巾。”二十五：“老年岁月退闲居，白发萧萧不上梳。铭圹预排身后事，挑灯急箸死前书。性耽泉石友麋鹿，字食神仙学蠹鱼。庾信小园生意满，濛濛细雨长瓜蔬。”《村居》（五言绝句）其一：“琼楼瀛岛客，嘉道事能说。说罢忽长叹，狂歌浮大白。”其四：“谁配少陵祀，涪翁与剑南。我来无位置，别设一诗龛。”《村居》（六言绝句）其七：“累月吴淞就医，前年好时买田。故园溪山不改，新诗甲子重编。”十二：“陶辞五斗归家，贺返四明却禄。门栽杨柳数株，湖赐荷花一曲。”《村居》（七言绝句）其三：“野树溟濛笼暮云，园花幽咽泣春雨。残山剩水地无多，中有前民种禾黍。”其六：“村外青山山外村，山坳村坞尽云屯。老夫去国无多俸，卖药卖茶养子孙。”

瞿鸿禨诗系年：《补松邀集樊园，观北周大都督写经。是日闻湘鄂都督戒严感事，限九佳五言》《甘泉砖行，为日本砖轩、雨山二君题。筱崎得汉砖二，因号砖轩。一自藏，一赠长尾雨山。砖轩砖文：“千秋万岁，长乐未央。”雨山砖文：“长生未央也。”》《送湘绮归长沙》《孝定景皇后挽词》（四首）、《题陈庸庵〈水流云在图〉》《三兄赐诗，再和元韵》《再叠前韵》《叠前韵，酬樊山约作社会帖》《四叠前韵赋雪》《次韵酬庸庵赠什》《酬樊山约作超然社集》《为李幼梅重题越南使臣阮云麓诗札卷，曾于甲申年题》《次韵和樊山〈花朝夜月诗〉》《次韵和樊山〈春夜楼坐〉》《陈叔毅挽词》《桃花》《叠前韵和三兄〈寄怀〉之作》《刘葆良母太夫人八十寿歌》《节庵见示病中诸诗，赋赠》《三兄子濬七十生日》《次韵和樊山〈楼居看雨〉》《樊山赐儿子宣颖诗，过承奖掖，感愧赋答，即赐元韵》《题胡瘦唐侍御〈匡庐归隐图〉》《樊山作〈红蔷薇〉诗，既以此花为十姊妹复赋长古正之属和，即次原韵》《和樊山〈园居〉十一首，即次元韵》《梁按察蒙赐颁孝定景皇后遗念金表玉佩，敬观感赋》《和樊山〈即事〉诗》《题陈弢庵〈听水斋图〉》《次韵酬胡瘦唐见赠》《答葵园见怀》《樊山将移居，即次其添字韵奉简》《寄怀敏斋山居并简六十生日》《谢王完巢馈荔枝》《拟山谷〈演雅〉，次樊山韵》《和湘绮丈〈重游泮水后四年再至长沙学宫〉原韵》《次韵和樊山〈移居〉》《次韵和樊山〈新居四首〉》《樊园钟集见招，怅不能往，戏简樊山，兼示散原》《次韵答樊山》《过泊园，千叶莲开，樊山先有诗，主人和之，予亦次韵》《沈观叠樊山韵见赠四律，仍次和》《沪上乱作，炮弹横飞，樊山高歌不辍，犹和予及乙庵、山谷〈生日〉二诗，乙庵以其诗见示，且谓镇定不可及，良然。予即用〈语溪碑〉韵，和乙庵兼酬樊山》《庸庵用湘绮韵枉赠二首，即叠和》《野望，和樊山元韵》《樊山见示〈斋居遣怀〉四诗赋答》《酬樊山叠山谷本字韵见赠》《前年九月朔，长沙变起，来寓海上，今两年矣。抚时感赋，仍用山谷本字韵》《和樊山廉字韵》《叶太公雨村挽词》《钱听邠七十寿诗，用香山〈题九老图〉体》《樊山有为菊花解嘲诗，次韵张之》《同内人携二子游六三园》《和樊山〈喜得女孙〉之作》《和陈庸庵〈移居遣兴〉元韵》《题听邠〈行年七影图〉》《和樊山〈寒夜示改诗同人〉元韵》《樊山、夷俶过访不值，樊山贻诗，奉酬一首，闻夜吟惊走偷儿，故及之》《题袁海观所藏金冬心画梅》《题叶天寥画像》《题叶疏香女士卷子》《乙庵惠新刻西江诗派韩、饶二集，并系以诗，次韵答谢》《再赋赠乙庵，叠山谷本字韵》《招同社集胡定臣桃源隐酒楼，用所藏陶文毅公印心石屋食器，限陶字韵，各赋七古》《题艺风〈广雅书局图〉》（二首）、《酬王玫伯赠天台藤杖》《节庵斋中，敬观所得御书"岁寒松柏"赐额》《题谭瓶斋藏茶陵李文正卷子》《题黎编修、文文肃书札》《梁按察被命诣崇陵种树，樊山招作社集，即送其北行，同人皆赋诗》。其中，《送湘绮归长沙》云："王式不来缘强起，康成暂出便还家。龙身隐见仍蟠蛰，鸿爪勾留偶印沙。祖帐未攀官道柳（是日未及送别），春城独看故园花。经行怕过湘娥庙，斑竹凄凉映水涯。"《再赋赠乙庵》云："西江诗客多豪雄，不能微恨曾南丰。庐陵临川自成家，定霸乃在双井翁。传衣流衍盛支派，伯乐过野群为空。止斋著录证史志，二十五家法乳同。就中陵阳与倚松，沈侯针芥倡宗风。饷我亟著新纱笼，吴淞翦水明双眼，宛然得见庆元本。"

陈三立诗系年：《晚楼》《尚贤堂欢迎湘绮丈雅集即事》（二首）、《十二日吴补松邀集樊园，观北周大都督写经，是日闻湘鄂都督戒严，感事限九佳韵》《同仁先造周沈观同年寓庐晚饮，左竹勿叟亦至，沈观有诗见诒，次韵和答》《和太夷〈过叉袋角剑丞新居〉》《送别湘绮丈还山》《独游哈同园看梅一首》《挽吴彦复》《横板桥晴步》《雪后携仁先昆弟四人，李道士昆弟三人，饮东明酒楼》《张韬墣〈竹居图〉》《缶庐属题所获先人诗幅遗墨》《潜盦出示壶天遁叟答其先人芷生翁诗幅，感书其后》《为袁海观督部题冬心老人画梅》《楼外楼看月》《挽陈叔毅世丈》《晚过恪士园亭看海棠》《步庐侧遣兴》《雨中倚楼望北极阁》《胡梓方自京师屡寄新篇并索题句，别墅萧闲，赋此报之》《泛舟青溪》《园丁为购海棠二株，移植庭前隙地戏咏》《过邻居梁公约不遇》《晴眺》《留别墅十日即往沪，适王伯沆、萧次泉见过留饭》《闽人王世澂、世谦寿其母林氏六十征诗》《访方伦叔老人，迷途而返，怅然有作》《唐开元道士索洞玄手写〈道经〉，为罗瘿公题》《题马通伯〈碧梧翠竹山馆图〉》《答李审言》《为潜盦题李道士画扇》《后湖观荷》《答严几道京师见寄》《晨光熹微中，起抚栏楯，霁景澄澈，缀句写之》《程白葭以梦中得句写为〈芦岸舟行图〉征题》《题庸庵尚书同年〈水流云在图〉》《十四日雨中书感》《游灵隐，憩冷泉亭作》《烟霞洞》《理安寺》《孤山》《苏小墓》《湖庄小雨，题示子大、恪士》《雨后湖楼晓坐》《湖心亭》《湖篷，和子大》《舟出玉带桥，寻竹素园，遂过断桥，谒张勤果祠堂，水明楼茗坐，望湖峤诸胜得绝句七首》《刘庄杂咏》（六首）、《黄秋岳至，自京师主涛园宅，戏题其诗卷一绝》《仁先席看菊》《横板桥步月，偕仁先、李道士》《寄题明遗民舜水朱先生祠堂》《夜过仁先，出观关季华翁及朱强甫遗稿，仁先有句及之，感而答和》《夜不寐，枕上听雨》《寒夜过仁先，步归偕立横板桥看水》《有忆李道士客金陵》《题曾伯厚同年〈西山永慕图〉》《屡集樊园改诗，过沈观门不入，答其戏赠》（二首）、《横板桥北草场，携曹东寅、李道士玩月》《留别散原别墅杂诗》（十首）、《独坐觚庵茅亭看月》《泊园社集，赋〈催雪〉二首》。其中，《雨后湖楼晓坐》云："人住蝉声里，秋生雁影边。四围无缝树，半幅放晴天。魂定湖山气，歌移仕女船。避兵留把茗，默数乱离年。"《寒夜过仁先》云："下车风破肉，来暖短檠灯。故纸骚魂出，残宵病呓能。商歌藏寂寂，人物送层层。挽写寒流影，含情已不胜。"《泊园社集》其一："帝座通呼吸，天根探有无。玄云交海气，瘦日恋园林。会舞篱边鹤，看拳枝上鸟。翻空弃鳞甲，仙侠夺兵符。"《留别散原别墅杂诗》其八："嶕崒半山亭，乱后一遨游。屋壁见毁拆，颓址瓦砾稠。当门千百株，尽随斤斧休。广场蔽风日，失此邃且幽。忆昔宝华翁，从客罗珍羞。徘徊辰及酉，赋诗扬歌讴。匝月必数至，涧道交鸣驺。虽隔俊哲情，好事亦罕俦。寇盗乘谈笑，伊系兴废由。此来筋力衰，步履惮轻投。倚楼屡东望，犹有鸦点浮。"

沈曾植诗系年：《赠实甫五首》《绝句，和樊山十一首》《王师直遗照，壬子在天津病院寄余者，逾月而讣音至》《闻湘绮有行期，病阻未出，作诗询之四首》《晓起二首》《陈叔毅比部挽辞》《朝气》《大行皇太后挽歌辞四首》《宋二体石经》《陈庸庵尚书〈水流云在图册〉》《简天琴》《晓起》（二首）、《远望》《和天琴》《超社春集看杏花，和云门韵》《三日再赋五言，分韵得天字》《和王子展〈愚园访牡丹未开〉韵》《老友贲初叟自皖来过谈》《和伦叔韵》《刘葱石参议〈天发神谶碑〉》《和蒿庵中丞》《方伦叔、廉惠卿招饮小万柳堂，纵观书画竟日，归后默记，赋呈两君十二首》《郑所南画兰卷，樊山所藏，元明题者三十余人，未有张文襄题诗，樊山自题七言长篇一、绝句八，皆丁未都中作也》《徐积余观察重绘〈定林访碑图〉，属题二首》《和节庵韵二首》《答李审言二首》《寄日本竹添井井》《沪上再见胡漱唐》《漱唐旧岁以卷属题，曾赋四绝，未写寄也，稿俄失之，句亦不能全忆，重赋五言四章》《廉家荆浩画〈松峦山水〉障子，樊山作长歌，余亦继和》《题〈潜楼图〉，为刘幼云四首》《题扇，赠鹤柴山人二首》《樊山录示〈移居〉诗，依韵奉和四首》《和止庵相国，用山谷韵，社作》《南风》《和子修，用山谷〈城南即事〉韵，社作》《又和金闇伯》《又和樊山四首》《晚望》《秋郊》《授衣》《樊山以〈千叶莲〉诗见示，和答一首》《叶天寥像卷》《疏香阁主像卷》《送陈善余归里，用山谷和王观复、洪驹父〈谒陈无已〉诗韵》《集诒书寓，为艺风祝寿，和止老》《再和枝字韵》《和天琴韵》《天琴用山谷〈从黄冕仲索双井茶〉韵见贻，和答》《和天琴〈斋中遣怀〉四首》《云门偕子勤过谈，归后贻诗，次答》《次韵云门〈斋中杂诗〉四首》《杂诗八首》《次綦字韵，答云门三首》《补写和止相卢字韵、枝字韵诗呈教，复和卢字一首》《以新刻〈江西诗派二家集〉呈止相，用枝字韵》《綦字韵再续一首》《次止相题〈江西诗派二家集〉见示韵》《止相复用山谷本字韵作一诗，和答》《登高丘而望远海》《门前日有卖花者》《题目寓楼曰海日楼，终日盘桓不出一室，每诵陶公"云鹤有奇翼，八表须臾还"之句，千载同情，有如接席，意之所会，即事为诗五首》《西摩路》《简苏盦三首》《再简苏盦》《寄叔言》《蒿庵中丞近移居麦根路桥西，相去不百步，余以病未能祗谒也，近取〈离骚〉"揽木根以结茝"句，〈易书〉麦根曰木根，诗亡字在，感喟同之》《病山、幼蘅偕过寓斋，病山出示〈和若海〉近作，即用其韵赋赠二君二首》《寄王沂山同年》《题周镜渔〈松下清风轴〉》《二十八夜月》《自题〈海日楼诗〉后》《雾》《和涛园韵》《和完巢〈自寿〉二首》《伦叔将归皖，偕月霞上人、石芝居士摄影为别，媵诗寄怀》《超社第十五集，樊园为节庵饯行四首》《超社第十六集会于泊园，赋〈催雪〉诗，不拘体，泊园先成，余用其韵四首》《泊园再叠前韵，雪意杳然，更和四首》《东坡生日，超社第十七集重会樊园，题苏斋所摹朱完者本东坡幅巾像，和樊山韵四首》《樊山叠前韵见赠，和答四首》《和缶庐〈题东坡像〉韵二首》《答若海二首》。其中，《晓起》其一："梦断桑枯八八春，归来华表更无人。当时尽作缠绵意，直下难为露电身。"《朝气》云："朝气云成霱，童心日再中。定光虚室白，正色海波红。意会鸟有语，足多蛇不风。谁将双树义，并入九歌通。"《和伦叔韵》云："月圆五十回经过，白发三千丈不论。过去身宁非故鬼，庄严诗与驻精魂。天清灊岳通灵气，客到齐门作祭尊。且食蛤蜊知许事，默然圣处更存存。"《寄日本竹添井井》云："海水天风浩荡中，抱经高阁屹榑东。十年槎客归来梦，一瞬诸天变灭空。稷下尚闻尊祭酒，河汾无地寄王通。神徂圣伏宁无感，稽首河间老贯公。"《自题〈海日楼诗〉后》云："陈思发呗匿，悲凉泰山思。伤哉范氏宗，常踞易厥词。此楼已婆娑，膺收胡憖遗？掺祛问青女，踽此霜穹卑。赢豕久踯躅，羝羊决藩篱。超超冥漠君，听余挽歌词。陶潜枯槁人，达道兹奚疑。”

樊增祥诗系年：《松桃行（有序）》《谢贻书惠武夷茶》《谢贻书惠闽荔》《久不诣乙庵，病齿尼之也，四叠韵奉寄》《朴翁斋头建兰始开，招同耆生前辈、笏卿、子琴共饭，五叠〈观莲〉韵，索诸公和》《笏卿三叠韵赋千叶莲，六叠韵调之》《玉娘曲（并序）》《雨中次朴翁见赠韵》《入此月来作诗甚少，改诗间之也，偶叠前韵呈朴翁》《石甫行后意常悒悒，再叠前韵奉寄》《次答石甫青岛见寄之作》（二首）、《次韵答石甫见寄》《石甫书云"见水龙吟，不得不归，五日内必出京"喜赋》《代琴夫人变前韵，寄石甫》《再调石甫》（二首）、《石甫还沪，即日偕玉颀夫人见过，赋赠一首》《石甫为琴夫人乞字，爰以玉颀二字赠之，并调石甫》《艳体四首，叠前韵调石甫》《石甫代琴姬答和，五叠前韵赠之》（二首）、《论诗质石甫》《与石甫同车过伯严，相与东出勸酒听歌，夜分始散》（二首）、《雨夜柬石甫》《石甫、玉颀双和前韵，再叠奉酬》《石甫书来，钞示近作二首，依韵奉和》《得石甫京邸书却寄》《与子培、伯严、子琴酒楼宴集》《题胡漱堂〈匡山归隐图〉》（二首）、《写怀，呈伯严、子培、子勤、石甫、节庵》《同石甫楼外楼茶话》《同石甫听楼外楼说书》《叠韵嘲石甫》（二首）、《次石甫到京见寄韵》《又次石甫〈僦居东城萧寺〉韵》《次石甫韵，寄杏城》《次石甫〈夜坐〉韵》。其中，《朴翁斋头建兰始开》云："香在花心泽在肤，秋兰名重野客书（王楙《野客丛书》谓：'秋兰之香，尤胜春兰'）。剑叶松美朝露浥，钗朵淡碧清风扶。时有蛱蝶象花瓣（沪上有蝶瓣兰），净无蚓蚁蚀根须。泊园视同佳子弟，王谢家儿宁不如（朴翁两小男极佳）。秋土无乾水论斛，花九锡文即诰轴。缥蒂分为燕尾香，素心洁似羊脂玉。骚经香草卿为冠，楚人故是卿鲍叔。蔬肴桂醑饮乡人，宾主聚奎五星足（子琴坟墓在鄂，则亦鄂人也）。华灯照席秋堂晚，玉尘谈深金尊浅。解道幽兰如美人，诗家大抵无李远。美人娟娟荫桂旗，夜视尤美低粉颐。主人有意纫秋佩，莫用朱丝用素丝。"《论诗质石甫》云："绮绣中含细腻光，人才极笔美人妆。九成自候丹炉火，百末才胜宝鸭香。潘纬十年怀古镜，韩娥三日恋雕梁。君看涪叟江西派，早向西昆乞秘方。"《与子培、伯严、子琴酒楼宴集》云："一旬寂坐绿阴中，入市才知海日红。隽味无多惟素食，故人相见只清风。可无饮酒三升量，待叙逢僧半日功。为问西园买官职，何如行乐掷青铜。"《写怀》云："宵吟昼睡倒衣裳，澹泊儒门气味长。十斛珍珠抬米价，一瓯云雾闳茶光。姓名生客难强记，怨谤衰年每淡忘。老友数人勤过从，诸篇变雅饭家常。"

易顺鼎诗系年：《和湘绮丈尚贤堂讲》《湘绮丈和前韵，谢余送惠泉，因和韵再呈一首》《五日樊园宴集，限三江韵五言一首》《六日楼外楼即事》《樊园溪上梅花》《月夜集，即事和樊山韵》《十二日吴补松招集樊园，观北周都督写经，是日闻湘鄂都督戒严，感事赋限九佳韵》《十三日葵霜招集感令节，因敬赋一诗，限东韵》《送湘绮丈回长沙，和樊山韵》《叠韵再送湘绮丈》《樊山有诗送余北行，和韵奉答一首》《答节庵赠诗并〈江行忆琴志楼〉之作》《题杨君潜庵〈美不老斋图〉》《节庵叔母余太夫人七十有二寿诗》《僦居东城关庙作》《题徐贞庵〈瀚海石诗册〉》《题徐贞庵〈春雪诗册〉》《和叔进见赠韵》《和樊山华字韵》《和樊山玄字韵》《和樊山驺字韵》《窗外碧桃尽开》《赠王揖唐》《樊山见示〈代琴姬寄外诗〉，因自答琴姬，和元韵二首》《和天琴见送北行韵》《再和玄字韵》《和答樊山见寄韵》《雨日，细雨春阴，碧桃落将尽矣》《杏花已开，甚艳》《蛙异》《和樊山见寄诗韵二首》《赠梁饮冰一首》《孝定皇太后梓宫奉移，感赋一首》《众异、秋岳、芷青招同石遗、书蘅、瘿公、罍威、叔进、曼仙宴集，赋赠索和》《罗生开阳乞题其祖父星潭丈小像》《樊山作十五咸全韵七言排律报余，因亦仿作一首寄之，仍禁重字》《〈亚细亚报〉周年纪念题诗》《惆怅一首》《挽朱芷青一首》《中和、三庆两园女伶歌》《芝珊都督属题其配紫琼夫人遗像，盖与织女同生日，麻姑共里门者也，因赋一首》《偶集成句，再题一首》《杨花》《偕瘿公访梅郎，赋索瘿和》《崇效寺看牡丹四绝句》《题〈秋幢证佛图〉十六韵，禁重字》《樊山戏作〈琴楼梦〉小说讽余，赋谢一首》《除却一首》《崇效寺牡丹下戏作短歌》《难熨》《卧铁胡同》《题金宝斋〈北雅楼著书图〉》《子澄学士少时有老友孙君，以诗酒放荡终者，尝画蟹一帧相赠，题曰〈黄甲连登图〉，今已四十余年，犹珍藏此画，索余题诗，因赋一律》《崇效寺芍药将放，牡丹尚开，余偕叔海、织云女史往观，得诗三首，邀叔海和》《程伯葭属题〈精忠柏〉片图》《梅郎为余置酒冯幼薇宅中，赏芍药留连竟日，因赋〈国花行〉赠之，并索同坐瘿公、秋岳和》《寄三六桥，即题其诗集》《抱存公子见贻所刻〈停云集〉赋谢》《午日杂书愁抱》《题程伯葭〈秋梦图〉》《本事五首，和无竞韵，与原诗本事绝不同也》《偶对樊山句》《和罍威〈本事四首〉韵，本事仍不同也》《题陈小石制府〈水流云在轩图册〉》《题孙师郑〈诗史阁图〉》《挽顾印伯二首》《和芝山题余〈四魂〉小说韵》《悼女伶金玉兰二首》《瘿公以金伶他信作诗告余，而余适得友人书，言金伶固在天津演剧也，因和瘿韵，以正京师各报之误，并他信之不确》《和友人以金伶无恙相慰诗二首，各用元韵》《和陈翼牟》《和沈砚农》《和友诗五首，各用元韵》《和梁节庵按察用陈简斋四梦语见赠，因答寄》《和赵芝山宣抚题余自叙小说〈六道篇〉》《和陈翼牟主事见慰孙、金二女伶音耗》《和卢颐陔法曹见问病状》《自赠二首，索诸公和》《无题》《巧遇森玉、海平，得入菊处、满堂两女伶之室，赋谢二首》《简赵芝山都督》《观梅兰芳演〈雁门关〉剧》《颐陔和余尘字韵，盖犹未知金伶被祸为误传也，因和韵告之》《小香水、小菊芬去都后，余始见男伶、女妓数人，就所见者以诗记之，得绝句十首》《答瑟君集义山见赠》《包柚斧自宿迁来书，赠诗五章，依韵和寄》《梁溪曲四首，有序》《秋兴八首，和樊山韵》《画松歌，为余节高题扇》《程子大之犹子阿康辑其师顾所持遗稿赋诗索和，因和一首追悼所持，且幸其付托得人也》《什刹海书所见》《樊山〈九叠山谷韵〉见赠，因戏和一首兼寄琴姬》《以梅伶兰芳小影寄樊山、石遗，媵诗索和》《代人戏赠万里红校书》《赠刘君少少一首》《陈绍周为杨君乞题〈侠琴小传〉》《云台公子以扇写佛像相赠，赋谢二首，即送其行药柏灵》《论卢生、杜樊川一首》《冯凤喜谣》（一作《十伶谣》）、《天桥曲十首（有序）》《幽恨词八首》《津门审美诗六首》《方壶引》《送兰芳偕凤卿赴春申，即为介绍天琴居士》《题曾伯厚〈西山永慕图〉》《今日》《伟猪谣》《自笑三首》《代人贺冯都督、周女士婚礼四首》《天津听倩云校书吹箫歌》《南苑观飞艇歌》《喜晤魏铁山即赠》《自题近事》《沈砚农悼亡，用李后主词意作〈春去图〉，题长句》《为张沧海题〈篁溪归棹图〉》《杨瑟君公子续娶高女士，催妆诗十二章并序》《买醉津门，雪中成咏四首》《午听中和园秦腔，晚听聚美园吴语，赋诗纪事》《纫秋阁曲》《樊山寄示饯别梅兰芳诗，索和元韵一首》《兰芳已至，再和前韵示之，并寄樊山》《题廉南湖〈津楼惜别图〉》《听鸿主人腊八后生日》《陈公画胡稚威征君像属题》《题赵芝珊所藏唐人写经长卷》《抱存惠赠〈快雪堂法帖〉，并题三张卷册，因赋谢》《赠李仲仙督部》《题徐贞庵〈桃源五色石子画册〉》《将赴安庆电局，感赋补录》《余今春入都，最赏女伶孙一清，夏秋间忽隐去，近乃知已归一佳公子，适如余所愿也，赋诗志慰兼志佳话》《小香水歌》《葬花曲》《鲜灵芝曲》。其中，《午日杂书愁抱》云："雨后帘栊浸水纹，一龛香篆佛平分。梦伤骨肉通宵哭（常常如此，昨夜又如此），家寄音书对客焚。诗恶吟朋多割席，情痴艳鬼愿同坟。殊乡世乱无佳节，况更天涯忆细君。"《惆怅一首》云："国花噤瘁似含颦，乍暖还寒意未伸。九日风惟一日雨，三分春已二分尘。津桥重到闻鹃地，辽海初归化鹤身。手把柳条自惆怅，不须惜别已伤神。"《赠王揖唐》云："从古英雄具热肠，淮淝况是伟人乡。救时欲比大限伯，好客还过小孟尝。兵五万余谈杜牧（君著《近边建置略》，深切时势），国三十六畏陈汤（君弃进士，学陆军。又弃道员，游二十五国）。杜陵感激惭衰朽，青眼高歌属望长。"《寄三六桥》云："儒雅风流旧屐裙，更兼虎武与龙文。辽幢新拓信真奥（女名），唐碣亲摩阙特勤（王名）。词比纳兰本公子，画宗小李亦将军。逢知紫电青霜外，惆怅天涯为碧云（君与贾郎璧云曾同摄影）。"《小香水歌》序云："小香水，女伶名也。义州赵氏女，字曰佩云。明慧善歌，演梆子青衣旦兼须生，为京师梨园第一。"诗云："昔者黄帝张乐于洞庭之野，鱼闻之匿影而深潜，鸟闻之高飞而不下。百灵来朝，万籁皆哑。惟有大月当空银汉泻，照见水底鳞屋龙堂之万瓦。昔者成连鼓琴于沧海之坳，空山无人石嶕峣。忽焉海水起立，鱼龙怒号，木叶尽落，星斗动摇，鸟兽悲嗥，神鬼遁逃。不闻琴声兮，但闻天风与海涛。匹妇含冤，六月飞雪。庶女仰天，雷电下击。精诚出声音，可以贯金石。此事古人独称绝，后来何人能夺席？长白辽沈医巫间，海环山抱何郁纡。二百余载好家居，帝王卿相争扶舆。一朝王气消无余，留一巾帼胜彼十万眉与须。况考二百余载一朝之艳史，仅有男伶数四，绝无女伶一二可屈指。直至亡国时，见汝小香水。天公生此女伶第一之人才，欲令殿此中国廿四之世纪。有美一人，芳兰竞体。乘犊车，入燕市，发珠吭，启玉齿，引商刻羽，含宫嚼徵，曼声似韩娥，潜气类车子。时而如抗兮，其声乃在九天上。时而如坠兮，其声乃在九渊底。既上入九天下入九渊兮，又将字字声声打入人人心坎里。日为之留，云为之止。观者万人忽然为之悲，忽然为之喜。万人语声何喧阗，一闻歌声寂无似。小寂一时复大喧，乃是喝采之声欲震屋瓦使飞起。万人之声不能敌一人之声，万声已终兮，一人之声犹复上穿九天、下穿九渊、缭绕转换、百折千回而未已。嗟尔中和园，危险将无比，梁尘尽落恐梁倾，屋瓦皆飞愁屋圮。君不见天上三十有三天，二十八宿罗星躔。青龙在东方，弄珠为戏殊痴顽。白虎在西方，以人为食何贪残。朱鸟在南方，文采灿烂徒美观。玄武在北方，缩首入脰行蹒跚。玉皇深居高拱于紫垣，犬声啀啀守九关。钧天宴罢俱酡颜，相与鼾睡十万年。下界亿兆民，岂无痌与瘝？其声如蝇蚊，不得达帝前。自有小香水，玉皇魂梦不得安。岂惟魂梦不得安，且聚万古女龙雌凤不平枉死之婵娟，日托香水来鸣冤。玉皇决计迁都避香水，似闻昨日大开会议忙千官。中有一人能画策，叩头陈词玉阶侧。欲令香水歌不哀，当令香水笑无绝。然而黄金高如山，香水之笑十二万年不可得，玉皇宫中日愁疾。吁嗟！香水何不一笑兮？虽使三千粉黛无颜色，却使大千世界皆春色。人生三万六千场，世界一百二十国，得汝一笑永无疾病与灾厄。玉皇大乐，且复普赐下界人民寿一秩。”

陈夔龙诗系年：《和子展〈游味纯园感赋〉韵》《奉酬梦华同年，仍用前韵》《华卿协揆同年远寄见怀二律，依韵和答》《和花农〈元旦试笔〉诗韵》《即事柬梦华，五叠前韵》（二首）、《感事酬梦华，六叠前韵》（二首）、《大兄函示〈自寿〉诗，依韵奉祝，是日率儿辈游徐园看梅》《和答喻志韶太史》（二首）、《平江公所吊许子原观察》《赋柬瞿止庵协揆》《和花农〈盆蕙十五花纪瑞〉诗韵》（二首）、《柬程雨亭京堂》《樊山以诗答和，叠韵酬之》《沈子培同年题〈水流云在图〉，语多禅理，以诗谢之》《寒食引，寄大兄青岛》《祝刘葆良观察之母董太夫人八旬寿》《和子展〈愚园访牡丹未放〉诗元韵》《与子展订后七日至愚园看牡丹之约，再叠前韵》《和答陈笑山大令》《遣怀，三叠前韵》《有怀大兄青岛，并寄二兄贵阳，四叠前韵》《与友人夜话，五叠前韵》《惜花春去，六叠前韵》《怀扬州某寺僧，七叠前韵》《无题，八叠前韵》《悼周仲坚内阮，九叠前韵》《大兄函寄〈谷雨前一日青岛东郊看花〉诗，率和一首》《莼伯病起，函示新诗，率和一首》《十三夜市场步月，过平江公所，有悼子原》《答莼伯》《卧病荒斋，不晤笏卿已三阅月，卓午偶过寿平，询悉移家左近，望衡而居，未几而高轩贲临，相见之余，喜其伟论纵横，豪情跌宕，归而作此奉赠》《叠韵二首，仍柬笏卿》《再叠前韵》（七首）、《题花农〈牡丹清供图〉》（四首）、《酬朱琇甫太史》《初度日感怀》（四首）、《和梦华〈独游沪西诸园〉之作》《和答林子有天津，即用其韵》《寄怀林赞虞侍郎，仍叠前韵》《即事，再叠梦华韵》《述怀，柬梦华》《夜雨不寐，叠韵再柬梦华》《老去，三叠前韵》《情魔，四叠前韵再酬梦华》《即事，五叠前韵》《潮生一首，六叠前韵》《子封过谈，戏柬一首，七叠前韵》《庞韵枯窘，几不武矣，作此以当三舍，八叠前韵》《梦华来诗有搜索枯肠之言，再酬一律，九叠前韵》《过野寺有感，十叠前韵》《有怀，十一叠前韵》《子封来谈，重申盍簪之约，三叠寒韵，问讯梦华》《忆黔，四叠前韵》《得二兄贵阳电书，五叠前韵》《怀蔼人同年，六叠前韵》《咏剑，七叠前韵》《喜笏卿过谈，九叠前韵》《徐园闻歌声，十叠前韵》《读徐哲甫〈感事〉诗，奉酬一律》《节庵同年〈宠惠诗扇〉诗中详述津门往事，并兰轩师期许盛意，公义私情，感不去怀，依韵奉酬，质之节庵，当亦同此惓惓也》《晓南复约看花，因病不赴，赋此志谢》《酒楼夜话柬笏卿，再叠前韵》《蚩尤，三叠前韵》《宋芸子同年赠茅山茶，作此报之，四叠前韵》《示子超四侄》《感事，五叠前韵》《十九夜作，六叠前韵》《一炬，七叠前韵》《题志文贞公〈告诫亲友遗墨〉后》《湘绮先生远寄〈重游泮水后四年，再至长沙学舍，感赋〉诗索和，依韵奉酬》《柬止庵协揆，用湘绮韵》《节庵和诗，叠韵奉酬》《简梦华同年》《和止庵协揆〈喜闻京师秋仲举行上丁盛典〉之作》《和朱琇甫太史〈中秋见寄〉元韵》《笏卿过谈，奉酬一律，即用其与樊山唱和韵》《越日补作，四叠前韵》《和大兄〈重游崂山南九水遣兴〉作》《和胡琴初〈金陵秋感〉》《感事，六叠前韵》《陶盘歌》《笏卿以诗见示，依韵奉酬》《田山薑〈古欢堂集〉中有〈黔书〉一卷，读之颇动乡思，再叠前韵》《道左，三叠前韵》《老病，四叠前韵》《得节庵崇陵书，五叠前韵》《傅阮叔由津来沪，即送其作西湖之游，六叠前韵》《寒夜遣怀，八叠前韵》《约镜渔、铭伯、贻书、伯平酒家小酌，九叠前韵》《题镜渔〈长松〉立轴》《夜闻西洋琴声，乃纹女生前物，有感》《凌润苔方伯远寄〈崇陵图〉，敬阅一过，缀之以诗》《林贻书招饮，席上赠歌者》《梦华招饮，以诗报之，五叠前韵》。其中，《沈子培同年题〈水流云在图〉》云："王冯一代射雕手，得句如公鼎足三。此日故宫悲汉腊，昔年同舍接清谈。烂焦愧我空谋突，莼脍输君早挂簪。劫后一池功德水，尘心涤尽礼瞿昙。"《简梦华同年》云："垂老全生浩劫余，传闻移近市廛居。黄巾不入康成宅，碧柳依然靖节庐。旧燕重来犹识主，新诗三复渺愁余。西南一例逢兵燹，何日平安有报书。"《陶盘歌》序云："陈伯严同年招饮桃源隐酒楼，席间见官窑磁盘四具，分画岳麓、灵岩、钟山、蜀冈诸胜迹，中各有印心书屋一区，细审知为安化陶文毅公澍手制，询之，乃公嫁女随奁赠与爱婿益阳胡文忠公林翼之物，珍藏三世，屡经劫火，幸而完存，安定子孙当永保之。酒后放歌奉酬伯严，并希座中诸君子正句。"诗云："先皇丙岁延英日，文笔西江推第一（君工古文）。春秋桃李两无言，卅载闻名不相识。玄黄战血惊世变，淞滨始遂识荆愿。各揩老泪泣天穷，人事沧桑眼中见。元龙豪气迥无俦，召我春申之酒楼。旧雨零星剩三五，陶然共醉销百忧。酒酣杯盘半狼藉，依稀省识陶公物。风流制出尚书家，雨过天青少颜色。

伟哉名臣兼儒林，石屋宸题赐印心。岳麓精舍江南景，一一堪向盘中寻。岳麓降神钟间气，江南建节开府地。睹公遗器服公勤，散衙宁减书灯味。我昔沧浪拜英姿（苏州沧浪亭有公刻石像），雪居曾和壁间诗（太湖古雪居壁间公曾题诗，余有和章）。河山风景了无异，太平遐想嘉道时。狐火蚀尽横江铁，此盘历过红羊劫。闻歌肯随唾壶碎，完璞不共金瓯缺。人惟求旧器犹新，兼味还宜荐五辛。鸡犬桃源随处有，坐中俱是避秦人。昨夜风萧易水寒，茂陵玉碗落人间。通天有表初明恨，枕上鹃声梦里山。一物成毁何足计，须识温家镜台意。縢箧珍藏付婿乡，传砚贻笏同宝弆。摩挲雪印留陈迹，制铭合付大手笔。齐年诸老皆诗豪，敲句无妨代钵击。隔江曲唱后庭花，老病沦飘尚酒家。逢君莫道兴亡事，归理苜蓿旧生涯。”

郑孝胥诗系年：《苍虬阁观吴仲圭画松》《刘宣甫六十生日》《庄思缄〈濠上观鱼图〉》《爱苍示〈听松〉诗，因及涛园种松事，赋此答之》《过叉袋角映盦所居》《程白葭属题〈精忠柏断片图〉》《长尾雨山属题倪鸿宝手稿》《又题雨山所藏黄石斋〈文治论〉卷子》《李审言室赵孺人诗》《刘步溪见语闽事并示新作》《春阴，简李审言》《樱花》（二首）、《桃李》《答樊云门》《江陵张茝衡女士〈绝命书〉题后》《答陈仁先〈寄栽菊种〉诗》《题董小宛〈孤山感逝图〉》《徐积余〈随庵勘书图〉》《题刘聚卿〈汴学二体石经〉》《病起读经会》《恒斋画〈鹊华秋色〉便面》《风蝉》《雨鸠》《吾分》《黄石斋〈蓬叶戏蟹〉卷子》《张楚宝求作石老人君子居诗》（二首）、《题徐积余重绘〈定林访碑图〉》《答乙盦短歌三章》《爱菊二首，简陈仁先》《幽思》《答叔伊》《题明登莱巡抚〈陶朗先遗集〉》《杂诗》（二首）、《题〈慈乌村图〉》《周少朴中丞留饮》《汤蛰先求作明遗老朱舜水诗》《题林赞虞〈登岱图〉》《黄藏鲁正叔铜琴歌》。其中，《刘宣甫六十生日》云：“宣南游踪光绪初，忍盦西斋尝共居。读经声中温旧梦，此味忘老真有余。蘧氏行年六十化，吾侪不化诚空过。出头且放与诸郎，虎变龙攄任称霸。”《庄思缄〈濠上观鱼图〉》云：“苦爱庄周信子舆，知鱼知我定何如。早知熊掌非真味，渐觉年来悔舍鱼。”《程白葭属题〈精忠柏断片图〉》云：“世方憎忠义，君胡表此柏？移之置岳坟，终古配毅魄。吁嗟墓中士，涅背字历历。苌叔苦违天，天倾血成碧。”《桃李》云：“成蹊由好事，桃李初无言。君子如桃李，惊俗何足论。抚己诚有得，世丧我固存。使彼会从我，徐行回众奔。”《风蝉》云：“却暑惟默坐，蝉噪意转烦。风声得所助，倦耳生波澜。抑扬亦可喜，众籁不能喧。五更谁来听，梦断初忘言。”《长尾雨山属题倪鸿宝手稿》云：“造意如垂云，隐隐吐雷电。使笔如纵兵，飒飒剧刀箭。烂然骤圈点，率尔恣涂窜。妙处堪熟思，精极耐细看。斯人诚过人，表里俱可见。筹饷卒无功，海运才得半。渠宁亡国臣，暴尸余恨叹。由来翰墨缘，千载等昏旦。矧兹忠义感，密切逾亲串。雨山获此稿，手校补残卷。昔哀鸿宝心，今见鸿宝面。勿令俗手污，闭户潜展玩。平生曾南丰，好爇香一瓣。”

章梫诗系年：《寄劳韧叟丈涞水，兼寿其七十》（二首）、《和吴緦丞大前辈，兼柬其邻居张翔五》（二首）、《送某茂才还台州》《寿刘葆良前辈之母董太夫人八十，二首》《淞社缪、钱、吴三君年皆七十，寿以长句三首》《题志韶前辈之母王太恭人〈寒机课读图〉》《崇陵片石词，用〈冬青引〉韵，赠梁节庵前辈》《和韵赠杨定勇前辈（晨）黄岩二首》《得梁节庵前辈崇陵来书，感赋》《和钱听邠太守〈七十自嘲〉韵即赠》《明季杂事感赋十四首》《读〈元遗山诗集〉》《访房师薛褧铭先生常熟二首》《题金谔轩茂才〈台州书目〉二首》《和韵赠郭复初前辈》《题〈香奁集〉发微》（二首）、《题〈桐乡徐绿沧部郎（焕谟）传〉后》《挽胡漱唐侍御之母漆太恭人二首》《和韵赠周梦坡学博二首》《题张石铭观察亡室徐恭人〈韫玉楼遗稿〉二首》《答赠金息侯太守同年（梁）天津二首》《和赠陈诒重（毅）参议同年二首》《题徐仲可舍人（珂）〈纯飞馆填词图〉》。其中，《淞社缪、钱、吴三君年皆七十》其三（《吴仓硕大令》）："明末遗臣多寿考，望溪亲见我闻之。即今胜水残山外，犹有贞松翠柏姿。傲骨壮无因势热，素心老不为穷移。作官靖节同归去，偕隐梁鸿自倡随。师友渊源金石契，文章标格月梅知。廿年海上相过从，忍说开元天宝时。"《明季杂事感赋十四首》十四："残明社局萃东南，心史沉沉在铁函。今日吾曹聊复尔，眼中桑海指弹三。"《和韵赠周梦坡学博二首》其二："灵鹫峰头立悄然，梅花补植独开先。袖中诗卷前身月，岭外禅机舌本莲。甲子旧题陶靖节，家山自写李龙眠。鹿车归隐宜偕老，长是无怀与葛天。"

吴闿生诗系年：《侯官严先生复六十寿诗》《休沐日约谷九峰（钟秀）、王古愚（振垚）、常济生（堉璋）、籍亮侪（忠寅）、邓和甫（毓怡）、李右周（景濂）诸君会饮，皆先公门下高第，今议院中卓卓有声者也。席上赋呈一首以写怀抱》《周子廙总长自齐之伯父绍堂大使七十寿诗代作》《秦山高嵩罢归，有诗见示，次韵送行》《严幼陵先生寿诗二首》《直宿西苑，次韵闵葆之秘书尔昌》《喜刚已到京漫成》《金陵鸡鸣寺登高，次韵和潜叟》（二首）、《再和》（二首）、《次韵梁众异鸿志》《黄逸尘女士，廉南湖新聘之子妇也。寄和前诗，有欲执经问业之语，戏笔答之，仍用元韵》《惠卿属题良赍臣弼手札卷子漫成》《梁燕孙士诒尊人寿诗二首》。其中，《侯官严先生复六十寿诗》序云："近世为寿诗者，类泛为颂祷之词而已。独范伯子所作寿徐茉岑六十诗，高挹群言，最为精诣。其词曰：'雷霆震山岳，不能惊浮沤。临深莫不惧，湛鳞独不忧。融风拂膏壤，草木青红稠。楼台递歌吹，惜晚又惊秋。崇高若政彻，极纵复何求？一言不死药，堕泪东海头。流光卷人去，大智莫能度。切身有多寡，苦乐斯不侔。豪门金玉海，旦暮恐见收。园佣贩水卖，弛担东西游。以兹悟生理，万金买无愁。含灵媚天则，冥漠亦不羞。曷况一身外，仍有几希留。觥觥徐夫子，达识高其俦。行藏入迂叟，亦复通王侯。有文之万世，不与命为仇。家贫任子债，老至无身谋。亲朋惜情话，忽聚天一陬。城根菊花酒，上寿争卷韝。贱子亦何有，但用平生投。公毋再拒我，谓子奚湛浮？忧端太无际，生人当自由。古之适性者，龟鹤寓蜉蝣。六十化理遂，四十疑团休。但悲吾道细，天地良悠悠。’仆尝爱而诵之。虽然其词汲汲顾影，又欿然若不足，盖咏退士则然，非所以当先生也。今用《反骚》之例，逐句与之相反，以恢张吾道，敬为先生赋焉。”诗云：“蹊间一泓水，岂识惊雷声？埳蛙自云乐，谁与泛沧溟？娟娟木槿花，朝荣夕已改。嵬嵬太行山，负雪故常在。荒哉政彻徒，浮荣不自保。海水浩茫茫，何处求瑶草？岂知不死药，端复在人间。不为一世囿，自有千秋还。小知语小年，死生同婉娈。至精烂金石，岂惮流光卷？庄严七宝装，匪假金玉饰。卑卑卖水佣，彼则何能识？嗟尔尘器人，甘溺欢愁海。九霄悬朗月，问价谁能买？灵光彻天締，阿媚皆无庸。是身即真宰，万象归鸿蒙。先生不自高，世固绝俦匹。岂况论王侯，万古皆辟易。熙春祝眉寿，国步方褰开。填都溢欢庆，士女纷腾来。为我语都人，卿曹何所乐？干国傥非材，颠仆将奚托？蜉蝣一朝采，龟鹤千龄姿。且回虫豸梦，共历冰霜时。八十尚鹰扬，先生犹壮佼。天地亦区区，岂足穷吾道？”

沈汝瑾诗系年：《读〈史记·刺客传〉书后》《题顾西湄画卷》（二首）、《坍屋谣》《城南属题〈东坡石铫图〉，和松禅先生韵》（四首）、《昌硕寄示〈缶庐诗存〉，校毕题一诗》《题研拓付弟》《读严吉士展其室杨氏墓词感赋》《北军》《严绎如为莫城乡校师，画〈剑城仿古图〉属题，即和其韵，严曾为瑞安丞》《无端》《独登雅集亭》《西城逍遥游，明严文靖读书处，今为树艺社，而仍其旧名，庞子填词见示，诗以广之》《蜕庵示〈逍遥游新筑〉之作，和韵寄沪上》《旱魃》《大兵》《感事》《时雨》《题仇实父仕女卷子》（二首）、《逍遥游晚归戏作》《癸丑生日》《檗子书来却寄，兼怀蜕龛》《小极，喜养浩过谈》《临时》《养浩惠果茗赋谢》《垂老》《蝇》。其中，《城南属题〈东坡石铫图〉》其一：“石鼎联吟别有天，羲皇如见古时年。龙头豕腹弥明句，竹雨松风圣果泉。”《昌硕寄示〈缶庐诗存〉》云：“一卷诗冰雪，中含变徵声。苦吟添白发，多难哭苍生。慷慨新民气，悲凉故国情。岂如孟东野，徒作不平鸣。”《蜕庵示〈逍遥游新筑〉之作》云：“南北方争战，空言世大同。吾乡犹净土，茗碗啜凉风。屋角烟岚碧，江头劫火红。安危谁可倚，共作信天翁。”《旱魃》云：“旱魃为灾血变磷，金陵酣战又经旬。焚香竞礼龙王像，驰檄惊飞马足尘。白发镜中非故我，青山楼外当嘉宾。兵荒迭至成何世，闭户难谋独善身。”

骆成骧诗系年：《赠胡葆生》《雅州江楼观涨围棋》《登邛崃大关》《过九折阪》《与尹经略登大相岭》《飞越岭》《泸定桥》《瓦斯沟》《毓灵宫道中》《毓灵宫》《代表尹经略入都，重经飞越岭》《重经大相岭》《赠孔生韦虎》《赠人》《嘉定大佛崖》《凌云台》《尔雅台》《叙州金沙江》《重庆》《巫峡》《过峡》《宜昌》《重至京师，赠郭梓楠咨议》。其中，《代表尹经略入都》云：“鸟道崎岖上翠微，回看诸岭射朝晖。一峰横雾千峰暗，七月繁花九月稀。云里往来天似瓮，树中登降雨沾衣。啼鸟应怪劳劳客，徼外荒寒未息机。”《重至京师》云：“四十年中契，三千里外怀。斗魁瞻帝极，尘网到吾侪。易逐秦如鹿，难厌狄似豺。蛇随龙矫矫，鸡乱凤喈喈。智有如囊错，愚无不窭柴。英雄争楚汉，将帅忤汾淮。按剑珠翻误，胶琴柱未谐。欢虞周勃失，难受鲁连排。直取淄渑合，何曾羽翼乖。螗蝉谁见雀，蛮触共存蜗。才短非公望，交深每计偕。狂余司隶醉，清绝太常斋。落落神难合，葱葱气尚佳。不成携绿杖，未免负青鞋。已待黄金榜，同登白玉阶。列鹓看气象，委蜕视形骸。月涌昆明浪，云屯独秀崖。西南分岭峤，先后老风霾。险阻君应尽，艰难我亦皆。鲲池催画鹢，雁塞走黎騧。富贵怜为疠，文章耻类俳。日沉方海底，星聚又天街。愁岂人间寄，忧当地下埋。未能忘饮啄，泽雉愧生涯。”《登邛崃大关》云：“地入风云窟，天留虎豹关。畏途穿绝壁，鸣涧动空山。苔藓深宜践，藤萝软易攀。勒铭吾有笔，正喜上罝颜。”

俞明震诗系年：《哭刘姬》《重至金陵故居吊刘姬》《园居杂诗》《夜雨待萧稚泉不至》《早泛清溪》《偶成》《游半山亭》《焦山松寥阁夜坐》《同伯严后湖观荷》《暑夜同子大、伯严泛舟三潭》《游灵隐寺》《湖庄晓起》《湖庄示子大、伯严》《园竹》《园柏》《寄李梅庵道士》《寄陈仁先》《岁暮园居杂感》。其中，《哭刘姬》云：“已诀忍再见，返恨死难速。止我勿登楼，呻吟抵床褥。那知楼下人，肠断不可续。惟余百悔心，迸作一声哭。避疫卫生言，宁堪待骨肉。人病尔服劳，尔病仰空屋。持此例平时，感叹到佣仆。补过生无期，天乎何惨酷！诗成付稚女，是我酸辛录。认父哭母声，开函时一读。沧桑万事改，吾衰景尤促。回身视家人，早死庸非福。泪尽忽失笑，待我湘山麓！”《夜雨待萧稚泉不至》云：“逢君三月暮，不似往年春。况听荒城雨，同为永夜人。安危灯共影，喧寂树成邻。坐久晨光动，还看百态新。”《游半山亭》云：“偶然占一壑，事过如秋烟。如何此亭名，千载惟公专？后人惜古意，添筑屋数椽。上结云作顶，下借石为阑。渡叶宁知数，藏山无碍宽。一朝构兵火，瓦落如奔泉。凄凄雾中眼，误作台城看。此邦多丧乱，好春无百年。幽草胜花时，此恨公能传。我身如独树，不死常兀然。不见绿阴底，破网蛛丝牵。洁身远蚯蚁，那复计孤悬？”《同伯严后湖观荷》云：“城头紫烟低，城背莽萧瑟。江山不满眼，万荷补其隙。初花弄光影，颠倒一湖叶。繁声疑雨来，微凉散空阔。小艇不容篙，趺坐波平膝。欹岸出荒洲，稍见兵火迹。当年岸帻处，廊空积潦人。倒影两秃翁，风亭坐超忽。清香满残照，绿意上鸟翮。遗世渺愁予，见汝亭亭日。溟渤非不宽，万事在眉睫。”《寄李梅庵道士》云：“沧桑一道士，矮屋坐萧爽。得食有童心，黄冠仍大颡。有时得名迹，阿弟共欣赏。醉学石涛颠，洒墨大如掌。人间果何世？破笔入苍莽。昨闻阿弟病，日日趁车往。车往复车来，的的关痛痒。观君蓄弟心，触我救时想。出世莫出家，酸辛告吾党。吁嗟解人难，思君徒怏怏。”

陈衍诗系年：《过海藏楼看樱花，到家海棠三树方盛开作》《石遗室前新筑小池，诗以落之》《寒碧楼小集，谋修西湖宛在堂》《和仁先菊诗》《题〈岳云闻笛图〉》《题何澄意〈秋幢赞佛图〉》（四首）、《题金实斋〈北雅楼著书图〉》《秋岳又赋绝句，再次韵》《次任公万生园修禊诗韵，寄任公》《苦热，和柳州诗》《悼顾印伯》《于麓八十一阶化城寺前同人望月》《访棕舲过苏戡旧居，是二十九年前夜谈处，惘然作》《题李易安小照》《题郭舜卿所藏南田画幅》《桐叶一树落尽，一树尽黄，坐看至暮》《又一首》《登乌石山邻霄台，和苏戡磨崖旧作》《雨中登镜湖亭》《实甫寄诗险韵，久不能和，别报一首》《同人约往豹屏山看红叶，将有北行，不果》《雨后留别诸故人》《题〈篁溪归钓图〉》《自浦口至京师三千里，大雪一色》《环翠楼诗》《穆庵属题所持遗像》《又属题所持诗册》《前月北来过沪，沈观留饮寓斋，有诗由仁先寄示索和》《题程伯葭〈精忠柏记〉后》。其中，《过海藏楼看樱花》云："饱看樱花过海藏，归舟无计载春光。吾家薄有三姝媚，肯为诗人炫晚妆。"《石遗室前新筑小池》云："双圆水月一方池，三面栏干缭绕之。老去填词风皱后，独居深念夜观时。求田问舍归湖海，凿石疏泉见井眉。十二竹竿凭照影，千言赋更七言诗。"《寒碧楼小集》云："西江诗派东林社，北郭南园竞风雅。明人论诗喜断代，高傅瓣香傍兰若。一龛宛在水中央，林月湖风足潇洒。诗亡雅废无人问，一木不支听倾厦。休文在官尚好事，闻道千金粤装舍。出山松雪去堂堂，谁监垩壁炼泥者。春秋佳日念林亭，寒碧楼前酒共把。四贤重修谈近事，梧门诗龛叹败瓦。何当突兀见此屋，寒食重阳奠杯斝。彦翀疏募可间缘，草创裨谌试谋野。"《和仁先菊诗》云："渊明菊传神，仁先菊写真。非吾誉仁先，爱菊逾古人。非惟逾古人，爱菊逾其身。种菊数百本，本本绝等伦。印以玻璃版，花样难具陈。沃以芝麻油，驻颜冬复春。形以五言诗，形神岁生新。去国挈之去，佳种传淞滨。渊明傥见之，后生畏且亲。我岂不爱菊，懒惰气不振。因陋而就简，索句亦逡巡。遁而去种竹，坐享谢辛勤。子猷与渊明，相见毋龂龂。"《题〈岳云闻笛图〉》云："并逝陈徐与应刘，风流邺下古今愁。才人落魄江湖暮，弟子招魂天地秋。上表通天宁有路，索琴顾影久无俦。黄公垆畔凄回首，十载南冠共楚囚。"

陈曾寿诗系年：《理安寺》《清浅》《以京师菊种寄养苏堪园中，托之以诗》《觉先弟自京寄槟榔来，诗以报之》《沈乙庵先生以新刻〈陵阳〉〈倚松〉二集见赠索诗》《苕雪与觉先弟先后寄菊数十种，日涉小园，聊复成咏》（六首）、《十八夜同李道人野次看月》《寄怀陈师傅弢庵先生，即题〈听水斋图〉》《散原先生夜过，观先师关先生及强甫遗稿，感而有诗，奉答一首》《次韵沈观丈见赠》《和散原先生〈寒夜见过〉》《次韵节庵师〈高碑店菊花〉》。其中，《理安寺》云："幽幽理安寺，一径入云斜。不断夹溪竹，忽流何处花。笋参远年酒，泉荐本山茶。谁得心无事，僧房共岁华。"《次韵节庵师〈高碑店菊花〉》云："孤疢锢南山，行行近天阙。解鞍荒店小，回视白日没。苍天何肺肝，露下百草歇。披衣梦不成，颠倒一孤月。下阶逢此花，骚魂惊醉兀。相遇定何心，霜底一枝活。欲采不得遗，惆怅至明发。敢苦沙尘黄，哀愚天可达。”《沈乙庵先生以新刻〈陵阳〉〈倚松〉二集见赠索诗》云：“堂堂青石牛，重负万钧去。八风作日用，几辈仍此度。无益遣有涯，何缘得依据。饮水图满腹，双井一杯露。风雨不予违，婉娈同寐寤。深冥千仞溪，滑坡留一步。东轩一老人，启我开径路。欲尝初滴源，派流兹可溯。韩饶并高音，寂寞伤遗著。潜幽七百载，乍见乃如故。陵阳自得师，臭味不差误。倚松颇早计，一偈了灾惧。万古身后前，片羽资感慕。要知薪火传，杲杲初无住。无隐有心香，百世犹旦暮。何用惜夏高，无言同此趣。”《十八夜同李道人野次看月》云：“夜色满柴门，二人自成世。众木霜气中，叶黄影在地。竹筱拥寒溪，相虬入烟态。贫家惟白晓，庭空静如寺。遥柝转寥天，疏星耿三四。清言不世出，万象破幽寐。归写良夜图，清冷难题字。”

陈懋鼎诗系年：《姜叟脱大桥之险，叠前韵寄慰》《金水桥》《国务院十部参秘会所》《东邻女子读书》《外部参事室北窗外桑丁香》《王十述勤北池子新居招客茶话，应感旧事，漫成二十韵并呈陶陶女士》《同墨园游万牲园，泛舟至鬯春堂》《积水潭消夏小集，示同游诸子》《宰平有昌黎之役，奉讯》《日本使馆公燕之次，诸夫人亲陈雅剧古乐以娱宾，即席作》《临清宫寓斋坐，中与平斋、匏庵、董斋、惠亭话闽事，平斋将赴闽，惠亭甫来京》《恭送奉安崇陵之次日，沈涛园十二丈与吾伯父看雪于陶然亭，以诗属和，感成长句》《慕韩丈来长外部，次前在欧洲唱酬诗韵赋呈》《代外交部贺袁四公子婚礼》。其中，《姜叟脱大桥之险》云：“大任须付铁肩担，险如蜀道开鱼蚕。为牺实难必有试，一击狙伺台江南。闽疆艰虞困宾佐，羽扇尘尾伤氍毵。过桥车马岂光宠，破柱霹雳方笑谈。桓东亡命久未得，鼎鼎赤白丸争探。褐夫万乘庸足较，自反而缩殊非惭。使君成山脱鬼手（姜叟尝于成山覆舟得免），凭仗忠信轻江潭。弹奸抗疏勇可贾，虎须之捋当再三。死生安问元衡度，气节奚过望之堪。英雄天命动自负，所贵尤诟能忍含。路通沙合厄运转（路通、沙合为闽中古识），江水惟映天光蓝。背公死当偏宇内，治化且愿消愚贪。”《东邻女子读书》云：“东邻女子家何乡，日暮读书声琅琅。浑舍惊听出户立，骄儿喜舞凌风翔。俨若金石出环堵，坐想歌咏登明堂。明堂已毁叛璧枯，天下舆隶皆公孤。少日苦作城南符，长老誉我丹山雏。安知此事遂衰歇，尚恨干禄非丈夫。天清地宁期千岁，雾鬓风鬟定绝代。一星东壁睒睒明，手拨丛残理荒秽。”《王十述勤北池子新居招客茶话》云：“太液不下鹄，余水周宫堧。谁见荷风中，开槛人比肩。赁居何用广，略如梁孟然。举椀肃众客，吾不惭居前。闺秀昔远征，异域惊娟娟。春华出毫素，欲揽无由缘。粲粲名公孙，求学惟静专。过海来一见，此情今十年。岂期双宝剑，会合归龙渊。燕婉惬所求，书画乐其天。巢完识庭训，业精超世贤。当时西海掾，归来渐华颠。家世旅京华，情谊相牵连。斜街忆老屋，君实生长焉。诸父馆闺秀，尔时望若仙。世变从推激，生事无媸妍。争席吾已慵，食贫意可传。旧德在名氏，乔木余风烟。苦留桑海身，用以挈后先。韨佩愿无负，盛年宜勉旃。”《宰平有昌黎之役》云：“送君发飙驾，因怀右北平。我昔出其间，艮甸初被兵。直从豺虎窟，假涂趣旧京。挝马晚渡辽，冲风客屡惊。尔时岂意料，通道无留行。今君过碣石，遂览古长城。疆索不欲问，惟当问疲甿。东望高平原，秋气千里横。关门巉然立，渝水浅且清。向来足幽愤，长啸生边声。”

沈其光诗系年：《读〈南史〉》《南村》《村夜》《寄奉贤郁醉红》《慧日寺探梅》《梅影禅院夜集，似葆荪》《苦雨》《小园桃花盛开，静莲、石年、葆荪、伯匡、慎侯、行百来饮，半野亭赋视诸子》《夜雨，饮西塘酒家》（二首）、《嘉兴舟夜》《南湖绝句》（四首）、《落帆亭题壁》《寄园》《石门》《陶览》《湖上》（二首）、《行宫》《苏小小墓》《西湖杂咏》（十二首）、《拜岳少保墓》《拜于忠肃墓》（二首）、《湍门舟中，同徐丈宗石（昌镐）、表兄葆荪夜话》《次韵华亭耿伯齐农部（道冲）〈醉白池修禊〉》《深坐》《塔泉居饮，次葆荪〈小阁〉韵》《曲水园赏荷，叠豪韵，似社中诸子》《题太仓钱伊臣刺史（溯耆）〈遂圃耦耕图〉》《登云间西林塔》《闻警》《苦热行》《危时》《申江试浴》《楼外楼》《沪杭火车中杂书》（四首）、《双银杏树歌》《库公山》（在凤凰山南二里许）、《宿三星禅院》《佘山天文台》《皇甫林祭陈、夏二公祠》《细林山憩神鼍仙馆》（山有彭素云墓）（二首）、《游机山、天马山，遂饭张氏访溪家》《小赤壁》《舟泊横云山下，缘溪行四五里，至小昆山，小憩九峰禅院》《鹫禅院》《野饮》《山行》《暮吟》《西征》《寒鸦》。其中，《野饮》云：“随意歌呼兴不孤，平生踪迹溷樵苏。一尊野店松肪酒，三寸秋江竹叶鲈。树老远根穿屋出，霜高寒蔓抱篱枯。醉来便欲题诗句，人识先生旷荡无。”《西征》云：“闻道西征将，频年未解弢。护羌思邓训，出塞重韦皋。士苦簦生虮，天寒血冱袍。胡儿仍诱约，牧马伺临洮。”

萧亮飞诗系年：《金麓青病殁梁园，其大兄轅青自天津以书见告，写此寄慰》《题黄铁石〈益壮续图〉十六幅》《著涒社重开，喜而有作》《黎阳家居春日杂诗》《所见吟》《周啸青自天津寄诗见怀，依韵奉答》（二首）、《即事》《题秦曼青〈壬子九日岳麓登高图〉》《插秧词》《李翼南以〈渤海从征图〉索题，作短歌应之》《贺杭州吴耳似续弦》《四时闺词》《歌者王絮停迂道见访，写此赠之》《题〈衰草斜阳独立图〉》《黎阳家居夏日杂诗》《秋日漫成》《清晨牵牛花下作》《题沈南雅〈楸阴感旧图〉》《黎阳家居秋日杂诗》《题柳禅僧装小影（并序）》《又题四绝》《黄丈柬告宋园落成，书此志羡》《和铁石道人〈宋园十咏〉》《偶得》《山花红歌》《秋词》《大雷渔父以答李柳叟见赠二律索和，依韵应之》《题梁又铭书画长卷》《狄定父以自著〈碧园记〉见寄，索题其〈碧园图〉，乘酒书此》《谒先贤子贡墓》《寄门人曲同丰保定》《梁又铭以所绘山水便面寄赠，谢之以诗》《寄张郁庭都门，兼讯吴羞翁消息》《答郑晴湖寄诗》《题余湘岑〈无聊集〉》《答胡淦泉寄诗》《袁豹岑自都门寄诗，媵以小影，步韵答之》《黎阳家居冬日杂诗》。其中，《周啸青自天津寄诗见怀》其一："先生峻骨太峥嵘，窘境环身俨一城。八代起衰斯大业，千秋操券此荣名。于今人事应多幻，自古天心总不情。笑我余生历百死，归来还与次梗盟。"《即事》云："妻女如梭履不停，百忙偏觉耳根清。耐人日夜潇潇雨，无数春蚕作茧声。"

王仁安诗系年：《久不作诗，不得已有应酬之作，此戒一破将不可止，爰另编曰〈蛇足集〉并题以诗》《枯井》《结庐》《提壶篇》《夕归路上口占》《夕阳》《天气炎热，静以待之，独觉清爽，作此自慰》（二首）、《今日踪迹往来京津间，行将赴京，不知诗兴何如也，因而有作》（二首）、《小鸟》《初到京得闻南事》《与寿民夜话》《校阅宋人词集》《即景》《晓阴》《车上口占》《次韵答幼梅》《意似有诗，梗不成语，不知忧从何来也，强而成篇》《斜阳》《车马》《悲歌行》《戏题近作诗词》《赏音》《慰内子》《作〈慰内子〉，代拟和作，一时游戏，都非庄语也》《初闻蟋蟀，赋小词二章。夜深就寝，虫鸣犹不已，更作一诗》《早岁弄柔翰》《作〈早岁弄柔翰〉，诗意犹未竟，作此足之》《日来心绪纷乱，因作诗以镇定之。其意荒，其志亦苦矣，爰托诡词，用竢知者》《宫商》《冷眼》《生男》《一息》《小劫》《有鸟》《夜来苦闷，拉杂成诗得九首》《新月》《黄花》《渔歌》《庭馆苦寂，成遣兴诗四首》《幽兰》《宿雨新晴》《拟古〈宫槐曲〉》《即目》《读渔洋〈故宫曲〉》《北窗行》《炎凉》《过范肯堂师故宅》《赠蒋香农》《晚霞》《对瓶中菊花吟诗》《谈诗》《雨窗愁闷，作长句遣之》《寒雨》《对月》《归来》《儿童》《枕上吟二首》《重有作》（二首）、《征帆》《咏史》《夜吟三首》《寓怀》《拟古歌谣五首》《拟古〈行路难〉》《出门行》《余光》《岁暮杂感》《冻云篇》《鸡鸣》《自题诗集》（三首）。其中，《戏题近作诗词》云："诗牌词谱老安排，垂死年华转费才。未到牢愁倾吐尽，一棺那得便长埋。"《咏史》云："秦皇汉武当年迹，海上征求不死方。毕竟宫庭成茂草，只从陵寝吊斜阳。伤心休说兴亡事，托足全无快乐场。仙若有方能速死，天涯到处拜长房。"《岁暮杂感》云："那堪天地荒寒后，又见冰霜酝酿成。谁识衰翁贫不死，闲将冷眼看棋枰。"《自题诗集》其一："探源汉魏穷唐宋，苦费钻研三十年。到老诗坛无姓字，敢期身后得流传。"其二："诗集编年代年谱，无人承读却何如。登楼王粲今谁是，得受中郎旧赐书。"

太虚大师诗系年：《别江西光孝寺大椿》《同吕重忧由沪赴杭，与郁九龄、陈稚兰泛西湖八首》《偕杨一放、王芝如、杨紫林、释却非泛舟游石屋》《赠鄞东大善寺授济杜多》《叠前韵赠大善寺主识川》《题自真禅丈华严阁》《颂扬州天宁寺主铭帘六十》《微意，兼赠穆穆斋》《题君木居士〈逃空图〉，即次原韵》《访陆镇亭太史，以诗文集见赠，阅次依原韵书怀》《赠圣根，即次原韵》《叠前韵寄佛》《答玉皇》《叠前韵赠别古润》《赠佛严、佛耀、佛曦》《答赤城散人式昌》《赠方粹彦，次原韵》《叠前韵赠二西室主》《晚从毛家堰起岸，至金山寺》《探禹王亭》《从慈济医院返金山寺舟次》《别金山寺主莲风》《临行次玉皇韵》《答二西室主见怀，次原韵》《怀陈纯自》《怀角虎居士》。其中，《同吕重忱由沪赴杭》其一《车中口占》："一片难寻干净土，同车幸托好良心。养疴剩有西湖好，山秀波明古到今。"《叠前韵寄佛》云："尽捐尘累入空宗，洒脱惟应一钵从。佛说原知身外妄，闲情偏向境边浓。忧天汝亦能多感，玩世吾真大不恭。倘得同心重忏悔，好将生死网罗冲。"《答玉皇》云："闲坐沉吟日又昏，夕阳红映野人门。尊前涕泪增秋感，劫后河山剩梦痕。救世君犹多壮志，问天予已欲无言。只期珍重好身手，留待旋乾与转坤！"《叠前韵赠别古润》云："未老谁怜志已昏，聚谈只盼过柴门。无情别梦人千里，最感窥窗月一痕。倘得凤凰重出世，肯为鹦鹉独能言。万年末法君须记，珍重灵鳌负大坤！"《从慈济医院返金山寺舟次》云："衔山落日薄崦嵫，红衬寒霞碧水涯。三两归舟如箭急，我心闲煞独吟诗。"

金天羽诗系年：《大风雨渡太湖入西山》《闻冬木老人隐居包山，年八十有六，擅郑虔三绝，神明不衰，投赠一诗，以为先容》《包山寺》《石公山》《雨中游法华寺，登后山望湖》《消夏湾赠冬木老人》（三首）、《游大小龙渚，石窍玲珑，吐吞涛浪，其声中节，为西山胜处》《游林屋洞，水深盈尺，不得入》《夜宿徐州》《曲阜谒少昊陵》《曲阜拜圣人林》《赴邹县谒孟林，误投孟母林，因赋一律》（孟子、孟母二林去曲阜各二十五里）、《登泰山，自马道口先访经石峪，经刻在斜坡上，凡九百六十字》《云步桥》《对松山》《泰山绝顶》《题碧霞玄君祠》《黑龙潭》《归途驻车临淮关》《过滁州》《寄怀洞庭冬木老人》《寄怀廖季平先生成都》《寄怀毛仲可（何）泰安》《寄怀黄剑秋（昭谔）兰州》《程生星恒（劲）岁暮赴归绥，走笔送之》。其中，《石公山》云："湖天三面石珑玲，寺里登峰踏上层。脚底涛声舂禹穴，眼中山色辨吴兴。联云嶂险看云叠，来鹤亭空唤鹤膺。一事难忘花石史，万牛回首下高陵。"《游大小龙渚》云："风水搏连环，钧天水石间。龙藏金鼓洞，人到石钟山。张乐洞庭野，扁舟消夏湾。众喧吾独静，暮雨瀑潺潺。"《云步桥》云："架桥绝壑上，高步青云端。其上瞰危亭，其下鸣飞湍。湍惊万丈落，仰见红栏干。倚栏望前山，夹谷松吹寒。仙人渺何许，径欲翔龙鸾。搴云归去来，我实衣裳宽。"《过滁州》云："北行厌尘土，喜见滁州山。翠嶂城三面，芦花水一湾。东渠瓦梁堰，西险清流关。又放飚轮过，秋空夕照殷。"

王树楠诗系年：《赴郑州渡黄河桥》《有感五首》《题赵芝山亡室吴夫人〈梅花小照图〉》《无是先生出〈虫介画册〉，属同人分咏，今拈得十五题，各赋小诗应之》（含《蝴蝶》《蚯蚓》《蜥蜴》《蜘蛛》《蚁》《蝼蛄》《蝉》《蜂》《蟹》《螳螂》《蜗牛》《蜻蜓》《蝇》《络纬》《萤》、《次韵黄小宋〈雪后邀同人宋园雅集〉诗》《送黄哲甫之郑州》《送哲甫》《题胡迟圃〈凤翔冈图〉》《六十三生日》《破屋》《夜坐》《瞿勋臣出其家藏纨扇，为张霖女史所作〈天女散花图〉，一笔一画，细如毫发，以显微镜视之，皆细字勾连宛转，为诗百余首，有须弥芥子之观，为赋长句答之》《〈天女散花图〉题罢，连日展玩，不忍释手，再赋长句呈勋臣》《戏效山谷》（三首）。其中，《有感五首》其一："杞人终日泣天倾，遗恨年年总未平。世上苍黄随变幻，眼中清白太分明。伯夷庄跷无廉涸，袁粲褚渊各死生。满地荆榛行不得，穷途惟有涕纵横。"《送黄哲甫之郑州》云："兵革满天地，无家独远行。虫沙悲浩劫，风雪卧荒城。美酒随猪饮，残粮共鹜争。饥鹰与瘦马，相对不胜情。"《破屋》云："三间破屋打头低，槁卧孤山胜水西。修到梅花寒入骨，不堪重作老逋妻。"《蜥蜴》云："出入天门号守宫，伏楹缘壁自称雄。秦皇生性多猜忌，毒血污人夜夜红。"《蜗牛》云："鳞介冠裳万国通，就中蛮触号奇穷。流涎到处求缘附，学得藏头避债虫。"

李豫曾诗系年：《望圌山》《与侯病骥游平山，有诗和韵》《别病骥，和韵》（二首）、《与病骥游铁佛寺，有诗和韵》（二首）、《雨后》（二首）、《雪溪师生日，同社于萧斋悬影私祀》（二首）、《病骥自无锡来诗，依韵和之》（二首）、《悼亡》（八首）、《苦雨述况》（二首）、《虎死》《北湖遇雨述况》（四首）、《雨过，行大仪道中》《哀徐上将》《哀宋渔父》（三首）、《寄张会叔佥事》《寄高子愚孝廉》《黄星》（二首）、《石头城》《再寄子愚》《无题》《赠马伯梁》。其中，《哀宋渔父》其二："须臾歇浦起楼台，海上沙鸥日日来。中有鱼龙混踪迹，无端风雨祸成胎。"《石头城》云："石头城外捶战鼓，石头城内纷无主。健儿无数掷头颅，攻破石头乱行伍。军令三日索寇虏，如梳如篦穷搜捕。恣情币帛金银取，席裹毡包分尔汝。三十四十良家妇，十五十六当窗女。不分贵贱事摧残，朝暮巫阳赚云雨。大车辚辚驾骐驽，大艑峨峨压篙橹。可怜建业花锦堆，尺寸已无干净土。我闻造孽由大府，不驻南都移歇浦。峥嵘头角四都督，窟宅龙蛇各飞舞。黄星烛天张玉弩，白虹妖气沧波吐。书生投笔事戎马，练习弢钤尚威武。须臾兵甲洗天河，四面楚歌动凄楚。陆离光怪诸人物，如狐断尾鹰铩羽。眼看第一第八师，无复赳桓夸劲旅。且战且死且脱逃，兵祸结束民痛苦。君不见张镇抚、冯宣抚，石头城破功千古。纵兵日夜不节制，毋乃山林咆猛虎。"

王舟瑶诗系年：《答人问近况》《赠一山二首》《寄旧史杨定旉先生（晨）三首》《踏雪过傭周》《书怀》《傭周六十生日招饮未赴，戏赠长歌》《符蜕盦（璋）自九江寓书并诗，次韵寄答二首》《杨伯典舍人以其亡室〈吴淑怡遗诗〉属题，为书三绝句》《结屋自嘲一首》《题明登莱巡抚〈陶元晖遗集〉》《题雪渔〈荷塘垂钓图〉》《病中喜志韶至》《王子辛（咏蟾）以横幅属题，中绘雁十八并仙山楼阁》《寓十八学士登瀛洲之意，余反其意题二截句》《病中》《晚眺》《闻警四首》《卧病》《茫茫》《遣怀》《书感二首》《漫兴》《杨定旉给谏和余〈遣怀〉韵，叠韵寄答》《天台万年藤杖歌，赠瞿善化相国师》《迂疏》《书感》《风雨叹二首》《七歌》《定旉给谏于鉴洋湖马山自营生圹，寄诗索和，为赋长歌》《短歌三章，章五句》《书感》《后凋草堂落成四首》。其中，《符蜕盦（璋）自九江寓书并诗》其一："千里书来见性真，广南别后几经春。故人湖海犹思旧，大陆风云已变新。日暮西山空采蕨，波翻东海竟扬尘。狂澜欲挽愁无术，只合荒江作逸民。”《杨定勇给谏和余〈遣怀〉韵》云：“遗老差同元裕之，黍离诗句和哀丝。风霜旧节高三院，清白家声重四知。眼底乾坤悲澒洞，海滨邹鲁要维持。山岩屋壁遗经抱，莫叹伏生头白时。”

黄荐鹗诗系年：《过石溪》《因公宿内浮山》《新衙蠹》《巡乡杂咏》（八首）、《望耕亭遣兴》（四首）、《留别饶平士民》《步庄敬斋〈送行〉诗原韵》（四首）。其中，《过石溪》云：“断壁悬崖乱石中，短蓬六尺不能容。潺潺碧水鸣幽壑，莽莽苍烟接翠峰。匝路芙蓉（鸦片种多）心若刺，巡乡猿鸟路难通。何时凿破溪中石，导出龙源（饶平地名）赴海东。”《新衙蠹》序云：“民国成立，禁用捕役，然县兵之黠者，其弊害较捕役尤甚，朴实者捕盗更无能力，赋此志感。”诗云：“汉族重光清社屋，三班改换旧名目。背负枪刀当鞭朴，名为县兵实贪黩。饬令捕匪路未熟，匪见兵来已远伏。诈言我为官心腹，入乡视民为鱼肉。此辈生小弃耕读，案情轻重不能烛。摇钱不计大小木，包烟纵赌兼贩鬻。逐利如同啖菽粟，吸尽脂膏不留啄。哪管民间吃饘粥，昔年胥役承公牍。亦尝揶揄我民族，一遇荐绅禀当轴。奸宄卒难逃显戮，嗟彼县兵侍公仆。手持凶械如霜镞，大队一来人畏缩。乡里受欺额频蹙，官在衙斋食天禄。那知穷檐一路哭，鳜生初出为人牧。睹此弊端殊愧恧，力去城狐威令肃。为我闾阎谋幸福。”《巡乡杂咏》其四：“鸡唱荒郊吏役忙，踏烟凫舄趁晴光。前村报道萑苻炽，默遣熊罴先入乡。”其六：“不见村民呼癸庚，儿童竹马陇头迎。柴门爆竹惊山鸟，下榻先询进善旌。”《留别饶平士民》云：“我心似子文，旧政必以闻。简书交替毕，归心何遽疾。破晓别绅民，道出石溪滨。送我大庵口，父老随其后。五步一离筵，十步一管弦。爆竹惊飞鸟，遮道离肠绞。使君有去思，问谁能解说。中有老人星，扶筇来惜别。自道军事兴，两次遭流血。遍地尽萑苻，嗷鸿声凄咽。自有我公来，群凶悉殄灭。六计儆廉隅，斋心侔玉洁。肺石达穷民，奇冤尽昭雪。昔日隶蝌幪，浑忘公骏烈。今日乏棠阴，始悟公人杰。野老尽攀辕，泪拥双溪雪。吁嗟乎！民本有至性，有诚感斯应。清夜自扪心，茧丝惭报称。”《步庄敬斋〈送行〉诗原韵》其一：“书生才薄愧匡时，捧檄岩疆泽未滋。邑有澹台躬获益，交逢伯玉善相资。堂悬明镜凭君助，竹抱虚心是我师。一载铜符珍重握，龚黄得失存心知。”其四：“攀辕感泣去迟迟，怜我清风两袖吹。屈子有怀吟楚泽，羊公无绩纪丰碑。狗屠侥幸官终黜，凫鸟归来意自怡。明日扬帆鮀浦去，依依别绪系杨枝。”

张元奇诗系年：《津庐庭树，蔚然可爱，感赋》《仲瑜来书，有洪塘水长，轻舟往来，偶触吟情，辄思严公重莅语，感成四绝寄答》《入都小住旬日，严几道招饮，以疾未赴，回津作此寄之》《〈石遗室诗话〉谓吾乡诗人多在会城西南乡，以余曾馆陶江叶氏，次余诗于损轩后，固未知余亦为西乡人也，赋此寄石遗》《雪后野步》《足九弟宰龙溪有政声，赋此寄赠》《寒夜独酌》《岁莫杂咏》（六首）。其中，《足九弟宰龙溪有政声》云："苦县昔论治，烹鲜戒数挠。亲民民自亲，正不在条教。龙溪称剧邑，滨海冠盖闹。好斗若陈兵，趋利争发窖。知不畏强御，众喙息喧嗃。礼贤与除暴，互用妙参较。邦人有矜式，一语生模教。大利在农桑，末利趁舶趠。果能疏河渠，远师西门豹。行见耕佩犊，道路息寇钞。侧闻下车时，折狱颇有效。兹事易丛愆，心平性勿拗。北来爰蛰伏，争道看腾踔。平生记所经，千态复万貌。难将江海意，与人洗泥淖。寥寥老生言，倘为知者乐。"《岁莫杂咏》其一："旧历刚逾腊八，新历将报元宵。但觉重重佳节，错记今朝明朝。"

董伯度诗系年：《寄史彭甫（铿年）上海》（二首）、《送瞿熊祥（□佐）》《杂书》（二首）、《寄徐开泰杭州》（二首）、《对月怀华汝明（琳）苏州》《寄熊祥天津》《泛舟郊外》《陇上作》《舟中晴望寄怀吕砺颖（保如）》《游红梅阁，次壁间韵》《遣兴》《寄胡乾三（开泰）江阴》《久旱喜雨》《鹤》《鹰》《鸠》《鹧鸪》《落花》（二首）、《砺颖至京师，诗以勉之》《偶成》（四首）、《题〈桃花蝴蝶图〉》（二首）、《即事书怀》（二首）、《读〈仓山集〉即赋》《〈狂歌行〉，示旧同学》《咏钱》《题画》《客至》《幽居》《偶成》（二首）、《蚁》《蝇》《蝉》《萤》《校中感旧》《古意》（三首）、《赠许梦因（光越）》《感旧》《偶感》《代题〈月季图〉持贺新婚》（二首）、《遣兴》（六首）。其中，《鹤》云："逋老梅间侣，坡仙月下魂。只应云水宿，何事恋乘轩。"《校中感旧》云："吴淞浪阔水漫漫，多病回乡怯露寒。甘雨未成云出早，旧巢无恙燕归安。举头貌误逢迎友，入耳钟知早晚餐。深夜读书堂畔立，月明还当故人看。"《代题〈月季图〉持贺新婚》其一："一枝能备四时春，绝妙丰神久益新。为选名花眉样好，镜台来献晓妆人。"

许咏仁诗系年：《伞墩看梅》（六首）、《香国杂咏》（三首）、《纸糊美人》《将敝庐典去，挈眷移居苏垣》（二首）、《挈眷赴苏，寓乌鹊桥头》《吴下卖花词》（三首）、《挽卢景贤（希檀）》（代谢勉修作）、《挽虞山黄母夏太恭人》（代苏州振华女校校长王谢长达作）、《和张尔常〈六十自慨〉》《邵姬生第三女，名之曰微兰》（二首）。其中，《香国杂咏》其一《凤仙》云："飞来金凤堕墙东，幻作花身点染工。生性不甘栖枳棘，分支偏喜傍梧桐。九苞文采迎眸炫，一抹胭脂入手融，雌伏何须怨迟暮，乘时好待羽毛丰。"其三《老少年》云："借叶为花色倍娇，紫红相间笔难描。小桃依旧如人面，衰柳从新斗舞腰。庾信文章增绚烂，徐娘丰致逞妖韶。秋光更比春光好。庭草经霜未肯凋。"

曾广祚诗系年：《观桥松池荷感赋》《咏史二首》《李紫谷道士善鼓琴吹笛，访余留奕，称指送一章》（癸丑）、《题唐李泌读书台壁》《重游芋园》《巴陵县西舟中作》《宿花石逆旅观织》《月下独酌》《游上封寺，示性明行者》《悼敬公京华圆寂》《游衡州西禅寺》《赠李玉兰》《出京留别亲友》《飘摇》《孟浪》《步马》《云路》《闻王夔石相国予告归浙》《树古》《咏杨彦规所得铜鼓》《夜开北里前轩望丛藏处妓墓》《严颜》

《陈登二首》《前朝宫人》《望新阡》《登白马峰怀古》《丽情》《鹿》《食榴》《岣嵝禹碑》《和放雉诗》《孟冬客澧州，感作长句》《夜忆曲涡》《扶竹望远梅》《题浴池壁二首》《送赵芷荪还山》《马上闻笳歌声》《汉平皇后》《游山归巴陵，旅夜有感》《性明行者见赠，有"一夜风吹李白回，万千气象毫端出"之句，口占一绝答之》《思越》《征衫》《闺中曲》《今岁》《登寺楼观虞舜画像及〈犍为图〉》《灵芬》《暮望洲屿，忧忆成篇》《与药贫者》《游后园，授昭扬儒道浮屠之说》《携妓登楼望阁景》《睹前蜀李舜弦夫人图，不胜兴亡之戚，题五首》。其中，《观桥松池荷感赋》云："翠粒横桥共采芝，荷衣瑟瑟动芳漪。心遥似鹤翀霄日，气吐成虹祖道时。七相五公令寂寞，三才万象亦迷离。何须问及秦灰黑，鼓枻高歌胜楚辞。"《咏史二首》其一："汉德曾歌赤凤凰，当涂龙战国将亡。黄金空自盘镌玺，白石何缘堕绩筐。眉黛弯环愁斗月，发光夺鉴暗含霜。长年但盼虹流渚，岂料悬帘抱让王。"

许南英诗系年：《和福建西路观察使吴芝青〈留别〉原韵》（四首）、《王少涛嘱题〈曾经沧海图〉画册》《题胡君湘笔记》《江杏泉寿辰登堂拜祝，书此志感，即以奉贺》《沈琛笙〈五日有感〉，和其原韵并以慰之》（二首）、《再和沈琛笙〈五日有感〉原韵》（二首）、《下乡止斗偶成》（九首）、《纪私门》《送沈琛笙归衡山》（四首）、《晓起》《过海澄感事》（二首）、《过木棉庵》《示四儿叔丑》《送关介堂明经归莆阳》《和耐公〈送关介堂〉原韵》（四首）、《圆山》《施耐公六十初度》（四首）、《和施耐公六十初度见赠之作，并次原韵》（三首）、《读宋人张泽民〈梅花〉诗，戏次其韵》（二首）、《闲居》（二首）、《移居管厝巷》《题林叔臧鼓浪屿菽庄》（四首）、《和陈慳真原韵》（二首）、《寿李启授令堂李太夫人》（二首）、《游山过九龙岭，夜宿双坪》（二首）、《谒双坪大宗祠》《菽庄钟社即事》（三首）、《和菽庄主人〈听潮楼晚眺〉原韵》《前作意有未尽，再叠原韵》《送李偕荪年兄归武夷》（二首）、《菽庄四咏》《和施耐公〈感兴〉原韵》（八首）、《和陈丈剑斗〈新秋偶兴〉，呈菽庄主人原韵》（八首）。其中，《闲居》其一："杜门谢俗客，陋巷绝华裾。春至艺荒菊，秋来种野蔬。诸孙时问字，一老自钞书。举首看天外，浮云自卷舒。"其二："与世殊不合，于人无所求。科头踞松下，洗耳择清流。入幕郄超老，下车冯妇羞。儿曹能食力，老子又何忧！"《菽庄钟社即事》其一："霖雨苍生有替人，东山高卧养闲身。相从大海回澜处，冷看风涛变幻新。"《和菽庄主人〈听潮楼晚眺〉原韵》云："依人王粲老，百不合时宜。创后应思痛，几先不入危。雨云随反覆，衡泌且栖迟。已废经纶事，春蚕尚有丝。"《前作意有未尽》云："一局容高卧，林泉左右宜。在山招隐逸，当世系安危。晚涨来何急，春云出故迟。软红名利客，笑尔逐鞭丝。"《菽庄四咏》其一："一辈旧人尝往返，十年豪气已除删。倚栏顾盼兼天浪，举手招呼隔岸山。澌湃潮声都入耳，参差黛色尽开颜。客来莫话沧桑事，容我浮生片刻闲。（右听潮楼）"

钟熊祥诗系年：《六十初度四首》《晓望》《小楼晚眺》《黄天荡》《江阴炮台》《金陵》《无家歌》《小姑山》《蕲州道中》《黄石港夜泊忆蜀》《重登伴鹤楼》《晤章丹秋，喜作长夜之谈》《通州途次》《村外看桃花》《醉后对花，又成一律》《清平张仲仙女士三首》《日本小枫》《松石盆景》《月夜书怀》《长至后晚眺感怀》《独归》。其中，《金陵》云："半壁东南苦战争，三年困难几回惊。春前又放黄州棹，乱复重临白下城。政治虽更犹觉霸，干戈初定未销兵。升平或有真消息，祭孔先看奠两楹。"《无家歌》云："天下四海我无家，我家却在天之涯。天涯有水、琼浆与玉液，天涯有火、星光共明霞。玉宇瑶台嵯峨起，金童彩女相邀遮。蟠桃初熟即开宴，灵芝奇草杂仙葩。珍禽鸣时异兽舞，丝竹弦管竞纷拏。逍遥自在乐无极，醉时更开顷刻花。既乘五凤辇，复驾六龙车。瞬息十万八千里，往寻炼石补天之女娲。无家却胜有家乐，厌看春申浦上之繁华。"《重登伴鹤楼》云："阔别已三秋，重登伴鹤楼。恩光自昔被，风景似前不。函丈复亲侍，文坛多旧俦。相看各努力，借箸若为筹。"《村外看桃花》云："偶然村外睹娇姿，红透夕阳柳衬之。烂漫春光胜东阁，逍遥清梦到西池。名山未得仙人果，流水先听渔父词。世俗相怜惟命薄，根生净土有谁知。"《月夜书怀》云："明月当户牖，乐此向南屋。习习风徐来，清凉散一服。窗外峙双松，苍苍蔽大陆。崭然露一峰，杳自千仞缩。喧嚣绝不闻，冥心处幽独。空旷虽尘寰，不啻隐岩谷。富贵转瞬间，中原笑逐鹿。世人徒纷纭，那识此中福。渴时饮我酒，饥时食我肉。醉后发狂歌，倦就北窗宿。声不入吾耳，色不染吾目。师训志善途，守真选抱朴。噫吁嘻，仙境在人间，但向此心卜。"

刘尔炘诗系年：《结翰墨缘斋题诗三首》《五十初度书怀》（二首）、《谒墓》（二首）、《观剧》《题岳鄂王书诸葛武侯〈出师表〉后》（岳鄂王所书武侯《出师表》，其神采飞动，英气逼人，固不待言。其跋尾称绍兴戊午过南阳，阻雨武侯祠，读石刻二表，感泣夜不成眠，为道士挥涕走笔。呜呼！是时王年才三十六耳。读史者考王所遭之时可以识王，涕泪之所从来，亦可以悟王性情之所存，志趣之所寄，非第如骚人墨客临池挥翰已也，因题此以志钦仰）（四首）。其中，《结翰墨缘斋题诗三首》其一："万变烟云静里看，江湖阔处天地宽。手中斑管潇湘竹，聊当严陵一钓竿。"《五十初度书怀》其一："弹指光阴似转轮，茫然忽作再来人。露珠空滴花间泪，尘网难逃物外身。五夜幽怀名利淡，半生微尚性情真。而今问我同庚者，一岁婴孩小国民。"其二："神州莽莽尽烟尘，谁向中原救兆民。天意酿成千古恨，人心打破一腔春。西欧新学珠还椟，东鲁微言火断薪。谋国经纶何处是，苍生先要不忧贫。"王烜和诗《奉和刘晓岚师〈五十初度有感〉原韵二首》其一："难得骚坛老斫轮，苍生此日望斯人。草间偷活英雄泪，林下由来自在身。北地文章群拜李，西山学业尚思真。维桑已赖支撑力，服政于邦亦为民。"其二："河山大好莽风尘，吾与同胞亦此民。几度征书难遁世，数年学易不知春。浮生富贵风飘瓦，从古殷忧火厝薪。沧海横流原此始，箪瓢何处得安贫？”《题岳鄂王书诸葛武侯〈出师表〉后》其一：“天心难问九重宵，丞相祠堂夜寂寥。半壁河山千古恨，把来都向笔尖消。”

柳亚子诗系年：《雪后游湖上诸山》《哭宋遁初烈士》《胜溪老屋古柏》《无题四首，示长公》《得陈陶公手札感赋却寄，即示叶楚伧、俞剑华、姚鹓雏、姜可生诸子》《别吴门》《观〈血泪碑〉赠冯春航，兼寄林一厂燕市》《重过杏花楼感悼邹亚云、陈蜕庵》《赠朱少屏，即呈蔡景明夫人》《访春航寓庐奉赠一律，即题其见惠小影》《赠陈匪石》《观〈穷花富叶〉赠春航》《先府君亡忌，骎骎近一周矣，感赋两律》《自题〈春航集〉后，次陈微庐韵》《闻宁太一噩耗，痛极有作》（二首）、《北望三章，借陈汉元韵》《观梅兰芳剧后赠春航》《剧场感旧两绝》《酬鹓雏两绝》《答周芷畦，集定公句》（二首）、《三哀诗》（三首）、《闻湘中烈士墓将被发掘，诗以哀之》《得子美海上书却寄》（四首）、《少屏以春航化妆小影寄赠，奉酬两绝》（二首）。其中，《雪后游湖上诸山》云：“六桥垂柳未成丝，镜里偏饶雪后姿。踏破琼瑶天不管，万山无语我来时。”《别吴门》云：“画堂红烛敞清樽，白袷青衫各断魂。犹有空桑三宿恋，行行未忍别吴门。”《闻湘中烈士墓将被发掘》云：“田横犹有冢，项羽岂无坟？雄鬼亦何罪，忍令白骨纷。卷施心不死，杜宇哭难闻。谁种冬青树？深深护白云。”《闻宁太一噩耗》其二：“独夫曷丧苍生愿，豪杰成灰白骨哀。血溅武昌他日事，鬼雄呵护复仇来。”《剧场感旧两绝》其一：“檀板金尊乐未央，谁知此别已茫茫。苌弘不化三年碧，急管哀弦哭国殇。”诗末自注：“今夏过沪，观春航演剧于新新舞台，亡友宁太一亦时相过从，推襟送抱，极一时之盛。嗣余归卧枫江，而君遽成仁鄂市，黄垆重到，碧血犹新，生死散聚之感，不独雍门奏琴、山阳闻笛也。”其二：“草间偷活恨难支，借酒浇愁亦太痴！惭愧故人珍重意，春江歌舞泪如丝。”诗末自注：“亡友陈勒生，任侠自许，肝胆照人，尤能刻苦淬厉，无纷华之嗜。余撰《春航集》，朋侪争诩为美谈，君独以玩物丧志，抗言相责，余愧谢未遑也。自君碎身报国，而余犹未能废丝竹，厚负九原矣！”《赠朱少屏》云：“茂苑连申浦，劳君远送迎。疏狂能谅我，纯挚最怜卿。双宿鸳同命，将雏凤试声。画图珍重意，一为觅云英（君方为我觅春航相片，故云）。”

陈去病诗系年：《偕遁初游灵隐、韬光、烟霞、石屋诸胜》《灵隐僧房与遁初诸子夜话》《哭钝初》《自兖州过曲阜谒圣庙孔林四首》《陋巷》《去鲁》《登岱》《泰山绝顶登封处题壁》《雨后》《哭梦逋老友》（二首）、《京师重晤黄晦闻》《钝初卜葬有期，诗以哀之》《出塞望蒙古》（二首）、《夜宿张家口，独步通桥望月》《通桥月夜闻歌》（二首）、《四十初度，黄海舟中遇雾一首》《落叶》《赠勇忱》《酬钝根醴陵山中》《戏作》。其中，《哭钝初》云：“柳残花谢宛三秋，雨阁云低风撼楼。中酒恹恹人愈病，思君故故日增愁。豺狼当道生何益？洛蜀纷争死岂休！只恐中朝元气尽，极天烽火掩神州。”《灵隐僧房与遁初诸子夜话》云：“万事纷乘总偶然，宵深闲坐竟谭玄。漩涡一入真无主，法象全超岂尽禅。吾道由来桶脱底，佛心应似蜜忘边。沟通儒释存真理，白絮青苹未算缘。”《自兖州过曲阜谒圣庙孔林四首》其一：“假盖欲出门，主人不我与。驱车辄长行，去去向东鲁。初过泗上桥，官柳绿呈妩。迤逦接平原，良畴益膴膴。忽逢枣柿林，或者环以堵。土风虽不华，富庶隐可睹。约略卅里余，遥天露璃宇。趱程意复前，漫空突飞雨。牛车塞阛阓，欲行更横阻。护短愧未能，解衣一长忤。”《四十初度》云：“祲氛何事屡溟濛，极目南天路欲穷。一鸟不飞惟见海，孤舟高驾独当风。漂摇身世冯唐老，踽踏关津阮籍同。安得吴淞江上去，绿蓑青笠作渔翁。”

高旭诗词系年：《赠亚卢》《短歌行，赠杨救炎》《结交行二首》《痛定，示舍弟佛子》《结客》《周人菊属题所撰〈程森厓传〉》《黄昏》《赠亚卢》《吕选青属题〈画例小引〉，代之以诗》《哭邹亚云》《哭宋遁初》《吊林颂亭》《喜晤田梓琴》《游颐和园，次吕志伊韵》《赠费公直，寄周庄天健医院》《南社雅集畿辅先哲祠，分韵得社字》《南社雅集，崇效寺看牡丹，拈得花字》《与陈汉元、去病、邵次公饮酒家有作》《陶然亭南社第三集，以卧病未往。佩忍为代拈，得高字》《拟今日良燕会》（醉琼林联句）、《南社追悼宋渔父、陈蜕庵两社友，席上分韵，得本字》《再哭陈蜕老》《无题》《楼头坐雨联句》《游什刹海车中偶成，示同游诸子》《李花词》《都门酒家联句》《席上联句》《“皎皎明月光”联句》《艳芬妆阁联句》《闻太一在湖北被逮，为电武昌营救，众院中联名者二十二人》《月下怀亚君》《旅店寄亚君》《浮海南归》《海中作》《浪淘》《海上酒楼联句》《海上联吟，次陈去病韵》《酒楼联句》《艳芬妆阁被酒赋此》《海上寄巢南》《遇汉元沪上》《得辟支〈狱中诗〉感赋》《次辟支韵》《吴梅禅寄造像并诗，次韵答之》《金节母挽诗》《赠姚鹓雏》《寄汉元海上》《行路难，次韵和鹓雏》《赠别剑华、鹓雏，用剑华韵》《九日南社雅集沪上，即席赋此》《晨起闻国会解散令下，偕亚君游万生园感赋》《谁怜》《弹指》《斜街联吟》《赠孙师郑》《即席呈中山先生》《报太一书》《海上赠刘三》《浣溪沙·宣南酒楼与成琢如联句》《忆秦娥·十六夜望月，次韵和鹓雏》《菩萨蛮·将之燕，赠歌者艳芬》《念奴娇·题巢南〈笠泽词征〉，用檗子韵》《虞美人（刚来便去匆匆了）》《捣练子（人世事）》《浪淘沙（残局不胜哀）》《忆江南（伤春苦）》《菩萨蛮（词人漂泊原难免）》《相见欢（不堪王粲登楼）》《浪淘沙（到耳浪潺潺）》《木兰花（森严帝阙冷欲雪）》《清平乐（惊涛天半）》《临江仙（虎口余生谁念我）》《应天长（英雄宝剑佳人镜）》《蝶恋花（局促九州无可步）》《虞美人（沉吟夜半灯光绿）》。其中，《旅店寄亚君》云：“旅店凄清客梦孤，感卿辛苦念征途。书生挟策空千古，健妇当门胜丈夫。合有闲情调赤凤，恨无强腕猎青狐。此行心事休堪絮，收拾雄心付酒垆。”《海中作》云：“鹏翼激沧溟，蛟涎四壁腥。忽看波浪白，一洗海天青。蜃气逼衣湿，狂风撼梦醒。恨无双铁笛，吹向老龙听。”《谁怜》云：“对人白眼有谁怜？

不问愁边与酒边。人世总无如意事，相逢同是断肠天。抛残红豆今生愿，铸就黄金再世缘。词笔敢夸秦学士，一春赢得恨绵绵。"《浣溪沙》云："怪底春愁不自持。潘郎憔悴鬓成丝。淡烟雨落花时。（琢如）　黯黯青山如我病，双双红豆为谁痴。最难消受是相思。（天梅）"《菩萨蛮·赠歌者艳芬》云："宣南文宴当年共，翩跹舞瘦阶前凤。西燕又东劳，天遥梦更遥。　名花该堕地，漂泊何时已？怜我复怜卿，多情似不情。"《忆江南》云："伤春苦，今日又悲秋，蓦地猿啼不住，好风吹送木兰舟。重上媚香楼。"

黄节诗系年：《北游将发，夜中读张筱峰寄诗，有"我效紫阳论苟或，与君不负廿年交"句，既感其意，赋此谢之》《李茗柯属题〈寒夜听琴图〉，三年未答，春夜雨中成句》《宣南秋夜过胡夔文，明日简赠》《游净业湖普济寺，同瘿公、敷庵，明日二子以诗索和作答》（三首）、《京邸重晤敷庵，醉中赋赠》《与马夷初登江亭，晚饮市楼，并寄贞壮、秋枚、宾虹、子贞》《雪朝，寄述叔》《怀贞壮却寄》《偶成》《得子贞书》。其中，《宣南秋夜过胡夔文》云："再来京国未成诗，握手看君气自奇。灌树拂车回曲巷，疏窗传烛校残碑。千秋挂壁支持计，一雨归驮跅弛时。坐令不眠过夜分，宣南秋思只如斯。"《京邸重晤敷庵》云："淞江旧忆年频换，辽海才归秋又残。初筵幼安龙健在，上抟蒙叟莺交欢。侏儒且患长饥死，酩酊能回落日寒。更就间谣敛襟听，朅来重蹋九逵宽。"《雪朝》云："搅风回雪曙迟迟，宣武城南缩手时。初日未窥凹仄径，晓寒还在暝髡枝。深山大泽谁能测，官道邮亭马易歧。只是路遥望江国，见梅吟寄石湖诗。"《得子贞书》云："客愁猋忽翦缄前，相望堂堂岁渐捐。来日大难遗我辈，旷怀为别苦中年。音书涉腊成追寄，性命于时但苟全。未欲旁人窥此意，暗风吹雪落吟笺。"《李茗柯属题〈寒夜听琴图〉》云："积雨犹深春尚迟，镫前事事足逶迤。漫寻一诺题诗约，已负三年入海期。动壁哀弦支独夜，罢机邻妇泣残丝。沈妍薛满都零落，肠断龟年正此时。"《与马夷初登江亭》云："秋尽江亭草树疏，川原晚度独纡徐。一空冀北过穷野，旧约淮南阙报喜。了了明灯煎灼地，腾腾云物蔽亏余。回车且就村墟饮，蜜苣围香上酒初。"

傅熊湘诗系年：《旭芝、梦蘧、芥弥各有新岁诗，为和一解》《行行》《哭杨笃生》《长沙寄妇》《豪生至自潭，即席赋赠》《韬庵办家厨速饮，竟庵在座，与极往来上下，为一谈局》《章龙作》《城南读书》《咏怀诗四首》《赠别漫士》。其中，《豪生至自潭》云："横流沧海欲何之，独立苍茫重系思。一派尚存谁后死，万山无语我归时。国微雅废宁天意，火尽薪传得所师。今日起衰定相望，为然高烛照深卮。"《赠别漫士》云："翩翩漫士多材艺，拔职词坛故自奇。玩世衣冠成惨憺，向人哀乐已淋漓。酒边小历千重劫，湘上初逢十日离。期汝早来共芳洁，秋风渐欲长江蓠。"《咏怀诗四首》其二："我生有朋友，钧也实其初（黄梦蘧钧）。暇辄相过从，煮酒摘园蔬。泽也富文采（郑叔容泽)，独步扬轩衢。抗怀论古昔，朗照生室隅。庚辛国多故，钧行吾乐虚。泽乃课吾诗，吾诗森青蒲。金华望章龙，置邮仆马痡。吾诗君能定，疑难良所无。常恨道阻修，阔别增嗟吁。自从军兴还，岁聚不改居。人是乐已非，衣素缁尘污。此乐不可再，天且为揶揄。亦有陈（豪生）吴（悔晦）伦，篇章厉以铺。稍复张诗垒，我皆捋其须。高（天梅）柳（亚子）宁（太一）二陈（蜕庵、佩忍），词场并辔驱。元龙（谓蜕庵）倏溘逝，宁戚累在篍（太一时系武昌狱中）。即今尚如此，后恐复不如。因风发高喟，吾党何归与?"

林苍诗系年:《简子冕》《算得》《平冶生日，寿之以诗》《梦中口占》《酒后有感》《感事》《访陈李义不遇，书此却寄》《不悟》《怕见》《卧雨》《闻可襟将远行，书此示之》《莫谓》《题卓漫廙〈月林二虎图〉》《戏简俟室》《诗魔》《宿西禅寺观浴佛》《访拙庐不遇，归途雨甚》《雨行伤足示拙庐》《独觉》《销尽》《移家》《寄陈小松同年》《闻范屋行计已决，夜归不寐，书此却寄》《入梦》《睡起》《重游小金山》《西禅寺啖荔》《无辩以新刊诗本见遗感赋》《雨夜同老可宿寒碧楼下》《范屋行有日矣，中年朋友之雅，殊不可为怀，作此送之》《未应》《月夜同游金山寺怀吴步岳》《范屋罢行诗事当不寂寞，喜而有作》《题公异征诗同人小影》《读〈无辩斋诗〉示平冶》《论诗六首，与拙庐》《无辩以诗社见招有感》《示老可》《不称》《夜坐》《夜起看月》《范屋决游福鼎感赋》《何苦》《自笑》《过拙庐二首》《吟城南楼上示座客》（二首）、《次老可韵》《闻诸诗老集寒碧楼议复宛在堂，均有诗感赋》《夜起怀拙庐》《范屋行矣，书此送之》《示髯始》《书〈屯庵诗〉后》（二首）、《示退密》《次拙庐〈议筑社寄范屋〉元韵》《饮桥东酒楼示平冶》《同游开化寺》《和退密〈病目止酒〉》《诸君约游城南，以病不果，感赋》《约漱石游崇福寺》《独惜》《因病连日不见范屋却寄》《柬公和》《可怜》《与任庐、范屋夜谈归作，示平冶》《雨夜因忆平冶，是日游开化寺，诗以讯之》《喜东绿丈见访》《沈鲁青丈生日》《饮开化寺，邀髯始、屯庵同作》《与范屋》《酬退密〈见访不遇〉》《怀爱独病中》《寄怀任庐马江》《平冶要赴酒家饮有作》《同拙庐登城望枫》《拙庐昨议筑社，同往相地》《无赖》《自西湖步及南城途中作》《不是》《拙庐以〈自西城外步入南城作〉见示，依韵答之》《论诗，与平冶》（三首）、《次退密韵》《明日》《晚步》《与平冶谈近人诗，去后得四首》《看枫后戏催平冶作诗》《无競以〈东署火口占〉见示，爱独、四可均有和诗，用元韵以广其意》（二首）、《节署东轩同无競》《无競见和前诗，叠韵答之》《策六不日北行，书此送之，兼呈都中诸同年》《髯始、屯菴各以一诗见戏，依元韵答之》（二首）、《和髯始、屯菴诗竟示平冶》《与平冶》《无競以省吾〈坐雨感赋〉二首见示，即次其韵》（二首）、《次韵爱独〈池亭晚眺〉》《省吾以〈感菊〉诗见示，即次其韵》《次韵酬拙庐见赠》《府中无事，书示拙庐》《赠郑守堪》《爱独家盆菊为鼠所啮，即用其事，次云将、四可唱酬韵，仍叠韵以广之》《新晴》《次韵拙庐〈雨中见忆〉》《次老可韵》《西湖晚眺，同亮公》《无競以久不得余诗，作一绝句见戏，因次其韵》（二首）、《示怡山》《曩与卓为客江右，以诗相过，归又同社感赋》《送任庐之北京》《偶书四绝句示退密、范屋、平治、敬庐》《去岁》。其中，《论诗六首》其一：“广眉高髻出城中，花样年来致不同。里妇效颦无一可，只应欠汝大家风。”其二：“西抹东涂百不宜，妃青俪白转参差。侯鲭也要羹汤手，谁解推敲用许思。”其三：“不御铅华算可人，篇篇出手爱清新。许多风物供驱使，至竟无如一字贫。”其四：“南飞独鹤影翩翻，不受人间一点烟。粗服蓬头元自好，未应矫饰损天然。”其五：“淡写轻描亦足多，临风顾影自婆娑。无人辨得中冷味，容易聪明误尔何。”其六：“渲染工夫在笔先，翻留疵点与时贤。海棠不是无香者，夺尽佳名坐太妍。”

黄濬诗系年：《薄暮游天坛书所见》《哭芷青》《雨中视芷青殓，归复为诗以哭之》《亮奇以〈牡丹〉诗索和，即次其韵》《再次亮奇〈闻歌〉韵》《寄抱存，再用阑字韵》《崇效寺牡丹诗变体，倒叠前韵呈亮奇》《病中谢众异、亮奇过存》《寄舜卿》《题方泽山〈赠抱存〉诗后》《偶成》《即事书石甫〈幽恨词〉后》《夜过黄河桥》《符离》《将至金陵道中作》《下关》《海上晤太夷先生赋赠》《再成一律呈太夷，兼谢题赠之作》《赠沈涛园先生》《奉赠散原先生，便乞写示近诗》《沪上逢众异，遂同游哈同花园》《戏答石甫相讯之作》《〈铜官感旧图〉，为章曼仙题》《众难投诗索和，以此答之》。其中，《题方泽山〈赠抱存〉诗后》云：“万言瘏敝终何益，七字沉吟亦自哀。独遣方生矜此意，饮醇近妇叹天才。”《海上晤太夷先生赋赠》云：“斯人一别沦江海，猿臂真成叹数奇。犹有光芒天所妒，固应肝胆世难窥。淋漓元气供神笔，检点年华送短诗。我道先生须悯世，危楼摩眼夕阳。”

王海帆诗系年：《自省返里，祖母吴太孺人已于月前逝世》《陇山》《马嵬坡》（四首）、《咸阳渡》《过满城，怆然口占》《过王景略墓》《陈希夷故里》《辛店道中》《潼关》《京汉道中》《邯郸道中》《重抵都门》（八首）、《津浦车中》《车停漫步口占》（二首）、《送春》《下关寓楼，同子青》《金陵览古》《书子青箑》《白门杂咏》（十一首）、《沪宁道中》（二首）、《常州》《车中有忆》《苏州》（二首）、《望太湖》《车中口占》（二首）、《昆山有怀顾亭林先生》（二首）、《听汪笑侬剧，同伯熊、伯挺、剑虹诸君》《愚园》《沪杭车中同子青、吉庵》《檇李道中》（二首）、《初抵杭州》《钱塘览古》《西湖杂咏》（十二首）、《冒雨同子青到江边闲眺、傍晚天晴楼头即事》（三首）、《将去杭州，赋示吉庵》《口占送吉庵归长春》《渡海遇风》《重经大沽炮台，有感宣统庚戌之游》《过海，有感甲午之役》《李浚潭席上归来感作》《将出都，同少渔作》《别友》《同家健侯出都》《涿州道中》《彰德道中》（二首）、《虎牢》《洛阳》（二首）、《送健侯去开封》《华阴》《灞桥晚眺》《西安病阻经旬》《自咸阳与家健侯分途各归，怅然有作》《夜宿兴平城西，二更后忽人声嘈杂，云为杀人者。晨起视之，则七尸已纵横仆血泊中矣》《马嵬坡杨妃祠》《凤翔东湖，苏东坡治岐时遗迹也。步游口占》《汧阳有圣门燕子故里》《关山峡顶小憩，有感赋此》《清水道中》《晚雪，宿和尚铺》《塞上》《忆金陵癸丑故事》。其中，《送春》云：“春来花不语，春去花不嗔。春花两无意，愁杀送春人。”《辛店道中》云：“晚风吹浪起，渡口唤归船。水啮沙全失，山吞日半圆。客心方未已，世乱正无边。不及农家子，躬耕二顷田。”《京汉道中》云：“片云飞过古城隅，连天草色暗平芜。一自铁轨纵横驰，神州形势顿成虚。大河中流穿地腹，划出大梁作中都。京汉如轴横一线，望中形胜武昌趋。汴水已无往日潮，何处六国旧舆图。试向夷门访屠狗，可有昔时卖浆无。扰攘古多出游士，河山今不用腐儒。我来正值艳阳初，草木重见战伐余。十里五里栽杨柳，一声两声叫鹧鸪。道旁绿树随春发，天际青烟带雨锄。江山如此不归去，吊古中原胡为乎。”《听汪笑侬剧》云：“法曲犹传天宝声，酒痕难浣旧衫青。江南肠断何人会，不是方回不解听。”

吴士鉴诗系年：《王湘绮老人（闿运）来自长沙，小住沪渎，用止盦师相、樊山丈韵，赋此赠之》（四首）、《和喻志韶》《题〈灵峰探梅图〉，用卷中松禅师相韵》《题周梦坡（庆云）〈灵峰补梅图〉》（四首）、《题徐积余（乃昌）〈狼山访碑图〉》（四首）、《家大人以西湖莼饷樊山丈，翌日丈以诗来，即用原韵奉答》《题家子鼎（瑞汾）〈竹洲泪点图〉》（二首）、《周少朴前辈（树模）招集泊园咏兰，限艳韵》《林赞虞前辈（绍年）薄游海上，将有登岱之行，赋此赠别》《题陈弢老〈听水斋图〉，即以寄怀》《寄世伯轩太保》《瞿止盦师相为其兄子濬先生（鸿锡）七十寿征诗》《题胡瘦篁侍御（思敬）〈匡庐归隐图〉》《和樊山丈〈移居〉诗韵》（四首）、《题伊犁将军志文贞公（锐）遗墨》《节庵丈招集寓斋，遍张国朝名人七十以上者小象，樊山丈有诗，次韵和作》《次樊山丈韵》《和戴壶公（启丈）韵》（二首）、《樊山丈用山谷诗韵见赠，依韵奉答》《王完巢年丈（仁东）招集樊园，即席限锡韵七古一首》《题徐积余〈定林访碑补图〉》《止盦师相招集桃源隐酒楼，席间所用为陶文毅公印心石屋青器，限陶字韵七古》《题唐健伯（咏裳）〈白塔访经图〉》《题商州吴莲溪前辈（怀清）集唐诗后》《题叶天寥先生（绍袁）小像》《题叶小鸾女史像》《题钱听邠（溯耆）〈七影图〉》《题〈广雅书局图〉》《送梁节庵丈赴崇陵种树》。其中，《和樊山丈〈移居〉诗韵》其一：“林亭到处因人重，买夏论园亦大佳。门外无尘通竹所，坐中有客异兰香。淞坡翦取奫沦水，海国移来䆗窱花。苦费绛纱笼蛎壁，题襟三载满君家。”《题商州吴莲溪前辈集唐诗后》云：“千家选尽后村诗，断羽零玑偶得之。吐纳唐音成变雅，彷徉楚些续骚辞。中州野史宝无稿，商洛归畊尚有芝。一拜桥陵人雪涕，松风阗咽四山悲（时崇陵奉安礼成，君往与祭）。”《题叶小鸾女史像》云：“天宝繁华世已更（小鸾自题眉子砚诗有‘天宝繁华事已陈’之句），骖鸾归去路分明。仙风一夕来超室，可似鱼山降智琼。”

汤汝和诗系年：《零陵道中》（二首）、《入全州界》（六首）、《兴安道中》（四首）、

《道上遣兴》（五首）、《纪梦》《入灵川界，有所谓金花圣母庙者，途人传其遗事》《途中苦雨》《见灵川县城》《夜宿灵川，入城访旧，无一存者，怅然率赋》《灵川晓发》《过甘棠渡》《桂林晤谢方山先生，投赠四首》《方山先生赐示和章，再叠前韵奉呈》（四首）、《零陵途中》（二首）、《零陵买舟南下》（二首）、《祁阳河中重见望夫石》《游浯溪》《夜泊白水滩》《即景》《衡阳河中舟人操舟夜行》（二首）、《纪梦》《奉母南归，登空灵岸怀杜文贞公》《过花石戍书事》《舟中苦热》《夜不能寝，船头候风》《热中遣兴》《途遇北风雨喜赋》《荒洲夜泊》《重到浯溪有感》（三首）、《石期市晚泊》《由湘上粤，河道极险，舟行三十七日始入全州界。夜泊时风雨大作，飞湍激流，舟几倾覆，心为骇然》《兴安河中》《陡河中覆舟，志警二首》《泊大溶江》《舟至大溶江下，为石撞损，河水盈舱，几至沉覆》《招同尹仲淑（乐尧）、陈兰垓、周幹卿（鼎臣）、秦瑞峰（华）、赵椿生妹倩暨家玉珊（献珍）叔在宴琼江楼小集，并吊苏斗西》（二首）、《重到芩头村，宿舅氏山庄有感》。其中，《入全州界》其一："十载追游迹，飘风感断萍。江山双腊屐，天地一邮亭。戍鼓沉边垒，归程带晓星。慰情桑梓近，万叠故峰青。"《泊大溶江》云："背水成街市，炊烟数十家。蛮墟通六峒，河道走三义。月魄云霄满，滩声昼夜哗。中元人饯祖，灯火映蒹葭。"《重到浯溪有感》其一："一隅幽僻亦千秋，群仰平原与道州。山水也因文字重，磨崖大笔走龙虬。"

赵熙诗系年：《宜园》（即李园）、《送客》《军宴有北客还在座》《赠闾士》《皈公得日本享和二年刻荆公〈唐百家诗选〉题词》《题〈钱注杜诗〉赠何君穆，并示赖以庄》《礼园杂诗三十八首》《赠方俊卿》《和潘少伟〈感怀〉之作》《和少伟〈屋后山泉〉之作》《山园再题黄小松〈石榴〉卷二首》《寿朱氏兄弟二首》《蜀尤新号半农，戏赠》《巴山园子次乐善堂韵题〈梅村集〉》《题何子贞为程雨琴书屏》《无题二首》《送陶星如鹾使》《故宫笺素》《夕阳》《春泉》《蜂》《宿鸟》《秋虫》《白鹭》《钓艇》《古镜》《古剑》《纸刀》《墨盒》《砚》《铜瓶》《熏笼》《藕》《橘》《藤》《山茶》《挽印伯》《弹琴》《闻钟》《题〈双玉龛诗集〉》《飞阁》《寄任父》。其中，《飞阁》云："花外长廊亘一山，何年大斧劈层峦。眼前逼仄无人悟，世外空虚较地宽。终古江声如此去，乘风玉宇不胜寒。神州只在栏干北，云白山青忍重看。"《礼园杂诗三十八首》其一："千花万竹路三叉，竹里通桥又见花。红日初生春似海，绿云如幄水穿沙。平生未领此清福，是事于今付梦华。何处春人如我早，丁丁香屧响邻家。（晨步漪玕桥）"三十六："咄哉狗熊名，狗非熊亦非。行步又蹒跚，坐食空白肥。铁链周其身，适性不如豨。苍苔滴崖窦，铁笼织双扉。何罪此监禁，偎偎狐狸威。意欲请主人，放之还翠微。狗熊努双睛，图饱不思归。（狗熊）"三十七："须汝夫何为，但长周身刺。无能妄自矜，见人毛尽磔。揆其委琐质，有肉岂能腊。与猥分大小，殊族同气脉。养猪如养士，猪必先选择。试计月所食，日费钱数百。猪也不知惭，众笑我苛责。人格今谁尤，君乃核猪格。(刺猬)”三十八:“百兽笑汝拙,忍辱而负重。世人不汝识,呼为马背肿。行步如跛鳖,自非千里种。非马亦非驴,何恃而不恐。君贵固在背,所食无乃冗。身上裘蒙茸,项下铃丁动。西域传瓮卵,禽兽同一孔。南来失沙漠,有武不可用。荆棘埋铜像,园中一骨董。(骆驼)”

夏敬观诗系年:《次韵答真长》《次真长、拔可韵》《次前韵再答真长》《寄庐草木诗三十首》《寓园辛夷遭风雨摧谢,师曾始来,作诗叹惋,答和一篇》《雨窗感赋》《园西古藤作花甚盛》《芍药始开》《索居投真长、拔可》(二首)、《鸱枭鸣》《和王荆公古诗二十八首,仍用其题句以发兴端》《次韵答李审言》《寓楼晚眺》《六三园》《种菜》《急雨》《蝉》《河滨晚望》《夜坐口号》《后园一抔土》《废井石》《林月》《真长以长歌和余〈种菜〉诗,答次其韵》《北行别真长、拔可》《北行车中口占》《都中喜遇胡梓方,时为教育部曹官》《先农坛书所见》《北海》《雍和宫》《积水潭》《霜》《天坛》《颐和园偕诸贞恽、菽民同游》《我马来田间》《八日书所见》《温室》《冰床》《岁尽南归》。其中,《寓园辛夷遭风雨摧谢》云:“花花与海气,稍稍得容春。隔日忧天变。残枝与世新。摘稀堪一再,来后莫酸辛。试看巢颠鸟,相怜树底人。”《芍药始开》云:“小园日日落红疏,谁向枝间惜所余。残酒扶头春去后,行云无迹梦回初。尘沙色里番番变,蜂蝶喧中寂寂居。咫尺玉阑容徙倚,莫收闲恨到庭除。”《夜坐口号》云:“林端露群星,烁烁闪明眸。万物当其下,蠢动亦不休。江河声东逝,银汉影西流。自吾俯仰之,二者皆悠悠。”《北行车中口占》云:“车前岱色已残秋,北去幽燕客更愁。可纪川原惟故物,所经城邑异吾州。寒林欲近参差起,落日无涯黯澹收。便入国门稀好梦,三年三至那堪留(自辛亥每岁皆以秋北征)。”

李宣龚诗系年:《同贞壮过剑丞车埭角新居》《赠刘宣甫长者》《题庄思缄女兄蘩诗所写〈楚辞〉》《视金陵故居》《仓皇》《再过武昌,见逻卒死事之所,有感》《呋庵徙宅,将有京兆之行,车埭角林木之盛无因再至,书以寄慨》《得呋庵都中来书,赋答并示贞壮》《夏口暑夜视文东病,遂偕至江畔小坐》《黄鹤楼山后,同文通晓坐》。其中,《赠刘宣甫长者》云:“北窗老栝青参天,南窗读书声泠然。记曾信宿在淞泖,使君政善民能传。平头六十今开筵,过从撰杖春风前。人间白发要可贵,世故那能心眼悬。亲社孙枝吾比肩,东陵之瓜相钩连。襄阳欲补耆旧传,斜川不忘义熙年。”《视金陵故居》云:“胸中空峥嵘,尺寸未藉手。开窗纳钟山,江南是吾有。区区丘壑恋,用意颇自负。吴楚一蹉跎,花时隔杯酒。得闲乃坐误,乱至复谁咎。惜哉鱼鸟乡,遂令虎豹守。徙薪已无及,增灶不可狃。九鼎方沦渊,破甑那回首。忽闻解兵令,其衷殆天诱。劫灰待收拾,于汝亦云厚。径荒就芜蔓,树槁变衰丑。意惟倾青溪,庶可涤尘垢。严城夜再起,独啸谁与友。虫声和月色,慰此循墙走。怀归恐无期,辟地宁可久。何处觅高原,河清俟人寿。”《黄鹤楼山后》云:“学道年来欲坐忘,不分江汉与秋阳。试听古涧千寻水，便识寒林一片霜。”《吷庵徙宅》云：“贫无置锥地，坐拥十亩阴。于理难久专，遂令世故侵。子有俯仰事，幽忧固难禁。顾我三年淹，舍君将谁寻。一朝别园树，不闻鸟遗音。细数石上苔，寸步堪沉吟。国中争夺场，谋夫方骎骎。貌取失子羽，难哉面同心。傥得把臂交，岂必深入林。”

盛世英诗系年：《挽前清隆裕太后》（五首）、《再挽》（五首）、《上冢哭钧儿》《读邸报题后》《中原》《杂感》（十首）、《送任季外舅芰唐北征》（四首）、《前诗意未尽，静夜不寐，挑灯成此》（四首）、《题戊戌保和殿覆试礼部所给官韵》《读张弼臣座主回书感呈》（二首）、《杜门》《过桔柏渡感作》（二首）。其中，《挽前清隆裕太后》其一：“新亭对泣不成声，又报云軿返玉京。室毁鸱鸮谁误国？营连貔虎竟停兵。强颜崇礼张昭化，祝发离尘谢道清。寝殿弥留长太息，我家何事负诸卿。”《读邸报题后》云：“西山王气尚蒸蒸，漫为沧桑泪满膺。竟有阿衡迁太甲，可无翟义起平陵。徒薪曲突言犹记，破釜沉舟客果能。莫道少康终古少，会看靡鬲佐中兴。”《送任季外舅芰唐北征》其二：“屈指成婚媾，于今卅六年。功名空我望，贫贱荷公怜。两度蓝桥梦，双飞紫玉烟。染毫陈往事，痛泪泻长川。”

赵圻年诗系年：《答空山人赠诗原韵》（二首）、《以罗两峰画梅赠空山人，山人报以诗，且索丁南羽所绘人物并以相赠，因和一首》《和空山人〈食鲂鱼歌〉原韵》《闲中自遣》《读〈瓯北诗话〉论放翁》《即事》《项病自嘲》《挽陈钜卿》《山灯》《题画赠雪瓢，是日空山人招集城南萧寺》《叠前韵》《题画，次柳如是原韵》《盆荷茁一萼，诗以赏之》《感旧》（四首）、《雨夜独坐》《闲事一首》《草花》《平阳道中》《赠毵窟野人》（二首）、《归家》（二首）、《临石溪上人画题句》《发》《须》《得孙小舫书感赋》。其中，《答空山人赠诗原韵》其一：“适子缁衣馆，谁云世不容。长安一回首，荒谷两经冬。霜雪氋氃鹤，山林偃蹇松。偶然三日别，樽酒慰离悰。”其二：“见诗已隔岁，妙句似霜红。世事本无事，天公胡不公。我真穷板子，谁是富家翁。蛩駏亲如此，相期作蓼虫。”

童春诗系年：《次奉化江北溟〈五十述怀〉元韵八首》《祝永乂乡第一单级学校开校歌》《孙氏绳武初小学校歌》《酬西天（味周）感时元韵》《次黄亲家越川归里元唱韵》（四首）、《与徐曙庄》《答谢欢迎歌》（二首）。其中，《次奉化江北溟〈五十述怀〉元韵八首》其八：“翁子新闻富贵年，披诗仿佛入谈筵。公余可述蛟门绩，春意还凭驿使传。笔砚生涯惭故我，霓裳会咏羡群仙。从今不尽封人祝，定有等身著作篇。”《酬西天（味周）感时元韵》云：“苍苍天意谓之何，旷野惊闻兕虎歌。法网翻教民贼漏，秋声触动旅愁多。欲消傀儡甘狂醉，且任光阴快掷梭。夜雨巴山还待话，知君乐许共观摩。”《次黄亲家越川归里元唱韵》其一：“屋梁落月未成眠，心事纷来十载前。欲与故人通款曲，邮筒原不阻山川。”其三：“覆雨翻云幻事机，懒询谁是与谁非。达观都付庄周梦，绵上有田胡不归。”《与徐曙庄》云：“作客东山三阅年，天真假我识荆缘。风潮大陆惊人甚，月旦贤声比户传（君现任乡佐）。入室久推陈思句，借光尚待薛涛笺（《四十自述》拙草曾承玉和示稿并恳正式缮写）。为联吟社留鸿雪（社友和章均颁拟付裱志喜），日盼诗筒两眼穿。”

陈公孟诗系年：《东游渡海》《小石川访古城贞吉》《箱根宿开泉馆》《浴温泉口占》《箱根观瀑》《便当》《东都丽人行》《杨枝》《食江珧》《有卖甲斐绡者，赠之以诗》《旅中得王康民（济时）来书，却寄一诗》《耻哉行》《墨江堤上有梅子坟，相传古有美人梅若以三月十五日死，是日有雨，都人谓之泪雨，每逢花时，游人辄凭吊焉》《游日比谷公园》《日人桥口兼之曾客吴中，受业于俞荫甫先生，通汉学，能为诗歌，近自上海归国，相见神田酒楼，索诗赋赠二律》《四谷访江小鹣（新）》《偕叶荭渔同年（玉森）、奚度青（侗）、公亮弟（昌淦）饮日比谷公园松本楼酒家》《同公亮登爱宕山寺塔》《与公亮合摄小影，题诗其上》《横滨舟中东望太平洋，叠东游渡海韵》《濑户内海道中，再叠前韵》。其中，《东游渡海》云：“六鳌晓策海东头，莽荡乾坤快壮游。万里飘萧双短鬓，三山缥缈一孤舟。气腥倒卷鱼龙怒，风急回看鸾鹤愁。北望云中青几点（北望海岛隐隐，舟人指谓即朝鲜也），不堪痛泪溅神州。”《食江珧》云：“翠釜沸轻烟，银刀落俎边。千丝琼理腻，一寸玉肤圆。风味登盘异，云腴出水鲜。羹材珍海月，蓬岛食经笺。”《日人桥口兼之曾客吴中》其一：“奇气三山吐，斯文一脉通。相逢人海里，共话酒国中。橘氏传经术，藤原振学风。渊源能远溯，还忆曲园翁。”《耻哉行》序云：“上野公园明治博览会中，见有巨幅画图，绘李鸿章登马关兵舰议和情状，心实耻之，因书所见。”诗云：“凤凰城下全军蹶，大沽口外舟师没。十年之功废一朝，兵不再合力已屈。高句丽降屏藩亡，台澎拌弃金瓯缺。和亲有策何足患，相公昨到下之关。大将楼船高若山，蟒衣孔翠伛偻攀。伛偻攀兮胡厚颜，耻哉乃在画图间。”

张素诗词系年：《报恩寺》《江堤即景》《游竹林中口占》（五首）、《江干夜眺》（五首）、《太平杂诗》（三首）、《小桥》《无题》（五首）、《感介推诗》《寄明星》（二首）、《寄兰舟》《生公之官长春，以书见招，却寄一首》《无题，示可生》（五首）、《楼外楼，与可生、剑华、道非联句》（二首）、《舟发海上，用楼字韵》《舟中感赋，仍用楼字韵》《三叠前韵，柬可生并告剑华、道非》《渤海中口占》《车过辽阳作》《车中望千山》（二首）、《吉长道中》《舟中见月》《得利寺》《示女芸一首，用昌黎〈符读书城南〉韵》《遥和小柳〈重阳感旧〉韵》《前意未尽，再和韵寄之》《三和前韵，分简明星、小柳》《四叠前韵》《别曜丞》（二首）、《采儒索写素屏甚急》《长春寓斋见雪》《长春送掇芝别》（三首）、《铜街》《读顾亭林〈明季实录〉》（四首）、《暑夜放歌》《夜闻琵琶声》《咏盆中樱树》《百字令·明星以〈赠小柳〉词见示，因依韵和呈》《百字令·再用前韵，寄小柳京师》《虞美人（平阳宠眷夸歌舞）》《瑶花·夜窗见雪》《瑶花·踏雪夜归，用前韵》《菩萨蛮（岁华畹晚霜欹鬓）》《百字令·寒夜寄亚兰》《集贤宾·月锄以紫罗消息见告，拈此却寄》《看花迴·秋夕旅怀》《唐多令·寄小柳北京》《四园竹·和清真韵》《劝金船·寒夜独酌》《梦扬州·与季琎同摄一影，系之以词》《夜飞鹊·寒鸦》《百字令·寓楼对雪》《齐天乐·小柳索观近词，率拈此解却寄》《金缕曲·题近人所撰〈碎琴楼〉说部后》《齐天乐·塞外食蟹》《洞仙歌·咏盆中葡萄》《八声甘州·黄叶》《水龙吟·客中忆练湖》《清平乐（梦中凄惋）》《鹧鸪天·读纳兰容若词》《万年欢·萱堂六十寿》《探春慢·和明星韵》《昼锦堂·寄赠伯莼，同生公韵》《倦寻芳·小宋以〈忏悔词〉见示，辄依韵和之，并广其意》《金缕曲·寿小柳四十生朝，即用其〈自寿〉元韵》《金缕曲·同前韵，奉题小柳四十小影》《菩萨蛮（舞衣悉地鸾绦委）》《西平乐·将归，写寄亚兰》《扬州慢·重至滨江》《陌上花·和明星〈忆金孃〉词，即用其韵》《小镇西·感近事作》《婆罗门引·望月》《兰陵王·滨江与友人别》《满庭芳·送渭叔南归》《暗香·和白石韵》《疏影·和白石韵》《塞垣春·送小宋入都》《三台·题客长春时与小宋所摄小影上》《卜算子·寓楼晚眺》《菩萨蛮·两足为湿疡所苦》《百字令·明星以蒙古小铜佛一尊见饷》《兀令·用东山韵》《丑奴儿·九日吟寄小柳、明星》《鼓笛慢·去秋客金陵，影禅、力山、揆百、粒丞、蛰君诸子屡共雅游，一时尊酒之乐甚盛。旋各饥驱四方，风雨天涯，辄成追忆，凄然为谱此调》《惜黄花慢·用梦窗韵，寄怀江上旧游》《苏幕遮·和友人艳词》《离亭燕·送炳闻赴营州》《醉春风（锁却眉峰翠）》《平调声声慢·夜窗梦醒，雨声凄然，挑灯为赋此解》《扫花游·和清真韵》《百宜娇·有赠，用白石韵》《渔家傲·松花江闲行见渔父，赋一词以赠》《鹧鸪天·酒后书寄生公》《解语花·赠宝儿》《寿楼春·再赠宝儿》《二郎神·寄内》《探春慢·因事至滨江，与振文同摄一影，即题其上》《调笑令（春酌）》《氐州第一·过滨江访友人旧居，用清真韵》《浣溪沙·秦家岗西剧场书所见》《平调念奴娇·用石林韵，寄怀力山江上》《夜半乐·题明星吉林所刊诗词稿后》《东坡引（离愁天不管）》《愁倚阑令（辽河上）》《翠楼吟·亚兰避兵江上，拈此寄之》《金缕曲·和小柳〈除夕〉词韵，同明星》《瑞鹤仙·重出塞，与明星相见》《醉蓬莱·酒楼有赠》《隔浦莲近·公园即事》《蝶恋花·塞外夜闻蛙声》《醉桃源（一钲红日照楼心）》《杏花天·咏木瓜粉》《卜算子（旧怨眼波明）》《三部乐·寄胎石、可生昆仲，并简力山》《水调歌头·获小柳书，赋此奉答》《水调歌头·小柳和词甚美，再次韵答之》《六丑·季琎以朝鲜两王子纪迹碑拓本见饷》《角招（井栏底）》《宝鼎现·偕季琎游长春公园》《蝶恋花·咏雁，拟东坡》《金缕曲·送力山之官太平》《摸鱼儿·赠影禅》《木兰花慢·亚子书来邀作沪上游，赋此却寄》《水调歌头·寄怀肩佛》《水调歌头·酒阑感赋》《兰陵王·归江南后，写寄明星关外》《蝶恋花·赠杏痴》《红林檎近（珠斛酒香满）》《菩萨蛮·金坛归舟，寄力山、小柳》《鹧鸪天·题石如〈采药归来图〉》《红林檎近·咏蜡梅》《百字令·舟行渤海中作》。其中,《江堤即景》云:“澄流四面曲如环,村落稀疏映水湾。种竹待抽春日笋,隔江便见故乡山。桥支短板人行仄,路入丛林犬阵顽。自笑此身漂泊惯,荒洲节物伴萧闲。”《读顾亭林〈明季实录〉》其一:“孰使金瓯破,煤山暗夕曛。有臣难杀贼,亡国岂由君。试剑啼公主,开城列禁军。后来修史者,流涕欲何云。”其二:“何物为名节,山呼劝进来。须臾催挢夹,匍匐向舆台。宫婢能挎刃,朝臣只惜才。到今编实录,灯火照深哀。”其三:“草草宏光帝,江南劫一枰。但兴钩党狱,自撤守淮兵。马阮专权骤,高刘喋血盈。春灯双燕子,怨极不分明。”其四:“襄楚频遭寇,秋风野哭时。历犹存汉腊,民已孑周遗。有邑皆峰火,无人托鼓鼙。宁南侯在否,载笔有微词。”《宝鼎现》云:“梅风蒸汗,今夕何夕,人间当暑。行散在、园亭东畔,衣袂延凉抛白苎。海月上、浸林阴如水,灯火玲珑堪数。更准备、冰盘雪藕,倾意筵前歌舞。　　坐久微觉阶生露,起徘徊、河汉斜渡。映一碧、梧桐拂地,络纬宵吟秋几处。喜隔座、有清谈晋客,玉手同时挥麈。澹荡极、都忘归意,耳畔休催更鼓。　　忆昔江城,轰夜饮、魂消邻酤。向帘腰窥影,对对神仙伴侣。到此叹、梦游无主,塞外空羁旅。趁月明、关山千里,独倚回廊凝伫。”

吴宓诗词系年:《感事作》《示锡予》《〈香梦影〉题词》《金缕曲·寄仲侯秦中》(二首)、《寄碧柳蜀中》《夜坐》《赣事感赋》《二十初度》(两首)、《读今人所为诗文有感作》《得碧柳书,作此再寄》《与润民话旧》《吟诗》《寄仲麟西安》(八首)、《友人归乡即寄》《读书》《鹰》《陶然亭题壁》(八首)、《感事》《忆家》《问讯仲侯》(二首)、《论诗绝句》(八首)、《读史》《喜雪》《岁暮感怀》《游圆明园》。其中,《示锡予》云:“风霜廿载感时迁,憔悴潘郎发白先。心冷不为尘世热,泪多思向古人涟。茫茫苦海尝忧乐,滚滚横流笑蚁膻。醉舞哀歌咸底事,沧桑砥柱励他年。”《夜坐》云:“古斋夜来静,幽悒情难说。秋声时入耳,草际虫呜咽。回我中宵步,万籁咸寂歇。在地余松影,在天见明月。松影黯无语,明月光莹洁。对此气澄然,意念几生灭。”《读今人所为诗文有感作》云:“一卷秋窗按节吟,沧桑入耳尽哀音。凄迷草就庾郎赋,哀艳骚成屈子心。故国山川咸寂寞,中原文献几销沉。由来风雅传时变,对此潸然感不禁。”《得碧柳书,作此再寄》云:“千里溯江识旧闻,苍茫意气总怜君。秋风秋雨摧红叶,蜀水蜀山见碧云。承露疏苇遮断港,冲寒孤雁怅离群。今朝遥想停桡处,香冷蓉城日又曛。”《读书》云:“检点芸编乐意舒,此中风趣胜华胥。可能边腹储经史,忍使曹仓贮蠹鱼。对久青灯心识味,披残黄卷意常虚。劳劳终岁知何事,三百余朝尽读书。”《陶然亭题壁》其二:“野草杂花缀短墙,山亭萧寺话偏长。红羊苍狗寰中劫,马迹车尘梦里忙。南国争传名士句,西郊久废宰官堂。老僧镇日禅关掩,瀹茗谁来泛旧觞。”《论诗绝句》其七:“霜后毵毵几度秋,凭将弱柳写深愁。曲中多少沧桑感,老去诗人意自遒。”其八:“闲情非待托微波,江上孤臣涕泪多。劫底河山无限恨,并成几首黍离歌。”

《金缕曲》其一："归去平安否？念天涯虫沙满眼，棘荆填路。野岸荒城三千里，远道风霜最苦。我更惜匆匆分手。未及清谈倾块垒，又闲愁诗债堆来厚。书一纸，急相候。　　今朝辽鹤归乡后，间劫余沧桑已换，梦痕依旧。城郭人民全非昔，总认山青水秀。却喜得庭闱重聚。锦帐华堂融融乐，把三年别恨从头诉。新妇美，两亲寿。"其二："笑我生何拙？坐孤斋拥书对雨，挥毫吟月。旅思闲愁无计遣，惟赖虫鱼篆刻。形影共诗魂文孽。吊古怀人狂啸处，听秋蛩声伴寒蝉切。心壮往，意凄恻。　　浔阳江上新潮咽，又朝来蛟腾鼍怒，战云飞越。凄黯关山银汉迥，几点青磷幻灭。凭寄语前途休怯。黄菊霜前酌琼酒，早京华聚首看尘劫。词易尽，事难说。"

张肖鹄诗系年：《雪夜访友归途作》《到斋》《雪霁同夏秋舫、向镜秋步出东门，北行抵江岸》《登黄鹤楼》《江上吟》《访柳少丞夫妇青石桥不遇》。其中，《雪夜访友归途作》云："僻境安居曲路隈，城东有客夜深回。万缘沉寂孤怀静，一线光明大道开。出户依然成坦荡，履冰毕竟净尘埃。心灯不灭途还熟，笑任幽人自去来。"《到斋》云："书斋寂寂夜深开，的皪寒灯照往回。抚案乱堆初展卷，倚炉重拨欲寒灰。众生酣醉天无语，高士僵眠我不才。悄理枕衾还独笑，前宵一梦误庭槐。"《北行抵江岸》云："积雪初消气象妍，东门风景足流连。群山带石横孤郭，一水澄江泻远天。村树暖烘鸦借色，陇云低度雁飞烟。故园极目家何似，驿路梅花感去年。"《登黄鹤楼》云："层楼杰出万峰低，景物争春望欲迷。山色凝眸横郭北，江涛挟涨下天西。颓杨雨过青抽半，芳草风回绿剪齐。我自登临黄鹤渺，白云无尽鸟空啼。"《江上吟》云："盈盈一水系相思，惆怅三生杜牧之。万古多情儿女泪，百年长恨别离诗。补天无术怀人远，望我成句负汝迟。底事临流羞顾影，秋风江上柳丝丝。"《访柳少丞夫妇青石桥不遇》云："青石桥头访寓公，开门悄对一灯红。楼依北郭寒余雪，人静南窗夜有风。炉火欲残灰自拨，壶冰初结冱难融。十年旧友心相印，认得诗清在此中。"

江子愚诗系年：《闻雁》《孤鸾吟》《和友人》《重游青羊花市》《蜀故宫二首》《瓶花叹》《柳枝词》《游少陵草堂》《闲步江皋，忆去年夷陵之游》《夜游》《文选》《怡园夜游，同从弟纳凉》《石榴》《蟹》《听猨》《老渔歌》。其中，《石榴》云："罗裙红褪又秋初，赚得相思一斛珠。安石国荒孤带在，郁林州远再花无。平分醋意欺梅子，独抱丹心胜荔奴。莫任枝头鹦鹉啄，双挼血泪贮冰壶。"《蟹》云："月落星残沙倒吹，问君拥剑欲奚为。秋风多少飘零感，公子无肠自不知。"

魏毓兰诗系年：《别燕》（附高姬纫秋和作，聊志昙影）、《呼兰舟中》《呼兰道上，同高姬车中作》（二首）（附高姬纫秋次韵二首）、《过泥河》《雨中望绥化城》《绥营晚眺》（四首）。其中，《别燕》云："同是天涯客，相依今又归。尔原期首聚，我竟与心违。但作故人别，焉知前路非。萍踪怜旧雨，絮语惜余晖。长忆枝头侣，双栖共绿肥。"高姬纫秋和作云："相待三春尽，偏从五月归。依依才几日，草草又重违。入室新巢在，窥帘故主非。关山通远梦，门巷隔斜晖。犹忆堂前喜，生儿比田肥。"《雨中望绥化城》云："细雨微茫里，城高忽见楼。连天烟树簇，满地水云流。路转程疑误，风来市欲咻。人家知渐近，花放豆篱秋。"

闵尔昌诗系年：《焦山观端午桥题字，感赋一首》《题文朗遗像》《香扆殿》《再赋一首》《春耦斋牡丹》《戏赠吴向之》。其中，《题文朗遗像》云："恻怆三年别，须眉当我前。易迷张敏路，遽绝伯牙弦。歌哭销英气，沈霾惜此贤。堂堂湖海士，宝剑有遗篇。"《香扆殿》云："遗恨房州在，山陵空复崇。潜龙愁碧海，杜宇泣春风。三月新规建，九朝天禄终。沉沉香扆殿，御榻尚尘蒙。"《再赋一首》云："叔季逢多难，西巡万里归。江湖思退傅，环佩悼灵妃。荏苒医方误，纷纭国事非。金轮同运尽，不见彩鸾飞。"

贺次戡诗系年：《为陈笑痕题〈桃李花〉》《元韵和卢伯葵》（二首）、《为林叔遇题〈梅花〉》《校斋风景，次模庵韵》（二首）、《望雨》（二首）、《旬日后大雨喜赋》《菊》《曾心汉兄挽辞》（四首）、《送吉逵南游后北行》（二首）、《留别涛社诸诗侣》《津海舟中口占》《津门车站述见》《随侍雪航二十三叔父游三贝子花园》（二首）、《观荷》（二首）、《游畅观楼感作》（二首）、《登青云阁口占》《粤乱有感》《悼秀娴女士》（二首）、《前诗意有未尽，再赓两绝》《游万寿山，同颂声侄途中口占》《随侍话羲、雪航诸叔父游颐和园感作》《万寿山》《排云殿口占》《登佛香阁最高处》《宝香铜亭口占》《昆明湖口占》《玙烟坊石桥》《游如意庄、轩农阁毕，下玉琴峡》《汤山温泉浴》《津门旅次》《留别涛社诸友》（二首）、《过黑水洋口占》《舟过黑水洋》《黄海遇风》（二首）、《喜抵胶州》（三首）、《偶成》《登大沽炮台》。其中，《留别涛社诸诗侣》云："暂与诸君别，轻舟一掉还。晓烟凝海岸，细雨入江关。急发胶湾外，遥看崂岭间。齐燕分两地，各自泪潸潸。"《津门车站述见》云："金丝眼镜海棠花，举止昂藏气自华。不见精神见颜色，女权今日始萌芽。"《粤乱有感》云："蒿日时艰百感伤，独持杯酒涤愁肠。荆天棘地埋烽镝，剩水残山付夕阳。远去乡关常阻隔，微闻田舍渐荒凉。岂因劫火灰吾愿，整顿乾坤志倍扬。"

李澄宇诗系年：《别坚白》《雪后长沙夜发》《至岳州作》《登岳城》《至家》《九麟洲展墓》《别人》《拟自君之出矣》《拟两头纤纤》《见芙蓉吾友，坚白则谓芙蓉颜色敢望海棠，各秀一时，非海棠无福，正芙蓉之福耳。言各有寓，究匪达观，更广厥义，成二绝句》《逢杜七镜人岳州》《别友》《发岳州一首》《至武昌作》《汉阳登龟山作》《古琴台》《万生园作》《月夜登城楼》《赠乞者》《贻子韶》《席上作》《送楚生就学唐山》《有赠》《酬绍庭保阳》《吊菊诗》《吊太一》《读〈南阳女侠〉》《次仲师〈枣花寺观《青松红杏图》〉韵》。其中，《九麟洲展墓》云："亦既归里庐，清晨展先墓。豆苗寒逾绿，宿草委霜露。反面一何悲，朔风吹陇树。"《汉阳登龟山作》云："禹迹岿然在，荒祠万象收。雷霆宣巨冶（山下有兵工厂），鹦鹉绿前洲。颇感沧桑事，坐看江汉流。此间休望鲁，城郭武昌浮。”《吊太一》云：“洞庭波荡夕阳红，若有人兮冤汨中。挝鼓尔衡声尚在，望门张俭命偏穷。群龙无首奈何野，一叶惊秋如此桐。汝自笑言天下哭，宝刀无赖冷西风。”《席上作》云：“俯仰乾坤酒一尊，丽楼风柳自当门。远峰入户碧相见，落日当筵红可吞。百世犹腥怜近史，万方多难数啼痕。诗成满座谁方醒？马骨金台莫漫论。”

李笠诗系年：《郊行遇雨》《初六夜宿岘山房》《鳌阁晚眺，兼以咏怀》《独游趣》《登探花楼》《由探花楼过北郊即景》《夜宴飞云阁》《燕子飞》《踏月》《飓风折松树》《田家雨后》《梅影》《竹枝》（三首）、《过本寂寺》《在友人园赋诗》。其中，《郊行遇雨》云：“旋风吹雨脚，飞过秋山顶。却逐行人来，湿透斜阳影。回首望前村，暝暝烟万顷。带雨入孤亭，凭栏心耿耿。”《初六夜宿岘山房》云：“拂拂南风星吐芒，灯光红处几人家。夜深独自数更箭，惟听虫声处处哗。”《鳌阁晚眺，兼以咏怀》云：“远岫留斜日，高城鸦乱啼。青云万里路，唯笑雁行低。鸥鹭早忘机，长歌叹式微。大江东去也，一鹤独南飞。”

李思纯诗系年：《托意》（二首）、《万绿》《偶成》《画意》（三十二首）、《又作》《即事口号》《瓶菊》《即事》《秋柳》（四首）、《江上二首》《相见》《口号》《二十初度》（三首）、《口号一律》。其中，《托意》其一：“细笔红笺写洛神，锦屏娇滞十年春。低回逝水当年事，苦忆惊鸿宛转人。”其二：“吴侬红豆采相思，越女蘅皋怨别离。莫访思王旧消息，黛烟轻锁怯通词。”《二十初度》其一：“无端腊尾复春初，随例光阴逝水余。尚有风尘牛马走，敢嫌荆棘凤凰居。离忧耿耿怀天末，短烛荧荧迫岁除。莫向泥涂自长郁，闭门烧苇读谗书。”其二：“草草劳人尚有家，感年处室惜韶华。有情文藻高秋风，无赖生涯浊井蛙。面自向人羞故我，功名酸鼻饱尘沙。锥囊桐爨徒虚语，多少平生画足蛇。”其三：“忧患如山不可论，天回地动结烦冤。廿年氍毹成孤注，两字饥寒尚大言。啖蔗茹荼留剩味，偎栏拥树得余温。寻堪弹指成追忆，髀肉都销舌告存。”

［日］木苏岐山诗系年：《夜归途间所见》《年来》《兰亭会诗（并序）》《南禅寺禊筵，敬赠犬养木堂老丈二首》《论书示人二首》《楼前樱花盛开》《村松云外画》《陈希夷〈长睡图〉》《长尾雨山寄〈五十自述〉索和，次韵寓沪上》《宿铃木豹轩京都寓斋，豹轩有诗见馈次韵》《读〈白香山集〉》《英一蝶画〈松鹤图〉，平濑君索》《森宽斋〈小竹猧儿图〉》《小室翠云〈承露阁画剩〉题词四首》《湘江风雨图》《竹涧清暑》《武内竹中拔去园中杂木，植松成林，索诗》《片口江东索家翁诗》《石川逸翁七十寿词》《城北东光院胡枝花二首》《不寝》《遣兴二首》《淀隄写望》《自嘲》《观菊》《牧放浪御影伴云草堂》《题画》《小栗辉堂与长尾雨山有至交，而以书画藻鉴互相夸，戏赠绝句》《梦中得上六句，醒后足成之》《冬暖》《寒夜》。其中，《夜归》云：“长街如水漠无哗，微雪霏霏帽带斜。知有何人耽夜读，半轩朱火漏梅花。”《宿铃木豹轩京都寓斋》

云:“多才豹轩子,廿岁少于余。三馆书容借,千篇意自如。艮峰揽岚翠,神苑狎龟鱼。北土见亲俗,似君还有诸。”《竹涧清暑》云:“西山修竹林,临潭玩水石。午凉流密竿,日脚碎金碧。我不洗耳流,又非内热客。散发风萧萧,舒啸遗形迹。”《寒夜》云:“竹屋独匡坐,比邻人定初。窗悬寒夜雨,眼亮一灯书。荣路忘怀者,都门处僻如。可中无限趣,岁晚卒容与。”

[日]关泽清修诗系年:《花月会酒间,次敬香社长诗韵》《赠令郎大江香峰(武男)》《送大泽铁石(真吉)赴萨摩,分字得声》《槐南先生并禾原翁追悼筵,赋此以奠》(二首)、《久地观梅,同香国》《寄怀香国,在金泽》《吉野观梅》(节三)、《金枝小岘(道三)借花楼招饮,分字得楼》《静园庄雅集,次主人原韵》《高桥松坪(通明)七十寿言,次其〈自述〉诗韵》(二首)、《席上分韵》《越三日,复会清风馆流觞,分字得后》《清风馆祖席,呈东岳君道谢》《上山八景诗》(同游香国所撰,书以赠旅馆米屋主人)、《月池观月,次大江扬鹤(卓)原韵》《檀栾雅集,次冷灰博士原韵》《寒翠庄观枫雅集,次梦舟主人原唱诗韵》《哭滨口容所(吉兵卫),用其绝笔诗韵》《星冈茶寮雅集,次大泽铁石诗韵》。其中,《花月会酒间》云:“故友招吾切,冰心一片清。迎年怜薄疾,经腊喜连晴。白发旧时梦,青樽今夜情。缓话忘归去,却惭诗不成。”《槐南先生并禾原翁追悼筵》其一:“招魂不返此三年,思若金炉袅袅烟。春到林亭还有恨,莺花依旧独依然。”《席上分韵》云:“千秋文物感人深,俯仰无端自古今。万里驱车参雅会,羽阴觞咏胜山阴。”

[日]冈部东云诗系年:《奉悼有栖川宫薨去》《赠竹堂君》《谨呈时宗管长尊昭上人》《月前怀父》《呈郡宰高野君》《台湾总督府医官小林准一君归省,因开欢迎宴席上赋呈》《读河口慧海和尚〈西藏纪行〉百三十六首,节录首尾二首》《哭孙女》。其中,《奉悼有栖川宫薨去》云:“东天去岁鸾姿隐,西浦今年鹏翼摧。冷雨萧条云暗澹,山光水色入悲哉。”《赠竹堂君》云:“笔砚三冬雪里埋,寒窗炼胆外形骸。莺花时节游京洛,复入青山放壮怀。”《月前怀父》云:“比父颓龄加八年,瘦躯未化荼昆烟。幼时训育几辛苦,感泣西山斜月前。”《台湾总督府医官小林准一君归省》云:“多年海外养英魂,远负芳名省故园。好是红枫黄菊节,欢迎语旧侑青楼。”《读河口慧海和尚〈西藏纪行〉百三十六首》其一《无限感相》:“缁林豪杰示龟鉴,孤杖猛然凌大梵。北望高原求雪山,流水如龙云汎汎。”其末《归故山》:“谁书探险多功绩,自愧六年修学迹。何喜归帆向故山,依然犹是袈裟客。”《哭孙女》云:“四十年来哭四儿,女孙今又向冥之。依稀存耳娇歌韵,髣髴浮眸游戏姿。架上衣巾令母泣,床头玩具使妪悲。人间无复返魂术,空见香炉烟若丝。”

[日]白井种德诗系年:《佐藤耕云作〈赤壁图〉见赠,赋而谢》《吉野柏堂见赠〈香山集〉,赋而谢》《风邪》《观芦东山书》《次庄子香园〈悼内〉诗韵》(二首)、《盆栽三

首》（含《竹》《松》《椶榈》）、《鲜客卖饧》《竹雨词宗赠海苔》《送卒业诸子》《送锦织教谕转任富山县》（二首）、《送某教谕之群马县》（二首）、《为近藤生》《食牡蛎》《题山水画》《观花》《花发多风雨》《石井锦鸡间袛候席上，观伊藤东涯、服部南郭两先生画幅，赋绝句三章》《溪亭，次菊池五山韵》《梅雨中作》《佐野生追吊会》《次猊嵓〈看儿病〉诗韵》《贺海野氏新居》《梦成斋博士》《盛冈开市三百年祭》《先妣十年祭》《刀冈席上次韵》《溪亭杂诗》（二首）、《风泉小榭席上作》（四首）、《我师范黉开第三回勤王家遗墨展览会，次遗墨中藤森》《天山诗韵》《松田雪窗赠一六翁用笔，赋而谢》《石井袛候赠高森碎岩画幅，赋而谢》《川口月邨十年祭》《佐藤猊岩来访，有诗见眎，次韵以答》《次猊嵓诗韵》《吊高桥青厓》（二首）、《风泉小榭席上作》《示默凤道人》（风泉小榭席上）、《叠韵西嵓、猊嵓唱和诗》《次谷河松树翁〈八十自寿〉韵》《送同僚广濑教谕为一年志愿兵，入第一师团》《赠熊谷某》（岩手活版舍主）、《次松浦伯爵〈读素行先生遗训有感〉诗韵》《竹雨词宗次余〈转居〉诗韵见示，叠韵却寄》《哭河野通玄》《山崎鲵山翁碑除幕式，赋而奠》《刀冈席上》《癸丑岁晚》（二首）。其中，《为近藤生》云："自称惰气未会催，雪案萤窗欲达财。当惜分阴古贤训，如君真个庶几哉。"《花发多风雨》云："春户深扃点滴中，悄然独坐怨天公。追思柳绿花红节，雨雨风风岁岁同。"《癸丑岁晚》其一："移居事毕岁云殚，书室厨房已苟完。更喜闲园雪三尺，稚松无恙竹平安。"其二："对坐书窗酒共倾，斯文黉里旧同盟。不关岁暮人匆遽，史话经谈无限情。"

［日］松平康国诗系年：《送人游尾势诸州》《闻清国近事》《远暖山庄小集，赠升吉甫》《蓬莱园雅集，以咏归亭三字为韵》（三首）、《花月会席上，次敬香诗韵，时清国江南大乱》《静冈拜先考墓》《观冈埼城址》《游养老山》《福井城址辟为场圃，种以果蔬，旧越前藩主松平侯所经营云》《松江》《湖楼漫兴》《松江城》《宿杵筑》（二首）、《稻佐》《养神亭壁上有末松青萍诗，次其韵赋一绝》《夜访三郊，檐挂岐阜灯，指以索诗》《恭奉挽前征夷大将军德川公》（二首）、《送风外之满洲》。其中，《送风外之满洲》云："流血十万人，寸壤非易得。山河弃不收，虎狼卧榻侧。王道在固存，岂可任颠踣。势如坐弊船，难支此半壁。悲歌碎唾壶，送子行西北。投笔思班超，击楫思祖逖。淋漓一杯酒，犹带风云色。六尺身许国，边事须努力。攘臂高处呼，青天飞霹雳。千钧慎弩发，一箭能破的。"《闻清国近事》云："保邻提大义，盟誓岂云寒。华夏已颓日，江淮又倒澜。饥民思乱久，倾厦欲支难。社稷余孤寡，龙袍泪不干。"《时清国江南大乱》云："一剑吴头楚尾间，归来高卧此心闲。梦中犹想阵云黑，缥缈数峰江上山。"

［日］森川竹磎诗词系年：《病中杂句》（十二首）、《兰亭修禊纪念会，次颖川庚友诗韵》《竹隐前日寄〈春分病中诗〉，未曾相酬，病起无聊，次原韵寄怀》《山阴青垣吟

社盛集，伊藤盘南（义彦）折柬见招，余正病余，未得出门，便次盘南所寄诗韵，代柬谢之》（三首）、《四谷新桥告成，有人索题，即赋二绝》《观菊书感》（山阳新报社天长节课题）、《岁晚大雪》《岁暮志感》《卜算子》。其中，《病中杂句》其一：“一灯如水夜寒深，春梦无凭玉漏沉。何况五更风又雨，桃花消息易关心。”其二：“莺声燕语有无中，梦不分明醒也空。争奈江淹才渐退，思量无计受东风。”其三：“辜负韶华难做情，可怜解事有流莺。朝来未向柳边去，啼近纱窗不惜声。”其四：“年来多病故人疏，况嬾填词倦读书。关著映花深户静，暮寒时节夕阳初。”《兰亭修禊纪念会》云：“茂林修竹，日月其迈。行当以乐，及时高会。”《竹隐前日寄〈春分病中诗〉》云：“李花明月杏花风，一院韶光一霎空。病起情怀幽草外，相思滋味绿阴中。问君诗境几多拓，嗟我愁城无计攻。伥望天涯山色杳，平芜尽处转冥濛。”《卜算子》云：“一院悄无人，恻恻余寒紧。金鸭香残玉篆微，春意因何稳。　帘外雪霏霏，生怕花姿损。未觉东风气力全，又早花朝进。”

［韩］金泽荣诗系年：《戏赠徐浩渊》《赴退翁招饮城南别业，归赋却寄》《赠吴生作龙》《送洪舜俞、郑景施、金国珣三君之南京》《赠张生孝若》《送孝若之上海入新学》《孙主事石渠挽》《余尝以拙集一部赠林君咏清矣，林有书云诗二本为人所攫，赋寄》。其中，《送孝若之上海入新学》云：“自笑龙钟半死翁，对君一十六春风。少陵家里生宗武，元礼门前得孔融。江介灶鼍闻徒窟，新凉灯火可挑红。谁知丹碧佉庐笔，即是他年射虎弓。”《送洪舜俞、郑景施、金国珣三君之南京》云：“子如三片花，狂风飘万里。昔之王树春，今也代泥滓。相送县西门，泪滴绿江水。旧恨已如彼，新恨又如此。”